詩經詞典

向熹 編著

圖書在版編目(CIP)數據

詩經詞典/向熹編著. —修訂本. — 北京:商務
印書館,2014(2022.6 重印)
ISBN 978-7-100-07623-4

Ⅰ.①詩… Ⅱ.①向… Ⅲ.①詩經—詞典
Ⅳ.①I207.22-61

中國版本圖書館 CIP 數據核字(2011)第 002931 號

權利保留,侵權必究。

詩 經 詞 典
(修訂本)
向熹 編著

商 務 印 書 館 出 版
(北京王府井大街 36 號 郵政編碼 100710)
商 務 印 書 館 發 行
北京市十月印刷有限公司印刷
ISBN 978-7-100-07623-4

2014 年 6 月第 1 版　　開本 880×1230　1/32
2022 年 6 月北京第 3 次印刷　印張 28¾
定價:145.00 圓

總　目　錄

初版王先生序 …………………………………………………… 1
新版《詩經詞典》序 …………………………………………… 3
凡例 ……………………………………………………………… 6
詩地理圖 ………………………………………………………… 8
單字拼音索引 …………………………………………………… 9
單字筆畫索引 …………………………………………………… 17
詞典正文 …………………………………………………… 1－756
《詩經》原文及用韻 …………………………………………… 757
《毛詩序》集錄 ………………………………………………… 854
附錄：
　（一）上古聲母表 …………………………………………… 867
　（二）上古韻部表 …………………………………………… 867
　（三）中古聲母表 …………………………………………… 867
　（四）《廣韻》206 韻韻目及擬音 ………………………… 868
　（五）重要引用書目 ………………………………………… 870

初版王先生序

我常常鼓勵同志們編寫各種專書詞典。現在向熹同志花了多年的功夫,寫成了一部《詩經詞典》,這是值得慶賀的。

向熹同志這部書的編寫原則是博採衆説,擇善而從。它的體例是,在每一詞條下面,第一條注釋代表作者的意見,其餘羅列各家的意見。這樣做的好處是,既不至使學者無所適從,又可以讓學者參考他家的意見,自由選擇,不爲一家之言所囿。作者博採群書,用力甚勤,值得欽佩。我相信,此書一出,定能不脛而走,給研究《詩經》的人以很大的幫助。

我個人的意見是,關於《詩經》的詞義,當以毛傳、鄭箋爲主;毛鄭不同者,當以朱熹《詩集傳》爲斷。《詩集傳》與毛鄭不同者當以《詩集傳》爲準(這是指一般情況而言,容許有例外)。參以王引之《經義述聞》和《經傳釋詞》,則"思過半矣"。孔疏與毛鄭齟齬之處,當從毛鄭。馬瑞辰《毛詩傳箋通釋》頗有新義,也可以略予採用。其他各家新説,採用時應十分慎重,以免遺誤后學。

此書初稿也有一些缺點,例如:

(一)羅列衆説,不分良莠。有些不大可靠的解釋也收入。這樣做的結果是容易使好怪者有空子可鑽。

(二)對一個詞的解釋,多至十幾個義項。這是因爲博採衆説,又要兼顧不同水平讀者翻檢的需要,其中就難免有的是甲説與乙説實際相同或相近,不過用字不同而已。我常常説,解釋古書要注意語言的社會性。如果某字只在《詩經》這一句有這個意義,在《詩經》別的地方沒有這個意義,在春秋時代(乃至戰國時代)各書中也沒有這個意義,那麼這個意義就是不可靠的。個人不能創造語言,創造了説出來人家聽不懂,所以要注意語言的社會性。同一時代,同一個詞有五個以上的義項是可疑的(通假意義不在此例),有十個以上的義項幾乎是不可能的。

這兩個意見我向向熹同志提了,向熹同志願意修改,但因卷帙繁多,一時或未能盡改。我在這篇序文里説一説,供讀者參考。

王　力

1983 年 4 月 18 日

序於北京大學燕南園

新版《詩經詞典》序

《詩經》是中國歷史上第一部詩歌總集，收錄了從西周初期（公元前 11 世紀）到春秋中葉（公元前 6 世紀）約 500 年間的 305 篇詩。這 305 篇詩分爲《風》《雅》《頌》三大類，都是樂歌。《風》又叫《國風》，包括周南、召南、邶、鄘、衛、王、鄭、齊、魏、唐、秦、陳、檜、曹、豳十五《國風》，共計 160 篇。大都是各地民歌，體現了地方曲調。《雅》分《小雅》《大雅》，都是朝廷樂歌，共計 105 篇。《小雅》74 篇，大部分爲西周後期的詩；《大雅》31 篇，大部分是西周前期的詩。《小雅》中的《黄鳥》《我行其野》《谷風》《蓼莪》等詩，《大雅》中的《泂酌》等詩，篇幅短，風格類似民間歌謡，有學者稱之爲"西周民風"。《頌》是廟堂祭祀樂歌。其中《周頌》31 篇，是周天子祭祀天地山河和先公先王的詩。《魯頌》4 篇，是公元前 7 世紀魯國貴族歌頌魯僖公的詩。《商頌》5 篇，古文詩派認爲是商代貴族祭祀祖先的詩，今文詩派認爲是春秋宋國貴族歌頌宋襄公的詩，有的學者則認爲《商頌》中既有商代的東西，也有春秋時代的東西，不能絕對化。

《詩經》是中國詩歌之祖，是中國古典現實主義的源頭，也是人類藝術宫殿中熠熠生輝的奇葩。它成功地運用了賦、比、興的藝術手法，美妙的音律節奏，從現實生活中概括出藝術形象，反映社會生活的各個方面和人們的思想感情，其創作經驗是留給後世的寶貴遺産，爲歷代學者所景仰崇拜。305 篇可以分爲祭祀、宴饗、贊頌、述史、農事、戰爭、田獵、遊樂、送别、思念、怨刺、戀愛、婚姻等類，包羅萬象，是研究中國古代天文、地理、歷史、政治、經濟、生産、生活、文化、禮制、風俗、語言等不可或少的重要資料。

我最初研究《詩經》，編寫《詩經詞典》，主要是想通過它比較全面深入地掌握上古漢語語音、詞彙、語法第一手資料，爲撰寫《簡明漢語史》作準備。1982年《詩經詞典》初稿完成。1983年應郭錫良教授邀請,我到北大講課,帶去詞典書稿,蒙先師王力先生賜寫序言,錫良教授審讀全稿,提出了許多寶貴的意見。師友深誼,永志難忘。1986年《詩經詞典》由四川人民出版社初版。那個時候,楊伯峻先生《論語譯注》《孟子譯注》書後附有"詞典"部分,已具專書詞典雛形,但太簡略,不注音,也未涉及岐義問題。《詩經詞典》是我國第一部音義兼備的專書詞典。如何取捨材料,確定詞目,歸納義項,處理岐解,我毫無經驗,只能在摸索中前進。編寫中遇到的最大困難是305篇的詩旨、句意、詞義,諸家注釋分岐太多,見仁見智,莫衷一是。《論語·為政》:"子曰:詩三百,一言以蔽之曰:思無邪。"又《陽貨》:"小子何莫學乎《詩》,《詩》可以興,可以觀,可以群,可以怨。邇之事父,遠之事君,多識於鳥獸草木之名。"這是孔子對《詩三百》思想內容和社會作用總的評價,完全肯定,沒有提到有關男女婚姻的詩當如何看待。漢代《詩》分魯、齊、韓、毛四家。魏晉以後,魯、齊、韓三家先後亡佚,《毛詩》獨盛。《毛詩》305篇都有序扼要說明每篇詩的詩旨和時代背景。認為詩的內容與政教禮樂的興衰密不可分。305篇詩旨不外美、刺兩端。聖主賢君,政教清明,詩一定是贊美;闇主暴君,政教衰亂,詩一定是諷刺。這種觀點把詩歌完全看作政治的附庸,與事實不符,多為後世學者所詬病。漢初魯人毛亨為《詩詁訓傳》於其家,成為注釋《詩經》最早的書,世稱《毛傳》。《毛傳》既釋詞義,也釋句意、章旨和表現手法。後人評價它"文簡而義贍,語正而道精,洵乎為小學之津梁,群書之鈐鍵。"(陳奐語)具有很高的權威性。東漢鄭玄作《毛詩箋》,宗毛為主,但不盲從。"毛義若隱略,則更表明;如有不同,即下己意,使可識別。"(鄭玄《六藝論》)《鄭箋》兼採今、古文,所謂"己意",多本三家。如《鄘風·相鼠》:"人而無止,不死何俟?"《毛傳》:"止,所止息也。""止"是居住的地方。《鄭箋》:"止,容止。《孝經》曰:'容止可觀。'""止"是行為舉止。唐孔穎達奉敕撰《毛詩正義》,為《詩經》學史上一大里程碑,原則上"疏不破注"。事實上《正義》吸收了六朝《詩經》研究成果,有許多不同《傳》《箋》的新解。如《衛風·氓》:"氓之蚩蚩,抱布貿絲。"《毛傳》:"布,幣也。"《鄭箋》:"布者,所以貿買物也。"認為"布"是古代一群布質貨幣。孔穎達《正義》則認為"此布謂絲麻布帛之布。"桓寬《鹽鐵論·錯幣》:"古者市朝而無刀幣,各以其所有易所無,抱布貿絲而已。"馬瑞辰《通釋》:"布與絲對言,宜為布帛之布。"考《春秋·左傳》中尚無以"布"為貨幣講者。《正義》似更可信。宋代學術提倡思辨革新,自由研究。《詩經》學者或尊《序》,或疑《序》,或删《序》,或廢《序》,各隨所欲。朱熹作《詩集傳》,廢《詩序》,倡"淫詩"説,訓詁不拘門户,擇善而從,集宋代《詩經》研究之大成,是《詩經》學史上又一里程碑,歷元明兩代數百年而不衰,其解《詩》確有不少精到之處。《陳風·鵲巢》:"防有鵲巢,邛有旨苕。"《毛傳》:"防,邑也。邛,丘也。"《鄭箋》無异義。《集傳》:"防,人所築以捍水者。"就是堤岸,提防。按《詩序》:"《防有鵲巢》,憂讒賊也。"鵲當築巢於丘而在防,旨苕當生於防而在丘,違背常理,此其所以"憂讒賊"。《集傳》無疑是正確的。清代自乾嘉以迄道咸,新漢學興盛,名家輩出。《詩經》研究在文字、訓詁、音韵、考據、輯异等方面都大有成就,遠超舊漢學和宋學。馬瑞辰《毛詩傳箋通釋》、陳奂《詩毛氏傳疏》、晚清王先謙《詩三家義集疏》都達到了《詩經》研究的時代頂峰。二十世紀以來,《詩經》研究又有新發展,先後出版《詩經》研究專著數百種,發表論文數千篇。既大大加强了基本研究,又借鑒西方新觀念、新方法,擴展了研究的新領域。其中内容精彩,見解新穎,青出於藍而勝於藍者亦復不少。學術研究總是隨時代不斷前進的,我們要充分尊重古代學者的辛勞,也決不能忽視現代學者取得的新成就。

爲此,我們在《詩經詞典》編寫中,對歷代注釋中出現的歧解,採取"首出己見,擇要兼收"的方式進行處理。"首出己見",是把我們認爲最符合詩義的解釋放在首位;"擇要兼收",是盡可能多地收集不同的見解。我們希望古今研究《詩經》的精華大都能匯集在本詞典里,供讀者參考。

《詩經詞典》自1986年初版以來,得到廣大讀者的關注與認可,國外某雜志評之爲"閱讀和研究《詩經》的橋梁",我感到十分欣慰。舊版早已脱銷。這些年里我又做了不少補充修訂,增加材料上千條,使詞典質量進一步有所提高。商務印書館决定出版新本《詩經詞典》,責任編輯徐從權等先生對書稿作了精心校訂,相信本詞典一定能够更好地爲廣大讀者服務。缺點錯誤在所難免,誠懇地盼望方家不吝指正,十分感謝。

向　熹
2012 年中秋於成都

凡　例

　　一、本詞典是一部音義兼備的專書詞典，供讀者閱讀和研究《詩經》時參考使用。

　　二、本詞典收録《詩經》里出現的 2830 個單字和 500 多個异文作爲字頭。簡化字、异體字加括號放在相應的字頭后面，并收入"單字筆畫索引"。

　　三、本詞典收録《詩經》里出現的複音詞 1000 餘個，加魚尾符（【　】）標明，排在相應的字頭之后。同字頭的複音詞不止一個時，依第二字音序排列。305 篇篇名題解及有關《詩經》的術語加空魚尾符（〖　〗）標明，按複音詞的方式排列。篇名相同時，分條排列，并在后用數字加括號標明次第。

　　四、本詞典以繁體字爲字頭。字頭後面單括號内標明簡體或異體字形。如"門（门）"、"臧（职）"。字形以《印刷字通用漢字字形表》、《簡化漢字總表》和《异體字整理表》爲準。

　　五、本詞典注音包括漢語拼音、反切、中古音和上古音。反切主要依《廣韵》；《廣韵》未收的依《集韵》，反切前加★號表明；《集韵》也未收的，用其他書中的反切，并標出書名。中古音標明攝、呼、等、調、韵、聲；放在反切后面的圓括號里。有兩個或三個反切的，同時標出。上古音標明韵部和聲母，不標聲調。例如：

　　　　洸　guāng　古黄切（宕合一平唐見）
　　　　　　　　　　陽部、見母。

　　六、本詞典只收在《詩經》里出現的音。又音、舊讀適當收録，用（又×）（舊×）表明；只適用於某一義項的音標在該義項之前。多音詞的各個讀音用序碼（一）（二）……標明，并另起一行。

　　七、本詞典解釋《詩經》里所有詞的所有義項。解釋力求準確、精練、通俗。除名物解釋外，一般採用古今對譯的方式，解釋詞不避本字。通假義用"通×"表示。

八、多義詞的各義項原則上按詞義引申的次序排列，用❶❷❸……標明。多音詞的所有義項拉通編號。複音詞如果是多義詞，各義項用 1)、2)……標明，以示區別。每一義項在《風》《雅》《頌》里出現的次數，分別標明於該義項后面的圓括號里。

九、本詞典各義項都舉詩句爲例。引例注明詩的編號、篇名、章數，以便檢閱。例句之下適當引用舊解作爲釋義依據。同一詩句有不同解釋時，擇要兼收，用"一説""又一説"的方式標明，以廣异聞而便參閱。

十、本詞典按音序排列。一組同音字中，形聲字依聲符的筆畫次序排列，其他的字斟酌情況適當排列。

十一、本詞典正文後面收有"《詩經》原文及用韵"和"《毛詩序》集録"。用韵部分分別用△、○、·、、、﹏等符號標明每首詩的韵脚，并注明其所屬上古韵部。

十二、本詞典書前附有"音節表"、"單字筆畫索引"。書末附有"上古聲母表"、"上古韵部表"、"中古聲母表"、"《廣韵》206 韵韵目及擬音"以及"重要引用書目"，供讀者參考。

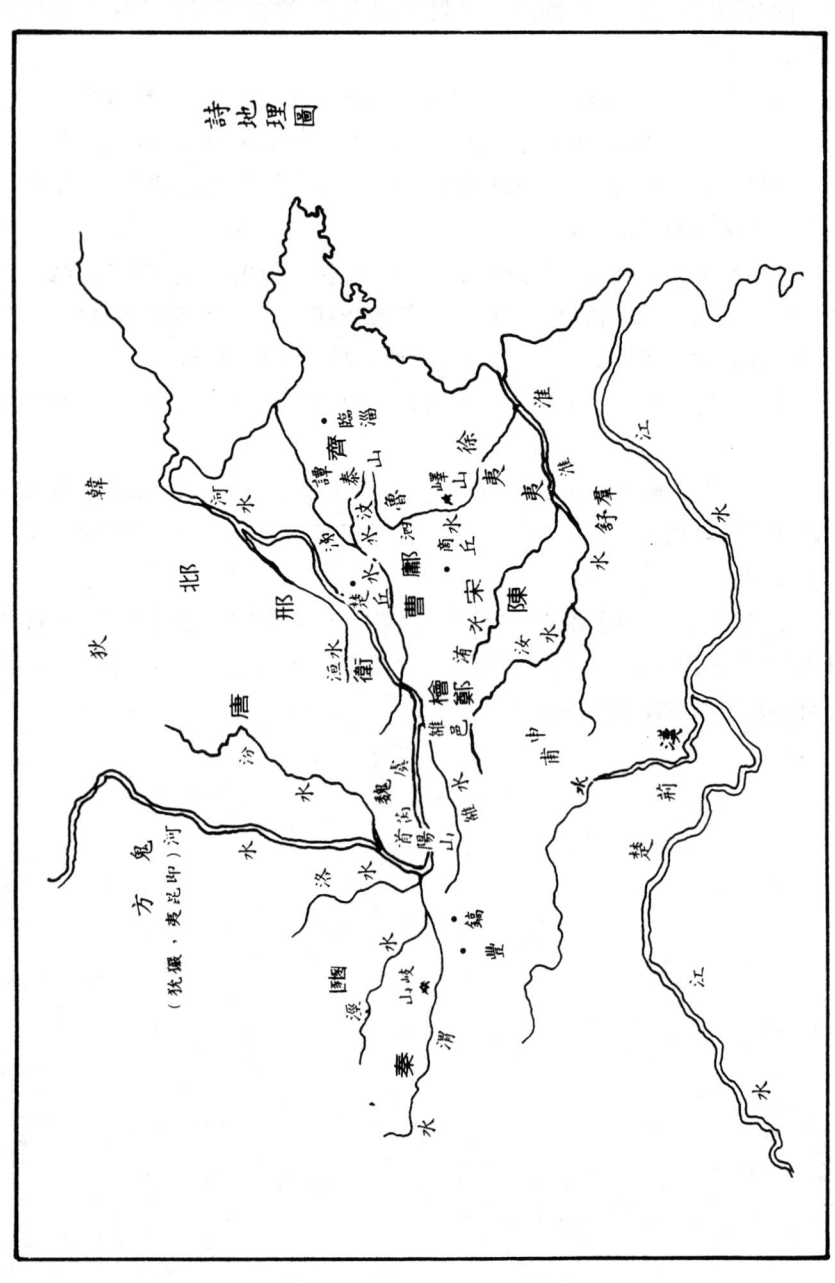

單字拼音索引

A

āi 1
ǎi 1
ài 1
ān 2
àn 3
áng 3
áo 3
ào 4

B

bā 5
bá 5
bái 6
bǎi 7
bài 8
bǎn 8
bāng 9
bāo 9
bǎo 10
bào 12
bēi 13
běi 13
bèi 14
bēn 16
běn 16
bēng 16
běng 17
bǐ 17
bì 19
biān 23
biǎn 23
biàn 24
biāo 24
biào 25
biē 26
bīn 26
bìn 27
bīng 27
bǐng 28
bìng 29
bō 29
bó 30
bǒ 32
bò 32
bǔ 32
bù 32

C

cāi 35
cái 35
cǎi 35
cài 37
cān 37
cán 37
cǎn 37
càn 38
cāng 38
cáng 39
cáo 39
cǎo 40
cè 40
cēn 41
cén 41
chāi 41
chái 41
chài 41
chān 41
chán 42
chǎn 42
chāng 42
cháng 43
chàng 46
chāo 47
cháo 47
chē 47
chè 48
chēn 49
chén 49
chèn 52
chēng 52
chéng 52
chěng 56

chī	56	cuī	74	diāo	94	**F**	
chí	57	cuǐ	74	diào	94		
chǐ	58	cuì	75	dié	94	fā	111
chì	58	cūn	75	dīng	95	fá	112
chōng	59	cún	75	dǐng	95	fà	113
chóng	60	cǔn	75	dìng	95	fān	113
chǒng	61	cùn	75	dōng	96	fán	113
chōu	61	cuō	75	dòng	98	fǎn	115
chóu	62	cuó	76	dǒu	98	fàn	116
chǒu	63	cuò	76	dòu	98	fāng	116
chū	63	**D**		dū	98	fáng	118
chú	65			dú	99	fǎng	118
chǔ	66	dá	78	dǔ	100	fēi	119
chù	67	dà	79	dù	100	féi	119
chuān	68	dài	82	duàn	101	fěi	120
chuán	68	dān	83	duì	101	fèi	121
chuáng	68	dǎn	84	dūn	103	fēn	122
chuī	68	dàn	84	dùn	103	fén	122
chuí	68	dàng	85	duō	104	fèn	124
chūn	68	dāo	86	duó	104	fēng	124
chún	68	dǎo	86	duò	104	féng	126
chǔn	69	dào	86	**E**		fèng	126
chuò	69	dé	87			fóu	126
cí	70	dēng	88	ē	105	fǒu	127
cǐ	70	dī	89	é	105	fū	128
cì	71	dí	89	è	106	fú	128
cōng	71	dǐ	90	ēn	107	fǔ	134
cóng	72	dì	90	ér	108	fù	136
cú	73	diān	92	ěr	108	**G**	
cù	73	diǎn	93	èr	109		
cuàn	74	diàn	93			gāi	140

gǎi 140	guàng 168	hǔ 191	jiǎn 227
gài 140	guī 168	hù 191	jiàn 228
gān 141	guǐ 170	huá 192	jiāng 231
gǎn 142	guì 171	huà 193	jiàng 234
gàn 143	gǔn 171	huái 193	jiāo 235
gāng 143	guō 172	huài 194	jiǎo 237
gāo 144	guó 172	huān 194	jiào 239
gǎo 146	guǒ 173	huán 194	jiē 239
gào 146	guò 173	huàn 196	jié 240
gē 146	**H**	huāng 196	jiè 243
gé 147		huáng 197	jīn 245
gě 149	hǎi 174	huī 201	jǐn 247
gè 149	hài 174	huí 201	jìn 247
gēng 149	hán 174	huǐ 202	jīng 249
gěng 149	hǎn 176	huì 203	jǐng 251
gèng 150	hàn 176	hūn 206	jìng 252
gōng 150	háng 177	hún 206	jiōng 254
gǒng 154	hāo 178	huó 206	jiǒng 255
gōu 155	háo 178	huǒ 207	jiū 256
gǒu 155	hǎo 178	huò 207	jiǔ 257
gòu 156	hào 179		jiù 258
gū 157	hé 180	**J**	jū 260
gǔ 158	hè 183	jī 209	jú 265
gù 162	hēi 185	jí 212	jǔ 265
guā 163	héng 185	jǐ 218	jù 266
guǎ 163	hōng 186	jì 219	juān 267
guān 164	hóng 186	jiā 222	juǎn 267
guǎn 165	hóu 187	jiá 223	juàn 268
guàn 166	hòu 188	jiǎ 223	jué 268
guāng 167	hū 189	jià 224	jūn 270
guǎng 168	hú 190	jiān 225	jùn 272

K							
		kuì	283	lǐn	306	mái	322
		kūn	283	líng	306	mài	322
kāi	274	kǔn	284	lǐng	307	mán	323
kǎi	274	kuò	284	lìng	308	màn	323
kài	274			liú	308	máng	324
kān	275	L		liǔ	309	māo	324
kǎn	275	lái	286	liù	310	máo	324
kàn	275	lài	287	lóng	311	mǎo	326
kāng	275	lán	287	lóu	312	mào	326
kàng	276	làn	288	lǒu	312	méi	327
kǎo	276	láng	288	lòu	312	měi	329
kē	277	lǎng	288	lú	312	mèi	329
kě	277	làng	288	lǚ	313	mén	330
kè	277	láo	288	lù	313	méng	331
kěn	278	lǎo	289	lǘ	316	měng	333
kōng	278	lè	289	lǚ	316	mèng	333
kǒng	279	léi	290	lǜ	317	mí	333
kòng	279	lěi	291	luán	318	mǐ	334
kǒu	279	lèi	291	luàn	319	mì	335
kòu	279	lí	291	lüè	319	mián	335
kū	279	lǐ	293	lún	319	miǎn	336
kǔ	279	lì	294	luō	320	miàn	337
kuā	280	lián	298	luó	320	miáo	337
kuài	280	liǎn	299	luǒ	320	miǎo	337
kuān	280	liáng	299	luò	320	miào	337
kuāng	280	liǎng	301			miè	337
kuáng	281	liàng	301	M		mín	338
kuàng	281	liáo	301			mǐn	339
kuī	281	liǎo	302	má	322	míng	340
kuí	281	liè	303	mǎ	322	mìng	343
kuǐ	282	lín	304	mà	322	mó	344

mò	344	nüè	360	póu	377	qiú	410
móu	346	nuó	361	pū	377	qū	413
mǔ	346	nuò	361	pú	378	qú	414
mù	347			pǔ	379	qǔ	414
		O				qù	415
N		ōu	362	**Q**		quán	415
		ǒu	362			quǎn	415
nà	350	òu	362	qī	380	quē	416
nǎi	350			qí	383	què	416
nài	350	**P**		qǐ	390	qūn	417
nán	351			qì	393	qún	417
nǎn	353	pān	363	qià	394		
náng	353	pán	363	qiān	395	**R**	
náo	354	pàn	363	qián	396		
nèi	354	pāng	365	qiǎn	397	rán	418
néng	354	páo	366	qiàn	397	rǎn	418
ní	355	péi	367	qiāng	398	ráng	418
nǐ	355	pèi	367	qiáng	399	ràng	419
nì	356	pēng	368	qiáo	400	ráo	419
nián	357	péng	369	qiǎo	401	rè	419
niǎn	357	pī	370	qiē	401	rén	419
niàn	357	pí	370	qiě	401	rěn	420
niǎo	357	pǐ	372	qiè	402	rèn	420
niè	357	pì	372	qīn	402	réng	421
níng	358	piān	372	qín	403	rì	421
niú	358	pián	373	qǐn	404	róng	422
niǔ	358	piāo	373	qīng	405	róu	424
nóng	359	pín	373	qíng	407	rú	424
nòng	359	pìn	374	qìng	407	rǔ	426
nú	359	píng	374	qióng	408	rù	427
nù	359	pó	376			ruǎn	427
nǚ	360	pò	376	qiū	409	ruí	427

ruì	427	shēng	445	sū	489	tián	510
rún	427	shéng	447	sù	489	tiǎn	511
ruò	428	shèng	448	suī	492	tiàn	512
		shī	448	suí	492	tiāo	512
S		shí	453	suì	493	tiáo	512
sǎ	429	shǐ	458	sūn	494	tiǎo	514
sāi	429	shì	459	sǔn	495	tiě	514
sān	429	shōu	467	suō	495	tīng	514
sǎn	431	shǒu	467	suǒ	495	tíng	515
sāng	431	shòu	468			tǐng	516
sàng	432	shū	469	**T**		tōng	516
sāo	432	shú	471	tā	497	tóng	516
sǎo	433	shǔ	471	tà	497	tōu	519
sè	433	shù	472	tāi	497	tóu	519
shā	434	shuài	474	tái	498	tū	519
shān	434	shuāng	474	tài	498	tú	519
shǎn	435	shuǎng	475	tān	498	tǔ	521
shàn	435	shuí	475	tán	499	tù	522
shāng	436	shuǐ	475	tǎn	500	tuán	522
shàng	437	shuì	475	tàn	501	tuǎn	522
shāo	439	shùn	475	tāng	501	tuī	522
sháo	439	shuō	476	táng	502	tuí	523
shǎo	439	shuò	477	tāo	503	tuì	523
shào	439	sī	478	táo	504	tūn	523
shé	439	sǐ	482	tè	505	tún	524
shě	440	sì	482	téng	506	tuō	524
shè	440	sōng	487	tī	506	tuó	524
shēn	442	sǒng	487	tí	507	tuǒ	525
shén	443	sòng	487	tǐ	507	tuò	525
shěn	444	sōu	489	tì	507	**W**	
shèn	444	sǒu	489	tiān	509	wā	526

wài	526	xiàn	564	xuǎn	600	yǐ	629
wán	526	xiāng	566	xuàn	600	yì	632
wǎn	527	xiáng	567	xuē	600	yīn	641
wàn	528	xiǎng	567	xué	601	yín	644
wáng	528	xiàng	568	xuě	601	yǐn	644
wǎng	530	xiāo	570	xuè	601	yìn	645
wàng	530	xiǎo	572	xūn	601	yīng	646
wēi	531	xiào	574	xún	602	yíng	647
wéi	532	xiē	576	xùn	603	yǐng	648
wěi	536	xié	576			yōng	648
wèi	537	xiě	578	**Y**		yóng	651
wēn	540	xiè	578	yá	604	yǒng	651
wén	540	xīn	580	yǎ	604	yòng	651
wèn	542	xín	582	yà	604	yōu	652
wǒ	542	xìn	582	yān	605	yóu	654
wò	543	xīng	583	yán	605	yǒu	657
wū	544	xíng	584	yǎn	607	yòu	661
wú	544	xǐng	587	yàn	608	yú	663
wǔ	546	xìng	587	yāng	611	yǔ	668
wù	548	xiōng	587	yáng	612	yù	672
		xióng	588	yǎng	615	yuān	678
X		xiòng	589	yàng	615	yuán	679
xī	551	xiū	589	yāo	615	yuǎn	682
xí	555	xiǔ	590	yáo	617	yuàn	682
xǐ	556	xiù	590	yǎo	617	yuē	683
xì	556	xū	591	yào	618	yuè	683
xiá	557	xú	593	yē	618	yún	685
xià	559	xǔ	593	yě	618	yǔn	686
xiān	561	xù	594	yè	619	yùn	687
xián	563	xuān	597	yī	620	**Z**	
xiǎn	564	xuán	599	yí	625	zá	688

zāi	688	zhàn	698	zhōng	724	zī	740
zǎi	689	zhāng	699	zhǒng	727	zǐ	741
zài	689	zhǎng	700	zhòng	727	zì	744
zàn	691	zhāo	700	zhōu	728	zōng	745
zāng	691	zhǎo	702	zhóu	731	zǒng	746
zāo	691	zhào	702	zhòu	732	zòng	747
záo	692	zhé	704	zhū	732	zōu	747
zǎo	692	zhě	705	zhú	733	zǒu	748
zào	692	zhè	706	zhǔ	734	zòu	748
zé	693	zhēn	706	zhù	734	zū	749
zè	695	zhěn	707	zhuǎn	736	zú	749
zéi	695	zhèn	707	zhuāng	736	zǔ	750
zèn	695	zhēng	708	zhuàng	736	zuǎn	751
zēng	695	zhěng	710	zhuī	736	zuì	751
zèng	696	zhèng	710	zhuì	737	zūn	752
zhái	696	zhī	713	zhūn	738	zǔn	752
zhài	696	zhí	715	zhuō	738	zuǒ	752
zhān	696	zhǐ	717	zhuó	738	zuò	754
zhǎn	698	zhì	719				

單字筆畫索引

本索引收録本書全部單字。單字按畫數分別排列。畫數相同的字,按第一筆筆畫一、丨、丿、丶、乙的順序歸類。趯[ノ]作橫[一],捺[丶]作[丶],竪鈎[亅]作[丨],曲筆作[乙]。

一畫		(亏)	281	(门)	330	(开)	274	内	354
		工	150	(义)	639	不	32	(贝)	15
一	620	土	521	之	713	木	347	(见)	231
二畫		士	459	己	218	瓦	526	仁	420
		才	35	已	629	王	529	什	454
二	109	下	559	尸	448	五	546	(仆)	378
十	453	寸	75	弓	150	牙	604	仇	410
丁	95	大	79	(卫)	539	屯	524	仍	421
七	380	(万)	528	子	741	(车)	47	刘	632
卜	32	(与)	670	孑	240	丰	124	(从)	72
八	5	弋	632	也	618	(丰)	125	卬	3
人	419	上	437	女	360	(韦)	534	介	243
入	427	小	572	(飞)	119	友	657	今	245
匕	17	口	279	(习)	555	太	498	(仓)	38
几	209	山	434	(马)	322	犬	415	兮	551
九	257	巾	245	(乡)	566	尤	654	父	136
刀	86	(亿)	633			戈	146	公	151
力	294	千	395	**四畫**		厃	695	厷	410
乃	350	川	68	比	17	厄	107	(风)	125
厶	481	夕	551	切	401	匹	372	(凤)	126
又	661	久	258	支	714	廿	166	夃	158
三畫		凡	113	(艺)	640	止	717	(乌)	544
		丸	526	云	685	少	439	凶	588
三	429	勺	439	(云)	686	日	421	勿	548
干	141	及	212	元	679	曰	683	午	547
(干)	142	夊	492	(无)	545	中	724	牛	358
(干)	143	(广)	168	天	509	水	475	手	467
于	663	亡	528	夫	128	(冈)	143	毛	324

單字筆畫索引

壬	420	(节)	242	甲	224	(训)	603	刑	584
升	447	平	374	(电)	94	(议)	640	邢	585
夭	615	(灭)	337	(吕)	629	(讯)	603	(动)	98
(长)	43	正	710	四	482	(记)	219	式	460
斤	247	玉	675	囚	410	忉	86	戎	422
爪	702	示	463	史	458	(汇)	206	匡	280
反	115	卉	203	央	611	氿	170	(协)	578
月	683	古	158	仕	460	(汉)	176	(巩)	154
丹	83	去	415	代	82	(礼)	294	圪	632
氏	463	未	538	仡	632	立	298	地	91
殳	470	(朮)	474	(仪)	626	玄	599	(场)	44
六	310	本	16	仔	743	主	734	扢	549
文	540	(击)	210	他	497	市	463	(执)	715
方	116	世	462	外	526	(兰)	288	(扪)	330
亢	276	甘	142	卯	326	(写)	578	扡	58
火	207	(东)	96	(饥)	209	宁	358	(扬)	612
(为)	535	(厉)	295	(饥)	210	穴	601	朽	590
斗	98	石	456	(仺)	108	它	497	(朴)	378
户	192	左	752	参	707	(宂)	601	朷	257
心	580	右	662	令	308	永	651	朸	295
(收)	467	布	33	(尔)	108	必	19	(权)	415
(双)	474	(龙)	311	(佘)	410	卯	166	芋	668
以	629	戊	550	(刍)	65	加	222	芍	439
引	644	可	277	冬	98	(对)	101	芄	369
孔	279	(旧)	260	(务)	550	弘	186	芃	526
允	686	(归)	169	禾	182	召	702	芒	324
予	665	北	13	矢	459	弁	24	(荨)	596
尹	645	(叶)	619	失	449	台	497	芑	391
尺	58	叫	239	生	445	(台)	498	芋	744
夬	268	(叹)	501	丘	409	(丝)	481	吉	212
弔	94	占	696	白	6	矛	325	圭	168
(丑)	63	(卢)	312	瓜	163	(圣)	448	寺	485
毋	545	(号)	178	乎	189	司	478	老	289
(书)	470	只	719	句	156	弗	130	考	276
		兄	587	包	9	民	338	西	553
五畫		(业)	619	(鸟)	357	出	64	(亚)	604
𢀩	504	(氷)	27	(处)	66	皮	370	耳	108
邛	408	旦	84	用	651	(发)	111	亘	150
巧	401	目	349	(乐)	289	(发)	113	共	153
功	150	且	401	氐	90	母	346	(𦘒)	462
扒	5	田	510	(冯)	376			(过)	173
艾	2	由	656	(讦)	187	**六畫**		迁	220
艽	410	申	443	(让)	419	邦	9	臣	51

列	303	竹	733	企	393	氾	485	(戏)	557
夸	280	牝	374	(众)	728	池	57	(观)	164
(夺)	104	舌	439	杀	434	汝	426	羽	670
(厌)	608	先	561	(兇)	588	(汤)	501	牟	346
有	658	(迁)	396	犴	3	忖	75	(驰)	57
在	691	迄	394	(杂)	688	宇	669	(约)	683
存	75	廷	515	旨	719	守	467	(纪)	219
(达)	78	(乔)	400	(负)	138	宅	696	(异)	736
戍	473	年	357	(争)	710	宍	260		
戌	52	朱	732	色	433	字	744	**七畫**	
百	7	缶	128	各	149	安	2	玖	258
而	108	休	589	名	340	(兴)	583	形	585
死	482	伎	386	多	104	(沌)	738	(划)	42
(迈)	322	伏	128	(鸟)	134	(讹)	654	(寿)	469
(夹)	222	(优)	653	旭	595	(许)	594	弄	359
(轨)	170	伐	112	旬	602	(讥)	105	(麦)	323
邪	577	仳	372	凤	489	(论)	320	戒	245
(毕)	21	仲	727	(冲)	59	(讼)	488	迋	168
至	720	(倪)	397	(冲)	60	(设)	441	(进)	249
夷	625	任	420	冰	27	(访)	118	(远)	682
此	70	(伤)	437	(壮)	736	祁	386	(违)	534
(师)	450	价	244	(刘)	308	(军)	272	攻	150
(尘)	50	(伦)	319	充	60	(冒)	278	(坏)	194
光	167	仰	615	(齐)	389	(农)	359	圻	387
吁	591	优	85	亦	632	弛	57	(坂)	9
吐	521	伉	276	交	235	那	361	坎	275
(吓)	184	(仱)	734	衣	622	(寻)	603	均	272
吸	554	伊	621	(庄)	736	(异)	638	(坟)	123
屺	390	似	484	(庆)	407	聿	676	扶	130
(则)	693	(华)	192	(闭)	23	(尽)	248	(抚)	134
(刚)	143	延	605	(问)	542	阮	427	折	704
吕	317	自	745	羊	612	(阳)	614	抑	635
(吊)	94	血	601	并	29	阪	9	投	519
(岁)	493	向	568	(关)	164	(阴)	643	抗	276
(岂)	392	(向)	568	州	728	(阶)	239	抚	84
早	692	行	585	汗	544	防	118	抉	269
同	516	(后)	189	(污)	544	收	467	(报)	12
(网)	530	后	189	江	234	(孙)	494	杜	101
(团)	522	舟	731	汕	436	(艸)	40	秋	91
因	641	(创)	398	汔	394	如	424	(极)	214
回	201	(会)	205	汋	738	(妇)	137	杞	391
曲	413	合	182	汛	116	妃	119	杝	58
曳	619	爰	25	汍	526	好	178	(杨)	614

豆	98	邯	15	秀	590	（钪）	677	汭	427
（丽）	298	刭	94	我	542	（铁）	677	汽	394
克	277	卣	660	（伐）	228	（饧）	59	沃	543
（声）	447	步	34	（体）	507	（饮）	645	（沦）	319
（苇）	536	（坚）	225	何	180	（肠）	44	汾	122
芸	685	吠	121	佐	753	彤	518	（泛）	116
（芘）	362	吡	105	伾	370	刨	414	沸	218
苊	132	（听）	514	攸	652	（龟）	169	没	344
茶	127	吹	68	佃	93	角	238	（没）	344
芮	427	（呜）	544	（侣）	484	奂	196	汶	542
苊	327	岐	386	作	754	（条）	512	沈	49
（苌）	44	（岖）	9	伯	30	甸	93	（沉）	49
芹	403	（帆）	190	伶	307	迎	648	决	269
芩	403	（帏）	534	（佣）	649	（况）	281	（怃）	190
芬	122	（时）	454	位	537	言	606	（怀）	522
（苍）	39	（旷）	281	伴	363	（亩）	347	怖	367
芡	435	助	734	伫	734	亨	368	忮	721
（劳）	288	町	516	佗	524	忘	530	（怀）	193
（苏）	489	（邮）	657	伲	19	（弃）	393	（忧）	653
苡	631	吴	544	（伲）	19	辛	580	忡	59
李	293	（吴）	544	佛	130	（床）	68	（忾）	274
吾	544	邑	640	兵	28	（应）	646	忧	49
走	748	岑	41	皁	692	（庐）	312	完	527
赤	59	旱	176	（皂）	692	序	595	宋	487
孝	574	晏	609	身	442	（闲）	563	牢	289
（严）	605	（县）	600	（兔）	522	（间）	226	（灾）	688
求	410	男	353	（彻）	48	（闵）	339	究	256
車	47	咒	484	役	632	（闷）	276	（穷）	408
甫	134	（园）	680	近	248	灼	738	（诅）	750
束	473	（囤）	201	（邻）	305	判	364	（识）	457
（两）	301	貝	15	余	666	羌	398	（诒）	626
（歼）	225	見	231	（余）	666	兑	102	社	441
否	127	里	293	孚	131	弟	90	衬	683
辰	49	（里）	294	妥	525	（洿）	522	祀	485
底	719	足	750	坐	754	沐	348	（祃）	322
（还）	195	串	166	（谷）	160	沛	367	（补）	32
夾	222	牡	346	谷	160	沔	336	初	63
龙	324	牣	421	（鸠）	257	（沥）	296	罕	176
豕	459	利	295	狂	281	（沤）	362	良	300
忒	505	私	481	（犹）	655	沚	718	（张）	700
（来）	286	（乱）	319	狄	89	沙	434	改	140
（轩）	598	每	329	狃	359	冲	59	（即）	213
（连）	298	告	146	狁	687			（灵）	307

忌	219	武	547	苹	375	(斩)	698	杲	146
尾	536	協	578	苴	263	(轮)	320	昆	283
局	265	坡	6	苗	337	到	86	昌	42
君	270	坰	254	英	646	(鸢)	679	昇	447
(迟)	57	(坿)	139	苢	631	(恋)	1	易	636
(陆)	315	坼	49	苓	306	妻	380	旻	339
阿	105	坻	57	苟	155	(建)	724	杳	497
(陈)	50	坭	355	茆	326	叔	469	(罗)	320
阻	751	坶	349	(茑)	357	肯	278	具	266
附	139	拔	5	苑	682	(齿)	58	畀	21
陂	13	抽	61	苞	9	虎	191	典	93
壯	736	拊	134	苧	734	(房)	313	迪	90
妣	18	拆	41	苾	19	非	119	岡	143
姊	744	抱	12	苊	355	(贤)	563	罔	530
姆	470	抗	618	茀	131	尚	438	(国)	172
姒	484	拂	130	苗	740	呭	640	固	162
忍	420	招	700	茄	222	呵	557	困	417
(鸡)	212	(拨)	29	茗	513	(哝)	182	(图)	519
邵	498	(择)	694	茅	326	呱	158	果	173
矣	631	拚	113	(杰)	242	呼	190	(黽)	340
(驳)	32	林	304	(迺)	350	响	156	牧	349
(坏)	126	枝	714	昔	552	(鸣)	342	物	549
(纯)	68	(枢)	362	述	474	咆	366	(钓)	94
(纰)	371	枎	616	長	43	咏	651	(钖)	615
(纲)	143	枚	328	或	207	呶	354	知	714
(纳)	350	析	552	者	705	呦	653	和	182
(纵)	747	板	8	亞	604	岵	191	(矿)	281
(纶)	320	(枞)	72	其	383	岨	263	制	721
(纷)	122	枌	122	(丧)	432	(岨)	263	(季)	357
(纭)	734	松	487	東	96	(岭)	634	季	220
(纰)	84	(构)	157	事	462	(晛)	564	委	532
(纾)	470	杭	177	(枣)	692	贩	9	迭	95
(紝)	470	枕	707	兩	301	明	340	垂	68
(紀)	257	杻	358	雨	671	(败)	8	秉	28
災	688	杼	735	郁	674	(贬)	23	侍	462
		取	414	(郁)	678	盰	591	佶	213
八畫		剌	71	奔	16	旰	332	使	458
(环)	195	直	716	奄	607	(畅)	46	侑	662
玠	244	苦	279	(奋)	124	盹	331	侂	71
(玱)	398	若	428	來	286	(凯)	274	侗	516
青	405	茂	327	(顷)	407	岸	3	(侧)	40
忝	511	(茏)	312	(转)	736	岩	605	佽	442
奉	126	芰	5	(䎬)	350	昊	179	佸	206

血	594	(肤)	128	(闵)	20	(宝)	11	狀	68
侚	71	(胀)	548	(炜)	536	宗	745	戕	398
俘	731	肺	121	(郑)	712	定	95	斨	398
佻	512	肱	154	並	29	(宠)	61	孟	333
佩	367	(肛)	371	(单)	83	宜	627	承	55
侈	58	朋	369	炎	605	宛	527	亟	214
佼	237	股	159	卷	267	(实)	456	函	174
依	622	肥	119	沫	329	(学)	601	妹	329
欣	71	服	132	(浅)	397	空	278	姑	157
版	9	(胁)	577	泄	578	穹	408	妯	61
的	90	郇	603	河	181	(试)	462	姓	587
(岬)	595	兔	522	沰	524	(诗)	451	始	458
(岳)	683	(备)	14	泷	207	(诚)	54	帑	359
帛	31	(昏)	206	(沽)	697	(诜)	442	(驾)	225
兒	355	忽	190	沮	262	(话)	193	(艰)	225
卑	13	炙	722	油	657	(诞)	85	(参)	41
阜	139	(枭)	570	泱	612	(诡)	170	迨	82
征	708	咎	258	况	281	(询)	603	(驵)	483
徂	73	籾	263	泂	255	(详)	567	(驷)	254
往	530	周	728	泗	483	祉	718	(驹)	264
彼	18	(鱼)	668	(泺)	355	(视)	463	(驳)	747
欣	580	迨	109	注	735	祈	387	(驼)	20
所	495	洌	303	泣	394	祇	388	(驿)	635
刱	86	氓	331	泮	364	役	102	(绌)	578
(质)	723	於	665	沱	524	采	333	(组)	750
(邹)	280	肮	178	泌	19	(㸌)	333	织	715
(贫)	373	郊	235	泳	651	戾	297	终	725
舍	440	京	249	泥	355	肩	226	绐	732
金	247	享	567	泯	339	房	118	纰	524
命	343	夜	619	沸	121	(弥)	334	绋	130
(贪)	499	卒	749	沼	702	弨	47	(绍)	439
念	357	育	675	波	30	(鸤)	449	(绎)	635
肴	617	(变)	24	(泽)	694	門	330	(经)	250
斧	134	(庞)	311	(泾)	250	建	229	纠	257
采	35	废	5	治	721	屈	244	(贯)	167
受	468	(庙)	337	怙	192	居	260		
争	710	(底)	719	怄	28	(届)	244	**九畫**	
狎	559	庖	366	怛	78	屈	413	玷	93
狐	190	庚	149	怵	62	肃	491	珌	19
(钱)	229	(废)	121	性	587	(阿)	421	珈	222
(饰)	467	疠	732	怭	19	降	234	(琳)	330,344
(饱)	11	疚	259	恘	354	(陉)	211	(祕)	20
(饴)	626	(疡)	615	(怿)	634	陔	140	耔	744

單字筆畫索引

字	頁	字	頁	字	頁	字	頁	字	頁
毒	100	封	124	(殘)	37	(貽)	626	(篤)	100
契	393	(勑)	58	珍	511	(睍)	565	(選)	600
(貳)	110	郝	466	殆	82	眩	327	(適)	466
奏	748	荆	249	砟	296	盼	557	重	61
春	68	軌	170	(牵)	395	盼	365	(儼)	607
(項)	569	南	351	厖	324	眹	416	俅	411
垣	680	茇	423	(厘)	293	眦	371	便	373
城	54	茸	424	厚	189	眴	686	修	590
垤	94	荐	231	(宦)	506	虹	187	俣	669
垢	156	荑	507	胠	202	(虵)	440	(俣)	669
垝	170	(荛)	419	咸	563	則	693	倪	397
拮	241	(荙)	277	威	531	(勛)	602	保	10
拱	155	草	40	面	337	昰	394	俄	106
(挃)	497	莒	266	(較)	5	(虽)	492	悔	548
(挟)	576	茵	641	(軸)	731	是	465	(俉)	206
挃	720	茯	178	(蚕)	41	(顯)	564	俛	336
括	284	茷	368	皆	239	星	583	信	582
拾	456	荏	420	怱	19	曷	182	侵	402
挑	503	荐	587	(战)	699	昴	326	侯	187
指	719	(荟)	205	背	15	冒	327	俟	484
按	3	(答)	78	皆	744	昰	78	(順)	476
(栈)	698	(荠)	221	斐	71	畏	539	卽	213
柄	358	茨	70	虐	360	界	244	皇	197
(栀)	721	荒	196	韭	258	思	478	泉	415
柯	277	荓	368	(臨)	306	昚	732	叟	489
柄	28	(荡)	85	省	587	咢	106	追	736
柘	706	(荩)	248	削	600	囲	662	禹	671
相	568	苊	401	(尝)	46	幽	653	鬼	170
柚	731	茹	425	咺	600	拜	8	衎	275
柷	735	(药)	618	(嘵)	570	牲	446	待	82
柞	755	(兹)	740	咥	556	(鐘)	726	衍	608
柏	7	耆	155	咽	678	(欽)	403	律	318
(栎)	297	革	148	(哆)	203	(鈞)	272	後	189
枸	265	(贡)	123	味	732	刿	444	(須)	593
柳	309	(带)	82	(哈)	280	秬	266	盾	103
柫	10	要	616	哆	58	(种)	727	迺	189
柲	19	酒	350	咬	235	(耗)	179	姐	750
柅	355	哉	688	峙	720	秭	744	(鴿)	399
(桎)	52	(赵)	704	岨	354	秋	409	弇	608
(树)	473	赳	257	眛	329	(復)	137	爱	681
政	712	(剋)	278	(昵)	356	香	567	食	457
故	162	巷	569	昭	701	竿	142	逃	504
胡	190	甚	444	(覎)	281	(笵)	57	胤	645

字	頁	字	頁	字	頁	字	頁	字	頁
(狼)	195	(閔)	497	洲	728	祕	335	(驕)	237
(獨)	99	(閣)	147	(滸)	191	祠	70	(駱)	321
狡	237	(熾)	59	(濃)	359	衿	246	(駮)	31
狩	468	炯	255	洳	427	冠	164	結	242
(獄)	675	(烁)	409	恃	462	軍	272	絕	269
(蝕)	458	炮	366	恆	185	扁	23	約	683
(勝)	448	(爛)	288	(恆)	185	殂	334	紀	219
胙	756	炤	701	恫	516	(既)	220		
(鵲)	11	前	396	(愷)	274	(昼)	732	**十畫**	
觔	412	兹	740	恤	595	昏	206	(艷)	611
(觔)	412	(總)	746	桃	512	屋	544	(珪)	168
(疾)	187	美	329	恂	603	屏	375	珙	155
負	138	姜	233	恪	278	屍	551	珈	71
(奐)	196	(類)	291	(恻)	309	退	523	珩	185
急	213	(婁)	316	(悻)	390	陟	723	珮	367
(貿)	327	送	488	宣	597	(隕)	687	耕	149
怨	682	迷	333	宦	196	除	65	耘	685
鱼	366	逆	356	宥	663	(險)	564	耗	179
匍	378	差	41	室	464	韋	534	(鉀)	21
風	125	(養)	615	宮	154	胥	592	(鋒)	536
勉	336	酉	412	(憲)	565	眉	327	(餡)	149
(將)	231	首	467	客	278	娀	487	敖	3
(施)	367	洪	187	染	418	姞	213	素	490
(旌)	667	洹	194	突	519	姨	626	泰	498
施	449	洒	429	穿	68	姪	716	秦	404
哀	1	洧	536	(覺)	270	姻	641	菁	156
亮	301	洌	303	(舉)	265	姝	470	挈	393
(宦)	619	洩	71	(誡)	245	(婐)	206	(蠶)	37
(親)	403	洸	168	(語)	670	(婻)	309	(坰)	456
音	644	(洩)	578	(誥)	146	盈	648	捄	262
彥	609	(濁)	739	(誘)	663	(賀)	184	振	707
(變)	318	洄	202	(海)	205	怒	359	挾	576
弈	633	(測)	40	(說)	476	飛	119	把	640
奕	633	(涉)	203	(誦)	488	矜	246	挫	76
咨	740	洗	556	祛	413	勇	651	捋	320
帝	91	活	207	祜	192	(致)	634	捋	377
庤	719	洫	596	袚	133	(負)	679	換	196
度	100	洽	394	祖	750	急	82	揭	263
庭	515	洵	602	神	443	畚	692	栲	277
疢	388	洛	320	祝	735	(怼)	102	桓	194
狹	52	(浏)	308	祚	755	柔	424	(棲)	381
(跡)	211	(濟)	220	祇	714	(駃)	442	栵	297
(聞)	541	洋	612	(祢)	356	(騧)	641		

梃	626	索	496	致	720	(钲)	709	皋	145
(桢)	706	(莹)	647	剗	42	(钱)	684	然	570
桐	518	(莺)	647	(毒)	396	(铁)	514	臭	591
株	732	耆	388	柴	745	(铃)	307	息	551
(桥)	400	耄	326	桨	745	(铄)	478	隼	495
梴	41	恐	279	虔	397	牲	442	鳥	544
(桧)	171	(挚)	721	虑	317	秫	344	徒	519
勑	58	(热)	419	监	230	秕	370	徐	593
桃	504	(恶)	107	逍	570	租	749	(顽)	388
格	147	栗	296	唪	571	(积)	211	烛	95
核	182	贾	161	唁	609	秩	722	殷	642
栩	593	哲	705	(峥)	62	(称)	52	般	363
(颀)	282	逝	465	悦	475	缺	416	航	178
(耻)	58	述	411	峨	106	邮	657	舫	118
耿	150	连	298	峻	273	笄	211	(颁)	124
耽	84	速	491	时	454	(笑)	575	(颂)	488
恥	58	起	393	(贼)	695	笑	575	殺	434
軒	598	赳	278	(赇)	206	(笋)	495	豺	41
酌	738	(载)	689	(赂)	314	造	692	豹	13
配	368	(栽)	688	(鸨)	572	乘	54	飢	209
都	98	栽	689	眕	707	倩	398	倉	38
(壶)	191	或	672	畔	365	借	244	衾	403
華	192	馬	322	剔	506	值	716	釜	134
(荸)	587	匪	120	剛	143	倚	631	舀	618
荸	587	殊	470	員	679	倦	228	奚	552
(莱)	287	(顾)	162	豈	392	倒	86	(爱)	1
(莲)	299	(砺)	296	(羗)	106	俶	67	邕	46
莫	344	砠	263	(沓)	497	倬	738	虓	572
荫	332	砥	90	晜	593	健	241	卿	406
(茵)	332	破	376	晏	609	條	512	(狸)	564
莪	106	烈	303	晏	40	脩	590	(狸)	292
莠	661	辱	427	罟	159	倡	46	(狻)	564
荷	181	(唇)	69	置	263	候	188	狼	288
(莅)	297	夏	560	罟	158	倭	532	猁	354
莅	298	厝	76	(邕)	132	俾	18	(铁)	677
茶	520	(厣)	608	邕	132	倫	319	(脍)	280
(荻)	208	(雁)	609	(莺)	612	(倾)	407	脂	715
莘	442	原	681	恩	107	倍	14	(胶)	236
(茼)	227	威	337	畫	379	(俾)	84	朕	708
莎	434	帆	116	畢	21	偣	164	脇	577
莞	164	(轾)	720	特	505	師	450	(鸥)	56
莊	736	(辂)	731	(牺)	553	射	441	留	309
恭	154	(顿)	104	(钱)	228	躬	150	(鸳)	679

字	頁	字	頁	字	頁	字	頁	字	頁
毥	65	烔	518	悅	685	孫	494	紌	84
桀	242	(燁)	619	悌	508	牂	691	紓	470
(逑)	508	(輝)	201	害	174	蚩	56	**十一畫**	
逢	126	(烬)	248	(寬)	280	烝	709		
(颭)	304	羖	159	家	222	娛	616	球	411
凌	306	(瓶)	376	宵	570	姬	209	理	294
(凄)	381	(粃)	700	宴	609	娠	443	玼	600
(涼)	300	朔	477	(賓)	26	娛	664	琇	590
旃	367	剡	608	容	423	(娛)	664	粗	484
旄	324	益	638	宰	689	娥	106	春	60
旅	388	羔	144	窈	617	娣	91	堵	100
旅	317	拳	415	娑	495	娌	536	域	672
旂	697	洭	485	(諸)	733	哿	149	場	637
(頎)	178	浦	379	(諏)	747	唇	577	埠	371
(竝)	29	酒	258	(諸)	361	(難)	353	培	367
疒	734	(涎)	299	(讀)	100	務	550	(埠)	436
(效)	575	涇	250	(誰)	475	能	354	埽	433
訏	592	涉	441	(諗)	444	(函)	174	堀	279
訌	187	消	570	(諒)	301	(竿)	224	掎	218
訓	603	涅	640	(諄)	738	桑	431	捷	241
訊	603	浩	179	談	499	(驪)	309	推	522
記	219	海	174	(禎)	706	(驪)	292	捨	440
畝	347	(液)	652	袷	223	(騋)	287	授	468
郭	172	浛	297	祥	567	(騁)	56	掤	28
高	145	(涂)	520	袪	413	(駑)	163	捫	704
(离)	291	浮	131	(祖)	500	(騧)	599	(掬)	263
衮	171	涣	196	袍	366	(驛)	584	恚	705
(竟)	253	浼	329	袢	114	(駜)	523	掊	377
畜	596	(滌)	89	被	14	(駿)	403	控	279
(栾)	319	流	308	朗	288	(駿)	273	捫	330
(漿)	233	(潤)	229	冢	727	(緬)	292	掃	433
脊	219	涕	508	冥	342	(綠)	411	据	262
(資)	740	(浣)	196	扇	435	(綉)	591	掘	269
旁	16	浪	288	剝	29	(絡)	557	(據)	266
席	555	浸	248	書	470	(綏)	492	(摻)	435
唐	502	涽	536	展	698	(絺)	56	掇	104
疾	217	涘	484	屑	579	(繼)	221	梗	149
疹	707	浚	272	陸	315	(縵)	402	梧	544
(疷)	388	悖	14	陵	306	紝	411	(梛)	309
痕	339	悄	401	陳	50	純	68	桔	163
(閱)	685	悝	294	陰	643	紕	371	梅	328
烘	186	悃	678	陶	504	納	350	梅	269
烜	600	悔	202	陪	367	紛	122	梓	744

(职)	717	堇	247	啍	523	患	196	欲	673
聊	301	(㮊)	383	唼	402	婁	316	釣	94
赦	441	焉	605	(啴)	498	遏	508	(鮡)	596
教	239	(喬)	433	啸	576	過	173	貪	499
救	259	晢	705	啜	69	圉	669	貧	373
軜	350	曹	39	(蚶)	17	國	172	悉	552
斬	698	基	209	(崒)	749	覝	327	(猎)	304
(較)	269	娶	415	帷	532	(铚)	721	猗	623
軹	388	堅	225	(㢆)	42	矯	238	(馂)	122
(敕)	58	(埜)	618	(晣)	705	稀	221	(饮)	499
執	715	(梦)	333	晤	549	(鴶)	237	脯	135
乾	142	逵	282	晛	564	敏	339	脫	523
(勛)	632	黃	199	(晧)	179	動	98	彫	94
副	136	(匭)	283	晦	204	笙	446	魚	668
(壺)	284	(堊)	672	晞	551	笱	155	象	570
奢	17	(硕)	477	時	720	笠	298	祭	221
菁	251	瓠	192	略	319	偃	607	匐	129
芪	44	匏	366	(蛛)	98	偕	576	凰	199
著	735	豻	226	蛉	307	側	40	(馗)	282
(萚)	525	(狱)	746	蛇	440	偶	362	(飓)	295
(荾)	597	犯	5	敗	8	偈	241	逸	640
萊	287	(袭)	556	貶	23	偲	35	(豼)	371
萋	381	盛	54	跂	386	偟	199	(减)	228
菲	121	帶	82	距	267	倏	720	(湌)	37
菽	470	脣	69	趾	719	偷	519	旌	250
(萝)	320	麥	323	(跃)	684	偺	75	族	750
菱	536	(厩)	259	(跄)	398	偏	372	旋	599
萑	196	戚	382	野	618	假	223	訛	654
菜	37	爽	475	勘	595	皎	237	訰	738
菟	522	(责)	287	鄂	106	既	220	許	594
苔	85	雪	601	崧	487	悠	652	訛	105
萃	75	頂	407	(崭)	42	梟	570	謟	588
菼	500	虛	592	(岗)	143	鳥	357	訟	488
萍	375	處	66	崔	74	售	468	設	441
萡	749	雀	416	崩	17	進	249	訪	118
菅	225	堂	502	崟	749	術	474	訛	49
菀	677	常	44	崇	60	徠	287	烹	368
(营)	647	啐	17	晨	50	得	87	(衮)	171
(紫)	648	啄	739	(㠩)	595	(衔)	563	商	436
(萧)	571	唱	46	曼	323	從	72	率	474
菉	314	唯	532	異	638	(盘)	363	牽	395
菡	177	(啧)	500	(累)	290	(领)	307	章	699
蓸	741	唸	93	罙	333	(敛)	299	竟	253

(弯)	319	(淥)	334	(強)	399	绿	318	(捴)	746
(盗)	87	深	442	敢	143	缌	737	掃	508
望	530	(湉)	571	畫	732	缁	741	(搂)	312
庶	472	涵	175	屠	519	鄉	566	(搅)	238
麻	322	情	407	郾	328	紲	578	(挼)	489
庚	669	悼	87	逮	83	紱	133	摡	140
康	275	(惧)	266	閉	23	組	750	握	543
庸	648	惕	508	問	542	絅	256	揆	281
鹿	315	悸	220	(随)	493	終	725	搖	432
疼	499	惟	533	陝	421	紵	734	揉	424
痒	612	(悟)	206	階	239	紽	524	楷	192
(阁)	99	(惊)	251	陽	614	緋	130	焚	123
(阉)	611	悴	75	隅	667	紹	439	械	672
烰	131	(惮)	84	(隙)	523	巢	47	椅	623
(焜)	202	惔	499	(陰)	643	貫	167	椓	739
瓶	89	(惨)	37	隆	311			棲	381
羚	734	憫	69	(隐)	645	**十二畫**		棧	698
(断)	101	寇	279	將	231			椒	236
敝	20	寋	241	(堕)	104	(畱)	309	楲	667
(兽)	468	宿	490	(隋)	104	琫	17	椒	114
(盖)	140	密	335	婷	70	琢	739	棣	91
兼	615	室	720	婚	206	珵	29	椐	262
眷	268	寃	514	嫌	415	(瓊)	409	極	214
清	405	渠	514	婉	527	琛	49	(椮)	41
渚	734	梁	299	婦	137	琚	262	榴	741
(凌)	306	婆	376	習	555	瑩	319	喆	705
(鸿)	187	(谋)	346	參	41	絜	243	(颉)	577
淇	385	(谌)	49	(骐)	385	琴	404	棘	215
淛	552	(谏)	231	(骓)	119	(華)	357	較	5
減	595	(谑)	601	(雅)	737	替	508	軸	731
淒	381	(谓)	537	(骅)	525	貳	110	(軹)	388
(渐)	225	(谖)	598	(骏)	37	博	30	酤	157
淺	397	(逸)	42	(绩)	211	項	569	酢	756
淑	469	(祷)	86	(绪)	596	堪	275	報	12
(渌)	25	視	463	(绫)	597	場	44	斯	479
混	284	(祸)	207	(绰)	70	(掟)	241	期	383
淠	372	祜	242	(绳)	172	提	506	散	431
淮	194	袾	733	繩	447	揖	624	敬	252
淪	319	(衪)	359	(绶)	427	揚	612	(韩)	175
(渊)	678	(啟)	391	維	533	揭	240	戟	218
淫	644	啓	391	(绸)	62	搆	265	朝	47
泚	119	扈	192	(绚)	505	揄	657	(乾)	142
涼	300	張	700	(绽)	528	援	681	彭	369

字	頁	字	頁	字	頁	字	頁	字	頁
喜	556	（雁）	611	（踐）	228	（偉）	513	猴	354
壹	621	厥	268	跋	6	脩	571	飧	495
壺	191	廐	727	戢	216	傑	242	（饋）	122
葑	124	雲	686	凱	274	傲	575	腓	119
（蕢）	123	雰	122	（翔）	203	傍	16	腴	512
葚	444	雱	366	嵬	536	（儐）	27	脾	371
葉	619	（瞽）	38	暑	471	偏	436	勝	448
葍	129	雅	604	景	251	（傕）	361	（頦）	256
葽	616	（翹）	400	晵	132	順	476	（頜）	254
萬	528	（戟）	218	晷	298	皓	179	（魴）	118
葛	147	觜	745	單	83	皖	196	貿	327
萼	107	斐	121	睪	224	皋	145	然	418
萬	265	悲	13	黑	185	鳥	557	（魯）	313
（蒜）	587	怒	356	鼎	95	眾	728	馮	376
（茹）	749	棠	502	遇	677	集	215	溧	296
葱	71	掌	700	遏	107	焦	236	渾	21
（蔆）	312	啜	616	遄	68	奥	674	（旎）	280
落	321	喈	239	圍	534	湟	199	旎	704
萱	598	勛	602	（剴）	78	御	673	揀	487
葭	223	喤	199	剴	78	復	137	詛	640
葦	536	喉	188	椁	427	徧	24	詒	750
葵	282	嗟	240	（鈇）	412	須	593	詒	626
貴	123	喧	598	甥	446	（惩）	55	就	259
辜	158	（嘅）	274	程	55	遁	103	敦	103
臺	95	喙	203	稀	520	（釋）	466	（笑）	484
（蟄）	705	（幀）	124	稅	475	（貂）	345	哀	377
（縶）	716	幅	129	稂	288	欽	403	（裒）	579
罩	499	幃	534	餅	376	鈞	272	棄	393
粟	491	（晰）	552	（鵠）	191	（鉤）	155	童	518
棗	692	晻	608	（犇）	16	舒	471	（蠻）	323
惡	107	晬	738	犇	75	殽	617	（窗）	319
聚	747	（賦）	138	喬	400	飫	677	痡	377
惠	204	（贖）	471	筐	280	飭	59	瘂	294
摰	396	（賜）	71	（筑）	735	飲	645	瘏	330
達	78	睍	565	筥	266	創	398	遊	655
戟	95	睆	196	筵	605	爲	535	（闖）	643
戡	745	（晦）	347	答	78	舜	475	（阔）	285
越	684	睃	273	筍	495	畬	666	（閔）	416
喪	432	（蛟）	238	無	545	翕	554	焞	524
殖	717	（蛴）	390	黍	471	番	113	翔	567
殘	37	蛑	326	傲	4	（逾）	667	（鶊）	507
雄	588	睨	281	備	14	猲	576	曾	695
寮	302	貽	626	傅	136	猶	655	善	435
								（羨）	565

字	頁	字	頁	字	頁	字	頁	字	頁
普	379	惛	206	媿	283	棋	444	襄	495
尊	752	愯	40	媮	666	楅	129	蒿	178
奠	94	寒	174	媛	682	楨	706	蒂	555
勞	288	富	137	媚	330	楊	614	蓄	596
遁	413	寔	456	賀	184	楺	216	蒹	226
道	87	寐	330	(彖)	290	楬	265	蒲	379
遂	493	寑	166	(羣)	201	榆	666	蒙	332
湛	699	窒	408	登	88	楹	648	蓷	675
(滯)	722	窨	255	發	111	頏	282	蒸	710
減	228	盜	87	(騷)	433	聘	374	賈	161
湘	566	(謨)	344	(榘)	282	肆	486	啻	433
(潰)	123	謝	580	(緝)	382	(赩)	52	裘	411
湎	336	謠	617	(緡)	149	絶	556	楚	66
潛	239	謐	335	(緺)	339	輕	720	晢	552
測	40	祺	385	(飧)	567	朝	731	聖	448
湜	456	祼	166	結	242	較	269	髦	509
湯	501	禍	207	絕	269	(酧)	62	彝	736
(濕)	451	禂	86	絲	481	酬	63	遠	682
溫	540	祿	313	幾	218	鼓	161	載	689
渴	277	補	32	臸	326	鼛	156	戴	722
渭	537	(裡)	294			穀	160	趀	218
(潰)	283	裕	673	**十三畫**		靳	249	(趙)	413
淵	678	遍	24	瑰	169	靭	645	(置)	231
溲	489	(強)	399	瑳	76	(獻)	565	(殯)	495
渝	667	尋	603	瑕	557	馳	57	(覗)	512
渳	608	(塈)	556	魂	206	勤	403	感	142
(淪)	37	退	558	(翱)	86	壹	284	雷	290
(渙)	196	犀	551	(輠)	441	蓁	707	電	94
游	654	屬	734	瑟	433	蓍	451	零	307
(溉)	140	(屢)	316	(臺)	69	蓋	140	(輯)	217
渥	543	開	274	瞽	4	蓮	299	輸	471
湄	327	閑	563	(驁)	4	遼	67	頓	104
湑	593	間	226	遘	156	(慮)	316	(頻)	374
溢	432	(閒)	226	遨	4	(藍)	287	歲	493
愷	84	閔	339	填	511	墓	347	(譬)	744
愠	687	閱	276	塒	456	夢	333	粲	38
愒	393	隕	687	塤	602	蒨	398	虞	267
惴	737	隙	2	(攝)	441	薇	90	虞	665
愧	283	疏	471	搏	31	蒋	590	(鑒)	230
愉	666	達	534	(攜)	577	(蔆)	2	業	619
愽	408	媒	328	搖	617	蒼	39	(嘗)	46
愭	644	媞	507	搯	503	蔦	357	(嗷)	4
愃	598	(嫺)	641	(楳)	328	蓬	370	嗜	466

嗔	511	雉	723	愛	1	瘄	520	愴	596
嗚	544	稑	315	遙	617	（瘡）	339	惻	356
嗤	56	稙	722	鳩	257	痱	120	寍	156
暇	557	稚	723	牒	328	痒	75	塞	429
（睹）	100	（辞）	70	（愾）	619	痼	165	（骞）	395
睦	268	筮	462	腸	44	（瘨）	511	寘	721
睢	263	（简）	227	腹	138	（瘚）	416	（寝）	404
號	178	筦	166	（腾）	506	煁	49	（誉）	676
蛸	439	（節）	242	雏	156	煜	687	梁	300
蜎	678	擎	257	（雛）	737	煌	199	塗	520
蛾	106	僨	168	肄	640	煊	598	（谨）	247
蜉	132	催	74	（穎）	648	煇	201	谨	534
蜂	125	剾	277	艉	154	煒	536	（谪）	705
賊	695	傷	437	解	579	（粮）	301	福	129
賄	206	傾	407	（脍）	500	（數）	471	裡	643
賂	314	傭	649	登	88	猷	656	禎	706
跨	720	（躯）	150	詹	697	義	639	裼	553
（跴）	562	毀	202	旒	309	羡	565	（袷）	246
（跻）	238	舅	260	頏	178	榮	408	裯	62
路	314	鼠	472	靖	253	榮	648	辟	21
（跻）	211	（皋）	751	試	462	遡	490	（群）	417
嗣	486	鳧	134	詩	451	溙	706	殿	93
歇	576	與	670	誠	54	漠	345	辇	417
嵩	487	微	531	訕	744	漣	299	肅	491
（辱）	593	頋	388	説	442	溥	379	慇	340
置	723	愆	395	話	193	滅	337	（迟）	57
罨	672	毉	376	誕	85	源	681	閟	20
罳	409	頌	124	詭	170	（溪）	451	肇	558
罪	751	頌	488	詢	603	（滥）	288	媾	156
罩	703	貊	195	（询）	588	滌	89	嫋	681
蜀	472	貊	345	詳	567	滔	503	嫁	224
農	359	貉	183	詡	593	滂	365	嫔	373
盟	332	鉦	709	（鹎）	69	溢	638	（叠）	95
愚	667	鉞	684	新	581	（溯）	490	桼	348
煦	595	鈴	307	歆	582	（滨）	26	（骚）	681
照	703	鉤	155	廊	649	（滇）	442	（缝）	126
園	680	飾	467	裹	294	溺	356	繿	291
遣	397	飽	11	亶	84	慎	444	（缤）	374
電	340	飤	20	雍	650	慄	296	綠	411
（错）	76	飴	626	意	633	愷	274	經	250
（锜）	389	亂	319	資	740	愾	274	絺	56
（锡）	554	愈	673	廓	284	慅	617	綌	557
（锦）	247	會	205	廉	654	愲	503	綏	492

字	頁	字	頁	字	頁	字	頁	字	頁
綬	402	駁	32	爾	108	圖	519	(滕)	306
彙	206	穀	159	霆	516	(鋨)	397	雒	321
(綪)	368	歌	147	(輾)	698	(鍛)	101	疑	628
		勩	632	(戩)	227	(鏌)	188	獻	412
十四畫		戩	227	鳶	679	(鏘)	399	(鮨)	536
(奭)	462	嘉	222	膚	313	(鏤)	312	(鮮)	562
瑪	611	臺	498	雌	70	種	727	夐	589
瑋	591	壽	469	對	101	稱	52	遯	104
瑱	512	蓷	523	嘗	46	(縴)	114	(颺)	617
(璊)	331	蓺	640	裳	45	(簀)	694	鳳	126
瑣	496	蔌	490	嘖	204	箕	210	魷	678
瑤	617	蓾	362	嘆	501	(箧)	57	竭	241
瑨	398	蔈	26	嘌	373	管	165	誡	245
(静)	254	暮	347	(嚦)	190	(簫)	571	語	670
(覩)	157	蔓	312	(嚶)	646	舞	548	誥	146
(赘)	737	蔑	324	嘅	274	(鵪)	409	誐	106
慁	506	蕏	338	喟	500	熏	601	誘	663
墐	247	(蔹)	277	鳴	342	僾	380	誨	205
(墙)	399	蔽	299	嘐	237	僦	251	説	476
墟	593	(蔿)	21	曄	356	僨	562	誦	488
墣	649	蔚	1	膄	489	僚	302	(頙)	75
摽	25	蓼	538	(睽)	374	僭	229	裹	173
搜	312	誓	302	(腟)	489	僕	378	膏	145
摧	74	寪	465	睡	522	僤	84	廣	168
摻	435	監	724	暛	76	僮	518	廄	259
聝	173	髦	230	楝	645	僞	752	廏	259
榛	706	髠	325	暢	46	(個)	564	齊	389
構	157	熙	85	蜥	553	個	564	塵	50
(檻)	230	遭	553	蝀	98	(與)	667	(瘞)	638
槁	146	截	691	蛾	672	塈	556	瘍	615
榪	402	趙	242	螺	173	魁	6	瘐	206
瑕	159	綦	704	蝎	637	銜	563	瘖	673
(聝)	173	墓	385	(蠅)	648	殿	113	瘄	76
赫	184	匱	283	蜩	514	慇	643	瘥	339
(逕)	52	碩	477	蜺	92	槃	363	瘃	204
兢	250	碫	101	槑	328	領	307	適	466
輔	135	磋	76	(蹄)	63	貍	292	(閥)	176
(醻)	453	奪	104	(蹠)	471	銍	721	(熚)	619
醒	55	厲	295	踶	265	蝕	458	熇	183
斡	143	厭	608	嶄	42	(鉤)	568	煽	435
(蔽)	161	(厮)	682	(歲)	493	獄	675	頌	365
靼	612			(黑)	371	(謹)	247	粻	700
鞀	186	臧	691	團	522	朒	371	粺	8

單字筆畫索引

字	頁	字	頁	字	頁	字	頁	字	頁
鄰	305	禡	322	綸	320	鞵	523	資	287
鄰	305	褐	184	綢	62	輪	320	憂	653
鄭	712	褅	508	緇	339	輞	731	鴈	611
養	615	褊	23	綯	505	醉	752	霓	565
慫	490	(肇)	704	綣	416	靚	100	震	708
營	301	肇	704	縱	528	鞞	504	霈	348
漢	176	鴈	449	綠	318	翱	149	覇	739
潢	168	盡	248	綴	737	駓	370	齒	58
(潚)	571	屦	316	緇	741	駉	254	膚	128
漆	383	聞	541			駉	483	慮	317
漸	225	閫	594	**十五畫**		(駘)	414	曉	570
溥	522	閣	147	璃	331	駒	264	嘻	551
漕	39	隩	51	璋	700	駅	20	噇	618
漚	362	隨	493	(璅)	496	穀	160	嘽	498
漂	373	隤	523	耦	362	(覩)	248	(嗷)	523
渭	69	陳	674	犛	357	欵	501	噂	752
滯	722	(隣)	305	奭	462	敷	128	幡	124
滰	25	隧	494	墳	123	蕘	419	幝	42
漼	74	棘	330,344	壇	637	賁	123	幠	190
漻	652	髟	20	埋	436	蕈	500	幡	113
漑	140	墮	104	(壇)	522	蕨	268	暒	204
漪	624	陪	104	墫	75	奠	674	暯	176
潒	191	(憑)	353	增	695	蕃	114	蝣	655
漾	615	嫚	324	(撷)	577	蕃	476	蜎	412
漏	312	嬌	607	撻	497	薄	100	賦	138
漻	301	嫵	599	撮	76	蕩	85	賜	71
愽	522	蕭	350	撫	134	蕳	227	踏	218
慢	323	翟	89	播	29	(蕳)	227	踐	228
慨	274	熊	589	撥	29	肅	741	踧	90
慘	37	(縮)	495	樞	362	鞏	154	踟	57
寒	429	(繆)	346	楸	490	(廛)	359	(踶)	724
寬	280	緒	596	樞	660	賢	563	(骰)	280
賓	26	緘	672	樗	65	髮	113	數	471
(賓)	26	綾	382	樅	72	髥	326	暴	12
寡	163	緯	70	樛	256	替	579	罶	310
寧	358	緄	172	槮	41	摯	721	遺	628
瘞	549	緺	143	慣	167	熱	419	(題)	507
寢	404	綱	530	頡	577	樊	114	(鋪)	31
實	456	網	386	(聰)	71	邁	322	(鎬)	179
(寠)	267	緺	427	(聰)	71	趣	396	稽	392
(譚)	500	維	533	(䴉)	641	殣	248	稷	221
(潛)	695	(綿)	335	赭	706	殣	263	稻	87
(潐)	400							稼	224

字	頁	字	頁	字	頁	字	頁	字	頁
稺	722	劉	308	潦	727	緷	149	(蘋)	374
箱	566	魯	313	澳	674	縊	339	甍	186
節	242	颺	304	潨	554	樂	289	蕒	596
篠	65	(颜)	606	潘	363	畿	210	薇	532
黎	293	諸	733	澢	707	**十六畫**		薈	205
甈	331	諏	747	潤	229			蔆	2
踦	651	諾	361	潑	29	璲	494	薦	230
儵	513	誰	475	憭	302	靜	254	資	70
僶	340	論	320	憎	38	(壇)	231	薪	581
儝	598	諗	444	憬	252	(墻)	399	(藪)	489
傲	236	調	514	憚	84	壇	436	薄	31
優	1	諒	301	憮	190	撼	177	蕭	571
億	633	諄	738	憔	400	據	266	薅	178
儀	626	諱	494	憎	696	擇	694	燕	609
僻	372	談	499	寮	302	擗	372	橐	524
膊	661	(褱)	591	寫	578	樹	473	裘	255
篙	179	襃	591	窮	408	橜	268	磬	407
雚	185	(襃)	10	(鯊)	434	樸	378	磰	42
縣	335	盇	332	鋬	550	(槪)	216	整	710
(譻)	395	廟	337	(遣)	397	橋	400	殣	637
德	88	塵	42	(褵)	291	樵	400	覦	512
衝	60	慶	407	翩	372	樓	494	奮	124
徹	48	廢	121	(鶴)	184	(壂)	618	鬋	23
衛	539	摩	344	慰	538	(頳)	52	(鷖)	625
質	723	麾	201	遲	57	楨	52	憖	645
盤	363	廡	24	選	600	輻	129	(憗)	645
貓	324	瘦	345	履	316	輯	217	霏	119
(鋪)	377	瘨	92	(屨)	266	輸	471	霑	697
鋈	412	瘥	638	閱	685	輶	656	(轔)	305
鋪	377	瘼	177	險	564	醐	63	臻	707
鋂	329	熸	637	輅	149	醞	500	頻	374
餕	677	(糅)	188	漿	233	醋	593	餐	37
餘	666	(粼)	305	嫽	302	(雊)	416	盧	312
鄶	280	瑩	647	嫡	318	翰	177	噤	203
獠	305	翦	227	駕	225	鞘	600	噗	669
縢	506	遵	752	豫	678	駚	255	喝	732
膠	236	(潛)	396	墾	201	駰	641	噬	462
鴇	11	潰	123	(螫)	326	駞	442	噲	280
穎	256	漸	435	遹	676	駱	321	憶	624
(鯁)	150	潦	289	(驊)	94	駮	31	噰	650
(鯉)	294	潛	396	(騷)	676	頵	512	嘯	576
(鯠)	513	澉	217	緝	382	(顛)	92	濛	333
魴	118	潰	283	(總)	746	融	424	(黢)	608

字	頁	字	頁	字	頁	字	頁	字	頁
嶩	354	錫	554	療	696	(彝)	629	榮	408
嶧	634	錦	247	瘳	62	十七畫		蓼	315
睦	637	錞	102	燎	302			(藻)	692
(贈)	696	餘	122	燋	400	璱	433	蓋	248
(鴟)	263	餞	229	燠	674	環	195	螯	466
鴞	572	餤	499	燔	114	覯	157	蟄	705
螓	404	館	166	(燉)	524	贅	737	縶	716
螗	503	歙	554	熾	59	警	4	聲	447
螟	342	獲	208	營	647	壎	601	馨	408
踽	265	獨	99	縈	648	擣	86	髤	17
踰	667	獫	564	濩	207	檉	52	擊	210
踴	651	獠	302	濛	332	檜	171	戴	83
踩	424	膴	548	澣	196	檀	500	趨	413
縣	600	膳	435	澰	203	聰	71	嬜	101
戰	699	臘	506	濃	359	臨	306	磷	305
罹	292	縢	506	澤	694	(轄)	558	燊	346
鴦	612	鴟	56	濁	739	輾	698	翳	638
還	195	穎	648	瀟	571	醢	174	邇	109
(鐙)	501	雕	94	憿	40	韓	175	霜	475
(鏞)	650	(鯤)	284	悻	634	鞞	28	(霝)	307
積	211	鮁	30	懈	579	鞠	263	霞	323
(穑)	433	(獷)	333	(鴻)	678	鞬	285	戲	557
穆	349	鴛	679	憲	565	(韉)	285	虡	281
穋	315	避	579	寰	395	騂	309	壑	183
穎	523	颶	295	寋	267	(騷)	370	幽	26
篤	100	凝	358	彊	399	騁	56	戳	133
築	735	諜	346	幦	335	騧	599	嚇	184
篚	57	諶	49	閣	99	駢	584	噬	507
憩	393	諫	231	閱	557	駾	523	嚀	356
遂	462	謔	601	閻	611	駸	403	嶷	640
儗	356	謂	537	隰	645	駿	273	幬	62
儐	27	諼	598	隱	211	艱	225	幟	338
(翺)	4	諠	598	濟	409	穀	160	(瞳)	522
(瓾)	678	親	403	嬛	206	藉	217	蟎	571
舉	265	龍	311	嬙	183	藍	287	蠑	92
學	601	辥	370	嵩	514	藚	109	蟛	92
興	583	壅	650	(驦)	397	藏	39	蟋	552
衡	186	磨	344	縫	126	薑	167	蟀	474
(衞)	539	糜	331	緇	732	薰	602	蹈	87
(舘)	166	廬	400	縞	146	舊	260	蹌	398
錯	76	廩	306	縭	291	貌	337	蹐	218
錡	389	(廪)	306	紲	500	嚘	356	雖	492
錢	228					薺	221	斁	634

嶷	356	謨	344	屨	266	藺	291	馥	138
嶽	683	(謣)	147	闖	643	藩	113	簠	94
(嚻)	310	謝	580	闊	285	藥	618	(簺)	338
罿	519	謠	617	闋	416	蘊	687	簡	227
矯	238	謐	335	孺	426	薐	124	(簡)	227
穗	493	領	75	牆	399	覆	138	皦	238
穄	494	襄	579	藃	46	鬄	509	(雔)	63
(穊)	722	襄	566	嬪	373	髽	514	歸	169
魏	539	褒	10	燿	514	鬆	415	翺	4
簀	694	(嬴)	648	(鵒)	677	薺	162	雙	474
簜	201	膺	646	孟	326	鹽	159	(衛)	60
簏	170	應	646	翼	639	趨	168	鎛	31
繁	114	糜	334	(騾)	732	翹	400	鎗	399
優	653	療	302	績	211	縱	746	鎬	179
儦	25	癉	85	總	746	麆	73	鑪	619
興	667	癏	727	縱	747	壓	608	雞	212
徽	201	燬	202	縮	495	壓	609	翻	113
禦	674	鹹	173	繆	346	霹	323	獵	304
貔	371	營	648	嚮	568	鶚	582	鯔	154
鍼	397	燮	579			豐	125	鯁	150
錫	615	(濘)	254	**十八畫**		懟	102	鯉	294
鍾	726	鴻	187	瓊	409	(嚔)	507	謹	247
鍛	101	濫	288	釐	293	曠	281	謕	190
鍠	199	澮	296	(闌)	557	曜	618	顏	606
鍭	188	濔	355	擷	577	朦	332	雜	688
(餒)	283	濡	426	檻	230	瞻	697	離	291
餕	188	濬	272	職	717	蟜	238	(鷹)	646
繇	656	濕	451	轉	736	蟳	506	廗	50
斂	299	濟	220	甌	677	賜	265	慶	669
龠	684	濱	26	鞠	264	蹟	211	(摩)	272
爵	269	濯	739	騏	385	踏	66	瘋	472
邈	337	懠	390	騋	287	蹢	90	癉	84
膝	269	窾	138	騑	119	顒	651	爆	619
膾	280	(濫)	85	駒	163	昊	19	爐	248
膻	500	禮	294	騅	737	蟲	61	燿	618
觲	584	(襰)	577	觀	248	瞿	266	瀵	123
(蟄)	46	襟	216	鼛	63	(鶩)	315	糦	59
鮪	536	(襮)	688	(斅)	63	題	507	糧	301
鮮	562	禧	508	蕡	597	穧	208	鵝	507
(鼢)	739	彌	334	藝	640	穧	433	鎣	256
龜	42	獻	576	蕭	316	稷	70,740	濠	654
蟊	726	氎	372	藪	489	稻	191	瀑	12
龜	169	擘	32	薑	41	鵠	191	瀏	308

瀘	25	蘇	489	鏘	399	繩	447	譽	676
懮	661	蔄	1	鍚	615	纁	397	釋	466
儬	309	龐	312	饉	247	繹	635	（鐓）	102
鯊	434	藻	692	騙	677	縯	42	鐘	726
禱	86	（薫）	598	辭	70	繡	591	（鐯）	270
禰	356	蘩	183	（毃）	504			（饋）	122
禮	359	櫜	145	鯀	738	**廿畫**		饘	59
禪	694	麓	316	鯤	284	（瓚）	691	饋	283
襠	42	麗	298	甌	617	鷔	4	饑	210
禮	500	髂	227	旟	667	攩	563	騰	506
璧	23	髮	326	艠	280	攘	418	（鱒）	752
闠	511	警	251	譚	500	檫	525	鯤	607
闕	416	礪	296	譜	695	醴	294	（颸）	373
䩺	441	願	682	譙	400	騵	681	譴	397
孅	309	（覈）	354	譌	106	騮	747	議	640
（蟄）	348	翻	203	譏	457	騎	370	競	253
織	715	襥	136	鶉	69	飄	373	饗	275
雠	650	曆	374	贏	320	翻	86	贏	648
斷	101	蠅	648	麿	334	蓋	307	瘵	302
彝	629	蠋	733	廬	312	縈	114	灌	167
		贈	696	龐	311	蕖	357	灖	418
十九畫		（蹋）	66	廇	272	薇	299	瀾	334
		蹶	171	癆	732	蘭	288	懞	167
斟	263	蹻	238	爌	25	鬢	707	寶	11
鏒	498	蹲	75	類	291	馨	582	騫	395
壞	194	獸	468	羹	149	霰	565	禰	577
攖	395	（巔）	93	（燦）	579	獻	565	襛	31
櫛	721	（疊）	95	瀞	254	瓢	608	譬	372
櫟	297	（蠹）	291	瀟	571	嚶	646	闡	497
轔	305	羆	371	瀨	26	嚥	611	繽	374
鵲	416	羅	320	懷	193	蠐	390	繼	221
鞞	28	嚴	605	（寶）	11	（鶍）	265	饗	567
鞹	285	孼	357	寵	61	黥	673		
犤	199	檽	281	（灌）	194	黶	608	**廿一畫**	
鵴	558	稽	221	頹	342	（黌）	525	蠢	69
鵽	282	（積）	523	疆	231	犧	553	攝	441
騷	433	簸	32	翻	492	（鏞）	25	攜	577
顛	92	簫	571	闐	176	籍	218	權	415
鬷	746	雛	737	關	164	篡	751	醺	62
難	353	懲	55	鞾	21	籃	508	酎	426
蘀	525	鐺	501	華	536	鷔	409	醽	602
藿	208	鏤	312	爇	611	鵑	214	驅	414
藾	374	鏞	650	（䌺）	751	覺	270	駿	37
孽	357								

字	頁	字	頁	字	頁	字	頁	字	頁
鷉	641	鶯	647	鱠	280	蠦	307	鸛	676
鷂	437	懼	266	鷴	50	鱠	280	鱧	294
藝	145	(懾)	59	巔	93	顯	564	鰊	596
趯	509	鼇	26	嚴	605	鷭	237	鱠	280
殲	225	龕	684	疊	95	籥	684	鱣	698
露	314	鶴	184	鷟	618	讎	63	謹	194
(霧)	366	顧	162	穰	419	(讐)	63	讒	42
贔	19	屬	734	籧	414	鑛	25	讓	419
(聻)	571	續	597	(鑑)	230	鑠	478	鷹	646
躊	63			獵	564	鱒	752	廿五畫以上	
躋	211	廿二畫		讀	100	鱖	32		
躍	684	驒	94	亹	331	麟	305	黽	525
黜	444	驊	525	饗	650	獻	522	饢	568
嚚	290	驕	237	襲	556	蠲	267	鱨	46
纍	290	驍	676	爐	61	鷸	677	鱭	554
囂	571	聽	514	鼈	26	纖	563	纘	751
儻	361	蒿	679	(灑)	429	欒	319	灝	177
儸	607	(甕)	679	鷩	678	變	24	纙	292
鐵	514	懿	637	轡	368			蠻	323
鎵	333	(鸛)	167	變	318	廿四畫		籥	319
鶴	399	蘿	320			驟	732	釃	453
艦	270	囊	353	廿三畫		觀	164	轤	357
(鱧)	294	驚	251	瓚	691	蔄	641	鸛	167
(鱣)	698	鑒	230	攪	238	蘺	641	鬱	678
鶬	309	驛	625	臟	514	鼇	502	豔	611
鰥	165	霽	322	驛	635	靈	307	驪	292
鰷	513	蠱	571	觿	63	鹽	37	蘬	331
適	705	贖	471	懸	353	巖	354	鑿	692
鷆	218	躓	562	靁	290	(巘)	19	爨	74
贏	320	躓	724	襤	66	鸞	315	鸞	319
鷹	651	躅	66	巘	608	邊	23	(璉)	19
爛	288	體	507	曬	607	(鶸)	676	(龜)	169

A

哀 āi 烏開切（蟹開一平哈影）
微部、影母

❶傷心；悲痛。(雅 10)204《小雅•四月》八章：“君子作歌，維以告哀。”屈萬里《詮釋》：“告哀，謂申訴哀苦也。”192《小雅•正月》十三章：“哿矣富人，哀此惸獨。”王引之《述聞》卷六：“'哿'與'哀'爲對文。哀者憂悲，哿者歡樂也。言樂矣彼有屋之富人，悲哉此無祿之惸獨也。”❷哀歎；可憐。(風 3、雅 10)157《豳風•破斧》一章：“哀我人斯，亦孔之將。”(將：大、美。)吳闓生《會通》：“哀我人斯，乃作者慰閔征士之詞，非謂周公哀四國之人也。言東征之勞可哀閔矣，而功亦大矣。”屈萬里《詮釋》：“哀，猶今語可憐也。”❸悲哀地。(雅 1)181《小雅•鴻鴈》三章：“鴻鴈于飛，哀鳴嗷嗷。”後世以“哀鴻”、“哀鴻遍野”比喻流離失所的災民。

【哀哀】悲傷不已。(雅 2)202《小雅•蓼莪》一章：“哀哀父母，生我劬勞。”《鄭箋》：“哀哀者，恨不得終養父母，報其生長已之苦。”

藹（蔼） ǎi 於蓋切（蟹開一去泰影）
月部、影母

【藹藹】衆多的樣子。(雅 2)252《大雅•卷阿》七章：“藹藹王多吉士，維君子使。”《毛傳》：“藹藹，猶濟濟也。”《鄭箋》：“王之朝多善士，藹藹然。”朱熹《集傳》：“藹藹，衆多也。”(吉士：指周王的羣臣。君子：指周王。)《爾雅•釋訓》：“藹藹、濟濟，止也。”郭璞注：“皆賢士盛多之容止。”

愛（爱） ài 烏代切（蟹開一去代影）
物部、影母

❶愛；喜愛。(雅 1)228《小雅•隰桑》四章：“心乎愛矣，遐不謂矣。”❷惜；可惜。(雅 1)260《大雅•烝民》六章：“維仲山甫舉之，愛莫助之。”《鄭箋》：“愛，惜也。仲山甫能獨舉此德而行也，惜乎莫能助之者。”一説：愛慕。朱熹《集傳》：“是以心誠愛之，而不能有以助之。”又一説：隱微。《毛傳》：“愛，隱也。”胡承珙《後箋》：“謂其德深遠而隱，莫有能助之者。”馬瑞辰《通釋》：“隱者，見之不真。凡舉物者皆有形，而德之舉也無形。凡有形者可助，而無形者不可助，故曰愛莫助之。”❸吝惜；舍不得。(風 3、雅 1)76《鄭風•將仲子》一章：“豈敢愛之，畏我父母。”陳子展《選譯》：“豈敢愛之，愛，謂吝謂惜。《論語》'爾愛其羊，我愛其禮。'《孟子》'王何愛一牛。'愛皆當訓吝惜也。”❹通“優”、“薆”。隱蔽；躲藏。(風 1)42《邶風•靜女》一章：“愛而不見，搔首踟躕。”《説文•人部》引作“僾而不見。”《方言》卷六郭璞注引《詩》作“薆而不見。”戴震《考證》：“愛而，猶隱然。”陳喬樅《魯説考》：“《離騷》：'衆薆然而蔽之。'薆而，猶薆薆也。”陳奐《傳疏》：“今詩作愛者，古文假借字。'愛而'者，隱蔽不見之謂。”申蒙元《讀毛詩日記》：“僾、薆或出三家今文，古文省作愛，亦假借字。此承上文'城隅'立言，則'愛'爲隱蔽不見自是確詁。'愛而'連文，猶云愛然，蓋古有是語。”一説：喜愛。《毛傳》：“言志往而行正。”《鄭箋》：“志往，謂踟躕；行正，謂愛之而不往見。”孔穎達《正義》：“愛之而不得見，故搔其首踟躕然。”

僾（㤅） ài 烏代切（蟹開一去代影）
物部、影母

氣促；呼吸不舒暢。(雅 1)257《大雅•桑柔》六章：“如彼溯風，亦孔之僾。”《毛傳》：

"僾,唈。"鄭箋》:"見之使人唈然,如鄉(向)疾風,不能息也。"王先謙《集疏》:"《釋言》:'僾,唈也。'郭云:'嗚唈,短氣。皆見《詩》。'是'如彼'二句,喻王政所及,民皆如彼鄉疾風者,爲之唈然短氣。"徐鍇《說文繫傳》引作"亦孔之惡"。陳奐《傳疏》:"惡,本字,僾,假借字。參"愛"。

薆(薆) ài 烏代切（蟹開一去代影）
物部、影母

隱蔽。見"愛"。

艾 （一）ài 五蓋切（蟹開一去泰疑）
月部、疑母

❶多年生草本植物,也叫艾蒿。有香氣,開黃花。葉羽狀分裂,背面被白色絲狀毛。製成艾絨,可供針灸用。(風 1)72《王風•採葛》三章:"彼採艾兮,一日不見,如三歲兮。"《毛傳》:"艾,所以療疾。"朱熹《集傳》:"艾,蒿屬。乾之可灸,故採之。"❷護養;保養。(雅 2)216《小雅•鴛鴦》三章:"君子萬年,福祿艾之。"《毛傳》:"艾,養也。"朱熹《集傳》:"艾,養也。蘇氏曰:艾,老也。言以福祿終其身也。"一說,輔助。馬瑞辰《通釋》:"《爾雅•釋詁》:'艾,相也。相,輔也。'艾之,謂輔助之。猶《鴛鴦》詩'福祿來爲',爲亦助也。…艾之爲養又爲相,猶將之爲養又爲助也。"❸止;盡。(雅 1)182《小雅•庭燎》二章:"夜如何其?夜未艾。"《鄭箋》:"芟末曰艾。以言夜先鷄鳴時。"朱熹《集傳》:"艾,盡也。"王引之《述聞》卷六:"艾,亦已也。已,艾一聲之轉。'未艾'猶言夜未央耳。"一說,久。《毛傳》:"艾,久也。"陸德明《釋文》:"艾,毛五蓋反,久也。"❹長壽。(頌 1)300《魯頌•閟宮》四章:"俾爾昌而大,俾爾耆而艾。"孔穎達《正義》:"使汝得福則昌而且大,使汝年壽則耆而又艾。"《方言》卷六:"艾,長老也。東齊、魯、衛之間,凡尊老謂之俊(叟),亦謂之艾。"❺(又 yì)閱歷;經歷。(頌 1)287《周頌•訪落》:"於乎悠哉,朕未有艾。"《鄭箋》:"艾,數也。"馬瑞辰《通釋》:"《爾雅•釋詁》:'艾,歷也。''歷,數也。'…歷當讀爲閱歷之歷。"一說,治理。陳奐《傳疏》引《小旻•傳》:"艾,治也。"又一說:相;輔佐。《爾雅•釋詁》:"艾,歷,相也。"于省吾《新證》:"艾之本字應作辥。金文凡言辥,多系央輔之意。朕未有辥,言朕未有輔。'將予就之,繼猶判渙。'言予將就之,而未能合。正自謂其無所輔也。"

（二）yì 魚肺切（蟹開三去廢疑）
月部、疑母

❻通"刈"。收割。(頌 1)276《周頌•臣工》:"庤乃錢鎛,奄觀銍艾。"朱熹《集傳》:"艾,穫也。"陸德明《釋文》:"艾,音刈。"馬瑞辰《通釋》:"艾,亦乂之假借。《說文•丿部》:'乂,芟草也。'"❼通"乂"。治理;有治事能力。(雅 1)195《小雅•小旻》五章:"或哲或謀,或肅或艾。"《毛傳》:"艾,治也。有恭肅者,有治理者。"朱熹《集傳》:"艾與乂同,治也。"參"刈"。

隘 ài 烏懈切（蟹開二去卦影）
錫部、影母

狹窄;狹小。(雅 1)245《大雅•生民》三章:"誕寘之隘巷,牛羊腓字之。"《鄭箋》:"天異之,故姜嫄置后稷於牛羊之徑,亦所以異之。"孔穎達《正義》:"置之於陜隘巷中,牛羊共避而憐愛之。"朱熹《集傳》:"隘,狹。"

安 ān 烏寒切（山開一平寒影）
寒部、影母

❶安穩。(雅 1)177《小雅•六月》五章:"戎車既安,如輊如軒。"(如,或。輊,車向下俯。軒,車向上仰。)❷安定;安寧。(雅 3)181《小雅•鴻雁》二章:"雖則劬勞,其究安宅。"《鄭箋》:"女今雖病勞,終有安居。"253《大雅•民勞》五章:"民亦勞止,汔可小安。"❸安適;安逸。(風 2,雅 7,頌 1)122《唐風•無衣》一章:"不如子之衣,安且吉兮。"262《大雅•江漢》一章:"匪安匪遊,淮夷來求。"(匪,非。求,討伐。)❹緩慢。(雅 1)199《小雅•何人斯》五章:"爾之安行,亦不遑舍。爾之亟行,遑脂爾車?"朱熹《集傳》:"安,徐。言爾平時徐行猶不暇息,而況亟行,則何暇脂其車哉? 今脂其車,則非亟行。"馬瑞辰《通釋》:"安行對疾行言,即緩行。《戰國策》:'安步以當車。'即緩步也。"崔駰《達旨》(《後漢書》卷八十二):"縶余馬以安行。"李賢注:"安行,不奔馳也。"❺疑

問代詞。什麼地方；哪里。（雅1）197《小雅·小弁》三章："天之生我,我辰安在？"《鄭箋》："我生所值之辰安所在乎？"

【安安】從容；舒緩的樣子。（雅1）241《大雅·皇矣》八章："執訊連連,攸馘安安。"《鄭箋》："及獻所馘,皆徐徐以禮爲之,不尚促速也。"朱熹《集傳》："安安,不輕暴也。"陳奐《傳疏》："安安猶連連,亦遲遲之意。"

按 àn 烏旰切（山開一去翰影）
寒部、影母

阻止；遏製。（雅1）241《大雅·皇矣》五章："爰整其旅,以按徂旅。"《毛傳》："按,止也。"《鄭箋》："整其軍旅而出,以却止徂國之兵衆。"朱熹《集傳》："按,遏也。徂旅,密師之往共者也。"陸德明《釋文》："按,安旦反；本又作遏,安葛反；此二字俱訓止也。"《孟子·梁惠王下》引作"以遏徂莒"。陳奐《傳疏》："按、遏一聲之轉。"

岸 àn 五旰切（山開一去翰疑）
寒部、疑母

❶江河湖海等水邊的高地。（風1、雅1）193《小雅·十月之交》三章："高岸爲谷,深谷爲陵。"《毛傳》："高岸二句,言異位也。"朱熹《集傳》："高岸崩陷,故爲谷；深谷填塞,故爲陵。"❷比喻高位。（雅1）241《大雅·皇矣》五章："無然畔援,無然歆羨,誕先登于岸。"《毛傳》："岸,高位也。"孔穎達《正義》："岸是高地,故以喻高位。"（畔援：強橫跋扈。歆羨,羨慕别人。）一説：獄訟。《鄭箋》："登,成；岸,訟也。…當先平獄訟,正曲直也。"孔廣森《卮言》："岸,如'宜岸宜獄'之岸,謂蒙難於羑里也。獄也而謂之登,臣子辭也。"又一説：高地。姚際恒《通論》："'誕先登于岸',謂先據高以制下也。❸通"犴"。關進牢獄。（雅1）196《小雅·小宛》五章："哀我填寡,宜岸宜獄。"《毛傳》："岸,訟也。"陸德明《釋文》："岸,如字,訟也。韋昭注《漢書》同。《韓詩》作犴,音同,云'鄉亭之繋曰犴,朝庭曰獄。'"朱熹《集傳》："岸,亦獄也。"《説文·豸部》及《荀子·宥坐》楊倞注、《漢書·刑法志》顏師古注引《詩》均作"犴"。陳奐《傳疏》："岸爲犴之假借。"徐灝《通介堂經説》："犴、岸古字通。獄名犴狴,

蓋取犬善守之意。"

犴 àn 五旰切（山開一去翰疑）
寒部、疑母

古代鄉亭的拘留所。後泛指監獄。見"岸"。

卬 (一) áng 五剛切（宕開一平唐疑）
陽部、疑母

❶我。（風3、雅2）34《邶風·匏有苦葉》四章："招招舟子,人涉卬否。人涉卬否,卬須我友。"《毛傳》："卬,我也。"陸德明《釋文》："卬,五郎反,我也。本或作仰。"馬瑞辰《通釋》："卬者,姎之假借。"《説文·女部》："姎,女人自稱姎我也。"段玉裁注："姎我連文,如吴人自稱阿儂耳。"245《大雅·生民》八章："卬盛于豆,於豆於登。"《毛傳》："卬,我也。"《廣韻·蕩韻》："姎,烏朗切。女人自稱姎我。"章炳麟《新方言·釋言》："姎,今直隸、山東農婦皆自稱老姎們。"一説：同"仰",舉。于省吾《新證》："卬,古仰字。《説文》：'仰,舉也。'《廣雅·釋詁》：'仰,舉也。'卬盛于豆者,舉盛於豆也。"又云："古人祭祀時,設豆於俎几之上,祭者跪拜於神主之前。執燔烈之肉以上盛於豆,故曰'卬盛于豆'。"

(二) yǎng 魚兩切（宕開三上養疑）
陽部、疑母

❷通"仰"。臉朝上看。見【瞻卬】。

【卬卬】同"昂昂"。氣宇軒昂的樣子。（雅1）252《大雅·卷阿》六章："顒顒卬卬,如圭如璋。"《毛傳》："卬卬,盛貌。"《鄭箋》："志氣則卬然高朗,如玉之圭璋。"

參"仰""揚"。又見【瞻卬】。

敖 (一) áo 五勞切（效開一平豪疑）
宵部、疑母

❶通"遨"。游玩；游逛。（風2、雅1）26《邶風·柏舟》一章："微我無酒,以敖以遊。"陸德明《釋文》："敖,本亦作遨。"王先謙《集疏》："非我無酒遨遊以解憂,特此憂非飲酒遨遊所能解。"161《小雅·鹿鳴》二章："嘉賓式燕以敖。"《毛傳》："敖,遊也。"一説：快樂。馬瑞辰《通釋》："《爾雅》舍人注云：'敖,意舒也。'凡人樂則意舒,是知敖有樂意。"❷舞曲名。（風1）67《王風·君子陽陽》二章：

"左執翿,右招我由敖."馬瑞辰《通釋》:"敖,疑當讀爲驁夏之驁.《周官・鍾師》:'奏九夏.'其九爲驁夏."俞樾《平議》卷八:"敖當讀爲驁.《儀禮・大射儀》:'公入驁.'鄭注曰:'驁夏,亦樂章也.以鍾鼓奏之,其詩今亡.''右招我由敖',言右招我用驁夏之樂也."劉師培《札記》:"亦謂用燕遊之樂招我也."一說:舞蹈的位置.《鄭箋》:"右手招我,欲使我從之於燕舞之位."又一說:遊玩;遊逛.陸德明《釋文》:"敖,遊也."馬瑞辰《通釋》:"由、遊古同聲通用.由敖,猶遊敖也."❸山名,在今河南省成皋縣西北.(雅1)179《小雅・車攻》三章:"建旐設旄,搏獸于敖."《毛傳》:"敖,地名."《鄭箋》:"敖,鄭地,今滎陽."陳啓源《稽古編》:"敖山在今開封府鄭州河陰縣西北三十里."

(二)ào　五到切(效開一去號疑)
　　　　　　宵部、疑母

❹通"傲".驕傲;傲慢.(風1、雅1、頌1)30《邶風・終風》一章:"謔浪笑敖,中心是悼."《毛傳》:"言戲謔不敬."陸德明《釋文》:"敖,五報反."孔穎達《正義》:"又戲謔調笑而敖慢己."陳奐《傳疏》:"笑敖者,謔之狀也."《藝文類聚》卷十九、《太平御覽》卷三九一、四六八引《詩》并作"笑傲".215《小雅・桑扈》四章:"彼交匪敖,胡考之休."王引之《述聞》卷六:"匪交匪敖者,言樂胥之君子,不侮慢,不驕傲也."292《周頌・絲衣》:"不吳不敖,胡考之休."《鄭箋》:"不謹譁,不敖慢也."陸德明《釋文》:"敖,五誥反,本又作傲."陳奐《傳疏》:"不敖,《史記》《孝武本紀》引作'不驁'.…不敖者,言不敖慢也."

【敖敖】身材高大的樣子.(風1)57《衛風・碩人》三章:"碩人敖敖,說于農郊."《毛傳》:"敖敖,長貌."《鄭箋》:"敖敖,猶頎頎也."

嗸(嗷)　áo　五勞切(效開一平豪疑)
　　　　　　宵部、影母

【嗷嗷】哀鳴聲.(雅1)181《小雅・鴻雁》三章:"鴻雁于飛,哀鳴嗸嗸."《毛傳》:"未得所安集,則嗸嗸然."程俊英《注析》:"詩人以鴻雁之哀鳴嗸嗸興自己的不平而作歌."《說文・口部》:"嗷,衆口愁也.《詩》曰:哀鳴嗷嗷."陸德明《釋文》:"嗸,本又作嗷,五刀反,聲也."參"囂".

遨　áo　五勞切(效開一平豪疑)
　　　　　　宵部、疑母

《玉篇・辵部》:"遨,遨遊也."朱駿聲《說文通訓定聲・小部》:"敖,俗字作遨."見"敖".

謷　áo　五勞切(效開一平豪疑)
　　　　五交切(效開二平肴疑)
　　　　　　宵部、疑母

讒言不止.見"囂".

翶(翱)　áo　五勞切(效開一平豪疑)
　　　　　　宵部、疑母

【翶翔】❶鳥展翅回旋地飛.(風1)82《鄭風・女曰雞鳴》一章:"將翶將翔,弋鳧與雁."姚際恆《通論》:"將翶將翔,指鳧、雁言.鳧、雁宿沙際蘆葦中,亦將起而翶翔,是可以弋之之時矣."❷比喻人自由自在地行動.(風5)79《鄭風・清人》一章:"河上乎翶翔."朱熹《集傳》:"翶翔,游戲之貌."140《檜風・羔裘》二章:"羔裘翶翔,狐裘在堂."《鄭箋》:"翶翔,猶逍遙也."

驁(鷔)　ào　五到切(效開一去號疑)
　　　　五勞切(效開一平豪疑)
　　　　　　宵部、疑母

驕傲;傲慢.見"敖".

傲　ào　五到切(效開一去號疑)
　　　　　　宵部、疑母

驕傲;傲慢.見"敖".

B

八 bā 博拔切（山開二入黠幫）
物部、幫母

❶數詞。八。(雅5、頌1)165《小雅·伐木》二章："於粲洒埽,陳饋八簋。"《毛傳》："圓曰簋,天子八簋。"❷序數。第八。(風6)154《豳風·七月》三章："七月流火,八月萑葦。"

扒 bā 博拔切（山開二入黠幫）
物部、幫母

拔;拔掉。見"拜"。

豝 bā 伯加切（假開二平麻幫）
魚部、幫母

母豬。(風1、雅1)25《召南·騶虞》一章："彼茁者葭,壹發五豝。"《毛傳》："牝豕曰豝。翼五豝以待公之發。"一說:兩歲的獸;半大的獸。《說文·豕部》："豝,牝豕也,一曰二歲豕。"(依段玉裁注本)《廣雅·釋獸》："獸一歲爲縱,二歲爲豝,三歲爲特。"又一說:公豬。朱熹《集傳》："豝,牡豕也。一發五豝,猶言中必疊雙也。"李元吉《讀書囈語》卷四："豝、縱皆田豕,必言豕者,春蒐搜獸之害稼而射之,故皆田豕也,爲食田故也。"

拔 bá ★蒲八切（山合二入黠並）
蒲蓋切（蟹開一去泰並）
月部、並母

❶拔除;剷除。(雅2)241《大雅·皇矣》三章："柞棫斯拔,松柏斯兌。"237《大雅·緜》八章："柞棫拔矣,行道兌矣。"陳奐《傳疏》："拔,讀爲跋,猶剷除也。"俞樾《平議》卷十一："《廣雅·釋詁》:'拔,除也。'蓋大王始遷之時,土廣人稀,樹木充塞。其後生齒日繁,以次開闢,向來柞棫之區,今擺除既盡而成道路。陸德明《釋文》:'拔,蒲貝反。'與'兌'爲韻。"一說:生長茂盛;挺拔。孔穎達《正義》:"柞棫生,柯葉拔然。"朱熹《集傳》:"拔,挺拔而上,不拳曲蒙蔽也。"❷通"栝"。也叫括,箭的末端。(風1)127《秦風·駟驖》二章："公曰左之,舍拔則獲。"《毛傳》："拔,矢末也。"《鄭箋》："舍拔則獲,言公善射。"

废 bá 蒲撥切（山合一入末並）
月部、並母

居住。見"茇"。

茇 bá 蒲撥切（山合一入末並）
北末切（山合一入末幫）
月部、並母

在草野中住宿。(風1)16《召南·甘棠》一章："蔽芾甘棠,勿翦勿伐,召伯所茇。"《鄭箋》："茇,草舍也。"孔穎達《正義》："茇者,草也。草中止舍,故曰草舍。"一說:通"废"。居住。《說文·廣部》："废,舍也。從广,犮聲。《詩》曰:'召伯所废。'"胡承珙《後箋》："茇字當爲废之假借。"

軷(軷) bá 蒲撥切（山合一入末並）
月部、並母

祭祀路神。祭後以車輪輾過牲體,表示行道沒有艱險。(雅1)245《大雅·生民》七章："取羝以軷,載燔載烈。"《毛傳》："軷,道祭也。"孔穎達《正義》："謂祭道路之神。"陸德明《釋文》引《說文》云："出必告道神,爲壇而祭爲軷。"何楷《古義》："軷祭有二:出行之軷,有冬祭行神之軷。此詩下文有'以興嗣歲'之語,當主冬祭行神言。"一說:通"撥"。剝皮。于省吾《新證》："軷爲跋之本字,應讀爲撥。古從犮、從發之字多音近相通。'取羝以軷',謂取牡羊撥除其皮也。"

跋 bá 蒲撥切（山合一入末並）
月部、並母

踏；踩。(風2)160《豳風·狼跋》一章："狼跋其胡，載疐其尾。"《毛傳》："跋，躐；疐，跲也。老狼有胡，進則躐其胡，退則跲其尾。"（疐：絆倒）陸德明《釋文》："跋，字或作拔。"

【跋涉】爬山蹚水；登山涉水。形容旅途辛苦。(風1)54《鄘風·載馳》一章："大夫跋涉，我心則憂。"《毛傳》："草行曰跋，水行曰涉。"王先謙《集疏》："《韓》説曰：不由蹊遂而涉曰跋涉。…謂事急時，不問水之深淺，直前濟渡，視水行如陸行，跋涉二字連貫讀之。"

魃 bá 蒲撥切（山合一入末並）
月部、並母

古代傳説中能造成旱災的怪物。見【旱魃】。

坺 bá ★房越切（山合三入月奉）
蒲撥切（山合一入末並）
月部、並母

出師征伐。見"旆"。

白 bái 傍陌切（梗開二入陌並）
鐸部、並母

❶白色。(風7，雅9，頌2)116《唐風·揚之水》一章："揚之水，白石鑿鑿。"（白石，指山西曲沃景明瀑布附近的曲englishk石。）284《周頌·有客》："有客有客，亦白其馬。"《白虎通·三正》："殷爲地正，色尚白也。…此微子朝周也。" ❷通"帛"。(雅1)177《小雅·六月》四章："織文鳥章，白旆央央。"陸德明《釋文》："白茷，本義作旆，蒲貝反，繼旐曰茷。"孔穎達《正義》："言白旆者，謂絳帛。"嚴粲《詩緝》："曹氏曰：'白，帛也。白旆，以絳帛爲旆也。以旆繼旐末爲燕尾，戰則旆之。'"陳奐《傳疏》："白旆，《正義》本作帛茷。"王先謙《集疏》："《魯》作帛旆英英。"

【白華】茅的一種，也叫巴茅、八月芒。(雅1)229《小雅·白華》一章："白華菅兮，白茅束兮。"《毛傳》："白華，野菅也。已漚爲菅。"孔穎達《正義》："此白華亦是茅之類也。"王念孫《廣雅疏證》卷十上："菅，茅同類，亦是通名。"馬瑞辰《通釋》："菅、茅皆以喻申后。'白華'、'白茅'皆取潔白之義，'菅兮'、'束兮'皆取見用於人之義。"

〖白華（一）〗《小雅》篇名(229)。這首詩寫周幽王后申氏被黜之後的憂憤心情。她孤獨、苦悶、悲傷、怨恨、終於病倒。《詩序》："《白華》，周人刺幽后也。幽王娶申女以爲后，又得褒姒而黜申后。故下國化之，以妾爲妻，以孽代宗，而王弗能治，周人爲之作是詩也。"朱熹《辨説》："此事有據。《序》蓋得之。但'幽后'字誤，當爲申后刺幽王也。"《集傳》又説："幽王娶申女以爲后，又得褒姒而黜申后，故申后作此詩。"方玉潤《原始》："此詩情詞悽惋，託恨幽深，非外人所能代。故《集傳》以爲申后作也。"陳啓源《稽古編》："《序》以此爲周人作，正如《小弁》詩是太子傅作耳。"陳子展《直解》："據孔疏引《帝王世紀》，幽王三年納褒姒，八年立以爲后。則黜申后當在八年，此詩當作在其見黜之後。"幽王十一年被殺，詩當作在其八年至十一年之間(公元前774—771)。屈萬里《詮釋》以爲"此男子棄家遠遊，而婦人思之辭"，與申后事無關。八章，三十二句。

〖白華（二）〗《小雅》又一篇名。六笙詩之一。有目無詩。《詩序》："《白華》，孝子之絜白也。"詳見〖南陔〗條。

〖白駒〗《小雅》篇名(186)。這是一首貴族留客惜别的詩。客人即將離去，主人盛情挽留。希望他在此逍遙做客，爲公爲侯，不要獨善其身。别後要常通音問。蔡邕《琴操》："《白駒者》，失朋友之作也。"曹植《釋思賦》："彼朋友之離別，猶求思乎白駒。"范甯《穀梁傳注·序》："君子之路塞，則《白駒》之詩賦。"朱熹《集傳》："爲此詩者，以賢者之去而不可留也，故託此其所乘之白駒食我場苗而縶維之，庶幾以永今朝，使其人得以於此逍遙而不去，若後人留客而投其轄於井中也。"屈萬里《詮釋》："此蓋王者好賢而憂其不仕之詩。"《詩序》："《白駒》，大夫刺宣王也。"《鄭箋》："刺其不能留賢也。"王先謙《集疏》批評説："其爲賢人遠去，朋友思離，固無可疑，而必謂刺王不能留，則詩外之意也。"余冠英《詩經選》分析説："這是一首留客惜別的詩。前三章是客未去而挽留，後一章是客已去而相憶。"四章，二十四句。

【白茅】茅的別名，也叫茅草、絲茅草。(風2、雅1)23《召南‧野有死麕》一章："野有死麕，白茅包之。"《毛傳》："白茅，取絜清也。"229《小雅‧白華》一章："白華菅兮，白茅束兮。"孔穎達《正義》引王肅云："白茅束白華，以興夫婦之道，宜以端成絜白相申束，然後成室家也。"朱熹《集傳》："蓋言白華與茅尚能相依，而我與子乃相去如此之遠。"

柏 bǎi 博陌切（梗開二入陌幫）
鐸部、幫母

柏樹，一種常綠喬木。(雅3、頌2)166《小雅‧天保》六章："如松柏之茂，無不爾或承。"300《魯頌‧閟宮》九章："徂來之松，新甫之柏。"

【柏舟】柏木造的船。在《詩經》中有比喻堅貞的意思。(風3)26《邶風‧柏舟》一章："汎彼柏舟，亦汎其流。"《毛傳》："柏木，所以宜爲舟也。"牟庭《詩切》："舟所以載人涉水，自此岸而達彼岸，如媒氏之合男女。故詩人多以舟喻婚嫁者。柏舟，取其聲也。以喻逼迫爲婚，非其志也。亦汎其流，喻己不能自由，亦既從人之謂也。"程俊英《注析》："詩人以柏舟飄蕩不定興自己愛情堅貞，身世飄零。"

〖柏舟(一)〗《國風‧邶風》篇名(26)。這是婦女自傷不得於其夫而見侮於衆妾之詩。朱熹《集傳》："婦人不得於其夫，故以柏舟自比。…《列女傳》以此爲婦人之詩。今考其辭氣卑順柔弱，且居《變風》之首，而與下篇相類，豈亦莊姜之詩也歟。"聞一多《類鈔》："《柏舟》，嫡見侮於衆妾也。"《魯詩》則以爲衛寡夫人所作，屬於貞女寡婦之詩。另一種看法認爲，這是詩人借女子訴說家庭生活中的苦悶，來寄託自己在黑暗勢力打擊下的愁苦。《詩序》："《柏舟》，言仁而不遇也。衛頃公之時，仁人不遇，小人在側。"顧廣譽《詳說》："自來宗臣疏廢，託緜綣之辭以抒無聊之感，往往有類於柔順卑弱者，亦其愛君之至情所阢積而發也。屈原之《離騷》是已。足見作於同姓臣爲允。"五章，三十句。

〖柏舟(二)〗《國風‧鄘風》篇名(45)。這首詩寫一個姑娘自己找好了對象，却受到父母的阻撓。她忠於愛情，表示誓死不肯改變意志。直抒胸懷，大膽而真率。舊以爲孀婦守志不改嫁之詩。《詩序》："《柏舟》，共姜自誓也。衛世子共伯蚤死，其妻守義，父母欲奪而嫁之，誓而弗許，故作是詩以絕之。"姚際恒《通論》："此詩不可以事實之。當是貞婦有夫早死，其母欲嫁之，而誓死不願之作也。"牟庭《詩切》則以爲貞婦被遣還而不嫁："柏之言迫也，以喻其夫被父母逼迫而與己中道相棄也。"兩章，十四句。

百 bǎi 博陌切（梗開二入陌幫）
鐸部、幫母

❶數詞。表示基數。十的十倍。《詩經》中都用於泛指事物衆多。(風14、雅34、頌13)154《豳風‧七月》七章："亟其乘屋，其始播百穀。"陳奐《傳疏》："《文選‧東都賦》注引《韓詩章句》云：'穀類非一，故言百也。'"265《大雅‧召旻》七章："日辟國百里，今也日蹙國百里。"(蹙：收縮。)朱熹《集傳》："所謂'日闢國百里'云者，言文王之化自北而南，至於江漢之間，服從之國日以益衆，及虞芮質成，而其旁諸侯聞之，相帥歸周者四十餘國焉。"❷百倍。(風3)131《秦風‧黃鳥》一章："如可贖兮，人百其身。"《鄭箋》："人皆百其身，謂一身百死猶爲之。"蘇轍《集傳》："人百其身者，欲以百人贖其一身也。"馬瑞辰《通釋》："人百其身，謂以百人之身代之。人百其身者，倒文也。"俞樾《平議》卷九："人願百倍其身以贖之，謂以百人從死亦所甘也。"❸總括之詞。凡。(風2)33《邶風‧雄雉》四章："百爾君子，不知德行。"朱熹《集傳》："百，凡也。…言凡爾君子，豈不知德行乎？"54《鄘風‧載馳》四章："百爾所思，不如我所之。"聞一多《類鈔》："百，凡也。"一說：通"貊"。估量；估摸。牟庭《詩切》："百，當讀爲貊。…今俗又謂忖度曰貊，音denotes，皆古之遺言也。'百爾君子，不知德行'，言爾雖君子乎，我貊算之，定是不知德行也。"

【百歲】死的諱稱。(風2)124《唐風‧葛生》四章："百歲之后，歸於其居。"程俊英《注析》："按'百歲'是借代的修辭。"

【百姓】百官族姓；周代貴族的總稱。(雅2)

191《小雅・節南山》六章:"不自爲政,卒勞百姓。"陳奐《傳疏》:"言大臣不從政,百姓受其害。"166《小雅・天保》五章:"羣黎百姓,徧爲爾德。"《毛傳》:"百姓,百官族姓也。"蘇轍《集傳》:"百姓,百官也。"戴震《考證》:"韋昭《國語注》:'百姓,百官,官有世功受氏姓也。'凡經傳言百姓者皆此義。"一說:庶民。朱熹《集傳》:"百姓,庶民也。"

拜 bài 博怪切(蟹開二去怪幫)
月部、幫母

❶一種表示恭敬的禮節。古人的拜,只是拱手、低頭、彎腰,類似後代的作揖。後代的拜才是屈膝跪地,兩手着地或叩頭至地。(雅2)262《大雅・江漢》五章:"虎拜稽首,天子萬年。"❷掰;拔掉。(風1)16《召南・甘棠》三章:"蔽芾甘棠,勿翦勿拜。"《鄭箋》:"拜之言拔也。"也寫作"扒"。《廣韻・怪韻》:"扒,拔也。《詩》曰:'勿翦勿扒'。"王先謙《集疏》:"《魯》《韓》,拜作扒。…擘也。"吳大澂《字說・拜字說》:"'勿拜'之拜當訓'以手折華'。…實則'勿翦勿拜'爲拜字正義,'拜手稽首'爲拜字引申之義也。"一說:屈;攀木使屈。呂祖謙《詩記》卷三引《施氏詩說》:"拜,如人身之拜。"朱熹《集傳》:"拜,屈。勿拜,則非特勿敗而已。"王讜《唐語林・文學》引劉禹錫云:"與柳八、韓七詣施士丐聽《毛詩》,…又說《甘棠》之詩'(勿翦)勿拜,召伯所憩'。拜,言如人身之拜,小低屈也。上言勿翦,終言勿拜,明召伯漸遠,人思不得見也。毛注'拜猶伐',非也。"呂、朱即用施說。

敗(敗) bài 薄邁切(蟹開二去夬並)
月部、並母
補邁切(蟹開二去夬幫)
月部、幫母

❶砍伐;損毀。(風1)16《召南・甘棠》二章:"蔽芾甘棠,勿翦勿敗。"嚴粲《詩緝》:"敗,謂殘毀之。"朱熹《集傳》:"敗,折。'勿敗',則非特'勿伐'而已。愛之愈久而愈深也。"胡承珙《後箋》:"敗者,謂傷其本根。"馬瑞辰《通釋》:"《說文》:'伐,一曰敗也。'《廣雅》:'伐,敗也。'是勿敗猶勿伐耳。"❷毀滅;敗壞。(雅3)257《大雅・桑柔》十三章:"大風有隧,食人敗類。"孔穎達《正義》:"敗類者,謂敗其朝廷等類。"朱熹《集傳》:"敗類,猶言圮(pǐ)族也。"胡承珙《後箋》:"敗類者,謂貪人能敗善人耳。"(敗類:摧殘同類。一說,敗壞善道。)195《小雅・小旻》五章:"如彼泉流,無淪胥以敗。"《鄭箋》:"王之爲政者,如原泉之流,行則清,無相牽率爲惡以自濁敗。"屈萬里《詮釋》:"言無如彼泉流,相率以敗。泉流浹泥沙俱下,以喻善惡同歸於盡也。參'撥'。

稗 bài 傍卦切(蟹開二去卦並)
支部、並母

細米;一石糙米舂成九斗的熟米。(雅1)265《大雅・召旻》五章:"彼疏斯稗,胡不自替。"《鄭箋》:"米之率,糲十、稗九、鑿八、侍禦七。"嚴粲《詩緝》:"稗,精米也。"陳奐《傳疏》:"稗與疏對文。疏爲糲,稗其禾黍歟?禾別曰稗,黍別爲秠。"一說:通"卑"。地位低下。于省吾《新證》:"稗應讀作卑。疏者親疏之疏,卑者尊卑之卑。彼疏而卑,胡不自替,指上昏椓靡共之奄人言,彼情宜疏而位本卑者,胡不自廢退乎?"

板 bǎn 布綰切(山開二上潸幫)
寒部、幫母

木板。見【板屋】。

【板】《大雅》篇名(254)。這是一首借勸戒同僚的口氣諷刺周王的詩。詩中反映了周王的昏憒和朝政的腐敗。要求在位者敬畏天命,體恤民瘼,團結貴族,以挽救西周搖搖欲墜的統治。《詩序》:"《板》,凡伯刺厲王也。"魏源《詩古微》:"《板》,凡伯刺厲王,託諷寮友也。上篇欲其畏民岩,此篇欲其畏天命焉。"《後漢書・李固傳》對策云:"先聖法度,所宜堅守。政教一跌,百年不復。《詩》云:'上帝板板,下民卒癉。'刺周王變祖法度,故使下民將盡病也。"李賢注:"《詩・大雅》凡伯刺周厲王反先王之道,下人盡病也。"朱熹《集傳》以爲同僚相戒之詩:"《序》以此爲凡伯刺厲王之詩。今考其意,亦與前篇(指《民勞》)相類,但責之益深切耳。"八章,六十四句。

【板板】也作"版版"。邪僻;反常。(雅1)254《大雅・板》一章:"上帝板板,下民卒癉。"《毛傳》:"板板,反也。"《鄭箋》:"王爲政反先王與天之道。"孔穎達《正義》:"《釋訓》云:'板板,僻也。'邪僻即反戾之義,故爲反也。"按《爾雅·釋訓》:"版版,僻也。"《後漢書·董卓傳》李賢注引《詩》作"上帝版版"。
【板屋】用木板建造的房屋。(風1)128《秦風·小戎》一章:"在其板屋,亂我心曲。"《毛傳》:"西戎板屋。"孔穎達《正義》引《地理志》:"天水隴西,山多林木,民以板爲屋。故《秦詩》云:'在其板屋。'"《文選·三都賦序》李善注引《詩》作"版屋"。參"版"、"反"。

版 bǎn 布綰切(山開二上潸幫) 寒部、幫母

築土牆用的夾板。(雅1)237《大雅·緜》五章:"其繩則直,縮版以載。"《鄭箋》:"既正則以索縮其築版。"《禮記·檀弓》鄭玄注引《詩》作"板"。王先謙《集疏》:"三家,版作板。"參"板"。

昄 bǎn 布綰切(山開二上潸幫) 傅管切(山合一上緩幫) 寒部、幫母 扶板切(山開二上潸並) 寒部、並母

大。(雅1)252《大雅·卷阿》三章:"爾土宇昄章,亦孔之厚矣。"《毛傳》:"昄,大也。"陳奐《傳疏》:"言法度章明,又能篤厚而行之。"牟庭《詩切》:"昄昄,平廣也。昄之訓大,正取平廣之義,平廣即版字之義矣。然則昄、版字同耳。"屈萬里《詮釋》:"昄,大也。章,著也。言疆域大而國顯也。"一說:昄章,版圖。朱熹《集傳》引或說:"昄當作版。版章,猶版圖也。"參"反"。

阪(坂、岅) bǎn 扶板切(山開二上潸並) 寒部、並母 府遠切(山合三上阮非) 寒部、幫母

斜坡;山坡。(風3、雅2)89《鄭風·東門之墠》一章:"東門之墠,茹藘在阪。"《毛傳》:"男女之際,近而易,則如東門之墠;遠而難,則如茹藘之在阪。"朱熹《集傳》:"陂者曰阪。"126《秦風·車鄰》二章:"阪有漆,隰有栗。"《毛傳》:"陂者曰阪,下濕曰隰。"192《小雅·正月》七章:"瞻彼阪田,有菀其特。"《鄭箋》:"阪田,崎嶇墝埆之處。"

邦 bāng 博江切(江開二平江幫) 東部、幫母

周代諸侯的封地;泛指國家。(風5、雅27、頌9)47《鄘風·君子偕老》三章:"展如之人兮,邦之媛也。"235《大雅·文王》七章:"儀刑文王,萬邦作孚。"《禮記·緇衣》引作"萬國作孚"。300《魯頌·閟宮》五章:"遂荒大東,至於海邦。"《鄭箋》:"海邦,近海之國也。"241《大雅·皇矣》三章:"帝作邦作對。"《鄭箋》:"作,爲也。天爲邦,謂興周國也。"朱熹《集傳》:"既作之邦,又與之賢君以嗣其業。"一說:通"封"。邊疆。高亨《今注》:"'邦'借爲'封'。封,邊疆也。'對'與'疆'同義。"

【邦國】國家。(雅2、頌1)300《魯頌·閟宮》八章:"宜大夫庶士,邦國是有。"孔穎達《正義》:"其魯之邦國七百里之封,僖公於是常保有之。"

【邦家】國家。(雅3、頌1)172《小雅·南山有臺》一章:"樂只君子,邦家之基。"《鄭箋》:"人君既得賢者,置之於位,又尊敬以禮樂樂之,則能爲國家之本。"

又見【家邦】

包 bāo 布交切(效開二平肴幫) 幽部、幫母

裹;包裹。(風1)23《召南·野有死麕》一章:"野有死麕,白茅包之。"《毛傳》:"包,裹也。"陸德明《釋文》作"苞"云:"裹也。"《衛風·木瓜·正義》引作"白茅苞之"。段玉裁《小學》:"陸本不誤。…苞苴字皆從艸。"參"苞"。

苞 bāo 布交切(效開二平肴幫) 幽部、幫母

❶草木的根和莖。(頌1)304《商頌·長發》六章:"苞有三蘖,莫遂莫達。"《毛傳》:"苞,本,蘖,餘也。"朱熹《集傳》:"苞,本也,蘖,旁生萌蘖也。言一本生三蘖也。本則夏桀,蘖則韋也、顧也、昆吾也。皆桀之黨也。"按《漢書·敘傳下》:"三桴之起,本根既朽。"顏師古注引劉德注引《詩》作"包有三桴"。

❷叢生的(草木)。(風8、雅2)153《曹風·下泉》一章:"冽彼下泉,浸彼苞稂。"朱熹

《集傳》:"苞,草叢生也。"132《秦風‧晨風》二章:"山有苞櫟,隰有六駮。"王先謙《集疏》:"《魯》,苞作枹。"121《唐風‧鴇羽》一章:"肅肅鴇羽,集於苞栩。"《毛傳》:"苞,稹也。"《鄭箋》:"稹者,根相迫迮捆致也。"孔穎達《正義》引孫炎說:"物叢生曰苞。"朱熹《集傳》:"苞,叢生也。"❸根基深固。(雅2)263《大雅‧常武》五章:"如山之苞,如川之流。"《毛傳》:"苞,本也。"《鄭箋》:"山本,以喻不可驚動也;川流,以喻不可禦也。"孔穎達《正義》:"兵法有動有靜,靜則不可驚動,故以山喻;動則不可禦止,故以川喻。"陳奐《傳疏》:"本,猶基也。"189《小雅‧斯干》一章:"如竹苞矣,如松茂矣。"《毛傳》:"苞,本也。"陳奐《傳疏》:"竹本以喻本根深固也。"一說叢生。嚴粲《詩緝》:"苞,叢生也。"朱熹《集傳》:"苞,叢生而固也。"又一說茂盛。馬瑞辰《通釋》:"苞,古通作葆。"《說文》:"葆,草盛貌。"于鬯《香草校書》卷十四:"此蓋倒文。當云:'竹苞如矣,松茂如矣。'因'苞'與'茂'爲韻,故兩'如'字倒在句上。竹、松是指其地實有之物,非借作譬喻。…又'茂'既形容松之盛,則'苞'亦必形容竹之盛,'苞'亦茂也。"❹茂盛。(雅2)246《大雅‧行葦》一章:"方苞方體,維葉泥泥。"《鄭箋》:"苞,茂也。體,成形也。"戴震《考證》:"皆叢生豐致,根相連錯之謂。"245《大雅‧生民》五章:"實方實苞。"《鄭箋》:"苞,亦茂也。"一說禾苗含包漸長。馬瑞辰《通釋》:"苞之言包。程氏瑤田謂'穀始生苗,包而未舒'是也。…方爲穀始吐芽,苞則漸含包矣。"參"包"。

枹 bāo 布交切(效開二平肴幫)
幽部、幫母

叢生的(草木)。見"苞"。

褒(襃) bāo 博毛切(效開一平豪幫)
幽部、幫母

【褒姒】周幽王寵妃。褒,國名;姒,姓。古褒國在今陝西漢中褒城縣。幽王三年(公元前779年),褒國把她獻給幽王,很受幽王寵愛。爲了使她發笑,幽王竟然點燃報警用的烽火,引起諸侯的憤怒。後來犬戎進攻鎬京,再點烽火,諸侯都不發兵救援。結果鎬京陷落,幽王被殺,褒姒也當了俘虜。(雅1)192《小雅‧正月》八章:"赫赫宗周,褒姒威之。"《毛傳》:"褒,國也。姒,姓也。有褒國之女,幽王惑焉,而以爲后,詩人知其必滅周也。"

保 bǎo 博抱切(效開一上晧幫)
幽部、幫母

❶安;安定。(雅1)240《大雅‧思齊》三章:"不顯亦臨,無射亦保。"《毛傳》:"射,厭也。保,安也。"陳啓源《稽古編》:"既以顯德臨民,民無厭者,亦皆安之。上句言君臨下,下句言民化上,意自相成也。"一說:居。《鄭箋》:"臨,視也。保,居也。…於六藝無射才者,亦得居於位。"又一說:保守,保持警惕。馬瑞辰《通釋》:"臨者,臨視之義,保者,保守之義。言文王無時不警惕也。"❷保護;保全。(雅5,頌2)260《大雅‧烝民》四章:"既明且哲,以保其身。"孔穎達《正義》:"以此明哲,擇安去危,而保全其身,不有禍敗。"❸保佑。(雅1,頌1)305《商頌‧殷武》五章:"壽考且寧,以保我後生。"程俊英《注析》:"保,保佑。…按這二句爲倒裝,即保佑我商後嗣子孫永遠長壽康寧。"❹保存;守衛。(雅2,頌4)259《大雅‧崧高》五章:"往近王舅,南土是保。"《鄭箋》:"保,守也。安也。"❺安閒。(雅1)263《大雅‧常武》三章:"王舒保作,匪紹匪遊。"《毛傳》:"舒,徐也,保,安也。"❻居;占有。(風1)115《唐風‧山有樞》二章:"子有鍾鼓,弗鼓弗考。宛其死矣,他人是保。"《鄭箋》:"保,居也。"孔穎達《正義》:"他人入室,則是居而有之。"朱熹《集傳》:"保,居有也。"一說:安享。《毛傳》:"保,安也。"

【保定】保佑;安定。(雅3)166《小雅‧天保》一章:"天保定爾,亦孔之固。"《鄭箋》:"保,安。天之安定女亦甚堅固。"王先謙《集疏》:"《魯》說曰:言天保佐王者,定其性命,甚堅固也。"王符《潛夫論‧慎微》引《詩》作"天祿定爾"。

【保介】保護田界的人,即田畯。(頌1)276《周頌‧臣工》:"嗟嗟保介,維莫之春,亦又何求。"(又,有。)陳奐《傳疏》:"臣工、保介,爲諸侯藉田時皆所率耕之人矣。"郭沫若

《由周代農事詩論到周代社會》:"保介…應該就是後來的田畯,也就是田官。介者界之省,保介者,保護田界之人。"一説:農官的副職。朱熹《集傳》:"保介,見《月令》、《吕覽》,其説不同,然皆爲藉田而言,蓋農官之副也。"又一説:披甲的衛士。立於王車右側,披甲執兵,擔任侍衛。《鄭箋》:"保介,車右也…介,甲也。車右勇力之士,披甲執兵也。"又一説:保衛疆界。于鬯《香草校書》卷十八:"保介者,謂保其疆界,蓋天子戒諸侯之辭,故曰'嗟嗟保介',承上文'嗟嗟工臣'而言也。"

【保明】等於説"明保"。保佑。(頌1)287《周頌·訪落》:"休矣皇考,以保明厥身。"林義光《通解》:"明亦保也。"一説:盡力保佑;保佑勉勵。馬瑞辰《通釋》:"明亦勉也。凡《詩》言'明明',皆勉勉也。《書·洛誥》'公明保予冲子',《多士》'大不克明保享于民','明保'猶言勉保也。此詩'保明'宜訓保勉,正與《書》言'明明'義同。承上'休矣皇考',謂以皇考之休美保勉其身也。"

【保有】保存而擁有。(頌2)294《周頌·桓》:"桓桓武王,保有厥土。"朱熹《集傳》:"此桓桓之武王,保有其士而用之於四方。"屈萬里《詮釋》:"言保有此卿士而用用於四方也。"一以爲"士"當作"土"。馬瑞辰《通釋》:"此詩當作'保有厥土',與'克定厥家'爲韻。'保土'猶言保邦也。作'士'者,蓋以形近而譌。"300《魯頌·閟宫》七章:"保有鳧繹,遂荒徐宅。"屈萬里《詮釋》:"保有,保而有之也。"

【保右】同"保佑"。庇佑;扶助。(雅2)236《大雅·大明》六章:"保右命爾,燮伐大商。"《毛傳》:"右,助。"陸德明《釋文》:"保右,音祐,字亦作佑。"朱熹《集傳》:"保之助之命之,而使之順天命以伐商也。"

又見【神保】【天保】。

飽(飽) bǎo 博巧切(效開二上巧幫) 幽部、幫母

❶吃足;吃够。跟"饑"相對。(風1、雅2、頌1)233《小雅·苕之華》三章:"人可以食,鮮可以飽。"朱熹《集傳》:"言饑饉之餘,百物彫耗如此,苟且得食足矣。豈望其飽哉?"❷满足。(雅1)247《大雅·既醉》一章:"既醉以酒,既飽以德。"《玉篇零卷·食部》:"飽,野王按,饜足皆曰飽,不限於食也。"

寶(宝、寳) bǎo 博抱切(效開一上皓幫) 幽部、幫母

❶寶貝;珍貴的東西。(雅1)257《大雅·桑柔》六章:"稼穑維寶,代食維好。"蘇轍《集傳》:"當是時也,仕進之憂,甚於稼穑之勞。故曰:稼穑維寶,代食維好。言雖勞而無患也。"❷玉製的信物。圭璧之類。(雅1)259《大雅·崧高》五章:"錫爾介圭,以作爾寶。"《毛傳》:"寶,瑞也。"孔穎達《正義》:"《春官》'典瑞掌玉瑞玉器'注云:'人執以見曰瑞,禮神曰器。瑞,符信也。'則瑞謂所執之玉。"

鴇(鸨) bǎo 博抱切(效開一上皓幫) 幽部、幫母

❶鳥名。頭小,頸長,尾短,象雁而大,背上有黄褐色和黑色斑紋,足有蹼,能涉水,善走不善飛。種類甚多,常見的有大鴇、小鴇等。(風3)121《唐風·鴇羽》一章:"肅肅鴇羽,集于苞栩。"《毛傳》:"鴇之性不樹止。"陸璣《詩義疏》:"鴇鳥似雁而虎文,連蹄,性不樹止,樹止則苦,故以喻君子從征役爲危苦也。"周悦讓《倦遊庵槧記·毛詩》:"按鴇大抵十許斤,而栩、棘、桑之苞者率圍不盈指,高不數尺,非所能集。其集者,乃止於其側,就食草子木實耳。詩人起興,言人不如鳥之得其所止,非危苦也。"❷通"駂"。黑白雜毛的馬。(風1)78《鄭風·大叔于田》三章:"叔于田,乘乘鴇。"《毛傳》:"驪白雜毛曰鴇。"陸德明《釋文》:"鴇,音保,依字作駂。"陳奐《傳疏》:"驪白雜毛,謂黑馬發白色而間有雜毛者,是曰鴇馬。色如鴇,故以鳥名馬也。"《爾雅·釋畜》郭璞注:"駂,今之烏驄也。"

【鴇羽】《國風·唐風》篇名(121)。這是勞動人民長期在外爲統治者擔任徭役,不能耕種以養父母的哀怨之詩。《詩序》:"《鴇羽》,刺時也。昭公之後,大亂五世,君子下從征役,不得養其父母,而作是詩也。"孔穎達《正義》:"經三章皆上二句言君子從征役

之苦，下五句恨不得供養父母之辭。"朱熹《集傳》："民從征役而不得養其父母，故作此詩。"甚是。三章，二十一句。

抱 bào 薄浩切（效開一上晧並）
幽部、並母

❶抱；用手臂圍持。(風 1、雅 1)256《大雅·抑》十章："借曰未知，亦既抱子。"余培林《正詁》："言汝已抱子爲人父，非幼童也。"58《衛風·氓》一章："氓之蚩蚩，抱布貿絲。"孔穎達《正義》："有一民之善蚩蚩然顏色敦厚，抱布而來。"桓寬《鹽鐵論·錯幣》："古者市朝而無刀幣，各以其所有易無，抱布貿絲而已。"一説：持；拿着。王先謙《集疏》："《秦策·注》：'抱，持也。'"❷通"拋"。抛棄。(風 1)21《召南·小星》二章："肅肅宵征，抱衾與裯。"聞一多《新義》："抱當讀爲抛。…'抛衾與裯'者，婦人謂其夫早夜從公，抛棄衾裯，不遑寢息，殆猶唐人詩'辛сайuang香衾事早朝'與。"一説：抱持。《鄭箋》："諸妾夜行，抱被與床帳，待進御之次序。"

暴 bào 薄報切（效開一去號並）
藥部、並母

❶凶狠；虐待。(風 1)58《衛風·氓》五章："言既遂矣，至于暴矣。"《鄭箋》："乃至見酷暴。"朱熹《集傳》："與爾始相謀約之言既遂，而爾遽以暴戾加我。"❷猛烈。(雅 1)198《小雅·巧言》三章："君子信盗，亂是用暴。"嚴粲《詩緝》："暴，驟進也。"❸風暴；驟然刮起的大風。(風 1)30《邶風·終風》一章："終風且暴，顧我則笑。"《毛傳》："暴，疾也。"孔穎達《正義》引孫炎説："陰雲不興而大風暴起。"陳奂《傳疏》："《傳》…亦謂風之暴起。"馬瑞辰《通釋》："《玉篇》云：'瀑，疾風也。'作暴者，瀑之省。"一説：暴雨。《説文·水部》："瀑，疾雨也。《詩》曰：'終風且瀑。'"馮登府《十三經問答》卷二："《説文》：'瀑，疾雨也。'引此詩。即《爾雅》'暴雨謂之涷雨'。蓋既風而雨也。與毛異，當出三家。"❹徒手搏擊。(風 1、雅 1)78《鄭風·大叔于田》一章："襢裼暴虎，獻于公所。"《毛傳》："暴虎，空手以搏之。"朱熹《集傳》："暴虎，空手搏獸也。"陳奂《傳疏》："暴、搏、捕，一聲之轉。"195《小雅·小旻》六章："不敢暴虎，不

敢馮河。"《毛傳》："徒搏曰暴虎。"《吕氏春秋·安死》高誘注："無兵搏虎曰暴，無舟渡河曰馮。喻小人而爲敢，不可以不敢。不敢之則危，猶暴虎馮河之必死也。"朱熹《集傳》："徒搏曰暴。"一説：以戈搏虎。郭沫若《詛楚文考釋》："虣即暴虎憑河之暴，字不從戒，實象兩手持戈以搏虎。《周禮》古文作虣，從武，殆系訛字。按'虣'爲'暴'的本字，甲骨文和《詛楚文》均象持戈搏虎。❺指暴國國君暴辛公。暴，周代諸侯國名，在今河南省原武縣境。(雅 1)199《小雅·何人斯》一章："伊誰云從，維暴之云。"胡承珙《後箋》："《路史》：暴辛公采地，鄭邑也。一云隧。其地在今懷慶府原武縣境。"陳啓源《稽古編》："《春秋·文公六年》：'公子遂會洛戎，盟於暴。'杜注云：'鄭地。'范甯《穀梁傳》亦同。幽王時鄭尚未遷，暴未爲鄭有，且與雒我盟於此，則暴必近雒，意暴亦東都畿内歟？"王先謙《集疏》："所從者誰？惟從暴之言耳。"

瀑 bào 薄報切（效開一去號並）
藥部、並母

暴雨。見"暴"。

報(报) bào 博耗切（效開一去號幫）
幽部、幫母

❶報答；回報。(風 9、雅 4)256《大雅·抑》八章："投我以桃，報之以李。"29《邶風·日月》二章："胡能有定，寧不我報？"朱熹《集傳》："報，答也。"陳奂《傳疏》："不報即不答也。"❷反復；往來。(雅 1)203《小雅·大東》六章："雖則七襄，不成報章。"《毛傳》："不能反報成章也。"陳奂《傳疏》："報，亦復也，反報猶反復。"戴震《考證》："報者，復也，往來之謂也。"指梭子引緯反復往來織成花紋。❸報祭。(雅 4)211《小雅·甫田》四章："報以介福，萬壽無疆。"郭沫若《從周代農事詩論到周代社會》："報乃報祭之報。報爲國祀，即《國語·魯語》：'凡禘、郊、祖、宗、報，此五者國之典祀也。'…介字假爲丐，求也。金文中用丐字，因而'報以介福'即是報祭先祖以求幸福。"一説：報答。孔穎達《正義》："而報我農夫以大大之福。"戴震《考證》："孔冲遠云：'報者，自神之辭，明

求神而得報。'其說近是。報，猶答耳。"

豹 bào 北教切（效開二去郊幫）
藥部、幫母

❶猛獸名。豹子。猫科動物。有金錢豹、雲豹、雪豹等。（雅 1）261《大雅·韓奕》六章："獻其貔皮，赤豹黃羆。"陸璣《詩義疏》："毛赤而文黑，謂之赤豹；毛白而文黑，謂之白豹。"❷豹皮。（風 3）80《鄭風·羔裘》二章："羔裘豹飾，孔武有力。"《毛傳》："豹飾，緣以豹皮也。"120《唐風·羔裘》一章："羔裘豹袪，自我人居居。"孔穎達《正義》："以羔皮爲裘，豹皮爲袪。"（袪：袖口，泛指袖子。）

悲 bēi 府眉切（止開三平脂幫）
微部、幫母

憂傷。（風 2，雅 3）156《豳風·東山》一章："我東曰歸，我心西悲。"208《小雅·鼓鐘》二章："淮水湝湝，憂心且悲。"《毛傳》："悲，猶傷也。"又見【傷悲】。

陂 bēi 彼爲切（止開三平支幫）
歌部、幫母

堤防；堤岸。（風 3）145《陳風·澤陂》一章："彼澤之陂，有蒲與荷。"《毛傳》："陂，澤障也。"孔穎達《正義》："澤障，謂澤畔障水之岸。以陂內有此二物，故舉陂畔言之，二物非生於陂上也。"陳奐《傳疏》："《車鄰·傳》：'陂者曰阪。'陂與阪同義。"又見【澤陂】。

卑 bēi 府移切（止開三平支幫）
支部、幫母

低。與"高"相對。（雅 2）192《小雅·正月》五章："謂山蓋卑，爲岡爲陵。"陸德明《釋文》："卑，本又作庳。"馬瑞辰《通釋》："詩意蓋謂訛言以山爲卑，而其實乃爲高岡，爲高陵。"（蓋：通"盍"，何）229《小雅·白華》八章："有扁斯石，履之卑兮。"《毛傳》："卑，乘石貌。王乘石履車。"胡承珙《后箋》："卑字當屬石言。何楷《古義》云：'履之卑兮是倒文，言乘石卑下，猶得蒙王踐履。'"參"俾"。

北 bēi 博墨切（曾開一入德幫）
職部、幫母

❶方位名。北方；北邊。跟"南"相對。（風 1，雅 5）48《鄘風·桑中》二章："爰采麥矣，沫之北矣。"王先謙《集疏》："沫鄉爲朝歌，則沫北即朝歌以北，《詩》所謂邶也。"199《小雅·何人斯》四章："胡不自南？胡不自北？"❷指北方寒冷不毛的地方。（雅 2）200《小雅·巷伯》六章："豺虎不食，投畀有北。"《毛傳》："北方寒涼而不毛。"朱熹《集傳》："北，北方寒涼不毛之地也。"鄭方坤《經稗》："'投畀有北，有北不受'，言夷狄亦惡之也。"屈萬里《詮釋》："古俗以北方爲凶地，故云。"❸向北。（風 1，雅 1）57《衛風·碩人》四章："河水洋洋，北流活活。"

【北風】由北向南吹的風；寒涼的風。（風 2）41《邶風·北風》一章："北風其涼，雨雪其雱。"《毛傳》："北風寒涼之風。"《鄭箋》："寒涼之風，病害萬物。"王先謙《集疏》："《魯》說曰：北風謂之涼風。《韓》說曰：涼，寒貌也。"

【北風】《國風·邶風》篇名(41)。這首詩寫國家政治暴虐，百姓無法生活，詩人不堪忍受，將和他的朋友相攜逃去，以避禍亂。《詩序》說："《北風》，刺虐也。衛國並爲威虐，百姓不親，莫不相攜而去焉。"朱熹《集傳》："言北風雨雪，以比國家危亂將至，而氣象愁慘也。故欲與其相好之人去而避之。"何楷《古義》："《北風》，賢者去國也。"牟庭《詩切》："賢者見亂萌，相招避去也。"聞一多則以爲新婦贈婿之詩。《詩經通義》："《北風》篇一章曰'携手同行'，二章曰'携手同歸'，三章曰'携手同車'。按車者親迎之車，歸即'之子於歸'之歸。此新婦贈婿之辭也。"也有說是夫婦相離之詩的。于省吾《新證》："詳究詩義，當系夫婦始合終離而追述往者患難與共之作，故以北風起興，又以同行、同歸、同車爲言。"三章，一十八句。

【北林】林名。（風 1）132《秦風·晨風》一章："鴥彼晨風，鬱彼北林。"《毛傳》："北林，林名也。"

【北門】城北門。（風 1）40《邶風·北門》一章："出自北門，憂心殷殷。"《毛傳》："北門，背明鄉陰。"《鄭箋》："興者，喻己仕於闇君，猶行而出北門，心爲之憂殷殷然。"王先謙《集疏》："出北門者，適然之詞，或所居近之，與《出其東門》同，賦也。"

〖北門〗《國風·邶風》篇名(40)。一位官員訴說自己俸祿微薄,而公務繁忙,勞役辛勤,家人指責,內外交困,無可奈何。《詩序》:"《北門》,刺仕不得志也。言衞之忠臣不得其志爾。"朱熹《集傳》:"衞之賢者處亂世,事暗君,不得其志,故因出北門而賦以自比。"郭沫若《研究》:"這明明是一位作官的人,而且是很得王的信任的。而他方大歎其'窶且貧',受不過老婆的壓迫,只好接二連三地大喊天天。…總而言之,他算是一位破産的貴族。"或以爲這是賢者憂國之詩。豐坊《詩傳》:"管叔以殷畔,仕者苦之,賦《北門》。"劉沅《恆解》:"邶之賢者勤勞奉職,憂其國之將危而作。"后以"北門"比喻懷才不遇。三章,二十一句。

【北山】北面的山。(雅 7)172《小雅·南山有臺》一章:"南山有臺,北山有萊。"205《小雅·北山》一章:"陟彼北山,言采其杞。"

〖北山〗《小雅》篇名(205)。這是統治階級下層的士哀怨勞逸不均,自己特別辛苦而無法供養父母的詩。《詩序》:"《北山》,大夫刺幽王也。役使不均,己勞於從事,而不得養其父母焉。"《後漢書·楊賜傳》楊賜上疏云:"勞逸無別,善惡同流,《北山》之詩所爲作。"王先謙《集疏》:"此《魯》説,《齊》《韓》蓋同。"姚際恒《通論》指出,詩中叙述的作者的身份是士子而不是大夫。六章,三十句。

【北園】秦國園林名。(風 1)127《秦風·駟驖》四章:"遊於北園,四馬既閒。"陳奐《傳疏》:"古者田在宮中,北園當即所田之地。"馬叙倫《石鼓文爲秦文公時物考》:"《吳人石》中之'中圓孔凸',即《秦風·駟驖》詩之北園,在汧。汧源乃秦襄公舊都也。"

備(备) bèi 平秘切(止開三去至並)
職部、並母

❶完備;齊備。(雅 3、頌 1)209《小雅·楚茨》五章:"禮儀既備,鍾鼓既戒。"239《大雅·旱麓》四章:"清酒既載,騂牡既備。"朱熹《集傳》:"備,全具也。"212《小雅·大田》一章:"既種既戒,既備乃事。"朱熹《集傳》:"於今歲之冬,具來歲之種,戒來歲之事,凡既備矣,然後事之。"屈萬里《詮釋》:"謂選

種及修治耒耜之事既備也。"馬瑞辰《通釋》:"備者,服之假借。《説文》:'𠬝,治也。'字通作服。"❷盡;都。(雅 1、頌 1)209《小雅·楚茨》五章:"諸父兄弟,備言燕私。"280《周頌·有瞽》:"簫管備舉。"

倍 bèi 薄亥切(蟹開一上海並)
之部、並母

倍;增加跟原數相同的數。(雅 1)264《大雅·瞻卬》四章:"如賈三倍,君子是識。"《鄭箋》:"買物而有三倍之利者,小人所宜知也。君子反知之,非其宜也。"朱熹《集傳》:"三倍,獲利之多也。"

悖 bèi 蒲昧切(蟹合一去隊並)
蒲没切(臻合一入没並)
物部、並母

悖逆;叛亂。(雅 1)257《大雅·桑柔》十三章:"匪用其良,覆俾我悖。"《鄭箋》:"反使我爲悖逆之行。"陳奐《傳疏》:"《説文》:'誖,亂也。'悖與誖通。此刺王不用良人,而信用此好利之徒,反使我民悖亂若是也。"一説:通"沛"。顛沛;跌倒。林義光《通解》:"悖,讀顛沛之沛,言不用良謀,而反使我顛沛也。"

被 (一) bèi 皮彼切(止開三上紙並)
歌部、並母

❶覆蓋;覆被。(雅 1)247《大雅·既醉》七章:"其胤維何? 天被爾祿。"《鄭箋》:"天覆被爾以祿位,使祿臨天下。"

(二) bì 平義切(止開三去寘並)
歌部、並母

❷通"髲"。古代婦女的髮飾,用假髮梳成高髻。(風 2)13《召南·采蘩》三章:"被之僮僮,夙夜在公。"《毛傳》:"被,首飾也。"《鄭箋》:"《禮記》:主婦髲鬄。"孔穎達《正義》:"被者首服之名。在首,故曰首飾。…此'主婦髲鬄'在《少牢》之經。"朱熹《集傳》:"被,首飾也,編髮爲之。"一説:背(bēi);用背脊馱。牟庭《詩切》:"《楚詞·九章·涉江》王注曰:'在背曰被。'《後漢書·賈復傳》注曰:'被,猶負也。'余按,今俗語謂人負物曰被,詩人遣言也。"又一説:通"彼"。代詞,指公侯夫人。于省吾《新證》:"被,彼古通。彼,古籀祇作皮。…此詩應讀爲'彼之僮

僮,夙夜在公;彼之祁祁,薄言還歸'。頌其人之在公敬慎,歸來安徐,進退有度也。"

背 (一) bèi 補妹切（蟹合一去隊幫）
職部、幫母

❶脊背。見【台背】。❷堂屋的北面;堂後。(風1)62《衞風·伯兮》四章:"焉得諼草,言樹之背。"《毛傳》:"背,北堂也。"陳奂《傳疏》:"房之近北者爲北堂,其北有北階,北階下有餘地可以樹草,故婦人於房中偶見生傷,欲得善忘之草以樹之者謂此也。北堂,正指北堂階下。"姚際恒《通論》:"背,堂背也。堂面向南,背向北,故背爲北堂。"俞樾《平議》:"背即北字,古背、北同字。"❸後面;背後。(雅1)255《大雅·蕩》四章:"不明爾德,時無背無側。爾德不明,以無陪無卿。"《毛傳》:"背無臣,側無人也。"孔穎達《正義》:"背後無良臣,傍側無賢人也。"朱熹《集傳》:"背,後;側,傍;陪,貳也。言前後左右公卿之臣,皆不稱其官,如無人也。"一説:反叛。《後漢書·五行志》引此《詩》,劉昭補注:"言不别善惡,有逆賁佞者,有堪爲卿大夫者,皆不知之也。"

(二) bèi 蒲昧切（蟹合一去隊並）
職部、並母

❹背地里。(雅2)193《小雅·十月之交》七章:"噂沓背憎,職競由人。"朱熹《集傳》:"噂噂沓沓,多言以相説,而背則相憎。"257《大雅·桑柔》十六章:"涼曰不可,覆背善詈。"（覆背善詈:你反而背地里大罵我。）朱熹《集傳》:"及其反背也,則又工爲惡言以詈君子。"❺反覆;背叛。(雅2)257《大雅·桑柔》十五章:"民之罔極,職涼善背。"朱熹《集傳》:"善背,工爲反覆也。"264《大雅·瞻卬》四章:"鞫人忮忒,譖始竟背。"陳奂《傳疏》:"背,猶違也。"

邶 bèi 蒲昧切（蟹合一去隊並）
職部、並母

周代諸侯國名。在今河南省淇縣東北至河北省南部一帶。周武王滅殷后,封紂王子武庚於此。後武庚叛亂被殺,邶併入衞國。鄭玄《詩譜》:"邶、鄘、衞者,商紂畿内方千里之地。其封域在《禹貢》冀州大行之東,北踰衡漳,東及兖州桑土之野。周武王伐紂,以其京師封紂子武庚爲殷後。庶殷頑民被紂化日久,未可以建諸侯,乃三分其地置三監,使管叔、蔡叔、霍叔嚴而教之。自紂城而北謂之邶,南謂之鄘,東謂之衞。"朱熹《集傳》:"邶、鄘、衞,三國名,在《禹貢》冀州。西阻太行,北逾衡漳,東南跨河以及兖州桑土之野。及商之季,而紂都焉。武王克商,分自紂城,朝歌而北謂之邶,南謂之鄘,東謂之衞,以封諸侯。邶鄘不詳其始封,衞則武王弟康叔之國也。"王國維以爲邶就是燕。

《邶風》《詩經·國風》之一,邶地民歌。包括《柏舟》《緑衣》《燕燕》《日月》《終風》《擊鼓》《凱風》《雄雉》《匏有苦葉》《谷風》《式微》《旄丘》《簡兮》《泉水》《北門》《北風》《静女》《新臺》《二子乘舟》等十九篇。多數是東周的作品。實際上,《邶》、《鄘》、《衞》是同一個地區的詩。嚴粲《詩緝》:"《邶》、《鄘》、《衞》,皆《衞風》也。"陳奂《傳疏》:"武王時,武庚以邶爲國都,稱邶國。而鄘與衞皆其下邑。成王時,封康叔於紂之故都,更名曰衞,稱衞國。而邶與鄘又皆其下邑。衞即朝歌,邶在朝歌北,鄘在朝歌東。所以邶、鄘、衞三國之詩,皆衞詩也。…周太師舊欲本三國不分,編《詩》者見其篇什繁多,較異他國,乃分之爲三,猶《雅》之有什焉。"王先謙《集疏》:"《邶》、《鄘》、《衞》詩本同風,不當分卷。《左襄二十九年傳》:吴公子札聘魯,觀周樂,爲之歌《邶》、《鄘》、《衞》。曰:'美哉淵乎！吾聞康叔武公之德如是,是其衞風乎？'以《邶》、《鄘》、《衞》皆爲衞風,即其明證。"也有人不完全同意這種意見。劉瑾《通釋》:"《邶》、《鄘》、《衞》系根據採詩之地而分,並寓有存亡繼絕之意。"方玉潤《原始》:"邶、鄘、衞原各有詩。并非都是《衞風》。"

貝（贝） bèi 博蓋切（蟹開一去泰幫）
月部、幫母

❶貝殼。(頌1)300《魯頌·閟宫》四章:"公徒三萬,貝冑朱綅。"《毛傳》:"貝冑,貝飾也。"孔穎達《正義》:"貝者,水蟲,甲有文章也。"朱熹《集傳》:"貝冑,貝飾冑也。"❷指貝形花紋。(雅1)200《小雅·巷伯》一章:"萋

兮斐兮,成是貝錦。"《毛傳》:"貝錦,錦文也。"《鄭箋》:"錦文者,文如餘泉餘蚳(chí)之貝文也。"陸德明《釋文》:"貝,黃白文曰餘蚳。"孔穎達《正義》引李巡云:"餘泉,白爲質,黃爲文。"朱熹《集傳》:"貝,水中介蟲也,有文彩似錦。"徐灝《通介堂經説》:"蓋貝有五色文采,故織錦謂之貝錦也。"高亨《今注》:"貝錦,織成貝形花紋的錦緞。"

奔(犇) bēn 博昆切（臻合一平魂幫）
文部、幫母

❶快跑。(雅1)197《小雅·小弁》五章:"鹿斯之奔,維足伎伎。"(斯:助詞。伎伎:四足飛奔的樣子。)❷逃跑;私奔。(風1)73《王風·大車》二章:"豈不爾思,畏子不奔。"朱熹《集傳》:"民之欲相奔者,畏其大夫,是以終身不得志也。"聞一多《類鈔》:"奔,私奔。"
【奔奔】鳥類雌雄相隨而飛的樣子。(風2)49《鄘風·鶉之奔奔》一章:"鶉之奔奔,鵲之彊彊。"《鄭箋》:"奔奔、彊彊,言其居有常匹,飛則相隨之貌。"《禮記·表記》引作"鶉之賁賁",鄭玄注:"賁賁,爭鬥惡貌。""奔"、"賁"均借爲"翷"。《玉篇·羽部》:"翷,飛貌。"一説:顔色不純。《吕氏春秋·壹行》:"孔子卜,得賁。"高誘注:"賁,色不純也。《詩》云:'鶉之賁賁。'"
【奔走】急走;爲某事奔忙。(頌1)266《周頌·清廟》:"對越在天,駿奔走在廟。"孔穎達《正義》:"廟中奔走以疾爲敬。"(對越:即對揚,稱頌宣揚。駿:迅速。)
【奔奏】奔走四方,宣揚國君德譽之臣。(雅1)237《大雅·緜》九章:"予曰有奔奏。"《毛傳》:"喻德宣譽曰奔奏。"王引之《述聞》卷七:"《傳》以奏爲告語之義,故曰喻德宣譽。"程俊英《注析》:"奔奏,指爲君主奔走效力宣傳的臣子。"一説:奔走。指奔走效力之臣。《鄭箋》:"奔奏,使人歸趣之。"《楚辭·離騷》王逸注引《詩》作"奔走"。馬瑞辰《通釋》:"《尚書大傳》亦作'奔走',蓋三家詩有作'奔走'者。"高亨《今注》:"奔走,指奔走效力的臣子。"屈萬里《詮釋》:"奔奏,謂奔走侍奉之臣也。"

本 běn 布忖切（臻合一上混幫）
文部、幫母

❶樹根或樹幹。(雅1)255《大雅·蕩》八章:"顛沛之揭,枝葉未有害,本實先撥。"朱熹《集傳》:"大木揭然將蹶,枝葉未有折傷,而其根本之實已先絶。"❷本宗。指有血緣關系的嫡系子孫。(雅1)235《大雅·文王》二章:"文王孫子,本支百世。"《毛傳》:"本,本宗也。"《鄭箋》:"其子孫適(嫡)爲天子,庶爲諸侯,皆百世。"屈萬里《詮釋》:"本,根也,謂宗子也。支,枝也,謂庶子也。言其大宗及支庶繁昌,百世不絶也。"

旁 bēng ★晡横切（梗開二平庚幫）
陽部、幫母

【旁旁】通"彭彭",馬强壯有力的樣子。(風1)79《鄭風·清人》一章:"清人在彭,駟介旁旁。"陸德明《釋文》引王肅説:"旁旁,强也。"馬瑞辰《通釋》:"《廣雅》:'彭彭、旁旁,盛也。'《小雅·北山》篇及《大雅·烝民》、《韓奕》二篇并作'四牡彭彭',獨此詩作旁旁者,上既言'清人在彭',必變言旁旁以與彭爲韻,是亦義同字變之類。"一説:馳驅不停的樣子。朱熹《集傳》:"旁旁,馳驅不息之貌。"王先謙《集疏》:"三家,旁作駸。"

傍 bēng ★晡横切（梗開二平庚幫）
陽部、幫母

【傍傍】繁忙的樣子;緊急的樣子。(雅1)205《小雅·北山》三章:"四牡彭彭,王事傍傍。"《毛傳》:"傍傍然不得已。"陸德明《釋文》:"傍,布彭反。"牟庭《詩切》:"傍傍者,王事怱遽之貌也。"胡承珙《後箋》:"案《廣雅》:'旁旁,盛也。'傍與旁通。事多而不得已,亦盛之義。古人言旁皇、傍徨,皆促遽不能自已之意。"

祊 bēng 甫盲切（梗開二平庚幫）
陽部、幫母

古代宗廟門内設祭的地方。(雅1)209《小雅·楚茨》二章:"祝祭於祊,祀事孔明。"《毛傳》:"祊,門内也。"朱熹《集傳》:"祊,廟門内也。孝子不知神之所在,故使祝博求之於門内待賓客之處也。"陳奂《傳疏》:"廟門之内,皆祖宗神靈所憑依焉。"吳垕雲《吳氏遺書》:"蓋以門旁,故名祊,非廟名有祊名也。《説文·示部》:"縏,門内,祭先祖所以彷徨。《詩》曰:'祝祭於縏。'"王先謙《集疏》:

"《齊》《韓》,祊作繠。"

繠 bēng 甫盲切（梗開二平庚幫）
陽部、幫母
古代宗廟門內設祭的地方。見"祊"。

崩（嵎） bēng 北滕切（曾開一平登幫）蒸部、幫母

❶崩塌；毀壞。（雅 2,頌 1）166《小雅·天保》六章："如南山之壽,不騫不崩。"300《魯頌·閟宮》四章："不虧不崩,不震不騰。"《鄭箋》："虧、崩,皆謂毀壞也。"❷羊羣生病。（雅 1）190《小雅·無羊》三章："爾羊來思,矜矜兢兢,不騫不崩。"《毛傳》："崩,羣疾也。"段玉裁《小箋》："羣疾,謂病者衆也。"胡承珙《後箋》："騫,謂羊不肥。崩,則謂羊有疾。"一說：散失。余冠英《詩經選》："騫,虧損。崩,潰散。"于省吾《新證》："騫訓爲虧歉,崩訓爲失去。"

唪 bēng 蒲蠓切（通合一上董並）東部、並母

【唪唪】同"菶菶"。茂盛的樣子；果實纍纍的樣子。（雅 1）245《大雅·生民》四章："麻麥幪幪,瓜瓞唪唪。"《毛傳》："唪唪然,多實也。"王引之《述聞》卷六："唪唪,茂盛之貌,不必專訓多實。"《說文·王部》"玤"字下、《艸部》"菶"字下均引《詩》作"瓜瓞菶菶"。馬瑞辰《通釋》："案唪唪即菶菶之假借。…菶菶猶芾芾、幪幪,皆盛貌也。"王先謙《集疏》："三家,唪作菶。"

菶 bēng 邊孔切（通合一上董幫）
蒲蠓切（通合一上董並）東部、並母

【菶菶】草木茂盛的樣子。（雅 1）252《大雅·卷阿》九章："菶菶萋萋,雝雝喈喈。"《毛傳》："梧桐盛也,鳳皇鳴也。"孔穎達《正義》："其梧桐之生,則菶菶萋萋而茂盛。"朱熹《集傳》："菶菶萋萋,梧桐生之盛也。"陳奐《傳疏》："《說文》：'菶,草盛。''萋,草盛。'菶與萋,皆本爲草盛,因之爲木盛。參"唪"。

琫 bēng 邊孔切（通合一上董幫）東部、幫母

佩刀鞘口部分的玉飾。（雅 2）213《小雅·瞻彼洛矣》二章："鞞琫有珌。"《毛傳》："鞞,容刀鞞也。琫,上飾。珌,下飾也。"陸德明《釋文》："琫,字又作韸,佩刀削上飾。"250《大雅·公劉》二章："維玉及瑤,鞞琫容刀。"王夫之《稗疏》："劉熙《釋名》曰：'琫,捧也。捧,束口也。'皆刀鞘之飾也。"段玉裁《小箋》："削(鞘)之上,刀把,其飾曰琫,削末之飾曰珌。"

匕 bǐ 卑履切（止開三上旨幫）脂部、幫母

古代一種取食的器具。曲柄淺斗,形狀象現在的湯匙,分飯匕、牲匕、疏匕、挑匕四種,形狀相同,但大小不一。見【棘匕】。

比 （一）bǐ 卑履切（止開三上旨幫）脂部、幫母

❶聽從；擇善而從。（雅 1）241《大雅·皇矣》四章："王此大邦,克順克比。"《毛傳》："擇善而從曰比。"馬瑞辰《通釋》："克順克比,乃言文王之德,能使民順比也。"《禮記·樂記》引作"俾"。陳奐《傳疏》："《爾雅》：'俾,從也。'比與俾古字通。"或以爲"比"當作"從"。于省吾《新證》："'王此大邦,克順克比',二句應有韻。…《說文》：'從,相聽也,從二人。'又'比,密也,二人爲從,反從爲比。'由於從、比二字形近,又均反正無別,故易混同。…此詩本應作'王此大邦,克順克從'屬詞與韻讀無有不符。又下句'比於文王',改爲從於文王,詞義亦甚通順。"一說：親近。朱熹《集傳》："比,上下相親也。"屈萬里《詮釋》："比,親附也。此言人民能順從文王,親附文王。"❷比擬；看成和…一樣。（風 1）35《邶風·谷風》五章："既生既育,比予于毒。"《鄭箋》："其視我如毒螫。"❸《詩》六義之一。詩歌的一種藝術表現手法。就是比喻。《詩·大序》："故《詩》有六義焉：一曰風,二曰賦,三曰比,四曰興,五曰雅,六曰頌。"《周禮·春官·大師》鄭玄注："比,見今之失,不敢斥言,取比類以言。…鄭司農云：'比者,比方於物也。'"鍾嶸《詩品》："因物喻志,比也。"朱熹《集傳（螽斯）》："比者,以彼物比此物也。"劉勰《文心雕龍·比興》："夫比之爲義,取類不常：或喻於聲,或方於貌,或擬於心,或譬於事；比類雖繁,以切至爲貴。"《詩經》中"比"的應用有明喻、隱喻、連喻等多種方式。

（二）bǐ （舊讀 bì）毗至切（止開三去至並）脂部、並母

❹齊一；配合一致。(雅 1)177《小雅·六月》二章："比物四驪，閑之維則。"陸德明《釋文》："比，齊同也。"孔穎達《正義》："比物者，比同力之物。戎事齊力尚強，不取同色，而言四驪者，雖以齊力爲主，亦不厭其同色。"朱熹《集傳》："比物，齊其力也。"（物：指馬。）❺密；密集。(頌 1)291《周頌·良耜》："其崇如墉，其比如櫛。"《鄭箋》："言積之高大，且相比迫也。"《說文·比部》："比，密也。"❻親近。(風 2、雅 1)119《唐風·杕杜》一章："嗟行之人，胡不比焉。人無兄弟，胡不佽焉。"俞樾《平議》卷九："不皆語詞。'胡不比焉，胡不佽焉'，猶曰：胡比焉，胡佽焉，蓋言彼塗之人，胡親比之有，人無兄弟，胡佽助之有。"一說：扶助。《鄭箋》："比，輔也。此人女何不輔君爲政令。"王先謙《集疏》："獨行之人，何不比輔之。"❼及；至。(雅 1)241《大雅·皇矣》四章："比于文王，其德靡悔。"朱熹《集傳》："比于，至于也。"一說：親近。馬瑞辰《通釋》："比于文王，承上克比言之，言民之親比于文王也。"又一說：比擬。《鄭箋》："王季之德，比于文王，無所悔也。"胡承珙《後箋》："王季之德，比于文王，猶言比于經緯天地之文王，初非指西伯昌之文王也。"

妣 bǐ 卑履切（止開三上旨幫）脂部、幫母

祖母；泛指女性祖先。(雅 1、頌 2)189《小雅·斯干》二章："似續妣祖，築室百堵。"《鄭箋》："妣，先妣姜嫄也。祖，先祖也。"孔穎達《正義》："先妣後祖者，取會韻也。"290《周頌·載芟》："爲酒爲醴，烝畀祖妣，以洽百禮。"《鄭箋》："進予祖妣，謂祭先祖先妣也。"郭沫若《釋祖妣》："古人常語，妣與祖爲配，考與母爲配。"《易·小過》之六二'過其祖，遇其妣'，《詩·小雅·斯干》'似續妣祖'，又《周頌·豐年》及《載芟》'烝畀祖妣'，此皆祖、妣對文之證。《離》之'既右烈考，亦右文母'，則考、母對文也。金文中其證尤多。《齊侯鎛鍾》'用享于其皇祖皇妣，皇母皇考'……考、妣連文，爲後起之事。《爾雅·釋親》：'父爲考，母爲妣。'當系戰國人語。"

彼 bǐ 甫委切（止開三上紙幫）歌部、幫母

❶人稱代詞。他；他們。(風 15)26《邶風·柏舟》二章："亦有兄弟，不可以據。薄言往愬，逢彼之怒。"《毛傳》："彼，彼兄弟。"《王風·揚之水》一章："彼其之子，不與我戍申。"朱熹《集傳》："彼其之子，戍人指其室家而言也。"馬瑞辰《通釋》："彼者，對己之稱。"程俊英《注析》："'彼'和'子'都是第三人稱的代名詞，古語往往有這種重複。"❷指示代詞。那；那個；那里。(風 110、雅 157、頌 21)65《王風·黍離》一章："彼黍離離，彼稷之苗。"《毛傳》："彼，彼宗廟宮室。"278《周頌·振鷺》："在彼無惡，在此無斁。"❸通"匪"。非；不。(雅 2)215《小雅·桑扈》四章："彼交匪敖，萬福來求。"《漢書·五行志》引作"匪徼匪傲"，顏師古注："言在位不徼訐，不倨傲也。"王先謙《集疏》："《齊》，彼交作匪徼。"222《小雅·采菽》三章："彼交匪紓，天子所予。"《荀子·勸學》引作"匪交匪舒"。王引之《述聞》卷六："彼亦匪也，交亦敖也。"馬瑞辰《通釋》："匪、彼古同聲通用。"

俾 bǐ 并弭切（止開三上紙幫）支部、幫母

使。(風 2、雅 38、頌 10)27《邶風·綠衣》三章："我思古人，俾無訧兮。"《毛傳》："俾，使。"(無訧，不犯錯誤。)255《大雅·蕩》五章："式號式呼，俾晝作夜。"《毛傳》："使晝爲夜。"陸德明《釋文》作"卑"。云："卑，必爾反，使也。本亦作俾。"191《小雅·節南山》三章："天子是毗，俾民不迷。"《鄭箋》："使民無迷惑之憂。"陸德明《釋文》作"卑"，云："卑，本又作俾。"《荀子·宥坐》引作"卑民不迷"。232《小雅·漸漸之石》三章："月離于畢，俾滂沱矣。"王充《論衡·明雩》引《詩》作"比滂沱矣"。257《大雅·桑柔》八章："維彼不順，自獨俾臧。"嚴粲《詩緝》："維彼不順道之君，乃欲用獨自見而使之善，何由得見乎？"林義光《通解》："自獨俾臧，使己獨善也。"一說：以爲。朱熹《集傳》："彼不順理之君則自以爲善而不考衆謀。"

奰(齀)

bì 平秘切（止開三去至並）
質部、並母

怒；憤怒。（雅1）255《大雅•蕩》六章："內奰于中國，覃及鬼方。"《毛傳》："奰，怒也。不醉而怒曰奰。"朱熹《集傳》："言自近及遠，無不怨怒也。"黃焯《詩說》："內致怨怒於中國，延及鬼方遠夷亦怒之。"一說：威嚴顯赫。何楷《古義》："奰，《說文》：'壯大也。'⋯此象其赫奕尊嚴之狀，人不敢近。"又一說：壓迫。《說文•大部》："奰，迫也。"《淮南子•地形》高誘注引《詩》作"齀"。《文選•魏都賦》劉逵注引《詩》作"鼊"。

鼊

bì 平秘切（止開三去至並）
質部、並母

怒；憤怒。見"奰"。

必

bì 卑吉切（臻開三入質幫）
質部、幫母

副詞。必須；一定要。（風8、雅1）101《齊風•南山》四章："取妻如何？必告父母。" 197《小雅•小弁》三章："維桑與梓，必恭敬止。"

佖

bì 毗必切（臻開三入質並）
質部、並母

通"怭"。輕慢；輕佻。《說文•人部》："佖，威儀也。"段玉裁注："此當作'威儀佖佖也'。"

怭（佖）

bì 毗必切（臻開三入質並）
質部、並母

【怭怭】輕慢；輕佻。（雅1）220《小雅•賓之初筵》三章："曰既醉止，威儀怭怭。"《毛傳》："怭怭，媟嫚也。"《說文•人部》引作"威儀佖佖"。墨莊《彬雅》"佖"下云："佖佖，注訓媟嫚，謂醉無儀也。"王先謙《集疏》："三家，怭作佖。⋯黃山云：揚雄《羽獵賦》'駢衍佖路'，《文選》李注引晉灼曰：'佖，滿也。'滿為充滿，是自以為有威儀，即矜張自滿之貌，與抑抑正相反。"

毖

bì 兵媚切（止開三去至幫）
質部、幫母

❶謹慎；慎重。（雅1、頌1）257《大雅•桑柔》五章："為謀為毖，亂況斯削。"《毛傳》："毖，慎也。"馬瑞辰《通釋》："詩蓋言在上者如善其謀，慎其事，亂況斯能減削耳。" 289《周頌•小毖》："予其懲而毖后患。"《毛傳》："毖，慎也。"❷通"泌"。泉水涌流的樣子。（風1）39《邶風•泉水》一章："毖彼泉水，亦流於淇。"《毛傳》："泉水始出，毖然流也。"朱熹《集傳》："毖，泉始出之貌。"俞樾《平議》："毖彼泉水，為泉流之貌。"按《說文•目部》"䀩"下引《詩》作"䀩彼泉水"。陸德明《釋文》引《韓詩》作"祕"。"泌"本字，"毖"、"祕"假借字。

泌

bì 兵媚切（止開三去至幫）
質部、幫母
毗必切（臻開三入質並）
質部、並母

泉水。（風1）138《陳風•衡門》一章："泌之洋洋，可以樂飢。"《毛傳》："泌，泉水也。"孔穎達《正義》："泌者，泉水涓流不已，乃至廣大。"馬瑞辰《通釋》："泌本泉水疾流之貌，因名其泉水為泌矣。"參"毖"。

珌（琿）

bì 卑吉切（臻開三入質幫）
質部、幫母

刀鞘末端的裝飾。（雅1）213《小雅•瞻彼洛矣》二章："君子至止，鞞琫有珌。"《毛傳》："琫，上飾；珌，下飾。"《說文•玉部》："珌，佩刀下飾，天子以玉。"段玉裁《小箋》："削（鞘）末之飾曰珌。"陸德明《釋文》："珌，字又作琿。"一說：有文采的樣子。戴震《考證》："珌，文貌。"馬瑞辰《通釋》："珌，當讀如《韓詩》'有邲君子'之邲。邲，美貌，猶珌為文貌也。"

苾

bì 毗必切（臻開三入質並）
質部、並母

【苾芬】芬芳；香。（雅1）209《小雅•楚茨》四章："苾芬孝祀。"《鄭箋》："苾苾芬芬有馨香矣。"朱熹《集傳》："苾芬，香也。"陳奐《傳疏》："《說文》：'苾，馨香也。芬，草初生，其香分布也。或作芬。'是苾芬皆香也。"【苾苾】香氣濃鬱。（雅1）210《小雅•信南山》六章："是烝是享，苾苾芬芬。"《鄭箋》："苾苾芬芬然香。"嚴粲《詩緝》："苾苾芬芬，香氣上達也。"王先謙《集疏》："《魯》，苾作馥。"《廣雅•釋訓》："馥馥芬芬，香也。"

柲

bì 兵媚切（止開三去至幫）
質部、幫母

正弓器。見"閟"。

閟（闭） ᵇì 兵媚切（止開三去至幫）
質部、幫母

閉；止。(風 1)54《鄘風·載馳》二章："視爾不臧，我思不閟。"《毛傳》："閟，閉也。"朱熹《集傳》："閟，閉也，止也，言思之不止也。"嚴粲《詩緝》："閉塞，言不通也。一説：通'祕'。周密。馬瑞辰《通釋》："閟與祕同，密也。…我之思慮，豈不周密乎？"又一説：謹慎。聞一多《類鈔》："閟，慎也。"余冠英《詩經選》："閟，通'毖'，謹慎。"

【閟宫】神宫。(頌 1)300《魯頌·閟宫》一章："閟宫有侐，實實枚枚。"《鄭箋》："閟，神也。姜嫄神所依，故廟曰神宫。"段玉裁《小學》："按《説文》：'祕，神也。'鄭以'閟'爲'祕'之假借。一説：閟閉，深閉。《毛傳》："閟，閉也。先妣姜嫄之廟在周，常閉而無事。孟仲子曰：是禖宫也。"朱熹《集傳》："閟，深閉也。"陳奐《傳疏》："禖宫始於上古，祭其神於郊，謂之郊禖。其後立廟，遂爲高辛妃廟，故《月令》謂之高禖。"

[閟宫]《魯頌》篇名(300)。這是魯大夫公子奚斯歌頌魯僖公能興祖業，復疆土，修建新廟的詩。《詩序》："《閟宫》，頌僖公能復周公之宇也。"朱熹《集傳》："《閟宫》，時蓋修之，故詩人歌詠其事，以爲頌禱之詞。而推本后稷之生而下及於僖公耳。"又《詩序辨説》："《(閟宫)》爲僖公修廟之詩明矣。"《文選·兩都賦序》："奚斯頌魯"李善注引《韓詩·薛君章句》："言其新廟奕奕然盛，是詩公子奚斯所作也。"這是《詩經》里最長的一首詩，分九章。首章追叙周的始祖姜嫄和后稷；次章叙周由太王、文王、武王而興；三章叙伯禽受封於魯及僖公祭祖；四章叙僖公祭祀並祝其昌大；五、六章夸僖公戰績並祝其長壽；七章誇他的土地廣大；八章頌他能恢復舊土，家齊國治；末章叙僖公作新廟，奚斯作頌。共一百二十句。

苾（苾） ᵇì 毗必切（臻開三入質並）
蒲結切（山開四入屑並）
質部、並母

香氣濃鬱；芬芳。(頌 1)290《周頌·載芟》："有苾其香，邦家之光。"《毛傳》："苾，芳也。"《鄭箋》："芬香之酒醴。"陸德明《釋文》："苾，芬芳也。字又作馝。"《説文·食部》："馝，食之香也。《詩》曰：'有馝其香。'"陳奐《傳疏》："苾，《楚茨》、《信南山》作馝，苾、馝同也。"俞樾《平議》卷十一："'有苾其香'、'有椒其馨'，蓋以草木之馨香喻酒醴之馨香也。"一説：飯食。姚際恒《通論》："苾字從食，只是飯食之類。"

韠（韠） ᵇì 兵媚切（止開三去至幫）
質部、幫母

正弓器。見"閟"。

駜（駜） ᵇì 毗必切（臻開三入質並）
房密切（臻開三入質並）
質部、並母

馬肥壯力强的樣子。(頌 9)298《魯頌·有駜》一章："有駜有駜，駜彼乘黄。"《毛傳》："駜，馬肥强貌。"《説文·馬部》："駜，馬飽也。《詩》曰：'有駜有駜。'"王先謙《集疏》："馬飽則肥强，義與毛相成。"陳奐《傳疏》："駜者，羣臣所乘四黄馬之貌。"

敝 ᵇì 毗祭切（蟹開三去祭並）
月部、並母

破舊；破爛。(風 6)75《鄭風·緇衣》一章："緇衣之宜兮，敝，予又改爲兮。"陸德明《釋文》："敝，本又作弊。"104《齊風·敝笱》一章："敝笱在梁，其魚魴鰥。"陸德明《釋文》："敝，本又作弊，敗也。"按《説文·尚部》："敝，一曰敗衣。"段玉裁注："引申爲凡敗之稱。"

[敝笱]《國風·齊風》篇名(104)。這是諷刺魯桓公和文姜的詩。魯桓公縱任文姜和齊襄公通奸，讓她帶着大批隨從肆無忌憚地回齊國去。《詩序》："《敝笱》，刺文姜也。齊人惡魯桓公微弱，不能防閑文姜，使至淫亂，爲二國患焉。"戴溪《續記》："《敝笱》，齊人刺魯桓公也。敝笱不足以遏魚，況魴鰥之魚尤不易遏，故唯翛然往來自如。魯桓公特敝笱而已。"魯桓公夫人文姜和她的哥哥齊襄公通奸。桓公知道後，斥責文姜。文姜告訴襄公，襄公惱羞成怒，派公子彭生殺死桓公。魯國立文姜生的兒子爲君，是爲莊公。文姜做了寡婦，仍然經常回齊國，和齊襄公幽會。齊人寫了這首詩加以諷刺。破敝的笱不能制大魚，比喻魯桓公不能防閑自己的妻子。也有認爲是刺魯莊公

不能防閑其母文姜的。朱熹《集傳》："齊人以敝笱不能制大魚,比魯莊公不能防閑文姜,故歸齊而從之者衆也。"季本《解頤》:"此刺魯莊公不能防閑文姜,亦魯風也。"三章,十二句。

蔽 bì 必袂切（蟹開三去祭幫）
月部、幫母

【蔽芾】枝葉茂盛的樣子。（風3、雅1）16《召南·甘棠》一章:"蔽芾甘棠,勿翦勿伐。"歐陽修《詩本義》:"蔽者,蔽風日也;芾,茂盛貌。蔽芾乃大樹之茂盛者也。"朱熹《集傳》:"蔽芾,盛貌。"馬瑞辰《通釋》:"芾,古文作宋。《說文》:'宋,艸木盛宋宋然。'《廣雅》:'芾芾,茂也。'蔽芾正宜從《集傳》訓爲盛貌。"一說:小的樣子。《毛傳》:"蔽芾,小貌。"孔穎達《正義》:"言蔽芾然之小甘棠,勿得翦去,勿得伐擊。…《我行其野》云:'蔽芾其樗',《箋》云:'樹之蔽芾始生。'謂樗葉之始生,形亦小也。"蘇轍《詩集傳》:"蔽芾,小貌也。"按《韓詩外傳》卷一及《孔子家語·廟制》并引作"蔽茀"。

畀 bì 必至切（止開三去至幫）
質部、幫母

予;給予。（風1、雅5、頌2）53《鄘風·干旄》一章:"彼姝者子,何以畀之?"《毛傳》:"畀,予也。"陳奐《傳疏》:"訓畀爲予,與二章同義,又互文以見也。予之,予之以法也。"290《周頌·載芟》:"爲酒爲醴,烝畀祖妣。"《鄭箋》:"烝,進;畀,予。"

畢(毕) bì 卑吉切（臻開三入質幫）
質部、幫母

❶打獵用的有長柄的網。也指用畢捕鳥。(雅1)216《小雅·鴛鴦》一章:"鴛鴦于飛,畢之羅之。"《毛傳》:"於其飛,乃畢掩而羅之。"朱熹《集傳》:"畢,小網長柄者也。"❷星宿名。二十八宿之一。西方白虎七宿的第五宿。共八星,形如長柄的網。(雅1)232《小雅·漸漸之石》三章:"月離于畢,俾滂沱矣。"《毛傳》:"畢,噣也。月離陰星則雨。"朱熹《集傳》:"畢,星名。豕涉波,月離畢,將雨之驗也。"陳奐《傳疏》:"孫、郭《爾雅·注》並云:'掩兔之畢,或呼爲濁,因以名星。其字亦皆作濁也。'"❸盡;都。(雅1)190《小雅·無羊》三章:"麀之肬肬,畢來既升。"朱熹《集傳》:"但以手揮之,使來則畢來,使升則盡升也。"又見【天畢】。

渾 bì 卑吉切（臻開三入質幫）
質部、幫母

渾泼,寒風冷冽。見"觱"。

韠(韍) bì 卑吉切（臻開四入質幫）
質部、幫母

蔽膝,古代官服上的裝飾。用熟皮製成,上厄下寬,繫在衣服前面,形如圍裙。大官紅色,小官青黑色,居喪者白色。(風1)147《檜風·素冠》三章:"庶見素韠兮,我心蘊結兮。"朱熹《集傳》:"韠,蔽膝也。以韋爲之。冕服謂之韍,其餘曰韠。韠從裳色,素衣素裳則素韠也。"《釋名·釋衣服》:"韠,蔽膝也,所以蔽膝前也。婦人蔽膝亦如之。齊人謂之巨巾。田家婦女出至田野,以覆其頭,故因爲名也。畢沅曰:'蓋本名蔽膝',急言之則兩音合一,遂名'韠'矣。"

辟 (一) bì 必益切（梗開三入昔幫）
錫部、幫母

❶法;法度。(雅2)194《小雅·雨無正》三章:"辟言不信,如彼行邁,則靡所臻。"《毛傳》:"辟,法也。"《鄭箋》:"爲陳法度之言,不信之也。"244《大雅·文王有聲》五章:"四方攸同,皇王維辟。"陸德明《釋文》:"辟,音璧,法也。"陳奐《傳疏》:"翰爲榦,則辟爲法,當依陸別義爲優。"屈萬里《詮釋》:"辟,法也。言武王爲諸侯法也。"一說:君。《鄭箋》:"辟,君也。"孔穎達《正義》:"文王武王維於是爲之君而施化焉。"朱熹《集傳》:"辟,君也。四方得以來同於此,而以武王爲之君。"❷君。指天子或諸侯。(雅5、頌5)215《小雅·桑扈》三章:"之屏之翰,百辟爲憲。"《鄭箋》:"辟,君也。"305《商頌·殷武》三章:"天命多辟,設都於禹之績。"《毛傳》:"辟,君。"朱熹《集傳》:"多辟,諸侯也。"❸朝見君王。(頌1)305《商頌·殷武》三章:"歲事來辟,勿予禍適。"《鄭箋》:"來辟,猶來王也。…以歲時來朝覲於我殷王者。"王先謙《集疏》:"詩言周天子命衆諸侯建都於禹迹之地者,但令其歲時來王,不施過責。"一說:治理。林義光《通解》:"辟,讀爲擘。

《說文》：'嬖,治也。'…勤治稼穡,以供粢盛,庶可免於過責也。"❹明;修明。(雅 1)256《大雅·抑》八章："辟爾爲德,俾臧俾嘉。"馬瑞辰《通釋》："《禮運》'辟於其義',王尚書謂即明於其義。今按此詩辟亦明也。爲,當爲語助詞。辟爾爲德,猶明爾德也。"一說：效法。《鄭箋》："辟,法也。"❺通"避"。避讓;迴避。(風 1)107《魏風·葛屨》二章："好人提提,宛然左辟。"余冠英《詩經選》："辟即避,左避猶迴避。"《說文·人部》："僻,避也。"引《詩》'宛如左僻'。一說：邪僻。馬瑞辰《通釋》："辟當讀如便辟之辟。…好習容儀也。《列子釋文》：'便辟,恭謹太過也。'便與旋,疊韻而同義。古左與邪通。…左辟即邪辟也。"又一說：通"襞"。裙子的襞積。王夫之《稗疏》："辟與襞通,音必亦切,言裳之縫(fèng)襞也。凡凶服冠裳,襞積左掩右;吉服冠裳,襞積右掩左。右掩左者,其襞在左。此言縫裳之製也。宛然者,襞積分明楚楚然也。"

(二) pì 芳辟切(梗開三入昔滂)
　　　　錫部、滂母
❻邪僻;不正派。(雅 3)255《大雅·蕩》一章："疾威上帝,其命多辟。"朱熹《集傳》："多辟,多邪僻也。"254《大雅·板》六章："民之多辟,無自立辟。"陸德明《釋文》作"僻"。云："多僻,匹亦反,邪也。"朱熹《集傳》："辟,邪也。…今民既多邪僻矣,豈可又自立邪僻以導之耶?"一說："立辟"之"辟"作"法"講。《鄭箋》："民之行多爲邪僻者,乃女君臣之過,無自謂所建爲法也。"胡承珙《後箋》："然立辟當爲立法。"吳闓生《會通》："居邪僻之世,不可自爲立法。"又一說：違背。項安世《項氏家說》："辟音避,背違也。…《板》詩言'民之多辟',亦言人之向背無常,人君不可自以私意作法,當以天道牖之,則如壎篪之應,如圭璋之信,如携取之易,而不假附益也。"

(三) pì 房益切(梗開三入昔並)
　　　　錫部、並母
❼開闢。(雅 2)262《大雅·江漢》三章："式辟四方,徹我疆土。"《鄭箋》："開闢四方,治我疆界於天下。"朱熹《集傳》："辟,與闢同。"

265《大雅·召旻》七章："昔先王受命,有如召公,日辟國百里。"《毛傳》："辟,開。"朱熹《集傳》："所謂日辟國百里云者,言文王之化,自北而南,至於江漢之間,服從之國日以益衆。"❽剔除;除去。(雅 1)241《大雅·皇矣》二章："啓之辟之,其檉其椐。"朱熹《集傳》："啓、辟,芟除也。"❾通"擗"。拍胸。(風 1)26《邶風·柏舟》四章："靜言思之,寤辟有摽。"《毛傳》："辟,拊心也。"陸德明《釋文》："辟,本又作擗。避亦反,拊心也。"王先謙《集疏》："女言審思此事,寐覺之時,手拊心也,至於擗擊之也。"《玉篇·手部》："擗,拊心也。《詩》曰：'寤擗有摽。'亦作辟。"聞一多《通義》："擗同捭,兩手擊也。…'寤擗有嘌',言兩手交互擊胸,其聲嘌嘌然也。"參"譬"。

【辟公】諸侯。(頌 3)269《周頌·烈文》："烈文辟公,錫茲祉福。"朱熹《集傳》："辟公,諸侯也。言諸侯助祭,使我獲福。"馬瑞辰《通釋》："《爾雅·釋詁》：'辟,君也。'天子諸侯,皆有君號,故通稱爲辟。天子曰辟王,《詩》'載見辟王';諸侯則曰辟公,此詩'烈文辟公',《雝》詩'相維辟公'是也。"屈萬里《詮釋》："此'烈文辟公',指周之先公也。"

【辟王】君王。稱天子。(雅 2、頌 1)238《大雅·棫樸》一章："濟濟辟王,左右趣之。"《鄭箋》："辟,君也。君王,謂文王也。"283《周頌·載見》："載見辟王,曰求厥章。"《鄭箋》："諸侯始見君王,謂見成王也。"

【辟廱】周王朝爲貴族子弟設立的學校。校址圓形,四面環水如璧,前門外有通行的橋。(雅 3)244《大雅·文王有聲》六章："鎬京辟廱,自西自東,自南自北,無思不服。"《鄭箋》："武王於鎬京行辟廱之禮。"林義光《通解》："鎬京辟雝,即鎬池也。…而鎬之辟雝則講武之事在焉。故以東西南北無思不服爲言。"242《大雅·靈臺》四章："於論鼓鐘,於樂辟廱。"《毛傳》："水旋丘如璧,曰廱,以節觀者。"《鄭箋》："於喜樂乎諸在辟廱中者。"朱熹《集傳》："辟,璧通。廱,澤也。辟廱,天子之學,大射行禮之處也。水旋丘如璧,以節觀者,故曰辟廱。"班固《白虎通·辟雍》："辟者,璧也,象璧圓以法天也。雍者雍之以水,象教化流行也。"《三輔黃圖·辟廱》:"周文王辟廱在長安西北四十里。亦曰璧廱。如璧之圓,雍之以水,象教化之流行也。"陳奐《傳疏》:"《王制》,大學在郊,天子曰辟廱。"馬瑞辰《通釋》:"辟廱,特象其池之形制而名之也。…至以大學、明堂、辟廱三廱同處,此自漢儒據漢制言之耳。"一說:離宮。戴震《考證》:"辟廱於經無明文。漢初說禮者規放故事,始援《大雅》、《魯頌》立說,謂天子爲辟廱,諸侯曰頖宮。如誠學校重典,不應《周禮》不一及之。…宮有宛囿臺池之飾,禽獸之饒。此詩靈臺、靈沼、靈囿與辟廱連稱,抑亦文王之離宮乎。"

璧 bì 必益切（梗開三入昔幫）
錫部、幫母

平圓而正中有孔的玉。邊寬爲内孔直徑的兩倍。古代貴族用作朝會、祭祀、喪葬時的禮器。也用作裝飾品。（風1）55《衛風·淇奥》三章:"如金如錫,如圭如璧。"朱熹《集傳》:"圭、璧言其生質之温潤。"《周禮·春官·大宗伯》:"以蒼璧禮天。"鄭玄注:"璧圜象天。"又見【圭璧】。

屭 bì 卑吉切（臻開三入質幫）
質部、幫母

【屭發】大風呼嘯聲;寒風冷冽。（風1）154《豳風·七月》一章:"一之日屭發。"《毛傳》:"屭發,風寒也。"陳奐《傳疏》:"屭、發迭韻,發,風發發也,屭爲風寒之貌。"《說文·仌部》引《詩》作"潷泼"。馬瑞辰《通釋》:"潷蓋本字,《毛詩》作屭發,假借字也。"余冠英《詩經選》:"屭發,大風觸物聲。"

【屭沸】泉水涌出的樣子。（雅2）222《小雅·采菽》二章:"屭沸檻泉,言采其芹。"《傳》:"屭沸,泉出貌。"王先謙《集疏》:"《韓》,屭亦作潷。"264《大雅·瞻卬》七章:"屭沸檻泉,維其深矣。"朱熹《集傳》:"屭沸,泉涌貌。"嚴粲《詩緝》:"屭沸然其來不竭,喻心之憂未有已也。"

閉(閉) bì 博計切（蟹開四去霽幫）
方結切（山開四入屑幫）
質部、幫母

通"柲"。正弓器。（風1）128《秦風·小戎》三章:"交韔二弓,竹閉緄縢。"陸德明《釋文》:"閉,悲位反。鄭注《周禮》云:弓檠曰柲。弛則縛於弓裏,備頓傷也,以竹爲之。"陳奐《傳疏》:"竹閉,以竹爲閉也。閉亦作柲。"《儀禮·既夕禮》"有柲"鄭玄注引《詩》作"竹柲緄縢"。《周禮·考工記·弓人》"譬如終絍",鄭玄注引《詩》作"竹䋿緄縢"。王先謙《集疏》:"《齊》,閉作柲。《魯》,作䋿。"

籩 biān 布玄切（山開四平仙幫）
寒部、幫母

古代祭祀或宴會時盛果脯的竹器,形狀象高腳盤。（風1,雅6,頌1）158《豳風·伐柯》二章:"我覯之子,籩豆有踐。"朱熹《集傳》:"籩,竹豆也。豆,木豆也。"《爾雅·釋器》:"竹豆謂之籩,木豆謂之豆。"邢昺疏:"籩盛棗栗桃梅菱芡脯脩…之屬,祭祀享燕所用。""豆,其實韭菹醢醓之類。"

扁 biǎn 方典切（山開四上銑幫）
真部、幫母
符善切（山開三上獮並）
真部、並母

物體平而薄。（雅1）229《小雅·白華》八章:"有扁斯石,履之卑兮。"《毛傳》:"扁扁,乘石貌。"陸德明《釋文》:"扁,乘石貌。乘石者,登車所履之石。"朱熹《集傳》:"有扁然而卑之石,則履之者亦卑矣。"陳奐《傳疏》:"有扁斯石,言扁然其石也。扁者,器不圜也。"

褊 biǎn 方緬切（山開三上獮幫）
真部、幫母

狹小;狹窄。（風1）107《魏風·葛屨》二章:"維是褊心,是以爲刺。"《鄭箋》:"魏俗所以然者,是君心褊急,無德教使之耳,我是以刺之。"按《說文·衣部》:"褊,衣小也。"王先謙《集疏》:"褊小,褊陋,皆自衣旁推之。"

貶(貶) biǎn 方斂切（咸開三上琰幫）
談部、幫母

下降;貶黜。（雅1）265《大雅·召旻》三章:"孔填不寧,我位孔貶。"《毛傳》:"貶,隊（墜）也。"朱熹《集傳》:"至於敬戒恐懼,其久不寧者,其位乃更見貶黜。"何楷《古義》:"勞於趨事,而不遑安寧如我者,反不能安其位而遭貶黜,其顛倒錯亂如此。"

徧(遍) biàn 方見切（山開四去霰 幫）真部、幫母

普遍；都。（風 2、雅 1）40《邶風·北門》二章："我入自外，室人交徧謫我。"陸德明《釋文》："徧，古遍字。"166《小雅·天保》五章："羣黎百姓，徧爲爾德。"《鄭箋》："羣衆百姓，徧爲爾之德，言則而象之。"馬瑞辰《通釋》："徧爲爾德，猶云徧化爾德也。"（都被你的德行所感化。）

弁 （一）biàn 皮變切（山開三去線並）寒部、並母

❶古代貴族男子穿禮服時戴的帽子，吉禮之服戴冕，通常的禮服戴弁。弁又分皮弁、爵弁。皮弁用皮革製成，爲武冠，用于田獵或征戰；爵弁用布製成，爲文冠，用於祭祀。（風 1、雅 4、頌 1）217《小雅·頍弁》一章："有頍者弁，實維伊何？"《毛傳》："弁，皮也。"292《周頌·絲衣》："絲衣其紑，載弁俅俅。"《鄭箋》："弁，爵弁也。爵弁而祭於王，士服也。"《詩經》里，只有《絲衣》的"弁"是爵弁（文冠），其餘都是皮弁（武冠）。❷戴冠。古時男子二十歲舉行加冠禮。表示成人。（風 1）102《齊風·甫田》三章："未幾見兮，突而弁兮。"《鄭箋》："見之無幾何，突耳加冠兒成人也。"

（二）pán ★薄官切（山合一平桓並）寒部、並母

❸通"昪"。快樂的樣子。（雅 1）197《小雅·小弁》一章："弁彼鸒斯，歸飛提提。"《毛傳》："弁，樂也。"陸德明《釋文》："弁，步干反，樂也。"陳奐《傳疏》："《說文》：'昪，喜樂也.'段注云：'弁者，昪之假借。'"一說：鳥飛時翅膀鼓動的樣子。朱熹《集傳》："弁，飛拊翼貌。"

又見【會弁】。

變(变) biàn 彼眷切（山開三去線幫）寒部、幫母

【變風】《詩經》學名詞。指《國風》中自《邶風》以下《豳風》一百三十五篇詩。它們是周王朝政治衰亂時期的作品，叫做"變風"，與周朝盛世的"正風"相對。《詩·大序》："至於王道衰，禮義廢，政教失，國異政，家殊俗，而《變風》、《變雅》作矣。"鄭玄《詩譜序》："文武之德，光熙前緒，以大命於厥身，遂爲天下父母，使民有政有居。其時詩：《風》有《周南》《召南》，《雅》有《鹿鳴》《文王》之屬。及成王周公，致太平，製禮作樂，而有頌聲興焉，盛之至也。本之由此《風》《雅》而來，故皆錄之，謂之《詩》之正經。后王稍更陵遲。夷王始受紀侯譖，亨齊哀公，夷身失禮之後，邶不尊賢。自是而下，厲也、幽也，政教尤衰，周室大壞。《十月之交》、《民勞》、《板》、《蕩》，勃爾俱作，衆國紛然，怨刺相尋。…故孔子錄懿王、夷王時詩，迄於陳靈公淫亂之事，謂之'變風'、'變雅'。據此，陸德明《釋文》以《周南》、《召南》爲"正風"，《邶風》以下十三國風爲"變風"。馬瑞辰認爲《風》《雅》的"正""變"是由"政教得失"來區分，凡譏刺時政者都屬"變風"、"變雅"。不以時間爲界。

【變雅】《詩經》學名詞。指《小雅》自《六月》至《何草不黃》五十八篇，《大雅》自《民勞》至《召旻》十三篇，共計七十一篇詩。它們都是周王朝政治衰亂時期的作品，叫做"變雅"，與西周盛世的"正雅"相對。孔穎達《正義》說："正經述大政爲《大雅》，述小政爲《小雅》，有《小雅》、《大雅》之聲。王政既衰，變雅兼作，取《大雅》之音歌其政事之變者，謂之《大雅》；取《小雅》之音歌其政事之變者，謂之變《小雅》。"陸德明《釋文》認爲《小雅》"從《鹿鳴》至《菁菁者莪》凡二十二篇皆正《小雅》，六篇亡，今唯十六篇。自《六月》至《何草不黃》五十八篇爲變《小雅》。《大雅》自《文王》至《卷阿》十八篇爲正《大雅》，自《民勞》至《召旻》十三篇爲變《大雅》。其實《變雅》中也有歌頌宣王"中興"的作品。

麃 biāo ★悲嬌切（效開三平宵幫）宵部、幫母

通"穮"。除草。（頌 1）290《周頌·載芟》："厭厭其苗，緜緜其麃。"《毛傳》："麃，耘也。"陸德明《釋文》："麃，表嬌反，芸也。《說文》云：'穮，耨鋤田也.'"陳奐《傳疏》："除草謂之耘，亦謂之穮。《詩》作麃，古文假借字。"參"儦"、"瀌"。

【麃麃】威武的樣子。（風 1）79《鄭風·清

人》二章:"清人在消,駟介麃麃。"《毛傳》:"麃麃,武貌"陳奐《傳疏》:"《酌·傳》:'蹻蹻,武貌。'麃、蹻聲義通。"

儦 biāo 甫嬌切(效開三平宵幫)
宵部、幫母

【儦儦】1) 眾多的樣子。(風 1)105《齊風·載驅》四章:"汶水滔滔,行人儦儦。"《毛傳》:"儦儦,眾貌。"陳奐《傳疏》:"《說文》:'儦儦,行貌。'《傳》云'眾貌'謂行人眾也。"2) 獸快走的樣子。(雅 1)180《小雅·吉日》三章:"儦儦俟俟,或羣或友。"《毛傳》:"趣則儦儦,行則俟俟。"陸德明《釋文》:"儦儦,本作麃,又作爂,表嬌反,趣也。《廣雅》云:'行也。'"《說文·人部》"俟"下引《詩》作"伾伾俟俟"。《後漢書·馬融傳》李賢注引《韓詩》作"駓駓俟俟"。參"爂"。

瀌 biāo 甫嬌切(效開三平宵幫)
宵部、幫母
皮彪切(流開四平幽並)
宵部、並母

【瀌瀌】雪盛大的樣子。(雅 1)223《小雅·角弓》七章:"雨雪瀌瀌,見晛曰消。"《鄭箋》:"雨雪之盛瀌瀌然。"陸德明《釋文》:"瀌,雪盛貌。"朱熹《集傳》:"瀌瀌,盛貌。"《韓詩外傳》卷四、《荀子·非相》、《漢書·劉向傳》均引作"麃麃。"陳奐《傳疏》:"疑《詩》本作'麃麃',后人加水旁耳。"

爂 biāo 《釋文》表嬌切(效開三平宵幫)
宵部、幫母

獸快走的樣子。見"儦"。

鑣(镳) biāo 甫嬌切(效開三平宵幫)
宵部、幫母

勒馬的器具。即馬嚼子。與銜合用,銜在口中,鑣露在口外。商周時代有青銅製的,也有骨角製的。(風 1)127《秦風·駟驖》三章:"輶車鸞鑣,載獫歇驕。"朱熹《集傳》:"鑣,銜也。"嚴粲《詩緝》:"鑣,馬銜外鐵也。"《說文·金部》:"鑣,馬銜也。"王筠《釋例》:"勒以革爲之,所以繫鑣,鑣與銜皆以金爲之。鑣在口旁,銜在口中,三物一體,故通其名,而所在不別也。"

【鑣鑣】美盛的樣子。(風 1)57《衛風·碩人》三章:"四牡有驕,朱幩鑣鑣。"《毛傳》:

"鑣鑣,盛貌。"朱熹《集傳》:"鑣鑣,盛也。"王先謙《集疏》:"重言鑣鑣者,四牡皆有鑣,連翩齊騁,故《傳》云盛貌。此實字虛詁之例,會意爲訓。"《玉篇·人部》引作"儦儦"。王先謙《集疏》:"《韓》,鑣鑣作儦儦。"

滮(淲) biāo 皮彪切(流開三平幽並)
幽部、並母

【滮池】古水名,一作淲沱,也叫冰池、聖水泉,在今陝西西安市西北。(雅 1)229《小雅·白華》三章:"滮池北流,浸彼稻田。"《水經注·渭水》:"鄗水又北流,西北注,與滮池合。水出鄗池西,而北流入於鄗。《毛詩》云:'淲,流浪(貌)也。'而世傳以爲水名矣。"王夫之《稗疏》:"蓋滮池在咸陽縣之南境,地在渭水之南,與今縣治隔渭,故北流入鎬,以合於渭。滮池繫之咸陽者,其縣之境內也。"一說,滮,水流的樣子。《毛傳》:"滮,流貌。"《鄭箋》:"豐、鎬之間水北流。"《說文·水部》:"淲,水流貌。《詩》曰:淲池北流。"王先謙《集疏》:"三家,滮作淲,池作沱。"

受 biāo ★平表切(效開三上小並)
宵部、並母

草木零落。見"摽"。

摽 biāo 符少切(效開三上小並)
宵部、並母

❶通"受"。落。(風 3)20《召南·摽有梅》一章:"摽有梅,其實七兮。"《毛傳》:"摽、落也。"本作"受"。《說文·受部》:"受,物落也,上下相付也。讀若《詩》摽有梅。"段玉裁注:"《毛詩》摽字,正受之假借。"王先謙《集疏》:"《魯》、《韓》摽作淲,《齊》作票。"一說:抛。聞一多《新義》:"摽,即古抛字。《玉篇》曰:'摽,擲也。'"❷拍。(風 1)26《邶風·柏舟》四章:"靜言思之,寤辟有摽。"《毛傳》:"摽,拊心貌。"王先謙《集疏》:"言貞女審思此事,寐覺之時,以手拊心,至於擗擊之也。"

〖摽有梅〗《國風·召南》篇名(20)。這是一首情歌。寫一個女子感於青春易逝,希望和追求她的男子早日成婚。聞一多《類鈔》以爲反映了古代婚戀習俗:"在某種節令的聚會里,女子用新熟的果子,拋向她所屬意的男子,對方如果同意,並在一定期間裡送上禮物來，二人便可結爲夫婦。這里正是一首擲果時女子們唱的歌。《詩序》以爲寫男女婚姻及時也：「《摽有梅》，男女及時也。召南三國，被文王之化，男女得以及時也。」朱熹以爲寫"南國被文王之化，女子知以貞信自守，懼其嫁不及時，而有強暴之辱"。三章，十二句。

藨 biào ★婢小切（效開三上小並）
宵部、並母

草木零落。見"摽"。

鱉 biē 并列切（山開三入薛幫）
月部、幫母

一種爬行動物，也叫團魚、甲魚。（雅1）261《大雅·韓奕》三章："其殽維何，炰鱉鮮魚。"

鼈 biē 并列切（山開三入薛幫）
月部、幫母

同"鱉"。（雅1）177《小雅·六月》六章："飲禦諸友，炰鼈膾鯉。"唐石經作"鱉"。《玉篇·魚部》："鼈，俗鱉字。"《詩經》中"鼈"、"鱉"字並出。

賓（宾、賔） bīn 必鄰切（臻開三平真幫）
真部、幫母

客人；貴客。（雅20）161《小雅·鹿鳴》一章："我有嘉賓，鼓瑟吹笙。"209《小雅·楚茨》三章："爲豆孔庶，爲賓爲客。"嚴粲《詩緝》："曹氏曰：祭終有燕賓之禮。"惠周惕《詩說》："賓，自君命者也。客，自外至者也。"246《大雅·行葦》五章："序賓以賢。"《毛傳》："言賓客次第皆賢。"唐石經作"賔"。
【賓客】客人。（雅1）180《小雅·吉日》四章："以禦賓客，且以酌醴。"《鄭箋》："賓客，謂諸侯也。"
〖賓之初筵〗《小雅》篇名(220)。這是諷刺統治者飲酒無度，失禮敗德的詩。揭露了醉漢們的種種醜態。《詩序》："《賓之初筵》，衛武公刺時也。幽王荒廢，媟近小人，飲酒無度，天下化之，君臣上下沉湎淫液。武公既入而作是詩也。"《後漢書·孔融傳》李賢注引《韓詩》："衛武公飲酒悔過也。"《易林·大壯之家人》："舉觴飲酒，未得至口，側弁醉酗，拔劍斫怒，武公作悔。"漢代今、古文《詩》都認爲詩的作者是衛武公。朱熹《集傳》："毛氏《序》曰：衛武公幽王時也。'韓氏《序》曰：'衛武公飲酒悔過也。'今按此詩意與《大雅·抑戒》相類，必武公自悔之作。當從韓義。"方玉潤《原始》："武公初入爲王卿士，難免不與其宴。既見其如此無禮，而又未敢直陳君失，只好作悔過用以自警，使王聞之，或以稍正其失，未始非詩之力也。古之教人，以言教不如身教；臣子事君，以言諫不如身諫。武公立朝，正己以格君非，雖曰悔過，實以譎諫意耳。《毛》、《韓》二說，原未嘗錯。"但鄭武公於平王時始入爲王朝卿士，則此詩所刺的當是平王，而不是幽王。馬瑞辰《通釋》："《賓之初筵》首章'大侯既抗'《傳》云：'有燕射之禮。'是以詩所言爲燕射禮也。"屈萬里《詮釋》："此當是詠大射之詩。將祭而射，謂之大射。"五章，七十句。

參"儐"。

濱（滨） bīn 必鄰切（臻開三平真幫）
真部、幫母

❶水邊。（風1）15《召南·采蘋》一章："於以采蘋，南澗之濱。"《毛傳》："濱，涯也。"《宋書·何尚之傳》引作"南澗之瀕"。❷邊境。（雅1）205《小雅·北山》二章："率土之濱，莫非王臣。"孔穎達《正義》："《釋水》云：'滸，水涯。'孫炎曰：'涯，水邊。'《說文》云：'浦，水濱。'《廣雅》云：'浦，涯。'然則滸、濱、涯、浦皆水畔之地，同物而異名也。"王念孫《廣雅疏證》卷九下："濱與邊聲相近，水濱猶言水邊，故地之四邊亦謂之濱，《小雅·北山篇》云'率土之濱'是也。"徐鍇《說文繫傳》引作"率土之頻"。參"頻"。

瀕 bīn ★卑民切（臻開三平真幫）
真部、幫母

水邊。見"濱"。

豳 bīn 府巾切（臻開三平真幫）
文部、幫母

古邑名。也作邠。土地包括今陝西旬邑和邠縣一帶。故城在今旬邑縣西。周族先祖公劉由邰（今陝西武功縣西南）遷居於此。（雅2）250《大雅·公劉》五章："度其夕陽，豳居允荒。"《史記·周本紀》："公劉卒，子慶節立，國於豳。"司馬貞索隱："豳即邠也，古今字異耳。"朱熹《集傳》："豳，國名。在《禹貢》雍州岐山之北,原隰之野。虞夏之際,棄爲后稷,而封於邰。及夏之衰,棄稷不務。棄子不窋失其官守,而自竄於戎狄之間。不窋生鞠陶,鞠陶生公劉,能復修后稷之業,民以富實。乃相土地之宜,而立國於豳之谷焉。十世而大王徙居岐山之陽,十二世而文王始受天命,十三世武王遂爲天子。"

【豳風】《詩經·國風》之一,共有《七月》《鴟鴞》《東山》《破斧》《伐柯》《九罭》《狼跋》等七篇。朱熹《集傳》:"武王崩,成王立,年幼不能涖阼,周公旦以冢宰攝政,乃述后稷公劉之化,作詩一篇以戒成王,謂之《豳風》。而後人又取周公所作及凡爲周公而作之詩以附焉。"《豳風》大都是西周作品。其中《七月》是《詩經》里最著名的農事詩。豳地春秋時屬秦國,《豳風》之所以不併入《秦風》而獨立爲一類,可能是因爲時代較早而內容獨特,演唱的曲調和《秦風》有所不同。屈萬里《詮釋》:"豳地與周公無關,而豳詩多言周公東征事,此必有故。疑周公東征時所率者多豳地之民,所易歌詩,皆豳地之聲調,故其詩雖作於東國,而仍以豳名之也。《七月》之詩,疑亦東征之士,懷念故土,作之以慰鄉思者。然豳詩語皆平易,非如《周頌》及《大雅》中若干篇之艱奧難解,似非西周初年作品。其諸詩流傳於口頭雖古,而著之於竹帛者晚歟,凡此皆有待於論定者也。"魏源《詩古微》:"文王之風既有《二南》,而文王以前,文王以後之風,則皆入《豳風》。《七月》《鴟鴞》作於周公之前,而周公始陳諸王;《東山》諸篇,作於豳公之後,而太師採以入什。《二南》,西土之正風也;《豳》,西土之變風也;《王》,東周之變風也。"有的學者認爲,《七月》等篇不屬於《國風》的範圍,當另成一類。顧炎武《日知錄》卷三:"自《二南》至《豳》,統謂之《國風》,此先儒之誤,程泰之辯之詳矣。《豳詩》不屬於《國風》。周世之國無幽,此非太師所采。周公追王業之始,作爲《七月》之詩,兼《雅》《頌》之聲,而用之祈報之事。《周禮·籥章》:'逆暑迎寒,則歙《豳詩》,祈年於田祖,則歙《豳雅》,祭蜡則歙《豳頌》。'雪山王氏曰:'此一詩而三用也。'《鴟鴞》以下,或周公之作,或爲周公而作,則皆附於豳焉。雖不以合樂,然與《二南》同爲有周盛時之詩,非東周以後列國之風也,故他無可附。"徐中舒《豳風說》則以爲《豳風》當是春秋時之魯詩。詳舉十證,其說甚辯。

【豳詩】指《豳風·七月》。《周禮·春官·籥章》:"中春,晝擊土鼓。歙《豳詩》,以逆暑。"鄭玄注:"《豳詩》,《豳風·七月》也。吹之者,以籥爲之聲。《七月》言寒暑之事,迎氣,歌其類也。此'風'也而言'詩','詩',總名也。"

【豳頌】指《豳風·七月》。《周禮·春官·籥章》:"國祭蜡則歙《豳頌》,擊土鼓,以息老物。"鄭玄注:"《豳頌》,亦《七月》也。《七月》又有'穫稻作酒,躋彼公堂,稱彼兕觥,萬壽無疆'之事,是亦歌其類也。謂之頌者,以其言歲終人功之成。"一說《豳頌》指《周頌》中有關農事的詩。朱熹《集傳》:"或疑《思文》、《臣工》、《噫嘻》、《豐年》、《載芟》、《良耜》即所謂《豳頌》者。"

【豳雅】指《豳風·七月》。《周禮·春官·籥章》:"凡國祈年於田祖,歙《豳雅》,擊土鼓,以樂田畯。"鄭玄注:"《豳雅》,亦《七月》也。《七月》又有'于耜舉趾,饁彼南畝'之事,是亦歌其類。謂之'雅'者,以其言男女之正。"賈公彥疏:"先王之業,以農爲本,是男女之正,故是雅也。"一說:指《二雅》中有關農事的詩。朱熹《集傳》:"前篇(《甫田》)有'擊鼓以御田祖'之文,故或疑此《楚茨》、《信南山》、《甫田》、《大田》四篇即爲《豳雅》。"

儐(傧) bìn 必刃切(臻開三去震幫) 真部、幫母

陳設。(雅 1)164《小雅·常棣》六章:"儐爾籩豆,飲酒之飫。"《毛傳》:"儐,陳。"孔穎達《正義》:"其時則陳列爾王之籩豆。"《文選·魏都賦》張載注引《韓詩》作"賓"。

冰(氷) bīng 筆陵切(曾開三平蒸幫) 蒸部、幫母

冰;水在攝氏零度或零度以下凝成的固體。(風 2,雅 3)154《豳風·七月》八章:"二之日鑿冰沖沖。"《毛傳》:"冰盛水腹(厚),則命取

冰於山林。"

掤 bīng 筆陵切（曾開三平蒸幫）
蒸部、幫母

箭筒的蓋子。(風1)78《鄭風·大叔于田》三章："抑釋掤忌,抑鬯弓忌。"《毛傳》："掤,所以覆矢。"陸德明《釋文》："掤,音冰,所以覆矢也。馬云：'櫝丸蓋也。'杜預云：'櫝丸,箭笡也。'"朱熹《集傳》："掤,箭矢蓋。《春秋傳》作冰。"

兵 bīng 甫明切（梗開三平庚幫）
陽部、幫母

兵器；武器。(風1、雅1)引《邶風·擊鼓》一章："擊鼓其鏜,踴躍用兵。"朱熹《集傳》："兵,謂戈戟之屬。"256《大雅·抑》四章："脩爾車馬,弓矢戎兵。"孔穎達《正義》："當脩治汝征伐之車馬及戎兵之器。"王筠《說文句讀》："秦漢以下,始謂執兵之人為兵。"《詩經》中"兵"無作"兵士"用者。又見【用兵】。

怲 bīng 兵永切（梗開三上梗幫）
陂病切（梗開三去映幫）
陽部、幫母

【怲怲】滿懷憂愁的樣子。(雅1)217《小雅·頍弁》二章："未見君子,憂心怲怲。"《毛傳》："怲怲,憂盛滿也。"《說文·心部》："怲,憂也。引《詩》'憂心怲怲'。"吳夌雲《吳氏遺著》："'炳'為明之甚,'病'為疾之甚,'怲'亦憂之甚也。"

柄 bǐng 陂病切（梗開三去映幫）
★補永切（梗開三上梗幫）
陽部、幫母

器物的把兒。(雅1)203《小雅·大東》七章："維北有斗,西柄之揭。"朱熹《集傳》："斗西揭其柄,反若有所挹取於其東。"

秉 bǐng 兵永切（梗開三上梗幫）
陽部、幫母

❶禾把。(雅1)212《小雅·大田》三章："彼有遺秉,此有滯穗。"《毛傳》："秉,把也。"孔穎達《正義》："秉,刈禾之把也。"陳奐《傳疏》："遺秉,謂連稿者；滯穗,謂去稿者。"
❷拿着；握着。(風2、雅1、頌1)95《鄭風·溱洧》一章："士與女,方秉蕑兮。"王先謙《集疏》："《韓》云:秉,執也。蕑,蘭也。當此

盛流之時,衆士與衆女執蘭而祓除邪惡。"212《小雅·大田》二章："田祖有神,秉畀炎火。"《鄭箋》："持之付與炎火,使自消亡。"陸德明《釋文》："秉,如字,執持也。《韓詩》作卜。卜,報也。胡承珙《後箋》："卜畀炎火者,謂巫取而畀之炎火也。"❸操；用。(風1、雅3)50《鄘風·定之方中》三章："匪直也人,秉心塞淵。"《毛傳》："秉,操也。"197《小雅·小弁》六章："君子秉心,維其忍之。"《鄭箋》："秉,執也。"257《大雅·桑柔》三章："君子實維,秉心無競。"陳奐《傳疏》："《定之方中·傳》云：'秉,操也。'競,強。無,發聲。…言君子之所為,其操心甚強固也。"❹掌握；執掌。(雅2)191《小雅·節南山》六章："憂心如醒,誰秉國成。"《鄭箋》："觀此君臣,誰能持國之平乎?"馬瑞辰《通釋》："秉國,即執國政也。"❺任用；執行。(雅1、頌1)255《大雅·蕩》三章："而秉義類,強禦多懟。"朱彬《經傳考證》："言所執持者善類,則強禦者憤懟不平,生心怨望。"(而秉義類:任用忠貞賢良的人。)266《周頌·清廟》："濟濟多士,秉文之德。"《毛傳》："執文德之人也。"《鄭箋》："濟濟之眾士,皆執行文王之德。"❻通"稟"。稟受；稟賦。(雅1)260《大雅·烝民》一章："民之秉彝,好是懿德。"馬瑞辰《通釋》："《逸周書·謚法解》：'秉,順也。'民之秉彝,即民之順其常情耳。"陳奐《傳疏》："民之秉好性善也。"

鞞 bǐng 《釋文》補頂反（梗開三入迥幫）
質部、幫母

通"鞞"。刀鞘。(雅1)213《小雅·瞻彼洛矣》二章："君子至止,鞞琫有珌。"(唐石經、相臺本作"鞞")《毛傳》："鞞,容刀鞞也。"孔穎達《正義》："古之言鞞,猶今之鞘。"陸德明《釋文》："鞞,字或作琕。補頂反。《說文》云:刀室也。"(影宋本《釋文》作"鞞")一說：刀鞘末端的裝飾。參看"鞞"字。

鞞 bǐng 補鼎切（梗開三上迥幫）
耕部、幫母

刀鞘。(雅1)250《大雅·公劉》二章："維玉及瑤,鞞琫容刀。"陸德明《釋文》："鞞,必頂反。"孔穎達《正義》："鞞者,刀鞘之名。"朱熹《集傳》："鞞,容刀之鞞,今刀鞘也。"段玉裁

《小箋》:"鞞,刀室也。即刀削(鞘),削音肖。一說:通"琕"、"鞞"。刀鞘上末端的裝飾。《毛傳》:"下曰鞞,上曰琫。"王夫之《稗疏》:"劉熙曰:'琫,捧也。捧,束口也。下末之飾曰鞞,鞞,卑也,在下之言也。'皆刀鞘之飾也。故毛公曰:下曰鞞,上曰琫。今按《古玉圖考》繪有玉螭理(同鞞)、琫二。其琫形如環而橢長,旁蟠螭,環孔大而穿。理如筍,旁出蟠螭,筍中孔小而不穿。云是高辛墓中物。如環孔大,橢長而穿者,鞘口飾也。狹長如筍,孔小而不穿者,鞘下飾也。正與毛公、劉熙之説合矣。參"鞞"。

琕 bǐng
《釋文》補頂反(梗開四上迥幫)
耕部、幫母

刀鞘。見"鞞(bǐng)"。

並(竝) bìng
蒲迥切(梗開四上迥並)
耕部、並母

❶共同。(風3)97《齊風·還》一章:"並驅從兩肩兮。"《鄭箋》:"並,併也。子也我也,併驅而逐禽獸。"一説:通"荓"。使。陳奐《傳疏》:"並即拼,荓字。《爾雅》:'拼,使也。'《桑柔·傳》:'荓,使也。'"❷普遍;都。(風2,雅1)126《秦風·車鄰》二章:"既見君子,並坐鼓瑟。"陳奐《傳疏》:"《燕禮》,公以賓及卿大夫皆坐方安,此'並坐'之義也。'並坐'與'鼓瑟'不連。"220《小雅·賓之初筵》四章:"既醉而出,並受其福。"王引之《述聞》卷六:"其字指醉出之賓。並之言普也,遍也。謂衆賓與主人並受此賓之福也。"

并 bìng
畀政切(梗開三去勁幫)
耕部、幫母

皆;同。(雅1)192《小雅·正月》三章:"民之無辜,并其臣僕。"朱熹《集傳》:"并,俱也。言不幸而遭國之將亡,與此無罪之民,將俱被囚虜而同爲臣僕。"馬瑞辰《通釋》:"謂使無罪者并爲臣僕,在譽人之列。非謂已爲臣僕,又從而罪及之也。"一説:連及;使。《鄭箋》:"王既刑殺無罪,并及其家之賤者。"《説文·從部》:"并,相從也。"何楷《古義》:"并,合從也。"陳奐《傳疏》:"并,古拼字。《爾雅》:'拼,使也'"屈萬里《詮釋》:"古者有罪之人没爲臣僕,此無罪之人民使爲臣僕,言政亂也。"

剝
(一) bō 北角切(江開二入覺幫)
屋部、幫母

❶剝皮;去皮。(雅2)209《小雅·楚茨》二章:"或剝或亨,或肆或將。"《鄭箋》:"祭祀之禮,各有其事。有解剝其皮者,有煮熟之者,有肆其骨體於俎者,或奉持而進之者。"朱熹《集傳》:"剝,解剝其皮也。"210《小雅·信南山》四章:"疆場有瓜,是剝是菹。"《毛傳》:"剝瓜爲菹也。"

(二) pū ★普木切(通合一入屋滂)
屋部、滂母

❷通"撲"。擊;打。(風1)154《豳風·七月》六章:"八月剝棗,十月穫稻。"《毛傳》:"剝,擊也。"段玉裁《小箋》:"此謂剝即攴之假借也,今字作撲。"一説:裂開。桂馥《札樸》:"《説文》:'剝,裂也。鼒(lí),剝也。菞(lí),坼也。'言棗熟蒂坼裂而落,有似於栗也。"

播 bō
補過切(果合一去過幫)
歌部、幫母

撒;播種。(風1、雅1、頌3)154《豳風·七月》七章:"其始播百穀。"290《周頌·載芟》:"播厥百穀,實函斯活。"《鄭箋》:"播,猶種也。…其種皆成,好含生氣。"

潑 bō
★北末切(山合一入末幫)
月部、幫母

魚尾擺動聲。見"發"。

撥(拨) bō
北末切(山合一入末幫)
月部、幫母

❶斷絶。(雅1)255《大雅·蕩》八章:"枝葉未有害,本實先撥。"《鄭箋》:"撥,猶絶也。"一説:敗;壞。馬瑞辰《通釋》:"撥、敗同聲,撥即敗之假借。《列女傳·齊東郭姜傳》引《詩》正作敗。"王先謙《集疏》:"《魯》,撥作敗。"又一説:移開。姚際恒《通論》:"撥,開也。大樹遭僕拔而揭起之時,其枝葉儼然尚未有害也,而其本實先已撥開於土矣。"❷治;治理。(頌1)304《商頌·長發》二章:"玄王桓撥。"《毛傳》:"桓,大。撥,治也。"孔穎達《正義》:"《公羊傳》云:'撥亂世',謂治亂世,故以撥爲治也。"鄭曉《古言類編》卷上:"桓者,武也。撥者,撥亂反正也。"一

說：英明。陸德明《釋文》：「撥，《韓詩》作發，明也。」陳奐《傳疏》：「《大治大明》，《毛》、《韓》意同。」王先謙《集疏》：「蓋以桓、發二字平列。訓桓爲武，訓發爲明，言玄王有英明之姿。」又一說：剛勇。馬瑞辰《通釋》：「撥，《韓詩》作發。發，當讀如發强剛毅之發。桓、發二字平列，皆剛勇之貌。《毛詩》作撥，假借字，《韓詩》作發爲正字。但不得如《韓詩》訓發爲明耳。」又一說：發。于鬯《香草校書》卷十八：「《毛傳》訓『桓』爲『大』，蓋當依之。…『撥』當從陸釋引《韓詩》作『發』爲正…『桓發』者，大發也。大發者，大起其家也。曾運乾《毛詩說》：『發，言奮發也。』參『發』。

波 bō 博禾切（果合一平戈幫）
歌部、幫母

江河湖海等起伏的水面；波浪。（雅1）232《小雅·漸漸之石》三章：「有豕白蹢，烝涉波矣。」《毛傳》：「將久雨，則豕進涉水波。」屈萬里《詮釋》：「涉波，猶言涉水也。」

皱 bō ★北末切（山合一入末幫）
月部、幫母

魚尾擺動聲。見"發"。

伯 bó 博陌切（梗開二入陌幫）
鐸部、幫母

❶年長的；排行最大的。（風）39《邶風·泉水》二章：「問我諸姑，遂及伯姊。」❷兄長；哥哥。（風7，雅1）37《邶風·旄丘》一章：「叔兮伯兮，何多日也。」朱熹《集傳》：「叔、伯，衛之諸臣。」192《小雅·正月》九章：「載輸爾載，將伯助予。」《毛傳》：「將，請；伯，長也。」88《鄭風·豐》：「叔兮伯兮，駕予與行。」《毛傳》：「叔、伯，迎己者。」朱熹《集傳》：「叔、伯，或人之字也。」陳奐《傳疏》：「《傳》云『叔、伯，迎己者』，謂婿之從者也。迎己者當不止一人，故或呼叔、呼伯。顧炎武《日知錄》卷二十三『伯父叔父』：『古人於父之昆弟必稱伯父、叔父，未有但呼叔、伯者。若不言父而但曰伯、叔者，則是字之而已。』❸長子。（頌1）290《周頌·載芟》：「侯主侯伯，侯亞侯旅。」《毛傳》：「伯，長子也。」一說：公卿；伯爵。郭沫若《由周代農事詩論到周代社會》：「主、國王；伯、公卿、公、大夫。于省吾《新證》：「主、伯、亞、旅四者，皆略舉當時自天子以下卿大夫之祿食公田者。」❹周代婦女對丈夫的稱呼。（風5）62《衛風·伯兮》一章：「伯兮朅兮，邦之桀兮。」《鄭箋》：「伯，君子字也。」朱熹《集傳》：「伯，婦人目其夫之字也。」❺諸侯之長；首領。（雅1）261《大雅·韓奕》六章：「奄受北國，因以其伯。」屈萬里《詮釋》：「因以其伯，因使爲其伯也。」（以、爲。）❻馬祖；馬神。即天駟房星之神。用作動詞，祭祀馬祖。（雅1）180《小雅·吉日》一章：「吉日維戊，既伯既禱。」《毛傳》：「伯，馬祖也。重物慎微，將用馬力，必先爲之禱其祖。」《周禮·校人》鄭玄注：「馬祖，天駟也。」孔穎達《正義》：「《釋天》云：『既伯既禱，馬祭也。』馬而祭，故知馬祖謂之伯。伯者，長也。馬祖始是長也。」朱熹《集傳》：「伯，馬祖也，謂天駟房星之神也。言田獵將用馬力，故以吉日祭馬祖而禱之。《說文·示部》『禂』下引《詩》作『既禂既禱』。

【伯氏】兄長；哥哥。（雅1）199《小雅·何人斯》七章：「伯氏吹壎，仲氏吹箎。」《鄭箋》：「伯、仲，喻兄弟也。」

【伯兮】《國風·衛風》篇名(62)。寫一個貴族婦女懷念其遠征的丈夫。爲後世閨怨詩所祖。《詩序》：「《伯兮》，刺時也。言君子行役，爲王前驅，過時而不反焉。」《鄭箋》：「衛宣公之時，蔡人、衛人、陳人從王伐鄭伯也。爲王前驅久，故家人思之。」朱熹《集傳》：「婦人以夫久從征役而作是詩。言其君子之才之美如是，今方執殳而爲王前驅也。」傅恒等《折中》以爲美思婦之詩：「《伯兮》，美思婦也。能知勤王之大義，思而不怨也。」四章，十六句。

又見【程伯休父】【大伯】【家伯】【召伯】【申伯】【郇伯】。

博 bó 補各切（宕開一入鐸幫）
鐸部、幫母

寬廣；大。（頌1）299《魯頌·泮水》七章：「戎車孔博，徒御無斁。」陸德明《釋文》：「博，徐云：毛如字，王同。大也。」朱熹《集傳》：「博，廣大也。」一說：堅固。《鄭箋》：「博，當作傅。甚傅致者，言安利也。」陳喬樅《改字說》：

帛 bó 傍陌切（梗開二入陌並）
鐸部、並母

染色的絲織物。見"白"。

搏 bó 補各切（宕開一入鐸幫）
鐸部、幫母

匹各切（宕開一入鐸滂）
鐸部、滂母

捕捉。（雅1)179《小雅·車攻》三章："建旐設旄，搏獸于敖。"《鄭箋》："獸，田獵搏獸也。"孔穎達《正義》："搏取禽獸於敖地也。"一本作"薄狩于敖"。薄，助詞；狩，打獵。《文選·東京賦》李善注、酈道遠《水經注·沛水》、《後漢書·安帝紀》李賢注引《詩》皆作"薄狩于敖"。陳奐《傳疏》："薄狩于敖，狩于敖也。薄爲語詞。"楊樹達《積微居小學金石論叢·釋獸》："《毛詩》字亦當作薄，薄爲語辭，猶《魯頌·泮水》篇之言'薄采其芹'也。"

薄 bó 傍各切（宕開一入鐸並）
鐸部、並母

❶薄；厚度小。（雅2)195《小雅·小旻》六章："如臨深淵，如履薄冰。"❷助詞。用於動詞前，無實義。（風3、雅3、頌3)2《周南·葛覃》三章："薄污我私，薄澣我衣。"177《小雅·六月》三章："薄伐獫狁，以奏膚功。"299《魯頌·泮水》一章："思樂泮水，薄采其芹。"王引之《釋詞》卷十："薄，發聲也。"一說：急忙地，趕快地。王夫之《稗疏》："《方言》：'薄，勉也。'……'薄言采之'者，采者自相勸勉也。'薄送我畿'者，心不欲送而勉送也。'薄言往愬'者，心知其不可據而勉往也。凡言薄者放此。《毛傳》云：'薄，辭也。'凡語助辭皆必有意，非漫然加之。"參"搏"。

【薄薄】車馬急馳聲。（風1)105《齊風·載驅》一章："載驅薄薄，簟茀朱鞹。"《毛傳》："薄薄，疾驅聲也。"

【薄言】助詞。用於動詞前，無實義。（風8、雅5、頌4)8《周南·芣苢》一章："采采芣苢，薄言采之。"《毛傳》："薄，辭也。"297《魯頌·泮水》一章："薄言駉者，有騂有皇，有驪有

黃。"嚴粲《詩緝》："程子曰：薄言，發語辭。"劉淇《助字辨略》卷五："薄，辭也；言，亦辭也。薄言，重言之也。《詩》凡云薄言，皆是發語之辭。"一說：急急忙忙地。聞一多《匡齋尺牘》："薄與迫通。《漢書·嚴助傳》：'王居遠，事薄遽'，薄遽即迫遽。薄本是外動詞，薄言二字連用爲副詞成語。薄言即薄而，實際也就等於薄薄然。用今語說，就是急急忙忙的、趕忙的或趕快的。薄言在《詩經》中連本篇共見過十八次，都應該這樣解釋，沒有半個例外。"

鎛（镈）bó 補各切（宕開一入鐸幫）
鐸部、幫母

古代鋤地除草的農具。（頌2)276《周頌·臣工》："庤乃錢鎛，奄觀銍艾。"《毛傳》："鎛，鎒。"《鄭箋》："教我庶民具女田器。"孔穎達《正義》引《釋名》："鎛，鋤類也。"291《周頌·良耜》："其鎛斯趙，以薅茶蓼。"《鄭箋》："以田器刺地，薅去茶蓼。"孔穎達《正義》："鎛是鋤類。"

襮 bó 補各切（宕開一入鐸幫）
博沃切（通合一入沃幫）
藥部、幫母

繡有黼形花紋的衣領。古代諸侯的服飾。（風1)116《唐風·揚之水》一章："素衣朱襮，從子于沃。"《毛傳》："襮，領也。諸侯繡黼，丹朱中衣。"《鄭箋》："繡當爲綃。綃黼丹朱中衣，中衣以綃黼爲領，丹朱爲純也。"綃，生絲織成的繒帛。純，鑲邊。陳奐《傳疏》："禮唯諸侯中衣則然，大夫用之則爲僭。"《爾雅·釋器》："黼領謂之襮。"《說文·衣部》："襮，黼領也。"引《詩》"素衣朱襮"。一說：表，外衣。王引之《經義述聞》卷五："《易林·否之師》曰：'揚水潛鑿，使石絜白。衣素表朱，遊戲皋沃。'其文皆出《唐風·揚之水》篇。'衣素表朱'，即'素衣朱襮'。襮之爲言表也。"又一說：通"襻"。袖口的裝飾。聞一多《類鈔》改作"襻"，云："襻、袖，皆袖端飾。"

駮（驳）bó 北角切（江開二入覺幫）
藥部、幫母

一種常綠喬木，也叫駮馬，即梓榆。（風1)132《秦風·晨風》二章："山有苞櫟，隰有六

駁"孔穎達《正義》引《詩義疏》:"駁馬,梓榆也。其樹皮青白駁犖,遙視似駁馬,故謂之駁馬。"一說:獸名。《毛傳》:"駁,如馬,倨牙,食虎豹。"《爾雅·釋獸》同。《山海經·西山經》:"[中曲之山]有獸焉,其狀如馬而白身黑毛,一角,虎牙爪,音如鼓音,其名曰駁。"朱熹《集傳》本"駁"作"駁"。又一說:果名。即赤李。錢大昕《潛研堂文集》卷二:"《詩》中'山有'、'隰有'對舉者,皆草木之類。此'六駁'必草木之名,其非獸名審矣。《釋木》云:'駁,赤李。謂李之子赤者也,其即《詩》之'六駁'乎?'或以"六駁"爲複音詞。左思《吳都賦》:"驀六駁,追飛生。"此指獸名。晉崔豹《古今注·草木》:"六駁,山中有木,葉似豫章,皮多癬駁。"此指梓榆。

駁(驳)

bó 北角切(江開二入覺幫)
藥部、幫母

毛色赤白相雜;毛色不純。(風 1)156《豳風·東山》四章:"之子于歸,皇駁其馬。"《毛傳》:"黃白曰皇,騮白曰駁。"孔穎達《正義》:"騮白曰駁,謂馬色有騮處,有白處。"一說:赤色。王引之《述聞》卷二十八:"駁,赤貌也。騥,黃貌也。《釋木》曰:'駁,赤李。'是赤色謂之駁也。"参"駁"。

鰒

bó 北末切(山合一入末幫)
月部、幫母

普活切(山合一入末滂)
月部、滂母

魚尾擺動聲。見"潑"。

簸

bǒ 布火切(果合一上果幫)
補過切(果合一去過幫)
歌部、幫母

用簸箕上下顛動,揚去穀米中的糠皮或雜物。(雅 1)245《大雅·生民》七章:"或舂或揄,或簸或蹂。"《毛傳》:"或簸糠者,或蹂黍者。"孔穎達《正義》:"或使人簸揚其糠。"《說文·竹部》:"簸,揚米去糠也。"

【簸揚】上下顛動簸箕,揚去穀米中的糠皮或雜物。(雅 1)203《小雅·大東》七章:"維南有箕,不可以簸揚。"

擘

bò 博厄切(梗開二入麥幫)
錫部、幫母

拍胸。見"擗"。

卜

bǔ 博木切(通合一入屋幫)
屋部、幫母

❶占卜。用火燒灼龜甲、獸骨,觀察其裂紋以預測吉凶的迷信活動。(風 2、雅 3)58《衛風·氓》二章:"爾卜爾筮,體無咎言。"《毛傳》:"龜曰卜,蓍曰筮。"196《小雅·小宛》五章:"握粟出卜,自何能穀?"顧炎武《日知錄》卷三:"古時用錢未廣。《詩》、《書》皆無泉貨之文。而問卜亦用粟,漢初猶然。"馬瑞辰《通釋》:"蓋始用糈米以享神,繼即以之酬卜。…'自何能穀',猶云從何得吉卜耳。"惠棟《九經古義》卷六:"古者卜筮,先用精鑿之米以享神,謂之糈…《詩》言貧者不得精鑿之米,貞於陽卜,而但持揑撮之粟,求兆於豬肩羊膊,雖得吉卜,安能爲善乎?《管子》云:'守龜不兆,粟而筮者屢中。'言無與於吉凶也。"❷賜予;給予。(雅 2)166《小雅·天保》四章:"君曰卜爾,萬壽無疆。"《毛傳》:"卜,予也。"《鄭箋》:"君曰卜爾者,尸祝主人,傳神辭也。"馬瑞辰《通釋》:"卜、報二字雙聲,則此詩卜爾,猶云報爾。"王先謙《集疏》:"《韓》說曰:卜,報也。"209《小雅·楚茨》四章:"卜爾百福,如幾如式。"《鄭箋》:"卜,予也。"参"秉"。

補(补)

bǔ 博古切(遇合一上姥幫)
魚部、幫母

縫補。(雅 1)260《大雅·烝民》六章:"袞職有闕,維仲山甫補之。"俞樾《平議》卷七一:"職乃諎詞,當讀爲識。…袞識有闕者,袞適有闕也。蓋詩人本借袞以寓王,闕乃袞衣之闕,而非補袞衣者職事之闕。補即補袞衣,而非補服袞衣者之職事。"一說:補救。《毛傳》:"仲山甫補之。善補過也。"《鄭箋》:"王之職有闕,輒能補之者,仲山甫也。"

不

bù 分勿切(臻合三入物非)
甫鳩切(流開三平尤非)
之部、幫母

❶否定副詞。不。(風 229、雅 328、頌 42)9《周南·漢廣》一章:"漢有遊女,不可求思。"240《大雅·思齊》三章:"肆戎疾不殄,烈假不瑕。"(故疾疫不爲害,蟲災也不發生。)一說:助詞,無實義。馬瑞辰《通釋》:"句中兩

不字皆爲句中助詞。'肆戎疾不殄',即戎疾殄也。'烈假不瑕',即厲蠱之疾已也。"
❷無;沒有。(風3,雅2)30《邶風·終風》三章:"終風且曀,不日有曀。"66《王風·君子于役》二章:"君子于役,不日不月。"《鄭箋》:"行役及無日月。"212《小雅·大田》二章:"既堅既好,不稂不莠。"《鄭箋》:"盡堅矣,盡齊好矣,而無稂莠。"242《大雅·靈臺》一章:"庶民攻之,不日成之。"《毛傳》:"不日有成也。"孔穎達《正義》:"謂不設日期已成功,言民心樂爲之也。"朱熹《集傳》:"不日,不終日也。"屈萬里《詮釋》:"不日,不限定日期也。"❸助詞。無實義。(雅13,頌1)179《小雅·車攻》七章:"徒御不驚,大庖不盈。"《毛傳》:"不驚,驚也;不盈,盈也。"215《小雅·桑扈》三章:"不戢不難,受福不那。"《毛傳》:"不戢,戢也。不難,難也。那,多也。"馬瑞辰《通釋》:"兩不字皆語詞。"288《周頌·敬之》:"維予小子,不聰敬止。"馬瑞辰《通釋》:"不爲語詞。'不聰敬止',謂聽而警戒也。正承上'敬之敬之'而言。"235《大雅·文王》一章:"有周不顯,帝命不時。"《毛傳》:"不顯,顯也。不時,時也。"《鄭箋》:"周之德不光明乎?光明矣。天命之不是乎?又是矣。"朱熹《集傳》:"不顯,猶言豈不顯也;不時,猶言豈不時也。"朱彬《經傳考證》:"《書》言'丕顯丕承',《詩》言'不顯不承',其義並同。'丕'訓大,'大'亦爲語助。凡《詩》《書》中言'不'言'大'者,皆辭助也。"❹通"丕"。大。(雅12,頌5)240《大雅·思齊》三章:"不顯亦臨,無射亦保。"于省吾《新證》:"不,應讀丕;亦猶惟也。丕顯惟臨,無射惟保,言神臨之丕顯,保之無厭也。"266《周頌·清廟》:"不顯不承,無射於人斯。"戴震《答彭進士允初書》:"《詩》之'不顯不承',即《書》之'丕顯丕承',古字'不'通用'丕',大也。"王引之《述聞》卷七:"不顯不承,即丕顯丕承。…古人屬辭,各從其類,丕顯丕承連文,俱是盛大之辭。"一説:助詞。陳奐《傳疏》:"《傳》云:'顯於天矣,見承於人矣。'則以不爲發聲。不顯,顯也。不承,承也。不或作丕。《孟子·滕文公》篇引《書》曰:'丕顯哉文王謨,丕承哉武王烈。'

《釋詞》云:'顯哉承哉,贊美之詞。丕,發聲。'是也。"又一説,否定副詞。如字。《鄭箋》:"是不光明文王之德與,言其光明之也。是不承順文王志意與,言其承順之也。"
(二)fū 甫無切(遇合三平虞非)之部、幫母
❺通"柎"。花萼的底部、根部。(雅1)164《小雅·常棣》一章:"常棣之華,鄂不韡韡。"《鄭箋》:"承華者曰鄂。不當作柎,柎,鄂足也。鄂足得華之光明則韡韡然盛。…古聲不、柎同。"陸德明《釋文》:"不,毛如字,鄭改作柎。柎,鄂足也。"焦竑《筆乘》:"不,風無切,本作柎。《説文》:'鄂,足也。'草木房爲柎,一曰花下萼也。"戴震《考證》:"鄂不,今字爲萼跗。"姚際恒《通論》:"不,花蒂也。"陳喬樅《改字説》:"鄭君箋《詩》,凡古今字異者,多從今字爲訓。此漢人解經常例,取其易曉。…不、柎古今字,故鄭但用今文爲訓也。"王國維《觀堂集林》卷六《釋天》:"帝者,蒂也。不者,柎也。古文或作[字],但象花萼全形。"一説:助詞,無實義。王引之《釋詞》卷十:"不字乃語詞。'鄂不韡韡',猶言'夭之沃沃'耳。"

【不虞】意料不到的事;意外的變故。(雅1)256《大雅·抑》五章:"謹爾侯度,用戒不虞。"《毛傳》:"不虞,非度也。"《鄭箋》:"用備不臆度而至之事。"吳闓生《會通》:"不虞,謂不測之變。"屈萬里《詮釋》:"虞,慮也。不虞,即今語意外也。"

參"弗"、"無"。

布 bù 博故切(遇合一去暮幫)
魚部、幫母

布匹。上古以物易物,布是交換的媒介。(風1)58《衞風·氓》一章:"氓之蚩蚩,抱布貿絲。"孔穎達《正義》:"此布謂錦麻布帛之布。"按桓寬《鹽鐵論·錯幣》:"古者市朝而無刀幣,各以其所有易所無,抱布貿絲而已。"馬瑞辰《通釋》:"布與絲對言,宜爲布帛之布。"一説:古代一種布製的貨幣。《毛傳》:"布,幣也。"《鄭箋》:"幣者,所以貿買物也。"王夫之《稗疏》:"布即幣也。幣,錢之

屬也。"胡承珙《後箋》："古人即以幣爲錢，可以貿易，不必定用錢刀。然亦非僅以布粟易物，即謂之布。先鄭注《周禮·載師》云：'里布者，布參印書，廣二寸，長二尺，以爲幣，貿易物。《詩》云'抱布貿絲'，抱此物也。'……然則《詩》所謂布，必非布帛之通稱。"參"敷"。

步 bù　薄故切（遇合一去暮並）
　　　魚部、並母

時運；命運。見【國步】【天步】。

C

偲 cāi 倉才切（蟹開一平咍清）
之部、清母

多才；有才能。（風1)103《齊風·盧令》三章："盧重鋂，其人美且偲。"《毛傳》："偲，才也。"《鄭箋》："才，多才也。"一說：強壯；能力強。陸德明《釋文》引《說文》："偲，強也。"今本《説文·人部》作"偲，強力也"，引《詩》"其人美且偲"。又一説：胡須多的樣子。朱熹《集傳》："偲，多須之貌。《春秋傳》所謂'於思'即此字，古字通耳。"

才 cái 昨哉切（蟹開一平咍從）
之部、從母

才能；多才。（頌1)297《魯頌·駉》二章："思無期，思馬斯才。"《毛傳》："才，多材也。"朱熹《集傳》："才，材力也。"

采 cǎi 倉宰切（蟹開一上海清）
之部、清母

❶摘取。（風27、雅22、頌3)8《周南·芣苢》一章："采采芣苢，薄言采之。"《毛傳》："采，取也。"167《小雅·采薇》一章："采薇采薇，薇亦作止。"《鄭箋》："重言采薇者，丁寧行期也。"(作，生出。) ❷菜；以⋯爲菜。（風1)154《豳風·七月》六章："采荼薪樗，食我農夫。"《鄭箋》："乾荼之菜，惡木之薪，亦所以助男養農夫之具。"于鬯《香草校書》卷十三："采，鄭讀爲菜。⋯引《月令》'釋采'云：'采讀爲菜'。今《小戴記》正作'釋菜'。是借'采'爲'菜'。此《箋》云：'乾荼之菜，惡木之薪'，亦明讀此'采'爲'菜'。或鄭本此'采'字竟作'菜'，亦未可知。"一説：摘取。陳子展《直解》："採了苦菜又砍臭椿做柴燒。"

【采采】1)采了又采。（風7)3《周南·卷耳》一章："采采卷耳，不盈頃筐。"《毛傳》："采采，事采之也。"孔穎達《正義》："事采之者，言勤采此菜也。"朱熹《集傳》："采采，非一采也。"8《周南·芣苢》一章："采采芣苢，薄言采之。"《毛傳》："采采，非一辭也。"王先謙《集疏》："采采者，采而又采，薛君以爲'采采而不已'是也。"一説：茂盛。戴震《考證》："采采，衆多貌。"馬瑞辰《通釋》："此詩及《卷耳》俱言采采，蓋極狀卷耳、芣苢之盛。" 2)茂盛；美盛。（風1)129《秦風·蒹葭》三章："蒹葭采采，白露未已。"《毛傳》："采采，猶萋萋也。"戴溪《續記》："采采非謂其盛而可采，大抵物未肅則其葉鮮明，故曰采采。"此詩與《曹》詩，'采采衣服'，皆言其色之光澤。陳奐《傳疏》："《蜉蝣》：'采采，衆多也。'是采采亦爲盛"。150《曹風·蜉蝣》二章："蜉蝣之翼，采采衣服。"《毛傳》："采采，衆多也。"陳奐《傳疏》："謂文采之衆多也。"朱熹《集傳》："采采，華飾也。"朱彬《經傳考證》："采采亦茂盛之貌。"屈萬里《詮釋》："采采，美盛也。"

【采蘩】《國風·召南》篇名(13)。按《左傳·隱公三年》："蘋蘩薀藻之菜，⋯可薦於鬼神，可羞於王公。"此詩即寫諸侯夫人采蘩以供祭祀的事。《詩序》："《采蘩》，夫人不失職也。夫人可以奉祭祀，則不失職矣。"《鄭箋》："奉祭祀者，采蘩之事也。"朱熹《集傳》："南國被文王之化，諸侯夫人能盡誠敬以奉祭祀，而其家人叙其事以美之也。"一説：蘩即白蒿，相傳用白蒿煮水澆在蠶子上，蠶可早出。此詩寫夫人采蘩以供養蠶之事。朱熹《集傳》引或説："蘩所以生蠶。蓋古者諸侯夫人有親蠶之禮。"方玉潤《原始》："采蘩者，以生蠶也。"有的學者以爲刺詩。牟庭《詩切》："《采蘩》,刺蠶室夫人不奉職。"三章,十二句。

〖采葛〗《國風·王風》篇名(72)。這是一首情人相思的戀歌。男子對一個采葛、采蕭、采艾的女子非常愛慕,一日不見,就好像相隔幾月幾年了。上海博物館藏戰國楚竹書第十七簡云:"《采葛》之愛婦。"朱熹《詩序辨說》:"此淫奔之詩。"又《集傳》:"采葛所以爲絺綌,蓋淫奔者託以行也。故因以指其人,而言思念之深,未久而似久。"聞一多《類鈔》:"《采葛》,懷人也。采集皆女子事,此所懷者女,則懷之者男。"或以爲懷友之詩。姚際恒《通論》:"當作懷友之詩可也。"《詩序》:"《采葛》,懼讒也。"《鄭箋》:"桓王之時,政事不明。臣無大小,使出者則爲讒人所毀,故懼之。"胡承珙《後箋》:"蓋言采此三物(指葛、蕭、艾),皆爲有用,猶人臣出使於外,本屬奉公,而暫違君側,則讒說遂行,顛倒是非,變亂黑白,無所不至,所以可懼在此。"三章,九句。

〖采苓〗《國風·唐風》篇名(125)。這是一首勸人莫信讒言的詩。讒言不能信,進讒言者也沒有好下場。《詩序》以爲刺晉獻公信讒:"《采苓》,刺晉獻公也。獻公好聽讒焉。"朱熹《集傳》只說"此刺聽讒之詩",認爲所刺的不一定是晉獻公。劉沅《恒解》:"此戒信讒之詩。"高亨《今注》:"這是勞動人民的作品,勸告伙伴不要聽信別人的謊話,走錯了路。"三章,二十四句。

〖采綠〗《小雅》篇名(226)。這是一首懷人的詩。寫婦人想念外出的丈夫,無心勞動,歸沐以待,遐想聯翩。《詩序》:"《采綠》,刺怨曠也。幽王之時,多怨曠者也。"朱熹《辨說》:"此詩怨曠者所自作。"又《集傳》:"婦人思其君子,而言'終朝采綠,不盈一匊'者,思念之深,不專於事也。"嚴粲《詩緝》:"去時約以五日而歸,今六日而不見,時未久而怨,何也? 古者新昏三月不從政,此新昏者之怨辭也。"方玉潤《原始》:"婦人思夫,期逝不至也。幽王之時,政煩賦重,征夫久勞於外,逾時不歸,故其室思之如此。"吳闓生《會通》:"詩與《殷雷》、《伯兮》略同,純爲《風》體,不當列入於《雅》。疑三百篇《風》、《雅》、《頌》之序亦或有紊者也。"屈萬里《詮釋》:"此蓋勞於事而思憩息之詩。"四章,十六句。

〖采蘋〗《國風·召南》篇名(15)。古代貴族女子臨出嫁前,要在宗廟里祭告祖先。這是一首寫婦女采蘋蘋藻以供祭祀的詩。《毛傳》:"古之將嫁女者,必先禮之於宗室,牲用魚,芼之以蘋藻。"《鄭箋》:"更使季女者,成其婦禮也。"方玉潤《原始》:"《采蘋》,女將嫁而教之,以告於其先也。"《詩序》說是美大夫妻能循法度:"《采蘋》,大夫妻能循法度也。能循法度則可以承先祖,共祭祀矣。"三章,十二句。

〖采芑〗《小雅》篇名(178)。這是敘寫周宣王大臣方叔南征蠻荆的詩。《詩序》:"《采芑》,宣王南征也。"朱熹《集傳》:"宣王之時,蠻荆背叛,王命方叔南征,軍行采芑(苦菜)而食,故賦其事以起興。"王先謙《集疏》:"三家無異義。"詩中着力描寫方叔軍威顯盛,荆蠻畏服。四章,四十八句。

〖采菽〗《小雅》篇名(222)。這是諸侯來朝見天子,天子賜予車馬衣服,并爲他們祝福的詩。姚際恒《通論》:"大抵西周盛王,諸侯來朝,加以錫命之詩。"陳喬樅《魯說考》:"《白虎通·考黜篇》:'九錫皆隨其德可行而賜,能安民者賜車馬,能富民者賜衣服。以其進退有節,行步有度,賜之車馬以代其步。言成文章,行成法則,賜之衣服,以表其德。'《詩》曰:'君子來朝,何錫與之? 雖無與之,路車乘馬。又何與之,玄袞及黼。'案韋昭《晉語注》以此詩爲王賜諸侯命服之樂。與《白虎通》合。"王先謙《集疏》:"魯家以爲王賜諸侯命服之詩。齊、韓未聞。"《詩序》以爲陳古刺今:"《采菽》,刺幽王也。侮慢諸侯。諸侯來朝,不能錫命以禮,數徵會之,而無信義,君子見微而思古焉。"孔穎達《正義》批評說:"《序》皆反經爲義,…於經無所當也。"朱熹《集傳》:"此天子所以答《魚藻》也。"亦不足信。屈萬里《詮釋》:"諸侯朝見天子,詩人作此以頌美之。"五章,四十句。

〖采薇〗《小雅》篇名(167)。這是一首兵士之歌。北方的獫狁經常入侵周朝,給人民生活造成了痛苦。周王除派兵守邊外,還幾次命將率出兵,打敗玁狁。兵士們在還鄉途中唱出了這首歌,以打發自己久戍不歸的苦悶,奔走戰鬥的辛勞,慶幸生還的哀思。據王國維考證,"玁狁"之名,始見於西周中葉,此詩大約作於宣王之世。"昔我往矣,楊柳依依,今我來思,雨雪霏霏",曾有人認爲是《詩經》裏最好的詩句。《詩序》認爲文王時遣戍役的詩:"《采薇》,遣戍役也。文王之時,西有昆夷之患,北有玁狁之難。以天子之命命將率,遣戍役,以守衛中國。故歌《采薇》以遣之,《出車》以勞還,《杕杜》以勤歸也。"朱熹《集傳》:"此遣戍役之詩。"三家以爲懿王時詩。《史記・周本紀》:"懿王之時,王室遂衰,詩人作刺。"此《魯》説。《漢書・匈奴傳》:"周懿王時,王室遂衰,戎狄交侵,暴虐中國,中國被其苦。詩人始作,疾而歌之曰:'靡室靡家,玁狁之故。''豈不日戒,玁狁孔熾。'"此《齊》説。方玉潤《原始》:"大抵遣戍時世,難以臆斷。詩中情景不啻目前,又何必强不知以爲知耶?"陳子展《直解》:"《采薇》,描述邊防軍服役思歸,愛國戀家,情緒矛盾苦悶之作。"六章,四十八句。

菜 cài 倉代切(蟹開一去代清)之部、清母

《説文・艸部》:"菜,艸之可食者。"見【荇菜】。

餐(湌、飡) cān 七安切(山開一平寒清)寒部、清母

吃飯。(風2)112《魏風・伐檀》一章:"彼君子兮,不素餐兮。"陸德明《釋文》引《字林》:"餐,吞食也。"朱熹《集傳》:"餐,食也。"鳳應韶《鳳氏經説》卷五:"古人朝食爲餐⋯末章'飧'爲夕食,首章'餐'爲朝食,則二章'食'爲晝食。一日三食,古人日食大數,亦可見於此。"

驂(骖) cān 倉含切(咸開一平覃清)侵部、清母

❶駕車時轅馬兩旁的馬,也叫騑。(風4、雅1)78《鄭風・大叔于田》一章:"執轡如組,兩驂如舞。"《鄭箋》:"在旁曰驂。"128《秦風・小戎》二章:"騏駵是中,騧驪是驂。"《毛傳》:"中,中服也;驂,兩騑也。"孔穎達《正義》:"車駕四馬,在内兩馬謂之服,在外兩馬謂之騑。"❷一輛車駕三匹馬。(雅1)222《小雅・采菽》二章:"載驂載駟,君子所屆。"蘇轍《詩集傳》:"駕者既服,而三之曰驂,四之曰駟。"一説:駕上驂馬。季本《解頤》:"自其服外兩驂而言曰驂,並兩服而言曰駟。"

殘(残) cán 昨干切(山開一平寒從)寒部、從母

殘暴;凶惡。(雅2)204《小雅・四月》四章:"廢爲殘賊,莫知其尤。"《鄭箋》:"在位者貪殘,爲民之害。"253《大雅・民勞》五章:"惠此中國,國無有殘。"《毛傳》:"賊義曰殘。"按《孟子・梁惠王下》:"賊仁者謂之賊,賊義者謂之殘。殘賊之人,謂之一夫。"一説:殘害。嚴粲《詩緝》:"李氏曰:無殘敗之禍也。"屈萬里《詮釋》:"殘,猶害也。此謂被害之人也。"

蠶(蚕) cán 昨含切(咸開一平覃從)侵部、從母

養蠶。(雅1)264《大雅・瞻卬》四章:"婦無公事,休其蠶織。"《鄭箋》:"今婦人休其蠶桑織紝之職,而與朝廷之事,其爲非宜,亦若是也。"

【蠶月】夏曆三月。這是養蠶的月份,故稱"蠶月"。(風1)154《豳風・七月》三章:"蠶月條桑,取彼斧斨,以伐遠揚。"朱熹《集傳》:"蠶月,治蠶之月。"聞一多《類鈔》:"蠶月,三月。"

慘(惨) cǎn 七感切(咸開一上感清)侵部、清母

當作"懆"(cǎo)。憂愁不安。(風1)143《陳風・月出》三章:"舒夭紹兮,勞心慘兮。"陸德明《釋文》:"慘,七感反,憂也。"朱熹《集傳》:"慘當作懆,憂也。"戴震《考證》:"慘,蓋懆字轉寫誤爲慘耳。"

【慘慘】當作"懆懆"。憂愁不安的樣子。(雅4)192《小雅・正月》十一章:"憂心慘慘,念國之爲虐。"《毛傳》:"慘慘,猶戚戚也。"256《大雅・抑》十一章:"視爾夢夢,我心慘慘。"《毛傳》:"慘慘,憂不樂也。"陸德明《釋文》:"慘慘,七感反。"孔穎達《正義》:"《釋訓》云:慘慘,愠也。"張參《五經文字》作"懆懆"。陳奐《傳疏》:"慘慘當作懆懆。懆

懆,憂也。"馬瑞辰《通釋》卷八:"魏晉間避武帝諱,凡從喿之字,多改從參,八分喿字多寫從杂,形近易誤。"

參"慘"、"懆"。

憯(朁) cǎn 七感切(咸開一上感清) 青忝切(咸開四上忝清) 侵部、清母

副詞。表示出乎意料,相當於"曾"、"竟"。(雅4)193《小雅·十月之交》三章:"哀今之人,胡憯莫懲。"《鄭箋》:"憯,曾。"陸德明《釋文》:"憯,七感反,曾也。亦作憯。"陳奐《傳疏》:"憯,當作朁。朁,曾也。胡朁莫懲,言無有止亂也。"253《大雅·民勞》一章:"式遏寇虐,憯不畏明。"《毛傳》:"憯,曾也。"陸德明《釋文》:"憯,七感反,本亦作憯。"《說文·曰部》:"朁,曾也。"引《詩》作"朁不畏明"。一説:助詞。無實義。俞樾《平議》卷十一:"《傳》訓憯為曾,乃語词,無實義。憯不畏明,言不畏明也。"

【憯憯】憂傷的樣子。(雅1)194《小雅·雨無正》四章:"曾我暬御,憯憯日瘁。"孔穎達《正義》:"曾我侍御之小臣,知天下之危殆,憯憯然日以憂病。"唐石經作"慘慘"。朱熹《集傳》:"憯憯,憂貌。……使我暬御之臣憂之而慘慘日瘁也。"

參"譖"。

粲 càn 蒼案切(山開一去翰清) 寒部、清母

❶通"餐"。飯食。(風3)75《鄭風·緇衣》一章:"還,予授子之粲兮。"《毛傳》:"粲,餐也。"陳奐《傳疏》:"粲為餐之假借字。餐,食也。"一説:上等白米。朱熹《集傳》引或説:"粲,粟之精鑿者。"按《説文·米部》:"粲,稻重一秅,為粟二十斗,為米十斗曰毇,為米六斗大半斗曰粲。"又一説:新衣。聞一多《類鈔》:"粲,新也,指新衣。"❷美麗。漂亮。(風3,雅1)118《唐風·綢繆》三章:"今夕何夕,見此粲者。"《毛傳》:"三女為粲,大夫一妻二妾。"孔穎達《正義》:"粲者,眾女之美稱也。"陸德明《釋文》:"粲,《字林》作姍。"《廣韻·翰韻》:"姍,《詩傳》云:'三女為姍。'又美好貌。"《詩》本亦作粲。朱熹《集傳》:"粲,美也。"牟庭《詩切》:"粲者,謂女色

也。"124《唐風·葛生》二章:"角枕粲兮,錦衾爛兮。"朱熹《集傳》:"粲、爛,華美鮮明之貌。"165《小雅·伐木》二章:"於粲洒埽,陳饋八簋。"《毛傳》:"粲,鮮明貌。"陸德明《釋文》:"粲,采旦反,鮮明也。"

【粲粲】鮮明華美的樣子。(雅1)203《小雅·大東》四章:"西人之子,粲粲衣服。"《毛傳》:"粲粲,鮮盛貌。"

倉(仓) (一)cāng 七岡切(宕開一平唐清) 陽部、清母

❶糧倉。(雅2)209《小雅·楚茨》一章:"我倉既盈,我庾維億。"211《小雅·甫田》四章:"乃求千斯倉,乃求萬斯箱。"❷把糧食裝在倉里。(雅1)2《大雅·公劉》一章:"迺場迺疆,迺積迺倉。"《毛傳》:"迺積迺倉,言民事時和,國有積倉也。"程俊英《注析》:"倉,倉庫。這里也都用作動詞。"

(二)chuàng ★楚亮切(宕開三去漾初) 陽部、初母

❸見【倉²兄】。

【倉庚】鳥名,即黃鶯。(風2,雅1)154《豳風·七月》二章:"春日載陽,有鳴倉庚。"《毛傳》:"倉庚,離黃也。"朱熹《集傳》:"倉庚,黃鸝也。"王先謙《葛覃·集疏》:"《魯》説曰:倉庚,幽冀謂之黃鳥。"鄒漢勛《讀書偶識》卷四:"今有俗名黃道士者,一名黃孝雅,一名黃鶯…羽肉麗可愛,又以春鳴,即是倉庚矣。"《太平御覽》二十引作"鵧鶊"。

【倉²兄】(chuànghuǎng)同"愴怳"。悲傷失意。(雅1)257《大雅·桑柔》一章:"不殄心憂,倉兄填兮。"朱熹《集傳》:"倉兄,與愴怳同,悲憫之意也。"一説:喪亂淒涼。馬瑞辰《通釋》:"倉兄疊韻,即滄況之省借。《説文》:'滄,寒也。況,寒水也。'《系傳》:'滄況,寒涼貌。'…倉兄蓋愴涼之意,又為倉皇,忽遽之貌。《後漢書·光武紀》李賢注亦云:'倉卒,謂喪亂也。'"朱彬《經傳考證》:"'倉兄'疊韻,即'倉皇'也。"胡承珙《後箋》:"倉喪,疊韻為訓。倉黃,亦疊韻字。其義則為忽遽。古凡言倉卒、倉黃,皆無正字,大抵取雙聲疊韻字為之。喪亡者,忽遽之事,故倉又為喪。"又一説:喪亂增長。《毛

傳》:"倉,喪也。兄,滋也。塡,久也。"《鄭箋》:"民心之憂無絕已,喪亡之道滋久長。"

蒼(苍) cāng 七岡切（宕開一平唐清）
陽部、清母

青色。（風 3)131《秦風·黃鳥》一章:"彼蒼者天,殲我良人。"孔穎達《正義》:"彼蒼蒼者,是在上之天。"

【蒼蒼】茂盛的樣子。（風 1)129《秦風·蒹葭》一章:"蒹葭蒼蒼,白露爲霜。"《毛傳》:"蒼蒼,盛也。"

【蒼天】天。（風 6,雅 2)65《王風·黍離》一章:"悠悠蒼天,此何人哉?"《毛傳》:"蒼天,以體言之。…據遠視之蒼蒼然,則稱蒼天。"陸德明《釋文》:"蒼,本亦作倉。《爾雅》云:'春爲蒼天'。《莊子》云:'天之蒼蒼,其正色邪?'"

【蒼蠅】昆蟲名,有家蠅、麻蠅、綠頭蠅等多種。（風 1)96《齊風·雞鳴》一章:"匪雞之鳴,蒼蠅之聲。"《毛傳》:"蒼蠅之聲,有似遠雞之鳴。"一說:"蠅"當作"蠅"。蒼蠅即青蛙。黃生《義府》卷上:"蒼蠅之聲,焦澹園謂'蠅'字乃'蠅'之誤,誠然。按顏之推《家訓》云:'《王莽傳》:柴色蠅聲,餘分閏位。'謂以偽亂真爾。閱此,益知班氏用事出《毛詩》無疑。予因悟《小雅》'青蠅'亦當爲'蠅'字之誤。其云'止棘'、'止樊'、'止荆',正合蠅所止之處。若以爲蠅,殊乖物理。"
又見【䘏蒼】。

藏 （一）cáng 昨郎切（宕開一平唐從）
陽部、從母

❶收藏。（雅 1)175《小雅·彤弓》一章:"彤弓弨兮,受言藏之。"（弨:放松弓弦。）

❷(zāng)通"臧"。認爲好;愛好。（雅 1)228《小雅·隰桑》四章:"中心藏之,何日忘之。"《鄭箋》:"藏,善也。我心善此君子,又誠不能忘也。"陸德明《釋文》作"臧"云:"臧,鄭子郎反,善也。"陳奐《傳疏》:"藏當作臧。'中心臧之',猶云'中心好之'耳。一說:隱藏。朱熹《集傳》:"但中心藏之,將使何日而忘之耶?"嚴粲《詩緝》:"謂思慕君子常在念也。"

（二）zāng 徂浪切（宕開一去宕從）
陽部、從母

❸積蓄財貨。（雅 1)193《小雅·十月之交》六章:"擇三有事,亶侯多藏。"《毛傳》:"信維貪淫多藏之人也。"陸德明《釋文》:"藏,才浪反。"朱熹《集傳》:"藏,蓄也。"一說:通"臧"。善。阮元《補箋》:"多藏,俗本作多臧。字當爲臧,善也。"

曹 cáo 昨勞切（效開一平豪從）
幽部、從母

❶群。（雅 1)250《大雅·公劉》四章:"乃造其曹,執豕于牢。"《毛傳》:"曹,群也。"《鄭箋》:"群臣適其牧群,搏豕於牢中。"朱熹《集傳》:"曹,群牧之處也。"俞樾《平議》卷十一:"毛訓'曹'爲群者,其意謂牽賓也。乃造其曹者,謂比次其衆賓之義也。"一說:通"禮"。祭祀豬的祖先。馬瑞辰《通釋》:"曹者,禮之省借。《藝文類聚》引《說文》:'祭豕先曰禮。'…乃造其曹,謂將用豕而先祭於豕先,猶將差馬而先告祭馬祖也。"❷周代諸侯國名。在今山東省西南部。周武王封他的弟弟叔振鐸於此。建都陶丘（今山東省定陶縣西北四里）。傳二十四世至曹伯陽,於魯哀公八年,即周敬王三十三年（公元前四百八十七年）爲宋景公所滅。鄭玄《詩譜》:"曹者,《禹貢》兗州陶丘之北地名。周武王既定天下,封弟叔振鐸於曹,今日濟陰,定陶是也。"

【曹風】《詩經·國風》之一。曹國境內民歌。共有《蜉蝣》、《候人》、《下泉》、《鳲鳩》等四篇,都是東周作品。鄭玄《詩譜》:"當周惠王時,政衰,昭公好奢而任小人,曹之變風始作。"

參"漕"、"造"。

漕 cáo 昨勞切（效開一平豪從）
在到切（宕開一去號從）
幽部、從母

古邑名,在今河南省滑縣東南白馬城。（風 3)31《邶風·擊鼓》一章:"土國城漕,我獨南行。"《毛傳》:"漕,衛邑也。"陳奐《傳疏》:"衛都朝歌,漕邑乃在河東。後狄滅河西之衛,而立戴公於漕,即此邑矣。今河南府滑縣,春秋時衛之漕邑也。"54《鄘風·載馳》一章:"驅馬悠悠,言至于漕。"《毛傳》:"漕,衛東邑。"劉向《列女傳·仁智》引《詩》"言至于曹"。王應麟《詩地理考》:"《通典》滑州白馬縣,衛國曹邑。戴公'廬于曹'即此。"

草(艸) cǎo 采老切（效開一上晧清）
幽部、清母

草;草本植物的總稱。(風3、雅9)201《小雅·谷風》三章:"無草不死,無木不萎。"

【草草】憂愁的樣子。(雅1)200《小雅·巷伯》五章:"驕人好好,勞人草草。"《毛傳》:"草草,勞心也。"《鄭箋》:"草草者,憂將妄得罪也。"朱熹《集傳》:"草草,憂也。"嚴粲《詩緝》:"曹氏曰:草草,苟活而言也。"陳奐《傳疏》:"草讀爲慅,假借字也。"王先謙《集疏》:"《魯》,草作慅。"

【草蟲】蝗一類的昆蟲。也叫蟈蟈。(風1、雅1)14《召南·草蟲》一章:"喓喓草蟲,趯趯阜螽。"《毛傳》:"草蟲,常羊也。"陸璣《詩義疏》:"小大長短如蝗,奇音青色,好在茅草中。"朱熹《集傳》:"草蟲,蝗屬,奇音青色。"馬瑞辰《通釋》:"蟲與螽古通用。…此詩草蟲即《爾雅》草螽之假借。"一說:草生的蟲。戴震《補注》:"草蟲,則凡小蟲草生者之通稱也。"

[草蟲]《國風·召南》篇名(14)。寫一位女子對遠出丈夫的懷念,並想象丈夫歸來時的喜悅。朱熹《集傳》:"南國被文王之化,諸侯大夫行役在外,其妻獨居,感時物之變,而思其君子如此。亦若《周南》之《卷耳》也。"戴震《考證》:"《集傳》是也。"方玉潤《原始》則認爲此以男女喻君臣:"《草蟲》,蓋詩人託男女情以寫君臣念耳。"《詩序》:"《草蟲》,大夫妻能以禮自防也。"但正如朱熹《辨說》所指出的:"此恐亦是夫人之詩,而未見以禮自防之意。"三章,二十一句。又見[蔞草]。

慅(慅) cǎo 采老切（效開一上晧清）
幽部、清母

憂慮不安。(風1)143《陳風·月出》二章:"舒憂受兮,勞心慅兮。"陸德明《釋文》:"慅,七老反,憂也。"王先謙《集疏》:"《巷伯》詩'勞心草草',《爾雅》作'慅慅',單言之曰慅,是慅亦憂也。參"草"。

懆 cǎo 采老切（效開一上晧清）
宵部、清母

【懆懆】憂慮不安的樣子。(雅1)229《小雅·白華》五章:"念子懆懆,視我邁邁。"《鄭箋》:"念之懆懆然,欲諫正之,王反不說於其所言。"朱熹《集傳》:"懆懆,憂貌。"《說文·心部》:"懆,愁不安也。"引《詩》"念子懆懆"。陸德明《釋文》:"懆,《說文》云:'愁不申也。'亦作慘慘。"孔穎達《正義》:"慘慘然欲諫正之。"是《正義》本作"慘慘"。

側(側) cè 阻力切（曾開三入職莊）
職部、莊母

❶旁邊。(風4、雅2)19《召南·殷其雷》二章:"殷其雷,在南山之側。"《毛傳》:"亦在其陰與左右也。"203《小雅·縣蠻》三章:"縣蠻黃鳥,止於丘側。"《鄭箋》:"丘側,丘旁也。"255《大雅·蕩》四章:"不明爾德,時無背無側。"《毛傳》:"背無臣,側無人也。"一說:傾仄;邪僻。《漢書·五行志》引《詩》作"亡背亡仄",顏師古注:"言不別善惡,有背逆傾仄者,有堪爲卿大夫者,皆不知之也。"朱彬《經傳考證》:"無之爲言有也。背者違戾,側者傾邪。言由爾德不明,惟是回邪反側之人當陪貳卿士之位。"❷傾斜。(雅1)220《小雅·賓之初筵》四章:"側弁之俄,屢舞傞傞。"《鄭箋》:"側,傾也。"孔穎達《正義》:"傾側其弁,使之俄然,數起舞傞傞然,又不能止。"《說文·人部》"俄"下引《詩》作"仄"。(側弁:歪戴着帽子。)又見[反側]。

測(測) cè 初力切（曾開三入職初）
職部、初母

測度;揣測。(雅1)263《大雅·常武》五章:"不測不克,濯征徐國。"《鄭箋》:"不可測度,不可攻勝。"俞樾《平議》卷十一:"不測,謂不可測度;不克,謂不可識知。"一說:通"側"。隱伏;埋伏。馬瑞辰《通釋》:"測,當爲側之假借。…側,伏也。不側者,謂其師不隱伏也。克通作尅,《說文》:'尅,急也。'不克者,謂其師不急迫也。"

畟 cè 初力切（曾開三入職初）
職部、初母
子力切（曾開三入職精）
職部、精母

【畟畟】深耕的樣子。(頌1)291《周頌·良耜》:"畟畟良耜,俶載南畝。"《毛傳》:"畟畟,猶測測也。"《鄭箋》："農人測測以利善之耜,熾菑是南畝也。"《説文•田部》："畟,治稼畟畟進也。《詩》曰:'畟畟良耜。'"段玉裁注:"畟畟古語,測測今語,毛以今語釋古語,故曰猶。"胡承珙《後箋》:"畟畟、測測,皆狀農人深耕之貌。"一説:耜刃鋒利的樣子。孔穎達《正義》:"畟畟文連良耜,則是刃利之狀。"

參(参)

（一）cēn 楚簪切（深開三平侵初）侵部、初母

❶見【參差】。

（二）shēn 所今切（深開三平侵生）侵部、生母

❷星宿名,二十八宿之一。西方白虎七宿的末宿。有七顆星。(風1)21《召南•小星》二章:"嘒彼小星,維參與昴。"《毛傳》:"參,伐也。昴,留也。"陸德明《釋文》:"參,所林反,星名也,一名伐。二星皆西方宿也。"孔穎達《正義》:"《天文志》云:'參,白虎宿,三星直下,有三星旒日伐,其外四星,左右肩股也。'則參實三星。故《綢繆傳》云:'三星,參也。'"朱熹《集傳》:"參、昴,西方二宿之名。"洪亮吉《毛詩天文考》引《論衡》云:"參昴以冬出,心尾以夏見。"

【參差】(cēncī)長短、高低不齊的樣子。(風3)1《周南•關雎》二章:"參差荇菜,左右流之。"朱熹《集傳》:"參差,長短不齊之貌。"《説文•木部》引《詩》作"槮差荇菜"。

槮(槮)

cēn 楚簪切（深開三平侵初）侵部、初母

槮差,不齊的樣子。見"參"。

岑

cén 鋤針切（深開三平侵崇）侵部、崇母

崔嵬,《韓詩》作"岑㞃"。見"崔"。

差

（一）chāi 楚佳切（蟹開二平佳初）楚皆切（蟹開二平皆初）歌部、初母

❶選擇。(風1、雅1)180《小雅•吉日》二章:"吉日庚午,既差我馬。"《毛傳》:"差,擇也。"137《陳風•東門之枌》二章:"穀旦于差,南方之原。"《鄭箋》:"差,擇也。"黃焯《毛鄭平議》:"'穀旦于差'者,即差此穀旦,特倒文以便韻耳。"一説:通"徂"。往。黃震《黃氏日鈔》卷四:"穀旦于差,穀旦于逝,約以良辰而往遊觀也。"于省吾《新證》:"差應讀爲徂。…穀旦于徂,與三章'穀旦于逝'語例同。南方之原,謂南方高平之地也。"又一説:通"嗟"。陸德明《釋文》:"于差,鄭初佳及,擇也。王(肅)音嗟,《韓詩》作嗟。"馬瑞辰《通釋》:"此詩'于差'即'吁嗟'。"

（二）cī 楚宜切（止開三平支初）歌部、初母

❷見【參差】。

【差池】參差不齊。(風1)28《邶風•燕燕》一章:"燕燕于飛,差池其羽。"《鄭箋》:"差池其羽,謂張舒其尾翼,興鷰鷰將歸,顧視其衣服。"朱熹《集傳》:"差池,不齊之貌。"馬瑞辰《通釋》:"差池疊韻,義與參差同,皆不齊之貌。"

拆

chāi (又chè)恥格切（梗開二入陌徹）鐸部、透母

裂開。見"坼"。

豺

chái 士皆切（蟹開二平皆崇）之部、崇母

獸名。俗稱豺狗。形似狼,色棕紅,性凶殘,喜群居,常襲擊中小獸類。(雅2)200《小雅•巷伯》六章:"取彼譖人,投畀豺虎。豺虎不食,投畀有北。"陸德明《釋文》:"豺,字或作犲。"(畀:予)。

蠆(虿)

chài 丑犗切（蟹開二去夬徹）月部、透母

蠍子一類的毒蟲,尾巴長而上翹。(雅1)225《小雅•都人士》四章:"彼君子女,卷髮如蠆。"《鄭箋》:"蠆,螫蟲也。尾末揵然,似婦人髮末曲上翹然。"陸德明《釋文》引《通俗文》:"長尾爲蠆,短尾爲蠍。"馬瑞辰《通釋》:"今按蠆之行,皆舉其尾,詩以狀婦人之卷髮。"

梴

chān 丑延切（山開三平仙徹）寒部、透母

木頭長的樣子。(頌1)305《商頌•殷武》六章:"松桷有梴,旅楹有閑,寢成孔安。"《毛傳》:"梴,長貌。"《説文•木部》:"梴,木長貌。"引《詩》"松桷有梴"。孔穎達《正義》:"梴爲桷之長貌。"

襜 chān 處占切（咸開三平鹽昌）
談部、昌母

系在衣服前面的圍裙。(雅1)226《小雅·採綠》二章："終朝採藍，不盈一襜。"《毛傳》："衣蔽前謂之襜。"孔穎達《正義》引李巡注："衣蔽前，蔽膝也。"朱熹《集傳》："衣蔽前謂之襜，即蔽膝也。"

毚 chán 士咸切（咸開二平咸崇）
鋤銜切（咸開二平銜崇）
談部、崇母

狡猾。(雅1)198《小雅·巧言》四章："躍躍毚兔，遇犬獲之。"《毛傳》："毚兔，狡兔也。"孔穎達《正義》："《蒼頡解詁》云：'毚，大兔也。'大兔必狡猾，又謂之狡兔。"朱熹《集傳》："毚，狡也。"陳奐《傳疏》："《廣雅》：'毚，獪也。'狡、獪義相近。毚兔，狡兔，喻讒人。"李元吉《讀書囈語》："彼讒人即如狡兔，亦且遇犬見獲矣。"一說：兔的一種。俞樾《雜鈔》卷一引黎士宏《仁恕堂筆記》："塞上實有毚兔一種，視山兔差小，足前長後短，走則輕首軒尾，與所謂躍躍者正似。"

讒（谗） chán 士咸切（咸開二平咸崇）
士懺切（咸開二去鑑崇）
談部、崇母

❶在別人面前說某人的壞話。(雅5)193《小雅·十月之交》七章："無罪無辜，讒口囂囂。"219《小雅·青蠅》二章："讒人罔極，交亂四國。"《漢書·敘傳》："充躬罔極，交亂宏大"，顏師古注引《詩》作"讒言罔極"。❷讒言。(雅2)197《小雅·小弁》七章："君子信讒，如或醻之。"（幽王聽信讒言，就像有人向他獻酒，欣然接受。）參"譖"。

廛 chán 直連切（山開三平仙澄）
寒部、定母

古代一個成年男子所耕種的一百畝田，城市平民一家所居的房地。(風1)112《魏風·伐檀》一章："不稼不穡，胡取禾三百廛兮。"《毛傳》："一夫之居曰廛。"孔穎達《正義》："謂一夫之田百畝也。"陸德明《釋文》："廛，本亦作墫。又作厘。直連反，一夫之居曰廛。古者一夫田百畝，別受都邑五畝之地居之。故《孟子》云：'五畝之宅'是也。"一說：一畝半地爲廛。《說文·广部》：

"廛，一畝半，一家之居。"段玉裁改作"二畝半"，注云："《孟子·梁惠王》篇趙注：'知古者在野曰廬，在邑曰里，各二畝半。'里即廛也。"又一說：通"纏"。束。俞樾《平議》卷九："《廣雅》，稛、縊，纏并訓束，然則三百廛者，三百纏也。三百億者，三百縊也。三百囷者，三百稛也。其實皆三百束。"

嶄（崭） chán ★鋤銜切（咸開二平銜崇）談部、崇母

山石高峻。見"漸"。

磛（磻） chán ★鋤銜切（咸開二平銜崇）談部、崇母

山石高峻。見"漸"。

幝（幨） chǎn 昌善切（山開三上獮昌）
寒部、昌母

【幝幝】破舊的樣子。(雅1)169《小雅·杕杜》三章："檀車幝幝，四牡痯痯。"《毛傳》："幝幝，敝貌。"《說文·巾部》："幝，車弊貌。《詩》曰：'檀車幝幝。'"《後漢書·劉陶傳》李賢注引《詩》作"嘽嘽"。陸德明《釋文》引《韓詩》作"襜襜"。一說：車聲。屈萬里《詮釋》："按幝幝，疑與嘽嘽同義，車聲也。"

襜 chǎn 昌善切（山開三上獮昌）
寒部、昌母

破舊的樣子。見"幝"。

剗（刬） chǎn 初限切（山開二上產生）
寒部、生母

剪斷；剪去。見"翦"。

昌 chāng 尺良切（宕開三平陽昌）
陽部、昌母

❶健壯；美好。(風3)88《鄭風·丰》二章："子之昌兮，俟我乎堂兮。"《毛傳》："昌，盛壯貌。"106《齊風·猗嗟》一章："猗嗟昌兮，頎而長兮。"《鄭箋》："昌，佼好貌。"馬瑞辰《通釋》："昌之本義爲美言，引申爲凡美盛之稱。"❷盛多；興盛。(風1、頌4)96《齊風·雞鳴》二章："東方明矣，朝既昌矣。"《毛傳》："朝已昌盛。"《說文·日部》"昌"字下引《詩》"東方昌矣"，合兩句爲一句。282《周頌·雝》："燕及皇天，克昌厥後。"《鄭箋》："能昌大其子孫。"孔穎達《正義》："若此祭文王（文王名昌），則於禮當諱。而經云：'克昌厥後'者，以此詩自是四海之人歌頌之聲，

本非廟中之事,故其辭不爲廟諱。及採得之後,即爲經典,《詩》《書》不諱,故無嫌耳。《烝民》云:'四方爰發。'亦此例也。"

長(长)

（一）cháng　直良切（宕開三平陽澄）
陽部、定母

❶長,久。跟"短"相對。既指空間的距離大,也指時間的距離久。(風3、雅4、頌2) 46《鄘風·牆有茨》二章:"所可詳也,言之長也。"《毛傳》:"長,惡長也。"朱熹《集傳》:"言之長者,不欲言而託以語長難竟也。" 250《大雅·公劉》五章:"篤公劉,既溥既長。"朱熹《集傳》:"土地既廣而且長也。" 252《大雅·卷阿》四章:"爾受命長矣。"《鄭箋》:"受久長之命。" 304《商頌·長發》一章:"濬哲維商,長發其祥。"《鄭箋》:"長,猶久也。"❷大。(頌1) 299《魯頌·泮水》三章:"順彼長道,屈此群醜。"朱熹《集傳》:"長道,猶大道也。"一說:遠。《鄭箋》:"長,遠。…從彼遠道往伐之。"又一說:尊長養老。陳奐《傳疏》:"長道,尊長養老之道也。"❸整個的;滿。(雅1) 211《小雅·甫田》三章:"禾易長畝,終善且有。"《毛傳》:"長畝,竟畝也。"陳奐《傳疏》:"竟畝與極畝同義。"

（二）zhǎng　知丈切（宕開三上養知）
陽部、端母

❹排行第一的。(雅1) 236《大雅·大明》六章:"纘女維莘,長子維行。"《毛傳》:"長子,長女也。"馬瑞辰《通釋》:"上言'維德之行'者,言大任德配王季;此言'長子維行',言大姒德等文王也。"❺滋長;增長。(雅1) 198《小雅·巧言》三章:"君子屢盟,亂是用長。"孔穎達《正義》:"在位君子之人數數相與要盟,其亂是用之故而滋長也。"嚴粲《詩緝》:"長,加益也。…屢爲盟誓,此亂之所以加長也。"❻使成長;撫養成長。(雅1) 202《小雅·蓼莪》四章:"拊我畜我,長我育我。"何楷《古義》:"長者,謝云:如南風之養萬物,調和其身體,滋養其血氣,日夜望其長大也。"❼教誨不倦;爲人師長。(雅1) 241《大雅·皇矣》四章:"克長克君,王此大邦。"《鄭箋》:"教誨不倦曰長。"朱熹《集傳》:"克長,教誨不倦也。"《左傳·昭公二十八年》引此詩釋曰:"教誨不倦曰長,慶賞刑威曰君。"❽依仗;尊尚。(雅1) 241《大雅·皇矣》七章:"不大聲以色,不長夏以革。"《廣雅·釋詁》:"長,挾也。"呂祖謙《詩記》:"朱氏曰:或曰,長,尊尚之也。"戴震《考證》:"不長,不尊尚之也。"一說:成長;長久。《毛傳》:"不以長大有所更。"胡承珙《後箋》:"長大者,似是雄長擴大之謂。言文王雖三分有二,然而不恃此以紛更由己。"陳奐《傳疏》:"長,長受天命;大,大其國都。"俞樾《平議》卷十一:"長之言常也。《廣雅·釋詁》曰'長,常也。'又曰:'長,久也。'久亦常也。"

【長發】《商頌》篇名(304)。這是祭祀成湯而以伊尹配享的詩。王先謙《集疏》:"此或亦祀成湯之詩。…詩本亦主祀湯而以伊尹從祀。其歷述先世,著湯業所由開,非皆祀之。否則宋爲諸侯,禮不得禘帝嚳,又安得及有娀手?"陳子展《直解》:"《長發》,當是大享成湯,以伊尹從祀之樂歌。"詩中歌頌商的祖先契、相土、成湯和湯相伊尹,宣稱自契以來,商已有受天命的禎祥。《詩序》:"《長發》,大禘也。"《鄭箋》:"大禘,郊祭天也。"《禮記》曰:王者禘其祖之所自出,而以其祖配之,是謂也。"蘇轍《詩集傳》:"大禘,宗廟之禘也。故其詩歷言商之先君,又及其卿士伊尹。伊尹蓋與祭於禘也。"朱熹《集傳》:"《序》以此爲大禘之詩。蓋祭其祖之所自出,而以其祖配也。…今按大禘不及群廟之主,此宜爲祫祭之詩。然經無明文,不可考也。"魏源《詩古微》:"《長發》,美襄公禘祀也。禘及功臣,故末頌阿衡。"以爲是合祭成湯及湯以前先公先王的樂歌。有人以爲詩中叙述殷商的起源,並無祭祀的意思,可能是一首祝頌之詩。七章,五十一句。

【長庚】即金星。傍晚出現在西方,叫"長庚"。(雅1) 203《小雅·大東》六章:"東有啓明,西有長庚。"《毛傳》:"日旦(且)出,謂明星爲啓明;日既入,謂明星爲長庚。"朱熹《集傳》:"啓明、長庚,皆金星也。以其先日而出,故謂之啓明;以其後日而入,故謂之長庚。蓋金、水二星常附日行,而或先或後。而金大水小,故獨以金星爲言也。"馬瑞辰《通釋》:"《史記·索隱》引《韓詩》曰:'太白星晨見東方爲啓明,莫見西方爲長庚。'"一説:指水星。楊慎《升庵經説》卷五引鄭樵曰:"啓明、金星;長庚,水星。金在日西,故日將出則西見。水在日東,故日既没則西見。實二星也。"

萇(苌) cháng 直良切(宕開三平陽澄)陽部、定母

【萇楚】一種藤本植物,也叫羊桃、獼猴桃。(風 3)148《檜風·隰有萇楚》一章:"隰有萇楚,猗儺其枝。"《毛傳》:"萇楚,銚弋也。"孔穎達《正義》引陸璣《詩義疏》:"今羊桃是也。葉長而狹,華紫赤色,其枝莖弱,過一尺引蔓於草上。"

場(场) cháng 直良切(宕開三平陽澄)陽部、定母

❶收打莊稼,翻曬糧食的平坦空地。(風 2、雅 3)154《豳風·七月》七章:"九月築場圃,十月納禾稼。"《毛傳》:"春夏爲圃,秋冬爲場。"陳奂《傳疏》:"春夏之圃,至秋冬作場以治穀,是謂之築場圃。"《鄭箋》:"場圃同地耳。物生之時耕治之以種菜茹;至物盡成熟,築堅以爲場。"陸德明《釋文》:"場,本又作塲。"朱熹《集傳》:"場、圃同地。物生之時則耕治以爲圃而種菜茹;物成之際,則築堅之以爲場而納禾稼。"186《小雅·白駒》一章:"皎皎白駒,食我場苗。"朱熹《集傳》:"場,圃也。"❷場所;地方。(風 1)156《豳風·東山》二章:"町畽鹿場,熠燿宵行。"孔穎達《正義》:"鹿場者,場是踐地之處。"《説文·土部》:"場,一曰不耕田,一曰治穀田也。"

腸(肠) cháng 直良切(宕開三平陽澄)陽部、定母

腸子。《説文·肉部》:"腸,大小腸也。"見【肺腸】。

常 cháng 市羊切(宕開三平陽禪)陽部、禪母

❶永久不變;固定。(雅 1)235《大雅·文王》五章:"侯服於周,天命靡常。"《鄭箋》:"無常者,善則就之,惡則去之。"陳奂《傳疏》:"靡常,無常也。商孫子服於周,則見天命之無常。"屈萬里《詮釋》:"天命靡常,言不專私於一家一姓也。"❷常政;典法。(頌 1)275《周頌·思文》:"無此疆爾界,陳常於時夏。"馬瑞辰《通釋》:"常,即政也。⋯陳常,猶布常也。陳常於時夏,謂陳農政於中夏也。"按《國語·越語》韋昭注:"常,典法也。"❸長有;長守。(雅 1、頌 1)252《大雅·卷阿》四章:"俾爾彌爾性,純嘏爾常矣。"《鄭箋》:"使女大受神之福以爲常。"朱熹《集傳》:"常,常享之也。"陳奂《傳疏》:"常,猶長也。"300《魯頌·閟宮》四章:"保彼東方,魯邦是常。"《鄭箋》:"常,守也。"一説:通"尚"。佑助。于省吾《新證》:"常、尚古通。⋯魯邦是尚者,魯邦是右也。"正義本作"嘗",誤。❹正常;平常。(風 1、雅 1)121《唐風·鴇羽》三章:"悠悠蒼天,曷其有常。"朱熹《集傳》:"常,復其常也。"屈萬里《詮釋》:"常,謂平常無事之時也。"193《小雅·十月之交》二章:"彼月而食,則維其常。"❺古代一種旗,上繪日月的圖形。(雅 1)177《小雅·六月》一章:"四牡騤騤,載是常服。"《毛傳》:"日月爲常。服,戎服也。"按《周禮·春官·司常》:"日月爲常。"姚際恒《通論》:"常服,常,旂也;服,屬也。言常之屬也。"一説:日常;時常。常服,將士作戰時通常穿的軍服。《鄭箋》:"戎車之常服,韋弁服也。"朱熹《集傳》:"常服,戎事之常服,以韎韋爲弁,又以爲衣,而素常白舄也。"《左傳·閔公二年》:"帥師者有常服矣。"杜預注:"韋弁服,軍之常也。"屈萬里《詮釋》:"常服,戎服也。"❻木名,即常棣。(雅 1)167《小雅·采薇》四章:"彼爾維何,維常之華。"《毛傳》:"常,常棣也。"一説:維常即帷裳,車帷子。聞一多《新義》:"維常即帷裳,亦即《國策》之襜、《淮南》之幨,四句皆以車言,謂彼蕍然繁盛者何,帷裳之華飾也,彼路然而大者,君子之車也。"❼古邑名。本是魯國土地,後被齊國奪去。僖公時又收歸魯國。在今山東省蒙陰縣西北三十里。(頌 1)300《魯頌·閟宮》七章:"居常與許,復周公之宇。"《毛傳》:"常、許,魯南鄙西鄙。"《鄭箋》:"常,或作嘗,在薛之旁。"❽通"尚"。尊尚;幫助。(頌 2)305《商頌·殷武》二章:"莫敢不來享,莫敢不來王,曰商

是常。"俞樾《平議》卷十一:"常當作尚。…曰商是尚者,惟商是助也。"一説:長(zhǎng)。《鄭箋》:"商王是吾常君也。"馬瑞辰《通釋》:"常、長聲相近,《廣雅·釋詁》:'長,常也。'此詩'是常'猶曰'是長'耳。"(曰商是常:認爲商是君長。)❾通"尚"。還是;仍然。(雅1)235《大雅·文王》五章:"厥作祼將,常服黼冔。"《鄭箋》:"其助祭自服殷之服。"孔穎達《正義》:"常服其殷所服黼衣而冔冠也。"陳奐《傳疏》讀"常"爲"尚"。一説:繪有日月圖形的旗。孔廣森《經字厄言》:"常,旗也。服,戎服也。此《覲禮》所稱侯氏載龍旗弧韣者也。但諸侯不過龍旂,殷以先代之後,得建大常,仍其王者之車服來助祭於周廟,故《詩》特言以見寵異。"參"裳"、"恒"。

【常棣】木名,即鬱李。花或紅或白,二三朵成一綴,果實似李而小,味酸甜。(雅1)164《小雅·常棣》一章:"常棣之華,鄂不韡韡。"《毛傳》:"常棣,棣也。"孔穎達《正義》引郭璞説:"今關西有棣樹,子如櫻桃可食是也。"鄧漢勛《讀書偶識》卷四:"常棣,今名貴妃李,樹如小李,春中開花,一蒂數萼,纍纍滿枝,美艷可説,然不著實。"王先謙《集疏》:"《魯》,常作棠。《韓》,常棣作夫栘。"胡承珙《後箋》:"今京師西山中有白櫻桃,其形狀與朱櫻同,即此詩之常棣。朱櫻春初開花,繁盛如雪,而此樹亦如之。"一説:栘(yí)樹,形似白楊。陸德明《釋文》:"常棣,棣也。本或作常棣,栘。"陳奐《傳疏》:"或作栘者是也。…唐棣得專稱棣,而常棣一名栘,乃棣之屬。《七月·傳》:'鬱,棣屬。'其即栘歟? 唐棣,白棣也;常棣,赤棣也。"

[常棣]《小雅》篇名(164)。這是周代貴族統治者宴請兄弟的詩。詩中申述兄弟間應當互相友愛,調協親族内部關係,維護宗法統治。《詩序》:"《常棣》,燕兄弟也。閔管蔡之失道,故作《常棣》焉。"似以詩爲周公所作。《國語·周語中》"周文公之詩曰:'兄弟鬩于牆,外禦其侮。'爲《序》所本。"但《左傳·僖公二十四年》:"召穆公思周德之不類,故糾合親族於成周,而作詩'常棣之華,鄂不韡韡,凡今之人,莫如兄弟。'其

四章曰:'兄弟鬩于牆,外禦其侮。'如是則兄弟雖有小忿,不廢懿親。"朱熹《集傳》:"此燕兄弟之樂歌。"陳子展《直解》:"《常棣》最先歌唱兄弟友愛,此《詩三百》中名篇傑作之一。"又崔述《洙泗考信録》:"《詩》云:'死喪之威,兄弟孔懷。'又云:'喪亂既平,既安且寧。'皆似中衰之後,不類初定鼎時語。"可見此詩的作者當是周宣王的大臣召穆公(召虎),而不是周公。八章,三十二句。

[常武]《大雅》篇名(263)。這是贊揚周宣王親征淮夷,平定徐國叛亂的詩。《詩序》:"《常武》,召穆公美宣王也。有常德以立武事,因以爲戒然。"朱熹《集傳》:"宣王自將以伐淮北之夷,而命卿士之謂南仲爲大祖兼大師而字皇父者,整治其從行之六軍,修其戎事,以除淮夷之亂,而惠此南方之國。詩人作此以美之。"王先謙《集疏》:"三家無異義。"爲什麼詩名《常武》?《詩序》以爲"有常德以立武事"。王質《詩總聞》:"自南仲以來,累世著武,故曰《常武》。"今人余培林《正詁》認爲《常武》者,尚武也。"也有人説是以樂名詩。武王克商,樂曰《大武》;宣王中興,詩曰《常武》。六章,四十八句。

裳 cháng 市羊切(宕開三平陽禪)
陽部、禪母

❶古人穿的下衣;裙。(風14、雅1)27《邶風·綠衣》二章:"綠兮衣兮,綠衣黄裳。"《毛傳》:"上曰衣,下曰裳。"107《魏風·葛屨》一章:"摻摻女手,可以縫裳。"《鄭箋》:"裳,男子之下服。"馬瑞辰《通釋》:"只言縫裳者,詩以裳與霜韻,故以裳賅衣,非謂女專縫裳也。"❷車圍子。見【帷裳】。❸穿(裳)。(風2)88《鄭風·豐》三章:"衣錦褧衣,裳錦褧裳。"

【裳裳】等於"堂堂"。鮮明美盛的樣子。(雅3)214《小雅·裳裳者華》一章:"裳裳者華,其葉湑兮。"《毛傳》:"裳裳,猶堂堂也。"孔穎達《正義》:"彼堂堂然光明者,華也。"陳奐《傳疏》:"於華言裳裳,於葉言湑,皆有盛義。"朱熹《集傳》:"古本作常,常棣也。"王先謙《集疏》:"《魯》、《韓》,裳作常。"

[裳裳者華]《小雅》篇名(214)。這是周天

子贊美諸侯的詩。說他們才德兼備,車服盛美,文韜武略,無所不宜。朱熹《集傳》說:"此天子美諸侯之辭,以答《瞻彼洛矣》也。"魏源《詩古微》:"《裳裳者華》,亦諸侯嗣位初朝之詩。故與《瞻洛》相次。孔子曰:'於《裳裳者華》,見賢者世保其祿也。'次《瞻洛》後,蓋朝於東都所作。"《詩序》:"《裳裳者華》,刺幽王也。古之仕者世祿。小人在位,則讒諂並進,棄賢者之類,絕功臣之世焉。"謂是以美爲刺。又李光地《詩所》以爲天子朝會畢而見諸侯之詩。何楷《古義》以爲美鄭武公師復興之詩。龔橙《詩本誼》以爲宣王朝有功、享仲山甫之作。還有人認爲是西周王朝的官吏爲感激某一貴族的扶植而稱頌他的詩。四章,二十四句。

【裳衣】裳和衣,泛指衣服。(風2)100《齊風·東方未明》二章:"東方未晞,顛倒裳衣。"156《豳風·東山》一章:"制彼裳衣,勿士行枚。"《鄭箋》:"女製彼裳衣而來,謂兵服也。"朱熹《集傳》:"裳衣,平居之服也。"

嘗(尝、甞) cháng 市羊切(宕開三平陽禪)
陽部、禪母

❶品嘗;辨別滋味。(雅2)211《小雅·甫田》三章:"攘其左右,嘗其旨否。"陳奐《傳疏》:"嘗其旨否,言各嘗其饋之美與不也。" ❷食;吃。(風1)121《唐風·鴇羽》三章:"不能蓺稻粱,父母何嘗?"朱熹《集傳》:"嘗,食也。" ❸秋祭。(雅2、頌3)166《小雅·天保》四章:"禴祠烝嘗,于公先王。"《毛傳》:"春曰祠,夏曰禴,秋曰嘗,冬曰烝。"300《魯頌·閟宮》四章:"秋而載嘗,夏而福衡。"《鄭箋》:"秋將嘗祭,於夏則養牲,福衡其牛角,爲其觸牴人也。"參"常"。

鱨(鲿) cháng 市羊切(宕開三平陽禪)
陽部、禪母

魚名,即黃頰魚。頭似燕,大口,平腹,黃色,細鱗。(雅1、頌1)170《小雅·魚麗》一章:"魚麗于罶,鱨鯊。"《毛傳》:"鱨,楊也。"陸璣《詩義疏》:"鱨,今江東呼黃鱨魚,一名黃頰魚。尾微黃,大者長尺七八寸許。"孔穎達《正義》:"徐州人謂之楊,黃頰,通語也。"

倡 chàng 尺亮切(宕開三去漾昌)
陽部、昌母

領唱。(風2)85《鄭風·蘀兮》一章:"叔兮伯兮,倡予和女。"《毛傳》:"君倡臣和也。"《鄭箋》:"叔伯,君臣相謂也。…女倡矣,我則將和之。"朱熹《集傳》:"叔兮伯兮,則盍倡予,而予將和女矣。"陸德明《釋文》:"倡,昌亮反,本又作唱。"《列女傳·魯公乘姒》、《文選·吳都賦》李善注引《詩》並作"唱"。《說文·人部》:"倡,樂也。"段玉裁注:"經傳皆用爲唱字"。

唱 chàng 尺亮切(宕開三去漾昌)
陽部、昌母

領唱。見"倡"。

暢(畅) chàng 丑亮切(宕開三去漾徹)陽部、透母

長。(風1)128《秦風·小戎》一章:"文茵暢轂,駕我騏馵。"《毛傳》:"暢轂,長轂也。"朱熹《集傳》:"暢,長也。…大車之轂一尺有半,兵車之轂長三尺二寸,故兵車曰暢轂。"阜陽《詩經》作"文茵象轂"。胡平生《研究》:"'象轂'可依《毛傳》釋爲'長轂'。…'象轂'亦可讀如字。…'象'指文飾,義亦可通,且正與上言'文茵'對仗。'象轂'爲有文飾之車轂。上古之車轂,原指內受車軸,外承輻條者。以後又在此之外加套一金屬外罩,亦稱之爲轂。所謂'象轂'者,疑是此物。"

韔(韔) chàng 丑亮切(宕開三去漾徹)陽部、透母

❶裝弓的袋。(風1)128《秦風·小戎》三章:"虎韔鏤膺。"《毛傳》:"韔,弓室也。"陸德明《釋文》:"韔,本亦作暢。"❷把弓裝入弓袋。(風1、雅1)226《小雅·采綠》三章:"之子于狩,言韔其弓。"陸德明《釋文》:"韔,弢也。本亦作鬯。"孔穎達《正義》:"韔其弓,謂射訖與之弛弓納於韔中也。"王念孫《廣雅疏證》卷八上:"藏弓謂之韔,故弓藏亦謂之韔。"參"鬯"。

鬯 chàng 丑亮切(宕開三去漾徹)
陽部、透母

❶古代一種祭祀、宴會用的酒,用鬱金草和黑黍釀成。見【秬鬯】。❷通"韔"。把弓裝

入弓袋。(風1)78《鄭風・大叔于田》三章:"抑釋掤忌,抑鬯弓忌。"《毛傳》:"鬯弓,弢弓也。"孔穎達《正義》:"弢者,盛弓之器,鬯弓,謂弢弓而納之鬯中。"段玉裁《小學》:"《秦風》作'韔弓',爲正字。參韔。"

弨 chāo 尺招切（效開三平宵昌）
尺沼切（效開三上小昌）
宵部、昌母

放松弓弦。(雅3)175《小雅・彤弓》一章:"彤弓弨兮,受言藏之。"《毛傳》:"弨,弛貌。"《説文・弓部》:"弨,弓反也。《詩》曰:'彤弓弨兮。'"段玉裁注"弓反爲弨之本義,弛之則亦反矣。"

朝 (一) cháo 直遙切（效開三平宵澄）
宵部、定母

❶入朝;上朝。(風2)57《衛風・碩人》三章:"翟茀以朝。"《鄭箋》:"乘是車馬以入君之朝。"146《檜風・羔裘》一章:"羔裘逍遥,狐裘以朝。"《毛傳》:"羔裘以遊燕,狐裘以適朝。"《鄭箋》:"諸侯之朝服緇衣羔裘。"馬瑞辰《通釋》引錢澄之説:"逍遥以羔裘,是法服爲嬉遊之具;視朝以狐裘,是臨禦爲褻媟之場。"❷朝見天子。(雅2)222《小雅・采菽》二章:"君子來朝,言觀其旂。"《鄭箋》:"諸侯來朝,王使人迎之,因觀其衣服車乘之威儀。"❸朝廷;朝堂。(風2)96《齊風・雞鳴》一章:"雞既鳴矣,朝既盈矣。"孔穎達《正義》:"雞既爲鳴聲矣,朝上既以盈滿矣。"朱熹《集傳》:"朝會之臣既已盈矣。"

(二) zhāo 陟遙切（效開三平宵知）
宵部、端母

❹早晨。(風9、雅7)51《鄘風・蝃蝀》二章:"朝隮于西,崇朝其雨。"《毛傳》:"從旦至食時爲終朝。"58《衛風・氓》五章:"夙興夜寐,靡有朝矣。"《鄭箋》:"無有朝者,常早起夜卧,非一朝然。"俞樾《平議》卷八:"我夙興夜寐,則一家之人無朝起者矣。"屈萬里《詮釋》:"靡有朝矣,猶今言没早晨没晚上,極言其勞也。"232《小雅・漸漸之石》一章:"武人東征,不皇朝矣。"朱熹《集傳》:"言無朝旦之暇也。"陳奐《傳疏》:"朝,音朝夕之朝。"不皇朝,猶言無暇日耳。"237《大雅・緜》二章:"古公亶父,來朝走馬。"《鄭箋》:"馬,言其辟惡早且疾矣。"朱熹《集傳》:"朝,早也。"牟庭《詩切》:"來朝,謂來日朝旦也。一夜決策,天明馳馬而去,言遷岐之速也。"屈萬里《詮釋》:"來朝,早來也。"一説:通"周"。指岐周。于省吾《新證》:"朝,周古音近字通。走,《玉篇》引作趣。……'來朝走馬',應讀作來周走馬。謂太公自豳遷於岐周,而養馬於斯也。"

【朝²夕】1)早晚。(雅2)205《小雅・北山》一章:"偕偕士子,朝夕從事。"《鄭箋》:"朝夕從事,言不得休止。"234《小雅・何草不黄》三章:"哀我征夫,朝夕不暇。"孔穎達《正義》:"朝夕常行,不得閒暇。"2)早晚朝見君王。(雅1、頌1)194《小雅・雨無正》二章:"邦君諸侯,莫肯朝夕。"《鄭箋》:"三公及諸侯隨王而行者皆無君臣之禮,不肯晨夜朝暮省王也。"阮元《補篆》:"邦君之在王都者亦不肯朝夕省王,如鄭桓公既封鄭,猶居王都也。"301《商頌・那》:"温恭朝夕,執事有恪。"屈萬里《詮釋》:"朝夕,即《小雅》'莫肯朝夕'之'朝夕',謂朝夕朝見也。此語所以告助祭之人也。"

【朝²陽】山的東面。因其早晨爲太陽所照。(雅1)252《大雅・卷阿》九章:"梧桐生矣,於彼朝陽。"《毛傳》:"山東曰朝陽。"

【朝宗】諸侯朝見天子。春見爲朝,夏見爲宗。借指百川會聚入海。(雅1)183《小雅・沔水》一章:"沔彼流水,朝宗于海。"《鄭箋》:"水流而入海,小就大也。喻諸侯朝天子亦猶是也。諸侯春見天子曰朝,夏見曰宗。"孔穎達《正義》:"《大宗伯》注云:'朝,朝也,欲其來之早。宗,尊也,欲其尊王。'皆以人事名之。"

又見【一朝】。

巢 cháo 鉏交切（效開二平肴崇）
宵部、崇母

鳥搭的窩。(風4)12《召南・鵲巢》一章:"維鵲有巢,維鳩居之。"《毛傳》:"鳲鳩不自爲巢,居鵲之成巢。"

車(车) chē 尺遮切（假開三平麻昌）
魚部、昌母

jū 九魚切（遇開三平魚見）
魚部、見母

❶車子。(風13、雅14、頌5)24《召南・何彼襛矣》一章:"曷不肅雝？王姬之車。"41《邶風・北風》三章:"惠而好我,携手同車。"《毛傳》:"携手就車。"一說:通"居"。居住。阜陽漢簡《詩經》作"惠然好我,携手同居。"郭晉稀《蠡測》:"車當爲居之借字,兩字古韻同在烏部(魚部),古聲同在見紐,同音字也。"❷特指兵車。(雅8)168《小雅・出車》一章:"我出我車,于彼牧矣。"《鄭箋》:"出我戎車於所牧之地。"262《大雅・江漢》一章:"既出我車,既設我旟。"《鄭箋》:"車,戎車也。"

[車攻]《小雅》篇名(179)。這首詩寫周宣王到東都洛邑與諸侯會獵,規模浩大,獲得成功。《詩序》:"《車攻》,宣王復古也。宣王能内脩政事,外攘夷狄,復文武之境土,脩車馬,備器械,復會諸侯於東都,因田獵而選車徒焉。"朱熹《集傳》:"周公相成王,營洛邑,爲東都以朝諸侯。周室既衰,久廢其禮。至於宣王,内脩政事,外攘夷狄,復文武之竟土,脩車馬,備器械,復會諸侯於東都,因田獵而選車徒焉。故詩人作此以美之。"《墨子・明鬼》:"周宣王合諸侯而田於圃,車數百乘。"與《詩序》合。王先謙《集疏》:"《易林・履之夬》云:'吉日》《車攻》,田弋獲禽。宣王飲酒,以告嘉功。'班固《東都賦》:'嘉《車攻》。'用此經文。皆《齊詩》説。《魯》、《韓》無異義。"八章,三十二句。

[車鄰]《國風・秦風》篇名(126)。這是一首贊美秦君的詩。既有威儀,又平易近人,能與臣下同樂。《詩序》:"《車鄰》,美秦仲也。秦仲始大,有車馬禮樂侍御之好焉。"《鄭箋》:"君臣以閒暇燕飲相安樂也。"秦仲,周宣王時封爲大夫,秦國開始強大,故詩人贊美他。三家詩義大抵相同。或以爲美襄公之詩。豐坊《詩說》:"襄公初爲諸侯,周大夫與燕,美之而作。"何楷《古義》:"《車鄰》,秦臣美襄公也。平王初命襄公爲秦伯,其臣榮而樂之。"屈萬里《詮釋》:"此蓋詩人喜得見於其君,即事之作。"也有人認爲這是貴族婦女歌唱其夫妻相樂的生活的詩。三章,十六句。

[車舝]《小雅》篇名(218)。這是一首咏新婚的詩。抒寫了詩人迎娶一個貴族美女後的喜悅以及他對新娘的熱愛。朱熹《集傳》:"此燕樂其新婚之詩。"朱善《解頤》:"《正小雅》有《鹿鳴》以燕群臣,有《常棣》以燕兄弟,有《伐木》以燕朋友,而獨於夫婦缺焉。則此詩雖燕樂新昏之詩,其亦昏禮上下通用之樂也與。"《左傳・昭公二十五年》:"叔孫婼如宋迎女,賦《車舝》。"《詩序》:"《車舝》,大夫刺幽王也。褒姒嫉妒,無道並進,讒巧敗國,德澤不加於民。周人思得賢女以配君子。故作是詩也。"學者大都不相信這是刺詩。五章,三十句。

又見【大車】【後車】【路車】【戎車】【檀車】【田車】【役車】【輶車】【子車】。

徹(彻) chè
丑列切(山開三入薛徹)月部、透母
直列切(山開三入薛澄)月部、定母

❶治;治理。(雅4)259《大雅・崧高》六章:"王命召伯,徹申伯土疆。"朱熹《集傳》:"徹,定其經界,正其賦稅也。"262《大雅・江漢》三章:"式辟四方,徹我疆土。"《鄭箋》:"開辟四方,治我疆界於天下。"朱熹《集傳》:"徹,井其田也。…辟四方之侵地,而治其疆界。"250《大雅・公劉》五章:"度其隰原,徹田爲糧。"《毛傳》:"徹,治也。"一說:照田畝收稅。《鄭箋》:"度其隰與原田之多少,徹之使出稅以爲國用。什一而稅謂之徹。"屈萬里《詮釋》:"此言照田畝徹穀,以爲出行所用之糧也。"❷遵循軌道。(雅1)193《小雅・十月之交》八章:"天命不徹,我不敢傚我友自逸。"《毛傳》:"徹,道也。"《鄭箋》:"不道者,言王不循天之政教。"陳奐《傳疏》:"天命不道,言天之令不循道而行,遂有日食震雷之變。"一說:通、通曉。金其源《讀書管見》:"天命不徹,言天命無通法…喻王之賞罰不均也。"黃焯《詩疏平議》:"道與導通,導亦通也。經言'天命不徹',猶言天命難知。"又一說:平均;公平。朱熹《集傳》:"徹,均也。"❸撤去。(雅1)209《小雅・楚茨》五章:"諸宰君婦,廢徹不遲。"《鄭箋》:"諸宰撤去諸饌,君婦籩豆而已。"❹拆毀。(雅1)193《小雅・十月之交》五章:"徹我牆

屋,田卒污萊。"《鄭箋》:"乃反徹毀我牆屋。"❺取;剝取。(風1)155《豳風·鴟鴞》四章:"徹彼桑土,綢繆牖戶。"《毛傳》:"徹也。"朱熹《集傳》:"徹,取也。"馬瑞辰《通釋》:"《孟子》引此詩,趙岐注:'徹,取也。''徹'與'撤'通。《廣雅》:'撤,取也。'《毛傳》訓'剝'者,剝亦取也。徹彼桑土,蓋徹取桑根之皮。"

坼 chè 丑格切（梗開二入陌徹）
鐸部、透母

裂開。(雅1)245《大雅·生民》二章:"不坼不副,無菑無害。"陸德明《釋文》:"坼,勅宅反。"孔穎達《正義》:"坼、副,皆裂也。"馬瑞辰《通釋》:"不坼不副,蓋謂其胞衣之不坼裂也。"趙翼《陔餘叢考》卷二:"古婦人生子,蓋有坼剖而生者。…前志所傳,'修已背坼而生禹,簡狄胸剖而生契'。近日魏黃初五年,汝南屈雍妻王氏生男,從右胳下水腹上出,而平和自由,數月創合,母子無恙。以今況古,知注記者不妄也。"十三經注疏本作"拆",阮元《校刊記》:"唐石經、相臺本拆作坼,案坼字是也。"

琛 chēn 丑林切（深開三平侵徹）
侵部、透母

珍寶。(頌1)299《魯頌·泮水》八章:"憬彼淮夷,來獻其琛。"《毛傳》:"琛,寶也。"孔穎達《正義》:"舍人曰:'美寶曰琛。'來獻其琛,總言獻寶,其龜象南金還是寶中之別,以其物貴,特舉而言,其獻非唯此等也。"章炳麟《莉漢微言》:"余謂琛、寶音近(侵部、冬部古通用)。《說文》:'寶,南蠻賦也。'淮夷獻琛,即獻寶矣。"

忱 chén 氏任切（深開三平侵禪）
侵部、禪母

信;信任。(雅1)236《大雅·大明》一章:"天難忱斯,不易維王。"《毛傳》:"忱,信也。"《鄭箋》:"天之意難信矣。"嚴粲《詩緝》:"天難信而不可恃,爲君豈不難哉?"《說文·言部》引《詩》作"諶"。《韓詩外傳》卷十引作"訦"。王先謙《集疏》:"《魯》、《齊》,忱作諶。《韓》作訦。"參"諶"。

沈(沉) chén 直深切（深開三平侵澄）
直禁切（深開三去沁澄）

侵部、定母

沒入水中。跟"浮"相對。(雅1)176《小雅·菁菁者莪》四章:"汎汎楊舟,載沈載浮。"朱熹《集傳》:"'載沉載浮',猶言'載清載濁','載馳載驅'之類,以興未見君子而心不定也。"黃震《黃氏日鈔》:"載沈載浮者,言舟泛泛水中,或上或下,不定之貌。"按"沉"字本寫作"沈",和姓沈的"沈"(shěn)同字。後來爲了區別,把"沈沒"的"沈"寫作"沉"。朱熹《集傳》即作"載沉載浮"。參"湛"。

訦 chén 氏任切（深開三平侵禪）
侵部、禪母

信;信任。見"忱"。

煁 chén 氏任切（侵開三平侵祥）
侵部、禪母

行竈;一種可以移動的火爐。(雅1)229《小雅·白華》四章:"樵彼桑薪,卬烘于煁。"《毛傳》:"煁,烓(wēi)竈也。"《說文·火部》:"烓,行竈也。"孔穎達《正義》:"烓者,無釜之竈。其上燃火,謂之烘,本爲此竈上亦燃火照物,若今之火爐也。"朱熹《集傳》:"煁,無釜之竈,可燎而不可烹飪者也。"

諶(谌) chén 氏任切（深開三平侵禪）
侵部、禪母

信;可信。(雅1)255《大雅·蕩》一章:"天生烝民,其命匪諶。"朱熹《集傳》:"諶,信也。…蓋天生衆民,其命有不可信者。"一說:真誠,誠信。《毛傳》:"諶,誠也。"《說文·心部》:"忱,誠也。"引《詩》"天命匪忱"。黃焯《毛鄭平議》:"詩意謂天生衆民,其降命之初,豈有不誠乎?乃民少能以善道自終者,由化從惡俗故耳。"參"忱"。

辰 chén 植鄰切（臻開三平真禪）
文部、禪母

❶時;時運。(雅2)197《小雅·小弁》三章:"天之生我,我辰安在?"《毛傳》:"辰,時也。"陳奐《傳疏》:"辰訓時。我辰安在,言我何適在今時也。"257《大雅·桑柔》四章:"我生不辰,逢天僤怒。"《鄭箋》:"辰,時也。"《爾雅·釋訓》:"不辰,不時也。"(不辰:不逢時;不是時候。❷按時。(雅1)256《大雅·抑》二章:"訏謨定命,遠猶辰告。"《鄭箋》:"猶,

圖也。爲天下遠圖庶事,而以歲時告施之。"朱熹《集傳》:"辰告,謂以時播告也。"❸及時;美善。(雅1)218《小雅·車舝》二章:"辰彼碩女,令德來教。"《毛傳》:"辰,時也。"陳奐《傳疏》:"辰訓時,時當讀如'男女得以及時'之時。"馬瑞辰《通釋》:"此《傳》訓辰爲時者,亦取善義。辰爲碩女美善貌,猶依爲茂木貌也。"一說:通"振",信厚;仁厚。俞樾《平議》卷十:"辰讀爲振。《麟之趾》篇'振振公子',《傳》曰:'振振,仁厚也。'"《列女傳·漢楊夫人》(卷八)引《詩》作"展彼碩女"。❹看伺;守時不失。(風1)100《齊風·東方未明》三章:"不能辰夜,不夙則莫。"《毛傳》:"辰,時也。"馬瑞辰《通釋》:"此《傳》'辰,時也',當爲時伺之時,不能辰夜即不能伺夜也。"陳奐《傳疏》:"不能辰,失時也。"吳闓生《會通》:"《莊子》'見卵而求時夜',崔注:'時夜,司夜也。'"一說:通"晨",早晨。朱駿聲《說文通訓定聲·屯部》:"辰,又爲晨。《詩·東方未明》:'不能辰夜。'(不能辰夜,分不清晝夜。)❺通"慎"。五歲的獸;大獸。(風2)127《秦風·駟驖》二章:"奉時辰牡,辰牡孔碩。"王引之《述聞》卷五:"辰當讀爲慎。…慎爲獸五歲之名,非牝麋之名也。慎即此詩辰牡之辰。五歲爲慎,獸之最大者,故下文曰'辰牡孔碩'也。"一說:適時;及時。《毛傳》:"辰,時也。冬獻狼,夏獻麋,春秋獻鹿豕群獸。"孔穎達《正義》:"獸人獻時節之獸以供膳,故虞人驅時節之獸以待射。"又一說:通"麕"。牝鹿。俞樾《平議》卷九:"辰當讀爲麕。《爾雅·釋獸》曰:'麕,牡麢,牝麕。'然則麕牡猶言牝麋矣。牡者,通凡獸而言;曰麕曰麋,專以麋鹿言,互相備也。"

麎 chén 植鄰切(臻開三平真禪)
文部、禪母

雌性麋鹿。見"祁"。

晨 chén 植鄰切(臻開三平真禪)
文部、禪母
食鄰切(臻開三平真船)
文部、船母

天亮;太陽出來的時候。(雅1)182《小雅·庭燎》三章:"夜如何其?夜鄉晨。"《鄭箋》:"晨,明也。"王引之《述聞》卷六:"晨,謂昧爽時也。鄉猶方也。…凡將明未明謂之晨,故明亦謂之晨,義相因也。此言庭燎有輝時,晨是未明之時矣。"

【晨風】鸇;鸇鷹一類的猛禽。(風1)132《秦風·晨風》一章:"鴥彼晨風,鬱彼北林。"《毛傳》:"晨風,鸇也。"《爾雅·釋鳥》:"晨風,鸇。"郭璞注:"鸇屬。"陸璣《詩義疏》卷下:"晨風,一名鸇,似鷂,青黃色,燕頷鉤喙。嚮風搖翅,乃因風飛,急疾擊鳩鴿燕雀食之。"王先謙《集疏》:"《魯》,晨亦作鷐。"一說:赤羽的雉。聞一多《類鈔》:"鸇風,雉類。一名翰,一名天雞,赤羽。"

[晨風]《國風·秦風》篇名(132)。這首詩寫詩人想念着一位"君子"而見不着,擔心對方把自己忘了。《詩序》以爲刺秦康公棄其賢臣的詩:"《晨風》,刺康公也。忘穆公之業,始棄其賢臣焉。"朱熹《集傳》以爲婦人因夫不在而思念之辭:"婦人以夫不在,而言鴥彼晨風,則歸於鬱彼之北林矣,故我未見君子,而憂心欽欽也。彼君子者,如之何而忘我之多乎。此與《扊扅之歌》同意,蓋秦俗然。"按:《顏氏家訓·書證》引古樂府歌《百里奚詞》曰:"百里奚,五羊皮。憶別時,烹伏雌,吹扊扅。今日富,忘我爲!"《扊扅之歌》指此。扊扅(yǎnyí),門閂。現代研究者或以爲棄婦之詩,或以爲女子憂慮男子無情,說法不一。三章,十八句。

鷐 chén 植鄰切(臻開三平真禪)
文部、禪母

鷐風,同"晨風"。鳥名。見"晨"。

塵(尘) chén 直珍切(臻開三平真澄)
真部、定母

❶塵土;灰塵。(雅2)206《小雅·無將大車》二章:"無將大車,維塵冥冥。"❷沾染塵土。(雅1)206《無將大車》一章:"無將大車,祇自塵兮。"朱熹《集傳》:"言將大車則塵污之。"屈萬里《詮釋》:"塵,作動詞用,謂塵撲身也。"

陳(陈) chén 直珍切(臻開三平真澄)
真部、定母

❶陳設;陳列。(雅3)165《小雅·伐木》二章:"於粲灑埽,陳饋八簋。"263《大雅·常

武》二章:"命程伯休父,左右陳行。"(陳行:陳列隊伍。按《說文·自部》:"歔,列也。"字通作"陳"。《廣雅·釋詁一》:"陳,列也。"❷施行;布施。(頌1)275《周頌·思文》:"帝命率育,無此疆爾界,陳常於時夏。"馬瑞辰《通釋》:"陳常,猶布常也。陳常於時夏,謂陳農政於中夏也。"一說:通"田"。耕治田畝。于省吾《新證》:"陳者,田之借字。《說文》謂'田,陳也。'是陳可讀田之例證。田字在此作動詞用,治田曰田。…這是說,對於來牟的培育,不分彼此疆界,要時常耕治之於是華夏的區域。"❸舊的。跟"新"相對。指陳穀。(雅1)211《小雅·甫田》一章:"我取其陳,食我農人。"《毛傳》:"尊者食新,農夫食陳。"《管子·輕重》引《神農數》:"無食者予之陳,無種者貸之新。"朱熹《集傳》:"我,食禄主祭之人也。陳,舊粟也。"❹通"申"。一再;重復。(雅1)235《大雅·文王》二章:"陳錫哉周,侯文王孫子。"馬瑞辰《通釋》:"陳錫,即申錫之假借。…申,重也。重錫,言錫之多。"于省吾《新證》:"陳錫載周,應讀為陳錫在周,在猶於也,謂申錫於周也。"一說:布。《鄭箋》:"能敷恩惠之施,以受命始造中國,故天下君之。"朱熹《集傳》:"陳,猶敷也。"戴震《考證》:"蓋陳,布也。…言文王能布大利於天下以豐殖周。"❺由堂下到院門的通道。(雅1)199《小雅·何人斯》三章:"彼何人斯,胡逝我陳。"《毛傳》:"陳,堂塗也。"《爾雅·釋宮》:"廟中路謂之唐,堂塗謂之陳。"郭璞注:"(陳)堂下至門徑也。"王先謙《集疏》:"《韓》說曰:'堂塗左右曰陳。'…寢室南有堂,堂下有階,東西階及門之涂以甓甃之,是謂之堂塗,亦謂之陳。"❻周代諸侯國名。媯姓,周武王封舜的後人媯滿於此。都宛丘(今河南淮陽縣)。疆土包括今河南東南部和安徽北部。東周敬王四十一年(公元前四八一年)滅於楚。朱熹《集傳》:"陳,國名。太皞伏羲氏之墟,在《禹貢》豫州之東。其地廣平,無名山大川。西望外方,東不及孟諸。周武王時,帝舜之冑有虞閼父為周陶正。武王賴其利器用與其神明之後,以元女太姬妻其子滿,而封之陳,都於宛丘之

側。與黃帝、帝堯之後,共為三恪,是為胡公。太姬婦人尊貴,好樂巫覡歌舞之事,其民化之。今之陳州,即其地也。"(風1)31《邶風·擊鼓》二章:"從孫子仲,平陳與宋。"(平陳與宋:衛國聯合陳國、宋國和蔡國去伐鄭國。事見《左傳·隱公四年》。)

[陳風]《詩經·國風》之一。陳地民歌。鄭玄《詩譜》:周武王封"媯滿於陳,都於宛丘之側,是曰陳胡公,以備三恪,妻以元女太姬。…太姬無子,好巫覡禱祈鬼神歌舞之樂,民俗化而為之。五世至幽公,當屬王時,政衰,大夫淫荒,所為無度。國人傷而刺之,陳之變風作矣。"《陳風》包括《宛丘》《東門之枌》《衡門》《東門之池》《東門之楊》《墓門》《防有鵲巢》《月出》《株林》《澤陂》等十篇。其中大都是東周作品,也可能有西周作品。

敶 chén 直珍切 (臻開三平直澄)
真部、定母

治理。見"甸"。

臣 chén 植鄰切 (臻開三平真襌)
真部、襌母

君主時代官吏和百姓的統稱。(雅3、頌1)205《小雅·北山》二章:"率土之濱,莫非王臣。"299《魯頌·泮水》五章:"矯矯虎臣,在泮獻馘。"

[臣工]群臣百官。(頌1)276《周頌·臣工》:"嗟嗟臣工,敬爾在公。"朱熹《集傳》:"臣工,群臣百官也。"陳僅《群經質》卷上:"臣工,三公、卿、諸侯、大夫也。"馬瑞辰《通釋》:"臣工二字平列,猶官府之比。工與官雙聲,故官通借作工。臣工,蓋通指諸侯卿大夫言之。"(在公:為公家工作。)

[臣工]《周頌》篇名(276)。這是周成王在廟祭以後,送別助祭諸侯時,戒勉他們要及時治田以求豐收的詩。《詩序》:"《臣工》,諸侯助祭,遣於廟也。"蔡邕《獨斷》:"《臣工》,諸侯助祭,遣之於廟之所歌也。"吳闓生《會通》:"諸侯守土,民事為先,故於來朝助祭,歸而申飭其章,稼穡其首務也。周先王力農開國,故告於廟以祖德訓之,所以為《頌》。"一說,這是周成王在舉行"藉田之禮"時唱的樂歌。西周時期,周王自己擁有

大片土地,由農奴耕種,叫做"藉田"。每年春天,周王率群臣百官親耕藉田,并舉行宴會。周王歌《臣工》,告戒群臣忠於職守,積極耕治田畝,以求豐收。首四句戒群臣百官,次四句戒農官(保介),中間四句祈上帝賜予豐收,末三句命令農夫準備收割。開後世帝王戒敕一類文體。朱熹《集傳》:"此戒農官之詩。"鄒肇敏《詩傳闡》:"明堂朝覲,則《我將》、《載見》諸詩是已。至耕耤豈容無詩?'嗟工臣'正指公卿大夫之屬。至'嗟保介',則義蓋顯然。其爲耕耤而告農官,益可據矣。"魏源《詩古微》:"《臣工》,成王耕耤后受釐賑祝也。…詩蓋執爵勞酒時所歌。首戒公侯大夫。'保介'以下戒百吏庶民。'將受厥明'以下,則受厘賑祝詞也。"或以爲暮春周王視察農耕之詩。陳子展《直解》:"《臣工》,蓋王者暮春省耕之詩。…顯然此西周之初尚停滯於氏族社會末期父系家長奴役制下,大家長暮春省斂之遺迹。非催耕也。將有事於刈麥也。"一章,十五句。

〔臣工之什〕《詩經·周頌》里包括《臣工》、《噫嘻》、《振鷺》、《豐年》、《有瞽》、《潛》、《雝》、《載見》、《有客》、《武》等在内的十首詩,舊本編爲一卷,稱《臣工之什》。

【臣僕】男奴隸;充當男奴隸。(雅 1)192《小雅·正月》三章:"民之無辜,并其臣僕。"《毛傳》:"古者有罪不入於刑,則役之圜土以爲臣僕。"《鄭箋》:"人之尊卑有十等,僕第九,臺第十。言王既刑殺無罪,并及其家之賤者。"馬瑞辰《通釋》:"古以罪人爲臣僕。《詩》云'并其臣僕',謂使無罪者并爲臣僕,在罪人之列。"陳奐《傳疏》:"臣僕即罪人爲役者。"

疢 chèn 丑刃切(臻開三去震徹) 文部、透母

病;煩熱。(雅 1)197《小雅·小弁》二章:"心之憂矣,疢如疾首。"《鄭箋》:"疢,猶病也。"陸德明《釋文》:"疢,又作疹,同。"馬瑞辰《通釋》:"按《說文》:'疢,熱病也。'…疾首,謂頭痛。頭痛多煩熱,故疢疢似之。"(疢如疾首:内心煩熱有如頭痛之疾。)

稱(称) (一) chēng 處陵切(曾開三平蒸昌) 蒸部、昌母

❶舉起。(風 1)154《豳風·七月》八章:"稱彼兕觥,萬壽無疆。"朱熹《集傳》:"稱,舉也。…舉酒而祝其壽也。"

(二) chèn 昌孕切(曾開三去證昌) 蒸部、昌母

❷相稱;合適。(風 1)151《曹風·候人》二章:"彼其之子,不稱其服。"《鄭箋》:"不稱者,言德薄而服尊。"陸德明《釋文》:"稱,尺證反。"

檉(柽) chēng 丑貞切(梗開三平清徹) 耕部、透母

一種落葉小喬木,也叫河柳、西河柳、觀音柳。(雅 1)241《大雅·皇矣》二章:"啓之辟之,其檉其椐。"《毛傳》:"檉,河柳也。"孔穎達《正義》引某氏說:"河柳,謂河傍赤莖小楊也。"朱熹《集傳》:"檉,河柳也,似楊,赤色,生河邊。"

赬(赬、頳、經) chēng 丑貞切(梗開三平清徹) 耕部、透母

紅色;赤色。(風 1)10《周南·汝墳》三章:"魴魚頳尾,王室如燬。"《毛傳》:"頳,赤也。魚勞則尾赤。"馬瑞辰《通釋》:"詩人以魚尾之赤,興王室之如燬。"于鬯《香草校書》卷十一:"魴魚尾本不赤,其赤者以將死之故。…《爾雅·釋詁》'勞'詁'勤',亦詁'病'。'病'義於此爲近。蓋魚既脫水,勢將至死,所謂勞也。…將死未死,故不曰魚死,而曰'魚勞'。以喻王室將亡而未亡,故不曰既燬,而曰'如燬'也。"按《說文·赤部》:"經,赤色也。《詩》曰:'魴魚經尾。'頳,經或從貞。"諸本字作"頳",朱熹《集傳》本作"赬"。

成 chéng 是征切(梗開三平清禪) 耕部、禪母

❶完成;成就。(風 2,雅 16,頌 2)12《召南·鵲巢》三章:"之子于歸,百兩成之。"朱熹《集傳》:"成之,成其禮之。"179《小雅·車攻》八章:"允矣君子,展也大成。"孔穎達《正義》:"其功大成,言太平也。"屈萬里《詮

釋》:"大成,所成者大也。"248《大雅·鳧鷖》一章:"公尸燕飲,福祿來成。"《鄭箋》:"女酒殽清美。以與公尸燕樂飲酒之故,祖考以福祿來成女。"一說:通"重"。重復(賜予)。馬瑞辰《通釋》:"按四章'福祿來崇'《傳》:'崇,重也。'來成猶言來崇,成亦重也。" ❷形成;成立。(風1、雅4)194《小雅·雨無正》四章:"戎成不退,飢成不遂。"(遂:安。)31《邶風·擊鼓》四章:"死生契闊,與子成說。"朱熹《集傳》:"成說,成其約誓之言。" ❸完備;準備充分。(風1)106《齊風·猗嗟》二章:"儀既成兮,終日射侯,不出正兮。"《鄭箋》:"成,猶備也。"孔穎達《正義》:"威儀容貌既備足分,又善於爲射。"朱熹《集傳》:"儀既成,言其終事而禮無違也。"胡承珙《後箋》:"此言莊公善射,惟其射儀既備,所以終日不出正也。" ❹平;和平;太平。(雅1、頌2)237《大雅·縣》九章:"虞芮質厥成。"《毛傳》:"成,平也。"胡承珙《後箋》:"成乃鄰國結好之稱。"301《商頌·那》:"湯孫奏假,綏我思成。"陳奐《傳疏》:"成,平也。言湯孫奏此大濩之樂,以樂我烈祖,以安享我太平之福也。"302《商頌·烈祖》:"既載清酤,賚我思成。"陳奐《傳疏》:"言烈祖成湯,賜我子孫有此太平之福也。"一說:福。馬瑞辰《通釋》:"成猶滿也。'賚我思成',猶云賜我福也。"屈萬里《詮釋》:"成,猶備也,謂福也。" ❺已定的;現成的。(頌1)271《周頌·昊天有成命》:"昊天有成命,二后受之。"朱熹《集傳》:"天祚周以天下,既有定命,而文武受之矣。"一說:明。馬瑞辰《通釋》:"明、成二字同義。《爾雅·釋詁》:'明,成也。'《臣工》篇'將受厥明',明亦成也。成命,猶言明命。" ❻指成法。(頌1)276《周頌·臣工》:"王釐爾成,來咨來茹。"朱熹《集傳》:"成,成法也。…言王有成法以賜女,女當來咨度也。"一說:穀熟;收成。馬瑞辰《通釋》:"王釐猶言往告。成、孰一聲之轉,故古以穀孰爲成。"又一說:成功。《鄭箋》:"王乃平理女之成功。" ❼樂曲演奏完畢爲一成。(頌1)280《周頌·有瞽》:"我客戾止,永觀厥成。"呂祖謙《詩記》:"李氏曰:成,猶終也。遍更而奏焉,故謂之成。"

朱熹《集傳》:"成,樂闋也。如'韶簫九成'之成。" ❽權柄;政權。(雅1)191《小雅·節南山》六章:"憂心如酲,誰秉國成。"《毛傳》:"成,平也。"陳奐《傳疏》:"'秉國成'猶曰'秉國均'也。"馬瑞辰《通釋》:"秉國鈞、秉國成,猶《春秋》執國政也。"王先謙《集疏》:"成、平互相訓。上章'秉國之均',均亦平也。與'秉國成'同義,即執國政也。" ❾通"誠"。誠心。(雅1)258《大雅·雲漢》八章:"大命近止,無棄爾成。"高亨《今注》:"成,疑借爲誠。無棄爾誠,不要放棄你的誠心,繼續禱告。"一說:成功。《鄭箋》:"無棄爾之成功。"朱熹《集傳》:"雖人今死亡將近,然不可以棄其前功。"馬瑞辰《通釋》:"願無棄成功,助我求雨,冀天終惠我以安寧也。"屈萬里《詮釋》:"此二語蓋謂天也。言周之受命,本由天意,是天之成就周也。今大命近終矣,望天勿棄爾之成就。意謂當急拯救之也。" ❿通"誠"。誠然。(雅1)188《小雅·我行其野》三章:"成不以富,亦衹以異。"朱熹《集傳》:"言爾之不思舊姻而求新匹也,雖實不以彼之富而厭我之貧,亦衹以其新而異於故耳。"《論語·顏淵》引作"誠"。陳奐《傳疏》:"成即誠之假借字。"一說:作成;成事。《鄭箋》:"女不以禮爲室家,成事不足以得富也。" ⓫指周成王。(頌2)274《周頌·執競》:"不顯成康,上帝是皇。"歐陽修《詩本義》:"成康者,成王康王也。"朱熹《集傳》:"豈不顯哉,成王、康王之德,亦上帝之所君也。"一說:成功。《毛傳》:"不顯乎其成大功而安之也。"方玉潤《原始》:"顯,明也,成,武成也;康,康成也。一字一義。"戴震《考證》:"成,成王事之謂。康,如《易》稱康侯治安之意也。言不顯乎!成王事,安國家。"

【成人】成年人。(雅1)240《大雅·思齊》五章:"肆成人有德,小子有造。"朱熹《集傳》:"冠以上爲成人。小子,童子也。"

【成湯】商開國之君。契的后代,子姓,名履,又稱天乙。夏桀無道,湯伐之,遂有天下,國號商,都於亳。(頌1)305《商頌·殷武》二章:"昔有成湯,自彼氐羌,莫敢不來享,莫敢不來王。"馬瑞辰《通釋》引《書·仲尫之誥》某氏傳："湯伐桀,武功成,故以爲號。"

【成王】周成王。武王的兒子,名誦。即位時年幼,由叔父周公旦攝政。親政後,繼續分封諸侯,加強對地方的控制,奠定了西周王朝統治的基礎。在位三十七年。(雅2、頌2)271《周頌·昊天有成命》："成王不敢康,夙夜基命宥密。"賈誼《新書·禮容》引此詩曰:"二后,文王武王,成王者,文王之孫也。"朱熹《集傳》："成王,名誦,武王之子也。"馬瑞辰《通釋》："《周語》引此詩…叔向説是詩曰:'是道成王之德也。成王能明文昭,能定武烈者也。''二后'指文、武,則成王自指周成王無疑。"277《周頌·噫嘻》："噫嘻成王,既昭假爾。"郭沫若《由周代農事詩論到周代社會》："凡文、武、成、康、昭、穆、恭、懿等,都是生號而非死謚。"黄焯《詩疏平議》："詩言成王,即指成王之身。"

又見【老成人】。

城 chéng 是征切 (梗開三平清襌) 耕部、襌母

❶城牆。(風2、雅7)244《大雅·文王有聲》三章："築城伊淢,作豐伊匹。"朱熹《集傳》："言文王營豐邑之城,因舊溝爲限而築之。"《説文·土部》："城,以盛民也。從土從成,成亦聲。"❷都城。大的諸侯封邑。(風1)53《邶風·干旄》三章："孑孑干旟,在浚之城。"《毛傳》："城,都城也。"陳奂《傳疏》："是諸侯封邑大者,皆謂之都城也。"❸築城。(風、雅3)31《邶風·擊鼓》一章："土國城漕,我獨南行。"朱熹《集傳》："言衛國之民,或役土功於國,或築城於漕。"168《小雅·出車》三章："王命南仲,往城于方。"《鄭箋》："王使南仲爲將率往築城于朔方。"260《大雅·烝民》七章："王命仲山甫,城彼東方。"孔穎達《正義》："往築城於彼東方之國。"❹指國家。(雅2)264《大雅·瞻卬》三章："哲夫成城,哲婦傾城。"《鄭箋》："城,猶國也。"陳奂《傳疏》："傾城,喻亂國也。"又見【干城】【韓城】。

【城隅】城角;城上角樓。(風1)42《邶風·靜女》一章："靜女其姝,俟我於城隅。"《毛傳》："城隅以言高而不可踰。"朱熹《集傳》："城隅,幽僻之處。"馬瑞辰《通釋》："城隅即城角也。"聞一多《風詩類鈔》："城隅,城角樓。"

盛 chéng 是征切 (梗開三平清襌) 耕部、襌母

把東西放進容器裏。(風1、雅1)245《大雅·生民》八章："卬盛於豆,於豆于登。"孔穎達《正義》："菹醢大羹之屬,盛之於豆,又盛之於登。"于省吾《新證》："古人祭祀時,設豆於俎几之上,祭者跪拜於神主之前,執燔烈之肉以盛於豆,故曰'仰盛於豆'。"

誠(诚) chéng 是征切 (梗開三平清襌) 耕部、襌母

真心實意。(雅1)259《大雅·崧高》六章:"申伯還南,謝于誠歸。"《鄭箋》:"謝于誠歸,誠歸于謝。"孔穎達《正義》:"言謝于誠歸,正是誠心歸於謝國。誠歸者,決意不疑之辭。"一説:通"成"。高亨《今注》:"謝于誠歸,當作謝城于歸,即于歸謝城的倒裝句。"參"成"。

乘 (一) chéng 食陵切 (曾開三平蒸船) 蒸部、船母

❶登;升。(風2)58《衛風·氓》二章:"乘彼垝垣,以望復關。"《鄭箋》:"登垝垣,鄉(向)其所近而望之。"154《豳風·七月》七章:"亟其乘屋,其始播百穀。"《毛傳》:"乘,升也。"一説:修治。《鄭箋》:"乘,治也。十月定星將中,急當治野廬之屋。"《孟子·滕文公上》引《詩》趙岐注:"及爾閑暇,亟而乘蓋爾野外之屋,春事起,爾將始播百穀矣。"❷駕車;驅馬拉車。(風4、雅3)78《鄭風·大叔于田》一章:"大叔于田,乘乘馬。"178《小雅·采芑》一章:"方叔率止,乘其四騏。"❸坐船。(風2)44《邶風·二子乘舟》一章:"二子乘舟,汎汎其景。"

(二) shèng 實證切 (曾開三去證船) 蒸部、船母

❹量詞。輛。古時一車四馬爲乘。春秋時兵車一乘,配甲士三人,步卒七十二人。(雅1、頌2)300《魯頌·閟宮》五章:"公車千乘。"《毛傳》:"大國之賦千乘。"朱熹《集傳》:"千乘,大國之賦也。成方十里,出甲車一

乘。甲士三人，左持弓，右持矛，中人御。步卒七十二人，將重車者二十五人。千乘之地，則三百十六里有奇也。"❺四。古代一車四馬，因以乘爲四的代稱。(風6、雅5、頌3)134《秦風•渭陽》一章："何以贈之，路車乘黃。"《毛傳》："乘黃，四馬。"216《小雅•鴛鴦》三章："乘馬在廐，摧之秣之。"陸德明《釋文》："乘馬，四馬也。"

程 chéng 直貞切（梗開三平清澄）
耕部、定母

效法。(雅1)195《小雅•小旻》四章："匪先民是程。"《毛傳》："程，法。"朱熹《集傳》："不以先民爲法，不以大道爲常。"

【程伯休父】程，古國名，在今河南省洛陽市。程伯，封邑在程的伯爵。休父是名，重黎氏的後裔，周宣王時爲大司馬。(雅1)263《大雅•常武》二章："王謂尹氏，命程伯休父，左右陳行。"《毛傳》："程伯休父始命爲大司馬。"孔穎達《正義》："謂命之爲大司馬之卿。"朱熹《集傳》："程伯休父，周大夫。"按《國語•楚語下》："重黎氏世叙天地，而別其分主者也。其在周，程伯休父其後也。當宣王時，失其官守，而爲司馬氏。"《後漢書•郡國志》："雒陽…有上程聚，古程國，"《史記》曰：重黎氏之後伯休父之國也。"

醒 chéng 直貞切（梗開三平清澄）
耕部、定母

清醒后神志不清有如患病的感覺。(雅1)191《小雅•節南山》六章："憂心如醒。"《毛傳》："病酒曰醒。"朱熹《集傳》："酒病曰醒。"《玉篇•西部》："醒，醉未覺也。"

承 chéng 署陵切（曾開三平蒸禪）
蒸部、禪母

❶捧着。(雅1)161《小雅•鹿鳴》一章："吹笙鼓簧，承筐是將。"《鄭箋》："承，猶奉也。"一説：受。王先謙《集疏》："《韓》説曰：承，受也。…陳喬樅云：'《毛傳》承訓奉。奉、受義亦相承。'《説文》：'承，奉也；受也。'此兼采《毛》、《韓》之訓。❷供奉；進奉。(頌1)303《商頌•玄鳥》："龍旂十乘，大糦是承。"《鄭箋》："乃有諸侯建龍旂者十乘，奉承黍稷而進之者。"朱熹《集傳》："承，奉也。"❸順從。(雅1)256《大雅•抑》六章："子孫繩繩，萬民靡不承。"《鄭箋》："天下之民，不承順乎？言承順也。嚴粲《詩緝》："而萬民莫不承順之矣。"一説：承受。陳奐《傳疏》："《韓詩傳》云'承，受也。'言爲人子孫能戒慎其德，則萬民其承受之也。"❹繼續；繼承。(風2、雅1、頌1)166《小雅•天保》六章："如松柏之茂，無不爾或承。"朱熹《集傳》："承，繼也。言舊葉將落而新葉已生，相繼而長茂也。"135《秦風•權輿》一章："于嗟乎！不承權輿。"《毛傳》："承，繼也。"300《魯頌•閟宮》三章："龍旂承祀，六轡耳耳。"孔穎達《正義》："其車建交龍之旂，承奉宗廟祭祀。"(承祀：繼承祭祀之禮。)❺阻止；抵禦。(頌1)300《魯頌•閟宮》五章："戎狄是膺，荆舒是懲，則莫我敢承。"《毛傳》："承，止也。"《鄭箋》："天下無敢禦止。"馬瑞辰《通釋》："承當即懲之假借，故《傳》訓止。…詩上言'荆舒是懲'，故下假借承字以與懲爲韻，此亦詩人義同字變之例耳。"❻通"烝"。美；好。(頌1)266《周頌•清廟》："不顯不承，無射於人斯。"王引之《述聞》卷七："承者，美大之辭，當讀爲'武王烝哉'之'烝'。《釋文》引《韓詩》曰：烝，美也。"一説：繼承；尊奉。《毛傳》："顯於天矣，見承於人矣。"朱熹《集傳》："承，尊奉也。文王之德，豈不顯乎，豈不承乎？"戴震《考證》："古字'丕'通作'不'。詩中'丕顯'頌文王，'丕承'頌武王甚明。…《書》曰'丕顯哉，文王謨！丕承哉武王烈！'與《詩》通。"胡承珙《後箋》："詩頌文王，當是美文王之德。"參"繩"。

懲(懲) chéng 直陵切（曾開三平蒸澄）
蒸部、定母

❶警惕；鑒戒。(雅1、頌1)191《小雅•節南山》九章："不懲其心，覆怨其正。"朱熹《集傳》："尹氏猶不自懲創其心，乃反怨人之正己者。"289《周頌•小毖》："予其懲而毖後患。"《鄭箋》："懲，艾也。"孔穎達《正義》："懲與創艾，皆嘗有事思自改悔之言。此云'予其懲而'，明是有事可創(懲戒)。"朱熹《集傳》："懲，有所傷而知戒也。"章炳麟《膏蘭室札記》卷一："此亦自悔前事之語。蓋事本辛苦，事後自覺其辛苦而悔之，謂之懲。艾者辛藥，故懲訓苦，亦訓艾。"段玉裁《小

箋》："《疏》於而字絕句。各本皆云：《小毖》一章八句。"胡承珙《後箋》："《釋文》亦以'懲而'作音，是陸、孔章句正同。"❷製止；禁止。(雅 4)193《小雅•十月之交》三章："哀今之人，胡憯莫懲。"《鄭箋》："懲，止也。"陳奐《傳疏》："胡憯莫懲，言無有止亂也。"183《小雅•沔水》三章："民之訛言，寧莫之懲。"《毛傳》："懲，止也。"朱熹《集傳》："而民之訛言，乃無懲止之者。"一說：審察。馬瑞辰《通釋》："懲，古通作徵。《楚辭》'不清徵其然否'，清徵，謂審察也。《左氏襄二十八年傳》'以徵過引'杜注：'徵，審也。'…言雧隼猶率其常，而民之訛言而乃莫之審，疾王不能察讒也。《正月》詩'民之訛言，寧莫之懲'，義同。曾運乾《毛詩説》："懲，清察也。"❸懲罰。(頌 1)300《魯頌•閟宫》四章："戎狄是膺，荆舒是懲。"《鄭箋》："懲，艾(yì)也。"孔穎達《正義》："荆楚群舒叛逆者，於是以此懲創之。"高亨《今注》："懲，罰也。"

騁(骋) chěng 丑郢切（梗開三上靜徹）耕部、透母

馳騁；奔馳。(雅 1)191《小雅•節南山》七章："我瞻四方，蹙蹙靡所騁。"《鄭箋》："蹙蹙然，雖欲馳騁，無所之也。"王先謙《集疏》："《韓》説曰：騁，馳也。"

蚩 chī 赤之切（止開三平之昌）之部、昌母

【蚩蚩】敦厚的樣子。(風 1)58《衛風•氓》一章："氓之蚩蚩，抱布貿絲。"《毛傳》："蚩蚩，敦厚之貌。"一說：無知的樣子。朱熹《集傳》："蚩蚩，無知之貌。蓋怨而鄙之也。"一說：通"嗤嗤"。嘻笑的樣子。陳喬樅《韓説考》："《小爾雅•廣言》曰：'蚩，戲也。'《一切經音義》二十三引《倉頡》云：'蚩，笑也。'…蚩蚩爲戲笑貌。"王先謙《集疏》："《韓》，蚩亦作嗤，云：意志和悦也。"

嗤 chī 赤之切（止開三平之昌）之部、昌母

喜笑的樣子。見"蚩"。

絺(缔) chī 丑飢切（止開三平脂徹）微部、透母

細葛布。(風 3)2《周南•葛覃》二章："爲絺爲綌，服之無斁。"《毛傳》："葛所以爲絺綌，精曰絺，粗曰綌。"陸德明《釋文》："葛之精者曰絺。"47《鄘風•君子偕老》三章："蒙彼縐絺，是紲袢也。"陳奐《傳疏》："絺於綌較細，而縐尤絺之極細者也。"

鴟(鸱) chī 處脂切（止開三平脂昌）脂部、昌母

鳥名。即猫頭鷹。(雅 1)264《大雅•瞻卬》三章："懿厥哲婦，爲梟爲鴟。"嚴粲《詩緝》："鴟有二，鳶飛戾天者，鷹類也，亦單名鴟也；惡聲之鳥者，怪鴟也。此配梟言之，謂怪鴟也。"胡承珙《後箋》："此乃今人所呼夜猫。其頭似猫，夜飛，其聲若呼笑。"

【鴟鴞】猫頭鷹一類的鳥。也叫鵂鶹。(風 2)155《豳風•鴟鴞》一章："鴟鴞鴟鴞，既取我子，無毁我室。"朱熹《集傳》："鴟鴞，鵂鶹，惡鳥，攫鳥子而食者也。"戴震《考證》："鴟鴞者，今之鷂鷹。一説：一種小鳥，也叫鷦鷯，即鷦鷯。唐以前都如此説。《毛傳》："鴟鴞，鷦鵙也。"孔穎達《正義》引陸璣《詩義疏》："鴟鴞，似黄雀而小，其喙尖如錐，取茅莠爲窠，以麻紩之，如刺襪然，縣著樹枝，或一房，或二房。幽州人謂之鷦鵙，或曰巧婦，或曰女匠。關東謂之工雀，或謂之過鸁；關西謂之桑飛，或謂之襪雀，或曰巧女。"

〖鴟鴞〗《國風•豳風》篇名(155)。這是一首寓言詩，假託大鳥以哀怨口吻，訴説它在鴟鴞抓去其雛兒以後，仍然辛勤修築巢窩的情況。實際是詩人在訴説自己的窮困經歷與苦悶心情。《詩序》："《鴟鴞》，周公救亂也。成王未知周公之志，公乃爲詩以遺王，名之曰《鴟鴞》焉。"方玉潤《原始》以爲"周公悔過以儆成王"之詩："周公之誅管蔡，周公之不得已也。我知公心既傷且悔，唯有引咎自責，并望成王以戒將來。勿謂罪人斯得，遂可告無罪於先王已。蓋骨肉相殘，不祥孰甚；叛服無常，可慮方深。今此下民，或尚有能侮予如前日之事者，予可不倍加憂慮，爲未雨之綢繆耶？此《鴟鴞》之詩所由作也。"魏源《詩古微》以爲戒成王之詩："《鴟鴞》，周公戒成王也。成王未知爲君之難，故公作詩以貽王。"按《尚書•金縢》："武王既喪，管叔及其群弟乃流言於國

曰:'公(周公)將不利於孺子(成王)。'周公乃告二公(召公奭、太公望)曰:'我之(若)弗辟(避),我無以告我先王。'周公居東二年,則罪人斯得。於後,公乃爲詩以貽王,名之曰《鴟鴞》。"據此,這首詩當是周公平定三監之後所作。詩中大鳥比周公自己,"鴟鴞"比武庚。"既取我子"的"子"比管叔、蔡叔,"鬻子"比成王。"室家"比周國。這首詩反映了奴隸主階級内部的矛盾。但是因爲詩中並無確證,所以有的學者對上述説法表示懷疑。四章,二十句。

池 chí 直離切（止開三平支澄）
歌部、定母

❶護城河。(風 3)139《陳風・東門之池》一章:"東門之池,可以漚麻。"《毛傳》:"池,城池也。"陳奐《傳疏》:"城池,謂城下溝。"馬瑞辰《通釋》:"古者有城必有池。《孟子》'鑿斯池也,築斯城也'是也。池皆設於城外,所以護城。"一説:池塘。陸德明《釋文》引孔安國説:"停水曰池。"❷池塘。(雅 3)190《小雅・無羊》二章:"或降於阿,或飲於池。"241《大雅・皇矣》六章:"無飲我泉,我泉我池。"又見【滮池】【差池】。參"滂"。

馳（驰） chí 直離切（止開三平支澄）
歌部、定母

❶車馬快跑。(風 2,雅 5)115《唐風・山有樞》一章:"子有車馬,弗馳弗驅。"孔穎達《正義》:"走馬謂之馳,策馬謂之驅。"❷指馳驅的法則。(雅 1)179《小雅・車攻》六章:"不失其馳,舍矢如破。"朱熹《集傳》:"馳,馳驅之法也。"
【馳驅】縱馬奔馳。引申爲任意放縱。(雅 1)254《大雅・板》八章:"敬天之渝,無敢馳驅。"《毛傳》:"馳驅,自恣也。"

弛 chí (旧 shí) 施是切（止開三上紙書）歌部、書母
毁壞。見"矢"。

坻 chí 直尼切（止開三平脂澄）
脂部、定母

水中的小沙洲或小塊陸地。(風 1,雅 1)129《秦風・蒹葭》二章:"溯游從之,宛在水中坻。"《毛傳》:"坻,小渚也。"《爾雅・釋水》:"小洲曰渚,小渚曰沚,小沚曰坻。"211《小雅・甫田》四章:"曾孫之庾,如坻如京。"《鄭箋》:"坻,水中之高地也。"嚴粲《詩緝》:"露積之禾曰庾。其庾在野,隨意堆積,有平而高者,如水中高地之坻。有卓絶而高者,如高丘之京。"

篪（箎、竾） chí 直離切（止開三平支澄）支部、定母
古代一種竹製的管樂器。單管,横吹,像笛子,有七孔或八孔。(雅 2)199《小雅・何人斯》七章:"伯氏吹塤,仲氏吹篪。"《毛傳》:"土曰塤,竹曰篪。"朱熹《集傳》:"樂器,竹篪,長尺四寸,圍三寸,七孔,一孔上出,徑三分,凡八孔,横吹之。"254《大雅・板》六章:"天之牖民,如塤如篪。"《毛傳》:"如塤如篪,言相和也。"孔穎達《正義》:"塤、篪俱是樂器,其聲相和。"

踟 chí 直離切（止開三平支澄）
支部、定母

【踟蹰】同"躊躇"。猶豫不決;徘徊不進。(風 1)42《邶風・静女》一章:"愛而不見,搔首踟蹰。"朱熹《集傳》:"踟蹰,猶躑躅也。"王先謙《集疏》:"《韓》,踟蹰作踦䠱,亦作跱踱。"《廣雅・釋訓》:"踦踱,猶豫也。"

遲（迟、遟） chí 直尼切（止開三平脂澄）脂部、定母

❶緩慢。(雅 1)209《小雅・楚茨》五章:"諸宰君婦,廢徹不遲。"《鄭箋》:"不遲,以疾爲敬也。"❷遲晚。(頌 2)300《魯頌・閟宫》一章:"無災無害,彌月不遲。"《鄭箋》:"終人道十月而生子,不遲晚。"304《商頌・長發》三章:"湯降不遲,聖敬日躋。"《毛傳》:"不遲,言疾也。"孔穎達《正義》:"湯之下土尊賢其疾而不遲也。"朱熹《集傳》:"湯之生也,應期而降,適當其時。"一説:陵遲;衰微。馬瑞辰《通釋》:"按'湯降'二字倒文,承上'至於湯齊'言之,謂由先王以降及湯也。遲當讀如禮義陵遲之遲。陵遲疊韻,或作陵夷。遲猶夷也。謂降至於湯,能不下夷也。"
【遲遲】1)緩慢的樣子。(風 2,雅 2)35《邶風・谷風》二章:"行道遲遲,中心有違。"《毛傳》:"遲遲,舒行貌。"焦循《補疏》:"行道遲遲,即孔子'遲遲吾行'之義,不欲急也。所

以然者,以中心有違,有欲行也。"《說文·辵部》:"遲,徐行也。"引《詩》"行道遲遲"。154《豳風·七月》二章:"春日遲遲,采蘩祁祁。"《毛傳》:"遲遲,舒緩也。"朱熹《集傳》:"遲遲,日長而暄也。"2) 久。(頌 1)304《商頌·長發》三章:"昭假遲遲,上帝是祗。"朱熹《集傳》:"遲遲,久也。…昭假於天,久而不息。"一說:緩慢。陳奐《傳疏》:"遲遲,以言不疾也。"

又見【栖遲】【倭遲】。

侈 chǐ 尺氏切(止開三上紙昌)
歌部、昌母

大;張大。(雅 1)200《小雅·巷伯》二章:"哆兮侈兮,成是南箕。"《毛傳》:"侈之言是必有因也。"孔穎達《正義》:"侈者,因物而大之名。"朱熹《集傳》:"哆、侈,微張之貌。"顧廣譽《詳說》:"哆、侈云者,箕二星踵已哆,二星舌更侈,並就其星形象言。"馬瑞辰《通釋》:"哆、侈皆狀箕星舌廣之貌。猶婁斐爲文章相錯貌。廣與大義近。"

哆 chǐ 尺氏切(止開三上紙昌)
昌者切(假開二上馬昌)
歌部、昌母
敕加切(假開二平麻徹)
歌部、透母

口張大的樣子。(雅 1)200《小雅·巷伯》二章:"哆兮侈兮,成是南箕。"《毛傳》:"哆,大貌。"《鄭箋》:"箕星哆然,踵狹而舌廣。今讒人因寺人之近嫌而成言其罪,猶因箕星之哆而侈大之。"陸德明《釋文》引《說文》云:"哆,張口也。"今本《說文·金部》"鉹"下引《詩》作"侈兮哆兮"。王引之《述聞》卷二十七:"哆、侈皆張大之貌。"陳奐《傳疏》:"侈哆連文,猶斐姜連文,皆合二字成義。"

扡 chǐ 《釋文》敕氏切(止開三上紙徹)
★丑豸切(止開三上止徹)
歌部、透母

通"杝"。順着木材的紋理劈開。(雅 1)197《小雅·小弁》七章:"伐木掎矣,析薪扡矣。"《毛傳》:"伐木者掎其巔,析薪者隨其理。"《鄭箋》:"扡,謂觀其理也。必隨其理者,不欲妄挫折之。"唐石經、朱熹《集傳》本作"杝"云:"隨其理也。"《廣韻·紙韻》:"杝,池

爾切,又敕氏切。析薪。"陳啟源《稽古編》:"《說文》杝,從木,也聲,音豸(zhì)。《玉篇》亦然。《釋文》扡,從手也。音侈(chǐ)。音隨形異,其義則同。"一說:二;把東西一分爲二。嚴粲《詩緝》:"薪本一木相聯屬,析薪者既斧之,又以手扡而離之,使一木析而爲二。"聞一多《新義》:"凡從它聲之字,多有二義。'析薪扡矣',實謂一薪析爲二耳。"

杝 chǐ 敕氏切(止開三上紙徹)
歌部、透母
zhì 池爾切(止開三上紙澄)
歌部、澄母

順着木材的紋理劈開。見"扡"。

恥(耻) chǐ 敕里切(止開三上止徹)
之部、透母

❶恥辱。(雅 1)202《小雅·蓼莪》三章:"瓶之罄矣,維罍之恥。"《左傳·昭公二十四年》引此詩,孔穎達《正義》云:"瓶是小器,常秉受於罍,今瓶罄盡,罍更無物以供瓶,惟是罍之恥也。"朱熹《集傳》:"瓶罄乃罍之恥,猶父母不得其所,乃子之責。"黃焯《毛鄭平議》:"瓶小而盡,喻己不得養父母;罍大而恥,以喻其不能養之之故,實由於上之人征役不息,爲可恥也。"❷認爲恥辱。(雅 1)220《小雅·賓之初筵》五章:"彼醉不臧,不醉反恥。"朱熹《集傳》:"彼醉者所爲不善而不自知,使不醉者反爲之羞愧也。"胡承珙《後箋》:"言醉者之不臧,反以不醉者爲恥。"

尺 chǐ 昌石切(梗開三入昔昌)
鐸部、昌母

用作動詞。用尺子量。(頌 1)300《魯頌·閟宮》八章:"是斷是度,是尋是尺。"嚴粲《詩緝》:"於是用八尺之尋,十寸之尺以量之。"

齒(齿) chǐ 昌里切(止開三上止昌)
之部、昌母

牙齒。(風 2,頌 1)52《鄘風·相鼠》二章:"相鼠有齒,人而無止。"299《魯頌·泮水》八章:"元龜象齒,大賂南金。"(象齒:象牙。)

勅(敕、勑) chǐ 恥力切(曾開三入職徹)職部、透母

整飭；戒慎。(雅1)209《小雅・楚茨》四章："既齊既稷，既匡既勑。"《毛傳》："勑，固也。"孔穎達《正義》："孝子既能整齊矣，既能極疾矣，既能誠正矣，既能慎固矣。"朱熹《集傳》："敕，戒。"馬瑞辰《通釋》："《說文》：'勑，誠也。'飭，致堅也，讀若勑。勑、飭音義相近。《傳》訓勑爲固，蓋以勑爲飭之假借。"陳奐《傳疏》："勑讀爲飭。…齊、稷、匡、勑，皆祭祀肅敬之意，所謂如法也。"按《說文・攴部》："敕，誠也。從攴，束聲。"張參《五經文字》："敕，古勑字。今相承皆作勑。"唐石經《十三經注疏》本並作"勑"。朱熹《詩集傳》作"敕"。

熾(炽) chì 昌志切（止開三去志昌）職部、昌母

强盛；旺盛。(雅1、頌2)177《小雅・六月》一章："玁狁孔熾，我是用急。"《毛傳》："熾，盛也。"300《魯頌・閟宮》四章："俾爾熾而昌，俾爾壽而臧。"孔穎達《正義》："使汝得福熾盛而昌大，使汝年命長壽而臧善。"參"熾"。

饎 chì 昌志切（止開三去志昌）之部、昌母
xī ★虛其切（止開三平之曉）之部、曉母

酒食；黍稷。(雅2、頌1)166《小雅・天保》四章："吉蠲爲饎，是用孝享。"《毛傳》："饎，酒食也。"陳奐《傳疏》："凡黍稷爲酒食，是爲饎也。"303《商頌・玄鳥》："龍旂十乘，大糦是承。"《鄭箋》："糦，黍稷也。有諸侯建龍旂者十乘，奉承黍稷而進之者。"馬瑞辰《通釋》："糦，饎之或體，酒食也。"王先謙《集疏》："《韓》，糦作饎。"按《說文・食部》："饎，酒食也。從食，喜聲。糦，饎或從米。"《詩經》中"饎"、"糦"字並出。

糦 chì 昌志切（止開三去志昌）之部、昌母
xī ★虛其切（止開三平之曉）之部、曉母

酒食；黍稷。見"饎"。

飭(饬) chì 恥力切（曾開三入職徹）職部、透母

整治；整齊。(雅1)177《小雅・六月》一章："六月棲棲，戎車既飭。"《毛傳》："飭，正也。"朱熹《集傳》："飭，整也。"陳奐《傳疏》："正同整。《常武》篇'整我六師，以修我戎'，是其義也。"

赤 chì 昌石切（梗開三入昔昌）鐸部、昌母

比朱紅稍暗的顏色，泛指紅色。(風3、雅4)41《邶風・北風》三章："莫赤匪狐，莫黑匪烏。"《毛傳》："狐赤烏黑，莫能別也。"《鄭箋》："赤則狐也，黑則烏也，猶今君臣相承爲惡如一。"孔穎達《正義》："狐色皆赤，烏色皆黑，以喻衛之君臣皆惡也。"朱熹《集傳》："所見無非此物，則國將危亂可知。"李元吉《讀書囈語》卷四："二句言所見無非赤者而非狐，乃人而狐也。無非黑者而非烏，而人乃烏也。赤者，貴人而爲狐，媚悦以求全也；黑者小人而爲烏，將翔集而未定也。臣媚悦而民離叛，國其可居耶？故欲去之且呕也。"222《小雅・采菽》三章："赤芾在股，邪幅在下。"《毛傳》："諸侯赤芾。"(芾：蔽膝。邪幅：裹腿。)

忡(忪) chōng 敕中切（通合三平東徹）冬部、透母

憂慮不安的樣子。(風1)31《邶風・擊鼓》二章："不以我歸，憂心有忡。"《毛傳》："憂心忡忡然。"孔穎達《正義》："《傳》重言忡忡者，以忡爲憂之意。"

【忡忡】憂慮不安的樣子。(風1、雅1)14《召南・草蟲》一章："未見君子，憂心忡忡。"《毛傳》："忡忡，猶衝衝也。"《說文・心部》："忡，憂也。《詩》曰：'憂心忡忡'。"陳奐《傳疏》："忡忡、衝衝，古今語音之變也。"俞樾《平議》卷八："蓋忡有衝突之意，故以降下之意承之也。"《鹽鐵論・論誹》引《詩》作"沖"。王先謙《集疏》："《魯》，忡作忪。《魯》說曰：'忪忪，憂也。'《齊》，作沖。"參"沖"。

沖(冲) chōng 直弓切（通合三平東澄）冬部、定母

【沖沖】1) 鑿冰的聲音。(風1)154《豳風・七月》八章："二之日鑿冰沖沖，三之日納于凌陰。"《毛傳》："沖沖，鑿冰之意。"《初學記・歲時部・冬類》引作"鑿冰之音"。陸德明《釋文》："沖，直弓反，聲也。"2) 飾物下垂的

樣子。(雅1)173《小雅·蓼蕭》四章:"條革沖沖。"《毛傳》:"忡忡,垂飾貌。"唐石經作"沖沖"。陸德明《釋文》:"沖沖,垂飾貌。"孔穎達《正義》:"條革即言沖沖,故知垂飾貌。"朱熹《集傳》:"沖沖,垂貌。"何楷《古義》:"沖沖,轡垂貌。"阮元《校刊記》:"案沖沖是也。

充 chōng 昌終切（通合三平東昌）
　　　　　　東部、昌母

【充耳】1) 古代貴族男子的一種冠飾。冠的兩旁以絲懸玉或象牙,下垂至耳,用以塞耳避聽。系在冠上的絲緌叫紞(dǎn),絲緌垂到耳邊打成一個綿球樣的結叫纊,纊下懸玉叫瑱,紞、纊、瑱三部分合起來叫做充耳。(風4,雅1)98《齊風·著》一章:"充耳以素乎而,尚之以瓊華乎而。"《鄭箋》:"以素爲充耳,謂所以懸瑱者,或名爲紞。"55《衛風·淇奧》二章:"有匪君子,充耳琇瑩。"《毛傳》:"充耳謂之瑱。琇瑩,美石也。"225《小雅·都人士》三章:"彼都人士,充耳琇實。"《鄭箋》:"以美石爲瑱,瑱,塞耳。"2) 堵住耳朵。(風1)37《邶風·旄丘》四章:"叔兮伯兮,褎如充耳。"《鄭箋》:"充耳,塞耳也。言衛之諸臣,顏色褎然,如見塞耳,無聞知也。"一說:古代男子的冠飾。《毛傳》:"充耳,盛飾也。"陳啓源《稽古編》:"《淇奧》篇以充耳爲美,此詩以充耳爲刺。均飾盛也,而稱不稱焉,美惡不嫌同辭。"黃焯《毛鄭平議》:"詩意言徒有其服,而不能稱其德也。"又見【子充】。

舂 chōng 書容切（通合三平鍾書）
　　　　　　東部、書母

用杵和臼把谷類的殼搗掉。(雅1)245《大雅·生民》七章:"或舂或揄,或簸或蹂。"按《說文·臼部》:"舂,搗粟也。"馬瑞辰《通釋》:"舂,搗米於臼;而揄,自臼取出。"

衝（沖、衛） chōng 尺容切（通合三平東昌）
　　　　　　　　　　東部、昌母

衝車,古代用以衝擊敵陣或敵城的戰車。(雅3)241《大雅·皇矣》七章:"以爾鉤援,與爾臨衝,以伐崇墉。"《毛傳》:"臨,臨車也;衝,衝車也。"孔穎達《正義》:"臨者,在上臨下之名,衝者從旁衝突之稱。"陸德明《釋文》:"衝,昌容反,《說文》作䡴,䡴陣車也。"朱熹《集傳》:"衝,衝車也,從旁衝突者也。"

崇 chóng 鋤弓切（通合三平東崇）
　　　　　　冬部、崇母

❶高。(頌1)291《周頌·良耜》:"其崇如墉,其比如櫛。"❷尊敬;尊重。(頌1)269《周頌·烈文》:"無封靡于爾邦,維王其崇之。"嚴粲《詩緝》:"當維王室之是尊。"朱熹《集傳》:"崇,尊尚也。言汝能無封靡于爾邦,則王當尊汝。"(封靡:大的罪惡。)一說:立。《毛傳》:"崇,立也。"陳奐《傳疏》:"維猶乃也。王謂文王也。崇訓立,謂更立之以繼世也。"❸積累;增多。(雅1)248《大雅·鳧鷖》四章:"公尸燕飲,福祿來崇。"《毛傳》:"崇,重也。"《廣雅·釋詁》:"崇,聚也。"朱熹《集傳》:"崇,積而高大也。"❹終。(風2)51《鄘風·蝃蝀》二章:"朝隮於西,崇朝其雨。"《毛傳》:"崇,終也。"61《衛風·河廣》二章:"誰謂宋遠,曾不崇朝。"《鄭箋》:"崇,終也。行不終朝,亦喻近。"❺古諸侯國名,商的與國。在今陝西省西安市西灃河沿岸。公元前十一世紀有崇侯虎,爲周文王所伐。(雅4)241《大雅·皇矣》七章:"以爾鉤援,與爾臨衝,以伐崇墉。"《鄭箋》:"當是之時,崇侯虎倡紂爲無道,罪尤大也。"《史記·周本紀》張守節《正義》引皇甫謐云:"虞、夏、商、周皆有崇國,崇國蓋在豐、鎬之間。"244《大雅·文王有聲》二章:"既伐于崇,作邑于豐。"

〖崇丘〗《小雅》篇名。《詩序》:"《崇丘》,萬物得極其高大也。"六笙詩之一,有目無詩。詳見《由庚》。

【崇牙】古時樂器架橫木大板上所刻的鋸齒,用以懸挂一排大小不等的鐘磬。(頌1)280《周頌·有瞽》:"設業設虡,崇牙樹羽。"孔穎達《正義》:"虡者立於兩端,枸則橫入於虡。其枸之上,加施大板,則著於枸,其上刻爲崇牙,似鋸齒捷業然,故謂之業。牙即業之上齒也。"馬瑞辰《通釋》:"崇牙,蓋取兩層相重之義。…《正義》引皇氏曰:'崇,重也,謂刻畫大版,重疊爲牙'是也。"

重 (一) chóng　直容切（通合三平鍾澄）
　　　　　　　東部、定母

❶雙；兩。(風 4、頌 1) 79《鄭風·清人》一章："二矛重英，河上乎翱翔。"孔穎達《正義》："二矛長短不同，其飾重累，故謂之重英也。"55《衛風·淇奧》三章："寬兮綽兮，猗重較兮。"(較：古代車箱兩旁木板上作扶手用的橫木，上有曲銅鉤。❷通"穜(tóng)"。早種晚熟的穀類。(風 1、頌 1) 154《豳風·七月》七章："黍稷重穋，禾麻菽麥。"《毛傳》："後熟曰重，先熟曰穋。"陸德明《釋文》："重，直容反。先種後熟曰重。又作種，音同。《說文》云：禾邊作重，是重穋之字，禾邊作童是種蓺之字。今人亂之已久。"王先謙《集疏》："三家，重穋作種稑。"300《魯頌·閟宮》一章："黍稷重穋，稙稺麥菽。"陸德明《釋文》："重，本又作種。"孔穎達《正義》："重穋稙稺，生熟早晚之異稱耳，非穀名。…《天官·內宰》鄭司農注云：'先種後熟謂之稙，後種先熟謂之稺。'"

　　(二) zhòng　柱用切（通合三去用澄）
　　　　　　　直隴切（通合三上腫澄）
　　　　　　　東部、定母

❸ (又 chóng) 勞累；拖累。(雅 1) 206《小雅·無將大車》三章："無思百憂，祇自重兮。"《鄭箋》："重，猶累也。"陸德明《釋文》："重，直龍反，又直用反，累也。"一說：腫。馬瑞辰《通釋》："重之言腫也。《說文》：瘤，腫也。又曰：'痤，小腫也。'…腫亦爲病，與'祇自疧兮'同義。"

【重環】子母環；大環上套一個小環。(風 1) 103《齊風·盧令》二章："盧重環，其人美且鬈。"《毛傳》："重環，子母環也。"孔穎達《正義》："謂大環貫一小環也。"

蟲 chóng　直弓切（通合三平東澄）
　　　　　冬部、定母

❶昆蟲。(風 1) 96《齊風·雞鳴》三章："蟲飛薨薨，甘與子同夢。"朱熹《集傳》："蟲飛，夜將旦而百蟲作也。"❷古代對動物的通稱。鳥類爲"羽蟲"。(雅 1) 257《大雅·桑柔》十四章："如彼飛蟲，時亦弋獲。"孔穎達《正義》："蟲是鳥之大名。故羽蟲三百六十、鳳凰爲之長。"

【蟲蟲】(又音 tóng tóng) 通"爞爞"。熱氣薰蒸的樣子。(雅 1) 258《大雅·雲漢》二章："旱既大甚，蘊隆蟲蟲。"《毛傳》："蘊蘊而暑，隆隆而雷，蟲蟲而熱。"《爾雅·釋訓》："爞爞，薰也。"郭璞注："皆旱熱熏炙人。"陸德明《釋文》："蟲，直忠反，徐徒冬反。《爾雅》作爞，云：'熏也。'《韓詩》作烔，音徒東反。"朱熹《集傳》："蟲蟲，熱氣也。"馬瑞辰《通釋》："蘊隆，謂暑氣鬱積而隆盛；蟲蟲，則熱氣熏蒸之狀也。"王先謙《集疏》："《韓》，蟲作烔，《魯》，蟲作爞。"

又見【草蟲】【桃蟲】。

爞 chóng　直弓切（通合三平東澄）
　　　　　徒冬切（通合一平冬定）
　　　　　冬部、定母

熱氣熏蒸。見"蟲"。

寵(宠) chǒng　醜隴切（通合三上腫徹）
　　　　　　　東部、透母

榮幸。見"龍"。

妯 chōu　丑鳩切（流開三平尤徹）
　　　　　幽部、透母

鬱悶；悲傷。(雅 1) 208《小雅·鼓鍾》三章："淮有三洲，憂心且妯。"《毛傳》："妯，動也。"《鄭箋》："妯之言悼也。"《說文·心部》引《詩》作"憂心且怞"。馬瑞辰《通釋》："《爾雅》、《說文》並曰：'妯，動也。動之言變動，即慟也。動讀如《論語》'顏淵死，子哭之慟'，鄭云：'變動容貌。'"《一切經音義》卷十二、《後漢書·杜篤傳》均引《詩》'憂心且陶'。王先謙《集疏》："《韓》作'憂心且陶'。陶，暢也。…暢之本義與鬱近。古人以鬱陶連文，訓爲憂思，陶猶鬱也。知《韓詩》以陶訓暢，暢亦有憂鬱義矣。"

抽 chōu　丑鳩切（流開三平尤徹）
　　　　　幽部、透母

❶拔刀練習擊刺。(風 1) 79《鄭風·清人》三章："左旋右抽，中軍作好。"《毛傳》："右抽，抽矢以射。"《鄭箋》："車右抽刃。"陸德明《釋文》："抽，敕由反。毛：抽，抽矢也。鄭：抽，抽刃也。"馬瑞辰《通釋》："抽通作搊，《說文》：'搊者，拔兵刃以習擊刺也。'引《詩》'左旋右搊'。蓋本三家詩。"❷鏟除；除去。(雅 1) 209《小雅·楚茨》一章："楚楚者茨，

言抽其棘。"《毛傳》:"抽,除也。"《鄭箋》:"茦言楚楚,棘言抽,互辭也。"陳奐《傳疏》:"抽、除雙聲。"何楷《古義》:"黃震云:'言抽其棘',與'言刈其楚'語意正同。抽除茦棘,以利農事,從古而然。"

瘳 chōu 丑鳩切 (流開三平尤徹)
幽部、透母

病愈;病好。(風1、雅1)264《大雅·瞻卬》一章:"罪罟不收,靡有夷瘳。"《毛傳》:"瘳,愈也。"《說文·疒部》:"瘳,疾愈也。"90《鄭風·風雨》二章:"既見君子,云胡不瘳。"《毛傳》:"瘳,愈也。"朱熹《集傳》:"瘳,病愈也。言積思之病至此而愈也。"一說:通"懍"。快樂。俞樾《平議》卷八:"首章'云胡不夷',《傳》曰:'夷,說也。'卒章'云胡不喜',喜,說義同。此章曰'不瘳',義不倫矣。瘳,當爲懍。'云胡不瘳',猶言云胡不樂,《傳》義失之。"

怞 chóu 直由切 (流開三平尤澄)
幽部、定母

鬱悶;悲傷。見"妯(chōu)"。

綢(绸) chóu 直由切 (流開三平尤澄)
幽部、定母

密;密致;稠密。(雅1)225《小雅·都人士》二章:"彼君子女,綢直如髮。"《毛傳》:"密直如髮。"《鄭箋》:"其情性密致,操行正直,如髮之本末無隆殺也。"胡承珙《後箋》:"言其髮之密直如此,古文倒裝,故云其綢直者有如此之髮也。"屈萬里《詮釋》:"言其髮既稠密又直也。"《說文·髟部》:"髟,髮多也。"徐鍇《說文繫傳》:"《詩》曰'髟直如髮。'"馬瑞辰《通釋》:"《詩》作綢,爲假借字。如髮猶云乃髮,乃猶其也。即謂綢直其髮耳。"一說:綢直,髮美之貌。于邶《香草校書》卷十五:"'綢直'二字雙聲,蓋古語形容之辭。'如'當屬'綢直'爲文,不屬'髮'字爲義。'綢直如'三字連文,猶《論語·鄉黨》篇言'踧踖如'、'與與如'也。'綢直如'者,其髮也。則'綢直'即形容髮美之貌也。"

【綢繆(móu)】纏繞。(風4)118《唐風·綢繆》一章:"綢繆束薪,三星在天。"《毛傳》:"綢繆,猶纏綿也。"孔穎達《正義》:"言薪在田野之中,必纏束之。"陳奐《傳疏》:"綢繆,纏綿皆疊韻字,古今語也。"155《豳風·鴟鴞》二章:"徹彼桑土,綢繆牖戶。"《鄭箋》:"綢繆,猶纏綿也。"

[綢繆]《國風·唐風》篇名(118)。這首詩寫一對年輕愛人在新婚之夜的歡慶喜悅心情。朱熹《集傳》:"國亂民貧,男女有失其時而後得遂其婚姻之禮者。…喜之甚而自慶之辭也。"魏源《詩古微》:"此蓋亂世憂婚姻之難常聚。"或以爲賀新婚之詩。方玉潤《原始》:"《綢繆》,賀新婚也。"陳子展《直解》:"今按《綢繆》蓋戲弄新婚夫婦通用之歌。此後世鬧新房歌曲之祖。"《詩序》以爲刺詩:"《綢繆》,刺晉亂也。國亂,則婚姻不得其時焉。"孔穎達《正義》:"晉國之亂,婚姻失於正時,三章皆舉婚姻正時以刺之。是以美爲刺。"王先謙《集疏》:"三家無異義。"三章,十八句。

裯 chóu 直由切 (流開三平尤澄)
幽部、定母

單被。(風1)21《召南·小星》二章:"肅肅宵征,抱衾與裯。"《毛傳》:"衾,被也;裯,襌(單)被也。"陳奐《傳疏》:"渾言衾、裯皆被名,析言則裯爲襌被,而衾爲不襌之被。凡人入寢,必衣寢衣而加衾也。《詩》之裯,即《論語》之寢衣也。"牟庭《詩切》:"裯爲單衣之名,而襌被與床帳亦皆無裏,並得以裯名也。被裏別施單布以防親身之垢澤,今俗語謂之被襌,毛公時人語謂之襌被,不可謂古無其名也。"一說:床帳。《鄭箋》:"裯,床帳也。"孔穎達《正義》:"漢世名帳爲裯,蓋因於古,故以爲牀帳。"洪頤煊《讀書雜錄》:"《爾雅·釋訓》:'幬謂之帳。'郭璞注:'今江東亦謂帳爲幬。'裯、幬同聲字,故鄭據以易《傳》。"王先謙《集疏》:"三家裯作幬。《魯》說云:幬謂之帳。《韓》說云:幬,單帳也。"

幬(帱) chóu 直由切 (流開三平尤澄)
幽部、定母

床帳。見"裯"。

醻(酬) chóu 市流切 (流開三平尤禪)
幽部、禪母

❶同"酬"。勸酒;主人再次向賓客敬酒。(雅5)175《小雅·彤弓》三章:"鐘鼓既設,一朝醻之。"《毛傳》:"醻,報也。"《鄭箋》:"飲

酒之禮,主人獻賓,賓酢主人,主人又飲而酌賓,謂之醻。醻猶厚也,勸也。"陸德明《釋文》:"醻,本又作酬,市由反。毛:報也。鄭:厚也,勸也。"209《小雅·楚茨》:"獻醻交錯。"朱熹《集傳》本作"酬"。220《小雅·賓之初筵》一章:"鍾鼓既設,舉醻逸逸。"朱熹《集傳》:"舉醻,舉所奠之酬爵也。"陳奐《傳疏》:"醻,亦作酬。"(逸逸:往來有序的樣子。)❷互相敬酒。(雅1)197《小雅·小弁》七章:"君子信讒,如或醻之。"《鄭箋》:"醻,旅醻也。如醻之者,謂受而行之。"孔穎達《正義》:"酬酢皆作酬,此作醻者,古字得通用也。…交錯相酬,名曰旅酬,謂衆相酬也。此喻得讒即受而行之。"

酬 chóu 市流切（流開三平尤禪）
幽部、禪母

勸酒。見"醻"。

縠(縠) chóu 市流切（流開三平尤禪）
幽部、禪母

抛棄。見"觩"。

躊(踌) chóu 直由切（流開三平尤澄）
幽部、定母

踟躕,猶豫不決。見"踟"。

雠(雠、讐) chóu 市流切（流開三平尤禪）
幽部、禪母

❶用;起作用。(雅1)256《大雅·抑》六章:"無言不雠,無德不報。"《毛傳》:"雠,用也。"陳奐《傳疏》:"《說文》:'用,可施行也。'無言不用者,言無有言而不施行也。"一說:回答;反應。《鄭箋》:"德加於民,民則以善報之。"孔穎達《正義》:"相對謂之雠。"朱熹《集傳》:"雠,答。…無有言而不雠,無有德而不報者。"馬瑞辰《通釋》:"然'無言不雠'連下'無德不報',宜專指言之善者言之。"《漢書·叙傳上》引《詩》作"亡言不雠,亡德不報"。❷通"仇"。仇敵。(風1、雅1)35《邶風·谷風》五章:"不我能慉,反以我爲雠。"陳奐《傳疏》:"雠與仇同。"178《小雅·采芑》四章:"蠢爾蠻荆,大邦爲雠。"孔穎達《正義》:"與大邦爲雠怨。參"仇"、"售"。

醜(丑) chǒu 昌九切（流開三上有昌）
幽部、昌母

❶衆。(雅2、頌)180《小雅·吉日》一章:"升彼大阜,從其群醜。"《鄭箋》:"醜,衆也。田而升大阜,從禽獸之群衆也。"屈萬里《詮釋》:"醜,衆也。謂禽獸也。"237《大雅·緜》七章:"迺立冢土,戎醜攸行。"《毛傳》:"戎,大;醜,衆也。"❷醜惡;不好。(風1、雅2)46《鄘風·牆有茨》一章:"所可道也,言之醜也。"193《小雅·十月之交》一章:"日有食之,亦孔之醜。"《毛傳》:"醜,惡也。"253《大雅·民勞》四章:"無縱詭隨,以謹醜厲。"馬瑞辰《通釋》:"醜、厲二字同義,醜亦惡也。"❸醜類。對異國敵人的惡稱。(雅3)168《小雅·出車》六章:"執訊獲醜,薄言還歸。"程俊英《注析》:"醜,《說文》:'可惡也。從鬼,酉聲。'引申以指敵衆。"一說:衆;徒衆。朱熹《集傳》:"訊,其魁首當訊問者;醜,其徒衆也。"馬瑞辰《通釋》:"醜爲衆賊。"

魗 chǒu 昌九切（流開三上有昌）
幽部、昌母

魗 chóu 市流切（流開三平尤禪）
幽部、禪母

通"縠"。抛棄。(風1)81《鄭風·遵大路》二章:"無我魗兮。"《毛傳》:"魗,棄也。"陸德明《釋文》:"魗,本亦作縠,又作觩。"《說文·攴部》:"觩,棄也。《詩》云:'無我觩兮。'"陳奐《傳疏》:"魗當作觩。…觩訓棄,棄讀如棄子如遺之棄。"一說:通"醜"。認爲醜惡。《鄭箋》:"魗,亦惡也。"孔穎達《正義》:"魗與醜,古今字,醜惡可棄之物,故《傳》以爲棄。"朱熹《集傳》:"魗與醜同,欲其不以己爲醜而棄之也。"

初 chū 楚居切（遇合三平魚初）
魚部、初母

開始;開頭。(風3、雅7)245《大雅·生民》一章:"厥初生民,時爲姜嫄。"《鄭箋》:"初,始。"255《大雅·蕩》一章:"靡不有初,鮮克有終。"朱熹《集傳》:"其降命之初,無有不善,而人少能以善道自終。"姚際恒《通論》:"謂天之生民其命難信,無不有初而鮮克有終者。初,謂文王也。終,謂厲王也。"

【初吉】農曆每月初一至初七、八日。(雅1)207《小雅·小明》一章:"二月初吉,載離寒暑。"王國維《觀堂集林·生霸死霸考》:"古者蓋分一月之日爲四分：一曰初吉，謂自一日至七八日也；二曰既生霸，謂自八九日以降至十四五日也；三曰既望，謂自十五六日以後至二十二三日也；四曰既死霸，謂自二十三四日以後至于晦也。一說：朔日；初一至初十日。《毛傳》：「初吉，朔日也。」陳奐《傳疏》：「古謂朔爲吉。《傳》以朔日詁初吉者，初，始也。初吉與吉月不同，而朔日與月朔又異。…朔日者，謂月朔之日，不必定在始一日，自一至十皆是也。」屈萬里《詮釋》：「初吉，上句之吉日也。」

出 chū 赤律切（遇合三入術昌）
物部，昌母

❶從裏面到外面。跟「入」相對。(風3、雅9)202《小雅·蓼莪》三章：「出則銜恤，入則靡至。」207《小雅·小明》三章：「念彼共人，興言出宿。」《鄭箋》：「夜卧起宿於外，憂不能宿於内也。」❷出發；出行。(風4、雅3)39《邶風·泉水》四章：「駕言出游，以寫我憂。」260《大雅·烝民》七章：「仲山甫出祖，四牡業業。」程俊英《注析》：「出，出行，祖，祭祀道路的神。」❸出動。(雅6)168《小雅·出車》一章：「我出我車，于彼牧矣。」《毛傳》：「出車就馬於牧地。」《荀子·大略》引《詩》作「我出我輿」。❹拿出。(雅1)199《小雅·何人斯》七章：「出此三物，以詛爾斯。」❺向外發布。(雅1)260《大雅·烝民》三章：「出納王命，王之喉舌。」孔穎達《正義》：「王有所言，出而宣之。」朱熹《集傳》：「出，承而布之也。」即向外發布周王的政令。❻流出。(雅1)203《小雅·大東》一章：「睠然顧之，潸然出涕。」❼說出。(雅5)225《小雅·都人士》一章：「其容不改，出言有章。」254《大雅·板》一章：「出話不然，爲猶不遠。」朱熹《集傳》：「而女之出言，皆不合於理」❽出現。(風8)62《衛風·伯兮》三章：「其雨其雨，杲杲出日。」143《陳風·月出》一章：「月出皎兮，佼人僚兮。」❾生出。(雅1)220《小雅·賓之初筵》五章：「由醉之言，俾出童羖。」姚際恒《通論》：「謂其醉言無實，如可使出童羖。然此必無之物，甚言其不實也。」程俊英《注析》：「這兩句意爲，聽從醉酒者荒唐之言，好像可使生出無角的殺羊。」

❿離開；脫離。(風1、雅3)106《齊風·猗嗟》二章：「終日射侯，不出正兮。」206《小雅·無將大車》二章：「無思百憂，不出于熲。」朱熹《集傳》：「在憂中熲熲然不能出也。」220《小雅·賓之初筵》四章：「既醉而出，並受其福。」《鄭箋》：「出，猶去也。」232《小雅·漸漸之石》二章：「武人東征，不皇出矣。」朱熹《集傳》：「不遑出，謂但知深入，不暇謀出也。」胡承珙《後箋》：「山川長遠，何時可盡，而入險而不暇出險，軍行死地，勞困可知。」黃焯《毛鄭平議》：「此章與前章'不皇朝'、末章'不皇他'意實相足。」一說：通「朏(fěi)」。(月)明。于鬯《香草校書》卷十五：「出，疑是'朏'之借，'朏'諧'出'聲，故得借'出'爲'朏'。《廣雅·釋詁》云：'朏，明也。''朏'即'朏'字…'朏'之明謂月明，與'朝'爲反對耳。」⓫通「疷」或「紕」。病；拙劣。(雅1)194《小雅·雨無正》五章：「哀哉不能言，匪舌是出，維躬是瘁。」馬瑞辰《通釋》：「朱彬謂出當讀爲屈與紕相貫。今按《說文》：'疷，病也。'出當即疷之省借，言匪舌是病，惟躬是病也。」一說：說出。《毛傳》：「哀賢人不得言，不能出是舌也。」朱熹《集傳》：「出，出之也。」又一說：通「拙」。于鬯《香草校書》卷十四：「'出'當讀爲'拙'…'匪舌是出'者，彼舌是拙也。伸明上句'不能言'之義。」

〖出車〗《小雅》篇名(168)。這是周宣王大將南仲領兵征伐玁狁，勝利回朝，出征將士記述這一戰役過程的詩。《漢書·匈奴傳》：「宣王興師，命將以征伐之。詩人美大其功，曰'薄伐玁狁，至于太原'，'出車彭彭，城彼朔方。'」王國維《鬼方昆夷玁狁考》：「《出車》，咏南仲伐玁狁之事。…南仲自是宣王時人，《出車》亦宣王時詩也。」《詩序》：「《出車》，勞還率(帥)也。」朱熹《集傳》：「此勞還率之詩。」陳子展《直解》以爲此「用作樂章之義，非詩本義」。六章，四十八句。

〖出其東門〗《國風·鄭風》篇名(93)。這是一個男子對愛情忠貞不二的自白之詩。儘管美女如雲，他却只愛那個「縞衣綦巾」的姑娘。朱熹《集傳》：「人見淫奔之女而作此詩。以爲此女雖美且衆，而非我思之所在。

不如己之室家,雖貧且陋,而聊可自樂也。"屈萬里《詮釋》:"此咏男子能專愛之詩。"袁梅《譯注》:"這首詩,表現了一個青年對愛人專注純潔的愛情。"有人以爲此詩是借婚姻以寫朋友。吳懋清《復古錄》:"富貴之交,不如道義交之可久,以其心知有我也。求友與求婚同,勿以貴而援,勿以貧而棄,乃作是歌。"《詩序》以爲閔亂之作:"《出其東門》,閔亂也。公子五爭,兵革不息,男女相棄,民人思保其室家焉。"姚際恒《通論》批評說:"《小序》謂'閔亂',詩絕無此意。按鄭國春月,士女出游,士人見之,自言無所系思,而室家聊足與娛樂也。男固貞矣,女不必淫。以'如雲'、'如荼'之女而皆謂之淫,罪過罪過。人孰無母、妻、女哉?"二章,十二句。

樗 chū ★抽居切(遇合三平魚徹)
魚部,透母

一種落葉喬木,即臭椿樹。木質疏松,不是好的建築材料。(風1、雅1)154《豳風・七月》六章:"采荼薪樗,食我農夫。"《毛傳》:"樗,惡木也。"陸璣《詩義疏》:"樗樹及皮皆似漆,青色耳,其葉臭。"孔穎達《正義》:"樗唯堪爲薪,故云惡木。"陳奐《傳疏》:"樗,今俗之臭椿。"188《小雅・我行其野》一章:"我行其野,蔽芾其樗。"《毛傳》:"樗,惡木也。"孔穎達《正義》引王肅云:"行遇惡木,言己適人遇惡夫也。"

芻(刍) chú 測隅切(遇合三平虞初)
侯部,初母

喂牲口的草。(風1、雅1)118《唐風・綢繆》二章:"綢繆束芻,三星在隅。"186《小雅・白駒》四章:"生芻一束,其人如玉。"《説文・艸部》:"芻,刈草也。"段玉裁注:"謂可飼牛馬者。"馬瑞辰《通釋》:"言我雖設生芻以待之,方欲秣其馬,而其人高隱,比德如玉,不可得見也。"馬國翰《日耕帖》卷十七:"蓋喻貧賤不能移之意。"

【芻蕘】割草打柴的人;草野的人。(雅1)254《大雅・板》三章:"先民有言,詢于芻蕘。"《毛傳》:"芻蕘,薪采者。"孔穎達《正義》:"謂謀於芻蕘取蕘之人。…芻者,飼馬牛之草;蕘者,供燒爨之草。"

除 (一)chú 直魚切(遇合三平魚澄)
魚部,定母

❶去。(風1、雅1)114《唐風・蟋蟀》一章:"今我不樂,日月其除。"《毛傳》:"除,去也。"《鄭箋》:"今不自樂,日月且過去,不復暇爲之。"屈萬里《詮釋》:"除,去也。謂歲終也。"189《小雅・斯干》三章:"風雨攸除,鳥鼠攸去。"陸德明《釋文》:"除,去也。"《説文・自部》"除"下段玉裁注:"殿陛謂之除,因之凡去舊更新皆曰除,取拾級更易之意也。"

❷夏歷四月。(雅1)207《小雅・小明》二章:"昔我往矣,日月方除。"《鄭箋》:"四月爲除。"孔穎達《正義》:"'四月爲除',《釋天》文。今《爾雅》'除'作'余'。李巡曰:'四月萬物皆生枝葉,故曰余。余,舒也。'一說:除舊布新。《毛傳》:"除,除陳生新也。"朱熹《集傳》:"除舊生新也。謂二月初吉也。"戴震《考證》:"方以智云:'謂歲將除也。'其說得之。"黃焯《毛鄭評議》:"詩言方除、方奥,蓋謂歲除即已向春,春今固主奥也。"

(二)zhù 遲倨切(遇合三去禦澄)
魚部,定母

❸給予;賜予。(雅1)166《小雅・天保》一章:"俾爾單厚,何福不除。"《毛傳》:"除,開也。"《鄭箋》:"皆開出以予之。"陸德明《釋文》:"除,治慮反,開也。"馬瑞辰《通釋》:"除、余古通用。余、予古今字。余通爲我之予,即可通爲賜予之予。…'何福不除',猶言何福不予。予,與也,授也。"一說:除舊生新。朱熹《集傳》:"除,除舊而生新也。"又一說:通"儲"。積。俞樾《平議》卷十:"除,當讀爲儲。《易・萃・象傳》:'君子以除戎器。'《釋文》曰:'除,本作儲。'是其例也。"屈萬里《詮釋》:"除,猶備也。"又一說:餘;多。于省吾《新證》:"除、余、餘古音近義通。…何福不餘者,何福不多也。下云'俾爾多益,以莫不庶',正申中述單厚有餘之意也。"又一說:消受。嚴粲《詩緝》:"程子曰:除有消去之義,其說之也。"王符《潛夫論・慎微》引《詩》作"胡福不除"。

篨 chú 直魚切(遇合三平魚澄)
魚部,定母

籧篨,粗竹席。比喻有殘疾、腰不能彎。見

"籧(qú)"。

躕(蹰) chú 直誅切（遇合三平虞澄）
侯部、定母
踟躕；徘徊；猶豫。見【踟躕】。

躇 chú 直魚切（遇開三平魚澄）
魚部、定母
踟躇；徘徊；猶豫。見"踟"。

楚 chǔ 創舉切（遇合三上語初）
瘡據切（遇合三去禦初）
魚部、初母

❶一種落葉小灌木，又名荆，即牡荆。（風6)9《周南・漢廣》二章："翹翹錯薪，言刈其楚。"孔穎達《正義》："楚亦木名，故《學記・注》以楚爲荆。"朱熹《集傳》："楚，木名，荆屬。"68《王風・揚之水》二章："揚之水，不流束楚。"《毛傳》："楚，木也。"王念孫《廣雅疏證》卷十上："楚之言，楚楚然衆也。…楚莖堅强，故謂之荆，荆、强古聲相近。"一說：草名。聞一多《新義》："荆爲草類，故製字從草。楚即荆，是楚亦草矣。…《詩》中楚字亦多爲草名。"《儀禮・士喪禮》注："楚，荆也。"賈公彦疏："荆本是草之名。"❷排列整齊的樣子。（雅1)220《小雅・賓之初筵》一章："籩豆有楚，殽核維旅。"《毛傳》："楚，列貌。"❸古地名。也叫楚丘，在今河南省滑縣東。衛國被狄人滅亡，衛文公徙居于此，營建城市宫室。（風4)50《鄘風・定之方中》二章："升彼虚矣，以望楚矣。"陳奂《傳疏》："楚，楚丘也。春秋有兩楚丘。…《方輿紀要》云：'北直大名府滑縣，縣東六十里衛南廢縣，春秋時楚丘也。'此楚丘之在衛者也。"❹古代諸侯國名。芈姓，始祖鬻熊。商時即已立國，和商王朝有往來關系。本來居住在荆山一帶，周初熊繹受封于成王，都丹陽，周人稱爲荆蠻。後來疆土擴大到長江中游，建都于郢（今湖北江陵）。春秋時成爲南方大國，與中原争霸，楚莊王曾爲霸主。戰國時爲七雄之一。見[荆楚]。

【楚楚】1) 植物繁盛茂密的樣子。（雅1)209《小雅・楚茨》一章："楚楚者茨，言抽其棘。"《毛傳》："楚楚，茨棘貌。"朱熹《集傳》："楚楚，盛密貌。"2) 鮮明、華美的樣子。（風1)150《曹風・蜉蝣》一章："蜉蝣之羽，衣裳楚楚。"《毛傳》："楚楚，鮮明貌。"《説文・黹部》："黼，合五采鮮色，從黹，虘聲。《詩》曰：'衣裳黼黼。'"王育《説文引〈詩〉辨證》："按虘，虎也。衣裳象虎之有文，故曰黼黼。"陳奂《傳疏》："楚，黼同聲。黼黼本字，楚楚假借字。合五采鮮色，與《傳》鮮明義正申成，蓋許取三家詩之本字，以明《毛詩》之借字也。"

[楚茨]《小雅》篇名(209)。這是周天子秋冬農事已成祭祀祖先的樂歌，也是一首農事詩。詩中寫統治者從農業中獲得大量糧食，於是做酒食，供祭祀，向鬼神祈求無窮的幸福。反映了周代貴族的神權迷信思想。朱熹《集傳》："此詩述公卿有田禄者力於農事，以奉其宗廟之祭。"《詩序》："《楚茨》，刺幽王也。政煩賦重，田萊多荒，饑饉降喪，民卒流亡，祭祀不饗，故君子思古焉。"陳奂《傳疏》："詩先言民事而及神饗獲福也。陳古以刺今。"朱熹《辨說》駁《序》云："自此篇至《車舝》凡十篇，似出一手，詞氣和平，稱述詳雅，無諷刺之意。《序》以其在《變雅》中，故皆以爲傷今思古之作。詩固有如此者，然不應十篇相屬而絶無一言以見衰世之意也。竊恐《正雅》之篇有錯脱在此耳，《序》皆失之。"清代許多學者同意朱熹的觀點。范家相《詩瀋》："《楚茨》，天子時祭之樂歌也。"六章，七十二句。

又見[蓑楚][荆楚]。

黼 chǔ 創舉切（遇合三上語初）
魚部、初母
鮮明整潔。見"楚"。

處(处) （一）chǔ 昌與切（遇合三上語昌）魚部、昌母

❶居；住。（風7、雅7)19《召南・殷其靁》三章："何斯違斯，莫或遑處。"《毛傳》："處，居也。"167《小雅・采薇》三章："王事靡盬，不遑啓處。"《鄭箋》："處，猶居也。"257《大雅・桑柔》四章："自西徂東，靡所定處。"孔穎達《正義》："使我從西而往於東，無所安定而居處。"❷處於（某種地位或情況）。（雅2)193《小雅・十月之交》四章："艷妻煽方處。"《鄭箋》："七子皆用，后嬖寵方熾之時並處位。"孔穎達《正義》："此七人於艷妻有寵熾

盛方甚之時,並處於位。"一說:"處"當作"熾"。陸德明《釋文》:"處,一本作熾。"徐鍇《說文繫傳》引《詩》作"豔妻煽方熾"。于省吾《新證》:"豔乃閻之假字,應讀作爛。妻、齊乃音訓。豔妻煽方熾,謂爛皆煽方熾也。齊者總上七子而爲言也。七子擅權,烜赫一時,言其氣焰之盛而方興也。"王先謙《集疏》:"《韓》,處作熾。"❸相待;相處。(風1、雅1)29《邶風•日月》一章:"乃如之人兮,逝不古處。"朱熹《集傳》引或說:"古處,以古道相處也。"一說:居住。聞一多《通義》:"古處本即姑處,……逝不古處',言曷不暫時留居。"❹停止。(風1)22《召南•江有汜》二章:"不我與,其後也處。"《毛傳》:"處,止也。"《鄭箋》:"嫡悔過自止。"一說:安。朱熹《集傳》:"處,安也。言得其所安也。"又一說:居住。王先謙《集疏》:"與,偕也。……言今日不偕我居,其後必悔而偕我居也。"❺安;使安居(雅1)263《大雅•常武》二章:"不留不處,三事就緒。"《毛傳》:"誅其君,弔其民,爲之立三有事之臣。"陳奐《傳疏》:"劉,殺也。處,猶安止也。兩不字皆發聲也。"一說:停處。《鄭箋》:"不久處於是也。"孔穎達《正義》:"我兵之來也,不久留,不停處,直誅爾叛逆之君。"❻安樂。(雅2)173《小雅•蓼蕭》一章:"燕笑語兮,是以有譽處兮。"朱熹《集傳》:"處,安樂也。"一說:居處。陳奐《傳疏》:"譽處,安處也。"

(二)chù 昌據切(遇合三去禦昌)
魚部、昌母

❼地方。(風1)38《邶風•簡兮》一章:"日之方中,在前上處。"《鄭箋》:"在前上處者,在前列上頭也。"朱熹《集傳》:"在前上處,言當明顯之處。"

【處處】許多人居住。(雅1)250《大雅•公劉》三章:"京師之野,于時處處。"陳奐《傳疏》:"于時處處者,猶《緜》詩'迺慰迺止,迺左迺右'也。"王力《古代漢語》:"處處、旅旅、言言、語語,都是動詞復說,表示人民安居樂業,笑語歡樂的情況。"一說:住在當住的地方。《鄭箋》:"處其所當處。"又一說:建造居室。朱熹《集傳》:"處處,居室也。"于時爲之室也。"于省吾《新證》:"詩義本謂

于是處,于是廬,于是言,于是語,是說京師之野,正是可處、可廬、可言、可語的居住地址。作重言者,以足成詞句而已。"

俶 chù 昌六切(遇合三入屋昌)
覺部、昌母

❶始。(雅1)247《大雅•既醉》三章:"高朗令終,令終有俶。"《毛傳》:"始於饗燕,終於享祀。俶,始也。"朱熹《集傳》:"蓋欲善其終者,必善其始。"胡承珙《後箋》:"竊意此《傳》恐是'始於享祀,終於饗燕'。言成王因祭祀而行旅酬無算爵及施惠歸俎之事,皆屬饗燕之禮。是既醉既飽爲終於饗燕;饗燕之令終,由於享祀之有始,故曰'令終有俶,公尸嘉告'。"吳闓生《會通》:"祝其善始善終。"屈萬里《詮釋》:"'令終有俶,言前輩以善終,後人又以善始也。"一說:善;厚。《說文•人部》:"俶,善。《詩》曰:'令終有俶。'"《鄭箋》:"俶,猶厚也。既始有善,令終又厚。"❷建造。(雅1)259《大雅•崧高》四章:"有俶其城。"《毛傳》:"俶,作也。"陸德明《釋文》:"俶,本又作俶,作也。"朱熹《集傳》:"俶,始作。"一說:善;厚。馬瑞辰《通釋》:"《說文》:'俶,善也。'有俶乃城修繕之貌。善之言繕修也。從《說文》訓善爲是。"俞樾《平議》卷十一:"有俶,形容其厚也。城貴其高,亦貴其厚。"

【俶載】開始從事某種工作。(雅1、頌2)212《小雅•大田》一章:"以我覃耜,俶載南畝。"陸德明《釋文》:"俶,始也;載,事也。"嚴粲《詩緝》:"始有事於南畝而耕之。"朱熹《集傳》:"取其利耜而始事於南畝。"陳奐《傳疏》:"俶載,始事也。"一說:翻耕土地。《鄭箋》:"俶讀爲熾,載讀爲菑栗之菑。時至,民以其利耜熾菑發所受之地,趨農急也。"馬瑞辰《通釋》:"以耜入地曰熾。"又一說:栽種。胡承珙《後箋》:"載本與栽通。《中庸》'上天之載'注云:'載讀曰栽,謂生物也。'"

參"椒"。

蔌 chù 丑六切(通合三入屋徹)
覺部、透母

草名,又名羊蹄,俗稱牛舌菜。(雅1)188《小雅•我行其野》二章:"我行其野,言采其

蓫。"《毛傳》："蓫,惡菜也。"《鄭箋》："蓫,牛蘈也。"陸德明《釋文》："蓫,勑六反,本又作蓄。"《齊民要術》卷十引陸璣《詩義疏》："[蓫]今羊蹄,似蘆菔,莖赤。煮爲茹,滑而不美,多噉令人下痢。揚州謂之蓫,一名蓨,亦食之。"朱熹《集傳》："蓫,牛蘈惡菜也。今人謂之羊蹄菜。"

川 chuān 昌緣切（山合三平仙昌）
文部、昌母

河流;水道。(雅7、頌1)232《小雅·漸漸之石》一章："山川悠遠,維其勞矣。"孔穎達《正義》："又山之與川,其間悠悠然路復長遠。"263《大雅·常武》五章："如山之苞,如川之流。"《鄭箋》："山本以喻不可驚動也,川流以喻不可禦也。"

穿 chuān 昌緣切（山合三平仙昌）
寒部、昌母

穿透;使通成洞。(風2)17《召南·行露》二章："誰謂雀無角,何以穿我屋?"按《說文·穴部》："穿,通也。從牙在穴中。"

遄 chuán 市緣切（山合三平仙禪）
寒部、禪母

快;迅速。(風2、雅4)52《鄘風·相鼠》三章："人而無禮,胡不遄死。"《毛傳》："遄,速也。"260《大雅·烝民》八章："仲山甫徂齊,式遄其歸。"《毛傳》："遄,疾也。"嚴粲《詩緝》："山甫往齊,而周人望之,欲其速歸,不欲其久於外也。"

牀(床) chuáng 士莊切（宕開三平陽崇）
陽部、崇母

牀;供人睡卧的用具。(風1、雅2)154《豳風·七月》五章："十月蟋蟀入我牀下。"189《小雅·斯干》八章："乃生男子,載寢之牀。"《鄭箋》："男子生而卧於牀,尊之也。"

吹 chuī 昌垂切（止合三平支昌）
歌部、昌母

❶吹奏（樂器）。(雅4)161《小雅·鹿鳴》一章："我有嘉賓,鼓瑟吹笙。"199《小雅·何人斯》七章："伯氏吹塤,仲氏吹篪。"《釋名·釋樂器》："竹曰吹。吹,推也。以氣推發其聲也。"❷吹拂;空氣流動觸拂物體。(風3)32《邶風·凱風》一章："凱風自南,吹彼棘心。"

垂 chuí 是爲切（止合三平支禪）
歌部、禪母

垂挂;東西的一頭向下。(風3、雅2)105《齊風·載驅》二章："四驪濟濟,垂轡濔濔。"225《小雅·都人士》五章："匪伊垂之,帶則有餘。"朱熹《集傳》："士之帶非故垂之也,帶自有餘耳。"

春 chūn 昌脣切（臻合三平諄昌）
文部、昌母

❶春季。一年四季的第一季。農曆正、二、三月。(風2、雅1、頌1)154《豳風·七月》二章："春日遲遲,采蘩祁祁。"❷春情;男女的情欲。(風1)23《召南·野有死麕》一章："有女懷春,吉士誘之。"《毛傳》："春,不暇待秋也。"《鄭箋》："有貞女思仲春以禮與男會。"朱熹《集傳》："懷春,當春而有懷也。"牟庭《詩切》："懷春之言,猶曰思男子也。"

【春酒】冬天釀造,春天成熟的酒。也叫凍醪。(風1)154《豳風·七月》六章："爲此春酒,以介眉壽。"《毛傳》："春酒,凍醪也。"馬瑞辰《通釋》："周制蓋以冬釀,經春始成,因名春酒。陳奐《傳疏》："疑即今之白酒釀,酒之有汁滓者。"

【春秋】一年有春夏秋冬四季,因用"春秋"代表一年。(頌1)300《魯頌·閟宮》三章："春秋匪解,享祀不忒。"《鄭箋》："春秋,猶言四時也。"朱熹《集傳》："春秋,錯舉四時也。"嚴粲《詩緝》："春秋四時,非有懈怠。獻享祭祀,無有差忒。"

純(纯)
（一）chún 常倫切（臻合三平諄禪）
文部、禪母

❶大。(雅2、頌3)220《小雅·賓之初筵》二章："錫爾純嘏,子孫其湛。"《鄭箋》："純,大也。"293《周頌·酌》："時純熙矣,是用大介。"《鄭箋》："純,大。"❷精粹不雜。(頌1)267《周頌·維天之命》："文王之德之純,假以溢我。"朱熹《集傳》："純,不雜也。"一說:大;明。《毛傳》："純,大。"馬瑞辰《通釋》："《說文》:'純,絲也。'崔覲《說易》曰:'不雜曰純。'純本美絲之稱,假以狀德之明而不雜,故義爲明,爲大耳。"

（二）tún ★徒溫切（臻合一平魂定）

文部、定母

❸捆;束。(風1)23《召南·野有死麕》二章:"白茅純束,有女如玉。"《毛傳》:"純束,猶包之也。"《鄭箋》:"野有死鹿,皆可以白茅包裹,束以爲禮。…純,讀如屯。"陸德明《釋文》:"屯,聚也。"陳奐《傳疏》:"純,亦束也。"陳喬樅《改字説》:"純是屯之假借,故讀如屯也。"俞樾《平議》卷八:"白茅純束,謂以白茅束此樸樕及死鹿也。"王先謙《集疏》:"三家,純作屯。"

鶉(鶉)

(一)chún 常倫切(臻合三平諄禪)
文部、禪母

❶鳥名,即鵪鶉。頭小尾短,雄的好鬥。古稱有斑點的爲鶉,無斑點的爲鵪。(風3)49《鄘風·鶉之奔奔》一章:"鶉之奔奔,鵲之彊彊。"陸德明《釋文》:"鶉,鶉鵪鳥。"朱熹《集傳》:"鶉,鶉屬。"112《魏風·伐檀》三章:"不狩不獵,胡瞻爾庭有縣鶉兮。"《毛傳》:"鶉,鳥也。"孔穎達《正義》引《爾雅·釋鳥》郭璞注:"鶉,鶉之屬也。"《本草綱目·鳥部·鶉》:"鵪與鶉,兩物也,形狀相似,俱黑色,但無斑者爲鵪也。今人總以鵪鶉爲名。"王念孫《廣雅疏證》卷十下:"鵪、鶉二鳥,情狀相似,故對文則鵪與鶉異,散文則通。"一說:一種猛禽,即雕。于省吾《新證》:"此詩之鶉與雕通。…懸貍獸與懸特禦於庭中,望而可知。如果懸起象拳頭大小的鵪鶉於庭中,不僅不顯眼,而且與貍、特并列,顯得不倫不類。然則懸鶉之通作懸雕是肯定的。古讀雕如敦,故《說文》訓雕爲䨄。此詩鶉字也應讀如敦,與飧爲韻。"

(二)tuán 《釋文》徒丸切(山合一平桓定)文部、定母

❷通"鷻"。猛禽名,即雕。(雅1)204《小雅·四月》七章:"匪鶉匪鳶,翰飛戾天。"《毛傳》:"鶉,雕也;鳶,貪殘之鳥也。"陸德明《釋文》:"鶉,徒丸反,鶹也。字或作鷻。"《說文·鳥部》作"䨄"。王念孫《廣雅疏證》卷十下:"鷻從敦聲,與雕古聲相近,故雕謂之鷻。"毛奇齡《續詩傳》:"按鶉有三音,分爲三鳥。一音淳,如陳切,則鵪鶉鳥也。一音箪,思允切,則隼也。一音團,徒官切,則鷻

也。"

【鶉之奔奔】《國風·鄘風》篇名(49)。這是衛國人民諷刺統治者淫亂無恥的詩。衛宣公上烝母夷姜,下佔兒媳公子伋妻,又殺子肆虐;而衛宣公的兒子公子頑復和他的後母宣姜通奸。詩人以爲禽獸不如。《詩序》:"《鶉之奔奔》,刺衛宣姜也。衛人以爲宣姜鶉鵲之不若也。"《鄭箋》:"刺宣姜者,刺其與公子頑爲淫亂,行不如禽獸。"姚際恒《通論》:"蓋刺宣公也。"陳子展《直解》:"此詩蓋爲宣公庶弟左公子洩,右公子職輩所作,以刺宣公之淫亂無良者,非刺宣姜也。"二章,八句。

脣(唇)

chún 食倫切(臻合三平諄船)
文部、船母

嘴脣,引申爲水邊。見"湣"。

湣

chún 食倫切(臻合三平諄船)
文部、船母

水邊。(風2)71《王風·葛藟》三章:"緜緜葛藟,在河之湣。"《毛傳》:"湣,水隒也。"朱熹《集傳》:"夷上灑下(上平下深)曰湣,湣之爲言脣也。"112《魏風·伐檀》三章:"坎坎伐輪兮,寘之河之湣兮。"《毛傳》:"湣,厓也。"孔穎達《正義》:"湣是水岸。"陸德明《釋文》:"湣,順倫反,厓也。本亦作脣。"王念孫《廣雅疏證》卷九下:"脣者,在邊之名。口邊謂之脣,水涯謂之湣,屋宇謂之宸,聲義並相近也。"

蠢(惷)

chǔn 尺尹切(臻合三上準昌)
文部、昌母

蠢動;輕舉妄動。(雅1)178《小雅·采芑》四章:"蠢爾蠻荆,大邦爲讎。"《毛傳》:"蠢,動也。"嚴粲《詩緝》:"程子曰:蠢者,動而無知之貌。"《爾雅·釋訓》:"蠢,不遜也。"郭璞注:"蠢動爲惡,不謙遜也。"

啜

chuò 昌悅切(山合三入薛昌)
月部、昌母

哭泣時抽噎的樣子。(風2)69《王風·中谷有蓷》三章:"有女仳離,啜其泣矣。"《毛傳》:"啜,泣貌。"《韓詩外傳》卷二引《詩》作"惙"。

惙

chuò 陟劣切(山合三入薛知)
月部、端母

【惙惙】憂慮不安。(風1)14《召南·草蟲》二

章:"未見君子,憂心惙惙。"《毛傳》:"惙惙,憂也。"《說文•心部》:"惙,憂也。"朱熹《集傳》:"惙,憂貌。"俞樾《平議》卷八:"憂心惙惙,猶日憂心綴綴,言憂心聯屬不絕也。"參"啜"。

綽(绰) ^{chuò} 昌約切（宕開三入藥昌）藥部、昌母

和緩;柔和。(風 1)55《衛風•淇奧》三章:"寬兮綽兮,猗重較兮。"《毛傳》:"綽,緩也。"朱熹《集傳》:"綽,開大也。"王先謙《集疏》:"《韓》,綽亦作婥,云：柔貌也。"

【綽綽】寬裕的樣子。(雅 1)223《小雅•角弓》三章:"此令兄弟,綽綽有裕。"《毛傳》:"綽綽,寬也。"陳奐《傳疏》:"寬饒者,能讓之謂也。…寬綽猶《禮•中庸》云寬柔矣。"

婥 ^{chuò} 昌約切（宕開三入藥昌）藥部、昌母

和緩;柔和。見"綽"。

祠 ^{cí} 似茲切（止開三平之邪）之部、邪母

春祭。(雅 1)166《小雅•天保》四章:"禴祠烝嘗,于公先王。"《毛傳》:"春曰祠,夏曰禴,秋曰嘗,冬曰烝。"孔穎達《正義》:"孫炎曰:'祠之言食;礿,新菜可礿;嘗,嘗新穀;烝,進品物也。若以四時,當云禴祠嘗烝,《詩》以便文,故不依先後。此皆《周禮》文,自殷以上,則禴祫嘗烝,《王製》文也。"

茨 ^{cí} 疾資切（止開三平脂從）脂部、從母

❶草名,即蒺藜。蔓生,細葉,開黃花,子有三角刺。(風 3,雅 1)46《鄘風•牆有茨》一章:"牆有茨,不可埽也。"《毛傳》:"茨,蒺藜也。"朱熹《集傳》:"茨,蒺藜。蔓生細葉,子有三角,刺人。"《說文•艸部》:"薺,蒺蔾也。《詩》曰:'牆有薺。'"徐灝《注箋》:"薺者,蒺藜之合聲。"王先謙《集疏》:"《齊》《韓》'茨'作'薺'。"209《小雅•楚茨》一章:"楚楚者茨,言抽其棘。"《鄭箋》:"茨,蒺藜也。"孔廣森《卮言》:"千畝不耕,大田廢矣,黍稷不生,生茨刺矣。"《楚辭•離騷》王逸注引《詩》作"薋"。 ❷茅草蓋的屋頂。(雅 2)211《小雅•甫田》四章:"曾孫之稼,如茨如梁。"《毛傳》:"茨,積也。"《鄭箋》:"茨,屋蓋也。"嚴粲

《詩緝》:"其稼在田,由高處視之,則稼在下,而見其密,故如屋茅。由平處視之,則稼在上,而見其高,故如橋梁。"朱熹《集傳》:"茨,屋蓋也。言其密也。"213《小雅•瞻彼洛矣》一章:"君子至止,福禄如茨。"《鄭箋》:"茨,屋蓋也。如屋蓋,言多也。"何楷《古義》:"茨以蓋屋,嚴密堅固,不可動搖。"一說：堆積。《毛傳》:"茨,積也。"段玉裁《小箋》:"《說文》:'薋,積禾也。'毛謂此茨即薋之假借也。"

薋 ^{cí} 疾資切（止開三平脂從）脂部、從母

堆積。見"茨"。

薋 ^{cí} 疾資切（止開三平脂從）脂部、從母

蒺藜。見"茨"。

辭(辞) ^{cí} 似茲切（止開三平之邪）之部、邪母

言辭;政令。(雅 2)254《大雅•板》二章:"辭之輯矣,民之洽矣,辭之懌矣,民之莫矣。"《鄭箋》:"辭,辭氣,謂政教也。王者政教和說(悦)順於民,則民心合定。"陳奐《傳疏》:"辭,辭令也。"一說：通"䛐"。我。于省吾《新證》:"辭、䛐、辝古通。金文䛐訓我。…我者,詩人與同寮之稱也。我之和矣,民之合矣;我之說(悅)矣,民之勉矣。"

雌 ^{cí}（舊 cī）此移切（止開三平支清）支部、清母

母的鳥獸。跟"雄"相對。(雅 3)190《小雅•無羊》三章:"爾牧來斯,以薪以蒸,以雌以雄。"顧廣譽《詳說》:"以薪以蒸,飼食之以時也;以雌以雄,合之以時也。此正牧人之本務。"197《小雅•小弁》五章:"雉之朝雊,尚求其雌。"孔穎達《正義》:"雄雉之於朝旦雖然而鳴,猶爲求其雌雉而並飛也。"

此 ^{cǐ} 雌氏切（止開三上紙清）支部、清母

指示代詞。這;這個。與"彼"相對。(風 21,雅 62,頌 3)65《王風•黍離》一章:"悠悠蒼天,此何人哉?"嚴粲《詩緝》:"致此顛覆者,是何人乎?"200《小雅•巷伯》七章:"寺人孟子,作爲此詩。"陸德明《釋文》:"作爲此詩,一本云'作爲作詩'。"段玉裁《小學》:

"按'爲'字誤,當是一本云'作而作詩'也。《正義》曰:當云'作而賦詩',定本云'作爲此詩'。據此則孔氏原是'作而作詩'也。"278《周頌·振鷺》:"在彼無惡,在此無斁。"《鄭箋》:"在彼,謂居其國無怨惡之者;在此,謂其來朝,人皆愛敬之,無厭之者。"

仳 cǐ　雌氏切（止開三上紙清）
支部、清母

【仳仳】渺小;卑微。（雅1）192《小雅·正月》十三章:"仳仳彼有屋,蔌蔌方有穀。"《毛傳》:"仳仳,小也。蔌蔌,陋也。"《爾雅·釋訓》:"仳仳,瑣瑣,小也。"陸德明《釋文》引舍人曰:"仳仳,形容小貌。"一說:鮮盛華麗。屈萬里《詮釋》:"此仳仳二字,亦當爲鮮盛之貌,言屋之華麗也。"《說文·人部》:"伈,小貌。"引《詩》"伈伈彼有屋"。王先謙《集疏》:"《齊》、《韓》,仳作伈。"

泚 cǐ　雌氏切（止開三上紙清）
千禮切（蟹開四上薺清）
支部、清母

鮮明的樣子。（風1）43《邶風·新臺》一章:"新臺有泚,河水瀰瀰。"《毛傳》:"泚,鮮明貌。"陸德明《釋文》:"泚,音此,鮮明貌。《說文》作'玼',云:'新色鮮也。'"段玉裁《小箋》:"此謂泚即玼之假借。"王先謙《集疏》:"三家,泚作玼。"王育《說文引〈詩〉辨證》:"玼,玉色鮮潔也,以喻新臺之鮮好。"

婋 cǐ　★淺氏切（止開三上紙清）
支部、清母

婋婋,醉舞不止的樣子。見"傞"。

玼 cǐ　雌氏切（止開三上紙清）
支部、清母

色彩鮮明。（風2）47《鄘風·君子偕老》二章:"玼兮玼兮,其之翟也。"《毛傳》:"玼,鮮盛貌。"馬瑞辰《通釋》:"玼本玉色之鮮,因而色之鮮明者通言玼耳。"參"泚"。

伣 cǐ　★淺氏切（止開三上紙清）
支部、清母

渺小;卑微。見"仳"。

佽 cì　七四切（止開三去至清）
脂部、清母

❶幫助;資助。（風2）119《唐風·杕杜》一章:"嗟行之人,胡不比焉。人無兄弟,胡不佽焉?"《毛傳》:"佽,助也。"孔穎達《正義》:"佽,古次字,欲使相推以次第助之耳,非訓次爲助也。"馬瑞辰《通釋》:"比、次古音義同。比,輔也。輔,助也。比爲助,則次亦助矣。"俞樾《古書疑義舉例》卷四:"'不'皆語詞。…詩人之意,謂彼道路之人,胡親比之有?人無兄弟,胡佽助之有?"聞一多《風詩類鈔》:"比、佽,皆相親愛之意。"❷便利。（雅1）179《小雅·車攻》五章:"決拾既佽,弓矢既調。"《毛傳》:"佽,利也。"陳奐《疏》:"利,讀若利弓矢之利,利猶調也。"胡承珙《後箋》:"既佽者,謂決拾皆便利也。"《說文·人部》:"佽,便利也。《詩》曰:'決拾既佽。'"一說:以次排比。《鄭箋》:"佽,謂手指相比次也。"又一說:通"次"。齊備;具備。于省吾《新證》:"張衡《東京賦》引作'決拾既次'。次、齊古通。決拾既齊,猶言決拾既具、決拾既備。"

刺 cì　七賜切（止開三去寘清）
七迹切（梗開三入昔清）
錫部、清母

指責;諷刺。（風1、雅1）107《魏風·葛屨》二章:"維是褊心,是以爲刺。"264《大雅·瞻卬》五章:"天何以刺,何神不富?"《毛傳》:"刺,責;富,福。"《鄭箋》:"天何以責王見變異乎?神何以不福王而有災異也?"朱熹《集傳》:"次,責。言天何用責王,神何用不富王哉? 凡以王信用婦人之故也。"

賜(赐) cì　斯義切（止開三去寘清）
錫部、心母

給予;賜給。特指尊長把財物等送給下級或晚輩。見"錫"。

蔥 cōng　倉紅切（通合一平東清）
東部、清母

淺青色;綠色。（雅1）178《小雅·採芑》二章:"朱芾斯皇,有瑲蔥珩。"《毛傳》:"蔥,蒼也。"朱熹《集傳》:"蔥,蒼色如蔥者也。"《禮》,三命赤芾蒼珩。"（蔥珩:青色的佩玉。）

聰(聪、聦) cōng　倉紅切（通合一平東清）
東部、清母

❶聽;聽見。（風1）70《王風·兔爰》三章:"我生之後,逢此百凶,尚寐無聰。"《毛傳》:

"聰,聞也。"朱熹《集傳》:"無所聞,則亦死耳。"黃震《黃氏日鈔》卷四:"蓋瘖則憂,寐則不知,故欲無嗅、無覺、無聰,付世亂於不知耳。近世釋以爲欲死者,過也。"❷聰明。(頌1)288《周頌‧敬之》:"維予小子,不聰敬止。"《鄭箋》:"我小子耳不聰達於敬之意。"朱熹《集傳》:"我不聰而未能敬也。"一說:聽。馬瑞辰《通釋》:"按《廣雅》:'聰,聽也。'不爲語詞。不聰敬止,謂聽而警戒也。"

樅(枞) cōng 七恭切(通合三平鍾清)東部、清母

古時懸挂鐘磬的木架大板上所刻的鋸齒。也叫"崇牙"。(雅1)242《大雅‧靈臺》三章:"虡業維樅,賁鼓維鏞。"《毛傳》:"樅,崇牙也。"孔穎達《正義》:"其懸鐘磬之處,又以采色爲大牙,其狀隆然,謂之崇牙,言崇牙之狀樅樅然。…樅即崇牙之狀崇崇然也。"

從(从) (一) cóng 疾容切(通合三平鍾從)東部、從母

❶跟隨。(風4、雅4、頌1)31《邶風‧擊鼓》二章:"從孫子仲,平陳與宋。"101《齊風‧南山》二章:"既曰庸止,曷又從止。"《鄭箋》:"此言文姜既用此道嫁於魯侯,襄公何復送而從之爲淫泆之行。"朱熹《集傳》:"從,相從也。"方玉潤《原始》:"(文姜)今既歸魯而成耦矣,則亦可以已矣,而又曷返齊而從兄乎?"❷追;追趕。(風3、雅2)97《齊風‧還》一章:"並驅從兩肩兮。"《毛傳》:"從,逐也。"180《小雅‧吉日》一章:"升彼大阜,從其群醜。"陳奐《傳疏》:"從,逐也。"屈萬里《詮釋》:"言逐獸於漆沮之水,使至於天子之所也。"❸聽從;順從。(風3、雅3、頌2)125《唐風‧采苓》三章:"人之爲言,苟亦無從。"朱熹《集傳》:"從,聽從也。"17《召南‧行露》三章:"雖速我訟,亦不女從。"戴震《補注》:"不從我誣言耳。"黃焯《毛鄭平議》:"兩章意互相足,蓋謂雖速我獄,室家之道不足,亦不女從。"300《魯頌‧閟宮》七章:"及彼南夷,莫不率從。"嚴粲《詩緝》:"莫不相率而順從。"❹尋;尋求。(風8、雅1)244

《陳風‧株林》一章:"胡爲乎株林?從夏南。匪適株林,從夏南。"孔穎達《正義》引王肅云:"言非欲適株林,從夏南之母。反覆言之,疾之也。"192《小雅‧正月》三章:"哀我人斯,于何從祿。"嚴粲《詩緝》:"哀我今之人將復于何所而獲福乎?"朱彬《經傳考證》:"從,就也。祿,善也。言於何處而獲就善乎?"屈萬里《詮釋》:"從祿,即謀生之意。"❺指從死,即殉葬。(風3)131《秦風‧黃鳥》一章:"誰從穆公,子車奄息。"孔穎達《正義》:"有誰從穆公死乎?"朱熹《集傳》:"從穆公,從死也。"❻從而;隨着。(雅2)220《小雅‧賓之初筵》五章:"式勿從謂,無俾大怠。"馬瑞辰《通釋》:"勿從謂者,勿從而勸勤,使更飲也。"255《大雅‧蕩》五章:"天不湎爾以酒,不義從式。"《鄭箋》:"不宜從而法行之。"一說:放縱。于省吾《新證》:"從謂之從應讀作縱。謂之謂應讀作潰。'式勿從謂,無俾太怠',是說應各守秩序,不要縈亂,無使局面至于太壞。"陳子展《選譯》:"《箋》訓爲從而法之,不如讀從爲縱,讀式爲試,于文最順。"❼從事。(雅1)256《大雅‧抑》三章:"女雖湛樂從,弗念厥紹。"(你們只從事淫樂,不考慮將來。)❽重(chóng);加。(雅2)210《小雅‧信南山》五章:"祭以清酒,從以騂牡。"247《大雅‧既醉》八章:"釐爾女士,從以孫子。"陳奐《傳疏》:"《爾雅》:'從,重也。'"一說:隨着。朱熹《集傳》:"從,隨也。謂又生賢子孫也。"

(二) zòng 疾用切(通合三去用從)東部、從母

❾(又 cóng)隨從的人。(風3)104《齊風‧敝笱》一章:"齊子歸止,其從如雲。"《鄭箋》:"其從,姪娣之屬。"孔穎達《正義》述毛云:"文姜初歸於魯國,止其從者庶姜庶士,其數衆多如雲然。"陸德明《釋文》:"從,才用反。"❿(又 zōng)南北爲從。後來寫作"縱"。(風1)101《齊風‧南山》三章:"蓺麻如之何,衡從其畝。"《毛傳》:"衡獵之,從獵之,種之然後得麻。"陸德明《釋文》引《韓詩》說:"東西耕曰橫。南北耕曰由。"

【從事】做事;工作。(雅3)193《小雅‧十月之交》七章:"黽勉從事,不敢告勞。"朱熹

《集傳》："言黽勉從皇父之役,未嘗敢告勞也。"

徂 cú 昨胡切（遇合一平模從）
魚部、從母

❶往。(風5,雅12,頌3)156《豳風·東山》一章："我徂東山,慆慆不歸。"207《小雅·小明》一章："我征徂西,至于艽野。"鄭箋："征,行;徂,往也。"257《大雅·桑柔》三章："靡所止疑,云徂何往？"《鄭箋》："徂,行也。"朱熹《集傳》："徂,亦往也。"295《周頌·賚》："我徂維求定。"《鄭箋》："今我往以此求定,謂安天下也。"孔穎達《正義》："往者,自己及物之辭。謂行之於天下,以求安定天下也。"陳奐《傳疏》："徂,往也,往伐殷也。"范處義《補傳》："我自今以往,唯求知善人以定王業耳。"241《大雅·皇矣》五章："密人不恭,敢距大邦,侵既徂共。"《毛傳》："國有密須氏,侵阮,遂往侵共。"朱熹《集傳》："徂,往也。共,阮國之地名,今涇州之共池是也。"一說:古國名。《鄭箋》："阮也,徂也,共,三國犯周而文王伐之。"孔穎達《正義》："阮、徂、共三者皆爲國名。"楊樹達《釋賦方》："卜辭屢見賦方,且恆云'伐賦',其爲國名甚明…疑即《詩·皇矣》篇之'徂'也。"
❷至;及。(頌2)258《大雅·雲漢》二章："不殄禋祀,自郊徂宮。"《鄭箋》："自郊而至宗廟。"292《周頌·絲衣》："自堂徂基,自羊徂牛,鼐鼎及鼒。"劉向《說苑·尊賢》引《詩》此兩句云："言以内及外,以小及大也。"王先謙《集疏》："韓'徂牛'作'來牛'。"王引之《經傳釋詞》卷八："徂,亦及也。互文耳。言此絲衣載弁之人,其視壺濯籩豆與告濯具,則自堂以及基。其祝牲告充,則自羊以及牛。其舉鼎冪告絜,則自鼐以及鼒也。"
❸開始。(雅1)204《小雅·四月》一章："四月維夏,六月徂暑。"《鄭箋》："徂,猶始也。四月立夏矣,至六月乃始盛暑。"段玉裁《小學》："鄭蓋易爲祖字。"《爾雅》:'祖,始也。'一說:往;至。《毛傳》："徂,往也。六月火星中,盛暑而往矣。"馬其昶《毛詩學》："徂暑猶言暑徂,謂當盛暑之時而往,行役甚病苦,故下曰'胡寧忍予'也。"❹通"駔"。馬壯大。(頌1)297《魯頌·駉》四章："思無邪,思馬斯徂。"林義光《通解》："徂與前章臧、才、作字同意,當讀爲駔。《說文》:'駔,壯馬也。'"一說:行。《鄭箋》："徂,猶行也,牧馬可使走行。"俞樾《平議》卷十一："言駕馬主以給官中之役,但取通行已耳。"又一說:往。孔穎達《正義》引王肅云："徂,往也。所以養馬得往古之道。"王先謙《集疏》："思徂,即言能致遠。"黃焯《詩說》："徂訓往,亦謂思馬自兹以往善而多材也。"❺通"岨"。險阻;高峻。(頌1)270《周頌·天作》："彼徂矣,岐有夷之行。"朱熹《集傳》："沈括曰:後漢書·西南夷傳引《詩》作'彼岨者岐'。今按彼書'岨'但作'徂',而引《韓詩》薛君章句亦但訓爲'往'。獨'矣'字正作'者',如沈氏說。然其注未復云'岨雖阻僻',則似又有'岨'意。《韓子》亦云:'彼岐有岨',疑或別有所據。故今從之,而定讀'岐'字絶句。…岨,險僻之意也。"楊樹達《古書句讀釋例》："彼岨矣岐,徂讀爲阻。"一說:往;歸往。《鄭箋》："徂,往;行,道也。"陳奐《傳疏》："徂,往也。言民所歸往也。"戴震《考證》："詩言岐山之道,民所歸往,視之坦然平易,蓋心悦而願歸之,故無艱阻也。"又一說:通"鉏",鉏去草茅。于鬯《香草校書》卷十八："'徂'者,蓋當讀爲'鉏',字或作'鋤'。鋤者去草之具,故'鋤'有'去'義。…蓋岐山當大王未作,文王未鋤之先,草木充塞,本無平坦之路。自大王、文王既作,既鋤之後,乃有夷之行矣。"《韓詩外傳》卷一、《說苑·君道》均引《詩》'岐有夷之行,子孫其保之',以'岐'屬下讀,多'其'字。

【徂來】也作"徂徠",山名。在今山東省泰安縣東南。(頌1)300《魯頌·閟宮》八章："徂來之松,新甫之柏。"《毛傳》："徂來,山也;新甫,山也。"陳奐《傳疏》："徂徠山在今泰安府東南。"

參"且"。

蹙 cù 子六切（通合三入屋精）
覺部、精母

★七六切（通合三入屋清）
覺部、清母

❶急促;緊急。(雅1)207《小雅·小明》三章："曷云其還,政事愈蹙。"《毛傳》："蹙,促

也。"朱熹《集傳》："爨,急。…言以政事愈急,是以至此歲莫而猶不得歸。"❷縮小;收縮。(雅1)265《大雅·召旻》七章："日辟國百里,今也日蹙國百里。"程俊英《注析》："蹙,縮也。指犬戎入侵,諸侯外叛,國土日削。"
【蹙蹙】局促不得舒展的樣子。(雅1)191《小雅·節南山》七章："我瞻四方,蹙蹙靡所騁。"《鄭箋》："蹙蹙,縮小之貌。我視四方土地日見侵削於夷狄,蹙蹙然,雖欲馳騁,無所之也。"

爨 cuàn 七亂切（山合一去換清）
　　　　　寒部、清母

竈。(雅1)209《小雅·楚茨》三章："執爨踖踖,爲俎孔碩。"(掌竈的恭敬而又敏捷。)《毛傳》："爨,饔爨,廩爨也。"孔穎達《正義》："祭祀之禮,饔爨以煮肉,廩爨以炊米。此言臣各有司,故兼二爨也。"朱熹《集傳》："爨,竈也。"馬瑞辰《通釋》："按詩言'爲俎',言'燔炙',則'執爨'宜專指饔爨言之。"陳奐《傳疏》："爨,今之竈。"

崔 cuī 倉回切（蟹合一平灰清）
　　　　微部、清母
　　　昨回切（蟹合一平灰從）
　　　　微部、從母

【崔崔】山高大的樣子。(風1)101《齊風·南山》一章："南山崔崔,雄狐綏綏。"《毛傳》："崔崔,高大也。國君尊嚴,如南山崔崔然。"朱熹《集傳》："崔崔,高大貌。"
【崔嵬】1) 有石的土山。(風1)3《周南·卷耳》二章："陟彼崔嵬,我馬虺隤。"《毛傳》："崔嵬,土山之戴石者。"《釋名·釋山》："土戴石曰崔嵬,因形言之也。"《文選·南都賦》李善注："畢嵬,山石崔嵬,高而不平也。"一說:高處。姚際恒《通論》："按《說文》:'崔,大高也。嵬,高不平也。'只言其高,於義爲當。"2) 山巔。(雅1)201《小雅·谷風》三章："習習谷風,維山崔嵬。"《毛傳》："崔嵬,山巔也。"陳奐《傳疏》："崔嵬者,是山顛巀嶭之狀。"王先謙《集疏》："《韓》,崔嵬作岑原。"

催 cuī 倉回切（蟹合一平灰清）
　　　　微部、清母
　　　昨回切（蟹合一平灰從）
　　　　微部、從母
譏刺。見"摧"。

摧 (一) cuī 昨回切（蟹合一平灰從）
　　　　　　微部、從母

❶滅絕;墜毀。(雅1)258《大雅·雲漢》三章："胡不相畏,先祖于摧。"朱熹《集傳》："摧,滅也。言先祖之祀將自此而滅也。"馬瑞辰《通釋》："摧,擠也。擠,隊也。即今之墜字,言先祖之業將隨墜也。"一說:到;來臨。《毛傳》："摧,至也。"胡承珙《後箋》："言先祖見此旱災,何不相與畏懼而來至乎?"陳奐《傳疏》："先祖於摧,言欲覬冀先祖之神,庶幾其至,以救此災耳。"又一說:嗟歎;歎惜。《鄭箋》："摧,當作嗺。嗺,嗟也。…先祖之神于嗟乎,告困之辭。"孔穎達《正義》："嗺者,咨嗟,告困之辭。"❷譏刺;打擊。(風1)40《邶風·北門》三章："室人交徧摧我。"《毛傳》："摧,沮也。"《鄭箋》："摧者刺譏之言。"王先謙《集疏》："《說文》:'催,相擣也。《詩》曰:室人交遍催我。'相擣者,謂相慰怨猶擣擊然。"《玉篇·言部》："譀,謫也。"陸德明《釋文》："摧,或作催,《韓詩》作'譀',就也。"《廣雅·釋詁三》："譀,就也。"王念孫《疏證》："謂相依就也。"馬瑞辰《通釋》："譀,就以雙聲爲義。就當作蹙。蹙與慼同。《廣雅》:'慼,罪也。'《廣韻》:'蹙,迫也。'與《玉篇》'譀,謫也'義正合。陳喬樅《詩四家異文考》："《鄭箋》云:'摧者譏刺之言。'即用《韓詩》'譀'字訓義。"一說:排擠。姚際恒《通論》："摧,《說文》:'擠也。猶云排擠。'"

(二) cuò ★寸臥切（果合一去過清）
　　　　　　微部、清母

❸通"莝"。剉草;以草料喂馬。(雅2)216《小雅·鴛鴦》三章："乘馬在廄,摧之秣之。"《毛傳》："摧,挫也。"《鄭箋》："挫,今莝字也。古者明王所乘之馬,繫於別廄,無事則委以莝,有事乃予之穀,言愛國用也。"陸德明《釋文》："摧,采臥反,剉也。"《說文·艸部》："莝,斬芻也。"白居易《白帖》九十六兩引此詩皆作"挫之秣之"。

漼 cuī 七罪切（蟹合一上賄清）
　　　　微部、清母

水深的樣子。(雅1)197《小雅·小弁》四章："有漼者淵,萑葦淠淠。"《毛傳》："漼,深貌。"《説文•水部》:"濢,深也。《詩》曰:'有濢者淵。'"孔穎達《正義》:"濢然而深者,彼淵水也。"參"灉"。

悴 cuì 秦醉切（止合三去至從）
物部、從母

病。見"瘁"、"盡"。

瘁 cuì 秦醉切（止合三去至從）
物部、從母

❶疲病;憔悴。(雅 4)194《小雅•雨無正》四章:"曾我暬御,憯憯日瘁。"《毛傳》:"瘁,病也。"陳奂《傳疏》:"《傳》皆訓瘁爲病。《爾雅》:'領,病也。'《釋文》或作悴。《説文》:'悴,憂也。''領,顣領也。'《扩部》無瘁字。"202《小雅•蓼莪》二章:"哀哀父母,生我勞瘁。"《鄭箋》:"瘁,病也。"❷勞苦;勞累。(雅 2)204《小雅•四月》六章:"盡瘁以仕,寧莫我有。"陸德明《釋文》:"瘁,本又作萃,似醉反。"205《小雅•北山》四章:"或盡瘁事國。"《毛傳》:"盡力勞病以從國事。"《左傳•昭公七年》引作"憔悴事國"。《漢書•五行志》引作"盡領事國"。又見【珍瘁】【盡瘁】【勞瘁】。參"卒"。

萃 cuì 秦醉切（止合三去至從）
物部、從母

聚集;栖止。(風 1)141《陳風•墓門》二章:"墓門有梅,有鴞萃止。"《毛傳》:"萃,集也。"參"悴"。

顇(顦) cuì 秦醉切（止合三去至從）
物部、從母

勞苦;病。見"瘁"、"盡"、"珍"。

毳 cuì 此芮切（蟹合三去祭清）
月部、清母

鳥獸的細毛。也指用毳毛織成的布。(風 2)73《王風•大車》一章:"大車檻檻,毳衣如菼。"《毛傳》:"毳衣,大夫之服。"朱熹《集傳》:"毳衣,天子大夫之服。毳衣之屬,衣繪而裳繡,五色皆備,其青者如菼爾。"陳奂《傳疏》:"《説文》:'緂,西胡毳布也。''毳,獸細毛也。'獸細毛謂之毳,以毳爲布謂之緂。"聞一多《類鈔》:"毳,毳布,即氍子。衣是車衣,車上蔽風雨的帷帳。"

墫 cūn ★七倫切（臻合三平諄清）
文部、清母

舞蹈有節奏。見"蹲"。

存 cún 徂尊切（臻合一平魂從）
文部、從母

在。(風 1)93《鄭風•出其東門》一章:"雖則如雲,匪我思存。"《鄭箋》:"此如雲者,皆非我思所存也。"孔穎達《正義》:"此女雖則如雲,非我思慮之所存在。"

蹲 cún 徂尊切（臻合一平魂從）
文部、從母

★七倫切（臻合一平魂清）
文部、清母

【蹲蹲】舞蹈有節奏的樣子。(雅 1)165《小雅•伐木》六章:"坎坎鼓我,蹲蹲舞我。"《毛傳》:"蹲蹲,舞貌。"陳奂《傳疏》:"言我爲之擊鼓則坎坎然,我爲之興舞則墫墫然,亦倒句也。"俞樾《平議》卷十:"《漢書•揚雄傳》:'蹲蹲如也。'師古注曰:'蹲蹲,行有節也。'毛公訓'蹲蹲'爲'舞貌',亦言其行之有節。"陸德明《釋文》:"蹲,本或作墫。"《説文•土部》引作"墫墫"。王先謙《集疏》:"《魯》,蹲作墫。説曰:坎坎,墫墫,喜也。"

忖 cǔn 倉本切（臻合一上混清）
文部、清母

【忖度(duó)】揣度;揣測。(雅 1)198《小雅•巧言》四章:"他人有心,予忖度之。"陸德明《釋文》:"忖,本又作寸。同七揖反。"馬瑞辰《通釋》:"《説文》無'忖'字,忖度即刌劀之假借。…謂代爲判斷之,如切物之度其長短也。"陳奂《傳疏》:"寸,古忖字。《説文》:'忖,切也。'當作'刌,切也。'刌度,言案切測度也。"屈萬里《詮釋》:"忖度,猶今語揣度也。"

寸 cùn 倉困切（臻合一去恩清）
文部、清母

忖度。見"忖"。

傞 cuō 七何切（果開一平歌清）
歌部、清母

素何切（果開一平歌心）
歌部、心母

【傞傞】醉舞不止的樣子。(雅 1)220《小雅•賓之初筵》四章:"側弁之俄,屢舞傞傞。"《毛傳》:"傞傞,不止也。"陸德明《釋文》:"傞傞是舞不止也。"姚際恒《通論》:"傞傞，盤旋不休貌。亦惟其傞傞，故使側弁。"《說文·人部》："傞，醉舞貌。"引《詩》"屢舞傞傞"。又《女部》"媻"下引《詩》"屢舞媻媻"。王先謙《集疏》："三家傞作媻。"《晏子春秋·內篇雜上》："晏子飲景公酒，日暮，公呼具火。晏子辭曰：'《詩》云：側弁之俄，言失德也；屢舞傞傞，言失容也。'"

瑳 cuō 七何切（果開一平歌清）
千可切（果開一上果清）
歌部、清母

❶色彩鮮明。(風 2)47《鄘風·君子偕老》三章："瑳兮瑳兮，其之展也。"《鄭箋》："后妃六服之次，展衣宜白。"陸德明《釋文》引《說文》："瑳，玉色鮮白。"孔穎達《正義》："服此瑳兮瑳兮其鮮盛之展衣。"朱熹《集傳》："瑳亦鮮盛貌。"王夫之《稗疏》："《類書》："紫玉曰玼，白玉曰瑳。'翟衣，刻雉加于衣上。雉雖五色備而赤多，故以紫玉之色擬之。展衣白，故以白玉之色擬之。《集傳》槪云'鮮盛貌'，未悉。"馬瑞辰《通釋》："玼與瑳一聲之轉，玼通作瑳。" ❷通"齹"。笑而見齒的樣子；牙齒潔白的樣子。(風 1)59《衛風·竹竿》三章："巧笑之瑳，佩玉之儺。"《毛傳》："瑳，巧笑貌。"朱熹《集傳》："瑳，鮮白色。笑而見齒，其色瑳然，猶所謂粲粲皆笑也。"馬瑞辰《通釋》："瑳與此雙聲，瑳當為齹之假借。《說文》齹字注：'一曰開口見齒之貌。讀若柴。'笑而見齒，故以齹狀之。齹之借作瑳，猶玼或作瑳也。參"磋"。

磋 cuō 七何切（果開一平歌清）
七過切（果合一去過清）
歌部、清母

雕治象牙；把象牙磨製成器物。(風 1)55《衛風·淇奧》一章："如切如磋，如琢如磨。"《毛傳》："治骨曰切，象曰磋。"朱熹《集傳》："治骨角者，既切之以刀斧，而復磋以鑢錫（鉎）。"按《爾雅·釋訓》："'如切如磋'，道學也；'如琢如磨'，自修也。"《禮記·大學》引《詩》同。此《魯》、《韓》說。王先謙《集疏》："三家磋作瑳。"阮元《校刊記》："相臺本磋作瑳。…《說文》有瑳無磋，磋本瑳之俗字耳。"

撮 cuō 倉括切（山合一入末清）
月部、清母
子括切（山合一入末精）
月部、精母

古代一種束髮的小帽。(雅 1)225《小雅·都人士》二章："彼都人士，臺笠緇撮。"《毛傳》："緇撮，緇布冠也。"《鄭箋》："都人之士，以臺皮為笠，緇布為冠。"孔穎達《正義》："撮是小撮，持其髻而已。"朱熹《集傳》："緇撮，緇布冠也。其製小，僅可撮其髻也。"

瘥 cuō 昨何切（果開一平歌從）
歌部、從母
jiē 子邪切（假開三平麻精）
歌部、精母

疫病；災荒。(雅 1)191《小雅·節南山》二章："天方薦瘥，喪亂弘多。"《毛傳》："瘥，病。"《鄭箋》："天氣方今又重以疫病，長幼相亂，而死喪甚大多也。"《說文·疒部》引《詩》作"痰"，指災荒。王先謙《集疏》："三家瘥作痰。…言天降荒，人民流散，田蕪不治。"

醝 cuó 昨何切（果開一平歌從）
歌部、從母

通"瘥"。疫病。見"瘥"。

挫 cuò 側臥切（果合一去過精）
歌部、精母

通"莝"，剉馬草。見"推"。

厝 cuò 倉各切（宕開一入鐸清）
鐸部、清母

可以磨製玉器的石頭。見"錯"。

錯（错）cuò 倉各切（宕開一入鐸清）
鐸部、清母

❶可以磨製玉器的石頭。(雅 1)184《小雅·鶴鳴》一章："它山之石，可以為錯。"《毛傳》："錯，石也，可以琢玉。"按《說文·厂部》："厝，厲石也。《詩》曰：'他山之石，可以厝。'"段玉裁注："錯，古作厝。厝石，謂石之可以攻玉者。《爾雅》：'玉曰琢之。'玉至堅，厝石如今之金剛鑽之類，非厲石也。"陳奐《傳疏》："今《詩》作錯，為厝之假借。"王先謙《集疏》："《魯》，錯作厝。" ❷有文采的。(雅 2，頌 1)261《大雅·韓奕》二章："簟茀錯

衡,玄袞赤舄。"《毛傳》:"錯衡,文衡也。"孔穎達《正義》:"錯置文采,爲車之衡。"302《商頌·烈祖》:"約軧錯衡,八鸞鶬鶬。"《毛傳》:"錯衡,文衡也。"嚴粲《詩緝》:"其車以皮鞶約其軧,又有文錯之衡,其八鸞之聲鶬鶬然和。"❸雜亂;錯雜。(風 2)9《周南·漢廣》一章:"翹翹錯薪,言刈其楚。"《毛傳》:"錯,雜也。"又見【交錯】。

D

怛(懫) dá 當割切（山開一入曷端）月部、端母

憂傷；悲痛。(風1)149《檜風·匪風》一章："顧瞻周道,中心怛兮。"《毛傳》："怛,傷也。"陸德明《釋文》："怛,慘怛也。"孔穎達《正義》："怛者,傷痛之言。"《漢書·王吉傳》引《詩》作"懫",顏師古注："懫,古怛字。"

【怛怛】憂愁不安的樣子。(風1)102《齊風·甫田》二章："無思遠人,勞心怛怛。"《毛傳》："怛怛,猶忉忉也。"

懫 dá 當割切（山開一入曷端）月部、端母

憂傷。見"怛"。

悬 dá 當割切（山開一入曷端）月部、端母

悬悬,真誠懇切的樣子。見"旦"。

答(荅) dá 都合切（咸開一入合端）緝部、端母

答理；進用。(雅1)194《小雅·雨無正》四章："聽言則答,譖言則退。"《毛傳》："以言進退人也。"唐石經作"荅"。陳奂《傳疏》："有時聽淺近之言,則進用其人,有時受讒毀之言,則排退其人。"胡承珙《後箋》："答,本當作對,《大雅·桑柔》'聽言則對',與此正同。"按劉向《新序·雜事五》、《漢書·賈山傳》均引作"聽言則對"。段玉裁《小學》："古借答爲對,異部假借也。"一說：拒絕。《鄭箋》："答,猶距也。有可聽用之言,則共以辭距而違之。"孔穎達《正義》："受之與距,皆是以言答之。但此是刺詩,可聽之言必不答受,故知答猶距也。共以辭距而違之,使不見聽用也。"

達(达) (一) dá 唐割切（山開一入曷定）月部、定母

❶通；通達。(頌2)304《商頌·長發》二章："受小國是達,受大國是達。"《鄭箋》："始堯封之商爲小國,舜之末年乃益其土地爲大國,皆能達其教令。"朱熹《集傳》："達,通也。受小國大國無所不達,言其無所不宜也。"

❷(幼苗)生出地面。(頌2)290《周頌·載芟》："驛驛其達。"《毛傳》："達,射也。"《鄭箋》："達,出地也。"馬瑞辰《通釋》："射即初生出地之貌。"陳奂《傳疏》："達,即生也。"304《商頌·長發》六章："苞有三蘖,莫遂莫達。"馬瑞辰《通釋》："《方言》：'達,芒也。'遂與達,皆草木生長之稱。莫遂莫達,以喻三國不能復興。"一說：通。孔穎達《正義》："莫有能以行申遂天意者,莫能以德自達於天者。"

(二) tà 他達切（山開一入曷透）月部、透母

❸通"羍"。初生的小羊。(雅1)245《大雅·生民》二章："誕彌厥月,先生如達。"《鄭箋》："達,羊子也。…生如達之生,言易也。"陸德明《釋文》："達,他末反。《説文》云：'小羊也。'沈云：毛如字。"孔穎達《正義》引薛琮答韋昭曰："羊子初生,達。小名羔,未成羊曰羜,大曰羊,長幼之異名也。"朱熹《集傳》："達,小羊也。羊子易生,無留難也。"馬瑞辰《通釋》："《虞東學詩》云：'人之初生,皆裂胎而出,驟失所依,故墮地即啼。惟羊連胞而下,其產獨易,故詩以如達爲比。'陶元淳曰：'凡嬰兒在母腹中,皆有皮在裹, 俗所謂胞衣也。生時其衣先破,兒體手足少舒,故生之難。惟羊子之生,胞

仍完具,墮地而後,母爲破之,故其生易。后稷生時,蓋藏於胞中,形體未露,有如羊子之生者,故言如達。'今按前二説是也。"臧琳《經義雜記》:"據《鄭箋》,知'達'本作'羍'。《初學記·獸部》引《説文》:'羍,七月生羔也。'…'先生如羍',謂后稷如羍之七月生。"魏源《詩古微》:"羍,七月生羔也。…然則先生如達,蓋謂稷孕七月而生。"一説:順利;滑利。《毛傳》:"達生也。"姜嫄之子先生者也。"胡承珙《後箋》:"《説文》:'泰,滑也。滑,利也。'《生民》之達,當讀與泰同。如當讀而爲是。"吴闓生《會通》:"達者,調達,謂生之易也。如讀爲而,又一説:通'沓'。重沓。段玉裁《小箋》:"達,達生也。達生謂重沓而生。姜嫄之子首生者,乃如重沓而生之易。"

大

(一) dà　徒蓋切（蟹開一去泰定）
　　　　　唐佐切（果開一去箇定）
　　　　月部、定母

❶大。跟"小"相對。(風 3、雅 23、頌 7)54《鄘風·載馳》四章:"控於大邦,誰因誰極。"179《小雅·車攻》八章:"允矣君子,展也大成。"❷指年長的人。(雅 1)209《小雅·楚茨》六章:"既醉既飽,小大稽首。"《鄭箋》:"小大猶長幼也。"❸指大官。(雅 1、頌 1)255《大雅·蕩》六章:"小大近喪,人尚乎由行。"朱熹《集傳》:"小者大者近於喪亡矣,尚且由此而行,不知變也。"299《魯頌·泮水》一章:"無小無大,從公於邁。"《鄭箋》:"臣無尊卑,皆從君而來。"❹極。(頌 1)300《魯頌·閟宮》六章:"奄有龜蒙,遂荒大東。"《鄭箋》:"大東,極東。"❺大大地;廣泛地。(風 1、雅 4、頌 2)51《鄘風·蝃蝀》三章:"大無信也,不知命也。"253《大雅·民勞》五章:"王欲玉女,是用大諫。"299《魯頌·泮水》八章:"元龜象齒,大賂南金。"《鄭箋》:"大,猶廣也,廣賂者,賂君及卿大夫也。"❻注重;夸大。(雅 1)241《大雅·皇矣》七章:"不大聲以色,不長夏以革。"戴震《考證》:"不大,不暴著之也。"

(二) tài　他蓋切（蟹開一去泰透）
　　　　月部、透母

❼同"太"。過分。(風 3、雅 5)114《唐風·蟋蟀》一章:"無已大康,職思其居。"朱熹《集傳》:"大康,過於樂也。"198《小雅·巧言》一章:"昊天大憮,予慎無辜。"陸德明《釋文》:"大音泰,本或作泰。"《鄭箋》:"已、泰皆言甚也。"唐石經、朱熹《集傳》本作"泰"。參"泰"。

【大²伯】即太伯,大王長子,周文王的伯父。古史傳説:太王有三子,長子大伯,次子仲雍,少子季歷。大伯、仲雍爲了讓王位傳給季歷,逃往南方,後來建立吴國。(雅 1)241《大雅·皇矣》三章:"帝作邦作對,自大伯王季。"《鄭箋》:"大伯讓於王季而文王起。"孔穎達《正義》:"王肅云:大伯見王季之生文王,知其天命之必在王季,故去而適吴,大王殁而不返。而後國傳於王季,天道大興。"朱熹《集傳》:"大伯,大王之長子。季,大王之少子也。"

【大車】1)古代大夫乘坐的牛車。(風 2)73《王風·大車》一章:"大車檻檻,毳衣如菼。"《毛傳》:"大車,大夫之車。"2)載重的牛車。(雅 3)206《小雅·無將大車》一章:"無將大車,衹自塵兮。"孔穎達《正義》:"《冬官》:'車人爲車。'鄭云,大車,平地任載之車,則此是也。"朱熹《集傳》:"大車者,平地任載之車,駕牛者也。"

[大車]《國風·王風》篇名(73)。古以爲男女相懼刑政,不敢私奔之詩。《詩序》:"《大車》,刺周大夫也。禮義陵遲,男女淫奔,故陳古以刺今大夫不能聽男女之訟焉。"朱熹《集傳》:"淫奔者相命之辭也。周衰,大夫猶有能以刑政治其私邑者,故淫奔者畏而歌之如此。"林義光《通解》:"男女見政令之可畏,不敢相奔,因約誓以見志。詩意自明。《魯詩》以爲息君夫人被楚虜后所作絶命詞。見劉向《列女傳·貞順》。王先謙《集疏》:"今湖北桃花夫人廟祀息夫人,古迹尚存,唐人留詠,知《魯詩》之言信而有徵矣。"或以爲妻子誓不改嫁之詩。張次仲《詩記》:"妻爲夫所棄,誓死不嫁,其夫衣毳乘車而出,妻見之而作。"也有謂征夫思妻而作的。豐坊《詩傳》:"周人行役而訊其室家,賦《大車》。"現代學者有的以爲情詩。寫一個女子同她所愛的男子同車而行,有

所顧忌，但向他表達了堅貞不渝的愛情。一説這是周人從軍，恐與室家無團聚之日而表示的永訣之辭。三章，十二句。

【大東】《小雅》篇名（203）。這是東方諸侯抱怨西周王朝爲政不公，對東方臣民横徵暴斂、搜刮無厭的詩。舊説爲譚國大夫所作。《詩序》：＂《大東》，刺亂也。東國困於役而傷於財，譚大夫作是詩以告病焉。＂《鄭箋》：＂譚國在東，故其大夫尤苦征役之事也。魯莊公十年（周莊王十三年，公元前684年）齊師滅譚。＂朱熹《集傳》：＂《序》以爲東國困於役而傷於財，譚大夫作此以告病。＂王先謙《集疏》：＂《漢書·古今人表》譚大夫次厲王世，然則非幽王詩也。＂七章，五十六句。

【大風】大的風。（雅2）257《大雅·桑柔》十二章：＂大風有隧，有空大谷。＂朱熹《集傳》：＂大風之行有隧，蓋多出于空谷之中。＂一説：西風。《鄭箋》：＂西風謂之大風。＂《爾雅·釋天》：＂西風謂之泰風。＂郭璞注：＂《詩》云：'泰風有隧'。＂＂西風謂之大風。＂《爾雅·釋天》：＂西風謂之泰風。＂郭璞注：＂《詩》云：'泰風有隧'。＂王先謙《集疏》：＂此用舊話《魯詩》文。＂《御覽》九、《初學記》一引《詩》亦作'泰風'。＂

【大房】祭祀時盛牛羊等祭品的禮器，也叫俎。（頌1）300《魯頌·閟宫》四章：＂毛炰胾羹，籩豆大房。＂《毛傳》：＂大房，半體之俎也。＂《鄭箋》：＂大房，玉飾俎也。其制足間有横，下有柎，似乎堂後有房然。＂孔穎達《正義》：＂大房與籩豆同文，則是祭祀之器。器之名房者，唯俎耳。＂

【大夫】1）職官等級名。三代時，官分卿、大夫、士三等，大夫又分上、中、下三等。（風3、雅3、頌1）194《小雅·雨無正》二章：＂正大夫離居，莫知我勚。＂（勚：勞苦）2）泛指在上位者。（雅1）205《小雅·北山》二章：＂大夫不均，我從事獨賢。＂朱熹《集傳》：＂不斥王而曰大夫，不言勞勞而曰獨賢，詩人之忠厚如此。＂陳奂《傳疏》：＂大夫，在上位者。不均，《序》所謂役使不均也。＂

【大明】《大雅》篇名（236）。這是一首叙述周朝開國歷史的史詩。從王季娶大任而生文王，文王娶大姒而生武王，一直説到武王伐紂取得勝利。《詩序》：＂《大明》，文王有文德，故天復命武王也。＂《鄭箋》：＂二聖相承，其明德日以廣大，故日《大明》。＂馬瑞辰《通釋》：＂《大明》蓋對《小雅》有《小明》篇而言。《逸周書·世俘解》：'籥人載《武》，王入進《萬》，獻《明明》三終。'孔晁注：'《明明》，詩篇名。'當即此詩。是此詩又以《明明》名篇，蓋即取首句爲篇耳。＂朱熹《集傳》：＂此亦周公戒成王之詩。＂屈萬里《詮釋》：＂此美文王及武王之詩，蓋亦周初作品。＂八章，五十六句。

【大命】生命；國命。（雅3）255《大雅·蕩》七章：＂曾是莫聽，大命以傾。＂孔穎達《正義》：＂汝之大命以至傾覆而誅滅。＂嚴粲《詩緝》：＂汝曾莫能聽用，遂自傾覆其大命。＂吕祖謙《詩記》：＂大命，國命也。＂258《大雅·雲漢》四章：＂大命近止，靡瞻靡顧。＂《毛傳》：＂大命近止，民近死亡也。＂《鄭箋》：＂衆民之命，將近死亡。＂馬瑞辰《通釋》：＂大命即生命耳。＂一説：死亡的大限。吴闓生《會通》：＂大命，死亡之期也。＂

【大庖】天子的厨房。（雅1）179《小雅·車攻》七章：＂徒御不驚，大庖不盈。＂孔穎達《正義》：＂君之大庖所獲之禽不充滿乎？＂朱熹《集傳》：＂大庖，君庖也。＂此指周宣王之庖。

【大^{2}人】周代占夢的官。（雅2）189《小雅·斯干》七章：＂大人占之：維熊維羆，男子之祥。＂朱熹《集傳》：＂大人，太卜之屬，占夢之官也。＂

【大^{2}任】摯君之女，任姓。王季之妻，文王之母。（雅2）236《大雅·大明》二章：＂大任有身，生此文王。＂《毛傳》：＂大任，仲任也。＂屈萬里《詮釋》：＂大任，王季之妃，文王之母也。＂

【大^{2}師】1）周代最高的官職，爲三公之一。（雅2）191《小雅·節南山》三章：＂尹氏大師，維周之氐。＂《毛傳》：＂太師，周之三公也。＂2）大衆，指人民。（雅1）254《大雅·板》七章：＂价人維藩，大師維垣。＂馬瑞辰《通釋》：＂大師，宜謂大衆。'大師維垣'，猶云衆志成城也。＂一説：官名，周代三公之一。《鄭箋》:"大師,三公也。"俞樾《經說》卷四:"'大師'則天子之六師,大司馬所掌者,故曰'維垣',以垣墉喻之也。"
【大²叔于田】《國風·鄭風》篇名(78)。這是贊揚一個青年獵手勇猛而精於御射的詩。與前篇《叔于田》出於同一母題。但《叔于田》借я生論,此篇則正寫于田,完整地描寫了初獵、獵中、獵畢的過程。糜、裘《欣賞》:"這是對一位有地位的武士贊頌之歌。對他出獵的情形,寫得十分細致而生動。"程俊英《注析》:"這是一首贊美青年獵手的詩。"《詩序》以爲是諷刺鄭莊公的詩:"《大叔于田》,刺莊公也。叔多材而好勇,不義而得衆也。"朱熹《集傳》:則以爲贊美大叔段之詩:"蓋叔多材好勇,而鄭人愛之如此。"高亨《今注》:"這是大叔段的擁護者贊誦段打獵的詩。""叔"指鄭莊公的弟弟大叔段。此篇與《叔于田》前後相接,爲了區別,所以在標題上加個"大"字。三章,三十句。
【大²姒】周文王之妻,武王之母。姒姓。(雅1)240《大雅·思齊》一章:"大姒嗣徽音,則百斯男。"《毛傳》:"大姒,文王之妃也。"《史記·管蔡世家》:"武王同母兄弟十人,母曰大姒,文王正妃也。"
【大田】肥沃的田地。(雅1)212《小雅·大田》一章:"大田多稼。"《鄭箋》:"大田,謂地肥美可墾耕,多爲稼,可以授民者也。"
【大田】《小雅》篇名(212)。這是周王祭祀田祖以祈年的樂歌。詩中描寫了選種、修械、播種、除草、去蟲等農業生産活動,雨水及時而充沛,莊稼生長茂盛,以及農奴主巡視田間,祭祀神靈等情況,是研究當時社會經濟形態的有用資料。陳子展《直解》:"《小雅》之《甫田》、《大田》所描述者亦有同於《周頌》之《臣工》、《載芟》,皆周天子方有事於藉田。《甫田》之'今適南畝',《大田》之'饁彼被南畝',亦即《載芟》之'饁彼南畝'之南畝。從《大田》'雨我公田,遂及我私'而觀之,《大田》南畝應包括屬於周天子所有之公田與配給農民之私田。顧詩所描述者,則惟農民在藉田亦即公田上耕作之情形。"《詩序》:"《大田》,刺幽王也。言矜寡不能自存焉。"朱熹《辨說》:"此序專以寡婦之利一句生說。"又《集傳》:"此詩爲農夫之詞,以頌美其上,若以答前篇之意也。"四章,三十四句。
【大²王】即古公亶父。(頌3)300《魯頌·閟宮》二章:"后稷之孫,實爲大王,居岐之陽,實始翦商。"
【大序】見《詩序》。
【大雅】《詩經》的一個組成部分。《詩大序》說:"雅者,正也,言王政之所由興廢也。政有小大,故有小雅焉,有大雅焉。"陸德明《釋文》以爲自《文王》以下至《卷阿》十八篇是文王、武王、成王、周公之《正大雅》。據盛隆之時,而推序天命,上述祖考之美,皆國之大事,故爲《正大雅》焉。《文王》至《靈臺》八篇是文王之《大雅》,《下武》至《文王有聲》是武王之《大雅》。而自《民勞》至《桑柔》五篇是厲王之《變大雅》。自《雲漢》至《常武》六篇是宣王之《變大雅》。《瞻卬》、《召旻》二篇則是幽王之《變大雅》。朱熹《集傳》:"正《大雅》,會朝之樂,受釐陳戒之辭也。"《朱子語類》卷八十一:"二雅":"《小雅》恐是燕禮用之,《大雅》須饗禮方用。《小雅》施之君臣之間,《大雅》則止人君可歌。"後代學者認爲《大雅》是反映封建王朝重大政治措施或事件的詩歌。共三十一篇,大部分是西周前期的作品,一部分是西周後期的作品。范家相《詩瀋》:"《大雅》自《文王》至《卷阿》皆《正雅》,自《民勞》至《召旻》皆《變雅》,秩然不紊,與《小雅》之前后凌亂不同。"其中《生民》、《公劉》、《緜》、《皇矣》、《文王》、《大明》是周人自述開國歷史的史詩,其餘還包括政治諷刺詩、祭祀詩和宴饗詩等。參看"雅❷"。
【大²原】古地名。在今甘肅平涼鎮原至寧夏固原縣一帶。(雅1)177《小雅·六月》五章:"薄伐玁狁,至於大原。"顧炎武《日知錄》卷三:"大原當即今之平涼。后魏立爲原州,亦是取大原之名爾。計周人之禦玁狁,必在涇原之間。"胡渭《禹貢錐指》:"《小爾雅》云:'高平謂之大原'。則大原當在州界,…蓋自平涼逐之出塞,至固原而止,不窮逐也。"陳奐《傳疏》:"疑古大原當在鎮原。"朱熹《集傳》:"大原,地名,亦曰大鹵,在今大原府陽曲縣。"似非是。朱右曾《詩地理徵》："古之大原，故城在今陝西榆林縣西。"

【大宗】周代宗法，以始祖的嫡長子爲大宗，其他爲小宗。天子的大宗爲天子，小宗爲諸侯；諸侯的大宗爲諸侯，小宗爲大夫。(雅1)254《大雅·板》七章："大邦維屏，大宗維翰。"《毛傳》："王者，天下之大宗。"《鄭箋》："大宗，王之同姓世適（嫡）子也。"一説：強族。朱熹《集傳》："大宗，強族也。"俞樾《經說》卷四："大邦謂大國諸侯也，大宗謂世家大族也。古封建與世祿相表裏，'大邦爲屏'，封建之效也；'大宗爲翰'，世祿之效也。大邦與大宗外內維持，而王室固於磐石矣。"

【大²祖】同"太祖"。始祖。(雅1)263《大雅·常武》一章："王命卿士，南仲大祖。"《毛傳》："王命南仲於大祖。"朱熹《集傳》："大祖，始祖也。"陳奐《傳疏》："周人以后稷爲大祖。"

又見【碩大】。

代 dài 徒耐切（蟹開一去代守）職部、定母

代替。(雅2)257《大雅·桑柔》六章："好是稼穡，力民代食。"《毛傳》："力民代食，代無功者食天祿也。"馬瑞辰《通釋》："《傳》本作'無功者食天祿也。'…王肅本誤增代字。"王先謙《集疏》："王好是稼穡，勤民爲資而使人代食之。朝廷處位所食之祿，皆自勤民來也。"

怠 dài 徒亥切（蟹開一上海定）之部、定母

❶懶惰；鬆懈。(頌)305《商頌·殷武》四章："不僭不濫，不敢怠遑。"《鄭箋》："不敢怠惰自暇於政事。"❷輕慢；不恭敬。(雅1)220《小雅·賓之初筵》五章："式勿從謂，無俾大怠。"《鄭箋》："無使下僕至於怠慢也。"一說：通"怡"。愉快。于省吾《新證》："案怠、怡同字。無俾大怡，猶《蟋蟀》之'無已大康'。"

殆 dài 徒亥切（蟹開一上海定）之部、定母

❶危險。(雅2)192《小雅·正月》四章："民今方殆，視天夢夢。"《鄭箋》："民今且危亡，視王者所爲，反夢夢然而亂，無統治安人之意。"陳奐《傳疏》："殆，危也。"194《小雅·雨無正》六章："維曰予仕，孔棘且殆。"朱熹《集傳》："殆，危也。"❷危害。(雅1)191《小雅·節南山》四章："式夷式已，無小人殆。"《毛傳》："無以小人之言至於危殆也。"朱熹《集傳》："殆，危也。無以小人之故，而至於危殆其國也。"俞樾《平議》卷十："'無小人殆'，與上句'勿罔君子'義同。猶云殆小人。倒其文以協韻耳。詩意蓋謂勿誣罔君子，勿危殆小人也。"一說：親近。《鄭箋》："殆，近也。爲政當用平正之人，用能紀理其事。無小人近。"孔穎達《正義》："無小人之近，猶言無近小人。"❸副詞。只怕；將要。(風)154《幽風·七月》二章："女心傷悲，殆及公子同歸。"《毛傳》："殆，始。"朱熹《集傳》："其許嫁之女，預以將及公子同歸，而遠其父母爲悲也。"❹通"怠"。懈怠。(頌)303《商頌·玄鳥》："商之先后，受命不殆。"《鄭箋》："商之先君受天命而行之，不解殆。"馬瑞辰《通釋》："殆，即怠借字。"孔穎達《正義》引王肅説："商之先君成湯受天命所以不危殆者，在武丁之爲人子孫也。"朱熹《集傳》："言商之先后，受天命不危殆，故今武丁孫子猶受其福。"又一説：已；止。于省吾《新證》："殆本應作台，晚周金文以多作台。以、已古通，故從台之字每與已相假。"

迨 dài 徒亥切（蟹開一上海定）之部、定母

及；趁着。(風5，雅1)20《召南·摽有梅》一章："求我庶士，迨其吉兮。"《鄭箋》："迨，及也。"陸德明《釋文》："迨，音待，及也。"《韓詩》云：願也。"165《小雅·伐木》六章："迨我暇矣，飲此湑矣。"《鄭箋》："迨，及也。及我今之閒暇，共飲此湑酒。"

待 dài 徒亥切（蟹開一上海定）之部、定母

等待。見"俟"。

帶(带) dài 當蓋切（蟹開一去泰端）月部、端母

束衣的帶子。一種是皮製的革帶，用以懸

挂佩物;一種是絲製的大帶,圍於腰間,結在前面,兩頭垂下,稱作紳。(風5、雅2)63《衛風·有狐》二章:"心之憂矣,之子無帶。"《毛傳》:"帶,所以申束衣。"225《小雅·都人士》四章:"彼都人士,垂帶而厲。"(厲:腰帶下垂的部分。)《說文·巾部》:"帶,紳也。男子鞶革,婦人帶絲。"段玉裁注:"古有大帶,有革帶;革帶以系佩韍,而後加之大帶,則革帶統於大帶,故許於紳於鞶,皆曰大帶。"

戴 dài 都代切(蟹開一去代定)
之部、端母

把東西放在頭上。見"載"。

逮
(一) dài 徒耐切(蟹開一去代定)
特計切(蟹開四去霽定)
質部、定母

❶及;達到。(雅1)257《大雅·桑柔》六章:"民有肅心,荓云不逮。"《鄭箋》:"逮,及也。…民有進於善道之心,當任用之,反却退之,使不及門。"陸德明《釋文》:"逮,音代,一音大計反,及也。"一說:行。王先謙《集疏》:"王念孫云:《廣雅·釋詁》:'云,有也。'荓云不逮,即使有不逮是也。古以仕進爲行。《論語》'用之則行'是也。《廣雅·釋詁》:'進,行也。'民有進心,即有欲行其道之心;使有不逮,即使有不行耳。不必如《箋》所云'使不及門'也。"

(二) dì 特計切(蟹開四去霽定)
質部、定母

❷【逮逮】同"棣棣"。見"棣"。

丹 dān 都寒切(山開一平寒端)
寒部、端母

丹砂。(風1)130《秦風·終南》一章:"顔如渥丹,其君也哉。"陸德明《釋文》:"丹,《韓詩》作沰。沰,赭也。"《韓詩外傳》卷二引《詩》作"赭"。王先謙《集疏》:"《說文》:'丹,巴越赤石。赭,赤土。'色並赤,故義可通。

單(单) dān 都寒切(山開一平寒端)
寒部、端母

❶厚道;誠實。(頌1)271《周頌·昊天有成命》:"於緝熙,單厥心,肆其靖之。"《毛傳》:"單,厚。"《鄭箋》:"於美乎此成王之德也。既光明矣,又能厚其心矣。"陸德明《釋文》:"單,都但反,厚也。"《國語·周語下》引《詩》作"宣"。一說:盡。蘇轍《集傳》:"單,盡也。"朱熹《集傳》:"是能繼續光明文武之業,而盡其心。"王夫之《稗疏》:"單厥心者,言專壹其心而盡之也。"高亨《周頌考釋》:"此言成王奮發前進,爲王業竭盡其心也。"

❷通"襢"。更番輪換。(雅1)250《大雅·公劉》五章:"其軍三單。"《毛傳》:"三單,相襲也。"陸德明《釋文》:"單,音丹。"孔穎達《正義》引王肅曰:"三單,相襲止居,則婦女在內,老弱壯在外,言自有備也。"王夫之《稗疏》卷三:"[三單]與後世所謂三丁抽一之說略同。單,一也。三口而一軍,故曰三單。"胡承珙《後箋》:"單者,一也,獨也。三單者,即《周禮》'凡起徒役,無過家一人'之謂。《傳》云相襲,猶言相代也。"俞樾《平議》卷十一:"《傳》讀單爲襢,襢有襢代之義,故云相襲也。公劉當日疑用計口出軍之法。三分其民以爲三軍,而用其一軍,使其更番相代,故曰三單也。"余培林《正詁》:"蓋分其軍爲三,用其一,而以其二從事耕作,更相代ына,亦寓兵於農之意也。"一說:沒有剩餘。《鄭箋》:"邰,后稷上公之封。大國之制三軍,以其餘卒爲羨。今公劉遷於豳,民始從之,丁夫適滿三軍之數。單者,無羨餘也。"又一說:單處;分部而居。馬瑞辰《通釋》:"單即單處之謂。…其軍三單,亦承上相其陰陽,觀其流泉言之。謂分其軍,或居山之陰,或居山之陽,或居流泉之旁,故爲三。公劉遷豳之始,無城郭保障之固,故謂其軍爲三單耳。"又一說:通"戰"。戰鬥。于省吾《新證》:"三之言屢也。單、戰古通。其軍三單,謂其軍屢戰,有所閱歷也。"

【單厚】信厚;強大。(雅1)166《小雅·天保》一章:"俾爾單厚,何福不除。"《毛傳》:"單,信也。或曰:單,厚也。"王符《潛夫論·慎微》引作"俾爾宣厚"。陳奐《傳疏》:"'單厚'與下文'多益'皆合二字成義,謂受福之厚益。"馬瑞辰《通釋》:"單者,宣之假借。宣之本義爲多穀,引申之爲信厚。單與宣同聲而義近,故通用。《說文》:'亶,大也。'《墨子》:'厚,有所大也。'單、厚同義,皆爲大也。俞樾《平議》卷十:"俾爾單厚,單厚一義也。猶下文俾爾多益,多益亦一義也。"

黃焯《毛鄭平議》："俾爾單厚，直謂使爾信厚，信厚者受福，故下云'何福不除'。"一說：盡。《鄭箋》："單，盡也。天使女盡厚天下之民。"

耽 dān 丁含切（咸開一平覃端）
都感切（咸開一上感端）
侵部、端母

玩樂；沉溺於歡樂。（風 3）58《衛風•氓》三章："于嗟女兮，無與士耽。"《毛傳》："耽，樂也。女與士耽，則傷禮義矣。"孔穎達《正義》："耽者，過禮之樂。"慧琳《一切經音義》卷五十三引作："耽，樂之太甚也。"陳奐《傳疏》："凡樂過其節謂之耽。"馬瑞辰《通釋》："《說文》：'媅，樂酒也。媅，樂也。'二字音義並同。《氓》詩'士之耽兮'，'女之耽兮'及《常棣》詩'和樂且湛'，皆'媅'字之假借。《爾雅•釋詁》："妉，樂也。"邢昺疏引《詩》作"無與士妉"。參"湛"。

愖 dān ★都含切（咸開一平覃端）
侵部、端母

沉溺（於酒）。見"湛"。

紞（紞） dǎn 都感切（咸開一上感端）
侵部、端母

頭髮下垂。見"髧"。

抌 dǎn 都感切（深開一上感端）
侵部、端母

舀。見"揜"。

亶 dǎn 多旱切（山開一上旱端）
寒部、端母

❶誠信；誠意。（雅 1）254《大雅•板》一章："靡聖管管，不實於亶。"《毛傳》："亶，誠也。"《鄭箋》："不能用實於誠信之言，言行相違也。"（不實於亶：沒有充分的誠意。）唐石經"於"作"于"。❷誠然；實在。（雅 3）164《小雅•常棣》八章："是究是圖，亶其然乎？"《毛傳》："亶，信也。"193《小雅•十月之交》六章："擇三有事，亶侯多藏。"《毛傳》："信維貪淫多藏之人也。"245《大雅•生民》八章："其香始升，上帝居歆，胡臭亶時。"《鄭箋》："亶，誠也。"馬瑞辰《通釋》："亶時，誠善也。"
【亶父】人名。見"古公亶父"。參"單"。

亶 dàn 多旱切（山開一上旱端）
寒部、端母

病。見"癉"。

旦 dàn 得按切（山開一去翰端）
寒部、端母

❶明；明亮。（風 2，雅 1）34《邶風•匏有苦葉》三章："雝雝鳴雁，旭日始旦。"朱熹《集傳》："親迎以昏，而納采請期以旦。"254《大雅•板》八章："昊天曰旦，及爾遊衍。"《毛傳》："旦，明。"朱熹《集傳》："'旦'與'明'祇一意。"陳奐《傳疏》："'昊天曰旦'，猶'昊日明'耳。"❷到達天明。（風 1）124《唐風•葛生》三章："予美亡此，誰與獨旦。"朱熹《集傳》："獨旦，獨處至旦也。"陳奐《傳疏》："旦，讀如昧旦之旦。"黃焯《毛鄭平議》："此詩首章云'誰與獨處'，與次章之'獨息'，三章之'獨旦'，互足爲義，意謂予所美之人不在此，吾誰與居乎？惟旦夕獨處獨息耳。"❸早晨；日子。（風 2）137《陳風•東門之枌》二章："穀旦于差，南方之原。"《鄭箋》："朝日善明，曰相擇矣。"孔穎達《正義》："旦謂早朝。"
【旦旦】真誠懇切的樣子。（風 1）58《衛風•氓》六章："言笑晏晏，信誓旦旦。"《毛傳》："信誓旦旦然。"《鄭箋》："言其懇惻款誠。"《說文•心部》"怛"下引《詩》作"悬悬"。馬瑞辰《通釋》："旦旦即悬悬之省借。"一說：明明白白。朱熹《集傳》："旦旦，明也。"
又見【昧旦】。

僤（僤） dàn 徒旱切（山開一上旱定）
徒案切（山開一去翰定）
寒部、定母

通"單"。厚；盛。（雅 1）257《大雅•桑柔》四章："我生不辰，逢天僤怒。"《毛傳》："僤，厚也。"陸德明《釋文》："僤，都但反，本亦作亶。"孔穎達《正義》："僤、亶音相近，義亦同。"陳奐《傳疏》："僤與單同，故單謂之厚，僤亦謂之厚。厚怒，猶重怒也。"

憚（惮） dàn 徒案切（山開一去翰定）
寒部、定母

❶畏難；害怕。（雅 3）230《小雅•緜蠻》二章："豈敢憚行，畏不能趨。"《鄭箋》："憚，難也。嚴粲《詩緝》："憚，辭難也。"258《大雅•

雲漢》五章:"我心憚暑,憂心如熏。"《鄭箋》:"憚猶畏也。"按《說文•心部》:"憚,忌難也。一曰難也。"段玉裁注:"凡畏難曰憚,以難相恐嚇亦曰憚。一說:苦於。《毛傳》:"憚,勞也。"陸德明《釋文》:"憚,毛丁佐反,《韓詩》云:苦也。"孔穎達《正義》:"我王之心,勞於寒暑之氣,憂在於心,如爲火所熏灼。"❷通"癉"。勤勞;勞苦。(雅 3)203《小雅•大東》三章:"契契寤歎,哀我憚人。"《毛傳》:"憚,勞也。"陸德明《釋文》:"憚,字亦作癉。"陳奐《傳疏》:"《爾雅》:'癉,勞也。'郭注引《詩》作'癉'。"207《小雅•小明》二章:"心之憂矣,憚我不暇。"《毛傳》:"憚,勞也。"孔穎達《正義》:"以事多勞我,不得有閑暇之時。"陸德明《釋文》:"憚,字亦作癉。"朱熹《集傳》:"憚,勞也。…勤勞而不暇也。"

癉 dàn 《釋文》當但反(山開一去翰端)
    dān 都寒切(山開一平寒端)
       寒部、端母
病;勞苦。(雅 1)254《大雅•板》一章:"上帝板板,下民卒癉。"《毛傳》:"癉,病也。"朱熹《集傳》:"言天反其常道,而使民盡病矣。"陸德明《釋文》作"憚",云:"本又作癉,當但反,沈本作瘅。"《禮記•緇衣》引作"癉"。《說文•疒部》:"癉,勞病也。參"憚"。

萏 dàn 徒感切(咸開一上感定)
       談部、定母
菡萏:荷花骨朵;荷花。見"菡(hàn)"。

誕(诞) dàn 徒旱切(山開一上旱定)
         寒部、定母
❶長;闊。(風 1)37《邶風•旄丘》一章:"旄丘之葛兮,何誕之節兮。"《毛傳》:"誕,闊也。"馬瑞辰《通釋》:"誕者,延之借字。何誕之節,猶云何延其節也。延,訓長,闊長義近。"王先謙《集疏》:"葛本蔓延之物,日久則得地愈遠,是延長亦大義也。"❷句首助詞。無實義。(雅 9)241《大雅•皇矣》五章:"誕先登於岸。"王引之《釋詞》卷六:"誕,發語詞也。"馬瑞辰《通釋》:"誕者,語詞,訓大亦語詞也。"245《大雅•生民》二章:"誕彌厥月,先生如達。"朱熹《集傳》:"誕,發語詞。"一說:大。《毛傳》:"誕,大也。"陳启源《稽古編》:"《詩》凡言誕者八,誕皆訓大,

歎美之辭也。"

伈 dàn ★徒感切(咸開一上感定)
       侵部、定母
頭髮下垂。見"髧"。

髧 dàn 徒感切(咸開一上感定)
       侵部、定母
頭髮下垂的樣子。(風 2)45《鄘風•柏舟》一章:"髧彼兩髦,實維我儀。"《毛傳》:"髧,兩髦之貌。"《說文•髟部》引《詩》作"紞彼兩髦。"陸德明《釋文》:"髧,本又作伈。"馬瑞辰《通釋》:"紞爲髦琪之貌,因謂髦垂之貌爲紞。"《玉篇》:'髧,髮垂貌。'是也。凡字從尤聲者多有垂義。"王先謙《集疏》:"《齊》、《韓》,髧作紞。"

蕩(荡、盪) dàng 徒朗切(宕開一上蕩定)
           陽部、定母
平坦。(風 6)101《齊風•南山》一章:"魯道有蕩,齊子由歸。"《毛傳》:"蕩,平易也。"孔穎達《正義》:"言地平而易,無險處也。"
[蕩]《大雅》篇名(255)。這是召穆公諷刺周厲王無道,周室將亡的詩。《詩序》:"《蕩》,召穆公傷周室大壞也。厲王無道,天下蕩蕩無綱紀文章,故作是詩也。"朱熹《集傳》:"詩人知厲王之將亡,故爲此詩,託爲文王之所以嗟歎殷紂耳。"嚴粲《詩緝》:"此詩託言文王歎商,特借秦爲喻耳。"王先謙《集疏》:"三家無異義。"魏源《詩古微》:"幽厲之惡,莫大於用小人。幽王所用皆佞幸、柔惡之人,厲王所用皆强禦、掊克、剛惡之人。四章焜燉斂怨,刺榮公專利於內,掊克之臣也。六章內鬨外覃,刺虢公長父主兵於外,强禦之臣也。厲惡類紂,故厲託殷商以陳刺。"屈萬里《詮釋》:"此疑周初之詩。假文王語氣,以寫殷人之惡,而明周人得國之正焉。"詩中除首章直寫外,其餘各章都是設爲文王指責殷紂王的口氣,論述殷代滅亡的原因而以"殷鑒不遠,在夏后之世"作結,意在告誡厲王。這是一種借古諷今,指桑罵槐的手法,在《詩經》裡別具一格。八章,六十四句。
[蕩蕩]法度混亂廢壞的樣子。(雅 1)255《大雅•蕩》一章:"蕩蕩上帝,下民之辟。"《鄭

箋》:"蕩蕩,法度廢壞之貌。"馬瑞辰《通釋》:"蕩蕩本流水放散之貌,《堯典》'蕩蕩懷山襄陵'是也。又引申爲法度廢壞之貌。"王先謙《集疏》:"《魯》,蕩作盪。"一説:偉大的樣子。孔穎達《正義》:"蕩蕩是廣平之名。"歐陽修《詩本義》:"蕩蕩,廣大也。"朱熹《集傳》:"蕩蕩,廣大貌。"屈萬里《詮釋》:"偉大之貌也。"

〔蕩之什〕《詩經·大雅》里的《蕩》、《抑》、《桑柔》、《雲漢》、《崧高》、《烝民》、《韓奕》、《江漢》、《常武》、《瞻卬》、《召旻》等十一首詩,舊本編爲一卷,稱《蕩之什》。

刀 dāo 都牢切(效開一平豪端)
宵部、端母

❶刀:斬割刀削的工具或兵器。見【鸞刀】【容刀】。❷小船。這個意義後來寫作"舠"。(風 1)61《衛風·河廣》二章:"誰謂河廣?曾不容刀。"《鄭箋》:"不容刀,亦喻狹。小船曰刀。"陸德明《釋文》:"刀,字書作舠。"孔穎達《正義》:"上言一葦枰栿之小,此刀宜爲舟船之小,故云'小船曰刀'。《説文》作舠。舠,小船也,字異音同。"《太平御覽》七百七十引《詩》作"曾不容舠"。

忉 dāo 都牢切(效開一平豪端)
宵部、端母

【忉忉】憂愁不安的樣子。(風 3)102《齊風·甫田》一章:"無思遠人,勞心忉忉。"《毛傳》:"忉忉,憂勞也。"孔穎達《正義》:"以言勞心,故云憂勞也。"142《陳風·防有鵲巢》一章:"誰侜予美,心焉忉忉。"朱熹《集傳》:"忉忉,憂貌。"顏師古《匡謬正俗》卷一以爲"勞心忉忉,《爾雅》音切切(今本所無),憂也。…'切'字從刀七聲,傳寫誤亂,或變爲'忉'。今之學者諷誦辭賦,皆爲'忉怛'不復言'切',失之遠矣。"

舠 dāo 都牢切(效開一平豪端)
宵部、端母

小舟。見"刀"。

擣(搗) dāo 都晧切(效開一上晧端)
幽部、端母

用棍棒的一端舂、砸。(雅 1)197《小雅·小弁》二章:"我心憂傷,惄焉如擣。"孔穎達《正義》:"我心爲之憂傷,惄焉悲閔,有如物

之擣心也。"朱熹《集傳》:"擣,舂也。"一説通"疛"。心疾。《毛傳》:"擣,心疾也。"陸德明《釋文》:"擣,本或作疛,同。《韓詩》作疛。"馬瑞辰《通釋》:"疛,擣一字,擣乃疛及疛之假借。"王先謙《集疏》:"《韓》,擣作疛。云:疛,心疾也。"

禱(祷) dǎo 都晧切(效開一上晧端)
都導切(效開一去號端)
幽部、端母

祈禱;向神禱告求福。(雅 1)180《小雅·吉日》一章:"吉日維戊,既伯既禱。"《毛傳》:"將用馬力,必先爲之禱其祖。"陸德明《釋文》:"禱,丁老反,馬祭也。《説文》作𥜽。"陳奂《傳疏》:"禱者,祭馬祖而禱也。"按《説文·示部》:"禱,告事求福也。"又"𥜽,禱牲,馬祭也。《詩》曰:既𥜽既禱。"朱駿聲《説文通訓定聲·孚部》"𥜽"下云:"𥜽,禱實一字。"

𥜽 dǎo 都晧切(效開一上晧端)
幽部、端母

祭祀馬神。見"禱"。

翿 dào 徒到切(效開一去號定)
徒刀切(效開一平豪定)
幽部、定母

同"纛"。古代一種舞具,用鳥羽製成,形似扇子或雨傘,也叫翳。(風 2)67《王風·君子陽陽》二章:"君子陶陶,左執翿,右招我由敖。"《毛傳》:"翿,纛也,翳也。"《鄭箋》:"翳,舞者所執,謂羽舞也。"陳奂《傳疏》:"翳者,謂以翳覆頭也。"孔穎達《正義》:"李巡曰:'翿,舞者所持纛也。'孫炎曰:'纛,舞者所持羽也。'"聞一多《類鈔》:"舞者拿着一把五彩羽毛,跳舞時自己蓋在頭上,藉以裝扮鳥形。"136《陳風·宛丘》三章:"無冬無夏,值其鷺翿。"《毛傳》:"翿,翳也。"孔穎達《正義》引《爾雅》郭璞注:"舞者所以自蔽翳。"

到 dào 都導切(效開一去號端)
宵部、端母

到達。(雅 1)261《大雅·韓奕》五章:"蹶父孔武,靡國不到。"《鄭箋》:"蹶父甚武健,爲王使於天下,國國皆至。"

倒 dào 都導切(效開一去號端)
都晧切(效開一上晧端)

宵部、端母

位置上下翻轉。（風 2）100《齊風•東方未明》二章：" 倒之顛之，自公令之。" 陸德明《釋文》：" 倒，都老反。"《集韻•號韻》：" 倒，顛倒也。" 又見【顛倒】。

悼 dào 徒到切（效開一去號定）
藥部、定母

悲傷。（風 3）58《衛風•氓》五章：" 靜言思之，躬自悼矣。"《毛傳》：" 悼，傷也。" 146《檜風•羔裘》三章：" 豈不爾思，中心是悼。"《毛傳》：" 悼，動也。"《鄭箋》：" 悼猶哀傷也。" 孔穎達《正義》：" 哀悼者心神震動，故爲動也。" 與《箋》哀傷同。" 陳奐《傳疏》：" 動，古慟字。"

稻 dào 徒晧切（效開一上晧定）
幽部、定母

一種穀類植物，子實叫稻穀，去殼後就是大米。（風 2、雅 2、頌 1）121《唐風•鴇羽》三章：" 王事靡盬，不能蓺稻粱。" 300《魯頌•閟宮》一章：" 有稷有黍，有稻有秬。"

蹈 dào 徒到切（效開一去號定）
幽部、定母

變動無常。（雅 2）224《小雅•菀柳》一章：" 上帝甚蹈，無自暱焉。"《毛傳》：" 蹈，動。" 孔穎達《正義》：" 蹈是踐履之名，可以蹈善，亦可以蹈惡，故爲動。言王心無恒，數變動也。" 戴震《考證》：" 按，蹈謂變動不常。" 陳奐《傳疏》：" 動者，猶亂也。" 馬瑞辰《通釋》：" 動者，言其喜怒變動無常。"《韓詩外傳》卷四引《詩》作 " 上帝甚慆。"《一切經音義》卷五：" 《詩》云：'上帝甚慆。' 慆，變也。" 一說：通 " 悼 "，憂傷。《鄭箋》：" 蹈，讀曰悼。今幽王暴虐，不可以朝事，甚使我心中悼病，是以不從而近之。" 又一說：字當作 " 神 "。朱熹《集傳》：" 蹈當作神，言威靈可畏也。… 王甚威神，使人畏之而不敢近耳。"《戰國策•楚策》作 " 上天甚神 "。

盜（盗） dào 徒到切（效開一去號定）
宵部、定母

❶盜竊；偷東西（的人）。（雅 2）257《大雅•桑柔》十六章：" 民之未戾，職盜爲寇。" 陳奐《傳疏》：" 民亂未定，主爲盜寇。" ❷指讒佞小人。（雅 2）198《小雅•巧言》三章：" 君子信盜，亂是用暴。盜言孔甘，亂是用餤。"《鄭箋》：" 盜，謂小人也。" 孔穎達《正義》：" 盜竊者必小人，讒者亦小人，因以盜名之，故云盜謂小人也。" 朱熹《集傳》：" 盜，指讒人也。" 陳子展《直解》：" 是詩謂盜，猶今言騙子，盜言猶今言欺騙之言或謊言也。"

道 dào 徒晧切（效開一上晧定）
幽部、定母

❶路；道路。（風 17、雅 10、頌 1）195《小雅•小旻》四章：" 如彼築室于道謀，是用不潰於成。" 朱熹《集傳》：" 如將築室而與行道之人謀之，人人得爲異論，其能有成也哉？古語曰：作舍道邊，三年不成，蓋出於此。" ❷方法；技術。（雅 1）245《大雅•生民》五章：" 誕后稷之穡，有相之道。" 高亨《今注》：" 相，助；道，方法。此句指有幫助莊稼生長的方法。" ❸道德。（雅 1）261《大雅•韓奕》一章：" 有倬其道，韓侯受命。"《毛傳》：" 有倬其道，有倬然之道者也。" 孔穎達《正義》：" 有倬然著明其道德者韓侯也。" 一說：道路。李、黃《集解》：" 王氏（安石）以 ' 奕奕梁山，維禹甸之，有倬其道 ' 爲一意，以 ' 韓侯受命 ' 屬下文爲一意。" 高亨《今注》：" 此言自韓至周有寬闊的道路。" ❹說。（風 2）46《鄘風•牆有茨》一章：" 中冓之言，不可道也。" 朱熹《集傳》：" 道，言。" 王先謙《集疏》：" 《魯》說曰：道，說也。… 不可說，即《媒氏•注》所云不當宣露。" 又見【周道】。

得 dé 多則切（曾開一入德端）
職部、端母

❶得到；獲得。與 " 失 " 相對。（風 8、雅 2）1《周南•關雎》二章：" 求之不得，寤寐思服。" 195《小雅•小旻》三章：" 如匪行邁謀，是用不得于道。"《左傳•襄公八年》引此兩句，杜預注：" 匪，彼也。行邁謀，謀於路人也。不得于道，衆無適從。" ❷取。與 " 舍 " 相對。（風 3）125《唐風•采苓》一章：" 人之爲言，胡得焉。" 聞一多《類鈔》：" 得，取也。與 ' 舍 ' 對。言人之僞言不足取也。" 一說：中；合理。馬瑞辰《通釋》：" 得之言，中也。… 言必有中，僞言則弗中。" 屈萬里《詮釋》：" 按：即合理之意。" ❸相得；友善。（雅 1）199《小雅•何人斯》八章：" 爲鬼爲蜮，則不可得。" 屈萬里《詮釋》：" 得，友善也。與人友

善,謂之相得。"一說:能。程俊英《注析》:"不可得,指鬼和蜮都是無形的,不可得見的怪物。"參"德"。

【得罪】獲罪;冒犯。(雅 1)194《小雅·雨無正》六章:"云不可使,得罪于天子。"參"德"。

德 dé 多則切(曾開一入德端)
職部、端母

❶道德。(雅 40、頌 7)255《大雅·蕩》四章:"爾德不明,以無陪無卿。"273《周頌·時邁》:"我求懿德,肆于時夏。"❷恩情;恩惠。(風 1、雅 5)202《小雅·蓼莪》四章:"欲報之德,昊天罔極。"247《大雅·既醉》一意:"既醉以酒,既飽以德。"朱熹《集傳》:"德,恩惠也。"256《大雅·抑》六章:"無言不讎,無德不報。"《鄭箋》:"德加於民,民則以義報之。"165《小雅·伐木》三章:"民之失德,乾餱以愆。"陳子展《直解》:"一般人的失去恩情,乾點小食也是抱歉。"程俊英《注析》:"失德,喪失朋友的交誼。有人訓爲喪失恩德,亦通。"一說:和。屈萬里《詮釋》:"德,惠也;惠,和也。失德,謂失和也。"❸施恩;報德。(風 1)113《魏風·碩鼠》二章:"三歲貫女,莫我肯德。"《鄭箋》:"不肯施德於我。"朱熹《集傳》:"德,歸恩也。"陳子展《選譯》:"不肯報我恩德。"《呂氏春秋·舉難》高誘注引《詩》作"莫我肯得"。❹心意;情意。(風 2、雅 1)35《邶風·谷風》五章:"既阻我德,賈用不售。58《衛風·氓》四章:"士也罔極,二三其德。"屈萬里《詮釋》:"二三其德,猶今言三心二意也。"參"典"。

【德行】道德品行。(風 1、雅 1、頌 1)33《邶風·雄雉》四章:"百爾君子,不知德行。"朱彬《經傳考證》:"不知德行,當知德行也。德行,即下文'不忮不求'之謂。"256《大雅·抑》二章:"有覺德行,四國順之。"288《周頌·敬之》:"佛時仔肩,示我顯德行。"胡承珙《後箋》:"尚賴羣臣不以明顯之德行耳。"屈萬里《詮釋》:"德行,進德之路也。一語乃祈神之辭。"

【德音】1)美好的言辭。(風 1、雅 1)35《邶風·谷風》一章:"德音莫違,及爾同死。"《鄭箋》:"夫婦之言無相違者,則可與女(汝)長

相與處至死,顏色斯須之有。"陳啓源《稽古編》:"'德音無良'、'德音莫違',此二德音謂夫婦間晤語之言也。'德音'屢見《詩》,或指名譽,或指號令,或指語言,各有攸當。"161《小雅·鹿鳴》二章:"我有嘉賓,德音孔昭。"《鄭箋》:"德音,先王道德之教也。"嚴粲《詩緝》:"嘉賓教益於我,皆有德之言,甚昭明也。"何楷《古義》:"德音,善言。2)聲譽;好名譽。(風 3、雅 4)128《秦風·小戎》三章:"厭厭良人,秩秩德音。"172《小雅·南山有臺》三章:"樂只君子,德音不已。"3)道德品行。(風 1、雅 2)29《邶風·日月》三章:"乃如之人兮,德音無良。"姚際恒《通論》:"音字不必泥,猶云其德不良耳。"一說:美好的言辭。《毛傳》:"音,聲。"朱熹《集傳》:"德音,美其辭;無良,醜其實也。"明萬時華《詩經偶箋》:"德音無良,如云:'没得好話對我。'"陳奂《傳疏》:"《傳》訓音爲聲,'德音'猶云'善聞令名'也。二字連讀得義。德之聞於聲者爲德音,德音無良,言有德我之聲,而實無義我之意。"又一說:品德和語言。于省吾《新證》:"《詩經》中有的'德音'本應作'德言','德言'二字應該平列。'德言無良',是說其人內而德性,外而言語之不良善。4)指有美德的人。(雅 1)218《小雅·車舝》一章:"匪飢匪渴,德音來括。"于省吾《新證》:"精神上所以不飢不渴者,由於有德有言,才德兼備的美貌少女乘車來會的緣故。"

又見【明德】【文德】。

登 dēng ★都騰切(曾開一平登端)
蒸部、端母

古代祭祀時盛肉食的禮器。見"豋"。

登 dēng 都滕切(曾開一平登端)
蒸部、端母

❶由低處到高處;升上。(雅 2)250《大雅·公劉》四章:"既登乃依。"《毛傳》:"賓已登席坐矣,乃依几矣。"朱熹《集傳》:"登,登筵也。❷成;定。(雅 1)259《大雅·崧高》二章:"登是南邦,世執其功。"《毛傳》:"登,成也。"《鄭箋》:"成法度於南邦,世世持其政事,傳子孫也。"陳奂《傳疏》:"《黍苗》云:'召伯成之',又云:'召伯有成',是其義也。"一

説:升任。嚴粲《詩緝》:"錢氏曰:登,升也。自卿士爲牧伯,故曰登。"❸通"登"。古代祭祀時盛肉食的禮器,形狀象豆而淺,多陶製,也有木或銅製的。(雅1)245《大雅·生民》八章:"卬盛于豆,于豆于登。"《毛傳》:"木曰豆,瓦曰登。豆,薦菹醢也;登,大羹也。"陳奂《傳疏》:"案豆、登制相似,豆之下跗名鐙,則鐙必有足。豆以木,鐙以瓦,爲別耳。相臺本作'登'。"

【登登】用力築牆聲。(雅1)237《大雅·綿》六章:"築之登登。"《毛傳》:"登登,用力也。"朱熹《集傳》:"登登,相應聲。"陳奂《傳疏》:"《傳》云用力,謂用力聲登登然也。今俗謂用力得得。"

羝 dī 都奚切(蟹開四平齊端)
脂部、端母

公羊。(雅1)245《大雅·生民》七章:"取羝以軷,取羝以軷。"《毛傳》:"羝羊,牡羊也。"陸德明《釋文》作"羝",云:"都禮反,牡羊也。字亦作羝。"

滌(滌) dí 徒歷切(梗開四入錫定)
覺部、定母

打掃;掃除。(風)154《豳風·七月》八章:"九月肅霜,十月滌場。"陸德明《釋文》:"滌,埽也。"孔穎達《正義》:"十月之間,埽其場上粟麥,盡皆畢矣。"一說:"滌場"同"滌蕩",蕩然無存的樣子。王國維《觀堂集林·肅霜滌場說》:"肅霜、滌場皆互爲雙聲,乃古之聯緜字,不容分別釋之。肅霜猶言肅爽,滌場猶言滌盪也。'九月肅霜,謂九月之氣清高顥白而已,至十月則萬物搖落無餘矣。'"

【滌滌】光秃秃没有草木的樣子。(雅1)258《大雅·雲漢》五章:"旱既太甚,滌滌山川。"《毛傳》:"滌滌,旱氣也。山無木,川無水。"屈萬里《詮釋》:"滌滌,猶濯濯,言净盡也。《說文·艸部》:'薂,草旱盡也。'引《詩》作'薂薂山川。'"王先謙《集疏》:"三家,滌作薂。"

狄 (一) dí 徒歷切(梗開四入錫定)
錫部、定母

❶我國古代民族名。有赤狄、白狄、長狄諸名,因其主要居住在我國北方,統稱北狄。(頌1)300《魯頌·閟宮》五章:"戎狄是膺,

荆舒是懲。"《鄭箋》:"僖公與齊桓舉義兵,北當戎與狄,南艾荆及羣舒,天下無敢禦焉。"朱熹《集傳》:"狄,北狄。"❷遠謀;遠慮。(雅1)264《大雅·瞻卬》五章:"舍爾介狄,維予胥忌。"《毛傳》:"狄,遠。"孔穎達《正義》引王肅説:"舍爾大道遠慮,反與我賢者怨乎?"《集韻·錫韻》引《說文》引《詩》作"舍爾介逖"。王先謙《集疏》:"三家,狄作逖。"一説:夷狄,周人稱北方民族爲狄。《鄭箋》:"乃舍女被甲夷狄來侵犯中國者。"陳啟源《稽古編》:"《小雅·漸漸之石》、《苕之華》、《何草不黃》三詩《序》皆言四夷交侵,下篇亦言'日蹙國百里',此介狄之明證也。幽王不此之懼而反仇視忠臣,可勝歎哉。"汪龍《異義》:"幽王於夷狄侵犯,正未嘗舍,但無道無謀,故卒至滅亡。"又一説:淫僻;元惡。馬瑞辰《通釋》:"按《説文》,'狄之言,淫辟也。'《廣雅·釋言》:'狄,辟也。'古或通以爲淫僻之稱。介狄謂大狄,猶云元惡也。"

(二) tì ★他歷切(梗開四入錫透)★
錫部、透母

❸通"剔"。治理;平定。(頌1)299《魯頌·泮水》六章:"桓桓于征,狄彼東南。"《鄭箋》:"狄當作剔,剔,治也。東南,斥淮夷。"王先謙《集疏》:"《韓》狄作鬄,云:除也。"一説:通"逖"。遠;遠去。陸德明《釋文》:"狄,王他歷反,遠也。"段玉裁《小箋》:"狄,毛蓋以爲逖之假借。訓遠。"

翟 dí 徒歷切(梗開四入錫定)
藥部、定母

❶長尾野鷄的尾羽。古代樂舞時舞者持在手里。(風)138《邶風·簡兮》三章:"左手執籥,右手秉翟。"《毛傳》:"翟,翟羽。"孔穎達《正義》:"翟羽,謂雉之羽也。"朱熹《集傳》:"翟,雉羽也。"聞一多《類鈔》:"翟,雉羽長尾,舞者執以指揮。"❷古代一種女服,上面繡成或繪成長尾野鷄的花紋。(風)147《鄘風·君子偕老》二章:"玼兮玼兮,其之翟也。"《毛傳》:"褕翟、闕翟,羽飾衣也。"《鄭箋》:"侯伯夫人之服。"朱熹《集傳》:"翟衣,祭服。刻繪爲翟雉之形,而彩畫之以爲飾也。"李、黃《集解》:"褕翟刻繪爲翟形,畫以五色,綴之於衣。闕翟亦刻繪爲翟形,但不

畫以五色,故謂之闕翟。"❸翟車。用野雞羽裝飾的車子,古代貴族婦女所乘。(風)57《衛風‧碩人》三章:"四牡有驕,朱幩鑣鑣,翟茀以朝。"《毛傳》:"翟,翟車也。夫人以翟羽飾車。茀,蔽也。"

迪 dí 徒歷切(梗開四入錫定)
覺部、定母

進用;任用。(雅)257《大雅‧桑柔》十一章:"維此良人,弗求弗迪。"《毛傳》:"迪,進也。"《鄭箋》:"國有善人,王不求索,不進用之。"陳奐《傳疏》:"弗求弗迪,言[善人]不干進也。"

蹢 dí 都歷切(梗開四入錫端)
錫部、端母

蹄。(雅)232《小雅‧漸漸之石》三章:"有豕白蹢,烝涉波矣。"《毛傳》:"蹢,蹄也。"陳奐《傳疏》:"蹢,俗字。白蹢涉波,豕之性也。"

踧 dí 徒歷切(梗開四入錫定)
覺部、定母

【踧踧】平坦的樣子。(雅)197《小雅‧小弁》二章:"踧踧周道,鞫爲茂草。"《毛傳》:"踧踧,平易也。"《說文‧足部》:"踧,行平易也。《詩》曰:'踧踧周道。'"

荍 dí ★亭歷切(梗開四入錫定)
覺部、定母

光秃秃的沒有草木。見《滌(dí)》。

氐 (一)dī ★典禮切(蟹開四上薺端)
脂部、端母

❶根本。(雅)191《小雅‧節南山》三章:"尹氏大師,維周之氐。"《毛傳》:"氐,本。"胡承珙《後箋》:"君相皆爲國本,猶後人言中書爲政本也。"馬瑞辰《通釋》:"《說文》:'柢,木根也。氐,至也,本也。從氏,下著一,地也。'木必有根而本始建,大臣之爲國根本亦猶是也。"陳奐《傳疏》:"言尹氏爲周之榦臣也。與《文王》'維周之楨'、《崧高》'維周之翰'句義相同。一說:通'柢'。車鎋。《鄭箋》:"氐,當作桎鎋之桎。言尹氏作大師之官,爲周之桎鎋。"孔穎達《正義》:"《說文》云:'桎,車鎋也。'則桎是鎋之別名耳。以鎋能制車,喻大臣能制國,故大師之官爲周之桎鎋。"王符《潛夫論‧志

氏姓》引《詩》作"維周之底"。
(二)dī 都奚切(蟹開四平齊端)
脂部、端母

❷我國西部的一個古老部族,也叫西戎。殷周時期分布在今青海、甘肅、四川等地區。(頌)305《商頌‧殷武》二章:"自彼氐羌,莫敢不來享,莫敢不來王。"《鄭箋》:"氐羌,夷狄國,在西方者也。"孔穎達《正義》:"氐羌之種,漢世仍存,其居在秦隴之西。"

砥 dǐ (舊 zhǐ)
職雉切(止開三上旨章)
諸氏切(止開三上紙章)
脂部、章母

質地細致的磨刀石。(雅)203《小雅‧大東》一章:"周道如砥,其直如矢。"孔穎達《正義》:"砥謂礪石。"朱熹《集傳》:"砥,礪石,言平也。"何楷《古義》:"砥,細於礪,磨石也。如砥,以平原四達言之《說文‧厂部》:"厎,柔石也。從厂,氏聲。砥,厎或從石。"陳奐《傳疏》:"《說文》,砥,厎之或字。《孟子‧萬章》篇引《詩》作厎。今本《孟子》引作'底'。參《厎(zhǐ)》。"

的 dì 都歷切(梗開四入錫端)
藥部、端母

箭靶的中心。古人較射或習射,在木架上張設獸皮或布,叫侯。侯中間加一個圓形或方形的布塊叫做的。(也叫質、正、鵠)射以中的爲勝。(雅)220《小雅‧賓之初筵》一章:"發彼有的,以祈爾爵。"《毛傳》:"的,質也。"孔穎達《正義》:"《爾雅》云:'射張皮謂之侯,侯中者謂之鵠,鵠中者謂之正,正方二尺也。正中謂之槷,方六寸也。'槷則質也。…毛以此爲燕射,則의者,謂熊侯白質者也。"陸德明《釋文》作"勺"云:"勺,音的,質也。本亦作的,同。"

弟 (一)dì 徒禮切(蟹開四上薺定)
特計切(蟹開四去霽定)
脂部、定母

❶弟弟。(風 16、雅 22)35《邶風‧谷風》二章:"宴爾新昏,如兄如弟。"189《小雅‧斯干》一章:"兄及弟矣,式相好矣,無相猶矣。"
(二)tì 徒禮切(蟹開四上薺定

脂部、定母

❷見【豈弟】。

又見【兄弟】。

娣 dì 徒禮切（蟹開四上薺定）
脂部、定母

同夫之妾。古代諸侯娶妻，往往以妻之女妹及姪女多人陪嫁做妾。（雅1）261《大雅·韓奕》四章："諸娣從之，祁祁如雲。"《毛傳》："諸娣，眾妾也。"陸德明《釋文》："娣，大計反，妻之女弟爲娣。"班固《白虎通義·嫁娶》："諸侯娶一國，則二國往媵之，以姪娣從之。姪者何？兄之子也。娣者何？女弟也。"

地 dì 徒四切（止開三去至定）
歌部、定母

❶大地。跟"天"相對。（雅1）192《小雅·正月》六章："謂地蓋厚，不敢不蹐。"楊樹達《述林》卷六："汝地何不更厚乎？而使我不敢不累足以行，惟恐陷墜也。"❷地面上。（雅1）189《小雅·斯干》九章："乃生女子，載寢之地。"《鄭箋》："臥於地，卑之也。"余培林《正詁》："寢之於地，欲取其法坤道之卑順，非賤之也。"

帝 dì 都計切（蟹開四去霽端）
錫部、端母

上帝；天帝。（風1、雅12、頌5）47《邶風·君子偕老》二章："胡然而天也？胡然而帝也？"（品德不好的衛宣姜）爲什麽像上天那樣高貴，像上帝那樣尊榮？）235《大雅·文王》一章："文王陟降，在帝左右。"朱熹《集傳》："帝，上帝也。"楊樹達《小學述林》卷六："文王陟降在帝左右，帝謂上帝，以其配上帝，故曰陟降在帝左右。"241《大雅·皇矣》四章："既受帝祉，施于孫子。"《鄭箋》："帝，天也。"304《商頌·長發》三章："帝命不違，至于湯齊。"陳奐《傳疏》："帝，天也。"245《大雅·生民》一章："履帝武敏歆。"《鄭箋》："帝，上帝也。…時則有大神之迹，姜嫄履之，足不能滿，履其拇指之處，遂歆歆然如人道之感己者也。"聞一多《姜嫄履大人迹考》："所謂帝，實即代表上帝之神尸。神尸舞于前，姜嫄尾隨其後，踐神之處而舞，其事可樂…舞畢而相携止息於幽閒

之處，因而有孕也。"一說：帝，帝嚳。相傳爲黃帝之子玄囂的後代，號高辛氏。《毛傳》："帝，高辛氏之帝也。從于帝而見于天，將事齊敏也。"按《詩經》中"帝"字41見，並指上帝，《毛傳》似非。無夫生子，反映了上古母系氏族婚姻的實際情況。又見【古帝】【后帝】【上帝】。

杕 dì 特計切（蟹開四去霽定）
月部、定母

樹木孤生特立的樣子。（風4、雅2）119《唐風·杕杜》一章："有杕之杜，其葉湑湑。"《毛傳》："杕，特貌。"《説文·木部》："杕，樹貌。"《詩》曰：'有杕之杜。'"169《小雅·杕杜》一章："有杕之杜，有睍其實。"孔穎達《正義》："有杕然特生之杜，猶得其時。"劉敞《七經小傳》："杕杜，特生之杜也。以興君子于役，則婦人特居焉。"

〔杕杜（一）〕《國風·唐風》篇名（119）。這首詩寫一個流浪者感傷自己孤獨無依，希望得到別人的幫助。《詩序》："《杕杜》，刺時也。君不能親其宗族，骨肉離散，獨居而無兄弟，將爲沃所並爾。"朱熹《集傳》："此無兄弟者自傷其孤特而求助於人之詞。"牟庭《詩切》："《杕杜》，刺兄弟不相愛也。"姚際恒《通論》："此詩之意，似不得於兄弟而終望兄弟比助之辭。"二章，十八句。

〔杕杜（二）〕《小雅》篇名（169）。這是妻子思念出征的丈夫，求神問卜，盼望他早日歸來的詩。桓寬《鹽鐵論·繇役》："古者無過年之繇，無逾時之役。今近者數千里，遠者過萬里，歷二期不還。父母愁憂，妻子詠歎，憤懣之恨，發動於心，慕積之思，痛於骨髓。此《杕杜》、《采薇》之詩所爲作也。"方玉潤《原始》："此詩本室家思其夫歸而未即歸之詞。"屈萬里《詮釋》謂："此征人思歸之詩。乃假家人思念征夫之語氣，以抒其懷歸之情也。"《詩序》："《杕杜》，勞還役也。"朱熹《集傳》："此勞還役之詩"陳子展《直解》："《序》説乃用作樂章之義，非詩本義。"四章，二十八句。

棣 dì 特計切（蟹開四去霽定）
質部、定母

樹名。也叫唐棣，即鬱李。落葉小喬木，花

或紅或白,兩三朵成一綴,果實似李而小,味酸甜可以吃。"(風 1)132《秦風・晨風》三章:"山有苞棣,隰有樹檖。"《毛傳》:"棣,唐棣也。"鄒漢勛《讀書偶識》卷四:"栘(yí)、棣、鬱、薁四者,皆似李而小。"
【棣棣】雍容嫺雅的樣子。(風 1)26《邶風・柏舟》三章:"威儀棣棣,不可選也。"《毛傳》:"棣棣,富而閑習也。"朱熹《集傳》:"棣棣,富而閑習之貌。"陳奐《傳疏》:"富而閑,猶之美且都。《有女同車・傳》云:'都,閑也。'相如賦所謂'雍容嫺雅'是也。《禮記・孔子閒居》引作'逮逮'。"
又見【常棣】【唐棣】。

蝃(蝀) dì 都計切(蟹開四去霽端) 月部、端母

【蝃蝀】又作"蠕蝀"。虹。(風 1)51《鄘風・蝃蝀》一章:"蝃蝀在東,莫之敢指。"《毛傳》:"蝃蝀,虹也。夫婦過禮則虹氣盛。"《禮記・月令》孔頴達疏:"虹是陰陽交會之氣,純陰純陽,則虹不見。若雲薄漏日,日照雨滴則虹生。"朱熹《集傳》:"蝃蝀,虹也。日與雨交,倐然成質,似有血氣之類,乃陰陽之氣不當交而交者,蓋天地之淫氣也。"《說文・蟲部》"蝀"下引《詩》作"蠕蝀"。《爾雅・釋天》:"螮蝀,虹也。"《釋名・釋天》:"虹,陽氣之動也。又曰螮蝀。其見,每於日在西而見於東,啜飲東方之水氣也。見於西方曰升,朝日始升而出見也。又曰美人。陰陽不和,婚姻錯亂,淫風流行,男美於女,女美於男,互相奔隨之時,則此氣盛,故以其盛時名之。"楊樹達《述林》卷一:"古義虹為通稱。細分之,則見於東方者謂之蠕蝀,見於西方者謂之隮也。"蔡邕《月令章句》云:'虹見輒與日相互,率以日西見于東方。'此蝀字即從東聲之故也。"
【蝃蝀】《國風・鄘風》篇名(51)。這是一首諷刺女子私奔的詩。一、二章紀事,三章直接加以指斥。《詩序》:"《蝃蝀》,止奔也。衛文公能以道化其民,淫奔之恥,國人不齒也。"《韓詩序》:"刺奔女也。"陳子展《直解》:"《蝃蝀》,刺一女子不由父母之命,媒約之言,而自主婚姻者之作。"在一個東方有虹,西方有雲的時候,一個女子竟然自行出嫁

了。詩人指責她只想着婚姻,不懂得父母之命。虹,古人認為是象徵淫亂的現象。或以為刺衛宣公之詩。何楷《古義》:"《蝃蝀》,刺衛宣公奪太子伋婦也。亦齊人之作。"方玉潤《原始》則以為代宣姜答《新臺》詩。指斥宣公:"其人心懷叵測,只戀新婚之美。…是無信也。是不知天緣之自有命在也。"三章,十二句。

螮 dì 都計切(蟹開四去霽端) 月部、端母

螮蝀,同"蝃蝀",虹。見"蝃"。

瘨 diān 都年切(山開四平先端) 真部、端母

病;傷害。(雅 2)258《大雅・雲漢》六章:"胡寧瘨我以旱,憯不知其故。"《鄭箋》:"瘨,病也。"陸德明《釋文》:"瘨,都田反,病也。《韓詩》作疹,云:重也。"嚴粲《詩緝》:"天何偏病我以旱乎?"265《大雅・召旻》一章:"瘨我饑饉,民卒流亡。"《鄭箋》:"瘨,病也。…病中國以饑饉,令民盡流移。"孔頴達《正義》:"病害我國中以饑饉,令國中之民盡流移而散亡。"

顛(顛) diān 都年切(山開四平先端) 真部、端母

❶頂;頭頂。(風 1)126《秦風・車鄰》一章:"有車鄰鄰,有馬白顛。"《毛傳》:"白顛,的顙也。"孔頴達《正義》引《爾雅》舍人注曰:"的,白也。顙,額也。額有白毛,今之戴星馬也。"❷上下或前後位置反過來。(風 2)100《齊風・東方未明》一章:"顛之倒之,自公召之。"
【顛倒】1)上下或前後位置反過來;慌張錯亂。(風 2)100《齊風・東方未明》:"東方未明,顛倒衣裳。"張澍《讀詩鈔說》卷二:"顛倒衣裳,非顛倒著之,急持則上下不順,蓋狀其忽遽耳。"2)覆滅;出亂子。(風 1)141《陳風・墓門》二章:"訊不顧,顛倒思予。"《鄭箋》:"汝不顧念我言,至於破滅顛倒之急,乃思我言,言其晚也。"朱熹《集傳》:"狠狠之狀。"陳奐《傳疏》:"顛倒,言亂也。"屈萬里《詮釋》:"顛倒,猶顛覆也。謂至顛覆時乃思予也。"一說:錯亂。余冠英《詩經選》:"'顛倒思予',猶'顛倒思而',言其思想顛

倒黑白,不辨好歹。"

【顛覆】1)敗壞。(雅1)256《大雅·抑》三章:"顛覆厥德,荒湛于酒。"《鄭箋》:"傾敗其功德,荒廢其政事,又湛樂於酒。"2)經受挫折;窮困。(風1)35《邶風·谷風》五章:"昔育恐育鞫,及爾顛覆。"陳奐《傳疏》:"顛覆,謂覆也。"一說:指夫婦交合之事。聞一多《通義》:"疑所謂顛覆者,指夫婦之事言。《小雅》曰:'將恐將懼,寘予于懷。'義同。"

【顛沛】傾倒;倒下。(雅1)255《大雅·蕩》八章:"人亦有言:顛沛之揭,枝葉未有害,本實先撥。"《毛傳》:"顛,仆;沛,拔也。"朱熹《集傳》:"言大木揭然將蹶,枝葉未有折傷,而其本根之實已先絕,然後此木乃相隨而顛拔爾。"陳奐《傳疏》引《論語·里仁》馬融注:"顛沛,僵仆也。"

巔(巓) diān 都年切(山開四平先端)
真部、端母

山頂。(風1)125《唐風·采苓》一章:"采苓采苓,首陽之巔。"朱熹《集傳》:"巔,山頂也。"

典 diǎn 多殄切(山開四上銑端)
文部、端母

法則;典範。(頌2)268《周頌·維清》:"維清緝熙,文王之典。"《毛傳》:"典,法也。"272《周頌·我將》:"儀式刑文王之典,日靖四方。"《毛傳》:"典,常。"一說:當讀爲"德"。品德。《左傳·昭公六年》引《詩》作"儀刑文王之德,日靖四方"。王先謙《集疏》:"《齊》、《韓》,典作德。"

【典刑】舊法常規。(雅1)255《大雅·蕩》七章:"雖無老成人,尚有典刑。"《鄭箋》:"猶有常事故法可案用也。"朱熹《集傳》:"典刑,舊法也。"竹添光鴻《會箋》:"典者,先王之典章;刑者,先王之法度。"屈萬里《詮釋》:"典刑,法則也。"

佃 diàn 堂練切(山開四去霰定)
徒年切(山開四平先定)
真部、定母

耕種。見"田"。

甸 diàn 堂練切(山開四去霰定)
真部、定母

治理。(雅2)210《小雅·信南山》一章:"信彼南山,維禹甸之。"《毛傳》:"甸,治也。"嚴粲《詩緝》:"言禹甸治之,則平水患,理溝洫,皆在其中矣。"王先謙《集疏》:"《韓》,甸作敶。"261《大雅·韓奕》一章:"奕奕梁山,維禹甸之。"《毛傳》:"甸,治也。禹治梁山,除水災,宣王平大亂,命諸侯。"古代傳說,中國的名山大川都經過大禹的治理。

殿 diàn 堂練切(山開四去霰定)
文部、定母
都甸切(山開四去霰端)
文部、端母

鎮撫;鎮守。(雅1)222《小雅·采菽》四章:"樂只君子,殿天子之邦。"《毛傳》:"殿,鎮也。"陳奐《傳疏》:"殿讀如臀,與鎮聲相近。"一說:安定。于省吾《新證》:"殿應讀作定。殿、定雙聲。'定天子之邦',猶《六月》篇之'以定王國'。"

【殿屎】(一xī)痛苦呻吟。(雅1)254《大雅·板》五章:"民之方殿屎,則莫我敢葵。"《毛傳》:"殿屎,呻吟也。"陳奐《傳疏》:"古謂殿屎,今日呻吟,是之謂古今義也。"《說文·口部》引作"唸吚"。一說:同"戚施"。唯唯諾諾,不分是非。曾運乾《毛詩說》:"殿屎,即《爾雅》之'戚施',口柔也。《莊子·秋水篇》爲'謝施',云:'何少何多,是謂謝施。'蓋謂其無是無非也。揆,度也。揆必有表,有所取正。民皆無是無非,故莫爲樹是非之準。"

唸 diàn 都念切(咸開四去㮇端)
都甸切(山開四去霰端)
侵部、端母

唸吚,呻吟。見"殿"。

玷 diàn 多忝切(咸開四上忝端)
★都念切(咸開四去㮇端)
侵部、端母

玉上的斑點。引申爲缺點;過失。(雅3)256《大雅·抑》五章:"白圭之玷,尚可磨也。斯言之玷,不可爲也。"《毛傳》:"玷,缺也。"《鄭箋》:"玉之缺,尚可磨鑢而平。"《說文·刀部》引《詩》作"刮"。段注:"刮、玷古今字。"王先謙《集疏》:"《韓》,玷作刮。"馬瑞辰《通釋》:"袁宏《三國名臣贊》:'如彼白珪,質無塵點。'玷即爲點污之點。三家詩蓋有作點

玷 diàn
★都念切（咸開四去忝端）
侵部、端母

玉上的斑點，引申爲缺點。見"玷"。

簟 diàn
徒玷切（咸開四上忝定）
侵部、定母

方紋竹席。(風1、雅2)105《齊風·載驅》一章："載驅薄薄，簟茀朱鞹。"《毛傳》："簟，方文席也。車之蔽曰茀。"孔穎達《正義》："簟字從竹，用竹爲席，其文必方，故云方文席也。"189《小雅·斯干》六章："下莞上簟，乃安斯寢。"《鄭箋》："竹葦曰簟。"

驒(騨) diàn
徒玷切（咸開四上忝定）
tán ★徒南切（咸開一平覃定）
侵部、定母

脚脛有白色毛的馬。(頌1)297《魯頌·駉》四章："有驒有駱，以車祛祛。"《毛傳》："豪骭曰(白)驒。"孔穎達《正義》："骭者，膝下之名…《傳》言豪骭白者，蓋謂豪毛在骭而白長，名爲驒也。"陸德明《釋文》："驒，音簟，徒點反，《字林》云：又音譚。"一說：脊毛黄色的黑馬。陳奂《傳疏》："《說文》：'驒，騨馬黄脊，讀若簟。'是驒馬黄脊爲驒。"高亨《今注》："驒之名疑出於鱓。"《玉篇》："'鱓，鮪也。'陸疏：'鮪，似鱣而青黑。'蓋鮪魚頸上有鱗，黄色。驒的毛色似鱓，所以名驒。

電(电) diàn
堂練切（山開四去霰定）
真部、定母

閃電。(雅1)193《小雅·十月之交》三章："燁燁震電，不寧不令。"《鄭箋》："雷電過常，天下不安，政教不善之徵。"

奠 diàn
堂練切（山開四去霰定）
耕部、定母

❶在地上陳設祭品。(風1、雅1)15《召南·采蘋》三章："于以奠之，宗室牖下。"朱熹《集傳》："奠，置也。"258《大雅·雲漢》二章："上下奠瘞，靡神不宗。"《毛傳》："上祭天，下祭地，奠其禮，瘞其物。"孔穎達《正義》："奠

謂置之於地。"❷放置。(雅1)246《大雅·行葦》二章："或獻或酢，洗爵奠斝。"《鄭箋》："敬酒於客曰獻，客答之曰酢，主人又洗爵醻客，客受而奠之，不舉也。

雕 diāo
都聊切（效開四平蕭端）
幽部、端母

雕刻。見"追"。

彫 diāo
都聊切（效開四平蕭端）
幽部、端母

畫飾。見"敦"。

弔(吊)
(一) diào 多嘯切（效開四去嘯端）
宵部、端母

❶悲傷。(風1)149《檜風·匪風》二章："顧瞻周道，中心弔兮。"《毛傳》："弔，傷也。"陳奂《傳疏》："今吳郡人有弔心之語，弔心即傷心也。"❷善。(雅3)191《小雅·節南山》三章："不弔昊天，不宜空我師。"《毛傳》："弔，至也。"《鄭箋》："至猶善也。不善乎昊天，惄之也。"陳奂《傳疏》："弔、淑義同。""不弔"即"不淑"，不善也。黄焯《毛鄭平議》："'不弔昊天'猶云'昊天不弔'，與下文'昊天不傭'、'昊天不惠'、'昊天不平'同義，但文法倒裝耳。"264《大雅·瞻卬》五章："不弔不祥，威儀不類。"陳奂《傳疏》："弔、祥，皆善也。"一說：憐憫。朱熹《集傳》："弔，閔也。…今王遇災而不恤，又不謹其威儀。"

(二) dì 都歷切（梗開四入錫端）
藥部、端母

❸至；到。(雅1)166《小雅·天保》五章："神之弔矣，詒爾多福。"《毛傳》："弔，至也。"《鄭箋》："神至者，宗廟致敬，鬼神著矣，此之謂也。"陳奂《傳疏》："至，謂神靈之降至也。"

釣(钓) diào
多嘯切（效開四去嘯端）
藥部、端母

釣魚。(風2、雅2)24《召南·何彼襛矣》三章："其釣維何，維絲伊緡。"226《小雅·采綠》三章："之子于釣，言綸之繩。"

垤 dié
徒結切（山開四入屑定）
質部、定母

蟻冢，螞蟻做窩時堆在洞口的小土堆。(風1)156《豳風·東山》三章："鸛鳴于垤，婦歎

于室。"《毛傳》："垤,蟻冢也。將陰雨,則穴處,先知之矣。"一說:水邊土丘。唐丘光庭《兼明書》卷二："據《詩》之文勢,此垤不得爲蟻冢,蓋是土之隆聳近水者也⋯⋯若坻、址之類也。鸛,水鳥也,天將陰雨則鳴之於隆土之上,婦人聞之,憂而思夫,故欷於室。"

耋 dié 徒結切(山開四入屑定)
質部、定母

老;七八十歲的年紀。(風1)126《秦風‧車鄰》二章:"今者不樂,逝者其耋。"《毛傳》:"耋,老也,八十曰耋。"孔穎達《正義》:"孫炎曰:'耋者,色如生鐵。'《易‧離卦》'大耋之嗟'注云:'年逾七十。'《僖九年‧左傳》曰'伯舅耋老',服虔云:'七十曰耋。'此言八十曰耋者,耋有七十、八十,無正文也。"

载 dié ★徒結切(山開四入屑定)
質部、定母

常,常常。見"迭"。

瓞 dié 徒結切(山開四入屑定)
質部、定母

小瓜。(雅2)237《大雅‧緜》一章:"緜緜瓜瓞。民之初生,自土沮漆。"《毛傳》:"瓞,瓝(bó)也。"《鄭箋》:"瓜之本實,繼先歲之瓜必小,狀似瓝,故謂之瓞。"孔穎達《正義》:"大者曰瓜,小者曰瓞。"陸德明《釋文》引《韓詩》云:"瓞,小瓜也。"朱熹《集傳》:"大曰瓜,小曰瓞。瓜之近本初生者常小,其蔓不絕,至末而後大也。"245《大雅‧生民》四章:"麻麥幪幪,瓜瓞唪唪。"

迭 dié 徒結切(山開四入屑定)
質部、定母

更迭;輪流。(風1)26《邶風‧柏舟》五章:"日居月諸,胡迭而微。"朱熹《集傳》:"迭,更,微,虧也。"陳喬樅《韓說考》:"迭微,當訓爲更迭而食。"一說:常;時時。陸德明《釋文》:"迭,《韓詩》作载,音同,云:'载,常也。'"范家相《詩瀋》:"胡常而微者,言日月至明,常有時而微,不照見我之憂思也。"

疊(叠、疉) dié 徒協切(咸開四入帖定)
葉部、定母

通"慴"。恐懼。(頌1)273《周頌‧時邁》一章:"薄言震之,莫不震疊。"《毛傳》:"震,動;疊,懼。"孔穎達《正義》:"疊,懼,《釋詁》文。彼疊作慴,音義同。"陳奐《傳疏》:"疊者,慴之假借字。《說文》:'慴,懼也。讀若疊。'疊、慴聲同,故慴謂之懼,疊亦謂之懼矣。"一說:應;響應。《後漢書‧李固傳》引《周頌》曰:"薄言振之,莫不震疊。"李賢注引《韓詩》薛君章句云:"振,奮也。莫,無也。震,動也。疊,應也。美成王能奮舒文武之道而行之,則天下無不動而應其政教。"

丁 (一) dīng 當經切(梗開四平青端)
耕部、端母

❶當;遭逢。(雅1)258《大雅‧雲漢》二章:"耗斁下土,寧丁我躬。"《毛傳》:"丁,當也。"朱熹《集傳》:"丁,當也。何以當我之身而有是災也。或曰:與其耗斁下土,寧使災害當我身也。"

(二) zhēng 中莖切(梗開二平耕莊)
耕部、莊母

❷見【丁²丁²】。

【丁²丁²】打樁聲或伐木聲。(風1、雅1)7《周南‧兔罝》一章:"肅肅兔罝,椓之丁丁。"《毛傳》:"丁丁,椓杙聲也。"165《小雅‧伐木》一章:"伐木丁丁,鳥鳴嚶嚶。"《毛傳》:"丁丁,伐木聲也。"方玉潤《原始》:"丁丁,伐木相應聲。"黃焯《毛鄭平議》:"詩首章前六句皆興辭。由伐木而感鳥鳴,以鳥之呼友而興人之求友。'伐木丁丁'句特以興起鳥鳴之故,非以伐木爲一興,鳥鳴以下又爲一興也。"

又見【武丁】。

鼎 dǐng 都挺切(梗開四上迥端)
耕部、端母

古代烹煮用的器具。也置於宗廟作爲銘功記續的禮器,盛行於商周。多用青銅製成,圓形,三足兩耳,也有方形四足的。東周以至漢代多用陶鼎作陪葬用的明器。(頌1)292《周頌‧絲衣》:"鼐鼎及鼒。"《說文‧鼎部》:"鼎,三足兩耳,和五味之寶器也。"

定 dìng 徒徑切(梗開四去徑定)
耕部、定母

❶安;安定。(雅7、頌2)177《小雅‧六月》三章:"共武之服,以定王國。"《鄭箋》:"定,安也。"264《大雅‧瞻卬》一章:"罪罟有定,士民其瘵。"《鄭箋》:"邦國無有安定。"❷停

止;停息。(風 4、雅 4)29《邶風·日月》一章:"胡能有定,寧不我顧?"《毛傳》:"定,止也。"《鄭箋》:"君之行如是,何能有所定乎?"167《小雅·采薇》二章:"我戍未定,靡使歸聘。"《鄭箋》:"定,止也。我于守於北狄,未得止息,無所使歸問。"孔穎達《正義》:"言未得止定,無人使歸問家安否。"191《小雅·節南山》六章:"不弔昊天,亂靡有定。"《鄭箋》:"定,止。"朱熹《集傳》:"亂未有所止,而禍患與歲月增長。"❸決定;確定。(雅 4)192《小雅·正月》四章:"既克有定,靡人弗勝。"朱熹《集傳》:"及其既定,則未有不為天所勝者也。"馬瑞辰《通釋》:"言天如有止亂之心,則此訛言之小人無不能勝之者。"朱彬《經傳考證》:"此言人定能勝天,非天之果能勝也。"256《大雅·抑》二章:"訏謨定命,遠猶辰告。"朱熹《集傳》:"定,審定不改移也。"❹奠定。(頌 1)285《周頌·武》:"嗣武受之,勝殷遏劉,耆定爾功。"孔穎達《正義》引王肅云:"致定其大功,謂誅紂定天下。"(耆:致。)❺星名。二十八宿之一,北方七宿中的壁宿,也叫營室星。(風 1)50《鄘風·定之方中》一章:"定之方中,作于楚宮。"《毛傳》:"定,營室也。"《鄭箋》:"定星昏中而正,於是可以營制宮室,故謂之營室。"朱熹《集傳》:"定,北方之宿,營室星也。此星昏中而正,夏正十月也。於是時,可以營制宮室,故謂之營室。"❻通"顁"。額。(風 1)11《周南·麟之趾》二章:"麟之定,振振公姓。"《毛傳》:"定,題也。"朱熹《集傳》:"定,額也。麟之額未聞。或曰:有額而不以抵也。"《爾雅·釋言》:"顁,題也。"郭璞注:"題,額也。"陸德明《釋文》:"定,字書作顁,音同。"

[定之方中]《國風·鄘風》篇名(50)。贊美衛文公遷都楚丘後,中興衛國。全用賦體,不作比興,是一篇有史詩意義的敘事詩。《詩序》:"《定之方中》,美衛文公也。衛為狄所滅,東徙渡河,野處漕邑。齊桓公攘戎狄而封之。文公徙居楚邱,始建城市而營宮室,得其時制,百姓說之,國家殷富焉。"春秋時,狄人攻破衛國,殺死衛懿公,衛人立戴公於漕邑。不久戴公死,衛人立文公。齊桓公率諸侯兵替衛築城於楚丘,文公乃遷都於楚丘。《左傳·閔公二年》:"衛文公大布之衣,大帛之冠,務材訓農,通商惠工,敬教勸學,授方任能。元年革車三十乘,季年乃三百乘。"可見文公是一個比較開明的統治者。三章,二十一句。

又見【保定】。

東(东) dōng 德紅切(通合一平東端) 東部、端母

❶東方;太陽升起的方向。(風 10、雅 7、頌 2)21《召南·小星》一章:"嘒彼小星,三五在東。"300《魯頌·閟宮》三章:"乃命魯公,俾侯于東。"《鄭箋》:"東,東藩,魯國也。"❷指東方諸侯國家。(雅 4)203《小雅·大東》二章:"小東大東,杼柚其空。"《鄭箋》:"小也大也,謂賦斂之多少也。小亦於東,大亦於東,言其政偏,失砥矢之道也。"朱熹《集傳》:"小東大東,東方小大之國也,自周論之,則諸侯之國皆在東方。"陳奐《傳疏》:"東,東國,小大東國,杼柚盡空,則是傷於財也。"惠周惕《詩說》:"小東大東,言東國之遠近也。"傅斯年《大東小東考》:"大東,今山東境濟南、泰安以南,兼及泰山東部是也。小東,當今山東濮陽、大名一帶,自漢以來所謂東郡是也。"一說:指平王、敬王兩次東遷後的周王朝。楊慎《升庵經說》:"周自平王遭父子之變,去豐而遷洛。周始東也,故曰大東。自敬王遭兄弟之爭,子朝居王城,曰西王;敬王居狄泉,曰東王。周又東出,故曰小東。周有二東之變,王迹熄而王室亂矣。"❸指東都洛邑。(雅 1)179《小雅·車攻》一章:"四牡龐龐,駕言徂東。"《毛傳》:"東,洛邑也。"朱熹《集傳》:"東,東都洛邑也。"❹向東;往東。(風 4、雅 2)157《豳風·破斧》一章:"周公東征,四國是皇。"210《小雅·信南山》一章:"我疆我理,南東其畝。"《毛傳》:"或南或東。"朱熹《集傳》:"順其地勢水勢之所宜,或南其畝,或東其畝也。"

【東方】1)東邊;東面。(風 8、頌 1)29《邶風·日月》三章:"日居月諸,出自東方。"2)指齊國。(雅 1)260《大雅·烝民》七章:"王命仲山甫,城彼東方。"《毛傳》:"東方,齊也。"

古者諸侯之居逼隘,則王者遷其邑而定其居,蓋去薄姑而遷於臨菑也。"孔穎達《正義》:"《史記·齊世家》云:'獻公元年徙薄姑,都治臨菑。'計獻公當夷王之時,與此《傳》不合,遷之言未必實也。"

〖東方未明〗《國風·齊風》篇名(100)。《詩序》以爲刺國君號令不時,使臣下不得安寧的詩:"《東方未明》,刺無節。朝廷興居無節,號令不時,挈壺氏不能掌其職焉。"朱熹《集傳》:"此詩人刺其君興居無節,號令不時。"王先謙《集疏》:"三家無異義。"現代學者多以爲寫一位女子的丈夫是小官吏,他忙於公事早晚不得休息;又有些懷疑妻子、心神不安。聞一多《類鈔》:"夫之在家,從不能守夜之正時,非出太早,即歸太晚。婦人稱夫曰狂夫。"也有的研究者認爲這是反映農奴們給奴隸主當官差、服徭役,備受壓迫的詩。三章,十二句。

〖東方之日〗《國風·齊風》篇名(99)。這首詩寫女子追求一位男子,形影不離。《詩序》:"《東方之日》,刺衰也。君臣失道,男女淫奔,不能以禮化也。"王先謙《集疏》:"三家無異義。朱熹《辨說》:"此男女淫奔者所自作,非有刺也。"季本《解頤》:"此女子淫奔之事而男子賦之也。""日始出而女已在室,月始出而女仍在門,則來就者終一日而始發行,此見女之淫奔也。"二章,十句。

〖東宮〗太子所住的宮,借指太子。(風1)57《衛風·碩人》一章:"東宮之妹,邢侯之姨。"《毛傳》:"東宮,齊太子也。"孔穎達《正義》:"太子居東宮,因以東宮表太子。"王先謙《集疏》:"《魯》說曰:東宮,世子也。"

〖東門〗指都城的東門。先秦時代人民往往在這裏舉行重大的政治文化活動。(風9)89《鄭風·東門之墠》一章:"東門之墠,茹藘在阪。"《毛傳》:"東門,城東門也。"139《陳風·東門之枌》一章:"東門之枌,宛丘之栩。"王先謙《集疏》:"宛丘蓋地近東門,陳國之城門也。"

〖東門之池〗《國風·陳風》篇名(139)。這是一首情歌,寫男子愛慕一位女子,想和她對歌。朱熹《集傳》:"此亦男女會遇之詞。蓋因其會遇之地、所見之物以起興也。"又《辨說》:"此亦淫奔之詩。"《詩序》則說是"刺時":"《東門之池》,刺時也。疾其君之淫昏,而思賢女以配君子。"王先謙《集疏》:"三家無異義。"三章,十二句。

〖東門之枌〗《國風·陳風》篇名(137)。這首詩寫陳國青年男女在一個好日子裏歌舞聚會,贈送禮物以結情好。反映了當時陳國的風俗。朱熹《集傳》:"此男女聚會歌舞,而賦其事以相樂也。"李長之《試譯》:"這同樣是反映陳國酷愛舞蹈的一首詩歌,也同樣是一首戀歌,向來是和《宛丘》並稱的。"《詩序》:"《東門之枌》,疾亂也。幽公淫荒,風化之所行,男女棄其舊業,亟會於道路,歌舞於市井爾。"王先謙《集疏》:"三家無異義。"但詩中似沒有"疾亂"的意思。三章,十二句。

〖東門之墠〗《國風·鄭風》篇名(89)。這是寫男女相思的詩。女的和男的住處很近,而不常見面,其中一方希望對方到自己家裏來。《詩序》:"刺亂也。男女有不待禮而相奔者也。"《鄭箋》:"此女欲奔男之辭。"王柏《詩疑》:"此男子有所慕而不得見之詞。"朱熹《集傳》:"室遠人邇者,思之而未得見之詞也。"王質《詩總聞》:"當是女家男家相鄰,室甚近而人尚遙,蓋男家頗難之而女家欲成之也。"陳子展《直解》:"《東門之墠》,蓋男女求愛,贈答唱和之歌。歌二章,一云其室則邇,其人甚遠。意謂咫尺天涯,莫能相近,故言相思之甚。明男求女之贈言也。一云豈不爾思?子不我即。意謂子以禮即之則可矣。明女思男之答言也。"或以爲這只是懷人之作,其所懷念的對象,詩中並無明確說明。方玉潤《原始》:"古詩人多託男女情以寫君臣朋友義,…詩中有懷想情,無男女字,又安知非朋友自相懷念乎?"二章,八句。

〖東門之楊〗《國風·陳風》篇名(140)。這是一首情歌。男女二人約定黃昏相會,而一方久久不來。朱熹《集傳》說:"此亦男女期會而有負約不至者。故因其所見以起興也。"《詩序》以爲刺時之詩:"《東門之楊》,刺時也。昏姻失時,男女多違,親迎,女猶有不至者也。"王先謙《集疏》:"三家無異義。"二章,八句。

【東山】山名。即魯國的蒙山。在今山東省費縣。(風 4)156《豳風·東山》一章:"我徂東山,慆慆不歸。"王先謙《集疏》:"東山者,魯之東山,其先爲奄之東山。"《孟子》書(《盡心上》)'孔子登東山而小魯';閻若璩《四書釋地》云:'費縣西北蒙山在魯四境之東,一曰東山。'是東山即蒙山,亦即《詩》之東山也。"一説:東方。朱熹《集傳》:"東山,所征之地也。"屈萬里《詮釋》:"東山,東方有山之地,意即東方也。"

〖東山〗《國風·豳風》篇名(156)。這是東征士兵班師回鄉述懷的詩。寫他們在歸途中的感觸以及想象家里的種種情況,有非常濃厚的抒情意味,爲後世從軍行、出塞曲所祖。《詩序》以爲美周公之詩:"《東山》,周公東征也。周公東征,三年而歸,勞歸士。大夫美之,故作是詩也。一章言其完也,二章言其思也,三章言其室家之望女也,四章樂男女之得及時也。君子之於人,序其情而閔其勞,所以説也。説以使民,民忘其死,其唯《東山》乎。"或以爲周公勞將士之詩。朱熹《集傳》:"成王既得《鴟鴞》之詩,又感風雷之變,始悟而迎周公。於是周公東征已三年矣,既歸,因作詩以勞歸士。"豐坊《詩説》:"周公伐武庚,既克而歸,勞其從行之士,故作此詩"四章,四十八句。

蝀(蛛) dōng 德紅切(通合一平東端)
多動切(通合一去送端)
東部、端母

蝃蝀,虹。見"蝃(dì)"。

冬 dōng 都宗切(通合一平冬端)
冬部、端母

冬季。一年四季的最后一季,農歷十月至十二月。(風 5,雅 1)35《邶風·谷風》六章:"我有旨蓄,亦以禦冬。"204《小雅·四月》三章:"冬日烈烈,飄風發發。"

動(动) dòng 徒摁切(通合一上董定)
東部、定母

❶振動;搖動。(風 1)154《豳風·七月》五章:"五月斯螽動股。"孔穎達《正義》:"言五月之時,斯螽之蟲搖動其股。"朱熹《集傳》:

"動股,始躍而以股鳴也。"❷動搖。(頌 1)304《商頌·長發》五章:"不震不動,不戁不竦。"《鄭箋》:"不震不動,不可驚憚也。"孔穎達《正義》:"不可震,不可動,不戁懼,不竦懼,所征無敵。"

斗 dǒu 當口切(流開一上厚端)
侯部、端母

❶古代盛酒器,有柄。也叫羹斗。(雅 1)246《大雅·行葦》四章:"酌以大斗,以祈黃耇。"《毛傳》:"大斗,長三尺也。"孔穎達《正義》:"大斗長三尺,謂其柄也。"陸德明《釋文》:"斗,字又作枓。"陳奐《傳疏》:"酌以大斗,言挹取酒醴用大枓以注尊中。"❷星名。斗宿。有六顆星。二十八宿之一,北方玄武七宿的第一宿,也叫南斗。(雅 2)203《小雅·大東》七章:"維北有斗,不可以挹酒漿。"孔穎達《正義》:"箕、斗並在南方之時,箕在南而斗在北,故云南箕北斗。"朱熹《集傳》:"箕、斗二星,以夏秋之間現於南方。云北斗者,以其在箕之北也。"王引之《述聞》卷六:"南斗之柄,常向西而高於魁,故云西柄。"王先謙《集疏》:"《爾雅》:'析木之津,箕、斗之間,漢津也。'郭注:'箕,龍尾;斗,南斗。'是凡箕斗連言者,皆爲南斗。"一説:北斗七星。朱熹《集傳》引或説:"北斗,常見不隱者也。南斗柄固指西,若北斗而西柄,則亦秋時也。"蘇轍《集傳》、李、黃《集解》、呂祖謙《詩記》、嚴粲《詩緝》都以爲此詩之"斗"指北斗。

豆 dòu 徒候切(流開一去候定)
侯部、定母

古代盛肉或熟菜的食器,木製,也有陶製或銅製的,形似高腳盤。(風 1,雅 9,頌 1)158《豳風·伐柯》二章:"我覯之子,籩豆有踐。"朱熹《集傳》:"籩,竹豆也;豆,木豆也。"245《大雅·生民》八章:"卬盛于豆,于豆于登。"《毛傳》:"木曰豆,瓦曰登。豆,薦菹醢也;登,大羹也。"孔穎達《正義》:"再言於豆者,疊之以足句耳。"

都 dū 當孤切(遇合一平模端)
魚部、端母

❶古代地方區域名。(風 1)53《鄘風·干旄》二章:"孑孑干旄,在浚之都。"《毛傳》:

"下邑曰都"。陳奐《傳疏》："周制，鄉、遂之外置都、鄙，都爲畿疆之境名。"陳啟源《稽古編》："蓋衛臣食邑於浚，當國之郊，而下邑曰都，城即都之城，一地而異其文耳。"193《小雅·十月之交》六章："皇父孔聖，作都于向。"朱熹《集傳》："都，大邑也。《周禮》，大都方百里，小都方五十里，皆天子公卿所封也。"❷都城；國都。古稱有先君宗廟的城邑爲都。(雅 5、頌 1)305《商頌·殷武》三章："天命多辟，設都于禹之績。"225《小雅·都人士》一章："彼都人士，狐裘黃黃。"《鄭箋》："城郭之域曰都。"朱熹《集傳》："都，王都也。"屈萬里《詮釋》："都人士，猶今言城里人也。惟此都字，疑指鎬京言。"按《説文·邑部》："有先君之舊宗廟曰都。從邑者聲。《周禮》：'距國五百里爲都。'"一説：美。馬瑞辰《通釋》："《逸周書·大匡解》云：'士惟都人，孝悌子孫。'是都人乃美士之稱。…美色謂之都，美德亦謂之都。都人猶言美人也。詩以都人士與君子女相對成文。"❸雍容閑雅；優美。(風 1)83《鄭風·有女同車》一章："彼美孟姜，洵美且都。"《毛傳》："都，閑也。"朱熹《集傳》："都，閑雅也。"
[都人士]《小雅》篇名(225)。這是鎬京人士在東遷以後懷念故都人物男才女美，不勝今昔盛衰之感的詩。朱熹《集傳》："亂離之後，人不復見昔日都邑之盛，人物儀容之美，而作此詩以歎息之也。"魏源《詩古微》："《彼都人士》，平王東遷，周人思西都之盛也。"《詩序》以爲刺詩："都人士，周人刺衣服無常也。古者長民，衣服不貳，從容有常，以齊其民，則民德歸一，傷今不復見古人也。"陳子展《直解》："《都人士》，平王東遷，周人思西周之盛，不勝今昔盛衰之感而作。此屬於亂離之音、亡國之音一類作品。《序》止'傷今不復見古人'一句，已道破詩旨。此西周舊人物幻想復辟之悲哀，實爲没落階級之悲哀，決非止'周人刺衣服無常'也。"現代研究者或以爲這是外地人對鎬京貴族表示崇敬的詩。贊美都中男士的才德儀容，女子的美麗嫺雅。屈萬里《詮釋》以爲"此詠某貴族女出嫁於周之詩"。五章，三十句。

又見【王都】。

闍(阇) dū 當孤切（遇合一平模端）
魚部、端母

城門上的臺。(風 1)93《鄭風·出其東門》二章："出其闉闍，有女如荼。"《毛傳》："闍，曲城也；闍，城臺也。"孔穎達《正義》："《釋宮》云：'闍謂之臺。'闍是城上之臺，謂當門臺也。"一説：甕城的門。馬瑞辰《通釋》："《説文》：'闉，闉闍，城曲重門也。'引《詩》'出其闉闍'。又曰：'闍，闉闍也。'闉闍二字當從許君併言，謂出此曲城重門，義始明顯。闍爲臺門之制，上有臺，則下必有門，有重門則必有曲城，二者相因。'出其闉闍'，謂出此曲城門也。"又一説：通"都"。指曲城中的街市。《鄭箋》："闍，讀當如'彼都人士'之都，謂國外曲城之中市里也。"陳喬樅《改字説》："都者，蓋城以外，郭以内，其中之市里名也。"

獨(独) dú 徒谷切（通合一入屋定）
屋部、定母

❶孤單；孤獨。(風 6、雅 5)192《小雅·正月》一章："念我獨兮，憂心京京。"《鄭箋》："念我獨分者，我獨憂此政也。"陳奐《傳疏》："獨，惸獨也。"254《大雅·板》七章："無俾城壞，無獨斯畏。"《鄭箋》："城壞則乖離，而女獨居而畏矣。"嚴粲《詩緝》："勿使此城有壞，無至於獨居而可畏懼也。"曾運乾《毛詩説》："疏遠賢臣則爲獨矣，斯可畏矣。"屈萬里《詮釋》："無獨斯畏，謂勿孤立，孤立斯可畏也。"一説：獨自；唯獨。陳奐《傳疏》："斯，此也。無獨斯畏，言無獨以此畏也。"又一説：通"觸"。碰。于省吾《新證》："獨應讀為觸。獨、觸並從蜀聲。畏、威古通。'無獨斯畏'，無觸斯威也。上言'無俾城壞'，與此句平列。猶言城不可壞，威不可觸。"❷單獨；獨自。(風 3、雅 1)56《衛風·考槃》一章："獨寐寤言，永矢弗諼。"257《大雅·桑柔》八章："維彼不順，自獨俾臧。"朱熹《集傳》："彼不順理之君，則自以爲善而不考衆謀。"嚴粲《詩緝》："自獨，猶獨自也。…維彼不順之君，乃欲用獨自之見，而使之善，何由得見乎？"王先謙《集疏》："自獨俾臧，自獨以所使者爲臧也。"❸唯獨。(風 1、雅 8)31《邶風·擊鼓》二章："大夫不均，我

讀(读) dú 徒谷切（通合一入屋定）
屋部、定母

公開說出；反復地說。（風2）46《邶風•牆有茨》三章："中冓之言，不可讀也。"《毛傳》："讀，抽也。"《鄭箋》："抽猶出也。"孔穎達《正義》："此爲讀誦，於義亦通。"朱熹《集傳》："讀，誦言也。"馬瑞辰《通釋》："《廣雅》：'讀，說也。''不可讀'正當讀爲不可說，猶前章'不可道'、'不可揚'也。"胡承珙《後箋》："道者，約言；詳者，多言之；讀者，反覆言之。詩意蓋謂約言之尚不可，況多言之乎？況反覆言之乎？三章自有次第。"

毒 dú 徒沃切（通合一入沃定）
覺部、定母

毒物；毒藥。（風2、雅1）35《邶風•谷風》五章："既生既育，比予于毒。"207《小雅•小明》一章："心之憂矣，其毒大苦。"《鄭箋》："憂之甚，心中如有藥毒也。"朱熹《集傳》："毒，言心中如有毒藥也。"

又見【荼毒】。

薄 dú 徒沃切（通合一入沃定）
覺部、定母

薃竹；扁竹葉。見"竹"。

堵 dǔ 當古切（遇合一上姥端）
魚部、端母

古代築牆的單位。古用板築法築土牆，高五板爲一堵，板的長度就是堵的長度，大約長高各一丈。（雅3）181《小雅•鴻雁》二章："之子于垣，百堵皆作。"《毛傳》："一丈爲版，五版爲堵。"孔穎達《正義》："五板爲堵，謂累五板也。板，廣二尺。故《周禮》說一堵之牆，長丈，高一丈。是板廣二尺也。"黃焯《詩疏平議》："《傳》云'一丈爲板'，爲就板的長度與橫數言。'五板爲堵'則就板之高度與直數言。古人以板係橫數，堵爲直數，板廣二尺，故五板爲堵。"237《大雅•緜》六章："百堵皆興，蘽鼓弗勝。"《鄭箋》："五板爲堵。"

覩(睹) dǔ 當古切（遇合一上姥端）
魚部、端母

看；觀看。見"覩"。

篤(笃) dǔ 冬毒切（通合一入沃端）
覺部、端母

❶厚實；忠厚。（風1、雅6）117《唐風•椒聊》二章："彼其之子，碩大且篤。"《毛傳》："篤，厚也。"（指肌體豐滿厚實）250《大雅•公劉》一章："篤公劉，匪居匪康。"《毛傳》："篤，厚也。"孔穎達《正義》："毛以爲，厚於民事乎，此公劉也。"程俊英《注析》："篤，忠誠厚道。"❷努力實行；忠誠實踐。（頌1）267《周頌•維天之命》："駿惠我文王，曾孫篤之。"《毛傳》："成王能厚行之也。"嚴粲《詩緝》："當世世篤厚之勿忘也。"俞樾《經說》卷四："曾孫篤之，猶云勉強而行之也。"屈萬里《詮釋》："篤，守持不變之意。此謂信奉之虔誠也。"❸厚；重。（雅4）241《大雅•皇矣》三章："則友其兄，則篤其慶。"《鄭箋》："篤，厚。"陳奐《傳疏》："篤其慶，猶云篤於親也。"程俊英《注析》："王季以友愛的心善對大伯，因而增了多周室的福祿，上天也賜給他光榮的王位。"265《大雅•召旻》一章："旻天疾威，天篤降喪。"嚴粲《詩緝》："威天厚降喪亡之禍。"236《大雅•大明》六章："長子維行，篤生武王。"朱熹《集傳》："篤，厚也。…天又篤厚之，使生武王。"馬瑞辰《通釋》："篤，亦助句之詞。"

度 (一) dù 徒故切（遇合一去暮定）
鐸部、定母

❶限度。（風2）108《魏風•汾沮洳》一章："彼其之子，美無度。美無度，殊異乎公路。"《鄭箋》："是子之德，美無有度，言不可尺寸。"孔穎達《正義》："其美信無限度矣，非尺寸可量也。"一說：通"斁"，厭。俞樾《平議》卷九："無度，猶無斁也。《振鷺》篇'在此無斁'，《箋》云：'人皆愛敬無厭之者。'然'美無度'亦謂無厭之者也。"❷法度；合乎法度。（雅2）256《大雅•抑》五章："質爾人民，謹爾侯度。"《鄭箋》："慎爾爲君之法度。"朱熹《集傳》："侯度，諸侯所守之法度也。"（質）定；告。）209《小雅•楚茨》三章："禮儀卒度，笑語卒獲。"《毛傳》："度，法度也。"

(二) duó 徒落切（宕開一入鐸定）

鐸部、定母

❹使有節度。(雅1)241《大雅·皇矣》四章:"帝度其心,貊其德音。"《毛傳》:"心能制義曰度。"朱熹《集傳》:"度,能度物制義也。"《左傳·昭公二十八年》引此詩釋曰:"心能制義曰度,德正應和曰莫。"(帝度其心:上帝使其心有節度。)❺測量,計算。(雅3)241《大雅·皇矣》六章:"度其鮮原,居岐之陽。"《鄭箋》:"度,謀也。"250《大雅·公劉》五章:"度其隰原,徹田爲糧。"《鄭箋》:"度其隰與原田之多少。"❻揣度;謀劃。(雅2)163《小雅·皇皇者華》四章:"載馳載驅,周爰咨度。"256《大雅·抑》七章:"神之格思,不可度思。"朱熹《集傳》:"度,測。當知鬼神之妙,無物不體,其至於是,有不可得而測者。"(格:到來。斯:語氣詞。)❼定居。(雅1)241《大雅·皇矣》一章:"維彼四國,爰究爰度。"《毛傳》:"究,謀;度,居也。"陳奐《傳疏》:"度訓居,居猶定也。"一說:謀慮。陸德明《釋文》:"度,待洛反。毛,居也。鄭,謀也。"朱熹《集傳》:"究,尋;度,謀也。"林義光《通解》:"究度四國,謂就四方之國而究度之,以求可作民主之人。憲度之者,天也。"❽填,投。(雅1)237《大雅·綿》六章:"捄之陾陾,度之薨薨。"《毛傳》:"度,居也。"《鄭箋》:"度,猶投也。築牆者,抒聚壤土,盛之以虆(土筥),而投諸版中。"陸德明《釋文》引《韓詩》:"度,填也。"段玉裁《小箋》:"毛云居,鄭云投,《韓詩》云填,三者意同。"❾通"剫"。砍。(頌1)300《魯頌·閟宫》九章:"是斷是度,是尋是尺。"馬瑞辰《通釋》:"度者,剫之假借。《說文》:'剫,判也。'……剫與斷義近,故《詩》以斷、度並舉。"又見【忖度】。

杜 dù 徒古切(遇合一上姥定)
魚部、定母

一種果樹。梨屬,也叫赤棠、杜梨或棠梨,果實略圓而色紅,味澀。(風4、雅2)119《唐風·杕杜》一章:"有杕之杜,其葉湑湑。"《毛傳》:"杜,赤棠也。"陸璣《詩義疏》:"赤棠與白棠同耳,但子有赤白美惡。子白色爲白棠,甘棠也,少酢滑美;赤棠子澀而酢,無味,俗語云'澀如杜',是也。"聞一多《類鈔》:"古人説牡爲棠,牝曰杜,果然如是,杜又是象徵女子自己的暗語。"參"土"。

嶧(殬) dù 當故切(遇合一去暮端)
鐸部、端母

敗壞。見"斁"。

斷(断) duàn 徒管切(山合一上緩定)
寒部、定母
都管切(山合一上緩端)
寒部、端母

折斷;斬斷。(風1、頌2)154《豳風·七月》六章:"七月食瓜,八月斷壺。"305《商頌·殷武》六章:"是斷是遷,方斲是虔。"孔穎達《正義》:"於是斬斷之,於是遷徙之,又方正而斲之。"陳奐《傳疏》:"言斷景山松柏,遷徙以供材用。"

鍛(锻) duàn 丁貫切(山合一去換端)
寒部、端母

錘煉金屬用的砧石。(雅1)250《大雅·公劉》六章:"涉渭爲亂,取厲取鍛。"《毛傳》:"鍛,石也。"《鄭箋》:"鍛,石所以爲鍛質也。"孔穎達《正義》:"言鍛金之時須山石爲椹質,故取之也。"陸德明《釋文》:"鍛,本又作碫。"朱熹《集傳》:"厲,砥;鍛,鐵。"陳奐《傳疏》:"鍛乃碫之假借字。厲碫者,斲磨之石也。"一說:鍛,地名。參"厲"。

碫 duàn 丁貫切(山合一去換端)
寒部、端母

錘打金屬用的石砧。見"鍛"。

對(对) duì 都隊切(蟹合一去隊端)
物部、端母

❶配;相配的人;相當的人。(雅1)241《大雅·皇矣》三章:"帝作邦作對,自大伯王季。"《毛傳》:"對,配也。"《鄭箋》:"作配,謂爲生明君也。是乃自大伯、王季時則然矣。"朱熹《集傳》:"對,猶當也。作對,言擇其可當此國者以君之也。"一說:疆界;邊疆。楊樹達《述林》卷一引陳公培說:"以對與邦並言,對義當與邦近。"高亨《今注》:"邦借爲封。封,邊疆也,對與疆同意。古代國家常在邊界上種植樹木以作標志,略似後代的柳條邊,這就是對。❷遂;進。(雅1)255《大雅·蕩》三章:"流言以對,寇攘式內。"《毛傳》:"對,遂也。"胡承珙《後

箋》："遂者，進也。謂強禦多懟之人，爲毁賢之流言以進於王也。"郝懿行《爾雅義疏》："遂者，申也，進也，述也，通也。"❸安定。(雅1)241《大雅·皇矣》五章："以篤于周祜，以對于天下。"《毛傳》："對，遂也。"陳奐《傳疏》："遂，安也。對爲遂，遂又爲安。《孟子》云：'文王一怒而安天下之民'，即其義也。"一説：回答。《鄭箋》："對，答也。"孔穎達《正義》："以答天下向周之望。"又一説：揚；顯。馬瑞辰《通釋》："《廣雅·釋詁》：'對，揚也。'古或連稱對揚，或稱遂揚。對即遂，遂即揚也。以對於天下，猶言以揚於天下，猶言以顯於天下也。"《孟子·梁惠王下》引此詩，趙岐注："以揚名於天下。"❹答。(雅1，頌1)257《大雅·桑柔》十三章："聽言則對，誦言如醉。"《鄭箋》："對，答也。"陳奐《傳疏》："王聞貪人聽從之言，則對答如流。"296《周頌·般》："敷天之下，裒時之對，時周之命。"朱熹《集傳》："對，答也。"馬瑞辰《通釋》："對，當讀如'對揚王休'之對。對猶答也。謂諸侯皆聚於是，以答揚天子之休命也。"一説：配祭。《鄭箋》："裒，衆；對，配也。衆山川之神，皆如是配而祭之。是周所以受天命而王也。"又一説：會合。《爾雅·釋詁》："合、會，對也。"余培林《正詁》："二句言普天之下，皆會合聚集於此。即天下一統之意。"

【對揚】稱頌；稱揚。凡臣受君賜時多用之。(雅1)262《大雅·江漢》六章："虎拜稽首，對揚王休。"《毛傳》："對，遂也。"《鄭箋》："對，答也。…稱揚王之美德。"朱熹《集傳》："對，答。揚，言穆公既受賜，遂答稱天子之美命。"聞一多《爾雅新義》："遂與述通。…故凡《詩》、《書》，彝器言對揚者並猶述揚也。"黃焯《毛鄭平議》："對揚王休，蓋謂進而稱揚王之美德耳。"屈萬里《詮釋》："對，遂也。揚，發揚也。言順遂之而又發揚也。"

【對越】稱頌；稱揚。(頌1)266《周頌·清廟》："對越在天。"嚴粲《詩緝》："曹氏曰：對，答也。越，揚也。對答而發揚之。"王引之《述聞》卷七："對越，猶對揚，言對揚文武之天神也。"余培林《正詁》："在天與下'在

廟'相對爲文，謂在天上。句言文王在天上稱揚上帝。"
參"答"。

懟(憝) duì 直類切（止合三去至澄）
★徒對切（蟹合一去隊定）
物部、定母

怨恨。(雅1)255《大雅·蕩》三章："而秉義類，彊禦多懟。"朱熹《集傳》："懟，怨也。"嚴粲《詩緝》："乃用彊禦作怨之人。"馬瑞辰《通釋》："彊禦多懟，謂王用善人，則彊禦多懟怨。一説：凶狠。《鄭箋》："及任彊禦衆懟爲惡者。"孔穎達《正義》："懟，謂很戾。很戾非一人，故言衆也。此彊禦衆懟之人，不但很戾而已，又皆流言語以謗毀賢者。"

兑 duì 杜外切（蟹合一去泰定）
月部、定母

通暢；直。(雅2)237《大雅·緜》八章："柞棫拔矣，行道兑矣。"《毛傳》："兑，成蹊也。"朱熹《集傳》："兑，通也，始通道於柞棫之間也。"俞樾《平議》卷十一："大王始遷之時，土廣人稀，樹木充塞。向來柞棫之區，今擺除既盡而成道路，故曰柞棫拔矣，行道兑矣。行道連文，行亦道也。"241《大雅·皇矣》三章："柞棫斯拔，松柏斯兑。"《毛傳》："兑，易直也。"朱熹《集傳》："此又言其山林之間道路通也。"

役 duì 丁外切（蟹合一去泰端）
丁括切（山合一入末端）
月部、端母

古代一種撞擊用兵器，即殳。竹製，長一丈二尺，頭上無金屬刃，八棱而尖。(風1)151《曹風·候人》一章："彼候人兮，何戈與祋。"《毛傳》："祋，殳也。"

錞(鐓) duì 徒猥切（蟹合一上賄定）
徒對切（蟹合一去隊定）
物部、定母

矛戟柄下端的平底金屬套，也叫鐏。(風1)128《秦風·小戎》三章："厹矛鋈錞，蒙伐有苑。"《毛傳》："錞，鐏也。"朱熹《集傳》："鋈錞，以白金沃矛之下端平底者也。"《太平御覽·兵部》八十四引《詩》作"鐓"。王念孫《廣雅疏證》卷八上："鋭底曰鐏，取其鐏地，平底曰鐓，取其鐓地。鐓與鐏對文則異，散

敦

（一）dūn 都昆切（臻合一平魂端）
文部、端母

❶堆；加。（風1）40《邶風•北門》三章："王事敦我，政事一埤益我。"《毛傳》："敦，厚也。"陳奐《傳疏》："厚，猶加也。"李黼平《紃義》："《傳》所謂厚，非厚意之厚，言以役事重疊與之也。"一説：迫促。陸德明《釋文》："敦，毛如字，厚也。《韓詩》云：'敦，迫也。'鄭都回反，投擲也。"《後漢書•章彪傳》："以禮敦勸。"李賢注："敦猶逼也。"胡承珙《後箋》："敦與督一聲之轉。《廣雅》：'督，促也。'"又一説：投擲。《鄭箋》："敦猶投擲也。"馬瑞辰《通釋》："《箋》訓敦爲投擲者，以敦爲搥之假借。" ❷治；治服。（頌1）300《魯頌•閟宮》二章："敦商之旅，克咸厥功。"《鄭箋》："敦，治；旅，衆也。"陸德明《釋文》："敦，鄭都回反，治也。"一説：俘虜。馬瑞辰《通釋》："此詩敦亦當讀屯。屯，聚也。⋯自治其師旅爲聚，俘虜敵之士衆亦爲聚。"又一説：討伐。楊樹達《述林》卷六："敦者，伐也；咸者，終也，竟也。⋯此言'敦商'，猶《大明》篇之'燮伐大商'、'肆伐大商'也。"

（二）tún ★徒渾切（臻合一平魂定）
文部、定母

❸通"屯"。駐扎。（雅1）263《大雅•常武》四章："鋪敦淮濆，仍執醜虜。"《鄭箋》："敦，當作屯。陳屯其兵於淮水大防之上。"胡承珙《後箋》："古字敦有頓義，《傳》意當謂屯陳其兵於淮水之涯。"一説：迫；伐。陸德明《釋文》："鋪，《韓詩》作敷，大也。敦，《韓詩》云：迫。"陳启源《稽古編》："'大迫淮濆'，與'濯征徐國'文義相類。"王國維《不嬰敦考釋》："鞏戟，皆迫也，伐也。⋯⋯《詩•常武》'鋪敦淮濆'，'鋪敦'即'鞏戟'之倒文矣。"又一説：厚集。孔穎達《正義》："令布陳敦厚，陳於淮水濆涯之上，就而執其衆所降服之虜。"朱熹《集傳》："敦，厚也。厚集其衆也。"

（三）tuán 度官切（山合一平桓定）
文部、定母

❹團；圓；叢聚的樣子。（風1，雅1）156《豳風•東山》三章："有敦瓜苦，烝在栗薪。"《毛傳》："敦，猶專專也。"孔穎達《正義》："敦是瓜之繫蔓之貌。故轉爲專，言瓜繫於蔓，專專然也。"馬瑞辰《通釋》："蓋《傳》讀敦如'彼行葦'之敦，讀專如'零露漙兮'之漙，以專專爲瓜之團聚貌。"吳闓生《會通》："敦，猶團也。"陳奐《傳疏》："專，古團字。"246《大雅•行葦》一章："敦彼行葦，牛羊勿踐履。"《毛傳》："敦，聚貌。"馬瑞辰《通釋》："敦，讀如團聚之團。敦，團聲本相近。'敦彼'爲形容之詞，猶'依彼'、'鬱彼'之比。"

（四）duī 都回切（蟹合一平灰端）
微部、端母

❺蜷縮成一團的樣子。（風1）156《豳風•東山》一章："敦彼獨宿，亦在車下。"《鄭箋》："敦敦然獨宿於車下。"朱熹《集傳》："敦，獨處不移之貌。"吳闓生《會通》："敦敦然，獨宿貌。"

（五）diāo ★丁聊切（效開四平蕭端）
微部、端母

❻通"雕"。畫飾。（雅2）246《大雅•行葦》三章："敦弓既堅，四鍭既鈞。"《毛傳》："敦弓，畫弓也。天子敦弓。"孔穎達《正義》："敦與彫，古今字，彫是畫飾之義，故云：弓，畫弓也。"馬瑞辰《通釋》："敦、雕雙聲，故通用。"王先謙《集疏》："《魯》作'彫弓既瑴'。"

【敦⁵琢】同"雕琢"。選擇；精選。（頌1）284《周頌•有客》："有萋有且，敦琢其旅。"《鄭箋》："又選擇衆臣卿大夫之賢者，與之朝王。言敦琢者，以賢美之，故玉言之。"孔穎達《正義》："敦琢，治玉之名。人而言敦琢，故言選擇。⋯敦、雕古今字。"馬瑞辰《通釋》："'敦琢其旅'，猶云雕琢其侶也。"

盾

dùn 徒損切（臻合一上混定）
文部、定母
食尹切（臻合三上準船）
文部、船母

盾牌；古代打仗時防護身體、擋住敵人刀劍等的器具。（風1）128《秦風•小戎》二章："龍盾之合。"《毛傳》："龍盾，畫龍其盾也。"朱熹《集傳》："盾，干也。"《方言》卷九："干，關西謂之盾。"

遁

dùn 徒困切（臻合一去恩定）
徒損切（臻合一上混定）

文部、定母

隱居；離去。(雅 1)186《小雅·白駒》三章："慎爾優遊,勉爾遁思。"朱熹《集傳》："遁思,猶言去意也。"陸德明《釋文》"遁"作"遯"。柯汝鍔《舊天錄》："'遁思',謂遠循之思,即下章'退心'也。"曾運乾《毛詩說》："猶言去矣勉旃。公侯既逸豫無期,賢者不得不高蹈遠引也。"

遯 dùn
徒困切（臻合一去慁定）
徒損切（臻合一上混定）
文部、定母

逃避；逃亡。(雅 1)258《大雅·雲漢》五章："昊天上帝,寧俾我遯。"陸德明《釋文》："遯,本亦作遂,徒困及。"朱熹《集傳》："遯,逃也。言天又不使我得逃遯而去也。"一說：困頓；困難。馬瑞辰《通釋》："遯、屯古同聲。當讀如屯難之屯。又遯,困亦同聲。寧俾我遯,猶云乃使我困也。"陳奐《傳疏》："俾當作卑。'寧俾我遯',與'胡卑我瘉'句同。"參"遁"。

頓（顿）dùn
都困切（臻合一去慁端）
文部、端母

【頓丘】古丘名。在今河北省清豐縣西南二十五里。(風 1)58《衛風·氓》一章："送子涉淇,至于頓丘。"酈道元《水經注》卷九"淇水"："淇水又東屈而西轉,逕頓丘北。故闞駰云：頓丘在淇水南,又屈逕頓丘西。《爾雅》曰：山一成謂之頓丘。《釋名》謂一頓而成丘,無高下小大之殺也。《詩》所謂'送子涉淇,至于頓丘'者也。朱熹《集傳》："頓丘,地名。"魏源《詩古微》："淇水、頓丘,皆衛未渡河故都之地。"馬瑞辰《通釋》："頓丘在今直隸大名府清豐縣西南二十五里。"一說：一重之土山。《毛傳》："丘一成為頓丘。"王先謙《集疏》："《釋丘》云：'丘一成為敦丘。'郭注：'成,猶重也。今江東呼地高堆為敦。'毛作頓,同音借字。"

多 duō
得何切（果開一平歌端）
歌部、端母

數量大。跟"少"、"寡"相對。(風 8,雅 29,頌 12)17《召南·行露》一章："豈不夙夜,謂行多露。"169《小雅·秋杜》四章："期逝不至。而多為恤。"一說：祇；適。俞樾《平議》卷十："此多字當讀為'亦祇以異'之祇。祇,適也。言本與我期者,欲我知有歸期而不憂也。今期已往而猶不至,則適使我憂傷而已。多與祇,古同聲而通用。"

掇 duó
丁括切（山合一入末端）
陟劣切（山合三入薛知）
月部、端母

拾；掐取。(風 1)8《周南·芣苢》二章："采采芣苢,薄言掇之。"《毛傳》："掇,拾也。"楊簡《詩傳》卷一："掇,取之易也。…即掐也。以爪掐取之易也。"戴震《補注》："掇,穗折之也。"胡承珙《後箋》："掇是拾其子之既落者。"一說：聯綴摘取。王先謙《集疏》："掇聲義並從叕。蓋以手聯綴取之,言其易也。"

奪（夺）duó
徒活切（山合一入末定）
月部、定母

搶；強取。(雅 1)264《大雅·瞻卬》二章："人有民人,女覆奪之。"

隋（墮）duò
徒果切（果合一上果定）
歌部、定母

小；小山。(頌 1)296《周頌·般》："隋山喬岳,允猶翕河。"《毛傳》："隋山,山之隋隋小者也。"陳奐《傳疏》："'隋,小也'者,如小豬為豶,魚子為鱦之例。山隋,乃大山旁落之小山也。《玉篇》：'隋,小山也。'…今解之者,隋為隋圜之隋,因以《爾雅》之巒,亦為山形狹長。豈天子巡守,必山形之狹而長者乃設祭乎?"一說：狹而長的山；橢圓形的山。陸德明《釋文》："隋,郭云：山狹而長也。又作墮。"戴震《考證》："隋與橢聲義通。圜長曰橢。凡山之形不正圜,故有隋之名,謂山之長而圜者也。《爾雅·釋山》："巒,墮。"郭璞注："謂山形長狹者,荊州謂之巒。《詩》曰：'隋山喬岳。'"班固《白虎通義·封禪》："《詩》曰：'隋山喬岳,允猶翕河。'言望祭山川,百神來歸也。"王先謙《集疏》："《魯》,隋作墮。李富孫《異文釋》："《太平禦覽》作惰。"

墮（堕）duò
徒果切（果合一上果定）
歌部、定母

通"隋"。山形狹長。見"隋"。

E

阿 ē 烏何切（果開一平歌影）
　　　　歌部、影母

❶大的丘陵；大土山。(雅 4)176《小雅·菁菁者莪》一章："菁菁者莪，在彼中阿。"《毛傳》："中阿，阿中也。大陵曰阿。"241《大雅·皇矣》六章："無矢我陵，我陵我阿。"《鄭箋》："大陵曰阿。" ❷山的彎曲處；山坳。(風 1、雅 1)56《衛風·考槃》二章："考槃在阿，碩人之薖。"《毛傳》："曲陵曰阿。薖，寬大貌。"230《小雅·菉蠻》一章："緜蠻黃鳥，止於丘阿。"《毛傳》："丘阿，曲阿也。鳥止於阿，人止於仁。"《鄭箋》："小鳥知止於丘之曲阿靜安之處而託息焉。" ❸通"婀"。柔美的樣子。(雅 3)228《小雅·隰桑》一章："隰桑有阿，其葉有難。"《毛傳》："阿然，美貌；難然，盛貌。"嚴粲《詩緝》："今隰之桑，枝條阿然而美，其葉又難然而盛，喻君子在野，雖處窮約，而英華發外也。"

【阿衡】阿，通"掎"，持。衡，秤。殷人稱掌權執政的大官為阿衡，相當於後代的宰相。(頌 1)304《商頌·長發》七章："實維阿衡，實左右商王。"《毛傳》："阿衡，伊尹也。"《史記·殷本紀》："伊尹名阿衡。"《說文·人部》："阿，倚。衡，平也。伊尹湯所依倚而取平，故以為官名。"馬瑞辰《通釋》："阿衡，蓋師保之官，特設是官以寵異之，後聲轉而為伊尹。"

【阿丘】一面偏高的土山。(風 1)54《鄘風·載馳》四章："陟彼阿丘，言采其蝱。"《毛傳》："偏高曰阿丘。升至偏高之丘，采其蝱者，將以療疾。"《釋名·釋丘》："偏高曰阿丘，阿，何也。如人儋何物，一邊偏高也。"陳奐

《傳疏》："阿丘所在未聞，疑衛丘名。"

吪 é 五禾切（果合一平戈疑）
　　　　歌部、疑母

❶動。(風 1)70《王風·兔爰》一章："我生之初尚無為，我生之後逢此百罹。尚寐無吪。"《毛傳》："吪，動也。"《鄭箋》："今但庶幾於寐，不欲見動，無所樂生之甚。"陸德明《釋文》："吪，本作訛，五戈反，動也。"方玉潤《原始》："無吪、無覺、無聰者，亦不過不欲言、不欲見、不欲聞已耳。"黃震《黃氏日鈔》卷四："蓋寤則憂，寐則不知，故欲無吪、無覺、無聰，付世亂於不知耳。近世釋以為欲死者，過也。"屈萬里《詮釋》："吪，謂驚動也。" ❷感化。(風 1)157《豳風·破斧》二章："周公東征，四國是吪。"《毛傳》："吪，化也。"一說震動、震驚。戴震《考證》："按程子云：吪，動也。為是四國之亂振動也。"聞一多《類鈔》："吪，震驚之也。"陸德明《釋文》作"訛"，云："本又作吪。"《爾雅·釋言》郭注引《詩》作"訛"。

訛(譌) é 五禾切（果合一平戈疑）
　　　　歌部、疑母

❶詐偽；虛偽。(雅 3)183《小雅·沔水》三章："民之訛言，寧莫之懲。"《鄭箋》："訛，偽也。"(訛言：謠言)192《小雅·正月》一章："民之訛言，亦孔之將。"《鄭箋》："訛，偽也。"嚴粲《詩緝》："民又出訛偽之言，所言甚大。"《說文·言部》引《詩》作"民之譌言"。 ❷通"吪"。變化；改變。(雅 1)191《小雅·節南山》十章："式訛爾心，以畜萬邦。"《鄭箋》："訛，化。"朱熹《集傳》："冀其改心易慮，以畜養萬邦也。"《傳疏》："訛，當作吪。" ❸通"吪"。動。(雅 1)190《小雅·無羊》二章：

"或寢或訛。"《毛傳》:"訛,動也。"陸德明《釋文》:"訛,《韓詩》作譌。譌,覺也。"馮登府《異文疏證》:"動之爲言覺也。韓與毛義不殊。"段玉裁《小箋》:"毛謂訛即吪也。"

譌 é 五禾切（果合一平戈疑）
歌部、疑母
虛假;變動。見"訛"。

俄 é 五何切（果開一平歌疑）
歌部、疑母
傾斜;歪斜。(雅1)220《小雅·賓之初筵》四章:"側弁之俄,屢舞傞傞。《鄭箋》:"俄,傾貌。"側弁:歪戴着帽子。傞傞:醉舞不止的樣子。《晏子春秋·內篇雜上》:"晏子飲景公酒,日暮,公呼具火。晏子辭曰:《詩》云'側弁之俄',言失德也。"參"峨"、"蛾"。

峨（峩）é 五何切（果開一平歌疑）
歌部、疑母
【峨峨】盛大莊嚴的樣子。(雅1)238《大雅·棫樸》二章:"奉璋峨峨,髦士攸宜。"《毛傳》:"峨峨,盛壯也。"嚴粲《詩緝》:"錢氏曰:衣冠壯偉之貌。"陸德明《釋文》:"峨,本又作俄,盛壯也。"明監本、毛本作"峩峩"。

莪 é 五何切（果開一平歌疑）
歌部、疑母
莪蒿。也叫蘿蒿、抱娘蒿。葉爲羽狀全裂,葉片綫形,嫩葉可以吃。(雅7)176《小雅·菁菁者莪》一章:"菁菁者莪,在彼中阿。"《毛傳》:"莪,蘿蒿也。"陸璣《詩義疏》:"莪,蒿也。一名蘿蒿也。生澤田漸洳之處,葉似邪蒿而細,科生,三月中,莖可生食,又可蒸,香美,味頗似蔞蒿。"202《小雅·蓼莪》一章:"蓼蓼者莪,匪莪伊蒿。"《鄭箋》:"莪已蓼蓼長大,我視之以爲非莪,故謂之蒿。"馬瑞辰《通釋》:"莪蒿即茵陳蒿之類。常抱宿根而生,有子依母之象,故詩人借以起興。李時珍云:'莪,抱根叢生,俗謂之抱娘蒿。'是也。陳奐《傳疏》:"此詩首章,莪、蒿本一物,而以時之先後異其名。…言ész長大蓼蓼然,以喻子得長大者,皆父母生我之德。匪莪伊蒿,於匪莪作一轉語,言非我乃是蒿,蒿不可食,喻不得終養父母也。"

蛾 é 五何切（果開一平歌疑）
歌部、疑母

【蛾眉】女子細長而好看的眉毛。(風1)57《衛風·碩人》二章:"螓首蛾眉,巧笑倩兮。"一以爲"蛾"是"娥"的假借。段玉裁《小箋》:"娥眉,古書或作蛾。假借字耳。娥者,美好輕揚之意。"馬瑞辰《通釋》:"娥眉,亦娥之借。《方言》:'娥,好。'《廣雅》:'娥,美也。'"《太平御覽》三百八十、《藝文類聚》十八引《詩》並作"娥眉"。一以爲眉毛細長如蠶蛾觸鬚,故稱蛾眉。《漢書·揚雄傳》顏師古注:"蛾眉,形若蠶眉也。"朱熹《集傳》:"蛾,蠶蛾也。其眉細長而曲。"王先謙《集疏》:"三家,蛾作娥。…蛾、娥二義並通。蛾眉者,眉以長爲美,蠶蛾眉角最長,故以爲喻。"

娥 é 五何切（果開一平歌疑）
歌部、疑母
美好輕盈。見"蛾"。

譺（誐）é 五何切（果開一平歌疑）
歌部、疑母
嘉美的言辭。見"假"。

咢 è 五各切（宕開一入鐸疑）
鐸部、疑母
只擊鼓而無其他伴奏的歌唱。(雅1)246《大雅·行葦》四章:"嘉殽脾臄,或歌或咢。"《毛傳》:"歌者,比於琴瑟也;徒擊鼓曰咢。"陸德明《釋文》:"毛云:'徒歌曰咢。'"一說:只擊鼓而不歌唱。按《爾雅·釋樂》:"徒擊鼓謂之咢。"郝懿行疏:"徒者,空也,但也,猶獨也。…鼓聲使人驚動,故謂之咢。"又一說:幫腔。高亨《今注》:"歌是歌唱,咢是幫腔。咢古音讀若阿,幫腔者乃作啊啊之聲,所以名咢。歌有音有字,咢有音無字。"

鄂 è 五各切（宕開一入鐸疑）
鐸部、疑母
通"萼"。花萼,花瓣下部的一圈綠色小片。(雅1)164《小雅·常棣》一章:"常棣之華,鄂不韡韡。"《鄭箋》:"承華者曰鄂。'不'當作'柎'。柎,鄂足也。鄂足得華之光明,則韡韡然盛。"孔穎達《正義》:"由華以覆鄂,鄂以承華,華鄂相承覆,故得韡韡而光明也。華鄂相覆而光明,猶兄弟相順而榮顯。"《說文·亏部》:"𦫳"下引《詩》及《文選·補亡詩》李善注引《毛詩》均作"萼"。戴震《考證》："鄂不，今字爲萼跗。"姚際恒《通論》："萼，花苞也。不，花蒂也。"一說：光華顯著的樣子。不，助詞。《毛傳》："鄂猶鄂鄂然，言外發也。"孔穎達《正義》："鄂猶鄂鄂者，以華之狀宜言鄂鄂，故重言之。"陸德明《釋文》："鄂，五各反。毛云：'華外發鄂鄂然也。'"又一說：胡，何。于省吾《新證》："鄂不猶言胡不，遏不。…鄂、胡、遏三字，就聲言之，并屬淺喉；就韻言之，并屬魚部。然則'鄂不'之可以讀作'胡不'是沒有問題的。'常棣之華，胡不韡韡'，猶《出車》的'彼旟旐斯，胡不旆旆'，以'胡不旆旆'形容旟旐旒垂之盛與此詩用'胡不韡韡'形容'常棣之華'的旺盛，其文法詞例完全相仿。'胡不韡韡'系反詰語詞，正言其韡韡。"

萼 è 五各切（宕開一入鐸疑）
鐸部、疑母

花萼，花瓣下部的一圈綠色小片。見"鄂"。

厄 è 於革切（梗開二入麥影）
錫部、影母

通"軛"。車轅前端駕在馬頸上的人字形器具。(雅 1)261《大雅·韓奕》二章："鞗靼淺幭，鞗革金厄。"《毛傳》："厄，烏蠋也。"陳啟源《稽古編》："古人製器尚象，多即以所似之物名之。如畢以星得名，爵以鳥得名，皆是。即此章玄衮，乃龍首也。赤舄，舄乃鵲字也。金厄即似厄蟲，亦可名厄。阮元《校刊記》："段玉裁云：'烏蠋，軛也。'鄭《士喪禮》注云：'今文軛爲厄。'此可見軛爲正字，厄爲假借字也。"馬瑞辰《通釋》："厄，即軛字之省。…金厄，謂於厄末爲金飾。"一說：環。《鄭箋》："鞗革，謂轡首。以金爲小環，往往纏搤之。"孔穎達《正義》："金厄者，以金接轡之端，如厄蟲然也。"朱熹《集傳》："金厄，以金爲環，纏搤轡首也。"林柏桐《通考》："蓋謂以鞗皮爲轡首之革，以金飾其末，如厄蟲也。"

惡（惡）(一) è 烏各切（宕開一入鐸影）
鐸部、影母

❶ 罪惡；不良行爲。跟"善"相對。(雅 2)191《小雅·節南山》八章："方茂爾惡，相爾矛矣。"194《小雅·雨無正》二章："庶曰式臧，覆出爲惡。"朱熹《集傳》："庶幾曰王改而爲善，乃覆出爲惡而不悛也。"

(二) wù 烏路切（遇合一去暮影）
鐸部、影母

❷ 憎惡。(風 1、雅 2、頌 1)81《鄭風·遵大路》一章："無我惡兮，不寁故也。"191《小雅·節南山》五章："君子如夷，惡怒是違。"(君子如果心平，就可以消除老百姓的憎惡與憤怒。)278《周頌·振鷺》："在彼無惡，在此無斁。"《鄭箋》："在彼，謂居其國，無怨惡之者。在此，謂其來朝，人皆愛敬之，無厭之者。"

遏 è 烏葛切（山開一入曷影）
月部、影母

❶ 止，阻止；製止。(雅 5、頌 1)253《大雅·民勞》一章："式遏寇虐，憯不畏明。"《鄭箋》："遏，止也。"俞樾《平議》卷十一："言爲寇虐者，必遏止之，不以其高明而畏之也。"285《周頌·武》："嗣武受之，勝殷遏劉，耆定爾功。"《鄭箋》："遏，止。"朱熹《集傳》："武王嗣而受之，勝殷止殺，以致定其功也。"一說：殺害；滅絕。陳奐《傳疏》："《詩》之'遏劉'，即《書》之'咸劉'，皆合二字一義。《長發傳》：'曷，害也。'遏與曷通，則此遏字亦當訓爲害。"馬瑞辰《通釋》："遏，絕也。遏、滅二字同義，'勝殷遏劉'，謂勝殷而滅殺之，猶《周語》云'蔑殺其民人'也。遏、劉二字平列。" ❷ 中止；斷絕。(雅 1)235《大雅·文王》七章："命之不易，無遏爾躬。"《毛傳》："遏，止。"陸德明《釋文》："遏，於葛反，或作閼，止也。《韓詩》遏，病也。"朱熹《集傳》："遏，絕。言天命之不易保，故告之使無若紂之自絕於天。"戴震《考證》："言天心之難言也，不修德，則躬自絕於天矣。"一說：怠惰。于鬯《香草校書》卷十六："'止'與'勉'義相反，'無止'即'勉'義矣。…'無遏爾躬'者，蓋戒皇躬之怠止，而策其勤勉也。"參"按"、"曷"。

恩 ēn 烏痕切（臻開一平痕影）
真部、影母

愛。(風 1)155《豳風·鴟鴞》一章："恩斯勤斯，鬻子之閔斯。"《毛傳》："恩，愛也。"朱熹《集傳》："恩，情愛也。勤，篤厚也。…以我情愛之心，篤厚之意，鬻養此子，誠可憐憫。"陳奐《傳疏》:"言我周室當恩愛保護,勤勞勉作。"一說:通"殷"。恩勤即殷勤,辛勤勞苦。"鄭箋":"鳴鴞之意,殷勤於此稚子。"孔穎達《正義》:"恩之言殷也。"馬瑞辰《通釋》:"公自言殷勤於王室者,皆似稚子是閔恤也。"王先謙《集疏》:"『魯』,恩作殷。"

而 ér 如之切（止開三平之日）
之部、日母

❶第二人稱代詞。你；你們。（雅 3）257《大雅·桑柔》十四章:"嗟爾朋友,予豈不知而作。"《鄭箋》:"而,猶女（汝）也。"255《大雅·蕩》三章:"而秉義類,彊禦多懟。朱熹《集傳》:"而,亦女也。"196《小雅·小宛》四章:"我日斯邁,而月斯征。"《鄭箋》:"邁、征皆行也。"朱熹《集傳》:"而,汝。…我既日斯邁,則汝亦月斯征矣。言當各務努力,不可暇逸取禍。"一說:連詞。孔穎達《正義》:"日有所決,月有所行。"陳奐《傳疏》:"日邁月征,猶云日就月將耳。"❷連詞。連接前後兩個詞或詞組,表示並列、相承、轉接等關系。（風 5、雅 6、頌 8）300《魯頌·閟宮》四章:"俾爾熾而昌,俾爾壽而臧。"58《衛風·氓》四章:"桑之落矣,其黃而隕。"186《小雅·白駒》四章:"毋金玉爾音,而有遐心。"256《大雅·抑》八章:"彼童而角,實虹小子。"（童:無角。虹:通"訌",惑亂。）❸連詞。連接狀語和中心語。（風 3、雅 1）26《邶風·柏舟》五章:"日居月諸,胡迭而微。"200《小雅·巷伯》七章:"凡百君子,敬而聽之。"300《魯頌·閟宮》四章:"秋而載嘗,夏而楅衡。"❹連詞。連接主語和謂語,含有"却"或"乃"的意思。（風 6、雅 4）52《鄘風·相鼠》一章:"相鼠有皮,人而無儀；人而無儀,不死何爲？"193《小雅·十月之交》一章:"彼月而微,此日而微。"❺如；象。（風 2、雅 1）47《鄘風·君子偕老》二章:"胡然而天也,胡然而帝也。"《毛傳》:"尊之如天,審諦如帝。"陳奐《傳疏》:"古而、如通用。"225《小雅·都人士》四章:"彼人也,垂帶而厲。"《鄭箋》:"而,猶如也。而厲,如掔厲也。"王先謙《集疏》:"《齊》,而作『如』。《魯》,而作若。"❻語氣詞。（風 9）98《齊風·著》一章:"俟我於著乎而,充耳以素乎而,尚

以瓊華乎而。"楊樹達《詞詮》:"而,語末助詞。助句。"《漢書·韋賢傳》顏師古注:"而者,絕句之辭。"❼形容詞詞尾。相當於"然"。見【頎而】【舒而】【突而】。又見【乎而】。參"如"。

耳 ěr 而止切（止開三上止日）
之部、日母

耳朵。（雅 3）190《小雅·無羊》一章:"爾牛來思,其耳濕濕。"（濕濕:牲畜耳朵動搖的樣子。）256《大雅·抑》十章:"匪面命之,言提其耳。"

【耳耳】華美的樣子。（頌 1）300《魯頌·閟宮》三章:"龍旂承祀,六轡耳耳。"《毛傳》:"耳耳然,至盛也。"馬瑞辰《通釋》:"按耳耳即爾爾之假借。《說文》:'爾,麗爾,猶靡麗也。單言亦昌盛。'"一說:柔順的樣子。朱熹《集傳》:"耳耳,柔從也。"

又見【充耳】【卷耳】。

爾（尔、尒）ěr 兒氏切（止開三上紙日）
脂部、日母

❶人稱代詞。你；你們。（風 20、雅 69、頌 8）33《邶風·雄雉》四章:"百爾君子,不知德行。"《鄭箋》:"爾,女（汝）也。"59《衛風·竹竿》一章:"豈不爾思,遠莫致之。"300《魯頌·閟宮》四章:"俾爾熾而昌,俾爾壽而康。"302《商頌·烈祖》:"申錫無疆,及爾斯所。"朱熹《集傳》:"爾,主祭之君,蓋自歌者指之也。"❷人稱代詞。作定語。你的；你們的。（風 10、雅 88、頌 9）112《魏風·伐檀》一章:"不狩不獵,胡瞻爾庭有縣貆兮。"200《小雅·巷伯》三章:"慎爾言也,謂爾不信。"277《周頌·噫嘻》:"駿發爾私,終三十里。"❸指示代詞。這；那。（雅 1、頌 2）257《大雅·桑柔》十六章:"雖曰匪予,既作爾歌。"陳子展《選譯》:"爾歌,猶云此歌也。"275《周頌·思文》:"無此疆爾界,陳常以時夏。"于省吾《新證》:"這是說,對於來牟的培育,不分彼此疆界,要時常耕治之於是華夏的區域。"285《周頌·武》:"嗣武受之,勝殷遏劉,耆定爾功。"孔穎達《正義》引王肅云:"致定其大功,謂誅紂以定天下。"戴震《考證》:"按:爾猶此也。"❹薾本字。花繁

盛的樣子。(雅1)167《小雅·采薇》四章："彼爾維何,維常之華。"《毛傳》:"爾,華盛貌。"《說文·艸部》引《詩》作"薾"。陳奐《傳疏》:"爾,讀爲薾,假借字也。"陳鱣《簡莊疏記》卷四:"蓋髮多爲鬙,水滿爲瀰,華盛爲薾也。"王先謙《集疏》:"三家,爾作薾。"❺通"邇"。近;親近。(雅1)246《大雅·行葦》二章:"戚戚兄弟,莫遠具爾。"《漢書·文三王傳》引此詩顏師古注:"爾,近也。言王之族親情無疏遠,皆昵近也。"陳奐《傳疏》:"爾,古爾字,'莫遠具爾',與'不遠伊邇'句法一例。"一說:此。戴震《考證》:"爾,猶此也。爾、是、此三字義通。…言無有在遠者,皆具集於此。"❻語氣詞。表示肯定,相當於"矣"。(頌)277《周頌·噫嘻》:"噫嘻成王,既昭假爾。"《鄭箋》:"噫嘻乎,能成周王之功,其德已著至矣。"程俊英《注析》:"爾,語氣詞。"(成王已經把他的誠敬之心表達於上帝了。)一說:人稱代詞。你們。朱熹《集傳》:"爾,田官也。…'昭假爾',猶言'格爾衆庶'。蓋成王始置田官,而嘗戒命之也。"參"邇"。

薾 ěr ★忍氏切(止開三上紙日)
脂部、日母

見"爾"。

邇(迩) ěr 兒氏切(止開三上紙日)
脂部、日母

❶近。(風3、雅1)10《周南·汝墳》三章:"雖則如燬,父母孔邇。"《毛傳》:"邇,近也。"《鄭箋》:"父母甚近,當念之,以免於害。"《後漢書·周磐傳》李賢注引《韓詩》薛君章句云:"王室政教如烈火,猶觸冒而仕者,以父母甚近,近憂飢寒,故往仕也。"35《邶風·谷風》二章:"不遠伊邇,薄送我畿。"《鄭箋》:"邇,近也。"169《小雅·杕杜》四章:"會言近止,征夫邇止。"《毛傳》:"邇,近也。"❷近處,指國內。(雅1)253《大雅·民勞》一章:"柔遠能邇,以定我王。"《鄭箋》:"邇,近也。安遠方之國,順比其近者。"陳奐《傳疏》:"遠謂四方,邇謂中國。"❸膚淺。(雅2)195《小雅·小旻》四章:"維邇言是聽,維邇言是爭。"孔穎達《正義》:"徒維淺近之言而同者,於是聽用之;而異者,於是爭辯。言

爾邇二 ěr—èr

發意鄙近,無事遠大也。"朱熹《集傳》:"其所聽而爭者,皆淺末之言。"

二 èr 而至切(止開三去至日)
脂部、日母

❶數詞。(風6、雅4、頌2)44《邶風·二子乘舟》一章:"二子乘舟,汎汎其景。"《毛傳》:"二子,伋、壽也。"271《周頌·昊天有成命》:"昊天有成命,二后受之。"《毛傳》:"二后,文、武也。"241《大雅·皇矣》一章:"維此二國,其政不獲。"《毛傳》:"二國,殷、夏也。"《鄭箋》:"二國,謂今殷紂及崇侯也。"毛奇齡《寫官記》:"二國,商、周也。不獲,不相得也。"一說:當作"上"。馬瑞辰《通釋》引或說:"古文上作二,與一二之二相似,二國當爲上國之誤。"❷序數。(雅1)207《小雅·小明》一章:"二月初吉,載離寒暑。"朱熹《集傳》:"二月,以夏政數之,建卯之月也。"陳奐《傳疏》:"二月,夏正之二月。"❸指周歷二月,即夏歷十二月。(風3)154《豳風·七月》一章:"一之日觱發,二之日栗烈。"《毛傳》:"一之日,周正月也。二之日,殷正月也。"孔穎達《正義》:"一之日、二之日,猶一月也、二月也。"陳奐《傳疏》:"一之日,十有一月之日;二之日,十有二月之日。皆以紀夏正也。"參"一"。

〖二南〗《國風》中《周南》、《召南》合稱。共二十五篇。孔子特重"二南"。《論語·陽貨》:"子謂伯魚曰:'女爲《周南》、《召南》矣乎?人而不爲《周南》、《召南》,其猶正牆面而立也與?'"或以爲"二南"不應包括在十五《國風》之內。顧炎武《日知錄》:"《周南》、《召南》,《南》也,非《風》也。…自《周南》至《豳風》統謂之《國風》,此先儒之誤。"任乃強《風詩新證》:"《詩三百》,原按其樂類編爲《南》、《風》、《雅》、《頌》四大類,再細分爲《周南》、《召南》,十三《國風》、《小雅》、《大雅》、《周》、《魯》、《商頌》,凡二十小類。後來在傳《詩》中混二《南》於十三《國風》,誤爲十五《國風》。這種混《南》於《風》之錯局,導於荀卿,立於三家,成於衛宏,而定於鄭玄,成爲國人説《詩》之大謬。""二南"之"南",諸家說法各異。《毛詩序》:"南,言化自北而南也。"朱熹《集傳》:"周,國名。南,

南方諸侯之國也。"《呂氏春秋·音初》:"塗山氏之女,歌曰:'候人兮猗!'實始作爲南音。周公及召公取風焉,以爲《周南》、《召南》。"章炳麟《檢論》:"二南爲荆楚風樂,周秦漢相傳。"崔述《讀風偶識》:"南者,詩之一體。"胡承珙《後箋》:"南爲四夷之南樂。"陳奐《傳疏》:"南,南樂也。"參看《周南》、《召南》。

【二三】三心二意;不專一。(風1、雅1)58《衞風·氓》四章:"士也罔極,二三其德。"程俊英《注析》:"二三其德,三心兩意,指男子變心,前後感情不專一。"《韓詩》作"之子無良,二三其德"。

【二雅】《小雅》、《大雅》的合稱。《小雅》七十四篇,《大雅》三十一篇,共一百零五篇。"二雅"絶大多數是西周王畿的詩。只有極少數是東方諸侯國的作品。參看《雅》。

【二子乘舟】《國風·邶風》篇名(44)。《詩序》:"《二子乘舟》,思伋、壽也。衞宣公之二子争相爲死,國人傷而思之,作是詩也。"原來宣公誘奸他父親的妾夷姜,生子伋,又霸占伋的未婚妻宣姜,生子壽和朔。宣姜要害死伋,以便立她的兒子爲衞君。宣公信從她,叫伋出使齊國,預先派人假扮盗匪埋伏在路上,準備把伋殺死。壽把這一陰謀告訴伋,勸他逃往別國。伋不肯。當伋將乘船赴齊時,壽想替他死,來到船上,用酒把伋灌醉,自己坐船,載着使者旗幟,前往齊國,被殺死。伋醒後乘船追去,也被殺死。衞國人知道這個陰謀,寫了這首詩表示對伋、壽的憂慮和耽心。劉向以爲是傅母閔伋、壽的詩,《新序·節士》:"方乘舟時,伋傅母恐其死也,閔而作詩,《二子乘舟》之詩是也。"何楷《古義》:"《二子乘舟》之事,當以劉向所傳爲確。"魏源《詩古微》也持此説:"《新序》以爲作於生前,與《毛序》死後追悼異。汎汎其逝,不瑕有害,皆非死後之詞。"歐陽修則認爲是諷伋、壽之詩,

《詩本義》:"宣公奪伋妻爲鳥獸之行,使伋之齊而殺之。伋當逃避,使宣無殺子之事,不陷於罪惡,乃爲得禮。若壽者,益不當前往而就死。二子舉非合理,死不得其所,聖人之所不取。但國人憐而哀其不慎,故詩人述其事,以譬夫乘舟者汎汎然無所維制,至於覆溺,可哀而不足尚。"有人認爲是父母挂念乘舟遠行的孩子,與衞宣公殺伋、壽之事没有什麽關系。聞一多《類鈔》:"《二子乘舟》,似母念子之詞。"金啓華《全譯》:"孩子出門了,家人對他們懷念。"也有人認爲是挂念遠行者的詩。程俊英《注析》:"這是詩人挂念乘舟遠行者的詩。衞國政治腐敗,民不聊生,多逃亡國外,《北風》即其一例。《二子乘舟》可能是抒發對流亡異國者的懷念。"二章,八句。

參"貳"。

貳(贰) èr 而至切(止開三去至日) 脂部、日母

不專一;有二心。跟"壹"相對。(風1、雅1、頌1)236《大雅·大明》七章:"上帝臨女,無貳爾心。"《毛傳》:"言無敢懷二心也。"《鄭箋》:"天護視女,伐紂必克,無有疑心。"朱熹《集傳》:"貳,疑也。"孔廣森《巵言》:"《大誓》逸篇曰:'勖哉夫子,不可再,不可三。'所謂'無貳爾心'也。"王先謙《集疏》:"《齊》,貳,亦作二。"300《魯頌·閟宫》二章:"無貳無虞,上帝臨女。"《鄭箋》:"無有貳心也,無復計度也。"朱熹《集傳》:"猶《大明》云'上帝臨女,無貳爾心'也。"58《衞風·氓》四章:"女也不爽,士貳其行。"《鄭箋》:"我心於女故無差貳,而復關之行有二意。"一説:"貳"的誤字。差錯。王引之《述聞》卷五:"貳當爲貣之訛。貣音他得切,即忒之借字也。爽與忒同訓爲差,'女也不爽,士貳其行',言女也不差,士則差其行耳。"馬瑞辰《通釋》:"貳當爲貣之誤,讀如忒,猶《大明》篇'無貳爾心',貳亦忒也。"

F

發（发）

（一）fā　方伐切（山合三入月非）月部，幫母

❶把箭射出去；射箭。(風 3、雅 3)25《召南·騶虞》一章："彼茁者葭，壹發五豝。"《毛傳》："虞人翼五豝以待公之發。"孔穎達《正義》："由虞人翼驅五豝以待公之發矢。"朱熹《集傳》："發，發矢。"宋朱翌《猗覺寮雜記》："射畢十二箭，方爲一發。一發五豝，非一箭射五豕也。十二箭乃能射五豕耳。"一説：發車。方玉潤《詩經原始》："《周禮·大司馬》：'中冬教大閲，曰鼓戒三闋，車三發，徒三刺，乃鼓退。'似一發之發，乃車一發而取獸五，非矢一發而中獸五，亦非獸雖五豝，矢唯一發之説也。"220《小雅·賓之初筵》一章："發彼有的，以祈爾爵。"《鄭箋》："發，發矢也。"❷打開。(風 1、雅 2)35《邶風·谷風》三章："毋逝我梁，毋發我笱。"一説：擾亂。陸德明《釋文》引《韓詩》："發，亂也。"❸開發；耕種。(頌 1)277《周頌·噫嘻》："駿發爾私，終三十里。"《鄭箋》："發，伐也。"孔穎達《正義》："言伐者，以耜擊伐此地，使之發起也。"朱熹《集傳》："發，耕也。"❹發莖；禾苗舒展發育。(雅 1)245《大雅·生民》五章："實發實秀，實堅實好。"《毛傳》："發，盡發也。"《鄭箋》："發，發管時也。"孔穎達《正義》："發者，穗生於苗，初發苗生也。"馬瑞辰《通釋》："發，謂發莖。"戴震《考證》："發則葉滿密後抽發其穗。"❺出；説出。《雅 1》195《小雅·小旻》三章："發言盈庭，誰敢執其咎。"❻發現。(頌 1)304《商頌·長發》一章："濬哲維商，長發其祥。"《鄭箋》："久發見其禎祥矣。"朱熹《集傳》："其受命之祥，發見也久矣。"❼行；施行。(雅 1、頌 1)260《大雅·烝民》三章："賦政於外，四方爰發。"朱熹《集傳》："發，發而應之也。"馬瑞辰《通釋》："此詩'發'亦當訓'行'，承上'賦政於外'言之。'四方爰發'，猶云四方之政行焉。"304《商頌·長發》二章："率履不越，遂視既發。"《鄭箋》："發，行也。…使其民循禮不得逾越，乃遍省視之，教令則盡行也。"陳奂《傳疏》："言巡視述職，已行其教也。"一説：通"法"。禮法。于省吾《新證》："發、廢、癈古通。癈、法古今字。'遂視既發'，應讀爲遂視既法…言小國大國皆率禮不越，遍省視之，亦盡有禮法也。"❽足。(風 1)99《齊風·東方之日》二章："彼姝者子，履我發兮。"楊樹達《述林》卷六："發者，《説文》'發'從癹聲，癹從址聲。《詩》文乃假發爲址。址從止止，《説文》訓足刺址，其有足義甚明。履我發者，謂踐我足也。"一説：行迹；脚迹。《毛傳》："發，行也。"孔穎達《正義》："以行必發足而去，故以發爲行也。"朱熹《集傳》："發，行去也。言攝我而行去也。"馬瑞辰《通釋》："發，當爲跋之假借。《詩·載馳傳》："草行曰跋。"凡行亦通之跋。《廣雅》：'發，舉也。'舉足即爲行，則發之本義亦得訓行。"❾風疾吹聲。(風 1)149《檜風·匪風》一章："匪風發兮。"《毛傳》："發發飄風，非有道之風。"

（二）bó　北末切（山合一入末幫）月部，幫母

❿見【發²發²】。

【發發】風疾吹聲。(雅 1)202《小雅·蓼莪》五章："南山烈烈，飄風發發。"《毛傳》："發發，疾貌。"陳奂《傳疏》："飄風爲疾，則發發爲疾貌。"

【發²發²】魚尾擺動聲。(風 1)57《衛風•碩人》四章:"鱣鮪發發。"陸德明《釋文》:"發,補末反,盛貌。馬云:魚著網,尾發發然。《韓詩》作鱍。"聞一多《類鈔》:"發發,魚掉尾聲。"《說文•魚部》引作"鮁鮁",《淮南子•說山》高誘注、《呂氏春秋•季春》注均引作"潑潑"。王先謙《集疏》:"《魯》,發發一作'潑潑',《韓》作'鱍鱍',《齊》作'鮁鮁'。"一說:盛多的樣子。《毛傳》:"發發,盛貌。"

【發夕】自夕行至旦。(風 1)105《齊風•載驅》一章:"魯道有蕩,齊子發夕。"《毛傳》:"發夕,自夕發至旦。"陳奂《傳疏》:"發夕,夕發也。《傳》云自夕發至旦,以言終夕在道也。"屈萬里《詮釋》:"發,行也。發夕,日夕出行也。"一說:旦夕;朝夕。陸德明《釋文》引《韓詩》說:"發,旦也。"惠棟《九經古義》卷五:"焦氏《易林》云:'襄送季女,至於蕩道。齊子旦夕,留連久處。'旦夕,猶發夕也。"胡承珙《後箋》:"毛義亦是以發爲旦。'自夕至旦'當本作'自夕至旦',傳寫衍發字。"王先謙《集疏》:"齊子旦夕,猶言朝見暮見,即久處之義。"于省吾《新證》:"齊子發夕,言齊子旦夕於魯道之上,意謂顯而易見也。"黃焯《毛鄭平議》:"詩云'發夕',則如今言朝朝暮暮爾。"一說:天剛亮〔出發〕。馬瑞辰《通釋》:"古者日入以後,日出以前,通謂之夕。…以其天已將明,而日尚未出,謂之發夕,亦謂夕發,其義可互證也。"又見【霽發】【明發】。參【旆】。

伐 fá 房越切(山合三入月奉)

月部、並母

❶ 砍;砍伐。(風 11、雅 5)10《周南•汝墳》一章:"遵彼汝墳,伐其條枚。"165《小雅•伐木》一章:"伐木丁丁,鳥鳴嚶嚶。" ❷ 敲擊;敲打。(雅 3)208《小雅•鼓鍾》三章:"鼓鍾伐鼛,淮有三洲。"178《小雅•采芑》三章:"鉦人伐鼓,陳師鞠旅。"《毛傳》:"伐,擊也。"《鄭箋》:"鉦也鼓也各有人焉,言鉦人伐鼓,互言爾。"朱熹《集傳》:"鉦以靜之,鼓以動之,鉦鼓各有人,而言鉦人伐鼓,互文也。" ❸ 攻擊;討伐。(雅 10、頌 2)241《大雅•皇矣》八章:"是伐是肆,是絕是忽。"《鄭箋》:"伐,謂擊刺之。"305《商頌•殷武》一章:"撻彼殷武,奮伐荆楚。" ❹ 敗壞;損害。(雅 1)220《小雅•賓之初筵》四章:"醉而不出,是謂伐德。"朱熹《集傳》:"伐,害。"陳奂《傳疏》:"伐德,敗德也。"馬瑞辰《通釋》:"《說文》、《廣雅》並云:'伐,敗也。'伐德,猶言敗德。"一說:亂。俞樾《平議》卷十:"此經'伐'字當從《韓詩》訓'亂'。言醉至此,是亂其德也。" ❺ 通"瞂"。盾。(風 1)128《秦風•小戎》三章:"蒙伐有苑。"《毛傳》:"伐,中干也。"《鄭箋》:"蒙,厖也。畫雜羽之文於伐,故曰厖伐。"陸德明《釋文》:"伐,本或作瞂。"《玉篇•盾部》引《詩》作"瞂"。段玉裁《小箋》:"瞂是本字,伐是假借字。"參"瞂"。

〖伐柯〗《國風•豳風》篇名(158)。這是一首寫婚姻問題的詩,宣揚婚姻必須通過媒人,必須遵循禮法。屈萬里《詮釋》:"此當是詠結婚之詩。"聞一多《類鈔》:"女之爲人求女者謂之媒,使媒求婦,猶執斧伐柯,皆以類求類也。"後來稱作媒人爲"伐柯"、"作伐",本此。《詩序》說是周大夫贊美周公:"《伐柯》,美周公也。周大夫刺朝廷之不知也。"郝懿行《詩問》:"《伐柯》,東人喜周公也。"牟氏曰:東征既克,周公未歸,東人愛之辭。"有人以爲這與《九罭》是同一篇詩,這是前半篇,要同《九罭》合讀,才能顯出它的意思。二章,八句。

〖伐木〗《小雅》篇名(165)。這是貴族宴請朋友、故舊的樂歌。朋友不可不求,兄弟故舊必須親睦,不可疏遠。《詩序》:"《伐木》,燕朋友故舊也。自天子至於庶人,未有不須友以成者,親親以睦,友賢不棄,不遺故舊,則民德歸厚矣。"王柏《詩疑》:"細玩此詩,專言友生之不可求,求字乃一篇大主腦。"劉敞《七經小傳》卷上:"伐木者,小事也,猶求同志共事,其聲丁丁然,以言自天子至庶人亦當須友以相成也。彼伐木能有助於人,使有聲丁丁然,況任天下之事,事多重於伐木者乎?此乃詩意也。"程頤《伊川經説》卷三:"山中伐木,非一人能獨爲,必與同志者共之。既同其事,則相親好成朋友之義。伐木之人尚有此義,況士君子乎?故賦伐木之人敍其情,推其義以勸朋友之義,燕朋友故舊則歌之,所以風天下也。朋友故舊篤,則民德歸厚矣。"三家以為刺詩。《文選·謝叔源·游西池詩》李善注引《韓詩序》:"《伐木》廢,朋友之道缺。勞者歌其事。詩人伐木,自苦其事,故以為文。"蔡邕《正交論》:"周德始衰,頌聲既寢,《伐木》有鳥鳴之刺。《谷風》有棄予之怨,其所由來,政之失也。"但詩中并無怨刺之意。"鳥鳴嚶嚶"比喻求友,後來成為常用的典故。三章(一作六章),三十六句。

〔伐檀〕《國風·魏風》篇名(112)。這是勞動人民在給剝削者砍樹時唱的歌,諷刺剝削者不勞而獲的寄生生活。四、五、六、七、八言雜出,錯落有致而節奏自然,是本詩句法特點。《詩序》:"《伐檀》,刺貪也。在位貪鄙,無功而受祿,君子不得進仕爾。"或以為美君子之不素餐之詩。朱熹《辯說》:"此詩專美君子之不素餐。"姚際恒《通論》:"此詩美君子之不素餐。'不稼'四句只是借小人以形君子,亦借君子以罵小人,乃反襯'不素餐'之意耳。三章,二十四句。

又見【斬伐】【征伐】。

馘 fá 房越切(山合三入月並)
月部、並母

盾牌。見"伐"。

髮(发) fà 方伐切(山合三入月非)
月部、幫母

頭髮。(風 1、雅 4、頌 2)47《鄘風·君子偕老》二章:"鬒髮如雲,不屑髢也。"226《小雅·采綠》一章:"予髮曲局,薄言歸沐。"

拚 fān ★孚袁切(山合三平元敷)
寒部、滂母

通"翻"。上下飛翔。(頌 1)289《周頌·小毖》:"肇允彼桃蟲,拚飛維鳥。"《鄭箋》:"猶鷦之翻飛為大鳥也。"朱熹《集傳》:"拚,飛貌。鳥,大鳥也。"《文選·謝宣遠·張子房詩》李善注引《毛詩》作"翻飛維鳥",薛君《韓詩章句》曰:"翻,飛貌也。"王先謙《集疏》:"《韓》,拚作翻。"

番 (一) fān 孚袁切(山合三平元敷)
寒部、滂母

❶姓氏。(雅 1)193《小雅·十月之交》四章:"番維司徒。"《鄭箋》:"番、聚、蹶、楀皆

氏。"陸德明《釋文》:"番,方袁反。本或作潘。"阮元《補箋》:"《漢書·古今人表》引'番'作'皮','中允'作'中術','聚'作'掫','楀'作'萬',皆下同。"馬瑞辰《通釋》:"番、潘、皮、繁四字並通用。…《廣韻》:'周宣王封仲山甫於樊,後因氏焉。'《鄭箋》以番為氏,《韓詩》作繁。疑番與繁皆即樊氏之音轉耳。"

(二) bō 博禾切(果合一平戈幫)
歌部、幫母

❷見【番² 番²】。

【番² 番²】勇武的樣子。(雅 1)259《大雅·崧高》七章:"申伯番番。"《毛傳》:"番番,勇武貌。"《鄭箋》:"申伯之貌,有威武番番然。"按《爾雅·釋訓》:"番番,勇也。"

幡 fān 孚袁切(山合三平元敷)
寒部、滂母

【幡幡】1)等於說"翩翩"。風吹翻動的樣子。(雅 1)231《小雅·瓠葉》一章:"幡幡瓠葉,采之亨之。"《毛傳》:"幡幡,瓠葉貌。"陳奐《傳疏》:"幡幡,正偏反少嫩之時。"2)反覆無常的樣子。(雅 1)200《小雅·巷伯》四章:"捷捷幡幡,謀欲譖言。"《毛傳》:"幡幡,猶翩翩也。"朱熹《集傳》:"幡幡,反覆貌。"陳奐《傳疏》:"翩翩、幡幡皆是偏黨反側之義。"一說:巧辯的樣子。馬瑞辰《通釋》:"幡,便音近,幡幡即便便之假借,亦辯給也。"3)輕率不莊重的樣子。(雅 1)220《小雅·賓之初筵》三章:"既曰醉止,威儀幡幡。"《毛傳》:"幡幡,失威儀也。"朱熹《集傳》:"幡幡,輕數也。參"翩"。

翻 fān 孚袁切(山合三平元敷)
寒部、滂母

上下飛翔。見"拚"。

藩 fān 甫煩切(山合三平元非)
寒部、幫母

籬笆。比喻國家的屏障。(雅 1)254《大雅·板》七章:"价人維藩,大師維垣。"《毛傳》:"藩,屏也。"孔穎達《正義》:"藩者,圍固之籬也,可以屏蔽行者,故以藩為屏也。"朱熹《集傳》:"藩,籬。參"蕃"、"樊"。"

凡 fán 符咸切(咸合三平凡奉)
侵部、並母

燔 fán 附袁切（山合三平元奉）
　　　　寒部、並母

❶把肉放在火上燒熟。(雅 4)231《小雅·瓠葉》三章："有兔斯首，燔之炙之。"《毛傳》："加火曰燔。"段玉裁《小箋》："燔與火相著，炙與火相離。"吳闓生《會通》："燔者，加之於火上也。"245《大雅·生民》七章："取羝以軷，載燔載烈。"《毛傳》："傅火曰燔，貫之加於火曰烈。"❷燒熟的肉。(雅 3)209《小雅·楚茨》三章："為俎孔碩，或燔或炙。"《鄭箋》："燔，燔肉也；炙，肝炙也。皆從獻之俎也。"孔穎達《正義》："或加火而燔燒之，謂燔肉也。"朱熹《集傳》："燔，燒肉也。"248《大雅·鳧鷖》五章："旨酒欣欣，燔炙芬芬。"陳奐《傳疏》："燔炙，猶敔也。"孔穎達《正義》："薦燔炙之羞，芬芬然馨香。"

蕃 （一）fán 附袁切（山合三平元奉）
　　　　寒部、並母

❶見【蕃衍】。

（二）fān 甫煩切（山合三平元非）
　　　　寒部、幫母

❷通"藩"。屏障。(雅 1)259《大雅·崧高》一章："四國于蕃，四方于宣。"《鄭箋》："四國有難，則往扞禦之，為之蕃屏。"陳奐《傳疏》："于，為也。言為蕃四國，為宣四方。"王引之《釋詞》卷一："言蕃於四國，宣於四國也。"王先謙《集疏》："《韓》蕃作藩。"參"樊"。

【蕃衍】繁殖滋生；繁盛眾多。(風 2)117《唐風·椒聊》一章："椒聊之實，蕃衍盈升。"朱熹《集傳》："椒之蕃盛，則采之盈升矣。"高亨《今注》："繁衍，繁盛眾多。"胡承珙《後箋》："《文選·景福殿賦》'曹子建·求通親親表'李善注并引《詩》作'蔓延盈升'，此所引疑三家詩。"

袢 fán 附袁切（山合三平元奉）
　　　　寒部、並母

暑天穿的白色細葛內衣。見【緂袢】。

樊 fán 附袁切（山合三平元奉）
　　　　寒部、並母

籬笆。見"樊"。

樊 fán 附袁切（山合三平元奉）
　　　　寒部、並母

❶籬笆。(雅 1)219《小雅·青蠅》一章："營營青蠅，止于樊。"《毛傳》："樊，藩也。"《說文·爻部》引《詩》作"棥"，《史記·滑稽列傳》引《詩》作"止于蕃"。《漢書·武五子傳》引作"藩"。王先謙《集疏》："《齊》樊作藩，亦作蕃。《韓》作棥。"陳奐《傳疏》："今《詩》作樊者假借字也。"❷編築籬笆圍繞。(風 1)100《齊風·東方未明》三章："折柳樊圃，狂夫瞿瞿。"《毛傳》："折柳以為樊園，無益於禁矣。"孔穎達《正義》："柳是柔脆之物，以手折而為藩，無益於禁。一說：樊圃，即園圃。於邑《香草校書》卷十三："折柳樊圃，邑按，此當謂折柳於樊圃耳。樊圃即園圃也。"《周禮·太宰職》：'園圃毓草木。'鄭注云："樹果蓏曰圃，園其樊也。明樊圃、園圃通稱。"

繁（緐）fán 附袁切（山合三平元奉）
　　　　寒部、並母

多。(雅 2,頌 1)192《小雅·正月》一章："正月繁霜，我心憂傷。"《毛傳》："繁，多也。"《竹書紀年》："幽王三年六月隕霜。"周之六月，即夏之四月與《詩》之"正月"。於邑《香草校書》卷十四："'繁'可訓'白'，《七月》篇《毛傳》云：'蘩，白蒿也。'從艸繁聲而有白義，則'繁'有'白'義矣。…'繁霜'訓白霜，似可於《傳》訓'多'之外備一解。"282《周頌·雝》："綏我眉壽，介以繁祉。"《鄭箋》："繁，多也。"朱熹《集傳》："言文王昌厥後而安之以眉壽，助以多福。"

蘩 fán 附袁切（山合三平元奉）
　　　　寒部、並母

一種菊科植物，也叫白蒿。古時用做祭品，也可用來墊蠶筐或做蠶山，以便蠶吐絲結繭。(風 3,雅 1)13《召南·采蘩》一章："于以采蘩，于沚于沼。"《毛傳》："蘩，皤蒿也。"陸璣《詩義疏》："蘩，皤蒿，凡艾白色為皤蒿，今白蒿。春始生，及秋，香美可生食，又可蒸食。"朱熹《集傳》:"蘩,白蒿也。"154《豳風・七月》二章:"春日遲遲,采蘩祁祁。"《毛傳》:"蘩,白蒿也。所以生蠶。"何楷《古義》引徐光啓説:"蠶之未出者,煮蘩沃之則易出。"

反 fǎn　府遠切(山合三上阮非)
寒部,幫母

❶翻轉;翻過來。(雅1)223《小雅・角弓》一章:"騂騂角弓,翩其反矣。"朱熹《集傳》:"翩,反貌。弓之爲物,張之,則内向而來;弛之,則外反而去。有似兄弟婚姻親疏遠近之意。"(弓上弦時,兩端向弦彎曲;去弦時,弓的兩端向反面彎曲。) ❷返回。(風1)54《鄘風・載馳》二章:"既不我嘉,不能旋反。"朱熹《集傳》:"我亦不能旋反而濟以至於衛矣。"一説:轉變。孔穎達《正義》:"不能旋反我心中之思,使不思歸也。 ❸重復在一起。(風1)106《齊風・猗嗟》三章:"四矢反兮,以禦亂兮。"《鄭箋》:"反,復也。每射四矢,皆得其故處,此之謂復。"陸德明《釋文》:"反,如字,復也。《韓詩》作變,變易。"屈萬里《詮釋》:"謂四矢皆重複出於一處也。" ❹回報;報答。(頌1)274《周頌・執競》:"既醉既飽,福禄來反。"王符《潜夫論・正列》釋此詩説:"此言人德義茂美,神歆飱醉飽,乃反報之以福也。"一説:重複(賜與)。《毛傳》:"反,復也。"朱熹《集傳》:"反,覆也。福禄之來,反覆而不厭也。"陳奂《傳疏》:"君臣醉飽,禮無違者,以重得福禄也。 ❺反復;變化。(風2)58《衛風・氓》六章:"言笑晏晏,信誓旦旦,不思其反。反是不思,亦已焉哉!"朱熹《集傳》:"曾不思其反復以至於此也。此則興也。既不思其反復而至此矣,則亦如之何哉? 亦已而已矣。"牟庭《詩切》:"不思其反,謂信其歡情苦誓,不思其後來之反變也。反是不思,謂反於是者,曾不思及之也。"一説:如;當初。于省吾《新證》:"《吕覽・謹聽》'反性命之情也'注:'反,本。'《廣雅・釋詁》:'本,始也。'不思其始,即上'總角之宴,言笑晏晏'之謂也。"屈萬里《詮釋》:"不思其反,猶今言也不回頭想一想。"又一説:通"返"。回來。《鄭箋》:"反,復也……曾不念復其前言。"

余冠英《詩經選》:"不思其反,不想那樣的生活再回來。 ❻覆敗;顛覆。(雅1)253《大雅・民勞》五章:"式遏寇虐,無俾正反。"《毛傳》:"反,覆也。"陳奐《傳疏》:"覆,顛覆也。無卑正反。與'無卑正敗'同意。"一説:違背。朱熹《集傳》:"正反,反於正也。"嚴粲《詩緝》:"曹氏曰:以是爲非,以惡爲善,一切相反,則亡無日矣。 ❼副詞。反而。(風1、雅5)35《邶風・谷風》五章:"不我能慉,反以我爲讎。"264《大雅・瞻卬》二章:"人有土田,女反有之。

【反側】1)翻來覆去,形容睡卧不安。(風1)1《周南・關雎》三章:"悠哉悠哉,輾轉反側。"陳奐《傳疏》:"展與轉同義,展轉又與反側同義。"胡承珙《後箋》:"古人名側多字反。《左傳》楚公子側字子反(宣二十年),魯孟之側字反(哀十年),亦足證反側之無二義。2)反復無常。(雅1)199《小雅・何人斯》八章:"作此好歌,以極反側。"《毛傳》:"反側,不正直也。"孔穎達《正義》:"反側者,翻覆之意。"朱熹《集傳》:"反側,反覆不正直也。"黄焯《毛鄭平議》:"反側猶云反覆。……'極'有中正義,又有止義。'以極反側',猶以正其反側之心,以止其反側之行耳。"屈萬里《詮釋》:"反側,反覆。此作名詞用,謂反覆之人也。"

【反反】慎重、和善的樣子。(雅1、頌1)220《小雅・賓之初筵》三章:"其未醉止,威儀反反。"《毛傳》:"反反,言重慎也。"陸德明《釋文》:"反,如字。《韓詩》作昄。昄音蒲板反,善貌。"274《周頌・執競》:"降福簡簡,威儀反反。"《毛傳》:"反反,難也。"《鄭箋》:"反,順習之貌。"孔穎達《正義》:"反反難者,謂順禮閑習,自垂難也。"朱熹《集傳》:"反,謹重也。"俞樾《平議》卷十一:"'難'即慎重之意。"胡承珙《後箋》:"《説文》:'反,覆也。'凡言反覆者,皆慎重之意。"王符《潜夫論・正列》引《詩》作"板板"。馬瑞辰《通釋》:"當以《韓詩》昄昄爲正字。"

【反覆】變動無常。(雅1)207《小雅・小明》三章:"豈不懷歸,畏此反覆。"《鄭箋》:"反覆,謂不以正罪見罪。"朱熹《集傳》:"反覆,傾側無常之意也。"嚴粲《詩緝》:"反覆,謂幽王賞罰無常也。"屈萬里《詮釋》:"反覆,謂成期之屢變也。"

汎(泛) fàn
孚梵切(咸合三去梵敷)
房戎切(通合三平東奉)
侵部、滂母

漂浮;漂流。(風 4)26《邶風·柏舟》一章:"汎彼柏舟,亦汎其流。"《毛傳》:"汎汎,流貌。"陸德明《釋文》:"汎,流貌。"牟庭《詩切》:"亦汎其流,喻己不能自由,亦既從人之意也。"焦竑《焦氏筆乘》卷一:"蓋言寡婦無夫可依,故汎汎然如河中不繫之舟,無所依恃。誠鷙婦之善況者也。"按《説文·水部》:"泛,浮也。"段玉裁注:"《邶風》曰:'汎彼柏舟,亦汎其流。'上汎,謂汎汎,浮貌也。下汎,當作泛,浮也。汎、泛古同音,而字有區別如此。"徐灝《注箋》:"此亦强爲分别。《廣韻》汎、泛同。"

【汎汎】漂流的樣子。(風 2、雅 2)44《邶風·二子乘舟》一章:"二子乘舟,汎汎其景。"王先謙《集疏》:"汎,浮貌,重言之曰汎汎。《廣雅·釋訓》:'汎汎,浮也。'"176《小雅·菁菁者莪》四章:"汎汎揚舟,載沉載浮。"陳奐《傳疏》:"汎汎,流貌。"

軓 fàn
防錽切(咸合三上范奉)
侵部、並母

車前掩輿之板。見"軌"。

方 fāng
府良切(宕合三平陽非)
陽部、幫母

❶竹木編成的筏子,引申爲以筏子渡水。(風 4)9《周南·漢廣》一章:"江之永矣,不可方思。"《毛傳》:"方,泭也。"陸德明《釋文》:"泭,本作桴,又作柎,或作柎。"孔穎達《正義》引《論語》鄭注:"桴,編竹木,大曰栰,小曰桴。"《方言》卷九:"泭謂之𥴧,𥴧謂之筏。筏,秦晉通語也。"王先謙《集疏》:"《魯》方作舫。"35《邶風·谷風》四章:"就其深矣,方之舟之。"《鄭箋》:"方,泭也。"馬瑞辰《通釋》:"方本併船之名,因而併竹木亦謂之方,凡船以及用船以渡通謂之方。"一説:周匝;環繞。余冠英《詩經選》:"方訓周匝,就是環繞。江水太長,不能環繞而過。"❷方向;方位。(風 11、雅 26、頌 7)見【東方】【南方】【朔方】【四方】【西方】。❸四方。(頌 1)304《商頌·長發》一章:"禹敷下土方,外大國是疆。"《鄭箋》:"禹敷下土,正四方,定諸夏,廣大其竟界。"朱熹《集傳》:"方,四方也。外大國,遠諸侯也。"❹祭祀四方之神。(雅 3)211《小雅·甫田》四章:"以我齊明,與我犧羊,以社以方。"《毛傳》:"方,迎四方氣於郊也。"王先謙《集疏》引黄山云:"以方者,亦邑(蔡邕)所謂春夏祈穀於上帝(四方及中央之帝)也。"258《大雅·雲漢》六章:"祈年孔夙,方社不莫。"《鄭箋》:"我祈豐年甚早,祭四方與社又不晚。"朱熹《集傳》:"方,祭四方。"胡承珙《後箋》:"方謂四時方祭,社即兼春祈秋報通一歲之祀事,皆及時舉行,未嘗晚也。"❺邊;方面。(風 2、雅 1)129《秦風·蒹葭》一章:"所謂伊人,在水一方。"《鄭箋》:"乃在水之一邊。"223《小雅·角弓》四章:"民之無良,相怨一方。"朱熹《集傳》:"一方,彼一方也。"屈萬里《詮釋》:"一方,猶今語一面也。言以一面之理由怨人也。"❻國家;地方。(雅 9)241《大雅·皇矣》七章:"詢爾仇方,同爾兄弟。"戴震《考證》:"仇,讀如'公侯好仇'之仇。…仇方,大國也。"馬瑞辰《通釋》:"仇方即與國也。"261《大雅·韓奕》一章:"榦不庭方,以佐戎辟。"朱熹《集傳》:"不庭方,不來庭之國也。"❼法則;榜樣。(雅 1)241《大雅·皇矣》六章:"萬邦之方,下民之王。"《毛傳》:"方,則也。"馬瑞辰《通釋》:"萬邦之方,猶云萬邦爲憲。憲亦法也,則也。《廣雅》又云:'方,正也。'正亦所以爲法則也。"❽並。(雅 1)193《小雅·十月之交》四章:"豔妻煽方處。"《鄭箋》:"后嬖寵方熾之時,並處位。"俞樾《平議》卷十:"經文方字,鄭蓋訓爲並。故經云'方處',《箋》云'並處位'。蓋方之本義爲兩舟相並,故方即訓爲並。"一説:正。朱熹《集傳》:"方處:方居其所,未變徙也。"❾遍;普遍。(頌 1)303《商頌·玄鳥》:"方命厥後,奄有九有。"《鄭箋》:"方命其君,謂遍告諸侯也。"馬瑞辰《通釋》:"方,旁古通用。…方猶旁也;旁之言溥也,遍也。此詩'方命厥後',猶曰遍告諸侯。"❿(又 fáng)穀物長了穀殼。(雅 2)212《小雅·大田》二章:"既方既皁,既堅既好。"《鄭箋》:

"方,房也。謂孚甲始生而未合時也。"孔穎達《正義》:"謂米外之房者,言其孚甲,米生於中,若人房舍然也。孚者,米外之粟皮。…甲者,以在米外,若鎧甲之在人表。"245《大雅·生民》五章:"實方實苞,實種實褎。"戴震《考證》:"方,皆謂爲房。穀實外孚甲謂之房。既房,言既生孚甲。實房,言生意既玆,未解孚甲時,即所謂實函斯活也。"一説:生長普遍、整齊。《毛傳》:"方,極畝也。"《鄭箋》:"方,等齊也。"胡承珙《後箋》:"極畝,據地滿;等齊,據苗均。義足相成,且其言初生之苗一也。"陳奂《傳疏》:"方,讀猶旁,有普遍之義。"俞樾《平議》卷十一:"毛意'方'即'旁'之假字,有溥徧之義,故訓爲極畝。"又一説:通"放"。禾苗吐芽生長。馬瑞辰《通釋》:"《釋詁》:'方,始也。'方爲苗生之始,若才爲草木之初。方之言,分也,放也。種穀得氣始分放也。方爲穀始吐芽,苞則漸漸含包矣。"⓫有;占有。(風 1、雅 1)12《召南·鵲巢》二章:"維鵲有巢,維鳩方之。"《毛傳》:"方,有之也。"陸德明《釋文》:"方,有之也。一本無之字。"胡承珙《後箋》:"《廣雅》云:'方,有之也。'即本《毛傳》。"一説:通"房"。居、住。戴震《考證》:"方,讀爲房。房之,猶居之也。"又一説:通"放"。依傍。王引之《述聞》卷五:"方,當讀爲放。…放,亦依也。'維鵲有巢,維鳩方之'者,維鵲有巢,維鳩依之也。"又一説:比;並。吴麥雲《吴氏遺著》卷一:"鳩之宿也,雌雄相並,故曰'方'。當云:'方,比也。'雌雄相比而居也。"又一説:附。俞樾《平議》卷八:"方之,猶附之也。'方'、'附'一聲之轉。…維鳩方之',言'維鳩附之'也。附有'附益'之義,故《傳》曰:'有之也。'"⓬將。(風 1、雅 2)128《秦風·小戎》二章:"方何爲期,胡然我念之?"《鄭箋》:"方,今以何時爲還期乎?"朱熹《集傳》:"方,將也。將以何時爲歸期乎。"一説:開頭;原先。俞樾《平議》卷九:"言始與我以何時爲歸期乎? 胡然而我邈念之也。"⓭正;正當。(風 4、雅 17、頌 1)50《鄘風·定之方中》一章:"定之方中,作於楚宫。"《毛傳》:"方中,昏正四方。"朱熹《集傳》:"此星昏而中正,

夏正十月也。"192《小雅·正月》八章:"燎之方揚,寧或滅之?"朱熹《集傳》:"燎之方盛之時,則寧有能撲而滅之者乎?"304《商頌·長發》一章:"有娀方將,帝立子生商。"(方將:正當盛年。)一説:開始。朱熹《集傳》:"有娀氏始大,故帝立其女之子而造商室也。"又一説:將要。戴震《考證》:"方將者,言其腹欲大耳。⓮開始。(雅 1)250《大雅·公劉》一章:"弓矢斯張,干戈戚揚,爰方啓行。"《毛傳》:"以方開道路,去之豳。"朱熹《集傳》:"方,始也。爰始啓行而遷都於豳。"一説:並。俞樾《平議》卷十一:"毛意蓋訓'方'爲'並'。方開道路。即是並開道路。⓯是;於是。(頌 1)305《商頌·殷武》六章:"是斷是遷,方斲是虔。"馬瑞辰《通釋》:"'方斲是虔'與'是斷是遷'對舉,正如《魯頌》'是斷是度,是尋是尺'文法相類。斲與虔二字平列,方猶是也。或言方,或言是,互文以見參錯。"一説:通"旁",周邊。於鬯《香草校書》卷十八:"方,當讀爲旁。旁、方二字聲義俱通…方斲者,旁斲也,謂斲去松柏之周旁也。⓰指朔方。約在今寧夏回族自治區固原及甘肅平涼涇川一帶。(雅 2)168《小雅·出車》三章:"王命南仲,往城于方。"《毛傳》:"方,朔方,近獫狁之國也。"孔穎達《正義》:"但北方大名皆言朔方。《堯典》云:'宅朔方。'《爾雅》云:'朔,北方也。'皆其廣號。"朱熹《集傳》:"方,朔方,今靈夏等州之地。"177《小雅·六月》四章:"侵鎬及方,至於涇陽。"《鄭箋》:"鎬也,方,皆北方地名。"朱熹《集傳》:"方,疑即朔方也。"王先謙《集疏》:"方者,《出車》篇'王命南仲,往城於方'是也。"陳奂《傳疏》:"《六月》之方,即《出車》之方,《六月》之鎬方,當在今甘肅平涼府固原涇州鎮原間。宣王北伐至太原,即文王時所城朔方之地。"一説:邊境;地區。俞樾《平議》卷十:"侵鎬及方者,侵鎬京而及其方也。方,猶竟也。古者建國必用開方之法計之,故四竟謂之四方,竟内謂之方内…'侵鎬及方'其爲侵鎬之邊竟,固不待言,即下句'至於涇陽',亦可知其所在矣。"

【方國】四方來附的國家。(雅 1)236《大

雅・大明》三章："厥德不回，以受方國。"《鄭箋》："方國，四方來附者。"朱熹《集傳》："方國，四方來附之國。"一説：大國；國家。馬瑞辰《通釋》："按《廣雅・釋詁》：'方，大也。'……方有大義，方國猶言大國也。"屈萬里《詮釋》："方，亦國也。"

【方將】正在；正要。(風 1)38《邶風・簡兮》一章："簡兮簡兮，方將萬舞。"馬瑞辰《通釋》："方將二字連文，方猶云將也，將，且也。"裴學海《古書虛字集釋》卷八："方將是複語。"一説：四方應用。《毛傳》："方，四方。將，行也。以干羽爲萬舞，用之宗廟山川，故言於四方。"黃焯《毛鄭平議》："訓將爲行，行猶用也。"

【方叔】周宣王的大臣，先後領兵征伐獫狁和楚國，取得勝利。(雅 10)178《小雅・采芑》一章："方叔涖止，其車三千，師干之試。"《毛傳》："方叔，卿士也。受命而爲將。"朱熹《集傳》："方叔，宣王卿士，受命爲將者也。"按《漢書・古今人表》列方叔於上下第三等(智人)，次宣王世。

又見【鬼方】【蠻方】【徐方】。

房 fáng 符方切（宕合三平陽奉）
陽部、並母

❶正室兩旁的房間。(風 1)67《王風・君子陽陽》一章："君子陽陽，左執簧，右招我由房。"《鄭箋》："右手招我，欲使我從之於房中。"朱熹《集傳》："房，東房也。"一説：房中樂。《毛傳》："國君有房中之樂。"劉師培《毛詩札記》："謂用房中之樂招我也。"黃焯《毛鄭平議》："'由房'、'由敖'同句異解，而義互足。'由房'之由當訓用，'由敖'之由當訓以，言用房中之樂以敖也，房爲名詞，敖爲形容語耳。"又一説：通"放"。馬瑞辰《通釋》："由敖猶遊遨也。由房與由敖亦當同義，皆謂相招爲遊戲耳。房與放古音相近，由房當讀爲遊放。" ❷古代祭祀時盛牛羊等祭品的禮器，也叫俎。見【大房】。

防 fáng 符方切（宕合三平陽奉）
符況切（宕合三去漾奉）
陽部、並母

❶堤岸；堤防。(風 1)142《陳風・防有鵲巢》一章："防有鵲巢，邛有旨苕。"朱熹《集傳》："防，人所築以捍水者。"馬瑞辰《通釋》："防與邛對言。邛爲丘名，則防當讀如堤防之防。"一説：地名。春秋陳邑，在今河南省淮陽縣北。《毛傳》："防，邑也。"陳奐《傳疏》："《續漢書・郡國志》'陳國陳縣'劉昭注引《博物記》曰：'邛地在縣北，防亭在焉。'" ❷比；相當。(風 1)131《秦風・黃鳥》二章："維此仲行，百夫之防。"《毛傳》："防，比也。"《鄭箋》："防，猶當也，言此一人當百夫。"陸德明《釋文》："防，徐音方，鄭音房。"陳奐《傳疏》："《傳》讀防爲比方之方。徐邈云：毛音方。是也。"

[防有鵲巢]《國風・陳風》篇名(142)。這是一首憂懼讒言的詩。《詩序》説："《防有鵲巢》，憂讒賊也。宣公多信讒，君子憂懼焉。"嚴粲《詩緝》："此詩憂讒賊者，詩人爲賢者憂之也。"朱熹《辨説》："此非刺其君之詩。"又《集傳》："此男女之有私，而憂或間之之詞。"二章，八句。

魴(鲂) fáng 符方切（宕合三平陽奉）
陽部、並母

魚名，即鯿魚。頭小，身闊而薄肥，細鱗，色青白，味很鮮美。(風 5,雅 4)226《小雅・采綠》四章："其釣維何？維魴及鱮。"138《陳風・衡門》二章："豈其食魚，必河之魴。"陸璣《詩義疏》："魴，今伊洛濟潁魴魚也。廣而薄，肥恬而少力，細鱗，魚之美者。"《爾雅・釋魚》："魴，魾。"郭璞注："江東呼魴魚爲鯿，一名魾，音毗。"馬瑞辰《通釋》："《本草綱目》云：'一種火燒鯿，頭尾俱似魴，而脊骨更隆，上有赤鬣連尾，黑質赤章。'今江南有鯿魚，其腹下及尾皆赤，俗稱火燒鯿，殆即古之魴魚。詩人以魚尾之赤興王室之如燬，後人遂以火燒鯿名之。"

舫 fǎng 甫妄切（宕合三去漾非）
魚部、幫母

用竹木編成的筏子。見"方"。

訪(访) fǎng 敷亮切（宕合三去漾敷）
陽部、滂母

詢問；征求意見。(頌 1)287《周頌・訪落》："訪予落止，率時昭考。"《毛傳》："訪，謀。"《説文・言部》："泛謀曰訪。"朱熹《集傳》："訪，問。……以道延訪群臣之意。"陳奐《傳疏》:"謀者,謀於廟也。"
【訪落】《周頌》篇名(287)。這是寫成王即政初年,朝武王廟,與群臣謀議國政的詩。《詩序》:"《訪落》,嗣成王謀於廟也。"蔡邕《獨斷》:"《訪落》,成王謀政於廟之所歌也。"朱熹《集傳》:"成王既朝於廟,因作此詩,以道延訪群臣之意。"王先謙《集疏》:"黃山云:謀政於廟,即謀之武王廟也。蓋斯時成王雖未政,而周公在外,家難未平,故豫訪群臣而謀之。"此詩與《閔予小子》、《敬之》、《小毖》自成一組。有人認爲它們是一篇詩的四章,是周成王所作悔過告廟之詩。也有人說是周穆王晚年作的悔過詩。一章,十二句。

非 fēi 甫微切(止合三平微非)
微部、幫母

❶過失。(雅 1)189《小雅·斯干》九章:"無非無儀,唯酒食是議。"《鄭箋》:"有非,有善,亦非婦人也。"陳奐《傳疏》:"非,猶過失也。"一說:違背。馬瑞辰《通釋》:"非,違也。無非,即無違。"又一說:通"斐"。文采。俞樾《平議》卷十:"非當讀爲斐。《傳》曰:'婦人質無威儀','質'字正解'無非'之義,猶曰無文章、無威儀也。"❷不是。(雅 2)205《小雅·北山》二章:"溥天之下,莫非王土;率土之濱,莫非王臣。"《鄭箋》:"此言王之士地廣矣,王之臣又衆矣,何求而不得,何使而不行。"

霏 fēi 芳非切(止合三平微敷)
微部、滂母

雪大的樣子。(風 1)41《邶風·北風》二章:"北風其喈,雨雪其霏。"《毛傳》:"霏,甚貌。"朱熹《集傳》:"霏,雨雪分散之狀。"王先謙《集疏》:"《魯》,其霏作霏霏。"
【霏霏】大雪紛飛;雪大的樣子。(雅 1)167《小雅·采薇》六章:"今我來思,雨雪霏霏。"《毛傳》:"霏霏,甚貌。"朱熹《集傳》:"霏霏,雪盛貌。"

騑(騑) fēi 芳非切(止合三平微敷)
微部、滂母

【騑騑】馬行不停的樣子。(雅 3)162《小雅·四牡》一章:"四牡騑騑,周道倭遲。"《毛傳》:"騑騑,行不止之貌。"

飛(飞) fēi 甫微切(止合三平微非)
微部、幫母

❶(鳥、蟲)舞動翅膀在空中往來活動。(風 11、雅 24、頌 4)33《邶風·雄雉》一章:"雄雉于飛,泄泄其羽。"257《大雅·桑柔》十四章:"如彼飛蟲,時亦弋獲。"❷東西在空中飄揚。(風 1)62《衞風·伯兮》三章:"自伯之東,首如飛蓬。"朱熹《集傳》:"蓬,草名。其華似柳絮,聚而飛,如亂髮也。"

妃 fēi 芳非切(止合三平微敷)
微部、滂母

配偶。見"配"。

肥 féi 符非切(止合三平微奉)
微部、並母

肥;胖。(雅 2)165《小雅·伐木》三章:"既有肥羜,以速諸父。"《說文·肉部》:"肥,多肉也。"
【肥泉】春秋衞國水名,在今河南省淇縣境內。(風 1)39《邶風·泉水》四章:"我思肥泉,茲之永歎。"孔穎達《正義》:"此肥泉是衞水也。"朱熹《集傳》:"肥泉,水名。"陳奐《傳疏》:"肥泉爲朝歌城北之水。"一說:同源異流的水。《毛傳》:"所出同,所歸異,爲肥泉。"酈道元《水經注》卷九《淇水》:"毛注云:'同出異歸爲肥泉。'《爾雅》:'異景出同曰肥。'《釋名》曰:'本同出時所浸潤,少所歸,各枝散而多似肥者也。'犍爲舍人曰:'水異出流行合同曰肥。'今是水異出同歸矣。"陸德明《釋文》:"肥,字或作淝,音同。"

淝 féi 符非切(止合三平微奉)
微部、並母

水名。見"肥"。

腓 féi 符非切(止合三平微奉)
符沸切(止合三去未奉)
微部、並母

❶隱避;回避;庇護。(雅 2)167《小雅·采薇》五章:"君子所依,小人所腓。"《毛傳》:"腓,辟(避)也。"陸德明《釋文》:"腓,待非反。毛云:避也。鄭作芘,必寐反,倚也。"陳奐《傳疏》:"小人謂徒兵。辟,辟於車下者也。"胡承珙《後箋》:"《傳》訓腓爲辟者,腓爲隱避之意。"《鄭箋》:"腓,當作芘(庇)。此言戎車者將率之所依乘,成役之所芘倚。"

何楷《古義》:"此腓當即是庇字…言成卒亦藉是車以隱蔽也。"屈萬里《詮釋》:"腓,避也,謂避而不乘。"245《大雅·生民》三章:"誕寘之隘巷,牛羊腓字之。"《毛傳》:"腓,辟。"孔穎達《正義》:"牛羊共避而憐愛之。"馬瑞辰《通釋》:"腓當讀如《采薇》詩'小人所腓'之腓。…何氏《古義》讀同庇隱之庇,謂隱蔽之也。"于省吾《新證》:"'牛羊腓字之',應讀作'牛羊庇字之。'這是説:牛羊遇棄子后稷而庇蔭慈愛之。"❷ 通"痱"。(草木)枯萎。(雅1)204《小雅·四月》二章:"秋日淒淒,百卉具腓。"《毛傳》:"腓,病也。"陸德明《釋文》:"腓,房非反。《韓詩》云:變也。"《爾雅·釋詁》:"痱,病也。"郭璞注:"見《詩》。"郭氏所據本作"痱"。《文選·謝靈運·九日從宋公戲馬臺集送孔令詩》李善注:"《韓詩》曰:'秋日淒淒,百卉俱腓。'薛君曰:'腓,變也,俱變而黃也。'腓,音肥。毛萇曰:'痱,病也。'今本作腓字,非。《玉篇·疒部》引《詩》作"痱"。姚際恒《通論》:"腓,當依《爾雅》作痱。痱訓病。"

痱 féi 符非切(止合三平微奉)
微部、並母

病。見"腓"。

匪 fěi 府尾切(止合三上尾非)
微部、幫母

❶ 通"非"。不是。(風20、雅19、頌3)58《衛風·氓》一章:"匪來貿絲,來即我謀。"《鄭箋》:"匪,非。"260《大雅·烝民》一章:"匪安匪游,淮夷來求。"《鄭箋》:"匪,非也。"❷ 通"非"。不。(風1、雅25、頌4)26《邶風·柏舟》五章:"心之憂矣,如匪澣衣。"《毛傳》:"如衣之不澣矣。"朱熹《集傳》:"匪澣衣,謂垢污不濯之衣。"169《小雅·杕杜》四章:"匪載匪來,憂心孔疚。"陳奐《傳疏》:"匪,不;疚,病也。'匪載匪來,憂心孔疚。'言不載來,憂心甚病也。"218《小雅·車舝》一章:"匪飢匪渴,德音來括。"《鄭箋》:"雖飢不飢,雖渴不渴。"305《商頌·殷武》三章:"勿予禍適,稼穡匪解。"王引之《釋詞》卷十:"匪,不也。言不懈也。"❸ 通"非"。不可。(雅5)235《大雅·蕩》一章:"天生烝民,其命匪諶。"裴學海《古書虛字集釋》卷十:

"匪,不可也。…命,道也。言其道不可信也。"264《大雅·瞻卬》三章:"匪教匪誨,時維婦寺。"(不可教誨的,這是婦人和宦官。)一説:通"彼"。於鬯《香草校書》卷十七:"此兩'匪'字當作'彼'。'彼教彼誨,時維婦寺'者,若曰惟婦寺之言是聽耳。惟婦寺之言是聽,則謂之教誨,不亦宜乎?此詩人妙語也。❹ 通"非"。不僅;不但。(雅2)256《大雅·瞻卬》十章:"匪手携之,言示之事;匪面命之,言提其耳。"朱熹《集傳》:"非徒手携之也,而又示之以事;非徒面命之也,而又提其耳。"❺ 通"非"。以爲非;反對。(雅1)257《大雅·桑柔》十六章:"雖曰匪予,既作爾歌。"姚際恒《通論》:"謂雖必以予言非,然不得自已,既爲爾作歌,以冀爾之一悟也。"陳奐《傳疏》:"匪與非同。非,違也。"一説:通"誹"。指責;誹謗。林義光《通解》:"匪,讀曰誹。"又一説:通"非",不是。朱熹《集傳》:"又自文飾,以爲非我言也,則我已作爾歌矣。"❻ 通"斐"。有文采的樣子。(風5)55《衛風·淇奧》一章:"有匪君子,如切如磋,如琢如磨。"《毛傳》:"匪,文章貌。"陸德明《釋文》:"匪,本又作斐。《韓詩》作邠,美貌也。"《禮記·大學》引作"有斐君子"。陳奐《傳疏》:"匪即斐之假借。"❼ 通"彼"。那。(風6、雅7)37《邶風·旄丘》四章:"狐裘蒙戎,匪車不東。"陳奐《傳疏》:"匪,彼也。言彼大夫之車不東來也。"149《檜風·匪風》一章:"匪風發兮,匪車偈兮。"王引之《釋詞》卷十:"言彼風之動發發然,彼車之驅偈偈然。"204《小雅·四月》七章:"匪鶉匪鳶,翰飛戾天。"陳奐《傳疏》:"匪,彼也。"195《小雅·小旻》三章:"如匪行邁謀,是用不得于道。"《左傳·襄公八年》子駟引此詩,杜預注:"匪,彼也。行邁謀,謀於路人。不得于道,衆無適從。"一説:非,不。《鄭箋》:"匪,非也。君臣之謀事如此,與不行而坐圖遠近,是於道路無進於跬步,何以異乎?"

〖匪風〗《國風·檜風》篇名(149)。這詩當是東周初年,小國不能自保,鄭大夫憂時感事,想念西周盛世的詩。《詩序》:"《匪風》,思周道也。國小政亂,憂及禍難,而思周道焉。"朱熹《集傳》："周室衰微，賢人憂歎而作此詩。"郝懿行《詩問》："《匪風》，思西周也。王政不綱，小國罷敝，君子思豐鎬爾。"傅恒等《折中》："《匪風》，思西周也。…檜之君子睹平王之政令非復文武之舊，是以中心怛旦而思西歸也。"屈萬里《詮釋》："此當是檜人憂國思周之詩。蓋作於平王東遷之前，檜將被滅於鄭之時也。"一說：這是行役者的詩。"周道"就是大路。風起塵揚，行役者目睹大路上車馬往來，不免思念家鄉，心中憂愁。三章，十二句。

參"彼"。

斐 fěi 敷尾切（止合三上尾敷）
微部、滂母

五色相錯雜的花紋；文彩。見【菶菶】。參"匪"。

菲 fěi 敷尾切（止合三上尾敷）
微部、滂母

蘿卜一類的蔬菜。（風1）35《邶風·谷風》一章："采葑采菲，無以下體。"《毛傳》："菲，芴也。"孔穎達《正義》引陸璣《詩義疏》："菲似葍，莖粗，葉厚而長，有毛。三月中蒸鬻爲茹，滑美可作羹。幽州人謂之芴。《爾雅》謂之蒠菜，河内人謂之宿菜。"焦循《毛詩陸璣疏考證》："菲之爲芴，猶菲之爲勿、蟲之名蛗，一名盧䖿，則菜之名菲，即蘆菔，蘆菔即蘆葡，與蔓菁一類，故詩並舉之。"馬瑞辰《通釋》："菲、芴一聲之轉，菲、菔、菔聲亦相近，蘆菔，今作蘿蔔。菔又轉作葍，猶匐匍通作扶服耳。"

吠 fèi 符廢切（蟹合三去廢奉）
月部、並母

狗叫。（風1）23《召南·野有死麕》三章："無使尨也吠。"(尨：多毛的狗。)

沸 fèi 方味切（止合三去未非）
★ 分物切（臻合三入物非）
物部、幫母

水沸騰。（雅1）255《大雅·蕩》六章："如蜩如螗，如沸如羹。"《鄭箋》："如湯之沸，羹之方熟。"朱熹《集傳》："如嘒鳴，如沸羹，皆亂意也。"

【沸騰】水汹涌翻騰。（雅1）193《小雅·十月之交》三章："百川沸騰，山冢崒崩。"《毛傳》："沸，出；騰，乘也。"《玉篇·水部》："滕，《詩》曰：'百川沸滕'，水上涌也。"阮元《補箋》："幽王二年，三川震而復竭，岐山崩。…此詩因六年日食之變而作，並溯二年川震之事，故曰沸騰。"

又見【觱沸】。

肺 (一) fèi 芳廢切（蟹合三去廢敷）
月部、滂母

❶ 見【肺腸】。

(二) pèi ★普蓋切（蟹開一去泰滂）
月部、滂母

❷【肺²肺²】。

【肺腸】等於說"心肝"。心腸；心地。（雅1）257《大雅·桑柔》八章："自有肺腸，俾民卒狂。"陸德明《釋文》："肺，本又作胇，芳廢反。"朱熹《集傳》："自有私志而不通衆志。"（自有肺腸：別具心肝。）

【肺²肺²】茂盛的樣子。（風1）140《陳風·東門之楊》二章："東門之楊，其葉肺肺。"《毛傳》："牂牂然，盛貌。肺肺，猶牂牂也。"一說：風吹樹葉之聲。聞一多《類鈔》："肺肺，風搖樹葉的聲音。"《說文·市部》："市，艸木盛市巿然。""肺"爲"巿"的通假字。

廢(废) fèi 方肺切（蟹合三去廢非）
月部、幫母

❶ 撤去。（雅1）209《小雅·楚茨》五章："諸宰君婦，廢徹不遲。"《鄭箋》："廢，去也。尸出而可徹，諸宰徹去諸饌，君婦籩豆而已。"馬瑞辰《通釋》："廢、徹二字同義，廢亦徹也。"❷ 背棄；廢棄。（雅1）261《大雅·韓奕》一章："纘戎祖考，無廢朕命。"❸ 習慣於。（雅1）204《小雅·四月》四章："廢爲殘賊，莫知其尤。"《毛傳》："廢，忕也。"孔穎達《正義》："在位之人，慣習爲此殘賊之行以害於民，莫有自知其所行爲過惡者。"按《說文·心部》："忕，習也。"一說：大。陸德明《釋文》："忕，一本作廢，大也。此是王肅義。"《爾雅·釋詁》："廢，大也。"胡承珙《後箋》："《傳》以大爲忕，當是後人轉寫增入心旁。"王先謙《集疏》："《魯》說曰：'廢，大也。'"又一說：變化。朱熹《集傳》："廢，變。…在位者變爲殘賊，誰之過哉？"嚴粲《詩緝》："今其山廢爲殘賊之地，言斫伐其本根，無復存

留,其地荒矣。喻良民被殘賊至此,不知其何辜也。"又一説:廢黜,廢棄。黄震《黄氏日鈔》卷四:"山有嘉卉,爲栗爲梅,我反廢爲殘賊,莫知其罪,感卉木之得所,而己不如也。"於邑《香草校書》卷十五:"此'廢'字依常解'廢棄',義自通…'莫知其尤'則竟是無罪而遭廢棄者矣。"

芬 fēn 府文切(臻合三平文敷)
文部、滂母

【芬芬】芬芳;香氣濃鬱的樣子。(雅1)248《大雅·鳧鷖》五章:"旨酒欣欣,燔炙芬芬。"《毛傳》:"芬芬,香也。"俞樾《平議》卷十一:"芬芬,言炙香也。"

又見【苾芬】。

紛(纷) fēn 府文切(臻合三平文敷)
文部、滂母

雪盛大的樣子。見"雰"。

雰 fēn 府文切(臻合三平文敷)
文部、滂母

【雰雰】等於"紛紛"。雪盛大的樣子。(雅1)210《小雅·信南山》二章:"上天同雲,雨雪雰雰。"《毛傳》:"雰雰,雪貌。豐年之冬必有積雪。"《太平御覽·天部》八引《詩》作"雨雪紛紛。"王先謙《集疏》:"三家,雰作紛。"

饙(馈、馈、馈) fēn 府文切(臻合三平文非)
文部、幫母

蒸飯;把煮成半熟的米濾出來再蒸熟。(雅1)251《大雅·泂酌》一章:"泂酌彼行潦,挹彼注茲,可以饙饎。"《毛傳》:"饙,餾也。饎,酒食也。"陸德明《釋文》:"饙,甫雲反,餾也。"又作馈,字書云:一蒸米也。"朱熹《集傳》:"馈,蒸米一熟,而以水沃之,乃再蒸也。"馬國翰《目耕帖》卷二十:"今俗以水沃米,微蒸之,謂之馈。飯餅既熟,再蒸之,謂之餾。"曾運乾《毛詩説》:"今人蒸飯熟時,以水淋之,謂之打馈。"

枌 fēn 符分切(臻合三平文奉)
文部、並母

樹名,即白榆。(風1)137《陳風·東門之枌》一章:"東門之枌。宛丘之栩。"《毛傳》:"枌,白榆也。"孔穎達《正義》引孫炎説:"榆白者,名枌。"焦循《毛詩補疏》:"白色之各通作分聲,粉爲鉛所成,其色白;羊之白者名枌。…王冰云:'雰者紛寒霧白色也。'"

汾 fén 符分切(臻合三平文奉)
文部、並母

水名,即汾河。源出山西省寧武縣管涔山,西南流入黄河,長七百一十六公里,爲黄河的第二大支流。(風3)108《魏風·汾沮洳》一章:"彼汾沮洳,言采其莫。"《毛傳》:"汾,水也。"朱熹《集傳》:"汾,水名。出太原晉陽山西南,入河。"陳奂《傳疏》:"汾,晉水也。魏北汾西,河、汾逕西南以入於河,則汾曲即河曲矣。西境言河,北境則言汾耳。"

【汾沮洳】《國風·魏風》篇名(108)。這首詩贊美一位男子美好無比,與一般貴族官僚大不一樣。姚際恒《通論》:"此詩贊美其公族大夫之詩。托言采物而見其人以起興也。當時公族之人多習爲驕貴,不循禮法,故言此子美不可量,殊異乎公路之輩,猶言'超出流輩'也。"聞一多以爲"女欲奔男之辭"。《詩序》則認爲是諷刺魏國貴族勤儉而不得禮的詩:"《汾沮洳》,刺儉也。其君儉以能勤,刺不得禮也。"何楷《古義》:"《汾沮洳》:晉人刺其大夫也。初設公路、公行、公族之官,而用非其人,故刺之。"《韓詩》以爲贊美隱居賢者之詩。《外傳》卷一:"君子盛德而卑,虚己以受人…雖在下位,民願戴之。雖欲無尊,得乎哉?《詩》曰:'彼己之子,美如英。美如英,殊異乎公行。'"魏源《詩古微》:"《韓詩》蓋嘆沮澤之間,有賢者隱居在下,采蔬自給,然其才德實高出乎在位公行、公路之上。"三章,十八句。

【汾王】周厲王。公元前八四一年人民大起義,厲王逃奔到汾水流域的彘(今山西省霍縣東北),後來死在這里,故稱汾王。(雅1)261《大雅·韓奕》四章:"韓侯取妻,汾王之甥。"《鄭箋》:"汾王,厲王也。厲王流於彘,彘在汾水之上,故時人因以號之。"一説:大王。《毛傳》:"汾,大也。"孔穎達《正義》引王肅曰:"大王,王之尊稱也。"馬瑞辰《通釋》:"按汾者,墳之假借。故《傳》訓爲大,《傳》泛言大王,但以爲美稱耳。"又一説:西戎之王。俞樾《平議》卷十一:"汾,即《考工記》之鼢胡,西戎國名也。汾王者,鼢胡之王。韓侯取汾王之甥為妻,蓋亦有意。⋯當時借此為服西戎之策,後世和親之議,此其濫觴也。詩人夸大其事而歌咏之,蓋亦以此。不然,韓侯取妻,何與王朝之事乎?"

焚 fén 符分切(臻合三平合奉)
文部、並母

燒。(雅1)258《大雅·雲漢》五章:"旱魃為虐,如惔如焚。"《鄭箋》:"草木焦枯,如見焚燎然。"陸德明《釋文》:"焚,本又作燓。"

賁(贲) (一)fén 符分切(臻合三平文奉)文部、並母

❶大;大鼓。(雅1)242《大雅·靈臺》三章:"賁鼓維鏞。"《毛傳》:"賁,大鼓也。"孔穎達《正義》:"賁,大也,故謂大鼓為賁鼓。"陸德明《釋文》:"賁,字亦作鼖。"《說文·鼓部》:"鼖,大鼓謂之鼖,鼖八尺而兩面,以鼓軍事。"

(二)bì 彼義切(止開三去寘幫)
微部、幫母

❷見【賁²然】。

【賁²然】服飾華美的樣子。(雅1)186《小雅·白駒》三章:"皎皎白駒,賁然來思。"《毛傳》:"賁,飾也。"《鄭箋》:"賁,黃白色也。"《廣雅·釋詁》:"賁,美也。"陳奐《傳疏》:"飾然來者,言賢者之來,有車服之盛飾也。"陸德明《釋文》:"賁然,彼義反,飾也。徐音奔。鄭云:山下有火,賁。毛、鄭全用《易》為釋。"一說:馬疾行的樣子。讀bēn。朱熹《集傳》:"光采之貌也,或以為來之疾也。"馬瑞辰《通釋》:"賁然,蓋狀馬來疾行之貌。"屈萬里《詮釋》:"賁,古與奔通。賁然,即奔然也。"曾運乾《毛詩說》:"賁,疾也。'賁然來思',言疾來就駕,賢者將乘之去也。"
參"奔"。

墳(坟) fén 符分切(臻合三平文奉)
文部、並母

❶大堤;堤岸;水邊高地。(風2)10《周南·汝墳》一章:"遵彼汝墳,伐其條枚。"《毛傳》:"墳,大防也。"陸德明《釋文》:"《常武·傳》云:'墳,涯也。'"王念孫《廣雅疏證》卷九下:

"墳者,高起之名。《爾雅》:'墳,大防。'李巡注云:'墳,謂厓岸狀如墳墓。'"《爾雅·釋水》"汝為濆"郭注引《詩》作"遵彼汝濆"。一說:水名。汝水支流。徐灝《通介堂經說》卷十三:"《水經注·汝水》:'汝水又東南逕奇雒城西北,今南穎川郡治也。濆水出焉,世亦謂之大灈水。《爾雅》曰:河有雍,汝有濆。然則濆者,汝別也。《詩》汝濆連言,常指濆水。《序》曰:'文王之化,行乎汝墳之國。'則非謂大防明矣。《序》'墳'字亦當作'濆'。"❷大。(雅1)223《小雅·苕之華》三章:"牂羊墳首,三星在罶。"《毛傳》:"墳,大也。"朱熹《集傳》:"羊瘠則首大也。"王先謙《集疏》:"《齊》,墳作羒。一說:通'斑'。雜色的花紋或斑點。于省吾《新證》:"'牂羊墳首',即牂羊斑首,羊首亦有黑白相間者。"又一說:通"羒"。公羊。羅願《爾雅翼》:"墳,猶羒也。羒,牡羊,牂,牝羊。牂羊而羒首。猶褒姒以男冠化於上,婦人而為男子之事也。"曾運乾《毛詩說》:"《釋獸》:'羊,牡羒牝羭。'此'墳'為'羒'之假借字。牂羊之身,而欲其為牡羒有角之首。此隱語體,與'濟盈不濡軌,雉鳴求其牡'及《鶉鳴》全章同。"參"濆"。

濆(濆) fén 符分切(臻合三平文奉)
文部、並母

水岸邊;河旁高地。(雅1)263《大雅·常武》四章:"鋪敦淮濆,仍執醜虜。"《毛傳》:"濆,厓。"《鄭箋》:"陳屯其兵於淮水大防之上以臨敵,就執其衆之降服者也。"《周南·汝墳》孔穎達《正義》引此作"淮墳"。《說文·水部》:"濆,水涯也。《詩》曰:'敦彼淮濆。'"朱駿聲《說文通訓定聲·屯部》:"按與墳略同。自然成者濆,人為之者墳。"參"墳"。

羵 fén 符分切(臻合三平文奉)
文部、並母

大。見"墳"。

賁(蕡) fén 符分切(臻合三平文奉)
文部、並母

果實肥大的樣子。(風1)6《周南·桃夭》二章:"桃之夭夭,有蕡其實。"《毛傳》:"蕡,實貌。非但有華色,又有婦德。"朱熹《集傳》:

"賁，實之盛也。"嚴粲《詩緝》："賁，大也。墳爲大防，蕡鼓爲大鼓。…兄賁同音之字，皆有大義，則賁亦桃實之大貌。"段玉裁《小學》："賁之言大也。"馬瑞辰《通釋》："頒者，頌之借。《說文》：'頒，大首貌。'引申爲凡大之稱。"陳奐《傳疏》："有蕡其實，言桃之實蕡然大也。"俞樾《平議》卷八："蕡者，大也。有蕡其實，言其實之大也。蕡與墳、蕡字異而義同。一說：通"斑"。雜色的花紋或斑點。于省吾《新證》："蕡、墳、頒與賁古通。金文作奉。…頒、賁並應讀作斑。賁，古斑字。'有蕡其實'，即有斑其實。桃實將熟，紅白相間，其實斑然。"

蕡 fén 符分切（臻合三平文奉）
文部、並母

八尺而兩面的大鼓。見"賁"。

頒(颁) fén 符分切（臻合三平文奉）
文部、並母

頭大的樣子。(雅 1)221《小雅·魚藻》一章："魚在在藻，有頒其首。"《毛傳》："頒，大首貌。"《說文·頁部》："頒，大頭也。《詩》曰：'有頒其首。'"一說：眾多的樣子。陸德明《釋文》引《韓詩》云："頒，眾貌。"又一說：雜色的花紋或斑點。于省吾《新證》："頒、賁並應讀作斑。…'有頒其首'，即有斑其首。"

幩(帉) fén ★符分切（臻合三平文奉）文部、並母

系在馬鑣上的布巾或綢子。(風 1)57《衛風·碩人》三章："四牡有驕，朱幩鑣鑣。"《毛傳》："幩，飾也。人君以朱纏鑣，扇汗，且以爲飾。"朱熹《集傳》："幩，鑣飾也。鑣者馬銜外鐵，人君以朱纏之也。"按《說文·巾部》："幩，馬纏鑣扇汗也。《詩》曰：'朱幩儦儦。'"徐鍇《說文系傳》："謂以帛纏馬口旁鐵，扇汗使不汗也。"

奮(奋) fèn 方問切（臻合三去問非）文部、幫母

❶鳥類展翅振羽。(風 1)26《邶風·柏舟》五章："靜言思之，不能奮飛。"《毛傳》："不能如鳥奮翼而飛去。" ❷奮發；奮揚。(雅 1、頌 1)263《大雅·常武》四章："王奮厥武，如震如怒。"《鄭箋》："王奮揚其威武。"嚴粲《詩

緝》：《釋文》曰：奮，揚也。"305《商頌·殷武》一章："撻彼殷武，奮伐荊楚。"《鄭箋》："楚人叛，高宗撻然奮揚威武，出兵伐之。"

丰 fēng 敷容切（通合三平鍾敷）
東部、滂母

容貌豐滿。(風 1)88《鄭風·丰》一章："子之丰兮，俟我乎巷兮。"《毛傳》："丰，豐滿也。"《釋文》："丰，面貌豐滿也。《方言》作妦，《玉篇·女部》："妦，容好貌。"

〖丰〗《國風·鄭風》篇名(88)。這是一首寫婚姻問題的詩。女子在未嫁夫來親迎時沒有隨行，不久，她後悔了，表示願意嫁給他。《詩序》："《丰》，刺亂也。婚姻之道缺，陽倡而陰不和，男行而女不隨。"王先謙《集疏》："三家無異義。"朱熹《集傳》："婦人所期之男子已俟乎巷，而婦人有異志不從，既而悔之，而作是詩也。"嚴粲《詩緝》："此詩述婦人之辭也。男子親迎，女有他志而不從，其後復思親迎之人，謂子之面貌丰丰然豐滿，出門而待我於門外之巷，悔我當時不送是子而去也。"聞一多《類鈔》："親迎不行，既而悔之。"傅恒等《折中》以爲鄭人悔不從晉，而托爲婦人之詞。方玉潤則認爲悔仕進不以禮之詩。四章，十六句。

封 fēng 府容切（通合三平鍾非）
東部、幫母

大。(頌 2)305《商頌·殷武》四章："命於下國，封建厥福。"《毛傳》："封，大也。"《鄭箋》："命之於小國以爲天子，大立其福，謂命湯使由七十里王天下也。"朱熹《集傳》："天命之以天下，而大建其福，此高宗所以受命而中興也。"269《周頌·烈文》："無封靡于爾邦，維王其崇之。"《毛傳》："封，大也。靡，累也。"《鄭箋》："無大累於女國，謂諸侯治國無罪惡也。"孔穎達《正義》引王肅曰："武王得天下，因殷諸侯無大累於其國者就立之。"陳奐《傳疏》："按三家詩以封靡爲大罪，與毛訓同。"胡承珙《後箋》："蓋靡累皆系纍之義，引申爲羈縻，爲罪累。一說：貪積財貨。朱熹《集傳》："'封靡'之義未詳。或曰：封，專利以自封殖也。靡，汰侈也。"

封 fēng 府容切（通合三平鍾非）
東部、幫母

蕪菁；蔓菁。大頭菜一類的蔬菜。(風 4)35《邶風•谷風》一章："采葑采菲，無以下體。"《毛傳》："葑，須也。"《鄭箋》："此二菜者，蔓菁與蕪之類也。"陸德明《釋文》："葑，孚容反，徐音豐，字書作葑，孚容反。《草木疏》云：'蕪菁也。'郭璞云：'今菘菜也。'按江南有菘，江北有蔓菁，相似而異。"王先謙《集疏》："葑即蕪菁，一名蔓菁，非菘亦非芥。"

蜂 fēng 敷容切（通合三平鍾敷）
東部、滂母

菲蜂；牽引；使。見"菲(pēng)"。

風(风) fēng 方戎切（通合三平東非）
侵部、幫母

❶風；刮風。(風 12；雅 8)30《邶風•終風》一章："終風且暴，顧我則笑。"260《大雅•烝民》八章："吉甫作誦，穆如清風。"《毛傳》："清微之風，化養萬物者也。"❷樂曲；音調。(雅 1)259《大雅•崧高》八章："其詩孔碩，其風肆好。"陸德明《釋文》引王肅注："風，音也。"朱熹《集傳》："風，聲。一說：諷諫；委婉勸告。《鄭箋》："其詩之意甚美大，風切申伯。"胡承珙《後箋》："此詩言誦，又言詩，又言風，三者有別。誦者可歌之名。…詩則其本篇之詞，風則其詞中之意。"又一說：指人的修養和風度。陳奐《傳疏》："'其詩孔碩'句是吉甫自陳作誦之意，'其風肆好'句，是美申伯之詞。"❸通"放"。放任；不受拘束。(雅 1)205《小雅•北山》六章："或出入風議，或靡事不為。"《鄭箋》："風，猶放也。"孔穎達《正義》："謂間暇無事，出入放恣，議量時政者。"呂祖謙《詩記》："陳氏曰：從事口舌也。"馬瑞辰《通釋》："風議，即放議也。放議猶放言也。"一說：通"諷"。諷刺。陸德明《釋文》"風"音"諷"。❹《詩經》里的一類詩。何謂風？《毛詩•關雎•序》："《風》，風也，教也。風以動之，教以化之。…上以風化下，下以風刺上，主文而譎諫，言之者無罪，聞之者足以戒，故曰《風》。"朱熹《答潘恭叔》："凡言風者，皆民間歌謠，采詩者得之，因人以為樂，以見風化流行，淪肌浹髓而發於聲氣者如此。其謂之風，正以其自然而然，如風之動物而成聲耳。"又《詩集傳》："風者，民俗歌謠之詩也。

謂之風者，以其被上之化以有言，而其言又足以感人，如物因風之動而有聲，而其聲又足以動物也。是以諸侯采之以貢於天子，天子受之而列於樂官，於以考其俗尚之美惡，而知其政治之得失焉。"嚴粲《詩緝》："猶柔委曲，意在言外者，風之體也。"王應麟《詩地理考》："方土之音曰風，朝廷之音曰雅，郊廟之音曰頌。"惠周惕《詩說》："《風》《雅》《頌》皆以音別。"錢鍾書《管錐篇》："就其本源言，風者，土風也，風謠也，今語所謂地方民歌也。就其作用言，風者，諷諫也，風教也。就其體制言，風者，風咏也，風誦也，今語所謂口頭歌唱文學也。"(第一冊 59 頁)參看《國風》。

[風雨]《國風•鄭風》篇名(90)。《詩序》："《風雨》，思君子也。亂世則思君子不改其度焉。"《鄭箋》："喻君子雖居亂世不改變其節度。思而見之，云何而心不說？"《南史•袁粲傳》："粲初名慜孫，峻於儀範，廢帝倮之迫之使走，慜孫雅步如常，顧而言曰：'風雨如晦，雞鳴不已。'"鄭方坤《稗經》卷五："此《風雨》之詩，蓋言君子有常，雖或處亂世而仍不改其度也。"多數學者以為這首詩是寫一個風雨雞鳴的早晨，妻子與丈夫久別重逢的喜悅心情。聞一多《類鈔》："風雨晦冥，群雞驚噪，婦人不勝孤悶，君子適來，欣然有作。《左傳•昭公十六年》子游賦《風雨》，宣子以為'昵燕好'之詞。有人認為是"風雨懷友"的詩。方玉潤《原始》："《風雨》，懷友也。"吳懋清《復古錄》："以雞鳴之不失其時，喻知交之不失其信。未見相思，既見相樂。因托之女得所歸而作是歌。"也有人認為是寫情人相見之詩。朱熹《集傳》："淫奔之女言當此之時見其所期之人而心悅也。"屈萬里《詮釋》："此男女幽會之詩。"李長之《試譯》："這是寫其孤寂煩悶中而忽然見到所喜歡的人，因而高興的一首戀歌。"三章，十二句。

又見【北風】【晨風】【谷風】【凱風】【飄風】。

豐(丰) fēng 敷空切（通合三平東敷）
東部、滂母

❶茂密；茂盛。(雅 2)174《小雅•湛露》二

章："湛湛露斯，在彼豐草。"《毛傳》："豐，茂也。"❷豐足；豐收。(雅1、頌3)279《周頌·豐年》："豐年多黍多稌。"《毛傳》："豐，大。"《鄭箋》："豐年，大有年也。"❸古都名，也寫作"酆"。在今陝西省西安市西户縣秦杜鎮附近。原爲崇國所在地，周文王滅崇後，建設豐城，並遷都於此。時間大約在公元前1136年。(雅3)244《大雅·文王有聲》二章："既伐于崇，作邑于豐。"《鄭箋》："作邑者，徙都于豐以應天命。"朱熹《集傳》："豐，即崇國之地，在今鄠縣杜陵西南。"王應麟《詩地理考》："朱氏曰：豐在今京兆府鄠縣終南山北。"❹水名。源出陝西省咸陽市南秦嶺，東北流入渭河。(雅2)244《大雅·文王有聲》五章："豐水東注，維禹之績。"朱熹《集傳》："豐水東北流，徑豐邑之東，入渭而注於河。"

【豐年】《周頌》篇名(279)。這是周天子秋冬二季在宗廟祭祀祖先的樂歌。詩中夸耀周王在豐年得到大量財富，並祈求祖先賜福。《詩序》："《豐年》，秋冬報也。"蔡邕《獨斷》："《豐年》，蒸嘗秋冬之所歌也。"《鄭箋》："報者，謂嘗也，烝也。"陳喬樅《魯説考》："謂之嘗者，取物成嘗新之義。謂之烝者，取品物備進之義。《月令》言畢饗先祖，《詩》言烝畀祖妣，其事正同。《噫嘻》爲春夏祈祭之所歌，《豐年》爲秋冬報祭之所歌。與宗廟時祀先祖，名同而實異也。"祭祀對象爲周之祖先。朱熹《集傳》："此秋冬報賽田事之樂歌。蓋祀田祖、先農、方社之屬也。"何楷《古義》以爲冬祭八蜡，陳奐《傳疏》以爲祭"上帝百神"，都不一定符合詩意。一章，七句。

逢 (一) féng　符容切（通合三平鍾奉）
　　　東部、並母
❶遭遇；遇到。(風4、雅1)26《邶風·柏舟》二章："薄言往愬，逢彼之怒。"257《大雅·桑柔》四章："我生不辰，逢天僤怒。"
　　(二) péng　★蒲蒙切（通合一平東並）
　　　東部、並母
❷見【逢²逢²】。
【逢²逢²】鼓聲。(雅1)242《大雅·靈臺》五章："鼉鼓逢逢。"陸德明《釋文》引《坤蒼》："逢，鼓聲也。"朱熹《集傳》："逢逢，和也。"《吕氏春秋·季夏紀》、《諭大》高誘注並引作"鼉鼓鎽鎽"。馬瑞辰《通釋》："逢逢，鎽鎽，皆彭彭之假借。《説文》：'彭彭，聲也。'"

縫(缝)　féng　符容切（通合三平鍾奉）東部、並母
縫製(衣裳)。(風2)107《魏風·葛屨》一章："纖纖女手，可以縫裳。"18《召南·羔羊》三章："羔羊之縫，素絲五緫。"《毛傳》："縫，言縫殺之大小得其制。"朱熹《集傳》："縫，縫皮合之以爲裘也。"陳奐《傳疏》："上言革，此言縫，則所縫者皮革也。"一説：通"韄"。皮革。聞一多《新義》："詩一章曰'羔羊之皮'，二章曰'羔羊之革'，三章曰'羔羊之縫'。皮、革一義，則縫亦當與之同。縫，依字當作韄。…皮、革、韄皆是一語之轉，故字雖三變，義則一而已矣。"

奉　fèng　扶隴切（通合三上腫奉）
　　　東部、並母
　　★撫勇切（通合三上腫敷）
　　　東部、滂母
❶恭敬地捧着。(雅2)238《大雅·棫樸》二章："濟濟辟王，左右奉璋。奉璋峨峨，髦士攸宜。"❷進獻。(風1)127《秦風·駟驖》二章："奉時辰牡，辰牡孔碩。"《毛傳》："冬獻狼，夏獻麋，春秋獻鹿豕群獸。"

鳳(凤)　fèng　馮貢切（通合三去送奉）侵部、並母
【鳳皇】也作"鳳凰"。古代傳説的神鳥，雄爲鳳，雌爲皇，古人以爲百鳥之長。(雅3)252《大雅·卷阿》七章："鳳皇于飛，翽翽其羽。"《毛傳》："鳳皇，靈鳥，仁瑞也。雄曰鳳，雌曰皇。"《初學記》卷三十引《毛詩草蟲經》："雄曰鳳，雌曰皇。其雛爲鸑鷟。或曰，鳳凰一名鸑鷟，一名鶠。"阮元《校刊記》："案'凰'，俗字，不當用於經典。"

紑(纻)　fóu　匹尤切（流開三平尤敷）
　　　　芳否切（流開三上有敷）
　　　之部、滂母
　　　　甫鳩切（流開三平尤非）
　　　之部、幫母
衣服鮮潔的樣子。(頌1)292《周頌·絲衣》："絲衣其紑，載弁俅俅。"《毛傳》："紑，絜

鮮貌。"朱熹《集傳》:"䤨,潔貌。"

芣 fóu （又 fú）縛謀切（流開三平尤奉）
之部、並母

【芣苢】車前草。古人以爲它的子實可以治婦人不孕。(風3)8《周南・芣苢》一章:"采采芣苢,薄言采之。"《毛傳》:"芣苢,馬舄,馬舄,車前也,宜懷妊焉。"陸璣《詩義疏》:"其子治婦人難產。"朱熹《集傳》:"芣苢,車前也。大葉長穗,好生道旁。"陸德明《釋文》:"苢,本亦作苡。《韓詩》云:'直曰車前,瞿曰芣苢。'"楊樹達《小學述林》:"瞿言其橫生四布,故與直爲對文。…據今目驗,車前實有二種:其直上者葉肥大,《韓詩》所謂'直曰車前'者是也;其貼地生四向旁出者較小,即《韓詩》所謂'瞿曰芣苢'者也。"王先謙《集疏》:"《韓》,苢作苡。"聞一多《通義》:"'芣苡'之音近'胚胎',故古人根據類似律(聲音類近)之魔術觀念,以爲食芣苡即能受胎而生子。"一說:李子一類的野果。陸德明《釋文》:"《山海經》及《周書・王會》皆云:'芣苢,木也。實似李,食之宜子。生於西戎。'衛氏傳及許慎並同此,王肅亦同,王基已有駮難也。"許慎《說文・艸部》:"苢,芣苢,一名馬舄,其實如李,令人宜子。《周書》所說。"《逸周書・王會解》:"康人以秠苢。秠苢者,其實如李,食之宜子。"馬瑞辰《通釋》:"據詩言掇之,捋之,皆宜指取子而言,則《毛傳》之說當矣。"

【芣苢】《國風・周南》篇名(8)。這是古代婦女們在采集芣苢時所唱的歌。詩中描寫了采芣苢的勞動過程,洋溢着歡樂飽滿的勞動熱情。朱熹《集傳》:"化行俗美,家室和平,婦人無事,相與采此芣苢而賦其事也。"豐坊《詩傳》:"文王之時,萬民和樂,童兒歌謠,賦《芣苢》。"《詩序》以爲婦人采芣苢是爲了受胎生子:"《芣苢》,后妃之美也。和平則婦人樂有子矣。"魯、韓二家以爲傷夫有惡疾而作。《列女傳・貞順》:"蔡人之妻者,宋人之女也。既嫁於蔡而夫有惡疾。其母將嫁之。女曰:'夫不幸乃妾之不幸也。奈何去之?適人之道,一與之醮,終身不改。不幸遇惡疾,不改其意。且夫采芣苢之草,雖其臭惡,猶將始於掇采之,終於懷襭之,浸以益親,況於夫婦之道乎? 彼無大故,又不遣妾,何以得去?'終不聽其母,乃作《芣苢》之詩。"此魯說。《文選・劉孝標・辨命論》李善注:"《韓詩》曰:'《芣苢》,傷夫有惡疾也。'薛君曰:'芣苢,澤舄也。芣苢,臭惡之菜。詩人傷其君子有惡疾,人道不通,求已不得,發憤而作,以事興。芣苢雖臭惡乎,我猶采而不已者,以興君子雖有惡疾,我猶守而不離去也。'"此韓說。或以爲喻求賢才之詩。李光地《詩所》:"詩之次在於《兔罝》之後,殆以文王求才之殷,取才之盡,作者因芣苢以起興,猶之《關雎》荇菜之義歟?"現代有的研究者認爲芣苢是李子一類的野果,勞動婦女采摘是爲了充饑。三章,十二句。

否 （一）fǒu 方久切（流開三上有非）
之部、幫母

❶不;不然。在肯定和否定並列的句子裏表示否定的一方面。(風2、雅3)34《邶風・匏有苦葉》四章:"招招舟子,人涉卬否。"211《小雅・甫田》三章:"攘其左右,嘗其旨否。"220《小雅・賓之初筵》五章:"凡此飲酒,或醉或否。"

（二）pǐ　符鄙切（止開三上旨並）
之部、並母

❷阻隔;不通達。(雅1)199《小雅・何人斯》六章:"爾還而入,我心易也。還而不入,否難知也。"《鄭箋》:"否,不通也。女行反入見我,我則解說也。反又不入見我,我與女情不通,女與於譖我與否,復難知也。"一說:助詞。無實義。陳奐《傳疏》:"否,古作不。《釋詞》云:'不,語詞。'否難知,難知也。言其心孔艱,不可測也。"又一說:大。于邠《香草校書》卷十四:"'否'當讀爲'丕'。'否''丕'並諧'不'字,例可通借。《說文・一部》云:'丕,大也。'然則,否難知者,大難知也,猶今俗言'大不解'耳。"❸惡;壞。(雅2)256《大雅・抑》十章:"於乎小子,未知臧否。"陸德明《釋文》:"臧否,音鄙。臧,善也;否,惡也。"260《大雅・烝民》四章:"邦國若否,仲山甫明之。"《鄭箋》:"若,順也。順否猶臧否,謂善惡也。"陸德明《釋文》:"否,音鄙。惡也。舊方久反,王同,云:不也。"漢石

經作"不"。

缶 fǒu 方久切（流開三上有非）
幽部、幫母

瓦盆。古人有時以缶爲打擊樂器。(風1)136《陳風·宛丘》三章："坎其擊缶,宛丘之道。"《毛傳》："盎謂之缶。"孔穎達《正義》："缶是瓦器,可以節樂,若令擊甌；又可以盛水盛酒,即今之瓦盆也。"朱熹《集傳》："缶,瓦器,可以節樂。"

夫 fū 甫無切（遇合三平虞非）
魚部、幫母

❶成年男子。(風4,雅4)131《秦風·黃鳥》一章："維此奄息,百夫之特。"❷那人；彼。(風2)141《陳門·墓門》一章："夫也不良,國人知之。"朱熹《集傳》："夫,指所刺之人也。"牟庭《詩切》："夫也,猶言此人也。"
又見【大夫】【老夫】【農夫】【僕夫】【膳夫】【武夫】【征夫】。

敷 fū 芳無切（遇合三平虞敷）
魚部、滂母

❶布；施。(雅1,頌2)195《小雅·小旻》一章："旻天疾威,敷于下土。"《毛傳》："敷,布也。"黃焯《毛鄭平議》："'敷于下土',謂天災流行,禍亂遍作,即《雨無正》之'降喪饑饉,斬伐四國'也。"304《商頌·長發》四章："敷政優優,百祿是遒。"陳奐《傳疏》："敷與布通。"《左傳》成公二年、昭公二十年引《詩》作"布政優優"。295《周頌·賚》："敷時繹思,我徂維求定。"孔穎達《正義》："敷訓爲布,是廣及之義。"朱熹《集傳》："敷,布。"馬瑞辰《通釋》："謂布是文王之德澤,引申之及於無窮,此《序》所云'錫予善人'也。"一說：普遍。《鄭箋》："敷,猶徧也。"《左傳·宣公十二年》引《詩》作"鋪時繹思,我徂維求定。"❷平；平治。(頌1)304《商頌·長發》一章："洪水芒芒,禹敷下土方。"《鄭箋》："禹敷下土,正四方,定諸夏,廣大其竟界之時。"朱熹《集傳》："《楚辭·天問》：'禹降省下土方。'蓋用此語。"屈萬里《詮釋》："敷,鋪音近義通,鋪猶平也。《孟子》：'舉舜而敷治焉。'敷治,即平治也。"❸普遍；廣泛。(雅1,頌1)256《大雅·抑》三章："罔敷求先王,克明刑。"朱熹《集傳》："敷求先王,廣求

先王所行之道也。"
【敷奏】展現；布陳。(頌1)304《商頌·長發》五章："敷奏其勇,不震不動。"陸德明《釋文》作"傅"云："本亦作敷。"孔穎達《正義》："湯之陳進其勇,不可震,不可動。"朱熹《集傳》："敷奏其勇,猶言大進其武功也。"屈萬里《詮釋》："奏,告也,義猶陳也,言布陳其勇武也。"

膚(肤) fū 甫無切（遇合三平虞非）
魚部、幫母

❶人體的表皮；皮膚。(風1)57《衛風·碩人》二章："手如柔荑,膚如凝脂。"按《禮記·禮運》："膚革充盈"孔穎達等疏："膚是革外之薄皮。"❷大。(雅1)177《小雅·六月》三章："薄伐獫狁,以奏膚公。"《毛傳》："膚,大。公,功也。"❸美。(風2,雅1)160《豳風·狼跋》一章："公孫碩膚,赤舄几几。"《毛傳》："膚,美也。"馬瑞辰《通釋》："膚,當讀如'膚革充盈'之膚。碩膚者,心廣體胖之象。"235《大雅·文王》五章："殷士膚敏,裸將于京。"《毛傳》："膚,美。敏,疾也。"《鄭箋》："殷之臣壯美而敏。"一說：膚敏,即黽勉。于省吾《新證》："膚敏乃黽勉之轉語。膚與黽,敏與勉並系雙聲。…此詩是說,殷士助祭於周,但興亡之感,不能無動於衷,只有俯首就範,黽勉從事而已。"

伏 fú 房六切（通合三入屋奉）
職部、並母

❶趴着；身體前傾而面向下躺着。(風1,雅1)145《陳風·澤陂》三章："寤寐無爲,輾轉伏枕。"242《大雅·靈臺》二章："王在靈囿,麀鹿攸伏。"朱熹《集傳》："攸伏,安其所處,不驚擾也。"嚴粲《詩緝》："文王游於靈囿,則牝鹿乳其子,伏而不動。"❷隱藏；隱匿。(雅2)192《小雅·正月》十一章："潛雖伏矣,亦孔之炤。"陳奐《傳疏》："伏,伏於淵也。"(炤,明。)194《小雅·雨無正》一章："舍彼有罪,既伏其辜。"王引之《述聞》卷六："伏者,藏也,隱也。凡戮有罪者當聲其罪而誅之。今王之舍彼有罪也,則既隱藏其罪而不之發矣。蓋惟其欲舍有罪之人,是以匿其罪狀耳。"一說：承受。朱熹《集傳》："彼有罪而饑死,則是既伏其辜矣,舍之可

匐

fú　房六切（通合三入屋奉）
　　薄北切（曾開一入德並）
　　職部、並母

見【匍匐】。

幅

fú　方六切（通合三入屋非）
　　彼側切（曾開三入職幫）
　　職部、幫母

裹腿。見【邪幅】。

【幅隕】即"幅員"。疆域；疆土。地廣為幅，周圍為員。（頌1）304《商頌·長發》一章："外大國是疆，幅隕既長。"《毛傳》："幅，廣也。隕，均也。"《鄭箋》："隕當作圜，圜謂周也。"孔穎達《正義》引王肅曰："禹平治水土，中國既廣，已平均且長也。"朱熹《集傳》："幅，猶言邊幅也。隕，讀作員，謂周。"陳喬樅《改字說》："毛公訓隕為均，與《玄鳥·傳》'員，均也。'義同，是以幅隕之隕假借為員字，員，圓古通，方圓《孟子》書皆作'方員'，是其證也。《箋》破員為圜，蓋渾圓則無不均之處，此申毛，非易毛也。"一說，福。王引之《述聞》卷七："幅，讀為福。隕，讀為云。古字假借耳。福云既長者，言當禹敷下土方，疆理大國之時。商之福祥既已長矣。…云，語助也。"

楅

fú　方六切（通合三入屋非）
bì　彼側切（曾開三入職幫）
　　職部、幫母

【楅衡】控制牛的用具。在牛角上加上橫木，以防牛牴觸人。（頌1）300《魯頌·閟宮》四章："秋而載嘗，夏而楅衡。"《毛傳》："楅衡，設牛角以楅之也。"陸德明《釋文》："楅，音福，逼也。"孔穎達《正義》："楅衡，謂設橫木於角，以楅迫此牛。"朱熹《集傳》："楅衡，施於牛角，所以止觸也。"陳奐《傳疏》："衡，古橫字。楅衡者，謂以橫木遍束之。"按《說文·木部》："楅，以木有所逼束也。從木，畐聲。《詩》曰：夏而楅衡。"段玉裁注："泛云'以木有所逼束'，則不專謂施於牛者，引《詩》特其一證耳。"一說，楅衡兩物，楅是加在牛角上以防牛牴觸人的橫木，衡是穿牛鼻子的柴。孔穎達《正義》引《周禮·地官·封人》鄭玄注："楅設於角，衡設於

鼻，如椵狀。"又一說：關牲畜的圈。馬瑞辰《通釋》："楅衡為闌閑之類。"

福

fú　方六切（通合三入屋非）
　　屋部、幫母

❶幸福；福氣。富貴壽考齊備。跟"禍"相對。（風3、雅25、頌12）166《小雅·天保》一章："神之吊矣，詒爾多福。"274《周頌·執競》："降福簡簡，威儀反反。"305《商頌·殷武》四章："命于下國，封建厥福。"《鄭箋》："大立其福，謂命湯使出七十里王天下也。"《左傳·襄公二十六年》引此詩說："此湯所以獲天福也。"一說：通"服"。王畿以外的地方。于省吾《新證》："福、富、服古通。…'命于下國，封建厥服'，言湯始分封眾國也。"❷賜福；降福。（頌1）300《魯頌·閟宮》四章："周公皇祖，亦其福女。"孔穎達《正義》："周公與君祖伯禽，亦其福女僖公矣。"

【福祿】福分和祿位。（雅12、頌1）213《小雅·瞻彼洛矣》一章："君子至止，福祿如茨。"《鄭箋》："爵命為福，賞賜為祿。"孔穎達《正義》："凡言福者，大慶之辭"；祿者，吉祉之謂。"274《周頌·執競》："既醉既飽，福祿來反。"陳奐《傳疏》："君臣醉飽，禮無違者，以重得福祿也。"

葍

fú　方六切（通合三入屋非）
　　職部、幫母

一種多年生蔓草。又叫小旋花、面根藤兒。地下莖可蒸吃，有甜味。（雅1）188《小雅·我行其野》三章："我行其野，言采其葍。"《毛傳》："葍，惡菜也。"《鄭箋》："葍，葍也。"王先謙《集疏》："《齊民要術》云：[葍]，一種莖赤有臭氣，即《爾雅》之'葍，藑茅'，《毛傳》所云'惡菜'也。一種莖葉細而香，即《爾雅》之'葍，葍'，郭注所云'根白可啖'也。"

輻

fú　方六切（通合三入屋非）
　　方副切（流開三去宥幫）
　　職部、幫母

❶輻條；車輪中連接車轂和車輞的直條。（風1）112《魏風·伐檀》二章："坎坎伐輻兮，寘之河之側兮。"朱熹《集傳》："輻，車輻也。"黃焯《詩疏平議》："伐輻、伐輪配伐檀言，合言伐檀以為輻、為輪也。"❷通"輹"。

車箱下面鈎住車軸的木頭,形似伏兔。(雅1)192《小雅·正月》十章:"無棄爾輔,員于爾輻。"俞樾《平議》:"員者,旋也。…此經輻字,亦輹字之誤,輹即所謂伏兔也。"一説:輻條。朱熹《集傳》:"無棄爾輔,以益其輻。"

扶 fú 防無切(遇合三平虞奉)
魚部、並母

【扶蘇】枝葉繁茂的樹木。(風1)84《鄭風·山有扶蘇》一章:"山有扶蘇,隰有荷華。"《毛傳》:"扶蘇,扶胥,小木也。…言高下大小各得其宜也。"陸德明《釋文》:"扶蘇,扶胥,木也。"孔穎達《正義》:"毛以爲扶蘇之木生於山,荷華之草生於隰,各得其宜。"王先謙《集疏》:"扶蘇謂大木枝柯四布。疏通作胥,亦作蘇。…荷華本陂澤所生,與山生大木正高下合宜之喻。方玉潤《原始》:"枝葉扶蘇,乃茂木耳。"《説文·木部》、《漢書·司馬相如傳》、《楊雄傳》、《劉向傳》均以"扶蘇"爲大木。一説:桑樹。馬瑞辰《通釋》:"《釋木》:'輔,小木。'小木即木之名。錢大昕曰:'扶、輔聲義皆相近,長言爲扶蘇,急言爲輔。'其説是也。'胥、疏、蘇'叠韻字,古通用。扶,《説文》作枎,云:'枎疏,四布也。'扶蘇又通作蒲蘇。《公羊》何休注:'暴桑、蒲蘇,桑也。'"參"苻"。

弗 fú 分勿切(臻合三入物非)
物部、幫母

❶否定副詞。不。其後面的動詞大都不帶賓語。(風14、雅15)115《唐風·山有樞》一章:"子有車馬,弗馳弗驅。"194《小雅·雨無正》一章:"昊天疾威,弗慮弗圖。"《漢書·敍傳》顏師古注引《詩》作"不慮不圖。"256《大雅·抑》三章:"女雖湛樂從,弗念厥紹。"按《詩經》中否定詞"弗"二十八見,二十七處不帶賓語。❷通"祓"。用祭祀除去災難。(雅1)245《大雅·生民》一章:"克禋克祀,以弗無子。"《鄭箋》:"弗之言祓也。姜嫄之生后稷如何乎?乃禋祀上帝於郊禖,以祓除其無子之疾,而得福也。"《太平御覽》五百二十九載《鄭記》王權引《生民》詩作"以祓無子"。王先謙《集疏》:"三家,弗作祓。"一説:去。《毛傳》:"弗,去也。

無子,求有子。"劉師培《札記》:"按《傳》'去'釋'弗'者,蓋讀'弗'爲'拂'。"又一説:治。于鬯《香草校書》卷十六:"'弗'當作'治'。《爾雅·釋詁》云:'弗,治也。'下文'弗厥豐草',《毛傳》亦云:'弗,治也。''弗'猶'弗'也。"又一説:未,指未嫁。方玉潤《原始》:"蓋'以弗'云者,以其弗嫁,未字於人也。'無子'者,以其未字於人,故尚無子也。"

【弗弗】風疾吹聲。(雅1)202《小雅·蓼莪》六章:"南山律律,飄風弗弗。"《毛傳》:"弗弗,猶發發也。"參"佛"。

拂 fú 敷勿切(臻合三入物敷)
物部、滂母

違逆;抗拒。(雅1)241《大雅·皇矣》八章:"是絶是忽,四方以無拂。"《鄭箋》:"拂,猶佹也。言無復佹戾文王者。"孔穎達《正義》:"無敢違拂文王之志者。"陸德明《釋文》引王肅注:"拂,違也。"朱熹《集傳》:"拂,戾也。"參"弗"。

佛 fú 符弗切(臻合三入物奉)
物部、並母
bì ★薄宓切(臻開三入質並)
物部、並母

大;重大。(頌1)288《周頌·敬之》:"佛時仔肩,示我顯德行。"《毛傳》:"佛,大也。"陳奂《傳疏》:"《説文》:'奰,大也。從大,弗聲。佛訓大者,奰之假借字。《韓詩外傳》及《説苑·君道》引《詩》作弗,亦假借字。胡承珙《後箋》:"《傳》意當云:大矣是予之所任者,尚賴群臣示以顯明之德行耳。"一説:通"弼"。輔助。《鄭箋》:"佛,輔也。"陸德明《釋文》:"佛,毛符弗反,鄭音弼。"孔穎達《正義》:"《箋》讀佛爲輔弼之弼。"朱熹《集傳》:"佛、弼通。"(仔肩:負擔;責任。)陳喬樅《毛詩鄭箋改字説》:"三家當作'輔弼'解。《箋》之以'輔'詮'佛',即從三家弗字爲訓。"

紼(绋) fú 分勿切(臻合三入物非)
物部、幫母

大繩索。(雅1)222《小雅·采菽》五章:"汎汎楊舟,紼纚維之。"《毛傳》:"紼,繂也。"孔穎達《正義》引《爾雅》李巡注:"繂,竹爲索,所以維持舟者。"參"苇"、"蔽"。

芾 fú 敷勿切（臻合三入物敷）
物部、滂母

❶遮蓋車箱的竹簟。（風2，雅1）57《衛風•碩人》三章："翟茀以朝。"《毛傳》："茀，蔽也。"孔穎達《正義》："茀，車蔽也。婦人乘車不露見，車之前後設障以自隱蔽，謂之茀。因以翟羽爲之飾。"王先謙《集疏》："三家，茀作蔽。"❷一種護弓器，即祕。弓弛縛在弓背中央，用竹席捆住以防損壞，並保持弓的強度。（雅1）178《小雅•采芑》一章："簟茀魚服，鉤膺鞗革。"唐蘭《弓形器（銅弓祕）用途考》："這里的簟茀就是銅器銘文里的簟弭，……是弛弓時綁在弓里以防弓體損壞的。這種器物是用竹席捆綁的，或用竹木制成的，也有銅的。名稱隨時代、地區而有變異。"一説：遮蓋車箱的竹簟。《鄭箋》："茀之言蔽也。車之蔽飾象席文也。"朱熹《集傳》："以方文竹簟爲車蔽。"王夫之《稗疏》："以竹簟蔽輿後而謂之笰者，竹外有革也。"❸芟除；拔除。（雅1）245《大雅•生民》五章："茀厥豐草，種之黃茂。"《毛傳》："茀，治也。"馬瑞辰《通釋》："治爲除治。"陸德明《釋文》："《韓詩》作拂，拂，弗也。"按《廣雅•釋詁》："拂，拔也。"❹通"祓"。幸福；福氣。（雅1）252《大雅•卷阿》四章："爾受命長矣，茀祿爾康矣。"《鄭箋》："茀，福也。"按《爾雅•釋詁》："祓，福也。"郭璞注引《詩》作"祓祿康矣"。一説：小。《毛傳》："茀，小也。"孔穎達《正義》："非徒大福祐助王身，其細小之福祿亦施於汝而安之矣。"參"蔽"。

【茀茀】強盛的樣子。（雅1）241《大雅•皇矣》八章："臨衝茀茀。"《毛傳》："茀茀，強盛。"朱熹《集傳》："茀茀，強盛貌。"

孚 fú 芳無切（遇合三平虞敷）
幽部、滂母

❶相信；信服。（雅1）235《大雅•文王》七章："儀刑文王，萬邦作孚。"《毛傳》："孚，信也。"《鄭箋》："儀法文王之事，天下咸信而順之。"吳闓生《會通》："善法文王，乃爲萬國所信也。"（萬邦作孚，萬國始相信周王朝。）❷信譽；威信。（雅2）243《大雅•下

武》二章："永言配命，成王之孚。"《鄭箋》："孚，信也。"朱熹《集傳》："長言合於天理，故能成就者之信於天下也。"又三章："成王之孚，下土之式。"《鄭箋》："王道尚信，則天下以爲法，勤行之。"一説：誠；真實無妄。宋祚胤《論〈周易〉的宇宙觀》："成王之孚，下土之式，是説武王達成王者所具備的'誠'，世上的人都必須學習他。"

烰 fú 縛謀切（流開三平尤奉）
幽部、並母

見"浮"。

浮 fú 縛謀切（流開三平尤奉）
幽部、並母

漂在水上。跟"沉"相對。（雅1）176《小雅•菁菁者莪》四章："汎汎楊舟，載沉載浮。"于鬯《香草校書》卷十四："載沉載浮，指舟之沉浮也。舟浮不沉而云沉浮者，言浮而兼沉，古人之語自有此例。顧炎武《日知錄》曰：'古人之辭寬緩不迫。得失，失也。利害，害也。緩急，急也。成敗，敗也。同異，異也。贏縮，縮也。禍福，禍也。'以此例之，則沈浮，浮也。舟曰沈浮，又何嫌乎？"

【浮浮】1）猶"飄飄"，雪盛大的樣子。（雅1）223《小雅•角弓》八章："雨雪浮浮，見晛曰流。"《毛傳》："浮浮，猶瀌瀌也。"《鄭箋》："雨雪之盛瀌瀌然。"陳奐《傳疏》："浮浮、瀌瀌，一聲之轉。《江漢傳》：'浮浮，廣大也。'廣大亦衆盛意。2）威武強盛的樣子。（雅1）262《大雅•江漢》一章："江漢浮浮，武夫滔滔。"《毛傳》："浮浮，衆強貌。"朱熹《集傳》："浮浮，水盛貌。"王引之《述聞》卷七："《詩》當作'江漢滔滔，武夫浮浮'，《傳》當作'滔滔，廣大貌；浮浮，衆強貌。'…滔滔、浮浮四字上下互訛。"應劭《風俗通義•山澤》引《詩》作"江漢陶陶"。王先謙《集疏》："《魯》，浮作陶。"3）通"烰烰"。熱氣上騰的樣子。（雅1）245《大雅•生民》七章："釋之叟叟，烝之浮浮。"《毛傳》："浮浮，氣也。"陸德明《釋文》："浮，《爾雅》、《説文》並作烰，云：'烝也。"陳奐《傳疏》："烰者，本字。《毛詩》浮浮，則假借也。"王先謙《集疏》："《魯》，浮作烰。"

罦（罼） fú
芳無切（遇合三平虞敷）
幽部、滂母
縛謀切（流開三平尤奉）
幽部、並母

一種裝有機關的網，能自動掩捕鳥獸，也叫覆車網。（風1)70《王風·兔爰》二章："有兔爰爰，雉離于罦。"《毛傳》："罦，覆車也。"孔穎達《正義》引郭璞説："今之翻車也，有兩轅，中施胃以捕鳥。朱熹《集傳》："罦，覆車也。可以掩兔。"《説文·網部》："罼，覆車也。從網，包聲。"《詩》曰：'雉離于罼。'罦，罼或從孚。"

蜉 fú
縛謀切（流開三平尤奉）
幽部、並母

【蜉蝣】蟲名。幼蟲生活在水中，成蟲褐綠色，體軟弱，觸角短，翅半透明，能飛，腹部末端有等於體長的尾須兩條，常在夏天日落後成群飛舞。成蟲壽命很短，往往只活幾天。（風3)150《曹風·蜉蝣》一章："蜉蝣之羽，衣裳楚楚。"《毛傳》："蜉蝣，渠略也。朝生夕死。"陸璣《詩義疏》："蜉蝣，方土語也，通謂之渠略。似甲蟲，有角，大如指，長三四寸，甲下有翅，能飛。夏月陰雨時地中出。今人燒炙噉之，美如蟬也。樊光曰：是糞中蠍蟲，隨雨而出，朝生而夕死。"孔穎達《正義》："舍人曰：南陽以東曰蜉蝣，梁宋之間曰渠略。"馬瑞辰《通釋》："詩人不忍言人之似蜉蝣，故轉言蜉蝣之羽翼有似於人之衣裳，此正詩人立言之妙。"聞一多《類鈔》："'蜉蝣之羽，楚楚衣服'，猶言楚楚的衣服，有如蜉蝣之羽。"

【蜉蝣】《國風·曹風》篇名(150)。這是曹國人民諷刺統治階級死在眼前，仍然只知道追求衣着漂亮，奢侈享樂的詩。《詩序》説："《蜉蝣》，刺奢也。昭公國小而迫，無法以自守，好奢而任小人，將無所依焉。"朱熹《集傳》："此詩蓋以時人有玩細娛而忘遠慮者，故以蜉蝣爲比而刺之。"何楷《古義》："《蜉蝣》，刺曹共公也，君急國危，玩細娛而忘遠慮，好奢而任小人，將無所依焉。"麋、裴《欣賞》："此詩以蜉蝣的朝生暮死，喻人生的短促，警醒人何必從事浮，虛度一生。"聞一多《類

罦 fú
縛謀切（流開三平尤奉）
幽部、並母

一種裝有機關的網，能自動掩捕鳥獸。見"罦"。

芾 （一）fú 分勿切（臻合三入物非）
月部、幫母

❶通"韍"。古代禮服上的蔽膝。革制，長方形，上窄下寬，系在衣服前面，大官紅色，小官青黑色。（風1，雅4)151《曹風·候人》一章："彼其之子，三百赤芾。"《毛傳》："芾，韠也。一命縕芾黝珩，再命赤芾黝珩，三命赤芾蔥珩，大夫以上，赤芾乘軒。"《鄭箋》："佩赤芾者三百人。"高亨《今注》："三百赤芾，一個人有赤芾的官服三百件。"陸德明《釋文》："芾，音弗，韠也。祭服謂之芾。"朱熹《集傳》："芾，冕服之韠也。"《後漢書·東平憲王蒼傳》引《曹風》作"赤紱"。222《小雅·采菽》三章："赤芾在股，邪幅在下。"《鄭箋》："芾，大古蔽膝之象也。冕服謂之芾，其他服謂之韠，以韋爲之。其制上廣一尺，下廣二尺，長三尺，其頸五寸，肩革帶博二尺。"班固《白虎通義·紼冕》引《詩》作"紼"。王先謙《集疏》："《魯》，芾作紼。

（二）fèi 方味切（止合三去未非）
月部、幫母

❷見【蔽芾】。

服 fú 房六切（通合三入屋奉）
職部、並母

❶衣服。（風3)151《曹風·候人》二章："彼其之子，不稱其服。"孔穎達《正義》："言卿大夫等，其人無德，不能稱其尊服，言終必亂國也。"❷指軍服。（雅3)177《小雅·六月》一章："四牡騤騤，載是常服。"《毛傳》："日月爲常。服，戎服也。"《鄭箋》："戎車之常服，韋弁服也。"一説，屬。姚際恆《通論》："常服，常，旂屬也，服，屬也。言常之屬也。"❸戴（帽子）;穿（衣服）。（風2，雅3)235《大雅·文王》五章："厥作祼將，常服黼冔。"2《周南·葛覃》二章："爲絺爲綌，服之無

斁。"朱熹《集傳》:"葛既成,於是治以爲布而服之無斁。"一說:整治。《鄭箋》:"服,整也。"…習之以絺綌煩辱之事,乃能整治無厭倦,是其性貞專。❹職事;職務。(雅4)177《小雅·六月》三章:"有嚴有翼,共武之服。"《鄭箋》:"服,事也。"255《大雅·蕩》二章:"曾是在位,曾是在服。"《毛傳》:"服,服政事也。"《鄭箋》:"女曾任用是惡人,使之處位執職事也。"朱熹《集傳》:"服,事也。"馬瑞辰《通釋》:"在服,猶云在職、在任、在官。"楊樹達《述林》卷一:"共武之服,謂供武之職也。嗣服,謂繼事。在服即在職也。職位義近,故與在位爲對文也。"❺事;事實。(雅1)254《大雅·板》三章:"我言維服,勿以爲笑。"《鄭箋》:"服,事也。我所言乃今之急事。"一說:治理。馬瑞辰《通釋》:"服者,反之假借。《說文》:'反,治也。'我言維服,猶云我言維治。治對亂而言,猶《左傳》以治命對亂命言也。"又一說:說;解說。陳奐《傳疏》:"《草蟲·傳》:'說,服也。'說服、服亦爲說。'我言維服,勿以爲笑',言我言有可說之道,無爲笑也。"又一說:行。于省吾《新證》:"徐灝讀服爲行,甚是。維猶與也。'我言維服,勿以爲笑',言我言與行,勿以爲笑也。"❻從事。(頌1)277《周頌·噫嘻》:"亦服爾耕,十千維耦。"《鄭箋》:"亦,大;服,事也…民大事耕其私田。"❼思念。見【思服】。❽服從;臣服。(雅3、頌1)235《大雅·文王》四章:"上帝既命,侯于周服。"孔穎達《正義》引王肅云:"天既命文王,則維服于周矣。"朱熹《集傳》:"今皆維服于周矣。"胡承珙《後箋》:"服自爲臣服之義。"馬瑞辰《通釋》:"服,訓爲臣服之服。可言維于周服,亦可言維服于周。"244《大雅·文王有聲》六章:"自西自東,自南自北,無思不服。"一說:信服。朱熹《集傳》:"無思不服,心服也。"王引之《釋詞》卷八:"無思不服,無不服也。思,語助耳。"❾服馬。周代的車只有一個轅,叫輈。輈的左右各套兩匹馬,共四匹馬,夾輈的兩匹馬叫"服"。(風2)78《鄭風·大叔于田》二章:"兩服上襄,兩驂雁行。"《鄭箋》:"兩服,中央夾轅者。"朱熹《集傳》:"衡下夾轅兩馬曰服。"❿

乘;駕。(風2、雅2)77《鄭風·叔于田》三章:"叔適野,巷無服馬。"《鄭箋》:"服馬,猶乘馬也。"孔穎達《正義》:"謂叔既往田,巷無乘馬之人耳。"馬瑞辰《通釋》:"服者,犕之假借。…《玉篇》:'犕,猶服也。以鞍裝馬也。"203《小雅·大東》六章:"睆彼牽牛,不以服箱。"朱熹《集傳》:"服,駕也。"一說:通"負"。背。《毛傳》:"服,牝服也。"陳奐《傳疏》:"牝即牛,服者負之假借字。大車重載,牛負之,故謂之牝服。"俞樾《平議》卷十:"服當讀爲負。服、負一聲之轉。…不可以服箱,言牽牛雖有牛名,而不可以負車箱也。"⓫通"箙"。古代盛箭的器具。(雅2)167《小雅·采薇》五章:"四牡翼翼,象弭魚服。"《鄭箋》:"服,矢服也。"孔穎達《正義》:"《夏官·司弓矢職》曰:'仲秋獻矢服。'注云:'服,盛矢器也,以獸皮爲之。'是矢器謂之服也。"⓬牝服,指車箱。(雅1)178《小雅·采芑》一章:"簟茀魚服,鉤膺鞗革。"王夫之《稗疏》:"服,牝服也,箱也,音房富切,讀如負。以魚皮鞔車旁,如大車之服然。…所以知非矢箙者,此皆言車,不當及矢箙也。"一說:古代盛矢的工具。《鄭箋》:"魚服,矢服也。"又見【命服】【嗣服】【象服】【衣服】。參"匐"。

袚 fú 方物切(臻合三入物敷)
方肺切(蟹合三去廢敷)
月部、滂母

福。見"弗"、"芾"。

紱 fú 分勿切(臻合三入物非)
月部、幫母

古代禮服上的蔽膝。見"芾"。

黻 fú 分勿切(臻合三入物非)
月部、幫母

古代禮服上繡的黑與青相間的亞形花紋。(風1)130《秦風·終南》二章:"君子至止,黻衣繡裳。"《毛傳》:"黑與青謂之黻。"朱熹《集傳》:"黻之狀亞,兩己相戾也。"阮元《揅經室集·釋黻》:"黻者兩己相背戾,而自古畫象則作亞形,明兩弓相背戾,非兩己相背戾也。"王先謙《集疏》:"《韓詩》曰:'君子至止,紼衣繡裳。'異色繼袖曰紼。"

鳧(凫) fú 防無切（遇合三平虞奉）
侯部、並母

❶野鴨。形似家鴨而小，常群栖於湖澤中，善游泳。(風1,雅5)82《鄭風·女曰雞鳴》一章："將翱將翔，弋鳧與雁。"248《大雅·鳧鷖》一章："鳧鷖在涇，公尸來燕來寧。"《毛傳》："鳧，水鳥也。"陸璣《詩義疏》："鳧大小如鴨，青色卑腳，短喙，水鳥之謹願者也。"❷山名。在今山東省鄒縣西南，形如鳧飛。(頌1)300《魯頌·閟宮》七章："保有鳧繹，遂荒徐宅。"《毛傳》："鳧，山也。"陳奂《傳疏》："鳧山在今鄒縣西南。"王應麟《詩地理考》："《郡縣志》：'鳧山在兗州鄒縣東南三十八里。'"

[鳧鷖]《大雅》篇名(248)。周代貴族在祭祀祖先的次日，設宴酬謝尸的辛勞，叫做"賓尸"。《鳧鷖》是舉行賓尸之禮所唱的樂歌。贊美公尸燕飲，能降福於主人。《詩序》："《鳧鷖》，守成也。太平之君子能持盈守成，神祇祖考安樂之也。"王先謙《集疏》："三家無異義。"《鄭箋》："祭祀既畢，明日又設禮而與尸燕。"孔穎達《正義》："言公尸來燕，則是祭後燕尸，非祭時也。燕尸之禮，大夫謂之賓尸，即明其祭之日，今《有司徹》是其事也。天子諸侯，則謂之繹，以祭之明日。《春秋·宣八年》言'辛巳，有事於太廟。壬午，猶繹。'是謂在明日也。"朱熹《集傳》："此祭之明日繹而賓尸之樂。"范處義《補傳》："《既醉》、《鳧鷖》皆祭畢燕飲之詩，故皆言公尸。然《既醉》乃詩人托公尸告嘏以禱頌，《鳧鷖》則詩人專美公尸之燕飲。"胡承珙《後箋》："《既醉》爲正祭後燕飲之詩，《鳧鷖》爲事尸日燕飲之詩。"古代天子諸侯祭祀，第一日爲正祭，享祀神靈；第二日爲繹祭，燕飲公尸。五章，三十句。

拊 fú 芳武切（遇合三上麌敷）
侯部、滂母

撫摸；愛撫。(雅1)202《小雅·蓼莪》四章："拊我畜我，長我育我。"朱熹《集傳》："拊，拊循也。"何楷《古義》："拊，《說文》云'揗也。'"《史記》：'淮南拊揗其民。'謂撫摩身體，察其肥瘠，憂其疥癬也。"《後漢書·梁竦傳》引《詩》作"撫我畜我"。王先謙《集疏》："三家，拊作撫。"

撫(抚) fǔ 芳武切（遇合三上麌敷）
魚部、滂母

撫摸；愛撫。見"拊"。

斧 fǔ 方矩切（遇合三上麌非）
魚部、幫母

斧子。古代是砍木的工具，也是兵器。(風7)101《齊風·南山》四章："伐柯伐柯，匪斧不克。"141《陳風·墓門》一章："墓門有棘，斧以斯之。"(斯：劈開。)157《豳風·破斧》一章："既破我斧，又缺我斨。"《毛傳》："隋(橢)銎曰斧。"

釜 fǔ 扶雨切（遇合三上麌奉）
魚部、並母

古代的一種鍋，斂口圜底，有的有兩耳。放在竈上，上面可以擱甑蒸煮食物。(風2)15《召南·采蘋》二章："于以湘之，維錡及釜。"《毛傳》："有足曰錡，無足曰釜。"149《檜風·匪風》三章："誰能亨魚，溉之釜鬵。"馬瑞辰《通釋》："無足曰釜。"(亨：烹。溉：洗。鬵：大鍋。)

甫 fǔ 方矩切（遇合三上麌非）
魚部、幫母

❶大；廣大。(風2,雅1)102《齊風·甫田》一章："無田甫田，維莠驕驕。"《毛傳》："甫，大也。"211《小雅·甫田》一章："倬彼甫田，歲取十千。"《毛傳》："甫田，謂天下田也。"陳奂《傳疏》："倬、焯、卓同；甫爲大。甫田，即大田。"❷(鄭音 pǔ)指甫田，古澤名，在今河南中牟縣西。(雅1)179《小雅·車攻》二章："東有甫草，駕言行狩。"《鄭箋》："甫草者，甫田之草也。鄭有甫(一作圃)田。"陸德明《釋文》："甫，毛如字，大也。鄭音圃，謂圃田。鄭，藪也。"孔穎達《正義》："宣王之時，未有鄭國，圃田在東都畿內，故宣王得往田焉。"《後漢書·班固傳》、《馬融傳》李賢注並引《韓詩》作"圃草"。王先謙《集疏》："三家，甫作圃。"朱熹《集傳》："今開封府中牟縣西圃田澤是也。"陳啓源《稽古編》："圃田澤在今開封府中牟縣北七里。"一說：大。《毛傳》："甫，大也。"孔穎達《正義》："東都之界有廣大之草，可以就而田獵焉。"胡承珙《後箋》："圃、甫古字通。…博

大茂草之處必係藪澤。"❸周代諸侯國名。讀同呂。國君姓姜。春秋時爲楚所滅。故城在今河南南陽縣西三十里。(風1)68《王風·揚之水》二章:"彼其之子,不與我戍甫。"《毛傳》:"甫,諸姜也。"朱熹《集傳》:"甫,即甫也,亦姜姓。"陳奂《傳疏》:"甫,即呂國。《詩》及《孝經》、《禮記》皆作甫,《尚書》、《左傳》、《國語》皆作呂。甫、呂古同聲,甫,四岳之後。"《韓詩外傳》作"呂"。❹指甫侯,即呂侯。(雅2)259《大雅·崧高》一章:"維嶽降神,生申及甫。維申及甫,維周之翰。"《鄭箋》:"申,申伯也。甫,甫侯也。"嚴粲《詩緝》:"當時仲山甫爲相,申伯亞於山甫。此詩爲美申伯,而以山甫並言,蓋謂申伯與山甫伯仲間耳。借山甫以大申伯也。"朱熹《集傳》:"甫,甫侯也,即穆王時作《呂刑》者。或曰:此是宣王時人,而作《呂刑》者之子孫也。"蔡邕《司空楊公碑》:"昔在申呂,匡佐周宣。《崧高》作誦,《大雅》揚言。"可見甫侯即呂侯。一說:指仲山甫。周宣王時爲相。姚際恒《通論》:"甫,舊皆謂甫侯,嚴氏以爲仲山甫。…此詩言嶽降,猶《烝民》言天生仲山甫耳。當時仲山甫爲相,申伯亞於山甫,借山甫以大申伯也。"❺古代男子名字下加的美稱。見【吉甫】【仲山甫】。

【甫甫】肥大的樣子。(雅1)261《大雅·韓奕》五章:"川澤訏訏,魴鱮甫甫。"《毛傳》:"甫甫然,大也。"《鄭箋》:"川澤寬大,衆魚禽獸備有,言饒富也。"王先謙《集疏》:"《齊》,甫作翉。"

〖甫田(一)〗《國風·齊風》篇名(102)。思念遠人,而遠人忽至,驚喜地發現對方已由少年變成了大人。陳子展《直解》:"《甫田》,詩人思念遠人,其人忽見,驚喜而作。詩云'突而弁兮',則知所思遠人爲少年男人。"屈萬里《詮釋》:"此蓋喜遠人歸來之詩。"余冠英《選譯》:"這是少女慕戀少男的詩。第一二章寫離別中想念的苦惱。第三章寫別後重逢時驚喜地見到他改了裝束,已經成人了。"《詩序》說是刺齊襄公的詩,《甫田》,大夫刺襄公也。無禮義而求大功,不脩德而求諸侯,志大心勞,所以求者非其道也。"

王先謙《集疏》:"三家無異義。"朱熹《集傳》說是"戒時人厭小而務大,忽近而圖遠,將徒勞而無功"。姚際恒批評說:"大抵皆影響附會之論。"三章,十二句。

〖甫田(二)〗《小雅》篇名(211)。這是周王春夏祈穀於上帝,祭祀四方(方)、土地(社)、先農(田祖)之神的樂歌。詩中歌唱農奴主田地廣闊,莊稼茂盛,糧穀豐收,以及祭祀祈福的情況,可以作爲研究周代社會形態的史料。朱熹《集傳》:"此詩述公卿有田祿者力於農事,以奉方社田祖之祭。"姚際恒《通論》:"此王者祭方社及田祖,因而省耕也。《詩》云'或耘或耔',又云'以祈甘雨',皆夏時也。《詩序》:"《甫田》,刺幽王也。君子傷今而思古焉。"以爲陳古刺今之作。四章,四十句。

〖甫田之什〗《詩經·小雅》里的《甫田》、《大田》、《瞻彼洛矣》、《裳裳者華》、《桑扈》、《鴛鴦》、《頍弁》、《車舝》、《青蠅》、《賓之初筵》等十首詩。舊本編爲一卷,稱《甫田之什》。又見【新甫】。

脯 fǔ 方矩切(遇合三上麌非)
　　　　魚部、幫母

乾肉;特指切成薄片的乾肉。(雅1)248《大雅·鳧鷖》三章:"爾酒既湑,爾殽伊脯。"《說文·肉部》:"脯,乾肉也。"《周禮·天官·腊人》鄭玄注:"大物解肆乾之,謂之乾肉。薄析曰脯,搥之而施薑桂曰鍛脩。腊,小物全乾也。"

輔 fǔ 扶雨切(遇合三上麌奉)
　　　　魚部、並母

❶綁在車輪外的兩根直木,用以加強車輻的承載力。(雅2)192《小雅·正月》九章:"其車既載,乃棄爾輔,載輸爾載。"《鄭箋》:"棄輔,喻遠賢也。"孔穎達《正義》:"輔是可解脫之物,蓋如今人縛杖於輻,以防覆車也。"曾釗《詩毛鄭異同辨》:"輔蓋伏兔之別名。輔與兔聲近,故伏兔謂之輔。伏兔,輁也,形如履,所以夾持車軸,故輔引申之義亦爲夾持。"一說:車箱兩旁的夾板。陳奂《傳疏》:"輔者,搯輿之版。大車搯版置諸兩旁,可以任載。今大車既重載矣,而又棄其兩旁之版,則所載必墮,此其顯喻也。"

屈萬里《詮釋》："輔，車兩旁立版，即今所謂車箱也。"又一説：聯結車身與車軸的繩索。俞樾《平議》卷十："《説文·革部》：'轉，車下索也。'疑輔是轉。輔從甫聲，轉從專聲，而專亦從甫聲，是其聲同也。輔爲車下索，故從車，而其質則革也。"阮元《補箋》："喻棄皇父諸臣，使之退處。" ❷輔助；輔佐。(頌 1)300《魯頌·閟宮》二章："大啓爾宇，爲周室輔。"《鄭箋》："大開女居以爲我周家之輔，謂封以方七百里，欲其强於衆國。"

黼 fǔ 方矩切（遇合三上麌非）
魚部、幫母

古代禮服上繡的或繪的黑白相間的斧形花紋，也指繡有這種花紋的禮服。(雅 2)222《小雅·采菽》一章："又何予之？玄袞及黼。"《毛傳》："白與黑謂之黼。"《鄭箋》："黼，黼黻，謂絺衣也。"235《大雅·文王》五章："厥作祼將，常服黼冔。"《毛傳》："黼，白與黑也。"《周禮·考工記·畫繢》："白與黑謂之黼，黑與青謂之黻。"朱熹《集傳》："黼，黼裳也。"嚴粲《詩緝》："服殷之常服，黼裳而冔冠也。黼裳，商周所同；冔冠，則商之制也。"俞樾《平議》卷十一："黼，謂黼領也。……黼冔並言，黼是領，冔是冠也。按《爾雅·釋言》："黼黻，彰也。"郭璞注："黼形如斧，黻文如兩己相背。"孫炎注："黼文如斧形，蓋半白半黑，如刃白而身黑。"

父 (一) fǔ 扶雨切（遇合三上麌奉）
魚部、並母

❶父親。(風 18、雅 15)51《邶風·蝃蝀》："女子有行，遠父母兄弟。"71《王風·葛藟》一章："終遠兄弟，謂他人父。"黃焯《毛鄭平議》："平王東遷，實由申侯主之。西都傾覆，幽王見殺，其禍皆自申侯。……'謂他人父'者，刺平王謂申侯爲父也。" ❷父輩的通稱(雅 3)187《小雅·黄鳥》三章："言旋言歸，復我諸父。"《毛傳》："諸父，猶諸兄也。"(諸父：伯父、叔父等的總稱。) ❸古代天子對同姓諸侯或諸侯對同姓大夫的稱呼。(雅 1)185《小雅·伐木》一章："既有肥羜，以速諸父。"《毛傳》："天子謂同姓諸侯，諸侯謂同姓大夫皆曰父。"朱熹《集傳》："諸父，朋友之同姓而尊者也。"

(二) fǔ 方矩切（遇合三上麌非）
魚部、幫母

❹古代男子名字下加的美稱。見【程伯休父】【古公亶父】【蹶父】【皇父】【家父】【尚父】【顯父】。
又見【叔父】。

傅 fù 方遇切（遇合三去遇非）
魚部、幫母

至；到達；靠近。(雅 2)224《小雅·菀柳》三章："有鳥高飛，亦傅于天。"《鄭箋》："傅，至也。"252《大雅·卷阿》八章："鳳皇于飛，翽翽其羽，亦傅于天。"《鄭箋》："傅，猶戾也。"
【傅御】輔佐周王治政的大臣。(雅 1)259《大雅·崧高》三章："王命傅御，遷其私人。"《鄭箋》："傅御者，貳王治事，謂冢宰也。"一説：諸侯所屬的主要官員。《毛傳》："御，治事之官也。"陳奐《傳疏》："《書·牧誓》篇：'我友邦冢君御事司徒、司馬、司空。'孔傳云：'治事三卿。'……凡大國三卿命於天子，皆有職司於王室，故天子有以敕之命之。……傅御爲諸侯之臣。"朱熹《集傳》："傅御，申伯家臣之長也。"
參"敷"。

副 (一) fù 敷救切（流開三去宥敷）
芳福切（通合三入屋敷）
職部、滂母

❶通"髲"，用假髮編成的髻，上綴以玉。(同 1)47《鄘風·君子偕老》一章："副笄六珈。"《毛傳》："副者，后夫人之首飾，編髮爲之。"《釋名·釋首飾》："王后首飾曰副。副，覆也，以覆首。亦言副，貳也，兼用衆物成其飾也。"《禮記·明堂位》鄭玄注："副，首飾也，今之步搖是也。"《詩》云："副笄六珈。'"朱熹《集傳》："副，祭服之首飾，編髮爲之。"

(二) pì 芳逼切（曾開三入職滂）
fù 芳福切（通合三入屋敷）
職部、滂母

❷破開；破裂；裂開。(雅 1)245《大雅·生民》二章：'不坼不副，無菑無害。"陸德明《釋文》："副，孚逼反。《説文》云：'分也。'"《字林》云：'判也。'"朱熹《集傳》："坼，副，皆裂也。"

富 fù 方副切（流開三去宥非）
職部、幫母

❶財產多；富裕。跟"貧"相對。(雅3、頌1)188《小雅·我行其野》三章："成不以富，亦祇以異。"陳奂《傳疏》："富，猶賄也。即《氓》詩之'以我賄遷'也。異猶貳也，即《氓》詩之'士貳其行'也。"300《魯頌·閟宫》四章："俾爾壽而富。"❷甚；厲害。(雅1)196《小雅·小宛》二章："彼昏不知，壹醉日富。"朱熹《集傳》："富，猶甚也。"胡承珙《後箋》引長樂劉樂曰："彼昏而不醒，壹志於酒，日增其甚。故曰壹醉日富。"王先謙《集疏》："昏蒙之人，他無所知，壹醉而已，且日益加盛，安望其勉於爲善。一說：滿。馬瑞辰《通釋》："富之言畐也。《説文》：'畐，滿也。'醉則曰自盈滿，正與温克相反。"又一說：重複。馮登府《十三經答問》卷二："《説文》：'富，備也。''復，備本雙聲。言一日醉之，必日日醉之，此'復'義也。"又一說：富足；財產多。《鄭箋》："童昏無知之人，飲酒一醉，自謂日益富，夸淫自恣，以財驕人。"❸通"福"。降福；賜福。(雅1)264《大雅·瞻卬》五章："天何以刺，何神不富？"《毛傳》："富，福。"《鄭箋》："神何不福王而有災害也?"陳奂《傳疏》："富、福皆富聲。《郊特牲》云：'富也者，福也。'何神不富，何神而弗福我乎?"

婦（妇） fù 房九切（流開三上有奉）
之部、並母

❶婦女；已婚的女子。(風2、雅9、頌2)154《豳風·七月》一章："同我婦子，饁彼南畝。"264《大雅·瞻卬》三章："婦有長舌，維厲之階。"❷妻子。(風1)156《豳風·東山》三章："鸛鳴于垤，婦歎于室。"朱熹《集傳》："行者之妻亦思其夫之勞苦而歎息於家。"❸媳婦。(風1)58《衛風·氓》五章："三歲爲婦，靡室勞矣。"《鄭箋》："有舅姑曰婦。"

【婦人】已婚的女子。(雅1)264《大雅·瞻卬》三章："亂匪降自天，生自婦人。"

又見【寡婦】【君婦】。

復（复） fù 房六切（通合三入屋奉）
　　 扶富切（流開三去宥奉）
覺部、並母

❶返回，回來。(風1、雅5)159《豳風·九罭》三章："公歸不復，於女信宿。"188《小雅·我行其野》二章："爾不我畜，言歸斯復。"《毛傳》："復，反也。"嚴粲《詩緝》："我歸則復其舊矣。"187《小雅·黄鳥》一章："言旋言歸，復我邦族。"《鄭箋》："復，反也。"孔穎達《正義》："復反我邦國宗族矣。"❷恢復。(頌1)300《魯頌·閟宫》七章："居常與許，復周公之宇。"(宇：疆域)❸再；又。(雅1)250《大雅·公劉》二章："陟則在巘，復降在原。"❹反復關懷。(雅2)202《小雅·蓼莪》四章："顧我復我，出入腹我。"《鄭箋》："復，反復也。"嚴粲《詩緝》："復，謂顧之又顧，是反復不能暫舍，愛之至也。"何楷《古義》："丁寧反復，諄諄然命之也。"屈萬里《詮釋》："復，反也。謂將出復反視兒也。"257《大雅·桑柔》十一章："維彼忍心，是顧是復。"陳奂《傳疏》："彼忍心之人，惟是瞻顧反復，無常德也。"聞一多《通義》："顧，念也。復亦訓念。復之義爲往復，往復思之亦謂之復。"一說：通"覆"。庇護。高亨《今注》："復借爲覆，庇護之意。"❺築成的土室。(雅1)237《大雅·緜》一章："陶復陶穴，未有家室。"《毛傳》："陶其土而復之。"《鄭箋》："復者，復於土上。"陸德明《釋文》："復，音福，累土於地上也。"孔穎達《正義》："覆者，地上爲之。取土於地，復築而堅之。"一說：從旁掏的窰洞。《說文·穴部》："复，地室也，《詩》曰：'陶复陶穴。'"朱駿聲《說文通訓定聲·孚部》："凡直穿曰穴，旁穿曰復。地覆于上，故曰復也。"一說：窰洞内的窰洞。朱熹《集傳》："復，重窰也。"于省吾《新證》："陶復陶穴本應作陶穴陶復，其作倒文者，爲的是與上下句陶、漆、室三字協韻。'陶復'之'復'，即《禮記·月令》'仲春之月'所說的'竇窖'，竇窖係開掘於住穴之内，用以儲藏穀物。⋯先掘成住穴，然後在住穴之内又掘成窖穴，大穴套小穴，故曰'陶穴陶復'。"又一說：窰洞的上層。錢澄之《田間詩學》："西北多穴居，皆於峭壁鑿窟，内開屋舍，或上或下二層，意上即陶復，下即陶穴。"

【復關】衛國的一個地方。借指所愛的人。(風3)58《衛風·氓》二章："乘彼垝垣，以望復關。"《毛傳》："復關，君子所近也。"《鄭箋》:"因復關以托號民。"朱熹《集傳》:"復關,男子之所居也。不敢顯言其人,故托言之耳。"王應麟《詩地理考》引《寰宇記》:"澶州臨河縣,復關城在南,黃河北阜也。復關堤在南三百步。"(澶州在今河南省清豐縣西南)一說:城郊地方設立的重關。陳奐《傳疏》:"復,反也,猶來也。關,衛之郊關也。"王先謙《集疏》:"復關,猶《易》言重門。近郊之地,設關以譏出入,禦非常⋯婦人所期之男子居在復關,故望之。崔篆賦所謂'揚蛾眉於復關也。"又一說:回來的車。高亨《今注》:"復,返也。關,車廂也。復關指回來的車。又解:復關是那個男子的名。"

覆 fù
芳福切(通合三入屋敷)
覺部、滂母
房六切(通合三入屋奉)
覺部、並母

從旁掏成的窰洞。見"復"。

腹 fù
方六切(通合三入屋非)
覺部、幫母

❶抱;抱在懷里。(雅1)202《小雅·蓼莪》三章:"顧我復我,出入腹我。"《鄭箋》:"腹,懷抱也。"孔穎達《正義》:"腹,懷謂於腹,故爲懷抱。"何楷《古義》:"自少至長,眷眷置之於懷,出入以之,不暫釋也。鞠、拊、畜三事,次於生之後,皆以養言。育、顧、復三事,次於長之後,皆以教言。出入腹我,則總括教養而言。"一說:懷念。于鬯《香草校書》卷十五:"此'腹'字當止是'懷'義,懷人必以腹,故靜字動用之。言一出一入,父母無不懷之⋯懷,謂懷思也,懷念也。"

❷【腹心】同"心腹",比喻左右親信;可以信賴依靠的人。(風)7《周南·兔罝》三章:"赳赳武夫,公侯腹心。"《毛傳》:"可以制斷公侯之腹心。"《鄭箋》:"可用爲策謀之臣,使之慮事,亦言賢也。"朱熹《集傳》:"腹心,同心同德之謂,則又非特好仇而已也。"

覆 fù
芳福切(通合三入屋敷)
敷救切(流開三去宥敷)
覺部、滂母

❶遮蓋。(雅1)245《大雅·生民》三章:"誕寘之寒冰,鳥覆翼之。"《毛傳》:"大鳥來,一翼覆之,一翼藉之。"朱熹《集傳》:"覆,蓋也。"

❷翻倒。見【反覆】【顛覆】。❸反;反而。(雅10)195《小雅·小旻》一章:"謀臧不從,不臧覆用。"朱熹《集傳》:"覆,反。"264《大雅·瞻卬》二章:"人有民人,女覆奪之。"《鄭箋》:"覆,猶反也。"

馥 fù
房六切(通合三入屋奉)
符必切(曾開三入職並)
覺部、並母

香氣濃鬱。見"苾"、"椒"。

負(負) fù
房九切(流開三上有奉)
之部、並母

❶背(bēi);用背馱東西。(雅2)190《小雅·無羊》二章:"何蓑何笠,或負其餱。"《釋名·釋姿容》:"負,背也,置項背也。"何楷《古義》:"負之言背,蓋音近也。古負有背音。"

❷孵育;養育。(雅1)196《小雅·小宛》三章:"螟蛉有子,蜾蠃負之。"《毛傳》:"負,持也。"馬瑞辰《通釋》:"負之言孚也。凡物之卵化者曰孚,其化生者亦得曰孚。⋯《傳》訓負爲持者,持蓋也,形近之譌。《蓼莪》詩'無母何恃',《韓詩》:'恃,負也。'《說文》、《廣雅》並曰:'負,恃也。'負恃亦養育之義。"

賦(賦) fù
方遇切(遇合三去遇非)
魚部、幫母

❶通"敷"。布;頒布。(雅2)260《大雅·烝民》二章:"天子是若,明命使賦。"《毛傳》:"賦,布也。"《鄭箋》:"顯明王之政教,使群臣施布之。"馬瑞辰《通釋》:"'明命使賦',即謂使仲山甫布其明命。"又三章:"賦政于外,四方爰發。"孔穎達《正義》:"布其政教於畿外之國。"王念孫《廣雅疏證》卷三下:"《釋名》云:'敷布其義謂之賦。'賦、布、敷、鋪,並聲近而義同。"❷《詩》六義之一。詩歌的一種藝術表現手法。鋪敍直陳。《詩大序》:"故《詩》有六義焉。一曰風,二曰賦,三曰比,四曰興,五曰雅,六曰頌。"《周禮·大師》鄭玄注:"賦之言鋪,直鋪陳今之政教善惡。"鍾嶸《詩品》:"直書其事,寓言寫物,賦也。"朱熹《集傳(葛覃)》:"賦者,敷陳其事而直言之者也。"賦是直陳,用於鋪敍事實,描寫景物以及刻劃人物形象和行動細節。賦與比、興不能絕對分開。劉熙載《藝概》卷三:"《風》詩中賦事,往往兼寓比興之意。

鍾嶸《詩品》所由竟以寓言寫物爲賦也。賦兼比興，則以言外之實事，寫言外之重旨，故古之君子，上下交際，不必有言也，以賦相示而已。不然，賦物必此物，其爲用也幾何？"

阜 fù 房九切（流開三上有奉）
幽部、並母

❶土山。（雅2)180《小雅·吉日》一章："升彼大阜，從其群醜。"166《小雅·天保》三章："如山如阜，如岡如陵。"《毛傳》："高平曰陸，大陸曰阜，大阜曰陵。"嚴粲《詩緝》："如山之高矣，又復如山脊之崗，則愈高矣。如阜之大矣，又復如大阜之陵，則愈大矣。"《說文·𨸏部》："阜，山無石者。"❷大；肥大。（風2,雅2)127《秦風·駟驖》一章："駟驖孔阜，六轡在手。"《毛傳》："阜，大也。"朱熹《集傳》："阜，肥大也。"王先謙《集疏》："《韓》說曰：阜，肥也。"❸旺盛。（風1)78《鄭風·大叔于田》三章："叔在藪，火烈具舉。"《毛傳》："阜，盛也。"孔穎達《正義》："火有行列，其光正盛。"胡承珙《後箋》："首章初獵之時，其火乍舉。次章正獵之際，其火方揚，三章獵畢將歸，持炬焰路，其火自當更盛。"❹豐富；豐盛。（雅1)217《小雅·頍弁》三章："爾酒既旨，爾殽既阜。"《鄭箋》："阜，猶多也。"

[阜陽詩經] 這是由楚國流傳下來的一種《詩經》，與齊、魯、韓、毛四家《詩》都不同。1977年出土於安徽阜陽雙古堆一號漢墓（西漢第二代汝陰侯夏侯竈之墓），殘存在長短不一的170餘片竹簡上。分《國風》、《小雅》兩部分。《國風》有《周南》、《召南》、《邶》、《鄘》、《衛》、《王》、《鄭》、《齊》、《魏》、《唐》、《秦》、《陳》、《曹》、《豳》等十四國風的殘片，未見《檜風》。共存殘詩65首。《小雅》部分僅存《鹿鳴之什》中四首詩的殘句。文字與今本《詩經》差別甚大，也不同於齊、魯、韓三家遺文。另外三片殘簡中有"后妃獻"、"風（諷）□□□"、"風（諷）君□□□"的字樣，大約是《阜陽詩經》的詩序殘文。胡平生、韓自強著有《阜陽漢簡詩經研究》（上海古籍出版社，1988年）.

[阜螽] 小蝗蟲；小蚱蜢。（風1、雅1)14《召南·草蟲》一章："喓喓草蟲，趯趯阜螽。"《毛傳》："阜螽，蠜也。"陸璣《詩義疏》："阜螽，蝗子，一名負蠜，今人謂蝗子爲螽子，兗州人亦謂之螣。"馬瑞辰《通釋》："李巡《爾雅》注：'阜螽，蝗子也。'…阜之言長也，如《魯語》'助生阜'之阜。螽大則飛，阜螽乃螽子之方長者，故止能跳躍。"一說：大蚱蜢。戴震《補注》："阜，大也，讀如'四牡孔阜'之阜。"鄒漢勛《讀書偶識》卷四："此蟲俗名小績姑。大小如蚱蜢，羽純青，不如蚱蜢翅末有灰黃色。秋前鳴若噴青不連續，一音一斷。陸云奇音者，蓋是奇偶之奇，常與蚱蜢交也。"

附（坿） fù 符遇切（遇合三去遇奉）
侯部、並母

❶沾着；附着。（雅1)223《小雅·角弓》六章："毋教猱升木，如塗塗附。"《毛傳》："塗，泥；附，著也。"一說：木頭的粗皮。《鄭箋》："附，木棓也。塗之性善著，若以塗附，其著亦必也。"孔穎達《正義》："棓，謂木表之粗皮也。"❷使歸附。（雅1)241《大雅·皇矣》八章："是致是附，四方以無侮。"《毛傳》："致，致其社稷羣臣；附，附其先祖，爲之後，尊其尊而親其親。"朱熹《集傳》："附，使之來附也。"一說：通"撫"。安撫。馬瑞辰《通釋》："附當讀如拊循之拊，亦通作撫。《隱十一年左傳》曰：'吾子其奉許叔以撫柔此民也。'即《詩》之'是附'也。"

[附庸] 附屬於大國諸侯統治的小國。（頌1)300《魯頌·閟宮》三章："錫之山川，土田附庸。"《鄭箋》："加賜之以山川、土田及附庸。"朱熹《集傳》："附庸，猶屬城也。小國不能自達於天子，而附於大國也。"一說：土田四周附有的垣牆。郭沫若《中國古代社會研究附錄》："附庸之義…余曩讀爲'僕傭'，謂指臣僕。今由羅馬制度以推之，則'僕墉土田'當是附墉垣於土田，或周圍附有墉垣之土田，故能成爲熟語。"

又見【疏附】。

G

陔 gāi 古哀切（蟹開一平咍見）
之部、見母
南陔,笙詩名。無辭。見"南"。

改 gǎi 古亥切（蟹開一上海見）
之部、見母
❶改換;改變。(風1、雅1)154《豳風·七月》五章:"曰爲改歲,入此室處。"王應麟《困學紀聞》卷三:"曰爲改歲,言農事之畢也。"陳奂《傳疏》:"改,更也。改歲,更一歲也。周建子,以十一月爲改歲。"戴震《考證》:"'聿爲改歲'者,猶言歲之將改也。"黄焯《詩疏平議》:"改歲,猶今俗云過年耳。"225《小雅·都人士》一章:"其容不改,出言有章。"《鄭箋》:"其動作容貌既有常,吐口言語又有文章法度。"朱熹《集傳》:"不改,有常也。"❷另外;重新。(風3)75《鄭風·緇衣》一章:"緇衣之宜兮,敝,予又改爲兮。"《毛傳》:"改,更也。"

溉（漑） gài 古代切（蟹開一去代見）
　　　　　 居豙切（止開三去未見）
物部、見母
❶洗;洗滌。(風1)149《檜風·匪風》三章:"誰能亨魚,溉之釜鬵?"《毛傳》:"溉,滌也。"孔穎達《正義》:"溉、滌皆洗器之名,故云:'溉,滌也。'"朱熹《集傳》:"誰能亨魚乎?有,則我願爲之溉其釜鬵。"陸德明《釋文》:"溉,本又作摡。"《說文·手部》:"摡,滌也。《詩》曰:'摡之釜鬵。'"一說:給與。聞一多《新義》:"溉亦當讀爲乞,訓與。"❷通"概"。漆尊,酒器。(雅1)251《大雅·泂酌》三章:"挹彼注兹,可以濯溉。"《周禮·春官·大宗伯》注:"溉,祭器。"陸德明《釋文》:"溉,本或作概。"王引之《述聞》卷七:"溉,當讀爲概。

概、溉古通用。《春官·鬯人》:'凡祭祀,…廟用脩,凡山川四方用蜃,凡裸事用概,凡䘒事用散。'鄭注曰:'脩、蜃、概、散,皆漆尊也。'是罍與概皆尊名。故二章言濯罍,三章言濯概也。"一說:洗干净。《毛傳》:"溉,清也。"孔穎達《正義》:"謂洗之使清絜。

摡 (一) gài 古代切（蟹開一去代見）
物部、見母
洗滌。見"溉"。
(二) xì 許既切（止開三去未曉）
物部、曉母
取。見"墍"。

蓋（盖） gài 古太切（蟹開一去泰見）
月部、見母
❶大概。(風2)109《魏風·園有桃》一章:"其誰知之,蓋亦勿思。"朱熹《集傳》:"彼之非我,特未之思耳。"王引之《釋詞》卷五:"蓋者,大略之詞。"一說:通"盍"。何;何不。陳奂《傳疏》:"蓋與盍同。盍,何也。亦,語助之詞。蓋亦勿思,何勿思也。"吳闓生《會通》:"蓋與盍同,何不也。盍亦勿思,乃殷憂無聊,自作解免之詞。"❷通"盍"。何;曷。(雅5)227《小雅·黍苗》二章:"我行既集,蓋云歸哉?"孔穎達《正義》:"蓋者,疑辭,亦爲發端。"陳奂《傳疏》:"蓋讀爲盍。《爾雅》:'曷,盍也。'盍謂之曷,盍又謂之曷,亦謂之曷。蓋云歸哉,曷云歸哉也。"192《小雅·正月》五章:"謂山蓋卑,爲岡爲陵。"陳奂《傳疏》:"蓋讀同盍。《爾雅》:'曷,盍也。'《廣雅》:'曷,盍,何也。'謂山蓋卑,言山何卑也。"朱彬《經傳考證》:"山本高而謂之卑,二語即民之訛言也。"一說:何不。楊樹達《述林》卷六:"蓋當讀爲盍,何不也。…

時人謂山言：汝高高在上之山何不降卑而爲岡與陵乎？以喻汝無德之小人在公卿之位，何不降居卑位，或尚不大爲害於民乎？"又一説：副詞，表示不確定的語氣。可譯作"也許"。黃焯《毛鄭平議》："詩意如云：謂山蓋卑乎，乃爲岡爲陵而實高峻也。山以喻居高位者，與《節南山》以南山喻師尹同意。意謂居高位者豈不尊顯歟，實尊顯也，奈其德不稱位何也。"

干 gān 古寒切（山開一平寒見）

寒部、見母

❶盾牌。(雅1,頌1)273《周頌·時邁》："載戢干戈，載櫜弓矢。"250《大雅·公劉》一章："弓矢斯張，干戈戚揚。"《鄭箋》："干，盾也。"《方言》卷九："干，自關而東或謂之瞂，或謂之干，關西謂之盾。"❷求。(雅2)239《大雅·旱麓》一章："豈弟君子，干祿豈弟。"《毛傳》："干，求也。"249《大雅·假樂》二章："干祿百福，子孫千億。"《鄭箋》："干，求也。"朱熹《集傳》："言王者干祿而得百福，故其子孫之蕃至於千億。"姚際恒《通論》："干祿，干天之祿也，猶言求祿。"一説："干"當作"千"，形似而誤。段玉裁《小箋》："此是千字。《假樂·箋》曰'子孫得祿千億'，是也。"俞樾《平議》卷十一："干字疑千字之誤。千祿百福，言福祿之多也。子孫千億，言子孫之多也。❸通"岸"。水邊。(風1)112《魏風·伐檀》一章："坎坎伐檀兮，寘之河之干兮。"《毛傳》："干，厓也。"❹通"竿"。旗杆。(風3)53《鄘風·干旄》一章："孑孑干旄，在浚之郊。"《毛傳》："注旄於干首，大夫之旃也。"朱熹《集傳》："干旄，以旄牛尾著於旗干之首，而建之車後也。"陳奐《傳疏》："干，讀如'籥籥竹竿'之竿。"《左傳·定公九年》引作"竿旄"。王先謙《集疏》："三家，干作竿。"❺通"澗"。夾在兩山間的水流。(雅1)189《小雅·斯干》一章："秩秩斯干，幽幽南山。"《毛傳》："干，澗也。"馬瑞辰《通釋》："干與閒、澗，雙聲，古通用。"一説：水邊。朱熹《集傳》："干，水涯也。"❻通"扞"。扞衛抵禦。(雅2)178《小雅·采芑》一章："方叔涖止，其車三千，師干之試。"《毛傳》："干，扞。"《鄭箋》："其士卒皆有佐師扞敵之用。"陳奐《傳疏》："言軍士之衆，足爲扞禦之用也。"一説：盾。泛指武器。嚴粲《詩緝》："程子曰：師干，猶今之云兵甲也。"馬瑞辰《通釋》："此詩干當讀戈之干，謂盾也。"高亨《今注》："干，盾也，用干代表武器。試，用也。此句意要利用戰士和武器，從事戰爭。"❼古地名，在今河南省清豐縣西南。有人説在河南省濮陽縣北干城村。(風1)39《邶風·泉水》三章："出宿于干，飲餞于言。"《毛傳》："干、言，所適國郊也。"楊慎《升庵經説》卷四"邘、干同字"條："今開封府有邗溝。韋氏《厯紀》云：'寒叔處干而干亡，入秦而秦霸。'"馬瑞辰《通釋》："《畿輔通志》：'唐山縣西北四里有干言山，延袤數十里，接内邱縣界'是也。衛女所造國蓋在邢旁，故經及干、言二山。"劉臺拱《經傳小記》卷上："沛、禰、干、言，疑皆所嫁之國地名。設言我將出宿、飲餞於此以適衛，而我諸姑伯姊，不亦可乎？皆所謂謀於諸姬之辭也。"

【干城】干，盾；城，城郭。干、城都起捍衛和防禦的作用。比喻捍衛者或禦敵立功的將士。(風1)7《周南·兔罝》一章："赳赳武夫，公侯干城。"《鄭箋》："干也，城也，皆以禦難也。"朱熹《集傳》："干，盾也。干城，皆所以捍外而衛内者。"一説：捍衛保護。干，通"扞"。《毛傳》："干，扞也。"陸德明《釋文》："干，如字。《爾雅》云：'干，扞也。'孫炎注云：'干楯所以自蔽扞也。'舊户旦反，沈音幹。"《吕氏春秋·報更》引《詩》曰："赳赳武夫，公侯干城。"高誘注："言其賢可爲公侯扞難其城藩也。"陳奐《傳疏》："言武夫之能爲公侯扞城其民也。"俞樾《平議》卷八："公侯干城者，言公侯可用以扞衛其城也。"又一説：城垣，屏障。"干"，通"閈"。聞一多《新義》："公侯干城之干，則閈之省。……閈亦訓垣。"又一説：諸侯之城。馬瑞辰《通釋》："《太平御覽》引《白虎通》：'天子曰崇城，言崇高也；諸曰干城，言不敢自專御於天子也。'是干城乃諸侯城名，猶云'宗子維城'耳。"

[干旄]《國風·鄘風》篇名(53)。《詩序》説是贊美衛文公居臣樂善好賢興復衛國的

詩。"《干旄》,美好善也。衛文公臣子多好善,賢者樂告以善道也。"朱熹《集傳》:"言衛大夫乘此車馬,建此旌旄,以見賢者,彼其所見之賢者,將何以畀之,而答其禮意之勤乎?"或以爲美衛武公。豐坊《詩傳》:"武公好賢樂善,國人美之,賦《干旄》。""姝"字一般指女性,所以王質《詩總聞》以爲國君親迎之詩:"當是國君出野親迎,其禮如此,受迎者他日何贊助以爲禮也?"現代有的研究者以爲是寫一位貴族男子乘車去看望或者迎接一位漂亮的姑娘。高亨《今注》:"衛國一個貴族乘車去看他的情人,作此詩以寫此事。"三章,十八句。
參"澗"。

竿 gān 古寒切(山開一平寒見) 寒部、見母

竹竿;竹子的主榦。特指釣竿。(風 1)59《衛風·竹竿》一章:"籊籊竹竿,以釣於淇。"(籊籊:長而細的樣子。)參"干"。

乾(乾、干) gān 古寒切(山開一平寒見) 寒部、見母

乾燥;乾枯。(風 1)69《王風·中谷有蓷》一章:"中谷有蓷,暵其乾矣。"孔穎達《正義》:"中谷之有蓷草,爲水浸之,暵然其乾燥矣。"朱熹《集傳》:"暵,燥。"
【乾餱】乾糧,泛指普通食品。(雅 1)165《小雅·伐木》三章:"民之失德,乾餱以愆。"朱熹《集傳》:"乾餱,食之薄者也。"嚴粲《詩緝》:"民之失德者,不能厚朋友故舊之禮,或因乾餱之食,不分於人,以獲愆過。"

甘 gān 古三切(咸開一平談見) 談部、見母

❶甜;味道好。(風 1、雅 1)35《邶風·谷風》二章:"誰謂荼苦,其甘如薺。"171《小雅·南有嘉魚》三章:"南有樛木,甘瓠纍之。"朱熹《集傳》引東萊呂氏曰:"瓠有甘有苦,甘瓠則可食者也。"❷美好。(雅 2)198《小雅·巧言》三章:"盜言孔甘,亂是用餤。"馬國翰《目耕帖》卷十七:"孔甘者,盜言也。若美味然,能動人之嗜。"211《小雅·甫田》二章:"以御田祖,以祈甘雨。"❸甘心;情願。(風 1)96《齊風·雞鳴》三章:"蟲飛薨薨,甘與子同夢。"

【甘棠】樹名。也叫白棠、棠梨、杜梨。落葉喬木,春夏開白花,果實似梨而小,味酸甜。古代常植於社前,稱爲社木。(風 3)16《召南·甘棠》一章:"蔽芾甘棠,勿翦勿伐。"《毛傳》:"甘棠,杜也。"陸璣《詩義疏》:"甘棠,今棠梨。一名杜梨,赤棠也。白棠同耳,但子有赤白二色。子白色爲白棠,甘棠也,少酢滑美;赤棠子澀而酢,無味,俗語謂澀如杜是也。"朱熹《集傳》:"甘棠,杜梨也。白者爲棠,赤者爲杜。"
〖甘棠〗《國風·召南》篇名(16)。這是周人懷念召伯的詩。《詩序》:"《甘棠》,美召伯也。召伯之教,明於南國。"相傳召伯曾在甘棠樹下聽訟決獄,公正無私。詩人感戴他,因人及物,唱出這首歌,表示要愛護召伯曾在下面歇息過的樹木。《鄭箋》:"召伯聽男女之訟,不重煩勞百姓,止舍小棠之下而聽斷焉。國人被其德,說其化,思其人,敬其樹。"朱熹《集傳》:"召伯循行南國,以布文王之政,或舍甘棠之下。後人思其德,故愛其樹而不忍傷焉。"後用"甘棠"來贊美地方官吏的清廉。召伯,一般以爲指召康公奭,他是西周初年有名的政治家,與周公旦齊名。也有人認爲指周宣王時期的召穆公。他輔佐周宣王征服淮夷,晚年迎平王東遷雒邑,很有功勞。三章,九句。
【甘心】願意;情願。(風 1)62《衛風·伯兮》三章:"願言思伯,甘心首疾。"朱熹《集傳》:"寧甘心於首疾也。"一說:憂心;苦心。陳奐《傳疏》:"快意謂之甘心,憂念之思,滿足於心,亦謂之甘心。"馬瑞辰《通釋》:"甘與苦,古以相反爲義。…《方言》:'苦,快也。'郭注:'苦而爲快者,猶以臭爲香,治爲亂,徂爲存。'以此推之,則甘心亦得訓爲苦心,猶言憂心、勞心、痛心也。成十三年《左傳》:'諸侯聞此言,斯是用痛心疾首。'杜注:'疾猶痛也。'甘心疾首與痛心疾首文正相類,皆爲對舉之詞。詩不言疾首而言疾者,倒文以爲韻也。"

感 gǎn 古禫切(咸開一上感見) 侵部、見母
hàn 胡紺切(咸開一去勘匣) 侵部、匣母

動;觸動。(風1)23《召南·野有死麕》三章:"舒而脫脫兮,無感我帨兮。"《毛傳》:"感,動也。"陸德明《釋文》:"感,如字,又胡坎反。"陳奐《傳疏》:"感,古撼字。"《太平御覽》卷九百四十引《國風》作"撼"。王先謙《集疏》:"三家,感作撼。"

敢 gǎn 古覽切(咸開一上敢見) 談部、見母

敢於;有膽量做某種事情。(風9、雅17、頌7)73《王風·大車》一章:"豈不爾思,畏子不敢。"《鄭箋》:"此二句者,古之欲淫奔者之辭。"朱熹《集傳》:"不敢,不敢奔也。"按此"不敢"與下章"不奔"詞義互補,皆謂不敢奔也。76《鄭風·將仲子》一章:"豈敢愛之,畏我父母。"193《小雅·十月之交》八章:"我不敢傚我友自逸。"

榦(干) gàn 古案切(山開一去翰見) 居寒切(山開一平寒見) 寒部、見母

正;治。(雅1)261《大雅·韓奕》一章:"榦不庭方,以佐戎辟。"《鄭箋》:"作楨榦而正之,以佐助女君。女君,王自謂也。"陸德明《釋文》:"榦,古旦反。"《文選·西京賦》李善注引《韓詩章句》:"榦,正也。"陳奐《傳疏》:"'榦不庭方',言四方不直者,則正之。"屈萬理《詮釋》:"榦,當讀爲《周易》'榦蠱'之幹,治也。"一説:通"曷"。疑問代詞,表示反問。俞樾《平議》卷十一:"《廣雅·釋詁》:'榦,焉,安也。榦與焉同訓,是榦亦語詞矣。…榦從倝聲,與干聲同部也。庭方者,直方也。《易》曰:'君子敬以直内,義以方外。'是其義也。王之命韓侯若曰:朕命不易,女曷不直方以佐女君乎?蓋戒勉之辭。"

岡(冈、崗) gāng 古郎切(宕開一平唐見) 陽部、見母

❶山脊。(風2、雅7、頌1)3《周南·卷耳》三章:"陟彼高岡,我馬玄黃。"《毛傳》:"山脊曰岡。"250《大雅·公劉》三章:"迺陟南岡,乃覯於京。"《鄭箋》:"山脊曰岡。"❷登上山岡。(雅1)250《大雅·公劉》五章:"既景迺岡,相其陰陽。"《毛傳》:"考其日影,參之高岡。"

朱熹《集傳》:"岡,登高以望也。"陳奐《傳疏》:"參之高岡,即下'相其','觀其',是登岡視之也。"一説:山脊。《鄭箋》:"既以日景定其經界於山之脊。"

剛(刚) gāng 古郎切(宕開一平唐見) 陽部、見母

❶堅硬。(雅3)167《小雅·采薇》三章:"采薇采薇,薇亦剛止。"《毛傳》:"少而剛也。"《鄭箋》:"剛,謂少堅忍甲。"嚴粲《詩緝》:"薇剛,則老硬不可食矣。"程大昌《演繁露》卷八:"薇亦剛止,謂霜露降而苗葉堅正也。"260《大雅·烝民》五章:"柔則茹之,剛則吐之。"❷剛强;剛猛。(雅1、頌1)205《小雅·北山》三章:"旅力方剛,經營四方。"304《商頌·長發》四章:"不競不絿,不剛不柔。"孔穎達《正義》:"湯之性行,不争競,不急躁,不大剛猛,不大柔弱。"戴震《考證》:"凡競逐、急躁、剛猛、柔弱皆害於政教。"❸通"犅"。公牛。(頌1)300《魯頌·閟宫》四章:"秋而載嘗,夏而楅衡,白牡騂剛。"《毛傳》:"騂剛,魯公牲也。"王先謙《集疏》:"剛者,犅之借字。《說文》:'犅,特也。特,牛父也。'騂剛猶言騂牡。犅字從岡,取赤脊之義也。"王夫之《稗疏》:"犅者牛脊也。其字從岡,猶山脊之爲岡也。"

綱(纲) gāng 古郎切(宕開一平唐見) 陽部、見母

提網的大繩。比喻事物的準則;法度。(雅3)249《大雅·假樂》三章:"受福無疆,四方之綱。"252《大雅·卷阿》六章:"豈弟君子,四方爲綱。"《鄭箋》:"綱者能張衆目。"嚴粲《詩緝》:"綱舉則目張,謂總提綱維也。"

【綱紀】治理;統領。(雅1)238《大雅·棫樸》五章:"勉勉我王,綱紀四方。"《鄭箋》:"以網罟喻爲政,張之爲綱,理之爲紀。"馬瑞辰《通釋》:"綱爲綱之大繩,紀爲抽絲之稱。…紀之本義謂得其統紀而衆絲可治,猶之綱舉而目張也。"于鬯《香草校書》卷十六:"紀與綱異。綱以罔喻,紀以絲喻。《墨子·尚同》篇云'若絲縷之有紀,罔罟之有綱',是也。…蓋絲縷既成絞環,必更以一繩穿環中而結之,是之謂紀。此以四方爲罔,則王爲綱;以四方爲絲,則王爲紀。故

承上句'我王'而言,曰綱紀四方也。"程俊英《注析》:"綱舉而目張,紀得而絲治,所以這里用來比喻治理國家。"

羔 gāo 古勞切(效開一平豪見)
宵部、見母

小羊。(風5)18《召南·羔羊》一章:"羔羊之皮,素絲五紽。"《毛傳》:"小曰羔,大曰羊。"孔穎達《正義》:"小羔大羊,對文爲異,此説大夫之裘,宜直言羔而已。兼言羊者,以羔亦是羊,故連言以協句。"154《豳風·七月》八章:"朋酒斯饗,曰殺羔羊。"

【羔裘】羔羊皮襖。(風8)120《唐風·羔裘》一章:"羔裘豹袪,自我人居居。"《鄭箋》:"羔裘豹袪,在位卿大夫之服也。"146《檜風·羔裘》一章:"羔裘逍遥,狐裘以朝。"《毛傳》:"羔裘以游燕,狐裘以適朝。"《鄭箋》:"諸侯之朝服,緇衣羔裘。大蜡而息民,則有黃衣狐裘。"朱熹《集傳》:"緇衣羔裘,諸侯之朝服,錦衣狐裘,其朝天子之服也。"夏炘《讀詩劄記·羔羊》:"古羔裘之服通於上下,除禮服五冕朝服外,天子、諸侯、大夫、士、庶人燕居莫不服羔裘。"

〖羔裘(一)〗《國風·鄭風》篇名(80)。這是鄭人贊譽其大夫的詩。説他正直勇武,舍命不渝,是國家的優秀人才。朱熹《集傳》:"言此羔裘潤澤,毛順而美,彼服此者當生死之際,又能以身居其所受之理而不可奪。蓋美其大夫之詞,然不知其所指矣。"《詩序》則以爲陳古諷今,諷刺鄭國朝廷没有這樣的大夫:"《羔裘》,刺朝也。言古之君子以風其朝焉。"《鄭箋》:"鄭自莊公而賢者陵遲,朝無忠正之臣,故刺之。"陳子展《直解》:"陳古刺今,以諷在朝君臣不稱其服之詩。"三章,十二句。

〖羔裘(二)〗《國風·唐風》篇名(120)。這首詩諷刺貴族當權者驕傲自大,爲人民所厭棄。《詩序》:"《羔裘》,刺時也。晉人刺其在位不恤其民也。"朱熹《集傳》:"此詩不知所謂,不敢強解。"戴溪《續紀》:"《羔裘》,刺大夫不恤其民也。"或以爲其朋友切責之詩。王質《詩總聞》:"此朋友切責之辭。切責之中,忠厚所寓,此風亦可嘉也。"牟庭《詩切》:"《羔裘》,刺大官不念貧賤交也。"也

有人認爲是女子譴責一個曾和她相好過的貴族男子的詩。又或以爲贊美在位者。屈萬里《詮釋》:"此蓋愛美其在位之詩。"二章,八句。

〖羔裘(三)〗《國風·檜風》篇名(146)。《詩序》説是檜君不能自強於政治,其大夫棄君而去所作的詩:"《羔裘》,大夫以道去其君也。國小而迫,君不用道,好潔其衣服,逍遥遊燕,而不能自強於政治,故作是詩也。"朱熹《集傳》:"舊説檜君好潔其衣服,逍遥遊宴,而不能自強於政治,故詩人憂之。"戴溪《續紀》:"《羔裘》,大夫去其君而憂之也。"王符《潛夫論·志氏姓》:"會(檜)在河伊之間,其君驕貪嗇儉,減爵損禄,群臣卑讓,上下不臨,詩人憂之,故作《羔裘》,閔其傷憚也。"豐坊《詩説》:"檜君不能自強於政治,國人憂之而作。"聞一多《類鈔》:"女欲奔男之辭。"現代研究者或以爲這是一首懷人而不得見的詩。程俊英《注析》:"作者很想念那位穿著羊皮袍、狐皮袍的大夫。但由於某種原因又無法達到目的,心中很憂傷,便唱出了這首詩。"或以爲這是一個貴族婦女,失寵自傷,思念丈夫,希望他回心轉意的詩。三章,十二句。

〖羔羊〗《國風·召南》篇名(18)。這首詩贊揚士大夫正直節儉,衣服有常,而從容自得。《詩序》:"《羔羊》,《鵲巢》之功致也。召南之國化文王之政,在位皆節儉正直,德如羔羊也。"朱熹《集傳》也説:"南國化文王之政,在位皆節儉正直,故詩人美其衣服有常,而從容自得如此也。"但不提所謂《鵲巢》之功致。或以爲寫大夫受享於諸侯之後,退而歸家的情況,羔皮爲裘是周代大夫以上的服飾。聞一多《類鈔》:"《羔羊》,大夫受享於諸侯,畢,以其所受賜之皮幣退而歸家。《公食大夫禮》,有乘皮束帛以侑賓。羔羊,即乘皮;素絲,即束帛也。"有的學者以爲諷刺詩。諷刺官僚們錦衣玉食,無所事事。牟庭《詩切》:"《羔羊》,刺饎廩儉薄也。"蔣立甫《選注》:"這首詩是諷刺卿大夫的。説他們穿著十分考究的羔羊皮襖,每天從衙門里吃得酒醉肉飽,摇摇擺擺地回到家中,無所事事。"三章,十二句。

高

gāo 古勞切（效開一平豪見）
宵部、見母

高。由下至上距離大。跟"低"相對。（風1、雅11、頌3）232《小雅·漸漸之石》一章："漸漸之石，維其高矣。"252《大雅·卷阿》九章："鳳皇鳴矣，于彼高岡。"

【高高】位置很高的樣子。（頌1）288《周頌·敬之》："命不易哉，無曰高高在上。"嚴粲《詩緝》："天道甚明，禍福不爽，故予奪摩常，其命不易保也。無謂其高高在上，遠天而不吾察也。"（高高在上：指上帝高高地住在天上。）

膏

（一）gāo 古勞切（效開一平豪見）
宵部、見母

❶油脂。（風1）146《檜風·羔裘》三章："羔裘如膏，日出有曜。"《毛傳》："日出照曜，然後見其膏。"陳奐《傳疏》："《傳》云'日出照曜，然後見其膏'，此倒句也。"聞一多《類鈔》："古曰膏，今曰油。"

（二）gào 古到切（效開一去號見）
宵部、見母

❷滋潤，潤澤。（風1、雅1）153《曹風·下泉》四章："芃芃黍苗，陰雨膏之。"孔穎達《正義》："此苗所以得長大者，天以陰雨之澤膏潤之故也。"

【膏沐】膏，潤髮油脂；沐，洗去頭上污垢。（風1）62《衛風·伯兮》二章："豈無膏沐，誰適爲容？"朱熹《集傳》："膏，所以澤髮者；沐，滌首去垢也。"王先謙《集疏》："澤面曰膏，灌髮曰沐。一說：婦女潤髮用的油脂和洗髮的米汁。《文選·曹子建·求通親親表》"膏沐之遺，歲得再通"呂延濟注："膏，脂也；沐，甘漿之屬。"

皋（臯）

gāo 古勞切（效開一平豪見）
幽部、見母

沼澤。（雅2）184《小雅·鶴鳴》一章："鶴鳴于九皋，聲聞于野。"《毛傳》："皋，澤也。"《鄭箋》："皋，澤中水溢出所爲坎，自外數至九，喻深遠也。"陸德明《釋文》引《韓詩》說："九皋，九折之澤。"黃焯《毛鄭平議》："九者虛數，…九皋，即謂澤之深遠。"《漢書·東方朔傳》作"鶴鳴九皋，聲聞于天"，上句無"于"字。一說：水旁高處。張爾岐《蒿庵閒話》：

"觀古人'馳騖東皋'及'登東皋舒嘯'之語，皆水旁高處可居者，則此'九皋'亦謂坎邊之地，非水中也。"屈萬里《詮釋》："九，有高義。皋，猶陵也，岸也。九皋，猶言高陵、高岸也。"

【皋皋】頑鈍無能。（雅1）265《大雅·召旻》三章："皋皋訿訿，曾不知其玷。"《毛傳》："皋皋，頑不知道也。"《爾雅·釋訓》："皋皋，刺素食也。"孔穎達《正義》引某氏曰："無德而空食祿也。"朱熹《集傳》："皋皋，頑慢之意。"一說：同"謞"，互相欺騙。馬瑞辰《通釋》："皋當讀爲謞，《玉篇》：'謞，相欺也。'重言之則曰謞謞。皋皋訿訿，皆極言小人讒毀人之狀。"

【皋門】古代王都的郭門。（雅2）237《大雅·緜》七章："迺立皋門，皋門有伉。"《毛傳》："王之郭門曰皋門。"《鄭箋》："諸侯之宮，外門曰皋門。"按《周禮·閽人》鄭司農注："王有五門，外曰皋門，二曰雉門，三曰庫門，四曰應門，五曰路門。"《玉篇·門部》引《詩》作"高門有閌"。

【皋陶（yáo）】一作"咎繇"。傳說中東夷族的領袖，偃姓，堯舜時代爲掌管刑獄的官。春秋英、六等國是其後代。（頌1）299《魯頌·泮水》五章："淑問如皋陶，在泮獻囚。"陸德明《釋文》："皋陶，音遥，唐虞之士官。"按《書·舜典》："帝曰：'皋陶，蠻夷猾夏，寇賊奸宄，汝作士。'"後用爲獄官或獄神的代稱。

參"鴞"。

櫜

gāo 古勞切（效開一平豪見）
幽部、見母

弓袋（把弓）裝進弓袋裡。（雅1、頌1）175《小雅·彤弓》三章："彤弓弨兮，受言櫜之。"《毛傳》："櫜，韜也。"273《周頌·時邁》："載戢干戈，載櫜弓矢。"《毛傳》："櫜，韜也。"孔穎達《正義》："櫜者，弓衣，一名韜。故內弓於衣謂之韜弓。"

鼛

gāo 古勞切（效開一平豪見）
幽部、見母

鼛鼓，一種大鼓。（雅2）208《小雅·鼓鍾》三章："鼓鍾伐鼛，淮有三洲。"《毛傳》："鼛，大鼓也。"孔穎達《正義》："鼛，即皋也。古今字異耳。《韗人》云：'皋鼓尋有四尺。'是大鼓也。"237《大雅·緜》六章："百堵皆興，鼛鼓弗勝。"《毛傳》："鼛，大鼓也，長一丈二尺。"馬瑞辰《通釋》："鼛，通作皋。皋之言告。…皋鼓，取告衆以勸役之義，進之非止之也。鼛鼓弗勝，特言工役之衆，同時赴工，鼓不勝其擊耳。"

杲 gǎo 古老切（效開一上晧見）
宵部、見母

【杲杲】日出明亮的樣子。（風 1）62《衛風·伯兮》三章："其雨其雨，杲杲出日。"《毛傳》："杲杲然日復出矣。"《文心雕龍·物色》："杲杲爲出日之容，瀌瀌擬雨雪之狀。"馬瑞辰《通釋》："杲對杳言，《說文》'杳'下云：'冥也。從日在木下。''杲'下云：'明也。從日在木上。'…日出神木之上，故日出謂之杲杲。"

縞 gǎo 古老切（效開一上晧見）
　　　　古到切（效開一去號見）
宵部、見母

白色的絹，引申爲白色。（風 2）93《鄭風·出其東門》一章："縞衣綦巾，聊樂我員。"《毛傳》："縞衣，白色男服也。"《鄭箋》："縞衣綦巾已所爲，作者之妻服也。"孔穎達《正義》："縞是薄繒，不染色，故曰白也。"朱熹《集傳》："縞衣綦巾，女服之貧陋者。"李黼平《紬義》："《傳》云縞衣白色男服，此男即作者自謂，綦巾蒼艾色女服，此女即作者之妻。上《傳》言如云者非我思所能存救，惟我縞衣與彼綦巾，願復保爲室家，得相樂也。"鄒漢勛《讀書偶識》卷四："《詩》之縞，非色，乃帛名。下文'縞衣茹藘'，縞衣染茹藘色，故知是帛名。"

槁 gǎo 苦浩切（效開一上晧溪）
宵部、溪母

枯槁。見'橋'。

告 gào 古到切（效開一去號見）
　　　　古沃切（通合一入沃見）
覺部、見母

❶向上報告。（雅 2）262《大雅·江漢》二章："經營四方，告成于王。"孔穎達《正義》："告其成功於宣王也。"《廣韻·沃韻》："告上曰告，發下曰誥。"❷告訴；把話說給别人聽。（風 7，雅 15）101《齊風·南山》三章："取妻如何？必告父母。"247《大雅·既醉》三章："令終有俶，公尸嘉告。"《鄭箋》："公尸以善言告之，謂嘏辭也。"193《小雅·十月之交》二章："日月告凶，不用其行。"《鄭箋》："告凶，告天下以凶亡之徵也。"56《衛風·考槃》三章："獨寐寤宿，永矢弗告。"《毛傳》："無所告語也。"朱熹《集傳》："弗告者，不以此樂告人也。"吳闓生《會通》："弗告，即'只可自怡悦，不可持贈君'意。"209《小雅·楚茨》四章："工祝致告，徂賚孝孫。"孔穎達《正義》："致告之意以告主人。"❸播告；布告。（雅 1）256《大雅·抑》二章："訏謨定命，遠猶辰告。"《鄭箋》："爲天下遠圖庶事，而以歲時告施之。"朱熹《集傳》："告，戒也。辰告，謂以時播告也。"程俊英《注析》："這二句意爲，有宏大的計劃就定爲號令，有長遠的政策就隨時宣布。"❹訴說。（雅 2）193《小雅·十月之交》七章："黽勉從事，不敢告勞。"204《小雅·四月》八章："君子作歌，維以告哀。"屈萬里《詮釋》："告哀，謂申訴哀苦也。"❺通"鞫"。窮治；窮究。（頌 1）299《魯頌·泮水》六章："不告于訩，在泮獻功。"陳奐《傳疏》："告者，鞫之假借字。…鞫亦作鞠。《說文》：'鞠，窮治罪人也。'不告于訩，言不窮治凶惡，唯在柔服之而已。"一說：上告。《鄭箋》："又無以争訟之事告於治事之官者也。"朱熹《集傳》："不告於訩，師克而和，不争功也。"又一說：通"嗥"。大聲叫。俞樾《平議》卷十一："告讀爲嗥。《漢書·高帝紀》顔師古注引服虔曰：'告，音如嗥呼之嗥。訩猶匈匈也。'"又一說：通"造"。至。高亨《今注》："告，疑借爲造，至也。訩，當讀爲凶。不造於凶，言戰爭中不至於失敗而遭凶禍。"參"鞫"。

誥(诰) gào 古到切（效開一去號見）
覺部、見母

告戒。見"贄"。

戈 gē 古禾切（果合一平戈見）
歌部、見母

我國青銅器時代的主要兵器，橫刃長柄，可以橫擊或鉤殺。（風 2，雅 2）133《秦風·無衣》一章："王于興師，脩我戈矛。"《毛傳》：

"戈長六尺六寸。"250《大雅・公劉》一章："弓矢斯張，於戈戚揚。"《鄭箋》："戈，句孑戟也。"

歌（謌） gē 古俄切（果開一平歌見）
歌部、見母

❶唱；有音樂伴奏的歌唱。（風4、雅5）109《魏風・園有桃》一章："心之憂矣，我歌且謠。"《毛傳》："曲合樂曰歌，徒歌曰謠。"246《大雅・行葦》四章："或歌或咢。"《毛傳》："歌者，比於琴瑟也。"《禮記・樂記》："歌之為言也，長言之也。"❷歌曲；能唱的詩。（雅4）162《小雅・四牡》五章："是用作歌，將母來諗。"257《大雅・桑柔》十六章："雖曰匪予，既作爾歌。"❸作歌；作詩。（風1）141《陳風・墓門》二章："夫也不良，歌以訊之。"《鄭箋》："歌，謂作此詩也。"

格 gé 古伯切（梗開二入陌見）
鐸部、見母

來；到。（雅2）209《小雅・楚茨》三章："神保是格，報以介福。"《毛傳》："格，來。"256《大雅・抑》七章："神之格思，不可度思，矧可射思。"《毛傳》："格，至也。"馬瑞辰《通釋》："格字作佫。《方言》：'佫，至也。'作格者假借字。"屈萬里《詮釋》："神降臨曰格。"一說：鬼神享用祭祀。楊琳《昭假新解》："格解為至是不通。訓為祭祀則怡然理順。且'神保是格'與'神保是饗'只是前後章稍異其字，其意不殊。"

閣（閤） gé 古落切（宕開一入鐸見）
鐸部、見母

【閣閣】捆扎牢固而均勻的樣子。（雅1）189《小雅・斯干》三章："約之閣閣。"《毛傳》："閣閣，猶歷歷也。"孔穎達《正義》："繩在板上則歷歷然均，謂繩均板直，則牆端正也。"陳奐《傳疏》："言縮版之繩歷歷然也。"一說：牆板上下相重（chóng）。朱熹《集傳》："閣閣，上下相乘也。"嚴粲《詩緝》："築牆之時，以繩約束其板，閣閣然上下相乘，即所謂縮板以載也。"又一說：長木榦叫閣，兩根長木榦叫閣閣。何楷《古義》："《爾雅》云：'槉謂之杙。…長者謂之閣。'今按築牆者，每束一版，必以二長杙（木榦）貫其兩端，使不動搖，所謂閣閣也。"又一說：約繩聲。于鬯《香草校書》卷十四："閣閣、橐橐皆謂聲…閣閣猶橐橐也。其為聲但讀字音可知，有不煩佐證者。此如曰甘曰苦，如嘗甘苦之味；曰方曰圓，各睹方圓之形。蓋義本乎音，其理原如此。…毛意當謂閣閣之聲即歷歷之聲，故以'歷歷'訓'閣閣'。"

葛 gé 古達切（山開一入曷見）
月部、見母

一種藤本植物。纖維可以織成葛布，塊根含澱粉，可以吃。（風18、雅1）2《周南・葛覃》一章："葛之覃兮，施于中谷。"《毛傳》："葛，所以為絺綌。"72《王風・采葛》一章："彼采葛兮，一日不見，如三月兮。"朱熹《集傳》："采葛所以為絺綌。"101《齊風・南山》二章："葛屨五兩，冠緌雙止。"《毛傳》："葛屨，服之賤者。"

【葛屨】《國風・魏風》篇名(107)。《詩序》以為諷刺魏君儉嗇褊急的詩："《葛屨》，刺褊也。魏地狹隘，其民機巧趨利，其君儉嗇褊急，而無德以將之。"王先謙《集疏》："三家無異義。"朱熹《集傳》："此詩疑即縫裳之女所作。"也有認為是贊美勤儉。傅恒等《折中》："《葛屨》，廣儉也。魏本舜、禹之故都，其地狹隘，而民貧俗儉，有聖賢之遺風焉。"現代學者多認為這是一首諷刺貴族女人心胸狹窄的詩。詩中縫裳的女子當是女奴，"好人"則指貴族女主人。女奴辛辛苦苦縫好衣服請女主人穿，她却傲慢作態，令人生厭。聞一多以為是刺妻嫉忌的詩："履裳皆妾所為，夫持以贈嫡，嫡宛然走避之。"二章，十一句。

【葛藟】葛和藟，兩種蔓生植物。（風6、雅1)4《周南・樛木》一章："南有樛木，葛藟纍之。"《毛傳》："南土之葛藟茂盛。"《鄭箋》："葛也，藟也，得纍而蔓之。"陸德明《釋文》："藟，本亦作虆，力軌反，似葛之草也。"朱熹《集傳》："藟，葛類。"239《大雅・旱麓》六章："莫莫葛藟，施于條枚。"《鄭箋》："葛也、藟也，延蔓於木之枝本而茂盛。"陸璣《詩義疏》："藟，一名巨荒，似燕薁，亦延蔓生，葉如艾，白色，其子赤，亦可食，酢而不美，幽州謂之蓷藟。"孔穎達《正義》："藟與葛異，亦葛之類。"一說：葛的別名。何楷《古義》：

"《易》、《詩》、《左傳》皆以葛藟連言，知藟即是葛。"又一説：藟的別名。馬瑞辰《通釋》："竊疑葛藟爲藟之别名，以其似葛，故稱葛藟。…蓋亦野葡萄之類。"參見"藟"字。又一説：葛藤。戴震《補注》："《詩》中七言葛藟，謂葛之藤蔓耳。古曰藟，今曰藤，古今語耳。"
[葛藟]《國風·王風》篇名(71)。這首詩寫一個人流浪他鄉，潦倒乞討而無人理睬的痛苦心情。朱熹《集傳》："世衰民散，有去其鄉里家族而流離失所者，作此詩以自歎。"屈萬里《詮釋》："此流落異鄉者感傷之詩。"《詩序》以爲是周"王族刺平王"的詩："《葛藟》，王族刺平王也，周室道衰，棄其九族焉。"黃焯《毛鄭平議》："平王東遷，實由申侯主之。西都傾覆，幽王見殺，其禍皆自申侯。平王徇其私恩，絕滅天性，詩人所以爲刺也。謂他人父者，刺平王謂申侯爲父也。"陸德明《釋文》作"刺桓王"云："本亦作刺平王。按《詩譜》是平王詩。皇甫士安以爲桓王之詩。"崔（靈恩）集注本亦作桓王。"三章，十八句。
[葛生]《國風·唐風》篇名(124)。《詩序》説是刺晉獻公的詩。"《葛生》，刺晉獻公也。好攻戰，則國人多喪矣。"王先謙《集疏》："三家無異義。"鄭玄、朱熹等認爲是妻子因丈夫遠征未歸而憂思的詩。《鄭箋》："夫從征役，棄亡不反，則其妻居家而怨思。"朱熹《集傳》："婦人以其夫久從征役而不歸，故言葛生而蒙於楚，蘞生而蔓於野，各有所依托，而予之所美者獨不在是，則誰與而獨處於此乎？"現代研究者多認爲是悼亡詩。語短情長，哀怨悽涼，纏綿悱惻，無限悲傷，堪稱我國悼亡詩之祖。有人以爲丈夫悼念亡妻，也有人以爲妻子悼念亡夫。郝懿行《詩問》："《葛生》，悼亡也。晉好攻戰，國多喪亡，婦人哭夫於墓，聞者傷之而作。"高亨《今注》："這是男子追悼亡妻的詩篇，即古人所謂悼亡詩。"上古"死則裹之以葛，投諸溝壑"（揚雄《法言·重黎》李軌注），其後仍有以葛纏棺的習俗（《墨子·節喪》）。本篇以"葛生"起興，或許與古俗有聯系。五章，二十句。

[葛覃]《國風·周南》篇名(2)。這首詩寫一位貴族婦女準備回娘家省親，吩咐保姆收拾好衣服。方玉潤《原始》："此亦采之民間，與《關雎》同爲房中樂。前咏初昏，此賦歸寧耳。"《詩序》以爲寫"后妃之本"："《葛覃》，后妃之本也。后妃在父母家，則志在於女功之事，躬儉節用，服浣濯之衣，尊敬師傅，則可以歸安父母，化天下以婦道也。"毛、鄭說同。朱熹《集傳》："蓋后妃既成絺綌而賦其事。"鄭樵《詩辨妄》以爲："此婦人急於成婦功之詩也。"牟庭《詩切》則謂："《葛覃》，去婦辭也。"三章，十八句。

革 gé 古核切（梗開二入麥見）職部、見母

❶去毛的獸皮。也泛指獸皮。（風1）18《召南·羔羊》二章：羔羊之革，素絲五緎。《毛傳》："革，猶皮也。緎，縫也。"孔穎達《正義》："許氏《説文》曰：'獸皮治去其毛曰革。'革，更也。對文言之異，散文則皮、革通。"一説：裹裏。馬瑞辰《通釋》："革，當爲韅之同音假借，《説文》：'韅，裹裏也。從韋，爾聲，讀如擊。'…古者裘皆表其毛，而爲之裏以附於革謂之韅。《詩》'羔羊之皮，素絲五紽'，皮，言其表也；'羔羊之革，素絲五緎'，革，言其裏也；'羔羊之縫，素絲五總'，合言其表與裏也。" ❷皮鞭；鞭革。（雅1）241《大雅·皇矣》七章："不大聲以色，不長夏以革。"馬瑞辰《通釋》引汪氏德越曰："不長夏以革者，不齊之以刑也。夏謂夏楚，撲作教刑也。革謂鞭革，鞭作官刑也。"一説：變更。《毛傳》："革，更也。不以長大有所更。"陳奂《傳疏》："革訓更，謂變易前代之法度。"胡承珙《後箋》："毛云長大者，似是雄長擴大之謂。言文王雖三分有二，然不恃此以紛更自己。"又一説：通"亟"。俞樾《平議》卷十一："革之言，急也。《禮記·檀弓》篇："若疾革。"鄭注曰：'革，急也。'急與寬，義正相反。" ❸通"翮"。翅膀；張開翅膀。（雅1）189《小雅·斯干》四章："如鳥斯革，如翬斯飛。"《毛傳》："革，翼也。"孔穎達《正義》："其斯革、斯飛，言簷阿之勢似飛鳥也。翼言其體，飛象其勢，各取喻也。"屈萬里《詮釋》："革，翼也。此謂張翼之狀。"陸

德明《釋文》引《韓詩》作"翮"云："翅也。"陳奐《傳疏》："革,古文翮,古文假借革為翮也。"楊樹達《述林》卷二："愚以革古文審之,上象口口,與燕字同。十象鳥身及尾,兩旁象鳥翅,蓋翮之初字也。"一說：變化。蘇轍《詩集傳》："其楝起如鳥之驚而革也。"朱熹《集傳》："革,變。其楝宇峻起,如鳥之驚而革也。"❹通"勒"。帶嚼口的馬籠頭。(雅 3,頌 1)173《小雅·蓼蕭》四章："既見君子,鞗革沖沖。"《毛傳》："革,轡首也。"陳奐《傳疏》："革,古文勒。《說文》云：'勒,馬頭絡銜也。銜,馬勒口中也。'是轡之絡馬首者謂之勒。勒關馬口者謂之銜。勒以革為之,故字從革。"(鞗,馬籠頭上的金屬裝飾。即連接繮繩和嚼子的小銅環。)261《大雅·韓奕》二章："鞗革金厄。"《鄭箋》："鞗革,謂轡也。"283《周頌·載見》："鞗革有鶬,休有烈光。"《鄭箋》："鞗革,轡首也。參"棘"。

翮 gé 古核切（梗開二入麥見）
職部、見母
翅;翼。見"革"。

韐(韐) gé 古沓切（咸開一入合見）
古洽切（咸開二入洽見）
緝部、見母
用熟皮制成的蔽膝,即韍。見"韎韐"。

哿 gé 古我切（果開一上哿見）
歌部、見母
可意;歡樂。(雅 2)192《小雅·正月》十三章："哿矣富人,哀此惸獨。"《毛傳》："哿,可。"王引之《述聞》卷六："哿與哀相對為文,哀者憂悲,哿者歡樂。言樂矣彼有屋之富人,悲哉此無禄之惸獨也。《毛傳》訓哿為可,亦快意愜心之稱。"于鬯《香草校書》卷十四："哿矣富人者,呼富人也;哀此惸獨者,即求富人哀之。……呼富人哀惸獨者,冀富人之施惠於此惸獨也。"194《小雅·雨無正》五章："哿矣能言,巧言如流。"《毛傳》："哿,可也。"嚴粲《詩緝》："可矣小人之能言者,巧佞之言,如水之流,無所凝滯,使其身處於安樂之地,積順生愛也。"

各 gè 古落切（宕開一入鐸見）
鐸部、見母
指示代詞。指代一定群體中的不同個體。每人;各自。(風 1,雅 4)54《鄘風·載馳》三章："女子善懷,亦各有行。"220《小雅·賓之初筵》二章："其湛曰樂,各奏爾能。"

庚 gēng 古行切（梗開二平庚見）
陽部、見母
【庚午】古人以甲、乙、丙、丁、戊、己、庚、辛、壬、癸十個天干和子、丑、寅、卯、辰、巳、午、未、申、酉、戌、亥十二個地支按順序配合紀日。"庚午"是單日,古人逢單日從事征戰、田獵等須要外出的事。(雅 1)180《小雅·吉日》二章："吉日庚午,既差我馬。"《毛傳》："外事以剛日（單日）。"孔穎達《正義》："'外事以剛日',《曲禮》文也。…庚則用外,必用午日者,蓋於庚午為馬故也。"朱熹《集傳》："庚午,亦剛日也。"
又見【倉庚】【長庚】。

耕 gēng 古莖切（梗開二平耕見）
耕部、見母
用犁翻松田土。(頌 2)277《周頌·噫嘻》："亦服爾耕,十千維耦。"290《周頌·載芟》："載芟載柞,其耕澤澤。"

羹 gēng 古行切（梗開二平庚見）
陽部、見母
古代用肉和菜調和五味做成的帶汁的食物。(雅 1,頌 2)255《大雅·蕩》六章："如蜩如螗,如沸如羹。"朱熹《集傳》："如蟬鳴,如沸羹,皆亂意也。"300《魯頌·閟宮》四章："毛炰胾羹,籩豆大房。"《毛傳》："羹,大羹,鉶羹也。"陳奐《傳疏》："《爾雅》：'肉謂之羹。'《廣雅》：'羹謂之渮（qì）。'則羹者肉渮之名。不加菜而為大羹,加以菜和為鉶羹。"又見【和羹】。

緪(緪) gēng 古恒切（曾開一平登見）蒸部、見母
月上弦。見"恒"。

梗 gěng 古杏切（梗開二上梗見）
陽部、見母
病;禍患。(雅 1)257《大雅·桑柔》三章："誰生厲階,至今為梗。"《毛傳》："梗,病也。"朱熹《集傳》："誰實為此禍階,使至今為病乎?"陳奐《傳疏》："《廣雅》：'梗,病也。'梗從更聲,更從丙聲。病亦從丙聲。聲義並同。"《後漢書·段熲傳》作"至今為鯁",李賢

注:"鯁與梗同。"

鯁(鯁) gěng 古杏切（梗開二上梗見）陽部、見母

魚刺,引申爲禍患。見"梗"。

耿 gěng 古幸切（梗開二上耿見）耕部、見母

【耿耿】憂慮不安的樣子。(風1)26《邶風·柏舟》一章:"耿耿不寐,如有隱憂。"《毛傳》:"耿耿,猶儆儆也。"朱熹《集傳》:"耿耿,小明,憂之貌也。"陳奐《傳疏》:"《廣雅》:'耿耿、警警,不安也。'儆與警通。高亨《今注》:"耿耿,耿字從耳從火,心煩耳熱也。"《楚辭·遠游》王逸注引《詩》作'炯炯不寐"。

亙 gèng 古鄧切（曾開一去嶝見）蒸部、見母

月上弦。見"恒"。

工 gōng 古紅切（通合一平東見）東部、見母

官。見【臣工】。

【工祝】祝官;主持祭祀司儀的人。(雅1)209《小雅·楚茨》四章:"工祝致告,徂賚孝孫。"《毛傳》:"善其事曰工。"孔穎達《正義》:"工善之祝以此之故,於是致神之以告主人。"朱熹《集傳》:"《少牢》嘏詞曰:皇尸命工祝,承致多福無疆於女孝孫。"馬瑞辰《通釋》:"《少牢饋食禮》:'皇尸命工祝',鄭注:'工,官也。'《周頌》嗟嗟臣工》《毛傳》:'工,官也。'《皋陶謨》'百工'即百官。'工祝'正對'皇尸'爲君尸言之,猶《書》言'官占'也。一說:巫祝;主持告神的男巫。郭晉稀《蠡測》:"《說文》:'工,巧飾也,象人有規矩,與巫同意。''巫,巫祝也。女能事無形以舞降神者,象人兩袖舞形,與工同意。'許愼兩言工、巫同意,又釋巫爲巫祝。此云工祝,蓋亦巫祝之類也。"

功 gōng 古紅切（通合一平東見）東部、見母

❶事情;工作。(風1、雅2)154《豳風·七月》七章:"我稼既同,上入執宮功。"《鄭箋》:"可以上入都邑之宅,治宮中之事矣。"朱熹《集傳》:"功,葺治之事也。"段玉裁《小學》:"'上入執宮公',今本'公'作'功',誤也。"259《大雅·崧高》二章:"登是南邦,世執其功。"《毛傳》:"功,事也。"❷功績;功業。(雅1、頌5)300《魯頌·閟宮》五章:"莫不率從,魯侯之功。"❸功夫;本領。(雅1)220《小雅·賓之初筵》一章:"射夫既同,獻爾發功。"❹工程。(雅1)227《小雅·黍苗》四章:"肅肅謝功,召伯營之。"朱熹《集傳》:"功,工役之事也。"程俊英《注析》:"功,通工,工程。"(謝功:建築謝城的工程。)參"公"。

又見【武功】。

攻 gōng 古紅切（通合一平東見）古冬切（通合一平冬見）東部、見母

❶治;制作。(雅2)184《小雅·鶴鳴》二章:"它山之石,可以攻玉。"《毛傳》:"攻,錯也。"嚴粲《詩緝》:"謂錯治之也。"242《大雅·靈臺》一章:"庶民攻之,不日成之。"《毛傳》:"攻,作也。"❷堅固。(雅1)179《小雅·車攻》一章:"我車既攻,我馬既同。"《毛傳》:"攻,堅也。"王念孫《廣雅疏證》卷一下:"攻之言鞏固也。"段玉裁《小學》:"攻,石鼓文作'我車既之'。"

弓 gōng 居戎切（通合三平東見）蒸部、見母

射箭的武器。以木爲幹,以絲爲弦。(風2、雅11、頌3)250《大雅·公劉》一章:"弓矢斯張,干戈戚揚。"273《周頌·時邁》:"載戢干戈,載櫜弓矢。"又見【角弓】。

躬(躳) gōng 居戎切（通合三平東見）冬部、見母

❶身體;自身。(風4、雅6)35《邶風·谷風》三章:"我躬不閱,遑恤我後。"《鄭箋》:"躬,身也。我身尚不能自容,何暇憂我後所生子孫也。"《禮記·表記》:"《國風》曰:'我今不閱,皇恤我後。'終身之仁也。"王先謙《集疏》:"三家,躬作今。…躬、今雙聲通用。"❷親自。(雅1)191《小雅·節南山》四章:"弗躬弗親,庶民弗信。"《爾雅·釋言》:"躬,親也。"嚴粲《詩緝》:"師尹於政事不躬爲之,不親臨之,而信任非人,庶民不信之也。"阮元《補箋》:"尹氏不躬親教養,民不諒之。"

公 gōng　古紅切（通合一平東見）
東部、見母

❶公爵。泛稱諸侯及王朝的卿士。(風5、雅1)186《小雅·白駒》三章："爾公爾侯,逸豫無期。"《毛傳》："爾公爾侯邪,何爲逸樂無期以反也?"朱熹《集傳》："此乘白駒者若其肯來,則以爾爲公,以爾爲侯,而逸樂無期矣。"胡承珙《後箋》："謂公宜爲公也,爾宜爲侯也,何爲逸樂無期以反也。"余冠英《詩經選》："爾爾爾侯,謂伊人。"159《豳風·九罭》二章："公歸無所,於女信處。"《鄭箋》："時東都之人欲周公留不去,故曉之云:公西歸而無所居。"徐中舒《豳風説》："周人稱諸侯及王室卿士爲公,猶後世稱達官爲老爺。"聞一多《類鈔》謂《九罭》是"燕飲時主人所賦留客的詩","公"指客人。❷公家,指農奴主貴族。與"私"相對。(風1)154《豳風·七月》四章："言私其豵,獻豜于公。"《毛傳》："大獸公之,小獸私之。"❸統治者辦公的地方。(風8、頌6)18《召南·羔羊》一章："退食自公,委蛇委蛇。"《毛傳》："公,公門也。"陳奐《傳疏》："公門,謂應門也。應門内治朝,爲卿大夫治朝之所。"298《魯頌·有駜》一章："夙夜在公,在公明明。"《鄭箋》："早起夜寐,在於公之所;在於公之所,但明明德也。《禮記》曰:'大學之道,在明明德。'"❹君。指周代貴族統治者。(風9、雅1、頌5)38《邶風·擊鼓》三章："公言錫爵。"程俊英《注析》："公,指衛國的君主。"78《鄭風·大叔於田》一章："襢裼暴虎,獻於公所。"朱熹《集傳》："公,莊公也。"127《秦風·駟驖》一章："公之媚子,從公於狩。"《鄭箋》："此人公往狩,言襄公親賢人也。"299《魯頌·泮水》一章："無小無大,從公于邁。"《鄭箋》："臣無尊卑,皆從君行而來,稱言此者,僖公賢君,人樂見之。"276《周頌·臣工》："嗟嗟臣工,敬爾在公。"《毛傳》："公,君。"《鄭箋》："敬女在君之事。"一説:公家。朱熹《集傳》："公,公家也。"❺指先公;祖先。(雅15)240《大雅·思齊》二章："惠于宗公,神罔時怨。"《毛傳》："宗公,宗神也。"258《大雅·雲漢》四章："群公先正,則不我助。"朱熹《集傳》："群公先正,《月令》所謂雩祀百辟卿士之有益於民者,以祈穀實者也。"166《小雅·天保》四章："禴祠烝嘗,于公先王。"《鄭箋》："公,先公,謂后稷至諸盠。"一説:事奉;祭祀。《毛傳》："公,事也。"胡承珙《後箋》："周初親廟雖有先公在焉,然祭以天子之禮,自可概稱先王,故《毛傳》謂以四時之祭事其先王。"李黼平《紬義》："言獻此酒食於禴祠烝嘗之時,以事先王也。"❻公正;大公無私。(頌1)293《周頌·酌》："實維爾公允師。"嚴粲《詩緝》："李氏曰:實由爾武王之至公,足以信於衆也。"一説:事。《毛傳》："公,事也。"于省吾《新證》："公,功之假字也。…言實維爾事大法也。"余培林《正詁》："爾,指王師。…公,即《小雅·六月》'以奏膚公'之公。乃功之假借。"又一説:先公。指周公、召公。馬瑞辰《通釋》："公對上'王之造'言,當謂先公。"❼通"工"或"功"。事;工作。(雅2)262《大雅·江漢》四章："肇敏戎公,用錫爾祉。"《鄭箋》："公,事。"244《大雅·文王有聲》四章："王公伊濯,維豐之垣。"《鄭箋》："公,事也。朱熹《集傳》":"王之功所以著明者,以其能築此豐之垣故爾。"❽通"工"。指女工。見【公事】。❾通"功"。成功。(雅2)177《小雅·六月》三章："薄伐玁狁,以奏敷公。"《毛傳》："公,功也。"《漢書·劉歆傳》引作"功"。242《大雅·靈臺》五章："鼉鼓逢逢,矇瞍奏公。"《吕氏春秋·達鬱》高誘注引作"奏功"。馬瑞辰《通釋》："公、工、功,古同聲通用。…此詩奏公,亦謂奏厥成功,此王者所謂功成作樂也。"一説:事。《毛傳》："公,事也。"高亨《今注》："奏公,即從事工作。"

【**公行**(háng)】春秋時官名,掌管國君兵車。(風1)108《魏風·汾沮洳》二章："美如英,殊異乎公行。"《毛傳》："公行,從公之行也。"《鄭箋》："從公之行者,主君兵車之行列。"馬瑞辰《通釋》："公行,掌戎車,主從行。"

【**公劉**】人名,周族祖先。《史記·周本紀》："后稷卒,子不窋立。不窋卒,子鞠立。鞠卒,子公劉立。公劉是后稷的四世孫。而《劉敬列傳》以爲是后稷的十餘世孫。曾率領部族由邰遷豳。(雅6)250《大雅·公劉》一章："篤公劉,匪居匪康。"《毛傳》："公劉居於邠,遭夏人亂,追逐公劉,公劉乃辟中國之難,遂平西戎,而遷其民邑於京焉。"陸德明《釋文》:"王云:公,號;劉,名也。《尚書傳》云:'公,爵;劉,名也。王基云:公劉,字也,后稷之曾孫。"

【公劉】《大雅》篇名(250)。這是有關周朝開國歷史的史詩之一。敍述周的祖先公劉由邠(今陝西省武功縣)遷豳(今陝西省旬邑縣西)的故事。從準備、出發以及到達豳地後如何觀察、建設、定居,一一敍來,層次分明。人物細節描寫也很生動精彩,是周族史詩中的杰作。《詩序》:"《公劉》,召康公戒成王也。成王將涖政,戒以民事,美公劉之厚於民,而獻是詩也。"朱熹《集傳》同《序》說。按《史記·周本紀》:"公劉雖在戎狄之間,復修后稷之業,務耕種,行地宜。自漆沮渡渭,取材用,行者有資,居者有蓄積。既賴其慶,百姓懷之,多徙而保歸焉。周運之興自此始,故詩人樂思其德。"司馬貞《索隱》:"即《詩·大雅篇·篤公劉》是也。"王先謙《集疏》:"據《魯》說,詩專美公劉,不關戒成王,亦不言召公作。《齊》、《韓》當同。"六章,六十句。

【公路】春秋時官名,掌管國君的路車。(風1)108《魏風·汾沮洳》一章:"美無度,殊異乎公路。"《毛傳》:"路,車也。"《鄭箋》:"公路,主君之軨車,庶子爲之,晉趙盾爲軨車之族是也。"馬瑞辰《通釋》:"公路,掌路車,主居守。…公行以庶子爲之。公路較公行爲尊,當以餘子爲之。"聞一多《類鈔》:"公路、公行,皆公車尉,以公族爲之。"

【公事】女工之事,蠶織之事。(雅1)264《大雅·瞻卬》四章:"婦無公事,休其蠶織。"王引之《述聞》卷七:"公事即功事,休其蠶職,即無功事也。…公、功、工字異而義同。"馮登府《十三經答問》卷二:"'公'與'宮'通。古者養蠶有宮。《祭義》曰:'天子諸侯必有公桑蠶室,近川而爲之。築宮仞有三尺'是也。公事即宮事。休其蠶織,即無宮事。"一說:政事。《鄭箋》:"今婦人休其蠶桑織紝之職而興朝廷之事也。"朱熹《集傳》:"公事,朝廷之事也。"

【公孫】公之孫;男性貴族的通稱。(風2)160《豳風·狼跋》一章:"公孫碩膚,赤舃几几。"《毛傳》:"公孫,成王也,豳公之孫也。"胡承珙《後箋》:"古人質樸,本不嫌以天子爲公孫。《豳風》推本於后稷、公劉,則稱成王爲公孫正其宜也。"劉敞《七經小傳》卷上:"《公孫者,豳公之孫,謂周公也。"馬瑞辰《通釋》:"公孫當指豳公。"牟庭《詩切》:"公孫,周公之孫也。此蓋周公既薨再傳之後,豳人思公不忘,見公之孫而作詩也。"任兆麟《有竹居集》卷五:"公爲公季歷;孫,《周南》文王子,亦稱公族、公姓也。"程俊英《注析》:"公孫,當時對貴族的稱呼。與《七月》詩中的'公子'略同,當也是豳公的後代。"一說:公指周公,孫讀爲"遜",順恭;謙讓。《鄭箋》:"公,周公也;孫讀當如'公孫於齊'之孫,孫之言孫遁也。"孔穎達《正義》引孫毓云:"《詩》《書》名例,未有稱天子爲公孫者,成王之去豳公,又已遠矣。又此篇美周公,不美成王,何言成王之大美乎? 公宜爲周公,鄭義爲長。"朱熹《集傳》:"公,周公也。孫,讓。"

【公堂】明堂。古代國君行禮、理政、祭神的地方。(風1)154《豳風·七月》八章:"躋彼公堂,稱彼兕觥,萬壽無疆。"《毛傳》:"公堂,學校也。"朱熹《集傳》:"公堂,公之堂也。"

【公田】公家的田。古代井田制,井田九區,中央爲公田,其餘八區爲私田。公田收獲歸農奴主所有。(雅1)212《小雅·大田》三章:"雨我公田,遂及我私。"朱熹《集傳》:"公田者,方里而井,井九百畝,其中爲公田,八家皆私百畝,而同養公田也。"一說:領主的田;奴隸主的田。孫作云《〈詩經〉中所見的西周封建社會》:"公田即領主的田,——公即領主;把農奴的份地叫做私田。這公和私都是階級稱呼,與一般的所謂公私不同。

【公姓】與諸侯同祖父的貴族子弟。(風1)11《周南·麟之趾》二章:"麟之定,振振公姓。"《毛傳》:"公姓,公同姓。"朱熹《集傳》:"公姓,公孫也。姓之爲言生也。"趙佑《詩細》:"族是同高祖之稱,則姓是同祖之稱。…以爲後世之所謂同姓,此則非是。蓋公姓即公孫。《玉藻》:'縞冠玄孫,子姓之冠也。'注:'子姓謂衆子孫。'《正義》曰:

'姓,生也。孫是子所生,故云子姓。'"王引之《述聞》卷五:"公姓、公族,皆謂子孫也。"馬瑞辰《通釋》:"姓者生也。…此詩公姓猶言公子,特變文以協韻耳。"一説:國君的同姓。孔穎達《正義》:"言同姓疏於同祖。上云公子爲最親。…此同姓,則五服以外。故《大傳》云:'五世袒免,殺同姓',是也。"【公子】1)諸侯的兒子;貴族子弟。(風5,雅1)11《周南·麟之趾》一章:"麟之趾,振振公子。"陳奂《傳疏》:"公子,公之子也。"203《小雅·大東》二章:"佻佻公子,行彼周行。"朱熹《集傳》:"公子,諸侯之貴臣也。"2)諸侯的女兒;貴族女子。(風1)154《豳風·七月》二章:"殆及公子同歸。"《鄭箋》:"悲則始有與公子同歸之志,欲嫁焉。"戴震《考證》:"經傳中男女皆曰子。後'爲公子裳'…謂豳公之子也。此…則謂公之女公子也。'殆及公子同歸',言將與公之子同時而嫁也。婦人謂嫁曰歸。"李淳《群經識小》:"毛、鄭解悲傷同,言公子亦同,皆以子爲豳公之女公子。聞一多《類鈔》:"公子謂女子,與公子同歸,爲公子媵妾也。"一説:公的兒子。朱熹《集傳》:"公子,豳公之子也。蓋是時公子猶娶於國中,而貴家大族連姻公室者,亦無不力於蠶桑之務。故其許嫁之女,預以將及公子同歸而遠其父母爲悲也。"陳奂《傳疏》:"公子,猶公孫。《狼跋》傳:'公孫,豳公之孫。'則公子,豳公之子,謂成王也。"又一説:泛稱貴族青年男子。于邑《香草校書》卷十三:"公子者,當是泛稱,不得指實爲豳公之子。君、公一也。公子,猶君子耳。此即指女所嫁之婿。…公子王孫至今猶通稱男子以爲美者也。"
【公族】1)與諸侯同高祖的貴族子弟。(風1)11《周南·麟之趾》三章:"麟之足,振振公族。"《毛傳》:"公族,公同祖也。"孔穎達《正義》:"謂公同高祖,有廟屬之親。"朱熹《集傳》:"公族,公同高祖,祖廟未毁,有服之親。"馬瑞辰《通釋》:"公姓、公族,皆謂子孫也。"2)春秋時官名,掌管國君宗族的事務。(風1)108《魏風·汾沮洳》三章:"殊異乎公族。"《鄭箋》:"公族,主君同姓昭穆也。"朱熹《集傳》:"公族,掌公之宗族,晉上卿大夫之

嫡子爲之。"一説:掌管國君屬車的官。《毛傳》:"公族,公屬。"陳奂《傳疏》:"屬,謂屬車也。"

又見【辟公】【古公亶父】【魯公】【穆公】【召公】【譚公】【周公】【莊公】【宗公】【奏公】。

共 (一) gōng 九容切(通合三平鍾見)東部、見母

❶執;執行。(雅1)256《大雅·抑》三章:"罔敷求先王,克共明刑。"《毛傳》:"共,執,刑,法也。"王先謙《集疏》:"《魯》、《韓》,共作拱。"❷奉;供職。(雅7)177《小雅·六月》三章:"有嚴有翼,共武之服。"朱熹《集傳》:"共,與供同。"屈萬里《詮釋》:"共,古與恭通用。服,事也。言敬謹於武事也。"265《大雅·召旻》二章:"昏椓靡共,潰潰回遹。"朱熹《集傳》:"(共),一説與供通,謂供其職也。"陳奂《傳疏》:"靡共,言不共職事也。"198《小雅·巧言》三章:"匪其止共,維王之卭。"《鄭箋》:"小人好爲讒佞,既不共其職事,又爲王作病。"朱熹《集傳》:"讒人不能供其職事,徒以爲王之病而已。"陳奂《傳疏》:"止共猶言共止,倒句以協韻耳。"一説:通"恭"。恭敬。陸德明《釋文》:"共,音恭,本又作恭。"《韓詩外傳》四次引作"匪其止恭"。胡承珙《後箋》:"詩言止共,云止於恭敬,其義爲順。"朱彬《經傳考證》:"言小人容止之恭,適爲王之病而已。"❸通"恭"。恭於;忠於。(雅2)207《小雅·小明》五章:"靖共爾位,好是正直。"《韓詩外傳》卷四引《詩》"靖恭爾位"。《左傳·襄公七年》引此詩,楊伯峻注:"'靖共爾位'即《大雅·韓奕》之'虔共爾位',謂忠實謹慎於職位。"三家詩"共"作"恭"。261《大雅·韓奕》一章:"夙夜匪解,虔共爾位。"《毛傳》:"共,執也。"《鄭箋》:"古之恭字或作共。"陸德明《釋文》:"毛九勇反,鄭音恭。"❹古諸侯國名,在今甘肅涇川縣北。(雅1)241《大雅·皇矣》五章:"密人不恭,敢距大邦,侵阮徂共。"《毛傳》:"國有密須氏侵阮,遂往侵共。"《鄭箋》:"阮也、徂也、共也,三國犯周而文王伐之,密須之人乃敢距其義兵。"陳奂《傳疏》:"阮、共二國名。阮國無考。《方輿紀要》云:涇州共池在州北五里。《詩》'侵阮徂共',今之

共池是也。"
(二) gǒng ★古勇切（通合三上腫見）
東部、見母

❺象徵法權的一種玉。(頌 2)304《商頌·長發》五章："受小共大共，為下國駿厖。"《毛傳》："共，法。"蘇轍《詩集傳》："共，珙通，合珙之玉也。"《淮南子·本經》引作"小珙大珙"。《玉篇·玉部》："珙，大璧也。"馬瑞辰《通釋》："共者，拱之假借。…《廣雅·釋詁》：'拱，挟，法也。'引申為法，言為人所取法也。"王念孫《廣雅疏證》卷一上："此承上文'帝命式於九圍'言之。言受小事之法、大事之法於上帝，故能為下國綴厖，為下國駿厖，所謂'式於九圍'也。"一說：執。《鄭箋》："共，執也。小共大共，猶所執摺小球大球也。"孔穎達《正義》："共，執，《釋詁》文。此章文類於上，玉必以手執之，故曰《傳》，以為小拱大拱猶所執摺小球大球也。大球實摺之，而言執者，將摺亦執，故同言拱也。按'共(拱)與上章'球'詞義互補，指執球玉。"又一說：通"工"，曲尺。丈量的工具。曾運乾《毛詩說》："共為工之借。工，所以度之也。"

【共人】恭謹的人。(雅 3)207《小雅·小明》一章："念彼共人，涕零如雨。"朱熹《集傳》："共人，僚友之處者也。"顧鎮《學詩》："謝疊山謂共人即'靖共爾位'之君子，與詩人志同道合者也。"吳闓生《會通》："共、恭同字。…念彼共人者，念古之勞臣賢士，以自證而自慰也。"屈萬里《詮釋》："共人，溫恭之人，蓋行役者謂其妻也。"

參"恭"。

恭 gōng 九容切（通合三平鍾見）
東部、見母

恭敬；謙遜有禮貌。(雅 4、頌 3)196《小雅·小宛》六章："溫溫恭人，如集于木。"241《大雅·皇矣》五章："密人不恭，敢距大邦。"《呂氏春秋·用民》高誘注引《詩》作"共"。王先謙《集疏》："《魯》恭作共。參"共"、"止"。

【恭敬】嚴肅而有禮貌。(雅 1)197《小雅·小弁》三章："維桑與梓，必恭敬止。"《毛傳》："父之所樹，不敢不恭敬。"《五代史·王

建立傳》："桑以養生(育蠶)，梓以送死(為棺)，此桑梓必恭之義也。"
又見【敬恭】。

宮 gōng 居戎切（通合三平東見）
冬部、見母

❶宮室；房屋；住宅。(風 1、雅 2、頌 1)154《豳風·七月》七章："我稼既同，上入執宮功。"朱熹《集傳》："宮，邑居之宅也。"馬瑞辰《通釋》："古者通謂民室為宮，因謂民室之事為宮事。"240《大雅·思齊》三章："雝雝在宮，肅肅在廟。"孔穎達《正義》："雝雝然甚能和順在於室家之宮。"一說：指辟雍之宮。《鄭箋》："宮，謂辟雍宮也。"孔穎達《正義》述鄭云："雝雝然尚和順者乃助養老而在辟雍宮也。"❷宗廟。(風 1、雅 1)13《召南·采蘩》二章："于以用之，公侯之宮。"《毛傳》："宮，廟也。"朱熹《集傳》："宮，廟也。或曰，即《記》所謂公桑蠶室也。"王先謙《集疏》："《魯》說曰：廟、寢總謂之宮。"258《大雅·雲漢》二章："自郊徂宮。"《鄭箋》："宮，宗廟也。"一說：郊宮，祭天之壇。陳奐《傳疏》："自郊徂宮，自郊宮也。徂，語詞。《祭法》：'燔柴於泰壇，祭天也。'宮猶壇也。…奐謂詩因旱而祀郊宮，正是雩上帝之事也。"又見【閟宮】【東宮】【泮宮】【上宮】。

肱 gōng 古弘切（曾合一平登見）
蒸部、見母

胳膊由肩到肘的部分，泛指手臂。(雅 1)190《小雅·無羊》三章："麾之以肱，畢來既升。"《毛傳》："肱，臂也。"

觥 gōng 古橫切（梗合二平庚見）
陽部、見母

古代酒器名。見【兕觥】。

觵 gōng 古橫切（梗合二平庚見）
陽部、見母

同"觥"。見"兕"。

鞏(巩) gǒng 居悚切（通合三上腫見）東部、見母

牢固；鞏固。(雅 1)264《大雅·瞻卬》七章："藐藐昊天，無不克鞏。"《毛傳》："鞏，固也。"馬瑞辰《通釋》："鞏，固以雙聲為義。古音轉讀鞏如固，故與祖、後為韻。戴震、孔廣森均以此為東、侯(兩部)交通之證。"一說

通"恐"。畏;怕。于省吾《新證》:"鞏、恐并從巩得聲,與巩字相通。…巩乃恐之本字,此假爲鞏也。'無不克鞏'應讀爲無不可恐。恐、畏同訓。《廣雅·釋詁》:'畏,恐也。'"又一説:控制;約束。高亨《今注》:"《説文》:'鞏,以韋束也。'用韋捆物叫鞏。有約束、控制之義。"

拱 gǒng 居悚切(通合三上腫見)
東部、見母

執。見"共"。

珙 gǒng 居悚切(通合三上腫見)
東部、見母

大璧。見"共"。

鉤(鈎) gōu 古侯切(流開一平侯見)
侯部、見母

【鉤膺】套在馬頸上和胸前的革帶,上有金屬飾物。也叫繁纓。繁,通"鞶",馬腹帶;纓,馬頸革。(雅3)178《小雅·采芑》一章:"鉤膺絛革。"《毛傳》:"鉤膺,樊纓也。"陳奂《傳疏》:"鉤即金飾……人帶有金爲飾,馬纓之革,其上亦有金曲鏤之。《小戎》謂之鏤膺,戎車鏤膺,路車則鉤膺也。"261《大雅·韓奕》二章:"鉤膺鏤鍚。"《鄭箋》:"鉤膺,樊纓也。"孔穎達《正義》:"馬則有金鉤之飾,其帶必有美飾。"何楷《古義》:"鉤於馬腹帶之飾,帶必有鉤以拘之,以金爲鉤,施之於膺,所謂鏨也。《詩》以鉤膺二字連言,則是在胸之鉤,非婁領之鉤也。"胡承珙《後箋》:"帶在馬膺即謂之膺,…樊纓有刻金飾,即爲鉤膺,與婁領之鉤别也。"

【鉤援】鉤梯,古代爬城的用具。能鉤着城牆,援引而上。(雅1)241《大雅·皇矣》七章:"以爾鉤援,與爾臨衝,以伐崇墉。"《毛傳》:"鉤,鉤梯也,所以鉤引上城者。"朱熹《集傳》:"鉤援,鉤梯也。所以鉤引上城,所謂雲梯者也。"馬瑞辰《通釋》:"《傳》云鉤梯者,謂以鉤鉤梯而上,故又申之曰:所以鉤引上城者,非謂鉤即梯也。"一説:古代兩種兵器。鉤,橫刃的兵器;援,直刃的兵器。俞樾《平議》卷十一:"臨衝非一車,則鉤援當亦非一物,蓋皆兵器也。鉤、句古字通,兵器曲者謂之句。《考工記·廬人》:'句兵欲無彈。'鄭注曰:'句兵,戈戟屬'是也。直

者謂之援。《考工記·冶氏》:'援四之。'鄭司農曰:'援,直刃也'是也。古言兵器必兼曲直,故詩以鉤援並言。句援有曲直之分,臨衝有從上從旁之别,正見古人立言之不苟矣。"又一説:古代一種有橫刃的兵器。于省吾《新證》:"鉤與援乃一物,早期勾兵但有勾與援而無胡,自商末以後,勾兵逐漸有胡,近世出土古兵,歷歷可考。…早期勾兵無胡,只可利用其援以殺人,故謂之鉤援。"

參"止"。

耇 gǒu 古厚切(流開一上厚見)
侯部、見母

老年人面部出現的壽斑。見【黄耇】。

筍 gǒu 古厚切(流開一上厚見)
侯部、見母

竹制的捕魚器具,口有倒刺,魚能進不能出。(風4、雅1)104《齊風·敝筍》一章:"敝筍在梁,其魚魴鰥。"孔穎達《正義》:"毛以爲筍者捕魚之器,敝敗之筍,在於魚梁。"朱熹《集傳》:"齊人以敝筍不能制大魚,比魯莊公不能防閑文姜,故歸而從之者衆也。"35《邶風·谷風》三章:"毋逝我梁,毋發我筍。"《毛傳》:"筍,所以捕魚也。"陸德明《釋文》:"筍,古口切,捕魚器。"朱熹《集傳》:"筍,以竹爲器,而承梁之空以取魚者也。"

苟 gǒu 古厚切(流開一上厚見)
侯部、見母

❶苟且;隨便。(雅1)256《大雅·抑》六章:"無易由言,無曰苟矣。"《鄭箋》:"無曰苟且如是。"屈萬里《詮釋》:"苟,今語所謂馬馬虎虎也。"❷誠然;實在。(風6)125《唐風·采苓》一章:"人之爲言,苟亦無信。舍旃舍旃,苟亦無然。"《毛傳》:"苟,誠也。"胡承珙《後箋》:"上言人之僞言誠亦無可信矣,當舍之,當舍之,誠亦無是理也。"陳奂《傳疏》:"苟與果一聲之轉,故苟謂之誠,猶果謂之誠也。苟亦無信,誠無信也。亦爲語助。"一説:姑且。《鄭箋》:"苟,且也。…且無信受之,且無答然。"❸尚;或許。(風1)66《王風·君子于役》二章:"君子于役,苟無飢渴。"《鄭箋》:"苟,且也。且得無飢渴,憂其飢渴也。"朱熹《集傳》:"亦庶幾其免於飢

渴而已矣。"王引之《述聞》卷五:"苟,尚也。'苟無飢渴',言尚無飢渴也。"

句 gòu 古候切(流開一去候見)
侯部、見母

通"彀"。張弓;把弓拉滿。(雅1)246《大雅·行葦》六章:"敦弓既句,既挾四鍭。"陸德明《釋文》:"句,古豆反。《説文》作彀,云:'張弓曰彀。'"《正義》:"句與彀,字雖異,音義同。"朱熹《集傳》:"句,彀通,謂引滿也。"王先謙《集疏》:"《魯》,作'彤弓既彀'。"一説:善;好。馬瑞辰《通釋》:"句即彀之假借。《爾雅·釋詁》:'彀,善也。'…'敦弓既句'與'敦弓既堅'同義。《爾雅》訓彀爲善,正釋《詩》'既句'耳。"又一説:弓略曲。李黼平《紃義》:"既彀者,謂略有句形,是弓尚未張,與上章'既堅'一例,皆謂弓之良也。"

呴 gòu ★居候切(流開一去候見)
侯部、見母

野雞叫。見"雊"。

雊 gòu 古候切(流開一去候見)
侯部、見母

雄野雞叫。(雅1)197《小雅·小弁》五章:"雉之朝雊,尚求其雌。"《鄭箋》:"雊,雉鳴也。"孔穎達《正義》:"《説文》云:'雊,雄雉鳴也。'雉鳴而句其頸,故字從隹句。"按段玉裁《説文注》:"鄭注《月令》云:'雊,雉鳴也。'是'雊'不必系雄。'鸜'則毛公系諸雌,亦望文立訓耳。若潘安仁《雉賦》'雉鸜鸜而朝雊',此則所謂渾言不別耳。"《史記·殷本紀》張守節《正義》引《詩》作"呴"。

彀 gòu 古候切(流開一去候見)
侯部、見母

《説文·弓部》:"彀,張弩也。"見"句"。

垢 gòu 古厚切(流開一上厚見)
侯部、見母

污垢。比喻黑暗。(雅1)257《大雅·桑柔》十二章:"維彼不順,征以中垢。"《毛傳》:"中垢,言闇冥也。"《鄭箋》:"征,行也。不順之人,則行闇冥。"朱熹《集傳》:"中,隱暗也。垢,污穢也。"胡承珙《後箋》:"中垢,言垢中也,猶中林、中谷之比。謂不順之人,其所行如在垢中。垢,塵垢也。"陳奂《傳疏》:"《説文》:'垢,濁也。'中垢者内濁不清之謂。"(征:行。以:於。)一説:恥辱。王引之《述聞》卷七:"中,得也。垢當讀爲詬。詬,恥辱也。不順之人行不順之事也以得恥辱,故曰征以中詬。"又一説:中夜。俞樾《平議》卷十一:"中垢,即中冓。《牆有茨》篇'中冓之言',《釋文》引《韓詩》云:'中冓,中夜。'…征以中垢考,征以中夜也。故曰:'中冓,言闇冥也。'古者宵行有禁,行於闇冥之中,是不順矣。"

冓 gòu 古候切(流開一去候見)
侯部、見母

通"構"。内室。(風3)46《鄘風·牆有茨》一章:"中冓之言,不可道也。"《毛傳》:"中冓,内冓也。"陸德明《釋文》:"冓,本又作遘。《韓詩》:中冓,中夜,謂淫僻之言也。"《玉篇·宀部》引作"篝"。吕祖謙《詩記》:"謂中冓蓋閨内隱奥之處,中冓之言,猶曰閨門之言。"黄焯《毛鄭平議》:"中冓之言,即閨中曖昧之言。"陳奂《傳疏》:"中冓與牆對,稱牆爲宮牆,則中冓當爲宮中之室。《説文》:'冓,交積材也。構,蓋也。…凡室必積材蓋屋,故室中謂之内冓。"牟庭《詩切》:"詩人時曰中冓,毛公時曰内冓,今俗語曰裏架。"一説:通"垢"、"詬"。恥辱。馬瑞辰《通釋》:"冓,遘,冓皆當爲垢及詬之假借。…内冓亦當讀爲内垢,謂中室詬恥之言也。"又一説:通"篝"。夜。陸德明《釋文》引《韓詩》説:"中冓,中夜,謂淫僻之言也。"聞一多《類鈔》:"中冓之言,陰私之言也。"

篝 gòu 古候切(流開一去候見)
侯部、見母

夜。《玉篇·宀部》:"篝,夜也。《詩》曰:'中篝之言。'中夜之言也。"見"冓"。

遘 gòu 古候切(流開一去候見)
侯部、見母

遇見。見"冓"、"覯"。

媾 gòu 古候切(流開一去候見)
侯部、見母

厚待;厚遇。(風1)151《曹風·候人》三章:"彼其之子,不遂其媾。"《毛傳》:"媾,厚也。"《鄭箋》:"遂,猶久也。不久其厚,言終將薄於君也。"一説:恩寵;寵愛。朱熹《集傳》:"遂,稱;媾,寵也。"胡承珙《後箋》:"言小人竊祿高位,可謂厚寵。然而無德以居之,將不能久厚於其寵也。"屈萬里《詮釋》:"媾,婚姻也。"又一說:通"冓"。臂套。馬瑞辰《通釋》:"媾與服對,亦當爲佩服之稱,媾蓋冓字之假借。…佩冓而不能射御,是謂'不遂其媾','正與'不稱其服'同義。"

構(构) gòu 古候切（流開一去候見）
侯部、見母

❶遭遇。(雅1)204《小雅·四月》五章:"我日構禍,曷云能穀。"朱熹《集傳》:"而我乃日日遭禍,曷云能善乎?"馬瑞辰《通釋》:"《爾雅》、《說文》並曰:'遘,遇也。'構者,遘之假借。構禍,猶云遇禍也。"一說:成;造成。《毛傳》:"構,成。"《鄭箋》:"構猶合集也。"王念孫《廣雅疏證》卷三下:"構者,結成也。"❷挑撥離間,制造不和。(雅1)219《小雅·青蠅》三章:"讒人罔極,構我二人。"《鄭箋》:"構,合也,合猶交亂也。"陸德明《釋文》引《韓詩》:"構,亂也。"孔穎達《正義》:"構者,構合兩端,令二人彼此相嫌,交更惑亂。"

覯(觏) gòu 古候切（流開一去候見）
侯部、見母

❶見;遇見。(風2,雅7)158《豳風·伐柯》二章:"我覯之子,籩豆有踐。"《鄭箋》:"覯,見也。"218《小雅·車舝》五章:"鮮我覯爾,我心寫兮。"《鄭箋》:"覯,見也。"250《大雅·公劉》三章:"迺陟南岡,乃覯于京。"《毛傳》:"覯,見也。"《鄭箋》:"乃見其可居者於京,謂可營立都邑之處。"256《大雅·抑》七章:"無曰不顯,莫予云覯。"《毛傳》:"覯,見也。"《鄭箋》:"無謂是幽昧不明,無見我者。"❷通"遘"。遇;遇到。(風4,雅1)26《邶風·柏舟》四章:"覯閔既多,受侮不少。"陸德明《釋文》:"覯,本或作遘。"孔穎達《正義》:"言覯,自彼加己之辭;言受,從己受彼之稱耳。"王先謙《集疏》:"《齊》《魯》覯作遘。《魯》說曰:遘,遇也。"14《召南·草蟲》一章:"亦既見止,亦既覯止,我心則降。"《毛傳》:"覯,遇。"陳奐《傳疏》:"既遇,謂己與君子相遇也。"胡承珙《後箋》:"覯謂遇君子接待之禮。"又一說:成。俞樾《經說》卷二:"覯當訓成。《成六年左傳》:'其惡易覯。'

杜注:'覯,成也。'…'亦既覯止',謂既成婦禮。《序》云:'大夫妻能以禮自防。'故必婦禮成,而後我心降也。"又一說:通"媾"。男女交合。《鄭箋》:"既覯,謂已昏也。…《易》曰:男女覯精,萬物化生。"參"遘"。

姑 gū 古胡切（遇合一平模見）
魚部、見母

❶父親的姊妹。(風1)39《邶風·泉水》二章:"問我諸姑,遂及伯姊。"《毛傳》:"父之姊妹稱姑。"❷副詞。姑且;暫且。(風2)3《周南·卷耳》二章:"我姑酌彼金罍,維以不永懷。"《毛傳》:"姑,且也。《說文·夂部》:"秦人市買,多得爲夃。從乃從夂,益至也。《詩》曰'我夃酌彼金罍。'"胡承珙《後箋》:"姑者夃之假借字。凡姑且字,正當作夃。蓋姑且者少略之辭,夃義本訓多得,反之則爲少略,如香爲臭,亂爲治之類。"一說:通"沽"。買酒。牟庭《詩切》:"姑酌,謂沽酒而酌也。"王先謙《集疏》:"三家姑作夃。…詩字作姑,義仍爲沽。文王遠行求賢,酒或不給,取之於夃,情事宜然。"

酤 gū 古胡切（遇合一平模見）
魚部、見母

❶酒。(頌1)302《商頌·烈祖》:"既載清酤,賚我思成。"《毛傳》:"酤,酒。"《鄭箋》:"既載清酒於尊。"孔穎達《正義》:"'既載清酤'文與《旱麓》'清酒既載'事同,故知酤是酒也。❷一宿釀成的酒;有渣汁的酒。(雅1)165《小雅·伐木》六章:"有酒湑我,無酒酤我。"《毛傳》:"酤,一宿酒也。"戴震《考證》:"按此言若無酒,則我猶卒爲一宿之酒,而不以無爲辭。"胡承珙《後箋》:"此無酒酤我,謂始釀之酒,未經澄濾,所以應倉卒之求而已。小徐注《說文》云:'一宿酒,謂造之一夜而熟,若今雞鳴酒是也。'"俞樾《平議》卷十:"言有酒則湑之,無酒則釀之也。經言酤我,正見其無酒之意。必言酤者,取其成之易。若必經久而成,斷則無及矣。"陳奐《傳疏》:"此詩以湑、酤對文,猶《行葦》篇以酒、醴對文。《韓詩》謂醴爲有汁滓者,酤與醴一酒也。然則有汁滓者謂之酤,滲去汁滓者謂之湑。'有酒湑我,無酒酤我',此倒句也。我有酒則湑之,我無酒則

酤之，言有酒用其滲去汁滓之酒，無酒則用有汁滓者也。"一說：買酒；賣酒。《鄭箋》："酤，買也。王有酒則沛茜之，王無酒酤買之。"《說文·酉部》："酤，一宿酒也；一曰買酒也。"馬國翰《目耕帖》卷十六："酤本一宿酒名，後市肆多賣此酒，故謂賣酒曰酤。"

辜 gū 古胡切（遇合一平模見）
　　魚部，見母

罪。(雅 7)192《小雅·正月》三章："民之無辜，并其臣僕。"《鄭箋》："辜，罪也。"258《大雅·雲漢》一章："何辜今之人！"《鄭箋》："何罪與？今時天下之人。"《說文·辛部》："辜，皐也。"段玉裁注："辜本非常重罪，引申之凡有罪皆曰辜。"屈萬里《詮釋》："何辜今之人，言今之人何罪也。"

叾 gū ★攻乎切（遇開一平模見）
　　魚部，見母

姑且。見"姑"。

呱 gū 古胡切（遇合一平模見）
　　魚部，見母

小兒哭聲(雅 1)。245《大雅·生民》三章："鳥乃去矣，后稷呱矣。"《毛傳》："后稷呱呱然泣。"《說文·口部》："呱，小兒啼聲。《詩》曰：'后稷呱矣。'"陸德明《釋文》："呱，音孤，泣聲也。《尚書》云'啓呱呱而泣'是也。"朱熹《集傳》："呱，啼也。"馬瑞辰《通釋》："據詩於'鳥乃去矣'之下，始言'后稷呱矣'，蓋至此始離於胎，故有涕泣之聲。則其初生時如牽羊之藏在胎中，其無啼聲可知。其前之異而棄之，或以此耳。"

罛 gū 古胡切（遇合一平模見）
　　魚部，見母

捕魚的大網。(風 1)57《衛風·碩人》四章："施罛濊濊，鱣鮪發發。"《毛傳》："罛，魚罟。"《爾雅·釋器》："魚罟謂之罛。"《說文·水部》和《大部》兩引《詩》、《淮南子·原道》高誘注引《詩》均作"罟"。王先謙《集疏》："《魯》，罛作罟。"

古 gǔ 公戶切（遇合一上姥見）
　　魚部，見母

❶昔；古代。跟"今"相對。(雅 2，頌 3)211《小雅·甫田》一章："自古有年。"240《大雅·思齊》四章："古之人無斁，譽髦斯士。"朱熹《集傳》："古之人，指文王也。"(此句指文王愛才無厭。)一說：古老。俞樾《平議》卷十一："古之人，謂古老之人。…惟成人有德，故古老之人不見厭惡；惟小子有造，故其俊士無不安樂也。" ❷通"故"。舊；原來的。(風 1)29《邶風·日月》一章："乃如之人兮，逝不古處。"《毛傳》："古，故也。"《鄭箋》："其所以接及我者，不以故處，甚違其初時。"馬瑞辰《通釋》："古者，故之省借。凡以故舊相處謂之故。故之言固也。'故處'與二章'相好'同義。陳奐《傳疏》："古處，猶言舊所耳。"一說：指古道。孔穎達《正義》："不以古時恩意處遇之。"朱熹《集傳》引或說："古處，以古道相處也。"又一說：通"姑"。暫時；暫且。聞一多《通義》："古處本即姑處，…'逝不古處'，言曷不暫時留居。"

【古帝】上帝；老天。(頌 1)303《商頌·玄鳥》："古帝命武湯，正域彼四方。"《鄭箋》："古帝，天也。天帝命有威武之德者成湯，使之長有邦域。"馬瑞辰《通釋》："古，始也。萬物莫〔不〕始於天，故天可稱古。古帝猶言昊天上帝。"一說：古，從前；帝，上帝。朱熹《集傳》："古，猶昔也。帝，上帝也。"一說：指堯。曾運乾《毛詩說》："古帝，堯也。"

【古公亶父】人名。古代周族的領袖。相傳爲后稷第十二代孫，周文王的祖父。原居豳(今陝西旬邑和彬縣一帶)，因受戎狄侵逼，遷至岐山(今陝西岐山縣)，建城郭，設官吏，發展生産，使周逐漸强盛。周人追尊爲太王。(雅 2)237《大雅·緜》二章："古公亶父，來朝走馬。"《毛傳》："古公，豳公也。古，言久也。"陸德明《釋文》："父，甫也，本亦作甫。"朱熹《集傳》："古公，號也。亶父，名也，或曰字也。"《孟子·梁惠王下》引作"古公亶甫。"趙岐注："亶父，大王名也，號稱古公。"一說："古公"等於說先公。惠棟《古義》："古公者，故公也。…猶言先王先公。"又一說：公亶父，人名。崔述《豐鎬考信錄》卷一："古公亶父者，猶言昔公亶父也，公亶父相連成文而貫之以古，猶所謂公劉、公非、公叔類者也。"汪中《經義知新記》："夏商尚質，即天子之尊，皆緊以名，如帝孔甲、帝少康、帝乙、帝辛之類。故周先世爲諸侯者,有公劉、公季,皆同此例。則《詩》所謂'古公亶父'者,猶曰'古有公亶父'耳。"
【古人】故人。(風2)27《邶風·綠衣》四章:"我思古人,實獲我心。"聞一多《類鈔》:"此古人即故人。"按此指故妻。一説:古代的賢人。《毛傳》:"古之君子,實得我之心也。"《鄭箋》:"古之聖人制禮者也。"朱熹《集傳》:"故思古人之善處此者,真能先得我心之所求也。"
【古訓】先王的遺典。(雅1)260《大雅·烝民》二章:"古訓是式,威儀是力。"《毛傳》:"古,故;訓,道。"《鄭箋》:"古訓,先王之遺典也。"王先謙《集疏》:"《魯》,古作故。"劉向《列女傳》卷二引《詩》作"故訓是式"。

罟 gǔ 公户切(遇合一上姥見)
魚部、見母

網,比喻法網。見【罪罟】。參"眾"。

嘏 gǔ (又jiǎ)古疋切(假開二上馬見)
魚部、見母

❶大;偉大。(頌1)272《周頌·我將》:"伊嘏文王,既右饗之。"陸德明《釋文》:"嘏,古雅反。毛,大也。鄭,受福曰嘏。"陳奐《傳疏》:"嘏與假同,假,大也。"王引之《述聞》卷七:"'伊嘏文王,既右饗之',言大哉文王,既佑助後王而饗其祭也。"《方言》卷一:"秦晉之間,凡物壯大謂之嘏。"❷福;大福。(雅2,頌2)220《小雅·賓之初筵》二章:"錫爾純嘏,子孫其湛。"《毛傳》:"嘏,大也。"《鄭箋》:"嘏,謂尸與主人以福也。"蘇轍《集傳》:"嘏,福也。"陳奐《傳疏》:"錫爾子孫以大大之福,子孫其有此樂也。"252《大雅·卷阿》四章:"俾爾彌爾性,純嘏爾常矣。"《毛傳》:"嘏,大也。"《鄭箋》:"予福曰嘏,使女大受神之福以爲常也。"胡承珙《後箋》:"嘏只有大訓,引申之爲大福耳。"283《周頌·載見》:"俾緝熙於純嘏。"《鄭箋》:"天子受福曰大嘏。"陳奐《傳疏》:"言我武王長保天命,天乃予以多福也。…純嘏皆大也。"

鹽 gǔ 公户切(遇合一上姥見)
魚部、見母

止;息。(風3、雅9)121《唐風·鴇羽》一章:"王事靡鹽,不能蓺稷黍。"顧廣譽《詳說》:"'王事靡鹽'二句,謂王事靡息,身在征役,

故不能蓺稷黍耳。"162《小雅·四牡》一章:"王事靡鹽,我心傷悲。"王引之《述聞》卷五:"鹽者,息也。王事靡鹽者,王事靡有止息也。"一説:不堅固。《鴇羽傳》:"鹽,不攻緻也。"孔穎達《正義》:"此云:'鹽,不攻緻',《四牡·傳》云:'鹽,不堅固。'其義同也。"

股 gǔ 公户切(遇合一上姥見)
魚部、見母

大腿。(風1、雅1)154《豳風·七月》五章:"五月斯螽動股。"朱熹《集傳》:"動股,始躍而以股鳴也。"222《小雅·采菽》三章:"赤芾在股,邪幅在下。"《鄭箋》:"脛本曰股。"孔穎達《正義》:"又服赤芾在於股,又著邪幅在於股之下。"(赤芾:紅色的蔽膝。邪幅:裹腿。)

羖 gǔ 公户切(遇合一上姥見)
魚部、見母

黑色的公羊;山羊。(雅1)220《小雅·賓之初筵》五章:"由醉之言,俾出童羖。"《毛傳》:"羖,羊不童也。"《鄭箋》:"羖羊之性,牝牡有角。"朱熹《集傳》:"童羖,無角之羖羊,必無之事也。"馬瑞辰《通釋》:"《說文》宋本、小徐本並作:'夏羊,牡曰羖。'…夏羊即今山羊,牝牡皆有角,牝間有角小者,牡則未有無角者。《大雅·抑》之詩曰:'彼童而角。'是無角者而言有角。此詩'俾出童羖',又是有角者而欲其無角。二者相參,足見詩人寓言之妙。"

榖 gǔ 古禄切(通合一入屋見)
屋部、見母

一種落葉喬木。也叫楮或構,樹皮可以造紙。(雅2)184《小雅·鶴鳴》二章:"爰有樹檀,其下維榖。"《毛傳》:"榖,惡木也。"陸德明《釋文》引《説文》:"楮也。"孔穎達《正義》:"陸璣疏云:幽州人謂之榖桑,荆、揚人謂之榖,中州人謂之楮,殷中宗時桑榖共生也。今江南人績其皮以爲布,又擣以爲紙,謂之榖皮紙,絜白光澤。"187《小雅·黃鳥》一章:"黃鳥黃鳥,無集於榖。"朱熹《集傳》:"榖,木也。"按王念孫《廣雅疏證》卷十上:"榖、構古同聲,故榖一名構。"陶宏景《別録》注云:'榖,即今構樹也。'"

穀(谷) gǔ 古禄切（通合一入屋見）
屋部、見母

❶莊稼和糧食的總稱。(風1、雅3、頌3)154《豳風·七月》七章："亟其乘屋,其始播百穀。"陳奐《傳疏》："穀類非一,故言百也。" ❷禄位；俸禄。(雅2、頌1)166《小雅·天保》二章："天保定爾,俾爾戩穀。"《毛傳》："穀,禄。"192《小雅·正月》十三章："佌佌彼有屋,蔌蔌方有穀。"《鄭箋》："穀,禄也。"陸德明《釋文》："方穀,一本作方有穀,非也。"陳奐《傳疏》："方穀與上有屋對方,方亦有也。以方訓爲有,不應文更增有字"馬瑞辰《通釋》："言彼佌佌小人富而有屋者,雖蔌蔌卑陋,而方以穀禄授之。"一説穀當作轂,指車。《後漢書·蔡邕傳》："速速方轂。"李賢注："謂小人乘寵,方轂而行。方猶並。"屈萬里《詮釋》："以上二句,謂彼小人既有華麗之屋,又蔌蔌然竝轂而行,言其富奢。"298《魯頌·有駜》三章："君子有穀,詒孫子。"蘇轍《集傳》："穀,禄也。"一説善。《鄭箋》："穀,善。…其善道則可以遺孫子也。" ❸育養；養活。(雅4)211《小雅·甫田》三章："以穀我士女。"《鄭箋》："穀,養也。"202《小雅·蓼莪》五章："民莫不穀,我獨何害。"《鄭箋》："穀,養也。言民皆得養其父母,我獨何故睹此寒苦之害。"一説善；好。朱熹《集傳》："穀,善。民莫不善,我獨何爲遭此禍也哉？"黃焯《毛鄭平議》："'我獨何害'句與卒章'我獨不卒'句意互相足,歎民莫不得養其父母,我獨何爲罹此勞苦之害,而不得終其養乎？"郭晉稀《蠡測》："不穀即不禄即不幸也。'民莫不穀'即'民莫不幸',謂民皆幸也。" ❹生；活着。(風1)73《王風·大車》三章："穀則異室,死則同穴。"《毛傳》："穀,生。"孔穎達《正義》："生則異室而居,死則同穴而葬。"陳奐《傳疏》："凡穀皆訓善,唯此穀字與下句死字作對文,故又訓生也。" ❺善,好。(風2、頌6)196《小雅·小宛》三章："教誨爾子,式穀似之。"《鄭箋》："穀,善也。"朱熹《集傳》："教誨爾子,則用善而似之也。(似1)嗣。"137《陳風·東門之枌》二章："穀旦於差,南方之原。"《毛傳》："穀,善也。"歐陽修《詩本義》："穀旦者,善旦也。猶今言吉日耳。"黃震《黃氏日鈔》卷四："穀旦者,如後世言良辰美景之良辰也。"王先謙《集疏》："穀旦,猶言良辰也。" ❻善意相待。(雅1)187《小雅·黃鳥》一章："此邦之人,不我肯穀。"《毛傳》："穀,善也。"《鄭箋》："不肯以善道與我。"一説養。馬瑞辰《通釋》："按《廣雅》：'穀,養也。'…此詩穀亦當訓養。"

轂(轂) gǔ 古禄切（通合一入屋見）
屋部、見母

車輪中心的圓木,周圍與車輻的一端相接,中有圓孔,可以插軸。(風1)128《秦風·小戎》一章："文茵暢轂,駕我騏馵。"朱熹《集傳》："轂者,車輪之中,外持輻,内受軸者也。大車之轂一尺有半,兵車之轂長三尺二寸,故兵車曰暢轂。"戴侗《六書故》："輪之中爲轂,空其中,軸所貫也。"

谷 gǔ 古禄切（通合一入屋見）
屋部、見母

❶山谷；兩山中間狹長而有出口的地帶。(風5、雅6)2《周南·葛覃》一章："葛之覃兮,施于中谷。"193《小雅·十月之交》三章："高岸爲谷,深谷爲陵。"朱熹《集傳》："高岸崩陷,故爲谷；深谷填塞,故爲陵。" ❷窮；没有出路。(雅1)257《大雅·桑柔》九章："人亦有言,進退維谷。"《毛傳》："谷,窮也。"《鄭箋》："前無明君,却迫罪役,故窮也。"孔穎達《正義》："谷謂山谷,墜谷是窮困之義。"朱熹《集傳》："谷,窮也。言上無明君,下有惡俗,是以進退皆窮。"陳奐《傳疏》："谷、鞠同聲,故鞠謂之窮,谷亦謂之窮。"一説：通"穀"。善。阮元《進退維谷解》："谷乃穀之假借字,本字爲穀。'進退維穀',穀,善也。此乃古語,詩人用之,近在'不胥以穀'之下,嫌其二穀相並爲韻,即改一假借之谷字當之。此詩人義同字變之例也。"又一説,通"欲"。欲望；願望。于省吾《新證》："谷即欲。進退維欲,謂進退維所欲。…不以禮法自持,恣意所爲也。"

【谷風】東風；生長之風。(風1、雅3)35《邶風·谷風》一章："習習谷風,以陰以雨。"《毛傳》："東風謂之谷風。陰陽和而谷風至,夫婦和則室家成,室家成而繼嗣生。"孔穎達

《正義》："孫炎曰：谷之言穀；穀，生也。谷風者，生長之風。"一說：山谷中的風；大風。范處義《補傳》："谷風者，由大谷而起也。"嚴粲《詩緝》："《詩》多以風雨喻暴亂。'北風其涼'，喻虐；'風雨淒淒'，喻亂；'風雨漂搖'，喻危；'大風有隧'，喻貪。故《風》《雅》二《谷風》，《邶》下文言'以陰以雨'，喻暴怒，猶'終風且曀'喻州吁之暴也；《雅》下文言'維風及雨'，喻恐懼，猶後人以震風凌雨喻不安也。"

〖谷風(一)〗《國風·邶風》篇名(35)。這是《詩經》里最有名的棄婦詩之一。女主人公訴說丈夫喜新厭舊，無情無義，以及自己遭受虐待和遺棄的痛苦心情。全詩反復申明，纏綿悱惻，如怨如訴。與《衛風·氓》一樣，十分感人。《詩序》："《谷風》，刺夫婦失道也。衛人化其上，淫於新昏而棄其舊室，夫婦離絕，國俗傷敗焉。"朱熹《集傳》："婦人爲夫所棄，故作此詩，以敘其悲怨之情。"有人以爲這是逐臣托爲棄婦之辭，以傾訴自己的冤抑。方玉潤《原始》："此詩通篇皆棄婦辭，自無異議。…是語雖巾幗，而志則丈夫，故知其爲托詞耳。大凡忠臣義士不見諒於其君，或遭讒間遠逐殊方，必有一番怨抑難於顯訴，不得不托爲夫婦詞，以寫其無罪見逐之狀。則雖卑詞異語中時露忠貞鬱勃氣。漢魏以降，此種尤多。然皆有詩無人，或言近旨遠，借以諷世，莫非脫胎於此，未可遽認爲真也。"吳闓生《會通》："竊疑此人臣不得志於君而託爲棄婦之詞以自傷，未必果婦人之作也。"又聞一多《通義》以爲本篇與《小雅·谷風》篇所咏一事，惟文詞詳略爲異，當系一詩之分化。六章，四十八句。

〖谷風(二)〗《小雅》篇名(201)。舊以爲怨朋友相棄之詩。詩中指責某一個人忘恩負義，可與共患難而不可與共安樂。風格很像《國風》。《詩序》："《谷風》，刺幽王也。天下俗薄，朋友道絕焉。"朱熹《集傳》："此朋友相怨之詩。"或認爲這與《邶風·谷風》一樣，也是棄婦之辭。《後漢書·陰皇后紀》光武詔云："吾微賤之時，娶於陰氏，因將兵征伐，遂各離別。幸得安全，俱脫虎口。'將恐將懼，維予與女。將安將樂，女轉棄予。'

風人之戒，可不慎乎？"屈萬里《詮釋》："舊謂此朋友相怨之詩。今按：此與《邶風》之《谷風》相似，蓋亦棄婦之辭也。"三章，十八句。

〖谷風之什〗《詩經·小雅》里《谷風》、《蓼莪》、《大東》、《四月》、《北山》、《無將大車》、《小明》、《鼓鍾》、《楚茨》、《信南山》等十首詩，舊本編爲一卷，稱《谷風之什》。

賈（贾） gǔ 公戶切（遇合一上姥見）魚部、見母

❶賣出去。(風 1)35《邶風·谷風》五章："既阻我德，賈用不售。"《鄭箋》："如賣物之不售。"陸德明《釋文》："賈，音古，市也。" ❷做生意。(雅 1)264《大雅·瞻卬》四章："如賈三倍，君子是識。"《鄭箋》："買物而有三倍之利。"一說：商人。朱熹《集傳》："賈，居貨者也。三倍，獲利之多也。"嚴粲《詩緝》："商賈有三倍之利。"

鼓（皷） gǔ 公戶切（遇合一上姥見）魚部、見母

❶鼓，一種打擊樂器。(風 3、雅 11、頌 8)1《周南·關雎》五章："窈窕淑女，鍾鼓樂之。"175《小雅·彤弓》一章："鐘鼓既設，一朝饗之。" ❷擊鼓；彈奏樂器。(風 5、雅 16)115《唐風·山有樞》二章："子有鍾鼓，弗鼓弗考。"陸德明《釋文》："鼓如字，本或作擊，非。"胡承珙《後箋》："盧氏召弓曰：《文選》(二十六)李善注引《詩》'弗擊弗考'。"承琪案：《御覽》(五百八十二)引《山有樞》曰：'子有鍾鼓，不擊不考。'此皆同或作本。"165《小雅·伐木》三章："坎坎鼓我，蹲蹲舞我。"《鄭箋》："爲我擊鼓坎坎然，爲我興舞蹲蹲然。"陳奐《傳疏》："我爲之擊鼓鍾則坎坎然，我爲之興舞則蹲蹲然。"229《小雅·白華》五章："鼓鍾于宮，聲聞於外。"《鄭箋》："如鳴鼓於宮中。"馬瑞辰《通釋》："《韓詩外傳》引《詩》作'鍾鼓于宮'。…古本作鍾鼓，是《毛詩》亦有作鍾鼓者。"

〖鼓鍾〗《小雅》篇名(208)。這首詩寫作者在淮水邊上聽到鍾鼓琴瑟之聲，宗廟之樂，思念淑人君子，心里感到悲傷。《詩序》："《鼓鍾》，刺幽王也。"朱熹《集傳》："此詩之義未詳。"又引王氏(安石)說："幽王鼓鍾淮水之上，爲流連之樂，久而忘反。聞者憂

傷,而思古之君子不能忘也。"汪梧風《詩學女爲》:"蓋是時幽王已有事於東方。自太室而申而淮,自春而秋而冬,從流忘返。始則淮水湯湯,既而潛潛,終而水落洲見。詩人因鼓鍾之聲,思淑人之德,爲婉言以諷之,冀其早自修省,而王卒不悟也。明年犬戎難作,而西周果亡矣。"歐陽修《詩本義》則謂"旁考《詩》、《書》、《史記》,皆無幽王東巡之事,當闕其所未詳。"又孔穎達《正義》引鄭玄《中候握河注》:"昭王時《鼓鍾》之詩所爲作。"方玉潤《詩經原始》:"此詩循文按義,自是作樂淮上。然不知其爲何時、何代、何王、何事⋯玩其詞意,極爲嘆美周樂之盛,不禁有懷在昔淑人君子德不可忘,而至於憂心且傷也。此非淮徐詩人重觀周樂以志欣慕之作,而誰作哉?"屈萬里《詮釋》謂"此疑悼南國某君之詩。"此今文說。四章,二十句。

又見【縣鼓】。

瞽 gǔ 公户切（遇合一上姥見）
　　魚部、見母

瞎子。周代以瞽者任樂官,故"瞽"爲樂官的代稱。(頌 2)280《周頌•有瞽》:"有瞽有瞽,在周之庭。"《毛傳》:"瞽,樂官也。"《鄭箋》:"瞽,矇也。以爲樂官者,目無所見,於音聲審也。"陸德明《釋文》:"無目朕曰瞽。本或作瞍。"孔穎達《正義》:"《周禮》瞽矇爲大師之屬職,掌播鞀柷圉簫管弦歌,是瞽得樂官也。"朱熹《集傳》:"瞽,樂官無目者也。"

固 gù 古暮切（遇合一去暮見）
　　魚部、見母

❶堅固。(雅 2)166《小雅•天保》一章:"天保定爾,亦孔之固。"《毛傳》:"固,堅也。"《鄭箋》:"天之安定女,亦甚堅固。"孔穎達《正義》:"亦孔之固,亦,語辭,猶不亦宜乎?"❷堅持;堅定。(頌 1)299《魯頌•泮水》七章:"式固爾猶,淮夷卒獲。"孔穎達《正義》:"言僖公用能固執大道之故,故淮夷卒皆服也。"陳奐《傳疏》:"固,安也,定也。"(猶:道謀略。)

故 gù 古暮切（遇合一去暮見）
　　魚部、見母

❶原因;緣故。(風 2,雅 5)86《鄭風•狡童》一章:"維子之故,使我不能餐兮。"167《小雅•采薇》一章:"靡室靡家,玁狁之故。"❷舊交;舊情。(風 2)81《鄭風•遵大路》二章:"無我惡兮,不寁故也。"項安石《項氏家說》卷四:"故,謂故舊也。好,謂契好也。詩人喜用此二字。"范處義《補傳》:"詩人謂君子,勿以我爲可惡,不敢遽忘故舊之情也。"陳奐《傳疏》:"故,故舊也。"陸德明《釋文》:"'故也',一本作'故兮'。後'好也'亦同。"120《唐風•羔裘》一章:"豈無他人,維子之故。"《鄭箋》:"豈無他人可歸往者乎?我不去者,乃念子故舊之人也。"一說:愛戀。聞一多《類鈔》讀作"姻",說:"姻,戀也。"❸緣故;事情。(風 1)36《邶風•式微》一章:"微君之故,故爲乎中露?"馬瑞辰《通釋》:"古者以患難爲故。⋯'維君之故',猶云微君之難,微君之災害耳。"余冠英《詩經選》:"故,事。"一說:緣故。孔穎達《正義》:"我等若無君在此之故,何爲久處乎此中露?"

【故老】 年老閱歷多的人,指元老舊臣。(雅 1)192《小雅•正月》五章:"召彼故老,訊之占夢。"《毛傳》:"故老,元老。"孔穎達《正義》:"宿舊有德者。"嚴粲《詩緝》:"乃召彼宿舊元老,但問之占夢之事,其所問不急之務。"阮元《補箋》:"故老,謂退居之皇父。"屈萬里《詮釋》:"故老,謂年高望重之人也。" 參"古"。

顧(顾) gù 古暮切（遇合一去暮見）
　　魚部、見母

❶回頭看;看。(風 3,雅 5)149《檜風•匪風》一章:"顧瞻周道,中心怛兮。"《鄭箋》:"回首曰顧。"陳奐《傳疏》:"顧瞻周道,猶念古昔之意。"203《小雅•大東》:"睠言顧之,潸然出涕。"(睠言:反顧的樣子。)❷關心;照顧。(風 2,雅 1)71《王風•葛藟》一章:"謂他人父,亦莫我顧。"王引之《述聞》卷五:"顧也,有也,聞也,皆親愛之意也。"202《小雅•蓼莪》四章:"長我育我,顧我復我。"《鄭箋》:"顧,旋視也。"何楷《古義》:"丁寧反復,諄諄然命之也。"(復:反覆關懷;庇護。)257《大雅•桑柔》十一章:"維彼忍心,是顧是復。"《鄭箋》:"有忍爲惡之心者,王反顧念而重復之,言其忽賢者而愛

小人。"陳奐《傳疏》:"彼忍心之人,惟是瞻顧反復,無常德也。"❸念;思念。(風3、雅3)29《邶風·日月》一章:"胡能有定,寧不我顧?"《鄭箋》:"曾不顧念我之言。"113《魏風·碩鼠》一章:"三歲貫女,莫我肯顧。"朱熹《集傳》:"顧,念。"223《小雅·角弓》五章:"老馬反為駒,不顧其後。"《毛傳》:"已老矣,而孩童慢之。"陳奐《傳疏》:"言老馬而反視為駒,任之以勞,不顧其不能先。"吳闓生《會通》:"言讒人貪取爵位,自忘其老,不顧後之不勝任也。"❹光顧;光臨。(頌2)301《商頌·那》:"顧予烝嘗,湯孫之將。"朱熹《集傳》:"言湯其尚顧我烝嘗哉,此湯孫之所奉者。致其丁寧之意,庶幾其顧之也。"一說:顧念。《鄭箋》:"顧猶念也。"❺曲顧。古時迎親的禮節。男子到女家親迎,有三次回顧。(雅1)261《大雅·韓奕》四章:"韓侯顧之,爛其盈門。"《毛傳》:"顧之,曲顧道義也。"孔穎達《正義》:"謂既受女,揖以出門,及升車授綏之時,當曲顧以導引其妻之禮義。"❻夏的同盟部落,己姓。在今河南省範縣束南,後為湯所滅。(頌1)304《商頌·長發》六章:"韋顧既伐,昆吾、夏桀。"《鄭箋》:"韋,豕韋,彭姓也。顧、昆、吾,皆己姓也。三國黨於桀惡,湯先伐韋顧,克之,昆吾夏桀則同時誅也。"《漢書·古今人表上下》有"韋、鼓、昆吾"顏師古注:"鼓即顧國,己姓。"王應麟《詩地理考》:"《郡縣志》:顧城在濮州範縣東二十八里。"參"題"。

梏 gù 古沃切(通合一入沃見)

覺 jué 古岳切(江開二入覺見)

  覺部、見母

  直。見"覺"。

瓜 guā 古華切(假合二平麻見)

  魚部、見母

  葫蘆科植物及其果實。大體可分果瓜、菜瓜兩類,果瓜古稱甘瓜,即甜瓜。(風1、雅3)154《豳風·七月》六章:"七月食瓜,八月斷壺。"210《小雅·信南山》四章:"中田有廬,疆埸有瓜。"孔穎達《正義》:"於畔上種瓜,亦所以便地也。"

【瓜苦】苦瓜;苦味的瓜。(風1)156《豳風·東山》三章:"有敦瓜苦,烝在栗薪。"《毛傳》:"言我心苦事又苦也。"《鄭箋》:"瓜之瓣有苦者,以喻其心苦也。"朱熹《集傳》:"栗,周土所宜木,與苦瓜皆微物也。"馬瑞辰《通釋》:"以瓜苦而乃在苦蔞之上,猶我之心苦而事又苦。"段玉裁《小學》:"毛意此二句於六詩為比,內而心苦,外而事苦,正如眾苦瓜之系於栗薪。"李慈銘《越縵堂讀書筆記·經類》:"必云瓜者,《左傳》言:'瓜期而往,及瓜而代。'蓋古以瓜孰(熟)為戍歸之期。"一說:瓠瓜。聞一多《類鈔》讀"苦"為"瓠"。余冠英《詩經選》:"瓜苦,即瓜瓠,也就是瓠瓜,葫蘆類。古人結婚行合巹之禮,就是以一匏分作兩瓢,夫婦各執一瓢盛酒漱口。這詩瓜苦,似指合巹的匏。"又一說:瓜和苦菜。于鬯《香草校書》卷十三:"苦菜可單言苦。瓜、苦蓋兩物。言彼敦然者,瓜與苦也。"

  又見【木瓜】。

騧(䯄) guā 古華切(假合二平麻見)

  歌部、見母

  黃身黑嘴的馬。(風1)128《秦風·小戎》二章:"騏駵是中,騧驪是驂。"《毛傳》:"黃馬黑喙曰騧。"一說:白身黑嘴的馬。《爾雅·釋馬》:"白馬黑脣,駩。黑喙,騧。"

寡 guǎ 古瓦切(假合二上馬見)

  魚部、見母

❶老而無夫的婦女;喪失配偶的人。(雅2)181《小雅·鴻雁》一章:"爰及矜人,哀此鰥寡。"《毛傳》:"老而無妻曰鰥,偏喪曰寡。"孔穎達《正義》:"無妻之鰥夫,偏喪之寡婦。"260《大雅·烝民》五章:"不侮矜寡,不畏強禦。"❷貧窮。(雅1)196《小雅·小宛》五章:"哀我填寡,宜岸宜獄?"《鄭箋》:"哀哉我窮盡寡財之人。"馬瑞辰《通釋》:"填,病也;寡,貧也。填寡猶言貧病交加。"一說:失去配偶,無依無靠。《小爾雅·廣義》:"凡無妻無夫,通謂之寡。"

【寡婦】死去丈夫的婦女。(雅1)212《小雅·大田》三章:"彼有遺秉,此有滯穗,伊寡婦之利。"《鄭箋》:"聽矜寡取之以為利。"洪頤煊《讀書叢錄》:"寡婦猶言小民。兄曰寡兄,妻曰寡妻,國君自稱寡人,皆妻小之辭。不言民而言婦者,承文文'以其婦子,饁彼

guān 倌冠莞觀關

南畝'而言。言婦，而子在其中。"

【寡妻】國君的嫡妻、正妻。國君的嫡妻只有一個，故稱寡。（雅1）240《大雅•思齊》二章："刑于寡妻，至于兄弟。"《毛傳》："寡妻，適（嫡）妻也。"《鄭箋》："寡妻，寡有之妻，言賢也。"孔穎達《正義》："適妻唯一，故言寡也。"朱熹《集傳》："寡妻，猶言寡小君也。"陳奐《傳疏》："寡之言特也，適之爲言正也，主也。古者諸侯一娶九女，一爲適，餘八爲妾。元妃死，則次妃攝治内事，曰繼室，不得稱夫人。此《傳》釋寡爲適之義也。"俞正燮《癸巳類稿》卷一："寡，嫡也。少有也。寡命、寡妻、寡兄皆頌美，非如寡人謙稱也。"

【寡人】古代國君或國君夫人的自稱。（風1）28《邶風•燕燕》四章："先君之思，以勖寡人。"《鄭箋》："寡人，莊姜自謂也。"朱熹《集傳》："寡人，寡德之人，莊姜自謂也。"高亨《今注》："寡人，國君自稱寡人。"

倌 guān 古丸切（山合一平桓見）
古患切（山合二去諫見）
寒部、見母

【倌人】主管國君外出車馬的小官。（風1）50《鄘風•定之方中》三章："靈雨既零，命彼倌人。"《毛傳》："倌人，主駕者。"馬瑞辰《通釋》："《說文》：'倌人，小臣也。'…此詩倌人亦當爲傳命之官，因其爲前驅，遂兼主駕之事，故《傳》遂以主駕者釋之耳。"

冠 guān 古丸切（山合一平桓見）
寒部、見母

帽子。（風2）101《齊風•南山》二章："葛屨五兩，冠緌雙止。"（緌，帽帶下垂的部分。）147《檜風•素冠》一章："庶見素冠兮，棘人欒欒兮。"《毛傳》："素冠，練冠也。"《鄭箋》："喪禮既祥而縞冠素紕。"孔穎達《正義》："黑經白緯曰縞。其冠用縞，以素爲紕也，謂之素冠。"陳奐《傳疏》："素冠，白布冠也。十三月既練，已練之冠，謂之練冠。…三年之喪，初喪喪冠，小祥練冠。是練冠爲三年小祥之冠。…《箋》以素冠爲縞冠，就大祥說。然《傳》雖言小祥，其實小祥之後，大祥之前，皆練冠也。參"會"。

莞 guān 古丸切（山合一平桓見）
寒部、見母

席；蒲草編的席子。（雅1）189《小雅•斯干》六章："下莞上簟，乃安斯寢。"《鄭箋》："莞，小蒲之席也。"陸德明《釋文》："莞草叢生水中，莖圓，江南以爲席，形似小蒲而實非也。"朱熹《集傳》："莞，蒲席也。"參"萑"。

觀（观） guān 古丸切（山合一平桓見）
寒部、見母

❶看；觀看。（風5，雅6，頌2）95《鄭風•溱洧》一章："女曰觀乎？士曰既且。"280《周頌•有瞽》："我客戾止，永觀厥成。"（成：樂曲終了。）❷多。（雅1）226《小雅•采綠》四章："維魴及鱮，薄言觀者。"《鄭箋》："觀，多也。"陸德明《釋文》："觀，古頑反，多也。《韓詩》作顴。"一說：觀看。朱熹《集傳》："於其釣而有獲也，又將從而觀之。"王先謙《集疏》："《韓》觀作顴。"又一說：舉火（烹魚）。于鬯《香草校書》卷十五："'觀'當讀爲'爟'，'者'當讀爲'煮'。'爟'、'觀'並諧'藋'聲。'煮'即諧'者'聲，例並得借。《說文•火部》云：'舉火曰爟。''煮'爲'鬻'之重文。《鬻部》云：'鬻，亨也。'是爟煮者也，舉火而亨煮也。即亨煮此釣來之魴鱮也。"參"館"。

又見【監觀】。

關（关） guān 古還切（山合二平刪見）
寒部、見母

【關關】鳥和鳴聲。（風1）《周南•關雎》一章："關關雎鳩，在河之洲。"《毛傳》："關關，和聲也。"鄭樵《通志•詩說》："凡雁鳧之類，其喙扁者，則其聲關關；雞雉之類，其喙銳者，則其聲鷟鷟。此天籟也。雎鳩之喙似鳧雁，故其聲如是，又得水邊之趣也。"

【關雎】《國風•周南》篇名（1）。這是一首祝賀貴族男女新婚的詩。詩中描寫了從初戀、追求到成功、親迎的過程，大概是在舉行結婚儀式時歌唱。有人說是民間情歌，寫男子對一個采荇女子的思慕和追求。四、五章只是想象之辭，并非寫實。聞一多《類鈔》："《關雎》，女子采荇於河濱，君子見而悅之。"傳統上有的以爲是贊美后妃之德。《詩序》："《關雎》，后妃之德也。風之始也，所以風天下而正夫婦也。故用之鄉人焉,用之邦國焉。"朱熹《集傳》:"周文王有聖德,又得聖女姒氏以爲之配。宮中之人,於其始至,見其有幽閑貞靜之德,故作是詩。"何楷《古義》:"《關雎》,太姒之德也。太姒得歸文王,思得淑女爲媵,故作是詩。"《毛詩》以《關雎》中之'君子'指周文王,'淑女'指太姒。聖主配賢妃,足爲天下後世楷模,故列於"三百篇"之首。三家認爲是刺詩。《史記·十二諸侯年表》:"周道缺,詩人本之衽席,《關雎》作。"《論衡·謝短》:"周衰而《詩》作。蓋康王時也。康王德缺於房,女臣刺晏,故《詩》作。"張超《誚青衣賦》(見《藝文類聚》卷十五):"周漸將衰,康王晏起。畢公喟然,深思古道。感彼關雎,性不雙侶。願得周公,配以窈窕。防微消漸,諷諭君父。"孔氏大人,列冠篇首。洪邁《容齋四筆》卷1:"《關雎》爲《國風》首,毛氏列之於三百篇之前。《大序》云:'后妃之德也。'而《魯詩》云:'后夫人雞鳴佩玉去君所,周康王后不然,故詩人嘆而傷之。'《後漢皇后紀序》:'康王晏朝,《關雎》作諷。'蓋用此也。…薛氏《韓詩章句》曰:'詩人言雖endeavored潔敬匹,以聲相求,隱蔽於無人之處,故人君退朝,入於私宮,后妃御見有度,應門擊柝,鼓人上堂,退反燕處,體安志明。今時大人内傾於色,賢人見其萌,故詠《關雎》之説淑女正容儀以刺時'。三説不同如此。胡承珙《後箋》以"康王時人歌《關雎》以爲諷諫'。蓋陳古以刺今。《關雎》是《詩經》的首篇,也是《國風》的第一篇,所謂"四始"之一。五章(一説三章),二十句。
又見【復關】【間關】。

鰥 guān 古頑切(山合二平山見)
文部、見母

❶魚名,即鱤魚。體長巨大,亞圓筒形,吻尖長,口大,眼小,性凶猛,捕食各種魚類,我國各地淡水均産。(風1)104《齊風·敝笱》一章:"敝笱在梁,其魚鰥鰥。"《毛傳》:"鰥,大魚。"朱熹《集傳》:"魴鰥,大魚也。"李時珍《本草綱目·鱗部三·鱤魚》:"鱤,敢也。"其性獨行,故曰鰥。《詩》云'其魚魴鰥'是矣。"一説,鯤魚,即草魚。王引之《述聞》卷五:"魴也,鰥也,魚之形體差大者,故大

魚…鰥之形體,傳注無明文,以聲近之字求之,蓋即鯇也。一説:小魚。《鄭箋》:"鰥,魚子也。魴而鰥也,魚之易制者,然而敝敗之笱不能制。"陸德明《釋文》:"鰥:毛,古頑反,大魚也。鄭,古魂反,魚子也。"孔穎達《正義》:"李巡云:'凡魚之子,總名鯤也。'鯤、鰥字異,蓋古字通用,或鄭本作鯤也。《太平御覽》九百四十引《詩》作"其魚魴鯤"。❷老而無妻,也指死了妻子的人。(雅1)181《小雅·鴻雁》一章:"爰及矜人,哀此鰥寡。"《毛傳》:"老無妻曰鰥,偏喪曰寡。"《孟子·梁惠王下》:"老而無妻曰鰥,老而無夫曰寡,老而無子曰獨,幼而無父曰孤。"按孔穎達《周南·桃夭·正義》引劉熙《釋名》云:"無妻曰鰥者,愁悒不寐,目恒鰥鰥然,故其字從魚,魚目不閉也。"曾運乾《毛詩説》:"按此文倒語,順文當爲'哀此鰥寡,爰及矜人',倒文以取韻也。"參"矜"。

痯 guǎn 古滿切(山合一上緩見)
寒部、見母

【痯痯】疲病的樣子。(雅1)169《小雅·杕杜》三章:"檀車幝幝,四牡痯痯。"《毛傳》:"痯痯,罷(pí)貌。"《爾雅·釋訓》:"痯痯,病貌。"吕祖謙《詩記》:"陳氏曰:言夫之車久而當敝矣,四牡當罷矣,人諒亦不遠當歸矣。"

管 guǎn 古滿切(山合一上緩見)
寒部、見母

❶古代一種象笛的管樂器。竹制,六孔。(頌2)280《周頌·有瞽》:"既備乃奏,簫管備舉。"《鄭箋》:"管如笛,併而吹之。"陳奐《傳疏》:"管如篪,六孔。"❷管子;管狀的束西。(風2)42《邶風·靜女》二章:"靜女其孌,貽我彤管。"《鄭箋》:"彤管,赤筆管也。"歐陽修《詩本義》:"古者鍼、筆皆有管,樂器亦有管,不知此彤管是何物也。但彤是色之美者,蓋男女相悦,用此美色之管相遺,以通情結好耳。"牟庭《詩切》:"彤管但爲一篋簪小小物耳。篋簪不可以贈男子,故知作此詩者,亦女子耳。"一説,紅色管狀的初生的草。劉大白《白屋説詩》:"彤管就是紅色的管子。這個紅色的管子,就是第三章'自牧歸荑'的荑。"

【管管】隨心所欲，無所依據的樣子。(雅1)254《大雅·板》一章："靡聖管管，不實於亶。"《毛傳》："管管，無所依也。"《鄭箋》："王無聖人之法度，管管然以心自恣。"朱熹《集傳》："其心以爲無復聖人，但恣己妄行，而無所依據。"《廣韻·緩韻》："悹，悹悹，憂無告也。《詩傳》云：'悹悹，無所依。'"
參"筦"。

悹 guǎn
古滿切（山合一上緩見）
古玩切（山合一去換見）
寒部、見母

隨心所欲。見"管"。

館（舘）guǎn
★古緩切（山合一上緩見）
古玩切（山合一去換見）
寒部、見母

❶官舍；官署。相當於現代的辦公室。(風3)75《鄭風·緇衣》一章："適子之館兮，還，予授子之粲兮。"《毛傳》："館，舍。"《鄭箋》："卿士所之之館，在天子之宮，如今之諸廬也。"孔穎達《正義》："謂天子宮內卿士，各立曹司，有廬舍以治事也。"❷修建房舍宮室。(雅1)250《大雅·公劉》六章："篤公劉，于豳斯館。"《毛傳》："館，舍也。"《鄭箋》："厚乎公劉，於豳地作此宮室。"孔穎達《正義》："館者，宮室之名，爲館所以止舍其中，故云舍也。"班固《白虎通·京師》引作"于邠斯觀"。王先謙《集疏》："《魯》館作觀。…館、觀通用字。"

筦 guǎn
古滿切（山合一上緩見）
寒部、見母

同"管"。古代一種管樂器，象笛，竹制，六孔。(頌1)274《周頌·執競》："鐘鼓喤喤，磬筦將將。"陸德明《釋文》："筦，音管，本亦作管。"王夫之《稗疏》："按郭璞《穆天子傳》注：'管，如併兩笛。'鄭氏《禮》注亦云：'如笛而小，併兩而吹之。'…蓋《莊子》所謂比竹也。"《荀子·富國》引《詩》作"鐘鼓喤喤，管磬瑲瑲。"《廣韻·緩韻》："筦，同管。"王先謙《集疏》："《魯》，磬筦一作管磬。"

串 guàn
古患切（山合二去諫見）
寒部、見母
huàn ★胡慣切（山合二去諫匣）
寒部、匣母

【串夷】同"混夷"，我國古代西部少數民族名。(雅1)241《大雅·皇矣》二章："帝遷明德，串夷載路。"《鄭箋》："串夷，即混夷，西戎國名也。"陸德明《釋文》："串，古患反，一本作患。或云：鄭音患。"孔穎達《正義》："患夷者，患中國之夷，故患夷則混夷也。"參看【混夷】。一說："習於常道。《毛傳》："串，習；夷，常；路，大也。"嚴粲《詩緝》："串夷載路，即《周頌》所謂'岐有夷之行'，謂民歸之者久，串習其平夷而成大路也。"陳奐《傳疏》："串，習，《釋詁》文。字當作毌。…今俗作串。夷讀爲彝。王肅以爲世習常道是也。"陳啓源《稽古編》：'串夷載路'，言周家習行此常道，至文王則益大，天意所以徙就之。"又一說：串，通；夷，平。于省吾《新證》："串即毌之隸變。毌，貫古今字。《淮南子·時則》'貫大人之國'注：'貫，通也。'載，成也。貫夷載路，言通平夷而成道路也。"

卝 guàn
★古患切（山合二去諫見）
寒部、見母

兩髻對稱豎起的樣子。見"丱"。

丱 guàn
古患切（山合二去諫見）
寒部、見母

兩髻對稱豎起的樣子。(風1)102《齊風·甫田》："婉兮孌兮，總角丱兮。"《毛傳》："丱，幼稚也。"孔穎達《正義》："總聚其髮以爲兩角，丱然兮幼稚如此。"朱熹《集傳》："丱，兩角貌。"聞一多《類鈔》："丱即兩角的肖形字。"阮元《校勘記》："唐石經丱作卝。案各本皆誤，唐石經是也。見《五經文字·丱部》。"

祼 guàn
古玩切（山合一去換見）
寒部、見母

【祼將】古代一種祭祀儀式。在神主前鋪上白茅，王以圭瓚酌鬱鬯之酒獻尸，尸把酒澆在茅上，象神飲酒。將，行也，進也。(雅2)235《大雅·文王》五章："殷士膚敏，祼將于京。"《毛傳》："祼，灌也。"嚴粲《詩緝》："祼，謂以鬯酒獻尸，尸受酒而灌於地以降神也。行祼之禮，謂之祼將。"陳奐《傳疏》："祼、灌叠韻，鬯即一鬯。秬鬯灌神，是謂之灌鬯。"屈萬里《詮釋》："祼，以鬯酒獻尸，尸受酒灌於地，以降神也。將，進也，謂進酒也。"按班固《白虎通義・三正》:"《詩》曰:'厥作祼將,常服黼冔。'言微子服殷之冠,助祭於周也。"

雚 guàn 古玩切（山合一去換見）
寒部、見母

一種水鳥。鸛雀。見"鸛"。

灌 guàn 古玩切（山合一去換見）
寒部、見母

灌木;叢生的小樹。(雅1)241《大雅・皇矣》二章:"脩之平之,其灌其栵。"《毛傳》:"灌,叢生也。"朱熹《集傳》:"灌,叢生者也。"馬瑞辰《通釋》:"灌爲叢生,栵爲枿生。若菖與翳,一立一僕也。"(栵:斬而復生的木。)參"涘"。

【灌灌】猶"款款"。情意懇切的樣子。(雅1)254《大雅・板》四章:"老夫灌灌,小子蹻蹻。"《毛傳》:"灌灌,猶款款也。"孔穎達《正義》:"老夫教諫汝,其意乃款款然情至意盡。"王先謙《集疏》:"魯灌亦作懽。"陳奐《傳疏》:"毛意灌讀爲懽,懽與款聲同。古曰懽懽,今曰款款,此以今語通古語也。皆是懇誠愷切之意。"

【灌木】叢生的矮小樹木。(風1)2《周南・葛覃》一章:"黃鳥于飛,集于灌木。"《毛傳》:"灌木,藂(叢)木也。"王先謙《集疏》:"《魯》,灌亦作樌。"參"涘"。

懽 guàn 古玩切（山合一去換見）
寒部、見母

情意懇切。見"灌"。

鸛(鵰) guàn 古玩切（山合一去換見）
寒部、見母

一種水鳥。也叫鸛雀。形似鶴,嘴長而直,翼長,尾短圓。飛翔輕快,日留溪旁,夜宿高樹。(風1)156《豳風・東山》三章:"鸛鳴于垤,婦歎于室。"《鄭箋》:"鸛,水鳥也,將陰雨則鳴。"陸璣《詩義疏》:"鸛,鸛雀也。似鴻大,長頸赤喙,白身黑尾翅,樹上作巢,大如車輪,卵如三升杯。"朱熹《集傳》:"鸛,水鳥似鶴者也。"陸德明《釋文》:"鸛,本又作雚。《說文・雚部》:"雚,小爵也,從萑,吅聲。《詩》曰:'雚鳴于垤。'"

貫(贯) guàn 古玩切（山合一去換見）
古丸切（山合一平桓見）
寒部、見母

❶錢貝穿在一條繩子上。比喻彼此關系密切。(雅1)199《小雅・何人斯》七章:"及爾如貫,諒不我知?"《鄭箋》:"如物之在繩索之貫也。"朱熹《集傳》:"我與女如物之在貫,豈誠不知我而譖我哉?"一說:通"丱"。兒童結髮的樣式,因指童年時期。俞樾《平議》卷:"《甫田》篇'總角丱兮'《傳》:'丱,幼稚也。'貫即丱也。上文曰:'伯氏吹壎,仲氏吹篪。'言童時兄弟相與嬉戲,此情好之最篤者。我與爾之情亦如是,故曰'及爾如貫',言如總角時無猜忌也。"❷射中;穿透。(風1)106《齊風・猗嗟》三章:"舞則選兮,射則貫兮。"《毛傳》:"貫,中也。"孔穎達《正義》:"貫謂穿侯,故爲中也。"朱熹《集傳》:"貫,中而貫革也。"陳奐《傳疏》:"貫,今串字,古作毌,作貫者,假借字。"一說:通"慣"。習慣;熟練。《鄭箋》:"貫,習也。"陳喬樅《毛詩鄭箋改字說》:"鄭居以'貫'爲'摜'之省假。《說文》:'摜,習也。'"❸服事;侍奉。(風3)113《魏風・碩鼠》一章:"三歲貫女,莫我肯顧。"《毛傳》:"貫,事也。"漢石經《魯詩》殘碑作"宦女"。一說:通"慣"。慣養。朱熹《集傳》:"貫,習。"陳子展《選譯》:"貫,慣古通。湖南方言,怨人受德不服曰慣事,亦曰慣養。"

樌 guàn 古玩切（山合一去換見）
寒部、見母

叢生的小樹。見"灌"。

光 guāng 古黃切（宕合一平唐見）
陽部、見母

❶光芒;光亮(風1,雅2)96《齊風・雞鳴》二章:"匪東方則明,月出之光。"182《小雅・庭燎》一章:"夜如何其?夜未央。庭燎之光。"❷光榮。(雅6,頌1)173《小雅・蓼蕭》二章:"既見君子,爲龍爲光。"孔穎達《正義》:"爲君所寵遇,爲所光榮。"(龍:通"寵",寵幸。)241《大雅・皇矣》三章:"則篤其慶,載錫之光。"(於是增厚其福慶而賜給他光榮。)261《大雅・韓奕》四章:"八鸞鏘鏘,不顯其光。"《鄭箋》:"光,猶榮也。"❸發

揚光大。《雅1)250《大雅・公劉》一章:"思輯用光。"《毛傳》:"思輯用光,言民相與和睦而顯於時也。"朱熹《集傳》:"思以輯和其民人而光顯其國家。"一說:廣。屈萬里《詮釋》:"輯,集也。用,以也。光,廣也,猶言多也。言集聚餱糧已多也。"

【光明】明亮;心明眼亮。(頌1)288《周頌・敬之》:"學有緝熙于光明。"《毛傳》:"光,廣也。"(緝熙:奮發前進;漸積廣大。)

又見【烈光】。

洸 guāng 古黃切(宕合一平唐見)
　　　陽部、見母

激怒粗暴的樣子。(風1)35《邶風・谷風》六章:"有洸有潰,既詒我肄。"《毛傳》:"洸洸,武也。"《鄭箋》:"君子洸洸然,潰潰然,無溫潤之色。"《說文・水部》:"洸,水涌光也。《詩》曰:'有洸有潰。'"徐鍇《繫傳》:"言勇如水之涌也。"王先謙《集疏》引徐璈說:"洸者,水激涌而有光,潰者,水潰決而四出,皆以水勢舉似怒貌也。"聞一多《類鈔》:"洸,潰,水激怒潰決貌,喻夫之暴怒。"

【洸洸】威武的樣子。(雅1)262《大雅・江漢》二章:"江漢湯湯,武夫洸洸。"《毛傳》:"洸洸,武貌。"《爾雅・釋訓》:"洸洸,武也。"王先謙《集疏》:"《魯》,洸作僙《齊》,作潢《韓》,作趪。"

僙 guāng 古黃切(宕合一平唐見)
　　　陽部、見母

威武的樣子。見"洸"。

潢 guāng ★姑黃切(宕合一平唐見)
　　　陽部、見母

威武的樣子。見"洸"。

趪 guāng ★姑黃切(宕合一平唐見)
　　　陽部、見母

威武的樣子。見"洸"。

廣(广) guǎng 古晃切(宕合一上蕩見)
　　　陽部、見母

❶寬闊。(風5)9《周南・漢廣》:"漢之廣矣,不可泳思。"61《衛風・河廣》一章:"誰謂河廣,一葦杭之。"❷大。(雅1、頌1)177《小雅・六月》三章:"四牡脩廣,其大有顒。"《毛傳》:"脩,長;廣,大也。"282《周頌・雝》:"於薦廣牡,相予肆祀。"《毛傳》:"廣,大也。"

朱熹《集傳》:"廣牡,大牲也。"❸寬弘;推廣。(頌1)299《魯頌・泮水》六章:"濟濟多士,克廣德心。"孔穎達《正義》:"謂心德寬弘,並無偏躁。"嚴粲《詩緝》:"能廣大其德心,並無偏躁忿爭之失。"朱熹《集傳》:"廣,推而大之也。"(德心:道德之心;善心。)

迋 guàng 俱往切(宕合三上養見)
　　　★古況切(宕合三去漾見)
　　　陽部、見母

通"誑"。欺騙。(風1)92《鄭風・揚之水》一章:"無信人之言,人實迋女。"《毛傳》:"迋,誑也。"陳奐《傳疏》:"迋,讀與誑同。"孔穎達《正義》:"他人之言,實欺誑於汝。"

圭(珪) guī 古攜切(蟹合四平齊見)
　　　支部、見母

古代一種玉製禮器,天子、諸侯在舉行隆重儀式時所用。上尖下方或上圓下方,形制大小因爵位和用途不同而異。有介圭,鎮圭,桓圭,信圭,躬圭,祼圭等多種。(風1、雅3)55《衛風・淇奧》三章:"如金如錫,如圭如璧。"《毛傳》:"金錫練而精,圭璧性有質。"252《大雅・卷阿》六章:"顒顒卬卬,如圭如璋。"《荀子・正名》引《詩》作"如珪如璋。"按《說文・土部》:"圭,瑞玉也。上圜下方。公執桓圭,九寸;侯執信圭,伯執躬圭,皆七寸;子執穀圭,男執蒲圭,皆五寸;以封諸侯。從重土。楚爵有執圭。珪,古文圭從玉。"敦煌寫卷《春秋左傳集解・僖公九年傳》:"《詩》所謂'白珪之玷,尚可磨也。斯言之玷,不可爲也。'"阮元《校刊記》:"[如圭如璋]唐石經'圭'作'珪',小字本、相臺本同。案唐石經是也。餘經作圭,乃用字不畫一之例。"今西安碑林唐石經作"如圭如璋",字不作"珪",不知阮氏何據。

【圭璧】古代帝王、諸侯祭祀或朝聘時用的玉器。周人祭天神則焚玉,祭山神則埋玉,祭水神則沉玉,祭人鬼則藏玉。(雅1)258《大雅・雲漢》一章:"圭璧既卒,寧莫我聽。"孔穎達《正義》:"禮神之器自有多名,言圭璧爲其總稱。"朱熹《集傳》:"圭璧,禮神之玉也。"《周禮・考工記・玉人》:"圭璧五寸,以祀日月星辰。"

【圭瓚】古代祭祀時,王用來舀酒澆在地上

的器具。以圭爲柄,黃金爲勺。(雅1)262《大雅·江漢》五章:"釐爾圭瓚,秬鬯一卣。"《毛傳》:"九命錫圭瓚秬鬯。"孔穎達《正義》:"今賜汝以圭柄之玉瓚。"班固《白虎通義·考黜》:"玉瓚者,器名也。所以灌鬯之器也,以圭飾其柄。"

又見【介圭】。參"鬯"。

歸(归)

（一）guī 舉韋切（止合三平微見）
微部、見母

❶女子出嫁。(風15)6《周南·桃夭》一章:"之子于歸,宜其室家。"朱熹《集傳》:"婦人謂嫁曰歸。《周禮》仲春令會男女,然則桃之有華,正昏姻之時也。"101《齊風·南山》一章:"魯道有蕩,齊子由歸。"《鄭箋》:"婦人謂嫁曰歸,言文姜既以禮從此道嫁於魯也。"❷娶。(風1)34《邶風·匏有苦葉》三章:"士如歸妻,迨冰未泮。"《鄭箋》:"歸妻,使之來歸於己,謂嫁請期也。"王先謙《集疏》:"婦人謂嫁曰歸,自士言之,則娶妻是來歸其妻,故曰歸妻。"黃焯《毛鄭平議》:"詩言歸妻,則實已迎女。"一說:懷念;思念。《詩經圖注》:"歸,當訓爲懷。古音近相通。《禮記·緇衣》'私惠不歸德'注'歸,或爲懷。'《匪風》'懷之好音'《傳》'懷,歸也。'是其證。'懷'即思念。'歸妻'當即今所謂'想老婆'。"❸返回。(風28,雅30,頌1)19《召南·殷其雷》:"振振君子,歸哉歸哉。"259《大雅·崧高》六章:"申伯還南,謝于誠歸。"《鄭箋》:"還南者北就王命於岐周而還反也。謝于誠歸,誠歸于謝。"孔穎達《正義》:"言謝于誠歸,正是誠心歸於謝國。古人之語多例。"❹向;歸向(一致)。(風1)147《檜風·素冠》二章:"聊與子同歸兮。"《毛傳》:"願見有禮之人與之同歸。"胡承珙《後箋》:"歸當讀如'吾誰與歸'之'歸。'⋯⋯詩蓋言欲得行三年之人,與之同歸於厚。"馬瑞辰《通釋》:"同歸,猶下章言如一,皆謂一致,非謂歸其家也。"高亨《今注》:"同歸之古禮。此句作者言原意和後喪者一樣守禮。"又一說:死去。程俊英《注析》:"同歸,這裏是同死的意思。按《爾雅·釋訓》:'鬼之爲言歸也。'郭璞注引《尸子》曰:'古者謂死人曰歸人。'"❺歸依;歸附。(風3,雅

2)150《曹風·蜉蝣》一章:"心之憂矣,於我歸處。"《鄭箋》:"歸,依歸。君當於何依歸乎?"204《小雅·四月》二章:"亂離瘼矣,爰其適歸。"朱熹《集傳》:"亂離瘼矣,則我將何所適歸乎?"251《大雅·泂酌》二章:"豈弟君子,民之攸歸。"何楷《古義》:"歸,猶依投也。"

（二）kuì ★求位切（止合三去至群）
微部、群母

❻通"饋"。贈送。(風1)42《邶風·靜女》三章:"自牧歸荑,洵美且異。"朱熹《集傳》:"歸,亦貽也。言靜女又贈我以荑,而其荑亦美且異。"

【歸寧】回娘家看望父母。(風1)2《周南·葛覃》三章:"害澣害否,歸寧父母。"《毛傳》:"父母在,則有時歸寧耳。"按《公羊傳·莊公二十七年》何休《解詁》:"諸侯夫人尊重,非有大故不得反。惟大夫妻,雖無事,歲一歸寧。"朱熹《集傳》:"寧,安也,謂問安也。"《說文·女部》:"晏,安也。"引《詩》作"以晏父母"。

又見【還歸】。

瑰

guī 公回切（蟹合一平灰見）
微部、見母

戶恢切（蟹會一平灰匣）
微部、匣母

美石;象玉的石。(風1)134《秦風·渭陽》二章:"何以贈之?瓊瑰玉佩。"《毛傳》:"瓊瑰,石而次玉。"孔穎達《正義》:"瓊者,玉之美名,非玉名也。瑰是美石之名也。"

龜(龜、龟)

guī 居追切（止合三平脂見）之部、見母

❶烏龜。(頌1)299《魯頌·泮水》八章:"元龜象齒,大賂南金。"《毛傳》:"元龜,尺二寸。"孔穎達《正義》:"《漢書·食貨志》云:龜不盈尺,不得爲寶。此言元龜,龜之大者也。故云:元龜尺二寸也。"❷龜甲。古代用來占卜,也用作貨幣。(雅2,頌1)195《小雅·小旻》三章:"我龜既厭,不我告猶。"244《大雅·文王有聲》七章:"維龜正之,武王成之。"《鄭箋》:"龜則正之,謂得吉兆。"❸山名,在今山東省泗水縣。(頌1)300

《魯頌·閟宮》六章:"奄有龜蒙,遂荒大東。"《毛傳》:"龜,山也;蒙,山也。"王應麟《詩地理考》:"《郡縣志》:〔龜山〕在兗州泗水縣東北七十五里。"

氿 guǐ 居洧切(止合三上旨見) 幽部、見母

【氿泉】從側面流出的泉水。《雅 1)203《小雅·大東》三章:"有洌氿泉,無浸穫薪。"《毛傳》:"側出曰氿泉。"《釋名·釋水》:"側出曰氿泉。氿,軌也,流狹而長;如車軌也。"孔穎達《正義》引李巡曰:"水泉從旁出名曰氿,氿,側出,是側出曰氿泉也。"陸德明《釋文》:"氿,字又作厬。"

軌(轨) guǐ 居洧切(止合三上旨見) 幽部、見母

車軸的兩頭。《風 1)34《邶風·匏有苦葉》二章:"濟盈不濡軌,雉鳴求其牡。"《毛傳》:"由輈以上爲軌。"唐石經作"軓"。陸德明《釋文》:"軌,舊龜美反,謂車轊頭也。依《傳》意,宜音犯。按《說文》云:'軌,車轍也。從車,九聲,龜美反。軓,車軾前也。從車,凡聲。'音犯。車轊頭,所謂軹也。"孔穎達《正義》:"軾前謂之軓,非軌也。但軌聲九,軓聲凡,於文易爲誤,寫者亂之也。"陸、孔二氏並以爲"軌"當作"軓"。王引之《述聞》卷五:"軌自有二義。⋯⋯軌者,軸之兩端。"段玉裁《小箋》:"古者輿之下、兩輪之間方空處謂之軌。"聞一多《類鈔》:"那時人慣乘車子渡水,所以用車軸來作記錄水位的標準。水淺不到車軸,還不算太深,意思是說,有人要浮水渡河來,是沒有什麼危險的。"一說:車轍。朱熹《集傳》:"軌,車轍也。飛曰雌雄,走曰牝牡。夫濟盈必濡其轍,雉鳴當求其雄。此常理也。今濟盈而曰不濡軌,雉鳴而反求其牡,以比淫亂之人不度禮義,非其配耦,而犯禮以相求也。"又一說:指車輪。江永《群經補義》:"軌是車行之迹,濟盈何能濡之? 轍迹由輪所踐而成,不濡軌猶曰不濡輪焉耳。"

垝 guǐ 過委切(止合三上紙見) 歌部、見母

毀壞;倒塌。《風 1)58《衛風·氓》二章:"乘彼垝垣,以望復關。"《毛傳》:"垝,毀也。"《說文·土部》:"垝,毁垣也。《詩》曰:'乘彼垝垣。'"一說:通"危"。高。于省吾《新證》:"垝、危古通。⋯⋯《晉語》'搖木不生危'注:'危,高險也。'乘彼垝垣,言登彼高垣也。"又一說:牆。聞一多《詩經講義》:"《爾雅·釋宮》:'垝謂之坫,牆謂之墉。'《説文》:'坫,屏也。屏,蔽也。'⋯⋯坫與墉同類。析言之,蔽一方謂之坫,蔽四阿謂之墉。混言之,坫亦墉耳。《詩》以垝垣連文,蓋用混義,垝亦垣也。"

詭(诡) guǐ 過委切(止合三上紙見) 微部、見母

【詭隨】欺詐虛僞(的人)。《雅 5)253《大雅·民勞》一章:"無縱詭隨,以謹無良。"《毛傳》:"詭隨,詭人之善,隨人之惡者也。"朱熹《集傳》:"詭隨,不顧是非而妄隨人也。"《後漢書·陳忠傳》引此詩,李賢注:"詭隨,詭詐委隨之人。"王引之《述聞》卷七:"詭隨叠韻字,不得分訓詭人之善,隨人之惡。詭隨謂譎詐譣欺之人也。"戴震《考證》:"無縱詭曲阿從之人,以謹防其無良。"

簋 guǐ 居洧切(止合三上旨見) 幽部、見母

古代食器。圓口,圈足,兩耳(或四耳),方座,有的帶蓋。青銅制或陶制。(風 1、雅 2)135《秦風·權輿》二章:"於我乎,每食四簋。"陸德明《釋文》:"內方外圓曰簋,以盛黍稷;外方內圓曰簠,用貯稻粱。皆容一斗二升。"朱熹《集傳》:"簋,瓦器,容斗二升。方曰簠,圓曰簋。簋盛稻粱,簠盛黍稷。四簋,禮食之盛也。"165《小雅·伐木》二章:"於粲洒埽,陳饋八簋。"《毛傳》:"圓曰簋。天子八簋。"朱熹《集傳》:"八簋,器之盛也。"

鬼 guǐ 居偉切(止合三上尾見) 微部、見母

人死後的"靈魂"或鳥獸草木等變成的"精怪"(迷信)。(雅 1)199《小雅·何人斯》八章:"爲鬼爲蜮,則不可得。"(蜮:傳聞中一種能含沙射人的動物。)

【鬼方】本商周時我國西北方一個部族,其活動地區當在今陝甘寧夏內蒙之間。泛指遠方。(雅 1)255《大雅·蕩》六章:"內奰於中國,覃及鬼方。"《毛傳》:"鬼方,遠方也。"

朱熹《集傳》:"鬼方,遠夷之國也。言自近及遠,無不怨怒也。"宋翔鳳《過庭錄》卷七:"鬼方即西羌。鬼與'芎'聲相近,故鬼方亦謂之芎野。"王國維《鬼方昆夷玁狁考》:"我國古時,有一強梁之外族⋯中國之稱之也,隨世異名,因地殊號。至於後世,且或以醜名加之。其見於商周間者,曰鬼方,曰混夷,曰獯鬻;其在宗周之際,則曰玁狁;入春秋後則始謂之戎,繼號曰狄;戰國以降,又稱曰胡;曰匈奴。"朱右曾《詩地理徵》:"鬼方即西零戎,其地在今青海。"一說:指南方的荊楚。宋趙悳《詩辨說》:"鬼方者,乃荊楚之助惡也。"黃震《黃氏日鈔》卷四:"雪山謂楚俗多鬼,指楚也。愚按《易》言高宗伐鬼方,《詩》言高宗伐荊楚,則鬼方即荊楚可知矣。"武億《群經義證》:"《汲郡古文》云:'武丁三十二年伐鬼方,師次於荊。'則鬼方在南方也。"

檜(桧) guì (又 kuài) 古外切(蟹合一去泰見)
古活切(山合一入末見)
月部、見母

❶一種常綠喬木,也叫檜柏、刺柏。(風1)59《衛風·竹竿》四章:"淇水滺滺,檜楫松舟。"《毛傳》:"檜,柏葉松身。"❷(kuài)周代諸侯國名,也作"鄶"。漢石經作"會"。國君妘姓,相傳為祝融氏後裔。疆土包括今河南密縣、新鄭、滎陽等地。鄭玄《詩譜》:"檜者,古高辛氏火正祝融之墟。(檜國在《禹貢》)豫州外方之北,滎波之南,居溱洧之間。)祝融氏名黎,其後八姓,唯妘姓檜者處其地焉。周夷王、厲王之時,檜公不務政事,而好絜衣服,大夫去之,於是檜之變風始作。其國北鄰於虢。"朱熹《集傳》:"周衰,(檜)為鄭桓公所滅而遷國焉。今之鄭州即其地也。"陸德明《釋文》:"檜,本又作鄶。"按檜之故都在今河南密縣東北五十里。一說在鄭州市南四十公里。東周初年(公元前七百六十九年)為鄭武公所滅。

[檜風]《詩經·國風》之一。包括《羔裘》、《素冠》、《隰有萇楚》、《匪風》四首詩。是檜國民歌。其產生時代,一說在檜滅之前,為西周末年作品。屈萬里《詮釋》:"按鄭因檜地,都於溱洧之間。鄭詩既數言溱洧,此又別出檜詩,明檜詩之別出,非因方域及樂調與鄭詩不同,蓋以其為未被併於鄭以前之詩也。然則檜詩四篇,皆平王東遷以前之作矣。"一說檜詩作於檜滅之後,檜風即鄭風。朱熹《集傳》:"蘇氏以為檜詩皆為鄭作,如邶、鄘之於衛也。"

蹶 guì 居衛切(蟹合三去祭見)
月部、見母

❶動;感動。(雅1)237《大雅·緜》九章:"文王蹶厥生。"《毛傳》:"蹶,動也。"嚴粲《詩緝》:"生者,本然之良心,蹶者,撥動其生意也。"馬瑞辰《通釋》:"生、性古通用,文王蹶厥生,謂文王有以感動其性也。"一說:嘉獎。《爾雅·釋詁》:"蹶,嘉也。"❷變動;動亂。(雅1)254《大雅·板》二章:"天之方蹶,無然憲憲。"《毛傳》:"蹶,動也。"陳奐《傳疏》:"蹶訓動,猶擾亂也。"❸姓。(雅1)193《小雅·十月之交》四章:"棸子內史,蹶維趣馬。"《鄭箋》:"番、棸、蹶、楀皆氏。"孔穎達《正義》:"蹶氏維為趣馬。"一說:人名,即蹶父。王先謙《集疏》:"《書·立政篇》有趣馬蹶,蓋宣王時蹶父之後,以字為氏。"《漢書·五行志》引作"橛"。❹人名,即蹶父。(雅1)261《大雅·韓奕》四章:"韓侯迎止,于蹶之里。"《鄭箋》:"于蹶之里,蹶父之里。"

[蹶父] 人名,姞姓。周宣王大臣,任卿士。(雅2)261《大雅·韓奕》四章:"韓侯取妻,汾王之甥,蹶父之子。"《毛傳》:"蹶父,卿士也。"黃焯《毛鄭平議》引黃侃說:"燕為蹶父之國,蹶乃為諸侯入為卿士,蹶父之里為父朝宿之邑,故為韓姞相攸。"

[蹶蹶] 行動敏捷的樣子。(風1)114《唐風·蟋蟀》二章:"好樂無荒,良士蹶蹶。"《毛傳》:"蹶蹶,動而敏於事。"吳闓生《會通》:"蹶蹶,勤敏也。"聞一多《類鈔》:"蹶蹶,跳起貌,言敏疾也。"

袞(衮) gǔn 古本切(臻合一上混見)
文部、見母

古代王和公侯穿的繡有卷龍的禮服。(風2,雅2)159《豳風·九罭》一章:"我覯之子,袞衣繡裳。"《毛傳》:"袞衣,卷龍也。"陸德明《釋文》:"畫為九章,天子畫升龍於衣上,上公但畫降龍。"孔穎達《正義》："畫龍於衣謂之袞，故云袞衣卷龍。"朱熹《集傳》："袞，衣裳九章，一曰龍，二曰山，三曰華蟲，雉也，四曰火，五曰宗彝，虎蜼也，皆繢於衣；六曰藻，七曰粉米，八曰黼，九曰黻，皆繡於裳。天子之龍，一升一降，上公但有降龍，以龍首卷然，故謂之袞也。"《玉篇殘卷·糸部》引《韓詩》作"我遘之子，綌衣繡裳。"222《小雅·采菽》一章："何錫予之，玄袞及黼。"《鄭箋》："玄袞，玄衣而畫以卷龍也。"

【袞職】天子或三公的職務。(雅1)260《大雅·烝民》六章："袞職有闕，維仲山甫補之。"《毛傳》："玄袞，卷龍也。"《鄭箋》："袞職者，不敢斥王之言也。王之職有闕，輒能補之者仲山甫也。"朱熹《集傳》："袞職，王職也。天子龍袞，不敢斥言王闕，故曰袞職有闕也。"一說：袞，袞衣。職，適。《毛傳》："有袞冕者，君之上服也。"楊樹達《述林》卷六："職者，適也，乍也，言袞衣有闕，則仲山甫即補之。袞為上服，補為補衣，二字文義上下相承。俞樾《平議》卷十一："職乃語詞，當讀爲識。…'袞識有闕'者，袞適有闕也。蓋詩人本借袞以寓王，闕乃袞衣之闕，而非服袞衣者職事之闕，補即補袞衣，而非補服袞者之職事，若以袞職連文，則詩人之語妙全失矣。"

緄(绲) gǔn 古本切（臻合一上混見）文部，見母

繩。(風1)128《秦風·小戎》三章："交韔二弓，竹閉緄縢。"《毛傳》："緄，繩；縢，約也。"孔穎達《正義》："以竹爲閉置於弓限，然後以繩約之。"一說：通"捆"。捆束。于省吾《新證》："疑緄應讀爲《孟子》'捆屨織席以爲食'之捆。緄捆疊韻。…捆縢，言捆之以縢也。"

郭 guō 古博切（宕合一入鐸見）鐸部，見母

大；擴大。見"廓"。

國(国) guó 古或切（曾合一入德見）職部，見母

❶古代王、侯的封地，泛指國家。(風7，雅22，頌4)141《陳風·墓門》一章："夫也不良，國人知之。"191《小雅·節南山》三章："秉國之均，四方是維。"241《大雅·皇矣》一章："維彼四國，爰究爰度。"《毛傳》："四國，四方也。"朱熹《集傳》："四國，四方之國也。"按《說文·囗部》："國，邦也。"段玉裁注："邦、國互訓，渾言之也。《周禮》注曰：'大曰邦，小曰國。''邦之所居亦曰國。'析言之也。"❷國都；都城。(風1)31《邶風·擊鼓》一章："土國城漕，我獨南行。"《鄭箋》："此言眾民皆勞苦也。或役土功於國，或脩理漕城。"朱熹《集傳》："國，國中也。言衛國之民，或役土功於國，或築土於漕。"屈萬里《詮釋》："古謂都城爲國，土國與城漕當系一事。"

【國步】國家的命運。(雅2)257《大雅·桑柔》二章："於乎有哀，國步斯頻。"《鄭箋》："哀哉！國家之政行此禍害比比然。"朱熹《集傳》："步，猶運也。"嚴粲《詩緝》："陳氏曰：國步，國運也。"

〖國風〗《詩經》的一個組成部分，最初單稱《風》。《左傳·隱公三年》："《風》有《采蘩》、《采蘋》。"《國風》的名稱起於戰國晚年。《荀子·大略》："《國風》之好色也。"《禮記·表記》："《國風》曰：'我今不閱，皇恤我後。'"《國風》包括《周南》、《召南》、《邶》、《鄘》、《衛》、《王》、《鄭》、《齊》、《魏》、《唐》、《秦》、《陳》、《檜》、《曹》、《豳》十五國風，共一百六十篇。《毛詩序》以爲"風"指教化和諷刺："風，風也。風以動之，教以化之。…上以風化下，下以風刺上。主文而譎諫，言之者無罪，聞之者足以戒，故曰風。"多數學者以爲《國風》是採自各地的民間歌謠。音樂上反映了周代各諸侯國的地方曲調。孔穎達《正義》："風謂十五國風。"鄭樵《六經奧論》："風土之音曰風。"朱熹《集傳》："國者，諸侯所封之域；風者，民俗歌謠之詩也。""凡詩之所謂風者，多出自里巷歌謠之作，所謂男女相與咏歌，各言其情者也。"《國風》大部分是東周的詩，一部分是西周後期的詩。其中有的反映了古代人民的勞動生活；有的表達了反抗剝削壓迫的思想，揭露和控訴了奴隸制社會的黑暗腐朽；有的表現了強烈的愛國主義精神；更多的是有關婚姻戀愛的詩，描寫了古代人民對真正的愛情

和幸福的追求以及對歧視、遺棄婦女的現象的批判。這些都是《詩經》中的藝術珍品。《國風》是各地區百姓喜聞樂唱的流行歌曲。但作者未必都是平民，可能大部分作者仍是有貴族身份的人。

又見【邦國】【方國】【南國】【四國】【下國】【徐國】【中國】【子國】。

馘（聝） guó 古獲切（梗合二入麥見）
職部、見母

古代戰爭中割取所殺敵人的左耳，用以計功。也指所割下的敵人的左耳。(雅1、頌1)241《大雅·皇矣》八章："執訊連連，攸馘安安。"《毛傳》："馘，獲也。不服者殺而獻其左耳曰馘。"陸德明《釋文》："馘，古獲反。獲也。字又作聝。殺而獻其耳也。《字林》截耳則作耳傍，獻首則作首傍。"299《魯頌·泮水》五章："矯矯虎臣，在泮獻馘。"《鄭箋》："馘，所格者之左耳。"陸德明《釋文》："馘，古獲反，截耳也。"按《說文·耳部》："聝，軍戰斷耳也。"《春秋傳》曰：'以爲俘聝。'從耳，或聲。馘，聝或從首。"段玉裁注："今經傳中多從首。"

聝 guó 古獲切（梗合二入麥見）
職部、見母

戰爭中割取所殺敵人的左耳。見"馘"。

果 guǒ 古火切（果合一上果見）
歌部、見母

【果蓏】一種蔓生植物，也叫栝樓、瓜蔞。開白花，果實橢圓形，根和果實供藥用。(風1)156《豳風·東山》二章："果蓏之實，亦施于宇。"《毛傳》："果蓏，栝樓也。"《爾雅·釋草》："果蓏之實，栝樓。"吳闓生《會通》："果蓏，栝樓也，狀如王瓜。"

裹 guǒ 古火切（果合一上果見）
古卧切（果合一去過見）
歌部、見母

包；包扎。(雅1)250《大雅·公劉》一章："迺裹餱糧，於橐於囊。"《鄭箋》："乃裹糧食於囊橐之中，棄其餘而去。"

蜾 guǒ 古火切（果合一上果見）
歌部、見母

【蜾蠃】一種青黑色的細腰土蜂，常用泥土在牆上或樹枝上作窩，捕捉螟蛉喂幼蟲。(雅1)196《小雅·小宛》三章："螟蛉有子，蜾蠃負之。"《毛傳》："蜾蠃，蒲盧也。"陸璣《詩義疏》："蜾蠃，土蜂也，一名蒲盧。似蜂而小腰，故許慎云：'細腰'也。取桑蟲負之於木空中或書簡筆筒中，七日而化爲其子。里語曰：呪云似我似我。"陸德明《釋文》："蜾蠃，即細腰蜂。俗呼蠮螉是也。"《本草綱目·蟲部》引[陶]弘景曰："今一種蜂，黑色，腰甚細，衘泥於人屋及器物邊作房，如併竹管者是也，其生子如粟米大，置中，乃捕取草上青蜘蛛十餘枚滿中，仍塞口，以待其子大爲糧也。其一種入蘆管中者，亦取草上青蟲。《詩》云：'螟蛉有子，蜾蠃負之。'言細腰之物無雌，皆取青蟲教誨，便變成己子，斯爲謬矣。"彭乘《墨客揮犀》卷五："《詩》云：'螟蛉有子，蜾蠃負之。'陶隱居以謂蜾蠃自生子如粟粒。捕取螟蛉者，所以飼其子，非以螟蛉爲子也。"

過（过） guò 古卧切（果合一去過見）
古禾切（果合一平戈見）
歌部、見母

❶過訪；到……來。(風2)22《召南·江有汜》三章："之子歸，不我過。"朱熹《集傳》："過，謂過我而與俱也。"《漢書·陸賈傳》顏師古注："過，至也。"❷逾越；超越。(風1)56《衛風·考槃》二章："獨寐寤歌，永矢弗過。"朱熹《集傳》："永矢弗過，自誓所願不踰於此，若將終身之意也。"一說：忘記；遺忘。馬瑞辰《通釋》："《廣雅》：'過，渡也。渡，去也。'弗去，猶弗忘。"聞一多《類鈔》："過訓失誤，記憶的失誤便是遺忘。"又一說：過差；過誤。孔穎達《正義》引王肅曰："長以道自誓，不敢過差。"又一說：過從；來往。《鄭箋》："弗過者，不復入君之朝也。"胡承珙《後箋》："以末章無所告語推之，則弗過當是無所過從之義。"王先謙《集疏》："弗過，謂不與人相過也。"

【過澗】澗名，源出陝西旬邑縣北，西南流至邠縣東入涇水。(雅1)250《大雅·公劉》六章："夾其皇澗，遡其過澗。"《毛傳》："過，澗名也。"陸德明《釋文》："過，古禾反。"

H

海 hǎi 呼改切（蟹開一上海曉）
之部、曉母

海；地球上比洋小的大面積水域。（雅2，頌2)183《小雅·沔水》一章："沔彼流水，朝宗于海。"300《魯頌·閟宮》五章："遂荒徐宅，至于海邦。"《鄭箋》："海邦，近海之國也。"
【海外】四海之外，指天下四方。（頌1）304《商頌·長發》二章："相土烈烈，海外有截。"《鄭箋》："四海之外率服，截爾整齊。"朱熹《集傳》："至是而商益大，四方諸侯歸之，截然整齊矣。"
又見【南海】【四海】。

醢 hǎi 呼改切（蟹開一上海曉）
之部、曉母

肉醬。（雅1)246《大雅·行葦》四章："醓醢以薦，或燔或炙。"《毛傳》："以肉曰醢醢。"孔穎達《正義》："《釋器》云：'肉謂之醢。'李巡曰：'以肉作醬謂之醢。'"陳奐《傳疏》："以肉作醬謂之醢，肉醬有汁謂之醓醢，醓即醢之汁。"

害（一）hài 胡蓋切（蟹開一去泰匣）
月部、匣母

❶傷害；損傷。（雅2)212《大雅·大田》二章："去其螟螣，及其蟊賊，無害我田稚。"255《大雅·蕩》八章："枝葉未有害，本實先撥。"《鄭箋》："枝葉未有折傷。"❷害處。（風1)39《邶風·泉水》三章："遄臻于衛，不瑕有害。"（不瑕有害：該不會有什麼害處。）孔穎達《正義》引王肅云："言願疾至於衛，不遠禮義之害。"一說：通"曷"。何。《鄭箋》："瑕，猶過也。害，何也。我還車疾，至於衛而返，於行無過差，有何不可而止我？"陸德明《釋文》："害，毛如字，鄭音曷，何也。"❸禍害；災禍。（雅5，頌2)202《小雅·蓼莪》五章："民莫不穀，我獨何害。"（何：蒙受。）300《魯頌·閟宮》一章："上帝是依，無災無害。"
（二）hé ★何葛切（山開一入曷匣）月部、匣母

❹通"曷"。何。（風2)2《周南·葛覃》三章："害澣害否，歸寧父母。"《毛傳》："害，何也。"陳奐《傳疏》："古害、曷聲同，故害謂之何，害亦謂之何矣。曷者本字，害者假借字。"段玉裁《小學》："《葛覃》借害爲曷。《長發》'則莫我敢曷'《傳》：'曷，害也。'是借曷爲害。"

寒 hán 胡安切（山開一平寒匣）
寒部、匣母

❶冷。（雅1)245《大雅·生民》三章："誕寘之寒冰，鳥覆翼之。"❷指冷天。（雅1)207《小雅·小明》一章："二月初吉，載離寒暑。"《鄭箋》："乃以二月朔日始行，至今則更夏暑冬寒矣。"（離：經歷。）
【寒泉】古泉名。在春秋衛國浚邑，今河南省濮陽縣南。（風1)32《邶風·凱風》三章："爰有寒泉，在浚之下。"王應麟《詩考》："《水經注》：濮水枝津東逕浚城南，而北去濮陽三十五里，城側有寒泉岡，即《詩》'爰有寒泉，在浚之下'。"《太平御覽》百九十三引《郡國志》說："水冬夏常冷，故曰寒泉。"

函（圅） hán 胡男切（咸開一平覃匣）
談部、匣母

含；蘊藏着生氣。（頌2)290《周頌·載芟》："播厥百穀，實函斯活。"《鄭箋》："函，含也。…其種皆成好含生氣。"一說：穀殼。王夫之《稗疏》："函之與含，義不相通。含，中所含也。函，外所函也。…函者，穀外之郛殼

也。凡藏種者，必暴令極燥，中仁縮小，不充函殼。迨發生之時置之于地，得土膏水澤之潤足，則函內之仁充滿其函，而後苗芽憤盈，以出于函外。函不實則不活，故曰實函斯活。"又一說：深。郭沫若《由周代農事詩論到周代社會》釋"實函斯活"爲"耕得真是深(函)而且闊(活)"。

涵 hán 胡男切（咸開一平覃匣）談部、匣母

包容；容納。（雅1)198《小雅·巧言》二章："亂之初生，僭始既涵。《毛傳》："涵，容也。"朱熹《集傳》："涵，容受也。"馬瑞辰《通釋》："涵，亦從《傳》訓容爲允，謂言未信而姑容之也。"李黼平《紃義》："此言譖數說於王之始，王既容受其言也。"(僭：通"譖"，讒言。)一說：同；等同。《鄭箋》："涵，同也。王之初生亂萌，群臣之言不信與信盡同之不別也。"又一說：通"減"。少。陸德明《釋文》："涵，《韓詩》作減。減，少也。"胡承珙《後箋》："謂亂萌初起，譖端尚少也。"又一說：通"陷"。傾陷。于省吾《新證》："僭始既涵，應讀爲譖始既陷。言初亂之時，譖言既傾陷之。故下接以'亂之又生，君子信讒'。蓋發言者陷之於始，聽言者信之於終，此大夫所以傷於讒也。"

韓(韩) hán 胡安切（山開一平寒匣）寒部、匣母

周代諸侯國名。有兩個。一在今陝西省韓城縣南，姬姓，開國君主是周武王的兒子。春秋時併於晉。戰國時的韓國是其後代。一在今河北省固安縣東南，姬姓，開國君主也是周武王的兒子。《詩經》里的韓國是河北這個韓國。（雅4)261《大雅·韓奕》五章："孔樂韓土，川澤訏訏。"江永《詩補義》："武王子封於韓…王肅云：'涿郡方城縣有韓城也。'《潛夫論》曰：'周宣王時有韓侯，其國近燕'，故《詩》誦：'溥彼韓城，燕師所完。'考《水經注》：'聖水逕方城縣故城北，又東逕韓侯城東方城。'今爲順天府，固安縣在府西南百二十里，與《詩》言'奄受北國'者相符。陳奐《傳疏》："周有二韓。一爲姬姓之韓，《襄二十九年·左傳》叔侯曰：'霍楊韓魏，皆姬姓也'是矣。一爲武穆之韓，《僖二十四年·左傳》，富辰曰：'邗晉名韓，武之穆之。'…武穆之韓，封自成王之世，至西周之季尚存其國，在《禹貢》冀州之北，故得總領追貊北國，載諸《詩》篇，歷歷可考。"

【韓城】韓國都城。在今河北固安縣東南，今名韓塞營。（雅1)261《大雅·韓奕》六章："溥彼韓城，燕師所完。"酈道元《水經注·聖水》："聖水又東南逕韓城東。《詩·韓奕》章曰：'溥彼韓城…'鄭玄曰：'周封韓侯，封韓城爲侯伯，言爲獫夷所逼，稍稍東遷也。'王肅曰：'今涿郡方城縣有韓侯城，世謂寒號。'非也。"

【韓侯】韓國國君。姬姓，名不詳。（雅8)261《大雅·韓奕》一章："有倬其道，韓侯受命。"

【韓詩】《詩》今文學派之一。漢初燕人韓嬰所傳。嬰，文帝時立爲博士。景帝時爲常山太傅。此後傳《韓詩》的有淮南賁生、蔡義等。《漢書·藝文志》著錄《韓詩內傳》四卷，《韓詩外傳》六卷。另有《韓故》三十卷，《韓說》四十一卷。西晉以後，《韓詩》雖存，未有傳者。《內傳》至宋時亡佚。《外傳》今仍存在，但已不完全是原貌。不僅卷數不同，內容也可能有一部分經過後人修改。清陳喬樅輯有《韓詩遺說考》。

【韓奕】《大雅》篇名(261)。這是一首歌頌韓侯的詩。《詩序》："《韓奕》，尹吉甫美宣王也。能錫命諸侯。"朱熹《集傳》："韓侯初立，來朝，始受王命而歸，詩人作此以送之。《序》亦以爲尹吉甫作，今未有據。"陳延杰《詩序解》："此詩專美韓侯。"陳奐《傳疏》："韓，韓侯。奕，猶奕奕也。宣王命韓侯爲侯伯，奕奕然大，故詩以《韓奕》命篇。"魏源《詩古微》："宣王封申以備荊蠻，封齊以鎮東夷，封韓以禦北貊，皆中興大政，故詩之於《雅》。"詩中敍寫韓侯來朝見周王，周王賞賜許多物品；韓侯離開周京，路過屠邑，顯父爲他餞行；韓侯出蹶父的封邑娶韓姞爲妻；韓姞出嫁於物產豐富的韓國，樂得其所。最後寫韓侯被任命爲方伯，稱雄於北方。六章，七十二句。

罕 hǎn 呼旱切（山開一上旱曉）
寒部、曉母

少；稀。(風1)78《鄭風·大叔於田》三章："叔馬慢忌，叔發罕忌。"《毛傳》："罕，希(稀)也。"按《爾雅·釋詁》："希，罕也。"

䧖(䧖) hǎn 火斬切（咸開二上豏曉）
談部、曉母

虎怒，比喻威猛。(雅1)263《大雅·常武》四章："進厥虎臣，闞如虓虎。"《毛傳》："虎之自怒虓然。"朱熹《集傳》："闞，奮怒之貌。"嚴粲《詩緝》："闞，聲也。"陳奐《傳疏》："闞與䁔同。闞如，闞然也。"

旱 hàn 胡笴切（山開一上旱匣）
寒部、匣母

❶長期不下雨；乾旱。(雅8)258《大雅·雲漢》三章："旱既大甚，則不可推。"265《大雅·召旻》四章："如彼歲旱，草不潰茂。"(潰：遂，成長。)《説文·日部》："旱，不雨也。"❷山名，在今陝西省南鄭縣西南。(雅1)239《大雅·旱麓》一章："瞻彼旱麓，榛楛濟濟。"《毛傳》："旱，山名也。"(麓：山脚。)酈道元《水經注·沔水》："南鄭縣，漢水右合旱山，水出旱山，山下有祠。"王應麟《詩地理考》引《地理志》："漢中郡南鄭縣旱山，沱水所出，東北入漢。"

【旱魃】傳說中能造成旱災的怪物。(雅1)258《大雅·雲漢》五章："旱魃爲虐，如惔如焚。"《毛傳》："魃，旱神也。"《說文·鬼部》："魃，旱鬼也，《詩》曰：'旱魃爲虐。'"孔穎達《正義》引《神異經》："南方有人，長二、三尺，袒身而目在頂上，走行如風，名曰魃。所見之國大旱，赤地千里。一名旱母也。"

【旱麓】《大雅》篇名(239)。這是歌頌周文王祭祖得福的詩。《詩序》："《旱麓》，受祖也。周之先祖，世修后稷公劉之業。大王王季，申以百福干禄焉。"孔穎達《正義》："作《旱麓》詩者，言文王受其祖之功業也。"朱熹《集傳》："此亦以咏歌文王之德。"魏源《詩古微》："《旱麓》，美文王祭祖受祐也。"姚際恒《通論》："大抵咏其祭祀而獲福，因祭祀及其助祭者，以見其作人(培育人材)之盛，則謂文王爲近也。"也有人認爲是歌頌武王的詩。六章，二十四句。

暵 hàn 呼旰切（山開一去翰曉）
　　 呼旱切（山開一上旱曉）
寒部、曉母

蔫；枯萎的樣子。(風3)69《王風·中谷有蓷》一章："中谷有蓷，暵其乾矣。"《毛傳》："暵，蔫貌。"朱熹《集傳》："暵，燥。"焦循《易餘籥録》卷一："暵其濕，謂其漬於水中也。暵其脩，謂其隨水而生，其長倍也。暵其乾，謂水退而槁於日也。"《説文·水部》："灘，水濡而乾也。引《詩》：'灘其乾矣'。"王筠《説文句讀》："言爲水所濡致乾枯矣。"

漢(汉) hàn 呼旰切（山開一去翰曉）
寒部、曉母

❶漢水。源出陝西寧強縣嶓冢山，初名漾水，東南流經沔縣，稱沔水，東流經襃城受襃水，始稱漢水。在湖北省武漢市入長江。全長一千五百三十二公里，是長江最大的支流。(風4、雅5)9《周南·漢廣》："漢之廣矣，不可泳思。"朱熹《集傳》："漢水出興元府嶓冢山，至漢陽軍大別山入江。"204《小雅·四月》："滔滔江漢，南國之紀。"《鄭箋》："江也，漢也，南國之大水，紀理衆川，使不雍滯。"❷銀河；天河。(雅1)203《小雅·大東》五章："維天有漢，監亦有光。"《毛傳》："漢，天河也。有光而無所明。"

〖漢廣〗《國風·周南》篇名(9)。這是一首民歌，寫男子思慕女子，遙望江漢，烟水茫茫，欲渡無方，斯人難求，自嘆不能如願以償。方玉潤《原始》根據詩中有"喬木""錯薪""刈楚""刈蔞"等描寫，推想是江邊漁夫所唱的歌謠。王先謙《集疏》："《韓敍》曰：《漢廣》，説人也。"聞一多《通義》："三家皆以游女爲漢水之神，即相傳鄭交甫所遇漢皋二女。鄭交甫故事未審起於何時代，要足證漢上舊有此神話傳説。近錢穆氏謂漢水即古之湘水，然則漢之二女即湘之二妃，所謂娥皇、女英者也。娥皇、女英者，舜之二妃，其傳説之起，自當甚古。因知以《詩》之游女爲神女，三家並同，其必有據。"後來有的文學作品並將此發爲"江妃""漢女"的故事。《詩序》以爲美文王化及南國之詩："《漢廣》，德廣所及也。文王之道，被於南國，美化行乎江漢之域，無思犯禮，求而不可得也。"孔穎達《正義》："言文王之道，初致《桃夭》、《芣苢》之化，今被於南國，美化行於江漢之域，故男無思犯禮，女求而不可得，此由德廣所及然也。"三章，二十四句。又見【雲漢】。

熯 hàn 呼旰切（山開一去翰曉）
　　　　呼旱切（山開一上旱曉）
　　　　寒部、曉母
　　rǎn 人善切（山開三上狝日）
　　　　寒部、日母

恭敬；敬謹。（雅1）209《小雅・楚茨》四章："我孔熯矣，式禮莫愆。"《毛傳》："熯，敬也。"孔穎達《正義》："言我孝子甚能恭敬矣。"陸德明《釋文》："熯，而善反，又呼但反。"段玉裁《小箋》："此謂熯即戁之假借。戁，敬也。"于省吾《新證》："熯即謹之本字。金文觏不從見，勤不從力。"

灘 hàn 呼旰切（山開一去翰曉）
　　　　呼旱切（山開一上旱曉）
　　　　寒部、曉母

草被水浸泡而枯萎。枯萎的樣子。見"暵"。

翰 hàn 侯旰切（山開一去翰匣）
　　　　胡安切（山開一平寒匣）
　　　　寒部、匣母

❶鷳；鷳鷹一類的猛禽。（雅1）263《大雅・常武》五章："王旅嘽嘽，如飛如翰。"《毛傳》："疾如飛，摯（鷙）如翰。"《鄭箋》："其行疾自發舉，如鳥之飛也。翰，其中豪俊也。"孔穎達《正義》："若鷹鷳之類，摯擊衆鳥者也。"陳啓源《稽古編》："疾言其神速，鷙言其精悍也。"胡承珙《後箋》："[翰]，《傳》以爲鷙鳥，蓋如飛是言凡鳥之飛，如翰則別於凡鳥之中以其尤鷙者也。"按《說文・羽部》："翰，天鷄也。一名晨風。"《秦風・晨風・傳》："晨風，鷳也。一說：疾飛；高飛。孔穎達《正義》："翰是飛之疾者。言其蟲物尤疾，如鳥之疾飛者。"朱熹《集傳》："如飛如翰，疾也。"高亨《今注》："翰，高飛。"❷高（飛）。（雅2）196《小雅・小宛》一章："宛彼鳴鳩，翰飛戾天。"《毛傳》："翰，高。"204《小雅・四月》七章："匪鶉匪鳶，翰飛戾天。"《鄭箋》："翰，高。"朱熹《集傳》："其飛上薄雲漢。"❸通"幹"。

幹。築牆所用兩旁的夾板。比喻骨幹；棟梁。（雅6）215《小雅・桑扈》三章："之屏之翰，百辟爲憲。"《毛傳》："翰，榦。"《鄭箋》："王者之德，外能捍蔽四表之患難，內能立功立事，爲之楨榦。"朱熹《集傳》："翰，幹也，所以當牆兩邊擋土者也。"陳奐《傳疏》："翰，讀與榦同，此謂假借也。"259《大雅・崧高》七章："周邦咸喜，戎有良翰。"《鄭箋》："翰，榦也。"馬瑞辰《通釋》："《書・費誓》：'峙乃楨榦。'馬融注：'楨榦皆築具。楨在前，榦在兩旁。'舍人注：'楨，正也，築牆所立兩木也。榦所以當牆兩旁障土者。'一說：通"韓"。垣牆。比喻屏障。聞一多《新義》："《詩》翰字當爲韓（幹）之假借。…'戎有良翰'，猶言汝有良城耳。《江漢》篇'召公維翰'，與《文王有聲》篇'王后維翰'《板》篇'大宗維翰'句法同，翰當亦訓爲垣。"

菡 hàn 胡感切（咸開一上感匣）
　　　　談部、匣母

【菡萏】荷花骨朵，泛指荷花。（風1）145《陳風・澤陂》三章："彼澤之陂，有蒲菡萏。"《毛傳》："菡萏，荷華也。"陸德明《釋文》："菡，本又作莟，又作欿，户感反。萏，本又作藡，大感反。"《說文・艸部》："菡䓿（莟），芙蓉（段玉裁改爲扶渠），華未發爲菡䓿，已發爲芙蓉。"泛言則菡萏即荷花，析言則菡萏爲荷花骨朵。

撼 hàn 胡感切（咸開一上感匣）
　　　　侵部、匣母

動。見"感"。

杭 háng 胡郎切（宕開一平唐匣）
　　　　陽部、匣母

渡。（風1）61《衛風・河廣》一章："誰謂河廣，一葦杭之。"《毛傳》："杭，渡也。"《鄭箋》："誰謂河水廣與？一葦加之則可以渡之。喻狹也。"一說：通"方"。比方。馬瑞辰《通釋》："'一葦杭之'，蓋謂一葦之長，可比方之，甚言其河之狹也。"按《說文・方部》："舫，方（舟）也。"段玉裁注："《衛風》'一葦杭之'，杭即舫也。詩謂一葦可以爲之舟也。舟所以渡，故謂渡爲舫。"王先謙《集疏》："《魯》，杭作舫。《初學記・地部》、白居易《白帖》六兩引《詩》作"航"，乃後起俗字。

肮 háng
★寒剛切（宕開一平唐匣）
陽部、匣母
渡。見"杭"。

航 háng
胡郎切（宕開一平唐匣）
陽部、匣母
渡。見"杭"。

頏（颃）
háng 胡郎切（宕開一平唐匣）陽部、匣母
苦浪切（宕開一去宕溪）陽部、溪母
鳥向上飛。見【頡頏】。

蒿 hāo
呼毛切（效開一平豪曉）
宵部、曉母

青蒿；香蒿。二年生草本植物。葉如絲狀，有特殊的氣味，小花黃緑色，可入藥。（雅2）161《小雅·鹿鳴》二章："呦呦鹿鳴，食野之蒿。"《毛傳》："蒿，菣也。"陸璣《詩義疏》："蒿，青蒿也，香，中炙啖。荆豫之間，汝南汝陰皆云菣也。"孔穎達《正義》引郭璞說："今人呼爲青蒿，香中炙啖者爲菣。"202《小雅·蓼莪》一章："蓼蓼者莪，匪莪伊蒿。"朱熹《集傳》："莪，美菜也；蒿，賤草也。"嚴粲《詩緝》："始生爲莪，長大爲蒿，莪至蓼蓼長大之時，則非莪矣，乃蒿也。莪猶可食，蒿則無用。喻父母生我長大乃爲無用之惡子，不能終養也。"

薅 hāo
呼毛切（效開一平豪曉）
幽部、曉母

拔草；除草。（頌1）291《周頌·良耜》："其鎛斯趙，以薅荼蓼。"陸德明《釋文》："薅，拔田草也。"朱熹《集傳》："薅，去也。"《爾雅·釋草》郭璞注引《詩》"以茠荼蓼"。《説文·艸部》："茠，薅或從休。"

茠 hāo
呼毛切（效開一平豪曉）
幽部、曉母
除草。見"薅"。

號（号）
（一）háo 胡刀切（效開一平豪匣）宵部、匣母

❶大聲喊叫。（風1、雅3）113《魏風·碩鼠》三章："樂郊樂郊，誰之永號。"《毛傳》："號，呼也。"《鄭箋》："永，歌也。樂郊之地，誰獨當往而歌號者。言皆喜說無憂苦。"朱熹《集傳》："永號，長呼也。"陳奂《傳疏》："誰則永號，猶言樂郊之地，民無長嘆耳。"192《小雅·正月》六章："維號斯言，有倫有脊。"《鄭箋》："維民號呼而發此言，皆有道理。"陳奂《傳疏》："此言君子之言，皆有道理，宜號呼而告之。"林義光《通解》："號，呼也。維號斯言，謂維呼之使言。"220《小雅·賓之初筵》四章："賓既醉止，載號載呶。"《毛傳》："號呶，號呼讙呶也。"

（二）hào （又háo）胡到切（效開一去號匣）宵部、匣母

❷呼喊號哭。（雅1）205《小雅·北山》五章："或不知叫號，或慘慘劬勞。"《毛傳》："叫，呼；號，召也。"孔穎達《正義》："不知叫號者，居家用逸，不知上有徵發呼召者。"朱熹《集傳》："不知叫號，深居安逸，不聞人聲也。"余冠英《詩經選》："叫號：呼叫號哭也。"（不知叫號：不知痛苦號哭是怎麼回事。）

好
（一）hǎo 呼晧切（效開一上晧曉）
幽部、曉母

❶容貌美；漂亮。（風2）107《魏風·葛屨》一章："要之襋之，好人服之。"姚際恒《通論》："好人，猶美人，指夫人也。"❷好；善。（風8、雅9、頌1）199《小雅·何人斯》八章："作此好歌，以極反側。"《鄭箋》："好，猶善也。"245《大雅·生民》五章："實發實秀，實堅實好。"馬瑞辰《通釋》："好謂均好。《大田》詩'既堅既好'《箋》云'盡齊好矣'，是也。"《周南·關雎》一章："窈窕淑女，君子好逑。"《毛傳》："幽閒貞專之善女，宜爲君子之好匹。"《鄭箋》："善女能爲君子和好衆妾之怨者。"陸德明《釋文》："好，毛如字，鄭報反(hào)。"朱熹《集傳》："好，亦善也。"一説：匹；配偶。聞一多《類鈔》乙："好、妃皆匹也。古亦謂臣爲君之匹。"王宗石《詩經分類詮釋》："子、己、巳爲一字，則好、妃亦本一字，字雖作好，義當爲妃。妃，匹也。則'妃仇'爲同義復合詞，與'闹城'、'腹心'一律。《關雎》'好仇'亦'妃仇'也。"❸用為名詞。外表好看的事。（風1）79《鄭風·清人》三章："左旋右抽，中軍作好。"《毛傳》："居中軍爲容好。"朱熹《集傳》："好，謂容好也。"馬瑞辰《通釋》："將中軍作容好之事耳。"❹友愛；情好。（風1）81《鄭風·遵大

路》二章："無我䰩兮,不寁好也。"項安世《項氏家說》卷四："好,謂契好也。"范處義《補傳》："勿以我爲可醜,不敢速忘昔日之好也。"朱熹《集傳》："好,情好也。"
（二）hào 呼到切（效開一去號曉）
幽部、曉母

❺和好。（雅2)164《小雅·常棣》七章："妻子好合,如鼓瑟琴。"《鄭箋》："好合,意志合也。"屈萬里《詮釋》："好合,猶言歡好也。"189《小雅·斯干》一章："兄及弟矣,式相好矣,無相猶矣。"❻愛;喜愛。（風14、雅6）41《邶風·北風》一章："惠而好我,携手同行。"123《唐風·有杕之杜》一章："中心好之,曷飲食之。"
【好好】高興、得意的樣子。（雅1)200《小雅·巷伯》五章："驕人好好,勞人草草。"《毛傳》："好好,喜也。"《鄭箋》："好好者,喜讒言之人也。"嚴粲《詩緝》："好好,甚言其好也。"一說:通"旭旭"。驕傲自滿的樣子。戴震《考證》："按《爾雅》:'旭旭,憍也。'郭注云:'小人得志憍蹇之貌。'讀旭爲好。今考好與旭古音并許九切。"王先謙《集疏》："《魯》,好作旭,草作慅。"

昊 hào 胡老切（效開一上晧匣）
宵部、匣母

昊天。（雅1)200《小雅·巷伯》六章："有北不受,投彼有昊。"《毛傳》："昊,昊天也。"《鄭箋》："付與昊天,制其罪也。"陳奐《傳疏》："有昊,猶言彼蒼。蒼天謂之蒼,昊天謂之昊,其義一也。"
【昊天】廣大的天;上帝。（雅24、頌2)202《小雅·蓼莪》四章："欲報之德,昊天罔極。"朱熹《集傳》："言父母之恩如天,欲報之以德,而其恩之大如天無窮,不知所以爲報也。"王引之《述聞》卷六："言我欲報是德,而'昊天罔極',降此鞠凶,使我不得終養也。…昊天罔極',猶云'昊天不傭''昊天不惠'。朱子所謂無所歸咎而歸之天也。"271《周頌·昊天有成命》："昊天有成命,二后受之。"陳奐《傳疏》："昊天,昊天上帝也。"
〔昊天有成命〕《周頌》篇名(271)。這是周王祭祀成王的樂歌。歌頌成王能繼承文王、武王的功業,發揚光大,天下太平。朱熹《集傳》說:"此詩多道成王之德,疑祀成王之詩也。…《國語》叔向引此詩而言曰:'是道成王之德也。成王能明文昭,定武烈者也。'以此證之,則其爲祀成王之詩無疑矣。"賈誼《新書·禮容》："二后,文王、武王。成王者,文王之孫,武王之子也。文王有大德而功未就,武王有大功而治未成。及成王成嗣,仁以臨民,故稱昊天焉。"《詩序》以爲是郊祀天地之詩:"《昊天有成命》,郊祀天地也。"蔡邕《獨斷》："《昊天有成命》,郊祀天地之所歌也。"王國維說是周代舞樂《大武》六章之一。有的研究者不同意這種看法。高亨《周頌考釋》考定的《大武》六章包括《我將》,不包括《昊天有成命》。一章,七句。
參"旻"。

浩 hào 胡老切（效開一上晧匣）
幽部、匣母

【浩浩】廣大的樣子。（雅1)194《小雅·雨無正》一章："浩浩昊天,不駿其德。"朱熹《集傳》："浩浩,廣大也。昊亦廣大之意。"

皓(晧) hào 胡老切（效開一上晧匣）
幽部、匣母

明亮;潔白。（風1)143《陳風·月出》二章："月出皓兮。"陳奐《傳疏》："皓,當依唐石經作晧。"王先謙《集疏》："《説文》:'晧,日出貌。'…此言'晧兮',借日以形月之光盛。"
【皓皓】潔白的樣子。（風1)116《唐風·揚之水》二章："揚之水,白石皓皓。"《毛傳》："皓皓,潔白也。"阮元《校刊記》："皓皓,唐石經初刻同,後磨改作晧。案皓字是也。《説文》無'皓'字,是'皓'字本從日也。"

耗(秏) hào 呼到切（效開一去號曉）
宵部、曉母

損毀。（雅1)258《大雅·雲漢》二章："耗斁下土,寧丁我躬。"唐石經"耗"作"秏"。《玉篇·禾部》："秏,減也,敗也。"《詩》云:'秏斁下土。'"（斁:敗壞。）

皜 hào ★下老切（效開一上晧匣）
宵部、匣母

羽毛潔白有光澤。見"鷺"。

鎬(镐) hào 胡老切（效開一上晧匣）
宵部、匣母

hé 何

❶鎬京。(雅 3)221《小雅·魚藻》一章:"王在在鎬,豈樂飲酒。"《鄭箋》:"王何所處乎?處於鎬京。"陳奐《傳疏》:"鎬,鎬京。"❷古地名。也作"鄗"。當在今寧夏回族自治區靈武縣一帶,不是西周的王都鎬京。(雅 2)177《小雅·六月》四章:"侵鎬及方,至於涇陽。"《鄭箋》:"鎬也,方也,皆北方地名。"嚴粲《詩緝》:"錢氏曰:鎬,獯狁所侵之地,非鎬京之鎬。"一説:鎬京。孔穎達《正義》:"鎬,王肅以爲鎬京。"俞樾《平議》:"疑毛公之意正同王肅之説,以鎬爲鎬京。…侵鎬及方,侵鎬京而及其方也。方,猶竟也。"

【鎬京】西周王都,周武王所建立,在今陝西省西安市長安縣斗門鎮附近。(雅 2)244《大雅·文王有聲》七章:"考卜維王,宅是鎬京。"《鄭箋》:"武王卜居是鎬京之地。"朱熹《集傳》:"鎬京,武王所營也。在豐水東,去豐邑二十五里。"王應麟《詩地理考》卷三:"鎬京,今京兆長安縣昆明池北鎬陂。《郡縣志》:周武王宫即鎬京也。在京兆府長安縣西北十八里。自漢武帝穿昆明池於此,鎬京遺址淪陷焉。"

何 (一) hé 胡歌切(果開一平歌匣)
歌部,匣母

❶疑問代詞。詢問人、事物、處所或時間,相當於"什麼"、"哪里"或"何時"。(風 36、雅 44、頌 1)52《鄘風·相鼠》一章:"人而無儀,不死何爲?"王先謙《集疏》:"《魯》,何一作胡。"69《王風·中谷有蓷》三章:"啜其泣矣,何嗟及矣。"胡承珙《後箋》:"經文當作嗟何及矣。"(嗟何及矣。嗟嘆能達到什麼呢?)257《大雅·桑柔》三章:"靡所止疑,云徂何往?"128《秦風·小戎》二章:"方何爲期,胡然我念之?"(當初約定的歸期是何時,我爲什麼這樣想念他?)166《小雅·天保》一章:"俾爾單厚,何福不除?"王符《潛夫論·慎微》引作"俾爾宣厚,胡福不除。"202《小雅·蓼莪》三章:"無父何怙? 無母何恃?"《鄭箋》:"孝子之心怙恃父母,依依然以爲不可斯須離也。"❷疑問代詞。如何;怎樣;爲什麼。(風 11、雅 1)109《魏風·園有桃》一章:"彼人是哉,子曰何其?"(其:語氣詞。)257《大雅·桑柔》五章:"其何能淑,載胥及溺。"(何能淑:怎能好轉。載胥及溺:都陷溺在水深火熱之中。)19《召南·殷其靁》一章:"何斯違斯,莫敢或遑。"(何斯違斯:爲什麼要離開這里。)37《邶風·旄丘》一章:"叔兮伯兮,何多日也!"❸副詞。多麼;何等。(風 3、雅 3)3《周南·卷耳》四章:"我僕痡矣,云何吁矣。"程俊英《注析》:"何,何等,多麼。"37《邶風·旄丘》一章:"旄丘之葛兮,何誕之節兮。"王先謙《集疏》:"何者,驚訝之詞。覽物起興,以見爲日之多。"199《小雅·何人斯》五章:"壹者之來,云何其呼。"

(二) hè 胡可切(果開一上哿匣)
歌部,匣母

❹扛;舉。後來寫作"荷"。(風 1、雅 2)151《曹風·候人》一章:"彼候人兮,何戈與祋。"《毛傳》:"何,揭。"孔穎達《正義》:"戈祋須人擔揭,故以何爲揭也。"《周禮·夏官·候人》賈公彦疏引《詩》作"荷"。王先謙《集疏》:"《齊》,何作荷。"190《小雅·斯干》二章:"爾牧來思,何蓑何笠。"《毛傳》:"何,揭也。"《說文·人部》"何"下段玉裁注:"何,俗作荷。猶佗之俗作駝,儋之俗作擔也。…揭者舉也。戈祋,手舉之;蓑笠,身舉之。皆儋義之引申也。"吳闓生《會通》:"何、荷同字,荷亦負也。"❺承擔;承受。(雅 2、頌 3)303《商頌·玄鳥》:"殷受命咸宜,百祿是何。"《毛傳》:"何,任也。"《鄭箋》:"百禄是何,謂當擔負天之多福。"《左傳·隱公三年》引《詩》作"荷"。陳奐《傳疏》:"何,俗作荷。"204《小雅·四月》三章:"民莫不穀,我獨何害。"朱熹《集傳》:"言禍亂日進,無時而息也。"一説:爲什麼。《鄭箋》:"我獨何故睹此寒苦之害。"陳奐《傳疏》:"人無不貪生者,我獨何遭此禍也。"

【何彼襛矣】《國風·召南》篇名(24)。這首詩寫周王的女兒下嫁諸侯時車馬服飾的美盛。《詩序》説是贊美王姬能執婦道的詩:"《何彼襛矣》,美王姬也。雖則王姬,亦下嫁於諸侯,車服不繫其夫,下王后一等,猶執婦道以成肅雝之德也。"詩中的"平王",《毛傳》以爲指周文王。有人以爲指周平王宜臼。又,《春秋·莊公元年》"王姬歸於齊",指周莊王四年,齊襄公五年,王姬嫁齊襄公』;《莊公十一年》"王姬歸於齊",指周莊王十四年,齊桓公三年,王姬嫁齊桓公。有的學者認爲此詩寫的可能就是《春秋》所記的這兩件事之一。三家詩認爲"齊侯嫁女,以其母王姬始嫁之車送還之。"鄭玄《箋膏肓》:"《何彼襛矣》篇曰:'曷不肅雝,王姬之車。'言齊侯嫁女,以其母王姬之車運送之。"即據三家。又或以爲刺詩。陳啓源《稽古編》引章俊卿《山堂考索》云:"王姬有容色之盛,而無肅雝之德。"方玉潤《原始》:"《何彼襛矣》,諷王姬車服漸侈也。"三章,十二句。

[何草不黃]《小雅》篇名(234)。這是征夫訴説行役勞苦,不得與家人團聚,不如野獸的詩。《詩序》:"《何草不黃》,下國刺幽王也。四夷交侵,中國背叛,用兵不息,視民如禽獸。君子憂之,故作是詩也。"朱熹《集傳》:"周室將亡,征役不息,行者苦之,故作此詩。"王先謙《集疏》:"三家無異義。"陳子展《直解》:"此屬於亂世之音,亡國之音一類作品。"四章,十六句。

[何人斯]《小雅》篇名(199)。這是一首與同僚絶交的詩。作者譴責某人讒害自己,居心險惡,行踪詭密,反復無常,應當詛咒。反映了周代貴族官僚内部的矛盾。《詩序》:"《何人斯》,蘇公刺暴公也。暴公爲卿士,而譖蘇公焉,故蘇公作是詩以絶之。"此古文《詩》説。應劭《風俗通義》引《世本》、孔穎達《正義》引譙周《古史考》并作"暴辛公、蘇成公。《淮南子·精神》:"延陵季子不受吴國而訟閒田者慚矣。"高誘注:"訟閒田者,虞、芮及暴辛公、蘇信公是也。"此今文《詩》説。朱熹《集傳》:"舊説於詩無明文可考,未敢信其必然耳。"屈萬里《詮釋》:"然爲朋友絶交之詩,則文義甚顯。"聞一多以爲本篇是棄婦之詞,詩中"飄風"比喻男子的凶橫無情。八章,四十八句。

又見【幾何】【如何】【如…何】【如之何】。參"何"。

[河] hé 胡歌切(果開一平歌匣）
　　　　歌部、匣母

黄河。(風22,雅2,頌 3)112《魏風·伐檀》一章:"坎坎伐檀兮,寘之河之干兮。"303《商頌·玄鳥》:"景員維河。"朱熹《集傳》:"河,大河也。言景山四面皆大河也。"李、黄《集解》:"河者,所都之地也,如《盤庚》'民不涉河以遷',即此河也。'景員維河'則以諸侯輻輳而至於河,即言諸侯大來於京師也。"馬瑞辰《通釋》:"商家四面皆河,故合東西南北言之而曰'景員維河'。"陳奂《傳疏》:"蓋高宗居景亳,在冀州,域内三面距河,故詩人言四海之朝貢來至於河者乃大均也。"一説:通"何"。什麽。《鄭箋》:"員,古文作云,河之言何也。其所貢於殷大至,所云維言何乎?"陸德明《釋文》:"河,王(肅)以爲河水,本或作何。"

[河廣]《國風·衛風》篇名(61)。這是僑居衛國的宋人,思念家鄉而不能回去的抒懷之詩。用語夸張,意在言外。王質《總聞》:"此宋人而僑居衛地也,欲歸,必有嫌而不可歸。"《詩序》以爲宋桓夫人作:"宋襄公母(衛文公妹)歸於衛,思而不止,故作是詩。"崔述《偶識》:"似宋女嫁於衛,思歸宗國,而以義自閑之詩。"陳奂《傳疏》以爲宋桓夫人望宋渡河救衛之詩:"當時衛有狄人之難,宋襄公母歸在衛,見其宗國顛覆,君滅國破,憂思不已。故篇内皆敍其望宋渡河救衛,辭甚急也。未幾而宋桓公逆諸河,立戴公以處漕。則此詩之作,自在逆河之前。"牟庭《詩切》則以爲衛之遺民所作:"《河廣》,衛之遺民喜宋桓公之逆諸河也。"二章,八句。

[荷] hé 胡歌切(果開一平歌匣)
　　　　歌部、匣母

蓮。(風 2)84《鄭風·山有扶蘇》一章:"山有扶蘇,隰有荷華。"《毛傳》:"荷華,扶渠也,其華菡萏。"段玉裁《小箋》:"荷本葉名,以爲荷之總名。"145《陳風·澤陂》一章:"彼澤之陂,有蒲與荷。"《毛傳》:"荷,芙蕖也。"聞一多《類鈔》:"荷,葉、蓮,實;菡萏,花;然亦可通稱。"一説:指荷莖。《鄭箋》:"芙蕖之莖曰荷。"孔穎達《正義》:"樊光注《爾雅》引《詩》'有蒲與茄'。然則《詩》本有作'茄'字者也。"王先謙《集疏》:"《魯》,荷作茄。"參"何"。

合 hé　侯閤切（咸開一入合匣）
緝部、匣母

❶（把兩個）合併在一起。（風1）128《秦風·小戎》二章："龍盾之合，鋈以觼軜。"朱熹《集傳》："畫龍於盾，合而載之，以爲車上之衞。"一說：通"脅"。兩旁。于省吾《新證》："合、脅古通。……'龍盾之合，鋈以觼軜'，應讀作龍盾之脅，鋈以鑣芮。《說文》：'脅，兩膀也。'《釋名》：'脅，挾也，在兩旁臂所挾也。'言在龍盾之兩旁，鋈鑣銜緌以爲飾也。"❷和睦；情投意合。（雅1）164《小雅·常棣》七章："妻子好合，如鼓瑟琴。"《鄭箋》："好合，志意合也。合者，如鼓瑟琴之聲相應和也。"❸配偶；匹配。（雅1）236《大雅·大明》四章："文王初載，天作之合。"《毛傳》："合，配也。參'洽'。

曷 hé　胡葛切（山開一入曷匣）
月部、匣母

❶疑問代詞。何；什麽。（風5）68《王風·揚之水》一章："懷哉懷哉，曷月予還歸哉？"《鄭箋》："何月我得歸還見之哉？"123《唐風·有杕之杜》一章："中心好之，曷飲食之？"《鄭箋》："曷，何也。"一說：何不。陳奐《傳疏》："言中心好之，何不飲食之也。是曷爲何不也。"❷疑問代詞。怎麽；爲什麽。（風5，雅1）101《齊風·南山》一章："既曰歸止，曷又懷止。"（懷：回來）224《小雅·苑柳》三章："曷予靖之，居以凶矜。"（爲什麽我治理國家，却處於凶危的境地。）❸疑問代詞。何時。大都詢問未來的時間。（風8，雅5）27《邶風·綠衣》一章："心之憂矣，曷維其已。"《毛傳》："憂雖欲自止，何時能止也。"204《小雅·四月》五章："我日構禍，曷云能穀？"《鄭箋》："曷之言何也？"屈萬里《詮釋》："曷，何時也。"232《小雅·漸漸之石》二章："山川悠遠，曷其没矣？"《鄭箋》："曷，何也。"胡承珙《後箋》："山川長遠，何時能盡？"258《大雅·雲漢》八章："瞻卬昊天，曷惠其寧？"❹通"害"。傷害。（頌1）304《商頌·長發》六章："如火烈烈，則莫我敢曷。"《毛傳》："曷，害也。"段玉裁《小箋》："以曷爲害，猶害爲曷，互相假借。"一說：通"遏"。阻止、阻擋。朱熹《集傳》："《漢書》作遏，曷、遏

通。"《荀子·議兵》、《漢書·刑法志》、《文選·橄吳將校部曲文》李善注引《詩》作"遏"。王先謙《集疏》："《魯》《韓》，曷作遏。"又一說：誰何；怎樣。朱熹《集傳》引或說："曷，誰何也。"

核 hé　下革切（梗開二入麥匣）
職部、匣母

果核；桃、梅等有核的果品。（雅1）220《小雅·賓之初筵》一章："籩豆有楚，殽核維旅。"《毛傳》："核，加籩也。"《鄭箋》："籩實有桃梅之屬。"孔穎達《正義》："桃梅有核之物……籩實有桃梅之屬，故稱核也。"一說：骨頭。馬瑞辰《通釋》："按'殽核'，班固《典引》作'肴覈'，蔡邕注：'肴覈，食也。肉曰肴，骨曰覈。'引《詩》'肴覈維旅'。蓋本三家詩。……《廣雅》曰：'肴，肉也。''覈，骨也。'《毛詩》作'殽核'者，假借字。"王先謙《集疏》："《齊》《魯》，核作覈。"

禾 hé　戶戈切（果合一平戈匣）
歌部、匣母

❶穀子，果實去殼就是小米。（風1、雅1）154《豳風·七月》七章："黍稷重穋，禾麻菽麥。"陳奐《傳疏》："禾者，今之小米。"245《大雅·生民》四章："荏菽旆旆，禾役穟穟。"陳奐《傳疏》："生者曰苗，秀者曰禾，別言也。渾言苗亦得稱禾。禾役者，苗之榦也。"❷莊稼；黍稷稻麥等糧食作物的總稱。（風4，雅1）112《魏風·伐檀》一章："不稼不穡，胡取禾三百廛兮。"154《豳風·七月》七章："九月築場圃，十月納禾稼。"孔穎達《正義》："苗生既秀謂之禾，種殖諸穀名爲稼，禾稼者，苗榦之名也。"朱熹《集傳》："禾者，穀連藁秸之總名。"王筠《說文釋例》卷二："'禾麻菽麥'，則禾專名也；'十月納禾稼'，則禾又統名也。"

和(咊) （一）hé　戶戈切（果合一平戈匣）歌部、匣母

❶和諧。（雅2、頌2）165《小雅·伐木》二章："神之聽之，終和且平。"220《小雅·賓之初筵》二章："籥舞笙鼓，樂既和奏。"280《周頌·有瞽》："肅雝和鳴，先祖是聽。"《國語·周語下》："樂從和，和從平。"韋昭注："和，八音克諧也。平，細大不踰也。"❷醇和；平和。

（雅1）220《小雅·賓之初筵》一章："酒既和旨，飲酒孔偕。"《鄭箋》："和旨，猶調美也。"

❸挂在車軾上的鈴。（雅1、頌1）173《小雅·蓼蕭》四章："和鸞雝雝。"《毛傳》："在軾曰和，在鑣曰鸞。"王先謙《集疏》："《韓》説曰：鸞在衡，和在軾。升車則馬動，馬動則鸞鳴，鸞鳴則和應。"283《周頌·載見》："和鈴央央。"《毛傳》："和在軾前，鈴在旂上。"

（二）hè 胡卧切（果合一去過匣）
　　　　　　歌部、匣母

❹跟着唱。（風1）85《鄭風·蘀兮》一章："叔兮伯兮，倡予和女。"聞一多《類鈔》："歌者以聲相會合即和。"

【和羹】也叫鉶羹。用肉加不同調味品配制而成的羹。（頌1）302《商頌·烈祖》："亦有和羹，既戒既平。"《鄭箋》："和羹者，五味調腥熟得節，食之於人，性安和。"《説文·鬲部》："鬻，五味盉羹也。從鬲從羔，《詩》曰：'亦有和鬻。'羹，小篆，從羔從美。"陳奂《傳疏》："大羹不和五味，和五味實於鉶，謂之鉶羹。則和羹爲鉶羹也。徐堅等《初學記》卷二十六引劉楨《毛詩義問》："鉶羹，有菜鹽豉其中，菜爲其形象可食，因以鉶爲名。"

【和樂】和睦快樂。（雅3）161《小雅·鹿鳴》三章："鼓瑟鼓琴，和樂且湛。"164《小雅·常棣》六章："兄弟既具，和樂且孺。"《孺：通"愉"。愉快。)

貉 （一）hé 下各切（宕開一入鐸匣）
　　　　　　鐸部、匣母

❶動物名，即狗獾。形如狐而體胖，尾短吻尖，皮毛是珍貴裘料。（風1）154《豳風·七月》四章："一之日于貉。"《毛傳》："于貉，謂取狐狸皮也。"《鄭箋》："于貉，往搏貉以自爲裘也。狐狸以共尊者。"朱熹《集傳》："貉，狐狸也。"陳奐《傳疏》："《（傳)文》八字誤，當作'取彼狐狸，謂取狐狸皮'。"段玉裁《小箋》："貉，古作貈，舟聲，與狸、裘合韻。"一説：祭祀名。王夫之《稗疏》："貉，兵祭也。鄭司農衆讀如祃，鄭康成讀如陌。…田獵以講武，故有兵祭。中冬教大閲，遂以狩。'一之日于貉'者，祭表貉而狩也。陸佃云：'往祭表貉，因取狐狸之皮爲裘。'是已。舊讀戶各切，則今後代貉與貊

(hé)互用，因以善睡之貊爲貉。…貊似兔，狐似犬，狸似猫，三種懸絶。狐且非貊，狸且非狐，而況貉乎？"

（二）mò 莫白切（梗開二入陌明）
　　　　　　鐸部、明母

❷同"貊"。見"貊"。

貈 hé 下革切（梗開二入麥匣）
　　　 胡結切（山開四入屑匣）
　　　　　　錫部、匣母

骨頭。見"核"。

壑 hè （舊 huò）呵各切（宕開一入鐸曉）
　　　　　　鐸部、曉母

護城河；挖掘護城河。（雅1）261《大雅·韓奕》六章："實墉實壑。"《毛傳》："實墉實壑，言高其城，深其壑也。"《鄭箋》："築治是城，溶脩是壑。"陸德明《釋文》："壑，城池也。"孔穎達《正義》："壑即城下之溝。《釋言》云：'湟，壑也。'舍人曰：'隍，城池也。壑，溝也。'李巡曰：'隍，城池，壑也。'"

熇 hè 火酷切（通合一入沃曉）
　　　呵各切（宕開一入鐸曉）
　　　呼木切（通合一入屋曉）
　　　　　　藥部、曉母

【熇熇】火勢熾盛的樣子。（雅1）254《大雅·板》四章："多將熇熇，不可救藥。"《毛傳》："熇熇然，熾盛也。"《鄭箋》："多行熇熇慘毒之惡，誰能止其禍。"朱熹《集傳》："苟徇其益多，則如火之盛，不可復救矣。"按《説文·火部》："熇，火熱也。《詩》曰：多將熇熇。"一説：嚴厲；發怒。屈萬里《詮釋》："熇熇，當讀如《周易·家人》之熇熇。嚴厲之貌，謂發怒也。此謂進言多則使之發怒也。"

鶴 hè 胡沃切（通合一入沃匣）
　　　胡覺切（江開二入覺匣）
　　　藥部、匣母　許角切（江開二入覺曉）
　　　　　　藥部、曉母

【鶴鶴】羽毛潔白有光澤。（雅1）242《大雅·靈臺》三章："麀鹿濯濯，白鳥鶴鶴。"《毛傳》："鶴鶴，肥澤也。"陸德明《釋文》引《字林》云："鳥白肥澤曰鶴。"朱熹《集傳》："鶴鶴，潔白貌。"《孟子·梁惠王上》引作"鶴鶴"。賈誼《新書·君道》引作"皜皜"。《説文·白

褐 hè 胡葛切（山開一入曷匣）
月部、匣母

用粗毛或粗麻做的短衣。《風 1)154《豳風·七月》一章："無衣無褐，何以卒歲？"《鄭箋》："褐，毛布也。"孔穎達《正義》："今夷狄作褐，皆織毛爲之，賤者所服。"陸德明《釋文》："褐，音曷，以毛爲布也。"陳奂《傳疏》："《説文》：'褐，⋯一曰粗衣。'按《孟子·滕文公上》趙岐注："褐，以枲織之，若今馬衣（短褐）也，或曰：褐，枲衣也；一曰，粗布衣也。"劉獻廷《廣陽雜記》卷四："褐乃編絮短衣，不黃不皁，賤者之服，非毛布也。"《孟子》："'若刺褐夫。'以褐夫對萬乘，亦言貴賤之殊耳。"

賀(贺) hè 胡箇切（果開一去箇匣）
歌部、匣母

奉送禮物表示慶賀；朝賀。《雅 1)243《大雅·下武》六章："受天之祜，四方來賀。"孔穎達《正義》："四方諸侯之國皆貢獻慶之。"朱熹《集傳》："賀，朝賀也。"

赫 hè 呼格切（梗開二入陌曉）
鐸部、曉母

❶火紅色；紅而有光。《風 2)38《邶風·簡兮》二章："赫如渥赭。"《毛傳》："赫，赤貌。" ❷顯盛；盛大。《風 2，頌 1)55《衛風·淇奥》一章："瑟兮僩兮，赫兮咺兮。"《毛傳》："赫，有明德赫赫然。"301《商頌·那》："於赫湯孫，穆穆厥聲。"陳奂《傳疏》："赫爲盛，穆爲美，正是贊嘆成湯之樂，所以終殷人尚聲之義。" ❸明白；顯著。《雅 1)241《大雅·皇矣》一章："皇矣上帝，臨下有赫。"《鄭箋》："天之視天下，赫然甚明。"朱熹《集傳》："赫，威明也。"陳奂《傳疏》："赫，猶赫赫也。" ❹顯示。《雅 1)245《大雅·生民》二章："無菑無害，以赫厥靈。"《毛傳》："赫，顯也。"朱熹《集傳》："今姜嫄首生后稷，有如羊之易，無坼副災害之苦，是顯其靈異也。" ❺盛怒的樣子。《雅 1)241《大雅·皇矣》五章："王赫斯怒，爰整其旅。"《鄭箋》："赫，怒意。"陳奂《傳疏》："赫，盛怒之貌。斯，語詞。"馬瑞辰《通

釋》："斯乃語詞。斯猶其也。'王赫斯怒'，猶云王赫其怒，與《詩》言'有扁斯石'、'則百斯男'、'有秩斯祜'，句法正同。" ❻拒絕；威嚇。《雅 1)257《大雅·桑柔》十四章："既之陰女，反予來赫。"《鄭箋》："口距人謂之赫。⋯'女反赫我'，出言悖怒，不受忠告。"陸德明《釋文》："赫，本亦作嚇。《莊子》云：'以梁國嚇我'是也。"《一切經音義》卷八引《詩》作"嚇"。一說：迫害；侵削。《毛傳》："赫，炙也。"陳奂《傳疏》："炙，猶侵削之也。"焦循《補疏》："毛以赫與陰相對，陰所以蔭，故訓赫爲炙。言我既陰女以涼，女反炙我以熱。"段玉裁《小學》："毛作'赫'，鄭作'嚇'。"又一說：盛怒。朱熹《集傳》："赫，威怒之貌。"馬瑞辰《通釋》："《方言》、《廣雅》並云：'赫，怒也。'⋯盛光謂之赫，盛怒亦謂之赫。"

【赫赫】1)顯著、顯赫的樣子。《雅 9，頌 2)168《小雅·出車》三章："赫赫南仲，玁狁于襄。"《毛傳》："赫赫，盛貌。"朱熹《集傳》："赫赫，威名光顯也。"191《小雅·節南山》一章："赫赫師尹，民具爾瞻。"《毛傳》："赫赫，顯盛貌。"236《大雅·大明》一章："明明在下，赫赫在上。"《毛傳》："文王之德，明明於下，故赫赫然著見於天。"朱熹《集傳》："在下者有明明之德，則在上者有赫赫之命。"陳奂《傳疏》："明明赫赫，皆是形容文王之德。"305《商頌·殷武》五章："赫赫厥聲，濯濯厥靈。"朱熹《集傳》："赫赫，顯盛也。" 2)天氣炎熱的樣子。《雅 1)258《大雅·雲漢》四章："赫赫炎炎，云我無所。"《毛傳》："赫赫，旱氣也。"孔穎達《正義》："赫赫，燥熱之狀，故爲旱氣。"陳奂《傳疏》："赫赫，旱氣之盛也。"

嚇(吓) hè 呼格切（梗開二入陌曉）
鐸部、曉母

拒絕；威嚇。見"赫"。

鶴(鹤) hè 下各切（宕開一入鐸匣）
藥部、匣母

鳥名。頸腿細長，翼大善飛，羽毛白色或灰色，叫的聲音高亢而清亮。有白鶴、丹頂鶴、灰鶴、蓑羽鶴等多種。《雅 3)184《小雅·鶴鳴》一章："鶴鳴于九皋，聲聞于野。"229《小雅·白華》六章："有鶖在梁，有鶴在

林。"
〖鶴鳴〗《小雅》篇名(184)。這首詩勸告王朝最高統治者要任用在野的賢人。《詩序》說："《鶴鳴》，誨宣王也。"《毛傳》："舉賢用滯，則可以治國。"《鄭箋》："教宣王求賢人之未仕者。"通篇用比興手法說明賢者隱居山林，自得其樂，他們有治國的才能，名聲在外。朱熹《集傳》："此詩之作，不可知其所由，然必陳善納之詞也。"陳奐《傳疏》："詩全篇皆比興也。鶴、魚、檀、石，皆以喻賢人。"按《荀子·儒效》："君子隱而顯，微而明，辭讓而勝。《詩》云：'鶴鳴于九皋，聲聞于天。'"方玉潤《詩經原始》："此一篇好招隱詩也。"前輩學者對本詩的比興義已作了相當明確的解釋。這是我國招隱詩之祖。或以爲這是一首贊揚園林池沼美好的詩。詩中"它山之石，可以攻玉"，後來成爲虛心向別人學習借鑒的成語。二章，十八句。參"鶯"。

隺 hè 胡沃切（通合一入沃匣）
　　　　胡覺切（江開二入覺匣）
　　　★曷各切（宕開一入鐸匣）
　　　　藥部、匣母
羽毛潔白有光澤。見"鶯"。

黑 hēi 呼北切（曾開一入德曉）
　　　　職部、曉母
❶黑色。(風 1)41《邶風·北風》三章："莫赤匪狐，莫黑匪烏。"❷指黑色的豬羊。(雅 1)212《小雅·大田》四章："來方禋祀，以其騂黑。"《毛傳》："騂，牛也；黑，羊豕也。"一說：指黑色的牲。《鄭箋》："陽祀用騂牲，陰祀用黝牲。"孔穎達《正義》："毛分騂黑爲三牲，鄭以騂黑爲二色。…五官之神，其牲各從其方色，則宜五色，獨言騂黑者，略舉二方以韻句耳。"俞樾《經説》卷三："騂者，周牲也。黑者，夏牲也，夏所尚也。明此三篇（指《小雅·信南山》、《甫田》、《大田》實是刺周，而托言美夏。"

恒(**恆**) （一）héng 胡登切（曾開一平登匣）
　　　　　　　　蒸部、匣母
❶經常；常常。(雅 2)207《小雅·小明》四章："嗟爾君子，無恒安處。"《鄭箋》："恒，

也。"朱熹《集傳》："無以安處爲常。"吳闓生《會通》："所謂'無恒安處'，亦自慰勉之詞，而反若泛戒凡百君子，此所謂'深隱'，所謂'微至'，正古人之高文也。"王先謙《集疏》："《齊》，無恒一作毋常。"
（二）gèng ★居鄧切（曾開一去嶝見）
　　　　　　蒸部、見母
❷月上弦。(雅 1)166《小雅·天保》六章："如月之恒，如日之升。"《毛傳》："恒，弦。"《鄭箋》："月上弦而就盈，日始出而就明。"陸德明《釋文》："恒，本亦作緪。同古鄧反。沈古恒反，弦也。"孔穎達《正義》："弦有上下，知上弦者，以對'如日之升'，是益進之義。"顧炎武《金石文字記》卷四："古人頌君之辭，其言月不以望而以弦，猶之言日不以中而以昇。日中則昃，月望則虧。故古人之取義，不於其已盛，而於其將盛。此《大易》所以貴乎月幾望也。今人讀爲恒久之恒，失之矣。"段玉裁《小箋》："此謂恒即緪之假借。"一説：音 héng。長久；永恒。《説文·二部》："恒，常也。《詩》曰：'如月之恒。'"❸通"亙"。遍（種）；滿（種）。(雅 2)245《大雅·生民》六章："恒之秬秠，是穫是畝。恒之穈芑，是任是負。"《毛傳》："恒，徧。"朱熹《集傳》："謂徧種之也。"陸德明《釋文》："恒，古鄧反，本又作亙。"《顏氏家訓·書證》引作"亙之秬秠"。陳奐《傳疏》："恒者，亙之借字。"

珩 héng 戶庚切（梗開二平庚匣）
　　　　陽部、匣母
佩玉上端兩塊橫著的長玉，形狀象古代的磬。古때，爵位高的佩蒼（綠色）珩，爵位低的佩幽（黑色）珩。(雅 1)178《小雅·采芑》二章："服其命服，朱芾斯皇，有瑲蔥珩。"朱熹《集傳》："珩，佩首橫玉也。"一說：珩通"衡"。指穿在蔽膝之內的一種服飾。周詒讓《倦遊庵槧記·毛詩》："衡乃骹下橫純之帛，其幅橫施，故曰衡。…本經'蔥珩'，即'蔥衡'也。珩，衡借字也。'瑲'宜讀如'蒼'，亦借字。…《老子》曰：'吉事尚左，凶事尚右。偏將軍居左，上將軍居右。言以喪禮處之。'是軍中用喪禮也。方叔率師，不宜珮玉明矣。"王先謙《集疏》："《韓》、

《齊》、《魯》,珩作衡。"
參"珩"。

衡 héng 戶庚切（梗開二平庚匣）
陽部、匣母

❶車轅頭上駕牲口的橫木。(雅2、頌1) 178《小雅・采芑》二章:"約軝錯衡,八鸞瑲瑲。"《毛傳》:"錯衡,文衡也。❷通"橫"。東西方向;左右方向。與"縱"相對。(風1) 101《齊風・南山》三章:"蓺麻如之何,衡從其畝。"《毛傳》:"衡獵之,從獵之,種之然後得麻也。"陸德明《釋文》:"衡,音橫,亦作橫字。衡即訓爲橫。《韓詩》:東西耕曰橫。"《禮記・坊記》引作"橫"。顏師古《匡謬正俗》卷一:"衡即橫也,不勞借音。"陳奐《傳疏》:"衡者,橫之假借字。參"珩"。

【衡門】橫木爲門,指簡陋的房屋。(風1) 138《陳風・衡門》一章:"衡門之下,可以棲遲。"《毛傳》:"衡門,橫木爲門,言淺陋也。"朱熹《集傳》:"衡門,橫木爲門也。門之深者有阿塾堂宇,此惟橫木爲之。"胡承珙《後箋》:"《藝文類聚》引劉楨《毛詩義問》曰:'橫一木而上無屋,謂之衡門。'此解最明晰。《漢書・韋玄成傳》:"使得自安衡門之下。"顏師古注:"衡,謂橫一木於門上,貧者之所居也。"或以爲後世牌坊的雛形。一說:城門名。王引之《述聞》卷五:"門之爲象,縱而不橫,若謂橫木而爲門於其下,則又不得謂之橫門矣。前有'東門之枌',後有'東門之池'、'東門之楊',竊疑衡門、墓門亦是城門之名。"聞一多《類鈔》:"東西曰橫。衡門疑陳城門名。"

〖衡門〗《國風・陳風》篇名(138)。這是一位隱士抒寫自己志趣的詩。宣揚安貧樂道、不求富貴利祿的思想。郭沫若認爲這首詩"是一位餓飯的破落貴族作的"。朱熹《集傳》:"此隱居自樂而無求者之詞。言衡門雖淺陋,然亦可以游息,泌水雖不可飽,然亦可以玩樂而忘飢也。"余冠英《詩經選》:"這詩表現安貧寡欲的思想。第一章言居處飲食不嫌簡陋,二三章言小家貧女可以爲偶。"《詩序》:"《衡門》,誘僖公也。願而無立志,故作是詩,誘掖其君也。"歐陽修《詩本義》:"首章之意言小國皆可有爲,而二三

章言大國不可待而得,此所謂誘掖之也。"方玉潤《原始》批評說:"僖公,君臨萬民者也。縱願而無立志,誘之以政焉而進於道也可,奈何以無求於世之志勸之,豈非所誘反其所望乎?"三章,十二句。
又見【阿衡】【楅衡】。

烘 hōng 呼東切（通合一平東曉）
東部、曉母

燒;焚燒。(雅1) 229《小雅・白華》四章:"樵彼桑薪,卬烘于煁。"《毛傳》:"烘,燎也。"《說文・火部》:"烘,尞也。《詩》曰:'卬烘于煁。'"孔穎達《正義》引舍人曰:"烘,以火燎也。"

薨 hōng 呼肱切（曾合一平登曉）
蒸部、曉母

【薨薨】1)蟲群飛聲。(風2)5《周南・螽斯》二章:"螽斯羽,薨薨兮。"《毛傳》:"薨薨,衆多也。"朱熹《集傳》:"薨薨,群飛聲。"96《齊風・雞鳴》三章:"蟲飛薨薨,甘與子同夢。"2)填土聲。(雅1) 237《大雅・緜》六章:"捄之陾陾,度之薨薨。"朱熹《集傳》:"薨薨,衆聲也。"嚴粲《詩緝》:"薨薨如蟲之聲,則衆聲也。"

弘 hóng 胡肱切（曾合一平登匣）
蒸部、匣母

大。(雅3) 191《小雅・節南山》二章:"天方薦瘥,喪亂弘多。"《毛傳》:"弘,大也。"253《大雅・民勞》四章:"戎雖小子,而式弘大。"《鄭箋》:"弘,猶廣也。女用事於天下甚廣大也。"265《大雅・召旻》六章:"溥斯害矣,職兄斯弘,不裁我躬?"朱熹《集傳》:"弘,大也。"嚴粲《詩緝》:"溥徧被害,而小人猶主弘大之。"(兄:更加)屈萬里《詮釋》:"言害已普遍矣,而又專意擴大之,豈能不害及我身乎?"

鞃 hóng 胡肱切（曾合一平登匣）
蒸部、匣母

用皮革裹札車軾中段人所憑靠的部分。(雅1) 261《大雅・韓奕》二章:"鞹鞃淺幭,鞗革金厄。"《毛傳》:"鞃,軾中也。"孔穎達《正義》:"鞹鞃者,蓋以去毛之皮施於軾之中央,持車使牢固也。按《說文・革部》:"鞃,車軾也。《詩》曰:鞹鞃淺幭。"段玉裁注:

"謂以去毛之皮鞃軾中人所憑處。"(淺幭：用淺毛虎皮做的車軾覆蓋物。)

洪 hóng 戶公切（通合一平東匣）
東部、匣母

大。（頌1)304《商頌•長發》一章："洪水芒芒，禹敷下土方。"《毛傳》："洪，大也。"

虹 hóng 戶公切（通合一平東匣）
東部、匣母
古巷切（江開二去降見）
東部、見母

通"訌"。惑亂；迷亂。（雅1)256《大雅•抑》八章："彼童而角，實虹小子。"《毛傳》："虹，潰也。"《鄭箋》："此人實潰亂小子之政。"朱熹《集傳》："虹，潰亂也。"嚴粲《詩緝》："虹，謂幻惑也。如蟏蛸不正之氣，暫見於天，須臾散滅。"陳奐《傳疏》："虹，讀為訌。此假借字也。"一說：哄；哄騙。曾遠乾《毛詩說》："虹讀如訌，言童而有角，實訌小兒也。訌，俗作哄。…無其實而有其名，只是訌訌小兒也。"

訌（讧） hóng 戶公切（通合一平東匣）
東部、匣母

爭吵；潰亂。（雅1)265《大雅•召旻》二章："天降罪罟，蟊賊內訌。"《毛傳》："訌，潰也。"《鄭箋》："訌，爭訟相陷人之言也。"孔穎達《正義》："又內自潰亂，相陷以罪人也。"

鴻（鸿） hóng 戶公切（通合一平東匣）
東部、匣母

❶黃鵠；天鵝。（風2)159《豳風•九罭》一章："鴻飛遵渚。"《鄭箋》："鴻，大鳥。"段玉裁《小箋》："《說文》曰：'鴻者，鴻鵠也。'鴻鵠即黃鵠也。黃鵠一舉知山川之紆曲，再舉知天地之圜方，最為大鳥。"❷大雁。（雅3)181《小雅•鴻雁》一章："鴻雁于飛，肅肅其羽。"《毛傳》："大曰鴻，小曰雁。"陸璣《詩義疏》："鴻鵠羽毛光澤，純白，似鶴而大，長頸，肉美如鴈。又有小鴻，大小如鳧，色亦白，今人直謂鴻也。"❸蟾蜍；蛤蟆。（風1)43《邶風•新臺》三章："魚網之設，鴻則離之。"聞一多《通義》："《詩》鴻讀為苦，苦即蝦蟆，故誤絓於魚網之中，又得魚對舉以分喻美醜。一說：天鵝。《鄭箋》："設魚網者宜得魚，鴻乃鳥也，反離焉。如齊女以禮

來求世子，而得宣公。"

【鴻雁】《小雅》篇名(181)。這是政府救濟流民使之築城的詩。《詩序》："《鴻雁》，美宣王也。萬民離散，不安其居，而能勞來還定安集，至於矜寡，無不得其所焉。"姚際恒《通論》："此詩為宣王命使臣安集流民的詩。之子，指使臣也。"王先謙《集疏》："三家無異義。"一以為流民之作。朱熹《集傳》："流民以鴻雁哀鳴自比而作此歌也。"屈萬里《詮釋》："此蓋流民喜得安定之所作之詩。"陳子展《直解》："詩蓋之子於征老所作，流民中人也。"詩中有"鴻雁于飛，哀鳴嗷嗷"兩句，後來用"哀鴻"比喻流離失所的災民。三章，十五句。

【鴻雁之什】《詩經•小雅》里的《鴻雁》、《庭燎》、《沔水》、《鶴鳴》、《祈父》、《白駒》、《黃鳥》、《我行其野》、《斯干》、《無羊》等十首詩，舊本編為一卷，稱《鴻雁之什》。

侯（矦） hóu 戶鉤切（流開一平侯匣）
侯部、匣母

❶古代五等爵位中的第二等。（風5、雅2)13《召南•采蘩》一章："于以用之？公侯之事。"(于以：于何。)186《小雅•白駒》三章："爾公爾侯，逸豫無期。"❷君。（雅1)256《大雅•抑》五章："質爾人民，謹爾侯度。"《鄭箋》："侯，君也。"朱熹《集傳》："侯度，諸侯所守之法度也。"一說：助詞。無實義。陳奐《傳疏》："侯，維也。語詞。"❸為君；為侯。（頌2)300《魯頌•閟宮》三章："乃命魯公，俾侯于東。"《鄭箋》："乃策命伯禽，使為君於魯。"❹使為君；使為侯。（雅1)235《大雅•文王》二章："陳錫哉周，侯文王孫子。"《鄭箋》："侯，君也。(文王)能敷恩惠之施，以受命始造周國，故天君之，其子孫適(嫡)為天子，庶為諸侯，皆百世。"一說：維。《毛傳》："侯，維也。"朱熹《集傳》："是以上帝敷錫於周，維文王孫子，則使之本宗百世為天子，支庶百世為諸侯。"陳奐《傳疏》："侯訓維，語詞，侯猶乃也。"❺美；好。（風1)80《鄭風•羔裘》一章："羔裘如濡，洵直且侯。"《毛傳》："侯，君也。"陸德明《釋文》引《韓詩》說："侯，美也。"馬瑞辰《通釋》："古字訓君者多有美義。侯為君，又為美，猶皇與烝為君

又爲美。"❻古代較射或習射用的箭靶。獸皮做的叫皮侯；布做的叫布侯。侯中間加個圓形或方形的布塊，叫做質，也叫的。射以中的爲勝。(風1，雅1)106《齊風·猗嗟》二章："終日射侯，不出正兮。"朱熹《集傳》："侯，張布而射之者也。"220《小雅·賓之初筵》一章："大侯既抗，弓矢斯張。"《鄭箋》："天子諸侯之射，皆張三侯，故君侯謂之大侯。"朱熹《集傳》："大侯，君侯也。天子熊侯，白質；諸侯麋侯，赤質；大夫布侯，畫以虎豹；士布侯，畫以鹿豕。"❼副詞。乃；於是。(雅3)235《大雅·文王》四章："上帝既命，侯於周服。"孔穎達《正義》引王肅云："天既命文王，則維服於周。"王引之《述聞》卷六："侯，乃也。上帝既命文王之後，乃臣服於周也。"黃震《黃氏日鈔》卷四："今天既命周德，殷之後各已皆臣於周也。"❽副詞。相當於"維"。(雅10，頌6)204《小雅·四月》四章："山有嘉卉，侯栗侯梅。"《鄭箋》："侯，維也。"王先謙《集疏》："三家，侯作維。"192《小雅·正月》四章："瞻彼中林，侯薪侯蒸。"陳奐《傳疏》："侯，維也。薪、蒸，喻小人。"255《大雅·蕩》三章："侯作侯祝，靡屆靡究。"《鄭箋》："侯，維也。"陳奐《傳疏》："維，猶有也。"177《小雅·六月》六章："侯誰在矣，張仲孝友。"《毛傳》："侯，維也。"陳奐《傳疏》："維與侯一聲之轉。"高亨《今注》："侯，維也，發語詞。"

【侯氏】周代朝見天子的諸侯國國君。(雅1)261《大雅·韓奕》三章："籩豆有且，侯氏燕胥。"朱熹《集傳》："侯氏，諸侯來朝者之稱。"陳奐《傳疏》："凡諸侯覲王曰侯氏，謂韓侯爲侯氏者，此亦君對臣之詞也。"按《儀禮·覲禮》："侯氏亦皮弁。"賈公彥疏："言諸侯則凡之總稱，言侯氏則指一身，不凡之也。"

又見【韓侯】【魯侯】【邢侯】【諸侯】。

喉 hóu 戶鈎切（流開一平侯匣）
　　　　　侯部，匣母

【喉舌】比喻掌握機要的重臣。(雅1)260《大雅·烝民》三章："出納王命，王之喉舌。"《毛傳》："喉舌，冢宰也。"朱熹《集傳》："喉舌，所以出言也。"嚴粲《詩緝》："出王命則承而布之，納王命而行復之，作王之喉舌。"陳奐《傳疏》："喉舌冢宰，謂喉舌乃冢宰之職，非謂喉舌爲官名也。"

鍭(鍭) hóu 戶鈎切（流開一平侯匣）
　　　　　　　胡遘切（流開一去侯匣）
　　　　　　　侯部，匣母

金屬箭頭的箭。(雅3)246《大雅·行葦》五章："敦弓既堅，四鍭既鈞。"《毛傳》："鍭，矢也。"陸德明《釋文》："鍭，矢名。"孔穎達《正義》："鍭者，鐵鏃之矢名也。"朱熹《集傳》："鍭，金鏃翦羽矢也。"

餱(糇) hóu 戶鈎切（流開一平侯匣）
　　　　　　　侯部，匣母

乾糧。(雅1)190《小雅·無羊》二章："何蓑何笠，或負其餱。"按《說文·食部》："餱，乾食也。"徐鍇《繫傳》："今人謂飯乾爲餱。"

【餱糧】乾糧。(雅1)250《大雅·公劉》一章："迺裹餱糧，于橐于囊。"陸德明《釋文》："餱，音侯，食也。字或作糇。糧，本亦作粮，音良。糇食也。嚴粲《詩緝》："餱，乾食也，糧，食米也。"

又見【乾餱】。

候 hòu 胡遘切（流開一去侯匣）
　　　　　侯部，匣母

【候人】古代負責迎送賓客的小官。(風1)151《曹風·候人》一章："彼候人兮，何戈與祋。"《毛傳》："候人，道路送賓客者。"陳奐《傳疏》："候人爲賤官也。"《國語·周語》："敵國賓至，關尹以告，行李以節逆之，候人爲導。"

[候人]《國風·曹風》篇名(151)。這是一首諷刺曹國統治者遠棄君子，任用小人，"不稱其服"的詩。《詩序》："《候人》，刺近小人也。共公遠君子而好近小人焉。"朱熹《集傳》："此刺其君遠君子而近小人之詞。"據《左傳·僖公二十八年》記載：晉文公伐曹，三月入曹，宣布曹公的罪行，是不用賢人僖負羈，而乘軒者三百人，皆小人也。詩中"三百赤芾"與《左傳》合。郭沫若《研究》："這當然是譏誚那暴發戶才做了貴族的人。這些由奴民才伸出頭來的人，在舊社會的耆舊眼裏看來，當然說他不配的。"現代學者有的認為這是一首女子追求男子的戀歌

情詩。聞一多《類鈔》："《候人》，刺曹女也。""所候者終不來，故曰季女斯飢。"四章，十六句。

厚 hòu 胡口切（流開一上厚匣）
侯部、匣母

❶厚度大。跟"薄"相對。（雅 2）198《小雅·巧言》五章："巧言如簧，顏之厚矣。"❷寬廣；富厚。（雅 2）252《大雅·卷阿》三章："爾土宇昄章，亦孔之厚矣。"牟庭《詩切》："惟爾土宇與版章，亦甚富厚難具數。"程俊英《注析》："厚，廣大遼闊。"又見【單厚】。

後(后) hòu 胡口切（流開一上厚匣）
胡遘切（流開一去候匣）
侯部、匣母

❶時間在後；以後。跟"先"相對。（風 7，雅 7，頌 1）70《王風·兔爰》二章："我生之後，逢此百憂。"223《小雅·角弓》五章："老馬反爲駒，不顧其後。"朱熹《集傳》："不顧其後，將有不勝任之患也。"屈萬里《詮釋》："不顧其後，言只顧眼前也。"264《大雅·瞻卬》七章："不自我先，不自我後。"❷位置在後的。見【後車】。❸後人；子孫。（風 1，雅 3，頌 2）264《大雅·瞻卬》七章："無忝皇祖，式救爾後。"《鄭箋》："後，謂子孫也。"朱熹《集傳》："幽王苟能改過自新，而不忝其祖，則天意可回，來者必可救，而子孫亦蒙其福矣。"35《邶風·谷風》三章："我躬不閱，遑恤我後。"《鄭箋》："我身尚不能自容，何暇憂我後所生子孫也。"一説：離別以後。朱熹《集傳》："何暇恤我已去之後哉？"馬瑞辰《通釋》："後謂婦人既去之後，即指上逝梁、發笱事也，不必如《箋》以'後'爲子孫。"

【後車】副車。（雅 3）230《小雅·緜蠻》一章："命彼後車，謂之載之。"《鄭箋》："後車，倅車也。"孔穎達《正義》："後車倅車者，明後爲副也。朝祀之副曰貳，兵戎之副曰倅，田獵之副曰佐。…貳、倅皆副也，散則義通。"朱熹《集傳》："後車，副車也。"

【後生】後嗣；子孫。（頌 1）305《商頌·殷武》五章："壽考且寧，以保我後生。"《鄭箋》："我後生，謂後嗣子孫。"馬瑞辰《通釋》："此篇言'後生'，蓋變文以爲韵。'後生'與《伐木》篇'友生'同，皆以'生'爲語助詞，非如《論語》'後生可畏'，對'先生'言也。"

又見【先後】。

后 hòu 胡口切（流開一上厚匣）
胡遘切（流開一去候匣）
侯部、匣母

君。古代天子和諸侯都可稱后。（雅 1，頌 2）243《大雅·下武》一章："三后在天，王配于京。"《毛傳》："三后，大王、王季、文王也。"282《周頌·雝》："宣哲維人，文武維后。"朱熹《集傳》："此美文王之德，宣哲則盡人之道，文武則備君之德。"（皇考爲人明哲，才兼文武。）303《商頌·玄鳥》："商之先后，受命不殆。"《鄭箋》："后，君也。商之先君受天命而行，不解殆者。"

【后帝】上帝。（頌 1）300《魯頌·閟宮》三章："皇皇后帝，皇祖后稷。"《鄭箋》："皇皇后帝，謂天也。成王以周公功大，命魯郊祭天，亦配以君祖后稷。"

【后稷】周的始祖。相傳他的母親姜嫄踩大人足迹而懷孕，以爲不祥，曾要丢棄他，故名棄。長大爲舜農官，封於邰，號后稷，別姓姬氏。（雅 5，頌 4）245《大雅·生民》一章："載生載育，時維后稷。"275《周頌·思文》二章："思文后稷，克配彼天。"陳奐《傳疏》："后稷爲周始封之祖，故既爲大祖廟，而又於南郊之祀配天。"

又見【王后】【夏后】。

逅 hòu （又 gòu）胡遘切（流開一去候匣）侯部、匣母

邂逅，不期而遇。見"邂(xiè)"。

乎 hū （舊 hú）戶吳切（遇合一平模匣）
魚部、匣母

❶介詞。相當於"於"。（風 22）36《邶風·式微》一章："微君之故，胡爲乎中露？"79《鄭風·清人》一章："二矛重英，河上乎翱翔。"❷句末語氣詞。相當於現代漢語的"嗎"。（風 2，雅 1）95《鄭風·溱洧》一章："女曰：觀乎？士曰：既且。"164《小雅·常棣》八章："是究是圖，亶其然乎？"（仔細研究考慮，難道真是這樣嗎？）❸句末語氣詞。表示商量，相當於"吧"。（風 2）95《鄭風·

溱洧》一章:"且往觀乎？洧之外,洵訏且樂。"❹語末語氣詞。表示感嘆語氣,相當於現代漢語的"啊"。(風6)135《秦風·權輿》一章:"于嗟乎！不承權輿。"王先謙《集疏》:"《魯》,乎作胡。"❺句中語氣詞。(雅2)228《小雅·隰桑》四章:"心乎愛矣,遐不謂矣。"255《大雅·蕩》六章:"小大近喪,人尚乎由行。"【乎而】語氣詞連用。(風9)98《齊風·著》一章:"俟我於著乎而,充耳以素乎而,尚之以瓊華乎而。"程俊英《注析》:"乎而,語尾助詞。"陳子展《直解》:"每句伴著虛字,餘音搖曳,別具神態,有一種優游不迫之美。"又見【於乎】。參"於"。

呼(譁) hū 荒烏切（遇合一平模曉）魚部、曉母

叫喊。(雅1)255《大雅·蕩》五章:"式號式呼,俾晝作夜。"《鄭箋》:"醉則號呼相傚,用晝日作夜,不視政事。"陳奐《傳疏》:"呼,亦號也。"陸德明《釋文》:"呼,崔注本作譁。"王先謙《集疏》:"《齊》,呼作譁。"又見【於呼】。

譁 hū 荒烏切（遇合一平模曉）
荒故切（遇合一去暮曉）魚部、曉母

叫喊。見"呼"。

忽 hū 呼骨切（臻合一入沒曉）物部、曉母

滅絕。(雅1)241《大雅·皇矣》八章:"是伐是肆,是絕是忽。"《毛傳》:"忽,滅也。"孔穎達《正義》:"於是用師伐之,於是合兵疾往,於是珍絕之,於是討滅之。"馬瑞辰《通釋》:"《爾雅·釋詁》'滅二字並云盡也。是忽、滅二字同義。凡二字同義即可互訓。"

憮(怃) hū 荒烏切（遇合一平模曉）魚部、曉母

大。(雅2)198《小雅·巧言》一章:"無罪無辜,亂如此憮。昊天大憮,予慎無辜。"《毛傳》:"憮,大也。"《方言》卷一:"憮,大也。東齊海岱之間曰奔,或曰憮。"朱熹《集傳》:"憮,大也,多也。"黃焯《毛鄭平議》:"詩意言吾人無罪辜也。何天降喪亂如此其大也。"一說:傲慢。《鄭箋》:"憮,敖也。…刑殺無罪之人,爲亂亦甚,敖慢無法度也。"

明監本、毛本《詩經》、朱熹《集傳》作"憮",《韓詩外傳》卷四兩引《詩》:"昊天大憮,予慎無辜。"參"荒"。

憮(怃) hū ★荒胡切（遇合一平模曉）魚部、曉母

通"幠",大。見"幠"。

狐 hú 戶吳切（遇合一平模匣）魚部、匣母

獸名。肢細尾長,性狡猾多疑,毛皮是珍貴的裘料。(風6,雅1)41《邶風·北風》三章:"莫赤匪狐,莫黑匪烏。"《毛傳》:"狐赤烏黑,莫能別也。"《鄭箋》:"赤則狐也,黑則烏也,猶今君臣相承爲惡如一。"孔穎達《正義》:"狐色皆赤,烏色皆黑,以喻衛之君臣皆惡也。"朱熹《集傳》:"狐,獸名,似犬,黃赤色。烏,鴉,黑色。皆不祥之物,人所惡見者也。所見無非此物,則國將危亂可知。"王夫之《稗疏》:"言狐類皆赤,烏類皆黑,所謂同昏之國不能辨其是非也。"154《豳風·七月》四章:"一之日于貉,取彼狐狸,爲公子裘。"孔穎達《正義》:"於貉,言往不言取,狐狸言取不言往,皆是往捕之而取其皮。"王夫之《稗疏》:"貈(貉)似兔,狐似犬,狸似貓,三種懸絕。"【狐裘】狐皮製的外衣。(風4,雅1)130《秦風·終南》一章:"君子至止,錦衣狐裘。"朱熹《集傳》:"錦衣狐裘,諸侯之服也。"225《小雅·都人士》一章:"彼都人士,狐裘黃黃。"《鄭箋》:"冬則衣狐裘黃黃然,取溫裕而已。"陳奐《傳疏》:"狐裘黃黃,狐黃黃也。"

胡 hú 戶吳切（遇合一平模匣）魚部、匣母

❶獸頷下的垂肉。(風2)160《豳風·狼跋》一章:"狼跋其胡,載疐其尾。"《毛傳》:"老狼有胡,進則躐其胡,退則跲其尾。"孔穎達《正義》:"胡,謂頷垂胡。"朱熹《集傳》:"胡,頷下懸肉也。"(躐,踩。疐,絆著。)一說:胡子;頷下長的長毛。牟庭《詩切》:"《釋文》曰:'跋,字或作拔。同。'…拔其胡者,拔去其胡鬚也。今俗語謂髯曰胡,詩人之遺言也。《周頌》'胡考之休',《左傳》'雖及胡耉',胡,皆言老人白胡鬚也。"❷疑問代詞。什麽;哪裡。(風3,雅2)36《邶風·式微》一

章："微君之故,胡爲乎中露?"195《小雅·小旻》二章："我視謀猶,伊于胡厎?"《鄭箋》："我視今君臣之謀道,往行之將何所至乎?言必至於亂。"(厎(zhǐ):到達。) ❸疑問代詞。爲什麽;怎麽。(風28、雅22)29《邶風·日月》一章："胡能有定,寧不我顧?"《毛傳》:"胡,何也。"朱熹《集傳》:"胡,寧皆何也。"47《鄘風·君子偕老》二章:"胡然而天也? 胡然而帝也?"(〔品德不好的宣姜〕爲什麽象上天那樣高貴,象上帝那樣尊榮?)112《魏風·伐檀》一章:"不稼不穡,胡取禾三百廛兮?"《鄭箋》:"胡,何也。"257《大雅·桑柔》十章:"匪言不能,胡斯畏忌?"《鄭箋》:"胡之言何也。"朱熹《集傳》:"我非不能言也,如此畏忌何哉?" ❹大。(雅1)245《大雅·生民》八章:"其香始升,上帝居歆,胡臭亶時。"馬瑞辰《通釋》:"《廣雅·雅詁》:'胡,大也。'時,善也。'胡臭'謂芳臭之大,'亶時'猶云誠善也。"一說:何;什麽。《鄭箋》:"胡之言何也。"

【胡考】壽考;長壽。(頌2)290《周頌·載芟》:"有椒其馨,胡考之寧。"《毛傳》:"胡,壽也。考,成也。"292《周頌·絲衣》:"不吴不敖,胡考之休。"朱熹《集傳》:"不喧嘩,不怠敖,故能得壽考之福。"馬瑞辰《通釋》:"胡考,猶壽考也。"

參"何"、"乎"、"期"。

壺(壺) hú 戶吳切(遇合三平模匣) 魚部、匣母

❶容器名。深腹,斂口,圓形或方形,用以盛酒漿。(雅1)261《大雅·韓奕》三章:"顯父餞之,清酒百壺。" ❷瓠瓜。(風1)154《豳風·七月》六章:"七月食瓜,八月斷壺。"《毛傳》:"壺,瓠也。"孔穎達《正義》:"壺爲瓠,謂甘瓠也,可食,就蔓斷取而食之。"

鵠(鵠) hú 胡沃切(通合一入沃匣) 覺部、匣母

古地名。即安鵠,屬曲沃。在今山西省聞喜縣東。(風1)116《唐風·揚之水》二章:"素衣朱繡,從子于鵠。"《毛傳》:"鵠,曲沃邑也。"酈道元《水經注·涑(sù)水》:"涑水又西南逕左邑縣故城南,故曲沃也。晉武公自晉陽徙此,秦改爲左邑縣,《詩》所謂'從

子于鵠'者也。"一説:通"皋"。河邊高地。《易林·否之師》:"揚水潛鑿,使石潔白。衣素表朱,戲游皋沃。"王先謙《集疏》:"《齊》,鵠作皋。"王引之《述聞》卷五引王念孫説:"戲游皋沃,即'從子于沃','從子于鵠'也。鵠與皋古同聲。…鵠之作皋,蓋亦本三家也。"馬瑞辰《通釋》:"皋者,澤也。《易林》:'戲游皋沃',《豫之大過》又作'游戲皋澤',是知沃亦澤也。澤也,皋也,沃也,蓋析言則異,散言則通。三家詩從本字作皋,《毛詩》假借作鵠,非曲沃之旁別有邑名鵠也。"

滸(滸) hǔ 呼古切(遇合一上姥曉) 魚部、曉母

水邊。(風1、雅2)71《王風·葛藟》一章:"緜緜葛藟,在河之滸。"《毛傳》:"水厓曰滸。"237《大雅·緜》二章:"率西水滸,至於岐下。"《毛傳》:"滸,水厓也。"戴震《考證》:"率西水滸者,既逾梁山,自東向西,循水厓而上,皆馬行,不舟楫。水滸,渭水北厓也。"

虎 hǔ 呼古切(遇合一上姥曉) 魚部、曉母

❶老虎。(風2、雅6)234《小雅·何草不黃》三章:"匪兕匪虎,率彼曠野。" ❷指虎皮。(風1)128《秦風·小戎》三章:"虎韔鏤膺。"《毛傳》:"虎,虎皮也。"(韔:弓袋。膺:弓袋的前面。) ❸勇猛如虎。(雅1、頌1)263《大雅·常武》四章:"進厥虎臣。"299《魯頌·泮水》五章:"矯矯虎臣,在泮獻馘。"孔穎達《正義》:"矯矯然有威武如虎之臣。" ❹人名。即召穆公,名虎。(雅2)262《大雅·江漢》五章:"虎拜稽首,天子萬年。"又見【召虎】【鍼虎】。

岵 hù 侯古切(遇合一上姥匣) 魚部、匣母

没有草木的山。(風1)110《魏風·陟岵》一章:"陟彼岵兮,瞻望父兮。"《毛傳》:"山無草木曰岵。"佚名《韓集注》卷二十四引施士丐説:"山無草木曰岵。所以言'陟彼岵兮',無可怙也,以其無草木,故以譬之。"段玉裁《小箋》:"岵,取瓠落之義。"一説:有草木的山。《爾雅·釋山》:"多草木,岵;無草木,峐。"《說文·山部》:"岵,山有草木也。《詩》

曰:'陟彼岵兮。'"段玉裁注:"許書同《爾雅》、《釋名》,《吴都賦》'岡岵童'用字亦宗《爾雅》,而《毛詩·魏風·傳》曰'山無草木曰岵,山有草木曰屺',與《爾雅》互異。竊謂《毛詩》所據爲長。岵之言瓠落也,屺之言茨滋也。岵有陽道,故以言父,無父何怙也;屺有陰道,故以言母,無母何恃也。"

怙 hù 侯古切（遇合一上姥匣）
魚部、匣母

依靠。(風 1、雅 1)121《唐風·鴇羽》一章:"不能蓺稷黍,父母何怙。"《毛傳》:"怙,恃也。"202《小雅·蓼莪》三章:"無父何怙,無母何恃。"陸德明《釋文》:"怙,音户。《韓詩》云:'怙,賴也。'"孔穎達《正義》:"無父何所依怙,無母何所倚恃。"

祜 hù 侯古切（遇合一上姥匣）
魚部、匣母

福。(雅 5、頌 3)210《小雅·信南山》四章:"曾孫壽考,受天之祜。"《鄭箋》:"祜,福也。"嚴粲《詩緝》:"令君得壽考之福也。"283《周頌·載見》:"永言保之,思皇多祜。"陸德明《釋文》:"祜,音户,福也。"陳奂《傳疏》:"言我武王長保天命,天乃予以多福也。"《爾雅·釋詁》:"祜,福也。"又:"祜,厚也。"邢昺疏:"祜者,福厚也。"

楛 hù 侯古切（遇合一上姥匣）
魚部、匣母

木名。叢生,形似荆條,色赤,可以做箭桿。(雅 1)239《大雅·旱麓》一章:"瞻彼旱麓,榛楛濟濟。"陸德明《釋文》引陸璣《詩義疏》:"楛木莖似荆而赤,其葉似蓍,上黨人篾以爲筥箱,又屈以爲釵也。"朱熹《集傳》:"榛似栗而小,楛似荆而赤。"

户 hù 侯古切（遇合一上姥匣）
魚部、匣母

❶門。單扇爲户,雙扇爲門。泛指房屋的出入口。(風 4、雅 1)118《唐風·杕杜》三章:"綢繆束楚,三星在户。"朱熹《集傳》:"户,室户也。户必南出,昏見之星至此,則夜分矣。"189《小雅·斯干》二章:"築室百堵,西南其户。"《毛傳》:"西鄉(向)户,南鄉(向)户也。"王士濂《經説管窺》卷一:"此皆謂建廟也。户猶門也。讀《論語》'誰能出不由户'之户。"❷指鳥窩的出入口。(風 1)155《豳風·鴟鴞》二章:"徹彼桑土,綢繆牖户。"朱熹《集傳》:"牖,巢之通氣處;户,其出入處也。"(綢繆:纏繞。)

扈 hù 侯古切（遇合一上姥匣）
魚部、匣母

桑扈,鳥名。見"桑"。參"俁"。

瓠 hù 户吴切（遇合一平模匣）
胡誤切（遇合一去暮匣）
魚部、匣母

一種蔓生植物。果實叫瓠瓜,也叫葫蘆、蒲蘆。(雅 2)171《小雅·南有嘉魚》三章:"南有樛木,甘瓠纍之。"呂祖謙《詩記》:"瓠有甘有苦,甘瓠則可食也。"231《小雅·瓠葉》一章:"幡幡瓠葉,采之亨之。"按王念孫《廣雅疏證》卷十上:"瓠自有甘、苦二種。瓠甘者葉亦甘,瓠苦者葉亦苦,甘者可食,苦者不可食。"

【瓠犀】葫蘆子瓣。因其潔白整齊,故用以比喻女子的牙齒。(風 1)57《衛風·碩人》二章:"齒如瓠犀。"《毛傳》:"瓠犀,瓠瓣。"朱熹《集傳》:"瓠犀,瓠中之子方正潔白,而比次整齊也。"《爾雅·釋草》郭璞注引《詩》作"瓠棲"。芮城《瓠瓜集》:"謂瓠瓣之棲於瓠中者,其子方正潔白,而比次整齊也。"王先謙《集疏》:"《魯》,犀作棲。"馬瑞辰《通釋》:"犀者,即棲之假借。瓠棲狀瓠之白,亦取其上下整齊。棲之爲言齊,猶妻亦訓齊也。"

[瓠葉]《小雅》篇名(231)。這是一首貴族燕會詩。主人烹兔備酒,賓主互相酬酢,盡一獻之禮。朱熹《集傳》:"此亦燕飲之詩。蓋述主人之謙辭,言物雖薄而必與賓客共之也。"王質《詩總聞》:"當爲在野君子相見爲禮。"《詩序》以爲陳古刺今之詩:"《瓠葉》,大夫刺幽王也。上棄禮而不能行,雖有牲牢饔餼,不肯用也。故思古之人,不以微薄廢禮焉。"姚際恒《通論》:"三章言獻、酢、酬,賓主之禮悉備,毫無刺意。"四章,十六句。

華(华) (一) huá 户花切（假合二平麻匣）
魚部、匣母

❶光華。(風 1)98《齊風·著》一章:"尚之以瓊華乎而。"孔穎達《正義》:"瓊是玉之美名,華謂色有光華。"聞一多《類鈔》:"瓊華、

瓊瑩、瓊英,皆飾紞(dǎn)之玉瑱也。"
(二) huā 呼瓜切(假合二平麻曉)
魚部、曉母
❷花。(風6,雅8)6《周南·桃夭》一章:"桃之夭夭,灼灼其華。"王先謙《集疏》:"《釋草》:'木謂之華,草謂之榮。'對言則異,散言則通。…後代以花字,而華義別行。"24《召南·何彼襛矣》一章:"何彼襛矣,華如桃李。"陳奐《傳疏》:"'華如桃李',言唐棣之華如桃李也。"❸抽穗;揚花。(雅1)168《小雅·出車》四章:"昔我往矣,黍稷方華。"孔穎達《正義》:"時黍稷方欲生華,六月之中也。"一説:生長旺盛。朱熹《集傳》:"華,盛也。"
〖華黍〗《小雅》篇名。《詩序》:"《華黍》,時和歲豐,宜黍稷也。有其義而亡其辭。"六笙詩之一。有目無詩。詳見〖南陔〗。
又見【白華】。

話(话) huà 下快切(蟹合二去夬匣)
月部、匣母

言語;言談。(雅2)256《大雅·抑》五章:"慎爾出話,敬爾威儀。"254《大雅·板》一章:"出話不然,爲猶不遠。"朱熹《集傳》:"女之出言皆不合理,爲謀又不久遠。"一説:善言。《毛傳》:"話,善言也。"《鄭箋》:"出其善言而不行之也。"
【話言】善言。(雅1)256《大雅·抑》九章:"其維哲人,告之話言,順德之行。"《毛傳》:"話言,古之善言也。"《說文·言部》:"話,會合善言也。《傳》曰:'告之話言。'"今《左傳·文公六年》作"著之話言"。一説:當作"詁言",即故言。陸德明《釋文》:"話,《説文》作詁。或云:詁,故言也。"陳奐《傳疏》:"話,當爲詁,字之誤也。按《説文·言部》:'詁,故言也。《詩》曰'詁訓'。"

懷(怀) huái 户乖切(蟹合二平皆匣)
微部、匣母

❶胸前。(雅1)201《小雅·谷風》二章:"將恐將懼,寘予于懷。"《鄭箋》:"置我於懷,言至親己也。"❷心意;心情;情緒。見【傷懷】。
❸想念;懷念。(風13,雅12)23《召南·野有死麕》二章:"有女懷春,吉士誘之。"《毛傳》:"懷,思也。"《鄭箋》:"有貞女思仲春,以禮與男會。"156《豳風·東山》二章:"不可畏也,伊可懷也。"《鄭箋》:"懷,思也。"俞樾《平議》卷九:"'不'與'伊'並語詞。不可畏,言可畏也。伊可懷,言可懷也。蓋言室中久無人,荒穢如此,可畏亦可懷也。"260《大雅·烝民》八章:"仲山甫永懷,以慰其心。"朱熹《集傳》:"以其遠行多所勞思,故以此詩慰其心焉。"68《王風·揚之水》一章:"懷哉懷哉,曷月予還歸哉?"朱熹《集傳》:"懷,思。"一説:安。《鄭箋》:"懷,安也。思鄉里處者,故曰今亦安不哉,安不哉?何月我得歸還見之哉?"❹憂傷。(風1、雅1)30《邶風·終風》四章:"寤言不寐,願言則懷。"《毛傳》:"懷,傷也。"陳啟源《稽古編》:"蓋言思及此,則傷心也。"192《小雅·正月》九章:"終其永懷,又窘陰雨。"陳奐《傳疏》:"永,長;懷,傷也。…言既其長爲之憂傷,又困之以陰雨。陰雨,以喻所遭多難。"❺來;回來。(風1)101《齊風·南山》一章:"既曰歸止,曷又懷止。"《鄭箋》:"懷,來也。言文姜既嫁於魯侯矣,何復來爲乎? 非其來也。"按《爾雅·釋言》:"懷,來也。"馬瑞辰《通釋》:"婦人謂嫁曰歸。《爾雅》:'嫁,往也。'《廣雅》:'歸,往也。'知嫁爲歸往,則知反爲懷來矣。"一説:想念。《毛傳》:"懷,思也。"朱熹《集傳》:"文姜既從此道歸於魯矣,襄公何爲而復思之乎?"陳奐《傳疏》:"懷訓思者,言襄公之思文姜也。"❻招來;招致。(雅1、頌1)273《周頌·時邁》:"懷柔百神,及河喬嶽。"《毛傳》:"懷,來;柔,安。"何楷《古義》:"楊氏曰:所謂懷柔百神者,言合祭四方山川之神,故曰百神。"屈萬里《詮釋》:"懷柔,慰安之也。"236《大雅·大明》三章:"昭事上帝,聿懷多福。"朱熹《集傳》:"懷,來。"一説:思念。何楷《古義》引蔡毅中云:"聖人祝現在之福,恒恐不足以保其有,故曰懷。"《左傳·昭公二十六年》引此詩,楊伯峻注:"懷,思也。懷多福即《大雅·假樂》'干祿百福'之意,以德受福。"❼和;有中和之德。(雅3)163《小雅·皇皇者華》一章:"駪駪征夫,每懷靡及。"《毛傳》:"每,雖;懷,和也。…雖有中和,自當謂無所及。"孔穎達《正義》:"《中庸》曰:'喜怒哀樂之未發,謂

之中;發而皆中節,謂之和。則中和者,秉心塞淵,出言允當之謂也。」一說:思念(個人的事)。《鄭箋》:「《春秋外傳》曰:懷私爲每懷也。和當爲私。…每人懷其私相稽留,則於事將無所及。」❽心里存有。(雅1)254《大雅·板》七章:「懷德維寧,宗子維城。」嚴粲《詩緝》:「苟能使懷我之德,則無有不寧矣。」(懷德:有德)一說:和睦、團結。《毛傳》:「懷,和也。」陳奐《傳疏》:「《常棣·傳》:'九族合日和。'此其義也。」(懷德維寧:能以德團結九族就會安寧。)❾通「饋」。送給。(風1、頌1)149《檜風·匪風》:「誰將西歸,懷之好音。」《毛傳》:「懷,歸也。」陳奐《傳疏》:「懷,歸叠韻爲訓。」吳闓生《會通》:「《傳》以懷爲歸,歸者,饋遺之義。」299《魯頌·泮水》八章:「食我桑黮,懷我好音。」《鄭箋》:「懷,歸也。」聞一多《新義》:「懷讀爲歸。《廣雅·釋詁》三:'歸,遺也。'遺亦與也。漢石經作'詒我德音。'又《楚辭·九章·惜頌》王逸注引《詩》云'詒我好音',當即此詩之'懷我好音'。」❿通「壞」。敗壞。(風1)51《邶風·蝃蝀》三章:「乃如之人也,懷昏姻也。」王先謙《集疏》:「懷,蓋壞之借字,懷、壞并從褱聲,故字得相通。《左襄十四年傳》'王室之不壞',《釋文》:'壞,本作懷。'《荀子·禮論篇》'諸侯不敢壞',《史記·禮書》作懷,是其證。懷昏姻,言敗壞昏姻之正道也。」一說:思念。《鄭箋》:「懷,思也。乃如是之人,思昏姻之事乎?」

淮 huái 戶乖切 (蟹合二平皆匣) 微部、匣母

淮河。源出河南桐柏山,經安徽、江蘇流入黃海。後黃河南徙,淮河入海道被奪;黃河又北移,淮河故道也不復存。於是流至洪澤湖,出三河,經高郵湖、邵伯河至江蘇江都縣三江營匯入長江。(雅6)208《小雅·鼓鍾》一章:「鼓鍾將將,淮水湯湯。」朱熹《集傳》:「淮水出信陽軍桐柏山,至楚州漣水軍入海。」263《大雅·常武》四章:「鋪敦淮濆,仍執醜虜。」《鄭箋》:「陳屯其兵於淮水大防之上以臨敵,就執其衆之降服者也。」

【淮夷】我國商周時代聚居在淮河下游一帶的少數民族。(雅2、頌6)262《大雅·江漢》一章:「匪安匪遊,淮夷來求。」《毛傳》:「淮夷,東國,在淮浦而夷行也。」朱熹《集傳》:「淮夷,夷之在淮上者也。」300《魯頌·閟宮》五章:「至於海邦,淮夷來同。」陳奐《傳疏》:「淮上之國,不與華同,故指之曰夷。淮夷在魯東南,故更以南蠻東貊呼之也。」(來同:來朝。)

壞(坏) huài 胡怪切 (蟹合二去怪匣) 微部、匣母

❶倒塌;毁掉。(雅1)254《大雅·板》七章:「無俾城壞,無獨斯畏。」❷(又音huì)通「瘣」。傷病;樹幹生腫塊。(雅1)197《小雅·小弁》五章:「譬彼壞木,疾用無枝。」《毛傳》:「壞,瘣也,謂傷病也。」《鄭箋》:「猶內傷病之木,內有疾,故無枝也。」陸德明《釋文》:「壞,胡罪反,又如字。《說文》作瘣,云:病也。」孔穎達《正義》引某氏說:「《詩》云:'譬彼瘣木,疾用無枝。'」《說文·疒部》:「瘣,病也。」引《詩》作「瘣」。陳奐《傳疏》:「壞、瘣二字,疑經傳互訛,經當作瘣,傳以壞詁瘣。…以喻太子放逐無輔翼,如木之傷病無枝葉也。」劉敞《七經小傳》:「木瘣則無枝,無枝則木死矣。亦若王受讒放逐太子,自殘其嗣,其嗣誠殘,王亦且弊踣矣。」王先謙《集疏》:「《魯》,壞作瘣。」參「懷」。

讙(讙) huān 呼官切 (山合一平桓曉) 寒部、曉母

讙曉(xiāo),喧嘩爭吵。見「愇」。

洹 huán 胡官切 (山合一平桓匣) 雨元切 (山合三平元雲) 寒部、匣母

水盛大。見「渙」。

桓 huán 胡官切 (山合一平桓匣) 寒部、匣母

威武;剛勇。(頌1)304《商頌·長發》二章:「玄王桓撥,受小國是達,受大國是達。」朱熹《集傳》:「桓,武。」王先謙《集疏》:「《韓》撥作發…'桓撥'二字平列。訓桓爲武,訓發爲明,言玄王有英明之姿。」鄭曉《古言類編》卷上:「'桓撥'二字本湯功烈。桓者,武也。撥者,撥亂反正也。」屈萬里《詮釋》:「桓撥二字平列,皆剛勇之義。」一說:大。《毛傳》:「桓,大;撥,治也。」

【桓】《周頌》篇名(294)。這是歌頌周武王的詩。寫武王克商，五穀豐登，各國安定，天下太平。這是周代《大武》樂歌的第六章。《左傳‧宣公十二年》："夫文，止戈為武。武王克商，作《頌》…其六曰：'綏萬邦，屢豐年。'"朱熹《集傳》："此亦頌武王之功。…《春秋傳》以此為《大武》之六章。則今之篇次蓋已失其舊矣。《詩序》云：'《桓》，講武類禡也。桓，武志也。'"蔡邕《獨斷》："《桓》，師祭講武類禡之所歌也。"明毛、魯詩同。孔穎達《正義》："謂武王將欲伐殷，陳列六軍，講習武事，又為類祭(祭天)於上帝，為禡祭(祭軍神)於所征之地，治兵祭神，祭後克剋。至周公、成王太平之時，詩人追述其事而為此歌焉。《序》又說篇名之意：桓者，威武之志，言講武功之時，軍師皆武，故取桓字名篇也。"詩中并無"講武類禡"的內容，故姚際恒《通論》謂《序》為"純乎杜撰"。一章，九句。
【桓桓】威武的樣子。(頌 2)299《魯頌‧泮水》六章："桓桓于征，狄彼東南。"《毛傳》："桓桓，威武貌。"按《爾雅‧釋訓》："桓桓，威也。"《廣雅‧釋訓》："桓桓，武也。"

狟(狟) huán 胡官切（山合一平桓匣）
況袁切（山合三平元曉）
寒部、匣母
小貊。(風 1)112《魏風‧伐檀》一章："胡瞻爾庭有縣狟兮。"《鄭箋》："貊子曰狟。"陸德明《釋文》："狟本亦作狟。音桓，貊子也。"一說：狗貛。朱熹《集傳》："狟，貊類。"李時珍《本草綱目‧獸部》："貛，狗貛，天狗。貛又作狟。…狗貛，處處山野有之，穴土而居，形如家狗而腳短，食果實，有數種相似，其肉味甚美，皮可為裘。"

環(环) huán 戶關切（山合二平刪匣）
寒部、匣母
環兒；圈形的東西。見【重環】【游環】。

還(还) (一) huán 戶關切（山合二平刪匣）
寒部、匣母
❶返回；回來。(風 4，雅 2)75《鄭風‧緇衣》一章："適子之館兮，還，予授子之粲兮。"199《小雅‧何人斯》六章："爾還而入，我心

易也。"《鄭箋》："還，行反也。"
(二) xuán 似宣切（山合三平仙邪）
寒部、邪母
❷掉轉過來。(風 1)39《邶風‧泉水》三章："載脂載舝，還車言邁。"《鄭箋》："還車者，嫁時乘來，今思乘以歸。"孔穎達《正義》："還迴其車，我則乘之以行。"朱熹《集傳》："還，回旋也。旋其嫁來之車也。"❸輕快敏捷的樣子。(風 1)97《齊風‧還》一章："子之還兮，遭我乎峱之間兮。"《毛傳》："還，便捷之貌。"陳奐《傳疏》："便之言疾也，軍得曰捷。便捷者，疾得之謂也。"《說文‧走部》："趯，疾也。"段玉裁注："《齊風》：'子之還兮。'毛曰：'還，便捷之貌。' 按，毛以還為趯之假借也。"一說：美好的樣子。陸德明《釋文》："《韓詩》作嬛。嬛，好貌。"王引之《述聞》卷五："《韓詩》說是也。二章'子之茂兮'，《毛傳》曰：'茂，美也。'三章'子之昌兮'，《毛傳》曰：'昌，盛也。'《箋》曰：'佼好貌。'昌、茂皆好，則嬛亦好也。作還者，假借字耳。《漢書‧地理志》引《齊詩》作'子之營兮，遭我虖嶩之山兮'。顏師古注："《毛》作還，《齊》作營。之，往也。嶩，山名也。言往適營邱而相逢於嶩山也。"

【還】《國風‧齊風》篇名(97)。寫兩個獵人在山間相遇，並駕齊驅去追捕野獸，並互相贊美。反映了齊國人喜歡游獵的風俗。每句都用語氣詞"兮"，或以為開"騷賦"之先聲。朱熹《集傳》："獵者交錯於道路，且以便捷輕利相稱譽如此，而不自知其非也。"袁梅《譯注》："這是古代的獵人互相贊美稱譽的詩。《詩序》說是諷刺齊哀公的詩："還，刺荒也。哀公好田獵，從逐禽獸而無厭，國人化之，遂成風俗，習於田獵謂之賢，閑(嫻)於馳逐謂之好焉。"豐坊《詩說》："齊俗好田，君子刺之。"方玉潤《原始》："《還》，刺齊俗以弋獵相矜尚也。"

【還歸】返回。(風 4，雅 2)13《召南‧采蘩》三章："被之祁祁，薄言還歸。"《鄭箋》："我還歸者，自廟返歸燕寢。"263《大雅‧常武》六章："徐方不回，王曰還歸。"《鄭箋》："還歸，振旅也。"朱熹《集傳》："還歸，班師而歸也。"

萑 huán　胡官切（山合一平桓匣）
寒部、匣母

❶蘆葦一類的植物。没有長穗的叫蒹，長穗的叫萑。(雅1)197《小雅·小弁》四章："有漼者淵，萑葦淠淠。"陸璣《詩義疏》："葭，一名蘆菼，一名薍。薍，或謂之荻，至秋堅成，則謂之萑。"《周禮·春官·司几筵》："凡喪事，設葦席，右素几。其柏ım用萑蒻純。"鄭玄注："萑，如葦而細者。"王先謙《集疏》："《魯》萑作莞。《韓》作藋。"❷用作動詞，指收割萑葦。(風1)154《豳風·七月》三章："七月流火，八月萑葦。"《毛傳》："豫畜萑葦，可以爲曲也。"孔穎達《正義》："八月萑葦既成，豫畜之以擬蠶用。"

睍 huán　户板切（山合二上潸匣）
寒部、匣母

❶星光明亮的樣子。(雅1)203《小雅·大東》六章："睍彼牽牛，不以服箱。"《毛傳》："睍，明星貌。"阮元《校刊記》："小字本睍作皖。"❷果實渾圓的樣子。(雅2)169《小雅·杕杜》一章："有杕之杜，有睍其實。"《毛傳》："睍，實貌。杕杜猶得其時蕃滋，役夫勞苦，不得盡其天性。"陸德明《釋文》："睍，華反，字從白，或作目邊，實貌。"陳奂《傳疏》："有皖其實，喻子孫多也。"又見【睍睍】。參"睍"。

皖 huán　户板切（山合二上潸匣）
寒部、匣母

果實渾圓貌。見"睍"。

奂（奐）huàn　火貫切（山合一去換曉）
寒部、曉母

伴奂，廣大而有文采。見"伴"。

换 huàn　★呼玩切（山合一去換曉）
寒部、曉母

畔援，又作"畔換"。見"畔"。

涣（渙）huàn　火貫切（山合一去換曉）
寒部、曉母

【涣涣】水盛大的樣子。(風1)95《鄭風·溱洧》一章："溱與洧，方涣涣兮。"《毛傳》："涣涣，春水盛也。"《鄭箋》："仲春冰釋，水則涣然。"《說文·水部》"潧"字下引《詩》作"汍汍"，《漢書·地理志》引《詩》作"灌灌"，《後漢書·袁紹傳》李賢注引《韓詩》作"洹洹"。王先謙《集疏》："《韓》，涣作洹，云盛貌也。謂三月桃花水下之時至盛也。《齊》作灌，《魯》作汍。"

又見【判涣】。

患 huàn　胡慣切（山合二去諫匣）
寒部、匣母

憂患；災禍。(頌1)289《周頌·小毖》："予其懲而毖後患。"朱熹《集傳》："成王自言，予何所懲而謹後患乎？"

澣（浣）huàn　胡管切（山合一上緩匣）
寒部、匣母

洗；洗滌。(風3)2《周南·葛覃》三章："薄污我私，薄澣我衣。"《鄭箋》："澣，謂濯之耳。"26《邶風·柏舟》五章："心之憂矣，如匪澣衣。"《毛傳》："如衣之不澣矣。"朱熹《集傳》："匪澣衣，謂垢污不濯之衣。"嚴粲《詩緝》："我心之憂，如不澣濯其衣。言處亂君之朝，與小人同列，其忍垢含辱如此。"按《玉篇·水部》："澣，濯也。浣同澣。"

宦 huàn　胡慣切（山合二去諫匣）
寒部、匣母

服事；侍奉。見"貫"。

荒 huāng　呼光切（宕合一平唐曉）
呼浪切（宕合一去宕曉）
陽部、曉母

❶掩蓋；覆蓋。(風1)4《周南·樛木》二章："南有樛木，葛藟荒之。"《毛傳》："荒，奄也。"陳奂《傳疏》："奄與掩通。"馬瑞辰《通釋》："奄地曰荒，掩樹亦曰荒。"❷大；廣大。(雅1)250《大雅·公劉》五章："度其夕陽，豳居允荒。"《毛傳》："荒，大也。"《鄭箋》："豳之所處，信意大也。"❸墾治；墾辟。(頌1)270《周頌·天作》："天作高山，大王荒之。"朱熹《集傳》："荒，治。言天作岐山，而大王始治之。"嚴粲《詩緝》："治荒爲荒，猶治亂爲亂也。今諺言開荒，即始辟之意也。"楊樹達《述林》卷六："《說文》一篇下艸部云：'荒，蕪也。'蕪謂之荒。墾治蕪穢亦謂之荒。古名、動同辭之通例也。"一說：擴大。《毛傳》："荒，大也。天生萬物於高山，大王行道，能大天之所作也。"按《國語·晉語》鄭叔詹曰："在《周頌》曰'天作高山，大王荒之'。

皇 huáng　197

荒，大之也，大天所作，可謂親有天也。"此《毛傳》所本。又一說：奄有；擁有。俞樾《平議》卷十一："言大王自豳遷岐，奄有其地也。"❹擁有；據有。(頌2)300《魯頌·閟宮》六章："奄有龜蒙，遂荒大東。"《毛傳》："荒，有也。"《鄭箋》："荒，奄也。"陸德明《釋文》："荒如字。毛，有也。鄭，奄也。《韓詩》作荒，云：至也。"王先謙《集疏》："《魯》，荒作恍。"《韓》說曰："荒，至也。"按《爾雅·釋詁》："恍，有也。"郭璞注引《詩》"遂恍大東"。馬瑞辰《通釋》："荒、恍一聲之轉。…古有與至、大義皆相成，蓋大則無所不有，有則無所不至。"❺荒蕪；空虛。(雅2)265《大雅·召旻》一章："民卒流亡，我居圉卒荒。"《鄭箋》："荒，虛也。"257《大雅·桑柔》七章："哀恫中國，具贅卒荒。"《毛傳》："荒，虛也。"《鄭箋》："哀痛乎中國之人，皆見係屬於兵役，家家空虛也。"❻荒淫；逸樂過度。(風3、雅1)114《唐風·蟋蟀》一章："好樂無荒，良士瞿瞿。"《鄭箋》："荒，廢亂也。"256《大雅·抑》三章："顛覆厥德，荒湛於酒。"馬瑞辰《通釋》："荒湛者，《管子》云：'從樂而不反者謂之荒。'荒亦樂酒無厭之意。"

皇 huáng　胡光切（宕合一平唐匣）
　　　　陽部、匣母

❶大；偉大。(雅3、頌2)192《小雅·正月》四章："有皇上帝，伊誰云憎。"朱熹《集傳》："皇，大也。"241《大雅·皇矣》一章："皇矣上帝，臨下有赫。"《毛傳》："皇，大。"陳奐《傳疏》："皇訓大，美大之稱。"❷美好。(雅1、頌2)235《大雅·文王》三章："思皇多士，生此王國。"《毛傳》："皇，天。"朱熹《集傳》："思，語辭。皇，美。…美哉此衆多之賢士而生於此文王之國也。"276《周頌·臣工》："於皇來牟，將受厥明。"朱熹《集傳》："於皇，歎美之辭。"(來牟：大麥、小麥。明：成；成熟。)❸君。(頌2)294《周頌·桓》："於昭于天，皇以間之。"《鄭箋》："皇，君也。"紂爲天下之君，但由爲惡，天以武王代之。"孔穎達《正義》："言武王當天意以代紂。"一說：美；美道。孔穎達《正義》引王肅說："於乎周道乃昭見于天，故用美道代殷定天下。"又一說：爲君。朱熹《集傳》："《傳》曰：'間，

代也。'言君天下以代商也。"又一說：天，皇天。戴震《考證》："武王之德上昭乎天，天以武王代之。皇，如'惟皇上帝'之皇，謂天也。"❹發揚光大。(頌1)269《周頌·烈文》："念茲戎功，繼序其皇之。"朱熹《集傳》："皇，大也。…使汝之子孫繼序而益大之也。"一說：君；爲君。《鄭箋》："皇，君也。"馬瑞辰《通釋》："謂諸侯世繼其先祖之緒以爲君也。"❺贊美；贊許。(頌1)274《周頌·執競》："不顯成康，上帝是皇。"《毛傳》："皇，美也。"嚴粲《詩緝》："上帝用是皇美之。"❻往；前往。(雅2)209《小雅·楚茨》二章："先祖是皇，神保是饗。"《鄭箋》："皇，睢。先祖以孝子祀禮芬明之故，精氣歸睢，其鬼神又安而享其祭祀。"210《小雅·信南山》六章："先祖是皇，報以介福。"《鄭箋》："皇之言睢也。先祖之靈歸睢是孝孫，而報之以福。"馬瑞辰《通釋》："皇之言徨，謂先祖所徬徨，即睢也。《爾雅》：'徨，往也。'"一說：贊美。《毛傳》："皇，大也。"孔穎達《正義》："毛以先祖之精魂，於是美大之，報以大大之福。"❼毛色黃白。(風1)156《豳風·東山》四章："之子于歸，皇駁其馬。"《毛傳》："黃白曰皇，駵白曰駁。"王先謙《集疏》："《魯》，皇作騜。"❽通"煌"。輝煌；鮮明。(雅2)178《小雅·采芑》二章："朱芾斯皇，有瑲葱珩。"《毛傳》："皇，猶煌煌也。"189《小雅·斯干》八章："朱芾斯皇，室家君王。"《鄭箋》："皇，猶煌煌也。芾者，天子純朱，諸侯黃朱。"❾古代傳說中的雌鳳。後來寫作"凰"。(雅3)252《大雅·卷阿》七章："鳳皇于飛，翽翽其羽。"《毛傳》："鳳皇，靈鳥仁瑞也，雄曰鳳，雌曰皇。"朱熹《集傳》作"鳳凰"。❿通"騜"。毛色黃白的馬。(頌1)297《魯頌·駉》一章："薄言駉者，有騅有皇。"《毛傳》："騜馬白跨曰騙，黃白曰皇。"《說文·馬部》騜字下、《爾雅·釋畜》郭注引《詩》作"騜"。王先謙《集疏》："《魯》，皇作騜。"⓫通"遑"。閑暇；閑空。(雅3)232《小雅·漸漸之石》一章："武人東征，不皇朝矣。"孔穎達《正義》："疲於軍役而病，不暇脩禮而相朝也。…《詩》中諸言'不皇'，多爲'不暇'。"陳奐《傳疏》："皇，暇也。不皇

朝,言無暇日耳。"朱熹《集傳》本作"遑"。
⑫通"匡"。匡正。(風 1)157《豳風•破斧》一章:"周公東征,四國是皇。"《毛傳》:"皇,匡也。"陳奐《傳疏》:"匡,讀如'一匡天下'之匡。"《爾雅•釋言》:"皇,正也。"郭璞注引《詩》:"四國是皇。"王先謙《集疏》:"《魯》說曰:皇,正也。"季旭昇《新證》:"從古文字的立場來看,皇的本義是征討、匡正,後來假借為輝煌、盛大、帝王。…《毛詩》本篇用皇是本字本義。"一說:通"惶"。惶遽;恐懼。戴震《考證》:"皇,當為皇遽之皇,言以四國之故,皇遽不寧。"聞一多《類鈔》:"惶,恐懼之也。"
【皇父(fǔ)】1)人名,也作"皇甫"。周宣王大臣,任太師。(雅 1)263《大雅•常武》一章:"大師皇父。"《毛傳》:"皇甫為大師。"孔穎達《正義》:"皇父為太師,謂命此皇父為太師。"馬瑞辰《通釋》:"據《竹書紀年》:'幽王元年,王錫大師皇父尹氏命。'則皇父實為尹氏,即二章所云'王謂尹氏'。"2)人名。周幽王執政大臣。(雅 3)193《小雅•十月之交》四章:"皇父卿士。"《鄭箋》:"皇父,家伯、仲允,皆字。"陳奐《傳疏》:"卿士,三公執朝政者,幽王時則皇父也。宣王之時,皇父為大師,與此皇父必是二人。…疑皇父即虢石父,或皇父祖向,改以虢石父代之。"一說:周宣王之卿士。阮元《補箋》:"皇父乃南仲之孫,周宣王時卿士,命征淮徐者。"
【皇皇】1)偉大的。(頌 1)300《魯頌•閟宮》三章:"皇皇后帝,皇祖后稷。"2)美好的樣子。(雅 1、頌 1)249《大雅•假樂》二章:"穆穆皇皇,宜君宜王。"朱熹《集傳》:"穆穆,敬也。皇皇,美也。"王先謙《集疏》:"《齊》、皇作煌。"299《魯頌•泮水》六章:"烝烝皇皇,不吳不揚。"《毛傳》:"烝烝,厚也;皇皇,美也。"《鄭箋》:"皇皇當作喤喤,喤喤猶往往也。"3)通"煌煌",顔色鮮明的樣子。(雅 1)163《小雅•皇皇者華》一章:"皇皇者華,于彼原隰。"《毛傳》:"皇皇,猶煌煌也。"陳奐《傳疏》:"皇,古煌字,…煌煌,華色明也。"
【皇皇者華】《小雅》篇名(163)。這是一首寫使臣外出調查情況,訪問賢者,采集意見的詩。《詩序》:"《皇皇者華》,君遣使臣以禮樂,言遠而有光華也。"可能是據《左傳•襄公四年》"《皇皇者華》,君教使臣"而言。朱熹《集傳》:"此遣使臣之詩也。"陳子展《直解》:"今按《皇皇者華》與《四牡》同是使臣在途自咏之作,後乃作為樂章,一用之於君勞使臣之來,一用之於君遣使臣之往。"五章,二十句。
【皇澗】澗名。源出甘肅正寧縣,上游叫羅水,西南流經旬邑、栒邑入涇水。(雅 1)250《大雅•公劉》六章:"夾其皇澗,遡其過澗。"《毛傳》:"皇,澗名也。"
【皇考】1)古代王室稱已死的父親。(頌 2)286《周頌•閔予小子》:"於乎皇考,永世克孝。"朱熹《集傳》:"皇考,武王也。"287《周頌•訪落》:"休矣皇考,以保明其身。"孔穎達《正義》:"上言昭考,此言皇考,皆斥武王也。"2)死去父祖的通稱。(頌 1)282《周頌•雝》:"假哉皇考,綏予孝子。"孔穎達《正義》:"考者,成德之名,可以通其父祖。"朱熹《集傳》:"皇考,文王也。"
【皇天】天;上帝。(雅 1、頌 1)256《大雅•抑》四章:"肆皇天弗尚。"(尚:保佑;佑助。)282《周頌•雝》:"燕及皇天,克昌厥後。"(燕:安。)按《王風•黍離•傳》:"君而尊之,則稱皇天。"
【皇王】君王;大王。(雅 3、頌 1)244《大雅•文王有聲》五章:"皇王烝哉!"朱熹《集傳》:"皇王,有天下之號,指武王也。"286《周頌•閔予小子》:"於乎皇王,繼序思不忘。"《鄭箋》:"於乎君王,歎文王、武王也。我繼其緒,思其所行不忘也。"朱熹《集傳》:"皇王,兼指文武也。"
【皇矣】《大雅•篇名》(241)。這是敍述周朝開國歷史的史詩。先寫大王開闢岐山,打退昆夷;次敍大伯、王季友愛相讓,繼續發展;最後寫文王伐密、伐崇,取得勝利。宣揚周朝代商是由於"天命"。《詩序》:"《皇矣》,美周也。天監代殷莫若周,周世世修德莫若文王。"朱熹《集傳》:"此詩敍述大王、大伯、王季之德以及文王伐密、伐崇之事也。"王先謙《集疏》:"三家無異義。"八章,九十六句。
【皇祖】1)古代王室稱其祖父。(頌 1)286

《周頌·閔予小子》:"念茲皇祖,陟降庭止。"(此成王稱文王。)2)泛指祖先。(雅2、頌2)264《大雅·瞻卬》七章:"無忝皇祖,式救爾後。"陳奐《傳疏》:"皇祖,文武也。"300《魯頌·閟宮》三章:"皇皇后帝,皇祖后稷。"

凰

huáng 胡光切（宕開一平唐匣）
陽部、匣母

鳳凰。雄曰鳳,雌曰凰。見"鳳"。

偟

huáng 胡光切（宕合一平唐匣）
陽部、匣母

閑暇。見"遑"。

喤

huáng 户盲切（梗合二平庚匣）
虎橫切（梗合二平庚曉）
陽部、匣母

【喤喤】1)嬰兒哭聲。(雅1)189《小雅·斯干》八章:"其泣喤喤。"《說文·口部》:"喤,小兒聲。《詩》曰:'其泣喤喤。'"朱熹《集傳》:"喤,大聲也。2)聲音宏亮和諧。(頌2)274《周頌·執競》:"鐘鼓喤喤。"《毛傳》:"喤喤,和也。"孔穎達《正義》:"喤喤,將將,俱是聲也。"陳奐《傳疏》:"云和者,謂鐘與鼓聲相應也。"《說文·金部》:"鍠,鐘聲也。"引《詩》:"鐘鼓鍠鍠。"《漢書·禮樂志》亦引《詩》作"鍠鍠"。280《周頌·有瞽》:"喤喤厥聲,肅雝和鳴。"

煌

huáng 胡光切（宕開一平唐匣）
陽部、匣母

【煌煌】明亮的樣子;鮮明的樣子。(風1、雅1)140《陳風·東門之楊》一章:"昏以爲期,明星煌煌。"朱熹《集傳》:"煌煌,大明貌。"236《大雅·大明》八章:"檀車煌煌,駟騵彭彭。"《毛傳》:"煌煌,明也。"《鄭箋》:"兵車鮮明馬又強,則暇且整。"朱熹《集傳》:"煌煌,鮮明貌。"參"皇"。

遑

huáng 胡光切（宕合一平唐匣）
陽部、匣母

暇;閑暇。(風4、雅11、頌1)19《召南·殷其雷》一章:"何斯違斯,莫敢或遑。"《毛傳》:"遑,暇也。"陸德明《釋文》:"遑,本或作偟。"35《邶風·谷風》三章:"我躬不閱,遑恤我後。"《鄭箋》:"我身尚不能自容,何暇憂我後所生子孫也。"陳奐《傳疏》:"遑,古祇作皇。《禮記》、《左傳》皆作皇。皇,暇也。'皇恤我後',言不暇憂我後人也。"305《商頌·殷武》四章:"不僭不濫,不敢怠遑。"《鄭箋》:"遑,暇也。"《左傳·襄公二十六年》引《詩》作"不敢怠皇"。參"皇"。

鍠

huáng 户盲切（梗合二平庚匣）
★胡光切（宕合一平唐匣）
陽部、匣母

鐘鼓聲。見"喤"。

騜

huáng 胡光切（宕合一平唐匣）
陽部、匣母

毛色黄白相間的馬。見"皇"。

黄

huáng 胡光切（宕合一平唐匣）
陽部、匣母

❶黄色。古人以爲地之色。(風3、雅4、頌2)214《小雅·裳裳者華》三章:"裳裳者華,或黄或白。"《鄭箋》:"華或有黄者,或有白者,興明王之德,時有駁而不純。"233《小雅·苕之華》一章:"苕之華,芸其黄矣。"《毛傳》:"苕,陵苕也,將落則黄。"王引之《述聞》卷六:"'芸其黄矣',言其盛,非言其衰。"300《魯頌·閟宮》五章:"黄髮台背,壽胥與試。"《鄭箋》:"黄髮、台背,皆壽征也。"嚴粲《詩緝》:"曹氏曰:老人髮白而更黄,背皺如鮐魚皮。"❷染黄。(風1)154《豳風·七月》三章:"載玄載黄,我朱孔陽。"孔穎達《正義》:"染繒則染爲玄,則染爲黄,云我朱之色甚明好矣。"❸變黄;枯萎。(雅1)234《小雅·何草不黄》一章:"何草不黄,何日不行。"《鄭箋》:"至歲晚矣,何草而不黄乎?言皆黄也。"朱熹《集傳》:"草衰則黄。"陳奐《傳疏》:"上章言黄,下章言玄。黄玄,猶玄黄也。"王引之《述聞》卷五:"'何草不黄,何草不玄',玄黄亦病也。猶言無草不死,無木不萎也。以草病興人之勞瘁,亦'中谷有蓷,暵其乾矣'之意。"屈萬里《詮釋》:"草皆黄,蓋初冬時也。"❹黄色帶赤的馬。(風2、雅1、頌2)134《秦風·渭陽》一章:"何以贈之,路車乘黄。"《毛傳》:"乘黄,四馬也。"179《小雅·車攻》六章:"四黄既駕,兩驂不猗。"孔穎達《正義》:"四黄之馬既駕矣。"297《魯頌·駉》一章:"有驪有黄,以車彭彭。"《毛傳》:"黄騂曰黄。"❺指黄色的束西。(風1)98《齊風·著》三章:"充耳以黄乎

而。"《毛傳》:"黃,黃玉。"《鄭箋》:"黃,統之黃。"聞一多《類鈔》:"黃是統的顏色。"

【黃耇】長壽;高壽。年老則髮黃。(雅 3、頌 1)302《商頌·烈祖》:"綏我眉壽,黃耇無疆。"陳奐《傳疏》:"綏,安也。眉壽、黃耇皆壽徵,言安我無疆之福壽也。"172《小雅·南山有臺》五章:"樂只君子,遐不黃耇。"《毛傳》:"黃,髮也;耇,老。"朱熹《集傳》:"黃,老人髮復黃也;耇,老人面凍梨色,如浮垢也。"

【黃黃】通"煌煌"。色采鮮明的樣子。(雅 1)225《都人士》一章:"彼都人士,狐裘黃黃。"一說:黃色。《鄭箋》:"冬則衣狐裘黃黃然,取溫裕而已。"朱熹《集傳》:"黃黃,狐裘色也。"賈誼《新書·等齊》引《詩》作"彼都人士,狐裘黃裳。"

【黃流】即秬鬯。用黑黍合香草釀成的酒。(雅 1)239《大雅·旱麓》二章:"瑟彼玉瓚,黃流在中。"《鄭箋》:"黃流,秬鬯也。"陸德明《釋文》:"以黑黍米擣鬱金草取汁而煮之,和釀其酒,其氣芬香調鬯,故謂之秬鬯。"吳閭生《會通》:"黃流,秬鬯也。釀秬黍為酒,以瓚酌而祼之也。"朱熹《集傳》:"黃流,鬱鬯也。"程大昌《衍繁露》卷七:"大祭祀必用鬱鬯,鬱鬯也者,釀秬黍以為質,而資鬱金草以為之色,故詩人形容其狀則為黃流也。黃流也者,用以灌地,而求神最重之禮也。"一說:"黃,黃金勺;流,酒。《毛傳》:"黃,金所以飾。流,鬯也。"陳奐《傳疏》:"黃即勺,流即酒。…黃流在其中,言秬鬯之酒,自勺中流出也。"又一說:玉瓚上流水的口。屈萬里《詮釋》:"流,流水之口也。瓚有流,以黃金為之,色黃,故曰黃流。在中,謂流在器之中央也。"

【黃茂】良種的穀。(雅 1)245《大雅·生民》五章:"茀厥豐草,種之黃茂。"朱熹《集傳》:"黃茂,嘉穀也。"程瑤田《九穀考》:"始生曰苗,成熟曰禾,禾實曰粟,粟實曰米,米名曰粱,其大名曰嘉穀,言其色則曰黃茂。"一說:黃,良種的穀;茂,美盛。《毛傳》:"黃,嘉穀也。茂,美也。"馬瑞辰《通釋》:"《墨子·明鬼篇》:'擇五穀之芳黃以為酒醴粢盛。'是五穀通可謂之黃。"又一說:茂盛。屈萬里

《詮釋》:"黃茂,茂盛也。言除去豐草,種之則茂盛也。"

【黃鳥】黃雀。(風 5、雅 6)2《周南·葛覃》一章:"黃鳥于飛,集于灌木。"《毛傳》:"黃鳥,搏黍也。"郝懿行《爾雅義疏》:"按此即今之黃雀,其形如雀而黃,故名黃鳥,又名搏黍。"一說:黃鸝。孔穎達《正義》引陸璣《詩義疏》:"黃鳥,黃鸝留也,或謂之黃栗留,幽州人謂之黃鶯。"朱熹《集傳》:"黃鳥,鵙也。"230《小雅·緜蠻》一章:"緜蠻黃鳥,止于丘隅。"孫奕《示兒編》卷三:"黃鳥有二種,名同而實異,小大殊也。如'黃鳥于飛,集于灌木,其鳴喈喈','睍睆黃鳥,載好其音'者,鸎也,詩人取其善鳴者也。如'交交黃鳥,止于棘、于桑、于楚'者,黃雀,詩人言其交交而集於楚棘者衆多也。如'黃鳥黃鳥,無啄我粟、我梁、我黍'亦黃雀。蓋啄其粟與梁黍,正今人稻粱熟時,黃雀群集於田壠以啄,為人所羅、所逐者,正謂此耳。"

[黃鳥(一)]《國風·秦風》篇名(131)。公元前 621 年,秦穆公任好死,秦康公立,遵照穆公遺囑,殺了一百七十七人為他殉葬,其中有為人民所敬重的子車氏三兄弟。秦國人民哀悼他們,寫了這首詩,對統治者的暴行提出了強烈的抗議,對屈死的"良人"表示了深切的同情。《詩序》:"《黃鳥》,哀三良也。國人刺穆公以人從死,而作是詩也。《左傳·文公六年》:"秦伯任好卒,以子車氏之三子奄息、仲行、鍼虎為殉,皆秦之良也。國人哀之,為之賦《黃鳥》。"王先謙《集疏》:"三家皆謂秦穆要人從死,穆公既死,三臣自殺以從也。"三章,三十六句。

[黃鳥(二)]《小雅》篇名(187)。《詩序》:"《黃鳥》,刺宣王也。"孔穎達《正義》:"刺其以陰禮教男女之親而不至篤,聯結其兄弟夫婦之道不能堅固,令使夫婦相棄,是王之失教,故舉以刺之也。"漢唐以及清代學者大都以為這是婦女被丈夫遺棄,想回娘家的詩。陳啓源《稽古編》:"《黃鳥》、《我行其野》,此二詩皆棄婦之詞也。室家相棄,由王失教而然,所以為刺也。"宋代學者以為是一個貴族男子流落他國,不得安居,思歸故鄉的詩。朱熹《集傳》:"民適異國,不得

其所,故作此詩。托爲呼其黄鳥而告之曰:"爾無集於穀,而啄我之粟,苟此邦之人不以善道相與,我不久於此而將歸矣。"現代學者多同意朱熹這個説法。郭沫若《研究》:"黄鳥就是瓦雀,這和耗子是一樣,也就和坐食階級是一樣,没有一個地方是没有的。痛恨本國的碩鼠逃了出來,逃到外國來,又遇着有一樣的黄鳥,天地間哪里有樂土呢? 倦於追求的人,他又想逃回他本國去了。"三章,二十一句。

又見【玄黄】。

簧 huáng 胡光切(宕合一平唐匣) 陽部、匣母

❶樂器里用竹箬或銅制成的發聲薄片。(雅 1)198《小雅·巧言》五章:"巧言如簧,顔之厚矣。"陳奂《傳疏》:"如簧,如笙之鼓簧也。"馬國翰《目耕帖》卷十七:"如簧者,巧言也。若好音然,能悦人之耳,皆小人之工於讒諂耳。"❷一種樂器。大笙。(風 2、雅 1)67《王風·君子陽陽》一章:"左執簧,右招我由房。"《毛傳》:"簧,笙也。"孔穎達《正義》:"簧者,笙管之中金薄鑠也。"《春官·笙師》注鄭司農云:"笙十三簧。笙必有簧,故以簧表笙。"《傳》以笙簧一器,故云:"簧,笙也。朱熹《集傳》:"簧,笙竽管中金葉也。…吹則鼓之而出聲,所謂簧也。故笙竽皆謂之簧。笙十三簧或十九簧,竽三十六簧也。"馬瑞辰《通釋》:"簧亦樂器之一。《世本》:'女媧作笙,隨作簧。'宋均注:'隨,女媧之臣。笙、簧二器。'《説文》:'隨作笙,女媧作簧。'與《世本》互異,亦以笙、簧爲二器。《爾雅》:'大笙謂之巢。'《文選·笙賦》李注引《爾雅》作'大笙謂之簧'。疑李善所見《爾雅》本自作簧。…凡笙管中施簧謂之簧,笙之大者亦謂之簧。《鹿鳴》詩'吹笙鼓簧'與'鼓瑟鼓琴'爲一類,皆以簧别爲一器。此詩'左執簧',《車鄰》詩'竝坐鼓簧',亦别器也。"一説。哨子。俞正燮《癸巳類稿》卷二:"簧,即今欬子。《通俗文》爲哨子。喇叭、嗩呐、口琴皆有之。其單用則曰哨子,亦曰叫子。…謂'巧言如簧'者,鼓欬子能效鸞鳳百鳥之音,言之巧者似之。不得謂簧即笙,言如笙也。"

煇(煒) huī 許歸切(止合三平微曉) 微部、曉母

戸昆切(臻合一平魂匣) 胡本切(臻合一上混匣) 文部、匣母

同"輝"。閃爍的光彩;光輝。(雅 1)182《小雅·庭燎》三章:"庭燎有煇,君子至止,言觀其旂。"《毛傳》:"煇,光也。"《説文·火部》:"煇,光也。"段玉裁注:"煇、光二字音義皆同。析言之則煇、光有别。…朝旦爲煇,日中爲光。"屈萬里《詮釋》:"煇,光貌。有煇,煇然也。"一説:火氣。朱熹《集傳》:"煇,火氣也。天欲明而見其烟光相雜也。"王夫之《詩繹》:"庭燎有煇,鄉晨之景莫妙於此。晨色漸明,赤光雜烟而靉靆,但以'有煇'二字寫之。"

翬(翬) huī 許歸切(止合三平微曉) 微部、曉母

具有五彩的野鷄;錦鷄。(雅 1)189《小雅·斯干》四章:"如鳥斯革,如翬斯飛。"《鄭箋》:"伊洛而南,素質、五色皆備成章,曰翬。…翬者,鳥之奇異者也。"陸德明《釋文》:"翬,音輝,雉名。"朱熹《集傳》:"其棟宇峻起,如鳥之警而革也;其檐阿華采而軒翔,如翬之飛而矯其翼也。"

徽 huī 許歸切(止合三平微曉) 微部、曉母

美好。(雅 2)223《小雅·角弓》六章:"君子有徽猷,小人與屬。"《毛傳》:"徽,美也。"朱熹《集傳》:"苟王有美道,則小人將爲善以附之。"240《大雅·思齊》一章:"大姒嗣徽音,則百斯男。"《鄭箋》:"徽,美也。"嚴粲《詩緝》:"歐陽氏曰:徽音,美聲也。…大姒能繼其美聲。"

麾 huī 許爲切(止合三平支曉) 歌部、曉母

揮動;指揮。(雅 1)190《小雅·無羊》三章:"麾之以肱,畢來既升。"陳奂《傳疏》:"以手曰招,用臂曰麾。"

回(囘) huí 戸恢切(蟹合一平灰匣) 微部、匣母

❶回繞;旋轉。(雅 1)258《大雅·雲漢》一章:"倬彼雲漢,昭回于天。"《毛傳》:"回,轉

也。"《鄭箋》："精光轉運於天,時旱渴雨。"陳奐《傳疏》："回訓轉,讀如水流轉之轉。"
❷違反;背叛。(雅 2)263《大雅・常武》六章:"徐方不回,王曰還歸。"《鄭箋》:"回,猶違也。"朱熹《集傳》:"回,違也。"236《大雅・大明》三章:"厥德不回,以受方國。"《毛傳》:"回,違也。"陳奐《傳疏》:"不違,不違德也。"《左傳・昭公二十六年》引此詩并注釋說:"君無違德,方國將至。"一說:邪僻。朱熹《集傳》:"回,邪也。"❸邪僻。(雅 2、頌 1)208《小雅・鼓鍾》二章:"淑人君子,其德不回。"《毛傳》:"回,邪也。"239《大雅・旱麓》六章:"豈弟君子,求福不回。"朱熹《集傳》:"回,邪也。"陳奐《傳疏》:"樂易之君子,求福不以邪道。"何楷《古義》:"黃震云:…回,乃入於邪之所自始也。人心初何嘗不正不直,一旦禍福在前,計較之念一萌,即爲回轉。…不知一有回轉,即入於邪,不可復還。"一說:違背。《鄭箋》:"不回者,不違先祖之道。"

【回遹】邪僻。(雅 4)195《小雅・小旻》一章:"謀猶回遹,何日斯沮。"《毛傳》:"回,邪;遹,辟。"胡承珙《後箋》:"辟謂邪僻。"256《大雅・抑》十二章:"回遹其德,俾民大棘。"陳奐《傳疏》:"回遹,邪僻也。"265《大雅・召旻》二章:"潰潰回遹,實靖夷我邦。"孔穎達《正義》:"其行邪僻,實謀滅我王之邦國。"朱熹《集傳》:"回遹,邪僻也。"

洄 huí 戶恢切(蟹合一平灰匣)
微部、匣母

彎曲的水道。(風 3)129《秦風・蒹葭》一章:"遡洄從之,道阻且長。"《毛傳》:"逆流而上曰遡洄。"俞樾《平議》:"《爾雅・釋水》:'澮斷流川,過辨回川。'郭璞解上句曰'通流',解下句曰'旋流'。此洄字即彼回字,此游字即彼流字。…遡之於回川,則道阻且長,喻不以禮求之也。"聞一多《類鈔》:"洄是回旋盤紆的水道。"

悔 huí 呼罪切(蟹合一上賄曉)
荒內切(蟹合一去隊曉)
之部、曉母

❶懊悔。(風 3)22《召南・江有汜》一章:"不我以,其後也悔。"88《鄭風・丰》一章:

"子之丰兮,俟我乎巷兮,悔予不送兮。"
❷恨;怨恨。(雅 1)258《大雅・雲漢》六章:"敬恭明神,宜無悔怒。"《毛傳》:"悔,恨也。"
❸過失;遺憾。(雅 3)245《大雅・生民》八章:"后稷禋祀,庶無罪悔。"《鄭箋》:"后稷肇祀上帝於郊,而天下衆民咸得其所,無有罪過也。"王引之《述聞》卷七:"悔與罪義相近。過謂之悔,故咎亦謂之悔。…過謂之悔,亦謂之尤。《論語・爲政》篇:'多聞闕疑,慎言其餘,則寡尤。多見闕殆,慎行其餘,則寡悔。'悔亦尤也,變文協韻耳。"256《大雅・抑》十二章:"聽用我謀,庶無大悔。"241《大雅・皇矣》四章:"比於文王,其德靡悔。"朱熹《集傳》:"悔,遺恨也。至於文王,則其德亦無遺恨。"一說:通"晦"。終;已。馬瑞辰《通釋》:"悔,當爲晦之假借。《尚書・洪範》:'曰貞曰悔。'鄭注:'悔之言晦也。'段玉裁、桂馥並曰:'晦,猶終也。'…其德靡悔,猶云其德不已。"

毀 huǐ 許委切(止合三上紙曉)
微部、曉母

破壞;毁壞。(風 1)155《豳風・鴟鴞》一章:"鴟鴞鴟鴞,既取我子,無毀我室。"《鄭箋》:"言已取我子者,幸無毀我巢。"朱熹《集傳》:"以比武庚既敗管蔡,不可更毀我王室也。"
參"燬"。

燬(烜) huǐ 許委切(止合三上紙曉)
微部、曉母

火;烈火焚燒。(風 2)10《周南・汝墳》三章:"魴魚赬尾,王室如燬。"《毛傳》:"燬,火也。"陸德明《釋文》:"燬,音毀,齊人謂火曰燬。字書作烜,音毀。《說文》同。一音火尾反。或云:楚人名火曰燥,齊人曰燬,吳人曰烜。此方俗訛語也。"孔穎達《正義》引孫炎曰:"方言有輕重,故謂火爲燬也。"朱熹《集傳》:"燬,焚也。"王先謙《集疏》:"《韓》說曰:烜,烈火也。"《列女傳・周南之妻》引《詩》作"毀",《韓詩外傳》卷二、《說文・火部》引《詩》作"烜"。馬瑞辰《通釋》:"燬、烜實一字異體。"

虺 (一) huǐ 許偉切(止合三上尾曉)
微部、曉母

❶一種毒蛇。一說是一種象蜥蜴的小蛇。(雅3)189《小雅·斯干》六章:"吉夢維何?維熊維羆,維虺維蛇。"《爾雅·釋魚》孫炎注:"江淮以南,謂虺爲蝮,廣三寸,頭如拇指,有牙,最毒。"朱熹《集傳》:"虺,蛇屬。細頸大頭,色如文綬,大者長七八尺。"192《小雅·正月》六章:"哀今之人,胡爲虺蜴?"嚴粲《詩緝》:"今之人何故爲虺蜴之行,務欲加害人乎?"胡承珙《後箋》:"蓋古人以虺即蛇,虺小蛇大。故《吳語》云:'爲虺弗摧,爲蛇將若何?'"陳奂《傳疏》:"《後漢書·左雄傳》云:'言人畏吏如虺蜴也。"
(二) huǐ 呼恢切（蟹合一平灰曉）
微部、曉母
❷見【虺²虺²】。
【虺²虺²】雷聲。(風 1)30《邶風·終風》四章:"曀曀其陰,虺虺其雷。"《毛傳》:"暴若震雷之聲虺虺然。"朱熹《集傳》:"虺虺,雷將發而未震之聲。以比人之狂惑愈深而未已也。"
【虺隤】(huītuí)也作"瘣穨"。疲勞腿軟。(風 1)3《周南·卷耳》二章:"陟彼崔嵬,我馬虺隤。"《毛傳》:"虺隤,病也。"陸德明《釋文》引孫炎曰:"馬罷不能升高之病。"聞一多《通義》:"虺隤乃病之象徵。《傳》以病釋虺隤,乃以原因釋現象,非謂虺隤即病也。"王先謙《集疏》:"三家,虺作瘣,隤作穨。"

卉
huì 許貴切（止合三去未曉）
　　　許偉切（止合三上尾曉）
微部、曉母

草的總名。(雅 4)204《小雅·四月》二章:"秋日凄凄,百卉具腓。"《毛傳》:"卉,草也。"嚴粲《詩緝》:"錢氏曰:卉,草也。通言之,則草木皆卉也。"168《小雅·出車》六章:"春日遲遲,卉木萋萋。"陳奂《傳疏》:"草之與木,已萋萋然茂美。《方言》:'東越揚州之間名草曰卉也。'《說文》:'卉,草之總名也。'"

噦（哕）
huì 呼會切（蟹合一去泰曉）
月部、曉母

【噦噦】1)有節奏的鈴聲。(雅 1、頌 1)182《小雅·庭燎》二章:"君子至止,鸞聲噦噦。"《毛傳》:"噦噦,徐行有節也。"朱熹《集傳》:"噦噦,近而聞其徐行聲有節也。"299《魯頌·泮水》一章:"其旂茷茷,鸞聲噦噦。"《鄭箋》:"鸞和之聲噦噦然。"朱熹《集傳》:"噦噦,和也。"《說文·金部》:"鉞,車鑾聲也。"引《詩》"鑾聲鉞鉞"。王夫之《詩經考異》:"鉞本音呼會切,俗用爲鈇戉之戉。"2)深廣的樣子。(雅 1)189《小雅·斯干》五章:"噲噲其正,噦噦其冥。"蘇轍《詩集傳》:"噦噦乎其夜冥之深廣也。"嚴粲《詩緝》:"蘇氏曰:'噦噦,深廣之貌。'…其室之冥奧,噦噦深廣也。"朱熹《集傳》:"噦噦,深廣之貌。"馬瑞辰《通釋》:"噦音近昧。噦噦猶昧昧,是狀其室之深暗。一說:寬敞明亮的樣子。《鄭箋》:"噦噦,猶煟煟也。冥,夜也。言居之晝日則快快然,夜則煟煟然,皆寬明之貌。"

濊（涉）
huì 呼會切（蟹合一去泰曉）
huò 呼括切（山合一入末曉）
月部、曉母

【濊濊】撒網入水聲。(風 1)57《衛風·碩人》四章:"施罛濊濊,鱣鮪發發。"《毛傳》:"濊濊,施之水中。"朱熹《集傳》:"濊濊,罛入水聲也。"馬瑞辰《通釋》:"濊濊,蓋施罛水中,礙流之貌。《說文·網部》"罛"下引《詩》"施罛濊濊",同《毛傳》。《水部》:"濊,礙流也。"引《詩》"施罛濊濊"。段玉裁注:"濊,今本作濊,大謬。"又《大部》"奯"下引《詩》"施罛浂浂",本三家。一說:網眼大的樣子。陸德明《釋文》引馬融云:"濊,大魚網目大豁豁也。"

翽（翙）
huì 呼會切（蟹合一去泰曉）
月部、曉母

【翽翽】鳥飛聲。(雅 2)252《大雅·卷阿》一章:"鳳皇于飛,翽翽其羽。"《鄭箋》:"翽翽,羽聲也。"《說文·羽部》:"翽,飛聲也。"引此詩。一說:衆多的樣子。《毛傳》:"翽翽,衆多也。"胡承珙《後箋》:"《說文》云:'鳳飛,群鳥從以萬數。'故鳳古作朋字,此所以有衆鳥之翽翽。"

喙
huì 許穢切（蟹合三去廢曉）
月部、曉母

通"瘨"。疲困。(雅 1)237《大雅·緜》八章:"混夷駾矣,維其喙矣。"《毛傳》:"喙,困也。"《廣韻·廢韻》:"瘨,困極也。"引《詩》作

"㕧"。一説：喘息。《説文·口部》："呬，東夷謂息爲呬。《詩》曰：'犬夷呬矣。'"朱熹《集傳》："㕧，息也。…混夷畏之，而奔突竄伏，維其㕧息而已。"嚴粲《詩緝》："《釋文》云：'㕧，口也。'吕氏曰：'張㕧而息也。'奔趨者，其狀如此。"牟庭《詩切》："㕧，張口喘息，是其義也。"曾運乾《毛詩説》："昆夷奔突於平直之道路，終亦困極而不能與大邦爲仇也。"

瘣 huì 許穢切（蟹合三去廢曉）
月部、曉母

非常疲困。見"㕧"。

嘒 huì 呼惠切（蟹合四去霽曉）
月部、曉母

微小的樣子。(風2、雅1)21《召南·小星》一章："嘒彼小星，三五在東。"《毛傳》："嘒，微貌。"王先謙《集疏》："《韓》嘒作暳。"258《大雅·雲漢》八章："瞻卬昊天，有嘒其星。"《毛傳》："嘒，衆星貌。"孔穎達《正義》："嘒之爲貌，不甚大明，比於日月爲小，故大星小星皆得爲小貌。"一説：明亮的樣子。朱熹《集傳》："嘒，明貌。"馬瑞辰《通釋》："嘒之言慧也。《方言》：'慧、憭，意精明也。'嘒蓋狀星之明貌。"
【嘒嘒】象聲詞。表示蟬聲、鈴聲或管樂聲。(雅2、頌1)197《小雅·小弁》四章："菀彼柳斯，鳴蜩嘒嘒。"《毛傳》："嘒嘒，聲也。"陸德明《釋文》："嘒嘒，蟬聲也。"《玉篇·口部》："嘒，小聲也。"引《詩》"鳴蜩嘒嘒"。222《小雅·采菽》二章："鸞聲嘒嘒。"《毛傳》："嘒嘒，中節也。"301《商頌·那》："嘒嘒管聲。"《毛傳》："嘒然和也。"朱熹《集傳》："嘒嘒，清亮也。"

暳 huì 呼惠切（蟹合四去霽曉）
月部、曉母

微小的樣子；明亮的樣子。見"嘒"。

惠 huì 胡桂切（蟹合四去霽匣）
質部、匣母

❶愛；仁愛。(風5、雅10)41《邶風·北風》一章："惠而好我，携手同行。"《毛傳》："惠，愛。"阜陽《詩經》作"惠然好我"。191《小雅·節南山》五章："昊天不惠，降此大戾。"253《大雅·民勞》一章："惠此中國，以綏四方。"《鄭箋》："惠，愛也。"264《大雅·瞻卬》一章："瞻卬昊天，則不我惠。"《鄭箋》："惠，愛也。仰視幽王爲政，則不愛我下民。"朱熹《集傳》："首言昊天不惠而降亂，無所歸咎之詞也。"❷惠賜；加惠。(雅2、頌1)263《大雅·常武》一章："既敬既戒，惠此南國。"《鄭箋》："警戒六軍之衆以惠淮浦之旁國。"269《周頌·烈文》："惠此無疆，子孫保之。"朱熹《集傳》："而惠我以無疆，使我子孫保之也。"一説：順。胡承珙《後箋》："此篇亦當謂文王錫諸侯以祉福爾。諸侯能順我命，無有期竟，則子孫世世得保守此位。"❸順。(風1、雅4、頌1)28《邶風·燕燕》四章："終温且惠，淑慎其身。"《毛傳》："惠，順也。"257《大雅·桑柔》八章："維此惠君，民人所瞻。"《鄭箋》："惠，順。…順民之君爲百姓所瞻卬者。"朱熹《集傳》："順於義理也。"267《周頌·維天之命》："駿惠我文王，曾孫篤之。"《鄭箋》："以大順我文王之意。"258《大雅·雲漢》八章："瞻卬昊天，曷惠其寧。"《鄭箋》："王仰天曰：當何時順我之求，令我心安乎？渴雨之至也。"牟庭《詩切》："詩人言汝何日避位，有惠順之行，則雨降而天下寧矣。"一説：惠賜。朱熹《集傳》："何時而惠我以安寧乎？"馬瑞辰《通釋》："冀天終惠我以安寧也。"
【惠然】友愛的樣子；和順的樣子。(風1)30《邶風·終風》二章："終風且霾，惠然肯來。"《毛傳》："言時有順心也。"屈萬里《詮釋》："惠然，和順貌。此希冀之辭，謂其將惠然而肯來乎？"

晦 huì 荒内切（蟹合一去隊曉）
之部、曉母

❶昏暗；暗昧。(風1)90《鄭風·風雨》三章："風雨如晦，鷄鳴不已。"《毛傳》："晦，昏也。"《鄭箋》："鷄不爲如晦而止不鳴。"陳奐《傳疏》："昏者，晝冥之意。《爾雅》所謂霿也。"❷指冥夜。(雅1)255《大雅·蕩》五章："既愆爾止，靡明靡晦。"屈萬里《詮釋》："明，晝也；晦，夜也。"❸指昏憒糊塗的人。(頌1)293《周頌·酌》："於鑠王師，遵養時晦。"《毛傳》："晦，昧也。"孔穎達《正義》："率此師以取是闇昧之君，謂誅紂以定天下。"

馬瑞辰《通釋》：“'遵養時晦'，承上'於鑠王師'，而言，言用王師而取之晦昧也。”一說：韜晦；隱藏。朱熹《集傳》：“言其(武王)初有於鑠之師而不用，退自循養，與時俱晦。”

誨(诲) huì 荒内切（蟹合一去隊曉）之部、曉母

教導；指教。(雅7)230《小雅·緜蠻》一章："飲之食之，教之誨之。"257《大雅·桑柔》五章："告爾憂恤，誨爾序爵。"《鄭箋》："我語女以憂天下之憂，教女以次序賢能之爵。"又見【教誨】。

會(会) (一)huì 黄外切（蟹合一去泰匣）月部、匣母

❶合；三人合占。(雅1)169《小雅·杕杜》四章："卜筮偕止，會言近止，征夫邇止。"《毛傳》："卜之筮之，會人占之。"《鄭箋》："會，合也。"朱熹《集傳》："且卜且筮，相襲俱作，合言於繇而皆曰近矣。"馬瑞辰《通釋》："古者卜用三兆，筮用三《易》，各以一人掌之，卜筮皆三人。…三太牢謂之會，三人占謂之會，其取義於三合一也。"屈萬里《詮釋》："會，合也。謂卜與筮也。"❷朝會。(風1)96《齊風·雞鳴》三章："會且歸矣，無庶予子憎。"《毛傳》："會，會於朝也。"朱熹《集傳》："會，朝也。"❸適逢；正好碰上。(雅1)245《大雅·生民》三章："誕寘之平林，會伐平林。"朱熹《集傳》："會，值也。值人伐木而收之。"❹甲；一。(雅1)236《大雅·大明》八章："肆伐大商，會朝清明。"《毛傳》："會，甲也。不崇朝而天下清明。"惠棟《古義》："甲者，一也。"段玉裁《說文·甲部》"甲"字注："會，讀如檜，物之蓋也。會朝，猶言第一朝。此於雙聲取義。"陳奐《傳疏》："甲朝，猶'彤弓'云'一朝'。甲者，十之首；一者，數之始。"一說：合；會戰。《鄭箋》："會，合也。以天期已至，兵甲之強，師率之武，故一伐紂合兵以清朝。"朱熹《集傳》："會朝，會戰之旦也。"牟庭《詩切》："會朝者，伐商之後，會萬國朝諸侯也。"又一說：適逢；正好碰上。孔穎達《正義》："會者，遇值之辭。"林義光《通釋》："會朝清明，言適會早晨清明也。"《牧誓》云：'時甲子昧爽，王朝至於

商郊牧野，乃誓。'《周語》冷州鳩言：'武王伐殷，以二月癸亥陳，未畢而雨。'然則夜陳而朝誓師者，必以遇雨未獲畢陳，至朝而清明，乃復陳之也。"❺通〖旝〗(kuài)。旌旗。(雅1)236《大雅·大明》七章："殷商之旅，其會如林。"《說文·㫃部》："旝，旌旗也。"引《詩》"其旝如林"。段玉裁《小箋》："毛鄭皆不作旝，則《說文》所稱者，三家詩也。"馬瑞辰《通釋》："馬融《廣成頌》'旂旝森其如林'，即本此詩，是馬融《詩傳》亦作旝。然以斿旝連言，仍以旝為旌旗也。"一說：會合；會集。《鄭箋》："殷盛會其兵衆，陳於商郊之牧野。"朱熹《集傳》："言武王伐紂之時，紂衆會集如林，以拒武王。"

(二) kuài 古外切（蟹合一去泰見）月部、見母

❻見【會²弁】。

【會²弁】冠弁的縫合處。(風1)55《衛風·淇奥》二章："充耳琇瑩，會弁如星。"《鄭箋》："會，謂弁之縫中。飾之以玉，皪皪而處，狀似星也。"陸德明《釋文》："會，古外反。鄭注《周禮》則如字。"馬瑞辰《通釋》："凡兩縫相合處爲會，弁縫謂之會，猶牆隙謂之壁會也。"《吕氏春秋·上農》高誘注引作"冠弁如星"。一說：簪子。《說文·骨部》："䯤(kuài)，骨擿之可會髮者。《詩》曰：'䯤弁如星。'"王育《說文引詩辨證》："䯤，簪也。以象骨為之，故從骨。今作會，以為縫合。陳瑚曰：如作縫字解，則當作'弁會'，不當'會弁'矣。"王先謙《集疏》："《魯》，會作冠。《韓》，會作䯤。

【會同】古代諸侯一同朝見天子。泛指會合；聚集。(雅1)179《小雅·車攻》四章："赤芾金舄，會同有繹。"《毛傳》："時見曰會，殷見曰同。"(此本《周禮·春官·大宗伯》)孔穎達《正義》："言同者，以會、同對文則別，散文則通。會者，交會；同者，同聚。"陳奐《傳疏》："詩言會，而同則連及之耳。"

薈(荟) huì 烏外切（蟹合一去泰影）月部、影母

【薈蔚】草木繁茂，引申為盛多的樣子。(風1)151《曹風·候人》四章："薈兮蔚兮，南山朝隮。"《毛傳》："薈蔚，雲興貌。"朱熹《集

傳》：'薈，蔚，草木盛多之貌。'《説文•艸部》：'薈，草多貌。'引《詩》'薈兮蔚兮'。陳奂《傳疏》：'薈、蔚雙聲。…本爲草木盛多，因之爲凡盛多之稱。'一説：雲盛將雨，黑紫不定的樣子。王先謙《集疏》：'《魯》，薈作燴。…《説文》'燴'下云：'女黑色也，從女，會聲。《詩》曰：'燴兮蔚兮。'雲興欲雨，黑紫不定，任舉一色以狀之，故或爲燴或爲蔚也。'

燴（烩） huì 烏外切（蟹合一去泰影）
月部、影母

雲盛將雨，黑紫不定之貌。見"薈"。

賄（贿） huì 呼罪切（蟹合一上賄曉）
之部、曉母

財物。(風 1)58《衛風•氓》二章："以爾車來，以我賄遷。"《毛傳》："賄，財。"陳奂《傳疏》："謂男子來，以車徙財也。"

瘣 huì 胡罪切（蟹合一上賄匣）
微部、匣母

病。見"虺"、"壞"。

彙（汇） huì 於貴切（止合三去未雲）
物部、匣母

茂盛。見"潰"。

昏（昏） hūn 呼昆切（臻合一平魂曉）
文部、曉母

❶天黑；傍晚。(風 2)140《陳風•東門之楊》一章："昏以爲期，明星煌煌。"《鄭箋》："親迎之禮，以昏時。"❷昏憒；糊塗。(雅 2)196《小雅•小宛》二章："彼昏不知，壹醉日富。"《鄭箋》："童昏無知之人。"朱熹《集傳》："彼昏然而不知，則一於醉而日甚矣。"屈萬里《詮釋》："言彼昏憒不智之人。"265《大雅•召旻》二章："蟊賊内訌，昏椓靡共。"朱熹《集傳》："昏椓，昏亂椓喪之人也。"胡承珙《後箋》："經文'蟊賊内訌，昏椓靡共'二語正相承接，昏椓即内訌之實，謂其所以陷於内者，乃昏亂椓喪之事。…昏椓乃蟊賊之所爲，非與蟊賊另爲二也。"馬瑞辰《通釋》："昏椓，言其昏椓譖毁。昏通作惛。"一説：奄人；宦官。《鄭箋》："昏、椓皆奄人也。昏，其官名也。椓，椓陰者也。"孔穎達《正義》："《天官•閽人》注云：'閽人，司昏晨以啟閉者也。'昏其官名也。椓，椓陰

者，爲犯淫罪而刑之也。"姚際恒《通論》："昏椓，指内小臣因緣爲奸者。"❸男女結爲夫妻，夫稱妻爲昏。後來寫作"婚"。(風 3、雅 1)35《邶風•谷風》二章："燕爾新昏，如兄如弟。"218《小雅•車舝》五章："覯爾新昏，以慰我心。"《鄭箋》："新昏，謂季女也。"朱熹《集傳》："可以迎季女而慰我心也。"按《白虎通•嫁娶》："婚姻者，何謂也？昏者，昏時行禮，故謂之婚。姻者，婦人因夫而成，故曰姻。《詩》曰：'不惟舊因'，謂夫也。又曰：'燕爾新婚'，謂婚也。"唐石經、朱熹《詩集傳》並作"昏"。

【昏姻】1) 男女結爲夫妻。夫稱妻爲昏，妻稱夫爲姻。又女之父爲昏，婿之父爲姻。唐石經作"昏姻"。(風 1、雅 2)51《邶風•螮蝀》三章："乃如之人也，懷昏姻也。"朱熹《集傳》："昏姻，謂男女之欲。"188《小雅•我行其野》一章："昏姻之故，言就爾居。"《鄭箋》："婦之父，婿之父，相謂昏姻。"朱熹《集傳》本作"婚姻"。2) 親戚。(雅 2)192《小雅•正月》十二章："洽比其鄰，昏姻孔云。"（云：友好。）223《小雅•角弓》一章："兄弟昏姻，無胥遠矣。"《鄭箋》："骨肉之親，當相親信，無相疏遠。"《爾雅•釋親》："婦之黨爲婚兄弟，壻之黨爲姻兄弟。"郭璞注："古者皆謂婚姻爲兄弟。"

婚 hūn 呼昆切（臻合一平魂曉）
文部、曉母

男女結爲夫妻；妻子。見"昏"。

惽（惛） hūn 呼昆切（臻合一平魂曉）
文部、曉母

【惽怓(náo)】喧嘩争吵。(雅 1)253《大雅•民勞》二章："無縱詭隨，以謹惽怓。"《毛傳》："惽怓，大亂也。"《鄭箋》："惽怓，猶讙譁也，謂好争訟也。"王先謙《集疏》："三家，惽怓作讙譊。"屈萬里《詮釋》："惽怓，猶讙譁，謂好争訟之人也。"

魂 hún 户昆切（臻合一平魂匣）
文部、匣母

神；精神。見"員"。

佸 huó 户括切（山合一入末匣）
月部、匣母

相會；到來。(風 1)66《王風•君子于役》二

章:"不日不月,曷其有佸。"《毛傳》:"佸,會也。"陸德明《釋文》:"佸,戶括反。《説文》:口活反,會也。《韓詩》:佸,至也。"參"括"。

活 huó 戶括切(山合一入末匣)
月部、匣母

❶生活;生存。《風 1》31《邶風·擊鼓》五章:"於嗟闊兮,不我活兮。"《毛傳》:"不與我生活也。"朱熹《集傳》:"活,生。…意必死亡,不復得與其室家遂前約之信也。"吕祖謙《詩記》:"言始欲死生勤勞共者,今乃不得相依以生。"一説:通"佸"。會。馬瑞辰《通釋》:"活,當讀爲'曷其有佸'之佸。《毛傳》:'佸,會也。'佸爲會至之會,又爲聚會之會,承上'闊兮'爲言,故云不我會耳。"❷成活;生長。《頌 2》290《周頌·載芟》:"播厥百穀,實函斯活。"《鄭箋》:"活,生也。"朱熹《集傳》:"其實含氣而生也。"一説:通"闊"。郭沫若《由周代農事詩論到周代社會》譯"實函斯活"爲"耕得真是深(函)而且闊(活)"。

【活活】(又 guōguō)流水聲。《風 1》57《衛風·碩人》四章:"河水洋洋,北流活活。"《毛傳》:"活活,流也。"陸德明《釋文》:"活,古闊切,又如字。"按《説文·水部》:"活,水流聲。"

火 huǒ 呼果切(果合一上果曉)
微部、曉母

❶火。物體燃燒時發的光和熱。《風 3、雅 1、頌 1》78《鄭風·大叔於田》一章:"叔在藪,火烈具舉。"(烈:通"列"。行列。)304《商頌·長發》六章:"如火烈烈,則莫我敢曷。"❷星名。又名大火,即心宿二,二十八宿之一。天蠍座之 a 星。《風 3》154《豳風·七月》一章:"七月流火,九月授衣。"《毛傳》:"火,大火也。"吴閩生《會通》:"火星。流,下也。"王先謙《集疏》:"東方心星曰大火。火向西下,暑退將寒之候也。"徐中舒《豳風説》:"火爲東方心星。春秋之世以三月初昏時出,六月中,七月西流,十月伏。其象並載於《左氏傳》。"

或 huò 胡國切(曾合一入德匣)
職部、匣母

❶代詞。泛指人或事物。可譯作"有的"、"有的人"、"有的東西"。《雅 57、頌 1》190

《小雅·無羊》二章:"或降于阿,或飲于池,或寢或訛。"245《大雅·生民》七章:"或舂或揄,或簸或蹂。"291《周頌·良耜》:"或來瞻女,載筐及筥。"❷疑問代詞。誰。《風 1》155《邶風·鴟鴞》二章:"今女下民,或敢侮予?"孔穎達《正義》:"寧或敢侮慢我,欲毁我巢室乎?"朱熹《集傳》:"誰敢有侮予者。"劉淇《助字辨略》:"或,誰也。一説:有。《鄭箋》:"今女我巢下之民,寧有敢侮慢欲毁之乎?"❸有。《風 3》19《召南·殷其雷》一章:"何斯違斯,莫敢或遑。"陳奂《傳疏》:"或,有也,言不敢有暇也。"❹又。《雅 1》220《小雅·賓之初筵》五章:"既立之監,或佐之史。"《鄭箋》:"飲酒於有醉者,有不醉者,則立監使視之,又助以史使督酒,欲令皆醉也。"王引之《釋詞》卷七:"或,猶又也。"❺助詞。無實義。《雅 1》166《小雅·天保》六章:"如松柏之茂,無不爾或承。"《鄭箋》:"或之言有也。如松柏之枝葉常茂盛,青青相承,無衰落也。"王引之《述聞》卷三:"或,語助耳。箋曰或之言有也,亦謂語助之有,無意義也。"楊樹達《詞詮》:"或,語中助詞。無義,外動詞賓語倒裝時用也。"舉此例。

淢 huò 呼括切(山合一入末曉)
月部、曉母

撒網入水聲。見"濊"。

禍(祸) huò 胡果切(果合一上果匣)
歌部、匣母

❶災害;禍害。跟"福"相對。《雅 2》204《小雅·四月》五章:"我日構禍,曷云能穀?"❷遭禍。《雅 1》257《大雅·桑柔》二章:"民靡有黎,具禍以燼。"《鄭箋》:"俱遭此禍以爲燼者。"❸通"過"。責備。《頌 1》305《商頌·殷武》三章:"勿予禍適,稼穡匪解。"王引之《述聞》卷七:"禍讀爲過。《廣雅》曰:'謫,過,責也。'謫與適通。勿予過謫,言不施譴責也。"王先謙《集疏》:"但今其歲時來王,不施過責,惟告之以勸民稼穡而已。"一説:禍患。孔穎達《正義》:"勿予之患禍,不責其罪過。"

濩 huò 胡郭切(宕合一入鐸匣)
鐸部、匣母

煮。《風 1》2《周南·葛覃》二章:"維葉莫莫,是刈是濩。"《毛傳》:"濩,煮之也。"孔穎達《正義》引孫炎曰:"煮葛以爲絺綌,以煮之於濩,故曰:濩,煮。"朱熹《集傳》:"濩,煮也。"《爾雅·釋訓》:"是刈是濩,濩,煮之也。"段玉裁《小箋》:"此謂濩即鑊之假借也。鑊所以煮物,故煮之亦曰濩。"一說:浸泡。陸德明《釋文》:"濩,胡郭反。《韓詩》云:'濩,淪也。'"王先謙《集疏》:"說文:'淪,漬也。'…則'濩'爲浸漬淋灕之狀,與'淪'字意同,皆浸漬而灕煮之也。"

獲(获) huò 胡麥切(梗合二入麥匣) 鐸部、匣母

❶射中;獵得(鳥獸)。(風1、雅2)127《秦風·駟驖》二章:"公曰左之,舍拔則獲。"聞一多《類鈔》:"射中曰獲。"257《大雅·桑柔》十四章:"如彼飛蟲,時亦弋獲。"《說文·犬部》:"獲,獵所獲也。"❷俘獲;俘虜。(雅2)168《小雅·出車》六章:"執訊獲醜,薄言還歸。"《鄭箋》:"執其可言,問所獲之衆以歸者。"一說:通"馘"。古代戰爭中割取所殺敵人的左耳,用以計功。陳奂《傳疏》:"《皇矣·傳》云:'馘,獲也。'不服者殺而獻其左耳曰馘。彼《傳》釋馘爲獲,則言獲字即爲馘之假借字。生者訊之,殺者馘之。醜,衆也。'執訊獲醜',言執訊馘者衆。"❸得。(風1、雅1)27《邶風·綠衣》四章:"我思古人,實獲我心。"《毛傳》:"古之君子,實得我之心也。"朱熹《集傳》:"真能先得我心之所求也。"241《大雅·皇矣》一章:"維此二國,其政不獲。"《鄭箋》:"獲,得也。"《左傳·文公四年》引此詩,杜預注:"《詩·大雅》言夏商之君,政不得人心。故四方諸侯皆懼而謀度其政事。"❹適宜;得時。(雅1)209《小雅·楚茨》三章:"禮儀卒度,笑語卒獲。"《毛傳》:"獲,得時也。"朱熹《集傳》:"獲,得其宜也。"一說:通"嫮"。合乎法度。于省吾《新證》:"度與嫮古同訓。'笑語卒獲'之獲應讀作嫮。此詩本謂賓客燕飲獻酬之時,禮儀盡有法度,笑語盡有矩嫮,意謂其均守秩序。"❺攻克;征服。(頌1)299《魯頌·泮水》七章:"式固爾猶,淮夷卒獲。"嚴粲《詩緝》:"則淮夷可以盡獲矣。"陳奂《傳疏》:"獲,亦克也。"

穫(获) (一) huò 胡郭切(宕合一入鐸匣) 鐸部、匣母

❶收穫莊稼。(風2、雅3、頌2)159《豳風·七月》四章:"八月其穫。"《毛傳》:"穫,禾可穫也。"212《小雅·大田》三章:"彼有不穫穉,此有不斂穧。"陳奂《傳疏》:"不穫穉,未刈者也。"《說文·禾部》:"穫,刈穀也。"❷木名,即樺木。(雅2)203《小雅·大東》三章:"有洌氿泉,無浸穫薪。"《鄭箋》:"穫,落木名也,既伐而折之以爲薪。"孔穎達《正義》引陸璣《詩義疏》:"穫,今椰榆也。其葉如榆,其皮堅韌,剝之長數尺,可爲絙索,又可爲甗帶,其材可爲杯器。"阮元《校刊記》:"鄭以穫爲檴之假借,仍用經字,而但於訓釋中顯之者也。"馬瑞辰《通釋》:"《說文》:'檴,木也。以其皮裹松脂。從木,蒦聲。讀若華。或從蔓作檴。'是檴即檴之或體。今俗所稱樺樹也。"一說:砍下;割下。《毛傳》:"穫,艾也。"陸德明《釋文》:"穫:毛,刈也;鄭,落木名也,字則宜作木傍。"蘇轍《詩集傳》:"穫,艾也。薪已艾矣,而復浸之則腐;民已勞矣,而復事之則病。"

(二) hù ★胡故切(遇合一去暮匣) 鐸部、匣母

❸古澤名。見【焦穫】。

藿 huò 虛郭切(宕合一入鐸曉) 鐸部、曉母

豆葉。泛指草木的嫩苗。(雅1)186《小雅·白駒》二章:"皎皎白駒,食我場藿。"《毛傳》:"藿,猶苗也。"嚴粲《詩緝》:"藿,豆葉也。"胡承珙《後箋》:"苗爲禾始生,藿爲豆始生。"陳奂《傳疏》:"未(菽)之少者曰藿,因之凡草木之幼少者皆曰藿。"

J

几

（一）jī 居履切（止開三上旨見）
　　脂部、見母

❶矮而小的桌子。古代設在座前以便陳放東西或依靠休息。（雅 2)246《大雅·行葦》二章："或肆之筵，或授之几。"《鄭箋》："年稚者爲設筵而已，老者加之以几。"《楚辭·招魂》王逸注引《詩》作"肆筵設机"。❷動詞。設几。（雅 1)250《大雅·公劉》四章："蹌蹌濟濟，俾筵俾几。"朱熹《集傳》："俾，使也。使人爲之設筵几也。"

（二）jī 居履切（止開三上旨見）
　　脂部、見母

【几²几²】鞋子裝飾堅固美盛的樣子。（風 1)160《豳風·狼跋》一章："公孫碩膚，赤舄几几。"《毛傳》："几几，絢（qú）貌。"《廣雅·釋訓》："几几，盛也。"馬瑞辰《通釋》："《詩》蓋以狀盛服之貌。"一説：堅固安適的樣子。朱熹《集傳》："几几，安重貌。"《説文·手部》："掔，固也，讀若《詩》'赤舄掔掔'。"又《己部》："㠱"字下引《詩》"赤舄己己"。徐灝《通介堂經説》卷十四："蓋三家有作掔掔者，言其履絢之固之。掔，苦閑切。聲轉如几。"王先謙《集疏》："三家，几几作掔掔，亦作己己。…蓋取金絢著履，堅固之貌。"李富孫《異文釋》："《釋詁》曰：'掔，固也。'王氏安石云：几，人所憑依以爲安，故几几，安也。則掔掔即安固之貌。"

飢（饥）

jī 居夷切（止開三平脂見）
　　脂部、見母

餓。跟"飽"相對。（風 4，雅 4)10《周南·汝墳》一章："未見君子，惄如調飢。"167《小雅·采薇》六章："行道遲遲，載渴載飢。"《鄭箋》："行反於在於道路猶飢渴，言至勞苦。"138《陳風·衡門》一章："泌之洋洋，可以樂飢。"《毛傳》："樂飢，可以樂道忘飢。"《鄭箋》："飢者，不足於食也。"

姬

jī 居之切（止開三平之見）
　　之部、見母

❶姓。相傳黃帝居姬水，因姓姬。周始祖后稷及其後裔也姓姬。（風 1)39《邶風·泉水》一章："孌彼諸姬，聊與之謀。"《毛傳》："諸姬，同姓之女。"陳奐《傳疏》："衛姬姓，衛女嫁諸侯，有姪娣從，故以諸姬爲同姓之女。"胡承珙《後箋》："此正指姪娣而言。"（諸姬：指從衛國陪嫁到許國來的幾個姬姓女子。）❷古代婦女的美稱。（風 3)139《陳風·東門之池》一章："彼美淑姬，可與晤歌。"《鄭箋》："言淑姬賢女，君子宜與對歌也。"孔穎達《正義》："美女而謂之姬者，以黃帝姓姬，炎帝姓姜，二姓之後，子孫昌盛，其家之女美者尤多，遂以姬姜爲婦人之美稱。"《成九年左傳》引逸詩云：'雖有姬姜，無棄憔悴。'是以姬姜爲婦人美稱也。"聞一多《類鈔》："姬、姜二姓是當時最上層的貴族，二姓的女子必最美麗而華貴，所以時人稱美女爲叔姬、孟姜。"又見【王姬】。

基

jī 居之切（止開三平之見）
　　之部、見母

❶牆根。屋基。（雅 1)250《大雅·公劉》六章："止基迺理，爰衆爰有。"牟庭《詩切》："止基，謂始館於豳之基址也。"一説："止基"等於説"定居"。朱熹《集傳》："止，居；基，定也。…既止基於此矣，乃疆理其田野，則日益繁庶富足。"❷根本。（雅 2)172《小雅·南山有臺》一章："樂只君子，邦家之基。"《毛傳》："基，本也。"256《大雅·抑》九章：

"溫溫恭人,維德之基。"一說:通"極"。標準;準則。于省吾《新證》:"基應讀爲極。極猶言標準。然則溫溫恭人維德之極,言維德之則也。"❸開始。(頌1)271《周頌·昊天有成命》:"夙夜基命宥密。"《毛傳》:"基,始。"《鄭箋》:"早夜始順天命,不敢解倦,行寬仁安靜之政以定天下。"一說:奠定…基礎。朱熹《集傳》:"基,積築於下以承藉乎上者也。成王夙夜積德以承藉天命者,又宏深而靜密。"一說:謀劃;考慮。陸德明《釋文》作"其",云:"音基,本亦作基。"《禮記·孔子閒居》作"夙夜其命宥密",鄭玄注:"《詩》讀其爲基,聲之誤也。基,謀也;密,靜也。言君夙夜謀爲政教以安民,則民樂之。"又一說:奉持。高亨《今注》:"基,奉持。基命,奉持天命,即奉持上帝所給的王業。"❹通"畿"。門檻。(頌1)292《周頌·絲衣》:"自堂徂基,自羊徂牛。"《毛傳》:"基,門塾之基。"馬瑞辰《通釋》:"基者,畿之假借,《谷風》篇'薄送我畿'《傳》:'畿,門內也。'…畿之言期,限也。期、昔、基古音同,故畿可借作基。"

箕 jī 居之切(止開三平之見)
之部、見母

星名。二十八宿之一,東方青龍七宿的末一宿。有四星,形似簸箕。(雅2)203《小雅·大東》七章:"維南有箕,不可以簸揚。"孔穎達《正義》:"箕、斗並在南方之時,箕在南而斗在北,故言南箕北斗也。"又見【南箕】。

擊(击) jī 古歷切(梗開四入錫見)
錫部、見母

敲;打。(風3、雅1)31《邶風·擊鼓》一章:"擊鼓其鏜,踴躍用兵。"211《小雅·甫田》二章:"琴瑟擊鼓,以御田祖。"

【擊鼓】《國風·邶風》篇名(31)。這是遠征戰士長期不得歸家,表示怨憤的詩。反映了春秋時期統治階級無休止的戰爭給人民帶來的深重災難。《詩序》:"《擊鼓》,怨州吁也。衛州吁用兵暴亂,使公孫文仲將而平陳與宋,國人怨其勇而無禮也。"方玉潤《原始》:"《擊鼓》,衛戍卒思歸不得也。"聞一多《類鈔》:"《擊鼓》,戍士思歸不得。"陳子展《選譯》:"這是最古的一篇以兵寫兵的短詩杰作。"據《左傳》記載,春秋魯隱公四年(公元前七二〇年)衛國公子州吁聯合宋、陳、蔡伐鄭,強迫勞動人民出征。打完仗,領兵大將公孫文仲把一些士兵留在國外,不能回家。詩中寫的就是這件事。姚際恒《通論》則以爲"此乃衛穆公背清丘之盟救陳,爲宋所伐,平陳宋之難,數興軍旅,其下怨之而作此詩也。"胡承珙《後箋》:"此詩是出軍之時,人無鬥志而有怨心,死亡訣別,惟聞愁嘆之聲,即衆仲所謂州吁阻兵而忍…衆叛親離,難以濟矣者。"事在魯宣公十二年(公元前五九七年)。五章,二十句。參"鼓"。

畿 jī 渠希切(止開三平微羣)
微部、羣母

❶王都所轄的千里土地。泛指疆界;疆土。(頌1)303《商頌·玄鳥》:"邦畿千里,維民所止。"《毛傳》:"畿,疆也。"《說文·田部》:"畿,天子千里地。以逮近言之則言畿。"《文選·張平子·西京賦》李善注引《詩》作"封畿千里。"屈萬里《詮釋》:"畿,王畿,近京師之地,直轄於王者也。"❷門坎;門限。(風1)35《邶風·谷風》二章:"不遠伊邇,薄送我畿。"《毛傳》:"畿,門內也。"《鄭箋》:"言君子與己訣別,不能遠,維近耳。送我裁於門內,無恩之甚。"何楷《古義》:"此非真謂其夫之送。言我既行矣,汝與我訣別,即不敢望其遠,獨不可近相送,而一至於畿乎? 奈何其不一顧也。"陳奐《傳疏》:"畿讀曰機,假借字也。"馬瑞辰《通釋》:"畿者,機之省借。《周禮》鄭注:'畿,猶限也。'王之限曰畿,門內之限爲機,義正相近。"《左傳·僖公二十二年》:"婦人送迎不出門,見兄弟不踰閾。"孔穎達疏:"經傳諸注皆以閾爲門限,謂門下橫木爲外內之限也。"

饑(饥) jī 居依切(止開三平微見)
微部、見母

【饑饉】糧食歉收爲饑,蔬菜歉收爲饉,合指災荒。(雅3)194《小雅·雨無正》一章:"降喪饑饉,斬伐四國。"《毛傳》:"穀不熟曰饑,蔬不熟曰饉。"嚴粲《詩緝》:"乃降喪亂饑饉,以斬伐天下也。"

積績蹟笄躋隮 jī

積（积） jī

資昔切（梗開三入昔精）
子智切（止開三去真精）
錫部、見母

露天堆積的穀物。（雅1、頌2）290《周頌‧載芟》："有實其積，萬億及秭。"朱熹《集傳》："積，露積也。"291《周頌‧良耜》："穧之挃挃，積之栗栗。"《說文‧禾部》："積，積禾也。"引《詩》作"積之秩秩"。250《大雅‧公劉》一章："迺積迺倉。"《鄭箋》："邰國乃有積委及倉也。"朱熹《集傳》："積，露積也。"一說：同庾。囤(dùn)。用竹篾荊條、稻草，或用席箔等圍成的盛糧食的器具。馬瑞辰《通釋》："積倉與疆場對文，故《箋》分積倉爲二。露積曰庾，與'有屋曰倉'異。《史記》言公劉'倉庾皆足'，庾即積也。"

績（绩） jī

則歷切（梗開四入錫精）
錫部、精母

❶緝麻；把麻搓成縷。（風2）137《陳風‧東門之枌》二章："不績其麻，市也婆娑。"《鄭箋》："績麻者，婦人之事也。"154《豳風‧七月》三章："七月鳴鵙，八月載績。"《毛傳》："載績，絲事畢而麻事起矣。"陳奐《傳疏》："絲曰紡，麻曰績。絲所以成帛，麻所以成布。"《說文‧糸部》："績，緝也。"段玉裁注："績之言積也。積短爲長，積少爲多。"❷功業；成績。（雅1）244《大雅‧文王有聲》五章："豐水東注，維禹之績。"《毛傳》："績，業。"《鄭箋》："績，功。"❸通"蹟"、"迹"。足迹所到之處。（頌1）305《商頌‧殷武》三章："天命多辟，設都於禹之績。"馬瑞辰《通釋》："《說文》：'迹，步處也。或作蹟。'古經傳因多假蹟爲績，《漢書》凡功績字通借作迹是也。此詩又假績爲迹，九州皆經禹治，因稱禹迹。…《詩》云'設都於禹之績'，正謂設都於禹所治之地。《文王有聲》篇'維禹之績'，績亦當讀爲蹟。"

蹟（迹） jī

資昔切（梗開三入昔精）
錫部、精母

循道；遵守法度。（雅1）183《小雅‧沔水》二章："念彼不蹟，載起載行。"《毛傳》："不蹟，不循道也。"《鄭箋》："彼，彼諸侯也。諸侯不循法度。"陳奐《傳疏》："《說文》蹟、迹之俗字。迹，道也。"一說：足蹟。嚴粲《詩緝》："迹，足蹟也。…不由故蹟，謂越常也。"參"脊"。

笄 jī

古奚切（蟹開四平齊見）
脂部、見母

簪子。古人用來盤頭髮或別住帽子。（風1）47《鄘風‧君子偕老》一章："君子偕老，副笄六珈。"《毛傳》："笄，衡笄也。"朱熹《集傳》："笄，衡笄也。垂于副之兩旁當耳，其下以紞懸瑱。"《說文‧竹部》："笄，簪也。"馬瑞辰《通釋》："古者男子二十而冠，女子十五而笄，女之笄猶男之冠也。男之冠有三加，從奇數以象陽；女之笄有六加，從偶數以象陰。笄以玉爲之，珈之言加，而從玉，蓋亦以玉爲之。《正義》云'言珈者，加於笄以爲飾'是也。"

躋（跻） jī

祖稽切（蟹開四平齊精）
子計切（蟹開四去霽精）
脂部、精母

❶升；登。（風2、雅1）129《秦風‧蒹葭》二章："遡洄從之，道阻且躋。"《毛傳》："躋，升也。"《鄭箋》："升者，言其難至如升阪。"朱熹《集傳》："躋，升也，言難至也。"陸德明《釋文》："躋，本又作隮。"154《豳風‧七月》八章："躋彼公堂，稱彼兕觥。"陸德明《釋文》："躋，升也。"189《小雅‧斯干》四章："如翬斯飛，君子攸躋。"《毛傳》："躋，升也。"孔穎達《正義》："宮室如此之美，君子所以升處也。"陳奐《傳疏》："《傳》訓躋爲升者，升，升堂也，室惟路寢有堂。"❷精進。（頌1）304《商頌‧長發》三章："湯降不遲，聖敬日躋。"《毛傳》："躋，升也。"《鄭箋》："湯之下士尊賢其疾，其聖敬之德日進。"王先謙《集疏》："《韓》說曰：聖敬日躋，言湯聖敬之道上聞於天。"《禮記‧孔子閒居》引《詩》作"聖敬日齊"。參"隮"。

隮（隮） jī

祖稽切（蟹開四平齊精）
子計切（蟹開四去霽精）
脂部、精母

❶雲氣升騰。（風1）151《曹風‧候人》四章："薈兮蔚兮，南山朝隮。"《毛傳》："隮，升雲也。"朱熹《集傳》："朝隮，雲氣升騰也。"《太平御覽》卷八、二百五十九各引《詩》作"朝躋"。❷虹。（風1）51《鄘風‧蝃蝀》二

章:"朝隮于西,崇朝其雨。"按《周禮·春官》:"眡祲掌十隮之法,以觀妖祥,辨吉凶,…九曰隮。"鄭玄注:"隮,虹也。"引《詩》"朝隮于西"。朱熹《集傳》:"隮,升也。《周禮》十煇,九曰隮,注以爲虹。蓋忽然而見,如自下而升也。崇,終也。從日至食時爲終朝。言方雨而虹見,則其雨終朝而止矣。陳啟源《稽古編》:"蝃蝀在東,暮虹也。朝隮于西,朝虹也。暮虹截雨,朝虹行雨,屢驗皆然,雖兒童婦女皆知也。"楊樹達《述林》卷一:"詩人以'朝隮于西'與'蝃蝀在東'爲對文,而隮亦謂虹。知古義虹爲通稱。細分之,則見於東方者謂之蝃蝀,見於西方者謂之隮也。…今按隮,西古音近,隮見於西,即受義于西也。"一說:雲氣上升。《毛傳》:"隮,升也。"王先謙《集疏》:"《齊》,隮作躋,云:'雲上升極,則降而爲雨。'"劉師培《札記》:"全《詩》之例,次章之文不必與首章同義。此詩首章言蝃蝀,次章言出雲,興語不必承上爲義也。"

雞(鸡) jī 古奚切(蟹開四平齊見)支部、見母

鷄,一種家禽。(風 8)66《王風·君子于役》一章:"雞棲于塒,日之夕矣。"96《齊風·雞鳴》一章:"雞既鳴矣,朝既盈矣。"

[雞鳴]《國風·齊風》篇名(96)。這是一首妻子勸勉丈夫勤於早朝的詩。天未明時,妻子即一再催促丈夫起身上朝,丈夫卻賴着不肯起來。這位丈夫或爲國君,或爲大夫。通篇用對話形式,與《鄭風·女曰雞鳴》極爲近似。三章,十二句。《詩序》:"《雞鳴》,思賢妃也。哀公荒淫怠慢,故陳賢妃貞女夙夜警戒相成之道焉。"傅恒《折中》:"《雞鳴》,美賢妃也。"聞一多《類鈔》:"《雞鳴》,夫人促君早起也。"方玉潤《原始》:"《雞鳴》,賢婦警夫早朝也。"有的學者以爲刺詩。嚴粲《詩緝》:"此詩直刺荒淫,《序》言思賢妃者,詩人言外之意也。"也有認爲是情詩的。王伯祥《雞鳴》:"《齊風·雞鳴》詩明明是一首很好的情詩。地寫男女燕眤的狀態,真是活靈活現,使讀這首詩的人可仿佛想見他們在那裏說話,而且是女對男發的一種無可奈何的言辭。"成語"雞鳴

戒旦"來源於此。又見【莎雞】。

及 jí 其立切(深開三入緝羣)緝部、羣母

❶到;到達。(風 5、雅 7、頌 6)28《邶風·燕燕》:"瞻望弗及,泣涕如雨。"《文選·曹子建上責躬應詔詩表》注引《毛詩》作:"瞻望不及。"212《小雅·大田》三章:"雨我公田,遂及我私。"290《周頌·載芟》:"有實其積,萬億及秭。"❷隨;配合。(雅 2)236《大雅·大明》二章:"乃及王季,維德之行。"戴震《考證》:"及,如'周王于邁,六師及之'之及,隨也。"吳闓生《會通》:"大任配王季,與之一德。"❸介詞。表示有關的人物,相當於"跟"、"和"、"與"。(風 8、雅 16)58《衛風·氓》六章:"及爾偕老,老使我怨。"《鄭箋》:"及,與也。我欲與女(汝)俱至於老。"199《小雅·何人斯》七章:"及爾如貫,諒不我知。"《鄭箋》:"及,與。"❹並列連詞。相當於"和"、"與"、"跟"。(風 4、雅 11、頌 2)13《召南·采蘩》二章:"于以盛之,維筐及筥。"259《大雅·崧高》一章:"維申及甫,維周之翰。"177《小雅·六月》四章:"侵鎬及方,至于涇陽。"《正義》:"又侵鎬及北方之地,至于涇水之北。"一說:至于,到達。俞樾《平議》卷十:"侵鎬及方者,侵鎬京而及其方也。方猶竟也。"

吉 jí 居質切(臻開三入質見)質部、見母

❶吉祥;吉利。跟"凶"相對。(風 1、雅 1)50《鄘風·定之方中》二章:"卜云其吉,終然允臧。"程俊英《注析》:"按'其吉,終焉允臧',六字是卜辭。"189《小雅·斯干》六章:"吉夢維何?維熊維羆。"❷善;好。(風 3、雅 5)20《召南·摽有梅》一章:"求我庶士,迨其吉兮。"《毛傳》:"吉,善也。"朱熹《集傳》:"吉,吉日也。"王先謙《集疏》:"迨其吉者,女之父母願衆士及女善時也。"122《唐風·無衣》一章:"不如子之衣,安且吉兮。"252《大雅·卷阿》七章:"藹藹王多吉士,維君子使。"❸通"姞"。姓。(雅 1)225《小雅·都人士》三章:"彼君子女,謂之尹吉。"《鄭箋》:"吉讀爲姞,尹氏姞氏,周室昏姻之舊姓

也。《說文•女部》："姞，黄帝之後，后稷妃家也。"朱熹《集傳》："李氏曰：所謂尹吉，猶晉言王謝、唐言崔盧也。"陳喬樅《改字說》："姞之義本取於吉，故古文即以吉爲姞。"一說：端正。《毛傳》："尹，正也。"孔穎達《正義》："其家之女謂之正直而嘉善矣。…王肅云：正而吉也。《易•繫辭》云：吉人之辭寡。"章炳麟《膏蘭室札記》："《傳》訓尹爲正，當讀吉爲佶。《六月•傳》：'佶，正也。'《逸周書•武順》：'禮義順祥曰吉。'"

【吉甫】即尹吉甫，周宣王的大臣。（雅 4）177《小雅•六月》五章："文武吉甫，萬邦爲憲。"《毛傳》："吉甫，尹吉甫也。有文有武。"260《大雅•烝民》八章："吉甫作誦，穆如清風。"嚴粲《詩緝》："吉甫自言我作此工師之誦，穆穆而和，如清微之風，可以化養萬物。"

【吉日】《小雅》篇名(180)。這是一首敘寫周宣王在西都打獵的詩。擇吉日、祭馬祖、選車馬、獵獲禽獸、然後宴會諸侯。《詩序》："《吉日》，美宣王田也。能慎微接下，無不自盡以奉其上焉。"王先謙《集疏》："三家無異義。魏源《詩古微》："《吉日》宣王田於西都也。…蓋《吉日》在成功之後，故獵於西都之漆、沮，其在朔方北伐之後乎？"陳奂《傳疏》："《昭三年左傳》：'鄭伯如楚，子産相。楚子享之，賦《吉日》。既享，子産乃備田具。'案此，《吉日》爲出田之證。《車攻》會諸侯而遂田獵，《吉日》則專美宣王也。一在東都，一在西周。"四章，二十四句。

又見【初吉】。

佶 jí 巨乙切（臻開三入質羣）
質部、羣母

端正；整齊。（雅 2）177《小雅•六月》五章："四牡既佶，既佶且閑。"《毛傳》："佶，正也。"《說文•人部》："佶，正也。《詩》曰：既佶且閑。"《鄭箋》："佶，壯健之貌。"胡承珙《後箋》："此詩上二句言車之善，下二句言馬之善，佶者整齊，閑者馴習，不必言其壯健也。"

姞 jí 巨乙切（臻開三入質羣）
質部、羣母

姓。相傳爲黃帝之后。（雅 2）261《大雅•韓奕》五章："爲韓姞相攸，莫如韓樂。"《毛傳》："姞，蹶父姓也。"《鄭箋》："[蹶父]爲其女韓侯夫人姞氏視其所居，韓國最樂。"朱熹《集傳》："韓姞，蹶父之子，韓侯妻也。"

急 jí 居立切（深開三入緝見）
緝部、見母

❶危急；緊急。（雅 1）177《小雅•六月》一章："玁狁孔熾，我是用急。"《鄭箋》："北狄來侵甚熾，故王以是急遣我。"朱熹《集傳》："玁狁甚熾，其事危急。"一說：戒備。桓寬《鹽鐵論•繇役》引作"我是用戒"。戴震《考證》："戒，猶備也。治軍事爲備，禦曰戒。訛爲'急'，義似劣矣，'急'字與韻亦不合。"王先謙《集疏》："《齊》'急'作'戒'。"❷着急。（雅 1）164《小雅•常棣》三章："脊令在原，兄弟急難。"《毛傳》："急難，言兄弟之相救於急難。"虞景璜《澹園雜著》："'急難'二字與下'禦侮'對，言惟兄弟能急其難也。"吳闓生《會通》："以脊令喻兄弟之相急於患難。"

卽(即) jí 子力切(曾開三入職精)
質部、精母

❶就；接近；靠近。（風 2，雅 4）58《衛風•氓》一章："匪來貿絲，來即我謀。"《鄭箋》："即，就也。此民非來買絲，但來就我，欲與我謀爲室家也。"89《鄭風•東門之墠》二章："豈不爾思，子不我即。"《毛傳》："即，就也。"《鄭箋》："我豈不思望女乎？女不就迎我而俱去耳。"孔穎達《正義》："我豈不於汝思爲室家乎？但子不以禮就我，我無由從子。"250《大雅•公劉》六章："止旅迺密，芮鞫之即。"孔穎達《正義》："此則來者愈衆，並水之内曲外曲而皆居之。"陳奂《傳疏》："即，就也。芮鞫之即，言從遷衆民依就水厓之曲，而徙處此也。"❷通"膝"。（風 1）99《齊風•東方之日》一章："在我室兮，履我即兮。"楊樹達《述林》卷六："即者，《說文》即字從卪聲，蓋假爲䣛，䣛（膝）之象形初文。…䣛乃卪之後起加聲旁字耳。古人席地而坐，安坐而䣛在身前，故行者得踐坐者之䣛也。"一說：相就；行迹。《鄭箋》："即，就也。"朱熹《集傳》："履，躡；即，就也。言此女躡

我之足而相就也。"馬瑞辰《通釋》:"即,就也。謂所就止之處。即,行也。即爲就,亦爲行,猶從我就,亦爲行也。…履我行者,謂女子從我行,猶云踐我迹也。"黃焯《毛鄭平議》:"言彼姝之子所以在我室者,由我以禮聘,始來就我而爲昏也。"

鶺 jí ★資昔切(梗開三入昔精)
質部、精母

鶺鴒,鳥名。見"脊"。

亟 jí 紀力切(曾開三入職見)
職部、見母

❶緊急;着急。(風 3、雅 3)41《邶風·北風》一章:"其虛其邪,既亟只且。"朱熹《集傳》:"亟,急也。是尚可以寬徐乎,彼其禍亂之迫已甚,而去不可不速矣。"王先謙《集疏》:"詩人見其同行者從容安雅之狀如此,又速之曰:'既亟只且。'猶言事已急矣,尚不速行而爲此徐徐之態乎?"一說:敬愛。于省吾《新證》:"《方言》一稱:'自關而西,秦晉之間,凡相敬愛謂之亟。'《廣雅·釋詁》謂:'亟,敬也。'亟係苟之借字,以古文字證之,苟爲敬之初文。…'既亟只且'應讀作'既敬只且',猶言'既敬之矣'。"❷副詞。急速;趕快。(風 1、雅 1)154《豳風·七月》七章:"亟其乘屋,其始播百穀。"《鄭箋》:"亟,急。"199《小雅·何人斯》四章:"爾之亟行,遄脂爾車。"《鄭箋》:"亟,疾。"項安世《項氏家說》:"況以急行,必不暇脂膏轂矣。"參"棘"。

極(极) jí 渠力切(曾開三入職羣)
職部、羣母

❶盡頭;終了。(風 1)121《唐風·鴇羽》二章:"悠悠蒼天,曷其有極?"《鄭箋》:"極,已也。"❷到;到達。(風 2、雅 2)101《齊風·載驅》四章:"既曰歸止,曷又極止?"《毛傳》:"極,至也。"陳奐《傳疏》:"極訓至,言至於齊也。"黃焯《毛鄭平議》:"言曷爲而至於此,蓋隱指彭生之事也。"230《小雅·緜蠻》三章:"豈敢憚行,畏不能極。"《鄭箋》:"極,至。"屈萬里《詮釋》:"謂到達目的地也。"259《大雅·崧高》一章:"崧高維嶽,駿極于天。"《毛傳》:"極,至也。"54《鄘風·載馳》四章:"控於大邦,誰因誰極?"《毛傳》:"極,至。"《鄭箋》:"於大國之諸侯,亦誰因乎?

由誰至乎?"朱熹《集傳》:"控告於大邦,而又未知其將何所因而何所至乎。"一說:通"殛",誅。馬瑞辰《通釋》:"極,當讀為誅極之極。《爾雅》:'殛,誅也。'字通作極,訓至。極至謂致討於敵。詩言誰爲之致討也。"❸窮究;追究。(雅 1)199《小雅·何人斯》八章:"作此好歌,以極反側。"朱熹《集傳》:"是以作此好歌,以極究爾反側之心也。"一說:正;止。黃焯《毛鄭平議》:"極有中正義,又有止義。'以極反側',猶云以正極反側之心,以止其反側之行耳。"❹善。(雅 2)。209《小雅·楚茨》四章:"永錫爾極,時萬時億。"朱熹《集傳》:"極,至也。報爾以衆善之極。"陳子展《選譯》:"極,至也;至,善也。"程俊英《注析》:"極,至,指最好的福氣。"264《大雅·瞻卬》四章:"豈曰不極,伊胡爲慝?"陳奐《傳疏》:"極,至也;至,猶善也。言人豈不欲善,何爲作惡若此也?"一說:到頭;夠。嚴粲《詩緝》:"其爲惡豈不至極乎,何故爲慝惡而不已也。"又一說:是。屈萬里《詮釋》:"極,中正也。義猶是也。慝,惡也。言其惡如此,而彼則豈自謂不是乎? 乃曰'此何足爲惡事哉'。"❺中;中正;準則。(風 2、雅 6、頌 2)58《衛風·氓》四章:"士之罔極,二三其德。"《毛傳》:"極,中也。陳奐《傳疏》:"罔,無也。無中即是二三之謂。"屈萬里《詮釋》:"罔極,猶言無良,《詩》中凡言'罔極'者(八見)皆此義。"109《魏風·園有桃》二章:"不知我者,謂我士也罔極。"《毛傳》:"極,中也。"王先謙《集疏》:"罔極,失其中正之心。"199《小雅·何人斯》八章:"有靦面目,視人罔極。"馬瑞辰《通釋》:"極,中也。視人罔極,謂示人以罔中也。"黃焯《毛鄭平議》:"罔極,《傳》皆以爲無中,無中即失道之謂。"202《小雅·蓼莪》四章:"欲報之德,昊天罔極。"王引之《述聞》卷六:"言我方欲報是德,而昊天罔極,降此鞠凶,使我不得終養也。'昊天罔極',猶言'昊天不備','昊天不惠',朱子所謂無所歸咎而歸之天也。"305《商頌·殷武》五章:"商邑翼翼,四方之極。"《鄭箋》:"極,中也。商邑之禮俗翼翼然可則效,乃四方之中正也。"《後漢書·樊准傳》、白居易《白帖》

七十六均引作"四方是則"。275《周頌·思文》。"立我烝民,莫匪爾極。"《毛傳》:"極,中也。"《左傳·成公十六年》引此詩,楊伯峻注:"詩意謂祖先后稷,安置民衆,無人不合其準則。"俞樾《平議》卷十一:"極亦可訓法,'立我烝民,莫匪爾極',言成立我之衆民,莫非爾之法制也。"一説:至善之德。朱熹《集傳》:"極,至也。⋯蓋使我烝民得以粒食者,莫非其德之至也。"屈萬里《詮釋》:"用爲名詞,義猶德惠也。"❻ 以爲準則。(雅1)262《大雅·江漢》三章:"匪疚匪棘,王國來極。"朱熹《集傳》:"極,中之表也。居中而爲四方所取正也。⋯非以病之,非以急之也,但使我來取正王國而已。"(王國來極:以王國的制度爲準繩。)❼ 通"殛"。誅罰;放逐。(雅1)224《小雅·菀柳》一章:"俾予靖之,後予極焉。"《鄭箋》:"極,誅也。⋯王信讒,不察功考績,後反誅放我。"一説:至,到達。《毛傳》:"極,至也。"黃焯《毛鄭平議》:"'後予極焉'句與次章'後予邁焉'句辭義互足互明,蓋謂王嘗以事使我謀治之,我則隨之而至,乃居無幾何,而又斥遠我。"又一説:通"愳"。憎恨;忌恨。俞樾《平議》卷十:"極當爲愳。《説文·心部》:'愳,疾也。'言其後乃憎恨我也,與'後予邁焉'一律。"又一説:盡;窮;使窮困。朱熹《集傳》:"極,求之盡也。"吳闓生《會通》:"靖,治也。極,窮也。使我治事,後反窮我。"

集 jí 秦入切（深開三入緝從）
緝部、從母

❶ 鳥停在樹上。(風4、雅9、頌2)121《唐風·鴇羽》一章:"肅肅鴇羽,集于苞栩。"《毛傳》:"集,止。"187《小雅·黃鳥》一章:"黃鳥黃鳥,無集于穀。"❷ 聚集。(雅3)181《小雅·鴻雁》二章:"鴻雁于飛,集于中澤。"217《小雅·頍弁》三章:"如彼雨雪,先集維霰。"一説:落下;降落。屈萬里《詮釋》:"集,落下也。《書·君奭》:'其集大命于厥躬。'《文侯之命》:'惟時上帝集厥命于文王。'《大雅·大明》:'天命既集。'皆其義也。"❸ 會;逢;遇上。(頌1)289《周頌·小毖》:"未堪家多難,予又集于蓼。"《毛傳》:"我又集于蓼,言

辛苦也。"《鄭箋》:"集,會也。"孔穎達《正義》:"會,謂逢遇之也。"❹ 落到;歸向。(雅2)236《大雅·大明》四章:"天監在下,有命既集。"《毛傳》:"集,就也。"朱熹《集傳》:"言天之監照,實在於下,其命既集於周矣。"屈萬里《詮釋》:"集,至也⋯謂落到⋯上。此言天命已落到文王身上。"陳奐《傳疏》:"言天視於下,其命既有以徙就之。"(有命既集:天命已經歸向文王)❺ 成;成就。(雅3)195《小雅·小旻》三章:"謀夫孔多,是用不集。"《毛傳》:"集,就也。"朱熹《集傳》:"集,成也。"陳奐《傳疏》:"集即就之假借字,⋯集、就並與成同義。"《韓詩外傳》卷六引《詩》作"是用不就"。王念孫《廣雅疏證》卷三上:"集、就一聲之轉,皆謂成就也。"錢大昕《十駕齋養新録》卷一:"此集與猶,咎爲韻,當讀咎音。《韓詩》集作就,於韻爲協;毛公雖不破字而訓集爲就,即是讀就音。"227《小雅·黍苗》二章:"我行既集,蓋云歸哉。"《鄭箋》:"集,猶成也。"朱熹《集傳》:"集,成也。營謝之役,既成而歸。"參"輯"、"揖"。

棘 jí 紀力切（曾開三入職見）
職部、見母

❶ 酸棗樹。一種落葉灌木或喬木,枝上多刺,初夏開紅綠色小花。果實比棗小,暗紅色,肉薄,味酸。(風11、雅1)32《召南·凱風》一章:"凱風自南,吹彼棘心。"朱熹《集傳》:"棘,小木,叢生,多刺,難長,而心又其稚弱而未成者也。"王先謙《集疏》:"棘,小棗叢生者。"牟庭《詩切》:"棘之初生色赤,故又名赤心也。棘之言急也,窮。其母死,故喻爲棘。其生年幼,故喻之爲棘心也。"109《魏風·園有桃》二章:"園有棘,其實之食。"《毛傳》:"棘,棗也。"慧琳《一切經音義》卷五十一引作:"棘,酸棗也。"朱熹《集傳》:"棘,棗之短者。"馬瑞辰《通釋》:"棗從重朿,棘從並朿,對文則異,散文則棘亦訓棗。"131《秦風·黃鳥》一章:"交交黃鳥,止于棘。"《説文·束部》:"棘,小棗叢生者。"馬瑞辰《通釋》:"詩刺三良從死,而以止棘、止桑、止楚爲喻者,棘之言急也,桑之言喪也,楚之言痛楚也。古人用物多取名於音

近,如松之言容,柏之言迫,栗言戰栗,桐之言痛,竹之言蹙,薺之言耆,皆此類也."❷草木上的刺.(雅1)209《小雅·楚茨》一章:"楚楚者茨,言抽其棘."馬瑞辰《通釋》:"棘即茨上之棘,故《傳》云：'楚楚,茨棘貌.'正以明茨棘惟一."陳子展《選譯》:"棘爲木名,亦爲草名,又爲凡草刺人之稱."❸棱角分明;有棱角.(雅1)189《小雅·斯干》四章:"如矢斯棘."《毛傳》:"棘,棱廉也."孔穎達《正義》:"言如矢棱廉,以喻四隅廉正也."陳奐《傳疏》:"棱廉,謂棱角廉隅也."馬瑞辰《通釋》:"謂室有廉隅,如矢有棱廉也."屈萬里《詮釋》:"棘,棱也.矢鏃有棱,故取以爲喻.此言宮室廉隅之正,如矢鏃之棘然也."陸德明《釋文》:"《韓詩》作朸,朸,隅也."一説:通"急".直.朱熹《集傳》:"棘,急也.矢行緩則枉,急則直也."❹多荊棘.比喻艱險.(雅1)194《小雅·雨無正》六章:"維曰于仕,恐棘且殆."何楷《古義》:"言人皆曰:往仕耳,殊不知仕途甚多荊棘,動輒遭刺,且有凶危也."屈萬里《詮釋》:"棘,猶今言棘手之棘,不順也."一説:急迫;緊張.《鄭箋》:"棘,急也."朱熹《集傳》:"蘇氏曰:人皆曰往仕耳,曾不知日往之急且危."程俊英《注析》:"這二句意爲:説起去做官,真是太緊張而且危險."❺通"亟".緊急;急切.(雅8)168《小雅·出車》一章:"王事多難,維其棘矣."《鄭箋》:"棘,急也."朱熹《集傳》:"是行也不可緩矣."262《大雅·江漢》三章:"匪疚匪棘,王國來極."《鄭箋》:"棘,急."244《大雅·文王有聲》三章:"匪棘其欲,遹追來孝."《鄭箋》:"棘,急.此非以急成從己之欲."嚴粲《詩緝》:"初急於從己之欲以廣都邑."陸德明《釋文》作"亟"云:"或作棘."《禮記·禮器》引作"匪革其猷".❻困急;困難.(雅1)256《大雅·抑》十二章:"回遹其德,俾民大棘."《鄭箋》:"使民之財匱盡而大困急也."《正義》:"反爲無常而邪僻其德,貪暴税斂之使下民資財皆盡,甚大困急也."❼瘠;瘦.(風1)147《檜風·素冠》二章:"庶見素冠兮,棘人欒欒兮."馬瑞辰《通釋》:"《吕覽·任地》:'棘者欲肥,肥者欲棘.'高誘注:'棘,

贏瘠也.'《詩》棘人之欒欒,言贏瘠也.正訓棘爲瘠."王先謙《集疏》:"《魯》説曰:'棘,贏瘠也.'"高亨《今注》:"棘,瘦也.欒欒,瘦瘠貌."一説:急;着急.《毛傳》:"棘,急也."《鄭箋》:"急於哀戚之人."
【棘匕】酸棗木製的飯勺.(雅1)203《小雅·大東》一章:"有捄棘匕."《毛傳》:"匕所以載鼎實(煮肉)."《説文·匕部》:"匕,所以用比取飯,一名柶."朱熹《集傳》:"棘匕,所以載鼎實也."馬瑞辰《通釋》:"匕所以載牲體,亦以取黍稷.…棘匕承上簋飱言.王觀察云:當謂黍稷之匕.其説是也.棘匕對桑匕言.古者喪用桑匕,吉用棘匕,皆取聲近爲義.桑言喪,則棘言吉,非必如《傳》以赤心爲喻也.參"襋"、"梅"."

襋 jí 紀力切（曾開入職見）
職部、見母

衣領;縫衣領.(風1)107《魏風·葛屨》一章:"要之襋之,好人服之."《毛傳》:"要,襋也;襋,領也."《説文·衣部》:"襋,衣領也.從衣棘聲.《詩》曰:'要之襋之.'"白居易《白帖》十二引作"要之棘之".

楫(檝) jí 即葉切（咸開入葉精）
緝部、精母
秦入切（深開三入緝從）
緝部、從母

❶船槳.短曰楫,長曰櫂.(風1)59《衛風·竹竿》四章:"淇水滺滺,檜楫松舟."《毛傳》:"楫,所以櫂(zhào)舟也."陸德明《釋文》:"楫,本又作檝.子葉反,徐音集.《釋名》云:'楫,捷也,撥水舟行捷疾也.'"朱熹《集傳》:"楫,所以行舟也."❷划船.(雅1)238《大雅·棫樸》三章:"淠彼涇舟,烝徒楫之."《毛傳》:"楫,櫂也."陸德明《釋文》:"楫,音接."《釋名》云:"在傍撥水曰櫂,又謂之楫.孔穎達《正義》:"衆徒舡人以楫櫂之."嚴粲《詩緝》:"《釋文》曰:'楫謂之橈,或謂之棹(zhào).'…在傍撥水曰棹."屈萬里《詮釋》:"楫,作動詞用,划也."

戢 jí 阻立切（深開三入緝莊）
緝部、莊母

❶聚藏(兵器);收藏(兵器).(頌1)273《周頌·時邁》:"載戢干戈,載櫜弓矢."《毛

傳》："聚。"《說文·戈部》："戢，藏兵也。從戈咠聲。《詩》曰：'載戢干戈。'"段玉裁注："聚與藏義相成，聚而藏之也。"❷收斂。(雅2)216《小雅·鴛鴦》二章："鴛鴦在梁，戢其左翼。"《鄭箋》："戢，斂也。…斂其左翼，以右翼掩之。"朱熹《集傳》引張子曰："禽獸並棲，一正一倒，戢其左翼，以相依於內，舒其右翼，以防患於外，蓋左不用而右便故也。"一說：插。陸德明《釋文》："戢，《韓詩》云：'捷也。'捷噣於左也。"毛奇齡《續詩傳》："凡禽鳥止息，無論長頸短喙，必捷其喙於左翼。"陳喬樅《韓説考》："考《廣雅·釋詁》云：'戢，插也。'插、捷古字通用。"❸和睦；和氣。(雅1)215《小雅·桑扈》二章："不戢不難，受福不那。"《毛傳》："不戢，戢也。"馬瑞辰《通釋》："戢當讀爲濈，《説文》：'濈，和也。'又與輯通。《爾雅·釋詁》：'輯，和也。'…難當讀爲戁。《説文》：'戁，敬也。'不戢不戁，言和且敬也。兩不字皆語詞。一説：收斂；不放肆。《毛傳》："戢，聚也。不戢，戢也。不難，難也。"朱熹《集傳》："戢，斂。難，慎。…豈不斂乎？豈不慎乎？其受福豈不多乎？"參"濈"、"輯"。

濈 jí 阻立切(深開三入緝莊)

緝部、莊母

【濈濈】通"戢戢"，聚在一起的樣子。(雅1)190《小雅·無羊》一章："爾羊來思，其角濈濈。"《毛傳》："聚其角而息，濈濈然。"朱熹《集傳》："王氏曰：濈濈，和也。羊以善觸爲患，故言其和，謂聚而不相觸也。"屈萬里《詮釋》："濈濈，聚貌。"陸德明《釋文》："濈，本又作湒，亦作戢。"《太平御覽·獸部》十四引《詩》作"其角戢戢"。

輯(辑) jí 秦入切(深開三入從緝)

緝部、從母

❶和睦。(雅1)250《大雅·公劉》一章："思輯用光。"《毛傳》："言民相與和睦，以顯於時也。"朱熹《集傳》："輯，和。思以輯和其民人而光顯其國家。"一說：聚集。嚴粲《詩緝》："《書》'輯五瑞'注云：斂也。此輯亦聚集之也。思愈聚其民而光顯其國。"《孟子·梁惠王下》引作"思戢用光"。❷溫和；和柔。(雅2)254《大雅·板》二章："辭之輯

矣，民之洽矣。"《毛傳》："輯，和。"劉向《新序·雜事三》引作"辭之集矣"。256《大雅·抑》七章："輯柔爾顔，不暇有愆。"《毛傳》："輯，和也。"朱熹《集傳》："輯，和也。和柔爾之顔色，其戒懼之意，常若自省曰：豈不至於有過乎？"

疾 jí 秦悉切(臻開三入質從)

質部、從母

❶病；疾病。(雅3)197《小雅·小弁》五章："譬彼壞木，疾用無枝。"《鄭箋》："傷病之木，内有疾，故無枝也。"256《大雅·抑》一章："庶人之愚，亦職爲疾。"孔穎達《正義》："若衆庶凡人之爲此愚，亦主由維有疾病故耳。"朱熹《集傳》："夫衆人之愚，蓋有禀賦之偏，宜有是疾，不足爲怪。"❷疢害；損害。(雅1)264《大雅·瞻卬》一章："蟊賊蟊疾，靡有夷屆。"孔穎達《正義》："如蟊賊之害禾稼然，爲之無常，亦無止息時。"朱熹《集傳》："疾，害。"❸痛。(風1、雅1)62《衛風·伯兮》三章："願言思伯，甘心首疾。"陳奂《傳疏》："甘心疾首平列，言首疾者，蓋倒句以協韻耳。"197《小雅·小弁》二章："心之憂矣，疢如疾首。"按《孟子·梁惠王下》趙岐注："疾首，頭痛也。"❹通"嫉"。妒恨。(雅1)194《小雅·雨無正》七章："鼠思泣血，無言不疾。"《毛傳》："無所言而不見疾也。"屈萬里《詮釋》："謂己之言無不被疾惡也。"

【疾威】暴戾；暴虐。(雅4)194《小雅·雨無正》一章："昊天疾威，弗慮弗圖。"朱熹《集傳》："疾威，猶暴虐也。"陳奐《傳疏》："'昊天疾威'猶言'疾威上帝'，疾威二字平列。"屈萬里《詮釋》："疾威，言急遽地發威怒也。"255《大雅·蕩》一章："疾威上帝，其命多辟。"《毛傳》："疾，病人也；威，罪人也。"《鄭箋》："疾病人者，重賦斂也；威罪人者，峻刑法也。"朱熹《集傳》："疾威，猶暴虐也。"吳闓生《會通》："疾威，猶言暴戾也。"

藉 jí 秦昔切(梗開三入昔從)

鐸部、從母

徵收賦税。(雅1)261《大雅·韓奕》六章："實墉實壑，實畝實藉。"《鄭箋》："藉，税也。牧是田畝，收斂是賦税。"唐石經、小字本、《十三經注疏》本作"藉"，相臺本、朱熹《集

傳》本作"籍"。孔穎達《正義》："正是田畝，定是稅籍。"朱熹《集傳》："籍，稅也。"陳奐《傳疏》："藉，讀藉田之藉。"朱士端《釋藉》："考藉、籍，《說文》雖艸、竹二部分列，實皆從耤得聲，故以同音通假。"按290《周頌·載芟·序》："《載芟》，春籍田而祈社稷也。"阮元《校刊記》："唐石經'籍'作'藉'，小字本、相臺本同。案《說文》作'䅿'者爲正字，諸書作'藉'者爲假借字，或又用'籍'字爲之。故此《正義》引應氏《漢書》注，以典籍爲說也。"參"借"。

籍 jí 秦昔切（梗開三入昔從）
　　　　　鐸部、從母
徵收賦稅。見"藉"。

踖 jí 秦昔切（梗開三入昔從）
　　　　　鐸部、從母
　　　　　資昔切（梗開三入昔精）
　　　　　鐸部、精母
　　qì ★七迹切（宕開三入昔清）
　　　　　鐸部、清母
【踖踖】恭敬而行動敏捷的樣子。（雅1）209《小雅·楚茨》三章："執爨踖踖，爲俎孔碩。"《毛傳》："踖踖，言爨竈有容也。"陸德明《釋文》："踖，七昔反，又七略反。"朱熹《集傳》："踖踖，敬也。"《爾雅·釋訓》："踖踖，敏也。"

躇 jí 資昔切（梗開三入昔精）
　　　　　錫部、精母
小步走路。（雅1）192《小雅·正月》六章："謂地蓋厚，不敢不躇。"《毛傳》："躇，累足也。"《說文·足部》："躇，小步也。引《詩》作'蹐'。"又《走部》："趚，側行也。引《詩》作'趚'。"王先謙《集疏》："《齊》，躇作趚。"

鶺 jí ★資昔切（梗開三入昔精）
　　　　　錫部、精母
鶺鴒，鳥名。見"脊"。

趚 jí ★資昔切（梗開三入者精）
　　　　　錫部、精母
　　qì 七迹切（梗開三入昔清）錫部、清母
側行。見"躇"。

己 jǐ 居理切（止開三上止見）
　　　　　之部、見母
自己；本身。（雅1）223《小雅·角弓》四章："受爵不讓，至于己斯亡。"孔穎達《正義》："至于己身以此而致滅亡。"王引之《述聞》卷六："言但怨人之不讓己，而忘乎己之不讓人。"今本作"已"，終。朱熹《集傳》："兄弟相怨相讒，以取爵位，而不知遜讓，終亦必亡而已矣。"阮元《校刊記》："唐石經已作己，案己字是也。參"几"、"其"、"已"。

掎 jǐ 居綺切（止開三上紙見）
　　　　　居宜切（止開三平支見）
　　　　　歌部、見母
向一旁拉；牽引。（雅1）197《小雅·小弁》七章："伐木掎矣，析薪扡矣。"《毛傳》："伐木者掎其巔。"《說文·手部》："掎，偏引也。"嚴粲《詩緝》："伐木者既以斧斤伐之，又以繩索從其後牽拽之。"陳奐《傳疏》："蓋凡伐木者必先以繩索系其巔末，而角束之，而偏引之，而從後牽之。今人斬伐大木者，猶如是也。"一說：通"倚"。支撐。孔穎達《正義》："掎者，倚也。謂以物倚其巔峰也。"

戟(㦸) jǐ 几劇切（梗開三入陌見）
　　　　　鐸部、見母
古代一種兵器，長柄，有金屬槍尖，一旁有月芽形的利刃，合戈、矛爲一體，可以直刺和橫擊。（風1）133《秦風·無衣》二章："王于興師，脩我矛戟。"朱熹《集傳》："戟，車戟也，長丈六尺。"

泲 jǐ ★子禮切（蟹開四上薺精）
　　　　　脂部、精母
古地名。在春秋時衛國境內。今河南省浚縣、滑縣一帶。（風1）39《邶風·泉水》二章："出宿于泲，飲餞于禰。"《毛傳》："泲，地名。"《鄭箋》："泲、禰者，所嫁國適衛之道所經，故思宿餞。"陳奐《傳疏》："泲與濟水別，地名未聞。"馬瑞辰《通釋》："泲、禰爲衛地。"一說：同"濟"，即濟水。劉向《列女傳》卷一引《詩》作"濟"。王先謙《集疏》："《魯》，泲作濟。…泲、濟字同。《禹貢》'濟'字，《漢志》皆作'泲'。"

幾 （一）jǐ 居狶切（止開三上尾見）
　　　　　微部、見母
❶幾時；指很短的時間。（風1、雅1）102《齊風·甫田》四章："未幾見兮，突而弁兮。"（未幾：沒有多久。）217《小雅·頍弁》三章："死喪無日，無幾相見。"嚴粲《詩緝》："言亡

國無日,族人縱得見王,其能幾乎?"陳奂《傳疏》:"言不日將死,相見無幾也。"(二) jī 居依切(止開三平微見)微部、見母
❷近;逼近。(雅1)264《大雅·瞻卬》六章:"天之降罔,維其幾矣。"《鄭箋》:"幾,近也。"言災異譴告離人身近,愚者不能覺。"一說:危險。《毛傳》:"幾,危也。"孔穎達《正義》:"天之所下災異之羅網維其危險而甚矣。"陳奂《傳疏》:"《説文》:'幾,殆也。'危,殆義相近。"❸通"期"。日期。(雅1)209《小雅·楚茨》四章:"卜爾百福,如幾如式。"《毛傳》:"幾,期也。"孔穎達《正義》:"與汝百種之福,其來早晚有如期節矣,其福多少有如法式矣。"陳奂《傳疏》:"幾讀與期同,此假借字也。"劉師培《札記》:"審繹詩義,如與順同,謂事適其期,禮合乎法也。"一說:禮法。《小爾雅·廣詁》:"幾,法也。"
【幾何】疑問詞。多少。(雅1)198《小雅·巧言》六章:"爲猶將多,爾居徒幾何?"
又見【未幾】【庶幾】。

脊 jī 資昔切(梗開三入昔精)錫部、精母

理;道理。(雅1)192《小雅·正月》六章:"維號斯言,有倫有脊。"《毛傳》:"倫,道;脊,理也。"陳奂《傳疏》:"脊讀爲蹟。《汙水》傳:'不蹟,不道也。'"董仲舒《春秋繁露·深察名號》引《詩》作"迹"。
【脊令】也寫作"鶺鴒"。鳥名。體小、喙尖。尾長而黑、前額和腹部白色。行走時尾巴不斷摇動。(雅2)164《小雅·常棣》三章:"脊令在原,兄弟急難。"《毛傳》:"脊令,雝渠也,飛則鳴,行則摇,不能自舍耳。"陸德明《釋文》:"脊亦作即,又作鵖,皆同。令音零,本亦作鴒,同。"孔穎達《正義》引陸璣《詩義疏》:"[脊令]大如鷃雀,長脚長尾,尖喙,背上青灰色,腹下白,頸下黑如連錢。"朱熹《集傳》:"脊令飛則鳴,行則摇,有急難之意,以起興。"陳奂《傳疏》:"脊令喻兄弟,脊令言飛行不舍。"《左傳·昭公七年》、《三國志·魏志·武文世王公傳評》、《文選·三國名臣序贊》並引作"鵖鴒"。196《小雅·小宛》四章:"題彼脊令,載飛載鳴。"陸

德明《釋文》:"令,本亦作鴒。"王先謙《集疏》:"《魯》,脊令作鵖鴒。"王符《潜夫論·贊學》引作"鶺鴒"。

忌 jì 渠記切(止開三去志羣)之部、羣母

❶怨恨。(雅1)264《大雅·瞻卬》五章:"舍爾介狄,維予胥忌。"《毛傳》:"忌,怨也。"孔穎達《正義》:"忌者,相憎怨之言,故以忌爲怨也。"❷顧忌;忌憚。(雅1)257《大雅·桑柔》十章:"匪言不能,胡斯畏忌。"陳奂《傳疏》:"忌,猶憚也。"❸語氣詞。(風8)78《鄭風·大叔于田》二章:"叔善射忌,又良御忌。"《毛傳》:"忌,辭也。"《鄭箋》:"忌,讀如彼己之子之己。"朱熹《集傳》:"忌、抑,皆語助辭。"

紀(纪) jǐ 居理切(止開三上止見)之部、見母

❶綱紀;統領。(雅3)204《小雅·四月》六章:"滔滔江漢,南國之紀。"《毛傳》:"滔滔,大水貌。其神足以綱紀一方。"朱熹《集傳》:"紀,綱紀也,謂經帶包絡之也。"王先謙《集疏》:"言江漢爲南國之綱紀,王朝反不能爲天下之綱紀也。"林義光《通解》:"謂江漢之水,綱紀南方之衆流,使之歸海。"258《大雅·雲漢》七章:"旱既太甚,散無友紀。"陳奂《傳疏》:"紀即綱紀。"于鬯《香草校書》卷十六:"《樂記》注云:'紀,總要之名也。'蓋絲縷既成絞環,必更以一繩穿環中而結之,是之謂紀。必有紀而後絞環可不亂,失紀則必亂矣。故《禮器記》云:'紀散而衆亂也'。"❷通"杞"。一種落葉喬木,柳屬。(風1)130《秦風·終南》二章:"終南何有?有紀有堂。"白居易《白帖》卷五引作"有杞有棠。"王引之《述聞》卷五:"紀讀爲杞,堂讀爲棠,條梅紀堂皆木名也。"一說:山基;山角。《毛傳》:"紀,基也。"陸德明《釋文》:"紀,如字,本亦作屺。"又一說:山角。朱熹《集傳》:"紀,山之廉角也。"又見【綱紀】。

記(记) jì 居吏切(止開三去志見)之部、見母

助詞。見"其"。

季 jì

居悸切（止開三去至見）
質部、見母

❶少。（風 2、雅 1）15《召南·采蘋》三章："誰其尸之，有齊季女。"《毛傳》："季，少也。"218《小雅·車舝》一章："思孌季女逝兮。"《毛傳》："季女，謂有齊季女也。"《鄭箋》："思得孌然美好之少女，有齊莊之德者往迎之。"❷指少子。（風 1）110《魏風·陟岵》二章："母曰：'嗟予季！行役夙夜無寐。'"《毛傳》："季，少子也。"朱熹《集傳》："尤憐愛少子者，婦人之情也。"李惇《羣經識小》："《集傳》其說雖妙，看來只是變文以協韻也。"又見【王季】。

悸 jì

其季切（止合三去至羣）
質部、羣母

衣帶下垂的樣子。（風 2）60《衛風·芄蘭》一章："容兮遂兮，垂帶悸兮。"《毛傳》："垂其紳帶，悸悸然有節度。"陸德明《釋文》："悸，《韓詩》作萃，垂貌。"朱熹《集傳》："悸，帶下垂之貌。"芮城《匏瓜錄》："悸即驚悸之悸。言其舉止輕佻，故垂帶象之。亦且飄颻動盪，如驚悸然，無復有安重之度也。"俞樾《平議》卷八："垂帶悸兮，乃刺之而非美之。悸之本義爲心動，引申之則凡物之動者皆可以悸言之。……詩人刺惠公雖'容兮遂兮'，而其垂帶乃悸然常動，正見其舉動之無節。"聞一多《類鈔》："悸本訓驚動，借以形容男子走路衣帶動搖之貌。"

既(旣) jì

居豙切（止開三去未見）
物部、見母

❶已經；終于。（風 33、雅 164、頌 15）10《周南·汝墳》二章："旣見君子，不我遐棄。"《毛傳》："旣，已。"212《小雅·大田》一章："旣種旣戒，旣備乃事。"257《大雅·桑柔》十六章："雖曰匪予，旣作爾歌。"朱熹《集傳》："傳》：'我已作爾歌矣。'"陳奐《傳疏》："旣，猶終也。"302《商頌·烈祖》："亦有和羮，旣戒旣平。"❷盡；都。（風 3、雅 3、頌）198《小雅·巧言》二章："亂之初生，僭始旣涵。"《鄭箋》："旣，盡。"211《小雅·甫田》二章："我田旣臧，農夫之慶。"陳奐《傳疏》："旣，盡也。"❸連詞。與"又"、"且"連用，表示兩種情況同時存在。（風 6、雅 10、頌 2）157《幽風·

破斧》一章："旣破我斧，又缺我斨。"164《小雅·常棣》五章："喪亂旣平，旣安且寧。"301《商頌·那》："旣和且平，依我磬聲。"

【旣醉】《大雅》篇名(247)。這是周王於祭祀後舉行宴會，祝官代表神尸向王祝福的詩。嚴粲《詩緝》："此詩成王祭畢而燕羣臣也。"范家相《詩瀋》："此正是王與羣臣祭畢，飲燕於寢，而羣臣頌君之辭。…此篇言'公尸嘉告，籩豆靜嘉'，明其爲祭畢之燕也。"林義光《通解》："此詩爲工祝奉尸命以致嘏於主人之辭。"陳子展《直解》："《旣醉》，叙述西周盛時，王者祭畢饗燕，而公尸祝福之詩。《詩序》：'《旣醉》，太平也。醉酒飽德，人有士君子之行焉。'朱熹《集傳》以爲周王祭祀後宴請父兄耆老，歌《行葦》，而《旣醉》是'父兄所以答《行葦》之詩'。八章，三十二句。

迉 jì

★居吏切（止開三去志見）
之部、見母

語氣詞。見"近"。

濟(济)

（一）jǐ 子計切（蟹開四去霽精）
脂部、精母

❶渡；渡水。（風 1)54《衛風·載馳》二章："旣不我嘉，不能旋濟。"朱熹《集傳》："濟，渡也。"一說：止，停止。《毛傳》："濟，止也。"陳奐《傳疏》："《說文》：'霽，雨止也。'濟讀同霽，故訓止。止者，止我思也。"馬瑞辰《通釋》："《爾雅·釋天》：'濟謂之霽。'是濟本止雨之稱，因通以濟爲止。"❷渡口。（風 3）34《邶風·匏有苦葉》一章："匏有苦葉，濟有深涉。"《毛傳》："濟，渡也。"《鄭箋》："匏葉苦而渡處深。"朱熹《集傳》："濟，渡處也。"一說：(音 jǐ)水名，古四瀆之一。源出河南省濟源縣西王屋山。後並入黃河。聞一多《類鈔》："濟，水名。"

（二）jǐ 子禮切（蟹開四上薺精）
脂部、精母

❸見【濟²濟²】。

【濟²濟²】1）衆多的樣子。（雅 1、頌 1)239《大雅·旱麓》一章："瞻彼旱麓，榛楛濟濟。"《毛傳》："濟濟，衆多也。"290《周頌·載芟》："載穫濟濟，有實其積。"《毛傳》："濟濟，難也。"《鄭箋》："難者，穗衆難進也。"朱熹《集傳》:"濟濟,人眾貌。"一說:整齊有序的樣子。陳奐《傳疏》:"濟,古儕字,謂穧之眾,必依次而行,有均齊不絕之貌,即是濟濟之義也。"2)整齊美好的樣子。(風 1、雅 5、頌 2)105《齊風·載驅》二章:"四驪濟濟,垂轡瀰瀰。"《毛傳》:"濟濟,美貌。"陳奐《傳疏》:"濟濟,猶齊齊也。"235《大雅·文王》三章:"濟濟多士,文王以寧。"《毛傳》:"濟濟,多威儀也。"209《小雅·楚茨》二章:"濟濟蹌蹌,絜爾牛羊。"《毛傳》:"濟濟蹌蹌,言有容也。"《鄭箋》:"有容,言威儀敬慎也。"
參"泲"。

穧(秶) jì 子計切(蟹開四去霽精)
　　　　　子例切(蟹開三去祭精)
　　　　　脂部、精母
　　　　　在詣切(蟹開四去霽從)
　　　　　脂部、從母

已割倒而未捆的禾。(稚 1)212《小雅·大田》三章:"彼有不穫穉,此有不斂穧。"陸德明《釋文》:"穧,穫也。"孔穎達《正義》:"穧者,禾之鋪而未束者。"陳奐《傳疏》:"不斂穧,刈而未斂者也。"屈萬里《注釋》:"穧,已穫之禾也。"一說:禾束。朱熹《集傳》:"穧,束。…此有不及斂之穧束,彼有遺棄之禾把。"

薺(荠)
(一) jì 徂禮切(蟹開四上薺從)脂部、從母

❶薺菜。一年生或二年生草本植物,開白色小花,嫩葉可吃,全草可入藥。(風 1)35《邶風·谷風》二章:"誰謂荼苦,其甘如薺。"朱熹《集傳》:"薺,甘菜。言荼雖甚苦,反甘如薺,以比己之見棄,其苦有甚於荼。"

(二) cí 疾資切(止開三平脂從)
脂部、從母

❷蒺藜。見"茨"。

祭 jì 子例切(蟹開三去祭精)
月部、精母

祭祀:供奉鬼神。(風 1、雅 3)154《豳風·七月》八章:"四之日其蚤,獻羔祭韭。"209《小雅·楚茨》二章:"祝祭於祊,祀事孔明。"《說文·示部》:"祭,祭祀也。"段玉裁注:"統言則祭祀不別也。"徐灝《注箋》:"無牲而祭曰薦,薦而加牲曰祭…渾言則有牲無牲皆

曰祭也。"

稷 jì 子力切(曾開三入職精)
職部、精母

❶一種糧食作物,即粟。今北方通稱穀子,其實稱小米。(風 6、雅 8、頌 3)65《王風·黍離》一章:"彼黍離離,彼稷之苗。"朱熹《集傳》:"稷,亦穀也。一名穄。似黍而小,或曰粟也。"300《魯頌·閟宮》一章:"黍稷重穋,稙稺菽麥。"郝懿行《爾雅義疏》:"以今北方驗之,黍為大黃米,稷為穀子,其米為小米。一說:高粱。程瑤田《九穀考》:"黍,今之黃米;稷,今之高粱。"馬瑞辰《通釋》:"稷以春種,黍以夏種,而詩黍離離稷尚苗者,稷種在黍先,秀在黍後故也。"李慈銘《越縵堂讀書筆記》:"古者人君子卯食稷。又庶人稷食。以稷為疏糲,故人君惟稷食之,而庶民以為常食。聖人重民食,故以稷為百穀之長。今北方人皆以小米為常食,色黃而粒細,入口疏躁。稷者屑也,細霰之稱,故霰曰稷雪。"❷通"疌"。迅速;敏捷。(雅 1)209《小雅·楚茨》四章:"既齊既稷,既匡既勑。"《毛傳》:"稷,疾。"《鄭箋》:"稷之言即也。"孔穎達《正義》引王肅云:"執事已整齊,已極疾,已誠正,已固慎也。"馬瑞辰《通釋》:"《傳》蓋以稷為疌之假借,故訓為疾。"陳奐《傳疏》:"稷讀為速,…齊、稷、匡、勑,皆祭祀肅敬之意。"黃焯《毛鄭平議》:"古者以疾為敬。…詩言既稷,蓋兼疾、敬二義言之。"

又見【后稷】。

繼(继) jì 古詣切(蟹開四去霽見)
質部、見母

❶延續;延長。(雅 1)169《小雅·杕杜》一章:"王事靡盬,繼嗣我日。"《鄭箋》:"我行役續嗣其日,言常勞苦無休息。"馬瑞辰《通釋》:"此詩戍役,蓋以春行,至杕杜成實,已近秋時。過期不返,故曰繼嗣我日。"❷繼承。(頌 3)269《周頌·烈文》:"念茲戎功,繼序其皇之。"(繼序:繼承先人的事業。皇:發揚光大。)287《周頌·訪落》:"將予就之,繼猶判渙。"《鄭箋》:"繼續其業。"孔穎達《正義》:"我繼此先人之業。"

加 jiā 古牙切（假開二平麻見）
歌部、見母

中;射中。（風1）82《鄭風·女曰雞鳴》二章:"弋言加之,與子宜之。"朱熹《集傳》:"加,中也。《史記》所謂以弱弓微繳加諸鳧雁之上是也。"一說:放在豆裏的食品。《鄭箋》:"所弋之鳧雁,我以爲加豆之實與君子共肴也。"陳奐《傳疏》:"加,加豆也。"

珈 jiā 古牙切（假開二平麻見）
歌部、見母

古代婦女髮簪上的金玉裝飾物。見【六珈】。

茄 jiā 古芽切（假開二平麻見）
歌部、見母

荷莖。見"荷"。

嘉 jiā 古牙切（假開二平麻見）
歌部、見母

❶好;美。（風2、雅29、頌1)156《豳風·東山》四章:"其新孔嘉,其舊如之何?"《鄭箋》:"嘉,善也。"161《小雅·鹿鳴》一章:"我有嘉賓,鼓瑟吹笙。"姚際恆《通論》:"嘉賓,即羣臣。"260《大雅·烝民》二章:"仲山甫之德,柔嘉維則。"《鄭箋》:"嘉,美。"❷（舉行）婚禮。嘉禮爲古代五禮（吉、凶、軍、賓、嘉）之一,其中包括婚禮。（雅1)236《大雅·大明》五章:"文王嘉止,大邦有子。"朱熹《集傳》:"嘉,婚禮也。"馬瑞辰《通釋》:"止,禮也。嘉止即嘉禮,謂文王將行嘉禮耳。"一說:美、讚美。《毛傳》:"嘉,美也。"《鄭箋》:"文王聞大姒之賢則美之。"又一說:嘉偶、好配偶。陳奐《傳疏》:"嘉,讀如嘉耦曰妃之嘉。…言文王擇此美配是大邦子也。"又一說:通"假"。壯大。俞樾《經說》卷四:"'嘉'讀爲'假'。《假樂》篇'假樂君子',《禮記·中庸》篇引作'嘉樂君子'。此'嘉止'之'嘉'當爲'假',猶彼'假樂'之'假'當爲'嘉'也。《方言》云:'凡物之壯大者而愛偉之,周鄭之間謂之假。'然則'文王嘉止'乃周人之方言,謂文王既生,日益壯大。"❸以爲…好;讚美。（風2、雅1)54《鄘風·載馳》二章:"既不我嘉,不能旋反。"《鄭箋》:"嘉,善也。言許人盡不善我歸唁爾。"205《小雅·北山》三章:"嘉我未老,鮮我方將。"《鄭箋》:"鮮、嘉皆善也。"朱熹《集傳》:"言王之所以

使我者,善我之未老而方壯,旅力可以經營四方耳。"❹樂;快樂。（雅1)186《小雅·白駒》二章:"所謂伊人,於焉嘉客。"朱熹《集傳》:"嘉客,猶逍遙也。"程俊英《注析》:"嘉客,快樂地作客。《禮記·禮運》:'君與夫人交獻,以嘉魂魄。'鄭玄注:'嘉,樂也。'參"家"、"假"。

夾（夹） jiā 古洽切（咸開二入洽見）
葉部、見母

處在左右兩邊。（雅1)250《小雅·公劉》六章:"夾其皇澗,遡其過澗。"孔穎達《正義》:"有夾其皇澗而居者,謂在澗兩邊也。"朱熹《集傳》:"其居有夾澗者,有遡（向）澗者。"嚴粲《詩緝》:"或有夾皇澗而在澗兩旁以居者,或有遡過澗開門向水以居者。"

家 jiā 古牙切（假開二平麻見）
魚部、見母

❶家庭。（風2、雅1、頌4)6《周南·桃夭》三章:"之子于歸,宜其家人。"《毛傳》:"一家之人盡以爲宜。"《鄭箋》:"家人,猶室家也。"167《小雅·采薇》一章:"靡室靡家,玁狁之故。"286《周頌·閔予小子》:"閔予小子,遭家不造。"❷妻;娶妻成家。（風2)17《召南·行露》二章:"誰謂女無家,何以速我獄?"朱熹《集傳》:"家,謂以媒娉求爲室家之禮也。"于鬯《香草校書》卷十一:"此'家'字蓋謂其妻。…此強暴之男實有妻,非無妻,故曰'誰謂女無家',若曰誰謂女無妻也。"程俊英《注析》:"家,聚妻成家。屈原《離騷》:'及少康之未家兮,留有虞之二姚。'汪瑗《楚辭集解》:'未家,猶未娶也。'"一說:指夫家。牟庭《詩切》:"女當讀如字,謂申人之女也。無家,謂無夫家也。《齊語》曰:'罷士無伍,罷女無家。'韋注曰:'夫稱家也。'"❸指家業。（頌1)294《周頌·桓》:"于以四方,克定厥家。"《鄭箋》:"於是用武事於四方,能定其家。先王之業,遂有天下。"孔穎達《正義》:"家者,承世之辭。…先王雖有其業而家道未定,故於伐紂其家始定也。"李黼平《紬義》:"能定其家,蓋謂四方民之家也。"❹大夫的封邑。見【家邦】。

【家伯】人名,周幽王的寵臣。（雅1)193

《小雅·十月之交》四章："家伯維宰,仲允膳夫。"《鄭箋》："家伯,仲允皆字⋯冢宰掌建邦之六典。"惠棟《九經古義》卷五："案《漢書·古今人表》有'大宰冢伯',是'家伯'作'冢伯',故《鄭箋》以'冢宰'釋之。"
【家邦】國家。(雅5)213《小雅·瞻彼洛矣》三章："君子萬年,保其家邦。"240《大雅·思齊》二章："刑于寡妻,至于兄弟,以御于家邦。"王先謙《集疏》："刑寡妻,至兄弟,以御家邦,即身修、家齊、國治之道也。"
【家父】也作家甫。周幽王的大夫。(雅1)191《小雅·節南山》十章："家父作誦,以究王訩。"《毛傳》:"家父,大夫也。"朱熹《集傳》:"家,氏;父,字,周大夫也。"陸奐《傳疏》:"家父,周大夫。食邑於家,以邑爲氏者也。《十月之交》篇有家伯,或是家父之族。《春秋》周桓王時(八年)有家父,或即家父之後與。"王先謙《集疏》:"三家,家作嘉。"
【家室】1)房屋;住宅。(風1、雅2)89《鄭風·東門之墠》二章:"東門之墠,有踐家室。"237《大雅·緜》一章:"陶復陶穴,未有家室。"《毛傳》:"室內曰家。未有寢廟,亦未有家室也。"2)家庭;家族。(風1、雅1)6《周南·桃夭》二章:"之子於歸,宜其家室。"《毛傳》:"家室,猶室家也。"213《小雅·瞻彼洛矣》二章:"君子萬年,保其家室。"
又見【邦家】【室家】。參"稼"。

葭 jiā 古牙切(假開二平麻見)
魚部、見母

沒有長穗的蘆葦。(風5、雅2)25《召南·騶虞》一章:"彼茁者葭。"《毛傳》:"葭,蘆也。"《鄭箋》:"記蘆始出者,著春田之早晚。"朱熹《集傳》:"葭,蘆也,亦名葦。"嚴粲《詩緝》:"葭,葦之初生者。"57《衛風·碩人》四章:"葭菼揭揭。"《毛傳》:"葭,蘆;菼,薍也。"《說文·艸部》:"葭,葦之未秀者。"一說:雜紅色的蘆。劉師培《左盦外集·物名溯源續補》:"蘆之雜紅者爲葭。"參"蒹"字條。

袷 jiá 古洽切(咸開二入洽見)
緝部、見母

合。見"洽"。

假 (一) jiǎ 古疋切(假開二上馬見)
魚部、見母

❶大;偉大。(雅1)235《大雅·文王》四章:"假哉天命,有商孫子。"朱熹《集傳》:"假,大也。"馬瑞辰《通釋》:"劉向引孔子讀此詩而釋之曰:'大哉天命!'則宜從《爾雅》訓大。一說:堅固。《毛傳》:"假,固也。"孔穎達《正義》:"'假'雖有別訓,以言敬事有德而爲天所命,宜爲堅固,故爲固也。"❷通"瘕"。疾病;病害。(雅1)240《大雅·思齊》三章:"肆戎疾不殄,烈假不瑕。"《鄭箋》:"厲、假,皆病也。瑕,已也。"馬瑞辰《通釋》:"烈即癘之假借,假即瘕之假借。⋯'烈假不瑕',即厲蠱之疾已也。"一說:通"蠱"。于省吾《新證》:"烈,猛也。假借爲蠱,巫蠱也。"高亨《今注》:"蠱乃害蟲的總名。瑕,假借爲假,至也。此二句言:故在文王之時,既無瘟疫爲害,蟲災亦不發生。"又一說:大。《毛傳》:"烈,業;假,大也。"陳奐《傳疏》:"假讀爲嘏。嘏,大也。"(功業偉大而無瑕疵。)

(二) xià ★亥駕切(假開二去禡匣)
魚部、匣母

❸嘉;美。(雅1、頌2)249《大雅·假樂》一章:"假樂君子,顯顯令德。"《毛傳》:"假,嘉也。"陳奐《傳疏》:"嘉者,美歎之詞。嘉、樂二字不連讀。《禮記·中庸》引作'嘉樂君子'。朱熹《集傳》:"《春秋傳》皆作'嘉',嘉,美也。"馬瑞辰《通釋》:"假,嘉雙聲,故通用。"282《周頌·雝》:"假哉皇考,綏予孝子。"《毛傳》:"假,美也。"267《周頌·維天之命》:"假以溢我,我其收之。"《毛傳》:"假,嘉;溢,慎。"陳奐《傳疏》:"假以溢我,言以嘉美之道戒慎於我也。"《說文·言部》:"誐,嘉善也。引《詩》誐以溢我。"一說:通"胡"。何。《左傳·襄公二十二年》引作"何以恤我"。朱熹《集傳》:"何之爲假,聲之轉也。"又一說:大;大大地。嚴粲《詩緝》:"蘇氏曰:'假,大也。'文王之德,假大而盈溢於我,常有以收之,使不失墜。"

(三) gé ★各額切(梗開二入陌見)
鐸部、見母

❹通"格"。到;招請⋯到來。(頌5)302

《商頌·烈祖》："來假來享，降福無疆。"《鄭箋》："諸侯助祭者來升堂，來獻酒。"陸德明《釋文》："假，音格，鄭云升也，王云至也。"嚴粲《詩緝》："以格神，而神來格；以享神，而神來饗，降以無窮之福。"朱熹《集傳》："假之而祖考來假，享之而祖考來饗，則降福無疆矣。"吳闓生《會通》："假讀曰格。以格以享，主祭者之感格神明也，來格來享，神明之來降也。"303《商頌·玄鳥》："四海來假，來假祁祁。"《鄭箋》："假，至也。…其至也祁祁然衆多。"一説：鬼神享用祭祀。楊琳《"昭假"新解》："各(假)之義既爲人祀鬼神，引申之，鬼神享用祭祀亦爲各(假、格)。…'假'、'饗'對文，其義相近或相同。"
〖假樂〗《大雅》篇名(249)。這是一首寫周王宴會羣臣，羣臣歌頌周王有美德，受福於天，政通人和的詩。《詩序》："《假樂》，嘉成王也。"孔穎達《正義》："作《假樂》詩者，所以嘉美成王之也。經之所云，皆是嘉也。…以其能守成功，故於此嘉美之也。"《魯詩》以爲美宣王之詩，何楷《古義》以爲美武王。朱熹則以爲《鳧鷖》(248)是宴饗"公尸"的樂歌，而《假樂》"即公尸之所以答《鳧鷖》"之詩。《集傳》："疑此即公尸之所以答《鳧鷖》者也。"方玉潤《原始》："其所用既無考證，詩意亦未顯露，故不知其爲何王，亦莫定其爲何用矣。"四章，二十四句。
【假寐】暫時寢息；不脱衣帽坐着打盹。(雅2)197《小雅·小弁》二章："假寐永歎，維憂用老。"《鄭箋》："不脱冠而寐曰假寐。"《楚辭·九懷》王逸章句引《詩》"假寐永歎"云："不脱冠帶而卧曰假寐。"與《鄭箋》合。聞一多《通義》："'假寐'與'永歎'對舉，假寐即姑寐，猶言暫時寢息也。"
又見【昭假】【嚴假】【奏假】。

斝(斚) jiǎ 古疋切(假開二上馬見)
魚部、見母

古代酒器。青銅製，圓口，三足，有鋬。盛行於商和西周時代。(雅1)246《大雅·行葦》三章："或獻或酢，洗爵奠斝。"《毛傳》："斝，爵也。夏曰醆，殷曰斝，周曰爵。"《鄭箋》："用殷爵者，尊兄弟也。"孔穎達《正義》："主人卒飲，又洗爵酢介，賓受而奠此斝，不復舉也。"于省吾《新證》："斝爲有鋬(把手)、兩柱、三足(或四足)、圓口之器，用以貯酒。爵爲飲酒器，今俗稱之爲爵杯。以容量計之，則斝大於爵約十餘倍。"

甲 jiǎ 古狎切(咸開二入狎見)
葉部、見母

❶鎧甲；古代軍人穿的護身衣服，用皮革或金屬製成。(風1)133《秦風·無衣》三章："王于興師，修我甲兵。"❷(又xiá)通"狎"。親近；親昵。(風1)60《衛風·芄蘭》二章："雖則佩韘，能不我甲。"《毛傳》："甲，狎也。"陸德明《釋文》："甲，如字，狎也。徐，胡甲反。《韓詩》作狎。"一説：長。朱熹《集傳》："甲，長也，言其才能不足以長於我也。"

嫁 jià 古訝切(假開二去禡見)
魚部、見母

女子出嫁。(雅1)236《大雅·大明》二章："自彼殷商，來嫁于周。"《鄭箋》："大任從殷商之畿內嫁爲婦於周之京。"姚際恒《通論》："來嫁，始嫁也。"

稼 jià 古訝切(假開二去禡見)
魚部、見母

❶耕種；種田。(風3、雅1)112《魏風·伐檀》一章："不稼不穡，胡取禾三百廛兮。"《毛傳》："種之曰稼，斂之曰穡。"212《小雅·大田》一章："大田多稼，既種既戒。"朱熹《集傳》引蘇氏説："田大而種多，故於今歲之冬，具來歲之種，戒來歲之事。"❷禾穗，穀物。(風2、雅2)211《小雅·甫田》四章："曾孫之稼，如茨如梁。"《鄭箋》："稼，禾也，謂有藳者也。"154《豳風·七月》七章："十月納禾稼。"孔穎達《正義》："苗生既秀謂之禾，種殖諸穀名爲稼。禾稼者，苗幹之名。"朱熹《集傳》："禾者，穀連稾秸之總名。禾之秀實而在野曰稼。"馬瑞辰《通釋》："禾與稼對文則異，散文則通。《毛傳》：'種之曰稼，斂之曰穡。'《説文》：'禾之秀實爲稼，莖節爲禾，一曰，家事也，一曰，在野曰稼。'此對文則異也。《甫田》'曾孫之稼'《箋》云：'稼，禾也。'此散文則通也。此詩禾稼連言，稼亦禾也。"

【稼穡】1)耕種和收獲。(雅3、頌2)305《商頌·殷武》三章："勿予禍適，稼穡匪解。"

257《大雅·桑柔》六章:"好是稼穡,力民代食。"孔穎達《正義》:"當愛好是知稼穡艱難之人有功於民者,使之代無功者食天祿。"一説:同"家嗇",居家嗇嗇。《鄭箋》:"但好任是居家吝嗇於聚斂作力之人,令代賢者處位食祿。"陸德明《釋文》:"家,王申毛音駕,謂耕家也;鄭作家,謂居家也。穡本亦作嗇,王申毛謂收穡也;鄭云:'吝嗇也。'尋鄭家嗇二字本皆無禾者,下'稼穡卒痒'始從禾。"2)農作物。(雅1)257《大雅·桑柔》七章:"降此蟊賊,稼穡卒痒。"朱熹《集傳》:"〔天〕又降此蟊賊,則我之稼穡又病,而不得以代食矣。"

駕(驾) jià 古訝切(假開二去禡見) 歌部、見母

把車套在馬身上。也指乘船。(風5、雅6)39《邶風·泉水》四章:"駕言出遊,以寫我憂。"黄震《黄氏日鈔》卷四:"駕言出遊之駕,當從衆説爲乘ډ。"167《小雅·采薇》五章:"駕彼四牡,四牡騤騤。"

堅(坚) jiān 古賢切(山開四平先見) 真部、見母

❶穀物飽滿;堅硬。(雅2)245《大雅·生民》五章:"實發實秀,實堅實好。"孔穎達《正義》:"其粒實皆堅,成實又齊好。"朱熹《集傳》:"堅,其實堅也。"馬瑞辰《通釋》:"堅,謂莖堅。"❷堅固;結實。(雅1)246《大雅·行葦》五章:"敦弓既堅,四鍭既鈞。"朱熹《集傳》:"堅,猶勁也。"

漸(渐)

(一) jiān 子廉切(咸開三平鹽精)談部、精母

❶沾濕;浸濕。(風1)58《衛風·氓》四章:"淇水湯湯,漸車帷裳。"陸德明《釋文》:"漸,漬也、濕也。"王先謙《集疏》:"此婦更追遡來迎之時,秋水尚盛,已渡淇徑往,帷裳皆濕,可謂冒險,而我不以此自阻也。"

(二) chán ★鋤咸切(咸開二平咸崇) 談部、崇母

❷見【漸²漸²】。

【漸²漸²】同"巉巉"。山石高峻的樣子。(雅2)232《小雅·漸漸之石》一章:"漸漸之石,維其高矣。"《毛傳》:"漸漸,山石高峻。"《鄭箋》:"漸漸然高峻。"陸德明《釋文》:"漸,亦作嶄嶄。"徐鍇《説文繫傳》引《詩》作"嶃嶃"。陳奂《傳疏》:"漸讀爲嶃,假借字也。"王先謙《集疏》:"今則通作巉巉矣。"

〖漸漸之石〗《小雅》篇名(232)。這是東征戰士慨歎征途艱苦的詩。《詩序》:"《漸漸之石》,下國刺幽王也。戎狄叛之,荆舒不至,乃命將率東征,役久,病於外,故作是詩也。"朱熹《辨説》:"《序》得詩意,但不知果爲何時耳。"又朱熹《集傳》:"將帥出征,經歷險遠,不堪勞苦,而作此詩也。"三章,十八句。

殲(歼) jiān 子廉切(咸開三平鹽精) 談部、精母

消滅;滅絕。(風3)131《秦風·黄鳥》:"彼蒼者天,殲我良人。"《毛傳》:"殲,盡也。"孔穎達《正義》:"今穆公盡殺我善人也。"《廣韻·鹽韻》:"殲,滅也。"

艱(艰) jiān 古閑切(山開二平山見) 文部、見母

❶艱難;困難。(風1、雅1)40《邶風·北門》一章:"終窶且貧,莫知我艱。"《鄭箋》:"艱,難也。"陳奂《傳疏》:"莫知我貧窶之難。"❷深險;險惡。(雅1)199《小雅·何人斯》一章:"彼何人斯,其心孔艱。"朱熹《集傳》:"艱,險也。"王先謙《集疏》:"孔艱者,謂其心深而甚難察。"

【艱難】1)困難;不容易。(風1、雅1)229《小雅·白華》二章:"天步艱難,之子不猶。"69《王風·中谷有蓷》一章:"遇人之艱難矣。"《毛傳》:"艱亦難也。"《鄭箋》:"所以嘅然而歎者,自傷遇君子之窮厄。"陳奂《傳疏》:"艱難,謂饑饉也。艱難合二字一義。古人屬辭,一字未盡,重一字以足之。"2)降災難。(雅1)256《大雅·抑》十二章:"天方艱難,曰喪厥國。"《鄭箋》:"出艱難之事,謂下災異生兵寇。"李、黄《集解》:"天方降艱難,以喪國家。"

菅 jiān 古顏切(山開二平刪見) 寒部、見母

一種多年生草。也叫巴茅,開穗狀白花,莖葉可蓋屋,漚之使柔,可以織蓆編筐。(風1,雅2)139《陳風·東門之池》三章:"東門之池,可以漚菅。"孔穎達《正義》引陸璣《詩

義疏》:"菅似茅而滑澤無毛,根下五寸中有白粉者。"汪龍《異義》:"已漚者名菅,未漚則名野菅。"229《小雅·白華》一章:"白華菅兮,白茅束兮。"《毛傳》:"白華,野菅也。已漚爲菅。"《鄭箋》:"白華於野,已漚britain之爲菅,菅柔忍中用矣。"何楷《古義》:"陸佃曰:菅,茅屬也。而其華白,故一曰白華。…茅亦潔白,故曰白茅。此詩取茅與菅言,正以菅、茅同類。但菅韌茅脆,菅比茅爲有用。"參"萻"。

蒹 jiān 古甜切(咸開四平添見)
談部、見母

未長穗的蘆葦。(風3)129《秦風·蒹葭》一章:"蒹葭蒼蒼,白露爲霜。"《毛傳》:"蒹,薕;葭,蘆也。"陳奐《傳疏》:"蒹葭,即萑葦之未秀者。"陸璣《詩義疏》:"蒹,水草也。堅實,牛食之令牛肥強,青徐人謂之蒹,兗州遼東通語也。"芮城《鮑瓜錄》卷三:"葭、菼、蒹、萑、葦,皆蘆之類也。菼亦謂之薍,蒹亦謂之薕。"孫經世《惕齋經說》卷二:"葭也、蘆也、葦也、菼也、薍也、騅也、蒹也、薕也、萑也,其爲名則九,其爲物則二也。何以物區爲二? 以其體,則一大而一細也;其中,則一空而一實也。其大而空者一物而三名,則以其未熟而名之葭,以其已熟而名之葦,而葭之別名爲蘆也。其小而實者一物而六名,則以其未熟而名之蒹,其已熟而名之萑,又以其初生而名之菼,又蒹之別名則爲薕,菼之別名則爲薍,爲騅也。"

[蒹葭]《國風·秦風》篇名(129)。這首詩寫詩人追尋所懷念的人,但秋水茫茫,可望而不可即。朱熹《集傳》:"言秋水方盛之時,所謂彼者,乃在水之一方,上下求之而皆不可得。然不知其何所指也。"陳子展《直解》:"今按《蒹葭》,詩人自道思見秋水伊人,而終不得見之詩。黃中松云:'細玩所謂二字,意中之人難向人說,而在水一方,亦想象之詞。若在一定之方,即是人蹟可至,何以上下求之而不得哉? 詩人之旨甚遠,固執以求之,抑又遠矣。'詩境頗似象徵主義,而含有神秘意味。"高亨《今注》:"這篇似是愛情詩。詩的主人公是男是女,看不出來。叙寫他(或她)在大河邊追尋戀

人,但未得會面。"《詩序》:"《蒹葭》,刺襄公也。未能用周禮,將無以固其國焉。"《鄭箋》釋"伊人"爲"知周禮之賢人",則以爲這是一首思慕賢人的詩。王照圓《詩說》批評說:"《蒹葭》是一篇最好之詩,卻解作刺襄公不用周禮等語,此前儒之陋,而《小序》之誤也。"三章,二十四句。

肩 jiān 古賢切(山開四平先見)
寒部、見母

通"豜"。三歲的獸;大獸。(風1)97《齊風·還》一章:"並驅從兩肩兮。"《毛傳》:"獸三歲曰肩。"陸德明《釋文》:"肩,本亦作豜。"《說文·豕部》:"豜,三歲豕,肩相及者,從豕,開聲。《詩》曰:'並驅從兩豜兮。'"馬瑞辰《通釋》:"作豜者,正字。今《詩》作肩,假借字。石鼓文及字書作豣,又或作猏,皆後人增益也。"又見【仔肩】。參"豜"。

豜 jiān 古賢切(山開四平先見)
寒部、見母

三歲的大豬,泛指大獸。(風1)154《豳風·七月》四章:"言私其豵,獻豜于公。"《毛傳》:"豕,一歲曰豵,三歲曰豜。大獸公之,小獸私之。"《周禮·夏官·大司馬》鄭玄注兩引《詩》作"獻肩于公"。參"肩"。

間(閒、间) (一) jiān 古閑切(山開二平山見)
寒部、見母

❶中間。(風2)97《齊風·還》一章:"子之還兮,遭我乎猱之間兮。"111《魏風·十畝之間》一章:"十畝之間兮,桑者閑閑兮。"朱熹《集傳》本作"閒"。"間""閒"兩字《詩經》中並出。

(二) jiàn 古莧切(山開二去襇見)
寒部、見母

❷代替。(頌1)294《周頌·桓》:"於昭于天,皇以間之。"《毛傳》:"間,代也。"陳奐《傳疏》:"言武王之德,昭著于天,故天以武王代殷也。"馬瑞辰《通釋》:"此承'於昭于天'言,天德昭明,武之德亦昭明,故天命武王爲君以代之。"一說:通"覵"、"覵"。監察。《廣雅·釋詁》:"覵,視也。"《孟子·離婁下》趙岐注:"覵,視也。"高亨《今注》:"間,借爲覵,視也。朱熹《集傳》本作"閒"。

萠戩翦鬋簡　jiān — jiǎn

【間關】輾轉行進的樣子。(雅1)218《小雅·車舝》一章:"間關車之舝兮。"《毛傳》:"間關,設舝也。"孔穎達《正義》:"間關,設舝貌。舝無事則脫,行乃設之,故言設舝也。"馬瑞辰《通釋》:"間關二字疊韻。《後漢書·荀彧傳論》曰:'荀君乃越河冀,間關以從。'曹氏注:'間關,猶輾轉也。'"曾運乾《毛詩說》:"猶言宛轉如意也。"一說:象聲詞。車輪轉動時車轄的摩擦聲。朱熹《集傳》:"間關,設舝聲也。"戴震《考證》:"車行則轂端鐵與舝相切有聲間關然。"

萠（蕑、菅）（一）jiān　古閑切（山開二平山見）寒部、見母

蘭草。多年生草本植物,葉卵形,邊緣有鋸齒,秋末開花,有香氣。(風2)95《鄭風·溱洧》一章:"士與女,方秉蕑兮。"《毛傳》:"蕑,蘭也。"陸璣《詩義疏》:"蕑即蘭,香草也。其莖葉似藥草澤蘭,廣而長節,節中赤,高四五尺。"朱熹《集傳》本作"蕑"。桂馥《札樸》卷一:"蕑非蘭,訓蘭者,蕑,香草,蘭之屬也。"《太平御覽》九百七十五引作"蓮"。《漢書·地理志》引作"菅"。145《陳風·澤陂》二章:"彼澤之陂,有蒲與蕑。"《毛傳》:"蕑,蘭也。"陳奐《傳疏》:"古蓮、蘭聲通,故《韓詩·溱洧》篇以蕑為蓮,蓮即蘭,非謂荷蓮之蓮也。"一說:蓮。指蓮子。《鄭箋》:"蕑當作蓮,芙蕖實也。"孔穎達《正義》:"蘭是陸草,非澤中之物,故知蘭當作蓮。蓮是荷實,故喻女言信實。"《太平御覽》九百七十五引作"有蒲與蓮"。馬瑞辰《通釋》:"古蓮、蘭同聲,故蕑可借作蘭,亦可作蓮耳。"王先謙《集疏》:"《魯》,蕑作蓮。"

戩　jiān　即淺切(山開三上獮精)真部、精母

福。(雅1)166《小雅·天保》二章:"天保定爾,俾爾戩穀。"《毛傳》:"戩,福;穀,祿。"按《爾雅·釋詁》:"戩,福也。"焦循《補疏》:"俾爾戩穀,直謂予福禄。"一說:盡。朱熹《集傳》:"戩,與翦同,盡也。穀,善也。盡善云者,猶其曰單厚多益之意。"馬瑞辰《通釋》:"《說文》'戩,滅也。'《爾雅》'滅,盡。''盡'之義兼美惡。福者,備也。盡與

備義近,故戩亦得訓福。"參"翦"。

翦　jiǎn　即淺切(山開三上獮精)寒部、精母

❶剪斷;剪去。(風3)16《召南·甘棠》一章:"蔽芾甘棠,勿翦勿伐。"《毛傳》:"翦,去。"朱熹《集傳》:"翦,翦其枝葉也。"陸德明《釋文》:"翦,《韓詩》作'剗'。"王先謙《集疏》:"《魯》亦作剗,又作鬋。今本《韓詩外傳》引《詩》仍作"翦",當是後人據《毛詩》所改。《玉篇·羽部》:"翦,俗作剪。"❷齊。(頌1)300《魯頌·閟宮》二章:"后稷之孫,實為大王。居岐之陽,實始翦商。"《毛傳》:"翦,齊也。"段玉裁《小箋》:"翦,所以齊物,故釋翦為齊。'實始翦商',謂其氣象始與商等齊。"一說:斷;殲滅。《鄭箋》:"翦,斷也。大王自豳徙居岐陽,四方之民często往歸之,於時而有王跡,故云是始斷商。"《說文·戈部》:"戩,滅也。《詩》曰:'實始戩商。'"陳奐《傳疏》:"許、鄭本三家詩。"又一說:通"踐"。踐履。馬瑞辰《通釋》:"翦與踐古同音通用。…翦商當讀為踐履之踐。周自不窋竄居戎狄之間,及公劉遷豳,皆出戎狄。至大王遷岐,始入踐商家之地。故曰'實始翦商',翦商即踐商也。"又一說:勤。徐灝《通介堂經說》:"翦之言勤也。勤商謂勤王家也。周自后稷封邰,子不窋出,失其官而竄於戎狄之間。迨公劉遷豳,猶密邇戎翟。至大王居岐,始勤王家。故曰:'實始翦商。'《爾雅·釋詁》:'翦,勤也。'"又一說:字當作"戩"。福。楊慎《升庵經說》:"《說文》引《詩》作'實始戩商',解云:'福也。'蓋大王始受福於商而大其國爾。不知後世何以改'戩'為'翦'。…必漢儒以口相授,音同而訛。"按《爾雅·釋詁下》:"戩,福也。"《方言》卷七:"福禄謂之袚戩。"此楊氏所據。

鬋　jiǎn　即淺切(山開三上獮精)寒部、精母

剪除。見"翦"。

簡（簡、简）jiǎn　古限切(山開二上產見)寒部、見母

大;盛大。(風2)38《邶風·簡兮》一章:"簡兮簡兮,方將萬舞。"《毛傳》:"簡,大也。"一

説：鼓聲。聞一多《類鈔》："簡簡，鼓聲。未奏舞前，必先鳴鼓以警衆。"又一説：通"僩"。威武的樣子。俞樾《平議》卷八："簡當讀爲僩。《説文·人部》：'僩，武貌。'字亦作𡻕。《方言》曰：'𡻕，猛也。'僩兮僩兮，乃武猛之貌。"又一説：選擇。《鄭箋》："簡，擇。"王先謙《集疏》："《魯》説曰：'簡，擇也。'…因萬舞之期，先閲擇舞徒。參'睍'。"又一説：簡慢不敬。朱熹《集傳》："簡，簡易不恭之意。"

【簡簡】1)大。(頌 2)274《周頌·執競》："降福簡簡。"《毛傳》："簡簡，大也。"2)鼓聲。(頌 1)301《商頌·那》："奏鼓簡簡。"《鄭箋》："其聲和大簡簡然。陳奂《傳疏》："四面建鼓間作，其聲大也。"

【簡書】寫在竹簡上的文書。指戒命之辭或告急文書。(雅 1)168《小雅·出車》四章："豈不懷歸？畏此簡書。"《毛傳》："簡書，戒命也。"孔穎達《正義》："古者無紙，有事書之於簡，謂之簡書。"姚際恒《通論》："簡書，天子策命也。"朱熹《集傳》："簡書，戒命也。鄰國有急，則以簡書相戒命耳。或曰：簡書，策命臨遣之詞也。"《左傳·閔公元年》引此詩，楊伯峻注："簡書，書於一片竹簡之文字，此指告急文書。沈欽韓補注云：'國有急難，不暇連簡為策，單執簡往告，猶今之羽檄矣。'"馬瑞辰《通釋》："簡書即盟書之假借。古簡字讀若𥳑，與明、盟同聲通用。…凡盟必質諸神，有不信者神降之禍，諸國將共伐之，故《詩》言'畏此簡書'也。盟書即戒命之辭，故《傳》曰'簡書，戒命也。'"

【簡兮】《國風·邶風》篇名(38)。這是寫衛國公庭一場萬舞的詩。分別描寫舞師出場，文舞，武舞，贊美舞師的高大雄健，對他表示愛慕。陳子展《直解》："《簡兮》是描寫衛國伶官舉行簡閲《萬舞》之詩。"余冠英《詩經選》："這詩寫衛公庭的一場萬舞，着重在贊美那高大雄壯的舞師。《詩序》以爲刺詩："《簡兮》，刺不用賢也。衛之賢者仕於伶官，皆可以承事王者也。"王安石《詩義》："日之方中，至明而易見之時也。在前上處者，至近而易察之地也。於時不能察

錢(钱) jiǎn 即淺切(山開三上獮精) 寒部、精母

鐵鍬一類起土的古代農具。(頌 1)276《周頌·臣工》："命我衆人，庤乃錢鎛。"《毛傳》："錢，銚；鎛，鎒。"《説文·金部》："錢，銚也，古田器。"…《詩》曰：'庤乃錢鎛。'"孔穎達《正義》："銚，刈物之器也。"馬瑞辰《通釋》："銚，古假作斛。《爾雅》：'斛謂之䥆。'郭注：'皆古鍬鎒字。'…今俗以插地起土者爲鐵鍬，猶古語也。"

減(减) jiǎn 古斬切(咸開二上豏見) 侵部、見母

少。見"涵"。

俴(伐) jiǎn 慈演切(山開三上獮從) 寒部、從母

jiàn 即淺切(山開三上獮精) 寒部、精母

❶淺；不深。(風 1)128《秦風·小戎》一章："小戎俴收，五楘梁輈。"《毛傳》："俴，淺也。"一説：不用皮革裝飾的。周悦讓《倦遊庵槧記·毛詩》："戎車以革鞔，而棧車不鞔也。本經'俴'宜與'棧'通。'俴收'者，言惟軫不鞔，'俴駟孔羣''俴駟'猶'俴收'。收不飾曰'俴收'，故駟不飾曰'俴駟'，其義一也。'俴收'以見其儉樸，'俴駟'以見其輕勇，秦人之風以…"❷不披鎧甲的。(風 1)128《秦風·小戎》三章："俴駟孔羣。"陸德明《釋文》："駟馬不着甲曰俴駟。"馬瑞辰《通釋》："人無甲謂之俴，馬無甲亦謂之俴。"王先謙《集疏》："《韓》則訓俴爲單，謂馬不着甲，以示其驍勇。"一説：薄的金屬甲。《鄭箋》："俴，淺也，謂以薄金爲甲之札。"朱熹《集傳》："俴駟，駟馬皆以淺薄之金爲甲，欲其輕而易於馬之旋習也。"又一説：淺毛的獸皮。俞樾《平議》卷九："凡毛之淺者皆謂之俴。古者戰馬之甲蓋以他獸之皮毛淺者爲之。"

踐(践) jiàn 慈演切(山開三上獮從) 寒部、從母

❶踩；踐踏。(雅 1)246《大雅·行葦》一章："敦彼行葦，牛羊勿踐履。"《鄭箋》："敦敦然

道傍之葦,牧牛羊者毋使踐履折傷之。"❷排成行列;排列整齊。(風1、雅2)158《豳風·伐柯》二章:"我覯之子,籩豆有踐。"《毛傳》:"踐,行列貌。"陳奐《傳疏》:"行列即陳列。俞樾《平議》卷九:"踐,當讀爲翦。《爾雅·釋言》:'翦,齊也。'翦訓齊,故爲行列貌。言籩豆之行列,翦然而齊也。"165《小雅·伐木》三章:"籩豆有踐,兄弟無遠。"《鄭箋》:"踐,陳列貌。"❸淺陋的樣子。(風1)89《鄭風·東門之墠》二章:"東門之栗,有踐家室。"《毛傳》:"踐,淺貌。"陳奐《傳疏》:"淺,即淺陋之意。有踐家室,言淺矣家室也。有者乃狀其淺之詞。"一説:排列整齊的樣子。朱熹《集傳》:"踐,行列貌。"馬瑞辰《通釋》:"有踐當讀如'籩豆有踐'之踐。…踐與翦古通用。《爾雅》:'翦,齊也。'"又一説:善;好。《太平御覽》卷九百六十四引《韓詩》作"靖"説:"靖,善也。"王先謙《集疏》:"有靖家室,猶今諺云'好好人家'也。"

餞(饯) jiǎn 才線切(山開三去線從)
慈演切(山開三上獮從)
寒部、從母

設酒宴送行。(風2、雅2)39《邶風·泉水》二章:"出宿于泲,飲餞于禰。"《毛傳》:"祖而舍軷,飲酒於其側曰餞,重始有事於道也。"孔穎達《正義》:"餞,送也。"陸德明《釋文》:"飲酒送行也。"朱熹《集傳》:"古之行者必有祖道之祭,祭畢,處者送之,飲於其側而後行也。"259《大雅·崧高》六章:"申伯信邁,王餞于郿。"《鄭箋》:"餞,送行飲酒也。"孔穎達《正義》:"時宣王蓋省視岐周,申伯從王至岐。自岐遣之,故餞之於郿也。"

僭 (一)jiàn 子念切(咸開四去㮇精)
侵部、精母

❶超越本分;越禮。(雅2、頌1)208《小雅·鼓鍾》四章:"以雅以南,以籥不僭。"朱熹《集傳》:"僭,亂也。言三者皆不僭也。"劉敞《七經小傳》卷上:"雅'亦用籥,'南'亦用籥,故云'以籥不僭'也。"256《大雅·抑》八章:"不僭不賊,鮮不爲則。"《毛傳》:"僭,差。"陸德明《釋文》作"譖"云:"本亦作僭,子念反,差也。"305《商頌·殷武》四章:"不僭不濫,不敢怠遑。"《毛傳》:"僭,不僭不濫,賞

僭,刑不濫也。"朱熹《集傳》:"僭,賞之差也。濫,刑之過也。"馬瑞辰《通釋》:"僭之本義爲以下儗上,引申之爲過差。"按《左傳·襄公二十六年》:"善爲國者,賞不僭而刑不濫。"❷虛假;不誠信。(雅1)256《大雅·抑》九章:"其維愚人,覆謂我僭。"《鄭箋》:"僭,不信也。"一説:超越身份,冒用在上者的職權行事。嚴粲《詩緝》:"僭,躐也。…反謂我言爲僭躐。"

(二)zèn 側譖切(深開三去沁莊)
侵部、莊母

❸通"譖"。讒言;説別人的壞話。(雅1)198《小雅·巧言》二章:"亂之初生,僭始既涵。"《毛傳》:"僭,數也。"段玉裁《詩經小學》:"按《傳》:'僭,數也。'蓋以爲'譖'字。"胡承珙《後箋》:"僭與譖通。…毛蓋謂亂之初生由於譖愬始入,王既受而涵之。"馬瑞辰《通釋》:"數謂數其過而愬之也。"陳奐《傳疏》:"僭,當爲譖。"《一切經音義》卷五引《詩》作"譖"。一説:虛假;不誠信。《鄭箋》:"僭,不信也。"朱熹《集傳》:"僭始,不信之端也。…言亂之所以生者,由讒人以不信之言始入,而王涵容不察其真僞也。"陸德明《釋文》:"僭,毛側蔭反,鄭子念反。"

建 jiàn 居萬切(山開三去願見)
紀偃切(山開三上阮見)
寒部、見母

❶竪立;樹立。(雅2)168《小雅·出車》二章:"設此旐矣,建彼旄矣。"朱熹《集傳》:"建,立也。"嚴粲《詩緝》:"或設旐於干,或建旄於車。車上載干,干上設旐,干首有旄,旄旐互言之耳。"言此旐彼旄,見一時並設耳。"179《小雅·車攻》三章:"建旐設旄,搏獸于敖。"❷建立。(頌2)300《魯頌·閟宮》二章:"建爾元子,俾侯于魯。"(元子:長子。)305《商頌·殷武》四章:"命于下國,封建厥福。"

澗(涧) jiàn 古晏切(山開二去諫見)
寒部、見母

夾在兩山間的水溝;溪澗。(風3)13《召南·采蘩》二章:"于以采蘩,于澗之中。"《毛傳》:"山夾水曰澗。"56《衞風·考槃》一章:"考槃在澗,碩人之寬。"《毛傳》:"山夾水曰

澗。"陸德明《釋文》："澗，古晏反，《韓詩》作干。云：墝埆之處也。"又見【過澗】【皇澗】。

監（监）

（一）jiàn　格懺反（咸開二去鑒見）談部、見母

❶照。（雅1）203《小雅·大東》五章："維天有漢，監亦有光。程俊英《注析》："監，鑑之古字，今作鏡。古人用大盆盛水，以照人影。到戰國始用青銅製鏡。這句意爲天河雖有光，但不能照見人影。"一說：視，看。《鄭箋》："監，視也。"嚴粲《詩緝》："維天有河漢，其監視我而有光也。"屈萬里《詮釋》："監，視也。亦，語詞。言視之則有光也。"

（二）jiān　古銜切（咸開二平銜見）

讀部、見母

❷視；察。（雅3、頌2）191《小雅·節南山》一章："國既卒斬，何用不監。"《毛傳》："監，視也。"胡承珙《後箋》："監者，謂審察視其亂之所由生也。"305《商頌·殷武》四章："天命降監，下民有嚴。"王國維《與友人論詩書中成語書》："'天命降監，下民有嚴'者，意謂天命有嚴，降監下民也。句或倒者，以就韻耳。"❸糾察得失的官。（雅1）220《小雅·賓之初筵》五章："既立之監，或佐之史。"《毛傳》："立酒之監，佐酒之史。"朱熹《集傳》："監、史，司正之屬。燕禮鄉射，恐有懈倦失禮者，立引正以監、察儀法也。"馬瑞辰《通釋》："古者飲酒皆立之監以防失禮。監以察儀，史以記言。"姚際恒《通論》："所以伺察其醉否也。"

【監觀】監察；觀察。（雅1）241《大雅·皇矣》一章："監觀四方，求民之莫。"《鄭箋》："監察天下之衆國，求民之定。"《漢書·叙傳》班彪引《詩》作"鑒觀四方，求民之莫"。

參"鑒"。

檻（槛）

jiàn　胡黤切（咸開二上檻匣）談部、匣母

【檻檻】車行聲。（風2）73《王風·大車》一章："大車檻檻，毳衣如菼。"《毛傳》："檻檻，車行聲也。"

【檻泉】同"濫泉"。由下向上噴涌而出的泉水。（雅2）222《小雅·采菽》二章："觱沸檻泉，言采其芹。"《毛傳》："檻泉，正出也。"《說文·水部》引《詩》作"濫泉"。馬瑞辰《通釋》：

"檻泉，《爾雅》、《說文》、《釋名》並作濫。《毛詩》作檻，亦假借字。《釋水》：'濫泉正出。正出，涌出也。'涌謂上涌。"王先謙《集疏》："《魯》、《韓》檻作濫。"264《大雅·瞻卬》七章："觱沸檻泉，維其深矣。"《鄭箋》："檻泉正出，涌出也。"嚴粲《詩緝》："檻泉，從下上出。"王育《說文引詩辨證》："按泉正出曰濫泉。監，視也。泉出而清，可視見其下，故從監。…借檻以代之也。"

鑒（鉴、鑑）

jiàn　格懺切（咸開二去鑒見）

古銜切（銜開二平銜見）談部、見母

❶古代器名。青銅製，形似大盆。用以盛水，也用作浴器。上古沒有鏡子，古人常用鑒盛水以照影。戰國以後大量製造青銅鏡來照影，也叫鑒。（風1）26《邶風·柏舟》二章："我心匪鑒，不可以茹。"《毛傳》："鑒，所以察形也。"朱熹《集傳》："鑒，鏡。"陸德明《釋文》作"監"說："本又作鑒。"嚴粲《詩緝》："鑒雖明，而不擇妍醜，皆納其影。我心有知善惡，善則從之，惡則拒之，不能混雜而容納之也。"❷借鑒；以…爲鏡子。（雅1）235《大雅·文王》六章："宜鑒于殷，駿命不易。"《鄭箋》："宜以殷王賢愚爲鏡。"朱熹《集傳》："宜以爲鑒而自省焉，則知天命之難保矣。"楊樹達《述樹》卷六："追述殷人初亦有先王配上帝之事以爲戒也。"又見【殷鑒】。

薦

jiàn　作甸切（山開四去霰精）

文部、精母

❶獻；進獻。（雅1、頌1）246《大雅·行葦》二章："醓醢以薦，或燔或炙。"嚴粲《詩緝》："有肉醬多汁之醓醢以薦進之。"282《周頌·雝》："於薦廣牡，相予肆祀。"❷屢次；一再。（雅2）191《小雅·節南山》二章："天方薦瘥，喪亂弘多。"《毛傳》："薦，重也。"孔穎達《正義》："薦與荐，文異而義同。"陳奐《傳疏》："《爾雅》：'荐，再也。'薦與荐通。"258《大雅·雲漢》一章："天降喪亂，饑饉薦臻。"《毛傳》："薦，重；臻，至也。"馬瑞辰《通釋》："薦臻，猶今言頻仍也。"董仲舒《春秋繁露·郊祭》篇引《詩》作"饑饉荐臻"。王先謙《集疏》："《齊》，薦作荐。"

荐諫見疆將 jiàn－jiāng 231

荐 jiàn 在甸切（山開四去霰從）
　　　文部、從母
屢次，一再。見"薦"。

諫(谏) jiàn 古晏切（山開二去諫見）
　　　　寒部、見母
規勸君主、尊長或朋友，使之改正錯誤或過失。《雅 2)240《大雅·思齊》四章："不聞亦式，不諫亦入。"253《大雅·民勞》五章："王欲玉女，是用大諫。"《鄭箋》："王乎，我欲令女如玉然，故作是詩用大諫正女。"

見(见) jiàn 古電切（山開四去霰見）
　　　　寒部、見母
❶看見。（見 38、雅 23)10《周南·汝墳》一章："未見君子，惄如調飢。"（惄：心裏難受。）199《小雅·何人斯》三章："我聞其聲，不見其身。"❷朝見。（頌 2)283《周頌·載見》："載見辟王，曰求厥章。"（章：典章；法制。）又："率見昭考，以孝以享。"《鄭箋》："諸侯既以朝禮見於成王，至祭時伯又率之見於武王廟，使助祭也。"（享：祭獻。）❸接觸。（雅 2)223《小雅·角弓》七章："雨雪漉漉，見晛曰消。"（晛：太陽的熱氣。）陸德明《釋文》："見，《韓詩》作曣，云：曣，見日出也。"《漢書·劉向傳》作："曣晛聿消。"

疆(壃、畺) jiāng 居良切（宕開三平陽見）
　　　　　陽部、見母
❶邊界；邊境。（雅 1、頌 1)241《大雅·皇矣》六章："依其在京，侵自阮疆。"❷界限；止境。（風 1、雅 6、頌 5)154《豳風·七月》八章："稱彼兕觥，萬壽無疆。"《毛傳》："疆，竟也。"297《魯頌·駉》一章："思無疆，思馬斯臧。"《鄭箋》："反覆思之，無有竟已。"陳奐《傳疏》："無疆、無期，頌禱之詞。"王先謙《集疏》："思無疆者，言僖公思慮精微，無有疆畔。"于省吾《新證》："本詩之'無疆'和'無期'，是指牧馬繁多，不可勝數爲言。"余培林《正詁》：" '思無疆，思馬斯臧'二句爲倒裝。下三章同。謂馬之優點無窮也。"❸修整田界；劃定疆界。（雅 4、頌 1)210《小雅·信南山》一章："我疆我理，南東其畝。"《毛傳》："疆，畫經界也。理，分地理也。"馬瑞辰《通釋》："理對疆言，疆謂定其大界，理

細分其地脉也。"250《大雅·公劉》一章："迺場迺疆，迺積迺倉。"《毛傳》："迺場迺疆，修其疆場也。"304《商頌·長發》一章："外大國是疆。"馬瑞辰《通釋》："外大國是疆者，京師爲内，諸夏爲外，言禹外畫九州境界也。"【疆土】國家的領土。（雅 1)262《大雅·江漢》三章："式辟四方，徹我疆土。"【疆場】田界；田畔。（雅 2)210《小雅·信南山》四章："中田有廬，疆場有瓜。"孔穎達《正義》："於田中種穀，於畔上種瓜，亦所以便地也。"《韓詩外傳》卷四引作"壃"。《一切經音義》卷十三引作"畺"。
又見【土疆】。

將(将) (一) jiāng 即良切（宕開三平陽精）
　　　　　陽部、精母
❶扶進。（雅 3)206《小雅·無將大車》一章："無將大車，祇自塵兮。"《毛傳》："大車，小人之所將也。"《鄭箋》："將，猶扶進也。"程俊英《注析》："將，肝之假借，用手扶車。"❷扶助。（雅 1、頌 1)257《大雅·桑柔》三章："國步蔑資，天不我將。"《鄭箋》："將，猶養也。"馬瑞辰《通釋》："天不我將，猶言天不我扶助耳。"287《周頌·訪落》："將予就之，繼猶判渙。"《鄭箋》："女(汝)扶將我就其典法而行之。"一說：將要。朱熹《集傳》："將使予勉強以就之。"❸奉養。（雅 3)162《小雅·四牡》三章："王事靡盬，不遑將父。"《毛傳》："將，養也。"又五章："是用作歌，將母來諗。"《鄭箋》："故作此詩之歌，以養父母之志而來告於君也。"一說：發語詞。屈萬里《詮釋》："將，讀如羌，發語詞。將母來諗，言惟母是念也。"❹送；護送。（風 3)12《召南·鵲巢》二章："之子于歸，百兩將之。"《毛傳》："將，送也。"陳奐《傳疏》："將訓行；送，又行之引申也。"馬瑞辰《通釋》："詩百兩皆指迎者而言。將者，護也，奉也。首章往迎則曰御，二章在途則曰將之，三章即至則曰成，此詩之次也。"28《邶風·燕燕》："之子于歸，遠于將之。"《毛傳》："將，行也。"《鄭箋》："將亦送也。"朱熹《集傳》："將，送也。"❺奉獻；進獻。（雅 1、頌 7)161《小雅·鹿鳴》一章："吹笙鼓簧，承筐是將。"高

亨《今注》："將，獻也。"301《商頌・那》："顧予烝嘗，湯孫之將。朱熹《集傳》："將，奉也。言湯其尚顧我烝嘗哉？此湯孫之所奉者。致其丁寧之意，庶幾其顧之也。"272《周頌・我將》："我將我享，維羊維牛。"《鄭箋》："將，猶奉也。"孔穎達《正義》："將與享同類。"朱熹《集傳》："將，奉也。一說：大。《毛傳》："將，大。享，獻也。"黃焯《毛鄭平議》："明堂之祭，古謂之大饗。'享'與'饗'通。……蓋'我將我享'，'我'字皆語助，實即大享也。"又一說：烹煮。馬瑞辰《通釋》："莊述祖曰：'將，古文作鷰，見古彝器。'將、享對文，以將爲鷰之省借，訓煮。"❻行；奉行。(風1，雅5，頌)88《鄭風・丰》二章："悔予不將兮。"《毛傳》："將，行也。"孔穎達《正義》："悔我本不共是子行去分。"234《小雅・何草不黃》一章："何草不黃，何日不行。何人不將，經營四方。"朱熹《集傳》："將，亦行也。"胡承琪《後箋》："《毛傳》多訓將爲行，此言萬民無不從役，當亦訓將爲行。"288《周頌・敬之》："日就月將，學有緝熙於光明。"《毛傳》："將，行也。"孔穎達《正義》："月將，言至於一月則有可行。"朱熹《集傳》："將，進也。……庶幾日有就，月有所進，續而明之，以至於光明。"陳奐《傳疏》："《淮南子・修務篇》引《詩》，高注云：'言爲善者日有所成就，月有所奉行。'"一說：大；長。《朱子語類》卷81《敬之》條："'日就月將'是日成月長。就，成也。將，大也。"馬瑞辰《通釋》："日就月將，只謂日久月長，猶言日積月累耳。……《楚辭》'恐予壽之弗將'，王逸注：'將，長也。'"❼分割整齊。(雅1)209《小雅・楚茨》二章："或剥或亨，或肆或將。"《毛傳》："將，齊也。"孔穎達《正義》："將，齊，《釋言》文。郭璞云：'謂分齊也。'…王肅云：'分齊其肉所當用。'"陳奐《傳疏》："然則分豚解體，即所謂分齊其肉也。"一說：奉獻。《鄭箋》："或肆其骨體於俎者，或奉持而進之者。"朱熹《集傳》："將，奉持而進之也。"❽大；長。(風2，頌2)192《小雅・正月》一章："民之訛言，亦孔之將。"《毛傳》："將，大也。"304《商頌・長發》一章："有娀方將，帝立子生商。"《毛傳》："將，大也。"陳奐《傳疏》："將訓大，謂長大也。"157《豳風・破斧》一章："哀我人斯，亦孔之將。"《毛傳》："將，大也。"陳奐《傳疏》："言哀我民人，遭此破缺之害，則徵匡之德甚大也。"王引之《述聞》卷五引王念孫說："大與美義相近，《廣雅》曰：'將，美也。'首章言將，二章言嘉，三章言休，將、嘉、休皆美也。將、臧聲相近，'亦孔之將'猶言亦孔之臧耳。"302《商頌・烈祖》："以假以享，我受命溥將。"朱熹《集傳》："溥，廣；將，大也。"陳奐《傳疏》："溥將皆大也。"王引之《述聞》卷七："將，長也。言我受天之命既溥且長。"王念孫《廣雅疏證》卷二上："即《卷阿》所云'爾受命長矣'。"4《周南・樛木》二章："樂只君子，福履將之。"《毛傳》："將，大也。"胡承琪《後箋》："君子福祿，始而安吉，繼而盛大，終而成就，此'綏之'、'將之'、'成之'相之序也。"一說：扶助。《鄭箋》："將，猶扶助也。"❾強壯。(雅1)205《小雅・北山》三章："嘉我未老，鮮我方將。"《毛傳》："將，壯也。"《鄭箋》："王善我年未老乎？善我方壯乎？"李黼平《紃義》："按《釋詁》將、壯俱訓大，故將可訓壯。"馬瑞辰《通釋》："將與壯雙聲。"❿美；好。(雅2)209《小雅・楚茨》六章："爾殽既將，莫怨具慶。"馬瑞辰《通釋》："《爾雅・釋詁》：'將，美也。'爾殽既將，猶《頍弁》詩'爾殽既嘉'、'爾殽既時'，嘉、時，皆美也。"247《大雅・既醉》二章："既醉以酒，爾殽既將。"馬瑞辰《通釋》："將、臧聲相近。臧爲美，將亦美也。"一說：行，奉獻。《毛傳》："將，行也。"朱熹《集傳》："將，行也，亦奉持而進之意。"⓫很；甚。(雅1)198《小雅・巧言》六章："爲猶將多，爾居徒幾何？"《鄭箋》："將，大也。"陳奐《傳疏》："將多，猶孔多。"一說：且。馬瑞辰《通釋》："爲猶將多，言其爲欺詐且多也，將猶且也。"⓬將要。(風4，頌1)113《魏風・碩鼠》一章："逝將去女，適彼樂土。"276《周頌・臣工》："於皇來牟，將受厥明。"朱熹《集傳》："明，上帝之明賜也。言麥將熟也。"一說：大。《鄭箋》："將，大也。"⓭相；相互。(風1)95《鄭箋・溱洧》二章："伊其將謔，贈以勺藥。"朱熹《集傳》："將，當作相，字之誤也。"馬瑞辰《通釋》："將謔，猶相謔也。"一説:大。《鄭箋》:"將,大也。"⑭且;方。(風4,雅8)201《小雅·谷風》一章:"將恐將懼,維予與女,將安將樂,女轉棄予。"《鄭箋》:"將,且也。"陳奐《傳疏》:"將,猶方也。"⑮旁;側。(雅1)241《大雅·皇矣》六章:"居岐之陽,在渭之將。"《毛傳》:"將,側也。"馬瑞辰《通釋》:"將、則二字雙聲,側從則聲,故將得訓側。將、旁二字疊韻,旁亦側也。又將與墙古通用。…墙爲在旁之名,將與墙音近義同,故將亦爲側也。

(二) qiāng ★千羊切(宕開三平陽清)
陽部、清母

⑯願;請。(風7,雅1)58《衛風·氓》一章:"將子無怒,秋以爲期。"《毛傳》:"將,願也。"《鄭箋》:"將,請也。"陳奐《傳疏》:"請者,語氣直;願者,語氣曲。"192《小雅·正月》九章:"載輸爾載,將伯助予。"《毛傳》:"將,請。"《鄭箋》:"輸,墮也。棄女車輔則墮女之載,乃請長者見助,以言國危而求賢者已晚矣。"76《鄭風·將仲子》一章:"將仲子兮,無逾我里。"《毛傳》:"將,請也。"一説:助詞。馬瑞辰《通釋》:"將當讀如《楚辭》'羌内恕己不諒人兮'之羌,王逸注:'羌,楚人發語詞也。'洪興祖補注:'楚人發語端也。'《文選》注:'羌,乃也。'又引《韓詩章句》曰:'將,辭也。'則《韓詩》正讀將如羌。"

【將²將²】1)美好的樣子。(頌1)300《魯頌·閟宫》四章:"白牡騂剛,犧尊將將。"孔穎達《正義》:"將將然而盛美也。…王肅云:'將將,盛美也。'一説:合作的樣子。陳奐《傳疏》:"始祭而合作之將將然也。2)嚴正的樣子。(雅1)237《大雅·緜》七章:"迺立應門,應門將將。"《毛傳》:"將,嚴正也。"陳奐《傳疏》:"《説苑·權謀篇》'將將之臺',亦謂將將爲嚴正也。3)金、玉撞擊聲。(風2,雅2,頌1)83《鄭風·有女同車》二章:"將翱將翔,佩玉將將。"《毛傳》:"將將,鳴玉而後行也。"陸德明《釋文》:"將將,玉佩聲。"274《周頌·執競》:"鐘鼓喤喤,磬筦將將。"孔穎達《正義》:"喤喤、將將,俱是聲也。"嚴粲《詩緝》"錢氏曰:聲之相應也。"《荀子·富國》引作"瑲瑲",《説文·足部》引作"蹡蹡",應劭《風俗通義》卷六引作"鎗鎗"。《漢書·禮樂志》引作"鏘鏘",顔師古注:"鏘鏘,盛也。"陳啓源《稽古編》卷二十七:"將、鏘鏘、瑲瑲、鎗鎗、鶬鶬皆見《詩》,字異而義同,雜指佩玉、八鸞、鼓鐘、磬管之聲也。"

【將仲子】《國風·鄭風》篇名(76)。這是一首情歌。一位少女受禮教的束縛,婉詞拒絕情人前來幽會。她向情人表明苦衷:不是自己不願意,而是害怕父母兄長的指責和别人的議論。鄭樵《詩辨妄》:"此實淫奔之詩,無與於莊公、叔段之事。"朱熹《集傳》:"此淫奔者之辭。"王柏《詩疑》:"此乃淫奔改行之詩也。仲雖可懷,猶能畏父母兄弟之言,又能畏人之清議。"自漢至唐都以爲此詩是諷刺鄭莊公,指莊公順從母意,縱容叔段,不聽祭仲之言,終於釀成禍亂。以仲子指祭仲。《詩序》:"《將仲子》,刺莊公也。不勝其母,以害其弟。弟叔失道而公弗制,祭仲諫而公弗聽,小不忍以致大亂焉。"豐坊《詩説》:"鄭莊公欲陷弟段,授以大邑。祭仲諫阻,拒之。大夫原其情而刺之。"論者多以爲這是依據《左傳》解《詩》而造成的附會。三章,二十四句。

又見【方將】、【裸將】。參"牂"。

漿(浆) jiāng 即良切(宕開三平陽精)陽部、精母

一種帶酸味的飲料,古人用以代酒。(雅2)203《小雅·大東》五章:"或以其酒,不以其漿。"《毛傳》:"或醉於酒,或不得漿。"朱熹《集傳》:"言東人或餽之以酒,而西人曾不以爲漿。"曾運乾《毛詩説》:"言或用其酒者,貴其能醉人,不僅以其爲水漿也。"《説文·水部》:"漿,酢漿也。"王筠《句讀》:"謂酸漿也。"張舜徽《説文約解》:"蓋漿亦以米爲之,似酒而非酒者,其味必酢,所以止激也。"

姜 jiāng 居良切(宕開三平陽見)陽部、見母

姓。(風5,雅2)48《鄘風·桑中》一章:"云誰之思,美孟姜矣。"《毛傳》:"姜,姓也。"朱熹《集傳》:"姜,齊女。言貴族也。"王先謙《集疏》:"列國姜姓,齊、許、申、吕之屬,不斥其國,未知誰國之女也。"138《陳風·衡門》二章:"豈其取妻,必齊之姜?"《鄭箋》:"姜,

齊姓。"237《大雅·緜》二章："爰及姜女，聿來胥宇。"《毛傳》："姜女，大姜也。"按鄭樵《通志·氏族略二》："姜氏，姓也。炎帝（即神農氏）生於姜水，因生以爲姓。其後太公封於齊，世與周、魯爲婚姻，歷二十九世爲田氏所滅。"

【姜嫄】古代傳說中有邰氏的女兒、高辛氏（帝嚳）的妃子，周始祖后稷的母親。姜是姓；嫄亦作原，是謚號，取本原之義。她可能是原始時代母系社會一個氏族的女酋長，周王朝曾爲她單獨立廟。（雅1）245《大雅·生民》一章："厥初生民，時維姜嫄。"《毛傳》："姜，姓也，后稷之母，配高辛氏帝焉。"《鄭箋》："姜姓者，炎帝之後，有女名嫄，當堯之時，爲高辛氏之世妃。"《史記·周本紀》作"姜原"。張守節《正義》引《韓詩章句》曰："姜，姓；原字。或曰：姜原，謚號也。"與《毛傳》異。"馬瑞辰《通釋》："姜嫄相傳爲無夫而生子，以姜嫄爲帝嚳妃者誤也。"李惇《羣經識小》："《生民》、《閟宫》皆特言姜嫄之神靈，有妣而無祖也。其無祖何也？非無祖也，其祖蓋微者也。…男女，人之大欲，少偶越禮，長而諱之，託爲神异之說以告其子，亦情也。"

又見【周姜】。

江 jiāng 古雙切（江開二平江見）
東部、見母

長江。（風6、雅5）9《周南·漢廣》一章："江水永矣，不可方思。"204《小雅·四月》六章："滔滔江漢，南國之紀。"《鄭箋》："江也，漢也，南國之大水。"

〔江漢〕《大雅》篇名（262）。這是寫周宣王命召虎領兵征伐淮夷，取得勝利，立功受賞的詩。《詩序》："《江漢》，尹吉甫美宣王也。能興衰撥亂，命召公平淮夷。"朱熹《集傳》："宣王命召穆公平淮夷之夷，詩人美之。"又說："言穆公既受賜，遂答稱天子之美命，作康公之廟器，而勒王策命之詞，以考其成，且祝天子以萬壽也。古器物銘云：'郘拜稽首，敢對揚天子休命，用作朕皇考龏伯尊敦，郘其眉壽，萬年無疆。'語正相類。但彼自祝其壽，而此祝君壽耳。"朱熹首次指出此詩與古器物銘文相似。方玉潤《原始》："

此似一篇召伯家廟紀勳銘。蓋穆公平淮夷，歸受上賞，因作成於祖廟，歸美康公，以祀其先也。"郭沫若《兩周金文辭大系考釋·召伯虎毀》指出："《大雅·江漢》之篇，與存世《召伯虎篹銘》之一，所記乃同時事。《篹銘》云：'對揚朕宗君其休，用作列祖召公嘗簋。'《詩》云：'作召公考，天子萬壽。'文例正同。考乃篹之假借字。是則《江漢》之詩，實亦篹銘之一也。"此詩蓋作於周宣王六、七年間（公元前822—前821）。六章，四十八句。

〔江有汜〕《國風·召南》篇名（22）。這是被遺棄的女子自怨自解的詩。江水分出的支流而復匯合於江叫做汜。丈夫另有新歡，妻子幻想他也許終會回心轉意，與她和好，結果失望。方玉潤《原始》："《江有汜》，商婦爲夫所棄而無懟也。"陳子展《直解》："細玩詩意，實爲言男女間關系之詩。謂有往來大江汜沱之間商人樂其新婚而忘其舊姻，其妻抱怨自傷而作也。"程俊英《注析》："這是一位棄婦哀怨自慰的詩。"聞一多《通義》："婦人蓋以水喻其夫，以水道自喻，而以水之旁流枝出，喻夫之情愛別有所歸。"屈萬里《詮釋》："此蓋男子傷其所愛者捨己而嫁人之詩。"《詩序》說是贊美媵妾："《江有汜》，美媵也。勤而無怨，嫡能悔過也。文王之時，江沱之間，有嫡不以媵備őu。媵遇勞而無怨，嫡亦自悔也。"又以爲托意之作。崔述《偶識》："細玩二詩（此詩與《小星》）詞意，皆在上者不能惠恤其下，而在下者能以義命自安之詩。或果媵妾之所自作，或士不遇時者托之媵妾以喻其意，均不可知。"一章，五句。

降
（一）jiàng 古巷切（江開二去絳見）
冬部、見母

❶由高往低移動；下。跟"陟"相對。（風1、雅4、頌1）50《鄘風·定之方中》二章："望楚與堂，景山與京，降觀於桑。"235《大雅·文王》一章："文王陟降，在帝左右。"《毛傳》："言文王升接天，下接人也。"259《大雅·崧高》一章："維嶽降神，生甫及申。"《鄭箋》："降，下也。"303《周頌·玄鳥》："天命玄鳥，降而生商。"《鄭箋》："降，下也。天命燕下

而生商者,謂燕遺卵,娀氏之女簡狄吞之而生契。"❷賜予;給予。(雅18、頌9)191《小雅·節南山》五章:"昊天不傭,降此鞠訩。"274《周頌·執競》:"降福穰穰,降福簡簡。"304《商頌·長發》七章:"允也天子,降予卿士。"朱熹《集傳》:"降,言天賜之也。"❸降生。(頌1)304《商頌·長發》三章:"湯降不遲,聖敬日躋。"朱熹《集傳》:"降,猶生也。…應期而生,適當其時。"一說:下;謙恭下士。《鄭箋》:"降,下也。湯之下士尊賢甚疾,其聖敬之德日進。"又一說:以下。馬瑞辰《通釋》:"湯降二字倒文,承上至於湯齊言之,謂由先王以降及湯也。"

(二) xiáng　下江切(江開二平江匣)
冬部、匣母

❹放下。(風1、雅1)14《召南·草蟲》一章:"亦既見止,亦既覯止,我心則降。"《毛傳》:"降,下也。"孔穎達《正義》:"故我心之憂即降下也。"168《小雅·出車》五章:"既見君子,我心則降。"《鄭箋》:"降,下也。"一說:悦服。馬瑞辰《通釋》:"降者夅之假借。《説文》:'夅,服也。'正與二章'我心則悦'《傳》訓爲服同義。"

又見【陟降】。

 jiāo　古肴切(效開二平肴見)
宵部、見母

❶交叉;交錯。(風1)128《秦風·小戎》三章:"交韔二弓,竹閉緄縢。"《毛傳》:"交韔,交二弓於韔中也。"❷交互;輪流;都。(風2、雅1)40《邶風·北門》二章:"我入自外,室人交遍讁我。"《鄭箋》:"在室之人更迭遍來責我。"219《小雅·青蠅》二章:"讒人罔極,交亂四國。"程俊英《注析》:"交,俱、都。"❸前後相接的時候,指月朔時。(雅1)193《小雅·十月之交》一章:"十月之交,朔月辛卯。日有食之,亦孔之醜。"《毛傳》:"之交,日月之交會。"《鄭箋》:"周之十月,夏之八月也。八月朔日,日月交會而日食。"此指周幽王六年十月一日,即公元前七七六年九月六日。這一天發生日蝕。這是人類歷史上最早的有絕對年代和日期的日食記錄。❹通"姣"、"絞",侮慢。(雅2)215《小雅·桑扈》四章:"彼交匪敖,萬福來求。"

陳奐《傳疏》:"交、傲一義。"俞樾《荀子詩說》:"絞、交聲近義通。…絞有急切之訓。'匪絞',言不急切;'匪紓',言不紓緩。《漢書·五行志》引作'彼傲匪敖'。顏師古注引應劭曰:"言在位者不傲許,不倨傲也。"222《小雅·采菽》三章:"彼交匪紓,天子所予。"王引之《述聞》卷六:"交之言姣也。《廣雅》曰:'姣,侮也。'…'彼交匪敖'者,匪交匪敖,匪交匪敖者,言樂胥之君子不侮慢,不驕傲也。'彼交匪紓'者,匪交匪紓者,言來朝之君子之不侮慢、不怠緩也。"陳奐《傳疏》:"交,古絞字,交、傲一義。"一說:交際。《鄭箋》:"彼與人交接,自偪束如此。"朱熹《集傳》:"交,交際也。"又《桑扈·箋》:"賢者居處恭,執事敬,與人交必以禮,則萬福之禄就而求之。謂登用爵命,加以慶賜。"

【交錯】相互交叉。(雅1)209《小雅·楚茨》三章:"獻酬交錯,禮儀卒度,笑語卒獲。"《毛傳》:"東西爲交,邪行爲錯。"陳奐《傳疏》:"東西二爾亞旅。旅,行也。東西行謂之交也。…錯者逪之假借字。東西而衺行者,謂之逪也。"

【交交】鳥鳴聲。(風3、雅3)131《秦風·黃鳥》一章:"交交黃鳥,止于棘。"馬瑞辰《通釋》:"交交,通作咬咬,謂鳥聲也。"俞樾《平議》卷九:"詩人言鳥,如'關關雎鳩''雝雝鳴雁',以聲言者爲多,交交亦當以聲言。"215《小雅·桑扈》一章:"交交桑扈,有鶯其羽。"高亨《今注》:"交交,鳥鳴聲。"一說:小的樣子。《黃鳥·傳》:"交交,小貌。"又一說:飛來飛去的樣子。《鄭箋》:"交交猶佼佼,飛往來貌。"

【交相】互相。(雅1)223《小雅·角弓》三章:"不令兄弟,交相爲瘉。"(瘉:病;殘害。)

咬　jiāo　古肴切(效開二平肴見)
宵部、見母

鳥鳴聲。見"交"。

郊　jiāo　古肴切(效開二平肴見)
宵部、見母

❶上古時代指國都城外百里以內的地方。泛指城外;野外。(風5、雅1)113《魏風·碩鼠》三章:"逝將去女,適彼樂郊。"《鄭箋》

"郊外曰郊。"168《小雅·出車》二章："我出我車,于彼郊矣。"朱熹《集傳》："郊在牧內,蓋前軍已至牧,而後軍猶在郊也。"陳奐《傳疏》："邑外曰郊。"《說文·邑部》："距國百里爲郊。" ❷指郊祭天地。(雅1)258《大雅·雲漢》二章："不殄禋祀,自郊徂宮。"朱熹《集傳》："郊,祀天地也。"

傲 jiāo 古堯切(效開四平蕭見)
jiǎo 古了切(效開四上篠見)
宵部、見母
傲訐。攻擊別人短處或揭發別人陰私。見"交"。

椒 jiāo 即消切(效開三平宵精)
幽部、精母
❶樹名,即花椒。芸香科落葉灌木或小喬木。果實紅色,大如綠豆,子黑色,有香味,可作調料或入藥。(風1)137《陳風·東門之枌》三章："視爾如荍,貽我握椒。"孔穎達《正義》："椒之實芬香,故以相遺也。"朱熹《集傳》："椒,芬芳之物也。"馬瑞辰《通釋》："椒,亦巫用以事神者。…詩言遺我者,蓋事神果,因相贈遺耳。" ❷芬芳;香氣濃鬱。(頌1)290《周頌·載芟》："有椒其馨,胡考之寧。"《毛傳》："椒,猶飶也。"《說文·食部》："飶,食之香也。"陸德明《釋文》："椒,沈作俶。"段玉裁《小學》："俶,猶飶也。俶字正取其香始升,芬芳酷烈之意。"王先謙《集疏》："三家,椒作馥。"屈萬里《詮釋》："椒、馨,皆香也。椒,形容詞。馨,名詞。"

【椒聊】即椒。(風3)117《唐風·椒聊》一章："椒聊之實,蕃衍盈升。"《毛傳》："椒也。"陸德明《釋文》："椒聊:椒,木名;聊,辭也。"孔穎達《正義》："陸璣疏曰:椒聊,語助也。椒樹似茱萸,有針刺,葉堅而滑澤,蜀人作茶,吳又作茗,皆合煮其葉以爲香。"段玉裁《小箋》："《傳》不以聊爲語詞。椒聊疊字疊韻,單呼曰椒,纍呼曰椒聊。"一說:香草。陳奐《傳疏》："《楚辭·九歌》:'懷椒聊之蔎蔎兮。'王逸注:'椒聊,香草也。'"又一說:聊,量詞。焦循《補疏》："經言椒聊,是言椒之株,故依其文義解釋爲一株之實。"聞一多《類鈔》："草木實聚生成叢,古語叫作'聊',今語叫作'嘟嚕'。"

〔椒聊〕《國風·唐風》篇名(117)《詩序》說是刺晉昭公。"《椒聊》,刺晉昭公也。君子見沃之盛強,能修其政,知其繁衍盛大,子孫將有晉國焉。"以爲晉昭公封其叔(桓公)於曲沃,詩中對椒聊的描寫,乃影指桓叔勢力強盛。或以爲此詩美曲沃桓叔,非刺詩。徐紹楨《詩說》："楨謂桓叔之治曲沃,能修其政,詩人以椒聊之芬香喻之,且以其實之蕃衍,而卜其子孫之昌盛,作詩以美桓叔,固無刺昭公之意也。"一說以爲贊美婦女身高體壯,能多生孩子。王贄《詩總聞》："此當是士大夫之賢妻有令譽者,以爲姑言其美,碩大已無與倫,碩大已不勝厚,若盡言之,又不止此。…西北婦人大率以厚重爲美,東南婦人以輕盈爲美,故美女多歸燕趙。此稱碩大者,蓋其風俗也。"《後漢書·第五倫傳》："'竇憲椒房之親'李賢注:'后妃以椒塗壁,取其繁衍多子,故曰椒房。'"聞一多《類鈔》："椒聊喻多子,欣婦人之宜子也。"二章,十二句。

焦 jiāo 即消切(效開三平宵精)
宵部、精母
【焦穫(hù)】古澤名。在今陝西省涇陽縣西北。(雅1)177《小雅·六月》四章："獫狁匪茹,整居焦穫。"《毛傳》："焦穫,周地,接於獫狁者。"陸德明《釋文》："《爾雅》十藪,周有焦穫。"陳奐《傳疏》："今陝西西安府三原、涇陽二縣之間有焦穫澤,即此。"一說:塞北地名。李黼平《紬義》："朔方在陝西榆林府北塞外,爲戰國時燕西雲中、九原之地,去長安千餘里。鎬,據劉向之言,去長安亦千里。焦穫當又在鎬、方之外,皆周初燕地,對獫狁而言,故《傳》曰周地。由焦穫而鎬、方,由鎬、方而涇水之北,經文確有次第,不可易也。"又一說:焦、穫兩地名。朱熹《集傳》："焦、穫、鎬、方皆地名。焦,未詳所在。穫,郭璞以爲瓠中,則今在耀州三原縣也。"

膠(胶) jiāo 古肴切(效開二平肴見)
古孝切(效開二去效見)
幽部、見母
堅固;牢固。(雅1)228《小雅·隰桑》三章："既見君子,德音孔膠。"《毛傳》："膠,固也。"《鄭箋》："其教令之行,甚堅固也。"一說:盛。

馬瑞辰《通釋》:"膠當爲膠之省借。《方言》:'膠,盛也。陳宋之閒曰膠。'《廣雅》:'膠,盛也。'孔膠,猶云甚盛耳。"又一說:縝密。鳳應詔《鳳氏經說》卷三:"孔膠,德音縝密無閒也,故既見而樂,心愛不忘。"【膠膠】通"嘐嘐"。雞鳴聲。(風 1)90《鄭風·風雨》二章:"風雨瀟瀟,雞鳴膠膠。"《毛傳》:"膠膠,猶喈喈也。"《廣韻·五肴》引《詩》作"雞鳴嘐嘐"。陳奐《傳疏》:"三家詩有作'嘐嘐'者,《毛詩》作'膠膠',假借字。"

嘐 jiāo 古肴切(效開二平肴見)
幽部、見母
象聲詞。見"膠"。

驕(骄)
(一)jiāo 舉喬切(效開三平宵見)宵部、見母
❶馬高大强壯。(風 1)57《衛風·碩人》三章:"四牡有驕,朱幩鑣鑣。"《毛傳》:"驕,壯貌。"❷驕傲;自高自大。(風 1、雅 4)109《魏風·園有桃》一章:"不知我者,謂我士也驕。"200《小雅·巷伯》五章:"驕人好好,勞人草草。"(驕人:驕傲得志的小人。)一說:寵愛。周悦讓《倦遊庵槧記·毛詩》:"'不我能憎'《箋》云:'憎,驕也。君子不能以恩驕樂我。'…本章'驕'字宜作是解。驕人者,謂爲王所寵愛之人也。"
(二)xiāo ★虛嬌切(效開三平宵曉)
宵部、曉母
❸獵犬名。通"獢"。見【歇驕】。
【驕驕】高而茂盛的樣子。(風 1)102《齊風·甫田》一章:"無田甫田,維莠驕驕。"朱熹《集傳》:"驕驕,張王之意。"揚雄《法言·修身》作"維莠喬喬"。王先謙《集疏》:"《魯》、驕作喬。"《爾雅·釋詁》:"喬,高也。參"駒"。

鷮(䳨)
jiāo 舉喬切(效開三平宵見)宵部、見母
qiáo 渠嬌切(效開三平宵羣)宵部、羣母
鳥名。雉的一種,也叫鷮雉。形體及尾都近似環頸雉。(雅)218《小雅·車舝》二章:"依彼平林,有集維鷮。"《毛傳》:"鷮,雉也。"陸德明《釋文》:"鷮,音驕。雉名。"嚴粲《詩緝》:"鷮,長尾雉也。"朱熹《集傳》:"鷮,雉也。微小於翟,走而且鳴,其尾長,肉甚

美。"參"喬"。

佼 jiāo 古巧切(效開二上巧見)
宵部、見母
通"姣"。美好;漂亮。(風 3)143《陳風·月出》一章:"月出皎兮,佼人僚兮。"陸德明《釋文》:"佼,字又作姣。古卯反。《方言》云:自關而東,河濟之閒凡好謂之姣。"朱熹《集傳》:"佼人,美人也。"《史記·司馬相如列傳》司馬貞索隱引《詩》作"姣人僚兮"。胡承珙《後箋》:"《毛詩》佼爲姣之借字。"

狡 jiāo 古巧切(效開二上巧見)
宵部、見母
通"佼"。强壯美好。(風 2)86《鄭風·狡童》一章:"彼狡童兮,不與我言兮。"《毛傳》:"昭公有壯佼之志。"胡承珙《後箋》:"錢氏竹汀曰:古本狡當爲佼。《山有扶蘇·箋》云:'狡童有貌而無實。'孫毓申之爲佼好之佼,非如後世解爲狡獪也。"84《鄭風·山有扶蘇》二章:"不見子充,乃見狡童。"《鄭箋》:"狡童,有貌而無實。"孔穎達《正義》:"狡謂佼好之童。"一說:狡獪;狡滑。朱熹《集傳》:"狡童,狡獪之小兒也。"
【狡童】《國風·鄭風》篇名(86)。一對情侶鬧了別扭,女方爲之寢食不安。朱熹《集傳》:"此亦淫女見絶而戲其人之辭。"聞一多《類鈔》:"《狡童》,恨不見答也。"屈萬里《詮釋》:"此女子斥男子相愛不終之詩。"程俊英《注析》:"這是一首女子失戀的詩歌。"陳繼揆《讀詩臆補》:"若忿、若憾、若謔、若真,情之至也。"《詩序》以爲刺忽昭公忽不與賢人共事而見棄於權臣:"《狡童》,刺忽也。不能與賢人圖事,權臣擅命也。"王先謙《集疏》:"三家無異義。"二章,八句。

皎 jiāo 古了切(效開四上篠見)
宵部、見母
月光潔白明亮。(風 1)143《陳風·月出》一章:"月出皎兮,佼人僚兮。"《毛傳》:"皎,月光也。"《説文·白部》:"皎,月之白也。…《詩》曰:'月出皎兮。'"《鄭箋》:"喻婦人有美色之白皙。"陸德明《釋文》作"皦",云"本又作皎"。《文選·謝希逸·月賦》李善注引作"皦"。
【皎皎】潔白的樣子。(雅 4)186《小雅·白

駒》一章:"皎皎白駒,食我場苗。"陸德明《釋文》:"皎,絜白也。"朱熹《集傳》:"皎皎,潔白也。"

攪(搅) jiǎo 古巧切(效開二上巧見) 覺部、見母

亂;擾亂。(雅 1)199《小雅·何人斯》四章:"胡逝我梁,衹攪我心。"《毛傳》:"攪,亂也。"朱熹《集傳》:"攪,擾亂也。"

皦 jiǎo 古了切(效開四上篠見) 宵部、見母

通"皎"。潔白;明亮。(風 1)73《王風·大車》三章:"謂予不信,有如皦日。"《毛傳》:"皦,白也。"朱熹《集傳》:"'謂予不信,有如皦日',約誓之辭也。"聞一多《類鈔》:"如猶此也。指日爲誓,言有此皦日以爲證也。"陸德明《釋文》:"皦,本又作皎。"《文選·潘安仁·寡婦賦》李善注引《韓詩》作"謂余不信,有如皎日"。陳喬樅《魯説考》:"《説文》:'皎,月之白也。曉,日之白也。皦,玉石之白也。'是皎、皦皆曉字之假借。"按"皎"、"皦"實同詞。參"皎"。

矯(矫) jiǎo 居夭切(效三上小見) 宵部、見母

【矯矯】威武的樣子。(頌 1)299《魯頌·泮水》五章:"矯矯虎臣,在泮獻馘。"《鄭箋》:"矯矯,武貌。"孔穎達《正義》:"矯矯然有威武如虎之臣。"陸德明《釋文》作"蹻"説:"本又作矯,亦作蹻。居表反,武貌。參"蹻"。

蟜(𫘤) jiǎo 居夭切(效開三上小見) 宵部、見母

威武。見"矯"。

蹻 jiǎo 居夭切(效開三上小見) 宵部、見母

jué 居勺切(宕開三入藥見) 藥部、見母

【蹻蹻】1)強壯威武的樣子(雅 1,頌 2)259《大雅·崧高》四章:"四牡蹻蹻。"《毛傳》:"蹻蹻,壯貌。"嚴粲《詩緝》:"今曰:舉是行高,故爲壯貌。"陳奐《傳疏》:"壯即強盛之義。"293《周頌·酌》:"蹻蹻王之造。"《毛傳》:"蹻蹻,武貌。"嚴粲《詩緝》:"於是矯矯威武,以興事造業。"2)驕傲的樣子。(雅 1)254《大雅·板》四章:"老夫灌灌,小子蹻蹻。"《毛

傳》:"蹻蹻,驕貌。"《列女傳·趙將括母》引作"矯矯"。陳奐《傳疏》:"《爾雅》:'蹻蹻,憍也。'憍即驕也。"參"矯"。

角 jiǎo 古岳切(江開二入覺見) 屋部、見母

❶牛羊等動物的角。(風 3,雅 1,頌)124《唐風·葛生》三章:"角枕粲兮,錦衾爛兮。"聞一多《類鈔》:"角枕、錦衾,皆斂死者所用。"17《召南·行露》二章:"誰謂雀無角,何以穿我屋?"《毛傳》:"雀之穿屋似有角者。"《鄭箋》:"人皆謂雀之穿屋似有角也。一説:指鳥喙;鳥嘴。鳥喙尖鋭似動物的角。毛奇齡《續詩傳》:"角者,鳥喙之鋭出者也。"俞樾《平議》卷八:"所謂角者,即其喙也。鳥喙尖鋭,故謂之角。"聞一多《新義》:"獸角鳥喙,其形其質,並極相似,又同爲自衛之器,故古者角之一名,獸角與鳥喙共之。" ❷形狀像角的東西。見【總角】。 ❸認爲有角。(雅 1)256《大雅·抑》八章:"彼童而角,實虹小子。"《毛傳》:"童,羊之無角者也。而角,自用也。"朱熹《集傳》:"牛羊之童者,而求其角,亦徒潰亂汝而已,豈可得哉?"屈萬里《詮釋》:"童羊無角而曰有角,必誣惑之人之言。一説:兒童頭上挽的抓髻。牟庭《詩切》:"童而角,謂童幼之年,男角女羈者也。《易林》曰:'嬰兒孩子,未有知識。彼童而角,亂我政事。'此用《韓詩》義,是也。"

【角弓】兩端用角裝飾的弓。(雅 1,頌 1)223《小雅·角弓》一章:"騂騂角弓,翩其反矣。"孔穎達《正義》:"《冬官·弓人》:'以六材爲弓,謂幹、角、筋、膠、絲、漆也。'又曰:'角之中恒當弓之隈。'杜子春云:'限謂弓之淵,角之中央與淵相當。'如彼文,弓有用之處,不得即名角弓。此言角弓,當別有角弓,如今北狄所用者。"朱熹《集傳》:"角弓,以角飾弓也。"

《角弓》《小雅》篇名(223)。這是一首告誡貴族統治者不要疏遠兄弟,親近小人的詩。《詩序》:"《角弓》,父兄刺幽王也。不親九族而好讒佞,骨肉相怨,故作是詩也。"《漢書·劉向傳》向上封事云:"幽、厲之際,朝廷不和,轉相非怨。詩人刺之曰:'民之無良,

相怨一方。'"朱熹《集傳》:"此刺王之不親九族而好讒佞,使宗族相怨之詩。"方玉潤《原始》:"詩中不刺讒語,唯疏遠兄弟而親近小人,是此詩大旨。前四章疏遠兄弟,難保不相怨,而民且效尤,體多用賦。後四章親近小人,以至不顧其後,而相殘賊。詩純用比,乃篇法交換處。"八章,三十二句。

叫 jiào 古弔切(效開四去嘯見)
幽部、見母

叫喊。(雅1)205《小雅·北山》五章:"或不知叫號,或慘慘劬勞。"《毛傳》:"叫,呼;號,召也。"陸德明《釋文》:"叫,本又作嘂,古弔反,呼也。"朱熹《集傳》:"不知叫號,深居安逸,不聞人聲也。"顏師古《匡謬正俗》卷一:"叫號者,猶諠呼自恣耳,非必要謂號咷之號。"

教
(一) jiào 古孝切(效開二去效見)
宵部、見母

❶教導;指導。(雅6、頌1)218《小雅·車舝》二章:"辰彼碩女,令德來教。"(淑女以美德來教導我,這是謙詞。)299《魯頌·泮水》二章:"載色載笑,匪怒伊教。"《鄭箋》:"和顏色而笑語,非有所怒,於是有所教化也。"❷政令。(雅1)256《大雅·抑》十一章:"匪用爲教,覆用爲虐。"《鄭箋》:"忽略不用我所言爲政令。"(虐:通"謔",戲謔。)《說文·攴部》:"教,上所施,下所效也。"

(二) jiāo 古肴切(效開二平肴見)
宵部、見母

❸傳授知識技能。(雅1)223《小雅·角弓》六章:"毋教猱升木,如塗塗附。"朱熹《集傳》:"猱,獼猴也,性善升木,不待教而能也。"

【教誨】教育;教導。(雅1)196《小雅·小宛》三章:"教誨爾子,式穀似之。"

皆 jiē 古諧切(蟹開二平皆見)
脂部、見母

❶普遍。(頌1)279《周頌·豐年》:"以洽百禮,降福孔皆。"《毛傳》:"皆,徧也。"《左傳·襄公二年》、劉向《說苑·貴德》均引作"降福孔偕"。王先謙《集疏》:"《魯》,皆作偕。"一說:嘉;美。馬瑞辰《通釋》:"皆、偕古通用,···皆、偕、嘉一聲之轉。《廣雅·釋言》:

'皆,嘉也。'···此詩'孔皆'亦當從《廣雅》訓嘉,嘉與佳同。❷都;同時。(風1、雅2)94《鄭風·野有蔓草》二章:"邂逅相遇,與子皆臧。"唐石經、相臺本、朱熹《集傳》作"偕"。(臧:通"藏",隱藏。)181《小雅·鴻雁》二章:"之子于垣,百堵皆作。"《鄭箋》:"百堵同時而起。"237《大雅·綿》六章:"百堵皆興,鼛鼓弗勝。"《毛傳》:"皆,俱也。"參"偕"。

喈 jiē 古諧切(蟹開二平皆見)
脂部、見母

風急的樣子。(風1)41《邶風·北風》二章:"北風其喈。"《毛傳》:"喈,疾貌。"朱熹《集傳》:"喈,疾聲也。一說:通湝。寒冷。馬瑞辰《通釋》:"喈當作湝,又通淒。···蓋水寒曰湝,風寒亦喝湝,'其喈'猶'其涼'也。"王先謙《集疏》:"喈即湝之假借。《說文·水部》'湝'下云:'一曰寒也。'"聞一多《類鈔》讀作"湝"云:湝亦涼也。

【喈喈】1)鳥和鳴聲。(風2、雅1)2《周南·葛覃》一章:"黃鳥于飛,集于灌木,其鳴喈喈。"《毛傳》:"喈喈,和聲之遠聞也。"黃焯《毛鄭平議》:"鳥集于灌木,其鳴喈喈,興女嫁於夫家而和聲遠聞也。"168《小雅·出車》六章:"倉庚喈喈,采蘩祁祁。"朱熹《集傳》:"喈喈,聲之和也。2)泛指鐘、鈴等和諧的聲音。(雅3)208《小雅·鼓鍾》二章:"鼓鍾喈喈。"《毛傳》:"喈喈猶將將。"王先謙《集疏》:"《說文》:鶛,樂和鶛也。'此喈即鶛之假借。"260《大雅·烝民》八章:"八鸞喈喈。"《毛傳》:"喈喈,猶鎗鎗也。"孔穎達《正義》:"八鸞之聲喈喈然而鳴。"

湝 jiē 古諧切(蟹開二平皆見)
脂部、見母

【湝湝】水流盛大的樣子。(雅1)208《小雅·鼓鍾》二章:"淮水湝湝。"《毛傳》:"湝湝,猶湯湯也。"陳奐《傳疏》:"湯湯爲水流之大,湝湝猶然也。《說文》云:'水流湝湝也。'"屈萬里《詮釋》:"湝湝,亦水流聲也。"參"淒"。

階(阶) jiē 古諧切(蟹開二平皆見)
脂部、見母

階梯,引申爲來由;根源。(雅3)198《小雅·巧言》六章:"無拳無勇,職爲亂階。"《鄭箋》:"此人主爲亂作階,言亂由之來也。"王念孫《廣雅疏證》卷四:"階猶因也。"264《大雅・瞻卬》三章:"婦有長舌,維厲之階。"朱熹《集傳》:"階,梯也。"

嗟 jiē （又 juē）子牙切（假開三平麻精）
歌部、精母

❶歎息;悲歎。（風 1）69《王風・中谷有蓷》二章:"啜其泣矣,何嗟及矣。"朱熹《集傳》:"何嗟及矣,言事已至此,未如之何,窮之甚也。"胡承珙《後箋》:"經文當作'嗟何及矣'。"一說:悲歎聲。《鄭箋》:"嗟乎,將復何與爲室家乎?"又一說:句中助詞。無實義。王引之《釋詞》卷八:"嗟,語助也。…何嗟及,何及也。言雖泣而無及於事也。嗟,句中語助耳。"❷歎息聲。（風 8、雅 4）119《唐風・杕杜》一章:"嗟行之人,胡不比焉。"207《小雅・小明》五章:"嗟爾君子,無恒安息。"❸句末語氣詞。（雅 2）191《小雅・節南山》二章:"民言無嘉,憯莫懲嗟。"王引之《釋詞》卷八:"嗟,語助也。言天降喪亂如此,而在位者曾莫知所懲也。嗟,句末語助耳。"馬瑞辰《通釋》:"'憯莫懲嗟',即言曾莫懲也。與《十月之交》'胡憯莫懲'同義。一說:歎詞。《鄭箋》:"曾無以恩德止之者,嗟乎奈何。"孔穎達《正義》:"嗟乎者,歎辭。"

【嗟嗟】歎詞。（頌 3）302《商頌・烈祖》:"嗟嗟烈祖,有秩斯祜。"《鄭箋》:"重言嗟嗟,美歎之深。"276《周頌・臣工》:"嗟嗟臣工,敬爾在公。"《毛傳》:"嗟嗟,敕之也。"孔穎達《正義》:"嗟嗟,歎聲。"朱熹《集傳》:"嗟嗟,重歎以深敕之也。"一說:發語詞。馬瑞辰《通釋》:"《小爾雅》:'嗟,發聲也。'《文選・吳都賦・注》引《爾雅》舊注:'嗟,楚人發端語。'今按此詩及《烈祖》詩並言嗟嗟,皆當爲發端之語,故臣工、保介、烈祖並可言嗟嗟耳。"

又見【於嗟】【猗嗟】【子嗟】。

揭 （一） jiē 居竭切（山開三入月見）
月部、見母
渠列切（山開三入薛羣）
月部、羣母

❶高舉。（雅 1）203《小雅・大東》七章:"維北有斗,西柄之揭。"嚴粲《詩緝》:"斗西揭其柄,若挹取物於東。"陳奐《傳疏》:"揭,高舉也。"王引之《述聞》卷六:"南斗之柄常向西而高於魁,故云西柄,又云揭。揭,高舉之名也。"❷樹根翹起;顯露。（雅 1）255《大雅・蕩》八章:"顛沛之揭,枝葉未有害,本實先撥。"《毛傳》:"揭,見根貌。"朱熹《集傳》:"揭,木根蹶之貌也。"一說:通"栝"。柏樹。高亨《今注》:"揭當是木名,疑當讀爲栝。"《廣雅・釋詁》:"'栝,柏也。'"

（二） qì 去例切（蟹開三去祭溪）
月部、溪母

❸撩起衣裳。（風 1）34《邶風・匏有苦葉》一章:"深則厲,淺則揭。"《毛傳》:"揭,褰衣也。"陸德明《釋文》:"揭,苦例反,褰衣渡水也。"朱熹《集傳》:"以衣涉水曰厲,褰衣而涉曰揭。"鄒漢勛《讀書偶識》卷四:"揭褰其裳,無所霑也。"一說:挑在肩頭。聞一多《通義》:"揭即搋荷之搋。'深則厲,淺則揭',言水深則帶袍於身以防溺,水淺則荷於背上可也。"

【揭揭】高而長的樣子。（風 1）57《衛風・碩人》四章:"葭菼揭揭。"《毛傳》:"揭揭,長也。"陳奐《傳疏》:"《說文》:'揭,高舉也。'重言曰揭揭。"

參"偈"。

孑 jié 居列切（山開三入薛見）
月部、見母

【孑孑】特出的樣子。（風 3）53《鄘風・干旄》一章:"孑孑干旄,在浚之郊。"《毛傳》:"孑孑,干旄之貌。"陳奐《傳疏》:"孑孑,猶桀桀,特立之意。"

【孑遺】殘存的人;遺留的人;災後幸存的人。（雅 1）258《大雅・雲漢》三章:"周餘黎民,靡有孑遺。"朱熹《集傳》:"孑,無右臂貌。遺,餘也。言大亂之後,周之餘民,無復有半身之遺者。"陳奐《傳疏》:"靡有孑遺,無遺民之義。民困饑饉,餓死無存,此是極盡之詞耳。"王引之《述聞》卷七:"黎者衆也,多也。孑者,餘也,少也。黎與孑亦相對爲文。"馬瑞辰《通釋》:"孑、遺二字同義,故《孟子》引此詩而但靡有遺民釋之。"一說:半個遺漏。《毛傳》:"孑然遺失也。"孔穎達《正義》:"靡有孑遺,謂無有孑然得遺漏。"俞樾《經說》卷四:"《說文·了部》:'孑,無右臂也,孓,無左臂也。'此'孑'字正用其本訓。蓋極言之,猶云:不但無一人並無半人也。"

偈 jié 渠列切（山開三入薛羣）
月部、羣母

快速奔馳。(風 1)149《檜風·匪風》一章:"匪風發兮,匪車偈兮。"《毛傳》:"偈偈疾驅,非有道之車。"陸德明《釋文》:"偈,起竭反,疾也。"朱熹《集傳》:"偈偈,疾驅貌。"戴震《考證》:"按《漢書·王吉傳》引此作'揭者,疾驅揭起也。'"王先謙《集疏》:"《齊》、《韓》,偈作揭。"一說:車聲。楊樹達《積微居金石論叢》:"偈者,字當讀爲轄。《說文》十四篇上《車部》:'轄,車聲也。從車,害聲。'…害、曷二字古音近,故《毛傳》假'偈'爲'轄'也。"

竭 jié 其謁切（山開三入月羣）
渠列切（山開三入薛羣）
月部、羣母

乾涸。(雅 2)265《大雅·召旻》六章:"池之竭矣,不云自頻;泉之竭矣,不云自中。"陳奐《傳疏》:"言池竭自厓,泉竭自中耳。"

寁 jié 疾葉切（咸開三入葉從）
zǎn 子感切（咸開一上感精）
葉部、精母

召;招呼。(風 2)81《鄭風·遵大路》一章:"無我惡兮,不寁故也。"《毛傳》:"寁,速也。"陳奐《傳疏》:"速訓疾,又訓召,此《傳》速義,自當訓寁爲召。"一說:速絕;速去。朱熹《集傳》:"寁,速,故,舊也。…子無惡我而不留,故舊不可以遽絕也。"嚴粲《詩緝》:"子無惡我而不留,不可倉卒於故舊也。言棄去之速也。"馬瑞辰《通釋》:"寁字訓速,當讀同《孟子》'可以速則速'之速,趙注《孟子》:'速,速去也。'速對久言,久爲遲留,故知速爲速去。《詩》言'不寁故'、'不寁好'者,正《序》'君子去之,國人思望'之意,謂君不宜速去其故交舊好也。"又一說:通"接"。繼續;接續。俞樾《平議》卷八:"寁之言接也。…詩意無以惡我,覬我故而不接續故舊之情也。"

偮 jié 疾葉切（咸開三入葉從）
葉部、從母

行動迅速敏捷。見"捷"。

捷(捷) (一) jié 疾葉切（咸開三入葉從）葉部、從母

❶勝利。(雅 1)167《小雅·采薇》四章:"豈敢定居,一月三捷。"《毛傳》:"捷,勝也。"《鄭箋》:"一月之中,三有勝功。"一說:通"接",交兵。周悅讓《倦遊庵槧記·毛詩》:"按《古今字詁》:'古文捷,今作接,同子葉反,相接也。'則本經'捷'宜詁作'接',謂三交兵也,乃與上'豈敢定居'、下'豈不日戒'語義相協。"

(二) qiè ★七接切（咸開三入葉清）
葉部、清母

❷見【捷²捷²】。

【捷捷】行動迅速敏捷的樣子。(雅 1)260《大雅·烝民》七章:"征夫捷捷,每懷靡及。"《毛傳》:"捷捷,言樂事也。"孔穎達《正義》:"捷捷者,舉動敏捷之貌。"朱熹《集傳》:"捷捷,疾貌。"《玉篇·人部》引《詩》作"征夫偮偮"。王先謙《集疏》:"《韓》,捷作偮。"

【捷²捷²】附耳私語。(雅 1)200《小雅·巷伯》四章:"捷捷幡幡,謀欲譖言。"《毛傳》:"捷捷,猶緝緝也。緝緝,口舌聲。"一說:巧辯的樣子。朱熹《集傳》:"捷捷,儇利貌。"馬瑞辰《通釋》:"捷捷,蓋便給之貌。"高亨《今注》:"捷捷,同諓諓,巧言貌。"又一說:通"接"。接續不斷。陳奐《傳疏》:"捷者,接之假借。捷捷者,有接續不斷之意。"漢石經作"唊唊",等於說"喋喋"。

拮 jié 古屑切（山開四入屑見）
居質切（臻開三入質見）
質部、見母

【拮据】手病不能屈伸。(風 1)155《豳風·鴟鴞》三章:"予手拮据,予所捋荼。"《毛傳》:"拮据,撠挶也。"孔穎達《正義》:"拮据,謂以手爪挶持草物。"胡承珙《後箋》:"謂屈兩肘如戟形以捧物也。"陳奐《傳疏》:"《玉篇》云:'拮据,手病也。'戟挶者,即手病之謂,俗作撠。"一說:操作勞苦,手口並作。《説文·手部》:"拮,手口共有所作也。"引《詩》:"予手拮挶。"陸德明《釋文》引《韓詩》說:"口足爲事

袺 jié
古屑切（山開四入屑見）
古黠切（山開二入黠見）
　　質部、見母

手提着衣襟兜東西。(風1)8《周南・芣苢》三章："采采芣苢，薄言袺之。"《毛傳》："袺，執衽也。"朱熹《集傳》："袺，以衣貯之而執其衽也。"王先謙《集疏》："采物既多，以袖受之，此袺之義也。"《爾雅・釋器》："執衽謂之袺。"郭璞注："持衣上衽。"

結（结） jié
古屑切（山開四入屑見）
　　質部、見母

❶打成疙瘩。(雅1)192《小雅・正月》八章："心之憂矣，如或結之。" ❷繫。(風1)156《豳風・東山》四章："親結其縭，九十其儀。" ❸固結不散。比喻堅貞不貳。(風1)152《曹風・鳲鳩》一章："其儀一兮，心如結兮。"《毛傳》："言執義一，則用心固。"朱熹《集傳》："如結，如物之固結而不散也。"又見【苑結】【蘊結】。

桀 jié
渠列切（山開三入薛羣）
　　月部、羣母

❶雞棲息的木樁。(風1)66《王風・君子于役》二章："雞棲于桀，日之夕矣，羊牛下括。"《毛傳》："雞棲于杙爲桀。"王先謙《集疏》："就地樹橛，桀然特立，故謂之桀。但橛非可棲者，蓋鄉里家貧，編竹木爲棲雞之具，四無根據，系之於橛，以防攘竊，故云棲於桀耳。作桀爲是，榤俗字。" ❷優秀的(人物)；杰出的(人物)。(風1)62《衛風・伯兮》一章："伯兮朅兮，邦之桀兮。"《鄭箋》："桀，英桀，言賢也。"朱熹《集傳》："桀，才過人也。"《玉篇・人部》："傑，英傑。引《詩》'邦之傑兮。' ❸夏朝最後一個君主，是我國古代暴君的典型，後被成湯放逐。見【夏桀】。

【桀桀】高而長的樣子；茂盛的樣子。(風1)102《齊風・甫田》二章："無田甫田，維莠桀桀。"《毛傳》："桀桀，猶驕驕也。"陳奐《傳疏》："桀桀者，即揭揭之假借。《碩人・傳》：'揭揭，長也。'"
參"朅"。

傑（杰） jié
渠列切（山開三入薛羣）
　　月部、羣母

超出一般；特指高出一般的禾苗。(頌1)290《周頌・載芟》："有厭其傑。"《毛傳》："有厭然其傑，言杰苗厭然特美也。"《鄭箋》："杰，先長者。"孔穎達《正義》："謂其中特美者。"
參"桀"。

截 jié
昨結切（山開四入屑從）
　　月部、從母

❶平治；平服。(雅1)263《大雅・常武》四章："截彼淮浦，王師之所。"《毛傳》："截，治也。"陳奐《傳疏》："云截治者，平治之也。" ❷整齊。(頌2)304《商頌・長發》二章："相土烈烈，海外有截。"《鄭箋》："截，整齊也。"…其威武之盛烈烈然，四海之外率服，截爾整齊。"孔穎達《正義》："截者斬斷之義，故爲齊也。"朱熹《集傳》："而天下截然歸商矣。"305《商頌・殷武》一章："有截其所，湯孫之緒。"《鄭箋》："高宗所伐之處，國邑皆服其罪，更自勑整，截然齊壹，是乃湯孫太甲之等功業。"朱熹《集傳》："盡平其地，使截然齊一，皆高宗之功也。"屈萬里《詮釋》："言宋之疆域截然整齊，未被侵襲也。"一說：平治。陳奐《傳疏》："截，治。緒，業也。"

節（节、節） jié
子結切（山開四入屑精）
　　質部、精母

❶植物莖上分枝長葉的地方。(風1)37《邶風・旄丘》一章："旄丘之葛兮，何誕之節兮。"《毛傳》："諸侯以國相連屬，憂患相及如葛之蔓延相連及也。" ❷山勢高峻的樣子。(雅2)191《小雅・節南山》一章："節彼南山，維石巖巖。"《毛傳》："節，高峻貌。"段玉裁《小箋》："此謂節即巖之假借。"一說：視；看。陸德明《釋文》引《韓詩》說："節，視也。"陳喬樅《韓說考》："節有省義，涒節爲省，省視亦爲省，故節得訓視。"

〖節南山〗《小雅》篇名(191)。或簡稱《節》(《左傳・昭公二年》季武子賦《節》之卒章)。這是周大夫家父指責王朝執政大臣尹氏以刺王的詩。詩中指責尹氏爲政不公，任用小人，政治混亂，國家危殆。作者對此深表憂慮，希望改變這種狀況，以延續周王朝的統治。《詩序》："《節南山》，家父刺幽王也。"

朱熹《集傳》："此詩家父所作，刺王用尹氏以致亂。"胡承珙《後箋》："許白云《詩鈔》曰：此詩刺王用尹氏，前九章惟極言尹氏之罪，而卒章以言歸之王心，則輕重本末自見，此家父之善於辭也。其所以刺尹氏者，大要有二事：爲政不平而委任小人也。…詩詞當責尹氏，而刺王之旨自在言外。"歐陽修《詩本義》、何楷《古義》以爲此詩作於桓王之時。屈萬里《詮釋》："詩中有'國既卒斬'之語，蓋作於東周初年也。"十章，六十四句。

〔節南山之什〕《詩經·小雅》裏包括《節南山》、《正月》、《十月之交》、《雨無正》、《小旻》、《小宛》、《小弁》、《巧言》、《何人斯》、《卷伯》等十篇詩，舊本編爲一卷，稱《節南山之什》。陸德明《釋文》："從此至《何草不黃》四十二篇，前儒申毛皆以爲幽王之《變小雅》。鄭以《十月之交》以下四篇是厲王之《變小雅》。漢興之初，師移其篇次，毛爲詁訓，因改其第焉。"

絜 jié 古屑切（山開四入屑見）
月部、見母

潔净；清潔。（雅1）209《小雅·楚茨》二章："濟濟蹌蹌，絜爾牛羊，以往烝嘗。"孔穎達《正義》："乃鮮絜爾王所祭之牛羊，以往爲冬烝秋嘗之祭也。"何楷《古義》："絜，通作潔。"

介 jiè 古拜切（蟹開二去怪見）
月部、見母

❶甲；披甲。（風3，雅1）79《鄭風·清人》一章："清人在彭，駟介旁旁。"《毛傳》："介，甲也。"朱熹《集傳》："駟介，四馬而披甲也。"（四匹馬披着甲。）264《大雅·瞻卬》五章："舍爾介狄，維予胥忌。"《鄭箋》："介，甲也。乃舍爾披甲夷狄來侵犯中國者，反與我相怨。"陳啓源《稽古編》："案《小雅·漸漸之石》、《苕之華》、《何草不黃》三詩皆言四夷交侵，下篇亦言'日歸國百里'，此介狄之明證也。"一説：大。孔穎達《正義》引王肅説："舍爾大道遠慮，反與我賢者怨乎？"朱彬《經傳考證》："介狄，大狄也，當指犬戎言。"俞樾《平議》卷十一："'狄'當作'愁'，即'惕'之或體。《周易·小畜·六二》：'血去惕出。'

虞注曰：'惕，憂也。'舍爾介狄，維予胥忌'，言舍爾所大憂者，反與我相忌也。"❷助。（風1，雅4，頌2）154《豳風·七月》六章："爲此春酒，以介眉壽。"《鄭箋》："介，助也。"朱熹《集傳》："介眉壽者，頌禱之辭也。"211《小雅·甫田》二章："以介我黍稷，以穀我士女。"《鄭箋》："介，助；穀，養也。"黃焯《詩疏平議》："《箋》意以爲佑助我禾稼，亦謂事神致福，多得禾稼。"一説：大；長大。朱熹《集傳》："又作樂以祭田祖而祈雨，庶有以大其稷黍而養其民人也。"又一説：通"匄"。求。林義光《通釋》："介讀爲匄，匄亦祈也。"徐中舒《豳風説》："'以介眉壽'之介，銅器皆作丐。"屈萬里《詮釋》："介，與匄聲同義通，求。金文多用匄字。"❸通"匄"。賜予。（雅3，頌1）207《小雅·小明》五章："神之聽之，介爾景福。"247《大雅·既醉》二章："君子萬年，介爾昭明。"孔穎達《正義》："與之以昭明之道。"聞一多《新義》："匄、乞皆兼取，予二義，介字亦然。《小明》篇'介爾景福'、《既醉》篇'介爾景福''介爾昭明'，林義光並讀匄，訓爲，得之。今案《雎》篇'綏我眉壽，介以繁祉'，綏並讀爲遺，…與'介以繁祉'亦對文，介亦當訓予。"一説：助。《鄭箋》："安助之以壽考與多福禄。"程俊英《注析》："以上二句意爲文王昌盛他的後代，賜我長壽，佑我多福。"❹大。（雅3）211《小雅·甫田》四章："報以介福，萬壽無疆。"朱熹《集傳》："此報以大福，使之萬壽無疆也。"一説："通'匄'"。求。郭沫若《從周代農事詩論到周代社會》："介字借假爲匄，求也。金文中用匄字。因而'報以介福'，即是報祭先祖以求幸福。"❺善；吉。（頌1）293《周頌·酌》："時純熙矣，是用大介。"馬瑞辰《通釋》："《爾雅·釋詁》：'介，善也。'大介即大善，大善猶大祥也。"一説：通"甲"。發甲兵。朱熹《集傳》："介，甲也，所謂一戎衣也。…一戎衣然後天下定也。"又一説：助；賜。《鄭箋》："介，助也。"戴震《考證》："詩言武王時晦則晦，…時顯則顯，故天乃大助，而克寵受於天，成蹻蹻王者之爲。"聞一多《新義》："大介猶大賜，上言介，下言受，義正相應。"❻止息；休息。（雅2）245

《大雅·生民》一章："履帝武敏，歆，攸介攸止。"馬瑞辰《通釋》："介之言界，謂別居也。止即處也。"孔廣森《經學卮言》："廬舍作於田畔，是井之界也。"211《小雅·甫田》一章："攸介攸止，烝我髦士。"《鄭箋》："介，舍也。"林義光《通解》："介讀爲愒。《説文》：'愒，息也。'攸愒攸止"對'或耘或耔'而言，如《生民》之'攸介攸止'對'載震載夙'而言也。一説：大。《毛傳》："介，大。止，福禄所止。"陳奂《傳疏》："介，大也。止猶息也。攸介攸止，…言長大其黍稷，休息其民人也。"又一説：皆。黄焯《詩疏平議》："竊以'攸介攸止'句，介、止二字非爲平列，下攸字止屬足句之詞，與《節南山》之'弗躬弗親'，《信南山》之'是剝是菹'句法相似。介訓大，大猶皆也。止訓止息，此承上文，謂農事於是皆已止息，乃進其俊士也。"又一説：左右。《生民·箋》："介，左右也。"孔穎達《正義》述鄭曰："心體歆歆如有物所在身之左右，所止住於身中，如有人道精氣之感以者也。"

【介圭】也作"玠圭"，長尺二寸之大圭。包括天子的鎮圭和諸侯的命圭。（雅2)295《大雅·崧高》五章："錫爾介圭，以作爾寶。"《鄭箋》："圭長尺二寸謂之介，非諸侯之圭，故以爲寶。"朱熹《集傳》："介圭，諸侯之封圭也。《爾雅·釋器》："珪大尺二寸謂之玠。"郭璞注："《詩》曰：'錫爾玠珪'。"王先謙《集疏》："《魯》，介作玠。"261《大雅·韓奕》二章："以其介圭，入覲于王。"朱熹《集傳》："介圭，封圭，執之爲贄，以合瑞於王也。"

又見【保介】。參《價》、《果》。

价 jiè 古拜切（蟹開二去怪見）
月部、見母

善；大。（雅1)254《大雅·板》七章："价人維藩。"《毛傳》："价，善也。"朱熹《集傳》："价，大也，大德之人也。"《荀子·君道》、《漢書·諸侯王表》引《詩》均作"介"。馬瑞辰《通釋》："《説文》：'价，善也。'《爾雅》：'介，大也。'又曰：'介，善也。'价人爲善人，即爲大人，與下大師，大邦，大宗爲一類。"朱彬《經傳考證》："价人，諸侯也。"余培林《正詁》："价人，即大人，指朝中官吏，卿、大夫士皆在其中，與下文'大師'指大衆者相對。"一説：通"甲"。披甲的。《鄭箋》："价，甲也。被甲之人，謂卿士掌軍事者。"陸德明《釋文》："价，鄭作介，云：甲也。"又一説：界，疆界。俞樾《經説》卷四："此經當從鄭作'介'而讀爲'界'…此界人其即掌疆之官乎，'价人維藩，大師維垣'，此二句由小而大，界人不過疆吏而已，故曰'維藩'，以藩籬喻之也。"

玠 jiè 古拜切（蟹開二去怪見）
月部、見母

《説文·玉部》："玠，大圭也。《周書》曰：稱奉介圭。"見"介"。

界 jiè 古拜切（蟹開二去怪見）
月部、見母

地域的界限。（頌1)275《周頌·思文》："帝命率育，無此疆爾界。"《鄭箋》："無此封竟於女今之經界，乃大有天下也。"陸德明《釋文》："介，音界，大也。"朱熹《集傳》："無有遠近彼此之殊。"王先謙《集疏》："《韓》，界作介。"（無此疆爾界：不要分此國和彼國的界限。)

借 jiè 子夜切（假開三去禡精）
　　　 資昔切（宕開三入昔精）
鐸部、精母

假定；假如。（雅2)256《大雅·抑》十章："借曰未知，亦既抱子。"《毛傳》："借，假也。"《鄭箋》："假令人云王尚幼少未有所知，亦已抱子長大矣。"《漢書·霍光傳》引《詩》作"藉"。一説：姑且。聞一多《通義》："'借'亦即'姑且曰'。借與《鄭風·溱洧篇》'且往觀乎'，《唐風·山有樞篇》'且以喜樂，且以永日'，《小雅·吉日篇》'且以酌醴'之且，皆暫時之意也。"

屈(屆) jiè 古拜切(蟹開二去怪見)
質部、見母

❶至；到。（雅2)197《小雅·小弁》四章："譬彼舟流，不知所屆。"《鄭箋》："屆，至也。"朱熹《集傳》："今我獨見棄逐，如舟之流于水中，不知其何所至乎。"222《小雅·采菽》二章："載驂載駟，君子所屆。"朱熹《集傳》："屆，至也。"一説：通"戒"。認真準備。馬瑞辰《通釋》："君子所屆，《晏子春秋·内篇

諫上》引《詩》作'君子所誡',是知屆爲誡之假借。誡之言戒,謂此駸駸皆君子之所夙戒,以見其車之有度也。"❷中正;均一。(雅1)191《小雅・節南山》五章:"君子如屆,俾民心闋。"《毛傳》:"屆,極也。"黃焯《毛鄭平議》:"極有中正均一之義,言上德如均一,則民之爭心息矣。"一説:至;到。《鄭箋》:"屆,至也。"阮元《補箋》:"君子如至其位,可使民惡怒之心止息。"王先謙《集疏》:"君子如至而躬親其政,則庶民弗信之心息矣。"又一説:止。馬瑞辰《通釋》:"極、至同義,至亦爲止。《詩》言'君子如屆',屆謂得其所止,猶上章'式已'也⋯上得所止,則民之心亦知所息矣。"又一説:不平;不便(於民)。俞樾《平議》:"《説文・尸部》:'屆,行不便也。'與夷之訓易,義正相反。閟者,閉也。⋯言君子所行,如不便於民,則上下之情不通,而民之心閉矣。"❸止;盡。(雅2)255《大雅・蕩》三章:"侯作侯祝,靡屆靡究。"《毛傳》:"屆,極;究,窮也。"《鄭箋》:"日詛咒求其凶咎無極已也。"陳奐《傳疏》:"言無終極,無窮已也。"(靡屆靡究:無窮無盡。)264《大雅・瞻卬》一章:"蟊賊蟊疾,靡有夷屆。"《鄭箋》:"屆,極。"俞樾《平議》卷十一:"言爲害靡有止也。夷亦語辭。"❹通"殛"。誅殺;討伐。(頌1)300《魯頌・閟宮》二章:"致天之屆,于牧之野。"《鄭箋》:"屆,極。"孔穎達《正義》述鄭曰:"《釋言》又云:'極,誅也。'然則此極又轉爲誅。紂爲無道,天欲誅之,武王奉行天意,故云'致天之屆'。"陳奐《傳疏》:"古極、殛通。'致天之屆',猶云致天之罰耳。"馬瑞辰《通釋》:"屆之訓極,古兼二義,一爲極至之極《詩》'靡有夷屆''不知所屆'是也。一爲誅極之極,此詩'致天之屆'是也。"

戒 jiè 古拜切(蟹開二去怪見)
職部、見母

❶警惕;防備。(風1、雅2)78《鄭風・大叔于田》一章:"將叔無狃,戒其傷女。"167《小雅・采薇》五章:"豈不日戒,玁狁孔棘。"《鄭箋》:"戒,警勅軍事也。言君豈不日相警戒乎? 誠日相警戒也。"❷告;告誡。(雅3)209《小雅・楚茨》五章:"禮儀既備,鍾鼓

既戒。"《鄭箋》:"鍾鼓既戒,戒諸在廟中者。"朱彬《經傳考證》:"戒亦備也,互文以見義。"朱熹《集傳》:"戒,告。"嚴粲《詩緝》:"鍾鼓既戒,爲尸前當奏肆夏,預設以待之也。"263《大雅・常武》一章:"既敬既戒,惠此南國。"《鄭箋》:"警戒六軍之衆。"孔穎達《正義》:"既已警肅之,既已戒勅之。"❸準備。(雅2)256《大雅・抑》四章:"用戒戎作,用遏蠻方。"《鄭箋》:"當用此備兵事之起,用此治九州之外不服者。"朱熹《集傳》:"戒,備。"212《小雅・大田》一章:"大田多稼,既種既戒。"《鄭箋》:"季冬命民出五種,計耦耕事,修耒耜,具田器,此之謂戒。"朱熹《集傳》:"戒,飭其具也。"(種:選種)❹通"屆"。至;到達。(頌1)302《商頌・烈祖》:"亦有和羹,既戒既平。"《毛傳》:"戒,至。"陳奐《傳疏》:"《傳》訓戒爲至者,言神靈之來至也。平,和平也。既戒既平,猶云神之聽之,終和且平也。"一説:備;齊備。孔穎達《正義》:"言戒至者,謂恭肅敬戒而至。"馬瑞辰《通釋》:"詩承'和羹'言,戒當訓備。《方言》:'戒,備也。'⋯和羹必備五味。《昭二十年左傳》:'宰夫和之,齊之以味。'此詩所云戒也。'濟其不及以泄其過',此詩所云平也。"

誡(誡) jiè 古拜切(蟹開二去怪見)
職部、見母

戒備。見"屆"。

巾 jīn 居銀切(臻開三平真見)
文部、見母

佩巾;頭巾。(風1)93《鄭風・出其東門》一章:"縞衣綦巾,聊樂我員。"朱熹《集傳》:"縞衣綦巾,女服之貧陋者,此人自目其室家也。"王先謙《集疏》引《説文》:"巾,佩巾也。"

今 jīn 居吟切(深開三平侵見)
侵部、見母

現在。(風13、雅23、頌3)20《召南・摽有梅》二章:"求我庶士,迨其今兮。"《毛傳》:"今,急辭也。"朱熹《集傳》:"今,今日也。蓋不待吉矣。"陳奐《傳疏》:"今者,急之辭也。今與急皆從及諧聲會意,辭當作詞。"256《大雅・抑》三章:"其在于今,興迷亂于政。"《鄭箋》:"于今,謂令屬王也。"290《周頌・載

芟》：'匪且有且，匪今斯今，振古如茲。'朱熹《集傳》：'言非獨此處有此稼穡之事，非獨今時有今豐年之慶，蓋自極古以來，已如此矣。猶言自古有年也。'陳奐《傳疏》：'匪且有且，言不期有此而適有此也。…匪今斯今，言不始於今而其見於今也。'黄焯《毛鄭平議》：'〔詩〕有實一句而分言之，因重作二句者，如此詩'匪且有且，匪今斯今'是也。此二句如作一句言，則直云'匪今有且'耳。其先言'且'而後言'今'者，則倒文以便韻。下云'振古如茲'，'振古'正承'匪今'言，'如茲'正承'匪且'言，詩意謂匪今有此社稷之祀，蓋自古而然矣。'參"躬"。

衿（袊） jīn 居吟切（深開三平侵見）
侵部、見母

衣領。（風1)91《鄭風·子衿》一章："青青子衿，悠悠我心。"《毛傳》："青衿，青領也，學子之所服。"朱熹《集傳》："衿，領也。"陸德明《釋文》："衿，音金，本亦作襟。"孔穎達《正義》："衿與襟音義同，衿是領之别名。"漢石經作"紟"。陳奐《傳疏》："衿，古字當作袊。"《顔氏家訓·書證》："古者，斜領下連於衿，故謂領爲衿。"一說：通"紟"。綏帶。聞一多《類鈔》："衿讀爲紟，紟是系佩玉的帶子，一曰綏。"

矜
（一） jīn 居陵切（曾開三平蒸見）
蒸部、見母
　　　qín 渠巾切（臻開三平真羣）
真部、羣母

❶憐憫；同情。（雅2)200《小雅·巷伯》五章："視彼驕人，矜此勞人。"孔穎達《正義》："矜哀此勞人。"王先謙《集疏》："呼天而訴王也。欲其視察彼驕人而矜憫此勞人。"257《大雅·桑柔》一章："倬彼昊天，寧不我矜?"《鄭箋》："昊天乃倬然明大而不矜哀下民，怨懟之言。"❷貧苦可憐。（雅1)181《小雅·鴻雁》一章："爰及矜人，哀此鰥寡。"《毛傳》："矜，憐也。"《鄭箋》："當及此可憐之人，謂貧窮者。"《漢書·蕭望之傳》引此詩顔師古注："矜人，可哀憐之人，謂貧弱者也。"王先謙《集疏》："《魯》說曰：矜，苦也。矜人，即《吕覽·貴因篇》所云苦民，總謂鰥寡孤獨之人。不言孤獨者，文不備也。"黄焯《毛鄭平議》："矜人猶言苦民，即指下句鰥寡，非别指貧窮者。二句之意，不過言哀矜此鰥寡之人。"❸危險。（雅1)224《小雅·菀柳》三章："曷予靖之，居以凶矜。"《毛傳》："矜，危也。"孔穎達《正義》："何由使我治之，尋復居處我以凶危之地也。"（爲什麽我謀議國事，反而處於凶危的境地?）陳奐《傳疏》："凶危，凶暴險危也。"吴闓生《會通》："何予爲治之，而反以凶危待我。按大徐本《說文·矛部》："矜，矛柄也。從矛，今聲。"段玉裁改作"令"聲。注云："今依漢石經《論語》、《溧水校官碑》、《魏受禪表》皆作'矝'正之。《毛詩》與'天、臻、民、旬、臻'等字韻，讀如鄰，古音也。漢韋玄成《戒子孫詩》始韻'心'，晋張華《女史箴》、潘岳《哀永逝文》始入蒸韻，由是巨巾一反僅見《方言》注、《過秦論》李注、《廣韻·十七真》，而他義則皆入蒸韻，今音之大變於古也。"

（二） guān ★姑頑切（山合二平山見）
真部、見母

❹通"鰥"。老而無妻。也指死了妻子的人。（雅1)260《大雅·烝民》五章："不侮矜寡，不畏强禦。"孔穎達《正義》："不欺侮於鰥寡孤獨之人。"嚴粲《詩緝》："矜與鰥音義同。"《左傳·昭公元年》引作"鰥"。❺通"瘝"。病。（雅1)234《小雅·何草不黄》二章："何草不玄，何人不矜?"王引之《述聞》卷六："矜讀爲瘝。瘝、鰥、矜古字通。上文'何草不黄'、'何草不玄'，玄黄皆病也，則矜字亦當訓爲病。"一說：没有妻子。《鄭箋》："無妻曰矜。從役者皆過時不得歸，故謂之矜。"孔穎達《正義》："矜與鰥，古今字。"又一說：（音 jīn）可憐。段玉裁《小學》："何人不矜，言夫人而危困可憐，不必讀爲鰥。…當從本字，非鰥之假借字也。"

【矜矜】堅持的樣子。（雅1)190《小雅·無羊》三章："爾羊來思，矜矜兢兢。"《毛傳》："矜矜兢兢，以言堅强也。"陳奐《傳疏》："矜、兢雙聲。…是矜矜與兢兢同。"余冠英《詩經選》："矜矜兢兢，謹慎堅持，唯恐失羣的樣子。"一說：衆多的樣子。于省吾《新證》："矜矜應讀作鄰鄰，訓爲衆多；兢兢本應作競競，訓爲競逐，騫訓爲虧歉，崩訓爲失去。

'爾羊來思,鄰鄰兢兢,不騫不崩',是說爾羊之來,爲數繁多,爭先恐後,既不虧歉,也不逃失。"

斤 jīn 舉欣切（臻開三平欣見）
文部、見母

【斤斤】明察的樣子;明著的樣子。（頌1）274《周頌·執競》:"自彼成康,奄有四方,斤斤其明。"《毛傳》:"斤斤,明察也。"朱熹《集傳》:"言成王之德明著如此也。"陳奐《傳疏》:"斤與昕,聲義相近。"吳闓生《會通》:"言其功文之休明也。"于省吾《新證》:"《廣雅·釋訓》:'炯炯,光也。'然則'斤斤其明',應讀爲炯炯其明。"

金 jīn 居吟切（深開三平侵見）
侵部、見母

❶黄金。（風1、雅1）55《衛風·淇奥》三章:"如金如錫,如圭如璧。"《毛傳》:"金錫練而精,圭璧性有質。"孔穎達《正義》:"武公之器德,已百煉成精如金錫;道業既就,琢磨如圭璧。"238《大雅·棫樸》五章:"追琢其章,金玉其相。"孔穎達《正義》:"文王聖德,其文如雕琢矣,其質如金玉矣。"❷銅。（風1、雅1、頌1）3《周南·卷耳》二章:"我姑酌彼金罍。"299《魯頌·泮水》八章:"元龜象齒,大賂南金。"《鄭箋》:"荆揚之州,貢金三品。"按《書·禹貢》鄭玄注:"金三品者,銅三色也。"朱熹《集傳》:"南金,荆揚之金也。"❸看成黄金一樣珍貴。見【金玉】。❹金黄色。（雅1）179《小雅·車攻》四章:"赤芾金舄,會同有繹。"《鄭箋》:"金舄,黄朱色也。"孔穎達《正義》:"金舄者,即《禮》之赤舄也。"朱熹《集傳》:"金舄,赤舄而加金飾。"何楷《古義》:"金之爲色黄,主黄而言,故遂曰金舄。"（舄:兩層底的鞋。）

【金玉】珍重愛惜;看成金玉一樣貴重。（雅1）186《小雅·白駒》四章:"毋金玉爾音,而有遐心。"《鄭箋》:"毋愛爾聲音,而有遠我之心。"朱熹《集傳》:"毋貴重爾之音聲,而有遠我之心也。"王先謙《集疏》:"金玉者,珍重愛惜之意。"

錦（錦）jǐn 居飲切（深開三上寢見）
侵部、見母

有彩色花紋的絲織品。（風7、雅1）57《衛風·碩人》一章:"碩人其頎,衣錦褧衣。"《毛傳》:"錦,文衣也。"江永《羣經補義》卷一:"衣錦者,純衣而以錦緣,非通身用錦也。"124《唐風·葛生》三章:"角枕粲兮,錦衾爛兮。"200《小雅·巷伯》一章:"萋兮斐兮,成是貝錦。"陳奐《傳疏》:"錦作貝文,曰貝錦。"

菫 jǐn 居隱切（臻開三上隱見）
文部、見母

一種野菜。也叫菫葵、苦菫、旱芹、胡椒菜。莖粗壯,葉掌狀有三深裂,春日開五瓣黄色小花,嫩苗葉可吃,味苦。（雅1）237《大雅·緜》三章:"周原膴膴,菫荼如飴。"《毛傳》:"菫,菜也。"李時珍《本草綱目·菜部》:"菫,苦菫,菫葵,旱芹。…恭曰:'菫菜野生,非人所種,葉似戢菜,花紫色。'禹錫曰:'《説文》云,菫根如薺,葉如細柳,子如米,蒸汋食之,甘滑。'《内則》云:'菫荁枌榆',是矣。"戴震《考證》:"菫有菫葵、苦菫之名,乾菫之苴。菫與葵皆味近苦。"馬瑞辰《通釋》:"《説文》:'菫,草也。根如薺,葉似細柳,蒸食之甘。'而《爾雅》言苦菫者,古人語反,猶甘草一名大苦也。詩人蓋取苦菫之名與苦荼同類,遂並稱之。"

謹（謹）jǐn 居隱切（臻開三上隱見）
文部、見母

謹慎;小心。（雅4）256《大雅·抑》五章:"質爾人民,謹爾侯度。"(質:安定。侯:君。)《左傳·襄公二十二年》引作"慎爾侯度"。253《大雅·民勞》一章:"無縱詭隨,以謹無良。"《鄭箋》:"謹,猶慎也。"吳闓生《會通》:"謹者,約敕之意。"

饉（饉）jìn 渠遴切（臻開三去震羣）
文部、羣母

蔬菜歉收。見【饑饉】。

墐 jìn 渠遴切（臻開三去震羣）
文部、羣母

❶用泥塗上。（風1）154《豳風·七月》五章:"穹窒熏鼠,塞向墐户。"《毛傳》:"墐,塗也。庶人篳户。"孔穎達《正義》:"備寒而云墐户,明是用泥塗之,故以墐爲塗也。"❷通"殣"。掩埋(死人)。（雅1）197《小雅·小弁》六章:"行有死人,尚或墐之。"《毛傳》:"墐,路冢也。"孔穎達《正義》:"墐者,埋葬之

名耳。"朱熹《集傳》:"殣,埋。"《説文•歹部》、《國語•楚語》韋昭注並引作"殣"。王先謙《集疏》:"《齊》、《韓》,殣作殣。"

殣 jìn 渠遴切（臻開三去震羣）
文部、羣母

掩埋（死人）。見"堇"。

覲（覲） jìn 渠遴切（臻開三去震羣）
文部、羣母

諸侯秋天朝見天子。泛稱諸侯朝見天子。（雅 2)261《大雅•韓奕》二章:"韓侯入覲,以其介圭,入覲于王。"《毛傳》:"覲,見也。"《鄭箋》:"諸侯秋見天子曰覲。"孔穎達《正義》:"朝者,四時通名,覲則唯是秋禮。以非通名,故特解之。…諸侯之朝天子,四時節,其文不明。説《周禮》者,賈逵以爲一方四分之,或覲春,或覲秋,或宗夏,或遇冬。藩屛之臣不可虚方俱行,故分趣四時助祭也。馬融以爲在東方者朝春,在南方者宗夏,在西方者覲秋,在北方者遇冬。韓侯雖是北方諸侯,其在北方爲西偏,蓋於時分之,使當秋覲也。"陳奂《傳疏》:"秋見曰覲,因之凡見皆曰覲。"

浸 jìn 子鴆切（深開三去沁精）
侵部、精母

❶泡在水裏。（風 3,雅 1)153《曹風•下泉》一章:"冽彼下泉,浸彼苞稂。"陸德明《釋文》作"寖"説:"本作浸。"203《小雅•大東》三章:"有冽汍泉,無浸穫薪。"《鄭箋》:"薪不欲使汍泉浸之,浸之則將溼腐而不中用也。"陸德明《釋文》作"寖"云:"子鴆反,漬也。字又作浸。"❷灌溉;滋潤。（雅 1)229《小雅•白華》三章:"滮池北流,浸彼稻田。"《鄭箋》:"池水之澤浸潤稻田,使之生殖。"陸德明《釋文》:"浸,字又作寖。"

盡（尽） jìn 慈忍切（臻開三上軫從）
真部、從母

竭力做到。雅 1)209《小雅•楚茨》六章:"孔惠孔時,維其盡之。"陳奂《傳疏》:"盡之,盡其禮也。"

【盡瘁】盡心勞力,不辭勞苦。（雅 2)204《小雅•四月》六章:"盡瘁以仕,寧莫我有。"馬瑞辰《通釋》:"瘁爲病,盡亦爲病。"205《小雅•北山》四章:"或盡瘁事國。"《毛

傳》"盡力勞病,以從國事。"《左傳•昭公七年》引作"憔悴",《漢書•五行志下之下》引作"盡領"。《一切經音義》卷十一:"瘁,古文領、悴二形。"王引之《述聞》卷六:"憔悴二字平列,盡瘁二字亦平列,非謂盡其瘁也。"

燼（烬） jìn 徐刃切（臻開三去震邪）
真部、邪母

灰燼;災後的殘餘。（雅 1)257《大雅•桑柔》二章:"民靡有黎,具禍以燼。"《鄭箋》:"災餘曰燼。"陸德明《釋文》:"盡,才刃反。災餘曰盡。本亦作燼。"朱熹《集傳》:"燼,灰燼也。"王引之《述聞》卷七:"燼者,餘也,少也。…言民多死於禍亂,不復如前日之衆多,僅留餘燼耳。"

藎（荩） jìn 徐刃切（臻開三去震邪）
真部、邪母

通"進"。進;進用。（雅 1)235《大雅•文王》五章:"王之藎臣,無念爾祖。"《毛傳》:"藎,進也。"陳啓源《稽古編》:"藎本染草之名,詩人以其音同,故借爲進。"一説:忠愛篤進。朱熹《集傳》:"藎,進也。言其忠愛之篤,進進無已也。"又一説:餘。何楷《古義》:"按《方言》:'子、藎,皆餘也。'…王之藎臣,以自商孫子及殷士。"俞樾《平議》卷十一:"藎者裘之假字。《説文•火部》:'裘,火餘木也。'經典相承作燼。…引申之,凡物之餘皆謂之盡。王之藎臣,猶言王之餘臣,以其從殷而來,故謂之王之餘臣。…其人皆商之孫子,故以無念爾祖勖之。爾祖者,斥殷先哲王也。"參"燼"。

近 （一）jìn 其謹切（臻開三上隱羣）
巨勒切（臻開三去焮羣）
文部、羣母

❶不遠。（雅 5)169《小雅•杕杜》四章:"會言近止,征夫邇止。"朱熹《集傳》:"會,合也…合言於繇而皆曰近矣,則征夫亦邇而將至矣。"屈萬里《詮釋》:"近,謂征夫距家已近也。"❷接近;臨近。（雅 4)253《大雅•民勞》三章:"敬慎威儀,以近有德。"258《大雅•雲漢》四章:"大命近止,靡瞻靡顧。"《毛傳》:"大命近止,民近死亡也。"朱熹《集傳》:"大命近止,死將至也。"

（二）jì ★居吏切（止開三去志見）

❸"辺"的誤字。語氣詞。略等於"矣"。(雅1)259《大雅·崧高》五章:"往近王舅,南土是保。"《毛傳》:"近,已也。"《鄭箋》:"近,辭也。聲如'彼記之子'之記。"孔穎達《正義》:"又歎而送之,往去已,此王之舅也。"毛居正《六經正誤》:"近,《説文》作辺。今作辺,音記。字譌作近。"馬瑞辰《通釋》:"辺者,己之假借。己爲語辭。《詩》言'往辺',猶《虞書》言'往哉'、《周書》'予往已'也。辺、近形近易訛。"段玉裁《小學》:"己、記、忌、其、辺,字同。"陳奐《傳疏》:"往辺王舅,言王舅往耳。"

靳 jìn 居焮切（臻開三去焮見）
文部、見母

設在服馬背上的活動皮圈。見"游環"。

進（进）jìn 即刃切（臻開三去震精）
真部、精母

❶前進;向前移動。跟"退"相對。(雅1)257《大雅·桑柔》九章:"人亦有言:進退維谷。"❷推進;使前進。(雅1)263《大雅·常武》四章:"進厥虎臣,闞如虓虎。"《鄭箋》:"進,前也。"朱熹《集傳》:"進,鼓而進之也。"嚴粲《詩緝》:"乃鼓而進其如虎之臣。"

京 jīng 舉卿切（梗開三平庚見）
陽部、見母

❶高丘;高岡。(風1、雅2)50《鄘風·定之方中》二章:"望楚與堂,景山與京。"《毛傳》:"京,高丘。"王先謙《集疏》:"京者,《説文》:'人所爲絶高丘也。'《釋丘》:'絶高爲之京,非人爲之丘也。'"241《大雅·皇矣》六章:"依其在京,侵自阮疆。"《毛傳》:"京,大阜也。"一説:地名。《鄭箋》:"京,周地名。"王引之《述聞》卷七:"依,兵盛貌;依其者,形容之詞。言文王之衆,依然其在京地也。"❷豳地名。(雅3)250《大雅·公劉》三章:"乃陟南岡,乃覯于京。"《鄭箋》:"絶高爲京。"孔穎達《正義》:"升彼南山岡脊之上,乃見其可居而爲都者,於京之地也。"236《大雅·大明》二章:"來嫁于周,曰嬪于京。"《鄭箋》:"京,周地之名,小別名也。"俞樾《經説》卷四:"京地在豳,《公劉》篇云:'乃陟南岡,乃覯於京。'是即其地也。蓋豳國大名,京是豳國之地小別名。公劉遷豳,實則居京。❸京師;國都。(雅4)243《大雅·下武》一章:"三后在天,王配于京。"《鄭箋》:"此三后既登遐,精氣在天矣,武王又能配行其道於京,謂鎬京也。"一説:大;光大。陳奐《傳疏》:"王爲武王。京,大也。王配於京,言武王配天命,更光大也。"

【京京】憂愁無法解除的樣子;非常憂愁的樣子。(雅1)192《小雅·正月》一章:"念我獨兮,憂心京京。"《毛傳》:"京京,憂不去也。"朱熹《集傳》:"京京,亦大也。"

【京師】1)等于説"京邑"。京,豳地名;師,都邑的通稱。(雅1)250《大雅·公劉》三章:"京師之野,于時處處。"馬瑞辰《通釋》:"京爲豳國之地名。…吴斗南曰:'京者,地名;師者,都邑之稱,如洛邑亦稱洛師之類。'其言是也。"一説:大衆聚居的高丘。朱熹《集傳》:"師,衆也。京師,高丘而衆居也。董氏曰:所謂京師者蓋起於此,後世因以所都爲京師也。"2)國都。(風1、雅1)153《曹風·下泉》三章:"愾我寤歎,念彼周京。"朱熹《集傳》:"京師,猶周京也。"王應麟《詩地理考》:"《春秋》所書京師,則洛邑也。"253《大雅·民勞》三章:"惠此京師,以綏四國。"

【京室】王室。(雅1)240《大雅·思齊》一章:"思媚周姜,京室之婦。"《毛傳》:"京室,王室也。"

【京周】等於説"周京"。指鎬京。(風1)153《曹風·下泉》二章:"愾我寤歎,念彼京周。"朱熹《集傳》:"京周,猶周京也。周京,天子所居也。"屈萬里《詮釋》:"京周,即周京,倒文以協韻耳。"

又見【鎬京】【周京】。參"商"。

荆 jīng 舉卿切（梗開三平庚見）
耕部、見母

古代楚國的別稱。(雅2、頌2)178《小雅·采芑》四章:"蠢爾蠻荆,大邦爲讎。"《毛傳》:"蠻荆,荆州之蠻也。"段玉裁《小學》:"《毛詩》固作'荆蠻',傳寫誤倒之也。"300《魯頌·閟宮》五章:"戎狄是膺,荆舒是懲。"朱熹《集傳》:"荆,楚之別號。舒,其與國也。"按:楚原建國於荆山一帶,故名。《春秋·莊公十年》：「荊敗蔡師於莘。」杜預注：「荊，楚本號，後改爲楚。」又《僖公元年》「楚人伐鄭」杜預注：「荊始改號曰楚。」

【荊楚】即楚國。（頌2)305《商頌·殷武》一章：「撻彼殷武，奮伐荊楚。」《毛傳》：「荊楚，荊州之楚國也。」陳奐《傳疏》：「荊，州名；楚，國名。《詩》或稱荊，或稱荊楚，一也。」馬瑞辰《通釋》：「荊與楚異名同實，故楚國亦可稱荊，或累呼荊楚，猶殷連稱殷商也。」屈萬里《詮釋》：「《春秋》於僖公元年始稱荊曰楚，可知楚之稱號，其起甚晚。即此已可證知此非商代之詩或西周時之詩也。」一說：指昆吾。趙岐《詩辨說》：「愚按《楚世家》，楚之先祖出自帝顓頊高陽，⋯至重黎，爲高辛火正，謂之祝融，其後有陸終，生六子，其長曰昆吾。昆吾氏，夏之時嘗爲侯伯。⋯今考殷所伐荊楚，昆吾是也。」

兢 jīng 居陵切（曾開三平蒸見）
蒸部、見母

【兢兢】1)小心謹慎的樣子。（雅4)195《小雅·小旻》六章：「戰戰兢兢，如臨深淵，如履薄冰。」《毛傳》：「戰戰，恐也；兢兢，戒也。」258《大雅·雲漢》三章：「兢兢業業，如霆如雷。」《毛傳》：「兢兢，恐也；業業，危也。」陸德明《釋文》：「兢，本又作矜。」2)強健的樣子；爭先恐後競相奔逐的樣子。（雅4)190《小雅·無羊》三章：「爾羊來思，矜矜兢兢。」《毛傳》：「矜矜兢兢，以言堅強也。」于省吾《新證》：「兢兢本應作競競。⋯《說文》：'競，一曰逐也。'這就證明了兢兢本爲競相奔逐之義。」

旌 jīng 子盈切（梗開三平清精）
耕部、精母

古代一種用五色羽毛裝飾的旗。泛指旗。（風1)53《鄘風·干旄》三章：「孑孑干旌，在浚之城。」《毛傳》：「析羽爲旌。」又見【旆旌】。

涇(泾) jīng 古靈切（梗開四平青見）
耕部、見母

❶涇河，在陝西省中部，渭河支流。源出寧夏回族自治區南部六盤山東麓，東南經甘肅到陝西高陵縣入渭河。（風1、雅2)35《邶風·谷風》三章：「涇以渭濁，湜湜其沚（一作'止'）。」《毛傳》：「涇渭相入而清濁異。」《鄭箋》：「涇水以有渭，故見濁。」牟庭《詩切》：「涇水清，渭水濁，涇雖入渭，而以渭爲濁，猶尚湜湜然有清流之沚以自異，此《毛傳》所謂涇渭相入而清濁異者也。毛意以爲涇水清而渭水濁。」陸德明《釋文》：「涇，音經，濁水也。渭，音謂，清水也。」朱熹《集傳》：「涇濁渭清，然涇未屬渭之時，雖濁而未甚見，由二水既合，而清濁益分。然其別出之渚，流或稍緩，則猶有清處。」陳藏一《話腴乙集》卷六：「東坡云：'涇水一石，其泥數斗。'是涇不自知其濁而反以渭爲濁也。惟杜少陵曰：'回首清渭濱'，甚得詩旨。」姚際恒《通論》：「涇濁渭清。涇，喻新昏者；渭，喻己。謂涇誣以渭爲濁，而渭何嘗濁哉？」朱亦棟《詩經札記》：「案涇水清渭水濁。涇濁渭清，向屬傳訛。以字義言之，涇字從巠，巠者水脉也，其清可知；渭字從胃，胃者穀府也，其濁可知。玩詩人之意，言涇水之清，以合渭水而濁；己之清，以夫有新昏而乃以涇之清比己，非以涇之濁比己也。」238《大雅·棫樸》三章：「淠彼涇舟，烝徒楫之。」(淠：舟行的樣子。）俞正燮《癸巳存稿》：「涇出今平凉笄頭山，經長武至高陵入渭。涇渠石地，入夏則濁，春秋冬則清。」按涇與渭孰清孰濁，隨時代而異。史念海《河山二集·論涇渭清濁的變遷》：「春秋時期是涇清渭濁，戰國後期到西晉初年，卻成了涇濁渭清，南北朝時期再度成爲涇清渭濁，南北朝末年到隋唐時期又復變成涇濁渭清，隋唐以後，又成涇清渭濁。」❷水的中流。（雅1)248《大雅·鳧鷖》一章：「鳧鷖在涇，公尸來燕來寧。」段玉裁《小學》：「按此篇涇、沙、渚、潨、亹一例，不應涇獨爲水名。⋯《釋名》：'水直波曰涇。'涇，徑也，言如道徑。'涇、徑字同，謂大水中流，徑直孤往之波。」陳奐《傳疏》：「涇，水中也。」馬瑞辰《通釋》：「在涇，正泛指水中有直波處言，非言涇渭之涇。」一說：涇河。《鄭箋》：「涇，水名也。」

經(经) jīng 古靈切（梗開四平青見）
古定切（梗開四去徑見）
耕部、見母

❶度量；規劃。（雅3)242《大雅·靈臺》一

章:"經始靈臺,經之營之。"《毛傳》:"經,度之也。"牟庭《詩切》:"《楚語》韋注曰:經謂度之,立其基趾也。"嚴粲《詩緝》:"經度而始爲之,言創建也。"屈萬里《詮釋》:"經始,開始度量之也。"❷常;常守。(雅1)195《小雅·小旻》四章:"匪先民是程,匪大猶是經。"《毛傳》:"經,常。"陳奐《傳疏》:"不以先民是法,不能常守此大道,即上篇所謂'辟言不信'也。"一說:行;遵循。馬瑞辰《通釋》:"按'經',朱彬謂當訓'行',是也。《孟子》'經德不回。'趙注:'經,行也。''匪大猶是經',猶云匪大道是遵循耳。遵循,皆行也。"

【經營】規劃治理;奔走勞作。(雅3)262《大雅·江漢》二章:"經營四方,告成于王。"《鄭箋》:"復經營四方之叛國,從而伐之。234《小雅·何草不黃》一章:"何人不將,經營四方。"205《小雅·北山》三章:"旅力方剛,經營四方。"《鄭箋》:"何乃勞苦使之經營四方。"程俊英《注析》:"經營,奔走勞作的意思。"

菁 jīng 子盈切(梗開三平清精) 耕部、精母

【菁菁】茂盛的樣子。(風1、雅3)119《唐負·杕杜》二章:"有杕之杜,其葉菁菁。"《毛傳》:"菁菁,葉盛也。"《釋文》:"菁,本又作青,同子零反。黃焯《毛鄭平議》:"此詩爲反興。"176《小雅·菁菁者莪》一章:"菁菁者莪,在彼中阿。"《毛傳》:"菁菁,盛貌。"《文選·東都賦》李善注引《韓詩》作"蓁蓁"。王先謙《集疏》:"《韓》說曰:'蓁蓁,盛貌也。'當以蓁爲正字。"

[菁菁者莪] 也作《菁莪》,《小雅》篇名(176)。這是一首有關培育人才的詩。作者受到貴族的教育和賞賜,表示十分感謝和快樂。《詩序》:"《菁菁者莪》,樂育材也。君子能長育人材,則天下喜樂之矣。"後來"菁莪"就成爲教育人才的典故。徐幹《中論·藝紀》:"先王之欲人之爲君子也,故立保氏,掌教六藝。…《詩》曰:'菁菁者莪,在彼中阿,既見君子,樂且有儀。'美育羣材,其猶人之於藝乎?"王先謙《集疏》:"徐用《魯詩》,所説詩義乃魯訓也,古者育材之法

備於此矣。《齊》、《韓》無異義。"姜炳璋《廣義》:"此天子視學,太學之士樂君子之育材而作此詩。"《左傳·文公三年》:"公如晉,及晉侯盟。晉侯饗公,賦《菁菁者莪》,莊叔以公降拜。…"據此,朱熹《集傳》認爲"此亦燕飲賓客之詩"。陳子展《直解》指出:"春秋之世,賦《詩》常例爲斷章取義,非必《詩》之本義乎。"四章,十六句。

驚(惊) jīng 舉卿切(梗開三平庚見) 耕部、見母

❶驚嚇;恐懼。(雅2)263《大雅·常武》三章:"如雷如霆,徐方震驚。"❷通"警"。機警;警戒。(雅1)179《小雅·車攻》七章:"徒御不驚,大庖不盈。"《毛傳》:"不驚,驚也,不盈,盈也。"孔穎達《正義》:"徒行挽輦者與車上御馬者豈不警戒乎?言以相警戒也。"陳奐《傳疏》:"警,各本作驚,《正義》作不驚,徒御不驚,徒御不警也。大庖不盈,大庖盈也。《傳》以'不'爲助句之詞也。"一說:驚動。朱熹《集傳》:"驚,如《漢書》'夜軍中驚'之驚。不驚,言比卒事不喧嘩也。"

儆 jīng 居影切(梗開三上梗見) 耕部、見母

敬惕。見"敬"。

警 jīng 居影切(梗開三上梗見) 耕部、見母

警戒。見"驚"。

景 (一) jīng 居影切(梗開三上梗見) 陽部、見母

❶大。(雅8)207《小雅·小明》五章:"神之聽之,介爾景福。"《毛傳》:"介、景,皆大也。"《鄭箋》:"介,助也。神明聽之,則將助女以大福。218《小雅·車舝》五章:"高山仰止,景行行止。"《毛傳》:"景,大也。"朱熹《集傳》:"景行,大道也。"一說:明。《鄭箋》:"景,明也。…古人有高德者則慕仰之,有明行者則而行之。"王棫《野客叢書》卷九:"景,明也。高山則仰之,明行則行之。"又一說:遠。聞一多《通義》:"景亦script爲迥,迥行猶遠道,與高山對文。"❷山名。在商都亳的附近,即今河南省偃師縣。(頌1)303《商頌·玄鳥》:"景員維河。"朱熹《集傳》:"景,山名,商所都也。…言景山四周皆大

河也。"王先謙《集疏》:"景員維河者,當謂景山縣亘四周於河。員與下篇幅隕義同,蓋言周也。景山四面皆大河。"一說:大。《毛傳》:"景,大。"陳奐《傳疏》:"景與京通,京爲大,故景亦爲大也。"(景員維河:殷之廣大國界包括黃河)。又一說:通"廣"。東西爲廣。馬瑞辰《通釋》:"景與廣一聲之轉。景古音從京聲,讀亦近廣,景即廣之假借。……此詩'景員',景當讀爲'東西爲廣'之廣,員當讀爲'南北爲運'之運。詩以雙聲疊韻假借爲景員。商家四面皆河,故合東西南北言之而曰'景員維河'。"曾運乾《毛詩說》:"'廣運'或作'廣員'。《山海經·西山經》'廣員百里'是也。"

(二) yǐng ★於境切（梗開三上梗影）
　　　　陽部、影母

❸遠行的樣子。（風 1）44《邶風·二子乘舟》一章:"二子乘舟,汎汎其景。"《毛傳》:"汎汎然迅疾而不礙也。"王引之《述聞》卷五:"景讀如憬。《魯頌·泮水》篇:'憬彼淮夷。'《毛傳》:'憬,遠行貌。'下章言'汎汎其逝',正與此同意也。"一說:通"影"。影子。陸德明《釋文》:"景,如字,或音影。"孔穎達《正義》:"觀之汎汎然,見其影之去往而不礙。"又一說:景象。徐灝《通介堂經說》卷十三:"此景即景象之景,並無深義,故毛、鄭皆不釋。'汎汎其景',言其景象汎汎然耳。"又一說:通"迥"。遠。聞一多《通義》:"景,讀爲迥,言飄流漸遠也。"❹測定日影。（雅 1）250《大雅·公劉》五章:"既景乃岡,既景乃岡。"《毛傳》:"'既景乃岡',考於日景,參之高岡。"《鄭箋》:"以日影定其經界於山之脊。"陳奐《傳疏》:"考其日景,即上'既溥既長'以日景考之也。"一說:通"疆"。畫定疆界。于省吾《新證》卷三:"景,疆同隸陽部。……'既景乃岡'應讀作既疆乃岡,既疆乃岡,謂既經畫其高岡也。下云'相其陰陽',言岡界既定,則陰陽可相。"又一說:通"迥"。遠。聞一多《通義》:"景亦讀爲迥,訓遠。'既溥、既長、既迥',皆所以形容岡之形勢者也。"

【景山】1) 大山。（風 1）50《邶風·定之方中》二章:"望楚與堂,景山與京。"《毛傳》:"景山,大山。"《鄭箋》:"觀其旁邑及其丘也。"一說:測定日影。朱熹《集傳》:"景,測景以正方面也,與'既景乃岡'之景同。或曰:景,山名,見《商頌》。"又一說:遠行。王先謙《集疏》:"景,當讀爲憬。《泮水傳》:'憬,遠行貌。'與上升望,下降觀義相屬。2) 山名,在今河南省偃師縣。（頌 1）305《商頌·殷武》六章:"陟彼景山,松柏丸丸。"朱熹《集傳》:"景山,山名。商所都也。"陳奐《傳疏》:"考今河南偃師縣有緱氏城,縣南二十里有景山,即此詩之景山也。"

憬 jǐng 俱永切（梗合三上梗見）
　　　　陽部、見母

遠行的樣子。（頌 1）299《魯頌·泮水》八章:"憬彼淮夷,來獻其琛。"《毛傳》:"憬,遠行貌。"一說:覺悟。《說文·心部》:"憬,覺悟也。引《詩》'憬彼淮夷'。朱熹《集傳》:"憬,覺悟也。"徐灝《通介堂經說》:"言淮夷既叛而服,憬然覺悟,故來獻其琛耳。"又一說:粗獷;強悍。陸德明《釋文》:"憬,《說文》作懬,音獷,云:闊也,一曰遠大也。"馬瑞辰《通釋》:"〔憬〕當從孟康《漢書注》訓獷爲彊,獷俗即彊俗也。《毛詩》作憬,亦假借字,獷與憬雙聲。《說文·瞿部》'矍'字下引《詩》作'懬(guǎng)彼淮夷'。"

敬 jìng 居慶切（梗開三去映見）
　　　　耕部、見母

❶嚴肅;慎重。（雅 7、頌 6）253《大雅·民勞》三章:"敬慎威儀,以近有德。"286《周頌·閔予小子》:"維予小子,夙夜敬止。"《鄭箋》:"敬,慎也。"288《周頌·敬之》:"維予小子,不聰敬止。"朱熹《集傳》:"我不聰而未能敬也。"馬瑞辰《通釋》:"不聰敬止,謂聽而警戒也。"❷尊敬;敬畏。（雅 2）254《大雅·板》八章:"敬天之怒,無敢戲豫。"孔穎達《正義》:"當敬天之威怒以自肅戒,無敢怠慢之而戲謔逸豫。"《後漢書·蔡邕傳》引《詩》作"畏天之怒,不敢戲豫。"❸通"警"。警惕;警戒。（雅 1、頌 2）183《小雅·沔水》三章:"我友敬矣,讒言其興。"馬瑞辰《通釋》:"敬者,戒也。《士昏禮》戒女曰:'必敬必戒。'敬亦戒也。《說文》:'警之言戒也。'《釋名》:'敬,警也。'……'讒言其興',言苟不

知戒,則讒言之興無已。"288《周頌·敬之》:"敬之敬之,天維顯思。"馬瑞辰《通釋》:"敬之敬之,猶云戒之戒之。"263《大雅·常武》一章:"既敬既戒,惠此南國。"《鄭箋》:"敬之言警也。警戒六軍之衆,以惠淮浦之旁國。"《周禮·夏官·序官》鄭玄注引作"既儆既戒"。陳喬樅《改字說》:"儆、警字同。《箋》蓋以三家詩改毛。"

【敬恭】尊敬;尊重。(雅 1)258《大雅·雲漢》六章:"敬恭明神,宜無悔怒。"

[敬之]《周頌》篇名(288)。周成王自我戒勉,要敬天勤學,希望羣臣輔助。《詩序》:"《敬之》,羣臣戒嗣王也。"三家說同。蔡邕《獨斷》:"《敬之》,羣臣進戒嗣王之所歌也。"朱熹《集傳》則以爲詩的前半是"成王受羣臣之戒而述其言",後半"乃自爲答之之言"。方玉潤《原始》批評說:"此詩本一氣呵成,人多讀作兩截,真不可解。"此詩乃一呼一應,如自問自答之意,並非兩人語也。林義光《通解》:"按詩言'維予小子',又言'示我顯德行',則是羣臣告羣臣,非羣臣戒嗣王也。"有人以爲是成王在平定武庚叛亂後所作的自我悔過之詩。與《閔予小子》、《訪落》、《小毖》在《周頌》中自成一組,當是一篇詩的四章。也有人認爲是周穆王晚年悔過的詩。一章,十一句。

又見【恭敬】。

竟 jìng 居慶切(梗開三去映見) 陽部、見母

終;終於。(雅 1)264《大雅·瞻卬》四章:"鞫人忮忒,譖始竟背。"《鄭箋》:"竟,猶終也。…其言無常,始於不信,終於背違之。"嚴粲《詩緝》:"始則譖毀之,終則背棄之。"林義光《通解》:"譖始竟背者,虛妄于始而背之終也。"一說:通"競"。爭。于省吾《新證》:"竟、競古通。'譖始竟背',應讀爲譖始競背。"高亨《今注》:"竟,讀爲競。…言奸人進讒騙人,爭着作背叛之事。"

競(竞) jìng 渠敬切(梗開三去映羣) 陽部、羣母

❶爭;爭逐。(雅 1、頌 1)257《大雅·桑柔》三章:"君子實維,秉心無競。"朱熹《集傳》:"競,爭。…然非君子之有爭心也。"屈萬里《詮釋》:"言當政者之存心,其良善實應過於衆人也。"304《商頌·長發》四章:"不競不絿,不剛不柔。"《鄭箋》:"競,逐也。不逐,不與人爭前後。"馬瑞辰《通釋》:"競即爭競之義。"❷強。(雅 1、頌 4)256《大雅·抑》二章:"無競維人,四方其訓之。"《鄭箋》:"競,強也。人君爲政,無強於得賢人。"嚴粲《詩緝》:"無競者,莫強也。《孟子》曰:'晉國天下莫強焉。'經中言'無競',皆同。"《吕氏春秋·求人》篇引此詩云:"無競,競也。國之強,惟在得人。"按《周頌·烈文》亦有此二句。274《周頌·執競》:"執競武王,無競維烈。"《鄭箋》:"競,強也。能持強道者,維有武王。"朱熹《集傳》:"言武王持其自強不息之心,故其功烈之盛,天下莫得而競。"馬瑞辰《通釋》:"《韓詩》訓'執'爲'服'者,蓋以'執競'爲能制服強禦。"❸力;爭奪。(雅 2)193《小雅·十月之交》七章:"噂沓背憎,職競由人。"朱熹《集傳》:"競,力也。…專力爲此者,皆由讒人之口耳。"陳奐《傳疏》:"職競由人,言不從天降,而主從人之爭爲惡耳。"胡承珙《後箋》:"凡言相爭逐爲其事者,古語蓋謂之職競。"一說:並。裴學海《古書虛字集釋》:"職、直古通,但也。職競,猶言但皆也。"

靖 jìng 疾郢切(梗開三上靜從) 耕部、從母

❶安靜;專一。(雅 2)207《小雅·小明》五章:"靖共爾位,好是正直。"《韓詩外傳》卷四、卷七並引作"靜恭爾位"。朱熹《集傳》:"靖與靜同。"《左傳·襄公七年》引此詩,杜預注:"靖,安也。"一說:圖謀;考慮。《毛傳》:"靖,謀也。"孔穎達《正義》:"靖,謀,《釋詁》文也。"❷治理;安定。(雅 3、頌 2)224《小雅·菀柳》一章:"俾予靖之,後予極焉。"《毛傳》:"靖,治也。"朱熹《集傳》:"靖,安也。…使我朝而事之,以靖王室。"吳闓生《會通》:"使我治事,後反窮我。"277《周頌·昊天有成命》:"於緝熙,單厥心,肆其靖之。"《毛傳》:"靖,和也。"朱熹《集傳》:"靖,安也。…是能繼續光明文武之業而盡其心,故今能安靜天下。"272《周頌·我將》:"儀式刑文王之典,日靖四方。"《鄭箋》:"靖,

治。一説：謀劃。《毛傳》："靖，謀也。"黃焯《詩疏平議》："謀與治二義大同。以治之，亦必謀之，謀爲經紀庶務，非機變之謂。"❸圖謀；謀劃。(雅1)265《大雅·召旻》二章："潰潰回遹，實靖夷我邦。"《毛傳》："靖，謀也。"《鄭箋》："皆謀夷滅王之國。"陳啓源《稽古編》："實靖夷我邦，言此昏梗回遹之人，實謀滅王之國也。"一說：治理。朱熹《集傳》："靖，治。夷，平也。言此蟊賊昏梗者，皆潰亂邪僻之人，而王乃使之治平我邦，所以致亂也。"又一說：通"剪"。斷絶。曾運乾《毛詩説》："靖讀如踐，實讀如翦。"…《説文》：'翦，齊斷也。'齊斷曰翦。'夷'，傷也。靖夷猶言芟夷也。"

靜(静) jìng 疾郢切(梗開三上靜從)耕部、從母

❶安静；平静。(風3)26《邶風·柏舟》四章："静言思之，寤辟有摽。"《毛傳》："静，安也。"孔穎達《正義》："我於夜中安静而思念之。"一説：審慎；仔細。馬瑞辰《通釋》："《説文》：'静，采也。'…此詩静字宜用本義，訓采。言爲語詞。静言思之，猶云審思之也。"❷潔净。(雅1)247《大雅·既醉》四章："其告維何？籩豆静嘉。"《鄭箋》："乃用籩豆之物，絜清而美。"一説：嘉；美。馬瑞辰《通釋》："經典中静、靖、靖三字多通用。…静即靖之假借，亦善也。"俞樾《平議》卷十一："静亦嘉也。…静、善一聲之轉耳。静與嘉其義同。"❸貞靜；文静。(風2)42《邶風·静女》一章："静女其姝，俟我於城隅。"《毛傳》："静，貞静也。"朱熹《集傳》："静者，閑雅之意。"一説：美；美好。馬瑞辰《通釋》："此詩静女亦當讀靖，謂善女，猶云淑女、碩女也。"吳小如《三百篇臆札》："此詩'静女'猶言'好女'，亦即'靚女'或'美女'，謂其人爲妍麗之女也。如此則'静'與'姝'義正相應。"

【静女】《國風·邶風》篇名(42)。這是一首情歌，寫一對戀愛中的青年男女在城隅幽會，並互贈禮物。歐陽修《詩本義》："此乃是述衛風俗男女淫奔之詩爾。"朱熹《集傳》："此淫奔期會之詩也。"《詩序》："《静女》，刺時也。衛君無道，夫人無德。"有人因此解釋爲"刺衛宣公納伋妻"的事。方玉潤《原始》："《静女》，刺衛宣公納伋妻也。"也有人以爲刺淫奔之詩。朱謀㙔《詩故》："《静女》…刺淫奔也。曰静女，曰彤管，男悦女之詞也。夫淫奔密約而他人歷歷言之，其惡寧可掩乎？"姚際恒《通論》："此刺淫之詩也。"鄒漢勛《讀書偶識》卷四："《韓詩外傳》(卷一)：'賢者陳情欲歌道義。《詩》曰，静女其姝，俟我於城隅。則《静女》，賢者之所作也。'…城隅乃至高之處。詩首章言賢者之高，無由企。次章言賢者詒以古法。三章言賢者誨之使絜爲。夫婭女奚取夫静與高，奚取夫古與絜？即經文繹之，足見其爲寓辭。"三章，十二句。

參"靖"。

瀞(瀞) jìng ★疾正切(梗開三去勁從)耕部、從母

清。見"清"。

䴖(䴖) jìng 疾政切(梗開三去勁從)耕部、從母

一種小蟬。見"蠑"。

坰 jiōng 古螢切(梗合四平青見)耕部、見母

郊野；遠郊。(頌4)297《魯頌·駉》一章："駉駉牡馬，在坰之野。"《毛傳》："坰，遠野也。邑外曰郊，郊外曰野，野外曰林，林外曰坰。"王應麟《詩地理考》："《郡縣志》：坰澤，俗名連泉澤，在兗州曲阜縣東九里，魯僖公牧馬之地。"一説：能"迥"。遠；遥遠。聞一多《通義》："冏、坰並與迥同。"高亨《今注》："坰，遥遠也。迥之野，遥遠的野地。"

駉(駉) jiōng 古螢切(梗合四平青見)耕部、見母

馬肥壯；肥壯的(馬)。(頌4)297《魯頌·駉》一章："薄言駉者，有驕有皇。"《毛傳》："牧之坰野，則駉駉然。"《廣韻·青韻》："駉，駿馬也。"

【駉】《魯頌》篇名(297)。這是《魯頌》的第一篇。歌頌魯僖公養馬衆多，注意國家長遠利益。《詩序》："《駉》，頌僖公也。僖公能遵伯禽之法，儉以足用，寬以愛民，務農重穀，牧于坰野，魯人尊之。於是季孫行父請命于周，而史克作是頌。"朱熹《集傳》

"此詩言僖公牧馬之盛,由其立心之遠。故美之曰:'思無疆,思馬斯臧'矣。衛文公'秉心塞淵,而騋牝三千',亦此意也。"有人以爲這是一首借馬來比喻人材衆多的詩。方玉潤《原始》:"愚獨以爲魯育賢之衆,蓋借馬以比賢人君子耳。"關於作者,王先謙不同意《序》說。《集疏》:"史克作《頌》,惟見《毛序》,他無可證。三家《詩》說皆以《魯頌》爲奚斯作。揚雄文云:'昔正考父晣睎尹吉甫矣,公子奚斯嘗睎正考父矣。'說《魯頌》者首雄,但云'奚斯睎考父',不云'史克睎考父',此《魯》說也。班固《兩都賦序》:'昔皋陶歌虞,奚斯頌魯,皆見采於孔氏,列於《詩》、《書》,其義一也。'此《齊》說。曹植《承露盤銘序》:'奚斯魯頌。'此《韓》說。而皆不及史克。史克見《左傳》,在文公十八年;至宣公世尚存,見《國語》。奚斯見閔公二年,故文公二年《傳》已引《閟宮》之詩。不應季孫行父請命於閔之前,已有史克先奚斯作《頌》,知《毛詩》不足據矣。"四章,三十二句。

【駉駉】馬肥壯的樣子。(頌 4)297《魯頌·駉》一章:"駉駉牡馬,在坰之野。"《毛傳》:"駉駉,良馬腹幹肥張也。"孔穎達《正義》:"駉駉然腹幹肥張者,所牧養之良馬也。腹謂馬肚,幹謂馬脅。"陸德明《釋文》:"駉,古熒反。《說文》作駫,又作駉。"王先謙《集疏》:"三家,駉作駫。"

駉 jiōng 古螢切(梗開四平青見)
陽部、見母

馬肥壯。見"駉"。

炯 jiǒng 古迥切(梗合四上迥見)
耕部、見母

熱氣熏蒸,憂愁不安。見"蟲"、"耿"。

洞 jiǒng 戶頂(熲)切(梗合四上迥匣)
耕部、匣母

遠。(雅 3)251《大雅·洞酌》一章:"洞彼行潦,挹彼注茲。"《毛傳》:"洞,遠也。"《鄭箋》:"遠酌取之,投大器之中,又挹之注之於此小器也。"陳奐《傳疏》:"洞讀爲迥,假借字也。"一說:通"絅"。急引。俞樾《經說》卷四:"洞當讀爲絅。《說文·糸部》:'絅,急引也。'蓋行潦之水,停之則澄,急引而酌之,則泥滓必與之俱,極言其不清潔也。然而'挹彼注茲,可以饙饎',此鄭所謂'人不易物,惟德繄物'也。"

〖洞酌〗《大雅》篇名(251)。這是一首爲統治者歌功頌德的詩。歌頌周王朝統治者愛人民,得到人民的擁護。《詩序》:"《洞酌》,召康公戒成王也。言皇天親有德,饗有道也。"姚際恒《通論》以爲"未有以見其必然"。三家以爲贊美公劉之詩,更沒有確據。方玉潤《原始》:"其體近乎《風》,匪獨不類《大雅》,且並不似《小雅》之發揚蹈厲、剴切直陳者。"屈萬里《詮釋》:"此頌美天子之詩。"高亨《今注》:"這是一首爲周王或諸侯頌德的詩,集中頌他能愛人民,得到人民的擁護。"陳子展《直解》則以爲"《洞酌》,當是奴隸被迫自遠地汲水者所作。此非才詩人之歌頌,而似奴隸歌手之諷刺。…《序》說,《洞酌》召康公戒成王,疑非其所自作,而取自奴隸歌手之歌謠也。"三章,十五句。

窘 jiǒng 渠殞切(臻合三上軫羣)
文部、羣母

困;受困於。(雅 1)192《小雅·正月》九章:"終其永懷,又窘陰雨。"《毛傳》:"窘,困也。"呂祖謙《詩記》引《韓詩章句》:"窘,迫也。"陳奐《傳疏》:"言既其長爲之憂傷,又困之以陰雨。陰雨,以喻所遭多難。"

褧 jiǒng 口迥切(梗合四上迥溪)
耕部、溪母

用細麻布做的單罩衣。(風 5)57《衛風·碩人》一章:"碩人其頎,衣錦褧衣。"《鄭箋》:"褧,禪也。國君夫人翟衣而嫁,今衣錦者,在塗之所服也。尚之以禪衣,爲其文之太著。"陳奐《傳疏》:"女子錦衣之上,復加褧衣。"江永《羣經補義》卷一:"'衣錦褧衣',夫人始嫁之服也。衣錦者,純衣而以錦緣,非通身用錦也。褧衣,禪縠之衣,登車則服之,爲行道御風塵,猶《士昏禮》'姆加景'也。褧、絅、景,三字同音。"88《鄭風·丰》三章:"衣錦褧衣,裳錦褧裳。"《鄭箋》:"褧,禪也。蓋以禪縠爲之中衣,裳用錦,而上加禪縠焉。庶人之妻嫁服也。"《禮記·中庸》引《詩》作"衣錦尚絅",《説文·林部》引作"檾",《衣部》引作"褧"。朱駿聲《説文通訓定聲》:"〔檾〕似枲,亦可績,而不堅韌,今所用爲粗繩索者。《毛詩·衞風》、《鄭風》作褧。按,其質曰檾,成衣曰褧,兩字略同也。"

絅 jiǒng 口迥切(梗合四上迥溪)
耕部、溪母

用麻紗做的單罩衣。見"褧"。

檾 jiǒng 口迥切(梗合四上迥溪)
去穎切(梗合三上静溪)
耕部、溪母

草名。《説文·林部》:"檾,枲屬。《詩》曰:'衣錦檾衣。'"段玉裁注:"檾者草名也。《詩》兩言'褧衣',許於此稱'檾衣',於《衣部》稱'褧衣',而云:'褧,檾衣。'然則褧衣者,以檾爲之。"見"褧"。

熲(颎) jiǒng 古迥切(梗合四上迥見)
耕部、見母

憂愁;心煩耳熱。《雅 1》206《小雅·無將大車》二章:"無思百憂,不出於熲。"朱熹《集傳》:"熲,與耿同,小明也。在憂中耿耿然不能出也。"馬瑞辰《通釋》:"熲,音義與耿正同。《邶·柏舟》'耿耿不寐'《傳》:'耿耿,猶儆儆也。'《禮·少儀》注:'熲,警枕也。'儆、警《説文》並訓戒,'不出於熲',即謂不出於儆戒之中,與'祇自疧'同義。"屈萬里《詮釋》:"不出於熲,言不能避免中心之耿耿不安。一説:光明。《毛傳》:'熲,光也。'《鄭箋》:"思衆小事以爲憂,使人蔽闇,不得出於光明之道。"朱熹《集傳》:"熲與耿同,小明也。在憂中耿耿然,不能出也。"

樛 jiū 居虯切(流開四平幽見)
幽部、見母

樹木向下彎曲。《風 3》、《雅 1》4《周南·樛木》一章:"南有樛木,葛藟纍之。"《毛傳》:"木下曲曰樛。"陸德明《釋文》:"木下句曰樛。馬融、《韓詩》本並作朻。"171《小雅·南有嘉魚》三章:"南有樛木,甘瓠纍之。"朱熹《集傳》引東萊吕氏曰:"樛木下垂而美實纍之,固結而不可解也。"王先謙《集疏》:"《韓》作朻,正字;《毛》作樛,借字。一説:高木。《説文·木部》:"朻,高木也。樛,下句曰樛。"段玉裁注本依《韻會》所據小徐本《説文》改

作:"朻,高木下曲也。從木、丩,丩亦聲。"桂馥《説文義證》:"下句曰樛者當與下文朻字訓互誤。此當云:高木也。…蓼,高飛也,與木高意合。"

[樛木]《國風·周南》篇名(4)。這是一首祝福君子的詩。戴震《補注》:"《樛木》,下美上之詩也。"揭明詩義較爲簡捷。何楷《古義》:"《樛木》,南國諸侯歸心文王也。"聞一多《類鈔》:"《樛木》,賀新婚也。"程俊英《注析》:"這是一首祝賀新郎的詩。"朱守亮《評釋》:"此婦人祝福丈夫之詩。"詩中"樛木"喻君子,"葛藟"喻臣下或女子,都講得通。《詩序》:"《樛木》,后妃逮下也。言能逮下而無嫉妒之心焉。"以"君子"指后妃,恐是臆説。三章,十二句。

究 jiū (舊 jiù)居祐切(流開三去宥見)
幽部、見母

❶窮;窮盡。(雅 1)255《大雅·蕩》三章:"侯作侯祝,靡屆靡究。"《毛傳》:"究,窮也。"(靡屆靡究:無窮無盡。)❷研究;深入探求。(雅 4)164《小雅·常棣》八章:"是究是圖,亶其然乎。"《毛傳》:"究,深;圖,謀。"孔穎達《正義》:"汝於是深思之,於是善謀之。"吕祖謙《詩記》:"范氏曰:'究,窮也。'…程氏曰:窮究是理,圖念是事,信其然乎?言信然。"屈萬里《詮釋》:"究,推究也。"197《小雅·小弁》七章:"君子不惠,不舒究之。"《鄭箋》:"究,謀也。"朱熹《集傳》:"曾不加惠愛,舒緩而究察之。"241《大雅·皇矣》一章:"維彼四國,爰究爰度。"《毛傳》:"究,謀。"朱熹《集傳》:"究,尋;度,謀也。"《左傳·文公四年》引此詩,楊伯峻注:"謂夏殷之政不得人心,因被滅亡,四方諸侯以此爲鑒,於是推尋、度謀之也。"林義光《通解》:"究度四國,謂就四方之國而究度之,以求可使民主之人。其究度之者天也。"❸終於;畢竟。(雅 1)181《小雅·鴻雁》二章:"雖則劬勞,其究安宅。"《鄭箋》:"今雖病勞,終有安居。"朱熹《集傳》:"究,終也。…今雖勞苦而終獲安定也。"王夫之《稗疏》:"周之民其欲究安此宅也,不亦難乎?"

[究]心懷惡意不相親近的樣子。(風 1)120《唐風·羔裘》二章:"羔裘豹褎,自我人

究究。"《毛傳》:"究究猶居居也。"陳奐《傳疏》:"古究,宄聲同,《詩》之究當讀爲宄,亦懷惡不相親之貌。"一説:態度傲慢的樣子。聞一多《類鈔》:"究究,仇仇。仇仇,傲也。"又一説:窮奢極侈的樣子。馬瑞辰《通釋》:"究究猶居居,蓋窮奢極侈之意,亦盛服貌。"

參"疚"。

鳩(鳩) jiū 居求切(流開三平尤見) 幽部、見母

❶鳥名。也叫鳲鳩,即布谷鳥。(風 3)12《召南·鵲巢》一章:"維鵲有巢,維鳩居之。"《毛傳》:"鳩,鳲鳩,秸鞠也。鳲鳩不自爲巢,居鵲之成巢。"《爾雅·釋鳥》郭璞注:"今布谷也。"一説:八哥。嚴粲《詩緝》引李氏説:"〔鳲鳩〕,今乃鴶鵴也。"馬瑞辰《通釋》:"鴶鵴,今之八哥。…鴶鵴雙聲字,鵲鵴亦雙聲字,鵲鵴即鴶鵴之轉聲。"王先謙《集疏》:"鵲性好潔,鴶鵴伺鵲出,遺污穢於巢,鵲歸見之,棄而去,鴶鵴入居之。又鵲避歲,每歲十月後遷移,則鴶鵴居其空巢。吾鄉諺云:'阿鵲蓋大屋,八哥住見窩。'謂此。❷鳥名,也叫"鳴鳩",即斑鳩。(風 1)58《衛風·氓》三章:"于嗟鳩兮,無食桑葚。"《毛詩》:"鳩,鶻鳩也。"孔穎達《正義》引陸機《詩義疏》:"斑鳩。"又引郭璞《爾雅》注云:"似山鵲而小,短尾,青黑色,多聲。"宛彼鳴鳩",亦此鳩也。朱熹《集傳》:"鳩,鶻鳩也,似山鵲而小。"又見【雎鳩】【鳴鳩】【鳲鳩】。

朻 jiū 居虯切(流開四平幽見)
居黝切(流開四上黝影)
幽部、見母

向下彎曲的高木。見"樛"。

糾(糺) (一) jiū 居黝切(流開四上黝見)幽部、見母

❶用繩繩織。(頌 1)291《周頌·良耜》:"其饟伊黍,其笠伊糾。"范處義《詩補傳》:"糾,繚也。言笠以繩繚成之也。"陳喬樅《齊説考》:"《説文》:'糾,三合繩也。'…是詩'其笠伊糾',謂以草爲笠,其繩惟三合之耳。"陳奐《傳疏》:"糾,猶糾糾也。"一説:輕便的樣子。朱熹《集傳》:"糾然,笠之輕舉也。"又

一説:用繩打成結。姚際恒《通論》:"其笠伊糾,謂以繩糾結於項下也。"
(二) jiǎo ★舉夭切(效開三上小見) 幽部、見母

❷見【窈糾】。

【糾糾】繩索交錯纏繞的樣子。形容履上的絇(履頭上的裝飾)和綦(繫履的繩)。(風 1,雅 1)107《魏風·葛屨》三章:"糾糾葛屨,可以履霜。"《毛傳》:"糾糾,猶繚繚也。嚴粲《詩緝》:"繚,繞纏也。糾,三合繩,亦繞之意。故云'猶繚繚'也。葛屨既弊,而以繩糾纏之。糾而復糾,行於霜雪寒冱之地,言其苦也。"馬瑞辰《通釋》:"糾與繆同,糾糾蓋繆結之狀。"一説:稀疏的樣子。孔穎達《正義》:"糾糾爲葛屨之狀,當爲稀疏之貌。"蘇轍《詩集傳》:"糾糾,疏貌也。"

赳 jiū 居黝切(流開四上黝見) 幽部、見母

【赳赳】雄健威武的樣子。(風 3)7《周南·兔罝》一章:"赳赳武夫,公侯干城。"《毛傳》:"赳赳,武貌。"陸德明《釋文》:"赳,《爾雅》云:勇也。"《後漢書·桓榮傳》李賢注引謝承《後漢書》云:"糾糾武夫,公侯干城。"王先謙《集疏》:"《韓》,赳或作糾。"

摎 jiū 即由切(流開三平尤精) 幽部、精母

聚集。見"遒(qiú)"。

九 jiǔ 舉有切(流開三上有見) 幽部、見母

❶數詞。九。泛指多數。(風 1,雅 4)156《豳風·東山》四章:"親結其縭,九十其儀。"《毛傳》:"九十其儀,言多儀也。"朱熹《集傳》:"九其儀,十其儀,言其儀之多也。"俞樾《平議》卷九:"數始於一而極九,至十則復爲一矣。故古人之詞,凡言至多之數必曰九。若《公羊傳》'叛者九國',《漢書》'反者九起'是也。"184《小雅·鶴鳴》一章:"鶴鳴于九皋,聲聞于野。"《鄭箋》:"皋,澤中水溢出所爲坎,自外數至九,喻深遠也。"陸德明《釋文》引《韓詩》:"九皋,九折之澤。"黄焯《毛鄭平議》:"九者虛數,猶'九天'、'九地'之比。"屈萬里《詮釋》:"九,有高義。皋,猶陵也、岸也。九皋,猶言高陵、高岸也。"

❷序數。第九。(風 5)154《豳風·七月》七章:"九月築場圃,十月納禾稼。"
【九圍】九州;全中國。(頌 1)304《商頌·長發》三章:"帝命式于九圍。"《毛傳》:"九圍,九州也。"孔穎達《正義》:"謂九州爲九圍者,蓋以九分天下,各爲九處,規圍然,故謂之九圍。"陳奐《傳疏》:"圍,猶九域也。"馬瑞辰《通釋》:"圍、域、有,皆一聲之轉,聲同則義同。"
【九有】九州;上古中國的九個大區。(頌 2)304《商頌·長發》六章:"苞有三蘖,莫遂莫達,九有有截。"王先謙《集疏》:"《魯》、《韓》,有作域。"303《商頌·玄鳥》:"方命厥後,奄有九有。"《毛傳》:"九有,九州也。"孔穎達《正義》:"九有是同有天下之辭,言分天下以爲九有,皆爲己有,故知九有,九州也。"馬瑞辰《通釋》:"九有即九域之假借,《韓詩》作九域。"
【九罭】一種細眼的魚網。九,形容網眼多而密。(風 1)159《豳風·九罭》一章:"九罭之魚,鱒魴。"《毛傳》:"九罭,緵罟,小魚之網也。"馬瑞辰《通釋》:"《爾雅》:'緵罟謂之九罭。'九罭,魚網也。緵,本或作總。緵、數一聲之轉,即《孟子》所謂數罟。趙岐注:'數罟,密網也。'"黃焯《毛鄭平議》:"詩意以九罭小網喻東方小邑,以鱒魴大魚喻周公大聖。言小網而得大魚,以比小邑而處大聖。"
[九罭]《國風·豳風》篇名(159)。《詩序》以爲贊美周公的詩。"《九罭》,美周公也。周大夫刺朝廷之不知也。"魏源《詩古微》:"《九罭》,美周公也。"王先謙《集疏》:"三家無異義。"有的學者以爲周公將歸西都,東都人表示挽留的詩。豐坊《詩說》:"周公歸於周,魯人欲留之不可得,作是詩。"傅恒等《折中》:"《九罭》,留周公也。夫東方非公久居之處也,東人非不知之而又心悲者,則其情有所不能已也。"屈萬里《詮釋》:"此蓋居東之周人,聞周公將歸,作此詩以惜別也。"也有人以爲是寫魯昭公失國之詩。或以爲貴族宴飲留賓之作。聞一多《類鈔》:"《九罭》,這是燕饗時主人所賦留客的詩嗎?"程俊英《譯注》:"這位客人,穿着衮衣綉裳,當然是一位貴族。"四章,十二句。

久 jiǔ 舉有切(流開三上有見)
之部、見母
時間長。(風 1、雅 2)37《邶風·旄丘》二章:"何其久也,必有以也。"202《小雅·蓼莪》三章:"鮮民之生,不如死之久矣。"陳奐《傳疏》:"不如死之久矣,乃孝子自歎其孤寡難堪也。"

玖 jiǔ 舉有切(流開三上有見)
之部、見母
比玉稍次的黑色美石。(風 1)64《衛風·木瓜》三章:"投我以木李,報之以瓊玖。"《毛傳》:"瓊玖,玉名。"《説文·玉部》:"玖,石之次玉黑色者。《詩》曰:'遺我佩玖。'"段玉裁注:"《傳》本作'玉石'。…轉寫'石'譌'名'耳。玖音近黝,故訓黑色。"
又見【佩玖】。

韭 jiǔ 舉有切(流開三上有見)
幽部、見母
韭菜。百合科,多年生草本植物,叢生,葉細長而扁,開小白花,嫩葉和花供食用,是普通蔬菜。(風 1)154《豳風·七月》八章:"四之日其蚤,獻羔祭韭。"陸德明《釋文》:"韭,音九,字或加艸,非。"《説文·韭部》:"韭,菜名,一種而久生者,故謂之韭。"

酒 jiǔ 子酉切(流開三上有精)
幽部、精母
用大米、高粱、麥子等發酵製成的飲料。(風 7、雅 50、頌 6)26《邶風·柏舟》一章:"微我無酒,以敖以遊。"203《小雅·大東》七章:"維北有斗,不可以挹酒漿。"
又見【春酒】【清酒】。

咎 jiù 其九切(流開三上有羣)
幽部、羣母
❶過失;罪過。(雅 2)165《小雅·伐木》二章:"寧適不來,微我有咎。"《毛傳》:"咎,過也。"205《小雅·北山》六章:"或湛樂飲酒,或慘慘畏咎。"《鄭箋》:"咎,猶罪過也。"❷凶咎;災禍。(風 1)58《衛風·氓》二章:"爾卜爾筮,體無咎言。"《鄭箋》:"兆卦之繇無凶咎之辭。"❸過責;責任。(雅 1)195《小雅·小旻》三章:"發言盈庭,誰敢執其咎?"《毛傳》:"謀人之國,國危則死,古之道也。"

《鄭箋》:"事若不成,誰云已當其咎責也。"陳奐《傳疏》:"誰敢執者,言莫能任是過責也。"吳闓生《會通》:"執其咎,猶云任其責。"

廐(厩) jiù 居祐切（流開三去宥見）
幽部、見母

馬圈;馬棚。(雅2)216《小雅·鴛鴦》三章:"乘馬在厩,摧之秣之。"《說文·广部》:"廐,馬舍也。《周禮》曰:'馬有二百四十匹爲廐,廐有僕夫。'"《集韻·宥韻》:"廐,俗作廄。"《詩經》正義本作廐,相臺本、朱熹《集傳》本作"廄"。

廄 jiù 居祐切（流開三去宥見）
幽部、見母

馬圈;馬棚。見"廐"。

救 jiù 居祐切（流開三去宥見）
幽部、見母

挽救;幫助。(風1、雅1)264《大雅·瞻卬》七章:"無忝皇祖,式救爾後。"35《邶風·谷風》四章:"凡有民喪,匍匐救之。"孔穎達《正義》:"救之謂營護凶事,若有賵贈也。"《漢書·谷永傳》引作"扶服捄"。王先謙《集疏》:"《魯》,救亦作捄。"

【救藥】挽救醫治。不可救藥,病重到無法用藥醫治,比喻事態嚴重,無法挽救。(雅1)254《大雅·板》四章:"多將熇熇,不可救藥。"《鄭箋》:"多行熇熇慘毒之惡,誰能止其禍。"嚴粲《詩緝》:"積惡愈多,將熇熇然如火之熾盛,不可救止而藥治之也。"

就 jiù 疾僦切（流開三去宥從）
覺部、從母

❶往…去;到…去。(雅1、頌1)188《小雅·我行其野》一章:"昏姻之故,言就爾居。"287《周頌·訪落》:"將予就之,繼猶判渙。"《鄭箋》:"扶將我就其典法而行之。"朱熹《集傳》:"將使予勉强以就之,而所以繼之者,猶恐其判渙而不合也。"一說:遷就。郭晉稀《蠡測》:"故於殷遺民管蔡,初則因仍遷就,不謂其遂至跋扈作亂。"❷從事。(雅1)263《大雅·常武》二章:"不留不處,三事就緒。"《鄭箋》:"女三農之事皆就其業。"❸成功。(頌1)288《周頌·敬之》:"日就月將,學有緝熙於光明。"孔穎達《正義》:"日就,謂之使每日有成就;月將,謂至於一

月則有可行。"一說:久。馬瑞辰《通釋》:"日就月將,止謂日久月長,猶言日積月累耳。《廣雅·釋詁》:'就,久也'"❹求;尋求。(雅1)245《大雅·生民》四章:"克岐克嶷,以就口食。"朱熹《集傳》:"就,向也。口食,自能食也。蓋六七歲時。"馬瑞辰《通釋》:"就之言求也。…《論語》'就有道而正焉',即求有道而正之也。'以就口食',猶《易·頤》'自求口食'。"一說:成。陳奐《傳疏》:"就,成也。口食,謂衆口之食也。此言后稷少時,便知教民稼穡,故下文即言蓺之之事。《史記·周本紀》:'棄爲兒時,屹如巨人之志,其游戲,好種樹麻菽,麻菽美。'"參"集"。

疚 jiù 居祐切（流開三去宥見）
之部、見母

❶病;痛苦。(雅2、頌1)167《小雅·采薇》三章:"憂心孔疚,我行不來。"《毛傳》:"疚,病。"286《周頌·閔予小子》:"遭家不造,嬛嬛在疚。"《毛傳》:"疚,病也。"《鄭箋》:"嬛嬛然孤特在憂病之中。"朱熹《集傳》:"疚,哀病也。"《釋名·釋疾病》:"疚,久也。久在體中也。"陸德明《釋文》:"疚,本又作㚣。"《說文·宀部》引《詩》作"㚣"。❷害。(雅1)262《大雅·江漢》三章:"匪疚匪棘,王國來極。"《鄭箋》:"疚,病。…非可以兵病害之也。"(不害民,不過急,以王國爲準則也。)❸通"㚣"。貧病;窮困。(雅2)265《大雅·召旻》五章:"維昔之富,不如時;維今之疚,不如茲。"陸德明《釋文》:"疚,字或作㚣。"王引之《述聞》卷七:"㚣與富對言,是㚣爲貧也。"蘇轍《詩集傳》:"昔時富樂,未有如是貧困;今世疚病,亦未有如是之甚者。"朱熹《集傳》:"昔之富未嘗若是之疚也,而今之疚又未有若此之甚也。"曾運乾《毛詩說》:"詩意言:昔之所富者賢,今之所富者佞;今之所疚者賢,古之所疚者佞。然則昔之所富,今不如是;今之所疚,古亦不如是也。上句省一今字,下句省一昔字。此上下文互相足也。"258《大雅·雲漢》七章:"鞫哉庶正,疚哉冢宰。"《鄭箋》:"鞫,窮也。疚,病也。"孔穎達《正義》:"窮困哉汝衆官之長,飢病哉汝冢宰。"陸德明《釋文》:"疚,本或

作疚，又作究。"馬瑞辰《通釋》："作疚者正字，作疢者假借字。…'維今之疚'對'維昔之富'言，疚謂貧病。此詩因旱致病，疚亦貧病也。"一說：病。范處義《詩補傳》："冢宰之率其屬，則既病而不能興矣。"

疚 jiù　居祐切（流開三去宥見）
　　　　　之部、見母

貧病；窮困。見"疢"。

舅 jiù　其九切（流開三上有羣）
　　　　　幽部、羣母

❶舅父，母親的兄弟。(雅3)217《小雅·頍弁》三章："豈伊異人，兄弟甥舅。"259《大雅·崧高》五章："往近王舅，南土是保。"《毛傳》："申伯，宣王之舅也。"❷古時天子對異姓諸侯或諸侯對異姓大夫的稱呼。(雅1)165《小雅·伐木》二章："既有肥牡，以速諸舅。"《毛傳》："天子謂同姓諸侯，諸侯同姓大夫皆曰父，異姓則稱舅。"朱熹《集傳》："諸舅，朋友之異姓而尊者也。"
【舅氏】舅父。(風2)134《秦風·渭陽》一章："我送舅氏，曰至渭陽。"《毛傳》："母之昆弟曰舅。"陳奐《傳疏》："舅氏，謂晉文公也。"

舊(旧) jiù　巨救切（流開三去宥羣）
　　　　　之部、羣母

❶從前的；原來的。跟"新"相對。(雅4)188《小雅·我行其野》三章："不思舊姻，求爾新特。"256《大雅·抑》十二章："於乎小子，告爾舊止。"俞樾《平議》卷十一："舊止之'止'亦當訓禮，告爾以舊禮也…止，先王之禮也。"一說：舊章；舊法。朱熹《集傳》："舊，舊章也。"一說：久。《鄭箋》："舊，久也。止，辭也。"❷久；長久。(風1)156《豳風·東山》四章："其新孔嘉，其舊如之何?"《毛傳》："言久長之道也。"《鄭箋》："其新來時甚善，至今則久矣，不知其如何也。"陳奐《傳疏》："《傳》云'言久長之道也'者，謂今新昏既甚嘉矣，其久長之道，又如之何?"一說：原來的，跟"新"相對。嚴粲《詩緝》："其新昏者甚美矣，其舊昏相見之歡，當如何哉?"崔述《偶識》："凡其極力寫新昏之美者，皆非為新昏言之也，正以極力形容舊人之可樂耳。新昏猶且如此，況於其舊者乎?"姚際恒《通詁》："如之者不，乃不如舊之

詞也。俗云：'新娶不如遠歸。'即此意。"❸指元老舊德之臣。(雅1)265《大雅·召旻》七章："維今之人，不尚有舊。"陳奐《傳疏》："言乃今之人，不上用舊臣也。"嚴粲《詩緝》："嗚呼可哀也已，在今之人不尚有老成舊德者乎? 雖有之而不肯用也。"❹指原有的典章制度。(雅1)255《大雅·蕩》七章："匪上帝不時，…殷不用舊。"《鄭箋》："乃不用先王之故法之所致。"陳奐《傳疏》："舊，舊章也。…殷不用舊，言殷不用舊章故耳。"

居　(一) jū　九魚切（遇合三平魚見）
　　　　　魚部、見母

❶住；居住。(風4、雅9、頌2)31《邶風·擊鼓》三章："爰居爰處，爰喪其馬。"《毛傳》："有不還者，有亡其馬者。"《鄭箋》："不還者，謂死也。傷也，病也。今於何居乎? 於何處乎? 於何喪其馬乎?"167《小雅·采薇》四章："豈敢定居，一月三捷。"241《大雅·皇矣》六章："居岐之陽，在渭之將。"(將：旁、側。)❷處於。(雅2、頌1)193《小雅·十月之交》八章："四方有羨，我獨居憂。"劉師培《札記》："居憂之文，與《雨無正》篇'俾躬處休'文同，猶云處於憂患也。"224《小雅·菀柳》三章："曷予靖之，居以凶矜。"305《商頌·殷武》二章："維女荊楚，居國南鄉。"《鄭箋》："維女楚國，近在荊州之域，居中國之南方。"❸占據；據有。(雅1)177《小雅·六月》四章："獫狁匪茹，整居焦穫。"朱熹《集傳》："言其深入為寇也。"陳子展《直解》："獫狁不自度量，安然占據焦穫。"《廣雅·釋言》："居，據也。"一說：居住。孔穎達《正義》："整齊而處者，言其居周之地，無所畏憚也。"❹住處；住的地方。(雅5)194《小雅·雨無正》二章："正大夫離居，莫知我勩。"(勩：勞苦。)朱熹《集傳》："離居，蓋以饑饉散去，而因以避讒譖之禍也。"250《大雅·公劉》五章："度其夕陽，豳居允荒。"屈萬里《詮釋》："豳居，猶言豳地也。"❺指國中。(雅2)265《大雅·召旻》一章："民卒流亡，我居圉卒荒。"《鄭箋》："國中至邊竟，以此故，盡空虛。"孔穎達《正義》："居，謂城中所居之處。"朱熹《集傳》："居，國中也。"一

說:助詞。馬瑞辰《通釋》:"按《傳》不釋居字,蓋以居爲語詞,讀同日居月諸之居。"❻指所處的地位或所擔負的工作。(風1)114《唐風•蟋蟀》一章:"無已大康,職思其居。"《鄭箋》:"又當主思於所居之事,謂國中政令。"朱熹《集傳》:"盍亦顧念其職之所居者。"一說:內。黃焯《毛鄭平議》:"居猶內也。《傳》云'外,禮樂之外'者,謂當常眞思於禮樂之內外耳。鄭不悟前後章意互相足,而疑毛義爲失,故易'外'爲國外,'居'爲國中。"又一說:家。屈萬里《詮釋》:"居,猶家也,謂家中之事也。"❼指墳墓。(風1)124《唐風•葛生》四章:"百歲之後,歸於其居。"《鄭箋》:"居,墳墓也。"❽安。(雅2)250《大雅•公劉》一章:"篤公劉,匪居匪康。"朱熹《集傳》:"居,安;康,寧也。"孔穎達《正義》:"言不顧己之安居,唯以利民爲意。"于鬯《香草校書》卷十七:"謂公劉所居有邰不能安康也。"245《大雅•生民》八章:"上帝居歆,胡臭亶時。"《鄭箋》:"上帝則安而歆享之。"朱熹《集傳》:"居,安也。"一說:助詞。陳奐《傳疏》:"居,語詞,上帝居歆,言上帝其饗也。"❾蓄。《雅1》198《小雅•巧言》六章:"爲猶將多,爾居徒幾何?"俞樾《平議》卷十:"'居'當訓爲'蓄'。《論語•公冶長篇》:'臧文仲居蔡。'皇侃疏曰:'居猶蓄也。'爾居徒幾何?言爾所蓄徒衆幾何人也。"一說:助詞。陳奐《傳疏》:"居,讀爲其,語助詞。❿通"倨"。傲慢。(雅1)223《小雅•角弓》七章:"莫肯下遺,式居婁驕。"陳奐《傳疏》:"言小人之行,不肯卑下加禮於人,唯數數驕慢好自用也。"一說:安;安於。黃焯《毛鄭平議》:"式之訓用,亦即爲語詞。居猶安也。'式居婁驕',言小人用安於數爲驕慢也。"又一說:居處。姚際恒《通論》:"今乃邑澤莫肯下遺,其居處猶數數驕慢。"⓫助詞,無實義。(雅1)193《小雅•十月之交》六章:"擇有車馬,以居徂向。"陳奐《傳疏》:"居,語助。言擇有車馬以往向也。"一說:居住。《鄭箋》:"又擇民之富有車馬者以往居於向也。"于省吾《新證》:"'以居徂向',即徂向以居,特倒文以與王、藏爲韻耳。"又一說:居積,家中所積蓄的財物。俞樾

《經說》卷三:"居,即《益稷》篇'懋遷有無化居'之'居'。枚《傳》曰:'居,謂所宜居積者。'上云'擇三有事,亶侯多藏',多藏之人,其居積必饒,故使盡以其所居積者往向也。"又一說:通"其"。裴學海《古書虛字集釋》:"居,猶其也。居與其皆有基音,可通用。"

(二) jī　居之切 (止開三平之見)　魚部、見母

⓬語氣詞。相當於"乎"。(風5)26《邶風•柏舟》五章:"日居月諸,胡迭而微。"孔穎達《正義》:"居、諸者,語助也。"朱熹《集傳》:"居、諸,語辭。"29《邶風•日月》一章:"日居月諸,照臨下土。"《毛傳》:"日乎月乎,照臨之也。"《禮記•檀弓》:"何居,我未之前聞也。"鄭玄注:"居,讀爲姬姓之姬,齊魯間語助也。"按後世以"居諸"代稱日月,光陰。如韓愈《符讀書城南》詩:"豈不旦夕念,爲爾惜居諸。"又指往來。如白居易《和微之除夜作》詩:"恩光未報答,日月空居諸。"並源於此。

【居居】心懷惡意的樣子。(風1)120《唐風•羔裘》一章:"羔裘豹袪,自我人居居。"《毛傳》:"居居,懷惡不相親比之貌。"《鄭箋》:"其役使我之民人,其意居居然有悖惡之心,不恤我之困苦。"按《爾雅•釋訓》:"居居,究究,惡也。"一說:通"倨倨"。傲慢的樣子。胡承珙《後箋》:"曹憲《廣雅音》云:今居字乃箕居字,故居又與倨通。《說文》:'倨,不遜也。'倨傲無禮,故爲惡也。"又一說:通"裾裾"。盛服的樣子。馬瑞辰《通釋》:"詩辭蓋言惡在位者徒有此盛服而不恤其民。…〔居居〕正當讀爲裾裾,言其徒有此盛服也。"

【居然】竟然。表示意外。(雅1)245《大雅•生民》二章:"不康禋祀,居然生子。"馬瑞辰《通釋》:"'居然生子',亦出於意外之詞。"魏源《詩古微》:"居然生子者,古人謂卵爲子。…居然,驚遽詞。驚其胎生如卵,是以先棄諸隘巷,再棄諸平林,皆不知其中有嬰兒也。"一說:徒然。朱熹《集傳》:"居然,猶徒然也。"余冠英《詩經選》:"生子而不敢養育,所以爲徒然。"又一說:居,其;

然,如此,這樣。陳奐《傳疏》:"居猶其也,然猶是也。…其然生子,謂生后稷也。"又一説:安然無恙。胡承珙《後箋》:"居有安義,故居然猶言安然。王肅亦云'無疾而生子',是也。"馬持盈《今注今譯》"居然,安然也。"

【居息】在家閒住。(雅1)205《小雅·北山》四章:"或燕燕居息,或盡瘁事國。"

据 jū 九魚切(遇合三平魚見)
魚部、見母

拮据,手病不能屈伸。《説文·手部》:"据,戟揭也。"見"拮"。

椐 jū 九魚切(遇合三平魚見)
居禦切(遇合三去禦見)
魚部、見母

一種灌木。也叫靈壽木,俗稱糯米樹。多腫節,古時以爲手杖。(雅1)241《大雅·皇矣》二章:"啓之辟之,其檉其椐。"陸璣《詩義疏》:"椐節中腫,似扶老,今靈壽是也。今人以爲馬鞭及杖。"朱熹《集傳》:"椐,樻也。腫節,似扶老,可爲杖者也。"

琚 jū 九魚切(遇合三平魚見)
魚部、見母

一種佩玉。系在珩和璜之間。(風2)64《衛風·木瓜》一章:"投我以木瓜,報之以瓊琚。"《毛傳》:"瓊,玉之美者;琚,佩玉名。"陳奐《傳疏》:"佩玉名者,雜佩非一,其中有名琚者耳。"83《鄭風·有女同車》一章:"將翱將翔,佩玉瓊琚。"《毛傳》:"佩有琚瑀,所以納閒。"參〔雜佩〕條。

捄 (一) jū (又 jiū)舉朱切(遇合三平虞見)幽部、見母

❶把土裝進筐裏。(雅1)237《大雅·緜》六章:"捄之陾陾,度之薨薨。"《毛傳》:"捄,虆也。"《鄭箋》:"捄,抒也。築牆者,捊聚壤土,盛之以虆,而投諸版中。"孔穎達《正義》:"捄字從手,謂以手取土。虆者,盛土之器。言捄虆者,謂捄土於虆也。"朱熹《集傳》:"捄,盛土於器也。"徐灝《通介堂經説》卷十五:"捄者,匊手之狀,因以爲凡器宛中可載物之稱,故以虆盛土謂之捄也。"

(二) qiú 巨鳩切(流開三平尤羣)
幽部、羣母

❷長而彎曲的樣子。(雅2、頌1)203《小雅·大東》一章:"有饛簋飧,有捄棘匕。"《毛傳》:"捄,長貌。"朱熹《集傳》:"捄,曲貌。"孔穎達《正義》:"捄爲匕之狀,故知長貌。《雜記》云'匕用桑,長三尺'是也。"又六章:"有捄天畢。"《毛傳》:"捄,畢貌。"孔穎達《正義》:"上言捄,長貌。此云畢貌,亦言畢之長也。"馬瑞辰《通釋》:"捄者,觓之假借。角之曲貌曰觓,匕之曲貌曰觓,其義一也。匕所以載牲體,亦所以取黍稷。"291《周頌·良耜》:"殺時犉牡,有捄其角。"《鄭箋》:"捄,角貌。"朱熹《集傳》:"捄,曲貌。"《説文·角部》:"觓,角貌。《詩》曰:'有觓其角。'"桂馥《説文義證》:"觓,曲貌。"段玉裁注:"捄者,觓之假借字也。…俗作觩。"

(三) jiù 居祐切(流開三去宥見)
幽部、見母

❸挽救;幫助。同"救"。

沮 (一) jū 子魚切(遇合三平魚精)
側魚切(遇合三平魚莊)
魚部、精母

❶古河流名,在今陝西省岐山、邠縣一帶,流入渭河,即今之漆沮水。或以爲即今關中地區的漳河。(頌1)281《周頌·潛》:"猗與漆沮,潛有多魚。"《毛傳》:"漆沮,岐周之二水也。"❷古水名。在陝西涇水東。或以爲漆沮是一水。(雅1)180《小雅·吉日》二章:"漆沮之從,天子之所。"馬瑞辰《通釋》:"此詩漆沮爲豐鎬獵於東都,皆當指入洛者爲是。此涇東之漆沮水也。"❸通"徂"。往。(雅1)237《大雅·緜》一章:"民之初生,自土沮漆。"王引之《述聞》卷六:"沮當爲徂,往也。自土徂漆,猶下文言自西徂東,言公劉去邠遷邰之杜水往至於漆水也。"一説:水名。《毛傳》:"土,居也。沮,水;漆,水也。"《鄭箋》:"其後公劉失職,遷於豳,居沮漆之地。"朱熹《集傳》:"沮,漆,二水名,在豳地。"孔穎達《正義》:"《禹貢·雍州》云:'漆沮既從。'是漆沮俱爲水名。""沮漆"作"漆沮"。

(二) jǔ 慈吕切(遇合巨上語從)
魚部、從母

❹止;阻止。(雅3)198《小雅·巧言》二章:

"君子如怒,亂庶遄沮。"《毛傳》:"沮,止也。"195《小雅·小旻》一章:"謀猶回遹,何日斯沮。"《鄭箋》:"沮,止也。"吴闓生《會通》:"沮,已也。"一說:壞;毁壞。《毛傳》:"沮,壞也。"陳奂《傳疏》:"壞,毁也。'何日斯沮',言天下何日毁壞也。"

（三）jù　將預切（遇合三去禦精）
　　　　　　魚部、見母

❺見【沮³洳】。
【沮³洳】水旁低濕的地方。(風 1)108《魏風·汾沮洳》一章:"彼汾沮洳,言采其莫。"《毛傳》:"沮洳,其漸洳者。"孔穎達《正義》:"沮洳,潤澤之處。"朱熹《集傳》:"沮洳,水浸處下濕之地。"王先謙《集疏》:"沮洳即漸洳,沮漸雙聲字。《廣雅·釋詁》:'漸洳,濕也。'猶言汾旁之濕地矣。"

岨　jū　七余切（遇合三平魚清）
　　　　魚部、清母

覆有泥土的石山。見"砠"。

砠（岨、礖）　jū　七余切（遇合三平魚清）魚部、清母

覆有泥土的石山。(風 1)3《周南·卷耳》四章:"陟彼砠矣,我馬瘏矣。"《毛傳》:"石山戴土曰砠。"陸德明《釋文》作"礖"。《説文·山部》:"岨,石戴土也。《詩》曰:陟彼岨矣。"段玉裁《小箋》:"岨之言沮也,石山有土沮洳然。"

罝　jū　★子余切（遇合三平魚精）
　　jiē　子嗟切（假開三平麻精）
　　　　　魚部、清母

捕魚的網;也指捕獸的網。(風 3)7《周南·兔罝》一章:"肅肅兔罝,椓之丁丁。"《毛傳》:"兔罝,兔罟也。"朱熹《集傳》:"罝,罟也。"

苴　（一）jū　子魚切（遇合三平魚精）
　　　　　　　七余切（遇合三平魚清）
　　　　　　　魚部、精母

❶大麻的種子,可以吃。(風 1)154《豳風·七月》六章:"九月叔苴。"《毛傳》:"苴,麻子也。"高亨《今注》:"苴,一種麻,現稱青麻。"一說:叔苴,豆羹。牟庭《詩切》:"苴之言粗也。今齊俗以豆爲羹謂之苴…叔苴,即豆羹也。"

（二）chá　鉏加切（假開二平麻崇）

❷枯草;水中浮草。(雅 1)265《大雅·召旻》四章:"草不潰茂,如彼棲苴。"《毛傳》:"苴,水中浮草也。"《鄭箋》:"天下之人,如旱歲之草,皆枯槁無潤澤,如樹上之棲苴。"孔穎達《正義》:"苴是草木之枯槁者,故在樹未落及已落高水漂皆稱苴也。"按《楚辭·九章·悲回風》:"草苴比而不芳。"王逸注:"生曰草,枯曰苴。"

雎（鴡）　jū　七余切（遇合三平魚清）
　　　　　　魚部、清母

【雎鳩】鳥名,即魚鷹。雌雄有固定的配偶。(風 1)1《周南·關雎》一章:"關關雎鳩,在河之洲。"《毛傳》:"雎鳩,王雎也,鳥摯而有別。"朱熹《集傳》:"雎鳩,水鳥,一名王雎,狀類鳧鷖,今江淮間有之。生有定偶而不相亂,偶常並游而不相狎,故《毛傳》以爲摯而有別。"戴震《考證》:"摯爲鷙之古字。鷙鳥,鷹屬。居於水者,水鷹。"王先謙《集疏》引《禽經》:"雎鳩,魚鷹。"邵晉涵《爾雅正義》《史記·正義》:"王雎,金口鶚也。今鶚鳥能翺翔水上,捕魚而食,後世謂之魚鷹。"宋王銍《默記》中:"李公弼字仲修,登科初,任大名府同縣尉,因檢驗村落,見所謂魚鷹者,飛翔水際。問小吏,曰:'此關雎也。'"段玉裁《小學》:"雎,《爾雅》説文》皆作鴡。"

捐　jū　居玉切（通合三入燭見）
　　　　屋部、見母

拮捐,同"拮据"。見"拮"。

𢹂　jū　舉朱切（遇合三平虞見）
　　　　魚部、見母

舀取。見"挹"。

匊（掬）　jū　居六切（通合三入屋見）
　　　　　　覺部、見母

"掬"本字。兩手合捧。(風 1、雅 1)117《唐風·椒聊》二章:"椒聊之實,蕃衍盈匊。"《毛傳》:"兩手曰匊。"陸德明《釋文》:"匊,本又作掬。"陳奂《傳疏》:"匊,俗作掬。"226《小雅·采緑》一章:"終朝采緑,不盈一匊。"《毛傳》:"兩手曰匊。"

鞠　jū　居六切（通合三入屋見）
　　　　覺部、見母

❶養育;撫養。(雅 1)202《小雅·蓼莪》四

章"父兮生我,母兮鞠我。"《毛傳》:"鞠,養也。"馬瑞辰《通釋》:"《説文》:'育,養子使作善也,或作毓。'鞠即育字之同音假借。育養之育借作鞠,猶育稚之育借作鬻也。阮宫保云:'凡《詩》一字分二韻者,則別二字書之,爲義同字變之例。'今按此詩下言'育我'用本字,故上借鞠爲育,以與下'育我'爲韻,正所謂義同字變也。"何楷《古義》:"鞠,通作匊。《説文》云:'在手曰匊。'子幼,而母時常置手中以玩弄之,所謂愛惜如掌上之珠也。"❷通"鞫"。告;告誡。(雅1)178《小雅·采芑》三章:"陳師鞠旅。"《毛傳》:"鞠,告也。"《鄭箋》:"此言將戰之日,陳列其師旅誓告之。陳師告旅,亦互言之。"陳奂《傳疏》:"告讀誓誥之誥。"❸通"鞫"。窮;極。(風1,雅1)101《齊風·南山》三章:"既曰告止,曷又鞠止。"《毛傳》:"鞠,窮也。"陸德明《釋文》:"鞠,居六反。"毛,窮也;鄭,盈也。朱熹《集傳》:"魯桓公既告父母而取妻矣,又曷爲使之窮其欲而至此哉?"黃焯《詩疏平議》:"'曷又鞠止',《傳》訓鞠爲窮,蓋謂襄公何使魯桓之窮於此。'曷又極止'訓極爲至,亦言何爲使之至於此,蓋皆隱指彭生之事也。"屈萬里《詮釋》:"鞠,窮也,亦即困也。言襄公之行,實困扼文姜,使不能遂夫婦之好也。"191《小雅·節南山》五章:"昊天不傭,降此鞠訩。"《毛傳》:"鞠,盈。"《鄭箋》:"盈,猶多也。"朱熹《集傳》:"鞠,窮。"馬瑞辰《通釋》:"《説文》:'窮,極也。訩,當讀如日月告凶之凶,謂凶咎也。《説文》:'凶,惡也。'鞠凶猶言極凶,與大戾同義,故皆爲天所降。"

鞠

jū 居六切(遇合三入屋見)
覺部、見母

❶窮困;貧窮。(風1,雅2)258《大雅·雲漢》七章:"鞠哉庶正也。"《鄭箋》:"鞠,窮也。"范處義《詩補傳》:"鞠,窮也。庶官之長曰正,則既窮而無所措矣。"馬瑞辰《通釋》:"《廣雅·釋詁》:'窮,貧也。'此詩訓鞠爲窮者,正謂貧耳。"35《邶風·谷風》五章:"昔育恐育鞠,及爾顛覆。"《毛傳》:"鞠,窮也。"陸德明《釋文》:"鞠,本亦作鞫。"朱熹《集傳》:"鞠,窮也。因念其昔時相與爲生,惟恐其

生理窮盡,而及爾皆至於顛覆。張子曰:'育鞠,謂生於困窮之際。'亦通。一説:恐懼。聞一多《通義》:"本篇與《小雅·谷風》篇所詠一事,惟文詞詳略爲異,當系一詩之分化。此之'有恐有鞠'即彼之'將恐將懼'。有,將皆語詞,鞠即懼,聲之轉也。"❷盡。(雅1)197《小雅·小弁》二章:"踧踧周道,鞠爲茂草。"《毛傳》:"鞠,窮也。"孔穎達《正義》:"踧踧然平易者,周室之通道也。今日窮盡爲茂草矣。"一説:阻塞。陳奂《傳疏》:"窮猶塞也,周室通達之大道,其平易踧踧然,今爲茂草所塞。"馬國翰《目耕帖》卷十七:"唐石經、注疏本,宋板皆作'鞠'。然蔡邕《述行賦》'周道鞠爲茂草',約用《詩》文,正作'鞫',蓋古字通用也。"又一説:滿。屈萬里《詮釋》:"鞠,盈也。滿爲蔓草荒廢之象也。"❸窮究;極力追究。(雅1)264《大雅·瞻卬》四章:"鞠人忮忒,譖始竟背。"《鄭箋》:"鞠,窮也。"孔穎達《正義》:"乃好窮屈人之言語,出言則爲人患害,且又變化無常。"朱熹《集傳》:"言婦寺徒以其知辨窮人之言,其心忮害而變詐無常。"曾運乾《毛詩説》:"此云'鞠人',又刺探人之意也。"屈萬里《詮釋》:"鞠,如鞫獄之鞫,推勘窮究之意。忮,很也。忒,惡也。言推勘人之過失,則狠而惡也。"一説:告。林義光《通解》:"鞠讀爲告。告、鞠古同音。告人歧忒者,告人之言兩歧而差忒也。"❹水涯的盡頭;水邊彎曲之處。(雅1)250《大雅·公劉》六章:"止旅乃密,芮鞠之即。"《毛傳》:"鞠,究也。"《鄭箋》:"水之内曰隩,水之外曰鞠。"孔穎達《正義》:"鞠是水涯之名,言曲水窮盡之處也。"陳奂《傳疏》:"《傳》訓鞠爲究,究爲言曲也。"曾運乾《毛詩説》:"鄭注《職方》引作'汭沉之即'。水之内曲者曰澳、曰汭,水之外曲者曰究。今讀若鞫,變轉也。"《漢書·地理志》"右扶風汧縣"注:"芮水出西北,東入涇,《詩》'芮鞫',雍州川也。師古曰:'鞫'讀同'鞠'。《韓詩》作'芮阮'。言公劉止其軍旅,欲使安靜,乃就芮阮之間耳。"

駒(驹)

jū 舉朱切(遇合三平虞見)
侯部、見母

五六尺高的馬；少壯的駿馬。(風 2, 雅 6)9《周南·漢廣》三章："之子于歸，言秣其駒。"《毛傳》："五尺以上曰駒。"孔穎達《正義》："五尺以上，即六尺以下。"朱熹《集傳》："駒，馬之小者。"144《陳風·株林》二章："乘我乘駒，朝食于株。"《毛傳》："大夫乘駒。"《鄭箋》："馬六尺以下曰駒。"陸德明《釋文》作"驕"，云："音駒，沈云：或作駒字，是後人改之，《皇皇者華》篇內同。"163《小雅·皇皇者華》二章："我馬維駒，六轡如濡。"陸德明《釋文》："駒，音俱，本亦作驕。"《說文·馬部》："馬高六尺爲驕。"引《詩》"我馬維驕。"馬瑞辰《通釋》："驕與駒雙聲，古蓋讀驕如駒，以與濡、驅、諏合韻。"

局 jú 渠玉切（通合三入燭羣）
　　　　　屋部、羣母

曲；彎曲；卷曲。(雅 1)192《小雅·正月》六章："謂天蓋高，不敢不局。"《毛傳》："局，曲也。"孔穎達《正義》："曲者，曲身也。"馬瑞辰《通釋》："局之言屈，屈即曲也。"陸德明《釋文》："局，本又作跼。"《文選·張平子·東京賦》薛綜注引《毛詩》作"跼"說："跼，傴僂也。"王先謙《集疏》："《韓》、《魯》，局作跼。"又見【曲局】。

跼 jú 渠玉切（通合三入燭羣）
　　　　　屋部、羣母

曲。見"局"。

鵙（鵙） jú（又 jué）古闃切（梗合四入錫見）錫部、見母

鳥名。也名鵙鷑、伯勞。嘴尖尾長，翼尾黑色，背棕紅色。(風 1)154《豳風·七月》三章："七月鳴鵙。"《毛傳》："鵙，伯勞也。"孔穎達《正義》引陳思王《惡鳥論》云："伯勞以五月鳴，應陰氣之動。陽氣爲仁養，陰氣爲殺，殘賊。伯勞，蓋賊害之鳥也。其聲鵙鵙，故以其音名云。"《說文·鳥部》："鵙，伯勞也。從鳥具聲。"唐石經作"䴗"。阮元《校刊記》："案唐石經是也。《五經文字》云：'䴗，伯勞也。'與《說文》合，可證矣。《孟子·公孫丑》趙注引作"鵙"。

枸 jú 俱雨切（遇合三上麌見）
　　　　　侯部、見母

木名。即枳椇，俗名梬棗。花梗肥大成肉

質，狀如鷄爪，味甜可吃。(雅 1)172《小雅·南山有臺》五章："南山有枸，北山有楰。"《毛傳》："枸，枳枸。"孔穎達《正義》引陸機《詩義疏》："枸樹高大似白楊，有子著枝端，大如指，長數寸，噉之甘美如飴，八月熟。今官園種之，謂之木蜜。"

椐（挶） jǔ 俱雨切（遇合三上麌見）
　　　　　魚部、見母
　　　　yǔ 王矩切（遇合三上麌雲）
　　　　　魚部、匣母

姓。(雅 1)193《小雅·十月之交》四章："椐維師氏。"《鄭箋》："番、㯅、蹶、椐皆氏。"陸德明《釋文》："椐，音矩，弓禹反。"王符《潛夫論·本數》引《詩》作"蹋"，《漢書·古今人表》作"萬"，《漢書·五行志》顏師古注引作"挶"，注云："番、㯅、槷、挶皆氏也。"《集韻·噳韻》引《詩》作"挶"。阮元《校刊記》："唐石經初刻挶，後改椐。…從木從扌，字多相亂。"

萬 jǔ 俱雨切（遇合三上麌見）
　　　　　魚部、見母

姓。見"椐"。

蹋 jǔ 俱雨切（遇合三上麌見）
　　　　　魚部、見母
　　　　 驅雨切（遇合三上麌溪）
　　　　　魚部、溪母

【蹋蹋】孤獨的樣子。(風 1)119《唐風·杕杜》一章："獨行蹋蹋。"《毛傳》："蹋蹋，無所親也。"《說文·足部》："蹋，疏行貌。《詩》曰：'獨行蹋蹋。'"王先謙《集疏》："疏行，獨行也。"
參"椐"。

舉（举） jǔ 居許切（遇合三上語見）
　　　　　魚部、見母

❶舉起；往上托起。(風 2, 雅 4)220《小雅·賓之初筵》一章："鍾鼓既設，舉醻逸逸。"孔穎達《正義》："舉相酬之爵，逸逸然往來而有次序也。"260《大雅·烝民》六章："德輶如毛，民鮮克舉之。"孔穎達《正義》："舉者，提持也。"❷起；升起。(風 1)78《鄭風·大叔于田》一章："叔在藪，火烈具舉。"牟庭《詩切》："火烈具舉，言烈火之光，同時俱舉。"屈萬里《詮釋》："舉，起也。"❸指演奏。(頌 1)280《周頌·有瞽》："既備乃奏，簫管備

舉。"❹舉辦祭祀。(雅 1)258《大雅·雲漢》一章:"靡神不舉,靡愛斯牲。"《鄭箋》:"言王爲旱之故,求於羣神,無不祭也。"

苣 jǔ 居許切(遇開三上語見)
　　　魚部、見母
地名。見"旅"。

筥 jǔ 居許切(遇合三上語見)
　　　魚部、見母
❶圓形的盛物竹器。用以盛米飯等食物。(風 1)15《召南·采蘋》二章:"于以盛之,維筐及筥。"《毛傳》:"方曰筐,圓曰筥。"291《周頌·良耜》:"或來瞻女,載筐及筥,其饟伊黍。"《鄭箋》:"筥,所以盛黍也。"❷盛在筥裏。(雅 1)222《小雅·采菽》一章:"采菽采菽,筐之筥之。"朱熹《集傳》:"采菽采菽,則必以筐筥盛之。"

具 jù 其遇切(遇事三去遇羣)
　　　侯部、羣母
❶具備;齊備。(雅 1)190《小雅·無羊》二章:"三十維物,爾牲則具。朱熹《集傳》:"色無所不備,而於用無所不有也。"何楷《古義》:"具,備也。…爾之牲,索則皆有之也。"(物:牛羊的毛色。)❷通"俱"。在一起。(雅 1)164《小雅·常棣》六章:"兄弟既具,和樂且孺。"朱熹《集傳》:"具,俱也。"❸通"俱"。副詞。皆;都。(風 3、雅 4)78《鄭風·大叔于田》一章:"叔在藪,火烈具舉。"《毛傳》:"具,俱也。"195《小雅·小旻》二章:"謀之其臧,則具是違。朱熹《集傳》:"具,俱。"209《小雅·楚茨》五章:"神具醉止。"《鄭箋》:"具,皆也。"257《大雅·桑柔》二章:"民靡有黎,具禍以燼。"《鄭箋》:"具,猶俱也。"

履(屨) jù 九遇切(遇合三去遇見)
　　　侯部、見母
鞋子。漢以後稱履。(風 1、雅 1)101《齊風·南山》二章:"葛屨五兩,冠緌雙止。"《毛傳》:"葛屨,服之賤者。"王棠《知新錄》卷二:"冠屨不宜同處,喻兄妹不宜爲夫婦。"107《魏風·葛屨》一章:"糾糾葛屨,可以履霜。"《毛傳》:"夏葛屨,冬皮屨,葛屨非所在履霜。"《說文·履部》:"履,履也,從尸服省,婁聲。"段玉裁注:"晉蔡謨云:'今時所謂履

者,自漢以前皆名屨。'…履當訓踐,後以爲履名,古今語異耳。許以今釋古,故云古之履即今之履也。"

瞿 jù 九遇切(遇合三去遇見)
　　　魚部、見母
　　qú 其俱切(遇合三平虞羣)
　　　魚部、羣母
【瞿瞿】1)驚視的樣子;張目四視的樣子。(風 1)100《齊風·東方未明》三章:"折柳樊圃,狂夫瞿瞿。"《毛傳》:"瞿瞿,無守之貌。"朱熹《集傳》:"瞿瞿,驚顧之貌。折柳樊圃,雖不足恃,然狂夫見之,猶驚顧而不敢越。"馬瑞辰《通釋》:"瞿瞿,蓋眲眲之假借,《説文》:'眲,左右視也。'"余冠英《詩經選》:"瞿瞿,瞪視貌。"2)小心謹慎的樣子。(風 1)114《唐風·蟋蟀》一章:"好樂無荒,良士瞿瞿。"《毛傳》:"瞿瞿然,顧禮義也。"程俊英《注析》:"這二句意謂:愛好娛樂而不荒廢業務,該像良士那樣時時警戒自己。"

懼(惧) jù 其遇切(遇合三去遇羣)
　　　魚部、羣母
害怕;恐懼。(雅 2)201《小雅·谷風》一章:"將恐將懼,維予與女。"《鄭箋》:"恐懼,喻遭厄難勤苦之事也。當此之時,獨我與女爾,謂同其憂務。"

據(据) jù 居禦切(遇合三去禦見)
　　　魚部、見母
依靠。(風 1)26《邶風·柏舟》二章:"亦有兄弟,不可以據。"《毛傳》:"據,依也。"《鄭箋》:"兄弟至親,當相據依,言亦有不相據依以爲是者,希耳。"

秬 jù 其呂切(遇合三上語羣)
　　　魚部、羣母
黑黍,古代一種良種的黍。(雅 2、頌 1)245《大雅·生民》六章:"誕降嘉種,維秬維秠。"《毛傳》:"秬,黑黍也。秠,一稃二米也。"孔穎達《正義》:"秬是黑黍之大名,秠是黑中有二米者。"沈括《夢溪筆談》卷二十六:"秬、秠、穈、芑,皆黍屬。"
【秬鬯】古代用黑黍和鬱金草釀成的酒,供祭祀用。(雅 1)262《大雅·江漢》五章:"釐爾圭瓚,秬鬯一卣。"《毛傳》:"秬,黑黍也。鬯,香草也。築煮合而之曰鬯。"《鄭箋》:

"秬鬯，黑黍酒也。謂之鬯者，芬香條鬯也。"

距 jù 其呂切（遇合三上語羣）
魚部、羣母

通"拒"。抗拒。（雅1)241《大雅・皇矣》五章："密人不恭，敢距大邦。"孔穎達《正義》："抗拒大國，侵其邑境，是不恭也。"

寠（窶） jù 其矩切（遇合三上麌羣）
侯部、羣母

貧寒；貧窮無法講禮。（風1)40《邶風・北門》一章："終寠且貧，莫知我艱。"《毛傳》："寠者，無禮也；貧者，困於財。"陸德明《釋文》："寠，謂貧無可為禮。"朱熹《集傳》："寠者，貧而無以為禮也。"馬瑞辰《通釋》："《倉頡篇》：'無財曰貧，無財備禮曰寠。'蓋寠與貧，對文則異，散文則通。"俞樾《平議》卷八："《説文・宀部》：'寠，無禮居也。'此寠之本義也。…凡從婁得聲者並有小義矣。寠從宀，婁聲，當為小屋。屋小則堂室奧阼之制不備，不可以行禮，故曰無禮居。引申之，則凡無禮者皆得謂之寠。毛公此傳是也。"

虡 jù 其呂切（遇合三上語羣）
魚部、羣母

古代懸挂鐘磬架子兩旁的立柱。（雅1、頌1)242《大雅・靈臺》三章："虡業維樅，賁鼓維鏞。"《毛傳》："植者曰虡，横者曰栒。"孔穎達《正義》："懸鼓磬者，兩端木植木，其上有横木。謂植立者為虡，謂横牽者為栒。"280《周頌・有瞽》："設業設虡，崇牙樹羽。"《毛傳》："植者為虡，衡者為栒。"陳奂《傳疏》："虡爲懸鐘磬兩旁之植木。"

蠲 juān 古玄切（山合四平先見）
寒部、見母

清潔；乾净。（雅1)166《小雅・天保》四章："吉蠲爲饎，是用孝享。"《毛傳》："蠲，絜也。"陸德明《釋文》："吉蠲，古玄反，舊音圭，絜（潔）也。"朱熹《集傳》："蠲，言齋戒滌濯之潔。"《儀禮・士虞禮》鄭玄注引《詩》作"圭"。馬瑞辰《通釋》："三家詩作吉圭。蠲讀同圭，亦有絜義。"

卷 (一) juǎn 居轉切（山合三上獮見）
寒部、見母

❶同"捲"。彎曲成圓筒形。（風1)26《邶風・柏舟》三章："我心匪席，不可卷也。"《毛傳》："席雖平，尚可卷。"《鄭箋》："言己心志堅平，過於石席。"孔穎達《正義》："我心平，不可卷也。"

(二) quán 巨員切（山合三平仙羣）
寒部、羣母

❷彎曲。（雅3)225《小雅・都人士》四章："彼君子女，卷髮如蠆。"《鄭箋》："婦人髮末曲上卷然。"252《大雅・卷阿》一章："有卷者阿，飄風自南。"《毛傳》："卷，曲也。"《鄭箋》："有大陵卷然而曲。"馬瑞辰《通釋》："《説文》：'卷，厀曲也。'是卷之本義。引申爲凡曲之稱。"一説：卷阿，地名。今本《竹書紀年》："成王三十三年，遊於卷阿，召康公從。"《岐山縣志》："卷阿在縣西北二十里岐山之麓，今有姜嫄祠，周公廟，潤德泉。"

❸通"婘"。美好。（風1)145《陳風・澤陂》二章："有美一人，碩大且卷。"《毛傳》："卷，好貌。"朱熹《集傳》："卷，鬒髮之美也。"陸德明《釋文》："卷，本又作婘，好貌。"

【卷阿】《大雅》篇名（252）。這首詩寫周王與羣臣遊於卷阿，詩人歌頌周王有德有福，能求賢用士。《詩序》："《卷阿》，召康公戒成王也。言求賢用吉士也。"朱熹《集傳》疑是召康公"從成王遊歌於卷阿之上，因王之歌而作此以爲戒。"《竹書紀年》："成王三十三年遊於卷阿，召康公從。"但學者認爲《竹書紀年》不一定可靠。《齊詩》以爲召康公避暑啦阿，鳳凰來集，因而作詩。《易林・觀之謙》："高岡鳳皇，朝陽梧桐，雝雝喈喈，莘莘萋萋。陳辭不多，以告己嘉。"王先謙《集疏》引黃山云："《毛序》於《公劉》、《泂酌》皆增'戒成王'之説，此篇亦然，三家固無此言也。"屈萬里《詮釋》："此詩蓋頌美來朝之諸侯也。"我們認爲這首詩歌頌周王無疑。至於時代和作者，恐只能存疑。又現代研究者或疑這本來是兩首詩。前六章爲一篇，篇名《卷阿》，是爲諸侯頌德祝福的詩。後四章爲一篇，篇名當是《鳳皇》，歌唱羣臣擁護周王，有似百鳥朝鳳。十章，五十四句。

【卷耳】一種菊科植物，即蒼耳子。古人曾

用爲食用植物。(風1)3《周南·卷耳》一章:"采采卷耳,不盈頃筐。"《毛傳》:"卷耳,苓耳也。"陸璣《詩義疏》:"卷耳,一名枲耳,一名胡枲,一名苓耳。葉青白色,似胡荽,白華、細莖,蔓生,可煮爲茹,滑而少味。四月中生子,如婦人耳中璫,今或謂之耳璫草。"朱熹《集傳》:"卷耳,枲耳。葉如鼠耳,叢生如盤。"一說:鼠耳。王夫之《稗疏》:"今野蔌有名鼠耳者,王漸鴻《野蔌譜》謂之貓耳朵,葉青白色,與陸璣之說合。湖湘人謂之'鼠茸',清明前采之,舂以和米粉作餈,有青白瓣如枲麻,味甘性溫,葉上有茸毛,正如鼠耳。"
〖卷耳〗《國風·周南》篇名(3)。這首詩寫一個婦女在采卷耳時懷念遠行在外的丈夫,想象他在外馬病僕疲,借酒澆愁的各種情況。方玉潤《原始》:"此詩當是婦人念夫行役而憫其勞苦之作。"有人以爲是寫一個在外服役的小官吏,懷念家裏的妻子。馬持盈《今注今譯》:"這是在外服役者思家之詩。"有的把詩的主人公落實到后妃身上。《詩序》:"《卷耳》,后妃之志也。又當輔佐君子,求賢審官,知臣下之勤勞,內有進賢之志,而無險詖私謁之心,朝夕思念,至於憂勤也。"朱熹《集傳》:"后妃以君子不在而思念之,故賦此詩。""豈當文王朝會征伐之時,羑里拘幽之日而作歟?然不可考矣。"《詩序》與《集傳》之說都不見得可靠。四章,十六句。

睠 juàn 居倦切(山合三去線見)
寒部、見母
回頭看。(雅1)241《大雅·皇矣》一章:"乃睠西顧,此維與宅。"陸德明《釋文》:"睠,本又作睊,又作券,並音卷。"《說文·目部》:"睠,顧也。《詩》曰:'乃睠西顧。'"段玉裁注:"睠同眷。…凡顧、眷並言者,顧者,還視也;眷者,顧之深也。顧止於側而已,眷則至於反。"

睠 juàn 居倦切(山合三去線見)
寒部、見母
回頭看。(雅1)203《小雅·大東》一章:"睠言顧之,潸焉出涕。"《毛傳》:"睠,反顧也。"陸德明《釋文》:"睠,本又作眷。"陳奐《傳疏》:"睠,反顧之貌。《荀子》作'眷焉',《後漢書》作'睠然',言、焉、然三字皆語詞。"《說文》無"睠"字。《玉篇·目部》:"睠"同"眷"。《詩經》"眷"、"睠"並出。
【睠睠】反顧依戀的樣子。(雅1)207《小雅·小明》二章:"念彼共人,睠睠懷顧。"朱熹《集傳》:"睠睠,勤厚之意。"陳奐《傳疏》:"《大東·傳》:'睠,反顧貌'。重言曰睠睠。"《楚辭·九歎》王逸注引《詩》、《文選·張平子思玄賦》、《陸士龍答張士然詩》、《謝惠連西陵遇雨獻康樂詩》李善注引《韓詩》並作"眷眷懷顧"。

厥 jué 居月切(山合三入月見)
月部、見母
❶代詞。他的;他們的。(雅19、頌15)256《大雅·抑》十二章:"天方艱難,曰喪厥國。"300《魯頌·閟宮》二章:"敦商之旅,克咸厥功。"❷他們。作主語。(雅1)235《大雅·文王》五章:"厥作裸將,常服黼冔。"孔穎達《正義》:"此殷士其爲裸獻行禮之時,常服其殷所服黼衣而冔冠也。"❸指示代詞。其;那。(雅5、頌5)245《大雅·生民》一章:"厥初生民,時維姜嫄。"《鄭箋》:"厥,其。"277《周頌·噫嘻》:"率時農夫,播厥百穀。"264《大雅·瞻卬》三章:"懿厥哲婦,爲梟爲鴟。"《鄭箋》:"厥,其也。"

橛 jué 其月切(山合三入月羣)
月部、羣母
人名。見"蹶(guì)"。

蕨 jué 居月切(山合三入月見)
月部、見母
一種野菜,也叫蕨菜。嫩葉初生時卷曲如拳。自古供食用,是一種時鮮野蔬。(風1、雅1)14《召南·草蟲》二章:"陟彼南山,言采其蕨。"《毛傳》:"蕨,鼈也。"陸德明《釋文》:"《草木疏》云:'周秦曰蕨,齊魯曰虌。'虌,卑滅反。本又作虌。俗云:其初生似鼈脚,故名焉。"朱熹《集傳》:"蕨,鼈也。初生無葉時可食,亦感時物之變也。"

夬 jué ★古穴切(山合四入屑見)
月部、見母
古代射箭時戴在右手大拇指上的骨製套子。見"決"。

抉　jué　古穴切（山合四入屑見）
　　　　　月部、見母
古代射箭時戴在右手大拇指上的骨製套子。見"決"。

決　jué　古穴切（山合四入屑見）
　　　　　月部、見母
通"抉"。古代射箭時戴在右手大拇指上的骨製套子。射箭時用以鉤弦，又稱扳指。（雅1）179《小雅·車攻》五章："決拾既佽，弓矢既調。"《毛傳》："決，鉤弦也。"陸德明《釋文》作"夬"說："本又作決，或作抉"《周禮·夏官·繕人》鄭司農注引《詩》作"抉"。朱熹《集傳》："決，以象骨爲之，著於左手大指，所以鉤弦開體。"胡承珙《後箋》："決以象骨爲之，鉤弦以利發。"一本作"浹"。

掘　jué　衢物切（臻合三入物羣）
　　　　　其月切（山合三入月羣）
　　　　　物部、羣母
【掘閱】昆蟲穿穴而出。（風1）150《曹風·蜉蝣》三章："蜉蝣掘閱，麻衣如雪。"《鄭箋》："掘閱，掘地解閱，謂其始生時也。以解閱喻君臣朝夕變易衣服也。"孔穎達《正義》："掘閱者，言其掘地而出，形容鮮閱也。"馬瑞辰《通釋》："《廣雅·釋詁》：'掘，穿也。'閱讀爲穴。宋玉《風賦》'空穴來風'，即《莊子》'空閱來風'也。…此詩掘閱亦當訓穿穴矣。陸璣《疏》言浮游陰雨從地中出，郭璞言蜉蝣叢生糞土中，皆與穿穴而出之義合。一說：容貌光澤。《毛傳》："掘閱，容閱也。"吳闓生《會通》："容閱，猶《孟子》之言悅，二字連文成義，言其容采悅澤也。"又一說：在土穴中容身。陳奐《傳疏》："《說文》：'堀，突也。'引《詩》作'堀'。突謂地突，猶土堀也。…《谷風·傳》：'閱，容也。連言則曰容閱。容閱猶容躬，言蜉蝣居土掘中，能自容躬，是謂之堀閱，以喻小人在位，偷合苟容也。"又一說：窟穴。《說文·土部》《廣韻·物韻》引《詩》均作"堀閱"。俞樾《平議》卷九："堀乃本字，掘其假借字。…言堀閱者，見昭公任用小人，入其朝者，如入蜉蝣之堀穴也。"

桷　jué　古岳切（江開二入覺見）
　　　　　屋部、見母
方形的椽子。（頌2）305《商頌·殷武》六章："松桷有梴，旅楹有閑。"300《魯頌·閟宮》九章："松桷有舄，路寢孔碩。"《毛傳》："桷，榱也。"陸德明《釋文》："桷，音角，方曰桷。"孔穎達《正義》："桷之與榱，是椽之別名。《莊二十四年》'刻桓宮桷'，謂刻其椽也。"陳奐《傳疏》："《說文》：'桷，榱也。椽方曰桷。'周謂之榱，齊魯謂之桷。"

絶（绝）　jué　情雪切（山合三入薛從）
　　　　　　　　月部、從母
❶滅絶。（雅1）241《大雅·皇矣》八章："是伐是肆，是絶是忽。"孔穎達《正義》："於是殄絶之，於是討滅之。"❷極；最。（雅1）192《小雅·正月》十章："終逾絶險，曾是不意。"王引之《述聞》卷六："絶之言最也，極也。《爾雅》：'鼎絶大謂之鼐。'郭注曰：'最大者。'…此絶險亦謂最險之處也。"

臄　jué　其虐切（宕開三入藥羣）
　　　　　鐸部、羣母
牛舌；口腔肉。（雅1）246《大雅·行葦》四章："嘉殽脾臄。"《毛傳》："臄，函也。"陸德明《釋文》："臄，渠略反，字或作醵。《說文》云：'函，舌也。'又云：'口裏肉也。'《通俗文》云：'口上曰臄，口下曰函。'"朱熹《集傳》："臄，口上肉也。"馬瑞辰《通釋》："臄與函對文則異，散文則通。"

較（较）　jué　古岳切（江開二入覺見）
　　　　　jiào　古孝切（郊開二去效見）
　　　　　　　　藥部、見母
古代車箱兩旁板上的橫木叫較，大夫以上乘的車，較上飾有曲銅鉤，叫做重較。（風1）55《衛風·淇奧》三章："寬兮綽兮，猗重較兮。"《毛傳》："重較，卿士之車。"陸德明《釋文》："較，車兩傍上出軾者"馬瑞辰《通釋》："較，《說文》作較，云：'較，車輢上曲鉤也。'蓋車輢上之木爲較，較上更飾以曲鉤，若重起者然，是爲重較。"胡承珙《後箋》："較在兩傍可倚，人直立稍後，一手可以憑較，俛躬向前，兩手可以憑軾。"

爵　jué　即略切（宕開三入藥精）
　　　　　藥部、精母
❶古代酒器。青銅製，有流、柱、鋬和三足。盛行於商代和西周。（風1、雅4）220《小

雅·賓之初筵》五章：“三爵不識，矧敢多又。”《鄭箋》：“三爵者，獻也，酬也，酢也。”古人飲酒以三爵爲度。孔穎達《正義》引《春秋傳》曰：“臣侍君燕，過三爵，非禮也。”《禮記·玉藻》：“君子之飲酒也，受一爵而色灑如也，二爵而言言斯禮也，三爵而油油以退。”鄭玄注：“禮，飲過三爵則敬殺，可以去矣。”246《大雅·行葦》三章：“或獻或酢，洗爵奠斝。”按《禮記·禮器》：“貴者獻以爵，賤者獻以散。”鄭玄注：“凡觴，一升曰爵，二曰觚，三升曰觶，四升曰角，五升曰散。”《說文·鬯部》：“爵，禮器也。象爵（雀）之形，中有鬯酒，又持之也，所以飲。器象爵者，取其鳴節節足足也。”❷爵位：君主國家所封的等級。（雅 2)223《小雅·角弓》四章：“受爵不讓，至於已斯亡。”《毛傳》：“爵禄不以相讓，故怨禍及之。”257《大雅·桑柔》五章：“告爾憂恤，誨爾序爵。”陳奂《傳疏》引《周禮·天官·大宰》鄭玄注：“爵，謂公、侯、伯、子、男、卿、大夫、士也。”

觼（鐍）
jué 古穴切（臻合四入屑見）質部、見母

有舌的環。用以系轡。（風 1)128《秦風·小戎》二章：“龍盾之合，鋈以觼軜。”《鄭箋》：“鋈以觼軜，觼之軜以白金爲飾也。”《說文·角部》：“觼，環之有舌者，或作鐍。”朱熹《集傳》：“觼，環之有舌者。軜，驂内轡也。置觼於軾前以系軜，故謂之觼軜。”陳奂《傳疏》：“觼者，所以貫驂内轡之環也。”徐灝《通介堂經説》卷十三：“鐍即游環也。所以爲舌形者，蓋環既游移前卻，轡亦往來無定，有舌以製之，使轡入中，所繫乃定也。”

覺（觉）
（一）jué 古岳切（江開二入覺見）覺部、見母

❶高大正直。（雅 2)189《小雅·斯干》五章：“殖殖其庭，有覺其楹。”《毛傳》：“有覺，言高大也。”《鄭箋》：“覺，直也。”朱熹《集傳》：“覺，高大而直也。”陳奂《傳疏》：“有覺爲形容其楹之高大。”256《大雅·抑》二章：“有覺德行，四國順之。”《毛傳》：“覺，直也。”《鄭箋》：“有大德行，則天下順從其政。”朱熹《集傳》：“覺，直大也。”《禮記·緇衣》引作

“有梏德行。”《禮記·射義》：“發而不失正鵠。”鄭玄注：“鵠之言梏也。梏，直也。言人正直乃能中也。”

（二）jiào 古孝切（效開二去效見）覺部、見母

❷睡醒。（風 1)70《王風·兔爰》二章：“尚寐無覺。”朱熹《集傳》：“覺，寤也。”吴闓生《會通》：“既無如之何，則惟有寐而不覺耳。”

君
jūn 舉云切（臻合三平文見）文部、見母

❶君主。國君。（風 4，雅 3)36《邶風·式微》一章：“微君之故，胡爲乎中露？”257《大雅·桑柔》八章：“維此惠君，民人所瞻。”（惠君：順理之君。）❷指國君夫人。（風 2)49《鄘風·鶉之奔奔》二章：“人之無良，我以爲君。”《毛傳》：“君，國小君。”《鄭箋》：“小君，謂宣姜也。”57《衛風·碩人》三章：“大夫宿退，無使君勞。”王先謙《集疏》：“《魯》説曰：君，謂女君也。”❸指先君。（雅 1)166《小雅·天保》四章：“禴祠烝嘗，于公先王。君曰卜爾，萬壽無疆。”《毛傳》：“君，先君也。”朱熹《集傳》：“君，通謂先公先王也。”❹爲君。（雅 3)189《小雅·斯干》八章：“朱芾斯皇，室家君王。”《鄭箋》：“宣王將生之子，或且爲諸侯，或且爲天子，皆將佩朱芾煌煌然。”朱熹《集傳》：“有室有家，爲君爲王。”249《大雅·假樂》二章：“穆穆皇皇，宜君宜王。”《毛傳》：“宜君王天下也。”250《大雅·公劉》四章：“食之飲之，君之宗之。”《毛傳》：“爲之君，爲之大宗也。”《鄭箋》：“公劉雖去邰國來遷，羣臣從而君之尊之，猶在邰也。”❺指有人君的品德。（雅 1)241《大雅·皇矣》四章：“克明克類，克長克君。”《鄭箋》：“教誨不倦曰長，賞慶刑威曰君。”孔穎達《正義》：“又有教誨不倦有爲人師長之德，又能賞善刑惡有爲人君上之度。”朱熹《集傳》：“克君，慶賞刑威也。賞不僭，故人以爲慶；刑不濫，故人以爲威也。”

【君婦】主婦。天子或諸侯的妻。（雅 2)209《小雅·楚茨》三章：“君婦莫莫，爲豆孔庶。”《鄭箋》：“君婦，謂后也。凡適妻稱君婦，事舅姑之稱也。”孔穎達《正義》：“凡適妻稱君

婦,故妾稱之爲女君也。"朱熹《集傳》:"君婦,主婦也。"曾運乾《毛詩說》:"天子、諸侯妻稱君婦,猶大夫、士妻之稱主婦。"一說:羣婦。俞樾《平議》卷十:"古音君與羣同。……君婦者,羣婦也。《周官・九嬪》曰:'贊后薦徹籩豆。'羣婦即指九嬪之屬,不斥后而曰羣婦,正詩人立言之謹也。羣婦則無嫌與諸宰連文。且宰曰諸宰,婦曰羣婦,文正相對也。"

【君子】1)古代統治者(天子、諸侯、卿大夫)和一般貴族男子的通稱。(風 27、雅 126、頌 1)1《周南・關雎》一章:"窈窕淑女,君子好逑。"孔穎達《正義》:"爲君子文王和好衆妾之怨耦者。"朱熹《集傳》:"君子,則指文王也。"55《衛風・淇奧》一章:"有匪君子,如切如磋,如琢如磨。"朱熹《集傳》:"君子,指〔衛〕武公也。"67《王風・君子陽陽》一章:"君子陽陽,左執簧,右招我由房。"《鄭箋》:"君子祿仕在樂官。"167《小雅・采薇》四章:"彼路斯何,君子之車。"《鄭箋》:"君子,謂將率(帥)。"182《小雅・庭燎》一章:"君子至止,鸞聲將將。"《毛傳》:"君子,謂諸侯也。"215《小雅・桑扈》一章:"君子樂胥,受天之祜。"朱熹《集傳》:"君子,指諸侯。"屈萬里《詮釋》:"君子,指天子言。"257《大雅・桑柔》三章:"君子實維,秉心無競。"《鄭箋》:"君子,謂諸侯及卿大夫也。"249《大雅・假樂》一章:"假樂君子,顯顯令德。"孔穎達《正義》:"上天嘉美而愛樂此君子成王也。"徐中舒《豳風說》:"古稱貴族爲君子者,意即對王與國君之子而言。……《詩》之君子,其人皆指當時貴族。"258《大雅・云漢》八章:"大夫君子,昭假無贏。"孔穎達《正義》引王肅曰:"大夫君子,公卿大夫也。昭其至誠於天下,無敢作私贏之而不敷散。"2)有高尚道德的人。(風 3)112《魏風・伐檀》一章:"彼君子兮,不素餐兮。"方苞《補正》卷三:"治人者食於人。以貧薄之地竭力以奉爾,望恤也,而爾不我恤。獨不聞君子之不素餐乎?言彼者,諷此人之不然也。"《孟子・盡心上》:"公孫丑曰:'《詩》曰:不素餐兮。君子之不耕而食,何也?'孟子曰:'君子居是國也,其君用之,則安富尊榮;其子

弟從之,則孝弟忠信。不素餐兮,孰大於是?'"3)妻稱丈夫。(風 23、雅 2)14《召南・草蟲》一章:"未見君子,憂心忡忡。"《毛傳》:"卿大夫之妻待禮而行,隨從君子。"47《鄘風・君子偕老》一章:"君子偕老,副笄六珈。"朱熹《集傳》:"君子,夫也。偕者,言偕生而偕死也。"90《鄭風・風雨》一章:"既見君子,云胡不夷。"朱熹《集傳》:"君子,指所期之男子也。"128《秦風・小戎》一章:"言念君子,溫其如玉。"朱熹《集傳》:"君子,婦人目其夫也。溫其如玉,美之之詞也。"陳奐《傳疏》:"君子,謂乘小戎者也。"4)詩人自稱。(雅 1)204《小雅・四月》八章:"君子作歌,維以告哀。"孔穎達《正義》:"作者自言君子,以非君子不能作詩故也。"

〖君子偕老〗《國風・鄘風》篇名(47)。這是委婉地諷刺衛宣姜貌美而品德不好的詩。《詩序》:"《君子偕老》,刺衛夫人也。夫人淫亂,失事君子之道,故陳人君之德,服飾之盛,宜與君子偕老也。"宣姜,齊國人,本是衛宣公的兒子公子伋的未婚妻,因爲生得美,被衛宣公強娶爲自己的妻子,生子壽和朔。宣公死,朔立,爲惠公。宣姜又和宣公庶子公子頑姘居,生了三男二女。詩人以爲衛宣姜荒淫的品行和她的服飾地位很不相稱,所以寫這首詩,似贊揚而實諷刺她。或以爲哀悼衛國夫人之詩。魏源《詩古微》:"《君子偕老》,哀賢夫人也。……當爲哀夷姜之詩。夷姜,宣公之前夫人,生伋而卒。"余冠英《選譯》:"這篇是衛人哀挽衛國夫人的詩,稱贊她的美麗,悼惜她的不幸。"三章,二十四句。

〖君子陽陽〗《國風・王風》篇名(67)。一位舞師招呼他的朋友共同奏樂歌舞的詩。程俊英《譯注》:"這是描寫舞師和樂工共同歌舞的詩。東周王國衰微,苟安在洛陽周圍五六百里的地方,但照樣設有專職的樂工和歌舞伎,以供統治階級的享樂。"《詩序》說是"閔周之作":"《君子陽陽》,閔周也。君子遭亂,相招爲祿仕,全身遠害而已。"或以爲此婦人之詩。王質《詩總聞》:"君子,婦人之夫也。當是婦人之辭。"朱熹《集傳》:"此詩疑亦前篇婦人所作。蓋其夫既

歸,不以行役爲勞,而安於貧賤以自樂,其家人又識其意而深歎美之,皆可謂賢矣。"袁梅《譯注》:"這女子看到了身爲舞師的愛人,聚首言歡,心花怒放,其樂無極。"二章,八句。

〖君子于役〗《國風·王風》篇名(66)。日已黄昏,妻子懷念在外服役不能按期歸家的丈夫,情景頗爲真切。朱熹《集傳》:"大夫久役於外,其室家思而賦之。"姚際恒《通論》:"此婦人思夫行役之作。《詩序》説是大夫刺平王之作:'《君子于役》,刺平王也。君子行役無期度,大夫思其危難以風焉。'孔穎達《正義》則認爲是思念同僚朋友的詩:"'大夫思其危難',謂在家之大夫思君子僚友在外之危難。"王先謙《集疏》:"按詩文'鷄棲'、'日夕'、'羊牛下來',乃思家之情,無僚友托諷之誼。所稱'君子',妻謂其夫,《序》説誤也。"

均 jūn 居匀切(臻合三平諄見)
真部、見母

❶製陶器用的轉輪,比喻國家的政權。(雅 1)191《小雅·節南山》三章:"秉國之均,四方是維。"高亨《今注》:"均,通鈞,製陶器模子下面的圓盤。尹氏掌握政權來治國,好比陶人掌握圓盤來製器,所以説秉國之鈞。"《漢書·律歷志》引《詩》"秉國之鈞"。《朱子語類》卷八十一:"均,本當從金,所謂如泥之在鈞者。"王先謙《集疏》:"《齊》,均作鈞。"一説:平;公平。《毛傳》:"均,平。"孔穎達《正義》"秉持國之平正,居權衡之位。"
❷平;公平。(雅 1)205《小雅·北山》二章:"大夫不均,我從事獨賢。"朱熹《集傳》:"王不均平,使我從事獨勞也。"陳奐《傳疏》:"即《序》所謂'役使不均'也。"❸調和;匀稱。(雅 1)163《小雅·皇皇者華》五章:"我馬維駰,六轡既均。"《毛傳》:"均,調也。"陳奐《傳疏》:"均,讀爲勻。"❹普遍(射中)。(雅 1)246《大雅·行葦》五章:"舍矢既均。"《毛傳》:"已均中藪。"《鄭箋》:"藪,質也。"《國語·越語》韋昭注:"藪,射的也。"朱熹《集傳》:"均,皆中也。賢射多中也。"于鬯《香草校書》卷十七:"均'當訓'徧'。"《説文·土部》:"均,平,徧也。'是'均'有'徧'義。'舍

矢既均'者,不過謂射者既徧耳,顧未嘗計其射之必中否也。"

鈞(钧) jūn 居匀切(臻合三平諄見)
真部、見母

通"均"。分配平均;均衡。(雅 1)246《大雅·行葦》五章:"敦弓既堅,四鍭既鈞。"《毛傳》:"鍭矢參亭。"朱熹《集傳》:"鈞,參亭也。謂三分之,一在前,二在後。三訂之而平者,前有鐵重也。"何楷《古義》:"此'既鈞'亦謂調勻。"陳奐《傳疏》:"鈞者,均之假借字。參"均"。

軍(军) jūn 舉云切(臻合三平文見)
文部、見母

軍隊。(雅 1)250《大雅·公劉》五章:"其軍三單。"(三單:把軍隊分爲三批,輪番服役。)又見【中軍】。

麇(麋) jūn 居筠切(臻合三平真見)
文部、見母

獸名。鹿屬,無角,即獐子。(風 1)23《召南·野有死麇》一章:"野有死麇,白茅包之。"陸德明《釋文》:"麇,本亦作麏。…《草木疏》云:'麏、麇。青州人謂之麇。'"朱熹《集傳》:"麇,獐也。鹿屬,無角。"《説文·鹿部》:"麋,麇也。麇,籀文不省。"馬瑞辰《通釋》:"李善《文選注》云:'今江東人呼鹿爲麇。'《詩》兼言麕、鹿者,麕亦鹿之屬。用其皮,非用其肉。《詩》但言'死麇'、'死鹿'者,猶《詩》'虎韔'、'魚服'皆用其皮,但省言虎、魚也。"

濬 jùn 私閏切(臻合三去稕心)
真部、心母

深。(頌 1)304《商頌·長發》一章:"濬哲維商,長發其祥。"《毛傳》:"濬,深也。"朱熹《集傳》:"言商世世有濬哲之君。"一説:通"睿(叡)"。睿智;明智。馬瑞辰《通釋》:"此詩濬哲並言,濬當即睿之假借,《廣雅》濬哲並訓智是也。濬哲猶言宣哲、明哲。"曾運乾《毛詩説》:"濬哲,猶睿聖也。"

浚 jùn 私閏切(臻合三去稕心)
文部、心母

❶深。(雅 1)197《小雅·小弁》八章:"莫高匪山,莫浚匪泉。"《毛傳》:"浚,深也。"胡承珙《後箋》:"此言無高而非山,無浚而非泉。

山高泉深,莫能窮測也。以喻人心之險,猶夫山川。"黃焯《毛鄭平議》:"此二句與《北風》'莫赤匪狐'二句文例相似,言無高而非山,無深而非泉,以喻讒言之工,無所不至。❷古邑名,春秋時衛地,在今河南省濮陽縣南。(風 4)53《鄘風・干旄》一章:"子子干旄,在浚之郊"《毛傳》:"浚,衛邑"陳奐《傳疏》:"衛邑,衛下邑也"參"駿"。

峻 jùn 私潤切(臻合三去稕心)
文部、心母

★祖峻切(臻合三去稕精)
文部、精母

高;高大。見"駿"。

畯 jùn 子峻切(臻合三去稕精)
文部、精母

田畯,古代掌農事的官。見"田"。

駿(骏) jùn 子駿切(臻合三去稕精)
文部、精母

❶大。(雅 2、頌 2)235《大雅・文王》六章:"宜鑒于殷,駿命不易"《毛傳》:"駿,大也"《鄭箋》:"宜以殷王賢愚爲鏡,天之大命不可改易"《禮記・大學》作"峻命不易",鄭玄注:"峻,大也"王先謙《集疏》:"《齊》,駿作峻"267《周頌・維天之命》:"駿惠我文王,曾孫篤之"朱熹《集傳》:"駿,大;惠,順也"楊樹達《述林》卷一:"按從夋聲之字皆含絕特之義"一說:駿,通"馴"。馬瑞辰《通釋》:"惠,順也。駿,當爲馴之假借,馴亦順也"
❷長;常。(雅 1)194《小雅・雨無正》一章:"浩浩昊天,不駿其德"《毛傳》:"駿,長也"陳奐《傳疏》:"駿同峻,長猶常也'不長其德',猶云不恒其德耳"一說:大。朱熹《集傳》:"駿,大"'昊天不大其惠',又一說:順。朱彬《經傳考證》:"《史記》引《堯典》'能明馴德',徐廣曰:'馴,古訓字'《索隱》曰:'駿與訓同'《書》之'俊德'、《詩》之'駿德',並通'馴',順也"《大雅・應侯順德'是其

證"❸疾速;急。(頌 2)266《周頌・清廟》:"對越在天,駿奔走在廟"戴震《考證》:"駿,猶敏也"馬瑞辰《通釋》:"《爾雅・釋詁》:'駿,速也'速與疾義同。…疾奔走,言勸事。駿,疾以聲近爲義。廟中奔走,以疾爲敬"《禮記・大傳》鄭玄注引《周頌》作"浚"。277《周頌・噫嘻》:"駿發爾私"《鄭箋》:"駿,疾也。使民疾耕發其私田"馬瑞辰《通釋》:"駿發即急發"一說:大。《毛傳》:"欲民之大發其私田耳"陸德明《釋文》:"浚,本亦作駿。音畯。毛:大也。鄭云:疾也"王先謙《集疏》:"《齊》,駿作浚"❹通"峻"。高;高大。(雅 1)259《大雅・崧高》一章:"崧高維嶽,駿極于天"《毛傳》:"駿,大"《禮記・中庸》作"峻極于天"鄭玄注云:"峻,高大也"王先謙《集疏》:"三家,駿作峻"

【駿厖】同"恂蒙"。庇覆;庇護。(頌 1)304《商頌・長發》五章:"受小共大共,爲下國駿厖"戴震《考證》:"駿厖,言恃之以爲安也"王先謙《集疏》:"《魯》,駿厖作駿蒙,《齊》作恂蒙。…爲下國恂蒙,猶云爲下國覆庇耳"一說:馬。朱熹《集傳》引董氏曰:"《齊詩》作'駿駹'謂馬也"又一說:磐石。何楷《古義》:"厖,《說文》云:'石大也'''爲下國駿厖'者,下國諸侯恃湯以爲安,如依賴磐石然"又一說:英俊厚德(之君)。《毛傳》:"駿,大;厖,厚"《鄭箋》:"駿之言俊也"孔穎達《正義》:"爲下國作英俊厚德之君"又一說:魁帥。曾運乾《毛詩說》:"爲下國駿厖,馬中之駿,鱗蟲中之龍,爲下國中之魁率"郭晉稀《蠡測》:"《考工記・玉人》:'上公用龍'鄭司農云:'龍,讀爲厖'龍來母字,厖、厖明母字,同爲收聲,同位變轉也,故可通讀。馬中之駿,鱗蟲中之龍,猶諸侯之魁率矣"

K

開(开) kāi 苦哀切（蟹開一平咍溪）微部、溪母

❶打開（門）。《頌 1)291《周頌·良耜》:"以開百室,百室盈止。"《鄭箋》:"其已治之,則百家開戶納之。"❷開創。《頌 1)285《周頌·武》:"允文文王,克開厥後。"《鄭箋》:"信有文德哉文王也,能開其子孫之基緒。"孔穎達《正義》:"文王能開子孫之基緒,謂受命作周,七年五伐皆是也。"

凱(凯) kǎi 苦亥切（蟹開一上海溪）微部、溪母

【凱風】南風;和樂之風。(風 2)32《邶風·凱風》一章:"凱風自南,吹彼棘心。"《毛傳》:"南風謂之凱風,樂夏之長養者也。"孔穎達《正義》引李巡説:"南風長養萬物,萬物喜樂,故曰凱風。凱,樂也。"一説:大風。馬瑞辰《通釋》:"凱之義本爲大,故《廣雅》云:'凱,大也。'秋爲斂而主愁,夏爲大而主樂,大與樂義正相因。聞一多《通義》:"豈聲字多有大意。《吕氏春秋·不屈篇》曰:'愷者,大也。'《説文》曰:'剀,大鎌也。'《廣雅·釋詁》曰:'凱,大也。'凱風者,大風也。"

〖凱風〗《國風·邶風》篇名(32)。這是兒子自責不能奉母的詩。衛國一個婦人生了七個兒子,因家境貧困,想要改嫁離去,她的兒子們寫了這首詩來歌頌母親,責備自己。《詩序》:"《凱風》,美孝子民。衛之淫風流行,雖有七子之母,猶不能安其室。故美七子能盡其孝道,以慰其母心而成其志爾。"王柏《詩疑》:"此孝子自責之詞。"方玉潤《原始》:"《凱風》,孝子自責以感母心也。"王質《詩總聞》:"當是賤者之家,母采棘以爲食。棘心,棘芽也。其子不欲其母親如此,

故傷其勤勞。"劉沅《詩經恒解》:"悱惻哀鳴,如聞其聲,如見其人,與《蓼莪》皆千秋絶唱。魏源以爲是"事繼母"的詩。牟庭《詩切》:"《凱風》,孝子自責留後母也。"聞一多以爲是父親虐待母親,兒子慰母以諫父。《類鈔》:"大風吹棘,夭夭欲折,喻父不能善待母而使之憂勞也。"又《通義》:"詩之作,名爲慰母,實爲諫父耳。"四章,十六句。

愷(恺) kǎi 苦亥切（蟹開一上海溪）微部、溪母

喜樂。見"豈"。

嘅(嘅) kǎi （舊 kài)苦愛切（蟹開一去代溪）物部、溪母

感慨。(風 2)69《王風·中谷有蓷》一章:"有女仳離,嘅其歎矣。"《鄭箋》:"與其君子别離,嘅然而歎。傷己見棄,其恩薄。"《説文·口部》:"嘅,歎也。引《詩》'嘅其歎矣'。"一説:歎息聲。朱熹《集傳》:"嘅,歎聲。"參"愾"。

慨 kǎi （舊 kài)苦愛切（蟹開一去代溪）物部、溪母

歎息貌。見"愾"。

愾(忾) kǎi 苦蓋切（蟹開一去代溪）物部、溪母
xì 許既切（止開三去未曉）物部、曉母

感慨;歎息。(風 3)153《曹風·下泉》一章:"愾我寤歎,念彼周京。"《鄭箋》:"愾,歎息之意。"陸德明《釋文》:"愾,苦愛反,歎息也。《説文》音火既反。"朱熹《集傳》:"愾,歎息之聲也。"《説文·心部》:"愾,大息也。《詩》曰:'愾我寤嘆。'"《玉篇·口部》引《詩》作"嘅",《楚辭·九歎》王逸注引《詩》作"慨"。王先

堪 kān 口含切（咸開一平覃溪）
侵部、溪母

經得起；能承擔。(頌 2)287《周頌・訪落》："維予小子，未堪家多難。"孔穎達《正義》："當自謂才智淺短而未堪耳。"嚴粲《詩緝》："予幼稚小子，未堪王室之多難。"289《周頌・小毖》："未堪家多難，予又集於蓼"《毛傳》："堪，任。"陳奐《傳疏》："《爾雅》：'堪，任也。'任與勝義相近。"

坎 kǎn 苦感切（咸開一上感溪）
談部、溪母

樂器敲擊聲。(風 2)136《陳風・宛丘》二章："坎其擊鼓，宛丘之下。"《毛傳》："坎坎，擊鼓聲。"朱熹《集傳》："坎，擊鼓聲。"又三章："坎其擊缶，宛丘之道。"

【坎坎】1) 伐木聲。(風 3)112《魏風・伐檀》一章："坎坎伐檀兮，寘之河之干兮。"《毛傳》："坎坎，伐檀聲。"朱熹《集傳》："坎坎，用力之聲。"2) 鼓聲。(雅 2)165《小雅・伐木》三章："坎坎鼓我，蹲蹲舞我。"《鄭箋》："為我擊鼓坎坎然，為我興舞蹲蹲然。"孔穎達《正義》："於是坎坎然擊鼓以娛我，蹲蹲然興舞以樂我。"王先謙《集疏》："坎坎者，擊鼓之聲。與舞之節奏相應。故《釋文》引《說文》云：'舞曲也。'"《說文・攵部》引《詩》："竷竷舞我"，合二句為一句。

竷 kǎn 苦感切（咸開一上感溪）
談部、溪母

鼓聲。見"坎"。

衎 kàn 苦旰切（山開一去翰溪）
寒部、溪母

快樂。愉快。(雅 2、頌 1)171《小雅・南有嘉魚》二章："君子有酒，嘉賓式燕以衎。"《毛傳》："衎，樂也。"301《商頌・那》："奏鼓簡簡，衎我烈祖。"《毛傳》："衎，樂。"《鄭箋》："以樂我功烈之祖成湯。"何楷《古義》："衎者，形神之舒暢也。"一說：求。于邵《香草校》卷十八："衎當讀為迁。《說文・辵部》云：'迁，進也。'實即《書經》所通用'于求'之'干'字，'進'之云者即'求'之義也。"

康 kāng 苦岡切（宕開一平唐溪）
陽部、溪母

❶ 安；樂。(風 3、雅 4、頌 2)114《唐風・蟋蟀》一章："無已大康，職思其居。"《毛傳》："康，樂。"朱熹《集傳》："大康，過於樂也。"245《大雅・生民》二章："上帝不寧，不康禋祀。"《鄭箋》："康，寧皆安也。"陳奐《傳疏》："康，樂也。"250《大雅・公劉》一章："篤公劉，匪居匪康。"何楷《古義》："匪居匪康，言不以戎翟之間為可以居處之地而遂安寧也。"302《商頌・烈祖》："自天降康，豐年穰穰。"《鄭箋》："天於是下平安之福使年豐。"
❷ 空。(雅 1)220《小雅・賓之初筵》二章："酌彼康爵，以奏爾時。"《鄭箋》："康，虛也。"戴震《考證》："康、空，語之轉。"一說：大。馬瑞辰《通釋》："康爵義當為大，'酌彼康爵，猶云酌彼大斗耳。"又一說：安。朱熹《集傳》："康，安也。酒所以安體也。"
❸ 豐收。(頌 1)276《周頌・臣工》："明昭上帝，迄用康年。"朱熹《集傳》："康年，猶豐年也。"一說：樂。《毛傳》："康，可樂也。"嚴粲《詩緝》："孟子曰：樂歲。"馬瑞辰《通釋》："康，亦可訓大，與豐年訓大同義。年大則樂，故康又訓樂。《謚法解》'豐年好樂曰康'是也。"
❹ 通"庚"。庚續；繼續。(頌 1)270《周頌・天作》："彼作矣，文王康之。"楊樹達《述林》卷六："康，當讀為庚。《小雅・大東》云：'西有長庚。'《毛傳》云：'庚，續也。'《說文》康字從庚聲，故康、庚二字可通用。…天作高山，大王墾辟其蕪穢。彼為之始，而文王庚續治之。"一說：安定。《鄭箋》："文王則能安之。"朱熹《集傳》："康，安也。"胡承珙《後箋》："彼萬民既生矣。…則惟文王能安之。"屈萬里《詮釋》："康，安也。謂修治之使人安居也。"
❺ 指周康王姬釗，成王的兒子。舊史稱成康之際，刑措四十餘年不用。這是美化成康時代為周朝盛世的說法。(頌 2)274《周頌・執競》："不顯成康，上帝是皇。"歐陽修《詩本義》："成康者，成王、康王也。"朱熹《集傳》："豈不顯哉？成王、康王之德，亦上帝之所君也。"一說：安定。《毛傳》："不顯乎其成大功而安之也。"

亢 kàng
苦浪切（宕開一去宕溪）
陽部、溪母
高。見"伉"。

伉 kàng
苦浪切（宕開一去宕溪）
陽部、溪母
通"亢"。高。（雅1）237《大雅·緜》七章："迺立皐門，皐門有伉。"《毛傳》："伉，高貌。"陸德明《釋文》："伉，本又作亢。《韓詩》作'閌'云：盛貌。"陳喬樅《韓說考》："《毛》作皐門，皐之言高也，故以伉爲高貌。《韓》作高，則高義已顯，故以閌爲盛貌。《玉篇·門部》："閌，閌閌，高門貌。《詩》云：'高門有閌。'本亦作伉。"

抗 kàng
苦浪切（宕開一去宕溪）
陽部、溪母
舉；豎起。（雅1）220《小雅·賓之初筵》一章："大侯既抗，弓矢斯張。"《毛傳》："抗，舉也。"《鄭箋》："舉者，舉鵠而棲之於侯也。"

閌（闶）kàng
苦浪切（宕開一去宕溪）
陽部、溪母
盛貌。見"伉"。

考 kǎo
苦浩切（效開一上晧溪）
幽部、溪母

❶ 老；年紀大。見【胡考】【壽考】。❷ 父親，特指死去的父親。（雅2、頌3）260《大雅·烝民》三章："纘戎祖考，王躬是保。"《鄭箋》："繼女（汝）先祖先父。"282《周頌·雝》："既右烈考，又右文母。"《毛傳》："烈考，武王也。"❸ 指祖父或男性祖先。（雅1）210《小雅·信南山》五章："從以騂牡，享于祖考。"❹ 成。（風3）56《衛風·考槃》一章："考槃在澗，碩人之寬。"《毛傳》："考，成；槃，樂也。"一說：扣；敲。朱熹《集傳》引陳（付良）氏說："考，扣也。槃，器名。蓋扣之以節歌，如盤盆拊缶之爲樂然。"李、黃《集解》："考槃者，猶考擊其槃以自樂也。"又一說：老。周洪謨《疑辨錄》卷中："蓋考，老也。槃、盤通，盤桓也。老而盤桓於隱居之地，言終其身以逝世，與文'永矢弗諼'、'永矢弗過'、'永矢弗告'之意相協。"❺ 指宮室落成之禮；宮室落成的祭祀。（雅1）174《小雅·湛露》二章："厭厭夜飲，在宗載考。"《鄭箋》："考，成也。"《左傳·隱公五年》"考仲子之宮"服虔注："宮廟初成，祭之，名爲考。"屈萬里《詮釋》："考，成也，謂成禮也。"一說：通"孝"。祭享。林義光《通解》："考，祭享也。彝器言享孝者亦作享考。…此詩'在宗載考'，即享考宗室之義。"于省吾《新證》："考，孝古通。在猶於也，在宗載考，即載孝於宗也。倒文以協'草'。"又一說：擊；擊鐘。姚際恆《通論》："宗，宗廟也。…考，擊也，擊鐘也。入門、客出及燕之時，皆用之。"❻ 敲；擊。（風）115《唐風·山有樞》二章："子有鍾鼓，弗鼓弗考。"《毛傳》："考，擊也。"❼ 考察。（雅1）257《大雅·桑柔》八章："秉心宣猶，考慎其相。"朱熹《集傳》："秉持其心，周遍謀度，考擇其輔相。"❽ 問；稽問。（雅1）244《大雅·文王有聲》七章："考卜維王，宅是鎬京。"《鄭箋》："考，猶稽也。稽疑之法，必契灼龜而卜之。"《廣雅·釋詁》："考，問也。"一說：成。馬瑞辰《通釋》："《爾雅·釋詁》：'考，成也。''考卜維王'，猶云成卜維王。"屈萬里《詮釋》："考卜，謂稽之於龜卜也。'考卜維王'，倒文爲義，謂維王稽卜也。所卜者，即下文宅居鎬京之事。"❾ 通"簋"。古代祭祀宴享時盛黍稷的器皿。圓口，圈足，有耳，方座。青銅或陶製。（雅1）262《大雅·江漢》六章："對揚王休，作召公考。"郭沫若《青銅時代·周代彝器進化觀》："《大雅·江漢》之篇與世存召伯虎簋之一，所記乃同時事。"《簋銘》云'對揚朕宗君其休，用作列祖召公嘗簋'，《詩》云'作召公考，天子萬壽'，文例相同。考乃簋之假借字"。一說：成；考成之辭；頌禱之辭。《毛傳》："考，成。"朱熹《集傳》："作康公之廟器，而勒王策命之詞，以考其成。"馬瑞辰《通釋》："《斯干》爲宣王考室之詩。《無羊》爲宣王考牧之詩。則古者頌禱之詞，可謂之成，即可謂之考。《傳》訓考爲成，《箋》以成召公對王命之成辭。"一說：通"孝"。屈萬里《詮釋》："孝、考金文通用。作召公孝，即作孝召公之倒文。作孝，猶言追孝。"

【考槃】《國風·衛風》篇名(56)。這首詩贊美一位隱居山林的賢士，不求聞達，自得其樂。歐陽修《詩本義》："《考槃》本述賢者退而窮處。…謂碩人居於山澗之間不以爲狹,而獨言自謂不忘此樂也。"朱熹《集傳》:"詩人美賢者隱處澗谷之間,而碩大寬廣,無戚戚之意,雖獨寐而寤言,猶自誓其不忘此樂也。"《詩序》認為是諷刺衛莊公的詩:"《考槃》,刺莊公也。不能繼先公之業,使賢者退而窮處。"有人以為這是夢境中的戀歌。聞一多《通義》:"此詩寤字本與獨字對舉見義,言一人獨宿,乃夢與他人互相問答唱和也。"袁梅《譯注》:"一個沉湎在愛情的女子,輾轉相思,獨自唱歌以抒情懷。"三章,十二句。

又見【皇考】。

栲 kǎo 苦浩切（效開一上皓溪） 幽部、溪母

樹名。也叫山樗、臭椿樹。落葉喬木或小灌木,皮厚本堅,可做器具。(風 1、雅 1) 115《唐風·山有樞》二章:"山有栲,隰有杻。"《毛傳》:"栲,山樗。"孔穎達《正義》引陸璣《詩義疏》:"栲者,葉如櫟木,皮厚數寸,可為車輻,或謂之栲櫟。"172《小雅·南山有臺》四章:"南山有栲,北山有杻。"《毛傳》:"栲,山樗;杻,檍也。"馬瑞辰《通釋》:"栲為山樗,即今俗稱臭椿樹。"王夫之《稗疏》:"栲,俗謂鴨椿。"一說:報木。鄭漢勛《讀書偶識》卷四:"栲,俗名報木,音之譌也。葉與檴相似而下白,五倍子即其上蟲窠也。"

柯 kē 古俄切（果開一平歌見） 歌部、見母

斧柄。(風 3) 158《豳風·伐柯》一章:"伐柯如何?匪斧不克。"《毛傳》:"柯,斧柄也。"陳奐《傳疏》:"柯者,斧柄之名,伐斧柄,必待斧而後成,猶治國之本,必待禮義而後成也。"參【析】。

偈 kē 苦禾切（果合一平戈溪） 歌部、溪母

美。見"薖"。

薖（苛） kē 苦禾切（果合一平戈溪） 歌部、溪母

寬大;和平。(風 1) 56《衛風·考槃》二章:"考槃在阿,碩人之薖。"《毛傳》:"薖,寬大貌。"俞樾《平議》卷八:"蓋假薖為吪,又假吪為和。展轉相假,古書自有此例。首章美其寬大,次章美其和平,各自成義。而三章,而獨言自謂不忘此樂也。"之聲近於桓。《長發》篇'玄王桓撥',《傳》訓桓為大,則此傳訓薖為寬大,於義未始不可通矣。一說:美好的樣子。陸德明《釋文》:"《韓詩》作媧。媧,美貌。"馮登府《異文疏證》:"媧,本字。從《韓》為正。《廣韻》:'媧,美也。'即本《韓詩》,訓較長。"又一說:科座;居住的處所。楊慎《升庵經說》卷四:"《說文》:'薖,草也。'音科,俗所謂科座也。薖字從草,言隱於茅茨草莽而安樂之也。"明孝翔《俗呼小錄》:"所居謂之科座。"

可 kě 枯我切（果開一上哿溪） 歌部、溪母

❶贊成;認為可以。(雅 1) 199《小雅·何人斯》二章:"始者不如今,云不我可。"陳奐《傳疏》:"始者尚可,不如今之不我可也。"句中云字意為語助。《正月》《雨無正》並訓哿為可,則可亦哿也,哿猶嘉也。"❷能。(風 38、雅 22) 46《鄘風·墻有茨》一章:"墻有茨,不可埽也。"❸值得。(風 2) 156《豳風·東山》二章:"不可畏也,伊可懷也。"

【可以】1) 表示可能或許可。(風 4、雅 5) 264《邶風·柏舟》二章:"亦有兄弟,不可以據。"孔穎達《正義》:"天下時亦有不可以據依者。"233《小雅·苕之華》三章:"人可以食,鮮可以飽。"朱熹《集傳》:"苟且得食足矣,豈可望其飽哉?"2) 可以用來。(風 5、雅 5) 139《陳風·東門之池》一章:"東門之池,可以漚麻。"203《小雅·大東》七章:"維北有斗,不可以挹酒漿。"

渴 kě 苦曷切（山開一入曷溪） 月部、溪母

口乾;想喝水。(風 1、雅 3) 66《王風·君子于役》二章:"君子于役,苟無飢渴。"167《小雅·采薇》六章:"行道遲遲,載渴載飢。"《鄭箋》:"行反在於道路猶飢猶渴,言至苦也。"

克 kè 苦得切（曾開一入德溪） 職部、溪母

❶能。(風 2、雅 21、頌 8) 101《齊風·南山》四章:"析薪如之何?匪斧不克。"《毛傳》:"克,能也。"《鄭箋》:"此言析薪必待斧乃能也。"山井鼎考文古本作"剋"。《淮南子·說山》引作"尅"。192《小雅·正月》十一章:"魚在于沼,亦匪克樂。"255《大雅·蕩》一

章："靡不有初，鮮克有終。"《鄭箋》："克，能也。"❷勝；戰勝。(雅 4)192《小雅·正月》七章："天之扤我，如不我克。"《鄭箋》："天以風雨動摇我，如將不勝我。"257《大雅·桑柔》十五章："爲民不利，如云不克。"《鄭箋》："克，勝也。爲政者害民如恐不得其勝，言至酷也。"263《大雅·常武》五章："不測不克，濯征徐國。"《鄭箋》："不可測度，不可攻勝。"一説：通"尅"。急迫。馬瑞辰《通釋》："不測者，謂其師不隱伏也。克通作尅。《説文》：'尅，急也。'不克者，謂師不急迫也。"又一説：通"刻"。識；知道。俞樾《平議》卷十一："不克，猶不測也。…不測，謂不可測度，不克，謂不可識知也。"❸克制。(雅 1)196《小雅·小宛》二章："人之齊聖，飲酒温克。"《鄭箋》："中正通知之人，飲酒雖醉，猶能温藉自持以勝。"朱熹《集傳》："克，勝也。"一説：能。屈萬里《詮釋》："温，和柔也。温克，克温也。言齊聖之人，雖飲酒仍能和柔也。"❹通"刻"。識；知。(雅 1)258《大雅·雲漢》二章："后稷不克，上帝不臨。"《鄭箋》："克當作刻，刻，識也。是我先祖后稷不識知我之所困。"陳喬樅《改字説》："克字取義於刻，故古文刻識字即作克，鄭作刻者，用今字耳。"一説：能。孔穎達《正義》："是先祖后稷不能福祐我也，皇天上帝不能臨享我也。"朱熹《集傳》："言后稷欲救此旱災而不能勝也。"林柏桐《通考》："毛意自當言后稷不能救此旱也。"馬瑞辰《通釋》："克，能也。…善視鬼神曰能，鬼神養視之亦曰能。后稷不克，謂后稷不善視之也。"屈萬里《詮釋》："不克，猶今語不管也。"又一説：勝。朱熹《集傳》："克，勝也。言后稷欲救此旱災而不能勝也。"又見【掊克】。

尅（剋） kè 苦得切（曾開一入德溪）
職部、溪母

急，苛急。《字匯·寸部》："尅，同剋。"見"克"。

客 kè 苦格切（梗開二入陌溪）
鐸部、溪母

❶客人。(雅 3、頌 7)180《小雅·吉日》四章："以御賓客，且以酌醴。"《鄭箋》："賓客，謂諸侯也。"278《周頌·振鷺》："我客戾止，亦有斯容。"《毛傳》："客，二王之後。"《鄭箋》："二王，夏、殷也。其後，杞也宋也。"《左傳·僖公二十四年》："皇武子曰：宋，先代之後也，於周爲客。"朱熹《集傳》："客，謂二王之後。夏之後爲杞，商之後爲宋。於周爲客，天子有事，膰焉，有喪，拜焉者也。"❷做客。(雅 1)186《小雅·白駒》二章："所謂伊人，于焉嘉客。"吕祖謙《詩記》："嘉客者，暫客於斯，亦將去也。"朱熹《集傳》："嘉客，猶逍遥也。"高亨《今注》："言在這裏做個好客人。"程俊英《注析》："嘉客，快樂地做客。"

恪 kè 苦各切（宕開一入鐸溪）
鐸部、溪母

恭敬；謹慎。(頌 1)301《商頌·那》："温恭朝夕，執事有恪。"《毛傳》："恪，敬也。"《鄭箋》："其禮儀温温然恭敬，執事薦饋則又敬也。"

肯（肎） kěn 苦等切（曾開一上等溪）
蒸部、溪母

願意。(風 6、雅 6)30《邶風·終風》二章："終風且霾，惠然肯來。"《鄭箋》："肯，可也。"113《魏風·碩鼠》一章："三歲貫女，莫我肯顧。"194《小雅·雨無正》二章："邦君諸侯，莫肯朝夕。"王先謙《集疏》："《魯》肯作肎。"裴學海《古書虚字集釋》卷五："肯，願詞也。"

空（一）kōng 苦紅切（通合一平東溪）
東部、溪母

❶盡；什麽都没有。(雅 1)203《小雅·大東》二章："小東大東，杼柚其空。"《毛傳》："空，盡也。"王夫之《稗疏》："言人力盡于輸作。"❷深；大。(雅 2)186《小雅·白駒》四章："皎皎白駒，在彼空谷。"《毛傳》："空，大也。"《文選·班孟堅·西都賦》《苦寒行》李善注兩引《韓詩》"在彼穹谷"《薛君章句》："穹谷，深谷也。"段玉裁《小箋》："此謂空即穹之假借也。《釋詁》曰：'空，大也。'"257《大雅·桑柔》十二章："大風有隧，有空大谷。"《鄭箋》："大風之行，有所從來而，必從大空谷之中。"王引之《述聞》卷七："有空亦形容大谷之辭也。…言大風之狀則有隧矣，大谷之狀則有空矣。先言有空而後言大谷，變文與下爲韻耳。"陳奂《傳疏》："空亦大

也。"

（二）kòng　苦貢切（通合一去送溪）
　　　　　　東部、溪母

❸窮困；使窮困。（雅1）191《小雅·節南山》三章："不吊昊天,不宜空我師。"《毛傳》："空,窮也。"《鄭箋》："不宜使此人居尊官,困窮我之衆民也。"
又見【司空】。

孔 kǒng　康董切（通合一上董溪）
　　　　　　東部、溪母

程度副詞。很；甚。（風11、雅50、頌7）157《豳風·破斧》一章："哀我人斯,亦孔之將。"王先謙《集疏》："《魯》説曰：孔,甚也。"220《小雅·賓之初筵》一章："酒既和旨,飲酒孔偕。"《毛傳》："孔,甚也。"256《大雅·抑》十一章："昊天孔昭,我生靡樂。"《鄭箋》："孔,甚也。"

恐 kǒng　丘隴切（通合三上腫溪）
　　　　　區用切（通合三去用溪）
　　　　　　東部、溪母

恐懼；害怕。（風1、雅2）35《邶風·谷風》五章："昔育恐育鞫,及爾顛覆。"朱熹《集傳》引張子曰："育恐,謂生於恐懼之中。"（育：生活；鞫：貧窮。）201《小雅·谷風》一章："將恐將懼,維予與女。"《鄭箋》："恐懼,喻遭厄難勤苦之事也。"

控 kòng　苦貢切（通合一去送溪）
　　　　　　東部、溪母

❶控制；把馬勒住。（風1）78《鄭風·大叔于田》二章："抑磬控忌。"《毛傳》："騁馬曰磬,止馬曰控。"一說：磬控,雙聲聯綿詞。見"磬"下。❷控告；投訴。（風1）54《衛風·載馳》四章："控于大邦,誰因誰極。"《毛傳》："控,引也。"朱熹《集傳》："控,持而告之也。"陳奐《傳疏》："《爾雅》：'引,陳也。'陳告與赴告義同。"胡承珙《後箋》："《一切經音義》卷九引《韓詩》云：'控,赴也。'赴謂赴告,《襄八年左傳》'無所控告'是也。…控告猶言投告也。方玉潤《原始》："控,告也。"

口 kǒu　苦后切（流開一上厚溪）
　　　　　　侯部、溪母

嘴；人和動物飲食、發聲的器官。（風1、雅5）155《豳風·鴟鴞》三章："予所蓄租,予口卒瘏。"245《大雅·生民》四章："克岐克嶷,以就口食。"朱熹《集傳》："口食,自能食也。蓋六七歲時也。"陳奐《傳疏》："口食,衆口之食也。"

寇 kòu　苦候切（流開一去候溪）
　　　　　　侯部、溪母

❶盜匪。（雅1）257《大雅·桑柔》十六章："民之未戾,職盜爲寇。"《鄭箋》："爲政者,主作盜賊,爲寇害,令民心動搖,不安定也。"陳奐《傳疏》："民亂未定,主爲盜寇。"❷搶劫；掠奪。（雅6）253《大雅·民勞》一章："式遏寇虐,憯不畏明。"陳奐《傳疏》："明猶法也。不畏明法,即是寇虐。"俞樾《平議》卷十一："言爲寇虐者必遏止之,不以其高明而畏之也。"屈萬里《詮釋》："謂遏止寇虐而曾不畏光明之人也。"255《大雅·蕩》三章："流言以對,寇攘式内。"《鄭箋》："寇盜、攘竊爲奸宄者而王信之使用事於内。"吳闓生《會通》："如此則寇生乎内。"

堀 kū　苦骨切（臻合一入没溪）
　　　　　　物部、溪母

同"窟"。洞穴。見"掘"。

苦 kǔ　康杜切（遇合一上姥溪）
　　　　苦故切（遇合一去暮溪）
　　　　　　魚部、溪母

❶苦菜。一種野菜,味苦,也叫荼。（風2）125《唐風·采苓》二章："采苦采苦,首陽之下。"《毛傳》："苦,苦菜也。"孔穎達《正義》："此荼也。陸璣云：'苦菜生山田及澤中,得霜恬脆而美,所謂堇荼如飴。'"❷味道苦,與"甘"、"甜"相對。（風2）35《邶風·谷風》二章："誰謂荼苦,其甘如薺。"34《邶風·匏有苦葉》一章："匏有苦葉,濟有深涉。"《毛傳》："匏謂之瓠,瓠葉苦,不可食也。"朱熹《集傳》："匏之苦者不可食,特可佩以渡水而已。"一説：通"枯",乾枯。焦贛《易林·震之震》："枯瓠不朽,利以濟舟,渡滄江海,無有溺憂。"陳奐《傳疏》："苦與枯通。"王先謙《集疏》："《齊》讀苦爲枯,枯、苦字通。"聞一多《類鈔》："葉子枯了,葫蘆也乾了,可以摘來作腰舟用了。"❸痛苦。（雅1）207《小雅·小明》一章："心之憂矣,其毒大苦。"（毒：災難。）❹辛苦。見【勞苦】。❺通"瓠"。見

【瓜苦】。

夸 kuā　苦瓜切（假合二平麻溪）
魚部、溪母

【夸毗】卑躬屈膝以取媚於人。（雅1)254《大雅・板》五章："天之方懠,無爲夸毗。"《毛傳》："夸毗,以體柔人也。"孔穎達《正義》引李巡曰："屈巳卑身求得於人曰體柔。"蘇轍《詩集傳》："夸,大也；毗,附也。小人之於人,不以大言夸之,則以諛言毗之。"王夫之《稗疏》："《方言》：'夸,淫也,毗,懣也。'《爾雅》：'夸毗,體柔也。'《毛傳》亦曰：'體柔之人。'蓋淫夫耽色,心懣急而體柔靡之狀。故曰：'威儀卒迷。'則夸毗者,筋骸不束而無儀可象也。小人之迷於貨賄權勢者,誠有如淫者之懣悶而骨醉情永也。"

噲（哙）kuài　苦夬切（蟹合二去夬溪）
月部、溪母

【噲噲】等於"快快"。寬敞明亮的樣子。（雅1)189《小雅・斯干》五章："噲噲其正,噦噦其冥。"《鄭箋》："噲噲,猶快快也。正,畫也。…言居之畫日則快快然,夜則熠熠然,皆寬明之貌。"馬瑞辰《通釋》："噲即快字之同音假借。…《箋》云'噲噲猶快快'是狀其室之明。"郝鼎元《讀毛詩日記》："上句言廣大,下句言深遠。"

膾（脍）kuài　古外切（蟹合一去泰見）
月部、見母

割；細切（肉、魚）。（雅1)177《小雅・六月》六章："飲御諸友,炰鱉膾鯉。"按《說文・肉部》："膾,細切肉也。"《廣雅・釋詁二》："膾,割也。"字或作"鱠"。《文選・枚乘・七發》："鮮鯉之鱠。"李善注："《毛詩》曰：'炰鱉鱠鯉。'"

鄶（郐）kuài　古外切（蟹合一去泰見）
月部、見母

周代諸侯國名。見"檜"。

鱠（鲙）kuài　古外切（蟹合一去泰見）
月部、見母

簤子。見"會"。

旝（旝）kuài　古外切（蟹合一去泰見）
月部、見母

旂旗。見"會"。

鱠 kuài　古外切（蟹合一去泰見）
月部、見母

細切（肉、魚）。見"膾"。

寬（宽）kuān　苦官切（山合一平桓溪）
寒部、溪母

寬廣；寬宏。（風2)55《衛風・淇奧》三章："寬兮綽兮,猗重較兮。"《毛傳》："寬能容衆。"孔穎達《正義》："外修飾而內寬弘。"朱熹《集傳》："寬,宏裕也。"56《衛風・考槃》一章："考槃在澗,碩人之寬。"朱熹《集傳》："寬,廣。"嚴粲《詩緝》："窮處山澗之中而成其槃樂者,乃是碩大之賢人,其心甚寬裕,雖在寂寞之濱,而無枯瘁之色,戚戚之意,《易》所謂'肥遯'也。"陳奐《傳疏》："寬,寬大也。"

匡 kuāng　去王切（宕合三平陽溪）
陽部、溪母

❶誠正；端正。（雅1)209《小雅・楚茨》四章："既齊既稷,既匡既敕。"陸德明《釋文》作"筐"云："本亦作匡。"孔穎達《正義》引王肅云："執事已整齊,已極疾,已誠正,已固慎也。"朱熹《集傳》："匡,正。"馬瑞辰《通釋》："匡當訓爲匡正。"（稷：迅速；敕：整飭。)❷匡正；救助。（雅1)177《小雅・六月》一章："王于出征,以匡王國。"《鄭箋》："匡,正也。王曰今女出征玁狁,以正王國之封畿。"馬瑞辰《通釋》："匡者,助也。'以匡王國',猶云'以佐天子也'。匡又爲救。《成十八年左傳》曰：'匡乏困,救災患。'杜注：'匡亦救也。'救、助義亦相通。《廣雅》：'救,助也。'是其證矣。"

筐 kuāng　去王切（宕合三平陽溪）
陽部、溪母

❶筐子；盛東西的方形竹器。（風4,雅1,頌1)15《召南・采蘋》二章："于以盛之,維筐及筥。"《毛傳》："方曰筐,圓曰筥。"馬瑞辰《通釋》："筐、筥對文則異,散文則通。"291《周頌・良耜》："或來瞻爾,載筐及筥。"孔穎達《正義》："筐、筥,所以盛黍也。"嚴粲《詩緝》："載其方筐及圓筥,所盛之饢,維是黍也。"❷裝在筐裏。（雅1)222《小雅・采菽》一章："采菽采菽,筐之筥之。"孔穎達《正義》："得菽藿,則筐盛之,筥盛之。"又見【頃筐】

參"匡"。

狂 kuáng 巨王切（宕合三平陽羣）
陽部、羣母

❶狂妄。(風 10,雅 1)54《鄘風・載馳》三章："許人尤之,衆穉且狂。"王引之《述聞》卷五："自以爲是,驕也。以是爲非,狂也。"87《鄭風・褰裳》一章："狂童之狂也且。"孔穎達《正義》："狂童,謂狂頑之童稚。"257《大雅・桑柔》十章："維彼愚人,覆狂以喜。"《韓非子・解老》："心不能審得失之地則謂之狂。"朱熹《集傳》："愚人不知禍之將至,而反狂以喜,今用事者蓋如此。"❷舉止輕狂的人。(風 1)84《鄭風・山有扶蘇》一章："不見子都,乃見狂且。"《毛傳》："狂,狂人也。且,辭也。"聞一多《類鈔》讀"且"爲"者","狂且"即"狂者"。一説狂妄。參"且❾"。❸困惑;迷惑。(雅 1)257《大雅・桑柔》八章："維彼不順,自獨俾臧。自有肺腸,俾民卒狂。"《鄭箋》："行其心中之所欲,乃使民盡迷惑也。"朱熹《集傳》："狂,惑也。"一説:通"尫(wāng)"。瘠病。林義光《通解》："狂,讀爲尫。尫,瘠病也。"

況(况) kuàng 許訪切（宕合三去漾曉）陽部、曉母

❶增加。(雅 1)164《小雅・常棣》三章："每有良朋,況也永歎。"《毛傳》："況,茲。"陸德明《釋文》："況,或作兄,非也。"戴震《考證》："茲,今通用滋。…詩之辭意,言〔朋友〕不能如兄弟相救,空滋之長歎而已。"胡承珙《後箋》："古書中凡言而況者,爲更進之詞。又貺賜之貺,古字止作況,皆滋益義之引伸也。"一説:助詞,無實義。朱熹《集傳》："況,發語詞。"❷病;憔悴。(雅 1)168《小雅・出車》二章："憂心悄悄,僕夫況瘁。"馬瑞辰《通釋》："況瘁皆爲病,與珍瘁、盡瘁同義,皆二字平列。"陳奐《傳疏》："《楚辭・九歎》云:'顧僕夫之憔悴。'又云:'僕夫慌悴。'並與《詩》況瘁同。"一説:益發;更加。《鄭箋》："況,茲也。僕夫則茲益憔悴,憂其馬之不正。"❸狀況;情況。(雅 1)257《大雅・桑柔》五章："爲謀爲毖,亂況斯削。"馬瑞辰《通釋》："亂況,猶亂狀也。《儀禮》鄭注："削,殺也。'詩蓋言在上如善其謀,慎其事,

亂狀斯能減削耳。"一説:滋長;增加。《鄭箋》："女爲軍旅之謀爲愼兵事也,而亂滋甚於此,日見侵削。"朱熹《集傳》："況,滋也。…王豈不謀且慎哉? 然而不得其道,適所以長亂而自削耳。"阮元《校刊記》："此況字當作兄。上經云'倉兄填兮'《傳》:'兄,滋也。'"

貺(贶) kuàng 許訪切（宕合三去漾曉）陽部、曉母

賜;賞賜。(雅 1)175《小雅・彤弓》一章："我有嘉賓,中心貺之。"《毛傳》："貺,賜也。"段玉裁《小箋》："貺,本作兄。兄,滋也。滋,益也。引申之,凡賜予曰兄,俗字加貝作貺。"一説:善;嘉美。馬瑞辰《通釋》："貺,古通作況。《爾雅・釋詁》:'況,賜也。'…《廣韻》:'況,善也。''中心貺之'正謂中心善之,猶《覲禮》云'予一人嘉之',嘉亦善也。"于省吾《新證》："〔貺)本字應作皇。…'中心貺之'即中心皇之,這是説中心贊美之,與二章的'中心喜之'三章的'中心好之',義均相仿。"

曠(旷) kuàng 苦謗切（宕合一去宕溪）陽部、溪母

空闊;廣大。(雅 1)234《小雅・何草不黄》三章："匪兕匪虎,率彼曠野。"《毛傳》："曠,空也。"陳奐《傳疏》："曠,空雙聲,曠野,廣大之野。"

穬(矿) kuàng （又 guǎng）古猛切（梗開二上梗見）陽部、見母

粗獷。見"獷"。

虧(亏) kuī 去爲切（止合三平支溪）歌部、溪母

缺損;毁壞。(頌 1)300《魯頌・閟宫》四章："不虧不崩,不震不騰。"《鄭箋》："虧、崩皆謂毁壞也。"

揆 kuí 求癸切（止合三上旨羣）脂部、羣母

測量;度量。(風 1)50《鄘風・定之方中》一章："揆之以日,作于楚室。"《毛傳》："揆,度也,度日出入以知東西;南視定,北準極,以正南北。"孔穎達《正義》："度日,謂度其影。"朱熹《集傳》："樹八尺之臬,而度其日

出入之景，以定東西；又參日中之景，以正南北也。"

葵 kuí 渠追切（止合三平脂羣）脂部、羣母

❶我國古代一種重要蔬菜。葉腎形至圓形，夏初開淡紅色小花，簇生葉腋，也叫冬葵，就是現在的冬莧菜。（見1）154《豳風·七月》六章："七月亨葵及菽。"朱熹《集傳》："葵，菜名。"李時珍《本草綱目·菜部》："韭、薤、葵、葱、藿，五菜也。"❷通"揆"。度量；考察。（雅2）222《小雅·采菽》五章："樂只君子，天子葵之。"《毛傳》："葵，揆也。"孔穎達《正義》："天子於是揆度其功德之多少而命賜之以禮樂。"朱熹《集傳》："葵，揆也。揆，猶度也。"陳奐《傳疏》："言天子揆度諸侯之德，而厚予之以福禄也。"254《大雅·板》五章："民之方殿屎，則莫我敢葵。"《鄭箋》："葵，揆也。"陳奐《傳疏》："揆，度也。"朱熹《集傳》："民方愁苦呻吟，而莫敢揆度所以然者。"俞樾《平議》卷十一："所謂揆度者，乃以下揆上，非以上揆下也。"曾運乾《毛詩說》："揆，度也。揆必有表，有所取正。民皆無是無非，故莫敢爲樹是非之準。"一説：通"睽"，違。于鬯《香草校書》卷十七："'葵'，蓋讀爲'睽'。……《説文·目部》：'睽，目不相視也。'目不相視，引申則有'違'義。故'睽違'二字疊韻連文。'睽'即'違'也。則'莫我敢葵'者，莫我敢違也。"又一説：庇護；庇蔭。王夫之《稗疏》："按葵，草名，向日傾而蔭其跌。故《左傳》曰：'葵猶能自衛其足。'是葵有蔭義，借爲庇蔭之旨。'莫我敢葵'，言上方興虐政，疾苦其民，牧民者，莫敢亢上意以庇民也。"

騤（騤） kuí 渠追切（止合三平脂羣）脂部、羣母

【騤騤】1）馬強壯威武的樣子。（雅2）167《小雅·采薇》五章："駕彼四牡，四牡騤騤。"《毛傳》："騤騤，強也。"《説文·馬部》："騤，馬行威儀也。"《詩》：'四牡騤騤。'"2）馬行不息的樣子。（雅2）257《大雅·桑柔》二章："四牡騤騤，旟旐有翩。"《毛傳》："騤騤，不息也。"孔穎達《正義》："騤騤，馬行之貌。言其常行，則不息也。"嚴粲《詩緝》："四牡騤騤，凡四出，今皆以爲不息也。"

逵（馗） kuí 渠追切（止合三平脂羣）幽部、羣母

四通八達的道路。（風1）7《周南·兔罝》二章："肅肅兔罝，施于中逵。"《毛傳》："逵，九達之道。"《文選·王仲宣·從軍詩》李善注引《韓詩》作"中馗"，《薛君章句》："馗，九交之道也。"一説：通"陸"。高而平的地方。于省吾《新證》："逵系陸之借字。《爾雅·釋地》：'高平曰陸。'然則'施于中逵'，即施於中陸。"

頍（頍） kuí 丘弭切（止合三上紙溪）支部、溪母

抬頭戴帽的樣子。（雅3）217《小雅·頍弁》一章："有頍者弁，實維伊何。"《毛傳》："頍，弁貌。"陸德明《釋文》："頍，着弁貌。"朱熹《集傳》："頍，弁貌。或曰：舉首貌。"陳奐《傳疏》："頍者，非形容皮弁之貌，乃形容其戴弁之貌。"一説：古代一種束髮戴帽的方式。《後漢書·輿服志下》："古者有冠無幘，其戴也加首有頍，所以安物。故《詩》云：'有頍者弁。'此之謂也。"又一説：傾斜，不正。于邑《香草校書》卷十五："'頍'蓋當訓'傾'。《釋名·釋首飾》云：'頍，傾也。弁宜正不傾，'有頍者弁'，謂幽王之弁傾而不正也。《賓之初筵》篇云：'側弁之俄。'《鄭箋》云：'側，傾也。'然則'傾弁'即'側弁'矣，故曰'實維伊何'，正問其弁之何傾側而不正也。"又一説：有棱角的樣子。林義光《通解》："按毛《大東·傳》云：'跂，隅貌。'頍猶跂也，謂弁頂尖鋭，其上有隅也。弁篆作穴，八象上有隅之形。"

〖頍弁〗《小雅》篇名(217)。這是一首周王燕同姓諸臣的詩。以蔦蘿施於松柏，比喻兄弟親戚互相依附的情意。相見甚歡，而國亡無日，前途難卜，不免傷感淒涼。《詩序》："《頍弁》，諸公刺幽王也。暴戾無親，不能宴樂同姓，親睦九族，孤危將亡，故作是詩也。"嚴粲《詩緝》："幽王之時，亂亡已迫而不自知。族人與國同休戚，深竊憂之，而王疏遠宗族，無由進其忠告，其族人之尊者，遂作此詩。"胡承珙《後箋》："詩表其事，《序》推其微，文殊而義一也。"陳廷杰《詩序

解》:"此詩寫王者燕兄弟親戚,其情頗相通。而優柔紆舒,甚有悲涼之慨。非涵泳浸漬,何能得其音哉?諸家多拘於大小《序》之說,刺幽刺厲,輒乖戾不當。以是知'三百篇'之厄於《傳》《疏》,信然。"朱熹《集傳》:"此亦燕兄弟親戚之詩。"三章,三十六句。

匱（匮） kuì 求位切（止合三去至羣）
物部、羣母

竭盡；缺乏。(雅1)247《大雅·既醉》五章:"孝子不匱,永錫爾類。"《毛傳》:"匱,竭也。"陳奐《傳疏》:"匱、竭古聲同部。不竭,猶無已也。…永,長。錫,予。爾,爾孝子也。言孝子有不竭之善,則祖考之神,長予孝子以善也。"《左傳·隱公元年》引此詩,楊伯峻注:"言孝子爲孝,無有竭盡時,故能以此孝道長賜予汝之族類。"一說:廢墜。于省吾《新證》:"匱,本應作遺…遺,墜音近古通。孝子不遺,遺應讀墜。…孝子不墜,永錫爾類,言孝子奮勉不廢墜,則永錫爾善也。"

潰（溃） kuì 胡對切（蟹合一去隊匣）
物部、匣母

❶亂；崩潰。(雅1)265《大雅·召旻》四章:"我相此邦,無不潰止。"《鄭箋》:"潰,亂也。無不亂者,言皆亂也。《春秋傳》曰:'國亂曰潰,邑亂曰叛。'"❷盛怒的樣子。(風1)35《邶風·谷風》六章:"有洸有潰,既詒我肄。"《毛傳》:"潰潰,怒也。"陸德明《釋文》引《韓詩》:"潰潰,不善之貌。"朱熹《集傳》:"潰,怒色也。"❸遂;達到。(雅1)195《小雅·小旻》四章:"如彼築室于道謀,是用不潰于成。"《毛傳》:"潰,遂也。"《鄭箋》:"如當路築室,得人而與之謀所爲,路人之意不同,故不得成也。"馬瑞辰《通釋》:"潰即遂之假借,潰、遂古聲近通用。"❹茂盛。(雅1)265《大雅·召旻》四章:"如彼歲旱,草不潰茂。"《鄭箋》:"潰茂之潰當作彙,彙,茂貌。"陳喬樅《改字說》:"班固《幽通賦》:'柯葉彙而林茂。'彙茂語本此。"項安世《項氏家說》卷四:"水之潰者,其勢橫暴而四出,故怒之盛者爲潰怒,遂之盛者爲潰遂,亂之盛者爲潰亂,皆一理也。"林柏桐《毛詩識小》:"謂草木不得暢遂而茂盛也。"嚴粲《詩

緝》:"潰,訓散,又訓亂,草散亂而茂盛。"王先謙《集疏》:"《齊》,潰作彙。"一說:遂;成長。《毛傳》:"潰,遂也。"陳奐《傳疏》:"遂猶成也;就也。"馬瑞辰《通釋》:"《廣韻》:'遂,達也。'遂者草之暢達,與茂義相成。"黃焯《毛鄭平議》:"蓋潰有盛義。…故怒之盛者爲'潰怒',遂之盛者爲'潰遂',亂之盛者爲'潰亂',皆一理也。"

【潰潰】同"憒憒"。昏亂的樣子。(雅1)265《大雅·召旻》二章:"潰潰回遹,實靖夷我邦。"《毛傳》:"潰潰,亂也。"《鄭箋》:"皆潰潰然維邪是行。"段玉裁《小箋》:"此謂潰潰即憒憒之假借。"

饋（馈） kuì 求位切（止合三去至羣）
物部、羣母

送給人吃的食物。(雅1)165《小雅·伐木》四章:"於粲洒埽,陳饋八簋。"陳奐《傳疏》引《周禮·膳人》鄭注:"進物於尊者曰饋。"

愧 kuì 俱位切（止合三去至見）
微部、見母

慚愧;羞愧。(雅2)199《小雅·何人斯》三章:"不愧于人,不畏于天。"孔穎達《正義》:"是不慚愧於人。"《禮記·表記》引此詩,鄭玄注:"言人有所行,當慚愧於天人也。"嚴粲《詩緝》:"汝不愧於人,不畏於天乎?責之之辭也。"陸德明《釋文》作"媿",云:"或作愧。唐石經作"愧"。256《大雅·抑》七章:"尚不愧於屋漏。"陸德明《釋文》、唐石經並作"媿"。朱熹《集傳》:"然視爾獨居之時,亦當庶幾不愧於屋漏,然後可爾。…此言不但脩之於外,又當戒謹恐懼乎其所不睹不聞也。"阮元《校刊記》:"媿字是也。《正義》中字皆作媿是其證。《詩經》中"愧""媿"二字並出。

媿 kuì 俱位切（止合三去至見）
微部、見母

慚愧;羞愧。見"愧"。

昆 kūn 古渾切（臻合一平魂見）
文部、見母

兄;哥哥。(風2)71《王風·葛藟》三章:"終遠兄弟,謂他人昆。"《毛傳》:"昆,兄也。"

【昆吾】夏的同盟部落,己姓。初封地在今河南省濮陽縣。夏衰,昆吾爲夏伯,遷於舊

許(今河南省許昌縣)。昆吾人善於製造陶器和銅器，夏啓曾命人在昆吾鑄鼎。後爲商湯所滅。(頌1)304《商頌·長發》六章："韋顧既伐，昆吾夏桀。"《毛傳》："有韋國者，有顧國者，有昆吾國者。"《鄭箋》："顧、昆吾，皆己姓也。"王應麟《詩地理考》：《鄭語》'昆吾爲夏伯'…'韋氏注：'其後夏衰，昆吾爲夏伯，遷於舊許。《傳》曰：楚之皇祖伯父昆吾，舊許是宅。'"陳奂《傳疏》："按夏商之際，昆吾最強盛。顧在其東，豕韋在其西，湯伐韋顧，鋤其私與黨，而昆吾已成孤國之形。"
參見"混"、"兄"。

混 kūn ★公渾切（臻合一平魂見）
文部、見母

【混夷】我國古代西部少數民族名。也寫作"昆夷"、"串夷"、"畎夷"。(雅1)237《大雅·緜》八章："混夷駾矣，維其喙矣。"《鄭箋》："混夷，夷狄國也。陸德明《釋文》："混，音昆。"陳奂《傳疏》："混與昆通。"《孟子·梁惠王》下："是故湯事葛，文王事昆夷。"趙岐注：《詩》云：'昆夷兌矣。'"《説文·馬部》"駾"下引《詩》"昆夷駾矣"；又《口部》"呬"下引《詩》"犬夷呬矣"。段玉裁注："合二句爲一句，與《日部》引'東方昌矣'相似，混作犬，喙作呬，蓋亦用三家詩。《馬部》引'昆夷駾矣'，則《毛》詩也。"又《大雅·皇矣》作"串夷"，《史記·匈奴傳》作"畎夷"。《竹書紀年·殷帝乙三年》作"昆夷"。王先謙《集疏》："《尚書大傳》：'文王受命四年伐犬夷。'鄭注：'犬夷，混夷也。'知三家有作犬夷者。"

鯤(鯤) kūn 古渾切（臻合一平魂見）
文部、見母

小魚。見"鰥"。

壼(壼) kǔn 苦本切（臻合一上混溪）
去倫切（臻合三平真溪）
文部、溪母

古代宮中的巷路。引申爲廣大；長遠。(雅1)247《大雅·既醉》六章："其類維何，室家之壼。"《毛傳》："壼，廣也。"《國語·周語下》引《詩》此二句並解釋説："壼也者，廣裕民人之謂也。"陳奂《傳疏》："壼本爲宮中巷名，引申之則爲廣，廣之言擴充也。"李黼平

《紬義》："使女室家之内，意誠必廣，皆有士君子之行也。"錢大昕《十駕齋養新錄·壼》："壼之爲廣，自昔有此訓矣。古人先齊家而後治國。父子之恩薄，兄弟之志乖，夫婦之道苦，雖有廣廈，尚覺其隘矣。室家之中寬然有餘，此之謂壼。"一説：齊；整齊。《鄭箋》："壼之言，捆也。"馬瑞辰《通釋》："捆通作琨，《廣雅·釋詁》：'琨，齊也。'…'室家之壼'，猶言室家之齊耳。"又一説：道德。徐灝《通介堂經説》卷十五："'室家之壼'，猶言室家之道…此亦道路引申爲道德之義也。"

括 kuò 古活切（山合一入末見）
月部、見母

★苦活切（山合一入末溪）
月部、溪母

❶到；來。(風1)66《王風·君子于役》二章："日之夕矣，羊牛下括。"《毛傳》："括，至也。"陳奂《傳疏》："下括，猶下來。"《采薇·傳》：'來，至也。'"❷通"佸"。聚會。(雅1)218《小雅·車舝》一章："匪飢匪渴，德音來括。"《毛傳》："括，會也。"陸德明《釋文》："括，本又作佸。"陳奂《傳疏》："會，讀如媒氏'令會男女'之會，會猶作合也。言季女有此德音，是宜與我王作合也。"《廣雅·釋詁一》："括，至也。"王念孫《疏證》："括、佸、會，古聲並同。"于省吾《新證》："精神上所以不飢不渴者，由於有德有容，德才兼備的美貌少女乘車來會的原故。"一説：約束。王先謙《集疏》："《韓》説曰：'括，約束也。'"馬瑞辰《通釋》："言以德音來相約束。"

廓 kuò 苦郭切（宕合一入鐸溪）
鐸部、溪母

大；擴大。(雅1)241《大雅·皇矣》一章："上帝耆之，憎其式廓。"《毛傳》："廓，大也。"胡承珙《後箋》："上帝惡之，惡其爲惡大。"吳闓生《會通》："憎其惡之廓大。"一説："式廓"連用，等於規模。朱熹《集傳》："或曰：耆，致也。憎，當作增，式廓，猶言規模也。此謂岐周之地也。…苟上帝之所欲致者，則增大其疆境之規模。"陸德明《釋文》作"郭"云："本又作廓。"又王符《潛夫論·班禄》引《詩》作"上帝指之，憎其式惡"。與今

本《詩經》異。

鞹（鞟） kuò 苦郭切（宕合一入鐸溪）鐸部、溪母

去毛的皮。(風1、雅1)105《齊風·載驅》一章:"簟茀朱鞹。"孔穎達《正義》:"《説文》云:'鞹,革也。'獸皮治去毛曰革,鞹是革之別名。"陸德明《釋文》:"鞹(影印宋本作'鞟'),苦郭反,革也。"《説文·革部》:"鞹,去毛皮也。"《玉篇·竹部》引《詩》作"鞟"。261《大雅·韓奕》二章:"鞹鞃淺幭,鞗革金厄。"《毛傳》:"鞹,革也。鞃,軾中也。"陸德明《釋文》:"鞹,苦郭反,皮去毛曰鞹。"朱熹《集傳》:"鞹,去毛之革也。"孔穎達《正義》:"鞹者,蓋以去毛之皮,施於軾之中央,持車使牢固也。"

鞟 kuò ★闊穫切（宕合一入鐸溪）鐸部、溪母

去毛的皮。見"鞹"。

闊（阔） kuò 苦括切（山合一入末溪）月部、溪母

遠隔;疏遠。(風1)31《邶風·擊鼓》五章:"于嗟闊兮,不我活兮。"孔穎達《正義》:"與我相疏遠。"《爾雅·釋詁》:"闊,遠也。"朱熹《集傳》:"闊,契闊也。…言昔者契闊之約如此,而今不得活。"
又見【契闊】。

L

來（来） （一）lái 落哀切（蟹開一平咍來）之部、來母

❶小麥。《頌 2)275《周頌•思文》："貽我來牟。"《鄭箋》："火流爲烏，五至以穀俱來，此謂遺我來牟。"《說文•來部》："來，周所受瑞麥，天所來也，故爲行來之來。"陸德明《釋文》引《廣雅》："䅘，小麥。䅭，大麥也。"朱熹《集傳》："來，小麥；牟，大麥也。"一説：有雙岐之麥。馬瑞辰《通釋》："一麥二夆謂之來，猶一稃二米謂之秠也。…夆之言鋒芒也。芒即穗也。二夆即後世所謂雙岐也。"又一説：助詞，無實義。陳奐《傳疏》："《傳》釋牟爲麥，則經中來字當爲語詞。"焦循《毛詩補疏》："麥爲牟來之合聲，牟來倒爲來牟，即麥也。"王先謙《集疏》："《韓詩》曰：'貽我嘉䅘。'…《魯》作'飴我釐䅘'，《齊》作'詒我來䅘'。"❷由彼處到此處；回來。跟"往"相對。（風 17、雅 42、頌 12)30《邶風•終風》二章："莫往莫來，悠悠我思。"167《小雅•采薇》三章："憂心孔疚，我行不來。"《毛傳》："來，至也。"《鄭箋》："來，猶反也。據家曰來。"朱熹《集傳》："來，歸也。"237《大雅•緜》二章："古公亶父，來朝走馬。"《鄭箋》："來朝走馬，言其辟惡早且疾也。"孔穎達《正義》："避狄之難，其來以早朝之時，疾走其馬。"屈萬里《詮釋》："來朝，早來也。"于省吾《新證》："來朝走馬，應讀作來周趣馬。謂大王自豳遷於岐周，而養馬於斯也。"一説：第二天。程俊英《注析》："來朝，第二天早上。"❸往；過去；前世。（雅 1)244《大雅•文王有聲》三章："匪棘其欲，遹追來孝。"王引之《述聞》卷六："來，往也。…言所以作此都邑者，乃上追前世之美德，欲成

其功業也。"胡承珙《後箋》："'來'與'往'義相反，而此謂'往'爲'來'者，亦猶'亂'之爲'治'，'故'之爲'今'，'擾'之爲'安'，'臭'之爲'香'也。…'來'有二義，後來爲'來'，所從來者云曰'來'。上篇'來許'謂後來，此篇'來孝'當謂所從來也。"一説：助詞。陳奐《傳疏》："遹追來孝，猶言追孝於前人也。遹，發聲；來，語助。"程俊英《注析》："追孝，追思孝順已死的祖先，即繼承祖先美德的意思。"又一説：勤。《鄭箋》："來，勤也。此非以急成從己之欲，欲廣都邑乃述追王季勤孝之行，進其業也。"❹用在另一動詞前面，表示要做某事。（風 1、雅 15、頌 4)35《邶風•谷風》六章："不念昔者，伊余來墍。"162《小雅•四牡》五章："是用作歌，將母來諗。"《鄭箋》："以養父母之情來告於君也。"276《周頌•臣工》："王厘爾成，來咨來茹。"朱熹《集傳》："王有成法以賜女，女當來咨度也。"一説：代詞。用於復指前置賓語。等於說"是"。王引之《述聞》卷七："'伊余來墍'，來，猶是也。墍讀爲愾，愾，怒也。此承上'有洸有潰'言之，言君子不念昔日之情而惟我是怒也。"馬瑞辰《通釋》："來，詞之是也。'將母來諗'言我惟養母爲念。"陳奐《傳疏》："來，猶是也。'來咨來茹'，猶云是究是度也。"❺歸順；歸服。（雅 1)263《大雅•常武》六章："王猶允塞，徐方既來。"陳奐《傳疏》："言王道甚大，遠方來懷也。"馬瑞辰《通釋》："來，猶歸也。…'徐方既來'，猶言徐方既懷歸耳。《漢書•景武昭宣元成功臣表》引《詩》作'徠'，顏師古注："徠，古來字。"❻後世；未來。（雅 1)243《大雅•下武》五章："昭茲來許，繩其祖武。"朱熹《集

傳》：“來，後世也。許，所也。”馬瑞辰《通釋》：“來，猶後也；後，猶嗣也。來許，猶云後進。”❼山名，見【徂來】。

（二）lái ★洛代切（蟹開一去代來）
之部、來母

❽慰勞。（雅1）203《小雅·大東》四章：“東人之子，職勞不來。”《毛傳》：“來，勤也。”《鄭箋》：“東人勞苦而不見謂勤。”朱熹《集傳》：“來，慰撫也。”馬瑞辰《通釋》：“《爾雅》：‘勞、來、勤也。’…古以勤勞爲勤，慰其勤勞亦爲勤，故《傳》訓來爲勤。”❾殷勤；熱情周到。（風1）82《鄭風·女曰鷄鳴》三章：“知子之來之，雜佩以贈之。”王引之《述聞》卷五：“來，讀爲勞來之來，《爾雅》曰：‘勞、來、勤也。’言知子之恩勤之，我則雜佩以贈之也。…古者謂相恩勤爲來。”楊庭元《讀毛詩日記》：“此詩蓋云：知子之德之勤勉，我則雜佩以贈送之。”一說：到來；招致而來。《鄭箋》：“我若知子之必來，我則豫儲雜佩去，以以送子也。”朱熹《集傳》：“來之，致其來者，如所謂修文德以來之。…我苟知子之所致而來，及所親愛者，則將解此雜佩以送遺報答之。”

倈
lái 落哀切（蟹開一平咍來）
之部、來母
歸順；歸服。見“來”。

萊（莱）
lái 落哀切（蟹開一平咍來）
之部、來母

❶草名。也叫藜、胭脂菜、灰天莧，嫩葉可煮食。（雅1）172《小雅·南山有臺》一章：“南山有臺，北山有萊。”《毛傳》：“萊，草也。”賈思勰《齊民要術》卷十引陸璣《詩義疏》：“萊，藜也，莖葉皆似菉王芻，今兗州人蒸以爲茹，謂之萊蒸。”一說：泛指草。孔穎達《正義》：“萊爲草之總名，非有別草名之爲萊。”焦循《補疏》：“萊、藜、莠之類也。言萊以概諸草。”馬瑞辰《通釋》：“萊、釐、藜三字，古同聲通用。”❷生滿雜草。（雅1）193《小雅·十月之交》五章：“田卒汙萊。”《毛傳》：“下則汙，高則萊。”孔穎達《正義》：“萊者，草穢之名…高田可以種禾，無禾則生草，故下則汙，高則萊。”

騋（䯁）
lái 落哀切（蟹開一平咍來）
之部、來母

高七尺以上的馬。（風1）50《鄘風·定之方中》三章：“騋牝三千。”《毛傳》：“馬七尺以上曰騋。騋馬與牝馬也。”《周禮·夏官·廋人》：“馬，八尺以上爲龍，七尺以上爲騋，六尺以上爲馬。”馬瑞辰《通釋》：“《詩》特言七尺以上之騋以該龍與馬，言牝以該牡，故《傳》言騋馬與牝馬也。”

賚（赉）
lái 落代切（蟹開一去代來）
之部、來母

賜予；賞賜。（雅1、頌1）209《小雅·楚茨》四章：“工祝致告，徂賚孝孫。”《毛傳》：“賚，予也。”302《商頌·烈祖》：“既載清酤，賚我思成。”《毛傳》：“賚，賜也。”朱熹《集傳》：“賚，予也。”馬瑞辰《通釋》：“賚，從《傳》訓賜爲是。思爲語詞。成，猶備也，福也。‘賚我思成’，猶云賜我福也。”

〖賚〗《周頌》篇名(295)。這是周武王克商，歸祀文王，封賞功臣，布告諸侯的樂歌。爲周代《大武》樂歌的第三章。《詩序》：“《賚》，大封於廟也。賚，予也。言所以錫予善人也。”孔穎達《正義》：“賚，予也。言所以錫予善德之人，故名篇曰《賚》。經之所陳，皆是武王陳文王之德以戒勅受封之人，是其大封之事也。”蔡邕《獨斷》：“《賚》，大封於廟，賜有德之所歌也。”《左傳·宣公十二年》：“夫文，止戈爲武。武王克商，作《頌》…其三曰：‘鋪時繹思，我徂維求定。’”朱熹《集傳》：“此頌文、武之功，而言其大封功臣之意也。…《春秋傳》以此爲《大武》之三章，而《序》以爲大封於廟之詩。”姚際恒《通論》以爲是“武王初克商，歸祀文王廟，大告諸侯所以得天下之意。”一章，六句。

藍（蓝）
lán 魯甘切（咸開一平談來）
談部、來母

靛草。可作青色染料。（雅1）226《小雅·采綠》二章：“終朝采藍，不盈一襜。”《鄭箋》：“藍，染草也。”《說文·艸部》：“藍，染青草也。”顧起元《說略》卷二十八：“藍三種：蓼藍如蓼，染綠；大藍似芥，染淺碧；槐藍如槐葉，染青。皆可作澱，色成勝母。故曰‘青出於藍而勝於藍’。”

蘭(兰)
lán 落干切（山開一平寒來）
寒部、來母

芄蘭,草名。見"芄"。

濫(滥)
làn 盧瞰切（咸開一去闞來）
談部、來母

泛濫；漫無準則。《頌 1》305《商頌·殷武》四章："不僭不濫,不敢遑息。"《毛傳》："不僭不濫,賞不僭,刑不濫也。"朱熹《集傳》："濫,刑之過也。"馬瑞辰《通釋》："此承上文'下民有嚴'言,謂民知畏法,故不敢僭濫,非謂上之賞刑也。"參"檻"。

爛(烂)
làn 郎旰切（山開一去翰來）
寒部、來母

❶明亮；有光芒。《風 1》82《鄭風·女曰雞鳴》一章："子興視夜,明星有爛。"《鄭箋》："明星尚爛然。"❷華美；色彩鮮明。《風 1、雅 1》124《唐風·葛生》三章："角枕粲兮,錦衾爛兮。"朱熹《集傳》："粲、爛,華美鮮明之貌。"261《大雅·韓奕》四章："韓侯顧之,爛其盈門。"《鄭箋》："爛爛,粲然鮮明且衆多之貌。"嚴粲《詩緝》："韓侯回顧而視之,見其鮮明燦爛盈滿於蹶父之門也。"

狼
láng 魯當切（宕開一平唐來）
陽部、來母

獸名。形狀象狗,耳直立,尾下垂,毛黃色或灰褐色,性貪殘,常傷害人及家畜。《風 3》97《齊風·還》三章："並驅從兩狼兮。"160《豳風·狼跋》一章："狼跋其胡,載疐其尾。"陸德明《釋文》："狼,獸名也。"

〔狼跋〕《國風·豳風》篇名(160)。贊美周公處變不驚,寬容大度。《詩序》："《狼跋》,美周公也。周公攝政,遠則四國流言,近則王不知,周大夫美其不失其聖也。"朱熹《集傳》："周公雖遭疑謗,然所以處之不失其常,故詩人美之。"王先謙《集疏》："三家無異義。"聞一多《類鈔》："《狼跋》,美公孫也。"高亨《今注》："以爲此詩是諷刺貴族公孫的,即虢石甫。'公孫碩膚'就是'公孫石甫',虢石甫是虢君的孫子,所以稱'公孫'。程俊英《注析》批評云："此說頗新奇,但沒有其他證據,我們還是不敢贊同。"二章,八句。

稂
láng 魯當切（宕開一平唐來）
陽部、來母

❶公禾；一種長穗而不飽實的禾。《雅 1》212《小雅·大田》二章："既堅既好,不稂不莠。"《毛傳》："稂,童粱也。"陸璣《詩義疏》："禾秀爲穗而不成,崱巍然,謂之童粱。"陸德明《釋文》："稂,音郎,又音梁。童粱,草也。《說文》作'蓈'云：'稂或字也。禾粟之莠生而不成者謂之童蓈也。"陳子展《選譯》："稂爲童粱,似莠非莠,湖南農民謂之公禾(牡禾、雄禾之意),秀而不實,謂是穀種中有米而生者。予幼時習農,聞諸父兄,驗之果然。一說：狼尾草。馬瑞辰《通釋》："稂爲莠類,狼尾草,如茅,可以蓋屋。"❷一種草。《風 1》153《曹風·下泉》一章："洌彼下泉,浸彼苞稂。"《鄭箋》："稂當作涼。涼草,蕭蓍之屬。"陳啓源《稽古編》："鄭破稂爲涼…下泉浸物,本喻虐政困民,蕭以祭,蓍以筮,皆草之可貴者,故恐其傷。稂爲害苗之草,鉏而去之,惟恐不盡,何反以見傷爲慮乎？鄭意或出此。涼爲草名,無他典可證,康成當別有據耳。"一說：公禾。《毛傳》："稂,童粱。非溉草,得水而病矣。"朱熹《集傳》："稂,童粱,莠屬也。"

朗
lǎng 盧黨切（宕開一上蕩來）
陽部、來母

明；明亮。《雅 1》247《大雅·既醉》三章："昭明有融,高朗令終。"《毛傳》："朗,明也。"《鄭箋》："天既助女以光明之道,又使之長有高明之譽,而以善名終。"何楷《古義》："言朗,即昭明也。徐鍇以月之明爲朗,高朗,明之甚也。"

浪
làng 來宕切（宕開一去宕來）
陽部、來母

放蕩；放縱；賣弄風情。《風 1》30《邶風·終風》一章："謔浪笑敖,中心是悼。"《毛傳》："言戲謔不敬。"《爾雅·釋訓》："謔浪笑敖,戲謔也。"朱熹《集傳》："浪,放蕩也。"馬瑞辰《通釋》："浪謂放浪。與高閌義近。陸德明《釋文》引《韓詩》云：'浪,起也。'放浪則意氣高,與起義亦相通。"

勞(劳)
（一）**láo** 魯刀切（效開一平豪來）宵部、來母

❶勞苦；勞累。(風 2，雅 11)230《小雅·縣蠻》一章："道之云遠，我勞如何。"253《大雅·民勞》一章："民亦勞止，汔可小康。"《鄭箋》："今周民罷勞矣，王幾可以小安之乎？"❷勞煩；憂傷。(風 9，雅 2)33《邶風·雄雉》二章："展兮君子，實勞我心。"《鄭箋》："君之行如是，實使我心勞矣。"229《小雅·白華》四章："維彼碩人，實勞我心。"孔穎達《正義》："實勞病我之心。"❸功勞。(雅 1)253《大雅·民勞》二章："無棄爾勞，以爲王休。"《鄭箋》："勞，功也。"朱熹《集傳》："言無棄爾之前功也。"❹通"遼"。遼遠。(雅 1)232《小雅·漸漸之石》一章："山川悠遠，維其勞矣。"《鄭箋》："其道里甚遠，邦域又勞勞廣闊。"孔穎達《正義》："廣闊遼遼之字，當從遼遠之遼，而作勞字者，以古之字少，多相假借。詩又口之詠歌，不專以竹帛相授。音既相近，故遂用之。此字義自得通，故不言當作遼也。"陸德明《釋文》："勞，如字。孫毓云：鄭音遼。"一説：勞苦。孔穎達《正義》又引王肅云："言遠征戎狄，戍役不息，乃更漸漸之高石，長遠之山川，維其勞苦也。"陳奂《傳疏》："勞，勞苦也。"

(二) lào （今音 láo）郎到切(效開一去號來)宵部、來母

❺慰勞。(風 2，雅 2)113《魏風·碩鼠》三章："三歲貫女，莫我肯勞。"《鄭箋》："不肯勞來我。"屈萬里《詮釋》："今語謂之慰勞。"227《小雅·黍苗》一章："悠悠南行，召伯勞之。"朱熹《集傳》："悠悠南行，則惟召伯能勞之也。"239《大雅·旱麓》五章："豈弟君子，神所勞矣。"《鄭箋》："勞，勞來，猶言佑助。"朱熹《集傳》："勞，慰撫也。"
【勞瘁】勞累疲病。(雅 1)202《小雅·蓼莪》二章："哀哀父母，生我勞瘁。"
【勞苦】勞累辛苦。(風 1)32《邶風·凱風》三章："有子七人，母氏勞苦。"王先謙《集疏》："勞苦者，勞極則苦也。"陳奂《傳疏》："勞苦，猶勤勞也。"
又見【劬勞】。參《賢》。

牢 láo 魯刀切(效開一平豪來) 幽部、來母

關牲畜的欄圈。(雅 1)250《大雅·公劉》四章："乃造其曹，執豕于牢。"孔穎達《正義》："執其豕於牢中以爲飲酒之殽。"

老 lǎo 盧晧切(效開一上晧來) 幽部、來母

❶年老；六七十歲的高齡。跟"少"相對。(風 5，雅 2，頌 1)58《衛風·氓》六章："及爾偕老，老使我怨。"朱熹《集傳》："言我與女本期偕老，不知老而見棄如此，徒使我怨也。"王先謙《集疏》："'及爾偕老'，即復關從前信誓之詞。"姚際恒《通論》："老使我怨，老字即承偕老字來，言汝曾言'及爾偕老'，今偕老之説，徒使我怨而已。"299《魯頌·泮水》三章："既飲旨酒，永錫難老。"孔穎達《正義》："難老者，言其身力康强，難使之老。"❷衰老。跟"壯"相對。(雅 1)197《小雅·小弁》二章："假寐永歎，維憂用老。"朱熹《集傳》："憂之之深，是以未老而老也。"❸指老年人。(雅 1)193《小雅·十月之交》六章："不憖遺一老，俾守我王。"陳奂《傳疏》："言皇父不願遺一老，使守衛我王也。"
【老成人】德高望重的老臣。(雅 1)255《大雅·蕩》七章："雖無老成人，尚有典刑。"《鄭箋》："老成人，謂若伊尹、伊陟、臣扈之屬。"孔穎達《正義》："雖無老年成德之人。"朱熹《集傳》："老成人，舊臣也。"
【老夫】老年人的自稱。(雅 1)254《大雅·板》四章："老夫灌灌，小子蹻蹻。"《鄭箋》："老夫諫女款款然，自謂也。"朱熹《集傳》："老夫，詩人自稱。"
又見【故老】【元老】。

潦 lǎo 盧晧切(效開一上晧來) 宵部、來母

《説文·水部》："潦，雨水也。"段玉裁注："雨水，謂雨下之水也。…潦，水流而聚焉，故曰行潦。"見【行潦】。

樂(乐) (一) lè 盧各切(宕開一入鐸來) 藥部、來母

❶快樂；高興。(風 17，雅 37，頌 6)95《鄭風·溱洧》一章："洧之外，洵訏且樂。"242《大雅·靈臺》三章："於論鼓鍾，於樂辟廱。"《鄭箋》："於喜樂乎諸在辟廱中者，言感中和之至。"范處義《補傳》："於樂者，歎其以樂教國子於辟廱爲可樂也。"❷使快樂。

（風2、雅2）1《周南·關雎》五章："窈窕淑女，鍾鼓樂之。"朱熹《集傳》："此窈窕之淑女，既得之，則當親愛而娛樂之矣。"161《小雅·鹿鳴》三章："以燕樂嘉賓之心。"❸喜歡。（風3、雅2）148《檜風·隰有萇楚》一章："夭之沃沃，樂子之無知。"王先謙《集疏》："《衆經音義》十引《蒼頡篇》云：樂，喜也。"184《小雅·鶴鳴》一章："樂彼之園，爰有樹檀。"❹安樂太平。（風9）113《魏風·碩鼠》一章："樂土樂土，爰得我所。"《鄭箋》："樂土，有德之國。"嚴粲《詩緝》："連稱'樂土'者，喜談樂道於彼，以見其厭苦於此也。"朱熹《集傳》："樂土，有道之國也。"王先謙《集疏》："《韓》，'適彼樂土'重句，不作'土樂土'。"胡承珙《後箋》："今謂古人疊句乃長言嗟歎之意，衹疊'樂土'二字，尤見悲歌促節，不必改《毛》從《韓》。"❺通"療"（liáo）。治療。（風1）138《陳風·衡門》一章："泌之洋洋，可以樂飢。"《鄭箋》："泌之水流洋洋然，飢者見之，可飲以療飢。"唐石經作"療飢"。陸德明《釋文》："樂，本又作藥。毛音洛，鄭力召反。…毛本止作樂，鄭本作藥。"《韓詩外傳》卷二、《列女傳·賢明》引作"可以療飢"。療、藥古同字。《說文·疒部》："療，治也。从疒，樂聲。療，或從寮。"陳喬樅《改字說》："藥之爲言治也，愈也。从疒，樂者，人有疾則苦，治愈則樂，猶之有飢亦苦，飢愈亦樂，故云藥飢。其作療者，乃後人所改耳。"一說：（音 lè）快樂。《毛傳》："樂飢，可以樂道忘飢。"朱熹《集傳》："泌水雖不可飽，然亦可以玩樂而忘飢也。"黃焯《毛鄭平議》："此詩下二句與上二句互相承，'可以樂飢'非單承'泌之洋洋'，與上'衡門之下'句亦相承，詩意託賢者處衡門之下，或觀泌水之洋洋，可以游息於其間，而樂道忘飢也。"

（二）yuè 五角切（江開二入覺疑）
　　　　藥部、疑母

❻音樂。（雅2）209《小雅·楚茨》六章："樂具入奏，以綏後禄。"220《小雅·賓之初筵》二章："籥舞笙鼓，樂既和奏。"《鄭箋》："祭祀先奏樂，滌蕩其聲也。"

又見【和樂】【豈樂】【喜樂】【燕樂】【湛樂】。

雷 léi 魯回切（蟹合一平灰來）
　　　微部、來母

打雷；陰陽電相觸時發出的聲音。（雅3）258《大雅·雲漢》三章："兢兢業業，如霆如雷。"《鄭箋》："兢兢業業然，狀如有雷霆近發於上。"263《大雅·常武》三章："如雷如霆，徐方震驚。"《鄭箋》："如雷霆之恐怖人然。"

靁 léi 魯回切（蟹合一平灰來）
　　　微部、來母

"雷"的本字。打雷。陰陽電相觸時發出的聲音。（風4）19《召南·殷其靁》一章："殷其靁，在南山之陽。"陸德明《釋文》："靁，亦作雷。"陳奐《傳疏》："靁，古雷字。"30《邶風·終風》四章："曀曀其陰，虺虺其靁。"《毛傳》："暴若震靁之聲虺虺然。"《說文·雨部》："靁，陰陽薄動雷雨，生物者也。"《詩經》中"雷"、"靁"字並出。"靁"見於《國風》，"雷"見於《雅》詩。

罍 léi 魯回切（蟹合一平灰來）
　　　微部、來母

古代盛酒器。小口，大肚，廣肩，圈足，有蓋，青銅製或陶製。（風1、雅2）3《周南·卷耳》二章："我姑酌彼金罍，維以不永懷。"《毛傳》："人君黃金罍。"陸德明《釋文》："罍，盧回反，酒罇也。"《韓詩》云：'天子以玉飾，諸侯大夫皆以黃金飾，士以梓。'《禮記》云：'夏曰山罍，其形似壺，容一斛，刻而畫之爲雲雷之形。'"朱熹《集傳》："罍，酒器。刻爲雲雷之象，以黃金飾之。"（金罍：銅罍。）202《小雅·蓼莪》三章："缾之罄矣，維罍之恥。"《毛傳》："缾小而罍大。"按《爾雅·釋器》："小罍謂之坎。"郭璞注："罍形似壺，大者受一斛。"

纍（累、縲） léi 力追切（止合三平脂來）微部、來母

纏繞；攀援。（風1、雅1）4《周南·樛木》一章："南有樛木，葛藟纍之。"陸德明《釋文》："纍，纏繞也。本又作虆。"《楚辭·九歎》王逸注引《詩》："葛藟虆之。"朱熹《集傳》："纍，猶系也。"王先謙《集疏》："《魯》說曰：'虆，緣也。'"171《小雅·南有嘉魚》三章："南有樛木，甘瓠纍之。"《毛傳》："纍，蔓也。"陳奐《傳

疏》："蔂,長也,延也。"

蘽(虆) lěi 力軌切（旨合三上旨來）微部、來母

葛類蔓草。《説文•艸部》："蘽,艸也。《詩》曰:莫莫葛蘽。"見【葛蘽】。

類(类) lèi 力遂切（止合三去至來）物部、來母

❶族類；同類。（雅1）257《大雅•桑柔》十三章："大風有隧,貪人敗類。"《鄭箋》："類,等夷也。"孔穎達《正義》："敗類者,謂敗其朝廷等類。"朱熹《集傳》："敗類,猶言圮族也。"一說：善類；善人。《毛傳》："類,善也。"胡承珙《後箋》："善即謂善類,非善道之。敗類者,謂貪人能敗善人耳。"❷善；好。（雅4）255《大雅•蕩》三章："而秉義類,彊禦多懟。"《鄭箋》："類,善。"陳奂《傳疏》："'義'、'類',皆善也。"馬瑞辰《通釋》："《詩》四句皆謂王用善人則爲羣小所讒毀也。"264《大雅•瞻卬》五章："不弔不祥,威儀不類。"《毛傳》："類,善也。"嚴粲《詩緝》："天降不祥以譴責王,而王曾不吊愍,無恐懼之心。故不敬謹其威儀,其威儀不善矣。"王先謙《集疏》："王傲惰不修威儀,望之不似人君。"247《大雅•既醉》五章："孝子不匱,永錫爾類。"《毛傳》："類,善也。"陳奂《傳疏》："言孝子有不竭之善,則祖考之神,長與孝子以善也。…《方言》云:'類,法也。'法與善,義亦相近。"孔廣森《卮言》："禮有三本,先祖者,類之本也。繼世以立君,象賢也。故善謂之類,不善謂之不肖。"一說：族類。《鄭箋》："長以與女之類族,謂廣之以教道天下也。《春秋傳》曰：穎考叔純孝也,施及莊公。"《國語•周語》叔向曰："類也者,不忝前哲之謂也。"韋昭注："言能以孝道施於族類,故不辱前哲之人。"❸分清善惡。（雅1）241《大雅•皇矣》四章："其德克明,克明克類。"《毛傳》："類,善也。勤施無私曰類。"朱熹《集傳》："克類,能分善惡也。"❹通"禷"。出師時祭祀天神。（雅1）241《大雅•皇矣》八章："是類是禡,是致是附。"《毛傳》："於内曰類,於野曰禡。"《鄭箋》："類也,禡也,皆師祭也。"朱熹《集傳》："類,將出師祭上帝也。"陸德明《釋文》："類,如字。本或依《説文》作禷。"按《説文•示部》："禷,以事類祭天地也。"《禮記•王制》："天子將出,類乎上帝,禡於所征之地。"《爾雅•釋天》："是禷是禡,師祭也。"郭璞注："師出征伐,類於上帝,禡於所征之地。"一說：祭社。《淮南子•本紀》高誘注："祭social曰類,以事類祭之也。"引《詩》"是類是禡"。馬瑞辰《通釋》："祭天曰類,祭社亦曰類,此詩類、禡並言,當從《淮南子》高注以'類'爲祭社爲是。"

縭(缡、褵) lí 呂支切（止開三平支來）歌部、來母

古代女子系的圍裙、佩巾。（風1）156《豳風•東山》四章："親結其縭,九十其儀。"《毛傳》："縭,婦人之禕也。母戒女,施衿結帨。"吳闓生《會通》："縭,婦人之禕,即帨巾也。"《文選•沈休文•奏彈王源文》李善注引作"褵"。《爾雅•釋器》："婦人之禕謂之縭。"郝懿行《義疏》："禕本蔽膝,齊人謂之巨巾。田家婦女至田野用以覆首,故亦名巾。女子嫁時用絳巾覆首,故曰結縭,即今所謂上頭也。"一說：蔽膝。馬瑞辰《通釋》："《方言》：'蔽膝,江淮之間謂之禕。'《説文》：'禕,蔽膝也。'是禕爲蔽膝之名。…婦人之禕,即婦人之蔽膝也。"又一說：帶。《爾雅•釋器》陸德明《釋文》："縭,本又作褵,帶也。"聞一多《類鈔》："縭,蔽膝之繫帶,結縭即結蔽膝也。"

離(离) lí 呂支切（止開三平支來）力智切（止開三去寘來）歌部、來母

❶離開。（雅1）194《小雅•雨無正》二章："正大夫離居,莫知我勸。"陳奂《傳疏》："言長官大夫皆已離羣索居,而不知我之賢勞也。"❷經歷。（雅1）207《小雅•小明》一章："二月初吉,載離寒暑。"《鄭箋》："乃以二月朔日始行,至今則更夏暑冬寒矣。"一說：脱離。何楷《古義》："離者,脱離之義。前此歷春夏而秋,已離乎暑。今此歷秋冬而春,又離乎寒也。"❸通"罹"。憂愁。（雅1）204《小雅•四月》二章："亂離瘼矣,爰其適歸。"《毛傳》："離,憂也。"一說：離散。嚴粲《詩緝》："丘氏曰：離,離散也。"馬瑞辰《通釋》："《文選》卷二十、卷三十八李注並引

《韓詩》'亂離斯莫',《薛君章句》曰:'離,散也。'則以亂離二字連讀,離爲離散之離。"❹通"罹"。遭遇;陷入。(風4)43《邶風·新臺》三章:"魚網之設,鴻則離之。"70《王風·兔爰》一章:"有兔爰爰,雉離于羅。"朱熹《集傳》:"言本張羅以取兔,今兔狡得脫,而雉以耿介反離於羅。以比小人致亂,而以巧計幸免;君子無辜,而以忠直受禍也。"❺通"麗"。附着。(雅1)232《小雅·漸漸之石》三章:"月離于畢,俾滂沱矣。"《毛傳》:"月離陰星則雨。"孔穎達《正義》:"夜月更離歷於畢之陰星,在天爲將雨之候。"陳奐《傳疏》:"離,讀與麗同。"《論衡·説日》、《明雩》及《淮南子·原道》高誘注均引《詩》作:"麗"。王先謙《集疏》:"《魯》,離作麗。"一説:南;南方。周悅讓《倦遊庵槧記·毛詩》:"按《易·説卦》:'離也者,明也。萬物皆相見,南方之卦也。'則本經'離'宜以南爲義,謂星見於南方也。…'月離'乃歲月之'月',謂是月旦於離見畢,乃雨徵也。"參"罹"。

【離離】1) 一行一行生長茂密的樣子。(風3)65《王風·黍離》一章:"彼黍離離,彼稷之苗。"馬瑞辰《通釋》:"黍穄舒散,離離者,狀其有行列也。"一説:果實長而下垂的樣子。朱熹《集傳》:"離離,垂貌。"2) 果實長而下垂的樣子。(雅1)174《小雅·湛露》四章:"其桐其椅,其實離離。"《毛傳》:"離離,垂也。"王先謙《集疏》:"《韓》説曰:離離,長貌。"陳喬樅《韓説考》:"離離,《毛》訓垂,與長義相成,實長則垂,故其貌離離然也。"又見【流離】【伿離】。

纚(缡) lí ★鄭知切(止開三平支來)
支部、來母

通"縭"。繫。(雅1)222《小雅·采菽》五章:"汎汎楊舟,紼纚維之。"朱熹《集傳》:"纚、維,皆繫也。言以大索纚其舟而繫之也。"一説:纚縭;大索。《毛傳》:"纚,緌也。"陸德明《釋文》:"纚,力馳反,緌也。《韓詩》云:筰也。"李黼平《紬義》:"緌,在冠爲繫冠之纓,則在舟爲繫舟之纜,即纚也。"馬瑞辰《通釋》:"《詩》以紼纚二字平列,紼蓋以麻爲索,纚蓋以竹爲索,皆所以維舟也。"王先謙《集疏》:"《韓》説曰:纚,筰也。"《玉篇·竹部》:"筰,竹索也,引舟竹筊也。"

驪(骊) lí 呂支切(止開三平支來)
郎奚切(蟹開四平齊來)
支部、來母

深黑色的馬。(風2,雅1,頌1)105《齊風·載驅》二章:"四驪濟濟,垂轡濔濔。"朱熹《集傳》:"驪,馬黑色也。"297《魯頌·駉》一章:"有驪有黃,以車彭彭。"《毛傳》:"純黑曰驪,黃騂曰黃。"《説文·馬部》:"驪,馬深黑色。"

罹 lí 呂支切(止開三平支來)
歌部、來母

❶憂慮;憂患。(風1,雅2)70《王風·兔爰》一章:"我生之後,逢此百罹。"《毛傳》:"罹,憂也。"陸德明《釋文》:"罹,本又作離。"陳奐《傳疏》:"《説文》無罹字,疑古《毛詩》作離。…離爲憂,則'逢此百離',猶下章'逢此百憂'耳。"189《小雅·斯干》九章:"無父母詒罹。"《毛傳》:"罹,憂也。"《鄭箋》:"無遺父母之憂。"陸德明《釋文》:"罹,本又作離。"197《小雅·小弁》一章:"民莫不穀,我獨于罹。"《鄭箋》:"罹,憂也。"朱熹《集傳》:"民莫不善,而我獨於憂,則爲斯之不如也。"❷通"離"。附麗;附着。(雅1)197《小雅·小弁》三章:"不屬于毛,不罹于裏。"唐石經、朱熹《集傳》本作"離"。王引之《述聞》卷六:"離,附也。"陳奐《傳疏》:"罹,當依唐石經作離,凡別離與附離字,皆作離,不作罹。"林義光《通解》:"罹讀爲離。屬與離皆附著也。不屬于毛,不離于裏,以裘爲喻。古人衣裘,以毛居外,而以布爲裏。毛在外,故以喻父;裏在內,故以喻母。今父母不得瞻依,則是外無毛而內無裏,猶裘但有鞹,其孤露可悶矣。"屈萬里《詮釋》:"意謂身體髮膚受之父母,若相逢屬附麗者。"

貍(狸) lí 裏之切(止開三平之來)
之部、來母

獸名,即野猫。(風1)154《豳風·七月》四章:"取彼狐貍,爲公子裘。"孔穎達《正義》:"又取狐與貍之皮爲公子之裘。"王夫之《稗疏》:"豿(貉)似兔,狐似犬,貍似猫,三種懸絶。"《廣韻·之韻》:"貍,野猫;狸,俗。"

釐

lí 裏之切（止開三平之來）
之部、來母

通"賚"。賜；賞賜。(雅3、頌1)247《大雅·既醉》八章："其僕維何？釐爾女士。"《毛傳》："釐，予也。"馬瑞辰《通釋》："釐與賚雙聲，釐即賚之假借，故訓爲予。"262《大雅·江漢》五章："釐爾圭瓚，秬鬯一卣。"《毛傳》："釐，賜也。"276《周頌·臣工》："王釐爾成，來咨來茹。"朱熹《集傳》："釐，賜也。成，成法也。"陳奐《傳疏》："釐，予；咨，謀；茹，度也。"一說：告。馬瑞辰《通釋》："按王與彼，古同聲通用。釐當爲禧之假借。《爾雅·釋詁》：'禧，告也。'…王釐爾成，謂往告爾以成也。"又一說：平理。"鄭箋》："釐，理也。"孔穎達《正義》："王乃平理爾之成功，謂有大功則賜之車服以寵章之。"

黎

lí 郎奚切（蟹開四平齊來）
脂部、來母

❶眾；多。(雅2)258《大雅·雲漢》三章："周餘黎民，靡有孑遺。"《鄭箋》："黎，眾也。"257《大雅·桑柔》二章："民靡有黎，具禍以燼。"王引之《述聞》卷七："黎者，眾也，多也。燼者，餘也，少也。黎與燼，相對爲文。此詩言民多死於禍亂，不復如前日之眾多，但留餘燼耳。"郭晉稀《蠡測》："'民靡有黎，具禍以燼'，猶《雲漢》之'周餘黎民，靡有孑遺'。此以黎、民分用，彼以黎民連詞。"一說：整齊。《毛傳》："黎，齊也。"孔穎達《正義》："今民或死或生，無有能齊一平安者。"陳奐《傳疏》："靡有黎，言民無有能齊之者也。"又一說：不齊。《鄭箋》："黎，不齊也。"言時民無有不齊被兵寇之害者。"又一說：附麗。俞樾《經說》卷十七："黎當讀爲麗。…此承上文'靡國不泯'而言，蓋國既泯滅，則民無所附麗，故曰'民靡有黎'。"又一說：老。馬瑞辰《通釋》："黎讀如'播棄黎老'之黎。《方言》：'黎，老也。'《廣雅》亦曰：'黎，老也。'…'民靡有黎'，謂老者轉死溝壑。"又一說：黑。朱熹《集傳》："黎，黑也。"謂黑首也。郭沫若《研究》："爲什麼民會稱'黎'呢？這大約是中國古代的先住民族，這種人或者就是馬來人和四川的彝族的祖先。馬來人和彝族人都是棕黑色的。"❷平

民；百姓。見【羣黎】。

李

lǐ 良士切（止開三上止來）
之部、來母

❶李子樹。薔薇科落葉喬木。(風2、雅1)24《召南·何彼襛矣》二章："何彼襛矣，華如桃李。"朱熹《集傳》："李，木名，華白，實可食。"172《小雅·南山有臺》三章："南山有杞，北山有李。"❷指李子；李樹的果實。(雅1)256《大雅·抑》八章："投我以桃，報之以李。"又見【木李】。

里

lǐ 良士切（止開三上止來）
之部、來母

❶邑；封地。(雅1)261《大雅·韓奕》四章："韓侯迎止，于蹶之里。"《毛傳》："里，邑也。"孔穎達《正義》："韓侯親迎自迎之於彼蹶父之邑里。"❷古代一種居民組織，五家爲鄰，五鄰爲里，里有牆有門。(風1)76《鄭風·將仲子》一章："將仲子兮，無踰我里。"《毛傳》："踰，越；里，居也。二十五家爲里。"孔穎達《正義》："里者，民之所居…'無踰我里，謂無踰越我里居之垣墻。"馬瑞辰《通釋》："古者社必樹木，里即社也。"一說：居廬；宅院。俞樾《平議》："里，猶廬也。…里爲居處之名，與廬同義。《漢書·食貨志》云：'在野曰廬，在邑曰里。'是其義也。'無踰我里'，猶云無踰我廬。"❸長度單位，一百五十丈爲里。古也三百步爲里。(雅4、頌2)177《小雅·六月》二章："我服既成，于三十里。"265《大雅·召旻》七章："日辟國百里，今也日蹙國百里。"303《商頌·玄鳥》："邦畿千里，維民所止。"❹通"悝"或"瘽"。憂；憂病。(雅2)258《大雅·雲漢》七章："瞻卬昊天，云如何里。"《鄭箋》："里，憂也。"陸德明《釋文》："里，如字，憂也。本亦作瘽，《爾雅》作悝，並同。王曰：瘽，病也。"193《小雅·十月之交》八章："悠悠我里，亦孔之痗。"《毛傳》："里，病也。"陸德明《釋文》："里，如字。毛，病也。本或作瘽。後人改也。《爾雅·釋詁》郭璞注引《詩》作'悝'，《玉篇·疒部》引《詩》作'瘽'。馬瑞辰《通釋》："憂與思義近。"朱彬《經傳考證》："里與思同訓。'悠悠我里'，猶言悠悠我思也。"黃焯《毛鄭平議》："詩意蓋謂：悠悠乎我因憂而病，亦甚

困病矣。"一説：居；鄉里。《鄭箋》："里，居。悠悠乎我居今之世，亦甚困病。"嚴粲《詩緝》："悠悠，遠也。里，鄉里也。"

理 lǐ 良士切（止開三上止來）之部、來母

整治（田土）。（雅 4)210《小雅・信南山》一章："我疆我理，南東其畝。"《毛傳》："理，分地理也。"朱熹《集傳》："理者，定其溝塗也。"馬瑞辰《通釋》："《説文》：'理，治玉也。'治玉謂剖析之，引申爲分理之稱。…理對疆言，疆謂定其大界，理則細分其地脈也。"237《大雅・緜》四章："迺疆迺理，迺宣迺畝。"朱熹《集傳》："理，謂別其條理也。"

瘒 lǐ 良士切（止開三上止來）里之切（止開三平之來）之部、來母

憂；憂病。見"里"。

悝 lǐ 良士切（止開三上止來）之部、來母

憂；憂病。見"里"。

裏（里、裡）lǐ 良士切（止開三上止來）之部、來母

裏子；衣服的内層。（風 1、雅 1)27《邶風・緑衣》一章："緑兮衣兮，緑衣黃裏。"《鄭箋》："皆以素紗爲裏。"一説：裏衣，即裳。聞一多《通義》："此裏，謂在裏之衣，即裳，非袷衣之裏也。"余冠英《詩經選》："從上下説，衣在上，裳在下；從内外説，衣在表，裳在裏。"197《小雅・小弁》三章："不屬于毛，不罹于裏。"《毛傳》："毛在外，陽，以言父；裏在内，陰，以言母。"一説：腠理。指皮膚的紋理和皮下肌肉的空隙。《鄭箋》："今我獨不得父皮膚之氣乎？獨不處母之胞胎乎？"王引之《述聞》卷六："裏，讀爲理，謂腠理也。毛在外，理在内，相對爲文。…言我之親附於父母，若著於毛然，若附於其理然。"

鯉（鯉）lǐ 良士切（止開三上止來）之部、來母

鯉魚。（風 1、雅 2、頌 1)138《陳風・衡門》三章："豈其食魚，必河之鯉。"177《小雅・六月》六章："飲御諸友，炰鼈膾鯉。"

禮（礼）lǐ 盧啓切（蟹開四上薺來）脂部、來母

❶我國奴隸社會和封建社會的等級制度，以及與此相應的一整套禮節儀式。（雅 4、頌 2)193《小雅・十月之交》五章："曰予不戕，禮則然矣。"《鄭箋》："禮，下供上役，其道當然，言文過也。"220《小雅・賓之初筵》二章："百禮既至，有壬有林。"朱熹《集傳》："百禮，言其備也。"❷禮貌。（風 2)52《鄘風・相鼠》三章："相鼠有體，人而無禮。"
【禮儀】禮節和儀式。（雅 2)209《小雅・楚茨》三章："禮儀卒度，笑語卒獲。"孔穎達《正義》："其賓客禮儀盡依法度，其爲笑語盡得其時。"
參"履"。

醴 lǐ 盧啓切（蟹開四上薺來）脂部、來母

甜酒。（雅 2、頌 2)180《小雅・吉日》四章："以御賓客，且以酌醴。"朱熹《集傳》："醴，酒名。《周官》五齊，二曰醴齊。注曰：'醴成而汁滓相將，如今甜酒也。'"王先謙《集疏》："《韓》説曰：醴，甜而不沛（過濾）也。"

鱧（鳢）lǐ 盧啓切（蟹開四上薺來）脂部、來母

魚名。即烏鱧，也叫黑魚。體長，亞圓筒形，青褐色，有三縱行黑色斑塊，性凶猛，爲淡水養殖業的害魚之一，肉味鮮美。（雅 1)170《小雅・魚麗》二章："魚麗于罶，魴鱧。"《毛傳》："鱧，鮦也。"李時珍《本草綱目・鱗部四》："（鱧魚）形長體圓，頭尾相等，細鱗玄色，有斑點花紋。"一説：鯇（huàn)，即草魚。孔穎達《正義》："《釋魚》云：'鱧，鯇。'舍人曰：鱧名鯇。'"陳奐據《爾雅》改《傳》："鱧，鯇也。"

力 lì 林直切（曾開三入職來）職部、來母

❶氣力；力量。（風 2、雅 3)38《邶風・簡兮》二章："有力如虎，執轡如組。"❷強力；暴力。（雅 1)257《大雅・桑柔》十五章："民之回遹，職競用力。"《鄭箋》："言民之行維邪者，主由爲政者之用彊力相尚故也。"陳奐《傳疏》："言上之人爲民不利如恐不勝，是以民之邪僻主強用力而爲不善也。"❸用力；使盡力。（雅 2)192《小雅・正月》七章："執我仇仇，亦不我力。"朱熹《集傳》："力，用

力也。"馬瑞辰《通釋》："功力謂之力,用其力亦謂之力。不我力,即不我用。《緇衣》引此詩注云:'亦不力用我。蓋用《韓詩》,其說是也。一說:理睬。郭晉稀《蠡測》:"力與賚、勑相通,賚、勑又與理通。…'亦不我力',即'亦不我理'也,猶之今人言'亦不理睬我'也。"❹力行;努力去做。(雅2)255《大雅·蕩》二章:"天降滔德,女興是力。"《鄭箋》:"羣臣又相與而力爲之,言競爲之。"朱熹《集傳》:"力,如力行之力。"馬瑞辰《通釋》:"女興是力,猶云女助是力。(興:助。)260《大雅·烝民》二章:"古訓是式,威儀是力。"《鄭箋》:"力,猶勤也。勤威儀者,恪居官次,不解於位也。"孔穎達《正義》:"力者,勤力爲之。"馬瑞辰《通釋》:"勤猶習也。'威儀是力',即《左傳》所云習儀也。"

【力民】有功於人民的人。(雅1)257《大雅·桑柔》六章:"好是稼穡,力民代食。"《毛傳》:"力民代食,代無功者食天祿也。"孔穎達《正義》:"力民,謂善人有力功加於民者也。"黄焯《毛鄭平議》:"力民,謂有功之人。"一說:盡力與民同事。朱熹《集傳》:"於是退而稼穡,盡其筋力,與民同事,以代祿食而已。"又一說:指收取人民的賦稅。馬瑞辰《通釋》:"賦稅,民力所共,故詩以斂民之賦稅爲力民。"

又見【旅力】。

朸

lì 林直切(曾開三入職來)
盧則切(曾開一入德來)
職部、來母

棱角。見"棘"。

利

lì 力至切(止開三去至來)
質部、來母

❶利益;好處。跟"害"相對。(雅1)212《小雅·大田》三章:"彼有遺秉,此有滯穗,伊寡婦之利。"❷對…有利(的事)。(雅1)257《大雅·桑柔》十五章:"爲民不利,如云不克。"陳奐《傳疏》:"言上之人,爲民所不利,如恐不勝。"

㰂(颲)

lì 力質切(臻開三入質來)
力至切(止開三去至來)
質部、來母

㰂颲,同"栗烈"。見"栗"。

厲(厉)

lì 力制切(蟹開三去祭來)
月部、來母

❶粗硬的磨刀石。後作"礪"。(雅1)250《大雅·公劉》六章:"涉渭爲亂,取厲取鍛。"陸德明《釋文》:"厲,本又作礪。"孔穎達《正義》:"言取礪者,亦取其爲礪之石耳。"朱熹《集傳》:"厲,砥。"馬瑞辰《通釋》:"礪者,厲字之俗。《說文》:'厲,旱石也。'《繫傳》:'旱石,粗石也。'…粗石謂之厲,猶粗米謂之糲也。"一說:地名。王夫之《稗疏》:"厲、鍛蓋古地名。延綏塞上有故祖厲城,疑即厲興,取者,收奪之名。"❷不脫衣服涉水。(風1)34《邶風·匏有苦葉》一章:"深則厲,淺則揭。"《毛傳》:"以衣涉水爲厲,謂由帶以上也。"王引之《述聞》卷五:"厲之言陵厲也。陵水而渡,故謂之厲。"王先謙《集疏》:"三家亦作砅,又作濿。"一說:踩着石頭渡水。《說文·水部》:"砅,履石渡水也。《詩》曰:'深則砅。濿,砅或從厲。"又一說:橋,從橋上過去。戴震《考證》:"酈道元《水經注·河水》篇云:'段國《沙州記》:吐谷渾於河上作橋,謂之河厲。'可以證橋有厲名。《詩》之意,以淺水可褰衣而過。若水深,則必依橋梁乃可過,喻禮義之大防不可犯。《衛詩》'淇梁'、'淇厲'並稱,厲固梁之屬也。是以證《說文》之有師承。"又一說:帶;携帶。聞一多《通義》:"《廣雅·釋器》:'厲,帶也。'名詞帶謂之厲,動詞帶亦謂之厲。…言水深則帶匏於身以防溺,水淺則荷於背上可也。"❸水旁;水涯。(風1)63《衛風·有狐》二章:"有狐綏綏,在彼淇厲。"《毛傳》:"厲,深可厲之旁。"王引之《述聞》卷五:"厲謂水厓也。…水旁謂之側,亦謂之厲,水厓謂之厲,亦謂之側。"陳奐《傳疏》:"厲本涉水之名,因之水旁可涉亦謂之厲。"馬瑞辰《通釋》:"淇厲謂淇水之旁,正與河側同義耳。"一說:通"瀨"。淺水之處。胡承珙《後箋》:"厲必涉水,其水淺處亦可名厲,實則此厲當爲瀨之借字。…《說文》:'瀨,水流沙上也。'《楚辭》:'石瀨兮淺淺。'是瀨爲水流砂石間,當在由深而淺之處。上章石絕水曰梁,爲水深之所,次章言厲,爲水淺之所,三

章言側,則在岸上矣,立言次序如此。"俞樾《平議》卷八:"夫詩人之言,自有次第。首言'淇梁',明易涉也。次言'淇厲',則涉之稍難矣。卒言'淇側',則徘徊於水崖,不得涉矣,所以憂之彌甚也。"又一說:水中有踏脚石可過的地方。《玉篇·厂部》"厲"下引《韓詩》:"在彼淇厲,水絶石曰厲。"王先謙《集疏》:"瀨是水中有涉石之處,故水絶石亦由水渡石之謂。"❹腰帶的下垂部分;下垂的絲帶。(雅 1)225《小雅·都人士》四章:"彼都人士,垂帶而厲。"《毛傳》:"厲,帶之垂者。"《鄭箋》:"而亦如也。而厲,如擊厲也。擊必垂厲以爲飾。厲,字當作裂。"馬瑞辰《通釋》:"對文則厲爲垂帶之名,散言則厲亦帶也。"陳奂《傳疏》:"古厲、裂聲相通。《爾雅》:'裂,餘也。'烈謂之餘,厲亦謂之餘。垂帶而厲,即下章言匪伊垂之,帶有餘也。"❺惡;禍亂。(雅 5)257《大雅·桑柔》三章:"誰生厲階,至今爲梗。"《毛傳》:"厲,惡。"朱熹《集傳》:"誰實爲此禍階,使至今爲病乎?蓋因禍有根原,其所從來也遠矣。"264《大雅·瞻卬》一章:"孔填不寧,降此大厲。"《毛傳》:"厲,惡也。"朱熹《集傳》:"厲,亂。"首言昊天不惠而降亂,無所歸咎之詞也。"❻惡;暴惡。(雅 2)192《小雅·正月》八章:"今茲之政,胡然厲矣。"《毛傳》:"厲,惡也。"朱熹《集傳》:"厲,暴惡也。…言我心之憂如結者,爲國政之暴虐故也。"253《大雅·民勞》四章:"無縱詭隨,以謹醜厲。"《鄭箋》:"厲,惡也。"馬瑞辰《通釋》:"醜、厲二字同義,醜亦惡也。"參"戾"。

礪(砺) lì 力制切(蟹開三去祭來) 月部、來母

粗硬的磨刀石。見"厲"。

濿(沥) lì 力制切(蟹開三去祭來) 月部、來母

履石渡水。見"厲"。

砅 lì 力制切(蟹開三去祭來) 月部、來母

履石渡水。見"厲"。

栗 lì 力質切(臻開三入質來) 質部、來母

❶栗樹。一種落葉喬木,果實叫板栗,稱栗子。(風 4、雅 1)89《鄭風·東門之墠》二章:"東門之栗,有踐家室。"204《小雅·四月》四章:"山有嘉卉,侯栗侯梅。"❷穀粒飽滿。(雅 1)245《大雅·生民》五章:"實堅實好,實穎實栗。"《毛傳》:"栗,其實栗栗然。"《鄭箋》:"栗,成就也。"朱熹《集傳》:"栗,不秕也。既收成,見其實皆栗栗然不秕也。"馬瑞辰《通釋》:"栗則穀之成者。栗栗猶離離,垂實之貌。"❸通"裂"。劈開的。(風 1)156《豳風·東山》三章:"有敦瓜苦,烝在栗薪。"《鄭箋》:"栗,析也。…古者聲栗、裂同也。"陳喬樅《改字說》:"鄭讀栗如烈,蓋本《魯詩》之説。"一説:栗木。朱熹《集傳》:"栗,西土所宜木,與苦瓜皆微物也。"又一説:堆積,衆多。陸德明《釋文》:"《韓詩》作蓼,力菊反,衆薪也。"李孫富《異文釋》:"栗,《韓詩》作蓼,訓聚薪,蓋既析則必聚,義亦相因也。"又一説:苦蓼。《毛傳》:"言我心苦,事又苦也。"馬瑞辰《通釋》:"栗,蓼蓋一聲之轉。《廣韻》蓼,蓼同字,當讀如'予又集于蓼'之蓼。蓼,辛苦之菜也。…以苦瓜而乃在苦蓼之上,猶我之心苦而事又苦。故曰'我心苦,事又苦也'。"參"慄"、"烈"。

【栗栗】衆多的樣子。(頌 1)291《周頌·良耜》:"穫之挃挃,積之栗栗。"《毛傳》:"栗栗,衆多也。"朱熹《集傳》:"栗栗,積之密也。"王先謙《集疏》:"《齊》《韓》作'穧之秩秩'。"

【栗烈】同"凓冽。"寒冷的樣子。(風 1)154《豳風·七月》一章:"一之日觱發,二之日栗烈。"《毛傳》:"栗烈,寒氣也。"陸德明《釋文》:"栗烈,《說文》作凓冽。"《説文·仌部》引《詩》作"凓冽。"楊慎《丹鉛總録》卷十六:"栗烈,謂寒氣凛冽,使人戰慄也。故氣寒謂之栗烈。"陳奂《傳疏》:"十一月待風而寒,故觱發爲風寒,十二月不風而寒,故栗冽爲寒氣也。"參"慄"、"烈"。

凓 lì 力質切(臻開三入質來) 質部、來母

凓冽,同"栗烈。"見"栗"。

慄 lì 力質切(臻開三入質來) 質部、來母

恐懼;害怕得發抖。(風 3)131《秦風·黃鳥》一章:"臨其穴,惴惴其慄。"孔穎達《正

栵櫟戾涖 297

義》:"臨其壙穴之上,皆惴惴然恐懼。"朱熹《集傳》:"慄,懼。"《孟子·公孫丑》趙歧注、《淮南子·說山》高誘注引《詩》作"惴惴其栗"。

栵 lì 力制切(蟹開三去祭來)
liè 良薛切(山開三入薛來)
月部、來母

叢生的小樹。(雅1)241《大雅·皇矣》二章:"脩之平之,其灌其栵。"《毛傳》:"栵,栭也。"陸德明《釋文》:"栵,音例,又音列。"《廣韻·祭韻》:"栵,栭栗,力制切,又音列。"陳奐《傳疏》:"栭與灌爲類,非木名,謂小木叢生者。一說:成行生長的樹。朱熹《集傳》:"栵,行生者也。"又一說:樹木砍後新長出來的枝條。王引之《述聞》卷六:"栵讀爲烈。烈,枿也,斬而復生者也。"馬瑞辰《通釋》:"烈與蘖以疊韻假借,蘖可假爲烈,即可假爲栵矣。灌爲叢生,栵爲枿生,二者相對成文。"

櫟(栎) lì 郎擊切(梗開四入錫來)
藥部、來母

樹名。殼斗科落葉喬木。又名櫪、栩,俗稱柞樹或麻櫟。果實叫橡子、橡斗。(風1)132《秦風·晨風》二章:"山有苞櫟。"《毛傳》:"櫟,木也。"孔穎達《正義》引陸璣《詩義疏》:"秦人謂柞櫟爲櫟,河內人謂木蓼爲櫟,椒榝之屬也。其子房生爲捄,木蓼子亦房生,故說者或曰柞櫟,或曰木蓼。璣以爲此秦詩也,宜從其方土之言,柞櫟是也。"

戾 lì 郎計切(蟹開四去霽來)
liè 練結切(山開四入屑來)
質部、來母

❶乖戾(的事);反常(的事)。(雅1)191《小雅·節南山》五章:"昊天不惠,降此大戾。"《鄭箋》:"戾,乖也。"朱熹《集傳》:"昊天不順,而降此乖戾之變。"一說:凶惡、災難。"降此大戾"與《瞻卬》"降此大厲"同。馬瑞辰《通釋》:"《説文》:'戾,惡也。'鞫凶猶言極凶,與大戾同義。"高亨《今注》:"戾,借爲癘,災難。"❷安定。(雅3)194《小雅·雨無正》二章:"周宗既滅,靡所止戾。"《毛傳》:"戾,定也。"《鄭箋》:"王流於彘,無所安定也。"何楷《古義》:"此二句設爲未然之語,言假若

宗周既滅,則吾輩爲臣子者,將托身何所?"258《大雅·雲漢》八章:"何求爲我,以戾庶正。"《毛傳》:"戾,定也。"陳奐《傳疏》:"言今我求雨,何獨爲我躬,亦欲以定庶正救災之成功而已。"257《大雅·桑柔》十六章:"民之未戾,職盜爲寇。"《毛傳》:"戾,定也。"戴震《考證》:"上肆其貪而資奪爲寇,則民愁苦而動搖不定矣。"一說:善。馬瑞辰《通釋》:"未戾即未善,與上章罔極同義。"❸至;到。(雅4,頌5)196《小雅·小宛》一章:"宛彼鳴鳩,翰飛戾天。"《毛傳》:"戾,至也。"馬瑞辰《通釋》:"戾者,厲之假借。…厲天,猶云摩天耳。"王先謙《集疏》:"《韓》,戾作厲,云:厲,附也。"278《周頌·振鷺》:"我客戾止,亦有斯容。"《毛傳》:"戾,來;止,至也。"陳奐《傳疏》:"戾,至也。"❹美;善。(雅1)222《小雅·采菽》五章:"優哉游哉,亦是戾矣。"《毛傳》:"戾,至也。"孔穎達《正義》:"明王之德能如此,亦如是至美矣。"王念孫《廣雅疏證》卷一上:"鄭注《菜誓》云:'至,猶善也。'是戾與善同義。"一說:到來。陳奐《傳疏》:"至,讀如'君子至止'之至。"俞樾《平議》卷十一:"言諸侯優游其連屬之國,則連屬之國亦從之而至矣。"黃焯《毛鄭平議》:"謂明王能優游諸侯,而諸侯亦於是至矣。"又一說:安定。《鄭箋》:"至,止也。諸侯有盛德者亦優游自安止於是。"《左傳·襄公二十九年》杜預注:"戾,定也。"程俊英《注析》:"戾,安定。這句意爲:希望諸侯能安定生活於周京。這是留客之詞。"❺罪;畏罪。(雅1)256《大雅·抑》一章:"哲人之愚,亦維斯戾。"《毛傳》:"戾,罪也。"《鄭箋》:"賢者而爲愚,畏懼於罪也。"一說:乖戾;反常。朱熹《集傳》:"戾,反也。…哲人而愚,則反戾其常矣。"又一說:善。馬瑞辰《通釋》:"《廣雅》:'戾,善也。'戾對疾言,正當訓善。蓋言庶人之愚是真愚,故以愚爲疾;哲人以愚成哲,斯以愚爲善耳。"

涖(莅) lì 力至切(止開三去至來)
質部、來母

到;臨;到來視察。(雅3)178《小雅·采芑》一章:"方叔涖止,其車三千。"《毛傳》:"涖,臨。"《鄭箋》:"方叔臨視此成車三千乘。"陸

德明《釋文》："莅,本又作涖。"

莅 lì 力至切（止開三去至來）
質部、來母

到,臨。見"涖"。

立 lì 力入切（深開三入緝來）
緝部、來母

❶站立。(風1)28《邶風·燕燕》二章："瞻望弗及,佇立以泣。"❷設置；建立。(雅8、頌1)220《小雅·賓之初筵》五章："既立之監,或佐之史。"241《大雅·皇矣》二章："天立厥配,受命既固。"317《大雅·桑柔》七章："天降喪亂,滅我立王。"《鄭箋》："天下喪亂國家之灾,以窮盡我王所恃而立者。謂蟲孽爲害,五穀盡病。"朱熹《集傳》："言天降喪亂,固已滅我所立之王矣。"陳奐《傳疏》："或謂天之所立,謂之立王。"程俊英《注析》："這裏指周厲王。"304《商頌·長發》一章："有娀方將,帝立子生商。"馬瑞辰《通釋》："帝立子生商,亦謂立有娀之女子爲妃而生契,因契受封於商,遂以生契爲生商耳。"屈萬里《詮釋》："上帝命燕遺卵,使簡狄吞之而生契,爲商之始,故云帝立子生商也。"《吕氏春秋·音初篇》高誘注於《詩》作"立子生商",無"帝"字。❸成立；安定。(頌1)275《周頌·思文》："立我烝民,莫匪爾極。"孔穎達《正義》："《傳》不解立,…宜爲存立衆民也。"馬瑞辰《通釋》："立當訓爲立之立。《廣雅》：'立,成也。'成義同定,《皋陶謨》'烝民乃粒',《史記·夏本紀》作'衆民乃定'。一說：通"粒"。養育；有糧食吃。《鄭箋》："立,當作粒。烝,衆也。…昔堯遭洪水,黎民阻飢,后稷播殖百穀,烝民乃粒,萬邦乃乂。"朱熹《集傳》："立、粒通。蓋使我烝民得以粒食者,莫非其德之至也。"又見【佇立】。

笠 lì 立入切（深開三入緝來）
緝部、來母

斗笠。用竹篾或草編成的帽子,用以遮雨或陽光。(雅2、頌1)190《小雅·無羊》二章："爾牧來思,何蓑何笠。"《毛傳》："蓑,所以備雨；笠,所以禦暑。"孔穎達《正義》："蓑唯備雨之物,笠則元以禦暑,兼可禦雨。"朱熹《集傳》："蓑笠所以備雨也。"291《周頌·良耜》："其饟伊黍,其笠伊糾。"《毛傳》："笠,所以禦暑雨也。"

詈 lì 力智切（止開三去寘來）
歌部、來母

罵；責罵。(雅1)257《大雅·桑柔》十六章："涼曰不可,覆背善詈。"《鄭箋》："背我而大詈罵。"胡承珙《後箋》："謂我言其涼薄爲不可,彼即反背而大詈。詈者,謂薄行非其所爲,而詈人之謗已。"

麗（丽）
（一）lì 郎計切（蟹開四去霽來）
★里弟切（蟹開四上薺來）
支部、來母

❶數目。(雅1)235《大雅·文王》四章："商之孫子,其麗不億。"《毛傳》："麗,數也。"孔穎達《正義》："商之孫子,其數至多,不徒止於一億而已,言其數之過億也。"陸德明《釋文》："麗,力計反。"陳奐《傳疏》："麗讀爲厵,此亦假借也。《方言》：'厵,數也。'《說文》、《玉篇》、《廣雅》同。"馬瑞辰《通釋》："不億即億,猶云子孫千億耳。"

（二）lí 呂支切（止開三平支來）
支部、來母

❷通"罹"。遭遇；落入。(雅3)170《小雅·魚麗》一章："魚麗于罶,鱨鯊。"《毛傳》："麗,歷也。"《爾雅·釋詁》："歷,附也。"屈萬里《詮釋》："麗,與《邶風·新臺》'鴻則離之'之離同,遭遇也。"一說：跳；跳動。陳奐以爲《傳》當作"麗,麗歷"。《傳疏》："魚麗歷在罶,言魚在罶,錄錄歷歷然也。"程俊英《注析》："麗、歷雙聲,狀魚的跳動。"(罶：一種捕魚的竹簍。)

連（连） lián 力延切（山開三平仙來）
寒部、來母

【連連】連屬不斷的樣子。(雅1)241《大雅·皇矣》八章："執訊連連。"朱熹《集傳》："連連,屬續狀。"一說：從容不迫的樣子。《毛傳》："連連,徐也。"《鄭箋》："執其所生得者而言問之,及獻所馘,皆徐徐以禮爲之,不尚促速也。"陳奐《傳疏》："連連徐者,連讀爲輦,今吴俗尚有徐行輦輦之語。"

漣(涟) lián 力延切（山開三平仙來）
寒部、來母

風吹水面形成波紋。(風1)112《魏風·伐檀》一章："河水清且漣猗。"《毛傳》："風行水成文曰漣。"馬瑞辰《通釋》："《爾雅·釋水》：'河水清且瀾漪，大波爲瀾。'據《説文》：'大波爲瀾。瀾或從連，作漣。'是瀾、漣本一字，古連讀若瀾。""漣"、"漪"不是一個詞，也不在同一個語法層次，六朝開始，"漣漪"詞匯化爲複音詞，表示風吹水面成的波紋。

【漣漣】淚流不斷的樣子。(風1)58《衛風·氓》四章："不見復關，泣涕漣漣。"陸德明《釋文》："漣，音連，泣貌。"王先謙《集疏》："《魯》説曰：漣漣，流貌也。《韓》説曰：漣漣，淚下貌。"

蓮(莲) lián 落賢切（山開三平先來）
寒部、來母

蓮子。見"茼"。

斂(敛) liǎn 良冉切（咸開三上琰來）
liàn 力驗切（咸開三去艷來）
談部、來母

收聚；聚集。(雅2)212《小雅·大田》三章："彼有不穫穉，此有不斂穧。"255《大雅·蕩》四章："斂怨以爲德。"《鄭箋》："斂聚羣不逞作怨之人，謂之有德而任用之。"朱熹《集傳》："多爲可怨之事，而反以爲德矣。"

蘞(蔹) liǎn 力冉切（咸開三上琰來）
liàn 力鹽切（咸開三平鹽來）
談部、來母

多年生蔓草。又名五爪龍、木竹藤、五月五。有卷須，適於攀援，葉分若雞足，夏日開黃綠色小花，結球形聚果，紫黑色，不可食。(風2)124《唐風·葛生》一章："葛生蒙楚，蘞蔓于野。"孔穎達《正義》引陸璣《詩義疏》："蘞似栝樓，葉盛而細，其子正黑如燕薁，不可食也，幽州人謂之烏服。"馬瑞辰《通釋》："葛與蘞皆蔓草，延於松柏則得其所，猶婦人隨夫榮貴。今詩言蒙楚、蒙棘，蔓野、蔓域，蓋以喻婦人失其所依。"

梁 liáng 呂張切（宕開三平陽來）
陽部、來母

❶堤堰；攔魚的堤壩。(風7、雅7)35《邶風·谷風》三章："毋逝我梁，毋發我笱。"《毛傳》："梁，魚梁。"朱熹《集傳》："梁，堰石障水而空其中，以通魚之往來者也。"嚴粲《詩緝》："蓋爲堰，空中央，承之以笱。"151《曹風·候人》二章："維鵜在梁，不濡其翼。"《毛傳》："梁，水中之梁。"199《小雅·何人斯》一章："胡逝我梁，不入我門。"《鄭箋》："梁，魚梁也。"63《衛風·有狐》一章："有狐綏綏，在彼濟梁。"《毛傳》："石絶水曰梁。"屈萬里《詮釋》："以石絶水曰梁，今所謂攔河壩是也。"❷車梁；橋。(雅1)211《小雅·甫田》四章："曾孫之稼，如茨如梁。"《毛傳》："梁，車梁也。"孔穎達《正義》："《孟子》：'十二月，車梁成。'梁，謂水上橫橋。橋有廣狹，得容車渡則高廣者也，故以比禾積。"朱熹《集傳》："梁，車梁也，言其穹窿也。"一説：荆。一種叢生灌木。于省吾《新證》："'如梁'之梁本應作荆。荆與梁、梁並從刃聲，字義相通。茨本蒺藜，系蔓生密集之草，荆爲叢生之木。詩人咏曾孫之稼，以茨之密集與荆之叢生互爲比，系形容禾稼之多。"❸特指浮橋。(雅1)236《大雅·大明》五章："造舟爲梁，不顯其光。"孔穎達《正義》："造其舟以爲橋梁。"朱熹《集傳》："梁，橋也。作船於水，比之而加版於其上，以通行者，即今之浮橋也。"

【梁山】山名，在今陝西省合陽、韓城二縣界。(雅1)261《大雅·韓奕》一章："奕奕梁山，維禹甸之。"《鄭箋》："梁山，今左馮翊夏陽西北。"陳奐《傳疏》："梁山在今陝西同州府韓城縣西北，即漢縣夏陽地。…梁山治，周都鎬京之北土，盡成沃野。…梁山在王畿東北交界處，又爲韓侯歸國之所經，故尹吉甫美宣王錫命韓侯，首章即以禹治梁山，除水災，比況宣王平大亂，命諸侯，與《信南山》以禹比曾孫成王者，意正同也。"一説：在今河北省固安縣。江永《羣經補義》："詩言韓城燕師所完，奄受追、貊、北國，則韓不當在關中。王肅云：'涿郡方城縣有韓侯城。'《潛夫論》曰：'周宣王時有韓侯，其國近燕，故《詩》曰：浦彼韓城，燕師所完。'考《水經注》：'聖水逕方城縣故城北，又東逕韓侯城東。'方城，今爲順天府固安縣，在府西南百二十里，與《詩》言'奄受北國'者相符。方城亦有梁山,《水經注》:'鮑丘水過潞縣西,高梁水注之。水東逕梁山。'潞縣今之通州,其西有梁山。然則韓始封於同州韓城,至宣王時徙封於燕之方城與?"

【梁輈】古代車子的轅,上曲前鉤爲穹隆形,如屋之梁,故名"梁輈"。(風1)128《秦風·小戎》一章:"小戎俴收,五楘梁輈。"《毛傳》:"梁輈,輈上句衡也。"孔穎達《正義》:"輈者轅也。梁輈,輈上曲句衡。衡者軛也。轅從軫以前稍曲而上至衡,則居衡之上,而嚮下句之,衡則橫居輈下,如屋之梁然,故謂之梁輈也。阮元《考工記車制圖解》:"輈者,曲轅駕馬者也。以其形曲,故與舟同聲,曰輈。輈身通長一丈九尺餘,車之材,莫大於此。朱駿聲《說文通訓定聲·孚部》:"大車左右兩木直而平者謂之轅。小車居中一木曲而上者謂之輈,亦曰軒轅,謂其穹隆而高明也。"

梁 liáng 呂張切（宕開三平陽來）
陽部、來母

優良品種的粟。(風1、雅2)121《唐風·鴇羽》三章:"王事靡盬,不能藝稻梁。"187《小雅·黃鳥》二章:"黃鳥黃鳥,無集于桑,無啄我梁!"程瑤田《九穀考》:"《內則》言飯有粱,又有黃粱,是粱者白粱也,今北方猶呼粟米之純白者曰粱。"岡元鳳《毛詩品物圖考》:"粱,粟類也。粱統粟之名,古者無粟名,後世粟顯而梁隱矣。潘富俊《詩經植物圖鑒》:"《詩經》中出現的粱與粟,指的就是俗稱的穀子或小米。粱的米粒蒸後較黏,而粟爲粱之不黏者。"

涼(凉) （一）liáng 呂張切（宕開三平陽來）
陽部、來母

❶溫度低;寒冷。(風1)41《邶風·北風》一章:"北風其涼,雨雪其雱。"馬瑞辰《通釋》:"古以谷風、凱風喻仁愛,因以淒風、涼風喻暴虐。"❷刻薄;不厚道。(雅2)257《大雅·桑柔》十五章:"民之罔極,職涼善背。"《毛傳》:"涼,薄也。"孔穎達《正義》引王肅云:"民之無中和,主爲薄俗,善相欺背。"戴震《考證》:"上多涼德而欺背以害民,則民亦相欺而罔極矣。"馬瑞辰《通釋》:"'職涼善背'與'職競用力'、'職盜爲寇'文法相類,謂涼薄者善相欺背。"一說:通'諒',信。《鄭箋》:"涼,信也。民之行失其中者,主由爲政者信用小人,互相欺違。"陸德明《釋文》:"涼,毛音涼,薄也。鄭音亮,信也。"朱熹《集傳》:"《傳》曰:'涼,薄也。'鄭讀作諒,信也。疑鄭爲得之。"

（二）liàng 力讓切（宕開三去漾來）
陽部、來母

❸輔助。(雅1)236《大雅·大明》八章:"涼彼武王。"《毛傳》:"涼,佐也。"朱熹《集傳》:"涼,《漢書》作亮,佐助也。"陸德明《釋文》:"涼,本亦作諒。《韓詩》作亮,云:相也。陳奐《傳疏》:"涼讀爲亮,假借字也。《漢書·王莽傳》引《詩》正作亮。…《爾雅》云:'亮,右也。'又云:'左右,亮也。'"漢應劭《風俗通義·皇霸》引《詩》亦作"亮彼武王"。

良 liáng 呂張切（宕開三平陽來）
陽部、來母

❶善;好。(風13、雅8、頌1)53《鄘風·干旄》一章:"素絲紕之,良馬四之。"253《大雅·民勞》一章:"無縱詭隨,以謹無良。"《毛傳》:"以謹無良,慎小以懲火也。"《鄭箋》:"良,善。"❷善人;賢能的人。(雅1)193《小雅·十月之交》二章:"四國無政,不用其良。"《鄭箋》:"四方之國無政治者,由天子不用善人也。"

【良人】1)善人;好人。(風3、雅2)131《秦風·黃鳥》一章:"彼蒼者天,殲我良人。"《毛傳》:"良,善也。"馬瑞辰《通釋》:"良人即善人也。"257《大雅·桑柔》十一章:"維此良人,弗求弗迪。"朱熹《集傳》:"迪,進也。言不求良人進而用之。"2)古代婦女對丈夫的稱呼。(風3)118《唐風·綢繆》一章:"今夕何夕,見此良人。"朱熹《集傳》:"良人,夫稱也。"牟庭《詩切》:"《孟子》劉熙注曰:'婦稱夫曰良人。'…俗語婦人稱夫曰郎,即良之古聲,詩人之遺言也。"一說:丈夫稱妻子;美人。《毛傳》:"良人,美室也。"孔穎達《正義》:"下云'見此粲者',粲是三女,故知良人爲美室。陳奐《傳疏》:"良人猶美人。"

【良耜】《周頌》篇名(291)。這是周王在秋收之後用新穀祭祀社(土神)稷(穀神)時唱的樂歌。《詩序》:"《良耜》,秋報社稷也。"蔡邕《獨斷》:"《良耜》,秋報社稷之所歌也。"詩中叙述一年的農事活動,從耕地、播種、除草、豐收寫到祭祀求福。其寫作年代大致與《載芟》相同。朱熹《集傳》:"或疑《思文》、《臣工》、《噫嘻》、《豐年》、《載芟》、《良耜》等篇即所謂《豳頌》者。其詳見於《豳風》及《大田》篇之末,亦未知其是否也。"有人認爲《良耜》與《絲衣》原是一篇,《詩經》誤分爲二。有人以爲"此亦祭宗廟之詩"。一章,二十三句。

糧(粮) liáng 吕張切(宕開三平陽來) 陽部、來母

旅行用的乾糧;糧食。(雅 1)250《大雅·公劉》五章:"廼其原隰,徹田爲糧。"孔穎達《正義》:"徹取其原隰之所收之粟以爲軍國之糧也。"又見【餱糧】

兩(两)

(一)liǎng 良奬切(宕開三上養來) 陽部、來母

❶成對的兩個。(風 7、雅 1)45《邶風·柏舟》一章:"髧彼兩髦,實維我儀。"(兩髦:古代兒童髮式,頭髮分垂兩邊至眉。)197《小雅·車攻》六章:"四黄既駕,兩驂不猗。"(猗:偏。)❷數詞。二。(風 3)97《齊風·還》三章:"並驅從兩肩兮,揖我謂我儇兮。"《鄭箋》:"並驅而逐二獸。"❸量詞。雙,用於鞋類。(風 1)101《齊風·南山》二章:"葛屨五兩,冠緌雙止。"孔穎達《正義》:"屨必兩隻相配,故以一兩爲一物。"朱熹《集傳》:"兩,二履也。"曹粹中《放齋詩説》:"《周禮》:履人'辨外内命夫命婦之命屨、功屨、散屨。'注云:'有維屨、黄屨、白屨、黑屨、散屨。'所謂五兩也。"馬瑞辰《通釋》:"兩者,緉之省借。《説文》:'緉,履兩枚也。'"

(二)liàng 力讓切(宕開三去漾來) 陽部、來母

❹量詞。輛。計算車乘的單位。(風 3、雅 1)12《召南·鵲巢》一章:"之子于歸,百兩御之。"《毛傳》:"百兩,百乘也。諸侯之子嫁於諸侯,送御皆百乘。"孔穎達《正義》:"謂之兩者,《風俗通》謂車有兩輪,馬有四匹,故車稱兩,馬稱駟。"朱熹《集傳》:"兩,一車也。一車兩輪,故謂之兩。"王先謙《集疏》:"《魯》説曰:車一兩爲兩,兩相與爲體也。又曰:車有兩輪,故稱爲兩,猶履有兩支,亦稱爲兩。"261《大雅·韓奕》四章:"百兩彭彭,八鸞鏘鏘。"《鄭箋》:"百兩,百乘。"

諒(谅) liàng 力讓切(宕開三去漾來) 陽部、來母

❶相信;體諒。(風 2)45《鄘風·柏舟》一章:"母也天只,不諒人只。"《毛傳》:"諒,信也。"《方言》卷一:"衆信曰諒,周南召南衛之語也。"陸德明《釋文》:"亮,本亦作諒。"❷誠然;真的。(雅 1)199《小雅·何人斯》七章:"及爾如貫,諒不我知?"《鄭箋》:"諒,信也。朱熹《集傳》:"諒,誠也。…豈誠不我知而謂我哉?"(貫:錢貝穿在一條繩子上。)一説:誠信。曾運乾《毛詩説》:"諒不我知,猶云不知我諒,倒文以取韻耳。"參"涼"。

亮 liàng 力讓切(宕開三去漾來) 陽部、來母

輔助。見"涼"。體諒。見"諒"。

膋 liáo 落蕭切(效開四平蕭來) 宵部、來母

腸子間的脂肪;泛指脂肪。(雅 1)210《小雅·信南山》五章:"執其鸞刀,以啓其毛,取其血膋。"《鄭箋》:"膋,脂膏也。血以告殺,膋以升臭。"孔穎達《正義》:"膋者,腸間脂也,脂釋者曰膏,故云:'膋,脂膏也。'"《説文·肉部》作"膫"説:"牛腸脂也。《詩》曰:'取其血膫。'膋、膫或從勞省聲。"陳奂《傳疏》:"戴角者脂,無角者膏,此析言也。渾言則脂、膏不分。"

漻 liáo 落蕭切(效開四平蕭來) 幽部、來母

水流清澈。見"瀏"。

聊 liáo 落蕭切(效開四平蕭來) 幽部、來母

❶願;姑且;暫且。(風 6)39《邶風·泉水》一章:"孌彼諸姬,聊與之謀。"《毛傳》:"聊,願也。"《鄭箋》:"聊,且略之辭。"馬瑞辰《通釋》:"《毛傳》訓聊爲願者,願亦且也。"147《檜風·素冠》二章:"庶見素衣兮,我心傷悲兮,聊與子同歸兮。"《毛傳》:"願見有禮之

人,與之同歸."《鄭箋》:"聊,猶且也."馬瑞辰《通釋》:"願與且,義正相承.聊之爲願又爲且,猶慭之訓願又訓且也." ❷助詞.見【椒聊】.

爃(燎) liáo 力照切（效開三去笑來）
藥部、來母

治療.見"爍".

僚 （一）liáo 落蕭切（效開四平蕭來）
力小切（效開三上小來）
宵部、來母

❶官;官職.（雅1)203《小雅·大東》四章:"私人之子,百僚是試."《毛傳》:"是試用於百官也."陸德明《釋文》:"僚,字又作寮."朱熹《集傳》:"僚,官."陳子展《選譯》:"百僚,當指王公、大夫、士以下,皁、輿、隸、僚、仆、臺、圉、牧之賤者.百僚猶云百隸,百僕也."

（二）liǎo 郎鳥切（效開四上篠來）
宵部、來母

❷容貌美好;漂亮.（風1)143《陳風·月出》一章:"月出皎兮,佼人僚兮."《毛傳》:"僚,好貌."孔穎達《正義》:"僚爲好貌.謂其形貌好,言色美,身復美也."陸德明《釋文》:"僚,本亦作嫽."《文選·月賦》李善注引作"憭".《說文·人部》:"僚,好貌."段玉裁注:"此僚之本義也,自借爲同寮字而本義廢矣."

寮 liáo 落蕭切（效開四平蕭來）
宵部、來母

通"僚".官;官職.見【同寮】.參"僚".

憭 liáo 落蕭切（效開四平蕭來）
盧鳥切（效開四上篠來）
力小切（效開三上小來）
宵部、來母

美好.見"僚".

膋 liáo 落蕭切（效開四平蕭來）
宵部、來母

腸子間的脂肪;脂肪.見"膋".

燎 （一）liáo 力小切（效開三上小來）
宵部、來母

❶燃燒;放火焚燒草木.（雅2)192《小雅·正月》八章:"燎之方揚,寧或滅之."《鄭箋》:"火田爲燎."239《大雅·旱麓》五章:"瑟彼柞棫,民所燎矣."嚴粲《詩緝》:"柞棫瑟然茂密,則民取以爲薪而燎之矣."陸德明《釋文》:"燎,《說文》作尞."王夫之《詩經考異》:"[尞]已從火,不宜更加火字.作燎者,俗字."陳奐《傳疏》:"凡燒薪木,其字皆可作尞."❷通"嫽".嬌美.（風1)143《陳風·月出》三章:"月出照兮,佼人燎兮."《史記·司馬相如傳》司馬貞索隱、《一切經音義》卷九均引作"姣人嫽兮".陳奐《傳疏》:"燎,當爲嫽.…《方言》、《廣雅》云:嫽,好也.一說:通"憭".聰慧.《說文·心部》:"憭,慧也."又一說:明媚;光明.朱熹《集傳》:"燎,明也."張爾岐《蒿庵閒話》卷二:"燎訓明也.明則顧盼生姿,光彩動人,如有暉耀也."王先謙《集疏》:"燎者,言其光明."

（二）liáo 力昭切（效開三平宵來）
力照切（效開三去笑來）
宵部、來母

❸古代用以照明的火炬.見【庭燎】.

尞 liáo ★憐蕭切（效開四平蕭來）
宵部、來母

焚燒.見"燎".

嫽 liáo 力小切（效開三上小來）
宵部、來母

美好.見"僚"、"燎".

蓼 （一）liǎo 盧鳥切（效開四上篠來）
幽部、來母

❶一種草本植物.生長在淺水中,味辛辣,開白色或淺紅色小花,也叫辣蓼.（頌1)289《周頌·小毖》:"未堪家多難,予又集于蓼."《毛傳》:"我又集于蓼,言辛苦也."孔穎達《正義》:"蓼,辛苦之菜."朱熹《集傳》:"蓼,辛苦之物也."一說:通"瘳".病;辛苦.陳奐《傳疏》:"蓼,讀爲瘳,瘳,病也.言辛苦者,引申義也."❷泛指水邊雜草.（頌2)291《周頌·良耜》:"其鎛斯趙,以薅荼蓼.荼蓼朽止,黍稷茂止."孔穎達《正義》:"蓼是穢草."朱熹《集傳》:"荼,陸草.蓼,水草.一物而有水陸之異也.今南方人猶謂蓼爲辣荼,或用以毒溪取魚,即所謂荼毒也."

（二）lù 力竹切（通合三入屋來）
覺部、來母

❸長大的樣子.（雅4)173《小雅·蓼蕭》一

章:"蓼彼蕭斯,零露湑兮。"《毛傳》:"蓼,長大貌。"馬瑞辰《通釋》:"蓼從翏聲,翏爲高飛貌,高與長大義相近,故蓼得訓爲長大貌。"一說:青翠的樣子。何楷《古義》:"蓼,戴侗云:草蒼蒨貌。蓋蓼本屬菜名,故以蒼蒨象其色。"

〖蓼莪〗《小雅》篇名(202)。這是一首哀悼父母的詩。人民苦於徭役,父母生我養我,恩德無極,而自己無法終養父母。深切哀痛的感情自然流露。《詩序》:"《蓼莪》,刺幽王也。民人勞苦,孝子不得終養爾。"《鄭箋》:"不得終養者,二親病亡之時,時在役所,不得見也。"朱熹《集傳》:"人民勞苦,孝子不得終養而作此詩。晉王裒以父死非罪(哀о王儀爲司馬昭所殺),每讀《詩》至'哀哀父母,生我劬勞',未嘗不三復流涕,受業者爲廢此篇。詩之感人如此。"胡承珙《後箋》:"唐太宗生日,亦以生日承歡膝下不可得,因引'哀哀父母,生我劬勞'之詩。"六章,三十二句。

〖蓼²蓼²〗長大的樣子。(雅 2)202《小雅・蓼莪》一章:"蓼蓼者莪,匪莪伊蒿。"《毛傳》:"蓼蓼,長大貌。"

〖蓼²蕭〗《小雅》篇名(173)。這是一首貴族宴會和表示頌禱的詩。諸侯在宴會中歌頌周天子,祝他令德長壽,萬福俱集。《詩序》:"《蓼蕭》,澤及四海也。"朱熹《集傳》:"諸侯朝天子,天子與之燕,以示慈惠,故作此詩。"姚際恒《通論》:"此諸侯朝天子,天子美之之詞。"吳闓生《會通》:"據此詞當是諸侯頌美天子之作。"陳子展《直解》:"《蓼蕭》、《序》説'澤及四海',蓋謂此爲燕遠國之君之樂歌。"四章,二十四句。

冽 liè 良薛切(山開三入薛來)
　　　力制切(蟹開三去祭來)
　　　月部、來母

通"洌"。寒冷。(風 3、雅 1)153《曹風・下泉》一章:"冽彼下泉,浸彼苞稂。"《毛傳》:"冽,寒意也。"(一本作"洌"。)203《小雅・大東》三章:"有冽氿泉,無浸穫薪。"《毛傳》:"冽,寒意也。(毛本作"洌"。)陸德明《釋文》:"有冽,音列,寒意也。"(據宋本)孔穎達《正義》:"《說文》:'冽,寒貌。'故冰從冽。"嚴

粲《詩緝》:"冽旁三點者,從水也,清也,潔也;旁二點者,從冰也,寒也。"陳奂《傳疏》:"冽,當作洌。"

列 liè 良薛切(山開三入薛來)
　　　月部、來母

行列。見"烈"。

洌 liè 良薛切(山開三入薛來)
　　　月部、來母

寒冷。見"冽"、"栗"。

烈 liè 良薛切(山開三入薛來)
　　　月部、來母

❶炙;將肉挂在火上烤熟。(雅 1)245《大雅・生民》七章:"載燔載烈,以興嗣歲。"《毛傳》:"傅火曰燔,貫之加於火曰烈。"段玉裁《小箋》:"烈即炙也。燔與火相著,炙與火相離。"❷光明。見【烈光】。❸功業;事業。(頌 2)274《周頌・執競》:"執競武王,無競維烈。"《毛傳》:"烈,業也。"朱熹《集傳》:"故其功烈之盛,天下莫得而競。"285《周頌・武》:"於皇武王,無競維烈。"《毛傳》:"烈,業也。"《鄭箋》:"無疆乎其克商之功業。"❹光榮;有功烈的。多用於對祖先的美稱。(雅 1、頌 6)220《小雅・賓之初筵》二章:"樂既和奏,烝衎烈祖。"《鄭箋》:"烈,美。"朱熹《集傳》:"烈,業。"282《周頌・雝》:"既右烈考,亦右文母。"《毛傳》:"烈考,武王也。"《鄭箋》:"烈,光也。"朱熹《集傳》:"烈考,猶皇考也。"馬瑞辰《通釋》:"詩以烈考與文母對舉,文母爲大姒,烈考爲文王無疑。"269《周頌・烈文》:"烈文辟公,錫茲祉福。"《毛傳》:"烈,光也。文王錫之。"馬瑞辰《通釋》:"《逸周書・諡法解》:'有功安民曰烈。'烈文二字平列,烈言其功,文言其德。"301《商頌・那》:"奏鼓簡簡,衎我烈祖。"《毛傳》:"烈祖,湯,有功烈之祖也。"陳奂《傳疏》:"烈,功烈也。"馬瑞辰《通釋》:"烈祖猶言顯祖。"❺通"癘"。病。(雅 1)240《大雅・思齊》三章:"肆戎疾不殄,烈假不瑕(十三經注疏本作'遐')。"《鄭箋》:"厲、假皆病也。瑕,已也。"馬瑞辰《通釋》:"烈即癘之假借,假即瘕之假借。詩兩不字皆句中助詞。肆戎疾不殄,即言戎疾殄也。烈假不瑕,即言厲蠱之疾已也。"于省吾《新證》:"'烈假不

瑕'的'烈假',漢唐公房碑作'瘌蠱不遐'。蠱謂巫蠱,近代民族學家稱之爲魔術,係原始宗教用巫師作法以陷害敵人的一種手段。…今以各原始民族所盛行的巫術證之,則瘌蠱爲陷害敵人的各種惡毒法術。"一説:功業。《毛傳》:"烈,業;假,大也。"孔穎達《正義》:"王之功業廣大,豈不長遠乎?言長遠也。"❻通"列"。行列。(風 3)78《鄭風·大叔于田》一章:"叔在藪,火烈具舉。"《毛傳》:"烈,列。"《鄭箋》:"列人持火俱舉,言衆同心。"孔穎達《正義》:"火有行列,俱時舉也。"《文選·張平子·東京賦》李善注引作"火列具舉"。陳奐《傳疏》:"《傳》讀烈與列同,火列,列火也。列,古迾字。《周禮》作厲。鄭司農注《山虞典祀》,並訓厲爲遮列,即遮迾也。《詩》假作烈。"

【烈光】光明;光采。(頌 1)283《周頌·載見》:"鞗革有鶬,休有烈光。"孔穎達《正義》:"如是休然壯盛而有顯光。"陳奐《傳疏》:"烈,光也。"屈萬里《詮釋》:"休,美也。烈光,猶光采也。"高亨《今注》:"烈,明亮也。"

【烈烈】1)火猛的樣子。(頌 1)304《商頌·長發》六章:"如火烈烈,則莫我敢曷。"《鄭箋》:"其威勢如猛火之炎熾也。"2)威武的樣子。(雅 1,頌 1)227《小雅·黍苗》四章:"烈烈征師,召伯成之。"《鄭箋》:"烈烈,威武貌。"304《商頌·長發》二章:"相土烈烈,海外有截。"《毛傳》:"烈烈,威也。"《鄭箋》:"相土居夏后之世,承契之業,入爲王官之伯,出長諸侯,其威武之盛烈烈然,四海之外率服,截然整齊。"3)憂愁的樣子。(雅 1)167《小雅·采薇》二章:"憂心烈烈,載饑載渴。"《鄭箋》:"烈烈,憂貌。"朱熹《集傳》:"如火烈烈,言内熱也。"陳奐《傳疏》:"《廣雅》:'烈烈,憂也。烈與怨同。"4)高峻險阻的樣子。(雅 1)202《小雅·蓼莪》五章:"南山烈烈,飄風發發。"《毛傳》:"烈烈,高大貌。"胡承珙《後箋》:"至難者,義當如'行路難'、'蜀道難'之難,以烈烈爲險阻之狀。"5)通"冽冽"。寒冷的樣子。(雅 1)204《小雅·四月》三章:"冬日烈烈,飄風發發。"《鄭箋》:"烈烈,猶栗烈也。"王先謙《集疏》:"《魯》,烈烈作栗栗。"

【烈文】《周頌》篇名(269)。這是周成王卽政,祭祀祖先(先公)戒勉助祭諸侯的詩。前八句戒勉助祭諸侯,後五句戒勉成王。《詩序》:"《烈文》,成王卽政,諸侯助祭也。"蔡邕《獨斷》:"《烈文》,成王卽政,諸侯助祭之所歌也。"《鄭箋》:"新王卽政,必以朝享之禮祭於考廟,告嗣王也。"孔穎達《正義》:"武王崩之明年,與周公歸政明年,俱得爲成王卽政。但此敕戒諸侯,用賞賀以爲己任,非復喪中之辭,故知是致政之後年事也。"朱熹《集傳》:"此祭於宗廟,而獻助祭諸侯之樂歌。"陳子展《直解》:"詩蓋作於成王七年(公元前 1035 年)邪?"屈萬里《詮釋》認爲:"此蓋祭周先公之詩,因以戒時王也。"一章,十三句。

【烈祖】《商頌》篇名(302)。這是商人或宋人祭祀成湯的樂歌。主祭者自稱"湯孫"。朱熹《集傳》:"此亦祀成湯之樂。"王質《詩總聞》:"前詩(《那》)聲也,所言皆音樂。此詩臭也,所言皆飲食也。商尚聲,亦尚臭。"姚際恆《通論》引輔廣説:"《那》與《烈祖》皆祀成湯之樂,然《那》詩則專言樂聲,至《烈祖》則反於酒饌焉。"《詩序》:"烈祖,祀中宗也。"學者多不同意《序》説。現代研究者或以爲是宋君祭祀其祖先時通用的樂歌。詩中"烈祖"應讀作"列祖"。一章,二十二句。又見【栗烈】。

颲(冽) liè 良薛切(山開三入薛來)
月部、來母

颲颲,寒冷。見"栗"。

獵(猎) liè 良涉切(咸開三入葉來)
葉部、來母

晚上打獵。也泛指打獵。(風 3)112《魏風·伐檀》:"不狩不獵,胡瞻爾庭有縣貆兮。"《鄭箋》:"冬獵曰狩,宵田曰獵。"陳奐《傳疏》:"冬獵曰狩,宵田曰獵,析言之,渾言狩、獵不別。"

林 lín 力尋切(深開三平侵來)
侵部、來母

❶成片的樹木。(風 1,雅 7,頌 1)31《邶風·擊鼓》三章:"於以求之,於林之下。"236《大雅·大明》七章:"殷商之旅,其會如林。"朱熹《集傳》:"如林,言衆也。"23《召南·野

有死麕》二章:"林有樸樕,野有死鹿。"孔穎達《正義》:"於林中有樸樕小木之處。"7《周南‧兔罝》三章:"肅肅兔罝,施於中林。"《毛傳》:"中林,林中也。"一説:野外、遠郊。馬瑞辰《通釋》:"《爾雅》:'牧外謂之野,野外謂之林。'中林猶云中野,與上章中逵爲一類。《野有死麕》詩'林有樸樕,野有死鹿',《株林》詩'説於株林',皆以林與野對言,林猶野也。"❷盛多。(雅1)220《小雅‧賓之初筵》二章:"百禮既至,有壬有林。"朱熹《集傳》:"壬,大;林,盛也。言禮之盛大也。"馬瑞辰《通釋》:"壬,林,承上百禮言。有壬,狀其禮之大也;有林,狀其禮之多也。"一説:君。《毛傳》:"林,君也。"《鄭箋》:"諸侯所獻之禮既陳於庭,有卿大夫,又有國君。"孔穎達《正義》:"此酒食百衆之禮既獻而至於祖,時則有祭祀之大禮,有孝子之人君。"又見【北林】【平林】。

粦（粼） lín 力珍切（臻開三平真來）真部、來母

【粼粼】清澈明净的樣子。(風1)116《唐風‧揚之水》三章:"揚之水,白石粼粼。"《毛傳》:"粼粼,清澈也。"《説文‧巛部》:"粼,水生厓石間粼粼也。"陸德明《釋文》:":粼,本又作磷。"朱熹《集傳》:"粼粼,水清石見之貌。"《廣韻‧真韻》:"粼,水在石間。亦作磷。"

磷 lín 力珍切（臻開三平真來）真部、來母

水流清澈。見"粼"。

獜 lín 力珍切（臻開三平真來）真部、來母

犬健壯。見"令"。

鄰（邻、隣） lín 力珍切（臻開三平真來）真部、來母

鄰里;鄰近的人。(雅1)192《小雅‧正月》十二章:"洽比其鄰,昏姻孔云。"《毛傳》:"鄰,近。"陳奂《傳疏》:"鄰,近雙聲爲訓,近猶親親也。昏姻,異姓之臣也。"朱熹《集傳》:"言小人得志,有旨酒嘉殽以合比其鄰里,恰懌其婚姻。"朱熹《集傳》字作"隣"。

【鄰鄰】通"轔轔"。車行聲。(風1)126《秦風‧車鄰》一章:"有車鄰鄰。"《毛傳》:"衆車聲也。"孔穎達《正義》:"車有副貳,明非一車,故以鄰鄰爲衆車之聲。"陸德明《釋文》:"鄰,本亦作隣,又作轔。"《漢書‧地理志》引《詩》作"轔"。王先謙《集疏》:"《魯》、《齊》鄰作轔。《魯》説曰:轔轔,車聲也。"

轔（辚） lín 力珍切（臻開三平真來）真部、來母

轔轔,車行聲。見"鄰"。

麟 lín 力珍切（臻開三平真來）真部、來母

麒麟。古代傳説中的一種動物,形如鹿,獨角,全身有鱗甲,尾像牛。現代有的動物學家認爲麟可能就是長頸鹿。長頸鹿在非洲土語中叫giri。(風6)11《周南‧麟之趾》三章:"麟之趾,振振公子,于嗟麟兮!"陸璣《詩義疏》:"麟,麕身,牛尾,馬足,黃色,圓蹄,一角,角端有肉。音中鍾吕,行中規矩,遊必擇地,詳而後處,不履生蟲,不踐生草。不羣居,不侣行,不入陷阱,不罹羅網。王者至仁則出。"朱熹《集傳》:"麟,麕身,牛尾,馬蹄,毛蟲之長也。"按《説文‧鹿部》:"麟,大牝鹿也。麒,仁獸也。麢,牝麒也。"段玉裁注:"單呼麟者,大牝鹿也;呼麒麟者,仁獸也。麒麟可單呼麟,麢者麟之或字。"《史記‧司馬相如列傳》司馬貞索隱引張揖曰:"雄曰麒,雌曰麟。"

【麟之趾】《國風‧周南》篇名(11)。這是一首贊頌公侯子孫興盛優秀的詩。麟是一種吉祥的獸,用以比喻貴族子孫的高貴聰明。姚際恒《通論》:"此詩只以麟比王之子孫族人。蓋麟爲神獸,世不常出,王之子孫亦各非常人,所以興比而歎美之耳。"戴震《補注》:"《麟趾》,美公子之賢比於麟也,麟之儀表見於趾、額、角矣,公子之賢則見其振振矣。"《詩序》以爲是《關雎》之應:"《麟之趾》,《關雎》之應也。《關雎》之化行,則天下無犯非禮,雖衰世之公子皆信厚如麟趾之時也。"意思不大好懂。高亨以爲魯哀公十四年,魯人在魯西郊獵到一只麟,孔子很受刺激,記在《春秋》上,並作了一首《獲麟歌》,可能就是《詩經》裏這首《麟之趾》。三章,九句。

臨(临) lín 力尋切（深開三平侵來）
侵部、來母

❶從上面往下看；察看。(雅 4、頌 1)236《大雅•大明》七章："上帝臨女，無貳爾心。"《鄭箋》："臨，視也。"馬瑞辰《通釋》："臨，謂神明監之。"《左傳•襄公二十四年》引此詩，楊伯峻注："上帝監臨，須一心一德。"240《大雅•思齊》三章："不顯亦臨，無射亦保。"《鄭箋》："臨，視也。女(汝)，女(汝)武王也。保，猶居也。…有賢才之質而不明者，亦得觀於禮；於六藝無射才者，亦得居於位。"馬瑞辰《通釋》："臨者，臨視之義。保者，保守之義，言文王無時不警惕也。"于省吾《新證》："不應讀作丕，亦猶惟也。…丕顯惟臨，無射亦保，言神臨之丕顯，保之無厭也。"258《大雅•雲漢》二章："后稷不克，上帝不臨。"《鄭箋》："天不視我之精誠。"馬瑞辰《通釋》："上帝不臨，讀如《左傳》'神弗臨也'之臨。謂上帝不臨護之也。"❷從高處走向低處；走近。(風 4、雅 2)131《秦風•黃鳥》一章："臨其穴，惴惴其慄。"鄭方坤《經稗》卷五："其穴，三良穴也。臨之者人臨之也。"195《小雅•小旻》六章："如臨深淵，如履薄冰。"《毛傳》："如臨深淵，恐隊(墜)也。如履薄冰，恐陷也。"又見《照臨》。

【臨衝】古代攻城用的兩種戰車。(雅 3)241《大雅•皇矣》七章："以爾鉤援，與爾臨衝，以伐崇墉。"《毛傳》："臨，臨車也；衝，衝車也。"孔穎達《正義》："臨者，在上臨下之名；衝者，從旁衝突之稱。"陸德明《釋文》："臨，如字，《韓詩》作隆。"惠棟《九經古義》卷六："文當云：'隆，隆車也。'隆，高也，巢車之類。"《鹽鐵論》云：'衝隆不足以爲強，城高不足以爲固。'《韓詩》作'隆衝'，後漢殤帝諱隆，改'隆'爲'臨'。"陳啟源《稽古編》："今北土人語猶呼臨爲隆。"一說：臨衝是古代一種戰車。武億《羣經七記》："淮南王書《氾論訓》：'晚世之兵，隆衝以攻。'注：'隆，高也。衝，所以臨敵城衝突壞。'蓋其制爲隆，其施於用爲衝，與上文'鉤'援爲一例。"

廩(廩) lín 力稔切（深開三上寢來）
侵部、來母

糧倉。(頌 1)279《周頌•豐年》："亦有高廩，萬億及秭。"《毛傳》："廩，所以藏齍盛之穗也。"孔穎達《正義》："此言藏穗，則廩唯藏粟也，而《地官•廩人•注》云'藏米，廩'者，對則藏米曰廩，藏粟曰倉，其散即通也。"陸德明《釋文》："廩，倉也。"

凌(凌、掕) líng 力膺切（曾開三平蒸來）
蒸部、來母

【凌陰】冰窖；藏冰的地下室。凌，冰。(風 1)154《豳風•七月》八章："二之日鑿冰冲冲，三之日納于凌陰。"《毛傳》："凌陰，冰室也。"陸德明《釋文》："凌，《說文》作掕。"《說文•穴部》："窨，地室也。"朱駿聲《說文通訓定聲•臨部》："《詩•七月》：'三之日納於凌陰，'以陰爲之。"

陵 líng 力膺切（曾開三平蒸來）
蒸部、來母

大土山。(雅 7、頌 1)193《小雅•十月之交》三章："高岸爲谷，深谷爲陵。"300《魯頌•閟宮》四章："三壽作朋，如岡如陵。"166《小雅•天保》三章："如山如阜，如岡如陵。"《毛傳》："大陸曰阜，大阜曰陵。"《鄭箋》："此言其福禄委積高大也。"嚴粲《詩緝》："如阜之大矣，又復如大阜之陵，則愈大矣。"

苓 líng 郎丁切（梗開四平青來）
真部、來母

甘草。也叫大苦。(風 3)38《邶風•簡兮》四章："山有榛，隰有苓。"《毛傳》："苓，大苦。"陸德明《釋文》引《本草》："苓，甘草。"朱熹《集傳》："苓，一名大苦，葉似地黃，即今甘草也。"125《唐風•采苓》一章："采苓采苓，首陽之巔。"《毛傳》："苓，大苦也。"《爾雅•釋草》作"蘦"，郭璞注："今甘草也。"一說：黃藥。沈括《夢溪筆談》卷二十六："此乃黃藥也。其味極苦，謂之大苦。"俞樾《平議》卷九："首章言采苓，二章言采苦，三章言采葑，詩人蓋托物以見意。苓之言，憐也；苦之言，苦也；葑之言，從也。《說文•艸部》曰：'葑，須從也。'讒人之言往往飾爲哀憐辛苦之辭，動人之聽，而使人必從，故以采苓，采苦，采葑爲興也。"

伶 líng 郎丁切（梗開四平青來）
　　　　真部、來母
使令。見"令"。

蛉 líng 郎丁切（梗開四平青來）
　　　　真部、來母
蟲名。見【螟蛉】。

鈴(铃) líng 郎丁切（梗開四平青來）
　　　　　真部、來母
鈴鐺。形如鐘而小，有舌，振動發聲。《頌1》283《周頌·載見》："龍旂陽陽，和鈴央央。"《毛傳》："和在軾前，鈴在旂上。"陸德明《釋文》："《左傳》云：'錫鑾和鈴，昭其聲也。'"馬瑞辰《通釋》："鈴與和鑾，對文則異，散文則和鑾可通稱和鈴，此詩和鈴即和鑾耳。"

零(霝) líng 郎丁切（梗開四平青來）
　　　　　郎定切（梗開四去徑來）
　　　　　真部、來母
落（雨、露、泪等）。（風 7、雅 5）50《鄘風·定之方中》三章："靈雨既零，命彼倌人。"《毛傳》："零，落也。"陳奐《傳疏》："古字作霝，《爾雅》：'霝，落也。'"94《鄭風·野有蔓草》一章："野有蔓草，零露漙兮。"《鄭箋》："零，落也。蔓草而有露。謂仲春之時，草始生，露爲霜也。"孔穎達《正義》："霝作零字，故爲落也。"段玉裁《小學》："按此則經本作'靈露'，《箋》作'靈落也，假靈爲零字'。"156《豳風·東山》一章："我來自東，零雨其濛。"朱熹《集傳》："零，落也。"陳奐《傳疏》："零當爲霝。《說文》引《詩》作'霝雨其濛'。"濛，微雨。"王先謙《集疏》："《魯》，零作䨩，《齊》、《韓》作霝。"

蘦 líng 郎丁切（梗開四平青來）
　　　　郎定切（梗開四雲徑來）
　　　　真部、來母
①甘草，見"苓"。②落，見"零"。

靈(灵) líng 郎丁切（梗開四平青來）
　　　　　耕部、來母
❶神靈；威靈。（雅 1、頌 1）245《大雅·生民》二章："無菑無害，以赫厥靈。"孔穎達《正義》："是天意以此顯明其有神靈也。"305《商頌·殷武》五章："赫赫厥聲，濯濯厥靈。"孔穎達《正義》："濯濯乎光明者，其尊敬如神靈也。"(殷武的名聲顯赫，殷武的神靈昭明。)❷善；好。（風 1、雅 2）50《鄘風·定之方中》三章："靈雨既零，命彼倌人。"《鄭箋》："靈，善也。"馬瑞辰《通釋》："靈，《說文》訓巫，本爲巫善事神之稱，因通謂善爲靈。"

【靈臺】臺名。故址在今陝西省西安市西秦杜鎮。相傳爲周文王所築，用於觀測天象，也用於遊觀。（雅 1）242《大雅·靈臺》一章："經始靈臺，經之營之。"《毛傳》："神之精明者稱靈，四方而高曰臺。"《鄭箋》："觀臺而曰靈者，文王化行似神之精明，故以名焉。"朱熹《集傳》："靈臺，文王所作。謂之靈者，言其倏然而成，如神靈之所爲也。…國之有臺，所以望氛祲，察災祥，時觀遊，節勞佚也。"馬瑞辰《通釋》："《說苑·修文篇》云：'積恩爲愛，積仁爲靈。靈臺之所以爲臺者，積仁也。'《廣雅·釋詁》：'靈，善也。'積仁爲靈，蓋亦訓靈爲善，因有善德而名其臺爲靈臺。"王應麟《詩地理考》："《三輔皇圖》：〔靈臺〕在長安西北四十里，高二十丈，周四百二十步。"

[靈臺]《大雅》篇名(242)。這是一首記述周文王建造靈臺、靈沼、觀賞遊樂的詩。《詩序》："《靈臺》，民始附也。文王受命，民樂其有靈德，以及鳥獸昆蟲焉。"《孟子·梁惠王上》："文王以民力爲臺爲沼，而民歡樂之，謂其臺曰靈臺，謂其沼曰靈沼，樂其有麋鹿魚鱉。古之人與民偕樂，故能樂也。"朱熹《集傳》引東萊呂氏曰："前二章，樂文王有臺池鳥獸之樂也。後二章，言文王有鍾鼓之樂也。皆述民樂之詞也。"三家無異義。屈萬里《詮釋》："此美文王遊樂之詩。"有的研究者認爲詩中的"王"不一定指文王。四章(一作五章)，二十句。

蠕 líng 郎丁切（梗開四平青來）
　　　　耕部、來母
螟蠕，同"螟蛉"，螟蛾的幼蟲。見"螟"。

領(领) lǐng 良郢切（梗開三上靜來）
　　　　　來部、真部
頸；脖子。（風 1、雅 2）57《衛風·碩人》二章："膚如凝脂，領如蝤蠐。"《毛傳》："領，頸也。"孔穎達《正義》："領，一名頸，故《禮記》

曰：'其頸五寸。'又名項，《士冠禮》云：'緇布冠頍項。'是也。陳奐《傳疏》："《傳》詁領爲頸，古今異名也。"215《小雅·桑扈》二章："交交桑扈，有鶯其領。"《毛傳》："領，頸也。"

令

（一）lìng 力政切（梗開三去勁來）
真部、來母

❶命令；使令。（風 2）100《齊風·東方未明》二章："倒之顛之，自公令之。"《毛傳》："令，告也。"126《秦風·車鄰》一章："未見君子，寺人之令。"《鄭箋》："欲見國君者，必先令寺人傳告之。"陸德明《釋文》："《韓詩》作伶，云：使伶。"❷善；美好。（風 1，雅 18，頌 1）32《邶風·凱風》二章："母氏聖善，我無令人。"《鄭箋》："令，善也。"220《小雅·賓之初筵》四章："飲酒孔嘉，維其令儀。"《鄭箋》："令，善也。"朱熹《集傳》："令，善也。飲酒之所以甚美者，以其有令儀耳。"

（二）líng 郎丁切（梗開四平青來）
　　　　呂貞切（梗開三平清來）
真部、來母

❸見【令²令²】。

【令²令²】通"鈴鈴"。環聲。（風 1）103《齊風·盧令》一章："盧令令，其人美且仁。"《毛傳》："令令，纓環聲。"孔穎達《正義》："其環鈴鈴然爲聲。"馬瑞辰《通釋》："令即鈴之省借。"一說：通"獜獜"。犬健壯的樣子。《說文·犬部》："獜，健也。"引《詩》："盧獜獜。"

又見【脊令】。

劉（刘）

liú 力求切（流開三平尤來）
幽部、來母

❶殺；殺戮。（頌 1）285《周頌·武》："勝殷遏劉，耆定爾功。"《毛傳》："劉，殺。"《鄭箋》："舉兵伐殷而勝之，以止天下之暴虐而殺人者。"馬瑞辰《通釋》："'勝殷遏劉'，劉謂勝殷而滅殺之。"按《方言》卷一："劉，殺也。秦晉宋衛之間，謂殺曰劉。晉之鄙亦曰劉。"

❷剝落稀疏；凋殘。（雅 1）257《大雅·桑柔》一章："捋采其劉。"《毛傳》："劉，爆爍而希也。"馬瑞辰《通釋》："爆爍者，稀疏之貌也。"陸德明《釋文》："爆爍，本又作暴樂。"陳奐《傳疏》："暴樂猶剝落，即希疏之意也。"朱熹《集傳》："劉，殘。"又見【公劉】。參"劉"。

瀏（浏）

liú 力求切（流開三平尤來）
　　　　力久切（流開三上有來）
幽部、來母

水流深而清澈的樣子。（風 1）95《鄭風·溱洧》二章："溱與洧，瀏其清矣。"《毛傳》："瀏，深貌。"《說文·水部》："瀏，流清貌。"引《詩》："瀏其清矣。"《文選·南都賦》李善注引《韓詩》作"漻"，說："清貌。"

流

liú 力求切（流開三平尤來）
幽部、來母

❶水移動。（風 2，雅 9）39《邶風·泉水》一章："毖彼泉水，亦流於淇。"263《大雅·常武》五章："如山之苞，如川之流。"❷流水。（雅 1）227《小雅·黍苗》五章："原隰既平，泉流既清。"陳奐《傳疏》："泉流既清，則水治矣。"❸漂流。（風 6，雅 7）92《鄭風·揚之水》二章："揚之水，不流束薪。"197《小雅·小弁》四章："譬彼舟流，不知所届。"❹流失；消失。（雅 1）223《小雅·角弓》八章："雨雪浮浮，見晛曰流。"朱熹《集傳》："流，流而去也。"馬瑞辰《通釋》："流與消同義。"❺向下移動。（風 3）154《豳風·七月》一章："七月流火，九月授衣。"《毛傳》："流，下也。"孔穎達《正義》："於七月之中有西流者，是火之星也。"朱熹《集傳》："火，大火，心星也。以六月之昏，加於地之南方，至七月之昏，則下而流矣。"陳奐《傳疏》："流火，火下也。火向西而下，暑退將寒之候也。"❻求。（風 1）1《周南·關雎》二章："參差荇菜，左右流之。"《毛傳》："流，求也。"朱熹《集傳》："順水之流而取之也。"陳奐《傳疏》："古流、求同部。流本不訓求，而訓詁云爾者，流讀與求同，其字作流，其意爲求，此古人假借之法也。"牟庭《詩切》："流即摎之假音，故訓爲求。今俗語取于水中謂之撈，即流之聲轉。詩人之遺言也。"一說：漂流。姚際恒《詩經通論》："此處正以荇菜喻其左右無方，隨水流，未即得也。"方玉潤《原始》："流，即荇菜之隨水而流。'左右流'，言其左右皆流而無方也。正起以下'求之不得'意。"

【流離】鳥名。即黃鸝、黃鶯。（風 1）37《邶風·旄丘》四章："瑣兮尾兮，流離之子。"《毛傳》："流離，鳥也，少好長醜。始而媰樂，終以微弱。"《鄭箋》:"鄭之諸臣,初有小善,終無成功,似流離也。"陸德明《釋文》:"留,本又作鶹,離如字。《爾雅》云:'鳥少美而長醜爲鶹鷅。'"馬瑞辰《通釋》:"留離轉爲栗留。倉庚老而無毛則呼爲黄栗留是也。"俞樾《平議》卷八:"流離之子,詩人以自喻。流離則倉庚,一名黄流離者。"一說:梟的别名。陸璣《詩義疏》:"流離,梟也。自關而西謂梟爲流離。其子適長大,還食其母。"毛奇齡《續詩傳鳥名》:"流離,惡鳥名,卽梟名之别出者也。"又一說:漂流離散。朱熹《集傳》:"流離,漂散也。"王先謙《集疏》:"《魯》,流作留。"

【流亡】在本鄉或本國無法存身而流落逃亡在外。(雅 1)265《大雅·召旻》一章:"瘨我饑饉,民卒流亡。"《鄭箋》:"病中國以饑饉,令民盡流移。"

【流言】訛言;謡言。(雅 1)255《大雅·蕩》三章:"流言以對,寇攘式内。"朱熹《集傳》:"流言,浮浪不根之言也。…使用流言以應對。"馬瑞辰《通釋》:"流言,卽訛言也。訛言以訛傳訛,流變無窮,故亦稱流言。"

又見【黄流】。

旒 liú 力求切(流開三平尤來)
幽部、來母

古代旌旗直幅或飄帶之類的飾物。見【綴旒】。

留(畱) liú 力求切(流開三平尤來)
幽部、來母

❶通"劉"。誅殺。(雅 1)263《大雅·常武》二章:"不留不處,三事就緒。"《毛傳》:"誅其君,吊其民,爲之立三有事之臣。"陳奂《傳疏》:"留,古劉字。《武·傳》云:'劉,殺也。'處,猶安止也。《傳》意以誅其君釋經之'留',吊其民,釋經之'處',兩'不'字,皆發聲也。"一說:停留;久留。孔穎達《正義》:"不久留,不停處,直誅爾叛逆之君。"屈萬里《詮釋》:"不留不處,意謂不久占據其地也。"❷通"劉"。姓。又地名。劉本邑名,周成王封王季之子於劉邑,因以劉爲氏,劉氏在東周王朝世襲爲大夫,有人被封爲公。(風 6)74《王風·丘中有麻》一章:"丘中有麻,彼留子嗟。"《毛傳》:"留,大夫氏。子嗟,

字也。丘中墝埆之處,盡有麻麥草木乃彼子嗟之所治。"徐蕭《讀書雜識》卷三:"古者胙土命氏,子嗟、子國亦大夫之有采邑者也。《公羊傳》云:'古者鄭國處於留,取鄶而遷鄭焉,而野(何休云:野,鄙)留。'酈道元《水經注》云:'留,鄭邑也。後爲陳所併,故曰陳留矣。'"馬瑞辰《通釋》:"留、劉古通用。薛尚功《鐘鼎款識》有劉公簠,《積古齋鐘鼎款識》作留公簠。聞一多《類鈔》:"留,古劉字。"一說:留住;留下。朱熹《集傳》:"婦人望其所與私者而不來,故疑丘中有麻之處,復有與之私而留之者。"參"流"。

鶹 liú 力求切(流開三平尤來)
幽部、來母

鶹鷅,同"流離",鳥名。見"流"。

騮(骝) liú 力求切(流開三平尤來)
幽部、來母

同"駠"。赤身黑鬃的馬。(風 1、頌 1)128《秦風·小戎》二章:"騏騮是中。"《鄭箋》:"赤身黑鬣曰騮。"297《魯頌·駉》三章:"有騮有雒。"《毛傳》:"赤身黑鬣曰騮。"馬瑞辰《通釋》:"《説文》:'駠,赤馬黑毛尾也。'駠卽騮字之省。"

柳(桺) liú 力久切(流開三上有來)
幽部、來母

柳樹。落葉喬木或灌木,枝條柔韌,葉狹長。柳有多種,常見的有垂柳、紅皮柳等。(風 1、雅 3)100《齊風·東方未明》三章:"折柳樊圃,狂夫瞿瞿。"《毛傳》:"柳,柔脆之木。"朱熹《集傳》:"柳,楊之垂者,柔脆之木也。"又見【楊柳】。

懰(懰) liú 力久切(流開三上有來)
幽部、來母

美好;妖冶。(風 1)143《陳風·月出》二章:"月出皓兮,佼人懰兮。"陸德明《釋文》作"劉"説:"本又作嬼,力久反,好貌。《埤蒼》作'嬼',嬼,妖也。"馬瑞辰《通釋》:"懰與劉,皆嬼之假借。"張爾岐《蒿庵閒話》卷二:"僚、懰,《傳》並訓'好貌'。好者,便娟媚麗之謂。"

嬼(嬼) liú 力久切(流開三上有來)
力救切(流開三去宥來)
幽部、來母

美好；妖冶。見"劉"。

罶（䈇） liǔ 力久切（流開三上有來）幽部、來母

一種捕魚的竹簍。有倒鬚，魚能進不能出。即笱。（雅4)170《小雅·魚麗》一章："魚麗于罶，鱨鯊。"朱熹《集傳》："罶，以曲薄爲笱，而承梁之空者也。"233《小雅·苕之華》三章："牂羊墳首，三星在罶。"《毛傳》："罶，曲梁也，寡婦之笱也。三星在罶，言不可久也。"朱熹《集傳》："罶，笱也。罶中無魚而水靜，但見三星之光而已。"吳㚖雲《吳氏遺著》卷一："梁，今謂之斷，所以絕其流而取魚者。罶，今謂之篗，聲之轉也，所以承梁之空而取魚者。以竹爲之，一正一側，其形句曲，故又謂之笱。入處皆有逆鬚，魚入則留而不得出，故又謂之罶。其大者謂之薄。薄也，笱也，罶也，因物而異其名。"

六 liù 力竹切（通合三入屋來）覺部、來母

❶數詞。六。（風5,雅7,頌1)53《鄘風·干旄》三章："素絲祝之，良馬六之。"朱熹《集傳》："六之，六馬，極其盛而言也。"孔廣森《卮言》："四之、五之、六之，不當以彎爲解，乃聘賢者用馬爲禮，轉益其庶且多也，《左傳》：'王賜叔公，晉侯馬五匹，楚棄疾遺鄭子皮馬六匹。皆不必成乘，故或五或六也。"122《唐風·無衣》二章："豈曰無衣，六兮。"《毛傳》："天子之卿六命，車騎衣服以六爲節。"《鄭箋》："變七言六者，謙也。不敢必當侯伯，得受六命之服，列於天子之卿，猶愈乎不。"孔穎達《正義》："謂冠弁也。飾則六玉，冠則六辟積。"132《秦風·晨風》二章："山有苞櫟，隰有六駁。"孔穎達《正義》引王肅說："言六，據所見而言也。"一說：通"犖"。胡承珙《後箋》："六字當以犖之聲借，六駁即犖駁，疊韻爲名。犖駁者言其文采。李尤平《樂觀賦》，'禽鹿六駁，白鳥朱首。'亦是狀其毛色。此獸因狀得名。"又一說：通"蓼"。長。聞一多《類鈔》讀爲"蓼"，云："長貌。"❷序數。（風2,雅3)154《豳風·七月》五章："六月莎雞振羽。"204《小雅·四月》一章："四月維夏，六月徂暑。"《鄭箋》："四月立夏矣，至六月乃始盛暑。"

【六珈】古代貴族婦女髮簪上的珠玉裝飾物。（風1)47《鄘風·君子偕老》一章："君子偕老，副笄六珈。"《毛傳》："珈，笄飾之最盛者。所以別尊卑也。"《鄭箋》："珈之言加也。副既笄而加飾，如今步搖上飾也。"陸德明《釋文》："珈，音加，笄飾也。"姚際恒《通論》："加於笄上，故名珈。猶今之釵頭也，以滿玉爲之，兩角向下，狀如小菱，廣五分，高三分。"馬瑞辰《通釋》："考《後漢書·輿服志》，步搖上有熊、虎、赤羆、天鹿、辟邪、南山豐大特六獸，正合六珈之數，故鄭君取以相比。但…笄飾之六珈，非即步搖之六獸。故鄭君亦云'古制所未聞'也。…女子之笄有六珈，從偶數以象陰。笄以玉爲之，珈之言加，而從玉，蓋亦以玉爲之。《正義》云'言珈者，以玉加於笄爲飾'是也。對言則笄與珈異，笄爲簪以固冠，珈爲笄上之飾，散言則笄與珈通。"聞一多《類鈔》："笄上垂珠爲飾曰珈，其數有六，故曰六珈。"

【六笙詩】見"笙詩"。

【六師】六軍。周制，天子六軍，諸侯大國三軍。一萬二千五百人爲軍。（雅3)213《小雅·瞻彼洛矣》一章："韎韐有奭，以作六師。"《毛傳》："天子六軍。"朱熹《集傳》："六師，六軍也。天子六軍。"

【六詩】即"六義"。《周禮·春官·大師》："大師掌…教六詩。曰風，曰賦，曰比，曰興，曰雅，曰頌。"鄭玄注："風，言聖賢治道之遺化也。賦之言鋪，直鋪陳今之政教善惡。比，見今之失，不敢斥言，取比類以言之。興，見今之美，嫌於媚諛，取善事以喻勸之。雅，正也，言今之正者以爲後世法。頌之言誦也，容也，誦今之德，廣以美之。"

【六義】《詩經》學術語，指風、賦、比、興、雅、頌是詩歌的三種體制，賦、比、興是詩歌的三種藝術表現手法。《詩大序》："故《詩》有六義焉：一曰風，二曰賦，三曰比，四曰興，五曰雅，六曰頌。"孔穎達《正義》："風、雅、頌者，詩篇之異體；賦、比、興者，詩文之異辭耳。大小不同，而得並爲六義者，賦、比、興是詩之所用，風、雅、頌是詩之成形，用彼三事，成此三事，是故同稱爲義，非別有篇卷也。"朱熹《集傳》："蓋所謂'六義'者，《風》

《雅》《頌》乃樂章之腔調，如言仲呂調、大石調、越調之類。至於賦、比、興又別。直指其名，直叙其事者，賦也；本要言其事，而虛用兩句鈞起，因而接續去者，興也；引物為況者，比也。立此六義，非特使人知其聲音之所當，又欲使歌者知作詩之法度也。"朱自清《詩言志辨·賦比興通釋》："風、賦、比、興、雅、頌，似乎原來都是樂歌的名稱。"〖六月〗《小雅》篇名(177)。這是一首寫周宣王命尹吉甫北伐獵狁勝利歸來，接受賞賜的詩。是叙寫我國古代民族關係的詩篇之一。《詩序》："《六月》，宣王北伐也。"《鄭箋》："《六月》言周室微而復興，美宣王之北伐也。"朱熹《集傳》："成康既没，周室寢衰，八世而厲王胡暴虐，周人逐之，出居於彘。獵狁内侵，逼近京邑。王崩，子宣王靖即位，命尹吉甫率師伐之，有功而歸。詩人作歌以叙其事如此。"陸德明《釋文》："從此至《無羊》十四篇是宣王之變《小雅》。"六章，四十八句。

隆 lóng 力中切（通合三平東來）
冬部、來母

雷聲。(雅1)258《大雅·雲漢》二章："旱既大盛，蘊隆蟲蟲。"《毛傳》："蘊蘊而暑，隆隆而雷。"《鄭箋》："隆隆而雷，非雨雷也，雷聲尚殷殷然。"孔穎達《正義》："隆隆是雷聲不絶之狀。"一説：隆盛。朱熹《集傳》："隆，盛也。"馬瑞辰《通釋》："蘊隆，謂暑氣鬱積而隆盛。"參"臨"。

龍(龙) lóng 力鍾切（通合三平鍾來）
東部、來母

❶傳説中的神奇動物。身長，有鱗有爪，變化莫測，能興雲降雨。中國古代用為天子的象徵。(雅1)173《小雅·蓼蕭》二章："既見君子，為龍為光。"俞樾《平議》卷十："此龍字仍當讀如本字。《廣雅·釋詁》：'龍，日，君也。''為龍為光'，猶云為龍為日，並君象也。…變日為光，以協韻也。"一説：通"寵"。榮耀；光榮。《毛傳》："龍，寵也。"《鄭箋》："為寵為光，言天子恩澤光耀被及己。"朱熹《集傳》："龍，寵也。為龍為光，喜其德之詞也。"陳奂《傳疏》："龍，古寵字，古文以龍為寵也。❷畫龍形花紋者。(風1)128《秦風·小戎》二章："龍盾之合。"《毛傳》："龍盾，畫龍其盾也。"陳奂《傳疏》："畫龍於盾，刻畫龍文於盾也。"一説：通"尨"，雜色。阮元《補箋》："龍讀為尨。尨，雜色也。龍、尨之通假者多矣，龍盾乃雜畫之盾，非畫龍於盾。下章'蒙伐有苑'，蒙伐即龍盾。詩人凡重言者，每變其字，示不相復，其實於事則同。"❸草名。也叫葒草、馬蓼。生於近水處，高可達三公尺，莖葉帶紅色，有粗毛，秋日開淡紅色五瓣小花，成穗狀花穗。(風1)84《鄭風·山有扶蘇》二章："山有橋松，隰有游龍。"《毛傳》："龍，紅草也。"孔穎達《正義》引陸璣《詩義疏》："一名馬蓼，葉大而赤白色，生水澤中，高丈餘。"朱熹《集傳》："龍，紅草也。一名馬蓼。葉大而白，生水澤中，高丈餘。"《爾雅·釋草》邢昺疏，《太平御覽》卷九百九十九引《詩》作"蘢"。方玉潤《原始》引張子説："龍是葒草，其枝條樛屈，着土處便有根如龍也。"❹古"寵"字。榮幸；光榮。(頌2)304《商頌·長發》五章："受小共大共，為下國駿厖，何天之龍。"《鄭箋》："龍當作寵。寵，榮名之謂。"《大戴禮記·將軍文子》引作"何天之寵"王先謙《集疏》："《齊》，龍作寵。"293《周頌·酌》："我龍受之。"《鄭箋》："龍，寵也。"一説：和；同。《毛傳》："龍，和也。"陳奂《傳疏》："凡應天順人謂之和。言我周協和伐商，遂受天命，有天下。"俞樾《平議》卷十一："龍之言，同也。龍字本從童省聲，古音蓋讀如同。…'龍，和也。'猶曰：龍，同也。"又一説：通"龏"，恭。林義光《通解》："龍當作龏。龏，古恭字也。恭，金文作龏。…我恭受此純熙之時也。"

【龍旂】畫有龍形圖案的旗。(頌3)283《周頌·載見》："龍旂陽陽，和鈴央央。"孔穎達《正義》："龍旂者，旂上畫為交龍。"陳奂《傳疏》："龍旂，交龍為旂也。"馬瑞辰《通釋》："龍旂是諸侯所建，朝覲且用之，則祭天祭祖皆得用之。"

龐(庞) lóng ★盧東切（通合一平東來）
東部、來母

【龐龐】強壯高大的樣子。(雅1)179《小雅·車攻》一章："四牡龐龐，駕言徂東。"《毛傳》:"龐龐,充實也。"陳奐《傳疏》:"充實者,強盛之意。"呂祖謙《詩記》引董氏曰:"龐龐,蓋馬之高大也。"程俊英《注析》:"按充實即強盛高大之意。"

龍(龙) lóng 盧紅切(通合一平東來)
力鍾切(通合三平鍾來)
東部、來母

茏草;馬蓼。見"龍"。

蔞(蒌) lóu 落侯切(流開一平侯來)
力朱切(遇合三平虞來)
侯部、來母

蔞蒿。也叫白蒿,嫩莖葉可以吃。(風1)9《周南・漢廣》三章:"翹翹錯薪,言刈其蔞。"陸璣《詩義疏》:"蔞,蔞蒿也。其葉似艾,白色,長數寸,高丈餘,好生水邊及澤中,正月根芽生旁莖,正白,生食之,香脆而美,其葉又可蒸爲茹。"一説:蔞葦。王夫之《稗疏》:"蔞爲萑葦之屬翹然高出而可薪者,蓋蘆類也。"馬瑞辰《通釋》:"蔞與蘆雙聲,同在來母,蔞當即蘆字之假借。"

摟(搂) lǒu 落侯切(流開一平侯來)
力朱切(遇合三平虞來)
侯部、來母

拉;繫。見"婁"。

漏 lòu 盧候切(流開一去候來)
侯部、來母

物體從孔穴或縫隙中滴下或透出。見【屋漏】。

鏤(镂) lòu 盧候切(流開一去候來)
侯部、來母

雕刻;雕刻有花紋的。(風1、雅1)128《小雅・小戎》三章:"虎韔鏤膺,交韔二弓。"《鄭箋》:"鏤膺,有刻金飾也。"(膺;弓袋的正面。)261《大雅・韓奕》二章:"鉤膺鏤鍚。"《毛傳》:"鏤鍚,有金鏤其鍚也。"朱熹《集傳》:"鏤,刻金也。馬眉上飾曰鍚,今當盧也。"

盧(卢) lú 落胡切(遇合一平模來)
魚部、來母

獵犬。特指一種黑色的獵犬。(風3)103《齊風・盧令》一章:"盧令令,其人美且仁。"《毛傳》:"盧,田犬。"孔穎達《正義》引《戰國策》:"韓國盧,天下之駿犬也。"

[盧令]《國風・齊風》篇名(103)。這是一首贊美獵人的短詩,説他仁愛、健壯而有才華。王質《詩總聞》:"此當是旁觀而爲之夸譽者也。能以仁爲首辭,則作此詩者必有識者也。"朱熹《集傳》:"此詩大意與《還》略同。"又《還》,獵者交錯於道路,且以便捷輕利相稱譽如此,而不自知其非也。"聞一多《類鈔》:"《盧令》,美獵夫也。"《詩序》則説是諷刺齊襄公的詩:"《盧令》,刺荒也。襄公好田獵,畢弋而不修民事,百姓苦之,故陳古以風焉。"程頤《伊川經説》卷三:"君荒於田獵,故百姓苦之。詩人陳古之賢君畋狩以時,百姓見則善而美之。"三章,六句。

廬(庐) lú 力居切(遇合三平魚來)
魚部、來母

設在田野中供農忙時寄居的棚舍。(雅1)210《小雅・信南山》四章:"中田有廬,疆場有瓜。"《鄭箋》:"中田,田中也。農人作廬焉,以便其田事。"朱熹《集傳》:"百畝爲公田,内以二十畝,分八家爲廬舍。"劉敞《七經小傳》:"此井田法也。廬舍居内,貴人也。公田次之,先公也。私田居外,後私也。"馬瑞辰《通釋》:"《説文》:'廬,寄也。秋冬去,春夏居。'古者井田之制,私田在外,公田在中,廬舍又在公田之中,故曰'中田有廬'。段玉裁《説文注》:"在野曰廬,在邑曰廛,皆二畝半也。引申之,凡寄居之處皆曰廬。"一説:通"蘆"。《蘆菔,即蘿卜。郭沫若《從周代農事詩論到周代社會》:"'中田有廬'與'疆場有瓜'爲對文,可知廬必然是蘆字。《説文》:'蘆,蘆菔也。'"又一説:葫蘆。于鬯《香草校書》卷十五:"'中田有廬'與'疆場有瓜'爲對文,則廬亦瓜類。…廬之言盧也,即壺盧是也。壺、盧疊韻,累言曰壺盧,單言曰壺,《七月》篇'八月斷壺'是也。亦單言廬,此'中田有廬'是也。"錢劍夫《〈詩〉'中田有廬'解新探》:"廬即盧字,即壺盧,亦即通言葫蘆。'中田有廬,疆場有瓜',亦即田中有壺盧,田塍種有瓜矣。"

【廬旅】等於"廬廬"或"旅旅"。許多人寄住。(雅1)250《大雅・公劉》三章:"於是處處,於是廬旅。"《毛傳》:"廬,寄也。"王力《古代漢語》:"處處、旅旅、言言、語語都是動詞復説,表示人民安居樂業、笑語歡樂的情況。"一説:給寄住的人安排住處。《鄭箋》:"廬舍其賓旅。"朱熹《集傳》:"廬,寄也。旅,賓旅也。"胡承珙《後箋》:"廬旅者,治田舍以居大衆,使之相保相受。"陳奐《傳疏》:"旅,衆也。在野之衆,謂之廬旅,猶在邑之衆,謂之里旅。…其時公劉於大地之野,爲大衆定廬舍,行井田法。"又一説:寄住在當寄住的地方。馬瑞辰《通釋》:"詩上下文處處、言言、語語皆用疊字,不應廬旅獨異詞。竊疑古本原作廬廬,謂寄其所當寄者。…廬旅古通用,本或作旅旅。"余冠英《詩經選》:"二句是説,使常住的人有住處,遠來暫居的人有寄託處。"

虜(虜) lǔ 郎古切（遇合一上姥來） 魚部、來母

俘虜。戰俘。(雅1)263《大雅·常武》四章:"鋪敦淮濆,仍執醜虜。"《毛傳》:"虜,服也。"孔穎達《正義》:"虜者,因係之名,爲人俘獲,是屈服也。"陳奐《傳疏》:"《説文·田部》:'虜,獲也。'服與獲同意。服,威服也。'仍執醜虜',言就其繹騷震驚,執其醜衆而威服之也。"程俊英《注析》:"醜虜,對俘虜的蔑稱。"

魯(魯) lǔ 郎古切（遇合一上姥來） 魚部、來母

周代諸侯國名,姬姓。公元前十一世紀,周公旦輔成王,有大功勞,成王封周公旦子伯禽於魯,是爲魯公。其地爲古少昊之墟,包括今山東滋縣東南至江蘇沛縣,安徽泗縣一帶,建都曲阜。魯公經考、煬、幽、魏、厲、獻、真、武、懿、伯御、孝公等十一君,至孝公37年(公元前771年)周幽王被殺,西周滅亡,平王即位於洛陽,東周開始,魯國又經惠、隱、桓、莊、閔、僖、文、宣、成、襄、昭、定、哀、悼、元、穆、共、康、景、平、文二十一君至頃公而爲楚所滅(公元前255年)。(風6、頌4)101《齊風·南山》一章:"魯道有蕩,齊子由歸。"300《魯頌·閟宮》二章:"建爾元子,俾侯於魯。"

【魯公】周公旦的兒子伯禽封於魯,稱魯公。(頌1)300《魯頌·閟宮》三章:"乃命魯公,俾侯於東。"《毛傳》:"封魯公以爲周公後。"

【魯侯】魯國國君,指魯僖公,周公旦十八世孫。(頌8)299《魯頌·泮水》一章:"魯侯戾止,言觀其旂。"《鄭箋》:"見僖公來至于泮宮。"300《魯頌·閟宮》六章:"莫不率從,魯侯之功。"《鄭箋》:"魯侯,謂僖公。"

【魯詩】《詩》今文學派之一。漢初魯人申公(名培,或稱申培公)受《詩》於浮丘伯,爲訓詁教弟子,號《魯詩》。文帝時立爲博士,在三家詩中最先出。西漢時傳授最盛,瑕丘江公、孔安國、劉向、司馬遷、褚少孫等都治《魯詩》。清臧庸《拜經日記》以爲《爾雅》所釋《詩》字義訓詁都是《魯詩》。東漢時學者多治《毛詩》,《魯詩》遂衰,至西晉時亡佚。著録有《魯故》、《魯説》等書,也不復存在。清陳喬樅撰《魯詩遺説考》,曾加輯釋。

【魯頌】《詩經》中《頌》的一部分。包括《駉》、《有駜》、《泮水》、《閟宮》四篇。內容都是歌頌魯僖公的。大抵爲公元前七世紀魯國的作品。《泮水》、《閟宮》風格似《雅》、《駉》、《有駜》體裁類《風》,它們跟《周頌》很不相同。孔穎達《正義》指出:"此雖借名爲《頌》,而實體《國風》,非告神之歌,故有章句也。"朱熹《集傳》:"成王以周公有大勳勞於天下,故賜伯禽以天子之禮樂,魯於是乎有《頌》,以爲廟樂。其後又自作詩以美其君,亦謂之《頌》。舊説皆以爲伯禽十九世孫僖公申之詩,今無所考。僅《閟宮》一篇爲僖公之詩無疑耳。"陳奐《傳疏》:"孔子魯人,仍魯太師之舊詩録《魯頌》,猶修《魯春秋》之義焉爾。"關於《魯頌》的作者,古文經學派以爲"季孫行父請命於周,而史克作是《頌》"。(《毛詩·駉·序》)今文經學派則以魯公子奚斯所作。班固《兩都賦序》:"昔皋陶歌虞,奚斯頌魯,皆見采於孔氏,列於《詩》、《書》。"《後漢書·曹襃傳》:"昔奚斯頌魯,考甫詠殷。夫人臣依義顯君,竭忠彰主,行之美也。"也有人據《閟宮》詩"新廟奕奕,奚斯所作"的話,以爲奚斯只是作廟,并未頌《頌》。

禄 lù 盧谷切（通合一入屋來） 屋部、來母

❶福。(雅10、頌3)166《小雅·正月》三章:"憂心惸惸,念我無禄。"朱熹《集傳》:"無禄,

猶言不幸爾。"247《大雅•既醉》二章："其胤維何？天被爾祿。"《毛傳》："祿，福也。"249《大雅•假樂》二章："干祿百福，子孫千億。"陳奐《傳疏》："福、祿義同，於祿言干，於福言百，互詞也。"304《商頌•長發》四章："敷政優優，百祿是遒。"按《説文•示部》："祿，福也。"段玉裁注："《詩》言福、祿多不別，《商頌》五篇，兩言福，三言祿，大恉不殊。《釋詁》、《毛詩傳》皆曰：'祿，福也。'此古義也。鄭《既醉•箋》始爲分別之詞。"《既醉》七章："天被爾祿。"《鄭箋》："天覆被女以祿位，使錄臨天下。"《集韻•屋韻》："祿，居官所給廩，仕者之奉也。"《爾雅•釋詁下》邢昺疏："福、祿對文則異，散文則祿亦福。" ❷ 福物；祭祀後的酒肉。古人以爲吃神所餘的酒肉就是受神所賜福。(雅 1)209《小雅•楚茨》六章："樂具入奏，以綏後祿。"《毛傳》："安然後受福祿也。"又見【福祿】。

菉 lù 力玉切（通合三入燭來）
屋部、來母

草名。也叫王芻、藎草。可以染綠。見"綠"。

賂（賂） lù 洛故切（遇合一去暮來）
鐸部、來母

贈送財物。(頌 1)299《魯頌•泮水》八章："元龜象齒，大賂南金。"《毛傳》："賂，遺也。"《鄭箋》："大猶廣也。廣賂者，賂君及卿大夫也。"孔穎達《正義》："賂者，以財遺人之名。"一説：通"璐"。美玉。俞樾《平議》卷十一："賂，當讀爲璐，《説文》：'璐，玉也。''大璐南金'與上句'元龜象齒'並列，皆淮夷所獻之琛也。"一説：通"輅"。車名。馬瑞辰《通釋》："大賂當爲大輅之假借。"又一説：大貝。于鬯《香草校書》卷十八："古蓋謂貝爲'賂'。'大賂'，大貝也。…'賂'之訓爲'遺'者，猶'貨'之亦可訓爲'遺'矣，非本義也。"

路 lù 洛故切（遇合一去暮來）
鐸部、來母

❶ 道路；大路。(風 2、雅 1)81《鄭風•遵大路》二章："遵大路兮，摻執子之手兮。"《毛傳》："路，道。"王引之《述聞》卷五："此章路字當作道，與下文手、魗、好爲韻。"245《大雅•生民》三章："實覃實訏，厥聲載路。"朱熹《集傳》："載，滿。載路，言其聲之大也。"一説：大。《毛傳》："路，大也。"王夫之《稗疏》："路之訓大，'路車'、'路寢'皆大也。…覃，長。訏，大。而復云'載大'者，重言'厥聲'以足上文，不嫌複也。" ❷ 車高大的樣子。(雅 1)167《小雅•采薇》四章："彼爾維何，維常之華。彼路斯何，君子之車。"胡承珙《後箋》："'彼爾'爲華盛之貌，而非即華名，則'彼路'亦當爲車大之貌，而非即車名可知。《釋詁》：'路，大也。'《書疏》引舍人注云：'路，車之大也。'"一説：車名。孔穎達《正義》："卿車得稱路。"朱熹《集傳》："路，戎車也。" ❸ 通"露"。疲困。(雅 1)241《大雅•皇矣》二章："帝遷明德，串夷載路。"《鄭箋》："路，瘠也。"（從《釋文》馬瑞辰《通釋》："《箋》以路爲露之假借，故訓爲瘠。古以國之盛爲肥，以衰爲瘠矣。《方言》《廣雅》並云：'露，敗也。'…露義又近疲。詩謂帝遷明德，串夷則瘠敗罷憊而去，故曰載路。"一説：上路離去。朱熹《集傳》："載路，謂滿路而去。所謂'混夷駾矣'者也。"又一説：大。《毛傳》："串，習，夷，常，路，大也。"孔穎達《正義》引王肅云："以其用世習於常道，故得居是大位也。"

【路車】古代諸侯所坐的車。(風 1、雅 4)134《秦風•渭陽》一章："何以贈之，路車乘黃。"朱熹《集傳》："路車，諸侯之車。"216《大雅•韓奕》三章："其贈維何？乘馬路車。"《鄭箋》："人君之車曰路車，所駕之馬曰乘馬。"

【路寢】古代天子、諸侯所居宮殿中的正廳。(頌 1)300《魯頌•閟宮》九章："路寢孔碩，新廟奕奕。"《毛傳》："路寢，正寢也。"《公羊傳•莊公三十二年》："路寢者何？正寢也。"胡承珙《後箋》："路寢居宮中央，右社稷而左宗廟。"

又見【公路】。參"中"。

露 lù 洛故切（遇合一去暮來）
鐸部、來母

❶ 露水。(風 8、雅 7)17《召南•行露》一章："厭浥行露，豈不夙夜？謂行多露。"174《小雅•湛露》一章："湛湛露斯，匪陽不晞。"

❷滋潤；覆露。(雅1)229《小雅·白華》二章："英英白雲，露彼菅茅。"《鄭箋》："白雲下露，養彼可以為菅茅之茅。"王夫之《稗疏》："露之為言濡也，謂濕雲之濡菅茅也。"陳奐《傳疏》："英英然白雲下露，潤彼菅之與茅。"馬瑞辰《通釋》："露，猶覆也。連言之則曰覆露。…'露彼菅茅'，猶言覆彼菅茅。"又見【中露】。

鷺（鹭） ⒃ 洛故切（遇合一去暮來）鐸部、來母

水鳥名。一般體形高大瘦削，羽毛白色或雜色，喙強直而尖，頸和足長，趾有半蹼，常活動於河、湖岸邊或水田、沼澤等處，覓食魚、蛙、貝類及水中昆蟲，有白鷺、蒼鷺、池鷺等，白鷺也叫白鳥或鷺鷥。(風2、頌6)136《陳風·宛丘》二章："無冬無夏，值其鷺羽。"《毛傳》："鷺羽，鷺鳥之羽，可以為翳。"朱熹《集傳》："鷺，春鉏，今鷺鷥。好而潔白，頸上長毛十數枚。羽，以其羽為翳，舞者持以指麾也。"278《周頌·振鷺》："振鷺于飛，于彼西雝。"《毛傳》："鷺，白鳥也。"陸璣《詩義疏》："鷺，水鳥也，好而潔白，故謂之白鳥。遼東、樂浪、吳揚人皆謂之白鷺。"王先謙《集疏》："《韓》說曰：鷺，絜白之鳥。"298《魯頌·有駜》一章："振振鷺，鷺于下。"《毛傳》："鷺，白鳥也。以興絜白之士。"一說：指鷺羽。朱熹《集傳》："鷺，鷺羽，舞者所持。或坐或伏，如鷺之下也。"

穆 ⒃ 力竹切（通合三入屋來）覺部、來母

晚種早熟的穀類。(風1、頌1)154《豳風·七月》七章："黍稷重穆，禾麻菽麥。"《毛傳》："後熟曰重，先熟曰穆。"陸德明《釋文》："穆，本又作稑。音同。《說文》云：稑，或從翏。後種先熟曰稑。"按《說文·禾部》："稑，疾熟也。《詩》曰：'黍稷種稑。'穆，稑或從翏。"王先謙《集疏》："三家，重穆作種稑。"300《魯頌·閟宮》一章："黍稷重穆，稙稚菽麥。"陸德明《釋文》："穆，本又作稑。"

蓼 ⒃ 力竹切（通合三入屋來）覺部、來母

堆積；衆多。見"陸"。

稑 ⒃ 力竹切（通合三入屋來）覺部、來母

晚種早熟的穀類。見"穆"。

陸（陆） ⒃ 力竹切（通合三入屋來）覺部、來母

陸地；高而平的地方。(風2)56《衛風·考槃》三章："考槃在陸，碩人之軸。"孔穎達《正義》："陸與阜類。"朱熹《集傳》："高平曰陸。"159《豳風·九罭》三章："鴻飛遵陸，公歸不復。"王先謙《集疏》："《韓》說曰：高平無水曰陸。"

鹿 ⒃ 盧谷切（通合一入屋來）屋部、來母

動物名。有麋鹿、馬鹿、梅花鹿等多種。(風2、雅9)23《召南·野有死麕》二章："林有樸樕，野有死鹿。"161《小雅·鹿鳴》一章："呦呦鹿鳴，食野之蘋。"

【鹿鳴】《小雅》篇名(161)，是《小雅》第一篇。這是周代貴族宴會時唱的樂歌。飲酒奏樂，贈送禮品，贊揚客人德行好，希望他們快樂盡興。《詩序》："《鹿鳴》，燕群臣嘉賓也。既飲食之，又實幣帛筐篚以將其厚意，然後忠臣嘉賓得盡其心矣。"朱熹《集傳》："此燕饗賓客之詩也。"《魯詩》以《鹿鳴》為刺詩。《史記·十二諸侯年表》："仁義陵遲，《鹿鳴》刺焉。"《太平御覽》卷五百七十八引蔡邕《琴操》："《鹿鳴》操者，周大臣之所作也。王道衰，君志傾，留心聲色，內顧妃后，設酒食嘉肴，不能厚養賢者盡禮極歡，形見於色。大臣昭然見之，必知賢士幽隱，小人在位，周道陵遲，自以為始，故彈琴以風諫。歌以感之，庶幾可復。"三章，二十四句。

【鹿鳴之什】《詩經·小雅》里《鹿鳴》、《四牡》、《皇皇者華》、《常棣》、《伐木》、《天保》、《采薇》、《出車》、《杕杜》、《魚麗》、《白華》、《華黍》等十篇詩。(其中《南陔》、《白華》、《華黍》三首有目無辭，不計在内。)舊本編為一卷，稱《鹿鳴之什》。陸德明《釋文》："王者施教，統有四海，歌詠之作，非止一人，篇數既多，故以十篇編為一卷，名之為什。"

麓 lù 盧谷切（通合一入屋來）
屋部、來母

山腳。《雅1）239《大雅·旱麓》一章：「瞻彼旱麓，榛楛濟濟。」《毛傳》：「麓，山足也。」陸德明《釋文》：「麓，音鹿，本亦作鹿。」一説：山林。馬瑞辰《通釋》：「《穀梁傳》曰：'林屬於山曰麓。'《説文》：'麓，守山林吏也。一曰，林屬於山曰麓。'《詩》言'榛楛濟濟'，《周語》引此詩而釋之曰：'若夫山林匱竭，林鹿散亡。'則麓宜謂林屬於山者矣。」

蘆(蒢) lú 力居切（遇合三平魚來）
魚部、來母

茹藘，草名。見「茹」。

婁(娄) （一）lú 力朱切（遇合三平虞來）
落侯切（流開一平侯來）
侯部、來母

❶通「摟」。拉；繫。指穿衣服。《風1）115《唐風·山有樞》一章：「子有衣裳，弗曳弗婁。」《毛傳》：「婁，亦曳也。」孔穎達《正義》：「曳者，衣裳在身，行必曳之。婁與曳連，則同爲一事。…曳、婁俱是著衣之事。故云婁亦曳也。」陳奐《傳疏》：「婁者，摟之假借字。《玉篇》引《詩》正作'弗曳弗摟'。洪頤煊《讀書叢錄》：'《公羊昭二十五年傳》：牛馬維婁。'何休注：'繫馬曰維，繫牛曰婁。'則婁者繫也。」

（二）lǚ ★龍遇切（遇合三去遇來）
侯部、來母

❷通「屢」。多次；屢次。（雅1、頌1）294《周頌·桓》：「綏萬邦，婁豐年。」《鄭箋》：「婁，亟也。」陸德明《釋文》：「亟，數也。」孔穎達《正義》：「武王誅紂之後，安此萬邦，使無兵寇之害，數有豐年，無饑饉之憂。」《左傳·宣公十二年》引作「屢」。阮元《校刊記》：「唐石經錯以'屢'字者非，'婁'乃俗字耳。」223《小雅·角弓》七章：「莫肯下遺，式居婁驕。」陸德明《釋文》引王肅云：「婁，數也。」《荀子·非相》引作「屢」。陳奐《傳疏》：「言小人之行，不肯卑下加禮於人，唯數數驕慢好自用。」一説：收斂。《鄭箋》：「婁，斂也。…用此自居處，斂其驕慢之過者。」陸德明《釋

文》：「婁，王力住反，數也。徐云鄭音摟，斂也。」

屢(屡) lǚ 良遇切（遇合三去遇來）
侯部、來母

❶多次。（雅5）192《小雅·正月》十章：「屢顧爾僕，不輸爾載。」《鄭箋》：「屢，數也。」陸德明《釋文》作「婁」云：「力住反，數也。又作屢。」220《小雅·賓之初筵》三章：「舍其坐遷，屢舞僛僛。」《鄭箋》：「屢，數也。」陸德明《釋文》：「屢，本作婁。」❷通「塿」。指土牆隆起的部分。（雅1）237《大雅·緜》六章：「築之登登，削屢馮馮。」《毛傳》：「削牆鍛屢之聲馮馮然。」馬瑞辰《通釋》：「古有婁無屢，屢即婁之俗。婁，隆雙聲。削屢即削去其牆之隆高者，使之平且堅也。」一説：空。段玉裁《小箋》：「婁音樓，空也。鍛婁者，搥打空窾坳突處。」又一説：椎打牢實。焦循《補疏》：「屢，古婁字，《小雅》'式居婁驕'，《箋》云：'婁，斂也。'斂謂收斂，不用削而使其溢處收斂，收斂則必用鍛，鍛者椎也。以物椎擊之使平，則溢者斂，故《傳》以鍛屢爲鍛，鍛屢猶鍛斂，鍛斂猶鍛煉，鍛之堅牢，猶鍛之使精熟。參「婁」。」

履 lǚ 力幾切（止開三上旨來）
脂部、來母

❶踩；踐。（風3、雅7）107《魏風·葛屨》一章：「糾糾葛屨，可以履霜。」245《大雅·生民》一章：「履帝武敏，歆。」《毛傳》：「履，踐也。」《史記·周本紀》：「姜嫄出野，見巨人迹，心忻然悦，欲踐之。」99《齊風·東方之日》一章：「在我室兮，履我即兮。」朱熹《集傳》：「履，躡也。即，就也。言此女躡我之跡而相就也。」一説：禮。《毛傳》：「履，禮也。」《鄭箋》：「即，就也。在我室者以禮來，我則就之，與之去也。」又一説：幸。俞樾《平議》卷九：「此經'履'當從《韓詩》訓爲'幸'。'幸我即矣'者，幸我就也。二章曰'履我發矣'者，幸我行也。皆男女淫奔，私相冀幸之辭。」❷通「禮」。我國奴隸社會和封建社會的等級制度以及與此相應的一整套禮節儀式。（頌1）304《商頌·長發》二章：「率履不越，遂視既發。」《毛傳》：「履，禮也。」《鄭箋》：「使其民循禮，不得逾越。」劉向《説苑·復

恩》《漢書・宣帝紀》并引作"禮"。王先謙《集疏》:"三家,履作禮。"❸祿。(風 3)4《周南・樛木》一章:"樂只君子,福履綏之。"《毛傳》:"履,祿;綏,安也。"馬瑞辰《通釋》:"履與祿雙聲,故履得訓祿,即以履爲祿之假借也。"參"體"。

旅 lǚ 力舉切(遇合三上語來)
　　魚部、來母

❶軍隊編制單位,周代以五百人爲旅。(雅 2)178《小雅・采芑》二章:"鉦人伐鼓,陳師鞠旅。"《鄭箋》:"二千五百人爲師,五百人爲旅。"227《小雅・黍苗》三章:"我徒我御,我師我旅。"《鄭箋》:"五百人爲旅,五旅爲師。"❷軍隊。(雅 6)241《大雅・皇矣》五章:"王赫斯怒,爰整其旅。"《毛傳》:"旅,師。"朱熹《集傳》:"其旅,周師也。"263《大雅・常武》五章:"王旅嘽嘽,如飛如翰。"王先謙《集疏》:"《齊》,旅作師。"❸衆,指兵士。(頌 2)300《魯頌・閟宮》二章:"敦商之旅,克咸厥動。"《鄭箋》:"武王克商而治商之臣民。"陳奐《傳疏》:"'敦商之旅'猶云'裒荊之旅'也。"305《商頌・殷武》一章:"罙入其阻,裒荊之旅。"《鄭箋》:"克其軍率(帥)而俘虜其士衆。"陳奐《傳疏》:"旅,衆也。"❹指衆子弟。(頌 1)290《周頌・載芟》:"侯主侯伯,侯亞侯旅。"《毛傳》:"旅,子弟也。"一説:大夫。《左傳・成公二年》杜預注:"亞、旅,亦大夫也。"于省吾《新證》:"主、伯、亞、旅四者,皆略舉當時自天子以下卿大夫之禄食公田者也。"❺伴侶;同伴。(頌 1)284《周頌・有客》:"其妻有且,敦琢其旅。"孔穎達《正義》:"又敦琢其從行之徒旅。言選擇從者如敦琢玉然。"朱熹《集傳》:"旅,其卿大夫從行者也。"馬瑞辰《通釋》:"旅、呂亦雙聲。"《漢志》:"呂,旅由。"又通作侶。"⋯敦琢其旅',猶云'雕琢其侶'也。"❻陳列。(雅 1)220《小雅・賓之初筵》一章:"籩豆有楚,殽核維旅。"《毛傳》:"旅,陳也。"陳奐《傳疏》:"《周禮・司儀》:'旅,讀爲鴻臚之臚。'臚,陳之也。"❼寄居。(雅 1)250《大雅・公劉》六章:"止旅迺密,芮鞫之即。"馬瑞辰《通釋》:"旅、廬古通用,旅當讀爲'十里有廬'之廬。廬,寄也。謂民既寄旅於此,乃見其繁密

也。"一説:群衆。朱熹《集傳》:"其止居之衆日以益密,乃復卽芮鞫而居之。"❽通"栮"。楣;屋檐。(頌 1)305《商頌・殷武》六章:"松桷有梴,旅楹有閑。"俞樾《平議》卷十一:"旅,當讀爲栮。《説文・木部》:'栮,楣也。'楣與楹相接,故以栮楹并言。⋯栮言松而栮楣不言其木者,蓋卽蒙松字爲文。桷、栮也,楹也,皆以松爲之也。"一説:衆多。《鄭箋》:"取松柏易直者⋯以爲桷與栮楹。"朱熹《集傳》:"旅,衆也。閑,閑然而大也。"❾通"莒"。古地名,約在今甘肅省靈臺縣境。(雅 1)241《大雅・皇矣》五章:"爰整其旅,以按徂旅。"《毛傳》:"旅,地名也。"孔穎達《正義》:"毛意以旅爲周地。"《孟子・梁惠王下》引作"以遏徂莒"。陳奐《傳疏》:"《韓子・難二》云:'文王伐盂,克莒,舉酆。'克莒,即《詩》之徂旅也。旅爲密須國之地名。'以按徂旅',正是伐密須中事也。"屈萬里《詮釋》:"言文王遏止密須氏侵旅之師也。"

【旅力】同"膂力"。體力;力量。(雅 2)205《小雅・北山》三章:"旅力方剛,經營四方。"《毛傳》:"旅,衆也。朱熹《集傳》:"旅與膂同。"馬瑞辰《通釋》:"膂、力一聲之轉,今人猶呼力爲膂力,古之遺語也。"257《大雅・桑柔》七章:"靡有旅力,以念穹蒼。"朱熹《集傳》:"危困之極,無力以念天禍也。"陳奐《傳疏》:"'靡有旅力',言今無有一力於民者也。"一説:陳力。孔廣森《卮言》:"旅力,猶《論語》言陳力也。《大雅》'靡有旅力',言無有肯陳力者也。"

又見【廬旅】。

呂 lǚ 力舉切(遇開三上語來)
　　魚部、來母

周代諸侯國名。見"甫"。

慮(慮) lǜ 良倨切(遇合三去御來)
　　魚部、來母

考慮;打算。(雅 1)194《小雅・雨無正》一章:"旻天疾威,弗慮弗圖。"《鄭箋》:"慮,圖皆謀也。"陸德明《釋文》:"旻,密巾反,本有作昊者,非也。"朱熹《集傳》:"如何昊天曾不思慮圖謀而遽爲此乎?"

律

lǜ 呂䘏切（臻合三入術來）
物部、來母

【律律】高峻險阻的樣子。《雅 1》202《小雅·蓼莪》六章：「南山律律，飄風弗弗。」《毛傳》：「律律，猶烈烈也。」胡承珙《後箋》：「'南山律律'，王介甫以爲山之崒嶂（zúlǜ）。」《集韻·術韻》：「崒嶂，山高貌。」郭晉稀《蠡測》：「律律、烈烈即栗烈之重文，弗弗發發即瀎發之重文。律、栗並當讀作溧。」

綠（緑）

lǜ 力玉切（通合三入燭來）
屋部、來母

❶綠色。(風 5、頌 1)27《邶風·綠衣》一章：「綠兮衣兮，綠衣黃裏。」《毛傳》：「綠，間色；黃，正色。」孔穎達《正義》：「綠，蒼黃之間色。黃，中央之正色。」朱熹《集傳》：「綠，蒼勝黃之間色。黃，中央土之正色。」間色賤而以爲衣，正色貴而以爲裏，言皆失其所也。一說：當作褖（tuàn）。王后的便服，邊緣有裝飾的衣服。《鄭箋》：「綠當爲褖，轉作綠，字之誤也。…褖兮衣者，言褖衣自有禮制也。陸德明《釋文》：「毛如字，綠，東方之間色也。鄭改爲褖，吐亂反。」300《魯頌·閟宮》四章：「朱英綠縢，二矛重弓。」❷通"菉"。草名。也叫王芻、蓋草或荩草，可以染綠色。(風 3、雅 1)226《小雅·采綠》二章：「終朝采綠，不盈一匊。」《鄭箋》：「綠，王芻也，易得之菜也。」馬瑞辰《通釋》：「綠者，菉之假借。」《楚辭·離騷》王逸注引《詩》作"菉"。55《衛風·淇奧》一章：「瞻彼淇奧，綠竹猗猗。」《毛傳》：「綠，王芻也；竹，萹竹也。」陸璣《詩義疏》：「有草似竹，高五六尺，淇水側人謂之菉竹，一草名，其莖葉似竹，青綠色，高數尺，今淇澳傍生此，人謂此爲綠竹。」《水經·淇水》卷九引作「菉竹猗猗」。陸德明《釋文》：「綠，《爾雅》作菉。」《說文·艸部》、《禮記·大學》引《詩》都作「菉竹猗猗」。一說：淡竹葉。郝懿行《爾雅義疏》：「此即今淡竹葉也。其葉如竹，花色深碧。…可以染綠，因而名綠，菉字通也。」王先謙《集疏》：「'魯'綠作菉。」一說：綠竹，綠色的竹。任昉《述異記》：「衛有淇園出竹，在淇水之上。《詩》云'瞻彼淇奧，綠竹猗猗'是也。」《後漢書·寇恂傳》：「伐淇園之竹，爲矢百餘萬。」朱熹《集傳》：「綠，色也，淇上多竹，漢世猶然，所謂淇園之竹是也。」

〖綠衣〗《國風·邶風》篇名(27)。《詩序》說是衛莊姜傷己，怨莊公惑於嬖妾的詩：「《綠衣》，衛莊姜傷己也。妾上僭，夫人失位，而作是詩也。」《鄭箋》：「莊姜，莊公夫人。齊女，姓姜氏。妾上僭者，謂公子州吁之母。母嬖而州吁驕。」詩中首兩句「綠兮衣兮，綠衣黃裏」，綠比喻妾，黃比喻妻。朱熹《集傳》說同。王質《詩總聞》：「其爲婦人哀怨之辭無疑，但其人未可知。」現代研究者多認爲是丈夫悼念亡妻之作。衣裳是妻制的，如今妻子死去，睹物思人，詩人不免倍增傷感。余冠英《選譯》：「詩人睹物懷人，思念故妻。綠衣黃裳是故人親手所制，衣裳還穿在身上，做衣裳的人已經見不著了。」聞一多認爲是思念前妻，《類鈔》：「《綠衣》，懷舊也。婦人無過被出，非其夫所願。他日夫因衣婦舊所製衣，感而思之，遂作此詩。」四章，十六句。

孌（娈）

luán 力沇切（山合三上獮來）
力卷切（山合三去線來）
寒部、來母

美好。(風 5、雅 1)39《邶風·泉水》一章：「孌彼諸姬，聊與之謀。」《毛傳》：「孌，好貌。」102《齊風·甫田》三章：「婉兮孌兮，總角丱兮。」《毛傳》：「婉孌，少好貌。」《說文·女部》：「嫡，順也。《詩》曰：'婉兮嫡兮。'孌，籒文嫡。」段玉裁注：「今《毛詩》作孌，正用籒文。」218《小雅·車舝》一章：「間關車之舝兮，思孌季女逝兮。」《毛傳》：「孌，美貌。」一說：愛慕。《說文·女部》：「孌，慕也。」段玉裁說：「在小篆爲今之戀，慕也。孌、戀爲古今字。」桂馥《札樸》卷一：「案《說文》：'孌，慕也。'與'思孌'意合。」鄭方坤《經稗》卷五：「諸姬，周同姓之國也。…竊慕同姓之國必有以篤親恤災爲念者，聊欲以大義動之，而與之謀興復焉。」

又見〖婉孌〗。

嫡

luán 力沇切（山合三上獮來）
寒部、來母

順。見"孌"。

欒（栾） luán 落官切（山合一平桓來）
寒部、來母

【欒欒】通"臠臠"。瘦瘠的樣子。（風1）147《檜風·素冠》一章："庶見素冠兮，棘人欒欒兮，勞心慱慱兮。"《毛傳》："欒欒，瘠貌。"按《説文·肉部》："臠，膗也。"引《詩》"棘人臠臠兮。"馬瑞辰《通釋》："臠臠爲正字，欒欒爲假借字。"王育《説文引詩辨證》："臠，片肉也。肉切片則薄，遭喪亂毁瘠而肉消，故曰臠臠。"

臠（脔） luán 落官切（山合一平桓來）
力兗切（山合三上獮來）
寒部、來母

臠臠，瘦瘠的樣子。見"欒"。

鑾（鸾） luán 落官切（山合一平桓來）
寒部、來母

鈴。挂在馬鑣上、衡上或旂上的鈴。後來寫作"鑾"。（風1、雅9、頌2）127《秦風·駟驖》三章："輶車鸞鑣，載獫歇驕。"《鄭箋》："置鸞於鑣，異於乘車也。"173《小雅·蓼蕭》四章："和鸞雝雝，萬福攸同。"《毛傳》："在軾曰和，在鑣曰鸞。"302《商頌·烈祖》"八鸞鶬鶬。"《鄭箋》："鸞在鑣，四馬則八鸞。"王先謙《集疏》卷十五："《魯》説曰：'和，設軾者也；鸞，設衡者也。'《韓》説曰：'鸞在衡，和在軾前。升車則馬動，馬動則鸞鳴，鸞鳴則和應。'"《説文·金部》："人君乘車，四馬鑣，八鑾鈴，象鸞鳥聲，和則敬也。"《爾雅·釋天》："有鈴曰旂。"林義光《通釋》："金文如《無叀敦》、《頌敦》、《豆閉敦》、《揚敦》，皆言錫鸞旂。此詩三章云'言觀其旂'，而《采菽》、《泮水》亦皆以鸞聲與旂並言，則鸞爲旂上之鸞，非車上之鸞也。"

【鸞刀】柄上有鈴的刀。（雅1）210《小雅·信南山》五章："執其鸞刀，以啓其毛。"《毛傳》："鸞刀，刀有鸞者。"孔穎達《正義》："鸞，即鈴也。謂刀環有鈴，其聲中節。"朱熹《集傳》："鸞刀，刀有鈴也。"

亂（乱） luàn 郎段切（山合一去換來）
寒部、來母

❶禍亂。（風1、雅15）106《齊風·猗嗟》三章："四矢反兮，以禦亂兮。"198《小雅·巧言》一章："無罪無辜，亂如此幠。"朱熹《集傳》："胡爲使無罪之人遭亂如此其大也。"❷叛亂；作亂。（雅1）257《大雅·桑柔》十一章："民之貪亂，寧爲荼毒。"朱熹《集傳》："民不堪命，所以肆行貪亂，而安爲荼毒也。"嚴粲《詩緝》："民苦於虐政，欲其亂亡，故寧爲荼毒而不之卹。"（民不堪命，要求作亂，掌權者乃作此殘害之事。意即民衆更將作亂了。）❸擾亂。（風1、雅3）128《秦風·小戎》一章："在其板屋，亂我心曲。"《鄭箋》："憂則心亂也。"❹橫流而渡；也指橫流而渡的船。（雅1）250《大雅·公劉》六章："涉渭爲亂，取厲取鍛。"《毛傳》："正絶流曰亂。"孔穎達《正義》："水以流爲順，橫渡則絶其流，故爲亂。"朱熹《集傳》："亂，舟之截流橫渡者也。"一説：堤堰。屈萬里《詮釋》："亂，蓋以石絶流，猶梁也。涉渭爲亂，乃倒文以就韻，謂爲亂以涉渭也。"又見【迷亂】【喪亂】。

略 lüè 離灼切（宕開三入藥來）
鐸部、來母

鋒利。（頌1）290《周頌·載芟》："有略其耜，俶載南畝。"《毛傳》："略，利也。"陸德明《釋文》："略，字書作𤩂。"陳奂《傳疏》："略讀爲𤩂，假借字也。…𤩂有銛利之義。"

𤩂 lüè 離灼切（宕開三入藥來）
鐸部、來母

鋒利。見"略"。

倫（伦） lún 力迍切（臻合三平諄來）
文部、來母

道理；條理。（雅1）192《小雅·正月》六章："維號斯言，有倫有脊。"《毛傳》："倫，道；脊，理也。"《鄭箋》："惟民號呼而發此言，皆有道理。"陳奂《傳疏》："倫謂之道，又謂之理。"程俊英《注析》："有倫有脊，很有道理的意思。"

淪（沦） lún 力迍切（臻合三平諄來）
文部、來母

水上的小波紋。（風1）112《魏風·伐檀》三章："河水清且淪猗。"《毛傳》："小風水成文，轉如輪也。"陸德明《釋文》引《韓詩》："順流而風曰淪。淪，文貌。"《説文·水部》："小波爲淪。"《詩》曰："河水清且淪猗。"

【淪胥】相率；一個接着一個。（雅3）256

《大雅·抑》四章:"無淪胥以亡。"陳奐《傳疏》:"周之君臣,將相率而厎於敗亡也。"194《小雅·雨無正》一章:"若此無罪,淪胥以鋪。"《毛傳》:"淪,率。"《鄭箋》:"胥,相也。"陳奐《傳疏》:"言有罪者,既除伏其辜,並此無罪者,亦率相以病也。"一説:相率陷入。朱熹《集傳》:"淪,陷;胥,相。…此無罪者,亦相與而陷於死亡,則何如哉?"又一説:沉没;陷溺。馬瑞辰《通釋》:"淪胥,猶言湛休(沉溺)、湛淪,謂人之全陷休於罪,如全没人於水也。"按《後漢書·蔡邕傳下》李賢注引《詩·小雅》作"若此無罪,勛胥以痛",《漢書·叙傳》"薰胥以刑"顔師古注引晋灼説:"《齊》、《韓》、《魯》詩作薰。薰,帥(率)也。"

綸(纶) lún 力迍切(臻合三平諄來)
文部、來母

糾繩;理絲。(雅 1)226《小雅·采緑》三章:"之子于釣,言綸之繩。"孔穎達《正義》:"綸是繩名…言綸之繩,謂與之作繩。"朱熹《集傳》:"理繩曰綸。"馬瑞辰《通釋》:"綸爲繩名,亦爲糾繩之稱。…釣緍謂之綸,糾繩亦謂之綸。之猶其也。'言綸之繩',猶云糾其繩,正與'言韔其弓'句法相類。"一説:釣絲。《鄭箋》:"綸,釣繳也。其往釣與,我當從之,爲之繩繳也。"俞樾《平議》卷十:"綸之繩,謂君子釣汔,則其繳我爲收束之耳。"楊樹達《漢文文言修辭學》:"《箋》訓綸爲釣繳,而以韔弓與繩繳對舉,則以繩爲動詞,與上句韔字對;綸爲名詞,與上句弓字對也。"

論(论) lún 盧昆切(臻合一平魂來)
力迍切(臻合三平諄來)
文部、來母

通"倫"。有條理;有順序。(雅 2)242《大雅·靈臺》三章:"於論鼓鍾,於樂辟廱。"《鄭箋》:"論之言倫也。"朱熹《集傳》:"論,倫也,言得其倫理也。"段玉裁《小學》:"漢以前論字皆讀爲倫。"

輪(轮) lún 力迍切(臻合三平諄來)
文部、來母

車輪。(風 1)112《魏風·伐檀》三章:"坎坎伐輪兮,寘之河之漘兮。"《毛傳》:"檀可以爲輪。"

捋 luō 郎括切(山合一入末來)
月部、來母

手握着東西向一端抹取。(風 2、雅 1)8《周南·芣苢》二章:"采采芣苢,薄言捋之。"《毛傳》:"捋,取也。"朱熹《集傳》:"捋,取其子也。"戴震《補注》:"捋,一手持其穗,一手捋取之也。車前之用在子,故捋之。"胡承珙《後箋》:"捋是捋其子未落者。"257《大雅·桑柔》一章:"捋采其劉,瘼此下民。"孔穎達《正義》:"捋而采之,其枝之葉劉然爆爍而稀,不復能蔽陰炎日。"(劉:剥落;凋殘。)

羅(罗) luó 魯何切(果開一平歌來)
歌部、來母

❶捕鳥的網。(風 1)70《王風·兔爰》一章:"有兔爰爰,雉離于羅。"《毛傳》:"鳥網爲羅。"❷用網捕鳥。(雅 1)216《小雅·鴛鴦》一章:"鴛鴦于飛,畢之羅之。"《毛傳》:"於其飛乃畢掩而羅之。"程俊英《注析》:"畢、羅,此處皆作動詞捕字用。"

蘿(萝) luó 魯何切(果開一平歌來)
歌部、來母

一種蔓生植物。見【女蘿】。

蠃 luǒ 郎果切(果合一上果來)
歌部、來母

細腰蜂。《説文·蟲部》:"蠃,螺蠃也。"見"蜾"。

蓏 luǒ 郎果切(果合一上果來)
歌部、來母

果蓏,一種蔓生植物。見"果"。

洛 luò 盧各切(宕開一入鐸來)
鐸部、來母

洛河,也叫北洛河。發源於陝西定邊縣,東南流至大荔縣三河口入渭水。(雅 3)213《小雅·瞻彼洛矣》一章:"瞻彼洛矣,維水泱泱。"《毛傳》:"洛,宗周溉浸水也。"《淮南子·地形》:"洛出獵山"高誘注:"洛,東南流入渭。"《詩》云:"瞻彼洛矣,維水泱泱'是也。"段玉裁《小箋》:"自魏黄初以前,雍州渭洛字作洛,豫州伊維字作雒,絶無混淆。黄初以後乃亂矣。"一説:河南洛水。發源於陝西雒南縣華山南麓,經河南盧氏、偃師等縣,至鞏縣洛口入黃河。朱熹《集傳》:"洛,水名,在東都,會諸侯之處也。"

落 luò　盧各切（宕開一入鐸來）
　　　　鐸部、來母

❶葉落。(風 2)58《衛風•氓》三章:"桑之未落,其葉沃若。"❷開始。(頌 1)287《周頌•訪落》:"訪予落止,率時昭考。"《毛傳》:"訪,謀;落,始。"《鄭箋》:"〔成王〕於廟中與群臣謀我始即政之事。"陳奐《傳疏》:"始者,始即政也。"孔廣森《卮言》:"物終乃落,而以爲始,何也？嘗考落之爲始,大抵施於終始相嬗之際,如宮室考成謂之落成,言營治之終而居處之始也。成王踐阼,其詩曰'訪予落止',此先君之終而今君之始也。"馬瑞辰《通釋》:"終則有始,義本以相反而相成,以落爲始,猶之以徂爲存。以亂爲治,以來爲往,以故爲今,以廢爲置.義有反復互訓耳。一說:通"略"。方略;謀略。高亨《周頌考釋》:"落,疑借爲略,同聲系,古通用。《說文》:'略,經略土地也,從田,各聲。'引申爲方法策謀之義。"一說:應讀爲"格"。至。于省吾《新證》:"訪,本應作方。落應讀各,即格字。金文王格廟之格並爲各。訪予落止,應讀作方予格止。下言'率時昭考',言當格廟而思及率循昭考也。"

雒 luò　盧各切（宕開一入鐸來）
　　　　鐸部、來母

鬃毛白色的黑馬。(頌 1)297《魯頌•駉》三章:"有騅有雒,以車繹繹。"《毛傳》:"黑身白鬣曰雒。"陸德明《釋文》:"雒,本或作駱。"

駱（骆）luó　盧各切（各開一入鐸來）
　　　　　　鐸部、來母

鬃毛黑色的白馬。(雅 5、頌 1)162《小雅•四牡》二章:"四牡騑騑,嘽嘽駱馬。"《毛傳》:"白馬黑鬣曰駱。"297《魯頌•駉》三章:"薄言駉者,有驒有駱。"《毛傳》:"白馬黑鬣曰駱。"陸德明《釋文》:"樊孫《爾雅》並作'白馬黑髦鬣尾'也。"一說:白馬。王引之《述聞》卷二十八:"駱馬,白馬也。駱者,白色之名。…《月令》:'秋乘白駱。'猶赤騂之騂爲赤色,驪驢之驪爲黑色也。"高亨《今注》:"駱之名出於鵅。馬身的毛色白似鵅,所以名駱。"參"雒"。

M

麻 má 莫霞切（假開二平麻明）
歌部、明母

❶麻類植物，我國古代專指大麻。俗稱火麻。雌雄異株，雄株稱爲牡麻，雌株稱爲苴麻。莖部皮纖維長而堅韌，可供紡織。自古就有種植。（風4、雅1)74《王風·丘中有麻》一章："丘中有麻，彼留子嗟。"154《豳風·七月》七章："黍稷重穋，禾麻菽麥。"❷指麻纖維。（風1)137《陳風·東門之枌》二章："不績其麻，市也婆娑。"
【麻衣】即"深衣"。古代諸侯、大夫、士日常所穿的衣服，用白色麻布制成，無采飾。（風1)150《曹風·蜉蝣》三章："蜉蝣掘閱，麻衣如雪。"《毛傳》："麻布，深衣。諸侯之朝，朝服；朝夕則深衣也。"孔穎達《正義》："麻衣者，白布衣；如雪，言甚鮮絜也。"

馬（马） mǎ 莫下切（假開二上馬明）
魚明、明母

馬，一種家畜。（風18、雅18、頌123)《周南·卷耳》三章："陟彼高岡，我馬玄黃。"（玄黃：病。)223《小雅·角弓》五章："老馬反爲駒，不顧其後。"朱熹《集傳》："如老馬憊矣，而反自以爲駒，不顧其後，將有不勝任之患也。"何楷《古義》："老馬喻當謝事，駒以喻新進。"又見【趣馬】。

禡（祃） mà 莫駕切（假開二去禡明）
魚部、明母

古代在軍隊到達的地方舉行的祭祀。（雅1)241《大雅·皇矣》八章："是類是禡，是致是附。"《毛傳》："於內曰類，於野曰禡。"《鄭箋》："類也，禡也，師祭也。"陳奐《傳疏》："或類、禡皆祭天神及日月山川之神。"一說：祭祀軍法創造者。朱熹《集傳》："至所征之地而祭始造軍法者，謂黃帝及蚩尤也。"又一說：祭祀馬神。高亨《今注》："禡，祭馬神。周代用車戰，馬的作用很大，所以特祭馬神。"

霾 mái 莫皆切（蟹開二平皆明）
之部、明母

空氣中浮懸着大量塵土而形成的混濁現象。（風1)30《邶風·終風》二章："終風且霾，惠然肯來。"《毛傳》："霾，雨土也。"《說文·雨部》："霾，風雨土也。引《詩》'終風且霾'。"王先謙《集疏》："《魯》說曰：'風而雨土爲霾。'"聞一多《類鈔》："大風揚塵，從上而下曰霾。"

邁（迈） mài 莫話切（蟹開二去夬明）
月部、明母

❶行；遠行。（風5、雅6、頌1)65《王風·黍離》一章："行邁靡靡，中心搖搖。"《毛傳》："邁，行也。"馬瑞辰《通釋》："《說文》：'邁，遠行也。'邁亦爲行，對行言則爲遠行，行邁連言，猶古詩云'行行重行行'也。"196《小雅·小宛》四章："我日斯邁，而月斯征。"《鄭箋》："邁、征，皆行也。"屈萬里《詮釋》："日邁月征，謂僕僕道路，無休息之時也。"299《魯頌·泮水》一章："無小無大，從公于邁。"《鄭箋》："于，往。邁，行也。"嚴粲《詩緝》："國人無幼無長，皆從公往行。"❷指巡行。（頌1)273《周頌·時邁》："時邁其邦，昊天其子之。"《毛傳》："邁，行也。"《鄭箋》："武王既定天下，時出行其邦國，謂巡守也。"陳奐《傳疏》："邁訓行，邁邦，巡行邦國也。"❸去；時光消逝。（風1)114《唐風·蟋蟀》二章："今我不樂，日月其邁。"朱熹《集傳》："逝、邁，皆去也。"❹放逐；流放。（雅1)224《小雅·菀

柳》二章:"俾予靖之,後予邁焉。"《鄭箋》:"邁,行也,行亦放也。《春秋傳》曰:予將行之。"孔穎達《正義》:"以罪而使之行於外,故言行亦放也。"黃焯《毛鄭平議》:"乃居無幾何,而又斥遠也。"一説:通"怖(pèi)",不喜歡;恨怒。俞樾《平議》卷十:"此邁字亦當讀爲怖。言其後乃不悦我也。"又一説:過;過分。朱熹《集傳》:"邁,過也。求之過其分也。"

【邁邁】不高興的樣子;怨恨的樣子。(雅 1)229《小雅•白華》五章:"念子懆懆,視我邁邁。"《毛傳》:"邁邁,不説也。"陸德明《釋文》:"邁邁,《韓詩》及《説文》並作怖怖。"《韓詩》云:意不説好也。許云:很怒也。"段玉裁《小箋》:"此謂邁邁即怖怖之假借也。"一説:輕慢的樣子。朱熹《集傳》:"邁邁,不顧也。"于省吾《新證》:"邁邁係蔑蔑的借字,邁、蔑雙聲,並屬明紐。……懆懆訓愁不安,蔑蔑訓輕慢,均係重文叠義。這是説,我念子愁而不安,而你反輕慢以視我。"林義光《通解》:"鐘有叩必聞,喻人之情意必相通感。此言妻之於夫憂念之甚,而夫恨恨然視之,曾不少爲感動,如鼓鐘之不相聞。"

霡 mài 莫獲切(梗開二入麥明)
錫部、明母

霡霂,也作"霢霂"。小雨。(雅 1)210《小雅•信南山》二章:"益之以霡霂。"《毛傳》:"小雨曰霡霂。"《鄭箋》:"陰陽和,風雨時,冬有積雪,春而益之以小雨,潤澤則饒洽。"《説文•雨部》作"霢"。云:"霢霂,小雨也。"

霢 mài 莫獲切(梗開二入表明)
錫部、明母

霢霂,同"霡霂",小雨。《廣韻•麥韻》:"霡,霢霂,亦作霢。見"霡"。

麥(麦) mài 莫獲切(梗開二入麥明)
職部、明母

我國北方從古以來的重要糧食作物,有小麥、大麥、燕麥、黑麥等多種。其中小麥、大麥最普遍,大都秋種夏收。(風 5,雅 1,頌 1)48《鄘風•桑中》二章:"爰采麥矣,沫之北矣。"陳奐《傳疏》:"《詩》凡言'采',皆謂采其葉。麥之葉不可食,不得云'采麥'矣。245

《大雅•生民》四章:"麻麥幪幪,瓜瓞唪唪。"《説文•麥部》:"麥,芒穀。秋種厚薶,故謂之麥。麥,金也。金王而生,火王而死。從來,有穗者,從夊。"

蠻(蛮) mán 莫還切(山開二平刪明)
寒部、明母

我國古代統治階級對南方各民族帶污蔑性的稱呼。也泛指四方的少數民族。(雅 4,頌 1)178《小雅•采芑》四章:"蠢爾蠻荆(一作荆蠻),大邦爲讎。"《毛傳》:"蠻荆,荆州之蠻。"223《大雅•角弓》八章:"如蠻如髦,我是用憂。"《毛傳》:"蠻,南蠻也。"261《大雅•韓奕》六章:"以先祖受命,因時百蠻。"孔穎達《正義》:"四夷之名,南蠻北狄,散則可相通,故北狄亦稱蠻也。"300《魯頌•閟宮》七章:"淮夷蠻貊,及彼南夷,莫不率從。"《毛傳》:"淮夷蠻貊,蠻貊而夷行也。"陳奐《傳疏》:"淮上之國,不與華同。故指之曰夷。淮夷在魯東南,故更以南蠻東貊呼之也。"

【蠻方】遠方異族;南方外族。(雅 1)256《大雅•抑》四章:"用戒戎作,用遏蠻方。"《鄭箋》:"蠻方,蠻,畿之外也。"李黼平《紬義》:"蠻方,《傳》意當謂荆蠻、淮夷之等。……淮夷亦南蠻,故統稱蠻方。"

又見【緜蠻】。

曼 màn 無販切(山合三去願微)
母官切(山合一平桓明)
寒部、明母

長。(頌 1)300《魯頌•閟宮》九章:"孔曼且碩,萬民是若。"《毛傳》:"曼,長也。"《鄭箋》:"曼,脩也,廣也。"陳奐《傳疏》:"《嵩高》:'其詩孔碩,其孔肆好。'《傳》云:'肆,長也。'曼、肆訓同。"

慢 màn 謨晏切(山開二去諫明)
寒部、明母

緩慢地走。(風 1)78《鄭風•大叔于田》三章:"叔馬慢忌,叔發罕忌。"《毛傳》:"慢,遲。"陸德明《釋文》作"嫚"云:"本又作慢。"陳奐《傳疏》:"古侮嫚作嫚,惰慢作慢,其義皆不訓遲。慢、嫚皆趨之假借字。《説文》:'趨,行遲也。'因之凡遲皆可謂之趨。"

嫚 màn 謨晏切（山開二去諫明）
寒部、明母

行走緩慢。見"慢"。

蔓 màn 無販切（山合三去願微）
寒部、明母

蔓延。《風 4》94《鄭風·野有蔓草》一章："野有蔓草，零露漙兮。"《毛傳》："蔓，延也。"124《唐風·葛生》一章："葛生蒙楚，蘞蔓于野。"《毛傳》："葛生延而蒙楚，蘞生蔓於野，喻婦人外成於他家。"《集傳》："蔓，延也。"陳奐《傳疏》："葛、蘞皆蔓延野草，故以喻婦人之外成於他家也。"參"蕃"。

芒 máng 莫郎切（宕開一平唐明）
武方切（宕開三平陽明）
陽部、明母

【芒芒】1) 同"茫茫"。水勢浩大的樣子。（頌 1）304《商頌·長發》一章："洪水芒芒，禹敷下土方。"陳奐《傳疏》："芒芒，猶湯湯也。"《太平御覽》卷五二八引《詩》作"洪水茫茫"。2) 廣大的樣子。（頌 1）303《商頌·玄鳥》："天命玄鳥，降而生商，宅殷土芒芒。"《毛傳》："芒芒，大貌。"《鄭箋》："國日以廣大芒芒然。"《魏書·崔宏傳》引《詩》作"宅殷土茫茫"。馬瑞辰《通釋》："芒芒當即荒荒之假借。……《廣雅·釋詁》：'充，大也。'充通作荒，荒通作芒。"

尨 máng 莫江切（江開二平江明）
東部、明母

多毛的狗。《風 1》23《召南·野有死麕》三章："無使尨也吠。"《毛傳》："尨，狗也。"朱熹《集傳》："尨，犬也。"《說文·犬部》："尨，犬之多毛者。從犬從彡。《詩》曰：'無使尨也吠。'"馬瑞辰《通釋》："凡毛之尨茸者，通可謂之尨。"參"蒙"。

厖 máng 莫江切（江開二平江明）
東部、明母

駿厖，厖護。見"駿"。

貓 māo 莫交切（效開二平肴明）
武瀌切（效開三平宵明）
宵部、明母

一種猛獸，形似虎而毛短，也叫虦(zhàn)貓。《雅 1》261《大雅·韓奕》五章："有熊有羆，有貓有虎。"《毛傳》："貓，似虎淺毛者也。"陸德明《釋文》："貓，本又作苗。"《說文·虎部》："虎竊毛謂之虦苗。竊，淺也。"段玉裁注："苗，今之貓字。"馬瑞辰《通釋》："貓，蓋即今俗稱山貓者。"

毛 máo 莫袍切（效開一平豪明）
宵部、明母

毛，動植物表皮上所生的絲狀物。（雅 3）197《小雅·小弁》三章："不屬于毛，不罹于裏。"《毛傳》："毛在外，陽，以言父；裏在內，陰，以言母。"260《大雅·烝民》六章："德輶如毛，民鮮克舉之。"

【毛炰】連毛燒熟的羊或豬。（頌 1）300《魯頌·閟宮》四章："毛炰胾羹，籩豆大房。"《毛傳》："毛炰，豚也。"朱熹《集傳》："《周禮·封人》：'祭祀有毛炰之豚。'注云：'爓去其毛而炰之也。'"王夫之《稗疏》："炰者，塗以泥，實之棗，以火炮之。毛與皽皆去，故曰毛炰。要羊豚皆然，而非但豚也。"陳奐《傳疏》："炰，當作炮。"(戴：切成大塊的肉。)

【毛詩】即《詩經》。爲毛亨和毛萇所傳，故稱《毛詩》。《漢書·藝文志》著錄《毛詩》二十九卷，《毛詩故訓傳》三十卷，但稱毛公，不著其名。東漢鄭玄作《詩譜》，始稱大毛公、小毛公。三國吳陸璣《詩義疏》謂大毛公爲毛亨，小毛公爲毛萇。現在流傳的《詩經》當即《漢志》的《毛詩故訓傳》。《毛詩》自稱出於子夏，爲古文詩學；《齊》、《魯》、《韓》三家爲今文詩學。西漢時，三家都立於學官，《毛詩》未得立，獨爲河間獻王所愛好。東漢時著名經學家鄭衆、賈逵、馬融、鄭玄等都治《毛詩》，鄭玄作《毛詩箋》，於是《毛詩》大盛。魏晉以後，三家逐漸亡佚，《毛詩》獨傳。唐孔穎達撰《五經正義》，《詩》取毛鄭，更爲後世所宗尚。宋人開始懷疑子夏傳《詩》的說法。清人研究《毛詩》的甚多，取得的成果也爲前人所不及。近人王國維以爲《毛詩》故訓，多本《爾雅》，當爲亨(大毛公)作，而今《傳》專言典制義理，多用《周官》，當爲萇(小毛公)作。(見《觀堂集林·別集一·書毛詩故訓傳後》)

旄 máo 莫袍切（效開一平豪明）
莫報切（效開一去號明）
宵部、明母

❶旗杆頭上用旄牛尾做裝飾的旗。(風1、雅2)53《鄘風·干旄》一章:"孑孑干旄,在浚之郊。"《毛傳》:"注旄於干首,大夫之旟也。"朱熹《集傳》:"干旄,以旄牛尾注於旗干之首,而建之車後也。"陳奐《傳疏》:"旄與氂同。《說文》:'氂,氂牛尾也。'"168《小雅·出車》二章:"設此旐矣,建彼旄矣。"《毛傳》:"旄,干旄。"❷一種山。見【旄丘】。

【旄丘】前高後低的山丘。(風1)37《邶風·旄丘》一章:"旄丘之葛兮,何誕之節兮。"《毛傳》"前高後下曰旄丘。"陸德明《釋文》:"旄,《字林》作堥。云:堥,丘也。《山部》又有嵍字,亦云嵍丘。"《爾雅·釋文》引《字林》作"堥",又作"堥"。陳奐《傳疏》:"《寰宇記》云:'旄丘,在澶州臨河縣東。'今在大名府州地。"一說:多草木的山丘。黄震《黄氏日鈔》卷四:"旄丘,雪山云:丘之多草木者也。星名旄頭,言光芒多。冠名旄頭,言羽毛多。"

〔旄丘〕《國風·邶風》篇名(37)。《詩序》:"《旄丘》,責衛伯也。狄人迫逐黎侯,黎侯寓於衛,衛不能脩方伯連率之職,黎之臣子以責於衛也。"王安石《詩義》:"詩人之意,謂黎侯窮困於此,瑣細而尾末矣,流離而失職矣,而衛之諸臣不能救。蓋責之深也。"狄人滅黎(今山西省黎氏縣),黎國君臣逃到衛國,盼望衛國救援。而衛國遲遲不肯出兵救黎,黎人一無所獲,大爲失望,因作此詩,表示責怨。有的認爲是同情黎莊夫人的詩。魏源《詩古微》:"《易林》又云:'陰陽阻隔,許嫁不答,《旄丘》《新臺》,悔往嘆息。'則《旄丘》亦閔黎莊夫人不見答之詩。"現代研究者或以爲這是女子思念愛人的歌。四章,十六句。

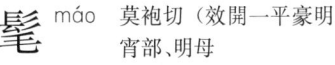
髦　máo　莫袍切(效開一平豪明)
　　宵部、明母

❶古代未成年男子垂在前額的齊眉頭髮。(風2)45《鄘風·柏舟》一章:"髧彼兩髦,實維我儀。"《毛傳》:"髦者,髮至眉,子事父母之飾。"朱熹《集傳》:"兩髦,剪髮夾囟,子事父之飾。"《說文·髟部》:"髳,髮至眉也。《詩》曰:紞彼兩髳。髳,髳或者。"王先謙《集疏》:"《齊》、《韓》,髦作髳,亦作髳。"❷英俊;出類拔萃的(人物)。(雅3)211《小雅·甫田》一章:"攸介攸止,烝我髦士。"《毛傳》:"髦,俊也。治田得穀,髦士以進。"朱熹《集傳》:"進我髦士而慰勞之也。"238《大雅·棫樸》二章:"奉璋峨峨,髦士攸宜。"《毛傳》:"髦,俊也。"240《大雅·思齊》五章:"古之人無斁,譽髦斯士。"《毛傳》:"古之人,無厭於有名譽之俊士。"陸德明《釋文》:"髦,俊也。"朱熹《集傳》:"令此士皆有譽於天下而成其俊乂之美也。"王先謙《集疏》:"言古人教士無厭斁,故能使斯士皆成爲譽髦也。"一說:通"芼"。選擇。馬瑞辰《通釋》:"譽、豫古通用。《爾雅·釋詁》:'豫,樂也。'髦之言芼,謂選擇也。《爾雅·釋言》:'髦,選也。'正釋此詩譽髦斯士,猶言樂選斯士耳。"又一說:通"勉"。勉勵。于省吾《新證》:"譽乃與的借字,應訓爲以。髦應讀爲勉勵之勉,髦、勉雙聲。'古之人無厭,以勉斯士',這是說,古之人勤勞從事而無厭斁,可用以勉勵斯士。❸通"髳"。我國古代西南方少數民族名。(雅1)223《小雅·角弓》八章:"如蠻如髦,我是用憂。"《毛傳》:"髦,夷髦也。"《鄭箋》:"今小人之行如夷狄,而王不能變化之,我用是爲大憂也。髦,西夷別名。武王伐紂,其等有八國從焉。"孔穎達《正義》:"髦雖在西,夷總名也。……《牧誓》曰:'及庸,蜀,羌,髳,微,盧,彭,濮人。'彼髳此髦音義同也。"

矛　máo　莫浮切(流開三平尤明)
　　幽部、明母

古代一種兵器,長柄尖刃,用於刺殺。(風4,雅1、頌1)79《鄭風·清人》一章:"二矛重英,河上乎翱翔。"《鄭箋》:"二矛,酋矛,夷矛也。"孔穎達《正義》:"《考工記》云:'酋矛常有四尺,夷矛三尋。'注云:'八尺曰尋,倍尋曰常'。酋、夷,長短名也。酋近夷長也。是矛有二等也。"133《秦風·無衣》一章:"王于興師,脩我戈矛。"《毛傳》:"矛,長二丈。"馬瑞辰《通釋》卷十二:"古之矛,即今之槍。"300《魯頌·閟宮》五章:"朱英綠縢,二矛重弓。"《鄭箋》:"二矛重弓,備折壞也。兵車之法,左人持弓,右人持矛,中人御。"又見【厹矛】。

茅 máo 莫交切（效開二平肴明）
幽部、明母

❶茅草。也叫"白茅"，可以蓋屋。（雅1）229《小雅·白華》二章："英英白雲，露彼菅茅。"❷割取茅草。（風1）154《豳風·七月》七章："晝爾于茅，宵爾索綯。"《鄭箋》："女當晝日往聚茅歸，夜作絞索以待用時。"黃震《黃氏日鈔》卷四："晝取茅草將以蓋屋，宵以索綯將以縛屋，蓋指田廬言之。"又見【白茅】

蟊（螯）máo 莫浮切（流開三平尤明）
幽部、明母

❶一種吃禾苗根的害蟲。或以為即螻蛄。見【蟊賊】。❷侵蝕；侵害。（雅1）264《大雅·瞻卬》一章："蟊賊蟊疾，靡有夷屆。"《鄭箋》："其為殘酷痛病於民，如蟊賊之害禾稼然。"陸璣《詩義疏》："或說云，蟊，螻蛄也。食苗根，為人患。"孔穎達《正義》："蟊賊者害禾稼之蟲，蟊疾是害禾嫁之狀。言王之害民如蟲之害之，故比之也。"曾運乾《毛詩說》："下'蟊'字，侵侔也。《說文》'吏抵冒取民財則生'是也。'疾'為'竊'之同聲假借。《說文》'盜自中出曰竊'是也。'侔'承'蟊'言，'竊'承'賊'言，皆取聲近之字為文也。"
【蟊賊】1)吃莊稼的害蟲。（雅3）212《小雅·大田》二章："去其螟螣，及其蟊賊。"《毛傳》："食心曰螟，食葉曰螣，食根曰蟊，食節曰賊。"陸德明《釋文》："蟊，本又作蛑。"257《大雅·桑柔》七章："降此蟊賊，稼穡卒痒。"《鄭箋》："蟲食苗根曰蟊，食節曰賊。"陸璣《詩義疏》引或說："蟊，螻蛄也。食苗根，為人患。"2)比喻對國家或人民有危害的人。（雅1）265《大雅·召旻》二章："天降罪罟，蟊賊內訌。"朱熹《集傳》："言此蟊賊，昏椓者，潰亂邪僻之人。"程俊英《注析》："蟊賊，吃莊稼的害蟲，比喻作惡多端的官僚。"

髦 máo 莫浮切（流開三平尤明）
幽部、明母

垂髮至眉，古代兒童的髮飾。見【髦】。

髳 máo 莫浮切（流開三平尤明）
幽部、明母

垂髮至眉，古代兒童的髮飾。見【髦】。

堥 máo 莫袍切（效開一平豪明）
幽部、明母

堥丘，即"旄丘"。見"旄"。

蛑 máo 莫浮切（流開三平尤明）
幽部、明母

一種吃莊稼的害蟲。見"蟊"。

卯 mǎo 莫飽切（效開二上巧明）
幽部、明母

地支的第四位。五行屬木。見【辛卯】。

昴 mǎo 莫飽切（效開二上巧明）
幽部、明母

星名。也叫"旄頭"或"髦頭"，二十八宿之一，西方白虎七宿的第四宿。本是一個聚集一起的小星團，肉眼可見六七顆星，大型望遠鏡可以看到六七百甚至二千餘顆星。古人又以為五星，有昴宿之精變為五老的傳說。（風1）21《召南·小星》二章："嘒彼小星，維參與昴。"《毛傳》："昴，留也。"陸德明《釋文》："昴，一名留，二星，皆西方宿也。"孔穎達《正義》："《元命苞》云：'昴，六星。昴之為言留，言物成就繫留'是也。朱熹《集傳》："參、昴，西方二宿之名。"

茆 mǎo 莫飽切（效開二上巧明）
幽部、明母
力又切（流開三上有來）
幽部、來母

蓴菜。也叫蓴菜，多年生水草，嫩葉可為羹，叫做"蓴羹"。（頌1）299《魯頌·泮水》三章："思樂泮水，薄采其茆。"《毛傳》："茆，鳧葵也。"陸德明《釋文》："茆，音卯，徐音柳。"孔穎達《正義》引陸璣《詩義疏》："茆與荇菜相似，葉大如手，赤圓，有肥者，著手中滑不得停，莖大如匕柄，葉可以生食，又可鬻，滑美。江南人謂之蓴菜，或謂之水葵，諸陂澤中皆有。"嚴粲《詩緝》："茆，蓴也。"

耄 mào 莫報切（效開一去號明）
宵部、明母

老；年老昏憒。（雅2）256《大雅·抑》十一章："借曰未知，亦聿既耄。"《毛傳》："耄，老也。"朱熹《集傳》："耄，老也。八十、九十曰耄。"呂祖謙《詩記》："既耄，非謂其老也，猶今人責未更事者曰既老大矣，甚言之也。"陳奐《傳疏》："假謂王年尚幼，未知其道，宜聽用老臣之言,今反謂其老耄而舍之,是即'聽我藐藐'之意也。"254《大雅·板》四章:"匪我言耄,爾用憂謔。"《毛傳》:"八十曰耄。"朱熹《集傳》:"耄,老而昏也。"《禮記·曲禮上》:"八十、九十曰耄。"

眊 mào 莫報切(效開一去號明)
宵部、明母
眊眊,同"藐藐",疏遠的樣子。見"藐"。

芼 mào 莫報切(效開一去號明)
莫袍切(效開一平豪明)
宵部、明母
擇取;摸取。(風1)1《周南·關雎》五章:"參差荇菜,左右芼之。"《毛傳》:"芼,擇也。"王先謙《集疏》:"《魯》說曰:芼,搴也,取也。《齊》說曰:芼,草覆蔓。《韓》芼作覒。某氏曰:搴,猶拔也。"《玉篇·見部》:"覒,《詩》曰:'左右覒之。'覒,擇也。本亦作芼。"牟庭《詩切》:"芼,此訓擇、訓搴、訓取者,皆摸之假音也。今俗語取於水中謂之摸,即古讀芼字之聲,詩人之遺言也。"于省吾《新證》:"古文作芼或覒,今作摸。……水中參差不齊的荇菜,隨流左右動蕩,因而或左或右以摸索之。"一說:煮熟後獻上。朱熹《集傳》:"芼,熟而薦之也。……彼參差之荇菜,既得之矣,則當采擇而亨芼之矣。"戴震《考證》:"[芼]言用為鉶芼也。"

覒 mào 莫報切(效開一去號明)
宵部、明母
選擇。《說文·見部》:"覒,擇也。"見"芼"。

茂 mào 莫候切(流開一去候明)
幽部、明母
❶茂盛;草木繁盛。(雅4、頌1)189《小雅·斯干》一章:"如竹苞矣,如松茂矣。"265《大雅·召旻》四章:"如彼歲旱,草不潰茂。"
❷美好。(風1)97《齊風·還》二章:"子之茂兮,遭我乎峱之道兮。"《毛傳》:"茂,美也。"陳奐《傳疏》:"美者,謂習於田獵也。"
❸通"懋"。勉力;盡力。(雅2)172《小雅·南山有臺》四章:"樂只君子,德音是茂。"于省吾《新證》:"懋、茂古今字。《尚書》懋多訓為勉。…德音是茂者,德音是勉也。"191《小雅·節南山》八章:"方茂爾惡,相爾矛矣。"《毛傳》:"茂,勉也。"陳奐《傳疏》:"《說文》:'懋,勉也。'茂與懋通。一說:盛。指為惡正盛。朱熹《集傳》:"茂,盛。言方盛其惡以相加,則視其矛戟,如欲戰斗。"嚴粲《詩緝》:"言小人之情狀也。小人方茂其惡,謂盛怒之時,則相視其矛,如欲持之以相殺。"余培林《正詁》:"'方茂爾惡',乃爾惡方茂之倒文。"又見【黃茂】。

冒 mào 莫報切(效開一去號明)
幽部、明母
覆蓋;遮蓋。(風1)29《邶風·日月》二章:"日居月諸,下土是冒。"《毛傳》:"冒,覆也。"《鄭箋》:"覆猶照臨也。"一說:通"眊"。俯瞰;向下看。牟庭《詩切》:"冒讀為眊。《說文》曰:'眊,低目視也。'…下土是眊,言日月所處之高,可以低視下土。"

貿(贸) mào 莫候切(流開一去候明)
幽部、明母
買;買賣;交易。(風2)58《衛風·氓》一章:"氓之蚩蚩,抱布貿絲。匪來貿絲,來即我謀。"《鄭箋》:"此民非來買絲,但來就我,欲與我謀為室家也。"朱熹《集傳》:"布,幣。貿,買也。"

眉 méi 武悲切(止開三平脂明)
脂部、明母
眉毛。也指蠶蛾細長而彎曲的觸鬚。見【蛾眉】。
【眉壽】長壽;高壽。長壽的人眉有毫毛秀出,故稱"眉壽"。(風1、雅1、頌5)154《豳風·七月》六章:"為此春酒,以介眉壽。"《毛傳》:"眉壽,豪眉也。"孔穎達《正義》:"人年老者必有豪毛秀出者。故知眉謂豪眉也。"172《小雅·南山有臺》四章:"樂只君子,遐不眉壽。"《毛傳》:"眉,秀也。"300《魯頌·閟宮》五章:"萬有千歲,眉壽無有害。"《鄭箋》:"眉壽,秀眉,亦壽徵。"季旭昇《新證》引魯實先說:"眉"乃"䪾"之假借,"……眉壽,義同長壽、永壽。《說文·镸部》:"䪾,久長也。"段玉裁注:"今作彌…彌行而䪾廢矣。"

湄 méi 武悲切(止開三平脂明)
脂部、明母
岸邊;水邊有草的地方。(風1)129《秦風·蒹葭》二章:"所謂伊人,在水之湄。"《毛傳》:

"湄,水隒(yǎn)也。孔穎達《正義》:"謂水草交際之處,水之岸也。…陳是山岸,湄是水岸,故云水隒。"按《釋名·釋水》:"水草交曰湄。湄,眉也。臨水如眉臨目也。"參"麋"。

郿 méi 武悲切(止開三平脂明)
明祕切(止開三去至明)
脂部、明母

古地名。故城在今陝西省郿縣東渭水北岸。《雅 1)259《大雅·崧高》六章:"申伯信邁,王餞于郿"《毛傳》:"郿,地名。朱熹《集傳》:"郿在今鳳翔府郿縣。在鎬京之西、岐周之東。而申在鎬京之東南,時王在岐周,故餞於郿也。"陳奐《傳疏》:"今據《方輿紀要》,郿縣在陝西鳳翔府東南百四十里,而故郿城在縣東北十五里,歧山縣在府東五十里,而岐陽廢縣在縣東北五十里。以此覈之,則郿地在岐周之南,相去不過五六十里,古者餞必在近郊也。"

枚 méi 莫杯切(蟹合一平灰明)
微部、明母

❶樹榦。《風 1、雅 1)10《周南·汝墳》一章:"遵彼汝墳,伐其條枚。"《毛傳》:"枝曰條,榦曰枚。"陳奐《傳疏》:"榦者,本也。"239《大雅·旱麓》六章:"莫莫葛藟,施于條枚。"《鄭箋》:"葛也藟也,延蔓於木之枝本而茂盛。"一說:小樹枝。王念孫《廣雅疏證》卷十七:"散文則枝亦稱枚,《玉篇》、《廣韻》並云:'枝,枚也。'"聞一多《新義》:"枚之言微也,故枝之小者謂之枚。"❷古代行軍時,士兵銜在口裡以防止喧嘩的小木棍,形狀像筷子。兩端有繩,可繫在頸上。《風 1)156《豳風·東山》一章:"制彼裳衣,勿士行枚。"《鄭箋》:"無行陳銜枚之事。"陸德明《釋文》引《周禮》鄭玄注:"枚如箸(箸),橫銜之於口,為紲繫於項中。"一說:微,機密。《毛傳》:"枚,微也。"孔穎達《正義》:"枚微者,其物細微也。"段玉裁《小箋》:"謂之微者,兵神密也。"黃焯《毛鄭平議》:"雲'勿士行枚',喜今之不事戰陳耳。"又一說:"行枚"即今之裹腿。聞一多《類鈔》:"行,胻。枚,徽。後世謂之行縢、行纏、今之裹腿。"

【枚枚】細緻精密的樣子。《頌 1)300《魯頌·閟宮》一章:"閟宮有侐,實實枚枚。"《毛傳》:"實實,廣大也。枚枚,礱密也。"孔穎達《正義》:"枚枚,細密之意。"屈萬里《詮釋》:"實實,形容其址之固;枚枚,形容梁椽結構之密。"一說:閑暇無人的樣子。陸德明《釋文》引《韓詩》:"枚枚,閑暇無人之貌也。"

媒 méi 莫杯切(蟹合一平灰明)
之部、明母

媒人;撮合男女婚事的人。《風 3)58《衛風·氓》一章:"匪我愆期,子無良媒。"101《齊風·南山》四章:"取妻如之何,匪媒不得。"按《說文·女部》:"媒,謀也。謀合二姓。"

腜 méi 莫杯切(蟹合一平灰明)
之部、明母

美;多。見"膴"。

槑 méi ★莫杯切(蟹合一平灰明)
之部、明母

"某"的古文。"梅"的異體。《説文·木部》:"某,酸果也。槑,古文某,從口。"《集韻·灰韻》"槑"為"梅"的或體。見"梅"。

梅(楳) méi 莫杯切(蟹合一平灰明)
之部、明母

❶楠木。《風 1)130《秦風·終南》一章:"終南何有?有條有梅。"《毛傳》:"梅,柟也。"陸璣《詩義疏》:"柟,葉大,可三四葉一叢,木理細緻於豫章,子赤者材堅,子白者材脆,荊州人曰梅。新城、上庸、蜀皆多樟柟,終南山與新城上庸通,故亦有柟也。"❷棘;酸棗樹。《風 1)141《陳風·墓門》二章:"墓門有梅,有鴞萃止。"馬瑞辰《通釋》:"棘、梅二木,美惡大小不相類,非詩取興之指。梅,古作某。《玉篇》:'古之某作槑。'槑、棘形似,棘蓋誤作槑,因之《毛詩》作梅,又作楳耳。王先謙《集疏》:"《魯》,梅作棘。"一說:楠樹。《毛傳》:"梅,柟也。"孔穎達《正義》:"此梅善惡自平,本未必然。徒有鴞鳥來集於其上而鳴,此鴞聲惡,梅亦從而惡矣。"❸果樹名。也寫作"楳"、"槑"。早春開花,有紅白二種。果實味酸,立夏後熟。生者青色,叫青梅;熟者黃色,叫黃梅,古代用作調味品。《風 3、雅 1)20《召南·摽有梅》一章:"摽有梅,其實七兮。"陸德明《釋文》:"梅,木

名也。《韓詩》作楳。"朱熹《集傳》："梅,木名,華白,實似杏而酢。"陳奐《傳疏》："梅、媒聲同,故詩人見梅以起興。"152《曹風·鳲鳩》二章："鳲鳩在桑,其子在梅。"馬瑞辰《通釋》："梅當爲楳杏之楳。"

鋂 méi 莫杯切（蟹合一平灰明）
之部、明母

大連環。一大環套兩小環。（風 1）103《齊風·盧令》三章："盧重鋂,其人美且偲。"《毛傳》："鋂,一環貫二也。"孔穎達《正義》："重鋂與重環別。一環貫二,謂一大環貫兩小環也。"《說文·金部》："鋂,大瑣也,一環貫二者。《詩》曰：'盧重鋂。'"

每 měi 武罪切（蟹合一上賄明）
莫佩切（蟹合一去隊明）
之部、明母

❶每次；重復動作中的任何一次。（風 3）135《秦風·權輿》一章："今也每食無餘。" ❷雖然。（雅 4）164《小雅·常棣》三章："每有良朋,況也永歎。"《鄭箋》："每有,雖也。"260《大雅·烝民》七章："征夫捷捷,每懷靡及。"163《小雅·皇皇者華》一章："駪駪征夫,每懷靡及。"《毛傳》："每,雖；懷,和。"陳奐《傳疏》引孫毓說："雖有中和,自當謂無所及。"一說：每人。《鄭箋》："《春秋外傳》曰：'懷私爲每懷也。'和當爲私,衆行夫既受君命,當速行。每人懷其私,相稽留,則於事將無所及。"又一說：常常。朱熹《集傳》："此駪駪之征夫,則其所懷思,常若有所不及矣。"

浼 měi 武罪切（蟹合一上賄明）
文部、明母

【浼浼】平澄的樣子。（風 1）43《邶風·新臺》二章："新臺有洒,河水浼浼。"《毛傳》："浼浼,平地也。"朱熹《集傳》："浼浼,平也。"一說,水盛滿的樣子。陸德明《釋文》："浼,《韓詩》作浘浘,音尾。云：盛貌。"

美 měi 無鄙切（止開三上旨明）
脂部、明母

❶美麗；形貌好看。（風 32）57《衛風·碩人》二章："巧笑倩兮,美目盼兮。"145《陳風·澤陂》一章："有美一人,傷如之何。" ❷用作名詞。美人。指丈夫或妻子。（風 5）124《唐風·葛生》一章："予美亡此,誰與？獨處。"《鄭箋》："言我所美之人無於此,謂其君子也。"朱熹《集傳》："婦人指其夫也。"陳奐《傳疏》："婦人稱夫謂美,猶稱夫謂良。"142《陳風·防有鵲巢》一章："誰侜予美,心焉忉忉。"陸德明《釋文》："予美,《韓詩》作娓,音尾。娓,美也。"朱熹《集傳》："予美,所與私者也。"

【美人】高大漂亮的人。男女通用。（風 3）42《邶風·靜女》三章："匪女之爲美,美人之貽。"朱熹《集傳》："言靜女又贈我以荑……特以美人之所贈,故其物亦美耳。"此指女。38《邶風·簡兮》四章："云誰之思,西方美人。"《鄭箋》："我誰思乎,思西方賢者。美人,謂碩人也。"朱熹《集傳》："西方美人,託言以指西周之盛王。如《離騷》亦以美人目其君也。"方玉潤《原始》："所思爲誰,蓋西周聖王耳。"程俊英《譯注》："美人,指舞師,即上文的碩人。此指男。參"碩人"。

妹 mèi 莫佩切（蟹合一去隊明）
物部、明母

女弟；妹妹。（風 1、雅 1）57《衛風·碩人》一章："衛侯之妻,東宮之妹。"《毛傳》："女子後生曰妹。"王先謙《集疏》："《韓》說曰：女弟曰妹。"236《大雅·大明》五章："大邦有子,俔天之妹。"《鄭箋》："又知大姒之賢,尊之如天之有女弟。"一說：少女。夏炘《劄記》："妹者,少女之稱。《易·歸妹·釋文》》天妹,猶俗所謂天女也。"俞樾《平議》卷十一："《周易·歸妹》王注曰：'妹者,少女之稱。'然則天之妹猶天之少女耳。"

昧 mèi 莫佩切（蟹合一去隊明）
物部、明母

【昧旦】黎明；拂曉。（風 1）82《鄭風·女曰雞鳴》一章："女曰雞鳴,士曰昧旦。"朱熹《集傳》："昧,晦；旦,明也。昧旦,天欲旦,晦明未辨之際也。"陳奐《傳疏》："昧旦後於雞鳴時。"馬瑞辰《通釋》："昧旦,猶言昧爽。…昧旦爲未大明貌,故爲將旦之稱。"

沬 mèi 莫貝切（蟹開一去泰明）
無沸切（止合三去未明）
物部、明母

春秋時衛國的一個邑。在今河南省淇縣

南。(風3)48《鄘風·桑中》一章:"爰采唐矣,沫之鄉矣。"《毛傳》:"沫,衛邑。"孔穎達《正義》:"沫爲紂都⋯紂都朝歌,明朝歌即沫也。"朱熹《集傳》:"沫,衛邑也。《書》所謂沫邦者也。"陳奐《傳疏》:"沫者,衛之下邑。"《通釋》:"沫,《書·酒誥》作'妹邦',沫、妹均從未聲。未、牧雙聲,故馬融《尚書》注云:'妹邦即牧養之地。'蓋謂妹邦即牧野也。"

韎(韎) mèi 莫拜切(蟹合二去怪明)
物部、明母

【韎韐】古代祭服或戎服上的赤黃色蔽膝。韎,用茜草染成赤黃色。韐,用熟皮制成的蔽膝,即韍。(雅1)213《小雅·瞻彼洛矣》一章:"韎韐有奭。"《毛傳》:"韎者,茅蒐染韋也。一入曰韎。韐,所以代韠也。"(據王引之《述聞》卷六訂正。)《鄭箋》:"韎韐,祭服之韠,合韋爲之。"孔穎達《正義》:"韎韐者,衣服之名⋯⋯他服謂之韍,祭服則謂之韎韐。"朱熹《集傳》:"韎,茅蒐所染色也。韐,韠也。合韋爲之。《周官》所謂韋弁,兵事之服也。"胡承珙《後箋》:"軍中上下同服,天子至士皆服韎韐也。"按《説文·韋部》:"韎,茅蒐染韋也,一入曰韎。從韋、末聲。"段玉裁注:"按許云末聲,鄭駁《異義》云:'韎,齊魯之閒,言韎聲如茅蒐,字當作韎。今《詩》《箋》版本二體不別。⋯⋯《唐韻》莫佩切,劉昌宗《周禮》音妹者,鄭未聲之説也。《廣韻》音末,諸經音莫介反者,許末聲之説也。"

寐 mèi 彌二切(止開三去至明)
物部、明母

睡;睡着。(風16,雅5)58《衛風·氓》五章:"夙興夜寐,靡有朝矣。"110《魏風·陟岵》二章:"行役夙夜無寐。"《毛傳》:"無寐,無耆寐也。"朱熹《集傳》:"無寐,亦言其勞之甚也。"陳奐《傳疏》:"耆寐,即熟寐,⋯言行役不能偃息在床也。"一説:通"沫"。已;止。王引之《述聞》卷五:"寐讀爲沫,無沫猶無已也。"⋯作寐者假借字耳。"又見【假寐】。

媚 mèi 明祕切(止開三去至明)
脂部、明母

❶愛;親愛。(風1,雅5)127《秦風·駟驖》

一章:"公之媚子,從公於狩。"朱熹《集傳》:"媚子,所親愛之人也。"于鬯《香草校書》卷十三:"媚子者,愛子也。愛子者,公子也。公狩而公之愛子從狩,此於事極尋常,而於文極平順。"243《大雅·下武》四章:"媚兹一人,應侯順德。"《鄭箋》:"媚,愛。兹,此也。可愛乎武王,能當此順德,謂能成其祖考之功也。"252《大雅·卷阿》八章:"維君子命,媚于庶人。"《鄭箋》:"親愛庶人,謂無擾之,令令不失職。"朱熹《集傳》:"媚於庶人,順愛於民也。"❷美;美好。(雅1、頌1)240《大雅·思齊》一章:"思媚周姜,京室之婦。"《毛傳》:"媚,愛也。"馬瑞辰《通釋》:"《廣雅》:'媚,好也。'媚古訓爲好,皆言其德之美,不必如《傳》訓愛。兩思字皆語詞。"290《周頌·載芟》:"思媚其婦,有依其士。"馬瑞辰《通釋》:"《小爾雅》:'媚,美也。'《廣雅》:'媚,美也。'《廣雅》:'媚,好也。'盛與美義近。'思媚其婦',亦形容美盛之詞也。"

痗 mèi 莫佩切(蟹合一去隊明)
之部、明母

荒內切(蟹合一去隊曉)
之部、曉母

病;憂病。(風1,雅1)62《衛風·伯兮》四章:"願言思伯,使我心痗。"《毛傳》:"痗,病也。"193《小雅·十月之交》八章:"悠悠我里,亦孔之痗。"《毛傳》:"痗,病也。"

門(门) mén 莫奔切(臻合一平魂明)
文部、明母

門;房子可以開關的出入口。(雅2)199《小雅·何人斯》一章:"胡逝我梁,不入我門。"261《大雅·韓奕》四章:"韓侯顧之,爛其盈門。"又見【北門】、【東門】、【皋門】、【衡門】、【墓門】、【應門】。

捫(扪) mén 莫奔切(臻合一平魂明)
文部、明母

持;摸;按。(雅1)256《大雅·抑》六章:"無易由言,無曰苟矣,莫捫朕舌。"《毛傳》:"捫,持也。"朱熹《集傳》:"言不可輕易其言,蓋無人爲我執持其舌者。"劉向《説苑·叢談》:"口者,關也;舌者,機也。出言不當,四馬不能追也。"《説文·手部》:"捫,撫持也。"《詩》曰:'莫捫朕舌。'"《一切經音義》卷一

"捫亦摸也。"引《詩》"莫捫朕舌。"

璊（璊） mén 莫奔切（臻合一平魂明）
文部、明母

紅色的玉。（風 1）73《王風•大車》二章："大車啍啍，毳衣如璊。"《毛傳》："璊，赬也。"朱熹《集傳》："璊，玉經赤色，五色備則有赤。"《說文•玉部》："璊，玉經色也。禾之赤苗謂之虋，言璊玉色如之。"又《毛部》引《詩》作"毳衣如𣯛"。陳奐《傳疏》："虋，禾之赤苗。……玉色如虋曰璊，衣色如虋曰𣯛。猶上章之以芙色作喻也。"王先謙《集疏》："璊，《魯》、《齊》作𣯛。"張汝霖《學詩毛鄭異同籤》："《毛傳》常有釋其義而不云物名者，如'毳衣如璊'傳：'璊，赬也。'而不言爲玉。'貽我握椒'傳：'椒，芳香也。'而不言爲木類，是也。"

𣯛 mén 莫奔切（臻合一平魂明）
文部、明母

紅色的毛織品。見"璊"。

穈 mén ★謨奔切（臻合一平魂明）
文部、明母

一種優良品種的黍，初生時葉赤色，生四葉後赤青相間，七八葉後色轉純青。（雅 2）245《大雅•生民》六章："誕降嘉穀，維秬維秠，維穈維芑。"《毛傳》："穈，赤苗也。"沈括《夢溪筆談》卷三："稷之璊色者謂之穈。"陳奐《傳疏》："赤苗、白苗，謂禾莖有赤白二種。本爲苗之名，因爲禾之名。"《說文•艸部》："虋，赤苗嘉穀也。芑，白苗嘉穀也。"又"芑"下引《詩》"維穈維芑"。胡承珙《後箋》："禾之赤苗爲虋，蓋生曰禾，秀曰苗，其實曰粟，粟之人曰米，米曰粱，此即南人所謂粟米，北人所謂小米者。"陳啓源《稽古編》："秬、秠、黍類也。穈、芑，粟類也。"

虋 mén 莫奔切（臻合一平魂明）
文部、明母

赤粱黍。見"穈"。

亹 （一）mén 莫奔切（臻合一平魂明）
文部、明母

❶峽谷中兩岸對峙如門的地方。（雅 1）248《大雅•鳧鷖》五章："鳧鷖在亹。"《毛傳》："亹，山絕水也。"《鄭箋》："亹之言門也。"朱熹《集傳》："亹，水流峽中，兩岸如門也。"陳

奐《傳疏》："亹爲山間通水之處。一說：通'湄'。水邊。馬瑞辰《通釋》："亹即湄之假借。《秦風》'在河之湄'傳：'湄，水隒也。'"沈鎬《毛詩傳箋異義解》："此篇賓尸，五章一意，其言涇、沙、渚、潀、亹者，取以協韻，無他意也。"

（二）wěi 無匪切（止合三上尾微）
文部、明母

❷見【亹² 亹²】。

【亹² 亹²】勤勉不倦。（雅 2）235《大雅•文王》二章："亹亹文王，令聞不已。"《毛傳》："亹亹，勉也。"朱熹《集傳》："亹亹，強勉之貌。"259《大雅•崧高》二章："亹亹申伯，王纘之事。"《鄭箋》："亹亹，勉也。"王引之《述聞》卷七："亹亹，勉勉，明明，亦一聲之轉。"參"勉"。

氓（甿） méng 莫耕切（梗開二平耕明）
陽部、明母

民；農民。（風 1）58《衛風•氓》一章："氓之蚩蚩，抱布貿絲。"《毛傳》："氓，民也。"唐石經作"甿"。孔穎達《正義》："氓，民之一名，對文則異。…甿猶懵。懵，無知貌。"《說文•民部》："氓，民也。"段玉裁注："氓與民小別。蓋自他歸往之民，則謂之氓，故字從民亡。"楊慎《升庵經說》："氓，從亡、從民，流亡之民也。"馬瑞辰《通釋》："氓爲盲昧無知之稱。《詩》當與男子不相識之初則稱氓；約與婚姻則稱子，子者男子美稱也；嫁則稱士，士者夫也。"墨莊氏《彬雅》卷四："氓、民音別義同。從氓者，言民易散難聚，非專屬新徙言。"一說：美民爲氓。王先謙《集疏》："《韓》說曰：'氓，美貌。'…美民爲氓，猶美士爲彥，美女爲媛也。"

[氓]《國風•衛風》篇名（58）。這是一首棄婦的怨歌，反映了當時婦女被壓迫的社會現實。女主人公的丈夫是一個農民。他們戀愛結婚，過了幾年貧困的生活。後來家境逐漸寬裕，丈夫竟另見新歡，把她遺棄了。詩人回憶過去，詛咒現在，怨恨丈夫的無情，悲嘆自己的遭遇。詩的感情摯烈，語言生動，結構完整，層次分明，開後世叙事詩之先河，有很高的藝術性。它和《邶風》中的《谷風》是姊妹篇，但態度更爲決絕。

《詩序》説《氓》是諷刺衛國風氣淫靡的詩："《氓》,刺時也。宣公之時,禮義消亡。淫風大行,男女無別,遂相奔誘,華落色衰,復相棄背,或乃困而自悔喪其妃耦,故序其事以諷焉,美反正,刺淫泆也。"朱熹《集傳》亦以爲"此淫婦爲人所棄而自叙其事以道其悔恨之意也。"有人則以爲此乃借棄婦以警世人之詩。朱朝瑛《略記》:"按此詩皆寓言也。杠己以徇人者,必有斥辱之患,故借棄婦以深儆之。"六章,六十句。

甿 méng 莫耕切(梗開二平耕明)
　　　陽部、明母
民;農民。見"氓"。

莔 méng 武庚切(梗開二平庚明)
　　　陽部、明母
藥草名,即貝母。(風 1)54《鄘風·載馳》三章:"陟彼阿丘,言采其莔。"《毛傳》:"莔,貝母也。"孔穎達《正義》引陸璣《詩義疏》:"莔,今藥草貝母也。其葉如栝樓而細小,其子在根下如芋子,正白,四方連累相著,有分解也。"朱熹《集傳》:"莔,貝母也。主療鬱結之病。"《淮南子·氾論》高誘注引《詩》作"蔄"。陳奂《傳疏》:"《毛詩》作莔,假借字。"

蔄(**蔄**) méng 武庚切(梗開二平庚明)
　　　陽部、明母
貝母。見"莔"。

盟 méng 武兵切(梗開三平庚明)
　　　陽部、明母
古代在神前立誓締約。(雅 1)198《小雅·巧言》三章:"君子屢盟,亂是用長。"《毛傳》:"凡國有疑,會同則用盟而相要也。"《鄭箋》:"屢,數也。盟之所以數者,由世衰亂,多相背違。"按《周禮·秋官·序官》鄭玄注:"盟,以約誓告神,殺牲歃血,明著其信也。"《左傳·桓公十二年》引君子曰:"苟信不繼,盟無益也。《詩》曰:'君子屢盟,亂是用長'。無信也。"

蒙 méng 莫紅切(通合一平東明)
　　　東部、明母
❶覆蓋。(風 3)47《鄘風·君子偕老》三章:"蒙彼縐絺,是紲袢也。"《毛傳》:"蒙,覆也。"于鬯《香草校書》卷十三:"蒙者,蒙其縐也。"縐絺蒙之,故曰"蒙彼縐絺"。124《唐風·葛生》一章:"葛生蒙楚,蘞蔓于野。"屈萬里《詮釋》:"蒙,掩蓋也。"❷通"龍"。雜色。(風 1)128《秦風·小戎》三章:"蒙伐有苑。"《毛傳》:"蒙,討羽也。伐,中干也。"《鄭箋》:"蒙,厖也;討,雜也。畫雜羽之文於伐,故曰蒙伐。"胡承珙《後箋》:"討蓋翿字之假借。"俞樾《平議》卷九:"蒙之言蒙茸也。"一説:包上虎皮的。胡厚宣《甲骨文筮字説》:"甲骨卜辭中的筮,即是今天的蒙。…蒙者冒也。乃勇士出征,披虎皮偽裝,以冒犯敵人之義。蓋古代作戰,以虎皮表軍衆,以虎皮包甲兵,戰士車馬也都蒙以虎皮。季旭昇《新證》:"《小戎》篇的蒙伐,似是應該釋爲蒙以虎皮的盾。"❸山名。在今山東省蒙陰縣西南,廣袤百餘里。(頌 1)300《魯頌·閟宫》五章:"奄有龜蒙,遂荒大東。"《毛傳》:"龜,山也;蒙,山也。"王應麟《詩地理考》:"《地理志》:蒙山在泰山蒙陰縣西南。"

【蒙戎】蓬松的樣子。(風 1)37《邶風·旄丘》三章:"狐裘蒙戎,匪車不東。"《毛傳》:"蒙戎,以言亂也。"陸德明《釋文》:"蒙戎,亂貌。"朱熹《集傳》:"蒙戎,亂貌,言弊也。"阜陽《詩經》、《史記·晉世家》作"蒙茸"。《左傳·僖公五年》作"狐裘尨茸"。楊伯峻注:"尨茸、蒙茸,其實一也。"参"濛"。

濛 méng 莫紅切(通合一平東明)
　　　東部、明母
雨細小的樣子。(風 4)156《豳風·東山》一章:"我來自東,零雨其濛。"《毛傳》:"濛,雨貌。"《説文·水部》:"濛,微雨。"王先謙《集疏》:"《魯》,濛作蒙。"

矇 méng 莫紅切(通合一平東明)
　　　東部、明母
盲人。古時以盲人擔任樂官,故"矇瞍"又爲樂官的代稱。(雅 1)242《大雅·靈臺》四章:"鼉鼓逢逢,矇瞍奏公。"《毛傳》:"有眸子而無見曰矇,無眸子曰瞍。"《鄭箋》:"凡聲使矇瞍爲之。"孔穎達《正義》:"矇,即今之青盲者也。"《楚辭·九章·懷沙》王逸注:"矇,盲者也,《詩》云:'矇瞍奏公。'"陳奂《傳疏》:"矇瞍即瞽矇,樂工也。"吳夌雲《吳氏遺著》:"矇瞍,案瞽蒙皆從外有蔽而得名,瞍則從內有所藏而得名。瞀之言郭,蒙之言冒,瞴之言廋也。"

饛（䭉） méng 莫紅切（通合一平東明）
東部、明母

食物滿器的樣子。（雅1)203《小雅·大東》一章:"有饛簋飧,有捄棘匕。"《毛傳》:"饛,滿簋貌。"《說文·食部》:"饛,盛器滿皃（貌)。《詩》曰:'有饛簋飧。'"孔穎達《正義》:"有饛然滿者,簋中黍稷之飧也。"

䝉 měng ★母總切（通合一上董明）
莫紅切（通合一平東明）
東部、明母

【䝉䝉】茂盛的樣子。（雅1)245《大雅·生民》四章:"麻麥䝉䝉,瓜瓞唪唪。"《毛傳》:"䝉䝉然茂盛也。"朱熹《集傳》:"䝉䝉然茂密也。"

孟 mèng 莫更切（梗開二去映明）
陽部、明母

長（zhǎng）;兄弟中排行第一的。（風5)48《鄘風·桑中》一章:"云誰之思,美孟姜矣。"《鄭箋》:"孟姜,列國之長女。"朱熹《集傳》:"孟,長也。"83《鄭風·有女同車》一章:"彼美孟姜,洵美且都。"《毛傳》:"孟姜,齊之長女。"

【孟子】人名。西周時代的一個宦官,《小雅·巷伯》詩的作者。（雅1)200《小雅·巷伯》七章:"寺人孟子,作爲此詩。"《鄭箋》:"孟子起而爲此詩,欲使衆在位者慎而知之。既言寺人,復自著孟子者,自傷將去此官也。"朱熹《集傳》:"寺人,内小臣,蓋以讒被害而爲此官。孟子,其字也。"

夢（梦） (一) mèng 莫鳳切（通合三去送明）
蒸部、明母

❶做夢,睡眠時出現的一種生理現象。（雅3)190《小雅·無羊》四章:"牧人乃夢,衆維魚矣,旐維旟矣。"

(二) méng 莫中切（通合三平東明）
蒸部、明母

❷見【夢²夢²】。

【夢²夢²】迷迷糊糊,昏亂不明。（雅2)192《小雅·正月》四章:"民今方殆,視天夢夢。"《毛傳》:"王者爲亂夢夢然。"朱熹《集傳》:"夢夢,不明也。"嚴粲《詩緝》:"《釋訓》曰:

'夢夢,亂也。'錢氏曰:'無聞知也。'"屈萬里《詮釋》:"夢夢,猶今言迷糊糊也。"《齊詩》作"視天芒芒"。《文選·陸士衡·歎逝賦》:"咨余今之方殆,何視天之芒芒。"256《大雅·抑》十一章:"視爾夢夢,我心慘慘。"《毛傳》:"夢夢,亂也。"孔穎達《正義》引孫炎說:"夢夢,昏昏之亂也。"《說文·目部》:"瞢,目不明也。"段玉裁注:"《小雅》'視天夢夢',夢與瞢音義同也。"

又見【同夢】【占夢】。

罙（罙） mí 武移切（止開三平支明）
脂部、明母

深;深入。（頌1)305《商頌·殷武》一章:"罙入其阻,裒荊之旅。"《毛傳》:"罙,深。"孔穎達《正義》:"罙者,深入之意,故爲深也。"段玉裁《小箋》:"罙,篆體作突,古深淺字如此。《傳》以深釋罙,以今字釋古字也。"馬瑞辰《通釋》:"《毛詩》作罙者,即《說文》罙字之省。罙與彌通。《廣雅·釋詁》:'彌,深也。'"一說:冒;突擊。《鄭箋》:"罙,冒也。"陸德明《釋文》:"罙,面規反。毛,深也;鄭,冒也。《說文》作罙,從冂米,云:'冒也。'"徐灝《段注箋》:"罙即突之省體。"陳奐《傳疏》:"罙,即突之隸變。《說文·穴部》:'突,深也。'本《毛》;又《网部》'罙'下引《詩》'罙入其阻',本三家。…鄭於字同《毛》,而義用三家。"

罙 mí 武移切（止開三平支明）
脂部、明母

冒。見"罙"。

迷 mí 莫分切（蟹開四平齊明）
脂部、明母

❶困惑;迷失方向。（雅1)191《小雅·節南山》三章:"四方是維,天子是毗,俾民不迷。"《鄭箋》:"維制四方,上輔天子,下教化天下,使天下無迷惑之憂。"（毗:輔助。)

❷迷亂。（雅1)254 （大雅·板》五章:"威儀卒迷,善人載尸。"《鄭箋》:"君臣之威儀盡迷亂,賢人君子則如尸矣。"朱熹《集傳》:"使威儀迷亂,而善人不得有所爲也。"陳奐《傳疏》:"迷,迷亂也。"

【迷亂】迷惑錯亂。（雅1)256《大雅·抑》三章:"其在于今,興迷亂於政。"《鄭箋》:"王尊尚小人迷亂於政事者。"俞樾《平議》卷十一："興迷亂於政,言皆迷亂於政也。蓋謂君臣皆迷亂。"

彌(弥) mí 武移切（止開三平支明）
脂部、明母

終;盡;滿。（雅4、頌1)245《大雅·生民》二章："誕彌厥月,先生如達。"朱熹《集傳》："彌,終也,終十月之期也。"高亨《今注》："彌,滿也。"252《大雅·卷阿》四章："俾爾彌爾性,純嘏爾常矣。"《毛傳》："彌,終也。"朱熹《集傳》："言使終其壽命。"胡承珙《後箋》："終者,盡也。彌其性,即盡其性也。"一説:久;長。馬瑞辰《通釋》："彌者,镾之假借。…《説文》:'镾,久長也。'高亨《今注》:"彌,久也。性,生命。俾爾彌爾性:使你延長你的生命,即使你長壽。"又一説:增益,充足。姚際恒《通論》:"彌,《釋文》:'益也。'彌爾性,謂充足其性,使無虧間也。"

麋 mí 武悲切（止開三平脂明）
脂部、明母

通"湄"。水邊。（雅1)198《小雅·巧言》六章："彼何人斯,居河之麋。"《毛傳》："水草交謂之麋。"陸德明《釋文》："麋,本又作湄。"《爾雅·釋水》："水草交謂之湄。"郭璞注引《詩》作"居河之湄"。陳奂《傳疏》："湄,本字。麋,假借字。"

瀰(沵) mí 綿婢切（止開三上紙明） mí 武移切（止開三平支明）
脂部、明母

水滿的樣子。（風1)34《邶風·匏有苦葉》二章："有瀰濟盈,有鷕雉鳴。"《毛傳》："瀰,深水也。"朱熹《集傳》："瀰,水滿貌。"

【瀰瀰】水盛滿的樣子。（風1)43《邶風·新臺》一章："新臺有泚,河水瀰瀰。"《毛傳》："瀰瀰,盛貌。"陸德明《釋文》："瀰,水盛也。"《説文》云:'水滿也。'"陳奂《傳疏》："考《説文》作'瀰,滿也。'是陸所據《詩》本作瀰。"《文選·沈約·安陸昭王碑文》引《毛詩》作'河水瀰瀰'。今字通作瀰。"

弭 mí 綿婢切（止開三上紙明）
支部、明母

❶弓的兩端,也指兩端用象骨做裝飾的弓。（雅1)167《小雅·採薇》五章："四牡翼翼,

象弭魚服。"《毛傳》："象弭,弓反末也。"孔穎達《正義》："弭者,弓稍之名,以象骨爲之。"馬瑞辰《通釋》："古者弓末通名弭,弓之無緣者亦名爲弭。…象弭猶象輅之類,特以象牙爲飾,非全以象牙爲弓也。弓之有緣者繁束而漆之,其弭不露,故謂之弓。無緣者其弭外見,故謂之弭。❷止;停止;忘記。（雅1)183《小雅·沔水》二章："心之憂矣,不可弭忘。"《毛傳》："弭,止也。"陳奂《傳疏》："《周語》:'至於今未弭。'賈逵注:'弭,止也。'是忘亦弭也。"

靡 mǐ 文彼切（止開三上紙明）
歌部、明母

❶動詞。無;没有。（風8、雅49、頌1)45《鄘風·柏舟》一章："之死矢靡它。"《毛傳》："靡,無也。"167《小雅·采薇》二章："靡室靡家,獫狁之故。"《鄭箋》："靡,無也。"256《大雅·抑》一章："人亦有言,靡哲不愚。"《淮南子·人間》引作:"無哲不愚。"王先謙《集疏》:"《魯》,靡作無。"58《衛風·氓》五章："三歲爲婦,靡室勞矣。"《鄭箋》："靡,無也。無居室之勞,言不以婦事見困苦。"俞樾《平議》卷八:"言我三歲爲婦,則一家之人無居室之勞矣。"一説:不。朱熹《集傳》："靡,不。…言我三歲爲婦,盡心竭力,不以室家之務爲勞。"馬瑞辰《通釋》："靡室勞矣,言不可能一勞計。"又一説:共。陳喬樅《韓説考》:"《韓詩》曰:'靡,共也。'…當言三歲之中,同居共苦,方與下語氣一貫,自宜以靡訓共,其義始合。"❷否定副詞。相當於"不"。（雅1)265《大雅·召旻》二章："昏椓靡共,潰潰回遹,實靖夷我邦。"《傳疏》:"靡,不。靡共,言不共職事也。"❸否定副詞。用在"有"前,相當於"無"、"没"。（風1、雅8、頌2)52《衛風·氓》五章："夙興夜寐,靡有朝矣。"《鄭箋》："無有朝者,常早起夜卧,非一朝然。"嚴粲《詩緝》:"朱氏曰:無有一朝不然者。"264《大雅·瞻卬》一章："邦靡有定,士民其瘵。"《鄭箋》："天下騷亂,邦國無有安定者,士卒與民皆勞病。"❹（又 mǐ)罪累;罪過。（頌2)269《周頌·烈文》:"無封靡于爾邦。"《毛傳》："靡,累也。"陳奂《傳疏》："三家詩以封靡爲大罪,與毛訓同。"胡

承珙《後箋》："蓋靡、縻皆有繫綴之義，引申之爲羈縻，爲罪累，故《傳》訓靡爲累。"一説：奢侈；淫靡。孔穎達《正義》："靡謂侈靡。奢侈淫靡，是罪累之事。"朱熹《集傳》："靡，汰侈也。"又一説：損壞；敗壞。馬瑞辰《通釋》："靡，損也。'無封靡于爾邦'，猶云無大損壞於爾邦也。靡累以叠韻爲訓，《傳》訓爲累，與損壞義近。累於國，即損壞於國也。"

【靡靡】步行緩慢的樣子。(風 3)65《王風·黍離》一章："行邁靡靡，中心摇摇。"《毛傳》："靡靡，猶遲遲也。"孔穎達《正義》："靡靡，行舒之意。"

密 mì 美畢切（臻開三入質明）
質部、明母

❶通"宓"。安居。(雅 1)250《大雅·公劉》六章："止旅迺密。"《毛傳》："密，安也。"段玉裁《小箋》："此謂密即宓之假借。"一説：繁密。朱熹《集傳》："其止居之衆日以益密。"馬瑞辰《通釋》："謂民既寘廬於此，乃見其繁密也。"❷安静；静密。(頌 1)271《周頌·昊天有成命》："成王不敢康，夙夜基命宥密。"《毛傳》："密，寧也。"《鄭箋》："行寬仁安静之政，以定天下，寬仁所以止苛刻也，安静所以息暴亂也。"朱熹《集傳》："宥，宏深也，密，静密也。"賈誼《新書·禮容》引《詩》作"謐"。並曰："謐者，寧也。"一説：通"勉"。勤勉；努力。于省吾《新證》："'夙夜基命宥密'，應讀作夙夜其命有勉…成王不敢康，早夜有勉於其命。"❸古諸侯國名。也叫密須。商時爲姞姓，周改封姬姓。在今甘肅省靈臺縣西。(雅 1)241《大雅·皇矣》五章："密人不恭，敢距大邦，侵阮徂共。"《毛傳》："國有密須氏，侵阮，遂往侵共。"孔穎達《正義》引王肅云："密須氏，姞姓之國也。"陳奂《傳疏》："密，密須國。…在今甘肅涇川靈臺縣西五十里有陰密故城，即密須國地。程晉芳《毛鄭異同考》："《汲冢紀年》：'帝辛三十二年，密人侵阮，西伯率師伐密，密人降於周，師遂遷於程。'參"毗"。

祕 mì 兵媚切（止開三去至幫）
質部、幫母

通"泌"，泉水涌流。見"瑟"。

謐（谧） mì 彌畢切（臻開三入質明）
質部、明母

安静；寧静。見"密"、"謚"。

幦 mì 莫狄切（梗開四入錫明）
錫部、明母

古代車箱前端橫木上的覆蓋物。見"幭"。

緜（綿） mián 武延切（山開三平仙明）
寒部、明母

〖緜〗《大雅》篇名(237)。這是一首周族史詩。叙述周族祖先古公亶父（即大王）由豳遷岐，定居周原，安頓民衆，規劃發展農業生産，建廟立社的經過；歌頌他爲開創周室建立了偉大的功績。文王繼承大王遺烈，睦鄰用賢，周室日益强大。《詩序》："《緜》，文王之興，本由大王也。"孔穎達《正義》："太王作王業之本，文王因之以興。"朱熹《集傳》："此亦周公戒成王之詩。追述太王始遷岐周，以興王業，而文王因之以受天命也。《孟子·梁惠王下》："昔者大王居邠，狄人侵之。事之以皮幣，不得免焉；事之以犬馬，不得免焉；事之以珠玉，不得免焉。乃屬其耆老而告之曰：'狄人之所欲者，吾土地也。吾聞之也，君子不以其所以養人者害人。二三子何患乎無君？吾將去之。'去邠，逾梁山，邑於岐山之下居焉。"邠人曰：'仁人也，不可失也。'從之者如歸市。"這同本詩的叙述可以互相印證。叙事有條有理，描寫有聲有色，特別是刻畫築牆的勞動動作和宏偉場面，非常生動形象。九章，五十四句。

【緜蠻】小鳥的樣子。(雅 3)230（《小雅·緜蠻》二章："緜蠻黄鳥，止於丘隅。"《毛傳》："緜蠻，小鳥貌。"一説：有文採的樣子。《文選·景福殿賦》李善注引《韓詩·薛君章句》："緜蠻，文貌。"馬瑞辰《通釋》："蓋文采緟密之貌。"又一説：鳥鳴聲。朱熹《集傳》："緜蠻，鳥聲。"此微賤勞苦而思有所託者，爲鳥言以自比也。"《禮記·大學》引作"緡蠻"。

〖緜蠻〗《小雅》篇名(230)。這首詩寫一個行役者疲勞不堪，又饑又渴，希望得到上級的照顧和關心。《詩序》："《緜蠻》，微臣刺亂也。大臣不用仁心，遺忘微賤，不肯飲食教載之，故作是詩也。"《鄭箋》："古者卿大夫出行，士爲末介。士之祿薄，或困乏於資財，則當賙贍之。幽王之時，國亂，禮廢，恩薄，大不念小，尊不恤賤，故本其亂而刺之。"王符《潛夫論·班祿》："行人病而緜蠻"諷。"朱熹《集傳》："此微賤勞苦，而思有所託者，爲鳥言以自比也。"屈萬里《詮釋》："此微臣苦於行役之詩。"每章後四句爲詩人願望之辭，并非寫實。三章，二十四句。

【緜緜】1)連緜不斷的樣子。(風 3、雅 1)71《王風·葛藟》一章："緜緜葛藟，在河之滸。"《毛傳》："緜緜，長不絶之貌。"孔穎達《正義》："緜緜然枝葉長而不絶者。"237《大雅·緜》一章："緜緜瓜瓞。"《毛傳》："緜緜，不絶貌。"2)細致的樣子。(頌 1)290《周頌·載芟》："厭厭其苗，緜緜其麃。"陸德明《釋文》："緜緜，《韓詩》作'民民'，云：'衆貌'。"孔穎達《正義》引孫炎説："緜緜，言詳密也。"胡承珙《後箋》："蓋苗已長齊，其芸恐致傷苗，自以詳密爲要。"3)安靜、静謐的樣子。(雅 1)263《大雅·常武》五章："緜緜翼翼，不測不克。"《毛傳》："緜緜，靚也。"孔穎達《正義》："緜緜然安静，不行暴掠。"陳奂《傳疏》："靚與静同。"陸德明《釋文》："緜如字，《韓詩》作民民。"一説：軍容壯盛，連緜不絶的樣子。朱熹《集傳》："緜緜，不可絶也。"馬瑞辰《通釋》："《廣雅》：'緜緜，長也。'翼翼，盛也。'長與盛義相近，皆狀其兵之壯盛耳。"

勉 miǎn 亡辨切（山開三上獮明）
文部、明母

通"免"。免去；打消。(雅 1)186《小雅·白駒》三章："慎爾優游，勉爾遁思。"(遁思：離去的想法。朱熹《集傳》："慎，勿過也。勉，毋決也。"馬瑞辰《通釋》："'勉爾遁思'，亦望其勿遁之詞。"一説：嘉勉。屈萬里《詮釋》："勉，嘉勉也。遁，隱也。言嘉勉爾之隱遁也。"

【勉勉】勤勉努力。(雅 1)238《大雅·棫樸》五章："勉勉我王，綱紀四方。"《韓詩外傳》卷五、班固《白虎通義·三綱六紀》均引作"亹亹我王"。王先謙《集疏》："《魯》、《韓》勉作亹。"

又見【亹勉】。

俛 miǎn 亡辨切（山開三上獮明）
文部、明母

見"黽"。

沔 miǎn 彌兗切（山開三上獮明）
真部、明母

水流盛滿。(雅 2)183《小雅·沔水》一章："沔彼流水，朝宗于海。"《毛傳》："沔，水流滿也。"嚴粲《詩緝》："彼沔然而滿之水，必入於海。"《説文·水部》："沔"下段玉裁注："按許云：'瀰，水滿也。'《詩》之沔，爲瀰之假借。"

〖沔水〗《小雅》篇名(183)。這是一首憂亂的詩。周宣王末年，周室衰微，諸侯不再擁護周天子，鎬京一帶，危機四伏，作者憂愁恐懼，故作此詩。希望朋友小心警惕，免遭禍殃。《詩序》："《沔水》，規宣王也。"朱熹《集傳》："此憂亂之詩。"姚際恒《通論》："謂規宣王者，以詩中'讒言其興'也。謂憂亂者，以詩中'莫肯念亂'也。"陳啓源《稽古編》："《周語》：三十二年宣王伐魯，立孝公，諸侯從是而不睦。不睦則朝宗之典缺矣。宣王廢長立少，仲山甫諫而不聽，終致魯人弑立。魯之亂，宣王爲之也，何以服諸侯乎？宜有不朝者矣。《沔水》之詩，其作於三十二年之後乎？"或以爲畏讒之詩。何楷《古義》："《沔水》，畏讒也。疑隰叔所作。…是詩也，其作於杜伯遭譖將見殺之時，左儒九諫而王不聽之日乎？"或以爲刺詩。曾運乾《毛詩説》："《沔水》，刺諸侯之跋扈也。"三章，二十二句。朱熹《集傳》以爲："疑當作三章章八句，卒章脱前兩句耳。"

湎 miǎn 彌兗切（山開三上獮明）
寒部、明母

沉迷於酒；使沉迷於酒。(雅 1)255《大雅·蕩》五章："天不湎爾以酒。"陸德明《釋文》："飲酒齊色曰湎。"《韓詩》云："飲酒閉門不出容曰湎。"蘇轍《詩集傳》："湎，沉湎也。"朱熹《集傳》："湎，飲酒變色也。…言天不爾沉湎於酒。"馬瑞辰《通釋》："按《説文》：'湎，湛於酒也。'…'天下湎爾以酒'，猶云天不淫爾以酒。"

面 miàn 彌箭切（山開三去線明）
寒部、明母

當面；面對著。(雅1)256《大雅·抑》十章："匪面命之，言提其耳。"《鄭箋》："我非但對面語之，親提撕其耳。"
【面目】面孔；面貌。(雅1)199《小雅·何人斯》八章："有靦面目，視人罔極。"(靦：面目可見的樣子。)

苗 miáo 武瀌切（效開三平宵明）
宵部、明母

❶ 没有吐穗的禾。(風3、雅2、頌1)65《王風·黍離》一章："彼黍離離，彼稷之苗。"孔穎達《正義》："苗謂禾未熟。"186《小雅·白駒》一章："皎皎白駒，食我場苗。"段玉裁《小箋》："古者謂禾為苗。"何休説《春秋》曰：'生曰苗，秀曰禾。'玉裁謂，對文則別，散文則一也。"程瑶田《九穀考》："始生曰苗，成熟曰禾，禾實曰粟。"馬瑞辰《通釋》："場與圃，散文則通，圃中所植惟豆藿之類。…故知場苗即豆苗耳。"❷ 夏天打獵。引申為打獵的通稱。(雅1)179《小雅·車攻》三章："之子于苗，選徒嚻嚻。"《毛傳》："夏獵曰苗。"《左傳·隱公五年》："故春蒐，夏苗，秋獮，冬狩。"朱熹《集傳》："狩獵之通名也。"參"貓"。

藐 miǎo 亡沼切（效開三上小明）
莫角切（江開三入覺明）
藥部、明母

【藐藐】1) 美盛的樣子。(雅1)259《大雅·崧高》四章："寢廟既成，既成藐藐。"《毛傳》："藐藐，美貌。"陳奐《傳疏》："《說文》作懇，重言之曰懇懇，通作藐藐。"2) 高大遥遠的樣子。(雅1)264《大雅·瞻卬》七章："藐藐昊天，無不克鞏。"《毛傳》："藐藐，大貌。"朱熹《集傳》："藐藐，高遠貌。"3) 疏遠的樣子。(雅1)256《大雅·抑》十一章："誨爾諄諄，聽我藐藐。"《毛傳》："藐藐然不入也。"朱熹《集傳》："藐藐，忽略貌。"馬瑞辰《通釋》："藐與邈同。…高遠謂之藐藐，《瞻卬》詩'藐藐昊天'是也。疏遠亦謂之藐藐。此詩'聽我藐藐'是也。聽言者與我疏遠不相親，則我言不能入矣。"王先謙《集疏》："《齊》，藐作眊。《魯》、《韓》，藐作邈。"

邈 miǎo 莫角切（江開二入覺明）
藥部、明母

遥遠。見"藐"。

廟（庙）miào 眉召切（效開三去笑明）
宵部、明母

宗廟；設置祖先牌位以供祭祀的建築。(雅2、頌3)237《大雅·緜》五章："作廟翼翼。"《毛傳》："君子將營宫室，宗廟為先。"王先謙《集疏》："《韓》説曰：鬼神所居曰廟。"300《魯頌·閟宫》八章："新廟奕奕，奚斯所作。"按《説文·廣部》："廟，尊先祖皃也。"《釋名·釋宫室》："廟，貌也。先祖形貌所在也。"段玉裁注："宗廟者，先祖之尊皃也。古者廟以祀先祖，凡神不為廟也。為神立廟者，始三代以後。皃，形貌，指牌位。又見【寢廟】。

滅（灭）miè 亡列切（山開三入薛明）
月部、明母

❶ 熄滅。(雅1)192《小雅·正月》八章："燎之方揚，寧或滅之？"《鄭箋》："燎之方盛之時，炎熾熛怒，寧有能滅熄之者？言無有也。"❷ 滅亡；消滅。(雅2)194《小雅·雨無正》二章："宗周既滅，靡所止戾。"阮元《補箋》："亦豫决其必滅。"257《大雅·桑柔》七章："天將喪亂，滅我立王。"朱熹《集傳》："言天降喪亂，固以滅我所立之王矣。"陳奐《傳疏》："滅，殘滅。我，我中國也。"參"威"、"蔑"。

威 miè ★莫列切（山開三入薛明）
月部、明母
xuè 許劣切（山合三入薛曉）
月部、曉母

滅亡。(雅1)192《小雅·正月》八章："燎之方揚，寧或滅之。赫赫宗周，褒姒威之。"《毛傳》："威，滅也。"陸德明《釋文》："威，呼説反，齊人語曰。本或作滅。"《左傳·昭公元年》、《吕氏春秋·疑似》、《列女傳·七》都引作"褒姒滅之"。王引之《釋詞》："言以燎火之盛，而乃有滅之者，亦如赫赫之宗周，而乃爲褒姒所滅也。"胡承珙《後箋》："滅與威義相同。詩人必變滅書威者，一字分二韻，則別二字書之，義同字變之例也。"王先謙《集疏》："《魯》，威作滅。…威、滅古今字異也。"

蔑 miè 莫結切（山開四入屑明） 月部、明母

無；沒有。（雅2)254《大雅·板》五章："喪亂蔑資,曾莫惠我師。"《毛傳》："蔑,無；資,財也。"嚴粲《詩緝》："無以爲資,言無生生之計也。"257《大雅·桑柔》三章："國步蔑資,天不我將。"《鄭箋》："蔑,猶輕也。"陳奐《傳疏》："蔑之爲無,猶微之爲無,靡之爲無,莫之爲無,皆取雙聲爲訓。"馬瑞辰《通釋》："《詩》蓋以國步之艱難,譬諸行道之無資,蔑資即無資也。"一說：滅亡。陸德明《釋文》："蔑,本又作滅。"十三經注疏本作"國步滅資"。朱熹《集傳》："蔑,滅。資,咨。言國將危亡,天不我養。"

幦（簚） miè 莫結切（山開四入屑明） 月部、明母

古代覆蓋物體的巾。特指古代車箱前端横木上的覆蓋物。（雅1)261《大雅·韓奕》二章："鞹鞃淺幦。"《毛傳》："鞹,革也；鞃,軾中也；淺,虎皮淺毛也；幦,覆式也。"陸德明《釋文》："幦,覆式也。本又作簚。"朱熹《集傳》："幦,覆式也。字一作幭,又作幎。以有毛之皮覆式上也。"阮元《校刊記》："按正字當作'幭',假借'幦'字爲之。'幦',從巾,蔑聲。"《說文·巾部》："幦,蓋幦也。"朱駿聲《說文通訓定聲》："幦者,覆蓋物之巾。覆車、覆衣、覆體之具皆得稱幦。"

民 mín 彌鄰切（臻開三平真明） 真部、明母

❶百姓,包括不做官的貴族和平民。（雅50、頌5)191《小雅·節南山》四章："弗躬弗親,庶民弗信。"253《大雅·民勞》一章："民亦勞止,汔可小康。"❷人。（風1、雅13)155《邶風·鴟鴞》二章："今女下民,或敢侮予。"223《小雅·角弓》四章："民之無良,相怨一方。"《後漢書·章帝紀》引作"人"。223《小雅·角弓》二章："爾之教矣,民胥傚矣。"《鄭箋》："見女之教令,無善無惡,所尚者,天下之人皆如之。"嚴粲《詩緝》："民猶人,指族人也。《詩》、《書》稱'先民',皆訓人。"234《小雅·何草不黄》二章："哀我征夫,獨爲匪民?"260《大雅·烝民》一章："民之秉彝,好是懿德。"❸特指周人。（雅3)

237《大雅·緜》一章："民之初生,自土沮漆。"《毛傳》："民,周民也。"于鬯《香草校書》卷十六："民之初生,猶謂周家本初之生耳。"245《大雅·生民》一章："厥初生民,時維姜嫄。"《毛傳》："生民,本后稷也。"《鄭箋》："言周之始祖,其生之者,是姜嫄也。"朱熹《集傳》："民,人也。謂周人也。"❹指別人。（風1、雅5)35《邶風·谷風》四章："凡民有喪,匍匐救之。"204《小雅·四月》三章："民莫不穀,我獨何害?"❺安民。（雅1)249《大雅·假樂》一章："假樂君子,顯顯令德。宜民宜人,受禄于天。"《毛傳》："宜民宜人,宜安民,宜官人也。"陳奐《傳疏》："宜民,爲宜安民。宜人,爲宜官人。"一說：人民；百姓。朱熹《集傳》："民,庶民也。人,在位者也。"《漢書·董仲舒傳》："《詩》云：'宜民宜人,受禄于天。'爲政而宜於民者,固當受禄於天。"

【民勞】《大雅》篇名(253)。這是詩人借勸戒同僚以諷刺周王的詩。詩中反復強調人民生活勞苦,應當安定,諄諄告誡周王要謹惕和防止奸佞小人,但并無指責之意。《詩序》："《民勞》,召穆公刺厲王也。"《鄭箋》："厲王,成王七世孫也。時賦斂重數,繇役繁多,人民勞苦,輕爲奸宄,强陵弱,衆暴寡,作寇害,故穆公以刺之。"詩大約作於厲王執政初年,厲王年少之時。范處義《補傳》："說者謂戎之興女,詩人通訓。古者君臣相爾女,本示親愛。小子,則年少之通稱。故周之《頌》、《詩》、《誥》、《命》皆屢稱小子,不以爲嫌。是詩及《板》、《抑》以厲王爲小子,意其即位不久,年尚少,已昏亂如此。故《抑》又謂'未知臧否',則其年少可知矣。"朱熹《集傳》："《序》說以此爲召穆公刺厲王之詩。以今考之,乃同列相戒之辭耳,未必專爲刺厲王而發。然其憂時感事之意,亦可見矣。"《毛詩》和三家詩都把此篇和《板》、《蕩》、《抑》、《桑柔》等篇看作厲王時期的《變大雅》。五章,五十句。

【民人】人民；百姓。（雅2)264《大雅·瞻卬》二章："人有民人,女覆奪之。"257《大雅·桑柔》八章："維此惠君,民人所瞻。"《鄭箋》："維至德順民之君爲百姓所瞻仰者。"

又見【力民】【人民】【庶民】【下民】【先民】。

痻 mín ★眉貧切（臻開三平真明）
真部、明母

病；憂病。《集韻·真韻》："痻、痻，病也。或省。"見"疧(qí)"。

痻(痻) mín 武巾切（臻開三平真明）
真部、明母

病；災難。《雅 1)257《大雅·桑柔》四章："多我覯痻，孔棘我圉。"唐石經避大宗諱改痻作"痻"。今兩字並存。《鄭箋》："痻，病也。"孔穎達《正義》："痻字從疒而以昏爲聲，是昏忽之病。"陳奐《傳疏》："《邶·柏舟》：'覯閔既多'《傳》：'閔，病也。'痻、閔義同。"

緍(緡) mín 武巾切（臻開三平真明）
真部、明母

❶釣魚的繩。《風 1)24《召南·何彼襛矣》三章："其釣維何？維絲伊緍。"《毛傳》："緍，綸也。"《鄭箋》："何以爲之乎？以絲爲之綸。"牟庭《詩切》："單細曰絲，糾合曰緍，絲以釣小魚，緍以釣大魚。"朱熹《集傳》："絲之合而爲緍，猶男女之合而爲婚也。"唐石經作"緡"。《說文·系部》："緡，釣魚繁也。吳人解衣相被謂之緡。"避太宗諱改。❷安加（絲弦）。(雅1)256《大雅·抑》九章："荏染柔木，言緍之絲。"《毛傳》："緍，被也。"朱熹《集傳》："緍，綸也。被之綸以爲弓也。"陳奐《傳疏》："絲者，八者之琴瑟也。被絲，猶言弦耳。"馬瑞辰《通釋》："言被之絲，猶云施之絲耳。"參"緜蠻"。

緡 mín ★武巾切（臻開三平真明）
真部、明母

釣魚的繩。同"緍"，唐避太宗諱改。見"緍"。

旻 mín 武巾切（臻開三平真明）
文部、明母

【旻天】秋天，泛指天。（雅3)194《小雅·雨無正》一章："旻天疾威，弗慮弗圖。"陸德明《釋文》："旻，本有作昊天者，非也。"孔穎達《正義》："上有昊天，明此亦昊天，定本皆作昊天。俗本作旻天，誤也。"朱熹《集傳》："如何昊天不思慮圖謀而遽爲此乎？"265《大雅·召旻》一章："旻天疾威，天篤降喪。"《詩序》："旻，閔也。閔天下無如召公之臣也。"又《王風·黍離·傳》："仁覆閔下，則稱旻天。"《爾雅·釋天》："秋爲旻天。"郭璞注：

"旻，猶愍也，愍萬物凋落。"朱熹《集傳》："旻，幽遠之意。"

敏 mǐn 眉殞切（臻開三上軫明）
之部、明母

❶敏捷；迅速。（雅 2)211《小雅·甫田》三章："曾孫不怒，農夫克敏。"《毛傳》："敏，疾也。"孔穎達《正義》："乃謂此農夫，其田事既有工效而且疾敏，故不怒之。"陳奐《傳疏》："言農夫能疾其田，則曾孫不怒也。不怒者，不待趨其耕耨。"235《大雅·文王》五章："殷士膚敏，祼將于京。"《毛傳》："敏，疾。"一說：通"勉"。黽勉；努力。于省吾《新證》："膚敏乃黽勉之轉語，膚與黽、敏與勉並係雙聲。…此詩是說殷士助祭於周，但興亡之感，不能無動於衷，只有俯首就範，黽勉從事而已。"❷謀；謀劃。（雅1)262《大雅·江漢》四章："肇敏戎公，用錫爾祉。"《毛傳》："肇，謀。敏，疾。于省吾《新證》：《中庸》'人道敏政'注：'敏或爲謀。'肇謀戎公，謂始謀大事，用錫爾福祉也。"余培林《正詁》："肇敏，圖謀也。句言汝當圖謀大事也。"一說：勤勉努力（於）。《爾雅·釋言》："肇，敏也。"聞一多《爾雅新義》："肇謀與劭勉聲近義同，…義猶黽勉也。"又一說：行動敏捷。陳奐《傳疏》："孔安國《論語》注云：'敏，行疾也。'《地官·司氏》'三德'有'敏德'，是敏爲識解疾也。"❸腳的大趾。（雅1)245《大雅·生民》一章："履帝武敏，歆。"《鄭箋》："帝，上帝也。敏，拇也。祀郊禖之時，時則有大神之迹，姜嫄履之，足不能滿，履其拇指之處，心體歆歆然。"一說：敏捷。《毛傳》："武，迹；敏，疾也。"孔穎達《正義》："姜嫄隨帝（高辛氏）之後，踐履帝迹，行事敬而敏疾，故爲神歆饗。"

泯 mǐn 武盡切（臻開三上軫明）
彌鄰切（臻開三平真明）
真部、明母

亂。（雅1)257《大雅·桑柔》二章："亂生不夷，靡國不泯。"王引之《述聞》卷七："泯，亂也。承上'亂生不夷'言之，故曰靡國不亂耳。"一說：滅。《毛傳》："泯，滅也。"《鄭箋》："軍旅久出征伐，無國而不見殘滅也。"

閔(闵) mǐn 眉殞切（臻開三上軫明）
文部、明母

❶憐憫；可憐。(風1、頌1)286《周頌·閔予小子》:"閔予小子,遭家不造。"《毛傳》:"閔,病也。"《鄭箋》:"閔,悼傷之言也。"155《豳風·鴟鴞》一章:"恩斯勤斯,鬻子之閔斯。"《鄭箋》:"殷勤於此稚子,當哀閔之。"朱熹《集傳》:"閔,憂也。…鬻養此子,誠可憐憫。"馬瑞辰《通釋》:"公自言恩勤於王室者,皆惟稚子是閔恤也。一說:病；傷害。《毛傳》:"閔,病也。"黃焯《毛鄭平議》:"此乃國公託爲鳥言以語鴟鴞,實意則云:我所以殷勤愛惜於王室者,爲是少國疑,值茲禍變,足以病我稚子王故也。此言'鬻子之閔斯',指武庚三監之病成王。"程俊英《注析》:"我辛辛苦苦地撫養孩子,可這孩子還是遭到病困(指被鴟鴞抓走)。"又一說:"勉",努力。于省吾《新證》:"按《書·君奭》:'予惟惟閔于天越民。'《傳》:'閔,勉也。'…然則'鬻子之閔斯'應訓爲稚子之勉斯。"

❷憂患；痛苦。(風1)26《邶風·柏舟》四章:"覯閔既多,受侮不少。"《毛傳》:"閔,病也。"《楚辭·哀時命》王逸注引《詩》作"遭愍"。王先謙《集疏》:"《魯》、《齊》,閔作愍。"

[閔予小子]《周頌》篇名(286)。周武王死後,成王喪滿卽政,告祭先王宗廟,思念父祖,自我戒勉。《詩序》:"《閔予小子》,嗣王朝於廟也。"蔡邕《獨斷》:"《閔予小子》,成王除武王之喪,將始卽政,朝於廟之所歌也。"《鄭箋》:"嗣王者,謂成王也。除武王之喪,將始執政,朝於廟也。"朱熹《集傳》:"成王免喪,始朝於先王之廟,而作此詩也。"這詩和《訪落》、《敬之》、《小毖》在《周頌》中自成一組,多自責自勵之語。有人認爲它們是一篇詩的四章,是周成王在平定武庚叛亂之後所作的悔過告廟之詩。也有人認爲是周穆王晚年作的悔過詩。一章,十一句。

[閔予小子之什]《詩經·周頌》里《閔予小子》、《訪落》、《敬》、《小毖》、《載芟》、《良耜》、《絲衣》、《酌》、《桓》、《賚》、《般》等十一首詩,舊本編爲一卷,稱《閔予小子之什》。

愍 mǐn 眉殞切(臻開三上軫明)
　　　　真部、明母

憂患；痛苦。《説文·心部》:"愍,痛也。"見"閔"。

黽(黾) mǐn 武幸切(梗開二上耿明)
　　　　　武盡切(臻開三上軫明)
　　　　　陽部、明母

【黽勉】勤勉；努力。(風2、雅2)35《邶風·谷風》一章:"黽勉同心,不宜有怒。"陸德明《釋文》:"黽勉,猶勉勉也。"王先謙《集疏》:"《韓》,黽勉作密勿。云:密勿,黽勉也。"193《小雅·十月之交》七章:"黽勉從事,不敢告勞。"陳奐《傳疏》:"黽勉、密勿,一聲之轉。"《漢書·劉向傳》引《詩》作"密勿",《太平御覽》卷五百四十引《詩》作"僶俛"。258《大雅·雲漢》六章:"旱既太甚,黽勉畏去。"孔穎達《正義》:"黽勉者,勉力事神,是急於禱請。"王先謙《集疏》:"《魯》,黽勉作密勿。"

僶 mǐn 武幸切(梗開二上耿明)
　　　　武盡切(臻開三上軫明)
　　　　陽部、明母

僶俛,同"黽勉"。見"黽"。

名 míng 武并切(梗開三平清明)
　　　　耕部、明母

眼睛和眉毛之間。(風1)106《齊風·猗嗟》二章:"猗嗟名兮,美目清兮。"《毛傳》:"目上爲名。"《玉篇·頁部》:"䫤,眉目間也。"引《詩》作"䫤"。陳奐《傳疏》:"名與清,皆美目也。"一説:通"明"。明亮。馬瑞辰《通釋》:"名、明古通用。名當讀明,明亦昌盛之義。"俞樾《平議》卷九:"名,猶明也。…猗嗟明兮,美目清兮,正取清明之義。因明字非韻,故用名字代之。"

明 míng 武兵切(梗開三平庚明)
　　　　陽部、明母

❶天亮。(風3)96《齊風·鷄鳴》二章:"東方明矣,朝既昌矣。"100《齊風·東方未明》一章:"東方未明,顛倒衣裳。"❷白天。(雅1)255《大雅·蕩》五章:"既愆爾止,靡明靡晦。"《鄭箋》:"不爲明晦,無有止息也。"❸白；明智；明察。(雅8、頌3)241《大雅·皇矣》四章:"其德克明,克明克類。克長克君。"《鄭箋》:"照臨四方曰明。"朱熹《集傳》:"克明,能察是非也。"260《大雅·烝民》四章:"既明且哲,以保其身。"孔穎達《正義》:"既能明曉善惡,且又是非辨知。"朱熹《集傳》:"明,謂明於理；哲,謂察於事。"❹顯明、

表明。(雅 1)260《大雅·烝民》二章:"天子是若,明命使賦。"《鄭箋》:"顯明王之政教,使群臣布施之。"一説:明命,王命。于鬯《香草校書》卷十七:"明命,即王命。此句當屬王言,謂王命使仲山甫施布。"牟庭《詩切》:"明命,天子之命。"又一説:成。馬瑞辰《通釋》:"明命使賦,即使仲山甫布其明命。…《爾雅·釋詁》:'明,成也。'明命猶言成命,謂成其教令使布之也。"❺潔净。(雅 1)211《小雅·甫田》二章:"以我齊明,與我犧羊,以社以方。"陳奂《傳蔬》:"齊明,明齊也。即《左傳》絜粢也。"(齊:裝在祭器里的黍稷。)一説:食物裝在器皿里。《毛傳》:"器實曰齊,在器曰盛。"《説文·皿部》:"盛,黍稷在器,所以祀者也。"馬瑞辰《通釋》:"《詩》作齊者,齍之省借,明者,盛之省借。"❻天命;神明。(雅 1)253《大雅·民勞》一章:"式遏寇虐,憯不畏明。"朱熹《集傳》:"明,天之明命也。"一説:法。陳奂《傳疏》:"明猶法也。不畏明法。即是寇虐。"《左傳·昭公二十年》引此詩,楊伯峻注:"句謂寇虐不畏明法者,則應遏止之。"又一説:高明。指地位顯赫的權貴。俞樾《平議》卷十一:"《尚書·洪範篇》云:'無虐煢獨,而畏高明。'《史記·集解》引馬注曰:'高明顯寵者,不枉法畏之。'此云畏明,與彼云畏高明義同。言爲寇虐者必遏止之,不以其高明而畏之也。"又一説:指正道。屈萬里《詮釋》:"明,光明,猶言正道也。"❼成;年穀豐收。(頌 1)276《周頌·臣工》:"於皇來牟,將受厥明。"馬瑞辰《通釋》:"《爾雅·釋詁》:'明,成也。'古以年豐穀孰爲成。…'將受厥明',明亦成也。"王引之《述聞》:"暮春之時,麥已將熟,故曰將受厥成。"一説:天的明賜。朱熹《集傳》:"明,上帝之明賜也。"❽通"盟"。信任。(雅 1)187《小雅·黄鳥》二章:"此邦之人,不可與明。"《鄭箋》:"明,當爲盟。盟,信也。"馬瑞辰《通釋》:"明、盟古通用。"陳喬樅《改字説》:"《釋名·釋言語》云:'盟,明也,告其事於神明也。'則盟本從明爲訓,故古文即以明字假借作盟。"一説:説明白。《毛傳》:"不可與明夫婦之道。"❾完備。(雅 2)209《小雅·楚茨》二章:"祝祭于祊,祀事孔明。"《鄭箋》:"明,猶備也,絜也。"朱熹《集傳》:"明,猶備也,著也。"一説:通"孟"。勤勉。王引之《述聞》卷三:"《爾雅》:'孟,勉也。'孟與明,古同聲而通用。故勉謂之孟,亦謂之明。"

【明德】1)光明之德;完美的德行。(雅 1)241《大雅·皇矣》七章:"帝謂文王,予懷明德。"朱熹《集傳》:"懷,眷念也。明德,文王之明德也。"2)指明德之人。(雅 1)241《大雅·皇矣》二章:"帝遷明德,串夷載路。"朱熹《集傳》:"明德,謂明德之君,即太王也。"

【明發】天亮;黎明。(雅 1)196《小雅·小宛》一章:"明發不寐,有懷二人。"《毛傳》:"明發,發夕至明。"朱熹《集傳》:"明發,謂將旦而光明開發也。"金其源《讀書管見》:"發夕至明者,謂起於將晨而至日出也。《康衢詩》云:'日出而作。'文王則將晨卽起不寐,不待日出而作也。"《禮記·祭義》引《詩》鄭玄注:"明發不寐,謂夜至旦也。"一説:醒而不寐。馬瑞辰《通釋》:"明發二字同義,醉而醒爲發,夜醒不寐亦得爲發,因知此詩,明發不寐',明發皆醒也,即謂醒而不寐也。"

【明明】1)明智,明察,明著。用於歌頌上天或帝王。(雅 3)207《小雅·小明》一章:"明明上天,照臨下土。"263《大雅·常武》一章:"赫赫明明,王命卿士。"《毛傳》:"赫赫然,盛也;明明然,察也。"《鄭箋》:"顯著乎,昭察乎,宣王之命卿士爲大將也。"236《大雅·大明》一章:"明明在下,赫赫在上。"《毛傳》:"明明,察也。文王之德明明於下,故赫赫然著見於天。"朱熹《集傳》:"明明,德之明也。…在下者有明明之德,則在上者有赫赫之命。"嚴粲《詩緝》:"重言明者,至著也。赫赫,顯而可畏之意。…明明在下,君之善惡不可掩也。赫赫在上,天之予奪爲甚嚴也。在下而明,明則達乎上,在上而赫,赫則監乎下。天人相與之際,甚可畏也。"2)等於説"黽勉"。勤勉;勉力。(雅 1、頌 2)262《大雅·江漢》六章:"明明天子,令聞不已。"298《魯頌·有駜》一章:"夙夜在公,在公明明。"王引之《述聞》卷七:"明、勉一聲之轉,故古多謂勉爲明,重言之則曰明明。"馬瑞辰《通釋》:"明明即勉勉之假借,謂其在公盡力也。"

【明神】神明;神靈。(雅 1)258《大雅·雲漢》六章:"敬恭明神,宜無悔怒。"《鄭箋》:"肅事明神如是,明神宜不恨怒於我。"朱熹《集傳》:"如我之敬事明神,宜可以無恨怒也。"一說:當作"明祀",勤勉地進行祭祀。陸德明《釋文》:"明祀,本或作明神。"《文選·陸士衡·答張士然詩》李善注引《毛詩》作"明祀"。陳奐《傳疏》:"敬恭明祀者,即上文卽謂'祈年孔夙,方社不莫'也。"

【明星】也叫啓明星,即金星。(風 3)82《鄭風·女曰雞鳴》一章:"子興視夜,明星有爛。"《毛傳》:"言小星已不見也。"《鄭箋》:"明星尚爛爛然。"朱熹《集傳》:"啓明之星,先日而出者也。"140《陳風·東門之楊》一章:"昏以爲期,明星煌煌。"朱熹《集傳》:"明星,啓明也。"

【明昭】昭明;光明顯著。(頌 2)273《周頌·時邁》:"明昭有周,式序在位。"《毛傳》:"明矣知未然也;昭然不疑也。"《鄭箋》:"昭,見也。"276《周頌·臣工》:"明昭上帝,迄用康年。"

又見【保明】【光明】【齊明】【啓明】【清明】【昭明】。

冥 míng 莫經切(梗開四平青明)
耕部、明母

宮室深奧;宮室深奧處。(雅 1)189《小雅·斯干》五章:"噲噲其正,噦噦其冥。"《毛傳》:"正,長也;冥,幼也。"陸德明《釋文》:"幼,本或作窈。"陳奐《傳疏》:"幼,古窈字,長讀平聲,長者廣大,幼者深遠,皆言宮室之長大深遠,非謂人之長幼也。"嚴粲《詩緝》:"呂氏曰:'冥,謂室之奧突也。突音要。…其室之冥奧噦噦然深廣也。"朱熹《集傳》:"噦噦,深廣之貌;冥,奧突之間也。"一說:黑夜。《鄭箋》:"晝,正也。冥,夜也。言居之晝日則快快然,夜則熠熠然,皆寬明之貌。"

【冥冥】昏暗的樣子。塵土飛揚的樣子。(雅 1)206《小雅·無將大車》二章:"無將大車,維塵冥冥。"《鄭箋》:"冥冥者,蔽人目明,令無所見也。朱熹《集傳》:"冥冥,昏晦也。"

螟 míng 莫經切(梗開四平青明)
耕部、明母

螟蛾的幼蟲,一種吃禾心的害蟲。(雅 1)212《小雅·大田》二章:"去其螟螣,及其蟊賊。"《毛傳》:"食心曰螟,食葉曰螣,食根曰蟊,食節曰賊。"《說文·蟲部》:"螟,蟲食穀心者(依段注)。吏冥冥犯法即生螟。"

【螟蛉】螟蛾的幼蟲。常被細腰蜂去喂養自己的幼蟲。古人誤以爲細腰蜂負螟蛉爲子,因稱養子爲"螟蛉"或"螟蛉子"。(雅 1)196《小雅·小宛》三章:"螟蛉有子,蜾蠃負之。"《毛傳》:"螟蛉,桑蟲也。"陸璣《詩義疏》:"螟蛉者,螓爲文學曰:桑上小青蟲也。似步屈,其色青而細小,或在草葉上。"《說文·蟲部》:"蛚"下引《詩》作"螟蠕"。揚雄《法言·學行》:"螟蠕(蛉)之子殪而逢蜾蠃,祝之曰:'類我類我!'久則肖之矣。"王夫之《稗疏》:"先儒及諸傳記皆云蜾蠃負桑蟲之子,鼓羽作聲曰:'似我似我',其蟲因化爲蜾蠃,流俗因呼爲人後者爲螟男。至陶弘景始云:'蜾蠃一名蠮螉,黑色,腰甚細,銜泥於人屋及器物邊作房,如併竹管。生子如粟米大,置中。乃捕取草上青蟲十餘枚滿中,仍塞口,以待其子大爲糧也。'…蓋蜾蠃之負螟蛉,與蜜蜂採花釀蜜以食子同。物之初生,必待飼始母。胎生者乳,卵生者哺。細腰之屬,則儲物以使其自食,計日食盡而能飛,一造化之巧也。乃《詩》以興父母之教子,則自有說。…《詩》之取興,蓋言果蠃辛勤,攫他子以飼其子,興人之取善於他以教其子。亦如中原之菽,採之者不吝勞而得有獲也。"

顊 míng 莫經切(梗開四平青明)
耕部、明母

眉睫之間。見"名"。

鳴(鳴) míng 武兵切(梗開三平庚明)
耕部、明母

❶鳥叫。(風 13、雅 8)2《周南·葛覃》一章:"黃鳥于飛,集於灌木,其鳴喈喈。"196《小雅·小宛》四章:"題彼脊令,載飛載鳴。" ❷獸、蟲叫。(風 1、雅 4)154《豳風·七月》四章:"四月秀葽,五月鳴蜩。"179《小雅·車攻》七章:"蕭蕭馬鳴,悠悠旆旌。" ❸器物發

出響聲。(頌1)280《周頌·有瞽》:"喤喤厥聲,肅雝和鳴。"
【鳴鳩】鳥名,即斑鳩。(雅1)196《小雅·小宛》一章:"宛彼鳴鳩,翰飛戾天。"《毛傳》:"鳴鳩,鶻鵰(鶻)。"陸德明《釋文》引陸璣《詩義疏》:"鳴鳩,斑鳩也。"陳大章《集覽》卷一:"凡名鳥者,必有所善。鳴鳩,善鳴者也。春者啟之時,秋者閉之時,鳴鳩以啟來而閉去。"一說:一種似山鵲的小鳥。陸德明《釋文》引《字林》云:"骨鵰,小種鳩之。"《爾雅·釋鳥》:"鶻鳩鶻鵰。"郭璞注:"似山鵲而小,短尾,青黑色,多聲。今江東亦呼為鶻鵰。"陳奐《傳疏》:"舊說及《廣雅》云班鳩,非也。班鳩,鳩之大者。"

命 mìng 眉病切(梗開三去映明) 真部、明母

❶名詞。命令。(風2、雅1、頌2)116《唐風·揚之水》三章:"我聞有命,不敢以告人。"朱熹《集傳》:"聞其命而不敢以告人者,為之隱也。"嚴粲《詩緝》:"命謂桓叔篡晉之謀已定,命其徒以舉事,禍將作矣,我聞其事,而不敢以告人也。言有命者,迫切之辭。言不敢告人,乃所以深告昭公也。"吳闓生《會通》:"此巧乎告密者,晉昭不悟,奈何!"51《鄘風·蝃蝀》三章:"大無信也,不知命也。"《毛傳》:"不待命也。"《鄭箋》:"不知昏姻當待父母之命。"一說:正理。朱熹《集傳》:"命,正理也。言此淫奔之人,但知思念男女之欲,是不能自守其貞信之節,而不知天理之正也。"又一說:命運。方玉潤《原始》:"是不知天緣之自有命在也。"屈萬里《詮釋》:"命,命運也。"又一說:壽命。《列女傳·陳姬》引此詩釋云:"言婞色隕命也。"王先謙《集疏》:"《列女傳》、《外傳》皆以命為壽命之命。"❷動詞。命令。(風1、雅22、頌8)50《鄘風·定之方中》三章:"靈雨既零,命彼倌人。"305《商頌·殷武》四章:"命于下國,封建厥福。"《鄭箋》:"則命之於小國,以為天子。"朱熹《集傳》:"則天命之以天下,而大建其福。"一說:施行教令。馬瑞辰《通釋》:"按命,謂教令也。謂施其教令於下國也。"曾運乾《毛詩說》:"命於下國,湯施教令於諸侯。"❸號令;教令。(雅6)

256《大雅·抑》二章:"訏謨定命,遠猶辰告。"孔穎達《正義》:"當豫大計謀定其教命。"朱熹《集傳》:"命,號令也。"260《大雅·烝民》二章:"天子是若,明命使賦。"馬瑞辰《通釋》:"明命猶言成命,謂成其教命使布之也。"255《大雅·蕩》一章:"疾威上帝,其命多辟。"《鄭箋》:"其政教又多邪辟,不由舊章。"❹策命;冊命。古代帝王封立繼承人、后妃及諸王、大臣的命令。(雅4)261《大雅·韓奕》一章:"有倬其道,韓侯受命。"《毛傳》:"受命,受命為侯伯也。"262《大雅·江漢》五章:"于周受命,自召祖命。"朱熹《集傳》:"此敘王賜召公策命之詞。…又使往受命於岐,從其祖康公受命於文王之所,以寵異之。"❺教導。(雅1)256《大雅·抑》十章:"匪面命之,言提其耳。"《鄭箋》:"此言以教導之。"❻天道;宇宙運行的規律。(頌1)267《周頌·維天之命》:"維天之命,於穆不已。"《鄭箋》:"命,猶道也。天之道,於乎美哉,動而不已,行而不止。"朱熹《集傳》:"天命,即天道也。"屈萬里《詮釋》:"天之命,蓋謂降予周之國運也。"❼命運;天命。(風2、雅14、頌7)21《召南·小星》一章:"夙夜在公,寔命不同。"《毛傳》:"命不得同於列位也。"朱熹《集傳》:"命,謂天所賦之分也。"235《大雅·文王》六章:"永言配命,自求多福。"嚴粲《詩緝》:"《詩記》曰:王者代天理物,操典禮命討之柄,以臨天下,故曰配命,又曰配上帝。"戴震《考證》:"篇內命凡八見,皆謂受天命。配命,配上帝,皆德合天心之謂。"一說:政教。陳奐《傳疏》:"言天生此天下之眾民,何其政教之不誠也。"303《商頌·玄鳥》:"商之先后,受命不殆。"朱熹《集傳》:"商之先后,受天命不危殆。"255《大雅·蕩》一章:"天生烝民,其命匪諶。"朱熹《集傳》:"劉康公曰:民受天命之中以生,所謂命也。"馬瑞辰《通釋》:"命當讀如天命之謂性之命。"❽生命;性命。(風1)80《鄭風·羔裘》一章:"彼其之子,舍命不渝。"《鄭箋》:"是子處位不變,謂守死善道,見危授命之等。"王先謙《集疏》:"舍命為授命…謂雖至死而舍命,亦不變耳。"一說:君命。戴震《考證》:"言自受命於君,以至復命而

後釋,始終如一也。"又一説:命運。孔穎達《正義》:"其自處性命,躬行善道,至死不變。"

【命服】古代帝王按等級賜給公侯卿大夫的禮服。(雅2)178《小雅·采芑》二章:"服其命服。"《毛傳》:"命服,天子所命之服也。"《鄭箋》:"命服者,命爲將,受王命之服也。天子之服,韋弁服,朱衣裳也。"

又見【大命】【天命】。

磨 mó 莫婆切(果合一平戈明)
歌部、明母

❶磨制石器。(風2)55《衛風·淇奧》一章:"如切如磋,如琢如磨。"《毛傳》:"治骨曰切,象曰磋,玉曰琢,石曰磨。"陸德明《釋文》:"磨,本又作摩,莫何反。治石名。"朱熹《集傳》:"治玉石者,既琢而復磨以沙石。"❷磨去。(雅1)256《大雅·抑》五章:"白圭之玷,尚可磨也。"

摩 mó 莫婆切(果合一平戈明)
摸臥切(果合一去過明)
歌部、明母

通"磨",磨制石器。見"磨"。

謨(謩) mó 莫胡切(遇合一平模明)
魚部、明母

計謀;謀略。(雅1)256《大雅·抑》二章:"訏謨定命,遠猶辰告。"《毛傳》:"訏,大;謨,謀。"朱熹《集傳》:"大謨,謂不爲一身之謀,而有天下之慮也。"陸德明《釋文》:"謨,本亦作謩。"(猶:計劃。辰:及時。)參"謀"、"莫"。

没(沒) mò 莫勃切(臻合一入沒明)
物部、明母

盡;盡頭。(雅1)232《小雅·漸漸之石》二章:"山川悠遠,曷其没矣。"《毛傳》:"没,盡也。"《鄭箋》:"廣闊之處,何時其可盡服?"朱熹《集傳》:"言所登歷,何時可盡也。"一説:通"迡(wù)"。遼遠。馬瑞辰《通釋》:"没當讀迡。"《廣雅》:"'迡,遠也。''曷其没矣',與上章'維其勞矣'勞讀爲遼同義,迡亦遼也。"

秣 mò 莫撥切(山合一入末明)
月部、明母

用糧食喂養(馬匹)。(風2,雅2)9《周南·

漢廣》二章:"之子于歸,言秣其馬。"《毛傳》:"秣,養也。"朱熹《集傳》:"秣,飼也。"魏源《詩古微·周南答問》:"秣馬、秣駒,即婚禮親迎御輪之禮。"216《小雅·鴛鴦》二章:"乘馬在廄,摧之秣之。"《鄭箋》:"古者明王所乘之馬繫於廄,無事則委之以莝,有事乃予之穀,言愛國用也。"陸德明《釋文》:"秣,音末,穀馬也。"朱熹《集傳》:"摧,莝。秣,粟。"吳闓生《會通》:"摧,莝也。秣,粟也。無事則委之以莝。有事乃予之穀,言愛國用也。《説文》引作'㕆之秣之'。"

秣(秣) mò 莫撥切(山合一入末明)
月部、明母

用茜草染成赤黃色。同"韎"。見"韎韐"。

莫 (一) mò 慕各切(宕開一入鐸明)
鐸部、明母

❶没有誰;没有什麼。(風2,雅21,頌11)40《邶風·北門》一章:"終窶且貧,莫知我艱。"205《小雅·北山》二章:"溥天之下,莫非王土。率土之濱,莫非王臣。"304《商頌·長發》六章:"如火烈烈,則莫我敢曷。"260《大雅·烝民》六章:"維仲山甫舉之,愛莫助之。"《鄭箋》:"惜乎莫能助之者。"孔穎達《正義》:"其德義深遠而隱,莫有能助之者。"一説:不能。朱熹《集傳》:"是以心誠愛之,而恨不能有以助之。"❷無;不;没有。(風17,雅21,頌1)113《魏風·碩鼠》一章:"三歲貫女,莫我肯顧。"195《小雅·小旻》六章:"人知其一,莫知其他。"258《大雅·雲漢》一章:"圭璧既卒,寧莫我聽。"《鄭箋》:"靡,莫,皆無也。"41《邶風·北風》三章:"莫赤匪狐,莫黑匪烏。"《毛傳》:"狐赤烏黑,莫能别也。"陳奂《傳疏》:"莫,無也。無有赤者非狐,無有黑者非烏乎。"劉師培《札記》:"審繹傳意,蓋匪與彼同。謂莫赤彼狐,莫黑彼烏也。不别狐之爲赤,赤彼彼烏,不别烏之爲黑,故莫黑彼烏。傳云莫能别,正釋經文莫字。"聞一多《類鈔》:"莫赤於彼狐,莫黑於彼烏。"246《大雅·行葦》二章:"戚戚兄弟,莫遠具爾。"《鄭箋》:"莫,無也。…兄弟之親,無遠無近,俱揖而進。"朱熹《集傳》:"莫,猶勿也。"爾與邇同。"陳奂《傳疏》:"'莫遠具邇',與'不遠伊

漠瘼貊　mò　345

邁'句法一例。"❸安定。（雅 2)241《大雅·皇矣》一章："監觀四方，求民之莫。"《毛傳》："莫，定也。"《鄭箋》："乃監察天下之衆國，求民之定，謂所歸就也。"254《大雅·板》二章："辭之輯矣，民之洽矣。辭之懌矣，民之莫矣。"《毛傳》："莫，定也。"一説：通"瘼"。病；疾苦。馬瑞辰《通釋》："莫，朱彬讀爲瘼，訓病。謂四語兼善惡言，詞和則民合，詞敗則民病。"王符《潛夫論·班禄》、徐鍇《説文繫傳》引《皇矣》均作"求民之瘼"。❹通"謨"。謀劃。（雅 1)198《小雅·巧言》四章："秩秩大猷，聖人莫之。"《毛傳》："莫，謀也。"陸德明《釋文》："莫，又作漠，同。一本作謨。"《漢書·叙傳》顔師古注、《後漢書·傅毅傳》李賢注並引《詩》作"聖人謨之。"何楷《古義》："莫通作謨。徐鉉云："泛議將定其謀曰謨。"陳奐《傳疏》："莫，讀爲謨，此假借字。"王先謙《集疏》："《魯》莫作漠，《齊》作謨。"

（二）mù　★莫故切（遇合一去暮明）
　　　　　　鐸部、明母
❺"暮"本字。晚。（風 2、雅 5、頌 1)256《大雅·抑》十章："民之靡盈，誰夙知而莫成。"《毛傳》："莫，晚也。"陸德明《釋文》："莫，音慕，本亦作暮。"朱熹《集傳》："人若不自盈滿，能受教戒，則豈有既早知而反晚成者乎。"114《唐風·蟋蟀》一章："蟋蟀在堂，歲聿其莫。"孔穎達《正義》："時當九月，則歲未爲暮，而言'歲聿其暮'者，言過此月後則歲遂將暮耳，謂十月以後爲歲暮也。"167《小雅·采薇》一章："曰歸曰歸，歲亦莫止。"陸德明《釋文》："莫，音暮，本或作暮，協韻。"孔穎達《正義》："集本，定本暮作莫，古字通用也。"❻草名。也叫酸迷，酸莫，俗名牛舌頭。嫩葉莖可以吃，有酸味。（風 1)108《魏風·汾沮洳》一章："彼汾沮洳，言采其莫。"《毛傳》："莫，菜也。"孔穎達《正義》引陸璣《詩義疏》："莫，莖大如箸，赤節，一葉似柳葉，厚而長，有毛刺，今人繅以取繭緒，其味酢而滑，始生可以爲羹，又可生食，五方通謂之酸迷，河汾之間謂之莫。"李時珍《本草綱目·草部八》："酸模，平地亦有，根葉花並同羊蹄，但葉小味酸爲異，其根亦

黄色。"馬瑞辰《通釋》："酸迷一名酸模，省言之曰莫。"
【莫莫】1)茂密、茂盛的樣子。（風 1、雅 1)2《周南·葛覃》一章："葛之覃兮，施于中谷，維葉莫莫。"《毛傳》："莫莫，成就之貌。"朱熹《集傳》："莫莫，茂密貌。"239《大雅·旱麓》六章："莫莫葛藟，施于條枚。"朱熹《集傳》："莫莫，盛貌。"王引之《述聞》卷五："《廣雅》曰：'莫莫，茂也。'……'莫莫葛藟'猶言'維葉萋萋'，猶言'維葉萋萋'耳。《爾雅》："萋萋，茂盛貌。"2)清静敬謹的樣子。（雅 1)209《小雅·楚茨》三章："君婦莫莫，爲豆孔庶。"《毛傳》："莫莫，言清静而敬至也。"
參"瘼"、"貊"。

漠　mò　慕各切（宕開一入鐸明）
　　　鐸部、明母
謀劃。見"莫"。

瘼　mò　慕各切（宕開一入鐸明）
　　　鐸部、明母
病；痛苦；使痛苦。（雅 2)204《小雅·四月》二章："亂離瘼矣，爰其適歸？"《毛傳》："瘼，病也。"劉向《説苑·政理》引作"亂離斯瘼"，《文選·潘安仁·關中詩》李善注引《韓詩》作"亂離斯莫"。257《大雅·桑柔》一章："捋采其劉，瘼此下民。"《毛傳》："瘼，病也。"參"莫"。

貊（貉）　mò　莫白切（梗開二入陌明）
　　　　鐸部、明母
❶我國古代東北部的一個民族。後爲外族人的通稱。也寫作"貉"。（雅 1、頌 1)261《大雅·韓奕》六章："王錫韓侯，其追其貊。"《毛傳》："追、貊，戎狄國也。"陸德明《釋文》："貊，《説文》作'貉'，云：'北方人也。'"孔穎達《正義》："貊者，四夷之名。"朱熹《集傳》："故錫之追、貊，使爲之伯。"唐石經作"貊"，酈道元《水經注·聖水》引作"貉"。300《魯頌·閟宫》七章："淮夷蠻貊，及彼南夷，莫不率從。"陸德明《釋文》："貊，字又作貉。"❷通"莫"。清静；安静。（雅 1)241《大雅·皇矣》四章："維此王季，帝度其心，貊其德音。"《毛傳》："貊，静也。"《鄭箋》："德正應和曰貊。"陸德明《釋文》："貉，本又作貊。《左傳》作莫，音同。《韓詩》同。莫，定也。"《左

傳·昭公二十八年》引此詩釋曰："德正應和曰莫。"朱熹《集傳》："《春秋傳》、《樂記》皆作莫，謂其莫然清靜也。"一說：通"懋"。勉力。于省吾《新證》："懋、莫、勉古同聲。'莫其德音'者，勉其德音也。"

牟 móu 莫浮切（流開三平尤明）
　　　　幽部、明母

通"䵗"。大麥。（頌 2）275《周頌·思文》："貽我來牟。"《毛傳》："牟，麥。"段玉裁云："當是本作'來牟，麥也'。後人刪'來'字耳。"陸德明《釋文》："牟，字書作䵘。音同牟，字或作䵘。《孟子》云：麰，大麥也。"《說文·來部》"來"下引《詩》作"飴我來䵘"。《漢書·劉向傳》引《詩》作"詒我釐䵘"。《廣雅·釋草》："小麥，䵃；大麥，䵘。"朱熹《集傳》："來，小麥；牟，大麥也。"于省吾《新證》："今以卜辭之，則大麥為麥，小麥為來，其稱大麥為牟，開始於周代。一說：麥。《毛傳》："牟，麥。"焦循《補疏》："來牟者，麥之緩聲也。"馬瑞辰《通釋》："牟麥為雙聲，來麥為叠韻，合牟來則為麥。"

䵘 móu 莫浮切（流開三平尤明）
　　　　幽部、明母

大麥。見"牟"。

繆(缪) móu 武彪切（流開四開幽明）
　　　　莫浮切（流開三平尤明）
　　　　幽部、明母

綢繆，纏繞。見"綢"。

謀(谋) móu 莫浮切（流開三平尤明）
　　　　之部、明母

❶謀劃；商量。（風 2，雅 12）39《邶風·泉水》一章："孌彼諸姬，聊與之謀。"195《小雅·小旻》四章："如彼築室于道謀，是用不潰于成。"《鄭箋》："如當路築室，得人而與之謀所為，路人之意不同，故不得遂成也。"163《小雅·皇皇者華》三章："載馳載驅，周爰咨謀。"《毛傳》："咨事之難易曰謀。"《淮南子·修務》引作"謨"。❷計謀；計策。（雅 5）195《小雅·小旻》二章："謀之不臧，則具是依。"256《大雅·抑》十二章："聽用我謀，庶無大悔。"❸聰明；有智謀。（雅 1）195《小雅·小旻》五章："民雖靡膴，或哲或謀。"《毛傳》："亦有明哲者，有聰謀者。"陳奐《傳疏》

謀讀為敏，如《中庸》'人道敏政，地道敏樹'，敏或為謀，即其證。謀亦聰也。"
【謀猶】謀略；計策。（雅 3）195《小雅·小旻》一章："謀猶回遹，何日斯沮。"朱熹《集傳》："猶，謀。"陳奐《傳疏》："猶亦謀也。《常武·傳》云：'猶，謀也。'單言謀，纍言謀猶也。

母 mǔ 莫厚切（流開一上厚明）
　　　　之部、明母

母親。（風 20，雅 18，頌 2）45《鄘風·柏舟》一章："母也天只，不諒人只。"202《小雅·蓼莪》三章："無父何怙？無母何恃？"
【母氏】母親。（風 3）32《邶風·凱風》一章："棘心夭夭，母氏劬勞。"朱熹《集傳》："棘心比子之幼時，蓋曰：母生眾子，幼而育之，其劬勞甚矣。"

牡 mǔ 莫厚切（流開一上厚明）
　　　　幽部、明母

❶雄性的鳥獸。跟"牝"相對。（風 6，雅 28，頌 4）34《邶風·匏有苦葉》二章："濟盈不濡軌，雉鳴求其牡。"《毛傳》："飛曰雌雄，走曰牝牡。"孔穎達《正義》："此定例耳。若散則通。"（牡：指雄雉。）97《齊風·還》二章："並驅從兩牡兮。"（牡：指公狼。）127《秦風·駟驖》二章："奉時辰牡，辰牡孔碩。"《鄭箋》："時牡甚肥大，言禽獸得其所。"（牡：泛指禽獸。）179《小雅·車攻》二章："田車既好，四牡孔阜。"（牡：指公馬。）291《周頌·良耜》："殺時犉牡，有捄其角。"（牡：指公牛。）165《小雅·伐木》二章："既有肥牡，以速諸舅。"孔穎達《正義》："既有肥羜之牡，以召諸舅而食之。"按"肥牡"與上"肥羜"為互文。（牡：指雄牲。）299《魯頌·閟宮》四章："白牡騂剛，犧尊將將。"《毛傳》："白牡，周公牲也。騂剛，魯公牲也。"❷通"牧"。牧放。（頌 4）297《魯頌·駉》一章："駉駉牡馬，在坰之野。"《鄭箋》："必牧於坰野者，辟民居與良田也。"陸德明《釋文》："牡，本或作牧。"唐石經初刻作"牡"，後改作"牧"。孔穎達《正義》："駉駉然腹幹肥張者，所牧養之良馬也。"《顏氏家訓·書證》："江南書皆作牝牡之牡，河北本悉為放牧之牧。"一說：雄性的，壯大的。陸璣《詩義疏》："牡馬，驚馬也。"陳奐《傳疏》："江南多舊本，古《毛詩》本

畝（亩、畮） mǔ 莫厚切（流開一上厚明）之部、明母

❶田壟；田地里一條一條種植農作物的土埂。(風1,雅1)101《齊風·南山》三章："蓺麻如之何，衡從其畝。"210《小雅·信南山》一章："我疆我理，南東其畝。"朱熹《集傳》："畝，壟也。"林義光《通解》："畝有東有南，從土宜也。一畝之田，廣六尺，長六百尺。"（周人稱南北壟爲南其畝，東西壟爲東其畝。）❷整治田壟。(雅2)237《大雅·緜》四章："迺疆迺理，迺宣迺畝。"朱熹《集傳》："畝，治其田疇也。"嚴粲《詩緝》："蘇氏曰：宣，導溝洫也。畝，度廣狹也。"戴震《考證》："畝，謂因水土之宜而畝之。"洪頤煊《讀書叢錄》："畝，謂定其一夫受田之制。"261《大雅·韓奕》六章："實畝實藉。"《鄭箋》："井牧是田畝，收斂是賦稅。"孔穎達《正義》："正是田畝，定是稅藉。"❸田畝。(雅2)178《小雅·采芑》一章："薄言采芑，于彼新田，于此菑畝。"（菑：新開墾的田。）211《小雅·甫田》三章："禾易長畝，終善且有。"《毛傳》："長畝，竟畝也。"朱熹《集傳》："禾之易治，竟畝如一，而知其終當善而且多。"❹量詞。土地單位。(風2)111《魏風·十畝之間》一章："十畝之間兮，桑者閑閑兮。"陸德明《釋文》："畝，莫后反，古作畮，俗作畆，皆同。"《説文·田部》："畮，六尺爲步，步百爲畮。"❺按畝計算產量。(雅2)245《大雅·生民》六章："恒之秬秠，是穫是畝。"《鄭箋》："成熟則穫而畝計之。"一説：堆放田畝中。朱熹《集傳》："既穫則穫而棲之於畝。"

【畝丘】丘名。(雅1)200《小雅·巷伯》七章："楊園之道，猗于畝丘。"《毛傳》："畝丘，丘名。"朱熹《集傳》："畝丘，高地。"按《爾雅·釋丘》："如畝，畝丘。"郭璞注："丘有壟界如田畝。"邢昺疏引李巡説："謂丘如田畝曰畝丘也。"

又見【南畝】。

暮 mù 莫故切（遇合一去暮明）鐸部、明母

晚。見"莫"。

墓 mù 莫故切（遇合一去暮明）鐸部、明母

【墓門】墓道的門。(風2)141《陳風·墓門》一章："墓門有棘，斧以斯之。"《毛傳》："墓門，墓道之門。"朱熹《集傳》："墓門凶僻之地，多生刑棘。陳奐《傳疏》："墓，塋域之地。墓有門，門有道。故《傳》云：'畝，墓道之門。'"牟庭《詩切》："墓門，喻死道也。"一説：陳國的城門。王引之《述聞》卷五："襄三十年《左傳》：'晨自墓門之瀆入。'杜注曰：'墓門，鄭城門。'此墓門蓋亦陳之城門。若魯有鹿門，齊亦有鹿門；齊亦有揚門，宋亦有揚門也。"

〖墓門〗《國風·陳風》篇名(141)。這是陳國人民諷刺壞人陳佗的詩。《詩序》："墓門，刺陳佗也。陳佗無良師傅，以至於不義，惡加於萬民焉。"據《左傳·桓公五年》記載：陳佗在陳桓公病重時殺死太子免；桓公死后，他篡位自立，陳國因此大亂，國人離散。后來蔡國爲陳平亂，殺死陳佗，陳國才得到恢復。因此，陳國人民對陳佗十分痛恨，寫了這首詩來諷刺他，詛咒他。朱熹《集傳》懷疑《序》説，以爲："所謂不良之人亦不知何所指也。"聞一多以爲妻責丈夫不良之詩，《類鈔》："《墓門》，刺夫有穢行也。"二章，十二句。

木 mù 莫卜切（通合一入屋明）屋部、明母

樹。(風5,雅14)9《周南·漢廣》一章："南有喬木，不可休思。"198《小雅·巧言》五章："荏染柔木，君子樹之。"《毛傳》："柔木，椅桐梓漆也。"

【木瓜】一種落葉灌木。也叫榠木，果實黄色，長橢圓形，秋季成熟，有濃烈的香氣，味澀，蒸煮或蜜漬後供食用，也叫文冠果。(風1)64《衞風·木瓜》一章："投我以木瓜，報之以瓊琚。"《毛傳》："木瓜，楙木也。可食之木。"孔穎達《正義》引郭璞説："實如小瓜，酸，可食。"一説：木制的瓜。姚寬《西溪

叢語》卷上:"按《詩》之意,乃以木爲瓜、爲桃、爲李,俗謂之假果者,蓋不可食,不適用之物也,亦猶畫餅、土飯之義爾。投我以不可食、不適用之物,而我報之以瓊玉可貴之物,則投我之物雖薄,而我報之實厚。"

【木瓜】《國風·衛風》篇名(64)。此詩寫男女互相贈答以定情。朱熹《集傳》:"言人贈我以微物,我當報之以重寶,而猶未足以爲報也,但欲其長以爲好而不忘耳。疑亦爲男女相贈答之詞,如《静女》之類。"又《辨説》:"此詩恐亦民間男女相説之詞耳。"聞一多《類鈔》:"《木瓜》定情也。"程俊英《注析》:"這是一首男女互相贈答定情的詩。也有認爲朋友互相贈答之詩。"豐坊《詩傳》:"朋友相贈,賦《木瓜》。"姚際恒《通論》:"以爲朋友贈答亦奚不可,何必定是男女耶!"鄒漢勛《讀書偶識》卷四:"孔子曰:'於《木瓜》見苞苴之禮行。'則《木瓜》,士大夫餽詒之詩也。"《詩序》説是衛人贊美齊桓公的詩:"《木瓜》,美齊桓公也。衛國有狄人之敗,出處於漕。齊桓公救而封之,遺之車馬器服焉。衛人思之,欲厚報之,而作是詩也。"而《魯詩》以爲臣下報上之詩。陳喬樅《魯説考》:"賈子(《新書·禮篇》)引用餘語,'苞苴時有,筐篚時至,則群臣附',而以《木瓜》之詩爲證,知《魯詩》説以此篇爲臣下思報禮而作,與《毛序》言衛人俗報齊桓公之義異矣。"屈萬里《詮釋》:"《孔叢子·記義篇》云:'於木瓜,見包且(苴)之禮行也。'彼讀'報'爲'包'。謂木瓜、木桃、木李之中,包藏以瓊琚、瓊瑤、瓊玖也。"三章,十二句。

【木李】果名,又名木梨。(風 1)64《衛風·木瓜》三章:"投我以木李,報之以瓊玖。"陸文郁《今釋》:"木李,⋯⋯又名木梨。落葉灌木或小喬木。⋯⋯果實圓形或洋梨形,味甘酸,有香氣。適於生食或密餞,又入藥。"一説:榠樝(míng zhā)。一種漿果,味澀,狀似木瓜。芮城《鮑瓜録》:"木李,榠樝之實,與櫣木枝、葉、花、實頗皆相類。大於木桃而味澀者爲木李,又名木梨。"一説即李。見【木桃】。

【木桃】果名,也叫白海棠。(風 1)64《衛風·木瓜》二章:"投我以木桃,報之以瓊瑤。"陸文郁《今釋》:"木桃,落葉灌木,高達二公尺。枝椏硬而有刺,葉身卵形或長橢圓形。春日,先葉開花,五瓣或多瓣,有深紅、淡紅、白諸色,單生或數花簇生。果實圓形或卵形,成熟後,黄色或黄緑色,具芳香。"一説即桃。任昉《述異記》:"桃之大者謂之木桃。《詩》'投我以木桃'是也。"姚際恒《通論》:"木桃、木李,乃因木而順呼之,《詩》中此類甚多,不可泥。其實桃、李生於木,亦可謂之木桃、木李也。"胡承珙《後箋》:"桃、李本皆木耳,自不必復稱爲木,《詩》稱木桃、木李者,因上章木字以成文耳。"又一説:山楂。芮城《鮑瓜録》:"木桃,楂子之實。"又一説:木瓜之一種。馬瑞辰《通釋》:"木桃、木李,即木瓜别種耳。"參"木瓜"條。

又見【灌木】。

沐

mù 莫卜切(通合一入屋明) 屋部、明母

洗頭。(雅 1)226《小雅·采緑》一章:"予髮曲局,薄言歸沐。"陳奂《傳疏》:"歸,夫歸也。沐,沐髮也。"王充《論衡·譏日》:"沐者,去首垢也。"胡承珙《後箋》:"庶幾其君子之歸,而沐以待之也。"又見【膏沐】。

霂

mù 莫卜切(通合一入屋明) 屋部、明母

霢霂,小雨。見"霢"。

楘(鞪)

mù 莫卜切(通合一入屋明) 屋部、明母

皮革束扎車轅叫做楘,既是裝飾,又可使轅更堅固。(風 1)128《秦風·小戎》一章:"小戎俴收,五楘梁輈。"《毛傳》:"五,五束也;楘,歷録也。"陸德明《釋文》:"楘,本又作鞪。"孔穎達《正義》:"謂所束之處,因以爲文章歷録然。歷録,蓋文章之貌。"陳奂《傳疏》:"五束之文,是曰楘。"阮元《揅經室集·考工記車制圖解》:"革⋯在輈謂之楘。"于省吾《新證》:"五、午古通。⋯午楘梁輈,言曲轅之上交午相束,視之而歷録然也。歷録,謂韋束交午之形。"黄焯《詩疏平義》:"梁輈以革縛之,又纏束以爲固,謂之歷録。"

牧

牧 mù 莫六切（通合三入屋明）
職部、明母

❶放養牲畜的人。（雅2)190《小雅·無羊》二章："爾牧來思，何蓑何笠，或負其餱。"《說文·牛部》："牧，養牛人也。《詩》曰：'牧人乃夢。'"朱熹《集傳》："牧人持雨具，齎糧食，從其所適。"❷郊外；放牧的地方。（風1、雅1)42《邶風·靜女》三章："自牧歸荑，洵美且異。"朱熹《集傳》："牧，外野也。"陳奂《傳疏》："牧，牧田也。"聞一多《類鈔》："牧，牧場也，在郊外。"168《小雅·出車》一章："我出我車，於彼牧矣。"《毛傳》："出車就馬於牧地。"朱熹《集傳》："牧，郊外也。"《爾雅·釋地》："郊外謂之牧，牧外謂之野，野外謂之林。"❸古地名，即牧野。（頌1)300《魯頌·閟宮》二章："致天之屆，于牧之野。"《鄭箋》："天所以罰殛紂於郊牧野也。"

【牧人】周代官名。掌牧放牲畜，爲祭祀提供犧牲。（雅1)190《小雅·無羊》四章："牧人乃夢，衆維魚矣，旐維旟矣。"《周禮·地官·牧人》："牧人掌牧六牲而阜蕃其物。"

【牧野】牧，古地名；野，野外，野地。在今河南省新鄉市郊區牧村鄉西牧村。公元前十一世紀，周武王大敗殷紂王的軍隊於此。（雅2)236《大雅·大明》七章："殷商之旅，其會如林。矢于牧野，維予侯興。"《鄭箋》："殷盛合其軍衆陳於商郊之牧野。"孔穎達《正義》："《書序·注》云：'牧野，紂南郊地名。'《禮記》及《詩》作坶野，古字耳。"酈道元《水經注·清水》引《竹書紀年》和《詩》並作"坶野"。陳奐《傳疏》："牧，商郊地名。《説文》：'坶，朝歌南七十里也。《周書》曰：武王與紂戰於坶野。'坶與牧通。"周明初《詩經地名考辨》："唐以前作坶野或坶野，而唐始改作牧野。今見唐以前書亦作牧野者，蓋唐以後人所篡改也。"上海《文匯報》1999年1月10日載：上海天文臺江曉原教授採用國際天文學最新、最權威的星曆表數據庫和計算軟件，確定武王伐紂日期爲：公元前1045年12月4日武王軍隊出發。公元前1044年1月3日渡過孟津。公元前1044年1月9日牧野之戰，即周、商軍隊決戰於牧野，武王大勝。
參"牡"。

坶

坶 mù 莫六切（通合三入屋明）
職部、明母

坶野，即牧野。見"牧"。

目

目 mù 莫六切（通合三入屋明）
覺部、明母

眼睛。（風3)57《衛風·碩人》二章："巧笑倩兮，美目盼兮。"106《齊風·猗嗟》二章："猗嗟名兮，美目清兮。"又見【面目】。

穆

穆 mù 莫六切（通合三入屋明）
覺部、明母

❶美；美好。（頌2)266《周頌·清廟》："於穆清廟，肅雝顯相。"《毛傳》："穆，美也。"267《周頌·維天之命》："維天之命，於穆不已。"《毛傳》："孟仲子曰：大哉天命之無極，而美周之禮也。"《鄭箋》："天之道於乎美哉。動而不止，行而不已。"一說清靜的樣子。馬瑞辰《通釋》："《廣韻》：'穆，清也。'於穆即狀清廟之貌。《説文》：'㣎，細文也。''穆，禾也。'凡《詩》言於穆，穆穆，皆㣎字之假借。"❷和諧；和美。（雅1)260《大雅·烝民》八章："吉甫作誦，穆如清風。"《鄭箋》："穆，和也。"孔穎達《正義》："以清微之風化養萬物，故以比清美之詩可以感益於人也。"嚴粲《詩緝》："吉甫自言，我作此工師之誦，穆穆而和，如清微之風，可以化養萬物。"

【穆公】秦國國君，名任好，公元前659—前621年在位，爲春秋五霸之一。（風3)131《秦風·黃鳥》一章："誰從穆公，子車奄息。"

【穆穆】美好的樣子，恭敬嚴肅的樣子。（雅2、頌3)235《大雅·文王》四章："穆穆文王，於緝熙敬止。"《毛傳》："穆穆，美也。"朱熹《集傳》："穆穆，深遠之意。"馬瑞辰《通釋》："據下言敬止，則穆穆爲敬貌。"《爾雅·釋訓》："穆穆，敬也。"郭璞注："容儀謹敬也。"301《商頌·那》："於赫湯孫，穆穆厥聲。"《鄭箋》："穆穆，美也。"陳奂《傳疏》："赫爲盛，穆穆爲美，正是贊嘆成湯之樂，所以終殷人尚聲之義。"

N

納（纳） nà 奴答切（咸開一入合泥） 緝部、泥母

❶收進；收藏。《風 2》154《豳風·七月》七章："九月築場圃，十月納禾稼。"《鄭箋》："納，內也。治於場而內之困倉也。"朱熹《集傳》："蓋自田而納之於場也。"❷接受。《雅 1》260《大雅·烝民》三章："王躬是保，出納王命。"孔穎達《正義》："王有所言，出而宣之；下有所爲，納而白之。"陸德明《釋文》："納，如字，亦作內。"朱熹《集傳》："納，行而復之也。"屈萬里《詮釋》："納，謂接納人言，以進於王也。"

軜（𫐄） nà 奴答切（咸開一入合泥） 緝部、泥母

驂馬內側的韁繩。《風 1》128《秦風·小戎》二章："鋈以觼軜。"《毛傳》："軜，驂內轡也。"陳奐《傳疏》："其兩驂內轡，從游環復貫軾前之大環，是謂之觼軜。軜之言納也，謂納於觼也。內轡納於觼，故在手者止有六轡耳。"曾運乾《毛詩說》："鋈以觼軜，猶言'軜觼以鋈，'倒文以取韻耳。"

乃 nǎi 奴亥切（蟹開一上海泥） 之部、泥母

❶你的；你們的。《頌 1》276《周頌·臣工》："命我衆人，庤乃錢鎛。"《鄭箋》："教我庶民，具女（汝）田器。"❷此；這些。《雅 1》212《小雅·大田》一章："既種既戒，既備乃事。"高亨《今注》："乃事，這些事，指上述準備工作。"一說：於是；然後。孔穎達《正義》："此受地，擇種，戒勑具器，既已周備矣，至孟春之月，乃耕而事之矣。"朱熹《集傳》："凡既備矣，然後事之。"❸於是；就。《雅 18，頌 2》189《小雅·斯干》六章："乃寢乃興，乃占我夢。"237《大雅·緜》五章："乃召司空，乃召司徒。"唐石經"乃"作"迺"。阮元《校刊記》："迺字是也。"280《周頌·有瞽》："既備乃奏，簫管備舉。"❹却。《風 2，雅 1》84《鄭風·山有扶蘇》二章："不見子充，乃見狡童。"192《小雅·正月》九章："其車既載，乃棄爾輔。"王引之《釋詞》卷六："乃，異之之詞也。"楊樹達《詞詮》："乃，與口語'却'同。"
【乃如】可是。《風 4》29《邶風·日月》一章："乃如之人兮，逝不古處。"朱熹《集傳》："今乃有如是之人，而不以古道相處。"51《鄘風·蝃蝀》三章："乃如之人也，懷昏姻也。"王引之《釋詞》卷六："乃如，亦轉語詞也。引上兩例。一說：提示之詞，相當於'若夫'。裴學海《古書虛字集釋》卷六："乃如猶言若夫，亦提示之詞也。"

迺（迺） nǎi 奴亥切（蟹開一上海泥） 之部、泥母

通"乃"。於是；就。《雅 20》237《大雅·緜》四章："迺慰迺止，迺左迺右，迺疆迺理，迺宣迺畝。"段玉裁《小學》："《説文》迺、乃異字異義。俗云古今字。"250《大雅·公劉》一章："迺場迺疆，迺積迺倉。迺裹餱糧，于橐于囊。"陳奐《傳疏》："經作迺，箋作乃。《爾雅》：'迺，乃也。'凡全《詩》作乃，惟《緜》《公劉》作迺。全篇內迺、乃錯出，不一律。"按十三經注疏本《緜》作"迺"，《公劉》作"迺"。陳奐《傳疏》并作"迺"。參"乃"。

鼐 nài 奴代切（蟹開一去代泥） 奴亥切（蟹開二上海泥） 之部、泥母

大鼎。《頌 1》292《周頌·絲衣》："自堂徂基，自羊徂牛，鼐鼎及鼒。"《毛傳》："大鼎謂

之鼒,小鼎謂之鼐。"一説:小鼎。《説文·鼎部》:"鼐,鼎之絶大者。《魯詩》説:鼐,小鼎。"惠棟《古義》:"《説苑》曰:《詩》'自堂徂基,自羊徂牛',言自内及外,以小及大也。"又一説:"冪(mì)"的誤字。高亨《今注》:"鼐,疑當作冪,形似而誤,蓋覆也。"

南 nán 那含切(咸開一平覃泥)
侵部、泥母

❶南方;南邊。跟"北"相對。(風 7、雅 14、頌 4)4《周南·樛木》一章:"南有樛木,葛藟纍之。"《毛傳》:"南,南土也。"《鄭箋》:"南土,謂荆揚之域。"朱熹《集傳》:"南,南山也。"32《邶風·凱風》一章:"凱風自南,吹彼棘心。"171《小雅·南有嘉魚》一章:"南有嘉魚,烝然罩罩。"《毛傳》:"江漢之間,魚所産也。"朱熹《集傳》:"南謂江漢之間。"屈萬里《詮釋》:"南,南方也。"259《大雅·崧高》六章:"申伯還南,謝于誠歸。"《鄭箋》:"還南者,北就王命於岐周而還反也。"趙佑《詩細》:"申伯還南,此一南字非即謂謝,乃謂鎬京在歧南,既北就王受餞於郿,仍還鎬,自鎬往謝也。"299《魯頌·泮水》八章:"元龜象齒,大賂南金。"《毛傳》:"南,謂荆揚也。" ❷向南。(風 1、雅 3)31《邶風·擊鼓》一章:"土國城漕,我獨南行。"王先謙《集疏》:"南行者,衛都朝歌在今淇縣東北,鄭在今新鄭縣北,是役伐鄭,由淇至新鄭爲南行也。"210《小雅·信南山》一章:"我疆我理,南東其畝。"《毛傳》:"或南或東。"孔穎達《正義》:"於土之宜縱須橫,故或南或東也。"范處義《補傳》:"田事喜陽而惡陰,東南向陽則茂遂,西北旁陰則不實,故《信南山》云'南東其畝'也。"胡承珙《後箋》:"地之大勢,西北高東南下,畎之行水多自西北而注於東南,故《詩》曰:'南東其畝。'" ❸指南郊。(風 1)28《邶風·燕燕》三章:"之子于歸,遠送于南。"陸德明《釋文》:"南如字。沈云:協句宜乃林反。今謂古人韻緩,不煩改字。"朱熹《集傳》:"送于南者,陳在衛南。"一説:通"林"。野外。聞一多《通義》:"南、林古聲近義通,故南當讀爲林也。…林、野古爲同義二字。…郊外曰野,野外曰林。" ❹音樂名。南夷之樂。(雅 1)208《小雅·鼓鐘》三章:"以雅以南,以籥不僭。"《毛傳》:"爲雅爲南也。舞四夷之樂,大德廣所及也。東夷之樂曰昧,南夷之樂曰南,西夷之樂曰朱離,北夷之樂曰禁。以爲籥舞,若是爲和而不僭矣。"胡承珙《後箋》:"自是以雅爲王者之正樂,南爲四夷之南樂。"陳奂《傳疏》:"雅,正樂。……南,南樂也。"一説:舞名。《鄭箋》:"雅,萬舞也。萬也、南也、籥也,三舞不僭,言進退之旅也。"一説:詩體名。崔述《偶識》:"南者,詩之一體。"梁啓超《釋四聲名義》:"《詩·鼓鐘》篇'以雅以南',南與雅對舉,雅既爲《詩》之一體,南自然也是《詩》之一體。"又一説:樂器名。即鈴。郭沫若《甲骨文字研究》:"《小雅》之'以雅以南',《文王世子》之'胥鼓南',實即'以雅以鈴','胥鼓鈴'也。"文幸福《發微》:"余章上爲'南'殆'鐃'之象形,即鐃字。"

【南方】南邊。(風 1)137《陳風·東門之枌》二章:"穀旦于差,南方之原。"

[南陔]《小雅》篇名(位在 170《魚麗》之後)。六笙詩之一,有目無詩。《南陔》、《白華》、《華黍》是六笙詩之前三篇,爲燕饗之樂。《詩序》:"《南陔》,孝子相戒以養也。《白華》,孝子之潔白也。《華黍》,時和歲豐,宜黍稷也。有其義而亡其辭。"《鄭箋》:"此三篇者,鄉飲酒禮、燕禮用焉。曰'笙入,立於縣中,奏《南陔》《白華》《華黍》'是也。孔子論《詩》,《雅》、《頌》各得其所。時俱在耳,篇第當在於此。遭戰國及秦之世而亡之,其義則與衆篇之義合編,故存。至毛公爲詁訓傳,乃分衆篇之義各置於其篇端云。又闕其亡者,以見在爲數。故推什首,遂通耳。而下,非孔子之舊。"參〖由庚〗。

【南國】指江漢一帶地區。(雅 3)204《小雅·四月》六章:"滔滔江漢,南國之紀。"

【南海】指今江蘇東面的大海,即東海。(雅 1)262《大雅·江漢》三章:"于疆于理,至於南海。"

【南箕】即二十八宿中的箕宿。四星,因在南方,稱南箕。(雅 1)200《小雅·巷伯》二章:"哆兮侈兮,成是南箕。"《毛傳》:"南箕,箕星也。"朱熹《集傳》:"南箕四星,二爲踵,二爲舌,其踵狹而舌廣,則大張矣。"陳奐《傳疏》:"箕星,東方蒼龍之宿,實居東宿之末,在北之南,故謂之南箕。南箕,即箕星也。"

【南畝】本指南北向的田壟,泛指農田。(風1,雅4,頌2)154《豳風·七月》一章:"同我婦子,饁彼南畝。"《漢書·食貨志》引《詩》作"南畮"。211《小雅·甫田》一章:"今適南畝,或耘或耔。"黃焯《毛鄭平議》:"今者,當謂今歲。'適南畝',曾孫勸農適南畝也。"290《周頌·載芟》:"有略其耜,俶載南畝。"胡承珙《信南山·後箋》引馮氏《名物疏》:"古之治田者,雖有溝洫井田二法不同,然田之形體,大抵因地勢水勢而爲之,其在於東者謂之東田。…其在南者謂之南畝。"

【南山】1)終南山。在陝西省西安市南,屬秦嶺山脈。(雅8)189《小雅·斯干》一章:"秩秩斯干,幽幽南山。"朱熹《集傳》:"南山,終南之山也。"202《小雅·蓼莪》五章:"南山烈烈,飄風發發。"陳子展《直解》:"詩兩言南山,知爲西周人詩也。"210《小雅·信南山》一章:"信彼南山,維禹甸之。"朱熹《集傳》:"南山,終南山也。"王應麟《詩地理考》引《括地志》:"終南山一名南山。"嚴粲《詩緝》:"周都豐鎬,面對終南,故從《天保》祝君,《斯干》考室,《節南山》刺師尹,皆指此山。"2)山名。在齊國境內,今山東省臨淄縣南。也叫牛山。(風1)101《齊風·南山》一章:"南山崔崔,雄狐綏綏。"《毛傳》:"南山,齊南山也。"3)山名,在今山東省濟陰縣東二十里。(風1)151《曹風·候人》四章:"薈兮蔚兮,南山朝隮。"《毛傳》:"南山,曹南山也。"王先謙《集疏》引《一統志》:"曹南山在曹州濟陰縣東二十里。"4)南面之山。(風5,雅4)19《召南·殷其雷》一章:"殷其雷,在南山之陽。"《毛傳》:"山南曰陽。"《鄭箋》:"雷以喻號令,於南山之陽,又喻其在外也。"

【南山】《國風·齊風》篇名(101)。這是諷刺齊國統治者荒淫無恥的詩。《詩序》:"《南山》,刺襄公也。鳥獸之行,淫乎其妹,大夫遇是惡,作詩而去之。"朱熹《集傳》:"此詩前二章刺齊襄,後二章刺魯桓也。"季

本《解頤》:"此詩魯人所作,刺文姜恣意如齊而不知恥也。"據《左傳·桓公十八年》記載,齊襄公和他的同父異母妹文姜通奸。魯桓公三年,文姜嫁給桓公爲妻,繼續保持和齊襄公的曖昧關係。十八年,桓公夫婦到齊國,桓公發覺了文姜兄妹的奸情,斥責文姜。文姜告訴齊襄公,襄公惱羞成怒,派公子彭生殺死桓公。齊人唱出這首歌,諷刺齊襄公兄妹的"鳥獸之行"。四章,二十四句。

【南山有臺】《小雅》篇名(172)。這是爲統治者頌德祝壽的詩。祝福他德高壽長,是國家的基石和光榮,能永保子孫後代。孫鑛《批語》:"可謂極其祝頌,然總不出德、壽、後人三者,而所重似尤在德。姚際恒《通論》:"《南山有臺》,此臣工祝頌天子之詩。"朱熹《集傳》據《儀禮·燕禮》及《鄉飲酒》,謂"此亦燕饗通用之樂歌"。《詩序》:"《南山有臺》,樂得賢也。得賢則能爲邦家立太平之基矣。"《鄭箋》:"人君得賢,則其德廣大堅固如南山之有基址。"《左傳·襄公二十年》載魯襄公享季武子,賦《南山有臺》,武子避席云:"臣不堪也。"與《詩序》所謂"得賢"義合。五章,三十句。

【南有嘉魚】《小雅》篇名(171)。這是貴族宴會賓客的樂歌。與《魚麗》性質略同。而重點有別。《魚麗》全篇稱頌主人酒肴的豐盛,此篇則主要歌唱賓客賢良而飲酒歡樂,重點有所不同。《詩序》:"《南有嘉魚》,樂與賢也。太平之君子至誠,樂與賢者共之也。"朱熹《集傳》:"此亦宴享通用之樂歌。"四章,十六句。

【南有嘉魚之什】《詩經·小雅》里《南有嘉魚》、《南山有臺》、《由庚》、《崇丘》、《由儀》(以上三篇有且無辭,不計在內)、《蓼蕭》、《湛露》、《舟弓》、《菁菁者莪》、《六月》、《采芑》、《車攻》、《吉日》等十首詩,舊本編爲一卷,稱《南有嘉魚之什》。

【南仲】人名,周宣王時大臣,曾率兵征伐獫狁,取得勝利。(雅5)168《小雅·出車》三章:"王命南仲,往城于方。"《鄭箋》:"王使仲爲將率,征築城於朔方。"朱熹《集傳》"南仲,此時大將也。"263《大雅·常武》一常:

"王命卿士,南仲大祖,大師皇父。"《毛傳》:"王命南仲於大祖,皇父爲大師。"陳奐《傳疏》:"言王於太祖廟命南仲爲卿士也。王命此皇父爲大師,亦必於大祖廟也。"馬瑞辰《通釋》:"《漢書·古今人表》作南中,繫於屬王時。蓋宣王時猶存,即此詩之南仲也。"一說:周文王時武將。《出車·傳》(168):"南仲,文王之屬。"《常武·箋》(263):"南仲,文王時武臣也。"
又見【夏南】【終南】。

男 nán 那含切（咸開一平覃泥）
　　　侵部、泥母

❶男性的。見【男子】。❷兒子。(雅1)240《大雅·思齊》一章:"大姒嗣徽音,則百斯男。"《毛傳》:"大姒十子,衆妾則宜百子也。"朱熹《集傳》:"百男,舉成數而言其多也。"馬瑞辰《通釋》:"百男,特頌禱之詞,猶《假樂》詩'子孫千億'耳。"屈萬里《詮釋》:"百男,極言其多耳。男,並子孫言之,非但謂太姒之子也。古者以多男爲貴,故以此頌之。後人據此以爲文王百子,泥矣。"
【男子】男孩;兒子。(雅2)189《大雅·斯干》八章:"乃生男子,載寢之牀。"《鄭箋》:"男子生而卧於牀,尊之也。"

難(难)（一）nán 那干切（山開一平寒泥）寒部、泥母

❶難於;不容易。(雅2,頌2)199《小雅·何人斯》六章:"還而不入,否難知也。"299《魯頌·泮水》三章:"既飲旨酒,永錫難老。"《鄭箋》:"已飲美酒,而具賜其難使老,難使老者,最壽考也。"孔穎達《正義》:"難老者,言其身力康強,難使之老。"一說:患難之人。于鬯《香草校書》卷十八:"'難老'二字疑是平列。'難'者患難之人,蓋指窮而無告者。'難'字依俗作去聲讀。'永錫難老',蓋謂永錫窮而無告之人與年老人也。"
❷通"戁"。敬謹;敬懼。(雅1)215《小雅·桑扈》三章:"不戢不難,受福不那。"《毛傳》:"不難,戁也。"朱熹《集傳》:"難,慎也。"馬瑞辰《通釋》:"難,當讀爲戁,《說文》:'戁,敬也。'不戢不難,言和且敬也。"一說:通"儺"。行動有禮貌,不放肆。陳奐《傳疏》:"難,古儺字。…行有節度謂之儺,則儺有動必以

禮,不敢放弛之意。"(不:助詞。)
（二）nàn 奴案切（山開一去翰泥）寒部、泥母

❸災難;降災難。(雅4,頌2)168《小雅·出車》一章:"王事多難,維其棘矣。"254《大雅·板》二章:"天之方難,無然憲憲。"蘇轍《集傳》:"難,艱難也。"287《周頌·訪落》:"維予小子,未堪家多難。"馬瑞辰《通釋》:"難,讀如患難之難。"

（三）nuó 《釋文》乃多反（果開一平歌泥）歌部、泥母

❹茂盛的樣子。(雅1)228《小雅·隰桑》一章:"隰桑有阿,其葉有難。"《毛傳》:"難然,盛貌。"《鄭箋》:"隰中之桑,枝條阿阿然長美,其葉又茂盛,可以庇蔭人。"陳奐《傳疏》:"古難、儺通。難之爲言那也。…《桑扈》、《那》傳:'那,多也。'盛與多同義。"朱彬《經傳考證》:"'難'與'那'同。《桑扈》'受福不那'《傳》:'那,多也。'《說文》引《詩》作'受福不儺'。《菀楚》'猗儺其枝',單言之曰'那'曰'儺',重言之則曰'猗儺'。猶下文'其葉有沃',單言之曰'沃',曰'沃若',重言之則曰'沃沃'也。"
又見【艱難】。

戁(戁) nǎn 奴板切（山開二上潸泥）寒部、泥母
　　　　　入善切（山開三上獮日）寒部、日母

恐懼。(頌1)304《商頌·長發》五章:"不戁不竦,百禄是總。"《毛傳》:"戁,恐;竦,懼也。"陳奐《傳疏》:"恐亦懼也。不戁不竦,不恐懼也。"

囊 náng 奴當切（宕開一平唐泥）陽部、泥母

袋子;口袋。(雅1)250《大雅·公劉》一章:"迺裏餱糧,于橐于囊。"'橐'與'囊',諸家說法不一。《毛傳》:"小曰橐,大曰囊。"《史記·陸賈傳》司馬貞索隱引《詩傳》:"大曰橐,小曰囊。"陸德明《釋文》引《說文》:"無底曰囊,有底曰橐。"朱熹《集傳》:"無底曰囊,有底曰橐。"何楷《古義》:"橐,今纏腰下者。《東方朔傳》:'奉一囊粟。'乾餱奉於橐,粟米盛於囊也。"馬瑞辰《通釋》:"蓋囊與橐對文則

異，散文則通。"

呶 náo 女交切（效開二平肴泥）
宵部、泥母

喧嘩；喧鬧。(雅 1)220《小雅·賓之初筵》四章："賓既醉止，載號載呶。"《毛傳》："號呶，號呼讙呶也。"朱熹《集傳》："號，呼；呶，讙也。"《說文·口部》："呶，讙聲也。"引《詩》"載號載呶。"

怓 náo 女交切（效開二平肴泥）
宵部、泥母

《說文·心部》："怓，亂也。"惽怓，喧嘩爭吵。見"惽(hūn)"。

猱(夒) náo 奴刀切（效開一平豪泥）
女救切（流開三去宥泥）
幽部、泥母

獼猴。(雅 1)223《小雅·角弓》六章："毋教猱升木，如塗塗附。"《毛傳》："猱，猨屬。"《鄭箋》："猱之性，善登木。"孔穎達《正義》引陸璣《詩義疏》："猱，獼猴也。楚人謂之沐猴，老者爲玃(jué)，長臂者爲猨，猨之白腰者爲獅胡。"朱熹《集傳》："猱，獼猴也。…言小人骨肉之恩本薄，王又好讒佞以來入，是猶教猱升木，又如於泥塗之上加以泥塗附之也。"馬瑞辰《通釋》："此詩毋教猱升木，與如塗塗附同義。上言毋，下言如，互文。猱性善升，塗性善附，皆以興小人之性易於從善也。"一說：金絲猴。王夫之《稗疏》引陸佃《埤雅》云："猱，一名狨，輕捷善緣木，大小類猿，長尾，尾作金色，俗謂之金絲狨，生川陝深山中。"參"猱"。

猱 náo 奴刀切（效開一半豪泥）
幽部、泥母

齊國山名，在今山東省臨淄縣南。(風 3)97《齊風·還》一章："子之還兮，遭我乎猱之間兮。"《毛傳》："猱，山名。"陸德明《釋文》："猱，崔注本作嶩。"《說文·山部》："猱山，在齊地。"引《詩》"遭我於猱之間兮。"《漢書·地理志下》引作"巏"，顏師古注："字或作猱，亦作嶩。"《太平御覽·獸部》二十一引作"猱"。

嶩(峱) náo 奴刀切（效開一平豪泥）
幽部、泥母

齊國山名。見"猱"。

巎 náo 《玉篇》奴刀切（效開一平豪泥）
幽部、泥母

齊國山名。見"猱"。

内 nèi 奴對切（蟹合一去隊泥）
物部、泥母

❶室；内室。(風 1、雅 1)115《唐風·山有樞》二章："子有廷内，弗洒弗埽。"王先謙《集疏》："廷内，猶言堂室也。《漢書·晁錯傳》：'今人家有一堂二内。'内之爲言室也。"256《大雅·抑》四章："夙興夜寐，洒埽庭内。"王引之《述聞》卷五："庭、内二字平列，庭謂中庭，内謂堂與室也。…庭内，謂庭與堂室，非謂庭之内也。"❷在内。(雅 2)255《大雅·蕩》六章："内奰于中國，覃及鬼方。"(奰：怒。)264《大雅·召旻》二章："天降罪罟，蟊賊内訌。"❸入；進入。(雅 1)255《大雅·蕩》三章："流言以對，寇攘式内。"朱彬《經傳考證》："内、入古通用。《說文·入部》："内，自外而入也。"于省吾《新證》："内、入金文同用，式猶入也。上言'疆禦多懟，流言以對'，故接以寇攘以入也。"一說：在内。《鄭箋》："寇盜，攘竊爲奸究者而王信之，使用事於内。"吳闓生《會通》："如此，則寇賊生乎内，而怨詛生乎下矣。"又一說：收納；招納。于邑《香草校書》卷十七："'寇攘式内'者，即寇攘用納也。蓋厲王招納寇攘之人，當時必有所指。"曾運乾《毛詩説》："'寇攘式内'，言以寇攘納於君也。"高亨《今注》："内，通納。此句指殷紂收納寇盜而任用他們。"

【内史】周代官名。中大夫，爲太宰的副手，負責管理爵祿廢置等政務。(雅 1)193《小雅·十月之交》四章："聚子内史"《鄭箋》："内史，中大夫也，掌爵祿廢置、殺生予奪之法。"

參"納"。

能 néng 奴登切（曾開一平登泥）
之部、泥母

❶才能；技能。(雅 1)220《小雅·賓之初筵》二章："其湛曰樂，各奏爾能。"陳奐《傳疏》："奏，獻也。能，技能也。"❷有能力做到；能夠。(風 15、雅 10)33《邶風·雄雉》三章："道之云遠，曷云能來。"(云：助詞。)

230《小雅·緜蠻》二章:"豈敢憚行,畏不能趨。"(趨):快走。)❸親善;安撫。(雅1)253《大雅·民勞》一章:"柔遠能邇,以定我王。"《鄭箋》:"能,猶伽也。邇,近也。安遠方之國,順伽其近者。"按《漢書·百官公卿表上》"柔遠能邇"顏師古注:"能、善也。"馬瑞辰《通釋》:"能與柔義相近,柔之義爲安、爲善,能亦安也、善也。"一說:通"而"。陳奐《傳疏》:"能讀爲而。漢《督郵班碑》:'渫遠而邇。'古如、而通用。遠謂四方,邇謂中國。邇,近也。言安遠方之國,而使與中國相親近也。"❹乃;而。(風3)60《衛風·芄蘭》一章:"雖則佩觿,能不我知。"王引之《述聞》卷五:"能、乃,語詞之轉,亦非才能之能也。能當讀爲而。言童子雖則佩觿,而實不與我相知;雖則佩韘,而實不與我相狎。"35《邶風·谷風》五章:"不我能慉,反以我爲讎。"陳奐《傳疏》:"能字,各本在不我下,轉寫耳。'能不我慉,與'寧不我顧'、'既不我嘉'、'則不我遺,能、寧、既、則,皆爲語詞之轉。《說文》引《詩》作'能不我慉',段注云:'與'能不我知'、'能不我甲'句法同也,能讀爲而。'馬瑞辰《通釋》:"能之言乃也。'能不我慉'承上章而言,猶云乃不我慉也。"一說:能夠。《鄭箋》:"君子不能以恩驕樂我,反憎惡我。"

兒 ní 五稽切（蟹開四平齊疑）
支部、疑母

【兒齒】同"齯齒"。老人齒落後再生的細齒。(頌1)300《魯頌·閟宮》八章:"既多受祉,黃髮兒齒。"《鄭箋》:"兒齒,亦壽徵。"陸德明《釋文》:"兒,五兮反,齒落更生細者也。字書作齯。"《釋名·釋長幼》:"九十曰鮐背,背有鮐文也。或曰:齯齒,大齒落盡更生細者,如小兒齒也。"朱熹《集傳》:"兒齒,齒落更生細者,亦壽徵也。"陳奐《傳疏》:"兒齒亦壽征。案兒,古齯字。《爾雅》云:'黃髮齯齒,壽也。'"

泥 (一) ní 奴低切（蟹開四平齊泥）
脂部、泥母

❶泥;含水的半固體狀的土。(風1)36《邶風·式微》二章:"微君之躬,胡爲乎泥中?"朱熹《集傳》:"泥中,言有陷溺之難,而不見

拯救也。"方玉潤《原始》:"泥中,猶言泥塗也。"一說:春秋時衛國邑名。《毛傳》:"泥中,衛邑也。"馬瑞辰《通釋》:"當以露與泥爲衛邑名,'中露'、'泥中'猶'中林'、'林中'之比,皆語詞也。《傳》連言'中露'、'泥中'者,特順經文言之耳。"朱右曾《詩地理徵》:"泥中,在鄆城縣西南四十五里。"

(二) nǐ 奴禮切（蟹開四上薺泥）
脂部、泥母

❷見【泥²泥²】。

【泥²泥²】1)露濃的樣子。(雅1)173《小雅·蓼蕭》三章:"蓼彼蕭斯,零露泥泥。"《毛傳》:"泥泥,沾濡也。"《廣韻·薺韻》:"苨苨,露濃也,亦作泥。"2)茂盛的樣子。(雅1)246《大雅·行葦》一章:"方苞方體,維葉泥泥。"《毛傳》:"葉初生泥泥然。"《鄭箋》:"草物方茂盛。"陸德明《釋文》:"張揖作苨苨,云:草盛也。"《文選·左太沖·蜀都賦》李善注引《詩》作"柅柅"。朱熹《集傳》:"泥泥,柔澤貌。"一說:初生難出的樣子。胡承珙《後箋》:"泥泥蓋猶乙乙,初生難出之貌。"

柅 nǐ 女履切（止開三上旨娘）
女夷切（止開三平脂娘）
脂部、泥母

茂盛。見"泥"。

苨 nǐ 奴禮切（蟹開四上薺泥）
脂部、泥母

茂盛。見"泥"。

坭 nǐ 奴禮切（蟹開四上薺泥）
脂部、泥母

古地名。見"禰"。

瀰(沵) (一) nǐ 奴禮切（蟹開四上薺泥）脂部、泥母

❶見【瀰瀰】。

(二) mǐ 綿婢切（止開三上紙明）
脂部、明母

❷同"瀰"。

【瀰瀰】柔軟的樣子。(風1)105《齊風·載驅》二章:"四驪濟濟,垂轡瀰瀰。"朱熹《集傳》:"瀰瀰,柔貌。"一說:眾多的樣子。《毛傳》:"瀰瀰,眾也。"孔穎達《正義》:"四馬垂其六轡瀰瀰然。"陸德明《釋文》作"爾",說:"本亦作瀰。"

襧(袮) nǐ 奴禮切（蟹開四上薺泥）
脂部、泥母

古地名。在河南。一說在今山東省荷澤縣西。《風 1）39《邶風・泉水》二章："出宿于泲，飲餞于襧。"《毛傳》："襧，地名。"陸德明《釋文》："襧，乃禮反，地名。《韓詩》作'坭'，音同。"《儀禮・士虞禮》鄭玄注引《詩》作"泥"。朱熹《集傳》："襧，亦地名，皆自衛來時所經之處也。"馬瑞辰《通釋》："泲、襧蓋衛近郊地。…疑襧即《式微》之泥中耳。"陳鱣《簡莊疏記》卷三："《寰宇記》云：'曹州冤水縣大瀰溝，一名冤水。《詩》曰出宿于泲，飲餞于襧，即此也。'是則襧在今曹州府荷澤縣也。"

薿 nǐ 魚紀切（止開三上止疑）
之部、疑母

魚力切（曾開三入職疑）
職部、疑母

【薿薿】茂盛的樣子。《雅 1）211《小雅・甫田》一章："今適南畝，或芸或耔，黍稷薿薿。"《鄭箋》："薿薿然而茂盛。"朱熹《集傳》："薿，茂盛貌。"《說文・艸部》："薿，茂也。"引《詩》"黍稷薿薿"。《漢書・食貨志》引作"儗儗"。

儗 nǐ 魚紀切（止合三上止疑）
之部、疑母

茂盛。見"薿"。

嶷 nǐ 魚力切（曾開三入職疑）
職部、疑母

語其切（止開三平之疑）
之部、疑母

年幼聰慧；能識別事物。《雅 1）245《大雅・生民》四章："克岐克嶷，以就口食。"《毛傳》："岐，知意也；嶷，識也。"《鄭箋》："其貌嶷嶷然有所識別也。"孔穎達《正義》："岐爲有智之意，嶷爲有識之貌。內有所知，乃外能識物，故先岐後嶷。"《說文・口部》："嚶，小兒有知也。引《詩》作"嚶"。段玉裁《小箋》："今本《毛詩》作嶷，淺人依岐字偏旁改之耳。…嚶者，口инте間有所識也，故曰識也。"陳奂《傳疏》："嚶、識古音同在一部，此古於叠韻得訓之大凡也。一說：通"屹"。正立。馬瑞辰《通釋》："嶷，當讀如屹立之屹。

謂屹然正立貌也。克岐謂能岐立，克嶷則能正立矣。"

嶷 nì 魚力切（曾開三入職疑）
職部、疑母

小兒有知。見"嚶"。

惄 nì 奴歷切（梗開四入錫泥）
覺部、泥母

憂思；心裡難受。《風 1，雅 1）10《周南・汝墳》一章："未見君子，惄如調飢。"《毛傳》："惄，飢意也。"《鄭箋》："惄，思也。"孔穎達《正義》："此以思食比思夫。"197《小雅・小弁》二章："我心憂傷，惄焉如擣。"《毛傳》："惄，思也。"孔穎達《正義》："惄焉悲悶，有如物之擣心也。"屈萬里《詮釋》：："謂憂思之甚，如飢餓之難堪也。"陸德明《釋文》引《韓詩》作"愵"。《說文・心部》："愵，憂貌。讀與惄同。"段玉裁注："古惄、愵通用。"參"調"。

暱(昵) nì 尼質切（臻開三入質泥）
職部、泥母

近；親近。《雅 1）224《小雅・菀柳》一章："上帝甚蹈，無自暱焉。"《毛傳》："暱，近也。"陳奂《傳疏》："無自近，言無自近亂也。"一說：病；災禍。王引之《述聞》卷六："《廣雅》：'暱，病也。'言幽王暴虐，慎毋往朝以自取病也。"馬瑞辰《通釋》："訓暱爲病，與下章'無自瘵焉'《傳》訓病義同。"

溺 nì 奴歷切（梗開四入錫泥）
藥部、泥母

陷入危難或某種不好的境地。《雅 1）257《大雅・桑柔》五章："其何能淑，載胥及溺。"《鄭箋》："女若云此於政事何能善乎？則女君臣皆相與陷溺於禍難。"孔穎達《正義》："王肅以爲，如今之政，其何能善，但君臣相與陷溺而已。"陳奐《傳疏》："言今之爲政者，不能以禮治國，即不能以善治國，將相入於溺亡也。"

愵 nì 奴歷切（梗開四入錫泥）
藥部、泥母

憂愁；心裡難受。見"惄"。

逆 nì 宜戟切（梗開三入陌疑）
鐸部、疑母

違背；背叛。跟"順"相對。《頌 1）299《魯頌・泮水》七章："既克淮夷，孔淑不逆。"孔穎達《正義》："既克淮夷,而淮夷甚化於善,不復爲逆亂也。"朱熹《集傳》："逆,違命也。"陳奐《傳疏》："不逆,言率從也。"

年(季) nián 奴顛切（山開四平先泥）
真部、泥母

❶收成;年景。(雅 3、頌 4)190《小雅·無羊》四章："衆維魚矣,實維豐年。"258《大雅·雲漢》六章："祈年孔夙,方社不莫。"《鄭箋》："我祈豐年甚早,祭四方與社又不晚。"《禮記·月令》："孟冬之月,天子乃祈來年於天宗。" ❷時間單位。十二個月爲一年。(風 2、雅 12)156《豳風·東山》三章："自我不見,于今三年。"243《大雅·下武》五章："於萬斯年,受天之祜。"又見【萬年】【有年】。

輦(辇) niǎn 力展切（山開三上獮來）
寒部、來母

用人推挽的車。用作動詞,指用人推車或挽車。(雅 1)227《小雅·黍苗》二章："我任我輦,我車我牛。"《鄭箋》："有負任者,有輓輦者。"《說文·車部》："輦,人輓車也。"馬瑞辰《通釋》："我任我輦,謂即以輦載任器。"

念 niàn 奴店切（咸開四去栝泥）
侵部、泥母

❶想;惦念;考慮。(風 8、雅 15、頌 2)35《邶風·谷風》六章："不念昔者,伊余來墍。"(墍:息;愛。)269《周頌·烈文》："念茲戎功,繼序其皇之。"(戎:大。 序:通"緒",事業。 皇:發揚光大。)183《小雅·沔水》一章："莫肯念亂,誰無父母。"朱熹《集傳》："我之兄弟諸父乃無肯念亂者。"一説:止,制止。 馬瑞辰《通釋》："念與泥雙聲。 尼,止也。 故念亦有止義,莫肯念亂,莫肯止亂也。" ❷忘記。(雅 2)235《大雅·文王》五章："王之藎臣,無念爾祖。"曾運乾《毛詩説》："《爾雅·釋訓》:'勿念,勿忘也。'《孝經·釋文》引鄭注:'無念,無忘也。'念之訓忘,猶亂之訓治,徂之訓存也。"一説:想;思念。《毛傳》："無念,念也。"《鄭箋》："今王之進用臣,當念女祖之爲法。 王斥成王。"

鳥(鸟) niǎo 都了切（效開四上篠端）
幽部、端母

鳥;飛禽的總稱。(風 8、頌 1)189《小雅·斯干》三章："風雨攸除,鳥鼠攸去。"242《大雅·靈臺》二章："麀鹿濯濯,白鳥翯翯。"毛奇齡《續詩傳》："白鳥,鶴也。 鶴,古雘字。《説文》謂鳥之白者曰雘。"

【鳥章】鳥形花紋。(雅 1)177《小雅·六月》四章："織文鳥章,白旆央央。"《毛傳》："鳥章,錯革鳥爲章也。"《鄭箋》："鳥章,鳥隼之文章。 將帥以下衣皆著焉。"

又見【黃鳥】【玄鳥】。

蔦(茑) niǎo 都了切（效開四上篠端）
多嘯切（效開四去嘯端）
幽部、端母

一種寄生常綠的小灌木,莖細長,能攀援纏繞。(雅 2)217《小雅·頍弁》一章："蔦與女蘿,施于松柏。"《毛傳》："蔦,寄生也。"陸德明《釋文》："蔦,寄生草也。"陸璣《詩義疏》："蔦,一名寄生,葉似當盧,子如覆盆子,赤黑,甜美。"

孽 niè 魚列切（山開三入薛疑）
月部、疑母

妖孽;災禍。(雅 1)193《小雅·十月之交》七章："下民之孽,匪降自天。"《鄭箋》："孽,妖孽,謂相爲災害也。"朱熹《集傳》："孽,災害也。"夏味堂《拾溺》卷十六："衣服歌謠草木之怪爲妖,禽獸蟲蝗之怪爲孽。"《正字通·子部》："孽,俗孼字。"

【孽孽】服飾華美的樣子。(風 1)57《衞風·碩人》四章："庶姜孽孽,庶士有朅。"《毛傳》："孽孽,盛飾。"一説:長的樣子。 陸德明《釋文》："孽,《韓詩》作巘,長貌。"《吕氏春秋·過理》高誘注引《詩》"庶姜巘巘",説："高長須(貌)也。"唐石經、朱熹《詩集傳》作"孼孼"。

孼 niè 魚列切（山開三入薛疑）
月部、疑母

《説文·子部》："孼,庶子也。"邵瑛《群經正字》："今經典作孽。"見"孽"。

巘 niè 魚列切（山開三入薛疑）
五割切（山開一入曷疑）
月部、疑母

高長貌。 見"孽"。

蘖 niè 魚列切（山開三入薛疑）
五割切（山開一入曷疑）
月部、疑母

樹木倒下或砍去以後再生的枝芽。比喻殘存的事物。(頌1)304《商頌·長發》六章:"苞有三櫱,莫遂莫達。"《毛傳》:"櫱,餘也。"朱熹《集傳》:"櫱,謂旁生萌櫱也。言一本生三櫱也。本則夏桀,櫱則韋也、顧也、昆吾也,皆桀之黨也。"陳奐《傳疏》:"三櫱,指韋、顧、昆吾三國。"朱彬《經傳考證》:"櫱,萌生也。…顛木而發三櫱,則勃然其不可禁矣。故曰'莫遂莫達'。莫遂,遂也;莫達,達也。《漢書·叙傳下》'三枿之起,本根既朽'顏師古注引劉德引《詩》作'包有三枿'。"陳喬樅《異文考》:"枿即櫱之本字。"參"苞"。

枿 niè 五割切(山開一入曷疑)
月部、疑母

樹木倒下或砍去以後再生的枝芽。見"櫱"。

凝 níng 魚陵切(曾開三平蒸疑)
蒸部、疑母

凝結;凝聚。(風1)57《衛風·碩人》二章:"手如柔荑,膚如凝脂。"《毛傳》:"如脂之凝。"朱熹《集傳》:"凝脂,脂寒而凝者,亦言白也。"

寧(宁) (一)níng 奴丁切(梗開四平青泥)
耕部、泥母

❶安;安寧。(雅15、頌3)189《小雅·斯干》五章:"君子攸寧。"孔穎達《正義》:"長幼有禮,君子所以安也。"嚴粲《詩緝》:"君子居之而安寧,謂燕息優游也。言其室,故曰寧。"245《大雅·生民》二章:"上帝不寧,不康禋祀。"《鄭箋》:"康、寧,皆安也。"291《周頌·良耜》:"百室盈止,婦子寧止。"朱熹《集傳》:"寧,安也。"❷問安;已嫁女子回家探望父母。見【歸寧】。

(二)nìng 乃定切(梗開四去徑泥)
耕部、泥母

❸寧可;寧願。(雅2)165《小雅·伐木》二章:"寧適不來,微我有咎。"一說:何;胡。陳奐《傳疏》:"寧,胡也;胡,何也。適,之也。何之不來,言必來也。"❹乃;竟。(風2、雅14)29《邶風·日月》一章:"胡能有定?寧不我顧!"馬瑞辰《通釋》:"寧、乃一聲之轉,乃古音讀仍也。寧猶乃也。《詩》中寧字義多爲乃,此詩'寧不我顧',猶云乃不我顧也。'寧不我報',猶云乃不我報也。"192《小雅·正月》八章:"燎之方揚,寧或滅之。"馬瑞辰《通釋》:"寧猶乃也,寧、乃聲之轉,能、乃亦聲之轉。故寧通作能。能或滅之,猶言乃或滅之也。"204《小雅·四月》一章:"先祖匪人,胡寧忍予。"戴震《考證》:"寧猶乃也,語之轉。一說:胡;何。陳奐《傳疏》:"胡、寧皆何也。'先祖匪人,胡寧忍予',言先祖其人,何忍予而降禍亂也?"❺難道。(風2)91《鄭風·子衿》一章:"縱我不往,子寧不嗣音?"程俊英《注析》:"寧,反詰副詞。豈,難道。"聞一多《類鈔》:"縱然我沒去找你,難道你就不送一聲歌來打個招呼?"

牛 niú 語求切(流開三平尤疑)
之部、疑母

牛,一種家畜。(風2、雅6、頌2)66《王風·君子於役》一章:"日之夕矣,羊牛下來。"227《小雅·黍苗》二章:"我任我輦,我車我牛。"《鄭箋》:"有將車者,有牽傍牛者。"孔穎達《正義》:"既云將車者,車中有牛而將之,而別云牽傍牛者,此牛在轅之外,不在轅中,故別牽傍之。"272《周頌·我將》:"我將我享,維羊維牛。"《鄭箋》:"我奉養我享祭之羊牛。"孔穎達《我將·序》疏云:"此經言'維牛維羊',非徒特牲而已。"陳喬樅《四家詩考異》:"唐以前本皆作'維牛維羊',今本沿開成石經之誤。"又見【牽牛】。

杻 niǔ 女久切(流開三上有泥)
幽部、泥母

一種喬木,也叫檍。俗稱萬歲木、菩提樹。木質堅韌,可作車輞、弓榦等。(風1、雅1)115《唐風·山有樞》二章:"山有栲,隰有杻。"《毛傳》:"杻,檍也。"172《小雅·南山有臺》四章:"南山有栲,北山有杻。"《毛傳》:"杻,檍也。"陸璣《詩義疏》:"杻,檍也。葉似杏而尖,白色,皮正赤,爲木多曲少直,枝葉茂好,二月中葉疏,華如楝而細,蓋正白。蓋此樹今官園種之,正名曰萬歲,既取名於億萬,其葉又好,故種之,共汲山下,人或謂之牛筋,或謂之檍材,可爲弓弩榦也。"陳奐《傳疏》:"檍爲梓屬,其大者也。小者郭(璞)所謂似棣。材可中弓榦,亦中車輞,此言隰杻,當是檍之小者。《南山有臺》篇

'北山有杻',是檍之大者歟?"

狃 niǔ
女久切（流開三上有泥）
女救切（流開三去宥泥）
幽部、泥母

習慣於；習以爲常而不加重視。（風1)78《鄭風·大叔於田》一章："將叔無狃,戒其傷女。"《毛傳》："狃,習也。"一説：重復。《鄭箋》："狃,復也。"孔穎達《正義》引孫炎云：狃,忕,前事復爲也。復亦貫習之意。"陳奂《傳疏》："習、復義相近。"

農（农、辳） nóng
奴冬切（通合一平冬泥）
冬部、泥母

農田；農村。（風1)57《衛風·碩人》三章："碩人敖敖,説于農郊。"《毛傳》："農郊,近郊。"

【農夫】農奴；農民。（風2、雅3、頌1)154《豳風·七月》六章："采荼薪樗,食我農夫。"277《周頌·噫嘻》："率時農夫,播厥百穀。"李黼平《紬義》："《國語》曰：'王耕一墢,班三之,庶人終於千畝。'庶人即農夫。"一説：農官,即田畯。《鄭箋》："又能率是主田之吏農夫,使民耕田而種百穀也。"馬瑞辰《通釋》："《爾雅·釋言》：畯,農夫也。'…畯之言俊,謂長也,夫當讀如大夫之夫。"

【農人】農民；農奴。（雅1)211《小雅·大田》一章："我取其陳,食我農人。"《毛傳》："尊者食新,農夫食陳。"朱熹《集傳》："農人,私百畝而養公田者也。"

濃（浓） nóng
女容切（通合三平鍾泥）
冬部、泥母

【濃濃】露水多的樣子；濃厚的樣子。（雅1)173《小雅·蓼蕭》四章："蓼彼蕭斯,零露濃濃。"《毛傳》："濃濃,厚貌。"《説文·水部》："濃,露多也。《詩》曰:'零露濃濃。'"

襛（袱） nóng
女容切（通合三平鍾泥）
冬部、泥母
而容切（通合三平鍾日）
冬部、日母

繁密茂盛的樣子。（風2)24《召南·何彼襛矣》一章："何彼襛矣,唐棣之華。"《毛傳》："襛,猶戎戎也。"陸德明《釋文》："《韓詩》作茙。"朱熹《集傳》："襛,盛也,猶曰戎戎也。"《玉篇·衣部》："襛,花木盛也。"馬瑞辰《通

釋》："《説文》：'襛,衣厚貌。'又'醲,酒厚也。曰'濃,露之厚也。'《玉篇》：'醲,厚也。'從農者多有厚意,厚與盛義近,戎戎即盛貌也。"王先謙《集疏》："以衣厚擬華之盛也。"

弄 nòng
盧貢切（通合一去送來）
東部、來母

用手把玩。（雅2)189《小雅·斯干》八章："乃生男子,載寢之牀,載衣之裳,載弄之璋。"《鄭箋》："玩以璋者,欲其比德焉。"孔穎達《正義》："衣著之以裳,玩之以璋也。"王夫之《稗疏》："此所云弄者,或三月,或周晬,聊一弄之,若《顔氏家訓》所云'試兒',今俗晬盤、抓周之類,非與之尋常玩弄者。璋、瓦皆重器而脆,易刓毁,豈以授嬰兒者哉？"

帑 nú
乃都切（遇合一平模泥）
魚部、泥母

通"孥"。兒子。（雅1)164《小雅·常棣》八章："宜爾室家,樂爾妻帑。"《毛傳》："帑,子也。"《鄭箋》："族人和則得保樂其家中之大小。"陸德明《釋文》："帑,經典通爲妻孥字,今讀音帑也。"王先謙《集疏》："《齊》説曰：古者謂子孫曰帑。"

怒 nù
乃故切（遇合一去暮泥）
乃古切（遇合一上姥泥）
魚部、泥母

❶發怒；生氣。（風3、雅6、頌1)26《邶風·柏舟》一章："薄言往愬,逢彼之怒。"257《大雅·桑柔》四章："我生不辰,逢天僤怒。"(僤：盛。)❷責；譴責。（雅2)198《小雅·巧言》二章："君子如怒,亂庶遄沮。"《鄭箋》："君子見讒人如怒責之,則此亂庶幾可疾止也。"207《小雅·小明》二章："豈不懷歸,畏此譴怒。"朱熹《集傳》："譴怒,罪責也。"❸勤勉。（雅1)211《小雅·甫田》三章："曾孫不怒,農夫克敏。"曾運乾《毛詩説》："《廣雅》：'怒,勉也。'言曾孫不必勤勉,農夫自能敏於其事也。"一説：責怒。《鄭箋》："禾治而薿薿,成王則無所責怒,謂此農夫能自敏也。"陳奂《傳疏》："言農夫能疾除其田,則曾孫不怒也。不怒者,不待趣其耕耨。"

女

（一）nǚ 尼吕切（遇合三上語泥）
魚部、泥母

❶女子；婦女。（風 30、雅 10）23《召南·野有死麕》一章："有女懷春，吉士誘之。"孔廣森《巵言》："未嫁稱女，未娶稱士，故士皆與女爲對文。"237《大雅·緜》二章："爰及姜女，聿來胥宇。"❷幼小的；柔嫩的。（風 1）154《豳風·七月》三章："取彼斧斨，以伐遠揚，猗彼女桑。"《毛傳》："女桑，荑桑也。"按《爾雅·釋木》："女桑，桋桑。"郭璞注："今俗呼桑樹小而條長者爲女桑。"朱熹《集傳》："女桑，小桑也。"

（二）rǔ ★忍與切（遇合三上語日）
魚部、日母

❸第二人稱代詞。你；你們。（風 22、雅 21、頌 4）85《鄭風·蘀兮》一章："叔兮伯兮，倡予和女。"《列女傳·魯公乘姒》引作"汝"。201《小雅·谷風》一章："將安將樂，女轉棄予。"236《大雅·大明》七章："上帝臨女，無貳爾心。"馬瑞辰《通釋》："女指所誓之衆，非指武王也。"305《商頌·殷武》二章："維女荆楚，居國南鄉。"

【**女蘿**】一種地衣類植物。也叫菟絲子，桑上寄生，多附生在松樹或其他樹的皮上，成絲狀下垂，有許多細而短的側枝。（雅 2）217《小雅·頍弁》一章："蔦與女蘿，施于松柏。"《毛傳》："女蘿，菟絲、松蘿也。"陸德明《釋文》："女蘿，在草曰菟絲，在木曰松蘿。"陸璣《詩義疏》："女蘿，今菟絲，蔓連草上生，黃赤如金，今合藥菟絲子是也。非松蘿。松蘿自蔓，松上生，枝正青，與菟絲殊異。"馬瑞辰《通釋》："陸氏《義疏》及德明並云松蘿與菟絲爲二，而《爾雅》云：'唐蒙，女蘿。'《毛傳》亦以女蘿、菟絲、松蘿爲一。蓋對文則異，散文則相類者不嫌同名耳。"

【**女士**】士女；男女。（雅 1）247《在雅·既醉》八章："其僕維何，釐爾女士。釐爾士女，從以孫子。"《列女傳·涂山氏》引《詩》作"士女"。俞樾《古書疑義舉例》卷一："女士者，士女也。孫子者，子孫也。皆倒文以協韻。"程俊英《注析》："這二句意說，賜與你男女奴隸，直到你的子子孫孫。"一說淑女。《鄭箋》："天既予女以女而有士行者，謂生淑媛使爲之妃。"陳奐《傳疏》："鄭讀女如字。'謂生淑媛之爲之妃'。與《毛詩序》不合，而與《列女傳·母儀篇》引詩義合，蓋鄭用《魯詩》也。屈萬里《詮釋》："女士，即女子，謂妃也。"

【**女曰鷄鳴**】《國風·鄭風》篇名（82）。這首詩用對話的形式寫一對青年夫婦相戒早起和互相愛悦的生活情景，生動逼真，輕鬆愉快。朱熹《集傳》："此詩人述賢夫婦相警戒之詞。"姚際恒《通論》："只是夫婦幃房之詩，然而見此士女之賢矣。"聞一多《類鈔》："《女曰鷄鳴》，樂新婚也。"程俊英《注析》："這是一首新婚夫婦之間的聯句詩。"《詩序》説是"陳古義以刺今"，諷刺"不悦德而好色"的人："《女曰鷄鳴》，刺不説德也。陳古義以刺今不説德而好色也。"王先謙《集疏》："《魯》、《韓》無異義。"三章，十八句。

【**女子**】1）女人。（風 5）39《邶風·泉水》二章："女子有行，遠父母兄弟。"2）女兒；女孩。（雅 2）189《小雅·斯干》九章："乃生女子，載寢之地。"

又見【**士女**】【**織女**】。參"市"。

虐

nüè 魚約切（宕開三入藥疑）
藥部、疑母

❶殘暴。（雅 6）192《小雅·正月》十一章："憂心慘慘，念國之爲虐。"253《大雅·民勞》一章："式遏寇虐，憯不畏明。"俞樾《平議》卷十一："言爲寇虐者必遏止之，不以其高明而畏之也。"❷災害；禍害。（雅 1）258《大雅·雲漢》五章："旱魃爲虐，如惔如焚。"孔穎達《正義》："旱魃之神爲此虐害，旱更益甚也。"❸降災；肆虐。（雅 1）254《大雅·板》四章："天之方虐，無然謔謔。"《鄭箋》："今之方爲酷虐之政。"❹以言語傷人。（風 1）55《衛風·淇奧》三章："善戲謔兮，不爲虐兮。"王先謙《集疏》："虐，殘也。從卢，虎足反爪人也。此虐本義。虐承戲謔言，則言不傷人亦是不爲虐，此引申義。"一說劇甚；過分。馬瑞辰《通釋》："虐之言劇，謂甚也。"❺通"謔"。開玩笑。（雅 1）256《大雅·抑》十一章："匪用爲教，覆用爲虐。"馬瑞辰《通釋》："虐之言謔也。…詩蓋言不用

那 nuó　諾何切（果開一平歌泥）
　　　歌部、泥母

❶多。（雅1、頌1）215《小雅·桑扈》三章："不戢不難，受福不那。"《毛傳》："那，多也。不多，多也。"馬瑞辰《通釋》："不爲語詞，受福不那，猶之降福孔多。"《説文·鬼部》"魋"下引《詩》作"受福不魋"。301《商頌·那》："猗與那與，置我鞀鼓。"《毛傳》："那，多也。"陳奂《傳疏》："云多者，美嘆成湯多武功以定天下也。"一説：美盛的樣子。馬瑞辰《通釋》："猗、那二字叠韻，皆美盛之貌。通作猗儺、阿難。草木之美盛曰猗儺，樂之美盛曰猗那，其義一也。"❷安閑；安舒。（雅1）221《小雅·魚藻》三章："王在在鎬，有那其居。"《鄭箋》："那，安貌。天下平安，王無四方之虞，故其居處那然安也。"朱熹《集傳》："那，安；居，處也。"陸德明《釋文》："那，乃多反。鄭：安貌。王：多也。"

[那]《商頌》篇名（301）。這是祭祀商先祖成湯的樂歌。詩中側重描寫演奏音樂的盛況。《詩序》："《那》，祀成湯也。微子至於戴公，其間禮樂廢壞，有正考甫者，得《商頌》十二篇於周之大師，以《那》爲首。"這是根據《國語·魯語》，以爲《那》是保存於周大師的商代作品。詩中"烈祖"指湯，"湯孫"指太甲。三家《詩》以爲《商頌》都是春秋宋國的作品，爲正考甫所作。詩中"湯孫"指主祭的宋君，即宋襄公。"烈祖"應讀作"列祖"，指商朝歷代祖先。魏源《詩古微·詩序集義》："《那》，美襄公祀成湯也。周人尚臭，殷人尚聲。'嘉客'，謂附庸助祭之國。兩言'湯孫'，皆謂襄公也。"一章，二十二句。

儺（傩） nuó　諾何切（果開一平歌泥）
　　　歌部、泥母

行動有節奏；婀娜多姿。（風1）59《衛風·竹竿》三章："巧笑之瑳，佩玉之儺。"《毛傳》："儺，行有節度。"嚴粲《詩緝》："儺，腰身裹儺也。"又見【猗儺】。參"那"。

諾（诺） nuò　奴各切（宕開一入鐸泥）
　　　鐸部、泥母

答應；同意。（頌1）300《商頌·閟宫》七章："莫敢不諾，魯侯是若。"《鄭箋》："諾，應辭也。"段玉裁《小箋》："諾從若聲，故其義同若。"

O

樞(枢)
ōu ★烏侯切（流開一平侯影）
　　　　侯部、影母
shū 昌朱切（遇合三平虞昌）
　　　　侯部、穿母

落葉喬木。榆樹的一種，也叫刺榆。（風 1）115《唐風・山有樞》一章："山有樞，隰有榆。"《毛傳》："樞，荎（chí）也。"陸德明《釋文》："樞，本或作蓲，烏侯反，荎也。"陸璣《詩義疏》："樞，其針刺如柘，其葉如榆，瀹爲茹，美滑于白榆。"孔穎達《正義》引《爾雅》郭璞注："今之刺榆也。"王先謙《集疏》："樞即刺榆，榆即大榆。白榆謂之枌。樞、枌皆榆之種類耳。"朱熹《集傳》："樞，烏侯、昌朱二反。"漢石經《魯詩》殘碑作"蓲"。

蓲(苁)
ōu 烏侯切（流開一平侯影）
　　　侯部、影母

刺榆。見"樞"。

耦
ǒu 五口切（流開一上厚疑）
　　　侯部、疑母

兩人並肩用犁耕作。（頌 2）277《周頌・噫嘻》："亦服爾耕，十千維耦。"《鄭箋》："耜廣五寸，二耜爲耦。"朱熹《集傳》："耦，二人並耕也。"方玉潤《原始》："言'十千維耦'者，萬衆齊心合作也。"

偶
ǒu 五口切（流開一上厚疑）
　　　侯部、疑母

匹偶。見"隅"。

漚(沤)
òu 烏侯切（流開一去候影）
　　　侯部、影母

長時間地浸泡。（風 3）139《陳風・東門之池》一章："東門之池，可以漚麻。"《毛傳》："漚，柔也。"孔穎達《正義》："漚是漸漬之名，此云'漚，柔'者，謂漸漬使之柔韌也。"朱熹《集傳》："漚，漬也。治麻者必先以水漬之。"

P

潘 pān 普官切（山合一平桓滂）
　　　寒部、滂母
姓。見"番"。

般 pān 薄官切（山合一平桓並）
　　　寒部、並母
〖般〗《周頌》篇名(296)。周武王巡狩四方，祭祀山嶽河海，天下歸服，心中喜樂。爲周代《大武》樂歌第四章。《詩序》："《般》，巡狩而祀四嶽河海也。般，樂也。"蔡邕《獨斷》："《般》，巡狩禮四嶽河海之所歌也。"孔穎達《正義》："般，樂也，爲天下所美樂。"這大概是篇名爲《般》的道理。或以爲"般"當訓"大"。俞樾《經說》卷四："《方言》曰：'般，大也。'《詩》云：'敷天之下，裒時之對，時周之命。'可謂大矣。或取此義耶？"或以爲《般》者，以地名篇。周悦讓《倦遊庵槧記‧毛詩》："九河之次，自北而南。是鉤般者，南次第二河也。本經以《般》名篇，蓋祭河於此所作。當日之同爲逆河，在般縣地，縣即從鉤般得名。……本經'翕河'，《時邁》'及河'，皆謂導河也。二篇皆巡守事。彼言百神，則河嶽爲兼及，此則專爲祭河嶽言之也。"胡承珙《後箋》："《時邁》以柴（祭天）爲重，望秩山川不過連而及之耳。《般》則絕不及柴燎，維祀山川而已，此其所以不同。"陳奐《傳疏》："《般》、《時邁》皆巡守之詩。《時邁》告祭天，《般》則望祀山川也。"現代學者或以爲此詩叙寫武王服南國後大一統的局面，或以爲此亦武王克商，祭先祖，告一統之詩，與巡守無涉。一章，七句。

槃 pán 薄官切（山合一平桓並）
　　　寒部、並母

通"般"。游樂；快樂。（風 3）56《衛風‧考槃》一章："考槃在澗，碩人之寬。"《毛傳》："考，成；槃，樂也。"《鄭箋》："有窮處成樂在於此澗者。"孔穎達《正義》引王肅曰："窮處山澗之間，而能成其樂。"馬瑞辰《通釋》："槃與般同。《爾雅‧釋詁》：'般，樂也。'槃、般皆昪之借。"《漢書‧叙傳》顏師古注引《詩》作"盤"。陳奐《傳疏》："疑古本作般，後人加木、加皿耳。一說：盤桓；徘徊。朱熹《集傳》："考，成也。槃，盤桓之意，言成其隱處之室也。"又一說：盤子。朱熹《集傳》引陳氏說："考，扣也。盤，器名，蓋扣之以節歌，如鼓盆拊缶之爲樂也。"又一說：木屋。姚際恒《通論》："槃，疑是架木爲屋之名；或以其依山水盤結者，故名之歟。……'在澗'云云者，正謂或依澗谷，或在平原架屋以處之意耳。"

盤(盘) pán 薄官切（山合一平桓並）
　　　寒部、並母
快樂，盤桓。見"槃"。

伴 pàn 薄半切（山合一去換並）
　　　寒部、並母
★普半切（山合一去換滂）
　　　寒部、滂母
【伴奐】廣大而有文采。（雅 1）252《大雅‧卷阿》二章："伴奐爾游矣，優游爾休矣。"《毛傳》："伴奐，廣大有文章也。"清汪龍《異義》："廣大有文章，爾王可得游娛矣；雍容而自得，爾王可得休息矣。廣大有文章，言規模制度宏遠明備，故天下底定，而王得享太平，所謂'爾游'也。"一說：悠閑；往來自得。《鄭箋》："伴奐，自縱弛之意也。"孔穎達《正義》："伴奐之言，與優游相類。"朱熹

《集傳》：'伴奐，優游、閑暇之意。'俞樾《古書疑義舉例》卷三：'畔援也，伴奐也，一而已矣。畔援爲不美之辭，而伴奐爲美之辭，美惡不嫌同辭也。'黃焯《詩疏平議》：'鄭云縱馳，非放縱懈弛之謂，意謂王寬舒不操切也。'郭晉稀《蠡測》：'伴奐、盤桓、徘徊、徬徨、皆叠韻聯綿詞，上字並母，下字匣母，一詞之轉也。'參"畔"。

判 pàn 普半切（山合一去換滂）
寒部、滂母

【判渙】大；發揚光大。（頌1）287《周頌·訪落》：'將予就之，繼猶判渙。'馬瑞辰《通釋》：'判渙，叠韻字，當讀與《卷阿》詩'伴奐爾游矣'同。伴奐皆大也。…'繼猶判渙'，言當謀其大也。'馬持盈《今注今譯》：'判渙，大也，發揚光大也。繼續先王之功業，並發揚而光大之。'一說：分散。《毛傳》：'判，分；渙，散也。'孔穎達《正義》引王肅注：'將予就繼先人之道業，乃分散而去，言己才不能繼。'朱熹《集傳》：'所以繼之者，猶恐其判渙而不合也。'陳奐《傳疏》：'判渙，叠韻連綿字，判從半聲，故云分也。'又一說：徬徨；徘徊。吳小如《三百篇臆札》：'玩詩意，'繼猶判渙'固可釋爲乃圖徜徉玩樂，然以上下文貫穿讀之，則釋爲徬徨、徘徊以示猶豫遲疑，似尤確切。'又一説：優游、閑暇。朱彬《經傳考證》：'"判渙"即'伴奐'，伴奐、優游叠韻…猶言且欲從之以徐圖優游休息之道，亦非自縱馳之意也。'又一説：跋扈。郭晉稀《蠡測》：'判渙即跋扈之轉語。謂彼遺民與管、蔡乃更跋扈也。'

泮 pàn 普半切（山合一去換滂）
寒部、滂母

❶散；融化。（風1）34《邶風·匏有苦葉》三章：'士如歸妻，迨冰未泮。'《毛傳》：'泮，散也。'《鄭箋》：'冰未散，正月中以前也。二月可以昏矣。'馬瑞辰《通釋》：'泮即判之假借。'王先謙《集疏》引董仲舒説：'古之人霜降而迎女，冰泮而殺止。'牟庭《詩切》：'日中以後凍釋泥塗，行人苦濘，故行昏禮者欲及旦且始出，冰凍未解而早自行也。此避小不便而得大無禮者也。'班固《白虎通·嫁娶》引《詩》作'迨冰未判'。一説：通"胖"。合。聞一多《通義》：'泮當訓合，謂歸妻者宜及河冰未合以前也。古者本以春秋爲嫁娶之正時，此曰'迨冰未泮'，乃就秋言之。'❷通"畔"。邊。（風1）58《衛風·氓》六章：'淇則有岸，隰則有泮。'《毛傳》：'泮，陂也。'《鄭箋》：'泮，讀爲畔。畔，涯也。'陳喬樅《改字説》：'泮，學宮名，古與畔通。毛本古文，故畔作泮；《箋》讀爲畔，從今文也。'王先謙《集疏》：'言淇水之盛，尚有岸以爲障，原隰之遠，尚有畔以爲域，今復關之心略無拘束，蓋淇隰之不足喻矣。'❸泮宮的省稱。（頌5）299《魯頌·泮水》三章：'魯侯戾止，在泮飲酒。'孔穎達《正義》：'魯侯來至，在泮水之宮，與群臣飲酒。'

【泮宮】周代諸侯舉行宴會或射禮的宮殿，也是培養貴族子弟的學校。泮宮東西兩門，南有水池，北面築牆。泮就是半，因爲一半有水，所以稱泮宮。（頌1）299《魯頌·泮水》五章：'既作泮宮，淮夷攸服。'《毛傳》：'天子辟廱，諸侯泮宮。'陸德明《釋文》：'頖，音判，本多作泮。泮宮，諸侯之學也。泮，半也，半有水半無水也。鄭注《禮記》云：'頖，班也，所以班政教。''一説：魯國泮邊的宮殿。酈道元《水經注·泗水》：'魯共王殿之東南，即泮宮也。'姚際桓《通論》：'泮宮，宋戴仲培、明楊用修皆以爲泮水之宮，非學宮，其説誠然。…自《王制》以爲諸侯之學宮，此漢儒之説，未可信也。…《詩》曰'泮水'，又曰'泮宮'，言泮水者水名也，言泮宮者泮水之宮也，文義自明。'戴震《考證》：'魯有泮水，作宮其上。故他國絕不聞有泮宮，獨魯有之。泮宮也者，其魯人於此祀后稷乎？'

【泮水】古時學宮前的水池，形如半月。（頌3）299《魯頌·泮水》一章：'思樂泮水，薄采其芹。'《毛傳》：'泮水，泮宮之水也。'《鄭箋》：'泮之言半也。半水者，蓋東西門以南通水，北無也。'陸德明《釋文》：'頖，音判，本多作泮。'酈道元《水經注·泗水》：'〔靈光〕殿之東南即泮宮也。在高門直北道西。宮中有臺，高八十尺。臺南水，東西一百步，南北六十步。臺西水，南北四百步，東西六十步。臺池咸結石爲之，《詩》所謂'思樂泮水'也。"一説：魯國水名，出曲阜縣城；西流至兗州入泗水。戴震《考證》："泮水出曲阜縣治西，流至兗州府城東入泗。《通典》云：'兗州泗水縣有泮水'是也。"

〖泮水〗《魯頌》篇名(299)。這是一首歌頌魯僖公征服淮夷，在泮宮慶功祝捷，宴會賓客的詩。詩中贊揚僖公能繼承先祖的事業，重視教化，整修泮宮，征服淮夷，軍事上政治上都取得重大勝利。《詩序》："《泮水》，頌僖公能修泮宮也。"《鄭箋》："言民思往泮水，見僖公。至於克淮夷，惡人感化，皆脩泮宮所致。故《序》言能脩泮宮以總之。"朱熹《集傳》："此飲於泮宮而頌禱之辭也。"江永《群經補義》卷一："泮者，魯之水名。作宮其上，故曰泮宮。宮成，而僖公飲酒，魯人遂大爲鋪張揚厲之辭。克淮夷，獻馘獻囚，淮夷寔琛，皆無其事，誇張虛美。…漢文帝使博士作《王制》，謂天子學曰辟雍，諸侯之學曰判宮。釋者謂辟雍之制，水旋邱如璧，諸侯半之。一説：這是歌頌伯禽的詩。羅璧《羅氏識遺》卷五："鄉先達魯寶漳嘗言：《泮水》非頌僖公詩。其中多言伐淮夷，稽之《書》，伯禽嘗伐淮夷徐戎。《小序》曰頌僖公，亦誤矣。又考《閟宮》詩，其曰魯侯者指伯禽，曰魯公者指僖公。《泮水》曰魯侯，只當爲頌伯禽詩。"按《禮記·王制》："出征，執有罪反。釋奠於學，以訊馘告。"鄭玄注："釋菜奠幣，禮先師也。"惠周惕《詩説》："此詩始終言魯侯在泮宮事，是克淮夷之後，釋菜而儐賓也。釋奠釋菜，祭之略者也。釋奠釋菜不舞，詩言不及樂，故知爲釋菜也。"吳闓生《會通》："劉氏瑾曰：《春秋》不書常事，作泮宮固宜無所見。至克淮夷雖亦不著，而僖十三年嘗從齊桓公於咸，爲淮夷之病杞；十六年從齊桓會於淮，爲淮夷之病鄫。但詩言不無過實，要當爲頌禱之溢辭也。"八章，六十四句。

畔 pàn 薄半切（山合一去換並）
寒部、並母

【畔援】強橫跋扈。(雅 1)241《大雅·皇矣》五章："帝謂文王，無然畔援，無然歆羨。"《鄭箋》："畔援，猶拔扈也。無此如拔扈者，妄出兵也。"孔穎達《正義》："拔扈，兇橫自恣之貌。漢質帝謂梁冀爲拔扈將軍，是古今之通語也。"陸德明《釋文》引《韓詩》："畔援，武強也。"《漢書·叙傳》顏師古注引作"畔換"，《玉篇·人部》引作"伴換"。一説：徘徊；倘佯玩樂。吳闓生《會通》："畔援，見屈原《九章》，乃徘徊不進之意。"葛毅卿《釋判渙》："今謂畔援者，倘佯玩樂之意。畔援與歆羨對文互足。"又一説：畔離攀援。《毛傳》："無是畔道，無是援取。"朱熹《集傳》："畔，離畔也；援，攀援也。言舍此而取彼也。"

頖 pàn 普半切（山合一去換滂）
寒部、滂母

頖宮，同"泮宮"。見"泮"。

盼 pàn 匹莧二去襇滂）
文部、滂母

眼睛黑白分明。(風 1)57《衛風·碩人》二章："巧笑倩兮，美目盼兮。"《毛傳》："盼，白黑分。"《一切經音義》卷八引《説文》："盼，白黑分也。"馬瑞辰《通釋》："盼從分聲，兼從分會意，白黑分謂之盼，猶文質備謂之份(bīn)也。"一説：眼睛動的樣子。《論語·八佾》引《詩》"美目盼兮"，馬融注："盼，動目貌。"皇侃疏："目美而貌盼盼然也。"姚際恒《通論》："千古頌美人者無出其右，是爲絕唱。"又一説：黑色。陸德明《釋文》："盼，敷莧切。白黑分也。《韓詩》云：黑色也。《字林》云：美目也。"陳喬樅《韓詩考》："白黑分則矑之黑色益顯，故《韓》以黑色言之。"十三經注疏本、相臺本、小字本、明監本並作"盼"，阮元《校刊記》："唐石經初作盼，毛本同，案盼字是也。"段玉裁《説文注》："盼、眄、盻三字形近，多互譌，不可不正。"今依磨石經、朱熹《詩集傳》作"盼"。

滂 pāng 普郎切（宕開一平唐滂）
陽部、滂母

【滂沱】1)雨下得很大。(雅 1)232《小雅·漸漸之石》三章："月離于畢，俾滂沱矣。"陳奐《傳疏》："《詩考》引《史記》作'滂池'。…大雨沛然下垂，積水成陂，是謂滂池。2)涕泪交流的樣子。(風 1)145《陳風·澤陂》一章："寤寐無爲，涕泗滂沱。"孔穎達《正義》："目涕鼻泗，一時俱下，滂沱然也。參"雱"。

雱(滂) pāng 普郎切(宕開一平唐滂) 陽部、滂母

雪盛的樣子。(風1)41《邶風·北風》一章:"北風其涼,雨雪其雱。"《毛傳》:"雱,盛貌。"《太平御覽》卷三十四引《詩》作"滂"。《穆天子傳》郭璞注、《廣韻·遇韻》、《藝文類聚》卷二都引《詩》作"雱"。

庖 páo 薄交切(效開二平肴並) 幽部、並母

厨房。見【大庖】。

咆 páo 薄交切(效開二平肴並) 幽部、並母

咆哮。見"炰"。

炮 páo 薄交切(效開二平肴並) 幽部、並母

把帶毛的肉塗上泥放在火里煨熟。(雅2)231《小雅·瓠葉》二章:"有兔斯首,炮之燔之。"《毛傳》:"毛曰炮,加火曰燔。"陸德明《釋文》:"炮,本作炰,白交反。"《禮記·內則》:"炮,取豚若將,刲之刳之,實棗於其腹中,編萑以苴之,塗之以堇塗,塗皆乾,擘之,濯手以摩,去其皽(皮上薄膜)。"吳闓生《會通》:"炮者,裹燒之;燔者,加之於火上也。"《禮記·禮運》"以炮"鄭玄注:"裹燒之也。"

炰 páo 薄交切(效開二平肴並) 幽部、並母

蒸;煮。(雅2)177《小雅·六月》六章:"飲御諸友,炰鱉膾鯉。"嚴粲《詩緝》:"今云炰鱉,謂火熟之也。"261《大雅·韓奕》三章:"其殽維何,炰鱉鮮魚。"《鄭箋》:"炰鱉,以火熟之也。"孔穎達《正義》:"炰鱉者,音皆作炰,然則炰與炮,以火熟之,謂蒸煮之也。"段玉裁《經韻樓集·炮炰異字說》:"蓋炮必連毛,故《閟宮》曰:'毛炮。'《傳》曰:'毛炮豚也。'今《詩·閟宮》作'炰',乃誤字也。'炰'乃蒸煮之名,異文作炰。"又見【毛炰】。【炰烋】同"咆哮"。猛獸怒吼,比喻人暴怒叫喊。(雅1)255《大雅·蕩》四章:"女炰烋于中國,斂怨以為德。"《毛傳》:"炰烋,猶彭亨也。"《鄭箋》:"炰烋,自矜氣健之貌。"《文選·左太冲·魏都賦》:"吞滅咆烋"劉淵林注:"咆烋,猶咆哮也。"徐鍇《說文系傳》引《詩》作"咆哮"。胡承珙《後箋》:"彭亨者,炰烋之轉,以今語釋古語耳。"

袍 páo 薄褒切(效開一平豪並) 幽部、並母

有夾層,中間著絮的長衣。行軍者日以當衣,夜以當被,相當於現代的披風或斗篷。(風1)133《秦風·無衣》一章:"豈曰無衣,與子同袍。"《毛傳》:"袍,襺(jiǎn)也。"孔穎達《正義》:"純著新緜名為襺,雜用舊絮名為袍。雖container有異名,其制度是一,故云:袍,襺也。"馬瑞辰《通釋》:"《玉篇》:'袍,長襦也。'是包於外而長者為袍,衣於內而短者為澤,此詩用袍,正當從《玉篇》長襦之訓也。"

匏 páo 薄交切(效開二平肴並) 幽部、並母

❶植物名,即葫蘆。果實大腹,老後可做容器,古人把它系在腰間作為渡水的工具,叫做腰舟。(風1)34《邶風·匏有苦葉》一章:"匏有苦葉,濟有深涉。"《毛傳》:"匏謂之瓠,匏葉苦,不可食也。"孔穎達《正義》引陸璣《詩義疏》:"匏葉少時可為羹,又可淹煮,極美,故《詩》曰:'幡幡瓠葉,采之烹之。'今河南及揚州人恒食之。八月中堅強不可食,故云苦葉。瓠、匏一也。"陳奐《傳疏》:"匏與瓠,渾言不別。析言之,則有異。…匏,瓠之堅強者也;瓠,匏之始生者也;瓠其大名也。"《國語·魯語》韋昭注:"佩匏可以渡水也。"朱熹《集傳》:"匏,瓠也。匏之苦者不可食,特可佩以渡水而已。然今尚有葉,則亦未可用之時也。"聞一多《通義》:"古人早已知道抱着葫蘆浮水,能使身體容易漂起來,所以葫蘆是他們常備的浮水工具,而有腰舟之稱。葉子枯了,葫蘆也干了,可以摘來作腰舟用了。"❷用葫蘆做的瓢。(雅1)250《大雅·公劉》四章:"酌之用匏。"《鄭箋》:"酌酒,以匏為爵。"陳奐《傳疏》:"蓋一匏離為二,酌酒於其中,是曰匏爵,亦謂之匏。"

【匏有苦葉】《國風·邶風》篇名(34),這是一首等候人的詩,主人公是一位女性。聞一多《類抄》:"《匏有苦葉》,候歸人也。"屈萬里《詮釋》:"此咏婚嫁者之詩。"陳子展《直解》:"《匏有苦葉》,顯為女求男之作。"余冠英

《選譯》："一個女子清早在濟水邊上徘徊，盼望住在河那邊的未婚夫，擔心他誤了婚期。"《詩序》以爲刺衛宣公的詩："《匏有苦葉》，刺衛宣公也。公與夫人並爲淫亂。"朱熹《集傳》也說："此刺淫亂之詩，言匏未可用，而渡處方深，行者當量其深淺而後可渡，以比男女之際，亦當量度禮義而行也。"四章，十六句。

陪 péi　薄回切（蟹合一平灰並）
　　之部、並母
輔佐。指輔佐大臣。（雅 1）255《大雅‧蕩》四章："爾德不明，以無陪無聊。"《毛傳》："無陪無聊，無陪貳也。無卿士也。"朱熹《集傳》："陪，貳也。言前後左右公卿之臣，皆不稱其官，如無人也。"陳奐《傳疏》："陪貳者，謂三公也。"屈萬里《詮釋》："陪，副也。卿，卿士也。皆大臣也。"陸德明《釋文》："陪，本又作培，貳也。"

培 péi　薄回切（蟹合一平灰並）
　　之部、並母
輔佐。見"陪"。

佩 pèi　蒲昧切（蟹合一去隊並）
　　之部、並母
❶佩玉。（風 1）91《鄭風‧子衿》二章："青青之佩，悠悠我思。"《毛專》："青青子佩。"《太平御覽》卷六百九十二引作"青青子珮"。❷佩帶；挂。（風 7）60《衛風‧芄蘭》一章："芄蘭之支，童子佩觿。"陸德明《釋文》："佩，或作玉旁。"107《魏風‧葛屨》二章："宛然左辟，佩其象揥。"孔穎達《正義》："又佩其象骨之揥。"

【佩玉】古代系在衣帶上作裝飾用的玉。也叫玉佩。（風 4）59《衛風‧竹竿》三章："巧笑之瑳，佩玉之儺。"《太平御覽》卷九十二引《詩》作"珮玉"。83《鄭風‧有女同車》二章："將翱將翔，佩玉將將。"

【珮玖】古代一種作佩飾用的黑色美石。（風 1）74《王風‧丘中有麻》三章："彼留之子，貽我佩玖。"《毛傳》："玖，石次玉者。"陸德明《釋文》："玖，石之次玉黑色者。"朱熹《集傳》："貽我佩玖，冀其有以贈己也。"

【佩璲】古代一種作佩飾用的瑞玉。（雅 1）203《小雅‧大東》五章："鞙鞙佩璲，不以

長。"《毛傳》："璲，瑞也。"《鄭箋》："佩璲者，以瑞玉爲佩。"朱熹《集傳》："東人或與之以鞙然之佩，而西人曾不以爲長。"王先謙《集疏》："《齊》、《韓》佩作珮。"

又見【玉佩】、【雜佩】。

珮 pèi　蒲昧切（蟹合一去隊並）
　　之部、並母
佩玉。見"佩"。

沛 pèi　普蓋切（蟹開一去泰滂）
　　月部、滂母
顛沛：跌倒；倒下。見"顛"。

怖 pèi　普蓋切（蟹開一去泰滂）
　　月部、滂母
恨怒。見"邁"。

旆（斾） pèi　蒲蓋切（蟹開一去泰並）
　　月部、並母
❶古代旗邊下垂的裝飾品。泛指旌旗。（雅 1）177《大雅‧六月》四章："織文鳥章，白旆央央。"《毛傳》："白旆，繼旐者也。"陸德明《釋文》作"白茷"，云："本又作旆。繼旐曰茷。"《爾雅‧釋天》："繼旐曰旆。"孔穎達《正義》："茷與旆，古今字也。"❷通"發"。發兵；起兵征伐。（頌 1）304《商頌‧長發》六章："武王載旆，有虔秉鉞。"《荀子‧議兵》、《韓詩外傳》卷三並引作"載發"。《説文‧土部》："坺，治也。"引《詩》作"載坺"。徐鍇《繫傳》："今《詩》作'伐'字。"王引之《述聞》卷七："發，正字也。旆、坺皆借字也。發，謂起師伐桀也。"俞樾《平議》卷十一："載者始也，《書》言湯始征，《詩》言武王載伐，其義一也。"一説：旗幟。《毛傳》："旆，旗也。"朱熹《集傳》："言湯既受命，載旆秉鉞，以征不義。"

【旆旆】旌旗。（雅 1）179《小雅‧車攻》七章："蕭蕭馬鳴，悠悠旆旆。"

【旆旆】1）旗幟飄揚的樣子。（雅 1）168《小雅‧出車》二章："彼旟旐斯，胡不旆旆。"朱熹《集傳》："旆旆，飛揚之貌。"一説：旌旗下垂的樣子。《毛傳》："旆旆，旒垂貌。" 2）枝葉茂盛的樣子。（雅 1）245《大雅‧生民》四章："蓺之荏菽，荏菽旆旆。"《毛傳》："旆旆然長也。"朱熹《集傳》："旆旆，枝旒揚起也。"一本作"芾芾"。

茷 pèi ★蒲蓋切（蟹開一去泰並）
月部、並母

【茷茷】通"旆旆"。旗幟飄揚的樣子。（頌1)299《魯頌·泮水》一章："其旂茷茷，鸞聲噦噦。"陸德明《釋文》作"伐伐"云："言有法度。本又作茷。"朱熹《集傳》："茷茷，飛揚也。"陳奐《傳疏》："茷茷，讀爲'胡不旆旆'之旆。"一説：旌旗下垂的樣子。馬瑞辰《通釋》："茷、旆古同聲通用。…《説文》：'旆，繼旐之旗旆然而垂也。'旆旆正旗垂之貌。"參"旆"。

配 pèi 滂佩切（蟹合一去隊滂）
物部、滂母

❶匹配；配合。（雅5、頌1)235《大雅·文王》六章："殷之未喪師，克配上帝。"243《大雅·下武》一章："三后在天，王配于京。"陳奐《傳疏》："王配于京，言武王配天命更光大也。"275《周頌·思文》："思文后稷，克配彼天。"朱熹《集傳》："言后稷之德，真可配天。"❷通"妃"。配偶。（雅1)241《大雅·皇矣》二章："天立厥配，受命既固。"《毛傳》："配，媲也。"《鄭箋》："天既顧文王，又爲之生賢妃，謂太姒也。"陸德明《釋文》："配，本亦作妃。"朱熹《集傳》："配，賢妃也，謂太姜。"一説：指與天相配（之君）。馬瑞辰《通釋》："古以受天命爲天子爲配天。…'天立厥配'，宜指文王配天而言。"胡承珙《後箋》："毛讀配和妃，故爲媲。…妃之爲媲，不必定謂男女配偶，毛訓配爲媲，正當爲配天之義。"劉師培《札記》："'天立厥配'，謂天立與天配德之人，即明君也。"

轡（轡） pèi 兵媚切（止開三去至幫）
質部、幫母

駕馭牲口用的繮繩。（風5、雅6、頌1)38《邶風·擊鼓》一章："有力如虎，執轡如組。"朱熹《集傳》："轡，今之韁也。"127《秦風·駟驖》一章："駟驖孔阜，六轡在手。"《鄭箋》："四馬六轡。六轡在手，馬之良也。"嚴粲《詩緝》："此謂把握其轡，能制馬之遲速，惟手之是聽。"163《小雅·皇皇者華》三章："我馬維駒，六轡如絲。"《淮南子·脩務》高誘注："六轡四馬如絲，言調勻也。"《説文·絲部》："轡，馬轡也。引《詩》'六轡如絲'。"

亨 pēng 撫庚切（梗開二平庚滂）
陽部、滂母

"烹"本字。燒煮（食物）。（風2、雅2)149《檜風·匪風》三章："誰能亨魚，溉之釜鬵。"陸德明《釋文》："亨，普蒸反，煮也。"屈萬里《詮釋》："亨，同烹。古者言治國每以烹魚爲喻。《老子》'治大國若烹小鮮'是也。"聞一多《類鈔》："烹魚，廋語，大概是娶妻。"漢石經作"孰能亨魚"。154《豳風·七月》六章："七月亨葵及菽。"《藝文類聚》卷八十二、《太平御覽》卷八百四十一均引作"烹"。209《小雅·楚茨》二章："或剥或亨，或肆或將。"《毛傳》："亨，飪之也。"《鄭箋》："有煮熟之者。"孔穎達《正義》："或亨煮之者。"《集韻·庚韻》："烹，煮也，或作亨。"

烹 pēng ★披庚切（梗開二平庚滂）
陽部、滂母

燒煮（食物）。見"亨"。

芇 pēng 《釋文》普耕反（梗開二平耕滂）
耕部、滂母

使。（雅1)257《大雅·桑柔》六章："民有肅心，芇云不逮。"《毛傳》："芇，使也。"朱熹《集傳》："芇，使也。蘇氏曰：雖有欲進之心，皆使之曰：'世亂矣，非吾所能及也。'"王念孫《廣雅疏證》卷一上："芇云不逮，言使有不逮也。"戴震《考證》："有進心而使之不敢前，所謂如遡風而行，不能喘息也。"【芇蜂】同"甹夆"。牽引；拉；使。（頌1)289《周頌·小毖》："莫予芇蜂，自求辛螫。"《毛傳》："芇蜂，摩(掣)曳也。"孔穎達《正義》引孫炎曰："謂相掣曳入於惡也。"陳奐《傳疏》："今俗所謂拉曳是也。"《爾雅·釋訓》："甹夆，掣曳也。"郭璞注："謂牽挽。"胡承珙《後箋》："《頌》之'芇蜂'與《雅》之'芇'同義。摩曳者，謂牽引而使之也。言往日之事無有摩曳使我爲之者，乃我自求辛螫之爲耳。"馬瑞辰《通釋》："《釋文》引孫炎曰：'謂相掣曳入於惡也。'是謂芇蜂爲牽引之爲不善。"一説：碰觸蜂類。讓蜂蜇。朱熹《集傳》："芇，使也。蜂，小物而有毒…芇蜂而得辛螫。"高亨《今注》："芇，借爲抨，擊也。'莫予芇蜂'，即予莫芇蜂。"又一説：屏藩輔助，于省吾《新證》："芇蜂，應讀作屏旁，屏旁應訓作屏藩輔助。…莫予屏旁,自求辛螫,這是說,予沒有屏藩輔助,乃自尋辛苦耳。"郭晉稀《蠡測》:"《海外西經》有并封,獸名,前後有首。《大荒西經》作屏蓬,左右有首,亦互相茀曳,牽引之意。引申則互相協助、左右扶持之義。"

芃 péng 薄紅切（通合一平東並）
房戎切（通合三平東奉）
冬部、並母

獸毛蓬鬆的樣子。《雅 1）234《小雅・何草不黃》四章:"有芃者狐,率彼幽草。"《毛傳》:"芃,小獸貌。"朱熹《集傳》:"芃,尾長貌。"馬瑞辰《通釋》:"芃本衆草叢蔟之貌,狐毛之叢雜似之,故曰'有芃者狐'。又芃、蓬音同。…芃猶蓬也,蓋狐尾蓬叢之貌。"一說:"芃"當作"犰(qiú)"。禽獸窖穴中的墊草。周悦讓《倦遊庵槧記・毛詩》:"《淮南・原道訓》:'禽獸有芃。'注:'蓐也。'…本經'芃'宜作'犰'。言狐狸率草而處芃,人行道而將車,不如狐之安其居也。"

【芃芃】草木茂盛的樣子。（風 2、雅 2）54《鄘風・載馳》四章:"我行其野,芃芃其麥。"《毛傳》:"麥芃芃然方盛長。"朱熹《集傳》:"芃芃,麥盛長貌。"238《大雅・棫樸》一章:"芃芃棫樸,薪之槱之。"《毛傳》:"芃芃,木盛貌。"(樸:堆積柴薪點火燃燒。)153《曹風・下泉》三章:"芃芃黍苗,陰雨膏之。"《毛傳》:"芃芃,美貌。"孔穎達《正義》:"芃芃然盛者,黍之苗也。"《說文・艸部》:"芃,草盛也。"引《詩》"芃芃黍苗"。

朋 péng 步崩切（曾開一平登並）
蒸部、並母

❶朋友；伴侶。（雅 2、頌 1）164《小雅・常棣》三章:"每有良朋,況也永歎。"300《魯頌・閟宮》四章:"三壽作朋,如岡如陵。"郭沫若《兩周金文辭大系圖錄考釋》:"參壽即《魯頌・閟宮》'三壽作朋'之三壽。…謂壽如參星之高之比。"❷比；倫比。（風 1）117《唐風・椒聊》一章:"彼其之子,碩大無朋。"《毛傳》:"朋,比也。"陳奐《傳疏》:"朋訓比者,比爲比方之比。"一說:結黨營私。《鄭箋》:"無朋,平均不朋黨。"孔穎達《正義》:"謂桓叔其人形貌盛壯,德美廣大,無朋黨

阿比之惡行也。"❸貨幣單位。上古以貝殼爲貨幣,五貝爲一朋。一說:五貝爲一串,兩串爲一朋。（雅 1）176《小雅・菁菁者莪》三章:"既見君子,錫我百朋。"《鄭箋》:"古者貨貝,五貝爲朋。錫我百朋,得禄多,言得意也。"孔穎達《正義》:"五貝者,《漢書・食貨志》以爲大貝、壯貝、么貝、小貝、不成貝爲五也。言爲朋者,言爲小貝以上四種各二貝爲一朋,而不成貝者不爲朋。"王國維《說珏朋》:"古制貝、玉皆五枚爲一系,合二系爲一珏,若一朋。"❹指兩樽；兩壺。（風 1）154《豳風・七月》八章:"朋酒斯饗,曰殺羔羊。"《毛傳》:"兩樽曰朋。"朱熹《集傳》:"兩尊曰朋。鄉飲酒之禮,兩尊壺于房戶間是也。"陳啓源《稽古編》:"蓋《七月》詩歷言豳民農桑之事,於其畢也,終歲勤動,乃得斗酒相勞。"

【朋友】彼此有交情的人。多指賓客、諸侯及公卿大夫。（雅 4）194《小雅・雨無正》六章:"亦云可使,怨及朋友。"孔穎達《正義》:"從君爲惡,故朋友怨之。"256《大雅・抑》六章:"惠于朋友,庶民小子。"孔穎達《正義》:"朋友,謂諸侯及卿大夫等。"247《大雅・既醉》四章:"朋友攸攝,攝以威儀。"《鄭箋》:"朋友,謂群臣同志好者也。"朱熹《集傳》:"朋友,指賓客助祭者。"何楷《古義》:"言朋友之道,必相教訓以威儀也。"249《大雅・假樂》四章:"之綱之紀,燕及朋友。"朱熹《集傳》:"燕,安也。朋友,亦謂諸臣也。"

彭 （一）péng 薄庚切（梗開二平庚並）
陽部、並母

❶春秋時鄭國地名,在今河南省中牟縣境内。（風 1）79《鄭風・清人》一章:"清人在彭,駟介旁旁。"《毛傳》:"彭,衛之河上,鄭之郊也。"孔穎達《正義》:"衛在河北,鄭在河南,恐狄渡河侵鄭,故使高克將兵於河上禦之。"

（二）★bāng 逋旁切（宕開一平唐幫）
陽部、幫母

❷見【彭² 彭²】。

【彭² 彭²】1）衆多的樣子。（風 1）105《齊風・載驅》三章:"汶水湯湯,行人彭彭。"《毛傳》:"彭彭,多貌。"朱熹《集傳》:"彭彭,多

貌。言行人之多,亦以見其無恥也。"2)強壯有力的樣子。(雅5,頌1)168《小雅·出車》三章:"出車彭彭。"《毛傳》:"彭彭,四馬貌。"朱熹《集傳》:"彭彭,衆盛貌。"236《大雅·大明》八章:"檀車煌煌,駟騵彭彭。"《鄭箋》:"兵車鮮明馬又強。"297《魯頌·駉》一章:"以車彭彭。"《毛傳》:"彭彭,有力有容也。"馬瑞辰《通釋》:"彭、駖古同聲通用。…彭彭即駖駖,謂馬盛也。"陳奐《傳疏》:"《說文》:'彭,鼓聲也。'重言之,則聲盛謂之彭彭,亦儀盛之謂彭彭。"3)奔走不息的樣子。(雅1)205《小雅·北山》三章:"四牡彭彭,王事傍傍。"《毛傳》:"彭彭然不得息,傍傍然不得已。"《說文·馬部》:"駖,馬盛也。"引《詩》"四牡駖駖"。

蓬 péng 薄紅切(通合一平東並)
東部、並母

蓬草。也叫飛蓬,柳葉,白花,子實有毛。(風2)25《召南·騶虞》二章:"彼茁者蓬,一發五豵。"《毛傳》:"蓬,草名也。"陳奐《傳疏》:"蓬春生,至秋則老而爲飛蓬,《衛風》所謂'首如飛蓬'是也。62《衛風·伯兮》二章:"自伯之東,首如飛蓬。"朱熹《集傳》:"蓬,草名。其華似柳絮,聚而飛,如亂髮也。"

【蓬蓬】茂盛的樣子。(雅1)222《小雅·采菽》四章:"維柞之枝,其葉蓬蓬。"《毛傳》:"蓬蓬,盛貌。"《鄭箋》:"其葉蓬蓬,喻賢才也。"陳奐《傳疏》:"柞之枝,喻外諸侯。言此者,興諸侯承順天子,天子恩被優渥,如柞葉之蓬蓬然盛也。"

韸 péng 薄紅切(通合三平東並)
東部、並母

韸韸,鼓聲。見"逢"。

騯 péng 薄庚切(梗開二平庚並)
páng 步光切(宕開一平唐並)
陽部、並母

馬強壯有力的樣子。見"旁(bēng)"、"彭(bāng)"。

伓 pī 敷悲切(止開三平脂滂)
匹尤切(流開三平尤滂)
匹鄙切(讓開三上旨滂)
旁婦切(流開三上有滂)

之部、滂母

【伓伓】同"駓駓",強大有力的樣子。(頌1)297《魯頌·駉》二章:"以車伓伓。"《毛傳》:"伓伓,有力也。"孔穎達《正義》:"此言戎馬,戎馬貴多力,故云伓伓有力。"陳奐《傳疏》:"《説文》:'伓,有力也。'重言之則曰伓伓。"一說:衆馬奔走的樣子。陸德明《釋文》:"伓,《字林》作駓,走也。"《廣雅·釋訓》:"伓伓,衆也。"王念孫《疏證》:"伓伓,羣行貌也。"參"儦"。

秠 pī 敷悲切(止開三平脂滂)
之部、滂母

古代一種良種的黍,一個殼裏有兩顆米。(雅2)245《大雅·生民》六章:"誕降嘉種,維秬維秠,維穈維芑。"《毛傳》:"秠,一稃二米也。"孔穎達《正義》:"秬是黑黍之大名,秠是黑黍之中有二米者,別名之爲秠。"《說文·禾部》:"秠,一粒二米。從禾丕聲。《詩》曰:'誕降嘉穀,維秬維秠。'天賜后稷之嘉穀也。"沈括《夢溪筆談》卷二十六:"秬、秠、穈、芑皆黍屬。"

駓(騯) pī 敷悲切(止開三平脂滂)
之部、滂母

毛色黃白相雜的馬。(頌1)297《魯頌·駉》二章:"薄言駉者,有騅有駓。"《毛傳》:"黃白雜毛曰駓。"陸德明《釋文》:"郭云:'今桃花馬也。'《字林》作騯。"高亨《今注》:"駓之名疑出於羆,駓、羆一聲之轉。《爾雅·釋獸》:'羆如熊,黃白文。'馬的毛色似羆,所以名駓。"參"儦"。

皮 pí 符羈切(止開三平支並)
歌部、並母

皮。動植物體的表面層。(風2、雅1)52《鄘風·相鼠》一章:"相鼠有皮,人而無儀。"261《大雅·韓奕》六章:"獻其貔皮,赤豹黃羆。"18《召南·羔羊》一章:"羔羊之皮,素絲五紽。"孔穎達《正義》:"用羔羊之皮以爲裘。"朱熹《集傳》:"皮所以爲裘也。"一說:指皮弁。于鬯《香草校書》卷十一:"言皮不言裘,則皮者,皮弁也,非裘也。…《易林·晉卦》云:'羔羊皮弁,君子朝服。'此皮爲皮弁之明據。"

毗 pí 房脂切（止開三平脂並）
毗至切（止開三去至並）
脂部、並母

輔佐；輔助。(雅1)191《小雅·節南山》三章："天子是毗，俾民不迷。"《毛傳》："毗，厚也。"《鄭箋》："毗，輔也。"陸德明《釋文》："毗：毛，厚也。鄭，輔也。王作埤。埤，厚也。"孔穎達《正義》："言汝職維持四方，尊崇天子，毛以毗爲毗益，故爲厚。亦由輔弼使之厚，義與鄭同。但言輔天子，於辭爲便，故易之。"朱熹《集傳》："則是宜有以維持四方，毗輔天子。"于鬯《香草校書》卷十四："天子是毗者，謂天子是弼也。"《荀子·宥坐》引《詩》作'天子是庳，卑民不迷。'楊倞注："庳讀爲毗，輔也。"又見【夸毗】。

紕(纰) pí 符支切（止開三平支並）
脂部、並母

在衣服或旗幟上繡縫花邊。(風1)53《鄘風·干旄》一章："素絲紕之，良馬四之。"《鄭箋》："素絲者以爲縷，以縫紕旌旗之旒縿，或以維持。"朱熹《集傳》："紕，織組也。蓋以素絲織組而維之也。"一説：合絲成縷。比喻御馬有術。《毛傳》："紕所以織組也。"總紕於此，成文於彼。願以素絲紕組之法御四馬也。"胡承珙《後箋》："毛意素絲御馬，不過謂馬良素御善，以形容大夫車服之盛，禮意之勤，如所謂初見漢官威儀也。…蓋紕乃合絲縷而未成者，組乃合絲之數股而成者，皆以繫維良馬，而爲御者所用也。"又一説：依次捆束。聞一多《新義》："紕之言比次也。…紕、組、祝皆束絲之法。"又一説：絲帶。高亨《今注》："紕，繩帶也。指馬轡，即馬韁繩。"

埤 pí 符支切（止開三平支並）
支部、並母

厚；重重地。(風1)40《邶風·北門》二章："政事一埤益我。"《毛傳》："埤，厚也。"黃焯《詩疏平議》："謂政事一概厚加於我也。"一説：益；加給。馬瑞辰《通釋》："埤亦益也。"屈萬里《詮釋》："埤，音皮，增也。"又一説：通"俾"。使。于省吾《新證》："埤應讀俾，金文俾作卑，不從人。…政事一埤益我；言政事皆使我於我。"

脾 pí 符支切（止開二平支並）
pái ★蒲街切（蟹開二平佳並）
支部、並母

通"膍"。牛胃，也稱牛百葉。(雅1)246《大雅·行葦》三章："嘉殽脾臄。"陳奂《傳疏》："《醢人》：'饋食之豆，脾析膴(pí)醢。'鄭司農注云：'脾析，牛百葉也。'…《説文》作膍。脾、膍音相近。胃薄如葉，碎切之謂之脾析，亦謂之脾肶，亦謂之百葉。"《集韻·佳韻》："脾，牛百葉。"

膍(肶) pí 部迷切（蟹開四平齊並）
房脂切（止開三平脂奉）
脂部、並母

優厚；厚賜。(雅1)222《小雅·采菽》五章："樂只君子，福禄膍之。"《毛傳》："膍，厚也。"孔穎達《正義》："又以福禄厚賜之。"陸德明《釋文》引《韓詩》作"肶"。陳奂《傳疏》："言天子揆度諸侯之德，而厚予之福禄也。"

貔(豼) pí 房脂切（止開三平脂並）
脂部、並母

一種猛獸。似虎，毛灰白色，又名白羆、白狐、執夷。(雅1)261《大雅·韓奕》六章："獻其貔皮，赤豹黃羆。"《毛傳》："貔，猛獸也。"陸德明《釋文》："貔，本亦作豼。音毗。猛獸也，即白狐也。"孔穎達《正義》引陸璣《詩義疏》："貔似虎，或曰似熊，一名執夷，一名白狐，遼東人謂之白羆。"《説文·豸部》："貔，豹屬，出貉國，《詩》曰：'獻其貔皮。'"

羆(羆) pí 彼爲切（止開三平支幫）
歌部、幫母

熊的一種。體高大，毛呈褐色，能爬樹，會游泳，膽可入藥，也叫人熊或馬熊。(雅5)189《小雅·斯干》六章："吉夢維何，維熊維羆，男子之祥。"《鄭箋》："熊羆在山，陽之祥也。"孫作雲《詩經與周代社會研究》："夢熊生子的信仰就是從原始的周人以熊爲圖騰的信仰發展而來。"261《大雅·韓奕》五章："有熊有羆，有貓有虎。"陸璣《詩義疏》："羆有黃羆，有赤羆，大於熊，其脂如熊，白而粗理，不如熊細美也。"《爾雅·釋獸》："羆如熊，黃白文。"郭璞注："似熊而長頭高脚，猛敢多力，能拔樹木。"

仳

pǐ 匹婢切（止開三上紙滂）
脂部、滂母

符鄙切（止開三上旨並）
脂部、並母

【仳離】離別；分離。特指女子被丈夫遺棄而分離。（風3)69《王風·中谷有蓷》一章："有女仳離,嘅其嘆矣。"《毛傳》："仳,別也。"陳奐《傳疏》："別離,猶相棄也。"郭晉稀《蠡測》："仳離本作披離、被離、被麗,皆古韻阿（歌）部疊韻連詞。…'有女仳離',即'有女披離'、'有女飄落'、'有女落魄'矣。"

匹

pǐ 譬吉切（臻開三入質滂）
質部、滂母

❶相配；相稱。（雅1)244《大雅·文王有聲》三章："築城伊淢,作豐伊匹。"《毛傳》："匹,配也。"朱熹《集傳》："匹,稱。…其作邑居,亦稱其城而不侈大。"陳啟源《稽古編》："成（城）方十里,鄷城亦十里,與城相偶,故曰匹。"屈萬里《詮釋》："匹,配也,相稱也。言作豐邑與城池相配稱也。"❷衆；衆人。（雅1)249《大雅·假樂》三章："無怨無惡,率由群匹。"《鄭箋》："無有怨惡,循用群臣之賢者。"朱熹《集傳》："匹,類也。"陳奐《傳疏》："此群匹爲群臣。"馬瑞辰《通釋》："群、匹二字平行而同義。…對言則群爲三,匹爲二,通言則群匹一也。此詩上章'率由舊章'爲法祖,此章'率由群匹'爲從衆。"黃焯《詩疏平議》："姚氏永樸云:群匹,猶言群臣,匹與《公侯好仇》'仇'字同義。上章'率由舊章',法祖訓也。此章'率由群匹',通下情也。法祖,故不怨不忘;情通,故無怨無惡。"屈萬里《詮釋》："二語言臣民無怨王者,以王能順從群衆之望也。"

甓

pǐ 扶歷切（梗開四入錫並）
錫部、並母

磚；瓦。（風2)142《陳風·防有鵲巢》二章："中唐有甓。"《毛傳》："甓,瓴甋也。"《爾雅·釋宮》："瓴甋謂之甓。"郭璞注："甋磚也。今江東呼瓴甓。"馬瑞辰《通釋》："甓爲磚,亦得爲瓦稱。"陳子展《選譯》："蓋磚之長方者耳。"一説：通"鸊"。一種野鳧。高亨《今注》："甓應該是鳥名。《方言》卷八:'野鳧,其小而没水中者南楚之外謂之鸊鷉。'…此

詩的甓當是借爲鸊,即鸊鷉的簡稱。"

僻

pì 芳辟切（梗開三入昔滂）
普擊切（梗開刀入錫滂）
錫部、滂母

邪僻。見"辟"。

擗

pì 房益切（梗開三入昔並）
錫部、並母

拍胸。見"辟"。

譬

pì 匹賜切（止開三去寘滂）
錫部、滂母

譬喻；比喻。（雅3)197《小雅·小弁》四章："譬彼舟流,不知所屆。"陸德明《釋文》："譬,本亦作辟,匹致反。"256《大雅·抑》十二章："取譬不遠,昊天不忒。"《鄭箋》："今我爲王取譬喻不及遠也,維近耳。"劉向《列女傳·周郊婦人》引《詩》作"辟"。

淠

（一）**pì** 匹備切（止開三去至滂）
質部、滂母

❶船行的樣子。（雅1)238《大雅·棫樸》三章："淠彼涇舟,烝徒楫之。"《毛傳》："淠,舟行貌。"《鄭箋》："淠淠然涇水中之舟。順流而行者,乃衆徒船人以楫棹之也。"王先謙《集疏》："軍舟浮涇而行,衆徒鼓楫,水聲淠淠然也。"

（二）**pèi** ★普蓋切（蟹開一去泰滂）
質部、滂母

❷見【淠淠】。

【淠淠】1)茂盛衆多的樣子。（雅1)197《小雅·小弁》四章："有漼者淵,萑葦淠淠。"《毛傳》："淠淠,衆也。"王先謙《集疏》："《魯》説曰:淠淠,茂也。"馬瑞辰《通釋》："《生民》詩'萑菽旆旆'、《廣雅》:'芾芾,茂也。'義並與淠淠同。"2)通"旆旆"。飄動的樣子。（雅1)222《小雅·采菽》二章："其旂淠淠,鸞聲噦噦。"《毛傳》："淠淠,動也。"陳奐《傳疏》："淠淠,《泮水》作茷茷。…古淠、茷、旆並聲同而義通。"

偏

piān 芳連切（山開三平仙滂）
真部、滂母

通"翩",飄揚。見"翩"。

翩

piān 芳連切（山開三平仙滂）
真部、滂母

❶鳥疾速地飛。（頌1)299《魯頌·泮水》八

便嘌漂飄貧嬪　pián—pín

章：" 翩彼飛鴞，集於泮林。"《毛傳》："翩，飛貌。"❷旌旗飄揚的樣子。（雅1）257《大雅‧桑柔》二章："四牡騤騤，旟旐有翩。"《毛傳》："翩翩，在路不息也。"孔穎達《正義》："翩是旌旗行而舒張之貌，故重言翩翩也。"嚴粲《詩緝》："所建旌旗，翩翩然飛揚。"《國語‧周語》引此《詩》韋昭注："翩翩，動搖不休止之意。"陸德明《釋文》作"偏"，云："本亦作翩。"❸通"偏"。弓向反面彎曲的樣子。（雅1）223《小雅‧角弓》一章："騂騂角弓，翩其反矣。"朱熹《集傳》："翩，反貌。弓之爲物，張之則內向而來，弛之則外反而去。"陳奐《傳疏》："翩者，偏之假借。"

【翩翩】1）鳥飛翔的樣子。（雅1）162《小雅‧四牡》三章："翩翩者鵻，載飛載下。"朱熹《集傳》："翩翩，飛貌。"2）來來往往的樣子。（雅1）200《小雅‧巷伯》三章："緝緝翩翩，謀欲譖人。"《毛傳》："翩翩，往來貌。"陸德明《釋文》："翩翩，音篇，往來貌。字又作扁。"王先謙《集疏》："《韓》翩作緶，雲緝緝緶緶，往來貌也。"一說：通"諞諞"。花言巧語。馬瑞辰《通釋》："翩翩宜讀如《周書》'截截善諞言'之諞。…翩翩者，言之巧也。"《說文‧口部》"昺"下引《詩》作"昺昺幡幡"。

便　pián　房連切（山開三平仙並）
　　　　　寒部、並母
辯治。見"平"。

嘌　piāo　撫招切（效開三平宵滂）
　　　　　宵部、滂母
疾驅的樣子。（風1）149《檜風‧匪風》二章："匪風飄兮，匪車嘌兮。"《毛傳》："嘌嘌，無節度也。"《說文‧口部》："嘌，疾也。《詩》曰：'匪車嘌兮。'"陸德明《釋文》："嘌，本又作票，匹遙反。"孔穎達《正義》："由疾，故無節。"陳奐《傳疏》："雲無節度者，是亦疾驅之意。"一說：顛簸不定。朱熹《集傳》："嘌，漂搖不安之貌。"

漂　piāo　撫招切（效開三平宵滂）
　　　　　宵部、滂母
通"飄"。吹；使飄蕩。（風1）85《鄭風‧蘀兮》二章："蘀兮蘀兮，風其漂女。"《毛傳》："漂，猶吹也。"陸德明《釋文》："漂，本亦作

飄。"朱熹《集傳》："漂、飄同。"
【漂搖】同"飄搖"。在空中隨風搖晃。（風1）155《豳風‧鴟鴞》四章："予室翹翹，風雨所漂搖。"王先謙《集疏》："三家，搖作颻。"

飄（飆）　piāo　撫招切（效三平宵滂）
　　　　　　　　宵部、滂母
　　　　　　　　符霄切（效開三平宵並）
　　　　　　　　宵部、並母
旋風；風勢迅猛旋轉。（風1）149《檜風‧匪風》二章："匪風飄兮，匪車嘌兮。"《毛傳》："迴風爲飄。"程俊英《注析》："這裏用來形容風勢迅猛旋轉。"

【飄風】旋風；暴風。（雅5）199《小雅‧何人斯》四章："彼何人斯，其爲飄風。"《毛傳》："飄風，暴起之風。"陸德明《釋文》："飄，疾風也。"胡承珙《後箋》："此但云暴起之風者，惟狀其去來之疾，不取回旋。"252《大雅‧卷阿》一章："有卷者阿，飄風自南。"《毛傳》："飄風，迴風也。"陸德明《釋文》作"票風"，云："迴風也。本亦作飄。"孔穎達《正義》引李巡曰："迴風，旋風也。"一說：飄揚而來的風。牟庭《詩切》："《九歌‧山鬼》曰：'東風飄兮神靈雨'，王逸注曰：'飄風，風貌'。宋玉《風賦》曰：'清涼雄風，飄舉升降。'據知飄風本義謂和風飄揚而來，與森之假音作飄者不同矣。"
參"漂"。

貧（贫）　pín　符巾切（臻開三平真並）
　　　　　　　文部、並母
❶缺少錢財。跟"富"相對。（風1）40《邶風‧北門》一章："終窶且貧，莫知我艱。"《毛傳》："窶者，無禮也；貧者，困於財。"馬瑞辰《通釋》："《倉頡篇》：'無財曰貧，無財備禮曰窶。'蓋窶與貧，對文則異，散文則通。"王先謙《集疏》："此言既窶無以爲禮，且至貧無以自給也。"❷缺乏（衣食）。（風1）58《衛風‧氓》四章："自我徂爾，三歲食貧。"《鄭箋》："女家乏穀食，已三歲貧矣。"孔穎達《正義》："三歲之後，貧於衣食而見困苦。"一說：指貧窮的生活。馬瑞辰《通釋》："食貧猶居貧。"

嬪（嫔）　pín　符真切（臻開三平真並）
　　　　　　　真部、並母

出嫁；做媳婦。（雅1）236《大雅·大明》二章：“來嫁于周，曰嬪于京。”《毛傳》：“嬪，婦。”《鄭箋》：“從殷商之畿内嫁爲婦於周之京。”胡承珙《後箋》：“自母家言之曰來嫁，自夫家言之爲曰嬪，互文以儷句耳。”黃焯《詩疏平議》：“女子初適夫家，未成爲婦，有賓道焉。故《書》曰'嬪于虞'，此詩曰'嬪于京'，皆謂初嫁時爲嬪。”

矉（矉）
pín ★毗鄰切（臻開三平真並）
真部、並母

bīn 必鄰切（臻開三平真幫）
真部、幫母

危急。見"頻"。

繽（缤）
pín 匹賓切（臻開三平真滂）
真部、滂母

往來貌。見"翩"。

頻（频）
pín 符真切（臻開三平真並）
真部、並母

❶危急。（雅1）257《大雅·桑柔》二章：“於乎有哀，國步斯頻。”《毛傳》：“頻，急也。”《鄭箋》：“頻，猶比也。哀哉國之政行此，禍害比比然。”陳奂《傳疏》：“頻字當是顰字之假借，國步斯顰，言亂泯禍蔓，國道其日急促也。”《説文·目部》：“矉，恨張目也。《詩》曰：國步斯矉。”段玉裁注：“作矉者，蓋三家詩。…矉者，顰之假借。”❷通"濱"。水邊。（雅1）265《大雅·召旻》六章：“池之竭矣，不云自頻。”《毛傳》：“頻，厓也。”《鄭箋》：“頻當作濱，厓猶外也。”陳奂《傳疏》：“言池竭自厓，泉竭自中耳。不、云，皆語詞。”陸德明《釋文》：“張揖《字詁》云：'瀕，今濱。'則瀕是古濱字。劉向《列女傳·漢趙姊娣續傳》引作"不云自濱"，注云：'瀕，古濱字也。'參"濱"。

蘋（蘋）
pín 符真切（臻開三平真並）
真部、並母

大萍。也叫四葉菜，生長水中，四小葉成一複葉，成田字形。（風1）15《召南·采蘋》一章：“于以采蘋，南澗之濱。”《毛傳》：“蘋，大蓱也。”《鄭箋》：“蘋之言賓也。”陸璣《詩義疏》：“蘋，今水上浮萍是也。其粗大者謂之蘋，小者曰蓱。”朱熹《集傳》：“蘋，水上浮萍也。江東人謂之薲。”馬瑞辰《通釋》：“《本草》：'水萍有三種，大者曰蘋，中者曰荇菜，小者曰浮萍。'《韓詩》：'沈者曰蘋，浮者曰藻。'藻即浮萍，是蘋與浮萍同類而異種，萍小而蘋大，萍無根而蘋有根。無根則浮，有根則似沈也。”

牝
pìn 毗忍切（臻開三上軫並）
扶履切（止開三上旨奉）
脂部、並母

雌性的鳥獸。與"牡"相對。（風1）50《鄘風·定之方中》三章：“騋牝三千。”《毛傳》：“馬七尺以上曰騋，騋馬與牝馬也。”徐灝《通介堂經説》卷五：“凡馬在廄、在野，皆不欲令牝牡雜處。故《月令》'季春乃合累牛騰馬遊牝於牧'，仲春游牝別群，則繫騰駒。'《魯頌》之'駉駉牡馬'，《鄘風》之'騋牝三千'，皆以牝牡而別其群也。”

聘
pìn 匹正切（梗開三去勁滂）
耕部、滂母

訪問；探問。（雅1）167《小雅·采薇》二章：“我戍未定，靡使歸聘。”《毛傳》：“聘，問也。”孔穎達《正義》：“言我方成於北狄，未得止定，無人使歸問家安否，所以憂也。…聘、問俱是問安否之義，散則通，對則別。”

平
（一）píng 符兵切（梗開三平庚並）
耕部、並母

❶平定。（雅3）164《小雅·常棣》五章：“喪亂既平，既安且寧。”《鄭箋》：“平猶正也。”262《大雅·江漢》二章：“四方既平，王國庶定。”❷公正；公平。（雅2）191《小雅·節南山》二章：“赫赫師尹，不平謂何？”《鄭箋》：“責三公之不均平，不如山之爲也。”又九章：“昊天不平，我王不寧。”❸齊等；均匀；匀稱。（雅1、頌2）165《小雅·伐木》一章：“神之聽之，終和且平。”《鄭箋》：“平，齊等也。”301《商頌·那》：“既和且平，依我磬聲。”《毛傳》：“平，正平也。”劉師培《札記》：“平、正同義，因以'正平'釋'平'。”馬瑞辰《通釋》引《周語》單穆公語：“聲應相保(安)曰和，細大不逾曰平。”302《商頌·烈祖》：“亦有和羹，既戒既平。”朱熹《集傳》：“平，調和也。”馬瑞辰《通釋》：“濟其不及，以泄其過，此詩所云平也。”《左傳·昭公二十年》引此詩，楊伯峻注：“戒，戒宰夫也。平，其味適中也。”❹平整；整理。（雅2）227《小雅·

黍苗》五章:"原隰既平,泉流既清。《毛傳》:"土治曰平,水治曰清。"邵寶《簡端錄》:"夫土高下各得其宜,是之謂平。241《大雅·皇矣》二章"脩之平之,其灌其栵。"朱熹《集傳》:"脩、平,皆治之使疏密正直得宜也。"

❺聯合。(風1)31《邶風·擊鼓》二章:"從孫子仲,平陳與宋。"《毛傳》:"平陳於宋。"《鄭箋》:"平陳於宋,謂使告宋曰:'君爲主,敝邑以賦與陳蔡從。"胡承珙《後箋》引姜炳章説:"州吁連陳伐鄭,推宋爲主。'平陳與宋'者,連合陳、宋之謂。"(平陳與宋:衞國聯合陳國、宋國和蔡國去伐鄭國,事見《左傳·隱公四年》。)一説:和解;調停。朱熹《集傳》:"平,和也,合二國之好也。"《左傳·隱公六年》"鄭人來渝平"杜預注:"和而不盟曰平。"又一説:平定;討伐。姚際恒《通論》:"平者,因其亂而平之,即伐也。"

(二) pián　房連切(山開三平仙並)
　　耕部、並母

❻見【平²平²】。

【平林】平地上的樹林。(雅 3)218《小雅·車舝》二章:"依彼平林,有集維鷮。"《毛傳》:"平林,林木之在平地者也。"245《大雅·生民》三章:"誕寘之平林,會伐平林。"

【平²平²】辯治;幹練;辦事有才干。(雅 1)222《小雅·采菽》四章:"平平左右,亦是率從。"《毛傳》:"平平,辯治也。"陳奐《傳疏》:"古平、便聲通。《傳》云辯治,當作治辯。辯亦通作辨。《荀子·儒效篇》:'分不亂於上,能不窮於下,治辨之極也。《詩》云:'平平左右,亦是率從。'是言上下之交不相黨也。"陸德明《釋文》引《韓詩》作'便便',云"閑雅之貌"。王先謙《集疏》:"《韓》訓便便爲閑雅貌者,辯治有整暇之意。"一説:聰明有智慧。高亨《今注》:"《廣雅·釋詁》:'辯,慧也。'平平即明慧之意。"《左傳·襄公十一年》引《詩》作"便蕃左右,亦是帥從"。杜預注:"便蕃,數也。言遠人相知來服從,便蕃然在右。"與毛異義。

【平王】周平王。名宜臼,一作宜咎,幽王太子,申后所生。公元前七七一年,幽王爲犬戎所殺,平王即位,東遷洛邑(今河南洛陽),史稱東周。(風 2)24《召南·何彼襛矣》二章:"平王之孫,齊侯之子。"朱熹《集傳》引或説:"平王即平王宜臼。齊侯,即襄公諸兒。事見《春秋》。惠周惕《詩説》:"《何彼襛矣》明言平王,而舊説以爲武王。…蓋昔人誤認《二南》爲文王時詩。"一説:平正之王,指文王。《毛傳》:"平,正也。武王女、文王孫,適齊侯之子。"《鄭箋》:"正王者,德能正天下之王。"

苹 píng　符兵切(梗開三平庚並)
　　耕部、並母

一種多年生草,也叫藾蕭、藾蒿。(雅 1)161《小雅·鹿鳴》一章:"呦呦鹿鳴,食野之苹。"《鄭箋》:"苹,藾蕭。"孔穎達《正義》引陸璣《詩義疏》:"葉青白色,莖似箸而輕脆,始生香,可生食,又可蒸食。"《爾雅·釋草》:"苹,藾蕭。"郭璞注:"今藾蒿也,初生亦可食。"一説:艾蒿。李時珍《本草綱目·草部》:"苹即陸生皤蒿,俗呼艾蒿。"王先謙《集疏》:"《管子·地員篇》:'其草宜苹蓚。《説文》謂之艾蒿,以其色青白似艾。"又一説:水草名。即浮萍,也叫青萍。《毛傳》:"苹,蓱也。"陸德明《釋文》:"蓱,本又作萍。"《後漢書·鍾離意傳》《藝文類聚》卷九十五引作"萍"。王觀國《學林》卷二:"《爾雅》曰:'萍,蓱,其大者蘋。'郭璞注曰:'萍,水中浮蓱。'《爾雅》又曰:'苹,藾蕭。'郭璞注曰:'今藾蒿也。'然則苹與蓱乃二物,其字不通用。《詩》曰:'食野之苹','食野之蒿','食野之芩',皆鹿食地上所生之物,非水中之物,則苹非蓱矣。藾蕭是也。"

萍 píng　薄經切(梗開四平青並)
　　耕部、並母

水草名,浮萍。見"苹"。

屏 (一) píng　薄經切(梗開四平青並)
　　耕部、並母

❶屏障。比喻捍衞者。(雅 3)254《大雅·板》七章:"大邦維屏,大宗維翰。"朱熹《集傳》:"屏,樹也,所以爲蔽也。"215《小雅·桑扈》二章:"君子樂胥,萬邦之屏。"《毛傳》:"屏,蔽也。"朱熹《集傳》"言其能爲小國之藩衞,蓋任方伯連帥之職者也。"一説:動詞。屏蔽,扞衞。《鄭箋》:"能爲天下蔽扞四表患難。蔽扞之者,謂蠻夷率服,不侵

畔。"

（二）bǐng　必郢切（梗開三上靜幫）
耕部、幫母

❷除去。（雅1）241《大雅·皇矣》二章："作之屏，其菑其翳。"陸德明《釋文》："屏，除也。"朱熹《集傳》："屏，去之也。"

缾（瓶） píng　薄經切（梗開四平青並）
耕部、並母

瓶子。比缶小的容器，古代用以汲水，也用以盛酒食。（雅1）202《小雅·蓼莪》三章："缾之罄矣，維罍之恥。"《毛傳》："缾小而罍大。"嚴粲《詩緝》："缾以汲水，罍以盛水。缾小喻子，罍大喻父母。缾汲水以注於罍，猶子之養父母。缾罄竭，則罍無所資，爲罍之恥。猶子窮困，則貽親之羞也。"朱熹《集傳》："缾小罍大，皆酒器也。言缾資於罍而罍資缾，猶父母與子相依爲命也。故缾罄矣，乃罍之恥，猶父母不得其所，乃子之責。"王先謙《集疏》："三家，缾作瓶。…缾小而盡，以喻己不得養父母，罍大而恥，以喻上之人征役不息，使人民有不得終養者，爲上之恥也。"一說：缾爲藏酒器，罍爲行酒器，缾大罍小。于邶《香草校書》卷十五："缾爲藏酒器，罍爲行酒器也。《說文·木部》：'櫑，龜目酒尊。'櫑即罍字。蓋缾藏酒於內，罍行酒於外，罍之酒實取資於缾。缾罄於內，則罍空於外，是罍當其恥也。故曰：'缾之罄矣，維罍之恥。'然則缾大而罍小可知。"

馮（冯） píng　扶冰切（曾開三平蒸並）
蒸部、並母

❶依靠。（雅1）252《大雅·卷阿》五章："有馮有翼，有孝有德。"《毛傳》："有馮有翼，道可憑依以爲輔翼也。"陸德明《釋文》："馮，本又作憑。"朱熹《集傳》："馮，謂可爲依者也。"一說輔佐。馬瑞辰《通釋》："有馮有翼，猶云有輔有翼。"又一說：憑几。《鄭箋》："馮，馮几也。翼，助也。"又一說：滿。戴震《考證》："馮，滿也，謂忠誠滿於內。翼之言盛也，謂威儀盛於外。"❷涉水，徒步蹚水過河。（雅1）195《小雅·小旻》六章："不敢暴虎，不敢馮河。"《毛傳》："馮，陵也。徒涉曰馮河。"朱熹《集傳》："徒涉曰馮，如馮几然

也。"《呂氏春秋·安死》高誘注："無兵搏虎曰暴，無舟渡河曰馮。"馬瑞辰《通釋》："按馮者，淜之假借。《說文》：'淜，無舟渡河也。'淜通作馮，猶百朋作百馮也。"吳闓生《吳氏遺著》："馮河：馮訓陵，非淩波而渡之謂。馮者，躍而過之聲。《說文》作'淜'，讀若鼓聲彭彭之'彭'。'馮'訓馬行疾，馬行疾則亦躍矣，故音同可借也。"

【馮馮】把牆削平和捶打堅實的聲音。（雅1）237《大雅·緜》六章："築之登登，削屢馮馮。"《毛傳》："登登，用力也。削牆鍛屢之聲馮馮然。"陳奐《傳疏》："屢當作婁。《小箋》云：'婁，音樓，空也。'鍛婁者，捶打空竅坳突處；馮馮，堅實聲也。"

婆 pó　薄波切（果合一平戈並）
歌部、並母

【婆娑】翩翩起舞。（風2）137《陳風·東門之枌》一章："子仲之子，婆娑其下。"《毛傳》："婆娑，舞也。"孔穎達《正義》引孫炎云："舞者之容婆娑然。"《說文·女部》引《詩》作"媻娑。"陳奐《傳疏》："媻辟而舞，是曰媻娑。"李元吉《讀書囈語》卷四："婆娑二字蓋衣裳搖動之意，未必爲舞。"

媻 pó　薄波切（果合一平戈並）
歌部、並母

婆娑。見"婆"。

破 pò　普過切（果合一去過滂）
歌部、滂母

❶毀壞；損壞。（風3）157《豳風·破斧》一章："既破我斧，又缺我斨。"陳奐《傳疏》："於斧言破，於斨言缺，互詞。"❷中（zhòng）。指射中鳥獸。（雅1）179《小雅·車攻》一章："不失其馳，舍矢如破。"陳奐《傳疏》："《釋詞》云：'如破，而破也。''舍矢如破'與'舍拔則獲'同意，皆言其中之速也。"吳闓生《會通》："言習於法也，應矢而死者如破。"

［破斧］《國風·豳風》篇名(157)。這是贊美周公東征管、蔡、商、奄四國，平定叛亂的詩。《詩序》："《破斧》，美周公也。周大夫以惡四國焉。武王滅殷殺紂，封紂子武庚於朝歌，令管叔、蔡叔、霍叔進行監視。武王死，成王立，武庚、管、蔡及奄、徐等國背

叛周王朝。周公東征三年,平定叛亂,班師回朝。所謂"周公東征"指此。朱熹《集傳》以爲戰士答《東山》之詩:"從軍之士,以前篇周公勞己之勤,故言以答其意。"屈萬里《詮釋》:"《破斧》,此蓋東征之士美周公之詩。"姚舜牧《疑問》:"讀《東山》之詩,見周公體歸士之心;讀《破斧》之詩,見歸士識周公之心。"崔述《考信錄》:"深味此詩之意,乃東征之士自述其勞苦。"聞一多《類鈔》以爲戰士記述東征戰事艱苦,喜生還之詩:"《破斧》,東征士卒,喜生還也。"三章,十八句。

捊 póu

薄侯切(流開一平侯並)
縛謀切(流開三平尤並)
薄交切(效開二平肴並)
之部、並母

【捊克】自我吹嘘,爭強好勝(的人)。(雅1)255《大雅·蕩》二章:"曾是強禦,曾是捊克。"《毛傳》:"捊克,自伐而好勝人也。"陳奂《傳疏》:"捊者,伐之假借字,《傳》以自伐釋捊,以好勝人釋克,自伐勝人,二義實一意也。"一說:聚斂搜刮。陸德明《釋文》"捊克,聚斂也。"朱熹《集傳》:"捊克,聚斂之臣也。"胡承珙《後箋》:"此等皆現成稱目,雖非雙聲叠韻,亦二字爲一意。如上文強禦,合之則禦亦是強,分之則強足以禦善,仍一義也。"

捊 póu

薄侯切(流開一平侯並)
薄交切(效開三平宵並)
幽部、並母

聚集;俘虜。見"裒"。

裒 póu

薄侯切(流開一平侯並)
幽部、並母

❶聚集。(雅1、頌1)164《小雅·常棣》二章:"原隰裒矣,兄弟求矣。"《毛傳》:"裒,聚也。求矣,求兄弟也。"朱熹《集傳》:"至於積尸裒聚於原野之間,亦惟兄弟爲相求也。"黃焯《毛鄭詩議》:"'原隰裒矣'句與上文'死喪之威'連屬言之,意謂人當群聚於郊野之時,遇生死患難之可畏,則其思求兄弟之相助也。"《玉篇·手部》:"捊,《說文》曰:'原隰捊矣。'捊,聚也。本亦作裒。"王先謙《集疏》:"《魯》裒作捊,

云:捊,降也。"郭晉稀《蠡測》:"裒之正體作捊,捊之或體作抱。《說文》無拋字,《新附》補拋,棄也。不知古書抱、拋本同一字。……《詩》之裒、捊,正讀如今之拋字。謂戰之死者,尸骨拋於原野之中。"296《周頌·般》:"裒時之對,時周之命。"《毛傳》:"裒,聚也。"馬瑞辰《通釋》:"謂諸侯皆聚於是以答揚天子之休命也。"朱熹《集傳》:"凡以敷天之下,莫不有望於我,故舉而朝之方岳之下,以答其意耳。"一說:衆。《鄭箋》:"裒,衆;對,配也。遍天之下衆山川之神,皆如是配而祭之。"何楷《古義》:"裒,《爾雅》訓衆多,又訓聚也。"裴普賢《讀本》:"謂諸侯皆聚於是以答揚天子之美命。"又一說:包括。高亨《今注》:"裒,包括。時,世也。對,封疆,邊界。裒時之對,包括當今各諸侯國的疆界。"❷取;俘虜。(頌1)305《商頌·殷武》一章:"罙入其阻,裒荆之旅。"《鄭箋》:"克其軍率而俘虜其士衆。"王引之《述聞》卷七引王念孫說:"鄭曰'俘虜其士衆',則是讀裒爲俘也,於義爲長。俘之通作裒,猶捊之通作裒也。"陳奂《傳疏》:"裒即捊字。"俞樾《平議》卷十一:"《傳》文聚字當讀爲取。《易·謙·象傳》:'君子以裒多益寡。'《集解》引虞翻注曰:'裒,取也。'《廣雅·釋詁》曰:'捊,取也。'捊與裒,字異義同。《傳》訓裒爲取,故《箋》申之曰'俘虜其士衆'也。古取、捊通用。"一說:聚集。《毛傳》:"裒,聚也。"孔穎達《正義》:"言聚荆之旅,故知俘虜其士衆也。"

痡 pū

普胡切(通合一平模滂)
芳無切(遇合三平虞敷)
魚部、滂母

病;過度疲勞。(風1)3《周南·卷耳》四章:"我馬瘏矣,我僕痡矣。"《毛傳》:"痡,亦病也。"孔穎達《正義》引孫炎《爾雅》注:"痡,人疲不能行之病。"朱熹《集傳》:"痡,人病不能行也。"參"輔"。

鋪(舖) pū

普胡切(遇合一平模滂)
魚部、滂母

❶陳列;駐扎。(雅1)263《大雅·常武》四章:"鋪敦淮濆,仍執醜虜。"《鄭箋》:"敦當作屯。陳屯其兵於淮水大防之上。"陸德明

《釋文》："鋪，陳也。"朱熹《集傳》："鋪，布也，布其師旅也。"馬瑞辰《通釋》："鋪，止也。輔敦二字同義。鄭讀敦爲屯，屯者聚也，亦止也。"一說：大。陸德明《釋文》：'鋪，《韓詩》作敷，云：大也。敦，《韓詩》云：迫。陳啓源《稽古編》：'"大迫淮濆，與'濯征徐國'文義相類，當是也。"❷通"搏"。討伐。（雅1）262《大雅·江漢》一章："匪安匪舒，淮夷來鋪。"《鄭箋》："不自安不舒行者，主爲來伐討淮夷也。"一說：陳列。朱熹《集傳》："鋪，陳也，陳師以伐之也。"又一說：止；制止。馬瑞辰《通釋》："《方言》、《廣雅》並曰：'鋪，止也。'來鋪，猶言是止。上言'來求'，謂討治之，下言'來鋪'，謂止其地，義正相承。《常武》詩'鋪敦淮濆'，鋪亦止也。"❸通"痡"。病；陷於痛苦。（雅1）194《小雅·雨無正》一章："若此無罪，淪胥以鋪。"陸德明《釋文》："鋪，王（肅）云：病也。"《後漢書·蔡邕傳》李賢注引《韓詩》作"痡"。陳奐《傳疏》："鋪者，痡之假借字。言有罪者既除伏其辜，并此無罪者亦率相以病也。"一說：遍：普遍得罪。《鄭箋》："鋪，徧也。言王使無罪者見牽相引而徧得罪也。"朱熹《集傳》："鋪，徧也。此無罪者亦相與而陷於死亡，則如之何哉？"又一說：迫害。于省吾《新證》："鋪與薄伐之薄並諧甫聲，應爲迫。…這是說，于彼有罪者，已伏其辜。而若此無罪者，也相牽率而入於危迫，迫與危義相因。"又一說：懲處。屈萬里《詮釋》："鋪，即《大雅·江漢》'淮夷來鋪'及《常武》'鋪敦淮濆'之鋪，猶懲處也。淪胥以鋪，言相率以於（被）懲處也。"

僕（仆） pú 蒲木切（通合一入屋並）
蒲沃切（屋合一入沃並）
屋部、並母

❶奴隸。見【臣僕】。❷駕車的人；車夫。（風1、雅1）3《周南·卷耳》四章："我馬瘏矣，我僕痡矣。"192《小雅·正月》十章："屢顧爾僕，不輸爾載。"《鄭箋》："僕，將車者也。"一說：通"轐"。車箱下面鉤住車軸的木頭，狀似伏兔，用繩子緊縛在車輛上。馬瑞辰《通釋》："僕，當即轐字之假借。上言輔，下言僕，一物二名者，錯綜以見義耳。"❸附着。

（雅2）247《大雅·既醉》七章："君子萬年，景命有僕。"《毛傳》："僕，附也。"《鄭箋》："天命又附着於女，謂使爲政教也。"嚴粲《詩緝》："李氏曰：僕，屬而不絕也。"屈萬里《詮釋》："景命，大命也，指天命言。僕，附屬也。言天命使女有附屬之衆也。"

【僕夫】駕車的人；車夫。（雅2）168《小雅·出車》一章："召彼僕夫，謂之載矣。"《毛傳》："僕夫，御夫也。"

樸（朴） pú 蒲木切（通合一入屋並）
屋部、並母
博木切（通合一入屋幫）
屋部、幫母

枹樹。也叫枹櫟樹，殼斗科落葉喬木，殼斗杯形，堅果卵形至橢圓形，種子含澱粉，木質堅硬。（雅1）238《大雅·棫樸》一章："芃芃棫樸，薪之槱之。"《毛傳》："樸，枹木也。"李時珍《本草綱目·果部》："槲有二種，一種叢生小者，名枹，見《爾雅》；一種高者，名大葉櫟。"一說：棗樹。王引之《述聞》卷六："樸亦木名。《說文》作'樸'云：'棗也。'…棫與棗皆叢生之木，故類言之。"又一說：叢生的樹木。《鄭箋》："白桵相樸屬而生者枝條芃芃然。"朱熹《集傳》："樸，叢生也，言根枝迫連相附着也。"

【樸樕】叢生的小樹。（風1）23《召南·野有死麕》二章："林有樸樕。"《毛傳》："樸樕，小木也。"孔穎達《正義》："林有樸樕，謂林有樸樕之小木。"王引之《述聞》卷二十八："《釋木》：'樸樕，心。'樸樕與心，皆小貌也，因以爲木名耳。"陳奐《傳疏》："樸樕爲小木，猶扶蘇爲大木，皆叠韻連綿字。"牟庭《詩切》："樸樕、扶蘇，聲之輕重也。凡小木散材中爲薪者，召南人謂之樸樕，鄭人謂之扶蘇，漢時人謂之扶胥，一也。"一說：大葉櫟。葉落喬木，俗名青杠樹。陳啓源《稽古編》："《爾雅》郭氏，某氏注皆言樸樕即槲櫟。案槲樕與櫟相類，華葉似案，亦有斗如橡子而短小。有二種，小者叢生，大者高丈餘，名大葉櫟。然則《毛傳》言其小者，而某氏注則指其大者與。"

匍 pú 薄胡切（遇合一平模並）
魚部、並母

【匍匐】❶爬行;手足並行。(雅1)245《大雅·生民》四章:"誕實匍匐,克岐克嶷。"陸德明《釋文》:"匍匐,本亦作扶服。"朱熹《集傳》:"匍匐,手足並行也。"❷形容全力以赴。(風1)35《邶風·谷風》四章:"凡民有喪,匍匐救之。"《鄭箋》:"匍匐救之,言盡力也。"朱熹《集傳》:"匍匐,手足並行,急遽之甚也。"《漢書·谷永傳》引作"扶服捄之"。

蒲 pú 薄胡切(遇合一平模並)
魚部、並母

❶蒲草。也叫香蒲,水生植物,莖可制席,嫩苗可吃。(風3、雅1)145《陳風·澤陂》一章:"彼澤之陂,有蒲與荷。"《鄭箋》:"蒲,柔滑之物。芙渠之莖曰荷,生而佼大。興者,蒲以喻所悅男之性,荷以喻所悅女之容體也。"朱熹《集傳》:"蒲,水草,可爲席者。"261《大雅·韓奕》三章:"其蔌維何,維筍及蒲。"《毛傳》:"蒲,蒲蒻也。"陸璣《詩義疏》:"蒲始生,取其中心入地者名蒻,大如匕柄,正白,生噉甘脆,鬻而以苦酒浸之,如食筍法。"❷蒲柳,即水楊。(風1)68《王風·揚之水》三章:"揚之水,不流束蒲。"《鄭箋》:"蒲,蒲柳也。"孔穎達《正義》引陸璣《詩義疏》:"蒲柳有兩種:皮正青者曰小楊,其一種皮紅者曰大楊,其葉長廣於柳葉,皆可以爲箭幹。"一說:蒲草。《毛傳》:"蒲,草也。"陸德明《釋文》:"蒲,如字。孫毓云:蒲草之聲不與'戍許'相協,《箋》義爲長,今則二蒲之音未詳其異耳。"馬瑞辰《通釋》:"《箋》以蒲爲蒲柳者,蓋以前二章'束薪'、'束楚'皆爲木,則'束蒲'不宜爲草。又束草可流,束蒲柳則不可流,故易《傳》,非謂聲異也。"

圃 pǔ 博古切(遇合一上姥幫)
博故切(遇合一去暮幫)
魚部、幫母

菜園。(風2)100《齊風·東方未明》三章:"折柳樊圃,狂夫瞿瞿。"《毛傳》:"圃,菜園也。"154《豳風·七月》七章"九月築場圃,十月納禾稼。"《毛傳》:"春夏爲圃,秋冬爲場。"《鄭箋》:"場圃同地,自物生之時,耕治之以種菜茹,至物盡成熟,築堅以爲場。"《說文·囗部》:"圃,種菜曰圃。"參"甫"。

浦 pǔ 滂古切(遇合一上姥滂)
魚部、滂母

水邊;岸邊。(雅2)《大雅·常武》二章:"率彼淮浦,省此徐土。"《毛傳》:"浦,涯也。"陸德明《釋文》引《說文》:"浦,水濱也。"王念孫《廣雅疏證》卷九下:"浦者,旁之轉聲,猶言水旁耳。"

溥 pǔ 滂古切(遇合一上姥滂)
魚部、滂母

❶廣大。(雅3、頌1)250《大雅·公劉》三章:"逝彼百泉,瞻彼溥原。"《毛傳》:"溥,大也。"《鄭箋》:"溥,廣也。"孔穎達《正義》:"仰望彼廣大之原,觀見可居之處也。"王國維《克鐘克鼎跋》以爲:"鼎銘云'錫女田于溥原',此即《公劉》所瞻之溥原也。"261《大雅·韓奕》六章:"溥彼韓城,燕師所完。"《鄭箋》:"溥,大。大矣彼韓國之城,乃古平安時衆民之所築完。"王符《潛夫論·志氏姓》引《詩》作"普彼韓城,燕師所完"。❷普遍。後來寫作"普"。(雅2)205《小雅·北山》二章:"溥天之下,莫非王土。"《孟子·萬章上》、《韓詩外傳》卷一作"普天之下"。王先謙《集疏》:"三家,溥作普。"265《大雅·召旻》六章:"溥斯害矣,職兄斯弘。"《鄭箋》:"溥,猶徧也,今時徧有此内外之害矣。"一說:廣大。朱熹《集傳》:"溥,廣。此其爲害亦已廣矣。"

普 pǔ 滂古切(遇合一上姥滂)
魚部、滂母

普遍。見"溥"。

Q

七 qī 親吉切（臻開三入質清）
質部、清母

❶數詞。七。(風4、雅2)122《唐風·無衣》一章："豈曰無衣，七兮。"《毛傳》："侯伯之禮七命，冕服七章；天子之卿六命，車旗衣服以六爲節。"朱熹《集傳》："侯伯七命，其車騎衣服皆以七爲節。"牟庭《詩切》："七者，七稱也，富人之衣多。"屈萬里《詮釋》："七章者，畫衣三章（雉、火、宗彝），繡裳四章（藻、粉米、黼、黻）也。"203《小雅·大東》五章："跂彼織女，終日七襄。"《鄭箋》："從旦至莫七辰，辰一移，因謂之七襄。"朱熹《集傳》："終日之間，自卯至酉，當更七次也。"❷指七成；十分之七。(風1)20《召南·摽有梅》一章："摽有梅，其實七兮。"孔穎達《正義》："此梅雖落，其實十分之中尚七未落，已三分落矣。"聞一多《類鈔》："七，十分之七，表多數。"❸序數。(風7)154《豳風·七月》一章："七月流火，九月授衣。"

〔七月〕《國風·豳風》篇名(154)。這是《詩經》里最著名的一首農事詩，具體地記述了三千年前農民一年的勞動過程、生活狀況和風俗習慣，反映了當時社會的階級矛盾，有非常高的史料價值。吳闓生譽之爲"六籍中之至文"。王安石《詩義》："仰觀星日霜露之變，俯察昆蟲草木之化，以知天時，以授民事，女服事乎內，男服事乎外，上以誠愛下，下以忠利上，父父子子，夫夫婦婦，養老而慈幼，食力而助弱，其祭祀也時，其祭饗也節，此《七月》之義也。"吳闓生《會通》："此詩當天時、人事、百物、禁令、教養之道，無所不賅，而用意之處神行無迹，神妙奇偉，殆非言語形容所能曲近者，洵六籍

中之至文也。"其實，農奴一年忙到頭，男的種地、打獵、釀酒、鑿冰、修房屋、備祭品，女的採桑、養蠶、紡績、縫制，勞動成果全被奴主占去，自己只能吃野菜，住破屋，無褐，饑寒交迫；而農奴主夏綢冬裘，酒醉肉飽，年終還要舉行大規模的酒會。兩種生活的對立是鮮明的。《詩序》以爲周公陳王業所自之詩："《七月》，陳王業也。周公遭變，故陳后稷先公之所由致王業之艱難也。"何楷《古義》指出："周家雖以農事開國，然此詩自是言豳地風谷，與后稷無關。"關於詩的時代和作者，《詩序》説是西周初年周公的詩。現代研究者認爲還無法肯定。陳子展《直解》："《七月》作於西周之初，不必能證此爲周公所作。"屈萬里《詮釋》："此咏豳地風土之詩，疑隨周公東征之豳人懷念鄉土而作者。"有人則以爲是"豳地農奴的集體創作"。郭沫若認爲此詩中的曆法用"周正"，當作於春秋中葉以後，可能是秦人統治下的詩。八章，八十八句。

傞 qī 去其切（止開三平之溪）
之部、溪母

〔傞傞〕醉舞歪歪倒倒的樣子。(雅1)220《小雅·賓之初筵》四章："亂我籩豆，屢舞傞傞。"《毛傳》："舞不能自正也。"朱熹《集傳》："傞傞，傾側之狀。"陳奐《傳疏》："傞與欹，聲相近。"《説文·人部》："傞，醉舞貌。《詩》曰'屢舞傞傞。'"徐灝《注箋》："傞傞、傞傞，皆舞貌。許云'醉舞'者，緣詩辭飲酒而言耳。"

妻 qī 七稽切（蟹開四平齊清）
脂部、清母

妻子。(風7、雅4)34《邶風·匏有苦葉》三

章:"士如歸妻,迨冰未泮。"193《小雅·十月之交》四章:"豔妻煽方處。"《鄭箋》:"敵夫曰妻。"孔穎達《正義》:"妻之言齊,齊於夫也。"

【妻子】妻。(雅1)164《小雅·常棣》七章:"妻子好合,如鼓瑟琴。"朱熹《集傳》:"言妻子好合,如琴瑟之和。"一說:妻和子。孔穎達《正義》:"此后燕及妻而連言子者,此說族人室家和好,其子長者從王在堂,孩稚或從母亦在,兼言焉。"

又見【寡妻】。

棲(栖)

(一)qī 先稽切(蟹開四平齊心)脂部·心母

❶鳥類停留、歇宿。(風2)66《王風·君子于役》一章:"雞棲于塒。"《鄭箋》:"雞之將棲,日則夕矣。"❷枯萎的;倒下的。(雅1)265《大雅·召旻》四章:"如彼棲苴。"《鄭箋》:"天下之人如歲旱之草,皆枯槁無潤澤,如樹上之棲苴。"馬瑞辰《通釋》:"棲蓋草枯之狀。艸之生曰興曰作,則其枯可謂之棲。《釋文》:'棲謂棲息。'蓋謂枯草偃卧有似棲息也。又棲、摧聲近,棲之言摧折也。"一說:浮在水上的。《毛傳》:"苴,水中浮草也。"孫穎達《正義》:"如是則'棲'爲浮義,謂棲息於水上也。"

(二)xī 先稽切(蟹開四平齊心)脂部·心母

❸見【棲² 棲²】。

【棲遲】停留;游息。(風1、雅1)138《陳風·衡門》一章:"衡門之下,可以棲遲。"《毛傳》:"棲遲,游息也。"馬瑞辰《通釋》:"棲遲,疊韻字。"

【棲² 棲²】忙碌的樣子;不安定的樣子。(雅1)177《小雅·六月》一章:"六月棲棲,戎車既飭。"朱熹《集傳》:"棲棲,猶皇皇不安之貌。"馬瑞辰《通釋》:"棲、栖古同字,義與《論語》'栖栖'同,謂行不止也。"一說:整齊的樣子。《毛傳》:"棲棲,簡閱貌。"俞樾《平議》卷十:"棲猶妻也,妻之言齊也。……齊齊謂整齊之貌,棲棲與齊齊同訓。"

淒(凄)

qī 七稽切(蟹開四平齊清)脂部·清母

寒涼。(風1)27《邶風·綠衣》四章:"絺兮綌兮,淒其以風。"《毛傳》:"淒,寒風也。"孔穎達《正義》:"淒,寒涼之名也。"朱熹《集傳》:"絺綌而遇寒風,猶己之過時而見棄也。"《正字通·水部》:"淒,寒涼也。通作凄。"

【淒淒】寒冷的樣子。(風1、雅1)90《鄭風·風雨》一章:"風雨淒淒,雞鳴喈喈。"《毛傳》:"風且雨,淒淒然。"《鄭箋》:"興者,喻君子雖居亂世,不變改其節度。"孔穎達《正義》:"淒淒,寒涼之意。"《說文》、《玉篇》並引《詩》"風雨湝湝"。王先謙《集傳》:"三家,淒湝。"朱熹《集傳》:"淒淒,寒涼之氣。"204《小雅·四月》二章:"秋日淒淒,百卉具腓。"《毛傳》:"淒淒,涼風也。"《鄭箋》:"涼風用事而百草皆病,興貪殘之政行,而萬民困病。"參【萋】。

萋

qī 七稽切(蟹開四平齊清)脂部·清母

茂盛;美盛。(雅1)169《小雅·杕杜》二章:"卉木萋止。"孔穎達《正義》:"卉木萋止,則時未黃落。"陳奐《傳疏》:"萋,猶萋萋也。"陳啓源《稽古編》:"'卉木萋止',即《出車》之'卉木萋萋',謂遣戍明年之春暮也。"

【萋且】美盛的樣子。(頌1)284《周頌·有客》:"有萋有且,敦琢其旅。"《毛傳》:"萋且,敬慎貌。"《鄭箋》:"其來威儀萋萋且且,盡心力於其事。"孔穎達《正義》:"萋且且,威儀多之貌。"馬瑞辰《通釋》:"萋、且雙聲字,皆以狀從者之盛。"

【萋斐】花紋錯雜的樣子。(雅1)200《小雅·巷伯》一章:"萋兮斐兮,成是貝錦。"《毛傳》:"萋斐,文章相錯也。"《鄭箋》:"喻讒人集作已過以成於罪,猶女工之集采色以成錦文。"陸德明《釋文》:"萋斐,文相錯也。"(據影印宋刻本)陳奐《傳疏》:"文章爲斐,文章相錯爲萋。萋,錯雙聲爲訓。《說文》:'緀,帛(一作白)文貌。引《詩》'緀兮斐兮',緀本字,萋假借字。"何楷《古義》:"萋兮斐兮者,言盛矣文章之分別也。若依《說文》,則萋通作緀,言白質而加之以雜文也。若依《釋文》,則斐通菲,薄也。文有盛處,又有薄處,見其濃淡之相錯也。"

【萋萋】1)茂盛的樣子。(風3、雅3)2《周南·

葛覃》一章："維葉萋萋。"《毛傳》："萋萋，茂盛貌。"黃焯《毛鄭平議》："葛移於中谷，其葉萋萋，興女嫁于夫家而茂盛也。"129《秦風·蒹葭》二章："蒹葭萋萋，白露未晞。"《毛傳》："萋萋，猶蒼蒼也。"唐石經作"淒淒"。陸德明《釋文》："淒，本亦作萋。"朱熹《集傳》作"淒淒"云："淒淒猶蒼蒼也。"聞一多《類鈔》："蒼蒼、萋萋、采采，皆顏色鮮明貌。"2) 通"淒淒"。雲盛的樣子。(雅 1)212《小雅·大田》三章："有渰萋萋，興雨祁祁。"《毛傳》："萋萋，雲行貌。"唐石經亦作"萋萋"。朱熹《集傳》："萋萋，盛貌。"…雲欲盛，盛則多雨。阮元《校刊記》："段玉裁曰：'當從《說文》，《玉篇》，《廣韻》作'淒淒'。陳奐《傳疏》："萋萋，《呂覽》，《漢書》…《說文》，《玉篇》，《廣韻》皆作淒淒，今《釋文》，《正義》作萋萋，恐系後人改也。"王先謙《集疏》："《齊》，萋作淒。"

縷 qī 七稽切(蟹開四平齊清)
脂部、清母
絲帛花紋錯雜。見"萋"。

戚 qī 倉歷切(梗開四入錫清)
覺部、清母
❶斧，古代一種兵器。(雅 1)250《大雅·公劉》一章："弓矢斯張，干戈戚揚。"《毛傳》："戚，斧也。揚，鉞也。"孔穎達《正義》："戚揚皆斧鉞之別名。…鉞大而斧小。"❷憂愁；愁苦。(雅 1)207《小雅·小明》三章："心之憂矣。自詒伊戚。"《毛傳》："戚，憂也。"《左傳·僖公二十四年》引《詩》作"自詒伊慼"。【戚戚】親密；親愛。(雅 1)246《大雅·行葦》二章："戚戚兄弟，莫遠具爾。"《毛傳》："戚戚，內相親也。"孔穎達《正義》："戚戚，猶親親然。"朱熹《集傳》："戚戚，親也。"【戚施】一種病人。腰不能直，即駝背。(風 1)43《邶風·新臺》三章："燕婉之求，得此戚施。"《毛傳》："戚施，不能仰者。"朱熹《集傳》："戚施不能仰，亦醜疾也。"《國語·晉語四》："戚施不可使仰。"一說：癩蛤蟆，比喻面貌醜陋。《太平御覽》卷九百四十九引《韓詩》曰："魚網之設，鴻則離之。燕婉之求，得此戚施。"薛君曰："戚施，蟾蜍、蹙蚰，喻醜惡。"楊慎《升庵經説》卷四："與蝦蟆不

同，蟾蜍形大，背上多痱磊，行極遲緩，亦不解鳴，多在濕處，故詩人以況衛宣公之老而無恥之狀，蓋醜詆之辭也。"又一說：古代樂器架支柱的柎，形如蛤蟆。聞一多《通義》："戚施，《說文》作𪓰(籠)𪓰(cùshī)，云：'詹諸也。'案𪓰(籠)為正字，𪓰簴之柎，刻木象電屬之形，故字從電作。…攨(wā)電之屬皆四足據地，無脰，首不能仰，故曰'戚施不可使仰'也。"

緝(缉) qī 七入切(深開三入緝清)
緝部、清母
繼續；不斷地。(雅 1)246《大雅·行葦》三章："肆筵設席，授几有緝御。"《鄭箋》："緝，猶續也。御，侍也。兄弟之老者，既為設重席授几，又有相續代而侍者。"朱熹《集傳》："有相續代而侍者，言不乏使也。"一說：緝御，恭敬小心的樣子。《毛傳》："緝御，踧踖之容也。"陳奐《傳疏》："聚足而進曰緝御。"胡承珙《後箋》："緝御者，斂飭拘謹之意。"黃焯《毛鄭平議》："有緝御，'有'字語助，'有緝御'猶言踧踖如也。"
【緝緝】通"咠咠"。附耳私語。(雅 1)200《小雅·巷伯》三章："緝緝翩翩，謀欲譖人。"《毛傳》："緝緝，口舌聲。"按《說文·口部》："咠，聶語也。引《詩》：咠咠幡幡。"馬瑞辰《通釋》："緝緝即咠咠之假借。…緝緝者，言之密也。陳鱣《簡莊疏記》卷四："聶，附耳私語也。訓咠為聶，與《傳》訓口舌聲較切。"王先謙《集疏》："《齊》，《魯》，緝作咠。"
【緝熙】1)光明。(雅 1、頌 1)235《大雅·文王》四章："穆穆文王，於緝熙敬止。"《毛傳》："緝熙，光明也。戴震《考證》："緝熙者，續光明不已也。敬止者，言敬慎其止居不慢也。"268《周頌·維清》："維清緝熙，文王之典。"《鄭箋》："緝熙，光明也。"陳奐《傳疏》："清，清靜也。《文王》傳云：'緝熙，光明也。'清靜光明，是謂文王之德也。"一說：長久而廣大。嚴粲《詩緝》："王氏曰：'緝，續也。熙，廣也。'…清則純一而不雜；緝則悠久而不已，熙則廣大而無外。三者備舉文王之聖德，而以典言之者，謂其德寓於法也。"又一說：持續不絕。屈萬里《詮釋》："緝熙，繼續不絕也。二語言文王之法，清明而永續

也。"2)發揚光大。(頌2)271《周頌•昊天有成命》:"於緝熙,單厥心."《毛傳》:"緝,明,熙,廣。"283《周頌•載見》:"俾緝熙于純嘏。"孔穎達《正義》:"俾緝熙,是神使辟公光明之。"朱熹《集傳》:"使我得繼而明之,以至於純嘏也。"288《周頌•敬之》:"學有緝熙于光明。"《毛傳》:"光,廣也。"朱熹《集傳》:"續而明之,以至於光明。"胡承珙《後箋》:"此但言其學日月積漸,庶明而益明耳。"馬瑞辰《通釋》:"《說文》:'緝,績也。'績之言積,緝熙當謂積漸廣大。…緝熙與光明散文則通,對文則緝熙者積漸之明,而光明者廣大之明也。"一說:奮發前進。高亨《周頌考釋》:"此古成語也。緝熙當爲奮發前進之義。緝當爲揖,《廣雅•釋詁》:'揖,進也。'《爾雅•釋詁》:'熙,興也。'"又一說:繼續。朱熹《文王•集傳》:"緝,續;熙,明,亦不已之意…言穆穆然文王之德,不已其敬如此。"屈萬里《詮釋》:"緝熙,繼續也。前已兩見。言爲學當繼續不已以進於光明也。"

漆(㯃)

qī　親吉切(臻三開入質清)　質部、清母

❶漆樹。一種落葉喬木,樹汁可爲涂料。(風3)50《鄘風•定之方中》一章:"樹之榛栗,椅桐梓漆。"115《唐風•山有樞》三章:"山有漆,隰有栗。"《說文•㯃部》段玉裁注:"木汁名㯃,因名其木曰㯃。今字作漆。" ❷渭水支流。源出陝西省同川市北,西南流至耀縣,合沮水爲石川河,東南流至高陵縣東入渭水。或以爲洛水支流。(雅1)180《小雅•吉日》二章:"漆沮之從,天子之所。"馬瑞辰《通釋》:"此詩漆沮爲宣王獵於東部,皆當指入洛者爲是,此涇東之漆沮水也。"戴震《考證》:"此即《禹貢》之漆沮,合二字爲水名者,分言之則非也,在涇東渭北。"一說:漆水、沮水,兩條河。嚴粲《詩緝》:"遂從漆沮二水之傍,驅獸而至天子之所也。" ❸渭水支流。發源於陝西麟游縣西,東南流至武功縣西,注入渭水。今名漆水河。或以爲涇水支流。(雅1,頌1)237《大雅•緜》一章:"民之初生,自土沮漆。"王引之《述聞》卷六:"漆水在古扶風漆縣西北入涇,今屬邠州。"馬瑞辰《通釋》:"太王自豳遷岐,必自杜陽渡漆水,此涇西之漆水也。"屈萬里《詮釋》:"邠在杜水左近。此言大王自邠之杜水,西南遷至漆水流域(亦即岐下)也。"281《周頌•潛》:"猗與漆沮,潛有多魚。"《毛傳》:"漆沮,岐周之二水也。"《說文•水部》:"漆水出右扶風杜陽岐山,東入渭。"

期

(一) qī　(舊qí)渠之切(止開三平之群)之部、群母

❶約定的時間;期限。(風6,雅2)58《衛風•氓》一章:"匪我愆期,子無良媒。"169《小雅•杕杜》四章:"期逝不至,而多爲恤。"朱熹《集傳》:"歸期已過,而猶不至,則使我多爲憂恤。"《呂氏春秋•初學》高誘注引《詩》作"胡逝不至"。 ❷約會。(風3)48《鄘風•桑中》一章:"期我乎桑中,要我乎上宮。"《鄭箋》:"與我期乎桑中。"《說文•月部》:"期,會也。"段玉裁注:"會者,合也。期者邀約之意,所以爲會合也。" ❸限度;窮極。(雅2、頌1)172《小雅•南山有臺》一章:"樂只君子,萬壽無期。"嚴粲《詩緝》:"無期,言無窮也。"297《魯頌•駉》二章:"思無期,思馬斯才。"朱熹《集傳》:"無期,猶無疆也。"王先謙《集疏》:"思無期者,思慮遠長無有期限,即馬亦多成材也。"陳奐《傳疏》:"無疆、無期,頌禱之詞。"186《小雅•白駒》三章:"爾公爾侯,逸豫無期。"俞樾《平議》卷十:"《詩》中言'無期'者,如《南山有臺》篇'萬壽無期',及此篇'逸豫無期',皆謂無窮極也。"

(二) jī　居之切(止開三平之見)之部、見母

❹語氣詞。(雅1)217《小雅•頍弁》二章:"有頍者弁,實維伊期?"《鄭箋》:"何期,猶伊何也。期,辭也。"陸德明《釋文》:"期,本亦作其,音基,辭也。"

其

(一) qí　渠之切(止開三平之群)之部、群母

❶代詞。作定語,相當於"他(她、它)的"、"他們的"。(風86、雅153、頌25)131《秦風•黃鳥》一章:"如可贖兮,人百其身。"156《豳風•東山》四章:"其新孔嘉,其舊如之何?"崔述《偶識》:"新者猶且如此,況於其

舊者乎?"290《周頌·載芟》:"有實其積,萬億及秭。"王引之《述聞》卷七:"有實其積,謂露積之庾其形實實然廣大也。"❷代詞。作兼語,相當於"他"、"它"。(風3)74《王風·丘中有麻》二章:"彼留子國,將其來食。"78《鄭風·大叔于田》一章:"將叔無狃,戒其傷女。"朱熹《集傳》:"請叔無習此事,恐其或傷女也。"❸代詞。作主謂短語或分句的主語,相當於"他"、"他們"。(風2、雅14)27《邶風·綠衣》一章:"心之憂矣,曷維其已。"程俊英《注析》:"其,指憂。這句說,憂傷什麼時候才有止期?"220《小雅·賓之初筵》三章:"其未醉止,威儀抑抑。"256《大雅·抑》九章:"其維哲人,告之話言,順德之行。"❹代詞。相當於"那";"這"。(風38、雅49、頌17)188《小雅·我行其野》一章:"我行其野,蔽芾其樗。"241《大雅·皇矣》二章:"作之屏之,其菑其翳。"250《大雅·公劉》六章:"夾其皇澗,遡其過澗,止旅乃密。"195《小雅·小旻》六章:"人知其一,莫知其他。"孔穎達《正義》:"言唯知其暴虎馮河一事非,而不知其他事也。"❺代詞。作狀語,相當於那樣。(雅14)170《小雅·魚麗》四章:"物其有矣,維其嘉矣。"197《小雅·小弁》六章:"君子秉心,維其忍也。"264《大雅·瞻卬》六章:"天之降罔,維其優矣。"❻副詞。表示時間,相當於"將"。(風22、雅27、頌12)62《衛風·伯兮》三章:"其雨其雨,杲杲出日。"朱熹《集傳》:"其者,冀其將然之辭。冀其將雨,而杲然出日。"114《唐風·蟋蟀》一章:"今我不樂,日月其除。"《鄭箋》:"今不以樂,日月且過去,不復暇爲之。"272《周頌·我將》:"我其夙夜畏天之威,于時保之。"❼副詞。表示反詰。(雅1)199《小雅·何人斯》四章:"彼何人斯,其爲飄風?"朱熹《集傳》:"言其往來之疾,若飄風然。"❽連詞。表示假設,相當於"若"、"如"。(雅1)195《小雅·小旻》一章:"謀之其臧,則具是違。"王引之《釋詞》卷五:"其,猶若也。"舉此例。❾助詞。放在疑問代詞後。(風8、雅3)15《召南·采蘋》三章:"誰其尸之,有齊季女。"37《邶風·旄丘》二章:"何其久也,必有以也。"朱熹《集傳》:"何其

久而不來,意其或有他故而不得來耳。"204《小雅·四月》二章:"亂離瘼矣,爰其適歸?"朱熹《集傳》:"則我將何所適歸乎哉?"232《小雅·漸漸之石》二章:"山川悠遠,曷其沒矣?"朱熹《集傳》:"言所登歷何時而盡也。"❿助詞。放在單音形容詞前。(風18雅5、頌4)31《邶風·擊鼓》一章:"擊鼓其鏜。"《毛傳》:"鏜然,擊鼓聲也。"41《邶風·北風》一章:"北風其涼,雨雪其雱。"王引之《釋詞》卷八:"其,狀事之詞也。有先言其事而後言其狀者,若'擊鼓其鏜'、'雨雪其雱'、'零雨其濛'是也。"42《邶風·靜女》二章:"靜女其孌,貽我彤管。"馬瑞辰《通釋》:"其姝、其孌,皆狀其美好之貌。"215《小雅·桑扈》四章:"兕觵其觩,旨酒思柔。"《鄭箋》:"其罰爵徒觩然陳設而已。"⓫助詞。放在形容詞後,相當於"然"。(風23、雅6)58《衛風·氓》五章:"兄弟不知,咥其笑矣。"《毛傳》:"咥咥然笑。"《鄭箋》:"若其知之,則咥咥然笑我。"69《王風·中谷有蓷》一章:"中谷有蓷,暵其乾矣。有女仳離,嘅其嘆矣。"胡承珙《後箋》:"暵其,與嘅其,條其,啜其四其字皆連上一字作形容之詞,非以其乾、其脩、其濕相連也。"241《大雅·皇矣》六章:"依其在京,侵自阮疆。"王引之《述聞》卷六:"依其者,形容之辭。言文王之衆,依然其在京地也。"一說:代詞。孔穎達《正義》:"依止其在我周之京丘大阜之傍。"⓬助詞。放在副詞後。(風5、雅2)138《陳風·衡門》二章:"豈其食魚,必河之鯉?"164《小雅·常棣》八章:"是究是圖,亶其然乎。"192《小雅·正月》九章:"終其永懷,又窘陰雨。"王引之《釋詞》卷五:"其,語助也。終,猶既也。"⓭助詞。表示委婉或揣測的語氣。(風4)50《鄘風·定之方中》二章:"卜云其吉,終焉允臧。"程俊英《注析》:"按'其吉,終焉允臧'六字是卜辭。"130《秦風·終南》一章:"顏如渥丹,其君也哉!"嚴粲《詩緝》:"其者,將然之辭,哉者,疑而未定之意。"牟庭《詩切》:"其君也哉,疑而問之也。此其美服而赤顏者,即是人君也哉!"

(二) jì 居吏切 (止開三去志見)
   之部、見母

⑭助詞。用在代詞"彼"后面。(風14)68《王風・揚之水》一章:"彼其之子,不與我戍申。"《鄭箋》:"其,或作記,或作己,讀聲相似。"陸德明《釋文》:"其,音記,《詩》內皆仿此;或作己,亦同。"朱熹《集傳》:"彼其之子,戍人指其家室而言也。"陳喬樅《改字說》:"其,記,己三者,同為語辭。"151《曹風・候人》二章:"彼其之子,不稱其服。"《禮記・表記》引作"彼記之子",《左傳・僖公二十四年》《韓詩外傳》卷二引作"彼己之子"。一說:指示代詞。裴學海《古書虛字集釋》卷五:"彼其、彼己、彼記皆是複語,其為本字,己、記皆為借字,均當讀渠之切。釋《詩》者自毛、鄭以下,皆讀'彼其之子'之其為記,而解為語助詞,誤甚。"又一說:姓氏名,"己"、"姬"或"冀"的假借。余培林《正詁》:"其,己的借字,姓也。"林慶彰《釋〈詩〉彼其之子》:"彼其之子的其,應該是姬姓的姬。"季旭昇《新證》:"《詩經》'彼其之子'的'其'字,應該解為氏名,而銅器中的冀(其),也是同一個國家,也就是《詩經》'彼其之子'的'其'氏之所由出。"

(三) jī 居之切(止開三平之見)
之部、見母

⑮語氣詞。表示疑問。(風2、雅3)109《魏風・園有桃》一章:"彼人是哉,子曰何其?"《毛傳》:"夫人謂我欲何為乎?"182《小雅・庭燎》一章:"夜如何其?夜未央。"朱熹《集傳》:"其,語辭。"王引之《釋詞》卷五:"其,問辭之助也。"

參"期"、"基"。

淇 qí 渠之切(止開三平之群)
之部、群母

水名。又名淇河,本黄河支流,源出河南省林縣東南,曲折流至汲縣東北淇門鎮南入黄河。東漢建安九年,曹操於水口作堰,使淇水向東北流入白溝(今衛河)。(風17)39《邶風・泉水》一章:"毖彼泉水,亦流于淇。"《毛傳》:"淇,水名也。"朱熹《集傳》:"淇水,出相州林慮縣,東流,泉水自西北而東南來注之。"58《衛風・氓》一章:"送子涉淇,至于頓丘。"《鄭箋》:"送之涉淇水至此頓丘,定室家之謀。"

〔淇奧〕《國風・衛風》篇名(55)。贊揚衛武公才德兼備,勤勉不息。《詩序》:"《淇奧》,美武公之德也。有文章,又能聽其規諫,以禮自防,故能入相于周。美而作是詩也。"衛武公名和,生於西周末年,曾任周平王卿士。據說他年過九十,還能小心謹慎,歡迎批評。《小雅・賓之初筵》、《大雅・抑》都是他刺時或自儆的名作。所以詩人寫了這首詩來稱贊他。有的研究者認為詩中歌頌的不必定是武公。高亨《今注》:"這是一首歌頌衛國統治貴族的詩。《毛詩序》說是歌頌衛武公(武公生於西周末年和東周初年),古書無確證。"有的認為這是一首戀歌,聞一多《類鈔》:"大意與前篇(指《魏風・汾沮洳》)相似,似乎也是女子的作品。'不為虐兮'一句,尤可玩味。"此詩用比用興,各得其妙;音韻鏗鏘,情景并茂。是《詩經》中之佳作。三章,二十七句。

祺 qí 渠之切(止開三平之群)
之部、群母

吉祥;福氣。(雅1)246《大雅・行葦》八章:"壽考維祺,以介景福。"《毛傳》:"祺,吉也。"孔穎達《正義》:"故壽考,維有吉慶以受大大之福。"參"禛"。

綥 qí 渠之切(止開三平之群)
之部、群母

青灰色。(風1)93《鄭風・出其東門》一章:"縞衣綥巾,聊樂我員。"《毛傳》:"綥巾,蒼艾色女服也。"《鄭箋》:"綥,綥文也。"孔穎達《正義》:"蒼即青也,艾謂青而微白,為艾草之色也。"按《說文・糸部》:"綥,帛蒼艾色。從系,畀聲。《詩》曰:'縞衣綥巾'。未嫁女所服。"綥,綼或從其。

騏(騏) qí 渠之切(止開三平之群)
之部、群母

❶有青黑色紋理的馬。(風2、雅3、頌1)128《秦風・小戎》一章:"文茵暢轂,駕我騏馵。"《毛傳》:"騏,騏文也。"孔穎達《正義》:"色之青黑者名為綥,馬名為騏,知其色作綥文。"297《魯頌・駉》二章:"有驛有騏,以車伾伾。"《毛傳》:"蒼騏曰騏。伾伾,有力也。"孔穎達《正義》:"騏謂青而微黑,今之驄馬也。"❷青黑色。(風1)152《曹風・鳲

鳩》二章：「其帶伊絲，其弁伊騏。」《毛傳》：「騏，騏文也。」一説：通"璂"。古代弁上的玉飾。《鄭箋》：「騏當作璂，以玉爲之。」陸德明《釋文》：「騏，音其，綦文也。《説文》作璂，云：弁飾也。往往置玉。」馬瑞辰《通釋》：「《箋》云'璂以玉爲之'，即以璂爲所飾之玉。」黃焯《詩疏平議》：「《傳》云：騏，騏文。蓋就弁色言。《箋》云：騏當作璂，乃就弁之玉飾言。雖云易《傳》，亦以補足《傳》意也。」

綥 qí ★渠之切（止開三平之群）
之部、群母

青灰色。見"綦"。

伎 qí 巨支切（止開三平支群）
支部、群母

【伎伎】從容舒展的樣子。（雅 1）197《小雅·小弁》五章：「鹿斯之奔，維足伎伎。」《毛傳》：「伎伎，舒貌。謂鹿之奔走，其足伎伎然舒也。」《鄭箋》：「鹿之奔走，其勢宜疾，而足伎伎然舒，留其群也。」陳奐《傳疏》：「舒，舒遲也。」陸德明《釋文》：「伎，本亦作跂。」一説：四足飛奔的樣子。馬瑞辰《通釋》：「伎伎實速行之貌。…維足伎伎，蓋言鹿善從其群，見前有鹿則飛行以奔也。」

岐 qí 巨支切（止開三平支群）
支部、群母

❶岐山。在今陝西省岐山縣東北，山形如柱，故又名天柱山。周族祖先古公亶父因受戎狄侵逼，自豳（今陝西旬邑縣）遷居岐山之下。（雅 2、頌 2）237《大雅·綿》二章：「率西水滸，至于岐下。」孔穎達《正義》：「至於岐山之下。」270《周頌·天作》：「彼徂矣，岐有夷之行。」按《韓詩外傳》卷一、《説苑·君道》引《詩》「岐有夷之行」，「岐」字屬下讀。《後漢書·西南夷傳》引《詩》「彼徂者岐」，則以「岐」字屬上讀。楊樹達《古書名讀釋例》：「彼徂矣岐，徂讀爲阻，謂彼險阻之岐山也。」❷開始懂事，能分辨事物。（雅 1）245《大雅·生民》四章：「誕實匍匐，克岐克嶷。」《毛傳》：「岐，知意也。」段玉裁《小箋》：「岐者，山之兩岐也。心之開明似之，故曰知意。」一説：站立起來。馬瑞辰《通釋》：「岐嶷承上匍匐言，匍匐謂初能伏行，岐嶷

跂 qí 巨支切（止開三平支群）
去知切（止開三去寘溪）
支部、溪母

qǐ 丘弭切（止開三上紙溪）
去知切（止開三去寘溪）
支部、溪母

❶分歧；成三角形。（雅 1）203《小雅·大東》五章：「跂彼織女，終日七襄。」《毛傳》：「跂，隅貌。」陸德明《釋文》：「跂，《説文》作歧。」孔穎達《正義》：「孫毓云：'織女三星，歧然如隅。'然而三星鼎足而成三角，望之跂然，故云：隅貌。」《説文·卜部》：「歧(qǐ)，頃也。」《詩》曰：'歧彼織女。'」段玉裁《小箋》：「跂，當從《説文》作歧。」馬瑞辰《通釋》：「按跂爲俗企字。《詩》作跂者，歧字之同音假借。…織女三星成三角，故言歧以狀之耳。」一説：望。毛奇齡《寫官記》：「跂，望也。跂予望之也。」❷通"企"。踮起脚後跟。（風 1、雅 1）61《衛風·河廣》一章：「誰謂宋遠，跂予望之。」《鄭箋》：「誰謂宋國遠與？我跂足則可以望見之。」《楚辭·九歎》王逸注引《詩》作「企」。馬瑞辰《通釋》：「《説文》：'企，舉踵也。'《通俗文》：'舉跟曰企。'此詩跂即企之假借。」189《小雅·斯干》四章：「如跂斯翼。」《毛傳》：「如人之跂竦翼爾。」嚴粲《詩緝》：「人舉踵則竦臂，翼然如鳥舒翼也。…此章言其堂也，其上下嚴正，如人跂足直立，則聳臂翼如也。」《玉篇·人部》引《詩》作「企」。一説通「跂（翅）」。張翼的樣子。陳奐《傳疏》：「跂，當爲翍。字之誤也。'如跂斯翼'，翍即言翼之狀。」于鬯《香草校書》卷十四：「'跂'當讀爲'翅'。翅、跂並諧支聲，故得假借。」又一説：通"雄(zhī)"。雉鵲。裴學海《古書虛字集釋》：「跂，當讀爲雄。《説文·佳部》：'雄，鳥也。'跂、雄同從支聲，故假跂爲雄。」高亨《今注》：「跂，借爲雄，鳥名，喜鵲之屬。」參"伎"。

祁 qí 渠脂切（止開三平脂群）
脂部、群母

大；廣大。（雅 1）180《小雅·吉日》三章：「瞻彼中原，其祁孔有。」《毛傳》：「祁，大也。」

陳奐《傳疏》："祁與頎同，故訓大。大謂原野廣大也。原田之中，其地廣大，物又甚有。"一說：通"麎"。母麎。《鄭箋》："祁當作麎，麎牝也。《爾雅•釋獸》邢昺疏引《詩》作"其麎孔有"。馬瑞辰《通釋》："祁讀如麎，亦當讀如五歲爲慎之慎，謂獸之大者也。麎爲牝麎，亦爲大獸之通稱。"陳喬樅《改字說》："改祁爲麎，本三家詩也。"

【祁祁】1）眾多、盛多的樣子。風1，雅3，頌1）154《豳風•七月》二章："春日遲遲，采蘩祁祁。"《毛傳》："祁祁，眾多也。"261《大雅•韓奕》四章："諸娣從之，祁祁如雲。"《毛傳》："祁祁，徐靚也。陳奐《傳疏》："靚與靜同。"王引《述聞》卷五："被之祁祁，祁祁如雲，皆盛貌也。"303《商頌•玄鳥》："四海來假，來假祁祁。"《鄭箋》："祁祁，眾多也。"2）從容不迫的樣子。風1）13《召南•采蘩》三章："被之祁祁，薄言旋歸。"《毛傳》："祁祁，舒遲也，去事有儀也。"《鄭箋》："祭事畢，夫人釋祭服而去髲髢，其威儀祁祁然而安舒，無疲倦之失。"蘇轍《詩集傳》："其在宗廟之事則竦敬，其還歸則舒遲，言各獲其宜也。"一說：盛多的樣子。馬瑞辰《通釋》："《大雅》'祁祁如雲'。祁祁，盛貌。僮僮、祁祁，皆狀首飾之盛。"

參"祈"。

祈 qí 渠希切（止開三平微群）

微部、群母

❶向鬼神禱告懇求；求。（雅3)211《小雅•甫田》二章："以御田祖，以祈甘雨。"《毛傳》："祈，求也。"王先謙《集疏》引黃山云："祈甘雨者，皇甫謐所謂時零旱禱也。220《小雅•賓之初筵》一章："發彼有的，以祈爾爵。"《毛傳》："祈，求也。"孔穎達《正義》："《射義》引此詩，即云：'祈，求也，求中以辭爵。酒者所以養老，所以養病。求中以辭養也。'"❷報；祝語。（雅1)246《大雅•行葦》四章："酌以大斗，以祈黃耇。"《毛傳》："祈，報也。"《鄭箋》："以告黃耇之人。"陳奐《傳疏》："祈，報，謂報賓也。"胡承珙《後箋》："報亦告也。"一說：求。朱熹《集傳》："祈，求也。黃耇，老人之稱。以祈黃耇，猶曰以介眉壽云耳。"嚴粲《詩緝》："而求於黃耇之

人，謂乞言也。"

【祈父】官名。即司馬，職掌甲兵。祈，通"圻"。邊境爲圻，司馬主管保衛邊境事務，故名祈父。（雅3)185《小雅•祈父》一章："祈父，予王之爪牙。"《毛傳》："祈父，司馬也。職掌封圻之兵甲。"《鄭箋》："祈父之職，掌六軍之事，有九伐之法。祈、圻、畿同。"孔穎達《正義》："古者，圻、祈、畿同，字得通用，故此作祈，《尚書》作圻。"《左傳•襄公十六年》："[穆叔]見中行獻子，賦《圻父》。"杜預注："《圻父》，《詩•小雅》。周司馬掌封畿之兵甲，故謂之圻父。"

[祈父]《小雅》篇名(185)。這是武士久服兵役，居無定所，不能供養老母，斥責司馬失職，對統治者表示怨憤的詩。《詩序》："《祈父》，刺宣王也。"《鄭箋》："刺其用祈父不得其人也。"孔穎達《正義》："經二章皆勇力之士責祈父之辭，舉此以刺王也。"朱熹《集傳》以爲不一定是宣王時詩："《序》以爲刺宣王之詩，說者又以爲宣王三十九年戰於千畝，王師敗績於姜氏之戎，故軍士怨而作此詩。……但今考之詩文，未有以見其必爲宣王耳。"屈萬里《詮釋》："此詩當是王近衛之士而調任邊疆作戰者所作。"三章，十二句。

【祈祈】通"祁祁"。舒徐的樣子。（雅1)212《小雅•大田》三章："有渰萋萋，興雨祈祈。"《毛傳》："祈祈，徐也。"《鄭箋》："古者陽陰和，風雨時，其來祈祈然而不疾暴。"唐石經、相臺本、集傳本作"祁祁"。《韓詩外傳》卷八引《小雅》作"興雲祁祁"。《爾雅•釋訓》："祈祈，徐也。"阮元《校刊記》："祈祈，誤也。"段玉裁《小箋》："凡大雨之來，黑雲起而風生，風生而雲行，所謂'有渰淒淒'也。已而風定，白雲彌天，雨隨之下，所謂興雲祁祁，雨公及私也。"一說：盛大的樣子。王引《述聞》卷五："《小雅•大田》曰'有渰萋萋，興雲祁祁'，《大雅•韓奕》曰'諸娣從之，祁祁如雲'，是祁祁亦盛貌也。"

圻 qí 渠希切（止開三平微群）

微部、群母

邊境。見"祈"。

旂 qí 渠希切（止開三平微群）
文部、群母

❶一種旗。上畫交龍圖形，有鈴。（雅 5、頌 1）168《小雅·出車》三章："旂旐央央。"《鄭箋》："交龍爲旂，龜蛇爲旐。"❷泛指旌旗。（雅 1、頌 1）222《小雅·采菽》二章："君子來朝，言觀其旂。"馬瑞辰《通釋》："泛言旌旗者皆作旗，不作旂。此詩'言觀其旂'，亦是泛言旌旗。作旂者，蓋作旗則與上文'言采其芹'韻不相諧，故必改旗爲旂。古音旂從斤聲，讀如鄰，方與芹協也。"又見【龍旂】。

頎（颀）qí 渠希切（止開三平微群）
微部、群母

身材修長。（風 1）57《衛風·碩人》一章："碩人其頎，衣錦褧衣。"《毛傳》："頎，長貌。"《鄭箋》："言莊姜儀表長麗俊好頎頎然。"《玉篇·頁部》引《詩》作"碩人頎頎"。

【頎而】等於"頎然"。身材修長的樣子。（風 1）106《齊風·猗嗟》一章："猗嗟昌兮，頎而長兮。"《毛傳》："頎，長貌。"孔穎達《正義》："其形狀頎然而長好兮。…'若'猶'然'也。此言'頎若長兮'，今定本云'頎而長兮'，'而'與'若'義並通也。"聞一多《類鈔》："而，猶然也。"

衹 （一）qí 巨支切（止開三平支群）
支部、群母

❶通"疧"。病。（雅 1）199《小雅·何人斯》六章："壹者之來，俾我衹也。"（一作"疧"）《毛傳》："衹，病也。"陸德明《釋文》："衹，祈支反。毛，病也。鄭，安也。一云：鄭止支反。"陳奐《傳疏》："衹讀爲疧，此假借字也。"一說：安心。《鄭箋》："衹，安也。一者之來見我，我則知之，是使我心安也。"阮元《校刊記》引段玉裁云："《箋》云'安也'者，謂'衹'即'提'之假借也。"

（二）zhī 章移切（止開三平支章）
支部、章母

❷僅僅；只。（雅 4）206《小雅·無將大車》一章："無將大車，衹自塵兮。"《鄭箋》："衹，適也。"陸德明《釋文》："衹，音支。"
參【衹(zhī)】。

疧（疧）qí 巨支切（止開三平支群）
支部、群母

病；憂病。（雅 2）206《小雅·無將大車》一章："無思百憂，衹自疧兮。"《毛傳》："疧，病也。"戴震《考證》："此與塵爲韻者，乃痻字省作痕，又轉寫訛耳。"229《小雅·白華》八章："之子之遠，俾我疧兮。"《集傳》："疧，病也。"一本作"痕"。顧炎武《詩本音》："'衹自疧兮'，宋劉彝曰：'疧當作痕，病也，音民。'按唐石經此字作'疧'，從氏。唐人避太宗諱，凡字從'民'者皆省爲'氏'。今人書'昏'爲'昏'，猶其遺法也。張參《五經文字》'愍'字下云：'緣聲諱，偏旁準作省從氏，凡泯、昏之類從氏。'又'珉'字下云：'莫巾反。《禮記》作瑉。'是其例也。後人不解，遂以《白華》'俾我疧兮'之'疧'，或乃於'疧'字下又添一畫而讀爲'抵'，則誤之甚矣。按《說文》亦本無'疧'字。"參"痕(mín)"。

軝（軝）qí 巨支切（止開三平支群）
支部、群母

車轂兩端有皮革裝飾的部分；泛指車轂。（雅 1、頌 1）178《小雅·采芑》二章："約軝錯衡，八鸞瑲瑲。"《毛傳》："軝，長轂之軝也，朱而約之。"孔穎達《正義》："《考工記》說，兵車、乘車，其轂長於田車，是爲長轂也。言朱而約之，謂以朱色纏束車軝以爲飾。"朱熹《集傳》："軝，轂也。一說：纏轂的皮革。戴震《考證》："軝，《說文》亦作軝，從革。軝即《考工記》之幬革，朱而約之者，朱其革以幬於轂也。惟長轂盡飾，大車短轂則無飾。"

耆 （一）qí 渠脂切（止開三平脂群）
脂部、群母

❶老。五六十歲的年齡。（頌 1）300《魯頌·閟宮》五章："俾爾昌而大，俾爾耆而艾。"嚴粲《詩緝》："使汝耆壽而且老艾。"《禮記·曲禮上》："五十曰艾，六十曰耆。"❷憎惡；厭惡。（雅 1）241《大雅·皇矣》一章："上帝耆之，憎其式廓。"《毛傳》："耆，惡也。"段玉裁《小箋》："耆者，嗜好字，耆訓惡，猶見訓治，徂訓存。"胡承珙《後箋》："上帝惡之，惡其爲惡甚大。"一說：通"指"。指定；意向（於）。牟庭《詩切》："古音'耆'皆作指音，'耆之'即指之。"林義光《通解》："耆讀爲恉。…恉之言指，謂意之所向也。言上帝究度四國

之後,意向於周,以爲可作民主。"王符《潛夫論·班祿》引《詩》作"上帝指之"。又一說:致;賜予。朱熹《集傳》引或說:"耆,致也。憎當作增,式廓猶言規模也。"又一說:老。《鄭箋》:"耆,老也。…養之至老,猶不變改,憎其所用爲惡者浸大也。"
(二) zhì ★軫視切（止開三去至章） 脂部、章母
❸致使;達到。（頌 1)285《周頌·武》:"勝殷遏劉,耆定爾功。"《毛傳》:"耆,致也。"孔穎達《正義》引王肅說:"致定其大功,謂誅紂以定天下。"胡承珙《後箋》:"致與至同,謂至此而後定女之此功。"（定。成。)一說:老。《鄭箋》:"耆,老也…伐殷而勝之,以止天下之暴虐而殺人者,年老乃定女之此功。"又一說:通"諸"。怒;發怒。馮登府《十三經問答》:"《廣雅》:'諸,怒也。'此'耆'當即'諸'之省,所謂一怒而安天下也。"

錡（锜）

錡（锜） （一） qí 渠羈切（止開三平支群） 歌部、群母

❶有三只脚的鍋。（風 1）15《召南·采蘋》二章:"于以湘之,維錡及釜。"《毛傳》:"錡,釜屬。有足曰錡,無足曰釜。"陸德明《釋文》:"錡,其綺反,三足釜也。"《說文·金部》:"錡,三足釜也。"馬瑞辰《通釋》:"《說文》:'江淮之間謂釜曰錡。'是釜與錡亦對文異,散文通耳。"❷一種鑿。（風 1）157《豳風·破斧》二章:"既破我斧,又缺我錡。"《毛傳》:"鑿屬曰錡。"陸德明《釋文》:"錡,字或作奇,鑿屬也。"《韓詩》曰:木屬。"陳奐《傳疏》:"錡,穿木之器。"戴侗《六書故·地理一》:"錡,《詩》云:'既破我斧,又缺我錡。'韓嬰曰:木屬;毛萇曰:鑿屬。侗謂木不應缺,而鑿非所以征,蓋兵屬。"王先謙《集疏》:"錡之爲物,蓋如甾而有三齒,與芣之有兩刃者相似。…今世所用鋤,猶有三齒五齒者,蓋即是物。"一說:斧柄。于鬯《香草校書》卷十三:"此'錡'字疑當讀爲伐柯之'柯'。'柯'諸可聲,'錡'諸奇聲。陸釋云:'錡,字或作奇。'則《詩》亦有作'奇'之本。'奇'亦諸可聲。同聲之字例得通假。《伐柯》篇《毛傳》云:'柯,斧柄也。'則此亦斧柄。"

齊（齐） （一） qí 徂奚切（蟹開四平齊從） 脂部、從母

❶整齊;一致。（風 1,雅 1,頌 1）78《鄭風·大叔于田》三章:"兩服齊首。"《毛傳》:"馬首齊也。"聞一多《類鈔》:"齊首,…以人身爲喻。言兩服齊出,如人之首。"209《小雅·楚茨》四章:"既齊既稷,既匡既勑。"《鄭箋》:"齊,減取也。"陸德明《釋文》:"齊,王申毛如字,整齊也。鄭音資,一音才細反,謂分之齊也。"朱熹《集傳》:"齊,整。"304《商頌·長發》三章:"帝命不違,至於湯齊。"《毛傳》:"至湯與天心齊。"何楷《古義》:"齊,等也。"陳奐《傳疏》:"齊亦同也。…言天命無回德之心,至於湯乃同於天。"馬瑞辰《通釋》:"謂商先君之不違天命,至湯皆齊一。"曾運乾《毛詩說》:"言自契至湯皆不違帝命。"一說:通"濟"。成。朱熹《集傳》:"至湯而王業成。"俞樾《平議》卷十一:"齊當讀爲濟。《爾雅·釋言》曰:'濟,成也。'至于湯濟,言爲至湯而成,故湯謂之成湯也。"又一說:通"躋"。升;上升。《禮記·孔子閒居》引此詩,鄭玄注:"《詩》讀湯齊爲湯躋,躋,升也。"殷之先君,其爲政不違天之命,至於湯升爲君。"❷正;端正。（雅 1）196《小雅·小宛》二章:"人之齊聖,飲酒温克。"《毛傳》:"齊,正也。"《鄭箋》:"中正通知之人,飲酒雖醉,猶能温籍自持以勝。"一說:思想敏捷。王引之《述聞》卷六:"齊聖,聰明睿智之稱,與下文'彼昏不知'相對。齊者,知慮之敏也。"❸周代諸侯國名,姜姓。周武王封大臣吕望（即姜大公）於齊,東至於海,西至於河,南至於穆陵,北至於無棣,即今山東省東北部和中部等地。太公吕望都營丘（後稱臨淄,今山東淄博）。鄭玄《詩譜》:"齊者,古少暤之世,爽鳩氏之墟。周武王伐紂,封太師吕望於齊,是謂齊太公。地方百里,都營丘。"孔穎達《正義》:"少暤以鳥名官,其言爽鳩,猶周之司寇,故爽鳩是其官耳,其人之名氏則未聞也。至五世胡公,徙都薄姑（今山東博興縣境）。胡公子獻公,又徙治臨菑（今山東臨淄縣）。春秋初齊桓公任管仲爲相,國勢强大,成爲霸主。至戰國之初,田和篡齊,雖稱號未改,但已不是

姜姓之國了。(風 1、雅 1)138《陳風・衡門》二章："豈其娶妻,必齊之姜。"《鄭箋》："齊姜姓。"260《大雅・烝民》八章："仲山甫徂齊,式遄其歸。"

(二) zhāi　側皆切（蟹開二平皆莊）
★莊皆切（蟹開二平皆莊）
脂部、莊母

❹莊敬;誠敬。(風 1、雅 1)240《大雅・思齊》一章："思齊大任,文王之母。"《毛傳》："齊,莊。"陸德明《釋文》："齊,側皆反,本亦作齋。齋,莊也。"朱熹《集傳》："思,語辭,齊音齋。此莊敬之大任,乃文王之母。"15《召南・采蘋》三章："誰其尸之,有齊季女。"《毛傳》："齊,敬;季,少也。"陸德明《釋文》："齊本亦作齋"。一說:美好。馬瑞辰《通釋》："齊者,齋(qí)之省借。《說文》:'齋,材也。'《廣雅》:'齋,好也。'《玉篇》引《詩》'有齋季女'。"

(三) zī

❺見【齊³明】。

【齊風】《詩經・國風》之一,齊國民歌。鄭玄《詩譜》云:自太公以後"五世,哀公政衰,荒淫怠慢,紀侯譖之於周,懿王使烹焉,齊人變風始作。"《齊風》共有《雞鳴》《還》《著》《東方之日》《東方未明》《南山》《甫田》《盧令》《敝笱》《載驅》《猗嗟》等十一篇。其中《南山》、《敝笱》、《載驅》《猗嗟》是東周的作品。餘不詳。

【齊侯】齊君。指齊莊公購,公元前 789 年至前 730 年在位。(風 3)24《召南・何彼襛矣》二章："平王之孫,齊侯之子。"《毛傳》："平,正也。武王女,文王孫,適齊侯之子。"王先謙《集疏》："齊侯,蓋莊公購。齊莊六十四年卒。"一說:指齊襄公諸兒,公元前 697 年至前 681 年在位。朱熹《集傳》引或說："平王,即平王宜臼。齊侯,即襄公諸兒。事見《春秋》,未知孰是。"

【齊³明】即粢盛,祭祀時盛在器物中的黍稷。(雅 1)211《小雅・甫田》二章："以我齊明,與我犧羊,以社以方。""器實曰齊,在器曰盛。"陸德明《釋文》："齊,本又作齋,又作粢。同音資。"馬瑞辰《通釋》："齊者,齍之省借,明者,盛之假借。陳奐《傳

疏》:"齊明,明齊也。明齊,即《左傳》絜粢也。《豐年・傳》作齍盛,他經典多作粢盛,作齊者,古文假借字。器實曰齊,實謂黍稷也。黍稷爲齊,齊在器曰盛。故經言齊,而《傳》乃兼言盛耳。"曾運乾《毛詩說》:"'齊明'即'明齊',倒文以取韻也。俞樾《平議》卷十:"'齊明'即'齊盛'也。《爾雅・釋詁》:'明,成也。'成與盛古字通,明既訓成,亦得訓盛。"

【齊詩】《詩》今文學派之一。漢初齊轅固生所傳。景帝時,立爲博士。此後傳《齊詩》的有夏侯始昌、后蒼、翼奉、蕭望之、匡衡等。喜引讖緯,以陰陽災異附會時政。轅固生曾爲《詩》作傳。其著錄有《齊后氏故》《齊孫氏故》《齊后氏傳》《齊孫氏傳》《齊雜記》等。三國魏時,《齊詩》即已亡失。清陳喬樅輯有《齊詩遺說考》。

【齊子】指齊厘公之女,魯桓公夫人文姜。她和自己的哥哥齊襄公私通,《齊風・南山》、《敝笱》、《載驅》揭露了這件醜聞。(風 9)101《齊風・南山》一章："魯道有蕩,齊子由歸。"《毛傳》:"齊子,文姜也。"《鄭箋》:"婦人謂嫁曰歸,言文姜既以禮從此道嫁於魯國也。"朱熹《集傳》:"齊子,襄公之妹,魯桓公夫人文姜、襄公通焉者也。"一說:指齊襄公。鄭漢勛《讀書偶識》卷四:"文姜當言齊姜,不當言齊子也。子者諸侯未除喪之稱。齊子,襄公也。"

憒(㤤) qí jì
徂奚切（蟹開四平齊從）
在詣切（蟹開四去霽從）
脂部、從母

憤怒。(雅 1)254《大雅・板》五章："天之方憒,無爲夸毗。"《毛傳》:"憒,怒也。"陸德明《釋文》:"憒,才細反,疾怒也。"

蠐(蛴) qí
徂奚切（蟹開四平齊從）
脂部、從母

蠐螬,天牛的幼蟲。見【螬】。

屺 qǐ
墟里切（止開三上止溪）
之部、溪母

有草木的山。(風 1)110《魏風・陟岵》二章："陟彼屺兮,瞻望母兮。"《毛傳》:"山有木曰屺。"段玉裁《小箋》:"屺取茒滋之義。"一說:沒有草木的山。《說文・山部》:"屺,

山無草木也。《詩》曰：'陟彼屺兮。'"《釋名》："[山]無草木曰屺。屺，圮也，無所出生也。段玉裁《說文》注："《毛詩》所據爲屺。岵之言瓠落也，屺之言薆滋也。"參"紀"。

杞 qǐ 墟里切（止開三上止溪）
之部、溪母

❶枸杞。一種落葉灌木，果實也叫枸杞，圓形或長圓形，熟時紅色，是一種滋補藥品。(雅 5)162《小雅·四牡》四章："翩翩者鵻，載飛載止，集于苞杞。"《毛傳》："杞，枸檵也。"王先謙《集疏》："《釋文》郭注：今枸杞也。"204《小雅·四月》八章："山有蕨薇，隰有杞桋。"《毛傳》："杞，枸檵也。❷杞柳。一種落葉喬木。枝條可編筐。(風 1)76《鄭風·將仲子》一章："將仲子兮，無踰我里，無折我樹杞。"《毛傳》："杞，木名也。"孔穎達《正義》引陸璣《詩義疏》："杞，柳屬也，生水傍。樹如柳，葉粗而白色，理微赤。"馬瑞辰《通釋》："古者社必樹木，里即社也。杞即社所樹木也。"❸一種落葉喬木。也叫"狗骨"。(雅 1)172《小雅·南山有臺》三章："南山有杞，北山有李。"陸德明《釋文》："杞，音起。《草木疏》云：'其樹如樗，一名狗骨。'"一說：枸杞。陳奐《傳疏》："《本草注》謂枸杞有高一、二丈者，疑即此也。"

苢 qǐ 墟里切（止開三上止溪）
之部、溪母

❶一種良種的黍。初生時色微白，也叫白粱粟。(雅 2)245《大雅·生民》六章："誕降嘉種，維秬維秠，維穈維芑。"《毛傳》："穈，赤苗也；芑，白苗也。"陳奐《傳疏》："赤苗、白苗，謂禾莖有赤、白二種。"❷一種野菜，味苦，莖葉斷後有白汁，也叫苦蕒菜。(雅 2)178《小雅·采芑》一章："薄言采芑，于彼新田，于此菑畝。"《毛傳》："芑，菜也。"孔穎達《正義》引陸璣《詩義疏》："芑菜似苦菜也，莖青白色，摘其葉，白汁出，肥可生食，亦可蒸爲茹，青州謂之芑。西河雁門尤美。"朱熹《集傳》："芑，苦菜也。…即今苦蕒菜。宜馬食，軍行采之，人馬皆可食也。"王夫之《稗疏》："《顔氏家訓》謂之游冬，俗呼野苦蕒，一名蒲公英，一名黃花地丁，生野田中，正與《詩》合。"❸一種野菜，即水芹。(雅 1)

244《大雅·文王有聲》八章："豐水有芑，武王豈不仕。"《毛傳》："芑，草(菜)也。"孔穎達《正義》："豐水之傍有芑菜。"馬瑞辰《通釋》："芑蓋即芑之假借，芑即芹也。《爾雅》：'芹，楚葵。'郭注：'今水中芹菜。'陳奐《傳疏》："《生民》言禾苗之白者爲芑，則芑莖帶白色，故得異物而同名歟？"

啓(啟) qǐ 康禮切（蟹開四上薺溪）
支部、溪母

❶開辟；開拓。(雅 1、頌 1)241《大雅·皇矣》二章："啟之辟之，其檉其椐。"孔穎達《正義》："啟拓之，開辟之。"朱熹《集傳》："啟，辟，芟除也。""啟"字《正義》本或作"啟"。300《魯頌·閟宮》二章："大啟爾宇，爲周室輔。"朱熹《集傳》："啟，開；宇，居也。❷分開；割開。(雅 1)210《小雅·信南山》五章："執其鸞刀，以啟其毛。"孔穎達《正義》："執其鸞鈴之刀，以此刀開其牲之皮毛。"朱熹《集傳》："啟其毛，以告純也。❸跪坐。古人席地而坐，跪和坐的姿勢很接近。坐時兩膝着地，臀部靠着脚跟；跪則臀部離開脚跟，腰股伸直，也叫"長跪"。(雅 1)162《小雅·四牡》二章："王事靡盬，不遑啟處。"《毛傳》："啟，跪；處，居也。"嚴粲《詩緝》："項氏曰：古者席地，故有跪有坐。跪即起身，居則坐也。"馬瑞辰《通釋》："古人坐與跪皆跀着於席，惟坐下其脾(臀部)，跪聳其體爲異。…'啟處'猶言'啟居'，據《傳》云'處，居也'，居當爲尻之假借。《說文》：'尻，處也。從尸几，尸得几而止也。'凡人閑居之時，皆憑几而坐。"167《小雅·采薇》三章："不遑啟居，玁狁之故。"《毛傳》："啟，跪也。"《爾雅·釋言》："啟，跪也。"郝懿行《義疏》："啟者，跽之假借也。"鳳應韶《鳳氏經說》卷三："啟，危坐也。處，安坐也。古之坐皆跪。安坐，坐而著於蹠也。危坐，坐而直其身也。"

【啓明】金星。早晨出現在東方，叫"啟明"，傍晚出現在西方，叫"長庚"，其實是同一顆星。(雅 1)203《小雅·大東》六章："東有啟明，西有長庚。"《毛傳》："日旦出，謂明星爲啟明；日既入，謂明星爲長庚。"朱熹《集傳》："啟明、長庚，皆金星也。以其先日而出，故謂之啟明；以其後日而入，故謂之長庚。"馬瑞辰《通釋》:"《史記·索引》引《韓詩》曰:'太白星晨見東方爲啓明,昏見西方爲長庚。'"一說:啓明爲金星,長庚爲水星。楊慎《升庵經説》卷五引鄭樵曰:"啓明,金星;長庚,水星。金在日西,故日將出則西見。水在日東,故日既没則西見,實二星也。"

【啓行】開路;動身;出發。(雅 2)250《大雅·公劉》一章:"弓矢斯張,干戈戚揚,爰方啓行。"《毛傳》:"以方開道路,去之幽,蓋諸侯之從者十有八國焉。"陳奐《傳疏》:"啓行,開道路也。"177《小雅·六月》四章:"元戎十乘,以先啓行。"朱熹《集傳》:"啓,開;行,道也。猶言發程也。"一説:衝開敵人隊伍。《史記·三王世家》裴駰《集解》引《韓詩章句》:"元戎……名曰陷軍之車,所以冒突,先啓敵家之行武也。"

豈(岂)

(一) qǐ 袪狶切(開止三上尾溪) 微部、溪母

❶副詞。表示反問,可譯作"難道"、"怎"。(風 30、雅 19)17《召南·行露》一章:"豈不夙夜,謂行多露。"《毛傳》:"豈不,言有是也。"黃焯《毛鄭平議》:"此章'豈不'二句,乃詩人設爲反正之辭。"167《小雅·采薇》四章:"豈敢定居,一月三捷。"《説文·豈部》段玉裁注:"豈本重難之詞,故引申爲疑詞。……後人文字言豈者,其意若今俚語之難道。"

(二) kǎi ★可亥切(蟹開一上海溪) 微部、溪母

❷快樂;和樂。(雅 1)173《小雅·蓼蕭》三章:"宜兄宜弟,令德壽豈。"朱熹《集傳》:"壽豈,壽而且樂也。"

【豈²樂】快樂;喜樂。(雅 2)221《小雅·魚藻》一章:"王在在鎬,豈樂飲酒。"《鄭箋》:"豈,亦樂也。"陸德明《釋文》:"豈,本亦作愷。苦在反,樂也。"陳奐《傳疏》:"豈亦樂也。豈與樂無二義。故一章豈樂,二章樂豈,義並同也。"《説文·豈部》"愷"下段玉裁注:"愷樂,《毛詩》亦作豈,是二字互相假借也。"鳳應韶《鳳氏經説》卷三:"古豈、愷、凱字通。南風之豈曰凱,其氣大和,長養萬物也。軍勝之樂曰愷,服敵而心平也。此詩曰'豈樂飲酒',四海和親安平,天子中心和平,樂而飲酒也。又曰'飲酒樂豈',飲酒而樂此和平也。"

【豈²弟】和樂平易。(風 1、雅 18)239《大雅·旱麓》六章:"豈弟君子,求福不回。"陸德明《釋文》:"豈,本亦作愷,又作凱,苦亥反。弟亦作悌,徒禮反。豈,樂也。弟,易也。"陳奐《傳疏》:"樂易之君子,求福不以邪道。"《國語·周語下》,劉向《新序·義勇》並引作"愷悌君子"。251《大雅·泂酌》一章:"豈弟君子,民之父母。"《禮記·孔子閒居》引《詩》作"凱弟君子,民之父母。"《吕氏春秋·不屈》引《詩》作"愷悌"曰:"愷者,大也;悌者,長也。君子之德長且大者,則爲民父母。"105《齊風·載驅》二章:"魯道有蕩,齊子豈弟。"《毛傳》:"言文姜於是樂易然。"朱熹《集傳》:"豈弟,樂易也。言無忌憚羞愧之意也。"嚴粲《詩緝》:"樂易安舒,恬然無慚恥之色。"胡承珙《后箋》:"此樂易猶言流蕩。"黃焯《毛鄭平議》:"首章云:'齊子發夕','發夕'猶云旦夕。……惟詩徒云'子發夕',語意未完,故配次章'豈弟'以足成之,蓋言齊子發夕豈弟云爾。三章四章言'翱翔''遊敖'皆當配首章'發夕'言之。"一説:天明啓行。《鄭箋》:"此豈弟猶言發夕也。豈,當讀爲闓;弟,古文《尚書》以弟爲圛(yì),圛,明也。"《爾雅·釋言》:"愷,悌,發也。"郭璞注:"發,發行也。《詩》曰:齊子愷悌。"王先謙《集疏》:"謂齊子留連久處之後,至開明乃發行耳。"王國維《觀堂別集》卷一:"按《書·洪範》'曰驛',《史記·宋微子世家》用今文作'曰涕',古文作'曰圛',此鄭君所本也。此'豈弟',疑三家《詩》有作'闓圉'者。"

稽

qǐ 康禮切(上開四上薺溪) 脂部、溪母

【稽首】磕頭。古代一種最恭敬的跪拜禮,叩頭至地,並停留一個時候。(雅 3)209《小雅·楚茨》六章:"既醉既飽,小大稽首。"262《大雅·江漢》五章:"虎拜稽首,天子萬年。"《周禮·春官·大祝》:"辨九拜,一曰稽首,二曰頓首,三曰空首。"鄭玄注:"稽首,拜頭至地也。頓首,拜頭叩地也。空首,拜頭至手,所謂拜手也。"賈公彥疏:"其稽,稽留之

字,頭至地多時,則爲稽首也。此三者,正拜也。稽首,拜中最重,臣拜君之拜。"

起 qǐ 墟里切（止開三上止溪）
之部、溪母

由坐而站；站起；起來。（雅2）183《小雅·沔水》二章："念彼不迹,載起載行。"嚴粲《詩緝》："我坐不能安,則起則行。"朱熹《集傳》："不迹,不循道也。載起載行,言憂念之深,不遑寧處也。"

企 qǐ 丘弭切（止開三上紙溪）
支部、溪母

踮起腳後跟。見"跂"。

契 （一）qì 苦計切（蟹開四去霽溪）
月部、溪母

❶用刀刻。古人占卜,先在龜甲上刻一小孔,再用火烤之,從小孔處的裂紋來判斷吉凶。（雅1）237《大雅·緜》三章："爰始爰謀,爰契我龜。"《鄭箋》："於是契灼其龜而卜之。"朱熹《集傳》："契,所以然火而灼龜者也。《儀禮》所謂楚焞是也。或曰：契,以刀刻龜甲欲鑽之處也。"馬瑞辰《通釋》："契,本以刀判之稱,因之凡以刀刻物通謂之契。"一說：開。《毛傳》："契,開也。"陸德明《釋文》："契,苦計反,開也。本又作挈。"胡承珙《後箋》："契本開龜之物,因而開龜即謂之契。《詩》之契龜,自當作開龜解。契、開雙聲"。《漢書·叙傳上》"旦算祀於挈龜"顏師古注："挈,刻也。"引《詩》作"爰挈我龜"。又一說：合。李元吉《讀書囈語》卷四："契龜,契當訓合。言人謀與龜卜合也。"

（二）qiè 苦結切（山開四入屑溪）
月部、溪母

❷見【契² 闊】。

【契² 闊】離合聚散,偏指離散。（風1）31《邶風·擊鼓》四章："死生契闊,與子成說。"范處義《詩補傳》："蓋契者合也,闊者離也。"馬瑞辰《通釋》："契闊與死生相對成文,猶云合離聚散耳。"孫奕《示兒編》卷三："契,合也。闊,離也。謂生死離合,與汝成誓言矣。"聞一多《通義》："死生契闊,猶言生則同居,死則同穴,永不分離也。"一說：遠隔；隔絕。朱熹《集傳》："契闊,隔遠之

意。"申澊元《讀毛詩日記》："契闊自是斷絕遠離之意。"高亨《今注》："契,隔絕。闊,遠離。"又一說：勤苦。《毛傳》："契闊,勤苦也。"《鄭箋》："生也死也,相與處勤苦之中。"又一說：約束；約結。陸德明《釋文》引《韓詩》說："契闊,約束也。"胡承珙《後箋》："言死生相與約結,不相離棄也。"後人謂久別曰契闊,本此詩。

【契契】憂愁苦悶的樣子。（雅1）203《小雅·大東》三章："契契寱嘆,哀我憚人。"《毛傳》："契契,憂苦也。"漢石經作"挈挈"。

挈 qì ★詰計切（蟹開四去霽溪）
月部、溪母

用刀刻；開。見"挈"。

愒 qì 去例切（蟹開三去祭溪）
月部、溪母

休息。（雅2）224《小雅·菀柳》二章："有菀者柳,不尚愒焉。"《毛傳》："愒,息也。"253《大雅·民勞》四章："民亦勞止,汔可小愒。"《毛傳》："愒,息也。"《說文·心部》："愒,息也。"段玉裁注："此休息之息。…憩者,愒之俗體。"參"憩"。

憩 qì 去例切（蟹開三去祭溪）
月部、溪母

休息。（風1）16《召南·甘棠》二章："蔽芾甘棠,勿翦勿敗,召伯所憩。"《毛傳》："憩,息也。"陸德明《釋文》："憩,本又作愒。"馬瑞辰《通釋》："憩即愒之或體。"惠棟《九經古義》："《說文》無憩字,當作愒。……憩但愒之俗字耳。"

棄（弃） qì 詰利切（止開三去至溪）
質部、溪母

拋棄；遺棄。（風2、雅6）10《周南·汝墳》二章："既見君子,不我遐棄。"孔穎達《正義》："不我遐棄,猶云不遐棄我。古之人語多倒,《詩》之此類衆矣。"陳喬樅《四家詩遺文考》："唐石經'棄'作'弃'。"201《小雅·谷風》二章："將安將樂,棄予如遺。"110《魏風·陟岵》二章："上慎旃哉,猶來無棄。"姚際恒《通論》："無棄,謂無棄我而不歸也。"一說：死。屈萬里《詮釋》："棄,猶死也。…今猶謂人死曰棄世。""棄",唐石經並作"弃"。避太宗諱也。

泣 qì 去急切（深開三入緝溪）
緝部、溪母

❶無聲流淚；低聲哭。（風 3）28《邶風·燕燕》二章："瞻望弗及，佇立以泣。"69《王風·中谷有蓷》三章："有女仳離，啜其泣矣。"
❷哭。（雅 1）189《小雅·斯干》八章："其泣喤喤。"（喤喤：聲音洪大。）❸眼淚。（風 2）28《邶風·燕燕》一章："瞻望弗及，泣涕如雨。"58《衛風·氓》二章："不見復關，泣涕漣漣。"《廣雅·釋言》："泣，淚也。"
【泣血】淚盡繼之以血，形容極度傷心。（雅 1）194《小雅·雨無正》七章："鼠思泣血，無言不疾。"《毛傳》："無聲曰泣血。"馬瑞辰《通釋》："《說苑·權謀篇》曰：'下蔡成公閉門而哭，三日三夜，泣盡而繼之以血。'是泣而淚盡，真有流血者，因通言泣之甚者爲泣血。"

汔 qì 許訖切（臻開三入迄曉）
物部、曉母

副詞。庶幾。表示希望。（雅 5）253《大雅·民勞》一章："民亦勞止，汔可小康。"《毛傳》："汔，危也。"《鄭箋》："汔，幾也。"孔穎達《正義》："孫炎曰：'汔，近也。'郭璞曰：'謂相摩近。'反覆相訓，是汔得爲幾也。"陳啟源《稽古編》："毛云危、幾、近義。"《左傳·昭公二十年》引此詩，杜預注："汔，期也。"屈萬里《詮釋》："汔，音迄，幾也。希望之詞，猶言庶幾也。"《說文·水部》："汔"下引《詩》作"汽"。《正字通·水部》："汔，同汽省，幾也。"《漢書·元帝紀》、《三國志·魏志·辛毗傳》引《詩》均作"迄"。一說：通"乞"。求。于省吾《新證》："汔，迄乃假字，本應作氣，雷浚謂乞者氣之俗省⋯民亦勞止，氣可小康'，言民亦罷勞矣，求可小安也。"

迄 qì 許訖切（臻開三入迄曉）
物部、曉母

❶至；終。（雅 1、頌 1）245《大雅·生民》八章："后稷肇祀，庶無罪悔，以迄于今。"《毛傳》："迄，至也。"《鄭箋》："子孫蒙其福，以於今。"268《周頌·維清》："肇禋，迄用有成，維周之禎。"《毛傳》："迄，至。"《鄭箋》："至今用之而有成也。"高亨《今注》："迄，終也。用之而有成也。"❷通"乞"。給予。（頌 1）276《周頌·臣工》："明昭上帝，迄用康年。"朱熹

《集傳》："明昭之上帝，又將賜我新畲以豐年也。"一說：至；到。《鄭箋》："迄，至。⋯至今用之有樂歲，五穀豐熟。"參"汔"。

耳 qì 七入切（深開三入緝清）
緝部、清母
子入切（深開三入緝精）
緝部、精母

附耳私語。見"緝(qī)"。

汽 qì 許訖切（臻開三入迄曉）
物部、曉母

庶幾。見"汔"。

洽（一） qià 侯夾切（咸開二入洽匣）
緝部、匣母

❶和諧；調協。（雅 3）192《小雅·正月》十二章："洽比其鄰，昏姻孔云。"嚴粲《詩緝》："小人有旨酒嘉肴，以和洽親比其鄰里。"《左傳·僖公二十二年》、《襄公二十九年》兩引《詩》作"協比其鄰"。254《大雅·板》二章："辭之輯矣，民之洽矣。"《左傳·襄公三十一年》、《列女傳·辯通》均引《詩》作"協"。262《大雅·江漢》六章："矢其文德，洽此四國。"陳奐《傳疏》："洽讀爲協。"《孔子閒居》引《詩》作協。洽、協同聲。"王先謙《集疏》："《齊》，洽作協。"❷合。（雅 1、頌 2）220《小雅·賓之初筵》二章："以洽百禮，百禮既至。"《鄭箋》："洽，合也。"279《周頌·豐年》："以洽百禮，降福孔皆。"陸德明《釋文》作"祫"說："祫，本或作洽。"孔穎達《正義》："謂牲玉幣帛之屬，合用以祭。一說：備。朱熹《集傳》："洽、備，皆，偏也。⋯言其收入之多，至於可以供祭祀，備百禮，而神降之福將甚偏也。"

（二） hé ★葛合切（咸開一入合見）
緝部、見母

❸古水名，今名金水河。源出陝西省合陽縣西北，東南流入黃河。依《詩》義當在今陝西渭南附近，水已湮滅。（雅 1）236《大雅·大明》四章："在洽之陽，在渭之涘。"《毛傳》："洽，水也。"朱熹《集傳》："洽，水名。在今同州郃陽夏陽縣，今流已絕，故去水而加邑。渭水亦逕入此河也。"《說文·邑部》《水經·河水注》引《詩》均作"郃"。馬瑞辰《通釋》："洽即郃之假借。"段玉裁《說文》注

"蓋合者水名。《毛詩》本作'在合之陽',秦漢間乃制郃字耳。今《詩》作洽者,後人意加水旁。許引《詩》作郃者,後人所改。"陳奐《傳疏》:"《詩》言洽陽,非即郃陽縣故地。蓋水以北為陽,洽陽,洽水之北。是商莘園在洽水北,不在洽水南。"季旭升《新證》:"(1975年)辛邑矛出土地渭南,地理位置在渭水南岸,…《大明》篇洽陽渭涘的地理位置應該就在今陝西渭南附近。"

千 qiān 蒼先切（山開四平先清）
真部、清母

數詞。泛指多數。(風1、雅6、頌5)50《鄘風·定之方中》三章:"騋牝三千。"249《大雅·假樂》二章:"干祿百福,子孫千億。"《論衡·儒增》:"百與千,數之大者也。實欲十則言百,百則言千也。是與《書》言'協和萬邦',《詩》曰'子孫千億'同一意也。"277《周頌·噫嘻》:"終三十里,亦服爾耕,十千維耦。"方玉潤《原始》:"詩言三十里者,一望之地也;言'十千維耦'者,萬衆齊心合作也。一以見其人之衆,一以見其地之寬,非有成數在其胸中。"

愆（䜉） qiān 去乾切（山開三平仙溪）
寒部、溪母

❶過失;差錯。(雅6)209《小雅·楚茨》四章:"我孔熯矣,式禮莫愆。"《鄭箋》:"莫,無也;愆,過。"249《大雅·假樂》二章:"不愆不忘,率由舊章。"《鄭箋》:"愆,過。"256《大雅·抑》八章:"淑慎爾止,不愆于儀。"《鄭箋》:"又當善慎爾之容止,不可過差于威儀。"《禮記·緇衣》引《詩》作"不辠于儀"。❷拖延;耽誤。(風1)58《衛風·氓》一章:"匪我愆期,子無良媒。"《毛傳》:"愆,過。"孔穎達《正義》:"非我欲得過子之期。但子無善謀來告其期。"陸德明《釋文》:"愆,字又作䜉。"

牽（牽） qiān 苦堅切（山開四平先溪）
真部、溪母

【牽牛】牽牛星。(雅1)203《小雅·大東》六章:"睆彼牽牛,不以服箱。"《毛傳》:"河鼓謂之牽牛。"孔穎達《正義》引李巡曰:"河鼓、牽牛,皆二十八宿名也。"馬國翰《目耕帖》卷十八:"牽牛爲北方宿名,河鼓列星與牛宿近。故《爾雅》云:'河鼓謂之牽牛。'謂方

數相近,非真以河鼓為牽牛也。"

搴 qiān 去乾切（山開三平仙溪）
寒部、溪母

提起;撩起(衣裳)。(風2)87《鄭風·褰裳》一章:"子惠思我,褰裳涉溱。"《鄭箋》:"揭衣渡水。"毛奇齡《寫官記》:"女子曰:'子思我,子當褰裳來。'嗜山不顧高,嗜桃不顧毛也。"《說文·手部》:"搴,摳衣也。"徐鍇《繫傳》:"按,《詩》曰:'子惠思我,搴裳涉溱。'"

〖褰裳〗《國風·鄭風》篇名(87)。這是一首男女戲謔的情歌。女子告誡她的情人不要變心,說:你不愛我,我就愛別人。朱熹《集傳》說是"淫女語其所私者"。季本《解頤》:"此淫女語其所私而謔之也。"陳子展《直解》:"《褰裳》疑是采自民間打情罵俏一類之歌謠。"屈萬里《詮釋》:"此女子斥男子情好漸疏之詩。"程俊英《注析》:"這是一位女子責備情人變心的詩。"《詩序》說是寫鄭公子忽、突爭國,"國人思大國之正己":"《褰裳》,思見正也。狂童恣行,國人思大國之正己也。"《鄭箋》:"狂童恣行,謂突與忽爭國,更出更入,而無大國正之。"胡承珙《後箋》:"《呂覽·求人》篇曰:晉人欲攻鄭,令叔向聘焉,視其有人與無人。子產為之詩曰:'子惠思我,褰裳涉洧。子不我思,豈無他士。'叔向歸曰:'鄭有人,子產在焉,不可攻也。秦荊近,其詩有異心,不可攻也。'晉人乃輟攻鄭。此尤義炳事白,無庸別生歧說。'為之詩',即謂誦其詩耳。"二章,十二句。

騫（騫） qiān 去乾切（山開三平仙溪）
寒部、溪母

虧;虧損;走失。(雅2)166《小雅·天保》六章:"如南山之壽,不騫不崩。"《毛傳》:"騫,虧也。"190《小雅·無羊》三章:"爾羊來思,矜矜兢兢,不騫不崩。"《毛傳》:"騫,虧也。"胡承珙《後箋》:"騫謂羊不肥,崩則謂羊有疾。"林義光《通解》:"小失曰騫,全失曰崩。不騫不崩,言群羊馴謹相隨,無走失之患也。"一說:通"蹇"。跛足。高亨《今注》:"騫,借為蹇,跛足。"

攓 qiān 去乾切（山開三平仙溪）
寒部、溪母

提起；撩起(衣裳)。見"褰"。

掔 qiān 苦堅切（山開四平先溪）
真部、溪母

掔掔，堅固的樣子。見"𠘨"。

遷(迁) qiān 七然切（山開三平仙清）
寒部、清母

❶遷移。(風 1、雅 4、頌 1)58《衛風•氓》二章："以爾車來，以我賄遷。"《毛傳》："遷，徙也。"220《小雅•賓之初筵》三章："舍其坐遷，屢舞僛僛。"《毛傳》："遷，徙也。"孔穎達《正義》："舍其本坐，遷向他處。"馬瑞辰《通釋》："凡禮盛者，坐卒爵，其餘皆立飲，又有升降興拜復席復位諸禮，皆可以遷統之。舍其坐遷，益謂舍其所當坐當遷之禮耳。"165《小雅•伐木》一章："出自幽谷，遷於喬木。"《鄭箋》："遷，徙也。謂鄉時之鳥出從深谷，今移處高木。"后世"喬遷"稱人遷居或升職，以"鶯遷"表示登第或升官，本此。❷登；遷升。(雅 1)241《大雅•皇矣》二章："帝遷明德，串夷載路。"俞樾《平議》卷十一："《說文•辵部》：'遷，登也。從辵，䙴聲。'《升部》：'䙴，升高也'或從升作䙴。遷、䙴古通用。䙴爲升高，故遷爲登，乃其本義也。自遷徙之義行而本義亡矣。此經遷字當從本義。言帝因文王之明德而登進之也。"一說：移就。《毛傳》："遷，徙就之也。"陳啓源《稽古編》："帝遷明德，言天去殷即周，徙就文王之路。"❸去；舍棄。(雅 1)200《小雅•巷伯》四章："豈不爾受，既其女遷。"《毛傳》："遷，去也。"陳奐《傳疏》："既而知言不誠，將舍去女也。"一說：移及；轉移。吳闓生《會通》："好譖之禍，終將遷而及女。"曾運乾《毛詩說》："言暫時豈不受女之譖而憎惡他人？既而知汝言不實，將轉移其憎惡他人之心而憎惡於汝也。"又一說：訕謗；誹謗。《鄭箋》："遷之言訕也。王倉卒豈將不受女言乎？已則亦將復訕誹女。"

前(歬) qián 昨先切（山開四平先從）
寒部、從母

前。跟"後"相對。(風 1，頌 1)38《邶風•簡兮》一章："日之方中，在前上處。"《鄭箋》："在前上處者，在前列上頭也。"鳳應韶《鳳氏經說》卷三："凡樂舞，廟則在廟堂之前庭，寢則在寢堂之前庭。庭中禮事立處，以北爲上。舞位始於而，而復綴亦於北，故曰'在前上處'。"269《周頌•烈文》："於乎前王不忘！"《毛傳》："前王，〔周〕武王也。"孔穎達《正義》："成王之前，惟武王耳，故知前王武王。"朱熹《集傳》："先王之德所以人不能忘者，用此道也。"

【前驅】先鋒；作戰、行軍時的先頭部隊或率領先頭部隊的將領。(風 1)62《衛風•伯兮》一章："伯也執殳，爲王前驅。"馬瑞辰《通釋》："執殳先驅，爲旅賁之職。"王先謙《集疏》："其執殳前驅者，當爲中士。"屈萬里《詮釋》："前驅，驅馬在前，猶言先鋒也。"

潛(潜) qián 昨鹽切（咸開三平鹽從）
慈豔切（咸開三去豔從）
侵部、從母

❶隱藏在水下面。(雅 3)184《小雅•鶴鳴》一章："魚潛在淵，或在于渚。"《毛傳》："良魚在淵，小魚在渚。"192《小雅•正月》十一章："潛雖伏矣，亦孔之炤。"陳奐《傳疏》："潛，深也。伏，伏於淵也。"❷通"槮"。積柴水中供魚類棲止，以便捕取。(頌 1)281《周頌•潛》："潛有多魚。"《毛傳》："潛，糝(一作槮)也。"陸德明《釋文》："糝，素感反，舊《詩傳》及《爾雅》本並作米旁參。"《小爾雅》云：'魚之所息謂之槮'，槮，糝也。'謂積柴水中令魚依之止息，因而取之也。郭景純因改《爾雅》從《小爾雅》作木旁槮。馬瑞辰《通釋》："糝、槮二字各有本義，皆當爲槮字之假借。《說文•網部》：'槮，積柴水中以取魚也。'"王先謙《集疏》："列木水中，魚得隱藏，有若池然，故曰魚池。"一說：深，深藏。嚴粲《詩緝》："王氏曰：潛，深也。"朱熹《集傳》引或說："潛，藏之深也。"高亨《今注》："藏於水中爲潛。潛有多魚，謂漆沮之水藏有多魚。"

〖潛〗《周頌》篇名(281)。這是周天子用魚祭獻宗廟以求福的樂歌。《詩序》："《潛》，季冬薦魚，春獻鮪也。"蔡邕《獨斷》："《潛》，季冬薦魚，春獻鮪之所歌也。"《鄭箋》："冬，魚之性定；春，鮪新來。薦獻之者，謂於宗廟也。"孔穎達《正義》："冬則衆魚皆可薦，故總稱魚。春唯獻鮪而已，故特言鮪。"朱熹《集傳》："《月令》：季冬命漁師始漁。天子親往,乃嘗魚。先薦寢廟。季春,薦鮪於寢廟。此其樂歌也。"陳奐《傳疏》:"《禮記·月令》:'季冬命漁師始漁,天子親往,乃嘗魚,先薦寢廟。'此冬薦魚也。《月令》:'季春薦鮪於寢廟。'又《周禮》:'㢴人春獻王鮪。'《夏小正》:'二月祭鮪。'此春獻鮪也。"一章,六句。

【潛逃】偷偷地逃走。(雅1)204《小雅·四月》七章:"匪鱣匪鮪,潛逃于淵。"《正義》:"大魚能逃于淵,喻賢者隱遁也。"

虔 qián 渠焉切(山開三平仙群)
寒部、群母

❶恭敬。(雅1)261《大雅·韓奕》一章:"夙夜匪解,虔共爾位。"朱熹《集傳》:"虔,敬。"一說:牢固。《毛傳》:"虔,固;共,執也。"孔穎達《正義》:"用心堅固執持汝此侯伯之職位。"❷截,削;用東西墊著砍斷。(頌1)305《商頌·殷武》六章:"是斷是遷,方斲是虔。"《鄭箋》:"椹謂之虔。取松柏易直者斷而遷之,正斲於椹上以爲桷與棁。"陸德明《釋文》:"虔,《爾雅》作棱。"朱熹《集傳》:"虔,亦截也。"馬瑞辰《通釋》:"虔當讀如度劉之虔。《方言》:'虔,殺也。'虔猶伐也,刈也。…殺猶削也。'是斷是遷',是斬伐木於在山之時;'方斲是虔',是削伐木於作室之際。"一說:恭敬。《毛傳》:"虔,敬也。"陳奐《傳疏》:"《緜》:'作廟翼翼',虔爲敬,猶翼翼爲敬也。方斲是虔者,言或斷爲桷,或斲爲梲,皆崇事能敬也。"❸威猛的樣子。(頌1)304《商頌·長發》六章:"武王載旆,有虔秉鉞。"《毛傳》:"虔,固也。"馬瑞辰《通釋》:"《說文》:'虔,虎行貌,讀若矜。'徐鍇曰:'虎之行兢兢然有威。'則虔之本義原取勇猛。勇猛者強固,故《爾雅》訓虔爲固。…有虔正形容強武之貌。"一說:恭敬。朱熹《集傳》:"虔,敬也。言恭行天討也。"

鍼(铖) qián 巨鹽切(咸開三平鹽群)
巨淹切(咸開三平鹽群)
侵部、群母

【鍼虎】人名。春秋時秦國人,姓子車氏,兄弟三人。公元前621年,秦穆公死後,他們被用來殉葬。(風2)131《秦風·黃鳥》三章:"誰從穆公,子車鍼虎。"《左傳·文公

六年》:"秦伯任好卒,以子車氏之三子奄息、仲行、鍼虎爲殉,皆秦之良也。"

淺(浅) qiǎn 七演切(山開三上獮清)
寒部、清母

❶水淺,從水面到水底的距離小。跟"深"相對。(風2)34《邶風·匏有苦葉》一章:"深則厲,淺則揭。"35《邶風·谷風》四章:"就其淺矣,泳之游之。"《鄭箋》:"言深淺者,喻君子之家事,無難易,吾皆爲之。"❷指淺毛虎皮。(雅1)261《大雅·韓奕》二章:"鞹鞃淺幭。"《毛傳》:"淺,虎皮淺毛也。"孔穎達《正義》:"淺幭者,以淺毛之皮爲幭也。獸之淺毛者唯虎耳。"朱熹《集傳》:"淺,虎皮也。"(幭:車軾覆蓋物。)

遣 qiǎn 去演切(山開三上獮溪)
寒部、溪母

送;遣送;打發。(雅1)259《大雅·崧高》五章:"王遣申伯,路車乘馬。"《鄭箋》:"王以正禮遣申伯之國,故復有車馬之贈。"

繾(缱) qiǎn 去演初(山開三上獮溪)
去戰切(山開三去線溪)
寒部、溪母

【繾綣】反覆無常。(雅1)253《大雅·民勞》五章:"無縱詭隨,以謹繾綣。"《毛傳》:"繾綣,反覆也。"一說:牢固糾纏;巴結。孔穎達《正義》:"繾綣者,牢固相着之意。非善惡之辭,但施於善則善,施於惡則惡耳。此云'此謹繾綣',是人行反覆爲惡,固著不舍,常爲惡行耳。"朱熹《集傳》:"繾綣,小人之固結其君者也。"《左傳·昭公二十五年》:"繾綣從君。"杜預注:"繾綣,不離散也。"

譴(谴) qiǎn 去戰切(山開三去線溪)
寒部、溪母

譴責;責備。(雅1)207《小雅·小明》二章:"豈不懷歸,畏此譴怒。"朱熹《集傳》:"譴怒,罪責也。"程俊英《注析》:"這句意爲:畏懼統治者的譴責惱怒。"

倪(倪) qiǎn 苦旬切(山開四去霰溪)
寒部、溪母
xiàn 胡典切(山開四上銑匣)
寒部、匣母

譬如。(雅1)236《大雅·大明》五章:"大邦有子,倪天之妹。"《毛傳》:"倪,磬也。"《鄭

箋》:"又知大姒之賢,尊之如天之有女弟。"陸德明《釋文》:"倪,牽遍反,徐又下顯反。《韓詩》作磬。磬,譬也。"孔穎達《正義》:"蓋如今俗語譬喻物云磬作然也。"嚴粲《詩緝》:"大邦有賢女,譬天之妹,尊之之辭也。"《說文•人部》:"倪,譬諭也。《詩》曰:'倪天之妹。'"段玉裁注:"此以今語釋古語。倪者,古語;磬者,今語。二字雙聲。是以《毛詩》作倪,《韓詩》作磬,如十七篇之有古、今文。…磬、磬古通用。《爾雅》:'磬,盡也。'猶言竟是天之妹也。"

倩 qiàn 倉甸切(山開四去霰清)
耕部、清母

容貌美麗;笑時兩頰酒窩好看的樣子。(風1)57《衛風•碩人》二章:"巧笑倩兮,美目盼兮。"《毛傳》:"倩,好口輔。"朱熹《集傳》:"倩,口輔之美也。"陸德明《釋文》:"倩,本亦作蒨。"馬瑞辰《通釋》:"《說文》:'倩,人美字也。'是倩本人之美稱,因而笑之好而謂之倩。"黃生《字詁》:"倩,少好之貌。草木初生色青,故從青。《詩》'巧笑倩兮',此言笑之好也。…堉謂之倩,猶以美少年稱之也。"

蒨 qiàn 倉甸切(山開四去霰清)
七政切(梗開三去勁清)
耕部、清母

美麗;笑時兩頰酒窩好看的樣子。見"倩"。

羌 qiāng 去羊切(宕開三平陽溪)
陽部、溪母

我國古代西方的一個部族,分布在今甘肅、青海及四川一帶。(頌1)305《商頌•殷武》二章:"自彼氐羌,莫敢不來享,莫敢不來王。"《鄭箋》:"氐羌,夷狄國在西方者也。"

斨 qiāng 七羊切(宕開三平陽清)
陽部、清母

一種斧子,柄孔是方的。(風2)154《豳風•七月》三章:"取彼斧斨,以伐遠揚。"《毛傳》:"斨,方銎也。"(銎:柄孔。)157《豳風•破斧》一章:"既破我斧,又缺我斨。"《毛傳》:"隋(橢)銎曰斧,斨,民之用也。"《說文•斤部》:"斨,方銎斧也。《詩》曰:'又缺我斨。'"黃焯《毛鄭平議》:"詩意於斧、斨民生常用之物,斧破斨缺,取喻近事而意用遠。以言

四國作亂,廢壞禮義,而民不得遂其生也。"

戕 qiāng (舊 qiáng)
在良切(宕開三平陽從)
陽部、從母

殘殺;傷害。(雅1)193《小雅•十月之交》五章:"曰予不戕,禮則然矣。"《鄭箋》:"戕,殘也。皇父既不自知不是,反云我不殘敗女田業。禮,下供上役,其道當然。言文過也。"馬瑞辰《通釋》:"'曰予不戕'與上'豈曰不時'義相應,惟其不自知其役使之不時,故亦不自以為戕民。一說:通'臧'。善;好。陸德明《釋文》:"戕,王本作臧。臧,善也。"阮元《補箋》:"友朋謂予自謀不善,不知事王之禮當然。"于省吾《新證》:"言彼謂予不善,以上下之禮揆之則然矣。蓋以皇父之尊,而謂予不善,予豈敢違禮反詰乎?"

瑲(玱) qiāng 七羊切(宕開三平陽清)
陽部、清母

佩玉聲。(雅1)178《小雅•采芑》二章:"朱芾斯皇,有瑲葱珩。"《毛傳》:"瑲,珩聲也。"陸德明《釋文》作"創",云:"又作瑲,亦作鎗。"一說:青色。周悅讓《倦遊庵椠記•毛詩》:"珩,衡借字也。瑲,宜讀如蒼,亦借字。本作倉,乃謂葱色,非謂珩聲。'瑲葱'連及,正如言'彤管有煒'矣。"

【瑲瑲】鈴聲。(雅1)178《小雅•采芑》二章:"約軧錯衡,八鸞瑲瑲。"《毛傳》:"瑲瑲,聲也。"陸德明《釋文》:"瑲,本亦作鎗。"段玉裁《小學》:"《有女同車》、《終南》、《庭燎》皆作'將將',又《烈祖》'約軧鏿衡,八鸞鶬鶬',《載見》'鏊革有鶬',皆作'鶬'。又《韓奕》'八鸞鏘鏘',《禮記》'玉鏘鳴也',皆作'鏘'。參'將'、'鶬'。

創(创) qiāng ★千羊切(宕開三平陽清) 陽部、清母

佩玉聲。見"瑲"。

蹌(跄) qiāng 七羊切(宕開三平陽清)
陽部、清母

行走從容有節的樣子。(風1)106《齊風•猗嗟》一章:"巧趨蹌兮,射則臧兮。"《毛傳》:"蹌,巧趨貌。"朱熹《集傳》:"蹌,趨翼如也。"

【蹌蹌】步履從容有節的樣子。(雅2)209《小

雅·楚茨》二章："濟濟蹌蹌,絜爾牛羊。"《毛傳》："濟濟蹌蹌,言有容也。"《鄭箋》："有容,言威儀敬慎也。"250《大雅·公劉》四章："蹌蹌濟濟,俾筵俾几。"《鄭箋》："蹌蹌濟濟,士大夫之威儀也。"朱熹《集傳》："蹌蹌濟濟,群臣有威儀貌。"

鎗 qiāng ★千羊切（宕開三平陽清）陽部、清母

佩玉聲。見"將"、"瑲"、"鶬"。

鶬(鸧)

（一）qiāng ★千羊切（宕開三平陽清）陽部、清母

金屬飾物好看的樣子。(頌1)283《周頌·載見》："鞗革有鶬,休有烈光。"《鄭箋》："鶬,金飾貌。"孔穎達《正義》："譬用皮革,而云'有鶬',故知鶬爲金飾貌。"王夫之《稗疏》："有鶬者,鶬鶬之色,青雜白黑也。"一説:聲音和諧。朱熹《集傳》："央央,有鶬,皆聲和也。"陸德明《釋文》："鶬,七羊反,本亦作鎗。"《説文·玉部》、《玉篇·玉部》並引《詩》作"瑲"。馬瑞辰《通釋》："將、鏘、鎗、瑲古並與鶬同音通用。…凡聲之盛爲鏘鏘,貌之盛亦爲鏘鏘。"

【鶬鶬】同"鏘鏘",鈴聲。(頌1)302《商頌·烈祖》："約軝錯衡,八鸞鶬鶬。"《鄭箋》："其鷖鶬鶬然聲和。"陸德明《釋文》："鶬鶬,七羊反,本又作鎗,言文德之有聲也。"

（二）cāng 七岡切（宕開一平唐清）陽部、清母

鶬鶊,即倉庚。見"倉"。

鏘(锵) qiāng 七羊切（宕開三平陽清）陽部、清母

【鏘鏘】鈴聲。(雅2)260《大雅·烝民》七章："四牡彭彭,八鸞鏘鏘。"《鄭箋》："鏘鏘,鳴聲。"孔穎達《正義》："八鸞之聲又鏘鏘然。"陸德明《釋文》作"將將"云："七羊反,本亦作鏘鏘。"參"將"。

彊(强、強)

（一）qiáng 巨良切（宕開三平陽群）陽部、群母

❶彊壯有力的(人)。(頌1)290《周頌·載芟》："侯彊侯以。"《毛傳》："彊,彊力也。"《鄭箋》："彊,有餘力者。"《通釋》："彊,指彊有力者。"郭沫若《從周代農事詩論到周代社

會》："有年富力彊者(彊),有年紀老弱者(以)。"

（二）jiāng ★居良切（宕開三平陽見）陽部、見母

❷見【彊²彊²】。

【彊²彊²】鳥雌雄相隨而飛的樣子。(風2)49《鄘風·鶉之奔奔》一章："鶉之奔奔,鵲之彊彊。"《鄭箋》："奔奔、彊彊,言其居有常匹,飛則相隨之貌。"陸德明《釋文》："彊,音姜,《韓詩》云:'奔奔、彊彊,乘匹之貌。'"《禮記·表記》引作"姜姜",鄭玄注云："鬥争惡貌。"與《詩》《箋》不同。高亨《今注》："彊、姜皆借爲翔,回環飛也。"又解:彊彊,鵲鳴聲。詩以鶉鵲均有固定的配偶反比頑與宣姜亂倫姘居。"

【彊禦】彊横暴虐(的人)。(雅3)255《大雅·蕩》二章："曾是彊禦,曾是掊克。"《毛傳》："彊禦,彊梁禦善也。"陳奂《傳疏》："禦善即彊梁,與彊禦猶掊與克,雖分釋而實同義。"260《大雅·烝民》五章："不侮矜寡,不畏彊禦。"朱熹《集傳》："不茹柔,故不侮鰥寡;不吐剛,故不畏彊禦。"王引之《述聞》卷七："禦,亦彊也。'曾是彊禦,曾是掊克',彊禦與掊克相對。'不侮鰥寡,不畏彊禦',彊禦與鰥寡相對。皆二字平列,其義相同。《史記·周本紀·集解》引《牧誓》鄭注曰："彊禦,謂彊暴也。'字或作彊圉,又作強圉。"王先謙《集疏》："《魯》《齊》禦作圉。"

牆(墙、墻) qiáng 在良切（宕開三平陽從）陽部、從母

牆:垣牆。(風4,雅1)76《鄭風·將仲子》二章："將仲子兮,無踰我牆。"《毛傳》："牆,垣也。"164《小雅·常棣》四章："兄弟鬩于牆,外禦其務。"陸德明《釋文》："牆,本或作廧,在良反。"

【牆屋】四壁爲牆,房頂爲屋,泛指房屋。(雅1)193《小雅·十月之交》五章："徹我牆屋,田卒污萊。"《鄭箋》："徹毁我牆屋,令我不得趨農,田卒爲污萊乎?"

【牆有茨】《國風·鄘風》篇名(46)。這是揭露和諷刺衛國統治集團淫亂無恥的詩。《詩序》："《牆有茨》,衛人刺其上也。公子頑通乎君母,國人疾之而不可道也。"《鄭

箋》：“宣公卒，惠公幼，其庶兄頑烝於惠公之母，生子五人：齊子、戴公、文公、宋桓夫人、許穆夫人。”朱熹《集傳》：“言其閨中之事皆醜惡而不可言。”或以爲此詩寫家醜而不可外揚。戴溪《續記》：“《牆有茨》，國人作也。當時必有以中冓之事形於咏言，如後世俚語歌行者，故詩人曰不可道、不可詳、不可讀也。怒其上而猶有掩覆之意，故聖人取焉。”聞一多以爲是刺人不能防範其妻。《類鈔》：“《牆有茨》刺人不能防閑其妻也。…牆上有茨，所以防閑也，故不可掃除。”三章，一十八句。

牆 qiáng 在良切（宕開三平陽從）
陽部、從母

垣牆。見"牆"。

喬(乔) qiáo 巨嬌切（效開三平宵群）
宵部、群母

舉喬切（效開三平宵見）
宵部、見母

❶高。(風1、雅1、頌2)9《周南·漢廣》一章：“南有喬木，不可休息(思)。”《毛傳》：“喬，上竦也。”陸德明《釋文》：“喬木，本亦作橋。木枝上竦也。”《説文·夭部》：“喬，高而曲也。”《詩》曰：‘南有喬木。’”296《周頌·般》：“墮山喬嶽，允猶翕河。”《鄭箋》：“喬，高。”朱熹《集傳》：“喬，高也。嶽，則其高而大者。”《淮南子·泰族》引《詩》作“及河嶠嶽”。《説文新附·山部》：“嶠，古通用喬。”❷通"鷮"。野鷄的一種。也指野鷄的羽毛。(風1)79《鄭風·清人》二章：“二矛重喬，河上乎逍遥。”《毛傳》：“重喬，累荷也。”孔穎達《正義》：“重喬猶如重英。”陸德明《釋文》：“喬，毛音橋，鄭居橋反，雉名。《韓詩》作鷮。”陳奐《傳疏》：“《毛傳》作喬爲假字，《韓詩》作鷮爲本字，謂以鷮羽飾矛也。”一説：矛柄上端懸縵的鈎。《鄭箋》：“喬，矛矜近上及室題，所以縣毛羽。”朱熹《集傳》：“矛之上句曰喬，所以懸英也，英敝而盡，所存者喬而已。”聞一多《類鈔》讀喬爲"翹"，説：“翹，矛頭受刃處，懸羽爲飾，即英也。”黄焯《詩疏平議》：“此詩二章意互相足，蓋謂二矛皆以喬爲英飾也。”參"橋"、"鷮"。

橋(桥) qiáo 巨嬌切（效開三平宵群）
宵部、群母

通"喬"。高。(風1)84《鄭風·山有扶蘇》二章：“山有橋松，隰有游龍。”陸德明《釋文》：“橋，本亦作喬。毛作橋，其驕反。王云：高也。”楊樹達《述林》卷五：“喬，高而曲也。…古式橋皆中高而兩端低，是高而曲也。”唐石經、相合本、孔穎達《正義》本作"橋"。一説：通"槁"。枯槁。《鄭箋》：“槁(一作喬)松在山上，喻忽忽無恩澤於大臣也。”陸德明《釋文》：“橋，鄭作槁，苦老反，枯槁也。”陳喬樅《改字説》：“《鄭箋》易《毛》以橋作槁，是以橋爲槁之假借。古高、喬二字音近義同，故字之從高、從橋者多相通用。”

樵 qiáo 昨焦切（效開三平宵從）
宵部、從母

打柴。(雅1)229《小雅·白華》四章：“樵彼桑薪，卬烘于煁。”孔穎達《正義》：“樵者，薪之一名。但諸事皆反其名以名其事。此‘樵彼桑薪’，猶‘薪是穫薪’也。”朱熹《集傳》：“樵，采也。”王念孫《廣雅疏證》卷十上：“薪謂之樵，因而取薪亦謂之樵。《史記·淮陰侯傳·集解》引《漢書音義》云：‘樵，取薪也。’”

憔 qiáo 昨焦切（效開三平宵從）
宵部、從母

憔悴。見"盡"。

譙(谯) qiáo 昨焦切（效開三平宵從）
宵部、從母

【譙譙】羽毛稀疏脱落；凋敝。(風1)155《豳風·鴟鴞》四章：“予羽譙譙，予尾翛翛。”《毛傳》：“譙譙，殺也。”陸德明《釋文》：“譙，字或作燋。”馬瑞辰《通釋》：“譙譙，當讀如顀顃之顀。人面之枯焦曰黸顃，鳥羽之焦殺曰譙譙，其義一也。”

燋 qiáo ★慈焦切（效開三平宵從）
宵部、從母

凋敝。見"譙"。

翹(翘) qiáo 渠遥切（效開三平宵群）
宵部、群母

【翹翹】1)衆多的樣子。(風2)9《周南·漢廣》二章：“翹翹錯薪，言刈其楚。”《毛傳》：“翹翹，薪貌。”朱熹《集傳》：“翹翹，秀起之貌。"方玉潤《原始》:"翹翹,薪錯起不平貌。"王引之《述聞》卷五:"翹翹與錯薪連言,則翹翹爲衆多之貌。言於衆薪之中,刈取其高者耳。"王先謙《集疏》:"《魯》、《韓》説曰:翹翹,衆也。"一説:高大的樣子。孔穎達《正義》:"翹翹,高貌。"陳奂《傳疏》:"翹翹,高大之意。"2)高而危險的樣子。(風1)155《豳風·鴟鴞》四章:"予室翹翹,風雨所漂搖。"《毛傳》:"翹翹,危也。"《鄭箋》:"巢之翹翹而危,以其所託枝條弱也。"

荍 qiáo 渠遥切（效開三平宵群）
　　　　幽部、群母
植物名。也叫錦葵或荆葵,花冠淡紫紅色,可供觀賞。(風1)137《陳風·東門之枌》三章:"視爾如荍,貽我握椒。"《毛傳》:"荍,芘芣也。"孔穎達《正義》引陸璣《詩義疏》:"荍,一名芘芣,一名荆葵,似蕪菁,華紫綠色,可食,微苦。"

巧 qiǎo 苦絞切（效開二上巧溪）
　　　　苦教切（效開二去效溪）
　　　　幽部、溪母
❶靈敏;靈巧。(風1)106《齊風·猗嗟》一章:"巧趨蹌兮,射則臧兮。"❷虚華不實。(雅2)194《小雅·雨無正》五章:"巧言如流,俾躬處休。"《毛傳》:"巧言從俗,如水轉流。"198《小雅·巧言》五章:"巧言如簧,顔之厚矣。"《鄭箋》:"顔之厚者,出言虚僞而不知慚於人。"
【巧笑】美好的笑;笑得好看。(風2)57《衛風·碩人》二章:"巧笑倩兮,美目盼兮。"方玉潤《原始》:"儀容之美,千古頌美人者,無出此二語,絶唱也。"59《衛風·竹竿》三章:"巧笑之瑳,佩玉之儺。"聞一多《類鈔》:"巧笑二句言女容飾之美,兼寫興高采烈之狀。"
[巧言]《小雅》篇名(198)。這是諷刺統治者信讒釀亂的詩。周幽王聽信讒言,小人厚顔無耻,播弄是非,釀成禍亂。詩人嚴加斥責。《詩序》:"《巧言》刺幽王也。大夫傷於讒,故作是詩也。"朱熹《集傳》:"大夫傷於讒,無所控告,而訴之於天。"胡承珙《後箋》:"詩以悠悠昊天發端,而取五章之巧言名篇。蓋讒人之言,非巧不入,詩人所深惡

也。大夫傷於讒者,非獨一己傷困於讒,謂大夫傷聽讒言之亂政。故其詞屢言亂,而深望君子能察而止之。"屈萬里《詮釋》:"此刺讒人之詩。"詩分六章,前三章刺王,後三章刺讒人。四十八句。

悄 qiǎo 親小切（效開三上小清）
　　　　宵部、清母
憂愁。(風1)143《邶風·月出》一章:"舒窈糾兮,勞心悄兮。"《毛傳》:"悄,憂也。"馬瑞辰《通釋》:"凡《詩》言勞心皆憂心,'勞心悄兮',猶言'憂心悄悄'也。"陳奂《傳疏》:"《邶·柏舟》、《出車》篇皆云'憂心悄悄'。重言曰悄悄,單言之則曰悄也。"
【悄悄】憂愁的樣子。(風1、雅1)26《邶風·柏舟》四章:"憂心悄悄,愠于群小。"《毛傳》:"悄悄,憂貌。"《説文·心部》:"悄,憂也。"引《詩》"憂心悄悄"。

切 qiē 千結切（山開四入屑清）
　　　　質部、清母
加工骨器。(風1)55《衛風·淇奥》一章:"如切如磋,如琢如磨。"《毛傳》:"治骨曰切,象曰磋,玉曰琢,石曰磨。"《爾雅·釋器》:"骨謂之切,象謂之磋,玉謂之琢,石謂之磨。"朱熹《集傳》:"治骨角者,既切以刀斧,而復磋以鑢錫(錯)。"聞一多《類鈔》:"切、磋、琢,都是磨光的意思。"

且 (一) qiě 七也切（假開三上馬清）
　　　　魚部、清母
❶此。(頌2)290《周頌·載芟》:"匪且有且,匪今斯今,振古如兹。"《毛傳》:"且,此也。"朱熹《集傳》:"非獨此處有此稼穡之事,非獨今時有豐年之慶,蓋自極古以來,已如此矣。"陳奂《傳疏》:"且與此,一聲之轉。…匪且有且,言不期有此而今適有此也。此者,指上文洽禮獲福而言。匪今斯今,言不始於今而其見於今也。"馬瑞辰《通釋》:"且與此雙聲,故《傳》訓且爲此,即以且爲此之假借,讀同此音,與兹爲韻。"黄焯《毛鄭平議》:"《詩》有實一句,而分言之,因重作二句者,…此二句如作一句言,則直云'匪今有且'耳。其先言且而後言今者,則倒文以便韻。下云'振古如兹',振古正承匪今言,如兹正承匪且言。詩意謂匪今

有此社稷之祀,蓋自古而然矣。"❷連詞。而且;并且。(風29、雅25、頌4)54《鄘風·載馳》四章:"許人尤之,衆稚且狂。"301《商頌·那》:"既和且平,依我磬聲。"❸將要;快要。(風1)96《齊風·雞鳴》三章:"會且歸矣,無庶予子憎。"❹姑且;暫時。(風4、雅1)115《唐風·山有樞》三章:"且以喜樂,且以永日。"180《小雅·吉日》四章:"以御賓客,且以酌醴。"聞一多《通義》:"且皆暫時之義也。"❺句中助詞。無實義。(風2)47《鄘風·君子偕老》二章:"揚且之皙也。"陸德明《釋文》:"且,七也反。"朱熹《集傳》:"且,語助辭。"馬瑞辰《通釋》:"皙謂色白。'揚且之皙也'與上'玉之瑱也,象之揥也'句法相類。…且,句中助詞。"一説:連詞。孔穎達《正義》:"其眉上揚廣,且其面之色又白皙。"

(二) jū 子魚切(遇合三平魚精)
　　魚部、精母
❻多,盛多。(雅1、頌1)284《周頌·有客》:"有萋有且,敦琢其旅。"馬瑞辰《通釋》:"萋、且雙聲字,皆以狀從者之盛。"261《大雅·韓奕》三章:"籩豆有且,侯氏燕胥。"《鄭箋》:"且,多貌。…其籩豆且然,榮其多也。"一説:語詞。陳奂《傳疏》:"且,詞也。'籩豆有且',言有豆也。"❼句末語氣詞。(風12、雅1)117《唐風·椒聊》一章:"椒聊且,遠條且。"高亨《今注》:"且,猶哉,語氣詞。"198《小雅·巧言》一章:"悠悠蒼天,曰父母且。"朱熹《集傳》:"且,語詞。"王先謙《集疏》:"且,語餘聲。"84《鄭風·山有扶蘇》一章:"不見子都,乃見狂且。"《毛傳》:"狂,狂人也。且,辭也。"一説:通"伹"。笨拙(的人)。馬瑞辰《通釋》:"且當爲伹之省借。狂伹,謂狂行拙鈍之人。"又一説:通"粗"。粗鄙醜陋。《鄭箋》:"不往親子都,乃反往覩狂醜之人。"吴闓生《吴氏遺著》卷一:"案'且'乃古'粗'字,故《箋》謂'狂且'爲'狂醜'是也。"

(三) cú ★叢租切(遇合一平模從)
　　魚部、從母
❽通"徂"。往。(風2)95《鄭風·溱洧》:

"女曰:觀乎?士曰:既且。"陸德明《釋文》:"且,音徂,往也。"考文古本作"徂"。一説:語氣詞。《鄭箋》:"士曰:'已觀矣。'"朱熹《集傳》:"且,語辭。"❾存。(風1)93《鄭風·出其東門》二章:"雖則如荼,匪我思且。"《鄭箋》:"'匪我思且,'猶'非我思存'也。"陸德明《釋文》:"且,音徂,《爾雅》云:存也。"一説:通"徂"。往;向往。戴震《考證》:"古文省,徂通用且。思且對思存爲義,'匪我思且',言匪我思之所往也。"又一説:句末語氣詞。朱熹《集傳》:"且,語助詞。"陳奂《傳疏》:"且爲語已之詞。"

又見【也且】【只且】。

揭 qiè 丘謁切(山開三入薛溪)
　　月部、溪母
威武健壯的樣子。(風2)57《衞風·碩人》四章:"庶姜孽孽,庶士有揭。"《毛傳》:"揭,武壯貌。"陸德明《釋文》:"《韓詩》作桀,云:健也。"62《衞風·伯兮》一章:"伯兮揭兮,邦之桀兮。"《毛傳》:"揭,武貌。"馬瑞辰《通釋》:"桀者,傑之假借。據此,是揭當作桀。《毛詩》蓋因下云'邦之桀兮',故上文假用揭字以與桀爲韻。"《玉篇·人部》:"偈,武貌。《詩》曰:伯兮偈兮。"陳喬樅《韓説考》:"揭即偈之假借。"

喋 qiè ★七葉切(咸開三入葉清)
　　葉部、清母
喋喋不休。見"捷"。

侵 qīn 七林切(深開三平侵清)
　　侵部、清母
進犯;攻伐。(雅3)177《小雅·六月》四章:"侵鎬及方,至於涇陽。"《鄭箋》:"來侵至涇水之北,言其太恣也。"241《大雅·皇矣》六章:"依其在京,侵自阮疆,陟我高岡。"朱熹《集傳》:"從阮疆而出以侵密。"《周禮·大司馬》注:"九伐之法;負固不服,則侵之。"鄭注:"侵之者,兵加其竟而已。"胡承珙《後箋》:"侵與伐,有難易輕重之分。"一説:通"寑"。息兵。戴震《考證》:"疑侵當作寑兵之寑,息兵也。字形相似,又因上文侵阮而遂致訛。"

綅(綅) qīn 七林切(深開三平侵清)
　　侵部、清母

子心切（深開三平侵精）
侵部、精母
息廉切（咸開三平鹽心）
侵部、心母

綅。頌1）300《魯頌·閟宮》五章："公徒三萬，貝胄朱綅。"《毛傳》："朱綅，以朱綅綴之。"孔穎達《正義》："朱綅，直是赤綅耳。文在胄下，則之是甲之所用，謂以朱綅連綴甲也。"陳奐《傳疏》："朱綅，謂以染朱之綅綴貝於胄。"《説文·糸部》："綅，絳綫也。"引《詩》"貝胄朱綅"。

駸（骎） qīn
七林切（深開三平侵清）
侵部、清母
楚簪切（深開三平侵初）
侵部、初母

【駸駸】馬疾行的樣子。（雅1）162《小雅·四牡》五章："駕彼四駱，載驟駸駸。"《毛傳》："駸駸，驟貌。"嚴粲《詩緝》："錢氏曰：'駸駸，馬前進貌。'"《説文·馬部》："駸，馬行疾也。"引《詩》"載驟駸駸"。

欽（钦） qīn
去金切（深開三平侵溪）
侵部、溪母

【欽欽】1）憂思的樣子。（風1）132《秦風·晨風》一章："未見君子，憂心欽欽。"《毛傳》："思望之，心中欽欽然。"朱熹《集傳》："欽欽，憂而不息之貌。"《爾雅·釋訓》："欽欽，憂也。"2）鐘聲。（雅1）208《小雅·鼓鍾》四章："鼓鍾欽欽，鼓瑟鼓琴。"孔穎達《正義》："此欽欽亦鍾聲也。"嚴粲《詩緝》："錢氏曰：聲有節也。"

衾 qīn
去金切（深開三平侵溪）
侵部、溪母

被子。（風2）21《召南·小星》二章："肅肅宵征，抱衾與裯。"《毛傳》："衾，被也；裯，襌被也。"孔穎達《正義》："今名曰被，古者曰衾，《論語》謂之寢衣也。"陳奐《傳疏》："《説文》：'衾，大被。被，寢衣，長一身有半。'…渾言衾、裯皆被名，析言則裯爲襌被，而衾爲不襌之被。凡人入寢，必衣寢衣而加衾也。《詩》之裯，即《論語》之寢衣也。"

親（亲） qīn
七人切（臻開三平真清）
真部、清母

❶父母。也單指父親或母親。（風1）156《豳風·東山》四章："親結其縭，九十其儀。"《毛傳》："母戒女，施衿結帨。"孔穎達《正義》："其母親自結其衣之縭。"❷親自。（雅2）191《小雅·節南山》四章："弗躬弗親，庶民弗信。"嚴粲《詩緝》："師尹親於政事不躬爲之，不親臨。"阮元《補箋》："尹氏不躬親教養，民不信之。"261《大雅·韓奕》一章："王親命之，纘戎祖考。"

【親迎】新郎親到女家迎娶。這是古代婚禮"六禮"之一。六禮是：納采、問名、納吉、納徵、請期、親迎。（雅1）236《大雅·大明》五章："文定厥祥，親迎於渭。"孔穎達《正義》引公羊説："天子至庶人娶，皆當親迎。"陳奐《傳疏》："親迎者，重昏禮也。"

勤 qín
巨斤切（臻開三平殷群）
文部、群母

❶勤勞；辛苦。跟"逸"相對。（頌1）295《周頌·賚》："文王既勤止，我應受之。"《毛傳》："勤，勞。"朱熹《集傳》："言文王之勤勞天下至矣，其子孫受而有之。"❷惜；憐惜。（風1）155《豳風·鴟鴞》一章："恩斯勤斯，鬻子之閔斯。"孔穎達《正義》："言己甚愛此，甚惜此二子。…王肅云：'勤，惜也。'一説：恩勤，相當於'殷勤'。辛勤勞苦。《鄭箋》："'鴟鴞之意，殷勤於此稚子，當哀閔之。"又一説：勤勞。陳奐《傳疏》："'恩斯勤斯'，言我周室當恩愛保護，勤勞勉作。"又一説：憂愁。馬瑞辰《通釋》："'勤當讀'昔公勤勞王家'之勤，勤勞皆憂也。愛之欲其室之堅，憂之懼其室之傾也。"

芹 qín
巨斤切（臻開三平殷群）
文部、群母

植物名。即水芹，也叫楚葵，生水邊，自古爲常見蔬菜之一。（雅1、頌1）222《小雅·采菽》二章："觱沸檻泉，言采其芹。"《鄭箋》："芹，菜也，可以爲菹。"何楷《古義》："檻泉之旁，有芹可采，興君子來朝，亦有儀從可觀。"299《魯頌·泮水》一章："思樂泮水，薄采其芹。"《鄭箋》："芹，水菜也。"嚴粲《詩緝》："我往觀之，而采其水中之芹也。"

芩 qín
巨金切（深開三平侵群）
侵部、群母

草名。俗稱蔓華。（雅1）161《小雅·鹿鳴》

三章:"呦呦鹿鳴,食野之芩。"《毛傳》:"芩,草也。孔穎達《正義》引陸璣《詩義疏》:"莖如釵股,葉如竹,蔓生澤中下地鹹者也,爲草貞實,牛馬亦喜食之。"一說:蒿。陸德明《釋文》引《說文》:"蒿也。"馬瑞辰《通釋》:"當從《釋文》所引訓蒿爲是。"又一說:水芹。王夫之《稗疏》:"食野之芩,亦當是水芹,芩、芹音相近耳,要不出九草之中爲正。"

琴 qín 巨金切（深開三平侵群）
侵部、群母

古代撥弦樂器,用梧桐木等製成。相傳最初爲五弦,周初增爲七弦,琴身狹長形,而板外側有十三徽,底板有兩個出音孔。演奏時左手按弦,右手撥弦,音色優美。(風3、雅6)1《周南・關雎》四章:"窈窕淑女,琴瑟友之。"《毛傳》:"宜以琴瑟樂之。"朱熹《集傳》:"琴五弦或七弦,瑟二十五弦,皆絲屬,樂之小者也。"161《小雅・鹿鳴》三章:"我有嘉賓,鼓瑟鼓琴。"218《小雅・車舝》五章:"四牡騑騑,六轡如琴。"朱熹《集傳》:"如琴,謂六轡調和如琴瑟也。"

秦 qín 匠鄰切（臻開三平真從）
真部、從母

周代諸侯國名。始祖伯益,佐禹治水,舜命為虞官,賜姓嬴氏。西周孝王封伯夷後非子於秦（今甘肅天水縣故秦城）,為附庸。秦仲時,周宣王命為大夫。東周初,秦仲孫襄公護送平王東遷有功,封為諸侯。於是西周王畿及豳地歸秦所有。至春秋時,秦穆公攻滅十二國,稱霸西戎。孝公時定都咸陽,為戰國七雄之一。朱熹《集傳》:"秦,國名。其地在《禹貢》雍州之域,近鳥鼠山。初,伯夷佐禹治水有功,賜姓嬴氏。其後中潏居西戎以保西垂。六世孫大駱生成及非子。非子事周孝王,養馬於汧渭之間,馬大繁息,孝王封爲附庸而邑之秦。至宣王時,犬戎滅成之族,宣王遂命非子曾孫秦仲爲大夫,誅西戎,不克,見殺。及幽王爲西戎犬戎所殺,平王東遷,秦仲孫襄公以兵送之。王封襄公爲諸侯,曰:'能逐犬戎,即有岐豐之地。'襄公遂有周西都畿內八百里之地。至玄孫德公,又徙於雍。秦,而今之秦州。雍,今京兆府興平縣是也。"

〖秦風〗《詩經・國風》之一。秦地詩歌,共十篇。孔穎達《詩譜》疏:"《車鄰》,美秦仲,爲秦仲詩也。《駟驖》、《小戎》、《蒹葭》、《終南》、《序》皆云襄公,是襄公詩也。《黃鳥》刺繆公,是繆公詩也。《晨風》、《無衣》、《渭陽》、《權輿》,是康公時詩。"除《車鄰》外,都是東周作品。

蓁 qín 匠鄰切（臻開三平真從）
真部、從母

蟬的一種。體較小,額廣而方正。(風1)57《衛風・碩人》二章:"螓首蛾眉,巧笑倩兮。"《毛傳》:"螓首,顙廣而方。"《鄭箋》:"螓,謂蜻蜻也。"孔穎達《正義》:"舍人曰:'小蟬也。青青者。'某氏曰:'鳴札札者。'"一說:蟭蟟之一種。沈括《夢溪筆談》卷二十四:"蟭蟟之小而綠色者,北人謂之螓,即《詩》所謂'螓首蛾眉'者也。取其頂深且方也。"又一說;通"顉"。頭好的樣子。《說文・頁部》:"顉,好貌,從頁,爭聲,《詩》所謂顉首。"王先謙《集疏》:"三家,螓作顉。"

寢(寑) qǐn 七稔切（深開三上寑清）
侵部、清母

❶躺着休息;睡覺。(風1、雅3)128《秦風・小戎》三章:"言念君子,載寢載興。"于鬯《香草校書》卷十三:"'載寢載興'者,望君子之歸而與之同寢興也。"190《小雅・無羊》二章:"或降于阿,或飲于池,或寢或訛。"189《小雅・斯干》六章:"下莞上簟,乃安斯寢。"黃焯《毛鄭平議》:"此句之寢,與下句'乃寢乃興'之'寢'同爲寢寐義。此云安寢,承上章'攸寧'言,'乃寢乃興',亦即承安寢言,不必分寢室、寢寐二義。"一說:寢室。孔穎達《正義》:"宣王命人下鋪莞蒲,上施簟席,乃與群臣安燕爲歡樂於此寢室之中。"❷使躺;使睡。(雅2)189《小雅・斯干》八章:"乃生男子,載寢之床。"又九章:"乃生女子,載寢之地。"❸路寢。宗廟中藏祖先衣冠的後殿。(頌1)305《商頌・殷武》六章:"寢成孔安。"《毛傳》:"寢,路寢也。"朱熹《集傳》:"寢,廟中之寢也。"孔穎達《正義》:"言路寢既成而甚安也。"

〖寢廟〗古代宗廟分兩部分,後面停放牌位

和先人遺物的地方叫"寢"，前面祭祀的地方叫"廟"，合稱"寢廟"。(雅2)198《小雅·巧言》四章："奕奕寢廟，君子作之。"孔穎達《正義》："寢廟者，《周禮·注》云：前曰廟，後曰寢，則廟寢一物，先寢後廟，便文耳。"《禮記·月令》孔穎達疏："廟是接神之處，其處尊，故在前；寢，衣冠所藏之處，對廟爲卑，故在後。但廟制有東西廂，有序牆，寢制惟室而已。"

又見〖路寢〗。參"浸"。

青 qīng 倉經切（梗開四平青清）
耕部、清母

藍色或綠色。用作名詞，指青色的東西。(風1)98《齊風·著》二章："充耳以青乎而。尚之以瓊瑩乎而。"《毛傳》："青，青玉。"《鄭箋》："青，紞(dǎn)之青。"

【青青】1)青色的。(風2)91《鄭風·子衿》一章："青青子衿，悠悠我心。"《毛傳》："青衿，青領也。"陸德明《釋文》："青，如字，學子以青爲衣領。"2)(jīng jīng)通"菁菁"。茂盛的樣子。(風1、雅1)55《衛風·淇奧》二章："瞻彼淇奥，綠竹青青。"《毛傳》："青青，茂盛貌。"陸德明《釋文》："青，子丁反，本或作菁。"233《小雅·苕之華》二章："苕之華，其葉青青。"《毛傳》："華落，葉青青然。"朱熹《集傳》："青青，盛貌。"

【青蠅】蒼蠅。(雅3)219《小雅·青蠅》一章："營營青蠅，止于樊。"《鄭箋》："蠅之爲蟲，污白使黑，污黑使白，喻佞人變亂善惡也。"《楚辭·九嘆》王逸章句引《詩》："營營青蠅"云："青蠅變白使黑，變黑使白，以喻讒。"與《鄭箋》義同。朱鶴齡《通義》："青蠅驅之不去，小人亦驅之不去。"后來就以"青蠅"比喻讒言小人。一說："蠅"當作"䵷(wā)。青蛙。黃生《義府》卷上："《詩·齊風》'匪雞則鳴，蒼蠅之聲'。'焦澹圍渭、'蠅'字乃'䵷'字之誤。誠然。……予因悟《小雅·青蠅》亦當爲'䵷'字之誤。其云'止棘'、'止樊'、'止榛'，正合䵷所止之處。若以爲蠅，殊乖物理。"

〖青蠅〗《小雅》篇名(219)。《詩序》："《青蠅》，大夫刺幽王也。"朱熹《集傳》："詩人以王好聽讒言，故以青蠅之聲比之，而戒王以

勿聽也。"這是一首痛斥讒言害人亂國，規勸統治者不要聽信讒言的詩。《易林·豫之困》："青蠅集藩，君子信讒，害賢傷忠，患生婦人。"何楷《古義》、王先謙《集疏》認爲此詩是刺幽王信褒姒之讒以害太子宜臼。羅願《爾雅翼》："君子之於讒也，初蓋易之，至於亂之又生，則後君子信其讒。故首章但云'毋信讒言'；至其二章，則已交亂在外國；至其三章，則雖同心如我二人者，亦不能相有(友)。其始輕之而不忌，皆如此蠅矣。"指出了以青蠅起興的意思。三章，十二句。

清 qīng 七情切（梗開三平青清）
耕部、清母

❶水清澈。跟"濁"相對。(風4、雅2)112《魏風·伐檀》一章："河水清且漣猗。"204《小雅·四月》五章："相彼泉水，載清載濁。"227《小雅·黍苗》五章："原隰既平，泉流既清。"《毛傳》："土治曰平，水治曰清。"陳奐《傳疏》："泉流既清，則水治矣。"❷潔淨。(雅1、頌1)248《大雅·鳧鷖》一章："爾酒既清，爾殽既馨。"❸清静；清明。(頌2)266《周頌·清廟》："於穆清廟，肅雝顯相。"《鄭箋》："清廟，祭有清明之德者之宫也。"陸德明《釋文》引杜預云："清，肅然清静之稱也。"朱熹《集傳》："清，清静也。"孔穎達《正義》引賈逵《左傳注》："肅然清静謂之清廟。"268《周頌·維清》："維清緝熙，文王之典。"孔穎達《正義》："今日所以維皆清静光明無敗亂之政者，乃由在前文王有征伐之法故也。"朱熹《集傳》："清，清明也。"❹清涼；清爽。(雅1)260《大雅·烝民》八章："吉甫作誦，穆如清風。"《毛傳》："清微之風，化養萬物者也。"孔穎達《正義》："以清微之風化養萬物，故以比清美之詩，可以感益於人也。"❺眼睛清亮；黑白分明。(風3)106《齊風·猗嗟》二章："猗嗟名兮，美目清兮。"丘光庭《兼明書》卷二："清者，目中黑白分明，如水之清也。"朱熹《集傳》："清，目清明也。"陳奐《傳疏》："名與清，皆美目也。"❻春秋時鄭國邑名，在今河南省中牟縣西。(風3)79《鄭風·清人》一章："清人在彭，駟介旁旁。"《毛傳》："清，邑也。"《鄭箋》："清者，高

克所帥衆之邑也。"孔穎達《正義》:"清是鄭邑。"王先謙《集疏》:"據《易林》'清人高子',知克亦清邑之人,故率其同邑之衆,屯於衛邑彭地。"

【清廟】《周頌》篇名(266)。這是周王祭祀文王的樂歌。歌頌文王德行光明,後人要奉行文王德教,報答文王在天之靈,光大繼承先祖的功業。是《周頌》第一篇,"四始"之一。《詩序》:"《清廟》,祀文王也。周公既成洛邑,朝諸侯,率以祀文王焉。蔡邕《獨斷》:"《清廟》,洛邑既成,諸侯朝見,宗祀文王之所歌也。"《鄭箋》:"清廟者,祭有清明之德者之宮,謂祭文王也。天德清明,文王象焉,故祭之而歌此詩也。廟之言貌也。死者精神不可得而見,但以生時之居,立宮室象貌爲之耳。"孔穎達《正義》:"《禮記》每云昇歌《清廟》,然則祭宗廟之盛,歌文王之德,莫盛於《清廟》也。"朱熹《集傳》:"此周公既成洛邑而朝諸侯,因率之以祀文王之樂歌。"載震《考證》據《洛誥》以爲此兼祭文王、武王之詩。一章,八句。

【清廟之什】《詩經·周頌》里包括《清廟》、《維天之命》、《維清》、《烈文》、《天作》、《昊天有成命》、《我將》、《時邁》、《執競》、《思文》等在内的十首詩,舊本編爲一卷,稱《清廟之什》。

【清明】政治有法度,有條理。(雅1)236《大雅·大明》八章:"肆伐大商,會朝清明。"《毛傳》:"不崇朝而天下清明。"孔穎達《正義》:"天下乃大清明,無復濁亂之政。"一說:天氣清澈明朗。嚴粲《詩緝》:"會戰之朝,雨止而清明。"林義光《通解》:"會朝清明,言適會早晨清明之時也。"王先謙《集疏》:"《韓》作'會朝瀞明'。瀞,清也。"

【清酒】清潔的酒;祭祀用的酒。(雅3)261《大雅·韓奕》一章:"顯父餞之,清酒百壺。"210《小雅·信南山》五章:"祭以清酒,從以騂牡。"《鄭箋》:"清,謂玄酒也。酒,鬱鬯,五齊三酒也。祭之禮,先以鬱鬯降神。"朱熹《集傳》:"清酒,清潔之酒,鬱鬯之屬也。"《周禮·天官·酒正》:"辨三酒之物。"鄭玄注:"清酒,今中山冬釀接夏而成。"鄭氏箋《詩》與此異。

【清人】《國風·鄭風》篇名(79)。這是鄭公子素諷刺鄭文公和高克的詩。高克統軍無方,雖兵強馬壯而嬉戲散漫,無所事事,終致失敗。《詩序》:"《清人》,刺文公也。高克好利而不顧其君,文公惡而欲遠之,不能。使高克將兵而禦狄于竟。陳其師旅,翱翔河上。久而不召,衆散而歸,高克奔陳。公子素惡高克進之不以禮,文公退之不以道,危國亡師之本,故作是詩也。"《左傳·閔公二年》:"鄭人惡高克,使帥師次於河上,久而弗召,師潰而歸,高克奔陳。鄭人爲之賦《清人》。"狄人攻破衛國,鄭文公憎惡他的大臣高克,以防備狄人爲名,命高克駐守在黃河邊上,長期不調他的軍隊回去,士兵們無所事事。後來潰散,高克逃到陳國。詩中寫的就是這件事,現代研究者有人認爲此詩並無諷刺意味,而是贊揚清邑士兵在訓練中軍容嚴整,戰術精熟,有尚武精神。顧頡剛認爲是寫"武士游觀之樂。"三章,十二句。

【清揚】面貌清秀,眼睛眉毛美麗好看。(風4)47《鄘風·君子偕老》三章:"子之清揚,揚且之顏也。"《毛傳》:"清,視清明也。揚,廣揚而顏角豐滿。"鄒漢勛《讀書偶識》卷四:"綜《傳》意,是以清爲目之美,揚爲眉之美,因以爲眉、目之名也。"馬瑞辰《通釋》:"清揚皆美貌之稱。《野有蔓草》'清揚婉兮'、'婉如清揚',此泛言美之也。…顏色之美皆可曰清揚矣。"聞一多《類鈔》:"清揚,美目貌。"94《鄭風·野有蔓草》一章:"有美一人,清揚婉兮。"《毛傳》:"眉目之間婉然美也。"《韓詩外傳》卷二引作"青陽婉兮"。《文選·舞賦》李善注引作"清陽婉兮"。臧琳《經義雜記》卷四:"以清爲目之美,以揚爲眉上之美,以婉兮爲清揚之美婉婉兮也。"馬瑞辰《通釋》:"據《齊風·猗嗟》篇首章曰'美且揚兮',次章曰'美目清兮',三章合之曰'清揚婉兮',是清揚皆指目之美。"屈萬里《詮釋》:"清揚,目清明也。"

卿 qīng 去京切(梗開三平庚溪)
陽部、溪母

古代高級官員的稱呼。西周春秋時期天子和諸侯都有卿,分上、中、下三等。(雅1)

255《大雅·蕩》四章:"爾德不明,以無陪無卿。"《毛傳》:"無陪貳也,無卿士也。"朱熹《集傳》:"言前後左右公卿之臣皆不稱其官,如無人也。"
【卿士】周代總管王朝政事的大臣,爲百官之長,類似《周禮》的冢宰和後代的宰相。(雅3、頌1)193《小雅·十月之交》四章:"皇父卿士。"孔穎達《正義》:"於六卿之外,更爲之都官,總統六官之事,兼雜爲名,故謂之卿士。"陳奐《傳疏》:"士,事也。主掌六卿之事,謂之卿士。卿士,三公中執朝政者,幽王時則皇父也。"

頃(顷) qīng 去營切(梗合三平清溪)
耕部、溪母

【頃筐】斜口的筐,前低後高,簸箕之類。頃,斜。(風2)3《周南·卷耳》一章:"采采卷耳,不盈頃筐。"《毛傳》:"頃筐,畚屬,易盈之器也。"陸德明《釋文》:"《韓詩》云:頃筐,欹筐也。"朱熹《集傳》:"頃,欹也。筐,竹器。"馬瑞辰《通釋》:"頃筐,蓋即今箐筐之類,後高而前低,故曰頃筐。"《荀子·解蔽》引此詩釋曰:"頃筐易滿也,卷耳易得也,然而不可以貳周行。"20《召南·摽有梅》三章:"摽有梅,頃筐墍之。"《玉篇·手部》引作"傾筐摡之。"

傾(倾) qīng 去營切(梗合三平清溪)
耕部、溪母

倒塌;覆滅。(雅2)255《大雅·蕩》七章:"曾是莫聽,大命以傾。"朱熹《集傳》:"乃無聽用之者,是以大命傾覆而不可救也。"264《大雅·瞻卬》三章:"哲夫成城,哲婦傾城。"朱熹《集傳》:"傾,覆。"陳奐《傳疏》:"傾城,喻亂國也。"參"頃"。

情 qíng 疾盈切(梗開三平清從)
耕部、從母

情意;情思。(風1)136《陳風·宛丘》一章:"洵有情兮,而無望兮。"朱熹《集傳》:"言雖信有情思而可樂矣,然無威儀可瞻望也。"

慶(庆) qìng 丘敬切(梗開三去映溪)
陽部、溪母

❶慶賀;祝賀。(雅1)209《小雅·楚茨》六章:"爾殽既將,莫怨具慶。"朱熹《集傳》:"與燕之人無有怨者,而皆歡慶醉飽。"何楷《古義》:"具通作俱,偕也。慶,賀也。歡洽而相慶賀也。莫怨具慶,一言反,一正説。"❷認爲好;喜歡。(雅1)261《大雅·韓奕》五章:"慶既令居,韓姞燕譽。"《鄭箋》:"慶,善也。蹶父既善韓之國土,使韓姞嫁焉而居。"朱熹《集傳》:"慶,喜。令,善也。喜其有此善居也。"❸善;福;福慶。(雅5、頌1)241《大雅·皇矣》三章:"則篤其慶,載錫之光。"《毛傳》:"慶,善。"朱熹《集傳》:"益脩其德,以厚周家之慶。"陳奐《傳疏》:"篤其慶,猶云篤於親。"214《小雅·裳裳者華》二章:"維其有章矣,是以有慶矣。"朱熹《集傳》:"有文章,斯有福慶矣。"❹賜;賞賜。(雅2)211《小雅·甫田》四章:"黍稷稻粱,農夫之慶。"《鄭箋》:"慶,賜也。年豐則勞賜農夫厚,既有黍稷,加以稻粱。一説:福。朱熹《集傳》:"凡此黍稷稻粱,皆賴夫之慶而得之。"

磬 qìng 苦定切(梗開四去徑溪)
耕部、溪母

❶古代一種石制的打擊樂器,形狀像曲尺。懸挂在架上,有單個的特磬,也有成組的編磬。(雅1、頌3)208《小雅·鼓鍾》四章:"鼓瑟鼓琴,笙磬同音。"朱熹《集傳》:"磬,樂器,以石爲之。琴瑟在堂,笙磬在下。同音,言其和也。"301《商頌·那》:"既和且平,依我磬聲。"《毛傳》:"磬,聲之清者也。以象萬物之成。"《鄭箋》:"磬,玉磬也。堂下諸懸與諸管磬皆和平,不相奪倫,又與玉磬之聲相依,亦謂和平也。"朱熹《集傳》:"磬,玉磬也。堂上升歌之樂,非石磬也。"王夫之《稗疏》:"古者通謂玉爲石,故八音言石而不言玉。凡石不能俱爲磬,可爲磬者,玉之屬。"班固《白虎通·禮樂》:"磬者,夷則之氣也,象萬物之盛也。其氣磬,故曰磬。"李黼平《紬義》:"樂之有磬,原以象萬物之成。……《孟子》曰:'金聲玉振。金聲也者,始條理也。玉振也者,終條理也。'振,收也,磬,特磬,所以收衆樂之聲,故衆聲皆倚之,衆聲之成,即象萬物之成矣。"❷騁馬;縱馬奔馳。(風1)78《鄭風·大叔于田》二章:"抑磬控忌,抑縱送忌。"《毛傳》:"騁馬曰磬。"胡承珙《後箋》:"磬即磬折之謂。

《禮》凡言磬折者，皆謂屈身如磬之折殺。凡騁馬時，人之立於車中者，身必稍曲向前，故謂之磬。"一說："磬控。複音詞。勒馬不進。馬瑞辰《通釋》："磬控，雙聲字。縱送，叠韻字。皆言御者馳逐之貌。"余冠英《詩經選》："磬控，雙聲連綿詞，就是控制馬不讓它前進。"參"倪"。

罄 qìng 苦定切（梗開四去徑溪）
耕部、溪母

❶（器皿）空。（雅1）202《小雅·蓼莪》二章："缾之罄矣，維罍之恥。"《毛傳》："罄，盡也。"《說文·缶部》："罄，器中空也。"引《詩》："缾之罄矣。"又"窒，空也。"引《詩》："瓶之窒矣。"王先謙《集疏》："三家，罄作窒。"❷盡；一切。（雅1）166《小雅·天保》二章："罄無不宜，受天百祿。"《毛傳》："罄，盡也。"顧炎武《日知錄》卷三："罄無不宜，宜室家，宜兄弟，宜子孫，宜民人也。"何楷《古義》："盡無不宜，謂宜室宜人是也。"

窒 qìng 苦定切（梗開四去徑溪）
耕部、溪母

（器皿）空。見"罄"。

邛 qióng 渠容切（通合三平鍾群）
東部、群母

❶土丘。（風2）142《陳風·防有鵲巢》一章："防有鵲巢，邛有旨苕。"《毛傳》："邛，丘也。"孔穎達《正義》："美草多生於高丘。"胡承珙《後箋》："詩蓋云：邑中之樹有鵲巢，則仰而可見者也。邛上之草有旨苕，則俯而可見者也。"馬瑞辰《通釋》："鵲巢宜於林木，今言防有，非其所應有也。不應有而以爲有，所以爲讒言也。苕生於下濕，今言邛有者，亦以喻讒言之不可信。"❷病；毛病。（雅2）195《小雅·小旻》一章："我視謀猶，亦孔之邛。"《毛傳》："邛，病也。"朱熹《集傳》："故我視其謀猶，亦甚病矣。"198《小雅·巧言》三章："匪其止共，維王之邛。"《鄭箋》："邛，病也。小人好爲讒佞，既不共其職事，又身王作病。"《禮記·緇衣》引此《詩》，鄭玄注："匪，非也。邛，勞也。言臣不止於恭敬其職，惟使王之勞。"

穹 qióng 去宮切（通合三平東溪）
蒸部、溪母

窮盡。（風2）154《豳風·七月》五章："穹窒熏鼠，塞向墐戶。"《毛傳》："穹，窮，室，塞也。"孔穎達《正義》："言窮盡塞其窟穴也。"陳奐《傳疏》："穹窒熏鼠者，謂窮盡鼠穴而塞之灼之也。"馬瑞辰《通釋》："《詩》以穹室與熏鼠及下塞向、墐戶四者相對成文。穹，窮也；窮，治也，盡也。…穹謂除治之盡也。"一說：空隙，洞穴。朱熹《集傳》："穹，空隙也。…室中空隙者塞之。"

【穹蒼】蒼天。（雅1）257《大雅·桑柔》七章："靡有旅力，以念穹蒼。"《毛傳》："穹蒼，蒼天。"孔穎達《正義》引李巡說："仰視天形，穹隆而高，色蒼蒼然，故曰穹蒼。"朱熹《集傳》："穹蒼，天也。穹言其形，蒼言其色。"參"空"。

窮（穷）qióng 渠弓切（通合三平東群）
冬部、群母

窮苦；貧困；生活困難。（風2）35《邶風·谷風》六章："宴爾新昏，以我御窮。"《鄭箋》："君子乃但以我御窮苦之時。"

惸 qióng 渠營切（梗合三平清群）
耕部、群母

【惸獨】孤獨無依的人。惸，沒有兄弟；獨，老而無子。（雅1）192《小雅·正月》十三章："哿矣富人，哀此惸獨。"《鄭箋》："此言王政如是，富人已可，惸獨將困也。"孔穎達《正義》："哀哉此單獨之民窮而無告。"王先謙《集疏》："《魯》，惸作煢。"

【惸惸】憂慮的樣子。（雅1）19《小雅·正月》三章："憂心惸惸，念我無祿。"《毛傳》："惸惸，憂意也。"一說：孤獨無依的樣子。陸德明《釋文》："惸，本又作煢。一曰：獨也。"嚴粲《詩緝》："王氏曰：惸惸，獨也。"《文選·張平子·思玄賦》："何孤行之煢煢兮？"李善注："煢煢，獨也。"參"睘"、"嬛"。

煢 qióng 渠營切（梗開三平清群）
耕部、群母

孤獨無依。見"惸"、"睘"、"嬛"。

藑 qióng 渠營切（梗合三平清群）
耕部、群母

纏繞。見"縈"。

睘 qióng 渠營切（梗合三平清群）
耕部、群母

【睘睘】孤獨無依的樣子。（風 1）119《唐風‧杕杜》二章："獨行睘睘，無所依也。"朱熹《集傳》："睘睘，無所依貌。"陸德明《釋文》："睘，本亦作煢，又作惸。"王先謙《集疏》："《魯》睘作惸。"

嬛 qióng 渠營切（梗合三平清群）
耕部、群母

【嬛嬛】孤獨無依的樣子。（頌 1）286《周頌‧閔予小子》："遭家不造，嬛嬛在疚。"《鄭箋》："嬛嬛然孤特在憂病之中。"陸德明《釋文》："嬛，崔本作煢。"《說文‧宀部》"宊"字下引作"煢煢"，《女部》"嬛"字注又引作"嬛嬛"。朱熹《集傳》："嬛與煢同。無所依怙之意。疚，哀病也。"陳奐《傳疏》："嬛嬛之讀爲煢煢，猶惸惸之讀爲煢煢，皆於雙聲通用。"馬瑞辰《通釋》："作煢煢者三家詩，作嬛嬛者《毛詩》也。"

瓊（琼）qióng 渠營切（梗合三平清群）
耕部、群母

赤玉，引申爲美玉。（風 8）64《衛風‧木瓜》一章："投我以木瓜，報之以瓊琚。"《毛傳》："瓊，玉之美者；琚，佩玉名。"馬瑞辰《通釋》："瓊爲玉之美者，因而凡玉石之美者通謂之瓊。"98《齊風‧著》一章："尚之以瓊華乎而。"《毛傳》："瓊華，美石，士之服也。"姚際恒《通論》："瓊，赤玉，貴者用之。華、瑩、英取協韻，以贊其玉之色澤也。"鄒漢勛《讀書偶識》卷四："瓊爲赤玉，華、英、榮，借艸木之名以狀玉之光色澤也。"聞一多《類鈔》："瓊華、瓊瑩、瓊英、是玉瑱。"一說：光采似玉的。《古今韻會舉要‧庚韻》"瓊"下引錢氏曰："《詩》言玉以瓊者多，《著》'瓊英'、'瓊華'、'瓊瑩'、《木瓜》'瓊瑤'、'瓊琚'、'瓊玖'，皆謂玉色之美爲瓊，非玉之名也。"戴震《考證》："瓊非正名，凡言玉色美曰瓊。"

丘 qiū 去鳩切（流開三平尤溪）
之部、溪母

小土山。（風 10、雅 3）74《王風‧丘中有麻》一章："丘中有麻，彼留子嗟。"《説文‧丘部》："丘，土之高也，非人所爲也。一曰四方高中央下爲丘。"230《小雅‧緜蠻》二章："緜蠻黃鳥，止於丘隅。"《鄭箋》："丘隅，丘角也。"

『丘中有麻』《國風‧王風》篇名(74)。《詩序》説是思賢的詩："《丘中有麻》，思賢也。莊王不明，賢人放逐，國人思之，而作是詩。"《鄭箋》："思之者，思其來，己得見之。"方玉潤《原始》以爲這是詩人見周室衰微，賢人放廢而作，有相與偕隱之意："《丘中》，招賢偕隱也。…周衰，賢人放廢，或越在他邦，或尚留本國，故互相招集退處丘園以自樂，所謂桃花源尚在人間者，是也。"朱熹《集傳》認爲是女子盼望與所私者相會的情詩："婦人望其所與私者而不來，故疑丘中有麻之處，復有與之私而留之者，今安得其施施然而來乎。"又《辨説》："此亦淫奔之詩。"從内容看，當是一位女子盼望情人來會，擔心有人把他留下。朱説近似。三章，十二句。

又見【頓丘】【阿丘】【旄丘】【畎丘】【宛丘】

秋（秌）qiū 七由切（流開三平尤清）
幽部、清母

❶秋季；秋天。一年四季的第三季。農曆七、八、九月。（風 1、雅 1、頌 1）58《衛風‧氓》一章："將子無怒，秋以爲期。"204《小雅‧四月》二章："秋日淒淒，百卉具腓。"❷九個月；三季。（風 1）72《王風‧采葛》二章："一日不見，如三秋兮。"孔穎達《正義》："年有四時，時皆三月，三秋，謂九月也。"朱熹《集傳》："曰三秋，則不止三月矣。"余冠英《詩經選》："三秋該長於三月，短於三歲，又同三季，就是九個月。"一説三年。聞一多《類鈔》："三秋猶三年。"又見【春秋】。

鶖（鹙）qiū 七由切（流開三平尤清）
幽部、清母

一種水鳥，又名禿鶖。頭頂無毛，性凶猛貪惡，以魚、蛇、鳥雛等爲食。詩中比喻褒姒。（雅 1）229《小雅‧白華》六章："有鶖在梁，有鶴在林。"《毛傳》："鶖，禿鶖也。"陳奐《傳疏》引李時珍《本草綱目》："禿鶖，水鳥之大者也，出南方有大湖泊處。其狀如鶴而大，青蒼色，張翼廣五六尺，舉頭高六七尺，長頸赤目。頭項皆無毛，其頂皮方二寸許，紅色如鶴頂，其喙深黃色而扁直，長尺餘，其嗉下亦有胡袋，如鵝鶻狀，其足爪如雞，黑色。性極貪惡，能與人鬥。好啖魚蛇及鳥雛。"

仇 qiú 巨鳩切（流開三平尤群）
幽部、群母

❶匹偶；伴侶。（風 1、雅 2）7《周南·兔罝》二章："赳赳武夫，公侯好仇。"《鄭箋》："怨耦曰仇。"孔穎達《正義》："毛，仇皆爲匹。"朱熹《集傳》："仇與逑同。康衡引《關雎》亦作仇字。公侯善匹，猶曰聖人之耦，則非特干城而已。"黃焯《毛鄭平議》："此詩之好仇，猶言良弼賢佐耳。"241《大雅·皇矣》七章："詢爾仇方，同爾弟兄。"《毛傳》："仇，匹也。"（仇方：友邦，鄰邦。）于邕《香草校書》卷十一："仇方者，謂遠方也。…仇之言尤然。"220《小雅·賓之初筵》二章："賓載手仇，室人入又。"《毛傳》："（賓）自取其匹而射。"陳奐《傳疏》："訓仇爲匹。匹猶耦也。"一說：通"斛"(jū)。挹取；舀出。《鄭箋》："賓手挹酒，室人復酌爲加爵。"陸德明《釋文》："仇，毛音求，匹也。鄭讀爲斛，音俱，謂挹取酒。"❷（今讀 chóu）仇敵。見【同仇】。
【仇仇】傲慢的樣子。（雅 2）192《小雅·正月》七章："執我仇仇，亦不我力。"《毛》："仇，猶謷謷也。"孔穎達《正義》："《釋訓》云：'仇仇、謷謷，傲也。'義同，故猶。"《说文·口部》："㕟，高氣也。桂馥《说文義證》："高氣也者，《詩·正月》'執我仇仇'《傳》：'仇仇，猶謷謷也。'馥謂仇即此㕟。"陳奐《傳疏》："仇仇，或作扑扑，《廣雅》：'扑扑，緩也。'《集韻》：'扑扑，緩持也。'《緇衣·注》：'扑扑然，不堅固。'即是緩持之意。案三家與毛訓異意同，緩持、傲慢，一也。"
參【述】。

厹（吞） qiú 巨鳩切（流開三平尤群）
幽部、群母

【厹矛】有三棱鋒刃的矛。（風 1）128《秦風·小戎》三章："厹矛鋈錞，蒙伐有苑。"《毛傳》："厹，三隅矛也。"孔穎達《正義》："厹矛，三隅矛，刃有三角，蓋相傳然也。"馬瑞辰《通釋》："三隅者，矛有三直刃，即今鉤連槍，頭有三匕皆作銳形者。"鋈錞：矛戟柄下端的白銅平底套。

厹 qiú 巨鳩切（流開三平尤群）
幽部、群母

荒遠。或以爲即指鬼方。（雅 1）207《小雅·小明》一章："我征徂西，至于厹野。"《毛傳》："厹野，遠荒之地。"孔穎達《正義》："野是遠稱，厹蓋遠地名。《说文·屮部》："厹，遠荒也。"《詩》曰：'至于厹野。'"馬瑞辰《通釋》："厹之爲言究也。地之究極，故曰遠也。又九、鬼同聲。《蒼頡篇》：'鬼方，遠方也。'九與鬼聲近而義同，故亦爲鬼。宋翔鳳《過庭錄》卷七："厹野在西方三千里之外，乃古西戎之地。《後漢·西羌傳》曰：武丁征西戎鬼方，三年乃克。故其詩曰：'自彼氐羌，莫敢不來王。'是鬼方即西羌。'鬼'與'厹'聲相近，故鬼方亦謂之厹野。"

囚 qiú 似由切（流開三平尤邪）
幽部、邪母

俘虜；被俘獲關押的敵人。（頌 1）299《魯頌·泮水》五章："淑問如皐陶，在泮獻囚。"《毛傳》："囚，拘也。"《鄭箋》："囚，所俘獲者。"陳奐《傳疏》："此囚訓拘者，囚與鹹對文，鹹謂已死，囚謂生者，生拘之間其辭也。"

求 qiú 巨鳩切（流開三平尤群）
幽部、群母

❶尋求；追求。（風 16、雅 16、頌 6）65《王風·黍離》一章："知我者，謂我心憂，不知我者，謂我何求。"257《大雅·桑柔》十一章："維此良人，弗求弗迪。"朱熹《集傳》："不求善人進而用之。"陳奐《傳疏》："弗求弗迪，言不干進也。"192《小雅·正月》七章："彼求我則，如不我得。"《鄭箋》："王之始徵求我，如恐不得我。"❷貪求；諂求。（風 1）33《邶風·雄雉》四章："不忮不求，何用不臧？"朱熹《集傳》："忮，害。求，貪。…不忮害，又不貪求。"馬瑞辰《通釋》："不求，謂不諂求於人也。何晏《論語集解》言不忮害不貪求，貪求與諂求義近。"一說：求全責備。《鄭箋》："不疾害，不求備於一人。"❸通"逑"。聚集。（雅 1）215《小雅·桑扈》四章："彼交匪敖，萬福來求。"王引之《述聞》卷六："求，與逑同。逑，聚也。言萬福來聚

也."❹通"仇".匹;配.(雅1)243《大雅·下武》二章:"王配于京,世德作求."馬瑞辰《通釋》:"求當讀爲逑.逑,匹也,配也,作求即作配耳.…言王所以配於京者,由其可與世德作配耳."一説:追求.嚴粲《詩緝》:"以其於先世之德,能起而求之,善繼述也."又一説:終.《鄭箋》:"作,爲;求,終也.武王配行三后之道於鎬京者,以其世積德,庶爲終成其大功也."又一説:通"捄",法則.高亨《今注》:"求,當讀爲捄,法也.此句言周王時代的德行都成爲臣民的法則."❺征討;討伐.(雅1)262《大雅·江漢》一章:"匪安匪遊,淮夷來求."《鄭箋》:"主爲來求淮夷."孔穎達《正義》:"所以不敢安游者,以己本屬淮夷來求討伐之故也."…'淮夷來求',正是來求淮夷,古人之語多倒."馬瑞辰《通釋》:"求之言糾.糾者,繩治之名,與討同義.…並曰:'討,治也.''淮夷來求',猶言治淮夷是糾是討耳."一説:通"脙".病.俞樾《平議》卷十一:"求乃脙之假借字.《説文·肉部》:'脙,齊人謂瘠脙也.'《爾雅·釋言》:'脙,瘠也.'蓋脙之本義爲臞瘠,故引申之則有病義.參"裘".

俅 qiú 巨鳩切(流開三平尤群) 幽部、群母

【俅俅】恭順的樣子.(頌1)292《周頌·絲衣》:"絲衣其紑,載弁俅俅."《毛傳》:"俅俅,恭順貌."《説文·人部》:"俅,冠飾貌."引《詩》'弁服俅俅'."《玉篇·頁部》:"頯,《詩》'戴弁俅俅',鄭玄云:'恭順貌.'或作頯."

球 qiú 巨鳩切(流開三平尤群) 幽部、群母

一種玉.古時作爲權力的象徵.(頌2)304《商頌·長發》四章:"受小球大球,爲下國綴旒."《毛傳》:"球,玉."《鄭箋》:"受小玉,謂尺二寸圭也.受大玉,謂珽也,長三尺."吕祖謙《詩記》:"小國大國所贊之瑞也."朱熹《集傳》:"小球,鎮圭,尺有二寸.大球,大圭,三尺也.皆天子之所執也."一説:通"捄".法.王引之《述聞》卷七:"球,共皆法也.球讀爲捄,共讀爲珙.《廣雅》:'拱,捄,法也.'…拱、捄二字皆手而訓求同,其

從玉作球,假借字耳."馬瑞辰《通釋》:"小球大球、小共大共皆言法制,有大小之差."林義光《通解》:"受讀爲授.授小球大球,謂湯授下國以小大之法."

絿(絿) qiú 巨鳩切(流開三平尤群) 幽部、群母

急;急躁.(頌1)304《商頌·長發》四章:"不競不絿,不剛不柔."《毛傳》:"絿,急也."孔穎達《正義》:"不争競,不急躁,不大剛猛,不大柔弱."戴震《考證》:"凡競逐、躁急、剛猛、柔弱者皆害於施政教."徐灝《通介堂經説》卷十五:"絿蓋絲之糾結者,故其引申義爲急."一説:通"求".乞求.馬瑞辰《通釋》:"《廣雅》:'絿,求也.'蓋本三家詩.竊謂絿對競言,從《廣雅》訓求爲是,争競者多驕,求人者多諂,競求二義相對成文."又一説:緩慢.朱熹《集傳》:"競,強;絿,緩也."《左傳·昭公二十一年》引此詩,楊伯峻注:"絿,音求,緩也.…下文'不剛不柔',剛柔相反,則競求義亦當相反."

裘 qiú 巨鳩切(流開三平尤群) 之部、群母

❶皮衣;皮袍.(風1)154《豳風·七月》四章:"取彼狐狸,爲公子裘."30《鄭風·羔裘》一章:"羔裘如濡,洵直且侯."陸德明《釋文》:"裘,字或作求."《説文·衣部》:"裘,皮衣也.求,古文裘."❷通"求".追求.(雅1)203《小雅·大東》四章:"舟人之子,熊羆是裘."《鄭箋》:"裘當作求,聲相近故也."馬瑞辰《通釋》:"裘,古本作求.後人始加衣作裘,以别於求乞之求.古未聞以熊羆爲衣裘者,且此句對'百僚是試'言,非對'粲粲衣服'言.于省吾《新證》:"熊羆是求,係指田獵言之."一説:皮袍.《毛傳》:"熊羆是裘,言富也."孔穎達《正義》:"舟楫之人之子乃以熊羆之皮是爲衣裘."又見【羔裘】【狐裘】.

逑 qiú 巨鳩切(流開三平尤群) 幽部、群母

❶聚集;聚合.(雅1)253《大雅·民勞》二章:"惠此中國,以爲民逑."《毛傳》:"逑,合也."《鄭箋》:"合,聚也."孔穎達《正義》:"當愛此中畿之國,以爲諸夏之民,使得會聚."

嚴粲《詩緝》："李氏曰:使民無離散也。"一說:法。俞樾《經說》卷四:"'逑'當爲'捄'。《廣雅·釋詁》:'捄,法也。''以爲民逑'者,以爲民法也,猶云爲民之則也。"又一說:朋友。屈萬里《詮釋》:"此'民逑'之逑,必當爲名詞。意蓋爲民衆之友也。"❷匹偶;配偶。(風)1《周南·關雎》一章:"窈窕淑女,君子好逑。"《毛傳》:"逑,匹也。宜爲君子之好匹。"《鄭箋》:"怨耦曰仇。"陸德明《釋文》:"逑,音求。毛云:匹也。本亦作仇。鄭云:怨耦曰仇。"《禮記·緇衣》、《漢書·匡衡傳》引《詩》作:"君子好仇。"朱熹《集傳》引漢康衡曰:"窈窕淑女,君子好仇。言能致其貞淑,不貳其操,情欲之感無介乎容儀,宴私之意不形乎動靜。夫然後可以配至尊而爲宗廟主。此綱紀之首,王教之端也。"《說文·人部》:"仇,讎也。"段玉裁注:"讎猶應也。《左傳》曰:'嘉偶曰妃,怨偶曰仇。'按仇與讎古通用。《辵部》'怨匹曰逑',即怨偶曰仇也。仇爲怨匹,亦爲嘉偶,如亂之爲治,……《周南》'君子好逑'與'公侯好仇'同義。"聞一多《新義》:"逑、仇古通,《關雎篇》'君子好逑',齊魯詩並作'好仇',亦即君子匹儔也。黃焯《毛鄭平議》:"鄭所見本逑爲仇。……惟仇本爲仇匹義,此詩好仇,猶言好匹。左氏言'怨耦曰仇',則專言惡匹。好匹、惡匹,其匹則一。"于省吾《新證》:"商代金文中雔字屢見,均作雠,象兩鳥相向形。……訓匹之字本應作雔,摯乳爲雠。故《爾雅·釋詁》也訓讎爲匹。至於仇與逑之訓匹,均係後起的借字。"

觓(觩) qiú 渠幽切（流開四平幽群）
幽部、群母

❶獸角彎曲的樣子。(雅1、頌1)215《小雅·桑扈》四章:"兕觥其觩,旨酒思柔。"陸德明《釋文》:"觩,音虯,本或作觓。"朱熹《集傳》:"兕觥,爵也。觩,角上曲貌。"嚴粲《詩緝》:"此謂美酒人所嗜,過則反亂,常思溫克,則兕觥設而不用矣。"292《周頌·絲衣》:"兕觥其觩。"《釋文》:"觓,本又作觩。"《說文·角部》:"觓,角貌。《詩》曰:'兕觥其觓。'"陳奐《傳疏》:"觩,當依《釋文》作觓。觓,角貌。"馬瑞辰《通釋》:"捄即觓之假借。

《詩》'兕觥其觩''角弓其觩'作觓者,又捄之俗。"❷指弓放松的樣子。(頌1)299《魯頌·泮水》七章:"角弓其觩,束矢其搜。"《毛傳》:"觩,弛貌。"錢澄之《詩學》:"角弓四句言班師之事,蓋師凱旋在道,弓弛而反,徒見其觩然上曲而已。"一說:弓弦拉緊而弓彎曲。《鄭箋》:"角弓觩然,言持弦急也。"陸德明《釋文》作"觓"云:"音虯。"參"捄"。

觓 qiú 渠幽切（流開四平幽群）
幽部、群母

角彎曲的樣子。見"觩"。

鍒(銶) qiú 巨鳩切（流開三平尤群）
幽部、群母

鑿子或斧頭一類的工具。(風1)157《豳風·破斧》三章:"既破我斧,又缺我銶。"陸德明《釋文》:"銶,《韓詩》云:鑿屬也。一解云:今之獨頭斧。"一說:鍬。胡承珙《後箋》:"銶亦臿類,蓋起土之器。"又一說:鑿把。馬瑞辰《通釋》:"《説文》有梂無銶。梂字注:'一曰,鑿首。'鑿首,謂鑿柄也。……蓋鑿首謂之梂,其柄別爲一器,亦謂之梂,猶矛戈之柄曰矜,而杖亦曰矜也。"錢大昕《潛研堂文集》卷二:"毛云:'鑿屬曰錡,木屬曰銶。'《說文》'梂'訓'鑿首'即《詩》'又缺我銶'之梂,與毛解'木屬'相協。斧、斨、錡、銶皆民間所用,非兵器,故《毛傳》以斧斨切於民用,喻國家之有禮義。今以爲征伐所用,失其義矣。"

酋 qiú 自秋切（流開三平尤從）
幽部、從母

終;遺緒。(雅1)252《大雅·卷阿》二章:"俾爾彌爾性,似先公酋矣。"《毛傳》:"彌,終也。似,嗣也。酋,終也。"《鄭箋》:"嗣先君之功而終成之。"朱熹《集傳》:"言使爾終其壽命,似先君善始而善終也。"曾運乾《毛詩說》:"'酋'借爲終。《説文》:'終,絿絲也。'此引申爲遺緒。"一本作"遒"。孔穎達《正義》:"遒,終。《釋詁》文。彼遒作酋,音義同也。"一說:通"猷"。謀略;事業。于省吾《新證》:"酋,即猷之省文。"高亨《今注》:"酋,讀爲猷,謀也。"

蝤 qiú 自秋切（流開三平尤從）
幽部、從母

【蝤蠐】蝎(hé)蟲。即天牛的幼蟲,身長圓而色白。一說爲金龜子的幼蟲。(風1)57《衛風·碩人》二章:"領如蝤蠐,齒如瓠犀。"《毛傳》:"蝤蠐,蝎蟲也。"孔穎達《正義》:"蝤蠐白而長,故以比頸。"按《爾雅·釋蟲》:"蝤蠐,蝎。"郭璞注:"在木中,今雖通名爲蝎,所在異。"郝懿行《義疏》:"蝤蠐白色,身短足長,口黑無毛,至春羽化爲天牛。"

逎 qiú 自秋切（流開三平尤從）
幽部、從母
即由切（流開三平尤精）
幽部、精母

❶聚集。(頌1)304《商頌·長發》四章:"敷政優優,百祿是逎。"《毛傳》:"逎,聚也。"《說文·手部》引《詩》作"䞮"。《爾雅·釋詁》:"䞮,聚也。"❷穩固；安定。(風1)157《豳風·破斧》三章:"周公東征,四國是逎。"《毛傳》:"逎,固也。"陳奐《傳疏》:"固者,讀《周禮》掌固之固。《魯語》:'帝嚳能序星辰以固民。'韋注云:'固,安也。'"一說:聚集；收束。《鄭箋》:"逎,斂也。"孔穎達《正義》:"言四國之民,於是斂聚而不流散也。"朱熹《集傳》:"逎,斂而固之也。"馬瑞辰《通釋》:"斂亦聚也。固與斂義正相承,皆謂收束之義也。"

屈 qū 區勿切（臻合三入物溪）
物部、溪母

收治；征服。(頌1)299《魯頌·泮水》三章:"順彼長道,屈此群醜。"《鄭箋》:"屈,治。醜,惡也。治此群爲惡之人。"朱熹《集傳》:"屈,服。"王先謙《集疏》:"《魯》訓屈爲治,蓋謂順常道以治不率教之人。"一說:通"黜"。貶退。馬瑞辰《通釋》:"此詩屈當讀黜。《說文》:'黜,貶下也。''屈此群醜',對上'順彼長道',以明善道則順陳之,群惡則黜退之耳。"又一說:收聚。《毛傳》:"屈,收。醜,衆也。"陳奐《傳疏》:"《爾雅》:'屈,收聚也。'屈訓收,亦訓聚,轉相爲訓。醜,衆。"胡承珙《後箋》:"《傳》云'屈收者,即取賢斂才之義。"

曲 qū 丘玉切（通合三入燭溪）
屋部、溪母

❶水流彎曲處；河灣。(風1)108《魏風·汾沮洳》三章:"彼汾一曲,言采其藚。"朱熹《集傳》:"一曲,謂水曲流處。"聞一多《類鈔》:"古字方作回,曲作凹,此處皆指水灣。"❷隱蔽之處。見【心曲】。

【曲局】卷曲。(雅1)226《小雅·采綠》一章:"予髮曲局,薄言歸沐。"《毛傳》:"局,卷也。"朱熹《集傳》:"猶言首如飛蓬也。"屈萬里《詮釋》:"曲局,髮亂而拳曲也。"

袪 qū ★丘示切（遇合三平魚溪）
魚部、溪母

【袪袪】強健的樣子。(頌1)297《魯頌·駉》四章:"有驈有魚,以車袪袪。"《毛傳》:"袪袪,彊健也。"孔穎達《正義》:"此章言駕馬,主以給宮中之役,貴其肥壯,故曰袪袪彊健也。"一說:疾驅的樣子。王先謙《集疏》:"《韓》說曰:袪,去也。"陳喬樅《韓說考》:"袪袪,薛君訓去,當爲之疾驅之貌。"唐石經、相臺本作"袪"。阮元《校刊記》:"袪字是也。《說文》不載'袪'字,無容見於毛氏《詩》也。"

袪 qū 去魚切（遇合三平魚溪）
魚部、溪母

袖口；泛指袖子。(風2)81《鄭風·遵大路》:"遵大路兮,摻執子之袪兮。"《毛傳》:"袪,袂也。"朱熹《集傳》:"袪,袂。宋玉賦有'遵大路兮攬子袪'之句。"陳奐《傳疏》:"袪、袂異材,袪爲袂之口,《傳》云:'袪,袂。'渾言不別也。"聞一多《類鈔》:"袪,袖口。"120《唐風·羔裘》一章:"羔裘豹袪,自我人居居。"《毛傳》:"袪,袂也。"陸德明《釋文》:"袪,袂末也。"孔穎達《正義》:"袂是袖之大名,袪是袖頭之小稱,其通皆爲袂。"一說:衣襟。牟庭《詩切》:"袪,裾古聲同通用…此章言執袪。下章言執手,章各一意;《唐·羔裘》一章言豹袪,二章言豹袖,亦章各一意。"參"袂"。

趨(趍) qū 七逾切（遇合三平虞清）
侯部、清母

快步走；急走。(風1、雅1)106《齊風·猗嗟》一章:"巧趨蹌兮,射則臧兮。"陸德明《釋文》:"趨,本又作趍。"230《小雅·緜蠻》二章:"豈敢憚行,畏不能趨。"《鄭箋》:"豈敢難徒行乎,畏不能及時疾至也。"朱熹《集傳》:"趣,疾行也。參"趣"。

趣

(一) qū ★逡須切（遇合三平虞清）
　　　　　侯部、清母

❶快步走；奔走。《雅 1)238《大雅·棫樸》一章:"濟濟辟王,左右趣之。"《毛傳》:"趣,趨也。"《鄭箋》:"左右之諸臣,皆促疾於事。"朱熹《集傳》:"蓋德盛而人心歸附趨向之也。"屈萬里《詮釋》:"趣,疾行以赴之也。"賈誼《新書·連語》、董仲舒《春秋繁露·郊祀》並引《詩》作"趨"。

(二) cǒu 倉苟切（流開一上厚清）
　　　　　侯部、清母

❷見【趣²馬】

【趣²馬】古代官名。《周禮》夏官大司馬的屬官有趣馬,掌管周王的馬匹。《雅 2)193《小雅·十月之交》四章:"蹶維趣馬。"《鄭箋》:"趣馬,中士也,掌王馬之政。"258《大雅·雲漢》七章:"趣馬師氏。"《說文·走部》"趣"下段玉裁注:"《周禮》趣馬,大鄭曰:'趣養馬也。'按趣養馬,謂督促養馬。"參"走"、"朝"。

驅（駈）

qū 豈俱切（遇合三平虞溪）
　　　侯部、溪母

使勁起馬；趕著車馬疾行。《風 8、雅 4)54《鄘風·載馳》一章:"載馳載驅,歸唁衛侯。"陸德明《釋文》作"駈"云:"字亦作驅。"115《唐風·山有樞》一章:"子有車馬,弗馳弗驅。"孔穎達《正義》:"走馬謂之馳,策馬謂之驅。"又見【馳驅】【前驅】【脅驅】。

劬

qú 其俱切（遇合三平虞群）
　　　侯部、群母

【劬勞】辛苦；勞累。《風 1、雅 5)32《邶風·凱風》一章:"棘心夭夭,母氏劬勞。"《毛傳》:"劬勞,病苦也。"181《小雅·鴻雁》一章:"之子于征,劬勞于野。"《毛傳》:"劬勞,病苦也。"王先謙《集疏》:"《魯》說曰:劬亦勞也。"

渠

qú 強魚切（遇合三平魚群）
　　　魚部、群母

【渠渠】高大、盛大的樣子。《風 1)135《秦風·權輿》一章:"於我乎夏屋渠渠。"朱熹《集傳》:"夏,大也。渠渠,深廣貌。此言其君始有渠渠之夏屋以待賢者。"陳奐《傳疏》:"夏爲大,則渠渠爲大貌。"馬瑞辰《通釋》:"《廣雅》:'渠渠,盛也。'夏屋渠渠,正狀其衣食大具之盛。"王先謙《集疏》:"《魯》說曰:渠渠,盛也。亦作蘧蘧。"聞一多《類鈔》:"渠渠,高竦貌。一說:殷勤的樣子。《鄭箋》:"渠渠,猶勤勤也。言君始於我厚設禮食大具以食我,其意勤勤然。"

蘧

qú 強魚切（遇合三平魚群）
　　　魚部、群母

【蘧篨】也作"蘧蒢",粗竹席。比喻有殘疾,腰不能彎,今所謂"雞胸"。《風 2)43《邶風·新臺》一章:"燕婉之求,蘧篨不鮮。"《毛傳》:"蘧篨,不能俯者。"朱熹《集傳》:"蘧篨不能俯,疾之醜者也。蓋蘧篨本竹席之名,人或編以爲囷,其狀如人之擁腫而不能俯者,故又因以名此疾也。"《國語·晉語四》:"蘧篨不可使俯,戚施不可使仰。"《說文·竹部》:"蘧篨,粗竹席也。"馬瑞辰《通釋》:"蘧篨,戚施,蓋醜惡之通稱。"一說:古代鐘架的獸形柎。聞一多《通義》:"蘧蒢者,蘧即鐻。《說文》曰:'虡,鐘鼓之柎也,飾爲猛獸。'重文作鐻,篆文作虡。…飾虡之蓋,其狀多蹲其後足,而以前足據持其身,如此者則其首仰,故引'蘧蒢不可使俯'也。"又一說:諂佞之徒。《鄭箋》:"蘧篨口柔,常觀人顏色而爲之辭,故不能俯也。"《爾雅·釋訓》:"蘧篨,口柔也。"孔穎達《正義》引李巡說:"蘧篨,巧言好辭以口饒人,是謂口柔。"

取

qǔ 七庾切（遇合三上虞清）
　　　侯部、清母

❶捕捉。《風 2)154《豳風·七月》四章:"取彼狐狸,爲公子裘。"155《豳風·鴟鴞》一章:"既取我子,又毁我室。"❷拿取;收取。《風 4、雅 7)112《魏風·伐檀》一章:"不稼不穡,胡取禾三百廛兮。"254《大雅·板》六章:"如璋如圭,如取如攜。"《毛傳》:"如取如攜,言必從也。"❸舀取。《雅 1)223《小雅·角弓》五章:"如食宜饇,如酌孔取。"何楷《古義》:"言식惟以得爵祿爲快,如食者但知充其饇飽之欲,酌者但知多取,曾不少知斟量也。"❹采取。《雅 3)256《大雅·抑》十二章:"取譬不遠,昊天不忒。"❺娶。《風 5、雅 1)101《齊風·南山》三章:"取妻如之何,必告父母。"《孟子·萬章上》、《呂氏春秋·當務》高誘

注引作"娶妻如之何"。261《大雅・韓奕》四章:"韓侯取妻,汾王之甥。"陸德明《釋文》:"取,七喻反,本亦作娶。"

娶 qǔ 七句切（遇合三去遇清）
侯部、清母

娶妻。見"取"。

去 qù 丘倨切（遇合三去御溪）
魚部、溪母

❶離開;離去。(風 3,雅 2)113《魏風・碩鼠》一章:"逝將去女,適彼樂土。"245《大雅・生民》三章:"鳥乃去矣,后稷呱矣。"
❷去掉;除掉。(雅 1)212《小雅・大田》二章:"去其螟螣,及其蟊賊。"孔穎達《正義》:"去其食心葉之螟螣及食根節之蟊賊。"又見【畏去】。

拳 quán 巨員切（山合三平仙群）
寒部、群母

力;勇力。(雅 1)198《小雅・巧言》六章:"無拳無勇,職爲亂階。"《毛傳》:"拳,力也。"陳奂《傳疏》:"拳亦勇也。…拳、勇本才力之美稱,所謂好勇而不亂者也。"

鬈 quán 巨員切（山合三平仙群）
寒部、群母
丘圓切（山合三平仙溪）
寒部、溪母

頭髮卷曲美觀,引申爲美好。(風 1)103《齊風・盧令》二章:"盧重環,其人美且鬈。"《毛傳》:"鬈,好貌。"朱熹《集傳》:"鬈,鬚鬢好貌。"段玉裁《小箋》:"《説文》:'鬈,髮好貌。'因其字從髟也。本是髮好,引申爲凡好之稱。一説、通"權",勇健有力。《鄭箋》:"鬈,讀當爲權。權,勇壯也。"

婘 quán 巨員切（山合三平仙群）
寒部、群母

美好的樣子。見"嫙(xuān)"。

權(权) quán 巨員切（山合三平仙群）
寒部、群母

【權輿】開始;當初。(風 2)135《秦風・權輿》:"于嗟乎,不承權輿!"《毛傳》:"權輿,始也。"嚴粲《詩緝》引陳氏説:"造衡自權始,造車自輿始。"馬瑞辰《通釋》:"凡草之始生通曰權輿。《大戴禮》'孟春百草權輿'是也。因人之始事亦曰權輿。"聞一多《類鈔》:"權輿本草木萌芽之名,引申爲始初之義。"

〖權輿〗《國風・秦風》篇名(135)。諷刺秦康公對待舊臣和賢者有始無終。《詩序》:"《權輿》,刺康公也。忘先君之舊臣與賢者,有始而無終也。"朱熹《集傳》:"此言其君者有渠渠之夏屋以待賢者,而其後禮意寖衰,供億寖薄,至於賢者每食而無餘。於是嘆之,言不能繼其始也。"現代研究者多認爲這是没落貴族哀嘆今不如昔,留戀舊生活的詩。程俊英《注析》:"這是一首没落貴族回想當年生活而自傷的詩。春秋時代,私田漸多,各國紛紛實行按畝稅田。領主没落,生活下降。這首詩就是當時社會變革的一種反映。"二章,八句。

泉 quán 疾緣切（山合三平仙從）
寒部、從母

從地下流出的水源。(風 4,雅 9)190《小雅・小弁》八章:"莫高匪山,莫浚匪泉。"

【泉水】衛國水名。(風 1)39《邶風・泉水》一章:"毖彼泉水,亦流于淇。"《毛傳》:"泉水始出,毖然流也。"朱熹《集傳》:"泉水,即今衛州共城之百泉也。"馬瑞辰《通釋》:"詩意以泉水之得流於淇,興己之欲歸於衛。"

〖泉水〗《國風・邶風》篇名(39)。這是衛女嫁於諸侯,父母終,思歸寧而不得,十分苦悶的詩。《詩序》:"《泉水》,衛女思歸也。嫁於諸侯,父母終,思歸寧而不得,故作是詩以自見也。"魏源《詩古微》、何楷《古義》以爲這詩和《竹竿》、《載馳》都是許穆夫人自傷許國弱小,不能救衛的詩:"《泉水》,許夫人自傷己力不能救衛,思控於他國也。"或以爲送別詩。王質《詩總聞》:"此當是衛女適他國,而他國女復適衛,交相爲婚姻之辭,故下傳意歷問其親也。其地必相近,皆與淇相接者也。"鄒漢勋《讀書偶識》卷三則認爲:"《泉水》之詩,當是懿公之亂,衛女爲共夫人者所作,亦許穆夫人之儔也。參看【載馳】。四章,二十四句。

又見【肥泉】【沈泉】【寒泉】【檻泉】【下泉】。

犬 quǎn 苦泫切（山合四上銑溪）
寒部、溪母

狗。特指獵犬。見【遇犬】。參"混"。

畎 quǎn
姑泫切（山合四上銑見）
寒部、見母

畎夷，即昆夷，我國古代西部少數民族名。見"混"。

綣 quǎn
去阮切（山合三上阮溪）
去願切（山合三去願溪）
寒部、溪母

繾綣，反覆無常。見"繾(qiǎn)"。

缺 quē
苦穴切（山合四入屑溪）
傾雪切（山合三入薛溪）
月部、溪母

殘破；破損。(風 3)157《豳風·破斧》一章："既破我斧，又缺我斨。"陳奐《傳疏》："於斧言破，於斨言缺，互詞。"

雀 què
即略切（宕開三入藥精）
藥部、精母

麻雀。(風 1)17《召南·行露》二章："誰謂雀無角，何以穿我屋？"《毛傳》："不思物變而推其類，雀之穿屋似有角者。"

闋（闋）què
苦穴切（山合四入屑溪）
質部、溪母

息；平息。(雅 1)191《小雅·節南山》五章："君子如屆，俾民心闋。"《毛傳》："闋，息也。"《鄭箋》："君子，斥在位者。如行至誠之道，則民鞫訩之心息。"阮元《補箋》："君子如於其位，可使民惡怒之心止息。"一說，閉塞，阻隔。俞樾《平議》卷十："闋者，閉也。《說文·門部》：'闋，事已閉門也。'此經闋字，不取事已之義，而取閉門之義。言君子所行，如不便於民，則上下之情下通，而民之心閉矣。"

闕（闕）
（一）què 去月切（山合三入月溪）月部、溪母

❶城門兩旁的樓闕，中間有道路。(風 1)91《鄭風·子衿》三章："挑兮達兮，在城闕兮。"《毛傳》："乘城而見闕。"《鄭箋》："國亂，人廢學業，但好登高見於城闕，以候望爲樂。"聞一多《通義》："蓋城牆當門兩旁築臺，臺上設樓，是爲觀，亦謂之闕。…城闕，爲城正面夾門兩旁之樓。"按《說文·門部》："闕，門觀也。"徐鍇《繫傳》："以其闕然有道，謂之闕；以其上可遠觀，謂之觀。"一說：通"缺"。城南面的缺口。馬瑞辰《通釋》："闕者，

之假借。《說文》：'敀，缺也。'古者城闕其南方謂之敀。…蓋古諸侯之城，三面皆重設城臺，惟南方之城無臺，其城闕然，故謂之敀，借作闕。…城闕即城南缺處耳。"

（二）quē 去月切（山合三入月溪）
月部、溪母

❷虧缺；殘破。(雅 1)260《大雅·烝民》六章："袞職有闕，維仲山甫補之。"《鄭箋》："王之職有闕，輒能補之者，仲山甫也。"俞樾《平議》卷十一："闕乃袞衣之闕，而非補袞衣者職事之闕。"楊伯峻《春秋左傳注》："《詩》以袞衣之闕喻周王之過失。以能繼補袞衣之闕喻仲山甫能匡救君過。"一說，缺點；過失。《毛傳》："仲山甫補之，善補過也。"《左傳·宣公二年》引此詩，杜預注："袞，居上之服。闕，過也。言服袞者有過，則仲山甫能補之。"

鵲（䧿）què
七雀切（宕開三入藥清）
鐸部、清母

鳥名，即喜鵲。形似烏鴉，尾長，羽毛黑色，具有紫色光澤，叫聲噪雜。相傳以鵲噪爲喜兆，故稱喜鵲。(風 6)142《陳風·防有鵲巢》一章："防有鵲巢，邛有旨苕。"12《召南·鵲巢》一章："維鵲有巢，維鳩居之。"陸德明《釋文》："鵲，《字林》作䧿。"朱熹《集傳》："鵲、鳩皆鳥名。鵲善爲巢，其巢最爲完固。"馬瑞辰《通釋》："鵲即干鵲，今之喜鵲也。"王先謙《集疏》："鵲性好潔，鳹鶋伺鵲出，遺污穢於巢，鵲歸見之，棄而去，鳹鶋入居之。又鵲遊戲，每歲十月後遷移，則鳹鶋居其空巢。吾鄉諺云：'阿鵲蓋大屋，八哥住現窩。'謂此。"成語"鵲巢鳩占"來源於此。

[鵲巢]《國風·召南》篇名(12)。這是一首祝賀貴族女子出嫁的詩。方玉潤《原始》："《鵲巢》，婚禮告廟詞也。"吳闓生《會通》："鄙意止是嫁女之樂歌，並無他義。"詩中以"鳩居鵲巢"比喻新娘住進男家。《詩序》說是贊頌夫人之德："《鵲巢》，夫人之德也。國君積行累功以致爵位，夫人起家而居有之，德如鳲鳩，乃可以配焉。"朱熹《集傳》："此詩之意，猶《周南》之有《關雎》也。"三章，十二句。

囷 qūn　去倫切（臻合三平真溪）
　　　　文部、溪母

圓形的穀倉。（風1)112《魏風・伐檀》三章："不稼不穡,胡取禾三百囷兮。"《毛傳》："圓者爲囷。"陸德明《釋文》："囷,丘淪反,圓倉。"孔穎達《正義》："《月令》：'修囷倉。'方者爲倉,故圓者爲囷。"馬瑞辰《通釋》："《説文》：'囷,廩之圜者,從禾在口中,圜謂之囷,方謂之京。'今時農人以席作圈貯穀曰囷。…今之囤即古囷之遺制。"一説：通"稛"。束。俞樾《平議》卷九："《廣雅・釋詁》,稛、綣、纏,並訓束。然則三百廛者,三百纏也。三百億者,三百總也。三百囷者,三百稛也。其實皆三百束也。"

羣（群）qún　渠云切（臻合三平文群）
　　　　　　　文部、群母

❶羊羣。（雅1)190《小雅・無羊》一章："誰謂爾無羊,三百維羣。"《鄭箋》："誰謂女無羊,今乃三百頭爲一羣。"孔穎達《正義》："羊三百頭爲羣。"❷三只以上的獸聚在一起。（雅1)180《小雅・吉日》三章："儦儦俟俟,或羣或友。"《毛傳》："獸三曰羣,二曰友。"按《國語・周語上》："夫獸三爲羣,人三爲衆。"韋昭注："自三以上爲羣。"❸衆。（風1、雅3、頌1)26《邶風・柏舟》四章："憂心悄悄,愠于羣小。"《鄭箋》："羣小,衆小人在君側者。"180《小雅・吉日》一章："升彼大阜,從其羣醜。"朱熹《集傳》："醜,衆也。謂禽獸之羣衆也。"258《大雅・雲漢》四章："羣公先正,則不我助。"朱熹《集傳》："羣公先正,《月令》所謂雩祀百辟卿士之有益於民者,以祈穀實者也。"屈萬里《詮釋》："羣公,周之諸先公也。先正指先公之諸臣言。"❹調和。（風1)128《秦風・小戎》三章："俴駟孔羣,厹矛鋈錞。"《鄭箋》："甚羣者,言和調也。"孔穎達《正義》："我有淺薄金甲以被四馬,甚調和矣。"

【羣黎】羣衆；庶民。（雅1)166《小雅・天保》五章："羣黎百姓,遍爲爾德。"《鄭箋》："黎,衆也。"朱熹《集傳》："羣,衆也。黎,黑也。猶秦言黔首也。"王引之《述聞》卷七："既言羣,又言衆者,古人語不避複。"顧炎武《日知録》卷三："羣黎,庶人也；百姓,百官也。"

【羣匹】羣臣。（雅1)249《大雅・假樂》："無怨無惡,率由羣匹。"《鄭箋》："循用羣臣之賢者,其行能匹偶己之心。"陳奐《傳疏》："此羣匹爲羣臣。"馬瑞辰《通釋》："此詩上章'率由舊章'爲法祖,此章'率由羣匹'從衆。"

R

然 rán 如延切（山開三平仙日）
寒部、日母

❶指示代詞。這樣；那樣。（風 4、雅 19）164《小雅·常棣》八章：“是究是圖，亶其然乎。”(亶：誠然；真的是。)192《小雅·正月》八章：“今茲之正，胡然厲矣。”陳奐《傳疏》：“胡，何也。然，猶是也。”吳闓生《會通》：“何然爲惡如是？”(正：政。胡然厲矣：爲什麼這樣暴虐呢？)47《鄘風·君子偕老》二章：“胡然而天也？胡然而帝也？”《毛傳》：“尊之如天，審諦如帝。”(爲什麼象天那樣尊貴？爲什麼象上帝那樣崇高？)❷是；對；以爲是。（風 3、雅 1)125《唐風·采苓》一章：“舍旃舍旃，苟亦無然。”朱熹《集傳》：“姑舍置之，而無遽以爲然。”胡承珙《後箋》：“蓋‘然’者是也，‘無然’者，無是也。三章皆繼之以‘無然’者，則直斷其無是也。”聞一多《類鈔》：“然亦信也。”254《大雅·板》一章：“出話不然，爲猶不遠。”朱熹《集傳》：“而女之出言，皆不合理，爲謀又不久遠。”陳奐《傳疏》：“然，猶是也，不然者，不以善言爲是也。”一説：信。屈萬里《詮釋》：“古人謂言而有信曰然諾。然，猶信也。”❸形容詞詞尾，表示“⋯的樣子”。（風 1、雅 4)171《小雅·南有嘉魚》一章：“南有嘉魚，烝然罩罩。”又見【惠然】【居然】【宛然】。

染 rǎn 而琰切（咸開三上琰日）
而豔切（咸開三去豔日）
談部、日母

荏染，柔弱的樣子。見“荏(rěn)”。

攘 （一）ráng 汝陽切（宕開三平陽日）
如兩切（宕開三上養日）
陽部、日母

❶除去；剔除。（雅 1)241《大雅·皇矣》二章：“攘之剔之，其檿其柘。”朱熹《集傳》：“攘、剔，謂穿剔去其繁冗使成長也。”陳奐《傳疏》：“攘、剔，皆除也。”❷偷竊；侵奪。（雅 1)255《大雅·蕩》三章：“流言以對，寇攘式內。”《鄭箋》：“寇盜、攘竊爲奸宄者而王信之，使用事於內。”

（二）ràng 人樣切（宕開三去漾日）
陽部、日母

❸通“讓”。推讓；謙讓。（雅 1)211《小雅·甫田》三章：“攘其左右，嘗其旨否。”馬瑞辰《通釋》：“攘其左右，古讓字作攘。《説文》：‘挋，攘也。’此詩攘即挋讓字。謂田畯將嘗其酒食，而先讓其左右從行之人，示有禮也。”孔廣森《巵言》：“言農夫各以食讓與左右鄰井偕耕者，互嘗其家人所爲羹飯孰旨孰否也。”一説：通“饟”(xiǎng)。用酒食款待。《鄭箋》：“攘，讀當爲饟。饁、饟、饋也。”⋯司嗇至，則又加之以酒食，餉其左右從行者。陸德明《釋文》：“攘，如羊反，鄭讀爲饟，式尚反，饋也。”王如字。”又一説：取。朱熹《集傳》：“攘，取也。⋯乃取其左右之饋而嘗其旨否。”又一説：除去。孔穎達《正義》述毛云：“卽教農夫以間暇之時，攘除田之左右，辟其草萊。”又一説：挽起袖子。戴震《考證》：“攘，援袂出臂也。左右者謂手耳。出臂而取以嘗之。”
參“襄”。

瀼 ráng 汝陽切（宕開三平陽日）
陽部、日母

【瀼瀼】露多的樣子。（風 1、雅 1)94《鄭風·野有蔓草》二章：“野有蔓草，零露瀼瀼。”《毛傳》：“瀼瀼，盛貌。”173《小雅·蓼蕭》二章:"蓼彼蕭斯,零露瀼瀼。"《毛傳》:"瀼瀼,露蕃貌。"鍾蘑《易書詩禮四經正字考》卷三:"瀼瀼即穰穰之隸別。施於年之豐則曰'豐年穰穰',頌其福之備則曰'降福穰穰',賦其露之多則曰'零露瀼瀼',其例一也。"

穰 ráng 汝陽切（宕開三平陽日）
陽部、日母

【穰穰】衆多的樣子。（頌2)274《周頌·執競》:"磬筦將將,降福穰穰。"《毛傳》:"穰穰,衆也。"陸德明《釋文》:"穰,如羊反。"桓寬《鹽鐵論·論菑》引作"攘攘"。302《商頌·烈祖》:"自天降康,豐年穰穰。"朱熹《集傳》:"穰穰,多也。"

讓（让） ràng 人樣切（宕開三去漾日）
陽部、日母

謙讓。(雅1)223《小雅·角弓》四章:"民之無良,相怨一方。受爵不讓,至於已(己)斯亡。"《毛傳》:"爵祿不以相讓,故怨禍及之。"王引之《述聞》卷六:"亡即忘字也,言但怨人之不讓己,而忘乎己之不讓人。"

蕘（荛） ráo 如招切（效開三平宵日）
宵部、日母

打柴草的人。見【芻蕘】。

熱（热） rè 如列切（山開三入薛日）
月部、日母

熱。用作名詞,指溫度高的東西。(雅1)257《大雅·桑柔》五章:"誰能執熱,逝不以濯。"《毛傳》:"濯,所以救熱也;禮,所以救亂也。"《鄭箋》:"其為之,當如手持熱物之用濯。"孔穎達《正義》:"所以然者,誰能執火熱之物,而去之不以水濯手者乎?"

人 rén 如鄰切（臻開三平真日）
真部、日母

❶人們;人民。(風104、雅84、頌1)131《秦風·黃鳥》一章:"如可贖兮,人百其身。"朱熹《集傳》:"人百其身,欲以百人贖其一身也。"陳奐《傳疏》:"人百其身,言百人身也。"❷指貴族;群臣百官。(雅2、頌1)249《大雅·假樂》一章:"宜民宜人,受祿于天。"《毛傳》:"宜民宜人,宜安民,宜官人也。"孔穎達《正義》:"宜於民則能安,宜於人則能官。民、人散雖義通,對宜有別。"282《周頌·䦰》:"宣哲維人,文武維后。"俞樾《平議》卷十一:"兩句相對成義。人者臣也,后者君也。…文王既受命定其基業,乃使明哲者為之臣,使有文德武功者為之君,故能燕及皇天,克昌厥後也。"按《史記·燕世家》司馬貞《索隱》:"人,使臣也。文王以一身兼盡君臣之道,故言'維人'、'維后'。"❸指古代賢人。(雅6、頌1)255《大雅·蕩》八章:"人亦有言,顛沛之揭,枝葉未有害,本實先撥。"孔穎達《正義》:"古之賢哲之人,亦有遺言。"257《大雅·桑柔》九章:"人亦有言,進退維谷。"孔穎達《正義》:"古之賢人亦有言曰:無道之世,其民前無明послід,却迫罪役,其進退維皆困窮。"❹指居上位的人。(雅1)255《大雅·蕩》六章:"小大近喪,人尚乎由行。"《毛傳》:"言居上人欲用行是道也。"黃焯《毛鄭平議》:"蓋傷厲王居乎衆人之上,不念禮法,而用行非道也。"❺指客人。(雅1)161《小雅·鹿鳴》一章:"人之好我,示我周行。"孔穎達《正義》:"嘉賓皆愛好我,以敬賓如是,乃輸誠矣,示我以先王至美之道也。"❻別人;他人。(風11、雅7、頌1)34《邶風·匏有苦葉》四章:"招招舟子,人涉卬否。"92《鄭風·揚之水》一章:"無信人之言,人實迋女。"穎達《正義》:"汝無信他人之言,彼他人之言寔欺証於汝。"204《小雅·四月》一章:"先祖匪人,胡寧忍予。"王夫之《稗疏》:"《箋》云:'先祖匪人乎?何為使我當此難乎?'以不勝亂離之苦,而遂詈及先祖,市井無賴者之言,而何可云《小雅》怨誹而不亂乎? 其云匪人者,若非他人也。《頍弁》之詩曰:'兄弟匪他',義同此。自我而外,不與己親者,或謂之他,或謂之人,皆疏遠不相及之詞。一說:通'仁'。對人親善,仁愛。李惇《羣經識小》:"竊謂'人'字當是'仁'字之誤。俞正燮《癸巳類稿》卷二:《詩》'匪人'當讀如《中庸》、《表記》'人者,仁也'之'人'。《中庸》注云:'人也,讀如相人偶之人,以人意相存問之言。'《表記》云:'人也,謂施以人恩也。'匪人者,謂先祖匪復以人,相慰恤也。"又一說:以為人。王楙《野客叢書》卷二十五:"罝先祖為非人,豈理也哉? 不若曰:先祖不以為人乎?何忍使我當此亂

世?"❼人材。(雅2)238《大雅·棫樸》四章:"周王壽考,遐不作人。"孔穎達《正義》:"作人者,變舊造新之詞。"朱熹《集傳》:"作人,謂變化鼓舞之也。"

【人民】平民;百姓。(雅1)256《大雅·抑》五章:"質爾人民,謹爾侯度。"孔穎達《正義》:"汝等當平治汝民人之政事。"陳奐《傳疏》:"人民當作民人。"爾雅·注》引《詩》'質爾民人',《說苑·修文篇》'告爾民人',《鹽鐵論·世方篇》'誥爾民人',皆作民人可證。"馬瑞辰《通釋》:"今《毛詩》作人民,蓋沿唐石經傳寫之誤。"

又見【成人】【大人】【婦人】【共人】【古人】【寡人】【倌人】【候人】【老成人】【良人】【民人】【牧人】【農人】【聖人】【室人】【庶人】【碩人】【私人】【寺人】【武人】【先人】【小人】【一人】【眾人】。參"民"、"身"。

仁 rén 如鄰切(臻開三平真日)
真部、日母

對人親善;仁愛。(風2)77《鄭風·叔于田》一章:"豈無居人,不如叔也,洵美且仁。"朱熹《集傳》:"仁,愛人也。"王先謙《集疏》引黃山云:"《論語》'里仁爲美',仁只是敦讓意。"于省吾《新證》:"'仁',應讀作'夷'。古文從人、從尸往往無別。古'夷'從尸從二,與'仁'同字。《釋言》:'夷,悅也。'巷本有人,而稱爲無居人者,不過是都不如叔之信美好而又夷悅罷了。可見詩人對於叔之獨自享樂,言外有無限諷刺之意。"103《齊風·盧令》一章:"盧令令,其人美且仁。"《毛傳》:"有美德,盡其仁愛。"《說文·人部》:"仁,親也。"

壬 rén 如林切(深開三平侵日)
侵部、日母

大;盛大。(雅1)220《小雅·賓之初筵》二章:"百禮既至,有壬有林。"《毛傳》:"壬,大。"朱熹《集傳》:"壬,大;林,盛也。言禮之盛大也。"戴震《考證》:"《詩》中如'有賁'、'有鶯'之類,並形容之辭。以此形容'百禮既至',禮無不備,而行之既盡禮之善,壬壬然盛大,林林然多而不亂。"馬瑞辰《通釋》:"壬,林承上百禮言。有壬,狀其禮之大也;有林,狀其禮之多也。"一說:指卿大夫。

《鄭箋》:"壬,任也,謂卿大夫也。諸侯所獻之禮既陳於庭,有卿大夫,又有國君。言天下徧至,得萬國之歡心。"又一說:小國之君。俞樾《平議》卷十:"有壬,謂有小國之君;有林,謂有大國之君。"

荏 rěn 如甚切(深開三上寑日)
侵部、日母

【荏菽】大豆。(雅2)245《大雅·生民》四章:"蓺之荏菽,荏菽旆旆。"《毛傳》:"荏菽,戎菽也。"《鄭箋》:"戎菽,大豆也。"陸德明《釋文》作"荏叔"云:"叔或作菽。郭璞云:'今胡豆是。'"《周禮·天官·大宰》賈公彥疏引作"戎菽"。王先謙《集疏》:"壬、任古通,戎、荏一聲之轉。"

【荏染】柔弱的樣子。(雅2)198《小雅·巧言》五章:"荏染柔木,君子樹之。"《毛傳》:"荏染,柔意也。"朱熹《集傳》:"荏染,柔貌。"256《大雅·抑》九章:"荏染柔木,言緡之絲。"《鄭箋》:"柔忍之木荏染然。"

忍 rěn 而軫切(臻開三上軫日)
文部、日母

忍心;殘忍。(雅3)197《小雅·小弁》六章:"君子秉心,維其忍之。"屈萬里《詮釋》:"忍,殘忍也。"204《小雅·四月》一章:"先祖匪人,胡寧忍予。"朱熹《集傳》:"我先祖豈非人乎?何胡使我遭此禍也。"陳奐《傳疏》:"言先祖其人,何忍予而降禍亂也。"黃焯《毛鄭平議》:"其意則斥王云:我先祖獨非人乎?王胡寧忍予之行役於外,使我不得修子道乎?"258《大雅·雲漢》四章:"父母先祖,胡寧忍予。"《鄭箋》:"先祖文武,又何爲施忍於我,不使天雨。"嚴粲《詩緝》:"何其偏忍於我而不見救?"

【忍心】指殘忍的人;狠心的人。(雅1)257《小雅·桑柔》十一章:"維彼忍心,是顧是復。"《鄭箋》:"有忍爲惡之心者,王反顧念而重復之。"朱熹《集傳》:"忍,殘忍也。"陳奐《傳疏》:"彼忍心之人,惟是瞻顧反復,無常德也。"

任 (一) rèn 汝鴆切(深開三去沁日)
侵部、日母

❶抱;懷抱。(雅1)245《大雅·生民》六章:"恒之秬秠,是穫是畝;恒之糜芑,是任是

負。《鄭箋》："任，猶抱也。"孔穎達《正義》："以任、負異文，任在背，故任爲抱。"按《國語·齊語》"負任擔荷"韋昭注："任，抱也。"一説：肩挑；擔。朱熹《集傳》："任，肩任也。"負，背負也。既成則穉而樓之於畝，任人以歸，以供祭祀也。秬秠言穉畝，穈芑言任負，互文耳。❷肩挑；擔。（雅1）227《小雅·黍苗》二章："我任我輦，我車我牛。"《鄭箋》："有負任者，有輓輦者。"朱熹《集傳》："任，負任者也。"《正字通·人部》："任，負也，擔也。"一説：裝載。馬瑞辰《通釋》："《周官·鄉師·注》：'輦，人輓行，所以載任器。'則輦亦得曰任。下始言我車我牛。車牛爲一，則上言我任我輦即謂以輦任載器，亦爲一事而分言之。"又一説：負任裝載的東西，于鬯《香草校書》卷十五："任，即謂所任之物矣…蓋'任'訓抱，或訓載，或訓擔，故所抱、所載、所擔之物即謂之'任'。'我任我輦'與下句'我車我牛'，任、輦、車、牛皆静字（名詞）也。"❸可以信任；善良。（風1）28《邶風·燕燕》四章："仲氏任只，其心塞淵。"《鄭箋》："任者，以恩相親信也。"朱熹《集傳》："以恩相信曰任。"于省吾《新證》："'仲氏任只，'猶言'仲氏善只'，與下'其心塞淵'義相銜接。一説：大。《毛傳》："任，大也。"孔穎達《正義》："言仲氏有大德行也。"陸德明《釋文》："任，入林反。毛云：大也。沈云：鄭，而鴆反。"又一説：姓。魏源《詩古微》："'仲氏任只'，若《大明》篇之'摯仲氏任'，自是薛國任姓之女。非陳嫣之稱。"聞一多《類鈔》："仲任，女之字姓，猶叔姬、孟姜之等。"

（二）rén 如林切（深開三平侵日）
　　　　　侵部、日母

❹姓。（雅1）236《大雅·大明》二章："摯仲氏任，自彼殷商，來嫁于周。"《毛傳》："摯，國；任，姓；仲氏，中女也。"《國語·晉語》："黄帝之子，二十五宗，其得姓者十四人，爲十二姓，任其一也。"段玉裁《摯仲氏任解》："任之姓始於黄帝十二子。女必稱姓者，男女辨姓之禮也。著其姓以别於夫之姓也。"王國維《鬼方昆夷玁狁考》："凡女姓之字，金文皆從女作。…任姓，金文作妊，今《詩》與

《左傳》、《國語》、《世本》皆作任字。"又見【大任²】。

仞 rèn 而振切（臻開三去震日）
　　　　文部、日母

滿。（雅1）242《大雅·靈臺》二章："王在靈沼，於仞魚躍。"《毛傳》："仞，滿也。"《鄭箋》："靈沼之水，魚盈滿其中，皆跳躍。"朱熹《集傳》："魚滿而躍，言多而得其所也。"（於：嘆美聲。）

仍 réng 如乘切（曾開三平蒸日）
　　　　蒸部、日母

就；因而；於是。（雅1）263《大雅·常武》四章："鋪敦淮濆，仍執醜虜。"《毛傳》："仍，就。"陸德明《釋文》："仍，如字，就也，本或作扔。"朱熹《集傳》："仍，就也。"《老子》曰：'攘臂而仍之。'"陳奂《傳疏》："《爾雅》：'仍，因也。'《説文》：'因，就也。仍、因皆可訓就。'"王先謙《集疏》引《後漢書·馮緄傳》李賢注："布兵敦逼淮水之涯，因執得醜虜。"吴昌瑩《經詞衍釋》卷七注："言乃執也。"一説：屢次，連續多次。于省吾《新證》："《廣雅·釋詁》：'仍，重也。'《漢書·武帝紀》集注：'仍，頻也。'《周語》'晉仍無道'注：'仍，數也。'仍執醜虜，謂頻執醜虜也。"參"陾"。

陾（陑） réng ★如蒸切（曾開三平蒸日）
　　　　　　蒸部、日母
　　　　　　如之切（止開三平之日）
　　　　　　之部、日母

【陾陾】衆多的樣子。（雅1）237《大雅·縣》六章："捄之陾陾，度之薨薨。"《毛傳》："陾陾，衆也。"陳奂《傳疏》："陾陾當依《玉篇》引《詩》作陑陑。《廣雅》：'仍仍、登登、馮馮、衆也。'《毛詩》陑陑，三家詩作仍仍。《集韻》：'仍音而，關中語。'此而、仍聲轉相通。故陑與薨、登、馮、興、勝爲韵，如耳孫即仍孫之例也。"一説：裝土聲。《説文·自部》："陾，築牆聲也。《詩》曰：'捄之陾陾。'"俞樾《平議》卷十一："陾陾、薨薨、登登、馮馮皆以聲言，百堵皆興則衆聲並作，馨鼓之聲轉不足以勝之矣。"

日 rì 人質切（臻開三入質日）
　　　質部、日母

❶太陽。（風14、雅6）26《邶風·柏舟》五

章:"日居月諸,胡迭而微。"《鄭箋》:"日,君象也;月,臣象也。"陳奂《傳疏》:"日月喻君臣。"聞一多《類鈔》:"日月喻夫。"黄焯《毛鄭平議》:"詩意或爲呼日月而訴之之辭,猶屈子問天之類也。"99《齊風·東方之日》一章:"東方之日兮,彼姝者子。"《毛傳》:"日出東方。"黄震《黄氏日鈔》卷四:"男女相奔,不夙則莫。日出,早也。月出,莫也。馬瑞辰《通釋》:"古人喻人顏色之美,多取譬於日月。…宋玉《神女賦》云:'其始出也,耀乎若白日初出照屋梁;其少進也,皎若明月舒其光。'義本此詩。"193《小雅·十月之交》一章:"日有食之,亦孔之醜。" ❷白天,跟"夜"相對。(風2)124《唐風·葛生》四章:"夏之日,冬之夜。"《鄭箋》:"思者於晝夜之長時尤甚。"朱熹《集傳》:"夏日永,冬夜永。" ❸一天;一晝夜。(風8,雅5)66《王風·君子于役》二章:"君子于役,不日不月。"聞一多《類鈔》:"不日不月,不可以日月計,兼以喻夫之未歸。"226《小雅·采綠》二章:"五日爲期,六日不詹。"242《大雅·靈臺》一章:"庶民攻之,不日成之。"《毛傳》:"攻,作也。不日有成也。"朱熹《集傳》:"不日,不終日也。"嚴粲《詩緝》:"不日,不多日也。今人言不久爲'不日'。" ❹時候;日子。(風12,雅8)154《豳風·七月》一章:"一之日觱發,二之日栗烈。"217《小雅·頍弁》三章:"死喪無日,無幾相見。"《鄭箋》:"死亡無有日數。"陳奂《傳疏》:"言不日死喪,相見無幾也。" ❺每天。(風1,雅6,頌3)115《唐風·山有樞》三章:"何不日鼓瑟?"166《小雅·天保》二章:"降爾遐福,維日不足。"孔穎達《正義》:"天下與汝廣遠之福,之民,汲汲然欲之,惟日月不足不足。"167《小雅·采薇》五章:"豈不日戒,玁狁孔棘。"《鄭箋》:"豈不日相警戒乎?"唐石經初刻"曰",後改"日"。陸德明《釋文》:"日戒,音越,又人栗反。似爲兩可。朱熹《集傳》:"豈不日相警戒乎?玁狁之難甚急,誠不可以忘備也。" ❻一天一天地。(雅2,頌1)194《小雅·雨無正》四章:"曾我暬御,憯憯日瘁。"196《小雅·小宛》二章:"彼昏不知,壹醉日富。"胡承珙《後箋》引劉氏説:"彼

而不醒,壹志於酒日增其甚,故曰'壹醉日富'。"馬瑞辰《通釋》:"醉則日自盈滿,與温克正相反。"

【日月】1)太陽和月亮。(風1,雅1)33《邶風·雄雉》三章:"瞻彼日月,悠悠我思。"《鄭箋》:"日月之行,迭往迭來,今吾君子獨久行役而不來,使我心悠悠然思之。女怨之辭。"聞一多《通義》:"《國風》中凡婦人之詩而言日月者,皆以喻其夫。…正惟日月爲夫之象,故瞻日月而聯想及於彼遠道之人。"193《小雅·十月之交》二章:"日月告凶,不用其行。"2)光陰;時光。(風3,雅4)114《唐風·蟋蟀》一章:"今我不樂,日月其除。"207《小雅·小明》三章:"昔我往矣,日月方奥。"

〖日月〗《國風·邶風》篇名(29)。這是婦人傷己抒懷之詩。她受到丈夫的虐待和遺棄,發出了沉痛怨恨的呼聲。《詩序》:"《日月》,衛莊姜傷己也。遭州吁之難,傷己不見答於先君,以至困窮之詩也。"朱熹《集傳》以爲"莊姜不見答於莊公,故呼日月而訴之"。豐坊《詩説》:"州吁弑桓公,莊姜大歸,而作是詩。"或以爲不一定是莊姜。崔述《偶識》:"或是婦人不得志於夫者所作。"聞一多《類鈔》:"《日月》,妻不見答也。"有人則以爲在位爲人所間而作。王質《詩總聞》:"當是在位爲人所間,君忘故情,已失故處,望是甚深。不斥言之,爲君故婉也。此重厚之人也。"

戎 róng 如融切(通合三平東日)
冬部、日母

❶武器;兵器。(雅2)256《大雅·抑》四章:"脩爾車馬,弓矢戎兵。"263《大雅·常武》一章:"整我六師,以脩我戎。"《鄭箋》:"整齊六軍之衆,治其兵甲之事。"朱熹《集傳》:"戎,兵器也。"一説:"武"的誤字。曾運乾《毛詩説》:"以脩我戎,戎當爲武。《秦誓》曰:'我武維揚。'" ❷兵車。(風1,雅1)128《秦風·小戎》一章:"小戎俴收。"《毛傳》:"小戎,兵車也。"《鄭箋》:"此群臣之兵車,故曰小戎。"高亨《今注》:"輕小的兵車稱小戎,重大的兵車稱元戎。"177《小雅·六月》四章:"元戎十乘,以先啓行。"《史記·三王世家》裴駰集

解引《韓詩章句》："元戎,大戎,謂兵車也。"
❸兵事;戰禍;戰爭。(雅2)194《小雅·雨無正》四章："戎成不退,飢成不遂。"《毛傳》："戎,兵。遂,安也。"陳奐《傳疏》："兵不退者,幽王之末,用兵不息也。"馬瑞辰《通釋》："戎成不退,外患熾而敵勢強也。"256《大雅·抑》四章："用戒戎作,用遏蠻方。"《鄭箋》："女(汝)當用此備兵事之起,用此治九州之外不服者。"❹大。(雅2、頌1)269《周頌·烈文》："念兹戎功,繼序其皇之。"《毛傳》："戎,大也。"戴震《考證》："戎功,翼戴文武,佐定天下之大功也。"❺凶;惡。(雅1)249《大雅·思齊》三章："肆戎疾不殄,烈假不瑕。"馬瑞辰《通釋》："《通鑑》注引《風俗通》:'戎者,凶也。'《白虎通·禮樂篇》:'戎者,強惡也。'戎疾與烈假對文,戎、疾皆惡也。"一說:大。《毛傳》："戎,大也。"《鄭箋》："故今大疾害人者,不絕之而自絕也。"朱熹《集傳》："戎,大也。疾,猶難也。大難,如羑里之囚,及昆夷、玁狁之屬也。"❻幫助。(雅1)164《小雅·常棣》四章："每有良朋,烝也無戎。"《毛傳》："戎,相也。"《鄭箋》："久也無相助己者。"陳奐《傳疏》："相,助也。"劉敞《七經小傳》卷上："疑當作戍。戍亦禦也。"吳棫《詩補音》："務字古音讀作蒙。疑侮當作矛,以叶戎。"馮登府《十三經答問》："戎,古音讀汝,與侮叶。"❼你;你的。(雅5)253《大雅·民勞》四章："戎雖小子,而式弘大。"《鄭箋》："戎,猶女(汝)也。"朱駿聲《説文通訓定聲》："戎,汝、若、而,皆一聲之轉。"261《大雅·韓奕》一章："王親命之:纘戎祖考,無廢朕命。"《鄭箋》："戎猶女也。"朱熹《集傳》："戎,女也。言王錫命之,使繼世而爲諸侯也。"何楷《古義》："戎之言汝,音之轉也。"❽西戎,我國古代西方的一個民族。(頌1)300《魯頌·閟宫》五章："戎狄是膺,荆舒是懲。"朱熹《集傳》："戎,西戎。"屈萬里《詮釋》："此當指淮夷言。"楊樹達《述林》卷一："古人尚武,戎字從戈從甲,古人以名之西方之人,亦善義,非惡義也。"

【戎車】兵車;戰車。(雅4、頌1)177《小雅·六月》一章："六月棲棲,戎車既飭。"朱熹《集傳》："戎車,兵車也。"299《魯頌·泮水》

七章："戎車孔博,徒御無斁。"孔穎達《正義》："其兵車甚博大,徒行御車之人皆敬其事無厭倦者。"

【戎醜】大衆。(雅1)237《大雅·緜》七章："廼立冢土,戎醜攸行。"《毛傳》："戎,大。醜,衆也。冢土,大社也。起大事,動大衆,必先有事乎社而後出,謂之宜。"朱熹《集傳》："戎醜,大衆也。"一説:戎狄醜虜,對外族敵人的蔑稱。牟庭《詩切》："戎,謂混夷也。立高堡於戎人醜類所行之道上,候望精明也。"于省吾《新證》："戎醜系指戎狄醜虜言之。…'戎醜攸行',言戎狄醜虜因而遁去。"

又見【蒙戎】【西戎】【小戎】【元戎】。

茙 róng 如融切(通合三平東日)
冬部、日母

繁密茂盛。見「襛(nóng)」。

容 róng 餘封切(通合三平鍾以)
東部、餘母

❶容納。(風1)61《衛風·河廣》二章："誰謂河廣,曾不容刀。"朱熹《集傳》："不容刀,言小也。"❷容貌;儀容。(雅1、頌1)225《小雅·都人士》一章："其容不改,出言有章。"278《周頌·振鷺》"我客戾止,亦有斯容。"《鄭箋》："言威儀之善如鷺然。"❸修飾容貌;打扮。(風1)62《衛風·伯兮》二章："豈無膏沐,誰適爲容。"朱熹《集傳》：《傳》曰:女爲説己容。"陳奐《傳疏》："容,謂容飾也。"❹從容自得的樣子。(風2)60《衛風·芄蘭》一章："容兮遂兮,垂帶悸兮。"朱熹《集傳》："容、遂,舒緩放肆之貌。"馬瑞辰《通釋》："容兮、遂兮與悸兮皆形容之詞。"聞一多《類鈔》："容遂,雍容安閑之貌。"屈萬里《詮釋》："容,謂容容,猶搖搖也。"一説:儀容;容止。《毛傳》："容儀可觀,佩玉遂遂然。"黃焯《毛鄭平議》引黃侃云："古人之文,詞調雖相同,而詞性不必同。…'綠兮衣兮'第一'兮'字乃足句詞,'瑣兮尾兮'第一'兮'字亦足句詞,'容兮遂兮','容'爲名詞,'遂'爲形容詞,應謂'其容遂兮'。"一説:容刀,即佩刀。《鄭箋》："容,容刀也;遂,瑞也。"(瑞,古代玉製的信物。)

【容刀】佩刀。(雅1)250《大雅·公劉》二章:"維玉及瑤,鞞琫容刀。"《毛傳》:"容刀,言有武事也。"孔穎達《正義》:"有鞞琫容飾之刀,可以爲之佩耳。"陳奐《傳疏》:"容刀,佩刀也。佩刀以爲容飾,故曰容刀。"朱熹《集傳》:"容刀,容飾之刀也。或曰:容刀,如言容臭,謂鞞琫之中,容此刀耳。"姚際恒《通論》:"容刀,謂鞞之容此刀也。"

融 róng 以戎切(通合三平東以)
冬部、餘母

長;長久。(雅1)247《大雅·既醉》三章:"昭明有融,高朗令終。"《毛傳》:"融,長也。"馬瑞辰《通釋》:"謂既已昭明,而又融融不絕,極言其明之長且盛也。"一説:光明盛大;高出。朱熹《集傳》:"融,明之盛也。"何楷《古義》:"融,服虔云:高也。…言其明高出,足以照臨四方,所謂居上克明也。下文言高,即有融也。言朗,即昭明也。"

茸 róng 而容切(通合三平鍾日)
東部、日母

蒙茸,蓬鬆的樣子。見"蒙"。

柔 róu 耳由切(流開三平尤日)
幽部、日母

❶嫩;柔嫩。(風2,雅2)154《豳風·七月》二章:"遵彼微行,爰求柔桑。"《鄭箋》:"柔桑,稚桑也。"167《小雅·采薇》二章:"采薇采薇,薇亦柔止。"《毛傳》:"柔,始生也。"朱熹《集傳》:"始生而弱也。"程大昌《演繁露》卷八:"薇亦柔止,謂及夏而夭脆也。"❷柔韌;美好。(雅2)198《小雅·巧言》五章:"荏染柔木,君子樹之。"《毛傳》:"柔木,椅、桐、梓、漆也。"256《大雅·抑》九章:"荏染柔木,言緡之絲。"《鄭箋》:"柔忍之木任染然也。"馬瑞辰《通釋》:"《傳》以柔木爲椅桐梓漆,《箋》以'善木'申釋之,蓋柔'如'柔嘉維則'之柔,柔即善也,非泛言柔弱之木。"❸柔軟;柔弱。與"剛"相對。(雅2,頌1)260《大雅·烝民》五章:"人亦有言,柔則茹之,剛則吐之。"《鄭箋》:"柔,猶濡耎也;剛,堅彊也。剛柔之在口,或茹之,或吐之,喻人於敵彊弱。"304《商頌·長發》四章:"不競不絿,不剛不柔。"戴震《考證》:"凡競逐、躁急、剛猛、柔弱皆害於施政教。"❹柔和、溫和。(雅5,頌1)256《大雅·抑》五章:"慎爾

出話,敬爾威儀,無不柔嘉。"《鄭箋》:"柔,安;嘉,善也。"259《大雅·崧高》八章:"申伯之德,柔惠且直。"屈萬里《詮釋》:"柔惠,和順也。"292《周頌·絲衣》:"兕觥其觩,旨酒思柔。"朱熹《集傳》:"柔,和也。"❺安;安撫。(雅1,頌1)253《大雅·民勞》一章:"柔遠能邇,以定我王。"《毛傳》:"柔,安也。"陸德明《釋文》作"揉"説:"本亦作柔。"273《周頌·時邁》:"懷柔百神,及河喬嶽。"《毛傳》:"柔,安。"孔穎達《正義》:"定本作柔,《集注》作濡。"陸德明《釋文》:"柔,如字,本亦作濡,兩通,俱訓安也。"段玉裁《小學》:"當從《集注》本作濡。"馬國翰《目耕帖》卷二十一:"案《正義》曰:'《釋詁》云:柔,安也。'某氏引《詩》云:'懷柔百神。'考某氏注《爾雅》,引《詩》多本三家。是《毛詩》作'懷濡',三家作'懷柔'也。參"揉"。

揉 róu 耳由切(流開三平尤日)
幽部、日母

使順服;安撫。(雅1)259《大雅·崧高》八章:"揉此萬邦,聞于四國。"《鄭箋》:"揉,順也。"陸德明《釋文》:"揉,本亦作柔。"馬瑞辰《通釋》:"柔,安也。安與順義近,故揉亦省作柔。"屈萬里《詮釋》:"揉,當讀如'柔遠能邇'之柔,安也。"一説:治。朱熹《集傳》:"揉,治也。"參"柔"。

蹂 róu 耳由切(流開三平尤日)
幽部、日母

用手來回地搓,使糠和米分開。(雅1)245《大雅·生民》七章:"或舂或揄,或簸或蹂。"《毛傳》:"或簸糠者,或蹂黍者。"朱熹《集傳》:"蹂,蹂禾取穀以繼之也。"馬瑞辰《通釋》:"'蹂黍'當從定本作'蹂米'。米與糠相對成文,謂簸除其糠,復取其米蹂治之也。《倉頡篇》:'蹂,踐也。'《通俗文》:'踐穀曰蹂。'古者蹂米之法與蹂禾異,蹂禾以足踐之,蹂米蓋以手重擦之。"《説文·臼部》:"舀,抒臼也。《詩》曰:'或簸或舀。'"與《毛詩》異。

如 rú 人諸切(遇合三平魚日)
人恕切(遇合三去御日)
魚部、日母

❶象;如同。(風76,雅110,頌8)10《周

南·汝墳》一章："未見君子,惄如調飢。"(惄:心裏難過。)166《小雅·天保》六章："如月之恆,如日之升,如南山之壽。"199《小雅·何人斯》二章："始者不如今,云不我可。"陳奐《傳疏》:"始者尚可,不如今之不我可也。句中云字爲語助。❷有。(雅 2)189《小雅·斯干》一章："如竹苞矣,如松茂矣。"姚際恆《通論》:"'如竹苞'二句,因其地所有而咏之。王雪山曰:'如非喻,乃枚舉焉爾'。此善於解虛字也。"程俊英《注析》:"'如'含有'有'的意思,不是比喻。"一說:而。朱彬《經傳考證》:"'如'與'而'通。竹苞、松茂當指南山所有者言,以興起兄弟之式好,非泛作比喻之辭。"又一說:形容詞詞尾。于邺《香草校書》卷十四:"此蓋倒文。當云'竹苞如矣,松茂如矣'。因'苞'與'茂'爲韻,故兩'如'字倒在句上。"❸代詞。此;是。(風 1)73《王風·大車》三章:"謂予不信,有如皦日。"孔穎達《正義》:"我言之信,有如皦然之白日。"朱熹《集傳》:"謂予不信,有如皦日,約誓之辭也。"吴昌瑩《經詞衍釋》:"如,猶此也。如與若同義,若訓爲此,如亦自訓此也。《論語》'如其仁,如其仁',言此即其仁也。《詩》'有如皦日'、'有如召公';《左傳》'有如白水'、'有如河'、'有如衛君',皆言有此也。"❹代詞。乃;其。(雅 1)225《小雅·都人士》二章:"彼君子女,綢直如髮。"《毛傳》:"密直如髮。"馬瑞辰《通釋》:"'綢直如髮',亦謂髮之美。'如髮',猶云乃髮,乃猶其也,即謂綢直其髮耳。"一說:如同。《毛傳》:"密直如髮也。"《鄭箋》:"其情性密緻,操行正直,如髮之本末,無隆殺也。"❺連詞。如果;假如。(風 4、雅 4)34《邶風·匏有苦葉》三章:"士如歸妻,迨冰未泮。"198《小雅·巧言》二章:"君子如怒,亂庶遄沮。"《鄭箋》:"君子見讒人如怒責之,則此亂庶幾可疾止也。"❻連詞。相當於"而"。(風 4、雅 4)26《邶風·柏舟》一章:"耿耿不寐,如有隱憂。"王引之《述聞》卷五:"如讀爲而。惟有隱憂是以不寐,非謂若有隱憂也。"80《鄭風·羔裘》一章:"羔裘如濡,洵直且侯。"《毛傳》:"如濡,潤澤也。"陳奐《傳疏》:"如,猶而也,

如濡,而濡也。凡《傳》云'如雲'言盛,'如雨'言多,'如水'言衆,'如雪'言鮮絜,'如絲'言調忍,皆借他物作比方之詞,如猶若也,與此如字不同義。"179《小雅·車攻》六章:"不失其馳,舍矢如破。"263《大雅·常武》四章:"王奮厥武,如震如怒。"《鄭箋》:"王奮揚其威武,而震雷其聲,而勃怒其色。"陸德明《釋文》:"一本此兩如字皆作而。"王引之《釋詞》卷七:"如,猶而也。如破,而破也。'舍矢如破'與'舍拔則獲'同意,皆言其中之速也。"一說:如同。孔穎達《正義》:"王乃奮揚其威武,其狀如天之震雷其聲,如人之勃怒其色,言嚴威之可懼也。"《車攻》:"舍矢如破。"《鄭箋》:"矢發則中,如椎破物也。"❼或;或者。(雅 2)177《小雅·六月》五章:"式車既安,如輊如軒。"屈萬里《詮釋》:"如,猶或也。如輊如軒,言或低或昂也。"❽形容詞詞尾。(風 2)37《邶風·旄丘》四章:"叔兮伯兮,褎如充耳。"《毛傳》:"大夫褎然有尊盛之服而不能稱也。"94《鄭風·野有蔓草》二章:"有美一人,婉如清揚。"王引之《釋詞》卷七:"如,猶然也。…如、然語之轉。"引《詩》此兩例。

【如何】1)怎樣;怎麽樣;怎麽辦。(風 8、雅 9、頌 1)158《豳風·伐柯》一章:"伐柯如何?匪斧不克。"132《秦風·晨風》一章:"如何如何?忘我實多。"276《周頌·臣工》:"維莫之春,亦又何求?如何新畬?"2)爲什麽。(雅 2)194《小雅·雨無正》三章:"如何昊天?辟言不信。"《鄭箋》:"如何乎昊天?痛而愬之也。"

【如…何】拿…怎麽辦。(風 3)118《唐風·綢繆》一章:"子兮子兮,如此良人何?"孔穎達《正義》:"言已無奈此良人何。"

【如之何】1)怎麽樣;怎麽辦。(風 7、雅 1)47《鄘風·君子偕老》一章:"子之不淑,云如之何?"王先謙《集疏》:"言今子與公爲淫亂而有不善之行,雖有此小君之盛服,則奈之何哉?"2)怎麽。(風 1)66《王風·君子于役》一章:"君子于役,如之何勿思。"

參"而"。

茹 rú

人諸切(遇合三平魚日)

人恕切(遇合三去御日)

魚部、日母

❶吃；吞吃。（雅 2)260《大雅·烝民》五章："人亦有言：柔則茹之，剛則吐之。"《鄭箋》："剛柔之在口，或茹之或吐之。"陸德明《釋文》引《廣雅》："茹，食也。"嚴粲《詩緝》："人嘗有言：謂物之柔者，人則茹食之；物之剛者，人則吐出之。喻凌弱而畏强也。"一説：容納。朱熹《集傳》："茹，納也。"❷容納；包含。（風 1)26《邶風·柏舟》二章："我心匪鑒，不可以茹。"嚴粲《詩緝》："鑒雖明，而不擇妍醜，皆納其影。我心有知善惡，善則從之，惡則拒之，不能混雜而容納之。"王先謙《集疏》："《韓》説曰：茹，容也。"一説：度量；忖度。《毛傳》："茹，度也。"《鄭箋》："鑒之察形，但知方圓白黑，不能度其真僞。我心非如是鑒，我於衆人之善惡內外，心度知之。"焦循《補疏》："茹即謂察形。鑒可茹，我心匪鑒，故不可茹。以不可察形則知兄弟之不可據而不致逢彼之怒矣。"❸度量；自量。（雅 1)177《小雅·六月》四章："獫狁匪茹，整居焦穫。"《鄭箋》："茹，度也。朱駿聲《説文通訓定聲》："茹，假借爲慮。"屈萬里《詮釋》："匪茹，言不自量也。"一説：柔弱；懦弱。馬瑞辰《通釋》："《廣雅》：'茹，柔也；柔，弱也。'匪茹，言非柔弱，即上章'獫狁孔熾'也。"❹商量；探求。（頌 1)276《周頌·臣工》："王釐爾成，來咨來茹。"《鄭箋》："咨，謀；茹，度也。"馬瑞辰《通釋》："來者，詞之是也。'來咨來茹'，猶言是咨是茹。"

【茹藘】1)茜草，根可以作紅色染料。（風 1)89《鄭風·東門之墠》一章："東門之墠，茹藘在阪。"《毛傳》："茹藘，茅蒐也。"孔穎達《正義》："李巡曰：'茅蒐，一名茜，可以染絳。'陸璣《疏》云：'一名地血，齊人謂之茜，徐州人謂之牛蔓。'然則今之茜草是也。"2)指染成絳色的佩巾。（風 1)93《鄭風·出其東門》二章："縞衣茹藘，聊可與娱。"《毛傳》："茹藘，茅蒐之染女服也。"《鄭箋》："茅蒐染巾也。"王先謙《集疏》："詩言茹藘，不言巾者，省文以成句。"

嚅 rú ★汝朱切（虞合三平虞日）
而遇切（遇合三去遇日）
侯部、日母

排列有序。（雅 1)164《小雅·常棣》六章："兄弟既具，和樂且嚅。"《毛傳》："嚅，屬也。"《鄭箋》："屬者，以昭穆相次序。"一説：親愛；親附。孔穎達《正義》引李巡曰："嚅，骨肉相親屬也。"嚴粲《詩緝》："程子曰：'嚅，親慕之義。'"朱熹《集傳》："嚅，小兒之慕父母也。"李光地《榕村語錄》卷十三："兄弟既具，不惟和樂，且如孩嚅時之相親矣。"又一説：通"愉"。愉快。俞樾《平議》卷十："嚅，當讀爲愉。嚅從需聲，愉從俞聲，兩聲相近。…《説文·心部》：'愉，樂也。'既言和樂，而又言愉，猶'和樂且湛'，既言和樂，而又言湛，湛亦樂也。"

濡 rú 人朱切（遇合三平虞日）
侯部、日母

❶浸濕；沾濕。（風 4)34《邶風·匏有苦葉》二章："濟盈不濡軌。"《毛傳》："濡，漬也。"❷柔潤有光澤。（風 1、雅 1)80《邶風·羔裘》一章："羔裘如濡。"《毛傳》："如濡，潤澤也。"《鄭箋》："如濡，言鮮絜也。"孔穎達《正義》："謂皮毛光色潤澤也。"陳奐《傳疏》："言羔裘光色，潤澤然也。如，猶而也。"163《小雅·皇皇者華》二章："我馬維駒，六轡如濡。"陸德明《釋文》："濡，如朱反，鮮澤也。"朱熹《集傳》："如濡，鮮潔也。"參"柔"。

醹 rú 人朱切（遇合三平虞日）
而主切（遇合三上麌日）
侯部、日母

酒味醇厚。（雅 1)246《大雅·行葦》七章："曾孫維主，酒醴維醹。"《毛傳》："醹，厚也。"《鄭箋》："有醇厚之酒醴。"孔穎達《正義》："醹，厚，謂酒之厚者。《説文》云：'醹，厚酒也。'"

汝 rú 人渚切（遇合三上語日）
魚部、日母

古水名。在河南省，上游即今北汝河，自郾城以下，先後會溮水（今洪河）和潩水（今沙河），成今南汝水及新蔡以下的洪河，流入淮河。（風 2)10《周南·汝墳》一章："遵彼汝墳，伐其條枚。"《毛傳》："汝，水名也。"朱熹《集傳》："汝水出汝州天息山，逕蔡潁州入淮。"

[汝墳]《國風·周南》篇名(10)。這首詩寫

妻子懷念從役在外的丈夫以及當他歸來時的寬慰心情。中有"王室如燬"句，表明詩當作於西周末年犬戎攻破鎬京以後。《詩序》說是歌頌文王化行的詩："《汝墳》，道化行也。文王之化，行乎汝墳之國，婦人能閔其君子，猶勉之以正也。"王應麟《詩考》引《列女傳》："《汝墳》，周南大夫妻作。"吳闓生《會通》："言紂之政雖酷烈，然文王之德如父母然，望之甚近，亦可以忘其勞矣。聞一多則以為情歌。《通義》："《國風》中凡言魚，皆兩性間互稱其對方之廋語，無一實指魚者。…本篇曰'魴魚赬尾'，義當與《左傳》同。詩為女子所作，則魚指男言也。"孫作雲《詩經戀歌發微》："《周南·汝墳》是汝水附近的青年男女在汝水濱聚會時所唱的戀歌。"三章，十二句。
參"女"。

辱 rǔ 而蜀切（通合三入燭日）
　　　屋部、日母
恥辱；可恥。（風 1）46《鄘風·牆有茨》三章："所可讀也，言之辱也。"《毛傳》："辱，辱君也。"朱熹《集傳》："辱，猶醜也。"（讀：公開說出。）

入 rù 人執切（深開三入緝日）
　　緝部、日母
❶進入。跟"出"相對。（風 6，雅 12，頌 1）154《豳風·七月》五章："十月蟋蟀入我牀下。"305《商頌·殷武》一章："深入其阻，袞荊之旅。"❷采納；接受。（雅 1）240《大雅·思齊》四章："不聞亦式，不諫亦入。"王引之《釋詞》卷十："不，語詞。不聞，聞也；不諫，諫也。式，用也。入，納也。言聞善言則用之，進諫則納之。"一說：指進入善道。朱熹《集傳》："雖事之無所聞者，而亦無不合於法度；雖無諫諍之者，而亦未嘗不入於善。"

洳 rù 人恕切（遇合三去御日）
　　魚部、日母
潮濕；低濕的地方。見【沮洳】。

阮 ruǎn 虞遠切（山合三上阮疑）
　　　虞袁切（山合三平元疑）
　　　寒部、疑母
商代諸侯國名。為周文王所滅，在今甘肅省涇川縣。（雅 2）241《大雅·皇矣》五章：

"密人不恭，敢距大邦，侵阮徂共。"《毛傳》："國有密須氏，侵阮，遂往侵共。"孔穎達《正義》："乃侵我周之阮地，遂復往侵於共邑。"朱熹《集傳》："阮，國名，在今涇州。徂，往也。共，阮國之地名，今涇州之共池是也。"

綾（綾）ruí 儒佳切（止合三平脂日）
　　　　　微部、日母
帽帶打結後下垂的部分。（風 1）101《齊風·南山》二章："葛屨五兩，冠綾雙止。"《毛傳》："葛屨，服之賤者；冠綾，服之尊者。"朱熹《集傳》："綾，冠上飾也。"馬瑞辰《通釋》引《內則·正義》："結纓頷下以固冠，結之餘者散而下垂，謂之綾。"程俊英《注析》："詩人用葛屨、冠綾比喻不論人民或貴族都各有一定的配偶。"

芮 ruì 而銳切（蟹合三去祭日）
　　　月部、日母
❶古諸侯國名，故城在今山西省芮城縣西十里。一說在今陝西省大荔縣。（雅 1）237《大雅·縣》九章："虞芮質厥成，文王蹶厥生。"朱熹《集傳》："虞、芮，二國名。…蘇氏曰：虞在陝之平陸，芮在同之馮翊。平陸有閒原焉。則虞、芮之所讓也。"王應麟《詩地理考》："芮城在陝州芮城縣西二十里古芮國。閒原在平陸縣西六十五里，即虞、芮爭田讓為閒田之所。"❷通"汭"。水邊向內凹處；水涯。（雅 1）250《大雅·公劉》六章："止旅迺密，芮鞫之即。"《毛傳》："芮，水厓也。"《鄭箋》："芮之言內也。水之內曰隩，水之外曰鞫。"陸德明《釋文》："芮，本又作汭。"孔穎達《正義》："芮、鞫皆是水厓之名，鞫是其外，則芮是其內。"陳奐《傳疏》："芮者，汭之假借。《尚書》、《左傳》皆作汭。"一說：水名。朱熹《集傳》："芮，水名，出吳山西北，東入涇。《周禮·職方》作汭。"

汭 ruì 而銳切（蟹合三去祭日）
　　　月部、日母
水涯。見"芮"。

犉 rún 如勻切（臻合三平諄日）
　chún 《字彙》辰倫切（臻合三平諄禪）
　　　　文部、日母
黑嘴的黃牛。（雅 1、頌 1）190《小雅·無羊》一章："誰謂爾無牛？九十其犉。"《毛傳》：

"黄牛黑唇曰犉。"291《周頌・良耜》:"殺時犉牡,有捄其角。"《毛傳》:"黄牛黑唇曰犉。"一説:身高七尺的大牛。俞樾《平議》卷十:"《爾雅》曰:'牛七尺爲犉。'郭注引《詩》'九十其犉'。似得詩意。蓋七尺之牛,牛之大者,舉大足以見小,故曰'九十其犉'。言牛之七尺者已有九十,則小者可知也。《良耜》篇'殺時犉牡'亦當從此訓。"戴震《考證》:"詩之義,蓋言肥大者之多。"馬瑞辰《通釋》:"此詩及《無羊》詩'九十其犉',皆當以牛七尺曰犉釋之。犉,謂牛之大者。犉牡猶言廣牡,廣亦大也。"

若 ruò　而灼切（宕開三入藥日）
　　　　　鐸部,日母

❶順。(雅 3,頌 2)212《小雅・大田》一章:"既庭且碩,曾孫是若。"《鄭箋》:"若,順也。"朱熹《集傳》:"故其生者皆直而大,以順曾孫之所欲。"顧廣譽《詳説》:"《詩》云'是若',皆謂順於其心。"260《大雅・烝民》四章:"邦國若否,仲山甫明之。"《鄭箋》:"若,順也。順否,猶臧否,謂善惡也。"于省吾《新證》:"言邦國當沉晦之時,仲山甫有以通其閉塞。'若否'乃古人語例。《毛公鼎》'虢許上下若否',言上下隔閡不相融洽也。"300《魯頌・閟宫》九章:"孔曼且碩,萬民是若。"《鄭箋》:"國人謂之順也。"朱熹《集傳》:"萬民是若,順萬民之望也。"一説:善;認爲好。馬瑞辰《通釋》:"《爾雅・釋詁》:'若,善也。'善與順,義相成。此承上'奚斯作詩'言之,則宜訓善,謂善其作是詩也。"❷象;至於。(雅 1)194《小雅・雨無正》一章:"舍彼有罪,既伏其辜。若此無罪,淪胥以鋪。"朱熹《集傳》:"彼有罪而饑死,則是既伏其辜矣,舍之可也;此無罪者,亦相與而陷於死亡,則如之何哉?"❸形容詞詞尾,表示"…的樣子"。(風 1)見【沃若】。参"而"。

S

洒（灑）

（一）sǎ 所賣切（蟹開二去卦生）
文部、生母

❶灑水。把水均匀地散布在地上。(風2、雅2)115《唐風·山有樞》二章："子有廷内，弗洒弗埽。"《毛傳》："洒，灑也。"孔穎達《正義》："洒謂以水濕地而埽之，故轉爲灑，灑是散水之名也。"256《大雅·抑》四章："夙興夜寐，洒埽廷内。"《毛傳》："洒，灑。"王先謙《集疏》："《韓》，洒作灑。"按《說文·水部》："洒，滌也。古文以爲灑埽字。"段玉裁注："洒、灑本殊義而雙聲，故相假借。凡假借多叠韻或雙聲也。《毛詩》'洒埽'四見…若先鄭云：'洒當爲灑'，則以其義别而正之，以漢時所用字正古文也。"

（二）cuǐ ★取猥切（蟹合一上賄清）
微部、清母

❷高峻的樣子。(風1)43《邶風·新臺》二章："新臺有洒，河水浼浼。"《毛傳》："洒，高峻也。"段玉裁《小箋》："洒，謂其身峭直。洒即陖之假借字，凡言陖陗者皆謂斗直不可上。"一説：新鮮的樣子。陸德明《釋文》："洒，七罪反。《韓詩》作漼，云：'鮮貌。'"馬瑞辰《通釋》："洒、洗雙聲，古通用。《白虎通》：'洗者，鮮也。'《吕覽》高注：'洗，新也。'"

塞

sāi（又 sè） 蘇則切（曾開一入德心）
職部、心母

❶填塞；堵塞。(風1)154《豳風·七月》五章："穹窒熏鼠，塞向墐户。"陳奂《傳疏》："塞向者，填塞西室之北牖也。"❷充實；誠實。(風2、雅1)28《邶風·燕燕》四章："仲氏任只，其心塞淵。"《毛傳》："塞，實也。"孔穎達《正義》："其心誠實而深遠也。"《玉篇·心部》引作"寒"。50《鄘風·定之方中》三章："匪直也人，秉心塞淵。"《鄭箋》："塞，充實也。"263《大雅·常武》六章："王猶允塞，徐方既來。"孔穎達《正義》："王之謀慮，信而誠實。"朱熹《集傳》："塞，實也。"

寒

sāi（又 sè） 蘇則切（曾開一入德心）
先代切（蟹開一去代心）
職部、心母

充實。見"塞"。

三

sān 蘇甘切（咸開一平談心）
侵部、心母

❶數詞。三。也泛指多數。(風16、雅12、頌3)112《魏風·碩鼠》一章："三歲貫女，莫我肯顧。"243《大雅·下武》一章："三后在天，王配于京。"《毛傳》："三后，大王、王季、文王也。"167《小雅·采薇》四章："豈敢定居，一月三捷。"《鄭箋》："一月之中，三有勝功。"馬瑞辰《通釋》："古者言數之多，每曰三與九，蓋九者數之究，三者數之成，不必數之果皆三、九也。…此詩'一月三捷'，特冀其屢有戰功，亦三錫、三接之類。"227《周頌·噫嘻》："終三十里，亦服爾耕。"《毛傳》："終三十里，言各極其望也。"❷指周曆三月即夏曆正月。(風2)154《豳風·七月》八章："三之日于耜，四之日舉趾。"《毛傳》："三之日，夏正月也。"陳奂《傳疏》："三月之時，可豫取耒耜繕修之。"❸指三成。(風1)20《召南·摽有梅》二章："摽有梅，其實三兮。"《毛傳》："在者三也。"《鄭箋》："梅之隋落者差多，在者餘三耳。"聞一多《類鈔》："三，十分之三，表少數。"

【三百篇】本指《詩經》的篇數，后作爲《詩經》的代稱。據《史記·孔子世家》，古詩本三千餘篇，經孔子刪定存三百零五篇，又有"笙詩"六篇有目無詩。舉其成數，稱爲《三百篇》或《詩》三百。《論語·爲政》："《詩》三百，一言以蔽之曰：思無邪"。皮錫瑞《經學通論·論南陔六詩與金奏三夏不在三百五篇之內》："漢初史遷、王式諸人皆云《詩》三百五篇，無有云三百十一篇者，是不數六笙詩甚明。《毛詩故訓傳》不以六笙詩列什數，則《序》之'有其義而亡其辭'、'亡'字當讀有無之'無'。鄭君以爲亡逸之'亡'。《箋》云：'孔子論《詩》、《雅》、《頌》各得其所，時俱在耳，篇第當在於此，遭戰國及秦而亡之。其義則與衆篇之義合編，故存。至毛公爲《詁訓傳》，乃分衆篇之義，各置於其篇端云，又闕其亡者，以見在爲數，故推改什首遂通耳，而下非孔子之舊。'自鄭君爲此說，陸德明、孔穎達、成伯璵皆以爲《詩》三百十一篇，與漢初人云三百五篇不合矣。"

【三家詩】漢初傳《詩經》的有《齊》、《魯》、《韓》三家。《魯詩》源於申公，《齊詩》源於轅固生，《韓詩》源於韓嬰。都立於學官，置博士弟子，稱三家詩，都是今文詩學。三家詩與《毛詩》同出於子夏，相同的約十之七八，不同的約十之二三。和《毛詩》一樣，三家詩也都有序。魏晉以後，三家詩先後亡佚。《齊詩》亡於三國魏時；《魯詩》亡於西晉；《韓詩內傳》亡於宋，今僅存《韓詩外傳》。

【三事】指天子三公或諸侯三卿。周代以太師、太保、太傅爲三公，是中央王朝最高的三種官銜。三公沒有具體職務而參與六卿之事，故稱三事。（雅2）194《小雅·雨無正》二章："三事大夫，莫肯夙夜。"《鄭箋》："王流在外，三公及諸侯隨王而行者皆無君臣之禮，不肯晨夜朝暮省王也。"孔穎達《正義》："三事大夫，唯三公耳。"朱熹《集傳》："三事，三公也。大夫，六卿及中、下大夫也。"陳奐《傳疏》："《十月之交》及《常武》所云三事，諸侯三卿也。此云三事，天子三公也。三事大夫即上文之正大夫也。"馬瑞辰《通釋》："古以三公分司天、地、人爲三事。《白虎通》引《別名記》曰'司徒典名，司空主地，司馬順天'是也。此《箋》以三事爲三公之義。"俞樾《經說》卷三："疑此'三事'乃'三吏'之誤。《成二年左傳》：'王使委於三吏。'杜注曰：'三吏，三公也。'…然則三公稱三吏，古制固然。此經鄭以'三公'說之不誤，但經文'三事'則'三吏'之誤耳。"何楷《古義》："自正大夫離居之後，六官之屬無肯夙夜勤勞王事者。"263《大雅·常武》二章："不留不處，三事就緒。"《毛傳》："誅其君，弔其民，爲之立三有事之臣。"姚際恒《通論》："謂分主六軍之三事大夫無一不盡職以就緒也。"吳闓生《會通》："三事，三卿也。"屈萬里《詮釋》："言備戰之事，三卿皆籌備就緒也。王親征，故三卿從王。"一說：三農之事。《鄭箋》："女三農之事皆就其業。爲其驚怖，先以言安之。"

【三壽】三老；上、中、下三等長壽的人。（頌1)300《魯頌·閟宮》四章："三壽作朋，如岡如陵。"《毛傳》："壽，考也。"《鄭箋》："三壽，三卿也。"馬瑞辰《通釋》："考猶老也，三壽猶三老也。…《昭三年左傳》'三老凍餒'，杜注：'三老，謂上壽、中壽、下壽，皆八十以上。'《文選》李善注引《養生經》：'黃帝曰：上壽百二十，中壽百年，下壽八十。'皆即三老之證。"何孟冬《餘冬序錄》："上壽百，中壽八十，下壽六十。…漢有三老五更，所謂三壽者，殆三老之謂也。"王夫之《稗疏》："三壽，古之通辭，非僅魯設矣。三壽者，壽之三等耳。…《論衡》曰：'《春秋》說上壽九十，中壽八十，下壽七十。'"一說：長壽，高壽。祝頌高壽之辭。郭沫若《兩周金文辭大系圖錄考釋》："參壽即《魯頌·閟宮》'三壽作朋'之'三壽'。…當以'參'爲本字，意謂壽如參星之高也。"

【三頌】指《周頌》、《魯頌》、《商頌》。見"頌"。

【三五】三五個，泛指少數幾個。（風1)21《召南·小星》一章："嘒彼小星，三五在東。"朱熹《集傳》："三五，言其稀，蓋初昏或將旦時也。"一說：指二十八宿中的參(shēn)宿和昴宿。王引之《述聞》卷五："漢以前相傳昴宿五星，故有降精爲五老之説。其參之三星,則《唐風‧綢繆傳》、《史記‧天官書》已明著之矣。蓋參之爲言猶三也。…三五,舉其數也;參昴,著其名也。其實一而已。"又一説:指二十八宿中的心宿和柳宿。心宿三星,柳宿(噣)五星。《毛傳》:"三心五噣,四時更見。"《鄭箋》:"衆無名之星,隨心噣在天,猶姪娣諸妾隨夫人以次序進御於君也。心在東方,三月時也。噣在東方,正月時也。"

【三星】天空中明亮而接近的三顆星。有參宿三星、心宿三星、河鼓三星等。(風 3、雅 1)118《唐風‧綢繆》一章:"綢繆束薪,三星在天。"《毛傳》:"三星,參也。三星在天,可以嫁娶矣。"《鄭箋》:"三星,謂心星也。"近代有的學者認爲此詩三章所言三星,是指一夜之間,時間不同,三個星座順次出現。首章"三星在天",指參宿三星;二章"三星在隅",指心宿三星;末章"三星在户",指河鼓三星。

又見【二三】。

散 sǎn 蘇旱切 (山開一上旱心)
　　sàn 蘇旰切 (山開一去翰心)
　　寒部、心母

雜亂。(雅 1)258《大雅‧雲漢》七章:"旱既太甚,散無友紀。"陳奐《傳疏》:"《説文》:'散,雜肉也。'引申散有雜亂之義。"(友:通"有"。)

桑 sāng 息郎切 (宕開一平唐心)
　　陽部、心母

❶桑樹。葉可養蠶。(風 19、雅 8、頌 1)155《豳風‧鴟鴞》二章:"徹彼桑土,綢繆牖户。"《毛傳》:"桑土,桑根也。"197《小雅‧小弁》三章:"維桑與梓,必恭敬止。"《毛傳》:"父之所樹,已尚不敢不恭敬。"朱熹《集傳》:"言桑梓父母所植,尚且必加恭敬,況父母至尊至親。宜莫不瞻依也。"《五代史‧王建立傳》:"桑以養生(育蠶),梓以喪死(爲棺)。此桑梓必恭之義也。"馬瑞辰《通釋》:"懷父母,覩其樹,因思其人也。後世有'桑梓'爲故里之稱。"林義光《通解》:"桑梓以興父母,人於桑與梓猶恭敬也,豈有於父母而不瞻依者乎?"按後世以"桑梓"爲故里,源此。50《鄘風‧定之方中》二章:"降觀于桑。"《毛傳》:"地勢宜蠶,可以居民。"朱熹《集傳》:"桑,木名,葉可飼蠶者。觀之以察其土宜也。"一説:地名或水名。姚際恒《通論》引姚炳説:"疑桑亦地名…當在楚丘之傍,與漕墟相屬。"方玉潤《原始》:"不惟地名,且似水名,如桑乾之類。"❷采桑。(風 2)111《魏風‧十畝之間》一章:"十畝之間兮,桑者閑閑兮。"姚際恒《通論》:"桑者爲婦人古稱。采桑皆婦人,無稱男子者。"

【桑扈】鳥名。也叫竊脂、青雀。(雅 3)196《小雅‧小宛》五章:"交交桑扈,率場啄粟。"《毛傳》:"桑扈,竊脂也。"朱熹《集傳》:"桑扈,竊脂也。俗呼青觜,肉食,不食粟。"何楷《古義》:"竊脂者,淺白色也。今二四月間采桑之時,見有小鳥,灰色,眼下正白,俗呼白鵊鳥是也。"陳大章《集覽》:"此鳥今謂之蠟觜,性甚慧,可教,色微綠,觜似蠟,言淺有脂色也。"《爾雅‧釋鳥》:"桑扈,竊脂。"郭璞注:"俗呼青雀。觜曲食肉。好盜脂膏,因名云。"邢昺疏:"《釋獸》云:'虎竊毛謂之虦貓。''雖如小熊,竊毛而黃。''竊毛'皆謂淺毛。'竊'即古之'淺'字。但此鳥其色不純。'竊玄',淺黑也。'竊藍',淺青也。'竊黃',淺黃也。'竊丹',淺赤也。四色皆具。則'竊脂'爲淺白也。"

【桑扈】《小雅》篇名(215)。這是周王宴會諸侯的詩。贊美國君子爲國家屏障,能享受大福。朱熹《集傳》:"此亦天子燕諸侯之詩。"王質《詩總聞》:"當是諸侯來朝,而歸國餞送之際,美戒兼同。"李光地《詩所》:"朝會既畢而燕諸侯之詩。蓋此元侯而受方伯之任者,其在東都,則周公、君陳、畢公之倫也。"屈萬里《詮釋》:"此頌美天子之詩。"《詩序》以爲刺詩:"《桑扈》,刺幽王也。君臣上下,動無禮文焉。"陳奐《傳疏》謂"詩陳古君臣之詞"。王先謙《集疏》:"三家義未聞。"四章,十六句。

【桑柔】《大雅》篇名(257)。這是周厲王時卿士芮良夫憂時傷亂,諷刺周厲王昏庸暴虐,任用非人,百姓痛苦,國家將亡的詩。《詩序》:"《桑柔》,芮伯刺厲王也。"《鄭箋》:"芮伯,畿内諸侯,王卿士也,字良夫。"《左傳‧文公元年》引周芮良夫之詩:"大風有隧,貪人敗類。聽言則對,誦言如醉。匪用其良,覆俾我悖。"即本詩十三章。王符《潛夫論·遏利》:"昔周厲王好專利,芮良夫諫而不入,退賦《桑柔》之詩以諷。言是大風也,必將有隧;是貪民也,必將敗其類。王又不悟,故遂流死於彘。"朱熹《集傳》:"舊說此爲芮伯刺厲王而作。《春秋傳》亦曰:芮良夫之詩。則其說是也。"王先謙《集疏》:"此詩之作,在榮公爲卿士後,去流彘之年當亦不甚相遠。"吳闓生則以爲詩當作於周厲王被放逐到彘以後。《會通》:"今考詩明言'天降喪亂,滅我立王',必非無故而爲此危悚之詞,其属厲王流彘後作甚明。其時天下已亂,芮伯蓋憂亂亡之至,而追源禍本,作爲此詩。"屈萬里《詮釋》:"此詩作於東周之初,乃傷時之詩,舊說非也。"詩中指出,虐政害民,小人得勢作祟,賢人被逐,統治集團互相傾軋,導致國家禍亂;自己憂心國事,遭受放逐,悲嘆生不逢時。最後申明不怕打擊,堅決作歌揭露。全詩十六章,一百七十二句,六百八十八字,是《詩經》里篇幅最長,字數最多的一首詩。

【桑中】春秋衛國沬鄉的一個小地名。(風3)48《鄘風·桑中》一章:"期我乎桑中,要我乎上宫,送我乎淇之上矣。"《毛傳》:"桑中、上宫,所期之地。"朱熹《集傳》:"桑中、上宫,淇上,又沬鄉中之小地名也。"陳奂《傳疏》:"桑中地,即衛之桑閒。《禮記·注》云:桑閒在濮陽南。"一說:桑林中。姚際恒《通論》:"桑中,即桑之中。古衛地多桑,故云然。"郭沫若《甲骨文字研究》:"桑中,即桑林所在之地,上宫即桑林之祠,士女於此合歡。"

【桑中】《國風·鄘風》篇名(48)。這是一首寫男女幽會、送別的情歌,歌者是男性。朱熹《辨說》:"此詩乃淫奔者所自作。"又《集傳》:"衛俗淫亂,世族在位,相竊妻妾。故此人自將言采唐於沬,而與其所思之人相期會迎送如此也。"聞一多《類鈔》:"《桑中》,思會時也。"余冠英《選評》:"這是歌詠幽期密約的詩。"詩中的三個人名可能是歌者隨意編造的,不一定實有。朱自清《中國歌謠》中說:"我以爲這三個女子的名字,確實只是爲了押韻的關係…那三個名字,或者只有一個是真的,或者全不是真的——他用了三個理想的大家小姐的名字,或許只是'代表'他心目中的一個女子。"這是很正確的。《詩序》:"《桑中》,刺奔也。衛之公室淫亂,男女相奔。至於世族在位,相竊妻妾。期於悠遠,政散民流而不可止。"按《左傳·成公二年》:"夫子有三軍之懼,而又有'桑中'之喜,宜將竊妻以逃者也。"這與《詩序》說同,但並不一定是詩的本意。三章,二十一句。

喪(丧) sàng 蘇浪切(宕開一去宕心) 陽部、心母

❶丢失;失掉。(風1、雅3)31《邶風·擊鼓》三章:"爰居爰處,爰喪其馬。"241《大雅·皇矣》三章:"受祿無喪,奄有四方。"《毛傳》:"喪,亡。"嚴粲《詩緝》:"喪,失也。"陳奂《傳疏》:"受祿無亡,言受祿不失也。"
❷死亡。(雅2)255《大雅·蕩》六章:"小大近喪,人尚乎由行。"朱熹《集傳》:"小者大者近於喪亡矣,尚且由此而行,不知變也。"
❸凶禍;災難。(風1、雅1)35《邶風·谷風》四章:"凡民有喪,匍匐救之。"《鄭箋》:"凡民有凶禍之事,鄰里尚盡力救之。"朱熹《集傳》:"周睦其鄰里鄉黨,莫不盡其道也。"265《大雅·召旻》一章:"旻天疾威,天篤降喪。"

【喪亂】死喪禍亂。(雅5)164《小雅·常棣》五章:"喪亂既平,既安且寧。"254《大雅·板》五章:"喪亂蔑資,曾莫惠我師。"朱熹《集傳》:"是以至於散亂滅亡,而卒無能惠我師者也。"劉向《說苑·政理》引《詩》作"相亂蔑資"。

又見【死喪】。

搔 sāo 蘇遭切(效開一平豪心) 幽部、心母

撓;用手指甲輕輕地抓。(風1)42《邶風·靜女》一章:"愛而不見,搔首踟躕。"孔穎達《正義》:"既愛之而不得見,故搔其首而踟躕然。"

溞 sāo 蘇遭切(效開一平豪心) 幽部、心母

溞溞,淘米聲。見"叟"。

騷(騷) sāo 蘇遭切（效開一平豪心）
幽部、心母

驚慌失措；動亂。（雅1）263《大雅·常武》三章："匪紹匪遊,徐方繹騷。"《毛傳》："騷,動也。"陳奐《傳疏》："'徐方繹騷',言未戰而徐方之軍陳已動亂失次矣。"馬瑞辰《通釋》："'繹騷連言,猶震驚並舉也。"

埽 sǎo 蘇老切（效開一上皓心）
蘇到切（效開一去號心）
幽部、心母

打掃；掃除。（風3、雅2）46《鄘風·牆有茨》一章："牆有茨,不可埽也。"馬瑞辰《通釋》："《左氏傳》云：'人之有牆,以蔽惡也。'《詩》以'牆茨'起興,蓋取蔽惡之義。以牆茨之不可埽,所以固其牆,興內醜之不可外揚,將以隱其惡也。"115《唐風·山有樞》二章："子有廷內,弗洒弗埽。"陸德明《釋文》："埽,蘇報反。本又作掃。"埽,明監本、毛本作"掃"。十三經注疏本只用"埽",朱熹《集傳》本中"掃"、"埽"二字並出。

掃 sǎo 蘇老切（效開一上皓心）
蘇到切（效開一去號心）
幽部、心母

打掃；掃除。見"埽"。

色 sè 所力切（曾開三入職生）
職部、生母

❶臉色。（雅1）260《大雅·烝民》二章："令儀令色,小心翼翼。"《鄭箋》："善威儀善顏色,容貌翼翼然恭敬。"屈萬里《詮釋》："色,謂對人之顏色也。"❷特指嚴厲的臉色。（雅1）241《大雅·皇矣》七章："不大聲以色,不長夏以革。"《毛傳》："不大聲見於色。"《鄭箋》："不虛廣言語以外作容貌。"孔穎達《正義》引孫毓云："不大聲以加人。"胡承珙《後箋》："不大聲以色,謂不大其聲色以加人。《禮記·中庸》引此句,鄭注云：'我歸有明德者,以其不大聲為嚴厲之色也。'此與《傳》解略同,即不凌弱暴寡之意。"馬瑞辰《通釋》引汪氏德鉞曰："不大聲以色者,不道之以政也。聲謂發號施令,色謂象魏懸書之類。"❸和顏悅色。（頌1）299《魯頌·泮水》二章："載色載笑,匪怒伊教。"《毛傳》："色溫潤也。"《鄭箋》："和顏色也。"

嗇(嗇) sè 所力切（曾開三入職生）
職部、生母

收割莊稼。見"穡"、"稼"。

穡(穡) sè 所力切（曾開三入職生）
職部、生母

❶收割莊稼；收穫。（風3、雅1）112《魏風·伐檀》一章："不稼不穡,胡取禾三百廛兮。"《毛傳》："種之曰稼,斂之曰穡。"210《小雅·信南山》三章："曾孫之穡,以為酒食。"陳奐《傳疏》："斂之曰穡。"一說：莊稼。朱熹《集傳》："其田整飭而穀茂盛者,皆曾孫之穡也。"❷種植五穀。（雅1）245《大雅·生民》五章："誕后稷之穡,有相之道。"《鄭箋》："大矣后稷之掌稼穡,有見助之道。漢石經作"嗇"。又見【稼穡】。

瑟 sè 所櫛切（臻開三入櫛生）
質部、生母

❶一種撥弦樂器。形像古琴,有二十五根弦。每弦一柱,無徽位。（風5、雅5）115《唐風·山有樞》三章："子有酒食,何不日鼓瑟。"164《小雅·常棣》七章："妻子好合,如鼓瑟琴。"❷鮮潔的樣子。（雅1）239《大雅·旱麓》二章："瑟彼玉瓚,黃流在中。"《鄭箋》："瑟,絜鮮貌。"吳闓生《會通》："瑟,鮮潔貌。"一說：玉的花紋一條一條的樣子。《說文·玉部》："璱,玉英華相帶如瑟弦也。《詩》曰：'璱彼玉瓚'。"陸德明《釋文》："瑟,字又作璱。"馬瑞辰《通釋》："作璱者正字,作瑟者省借字也。《周禮·春官·典瑞》鄭注引《詩》作'卹彼玉瓚'。"❸茂密、眾多的樣子。（雅1）239《大雅·旱麓》五章："瑟彼柞棫,民所燎矣。"《毛傳》："瑟,眾貌。"朱熹《集傳》："瑟,茂密貌。"❹儀容莊重。（風2）55《衛風·淇奧》一章："瑟兮僩兮,赫兮咺兮。"《毛傳》："瑟,矜莊貌。"王先謙《集疏》："瑟兮,謂德容之縝密莊嚴,秩然不亂。"一說：通"璱"。有光澤的樣子。聞一多《類鈔》讀"璱兮爛兮",云："璱、爛、赫、咺,皆光澤貌。"

璱 sè 所櫛切（臻開三入櫛生）
質部、生母

玉色鮮潔。見"瑟"。

沙 shā 所加切（假開二平麻生）
歌部・生母

沙灘；水旁沙地。（雅 1)248《大雅・鳧鷖》二章："鳧鷖在沙，公尸來燕來宜。"《毛傳》："沙，水旁也。"陳奐《傳疏》："《傳》以水旁釋沙，謂水旁多積散石，非謂水旁名沙也。"《說文・水部》："沙，水散石也。從水從少。水少沙見。"

莎 shā ★師加切（假開二平麻生）
歌部・生母

【莎雞】紡織娘。（風 1)154《豳風・七月》五章："六月莎雞振羽。"孔穎達《正義》："莎雞似蝗而色斑，翅正赤，六月中飛而振羽，索索作聲。"丘光庭《兼明書》卷二："今驗莎雞，狀如蚱蜢，頭小而身大，色青而有鬚，其羽晝合不鳴，夜則令其背出，吹其羽振振然。其聲有上有下，正似緯車，故今人呼爲絡緯者是也。"黃中松《辨證》："莎雞即紡織娘，其鳴如機急織之聲。《考工記》所云以翼鳴者也。"

鯊（鲨）shā 所加切（假開二平麻生）
歌部・生母

一種淡水小魚，體圓而有黑點文，也叫鮀、鯊鮀。（雅 1)170《小雅・魚麗》一章："魚麗于罶，鱨鯊。"《毛傳》："鯊，鮀也。"陸德明《釋文》："鯊，音沙，字亦作鯋、鮀也。今吹沙小魚也。"《爾雅・釋魚》："鯊，鮀。"郭璞注："今吹沙小魚，體圓而有黑點文。"

殺（杀）shā 所八切（山開二入黠生）
月部・生母

殺死；宰殺。（風 1，頌 1)154《豳風・七月》八章："朋酒斯饗，曰殺羔羊。"291《周頌・良耜》："殺時犉牡，有捄其角。"

山 shān 所間切（山開二平山生）
寒部・生母

山；地面上由土石構成的聳立部分。（風 14，雅 23，頌 4)233《小雅・漸漸之石》一章："山川悠遠，維其勞矣。"47《鄘風・君子偕老》一章："委委佗佗，如山如河。"《毛傳》："山無不容，河無不潤。"王先謙《集疏》："如山凝然而重，如河淵然而深，皆以狀德容之美。言夫人必有委佗佗，如山

如河之德容，乃於象服是宜也。反言以明宣姜之不宜，與末句相應。"

【山有扶蘇】《國風・鄭風》篇名(84)。這是女子和她戀人開玩笑的詩。詩中說她沒有見到美男子，却見到一個狡猾的狂童，在笑罵中蘊含着愛的感情。朱熹《集傳》："淫女戲其所私者曰：山則有扶蘇矣，隰則有荷華矣，今乃不見子都而見此狂人何哉？"又《辨說》："以下四詩及《揚之水》皆男女戲謔之辭。序之者不可其說而例以爲刺忽，殊無道理。"金啓華《全譯》："女子會見情人，和他開個小玩笑，實是打情罵俏。"一說是寫女子在野外沒有見到戀人，却遇見一個調戲她的狂徒。高亨《今注》："一個姑娘到野外去，沒見到自己的戀人，却遇着一個惡少來調戲她。"有以爲美女恨嫁拙夫之詩。王質《詩總聞》："此婦人適夫家，經歷山隰所見。當是媒妁始以美相欺，相見乃不如所言，怨怒之辭也。"程俊英《注析》："這是寫一位女子找不到如意對象的詩。《詩序》："《山有扶蘇》，刺忽也，所美非美然。"《鄭箋》："言忽所美之人實非美人。"意思是諷刺鄭昭公忽知妍媸莫辨。但詩中似無此意。二章，八句。

【山有樞】《國風・唐風》篇名(115)。這是一首貴族寫的詩。作者勸告貴族們及時享樂，不要吝惜財物，否則一旦死去，一切都歸別人所有。這反映了奴隸主陷級急劇沒落，財產和權力進行再分配的現實，以及奴隸主貴族頹廢享樂得過且過的心理狀態。吳闓生《會通》說："詩詞有危亡之懼，而欲蕩佚以娛憂，乃無聊之極思。"這個看法是比較恰當的。一說以爲這是諷刺國君過於吝嗇不能及時行樂的詩。《詩序》："《山有樞》，刺晉昭公也。不能修道以正其國，有財不能用，有鍾鼓不能以自樂，有朝廷不能洒埽，政荒民散，將以危亡，四鄰謀取其家而不知，國人作詩以刺之也。"季本《解頤》："此刺儉而不中禮之詩，非謂可以及時而樂也。"李光地《詩所》："此刺太儉嗇者之歌，然不如《蟋蟀》之深厚矣。"朱熹《集傳》以爲："此篇蓋以答前篇(指《蟋蟀》)之意而解其憂。…蓋言不可不及時爲樂，然其憂

愈深而意愈促矣。"屈萬里《詮釋》:"此勸友人及時行樂之詩。三章,二十四句。
又見【北山】【東山】【景山】【梁山】【南山】【泰山】【仲山甫】。

潸

shān　所姦切(山開二平删生)
　　　數板切(山開二上潸生)
　　　寒部、生母

【潸焉】流淚的樣子。(雅1)203《小雅·大東》一章:"睠言顧之,潸焉出涕。"《毛傳》:"潸,涕下貌。"陸德明《釋文》引《說文》:"潸,涕流貌。"陳奂《傳疏》:"言、焉、然三字皆語詞。"

扇

shān　式連切(山開三平仙書)
　　　寒部、書母

氣勢熾盛。見"煽"。

煽

shān　式連切(山開三平仙書)
　　　式戰切(山開三去線書)
　　　寒部、書母

氣勢熾盛。(雅1)193《小雅·十月之交》四章:"豔妻煽方處。"《毛傳》:"煽,熾也。"《鄭箋》:"厲王淫於色,七子皆用,后嬖寵方熾之時,並處位,言妻黨盛,女謁行之盛也。"朱熹《集傳》:"煽,熾也。方處,方居其位,未變徙也。"《說文·人部》:"偏,熾盛也。"引《詩》作"偏"。《漢書·谷永傳》引《魯詩》作"扇"。陳奂《傳疏》:"扇者,偏之假借,今作煽,俗字。"

芟

shān　所銜切(咸開二平銜生)
　　　談部、生母

除草。(頌1)290《周頌·載芟》:"載芟載柞,其耕澤澤。"《毛傳》:"除草曰芟,除木曰柞。"《說文·艸部》:"芟,刈草也。"朱熹《集傳》:"《秋官》,柞氏掌攻草木是也。"

摻(掺)

(一)shǎn　所斬切(咸開二上豏生)
　　　侵部、生母

❶持;拉着。(風2)81《鄭風·遵大路》一章:"摻執子之袪兮。"《毛傳》:"摻,擥。"馬瑞辰《通釋》:"《說文》:'操,把持也。''摻,撮持也。'二字義同。摻疑爲操字之訛。故《傳》訓爲擥。《文選·宋玉·登徒好色賦》曰:'遵大路兮攬子袪。'則三家詩有作攬者。攬即擥俗字,故《傳》以摻爲擥。"

(二)shān　所咸切(咸開二平咸生)
　　　侵部、生母

❷見【摻²摻²】。

【摻²摻²】通"纖纖"。纖細美好的樣子。(風1)107《魏風·葛屨》一章:"摻摻女手,可以縫裳。《毛傳》:"摻摻,猶纖纖也。"孔穎達《正義》:"摻摻爲女手之狀,則爲纖細之貌。"《説文·手部》:"攕,好手貌。《詩》曰:'攕攕女手。'"《文選·古詩十九首》之二:"攕攕擢素手。"李善注:"《韓詩》曰:'纖纖女手,可以縫裳。'薛君曰:'纖纖,女手之貌。'"馬瑞辰《通釋》:"摻摻、纖纖,皆攕攕之假借。"

善

shàn　常演切(山開三上獮禪)
　　　寒部、禪母

❶善良;美好。(風1、雅2)32《邶風·凱風》二章:"母氏聖善,我無令人。"王先謙《集疏》:"聖善,言通於事理,有美德也。"211《小雅·甫田》三章:"禾易長畝,終善且有。"❷以⋯爲好。(雅2)257《大雅·桑柔》十五章:"民之罔極,職涼善背。"陳奂《傳疏》:"職,主也,言民之無良,唯主以違背爲善也。"一說:長於;擅長。朱熹《集傳》:"善背,工爲反覆也。"❸長於;擅長。(風2、雅1)55《衛風·淇奧》三章:"善戲謔兮,不爲虐兮。"78《鄭風·大叔于田》二章:"叔善射忌,又良御忌。"❹大。(雅1)257《大雅·桑柔》十六章:"涼曰不可,覆背善詈。"《鄭箋》:"善,猶大也。我諫止之以信,言女所行者不可,反背我而大詈。"一說:善於。朱熹《集傳》:"蓋其爲信也,亦以小人爲不可矣;及其反背也,則又工爲惡言以詈君子。"❺多;容易。(風1)54《鄘風·載馳》三章:"女子善懷,亦各有行。"《鄭箋》:"善,猶多也。"朱熹《集傳》:"善懷,多憂思也。"猶《漢書》云:'岸善崩也。'"

膳

shàn　時戰切(山開三去線禪)
　　　寒部、禪母

【膳夫】官名。《周禮》天官冢宰的屬官,主管王和后妃的飲食事務。(雅2)193《小雅·十月之交》四章:"仲允膳夫。"《鄭箋》:"膳夫,上士也,掌王之飲食膳羞。"

埛(墠) shàn 常演切（山開三上狝禪）

寒部、禪母

經過清除平整的場地。（風1)89《鄭風·東門之墠》一章："東門之墠，茹藘在阪。"《毛傳》："墠，除地町町者也。"《鄭箋》："城東門之外有墠，墠邊有阪，茅蒐生焉。"王先謙《集疏》："《韓》說曰：墠猶坦也。"陳喬樅《韓說考》："毛言'除地町町'，言除地使平之坦。"陸德明《釋文》："墠，依字當作壇。"孔穎達《正義》："遍檢諸本，字皆作壇。《左傳》亦作壇。其《禮記》、《尚書》言壇、墠者，皆封土者謂之壇，除地者謂之墠。壇、墠字異，而作此壇字，讀音曰墠，蓋古字得通用也。今定本作墠。"一說：塘。聞一多《類鈔》："墠、塘一聲之轉，俗名水塘，小點的叫埭。"

壇 shàn ★上演切（山開三上獮生）

寒部、生母

經過清除平整的場地。《集韻》上聲二十八《獮韻》："墠、壇，《說文》：'野土也。'一曰：除地祭處。或作壇。"見"墠"。

汕 shàn 所晏切（山開二去諫生）

寒部、生母

【汕汕】魚在水中游動的樣子。（雅1)171《小雅·南有嘉魚》二章："南有嘉魚，烝然汕汕。"陸德明《釋文》引《說文》："汕，魚游水貌。"馬瑞辰《通釋》："罩罩、汕汕，蓋皆眾魚游水之貌。"一說：一種魚網。《毛傳》："汕汕，樔也。"《鄭箋》："樔者，今之撩罟也。"陸德明《釋文》："樔，字或作罜。"又一說：以翼捕魚。段玉裁《小箋》："罩罩者，以罩罩魚也。汕汕者，以汕汕魚也。"

偏 shàn 式戰切（山開三去線書）

寒部、書母

氣勢熾盛。《廣韻·線韻》："偏，熾盛之。"見"煽"。

商 shāng 式羊切（宕開三平陽書）

陽部、書母

❶古代部族名。始祖名契，傳說其母簡狄吞玄鳥卵而生。《史記·殷本紀》："契長而佐禹治水有功…封商。"裴駰《集解》引鄭玄曰："商國，在太華之陽。"地在今陝西商縣境內。從契經十四傳到湯，滅夏桀，建立商朝，建都於亳（今河南省商丘縣西南）。這十四世正相當於夏代，大約經歷了四五百年。（頌3)304《商頌·長發》一章："濬哲維商，長發其祥。"孔穎達《正義》："有深智者，維我商家之德也。"朱熹《集傳》："言商世世有濬哲之君，其受命之祥發見也久矣。"屈萬里《詮釋》："濬哲，睿智明哲也。商，謂商之君也。"303《商頌·玄鳥》："天命玄鳥，降而生商。"《毛傳》："春分玄鳥降，湯之先祖有娀氏女簡狄配高辛氏帝，帝率與之祈于郊禖而生契，故本其爲天所命，以鳥至而生焉。"《鄭箋》："天使鳦下而生商者，遺卵，娀氏之女簡狄吞之而生契，爲堯司徒，有功，封商，堯知其後將興，又錫其姓焉。自契至湯八遷，始居亳之殷地而受命，國日以廣大。"❷朝代名（約公元前1600年—約前1046年）。第一代君主是湯，建都亳（今河南省商丘縣西南）。經多次遷移，公元前十四世紀中葉，商王盤庚遷都於殷（今河南安陽市西北），所以商也稱"殷"或"殷商"。自湯以後，經十七代三十一王傳到紂，被周武王攻滅。（雅4,頌5)236《大雅·大明》六章："保右命爾，燮伐大商。"《鄭箋》："使協和伐殷之事。"300《魯頌·閟宮》二章："敦商之旅，克咸厥功。"《鄭箋》："武王克殷而治商之臣，使得其所，能同其功於先祖也。"

〖商頌〗《詩經》中《頌》的一部分，五篇。前三篇《那》、《烈祖》、《玄鳥》是祭祀樂歌，各只一章，產生的時代較早。後二篇《長發》、《殷武》叙述殷的起源，歌頌伐楚的勝利，叙事具體，音韻和諧，較爲晚出。《國語·魯語下》載閔馬父語："昔正考父校商之名頌十二篇於周大師，以《那》爲首。"《毛詩序》說：「宋戴公時」有正考甫者，得《商頌》十二篇於周之大師，以《那》爲首。"據此古文經學派認爲《商頌》是商代的作品。陳奐《傳疏》："《那》五篇皆商詩。堯之時，契封於商，湯有天下，仍舊號焉。今陝西商州是其地。魯大師有《商頌》，故孔子得錄之也。今文《詩》學則以《商頌》是春秋中叶宋國的作品。《史記·宋世家》："襄公之時，修行仁義，欲爲盟主，其大夫正考父美之，故追契、湯、高宗、殷所以興，作《商頌》。"此《魯》說。《禮記·樂記》："愛者宜歌商"鄭玄注："《商》，宋詩也。"此《齊》說。《後漢書·曹褒傳》李賢注引《韓詩·薛君章句》："正考父，孔子之先也，作《商頌》十二篇。"此《韓》說。清代學者魏源、皮錫瑞、王先謙等都主此說。王國維《說商頌》："《商頌》蓋宗周中葉宋人所作以祀其先王，正考父獻之周大師，而大師次之於《周頌》之後，逮《魯頌》既作，又次之於《魯》後。"這樣《商頌》就是公元前八世紀到前七世紀宋國的作品。這兩種觀點，至今仍在爭論中。

【商邑】京師；王都。《頌1)305《商頌·長發》五章："商邑翼翼，四方之極。"《毛傳》："商邑，京師也。"朱熹《集傳》："商邑，王都也。"班固《白虎通·京師》："夏曰夏邑，殷曰商邑，周曰京師。"《後漢書·樊準傳》引《詩》"京師翼翼，四方是則"，李賢注："《韓詩》之文也。"《魏書·甄琛傳》："《詩》稱'京邑翼翼，四方是則'。"白居易《白帖》兩引《詩》同。王先謙《集疏》："三家作'京邑翼翼，四方是則'。"

又見【殷商】。

傷(伤) shāng 式羊切（宕開三平陽書）

陽部，書母

❶傷害。《風1)78《鄭風·大叔于田》一章："將叔無狃，戒其傷女。"朱熹《集傳》："請叔無習此事，恐其或傷女也。"❷憂傷；哀痛。《雅3)169《小雅·杕杜》一章："日月陽止，女心傷止。"《鄭箋》："婦人思望其君子，陽月之時，已憂傷矣。"❸思念；憂思。《風2)3《周南·卷耳》三章："我姑酌彼兕觥，維以不永傷。"《毛傳》："傷，思也。"145《陳風·澤陂》一章："有美一人，傷如之何。"《毛傳》："傷無禮也。"《鄭箋》："傷，思也。"陳奐《傳疏》："傷，即《序》憂思傷感之傷。"一說：通"陽"。我。《爾雅·釋詁》："陽，予也。"郭璞注："《魯詩》云：'陽如之何'，今巴濮之人自呼阿陽。"又《玉篇·阜部》引《韓詩》作"陽若之何。"王先謙《集疏》："《魯》、《韓》，傷作陽。"聞一多《類鈔》："詩人自稱曰陽，分明是位女子。從'陽如之何'和'涕泗滂沱'

'輾轉伏枕'等語中，也可看出一副柔怯而任情的女性意態來。"

【傷悲】悲傷；哀傷。《風3，雅3)14《召南·草蟲》三章："未見君子，我心傷悲。"154《豳風·七月》二章："我心傷悲，殆及公子同歸。"《毛傳》："傷悲，感事苦也。春女悲，秋士悲，感其物化也。"《鄭箋》："春女感陽氣而思男，秋士感陰氣而思女，是其物化，所以悲也。"

【傷懷】傷心；憂傷而思。《雅1)229《小雅·白華》三章："嘯歌傷懷，念彼碩人。"《鄭箋》："申后見黜，褒姒之所爲，故憂傷而念之。"聞一多《通義》："《白華》篇之'嘯歌傷懷'，謂號哭而歌，憂傷而思也。"

又見【憂傷】。

蕩 shāng 式羊切（宕開三平陽書）

陽部，書母

烹煮。見"湘"。

上 shàng 時掌切（宕開三上養禪）

時亮切（宕開三去漾禪）

陽部，禪母

❶上面；高處。跟"下"相對。《風7，雅2、頌1)38《邶風·簡兮》一章："日之方中，在前上處。"《鄭箋》："在前上處者，在前列上頭也。"❷指天上。《雅2)235《大雅·文王》一章："文王在上，於昭于天。"《毛傳》："在上，在民上也。"阮元《大雅·文王詩解》："文王在上，乃宗祀明堂，指文王在天上，故曰'於昭于天'。"楊樹達《述林》卷六："'文王在上'者，宗祀之時，文王之神在上，非謂在民上也。"236《大雅·大明》一章："明明在下，赫赫在上。"《毛傳》："文王之德明明於下，故赫赫然著見於天。"陳奐《傳疏》："在上與在下對文，下爲天之下，則上爲天矣。"屈萬里《詮釋》："在上，在天上也。二語謂文王武王之神也。"❸前；在前。《風1)78《鄭風·大叔于田》二章："兩服上襄，兩驂鴈行。"王引之《述聞》卷五："上者，前也。上襄猶言前駕，謂並駕於車首。即下章之'兩服齊首'也。"一說：上等的。《鄭箋》："襄，駕也。上駕者，言爲衆馬之最良也。"朱熹《集傳》："馬之上者爲上駕，猶言上駟也。"❹向上；上升。《風2，頌1)28《邶風·燕

燕》三章："燕燕于飛，下上其音。"《毛傳》："飛而上曰上音，而下曰下音。"王先謙《集疏》："鳥飛由下而上，下上皆聞其鳴，故云'下上其音'，音隨身下上也。"287《周頌·訪落》："紹庭上下，陟降厥家。"朱熹《集傳》："上下於庭，陟降於家。"一説：指上下級官吏。高亨《今注》："紹，借爲詔，告也。上下，指上下級衆官吏。"❺入；進入。(風1)154《豳風·七月》七章："我稼既同，上入執宮功。"《毛傳》："入爲上，出爲下。"《鄭箋》："'上入執宮功'，言野功既畢，可以入都邑之宅治宮中之事矣。一説：通"尚"。還要。俞樾《平議》卷九："上、尚古字通，上下之上可以尚爲之，尚庶之尚亦可以爲之。'上入執宮功'，言野功既畢，尚入而執宮中之事也。"❻指祭天。(雅1)258《大雅·雲漢》二章："上下奠瘞，靡神不宗。"《毛傳》："上祭天，下祭地，奠其禮，瘞其物。"❼通"尚"。表示希望。(風)110《魏風·陟岵》一章："上慎旃哉，猶來無止。"朱熹《集傳》："上，猶尚也。"馬瑞辰《通釋》："上者，尚之假借。"胡承珙《後箋》："《隸釋》載石經殘碑作尚，是《魯詩》本作尚。尚者，庶幾也。"

【上帝】1)古代神話或宗教中最高的天神。(雅17，頌5)192《小雅·正月》四章："有皇上帝，伊誰云憎？"《鄭箋》："有君上帝者，以情告天也。"朱熹《集傳》："上帝，天之神也。程子曰：以其體謂之天，以其主宰謂之帝。"2)借指周王。(雅3)254《大雅·板》一章："上帝板板，下民卒癉。"《毛傳》："上帝，以稱王者也。"255《大雅·蕩》一章："蕩蕩上帝，下民之辟。"《毛傳》："上帝，以託君王也。"

【上宫】衛國地名。(風3)48《鄘風·桑中》一章："期我乎桑中，要我乎上宫。"《毛傳》："桑中、上宫，所期之地。"朱熹《集傳》："桑中、上宫，淇上，又沬鄉中之小地名也。"一説：樓上。馬瑞辰《通釋》："桑中爲地名，則上宫宜爲室名。…古者宫、室通稱，此上宫即樓耳。"郭沫若《甲骨文字研究·釋祖妣》："桑中即桑林所在之地，上宫即祀桑之祠，士女於此合歡。"聞一多《通義》："上宫

蓋即宫牆之角樓，以其在宫牆上，故謂之上宫，亦謂之樓。"

【上天】1)上帝。(雅2)235《大雅·文王》七章："上天之載，無聲無臭。"《鄭箋》："天之道難知也。耳不聞聲音，鼻不聞香臭。"2)天空。(雅1)210《小雅·信南山》二章："上天同雲，雨雪雰雰。"孔穎達《正義》："以雲在于天上，雨從上下，故云上天。"馬瑞辰《通釋》："許慎《五經異義》引古《尚書》説：'自上監下，則稱上天。'是上天與昊天、蒼天等同爲天。"一説：冬天。《爾雅·釋天》："冬爲上天。"陸佃《埤雅》引《詩》"上天同雲"釋云："冬爲上天，燠則雲昜而異，寒則雲陰而同。"

尚 shàng 時亮切（宕開三去漾禪） 陽部、禪母

❶加；加在上面。(風3)98《齊風·著》一章："充耳以素乎而，尚之以瓊華乎而。"朱熹《集傳》："尚，加也。"一説：配。于鬯《香草校書》卷十三："尚當訓配。…尚者男女相配之謂。上文云：'充耳以素乎而。'指男之飾，即謂男也。配之以瓊華乎而，指女之飾，即謂女也。"❷尊重。(雅1)265《大雅·召旻》七章："於乎哀哉，維今之人，不尚有舊。"《鄭箋》："哀其不高尚賢者，專用有舊德之臣。"一説：通"常"。常常。于省吾《新證》："金文當通作尚。'不尚有舊'，不常有舊也。"❸保佑；幫助。(雅1)256《大雅·抑》四章："肆皇天弗尚，如彼泉流，無淪胥以亡。"朱熹《集傳》："弗尚，厭棄之也。"王引之《述聞》卷七："言皇天不右助之也。"馬瑞辰《通釋》："《爾雅》：'尚，右也。'右通作祐，祐者助也。弗尚，即弗祐耳。"❹庶幾。表示希望。(風3，雅3)70《王風·兔爰》二章："我生之後，逢此百憂。尚寐無覺。"朱熹《集傳》："尚，庶幾也。"256《大雅·抑》七章："相在爾室，尚不愧于屋漏。"朱熹《集傳》："尚，庶幾也。"❺副詞。猶；尚且。(風3，雅6)70《王風·兔爰》一章："我生之初，尚無爲。"朱熹《集傳》："尚，猶。"197《小雅·小弁》五章："雉之朝雊，尚求其雌。"《鄭箋》："尚，猶也。"❻通"上"。居上位。(雅1)255《大雅·蕩》六章："小大近喪，人尚乎

由行。《毛傳》："言居人上欲用行此道也。"黃焯《毛鄭平議》："蓋傷厲王居乎衆人之上,不念禮法,而行用非道也。"一説:副詞。猶;尚且。《鄭箋》："且喪亡矣,時人化之甚,尚欲從而行也。"朱熹《集傳》："小者大者幾於喪亡矣,尚且由此而行,不知變也。"
【尚父】周初姜子牙的號,俗稱姜太公。《雅1)236《大雅·大明》八章:"維師尚父,時維鷹揚。"《鄭箋》:"尚父,呂望也,尊稱焉。"朱熹《集傳》:"太公望爲太師,因號尚父也。"馬瑞辰《通釋》:"父與甫同,甫爲男子美稱,尚父其字也。"俞樾《平議》卷十一:"太公蓋名望,而字尚父。古人名字相配,尚者上也,上則爲人所冒,故名望字尚也。其曰太公者,始封之君之尊稱,猶周之太王,吴之太伯,晉之太叔也。"

蛸 shāo 所交切（效開二平肴生）
宵部、生母
長脚蜘蛛,蟏蛸。見"蠨"。

勺 （一）sháo （舊 shuò）市若切（宕開三入藥禪）
藥部、禪母
❶見【芍藥】。
（二）dì ★丁歷切（梗開四入錫端）
藥部、端母
❷靶心。見"的"。
【勺藥】同"芍藥"。又"江蘺",一種香草,不是現在的芍藥花。古人分別時以此草相贈,表示離别之情。（風 2)95《鄭風·溱洧》一章:"維士與女,伊其相謔,贈之以勺藥。"《毛傳》:"勺藥,香草也。"《鄭箋》:"士與女往觀,因相戲謔,行夫婦之事。其别,則送女以勺藥,結恩情也。"陸德明《釋文》引《韓詩》云:"離草也。言將别贈以此草也。"崔豹《古今注》:"芍藥一名可離,故將别贈以芍藥,猶相招則贈以文無,文無一名當歸也。"孔穎達《正義》引陸璣《詩義疏》:"今藥草芍藥無香氣,非是也。未審今何草。"朱熹《集傳》:"勺藥,亦香草也。三月開花,芳色可愛。"焦循《補疏》:"勺藥之華,鮮豔外著,其稱芍藥,猶灼爍也。芍藥又爲調和之名。…古人棗取於早,栗取於慄,多假聲音以爲義,取芍藥爲結約,與取芍藥爲調和,其假借一也。"《文選·江淹·别賦》:"下有芍藥之詩,佳人之謌。"李善注引《詩》作"贈之以芍藥"。

芍 sháo（舊 shuò）市若切（宕開三入藥禪）
藥部、禪母
芍藥。一種香草。見【勺藥】。

少 shǎo 書沼切（效開三上小書）
宵部、書母
數量小。跟"多"相對。（風 1)26《邶風·柏舟》四章:"覯閔既多,受侮不少。"

紹（绍） shào 市沼切（效開三上小禪）
宵部、禪母
❶繼續。用作名詞,指所繼承的事業。（雅 1、頌 1)256《大雅·抑》三章:"女雖湛樂從,弗念厥紹。"《毛傳》:"紹,繼。"（雖:惟。）朱熹《集傳》:"紹,謂所承之緒也。"287《周頌·訪落》:"紹庭上下,陟降厥家。"《鄭箋》:"紹,繼也。…繼文王陟降庭止之道,上下群臣之職。"朱熹《集傳》:"繼其上下於庭,陟降於家。"一説:通"昭"。昭顯;顯示。于省吾《新證》:"紹、邵、昭古通。'紹庭上下,陟降厥家',言昭顯於庭之上下,往來其家,謂神靈之臨莅也。"❷緩慢。（雅 1)263《大雅·常武》三章:"王舒作作,匪紹匪遊。"《鄭箋》:"紹,緩也。王舒安,謂軍行三十里,亦非解緩也,亦非敖遊也。"王引之《述聞》卷七:"紹與舒緩同義。"汪龍《異義》:"鄭讀紹爲弨,故訓爲緩。"一説:繼續。《毛傳》:"匪紹匪遊,不敢繼以敖遊也。"陸德明《釋文》:"紹,如字,繼也。"胡承珙《後箋》:"《詩》中如'爰始爰謀',謂於是始謀。'曰止曰時',謂止居於是。似此文例甚多,皆非每者一義。"又見【夭紹】。

舌 shé 食列切（山開三入薛船）
月部、船母
❶舌頭。（雅 3)194《小雅·雨無正》五章:"哀哉不能言,匪舌是出,維躬是瘁。"264《大雅·瞻卬》三章:"婦有長舌,維厲之階。"《鄭箋》:"長舌,喻多言語,是王降大厲之階。"❷指東方青龍七宿之末箕宿的下面兩顆星。按箕的前面部分叫舌,箕宿四星,下

二星似箕的舌。(雅1)203《小雅·大東》七章:"維南有箕,載翕其舌。"朱熹《集傳》:"舌,下二星也。"孔穎達《正義》:"維南有箕,則徒翕置其舌而已。"又見【喉舌】。

蛇(虵)

（一）shé 食遮切（假開三平麻船）
歌部、船母

❶蛇。(雅2)189《小雅·斯干》六章:"維虺維蛇,女子之祥。"朱熹《集傳》:"虺、蛇陰物穴處,柔弱隱伏,女子之祥也。"《鄭箋》:"虺蛇穴處,陰之祥也,故爲生女。"孫作雲《詩經與周代社會研究》:"夢蛇生女的信仰,則是因爲周人多娶姒姓女子爲妻,而姒爲夏人之後,原始的夏人以龍蛇爲圖騰。"

（二）yí 弋支切（止開三平支以）
歌部、餘母

❷見【蛇²蛇²】。

【蛇²蛇²】説大話欺騙人的樣子。(雅1)198《小雅·巧言》五章:"蛇蛇碩言,出自口矣。"《毛傳》:"蛇蛇,淺意也。"馬瑞辰《通釋》:"蛇蛇即訑訑之假借。…古也與它通。《説文》:'沇州謂欺曰訑。'訑即訑也,字亦作虵。《呂氏春秋·重己篇》高誘注引《詩》'虵虵碩言',虵虵蓋大言欺世之貌。"胡承珙《後箋》:"凡大言謾者,雖爲大言,而其器量實淺,故毛以蛇蛇淺意,鄭以碩言爲大言也。一説:美好的樣子。洪頤煊《讀書叢錄》:"蛇蛇,美也。"《爾雅·釋訓》:'委委佗佗,美也。'《太平御覽》六百九十引《詩》作'委委蛇蛇',古字通用。'蛇蛇大言'猶《莊子·齊物論》'炎炎大言',簡文注:'炎炎,美盛貌。'蓋反譏之辭。"又見【委蛇²】。

捨

shě 書冶切（果開二上馬書）
魚部、書母

放出,射出。見"舍"。

舍

（一）shě 始夜切（假開三去禡書）
魚部、書母

❶休息;停止。(雅1)199《小雅·何人斯》五章:"爾之安行,亦不遑舍。"《鄭箋》:"女可安行乎?則何不暇舍息乎?"朱熹《集傳》:"舍,息。"❷發佈。(風1)80《鄭風·羔裘》一章:"彼其之子,舍命不渝。"王國維《與友人論〈詩〉〈書〉成語書》:"舍命與勇命同意。'舍命不渝',如昏解揚之致其君命,非處命之謂也。"吳闓生《文錄》:"舍命乃古人恒語,即發號施令之意。'彼其之子,舍命不渝',謂其發號施令,無所渝失也。"屈萬里《詮釋》:"舍命,金文中常見…謂傳達命令也。"一説:受。陸德明《釋文》:"舍,音赦。"王（肅）云:受也。"又一説:處;守。《鄭箋》:"舍,猶處也。…處命不變,謂守死善道,見危授命之等。"朱熹《集傳》:"當生死之際,又能以身居其所受之理而不可奪。"又一説:舍棄;放棄。胡承珙《後箋》:"舍,猶釋也。"高亨《今注》:"舍,借爲捨。渝,改變。此句言捨出生命也不變節。"

（二）shē 書冶切（假開三上馬書）
魚部、書母

❸放出;射出(箭)。(風1、雅2)127《秦風·駟驖》二章:"公曰左之,舍拔則獲。"賈昌朝《群經音辨·手部》引《詩》作"捨"。246《大雅·行葦》三章:"四鍭既鈞,舍矢既均。"《鄭箋》:"舍之言釋也。"孔穎達《正義》:"舍、釋俱是放義。"❹捨棄;放棄。(風6、雅3)125《唐風·采苓》一章:"舍旃舍旃,苟亦無然。"朱熹《集傳》:"姑舍置之,而無遽以爲然也。"(舍旃:抛棄那些謊言吧。)220《小雅·賓之初筵》三章:"舍其坐遷,屢舞僊僊。"馬瑞辰《通釋》:"古者飲酒之禮,取觶、奠觶皆坐。又凡禮,盛者坐卒爵,其餘皆立飲。又有升降、興拜、受席、復位諸禮,皆可以遷統之。'舍其坐遷',蓋謂舍其當坐當遷之禮耳。"❺除;除去。(雅1)194《小雅·雨無正》一章:"舍彼有罪,既伏其辜。"《毛傳》:"舍,除也。"焦循《補疏》:"當讀'彼有罪既伏其辜'七字爲一貫,若曰除有罪伏辜者不論外,而無罪之人亦爲彼有罪者所率而遍入於罪。"劉師培《札記》:"《傳》讀舍爲除,非謂免除罪過,謂當除有罪伏辜外,其無罪之人亦相率以病也。一説:捨棄;放棄。朱熹《集傳》:"舍,置。彼有罪而饑死,則是既伏其辜矣,舍之可也。"王引之《述聞》卷六:"伏者,藏也,隱也。凡戮有罪者,當聲其罪而誅之,今王之舍彼有罪也,則既隱藏其罪而不之發矣。"

攝(摄) shè　書涉切（咸開三入葉書）
　　　　　葉部、書母

輔佐；幫助。（雅2)247《大雅·既醉》四章："朋友攸攝，攝以威儀。"《毛傳》："言相攝佐者以威儀也。"王引之《述聞》卷七："攝即佐也。"《左傳·襄公十三年》引此詩，杜預注："攝，佐也。"（威儀：禮節。）

涉 shè　時攝切（咸開三入葉禪）
　　　　　葉部、禪母

❶蹚水過（河）。（風3、雅1)58《衛風·氓》一章："送子涉淇，至于頓丘。"《鄭箋》："送之涉淇水至此頓丘。"232《小雅·漸漸之石》三章："有豕白蹢，烝涉波矣。"《毛傳》："將久雨（一作'天將雨'）則豕進涉水波。"嚴粲《詩緝》："錢氏曰：豕涉波，見道路之間多停潦。"❷渡水。（風2、雅1)34《邶風·匏有苦葉》四章："招招舟子，人涉卬否。"250《大雅·公劉》六章："涉渭爲亂，取厲取鍛。"《鄭箋》："乃使人渡渭水爲舟，絕流而南，取鍛厲斧斤之石。"❸渡口；渡水的地方。（風1)34《邶風·匏有苦葉》一章："匏有苦葉，濟有深涉。"《鄭箋》："匏葉苦而渡處深也。"聞一多《新義》："涉，名詞，謂水中可濟涉之處，猶津也。"又見【跋涉】。

社 shè　常者切（假開三上馬禪）
　　　　　魚部、禪母

土地之神。用作動詞，指祭祀土神。（雅2)211《小雅·甫田》二章："以我齊明，與我犧羊，以社以方。"《毛傳》："社，后土也。"《鄭箋》："秋祭社與四方。爲五穀成熟，報其功也。"王先謙《集疏》引黃山云："以社者，蔡邕所謂春藉田祈社稷也；以方者，亦邕所謂春夏祈穀於上帝（四方及中央之帝）也。"258《大雅·雲漢》六章："祈年孔夙，方社不莫。"《鄭箋》："我祈豐年甚早，祭四方與社又不晚。"朱熹《集傳》："方，祭四方也。社，祭土神也。"胡承珙《後箋》："社即兼春祈秋報。"

射 （一）shè　神夜切（假開三去禡船）
　　　　　食亦切（梗開三入昔船）
　　　　　鐸部、船母

❶射箭。（風4、雅2)78《鄭風·大叔于田》二章："叔善射忌，又良御忌。"179《小雅·車攻》五章："射夫既同，助我舉柴。"孔穎達《正義》："射夫，即諸侯也。夫，男子之總名。"（柴：堆積物。）

（二）yì　羊益切（梗開三入昔以）
　　　　　鐸部、餘母

❷通"斁"。厭；厭倦。（雅3、頌1)218《小雅·車舝》二章："式燕且譽，好爾無射。"《鄭箋》："射，厭也。"朱熹《集傳》："是以式燕且譽，而悅慕之無厭也。"陳奐《傳疏》："射讀爲斁。"256《大雅·抑》七章："神之格思，不可度思，矧可射思。"《鄭箋》："射，厭也。"屈萬里《詮釋》："謂厭怠不謹於德也。"266《周頌·清廟》："不顯不承，無射於人斯。"《毛傳》："顯於天矣，見承於人矣，不見厭於人矣。"陸德明《釋文》："射，音亦，厭也。"《禮記·大傳》鄭玄注引作"斁"。王先謙《集疏》："《齊》，射作斁。"240《大雅·思齊》三章："不顯亦臨，無射亦保。"《毛傳》："以顯臨之，保安無猒也。"朱熹《集傳》："射與斁同，厭也。"陳启源《稽古編》："此二句承上'雝肅'言，雝雝肅肅，此顯德豈獨在宮廟乎，亦以臨於民上矣。既以顯德臨民，民無厭者亦皆安之。"一說：射藝；射箭的才能。《鄭箋》："於六藝無射才者亦得任位。"陸德明《釋文》：'射者，毛音亦，厭也。鄭食夜反，射藝。'又一說：夜；暗。馬瑞辰《通釋》："古射字與夜、夕字叠韻，亦通用。…故詩以射對顯言，顯爲明，則射爲暗矣。詩兩亦字皆語詞。'不顯亦臨'，猶云顯則臨也。'無射亦保'，猶云暗則保也。"參"斁"。

設(设) shè　識列切（山開三入薛書）
　　　　　月部、書母

設置。（風1、雅8、頌3)43《邶風·新臺》三章："魚網之設，鴻則離之。"175《小雅·彤弓》一章："鍾鼓既設，一朝饗之。"王先謙《集疏》："設，陳也。"305《商頌·殷武》三章："天命多辟，設都于禹之績。"

赦 shè　始夜切（假開三去禡書）
　　　　　鐸部、書母

事。見"螫"、"辛"。

韘(韘) shè　書涉切（咸開三入葉書）
　　　　　葉部、書母

蘇協切(咸開四入帖心)
葉部、心母

古代射箭時戴在右手大拇指上用以鉤弦的骨製器具。也叫抉(決、玦)，俗稱扳指。(風 2)60《衛風‧芄蘭》二章:"芄蘭之葉，童子佩韘。"《毛傳》:"韘，玦也。能射御則佩韘。"《鄭箋》:"韘之言沓，所以彄沓手指。"朱熹《集傳》:"韘，決也。以象骨爲之，著右手大指，所以鉤弦闓體也。"胡承珙《後箋》:"韘即今之扳指，而製作不同。今之扳指如環無端，古之玦則如環而缺，其缺處當聯以韋系，所以著指，亦可以佩。"

侁 shēn 所臻切(臻開三平臻生)
文部、生母

衆多。見"駪"。

詵(詵) shēn 所臻切(臻開三平臻生)
文部、生母

【詵詵】衆多。(風 1)5《周南‧螽斯》一章:"螽斯羽，詵詵兮。"《毛傳》:"詵詵，衆多也。"陸德明《釋文》:"詵，《説文》作駪。"《廣雅‧釋詁三》:"奟，多也。"馬瑞辰《通釋》:"詵詵爲衆多貌，猶《説文》駪訓爲馬衆多貌也。詵通作莘、駪、駪字，猶《小雅》'駪駪征夫'《説文》引作'莘莘'，一説:和集的樣子。朱熹《集傳》:"詵詵，和集貌。"參"駪"。

駪(駪) shēn 所臻切(臻開三平臻生)
文部、生母

【駪駪】衆多疾行的樣子。(雅 1)163《小雅‧皇皇者華》一章:"駪駪征夫，每懷靡及。"《毛傳》:"駪駪，衆多疾行之貌。"朱熹《集傳》:"駪駪，衆多之貌。"《楚辭‧招魂》王逸注、《玉篇‧人部》均引《詩》作"侁侁"，劉向《説苑‧奉使》、《説文‧焱部》"燊"下均引《詩》作"莘莘"。馬瑞辰《通釋》:"侁侁者，謂征夫往來行貌也。駪駪、莘莘皆侁侁之同聲通假。"王先謙《集疏》:"《魯》駪作詵，《韓》作莘。"

甡 shēn 所臻切(臻開三平臻生)
真部、生母

【甡甡】通"莘莘"。衆多的樣子。(雅 1)257《大雅‧桑柔》九章:"瞻彼中林，甡甡其鹿。"《毛傳》:"甡甡，衆多也。"孔穎達《正義》:"甡，即詵字。"朱熹《集傳》:"甡甡，衆多並行之貌。"《説文‧生部》:"甡，衆生並立之貌。《詩》曰:'甡甡其鹿。'"段玉裁注:"其字或作詵詵，或作駪駪，或作侁侁，或作莘莘，皆假借也。"王筠《句讀》:"二'生'，故曰衆；分左右，故曰並。"

深(湥) shēn 式針切(深開三平侵書)
式禁切(深開三去沁書)
侵部、書母

❶水深；從水面到水底的距離大。跟"淺"相對。(風 3、雅 3)35《邶風‧谷風》四章:"就其深矣，方之舟之；就其淺矣，泳之游之。"195《小雅‧小旻》六章:"戰戰兢兢，如臨深淵，如履薄冰。"❷從上到下的距離大。(雅 1)193《小雅‧十月之交》三章:"高岸爲谷，深谷爲陵。"《毛傳》:"言易位也。"朱熹《集傳》:"高岸崩陷，故爲谷。深谷填塞，故爲陵。"

莘 shēn 所臻切(臻開三平臻生)
真部、生母

❶長的樣子。(雅 1)221《小雅‧魚藻》二章:"魚在在藻，有莘其尾。"《毛傳》:"莘，長貌。"朱熹《集傳》:"莘，長也。"一説:通"駪"。紅色；赤色。馮登府《十三經詁答問》:"莘、駪通，即赬尾也。"❷古代諸侯國名。姒姓。在今陝西渭南縣。周文王妃太姒即莘國之女。(雅 1)236《大雅‧大明》六章:"于周于京，纘女維莘。"《毛傳》:"莘，大姒國也。"1975 年陝西渭南縣陽郭鎮南堡村出土銅器五十二件。其中一件有"辛邑陕"銘文。左忠誠《渭南縣南堡村發現三件商代銅器》:"辛邑矛，是有莘國的器物，有莘國在夏末已見其名，商湯的助手伊尹就是有莘國嫁女時的陪臣。《詩經‧大明》:'大邦有子，纘女維莘。'有莘之女成了文王之妻，武王之母。可見莘是商王朝的一個方伯，又與周族有著婚姻關係。"參"駪"。

身 shēn 失人切(臻開三平真書)
真部、書母

❶身體。(風 4、雅 3、頌 1)28《邶風‧燕燕》

四章:"終溫且惠,淑慎其身。"199《小雅·何人斯》三章:"我聞其聲,不見其身。"朱熹《集傳》:"聞其聲而不見其身,言其踪跡之詭秘也。"王先謙《集疏》:"《魯》,身作人。"❷懷孕。(雅1)236《大雅·大明》三章:"大任有身,生此文王。"《毛傳》:"身,重也。"《鄭箋》:"重,謂懷孕也。"孔穎達《正義》:"以身中復有一身,故言重。"王先謙《集疏》:"三家,身作娠。"

娠 shēn 失人切(臻開三平真書)
　　　　文部、書母
　　　　章刃切(臻開三去震章)
　　　　文部、章母

懷孕。見"身"。

申 shēn 失人切(臻開三平真書)
　　　　真部、書母

❶重複。(雅2、頌1)222《小雅·采菽》三章:"樂只君子,福祿申之。"《毛傳》:"申,重也。"《鄭箋》:"天子賜之,神則以福祿申重之。"302《商頌·烈祖》:"申錫無疆,及爾斯所。"《毛傳》:"申,重也。"249《大雅·假樂》一章:"保右命之,自天申之。"《鄭箋》:"又用天意申飭之。"朱熹《集傳》:"既保之、右之、命之,而又申重之也。"《禮記·中庸》引此二句鄭玄注:"保,安也;右,助也。"孔穎達疏:"天乃保安右助,命之爲天子,又申重福。"陳奐《傳疏》:"申之,言申之以福祿也。"❷古諸侯國名。國君姜姓,相傳爲伯夷的後裔,在今陝西、山西間。周宣王時,一部分東遷,分封於謝,建立申國,故城在今河南省南陽市境内,春秋時爲楚所滅。(風1、雅2)68《王風·揚之水》一章:"彼其之子,不與我戍申。"《毛傳》:"申,姜姓之國,平王之舅。"陳奐《傳疏》:"漢南陽郡宛縣,爲申故都,自宣王徙諸謝邑,申乃在宛縣之南,作爲侯伯,其國始大。"259《大雅·崧高》一章:"維嶽降神,生甫及申。維申及甫,維周之翰。"《毛傳》:"堯之時,姜氏爲四伯,掌四嶽之祀,述諸侯之職,於周則有甫、有申、有齊、有許也。"《鄭箋》:"在堯之時,姜姓爲之,德當嶽神之意而福興,其子孫歷虞、夏、商,世有國土,周之甫也、申也、齊也、許也,皆其苗胄。申,申伯也。甫,甫侯也。"

【申伯】也叫申侯。申的國君,宣王時爲周之卿士。(雅14)259《大雅·崧高》三章:"亹亹申伯,王纘之事。"《鄭箋》:"亹亹然勉於德不倦之臣有申伯,以賢入爲王之卿士。"李、黄《集解》:"申者,乃侯爵也,以其爲方伯,故謂申伯,亦猶召公稱公而謂之召伯者,以其爲方伯也。"顧炎武《日知錄》卷三:"申伯,宣王元舅也。立功於周,而吉甫作《崧高》之誦。其孫女並爲幽王后,無罪見黜。申侯乃與犬戎攻殺幽王,乃未幾而爲楚所病,'戍申'之詩作焉。當宣王之世,周興而申以强;當平王之世,周衰而申以弱;至莊王之世,而申爲楚縣矣。"

神 shén 食鄰切(臻開三平真船)
　　　　真部、船母

❶神靈,宗教或神話中超自然的具有人格和意志的力量。(雅17、頌1)259《大雅·崧高》一章:"維嶽降神,生甫及申。"《鄭箋》:"嶽降神靈和氣,以生申、甫之大功。"陳奐《傳疏》:"神,神靈也。云嶽降神靈和氣,以生申、甫之大功者。"165《小雅·伐木》一章:"神之聽之,終和且平。"陳奐《傳疏》:"神明聽之,既和且平也。"207《小雅·小明》五章:"神之聽之,介爾景福。"《鄭箋》:"神明聽之,則將助女以大福。"一説:通"慎"。謹慎。馬瑞辰《通釋》:"《爾雅·釋詁》:'神,慎也。慎,誠也。'神之,即慎之也。…聽之,謂能聽從是言也。《小明》詩亦無求神之義,兩言'神之聽之',義同此。"❷靈驗;神通。(雅1)212《小雅·大田》二章:"田祖有神,秉畀炎火。"《鄭箋》:"明君爲政,田祖之神不受此害,持之付與炎火,使自消亡。"朱熹《集傳》:"(唐)姚崇遣使捕蝗,引此爲證,夜中設火,火邊掘坑,且焚且瘞。蓋古之遺法如此。"

【神保】即尸。古代祭祀時代替祖先受祭的活人。(雅3)209《小雅·楚茨》二章:"先祖是皇,神保是饗。"朱熹《集傳》:"神保,蓋尸之嘉號。《楚辭》所謂靈保,亦以巫降神之稱也。"錢鍾書《管錐篇》:"神保者,降神之巫也。…本篇下文又曰'神保是格,報以介福','神嗜飲食,卜爾百福','神具醉止,皇尸載起。鼓鍾送尸,神保聿歸','神嗜飲食,使君壽考'。神保、神、尸,一指而三名,一身而二任。"一說:祖考的異名。王國維《與友人論〈詩〉〈書〉成語書》:"神保、聖保皆祖考之異名。《詩》之'先祖是皇,神保是饗'、'皇尸載起,神保聿歸',皆相互爲文,非安饗、安歸之謂也。"又一說:配饗先王的大臣。俞樾《平議》卷十:"保蓋師保之保。《書序》召公爲保,周公爲師是也。言保以兼師耳。…古者烝祭以功臣配食。上文曰'以往烝嘗',故並及之。其人皆先王師保之臣,故尊之曰神保。"又一說:神神明。高亨《今注》:"古人認爲神是人的保佑者,所以稱神爲神保。"
又見【明神】。

矤 shěn 式忍切(臻開三上軫書)
真部、書母
遞進連詞。況且;何況。(雅 3)165《小雅·伐木》一章:"相彼鳥矣,猶求友聲。矤伊人矣,不求友生。"《毛傳》:"矤,況也。"256《大雅·抑》七章:"神之格思,不可度思,矤可射思。"朱熹《集傳》:"矤,況也。…不顯亦臨,猶懼有失,況可厭射而不敬乎?"俞樾《平議》卷十一:"案矤字之義,承上文而進一説也。"屈萬里《詮釋》:"矤,猶今語那得也。"射:厭。

諗(谂) shěn 式荏切(深開三上寑書)
侵部、書母
思念。(雅 1)162《小雅·四牡》五章:"是用作歌,將母來諗。"《毛傳》:"諗,念也。"王引之《釋詞》卷七:"來,詞之是也。將母來諗,言我惟養母是念。"一説:告。《鄭箋》:"諗,告也。…以養父母之志來告於君也。"朱熹《集傳》:"諗,告也。以其不獲養父母之情而來告於君也。"

慎 shèn 時刃切(臻開三去震禪)
真部、禪母
❶慎重;小心謹慎。(風 4、雅 6、頌 1)28《邶風·燕燕》四章:"終溫且惠,淑慎其身。"256《大雅·抑》五章:"慎爾出話,敬爾威儀。"186《小雅·白駒》三章:"慎爾優游,勉爾遁思。"朱熹《集傳》:"慎,勿過也。豈不

過於優游,決於遁思而終不我顧哉?"程俊英《注析》:"慎,謹慎。慎爾優游,謹慎考慮你的出遊。"一說:誠然。《毛傳》:"慎,誠也。"《鄭箋》:"誠爾優游,使待時也。"又一說:順。屈萬里《詮釋》:"慎,順古通用。言爾既不願爲公爲侯,則順爾優游之志。"❷指慎重選擇。(雅 1)257《大雅·柔》八章:"秉心宣猶,考慎其相。"朱熹《集傳》:"周偏謀度,考擇其輔相。"❸誠然;真也。(雅 2)198《小雅·巧言》一章:"昊天已威,予慎無罪。昊天大幠,予慎無辜。"《毛傳》:"慎,誠也。"《鄭箋》:"予誠無罪而畢我。"俞樾《平議》卷十:"慎,真古通用。'予慎無罪','予慎無辜',猶云予真無罪,予真無辜耳。"一說:憂慮;擔憂。王夫之《稗疏》:"《方言》:'慎,憂也。宋衛之間,憂或謂之慎。'此詩言天之降威已幠,將無所別於善惡,予不得不爲無罪者憂也。"參"繩"、"順"、"謹"。

甚 shèn 常枕切(深開三上寑禪)
侵部、禪母
❶形容詞。過分;嚴重。(雅 7)200《小雅·巷伯》一章:"彼譖人者,亦已大甚。"《鄭箋》:"大甚者,謂使己得重罪。"258《大雅·雲漢》二章:"旱既大甚,薀隆蟲蟲。"(薀:悶熱。蟲蟲:熱氣熏蒸的樣子。)❷副詞。很;非常。(風 1、雅 2)89《鄭風·東門之墠》一章:"其室則邇,其人甚遠。"224《小雅·菀柳》一章:"上帝甚蹈,無自暱焉。"

葚 shèn 食荏切(深開三上寑船)
侵部、船母
桑葚;桑的果實。(風 1)58《衛風·氓》三章:"于嗟鳩兮,無食桑葚。"《毛傳》:"食桑葚過則醉,而傷其性。"陸德明《釋文》:"葚,本又作椹,音甚,桑實也。"孔穎達《正義》:"鳩食桑椹,過時則醉,而傷其性。"

椹 shèn ★食荏切(深開三上寑船)
侵部、船母
桑樹的果實。見"葚"。

黮 shèn 《釋文》時審反(深開三上寑禪)
侵部、禪母
通"葚"。桑葚;桑的果實。(頌 1)299《魯頌·泮水》八章:"食我桑黮,懷我好音。《毛

傳》:"黮,桑實也。"陸德明《釋文》:"黮,《説文》、《字林》皆作甚,時審反。"陳奐《傳疏》:"凡桑實孰(熟),色黑,故字又從黑。"《説文·黑部》:"黮,桑甚之黑也。"

生 shēng　所庚切（梗開二平庚生）
耕部、生母

❶草木生長;長出。(風4、雅2)123《唐風·有杕之杜》一章:"有杕之杜,生于道左。"210《小雅·信南山》二章:"既優既渥,既霑既足,生我百穀。"❷生育(孩子)。(風1、雅12、頌2)196《小雅·小宛》四章:"夙興夜寐,毋忝爾所生。"(爾所生:生你的父母。)245《大雅·生民》一章:"載生載育,時維后稷。"《鄭箋》:"後則生子而長養之,名曰后稷。"35《邶風·谷風》五章:"既生既育,比予于毒。"聞一多《類鈔》:"既已生育子女,則反視我爲毒螫之蟲,言惡已甚也。"一説:有了生計。《鄭箋》:"生,謂財業也。"朱熹《集傳》:"今既遂其生矣,乃反比我於毒而棄之乎。"❸誕生;出生。(風7、雅19、頌2)70《王風·兔爰》一章:"我生之初,尚無爲。"233《小雅·苕之華》二章:"知我如此,不如無生。"《鄭箋》:"己之生不如不生也,自傷逢今世之難。"于鬯《香草校書》卷十五:"如此者,如此其憂傷也。生者,謂生我者也。生我者,父母也。則'知我'亦必指父母而言。言父母早知我今日憂傷如此,則不如其無生我也。是憂傷之至,而念其父母之辭也。"❹産生;發生。(雅4)257《大雅·桑柔》二章:"亂生不夷,靡國不泯。"《鄭箋》:"軍旅久出征伐,而亂日生不平,無國而不見殘滅也。"191《小雅·節南山》六章:"亂靡有定,式月斯生。"朱熹《集傳》:"故亂未有所止,而禍患與歲月增長。"❺造;製造;建造。(雅4、頌1)257《大雅·桑柔》三章:"誰生厲階,至今爲梗。"237《大雅·緜》一章:"民之初生,自土沮漆。"戴震《考證》:"生猶造也,追言周之初造。"304《商頌·長發》一章:"有娀方將,帝立子生商。"《毛傳》:"契爲商也。"朱熹《集傳》:"有娀氏始大,故帝立其女之子而造商室也。"一説:姓。孔廣森《巵言》:"子生商,猶言子姓商也,帝立其國,錫之姓曰子,而昨之土

曰商。古音姓、生同讀。"❻活;活着。(風1、雅3)31《邶風·擊鼓》四章:"死生契闊,與子成説。"256《大雅·抑》十一章:"昊天孔昭,我生靡樂。"❼新鮮。(雅1)186《小雅·白駒》四章:"生芻一束,其人如玉。"嚴粲《詩緝》:"生芻,新刈之草,所謂青芻也。"馬瑞辰《通釋》:"生芻一束,言我雖設生芻以待之,方欲秣其馬,而其人高隱,比德如玉,不可得見也。"❽人。見【友生】。❾通"性"。天性。(雅1)237《大雅·緜》九章:"虞芮質厥成,文王蹶厥生。"《鄭箋》:"虞芮之質平而文王動其蹶蹶民初生之道,謂廣其德而王業大。"嚴粲《詩緝》:"生者,本然之良心。"馬瑞辰《通釋》:"生、性古通用。……'文王蹶厥生',謂文王有以感動其性也。"

【生民】《大雅》篇名(245)。這是叙述周朝開國歷史的史詩之一。追述周族始祖后稷誕生的神奇以及他在農業生産上的智慧和巨大貢獻,可能是周代史官根據神話傳説加工修改而成的。詩中説姜嫄因踩着上帝的足迹而懷孕,生下的后稷只知有母不知有父,正反映了原始社會群婚制的情況。這首詩的素材可能是從母系氏族社會流傳下來的。后稷是一位種植能手,在他身上體現了遠古人民征服自然的力量、智慧、意志和願望,也在某種程度上反映了周族早期的生産面貌。《詩序》:"《生民》,尊祖也。后稷生於姜嫄,文武之功起於后稷,故推以配天焉。"朱熹《集傳》:"姜嫄出祀郊禖,見大人跡而履其拇,遂歆歆然如有人道之感,於是即其所大所止之處,而震動有娠,乃周人所由以生之始也。周公制禮,尊后稷以配天,故作此詩,以推本其始生之祥,明其受命於天,固有以異於常人也。然巨跡之説,先儒或頗疑之。"《史記·周本紀》:"周后稷名棄,其母有邰氏女,曰姜原。姜原爲帝譽元妃。姜原出野,見巨人跡,心忻然説,欲踐之,踐之而身動如孕者。居期而生子,以爲不祥。棄之隘巷,馬牛過者皆辟而不踐;徙置之林中,適會山林多人;遷之而棄渠中冰上,飛鳥以其翼覆薦之。姜原以爲神,遂收養長之。初欲棄之,因名曰棄。棄

爲兒時，屹如巨人之志。其游戲好種樹麻菽，麻菽美。及爲成人，遂好耕農，相地之宜，宜穀者稼穡焉。民皆法則之。帝堯聞之，舉棄爲農師。天下得其利，有功。帝舜曰：'棄！黎民始飢，爾后稷，播時百穀。'封棄於邰（今陝西武功縣西南），號曰后稷。別姓姬氏。"可作本詩的具體説明。八章，七十二句。

【生民之什】《詩經·大雅》里包括《生民》、《行葦》、《既醉》、《鳧鷖》、《假樂》、《公劉》、《泂酌》、《卷阿》、《民勞》、《板》在内的十首詩。舊本編爲一卷，稱《生民之什》。

又見【後生】。

牲 shēng 所庚切（梗開二平庚生）
耕部、生母

供祭祀和宴享用的牛、羊、豬。（雅2）190《小雅·無羊》二章："三十維物，爾牲則具。"（物：雜色牛，不同毛色的牛。）258《大雅·雲漢》一章："靡神不舉，靡愛斯牲。"《鄭箋》："言王爲旱之故，求於群神，無不祭也，無所愛於三牲。"孔穎達《正義》："神皆用牲祭之，故言靡愛斯牲。遍祈群神，所祭者廣。天地五帝當用特牲（一種牲畜）。其餘諸神，或用太牢，或用少牢，三牲皆用，故言無所愛於三牲也。"

笙 shēng 所庚切（梗開二平庚生）
耕部、生母

樂器名。用若干根裝有簧的竹管和一根吹氣管裝在一個鍋形的座子上製成。（雅4）161《小雅·鹿鳴》一章："我有嘉賓，鼓瑟吹笙。"《初學記》卷十六引邯鄲綽《五經析義》："夫笙者，法萬物始生，導達陰陽之氣，故有長短，黃鍾之始，象法鳳凰。"王先謙《集疏》："《魯》説曰：笙長四寸，十三簧，象鳳之身也。正月之音，物生，故謂之笙。"208《小雅·鼓鍾》四章："鼓瑟鼓琴，笙磬同音。"《毛傳》："笙、磬，東方之樂也。"《鄭箋》："同音者，謂堂上堂下，八音克諧。"熊朋來《經説》卷二："古者堂上樂皆受笙均，堂下樂皆受磬均。琴瑟，堂上樂也。《小雅》言瑟則曰吹笙，即瑟受均於笙之證也。《商頌》言'鼗鼓淵淵，嘒嘒管聲'則曰'依我磬聲'，即鼓受均於磬之證也。"

【笙詩】《詩經·小雅》里的《南陔》、《白華》、《華黍》、《由庚》、《崇丘》、《由儀》六首詩。據《儀禮》記載，它們在鄉飲酒禮和燕禮中都用笙奏，故名"笙詩"；篇數爲六，故又名"六笙詩"。自漢以來，"笙詩"有目而無辭。《詩序》以爲"有其義而亡其辭"。《鄭箋》以爲"笙詩"本有辭，經戰國及秦火亡佚。宋代學者以爲"笙詩"本有聲無辭，如後代的樂曲。朱熹《集傳》："曰笙、曰樂、曰奏，而不言歌，則有聲而無詞明矣。"陸德明《釋文》祖鄭玄説，謂"笙詩"六篇"蓋武王之詩，周公制禮，用爲樂章，吹笙以播其曲，孔子刪定在三百一十一篇内，及秦而亡。"洪邁《容齋續筆》卷十五則認爲："《南陔》、《白華》、《華黍》、《由庚》、《崇邱》、《由儀》六詩，毛公爲《詩詁訓傳》，各置名述其義而亡其辭。《鄉飲酒》、《燕禮》云：'笙入堂下，磬南，北面立，樂奏《南陔》、《白華》、《華黍》。''乃間歌《魚麗》，笙《由庚》；歌《南有嘉魚》，笙《崇丘》；歌《南山有臺》，笙《由儀》；乃合樂：《周南·關雎》、《葛覃》、《卷耳》、《召南·鵲巢》、《采蘩》、《采蘋》。'竊詳文意，所謂歌者，有其辭所可以歌，如《魚麗》、《嘉魚》、《關雎》以下是也。亡其辭者不可歌，故以笙吹也，《南陔》至於《由儀》是也。有其義者，謂'孝子相戒以養'，'萬物得由其道'之義。亡其辭者，元未嘗有辭也。鄭康成始以爲及秦之世而亡之。"王質《詩總聞》："大率歌者，有辭有調者也；笙者、管者，有腔無辭者也。"

甥 shēng 所庚切（梗開二平庚生）
耕部、生母

❶姊妹的兒女；外甥。（雅2）217《小雅·頍弁》三章："豈伊異人，兄弟甥舅。"《鄭箋》："謂吾舅者，吾謂之甥。"朱熹《集傳》："甥舅，謂母姑姊妹妻族也。"261《大雅·韓奕》四章："韓侯取妻，汾王之甥。"《鄭箋》："姊妹之子爲甥。"姚際恒《通論》："汾王之甥，指韓姞。"❷妹婿。（風1）106《齊風·猗嗟》二章："展我甥兮。"朱熹《集傳》："姊妹之子曰甥。言稱其爲齊之甥，而又以明非齊侯之子。此詩人之微詞也。"王夫之《稗疏》："古者蓋呼妹婿爲甥。其云'甥'者，蓋指魯

莊娶哀姜而言之也。…展,誠也。齊人夸其誠足爲我之婿,終許其昏之辭也。"一说:外孫;外甥。《毛傳》:"外孫曰甥。"《鄭箋》:"姊妹之子曰甥。"孔穎達《正義》:"凡異族之親皆稱甥。"孔廣森《卮言》卷三:"言魯莊公工於容儀,而不恤政事,酷似其舅。此爲微詞,以兼刺莊公也。"芮逸夫《釋甥的稱謂》:"魯莊公是齊襄公的甥,僖公(禄父)的外孫。稱魯莊公爲甥是據舅氏齊襄公而言,稱外孫是據外祖僖公而言。何以毛公釋爲'外孫爲甥'呢? 大概因爲外祖稱外孫,俗多從其子所稱之甥而也稱爲甥。"

升 shēng 識蒸切(曾開三平蒸書)
　　蒸部、書母

❶量名。十合爲一升,十升爲一斗。(風 1)117《唐風·椒聊》一章:"椒聊之實,蕃衍盈升。"❷登上;由低往高移動。跟"降"相對。(風 1、雅 4)50《鄘風·定之方中》二章:"升彼虛矣,以望楚矣。"《鄭箋》:"文公將徙登漕之虛以望楚丘。"190《小雅·無羊》三章:"麾之以肱,畢來既升。"《毛傳》:"升,升入牢也。"何楷《古義》:"升之爲言進也。既升者,牛羊皆進之於閑也。"馬瑞辰《通釋》:"升,對上文'或降于阿,或飲于池'言,蓋謂升於高處,非牛之謂也。"255《大雅·生民》八章:"于豆于登,其香始升。"❸(太陽)升起。也寫作"昇"。(雅 1)166《小雅·天保》六章:"如月之恒,如日之升。"《毛傳》:"升,出也。"《鄭箋》:"日始出而就明。"《廣韻·蒸韻》:"昇,日上。本亦作升。"《詩》曰:'如日之升。'升,出也。俗加日。"

昇 shēng 識蒸切(曾開三平蒸書)
　　蒸部、書母

(太陽)升起。見"升"。

聲(声) shēng 書盈切(梗開三平清書)
　　耕部、書母

❶聲音。(風 1、雅 13、頌 5)165《小雅·伐木》一章:"嚶其鳴矣,求其友聲。"《毛傳》:"君子雖遷於高位,不可以忘其朋友。"235《大雅·文王》七章:"上天之載,無聲無臭。"《鄭箋》:"天之道難知也,耳不聞聲音,鼻不聞香臭。"241《大雅·皇矣》七章:"不大聲以色,不長夏以革。戴震《考證》:"聲與色,謂言貌;夏與革,當謂威力。"馬瑞辰《通釋》:"汪氏德鉞曰:不大聲以色者,不道之以政也。聲謂發號施令,色謂象魏懸書之類。"❷名聲;聲譽。(雅 2、頌 1)244《大雅·文王有聲》一章:"文王有聲,遹駿有聲。"《鄭箋》:"文王有令聞之聲。"何楷《古義》:"有聲,言有聲譽也。"305《商頌·殷武》五章:"赫赫厥聲,濯濯厥靈。"孔穎達《正義》:"赫赫乎顯盛者,其出政教之美聲也。"

繩(绳) shéng 食陵切(曾開三平蒸船)
　　蒸部、船母

❶繩子。指釣綫。(雅 1)226《小雅·采綠》三章:"之子于釣,言綸之繩。"孔穎達《正義》:"釣竿之上須繩,則己與之作繩。"一说:糾;纏。楊樹達《漢文文言修辭學》:"《箋》訓綸爲釣繳,而以韔弓、繩繳對舉,則以繩爲動詞,與上句韔字對;綸爲名詞,與上句弓字對也。"❷施工前用來取直的準繩。(雅 1)237《大雅·緜》五章:"其繩則直,縮版以載。"《毛傳》:"言不失繩直也。"朱熹《集傳》:"繩,所以爲直。凡營度位處,皆先以繩正之。既正,則束版而築也。"黄焯《詩疏平議》:"繩爲動詞,視爲準度之義。"❸小心謹慎。(雅 1)243《大雅·下武》五章:"昭兹來許,繩其祖武。"《毛傳》:"繩,戒也。"陳奐《傳疏》:"繩讀爲慎。《續漢書》注引《詩》作'慎其祖武',是三家詩作慎也。繩、慎聲轉義通。"一说:繼繼;繼承。朱熹《集傳》:"繩,繼;武,迹也。"馬瑞辰《通釋》:"繩之言承。繩、承聲近,古通用。"林義光《通解》:"繩讀爲承。繩其祖武,謂繼其祖迹也。"

【繩繩】小心謹慎。(風 1、雅 1)256《大雅·抑》六章:"子孫繩繩,萬民靡不承。"《鄭箋》:"繩繩,戒也。"5《周南·螽斯》二章:"宜爾子孫,繩繩兮。"《毛傳》:"繩繩,戒慎也。"王先謙《集疏》:"《韓》説曰:繩繩,敬也。"王引之《述聞》卷二十七引王念孫说:"首章之振振言其仁厚,二章之繩繩言其戒慎,三章之蟄蟄言其和集,皆稱其子孫之賢,非徒稱其子孫之衆多而已。"一説：延續不斷。《韓詩外傳》卷九兩引作"承承"。朱熹《集傳》："繩繩，不絶貌。"馬瑞辰《通釋》："繩繩…以詩義求之，亦爲衆盛。《抑》詩'子孫繩繩'，《韓詩外傳》引作'承承'，謂相繼之盛也。"

勝(胜)

(一) shèng 詩證切（曾開三去證書）蒸部、書母

❶戰勝。跟"敗"相對。（頌2）285《周頌·武》："嗣武受之，勝殷遏劉。"《鄭箋》："伐殷而勝之，以止天下之暴虐而殺人者。"❷超過；占優勢。（雅1）237《大雅·緜》六章："百堵皆興，鼛鼓弗勝。"《鄭箋》："百堵同時起，鼛鼓不能止之使休息也。"朱熹《集傳》："弗勝者，言其樂事勸功，鼓不能止也。"牟庭《詩切》："弗勝，謂不如也。"俞樾《平議》卷十一："百堵皆興，則衆聲并作，鼛鼓之聲轉而不足以勝之矣。"一説：能承擔。馬瑞辰《通釋》："鼛鼓弗勝，特言工役之衆，同時赴工，鼓不勝其擊耳。"

(二) shēng 識蒸切（曾開三平蒸書）蒸部、書母

❸勝任；能承擔。（頌1）303《商頌·玄鳥》："武丁孫子，武王靡不勝。"《毛傳》："勝，任也。"《鄭箋》："無所不勝服。"陸德明《釋文》："勝，毛音升，任也。鄭弋證反。"王引之《述聞》卷七："竊疑經文兩言武丁皆武丁之訛，而武王靡不勝，則武丁之訛。…湯之孫子有武丁者，繩其祖武，無所不勝任也。"周悦讓《倦遊庵槧記·毛詩》："靡不勝者，勝，任也。皆保任之爲諸侯，世有爵土也。"一説：通"稱"。稱述。于省吾《新證》："武王靡不勝，乃靡不勝武王之倒文。作倒文者，以與乘、承爲韻耳。勝、稱古通。稱，述也。武丁孫子，武王靡不稱，言武丁之孫子靡不稱述武王也。"❹乘；利用。（雅1）192《小雅·正月》四章："既克有定，靡人弗勝。"《毛傳》："勝，乘也。"胡承珙《後箋》："今方危殆之時，視王之所爲夢發然，誠知無此小人何矣。倘終能有定亂之日，將無人不起而乘其敝。蓋以此戒小人，而怵于必敗。"一説：音shèng，戰勝。《鄭箋》："無人而不勝，言凡人所定皆勝之也。"陸德明《釋文》：

"勝，毛音升，乘也。鄭尸證反。"朱熹《集傳》："及其既定，則未有不爲天所勝者也。"吳闓生《會通》："此天定勝人之説也。"

聖(圣)

shèng 式正切（梗開三去勁書）耕部、書母

❶通達明理。（風1、雅1）195《小雅·小旻》五章："國雖靡止，或聖或否。"《鄭箋》："人有通聖者，有不能者。"朱熹《集傳》："聖，通明也。"32《邶風·凱風》二章："母氏聖善，我無令人。"王先謙《集疏》："《説文》：'聖，通也。''善，吉也。'此與美義同意。聖善，言通於事理有美德也。"馬瑞辰《通釋》："聖善二字平列而同義，與劬勞、勞苦句法正同。"一説：通"聽"。聽從。于省吾《新證》："聖、聽古通。…母氏聽善，我無令人，言母氏可以從善，而我無善人能爲報也。"❷具有最高智慧和道德的。（雅3、頌1）192《小雅·正月》五章："具曰予聖，誰知烏之雌雄。"《毛傳》："君臣俱自謂聖也。"304《商頌·長發》三章："湯降不遲，聖敬日躋。"《鄭箋》："其聖敬之德日進。"❸聖人。（雅1）254《大雅·板》一章："靡聖管管，不實於亶。"《鄭箋》："王無聖人之法度，管管然以心自恣。"王先謙《集疏》引黃山説："靡聖，謂心無忌憚，不相信有聖人，非無聖人也。"

【聖人】具有極高智慧和道德的人。（雅2）198《小雅·巧言》四章："秩秩大猷，聖人莫之。"257《大雅·桑柔》十章："維此聖人，瞻言百里。"按班固《白虎通義·聖人》："聖人者何？聖者通也，道也，聲也；道無所不通，明無所不照，聞聲知情，與天地合德，日月合明，四時合序，鬼神合吉凶。"又《禮記·樂記》："故知禮樂之情者能作，識禮樂之文者能述。作者之謂聖，述者之謂明。明聖者，述作之謂也。"

尸

shī 式脂切（止開三平脂書）脂部、書母

❶古代祭祀時代替祖先受祭的活人。通常以晚輩充任。（雅14）209《小雅·楚茨》五章："神具醉止，皇尸載起。鼓鍾送尸，神保聿歸。"《鄭箋》："尸，節神者也。"按《公羊傳》宣公八年"祭之明日也"何休注："祭必

有尸者,節神也。禮,天子以卿爲尸,諸侯以大夫爲尸,卿大夫以下以孫爲尸。夏立尸,殷坐尸,周旅酬六尸。"247《大雅·既醉》三章:"公尸嘉告。"《毛傳》:"公尸,天子以卿,言諸侯也。"《鄭箋》:"諸侯有功德者入爲天子卿大夫,故云公尸。公,君也。"朱熹《集傳》:"公尸,君尸也。周稱王,而尸但曰公尸,蓋因其舊。如秦已稱皇帝,而其男女猶稱公子、公主也。"陳啓源《稽古編》:"公者,君也。天子祭宗廟,以卿而尸。卿出封則爲侯伯,侯伯入仕王朝則爲卿,皆以君道,故稱公尸。" ❷ 比喻無所作爲。(雅1)254《大雅·板》五章:"威儀卒迷,善人載尸。"《鄭箋》:"君臣之威儀盡迷亂,善人君子則如尸矣,不復言語。"朱熹《集傳》:"尸則不言不爲,飲食而已者也。"按班固《白虎通德·崩薨》:"尸之爲言失也,陳也,失氣亡神,形體獨陳。" ❸ 主持(祭祀)。(風1)15《召南·采蘋》三章:"誰其尸之,有齊季女。"《毛傳》:"尸,主。"《説文·尸部》:"尸,陳也。"段玉裁注:"凡祭祀之尸訓主,祭祀之尸本象神而陳,而祭者因主之,二義實相因而生也。"一説:代替祖先受祭的晚輩活人。王夫之《稗疏》:"祭之必有尸,古道也。孫則爲王父尸矣。…妣必有尸,季女者,未嫁之女也。于妣爲女孫。王母之尸,舍孫女其誰哉?" ❹ 陳設。(雅1)185《小雅·祈父》三章:"有母之尸饔。"《毛傳》:"尸,陳也。"陳奐《傳疏》:"'有母'二字當逗,之猶則也。言我從軍以出,有母不得終養,歸則惟陳饔以祭,是可憂也。"一説:主持。蘇轍《詩集傳》:"尸,主也。饔,祭食也。士憂兵敗身没,不得還守祭祀,而使母獨主祭也。"朱熹《集傳》:"尸,主也。饔,熟食也。言不得奉養,而使母反主勞苦之事也。"又一説:失去。馬瑞辰《通釋》:"《白虎通義》曰:'尸之爲言失也。'…尸饔即謂失饔,即奉養不能及也。"參"鳲"。

鳲(鳲)

shī 式脂切(止開三平脂書)
脂部、書母

【鳲鳩】布穀鳥。(風4)152《曹風·鳲鳩》一章:"鳲鳩在桑,其子七兮。"《毛傳》:"鳲鳩,秸鞠也。鳲鳩之養其子,朝從上下,莫從下上,平均如一。"陸德明《釋文》:"鳲,本亦作尸。"《荀子·勸學》、《淮南子·時節》高誘注引作"尸鳩"。陳奐《傳疏》:"《毛詩義疏》云:'今梁宋之間,謂布穀爲鵠鞠。'則布穀是鳲鳩明矣。"一説:斑鳩,也叫祝鳩。李時珍《本草綱目·禽部》卷四十九:"斑鳩,錦鳩,鵓鳩,祝鳩。鳩也,鵓也,其聲也;斑也,錦也,其色也。古者庖人以尸祝登尊俎,謂之祝鳩,此皆鳩之大而有斑者。"按春秋時有鳲鳩養子平均的説法。《左傳·昭公十七年》:"鳲鳩氏,司空也。"杜預注:"鳲鳩平均,故爲司空,平水土。"

〖鳲鳩〗《國風·曹風》篇名(152)。這首詩贊美一位貴族統治者用心專一,服飾美盛,儀態無差,可以永爲國人之長。朱熹《集傳》:"詩人美君子之用心專一。"又《辨説》:"此美詩,非刺詩"陳子展《直解》:"一群小人,諛諛干進,歌功頌德之詩。此所以一時乘軒赤芾者驟至三百人之多也。"所美爲誰? 季本《解頤》以爲"似稱美天子之辭";豐坊《詩説》以爲"曹叔(振鐸)爲政有度,國人美之";何楷《古義》以爲"美晉文公也"。均無實據。《詩序》:"《鳲鳩》刺不壹也。在位無君子,用心之不壹也。"王先謙《集疏》:"三家無異義。"這是援古刺今,或以美爲刺。四章,二十四句。

失

shī 式質切(臻開三入質書)
質部、書母

失掉;喪失。(雅2)165《小雅·伐木》五章:"民之失德,乾餱以愆。"179《小雅·車攻》六章:"不失其馳,舍矢如破。"《毛傳》:"言習於射御法也。"(不失其馳:馳驅不失法度。)

施

(一)shī 式支切(止開三平支書)
歌部、書母

❶ 設置。(風1、雅1)57《衛風·碩人》四章:"施罛濊濊。"(罛:魚網。濊濊:撒網入水聲。)203《小雅·大東》六章:"有捄天畢,載施之行。"《鄭箋》:"今天畢則施於行列而已。"孔穎達《正義》:"又有捄然而長者,在天之畢也,徒則施之於二十八宿之行列而已。"

(二)yì ★以豉切(止開三去寘以)

歌部、餘母

❷蔓延；延續。(風 5，雅 3)2《周南·葛覃》一章："葛之覃兮，施于中谷。"《毛傳》："施，移也。"《鄭箋》："葛延蔓於谷中。"孔穎達《正義》引王肅云："葛生於此，延蔓於彼，猶女之當外成也。"陸德明《釋文》："施，毛以豉反。移也。鄭如字。"241《大雅·皇矣》四章："既受帝祉，施于孫子。"《鄭箋》："施，猶易也，延也。"239《大雅·旱麓》六章："莫莫葛藟，施于條枚。"《鄭箋》："延蔓於木之枝枚而茂盛，喻子孫依緣先人之功而起。"《韓詩外傳》卷二、《吕氏春秋·知分》均引作"延于條枚"。

【施施】徐行的樣子。(風 1)74《王風·丘中有麻》一章："彼留子嗟，將其來施施。"《毛傳》："施施，難進之意。"《鄭箋》："施施，舒行伺間，獨來見己之貌。"陸德明《釋文》："施施，如字。"屈萬里《詮釋》："施施，徐行貌。"一說：喜悅的樣子。朱熹《集傳》："施施，喜悅之意。"徐鼒《讀書雜識》卷三：《孟子》：'施施從外來。'施施連文，似本此詩。且趙岐注云：'施施猶扁扁，喜悅之貌。'與《鄭箋》'舒行伺間'意略同。"又一說：指男女合歡。聞一多《類鈔》："古書說'天施地生'，又説'陽施陰化'，就是這施字的正解。"又一說："施施"當作"施"。幫助。《顏氏家訓·書證》："河北《毛詩》，皆云施施，江南舊本，悉單爲施。"馬瑞辰《通釋》："來施猶言來食，施亦爲也，幫也。"又一說：施展才華。臧琳《經義雜記》卷二十八："考《詩·丘中有麻》三章，章四句，句四字，獨'將其來施施'五字，據顏氏說，知江南舊本皆作'將其來施'，顏以《傳》、《箋》重文而疑有誤。然顏氏述江南河北舊本，河北者往往爲人所改，江南者多善本。則此文之悉單爲施，不得據河北本以疑之矣。…將其來施者，願其來而展其才也。"

又見【戚施】。

師(师) ^{shī} 疏夷切（止開三平脂生）
脂部、生母

❶古代軍隊編制單位。二千五百人爲師。(雅 3)227《小雅·黍苗》三章："我徒我御，我師我旅。"《毛傳》："師者，旅者。"《鄭箋》："五百人爲旅，五旅爲師。"陳奐《傳疏》："師者，旅者，以釋經之師旅。有爲師者，有爲旅者，謂是從入謝之官師，與泛言師旅爲衆者異也。"238《大雅·棫樸》三章："周王于邁，六師及之。"《鄭箋》："二千五百人爲師。"❷軍隊。(風 3，雅 2，頌 1)133《秦風·無衣》一章："王于興師，脩我戈矛。"227《小雅·黍苗》三章："烈烈征師，召伯成之。"(成：組成。)293《周頌·酌》："於鑠王師，遵養時晦。"❸民衆。(雅 4)235《大雅·文王》六章："殷之未喪師，克配上帝。"《鄭箋》："師，衆也。朱熹《集傳》："又言殷未失天下之時，其德足以配上帝矣。"261《大雅·韓奕》六章："溥彼韓城，燕師所完。"《毛傳》："師，衆也。"191《小雅·節南山》三章："不弔昊天，不宜空我師。"《鄭箋》："不宜使此人居尊官，困窮我之衆民也。"一說：太師。嚴粲《詩緝》："昊天不見憨弔乎？不宜曠我太師之官也。非其人而處此位，與無人同，故謂之空。"❹兵衆；士卒。(雅 2)178《小雅·采芑》一章："其車三千，師干之試。"《毛傳》："師，衆；干，扞。"《鄭箋》："其士卒皆有佐師扞敵之用爾。"嚴粲《詩緝》："長樂劉氏曰：'師，衆；干，盾也。'程子曰：'師干，猶今之甲兵也。'"❺法；師法。(頌 1)293《周頌·酌》："實維爾公允師。"馬瑞辰《通釋》："師當爲師法之師。"王先謙《集疏》："爾既荷天寵，又得人和，信可爲後世師法矣。"吳闓生《會通》："維前人之事是法也。"❻太師，周王朝的執政大臣之一。(雅 3)191《小雅·節南山》一章："赫赫師尹，民具爾瞻。"《毛傳》："師，大師，周之三公也。尹，尹氏，爲大師。"陳奐《傳疏》："周公以冢宰兼大師，大公以司馬兼大師，皇父以司徒兼大師，是大師爲三公之兼官矣。"一說：管理軍事的長官。于省吾《新證》："師、尹二字均爲職官之名，應平列。師謂師氏，系管理軍事之官，見令鼎、錄伯㦴簋、毛公鼎等；尹爲尹氏，系史官之長，猶近世所稱的秘書長。"236《大雅·大明》八章："維師尚父，時維鷹揚。"《毛傳》："師，大師也。"朱熹《集傳》："師尚父，太公望爲太師而號尚父也。"一說師尚父爲齊太公吕望的尊稱。孔穎

達《正義》引劉向《別錄》:"師之、尚之、父之,故曰師尚父。"
【師氏】1)官名。《周禮》地官大司徒之屬官有師氏,主管教導國王和貴族的子弟。一說:主管監察朝政得失。(雅 2)193《小雅·十月之交》四章:"楀維師氏。"《鄭箋》:"師氏,亦中大夫也,掌司朝得失之事。"258《大雅·雲漢》七章:"趣馬師氏,膳夫左右。"一說:武臣。朱熹《集傳》:"師氏,掌以兵守王門者。"于省吾《新證》:"師氏,掌師旅之官。" 2)女師;女師傅。(風 1)2《周南·葛覃》二章:"言告師氏,言告言歸。"《毛傳》:"師,女師也。古者女教以婦德、婦言、婦容、婦功。"陳奐《傳疏》:"女師與傅母異。女師者,教女之師,在宮宮宗室,不隨行;傅母則隨女同行。"聞一多《通義》:"師氏之名,雖若甚尊,其職則甚卑,因知所謂德、言、容、功者,亦不過倫常日用之委瑣細故,論其性質,直今備婦之事耳。"又《類鈔》:"師氏,保姆也。"
又見【大師】【京師】【六師】。參"旅"。

濕(湿、溼) shī 失入切(深開三入緝書)緝部,書母

通"曝"。將乾。(風 1)69《王風·中谷有蓷》三章:"中谷有蓷,暵其濕矣。"王引之《述聞》卷五:"此濕與水濕之濕異義,濕亦且乾也。《廣雅》有曝字云:'曝也。'玄應《一切經音義》引《通俗文》曰:'欲燥曰曝。'《玉篇》:'曝,丘立切,欲乾也。'古字假借,但以濕爲之耳。"一說:潮濕。《毛傳》:"雖遇水則濕。"《鄭箋》:"雖之傷於水,始則濕,中而脩,久而乾,有似君子於己之恩,徒用凶年深淺爲厚薄。"朱熹《集傳》:"暵濕者,旱甚則草之生於濕者亦不免也。"徐鴻鈞《讀毛詩日記》:"首章曰乾,次章曰脩,三章曰濕,此由後溯前也。《箋》所謂始則濕,中而脩,久而乾也。"黃焯《詩疏平議》:"詩雖三章分言,總謂蓷之由濕且脩而乾,實爲一語耳。…其初言乾,次言脩,濕者,只以趁韻之故,非有他義。"
【濕濕】牛反芻時耳朵搖動的樣子。(雅 1)190《小雅·無羊》一章:"爾牛來思,其耳濕濕。"《毛傳》:"呞而動其耳,濕濕然。"陳奐《傳疏》:"濕濕,耳動之貌。"胡承珙《後箋》:"凡獸之嚼物,則頰車用力,故耳爲之動。《傳》體物可稱微眇。"一說:潤澤。朱熹《集傳》引王氏說:"濕濕,潤澤也。牛病則耳燥,安則潤澤也。"

蓍 shī 式脂切(止開三平脂書)脂部,書母

菊科植物。一本多莖,高三四尺,莖葉含芳香油,可作調香原料,並可入藥。古人用蓍草莖來占卦。(風 1)153《曹風·下泉》三章:"洌彼下泉,浸彼苞蓍。"《毛傳》:"蓍,草也。"陸璣《詩義疏》:"蓍似藾蕭,青色,科生。"朱熹《集傳》:"蓍,筮草也。"陳奐《傳疏》:"《淮南子·說山訓》:'上有叢蓍,下有伏龜。'是蓍爲叢生之草矣。"《說文·艸部》:"蓍,蒿屬。"

詩(诗) shī 書之切(止開三平之書)之部,書母

詩,文體的一種,一般句式整齊,有韻。(雅 3)200《小雅·巷伯》七章:"寺人孟子,作爲此詩。"259《大雅·崧高》八章:"其詩孔碩,其風肆好。"《毛傳》:"作是工師之誦也。"胡承珙《後箋》:"此章言誦,又言詩,又言風,三者有別。誦者可歌之名。…詩則其本篇之詞,風則其詞中之意。《烝民》'穆如清風',即此風也。"
【詩經】中國最早的一部詩集。先秦只稱《詩》或《詩三百》。戰國末年,《詩》開始稱經。《禮記·經解》講了《詩》、《書》、《樂》、《易》、《禮》、《春秋》六部儒家經典,《莊子·天運》也稱之爲"六經"。《漢書·藝文志》:"《詩》,經二十八卷,齊、魯、韓三家。""經"字連下讀。唐代起《詩經》才作爲書名出現。陸德明《釋文·序錄》:"魯人申公受《詩》於浮丘伯,以《詩經》爲訓詁,以教無傳,疑者則闕不傳,號曰《魯詩》。"宋廖剛有《詩經講義》,鄭樵《通志·六經奧論》中有《詩經奧論》,輔廣有《詩經協韻考異》等。據西漢學者說,古代帝王爲了考察風俗的好壞,政治的得失,設立采詩的官。到各地收集詩歌,獻給太師(樂官),配上樂曲,再獻給天子。陸德明《釋文·序錄》:"詩者所以言志,吟咏性情,以諷其上者也。古有采

詩之官，王者巡守，則陳詩以觀民風，知得失，自考正也。動天地，感鬼神，厚人倫，美教化，移風俗，莫近乎詩。"這些詩積累多了，編在一起，就成爲後來的《詩經》。編輯者就是樂官，也許還經過他們的一些加工整理。時間是公元前六世紀。《左傳·襄公二十九年》載吳公子札到魯國聘問，樂工爲他歌《周南》、《召南》、《邶》、《鄘》、《衛》、《王》、《鄭》、《齊》、《豳》、《秦》、《魏》、《唐》、《陳》、《鄶》、《小雅》、《大雅》、《頌》，幾乎包括了今本《詩經》的全部內容。可見在公元前544年以前，今本《詩經》的形式已經基本形成了。上述《左傳》的記載也表明三百篇最初都有樂曲相配，可以歌唱。《詩經》305篇詩，分《風》、《雅》、《頌》三大類。《風》也叫《國風》，包括十五國風，160篇。大都是各地的民間歌謠，音樂上體現了地方曲調。內容豐富多采。有的反映了古代人民的勞動生活；有的揭露了社會的黑暗腐朽，表達了反抗剝削壓迫的思想；有的表現了愛國主義熱情；更多的是有關婚姻戀愛的詩，描寫了古代人民對愛情和幸福的追求，以及對歧視和遺棄婦女的現象的批判。《雅》分《小雅》、《大雅》。《小雅》74篇，是西周後期和少數東周初期的詩。《大雅》31篇，大部分是西周前期的詩，一部分是西周後期的詩，"二雅"都是朝廷的樂歌。內容有政治詩、史詩、祭祀詩、宴饗詩等。有的是對貴族統治者的歌頌；有的揭露了朝政的昏亂，對周王朝的衰落和社會的動蕩表示不安；有的暴露了統治階級內部的矛盾；也有的抒發了對剝削壓迫者的怨憤。其中《黃鳥》、《我行其野》等十二篇，風格上很像民間歌謠，龔橙《詩本誼》稱之爲"西周民風"。《頌》詩40篇，爲廟堂祭祀樂歌。其中《周頌》31篇，是西周前期的詩，內容大都是歌頌周代統治者及其先公先王。《魯頌》4篇，是公元前七世紀魯國貴族歌頌魯僖公的詩。《商頌》5篇，古文經學派以爲是商人祭祀其先公先王的詩，今文經學派認爲是公元前八世紀到七世紀宋國貴族贊頌宋襄公的詩。《詩經》305篇，總計1150章，7304句。《詩經》以四言為主，

普遍運用賦、比、興的藝術手法。不少優秀篇章，描寫生動，語言樸素優美，音節自然和諧，富有藝術感染力。《詩經》不僅是我國古代一部偉大的文學作品，開創了我國現實主義文學的優秀傳統，而且是研究周代經濟、政治、文化、思想、語言、風俗習慣、部族起源和部族關係的真實史料，有着重要的價值。漢代傳《詩》的有《魯》、《韓》、《齊》、《毛》四家，《魯》、《韓》、《齊》是今文《詩》學，統稱三家詩，《毛詩》是古文《詩》學。三國以後，三家詩先後亡佚，現在流傳的只是《毛詩》。

【詩教】指《詩經》怨而不怒，溫柔敦厚的教育作用。《禮記·經解》："孔子曰：入其國，其教可知也。其爲人也溫柔敦厚，《詩》教也。"孔穎達疏："溫謂顏色溫潤，柔謂情性和柔。《詩》依違諷諫，不指切事情，故云溫柔敦厚是《詩》教也。"《詩經》頌美王者的仁政，忠孝節義的品德，祥和安樂的社會風氣，諷刺了爲政者的貪殘荒淫，寡廉鮮恥，以至人民生活陷於亂離哀苦。但是這種諷刺，大都采用比興等含蓄手法，或言此意彼，或言外見意，或陳古刺今，或陳正匡反，或意重言輕，或欲言輒止，並不作直接的尖銳的揭露。這也就是《詩序》所謂"主文而譎諫，言之者無罪，聞之者足戒"。在長期的中國封建社會中，這種《詩》教作用的影響是相當大的。

【詩譜】東漢鄭玄著。根據《史記》年表和《春秋》中有關史實，分別排比《詩經》十五《國風》、二《雅》、三《頌》的譜系，旨在顯示《詩經》各部分與其地理位置、歷史沿革、時代政治、風土人情的關係。唐孔穎達撰《毛詩正義》，將它分別放在書中各部分之首，原單行本逐漸失傳。宋歐陽修、清戴震等人都曾做過《詩譜》的考訂和輯補工作。《清經解續編》第四冊收有丁晏所撰《詩譜考正》。

【詩序】《毛詩序》的簡稱，有"大序"、"小序"之分。列在各詩前面，解釋各篇主題的是"小序"。在《毛詩》首篇《關雎》的"小序"後面有一大段概論全部《詩經》的文字，叫做"大序"。陸德明《經典釋文·毛詩音義》卷

五在《毛詩序》"《關雎》,后妃之德也"下釋曰:"舊說云:起此至'用之邦國焉'名《關雎序》,謂之《小序》,自'風,風也'訖末,名爲《大序》。…今謂此序正是《關雎》之序,總論《詩》之綱領,無大小之異。"《朱子語類》卷八十則謂"《大序》起'詩者,志之所之也',止'詩之至也'。"《大序》比較系統地宣揚了儒家的文藝觀點,十分重視《詩》的社會教育作用,把它當作"經夫婦,成孝敬,厚人倫,美教化,移風俗"的工具。有人以《關雎·序》爲"大序",其餘各詩之序爲"小序"。李、黃《集解》:"《詩》皆有序,獨《關雎》爲最詳,先儒以謂《關雎·序》爲《大序》,《葛覃》以下爲《小序》。"也有人把每篇《詩序》的第一句叫做"小序",第二句以下叫做"大序"。程大昌《詩論》:"凡《詩》發序兩語,如《關雎》,后妃之德也',世人謂之《小序》者,古序也。兩語之外,續而申之,世謂之《大序》者,宏語也。"陸德明則認爲《關雎序》總論《詩》之綱領,並無大小之分。(見前引)自鄭玄以後,歷代許多學者信奉《詩序》,把它看作解詩依據。黃焯《毛詩鄭箋平議序》說:"《詩》之本義,皆見之於《序》。《序》義乃孔子親問於大師以授子夏。使《詩》而無《序》,雖聖人不能知其本義。…《序》間有後人附益,或毛公續作者,然要有周秦舊說,確具師承,皆可依信。"可作爲這一派的代表。宋代學者開始懷疑並反對《詩序》。鄭樵《詩辨妄》詆《序》最力。朱熹說:"《詩小序》全不可信。"又說:"《詩序》多是後人作,妄意推說詩人之美刺,非古人之所作也。"其實《詩序》也有講得好的,未可一概而論。《詩序》作於何人?眾説紛紜。有的認爲《大序》、《小序》都是子夏作(鄭玄、王肅、陸德明、孔穎達),有的認爲《大序》是子夏作,《小序》是子夏、毛公合作(沈重),有的認爲孔子作(王得臣),有的認爲詩人自作(王安石),有的認爲毛公門人作(曹粹中),有的認爲聖人作(《二程遺書》),還有的認爲國史作(程頤)。《後漢書·儒林傳》:"衛宏,字敬仲,從謝曼卿受詩,因作《毛詩序》,善得《風》、《雅》之旨。"據此,不少研究者都認爲《詩序》的作者是衛宏(東

漢初人,曾任光武議郎)。陸德明《釋文》認爲:《詩》"孔子最先刪錄,既取周詩上兼商頌,凡三百一十一篇,以授子夏,子夏遂作序焉。"又引沈重云:"案鄭《詩譜》意,《大序》是子夏作,《小序》是子夏毛公合作。卜商意有不盡,毛更足成之。或云:《小序》是東海衛敬仲所作。"姚際恒《偽書通考》:"大抵大、小《序》皆出於東漢。范曄既明指衛宏,自必不謬。其《大序》固宏爲之,《小序》亦必漢人所爲。何以知之?《序》於《周頌·潛》詩曰'冬薦魚,春獻鮪',今本《月令》之文,故知爲漢人也。"今人姜書閣《詩學駁論五題》謂:《詩序》"自孔子以其《詩》教傳於子夏,子夏再遞傳至於大小毛公,毛公作《詩故訓傳》,數傳而至東漢謝曼卿,復爲之訓而授於衛宏,宏乃輯歷代師說而整理寫完,故其中自當以子夏及大小毛公之說爲主,且亦難免有與《毛傳》相違悟者"。有的學者認爲衛宏所作不是現存的《詩序》。章太炎說:"衛宏先康成僅百年,如《小序》果爲宏作,康成不容不知。由今思之,殆宏別爲《毛詩序》,不與此同,而不傳於世耳。"因此,《詩序》的作者究竟是誰,現在還沒有最後的結論。

釃(釃) shī 所宜切(止開三平支生)
所綺切(止開三上紙生)
所葅切(遇合三平魚生)
支部、生母

漉(酒)。(雅2)165《小雅·伐木》二章:"伐木許許,釃酒有藇。"《毛傳》:"以筐曰釃,以藪(筲箕)曰湑。"陸德明《釋文》:"釃,謂以筐漉酒。"朱熹《集傳》:"釃酒者,或以筐,或以草,泲(zǐ)之而去其糟也。"陳奐《傳疏》:"《説文》:'釃,下酒也。'凡作酒者,以筐漉酒,是謂之釃。下猶漉也。"(藇:美好的樣子。)一説:醇美。《説文·酉部》:"釃,下酒也。一曰醇美。"馬瑞辰《通釋》:"此詩'有藇'、'有衍',《傳》皆訓爲美貌。釃酒,正當從《説文》醇酒之訓。醇與酕通,《廣雅》:'酕,美也。'"

十 shí 是執切(深開三入緝禪)
緝部、禪母

❶數詞。十。也泛指多數。(風3、雅5、頌

3)111《魏風‧十畝之間》一章:"十畝之間兮,桑者閑閑兮。"朱熹《集傳》:"十畝之間,郊外所受場圃地也。"211《小雅‧甫田》一章:"倬彼甫田,歲取十千。"《毛傳》:"十千,言多也。"《鄭箋》:"歲取十千,於井田之法,則一成之數也。"嚴粲《詩緝》:"謂什一也。百取十焉,萬取千焉。"馬國翰《目耕帖》卷十八:"言'歲取十千',猶《頌》云'萬億及秭',舉大數且以協句。言所有大田者皆有十千之收。推而廣之,以見天下皆豐。"

❷序數。第十。(風5,雅3)154《豳風‧七月》五章:"十月蟋蟀入我牀下。"(十月,指夏曆十月。)191《小雅‧十月之交》一章:"十月之交,朔月辛卯。"《鄭箋》:"周之十月,夏之八月也。"朱熹《集傳》:"十月,以夏正言之,建亥之月也。"

〖十畝之間〗《國風‧魏風》篇名(111)。這是一首勞動婦女的采桑歌。她們勞動完畢,招呼同伴一道歸去。給讀者畫出了一幅美麗的桑園圖。余冠英《詩經選》:"這是采桑者勞動將結束時呼伴同歸的歌唱。"或以爲情詩。聞一多《類鈔》:"桑中,期再會也。"姚際恒《通論》:"此類刺淫之詩,蓋以'桑者'爲婦人古稱。采桑皆婦人,無稱男子者。…古西北之地多植桑,與今絕異。故指男女之私者必曰'桑中'也。此描摹桑者閑閑、泄泄之態,而行將與之還而往,正類此意。"《詩序》說是刺時之作:"《十畝之間》,刺時也。言其國削小,民無所居焉。"《鄭箋》:"古者一夫百畝,今十畝之間,往來者閑閑然,削小之甚。"朱熹《集傳》則以爲"政亂國危,賢者不樂仕於朝,而思與其友歸於農圃,故其詞如此"。二章,六句。

〖十月之交〗《小雅》篇名(193)。這是諷刺周幽王的詩。《詩序》:"《十月之交》,大夫刺幽王也。"《鄭箋》:"當爲刺厲王。"詩人以日食和地震的災異向周王進行警告,譴責他任用小人,寵幸豔妻,政失常軌,導致災異,并申述自己與皇父的矛盾及不平。反映了西周末年的政治情況與連續的自然災害。王先謙《集疏》:"三家當與毛同。"《鄭箋》:"當爲刺厲王。作《詁訓傳》時移其篇第,因改之耳。"又《詩譜》:"問曰:《小雅》之臣何以獨無刺厲王?曰:有焉。《十月之交》、《雨無正》、《小旻》、《小宛》之詩是也。"馬瑞辰《通釋》:"仍從《毛詩》刺幽王爲是。"阮元《補箋》:"《十月之交》,刺幽王以褒姒爲后,任用小人,退廢諮賢臣,致天變也。"馬國翰《目耕帖》卷十七:"案《竹書紀年》:幽王元年,王錫大師尹氏皇父命。二年涇、渭、洛竭,岐山崩。三年,王嬖褒姒;冬,大震電。五年,皇父作都於向。六年冬十月辛卯朔,日有食之。皆與《毛詩》合。"這首詩與《節南山》、《正月》是同一類作品,作者當是統治階級的一員。據近人研究,首兩句"十月之交,朔月辛卯",就是周幽王六年,即公元前776年9月6日。這一天發生了日蝕,這是世界上最早的有可靠日期的一次日食記錄。幽王三年(公元前779年)關中大地震,山崩河竭,本詩也有具體的描寫與記錄。八章,六十四句。

什

shí 是執切(深開三入緝禪)
緝部、禪母

篇什。《詩經》中的《雅》和《頌》大都以十篇爲一什,如《鹿鳴之什》、《清廟之什》等,舊時編爲一卷。《小雅‧鹿鳴之什》陸德明《釋文》:"什,音十。什者,若五等之君有詩各繫其國,舉《周南》即題《關雎》。至於王者施教,統有四海,歌詠之作,非止一人。篇數既多,故以十篇編爲一卷,名之爲什。"朱熹《集傳》:"《雅》、《頌》無諸國別,故以十篇爲一卷,而謂之什,猶軍法以十人爲什也。"《正字通‧人部》引《五經通義》:"《國風》多寡不等,不稱什。《雅》、《頌》十篇爲聯,惟《魚藻》、《蕩》及《閔予小子》雖過乎十,亦稱什,舉成數耳。若不及者,如《駉》頌四篇、《那》頌五篇,皆不稱什也。"

時(时)

shí 市之切(止開三平之禪)
之部、禪母

❶時代。(頌1)293《周頌‧酌》:"於鑠王師,遵養時晦。"朱熹《集傳》:"退自循養,與時皆晦。"一說:是;此。《毛傳》:"尊,率,養,取;晦,昧也。"孔穎達《正義》:"率此師以取是暗昧之君。"❷有時。(雅1)257《大雅‧桑柔》十四章:"如彼飛蟲,時亦弋獲。"朱熹《集傳》:"言己之所言,或亦有中,

shí 455

猶曰千慮而一得也。"❸按時。(頌1)273《周頌·時邁》:"時邁其邦,昊天其子之。"《鄭箋》:"時出行其邦國,謂巡守也。"朱熹《集傳》:"言我之以時巡行諸侯也,天其子我乎哉?"一説:通"世"。高亨《今注》:"時,世也。邁借爲萬。此句言當今之世有萬國。"❹得時。(雅1)170《小雅·魚麗》六章:"物其有矣,維其時矣。"《鄭箋》:"魚既有,又得其時。"朱熹《集傳》:"有而能時,言曲全也。"陳奐《傳疏》:"時,亦與偕、嘉同義。"劉向《説苑·辨物》引《詩》此兩句云:"物之所有而不絶者,以其動之時也。"胡承珙《後箋》:"此解'有'爲常有,'時'爲用之以時,最合經旨。"❺通"是"。善;好。(雅7)193《小雅·十月之交》五章:"抑此皇父,豈曰不時?"《毛傳》:"時,是也。"《鄭箋》:"女豈曰:我所爲不是乎?言其不自知惡也。"陳奐《傳疏》:"言皇父之自是也。"阮元《補箋》:"詩人言,國事猶可爲之時也。"217《小雅·頍弁》二章:"爾酒既旨,爾殽既時。"《毛傳》:"時,善也。"247《大雅·既醉》五章:"威儀孔時,君子有孝子。"《鄭箋》:"言成王之威儀甚得其宜。"馬瑞辰《通釋》:"《廣雅·釋詁》:'時,善也。'時、善以雙聲得訓。"255《大雅·蕩》七章:"匪上帝不時,殷不用舊。"王夫之《稗疏》:"匪上帝不時,言匪上帝不生善人,特殷不用耳。"陳奐《傳疏》:"時,善也,是也。'匪上帝不時',言非天帝之不善也。"235《大雅·文王》一章:"有周不顯,帝命不時。"《毛傳》:"不時,時也。"朱熹《集傳》:"不時,猶言豈不時也。"林義光《通解》:"時,持久也。"言有周之光明,帝命之持久。"一説:通"承"。繼承。馬瑞辰《通釋》:"時當讀爲承,時、承一聲之轉。…時讀承,亦當訓美。"曾運乾《毛詩説》:"不時,猶丕承。時當讀爲承,時、承一聲之轉。…此換文取韻例,原當作'帝命丕承'。"于邑《香草校書》卷十六:"丕承者,指周後王而言也。蓋帝命者即上文'其命維新'之命。文王所新之命,而後王承之,故'帝命丕承',則承正是以下承上之承。"❻指善射者。(雅1)220《小雅·賓之初筵》二章:"酌彼康爵,以奏爾時。"《毛傳》:"時,中者也。"《鄭箋》:"時,謂心所尊者也。"陳奐《傳疏》:"時,是也;中,得也。勝者爲是,則不勝者爲不是矣。"馬瑞辰《通釋》:"詩何以云'以奏爾時'?蓋飲不中者以致罰,正所以進中者以慶耳。"一説:時物。朱熹《集傳》引蘇氏曰:"時,時物也。"❼通"是"。這;這樣。(風1、雅16、頌12)127《秦風·駟驖》二章:"奉時辰牡,辰牡孔碩。"《毛傳》:"時,是;辰,時也。"209《小雅·楚茨》四章:"永錫爾極,時萬時億。"《鄭箋》:"是萬是億,言多無數。"240《大雅·思齊》二章:"神罔時怨,神罔時恫。"孔穎達《正義》:"神無有是怨恚文王者,神無有是痛傷文王者。"一説:通"所"。馬瑞辰《通釋》:"'時'與'所',古同義通用。神罔時怨,猶言神罔所怨也。神罔時恫,猶言神罔所恫也。"❽通"承"。順承;遵奉。(頌2)295《周頌·賚》:"時周之命,於繹思。"馬瑞辰《通釋》:"時與承一聲之轉,古亦通用。…周受天命,而諸侯受封於廟者又將受命於周。'時周之命',即承周之命也。《般》'時周之命'同義。一説:代詞。此。《鄭箋》:"此周之所以受天命而王之所由也。"❾通"是"。於是。(雅1)255《大雅·蕩》四章:"不明爾德,時無背無側。爾德不明,以無陪無卿。"一説:以;因爲。孔穎達《正義》:"不光明汝王之德也,正由背後無良臣,傍側無賢人也。故又言汝王之德所以不光明者,以其無陪貳大德之公、無幹事明哲之卿故也。"《漢書·五行志》引作"爾德不明,以亡陪亡卿;不明爾德,以亡背亡側)。"❿通"塒"。止。(雅1)237《大雅·緜》三章:"曰止曰時,築室于茲。"王引之《述聞》卷六:"時亦止也,古人自有複語耳。"一説:通"是"。此。《鄭箋》:"可止居於是。"參"塒"。

〖時邁〗《周頌》篇名(273)。這是周武王克商後,巡行天下,封禪祭天及山川百神的樂歌。《詩序》:"《時邁》,巡守告祭柴望也。"蔡邕《獨斷》:"《時邁》,巡守告祭柴望之所歌也。"《鄭箋》:"巡守告祭者,天子巡行邦國,至於方岳之下而封禪也。"孔穎達《正義》:"武王既定天下,而巡行其守土諸侯,至於方岳之下，乃作告至之祭，爲柴望之禮。…周公述其事而歌焉。"朱熹《集傳》："此巡守而朝會祭告之樂歌也。"胡承珙《後箋》："孔疏引《左宣十二年傳》云：'昔武王克商，作《頌》曰：載戢干戈。'明此篇武王事也。《國語》稱周文公之頌曰：'載戢干戈。'明此篇周公作也。其所重在祭天神，而山川百神皆在從祀之數。"王先謙《集疏》："武王克殷，周公始作此歌以頌武王。及成王巡狩，乃歌此詩以美成王，與《清廟》祀文王，仍兼祀武王，又祀周公相同。"王夫之《稗疏》："鄭氏《周禮注》以此三詩《時邁》、《執競》、《思文》爲肆夏、昭夏、納夏之樂章，其說與韋昭《國語注》及呂叔玉之論合，而《集傳》取之。…呂叔玉之説附會而失實。"一章，十五句。

塒(埘) shí 市之切（止開三平之禪）
之部、禪母

甃牆做成的雞窠。（風1）66《王風•君子于役》一章："雞棲于塒，日之夕矣，羊牛下來。"《毛傳》："甃牆而棲曰塒。"孔穎達《正義》引李巡説："寒鄉甃牆爲雞作棲曰塒。"陸德明《釋文》作"時"云："時如字。本亦作塒，音同。…甃牆以棲雞。"

寔 shí 常職切（曾開三入職禪）
錫部、禪母

指示代詞。此；這。（風2）21《召南•小星》一章："肅肅宵征，夙夜在公，寔命不同。"《毛傳》："寔，是也。"陸德明《釋文》："《韓詩》作實，云：有也。"朱熹《集傳》："寔，與實同。"參"實"。

湜 shí 常職切（曾開三入職禪）
錫部、禪母

【湜湜】水清的樣子。（風1）35《邶風•谷風》三章："涇以渭濁，湜湜其沚。"《説文•水部》："湜，水清底見也。《詩》曰：'湜湜其止。'"朱熹《集傳》："湜湜，清貌。"一説："水止之貌，故以爲水清底見。"又一説：持正的樣子。《鄭箋》："湜湜，持正貌。喻君子得新昏，故謂己惡也。己之持正守初如沚然不動搖。"

拾 shí 是執切（深開三入緝禪）
緝部、禪母

古代射箭時套在左臂上的皮製袖套。也叫"遂"。（雅1）179《小雅•車攻》五章："決拾既佽，弓矢既調。"《毛傳》："決，鈎弦也；拾，遂也。"朱熹《集傳》："拾，以皮爲之，著於左臂以遂弦，故亦名遂。"胡承珙《後箋》："拾，韜，左臂拾其衣袖以利弦。"

石 shí 常隻切（梗開三入昔禪）
鐸部、禪母

❶石頭。（風4、雅5）26《邶風•柏舟》三章："我心匪石，不可轉也。"184《小雅•鶴鳴》一章："它山之石，可以爲錯。"❷古代登車用的踏腳石。（雅1）229《小雅•白華》八章："有扁斯石，履之卑兮。"《毛傳》："扁扁，乘石貌。王乘車履石。"何楷《古義》："履之卑兮是倒文，言乘石卑下，猶得蒙王踐履。"《周禮•夏官•隸僕》："王行則洗乘石。"鄭玄注引鄭司農曰："乘石，王所登上車之石也。"

實(实) shí 神質切（臻開三入質船）
質部、船母

❶果實。（風10、雅2）6《周南•桃夭》二章："桃之夭夭，有蕡其實。"陳奐《傳疏》："'有蕡其實'，言桃之實蕡然大也。…凡草木果曰實。"174《小雅•淇露》四章："其桐其椅，其實離離。"❷種子。（頌2）290《周頌•載芟》："播厥百穀，實函斯活。"《鄭箋》："實，種子也。"❸指糧食。（頌1）290《周頌•載芟》："有實其積，萬億及秭。"《鄭箋》："有實，實成也。其積之乃萬億及秭，言得多也。"朱熹《集傳》："實，積之食也。"一説：廣大。王引之《述聞》卷六："實，廣大貌。'有實其積'，亦謂露積之庾，其形實實然廣大也。"又一説：滿。陳奐《傳疏》引《節南山•傳》："實，滿也。"❹實踐；忠實於。（雅1）254《大雅•板》一章："靡聖管管，不實於亶。"《鄭箋》："不能用實於誠信之言，言行相違也。"屈萬里《詮釋》："實，忠實也。亶，誠也。不忠實於誠信，言不以誠信爲歸依也。"❺廣大。（雅1）191《小雅•節南山》二章："節彼南山，有實其猗。"王引之《述聞》卷六："實，廣大貌。猗疑當讀爲阿。古音

猗與阿同,故二字通用。…'有實其阿'者,言南山之阿,實然廣大也。一說:滿,充滿。《毛傳》:"實,滿;猗,長也。"孔穎達《正義》:"節然而高峻者彼南山也。既高峻矣,而又滿之使平均也,以其草木之長茂也。"❻美好;堅實。(雅1)225《小雅·都人士》三章:"彼都人士,充耳琇實。"《毛傳》:"琇〔實〕,美石也。"孔穎達《正義》:"琇是美石之名耳。而此傳俗本云:'琇實,美石'者,誤也。"馬瑞辰《通釋》:"《孟子》:'充實之謂美。'是實有美義。'充耳琇實',猶《淇奧》詩'充耳琇瑩',《著》詩'瓊華、瓊英、瓊瑩',皆狀其玉之美。草木有榮、有英、有華、有實,狀玉之美曰瑩、曰英、曰華,亦可曰實,其義一也。一說:填塞。《鄭箋》:"言以美石爲瑱,瑱塞耳。"孔穎達《正義》引王肅說:"以石爲瑱,充塞其耳。"❼副詞。實在是。(風7、雅5)27《邶風·綠衣》四章:"我思古人,實獲我心。"《毛傳》:"古之君子,實得我之心也。"40《邶風·北門》一章:"天實爲之,謂之何哉?"255《大雅·蕩》八章:"枝葉未有害,本實先撥。"《鄭箋》:"枝葉未有折傷,其根本實先絕。"❽通"寔"。是。(風4、雅22,頌8)28《邶風·燕燕》三章:"瞻望弗及,實勞我心。"陸德明《釋文》:"實,是也。本亦作寔。"45《鄘風·柏舟》一章:"髧彼兩髦,實維我儀。"陳奐《傳疏》:"實當作寔。寔,是也。"217《小雅·頍弁》一章:"有頍者弁,實維伊何?"《鄭箋》:"實,猶是也。言幽王服是皮弁之冠,是維何爲乎?"261《大雅·韓奕》六章:"實墉實壑,實畝實藉。"《鄭箋》:"實當作寔,趙魏之東,寔、寔同聲。寔,是也。"245《大雅·生民》三章:"實覃實訏,厥聲載路。"《鄭箋》:"實之言是也。"(依定本)馬瑞辰《通釋》:"實者,寔之假借。當從定本作'寔之言是'。"參"寔"。

【實實】廣大的樣子。(頌1)300《魯頌·閟宮》一章:"閟宮有侐,實實枚枚。"《毛傳》:"實實,廣大也。"一說:堅實的樣子。朱熹《集傳》:"實實,鞏固也。"

識(识) shí 賞職切(曾開三入職書)
職部、書母

知道;能辨別。(雅3)220《小雅·賓之初

筵》五章:"三爵不識,矧敢多又。"《鄭箋》:"三爵者,獻也,酬也,酢也。"屈萬里《詮釋》:"識,猶省也。不識,猶今語不省人事也。"264《大雅·瞻卬》四章:"如賈三倍,君子是識。"《鄭箋》:"識,知也。買物而有三倍之利者,小人所宜知也。君子反知之,非其宜也。"姚際恒《通論》:"君子,指有位者,卿大夫不當識商賈之行也。"一說:通"職"。主持。林義光《通解》:"識,讀爲職,識與職古通用。言如賈利三倍之人而主君子之事。君子,謂從政者。蓋商賈不能參與政事,與鹽織者不能參與政事,其理正同也。"參"織"。

食 (一)shí 乘力切(曾開三入職船)
職部、船母

❶吃;吃飯。(風20、雅9、頌1)113《魏風·碩鼠》一章:"碩鼠碩鼠,無食我黍。"200《小雅·巷伯》六章:"豺虎不食,投畀有北。"123《唐風·有杕之杜》一章:"中心好之,曷飲食之。"一說:此是隱語。聞一多《類鈔》:"飲食是性交的象徵廋語。"❷吃的東西;飯食。(風1、雅7)115《唐風·山有樞》三章:"子有酒食,何不日鼓瑟。"210《小雅·信南山》三章:"曾孫之穡,以爲酒食。"❸食祿;俸祿。(雅2)257《大雅·桑柔》六章:"好是稼穡,力民代食。"《毛傳》:"力民代食,代無功者食天祿也。"一說:通"蝕"。侵蝕;剝蝕。林義光《通解》:"食,讀爲蝕,代食,謂代君剝蝕良民也。"❹受。食貧,受窮。(風1)58《衛風·氓》四章:"自我徂爾,三歲食貧。"馬瑞辰《通釋》:"食貧,猶居食。"黃焯《詩疏平議》:"三歲食貧,猶之多年吃苦耳。"❺日蝕;月蝕。(雅3)193《小雅·十月之交》一章:"日有食之,亦孔之醜。"《漢書·劉向傳》引作"蝕"。又二章:"彼月而食,則維其常;此日而食,于何不臧。"王先謙《集疏》:"《齊》說曰:月食,非常比,比之日食猶常也,日食則不臧矣。"林兆豐《隸經剩義·彼月而食解》:"匪特幽王六年十月朔食入交限,即前一月望,食亦入交限。此日而食,指十月朔食言,彼月而食,又即指前一月望食言。"有的學者認爲《十月之交》所記日食發生在周平王時期。沈長雲《〈十月之

交〉日食及相關歷史問題辨析》:"公元前735年11月30日發生過一次日食。日食的食分很大,所經地帶正當我國中原地區。…當天上午在周都及整個周土都可以看到它。這與《詩經》描繪日食'亦孔之醜'相吻合。公元前735年11月30日當周平王36年夏正(建寅)十一月的朔日,干支排列也可定在辛卯。依據春秋初年魯國曆法的實際情況,認定東周初年周王室行用的實際曆法爲建卯的話,則建寅十一月的朔日,即爲當時十月之交的朔日。"

(二)sì ★祥吏切(止開三去志邪)
職部、邪母

❻供養;給…吃。(風3、雅5)154《豳風‧七月》七章:"采荼薪樗,食我農夫。"250《大雅‧公劉》四章:"食之飲之,君之宗之。"

蝕(蚀) shí 乘力切(曾開三入職船)
職部、船母

日蝕;月蝕。見"食"。

史 shí 疏士切(止開三上止生)
之部、生母

負責記錄言行的官員。(雅1)220《小雅‧賓之初筵》五章:"既立之監,或佐之史。"《毛傳》:"立酒之監,佐酒之史。"馬瑞辰《通釋》:"古者飲酒皆立之監以防失禮。惟老者有乞言之典,更佐以史,少者則否。故云'或佐之史'。監以察儀,史以記言。"《說文‧史部》:"史,記事者也。"又見【內史】。

使 shí 疏士切(止開三上止生)
疏吏切(止開三去志生)
之部、生母

❶使用;指使。(雅1)252《大雅‧卷阿》七章:"藹藹王多吉士,維君子使。"朱熹《集傳》:"藹藹王多吉士,則王之所使。"屈萬里《詮釋》:"君子使,謂來朝諸侯之使臣也。"

❷聽從;順從。(雅1)194《小雅‧雨無正》六章:"云不可使,得罪于天子;亦云可使,怨及朋友。"《鄭箋》:"不可使者,不正不從也。可使者,雖不正,從之。"王引之《述聞》卷六:"使者,從也。亦,語詞。此言王之出令不正,我言'不可從'則得罪於天子,言'可從'則是助君爲惡,必怨及朋友也。"一說:使從。嚴粲《詩緝》:"正直者謂之不可

使,將得罪於天子;諛佞者謂之可使,又見怨於責善之友。"王先謙《集疏》:"可使不可使,即今諺云此事使得使不得也。"又一說:通"仕"。做官。陳奐《傳疏》:"使,讀官盛任使之使。不可使,不肯仕也;可使,肯仕也。❸諫;令;叫。(風7、雅4)23《召南‧野有死麕》三章:"無感我帨兮,無使尨也吠。"260《大雅‧烝民》二章:"天子是若,明命使賦。"馬瑞辰《通釋》:"'明命使賦',即謂使仲山甫布其明命也。"❹當作"所"。處所;地方。(雅1)167《小雅‧采薇》二章:"我戍未定,靡使歸聘。"陸德明《釋文》:"靡使,如字,本又作靡所。"馬瑞辰《通釋》:"'作'靡所'者是也。此承上我戍未定言之,言其家無所使人來問,非謂無使人歸問。歸當讀爲僞。《說文》:'僞,使也。'《箋》云:'無所使歸問'者,知歸爲僞之省借,以使釋歸,猶云靡所使問。"一說:令;讓。孔穎達《正義》:"言未得定止,無人使歸問家安否,所以憂也。"又一說:使者。余冠英《詩經選》:"這句是說:沒有歸聘的使者代我問室家否乎?"屈萬里《詮釋》:"言家人無法使者聘問己也。"

始 shí 詩止切(止開三上止書)
之部、書母

❶開始。(風2、雅4、頌2)154《豳風‧七月》七章:"亟其乘屋,其始播百穀。"298《魯頌‧有駜》三章:"自今以始,歲其有。"王質《詩總聞》:"自今以始,言昔多無年也。"237《大雅‧緜》三章:"爰始爰謀,爰契我龜。"《鄭箋》:"於是始與豳人之從己者謀。"李、黃《集解》:"大王始與其民居之,又與其下謀之。"一說:謀劃。馬瑞辰《通釋》:"始亦謀也,始謀謂之始,猶終謀謂之究,爰始爰謀,猶言是究是圖也。"❷通"治"。治理。(雅1)242《大雅‧靈臺》一章:"經始靈臺,經之營之。"高亨《今注》:"始,借爲治。一說:開始。《鄭箋》:"文王應天命,度始靈臺之基址。嚴粲《詩緝》:"經度而始爲之,言創建也。"

【始者】最初;以前。(雅1)199《小雅‧何人斯》二章:"始者不如今,云不我可。"

矢豕士　shǐ—shì　459

矢　shǐ　式視切（止開三上旨書）
　　脂部、書母

❶箭。(風1、雅9、頌2)106《齊風·猗嗟》三章："四矢反兮，以禦亂兮。"256《大雅·抑》四章："脩爾車馬，弓矢戎兵。" ❷陳；陳列。(雅3)252《大雅·卷阿》十章："矢詩不多，維以遂歌。"《鄭箋》："矢，陳也。我陳作此詩，不復多也。"汪龍《異義》："'不多'爲反辭，言賢人多，其陳戒自多也。"241《大雅·皇矣》六章："無矢我陵，我陵我阿。"《毛傳》："矢，陳也。"朱熹《集傳》："人無敢陳兵於陵。"一說：當，阻當。《鄭箋》："矢猶當也。…(文王)登其山脊而望阮之兵，兵無敢當其陵及阿者。"又一說：通'弛'。毀壞。俞樾《平議》卷十一："矢當作弛。…矢、弛古通用。《國語·魯語》：'文公欲弛孟文子之宅。'韋注曰：弛，毁也。'無弛我陵，言毁我陵也。" ❸施行。(雅1)262《大雅·江漢》六章："矢其文德，洽此四國。"《毛傳》："矢，施也。"孔穎達《正義》："施，定本爲弛字。"《禮記·孔子閒居》、《春秋繁露·竹林》均引《詩》作"弛其文德"。朱熹《集傳》："勸其君以文德，而不欲其極意於武功。陳奐《傳疏》："弛與施聲通而義自別。弛者寬緩，施者敷陳。" ❹發誓。(風5、雅1)45《鄘風·柏舟》一章："之死矢靡它。"《毛傳》："矢，誓。"56《衛風·考槃》一章："獨寐寤言，永矢弗諼。"《鄭箋》："矢，誓。"朱熹《集傳》："雖獨寐而寤言，猶自誓其不忘此樂也。"（諼：忘記。）236《大雅·大明》七章："矢于牧野，維予侯興。上帝臨女，無貳爾心。"馬瑞辰《通釋》："《爾雅·釋言》：'矢，誓'。虞翻《易》注曰：'矢，古誓字。''矢于牧野'，謂周王誓師于牧野。當連下'維予侯興'三句言，三句皆誓詞也。"一說：陳；陳兵。《毛傳》："矢，陳也。"《鄭箋》："陳於商郊之牧野。"

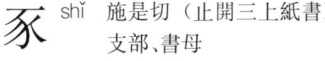　shǐ　施是切（止開三上紙書）
　　支部、書母

豕。(雅2)232《小雅·漸漸之石》三章："有豕白蹢，烝涉波矣。"《毛傳》："豕，猪也。"250《大雅·公劉》四章："乃造其曹，執豕于牢。"《玉篇·豕部》："豕，猪豨之總名。"

士　shì　鉏里切（止開三上止崇）
　　之部、崇母

❶男子的通稱。特指未婚男子。(風22、雅4、頌1)23《召南·野有死麕》一章："有女懷春，吉士誘之。"朱熹《集傳》："吉士，猶美士也。"孔廣森《卮言》："未嫁稱女，未娶稱士，故士皆與女爲對文。"82《鄭風·女曰雞鳴》一章："女曰雞鳴，士曰昧旦。"孔穎達《正義》："士者，男子之大號。"87《鄭風·褰裳》二章："子不我思，豈無他士。"《鄭箋》："他士，猶他人也。"朱熹《集傳》："士，未娶者之稱。"290《周頌·載芟》："思媚其婦，有依其士。"《毛傳》："士，子弟也。"孔穎達《正義》："士者，男子之稱。…婦、士俱是行饁之人。"朱熹《集傳》："士，夫也。言餉婦與耕夫相慰勞也。《七月》云：'同我婦子。'子即此之士也。"王引之《述聞》卷六："士者，壯年之稱。" ❷士兵。(雅1)264《大雅·瞻卬》一章："邦靡有定，士民其瘵。"《鄭箋》："邦國無有安定者，士卒與民皆勞病。" ❸指貴族士大夫。(風1、雅8、頌4)57《衛風·碩人》四章："庶姜孽孽，庶士有朅。"《毛傳》："庶士，齊大夫送女者。"孔穎達《正義》："士者，男子之大稱。"朱熹《集傳》："庶士，謂媵臣。"225《小雅·都人士》一章："彼都人士，狐裘黃黃。"陳啓源《稽古編》："此詩所謂士，大率士貴者言耳。民望之目，充耳垂帶之飾，非士大夫不能當之。"馬瑞辰《通釋》："'都人士'與'君子女'相對成文。"俞樾《平議》卷十："都人即是君子人，女言君子女，異文同義。"235《大雅·文王》五章："殷士膚敏，祼將于京。"《毛傳》："殷士，殷侯也。"《鄭箋》："殷之臣壯美而敏，來助周祭。"《白虎通義·三正》："言微子服殷之冠，助祭於周也。"嚴粲《詩緝》："殷士，總言商之孫子及其舊臣。"266《周頌·清廟》："濟濟多士，秉文之德。"朱熹《集傳》："多士，與祭執事之人也。"294《周頌·桓》："保有厥士，于以四方。"朱熹《集傳》："保有厥士而用之於四方。"嚴粲《詩緝》："李氏曰：士與熊羆之士，虎賁之士同。"于省吾《新證》："二句在意義上應作一句來解釋。言保有厥士於我四方，故下句以'克定

厥家'爲言,其意以爲賴有多士的協助。"一說:通"事"。事情。《毛傳》:"士,事也。"《鄭箋》:"我桓桓有威武之武王,則能安有天下之事。"又一說:"士"爲"土"的誤字。馬瑞辰《通釋》:"士與土形近,古多互譌。此詩當作'保有厥土',與'克定厥家'爲韻。保土猶言保邦也。作士者蓋以形近而譌。"❹事情。(頌1)288《周頌·敬之》:"陟降厥士,日監在兹。"《毛傳》:"士,事也。"朱熹《集傳》:"常若陟降於吾之所爲,而無日不臨監於此者。"許謙《詩集傳名物鈔》:"陟降厥士,天無事不在也。日監在兹,天無時不在也。"屈萬里《詮釋》:"神往來視察其事業,日日監視於此也。"一說:士民,指群臣。馬瑞辰《通釋》:"士,當讀如士民之士,爲群臣之通稱,猶《訪落》詩'陟降厥家',《箋》云:'厥家,謂群臣也。'"❺從事。(風1)156《豳風·東山》一章:"制彼裳衣,勿士行枚。"《毛傳》:"士,事;枚,微也。"陳奂《傳疏》:"勿事行微,言周公密勿從事,行微不息也。"《鄭箋》:"無行陳銜枚之事。"

【士女】男女,泛指人民。(雅1)211《小雅·甫田》二章:"以介我黍稷,以穀我士女。"《鄭箋》:"佑我禾稼,我當以養士女也。"朱熹《集傳》:"庶人有大其稷黍,而養其民人也。"

【士子】在職的官吏。(雅1)205《小雅·北山》一章:"偕偕士子,朝夕從事。"《毛傳》:"士子,有王事者也。"陳奂《傳疏》:"士讀爲事。從事,從王事也。"王先謙《集疏》:"士,讀爲事,從事王朝之子也。"朱熹《集傳》:"士子,詩人自謂也。"

又見【女士】【卿士】【爪士】。

仕 shì 鉏里切 (止開三上止崇) 之部、崇母

❶做官。(雅2)194《小雅·雨無正》六章:"維曰于(一作予)仕,孔棘且殆。"(説起做官,那是緊張而且危險的。)191《小雅·節南山》四章:"瑣瑣姻亞,則無膴仕。"(膴仕:做大官。)❷察;考察。(雅2)191《小雅·節南山》四章:"弗問弗仕,勿罔君子。"《鄭箋》:"仕,察也。"陳奂《傳疏》:"仕與問同義。"王引之《釋詞》卷十二:"勿,語助也。阮

元《補箋》:"尹氏不問察讒言,致誣罔君子。"一說:通"事"。做事。朱熹《集傳》:"仕,事。…其所弗問弗事,則豈可以罔君子哉?"又一說:任用(做官)。嚴粲《詩緝》:"既不詢問之,不官使之,勿誣罔君子以爲不可用也。"余冠英《詩經選》:"二句是說:對君子不咨詢,不任用,是欺罔君子。"❸做事;工作。(雅2)204《小雅·四月》六章:"盡瘁以仕,寧莫我有。"《鄭箋》:"仕,事也。"陳奂《傳疏》:"仕,事也。《北山》'或盡瘁事國'《傳》云:盡力勞病以從國事。"244《大雅·文王有聲》八章:"豐水有芑,武王豈不仕?"《毛傳》:"仕,事。"《鄭箋》:"武王豈不以其功業爲事乎?"朱熹《集傳》:"豐水猶有芑,武王豈無所事乎?"陳奂《傳疏》:"古仕、士通。士,事也。士謂之事,故仕謂之事。"《晏子春秋·諫下第十九》引作"武王豈不事。"

式 shì 賞職切 (曾開三入職書) 職部、書母

❶法度;法則。(雅2)209《小雅·楚茨》四章:"卜爾百福,如幾如式。"《毛傳》:"式,法也。"243《大雅·下武》三章:"成王之孚,下土之式。"《毛傳》:"式,法也。"❷合乎法度。(雅2)240《小雅·思齊》四章:"不聞亦式,不諫亦入。"朱熹《集傳》:"式,法也。雖事之前無所聞者,而亦無不合於法度。"257《大雅·桑柔》十二章:"維此良人,作爲式穀。"嚴粲《詩緝》:"式,法也。善人所作爲之事,皆合於法,皆本於善。"一說:用。《鄭箋》:"式,用也。"陳奂《傳疏》:"言良人之所作爲,皆用以善道也。"又王引之《釋詞》卷十釋"不聞亦式"兩句:"不,語詞。不聞,聞也;不諫,諫也。式,用也。入,納也。言聞善言則用之,進諫則納之。"❸做…榜樣。(雅2、頌1)260《大雅·烝民》三章:"王命仲山甫,式是百辟。"304《商頌·長發》三章:"帝命式于九圍。"陳奂《傳疏》:"言上帝命湯王天下,爲九州所觀法也。"曾運乾《毛詩説》:"式,法也。爲法於九圍也。"❹效法;以…爲榜樣。(雅2、頌1)260《大雅·烝民》二章:"古訓是式,威儀是力。"《鄭箋》:"式,法也。"255《大雅·蕩》五章:"天

不湎爾以酒,不義從式。"《鄭箋》:"式,法也。…不宜從而法行之。"(義,宜。)272《周頌·我將》:"儀式刑文王之典,日靖四方。"朱熹《集傳》:"儀、式、刑,皆法也。"一說:法則。孔穎達《正義》:"儀者,威儀;式者,法則。"又一說:式象。《鄭箋》:"我儀則式象法行文王之典道,以日施政於四方。"❺用。(雅3)207《小雅·小明》四章:"神之聽之,式穀爾以女。"《鄭箋》:"式,用;穀,善也。"朱熹《集傳》:"則神之聽之,而以穀祿與女矣。"241《大雅·皇矣》一章:"上帝耆之,憎其式廓。"《毛傳》:"廓,大也。憎其用大位,行大政。"《鄭箋》:"憎其所用爲惡者浸大也。"一說:助詞,無實義。胡承珙《後箋》:"上帝惡之,惡其爲惡甚大。"又一說:式廓,規模。朱熹《集傳》:"憎當作增。式廓,猶言規模也。此謂岐周之地也。…苟上帝之所欲致者,則增大其疆境之規模。"❻作用;法式。(雅1)253《大雅·民勞》四章:"戎雖小子,而式弘大。"《鄭箋》:"式,用也。女用事於天下甚廣大也。"余培林《正詁》:"按《詩》中用式字凡四十餘次。凡毛、鄭訓爲用者,皆是語詞;凡作動詞用者,悉爲法式義。截然清楚,不相混雜。故此'式'字當訓法,謂當效法宏大也。"一說:勸令之詞。應;當。丁聲樹《詩經式字說》:"式與雖相承。戎者汝也。言汝雖小子,而當弘大也。"❼通"慝"。過失;過惡。(雅1)220《賓之初筵》五章:"式勿從謂,勿俾大怠。"《鄭箋》:"式,讀曰慝……醉者有過惡,女無就而謂之也。"陸德明《釋文》:"式,鄭讀作慝,他得反。慝,惡也。"陳奐《簡莊疏記》:"慝,當作式。《大雅·抑》篇云:'浩天不忒。'《箋》云:'不差忒也。'忒、式形近。故鄭云:'式,讀曰忒。'"一說:語詞。陸德明《釋文》:"式,毛如字,用也。"孔穎達《正義》:"王肅云:用其醉時,勿從而謂之也。"馬瑞辰《通釋》:"式當讀'式微式微'之式。'式勿從謂',即勿從謂也。"屈萬里《詮釋》:"式,語詞。謂,有勤勉義。言勿從而勸勉之,使更多飲也。"❽以;因而。(雅1)255《大雅·蕩》三章:"流言以對,寇攘式内。"吳闓生《會通》:"如此,則寇賊生乎内。"程俊英《注析》:"式,以,因此。…寇盜攘竊之禍也因此而生了。"❾助詞。表示勸令,有"應"、"當"的意思。(雅20、頌1)189《小雅·斯干》一章:"兄及弟矣,式相好矣,無相猶矣。"(猶:惡;欺詐。)260《大雅·烝民》八章:"仲山甫徂齊,式遄其歸。"《毛傳》:"遄,速也。言周之望仲山甫也。"299《魯頌·泮水》七章:"式固爾猶,淮夷卒獲。"丁聲樹《詩經式字説》:"式者勸令之詞,殆若今之言應、言當。"❿助詞。無實義。(風4、雅9、頌1)36《邶風·式微》一章:"式微式微,胡不歸。"《鄭箋》:"式,發聲也。"孔穎達《正義》:"不取式爲義,故爲發聲也。"朱熹《集傳》:"式,發語辭。"191《小雅·節南山》六章:"不弔昊天,亂靡有定。式月斯生,俾民不寧。"255《大雅·蕩》五章:"式號式呼,俾晝作夜。"孔穎達《正義》:"用是叫號,用是讙呼。"陸德明《釋文》:"一本作或號或呼。"

〖式微〗《國風·邶風》篇名(36)。《詩序》:"《式微》,黎侯寓於衛,其臣勸以歸也。"原來黎侯被狄人所逐,棄國逃奔於衛。衛君給他兩個邑住,黎侯竟安於現狀,不作回國的打算。黎國的臣下寫了這首詩,勸黎侯急速回去。"式微"後來就成爲"思歸"的典故。魏源以爲黎莊夫人所作。《詩古微》:"《式微》,黎莊夫人作也。衛女嫁黎而不見答,傅母閔其賢而失意,勸之大歸,夫人答以從一而終,黎、許無風,故與許穆夫人詩,皆以衛女附之《衛風》焉。"或以爲黎莊夫人傅母作。牟庭《詩切》:"《式微》,傅母憫黎莊夫人不得志也。"有的現代研究者認爲這是人民苦於勞役,對國君表示怨憤不滿的詩,與黎侯事無涉。余冠英《選譯》:"人民當差應役,到天晚還不得休息。對於奴役他的君主發出如下的怨言。"有人則以爲情詩。孔作雲《詩經的錯簡》:"這一首詩的每一章,皆分成兩截。前兩句是男子之詞。説:'天黑了,您爲什麽還不回去呢?'下兩句爲女子回答男子之詞。説:'若不是爲了您,我哪會在露地里呆着呢?'這簡單的一問一答,完全把男女燕昵之情烘託了出來。"二章,八句。

試(试) shì 式吏切（止開三去志書）
職部、書母

❶用；任用。（雅1、頌1)203《小雅·大東》四章："私人之子，百僚是試。"《毛傳》："是試，用於百官也。"朱熹《集傳》："試，用也。"屈萬里《詮釋》："言各職位皆用其私人也。"300《魯頌·閟宮》五章："黃髮台背，壽胥與試。"朱熹《集傳》引王氏說："壽考相與爲公用也。"陳奂《傳疏》："《新序·雜事五》：'《詩》曰：壽胥與試，美用老人之言以安國也。'"一說：比；比擬。馬瑞辰《通釋》："試，猶式也。字通作視。…視，比也。比之言，比儗也。'壽胥與試'承'黃髮台背'言，猶云壽相與比耳。"❷練習，操練。（雅2)178《小雅·采芑》一章："方叔涖止，其車三千，師干之試。"朱熹《集傳》："試，肄習也。"嚴粲《詩緝》："試，肄習也，今日講武，試其可用。"屈萬里《詮釋》："試，練習也。"（師干之試：兵士們操練着武器。）一說：用。《毛傳》："試，用也。"《鄭箋》："士卒皆有佐師扞敵之用。"（師干之試：利用戰士和武器進行戰爭。）

筮 shì 時制切（蟹開三去祭禪）
月部、禪母

用蓍草占卦，卜問吉凶。（風1)58《衛風·氓》二章："爾卜爾筮，體無咎言。"《毛傳》："龜曰卜，蓍曰筮。"《禮記·曲禮上》："龜爲卜，策爲筮。"

噬 shì 時制切（蟹開三去祭禪）
月部、禪母

句首助詞，無實義。（風2)123《唐風·有杕之杜》一章："彼君子兮，噬肯適我。"陸德明《釋文》："噬，《韓詩》作逝。逝，及也。"朱熹《集傳》："噬，發語詞也。"王引之《釋詞》卷九："逝，發聲也，字或作噬。…'噬肯適我'，言肯適我也。"王先謙《集疏》："《魯》，噬作遾，說曰：遾，逮也。"

遾 shì 時制切（蟹開三去祭禪）
月部、禪母

句首助詞。見"噬"。

奭(奭) shì 施隻切（梗開三入昔書）
職部、書母

赤色；紅色。（雅2)213《小雅·瞻彼洛矣》一章："韎韐有奭。"唐石經作"奭"。陸德明《釋文》："奭，赤貌。"王先謙《集疏》："《魯》奭作赩(xì)。"178《小雅·采芑》一章："路車有奭。"《毛傳》："奭，赤貌。"唐石經作"奭"。朱駿聲《說文通訓定聲·頤部》："奭，假借爲赫，字亦變作赩。"一說：盛；美盛。王夫之《稗疏》："奭，盛也。言其兼有之盛也。奭，讀如召公奭之奭。"《説文·皕(bì)部》："奭，盛也。"

恃 shì 時止切（止開三上止禪）
之部、禪母

依賴；依仗。（雅1)202《小雅·蓼莪》三章："無父何怙，無母何恃。"陸德明《釋文》引《韓詩》："怙，賴也。恃，恃負也。"

侍 shì 時吏切（止開三去志禪）
之部、禪母

侍人，奄人。見"寺"。

世(卋) shì 舒制切（蟹開三去祭書）
月部、書母

❶父子相繼爲一世。（雅1)235《大雅·文王》二章："文王孫子，本支百世。"《鄭箋》："其子孫適爲天子，庶爲諸侯，皆百世。"❷世世代代；世代相承。（雅4)235《大雅·文王》二章："凡周之士，不顯亦世。"《毛傳》："不世顯德乎？士者世祿也。"《鄭箋》："亦得世世在位，重其功也。"王引之《釋詞》："不顯亦世，言其世之顯也。"243《大雅·下武》一章："下武維周，世有哲王。"《鄭箋》："世世益有明智之王。"又二章："王配于京，世德作求。"嚴粲《詩緝》："以其於先世之德，能起而求之，善繼述也。"馬瑞辰《通釋》："言王所以配於京者，由其可與世德作配耳。"屈萬里《詮釋》："世德，世世有德也。"259《大雅·崧高》二章："登是南邦，世執其功。"《鄭箋》："世世持其政事，傳子孫也。"❸朝代；時代。改換朝代建立新王朝爲一世。（雅1)255《大雅·蕩》八章："殷鑒不遠，在夏后之世。"《鄭箋》："此言殷之明鏡不遠也。近在夏后之世，謂湯誅桀也。"❹一生；一輩子。見【永世】。

事 shì 鉏吏切（止開三去志崇）
之部、崇母

❶事情。（風1、雅6、頌1)13《召南·采蘩》

一章：" 于以用之，公侯之事。"《毛傳》："之事，祭事也。"207《小雅·小明》二章："念我獨兮，我事孔庶。"《鄭箋》："皆言王政不均，臣事不同也。"305《商頌·殷武》三章："歲事來辟，勿予禍適。"《鄭箋》："以歲時來期覲於我殷王者。"朱熹《集傳》："以歲事來至於商，以祈王之不譴。"❷從事工作。（雅2）205《小雅·北山》四章："或燕燕居息，或盡瘁事國。"《毛傳》："盡力勞病以從國事。"212《小雅·大田》一章："既種既戒，既備乃事。"朱熹《集傳》："凡既備矣，然後事之。"余冠英《詩經選》："乃事，言從事下文所述的工作。"一說：事情。高亨《今注》："乃事，這些事，指上述準備工作。"❸侍奉。（雅2）236《大雅·大明》三章："昭事上帝，聿懷多福。"（懷：招來。）260《大雅·烝民》四章："夙夜匪解，以事一人。"❹官職；職務。（雅1）254《大雅·板》三章："我雖異事，及爾同寮。"朱熹《集傳》："異事，不同職也。"又見【從事】【公事】【三事】【王事】【有事】【政事】【執事】。

氏 shì 承紙切（止開三上紙襌）
支部、襌母

❶上古表示同姓貴族的幾個分支的稱號。邑名、官名、祖父的謚號和字都可以作爲氏。只有貴族有氏，平民無氏。漢魏以後姓也稱氏，兩者相混。（雅2）191《小雅·節南山》三章："尹氏大師，維周之氏。"263《大雅·常武》二章："王謂尹氏，命程伯休父。"❷助詞。用在名詞後面，稱呼人。見【伯氏】【侯氏】【舅氏】【母氏】【師氏】【仲氏】。

市 shì 時止切（止開三上止襌）
之部、襌母

市場；集中買賣貨物的固定場所。（風1）137《陳風·東門之枌》二章："不績其麻，市也婆娑。"《詩序》："歌舞於市井爾。"朱熹《集傳》："舞於市而社會也。"王符《潛夫論·浮侈》引作"女也婆娑"。按《説文·冂部》："市，買賣所之也。"《易·繫辭下》："日中爲市，致天下之民，聚天下之貨，交易而退，各得其所。"

示 shì 神至切（止開三去至船）
脂部、船母

指示。（雅2，頌1）288《周頌·敬之》："佛時仔肩，示我顯德行。"賈誼《新書·禮容》引作"視"。161《小雅·鹿鳴》一章："人之好我，示我周行。"孔穎達《正義》："示我以先王至美之道也。"姚際恒《通論》："猶云指我途路耳。"一説：通"寘"。置。《鄭箋》："示當作寘。寘，置也。人有以德善我者，我則置之周之列位。"陸德明《釋文》："示，毛如字，鄭作寘，之豉反，置也。"參"視"。

視（視） shì 常利切（止開三去至襌）
承矢切（止開三上旨襌）
脂部、襌母

❶看；察看。（風4、雅7、頌1）192《小雅·正月》四章："民今方殆，視天夢夢。"（夢夢：昏憒不明。）304《商頌·長發》二章："率履不越，遂視既發。"《鄭箋》："乃遍省視之，教令則盡行也。"54《鄘風·載馳》二章："視爾不臧，我思不閟。"朱熹《集傳》："雖視爾以我爲善，然我之所思，終不能自已也。"王先謙《集疏》："視我不臧，即不我嘉意。詩言雖視我不臧，我之思慮豈不遠且閟（周密）乎？"一説：比。聞一多《類鈔》："視，比也。臧，善也。比之爾輩不善之謀，我所思慮者不亦深遠乎？"❷通"示"。顯示；表示。（雅1）199《小雅·何人斯》八章："有靦面目，視人罔極。"馬瑞辰《通釋》："古示字多借作視。極，中也。'視人罔極'，謂示人以罔中，即下文所謂反側也。"（你有可見的面貌，並非鬼蜮，但顯示於人的是毫無準則，不可測度。）161《小雅·鹿鳴》二章："視民不恌，君子是則是傚。"《鄭箋》："視，古示字也。…可以示天下之民，使之不愉（偷）於禮義。"孔穎達《正義》："古之字，以目示物，以物示人，同作視字。後世而作字異，目視物作示傍旁，示人物作單示字，由是經傳之中視與示多雜亂。"朱熹《集傳》："言嘉賓之德音甚明，足以示民使不偷薄，而君子所當則效。"《儀禮·鄉飲酒》、《説文》、《玉篇》均引作"示民不佻"。（佻：輕佻。）王先謙《集疏》："三家，視作示。一説：看。姚際恒《通論》："蓋視民猶民視，謂小臣視之，不敢習

爲偷薄之行,而君子則'是則是傚'也。"❸通"示"。告。(雅1)256《大雅·抑》七章:"視爾友君子,輯柔爾顏。"屈萬里《詮釋》:"視,示古通用。此視字本讀爲示,猶告也。"一說:看,見。朱熹《集傳》:"言視爾友於君子之時,和柔爾之顏色。參"示"。

室 shì 式質切(臻開三入質書)
質部、書母

❶房屋;宮室。(風6、雅6、頌2)50《鄘風·定之方中》一章:"定之方中,作于楚宮;揆之以日,作于楚室。"《毛傳》:"室,猶宮也。"朱熹《集傳》:"楚室,猶楚宮,互文以協韻耳。"189《小雅·斯干》二章:"築室百堵,西南其戶。"《鄭箋》:"此築室者,謂築燕寢也。"孔穎達《正義》:"築其居室,百堵皆起。"291《周頌·良耜》:"以開百室,百室盈止。"郭沫若《從周代農事詩論到周代社會》:"百室,斷然是倉庫無疑。一說:百室,一族(之人)。《鄭箋》:"百室,一族也。…一族同時納穀,親親也。百室者,出必共洫間而耕,入必共族中而居。"孔穎達《正義》:"《周禮》五家爲比,五比爲閭,四閭爲族,是百室爲一族。"朱熹《集傳》:"百室,一族之人也。五家爲比,五比爲閭,四閭爲族。族人輩作相助,故同時入穀也。"❷室内。(風4)99《齊風·東方之日》一章:"彼姝者子,在我室兮。"156《豳風·東山》二章:"伊威在室,蠨蛸在戶。"❸家室;家庭。(風2)148《檜風·隰有萇楚》三章:"夭之沃沃,樂子之無室。"朱熹《集傳》:"無室,猶無家也。"錢鍾書《管錐編》:"室家之累,於身最切,舉示以概憂生之嗟耳。"58《衛風·氓》五章:"三歲爲婦,靡室勞矣。夙興夜寐,靡有朝矣。"朱熹《集傳》:"盡心竭力,不以室家之務爲勞。"吳闓生《會通》:"靡室勞者,靡室不勞也。靡有朝者,靡朝不勞也,此語急省字之例。"俞樾《平議》卷八:"言我三歲爲婦,則一家之人無居室之勞矣;我夙興夜寐,則一家之人無朝起之者矣,皆由己獨任其勞故也。"屈萬里《詮釋》:"靡室,意謂無入室休息之時,極言其勞也。"一說:通"怪"(dié)。害怕。高亨《續考》:"室是怪的借字。《廣雅·釋詁》:'怪,懼也。'靡室勞

矣',即不怕勞苦。"❹王室;王朝。見【周室】。❺墳墓;墓穴。(風1)124《唐風·葛生》五章:"百歲之後,歸于其室。"《毛傳》:"室猶冢也。"《鄭箋》:"室,猶冢壙。"朱熹《集傳》:"室,壙也。"❻鳥窠。比喻王室。(風2)155《豳風·鴟鴞》四章:"既取我子,無毀我室。"《毛傳》:"寧亡二子,不可以毁我周室。"《鄭箋》:"室,猶巢也。已取我子者,幸無毁我巢。"

【室家】1)房屋;宮室。(雅2)237《大雅·緜》五章:"乃召司徒,俾立室家。"《鄭箋》:"故召之使立室家之位處。"2)指鳥窠。(風1)155《豳風·鴟鴞》三章:"曰予未有室家。"蘇轍《詩集傳》:"予所以勤勞病瘁而不辭者,曰予未有室家故也。"朱熹《集傳》:"室家,巢也。3)家庭。(雅2)189《小雅·斯干》八章:"朱芾斯皇,室家君王。"《鄭箋》:"室家,一家之内。宣王將生之子,或且爲諸侯,或且爲天子,皆將佩朱芾煌煌然。"方玉潤《原始》:"室家君王,言昏姻皆王侯家也。"190《小雅·無羊》四章:"旐維旟矣,室家溱溱。"164《小雅·常棣》八章:"宜爾室家,樂爾妻帑。"《鄭箋》:"族人和則得保樂其家中之大小。"孔穎達《正義》:"宗族同心,人無侵侮,然後宜汝之室家,保樂汝之妻子矣。"唐石經作"室家",相臺本作"家室"。阮元《校刊記》:"作'室家'者是也。《禮記》引同,以'家'、'帑'、'圖'、'乎'爲韻,唐石經可據也。"4)指夫婦。男子有妻叫有室,女子有夫叫有家。(風2)6《周南·桃夭》一章:"之子于歸,宜其室家。"孔穎達《正義》:"《左傳》曰:'男有室,女有家。'室家,謂夫婦也。"朱熹《集傳》:"室謂夫婦所居,家謂一門之內。"5)指結爲夫婦;結婚。(風1)17《召南·行露》二章:"雖速我獄,室家不足。"按《檜風·隰有萇楚·正義》:"《桓十八年左傳》曰:'男有室,女有家。'謂男處妻之室,女安夫之家,夫婦二人共爲家室。故夫婦家室之道爲室家也。"

【室人】1)家里的親屬。(風2)40《邶風·北門》二章:"我入自外,室人交徧讁我。"2)指主人。(雅1)220《小雅·賓之初筵》二章:"賓載手仇,室人入又。"《毛傳》:"室人,主

人也。…主人亦入於次，又射以耦賓也。"孔穎達《正義》："以主人自居於室，故謂之室人也。"(客人自找射箭的對手，主人又進入射場做客人的射伴。)一說：室中做事的人。《鄭箋》："室人，有室中之事者，謂佐食也。"周悅讓《倦遊庵槧記‧毛詩》："《禮‧昏義‧注》：'室人，謂女妐、女叔、諸婦也。'《疏》：'是在室之人，非男子也。'則本經'室人'，即主婦及贊者也。"

又見【家室】【京室】【宗室】。

是 shì 承紙切（止開三上紙襌）
　　支部、禪母

❶正確；對的。跟"非"相對。(風 2)109《魏風‧園有桃》一章："彼人是哉？子曰何其。"朱熹《集傳》："彼之所言已是矣，而子之言獨何爲哉？"❷代詞。這、這個、這樣。(風 16、雅 36、頌 8)128《秦風‧小戎》二章："騏駵是中，騧驪是驂。"孔穎達《正義》："騏駵騧馬是其中，謂爲中服也。騧馬驪馬是其驂，謂爲外驂也。"(是中：以之在中間，指服馬。是驂：以之爲驂馬。)47《鄘風‧君子偕老》三章："蒙彼縐絺，是紲袢也。"200《小雅‧巷伯》一章："妻兮斐兮，成是貝錦。"255《大雅‧蕩》二章："曾是強禦，曾是掊克，曾是在位，曾是在服。"《鄭箋》："女曾任用是惡人，使之處位執職事也。"屈萬里《詮釋》："以上四語，言使強橫聚斂之臣在位也。"❸指示代詞。確指前置賓語。(風 1、雅 21、頌 10)29《邶風‧日月》二章："日居月諸，下土是冒。"(冒：覆蓋。)259《大雅‧崧高》二章："于邑于謝，南國是式。"(南國是式：爲南國樹立榜樣。)191《小雅‧節南山》三章："秉國之均，四方是維。"王力《古代漢語》："是，指示代詞，復指提前賓語。"❹於是；乃。(風 2、雅 21、頌 10)2《周南‧葛覃》二章："是刈是濩，爲絺爲綌。"孔穎達《正義》："於是刈取之，於是濩煮之。"210《小雅‧信南山》六章："是烝是享，苾苾芬芬。"《鄭箋》："既有牲物而進獻之，苾苾芬芬然香。"300《魯頌‧閟宮》八章："是斷是度，是尋是尺。"孔穎達《正義》："於是斬斷之，於是度量之。其度之也，於是用十寸之尺，於是用八尺之尋。"王引之《釋詞》："是，

猶'於是'也。"
【是以】因此。(風 2、雅 5)159《豳風‧九罭》四章："是以有袞衣兮，無以我公歸兮，無使我心悲兮。"朱熹《集傳》："承上二章，言周公信處、信宿於此，是以東方有此服袞衣之人。"214《小雅‧裳裳者華》二章："維其有章矣，是以有慶矣。"《鄭箋》："政有禮文法度，是則我有慶賜之榮也。"
【是用】1)因此。(雅 11、頌 1)177《小雅‧六月》一章："玁狁孔熾，我是用急。"153《大雅‧民勞》五章："王欲玉女，是用大諫。"(玉：寶愛。)2)用此（表示工具）。(雅 1)166《小雅‧天保》四章："吉蠲爲饎，是用孝享。"(享：祭獻。)

誓 shì 時制切（蟹開三去祭襌）
　　月部、禪母

立誓；發誓。見【信誓】。參"逝"。

逝 shì 時制切（蟹開三去祭襌）
　　月部、禪母

❶往；去。(風 5、雅 9)35《邶風‧谷風》三章："毋逝我梁，毋發我笱。"《毛傳》："逝，之。"陳奐《傳疏》："《爾雅》：'之、逝，往也。'三義相近而微有別。逝，往也，往猶去也。逝，之也，之猶至也。218《小雅‧車舝》一章："思孌季女逝兮。"《鄭箋》："逝，往也。"陳奐《傳疏》："謂往嫁之也。"❷追；及。(雅 1)256《大雅‧抑》六章："莫捫朕舌，言不可逝矣。"嚴粲《詩緝》："今雖無人執持我舌，然言則往而不可追矣。"俞樾《平議》卷十一："逝，逮也，及也。'言不可逝'，猶言不可及，蓋即'駟不及舌'之意。"黃焯《毛鄭平議》："《有杕之杜‧釋文》引《韓詩》曰：'逝，及也。'"按劉向《說苑‧叢談》："口者，關也。舌者，機也。出言不當，四馬不能追也。"一說：往；去。朱熹《集傳》："蓋無人爲我執持其舌者，故言語由己，易致差失，常當執守，不可放去也。"❸助詞。無實義。(風 2、雅 1)29《邶風‧日月》一章："乃如之人兮，逝不古處。"《毛傳》："逝，逮。古，故也。"朱熹《集傳》："逝，發語辭。"257《大雅‧桑柔》五章："誰能執熱，逝不以濯。"王引之《釋詞》卷九："逝，發聲也。"❹通"誓"。發誓。(風 3)113《魏風‧碩鼠》一章："逝將去女，適彼

樂土。"《公羊傳·昭公十五年》徐彥疏引作"誓將去女"。張慎儀《詩經異文補釋》卷五:"誓者,要約之詞也。詩人疾其君之貪殘,言我誓將去女矣。其義甚當,逝爲誓之同聲假借字。"楊樹達《述林》卷一:"蓋三家詩有作誓字者。此詩本表示決絶之辭,三家作誓,用本字也。《毛傳》作逝,用假字也。"一説:語助詞。王引之《述聞》卷九:"逝,發聲也。…'逝將去女,適彼樂土',言將去女也。"又一説:往。《鄭箋》:"逝,往。往矣將去女,與之訣别之辭。"參"噬"。【逝者】他日;將來的時期。(風 2)126《秦風·車鄰》二章:"今者不樂,逝者其耋。"焦循《補疏》:"逝,謂年歲之逝,言時易去而老也。"俞樾《平議》卷九:"逝者對今者言,今者謂此日,逝者謂他日也。逝,往也。猶言過此以往也。"黄焯《毛鄭平議》:"逝,謂年歲之逝,言時易去而老也。"

嗜 shì 常利切 (止開三去至禪)
脂部、禪母

喜愛;愛好。(雅 2)209《小雅·楚茨》四章:"苾芬孝祀,神嗜飲食。"《説文·口部》:"嗜,嗜欲,喜之也。"

釋(释) shì 施隻切 (梗開三入昔書)
鐸部、書母

❶解下;解開。(風 1)78《鄭風·大叔于田》三章:"抑釋掤忌,抑鬯弓忌。"孔穎達《正義》:"叔釋掤以覆矢矣。"朱熹《集傳》:"釋,解也。"❷淘米。(雅 1)245《大雅·生民》七章:"釋之叟叟,烝之浮浮。"《毛傳》:"釋,淅米也。"陳奐《傳疏》:"凡米必先漬之而後汰之,是謂之淅,亦謂之釋。今吴俗謂之淘,淘即汰之轉耳。"《爾雅·釋訓》:"溞溞,淅也。"陸德明《釋文》引《詩》作"淅之溞溞"。王先謙《集疏》:"《魯》,釋作淅。"

螫 shì 施隻切 (梗開三入昔書)
鐸部、書母

毒蟲刺人。見【辛螫】。

郝 shì 施隻切 (梗開三入昔書)
鐸部、書母

土解。見"澤"。

適(适) (一) shì 施隻切 (梗開三入昔書) 錫部、書母

❶往;到…去。(風 9、雅 3)113《魏風·碩鼠》一章:"逝將去女,適彼樂土。"204《小雅·四月》二章:"亂離瘼矣,爰其適歸?"《毛傳》:"適,之也。"❷主;主要。(雅 1)200《小雅·巷伯》二章:"彼譖人者,誰適與謀。"朱熹《集傳》:"適,主也。誰適與謀,言其謀之閟也。"一説:往。《鄭箋》:"適,往也,誰往就女謀乎?"又一説:喜悦。馬瑞辰《通釋》:"《一切經音義》卷六引《三蒼》:'適,悦也。'…此詩蓋極言讒人之可惡,誰悦與之謀耳。❸符合;適合。(風 1)94《鄭風·野有蔓草》一章:"邂逅相遇,適我願兮。"《毛傳》:"不期而會,適其時願。"陳奐《傳疏》:"志相得,即《詩》所謂適我願也。"❹副詞。恰好。(雅 2)165《小雅·伐木》二章:"寧適不來,微我弗顧。"《鄭箋》:"寧召之適自不來,無使言我不顧念也。"林義光《通解》:"我弗顧,弗顧我也。豈non適不來乎?得非弗顧我乎?此因所速之客不來而揣測之辭。"一説:去;往。陳奐《傳疏》:"適,之也。❺通"擿(擲)"。投擲;扔給。(風 1)40《邶風·北門》二章:"王事適我,政事一埤益我。"馬瑞辰《通釋》:"適當爲擿之省借。《説文》、《廣雅》並曰:'投,擿也。'…古書投擲字多作擿。擿我,猶投我也。"一説:使…去做。《毛傳》:"適,之也。"孔穎達《正義》:"國有王命役使之事,則不以之彼,必來之我。"又一説:通"謫"。督責。聞一多《類鈔》讀爲"謫",説:"謫、讁,皆責也。王事責之於外,室人責之於内,言公私交迫也。"

(二) dí 都歷切 (梗開四入錫端) 錫部、端母

❻悦;喜歡。(風 1)62《衛風·伯兮》二章:"豈無膏沐,誰適爲容?"馬瑞辰《通釋》:"《一切經音義》卷六引《三蒼》:'適,悦也。'此適字正當訓悦。女爲悦己者容,夫不在,故曰'誰適爲容',即謂誰悦爲容也。"一説:主。《毛傳》:"適,主也。"《毛傳》:"適,都歷反,主也。"朱熹《集傳》:"所以不爲者,君子行役,無所主而爲之故也。"羅大經《鶴林玉露》卷十一:"蓋古之婦人,夫不在家,則不爲容飾。"又一説:只是。高亨《今注》:"適,

但也。容,修飾容貌。此句言但爲誰打扮呢?"❼通"嫡"。古代宗法制度下稱正妻或正妻生的兒子爲"嫡",有時專指正妻生的長子。跟"庶"相對。(雅1)236《大雅·大明》一章:"天位殷適,使不挾四方。"《毛傳》:"紂居天位,而殷之正適也。"朱熹《集傳》:"殷適,殷之適嗣也。"按《史記·殷本紀》:"帝乙長子曰微子啓。啓母賤,不得嗣。少子辛,辛母正后,辛爲嗣。帝乙崩,子辛立,是爲帝乙,天下謂之紂。"一説:通"敵"。敵人。于省吾《新證》:"適、敵聲同古通。古無舌上,故讀適如敵。天立殷適,使不挾四方,言天立殷敵,使不能挾有四方也。"

(三)zhé ★陟革切(梗開二入麥知)
　　　　錫部、端母

❽通"謫(讁)"。譴責;責罰。(頌1)305《商頌·殷武》三章:"勿予禍適,稼穡匪解。"《毛傳》:"適,過也。"陸德明《釋文》引《韓詩》云:"適,數也。"朱熹《集傳》:"適、讁通。"王引之《述聞》卷七:"讁與適通,勿予過讁,言不施譴責也。"馬瑞辰《通釋》:"據《廣雅》,數、讁並訓責,是《韓》亦讀適爲讁也。"

飾(饰) shì 賞職切(曾開三入職書)
　　　　職部、書母

裝飾。(風1)80《鄭風·羔裘》二章:"羔裘豹飾,孔武有力。"《毛傳》:"豹飾,飾以豹皮也。"姚炳《詩釋名解》:"謂緣以豹皮爲袪襮也。"陳奂《傳疏》:"謂袂末緣以豹皮爲飾也。"

收(收) shōu 式州切(流開三平尤書)
　　　　書救切(流開三去宥書)
　　　　幽部、書母

❶拘捕。(雅1)264《大雅·瞻卬》二章:"此宜無罪,女反收之。"《毛傳》:"收,拘收也。"
❷收斂。(雅1)264《大雅·卬瞻》一章:"罪罟不收,靡有夷瘳。"《鄭箋》:"施刑罪以羅網天下而不收斂也。"曾運乾《毛詩説》:"罪罟對言,罪亦罟也。比喻刑網收斂也。"一説:拘捕。于邑《香草校書》卷十七:"收,本訓捕。《説文·攴部》:'收,捕也。'罪罟不收,謂不收捕此罪人以入於罪罟之中,非如舊謂

罟之不自收斂也。"林義光《通解》:"罟,讀爲辜。高亨《今注》:"罪辜,指有罪的人。收,拘捕罪人也。"❸斂聚;接受。(頌1)267《周頌·維天之命》:"假以溢我,我其收之。"《毛傳》:"收,聚也。"孔穎達《正義》:"收者,斂聚之義,故爲聚也。"朱熹《集傳》:"收,受。有則我當受之,以大順文王之道。"❹古代束住車箱的木頭,也叫軫。(風1)128《秦風·小戎》一章:"小戎俴收,五楘梁輈。"《毛傳》:"俴,淺;收,軫也。"孔穎達《正義》:"大車之用内,前軫至後軫,其深八尺,兵車之軫,比之爲淺,故淺收。"王夫之《稗疏》:"收,有從後收束之意。"陳奂《傳疏》:"車廣六尺六寸,輿深四尺四寸。其四面束輿之木謂之軫。《詩》則謂之收。收,聚也。謂聚衆材而收束之也。"一説:箱板。高亨《今注》:"周代的車,左右前後均有箱板,後箱板可以豎起,可以放下,以便人從後上車,名軫又名收。"又一説:車箱。聞一多《類鈔》:"收即輿,今曰車箱。"

手 shǒu 書九切(流開三上有書)
　　　　幽部、書母

❶手。腕以下的指掌部分,也指人的上肢。(風13,雅1)41《邶風·北風》一章:"惠而好我,携手同行。"155《豳風·鴟鴞》三章:"予手拮据,予所捋荼。"256《大雅·抑》十章:"匪手攜之,言示之事。"❷用手拿;取。(雅1)220《小雅·賓之初筵》二章:"賓載手仇,室人入又。"《毛傳》:"手,取也。主人請射於賓,賓許諾,自取其匹而射。"戴震《考證》:"手,如手劍、手弓之手,手仇謂執爵。"高亨《今注》:"此句言賓客自由尋找射箭的對手。"

守 shǒu 書九切(流開三上有書)
　　　　幽部、書母

防守;保衛。(雅1)193《小雅·十月之交》六章:"不憖遺一老,俾守我王。"孔穎達《正義》:"不肯憗然強欲遺留一老,使之守衛我王。"

首 shǒu 書九切(流開三上有書)
　　　　幽部、書母

頭。(風5,雅7)42《邶風·靜女》一章:"愛而不見,搔首踟蹰。"231《小雅·瓠葉》二

章:"有兔斯首,炮之燔之。"孔穎達《正義》:"有兔之斯首,謂唯有一兔。"朱熹《集傳》:"有兔斯首,一兔也,猶數魚以尾也。"

【首陽】山名,在今山西省永濟市南,即雷首山。(風 3)125《唐風·采苓》一章:"采苓采苓,首陽之巔。"《毛傳》:"首陽,山名也。"《鄭箋》:"采此苓於首陽山之上。"馬瑞辰《通釋》:"晉之首陽,一名雷首,一名首山,山南曰陽,故又名首陽。"陳奐《傳疏》:"《詩》所詠首陽,即夷、齊所隱之首陽也。"一說:首山的南面。朱熹《集傳》:"首陽,首山之南也。"

又見【稽首】。

受 shòu 殖酉切(流開三上有禪) 幽部、禪母

❶接受。或作"授予"講。(雅 29、頌 12)175《小雅·彤弓》一章:"彤弓弨兮,受言藏之。"(弨:放松弓弦。)朱熹《集傳》:"東萊吕氏曰:'受言藏之,言其重也。受弓人所獻,藏之王府,以待有功,不敢輕予人也。"于鬯《香草校書》卷十四:"受言藏之者,即授言藏之也。授言藏之者,謂天子以彤弓授諸侯使藏之也。"200《小雅·巷伯》四章:"豈不爾受,既其女遷。"朱熹《集傳》:"上好譖,則固將受女。然好譖不已,則遇譖之禍,亦既遷而及女矣。"王先謙《集疏》:"言倉卒間,豈不受爾之讒言而憎惡他人?既而知女言不誠,亦將遷憎他人之心轉而憎惡女矣。"276《周頌·臣工》:"於皇來牟,將受厥明。"朱熹《集傳》:"然麥亦將熟,則可以受上帝之明賜。"一說:授。高亨《今注》:"受借爲授。明借爲萌,實借爲氓,古代稱農人爲氓。此句言將麥種交給農民。"❷遭受。(風 1)26《邶風·柏舟》四章:"覯閔既多,受侮不少。"又見【慢受】。

授 shòu 承呪切(流開三去宥禪) 幽部、禪母

給予。(風 5、雅 2、頌 1)154《豳風·七月》一章:"七月流火,九月授衣。"《毛傳》:"九月霜始降,婦功成,可以授冬衣矣。"孔穎達《正義》:"可以授冬衣者,謂衣成而授之。"按《睡虎地秦墓竹簡·秦律十八種》:"受(授)衣者,夏以四月盡六月稟之,冬衣以

九月盡十一月稟之,過時者勿稟。"(稟:領取。)馬瑞辰《通釋》:"凡言授衣者,皆授使爲之也。此詩授衣,亦授冬衣使爲之。蓋九月婦功成,絲麻之事已畢,始可爲衣,非謂九月冬衣已成,遂以授人也。"246《大雅·行葦》二章:"或肆之筵,或授之几。"《説文·手部》:"授,予也。"段玉裁注:"手付之,令其受也。"

售 shòu 承呪切(流開三去宥禪) 幽部、禪母

賣出去。(風 1)35《邶風·谷風》五章:"既阻我德,賈用不售。"《鄭箋》:"如賣物之不售。"《廣韻·宥韻》:"售,賣物出手也。"唐石經初刻作"讎"。段玉裁《小箋》:"讎,正字。售,俗字。《史》、《漢》尚多用讎。《高祖紀》:'讎數倍。'謂價屢負而不興也。"王先謙《集疏》:"夫之於我,不知其德,反多方阻尼,持物入市,故索高價,使不得售也。售當作讎。…買物以價相酬曰讎,亦取報答義。"一說:用。陳奐《傳疏》:"售,俗讎字。…此讎當訓爲用,《抑·傳》云:'讎,用也。'不讎,不用也。"

狩 shòu 舒救切(流開三去宥書) 幽部、書母

冬天打獵。也泛指打獵。(風 5、雅 2)112《魏風·伐檀》一章:"不狩不獵,胡瞻爾庭有縣貆兮。"《毛傳》:"冬獵曰狩,宵田曰獵。"朱熹《集傳》:"狩亦獵也。"77《鄭風·叔于田》二章:"叔于狩,巷無飲酒。"《毛傳》:"冬獵曰狩。"馬瑞辰《通釋》:"狩又爲田獵之通稱。于狩,猶于田也。"《太平御覽》八三一引《韓詩内傳》曰:"春曰畋,夏曰獀,秋曰獮,冬曰狩。天子抗大綏,諸侯小綏。辟小獸禽其下,天子親射之狩門。夫田獵,因以講道、習武、簡兵也。"參"獸"。

獸(兽) shòu 舒救切(流開三去宥書) 幽部、書母

❶野獸。(雅 1)180《小雅·吉日》二章:"獸之所同,麀鹿麌麌。"(同:聚集。)❷打獵。後作"狩"。(雅 1)179《小雅·車攻》三章:"建旐設旄,搏獸于敖。"《鄭箋》:"獸,田獵搏獸也。"《文選·東京賦》《水經注·濟水》引《詩》均作"薄狩于敖",《初學記·武部》作

"搏狩"。王先謙《集疏》:"《魯》,獸作狩。"馬瑞辰《通釋》:"《毛詩》作薄獸,即薄狩之假借。"楊樹達《積微居小學金石論叢·釋獸》:"獸、狩不同者,《毛詩》爲古文,作獸,用初字;三家爲今文,作狩,用後起字也。"

壽(寿) shòu 承呪切(流開三去宥禪)
殖酉切(流開三上有禪)
幽部、禪母

❶長命;活得長久。(雅1、頌4)173《小雅·蓼蕭》三章:"宜兄宜弟,令德壽豈。"朱熹《集傳》:"壽豈,壽而且樂也。"300《魯頌·閟宮》八章:"魯侯燕喜,令妻壽母。"《鄭箋》:"喜公燕飲於內寢,則善其妻,壽其母,謂爲之祝慶也。"朱熹《集傳》:"令妻,令善之妻,聲姜也。壽母,壽考之母,成風也。"
❷壽命。(雅1)166《小雅·天保》六章:"如南山之壽,不騫不崩。"
【壽考】長壽;高壽。(風1、雅6、頌1)130《秦風·終南》二章:"佩玉將將,壽考不亡。"朱熹《集傳》:"壽考不亡者,欲其居此位,服此服,長久而安寧也。"238《大雅·棫樸》四章:"周王壽考,遐不作人。"《鄭箋》:"文王是時九十餘矣,故云壽考。"孔穎達《正義》:"文王受命之時,已九十矣。六年乃稱王。"
又見【眉壽】【三壽】【萬壽】。

叔 shū 式竹切(通合三入屋書)
覺部、書母

❶拾取。(風1)154《豳風·七月》六章:"九月叔苴。"《毛傳》:"叔,拾也。"《說文·又部》:"叔,拾也。汝南名收芋爲叔。"❷對同輩男子中年少者的稱呼。等於說"弟弟"。(風7)37《邶風·旄丘》一章:"叔兮伯兮,何多日也。"《鄭箋》:"叔,伯,字也。呼衛之諸臣。"魏源《詩古微》:"言叔、伯者,疑使人告衛兄弟,故望兄弟之來問。"85《鄭風·蘀兮》一章:"叔兮伯兮,倡予和女。"《毛傳》:"叔、伯,言群臣長幼也。"《鄭箋》:"叔、伯,兄弟之稱。"朱熹《集傳》:"叔、伯,男子之字也。"88《鄭風·丰》三章:"叔兮伯兮,駕予與行。"《毛傳》:"叔、伯,迎己者。"陳奐《傳疏》:"謂壻之從者也。迎己者當不止一人,故我呼叔伯也。"朱熹《集傳》:"叔、伯,或人之字也。"郝敬《原解》:"叔伯,不定其人之

辭。"于鬯《香草校書》卷十二:"此叔伯蓋女家親屬之字叔字伯者,或即女子之叔父伯父也。"❸指鄭莊公的弟弟太叔段。(風16)77《鄭風·叔于田》一章:"叔于田,巷無居人。"《毛傳》:"叔,大叔段也。"朱熹《集傳》:"叔,莊公弟共叔段也。"78《鄭風·大叔于田》一章:"叔于田,乘乘馬。"唐石經作"大叔于田。"陸德明《釋文》:"'叔于田',本或作'大叔于田'者誤。"朱熹《集傳》:"叔,亦段也。"一說:年輕男子的通稱。牟庭《詩切》:"叔亦少年之稱也。"崔述《偶識》:"大抵《毛詩》專事附會。仲與叔皆男子之字。鄭國之人不啻數萬,其字仲與叔者不知幾何也。乃稱叔即以爲共叔,稱仲即以爲祭仲,情勢之合與否皆不復問。然則鄭有共叔,他人即不得復字叔,鄭有祭仲,他人即不得復字仲乎?"參"淑"、"菽"。
【叔父】父親的弟弟。(頌1)300《魯頌·閟宮》三章:"王曰叔父,建爾元子。"《鄭箋》:"叔父,〔成王〕謂周公也。"
〖叔于田〗《國風·鄭風》篇名(77)。這是贊美一位青年獵手漂亮、善良而又勇武的詩。朱熹《集傳》:"或疑此亦民間男女相説之詞也。"陳子展《直解》:"《叔于田》,贊美獵人之歌。《詩序》以爲刺鄭莊公之詩:《叔于田》,刺莊公也。叔處於京,繕甲治兵,以出于田,國人説而歸之。"以爲詩中的"叔"就是鄭莊公的弟弟大叔段。據《左傳·隱公元年》記載,鄭莊公封他的弟弟大叔段於京邑,後來段擴大勢力,要進攻莊公,被莊公打敗,逃亡別國。歐陽修《詩本義》以爲贊美叔段之詩:"詩人言大叔得衆,國人愛之,以謂叔出于田,則所居之巷無人矣。非實無人,雖有,不如叔之美且仁也。…皆愛之之辭。"屈萬里《詮釋》:"舊謂共叔段不義而得衆,國人愛之,而作是詩。"則這首詩當然是段的擁護者寫的。但有人認爲這是附會,不足信。此篇與下篇《大叔于田》是姊妹篇,詞、意都很接近。三章,十五句。
又見【方叔】。

淑 shū 殊六切(通合三入屋禪)
覺部、禪母

好;善。(風13、雅6、頌2)1《周南·關雎》

一章："窈窕淑女，君子好逑。"《毛傳》："淑，善也。"朱熹《集傳》："淑，善也。女者，未嫁之稱。蓋指文王之妃大姒爲處子時而言也。"139《陳風·東門之池》一章："彼美淑姬，可與晤歌。"陸德明《釋文》："叔，音淑，本亦作淑，善也。"馮登府《十三經詁答問》卷二："此與'彼美孟姜'同例，'淑'當作'叔'。"69《王風·中谷有蓷》二章："遇人之不淑矣。"朱熹《集傳》："淑，善也。古者謂死喪饑饉皆曰不淑。蓋以吉慶爲善事，凶禍爲不善事，雖今人語猶然也。"261《大雅·韓奕》二章："王錫韓侯，淑旂綏章。"《毛傳》："淑，善也。"《鄭箋》："善旂，旂之善色者也。"299《魯頌·泮水》五章："淑問如皋陶，在泮獻囚。"《鄭箋》："淑，善也。"

菽 shū 式竹切（通合三入屋書）
覺部、書母

豆類的總稱。特指大豆。（風2，雅6，頌1）196《小雅·小宛》三章："中原有菽，庶民采之。"《毛傳》："菽，藿也。"王先謙《集疏》："菽者，衆豆之總名，後以小豆名荅，遂專名菽爲大豆。"222《小雅·采菽》一章："采菽采菽，筐之筥之。"《毛傳》："菽，所以ælt大牢而待君子也，羊則苦，豕則薇。"《鄭箋》："菽，大豆也。采之者，采其葉以爲藿。"陸德明《釋文》："菽，本亦作叔。"陳奐《傳疏》："豆名作尗；叔，假借字；菽，非古也。"程俊英《注析》："天子燕諸侯用牛、羊、豕三牲，皆雜蔬菜以爲羹，牛用菽，羊用苓，豕用薇。"

又見【荏菽】。

姝 shū 昌朱切（遇合三平虞昌）
侯部、昌母

❶美麗；容貌漂亮。（風3）42《邶風·靜女》一章："靜女其姝，俟我於城隅。"《毛傳》："姝，美色也。"孔穎達《正義》："言有貞靜之女，其美色姝然。"王先謙《集疏》："《韓》說曰：姝姝然，美也。"《說文·女部》："娛，好也。"引《詩》"靜女其娛。"又《衣部》："袾，好佳也。"引《詩》"靜女其袾。"王育《說文引詩辨證》："靜女其袾，袾，丹縠衣也，謂其服之麗。今作姝，謂其色之美。兩義皆善。"❷

和順；柔順。（風3）53《鄘風·干旄》一章："彼姝者子，何以畀之。"《毛傳》："姝，順貌。"朱熹《集傳》："姝，美也。"陳奐《傳疏》："詁姝爲順，順讀如《易》'君子以順德之順。'"馬瑞辰《通釋》："順與美，義本相成。姝可訓美，又可訓順者，猶《說文》訓婉爲順，而《鄭風》'清揚婉兮'，《傳》云'婉然美也'。"胡承珙《後箋》："彼姝，似當指賢者。"

殊 shū 市朱切（遇合三平虞禪）
侯部、禪母

副詞。表示程度。很；非常。（風3）108《魏風·汾沮洳》一章："美無度，殊異乎公路。"朱熹《集傳》："殊不似貴人也。"高亨《今注》："殊，甚也。殊異，很不同。"一說：異；不同。陳奐《傳疏》："殊，亦異也。"聞一多《類鈔》："殊異，猶秀異，即與衆不同之意。"

殳 shū 市朱切（遇合三平虞禪）
侯部、禪母

古代一種兵器。有稜無刃，長一丈二尺，用竹木制成。（風1）62《衛風·伯兮》一章："伯也執殳，爲王前驅。"《毛傳》："殳長丈二而無刃。"《鄭箋》："兵車六等，軫也，戈也，人也，殳也，車戟也，酋矛也。皆以四尺爲差。"孔穎達《正義》："殳長尋有四尺，崇於人四尺。"一說：戟柄。馬瑞辰《通釋》："殳爲戟柄之稱。"按《方言》卷九："三刃枝，南楚、宛、郢謂之匳戟，其柄自關而西謂之柲，或謂之殳。"

娛 shū ★春朱切（遇合三平虞昌）
侯部、昌母

美；膚色美麗。見"姝"。

書(书) shū 傷魚切（遇合三平魚書）
魚部、書母

簿牒文書。見【簡書】。

紓(纾) shū 傷魚切（遇合三平魚書）
魚部、書母
神與切（遇合三上語船）
魚部、船母

緩慢；怠慢。（雅1）222《小雅·采菽》三章："彼交匪紓，天子所予。"《毛傳》："紓，緩也。"王引之《述聞》卷六："匪交匪紓者，言來朝之君子不侮慢，不怠緩也。"陳奐《傳疏》:"舒,怠緩也。"(交,通"絞",侮慢。)

舒 shū 傷魚切(遇合三平魚書) 魚部、書母

❶遲緩;從容。(風3,雅4)263《大雅·常武》三章:"王舒保作,匪紹匪遊。"《毛傳》:"舒,徐也。"朱熹《集傳》引或說:"言王師舒徐而安行也。"143《陳風·月出》一章:"舒窈糾兮,勞心悄兮。"《毛傳》:"舒,遲。"孔穎達《正義》:"舒者,遲緩之言。"197《小雅·小弁》七章:"君子不惠,不舒究之。"朱熹《集傳》:"舒,緩。⋯曾不加惠愛,舒緩而究察之。"❷周代諸侯國名。春秋時為徐所滅,故城在今安徽省廬江縣西。(頌1)300《魯頌·閟宮》五章:"戎狄是膺,荊舒是懲。"孔穎達《正義》:"楚,一名荊。群舒又是楚之與國,故連言荊舒。"朱熹《集傳》:"荊,楚之別號。舒,其與國也。"王先謙《集疏》:"《魯》,舒作荼。"

【舒而】慢慢地。(風1)23《召南·野有死麕》三章:"舒而脫脫兮,無感我帨兮。"《毛傳》:"舒,徐也。"朱熹《集傳》:"舒,遲緩也。"陳奐《傳疏》:"而者,狀物之詞。舒而,猶舒如也;舒如,即舒然也。"

疏(疎) shū 所葅切(遇合三平魚生) 魚部、生母

粗。指糙米。(雅1)265《大雅·召旻》五章:"彼疏斯粺,胡不自替。"《毛傳》:"彼宜食疏,今反食精粺。"《鄭箋》:"疏,粗也。謂糲米也。彼賢者祿薄食粗,而此昏椓之黨反食精粺。"一說:粗糧。指稷,即小米或高粱。陳奐《傳疏》引程瑤田《九穀考》:"凡經言疏食者,稷食也。《論語》'疏食菜羹',即《玉藻》'稷食菜羹'。《魯語》'食菜食臛',臛對粢而言,稷之謂也。"又一說:疏遠。于省吾《新證》卷三:"彼疏斯卑,疏者親疏之疏,卑者尊卑之卑。彼疏而卑,胡不自替,指上'昏椓靡共'之奄人言,彼情宜疏而位本卑者,胡不自疏退乎?"唐石經作"疏"。

【疏附】能團結上下,使疏遠者親附之臣。(雅1)237《大雅·緜》九章:"予曰有疏附。"《毛傳》:"率下親上曰疏附。"《鄭箋》:"疏附,使疏者親也。"一說:輔佐歸附。伏生《尚書大傳》引作"胥附"。《廣雅·釋詁》:

"胥,輔也。"高亨《今注》:"疏讀為胥,輔也。附,歸附。《三國志·魏書·崔琰傳》注引魚豢曰:'大魏之作,雖有功臣,亦未必非茲輩胥附之由也。'"

輸(輸) shū 式朱切(遇合三平虞書) 侯部、書母

墜落;傾覆。(雅2)192《小雅·正月》九章:"其車既載,乃棄爾輔,載輸爾載。"《鄭箋》:"輸,墮也。"孔穎達《正義》:"《昭四年左傳》曰:'寡君將墬焉。'服虔曰:'墬,輸也。'是訓輸為墬壞之義。"陳奐《傳疏》:"今大車既重載矣,而又棄其兩旁之版,則所載必墮,此其顯喻也。"

贖(贖) shú 神蜀切(通合三入燭船) 屋部、船母

換回;替換。(風3)131《秦風·黃鳥》一章:"如可贖兮,人百其身。"《鄭箋》:"如此奄息之死可以他人贖之者,人皆百其身,謂一身百死猶為之。"朱熹《集傳》:"贖,貿也。⋯若可貿以他人,則人皆願百其身以易之矣。"俞樾《平議》卷九:"若可贖之,則人願百倍其身以贖之,謂以百人從死亦所甘也。"

暑 shǔ 舒呂切(遇合三上語書) 魚部、書母

❶天氣炎熱。(雅2)204《小雅·四月》一章:"四月維夏,六月徂暑。"《鄭箋》:"四月立夏矣,六月乃始盛暑。"258《大雅·雲漢》五章:"我心憚暑,憂心如熏。"熏,一本作薰。❷暑天;炎熱的季節。(雅1)207《小雅·小明》一章:"二月初吉,載離寒暑。"《鄭箋》:"乃以二月朔日始行,至今則更夏暑冬寒矣。"

數(數) shǔ 所矩切(遇合三上麌生) 侯部、生母

計算;分辨。(雅1)198《小雅·巧言》五章:"往來行言,心焉數之。"朱熹《集傳》:"數,辨也。"王先謙《集疏》:"樹木必由我心擇而取之,行言亦必由我心審而出之,非可苟定也。"程俊英《注析》:"數,《說文》:'計也。'引申為審,辨別的意思。"

黍 shǔ 舒呂切(遇合三上語書) 魚部、書母

黍子。一種農作物，結穗松散而分枝，俗語多以披頭散髮形容之。碾成的米叫黃米，有粘性。(風8、雅10、頌5)291《周頌·良耜》："其饟伊黍。"65《王風·黍離》一章："彼黍離離，彼稷之苗。"程瑤田《九穀考》："黍，今之黃米；稷，今之高粱"。馬瑞辰《通釋》："稷以春種，黍以夏種。而《詩》言黍離離，稷尚苗者，稷種在黍先，而秀在黍後故也。"《說文·黍部》："黍，禾屬而粘者也。以大暑而種，故謂之黍。"陸龍其《三魚堂賸言》卷二："黍貴而稷賤，黍早而稷晚，黍大而稷小，黍穗散而稷穗聚。稷即粟也。今俗所謂小米者稷也，所謂黃米者黍也。黍有黏有不黏，不黏者飯黍也，黏者釀酒之黍也。"

〖黍離〗《國風·王風》篇名(365)。《詩序》："《黍離》，閔宗周也。周大夫行役，至于宗周，過故宗廟宮室，盡爲禾黍，閔周室之顛覆，彷徨不忍去，而作是詩也。"周幽王暴虐無道，公元前771年，犬戎攻破鎬京，殺死幽王。平王東遷洛邑，是爲東周。東周初年，有王朝大夫來到故都鎬京，見宗廟宮室，"盡爲禾黍"，"閔周室之顛覆"，憂傷徬徨，寫了這首詩。《韓詩》以爲周宣王時"尹吉甫信後妻之讒而殺孝子伯奇，其弟伯封求而不得，作《黍離》之詩。"但胡承珙《後箋》說："尹吉甫在宣王時，尚是西周，不應其詩列於東都"。現代有的研究者或認爲這是貴族悲哀自己的沒落，或遷都難舍家園之詩。郭沫若《研究》："這是有名的'故宮禾黍'之悲，事實上怕就是悲自己的破産。"程俊英《注析》："這是詩人抒寫自己在遷都時心中難過的詩。"或認爲這只是一個流浪人的憂憤之辭，不一定與周室東遷的事有關。余冠英《選譯》："流浪者訴述他的憂思。"三章，三十句。

〖黍苗〗《小雅》篇名(227)。周宣王封其母舅於申，命召伯虎領兵先去經營申地，建築謝城。隨行者在任務完成後寫了這首詩，歌頌召伯虎大功告成。朱熹《集傳》："宣王封申伯於謝，命召穆公往營城邑，故將徒役南行，而行者作此。"劉玉汝《續緒》："此行者歸而作此詩。其曰'我'，故知爲行者所

作。曰'歸哉'、'歸處'，曰'成之'、'有成'，故知其歸而作。《黍苗》爲營謝方畢而歸之詩，《崧高》爲營謝既成，申伯出封之詩。"《詩序》："《黍苗》，刺幽王也。不能膏潤天下，卿士不能行召伯之職焉。"陳奐《傳疏》："詩陳古以刺今。"又《國語·周語》韋昭注："《黍苗》，道召伯述職，勞來諸侯也。"《左傳·襄公十九年》杜預注："《黍苗》，美召伯勞來諸侯，如陰雨之長黍苗也。"其義蓋本三家。五章，二十句。

鼠 shǔ 舒呂切（遇合三上語書）
　　魚部、書母

❶老鼠。俗稱"耗子"。(風6、雅1)17《召南·行露》三章："誰謂鼠無牙，何以穿我墉？"189《小雅·斯干》三章："風雨攸除，鳥鼠攸去。"❷通"癙"。憂。(雅1)194《小雅·雨無正》七章："鼠思泣血，無言不疾。"《鄭箋》："鼠，憂也。"嚴粲《詩緝》："王氏曰：鼠思，幽思也。"朱熹《集傳》："鼠思，猶言癙憂也。"胡承珙《後箋》："鼠即'癙憂以痒'之癙。"又見【碩鼠】。

癙 shǔ 舒呂切（遇合三上語書）
　　魚部、書母

病；憂病。(雅1)192《小雅·正月》一章："哀我小心，癙憂以痒。"《毛傳》："癙、痒皆病也。"胡承珙《後箋》："'癙憂以痒'者，謂既病於憂，又以憂而愈病，文義自有次第，不嫌其複也。"一說：憂；愁。孔穎達《正義》："痛憂此事，以至於身病也。"朱熹《集傳》："癙憂，幽憂也。…我獨憂之，以至於病也。"馬瑞辰《通釋》："憂與病義本相成。然詩言'癙憂以痒'，痒既爲病，則癙憂連言，癙亦當訓憂，不得言癙痒皆病也。"

蜀 shǔ 市玉切（通合三入燭禪）
　　屋部、禪母

蛾蝶一類的幼蟲；桑蟲。見"蠋(zhú)"。

庶 shǔ 商署切（遇合三去御書）
　　鐸部、書母

❶衆；衆多。(風5、雅7、頌1)166《小雅·天保》一章："俾爾多益，以莫不庶。"《毛傳》："庶，衆也。"嚴粲《詩緝》："使爾多行利益，則民物無不蕃庶也。"252《大雅·卷阿》十章："君子之車，既庶且多。"《鄭箋》："庶，

衆。今賢者在位,王錫其車衆多矣。"209《小雅·楚茨》三章:"君婦莫莫,爲豆孔庶。"孔穎達《正義》:"毛以孔庶爲其衆。"朱熹《集傳》:"庶,多也。"一説:肥美。《鄭箋》:"庶,脀(chǐ)也。祭祀之禮,夫人主共籩豆,必取肉物肥脀美者也。❷幸;庶幾;也許可以。(風 4、雅 6)147《檜風·素冠》一章:"庶見素冠兮,棘人欒欒兮。"《毛傳》:"庶,幸也。"96《齊風·雞鳴》三章:"會且歸矣,無庶予子憎。"嚴粲《詩緝》:"無庶,猶庶無,古人辭急倒用也。予子,吾子也。稱其所昵也,愛而稱之之辭也。"馬瑞辰《通釋》:"《爾雅》:'庶,幸也。'無庶即庶無之倒文。猶遐不亦作不瑕,尚不亦作不尚也。"俞樾《經説》卷二:"無幸予而使子受其憎也。"黃焯《毛鄭平議》:"詩意但云幸無與子以憎耳。"194《小雅·雨無正》二章:"庶曰式臧,覆出爲惡。"《鄭箋》:"庶幾其自改悔而用善人,反出教令復爲惡也。"一説:衆;衆人。高亨《今注》:"庶,衆也。…衆人説大夫諸侯等會有好點了。"按《雞鳴·箋》:"庶,衆也。…無使衆臣以我故,憎惡於子,戒之也。"

【庶幾】1)差不多;也許。(雅 2、頌 1)217《小雅·頍弁》一章:"既見君子,庶幾説懌。"程俊英《注析》:"庶幾,差不多。"278《周頌·振鷺》:"庶幾夙夜,以永終譽。"屈萬里《詮釋》:"二句連讀,庶幾二字貫下文,言能早夜敬慎,則庶幾永安長樂也。"2)希望;但願。(雅 2)218《小雅·車舝》三章:"雖無旨酒,式飲庶幾。雖無嘉殽,式食庶幾。"林義光《通解》:"庶幾,願望之詞。願其飲食歌舞。"此倒裝句,兩"幾"字爲韻。一説:一些。高亨《今注》:"庶幾,猶今語的一些。"

【庶民】民衆;百姓。(雅 5)191《小雅·節南山》四章:"弗躬弗親,庶民弗信。"242《大雅·靈臺》一章:"庶民攻之,不日成之。"

【庶人】平民;百姓。(雅 2)256《大雅·抑》一章:"庶人之愚,亦職維疾。"朱熹《集傳》:"夫衆人之愚,蓋有稟賦之偏,宜有是疾,不足爲怪。"252《大雅·卷阿》八章:"維君子命,媚于庶人。"朱熹《集傳》:"媚于庶民,順愛于民也。"

束 shù 書玉切(通合三入燭書)
屋部、書母

❶捆;縛。(風 2、雅 1)46《鄘風·牆有茨》三章:"牆有茨,不可束也。"《毛傳》:"束而去之。"王先謙《集疏》:"束是總繫之義。總聚而去之,言其淨盡也。"229《小雅·白華》一章:"白華菅兮,白茅束兮。"朱熹《集傳》:"幽王娶申女爲后,又得褒姒而黜申后,故申后作此詩。言白華爲菅,則白茅束之,二物至微,猶必相須爲用。何之子之遠,而俾我獨耶?"❷量詞。把;捆。(風 8、雅 1、頌 1)68《王風·揚之水》一章:"揚之水,不流束薪。"180《小雅·白駒》一章:"生芻一束,其人如玉。"299《魯頌·泮水》七章:"角弓其觩,束矢其搜。"《毛傳》:"五十矢爲束。"朱熹《集傳》:"五十矢爲束。或曰:百也。"馬瑞辰《通釋》:"束矢無定數,皆取斂聚之義。"

戍 shù 傷遇切(遇合三去遇書)
侯部、書母

守衛;防守。(風 3、雅 1)68《王風·揚之水》一章:"彼其之子,不與我戍申。"《毛傳》:"戍,守也。"朱熹《集傳》:"彼其之子,戍人指其室家而言也。戍,屯兵以守也。"167《小雅·采薇》二章:"我戍未定,靡使歸聘。"《鄭箋》:"我方守於北狄,未得止息。"一説:守邊的事。朱熹《集傳》:"然戍事未已,則無人可使歸而問其室家之安否也。"

樹(树) shù 常句切(遇合三去遇禪)
臣庚切(遇合三上麌禪)
侯部、禪母

❶種植;栽種。(風 5、雅 3)198《小雅·巧言》五章:"荏染柔木,君子樹之。"馬瑞辰《通釋》:"樹之,謂植立之也。"76《鄭風·將仲子》一章:"將仲子兮,無踰我里,無折我樹杞。"孔穎達《正義》:"無損折我所樹之杞木。"一説:樹杞,複音詞,即杞樹。余冠英《詩經選》:"樹杞,就是杞樹,就是柜柳。"❷立;樹立;豎立。(風 1、雅 1、頌 1)246《大雅·行葦》六章:"四鍭如樹。"《毛傳》:"言皆中也。"孔穎達《正義》:"其四鍭皆中於質,如手就樹之然。"嚴粲《詩緝》:"如樹,如以手植之。"馬瑞辰《通釋》:"樹之言豎。

《廣雅·釋詁》：'豎，立也。'射之中質，有如豎立其上者，故曰如樹。"280《周頌·有瞽》："設業設虡，崇牙樹羽。"《毛傳》："樹羽，置羽也。"朱熹《集傳》："樹羽，置五彩之羽於崇牙之上也。"陳奐《傳疏》："樹之爲言侸(shù)也，置之爲言植也。《方言》：'樹，植立也。燕之外郊，朝鮮洌水之間，凡言置立者，謂之樹植。'"132《秦風·晨風》三章："山有苞棣，隰有樹檖。"王先謙《集疏》："《方言》：'樹，植立也。'樹檖蓋植立者，故對苞爲叢生言之。"程俊英《注析》："樹，直立貌。"參"桃"。

述 shù 食聿切（臻合三入術船）
物部、船母

遵循，特指遵循一定的規矩。(風 1)29《邶風·日月》四章："胡能有定，報我不述。"《毛傳》："述，循也。"《鄭箋》："不循，不循禮也。"朱熹《集傳》："述，循也。言不循義禮也。"一説：通"術"。道。陸德明《釋文》："述，本亦作術。"《文選·劉孝標·廣絕交論》李善注引《韓詩》："報我不術。"俞樾《平議》卷八："《説文·行部》：'術，邑中道也。'道德之道與道路之道本無異義。…不術猶不道，言報我不以道也。"參"聿"。

術(术) shù 食聿切（臻合三入術船）
物部、船母

道；正道。見"述"。

率 shuài 所類切（止合三去至生）
所律切（臻合三入術生）
物部、生母

❶循；沿；自。(雅 5)183《小雅·沔水》三章："鴥彼飛隼，率彼中陵。"《鄭箋》："率，循也。"263《大雅·常武》二章："率彼淮浦，省此徐土。"《鄭箋》："率，循也。"237《大雅·緜》二章："率西水滸，至于岐下。"《毛傳》："率，循也。"《鄭箋》："循西水厓，沮漆水側也。"戴震《考證》："率西水滸者，既踰梁山，自東向西循水厓而上，皆馬行之，不舟楫也。水滸，渭水北岸也。"王引之《述聞》卷六："率，自也。西，邠之西也。大王自邠西漆水之涯南行逾梁山，又西行至岐山之下。約而言之，則自邠西漆水之厓至於岐山之下。"❷行。(雅 2)234《小雅·何草不黃》三章：

"匪兕匪虎，率彼曠野。"馬瑞辰《通釋》："兕虎野獸，固宜其率彼曠野，以興征夫之不宜疲於征役也。"陳奐《傳疏》："言彼兕彼虎則率彼曠野矣，哀我征夫，何亦朝夕於野而不暇乎？猶下文云'有芃者狐，循彼幽草'，'有棧之車，行彼周道'也。"按《左傳·哀公十六年》："循義之謂勇。"杜預注："循，行也。"❸遵循；遵守。(雅 3、頌 4)222《小雅·采菽》四章："平平左右，亦是率從。"《鄭箋》："率，循也。諸侯之有賢才之德，能辯治其連屬之國，使得其所，則連屬之國亦循順之。"《左傳·襄公十一年》引作"亦是帥從"。249《大雅·假樂》二章："不愆不忘，率由舊章。"《鄭箋》："率，循也。"304《商頌·長發》二章："率履不越，遂視既發。"《鄭箋》："使其民循禮不得踰越。"朱熹《集傳》："率，循。履，禮。言契能循禮不過越。"❹率領；帶領。(雅 4、頌 2)178《小雅·采芑》一章："方叔率止，乘其四騏。"《鄭箋》："率者，率此戎車士卒而行也。"朱熹《集傳》："率，總率之也。"277《周頌·噫嘻》："率時農夫，播厥百穀。"王先謙《集疏》："《韓詩》曰：'帥時農夫，播厥百穀。'帥、率古字通用。"❺驅趕。(雅 1)180《小雅·吉日》三章："悉率左右，以燕天子。"《毛傳》："驅禽之左右，以安待天子。"胡承珙《後箋》："率亦有驅義。…言悉率左右以燕天子者，謂焚燒防草，復驅以待天子之射也。"一説：率領。朱熹《集傳》："於是率其同事之人，各共其事，以樂天子也。"❻普遍；都。(頌 1)275《周頌·思文》："帝命率育，無此疆爾界。"朱熹《集傳》："率，徧；育，養也。…乃上帝之命，以此徧養下民者。"一説：用。《毛傳》："率，用也。"言天命用此牟以養民人也。

蟀 shuài 所律切（臻合三入質生）
物部、生母

蟋蟀，促織，蛐蛐兒。見"蟋(xī)"。

雙(双) shuāng 所江切（江開二平江生）
陽部、生母

成對；成雙。(風 1)101《齊風·南山》二章："葛屨五兩，冠緌雙止。"《鄭箋》："葛屨五兩,喻文姜與姪娣及傅姆同處;冠綏,喻襄公也。五人爲奇,而襄公往從而雙之。冠履不宜同處,猶襄公文姜不宜爲夫婦之道。"朱熹《集傳》:"履必兩,綏必雙,物必有偶,不可亂也。"

霜 shuāng
色莊切（宕開三平陽生）
陽部、生母

霜,露水遇冷凝成的細微顆粒。（風3、雅2）107《魏風·葛屨》一章:"糾糾葛屨,可以履霜。"192《小雅·正月》一章:"正月繁霜,我心憂傷。"又見【肅霜】。

爽 shuǎng
疎兩切（宕開三上養生）
陽部、生母

差錯。（風1、雅1）58《衛風·氓》四章:"女也不爽,士貳其行。"《毛傳》:"爽,差也。"《鄭箋》:"我心於女故無姦貳,而復關之行有二意。"173《小雅·蓼蕭》二章:"其德不爽,壽考不忘。"《毛傳》:"爽,差也。"呂祖謙《詩記》:"四海諸侯,遠近大小親疏,亦不齊矣。而王者德施之普,各稱其分,莫不滿足,所謂其德不爽也。"

誰(谁) shuí（又shéi）
視佳切（止合三平脂禪）
微部、禪母

疑問代詞。什麼人;哪一個。（風31、雅18）28《邶風·簡兮》四章:"云誰之思,西方美人。"192《小雅·正月》三章:"瞻烏爰止,于誰之屋。"257《大雅·桑柔》五章:"誰能執熱,逝不以濯?"

【誰昔】等於説"疇昔"。從前;久。（風1）141《陳風·東門之楊》一章:"知而不已,誰昔然矣。"《鄭箋》:"誰昔,昔也。"朱熹《集傳》:"誰昔,昔也,猶言疇昔也。"馬瑞辰《通釋》:"疇、誰一聲之轉。"俞樾《平議》卷五:"昔之爲久,常訓也。誰乃語辭。誰昔然矣,猶云由來久矣。"一說:"昔誰"倒文。"誰,疑問代詞,誰人。蘇轍《詩集傳》:"夫,指佗也。佗之不良,國人莫不知之者。知而不之去,昔者誰爲此乎?"又一說:不久以前。余冠英《詩經選》:"疇昔有久（較遠的過去）和昨（較近的過去）兩義。這裡應該是後者。以上兩句是說:彼人雖知惡行已經暴露,還是不改,直到最近還是這樣。"

又一說:等於"誰夕",何日。段玉裁《小箋》:"《傳》:'昔,夕也。'夕,各本多誤作久。誰夕猶今人言云'不記是何日'也。記曰'疇昔之夜',疇,誰正同。"

水 shuǐ
式軌切（止合三上旨書）
微部、書母

水;水流。（風28、雅11、頌4）112《魏風·伐檀》一章:"河水清且漣猗。"304《商頌·長發》一章:"洪水芒芒,禹敷下土方。"又見【泮水】【泉水】。

帨 shuì
舒鋭切（蟹合三去祭書）
月部、書母
此芮切（蟹合三去祭清）
月部、清母

古代女子的佩巾。在家時挂在門右,出門時繫在身左。（風1）23《召南·野有死麕》三章:"舒而脱脱兮,無感我帨兮。"《毛傳》:"帨,佩巾也。"宋王得臣《麈史》卷中:《內則》注云:'帨,蓋婦人拭物之佩巾也。'故居則設於門右,佩則分之於左,常以自潔之用也。古者女子嫁,則母結帨以戒之。"一說:古代女子繫的蔽膝。形如圍腰,也叫"褵"或"禕"。馬瑞辰《通釋》:"古以佩巾爲帨。《內則》'左佩紛帨'是也;亦以縭爲帨。《內則》'女子生,設帨於門右',及此詩'無感我帨',帨皆爲縭。因其爲女子出嫁時所結,故重言之,非佩巾也。縭爲婦人之褘。褘即蔽膝,一名大巾。故又通名帨。

稅 shuì
舒鋭切（蟹合三去祭書）
月部、書母

停車休息;止息。見"説"。

舜 shùn
舒閏切（臻合三去稕書）
文部、書母

木名,也叫木槿。夏秋開大型五瓣花,有紅、白、淡紫等色。（風2）83《鄭風·有女同車》一章:"有女同車,顏如舜華。"《毛傳》:"舜,木槿也。"《説文·艸部》、《文選·神女賦》李善注,賈思勰《齊民要術》卷十均引作"蕣"。一説:牽牛花。王夫之《稗疏》:"舜字或作蕣字。…秋開粉紅花,爲牽牛花,俗謂之鼓子花。"聞一多《類鈔》:"蕣華赤色,'顏如蕣華',謂朱顏也。"

蕣 shùn 舒閏切（臻合三去稕書）
文部、書母

木槿。見"舜"。

順（顺）shùn 食閏切（臻合三去稕船）
文部、船母

❶順着；沿着。(頌1)299《魯頌·泮水》三章："順彼長道，屈此群醜。"《鄭箋》："順，從；長，遠。"一說：陳。馬瑞辰《通釋》："長道猶言大道。《爾雅·釋詁》：'順，陳也。'…順彼長道，即陳彼長道，謂陳大道於泮宫之中。"❷和順；親愛。(風1)82《鄭風·女曰雞鳴》三章："知子之順之，雜佩以問之。"《鄭箋》："順，謂與己和順。"朱熹《集傳》："順，愛。"❸指順應民心。(雅1)241《大雅·皇矣》四章："王此大邦，克順克比。"《毛傳》："慈和徧服曰順，擇善而從曰比。"《左傳·昭公二十八年》引此詩尊曰："慈和徧服曰順，擇善而從曰比。"朱熹《集傳》："順，慈和徧服也。"❹指順理的人。(雅2)257《大雅·桑柔》十二章："維彼不順，征以中垢。"《鄭箋》："不順之人則行闇冥。"王引之《述聞》卷七："不順之人行不順之事以得恥辱，故曰'征以中垢'。"王先謙《集疏》："不順與惠君對舉，不順即不惠也。"❺遵循；遵守。(雅4)241《大雅·皇矣》七章："不識不知，順帝之則。"朱熹《集傳》："又能不作聰明，以循天理。"戴震《考證》："又謂無私智計度，惟順乎天道之宜。"陳奂《傳疏》："言文王性與天合。"243《大雅·下武》四章："媚兹一人，應侯順德。"《鄭箋》："《易》曰：'君子以順德，積小以高大。'"(應侯遵循道德，愛此成王。)一說：通"慎"。謹慎。陳奂《傳疏》："順德，定本作慎德，古順、慎二字通。"《淮南子·繆稱》引《詩》作"慎德"。吳闓生《會通》："侯，乃也。順，定本作慎。應，當也。'應侯順德'，猶云應乃懿德。"屈萬里《詮釋》："二語言官民愛戴成王，成王自應慎其德也。"❻安；安定。(雅1)250《大雅·公劉》二章："既庶既繁，既順迺宣。"朱熹《集傳》："順，安；宣，遍也。"一說：巡行。于省吾《新證》："順，旬古並與巡通。…既巡乃宣，謂公劉既巡行乃宣示，巡

行其原，宣示其衆。"又一說：順從。《鄭箋》："既順其事矣，又乃使之時耕。"馬瑞辰《通釋》："言民心既順，其情乃宣暢也。"參"訓"。

説（说）（一）shuō 失爇切（山合三入薛書）
月部、書母

❶言；誓言。(風1)31《邶風·擊鼓》四章："死生契闊，與子成説。"《毛傳》："説，數也。"朱熹《集傳》："成説，謂成其約誓之言。"孫奕《示兒編》："謂死生離合，與汝成誓言矣。"胡承珙《後箋》："成説者，成言也。"馬瑞辰《通釋》："説與數同義。《説文》、《廣雅》並曰：'數，計也。'《傳》訓説為數者，蓋謂預有成計，猶言有成約也。"❷解説；解脱。(風2)58《衛風·氓》三章："士之耽兮，猶可説也。女之耽兮，不可説也。"《鄭箋》："説，解也。士有百行，可以功過相除；至於婦人，無外事，維以貞信爲節。"孔穎達《正義》："士之耽兮，尚可解説；女之耽兮，則不可解説。"林義光《通解》："説，讀爲脱，謂脱於禍患也。"

（二）yuè 弋雪切（山合三入薛以）
月部、餘母

❸喜悦；舒服。(風1、雅1)14《召南·草蟲》二章："亦既覯止，我心則説。"《毛傳》："説，服也。"劉向《説苑·君道》引《詩》作"悦"。

（三）shuì 舒芮切（蟹合三去祭書）
月部、書母

❹通"税"。停車休息；止息。(風4)16《召南·甘棠》三章："召伯所説。"《毛傳》："説，舍也。"陸德明《釋文》："説，本或作税，始鋭反，舍也。"《爾雅·釋詁》郭璞注引《詩》作"召伯所税"。陳奂《傳疏》："説、税雙聲。"張存紳《雅俗稽言》卷二十三："蓋言召伯巡行南國，或舍甘棠之下耳。"50《鄘風·定之方中》三章："星言夙駕，説于桑田。"陸德明《釋文》："説，毛始鋭反，舍也。鄭如字，辭説。"朱熹《集傳》："説，舍止也。"黃焯《毛鄭平議》："毛意當謂文公舍于桑田之野以教民稼穡。舍于桑田，猶云次于桑田也。"一説：勸説。《鄭箋》："欲往爲辭説於桑田，教

民稼穡,務農急也。"❺通"襚"。更衣。(風1)57《衛風·碩人》三章:"碩人敖敖,說于農郊。"《鄭箋》:"說,當作襚。…衣(當作'易')服曰襚,今俗語然。此言莊姜始來,更正衣服於衛近郊。"馬瑞辰《通釋》:"說之言解脫也,今俗皆以衣爲脫衣,襚爲易衣,義與脫同。"一説:通"税"。停車休息。陸德明《釋文》:"説,本或作税。舍也。"孔穎達《正義》:"其初來嫁,則說舍於衛之近郊。…孫毓述毛云:'說之爲舍,常訓。'"❻(又 tuō)通"脱"。開脱;赦免。(雅1)264《大雅·瞻卬》二章:"彼宜有罪,女覆說之。"《毛傳》:"説,赦也。"陳奂《傳疏》:"説與釋,古字相通。故《傳》訓爲赦。"陸德明《釋文》:"説,音税,一音他活反。"《後漢書·王符傳》引《詩》作"脱"。

【説²憚】同"悦懌"。喜歡。(風1、雅1)42《邶風·静女》二章:"彤管有煒,說懌女美。"《鄭箋》:"説懌當作説釋。"陸德明《釋文》:"説,本又作悦。"《白帖》二十、《太平御覽》六百五並引作"悦"。朱熹《集傳》:"言既得此物,又悦懌此女之美也。"王先謙《集疏》:"人説則心釋然,故曰説釋。"

參"閲"。

朔 shuò 所角切(江開二入覺生)

鐸部、生母

朔日:夏曆的每月初一日。農曆每月初一日,地球上看不到月光,這種月象叫做朔。(雅1)193《小雅·十月之交》一章:"十月之交,朔月辛卯,日有食之。"《鄭箋》:"周之十月,夏之八月。八月朔日,日月交合而日食。陰侵陽,臣侵君之象。"何楷《古義》:"朔月,謂十月之朔日,即交之日也。"阮元《補箋》:"今遵後法推,幽王六年十月朔,正得入交。"陳啓源《稽古編》:"朔月,猶月朔也。今本《集傳》作朔日,當是傳寫之誤。"

【朔方】北方。(雅1)168《小雅·出車》三章:"天子命我,城彼朔方。"《毛傳》:"朔方,北方也。"徐灝《説文解字注箋》:"日月合朔於北,故北方謂之朔方。"一説:古地名,在今陝西北部和内蒙古自治區一帶。酈道元《水經注·河水》:"東南逕朔方縣故城東北。"《詩》所謂'城彼朔方'也。"李吉甫《元和

郡縣志》:"夏州朔方縣,竹賁故城,在縣治北,即漢朔方縣之故城,《詩》所謂'城彼朔方'是也。

碩(碩) shuò 常隻切(梗開三入昔禪)

鐸部、禪母

大;高大。(風3、雅5、頌2)160《豳風·狼跋》一章:"公孫碩膚,赤舄几几。"《毛傳》:"碩,大;膚,美也。"馬瑞辰《通釋》:"碩膚者,心廣體胖之象。"212《小雅·大田》一章:"既庭且碩,曾孫是若。"《鄭箋》:"碩,大。"陳奂《傳疏》:"碩,言長大也。"300《魯頌·閟宮》九章:"孔曼且碩,萬民是若。"朱熹《集傳》:"曼,長;碩,大也。"

【碩大】高大。(風4)117《唐風·椒聊》一章:"彼其之子,碩大無朋。"《鄭箋》:"碩,謂壯佼貌好也。大,謂德美廣博也。"(依段玉裁校)聞一多《類鈔》:"古代女子亦以豐碩爲美。"145《陳風·澤陂》二章:"有美一人,碩大且卷。"

【碩人】1)高大而壯美的人。(風2、雅3)57《衛風·碩人》一章:"碩人其頎,衣錦褧衣。"《鄭箋》:"碩,大也。言莊姜儀表長麗俊好頎頎然。"王先謙《集疏》:"古人碩、美二字爲贊美男女之統詞。故男亦稱美,女亦稱碩。"229《小雅·白華》三章:"嘯歌傷懷,念彼碩人。"《鄭箋》:"碩,大也。妖(姣)大之人,謂褒姒也。"孔穎達《正義》引王肅云:"碩人,謂申后也。"朱熹《集傳》:"碩人,尊大之稱,亦謂幽王也。"于鬯《香草校書》卷十五:"此碩人蓋指與申后同被黜之人耳。"2)指所謂有盛德的人。(風4)38《邶風·簡兮》二章:"碩人俁俁,公庭萬舞。"《毛傳》:"碩人,大德也。"56《衛風·考槃》一章:"考槃在澗,碩人之寬。"程頤《伊川經説》卷三:"碩人,大人,尊賢之稱。"陳奂《傳疏》:"碩人,大德之人。"方玉潤《原始》:"碩人者,有德之尊稱也。"

[碩人]《國風·衛風》篇名(57)。齊莊公的女兒莊姜嫁給衛莊公爲妻,這首詩描寫莊姜的美麗高貴以及她出嫁時的盛況,並同情她的處境。《詩序》:"《碩人》,閔莊姜也。莊公惑於嬖妾,使驕上僭,莊姜賢而不答,

終以無子,國人閔而憂之。"《左傳·隱公三年》:"衞莊公娶於齊東宮得臣之妹,曰莊姜,美而無子,衞人所爲賦《碩人》也。"有人以爲詩只是歌頌莊姜之美。方玉潤《原始》:"《碩人》,頌衞莊姜美而賢也。…此衞人頌莊姜美而能賢,非閔之也。…不見答於莊公,皆後日事,非初來情。詩蓋咏其新昏時耳,安知其不見答而爲人所閔歟?"《魯詩》以爲傅母諭莊姜詩。何楷《古義》:"《碩人》傅母作也。莊姜始嫁,至衞先容後禮,傅母作此以勵之。"四章,二十八句。

【碩鼠】大老鼠。(風6)113《魏風·碩鼠》一章:"碩鼠碩鼠,無食我黍。《鄭箋》:"碩,大也。大鼠大鼠者,斥其君也。"丘光庭《兼明書》卷二:"此尋常鼠也。言其貪食以致肥大,取之以比其君,故以大言之耳。"一說:鼫鼠,即田鼠。陸璣《詩義疏》:"今河東有大鼠,能人立,交前兩脚於頸上,跳舞善鳴,食人禾苗,人逐則走人樹空中,亦有五技,或謂之雀鼠,其形大,故《序》云大鼠也。魏,今河北河東縣,言其方物,宜謂此鼠,非今大鼠。陳奐《傳疏》:"碩鼠當即田鼠。"馬瑞辰《通釋》:"碩鼠即《爾雅》鼫鼠,碩即鼫之假借。"

【碩鼠】《國風·魏風》篇名(113)。這是一首農民控訴地主階級殘酷剥削的詩。詩中把地主比作貪得無厭的大老鼠。農民身受剥削而得不到憐念,决計用逃亡來反抗,并幻想找到沒有剥削和壓迫的人間樂土。全詩表現了勞動人民對剥削階級的强烈憎恨以及對美好生活的向往。《詩序》:"《碩鼠》,刺重斂也。國人刺其君重斂蠶食於民,不修其政,貪而畏人,若大鼠也。"朱熹《集傳》:"民困於貪殘之政,故託言大鼠害己而去之也。"又《辯説》:"此亦託於碩鼠以刺其有司之詞,未必直以碩鼠比其君也。"王符《潛夫論·班禄》:"履畝税而《碩鼠》作。"此《魯詩》説。桓寬《鹽鐵論·取下》:"及周之末塗,德惠塞而嗜慾衆,君奢侈而上求多,民困於下,怠於公事,是以履畝之税,《碩鼠》之詩作也。"此《齊詩》説。齊、魯兩家都以爲此詩是維護井田制,反對向私田征税以承認私田合法性的作品。

鑠(铄) shuò 書藥切(宕開三入藥書)藥部、書母

通"爍"。輝煌;美盛。(頌1)293《周頌·酌》:"於鑠王師,遵養時晦。"《毛傳》:"鑠,美。"孔穎達《正義》:"於乎美哉,武王之用師也。率此師以取是闇昧之君。"朱熹《集傳》:"鑠,盛。"

司 sī 息茲切(止開三平之心)之部、心母

【司空】金文作"司工"。主管工程建設的官。(雅1)237《大雅·緜》五章:"乃召司空。"《鄭箋》:"司空、司徒,卿官也。司空掌營國邑。"

【司徒】金文多作"司土"。主管土地户口和力役的官。(雅2)193《小雅·十月之交》四章:"番維司徒。"《鄭箋》:"司徒之職,掌天下土地之圖,人民之數。"237《大雅·緜》五章:"乃召司徒。"《鄭箋》:"司徒掌徒役之事。"

【司直】主持正直的人;主管正人過失的人。(風1)80《鄭風·羔裘》二章:"彼其之子,邦之司直。"《毛傳》:"司,主也。"王引之《述聞》卷五:"家大人曰:直,謂正人之過也。"孫燾《毛詩説》:"能正人之曲曰直,是子乃邦之主持直道者,一邦盡賴之。"王先謙《集疏》:"邦之司直,是言君子之能直人也。"一說:官名,負責諫正君上的過失。馬瑞辰《通釋》:"《漢書·東方朔傳》曰:'以史魚爲司直。'是古有司直之官。"聞一多《類鈔》:"司直,主正人過失之官。"

思 sī 息茲切(止開三平之心)相吏切(止開三去志心)之部、心母

❶思考;思念;想。(風12、雅6、頌8)26《邶風·柏舟》五章:"静言思之,不能奮飛。"201《小雅·谷風》三章:"忘我大德,思我小怨。"(風36、雅1)48《鄘風·桑中》一章:"云誰之思,美孟姜矣。"188《小雅·我行其野》三章:"不思舊姻,求爾新特。"《鄭箋》:"女(汝)不思女(汝)老父之命,而棄我而求女(汝)新外昏特來之女,責之也。"❷想法;思想。(雅4)186《小雅·白駒》三章:"慎爾

僾游，勉爾遁思。"(勉：通"免"。遁：離去。)243《大雅·下武》三章："永言孝思，孝思維則。"(孝思：孝順先人的思想。)❸句末助詞。(風7、雅13、頌3)9《周南·漢廣》一章："漢有游女，不可求思。"《毛傳》："思，辭也。"167《小雅·采薇》六章："昔我往矣，楊柳依依；今我來思，雨雪霏霏。"陳奐《傳疏》："來思與往矣對文，思猶矣也。"171《小雅·南有嘉魚》四章："君子有酒，嘉賓式燕又思。"陳奐《傳疏》："古之，思聲同，古之，思二字皆爲語已之詞。"❹句中助詞。無實義。(雅1、頌3)244《大雅·文王有聲》六章："自西自東，自南自北，無思不服。"王引之《釋詞》卷八："思，句中語助也。無思不服，無不服也。"286《周頌·閔予小子》："於乎皇王，繼序思不忘。"陳奐《傳疏》："思爲句中助詞，無實義。"301《商頌·那》："湯孫奏假，綏我思成。"陳奐《傳疏》："安享我太平之福也。思，語詞。"❺助詞。放在形容詞前。(雅5、頌7)218《小雅·車舝》一章："思孌季女逝兮。"陳奐《傳疏》："思，詞也。'思孌季女'，與'思齊大任'、'思媚周姜'句例相同。"235《大雅·文王》三章："思皇多士，生此王國。"《毛傳》："思，辭也。"陳奐《傳疏》："思，語辭，不爲義。"290《周頌·載芟》："思媚其婦，有依其士。"陳奐《傳疏》："思，詞也。蓋此篇思媚與有依對文，思猶有也。"

【思服】思念；想念。(風1)1《周南·關雎》三章："求之不得，寤寐思服。"《毛傳》："服，思之也。"朱熹《集傳》："服，猶懷也。"余冠英《詩經選》："思、服兩字同義。"陳子展《選譯》："思服，猶言思之重疊之。"一說：思，助詞；服，思念。馬瑞辰《通釋》："思服之思爲語助，與'旨酒思柔'句法相類。"陳奐《傳疏》："思爲句首、句末之詞，又爲句中之詞。"又一說：服，事。'思服'，動賓詞組。《鄭箋》："服，事也。……當思己職事。"于茀《金石簡帛詩經研究》："上海簡《孔子詩論》講到'君子好色'及'以色喻于禮'，……'服'是君子所思之事。君子所思者何？當然是淑女。思淑女者何？男女之事耳。"

【思齊】《大雅》篇名(240)。這首詩歌頌周文王善於修身、齊家、治國的美德離不開祖母、母親的教育，妻子的幫助。首章分別歌頌大王的妻大姜、王季的妻大任和文王的妻大姒，是推本求源的意思。《詩序》："《思齊》，文王所以聖也。"嚴粲《詩緝》："此詩五章，皆言文王之所以爲聖也。"朱熹《集傳》："此詩亦歌文王之德，而推本言之。…上有聖母，所以成之者遠；内有賢妃，所以助之者深也。"意思是文王所以成爲聖人，同他祖母、母親的教育，妻子的幫助是分不開的。三家無異義。五章(一作四章)，二十四句。

【思文】《周頌》篇名(275)。這是周王郊祀始祖后稷以配天的樂歌。相傳爲周公作。《詩序》："《思文》，后稷配天也。"蔡邕《獨斷》："《思文》，祀后稷配天之所歌也。"《國語·周語上》："故《頌》曰：'思文后稷，克配彼天。'"《孝經》："昔者周公郊祀后稷以配天。"姚際恒《通論》："郊祭有二：一冬至之郊，一祈穀之郊。此祈穀之郊也。"陳奐《傳疏》："此南郊祀天之樂歌也。后稷爲周始封之祖，故既立爲太祖廟，而又於南郊之祀配天。"一章，八句。

參"息"。

斯 sī 息移切（止開三平支心）

支部、心母

❶劈；砍開。(風1)141《陳風·墓門》一章："墓門有棘，斧以斯之。"《毛傳》："斯，析也。"《説文·斤部》："斯，析也。《詩》曰：'斧以斯之。'"❷白。(雅1)231《小雅·瓠葉》二章："有兔斯首，炮之燔之。"《鄭箋》："斯，白也。今俗語斯白之字作鮮，齊、魯之間聲近斯。有兔白首者，兔之小者也。"孔穎達《正義》："鮮而變爲斯者，齊魯之間其語鮮、斯聲相近，故變而爲斯耳。《宣二年左傳》曰：'于思于思。'服虔曰：'白頭貌。'字雖異，蓋亦以思聲近鮮，故爲白頭也。"一說：代詞。此。陸德明《釋文》："斯首，毛如字，此也。鄭作鮮，白首也。"孔穎達《正義》："毛無改字之理，斯字當訓爲此。王肅、孫毓述毛云：'唯有一兔頭'"朱熹《集傳》："有兔斯首，一兔也。"林柏桐《識小》："蓋兔當以首計，斯首者，猶言此一頭耳。"一説：

助詞。李、黃《集解》：" '有兔斯首'，言一兔也。兔以首言，猶魚以尾言也。"馬瑞辰《通釋》："斯乃句中語助，與'鴛斯羽'、'鹿斯之奔'句法中相類。" ❸ 指示代詞。這；這樣。(風3，雅21，頌4)19《召南·殷其靁》一章："何斯違斯，莫敢或遑。"《毛傳》："斯，此。"朱熹《集傳》："何斯，斯，此人也；違斯，此所也。"嚴粲《詩緝》："何爲此時遽去此所乎？蓋以公家之事而不敢違暇也。"257《大雅·桑柔》十章："匪言不能，胡斯畏忌。"朱熹《集傳》："我非不能言也，如此畏忌何哉。"290《周頌·載芟》："匪且有且，匪今斯今。"《鄭箋》："心非云今，而有此今，謂嘉慶之事不聞而至也。"(不期現在如此而現在竟能如此。)朱熹《集傳》："且，此。言非獨此處有此稼穡之事，非獨今時有今豐年之慶。"黃焯《毛鄭平議》："此二句如作一句言，則直云匪今有且耳。其先言'且'而後言'今'者，則倒文以便韵。"302《商頌·烈祖》："申錫無疆，及爾斯所。"朱熹《集傳》："斯所，猶言此處也。"陳奐《傳疏》：" '及爾斯所'，猶云'以迄於今也。" ❹ 代詞。復指前置賓語。(風1，雅2)250《大雅·公劉》四章："篤公劉，于京斯依。"154《豳風·七月》八章："朋酒斯饗，曰殺羔羊。"一說：以。于省吾《新證》："斯，以古通，'朋酒斯饗'，言朋友以饗也。" ❺ 連詞。則；就。(風2，雅7，頌2)151《曹風·侯人》四章："婉兮孌兮，季女斯飢。"189《小雅·斯干》六章："下莞上簟，乃安斯寢。乃寢乃興，乃占我夢。"王引之《釋詞》卷八："斯，亦乃也，互詞也。" ❻ 結構助詞。相當於"之"、"的"。(風3，雅6，頌5)《周南·麟之趾》一章："麟斯羽，詵詵兮。"189《小雅·斯干》四章："如鳥斯革，如翬斯飛。"朱熹《集傳》："其棟宇峻起，如鳥之警而革也。其簷阿華采而軒翔，如翬之飛而矯其翼也。"197《魯頌·駉》一章："思無疆，思馬斯臧。"高亨《今注》："斯，猶之也。"一說：其。陳奐《傳疏》："斯，其也。無疆、無期，頌禱之詞。"屈萬里《詮釋》："言馬之盛無盡無休，而其馬又必皆善也。" ❼ 助詞。放在形容詞前。(雅2)178《小雅·采芑》一章："服其命服，朱芾斯皇。"《毛傳》："皇，猶煌煌也。" ❽ 助詞。放在形容詞后，相當於"然"。(雅1)241《大雅·皇矣》五章："王赫斯怒，爰整其旅。"陸德明《釋文》："斯，毛如字。此也。"黃焯《詩疏平議》："《傳》以斯爲此，蓋作語詞。"王引之《釋詞》卷八："斯，猶然也。"陳子展《直解》："文王，赫然的憤怒。"一說：盡。《鄭箋》："斯，盡也。文王赫然與其群臣盡怒。" ❾ 句中助詞。相當於"維"。(雅1)167《小雅·采薇》四章："彼路斯何，君子之車。"馬瑞辰《通釋》："斯爲語詞。斯何，猶維何也。"王引之《釋詞》卷八："斯，猶維也。" ❿ 句中助詞。無實義。(風5，雅11)197《小雅·小弁》五章："鹿斯之奔，維足伎伎。"孔穎達《正義》："此鹿斯與雉斯、柳斯，斯皆辭也。"211《小雅·甫田》四章："乃求千斯倉，乃求萬斯箱。" ⓫ 句末語氣詞。(風5，雅9，頌1)155《豳風·鴟鴞》一章："恩斯勤斯，鬻子之閔斯。"孔穎達《正義》："斯字，《箋》、《傳》皆以爲辭耳。"197《小雅·小弁》一章："弁彼鸒斯，歸飛提提。"孔穎達《正義》："此鳥名鸒，而云斯者，語辭，猶'蓼彼蕭斯'、'菀彼柳斯'。"朱熹《集傳》："斯，語詞也。"266《周頌·清廟》："無射於人斯。"朱熹《集傳》："斯，語辭。"

[斯干]《小雅》篇名(189)。這是祝頌周宣王宮室落成的詩。《詩序》："《斯干》，宣王考室也。"揚雄《將作大匠箴》："《詩》咏宣王，由儉改奢。"《漢書·劉向傳》向上疏云："宣王賢而中興，更爲儉宮室，小寢廟。詩人美之，《斯干》之詩是也。"《鄭箋》："考，成也。德行國富，人民殷衆，而皆佼好，骨肉和親。宣王於是築宮廟群寢；既成而釁之，歌《斯干》之詩以落之，此之謂成室。"朱熹《集傳》："此築室既成，而燕飲以落之，因歌其事。…舊說，屬王既流於彘，宮室圮壞，故宣王即位，更作宮室，既成而落之。今亦未有見其必爲是時詩也。"詩中先寫山水美麗，兄弟和睦，主人繼承祖先建造大量宮室；接着讚美宮室牢固美觀，寬敞明亮，適宜君子居住。最后祝賀主人幸福美滿，生男貴爲王侯，生女善及夫家。有的研究者認爲這是公族卜居初成的禱神之辭。方玉

潤《原始》:"此詩似卜築初成,祀禱屋神之詞,非落成宴飲詩也。然自是皇家語,非士庶所宜言,以詩中有'室家君王'等辭故耳。九章,五十三句。"

又見【奚斯】。

厶

sī 息夷切（止開三平脂心）
脂部、心母

私人占有。見"私"。

私

sī 息夷切（止開三平脂心）
脂部、心母

❶私人占有。（風 1)154《豳風·七月》四章:"言私其豵,獻豜于公。"《毛傳》:"大獸公之,小獸私之。"❷指私田。周代農奴制,農奴主占有大片土地,叫公田,由農奴耕種,收入為農奴主所有;農奴也有一點土地,叫私田,收入歸農奴自己。（雅 1、頌 1）212《小雅·大田》三章:"雨我公田,遂及我私。"《鄭箋》:"其民之心,先公後私,今天雨於公田,因及私田爾。"277《周頌·噫嘻》:"駿發爾私,終三十里。"《毛傳》:"私,民田也。言上欲富其民而讓於下,欲民之大發其私田耳。"程瑤田《溝洫考》:"駿發爾私,是無公田之證也。"一說:指私家農具。郭沫若《從周農事詩論到周代社會》:"'駿發爾私'的私…只是指各人所有的家私農具,而可能也就是'耜'字的錯誤。"❸指燕服,日常衣服。（風 1)2《周南·葛覃》三章:"薄污我私,薄澣我衣。"《毛傳》:"私,燕服也。"陳奐《傳疏》:"私,燕服,謂燕居之服也。"一說:內衣、裏衣。姚際桓《通論》:"私,衵（yì 又 rì）服,衣,蒙服,非禮衣。"聞一多《類鈔》:"私與衣互文足義,總謂私衣。私衣,裏衣也。"❹女子稱姊妹的丈夫為私。（風 1)57《衛風·碩人》一章:"邢侯之姨,譚公維私。"《毛傳》:"妻之姊妹曰姨,姊妹之夫曰私。"《爾雅·釋親》:"女子謂姊妹之夫爲私。"王先謙《集疏》:"《齊》《韓》,私亦作厶。"

【私人】1)家臣。（雅 1)259《大雅·崧高》三章:"王命傅御,遷其私人。"《毛傳》:"私人,家臣也。"陳奐《傳疏》:"私人,即傅御之私人,傅御爲諸侯之臣,故《傳》以私人爲家臣矣。"朱熹《集傳》:"私人,家人。遷,使爲

國也。"2)私家奴僕。（雅 1)203《小雅·大東》四章:"私人之子,百僚是試。"《毛傳》:"私人,私家人也。"孔穎達《正義》:"此云私人則賤者,謂本官職卑賤之屬,私居家之小人也。"朱熹《集傳》:"私人,私家皂隸之屬。"胡承珙《後箋》:"舟人,私人,自即於西人之中,特舉其卑賤者。"于省吾《新證》:"私人,則專指周人所屬徒御言之。"

又見【燕私】。

絲（丝）

sī 息兹切（止開三平之心）
之部、心母

❶蠶絲。（風 10、雅 2)58《衛風·氓》一章:"氓之蚩蚩,抱布貿絲。"152《曹風·鳲鳩》二章:"淑人君子,其帶伊絲。"《鄭箋》:"大帶用素絲,有雜色飾焉。"陳奐《傳疏》:"帶以素絲緣邊,所謂'其帶伊絲'也。"❷絲綢;絹帛。（風 1、頌 1)27《邶風·綠衣》三章:"綠兮絲兮,女所治兮。"《毛傳》:"綠,末也;絲,本也。"陳奐《傳疏》:"絲,所以爲衣也。'綠兮絲兮',猶云綠兮衣兮。"黃焯《毛鄭平議》:"《傳》云'綠末'、'絲本',蓋謂素絲由於所染,染之蒼則蒼,染之黃則黃。"牟庭《詩切》:"絲,織帛也。古者謂絹帛曰絲。"292《周頌·絲衣》:"絲衣其紑。"《毛傳》:"絲衣,祭服也。"《說文·糸部》"紑"下引作"素衣其紑"。

[絲衣]《周頌》篇名(292)。《詩序》:"《絲衣》,繹賓尸也。高子曰:靈星之詩也。"蔡邕《獨斷》:"《絲衣》,繹賓尸之所歌也。"陳奐《傳疏》:"此繹祭賓尸之樂歌也。"《鄭箋》:"繹,又祭也。天子諸侯曰繹,以祭之明日。卿大夫曰賓尸,與祭同日。周曰繹,商謂之肜。"陳喬樅《魯說考》:"以尸爲靈星之尸,則非宗廟之繹祭矣。"劉向《五經通義》亦以'絲衣其紑'爲言王者祭靈星公尸所服之衣,與高子說合。"周代貴族在祭祀的次日又舉行祭禮,以賓禮事尸,叫做"賓尸",《絲衣》是行"賓尸"之禮所唱的樂歌。朱熹《集傳》:"此亦祭而飲酒之詩。"現代研究者有人認爲是周王舉行養老之禮所唱的樂歌。有人認爲《絲衣》和《良耜》本是一篇,《詩經》傳本誤分爲二。一章,九句。

死

sǐ 息姊切（止開三上旨心）
　　脂部、心母

死亡；生命終止。跟"生"相對。（風14、雅3）73《王風·大車》三章："穀則異室，死則同穴。"197《小雅·小弁》六章："行有死人，尚或墐之。"（墐：埋。）

【死喪】死亡。（雅2）164《小雅·常棣》二章："死喪之威，兄弟孔懷。"《鄭箋》："死喪可畏怖之事，維兄弟之親甚相思念。"

四

sì 息利切（止開三去至心）
　　質部、心母

❶數詞。（風7、雅35）53《鄘風·干旄》一章："素絲紕之，良馬四之。"朱熹《集傳》："四之，兩服兩驂，凡四馬以載之也。"孔廣森《卮言》："四之、五之、六之，不當以譽爲解，乃聘賢者用馬爲禮，轉益其庶且多也。"王先謙《集疏》："四馬，大夫以備贈遺者。下文或五或六，隨所見言之，不專是自乘。"179《小雅·車攻》四章："駕彼四牡，四牡奕奕。"❷序數。（風1、雅1）204《小雅·四月》一章："四月維夏，六月徂暑。"❸指四月，周曆四月即夏曆二月。（風2）154《豳風·七月》一章："三之日于耜，四之日舉趾。"《毛傳》："四之日，周四月也。民無不舉趾而耕矣。"陳奐《傳疏》："四之日，四月之日也。周四月，夏二月也。"

【四方】1）東南西北，泛指天下各地。（雅22、頌6）191《小雅·節南山》三章："秉國之均，四方是維。"朱熹《集傳》："秉國之均，則是宜有以維持四方。"2）指四方諸侯國。（雅3）253《大雅·民勞》一章："惠此中國，以綏四方。"《毛傳》："四方，諸夏也。"

【四國】1）四個國家。（風3）157《豳風·破斧》一章："周公東征，四國是皇。"《毛傳》："四國，管、蔡、商、奄也。"一說：四方的國家。朱熹《集傳》："四國，四方之國也。"徐中舒《豳風說》："此詩言四國，乃爲泛稱之詞，絕不能以爲管、蔡、商、奄四國。"2）四方；四方的國家。（風2、雅7）152《曹風·鳲鳩》三章："其儀不忒，正是四國。"聞一多《類鈔》："正是四國，爲此四方之法則。"屈萬里《詮釋》："正是四國，謂四方之國以爲榜樣也。"241《大雅·皇矣》一章："維彼四

國，爰究爰度。"《毛傳》："四國，四方也。"《左傳·文公四年》引此詩，杜預注："夏商之君不得人心，故四方諸侯皆懼而謀度其政事。"朱熹《集傳》："四國，四方之國也。彼夏商之國既不得矣，故求於四方之國。"林義光《通解》："究度四國，謂就四國而究度之，以求其可作民主之人。其究度之者，天也。"一說：指四個國家。《鄭箋》："四國，謂密也、阮也、徂也、共也。殷崇之君，其行暴亂，不得於天心，密、阮、徂、共之君，於是又助之謀，言同於惡也。"

【四海】古人以爲中國四周有海環繞，故以四海指全國各地，意同"天下"。（頌2）303《商頌·玄鳥》："肇域彼四海。四海來假，來假祁祁。"173《小雅·蓼蕭·序》："《蓼蕭》，澤及四海也。"《鄭箋》："九夷、八狄、七戎、六蠻謂之四海，國在九州之外，雖有大者，爵不過子。"

【四家詩】漢代傳《詩》的有《魯》、《齊》、《韓》、《毛》四家。合稱"四家詩"。其中《魯》、《齊》、《韓》三家是今文《詩》學，西漢時都立於學官。魏晉以後，三家詩先後亡佚。《毛詩》是古文《詩》學，比較晚出，本私學相傳。東漢鄭玄給《毛詩》作《箋》，於是《毛詩》漸盛，一直流傳到現在。四家《詩》都企圖通過注釋來宣揚儒家思想。其源都出於子夏，故於詩義的解釋，文字的訓詁，三家與《毛詩》相同的約十之七八，不同的僅十之二三。

【四牡】《小雅》篇名（162）。《詩序》說是慰勞使臣到來的詩："《四牡》，勞使臣之來也。有功而見知，則説矣。"《左傳·襄公四年》："《四牡》，君所以勞使臣也。"《國語·魯語》："《四牡》，君所以章使臣之勤也。"此爲《詩序》所本。朱熹《集傳》："此勞使臣之詩也。"但詩的內容似是出使官員自述奔波之苦，不能回家供養父母。勤勞王事爲公，孝養父母爲私。先公後私，主次分明。姚際恆《通論》："此使臣自咏之詩，王者採之。後或因以爲勞使臣之詩焉。……試將此平心讀去，作使臣自咏極順，代作使臣咏極不順，亦因'作歌'句横隔其中也。"又據《儀禮》記載，此詩用於燕禮或鄉飲酒禮，是燕

響通用的樂歌。五章,二十五句。

[四始]《詩經》學名詞。各家說法不一。1)指《風》、《小雅》、《大雅》、《頌》。《詩大序》:"一國之事,系一人之本,謂之《風》。言天下之事,形四方之風,謂之《雅》。雅者,正也,言王政之所由廢興也。政有大小,故有《小雅》焉,有《大雅》焉。《頌》者,美盛德之形容,以其成功告於神明者也。是謂四始,《詩》之至也。"《正義》引鄭玄《答張逸》云:"四始:《風》也,《小雅》也,《大雅》也,《頌》也。此四者,人君行之則爲興,廢之則衰。"2)指《國風》、《小雅》、《大雅》、《頌》的首篇。《史記·孔子世家》:"古者詩三千餘篇,及至孔子,去其重,取可施於禮義,上采契、后稷,中述殷周之盛,至幽厲之缺,始於衽席。故曰《關雎》之亂以爲《風》始,《鹿鳴》爲《小雅》始,《文王》爲《大雅》始,《清廟》爲《頌》始。三百五篇,孔子皆弦歌之,以求合《韶》、《武》、《雅》、《頌》之音。"3)指《大雅》的《大明》,《小雅》的《四牡》、《南有嘉魚》、《鴻雁》。《詩大序》:"是謂四始。"孔穎達《正義》:"《詩緯·泛歷樞》云:'《大明》在亥,水始也;《四牡》在寅,木始也;《嘉魚》在巳,火始也;《鴻雁》在申,金始也。'…緯文因金、木、水、火四始之義,以《詩》文託之。"

[四月]《小雅》篇名(204)。《詩序》:"《四月》,大夫刺幽王也。在位貪殘,下國構禍,怨亂並興焉。"徐幹《中論·譴交》:"古者行役過時不反,猶作詩怨刺,故《四月》之篇稱'先祖匪人,胡寧忍予'。"朱熹《集傳》:"此亦遭亂自傷之詩。"朱善《解頤》:"是詩也,蓋大夫行役而憂時之亂,懼及其禍之辭也。"王先謙《集疏》:"此篇爲大夫行役過時,不得歸祭,怨思而作。《中論》之說與《左氏》同。故首章即以先祖爲言,與下篇《北山》勞於王事,不得養父母,詩旨正爲一類。《毛序》泛,以爲在上貪殘,下國構禍,未得要領。"從内容看,當是周王朝一名官吏行役江南,遭遇變亂,有家難歸而自訴其痛苦心情的詩。八章,三十二句。

參"駟"。

泗 sì 息利切(止開三去心) 質部、心母

鼻涕。(風 1)145《陳風·澤陂》一章:"寤寐無爲,涕泗滂沱。"《毛傳》:"自目曰涕,自鼻曰泗。"馬瑞辰《通釋》:"泗、洟古音同部,涕泗即涕洟也。"陳奐《傳疏》:"泗者,洟之假借字。"

駟(驷) sì 息利切(止開三去心) 質部、心母

❶駕一輛車的四匹馬。(風 4、雅 2)79《鄭風·清人》一章:"清人在彭,駟介旁旁。"《鄭箋》:"駟,四馬也。"朱熹《集傳》:"駟介,四馬而披甲也。"222《小雅·采菽》二章:"載驂載駟,君子所屆。"胡承珙《後箋》:"季氏《詩解頤》曰:'自其服外兩驂而言曰驂,並兩服而言曰駟。'"❷通"四"。127《秦風·駟驖》一章:"駟驖孔阜,六轡在手。"陳奐《傳疏》:"駟,當作四。四馬曰駟,若下一字爲馬名,則上一字作四不作駟。《說文·馬部》"驖"下引《詩》"四驖孔阜"。段玉裁注:"駟,一乘也。故言駟馬,則但謂之四;言施乎四馬者,乃謂之駟。"236《大雅·大明》八章:"檀車煌煌,駟騵彭彭。"陳奐《傳疏》:"駟當作四,字之誤。《干旄·正義》引異義古《毛詩》說云:'四騵彭彭,武王所乘。'其字正作四。又《公羊·隱元年·疏》及《淮南·主術·注》并引《詩》作四,皆其證。四騵彭彭,猶'四驪濟濟'、'四騏翼翼'耳。"

[駟驖]《國風·秦風》篇名(127)。這是一首寫秦國君田獵生活的詩。從出發、狩獵到歸來,次序井然。《詩序》:"《駟驖》,美襄公也。始命,有田狩之事,園囿之樂焉。"豐坊《詩傳》:"襄公始有田園之事,秦人喜之,賦《駟驖》。"王先謙《集疏》:"三家無異義。"或以爲刺詩。郝懿行《詩問》:"《駟驖》,歌田獵也。襄公有田狩園囿之樂,亦雜西戎之俗,詩人感而風之。瑞玉曰:《車鄰》、《駟驖》,皆文美而實刺。前篇刺其無禮義而親近習之人,此篇刺其喜遊田而遠忠良之士,備述戎俗爾。"都以爲此詩是秦襄公時的作品。今人蔣立甫《詩經選注》則認爲是"春秋初年秦襄公到秦穆公這一百五六十年間的詩"。三章,十二句。

似(佀) sì 詳里切（止開三上止邪）
之部、邪母

❶類似；像。（雅1）196《小雅·小宛》三章："螟蛉有子，蜾蠃負之。教誨爾子，式穀似之。"《鄭箋》："今有教誨女之萬民用善道者，亦似蒲盧，言將得而子也。"朱熹《集傳》："螟蛉有子，則蜾蠃負之，以興不似者可教而似也。教誨爾子，則用善道而似之可也。善也，似也，終上文兩句所興而言也。"一説：通"嗣"。嗣續；繼承。陳奐《傳疏》："《詩異義》云：《傳》於似字皆訓爲嗣，則此或不得同之於鄭。"王先謙《集疏》："似當讀如嗣續之嗣。"❷通"嗣"。繼續；繼承。（雅4、頌1）189《小雅·斯干》二章："似續妣祖，築室百堵。"《毛傳》："似，嗣也。"孔穎達《正義》："嗣續先妣先祖之功，故築其居室，百堵皆足。"陳奐《傳疏》："似讀與嗣同。其字作似，其意爲嗣，此謂假借也。"291《周頌·良耜》："以似以續，續古之人。"《毛傳》："以似以續，嗣前歲，續往事也。"孔穎達《正義》："似訓爲嗣，嗣、續俱是繼前之言，故爲嗣前歲，續往歲之事。"朱熹《集傳》："謂嗣續先祖以奉祭祀也。"馬瑞辰《通釋》："似即嗣之假借，故似、續二字同義。"214《小雅·裳裳者華》四章："右之右之，君子有之。維其有之，是以似之。"《毛傳》："似，嗣也。"陳奐《傳疏》："言古君子有是美德，是以嗣爲世官也。"屈萬里《詮釋》："似，續也。謂使繼續其祖考之官爵也。"一説：類似；表裏一致。朱熹《集傳》："維其有之於内，是以形之於外者，無不似其所有也。"魏源《詩古微》："《潛夫論·議邊篇》云：'議者，民之所見也。辭者，心之所表也。惟其有，是以似之。'是三家詩訓'似'爲有諸内形諸外之誼。《左傳》言祁奚舉賢不廢親仇，建一官而三物成，亦引此詩'維其有之，是以似之'，而申之曰：'維善，故能舉其類。'類即似之謂也。"

姒 sì 詳里切（止開三上止邪）
之部、邪母

姓。鯀爲堯崇伯，賜姓姒氏，其子禹受舜禪爲夏家，至桀而絶。杞爲姒姓之後。見【褒姒】【大姒】。

耜 sì 詳里切（止開三上止邪）
之部、邪母

❶古代一種翻地的農具。即犁頭，裝在耒的末端。最初用木制，後用金屬制成。（雅1、頌2）212《小雅·大田》一章："以我覃耜，俶載南畝。"291《周頌·良耜》："畟畟良耜，俶載南畝。"陸德明《釋文》："耜，田器也。"❷修整耜。（風1）154《豳風·七月》一章："三之日于耜，四之日舉趾。"《毛傳》："于耜，始修耒耜也。"王先謙《集疏》："《韓》説曰：三月之時，可豫取耒耜修理之，至於四月，始可以舉足而耕也。"一説：以耜殺草。俞樾《平議》卷九："于耜，亦往耜也。…謂往而耜之也。耜乃殺草之名，非謂修耒耜。"

俟(竢) sì 牀史切（止開三上止崇）
之部、崇母

等待。（風7）42《邶風·静女》一章："静女其姝，俟我於城隅。"《毛傳》："俟，待也。"98《齊風·著》一章："俟我於著乎而。"《毛傳》："俟，待也。門屏之間曰著。"《漢書·地理志》引作"竢"。賈昌朝《群經音辨》引作"待"。朱熹《集傳》："東萊吕氏曰：婚禮，婿往婦家親迎。…時齊俗不親迎，故女至壻門，始見其俟己也。"

【俟俟】獸行走的樣子。（雅1）180《小雅·吉日》三章："儦儦俟俟，或群或友。"《毛傳》："趨則儦儦，行則俟俟。"陸德明《釋文》引《廣雅》："俟，行也。"漢石經作"駛駛"。

涘 sì 牀史切（止開三上止崇）
之部、崇母

水邊；岸邊。（風2、雅1）71《王風·葛藟》二章："綿綿葛藟，在河之涘。"《毛傳》："涘，厓也。"236《大雅·大明》四章："在洽之陽，在渭之涘。"《毛傳》："涘，厓也。"

兕 sì 徐姊切（止開三上旨邪）
脂部、邪母

古代犀牛一類的獸。一説即雌犀。皮厚，可制甲。（雅2）180《小雅·吉日》四章："發彼小豝，殪此大兕。"朱熹《集傳》："兕，野牛也。"234《小雅·何草不黄》三章："匪兕匪虎，率彼曠野。"《毛傳》："兕、虎，野獸也。"《鄭箋》："兕虎，比戰士也。"《爾雅·釋獸》

"兕,似牛。"郭璞注:"一角,青色,重千斤。"孔穎達《正義》:"言我役人⋯非是兕,非是虎,何爲久不得歸,常循彼曠野之中,與兕虎禽獸無異乎?"

【兕觥】古代一種酒器。用兕角制成,也有用青銅或木制的。(風2、雅1、頌1)3《周南·卷耳》三章:"我姑酌彼兕觥。"《毛傳》:"兕觥,角爵也。"《鄭箋》:"觥,罰爵也。"陸德明《釋文》:"觵,古橫反,以兕角爲之,字又作觥。《韓詩》云:容五升。《禮圖》云:容七升。《説文·角部》作'觵'云:'兕牛角可以飲者也。"朱熹《集傳》:"兕,野牛,一角,青色,重千斤。觥,爵也。以兕角爲爵也。"孔穎達《正義》引先師説:"刻木爲之,形似兕角。"馬瑞辰《通釋》:"兕觥形似兕角,故謂之兕觥,又謂之爵。"一説:一種獸形酒器。宋代佚名《續考古圖》有兕觥二。阮元《積古齋鐘鼎彝器款識》卷二:"爵字下體作一尾二足,象雀之形;上作犧首,兩角兩目,初不可解,及得用兕觥,蓋作犧首形,兩角獻然。"王國維《説觥》:"自宋以來所謂匜者有二種,一其器淺而鉅,有足而無蓋,其流狹而長。其一器稍小而深,或有足,或無足,而皆有蓋,其流侈而短,蓋皆作牛首形。⋯果何物乎?曰:所謂兕觥者是已。"

寺 sì 祥吏切(止開三去志邪)
之部、邪母
★時吏切(止開三去志禪)
之部、禪母

近;親近。(雅1)264《大雅·瞻卬》三章:"匪教匪誨,時維婦寺。"《毛傳》:"寺,近也。"陸德明《釋文》:"徐音侍,亦如字。"《鄭箋》:"是惟近愛婦人。"孔穎達《正義》:"寺即侍也。侍御者必近其旁,故以寺爲侍。"陳啓源《稽古編》:"言幽王惟婦人是近也。"陳奐《傳疏》:"寺,古文侍。"一説:宦官。朱熹《集傳》:"寺,奄人也。"姚際恒《通論》:"詩以婦寺連言者,大抵内有女寵,寺人密邇,自必因緣爲奸。"方玉潤《原始》:"今襃姒既有其人,而奄人不過虚以對之。"

【寺人】古代宫廷中供使唤的小臣,類似後代的宦官。(風1、雅1)200《小雅·巷伯》七章:"寺人孟子,作爲此詩。"朱熹《集傳》:

"寺人,内小臣,蓋以讒被宫而爲此官也。"126《秦風·車鄰》一章:"未見君子,寺人之令。"《毛傳》:"寺人,内小臣也。"《鄭箋》:"欲見國君者,必先令寺人使傳告之。"《周禮·天官·内小臣》:"(内小臣)掌王后之命⋯掌王之陰事陰令。"陸德明《釋文》:"寺,本或作侍。寺人,奄人,内小臣也。"陳啓源《稽古編》:"閽寺守門,古制也。欲見國君者俾之傳告,不過使令賤役耳。"王先謙《集疏》:"寺,侍古字通。⋯寺人即侍臣,蓋近侍之通稱,不必泥歷代寺人爲説。"

汜 sì 詳里切(止開三上止邪)
之部、邪母

由主流分出又匯合進主流的河水。(風1)22《召南·江有汜》一章:"江有汜,之子歸,不我以。"《毛傳》:"決復入爲汜。"朱熹《集傳》:"水決復入爲汜,今江陵、漢陽、安復之間蓋多有之。"《説文·水部》:"汜,水別復入水也,《詩》曰:'江有汜。'"本《毛詩》。又"洍"下引《詩》"江有洍",徐鉉《繫傳》:"洍,蓋汜之別體也。"段玉裁注:"此蓋三家詩,下文引'江有汜',則《毛詩》也。"一説:水的支流。聞一多《新義》:"《傳》曰'決復入爲汜',水決則歧出,以決釋汜,固無不可耳。'復入'二字則斷非汜義,特因下文'其後也悔'而傅會之耳。⋯案婦人蓋以水喻其夫,以水道自喻。而以水之旁流枝出不循正道者,喻夫之情愛别有所屬。"程俊英《注析》:"江喻丈夫,汜喻丈夫的新歡。"王先謙《集疏》:"《魯》《韓》,汜作洍。"

祀 sì 詳里切(止開三上止邪)
之部、邪母

祭祀,一種供奉鬼神的迷信活動。(雅9、頌3)245《大雅·生民》一章:"克禋克祀,以弗無子。"《集傳》:"祀,祀郊禖也。"300《魯頌·閟宮》三章:"龍旂承祀,六轡耳耳。"《鄭箋》:"承祀,謂視祭事也。"(承祀)繼承祭祀之事。)又見【孝祀】【禋祀】。

洍 sì 詳里切(止開三上止邪)
之部、邪母

由主流分出又匯合於主流的河水。見"汜"。

嗣 sì 祥吏切（止開三去志邪）
之部、邪母

❶繼續；繼承。(雅 1、頌 2)240《大雅·思齊》一章："大姒嗣徽音，則百斯男。"285《周頌·武》："嗣武受之，勝殷遏劉。"《鄭箋》："嗣子武王受文王之業，舉兵伐殷而勝之，以止天下之暴虐而殺人者。"朱熹《集傳》："武王嗣而受之，勝殷止殺。"于邑《香草校書》卷十八："嗣武者，成王也。嗣武受之'者，猶彼'大姒嗣徽音'也。"293《周頌·酌》："載用有嗣，實爲爾公允師。"朱熹《集傳》："其所以嗣之者，亦維武王之事是師爾。"王先謙《集疏》："王之所用有相續不絕者，言周得人之盛也。…爾之舉事既荷天寵，又得人和，信可爲後世師法矣。"一說：通"治"。治理。于省吾《新證》卷四："金文嗣、嗣通用，嗣、治古今字。"❷延長；延續。(雅 1)169《小雅·杕杜》一章："王事靡盬，繼嗣我日。"《鄭箋》："嗣，續也。"嚴粲《詩緝》："我征夫行役，以日繼日，無有休息之期。"(延長我服役的時間。)❸通"貽"。給；寄。(風 1)91《鄭風·子衿》一章："縱我不往，子寧不嗣音。"陸德明《釋文》："嗣，《韓詩》作詒。詒，寄也。曾不寄問也。"王先謙《集疏》："《魯》說曰：詒，遺也。遺我德音也。"一說：繼續。《鄭箋》："嗣，續也。"朱熹《集傳》："嗣音，繼續其聲問也。"又一說：習；學習。《毛傳》："嗣，習也。"孔穎達《正義》："縱使我不往彼見子，子寧得不來學習音樂乎？責其廢業去學也。"陳奐《傳疏》："嗣與申聲義相同，故嗣訓爲習。"

【嗣服】繼承先人的事業。服，事。(雅 1)243《大雅·下武》四章："永言孝思，昭哉嗣服。"《鄭箋》："明哉武王之嗣行祖考之事，謂090紂以定天下。"陳奐《傳疏》："嗣服，猶言纘緒。"屈萬里《詮釋》："謂繼續先人之業也。"一說：後進。馬瑞辰《通釋》："嗣即後也，嗣服即後進也。"又一說：管理政事。高亨《今注》："嗣，讀爲司，主也，即管理。服，古稱職事爲服。此句言應侯應勤勉地管理政事。"

【嗣歲】來年。(雅 1)245《大雅·生民》七章："載燔載烈，以興嗣歲。"《毛傳》："興來歲，繼往事也。"《鄭箋》："嗣歲，今新歲也。將求新歲之豐年爲。"嚴粲《詩緝》："嗣歲者，繼今歲，謂來年也。…不曰來歲，而曰嗣歲，欲其豐年相續也。"胡承珙《後箋》："《傳》曰來歲者，自當指明年而言。…古人穀熟而祭，遂更祈來歲之豐，理亦宜之。《箋》據祈穀之郊正月，故以嗣歲爲今歲，然正月祈穀，自是周禮，或未可以概后稷之時。"

肆 sì 息利切（止開三去至心）
質部、心母

❶陳列；陳設。(雅 3、頌 1)209《小雅·楚茨》二章："或剝或亨，或肆或將。"《毛傳》："肆，陳。或陳於互(肉架)，或齊於肉。"《鄭箋》："有肆其骨體於俎者，或奉持而進之者。"246《大雅·行葦》一章："或肆之筵，或授之几。"《毛傳》："肆，陳也。或陳筵者，或授几者。"282《周頌·雝》："於薦廣牡，相予肆祀。"《鄭箋》："百辟與諸侯又助我陳祭祀之饌。"朱熹《集傳》："肆，陳。"❷施行。(頌 1)273《周頌·時邁》："我求懿德，肆于時夏。"《鄭箋》："肆，陳也。"朱熹《集傳》："而益求懿美之德，以布陳於中國。"高亨《今注》："肆，施也。…此二句言我將以美德施於中國。"❸縱兵衝擊；突擊。(雅 2)236《大雅·大明》八章："肆伐大商，會朝清明。"朱熹《集傳》："肆，縱兵也。"應劭《風俗通義·皇霸》引作"襲伐大商"。241《大雅·皇矣》八章："是伐是肆。"《鄭箋》："肆，犯突也。"朱熹《集傳》："肆，縱兵也。"屈萬里《詮釋》："猶今語突擊也。"一說：疾速；迅猛。《毛傳》："肆，疾也。"孔穎達《正義》："《左傳》云：輕者肆焉。是肆爲疾之義，故以肆爲疾。"陳奐《傳疏》："疾者，當讀'疾如飛'之疾。"胡承珙《後箋》："《傳》以肆爲疾，蓋承上文鷹揚言之。鷹揚有疾速之意，所謂征鳥厲疾也。"又一說：殺。于省吾《新證》："肆，殺也。是伐是肆，即是伐是殺。古人殺伐亦連用。《孟子·滕文公》'殺伐用張'，是其例也。❹長；極。(雅 1)259《大雅·崧高》八章："其詩孔碩，其風肆好。"《毛傳》："肆，長也。"胡承珙《後箋》："肆好者，謂其意思深長也。"馬瑞辰《通釋》："《說文》：

'肆,極陳也。'經傳有專取陳義者,《詩》'或肆之筵'是也,有專取極意者,'其風肆好'與'其詩孔碩'相對成文,其風猶言其詩,肆好即極好,猶言孔碩,古人自有複語耳。"
❺連詞。故;遂。(雅4)237《大雅·緜》八章:"肆不殄厥愠,亦不隕厥問。"《毛傳》:"肆,故今也。"馬瑞辰《通釋》:"肆,字當從《爾雅》訓故。"256《大雅·抑》四章:"肆皇天弗尚,如彼泉流,無淪胥以亡。"《鄭箋》:"肆,故今也。"朱熹《集傳》:"肆,故也。猶言遂也,承上起下之詞。"❻鞏固;堅固。(頌1)271《周頌·昊天有成命》:"肆其靖之。"《毛傳》:"肆,固。靖,和也。"馬瑞辰《通釋》:"《國語·周語》叔向釋《詩》曰:'肆,固也。靖,和也。'又曰:'其終也廣厚,其心以固和之。'又曰:'終於固和。'以固與和平列,《傳》義正本叔向。"一說:故;所以。《鄭箋》:"固當爲故,字之誤也。…爲之不解倦,故於其功終能和安之。"陳奐《傳疏》:"《毛傳》假固爲故。"王引之《釋詞》卷八:"肆字皆當訓爲故。"

松 sōng 祥容切（通合三平鍾邪）
★思恭切（通合三平鍾心）
東部、邪母

松樹。一種常綠喬木。(風2、my5、頌4)84《鄭風·山有扶蘇》二章:"山有喬松,隰有游龍。"一本作"橋松"。166《小雅·天保》六章:"如松柏之茂,無不爾或承。"

崧 sōng 息弓切（通合三平東心）
東部、心母

山大而高。(雅1)259《大雅·崧高》一章:"崧高維嶽,駿極于天。"《毛傳》:"崧,高貌。山大而高曰崧。"陸德明《釋文》引《釋名》:"崧,嵩也。"孔穎達《正義》:"崧者,山形崧然,故爲高貌。"楊慎《升庵經說》卷五:"嶽,四嶽也。孔云:'堯時止有四嶽,不主中嶽。故曰:'崧,高貌。'山高大者自名崧,不主中嶽而言。今或以爲嵩、嵩通用,誤矣。"《禮記·孔子閒居》、《韓詩外傳》、《初學記》引《詩》都作"嵩"。陳奐《傳疏》:"嵩即崇之或體,崧,俗字也。"

〔崧高〕《大雅》篇名(259)。周宣王封母舅申伯於謝,並大加賞賜,增加他的封地,並派召伯(虎)領兵先去給申伯建築謝城,經營土地,然後送他回國。宣王的大臣尹吉甫寫了這首詩爲申伯送行。《詩序》:"《崧高》,尹吉甫美宣王也。天下復平,能建國親諸侯,褒賞申伯焉。"朱熹《集傳》:"宣王之舅申伯出封於謝,而尹吉甫作詩以送之。"語至明確。又《辨說》云:"此尹吉甫送申伯之詩,因可以見宣王中興之業耳,非專爲美宣王作也。"王先謙《集疏》:"此詩及下章皆有詩人自名。三家無異義。"八章,六十四句。

嵩 sōng 息弓切（通合三平東心）
冬部、心母

山大而高。見"崧"。

娀 sōng 息弓切（通合三平東心）
冬部、心母

遠古部族名,也叫有娀氏。傳說有娀氏女簡狄,是帝嚳(高辛)次妃,吞燕卵生契,契爲商的始祖。(頌1)304《商頌·長發》一章:"有娀方將,帝立子生商。"《毛傳》:"有娀,契母也。"《鄭箋》:"禹敷下土之時,有娀氏之國亦始廣大。有女簡狄,吞鳦卵而生契,堯封之於商。後湯王,因以爲天下號。"《楚辭·天問》王逸注:"簡狄,帝嚳之妃。玄鳥,燕也。簡狄侍帝嚳於臺上,有飛燕墮遺其卵,喜而吞之,因生契。"朱熹《集傳》:"有娀,契之母家也。"《呂氏春秋·音初》高誘注、《列女傳·契母簡狄》引《詩》並作"有娀方將,立子生商",無"帝"字。屈萬里《詮釋》:"有娀,國名,故地約在今山西永濟縣左近。"

竦 sǒng 息拱切（通合三上腫心）
東部、心母

通"悚"。恐懼。(頌1)304《商頌·長發》五章:"不震不動,不戁不竦。"《毛傳》:"戁,恐;竦,懼也。"陳奐《傳疏》:"不戁不竦,不恐懼也。"屈萬里《詮釋》:"二語言國境平安也。"

宋 sòng 蘇統切（通合一去宋心）
冬部、心母

周代諸侯國名。子姓,開國君主是殷紂王的庶兄微子啓。都商丘(在今河南商丘市南),有今河南東部及山東、江蘇、安徽之間地。春秋時宋爲十二諸侯之一。共傳三十一代，公元前286年爲齊所滅。(風4)61《衛風·河廣》一章："誰謂宋遠，跂予望之。"《鄭箋》："誰謂宋國遠與，我跂足則可以望見之。"138《陳風·衡門》三章："豈其取妻，必宋之子？"《鄭箋》："宋，子姓。"孔穎達《正義》："宋者，殷之苗裔，契之後也。《殷本紀》云：舜封契於商，賜姓子。"(宋之子：宋國貴族的女兒。)

訟(讼) sòng 似用切（通合三去用邪）

祥容切（通合三平鍾邪）

東部、邪母

訴訟；打官司。(風2)17《召南·行露》三章："誰謂女無家，何以速我訟？"《正字通·言部》："訟，《六書故》：爭曲直於官有司也。"《周禮·地官·大司徒》："凡萬民之有不服教而有獄訟者，與有地治者聽而斷之。"鄭玄注："爭罪曰獄，爭財曰訟。"賈公彥疏："獄、訟相對，故獄爲爭罪，訟爲爭財，若獄訟不相對，則爭財亦爲獄。"孫詒讓《正義》："凡獄、訟對文者，獄大而訟小也。獄、訟散文亦通。"

頌(颂) sòng 似用切（通合三去用邪）

東部、邪母

《詩經》裡的一類詩，包括《周頌》三十一篇，《魯頌》四篇，《商頌》五篇，合稱《三頌》，共四十篇，都是廟堂祭祀樂歌。《詩大序》："《頌》者，美盛德之形容，以其成功告於神明者也。"《周禮·春官·大師》鄭玄注："頌之言誦也，容也，誦今之德，廣以美之。"朱熹《集傳》："頌者，宗廟之樂歌。"阮元《釋頌》："頌之訓爲美盛德者，頌之訓爲形容者，本義也。且頌字即容字也。容、養、兼一聲之轉，古籍多通借。今世俗傳之樣字始於《唐韻》，即容字。豈知所謂《周頌》、《魯頌》、《商頌》者，若曰周之樣子、魯之樣子、商之樣子而已，無深義也。三《頌》各章皆是舞容，故稱爲《頌》，若元以後戲曲，歌者舞者與樂器全動作也。"這是説，《頌》爲祭祀用的歌舞曲。王國維《説周頌》認爲《頌》的曲調速度比《風》、《雅》緩慢。從內容看，《頌》詩幾乎都是統治階級歌功頌德的作品，但也有一定的史料價值。字亦作"讼"。徐鍇《説文傳·言部》："讼，一曰歌讼。徐鍇曰：古本《毛詩》雅、頌字多作讼。"

誦(诵) sòng 似用切（通合三去用邪）

東部、邪母

❶可唱的詩。(雅3)191《小雅·節南山》十章："家父作誦，以究王訩。"嚴粲《詩緝》："今曰誦，歌誦也。"阮元《補箋》："誦，諷也。大夫自著字以諷王，詩人之極忠直也。"260《大雅·烝民》八章："吉甫作誦，穆如清風。"《鄭箋》："吉甫作此工歌之誦。"胡承珙《後箋》："誦者可歌之名。《周禮·大司樂》注：'以聲節之曰誦。'《禮記·文王世子》注：'誦，謂歌樂也。'"《廣韻·用韻》"頌"下引《詩》作"吉甫作頌，穆如清風"。❷婉言諷諫。(雅1)257《大雅·桑柔》十三章："聽言則對，誦言如醉。"馬瑞辰《通釋》："《説文》：'誦，諷也。'誦言即諷諫之言也。"戴震《考證》："凡誦者，皆爲誦成言以納箴諫。"一說：誦讀經書。《鄭箋》："貪惡之人，見говорит聽之言則應答之，見誦《詩》、《書》之言，則冥臥如醉。"《左傳·文公元年》引此詩，杜預注："言昏亂之君，不好典誦之言，聞之若醉；得道聽塗説之言，則喜而對答。"又一說：通"頌"。歌頌。于省吾《新證》："誦、頌古通。…聞頌諛之言則如酣飲至醉，所謂如飲醇醪也。"

送 sòng 蘇弄切（通合一去送心）

東部、心母

❶送；送行。(風9、雅1)28《邶風·燕燕》一章："之子于歸，遠送于野。"209《小雅·楚茨》五章："鼓鐘送尸，神保聿歸。"❷跟隨去；使送。(風1)88《鄭風·丰》："悔予不送兮。"孔穎達《正義》："男親迎而不從，後乃追悔，此陳其辭也。"胡承珙《後箋》："送猶致也。《荀子·富國》篇注：'送，致也。'春秋言致女者，但以女授婿之謂。此女悔其不行，故託於其家之不致，非自謂其不送男子也。"❸追趕(獵物)。(風1)78《鄭風·大叔于田》二章："抑磬控忌，抑縱送忌。"《毛傳》："發矢曰縱，從禽曰送。"孔穎達《正

義》:"送謂逐後,故知從禽。"嚴粲《詩緝》:"送,送箭也。"一説:縱送,複音詞。見"縱"字下。

叜 sōu ★疏鳩切(流開三平尤生)
幽部、生母
【叜叜】通"溲溲"。淘米聲。(雅1)245《大雅·生民》七章:"釋之叜叜,烝之浮浮。"《毛傳》:"釋,淅米也。叜叜,聲也。"陸德明《釋文》:"叜,所留反,字又作溲,淘米聲也。"《爾雅·釋訓》:"溞溞,淅也。"陸德明《釋文》引《詩》作"淅之溞溞"。

溲 sōu ★疏鳩切(流開三平尤生)
幽部、生母
淘米聲。見"叜"。

搜(捜) sōu 所鳩切(流開三平尤生)
幽部、生母
衆多的樣子。(頌1)299《魯頌·泮水》七章:"角弓其觩,束矢其搜。"《毛傳》:"搜,衆意也。"《説文·手部》引《詩》作"捜"。陸德明《釋文》:"依字作捜。"一説:有勁的樣子。《鄭箋》:"束矢搜然,言疾疾也。"朱熹《集傳》:"搜,矢疾聲也。"

瞍(䏂) sōu 蘇后切(流開一上厚心)
蘇雕切(效開四平蕭心)
幽部、心母
眼睛没有瞳仁的盲人。古代以盲人擔任樂官。(雅1)242《大雅·靈臺》五章:"矇瞍奏公。"《毛傳》:"無眸子曰瞍。"孔穎達《正義》:"《春官》'瞽矇'注,鄭司農云:'有目而無眸子謂之瞍。'"

藪(薮) sōu 蘇后切(流開一上厚心)
侯部、心母
湖澤;水少而草木茂盛的沼澤地帶。(風3)78《鄭風·大叔于田》三章:"叔在藪,火烈具舉。"《毛傳》:"藪,澤,禽之府也。"孔穎達《正義》:"鄭有圃田,此言在藪,蓋圃田也。"王先謙《集疏》:"《韓》説曰:禽獸居之曰藪。"陳子展《選譯》:"河南中牟縣西北七里有圃田澤,謂爲鄭,殆《詩》所謂藪者歟?"

蘇(苏) sū 素姑切(遇合一平模心)
魚部、心母
扶蘇;枝葉繁茂的大木。一説,小木。見

"扶"。

夙 sù 息逐切(通合三人屋心)
覺部、心母

❶早;時間靠前。(風4、雅4)100《齊風·東方未明》三章:"不能辰夜,不夙則莫。"《毛傳》:"夙,早;莫,晚也。"256《大雅·抑》十章:"民之靡盈,誰夙知而莫成。"《鄭箋》:"誰早有所知,而反晚成與?"嚴粲《詩緝》:"人若能不自滿,豈有早聞道而晚乃有成者乎?"❷通"肅"。生活嚴肅。(雅1)245《大雅·生民》一章:"載震載夙,載生載育。"《鄭箋》:"夙之言肅也。"朱熹《集傳》:"生子者,及月辰居側室也。"馬瑞辰《通釋》:"夙謂早敬,亦引申爲肅敬之稱。"一説:早。《毛傳》:"夙,早。"孔穎達《正義》:"早者,言其得福之早。于鬯《香草校書》卷十六:"此'載夙'雖與'載震'爲句,而實與下句'載生'爲義。所謂'讀别於義'之例。…早者,謂其生之早也。非謂其震之早也。《大戴禮記·易本命記》言'人十月而生'。而后稷之生不及十月,故爲早耳。"

【夙夜】1)早夜;日夜。(風6、雅2、頌6)17《召南·行露》一章:"豈不夙夜,謂行多露。"孔穎達《正義》:"行人豈不欲早夜而行也。…所以不行者,以爲道中之露多,懼早夜之濡已,故不行也。"110《魏風·陟岵》一章:"嗟予子,行役夙夜無已。"13《召南·采蘩》三章:"被之僮僮,夙夜在公。"馬瑞辰《通釋》:"夙夜爲朝暮之稱,亦爲早敬之稱,以其時天尚未旦而執事有恪,因謂之夙夜。…《詩》中言夙夜不一,有兼指朝暮言者,《陟岵》'行役夙夜無已'之類是也。有專指夙興言者,此詩夙夜及他詩'豈不夙夜'、'夙夜敬止'、'庶幾夙夜'、'我其夙夜'、'莫肯夙夜'皆是也。"劉師培《札記》:"夙夜猶云旦暮,二字對文,乃平列之詞。"2)指日夜勤慎;早晚努力。(雅1、頌1)194《小雅·雨無正》二章:"三事大夫,莫肯夙夜。"《鄭箋》:"不肯晨夜朝省君王也。"278《周頌·振鷺》:"庶幾夙夜,以永終譽。"于省吾《新證》:"經傳及金文凡言夙夜,皆寓早夜勤慎之意。"

宿 sù 息逐切（通合三入屋心）
覺部、心母

住宿；夜晚睡覺。(風 5、雅 3))159《豳風·九罭》四章："公歸不復，於女信宿。"《毛傳》："宿，猶宿也。"207《小雅·小明》三章："念彼共人，興言出宿。"《鄭箋》："夜臥起宿於外，憂不能宿於內也。"56《衛風·考槃》三章："獨寐寤宿，永矢弗告。"朱熹《集傳》："寤宿，已覺而猶臥也。"

【宿宿】住兩夜。(頌 1)284《周頌·有客》："有客宿宿，有客信信。"《毛傳》："一宿曰宿，再宿曰信。"李黼平《紬義》："有客宿宿，有客信信，特心欲留客，致殷勤之辭，猶《豳風》'於女信處'、'於女信宿'耳。"王先謙《集疏》："《魯》說曰：有客宿宿，言再宿也。"一說：通"肅肅"。恭敬的樣子。丁聲樹《詩經式字說》："案宿宿、信信疑爲迭字形容詞。宿宿猶言肅肅，《詩》之肅肅屢見。信信猶言申申。…宿與肅，信與申，古多通用。"

楤 sù 桑谷切（通合一入屋心）
屋部、心母

樸楤，叢生的小樹。見"樸"。

蔌 sù 桑谷切（通合一入屋心）
屋部、心母

蔬菜。(雅 1)261《大雅·韓奕》三章："其蔌維何，維筍及蒲。"《毛傳》："蔌，菜殽也。"馬瑞辰《通釋》："蔌即餗字之異體。…《毛傳》訓蔌爲菜殽，蓋對肉殽言之，鼎有肉有菜，肉謂之羹，菜謂之蔌，散言則菜亦可名羹，皆謂熟物，與菹爲生菜，以醯成味實於豆者不同。"

【蔌蔌】鄙陋的樣子。(雅 1)192《小雅·正月》十三章："佌佌彼有屋，蔌蔌方有穀。"《毛傳》："蔌蔌，陋也。"孔穎達《正義》："其蔌蔌寠陋者，方有爵祿之貴矣。"一說：車行聲。《後漢書·蔡邕傳》"速速方轂，夭夭是加"李賢注："《詩·小雅》曰：'速速方轂，夭夭是掾。'毛萇注云：'速速，陋也。'《韓詩》亦同。此作轂者，蓋謂小人乘寵，方轂而行。方猶竝。"余培林《正詁》："蔌蔌，車行聲。方轂，並轂而行也。"陸德明《釋文》："方穀，本或作方有穀，非也。"

愬 sù 桑故切（遇合一去暮心）
鐸部、心母

訴說；告訴。(風 1)26《邶風·柏舟》二章："薄言往愬，逢彼之怒。朱熹《集傳》："愬，告也。"王夫之《稗疏》："薄言往愬者，心知其不可據而勉往也。"《說文·言部》："訴，告也。從言，斥省聲。愬，訴或從朔心。"

遡(溯) sù 桑故切（遇合一去暮心）
鐸部、心母

❶逆流而上。(風 6)129《秦風·蒹葭》一章："遡洄從之，道阻且長。遡游從之，宛在水中央。"《毛傳》："逆流而上曰遡洄，順流而涉曰遡游。"戴溪《續記》卷一："遡洄、遡游，皆說也。"俞樾《平議》卷九："此詩…兩遡字，皆從下而上之意。…兩句之異，全在洄字、游字。"聞一多《類鈔》："在水上逆流而行曰遡，在陸上傍水逆流而行亦曰遡。此處指陸行。"吳小如《三百篇肊札》："此詩所云，實指一水。惟既洄既流，故用兩遡字，且皆指陸行言。"❷向着；面對。(雅 2)250《大雅·公劉》六章："夾其皇澗，遡其過澗。"《毛傳》："遡，鄉(向)也。"孔穎達《正義》："夾者，在其兩傍，故知遡者，嚮也。謂開門嚮之。"257《大雅·桑柔》六章："如彼遡風，亦孔之僾。"《毛傳》："遡，鄉(向)也。"《鄭箋》："今王之爲政，見之使人唈然如鄉(向)疾風，不能息也。"唐石經初刻作"愬風"，後改作"遡風"。《文選·謝希逸·月賦》："愬皓月而長歌"李善注："《毛詩》曰：'如彼愬風。'毛萇注：'愬，鄉之也。'"

素 sù 桑故切（遇合一去暮心）
魚部、心母

❶白絲。(風 1)98《齊風·著》一章："充耳以素乎而，尚之以瓊華乎而。"《鄭箋》："我視君子，則以素爲充耳。謂所以懸瑱者，或名爲紞(dǎn)。"孔穎達《正義》："充耳以素絲爲之，其末飾之以瓊華之石。"嚴粲《詩緝》："見其充耳以素絲爲紞也。其紞之中加以美石如瓊之華，謂瑱也。"一說：象牙制的瑱。《毛傳》："素，象瑱。"孔穎達《正義》引孫毓云："案《禮》之名，充耳是塞耳，即所謂瑱，縣當耳，故謂之塞耳。縣之者別謂之紞，不得謂之充耳。猶瑱不得謂之紞也。"

❷白色。(風 11)18《召南‧羔羊》一章："羔羊之皮,素絲五紽。"《毛傳》："素,白也。"147《檜風‧素冠》一章："庶見素冠兮。"《毛傳》："素冠,練冠也。"陳奐《傳疏》："素冠,白布冠也。十三月爲練,已練之冠,謂之練冠。❸空;白。(風 3)112《魏風‧伐檀》一章："彼君子兮,不素餐兮。"《毛傳》："素,空也。"陳奐《傳疏》："空以盛實,與白可受采同意,故素謂之白,又謂之空也。今俗以徒食爲白。"

【素冠】《國風‧檜風》篇名(147)。這是一首贊美孝子的詩。詩人對這位孝子的喪親表示哀悼,對他能遵循古禮爲父母服喪表示贊許。郝懿行《詩問》："《素冠》,牟氏曰:美孝子也。時人恩薄禮廢,喪有不能三年者,人見孝子衣冠,以爲幸爾。"《詩序》："《素冠》,刺不能三年也。"《鄭箋》："喪禮,子爲父,父卒爲母,皆三年,時人恩϶薄禮廢,不能行也。"這當是太師陳詩之義。清代學者或以爲寫檜君被執,拘於棘叢,其臣不勝悲痛,願與同歸就戮。或以爲思人之詩。姚際恒《通論》："此詩本不知指何事何人,但勞心傷悲之詞,同歸如一之語,或如諸篇以爲思君子可,以爲婦人思男亦可。"屈萬里《詮釋》:"此當是女子思慕男子之詩。《列女傳‧杞梁妻》引'與子同歸',以爲妻殉夫死。現代研究者或以爲女子悼念亡夫之詩。妻子見到丈夫遺容乾瘦,痛不欲生。聞一多《類鈔》:"《素冠》,悼亡也。"或以爲對不幸人的同情,或以爲檜之賢臣痛心於檜君華服盛裝,不理國事而欲歸隱。衆說紛紜,雖言之成理,都沒有十分可靠的根據。三章,九句。

參"絲"。

粟 sù 相玉切(通合三入燭心)
屋部、心母

穀子的顆粒,去皮后稱小米。秦漢以前,粟爲穀類總稱。包括黍、稷、粱、秫等。漢以後稱穗大、毛長、粒粗的爲粱,穗短、毛小、粒細的爲粟。(雅 3)187《小雅‧黄鳥》一章:"無集于穀,無啄我粟。"196《小雅‧小宛》五章:"交交桑扈,率場啄粟。"《説文‧卤部》:"粟,嘉穀實也。孔子曰:粟之爲言續

也。"

速 sù 桑谷切(通合一入屋心)
屋部、心母

❶召;招致。(風 4)17《召南‧行露》二章:"誰謂女無家,何以速我獄。"《毛傳》:"速,召。"朱熹《集傳》:"速,召致也。"馬瑞辰《通釋》:"速本疾速之義,促之使疾來,故又引申爲召。"❷招請;邀請。(雅 2)165《小雅‧伐木》三章:"既有肥羜,以速諸父。"參"蔌"。

肅(肅) sù 息逐切(通合三入屋心)
覺部、心母

❶恭敬。(風 1,雅 1,頌 2)195《小雅‧小旻》五章:"或肅或艾。"《毛傳》:"有恭肅者,有治理者。"266《周頌‧清廟》:"於穆清廟,肅雝顯相。"《毛傳》:"肅,敬;雝,和。"❷進;上進。(雅 1)257《大雅‧桑柔》六章:"民有肅心,荓云不逮。"《鄭箋》:"肅,進;逮,及。"孔穎達《正義》:"民有進於善道之心。"一説:敬。陳子展《選譯》:"肅心猶云敬意。"

【肅霜】同"肅爽"。天高氣爽。(風 1)154《豳風‧七月》八章:"九月肅霜,十月滌場。"王國維《肅霜滌場説》:"肅霜、滌場皆互爲雙聲,乃古之聯縣字,不容分別釋之。肅霜猶言肅爽,滌場猶言滌蕩也。…'九月肅霜',謂九月之氣清高顯白而已,至十月則萬物搖落無餘矣。"一説:天氣凜冽,萬物蕭條。《毛傳》:"肅,縮也。霜降而收縮萬物。"朱熹《集傳》:"肅霜,氣肅而霜降也。"

【肅肅】1)恭敬的樣子。(雅 2,頌 1)240《大雅‧思齊》三章:"雝雝在宫,肅肅在廟。"《毛傳》:"肅肅,敬也。"朱熹《集傳》:"肅肅,敬之至也。"282《周頌‧雝》:"有來雝雝,至止肅肅。"《鄭箋》:"肅肅,敬也。"2)嚴正的樣子。(雅 1)227《小雅‧黍苗》四章:"肅肅謝功,召伯營之。"《鄭箋》:"肅肅,嚴正之貌。"王先謙《集疏》:"《齊》,肅作赫。"3)疾速趕路的樣子。(風 2)21《召南‧小星》一章:"肅肅宵征,夙夜在公,寔命不同。"《毛傳》:"肅肅,疾貌。"朱熹《集傳》:"肅肅,齊遬貌。"陳奐《傳疏》:"《爾雅‧釋詁》:'肅,疾行也。'重言之爲肅肅。肅肅猶數數,數亦疾也。"4)整齊的樣子。(風 3)7《周南‧兔

置》一章:"肅肅兔罝,椓之丁丁。"朱熹《集傳》:"肅肅,整飭貌。一説:網密的樣子。"馬瑞辰《通釋》:"肅肅蓋縮縮之假借。《通俗文》:'物不申曰縮。'…縮縮爲兔罝結繩之狀,猶赳赳爲武夫勇武之貌也。"聞一多《新義》:"肅當讀爲縮,縮猶密也。"又一説:恭敬的樣子。《毛傳》:"肅肅,敬也。"《鄭箋》:"兔罝之人,鄙賤之事,猶能恭敬,則是賢者衆多也。"5)鳥羽振動聲。(風 3、雅 1)121《唐風·鴇羽》一章:"肅肅鴇羽,集于苞栩。"《毛傳》:"肅肅,鴇羽聲也。"181《小雅·鴻鴈》一章:"鴻雁于飛,肅肅其羽。"《毛傳》:"肅,羽聲也。"陸德明《釋文》:"肅,本或作翛,同,羽聲也。"

【肅雝】莊嚴和睦。(風 1、頌 2)24《召南·何彼襛矣》一章:"曷不肅雝,王姬之車。"《毛傳》:"肅,敬;雝,和。"吕祖謙《詩記》:"肅雝者王姬,而曰王姬之車,不敢指切之也。"于邶《香草校書》卷十一:"'不'蓋讀'彼'。'彼'、'不'雙聲,以雙聲爲假借也。上云'何彼襛矣',此云'曷不肅雝','曷不'即'何彼'也。曷彼肅雝,正謂其肅雝也。"280《周頌·有瞽》:"肅雝和鳴,先祖是聽。"《禮記·樂記》:"《詩》云:'肅雝和鳴,先祖是聽。'夫肅肅,敬也;雝雝,和也。夫敬以和,何事不行?"

翛 sù 息逐切(通合三入屋心)
覺部、心母
鳥羽振動聲。見"肅"。

夊 suī 息遺切(止合三平脂心)
微部、心母
徐行的樣子。見"綏"。

雖(虽) suī 息遺切(止合三平脂心)
微部、心母

❶雖然;縱然。(風 2、雅 14)192《小雅·正月》十一章:"潛雖伏矣,亦孔之炤。"235《小雅·文王》一章:"周雖舊邦,其命維新。"❷通"惟"。助詞。(雅 1)256《大雅·抑》三章:"女雖湛樂從,弗念厥紹。"陳奂《傳疏》:"《釋詞》云:'雖,惟也。'古雖、惟聲通。《書·無逸》:'惟耽樂之從。'文義正與此同。"馬瑞辰《通釋》:"《説文》雖,從虫唯聲。故雖、唯二字古通用。"一説:讓步連詞。雖

然。《鄭箋》:"女君臣雖好樂嗜酒而相從,不當念繼女之後人將效女所爲?"

【雖則】雖;雖然。(風 5、雅 2)10《周南·汝墳》三章:"雖則如燬,父母孔邇。"181《小雅·鴻鴈》二章:"雖則劬勞,其究安宅。"《鄭箋》:"女今雖病苦,終有安居。"朱熹《集傳》:"流民自言…今雖勞苦而終獲安定也。"胡承珙《後箋》:"劬勞指使臣言…'雖則劬勞,其究安宅',即君雖瘠,民必肥之意。"

綏(绥) suī 息遺切(止合三平脂心)
微部、心母

❶安;安撫;安享。(風 1、雅 3、頌 6)4《周南·樛木》:"樂只君子,福履綏之。"《毛傳》:"綏,安也。"(福禄使君子安寧。)216《小雅·鴛鴦》四章:"君子萬年,福禄綏之。"《毛傳》:"綏,安也。"209《小雅·楚茨》六章:"樂具入奏,以綏後禄。"《毛傳》:"綏,安也,安然後受福禄也。"(禄:祭祀用的酒肉。)孔穎達《正義》:"祭時在廟,燕當在寢,故言祭時之樂皆復來入於寢而奏之,以安其從今以後之福禄。301《商頌·那》:"湯孫奏假,綏我思成。"《鄭箋》:"綏,安也。…乃安我心所思而成之,謂神明來格也。"陳奂《傳疏》:"綏,安;成,平也。言湯孫奏此大濩之樂,以樂我烈祖,安享我太平之福也。"戴震《考證》:"《詩》凡'綏'者,如'綏以多福'、'綏我眉壽'、'以綏後福',辭義並歸主祭者受神降之福。一説:賜予。馬瑞辰《通釋》:"綏與遺叠韻,綏之言遺,遺即詒也。'綏我思成',猶云貽我思福,與《烈祖》'賚我思成'句法正同,亦謂賚我思福也。"林義光《通解》:"綏,讀爲遺。"❷安定。(雅 2、頌 1)294《周頌·桓》:"綏萬邦,婁豐年。"《鄭箋》:"綏,安也。誅無道,安天下,則亟有豐熟之年,陰陽和也。"孔穎達《正義》:"此安天下,有豐年,謂伐紂即然。《僖十九年左傳》云:'昔周飢,克殷而年豐。'是伐紂之後,即有豐年也。"

【綏綏】相隨而行的樣子。(風 4)63《衛風·有狐》一章:"有狐綏綏,在彼淇梁。"《毛傳》:"綏綏,匹行貌。"101《齊風·南山》一章:"南山崔崔,雄狐綏綏。"《毛傳》:"雄狐

相隨，綏綏然無別，失陰陽之匹。"《鄭箋》："喻襄公居人君之尊，而爲淫泆之行，其威儀可耻惡如狐。"姚際恒《通論》："綏訓安，綏綏，兩相安意。陳奐《傳疏》："狐妃耦而行綏綏然，以興無室家者，狐之不若也。"一説：獨行的樣子。朱熹《集傳》："綏綏，求匹之貌。"程俊英《注析》："這一句以雄狐淫獸比齊襄公追隨文姜。"又一説：徐行的樣子。《玉篇·夂部》："夊，行遲貌。《詩》云：'雄狐夊夊。'今作綏。"馬瑞辰《通釋》："是綏綏爲徐行貌。……《詩》蓋以狐之舒徐自得，興無家室之失所耳。"又一説：多毛的樣子。陸堂《詩學》："《塗山歌》：'綏綏白狐'，爲毛色舒散之貌。"聞一多《類鈔》："綏綏，行遲貌，一曰毛盛貌。"

【綏章】古代旌旗的一種。把鳥羽或旄牛尾飾於旗竿上作爲分别貴賤的標志。(雅1)261《大雅·韓奕》二章："王錫韓侯，淑旂綏章。"《毛傳》："綏，大綏也。"陸德明《釋文》："綏，本又作緌。"孔穎達《正義》："綏者，即交龍旂竿所建，與旂共一竿，爲貴賤之表章，故云綏章。"陳奐《傳疏》："綏章，旄也。"黄焯《毛鄭平議》："以綾系於緣末，加爲文章，是曰綏章。"一説：有文采的樣子。王引之《述聞》卷七："綏者，文貌。《荀子·儒效篇》：'綏綏兮其有文章也。'…所畫於旂交龍日月之章，綏然有文，故曰綏章。"屈萬里《詮釋》："章，旂上所畫日月交龍之類。"一説：有文采的用來挽以登車的繩索。《鄭箋》："綏，所引以登車有采章也。"陸德明《釋文》："綏，本亦作緌。毛如誰反，大綏也。鄭音雖，車綏也。"

隨(随) suí 旬爲切（止合三平支邪）
歌部、邪母

詭隨，欺詐虚僞。見"詭"。

歲(歲、岁) suì 相鋭切（蟹合三去祭心）月部、心母

❶年；周代以前稱一年爲一歲。取歲星運行一次之意，後來用爲年的通稱。(風12、雅7、頌1)58《衛風·氓》四章："自我徂爾，三歲食貧。"72《王風·采葛》三章："一日不見，如三歲兮。"211《小雅·甫田》一章："倬彼甫田，歲取十千。"305《商頌·殷武》三章："歲事來辟，勿予禍適。"《鄭箋》："以歲時來朝覲於我殷王。"朱熹《集傳》："以歲事來至於商，以祈王之不譴。" ❷年齡。(頌1)300《魯頌·閟宫》五章："萬有千歲，眉壽無有害。" ❸年成；年景。(頌1)298《周頌·有駜》三章："自今以始，歲其有。"《毛傳》："歲其有豐年也。"陸德明《釋文》："歲其，本或作'歲其有矣'，又作'歲其有年'。"孔穎達《正義》："定本、集注皆云：'歲其有年。'"又見【百歲】【嗣歲】【卒歲】。

穗 suì 徐醉切（止合三去至邪）質部、邪母

禾穗；穀類的花或果實聚生莖端而成的長條。(風1、雅1)65《王風·黍離》二章："彼黍離離，彼稷之穗。"《毛傳》："穗，秀也。"212《小雅·大田》三章："彼有遺秉，此有滯穗。"孔穎達《正義》："此處有滯漏之禾穗。"《説文·禾部》："采(suì)，禾成秀也。穗，采(suì)或從禾，惠聲。"

遂 suì 徐醉切（止合三去至邪）物部、邪母

❶成。(風1、雅1)58《衛風·氓》五章："言既遂矣，至于暴矣。"朱熹《集傳》："與爾始相謀約之言既遂，而爾遽以暴戾加我。"馬瑞辰《通釋》："遂，成也。言既遂矣，猶云'與子成説'。"(言既遂矣，指家業有成。)252《大雅·卷阿》十章："矢詩不多，維以遂歌。"牟庭《詩切》："維以遂歌，詩人自言繼穆王之歌而終成之也。"一説：答。曾運乾《毛詩説》："《爾雅》：'對，遂也。'《廣雅》：'對，答也。''遂歌'猶'答歌'也。" ❷生長；順利地成長。(頌1)304《商頌·長發》六章："苞有三蘖，莫遂莫達。"馬瑞辰《通釋》："遂與達，皆草木生長之稱。莫遂莫達，以喻三國不能復興。" ❸安；安定。(雅1)194《小雅·雨無正》四章："戎成不退，飢成不遂。"《毛傳》："遂，安也。"陳奐《傳疏》："遂有成就之義，故訓爲安。安，讀安民之安。飢不安者，天降饑饉，民無所安定也。"一説：前進。朱熹《集傳》："遂，進也。《易》曰'不能退，不能遂'是也。…言兵寇已成，而王之爲惡不退，饑饉已成，而王之遷善不遂。"又一説：墜；消失。于省吾《新證》："二

句相對爲文,不遂即不墜。…此詩是說,戰事已成而不罷退,饑饉已成而不消失,意謂遭時多難,我人禍與天災並至。"❹從容安閑的樣子。(風 2)60《衞風·芄蘭》一章:"容兮遂兮,垂帶悸兮。"朱熹《集傳》:"容遂,舒緩肆肆之貌。"一說:通"璲"。瑞玉,佩玉美好的樣子。《毛傳》:"佩玉遂遂然。"《鄭箋》:"遂,瑞也。"孔穎達《正義》:"遂本所佩之物,因爲其貌,故曰'佩玉遂遂然'。"又一說:通"燧"。古代取火的工具。夏辛銘《讀毛詩日記》:"'遂'蓋'燧'之古文省借。《內則》'金燧'、'木燧'是也。鄭彼注云:'金燧可取火於日,木燧鑽火也。'此詩刺惠公有成人之佩,無成人之德。凡舉佩物,悉本《內則》"❺於是;就。(風 1、雅 1、頌 3)39《邶風·泉水》二章:"問我諸姑,遂及伯姊。"300《魯頌·閟宮》六章:"奄有龜蒙,遂荒大東。"❻稱;相稱。(風 1)151《曹風·候人》三章:"彼其之子,不遂其媾。"朱熹《集傳》:"遂,稱。媾,寵也。遂之爲稱,猶今人謂遂意曰稱意。"一說:久。《鄭箋》:"遂,久也。不久其厚,言終將薄於君也。"❼普遍。(頌 1)304《商頌·長發》二章:"率履不越,遂視既發。"《鄭箋》:"遂,猶徧也。發,行也,乃徧省視之,教令則盡行也。"參"隧"。

檖 suì 徐醉切(止合三去至邪)
物部、邪母
木名。也叫山梨,果實似梨而小,可以吃。(風 1)132《秦風·晨風》三章:"山有苞棣,隰有樹檖。"《毛傳》:"檖,赤羅也。"孔穎達《正義》引陸璣《詩義疏》:"檖一名赤蘿,一名山梨,今人謂之楊檖,實如梨,但小耳。一名鹿梨,一名鼠梨。今人亦種之,極有脆美者,亦如梨之美也。"《說文·木部》引《詩》作"樣"。

璲 suì 徐醉切(止合三去至邪)
物部、邪母
瑞玉。見【佩璲】。

穟 suì 徐醉切(止合三去至邪)
物部、邪母
【穟穟】禾苗美好的樣子。(雅 1)245《大雅·生民》四章:"荏菽旆旆,禾役穟穟。"《毛傳》:"穟穟,苗好美也。"孔穎達《正義》:"穟穟、幪幪,皆生長茂盛之貌。一說:禾穗下垂的樣子。《說文·禾部》:"穟,禾采(穗)之貌。《詩》曰:'禾穎穟穟。'"

隧 suì 徐醉切(止合三去至邪)
物部、邪母
迅速;急速。(雅 2)257《大雅·桑柔》十二章:"大風有隧,有空大谷。"王引之《述聞》卷七:"古謂衝風爲隧風…隧之言迅疾也。有隧,形容其迅疾也。"一說:道路。《毛傳》:"隧,道也。"《鄭箋》:"大風之行,有所從而來,必從大空谷之中。"陳奐《傳疏》:"遂訓道;道,行也。"《韓詩外傳》卷五引作"隊"。《初學記》卷一引《詩》作"泰風有遂"。

誶 suì 雖遂切(止合三去至心)
蘇內切(蟹合一去隊心)
物部、心母
告。見"訊"。

孫(孫) (一)sūn 思渾切(臻合一平魂心)
文部、心母
❶孫女;外孫女。(風 2)24《召南·何彼襛矣》二章:"平王之孫,齊侯之子。"《毛傳》:"平,正也。武王女,文王孫,適齊侯之子也。"馬瑞辰《通釋》:"詩所云平王之孫,乃平王之外孫。言平王之外孫,則於詩句不類,故省而言之曰孫,猶《閟宮》詩'周公之孫',不言曾孫而但言孫也。詩二句皆指齊侯女子言。"❷泛指子孫以後的各代。(雅 1、頌 7)209《小雅·楚茨》六章:"子子孫孫,勿替引之。"300《魯頌·閟宮》三章:"周公之孫,莊公之子。"《毛傳》:"周公之孫,莊公之子,謂僖公也。"陳奐《傳疏》:"周公至莊公十七君,至僖公十八君,而曰孫者,自孫以下,皆稱孫也。"244《大雅·文王有聲》八章:"詒厥孫謀,以燕翼子。"《禮記·表記》引此詩鄭玄注:"遺其後世之孫以善謀,以安翼其子也。"呂祖謙《詩記》:"孫與子特互言之,皆謂子孫。"陳奐《傳疏》:"言武王以安敬之謀遺其孫子也。上言謀,下言燕翼,上言孫,下言子,皆互文以就韻耳。"一說:通"遜"。恭順。《鄭箋》:"詒猶傳也。孫,順也。"…

故傳其所以順天下之謀,以安其敬事之子孫,謂使行之也。"
(二) xùn ★蘇困切（臻合一去恩心）
文部、心母
❸通"遜"。謙遜；恭順。（風 2）160《豳風·狼跋》一章:"公孫碩膚,赤舄几几。"《鄭箋》:"公,周公也。孫讀當如'公孫于齊'之孫。孫之言辟遁也。"陸德明《釋文》:"孫,鄭音遜。"朱熹《集傳》:"公,周公也。孫,讓。"陳喬樅《改字説》:"古文遜遁、遜讓字皆作孫。"一説:音sūn。孫子;子孫。《毛傳》:"公孫,成王也,豳公之孫也。"高亨《今注》:"公孫碩膚即虢石甫。虢石甫是虢君的孫子,虢君是公爵,所以稱公孫石甫。"
【孫子】子孫。（雅 5、頌 3）235《大雅·文王》二章:"陳錫哉周,侯文王孫子。"朱熹《集傳》:"上帝敷錫于周,維文王孫子。"屈萬里《詮釋》:"二語言文王重錫於周者,維其子孫也。（哉、兹,此。）"
【孫子仲】即公孫文仲,春秋時衛將,衛武公之孫。（風 1）31《邶風·擊鼓》二章:"從孫子仲,平陳與宋。"《毛傳》:"孫子仲,謂公孫文仲也。"《鄭箋》:"子仲,字也。"王先謙《集疏》:"文仲不見《春秋》經傳,然鄭申《傳》義無異説,是三家當與《毛》同。公孫子仲與州吁俱武公孫,時代正合。"
又見【公孫】【湯孫】【孝孫】【曾孫】【子孫】。

飧（飱） sūn 思渾切（臻合一平魂心）
文部、心母
❶煮熟的食物。（雅 1）203《小雅·大東》一章:"有饛簋飧。"《毛傳》:"飧,孰（熟）食,謂黍稷也。"❷吃飯。（風 1）112《魏風·伐檀》三章:"彼君子兮,不素飧兮。"《毛傳》:"孰（熟）食曰飧。"陸德明《釋文》引《字林》:"飧,水澆飯也。"馬瑞辰《通釋》:"《孟子》趙注'朝食曰饔,夕曰飧',此對言則異也。《小雅·祈父·傳》'孰食曰饔',此《傳》又曰'熟食曰飧',此散言通也。"朱熹《集傳》本"飧"作"飱"。

隼 sǔn 思尹切（臻合三上準心）
文部、心母
一種凶猛的鳥,也叫"鶻"（hú）。上嘴鈎曲,背墨色,尾尖白色,腹部黃色。（雅 4）178《小雅·采芑》三章:"鴥彼飛隼,其飛戾天。"《鄭箋》:"隼,急疾之鳥也。飛乃至天。"陸璣《詩義疏》:"隼,鷂屬也。"毛奇齡《續詩傳》:"隼,鷙鳥也,即鷹之小者。"

筍（笋） sǔn 思尹切（臻合三上準心）
真部、心母
竹子初長出的嫩芽,可以做菜吃。（雅 1）261《大雅·韓奕》三章:"其蔌維何?維筍及蒲。"《毛傳》:"筍,竹也。"《鄭箋》:"筍,竹萌也。"陸德明《釋文》:"筍,字或作笋。"

娑 suō 素何切（果開一平歌心）
歌部、心母
《説文·女部》:"娑,舞也。婆娑,舞蹈的樣子。見"婆"。

縮（缩） suō 所六切（通合三入屋生）
覺部、山母
用繩子捆束。（雅 1）237《大雅·緜》五章:"其繩則直,縮版以載。"《毛傳》:"乘謂之縮。"《鄭箋》:"繩者,營其廣輪方制之正也。既正則以索縮其築版,上下相承而起。…乘,聲之誤,當爲繩也。"孔穎達《正義》引孫炎説:"繩束築版謂之縮。"《爾雅·釋器》:"繩之謂之縮。"郭璞注:"縮者約束之。《詩》曰:'縮版以載。'朱熹《集傳》:"縮,束也。"一説:直。馬瑞辰《通釋》:"古以直爲縮。…'縮版以載',承上'其繩則直'。謂繩既直立,即先樹立其直版,縮版即直版也。"

蓑 suō 蘇禾切（果合一平戈心）
微部、心母
蓑衣;用草或棕毛製成的雨衣。（雅 1）190《小雅·無羊》二章:"爾牧來思,何蓑何笠。"《毛傳》:"蓑,所以備雨;笠,所以禦暑。"陸德明《釋文》:"蓑,素戈反,草衣也。"朱熹《集傳》:"蓑笠所以禦雨。"

所 suǒ 疎舉切（遇合三上語生）
魚部、生母
❶處所;地方。（風 4、雅 4、頌 2）113《魏風·碩鼠》一章:"樂土樂土,爰得我所。"258《大雅·雲漢》四章:"赫赫炎炎,云我無所。"朱熹《集傳》:"無所,無所容也。"305《商頌·殷武》一章:"有截其所,湯孫之緒。"《鄭

箋》:"所,猶處也。"❷代詞。放在動詞前面,組成名詞性詞組。表示"…的人"、"…的事物"、"…的地方"等。(風11、雅22、頌3)225《小雅·都人士》一章:"行歸于周,萬民所望。"222《小雅·采菽》二章:"載驂載駟,君子所屆。"《鄭箋》:"諸侯將朝于王,則驂乘乘四馬而往。"馬瑞辰《通釋》:"謂諸侯將朝於王,乘此驂駟以往也。…'君子所屆',《晏子春秋内篇·諫上》引《詩》作'君子所誡',是知屆爲誡之假借,誡之言戒,謂其驂駟皆君子所夙戒,以見其車之有度也。"一説:助詞。無實義。陳奐《傳疏》:"君子所屆者,君子至也。所,語詞耳。"❸放在動詞前,表示"所由…"。(雅1)196《小雅·小宛》四章:"夙興夜寐,毋忝爾所生。"朱熹《集傳》:"夙興夜寐,各求無忝於父母而已。"按後世稱生身父母爲"所生",本此。如《世説新語·賞譽》:"王汝南既除所生服,遂停墓所。"❹若;如。(風3)46《鄘風·君子偕老》一章:"所可道也,言之醜也。"王引之《釋詞》卷九:"所,猶若也。…'所可道也,言之醜也。'言若可道也。"陳子展《選譯》:"'所可道也'之所,爲假設連詞,若也,如也。"❺尚;還。(風2)155《豳風·鴟鴞》三章:"予手拮据,予所捋荼,予所蓄租。"余冠英《詩經選》:"所,尚。參"許"。

瑣(璅) suǒ 蘇果切(果合一上果心) 歌部、心母

【瑣瑣】細小、卑微的樣子。(雅1)191《小雅·節南山》四章:"瑣瑣姻亞,則無膴仕。"《毛傳》:"瑣瑣,小貌。"《鄭箋》:"瑣瑣昏姻妻黨之小人,無厚任用之。"杭世駿《訂訛類編》:"瑣瑣,鄙細之意。言尹氏鄙細之親戚,不宜寵以厚禄也。"陸德明《釋文》:"瑣,或作璅。"

【瑣尾】少好的樣子。(風1)37《邶風·旄丘》四章:"瑣兮尾兮,流離之子。"《毛傳》:"瑣尾,少好之貌。"孔穎達《正義》:"瑣兮而少,尾兮而好者,流離之子也。"陳奐《傳疏》:"婉變叠韻,瑣尾雙聲,皆合二字成義。"一説:細小;卑微。朱熹《集傳》:"瑣,細;尾,末也。"俞樾《平議》卷八:"尾,亦少也。尾與微通…'瑣兮尾兮',猶云瑣兮微兮,蓋即'式微式微'之意。"王夫之《稗疏》:"瑣尾,言其卑末伏竄之象,以比黎侯之迫逐于狄人,無所容身。以六義言之,比也。"又一説:鳥鳴聲。聞一多《通義》:"瑣爲貝玉之聲,鳥鳴之聲似之,故狀鳥鳴爲瑣瑣。字變爲瑣屧,又省爲瑣尾耳。"

索 suǒ 蘇各切(宕開一入鐸心) 鐸部、心母

用手搓(繩索)。(風1)154《豳風·七月》七章:"晝爾于茅,宵爾索綯。"《鄭箋》:"女當晝日往取茅歸,夜作絞索以待時用。"朱熹《集傳》:"索,絞也。綯,索也。"王引之《述聞》卷五:"索者,糾繩之名,綯即繩也。索綯猶言糾繩,于茅、索綯,文正相對。"

T

他 tā 託何切（果開一平歌透）
歌部、透母

❶別的；其他的。（風15、雅4)87《鄭風·褰裳》一章："子不我思，豈無他士。"198《小雅·巧言》四章："他人有心，予忖度之。"
❷別人；其他的事。（雅3)195《小雅·小旻》六章："人知其一，莫知其他。"《毛傳》："一，非也。他，不敬小人之危殆也。"劉師培《札記》："人知其一，謂人知虎、河之爲害，莫知其他，謂人不知暴、馮之不可，猶之不敬小人。"聞一多《新義》："猶云知其一，不知其二也。朱熹《集傳》本作"它"。《淮南子·本經》引作"佗"。217《小雅·頍弁》一章："豈伊異人，兄弟匪他。"《鄭箋》："皆兄弟，與王無他，言至親。"朱熹《集傳》："匪他，非他人也。"232《小雅·漸漸之石》三章："武人東征，不皇他矣。"朱熹《集傳》："此言久役又逢大雨，甚勞苦而不暇及他事也。"參"它"、"委"。

它 tā （舊tuō）託何切（果開一平歌透）
歌部、透母

別的；其他的。（風1、雅2)184《小雅·鶴鳴》一章："它山之石，可以爲錯。"《鄭箋》："它山，喻異國。"陸德明《釋文》："它，古他字。"《淮南子·説林》、《脩務》高誘注並引《詩》作"他"。45《鄘風·柏舟》一章："之死矢靡它。"《毛傳》："至己之死，信無它心。"王先謙《集疏》："靡它，猶言無二也。"朱熹《集傳》本作"他"。參"他"、"佗"。

沓 tà 徒合切（咸開一入合定）
緝部、定母

語多；議論紛紜。（雅1)193《小雅·十月之交》七章："噂沓背憎，職競由人。"《毛傳》："沓猶沓沓。"陳奐《傳疏》："《說文·曰部》：'沓，語多沓沓也。'…傅沓，猶聚語也。"陸德明《釋文》作"誻"，云："本又作沓。"王觀國《學林》卷二："詩人多用省偏傍之文，故用'沓'字，乃'誻'之省文耳。核其義，則沓者，垂也，合也。"一說：合。朱彬《經傳考證》："屈原《天問》'天何所沓'王逸注：'沓，合也。'言小人之情，聚則相合，背即相憎，杜子美詩所謂'當面輸心背面笑'也。"

撻(挞) tà 他達切（山開一入曷透）
月部、透母

疾速的樣子；勇猛威武的樣子。（頌1)305《商頌·殷武》一章："撻彼殷武，奮伐荊楚。"《毛傳》："撻，疾意也。"《鄭箋》："殷道衰而楚人叛，高宗撻然奮揚威武，出兵伐之。"陸德明《釋文》引《韓詩》云："撻，達也。"馬瑞辰《通釋》："撻，蓋勇武之貌。《爾雅·釋言》：'疾，壯也。'…疾與壯健義近，《傳》訓疾者，亦壯武之義。"

闥(闼) tà 他達切（山開一入曷透）
月部、透母

門內；門屏之間。（風2)99《齊風·東方之日》二章："彼姝者子，在我闥兮。"《毛傳》："闥，門內也。"陸德明《釋文》引《韓詩》："門屏之間曰闥。"王先謙《集疏》："切言之，則闥爲小門。渾言之，則門以內皆爲闥。"一說：夾室；寢門左右的小屋。陳奐《傳疏》："天子燕寢，有左右房，有左右夾室，是謂之闥。士燕寢…寢門之左右有塾，其內設簾帷之制。簾帷，亦闥也，是亦謂之闥。"

台 tāi 土來切（蟹開一平咍透）
之部、透母

tái ★堂來切（蟹開一平哈定）
之部、定母

【台背】通"鮐背"。指長壽年老的人。老人背有鮐文，故稱"台背"。（雅 1，頌 1）246《大雅•行葦》八章："黃耇台背，以引以翼。"《毛傳》："台背，大老也。"《鄭箋》："台之言鮐也。大老則背有鮐文。"《釋名•釋長幼》："九十曰鮐背，背有鮐文也。"(鮐，河豚。)陸德明《釋文》："台，湯來反，徐又音臺,《爾雅》云:壽也。"陳奐《傳疏》："《詩》作台,古鮐字也。"一說，駝背。章炳麟《新方言》："《爾雅》：'鮐背,壽也。'恐鮐背即佗背,老人多僂,以此狀之,台、它雙聲。"《爾雅•釋詁》作"駘背"。參"邰"。

臺(台) tái 徒哀切（蟹開一平哈定）
之部、定母

❶用土築成的四方而高平的建築物,供觀察瞭望用М。見【新臺】【靈臺】等。❷通"臺"。即莎草,莖葉可以制蓑衣和笠等。（雅 1）172《小雅•南山有臺》一章："南山有臺,北山有萊。"《毛傳》："臺,夫須也。"孔穎達《正義》引陸璣《詩義疏》："夫須,莎草也,可以爲笠。"❸蓑衣。（雅 1）225《小雅•都人士》二章："彼都人士,臺笠緇撮。"《毛傳》："臺所以禦暑,笠所以禦雨。"(按此《傳》有誤。《南山有臺•正義》引《傳》作"臺所以禦雨"。)一説：莎草。《鄭箋》："臺,夫須也。都人之士以臺皮爲笠,緇布爲冠。"嚴粲《詩緝》："臺,莎草也。"按王棫《野客叢書》卷十五："謝玄暉詩曰:'臺笠聚東菑。'注:'臺禦日,笠禦雨。'是以爲二事,蓋本毛之説。麹信陵詩曰:'臺笠冒山雨,渚田耕荇花。'以臺笠對渚田,是以爲一事,蓋祖鄭之説。考孔穎達《正義》：臺可爲笠,則一也。…所稱臺笠,自謂臺與笠耳,不必合爲一物。"

邰 tái 土來切（蟹開一平哈透）
之部、透母

古國名,在今陝西省武功縣西南。相傳周族始祖后稷封於此,今武功縣有姜嫄廟、后稷祠、教稼臺等古迹。（雅 1）245《大雅•生民》五章："即有邰家室。"《毛傳》："邰,姜嫄之國也。"陸德明《釋文》："邰,他來反。"

后稷所封國也。在今京兆武功縣。"朱熹《集傳》："堯以其有功於民,封於邰,使即母家而居之,以主姜嫄之祀。故周人亦世祀姜嫄焉。"陳奐《傳疏》："古斄(邰)城在今陝西乾州武功縣西南二十五里。"按班固《白虎通義•京師》引《詩》作"即有家室"(今本《白虎通義》作"邰")、《説文•邑部》、酈道元《水經注•渭水》、《史記•周本紀》司馬貞《索隱》引《詩》均作"有邰家室",無"即"字。王先謙《集疏》："邰,《齊》作斄。"

斄 tái ★湯來切（蟹開一平哈透）
之部、透母

古地名,周始祖后稷封地。《漢書•地理志》："右扶風斄,周后稷所封。"顏師古注："斄,讀與邰同。見"邰"。

太 tài 他蓋切（蟹開一去泰透）
月部、透母

過於；過分。（雅 5）258《大雅•雲漢》三章："旱既太盛,則不可推。"按二章作"旱既大盛",陸德明《釋文》："大音泰,下'大甚'同。"則此以下五章"太"字亦當作"大"。

泰 tài 他蓋切（蟹開一去泰透）
月部、透母

❶見【泰山】。❷過於；過分。（雅 1）198《小雅•巧言》一章："昊天泰憮,予慎無辜。"《鄭箋》："已,泰,皆甚也。"陸德明《釋文》作"大",云："音泰,本亦作泰。"相臺本亦作"大"。參"大"。

【泰山】山名,五嶽中的東嶽,又叫岱宗、岱嶽。在今山東省泰安市北。（頌 1）300《魯頌•閟宮》六章："泰山巖巖,魯邦所詹。"朱熹《集傳》："泰山,魯之望也。"陸德明《釋文》作"大山",云："音泰,本又作泰。"參"大"。

嘽(啴) tān 他干切（山開一平寒透）
寒部、透母

【嘽嘽】1)喘息的樣子。（雅 1）162《小雅•四牡》二章："四牡騑騑,嘽嘽駱馬。"《毛傳》："嘽嘽,喘息之貌,馬勞則喘息。"《漢書•敘傳》引作"驒驒駱馬",顏師古注："驒驒,喘息之貌。"《説文•口部》："嘽,喘息也。引《詩》'嘽嘽駱馬';又'疒部'："瘏,馬病也。引《詩》'瘏瘏駱馬'。"馬瑞辰《通釋》:"嘽與痑一聲之轉,故通用。痑之言癉。《說文》:'癉,勞病也。'"一說:車馬行聲。屈萬里《詮釋》:"此當與《杕杜》之'嘽嘽',《采芑》之'嘽嘽'同義。蓋形容聲之盛,《杕杜》《采芑》形容車聲,此形容馬行聲也。"2)眾多而威武的樣子。(雅 3)263《大雅·常武》五章:"王旅嘽嘽,如飛如翰。"《毛傳》:"嘽嘽然,盛也。"《鄭箋》:"閒暇有餘力之貌。"259《大雅·崧高》七章:"既入于謝,徒御嘽嘽。"朱熹《集傳》:"嘽嘽,眾盛也。"一說:喜樂,安舒的樣子。《毛傳》:"嘽嘽,喜樂也。"《鄭箋》:"嘽嘽,安舒,言得禮也。"3)車聲。(雅 1)178《小雅·采芑》四章:"嘽嘽焞焞,如霆如雷。"何楷《古義》:"戎車,還師之車也。嘽嘽焞焞,如霆如雷,皆車聲也。嘽嘽,指輕車言;焞焞,指重車言。聲之舒緩者曰嘽。"一說:聲勢盛大的樣子。《毛傳》:"嘽嘽,眾貌。"參"嘽"。

痑 tān 他干切(山開一平寒透)
　　　　寒部、透母
　　duò 丁佐切(果開一去箇端)
　　　　歌部、端母
馬疲乏。見"嘽"。

貪(贪) tān 他含切(咸開一平覃透)
　　　　侵部、透母
貪婪;不擇手段地求取財物。(雅 1)257《大雅·桑柔》十三章:"大風有隧,貪人敗類。"按《史記·周本紀》:"厲王即位三十年,好利,近榮夷公。芮良夫諫…不聽。率以榮公為卿士,用事。"貪人即指榮夷公之流。又十一章:"民之貪亂,寧為荼毒。"朱熹《集傳》:"民不堪命,所以肆行貪亂。"余培林《正詁》:"貪亂二字平列,謂貪婪暴亂。"一說:欲。《鄭箋》:"貪猶欲也。天下之民苦王之政,欲其亂亡,故安為苦毒之行,相侵暴,慍怒使之然。"

惔 tán 徒甘切(咸開一平談定)
　　　　談部、定母
通"炎"。焚燒。(雅 2)191《小雅·節南山》一章:"憂心如惔,不敢戲談。"《毛傳》:"惔,燔也。"《鄭箋》:"皆憂心如火灼爛之矣。"陸德明《釋文》:"惔,徒藍反,又音炎,燔也。《韓詩》作炎。字書作焱。"《說文·心部》:"惔,憂也。《詩》曰:'憂心如惔。'"258《大雅·雲漢》五章:"旱魃為虐,如惔如焚。"《毛傳》:"惔,燎之也。"段玉裁《小箋》:"此謂惔即炎之假借。"王先謙《集疏》:"三家,惔作炎。"

談(谈) tán 徒甘切(咸開一平談定)
　　　　談部、定母
交談;說。(雅 1)191《小雅·節南山》一章:"憂心如惔,不敢戲談。"《鄭箋》:"畏汝之威,不敢相戲而言語。疾其貪暴,脅下以刑辟也。"一說:戲謔。王引之《述聞》卷六:"談亦戲也。《玉篇》、《廣韻》並云:談,戲調也。…戲談,猶戲謔也。"

餤(谈) tán 徒甘切(咸開一平談定)
　　　　談部、定母
進食。引申為增進;加劇。(雅 1)198《小雅·巧言》三章:"盜言孔甘,亂是用餤。"《毛傳》:"餤,進也。"朱熹《集傳》:"讒言之美,如食之甘,使人嗜之而不厭,則亂是用進矣。"胡承珙《後箋》:"《龍龕手鑒》引《爾雅》舊注曰:'餤,甘之進也。'案《爾雅》餤、羞皆訓進者,自由進食之義而引申之。"

覃 (一) tán 徒含切(咸開一平覃定)
　　　　侵部、定母
❶長。(雅 1)245《大雅·生民》三章:"實覃實訏,厥聲載路。"《毛傳》:"覃,長。訏,大。"陸德明《釋文》:"覃,徒南反。本或作譚。毛云:長也。鄭云:始能坐也。"孔穎達《正義》:"覃,延也。延引是漸長之義,故為長也。"馬瑞辰《通釋》:"覃,訏宜從《傳》訓長、大,狀其聲之長且大也。"❷延;延長。(風 2、雅 1)255《大雅·蕩》六章:"內奰于中國,覃及鬼方。"孔穎達《正義》:"此奰然惡行,乃延及中國之外,至於鬼方之遠鄉。"嚴粲《詩緝》:"覃者,延長之義。"朱熹《集傳》:"覃,延也。言自近及遠,無不怨怒也。"2《周南·葛覃》一章:"葛之覃兮,施于中谷。"《毛傳》:"覃,延也。"胡承珙《後箋》:"詩以覃與施相承而言,施為延易,則覃之訓延,宜取延長之義。"馬瑞辰《通釋》:"覃本延移之稱,引申為長之通稱,延亦長也。"一說:藤。陸德明《釋文》:"覃,本亦作蕈。"聞一多《新義》:"覃為蕈之省,蕈即藤聲之

轉。"
(二) yǎn ★以冉切（咸開三上琰以）
侵部、定母
❸通"剡"。鋒利。（雅1）212《小雅·大田》一章："以我覃耜，俶載南畝。"《毛傳》："覃，利也。"陳奐《傳疏》："覃讀爲剡，此假借也。"《爾雅·釋詁》："剡，利也。"郭璞注引《詩》"以我剡耜"。《楚辭·橘頌》王逸章句："剡，利也。亦引《詩》"以我剡耜"。王先謙《集疏》："《魯》，覃作剡。"
參"譚"。

譚(谭) tán
徒含切（咸開一平覃定）
徒感切（咸開一上感定）
侵部、定母

【譚公】譚國國君，衛莊姜姊妹的丈夫。譚爲周代諸侯國名，故城在今山東省濟南市東龍山鎮附近。魯莊公十年（公元前684年）滅於齊。（風1）57《衛風·碩人》一章："邢侯之姨，譚公維私。"朱熹《集傳》："邢侯、譚公，皆共姜姊妹之夫，互言之也。"《春秋·莊公十年》："齊師滅譚。"杜預注："譚國在濟南平陵縣西。"王先謙《集疏》："《魯》，譚亦作鄲。"…《說文》作'鄲'，云：'國也，齊桓公之所滅。'"

藫 tán ★徒南切（咸開一平覃定）
侵部、定母
藤。見"覃"。

檀 tán 徒干切（山開一平寒定）
寒部、定母

檀樹，一種落葉喬木。木質堅硬，可作車的輪或軸。（風2，雅2）112《魏風·伐檀》一章："坎坎伐檀兮，寘之河之干兮。"朱熹《集傳》："檀，木可爲車者。"184《小雅·鶴鳴》一章："爰有樹檀，其下維蘀。"陸璣《詩義疏》："檀木，皮正青，滑澤與繫迷相似，又以駮馬。"

【檀車】古時車輪多以檀木製成，故泛稱兵車或役車爲檀車。（雅2）236《大雅·大明》八章："檀車煌煌，駟騵彭彭。"《鄭箋》："兵車鮮明。"孔穎達《正義》："陳檀木之兵車，煌煌然皆鮮明。"朱熹《集傳》："檀，堅木，宜爲車者也。"169《小雅·杕杜》三章："檀車幝幝，四牡痯痯。"《毛傳》："檀車，役

車也。"孔穎達《正義》："以檀木爲車。"

菼 tǎn 吐敢切（咸開一上敢透）
談部、透母

荻葦。蘆、荻相似，蘆莖較粗而中空，荻莖較細而中實。（風2）57《衛風·碩人》四章："葭菼揭揭。"《毛傳》："葭，蘆；菼，薍也。"陸璣《詩義疏》："薍，或謂之荻，至秋堅成，則謂之萑。"沈括《夢溪補筆談》卷三："《詩》云：'葭菼揭揭。'則葭，蘆也；菼，荻也。"73《王風·大車》一章："大車檻檻，毳衣如菼。"《毛傳》："菼，鵻也，蘆之初生者也。"《說文·系部》引《詩》作"緂"。參"兼"。

緂 tǎn 吐敢切（咸開一上敢透）
談部、透母

帛蒼白色。《說文·系部》："緂，帛雗色也。從糸剡聲。《詩》曰：'毳衣如緂。'"徐鉉曰："今俗別作毯。"見"菼"。

噉(唵) tǎn 他感切（咸開一上感透）
侵部、透母

衆多的樣子。（頌1）290《周頌·載芟》："有噉其饁。"《毛傳》："噉，衆貌。"孔穎達《正義》："以耘者千耦，饁者必多，故知噉爲衆貌。"一說：衆人吃飯聲。朱熹《集傳》："噉，衆飲食聲也。"《說文·口部》："噉，聲也。《詩》曰：'有噉其饁。'"

襢(袒) tǎn 徒旱切（山開一上旱定）
寒部、定母

【襢裼】（一xī）赤膊；脫去上衣，露出身體的一部分。（風1）78《鄭風·大叔于田》一章："襢裼暴虎，獻于公所。"《毛傳》："襢裼，肉袒也。"陸德明《釋文》："襢，本又作袒。"《說文·肉部》引作"膻裼暴虎。"段玉裁《說文·衣部》"裼"字注："《經》、《傳》凡單言裼者，謂免上衣也。凡單言袒者，謂免衣肉袒也。肉袒，或謂之袒裼。《釋言》、《毛傳》皆曰'袒裼，肉袒也'，是也。"

膻 tǎn 徒旱切（山開一上旱定）
寒部、定母

脫去上衣露出身體的一部分。見"袒"。

醓(脂) tǎn 他感切（咸開一上感透）
侵部、透母

肉醬的汁；肉汁。（雅1）246《大雅·行葦》四章："醓醢以薦，或燔或炙。"《毛傳》："以

肉曰醓醢."陳奐《傳疏》:"以肉作醬謂之醢,肉醬有汁謂之醓醢,醓即醢之汁."一說:多汁的肉醬。陸德明《釋文》:"醓,肉醬也."《釋名·釋飲食》:"醢多汁者曰監."朱熹《集傳》:"醓,醢之多汁者也."

嘆(叹) tàn 他旦切(山開一去翰透)
他干切(山開一平寒透)
寒部、透母

嘆息。(風 5)69《王風·中谷有蓷》一章:"有女仳離,嘅其嘆矣."陸德明《釋文》:"嘆,本亦作歎."153《曹風·下泉》一章:"愾我寤嘆,念彼周京."陸德明《釋文》:"嘆,息也."《說文·口部》:"嘆,吞嘆也。一曰太息也."段玉裁注:"按嘆、歎二字,今人通用.《毛詩》中兩體錯出,依《說文》則義異。歎近於喜,嘆近於哀。故嘆訓吞嘆,吞其嘆而不能發.參'歎'."

歎(叹) tàn 他旦切(山開一去翰透)
寒部、透母

嘆息。(風 2、雅 1)156《豳風·東山》三章:"鸛鳴于垤,婦歎于室."164《小雅·常棣》三章:"每有良朋,況也永歎."唐石經、相臺本作"嘆".按《說文·欠部》:"歎,吟也,謂情有所悅,吟歎而歌詠."段玉裁注:"古歎與嘆義別。歎與喜樂爲類,嘆與怒哀爲類."250《大雅·公劉》二章:"既順廼宣,而無永歎."《毛傳》:"民無長歎."陸德明《釋文》:"歎,他安反,字或作嘆."今《詩經》中"歎"、"嘆"義無別。參"嘆".

湯(汤)
(一) tāng 吐郎切(宕開一平唐透)陽部、透母

❶即成湯,商朝開國之王。原爲商族部落領袖,公元前十六世紀討滅夏桀,建立商王朝。(頌 3)303《商頌·玄鳥》:"古帝命武湯,正域彼四方."《鄭箋》:"天帝命有威武之德者成湯,使之長有邦域,爲政於天下." 304《商頌·長發》三章:"帝命不違,至于湯齊."《毛傳》:"至湯與天心齊."俞樾《平議》卷十一:"言爲至於湯而成,故謂之成湯也." ❷通"蕩".游蕩;歌樂游戲。(風 1)136《陳風·宛丘》一章:"子之湯兮,宛丘之上兮."《毛傳》:"湯,蕩也."《鄭箋》:"子者,斥幽公也,游蕩無所不爲."陸德明《釋

文》:"湯,他郎反,舊他浪反."朱熹《集傳》:"子,指游蕩之人也。湯,蕩也."一說:形容舞姿搖擺。余冠英《詩經選》:"湯,《楚辭》王逸注引作'蕩'。湯,蕩古通用。蕩是搖擺,形容舞姿."《楚辭·離騷》王逸注、《太平御覽》十八、五十三各引《詩》作"蕩".

(二) shāng 式羊切(宕開三平陽書)
陽部、書母

❸見【湯²湯²】.

【湯孫】湯的子孫。指主祭時王。(頌 5)301《商頌·那》:"湯孫奏假,綏我思成."《鄭箋》:"湯孫,大甲也."歐陽修《詩本義》:"湯孫者,斥主祀之時王爾。自太甲以下至紂,皆可爲湯孫。不知《頌》作於何時,所斥者何王爾."朱熹《集傳》:"湯孫,主祀之時王也."皮錫瑞《詩經通論》:"湯孫乃主祭君之號,自當屬宋襄公。且萬舞之名,至周始有也."屈萬里《詮釋》:"湯孫,主祭者,疑宋襄公也."一說:指成湯。《毛傳》:"於赫湯孫,盛矣湯之爲人子孫也."俞樾《平議》卷十一:"《那》祀成湯而稱湯爲孫,猶《玄鳥》祀高宗而稱高宗爲武丁孫子。疑商時自有此稱。蓋自後世言之,則祖宗也;自先世言之,則孫也。人本乎祖,死則祔於祖,故從其所祔者而稱之爲孫矣."

【湯²湯²】水流盛大的樣子。(風 2、雅 3)58《衛風·氓》四章:"淇水湯湯,漸車帷裳."《毛傳》:"湯湯,水盛貌."孔穎達《正義》:"此湯湯之淇水,漸車之帷裳."183《小雅·沔水》二章:"沔彼流水,其流湯湯."《鄭箋》:"湯湯,波流盛貌."

又見【成湯】.

鐺(铛) tāng 吐郎切(宕開一平唐透)
陽部、透母

鼓聲。(風 1)31《邶風·擊鼓》一章:"擊鼓其鏜,踴躍用兵."《毛傳》:"鏜然,擊鼓聲也."《說文·金部》:"鏜,鐘鼓之聲."引《詩》:"擊鼓其鏜."又《鼓部》:"鼛,鼓聲也."引《詩》:"擊鼓其鼛."王育《說文引詩辨證》:"案:堂,高也。鼓聲高,故從鼓。鏜,鐘聲也。鐘爲金音,故從金."王先謙《集疏》:"用兵時或專擊鼓,或金鼓兼、鼛、

鐣字並通。"

鼞 tāng 吐郎切（宕開一平唐透）
陽部、透母
鼓聲。見"鏜"。

堂 táng 徒郎切（宕開一平唐定）
陽部、定母

❶前室；堂屋。古代宫室分庭、堂、室、厢等部分；室前寬敞明亮，叫堂；堂之前爲庭；堂之後，左爲室，右爲北堂；庭堂的兩旁爲厢。（風 5、頌 1）88《鄭風·丰》二章："子之昌兮，俟我乎堂兮。"114《唐風·蟋蟀》一章："蟋蟀在堂，歲聿其莫。"292《周頌·絲衣》："自堂徂基，自羊徂牛。"楊樹達《述林》卷一："《説文》云：'堂，殿也。'殿堂同物，故兩文互訓。"❷公堂；明堂。古代國君行禮、理政、祀神的地方。（風 2）146《檜風·羔裘》二章："羔裘翱翔，狐裘在堂。"《毛傳》："堂，公堂也。"❸通"棠"。木名。（風 1）130《秦風·終南》二章："終南何有？有紀有堂。"王引之《述聞》卷五："紀讀爲杞，堂讀爲棠，條梅杞棠，皆木名也。"白居易《白帖》卷五引《詩》作"有杞有棠"。王先謙《集疏》："三家，紀作杞，堂作棠。"一説：山上寬平的地方。《毛傳》："堂，畢道平如堂也。"朱熹《集傳》："堂，山之寬平處也。"❹春秋時衛國邑名。在今河南省滑縣附近。（風 1）50《鄘風·定之方中》二章："望楚與堂，景山與京。"《毛傳》："楚丘有堂邑者。"又見【公堂】。

棠 táng 徒郎切（宕開一平唐定）
陽部、定母

木名。有赤、白兩種，赤棠木質堅韌，果實澀而無味，白棠即甘棠，亦稱棠梨、杜梨，果實似梨而小，味酸甜。見【甘棠】。參"堂"、"常"。

唐 táng 徒郎切（宕開一平唐定）
陽部、定母

❶古代朝堂前或宗廟門内的甬道。（風 1）142《陳風·防有鵲巢》二章："中唐有甓，邛有旨鷊。"《毛傳》："中，中庭也。唐，堂塗也。"《爾雅·釋宫》："廟中路謂之唐。"郭璞注引《詩》："中唐有甓。"馬瑞辰《通釋》："唐爲廟中路，又爲庭中道名。"❷草名。即菟絲草。（風 1）48《鄘風·桑中》一章："爰采唐矣，沫之鄉矣。"《毛傳》："唐，蒙，菜名。"孔穎達《正義》："《釋草》云：'唐、蒙，女蘿，女蘿，菟絲。'舍人曰：'唐、蒙名女蘿，又名菟絲。'"《説文·艸部》："蒙，王女也。"錢大昕《養新録》卷三："女蘿之大者謂之王女，猶王彗、王芻，魚有王鮪，鳥有王雎也。"❸周代諸侯國名，即晉的前身。公元前十一世紀，周成王封其弟叔虞於唐（今山西省西南部），建都晉陽（今山西太原）。舊謂叔虞子燮父，因其境内有晉水，改國爲晉。《史記·晉世家》："唐叔子燮，是爲晉侯。"鄭玄《詩譜》："唐者，帝堯舊都之地，今曰太原。晉陽是堯始居，此後乃遷河東平陽。成王封母弟叔虞於堯之故墟，曰唐侯。南有晉水，至子燮，改爲晉侯。其封域在《禹貢》冀州太行恒山之西，太原太岳之野。至曾孫成侯，南徙居曲沃，近乎陽焉。其孫穆侯，又徙於絳云。"馬瑞辰據《國語》和《吕氏春秋》考定，叔虞時已有晉名，《史記》説未的。統治區大致包括今山西太原以南沿汾水流域一帶地方。叔虞傳三世至成侯，自晉陽徙都曲沃（今山西聞喜縣）；八世至穆侯，又徙於絳（今山西絳縣）；十世至昭侯復徙於翼（今山西翼城縣東南）。晉昭侯分封其叔父成師於曲沃。成師原武公統一了晉國。其後晉獻公遷都於絳（今山西翼城縣東），至景公時，又遷都於新田，稱新絳（今山西曲沃西南），兼併赤狄，遂領有山西大部，甚至擴展到河南北部、河北西南部和陝西一角。

【唐棣】木名，又名栘、白栘，形似白楊。（風 1）24《召南·何彼襛矣》一章："何彼襛矣，唐棣之華。"《毛傳》："唐棣，栘也。"朱熹《集傳》："唐棣，栘也，似白楊。"按《爾雅·釋木》郭璞注："今白栘也，似白楊，江東呼夫栘。"一説：棣樹。陳奂《傳疏》："《晨風》'山有苞棣'傳："棣，唐棣也。'是唐棣一名棣，作栘者誤矣。"《論語·子罕》"唐棣之華"邢昺《疏》引陸璣《詩義疏》："〔唐棣〕，奥李也，一名雀梅，亦曰車下李，所在山中皆有。其華或白或赤，六月中熟，大如李子，可食。"鄒漢勛《讀書偶識》卷四："唐棣，俗名桃李華，樹小於桃,華似桃復似李,故名。"
〖唐風〗《詩經·國風》之一。唐國民歌,實即晉國民歌,産生於今山西省境内。包括《蟋蟀》、《山有樞》、《揚之水》、《椒聊》、《綢繆》、《杕杜》、《羔裘》、《鴇羽》、《無衣》、《有杕之杜》、《葛生》、《采苓》等十二篇,都是春秋前期的作品。約産生於公元前八世紀到公元前六世紀二百年間。朱熹《集傳》:"唐,國名,本帝堯舊都。…其地土瘠民貧,勤儉質樸,憂思深遠,有堯舊風。其詩不謂之晉而謂之《唐》,蓋仍其始封之舊號耳。"

螗 táng 徒郎切（宕開一平唐定）
陽部、定母

蟬的一種,也叫蝘或螗蜩。(雅1)255《大雅·蕩》六章:"如蜩如螗,如沸如羹。"《毛傳》:"蜩,蟬也。螗,蝘也。"《鄭箋》:"飲酒號呼之聲,如蜩螗之鳴。"陸璣《詩義疏》:"螗,蟬之大而黑色者,有五德,文、清、廉、儉、信。"陳奐《傳疏》:"唐匽,今字皆加虫旁。唐匽,蟬之大者,析言之也。渾言之,則唐亦名唐蜩。"按郝懿行《爾雅義疏》:"螗蜩小於馬蜩,背青緑色,頭有花冠,喜鳴,其聲清圓。"馬瑞辰《通釋》:"謂時人悲歎之聲如蜩螗之鳴,憂亂之心如沸羹之方熟。"王夫之《稗疏》:"'如蜩如螗',各有所喻。'如蜩',煩囂相和也。'如螗',隱而不恒也。'如沸',淪亂不寧也。'如羹',蒙糊無别也。"

慆 tāo 土刀切（效開一平豪透）
幽部、透母

過去;逝去。(風1)114《唐風·蟋蟀》三章:"今我不樂,日月其慆。"《毛傳》:"慆,過也。"陳奐《傳疏》:"慆與滔,聲義皆相近。過,猶去也。"馬瑞辰《通釋》:"慆爲滔字之假借。《說文》:'滔,水漫漫大貌。'大則易失之過,故過又大義之引申也。"

【慆慆】時間長久。(風4)156《豳風·東山》一章:"我徂東山,慆慆不歸。"《毛傳》:"慆慆,言久也。"陳奐《傳疏》:"三年,故云言久也。"《太平御覽》三十二引《詩》作"滔滔"。馬瑞辰《通釋》:"滔、悠古同聲通用。…悠悠,久也。"王先謙《集疏》:"三家慆作滔,亦作悠。"
參"滔"。

搯 tāo 土刀切（效開一平豪透）
幽部、透母

拔刀練習擊刺。見"抽"。

滔 tāo 土刀切（效開一平豪透）
幽部、透母

水大彌漫,引申爲傲慢。(雅1)255《大雅·蕩》二章:"天降滔德,女興是力。"《毛傳》:"滔,慢也。"《鄭箋》:"厲王施倨慢之化。"朱熹《集傳》本作"慆"。陳奐《傳疏》:"慢德,言其德教之慢,即蕩蕩之意也。"馬瑞辰《通釋》:"《說文》:'滔,水漫漫大貌。'…水漫曰滔,人慢亦曰滔。"方玉潤《原始》引王安石云:"强禦掊克,是謂滔德。"

【滔滔】大水彌漫汹涌的樣子。(風1、雅1)105《齊風·載驅》四章:"汶水滔滔,行人儦儦。"《毛傳》:"滔滔,流貌。"204《小雅·四月》六章:"滔滔江漢,南國之紀。"《毛傳》:"滔滔,大水貌。"262《大雅·江漢》一章:"江漢浮浮,武夫滔滔。"《毛傳》:"浮浮,衆彊貌;滔滔,廣大貌。"孔廣森《卮言》:"按江漢之廣大,武夫之衆彊,固不待言,故《傳》轉以江漢衆彊似武夫,武夫廣大似江漢互釋也。"王引之《述聞》卷七:"《經》當作'江漢滔滔,武夫浮浮'。《傳》當作'滔滔,廣大貌;浮浮,衆彊貌'。《箋》當作'江漢之水合而東流,滔滔然。宣王於是水上命將帥,遣士衆,使循流而下,浮浮然'。而寫經者滔滔、浮浮四字上下互訛。後人不察,又改《傳》、《箋》以從之。"應劭《風俗通義·山澤》引作"江漢陶陶"。朱熹《集傳》:"浮浮,水盛貌。滔滔,順流貌。"
參"慆"。

挑 tāo 土刀切（效開一平豪透）
宵部、透母

【挑達】(一tà)獨自走來走去的樣子。(風1)91《鄭風·子衿》三章:"挑兮達兮,在城闕兮。"《毛傳》:"挑達,往來相見貌。"孔穎達《正義》:"挑達爲往來貌。"胡承珙《後箋》:"此挑達訓往來者,亦謂獨往獨來,與《韓詩》《大東》'嬥嬥,往來貌'同。"聞一多《類鈔》:"挑達,(雙聲連語)往來輕疾貌。"《說文·辵部》:"達,行不相遇也。《詩》曰:挑兮達兮。"《又部》:"叏,滑也。《詩》

云:㚿兮達兮."段玉裁注:"往來相見即滑泰之意。達同泰。《水部》:'泰,滑也。'"鄧廷楨《雙硯齋筆記》卷一:"[挑兮達兮]毛訓爲'往來相見'許不用其說,而訓爲'行不相遇',義正相反。觀是詩首章言'悠悠我心',二章言'悠悠我思',三章言'一日不見,如三月兮'皆謂相期之數而相見之難,似許說爲更確矣。"《太平御覽》卷一九二、四八九並引作"挑兮撻兮"。

㚿 tāo 土刀切(效開一平豪透)
宵部、透母

輕佻貌。見"挑"。

桃 táo 徒刀切(效開一平豪定)
宵部、定母

❶桃樹。(風 5)6《周南·桃夭》一章:"桃之夭夭,灼灼其華。"朱熹《集傳》:"桃,木名。華紅,實可食。"109《魏風·園有桃》一章:"園有桃,其實之殽。"《吕氏春秋·重己》高誘注、《初學記》二十四均引詩作"園有樹桃"。❷桃子。(雅 1)256《大雅·抑》八章:"投我以桃,報之以李。"《鄭箋》:"此言善往則善來,人無行而不得其報也。"【桃蟲】鳥名,又名鷦鷯。傳說可以變化爲雕。(頌 1)289《周頌·小毖》:"肇允彼桃蟲,拚飛維鳥。"《毛傳》:"桃蟲,鷦也,鳥之始小終大者。"《鄭箋》:"始者信以彼管蔡之屬,雖有流言之罪,如鷦鳥之小,不登誅之。後反叛而作亂,猶鷦之翻飛爲大鳥也。"陸璣《詩義疏》:"桃蟲,今鷦鷯是也。微小於黃雀,其雛化而爲雕,故俗語,鷦鷯生雕。"朱熹《集傳》:"鷦鷯之雛,化而爲雕。故古語曰:'鷦鷯生雕。'言始小而終大也。"胡承珙《後箋》:"桃蟲飛鳥,不過小患大變之喻,猶云'爲虺弗摧,爲蛇若何'耳。"林伯桐《通考》:"蓋謂惡之始萌甚小,似桃蟲耳。不能慎於小,則積惡之終爲大鳥耳。"

[桃夭]《國風·周南》篇名(6)。這是祝賀女子出嫁,家庭和睦,生活幸福的詩。詩中以桃花的艷麗比喻新娘的年青漂亮,祝賀她婚姻美滿,家庭和好,生活幸福。全詩情調歡快,充滿着喜氣洋洋的氣氛。方玉潤《原始》:"此亦咏新昏詩,與《關雎》同爲房

中樂,如後世催妝坐筵等詞。特《關雎》從男求女一面說,此從女歸男一面說,互相掩映,同爲美俗。"吳闓生《會通》:"因于歸而以宜其室家爲祝,詩意止於此矣。魏源《詩古微》則以爲:"《桃夭》,美嫁娶及時也。《禮》,霜降逆女,冰泮殺止。"《詩序》説是贊美后妃之作:"《桃夭》,后妃之所致也。不妒忌則男女以正,婚姻以時,國無鰥民也。"朱熹《辨説》指出:"《序》首句非是。"三章,十二句。

又見【木桃】。

逃 táo 徒刀切(效開一平豪定)
宵部、定母

逃走;逃避。見【潛逃】。

鞀(鼗) táo 徒刀切(效開一平豪定)
宵部、定母

鞀鼓;搖鼓;撥浪鼓。(頌 3)280《周頌·有瞽》:"鞀磬柷圉。"《毛傳》:"鞀,鞀鼓也。"陸德明《釋文》:"鞀,字亦作鼗。"孔穎達《正義》引《周禮·春官·小師》鄭玄注:"鞀,如鼓而小,持其柄搖之,旁耳還自擊。"301《商頌·那》:"猗與那與,置我鞀鼓。"《毛傳》:"鞀鼓,樂之所成也。夏后氏足鼓,殷人置鼓,周人縣鼓。"嚴粲《詩緝》:"鞀雖小鼓,所以節樂,故首言之。"《說文·鼓部》:"鼗,鼓聲也。《詩》曰:'鼗鼓嘒嘒。'"

陶 (一) táo 徒刀切(效開一平豪定)
幽部、定母

❶掏;挖。(雅 2)237《大雅·緜》一章:"陶復陶穴,未有家室。"《毛傳》:"陶其土而復之,陶其壤而穴之。"陳奐《傳疏》:"《毛傳》讀陶爲掏。"一説:通"窑"。《鄭箋》:"復者,復於土上,鑿地爲穴,皆如陶然。"朱熹《集傳》:"陶,窯竈也。…古公之時居於窯竈土室之中。"又一説:燒制窯洞的底和壁。于省吾《新證》:"燒土制器謂之陶,燒制穴底與穴壁也謂之陶。'陶復陶穴'的陶字應作動詞用,是說住穴與復穴的内部都用陶冶出來的紅燒土所築成,爲的質地堅固,以防潮濕。"又一說:土磚。黃震《黃氏日鈔》卷四引王雪山曰:"陶,今之土墼(jī)也。以陶爲蓋於其上,謂之復,以陶爲基於其下,謂之穴。"

(二) yáo　餘昭切（效開三平宵以）
　　　宵部、餘母
❷見【皋陶²】。
【陶陶】1)（舊 yáo yáo）和樂的樣子。（風1)67《王風·君子陽陽》二章："君子陶陶。"《毛傳》："陶陶，和樂貌。"陸德明《釋文》："陶，音遥。"王先謙《集疏》："《韓》説：陶，暢也。"2)（舊 dào dào）驅馳的樣子。（風1)79《鄭風·清人》三章："清人在軸，駟介陶陶。"《毛傳》："陶陶，驅驅之貌。"陸德明《釋文》："陶陶，徒報反，驅馳貌。"朱熹《集傳》："陶陶，樂而自適之貌。"
參"滔"、"蹈"、"妯"、"浮"。

綯(绹)　táo　徒刀切（效開一平豪定）
　　　　幽部、定母
繩。（風1)154《豳風·七月》七章："晝爾于茅，宵爾索綯。"《毛傳》："綯，絞也。"《鄭箋》："女當晝日往取茅歸，夜作絞索以待用。"孔穎達《正義》："夜則爾當作索綯，以待明年蠶用也。"朱熹《集傳》："綯，索也。"王引之《述聞》卷五："索者，糾繩之名，綯即繩也。索綯猶言糾繩。于茅、索綯，文正相對。"《廣雅·釋器》："綯，繩索也。"今湖南雙峰縣仍謂牽牛的繩爲牛綯。

忒　tè　他德切（曾開一入德透）
　　　職部、透母
❶差錯；過差。（雅1、頌1)256《大雅·抑》十二章："取譬不遠，昊天不忒。"《鄭箋》："王當如昊天之德，有常不差忒也。"朱熹《集傳》："忒，差。…觀天道禍福之不差忒，則知之矣。"吳闓生《會通》："忒，爽也。"300《魯頌·閟宮》三章："春秋匪解，享祀不忒。"朱熹《集傳》："忒，過差也。"一説：變更。《鄭箋》："忒，變也。"孔穎達《正義》："孫炎曰：'變雜不一。'是變之義也。"❷變亂；變亂。（雅1)264《大雅·瞻卬》四章："鞫人忮忒，譖始竟背。"《毛傳》："忮，害；忒，變亂也。"陳奂《傳疏》："害變者，謂殘害變亂也。"一説：惡毒。屈萬里《詮釋》："忮，狠也；忒，惡也。言推勘人之過失，則狠而惡甚也。"❸疑惑。（風2)152《曹風·鳲鳩》三章："淑人君子，其儀不忒。"《毛傳》："忒，疑也。"孔穎達《正義》："執義如一，無疑貳之

心。"一説：差錯。《呂氏春秋·先己》引此詩，高誘注："忒，差也。"

特　tè　徒得切（曾開一入德定）
　　　職部、定母
❶三歲的獸，泛指大獸。（風1)112《魏風·伐檀》二章："不狩不獵，胡瞻爾庭有縣特兮。"《毛傳》："獸，三歲曰特。"❷匹；配偶。（風1、雅1)45《鄘風·柏舟》二章："髧彼兩髦，實維我特。"《毛傳》："特，匹也。"陸德明《釋文》："《韓詩》作直。云：相當值也。"陳奂《傳疏》："特爲奇，又爲耦，匹爲耦，又爲奇，二者義相因。"馬瑞辰《通釋》："特訓獨，又訓匹者，猶介爲特，又爲副；乘爲一，又爲二，爲四；匹爲一，又爲雙，爲偶，皆以相反爲義也。"188《小雅·我行其野》三章："不思舊姻，求爾新特。"《毛傳》："新特，外昏也。"嚴粲《詩緝》："新特，謂新親也。"朱熹《集傳》："特，匹也。"陳奂《傳疏》："特，讀如'實維我特'之特。"胡承珙《後箋》卷四《鄘風·柏舟》條："特本牛父之稱。…凡畜之牡者皆可謂之特。反言之，則孤特者必有偶，故爲匹偶之稱。至因其獨立之意，則爲雄俟之稱。《黃鳥》'百夫之特'，《傳》云'乃百夫之德'是也。又單獨之意，男女皆可通。故《小雅》'求爾新特'，《傳》《箋》以爲外婚無併(媵)之女也。"黃焯《毛鄭平議》："《詩》之舊姻，猶言舊室，新特猶言新昏也。昏姻之義，散文有別，通言不分。一説：比喻丈夫。屈萬里《詮釋》："畜之牡者謂之特，以喻夫壻也。"❸杰出的。（風1)131《秦風·黃鳥》一章："維此奄息，百夫之特。"《鄭箋》："百夫之中最雄俊也。"朱熹《集傳》："特，杰出之稱。"一説：匹；當。《毛傳》："乃特百夫之德。"陳奂《傳疏》："言奄息之德乃足以匹百夫耳。"馬瑞辰《通釋》："特爲匹，匹之言敵也，當也。猶云乃當百夫之德耳。"俞樾《平議》卷九："百夫之特，言可以正百夫也。"❹指特出的苗。（雅1)192《小雅·正月》七章："瞻彼阪田，有菀其特。"朱熹《集傳》："特，特生之苗也。"一説：三歲的獸。俞樾《平議》卷十："特當爲三歲獸名。…阪田之中有菀然之特，正見宗周既滅，田野荒蕪。故繼之曰：'天之扤

我,如不我克'也。"

慝 tè 他德切（曾開一入德透）
職部、透母

❶惡；邪惡。(雅 2)253《大雅·民勞》三章:"式遏寇虐,無俾作慝。"《毛傳》:"慝,惡也。"264《大雅·瞻卬》四章:"豈曰不極,伊胡爲慝。"《鄭箋》:"慝,惡也。"嚴粲《詩緝》:"其爲惡豈曰不極至乎？何故爲慝惡不已也。"一說:通"嫟(nì)"。親昵；喜愛。《韓詩》作"嫟"。《文選·宋玉·神女賦》李善注:"嫟,悦也。"陳喬樅《韓詩考》:"今繹《韓詩》之意,以長舌之婦,始則譖诼,終則背違,此其忮害豈曰不極至乎？而胡爲悦之,惟婦言是用。"❷通"忒"。更改；改變。(風 1)45《邶風·柏舟》二章:"之死矢靡慝。"馬瑞辰《通釋》:"慝當爲忒之同音假借。靡忒,猶靡它也。"聞一多《類鈔》:"靡它,靡忒,都是不變的意思。一說:邪惡。《毛傳》:"慝,邪也。"陳奂《傳疏》:"靡慝即無邪。"

䘾(䘾) tè 徒得切（曾開一入德定）
職部、定母

一種吃禾葉的青蟲,湖南叫裹葉蟲。(雅 1)212《小雅·大田》二章:"去其螟䘾,及其蟊賊。"《毛傳》:"食心曰螟,食葉曰䘾。"陸德明《釋文》:"䘾,字亦作蚅。"《説文·虫部》:"蚅,蟲食苗葉者。吏乞貸則生蚅。《詩》:'去其螟蚅。'"鄒漢勛《讀書偶識》卷四:"蚅,非蝗,乃青蟲也。夏秋蒸熱,暘雨並作,即生此蟲。"陳奂《傳疏》:"蚅本字,䘾假借字。"一說:蝗蟲。陸璣《詩義疏》:"䘾,蝗也。"

蟘 tè ★敵德切（曾開一入德定）
職部、定母

一種吃禾葉的害蟲。見"䘾"。

滕 téng 徒登切（曾開一平登定）
蒸部、定母

水沸騰。見"沸"。

縢 téng 徒登切（曾開一平登定）
蒸部、定母

❶繩子。(頌 1)300《魯頌·閟宫》五章:"朱英緑縢,二矛重弓。"《毛傳》:"縢,繩也。"朱熹《集傳》:"緑縢,所以約弓也。"嚴粲《詩緝》:"每一車上皆有三人,右人持矛,其矛有朱色之英飾。左人持弓,其弓有緑色之繩縢約之。…必二必重者,備折壞也。"❷捆；纏束。(風 1)128《秦風·小戎》三章:"交韔二弓,竹閉緄縢。"《毛傳》:"緄,繩；縢,約也。"孔穎達《正義》:"謂以繩約弓,然後内之韔中也。"于省吾《新證》:"疑緄縢應讀爲《孟子》'捆屨織席以爲食'之捆。繩、捆叠韻。…捆縢,言捆之以縢也。

騰(騰) téng 徒登切（曾開一平登定）
蒸部、定母

沸騰；翻滚。(頌 1)300《魯頌·閟宫》四章:"不虧不崩,不震不騰。"嚴粲《詩緝》:"曹氏曰:不震,如地之常静。不騰,則如水之常平。"馬瑞辰《通釋》:"騰當讀如'百川沸騰'之騰。騰者滕之假借。"(魯國的鞏固猶如不崩不壞之山,不震不沸之水。)一說:凌駕；侵犯。《毛傳》:"騰,乘也。"《鄭箋》:"震、騰皆謂僭踰相侵犯也。"孔穎達《正義》:"其安静如川,不可震動,不可乘陵,言其無僭踰相犯。"又見【沸騰】。

剔 tī 他歷切（梗開四入錫透）
錫部、透母

剔除；剪除。(雅 1)241《大雅·皇矣》二章:"攘之剔之,其檿其柘。"朱熹《集傳》:"攘、剔,謂穿剔去其繁冗使成長也。"陳奂《傳疏》:"攘、剔,皆除也。"陸德明《釋文》:"剔,或作鬄。"

提 (一) tī 杜奚切（蟹開四平齊定）
支部、定母

❶用手向上拉。(雅 1)256《大雅·抑》十章:"匪面命之,言提其耳。"朱熹《集傳》:"非徒面命之也,而又提其耳。"屈萬里《詮釋》:"言不但面命之,又恐其聽之不審,復提其耳而告之也。"一說:附着；貼着。《鄭箋》:"我非但對面語之,親提撕其耳。"胡承珙《後箋》:"焦竑云:'此提當音抵,言附耳以教之也。'…提撕者,謂附耳而剖析之事。"陳奂《傳疏》:"提其耳,即下章所謂'誨爾諄諄'也。"

(二) chí 是支切（止開三平支禪）
支部、禪母

❷見【提²提²】。

【媞媞】通"緹緹"。美好安舒的樣子。(風1)107《魏風‧葛屨》二章:"好人媞媞,宛然左辟。"《毛傳》:"媞媞,安諦也。"陸德明《釋文》:"媞,徒兮反。"《爾雅‧釋訓》:"媞媞,安也。"邢昺疏引《詩》作"好人媞媞"。《楚辭‧七諫‧怨世》:"西施媞媞,而不得見。"王逸注:"媞媞,好貌也。"引《詩》"好人媞媞"。馬瑞辰《通釋》:"提爲媞之假借。⋯媞媞爲安諦,又爲美好。"一說:通"睼睼(tiàn tiàn)",瞋目而視。聞一多《類鈔》:"彼好人乃瞋目視我,宛然回身,避我而去。睼即瞋字。"

【提²提²】鳥群飛的樣子。(雅1)197《小雅‧小弁》一章:"弁彼鸒斯,歸飛提提。"《毛傳》:"提提,群飛(一本無飛字)貌。"《鄭箋》:"群飛而歸提提然。"朱熹《集傳》:"提提,群飛安閒之貌。"陸德明《釋文》:"提,是移反。"

媞 ᵗⁱ 杜兮切(蟹開四平齊定)
　　支部、定母

美好安舒的樣子。見"提"。

題(题) ᵗⁱ 杜兮切(蟹開四平齊定)
　　 dì 特計切(蟹開四去霽定)
　　支部、定母

通"睼"、"睇"。視;看。(雅1)196《小雅‧小宛》四章:"題彼脊令,載飛載鳴。"《毛傳》:"題,視也。"《鄭箋》:"題之爲言視睇也。"馬瑞辰《通釋》:"《傳》訓視者,蓋以題爲題字之假借。《說文》:'題,顯也。'"王符《潛夫論‧贊學》引作"顧彼鶺鴒"。徐幹《中論‧貴驗》引作"相彼脊令"。一說:通"提"。群飛的樣子。俞樾《平議》卷十:"題,當讀爲提。⋯'提'與'題'古通用。《小弁》篇:'歸飛提提。'《傳》曰:'提提,群飛貌。''題彼脊令'之題,即'歸飛提提'之提也。"

荑 ᵗⁱ 杜兮切(蟹開四平齊定)
　　脂部、定母

初生的茅;茅的嫩芽。(風2)42《邶風‧靜女》三章:"自牧歸荑,洵美且異。"《毛傳》:"荑,茅之始生也。"姚際恒《通論》:"荑即'手如柔荑'之荑,細茅也。"57《衛風‧碩人》二章:"手如柔荑,膚如凝脂。"《毛傳》:

"如荑之新生。"參"稊"。

鵜(鹈) ᵗⁱ 杜兮切(蟹開四平齊定)
　　脂部、定母

水鳥名,即鵜鶘。羽多白色,嘴長,頷下連有皮囊,善捕魚。(風2)145《曹風‧候人》二章:"維鵜在梁,不濡其翼。"《毛傳》:"鵜,洿澤鳥也。"《鄭箋》:"鵜在梁,當濡其翼;而不濡者,非其常也。"歐陽修《詩本義》:"鵜當居泥水中,以自求魚而食。今乃邈然高處魚梁,竊人之食而不濡其翼,如彼人竊祿於高位,而不稱其職。"孔穎達《正義》引陸璣《詩義疏》:"鵜,水鳥,形方鸚而極大,喙長尺餘,直而廣,口中正赤,頷下胡大如數升囊。"朱熹《集傳》:"鵜,洿澤水鳥,俗所謂淘河也。"

體(体) ᵗⁱ 他禮切(蟹開四上薺透)
　　脂部、透母

❶肢體;身體。(風1)52《鄘風‧相鼠》三章:"相鼠有體,人而無禮。"《毛傳》:"體,支體也。"《禮記‧禮運》引此詩,鄭玄注:"言鼠之有身體,如人而無禮者矣。"李時珍《本草綱目‧獸部》卷五十一:"黃鼠,晴暖則出坐穴口,見人則交其前足,拱而如揖。乃寡人穴。即《詩》所謂'相鼠有體,人而無禮',韓文所謂'禮鼠拱而立'者也。"❷東西的一部分。見【下體】。❸長成形體。(雅1)246《大雅‧行葦》一章:"方苞方體,維葉泥泥。"《鄭箋》:"苞,茂也;體,成形也。"馬瑞辰《通釋》:"體當讀如'無以下體'之體,謂成莖也。"❹卦體,即占卜時龜甲或蓍草所顯示的兆象。(風1)58《衛風‧氓》二章:"爾卜爾筮,體無咎言。"《毛傳》:"體,兆卦之體。"一說:通"履"。禮;幸。《禮記‧坊記》引《詩》作"履無咎言",鄭玄注:"履,禮也。言女鄉(向)卜筮,然後與我爲禮,則無咎惡之言矣。"陸德明《釋文》:"體,《韓詩》作履。履,幸也。"馮登府《異文疏證》:"履與體,禮字古每通。⋯《韓》訓體爲幸,幸無咎言,義較順。然履之訓幸,於古無徵。"

嚏(嚔) ᵗⁱ 都計切(蟹開四去霽端)
　　質部、端母

打噴嚏。(風1)30《邶風‧終風》三章:"寤言不寐,願言則嚏。"《鄭箋》:"嚏,讀當爲不敢嚏咳之嚏。今俗人嚏云'人道我',此古之遺語也。"《玉篇·口部》:"嚏,噴鼻也。"《詩》曰:'願言則嚏。'"陸德明《釋文》:"疌,本又作嚔,又作疐。"嚴粲《詩緝》:"言我爲傷悼汝之故,寤覺而不寐,願汝嚏也。…願其嚏而知己念之也。"朱熹《集傳》:"嚏,鼽(qiú)嚏也。人氣感傷閉鬱,又爲風霧所襲,則有是疾也。"一說:躓礙難言。《毛傳》:"疐(zhì),跲也。"段玉裁《小箋》:"毛作疐,跲也。"馬瑞辰《通釋》:"此章當從王肅本作疐爲是。疐訓爲跲,《中庸》言前走則不跲,跲蓋躓礙難言之貌。《說文·叀部》:"疐,礙不行也。從叀,引而止之也。"徐灝《通介堂經說》卷十三:"毛訓'疐'爲'跲',與《狼跋·傳》同。是毛本作'疐',鄭作'嚏'。然鄭讀'疐'爲'嚏',而未嘗改字。唐石經乃依《箋》徑改作'嚏',而各本皆從之。其作'疌'者,即'疐'之訛。或又加口爲啑也。"又一說:通"懥"。忿怒。聞一多《類鈔》讀爲"懥":"懥,忿也。忿彼人之不以溫情相慰,反以己之畏怯爲笑也。"

惕 tì 他歷切(梗開四入錫透)
錫部、透母

【惕惕】擔心;提心吊膽。(風 1)142 《陳風·防有鵲巢》二章:"誰侜予美,心焉惕惕。"《毛傳》:"惕惕,猶忉忉也。"

逷(逖) tì 他歷切(梗開四入錫透)
錫部、透母

整治;剪除。(雅 1)256 《大雅·抑》四章:"用戒戎作,用逷蠻方。"《鄭箋》:"逷當作剔。剔,治也。"馬瑞辰《通釋》:"剔爲治,猶除耳。"陳喬樅《改字說》:"此《箋》訓剔爲治,與除義相比,蓋用《韓》義。"一說:遠。使遠去。《毛傳》:"逷,遠也。"孔穎達《正義》:"當逐令遠去,使不得來侵。"王符《潛夫論·勸將》引《詩》作"逖"。王先謙《集疏》:"《魯》逷作逖。"《說文·辵部》:"逷,古文逖。"參"狄"。

涕 tì 他計切(蟹開四去霽透)
他禮切(蟹開四上薺定)
脂部、透母

眼泪。(風 3、雅 3)145 《陳風·澤陂》一章:"寤寐無爲,涕泗滂沱。"《毛傳》:"自目曰涕,自鼻曰泗。"207 《小雅·小明》一章:"念彼共人,涕零如雨。"

悌 tì 徒禮切(蟹開四上薺定)
特計切(蟹開四去霽定)
脂部、定母

愷悌,同"豈弟"。和樂平易。見"豈"。

揥 tì ★他計切(蟹開四去霽透)
丑例切(蟹開三去祭徹)
錫部、透母

古時用以搔頭和綰髮的簪子。(風 2)47 《鄘風·君子偕老》二章:"玉之瑱也,象之揥也。"《毛傳》:"揥,所以摘髮也。"陸德明《釋文》:"揥,救帝反,摘也。"孔穎達《正義》:"以象骨搔首,因以爲飾,名之揥,故云'所以摘髮'。"107 《魏風·葛屨》二章:"好人提提,宛然左辟,佩其象揥。"朱熹《集傳》:"揥所以摘髮,用象爲之,貴者之飾也。"顧棟高《類釋》:"搔首之揥,因以爲飾者,若今之篦兒也。"馬瑞辰《通釋》:"揥本以搔髮,後兼用以固冠弁也。"

褅 tì ★他計切(蟹開四去霽透)
錫部、透母

包裹嬰兒的衣被。見"裼"。

禘 tì ★他計切(蟹開四去霽透)
錫部、透母

包裹嬰兒的衣被。見"裼"。

替 tì 他計切(蟹開四去霽透)
質部、透母

❶廢棄;廢除。(雅 1)209 《小雅·楚茨》六章:"子子孫孫,勿替引之。"《毛傳》:"替,廢;引,長也。"朱熹《集傳》:"子子孫孫當不廢而引長也。"屈萬里《詮釋》:"此祝子孫之連綿不絕也。"❷退讓。(雅 1)265 《大雅·召旻》五章:"胡不自替,職兄斯引。"《毛傳》:"替,廢。"《鄭箋》:"女小人耳,何不自廢退,使賢者得進。"陳奐《傳疏》:"廢,猶退也。"

籊 tì 他歷切(梗開四入錫透)
dí 徒歷切(梗開四入錫定)
藥部、透母

【籊籊】長而尖細的樣子。(風 1)59 《衛風·竹竿》一章:"籊籊竹竿,以釣于淇。"《毛傳》:"籊籊,長而殺也。"孔穎達《正義》:"籊籥然長而殺之竹竿。"陳奐《傳疏》："殺者，纖小之稱。"

趯

tì　他歷切（梗開四入錫透）
　　藥部、透母

【趯趯】跳躍的樣子。（風1、雅1）14《召南•草蟲》一章："喓喓草蟲，趯趯阜螽。"《毛傳》："趯趯，躍也。"《鄭箋》："草蟲鳴，阜螽躍而從之。"《廣雅•釋訓》："趯趯，跳也。"朱熹《集傳》："趯趯，躍貌。"參"躍"。

髢

tì　★他計切（蟹開四去霽透）
　　歌部、透母
dì　特計切（蟹開四去霽定）
　　歌部、定母

假髮。（風1)47《鄘風•君子偕老》二章："鬒髮如雲，不屑髢也。"《鄭箋》："髢，髮也。"陸德明《釋文》："髢，徒帝反，髮也。"孔穎達《正義》："髢，一名髲。"朱熹《集傳》："髢，髮髢也。人少髮則以髢益之，髮自美則不潔於髢而用之矣。"《周禮•天官•追師》鄭玄注引《詩》"不屑鬄也。"王先謙《集疏》："三家，髢作鬄。"《說文•髟部》："鬄，髮也。從髟，易聲。髢，鬄或從也聲。"

鬄

tì　★他計切（蟹開四去霽透）
　　錫部、透母
dì　★大計切（蟹開四去霽定）
　　錫部、定母

假髮。見"髢"、"剔"。

天

tiān　他前切（山開四平先透）
　　真部、透母

❶天空。跟"地"相對。（風5、雅15、頌3)118《唐風•綢繆》一章："綢繆束薪，三星在天。"203《小雅•大東》五章："維天有漢，監亦有光。"❷天神；古人想象中主宰萬物的神。（風4、雅49、頌12)40《邶風•北門》一章："天實爲之，謂之何哉?"197《小雅•小弁》一章："何辜于天，我罪伊何?"《毛傳》："舜之怨慕，日號泣于昊天，于父母。"孔穎達《正義》："我有何罪乎上天?"270《周頌•天作》："天作高山，大王荒之。"192《小雅•正月》十三章："民今之無祿，天夭是椓。"《毛傳》："君夭之，在位椓。"朱熹《集傳》："民今獨無祿者，是天椓責之耳。"《蜀石經》、《後漢書•蔡邕傳》李賢注引《詩》作"夭夭是加"。❸指天子。（雅2)192《小雅•正月》四章："民今方殆，視天夢夢。"《毛傳》："王者爲亂夢夢然。"《鄭箋》："民今且危亡，視王者所爲，反夢夢然。"255《大雅•蕩》二章："天降滔德，女興是力。"《毛傳》："天，君。"《鄭箋》："屬王施倨慢之化，女群臣又相與而力爲之。"❹指父親。（風2)45《鄘風•柏舟》一章："母也天只，不諒人只。"《毛傳》："母也天也，尚不信我。天，謂父也。"孔穎達《正義》："先母後天者，取其韻句耳。"馬瑞辰《通釋》："《詩》變父言天，先母後父者，錯綜其文以天與人爲韻也。"《左傳•桓公十五年》："婦人在室則天父，出則天夫。"一說：指上天。朱熹《集傳》："母之於我，覆育之恩，如天罔極，而何其不諒我之心乎? 不及父者，疑時獨母在，或非父意耳。"

【天保】《小雅》篇名(166)。這是臣下祝頌君上多福多壽的詩。《詩序》："《天保》，下報上也。君能下下以成其政，臣能歸美以報其上焉。"嚴粲《詩緝》："詩人祝君，必本之於德。曰'單厚'，曰'多益'，曰'戩穀'，以'俾爾'言之，皆謂德也。曰除、曰庶、曰興、曰增，以'莫不'言之，皆爲福也。有是德乃有是福，歸美之中有責難者焉。否則全篇皆容悦之詞矣。"朱熹《集傳》："人君以《鹿鳴》以下五詩燕其臣，臣受賜者歌此詩以答其君。"姚際恒《通論》批評說："如此説《詩》，固執已甚。"六章，三十六句。

【天畢】星宿名，二十八宿之一，共八星，形狀象古時田獵用的長柄網。（雅1)203《小雅•大東》六章："有捄天畢，載施之行。"朱熹《集傳》："天畢，畢星也。狀如掩兔之畢。"

【天步】時運；命運。（雅1)229《小雅•白華》二章："天步艱難，之子不猶。"朱熹《集傳》："天步，猶時運也。"一說：天步猶天行。《毛傳》："步，行。猶，可。"孔穎達《正義》："舉足謂之步，故爲行也。…侯苞云：'天行艱難於我身，不我可也。'"

【天命】上天的意志；上天主宰下的人們的命運。（雅4、頌3)193《小雅•十月之交》八章："天命不徹，我不敢傚我友自逸。"294

《周頌‧桓》："綏萬邦，婁豐年，天命匪解。"嚴粲《詩緝》："天命之於周，久而不厭也。"
【天下】全中國。古籍中以家、國、天下連稱，積家成國，積國而成天下。（雅1)241《大雅‧皇矣》五章："以篤于周祜，以對于天下。"《鄭箋》："以答天下鄉（向）周之望。"陳奐《傳疏》："對爲遂，遂又爲安。《孟子》云：'文王一怒而安天下之民'，即其義也。"（對：安定。）
【天子】1)天以爲子。（頌3)304《商頌‧長發》七章："允也天子，降予卿士。"《鄭箋》："信也天命而子之。下予之卿士，謂生賢佐也。"孔穎達《正義》："信也上天子而愛之。"一説：天的兒子。朱熹《集傳》："允也天子，指湯也。"（湯真是天的兒子）2)古人以爲君主秉承天意統治人民，是天的兒子，故稱天子。（雅20、頌1)194《小雅‧雨無正》六章："云不可使，得罪于天子。"179《小雅‧出車》一章："自天子所，謂我來矣。"朱熹《集傳》："天子，周王也。"
【天作】《周頌》篇名(270)。這是周天子祭祀先王先公的樂歌。《詩序》："《天作》，祀先王先公也。"蔡邕《獨斷》："《天作》，祀先王先公之所歌也。"朱熹《集傳》："此祭大王之詩。"大王遷岐開創了周王朝的事業，故周人祭祀先王先公，舉其生前艱難創業的事迹加以歌頌。一説：這是祭祀岐山之歌。岐山是大王的發祥地，宗周的名山，所以周天子要祭祀它。詩中歌頌大王、文王開闢岐山的偉大功勞。季本《解頤》："此蓋祀岐山之樂歌。"何楷《古義》："按《易‧升卦‧六四之爻》曰：'王用享于岐山，吉。'則岐山之祭，周固有之矣。"鄒肇敏《詩傳闡》："天子爲百神主。岐山王氣攸鍾，豈容無祭？祭豈容無樂章？不言及王季者，以所重在岐山，故止挈首尾二君言之也。"方玉潤《原始》："《天作》，享岐山也。"現代許多學者同意這種看法。一章，七句。
又見【蒼天】【昊天】【皇天】【旻天】【上天】。

田 tián 徒年切（山開四平先定）
　　　真部、定母
❶打獵。（風4)77《鄭風‧叔于田》一章："叔于田，巷無居人。"《毛傳》："田，取禽也。"《公羊傳‧桓公四年》何休注："田者，蒐狩之總名也。古者肉食，衣皮服，捕禽者，故謂之田。取獸于田，故曰狩。"❷農田。（風3、雅10、頌1)193《小雅‧十月之交》五章："徹我牆屋，田卒污萊。"212《小雅‧大田》三章："雨我公田，遂及我私。"❸耕種。風2、雅1)102《齊風‧甫田》一章："無田甫田，維莠驕驕。"《毛傳》："田，謂耕治之。"孔穎達《正義》："上田謂墾耕，下田謂土地。"210《小雅‧信南山》一章："畇畇原隰，曾孫田之。"《鄭箋》："今原隰墾辟，則成王之所佃。"陸德明《釋文》："佃，音田，本亦作田。"馬瑞辰《通釋》："經必上甸下田者，變文以協韻也。"❹有木架的大鼓，也叫建鼓。（頌1)280《周頌‧有瞽》："應田縣鼓，鞉磬柷圉。"《毛傳》："田，大鼓也。"一説：通"朄"(yǐn)。小鼓，用以節樂。《鄭箋》："田，當作朄。朄，小鼓，在大鼓旁，應鞞之屬也。聲轉字誤，變而作田。"《周禮‧春官‧大師》："令奏鼓朄"鄭司農（衆）注："朄，小鼓也。先擊小鼓，乃擊大鼓。小鼓爲大鼓先引，故曰朄。朄讀爲導引之引。"引《詩》作"應朄縣鼓"。王先謙《集疏》："《釋樂》郭注引《詩》同。是知《齊》、《魯》今文皆作申束也。"
【田車】打獵用的車。（雅2)179《小雅‧車攻》二章："田車既好，四牡孔阜。"孔穎達《正義》："我田獵之車既善好。"朱熹《集傳》："田車，田獵之車。"《周禮‧考工記‧序》："故兵車之輪，六尺六寸；田車之輪，六尺又三寸。"
【田畯】周代農官，掌管監督農奴的農事工作。（風1、雅2)154《豳風‧七月》一章："饁彼南畝，田畯至喜。"《毛傳》："田畯，田大夫也。"孔穎達《正義》："《釋言》云：'畯，農夫也。'此官選俊人主田，故謂之田畯。"211《小雅‧甫田》三章："田畯至喜，攘其左右。"《鄭箋》："田畯，司嗇，今之嗇夫也。"陸德明《釋文》："畯，本又作俊。"
【田祖】耕田的發明者，指神農。（雅2)211《小雅‧甫田》二章："琴瑟擊鼓，以御田祖。"《毛傳》："田祖，先嗇也。"孔穎達《正義》：

"《春官·籥章》注云:'田祖,始耕田者。'謂神農是一也。以祖者,始也,始教造田謂之田祖,先爲稼穡謂之先嗇,神其農業謂之神農,名殊而實同也。"王先謙《集疏》引黃山云:"御田祖者,班固所謂享先農也。"212《小雅·大田》二章:"田祖有神,秉畀炎火。"《鄭箋》:"明君爲政,田祖之神不受此害,持之付與炎火使自消亡。"王夫之《稗疏》:"田祖本主田之官,後世即以其官爲神號而祈報之。"

又見【大田】【公田】【土田】【新田】。

嗔 tián 徒年切(山開四平先定)
真部、定母

聲勢盛大。見"闐"。

闐(阗) tián 徒年切(山開四平先定)
真部、定母

【闐闐】洪大的鼓聲。(雅 1)178《小雅·采芑》三章:"伐鼓淵淵,振旅闐闐。"《鄭箋》:"至戰止將歸,又振旅,伐鼓闐闐然。"《集傳》:"闐闐,亦鼓聲也。"一說:聲勢盛大的樣子。朱熹《集傳》引或說:"闐闐,盛貌。"《爾雅·釋天》"振旅闐闐"郭璞注:"闐闐,群行聲。"《說文·口部》:"嗔,盛氣也。《詩》曰:'振旅嗔嗔。'"《廣雅·釋訓》:"闐闐,盛也。"《玉篇·口部》:"嗔嗔,盛聲也。"李冶《敬齋古今黈(tǒu)》:"闐闐,自__軍旅衆多之狀。"

填 (一) tián ★徒典切(山開四上銑定)
真部、定母

❶通"殄"。窮苦;貧苦。(雅 1)196《小雅·小宛》五章:"哀我填寡,宜岸宜獄。"《毛傳》:"填,盡也。"《鄭箋》:"可哀哉,我窮盡寡財之人。"陸德明《釋文》:"填,徒典反,《韓詩》作疹。疹,苦也。"朱熹《集傳》:"填與瘨同,病也。"王先謙《集疏》:"古以病、苦互訓。《廣雅·釋詁》:'病,苦也。苦,窮也。'然則《韓詩》疹、苦之訓,其義當爲窮苦。馬瑞辰《通釋》:"填寡猶言貧寡。"一說:通"矜"。鰥。俞樾《平議》卷十:"填當讀爲矜,矜字從令,俗說令誤也。令聲與真聲古音相同。…'哀我填寡',即哀我矜寡。"

(二) chén ★池鄰切(臻開三平真澄)

真部、定母

❷久;長久。(雅 3)264《大雅·瞻卬》一章:"孔填不寧,降此大厲。"《毛傳》:"填,久。"《鄭箋》:"甚久矣,天下不安。"孔穎達《正義》:"《釋詁》云:'塵,久也。'古書填與塵同,故以爲久。"257《大雅·桑柔》一章:"不殄心憂,倉兄填兮。"《毛傳》:"填,久也。"陳奐《傳疏》:"《爾雅》:'塵,久也。'古填與塵通。(倉兄:悲愴失意。)一說:通"瘨"。憔悴困病。朱熹《集傳》:"或言與瘨字同,爲病之義。"洪頤煊《讀書叢錄》:"填,當作瘨,病也。言倉遽而至於病,所以不絕心憂也。"又一說:填塞。姚際恒《通論》:"填,填塞之意。愴悗填塞於胸也。"

忝 tiǎn 他玷切(咸開四上忝透)
他念切(咸開四去桥透)

侵部、透母

辱;有愧於。(雅 2)196《小雅·小宛》四章:"夙興夜寐,毋忝爾所生。"《毛傳》:"忝,辱也。"唐石經、相臺本作"無忝"。朱熹《集傳》:"各求無辱於父母而已。"孫嶸《西園隨筆》:"言當早起夜卧行之,無辱汝所生於父祖也。"264《大雅·瞻卬》七章:"無忝皇祖,式救爾後。"王先謙《集疏》:"今縱不爲一身計,亦當思無辱皇祖,用救爾後世子孫耳。"(不要有愧於祖先,應當挽救你的後代。)

殄 tiǎn 徒典切(山開四上銑定)
文部、定母

❶滅絕;消除。(雅 5)237《大雅·緜》八章:"肆不殄厥慍,亦不隕厥問。"朱熹《集傳》:"殄,絕。"257《大雅·桑柔》一章:"不殄心憂。"《鄭箋》:"殄,絕也。民心之憂無絕已。"240《大雅·思齊》四章:"肆戎疾不殄,烈假不瑕。"《毛傳》:"故今大疾害人者,不絕之而自絕也。"朱熹《集傳》:"殄,絕也。…其大難雖不殄絕,而光大亦無玷缺。"馬瑞辰《通釋》:"詩中兩不字皆句中助詞。'肆戎疾不殄',即言戎疾殄也。'烈假不瑕',即言厲蠱之疾已也。"❷通"腆"或"珍"。美;善。(風 1)43《邶風·新臺》二章:"燕婉之求,籧篨不殄。"《鄭箋》:"殄,當作腆。腆,善也。"孔穎達《正義》:"腆與殄,古今字之異。故《儀禮注》云:'腆,古文字

作殄。'是也。"王先謙《集疏》:"三家,殄作腆。…不腆,猶不鮮也。"馬瑞辰《通釋》:"《釋詁》:'珍,美也。'…殄與珍古同音,故腆借作珍,即可借作殄。一説:絶;盡。《毛傳》:"殄,絶也。"朱熹《集傳》:"殄,絶也。言其病不已也。"王夫之《稗疏》:"不殄者,言其宜死而不死也。"姜炳璋《詩序廣義》:"不殄、不鮮,猶言須臾無死,尸居餘氣耳。"胡承珙《後箋》:"《論衡》云:'殄者,死之比也。'《潁濱詩傳》云:'不殄,猶云病而不死者也。其實不鮮、不殄,皆言'胡不遄死'也。蓋深惡之之辭。"

【殄瘁】病困。(雅 1)264《大雅·瞻卬》五章:"人之云亡,邦國殄瘁。"王引之《述聞》卷七:"殄、瘁皆病也。殄瘁之同爲病,猶勞瘁之同爲病。殄之言瘨也,疹也。"一説:殄,盡。《毛傳》:"殄,盡;瘁,病也。"《漢書·王莽傳》引作"邦國殄領"。

䀹(䀹) tiǎn 他典切(山開四上銑透)
寒部、透母

面目可見的樣子。(雅 1)199《小雅·何人斯》八章:"有䀹面目,視人罔極。"《毛傳》:"䀹,姡(huó)也。"陸德明《釋文》:"姡,户刮反,面醜也。"孔穎達《正義》:"䀹與姡,皆面見人之貌。"朱熹《集傳》:"䀹,面見人之貌。"按《説文·面部》:"䩉,面見人也。"徐灝《注箋》:"王氏念孫曰:䩉之本義爲人面貌。而慚赧之義,即由是而生。故䀹有懷慚義,亦有不知愧怍義。"黃生《字詁》:"《詩》'有䀹面目',字書注興'䩉'同。䩉,面慚也。又,悙亦慚也。今人謂羞澀曰'腼腆',不知語何所本。…或又作'䀹䩉',則古本爲一字,今析爲二字。"

腆 tiǎn 他典切(山開四上銑透)文部、透母
善;美。見"殄"。

瑱 tiàn 他甸切(山開四去霰透)
真部、透母
陟刃切(臻開三去震端)
真部、端母

古人冠冕兩側的垂玉,用絲繩繫着,用以塞耳,也叫充耳。(風 1)47《鄘風·君子偕老》二章:"玉之瑱也,象之揥也。胡然而天也,胡然而帝也。"《毛傳》:"瑱,塞耳也。"陸德明《釋文》:"瑱,充耳也。"《釋名·釋首飾》:"瑱,鎮也。懸當耳傍,不欲使人妄聽,自鎮重也。或曰充耳。充,塞也。塞耳,亦所以止聽也。"王先謙《集疏》:"三家,瑱作䎞。"

䎞 tiàn 他甸切(山開四去霰透)
真部、透母
用玉塞耳。見"瑱"。

恌 tiāo 吐彫切(效開四平蕭透)
宵部、透母

同"佻"。輕薄;輕浮。(雅 1)161《小雅·鹿鳴》二章:"視民不恌,君子是則是傚。"《毛傳》:"恌,愉(一作偷)也。"朱熹《集傳》:"恌,偷薄也。"《左傳·昭公十年》引作"佻",杜預注:"佻,偷也。"《説文》、《玉篇》均引作"佻"。陳奂《傳疏》:"恌,當爲佻。…愉、偷古今字。古澆薄字作愉,不作偷。《説文》:'佻,愉也。''愉,薄也。'"

佻 tiáo 徒聊切(效開四平蕭定)
宵部、定母
tiāo 吐彫切(效開四平蕭透)
宵部、透母

【佻佻】獨自走來走去的樣子。(雅 1)203《小雅·大東》二章:"佻佻公子,行彼周行。既往既來,使我心疚。"《毛傳》:"佻佻,獨行貌。"陸德明《釋文》:"《韓詩》作嬥嬥,往來貌。並音挑。"一説:美好的樣子。王引《述聞》卷六引王念孫説:"佻佻,當從《韓詩》作嬥嬥。嬥嬥,直好貌也。…言此嬥嬥然直好之公子,馳驅周道,往來不息,是使我心傷病耳。"《廣雅·釋訓》:"嬥嬥,好也。"又一説:輕佻的樣子。朱熹《集傳》:"佻,輕薄不耐勞苦之貌。"馮登府《疏證》:"按經文從'兆'從'翟'之字多通。李光地《榕村語錄》卷十三:"玩'佻佻'二字,乃是輕薄之狀。恐此章'小東大東'四句是言東人,'佻佻公子'三句乃指西人。勞逸不均故曰'使我心疚'。"參"恌"。

條(条) tiáo 徒聊切(效開四平蕭定)
幽部、定母

❶樹名,即山楸。(風 1)130《秦風·終南》一章:"終南何有?有條有梅。"《毛傳》:

條鰷苕　tiáo

"條,榆。"孔穎達《正義》引陸璣《詩義疏》:"榆,今山楸也。"朱熹《集傳》:"條,山楸也。皮葉白,色亦白,材理好,宜爲車板。"❷枝條;小枝。(風3,雅1)10《周南·汝墳》一章:"遵彼汝墳,伐其條枚。"《毛傳》:"枝曰條,榦曰枚。"孔穎達《正義》:"以枚非木,則條亦非木。明是枝榦相對爲名耳。"239《大雅·旱麓》六章:"莫莫葛藟,施于條枚。"《鄭箋》:"葛也,藟也,延蔓於木之枝本而茂盛。"一説:木名,即山楸。王引之《述聞》卷五:"'遵彼汝墳,伐其條枚',猶言'陟彼高岡,析其柞薪',第七字,木名也。"'莫莫葛藟,施于條枚',猶言'鳶與女蘿,施于松上',第七字木名也。"❸長;遠。(風2)117《唐風·椒聊》一章:"椒聊且,遠條且。"《毛傳》:"條,長也。"馬瑞辰《通釋》:"足利古本經二'條'字皆作'脩'。《方言》、《廣雅》並曰:'脩,長也。'條、脩古同聲通用。疑《毛傳》以'條'爲'脩'之假借,或本作'脩',故訓爲長。但考二章《傳》:'言聲之遠聞也。'段玉裁曰:'聲當作馨。'與《説文》'馨,香之遠聞'合。使兩章經皆作'脩',則首章《傳》既以'長'釋之,二章《傳》不煩另釋。竊謂古本首章作'脩',故《傳》訓'長';二章經作'條',故《傳》取芬芳條暢之義,訓爲'馨之遠聞'。足利本兩章皆作'脩',《正義》本兩章皆作'脩',各有一誤。"聞一多《類鈔》讀爲'攸',説:"遠攸,雙聲連語,攸也是遠。"一説:樹枝。朱熹《集傳》:"遠條,長枝也。"❹取;采摘。(風1)154《豳風·七月》三章:"蠶月條桑。"《鄭箋》:"條桑,枝落采其葉也。"孔穎達《正義》:"謂斬條於地,就地采之也。"《玉篇·手部》引《詩》作"挑桑"。馬瑞辰《通釋》:"條乃挑之假借。挑通作攸,《説文》:'攸,一曰取也。'《箋》云'枝落之采其葉'者,采亦取也,正訓'條桑'爲取桑。"王先謙《集疏》:"《韓》,條作挑。"一説:生長茂盛。戴震《考證》:"條,讀如'厥木惟條'之條。"俞樾《平議》卷九:"'蠶月條桑'與'四月秀葽'文義一律。…條桑,言桑葉盛也。"❺長嘯聲。(風1)69《王風·中谷有蓷》二章:"有女仳離,條其嘯矣。"《毛傳》:"條條然嘯也。"陳奂《傳疏》:"條條然者,嘯聲也。"一説:失意的樣子。馬瑞辰《通釋》:"《説文》:'儵,失意視也,從目,條聲。'條與儵音義近。儵從目,故《説文》訓爲'失意視',其義本通爲失意貌。"郭晉稀《蠡測》:"今以爲條當借作倜。《説文》:'倜,失意也。'倜、條古韻同在幽部,古聲同讀定紐,故可通假。"

鞗(鞓) tiáo 徒聊切(效開四平蕭定)
幽部、定母

馬籠頭上連接韁繩和嚼子的小銅環。因以指轡,即馬韁繩。(雅3,頌2)173《小雅·蓼蕭》四章:"既見君子,鞗革忡忡。"《毛傳》:"鞗,轡也。革,轡首也。"陳啓源《稽古編》:"按鞗革,轡也。以絲曰轡,以革曰鞗。鞗之有餘而下垂者曰革。《爾雅》'轡首謂之革',郭云:'轡把勒',是也。革末以金飾之,狀如烏蠋,名曰金厄,《韓奕》所言是也。"陳奂《傳疏》:"鞗爲轡首之飾,非轡也。…鞗當作鋚。革古文勒。《説文》云:'鋚,轡首銅也。'…勒,絡馬首所垂之轡,其上飾謂之鋚,鋚以金爲之。《説文》曰銅,銅即金也。"馬瑞辰《通釋》:"革爲轡首,以皮爲之;鋚爲轡首飾,以金爲之。"283《周頌·載見》:"鞗革有鶬,休有烈光。"《鄭箋》:"鞗革,轡首也。"

鰷(鯈) tiáo 徒聊切(效開四平蕭定)
幽部、定母

魚名。也叫白鰷,形細長而色白。(頌1)281《周頌·潛》:"有鱣有鮪,鰷鱨鰋鯉。"《鄭箋》:"鰷,白鰷也。"

苕 tiáo 徒聊切(效開四平蕭定)
宵部、定母

❶一種豆科植物,苕菜。即紫雲英,嫩莖葉可做蔬菜。(風1)142《陳風·防有鵲巢》一章:"防有鵲巢,邛有旨苕。"《毛傳》:"苕,草也。"孔穎達《正義》引陸璣《詩義疏》:"苕,苕饒也。幽州人謂之翹饒。蔓生,莖如勞豆而細,葉似蒺藜而青,其莖葉綠色,可生食,如小豆藿也。"馬瑞辰《通釋》:"苕生於下濕,今詩言邛有者,亦以喻讒言之不可信。"❷一種蔓生植物。又名紫葳,即凌霄花。(雅2)233《小雅·苕之華》一章:"苕之華,芸其黃矣。"《毛傳》:"苕,陵苕

也.'《鄭箋》:"陵苕之華紫赤而繁。"朱熹《集傳》引《本草》云:"即今之紫葳,蔓生,附於喬木之上,其華黄赤色,亦名凌霄。"陳奐《傳疏》:"蘇頌《本草圖經》云:'紫葳,陵霄花也.'…奐在杭州西湖葛林園中,見陵苕花,藤本蔓生,依古柏樹,直至樹巔。五六月中,花盛黄色,俗謂之即陵霄花。與《圖經》目驗合。"

〖苕之華〗《小雅》篇名(233)。年荒歲亂,外敵交侵,兵革不息,作者總是吃不飽飯,生活極端困苦,寫了這首詩,表達自己的悲憤心情。《詩序》:"《苕之華》,大夫閔時也。幽王之時,西戎東夷交侵中國,師旅並起,因之以饑饉。君子閔周室之將亡,傷己逢之,故作是詩也。"大兵之後,必有凶年。《詩序》説的大體可信。朱熹《集傳》:"詩人自以身逢周室之衰,如苕附物而生,雖榮不久,故以爲比,而自言其心之憂傷也。"又引陳氏曰:"此詩其辭簡,其情哀。周室將亡,不可救矣。詩人傷之而已。"姚際恒《通論》:"此遭時饑亂之作,深悲其不幸而遭此時也。"三章,十二句。

蜩 tiáo 徒聊切(效開四平蕭定)
幽部、定母

蟬。(風 1,雅 2)154《豳風・七月》四章:"四月秀葽,五月鳴蜩。"《毛傳》:"蜩,螗也。"《説文・虫部》:"蜩,蟬也。《詩》曰:'五月鳴蜩。'"陸璣《詩義疏》:"鳴蜩,蟬也,宋衛謂之蜩。陳鄭云蜋(láng),海岱之間謂之蟬。蟬,通語也。"197《小雅・小弁》四章:"菀彼柳斯,鳴蜩嘒嘒。"《毛傳》:"蜩,蟬也。"陳奐《傳疏》:"《方言》:'蟬,楚謂之蜩。'是也。其大者曰唐蜩,蟬其小者也。"

調 (一) tiáo 徒聊切(效開四平蕭定)
幽部、定母

❶和諧;調整妥當。(雅 1)179《小雅・車攻》五章:"決拾既佽,弓矢既調。"《鄭箋》:"調,謂弓強弱與矢輕重相得。"朱熹《集傳》:"調,讀如同,與同叶。"錢大昕《養新録》卷十六"雙聲亦韻":"調、同雙聲。"

(二) zhōu 張流切(流開三平尤知)
幽部、端母

❷早晨。(風 1)10《周南・汝墳》一章:"未

見君子,惄如調飢。"《毛傳》:"調,朝也。"《鄭箋》:"如朝飢之思食。"陸德明《釋文》:"調,本又作輖。"陳奐《傳疏》:"《毛詩》作輖,或作調,其義訓朝,謂即朝之假借字。"《說文・心部》:"惄"下引《詩》"惄如朝飢。"王先謙《集疏》:"《魯》,調作朝,《齊》作周。"一説:重。朱熹《集傳》:"調,一作輖,重也。"

髟 tiáo 徒聊切(效開四平蕭定)
周 chóu ★陳留切(流開三平尤澄)
幽部、定母

頭髮稠密。見"綢"。

窕 tiáo 徒了切(效開四上篠定)
宵部、定母

善容曰窕。見【窈窕】。

嬥 tiǎo 徒了切(效開四上篠定)
　 tiáo 徒聊切(效開四平蕭定)
宵部、定母

往來貌。見"佻(tiáo)"。

驖(驖) tiě 他結切(山開四入屑透)
質部、透母
　　　　徒結切(山開四入屑定)
質部、定母

赤黑色的馬。馬毛黑色,馬尖略帶紅色,遠望之帶紅黑色。(風 1)127《秦風・駟驖》一章:"駟驖孔阜,六轡在手。"《毛傳》:"驖,驪。"陸德明《釋文》:"驖,驪馬也。"孔穎達《正義》:"驖者,言其色黑如鐵,故爲驪也。"朱熹《集傳》:"駟驖,四馬皆黑色如鐵也。"唐石經初刻作"鐵",後改"驖"。《說文・馬部》:"驖,馬赤黑色也。《詩》曰:'駟驖孔阜。'"段玉裁注:"此與青驪馬句法同,謂黑色而帶赤色也。"

鐵(铁) tiě 他結切(山開四入屑定)
質部、透母

指赤黑色的馬。見"驖"。

聽(听) tīng 他丁切(梗開四平青透)
　　　　他定切(梗開四去徑透)
耕部、透母

❶聽;耳朵接受聲音。(雅 9,頌 1)165《小雅・伐木》一章:"神之聽之,終和且平。"(神聽到人的相互友愛,就會賜以和平之福。)

❷聽用;聽信。(雅 6)255《大雅・蕩》七

章："曾是莫聽，大命以傾。"朱熹《集傳》："乃無聽用之者，是以大命傾覆而不可救也。"屈萬里《詮釋》："聽，從也。"❸順從。(雅2)194《小雅‧雨無正》四章："聽言則答，譖言則退。"馬瑞辰《通釋》："段玉裁曰：'聽，猶順也。'聽有順從之義，聽言對譖言而言。正謂順從之言。"257《大雅‧桑柔》十三章："聽言則對，誦言如醉。"馬瑞辰《通釋》："聽言，謂順從之言，即譽言也。"陳奐《傳疏》："王聞貪人聽從之言則對答如流。"一說：聽到。戴震《考證》："謂聽人言則與之應答，非耳無聞知者也。及爲之誦言箴戒，乃如醉而漫不省者矣。"

廷 tíng 特丁切（梗開四平青定）
徒徑切（梗開四去徑定）
耕部、定母

通"庭"。庭院；堂前的平地。(風1、雅1)115《唐風‧山有樞》二章："子有廷内，弗灑弗埽。"《太平御覽》一百八十五引作"子有庭内"。256《大雅‧抑》四章："夙興夜寐，灑埽廷内。"(一本作"庭"。)王引之《述聞》卷五："(《唐風‧山有樞》篇)一章之衣裳車馬，二章之廷内鍾鼓，皆二字平列，各自爲義。廷與庭通，庭謂中庭，内謂堂與室也。"一說：廳堂。王先謙《集疏》卷八："廷與庭通。庭内，猶言堂室也。《漢書‧晁錯傳》：'今人家有一堂二内。'内之爲言室也。"林義光《文源》："廷與庭古多通用。…象庭隅之形，壬聲。參"庭"。

庭 tíng 特丁切（梗開四平青定）
耕部、定母

❶堂階前的平地。古代宅院，大門内有屏風。屏風到正房之間的一塊平地叫庭。(風5、雅3、頌1)98《齊風‧著》二章："俟我於庭乎而。"189《小雅‧斯干》五章："殖殖其庭，有覺其楹。"孔穎達《正義》："殖殖平正者，其宮寢之前庭也。"280《周頌‧有瞽》："有瞽有瞽，在周之庭。"孔穎達《正義》："其作樂者，皆在周之廟庭矣。"瞽：樂官。庭：此指宗廟的大庭。"❷通"廷"。朝廷。(頌2)286《周頌‧閔予小子》："念兹皇祖，陟降庭止。"朱熹《集傳》："思念文王，常若見其陟降於庭。"《漢書‧匡衡傳》引作

"廷"，顏師古注："鬼神上下，臨其朝庭。"287《周頌‧訪落》："紹庭上下，陟降厥家。"朱熹《集傳》："則亦繼其上下於庭，陟降於家。"一說：直。《毛傳》："庭，直也。"嚴粲《詩緝》："其能紹文武之直道施於上下，俯仰於家。"陳奐《傳疏》："陟降庭止，猶言直上直下也。"馬瑞辰《通釋》："'陟降庭止'與'夙夜敬止'相對成文，蓋謂文王陟降群臣，皆以直道。❸通"廷"。來王庭朝見；朝貢。(雅2)263《大雅‧常武》六章："四方既平，徐方來庭。"《毛傳》："來王庭也。"陳奐《傳疏》："以言徐方之朝正於王也。"261《大雅‧韓奕》一章："榦不庭方，以佐戎辟。"蘇轍《詩集傳》："不庭方，不來庭之國也。"朱熹《集傳》："不庭方，不來庭之國也。"一說：直。《毛傳》："庭，直也。"俞樾《平議》卷十一："庭方者，直方也。《易》曰：'君子敬以直内，義以方外。'是其義也。王之命韓侯，若曰朕命不易，女曷不以直方以佐女君乎？蓋戒勉之辭。"❹直。(雅1)212《小雅‧大田》一章："既庭且碩，曾孫是若。"《毛傳》："庭，直也。"《鄭箋》："衆穀生，盡條直茂大。"陳奐《傳疏》："庭，言直生也。"一說：通"挺"。生。俞樾《平議》卷十："庭，當讀爲挺。《說文‧手部》：'挺，拔也。'《吕氏春秋‧仲冬紀》：'荔挺出。'高誘注曰：'挺，生出也。'既挺且碩，謂百穀既生，又且碩大也。"

【庭燎】庭中照明用的火炬。古人早朝時，庭上燃着麻稭等札成的火炬。(雅3)182《小雅‧庭燎》一章："夜如何其，夜未央，庭燎之光。"《毛傳》："庭燎，大燭。"陸德明《釋文》："鄭云：在地曰燎，執之曰燭。又云：樹之門外曰大燭，於内曰庭燎，皆是照衆爲明。"朱熹《集傳》："庭燎，大燭也。諸侯將朝，則司烜以物百枚，并而束之，設於門内也。"《周禮‧秋官‧司烜氏》"共墳燭庭燎"鄭玄注："樹於門外曰大燭，於門内曰庭燎。"馬瑞辰《通釋》："今燭以葦爲心，灌以脂膏；古燭只用樵薪，或以麻稭爲之。"

[庭燎]《小雅》篇名(182)。這首詩贊美周宣王勤政，天未明，諸侯即來上朝。《詩序》："《庭燎》，美宣王也。因以箴之。"《鄭箋》："諸侯將朝，宣王以夜未央之時問夜早

晚。美者,美其能自勤以政事。因以箴者,王有雞人之官,凡國事爲期,則告之以時,王不正其官,而問夜早晚。"三家詩以爲陳古刺今之詩。宣王中年怠政,早朝晏起。姜后脱簪待罪。宣王改過,遂成中興之主。《易林·頤之損》:"庭燎夜明,追古傷今。陽弱不制,陰雄坐戾。"陳喬樅《齊説考》:"《列女傳》:宣王嘗夜卧晏起,后夫人不出房。姜后脱簪珥待罪於永巷,使其傅母通言於王曰:'妾之不才,至使君失禮而晏朝,以見君王樂色而忘德也,敢請婢子之罪。'宣王曰:'寡人不德,實自生過,非夫人之罪。'遂復姜后而勤於政事,早朝晏退,卒成中興之名。宣王中年怠政,而《庭燎》詩作,脱簪之諫,當在此際。宣王感悟,遂能勵精圖治,所以爲中興賢主也。《易林》爲齊説,而《列女傳》爲魯説,是齊、魯二家相同。三章,十五句。
參"廷"。

霆 tíng 特丁切(梗開四平青定)
　　 徒鼎切(梗開四上迥定)
耕部、定母

雷;疾雷。(雅 3)178《小雅·采芑》四章:"嘽嘽焞焞,如霆如雷。"263《大雅·常武》三章:"如雷如霆,徐方震驚。"按《爾雅·釋天》:"疾雷爲霆霓。"郭璞注:"雷之急激者,謂霹靂。"郝懿行《義疏》:"霓是衍文。"《素問·六常大政論》:"迺爲雷霆。"王冰注:"霆謂迅雷,卒如火之爆者,即霹靂也。"

町 tǐng 他鼎切(梗開四上迥透)
　　 tiǎn 他典切(山開四上銑透)
耕部、透母

【町畽(tuǎn)】又作"町疃"。屋旁的空地。(風 1)156《豳風·東山》二章:"町畽鹿場,熠燿宵行。"朱熹《集傳》:"町畽,舍旁隙地也。無人焉,故鹿以爲場也。"一説:禽獸踐踏的地方。《毛傳》:"町畽,鹿迹也。"陸德明《釋文》:"町,他典反,或他頂反。字又作圢,音同。畽,本又作疃,他短反。字又作墥。《説文·田部》:"疃,禽獸所踐處也。"《詩》曰:'町疃鹿場。'"馬瑞辰《通釋》:"町疃爲鹿踐之跡,猶熠燿爲螢火之光,二句相對成文。"又一説:田野。楊慎《升庵經説》:

卷四:"町疃之地踐爲鹿場,非謂町疃即鹿場也。"張存紳《增訂野俗稽言》:"町疃總云田野也。詩人之意,謂從征人久不歸,町疃之地踐爲鹿場,非謂町疃即鹿場也。"

恫 tōng 他紅切(通合一平東透)
東部、透母

痛;悲傷。(雅 2)240《大雅·思齊》二章:"神罔時怨,神罔時恫。"《毛傳》:"恫,痛也。"257《大雅·桑柔》七章:"哀恫中國,具贅卒荒。"《鄭箋》:"恫,痛也。哀痛乎中國之人。"陸德明《釋文》作"恫",云:"音通,痛。本亦作恫。"《説文·心部》:"恫,痛也。一曰:呻吟也。"又《人部》"侗"下引《詩》曰"神罔時侗"。

侗 tōng 他紅切(通合一平東透)
東部、透母

痛;悲傷。見"恫"。

同 tóng 徒紅切(通合一平東定)
東部、定母

❶相同;一致。跟"異"相對。(風 1)21《召南·小星》一章:"夙夜在公,寔命不同。"《毛傳》:"寔,是也。命不得同於列位也。"《鄭箋》:"是其礼命之數不同也。"❷共;共同。(風 9)73《王風·大車》三章:"穀則異室,死則同穴。"朱熹《集傳》:"生不得相奔以同室,庶幾死得合葬以同穴。"133《秦風·無衣》一章:"豈曰無衣,與子同袍。"119《唐風·杕杜》二章:"豈無他人,不如我同姓。"《毛傳》:"同姓,同祖也。"陳奂《傳疏》引程瑶田《宗法小記》:"孫以祖之字爲姓,故同祖昆弟謂之同姓。"一説:同胞兄弟。牟庭《詩切》:"同姓,謂同生也。"馬瑞辰《通釋》:"姓從女生會意。上古賜姓,皆因其母之所生。…此詩'同姓',對前章'同父'而言,又據下文'人無兄弟'而言。同姓,蓋謂同母生者。"❸一起;一塊兒。(風 5)41《邶風·北風》一章:"惠而好我,携手同行。"147《檜風·素冠》二章:"我心傷悲兮,聊與子同歸兮。"朱熹《集傳》:"與子同歸,愛慕之詞也。"馬瑞辰《通釋》:"同歸,猶下章言如一,皆同一,一致也,非謂歸其家也。"❹率領;偕同。(風 1)154《豳風·七月》一章:"同我婦子,饁彼南畝。"《鄭箋》:"同猶俱

tóng

也。…耕者之婦子,俱以饟來至於南畝之中。"朱熹《集傳》:"我,家長自我也。少者既皆出而在田,故老者率婦子而餉之。"❺聚集;集中。(風1,雅4)154《豳風·七月》七章:"我稼既同,上入執宮功。"《鄭箋》:"既同,言已聚也。"213《小雅·瞻彼洛矣》三章:"君子至止,福祿既同。"朱熹《集傳》:"同,猶聚也。"一說:相同;一致。《鄭箋》:"其爵命賞賜,盡與其先君受命者同而已,無所加也。"❻指冬天集合打獵。(風1)154《豳風·七月》四章:"二之日其同,載纘武功。"《鄭箋》:"其同者,君及民因習兵俱出田也。"馬瑞辰《通釋》:"同之言會合也,謂冬田大合衆也。…冬田之言同,猶春田之言蒐也。"❼配合;調協。(雅3)220《小雅·賓之初筵》一章:"射夫既同,獻爾發功。"朱熹《集傳》:"射夫既同,比其耦也。射禮,選群臣爲三耦,三耦之外,其餘各自取匹,謂之衆耦。"陳奐《傳疏》:"同,猶合也。既同,言已合耦之同。"208《小雅·鼓鍾》四章:"鼓瑟鼓琴,笙磬同音。"《毛傳》:"同音,四縣皆同也。"《鄭箋》:"同音者,謂堂上堂下,八音克諧。"241《大雅·皇矣》七章:"詢爾仇方,同爾兄弟。"《鄭箋》:"和協女兄弟之國。"❽整齊劃一;齊整。(雅1)179《小雅·車攻》一章:"我車既攻,我馬既同。"《毛傳》:"同,齊也。宗廟齊毫,尚純也;戎事齊力,尚強也;田獵齊足,尚疾也。"孔穎達《正義》:"齊其毛色,尚純色;齊其馬力,尚強壯,齊其馬足,尚迅疾也。"❾統一;歸順。(雅1)244《大雅·文王有聲》四章:"四方攸同,王后維翰。"朱熹《集傳》:"四方於是來歸。而以文王爲楨榦也。"一說:同心。《鄭箋》:"作邑於豐城之既成,又垣之立宮室,乃爲天下所同心而歸之。"❿同心;同盟。(風1)37《邶風·旄丘》三章:"叔兮伯兮,靡所與同。"《毛傳》:"無救患恤同也。"朱熹《集傳》:"叔兮伯兮,不與我同心也。"馬瑞辰《通釋》:"靡所與同,亦謂無與同力者耳。"黃焯《毛鄭平議》:"《傳》意讀如同盟之同。凡同盟之諸侯,有患則相救,'靡所與同'者,謂衛之臣子無肯與我同力拒敵也。"⓫共同朝見;會朝。(雅1、頌1)

263《大雅·常武》六章:"徐方既同,天子之功。"馬瑞辰《通釋》:"按同當讀如殷見曰同之同。同,集也。謂同集於朝也。"300《魯頌·閟宫》六章:"至于海邦,淮夷來同。"馬瑞辰《通釋》:"《說文》:'同,會合也。'朝與會同,對文則異,散文則通。諸侯殷見天子曰同,小國會朝大國亦曰同。…來,語詞。'淮夷來同'猶《大雅》'徐方既同'也。同亦會朝之通名。詩特變朝言同以爲韻耳。"一說:同盟。《鄭箋》:"來同,爲同盟也。"

【同父】指兄弟。(風1)119《唐風·杕杜》一章:"豈無他人,不如我同父。"《鄭箋》:"他人,謂異姓也。…豈無異姓之臣乎?顧恩不如同姓親親也。"朱熹《集傳》:"同父,兄弟也。"

【同寮】即"同僚"。同朝做官。(雅1)254《大雅·板》三章:"我雖異事,及爾同寮。"《毛傳》:"寮,官也。"陸德明《釋文》:"僚,字又作寮。"孔穎達《正義》:"言同寮者,謂同爲王官。"朱熹《集傳》:"同僚,同爲王臣也。"《春秋傳》曰:同官爲僚。

【同夢】同入夢鄉,形容夫婦間感情親密。(風1)96《齊風·雞鳴》三章:"蟲飛薨薨,甘與子同夢。"孔穎達《正義》:"夫人樂與同夢,相親之甚。"

【同仇】同心合力,打擊敵人。(風1)133《秦風·無衣》一章:"脩我戈矛,與子同仇。"《鄭箋》:"怨耦曰仇。"一說:仇,伴侶。《毛傳》:"仇,匹也。"胡承珙《後箋》:"毛鄭於《詩》仇字義皆各異。…《箋》以仇爲讎怨,義可自通,但與下二章'偕作'、'偕行'語意不相類耳。"王先謙《集疏》:"《韓詩》作同讎。秦民同敵所愾,故曰同讎也。"

【同心】齊心;志同道合。(風1)35《邶風·谷風》一章:"黽勉同心,不宜有怒。"《毛傳》:"言黽勉者思與君子同心也。"

【同雲】滿天陰雲,將要下雪的樣子。(雅1)210《小雅·信南山》二章:"上天同雲,雨雪雰雰。"陳喬樅《韓說考》:"同雲,謂陰雲竟天,同爲一色。"曾運乾《毛詩說》:"蓋陰雲密布之貌。"《藝文類聚》卷二、《太平御覽》卷十二引《韓詩外傳》:"雪華曰霙,雪雲曰同雲。"陸佃《埤雅》："冬爲上天。…燠則雲暘而異，寒則雲陰而同。"又見【會同】。

桐 tóng 徒紅切（通合一平東定）
東部、定母

木名。指梧桐。又名榮，從古爲著名的培養樹，木材密致而不彎曲，爲造琴瑟等樂器的良材。(風1、雅1)50《鄘風·定之方中》一章："樹之榛栗，椅桐梓漆，爰伐琴瑟。"陸璣《詩義疏》："桐有青桐、白桐、赤桐。白桐宜琴瑟。"朱熹《集傳》："桐，梧桐也。"174《小雅·湛露》四章："其桐其椅，其實離離。"《鄭箋》："桐也，椅也，同類而異名。"又見【梧桐】。

烔 tóng 徒紅切（通合一平東定）
東部、定母

熱氣熏蒸。見"蟲"。

彤 tóng 徒冬切（通合一平冬定）
冬部、定母

朱紅色。(風2、雅3)42《邶風·靜女》二章："靜女其變，貽我彤管。"《鄭箋》："彤管，筆赤管也。"《左傳·定公九年》："《靜女》之三章，取彤管焉。"杜預注："彤管，赤管筆，女史記事規誨之所執。"歐陽修《詩本義》："古者鍼筆皆有管，樂器亦有管，不知此彤管是何物也。但彤是色之美者，蓋男女相悅，用此美色之管相遺，以通情結好耳。"王先謙《集疏》："《齊》說曰：彤者，赤漆耳。"175《小雅·彤弓》一章："彤弓弨兮，受言藏之。"《毛傳》："彤弓，朱弓也。"陸德明《釋文》："彤，赤弓也。"王念孫《廣雅疏證》卷八上："彤之言融也，赤色著明之貌。"按《荀子·大略》："天子雕弓，諸侯彤弓，大夫黑弓，禮也。"

【彤弓】《小雅》篇名(175)。周天子以彤弓賞賜有功諸侯的詩。《詩序》："《彤弓》，天子錫有功諸侯也。"按《左傳·文公四年》："衛甯武子來聘，公與之宴，爲賦《湛露》及《彤弓》。不辭，又不答賦。使行人私焉。對曰：'臣以爲肄業及之也。昔諸侯朝正於王，王宴樂，於是乎賦《湛露》，則天子當陽，諸侯用命也。諸侯敵王所愾，而獻其功，王於是乎賜之彤弓一、彤矢百、旅弓矢

千，以覺報宴。今陪臣來繼舊好，君辱貺之，其敢干大禮以自取戾！'"朱熹《集傳》："此天子燕有功諸侯，而錫以弓矢之樂歌也。"王先謙《集疏》："三家無異義。"諸侯有功於天子，天子賜給彤弓等物，並設宴款待他們。《彤弓》就是寫這件事的樂歌。三章，十八句。

童 tóng 徒紅切（通合一平東定）
東部、定母

❶兒童；未成年的人。(風5)86《鄭風·狡童》一章："彼狡童兮，不與我言兮。"87《鄭風·褰裳》一章："狂童之狂也且。"按《禮記·雜記上》"稱陽童某甫"鄭玄注："童，未成人之稱也。"❷沒有長角；沒有長角的牛羊。(雅2)256《大雅·抑》八章："彼童而角，實虹小子。"《毛傳》："童，羊之無角者也。"朱熹《集傳》："無角曰童。"220《小雅·賓之初筵》五章："由醉之言，俾出童羖。"《毛傳》："羖，羊不童也。"《鄭箋》："女從行醉者之言，使女出無角之羖羊。"姚際恆《通論》："謂其醉言無實，如可使出童羖。然此必無之物，甚言其不實也。"馬瑞辰《通釋》："夏羊即今山羊，牝牡皆有角。牝間有角小者，牡則未有無角者。《大雅·抑》之詩曰：'彼童而角。'是無角而言其有角。此詩'俾出童羖'，又是有角而欲其無角。二者相參，足見詩人寓言之妙。《毛傳》：'羖羊不童'，蓋以羖爲夏羊之牡者。"

【童子】兒童；未成年的人。(風2)60《衛風·芄蘭》一章："芄蘭之支，童子佩觿。"《禮記·玉藻》鄭玄注："童子，未冠之稱也。"參"僮"。

僮 tóng 徒紅切（通合一平東定）
東部、定母

【僮僮】首飾盛美的樣子。(風1)13《召南·采蘩》三章："被之僮僮，夙夜在公。"王引之《述聞》卷五："僮僮、祁祁，皆是形容首飾之盛。"陳奐《傳疏》："古僮、童通。《禮記·射義》鄭玄注引《詩》作'被之童童'。《廣雅·釋訓》："童童，盛也。"王先謙《集疏》："三家，僮僮作童童。"一說：謹慎恭敬的樣子。《毛傳》："僮僮，竦敬也。"孔穎達《正義》："此爲恐懼而恭敬也。"又一說：往

來行走,思想不集中的樣子。牟庭《詩切》:"被之僮僮,言負所采之纍,往來衝衝然,思慮不精專也。"

罿 tóng 徒紅切（通合一平東定）
東部、定母

chōng 尺容切（昌合三平鍾昌）
東部、昌母

一種裝有機關能自動掩捕鳥獸的網,也叫覆車網。（風 1）70《王風•兔爰》三章:"有兔爰爰,雉離于罿。"《毛傳》:"罿,罬（zhuó）也。"陸德明《釋文》:"罿,昌鍾反。《韓詩》云:施羅於車上曰罿。"按《爾雅•釋器》:"罬謂之罦。罦,覆車也。"

偷 tōu 託侯切（流開一平侯透）
侯部、透母

改變。見"渝"。

投 tóu 度侯切（流開一平侯定）
侯部、定母

❶扔;抛棄。（雅 3）200《小雅•巷伯》六章:"取彼譖人,投畀豺虎。"《毛傳》:"投,棄也。"❷投贈;贈送。（風 3、雅 1）64《衛風•木瓜》一章:"投我以木瓜,報之以瓊琚。"256《大雅•抑》八章:"投我以桃,報之以李。"《鄭箋》:"投,猶擲也。"成語"投桃報李"源於此。❸掩捕。（雅 1）197《小雅•小弁》六章:"彼投兔,尚或先之。"《鄭箋》:"投,掩。視彼人將掩兔,尚有先驅走之者。"（先:開放。）馬瑞辰《通釋》:"投之言度也。《説文》:'敷,閉也。或作勵。'《廣雅》:'堥,塞也。'字通作杜。賈逵《左傳注》:'杜,塞也。'凡兔皆自作徑途,人張置以掩覆之,必塞其路,故《箋》謂投兔即掩兔。"一説:投奔。朱熹《集傳》:"投,奔。…相彼被逐而投人之兔,尚或有哀其窮而先脱之者。"又一説:丟棄。高亨《今注》:"此二句言:看那被棄的死兔,可能還有人把它埋掉。"

突 tū 陀骨切（臻合一入没定）
物部、定母

★他骨切（臻合一入没透）
物部、透母

【突而】突然;忽然。（風 1）102《齊風•甫田》三章:"未幾見兮,突而弁兮。"《鄭箋》:"突耳加冠爲成人也。"陸德明《釋文》:"《方言》云:凡卒相見謂之突。"孔穎達《正義》:"突然已加冠弁爲成人分。"陳奐《傳疏》:"突而,猶突然也。"參"弁"。

徒 tú 同都切（遇合一平模定）
魚部、定母

❶步行的人;步兵。（雅 4、頌 3）179《小雅•車攻》七章:"徒御不驚,大庖不盈。"《毛傳》:"徒,輦也。御,御馬也。"孔穎達《正義》:"徒行輓輦者與車上御馬者,豈不警戒乎? 言以相警戒也。"227《小雅•黍苗》三章:"我徒我御,我師我旅。"《毛傳》:"徒行者,御車者,師者,旅者。"陳奐《傳疏》:"徒、御對文,則徒爲徒行,御爲御車。徒行者,謂小人也。御車者,謂君子也。"259《大雅•崧高》七章:"既入于謝,徒御嘽嘽。"《毛傳》:"徒行者,御車者。嘽嘽,喜樂也。"300《魯頌•閟宮》五章:"公徒三萬,貝冑朱綅。"《鄭箋》:"萬二千五百人爲軍,大國三軍,合三萬七千五百人。言三萬者,舉成數也。"孔穎達《正義》:"公之徒衆有三萬人矣。"朱熹《集傳》:"徒,步卒也。"❷役夫;船夫。（雅 1）238《大雅•棫樸》三章:"淠彼涇舟,烝徒楫之。"《鄭箋》:"衆徒舨以楫櫂之。"王先謙《集疏》:"軍舟浮涇而行,衆徒鼓楫,水聲淠淠然也。"程俊英《注析》:"徒,役夫,這裏指船夫。"❸徒黨;同伙。（雅 1）198《小雅•巧言》六章:"爲猶將多,爾居徒幾何?"朱熹《集傳》:"其所與居之徒衆幾何人哉?"馬瑞辰《通釋》:"居爲語助辭。…'爾居徒幾何',即言爾徒幾何也。"又見【司徒】。

圖(图) tú 同都切（遇合一平模定）
魚部、定母

謀劃;考慮。（雅 4）164《小雅•常棣》八章:"是究是圖,亶其然乎?"《毛傳》:"圖,謀;亶,信也。"孔穎達《正義》:"汝於是深思之,於是善謀之,信其然者否乎?"屈萬里《詮釋》:"圖,謀也,考慮也。"260《大雅•烝民》六章:"民鮮克舉之,我儀圖之。"朱熹《集傳》:"儀,度;圖,謀也。"

屠 tú 同都切（遇合一平模定）
魚部、定母

通"杜"。古地名。即杜陵,在今陝西西安市東。(雅1)261《大雅·韓奕》三章:"韓侯出祖,出宿于屠。"《毛傳》:"屠,地名也。"朱熹《集傳》:"屠,地名。或曰:即杜也。"胡承珙《後箋》:"文王、武王冢皆在京兆長安鎬聚東杜中。此即漢之杜陵,在周鎬京之東南。古字屠、杜通,韓侯出宿,自當在此。"一説:通"鄌"。在今陝西省合陽縣。王應麟《困學紀聞》卷三:"按《説文·邑部》有馮翊郡郃陽亭,馮翊即同州也。"戴震《考證》:"屠即鄌。《説文》云:'左馮翊鄌陽亭。'今西安府同州有鄌谷。"

瘏 tú 同都切(遇合一平模定)
　　　　　　魚部,定母

病;勞累致病。(風2)3《周南·卷耳》四章:"我馬瘏矣,我僕痡矣。"《毛傳》:"瘏,病也。"陸德明《釋文》:"瘏,本又作屠。"孔穎達《正義》引《爾雅》孫炎注:"痡,人疲不能行之病;瘏,馬疲不能進之病。"朱熹《集傳》:"瘏,馬病不能進也。"

稌 tú 他胡切(遇合一平模透)
　　　他魯切(遇合一上姥透)
　　　魚部,透母
　　★同都切(遇合一平模定)
　　　魚部,定母

稻。(頌1)279《周頌·豐年》:"豐年多黍多稌。"《毛傳》:"稌,稻也。"陳奐《傳疏》:"稌,稻。《爾雅·釋草》文。郭注云:'今沛國呼稌。'《説文》:'沛國謂稻曰稬。'是以粘者爲稌矣。《周禮·食醫》:'牛宜稌。'鄭司農注云:'稌,粳也。'是又不粘者爲稌矣。蓋稻、稌皆大名也。"

茶 tú 同都切(遇合一平模定)
　　　宅加切(假開二平麻澄)
　　　魚部,定母

❶菜名。也叫苦菜,味苦。(風2,雅1)35《邶風·谷風》二章:"誰謂荼苦,其甘如薺。"《毛傳》:"荼,苦菜也。"237《大雅·緜》三章:"周原膴膴,堇荼如飴。"《毛傳》:"堇、荼,苦菜也。"陸璣《詩義疏》:"荼,苦菜(菜),生山田及澤中,得霜,甜脆而美。"
❷泛指旱地雜草。(頌2)291《周頌·良耜》:"其鎛斯趙,以薅荼蓼。"孔穎達《正

義》:"蓼是穢草,荼亦穢草,非苦菜也。王肅云:荼,陸穢。蓼,水草。然則所由田有原有隰,故並舉水陸穢草也。"朱熹《集傳》:"荼,陸草。蓼,水草。一物而有水陸之異也。今南方人猶謂蓼爲辣荼,或用以毒溪取魚,即所謂荼毒也。"❸茅、葦的花。(風3)93《鄭風·出其東門》二章:"出其闉闍,有女如荼。"《毛傳》:"荼,英茅也。"《鄭箋》:"荼,茅秀,物之輕者,飛行無常。"孔穎達《正義》:"《釋草》有'荼,苦菜',又有'荼,委葉'。…此言如荼,乃是茅草秀出之穗與彼二種荼草也。"朱熹《集傳》:"荼,茅華輕白可愛者也。"王念孫《廣雅疏證》卷十上:"茅穗名荼,義取白色也。"馬瑞辰《通釋》:"如荼、如雲,皆取衆多之義。"155《豳風·鴟鴞》三章:"予所捋荼。"《毛傳》:"荼,萑苕也。"孔穎達《正義》:"萑苕,謂蔍之秀穗也。"朱熹《集傳》:"荼,萑苕,可藉巢者也。"

【荼毒】殘害;禍亂。(雅1)257《大雅·桑柔》十一章:"民之貪亂,寧爲荼毒。"《鄭箋》:"天下之民苦王之政,欲爲亂亡,故安爲苦毒之行相侵暴。"孔穎達《正義》:"荼,苦菜;毒者,螫蟲。荼毒皆惡物,故比惡行。"陳奐《傳疏》:"荼,苦菜,因之凡苦曰荼,荼毒即是亂。"程俊英《注析》:"荼毒,本爲苦菜、毒蟲名。引申爲殘害破壞的行爲。"

塗(涂) tú 同都切(遇合一平模定)
　　　　　魚部,定母

❶泥;泥巴。(雅2)223《小雅·角弓》六章:"毋教猱升木,如塗塗附。"《毛傳》:"塗,泥;附,著也。"朱熹《集傳》:"又如於泥塗之上,加以泥塗附之也。"吕祖謙《詩記》引長樂劉氏曰:"小人之爲不善,皆其所自能,不必教之也。今幽王又疏薄骨肉,爲不善於上以倡之,是教猱升木也。小人樂於不善,而王又益之以不善之教,是以塗塗附其堲,且相著不可脱矣,非所以爲上之道也。"王夫之《稗疏》:"涂中濘泥謂之塗。'如塗'者,言行於泥塗而染塗也。'塗附'者,言前既受塗,後塗因沾前塗而相附也。凡屢屢行泥濘者皆然,而此則言車輪之輾泥淖也。…此以比小人,俗本無良,爲君子者又

復教之以不讓,則相染益惡而無滌除之期,非徽猷之可與屬也。"❷天暖解凍,道路泥濘。(雅1)168《小雅·出車》四章:"今我來思,雨雪載塗。"《毛傳》:"塗,凍釋也。"朱熹《集傳》:"塗,凍釋而泥塗也。"陳奐《傳疏》:"塗當作涂。…凍釋,謂雪凍開釋也。"

土 (一) tǔ 他魯切(遇合一上姥透)
　　　魚部、透母

❶土地;地方。(風5、雅7、頌4)113《魏風·碩鼠》一章:"逝將去女,適彼樂土。"303《商頌·玄鳥》:"天命玄鳥,降而生商,宅殷土芒芒。"高亨《今注》:"殷土,指商地。殷在盤庚遷殷以前,國號商,盤庚遷殷以後國號殷,其後人也稱商地爲殷土。"《史記·三代世表》褚先生引此作"宅殷社芒芒"。❷邦;國。(雅4)259《大雅·崧高》五章:"我圖爾居,莫如南土。"263《大雅·常武》二章:"率彼淮浦,省此徐土。"于省吾《新證》:"周人稱方、國、邦、土,多渾而爲一。《崧高》之稱南國、南邦、南土一也,《常武》之稱徐方、徐國、徐土一也。"❸社,古代祭祀土地神的地方。(雅1)237《大雅·緜》七章:"迺立冢土,戎醜攸行。"《毛傳》:"冢土,大社也。"❹通"杜"。水名。在今陝西麟游、武功二縣,入渭河,今名漆水河。(雅1)237《大雅·緜》一章:"民之初生,自土沮漆。"楊慎《升庵經說》卷五:"《齊》作'自杜漆沮'。言公劉避狄而來,居杜與漆沮之地。杜,水名,即杜陽也。"王引之《述聞》卷六:"土當從《齊詩》讀爲杜,古字假借耳。杜,水名,在漢右扶風杜陽縣南,南入渭,今屬麟游、武功二縣。"鄒漢勛《讀書偶識》卷四:"土通杜。杜,地名也。豐鄗。"王先謙《集疏》:"《齊》,土作杜。《漢書·地理志》'右扶風杜陽'顏師古注:'《大雅·緜》之詩曰:"人之初生,自杜漆沮。"'言公劉避狄而來居杜與漆沮之地。"一説:居住。《毛傳》:"土,居也。"《鄭箋》:"其後公劉失職,遷於豳,居沮漆之地。"戴震《考正》:"土其地謂之土,《傳》以居釋土字,得之。"又一説:地;國。朱熹《集傳》:"土,地也。…周人始於沮漆之上。"于省吾《新證》:"自土沮漆,言民之初生,始自國之沮漆也。"❺用土築

城。(風1)31《邶風·擊鼓》一章:"土國城漕,我獨南行。"《鄭箋》:"或役土功於國,或脩理漕城。"

(二) dù ★動五切(遇合一上姥定)
　　　魚部、定母

❻通"杜"。樹根。(風1)155《豳風·鴟鴞》二章:"迨天之未陰雨,徹彼桑土。"《毛傳》:"桑土,桑根也。"陸德明《釋文》:"土,音杜。桑土,桑根也。《韓詩》作杜,義同。《方言》云:東齊謂根曰杜。"一説:泥土。高亨《今注》:"桑土,桑枝和泥土,築牆所用。"

【土疆】疆土;疆域。(雅1)259《大雅·崧高》六章:"王命召伯,徹申伯土疆。"《鄭箋》:"王使召公治申伯土界之所至。"孔穎達《正義》:"令申伯主國之時,不與四鄰爭訟也。"

【土田】田地。(雅3、頌1)264《大雅·瞻卬》二章:"人有土田,女反有之。"陳奐《傳疏》:"《爾雅》:'土,田也。'是田亦土田也。"262《大雅·江漢》五章:"告于文人,錫山土田。"《毛傳》:"諸侯有大功德,賜之名山土田附庸。"陸德明《釋文》:"錫,本或作'賜'。"之山川土田附庸'者,是因《魯頌》之文妄加也。"300《魯頌·閟宮》三章:"錫之山川,土田附庸。"《周禮》鄭司農注于"土地附庸"。

【土宇】土地房屋;邦家。(雅2)257《大雅·桑柔》四章:"憂心慇慇,念我土宇。"孔穎達《正義》:"顧念我之鄉土居宅也。"陳奐《傳疏》:"宇訓居,土亦居也。…土宇,猶邊垂也。"252《大雅·卷阿》三章:"爾土宇昄章,亦孔之厚矣。"《鄭箋》:"土宇,謂居民以土地屋宅也。"一説:國土;國家。何楷《古義》:"土,土地也。宇本屋邊之名,此當以邊垂言。"陳奐《傳疏》:"土宇,猶言封畿也。"于省吾《新證》:"土謂邦國。土宇猶今人言邦家。"

又見【疆土】【下土】【相土】。

吐 tǔ 他魯切(遇合一上姥透)
　　　魚部、透母

從口里吐出。(雅2)260《大雅·烝民》五章:"人亦有言,柔則茹之,剛則吐之。"《鄭箋》:"剛柔之在口,或茹之或吐之,喻人之於敵強弱也。"

兔（兎） tù 湯故切（遇合一去暮透）
魚部、透母

兔子。(風3,雅5)70《王風·兔爰》一章："有兔爰爰,雉離于羅。"198《小雅·巧言》四章："躍躍毚兔,遇犬獲之。"《毛傳》："毚兔,狡兔也。"

【兔罝】捕兔的網。(風3)7《周南·兔罝》一章："肅肅兔罝,椓之丁丁。"《毛傳》："兔罝,兔罟也。"一説：捕虎的網。陸德明《釋文》作"菟",云："本又作兔。"聞一多《通義》："案古本《毛詩》疑當作菟,菟即於虎,謂虎也。《左傳·宣公四年》曰：'楚人…謂虎於菟。'"

〖兔罝〗《國風·周南》篇名(7)。這首詩寫武士在外打獵,贊美他們勇武有才,深受公侯信任,足爲國家干城。王質《詩總聞》："言試夫能捍外以護内也。"聞一多《類鈔》："美獵士之英武也。"高亨《今注》："這首詩咏唱國君的武士在野外打獵。"《詩序》："《兔罝》,后妃之化也。《關雎》之化行,則莫不好德,賢人衆多也。"《鄭箋》："罝兔之人,鄙賤之事,猶能恭敬,則是賢者衆多也。"朱熹《集傳》："化行俗美,賢才衆多,雖罝兔之野人,而其才之可用猶如此。故詩人因其所事以起興而美之,而文王德化之盛,因可見矣。"王先謙《集疏》："《韓》説曰：殷紂之賢人退處山林,網禽獸而食之。文王舉閎夭、泰顛於罝網之中。"三章,十二句。

〖兔爰〗《國風·王風》篇名(70)。《詩序》："《兔爰》,閔周也。桓王失信,諸侯背叛,構怨連禍,王師傷敗,君子不樂其生焉。"三家無異義。朱熹《集傳》："周室衰微,諸侯背叛,君子不樂其生,而作此詩。言張羅本以取兔,今狡兔得脱,而雉以耿介,反離於羅,以比小人致亂,而以巧計幸免,君子無辜,而以忠直受禍也。"現代研究者有的認爲這是東周社會變亂,失去爵位土地的貴族統治階級悲嘆今不如昔,命運太苦,百無聊賴。表現了對其階級没落的恐懼。郭沫若《研究》："我覺得這也是一首破産貴族的詩。"也有人認爲是百姓苦於勞役和頻仍的灾禍而希望暫時安寧的詩。聞一多《類

鈔》："《兔爰》,苦於勞役而思死也。"馬持盈《今注今譯》："這是亂世人民,自傷生命毫無保障,苦痛百端,而消極無聊,不樂其生之詩。"三章,二十一句。

菟 tù 湯故切（遇合一去暮透）
魚部、透母

老虎。見"兔"。

慱（㥛） tuán 度官切（山合一平桓定）
寒部、定母

【慱慱】憂勞不安的樣子。(風1)147《檜風·素冠》一章："庶見素冠兮,棘人欒欒兮,勞心慱慱兮。"《毛傳》："慱慱,憂勞也。"《文選·張平子·思玄賦》李善注引《毛詩》作"勞心團團"。陳奂《傳疏》："《傳》於欒欒訓瘠,慱慱訓憂勞,皆所以形容瘠人哀痛未盡,思慕未忘之狀。"

漙（泻） tuán 度官切（山合一平桓定）
寒部、定母

露水多的樣子。(風1)94《鄭風·野有蔓草》一章："野有蔓草,零露漙兮。"《毛傳》："漙漙然,盛多也。"朱熹《集傳》："漙,露多貌。"陸德明《釋文》："漙本亦作團,徒端反。"團團然盛多也。"《太平御覽·地部》二十四引《詩》作"團"。陳奂《傳疏》："《説文》：'團,圜也。'露上草成圜如珠,是曰團,重言之曰團團,故《傳》訓盛多也。"

團（团） tuán 度官切（山合一平桓定）
寒部、定母

露水多；憂勞不安。見"漙"、"慱"。

鷻 tuán 度官切（山合一平桓定）
文部、定母

鵰。《説文·鳥部》："鷻,雕也。從鳥敦聲。《詩》曰：'匪鷻匪鳶。'"見"鶉"。

𦠦（瞳、墥） tuǎn 吐緩切（山合一上緩透）
寒部、透母

町𦠦,屋旁空地。見"町(tǐng)"。

推 tuī 他回切（蟹合一平灰透）
微部、透母

除去；使離去。(雅1)258《大雅·雲漢》三

章:"旱既大甚,則不可推。"《毛傳》:"推,去也。"《鄭箋》:"旱既不可移去,天下困於飢饉。"孔穎達《正義》:"推是遠離之辭。"參"燀"。

蓷 tuī 他回切（蟹合一平灰透）
微部、透母

益母草。(風 3)69《王風·中谷有蓷》一章:"中谷有蓷,暵其乾矣。"《毛傳》:"蓷,鵻(zhuī)也。"陸德明《釋文》:"蓷,吐雷反。"《韓詩》云:'芜蔚也。'《廣雅》又名益母。"孔穎達《正義》引郭璞説:"今芜蔚也,葉似萑,方莖白華,華生節間,又名益母。"朱熹《集傳》:"即今益母草也。"王念孫《廣雅疏證》卷十上:"蓷者,芜蔚之合聲;芜蔚者,臭蔚之轉聲。"嚴粲《詩緝》:"據《本草》,益母正生海濱池澤,其性宜濕。"

騅 tuī 他回切（蟹合一平灰透）
微部、透母

車行聲。見"燀"。

隤(隤) tuí 杜回切（蟹合一平灰定）
微部、定母

虺隤,疲勞腿軟。見"虺"。

頹(穨) tuí 杜回切（蟹合一平灰定）
微部、定母

落山風;龍卷風。(雅 1)201《小雅·谷風》二章:"習習谷風,維風及頹。"《毛傳》:"頹,風之焚輪者也。"孔穎達《正義》:"頹者,風從上而下之名。"《爾雅·釋天》:"焚輪謂之頹。"邢昺疏引李巡曰:"焚輪,暴風從上來降,謂之頹。頹,下也。"王先謙《集疏》:"焚輪與扶搖皆風之名詞,焚喻其暴,輪喻其迴。合言之,即紛綸棼亂之狀。"陳子展《選譯》:"似頹風即今氣象學上所謂龍卷風,俗所謂掛龍也。"

退 tuì 他内切（蟹合一去隊透）
物部、透母

❶後退;向後移動。跟"進"相對。(雅 1)257《大雅·桑柔》九章:"人亦有言,進退維谷。"(進退維谷:進退兩難。) ❷指退朝。(風 4)18《召南·羔羊》一章:"退食自公,委蛇委蛇。"朱熹《集傳》:"退食,退朝而食於家也。"馬瑞辰《通釋》引劉履恂説:"'退食自公',謂自公食而退也。"金其源《讀書管見》:"《周禮·稟人》:'則治其糧與其食。'注:'止居曰食。'退食,謂退自朝廷而止居。"57《衛風·碩人》三章:"大夫夙退,無使君勞。"朱熹《集傳》:"諸大夫朝於君者宜早退,無使君勞於政事。"王先謙《集疏》:"謂既見夫人,早退罷也。"❸斥退;罷去官職。(雅 1)194《小雅·雨無正》四章:"聽言則答,譖言則退。"《毛傳》:"以言進退人也。"《鄭箋》:"有譖毀之言,則共爲排退之。"馬瑞辰《通釋》:"言凡百君子所以莫肯直諫,蓋以王好順從而憎諫諍。聞順從之言則答而進之,聞譖毀之言,則退而不答。聽言言答,則進之可知;譖言言退,則不答可知。互文以見義。"❹減退;消除。(雅 1)194《小雅·雨無正》四章:"戎成不退,飢成不遂。"陳奂《傳疏》:"兵不退者,幽王之末,用兵不息也。"

脫 tuī ★吐外切（蟹合一去泰透）
月部、透母

【脫脫】從容緩慢的樣子。(風 1)23《召南·野有死麕》三章:"舒而脫脫兮。"《毛傳》:"脫脫,舒遲也。"陸德明《釋文》:"脫,勑外反。"孔穎達《正義》:"脫脫,舒遲之貌。不言貌者,略之。"高亨《今注》:"脫脫,走路慢,脚步輕的狀態。一説:美好的樣子。馬瑞辰《通釋》:"《説文》、《廣雅》並曰:'娧,好也。'《玉篇》云:'娧,好貌。'脫脫即娧娧之假借。'而'作'女'(汝)字解,謂吉士也。脫脫狀吉士之好貌也。舒,語詞。"王先謙《集疏》:"舒遲則儀容安好,重言之則曰娧娧。"

駾(䮈) tuì 他外切（蟹合一去泰透）
月部、透母

奔突;奔竄。(雅 1)237《大雅·緜》八章:"混夷駾矣,維其喙矣。"《毛傳》:"駾,突也。"孔穎達《正義》:"《説文》云:'駾,馬行疾貌。'然則馬之疾行,即有奔突之義。"王先謙《集疏》:"三家,駾作突。"朱彬《經傳考證》:"此言木拔道通,徑路坦易,混夷不得憑恃險阻,唯有疾馳而去耳。蓋氣勢爲之奪也。"

啍(噋) tūn 他昆切（臻合一平魂透）
文部、透母

【啍啍】大車重遲的樣子。(風 1)73《王風·大車》二章:"大車啍啍,毳衣如璊。"《毛傳》:"啍啍,重遲之貌。"孔穎達《正義》:"啍啍,行之貌。故爲重遲。上言行之聲,此言行之貌。互相見也。"《廣韻·魂韻》:"噋,他昆切。《詩》云:'大車噋噋。'噋噋,遲重之貌。"王先謙《集疏》:"《韓》作'大車椎椎'云:'椎椎,盛貌也。'"一説:車行聲。徐鼒《讀書雜識》卷三:"啍啍,亦車行聲,義互見也。"馬瑞辰《通釋》:"《説文》:'啍,口氣也。'引《詩》'大車啍啍'。啍啍亦當爲車行之聲,猶檻檻也。"參"焞"。

焞(燉) tūn 他昆切(臻合一平魂透)
文部、透母

tuī ★通回切(蟹合一平灰透)
微部、透母

【焞焞】車聲。(雅 1)178《小雅·采芑》四章:"嘽嘽焞焞,如霆如雷。"何楷《古義》:"嘽嘽焞焞,如霆如雷,皆車聲也。嘽嘽,指輕車言。焞焞,指重車言。焞焞,當依陸本通作啍啍,聲遲重貌。如震當承嘽嘽言,以車聲之舒緩似之。如雷,當承焞焞言,以車聲之重遲似之。時凱旋而歸,從容就道,故其車聲如此。"一説:盛多的樣子。《毛傳》:"焞焞,盛也。"孔穎達《正義》:"方叔士衆所乘戎車,嘽嘽然衆,焞焞然盛,如霆之發,如雷之聲。"陸德明《釋文》:"焞,吐雷反,又他屯反。本又作啍。"《廣韻·魂韻》作"燉"。《漢書·韋元成傳》引作"嘽嘽推推"。馬瑞辰《通釋》:"焞、推一聲之轉,故通用。作推者蓋三家詩。"

屯 tún 徒渾切(臻合一平魂定)
文部、定母

紃;束。見"純"。

沌 tuō 他各切(宕開一入鐸透)
鐸部、透母

赭色。見"丹"。

佗 tuó 託何切(果開一平歌透)
★他佐切(果合一去過透)
歌部、定母

加。(雅 1)197《小雅·小弁》七章:"舍彼有罪,予之佗矣。"《毛傳》:"佗,加也。"朱熹《集傳》:"舍彼有罪之譖人,而加我以非罪。"陳奂《傳疏》:"佗,加叠韻。"俞樾《平議》卷十:"《説文·人部》:'佗,負何也。''荷'與'加'聲近義通。'佗'訓'荷',故亦訓'加'。字亦作'扡'。"屈萬里《詮釋》:"言彼有罪者則舍之,而反使予負荷其罪也。"一説:同"它"。別人。孔穎達《正義》:"此佗,謂佗人也。言舍有罪而以罪與佗人。"何楷《古義》:"予乃上下相推予之義。佗當作它。言舍彼有罪之人,乃推于其罪於它人。"又見【委委佗佗】。參"他"、"紽"。

沱 tuó 徒河切(果開一平歌定)
歌部、定母

長江的支流。即今四川省的沱江。(風 1)22《召南·江有汜》三章:"江有沱。"《毛傳》:"沱,江之別者。"《鄭箋》:"岷山道江,東別爲沱。"又見【滂沱】。參"滤"。

紽(紽) tuó 徒河切(果開一平歌定)
歌部、定母

量詞。表示絲數。五絲或二絲爲紽。(風 1)18《召南·羔羊》一章:"羔羊之皮,素絲五紽。"《毛傳》:"紽,數也。"陸德明《釋文》作"它"云:"本又作他,同徒何反。它,數也。本或作紽。"王引之《述聞》卷五:"紽、緎、總,皆數也。五絲爲紽,四紽爲緎,四緎爲總。"馬瑞辰《通釋》:"佗即古他字。他者彼之稱也,此之別也。由彼及此,則其數爲二。…紽通他,蓋二絲之數也。"一説:加。指縫製。段玉裁《小學》:"紽,讀爲佗。佗,加也。其英飾五,故曰五紽。"陳奂《傳疏》:"五,古文作×,當讀爲交午之午。…五紽,猶交加,言縫裘,不言縫裘之絲。"嚴粲《詩緝》:"紽,縫也。縫音逢。"聞一多《通義》:"紽者,即交午束絲之名。"又一説:以絲飾裘。朱熹《集傳》:"紽,未詳,蓋以絲飾裘之名也。"

橐 tuó 他各切(宕開一入鐸透)
鐸部、透母

一種口袋。(雅 1)250《大雅·公劉》一章:"迺裹餱糧,于橐于囊。"按橐與囊,諸家説法不一,參看"囊"下。

【橐橐】用力築牆的聲音。(雅 1)189《小雅·斯干》三章:"約之閣閣,椓之橐橐。"《毛

橐檯黿妥籜　tuó—tuò

傳》："橐橐，用力也。"陸德明《釋文》："橐，音託，本或作柝。"王先謙《集疏》："《魯》，橐作檯。…橐即檯之省借，'梊之檯檯'，猶'梊之丁丁'，皆謂其聲耳。"

檯 tuó 他各切（宕開一入鐸透）
鐸部、透母

檯檯，用力築牆的聲音。見"橐"。

騨(骋) tuó 徒河切（果開一平歌定）
歌部、定母

tān 徒干切（山開一平寒定）

徒年切（山開四平先定）
寒部、定母

有鱗狀斑文的青黑馬，也叫連錢驄。（頌1）297 《魯頌·駉》三章："薄言駉者，有騨有駱。"《毛傳》："青驪驎曰騨。"朱熹《集傳》："色有深淺，斑駁如魚鱗，今之連錢驄也。"《說文·馬部》："騨，一曰騨馬，青驪白鱗，文如鼉魚也。"段玉裁注："謂如鼉魚青黑而白斑也。"

鼉(鼍) tuó 徒河切（果開一平歌定）
歌部、定母

動物名，即揚子鱷。俗稱鼉龍、猪婆龍。（雅1）242 《大雅·靈臺》五章："鼉鼓逢逢。"《毛傳》："鼉，魚屬。"陸璣《詩義疏》："鼉形似蜥蜴，四足，長丈餘，生卵大如鵝卵，甲如鎧，今合藥鼉魚甲是也。其皮堅厚，可以冒鼓。"

妥 tuǒ 他果切（果合一上果透）
歌部、透母

安坐。周代禮制，祭祀時有人裝神，叫做尸。當尸走上他的位置時，主祭者跪拜，請尸安坐，叫做"妥"。（雅1）209 《小雅·楚茨》一章："以妥以侑，以介景福。"《毛傳》："妥，安坐也。"嚴粲《詩緝》："以妥，謂拜尸使安坐也。"屈萬里《詮釋》："謂使尸安坐於神位而勸其飲食也。"（侑：勸酒。）

籜(萚) tuò 他各切（宕開一入鐸透）
鐸部、透母

❶草木脫落的皮或葉。（風）85 《鄭風·籜兮》："籜兮籜兮，風其吹女。"《毛傳》："籜，槁也。"《鄭箋》："槁，謂木葉也。木葉槁，待風乃落。"154 《豳風·七月》四章："十月隕籜。"《毛傳》："籜，落也。"陳奐《傳疏》："隕籜，謂草木墜落也。"戴震《考證》："草木之將落者曰籜。"《說文·艸部》："籜，艸木凡皮葉落陊（duò）地為籜。《詩》曰：'十月隕籜。'"❷木名。棗屬，質堅硬，落葉晚。（雅1）184 《小雅·鶴鳴》一章："爰有樹檀，其下維籜。"王引之《述聞》卷六："二章'其下維穀'，《傳》：穀，惡木也。則此'籜'字亦當為木名，非落葉之謂也。籜，疑當讀為檡。《廣雅》：'樗棗，檡也。'馬瑞辰《通釋》："下章穀為木名，則此章籜亦木名，不得泛指落木。"一說：草木脫落的皮或葉。《毛傳》："籜，落也。尚有樹檀而下其籜。"陳奐《傳疏》："落，謂死葉萎枝也。"

[籜兮]《國風·鄭風》篇名(85)。這是一首男女倡和的歌。主人公是女性，她要求男人們和她一起歌唱，不一定是戀愛。朱熹《集傳》："此淫女之詞。"余冠英《詩經選》："一個女子要求愛人同歌。她說：風把樹葉兒吹得飄起了，你領頭唱吧，我來和你。"吳懋清《復古錄》："此喜其同聲相應，同氣相求，而作是歌。"屈萬里《詮釋》："此蓋述親故和樂之詩。"《詩序》以爲刺詩："《籜兮》，刺忽也。君弱臣強，不倡而和也。"王先謙《集疏》："三家無異義。"或以為呼吁倡導救亡之詩。嚴粲《詩緝》："此小臣有憂國之心，呼諸大夫而告之。言此槁葉在柯，風將吹女，不能久矣。夫大風則槁葉無不落，喻國有難則大夫皆不安。禍將及矣，豈可坐視以為無與於己而不相與扶持之乎？叔伯諸大夫，其亟圖之！汝倡我，則我和汝矣。謂患無其倡，不患無和之者也。"方玉潤《原始》："《籜兮》，諷朝臣共扶危也。"一章，八句。

W

瓦 wǎ 五寡切（假合二上馬疑）
歌部、疑母

原始的陶製紡錘。(雅 1)189《小雅・斯干》九章:"載衣之裼,載弄之瓦。"《毛傳》:"瓦,紡塼也。"陸德明《釋文》:"塼,本又作專。"馬瑞辰《通釋》:"古之撚綫者以專爲錘。《說苑・雜言篇》曰：'子不聞和氏之璧乎？價重千金,然以之間紡,曾不如瓦磚。'此紡用瓦磚之證。…紡錘即紡磚也。後世磚瓦異物,古則瓦爲通稱。《說文》：'瓦,土器已燒之總名。'"于省吾《新證》:"《毛傳》訓瓦爲紡專,紡專即紡團,紡團即今考古所發現的紡輪。"一説:酒器。王夫之《稗疏》:"瓦者,蓋《燕禮》之所謂'瓦大',《禮器》之所謂'瓦甒',有虞氏之尊,以供君之膳酒者也。弄之,亦議酒食之意。"

外 wài 五會切（蟹合一去泰疑）
月部、疑母

❶外面；外部。跟"内"相對。(風 5、雅 3、頌 1)95《鄭風・溱洧》一章:"洧之外,洵訏且樂。"164《小雅・常棣》四章:"兄弟鬩于牆,外禦其侮。"(兄弟雖在家中爭吵,但遇外人欺凌,就會共同起而抵抗。)❷本職以外的事；意外的事。(風 1)114《唐風・蟋蟀》二章:"無已大康,職思其外。"《毛傳》:"外,禮樂之外。"蘇轍《詩集傳》:"既思其職,又思其職之外。"朱熹《集傳》:"外,餘也。其所治之事,固當思之,而所治之餘,亦不敢忽。"屈萬里《詮釋》:"外,謂家以外之事也。"一説,國外。《鄭箋》:"外,謂家以外至四境。"❸指王畿以外的地方。(頌 1)304《商頌・長發》一章:"禹敷下土方,外大國是疆。"《毛傳》:"諸夏爲外。"孔穎達《正義》:"王肅云:外,諸夏大國也。京師爲内,諸夏爲外,言禹外畫九州境界。"陳奂《傳疏》:"外,邦畿之外。《傳》云諸夏爲外者,禹有天下曰夏,故畿内爲夏,畿外爲諸夏也。"朱熹《集傳》:"禹治洪水,以外大國爲中國之境。"又見【海外】。

丸 wán 胡官切（山合一平桓匣）
寒部、匣母

【丸丸】高大而挺直的樣子。(頌 1)305《商頌・殷武》六章:"陟彼景山,松柏丸丸。"《毛傳》:"丸丸,易直也。"朱熹《集傳》:"丸丸,直也。"《說文・易部》"易"下段玉裁注:"易直,謂滑易而調(條)直也。"屈萬里《詮釋》:"丸丸,平滑條直之貌。"

汍 wán 胡官切（寒合一平桓匣）
寒部、匣母

水流盛大。見"洹"。

芄 wán 胡官切（山合一平桓匣）
寒部、匣母

【芄蘭】一種草名,也叫蘿藦。蔓生,葉有長柄,結莢實,兩兩對出成叉形,有如古人所佩的角錐。(風 2)60《衛風・芄蘭》一章:"芄蘭之支,童子佩觽。"《毛傳》:"芄蘭,草也。"《鄭箋》:"芄蘭柔弱,恒蔓延於地,有所依緣則起。"牟庭《詩切》:"此詩以芄蘭柔弱,雖有枝而不能自扶,喻人無材藝者,雖强爲容飾,而不足觀美也。"芮城《鮑瓜錄》:"芄蘭,弱草也。引蔓雖長而不能自植,榦不勝枝,枝不勝葉,故以興童子之佩觽佩韘,謂非其所當佩,不任其用。"馬瑞辰《通釋》:"芄蘭,蓋縱橫蔓衍之貌。故草之蔓曰芄蘭,泪之出亦曰汍瀾。"

[芄蘭]《國風・衛風》篇名(60)。本詩諷刺

完宛婉　wán—wǎn

一位貴族子弟幼稚無知，虛有其表。《詩序》："《芄蘭》，刺惠公也，驕而無禮，大夫刺之。"《鄭箋》："〔衛〕惠公以幼童即位，自謂有才能而驕慢於大臣，但習威儀，不知爲政以禮。"三家無異義。朱熹表示懷疑，以爲此詩"不知所謂"。現代研究者有人認爲這是一首情詩，寫一位姑娘嘲笑一個曾和她青梅竹馬的小伙子在她面前大搖大擺裝假斯文。聞一多《類鈔》："觿與韘是成人隨身佩帶的工具，童子佩了觿、韘，是已經成年的表徵。…這時的風俗，對於未婚的青年男女，社交似乎是自由的，一到成年結婚以後，便當隔離。所以這個女子說：'你雖則成人而佩觿了，難道就不能和我相好了嗎？'末二句言外之意是說：'瞧你那假正經！'"二章，十二句。

完 wán 胡官切（山合一平桓匣）
　　　　寒部、匣母

完成；築成。（雅 1）261 《大雅·韓奕》六章："溥彼韓城，燕師所完。"《鄭箋》："大矣彼韓國之城，乃古平安時衆民之所築完。"陳奂《傳疏》："燕衆，猶云燕人也。…完者，讀如繕完葺牆之完。"

宛 wǎn 於阮切（山合三上阮影）
　　　　寒部、影母

❶小的樣子。（雅 1）196 《小雅·小宛》一章："宛彼鳴鳩，翰飛戾天。"《毛傳》："宛，小貌。"❷仿佛；好像。（風 3）129 《秦風·蒹葭》一章："遡游從之，宛在水中央。"《鄭箋》："宛，坐見貌。"李調元《勸說》卷三："宛在水中央，宛然如在也。"屈萬里《詮釋》："宛，坐見貌，猶言儼然也。"陸德明《釋文》："宛，本亦作苑。一說：藏。聞一多《類鈔》："宛，蘊藏也。"❸枯萎的樣子。（風 3）115 《唐風·山有樞》一章："宛其死矣，他人是愉。"《毛傳》："宛，死貌。"陸德明《釋文》："宛，於阮反，本亦作苑。"馬瑞辰《通釋》："宛即苑之假借。《淮南子·俶真訓》'形苑而神壯'，高注：'苑，枯病也。'"

【宛丘】四周中央寬平的圓形高地。（風 4）136 《陳風·宛丘》一章："子之湯兮，宛丘之上兮。"《毛傳》："四方高中央下曰宛丘。"一說：丘名，在陳國都城（今河南省淮陽縣）

南三里。《水經注·渠水》："宛丘在陳城南道東。"陳奂《傳疏》："陳有宛丘，猶之鄭有洧淵，皆是國人游觀之所。"王先謙《集疏》："《魯》說曰：陳有宛丘。一說：中央隆起之丘。孔穎達《正義》引郭璞曰："宛丘，謂中央隆峻，狀如［負］一丘矣。"黃震《黃氏日鈔》卷四："旁高中下，則於登高眺望非便。今陳國於此聚遊，恐郭說爲是。而俗因其宛轉之狀以名其地也歟？"

【宛丘】《國風·陳風》篇名(136)。這是一首諷刺統治者游蕩無度的詩。《詩序》："《宛丘》，刺幽公也。淫荒昏亂，游蕩無度焉。"豐坊《詩說》："《宛丘》，陳人譏其大夫之詩。"朱熹《集傳》："國人見此人常游蕩於宛丘之上，故叙其事以刺之。"詩中描寫當時舞蹈的情況是：舞者持鷺羽，用擊鼓和擊缶伴奏。有的學者認爲陳國巫風盛行，這是一首諷刺巫風的詩。魏源《詩古微》："武王封胡公於陳，妻以元女太姬，婦人尊貴，好祭祀用巫，故俗好巫鬼，擊鼓於宛丘之上，婆娑於枌樹之下，有太姬歌舞遺風。'子之湯兮'，子，大夫也，刺臣民習俗，非刺幽公游蕩之詩也。"現代學者有認爲是情詩的。三章，十二句。

【宛然】宛轉迴避的樣子。（風 1）107 《魏風·葛屨》二章："好人提提，宛然左辟。"《毛傳》："宛，辟貌。"陳奂《傳疏》："宛有委曲順從之義，故云辟貌。"聞一多《類鈔》："宛然，身躲閃貌。"《說文·人部》"僻"下引《詩》作"宛如左僻"。

参"婉"、"鬱"。

婉 wǎn 於阮切（山合三上阮影）
　　　　寒部、影母

美好；柔順嫵媚。（風 3）94 《鄭風·野有蔓草》一章："有美一人，清揚婉兮。"《毛傳》："婉然，美也。"馬瑞辰《通釋》："《說文》：'婉，順也。'順與美同義。"《玉篇·面部》："顤，眉目之間美貌。"《韓詩》云：'清揚顤兮。'"《孔子家語·致思》引作"清陽宛兮"。

【婉變】年少而美好的樣子。（風 2）102 《齊風·甫田》三章："婉兮變兮，總角丱兮。"《毛傳》："婉變，少好貌。"151 《曹風·候人》四章："婉兮變兮，季女斯飢。"《毛傳》："婉，少貌。變,好貌。"《説文·女部》:"嫡,順也。"《詩》曰:'婉兮嫡兮。'變,籀文嫡。"
又見【燕婉】。

綩(绾) wǎn ★委遠切(山合三上阮影)
寒部、影母

淺赤色。綩衣、纁衣。皮嘉祐以爲"實即禮服之純衣也"。見"袞"。

萬(万) wàn 無販切(山合三去願微)
寒部、明母

數詞。千的十倍。《詩經》中多用於泛稱。(雅13、頌6)211《小雅·甫田》四章:"乃求千斯倉,乃求萬斯箱。"215《小雅·桑扈》四章:"彼交匪敖,萬福來求。"259《大雅·崧高》八章:"揉此萬邦,聞于四國。"孔穎達《正義》:"周無萬國。因古有萬國,舉大數耳。"300《魯頌·閟宮》八章:"孔曼且碩,萬民是若。"

【萬年】祝禱之辭。等於説"萬歲"、"長壽"。(風1、雅12)152《曹風·鳲鳩》四章:"正是國人,胡不萬年。"朱熹《集傳》:"胡不萬年,願其壽考之辭也。"262《大雅·江漢》五章:"虎拜稽首,天子萬年。"《鄭箋》:"臣受君恩無以報謝者,稱言使君壽考而已。"

【萬壽】大壽;萬年眉壽。用於祝禱之辭。(風1、雅8)154《豳風·七月》八章:"稱彼兕觥,萬壽無疆。"《鄭箋》:"飲酒既樂,欲大壽無竟。"馬瑞辰《通釋》:"萬,古訓大,故《箋》訓萬壽爲大壽。"胡承珙《後箋》:"舉觴稱壽,乃古人飲酒之常禮。"172《小雅·南山有臺》一章:"樂只君子,萬壽無期。"徐中舒《豳風説》:"萬壽連言,乃萬年眉壽之省稱。"

【萬舞】周代一種大型舞蹈,包括文武兩個部分,武舞舞者手持兵器,文舞舞者手持鳥羽和樂器。(風2、頌2)38《邶風·簡兮》一章:"簡兮簡兮,方將萬舞。"《毛傳》:"以干羽爲萬舞。"《鄭箋》:"萬舞,干羽也。"朱熹《集傳》:"萬者,舞之總名,武用干戚,文用羽籥也。"馬瑞辰《通釋》:"《韓詩》説云:'萬,大舞也。'《廣雅》:'萬,大也。'萬舞,蓋對小舞言,故爲大舞。實文、武二舞之總名。"300《魯頌·閟宮》六章:"萬舞洋洋,孝孫有慶。"《鄭箋》:"萬舞,干舞也。"陳奂《傳

疏》:"萬舞,有干有羽也。"

亡 (一) wáng 武方切(宕合三平陽微)
陽部、明母

❶逃亡。(雅3)264《大雅·瞻卬》五章:"人之云亡,邦國殄瘁。"《鄭箋》:"賢人皆亡奔亡,則天下邦國將盡困窮。"黃焯《毛鄭平議》:"'人之云亡',即朝廷無善人之意。'云'字語助。"265《大雅·召旻》一章:"民卒流亡,我居圉卒荒。"❷離去;不在。(風3)124《唐風·葛生》一章:"予美亡此,誰與獨處。"《鄭箋》:"亡,無也。言我所美之人無於此。謂其君子也。…從軍未還,未知死生,其今無於此。"馬瑞辰《通釋》:"亡即不在。亡此猶云去此,又如俗云不在此耳。"屈萬里《詮釋》:"不忍顯言其死,故曰去此耳。"一説:死亡。高亨《今注》:"亡此,死在此地,即埋在此地。"❸死亡;滅亡。(風1、雅1)126《秦風·車鄰》三章:"今者不樂,逝者其亡。"《毛傳》:"亡,喪棄也。"256《大雅·抑》四章:"如彼泉流,無淪胥以亡。"孔穎達《正義》:"言今王漸漸將致滅亡也。"❹已;消失。(風1)27《邶風·綠衣》二章:"心之憂矣,曷維其亡。"王引之《述聞》卷五:"亡,猶已也。作忘者,假借字耳。'曷維其亡',猶言曷維其已也。"一説:通"忘"。忘記。《鄭箋》:"亡之言忘也。"又一説:無。王先謙《集疏》:"'曷維其亡'者,何能無憂也。亡、無古通用。"❺通"忘"。忘記。(雅1)223《小雅·角弓》四章:"受爵不讓,至于已斯亡。"王引之《述聞》卷六:"亡即忘字也。言但怨人之不讓己,而忘己不讓人,正所謂'民之無良'也。"馬瑞辰《通釋》:"至于己受爵不讓,亦爲無良,則忘之也。"一説:滅亡。孔穎達《正義》:"至於己身以此而致滅亡。"陳奂《傳疏》:"亡謂喪棄也。"

(二) wú ★微夫切(遇合三平虞微)
魚部、明母

❼通"無"。指貧乏;缺乏。(風1)35《邶風·谷風》四章:"何有何亡,黽勉求之。"《毛傳》:"有,謂富也。亡,謂貧也。"《鄭箋》:"君子何所有乎?何所亡乎?吾其黽勉勤力爲求之,有求多,亡求有。"陳奂《傳疏》

"亡與無同,有爲富,則無爲貧矣。"
又見【流亡】。參"忘"、"無"。

王

(一) wáng 雨方切（宕合三平陽云）
陽部、匣母

❶帝王。夏商周時代,王是中國的最高統治者。（風5,雅79,頌9）62《衛風·伯兮》一章:"伯也執殳,爲王前驅。168《小雅·出車》三章:"王命南仲,往城于方。"《毛傳》:"王,殷王也。"朱熹《集傳》:"王,周王也。"235《大雅·文王》五章:"王之藎臣,無念爾祖。"《鄭箋》:"王,斥成王。"236《大雅·大明》一章:"天難忱斯,不易爲王。"朱熹《集傳》:"去就無常,此天命之所以難忱,而爲君之所以不易也。"嚴粲《詩緝》:"是故天難信而不可恃,爲君豈不難哉?"

(二) wàng 于放切（宕合三去漾云）
陽部、匣母

❷爲王;統治天下。（雅2)241《大雅·皇矣》四章:"王此大邦,克順克比。"孔穎達《正義》:"爲君王於此則之大邦。"249《大雅·假樂》二章:"穆穆皇皇,宜君宜王。"《毛傳》:"宜君王天下也。"《鄭箋》:"其子孫亦……得祿千億,故或爲天子,或爲諸侯。"

❸勤王;朝見（天子）。（風1,頌1)153《曹風·下泉》四章:"四國有王,郇伯勞之。"《鄭箋》:"有王,謂朝聘於天子也。"胡承珙《後箋》:"言四國有勤王之事,凡會盟征伐皆是,而朝聘亦在其中。"305《商頌·殷武》二章:"莫敢不來王。"《鄭箋》:"世見曰王。"《周禮·秋官·大行人》:"九州之外,謂之蕃國,世一見。"鄭玄注:"父死子立,及嗣王即位,乃一來耳。"馬瑞辰《通釋》:"王本世見之名,亦通以爲朝覲之稱。蓋王之言往,王者爲天下所歸往,諸侯往朝於王,亦曰王。"

❹往;去。（雅1)254《大雅·板》八章:"昊天曰明,及爾出王。"《毛傳》:"王,往。"孔穎達《正義》:"以王與往共文,故爲往也。"陳奐《傳疏》:"王讀與往同,此謂假借也。"屈萬里《詮釋》:"王,往也。出往,猶出遊也。"

【王都】王城,即東都洛邑。（雅1)194《小雅·雨無正》七章:"謂爾遷于王都,曰予未有室家。"《毛傳》:"賢者不肯遷於王都也。"胡承珙《後箋》:"毛西河以遷爲'遷易',無'還歸'之義,遂以王都爲洛。"屈萬里《詮釋》:"王都,蓋謂王城（在洛邑西）,東周京都所在之地也。"

【王風】《詩經·國風》之一。東周王國境內民歌。平王東遷洛邑（也稱王城,在今河南洛陽西五里）,疆土限於河南北部一帶。但他名義上還是中國的王,受到一些諸侯的擁戴,所以這一地區的民歌稱爲《王風》。鄭玄《詩譜》:"王城者,周東都王城畿內方六百里之地,其封域在《禹貢》豫州太華、外方之間,北得河陽,漸冀州之南。周公攝政五年,成王在豐,欲宅洛邑,使召公先相宅,既成,謂之王城,是爲東都,今河南是也。"朱熹《集傳》:"王,謂周東都洛邑王城畿內六百里之地。……（平王）徙居東都王城,於是王室遂卑,與諸侯無異,故其詩不爲《雅》而爲《風》。然其王號未替也,故不曰周而曰王,其地則在今河南府及懷、孟等州是也。"有人認爲《王風》是就詩體而言。方玉潤《原始》:"《風》、《雅》、《頌》本以詩體分,不以時勢別。其體《頌》,雖魯侯服亦有《頌》;其體《風》,雖周王城亦爲《風》;豈以時勢之盛衰,國家之強弱分《風》、《雅》、《頌》耶?"《王風》包括《黍離》、《君子于役》、《君子陽陽》、《揚之水》、《中谷有蓷》、《兔爰》、《葛藟》、《采葛》、《大車》、《丘中有麻》等十篇,都是東周的作品。

【王后】君王。（雅3)244《大雅·文王有聲》三章:"王后烝哉。"朱熹《集傳》:"王后,亦指文王也。"李光地《詩所》:"《文王》四章,先曰文王,後曰王后。武王四章,先曰皇王,後曰武王。明文王乃追王而爲王后者。武王則先著其爲皇,而後存其本稱。"黃焯《詩疏平議》:"此詩於文王改稱王后,於武王先稱皇王,皆反覆唱歎,變文以咏歌其事耳,非必有所取義也。"

【王姬】周王的女兒,姬是周王族的姓。（風1)24《召南·何彼襛矣》:"曷不肅雝,王姬之車。"朱熹《集傳》:"周王之女姬姓,故曰王姬。"

【王季】人名。太王的兒子,周文王的父親。（雅4)236《大雅·大明》二章:"乃及王季,維德之行。"《毛傳》:"王季,大王之子,文之父也。"《鄭箋》:"配王季而與之共行仁義之德。"

【王事】王命差遣的公事。(風5、雅13)40《邶風·北門》二章:"王事適我,政事一埤益我。"朱熹《集傳》:"王命使爲之事也。"205《小雅·北山》三章:"四牡彭彭,王事傍傍。"顧炎武《日知錄》卷三:"凡交於大國,朝聘、會征、征伐之事,謂之王事;其國之事,謂之政事。"

又見【辟王】【成王】【大王】【汾王】【皇王】【平王】【文王】【武王】【玄王】。

往 wǎng 于兩切(宕合三上養云)
陽部、匣母
去;到…去。跟"來"、"返"相對。(風6、雅10)26《邶風·柏舟》二章:"薄言往愬,逢彼之怒。"203《小雅·大東》二章:"既往既來,使我心疚。"朱熹《集傳》:"奔走往來,不勝其勞,使我心憂而病也。"馬瑞辰《通釋》:"往來,謂數數往來,疲於道路。"

罔 wǎng 文兩切(宕合三上養微)
陽部、明母
❶漁獵用的網,引申爲法網。(雅2)264《大雅·瞻卬》六章:"天之降罔,維其優矣。"朱熹《集傳》:"罔,罟。"陳奂《傳疏》:"罔,古網字。'天之降罔',猶言天降罪罟耳。"又一說:通"亡"。喪亡。于省吾《新證》:"'天之降罔',應讀作天之降亡。降亡,猶言降喪。"❷無;沒有。(風2、雅8)58《衛風·氓》四章:"士也罔極,二三其德。"孔穎達《正義》:"士也行無中正,故二三其德。"嚴粲《詩緝》:"曹匡曰:罔極,言不可測知。"陳奂《傳疏》:"罔,無也。"屈萬里《詮釋》:"罔極,猶言無良。《詩》中凡言'罔極'者皆此義。"240《大雅·思齊》二章:"神罔時怨,神罔時恫。"朱熹《集傳》:"鬼神歆之無怨恫者。"256《大雅·抑》三章:"罔敷求先王,克共明刑。"《鄭箋》:"罔,無也。一說:不。王引之《釋詞》卷十:"罔,猶不也。…言女不克廣索先王之明刑而執守之也。"(共:執守。)❸欺騙;誣枉。(雅1)191《小雅·節南山》四章:"弗問弗仕,勿罔君子。"《毛傳》:"勿罔上而行也。"朱熹《集傳》:"罔,欺也。"嚴粲《詩緝》:"勿誣罔君子以不爲可用

也。"阮元《補箋》:"尹氏不問察讒言,致誣罔君子。"

網(网) wǎng 文兩切(宕合三上養微)
陽部、明母
漁獵用的網。(風1)43《邶風·新臺》三章:"魚網之設,鴻則離之。"《毛傳》:"言所得非所求也。"

忘 wàng 巫放切(宕合三去漾微)
★武方切(宕合三平陽微)
陽部、明母
❶忘記;不記得。(風5、雅3、頌2)29《邶風·日月》三章:"胡能有定,俾也可忘。"孔穎達《正義》:"何能有所定,使是無良之行可忘也。"胡承珙《後箋》:"可忘,言何時能有定而使我可忘其憂。即《綠衣》詩'心之憂矣,曷維其亡'之意。"陳奂《傳疏》:"忘,忘憂也。"132《秦風·晨風》一章:"如何如何,忘我實多。"《毛傳》:"今則忘之矣。"201《小雅·谷風》三章:"忘我大德,思我小怨。"269《周頌·烈文》:"於乎!前王不忘。"屈萬里《詮釋》:"前王不忘,言不可忘前王也。"286《周頌·閔予小子》:"於乎皇王,繼序思不忘。"朱熹《集傳》:"思繼此序而不忘耳。"一說:通"亡"。失。屈萬里《詮釋》:"忘、亡通用,失也。言繼祖考之緒業而不失墜也。"❷通"亡"。已;止。(風1、雅2)130《秦風·終南》二章:"佩玉將將,壽考不忘。"十三經注疏本作"壽考不亡"。183《小雅·沔水》二章:"心之憂矣,不可弭忘。"王引之《述聞》卷五:"亡,猶已也,作忘者假借字耳。…'不可弭忘',猶言從中來,不可斷絶也。'壽考不忘',猶言'萬壽無疆'也。"一說:忘記。《鄭箋》:"我念之憂不能忘也。"孔穎達《正義》:"不可止而忘之。"❸通"亡"。遺失。(雅1)249《大雅·假樂》二章:"不愆不忘,率由舊章。"《鄭箋》:"不過誤,不遺失,循用舊典之文章。"劉向《說苑·建本》引作"不愆不亡"。一說:忘掉;遺忘。孔穎達《正義》:"不過誤,不遺忘。"參"亡"。

望 wàng 巫放切(宕合三去漾微)
武方切(宕合三平陽微)

陽部、明母

❶往遠處看。(風 4)50《鄘風·定之方中》二章:"升彼虛矣,以望楚矣。"58《衛風·氓》二章:"乘彼垝垣,以望復關。"❷期望;盼望。(雅 1)225《小雅·都人士》一章:"行歸于周,萬民所望。"❸名望;聲望;威望。(風 1、雅 1)252《大雅·卷阿》六章:"顒顒卬卬,如珪如璋,令聞令望。"《鄭箋》:"人望之則有善威儀。"朱熹《集傳》:"令望,威儀可望法也。"136《陳風·宛丘》一章:"洵有情兮,而無望兮。"陳奐《傳疏》:"言信有淫情而無德望也。"一説:希望。余冠英《詩經選》:"以上二句詩人自謂對彼女有情而不敢抱任何希望。"又見【瞻望】。

威 wēi 於非切（止合三平微影）

微部、影母

❶威力。(頌 1)272《周頌·我將》:"我其夙夜,畏天之威,于時保之。"朱熹《集傳》:"則我其敢不夙夜畏天之威,以保天與文王所以降鑒之意乎?"❷法則;威德。(頌 1)284《周頌·有客》:"既有淫威',降福孔夷。"《毛傳》:"威,則。"《鄭箋》:"既有大則,謂用殷正朔,行其禮樂如天子也。"陳奐《傳疏》:"德,則義相近。"馬瑞辰《通釋》:"'廣雅·釋言》:'威,德也。'……古者威有德訓,既有淫威,猶言既有大德耳。一說:淫威,敬畏(之德)。李元吉《讀書囈語》卷四:"'淫威,余意即'寅畏'之誤耳。言其客有此寅畏之德,故周天子嘉之,而錫之以甚大之福也。"❸通"畏"。畏懼;畏服。(雅 1)178《小雅·采芑》四章:"征伐玁狁,蠻荆來威。"嚴粲《詩緝》:"是以蠻荆聞其名而皆來畏服。"馬瑞辰《通釋》:"來猶是也,威猶畏也。蠻荆來威,猶言蠻荆是畏。"屈萬里《詮釋》:"言方叔初隨吉甫征玁狁,此又來征蠻荆,蠻荆畏之也。"❹可怕;暴虐。(雅 1)198《小雅·巧言》一章:"昊天已威,予慎無罪。"《毛傳》:"威,畏也。"《鄭箋》:"昊天乎,王甚可畏,王甚傲慢。"陳奐《傳疏》:"《列女傳·續篇》引《詩》釋之云:'言王爲威虐之政,則無罪而遭咎也。'三家詩讀威如字。"屈萬里《詮釋》:"威,施威怒也。"❺通"畏"。指可怕的事。(雅 1)164《小雅·常棣》二章:

"死喪之威,兄弟孔懷。"《毛傳》:"威,畏;懷,思也。"《鄭箋》:"死喪可畏怖之事。"朱熹《集傳》:"言死喪之禍,它人所畏惡,惟兄弟爲相恤耳。"馬瑞辰《通釋》:"威、畏雙聲,古通用,古者謂兵死曰畏。"屈萬里《詮釋》:"死於兵之屍,古謂之畏。"王先謙《集疏》:"言死喪之可畏,於他人皆然,惟兄弟不以爲畏,甚且思念之。"

【威儀】1)莊嚴的儀容舉止。(風 1)26《邶風·柏舟》三章:"威儀棣棣,不可選也。"《毛傳》:"君子望之儼然可畏,禮容俯仰各有威儀耳。"《左傳·襄公三十一年》:"進退有度,周旋可則,容止可觀,謂之有威儀。"2)泛指儀容舉止。(雅 10、頌 1)220《小雅·賓之初筵》三章:"其未醉止,威儀抑抑;曰既醉止,威儀怭怭。"299《魯頌·泮水》四章:"敬慎威儀,維民之則。"3)禮節。(雅 4)254《大雅·板》五章:"威儀卒迷,善人載尸。"(迷:亂。)247《大雅·既醉》四章:"朋友攸攝,攝以威儀。"(攝:輔佐。)

又見【疾威】【伊威】。參"倭"。

微 wēi 無非切（止合三平微微）

微部、明母

❶小;細。(風 1)154《豳風·七月》二章:"遵彼微行,爰求柔桑。"《毛傳》:"微行,牆下徑也。"朱熹《集傳》:"微行,小徑也。"❷日月虧蝕,昏暗不明。(風 1、雅 2)26《邶風·柏舟》五章:"日居月諸,胡迭而微?"《鄭箋》:"微,謂虧傷也。"朱熹《集傳》:"微,虧也。"193《小雅·十月之交》一章:"彼月而微,此日而微。"《鄭箋》:"微,謂不明也。"朱熹《集傳》:"微,虧也。"馬瑞辰《通釋》卷四:"即謂日、月之食,微有隱義。《説文》:'微,隱行也。'隱則不明,故爲日、月食不明之象。"❸衰微;衰弱。(風 4)36《邶風·式微》一章:"式微式微,胡不歸?"《鄭箋》:"式微式微者,微乎微者也。"朱熹《集傳》:"微,猶衰也。再言之者,言衰之甚也。"後世以"式微"表示衰微、衰敗。源此。一説:通"昧"。天黑。余冠英《詩經選》:"微讀爲昧。'式微'言將暮。"❹非;不是。(風 3)26《邶風·柏舟》一章:"微我無酒,以敖以遊。"《毛傳》:"非我無酒可以敖遊忘憂也。"

36《邶風‧式微》一章:"微君之故,胡爲乎中露?"朱熹《集傳》:"微,猶非也。"陳奐《傳疏》:"微,非也。言非君之故。"一說:無。《毛傳》:"微,無也。"鄭箋》:"我若無君,何爲處此乎?"❺無;不要。(雅 2)165《小雅‧伐木》二章:"寧適不來,微我弗顧。"《毛傳》:"微,無也。"《鄭箋》:"寧召之適自不來,無使舎我不顧念也。"❻脚脛生濕瘡。(雅 1)198《小雅‧巧言》六章:"既微且尰,爾勇伊何?"《毛傳》:"骭瘍爲微,腫足爲尰。"朱彬《經傳考證》:"既微且尰,喻讒人居卑賤之地,非必真有斯疾,猶《新臺》之刺衛宣公爲蘧篨、戚施也。"

薇 wēi 無非切(止合三平微微)
　　　　武悲切(止開三平脂明)
　　　微部、明母

一種野菜。蔓生,莖葉似豆,後世稱野豌豆。(風 1、雅 7)167《小雅‧采薇》一章:"采薇采薇,薇亦柔止。"朱熹《集傳》:"薇,菜名。"14《召南‧草蟲》三章:"陟彼南山,言采其薇。"《毛傳》:"薇,菜也。"孔穎達《正義》引陸璣《詩義疏》:"薇,山菜也,莖葉皆似小豆,蔓生,其味亦如小豆。藿可作羹,亦可生食。今官園種之以供宗廟祭祀。"嚴粲《詩緝》引項(安世)氏説:"薇,今之野豌豆苗,蜀人謂之巢菜。"朱熹《集傳》:"薇,似蕨而差大,有芒而味苦,山間人食之,謂之迷蕨。"

委 wēi 於爲切(止合三平支影)
　　　微部、影母

【委蛇】從容自得的樣子。(風 3)18《召南‧羔羊》一章:"退食自公,委蛇委蛇。"《毛傳》:"委蛇,行可從迹也。"《鄭箋》:"委蛇,委曲自得之貌。"朱熹《集傳》:"委蛇,自得之貌。"馬瑞辰《通釋》:"委蛇二字叠韻。行者必紆曲。⋯徐行有度則必美,故委蛇又有美義。"陸德明《釋文》:"委虵,《韓詩》作逶迆,云:公正貌。"按洪邁《容齋五筆‧委蛇字之變》:"此二字凡十二變:一曰委蛇⋯二曰委他⋯三曰逶迤⋯四曰倭遲⋯五曰倭夷⋯六曰威夷⋯七曰委移⋯八曰逶移⋯九曰逶蛇⋯十曰蜲蛇⋯十一曰遏迤⋯十二曰威遲。"

【委委佗佗】從容自得的樣子。(風 1)47《鄘風‧君子偕老》一章:"委委佗佗,如山如河。"《毛傳》:"委委者,行可委曲蹤迹也。佗佗者,德平夷也。山無不容,河無不潤。"孔穎達《正義》:"委委佗佗,皆行步之美。"陸德明《釋文》作"委委他他",云:"委委,行可委曲蹤迹也。他他,德平易也。《韓詩》:德之美貌。"(據影宋本)《爾雅‧釋訓》:"委委佗佗,美也。"朱熹《集傳》:"委委佗佗,雍容自得之貌。"聞一多《類鈔》:"委蛇,行委曲雍容自得貌。如山脉,如河流。蜿蜒而曲折也。"于省吾《新證》:"委委佗佗,應讀作'委佗委佗',即《羔羊》之'委蛇委蛇'。委佗古人連語。"

倭 wēi 於爲切(止合三平支影)
　　　微部、影母

【倭遲】紆回長遠的樣子。(雅 1)162《小雅‧四牡》一章:"四牡騑騑,周道倭遲。"《毛傳》:"倭遲,歷遠之貌。"朱熹《集傳》:"倭遲,回遠之貌。"屈萬里《詮釋》:"疑即逶迤之義,言路斜曲也。"陸德明《釋文》:"倭,本又作委,於危反。《韓詩》作倭夷。"《文選‧張平子‧西京賦》李善注引《韓詩》作"威夷",並引薛君《章句》:"威夷,險也。"《漢書‧地理志》顔師古注:"《韓(當作齊)詩》作'郁夷'字,言使臣乘馬行道於此。"

唯 (一) wéi 以追切(止合三平脂以)
　　　　微部、餘母

❶副詞。只;只有。(雅 1)189《小雅‧斯干》九章:"無非無儀,唯酒食是議。"

(二) wěi 以水切(止合三上旨以)
　　　微部、餘母

❷見【唯² 唯²】。

【唯² 唯²】出入自由的樣子。(風 1)104《齊風‧敝笱》三章:"敝笱在梁,其魚唯唯。"《毛傳》:"唯唯,出入不制。"《鄭箋》:"唯唯,行相隨順之貌。"陸德明《釋文》:"唯唯,《韓詩》作遺遺,言不能制也。"朱熹《集傳》:"唯唯,行出入之貌。如水,亦多也。"屈萬里《詮釋》:"唯唯,行相隨順之貌。"

參"維"。

帷 wéi 洧悲切(止合三平脂云)
　　　微部、匣母

惟維 wéi 533

【帷裳】車圍子；車箱四周所圍的布。帷，帳；裳，裙。車有圍子如牀有帳，如人有裙，故稱"帷裳"。(風 1)58《衛風‧氓》四章："淇水湯湯，漸車帷裳。"《毛傳》："帷裳，婦人之車也。"《鄭箋》："帷裳，童容也。"孔穎達《正義》："安車皆有容蓋。鄭司農云：'容謂襜車，山東謂之裳幃，或曰童容。'以幃障車之傍如裳，以爲容飾。故或謂之帷裳，或謂之童容。其上有蓋，四傍垂而下，謂之襜。"朱熹《集傳》："帷裳，車飾，亦名童容。"《禮記‧士昏禮》孔穎達疏、《周禮‧巾車》賈公彥疏均引作"幃裳"。

惟 wéi 以追切（止合三平脂以）
   微部、餘母

思考；考慮。(雅 1)245《大雅‧生民》七章："載謀載惟。"《鄭箋》："惟，思也。…則諏謀其日，則思念其礼。"嚴粲《詩緝》："今曰：惟，思之專也。"

維(维) wéi 以追切（止合三平脂以）
   微部、餘母

❶繫；拴。(雅 3)186《小雅‧白駒》一章："縶之維之，以永今朝。"《毛傳》："維，繫也。"222《小雅‧采菽》五章："汎汎楊舟，紼纚維之。"《鄭箋》："楊木之舟浮於水上，汎汎然東西無所定，舟人以紼繫其綏。"《毛傳》："明王能維持諸侯也。"❷維持；維繫。(雅 1)191《小雅‧節南山》三章："秉國之均，四方是維。"孔穎達《正義》："言汝職維持四方，尊崇天子。"朱熹《集傳》："維，持。…宜有以維持四方。"❸有。(雅 1)177《小雅‧六月》二章："比物四驪，閑之維則。"王引之《釋詞》卷三："薛綜注《東京賦》曰：'惟，有也。'閑之維則，言閑之有則也。"❹爲。(雅 1)257《大雅‧桑柔》三章："君子實維，秉心無競。"陳奐《傳疏》："實當作寔，寔維，是爲也。…言君子之所爲，其操心甚強固也。"❺僅；只有。(風 2、雅 2、頌 1)92《鄭風‧揚之水》一章："終鮮兄弟，維予與女。"201《小雅‧谷風》一章："將恐將懼，維予與女。"《鄭箋》："當此之時，獨我與女爾。"❻與；和。(雅 4)242《大雅‧靈臺》四章："虡業維樅，賁鼓維鏞。"王引之《述聞》卷六："言虡業與樅，賁鼓與鏞也。"190《小雅‧無羊》四章："衆維魚矣，旐維旟矣。"《鄭箋》："牧人乃夢見人衆相與捕魚，又夢見旐與旟。"王引之《述聞》卷六："'衆維魚矣，旐維旟矣'者，上維字訓乃，下維字訓與。'旐維旟'者，旐與旟也。"高亨《今注》："衆借作螺，蝗蟲；維，與也。下句同。"一說：乃，爲。馬瑞辰《通釋》："此詩二維字皆當訓爲乃，螺乃魚矣，謂螺化爲魚；旐維旟矣，謂旐化爲旟。"俞樾《平議》卷十："'衆維魚矣，猶云'維衆化爲魚矣'；'旐維旟矣'，猶云'維旐化旟矣'。古人之文往往有此例。"曾運乾《毛詩說》："《玉篇》：'惟，爲也。''衆維魚'，言衆化爲魚矣，'旐維旟'，言旐易爲旟矣。"❼因爲。(風 7、雅 5)86《鄭風‧狡童》一章："維子之故，使我不能餐兮。"陳奐《傳疏》："維，爲也。維子之故，言爲子之故也。"王引之《釋詞》卷三："惟（維），猶以也。《詩‧狡童》曰：'維子之故，使我不能餐分。'"170《小雅‧魚麗》六章："物其有矣，維其時矣。"陳奐《傳疏》："維其二字，確是推本萬物之由。猶言維其如是，所以如是。《裳裳者華》'維其有章矣，是以有慶矣'，'維其有之，是以似之'，凡言維其者如此。此詩文法倒裝耳。"❽助詞。幫助判斷，起繫詞的作用。(風 8、雅 100、頌 18)21《召南‧小星》二章："嘒彼小星，維參與昴。"45《邶風‧柏舟》一章："髧彼兩髦，實維我儀。"陳奐《傳疏》："維，猶爲也。"189《小雅‧斯干》六章："吉夢維何？維熊維羆，維虺維蛇。"❾句首或句中助詞。表示加強或肯定語氣。(風 20、雅 74、頌 11)3《周南‧卷耳》二章："我姑酌彼金罍，維以不永懷。"168《小雅‧出車》一章："王事多難，維其棘矣。"陳奐《傳疏》："維，發聲。凡言維其，其也；維以，以也；維此，此也；維彼，彼也；維何，何也。維皆發聲。"195《小雅‧小旻》四章："維邇言是聽，維邇言是爭。"155《檜風‧鳲鳩》四章："予維音曉曉。"《說文》引作"唯予音之曉曉"。陳奐《傳疏》："依《毛詩》字例，當作'維予'。維，發聲也。《詩》凡言'維予與女'、'維予二人'、'維予侯興'、'維予胥忌'、'維予小子'，皆作'維予'，是其證。"❿通"惟"。思念。(雅 2、頌

1)229《小雅‧白華》四章："維彼碩人,實勞我心。"267《周頌‧維天之命》:"維天之命,於穆不已。"陸德明《釋文》:"《韓詩》云:維,念也。"陳奐《傳疏》:"《文選‧歐陽建‧臨終詩‧注》引《薛君章句》云:'惟,念也。'惟與維通。"

〔維清〕《周頌》篇名(268)。這是周王祭祀周文王的樂歌。贊頌他征伐有功,爲建立周家天下奠定了基礎。《詩序》:"《維清》,奏象舞也。"鄭箋:"象舞,象用兵時刺伐之舞,武王制焉。"蔡邕《獨斷》:"《維清》,奏象武之所歌也。"朱熹《集傳》:"此亦祀文王之詩。"陳奐《傳疏》:"象,文王樂。象文王之武功曰象,象武王之武功曰武。象有舞,故云象舞。"吳闓生《會通》:"此篇蓋以合象舞之節也。其意則重在'文王之典'一句。"姚際恒《通論》:"'象者,象武王之武功也。'…《墨子》曰:'武王因先王之樂,命曰象武。'董子曰:'武王作象舞。'則象自屬武詩而不可混以《維清》之詩明矣。"陳子展《直解》:"《維清》,祀文王奏象武之所歌也。"《維清》是《周頌》三十一篇中唯一的"象舞"("文舞")的詩。一章,五句。

〔維天之命〕《周頌》篇名(267)。這也是周王祭祀周文王的樂歌。詩的前四句言文王德行純美,後四句言文王德被子孫。《詩序》:"《維天之命》,太平告於文王也。"蔡邕《獨斷》:"《維天之命》,告太平於文王之所歌也。"朱熹《集傳》:"此亦祭文王之詩。"陳奐《傳疏》:"《書‧雒誥‧大傳》云:'周公攝政,六年制禮作樂,七年致政。'《維天之命》,制禮也。《維清》,作樂也。《烈文》,致政也。三詩類列,正與《大傳》節次合。然則《維天之命》當作於六年之末矣。"一章,八句。

譿 wéi 以追切（止合三平脂以）微部、餘母
依就。見"摧"。

韋(韦) wéi 雨非切（止合三平微云）微部、匣母
夏的同盟部落,也叫豕韋。彭姓,地在今河南省滑縣,後爲商湯所滅。《頌》1)304《商頌‧長發》六章:"韋顧既伐,昆吾夏桀。"《鄭箋》:"韋,豕韋,彭姓也。顧、昆吾皆己姓也。三國黨於桀惡,湯先伐韋、顧,克之。昆吾、夏桀則同時誅也。"陸德明《釋文》:"韋、顧,二國名也。"王應麟《詩地理考》:"《通典》:滑州韋城縣,古豕韋國。"

幃(帏) wéi 雨非切（止合三平微云）微部、匣母
帷帳。見"帷"。

圍 wéi 雨非切（止合三平微云）于貴切（止合三去未云）微部、匣母
九圍,九州。見"九"。

違(违) wéi 雨非切（止合三平微云）微部、匣母
❶離開;遠離。(風3)19《召南‧殷其靁》一章:"何斯違斯,莫敢或遑。"《毛傳》:"違,去也。"嚴粲《詩緝》:"何爲此時違去此所乎?蓋以公家之事,而不敢違暇也。"馬瑞辰《通釋》:"《爾雅‧釋詁》:'違,遠也。邢疏引《詩》'何斯違斯'。蓋以雷聲之近,興君子之遠此耳。"❷去掉;消除。(雅1)191《小雅‧節南山》五章:"君子如夷,惡怒是違。"《毛傳》:"違,去也。"《鄭箋》:"如行平夷之政,則民乖爭之情去。"陳奐《傳疏》:"違訓去,與息同意,惡怒是違,言民心之惡怒是去也。"屈萬里《詮釋》:"違,去也,失之。言民人厭惡怨恨之情乃消失也。"❸違背;違反。(風2,雅1,頌1)195《小雅‧旻》二章:"謀之其臧,則具是違。"《鄭箋》:"謀之善者,俱背違之。"304《商頌‧長發》三章:"帝命不違,至于湯齊。"馬瑞辰《通釋》:"'帝命不違',即'不違帝命'之倒文。詩總括相土以下諸君,謂商先君之不違天命,至湯皆齊一,猶《左傳》云'自幕至于瞽叟無違命'也。"曾運乾《毛詩說》:"言自契至湯皆不違帝命,故《韓》以爲先聖後聖,其義一也。"35《邶風‧谷風》二章:"行道遲遲,中心有違。"《鄭箋》:"違,徘徊貌。"朱熹《集傳》:"言我之被棄,行於道路,遲遲不進,蓋其足欲前而心有所不忍,如相背然。"一說:通"愇"。怨恨。陸德明《釋文》:"《韓詩》云:'違,很也。'"馬瑞辰《通釋》:"《廣雅‧釋詁》:'怨、愇,很也。'《韓詩》蓋以違爲

悼之假借,故訓爲很。很,亦恨也。"俞樾《平議》卷八:"'中心有違',猶云'中心有恨'。"

爲(为)

(一)wéi 薳支切(止合三平支云)歌部·匣母

❶做;作。(風22、雅36、頌6)2《周南·葛覃》二章:"爲絺爲綌,服之無斁。"199《小雅·何人斯》二章:"二人從行,誰爲此禍?"《鄭箋》:"女相隨而行見王,誰作我是禍乎?"291《周頌·豐年》:"爲酒爲醴,烝畀祖妣。"❷治;治理。(雅2)191《小雅·節南山》六章:"不自爲政,卒勞百姓。"256《大雅·抑》五章:"斯言之玷,不可爲也。"馬瑞辰《通釋》:"爲亦摩也。…不可爲,猶言不可磨,變文以與磨爲韻耳。"高亨《今注》:"爲,猶治也。"❸指生產。(雅1)250《大雅·公劉》五章:"度其隰原,徹田爲糧。"(測量低地和高原,整治田畝好種種。)❹成;變成。(風4、雅10)129《秦風·蒹葭》一章:"蒹葭蒼蒼,白露爲霜。"145《陳風·澤陂》一章:"寤寐無爲,涕泗滂沱。"聞一多《類鈔》:"爲,成也。'寤寐無爲'言不能成寐。"屈萬里《詮釋》:"無爲,無所作爲,猶言無事也。"193《小雅·十月之交》三章:"高岸爲谷,深谷爲陵。"223《小雅·角弓》五章:"老馬反爲駒,不顧其後。"❺是。(風2、雅11)154《鄘風·柏舟》五章:"曰爲改歲,入此室處。"朱熹《集傳》:"歲將改矣,天既寒而事亦已,可以入此室處矣。"屈萬里《詮釋》:"爲,猶將也。曰爲歲改,言聿將歲改也。"173《小雅·蓼蕭》二章:"既見君子,爲龍爲光。"199《小雅·何人斯》八章:"爲鬼爲蜮,則不可得。"264《大雅·瞻卬》三章:"懿厥哲婦,爲梟爲鴟。"❻指軍役;繇役。(風1)70《王風·兔爰》一章:"我生之初,尚無爲。"《鄭箋》:"言我生幼稚之時,庶幾於無所爲,謂軍役之事也。"聞一多《類鈔》:"爲,繇古同字,爲、造、庸皆謂勞役之事。"一說:做事;作爲。《毛傳》:"尚無成人爲也。"胡承珙《後箋》:"詩但言幼時不識不知,無所事事,長大之後,多歷艱難,轉憶少不更事之時爲足樂。"又一說:通"僞"。詐僞。陳奐《傳疏》:"《傳》以人爲釋《經》爲字,爲即僞

也。凡成於人爲謂之僞。"馬瑞辰《通釋》:"爲與僞古通用,凡非天性而爲人所造作者皆爲也,即皆僞也。…此詩尚無爲亦當讀僞,謂生初無詐僞之事,與無造同義。"❼以;用。(雅1)250《大雅·公劉》六章:"涉渭爲亂,取厲取鍛。"王引之《釋詞》卷二:"爲,猶以也。"❽通"僞"。詐僞。(風6)125《唐風·采苓》一章:"人之爲言,苟亦無信。"陸德明《釋文》:"爲言,本或作僞字,非。"孔穎達《正義》:"人之詐僞之言,君誠亦勿得信之。"馬瑞辰《通釋》:"人之僞言,猶《沔水》'民之訛言'、《正月》'人之訛言'。訛一作譌也。"陳奐《傳疏》:"古爲、僞、譌三字同。《毛詩》本作爲,讀作僞也。爲言,即讒言,所謂小行無徵之言也。阮元《校刊記》:"古爲、僞、訛三字皆聲類所近,用作假借,用作訓詁,其理一也。"❾通"訛"、"吪"。化;感化。(雅1)166《小雅·天保》五章:"群黎百姓,徧爲爾德。"《鄭箋》:"群黎百姓徧爲女之德,言則而象之。"馬瑞辰《通釋》:"爲,當讀如'式訛爾心'之訛。訛,化也。'徧爲爾德'言徧化爾德也。爲與化,古皆讀若訛,故爲、訛、化,古並通用。《箋》言'則而象之',蓋亦讀爲如訛,其言'徧爲爾之德',猶云徧化爾之德也。"杭世駿《訂誤類編》:"'徧爲爾德',謂遷善改過,皆化於君之德。"一說:被;受。李元吉《讀書囈語》:"'徧爲爾德',猶云'徧被爾德'也,非助之爲德也。"

(二)wèi 于僞切(止合三去寘云)歌部·匣母

❿助;幫助。(雅1)248《鳧鷖》二章:"公尸燕飲,福祿來爲。"《毛傳》:"厚爲孝子也。"《鄭箋》:"爲,猶助也,助成王也。"一說:成。俞樾《平議》卷十一:"《廣雅·釋詁》:'爲,成也。'《淮南子·本經》篇:'五穀不爲。'高注曰:'不爲,不成也。'是爲與成同義,當訓曰:爲,猶成也。"⓫替。(雅1)261《大雅·韓奕》五章:"爲韓姞相攸,莫如韓樂。"《鄭箋》:"爲其女韓侯夫人姞氏視其所居,韓國最樂。"⓬爲了。(風1、雅2)62《衛風·伯兮》二章:"豈無膏沐,誰適爲容?"(誰適爲容:修飾容貌爲了取悅誰呢?)

193《小雅·十月之交》五章："胡爲我作,不即我謀?"《鄭箋》："女何爲役作我,不先就與我謀。"258《大雅·雲漢》八章："何求爲我? 以戾庶正。"陳奐《傳疏》："言今我求雨,何獨爲我躬,亦欲定庶政救災之成功而已。"
又見【以爲】【作爲】。參"於"。

嵬 wéi 五灰切（蟹合一平灰疑）
微部、疑母
《說文·山部》："嵬,高不平也。"見【崔嵬】。

尾 wěi 無匪切（止合三上尾微）
微部、明母
尾巴。（風 4, 雅 1）155《豳風·鴟鴞》四章："予羽譙譙,予尾翛翛。"221《小雅·魚藻》二章："魚在在藻,有莘其尾。"又見【瑣尾】。

浘 wěi 無匪切（止合三上尾微）
微部、明母
水盛滿。見"浼"。

媺 wěi 無匪切（止合三上尾微）
明祕切（止開三去至明）
微部、明母
美,美人。見"美"。

洧 wěi 榮美切（止合三上旨云）
之部、匣母
水名,即雙洎河。源出河南省登封市陽城山,東南流至新鄭縣與漆水合,至西華縣入潁水。元時改入賈魯河,明代又改名雙洎河。（風 5）87《鄭風·褰裳》二章："子惠思我,褰裳涉洧。"《毛傳》："洧,水名也。"95《鄭風·溱洧》一章："溱與洧,方渙渙兮。"《毛傳》："溱、洧,鄭兩水名。"陳奐《傳疏》："潧（溱）入洧,逕鄭城之西,城南爲溱洧合流,今謂之雙洎河,鄭城西南皆溱、洧所經,溱小洧大,故下文但言洧之外,舉洧以該溱也。"顧廣譽《詳說》："溱、洧合流,由來已古。"《一統志·載縣志》："溱、洧自密縣兩水會合而東,爲雙洎河。後洧流獨盛,溱水漸微,今涸。是今新鄭有洧水無溱水矣。"

鮪 wěi 榮美切（止合三上旨云）
之部、匣母
鯉魚的一種。（風 1, 雅 1, 頌 1）281《周頌·潛》："潛有多魚,有鱣有鮪。"《鄭箋》："鮪,鮥也。"57《衛風·碩人》四章："施罛濊濊,鱣鮪發發。"《毛傳》："鮪,鮥也。"陳奐《傳疏》："高誘注《呂覽》：'鮪似鯉而大。'言似鯉,則鮪亦鯉屬矣。"宋陸佃《埤雅》："鮪,仲春從河西上,得過龍門,便化爲龍,否則點額而還。"一說：鱘魚。孔穎達《正義》引陸璣《詩義疏》："鱣、鮪出江海,三月中從河下頭來上。…鮪魚形似鱣而青黑,頭小而尖,似鐵兜鍪,口亦在頷下。其甲可以摩薑,大者不過七八尺,益州人謂之鱣鮪。大者爲王鮪,小者爲鮛鮪。一名鮥,肉色白,味不如鱣也。"按《說文·魚部》："鮥,叔鮪也。"段玉裁注："今川江中尚有鮥子魚,昔在南溪縣、巫山縣食之。"

煒（炜）wěi 于鬼切（止合三上尾云）
微部、匣母
紅色鮮明的樣子。（風 1）42《邶風·靜女》二章："彤管有煒,說懌女美。"《毛傳》："煒,赤貌。"《說文·火部》："煒,盛明貌也。《詩》曰：'彤管有煒。'"（依段注本）余冠英《詩經選》："煒,鮮明貌。"

葦（苇）wěi 于鬼切（止合三上尾云）
微部、匣母
❶蘆葦。（風 1, 雅 2）61《衛風·河廣》一章："誰謂河廣,一葦杭之。"246《大雅·行葦》一章："敦彼行葦,牛羊勿踐履。"屈萬里《詮釋》："行葦,路旁之葦也。"參"蒹"。
❷收割蘆葦。（風 1）154《豳風·七月》三章："七月流火,八月萑葦。"朱熹《集傳》："於八月萑葦既成之際而收蓄之。"

韡（𡙻）wěi 于鬼切（止合三上尾云）
微部、匣母
【韡韡】鮮明茂盛的樣子。（雅 2）164《小雅·常棣》一章："常棣之華,鄂不韡韡。"《毛傳》："韡韡,光明也。"《鄭箋》："鄂足得華之光明,則韡韡然盛。"孔穎達《正義》："韡,華之貌。華非一色,故云光明。"朱熹《集傳》："韡韡,光明貌。"《說文·𠦝部》："韡,盛也。《詩》曰：'萼不韡韡。'"徐鍇《繫傳》："華葉之盛也。"陳奐《傳疏》："《藝文類聚》引三家《詩》作'煒煒'。"

萎 wěi（又 wēi）於爲切（止合三平支影）
微部、影母

枯槁;草木枯死。(雅1)201《小雅·谷風》三章:"無草不死,無木不萎。"《毛傳》:"草木無有不死萎枝者。"《鄭箋》:"盛夏養萬物之時,草木枝葉猶有萎槁者。"孔穎達《正義》:"木大或一枝枯,故言萎也;草小或連根死,故言死也。"馬瑞辰《通釋》:"此詩萎爲矮之假借。"《廣韻》:'矮,枯死。'"

位 wèi 于愧切（止合三去至云）物部、匣母

❶所在的位置。(雅1)209《小雅·楚茨》五章:"孝孫徂位,工祝致告。"《鄭箋》:"孝孫徂位,堂下西面立也。"朱熹《集傳》:"徂位,祭祀既畢,主人往阼階下西面之位也。" ❷官位;職位。(雅6)207《小雅·小明》四章:"靖共爾位,正直是與。"265《大雅·召旻》三章:"孔填不寧,我位孔貶。"何楷《古義》:"我,代爲就業者自我也。位,所居之職位也。" ❸特指天子所居之位。(雅1)236《大雅·大明》一章:"天位殷適,使不挾四方。"《毛傳》:"紂居天位而殷之正適(嫡)也。"朱熹《集傳》:"天位,天子之位也。"一説:立。于省吾《新證》卷三:"位、古同字,金文位立字皆作立。天立殷適,使不挾四方,言天立殷敵,使不能挾四方也。"又見【在位】。

渭 wèi 于貴切（止合三去未云）物部、匣母

水名。發源於甘肅渭源縣鳥鼠山,至陝西與涇水會合,至潼關縣流入黄河。(風2、雅4)35《邶風·谷風》三章:"涇以渭濁,湜湜其沚。"250《大雅·公劉》六章:"涉渭爲亂,取厲取鍛。"《鄭箋》:"乃使人渡渭水,爲舟絶流而南取鍛厲斧斤之石。"

〖渭陽〗《國風·秦風》篇名(134)。這是秦太子罃送別舅父晉公子重耳(晉文公)的詩。秦穆公夫人是晉獻公之女,生太子罃(即秦康公)。晉因獻公立幼子爲嗣,公子重耳被迫逃亡國外,在齊、宋、楚等國寄居多年,最後來到秦國。晉獻公死,齊奚立,爲里克所殺。立夷吾,是爲惠公。惠公死,懷公立。秦穆公派兵送重耳回到晉國,殺懷公。重耳立爲晉君,就是晉文公。晉文公離秦回晉時,太子罃在渭水北岸爲他送行,並寫了這首詩。朱熹《集傳》:"秦康公之舅,晉公子重耳也。出亡在外,穆公召而納之。時康公爲太子,送之渭陽而作此詩。"《集傳》又云:"據《春秋傳》,晉獻公烝於齊姜,生秦穆夫人、太子申生。娶大戎胡姬,生重耳。小戎子生夷吾。驪姬生奚齊,其娣生卓子。驪姬譖申生,申生自殺。又譖二公子,二公子皆出奔。獻公卒,奚齊、卓子繼立,皆爲大夫里克所弑。秦穆公納夷吾,是爲惠公。卒,子圉立,是爲懷公。立之明年,秦穆公又召重耳而納之,是爲文公。"姚際恒《通論》:"秦康公爲太子,送母舅重耳歸國之詩。《詩序》:"《渭陽》,康公念母也。康公之母,晉獻公之女。文公遭麗姬之難,未反,而秦康卒。穆公納文公。康公時爲太子,贈送文公于渭之陽,念母之不見也。我見舅氏,如母存焉。及其即位,思而作是詩也。"按《序》説,詩作於康公即位以後。但康公即位時,重耳已經死去七年,與詩中寫的情景不符。後以"渭陽"表示外甥對舅舅的情誼。二章,八句。

謂(谓) wèi 于貴切（止合三去未云）物部、匣母

❶告訴;對…説。(雅11)228《小雅·隰桑》四章:"心乎愛矣,遐不謂矣。"朱熹《集傳》:"謂,猶告也。"嚴粲《詩緝》:"謂,相與語也。"一説:勤;慰勞。《鄭箋》:"謂,勤。我心愛此君子,君子雖遠在野,豈能不勤思之乎?"屈萬里《詮釋》:"謂,勤也。猶慰勞也。言何能不慰勞之乎?" ❷勸;勸説。(雅1)220《小雅·賓之初筵》五章:"式勿從謂,無俾大怠。"馬瑞辰《通釋》:"謂,勤也。勤爲勤勞之勤,亦謂相勸勉之勤。勿從謂者,勿從而勸勉之使更飲也。"一説:告。朱熹《集傳》:"謂,告。…安得從而告之,使無至於大怠乎?" ❸説;念叨。(風24、雅12)129《秦風·蒹葭》一章:"所謂伊人,在水一方。"256《大雅·抑》九章:"其維愚人,覆謂我僭。"40《邶風·北門》一章:"天實爲之,謂之何哉?"陳奂《傳疏》:"'謂之何哉',與'云如之何'同。"191《小雅·節南山》二章:"赫赫師尹,不平謂何?"《鄭箋》:"謂何,猶云何也。"一説:奈;如。馬瑞辰《通釋》:"謂,猶

奈也。'謂之何哉',猶云奈之何哉。"王引之《釋詞》卷二:"謂,猶如也,奈也。言師尹爲政不平,其奈之何也。"❹叫……做;稱……爲。(風6,雅2)71《王風·葛藟》一章:"終遠兄弟,謂他人父;謂他人父,亦莫我顧。"《鄭箋》:"謂他人爲己父,無恩於我,亦無顧眷我之意。"225《小雅·都人士》三章:"彼君子女,謂之尹吉。《鄭箋》:"人見都人家女,咸謂之尹氏、姞氏之女。"❺使;令。(雅3)168《小雅·出車》一章:"自天子所,謂我來矣。"《鄭箋》:"謂以王命召己,將使爲將帥也。"嚴粲《詩緝》:"命我爲此行也。"馬瑞辰《通釋》:"《廣雅》:'謂,使也。'謂我來,即使我來也;下文謂之載,即使之載也。"朱熹《集傳》:"語其人曰:'我受命於天子之所而來。'"❻會。(風1)20《召南·摽有梅》三章:"求我庶士,迨其謂之。"《毛傳》:"謂之,不待備禮也。三十之男,二十之女,禮未備則不待禮,會而行之者,所以蕃育民人也。"段玉裁《小學》:"毛意,謂,會也。"馬瑞辰《通釋》:"此《傳》義本《周官·媒氏》'仲春令會男女',以謂之爲會之之假借。"程俊英《注析》:"會,指仲春會男女,不必舉行正式婚禮,便可同居。"一說:告訴;對…說。歐陽修《詩本義》:"謂,相語也。遣媒妁相語以求之也。"朱熹《集傳》:"謂之,則但相告語而約可定矣。"又一說:殷切盼望。《鄭箋》:"謂,勤也。女年二十而無嫁端,則有勤望之憂。"❼通【畏】。害怕;擔心。(風1)17《召南·行露》一章:"豈不夙夜,謂行多露。朱熹《集傳》:"我豈不欲夙夜而行乎?畏多露之沾濡而不敢爾。"馬瑞辰《通釋》:"謂,疑畏之假借。凡詩上言'豈不'、'豈敢'者,下句多言'畏'也。《左傳·襄公七年》引此詩,杜預注出:"《詩》言雖欲早夜而行,懼多露之濡已。"一說:如;奈。王引之《釋詞》卷二:"謂,猶如也,奈也。…言豈不欲夙夜而行,奈道中多露何哉?《戰國策·齊策一》:'吾獨謂先王何乎?'高誘注:"謂猶奈也。"

慰 wèi 於胃切(止合三去未影)
物部,影母

❶安慰。(風1、雅2)32《邶風·凱風》四章:"有子七人,莫慰母心。"《毛傳》:"慰,安也。"218《小雅·車舝》五章:"覯爾新昏,以慰我心。"《毛傳》:"慰,安也。"孔穎達《正義》:"如是則以安慰我心,除其憂矣。"一說:怨恨。陸德明《釋文》:"慰,怨也。王申爲怨恨之義。《韓詩》作'以愠我心'。愠,恚也。本或作'慰,安也',是馬融義。馬昭、張融論之詳矣。"孔穎達《正義》:"孫毓載《毛傳》云:'慰,怨也。'王肅云:'新昏,謂褒姒也。大夫不遇賢女,而後徒見褒姒,讒巧嫉妬,故其心怨恨。"段玉裁《小箋》:"釋慰爲怨,如釋亂爲治,釋徂爲存。"按《說文·心部》:"慰,安也。一曰:恚也。"❷安定;定居。(雅1)237《大雅·緜》四章:"迺慰迺止,迺左迺右。"《毛傳》:"慰,安。"《鄭箋》:"民心定,乃安穩其居,乃左右而處之。"孔穎達《正義》:"乃安穩其居,乃定止其處也。"馬瑞辰《通釋》:"慰亦止也。《方言》:'慰,居也。江淮青徐之閒曰慰。'《廣雅》亦曰:'慰,居也。'居即止也。…'迺慰迺止',猶言'爰居爰處',皆複語耳。"一說:慰勞。呂祖謙《詩記》:"王氏曰:既'築室于茲'矣,乃勞來其臣民而慰之,乃安集其臣民而止之。"

蔚 wèi 於胃切(止合三去未影)
物部,影母

❶蒿的一種。又名牡蒿。莖高二三尺,葉互生,秋初開褐色小花,幹莖可燃煙驅蚊。(雅1)202《小雅·蓼莪》二章:"蓼蓼者莪,匪莪伊蔚。"《毛傳》:"蔚,牡菣(qìn)也。"孔穎達《正義》引陸璣《詩義疏》:"牡蒿也。三月始生,七月華,華似胡麻華而紫赤,八月爲角,角似小豆角,銳而長,一名馬薪蒿。"胡承珙《後箋》:"我爲有子,蔚爲無子,草木自以有子者爲材。'匪莪伊蔚',正與上句一例。"❷雲興起的樣子。見【薈蔚】。

未 wèi 無沸切(止合三去未微)
物部,明母

❶否定副詞。沒有;不曾。(風17、雅16、頌1)10《周南·汝墳》一章:"未見君子,惄如調飢。"287《周頌·訪落》:"朕未有艾,將予就。"❷否定副詞。不。(雅2、頌2)254《大雅·板》一章:"猶之未遠,是用大

諫。"《鄭箋》："王之謀不能圖遠,用是故我大諫也。"256《大雅·抑》十章："於呼小子,未知臧否。"《鄭箋》："於乎,傷王不知善否。"289《周頌·小毖》："未堪家多難,予又集於蓼。"

【未幾】不久;沒有多久。(風 1)102《齊風·甫田》三章："未幾見兮,突而弁兮。"

畏 wèi 於胃切（止合三去未影）微部,影母

害怕;恐懼。(風 9,雅 15,頌 1)73《王風·大車》一章："豈不爾思,畏子不敢。"260《大雅·烝民》五章："不侮矜寡,不畏強禦。"《戰國策·秦策一》衛鞅亡魏入秦》高誘注引《詩》作"不避強禦"。254《大雅·板》七章："無俾城壞,無獨斯畏。"《鄭箋》："斯,離也。城壞則乖離而女(汝)獨居而畏矣。"陳奐《傳疏》："無獨斯畏,言無獨以此畏也。"

【畏去】使可怕的東西離去;除去旱魃。(雅 1)258《大雅·雲漢》六章："旱既太甚,黽勉畏去。"《鄭箋》："黽勉,急禱請也。欲使所尤畏者去。所尤畏者,魃也。"一說:害怕出去。朱熹《集傳》："黽勉畏去,出無所之也。"吳闓生《會通》："畏去,畏出也。"又一說:畏却。于省吾《新證》："畏去,古人連語,應讀作畏卻,卻俗作却。…黽勉畏卻,言黽勉從事,而猶有所畏卻,恐其無濟於事也。"又一說:害怕而逃去。屈萬里《詮釋》："黽勉,猶辛勤也。畏去,謂畏旱而逃去也。"

衛（卫、衞） wèi 于歲切（蟹合三去祭云）月部,匣母

周代諸侯國名,開國君主是周武王的弟弟康叔。公元前十一世紀,周公平定武庚的叛亂後,把原來商都朝歌以東,淇水以北一帶地方(今河南北部及河北南部)分封給康叔,都朝歌(今河南淇縣東北的朝歌城)。後來邶鄘相繼併入,衛遂成爲當時的諸侯大國。朱熹《集傳》："衛本都河北朝歌之東,淇水之北,自泉之南,其後不知何時并得邶鄘之地。"衛武公曾爲平王卿士,武公死,傳子莊公。衛莊公傳子完,爲桓公。入春秋時,桓公死,弟州吁立;州吁死,桓公弟晉立,為宣公。宣公死,子朔立,爲惠公。惠

公死,子懿公立。公元前 660 年,衛懿公爲狄所滅。其弟戴公東徙渡河,處於漕邑之野,未一年死,文公立。靠齊的幫助,衛文公遷居楚丘(今河南滑縣東),從此成爲小國。后來衛成公又遷帝丘(今河南濮陽縣西南的顓頊城)。公元前 254 年爲魏所滅。(風 2)39《邶風·泉水》一章："有懷於衛,靡日不思。"參"邶"。

[衛風]《詩經·國風》之一,衛地民歌。包括《淇奧》、《考槃》、《碩人》、《氓》、《竹竿》、《芄蘭》、《河廣》、《伯兮》、《有狐》、《木瓜》等十篇。其實《邶風》、《鄘風》也是衛國的詩,《左傳·襄公二十九年》吳季札到魯國觀賞周樂,稱《邶》、《鄘》、《衛》之歌爲"衛風";《襄公三十一年》北宮文子引《邶風·柏舟》"威儀棣棣,不可選也",稱《衛詩》。朱右曾《詩地理徵》："成王既黜殷命,封康叔於殷虛朝歌,其地則故邶、鄘、衛所尹之地也。故國以衛名,而《詩》統謂之邶、鄘、衛…太師舊第不分三國矣。漢初師儒,《詩》以諷誦相傳。迨乎箸之竹帛,見其篇什繁多,較異他國,乃分之爲三,猶《雅》之有什焉。"今本《詩經》中《邶》、《鄘》、《衛》爲漢人所分。參見"邶風"。

【衛侯】1)指衛文公。姬姓,名燬,懿公之子、戴公之弟,許穆夫人之兄。公元前 658—前 635 年在位。(風 1)54《衛風·載馳》一章："載馳載驅,歸唁衛侯。"《鄭箋》："衛侯,戴公也。"胡承珙《後箋》："僖公元年春夏之間,戴公已卒,文公雖立而尚無寧居,許穆夫人所爲賦《載馳》以吊失國歟?揆之情事,衛侯似指文公爲近。"2)指衛莊公。名揚,武公之子。公元前 757—前 734 年在位。(風 1)57《衛風·碩人》一章："齊侯之子,衛侯之妻。"

魏 wèi 魚貴切（止合三去未疑）微部、疑母

西周諸侯國名。姬姓,始封人及世次已無可考。故城在今山西省芮城縣,南臨黃河。鄭玄《詩譜》："魏者,虞舜、夏禹所都之地。在《禹貢》冀州雷首之北,析城之西,周以封同姓焉。其封域南枕河曲,北涉汾水。"公元前 661 年爲晉獻公所滅,把它分封給大

夫畢萬。到戰國初期，魏文侯（畢萬之後）與韓、趙三家分晉，建都安邑（今山西省夏縣西北），魏成爲一個新的諸侯國家。魏惠王遷都大梁，所以魏又稱梁。公元前225年爲秦所滅。

〖魏風〗《詩經·國風》之一，魏國境内的民歌，包括《葛屨》、《汾沮洳》、《園有桃》、《陟岵》、《十畝之間》、《伐檀》、《碩鼠》等七篇。大都是魏地入晉以後的作品，即產生於公元前八世紀到公元前六世紀的二百年間。朱熹《集傳》引蘇氏說："魏地入晉久矣，其詩疑皆爲晉而作。…今按篇中公行、公路、公族皆晉官，疑實晉詩。"而方玉潤《原始》以爲："晉至獻公，國已强大，政漸奢侈。而魏詩每刺其君儉勤，與晉氣象迥乎不侔，必非晉詩無疑。"則《魏風》當是東周惠王十六年（公元前661年）晉滅魏以前的作品。

溫

（一）wēn 烏渾切（臻合一平魂影）
文部、影母

❶溫和；和氣。（風3、頌1）28《邶風·燕燕》四章："終溫且惠，淑慎其身。"《鄭箋》："溫，謂顔色和也。"朱熹《集傳》："溫，和。"301《商頌·那》："溫恭朝夕，執事有恪。"《鄭箋》："今也其禮儀溫溫然恭敬，執事薦饌則又敬也。"

（二）yùn ★紆問切（臻合三去焮影）
文部、影母

❷蘊藉；寬和有涵養。（雅1）196《小雅·小宛》二章："人之齊聖，飲酒溫克。"《鄭箋》："中正通知之人，飲酒雖醉，猶能溫藉自持以勝。"馬瑞辰《通釋》："古蘊藉字皆作溫。"一說：（音wēn）溫和；溫柔。陸德明《釋文》："溫，王如字，柔也。鄭於運反，蘊藉也。"

【溫溫】溫順和柔的樣子。（雅3）196《小雅·小宛》六章："溫溫恭人，如集于木。"《毛傳》："溫溫，和柔貌。"嚴粲《詩緝》："溫溫然恭謹之人，無過可指。然處今亂世，如集于木而恐墜，如臨于谷而恐隕。"220《小雅·賓之初筵》三章："賓之初筵，溫溫其恭。"《鄭箋》："溫溫，柔和也。"256《大雅·抑》九章："溫溫恭人，維德之基。"《毛傳》："溫溫，寬柔也。"

參"鬱"、"蘊"。

文

wén 無分切（臻合三平文微）文部、明母

❶紋理；花紋。（雅1）177《小雅·六月》四章："織文鳥章，白旆央央。"（織文鳥章：旗幟上繪有鳥形花紋。）❷指禮儀。（雅1）236《大雅·大明》五章："文定厥祥，親迎于渭。"《鄭箋》："文王以禮定其吉祥，謂使納幣也。"朱熹《集傳》："文，禮。祥，吉也。言卜得吉而以納幣之禮定其祥也。"一說：有文德。《毛傳》："言大姒之有文德也。"汪龍《異義》："《傳》意當謂大姒有文德，而文王得以爲妃，以聖人而得賢妃，諸福之祥，皆由此定。"❸有文德的。（雅2、頌7）177《小雅·六月》五章："文武吉甫，萬邦爲憲。"《毛傳》："吉甫，尹吉甫也。有文有武。"262《大雅·江漢》五章："釐爾圭瓚，秬鬯一卣，告于文人。"《毛傳》："文人，文德之人也。"《鄭箋》："以秬鬯酒一罇，使以祭其宗廟，告其先祖諸有德美見者記也。"朱熹《集傳》："文人，先祖之有文德者，謂文王也。"陳啓源《稽古編》："謂告於尹氏先祖有文德者也。"朱彬《經傳考證》："'文人'，疑即'文王'。'告'謂告於王之廟。"282《周頌·雝》："既右烈考，亦右文母。"《毛傳》："烈考，武王也。文母，大姒也。"《鄭箋》："見右助於光明之考，文德之母。"王引之《述聞》卷七："文母之文，則美大之稱。猶言皇妣、皇母耳。…古人贊美先世多謂之文。"❹指文臣。（雅1）259《大雅·崧高》七章："不顯申伯，王之元舅，文武是憲。"《鄭箋》："憲，表也，言爲文武之表式也。"朱熹《集傳》："言文武之士皆以申伯爲法也。"一說：有文德。《毛傳》："文武是憲。言有文有武也。"陳奐《傳疏》："文武是憲。言申伯旣有文德，又有武功，是爲法乎天也。"又一說：指周文王。朱熹《集傳》引或說："申伯能以文王、武王爲法也。"❺指周文王。（雅2、頌2）262《大雅·江漢》四章："文武受命，召公維翰。"《鄭箋》："昔文王、武王受命，召康公爲之楨榦之臣。"266《周頌·清廟》："濟濟多士，秉文之德。"《鄭箋》："濟濟之衆士，皆執行文王之德。"屈萬里《詮釋》："此文字謂文王，猶《武》篇'嗣

武受之'之武謂武王也。"一說：文治方面的。《毛傳》："執文德之人也。"戴震《考證》："詩中言文王不單舉'文'。凡經傳以'文'贊美其人者不一，皆經緯、明備、威儀、敬慎之稱。"馬瑞辰《通釋》："此《傳》謂多士皆執持文德，也泛言有文德。"

【文德】以禮樂教化進行統治。對"武功"而言。（雅1）262《大雅·江漢》六章："矢其文德，洽此四國。"朱熹《集傳》："勸其君以文德，而不欲其極意於武功。"

【文王】周文王。姓姬名昌，殷紂時居於岐山，受到諸侯的擁護，爲西方諸侯之長，稱西伯，遷都於豐。其子武王滅殷後，追尊他爲文王。一說以爲文王在世時已稱王。《書·康誥》："王乃大命文王，殪戎殷，誕受厥命。"《逸周書·祭公》篇："皇天改大殷之命，維文王受之，維武王大克之，咸茂厥功。"可證周人認爲文王已受天命代殷。（雅30，頌8）235《大雅·文王》一章："文王在上，於昭于天。"《鄭箋》："文王初爲西伯，有功於民。其德著見於天，故天命之以爲王，使君天下也。崩，謚曰文。"295《周頌·賚》："文王既勤止，我應受之。"

[文王]《大雅》篇名(235)。這是一首歌頌周文王的詩。詩中反復稱述周文王受命創立周朝，'天命不易'，後王當以殷爲鑒，效法文王。《詩序》："《文王》，文王受命作周也。"《鄭箋》："受天命而王天下，制立周邦。"呂祖謙《詩記》："《呂氏春秋》引此詩，以爲周公所作。味其詞意，信非周公不能作也。"朱熹《集傳》："周公追述文王之德，明周家所以受命而代商者，皆由於此，以戒成王。"陳子展《直解》："此詩'作爲樂章，用在宗祀明堂，用在天子諸侯朝會，用在諸侯兩君相見，隱然爲周之國歌'。大約是西周初期的作品。七章，五十六句。

[文王有聲]《大雅》篇名(244)。這首詩歌頌文王遷都豐京，武王遷都鎬京，有利於周朝王業的鞏固和發展。《詩序》："《文王有聲》，繼伐也。武王能廣文王之聲，卒其伐功也。"《鄭箋》："繼伐者，文王伐崇，武王伐紂。"朱熹《集傳》："此詩言文王遷豐，武王遷鎬之事。"又云："此詩以武功稱文王，至

於武王，則言'皇王維辟，無思不服'而已。蓋文王既造其始，則武王續而終之，無難也。又以見文王之文，非不足於武，而武王之有天下，非以力取之也。"方玉潤《原始》："此詩專以遷都定鼎爲言。"八章，四十句。

[文王之什]《詩經·大雅》裏包括《文王》、《大明》、《緜》、《棫樸》、《旱麓》、《思齊》、《皇矣》、《靈臺》、《下武》、《文王有聲》在內的十首詩。舊本編爲一卷，稱《文王之什》。

【文茵】車上有花紋的虎皮坐褥。（風1）128《秦風·小戎》一章："文茵暢轂，駕我騏馵。"《毛傳》："文茵，虎皮也。"朱熹《集傳》："文茵，車中所坐虎皮褥也。"

聞（闻）

（一）wén 無分切（臻合三平文微）文部、明母

❶聽見；聽到。（風1、雅2）116《唐風·揚之水》三章："我聞有命，不敢以告人。"朱熹《集傳》："聞其命而不敢以告人者，爲之隱也。"240《大雅·思齊》四章："不聞亦式，不諫亦入。"《毛傳》："言性與天合也。"孔穎達《正義》："不聞人之道說，亦自合於法；不待臣之諫諍，亦自入於道。"陳奐《傳疏》："式，用也。不聞，聞也。亦式，式也。不諫，諫也。亦入，入也。"（聞善言就采納。）❷（舊wèn）傳播。（雅4）184《小雅·鶴鳴》二章："鶴鳴于九皋，聲聞于天。"《毛傳》："言身隱而名著也。"259《大雅·崧高》八章："揉此萬邦，聞于四國。"孔穎達《正義》："聲譽畢聞達於此四方之國。"❸（舊wèn）傳聞；聽説。（雅1）179《小雅·車攻》八章："之子于征，有聞無聲。"朱熹《集傳》："聞師之行而不聞其聲，言至肅也。"屈萬里《詮釋》："言但聞其事而不聞其聲也，即上文不驚之意。"一說：指善聞；好聲譽。《毛傳》："有善聞而無諠譁之聲。"孔穎達《正義》："群臣有善聞，而率其所部無喧嘩之聲。"

（二）wèn 亡運切（臻合三去問微）文部、明母

❹聲譽；名聲。（雅3）235《大雅·文王》二章："亹亹文王，令聞不已。"朱熹《集傳》："令聞，善譽也。"陳奐《傳疏》："已，止也。令聞不已，言善聲之悠久也。"252《大雅·

卷阿》六章："如珪如璋，令聞令望。"《鄭箋》："人聞之則有善聲譽。"朱熹《集傳》："令聞，善譽也。"蘇轍《詩集傳》："遠之則有令聞，近之則有令望。"陸德明："聞音問，本亦作問。"❺通"問"。恤問；存問。（風1、雅1）71《王風·葛藟》三章："謂他人昆，亦莫我聞。"馬瑞辰《通釋》："聞、問古通用，聞當讀如恤問之問。"258《大雅·雲漢》五章："群公先正，則不我聞。"王引之《述聞》卷五："聞，猶問也，謂相恤問也，古字聞與問通。"一說：聽見。《鄭箋》："不我聞者，忽然不聽我之所言也。"孔穎達《正義》："群公先正，曾不於我有所聞察。"

問（问）wèn 亡運切（臻合三去問微）文部、明母

❶詢問；咨詢。（雅1）191《小雅·節南山》四章："弗問弗仕，勿罔君子。"《鄭箋》："不問而察之，則下民末罔其上矣。"嚴粲《詩緝》："既上不詢問之，不官使之，勿誣罔君子以為不可用也。"阮元《補箋》："尹氏不問察讒言，致誣罔君子。"姚際恒《通論》："是君子而弗咨詢之。"❷審問（俘虜）。（頌1）299《魯頌·泮水》五章："淑問如皋陶，在泮獻囚。"《鄭箋》："使善聽之吏獄訟如皋陶者。"一說：名。周悅讓《倦遊庵槧記·毛詩》：《漢書·匡衡傳》：'淑問揚乎疆外。'注：'淑，善也。問，名也。'本經'淑問'宜如是解。書蠻夷滑夏，政皋陶所治。故既克淮夷，其善名遂比美于皋陶矣。❸問候。（風1）39《邶風·泉水》二章："問我諸姑，遂及伯姊。"《鄭箋》："寧則又問姑及姊，親其類也。"❹聘問；古代國與國之間派使者訪問。（雅1）237《大雅·緜》八章："肆不殄厥愠，亦不隕厥問。"《鄭箋》："小聘曰問。"孔穎達《正義》："'小聘曰問'，《聘禮》文也。《王制》注云：'小聘使大夫，大聘使卿。'彼對文耳，散則聘、問通。"一說：通"聞"。聲譽。朱熹《集傳》："問、聞通，謂聲譽也。言大王雖不能殄絕混夷之愠怒，亦不隕墜己之聲聞。"陳奐《傳疏》："問，讀為令聞之聞，古問、聞通用。"❺贈送；饋贈。（風1）82《鄭風·女曰雞鳴》三章："知子之順來，雜佩以問之。"《毛傳》："問，遺也。"陳奐《傳疏》："遺人物謂之問。"❻通"聞"。聲譽；名譽。（雅1）235《大雅·文王》七章："宣昭義問，有虞殷自天。"孔穎達《正義》："常布明其善聲聞於天下。"朱熹《集傳》："問、聞通。"王引之《述聞》卷六："問讀為'令聞不已'之聞，言明昭善名於天下。"

汶 wèn 亡運切（臻合三去問微）文部、明母

【汶水】水名。源出今山東省萊蕪市東北原山，西南流經泰安市至汶上縣西入運河，春秋時經過齊南魯北的地方。（風2）105《齊風·載驅》三章："汶水湯湯，行人彭彭。"《漢書·地理志》："泰山郡，汶水出萊蕪，西入濟。"《水經注·汶水》："汶水又南逕鉅平縣故城東而西南流。城東有魯道，《詩》所謂'魯道有蕩，齊子由歸'者也。今汶上夾水有文姜臺。汶水又西南流，《詩》云'汶水滔滔'矣。"

我 wǒ 五可切（果開一上哿疑）歌部、疑母

❶第一人稱代詞。我；我們。（風130、雅160、頌21）40《邶風·北門》一章："我入自外，室人交徧謫我。"256《大雅·抑》八章："投我以桃，報之以李。"192《小雅·正月》二章："父母生我，胡俾我瘉。"《毛傳》："父母，謂文武也。我，我天下。瘉，病也。"劉師培《札記》："《傳》云'我天下'者，以此文之'我'，為天下人民自我之詞。"又七章："天之扤我，如不我克。"《鄭箋》："我，我特苗也。天以風雨動搖我，如將不勝我，謂其迅疾也。"❷第一人稱代詞。我的；我們的。（風109、雅119、頌10）26《邶風·柏舟》三章："我心匪席，不可卷也。"241《大雅·皇矣》六章："無飲我泉，我泉我池。"❸通"何"。何處；哪里。（風5）150《曹風·蜉蝣》一章："心之憂矣，於我歸處。"《鄭箋》："君當於何依歸乎？言有危亡之難，將無所就往。"俞樾《平議》卷九："《經》云'於我歸處'，《箋》云'於何依歸'，蓋即以我為何，我、何古音相近。"49《鄘風·鶉之奔奔》一章："人之無良，我以為兄。"《韓詩外傳》卷九引作"何以為兄"。一說：我，衛國人民自稱。朱熹《集傳》："人之無良，鶉鵲之不若，

而我反以爲兄。"陳奐《傳疏》:"我,我國人也。"

【我將】《周頌》篇名(272)。這是周王宗祀文王於明堂以配上帝的樂歌。《詩序》:"《我將》,祀文王於明堂也。"蔡邕《獨斷》:"《我將》,祀文王於明堂之所歌也。"朱熹《集傳》:"此宗祀文王於明堂,以配上帝之樂歌。"陳奐《傳疏》:"《思文》后稷配天,《我將》文王配天,皆是周公攝政五年治雒中事。"方玉潤《原始》:"首句祀天,中四句祀文王,末三句則祭者本旨,賓主次序井然。"有的學者認爲《我將》是周代"大武"樂曲的一章。陸侃如《中國詩史》:"據《左傳·宣公二十年》所載楚莊王的話,知道《武》、《桓》、《賚》三篇均在其中。但還有三成是?我們想,大約即《我將》、《酌》、《般》三篇。"高亨《周頌考釋》:"《我將》是《大武》舞曲的第一章,叙寫武王出兵伐殷時,祭祀上帝和文王,祈求他們保佑。《大武》有舞有歌,舞分六場,歌分六章。舞的内容,第一場象徵武王帶兵出征,歌《我將》篇。"王國維《周大武樂章考》考定《大武》六章爲《昊天有成命》(《武宿夜》)、《武》、《酌》、《桓》、《賚》、《般》六篇,不包括《我將》。一章,十句。

【我行其野】《小雅》篇名(188)。一位婦女遠嫁異國,被丈夫遺棄,因作此詩,譴責丈夫喜新厭舊。《詩序》:"《我行其野》,刺宣王也。"《鄭箋》:"刺其不正嫁取之數,而有荒政,多淫昏之俗。"《易林·巽之豫》:"黃鳥采蓄,既嫁不答。念吾父兄,思復邦國。"一說以爲是一個入贅岳家的貧苦農民因被妻子遺棄逐出,決心回到自己家族去的詩。朱熹《集傳》:"民適異國,依其婚姻而不見收恤,故作此詩。"三章,十八句。

握 wò 於角切(江開二入覺影) 屋部、影母

❶握;手指彎曲合攏來拿。(雅1)196《小雅·小宛》五章:"握粟出卜,自何能穀。"《鄭箋》:"持粟卜卜,求其勝負,從何能得生。"馬瑞辰《通釋》:"'握粟出卜'有二義:一謂以粟祀神…一謂以粟酬卜。"❷量詞。一握,即一把。(風)137《陳風·東門之枌》三章:"視爾如荍,貽我握椒。"《鄭箋》:"女

乃遺我一握之椒。"

渥 wò 於角切(江開二入覺影) 屋部、影母

❶潤濕;沾潤。(雅1)210《小雅·信南山》二章:"益之以霡霂,既優既渥,既霑既足。"朱熹《集傳》:"優、渥、霑、足,皆饒洽之意也。"❷浸;塗抹。(風2)38《邶風·簡兮》二章:"赫如渥赭。"《毛傳》:"渥,厚漬也。"130《秦風·終南》一章:"顏如渥丹,其君也哉。"《鄭箋》:"渥,厚漬也。顏色如厚漬之丹,言赤而澤也。"陸德明《釋文》:"渥,厚也。"聞一多《類鈔》:"面赤如漬赭然。"

沃 wò 烏酷切(通合一入沃影)藥部、影母

❶柔美有光澤。(雅1)228《小雅·隰桑》二章:"隰桑有阿,其葉有沃。"《毛傳》:"沃,柔也。"朱熹《集傳》:"沃,光澤貌。"陳奐《傳疏》:"柔者亦是美盛之意。"❷(又 wù)曲沃的省稱。春秋時爲晉國的大邑,在今山西省聞喜縣東。(風1)116《唐風·揚之水》一章:"素衣朱襮,從子于沃。"《毛傳》:"沃,曲沃,晉之邑也。"一說:肥美潤澤的地方。《易林·否之師》:"揚水潛鑿,使石絜白,衣素表朱,遊戲臬沃。"王引之《述聞》卷五引王念孫說:"其'遊戲臬沃',即'從子于沃'、'從子于鵠'也。"馬瑞辰《通釋》:"臬沃,《豫之大過》又作'遊戲臬澤',是知沃亦澤也。澤也、臬也、沃也,析言則異,散言則通。"

【沃若】等於說"沃然",柔美潤澤的樣子。(風1、雅2)58《衛風·氓》三章:"桑之未落,其葉沃若。"《毛傳》:"沃若,猶沃沃然。"朱熹《集傳》:"沃若,潤澤貌。"163《小雅·皇皇者華》四章:"我馬維駱,六轡沃若。"朱熹《集傳》:"沃若,猶如濡也。"竹添光鴻《會箋》:"如濡、沃若,皆帶柔意。"

【沃沃】茂盛有光澤的樣子。(風3)148《檜風·隰有萇楚》一章:"夭之沃沃,樂子之無知。"《毛傳》:"沃沃,壯佼也。"孔穎達《正義》:"言其少壯而佼好也。"朱熹《集傳》:"沃沃,光澤貌。"王念孫《廣雅疏證》:"言夭而又言沃沃者,言重詞複以形容其盛,若《中庸》言'淵淵其淵'矣。"于鬯《香草校書》卷十一:"夭夭、杁杁、烑烑、沃沃,皆爲茂盛

之意。"

汙(污) wū 哀都切（遇合一平模影）
　　　　　 魚部、影母
　　　　　 wù 烏路切（遇合一去暮影）
　　　　　 　　 魚部、影母

❶濁水停積不流。(雅1)193《小雅・十月之交》五章："徹我牆屋，田卒汙萊。"《毛傳》："下則汙，高則萊。"孔穎達《正義》："汙者，池停水之名。"朱熹《集傳》："汙，停水也。"陳奐《傳疏》："卒，盡也。此謂田盡不治，則下者積水而高者蕪草矣。"❷洗去汙垢。(風1)2《周南・葛覃》三章："薄汙我私，薄澣我衣。"《毛傳》："汙，煩也。"《鄭箋》："煩撋之，用功深。"朱熹《集傳》："煩撋之以去其汙，猶治亂而曰亂也。"段昌武《集解》引王氏(安石)說："治汙謂之汙，猶治亂謂之亂，治荒謂之荒。"陳奐《傳疏》："上句言汙，下句言澣；上句言私，下句言衣。皆互詞耳。"聞一多《新義》："私與衣爲互文，汙與澣亦不分二義，汙澣聲迭對轉，汙亦澣也。"黃焯《詩疏平議》："蓋薄汙二語，乃是互文見義。王肅云：'煩撋澣濯其私衣。'斯言當矣。"

烏(乌) wū 哀都切（遇合一平模影）
　　　　　 魚部、影母

烏鴉。(風1、雅2)192《小雅・正月》五章："具曰予聖，誰知烏之雌雄。"《鄭箋》："賢愚無別，譬之於烏，誰能知其雌雄者。"朱熹《集傳》："烏之雌雄相似而難辨者也。"馬國翰《目耕帖》卷十七："言幽王自謂俱聖，如烏之黑，雌雄無以相別也。"

嗚(呜) wū 哀都切（遇合一平模影）
　　　　　 魚部、影母

嗚呼，嘆詞。表示嘆息。見"於"。

屋 wū 烏谷切（通合一入屋影）
　　　　　 屋部、影母

❶房屋的覆蓋部分；泛指房屋。(風3、雅3)17《召南・行露》二章："誰謂雀無角，何以穿我屋。"193《小雅・十月之交》五章："徹我牆屋，田卒汙萊。"按《說文・尸部》："屋，居也。"段玉裁注："屋者，室之覆也。引申之，凡覆於上者皆謂之屋。"❷食具；酒食。見"夏屋"。

【屋漏】房屋頂上開的天窗，日光由此照射入室，故稱屋漏。(雅1)256《大雅・抑》七章："相在爾室，尚不愧于屋漏。"孔穎達《正義》引孫炎曰："當室之白，日光所漏入。"孫克東《屋漏釋義》："在商周時代，我國北方大部分房屋還是半地穴式的，光綫不足。因此古人在屋頂設天窗，而稱爲'屋漏'。"一說：室內西北角。《毛傳》："西北隅謂之屋漏。"《鄭箋》："屋，小帳也。漏，隱也。禮祭於奧既畢，改設饌於西北隅而扉隱之處，此祭之末也。"孔穎達《正義》："屋漏者，室內處所之名，可以施小帳而扉隱之處，正謂西北隅也。"胡承珙《後箋》："屋漏本有二義，一以當室之白，日光所入，一以施幄之處，隱蔽不明，其實一地也。鄭以詩言'不愧'，故從隱義耳。"屈萬里《詮釋》："屋漏，屋之西北隅，隱暗之處也。言雖無人處，亦必恭謹，庶幾乎能不愧於暗室也。"

又見【板屋】。

吾 wú 五乎切（遇合一平模疑）
　　　　　 魚部、疑母

昆吾，夏的同盟部落，己姓。見"昆"。

梧 wú 五乎切（遇合一平模疑）
　　　　　 魚部、疑母

【梧桐】一種落葉喬木。(雅1)252《大雅・卷阿》九章："梧桐生矣，于彼朝陽。"《毛傳》："梧桐，柔木也。"《鄭箋》："鳳皇之性，非梧桐不棲，非竹實不食。"(語出《莊子・秋水》)孔穎達《正義》："梧桐可以爲琴瑟，是柔韌之木，故曰柔木。"一說：梧樹和桐樹。陳奐《傳疏》："梧與桐，二木名。《爾雅》云：'櫬，梧。'又引：'榮，桐木。'《說文》云：'梧桐木，一曰櫬。'又云：'榮，桐木也。'"《詩》之梧，即一名櫬，一名梧桐；《詩》之桐，即一名榮矣。"

吳(吴) wú 五乎切（遇合一平模疑）
　　　　　 魚部、疑母

大聲說話；喧嘩。(頌2)292《周頌・絲衣》："不吳不敖，胡考之休。"《毛傳》："吳，譁也。"《鄭箋》："不譁嘩，不敖慢也。"孔穎達《正義》："人自娛樂必讙譁爲聲，故以娛爲譁也。"陳奐《傳疏》："不吳者，言不讙譁也。"阮元《校刊記》："《正義》本作娛，《釋文》定本作吳。"《史記・孝武紀》引《詩》作

毋無 wú

"不虞。299《魯頌·泮水》六章:"烝烝皇皇,不吳不揚。"鄭箋":"吳,嘩也。…不謹嘩,不大聲。"陸德明《釋文》:"吳,鄭如字,謹也。又王音誤。"一說:通"誤"。錯誤。孔穎達《正義》:"此多士之德,烝烝然而厚,皇皇然而美,不爲過誤,不有損傷。…王肅云:'言其人德厚美,不過誤有傷者。'"

毋 wú 武夫切（遇合三平虞微）魚部、明母

不要;别。（風 2、雅 3）35《邶風·谷風》三章:"毋逝我梁,毋發我笱。"鄭箋":"毋者,禁新昏也。"196《小雅·小宛》四章:"夙興夜寐,毋忝爾所生。"唐石經、相臺本、朱熹《集傳》作"無"。王先謙《集疏》:"三家,毋作無。"223《小雅·角弓》六章:"毋教猱升木,如塗塗附。"鄭箋":"毋,禁辭。參"無"。

無(无) wú 武夫切（遇合三平虞微）魚部、明母

❶動詞。沒有。（風 59、雅 77、頌 17）52《鄘風·相鼠》一章:"人而無儀,不死何爲?"《漢書·五行志上》引作"人而亡儀"。王先謙《集疏》:"《魯》,無,一作亡。"202《小雅·蓼莪》三章:"無父何怙,無母何恃。"按《說文·亡部》:"無,亡也。從亡,無聲。无,奇字,無也。通於元者,虛无道也。王育說:天屈西北爲无。"（依段玉裁注本）今本《詩經》字都作"無",阜陽漢簡《詩經》作"无"。❷副詞。沒有。（雅 1、頌 1）248《大雅·鳧鷖》五章:"公尸燕飲,無有後艱。"300《魯頌·閟宮》五章:"眉壽無有害。"❸不。（風 8、雅 10、頌 3）29《邶風·日月》三章:"乃如之人兮,德音無良。"朱熹《集傳》:"德音,美其辭,無良,醜其實也。"254《大雅·板》八章:"敬天之怒,無敢豫豫;敬天之渝,無敢馳驅。"《左傳·昭公三十二年》引《詩》作"不敢戲豫,不敢馳驅。"266《周頌·清廟》:"不顯不承,無射於人斯。"《毛傳》:"不見厭於人矣。"❹通"毋"。不要;别。（風 75、雅 65、頌 3）113《魏風·碩鼠》一章:"碩鼠碩鼠,無食我黍。"《鄭箋》:"女無復食我黍,疾其稅斂之多也。"187《小雅·黃鳥》一章:"黃鳥黃鳥,無集於穀,無啄我粟。"236《大雅·大明》七章:"上帝臨女,無貳爾心。"王先謙《集疏》:"《齊》,無亦作勿。"235《大雅·文王》五章:"王之藎臣,無念爾祖。"于省吾《新證》:"無字的用法,在此是否定詞,與勿字同義。此詩系殷士助祭於周京,既已成爲進御於周王的臣屬,故周人勸其棄舊圖新,不要懷念商人的先祖爲言。"❺無論;不論。（風 4、頌 2）136《陳風·宛丘》二章:"無冬無夏,值其鷺羽。"朱熹《集傳》:"言無時不出游而鼓舞於是也。"《漢書·地理志》引作"亡冬亡夏"。299《魯頌·泮水》一章:"無小無大,從公于邁。"《鄭箋》:"臣無尊卑,皆從君行而來。"❻指貧乏。（雅 1）258《大雅·雲漢》七章:"糜人不周,無不能止。馬瑞辰《通釋》:"無當讀如'何有何亡'之亡,有謂富,亡謂貧也。'無不能止',言雖賙之而其乏無不能救止也。止,即救也。"一說:無有一人。朱熹《集傳》:"諸臣無有一人不周救百姓者,無有自言不能,而遂止不爲者也。"又一說:通"零"。高亨《今注》:"無當讀爲雯,求雨之祭也。"❼助詞。無實義。（雅 2）195《小雅·小旻》五章:"如彼泉流,無淪胥以敗。"256《大雅·抑》四章:"如彼泉流,無淪胥以亡。"王引之《釋詞》卷十:"無,發聲。'無淪胥以亡',淪胥以亡也。言周德日衰如泉水之流,滔滔不返,周之君臣,將相率而底於敗亡也。"

[無將大車]《小雅》篇名(206)。這是詩人行役勞苦,感時傷亂而又聊作曠達,表示要排除各種憂愁的詩。朱熹《集傳》所謂"行役勞苦而憂思者之作"。姚際恒《通論》:"此賢者傷亂世,憂思百出;既而欲暫已,慮其甚病,無聊之至也。"屈萬里《詮釋》:"此只是遣憂之作。"《詩序》說是周大夫自悔與"小人"共處的詩:"《無將大車》,大夫悔將小人也。"《鄭箋》:"幽王之時,小人衆多,賢者與之從事,反見譖害,自悔與小人並。"按《荀子·大略》引此詩云:"言無與小人處也。"《易林·井之大有》:"大輿多塵,小人傷賢,皇父司徒,使君失家。"與《序》說合。三章,十二句。

[無羊]《小雅》篇名(190)。這首詩歌頌周宣王興復畜牧業,牧放得法,牲畜繁盛,牧

人做了好夢。《詩序》："《無羊》，宣王考牧也。"《鄭箋》："厲王之時，牧人之職廢，宣王始興而復之，至此而成，謂復先王牛羊之數。"朱熹《集傳》："此詩言牧事有成而牛羊衆多也。"王先謙《集疏》："三家無異義。"詩中比較生動地描寫了牛羊牧放的情况，末章含有祝頌的意思。四章，三十二句。

〖無衣（一）〗《國風·唐風》篇名（122）。這是贊美晉武公的詩。曲沃桓叔的兒子武公攻滅晉侯緡，占有晉國，把所有寶器送去賄賂周釐王。武公的大夫請求釐王賜武公命服，正式任命他爲晉侯。此詩即請命之辭。子，指周天子的使臣。《詩序》："《無衣》，美晉武公也。武公始并晉國，其大夫爲之請命乎天子之使，而作是詩也。"《鄭箋》："武公初并晉國，心未自安，故以得命服爲安。"朱熹《集傳》："此詩蓋述其請命之意。"王先謙《集疏》："三家無異義。"現代研究者有的認爲是感謝別人贈（或賜）衣之詩（高亨《今注》），有的認爲是懷舊或傷逝之作（聞一多《類鈔》），説法不一。二章，六句。

〖無衣（二）〗《國風·秦風》篇名（133）。這是一首秦軍戰歌。叙寫秦國戰士擁護反侵擾戰争，同仇敵愾，勇敢地奔赴戰場的詩。反映了秦國人民的尚武精神。朱熹《集傳》："秦人之俗，大抵尚氣概，先勇力，忘生輕死，故其見於詩如此。"有的研究者根據《左傳·定公四年》秦哀公爲申胥賦《無衣》的記載，認爲這是秦哀公答楚臣申包胥求兵救楚的詩。《詩序》説是以美爲刺："《無衣》，刺用兵也。秦人刺其君好攻戰，亟用兵而不與民同欲焉。"胡承珙《後箋》篤信《序》説。有的研究者認爲這是秦穆公將與晉文公接納天子的詩。徐時棟《烟嶼樓讀書志》卷三："此乃秦穆將與晉文納王時之詩。…蓋王者，周天王也。子者，晉文也。仇者，王子帶也。此正師河上而待晉時之詩也。及晉人辭秦師而下，此役雖不果，而秦穆勤王之心未可滅也，故存之也。於是而'王于興師'之王有的解矣。"三章，十五句。

參"靡"、"毋"。

五 wǔ 疑古切（遇合一上姥疑）
魚部、疑母

❶數詞。五。（風6，雅1）53《鄘風·干旄》二章："素絲組之，良馬五之。"（五之：用五匹馬贈送賢士。）226《小雅·采緑》二章："五日爲期，六日不詹。"18《召南·羔羊》一章："羔羊之皮，素絲五紽。"孔穎達《正義》："素絲爲英飾，其紽數有五。"王先謙《集疏》："首縷十絲，次章百縷，三章四百絲，數取遞增，文因合均（韻），非謂一縫之裘只用四百絲，不當泥視，分章設句，非有定數也。"101《齊風·南山》二章："葛屨五兩，冠緌雙止。"孔穎達《正義》："葛屨言五，冠緌言雙，由是五爲奇，故欲雙之使耦也。"一説：通"伍"。行列。王夫之《稗疏》："按此五字當與伍通，行列也。言陳屨者必以兩爲一列也。乃與冠緌必雙，男女有匹之義合。❷序數。（風2）154《豳風·七月》五章："五月斯螽動股。"❸通"午"。交錯。（風1）128《秦風·小戎》一章："小戎俴收，五楘梁輈。"聞一多《類鈔》："束革交午成文曰午楘。"于省吾《新證》："五、午古通。…午楘梁輈，言曲木之上交午相束，視之而歷録者也。"又陳奂《羔裘·傳疏》："午，當讀爲交午之午。"一説：五處。《毛傳》："五，束也。"《鄭箋》："言以皮革五處束之。"

〖五際〗《詩經》學術語。漢初三家《詩》中的《齊詩》學者翼奉説《詩》，附會陰陽五行之説，以推論政治變化，認爲每當卯、酉、午、戌、亥是陰陽終始際會之年，政治上必發生重大變動，叫做"五際"。《漢書·翼奉傳》："《易》有陰陽，《詩》有五際。"顏師古注引孟康曰："《詩内傳》曰：五際，卯、酉、戌、亥。陰陽終始際會之歲，於此則有變改之政也。"孔穎達《詩·周南·關雎序》正義》："鄭作《六藝論》引《春秋緯演孔圖》云'《詩》含五際六情'者，鄭以《氾歷樞》云：午亥之際爲革命，卯酉之際爲改正，辰在天門，出入候聽。卯，《天保》也；酉，《祈父》也；午，《采芑》也；亥，《大明》也。然則亥爲革命，一際也；亥又爲天門，出入候聽，二際也；卯爲陰陽交際，三際也；午爲陽謝陰興，四際也；酉爲陰盛陽微，五際也。其六情者,則《春秋》云喜、怒、哀、樂、好、惡是也。"又見【三五】。

午 wǔ 疑古切（遇合一上姥疑）
　　　魚部、疑母
地支的第七位。見【庚午】。

武 wǔ 文甫切（遇合三上麌微）
　　　魚部、明母

❶脚印;足迹。(雅1)245《大雅·生民》一章:"履帝武敏,歆,攸介攸止。"《毛傳》:"帝,高辛氏之帝也。武,迹;敏,疾也。從於帝而見於天,將事齊敏也。"《鄭箋》:"帝,上帝也。敏,拇也。…祀郊禖之時,時則有大神之迹,姜嫄履之,足不能滿,履其拇指之處。"❷事迹。(雅1)243《大雅·下武》五章:"昭兹來許,繩其祖武。"《毛傳》:"武,迹也。"陳奐《傳疏》:"《沔水·傳》:'蹟,道也。'《説文》迹、蹟同字。祖迹、祖道也。…此亦則其先人之意。"于省吾《新證》:"古人言武,不專指足所蹈之迹言,凡德行事功之遺範,均可謂之武。"❸繼承。(雅1)243《大雅·下武》一章:"下武維周,世有哲王。"《毛傳》:"武,繼也。"《鄭箋》:"後人能繼先祖者維有周家最大。"一説:指疆土。于省吾《新證》:"武,迹也。迹、跡、蹟、續古通。迹謂疆土也。下武猶言下土,下國。下武維周者,下土維周也。"又一説:指文王。朱熹《集傳》:"'下'義未詳。或曰:字當作'文',言文王,武王實造周也。"❹勇武;威武。(風2、雅4)80《鄭風·羔裘》二章:"羔裘豹飾,孔武有力。"《鄭箋》:"甚武勇而且有力。"261《大雅·韓奕》五章:"蹶父孔武,靡國不到。"《鄭箋》:"蹶義甚武健,爲王使於天下,國國皆到。"❺武事;軍事。(雅2)177《小雅·六月》三章:"有嚴有翼,共武之服。"朱熹《集傳》:"言將帥皆嚴敬以恭武事也。"❻有武才的;有武功的。(雅1、頌3)177《小雅·六月》五章:"文武吉甫,萬邦爲憲。"《毛傳》:"吉甫,尹吉甫也,有文有武。"282《周頌·雝》:"宣哲維人,文武維后。"303《商頌·玄鳥》:"古帝命武湯,正域彼四方。"《鄭箋》:"有威武之德者成湯。"朱熹《集傳》:"武湯,以其有武德號之也。"❼指周武王。(雅1、頌2)262《大雅·江

漢》四章:"文武受命,召公維翰。"《鄭箋》:"昔文王、武王受命,召康公爲之楨榦之臣。"285《周頌·武》:"嗣武受之,勝殷遏劉。"《鄭箋》:"嗣子武王受文王之業。"朱熹《集傳》:"武王嗣而受之,勝殷止殺,以致定是功也。"一説:事迹;業迹。《毛傳》:"武,迹。"陳啟源《稽古編》:"謂嗣文王之迹而受之。"陳奐《傳疏》:"迹者,道也。武王繼文王之道而卒其伐功也。"❽指殷高宗武丁。見【殷武】。

【武】《周頌》篇名(285)。敘寫武王伐殷,取得勝利。爲《大武》樂歌第二章。《詩序》:"《武》,奏《大武》也。"蔡邕《獨斷》:"《武》,奏《大武》,周武所定一代之樂之所歌也。"朱熹《集傳》:"周公象武王之功,爲《大武》之樂。言武王無競之功,實文王開之,而武王嗣而受之,勝殷止殺,以致定其功也。"《左傳·宣公十二年》:"武王克商,作《武》,其卒章曰:'耆定爾功。'"《吕氏春秋·古樂》:"武王伐殷,克之於牧野。歸,乃薦俘馘於京太室,乃命周公作爲《大武》。"《禮記·樂記》:"且夫《武》,始而北出,再成而滅商,三成而南,四成而南國是疆;五成而分[陝],周公左,召公右;六成復綴以崇天子。"《大武》是表現、歌頌周武王武功的樂曲,共分六章。據高亨《周頌考釋》考定,《周頌》中《我將》(王國維《周大武樂章考》認爲是《昊命有成功》)、《武》、《賚》、《般》、《酌》、《桓》各爲其中的一章。一章,七句。

【武丁】殷王名,盤庚弟小乙之子。自盤庚死後,殷國勢衰落。武丁立,用傅説爲相,勤修政事,又趨强盛。在位五十年,死後稱高宗。(頌2)303《商頌·玄鳥》:"商之先后,受命不殆,在武丁孫子。武丁孫子,武王靡不勝。"《毛傳》:"武丁,高宗也。"魏源《詩古微》:"武丁孫子,謂襄公。"陳奐《傳疏》:"'在武丁孫子',猶云在孫子武丁,倒句之以就韻耳。…言商湯受天命,無有懈怠,以傳至于武丁孫子。武丁孫子,武王靡不勝,言武丁爲湯之孫子,於武湯天下之業,亦無不保任之也。"一説:"武丁"當作"武王"。王引之《述聞》卷七以爲《詩》當作"在武王孫子,武王孫子,武丁靡不勝"。

【武夫】武士；勇士。(風 3、雅 2)7《周南·兔罝》一章："赳赳武夫,公侯干城。"262《大雅·江漢》一章："江漢浮浮,武夫滔滔。"
【武功】1)戰功；軍功。(雅 1)244《大雅·文王有聲》二章："文王受命,有此武功。"《鄭箋》："武功,謂伐四國及崇之功也。"2)武事。(風 1)154《豳風·七月》四章："二之日其同,載纘武功。陳奂《傳疏》："武功,田獵之事也。"
【武人】將士；軍人。(雅 3)232《小雅·漸漸之石》一章："武人東征,不皇朝矣。"《鄭箋》："武人,謂將率(帥)也。"孔穎達《正義》引王肅曰："武人,王之武臣征役者。"
【武王】1)周武王。姬姓,名發,文王子。周王朝的創立者,都鎬(今陝西西安市西)。約公元前 1027 至前 1025 年在位。(雅 6、頌 3)274《周頌·執競》："執競武王,無競維烈。"2)商朝人稱成湯爲武王。(頌 2)304《商頌·長發》六章："武王載斾,有虔秉鉞。"《毛傳》："武王,湯也。"陳奂《傳疏》："《殷本紀》：'於是湯曰吾甚武,號曰武王。'是武王爲湯也。"
又見【殷武】。

侮
wǔ　文甫切（遇合三上麌微）
　　侯部、明母

❶輕慢；怠慢。(雅 1)246《大雅·行葦》六章："四鍭如樹,序賓以不侮。"《鄭箋》："不侮者,敬也。"朱熹《集傳》："不侮,敬也。或曰：不以中病不中者也。射中以多爲雋,以不侮爲德。"郝敬《原解》："不侮,不倨傲也。"❷欺侮；侮辱。(風 2、雅 3)26《邶風·柏舟》四章："覯閔既多,受侮不少。"192《小雅·正月》二章："憂心愈愈,是以有侮。"《鄭箋》："我心憂政如是,是與訛言者殊塗,故用是見侵侮也。嚴粲《詩緝》："而小人反見侮,謂我張皇過慮也。"
又見【禦侮】。參"務"。

舞
wǔ　文甫切（遇合三上麌微）
　　魚部、明母

舞蹈；跳舞。(風 3、頌 1)78《鄭風·大叔于田》一章："執轡如組,兩驂如舞。"218《小雅·車舝》三章："雖無德與女,式歌且舞。"

又見【萬舞】。

膴（脥）
wǔ　文甫切（遇合三上麌微）
　　魚部、明母
hú　荒烏切（遇合一平模曉）
　　魚部、曉母

❶大；多。(雅 1)195《小雅·小旻》五章："民雖靡膴,或哲或謀。"孔穎達《正義》："鄭訓膴音摸爲法。王肅讀爲'幠',喜吴反。幠,大也。無大有人,言少也。國雖小,民雖少,猶有此六事。"陸德明《釋文》："王：火吴反,大也。徐云：鄭音謨,法也。又音武,沈音無。《韓詩》作'靡膜',猶言無幾何。"朱熹《集傳》："膴,大也,多也。"一説：美。戴震《考證》："以韻讀之,當以《韓詩》作'膜'爲正。膜,莫杯切,美也。民雖靡膜,言雖無畢具美德者,固或哲、或謀、或肅、或艾矣。"又一説：法。《鄭箋》："膴,法也。…民雖無法,其心性猶有知者,有謀者,有肅者,有艾者。"段玉裁《小學》："蓋以爲模字假借。"❷厚。(雅 1)191《小雅·節南山》四章："瑣瑣姻婭,則無膴仕。"《毛傳》："膴,厚也。"《鄭箋》："瑣瑣昏姻妻黨之小人,無厚任用之,置之大位,重其禄也。"

【膴膴】肥美的樣子。(雅 1)237《大雅·緜》三章："周原膴膴,堇荼如飴。"《毛傳》："膴膴,美也。"《鄭箋》："周之原地,在岐山之南,膴膴然肥美。"陸德明《釋文》："膴,音武,美也。《韓詩》同。"《文選·左太沖·魏都賦》"膜膜坰野"李善注引《詩》作"周原膜膜"。此《韓詩》也。段玉裁《小學》："《廣雅·釋言》：'膜膜,肥也。'據《韓詩》爲訓也。"

勿
wù　文弗切（臻合三入物微）
　　物部、明母

❶不要；別。(風 7、雅 7、頌 1)16《召南·甘棠》一章："蔽芾甘棠,勿翦勿伐。"220《小雅·賓之初筵》五章："匪言勿言,匪由勿語。"《鄭箋》："勿,猶無也。"191《小雅·節南山》四章："弗問弗仕,勿罔君子。"孔穎達《正義》："勿者,禁人之辭。…勿得罔上而行,上即經之君子也。"姚際恒《通論》："以君子而弗咨詢之,弗仕使之,是誣罔君子也,故戒其勿。"一説：助詞,無實義。王引之《釋詞》卷十："勿爲語詞。勿罔即罔,猶

之不顯即顯,不承即承。"又一説:末;蒙昧。《鄭箋》:"勿當作末。…不問而察之,則下民不罔其上矣。"焦循《補疏》:"此末字當作昧字解。《淮南子·天文訓》:'末,昧也。'末罔,謂蒙昧欺罔其上。"曾運乾《毛詩説》:"按'末罔',猶迷罔也。末與勿與迷,皆雙聲。"❷不。(風3)66《王風·君子于役》一章:"君子于役,如之何勿思。"裴學海《古書虚字集釋》卷十:"勿,猶毋也,不也。"❸非;不是。(雅1)242《大雅·靈臺》一章:"經始勿亟,庶民子來。"《鄭箋》:"度始靈臺之基址,非有急成之意。"參"朚"。

物 wù 文弗切(臻合三入物微)
物部、明母

❶雜色牛。(雅1)190《小雅·無羊》二章:"三十維物,爾牲則具。"王國維《觀堂集林·釋物》:"物本雜色牛之名。後推之以名雜帛。…'三十維物',與'三百維羣'、'九十其犉'句法相同,謂雜色牛三十也。"一説:指不同毛色的牲畜。《毛傳》:"異毛色者三十也。"孔穎達《正義》:"經言'三十維物',則每色之物皆有三十,謂青、赤、黄、白、黑毛色別異者各三十也。祭祀之牲,當用五方之色。"何楷《古義》:"物,謂毛物。'三十維物',兼牛、羊、豕、犬、雞五者言之也。所謂六牲者,是以毛色别之耳。青、赤、黄、白、黑五色,并龐爲六色。…每牲五色,五六三十,故云'三十維物'。"按《穆天子傳》:"收皮效物。"郭璞注:"物,謂毛色也。"引《詩》"三十維物"。❷指力量相同的馬。(雅1)177《小雅·六月》二章:"比物四驪,閑之維則。"《毛傳》:"物,毛物也。"孔穎達《正義》:"《夏官·校人》云:'凡大事,祭祀朝覲會同,毛馬而頒之;凡軍事,物馬而頒之。'注云:'毛馬齊其色,物馬齊其力。'是毛物之文也。比物者,比同力之物。"朱熹《集傳》:"比物,齊其力也。"❸東西;事物。(雅5)170《小雅·魚麗》四章:"物其多矣,維其嘉矣。"199《小雅·何人斯》七章:"出此三物,以詛爾斯。"《毛傳》:"三物,豕、犬、雞。"260《大雅·烝民》一章:"天生烝民,有物有則。"《毛傳》:"物,事也。"嚴粲《詩緝》:"天生衆民,具形則有物,禀性則有則也。"胡承珙《後箋》:"有物指天,有則,指人之法天。"屈萬里《詮釋》:"物,事也。則,法也。言既有民衆,則必有事;有事,則必有法則也。"一説:物象。《鄭箋》:"天之生衆民,其性有物象,謂五行仁、義、禮、智、信也。"

扤 wù 五忽切(臻合一入没疑)
魚厥切(山合三入月疑)
物部、疑母

動摇;危害。(雅1)192《小雅·正月》七章:"天之扤我,如不我克。"《毛傳》:"扤,動也。"《鄭箋》:"我,我特苗也。天以風雨動摇我,如將不勝我,謂其迅疾也。"屈萬里《詮釋》:"扤,從兀得聲,兀有危義,扤亦有危義。…動摇,猶危害也。《毛傳》訓扤爲動,《鄭箋》以動摇説之,即不安之意也。《方言》九:'扤,不安也。'"

晤 wù 五故切(遇合一去暮疑)
魚部、疑母

對;面對面。(風3)139《陳風·東門之池》一章:"彼美淑姬,可與晤歌。"《毛傳》:"晤,遇也。"《鄭箋》:"晤,猶對也。言淑姬賢女,君子宜與對歌相切化也。"孔穎達《正義》:"《釋言》云:'遇,偶也。'然則《傳》以'晤'爲'遇',亦爲對偶之義。"一説:解。朱熹《集傳》:"晤,猶解也。"馬瑞辰《通釋》:"《説文》:'晤,覺也。'此詩'晤歌'、'晤語'、'晤言',即《考槃》詩'寤歌'、'寤言'。晤、寤、解,義近。"參"寤"。

寤 wù 五故切(遇合一去暮疑)
魚部、疑母

❶睡醒。跟"寐"相對。(風13、雅1)56《衛風·考槃》一章:"獨寐寤言,永矢弗諼。"嚴粲《詩緝》:"既寐而寤,既寤而言,皆獨自耳。"屈萬里《詮釋》:"謂獨寐,獨寤(醒)、獨言也。"1《周南·關雎》二章:"窈窕淑女,寤寐求之。"《毛傳》:"寤,覺;寐,寢也。"朱熹《集傳》:"或寤或寐,言無時也。"馬瑞辰《通釋》:"寤寐,猶夢寐也。"❷覺悟;明白。(風1)26《邶風·柏舟》四章:"静言思之,寤辟有摽。"孔穎達《正義》:"寤覺之中,拊心而摽然。"王先謙《集疏》:"言貞女審思此事,寤覺之時,以手拊心,至於擗擊之也。"馬瑞辰《通釋》:"寤,通作晤。《説文》:'晤'字注

引《詩》作'晤辟有摽'。晤，明也。覺而言爲寤言，則覺而辟得爲寤辟矣。"一説：互；交互。聞一多《通義》："寤正當讀爲互。…言兩手交互擊胸，其聲嘌嘌然也。"又一説：接續；連續。余培林《正詁》："寤，通悟。《説文》：'悟，逆也。'徐鍇《繫傳》：'相逢也。'《釋名•釋姿容》：'寤，忤也。能與物相接忤也。'畢沅曰：'忤，俗字，當作晤。寤訓接忤，引申有接續之意。蓋二人爲接忤，一人則爲接續矣。《詩》中寤字，除與麻連言者外，他皆用此義。此詩'寤辟'，謂連續拊心。'《考槃》'獨寐寤言'、'獨寐寤歌'、'獨寐寤宿'，謂獨自一人寢寐而連續言語、連續歌唱、連續睡覺而已。《下泉》'愾我寤嘆'、《大東》'契契寤嘆'，謂連續嘆息不已。"

務(务) wù ★罔甫切（遇合三上麌微）
侯部、明母

通"侮"。欺侮；欺凌。（雅 1)164《小雅•常棣》四章："兄弟鬩于牆，外禦其務。"《鄭箋》："務，侮也。兄弟雖内鬩而外禦侮也。"陸德明《釋文》："務，如字。《爾雅》云：'侮也。'讀者又音侮。此從《左傳》及《外傳》之文。"段玉裁《小學》："按言務爲侮字之假借，"《左傳•僖公二十四年》、《國語•周語》引《詩》均作"外禦其侮"。馬瑞辰《通釋》："務、侮二字雙聲，故通用。…務亦得讀若蒙。《爾雅》：'天氣下，地不應，曰雺。'《説文》、《漢•五行考》作'霧'。《洪範》作'蒙'，鄭、王本作'雺'，鄭注：'雺，音近蒙。'今按'雺'即'霧'之省。'瞀'從孜聲，讀蒙，則'務'從孜聲，亦讀近蒙。正與'戎'音協，同在東冬部。蓋古字亦有數讀。'務'本在尤幽部，轉讀得與戎韻也。"

戊 wù 莫候切（流開一去候明）
幽部、明母

天干的第五位。古人以甲、乙、丙、丁、戊、己、庚、辛、壬、癸十個天干和子、丑、寅、卯、辰、巳、午、未、申、酉、戌、亥十二個地支依次合配以記日。單日爲陽爲剛，雙日爲陰爲柔。戊日是單日，古人逢單日從事征戰田獵等外事。（雅 1)180《小雅•吉日》一章："吉日維戊，既伯既禱。"《毛傳》："維戊，順類乘牡也。"《鄭箋》："戊，剛日也。故乘牡馬爲順類也。"孔穎達《正義》："祭必用戊者，日有剛柔，猶馬有牝牡，將乘牡馬，故禱用剛日。"朱熹《集傳》："以下章推之，是日也，其戊辰與？"馬瑞辰《通釋》："日謂十干，辰謂十二支。十干五剛五柔，甲、丙、戊、庚、壬五奇爲剛日，乙、丁、己、辛、癸五偶爲柔日也。十二支六陰六陽，申、子、亥、卯、辰、未爲六陰，寅、午、巳、酉、戌、丑爲六陽也。"

鋈 wù 烏酷切（通合一入沃影）
藥部、影母

白銅；飾以白銅。（風 3)128《秦風•小戎》一章："陰靷鋈續。"《毛傳》："鋈，白金也。"《鄭箋》："鋈續：白金飾續靷之環。"孔穎達《正義》："白金不名鋈，言'鋈，白金'者，鋈非白金之名，謂銷此白金以沃灌靷環，非訓鋈爲白金也。金銀銅鐵，總名爲金。此説兵車之飾，或是白銅白鐵，未必皆白銀也。"朱熹《集傳》："鋈續，陰板之上有續靷之處，消白金沃灌其環以爲飾也。"馬瑞辰《通釋》：《廣雅》：'白銅謂之鋈'，蓋古者銅亦通稱金也。"胡承珙《後箋》："毛意鋈爲白金，'鋈續'者，即以白金爲續靷之環。'鋈以觼軜'者，以白金爲繫軜之觼。'鋈錞'者，以白金爲矛下之錞。"于省吾《新證》："續，屬，著古通。近世所習見之列國車器，銅板或獸首之上有鼻有環，鼻所以納環，環所以繫革或縢。銅板與獸首或平或彎，所以傅於車上者也。其板或獸首與鼻與環，往往鈿以金銀。…'陰靷鋈著'者，謂陰靷繫著之處，其環與鼻鈿以白金也。"

X

夕 xī
詳易切（梗開三入昔邪）
鐸部、邪母

❶傍晚；日落的時候。（風 2)68《王風·君子于役》一章："日之夕矣，羊牛下來。"
❷夜；晚上。（風 6、雅 5、頌 1)118《唐風·綢繆》一章："今夕何夕，見此良人。"217《小雅·頍弁》三章："樂酒今夕，君子維宴。"(宴：安。) 馬瑞辰《通釋》卷三："夕者，夜之通稱。凡日入以後日出以前通謂之夕，亦通謂之夜。"《楚辭·大招》王逸章句引《詩》"樂酒今昔"，云："昔，夜也。言可以終夜自娛樂也。""昔"與"夕"音近義通。
【夕陽】山的西面。（雅 1)250《大雅·公劉》五章："度其夕陽，豳居允荒。"《毛傳》："山西曰夕陽。"
又見【發夕】。

兮 xī
胡雞切（蟹開四平齊匣）
支部、匣母

❶句末語氣詞。相當於現代漢語的"啊"。（風 280、雅 38、頌 3)31《邶風·擊鼓》五章："于嗟闊兮，不我活兮。"131《秦風·黃鳥》一章："如可贖兮，人百其身。"王先謙《集疏》："《魯》，兮作也。"❷句中助詞。（風 30、雅 2)27《邶風·綠衣》一章："綠兮衣兮，綠衣黃裏。"202《小雅·蓼莪》四章："父兮生我，母兮鞠我。"參【媛】、【猗】。

嘻 xī
許其切（止開三平之曉）
之部、曉母

嘻嘻，讚歎聲。見【噫(yī)】。

屎 xī
喜夷切（止開三平脂曉）
脂部、曉母

殿屎，呻吟。見【殿】。

犀 xī
先稽切（蟹開四平齊心）
脂部、心母

瓡犀，瓡瓜的子。段成式《酉陽雜俎·廣動植一》："瓜瓡子曰犀。"見"瓡(hù)"。

息 xī
相即切（曾開三入職心）
職部、心母

❶歇息；休息。（風 2、雅 7)86《鄭風·狡童》二章："維子之故，使我不能息兮。"《毛傳》："憂不能息也。"朱熹《集傳》："息，安也。"聞一多《類鈔》："息，寢息也。"124《唐風·葛生》二章："予美亡此，誰與獨息。"《毛傳》："息，止也。"253《大雅·民勞》三章："民亦勞止，汔可小息。"《毛傳》："息，止也。"❷通"思"，句末助詞。見【休息】。
又見【居息】【奄息】。

晞 xī
香衣切（止開三平微曉）
微部、曉母

❶天曉；朝陽初升。（風 1)100《齊風·東方未明》二章："東方未晞，顛倒裳衣。"《毛傳》："晞，明之始升。"孔穎達《正義》："晞是日之光氣。"《湛露》云：'匪陽不晞。'謂見日之光而物乾，故以晞為乾…此言東方未明，無取於乾，故言明之始升。"馬瑞辰《通釋》："晞者，昕之假借。《説文》："昕，旦明，日將出也，讀若希。'昕與晞一聲之轉，故通用。"❷乾；曬乾。（風 1、雅 1)129《秦風·蒹葭》二章："蒹葭淒淒（一作萋萋），白露未晞。"《毛傳》："晞，乾也。"174《小雅·湛露》一章："湛湛露斯，匪陽不晞。"《毛傳》："晞，乾也。"按《廣雅·釋詁二》："晞，乾也。"王念孫《疏証》："晞亦暵也，語之轉耳。暵與罕同聲，晞與希同聲。晞之轉爲暵，猶希之轉爲罕矣。"

昔 xī 思積切（梗開三入昔心）
鐸部、心母

從前；往日。跟"今"相對。（風3、雅9、頌3）35《邶風·谷風》六章："不念昔者，伊余來墍。"167《小雅·采薇》六章："昔我往矣，楊柳依依。"王先謙《集疏》："《韓》説曰：昔，始也。"又見【誰昔】【在昔】。

奚 xī 胡雞切（蟹開四平齊匣）
支部、匣母

【奚斯】人名，即春秋時魯國大夫公子魚。（頌1）300《魯頌·閟宮》九章："新廟奕奕，奚斯所作。孔曼且碩，萬民是若。"《毛傳》："有大夫公子奚斯者作是廟也。"《鄭箋》："脩舊曰新。新者姜嫄廟也。…奚斯作者，教護屬功課章程也。"孔穎達《正義》："蓋名魚而字奚斯。"陳奐《傳疏》："奚斯，公子奚斯，即魯大夫公子魚也。"以"奚斯所作"爲作廟或修廟。班固《兩都賦序》："皋陶歌虞，奚斯頌魯。"王延壽《魯靈光殿賦序》："故奚斯頌僖，歌其路寢。"李善注引《薛君章句》並曰："是詩公子奚斯所作也。"以奚斯所作爲作頌。

悉 xī 息七切（臻開三入質心）
質部、心母

盡；全部。（雅1）180《小雅·吉日》三章："悉率左右，以燕天子。"《爾雅·釋詁》："悉，盡也。"（把獸群從左邊右邊全部趕出，使天子快樂。）

蟋 xī 息七切（臻開三入質心）
質部、心母 所櫛切（臻開三入櫛生）
質部、生母

【蟋蟀】蟲名，又名促織，俗稱蛐蛐兒。（風4）114《唐風·蟋蟀》一章："蟋蟀在堂，歲聿其莫。"《毛傳》："蟋蟀，促織也。"154《豳風·七月》五章："七月在野，八月在宇，九月在户，十月蟋蟀入我牀下。"《鄭箋》："自七月至十月入我牀下，皆謂蟋蟀也。"陸璣《詩義疏》："蟋蟀似蝗而小，正黑有光澤如漆，有角翅。…幽州人謂之趣織，督促之言也。里語曰：'趣織鳴，嬾婦驚'是也。"羅大經《鶴林玉露》卷十五："張文潛云：《詩三百篇》雖云婦人，女子，小夫，賤隸所爲，要之非深於文章者不能作。如'七月在野'以下皆不道破，至'十月入我牀下'，方言是蟋蟀，非深於文章者，能乎？"

【蟋蟀】《國風·唐風》篇名(114)。這是一首感時的詩。詩人感歎歲時將暮，役事已畢，應及時行樂，以免時光白流。但又自警不要逸樂過分，荒廢工作，能自控，有節制，能"思居"、"思外"、"思憂"。這可能反映了春秋時期一部分自由民比較積極的心理和清醒的態度。《詩序》以爲刺詩："《蟋蟀》，刺晉僖公也。儉不中禮，故作是詩以閔之，欲其及時以禮自虞樂也。此晉也而謂之唐，本其風俗憂深思遠，儉而用禮，乃有堯之遺風焉。"又豐坊《詩説》："《蟋蟀》，唐人相戒之詩。"王質《詩總聞》："此士大夫相警戒者也。"方玉潤《原始》："《蟋蟀》，唐人歲暮述懷也。"或以爲勸勉人的詩。傅恒等《折中》："《蟋蟀》，勸思也。"金啓華《全譯》："《蟋蟀》，勉勵人及時努力。"三章，二十四句。

析 xī 先擊切（梗開四入錫心）
錫部、心母

劈；剖開。（風1、雅3）101《齊風·南山》四章："析薪如之何？匪斧不克。"《禮記·坊記》引《詩》作"伐柯如之何？"218《小雅·車舝》四章："陟彼高岡，析其柞薪。"《鄭箋》："登高岡者必析其木以爲薪。"范處義《詩補傳》："詩人謂以斧而析薪，故能得薪，喻王求賢女亦當有道。"馬瑞辰《通釋》："今按《漢廣》有刈薪之言，《南山》有析薪之句，《豳風》之伐柯與娶妻同喻，《詩》中以析薪喻昏姻者不一而足。…詩蓋以取木喻取女，因而即以析薪喻娶妻爲迎新也。"

晳（晰）xī 先擊切（梗開四入錫心）
錫部、心母

膚色潔白；潔白的膚色。（風1）47《鄘風·君子偕老》二章："揚且之晳也。"《毛傳》："晳，白晳。"孔穎達《正義》："其眉上揚廣，且其面之色又白晳。"按《説文·白部》："晳，人色白也。從白，析聲。"段玉裁注："今字皆省作晳，非也。"

淅 xī 先擊切（梗開四入錫心）
錫部、心母

淘米。見"釋"。

蜥 xī　先擊切（梗開四入錫心）
　　　　錫部、心母

蜥蜴，四脚蛇。見"蜴"。

熙 xī　許其切（止開三平之曉）
　　　　之部、曉母

光明。（頌 1）293《周頌·酌》："時純熙矣，是用大介。"馬瑞辰《通釋》："純熙，謂大光明也。武王既攻取晦昧，於時遂大光明，猶《緜》之詩云'會朝清明'也。"又見【緝熙】。

犧（牺）
（一）xī　許羈切（止開三平支曉）
　　　　歌部、曉母

❶古代作祭品用的毛色純一的牛。（雅 1，頌 1）211《小雅·甫田》二章："以我齊明，與我犧羊，以社以方。"《鄭箋》："以絜齊豐盛與我純色之羊。"陳奐《傳疏》："犧謂牛。"《說文·牛部》："犧，宗廟之牲也。"300《魯頌·閟宮》四章："皇祖后稷，享以騂犧。"《毛傳》："騂，赤；犧，純也。"陸德明《釋文》："犧，純毛牲。"馬瑞辰《通釋》："犧之言希也，牲之純色者恒希少也。"又犧與好雙聲，凡宗廟祭祀之牲，必取其完好者，故名犧也。"

（二）suō　素何切（果開一平歌心）
　　　　歌部、心母

　　 xī　許羈切（止開三平支曉）
　　　　歌部、曉母

❷見【犧²尊】。

【犧²尊】古代一種牛形的酒器。（頌 1）300《魯頌·閟宮》四章："白牡騂剛，犧尊將將。"陸德明《釋文》："犧尊，鄭素河反，王許宜反，尊名也。"孔穎達《正義》引王肅說："大和中，魯郡於地中得齊大夫子尾送女器有犧尊，以犧牛爲尊。"朱熹《集傳》引或說："尊作牛形，鑿其背以受酒也。"于省吾《新證》："近世出土之尊，其體制象物形者，有犧尊、象尊、羊尊、鴞尊、鳧尊等。"《說文》引《周禮》六尊，亦有犧尊、象尊。"一說：一種刻繪花紋的木制酒器。《毛傳》："犧尊，有沙飾也。"孔穎達《正義》引阮諶《禮圖》："犧尊飾以牛，象尊飾以象。於腹之上畫爲牛象之形。"朱熹《集傳》："犧尊，畫牛於尊腹也。"馬瑞辰《通釋》："沙與疏雙聲，其字同出審母，故古通用。犧與沙古音同部。"

又轉爲疏，故犧尊即疏鏤之尊，猶疏屏、疏勺之類。"

西 xī　先稽切（蟹開四平齊心）
　　　　文部、心母

❶西方；西邊；太陽落下的一方。（風 3，雅 9，頌 1）51《鄘風·蝃蝀》二章："朝隮于西，崇朝其雨。"203《小雅·大東》四章："西人之子，粲粲衣服。"《毛傳》："西人，京師人也。"237《大雅·緜》二章："率西水滸，至于岐下。"王引之《述聞》卷六："西，郊之西也。大王自邠西漆水之厓南行，踰梁山，又西行至岐山之下。約而言之，則自邠西漆水之厓，至于岐山之下。故曰'率西水滸，至于岐下'也。"❷向西。（雅 2）189《小雅·斯干》二章："築室百堵，西南其戶。"《毛傳》："西鄉（向）戶，南鄉（向）戶也。"203《小雅·大東》七章："維北有斗，西柄之揭。"朱熹《集傳》："斗西揭其柄，反若有所挹取於東。"（西柄：柄向西方。）

【西方】西邊。（風 2）38《邶風·簡兮》三章："云誰之思，西方美人。彼美人兮，西方之人兮。"《鄭箋》："我誰思乎？西方之賢者。"朱熹《集傳》："西方美人，託言以指西周之盛王。"

【西戎】我國古代西北戎族的總稱，種類甚多。（雅 1）168《小雅·出車》五章："赫赫南仲，薄伐西戎。"陳奐《傳疏》："獫狁在涇陽北，而涇陽爲西，即爲西戎所居。'赫赫南仲，薄伐西戎'，言伐獫狁，遂伐西戎耳。俞樾《經說》卷三："夫西戎種類最衆，自古畏之，故西戎即叙載於《禹貢》。…及秦漢以降，從事四夷。《漢書》有《匈奴傳》，即獫狁也。有《西戎傳》，即西戎也。匈奴惟一國，而西域自孝武時始通，已有三十六國，其後分至五十餘。"

裼 （一）xī　先擊切（梗開四入錫心）
　　　　錫部、心母

❶脫去外衣露出内衣或身體。見【禮裼】。

（二）tì　《釋文》他計切（蟹開四去霽透）
　　　　錫部、透母

❷包裹嬰兒的衣被。（雅 1）189《小雅·斯干》九章："乃生女子，載寢之地，載衣之裼。"《毛傳》："裼，褓也。"《鄭箋》："寝於地，

卑之也。裖，夜衣也，明當主於內也。"孔穎達《正義》："裼是夜臥之衣。"陸德明《釋文》："裼，他計反，《韓詩》作裼。裖，音保。齊人名小兒被為裖。"馬瑞辰《通釋》："裖，正字作綐。"《說文·衣部》引《詩》作"裼"。

錫(锡) xī 先擊切（梗開四入錫心）
錫部、心母

❶錫，一種白色金屬。（風1）55《衛風·淇奧》三章："有匪君子，如金如錫，如圭如璧。"《毛傳》："金錫煉而精，圭璧性有質。"聞一多《類鈔》："古人鑄器的青銅，便是銅與錫的合金，所以二者極被他們重視，而且每每連稱。"一說：銀。姚際恆《通論》："錫即銀，古人銀錫不分，稱銀亦曰錫。"❷賜；賜給。特指賞長把賜物等送給下級或晚輩。（風1，雅14，頌5）176《小雅·菁菁者莪》三章："既見君子，錫我百朋。"《鄭箋》："賜我百朋。"261《大雅·韓奕》一章："王錫韓侯，淑旂綏章。"《周禮·天官·屨人》鄭玄注引《詩》"王賜韓侯，玄袞赤舄"。王先謙《集疏》："《魯》、《齊》，錫作賜。"

翕 xī 許及切（深開三入緝曉）
緝部、曉母

❶合；聚會。（雅1，頌1）164《小雅·常棣》七章："兄弟既翕，和樂且湛。"《毛傳》："翕，合也。"孔穎達《正義》："兄弟既會聚矣。"陳奐《傳疏》："《方言》：'翕，聚也。'合與聚義相近。"296《周頌·般》："允猶翕河。"《毛傳》："翕，合也。"《鄭箋》："河言合者，河自大陸之北敷為九，祭者合為一。"朱熹《集傳》："翕河，河善泛濫，今得其性，故翕而不為暴也。"陳奐《傳疏》："翕訓合，允猶翕河，言猶合河而祭也。允，語詞耳。"周悅讓《倦遊庵槧記·毛詩》："九河故道，紛如聚訟。經曰'翕河'，是流自分而合，非祇一經流也。祭翕河而在殷，知餘河已多湮，非復九派具在也。蓋大河日南，九派漸淪，成周已前千餘年間，其來已久。"高亨《今注》："東方的沉水和西方的酒水都滙於黃河。"一說：涉；徒步過水。曾運乾《毛詩說》："翕讀為涉。《禮·曲禮》'拾級聚足'注：'拾當為涉，聲之誤也。''允猶翕河'，即'進用涉河'也。"❷吸引；收縮。（雅1）203《小雅·大東》七章：

"維南有箕，載翕其舌。"《鄭箋》："翕，猶引也。引舌者，謂上星相近。"《玉篇·口部》引《詩》"載吸其舌"。呂祖謙《詩記》引董氏曰："箕四星，二鳧踵，二為舌，踵狹而舌廣，故曰翕。"馬瑞辰《通釋》："翕、吸音同通用，故《箋》訓為引。"陳奐《傳疏》："蓋三家詩作吸訓引，引舌內鄉（向）似箕形。"一說：合。《毛傳》："翕，合也。"胡承珙《後箋》："蓋謂箕舌雖張，而不可以簸揚，則如合其舌而已。"參"潝"。

潝 xī 許及切（深開三入緝曉）
緝部、曉母

【潝潝】彼此附和；吹捧。（雅1）195《小雅·小旻》二章："潝潝訿訿，亦孔之哀。"朱熹《集傳》："潝潝，相和也。"李、黃《集解》引王氏說："潝潝，苟有所合也。"戴震《考證》："君子之謀出，則棄小在位，訿訿然誣毀而共違之；小人之邪議，則潝潝然一唱衆和而共依從。其黨同伐異如是。"《荀子·修身》引作"噏噏呰呰"。《爾雅》、《說文》均引作"翕翕"。《漢書·劉向傳》引作"歙歙"。俞樾《荀子詩說》："（《荀子》）'噏噏呰呰'字皆以口，當是形容小人衆口附和之貌。惟上人之人惡人非己，欲人賢己，故群從而附和之也。"一說：權勢重大，作威作福。《毛傳》："潝潝然患其上，訿訿然不稱乎上。"陸德明《釋文》引《韓詩》云："潝潝，不善之貌。"孔穎達《正義》："潝潝為小人之勢，是作威福也。"

歙 xī 許及切（深開三入緝曉）
緝部、曉母

附和。見"潝"。

吸 xī 許及切（深開三入緝曉）
緝部、曉母

吸引；收縮。見"翕"。

觿 xī 戶圭切（蟹合四平齊匣）
支部、匣母
　許規切（止合三平支曉）
支部、曉母

古代一種解繩結的錐子。骨制或玉制，也佩戴作裝飾品。（風2）60《衛風·芄蘭》一章："芄蘭之支，童子佩觿。"《毛傳》："觿，所以解結。成人之佩也。"孔穎達《正義》引

《禮記·內則》注："觿，貌似錐。"朱熹《集傳》："觿，錐也，以象骨爲之，所以解結，成人之佩，非童子之佩也。"沈括《夢溪筆談》卷三："觿，解結錐也。芄蘭生莢，支出於葉間垂之，正如解結錐。"姚際恒《通論》："觿，上古或用角，故字從角。後以玉爲之。今世有傳者，大小不等。其身曲而末銳，俗名解結錐。"

席 xí 祥易切（梗開三入昔邪）
鐸部、邪母

席子，供坐臥鋪墊的用具。用竹篾織成的叫筵，鋪在下面；用莞蒲織成的叫席，鋪在上面。（風 1、雅 1）26《邶風·柏舟》三章："我心匪席，不可卷也。"246《大雅·行葦》三章："肆筵設席，授几有緝御。"《毛傳》："設席，重席也。"高亨《今注》："此九字爲一句，言肆筵、設席、授几，都有人相繼侍候。"《周禮·春官·司几筵》賈公彥疏："初在地者一重即謂之筵，重在上者即謂之席。"

蓆 xí 祥易切（梗開三入昔邪）
鐸部、邪母

大；寬大。（風 1）75《鄭風·緇衣》三章："緇衣之蓆兮，敝，予又改作兮。"《毛傳》："蓆，大也。"孔穎達《正義》："言服緇衣，大得其宜也。"陳奐《傳疏》："蓆，大。與一章'宜'、二章'好'，不同義也。"

習（习）xí 似入切（深開三入緝邪）
緝部、邪母

【習習】微風和煦的樣子。（風 1、雅 3）35《邶風·谷風》一章："習習谷風，以陰以雨。"《毛傳》："習習，和舒貌。束風謂之谷風。"朱熹《集傳》："習習，和舒也。"201《小雅·谷風》一章："習習谷風，維風及雨。"《鄭箋》："習習，和調之貌。"一說：風連續不斷地吹的樣子。嚴粲《詩緝》引錢氏說："習習，連續不斷之貌。"牟庭《詩切》："習習，風行不休止之貌也。"聞一多《通義》："習習亦本大風之聲。"

隰 xí 似入切（深開三入緝邪）
緝部、邪母

❶低濕的地方。（風 14、雅 9）38《邶風·簡兮》三章："山有榛，隰有苓。"《毛傳》："下濕曰隰。"余冠英《詩經選》："《詩經》裏凡稱'山有□，隰有□'而以大樹小草對舉的，往往是隱語，以木喻男，以草喻女。這裏兩句似乎也是這種隱語。"163《小雅·皇皇者華》一章："皇皇者華，于彼原隰。"《毛傳》："高平曰原，下濕曰隰。"58《衛風·氓》六章："淇則有岸，隰則有泮。"《鄭箋》："言泣與隰皆有厓岸以自拱持。"陳奐《傳疏》："隰者下濕，其邊高之處謂之阪，亦謂之陂，阪亦涯岸之異名。下濕之有阪，猶淇水之有岸也。"一說：水名，即今漯河，爲黃河支流，流經衛國。聞一多《類鈔》讀爲"濕則有泮"，云："濕，即漯水。"❷新開墾的田。（頌 1）290《周頌·載芟》："千耦其耘，徂隰徂畛。"《鄭箋》："隰，謂新發田也。"朱熹《集傳》："隰，爲田之處也。"

[隰有萇楚]《國風·檜風》篇名(148)。這是亂世的人因生活痛苦而表示悲觀厭世的詩。詩人哀嘆自己不如無知無家的草木，無疑心情是沉痛的。朱熹《集傳》："政煩賦重，人不堪其苦，歎其不如草木之無知而無憂也。"姚際恒《通論》："此篇爲遭離亂而貧窶，不能贍其妻子之詩。"郭沫若《中國古代社會研究》以爲"這種極端的厭世思想，在當時非貴族不能有，所以這詩也是破落貴族的大作"。《詩序》以爲痛恨檜君淫亂放縱之詩："《隰有萇楚》，疾恣也。國人疾其君之淫恣，而思無情慾者也。"何楷《古義》："檜君之夫人與鄭伯通，檜君弗禁，國人疾之。"王先謙《集疏》："三家無異義。"龔橙《詩本誼》以爲此詩寫"男女之思"。其說爲現代一些研究者所採取，但又不盡同。聞一多說是男子"幸女之未字人"，以萇楚喻女；高亨說是女子對男子表示愛情的短歌。三章，十二句。

[隰桑]《小雅》篇名(228)。這首詩寫作者見到君子的愉快心情。朱熹《集傳》："此喜見君子之詩。詞意大概與《菁莪》相類。然所謂君子則不知何所指矣。"《詩序》："《隰桑》，刺幽王也。小人在位，君子在野，思見君子盡心以事之。"但詩中似無刺意。陳啓源《稽古編》："《隰桑》思君子，猶'丘中有麻'之思留子也。《隰桑》詩音節略與《風雨》同，使編入《國風》，朱子定以爲淫詩也。"又

《列女傳·周宣姜后》引《詩》"隰桑有阿,其葉有幽。既見君子,德音孔膠",曰:"夫婦人以色親,以德固。"所以現代有的研究者認爲這是妻子思念丈夫的詩。她想象見到丈夫時將會多麽快樂。屈萬里《詮釋》:"此詩與《鄭風·風雨》相似,疑亦男女相悅之辭。"四章,十六句。

襲（襲） xí 似入切（深開三入緝邪）
緝部、邪母

縱兵衝擊。見"肆"。

喜 xí 虛里切（止開三上止曉）
之部、曉母

❶高興;快樂。(風1、雅6、頌1)90《鄭風·風雨》三章:"既見君子,云胡不喜。"175《小雅·彤弓》二章:"我有嘉賓,中心喜之。"《毛傳》:"喜,樂也。"❷通"饎(chì)"。酒食用作動詞,享用酒食。(風1、雅2)154《豳風·七月》一章:"同我婦子,饁彼南畝,田畯至喜。"《鄭箋》:"喜讀爲饎,酒食也。見其田大夫,又爲設酒食焉。"陳喬樅《改字説》:"此詩喜字,蓋饎之假借耳。一説:歡喜。陸德明《釋文》:"王申毛如字。鄭作饎,尺志反,酒食也。"孔穎達《正義》:"田畯來,見其勤農事,則歡喜也。李巡曰:'得酒食則喜歡也。'"朱熹《集傳》:"治田早而用力齊,是以田畯至而喜之也。"

【喜樂】高興;快樂。(風1)115《唐風·山有樞》三章:"且以喜樂,且以永日。"朱熹《集傳》:"人多憂則覺日短,飲食作樂,可以永長此日也。"

洗 xí 先禮切（蟹開四上薺心）
文部、心母

洗;用水去掉污垢。(雅1)246《大雅·行葦》三章:"或獻或酢,洗爵奠斝。"《鄭箋》:"主人又洗爵酬客,客受而奠之,不舉也。"

咥 xí ★虛器切（止開三去至曉）
★許四切（止開三去至曉）
質部、曉母

大笑的樣子。(風1)58《衛風·氓》五章:"兄弟不知,咥其笑矣。"《毛傳》:"咥咥然笑。"陸德明《釋文》:"咥,許意反,又音熙,笑也。又一音許四反。"《説文·口部》:"咥,大笑也。《詩》曰:'咥其笑矣。'"王先謙《集疏》:"兄弟今見我歸,但一言之,皆咥然大笑,無相憐者。"

墍（塈） xí 許既切（止開三去未曉）
物部、曉母
jì 其冀切（止開三去至群）
物部、群母

❶休息。(風1、雅2)249《大雅·假樂》四章:"不解于位。民之攸塈。"《毛傳》:"塈,息也。"孔穎達《正義》:"塈與呬,古今字也。"馬瑞辰《通釋》:"《方言》:'息,歸也。''民之攸塈',謂民之所息,即民之所歸。"《左傳·哀公六年》引此詩,杨伯峻注:"塈,息也,安寧也。此謂百官勤於職守,民所以得安寧也。"251《大雅·泂酌》三章:"豈弟君子,民之攸塈。"《鄭箋》:"塈,息也。"于鬯《香草校書》卷十七:"《説文·土部》'塈'作'墍'云:'仰涂也。'…仰涂者,謂涂墍之人,其形爲仰也。引申之即可爲凡仰之稱。'民之攸塈',即民之所仰也。"35《邶風·谷風》六章:"不念昔者,伊余來塈。"《毛傳》:"塈,息也。"陳奂《傳疏》:"言君子不思昔日之情,與我共此休息。一説:通"愛"。愛。馬瑞辰《通釋》:"愛,即古文愛字。此詩塈疑愛之假借。'伊余來塈',猶言維予是愛也。"程俊英《注析》:"這二句是作者追念昔日丈夫説過的纏綿情話,於怨恨中仍露出留戀的意味。"又一説:通"愾"。怒;發怒。王引之《述聞》卷五:"塈讀爲愾。愾,怒也。此承上'有洸有潰'言之,言君子不念昔日之情,而惟我是怒也。"又一説:通"摡"。除去。高亨《今注》:"塈,當讀爲摡。…摡有除去之意。伊餘來塈,就是把我除去,把我趕走的意思。"一説:通"忌"。忌恨。于省吾《新證》:"塈、忌音近古通。"❷通"摡"。取。(風1)20《召南·摽有梅》三章:"摽有梅,頃筐塈之。"《毛傳》:"塈,取也。"《玉篇·手部》引《詩》作"頃筐摡之"。馬瑞辰《通釋》:"塈者,摡之假借。…《廣雅》:'摡,取也。'"一説:給;與。聞一多《通義》:"摡讀爲气。《廣雅·釋詁》曰:'气,予也。'…'頃筐气之',則梅已抛盡,並其筐亦抛予之也。"

赥 xí 許極切（曾開三入職曉）
職部、曉母

赤色。見"奭"。

戲（戏） xì 香義切（止開三去寘曉）
歌部、曉母

開玩笑。《雅 2）254《大雅·板》八章："敬天之怒，無敢戲豫。"《毛傳》："戲豫，逸豫也。"馬瑞辰《通釋》："豫與戲竝言，豫亦戲也。"【戲謔】開玩笑。《風 1）55《衛風·淇奧》三章："善戲謔兮，不爲虐兮。"王先謙《集疏》："《説文》：'謔，戲也。從言，虐聲。'是謔爲戲義。"

盼 xì 胡計切（蟹開四去霽匣）
支部、匣母

pàn ★匹限切（山開二上産滂）
支部、滂母

眼睛黑白分明。"盼"的誤字。"盼"的本義是恨視、怒視。引申爲看，視。《説文·目部》："盼，恨視也。"阮籍《詠懷》詩八十二首之十三："流盼發姿媚，言笑吐芬芳。"《毛詩》、《毛傳》言爲"盼"爲"盼"，《釋文》、《集韻》字亦作"盼"，注音、釋義則與"盼"同。見"盼"。

綌（绤） xì 綺戟切（梗開三入陌溪）
鐸部、溪母

粗葛布。《風 2）2《周南·葛覃》二章："爲絺爲綌，服之無斁。"《毛傳》："精曰絺，粗曰綌。"27《邶風·緑衣》四章："絺兮綌兮，淒其以風。"《鄭箋》："絺綌所以當暑，今以待寒，喻失其所也。"

舄 xì 思積切（梗開三入昔心）
鐸部、心母

❶古代一種兩層底的鞋。《風 1、雅 2）160《豳風·狼跋》一章："公孫碩膚，赤舄几几。"《毛傳》："赤舄，人君之盛屨也。"王先謙《集疏》："赤舄以金爲飾，謂之金舄。"179《小雅·車攻》四章："赤芾金舄，會同有繹。"《毛傳》："諸侯赤芾金舄。舄，達屨也。"孔穎達《正義》："達屨，言是屨之最上達者也。"段玉裁《小箋》："達、沓古字通。《周禮》曰：'單下曰屨，復下曰舄。'然則達取重沓之義。金舄，謂金飾其下，其上則赤也。"何楷《古義》："孔云：重底者名舄，單底者名屨。"馬瑞辰《通釋》："《周禮·屨人注》'舄有三等，赤舄爲上。'金舄即赤舄。"❷（又音 tuò）大

鬩（阋） xì 許激切（梗開四入錫曉）
錫部、曉母

爭吵；相爭。《雅 1）164《小雅·常棣》四章："兄弟鬩于墻，外禦其務。"《毛傳》："鬩，很也。"《鄭箋》："兄弟雖内鬩，而外禦侮也。"孔穎達《正義》："很者，忿爭之名。"朱熹《集傳》："鬩，鬭很也。"按《説文·門部》："鬩，恒訟也。《詩》云：'兄弟鬩于墻。'"中古"門"旁多寫作"門"。《玉篇·門部》："鬩，都豆反。《説文》云：'兩士相對，兵仗在後，象門之形。'今作門，同。"《廣韻》、《集韻》都作"鬩"。唐石經作"兄弟鬩于墻"，清刻《十三經注疏》同。相臺本、朱熹《集傳》仍作"鬩"。

呬 xì 虚器切（止開三去至曉）
質部、心母

喘息。东夷方言。見"咦(huì)"。

暇 xiá 胡駕切（假開二去禡匣）
魚部、匣母

空閒。閒暇。《雅 3）165《小雅·伐木》六章："迨我暇矣，飲此湑矣。"《鄭箋》："及我今之閒暇，共飲此湑酒。"234《小雅·何草不黄》三章："哀我征夫，朝夕不暇。"孔穎達《正義》："哀我此征行之夫，朝夕常行而不得閒暇。"

瑕 xiá 胡加切（假開二平麻匣）
魚部、匣母

❶缺點；過失。《風 1）160《豳風·狼跋》二章："公孫碩膚，德音不瑕。"《毛傳》："瑕，過也。"《鄭箋》："言不可瑕疵也。"孔穎達《正義》："瑕者玉之病，玉之有瑕，猶人之有過。故以瑕爲過。"陳奐《傳疏》："《傳》詁瑕爲過，不過，言無過失也。"屈萬里《詮釋》："德音不瑕，猶《小雅·南山有臺》之'德音不已'也。一説：通遐。遠。俞樾《古書疑義舉例》卷四："不，語詞。瑕與遐通，遠也。言其德音之遠也。"❷已；止。《雅 1）240《大雅·思齊》三章："肆戎疾不殄，烈假不瑕。"（据唐石經）《鄭箋》："厲，假，皆病也；瑕，已也。…爲厲假之行者，不已之而自己。"馬瑞辰《通釋》："烈假不瑕，即言厲蠱之疾已

也。"曾運乾《毛詩説》："不讀如丕。'戎疾不殄',戎疾丕殄大已也。"一説:過。朱熹《集傳》："瑕,過也。…故其大難雖不殄絶,而光大亦無玷缺。"又一説:遠。十三經注疏本作"烈假不遐"。陸德明《釋文》："毛音遐,遠也。鄭古雅反,已也。"孔穎達《正義》："王之功業廣大,豈不長遠乎?言長遠也。"王先謙《集疏》:"言凡如惡病害人者已遐遠矣。于省吾《新證》:"病之大者謂之戎疾,罪之大者謂之厲辜,肆戎疾不殄,厲辜不遐,故大疾殄絶,大罪遐遠。"❸通"胡"。何。(風2)39《邶風·泉水》三章:"遄臻于衛,不瑕有害。"朱熹《集傳》:"瑕、何古音相近通用。"44《邶風·二子乘舟》二章:"願言思子,不瑕有害。"朱熹《集傳》:"不瑕,疑詞。義見《泉水》。"馬瑞辰《通釋》:"瑕、遐古通用。…凡《詩》言'不瑕有害'、'不瑕有愆',不瑕猶云不無,疑之之詞也。"王先謙《集疏》:"不瑕有害,言此行恐不無有害,疑慮之詞。"一説:通"遐"。遠。遠離。《毛傳》:"言二子之不遠害。"又《泉水傳》:"遐,遠。"黃焯《毛鄭平議》:"'有'爲助詞,非爲實義,不遠害即不恤人言之意。蓋衛女思歸不得,作詩自見,故爲此憤激之辭耳。"又一説:過失。《鄭箋》:"瑕猶過也。我思念此二子之事,於行無過差,有何不可而不去也。"又一説:通"遐"。至。聞一多《類鈔》"瑕"作"遐",説:"不瑕,不至也。二子乘舟遠行,途中不至遭逢災禍乎?疑慮之詞。"又一説:大。郭晉稀《蠡測》:"瑕、遐同從叚聲,皆當借作嘏。《爾雅·釋詁》:'嘏,大也。'"又一説:助詞。無實義。屈萬里《詩三百篇成語零釋》:"細繹其旨,蓋瑕若遐者,乃使語調曼長之助詞,非有何意義也。參"遐"。

遐 xiá 胡加切(假開二平麻匣)
魚部、匣母
❶遠,兼指空間和時間。(風1,雅2)10《周南·汝墳》二章:"既見君子,不我遐棄。"《毛傳》:"遐,遠也。"孔穎達《正義》:"'不我遐棄',猶云不遐棄我,古之人語多倒,《詩》之此類多矣。216《小雅·鴛鴦》二章:"君子萬年,宜其遐福。"《鄭箋》:"遐,遠也。遠,猶

久也。"一説:通"嘏"。大。馬瑞辰《通釋》卷十七:"遐與嘏聲近而義同。《爾雅》:'嘏,大也。'《説文》:'嘏,大遠也。'遐訓遠者當即嘏字之假借。"❷疏遠。遠離。(雅1)186《小雅·白駒》四章:"毋金玉爾音,而有遐心。"《鄭箋》:"毋愛女聲音而有遠我之心。"孔穎達《正義》:"謂自愛音聲,貴如金玉,不以遺問我而有疏遠我之心。"❸通"胡"。何。(雅7)228《小雅·隰桑》四章:"心乎愛矣,遐不謂矣。"朱熹《集傳》:"遐,與何同。《表記》作瑕。鄭氏注云:'瑕之言胡也。'謂,猶告也。言我心中誠愛君子,而既見之,則何不遂以告之。"238《大雅·棫樸》四章:"周王壽考,遐不作人?"朱熹《集傳》:"遐與何同。作人,謂變化鼓舞之也。"馬瑞辰《通釋》卷四:"遐之言胡也。胡、無一聲之轉,故胡寧又轉爲無寧。凡《詩》言'遐不眉壽'、'遐不黃耉'、'遐不謂矣'、'遐不作人',‘遐不'猶云'胡不',信之之詞也。"王先謙《集疏》:"遐不猶瑕不,即胡不也。…言周王在位日久,年已壽考,德教養育,作養人才衆多。"一説:遠。《毛傳》:"遐,遠也。遠不作人也。"段玉裁《小箋》:"遐不作人者,遠不作人也。"參"瑕"。

騢 xiá 胡加切(假開二平麻匣)
魚部、匣母
赤毛雜白的馬。(頌1)297《魯頌·駉》四章:"薄言駉者,有駰有騢。"《毛傳》:"彤白雜毛曰騢。"《説文·馬部》:"騢,馬赤白雜毛。從馬,叚聲。謂色似鰕魚也。"段玉裁注:"鰕魚,謂之之蝦,亦魚屬也。蝦略有紅色,凡叚聲多有紅義。"王念孫《廣雅疏證》卷九下:"瑕者,赤色之名。赤雲氣謂之霞,赤玉謂之瑕,馬赤白雜毛謂之騢,其義一也。"

舝(轄) xiá 胡瞎切(山開二入鎋匣)
月部、匣母
❶車軸頭鍵;車軸兩頭穿着的小鐵棍,可以固定輪子不脱落。(雅1)218《小雅·車舝》一章:"間關車之舝兮。"陸德明《釋文》:"舝,車軸頭鐵也。"戴震《考證》:"軸端鍵謂之舝,所以制戴使不脱也。車行則戴端與舝相切,有聲間關然。"《左傳·昭公二十五年》:"昭子賦《車轄》。"陸德明《釋文》:"轄,

本又作轄。"馬瑞辰《通釋》："轂、轄古通用。"
❷上好車鍵。(風1)39《邶風•泉水》三章："載脂載轂，還車言邁。"《毛傳》："脂轂其車以還我行也。"朱熹《集傳》："轂，車軸也。不駕則脫之，設之而後行也。"陳奐《傳疏》："於軸末以木鍵之，是曰轂。"屈萬里《詮釋》："轂，同轄。車軸頭鍵，所以制轂使不脫。此處作動詞用。"

狎 xiá 胡甲切 (咸開二入狎匣)
葉部•匣母
親近。見「甲」。

下 xià 胡雅切 (假開二上馬匣)
胡駕切 (假開二去禡匣)
魚部•匣母

❶下面；底下。跟"上"相對。(風10、雅11、頌1)19《召南•殷其靁》三章："殷其靁，在南山之下。"205《小雅•北山》三章："溥天之下，莫非王土。"236《大雅•大明》一章："明明在下，赫赫在上。"陳奐《傳疏》："在上與在下對文，下爲天之下，則上爲天矣。"屈萬里《詮釋》："在下，在人間也。"❷從高處到低處。(風2)66《王風•君子于役》一章："日之夕矣，羊牛下來。"❸降；下降。(風2、雅2、頌2)28《邶風•燕燕》三章："燕燕于飛，下上其音。"《毛傳》："飛而上曰上音，飛而下曰下音。"朱熹《集傳》："鳴而上曰上音，鳴而下曰下音。"162《小雅•四牡》三章："翩翩者鵻，載飛載下。"248《大雅•鳧鷖》三章："公尸燕飲，福禄來下。"❹指祭地。(雅1)258《大雅•雲漢》二章："上下奠瘞，靡神不宗。"《毛傳》："上祭天，下祭地，奠其禮，瘞其物。"❺謙下；謙虛地對待。(雅1)223《小雅•角弓》七章："莫肯下遺，式居婁驕。"《鄭箋》："無肯謙虛以禮相卑下。"陳奐《傳疏》："言小人之行，不肯下加禮於人，唯數數驕慢好自用也。"馬瑞辰《通釋》："謂小人莫肯卑下而隕順也。"❻後。指後人。(雅1)243《大雅•下武》一章："下武維周，世有哲王。"《鄭箋》："下，猶後也。後人能繼先祖者，維有周家最大，世世益有明知之王，謂大王、王季、文王稍就盛也。"項安世《項氏家說》卷四："下武，古語皆以下爲後。…下武，謂其後踵武相接也爾。"吕祖謙《詩記》："王氏(安石)曰：大王、王季、文王以文德造始於上，武王以武功續終於下，故曰‘下武維周，世有哲王’。"一說：繼承。戴震《考證》："下武，謂繼承步武，故'有哲王'。"又一說："文"字之誤。朱熹《集傳》："下，義未詳。或曰：字當作文，言文王、武王實造周也。"又一說："大"字之誤：王夫之《詩經考異》："《詩傳》、《詩說》'下'俱作'大'。按'下武'於文不可解。《鄭箋》以爲'後也'，《集傳》作'文武'，俱於'維周'之義不可通。云'大武'乃允。"

【下國】1)天下。(頌1)300《魯頌•閟宮》一章："奄有下國，俾民稼穡。"《鄭箋》："以五穀終覆蓋天下，使民知稼穡之道。"一說：諸侯小國。朱熹《集傳》："奄有下國，封於邰也。"2)諸侯國。(頌3)304《商頌•長發》四章："受小球大球，爲下國綴旒。"朱熹《集傳》："下國，諸侯國也。"周悦讓《倦遊庵槧記•毛詩》："下國，即蕃國也。"

【下民】1)下面的人。(風1)155《豳風•鴟鴞》二章："今女下民，或敢侮予。"《鄭箋》："今女我巢下之民，寧有敢侮慢欲毀之者乎？"《孟子•公孫丑上》引《詩》作"今此下民"。2)人民，百姓。對天而言，故稱"下民"。(雅6、頌1)193《小雅•十月之交》一章："今此下民，亦孔之哀。"255《大雅•蕩》一章："蕩蕩上帝，下民之辟。"

【下泉】自高處向下流的泉水。(風3)153《曹風•下泉》一章："冽彼下泉，浸彼苞稂。"《毛傳》："下泉，泉下流也。"朱熹《集傳》："下泉，泉下流者也。…王室陵夷，而小國困弊，故以寒泉下流而苞稂見傷爲比。"

[下泉]《國風•曹風》篇名(153)。這是一首憂傷亂世，思念前朝明王賢臣之詩。《詩序》："《下泉》，思治也。曹人疾共公侵刻下民，不得其所，憂而思明王賢伯也。"姚際恒《通論》："此曹人思治之詩。《大序》謂必共公時，無據。"或以爲傷周衰世亂之詩。劉沅《恒解》："周衰，大國侵陵，小國日削，王綱解而方伯無人，賢者傷之而作。"或以爲美荀伯之作。《易林•蠱之歸妹》："下泉苞稂，十年無王。荀伯遇時，憂念周京。"季本《解頤》："周室既衰，王綱廢墜，德澤不及於

民,民方恟念,賴荀伯能勞之,故詩人美之而作此詩也。"何楷《古義》以爲詩中郇伯即荀躒:"《下泉》,曹人美荀躒納周敬王也。"屈萬里《詮釋》:"此曹人美郇伯能勤王之詩。"按春秋末年周景王死後,敬王與王子朝爭奪王位,内戰連年,人民生活痛苦,晉大夫荀躒領兵打敗王子朝,敬王的地位得到鞏固,可以説是本詩寫作的時代背景。四章,十六句。

【下體】指植物的根莖。(風1)35《邶風·谷風》一章:"采葑采菲,無以下體。"《毛傳》:"下體,根莖也。"俞樾《經説》卷二:"詩人蓋以根之美喻德之美,而以葉之不美喻顏色之衰。言'采葑采菲'者,以其下體之美。然則夫婦之道,豈可以色衰而棄其德美乎?"程俊英《注析》:"這裏以根喻美德,以莖葉喻顏色衰。指責她的丈夫采食葑菲不用它的根,以比娶妻不取其德,但取其色,色衰即抛棄。"

【下土】1)大地。(風2,雅1)29《邶風·日月》一章:"日居月諸,照臨下土。"207《小雅·小明》一章:"明明上天,照臨下土。"《鄭箋》:"照臨下土,喻王者當察理天下之事。"2)天下。(雅2,頌2)243《大雅·下武》三章:"成王之孚,下土之式。"《鄭箋》:"王道尚信,則天下以爲法,勤行之。"3)指人間。(雅1)195《小雅·小旻》一章:"旻天疾威,敷于下土。"程俊英《注析》:"下土,人間,與'旻天'對文。"

【下武】《大雅》篇名(243)。這是歌頌周武王有聖德能繼承先王功業的詩。《詩序》:"下武,繼文也。武王有圣德,復受天命,能昭先人之功焉。"朱熹《集傳》:"此章(一章)美武王能纘大王、王季、文王之緒,而有天下也。…或疑此詩有成王字,當爲康王以後之詩。然考尋文意,恐當只如舊説。且其文體亦與上下篇血脈通貫,非有誤也。"馬瑞辰《通釋》:"按此詩《序》言'繼文'爲繼文德。詩中'世德作求'、'應侯順德',皆尚文德之事。"陳廷傑《詩序解》:"此頌武王之詩,而祝其萬年受祜者,其體亦類誥。"屈萬里《詮釋》以爲"此頌美成王之詩"。高亨以爲是歌頌成王和應侯(武王的兒子,封

於應)的詩。當是應侯的臣子所作。六章,二十四句。
又見【天下】。

夏 (一) xià 胡駕切(假開二去禡匣)
魚部·匣母

❶夏季。一年四季的第二季,農曆四、五、六月。(風4,雅1,頌1)136《陳風·宛丘》二章:"無冬無夏,值其鷺羽。"204《小雅·四月》一章:"四月維夏,六月徂暑。"《毛傳》:"六月火星中,暑盛而往矣。"《鄭箋》:"四月立夏矣,至六月乃始盛暑。興人爲惡亦有漸,非一朝一夕。"

(二) xià 胡雅切(假開二上馬匣)
魚部·匣母

❷大。見【夏²屋】。 ❸夏楚:打人的棍子。(雅1)241《大雅·皇矣》七章:"不大聲以色,不長夏以革。"馬瑞辰《通釋》引汪氏德鉞云:"不長夏以革,不齊之以刑也。夏謂夏楚,扑作教刑也。革謂鞭革,鞭作官刑也。"戴震《考證》:"夏與革,當謂威力。"按《禮記·學記》:"夏、楚二物,收其威也。"鄭玄注:"夏,榎也;楚,荆也。二者所以扑撻犯禮者。"一説:大;强大。《毛傳》:"革,更也。不以長大有所更。"又一説:寬,寬假。俞樾《平議》卷十一:"夏之言假也。《釋名·釋天》曰:'夏,假也。寬假萬物使生長也。'革之言急也。急與寬假,義正相反。明德之君,寬以濟猛,猛以濟寬,亦如天道然。夏之寬假,秋之緒迫,各以其時而異。故曰:不長夏以革也。"❹諸夏:中原地區一個古老民族,後泛稱中國爲夏。(頌2)275《周頌·思文》:"無此疆爾界,陳常于時夏。"馬瑞辰《通釋》:"陳常于時夏,謂陳農政於中夏也。"273《周頌·時邁》:"我求懿德,肆于時夏。"朱熹《集傳》:"夏,中國也。…益求懿美之德,以布陳於中國。"屈萬里《詮釋》:"時夏,此中國也。"胡承珙《後箋》:"以《思文》'陳常于時夏'證之,彼云陳,則此肆當訓陳。彼上云'無此疆爾界',下云'陳常于時夏',則夏似當爲諸夏之夏。言來牟率育無疆界之殊,所以陳其常久之功於諸夏,則此'肆于時夏',亦當謂武王求美德之士,使之在位,陳其功於是諸夏。"朱彬《經傳考

證》："时夏，指中夏言。后稷遺我来牟之種，帝命遍養無有疆界之分，悉陳於中夏也。"一说：大。《毛傳》："夏，大也。"劉師培《札記》："肆之本意訓遂，實義與進同。'肆于時夏'，謂進於此大位也。《思文》篇'陳常于時夏'，亦謂敷陳典法於此大位。"黃焯《毛鄭平議》："《傳》訓夏爲大，當訓功業遂大。"又一说：樂歌名。《鄭箋》："我武王求有美德之士而任用之，故陳其功於是夏而歌之。樂歌大者稱夏。"孔穎達《正義》："夏，大也。樂歌之大者稱夏也。"❺朝代名。約公元前2070—前1600年。禹所建，都安邑（今山西夏縣）。也叫"夏后氏"。《史記·殷本紀》："禹於是遂即天子位，南面朝天下，國號曰夏后，姓姒氏。"見【夏²后】。❻姓。見【夏南】。

【夏²后】即夏后氏，指夏王朝。（雅1）255《大雅·蕩》八章："殷鑒不遠，在夏后之世。"《鄭箋》："此言殷之明鑒不遠也，近在夏后之世，謂湯誅桀也。"朱熹《集傳》："夏后，桀也。"

【夏²桀】夏朝最後一個國王，名履癸，殘暴荒淫，使階級矛盾激化，後爲商湯所敗，出奔南方而死。（頌1）304《商頌·長發》六章："韋顧既伐，昆吾夏桀。"

【夏²南】人名，姓夏，名徵舒，字子南，春秋時陳國人。大夫夏御叔之子。他的母親夏姬和陳靈公等私通，名聲很壞，他一氣之下，把陳靈公殺死。（風2）144《陳風·株林》一章："胡为乎株林？從夏南。"《毛傳》："夏南，夏徵舒也。"朱熹《集傳》："夏南，徵舒字也。…蓋淫乎夏姬，不可言也，故以從其子言之。"

【夏²屋】大屋。（風1）135《秦風·權輿》一章："於我乎夏屋渠渠。"《毛傳》："夏，大也。"陳奐《傳疏》："夏屋，大屋也。"焦循《補疏》："夏屋，谓寝廟。古燕食之禮行於寝廟，言夏屋举燕食之地也。"黄焯《詩疏平議》："前後章意互相足，意謂始也於渠渠夏屋之中，於我乎每食設四簋也。"一说：豐盛的酒饌。《鄭箋》："屋，具也。…厚設禮食大具以食我。"馬瑞辰《通釋》："具即饌也，夏屋爲大具，猶《論語》言盛饌。"又一说：鼎彝之類的食器。俞樾《平議》卷九："古鼎彝之屬，往往刻宫室之象。…此《經》所謂夏屋者，或亦鼎彝之屬，上刻夏屋形，故即以名之。"聞一多《類鈔》："夏屋，蓋食器，房俎之類，狀如屋，故名。"

先 xiān 蘇前切（山開四平先心）

文部、心母

❶時間或次序在前的。跟"後"相對。（雅6）177《小雅·六月》四章："元戎十乘，以先啓行。"192《小雅·正月》二章："不自我先，不自我後。"❷去世的；已故的。（風1）28《邶風·燕燕》四章："先君之思，以勖寡人。"《集傳》："先君，謂莊公也。"❸前代的。（雅6，頌1）166《小雅·天保》四章："禴祠烝嘗，于公先王。"顧炎武《日知錄》卷二十四："周人之追王，止於太王，而組紺已止，至后稷則謂之先公，《詩》'禴祠烝嘗，于公先王'是也。通言之則亦可稱之爲王。"303《商頌·玄鳥》："商之先后，受命不殆。"❹初次；頭一次。（雅1）245《大雅·生民》二章："誕彌厥月，先生如達。"朱熹《集傳》："先生，首生也。"屈萬里《詮釋》："先生，最先生育者，今語所謂頭生也。"一说：早生，懷孕七月而生。魏源《詩古微》："《初學記》、《藝文類聚》皆引《說文》曰：'羍，七月生羔也。'…然則'先生如羍'，蓋謂稷妊七月而生。"于鬯《香草校書》卷十六："先生，即早生矣。"❺開放。（雅1）197《小雅·小弁》六章："相彼投兔，尚或先之。"朱熹《集傳》："相彼被逐而投人之兔，尚或有哀其窮而先脱之者。"馬瑞辰《通釋》："《廣雅》：'先，始也。'義與開近。《禮記》：'有開必先。'先即所以開之也。開創謂之先，開放亦謂之先。先之，即開其所塞也。"（投：掩捕。）一说：通"垔"，埋。高亨《今注》："先，借爲垔，埋也。此二句言，看那被棄的死兔，可能還有人把它埋掉。"

【先後】前後輔佐相導之臣。（雅1）237《大雅·緜》九章："予曰有疏附，予曰有先後。"《毛傳》："率下親上曰疏附，相道前後曰先後。"屈萬里《詮釋》："先後，先親附者率導後者来親附也。《尚書·梓材》：'和懌先後迷民。'先，謂導其先；後，謂護其後。故先後猶相導也,輔翼也。"

【先民】古人,特指古代賢人。(雅 2、頌 1)195《小雅·小旻》四章:"匪先民是程,匪大猶是經。"《毛傳》:"古曰在昔,昔曰先民。"朱熹《集傳》:"先民,古之聖賢也。"254《大雅·板》三章:"先民有言,詢于芻蕘。"《鄭箋》:"古之賢者有言:有疑事當與薪采謀之。"301《商頌·那》:"自古在昔,先民有作。"《毛傳》:"古曰在昔,昔曰先民。有作,有所作也。"于鬯《香草校書》卷十八:"先民,疑指配食之功臣。《詩》、《書》中'先民'之'民'都作'人'講。

【先人】祖先。(雅 1)196《小雅·小宛》一章:"我心憂傷,念昔先人。"《毛傳》:"先人,文武也。"

【先祖】遠代祖先。(雅 6、頌 1)261《大雅·韓奕》六章:"以先祖受命,因時百蠻。"《毛傳》:"韓侯之先祖,武王之子也。"204《小雅·四月》一章:"先祖匪人,胡寧忍予。"280《周頌·有瞽》:"蕭雝和鳴,先祖是聽。"

僊 xiān 相然切(山開三平仙心)
寒部、心母

【僊僊】同"躚躚"。舞步輕盈的樣子。(雅 1)220《小雅·賓之初筵》三章:"舍其坐遷,屢舞僊僊。"孔穎達《正義》:"數數起舞,僊僊然失所也。"朱熹《集傳》:"僊僊,軒舉之狀。"《文選·左思·蜀都賦》劉淵林注引《詩》作"屢舞躚躚"。

躚(跹) xiān 蘇前切(山開四平先心)
相然切(山開三平仙心)
寒部、心母

舞步輕盈的樣子。見"僊"。

鮮(鲜) (一)xiān 相然切(山開三平仙心)
寒部、心母

❶新鮮(的魚);活魚。(雅 1)261《大雅·韓奕》三章:"其殽維何,炰鱉鮮魚。"《鄭箋》:"鮮魚,中膾者也。"孔穎達《正義》:"新殺謂之鮮。魚餒則不任爲膾,故云鮮魚中膾者也。"馬瑞辰《通釋》:"鮮魚猶言膾鯉,與炰鱉爲對文。"李黼平《紃義》:"鮮,當讀如斯。《爾雅·釋言》:'斯,離也。'斯析其魚,即是作膾。"

(二)xiǎn 息淺切(山開三上狝心)
寒部、心母

❷少(shǎo)。(風 2、雅 3)92《鄭風·揚之水》一章:"終鮮兄弟,維予與女。"《鄭箋》:"鮮,寡也。"255《大雅·蕩》一章:"靡不有初,鮮克有終。"《鄭箋》:"鮮,寡。"朱熹《集傳》:"其降命之初,無有不善,而人少能以善道自終。"❸孤。指父母死去。(雅 1)202《小雅·蓼莪》三章:"鮮民之生,不如死之久矣。"《毛傳》:"鮮,寡也。"朱熹《集傳》:"窮獨之民,生不如死也。"戴震《考證》:"《春秋傳》'葬鮮者',謂不得以壽終爲鮮。鮮似有少福之意,故無怙恃者曰鮮民。"胡承珙《後箋》:"鮮民猶言孤子,即下無父無母之謂。"馬瑞辰《通釋》:"孤、寡一聲之轉,寡民猶言孤子。後來居喪的孤子自稱'鮮民',源此。一說:斯;此。鮮民猶斯民。阮元《補箋》:"古鮮聲近斯,遂相通假,鮮民讀爲斯民,如《論語》'斯民也'之例。"❹善;好。(風 1、雅 1)218《小雅·車舝》四章:"鮮我覯爾,我心寫兮。"《鄭箋》:"鮮,善;覯,見也。善乎我得見女。"戴震《考證》:"言鮮矣我之得見爾。美其賢之辭,言世所罕見也。"43《邶風·新臺》一章:"燕婉之求,籧篨不鮮。"《鄭箋》:"鮮,善也。"一說:不正常死亡;沒有福分。姜炳章《詩序廣義》:"昭五年《左傳》'鮮葬者自西門'注:'不以壽終爲鮮。'與此詩次章'不殄'意同。不殄,不鮮,猶言須臾無死,尸居餘氣耳。"夏辛銘《讀毛詩日記》:"'鮮'與'殄'同義。《論衡》:'殄者,死之比也。'⋯張湛注《列子》亦云:'人不以壽死不鮮。'然則'不殄'、'不鮮'猶云宜死而不死,即'相鼠'、'胡不遄死'之意,蓋深惡之辭也。"❺稱美;認爲⋯難得。(雅 1)205《小雅·北山》三章:"嘉我未老,鮮我方將。"《鄭箋》:"嘉、鮮,皆善也。⋯王善我年未老乎?善我方壯乎?何獨久使我也!"朱熹《集傳》:"鮮,少也,以爲少而難得也。"❻跟大山不相連的小山。(雅 1)241《大雅·皇矣》六章:"度其鮮原,居岐之陽。"《毛傳》:"小山別大山曰鮮。"王夫之《稗疏》:"鮮原者,岐陽之下有小山,而下屬平原,即所謂鮮原已。"陳奐《傳疏》:"小山分析而不與大山連

屬者,是曰鮮。鮮謂山之小者,原謂地之平者。"馬瑞辰《通釋》:"鮮,古音近斯。《爾雅》:'斯,離也。'《說文》:'斯,析也。'鮮從離析得名,別亦離析,故小山以鮮爲名。"一說:善;肥美。《鄭箋》:"鮮,善也。…乃始謀居善原廣平之地。"吳闓生《會通》:"鮮,善也。伐密之後,乃度居善原廣平之地,後竟徙都於豐。"又一說:鮮原,地名。《逸周書·和寤解》:"王乃出圖商,至於鮮原。"孔晁曰:"近歧周之地。"《竹書紀年》:"帝辛十五年秋,周師次於鮮原。"高亨《今注》:"鮮原,地名,在今陝西咸陽縣東。度其鮮原之意,即經營鮮原之意。"

攕 xiān 所咸切(咸開二平咸生)
談部、生母

纖美的樣子。見"摻"。

纖 xiān 息廉切(咸開三平鹽心)
談部、心母

纖美的樣子。見"摻"。

咸 xián 胡讒切(咸開二平咸匣)
侵部、匣母

❶成;完成。(頌1)300《魯頌·閟宮》二章:"敦商之旅,克咸厥功。"馬瑞辰《通釋》:"《方言》:'備,該,咸也。'…《廣雅》:'備,成也。''克咸厥功',猶云完備厥功,亦即克成厥功也。"楊樹達《述林》卷六:"敦者,伐也。咸者,終也,竟也。…蓋周自大王翦商,至武王率三千人伐紂於牧野,始克竟大王翦商之功,故曰'敦商之旅,克咸厥功'也。"一說:同。《鄭箋》:"咸,同也。武王克殷而治商之臣民,使得其所,能同其功於先祖也。"又一說:殺;滅絕。陳奂《傳疏》:"咸,讀爲'咸劉厥敵'之咸。《書·述聞》云:'咸者,滅絕之名。'…即《武》所謂'勝殷遏劉,耆定爾功'也。"❷皆;都。(雅1、頌1)259《大雅·崧高》七章:"徒御嘽嘽,周邦咸喜。"《鄭箋》:"周,徧也。徧邦內皆喜。"(嘽嘽:衆多的樣子。)303《商頌·玄鳥》:"殷受命咸宜,百祿是何。"呂祖謙《詩記》:"無不宜也。"陳奂《傳疏》:"咸宜,言皆合義也。古宜、義通用。"

銜(衔) xián 户監切(咸開二平銜匣)
談部、匣母

含;心裏懷着。(雅1)202《小雅·蓼莪》三章:"出則銜恤,入則靡至。"朱熹《集傳》:"蓋無父則無所怙,無母則無所恃。是以出則心中銜恤,入則如無所歸也。"

賢(贤) xián 胡田切(山開四平先匣)
真部、匣母

❶才能、德行都好。(雅1)246《大雅·行葦》五章:"序賓以賢。"《毛傳》:"言賓客次序皆賢。"孔穎達《正義》:"王既射以擇賓,莫非賢者。"一說:多。《鄭箋》:"序賓以賢,謂以射中多少爲次第。"朱熹《集傳》:"賢,射多中也。"❷多;勞苦。(雅1)205《小雅·北山》二章:"大夫不均,我從事獨賢。"《毛傳》:"賢,勞也。"王引之《述聞》卷六:"賢亦勞也,賢勞,猶言劬勞。"馬瑞辰《通釋》:"賢之本義爲多。《小爾雅》:'賢,多也。'《說文》:'賢,多才也。'…事多者必勞,故賢爲多,即爲勞。《周官·司勳》:'事功曰勞,戰功曰多。'多與勞對文則異,散文則通。"《鹽鐵論·地廣》引《詩》作"我從事獨勞"。

閑(闲) xián 户間切(山開二平山匣)
寒部、匣母

❶動作熟練;熟習。(風1、雅3)127《秦風·駟驖》三章:"游于北園,四馬既閑。"《毛傳》:"閑,習也。"朱熹《集傳》:"閑,調習也。"252《大雅·卷阿》十章:"君子之馬,既閑且馳。"《鄭箋》:"閑,習也。"❷大。(頌1)305《商頌·殷武》六章:"旅楹有閑。"孔穎達《正義》:"閑爲楹之大貌。"朱熹《集傳》:"閑,閑然而大也。"《文選·左太沖·魏都賦》"旅楹閑列",李善注引《韓詩章句》:"閑,大也,謂閑然大也。"

【閑閑】1)從容不迫的樣子。(風1)111《魏風·十畝之間》一章:"十畝之間兮,桑者閑閑兮。"《毛傳》:"閑閑然,男女無別,往來之貌。"陸德明《釋文》作"閒閒",云:"音閑,本亦作閑,往來無別貌。"朱熹《集傳》:"閑閑,往來者自得之貌。"一說:樹木盛多的樣子。馬瑞辰《通釋》:"閑閑、泄泄,皆樹桑盛多之貌。"2)動搖的樣子;強盛的樣子。(雅1)241《大雅·皇矣》八章:"臨衝閑閑。"《毛傳》:"閑閑,動搖也。"陳奂《傳疏》:"閑閑亦有強盛之義。"王引之《述聞》卷六:"閑閑、茀茀,亦皆謂車之強盛。"

獫(猃) xiǎn

虛檢切（咸開三上琰曉）
談部、曉母

liàn 良冉切（咸開三上琰來）
力驗切（咸開三去豔來）
談部、來母

一種長嘴的獵狗。（風1）127《秦風·駟驖》三章："輶車鸞鑣,載獫歇驕。"《毛傳》："獫、歇驕,田犬也。長喙曰獫,短喙曰歇驕。"朱熹《集傳》："以車載犬,蓋以休其足力也。"

險(险) xiǎn

虛檢切（咸開三上琰曉）
談部、曉母

險阻；地勢險峻不易通過的地方。（雅1）192《小雅·正月》十章："終踰絕險,曾是不意。"王引之《述聞》卷六："此絕險亦謂最險之處也。"

玁(狁) xiǎn

虛檢切（咸開三上琰曉）
談部、曉母

【玁狁】我國古代北方的一個民族,又寫作"獫狁"。亦名葷粥、獯鬻、薰育、葷允。漢朝時叫做匈奴。（雅10）167《小雅·采薇》一章："靡室靡家,玁狁之故。"《毛傳》："玁狁,北狄也。"《鄭箋》："北狄,今匈奴也。"陸德明《釋文》："玁,本或作獫,音險。狁音允,本作允。"俞正燮《癸巳存稿》："獫允,漢時北狄,在周時則西戎也。"王國維《鬼方昆夷玁狁考》："我國古時,有一強梁之外族,其族西自汧隴,環中國而北,東及太行常山間,中間або分或合,時入侵暴中國。…中國之稱之也,隨世異名,因地殊號。至於後世,或且以醜名加之。其見於商周間者,曰鬼方,曰混夷,曰獯鬻；其在宗周之季,則曰玁狁；入春秋後則始謂之戎,繼號曰狄；戰國以降,又稱之曰胡,曰匈奴。"

顯(显) xiǎn

呼典切（山開四上銑曉）
寒部、曉母

❶光明。（雅7、頌5）235《大雅·文王》一章："有周不顯,帝命不時。"《毛傳》："顯,光也。"呂祖謙《詩記》："王氏曰：不顯,則所以甚言其顯也；不時,則所以甚言其時也。"266《周頌·清廟》："於穆清廟,肅雝顯相。"《鄭箋》："顯,光也。"❷明顯；顯著。（雅2）256《大雅·抑》七章："無曰不顯,莫予云覯。"《鄭箋》："顯,明也。女無謂是幽昧不明,無見我者。"❸顯示；光大。（雅1、頌1）236《大雅·大明》五章："造舟爲梁,不顯其光。"《毛傳》："造舟然後可以顯其光輝。"266《周頌·清廟》："不顯不承。無射於人斯。"（不顯不承：大顯文王之德,大承文王之意。）王引之《述聞》卷七："古人屬辭,各從其義,'不顯不承'連文,俱是盛大之辭。"又《孟子·滕文公下》引《書》云："丕顯哉文王謨；丕承哉武王烈。"王引之《釋詞》："顯哉承哉,贊美之詞。丕,發聲。"❹見；明察。（頌1）288《周頌·敬之》："敬之敬之,天維顯思。"《毛傳》："顯,見。"陳奂《傳疏》："見,猶視也。"一說：光明。《鄭箋》："顯,光。天乃光明,去惡與善。"

【顯父】人名。（雅1）261《大雅·韓奕》三章："顯父餞之,清酒百壺。"《鄭箋》："顯父,周之公卿也。"朱熹《集傳》："顯父,周之卿士也。"一說：德高望重的長者。《毛傳》："顯父,有顯德者也。"孔穎達《正義》："父者,丈夫之稱。以有顯德,故稱顯父。廣言有美德者,非指一人也。"

【顯顯】光明顯著。（雅1）249《大雅·假樂》一章："假樂君子,顯顯令德。"《鄭箋》："顯,光也。"馬瑞辰《通釋》："《廣雅·釋訓》：顯顯,著也。"《禮記·中庸》引作"嘉樂君子,憲憲令德"。

僩(僩) xiàn

下赧切（山開二上潸匣）
寒部、匣母
古限切（山開二上產見）
寒部、見母

寬大。（風2）55《衛風·淇奧》一章："瑟兮僩兮,赫兮咺兮。"《毛傳》："僩,寬大也。"一說：威武；威嚴。朱熹《集傳》："僩,威嚴貌。"《說文·人部》："僩,武貌。《詩》曰：'瑟兮僩兮。'"又一說：美好的樣子。陸德明《釋文》："僩,退板反。"《韓詩》云：美貌。馬瑞辰《通釋》："《荀子》：'陋者俄且僩也。'以僩與陋對,蓋以僩爲美,與《韓詩》義合。"

晛(晛) xiàn

胡典切（止開四上銑匣）
寒部、匣母
奴甸切（山開四去霰泥）
寒部、泥母

日光；太陽的熱氣。（雅2）223《小雅·角弓》七章："雨雪瀌瀌，見晛曰消。"《毛傳》："晛，日氣也。"《説文·日部》："晛，日見也。《詩》曰：'見晛曰消。'"馬瑞辰《通釋》："古者以雪喻小人，以雪之遇日氣而消喻小人之遇王政之清明而將敗也。"陸德明《釋文》引《韓詩》作"曣晛"。《荀子·非相》引作"宴然聿消"。《漢書·劉向傳》引作"見晛聿消"。

晛（晛） xiàn 胡典切（山開四上銑匣） 寒部、匣母

【晛睍】顔色好看。（風1）32《邶風·凱風》四章："睍睆黄鳥，載好其音。"《毛傳》："睍睆，好貌。"《鄭箋》："睍睆，以興顔色悦也。好其音者，興其辭令順也。"楊慎《昇庵經説》卷五："睍睆黄鳥，王雲山云：'睍睆，黄鳥之色'。二字從目，目視之，知其爲色也。"一説：聲音清圓好聽。朱熹《集傳》："睍睆，清和圓轉之意。言黄鳥猶能好其音以悦人，我七子獨不能慰悦母心哉？"《太平御覽》九百二十三引《韓詩》："簡簡黄鳥，載好其音。"段玉裁《小箋》："《説文》無睆字，疑此本作'睍睍黄鳥'，故《韓詩》作'簡簡黄鳥'也。"又一説：喜歡窺看。鄭方坤《經稗》卷五："其鳥以色名，又以目名。舊云黄鳥好視，善窺人。凡宜伺人者，多名鶯視。故詩人以睍睆稱之。睍睆者，好視也。又出目貌，謂視之滑露者也。"又一説：眼睛大而明亮。吴交雲《吴氏遺著》卷一："《説文》：'睍，出目也。''睅，大目也。'重文作'睆'。…鳥之傳神在於目。有所憂患則爲瞿瞿，有所好樂則爲睍睆。睆當爲明目，以'睆彼牽牛'、《檀弓》'華而睆'例之可也。"

憲（宪） xiàn 許建切（山開三去願曉） 寒部、曉母

❶法則；榜樣。（雅2）177《小雅·六月》五章："文武吉甫，萬邦爲憲。"《毛傳》："憲，法也。"孔穎達《正義》："其才略可爲萬國之法。"朱熹《集傳》："能文能武，則萬邦以之爲法矣。"215《小雅·桑扈》三章："之屏之翰，百辟爲憲。"《毛傳》："言其所統之諸侯，皆以之爲法也。"

❷效法；以…爲法。（雅1）259《大雅·崧高》七章："王之元舅，文武是憲。"《鄭箋》："憲，表也，言爲文武表式也。"孔穎達《正

義》："文武是憲，謂文人武人以申伯爲表式。"朱熹《集傳》："憲，法也。言文武之士皆以申伯爲法也。或曰，申伯能以文王武王爲法也。"

【憲憲】等同之説"欣欣"。高興；得意。（雅1）254《大雅·板》二章："天之方難，無然憲憲。"《毛傳》："憲憲，猶欣欣也。"孔穎達《正義》："無得如是欣欣然喜樂。"馬瑞辰《通釋》："憲、欣二字雙聲，憲憲即欣欣之假借。"參"顯"。

羨（羡） xiàn 似面切（山開三去線邪） 寒部、邪母

❶因喜愛而希望得到；貪求。見【歆羨】。

❷盈餘；多餘。（雅1）193《小雅·十月之交》八章："四方有羨，我獨居憂。"《毛傳》："羨，餘也。"朱熹《集傳》："四方皆有餘，而我獨憂。"一説：欣喜。馬瑞辰《通釋》："《文選》李注引《薛君章句》：'羨，願也。'…願羨有欣喜之義。"屈萬里《詮釋》："有羨，羨然也。"參"游"。

獻（献） xiàn 許建切（山開三去願曉） 寒部、曉母

❶進獻；恭敬地送上。（風3、雅2、頌4）78《鄭風·大叔于田》一章："禪裼暴虎，獻于公所。"《鄭箋》："獻于公所，進於君也。"299《魯頌·泮水》五章："矯矯虎臣，在泮獻馘。"

❷主人向客人敬酒。（雅3）209《小雅·楚茨》三章："獻醻交錯，禮儀卒度。"《鄭箋》："始主人酌賓爲獻。"朱熹《集傳》："主人酌賓曰獻，賓飲主人曰酢，主人又自飲而復飲賓曰醻。賓受之，奠於席前而不舉。至旅而後少長相勸，而交錯以徧也。"246《大雅·行葦》三章："或獻或酢，洗爵奠斝。"《鄭箋》："進酒於客曰獻，客答之曰酢。"❸奏；表現。220《小雅·賓之初筵》一章："射夫既同，獻爾發功。"《鄭箋》："獻，猶奏也。"孔穎達《正義》："獻、奏皆奉上之言，以發矢能中，是呈奏己功，故以獻爲奏也。"

霰 xiàn 蘇佃切（山開四去霰心） 寒部、心母

雪子；小冰粒。見"霰"。

霰 xiàn 蘇佃切（山開四去霰心） 寒部、心母

雪子；小冰粒。在下雪花以前往往先下霰。（雅1)217《小雅·頍弁》三章："如彼雨雪，先集維霰。"《毛傳》："霰，暴雪也。"《鄭箋》："將大雨雪，始必微溫，雪自上下，遇溫氣而摶謂之霰。久而寒勝，則大雪矣。"陸德明《釋文》："霰，消雪也。字亦作霓。"《說文·雨部》："霓，霰或從見。"嚴粲《詩緝》："《補傳》曰：'霰，稷雪也。或謂之米雪，謂其粒若稷若米然。'"朱熹《集傳》："霰，雪之始凝者也。言霰集則將雪之候，以比至則將死之徵也。"林義光《通釋》："按霰之言散，即消散之義。雨雪之先，寒氣未盛，下雪即消，故謂之消雪。"歐陽修《詩本義》："謂國將亡，必先離其九族，如雪將降，必先下霰，見霰知必有雪，見九族離心，知必亡國，必然之理也。"曾運乾《毛詩說》："言死喪之兆也。"

湘 xiāng 息良切（宕開三平陽心）
陽部、心母

通"鬺(shāng)"。烹；煮。（風1)15《召南·采蘋》二章："于以湘之，維錡及釜。"《毛傳》："湘，亨(烹)也。"陳奐《傳疏》："湘讀爲鬺，假借字也。"《漢書·郊祀志》："皆嘗鬺亨上帝鬼神"顏師古注："鬺，亨一也。鬺，亨煮而祀也。"《韓詩·采蘋》曰：'于以鬺之。'"

箱 xiāng 息良切（宕開三平陽心）
陽部、心母

車廂。（雅2)203《小雅·大東》六章："睆彼牽牛，不以服箱。"《毛傳》："箱，大車之箱也。"孔穎達《正義》："車內容物之處爲箱。"211《小雅·甫田》四章："乃求千斯倉，乃求萬斯箱。"《鄭箋》："於是求千倉以處之，萬車以載之。"朱熹《集傳》："箱，車箱也。"

襄 xiāng 息良切（宕開三平陽心）
陽部、心母

❶反復移動、變更位置。（雅2)203《小雅·大東》五章："跂彼織女，終日七襄。"《毛傳》："襄，反也。"《鄭箋》："襄，駕也。駕，謂更其肆也。從旦至莫七辰，辰一移，因謂之七襄。"朱熹《集傳》："蓋天有十二次，日月所止舍，所謂肆也。經晝一畫一夜，左旋一周而有餘，則終日之間，自卯至酉，當更七次也。"胡承珙《後箋》："反即更也。……謂自旦至莫七更其次。"周悅讓《倦遊庵槧記·毛詩》："襄，反。反、變義通。《狷嗟》曰'四矢反兮'，《韓詩》作'變'是也。言織女兩足終日七變，異其鄉而不能成章采也。以周天八方，七異其鄉。即復反其故所，是以言'七襄'矣。"陳奐《傳疏》："反，復也。七，時也。七月終日有七時，言織女星歷七辰而復見於昏，是謂之七襄。"曾運乾《毛詩說》："此刺日事紛更而不能有成功者。"❷通"驤"。駕車的馬。（風1)78《鄭風·大叔于田》二章："兩服上襄，兩驂鴈行。"《鄭箋》："襄，駕也。上駕者，言爲衆馬之最良也。"馬瑞辰《通釋》："襄，指服馬言，當讀爲驤。《禮記·曲禮》孔穎達《正義》引《詩》作"驤"。一說：駕。王引之《述聞》卷六："上者，前也,上襄猶言前駕，謂並駕於車前，即下章之'兩服齊首'也。"❸除；除去。（風1、雅1)46《鄘風·墻有茨》一章："墻有茨，不可襄也。"《毛傳》："襄，除也。"段玉裁《小學》："古襄、攘通。"168《小雅·出車》三章："赫赫南仲，獫狁于襄。"《毛傳》："襄，除也。"陸德明《釋文》："襄，本或作攘。"王先謙《集疏》："《齊》、《魯》，襄作攘。"

鄉（乡）（一）xiāng 許良切（宕開三平陽曉）
陽部、曉母

❶田野；鄉村。（風1、雅1)48《鄘風·桑中》一章："爰采唐矣，沫之鄉矣。"178《小雅·采芑》二章："薄言采芑，于彼新田，于此中鄉。"馬瑞辰《通釋》："鄉與黨對文則異，散文則通。……中鄉當指'中田有廬'言之。"嚴粲《詩緝》："蘇氏曰：中鄉，居民在焉，故其田尤治。一說：處所；田地。《毛傳》："鄉，所也。"陳奐《傳疏》："所猶處也。中所者，謂此菑畬之處也。"劉寶楠《愈愚錄》卷二："'中鄉'與'新田'、'菑畬'連文，必指田言。《漢志》中鄉、菑鄉文相類。菑爲田二歲之名，中鄉亦其例也。《周禮》有上地、中地、下地之目，中鄉其中地歟？"黃焯《毛鄭平議》："中鄉猶言鄉中，如中谷、中林之比。"❷地方。（頌1)305《商頌·殷武》二章："維女荊楚，居國南鄉。"《毛傳》："鄉，所也。"《鄭箋》："維女楚國，近在荊州之域，居中國之南方。"

(二) xiàng ★許亮切（宕開三去漾曉）
陽部、曉母

❸接近；將要。（雅 1)182《小雅・庭燎》三章："夜如何其，夜鄉晨。"陸德明《釋文》："鄉，許亮反，字又作嚮。"朱熹《集傳》："鄉晨，近曉也。"陳奐《傳疏》："鄉者，今之嚮字。"一說：方；正。王引之《述聞》卷六："晨，謂昧爽時也，鄉猶方也，字亦作嚮。…'夜鄉晨'，亦謂夜方晨也。"

香 xiāng 許良切（宕開三平陽曉）
陽部、曉母

香氣；好聞的氣味。（雅 1、頌 1)245《大雅・生民》八章："卬盛于豆，于豆于登，其香始升。"《鄭箋》："其馨香始上行。"陸德明《釋文》："香，一本作馨。"290《周頌・載芟》："有飶其香，邦家之光。"

祥 xiáng 似羊切（宕開三平陽邪）
陽部、邪母

❶預兆；好的預兆。（雅 2、頌 1)189《小雅・斯干》七章："維熊維羆，男子之祥。"《鄭箋》："熊羆在山，陽之祥也。"朱熹《集傳》："熊羆，陽物在山，強力壯毅，男子之祥。"304《商頌・長發》一章："濬哲維商，長發其祥。"《鄭箋》："久發見其禎祥矣。"朱熹《集傳》："商世有濬哲之君，其受命之祥，發見也久矣。"按徐鍇《說文繫傳》："祥之言詳也。天欲降以禍福，先以吉凶之兆詳審告悟之也。"❷吉祥；吉利；善。（雅 2)236《大雅・大明》五章："文定厥祥，親迎于渭。"《毛傳》："祥，善也。"《鄭箋》："文王以禮定其吉祥，謂使納幣也。"朱熹《集傳》："祥，吉也。"264《大雅・瞻卬》五章："不弔不祥，威儀不類。"嚴粲《詩緝》："天降不祥以譴責王，而王曾不弔愍，無恐懼之心，故不敬謹其威儀，其威儀不善矣。"顧炎武《日知錄》卷三："威儀之不類，賢人之喪亡，婦寺之專橫，皆國之不祥。而日月之眚，山川之變，鳥獸草木之妖，其小者也。"曾運乾《毛詩說》："'不弔不祥'，言不以不祥爲可弔。'威儀不類'者，言威儀不比於善人也。"

翔 xiáng 似羊切（宕開三平陽邪）
陽部、邪母

展翅迴旋而飛。見【翱翔】。

詳(詳) xiáng 似羊切（宕開三平陽邪）
陽部、邪母

細說；詳細說明。（風 2)46《鄘風・牆有茨》二章："中冓之言，不可詳也。"《毛傳》："詳，審也。"朱熹《集傳》："詳，詳言之也。"陳奐《傳疏》："詳者，審悉之也。"一說：通"揚"：宣揚。陸德明《釋文》："詳，《韓詩》作揚。揚，猶道也。"王先謙《集疏》："詳、揚聲同義通，故得相假。揚者，講明宣播之意，較道義進。"

享 xiǎng 許兩切（宕開三上養曉）
陽部、曉母

❶奉獻祭品；祭祀。（雅 6、頌 7)209《小雅・楚茨》一章："以爲酒食，以享以祀。"《鄭箋》："享，獻。"朱熹《集傳》本作"饗"。段玉裁《小箋》："凡獻於神曰享，神歆之曰饗，《詩》之例如此。"272《周頌・我將》："我將我享，維羊維牛。"《毛傳》："享，獻也。"《鄭箋》："我奉養我享祭之羊牛。"孔穎達《正義》："我所美大，我所獻祭者，維是肥羊，維是肥牛。"朱熹《集傳》："言奉其羊牛以享上帝。"300《魯頌・閟宮》三章："春秋匪解，享祀不忒。"孔穎達《正義》："春秋四時，非有解怠，所獻所祀，不有忒變。"❷進獻貢品。（頌 1)305《商頌・殷武》二章："自彼氐羌，莫敢不來享，莫敢不來王。"《鄭箋》："享，獻也。"揚雄《揚州牧箴》作"莫敢不來貢，莫敢不來王"。又見【孝享】。參"饗"。

饗(饟) xiǎng 許兩切（宕開三上養曉）
陽部、曉母

❶鄉人在一起飲酒。（風 1)154《豳風・七月》八章："朋酒斯饗，曰殺羔羊。"《毛傳》："饗者，鄉人飲酒也。"（依陳奐補）孔穎達《正義》："鄉人飲酒而謂之饗者，鄉飲酒禮尊事重，故以饗言之。"《說文・食部》："饗，鄉人飲酒也。"段玉裁注：《毛詩》之例，凡獻於上曰享，凡食獻曰饗。《左傳》用字正同。"❷設盛宴款待；宴享。（雅 1)175《小雅・彤弓》一章："鐘鼓既設，一朝饗之。"《鄭箋》："大飲賓曰饗。"孔穎達《正義》："饗者，烹大牢以饮賓，是禮之大者，故曰大飲賓曰饗。"馬瑞辰《通釋》："一朝饗之，謂既錫彤弓即日饗之，同在一朝也。"❸迷信的說

法,鬼神享用祭品。(雅1、頌2)209《小雅·楚茨》二章:"先祖是皇,神保是饗。"《鄭箋》:"其鬼神又安而饗其祭焉。"272《周頌·我將》:"伊嘏文王,既右饗之。"孔穎達《正義》引王肅説:"既佑助而歆饗之。"朱熹《集傳》本作"享"。302《商頌·烈祖》:"來假來饗,降福無疆。"孔穎達《正義》:"來饗,謂鬼神來歆饗之。"朱熹《集傳》:"假之而祖考來假,享之而祖考來饗。則降福無疆矣。"段玉裁《小箋》:"凡獻於神曰享,神歆之曰饗,《詩》之例如此。"一説:奉獻祭品;祭祀。《鄭箋》:"饗(享),謂獻酒使神饗之也。"王先謙《集疏》:"諸侯助祭者來升堂,來獻酒,神靈又下與我以長久之福也。"阮元《校刊記》:"閩本、明監本、毛本'饗'誤'享'。按經中饗、享二字截然有别。享者下享上也,饗者上饗下也。自歐陽修《本義》以來,諸家論之詳矣。"參"享"。

饟(餉) xiǎng 書兩切(宕開三上養書)
陽部、書母

同"餉"。送給田中耕作的人吃的飯食。(頌1)291《周頌·良耜》:"載筐及筥,其饟伊黍。"陳奐《傳疏》:"饟,猶餽也。"屈萬里《詮釋》:"饟與餉同,以食食人也。此作名詞用,謂食人之食物也。"《禮記·郊特牲》鄭玄注引《詩》作"餉"。

向 xiàng 許亮切(宕開三去漾曉)
陽部、曉母

❶朝北開的窗子。(風1)154《豳風·七月》五章:"塞向墐户。"《毛傳》:"向,北出牖也。"陸德明《釋文》引《韓詩》:"向,北向窗也。"❷古邑名。在今河南省尉氏縣。(雅2)193《小雅·十月之交》六章:"擇三有事,亶侯多藏。"《毛傳》:"向,邑也。"《鄭箋》:"以亶居於向也。"朱熹《集傳》:"向,地名,在東都畿内,今孟州河陽縣是也。"姚際恒《通論》:"作邑于向,即平王東遷之兆也。"王先謙《集疏》:"向者,周東都畿内有二:一爲《左傳·隱十一年》桓王與鄭之邑,杜注所云'軹縣向上',今河南懷慶府濟源縣西南有向城者也。一爲《襄十一年》'諸侯伐鄭,師於向',杜注:'向城在長社東北。'《方輿紀要》云:

'在開封府尉氏縣西南五十里。'愚案濟源之向,周初爲蘇子邑,桓王與鄭,尚繫之蘇忿生,其前不得别封他人。則皇父所邑當爲尉氏之向。"

嚮(向) xiàng 許亮切(宕開三去漾曉)
陽部、曉母

接近;將要。見"鄉"。

相 (一) xiàng 息亮切(宕開三去漾心)
陽部、心母

❶看;察看。(風3、雅8)52《鄘風·相鼠》一章:"相鼠有皮,人而無儀。"《毛傳》:"相,視也。"《説文·目部》:"相,省視也。地可觀者莫可觀於木。《詩》曰:'相鼠有皮。'"191《小雅·節南山》八章:"方茂爾惡,相爾矛矣。"《鄭箋》:"相,視也。"250《大雅·公劉》五章:"相其陰陽,觀其流泉。"孔穎達《正義》:"視其陰陽寒暖所宜。"朱熹《集傳》:"相,視也。❷輔助;幫助。(雅1、頌1)282《周頌·雝》:"於薦廣牡,相予肆祀。"朱熹《集傳》:"薦大牲以助我之祭事。"245《大雅·生民》五章:"誕后稷之穡,有相之道。"《毛傳》:"相,助也。"朱熹《集傳》:"相,助也。盡人力之助也。"一説:觀察。馬瑞辰《通釋》:"相,視也。《周本紀》云:'稷本爲成人,遂好耕農,相地之宜,宜五穀者稼穡焉。'"❸指輔佐天子的大臣。(雅1)257《大雅·桑柔》八章:"秉心宣猶,考慎其相。"《鄭箋》:"相,助也。…又考誠其輔相之行,然後用之。"朱熹《集傳》:"相,輔。…周偏謀度,考擇其輔相。必衆皆以爲賢,而後用之。"一説:品質;品質好的人。《毛傳》:"相,質也。"孔穎達《正義》:"又稽考誠信,用其賢明之有美質者以爲臣。"陸德明《釋文》:"相,毛如字,鄭息亮反。"❹指助祭的人。(頌2)266《周頌·清廟》:"於穆清廟,肅雝顯相。"朱熹《集傳》:"相,助也。謂助祭之公卿諸侯也。"吕祖謙《詩記》:"自主人以外,餘皆顯相也。成王,祭主也。周公及助祭之諸侯,皆顯相也。"282《周頌·雝》:"相維辟公,天子穆穆。"朱熹《集傳》:"相,助祭也。"❺質地;本質。(雅1)238《大雅·棫樸》五章:"追琢其章,金玉其相。"《毛傳》:"相,質也。"陸德明

《釋文》:"相,如字,一云:鄭息亮反。"孔穎達《正義》:"此二句相對,'章'是成文,則'相'是本質,故'相'爲質也。王肅云:以興文王聖德,其文如雕琢矣,其質如金玉矣。"《說文·目部》"相"下段玉裁注:"質謂物之質,與物相接者也。此亦引申之義。"

(二)xiāng 息良切(宕開三平陽心)
陽部、心母

❻交互;互相。(風3、雅6)94《鄭風·野有蔓草》一章:"邂逅相遇,適我願兮。"223《小雅·角弓》四章:"民之無良,相怨一方。"按《行葦·正義》:"相者,兩相之辭。"❼表示一方對另一方有所動作。(風1、雅1)29《邶風·日月》二章:"乃如之人兮,逝不相好。"258《大雅·雲漢》三章:"胡不相畏,先祖于摧。"

【相鼠】《國風·鄘風》篇名(52)。《詩序》:"《相鼠》,刺無禮也。衛文公能正其群臣,而刺在位承先君之化無禮儀也。"歐陽修《詩本義》:"《相鼠》之義不多,直刺衛之群臣無禮儀爾。衛國統治者荒淫無恥,不守禮法。衛國人民寫這首詩諷刺他們,咒罵他們連老鼠都不如,不如早死。《魯詩》以爲妻諫夫之作。《白虎通·諫諍》:"妻得諫夫者,夫婦一體,榮恥共之。《詩》曰:'相鼠有體,人而無禮。人而無禮,胡不遄死。'此妻諫夫之詩也。"鄒漢勛《讀書偶識》卷四:"諫雖切直,欲其夫死,非温厚之旨。蓋惡非禮之人而願已死也。"三章,十二句。

【相土】人名。商始祖契之孫,商湯的十一世祖,居商丘(今河南商丘)。相傳爲馬車的發明者。(頌1)304《商頌·長發》二章:"相土烈烈,海外有截。"《毛傳》:"相土,契孫也。"《史記·殷本紀》:"契卒,子昭明立,昭明卒,子相土立。"《鄭箋》:"相土居夏后之世,承契之業,入爲王官之伯,出長諸侯,其威武之盛烈烈然。四海之外率服,截爾整齊。"

又見【交相】。參"胥"、"題"。

巷 xiàng 胡絳切(江開二去絳匣)
東部、匣母

❶里巷;城市或村落中的胡同。直爲街,曲爲巷;大者爲街,小者爲巷。(風3、雅1)77《鄭風·叔于田》一章:"叔于田,巷無居人。"《毛傳》:"巷,里塗也。"245《大雅·生民》三章:"誕寘之隘巷,牛羊腓字之。"(腓:庇護。字:哺乳。)❷居室。(風1)88《鄭風·丰》一章:"子之丰兮,俟我乎巷兮。"馬瑞辰《通釋》:"王觀察云:'古謂里道爲巷,亦謂所居之宅爲巷。'…此謂俟我乎巷兮。正當謂巷爲居室。巷對堂言,蓋合《齊詩》之'俟著'、'俟庭'言之,在門内,不在門外。一說:里巷。《毛傳》:"巷,門外也。"《鄭箋》:"出門而待我於巷中。"

【巷伯】《小雅》篇名(200)。這是一個被讒言陷害因而遭受宮刑的閹官對讒人表示憤恨的詩。《詩序》:"《巷伯》,刺幽王也。寺人傷於讒,故作是詩也。"朱熹《集傳》:"時有遭讒而被宮刑爲巷伯者,作此詩。…巷是宮中道名,秦漢時所謂永巷是也。伯,長也,王宮内道官之長,即寺人也。故以名篇。"《禮記·緇衣》:"惡惡如《巷伯》。"陳奐《傳疏》:"《周禮》無巷伯之官。唯《襄九年左傳》:'令司宮、巷伯儆守。'與此詩巷伯同。《左傳》以巷伯次司宮,猶《周禮》之寺人次內小臣。杜預云:'巷伯即寺人。'當是賈、服舊注。巷伯即經所謂寺人孟子也。"作者自稱"孟子"。"巷伯"是内官名,大約是作者作此詩時的職務,所以取來名篇。詩人以形象的比喻,生動的描寫,辛辣的語言,揭露了讒人的奸詐靈魂、狠毒手段和鬼蜮行爲,對他們表示深惡痛絕,不共戴天,祈求蒼天給以最嚴厲的懲罰,最後並正告執政者警惕壞人。這首詩反映了當時社會上正與邪、善與惡的鬥爭。七章,三十五句。

項(项) xiàng 胡講切(江開二上講匣)
東部、匣母

大;肥大。(雅1)191《小雅·節南山》七章:"駕彼四牡,四牡項領。"《毛傳》:"項,大也。"《鄭箋》:"四牡者,人君所乘駕,今但養大其領,不肯爲用。喻大臣自恣,王不能使也。"陳奐《傳疏》:"凡從工聲字多訓大,如空、紅、谁之例,故《傳》訓項爲大也。"周悦讓《倦遊庵槧記·毛詩》:"'項領'乃求聘不得之義,非不肯爲用也。蓋駟馬既駕,人在車上,但見其引頸努力,此惟古人立乘者知之,今坐乘者不知也。用力而不得前,故躄躄靡騁矣。"

象 xiàng 徐兩切（宕開三上養邪）
陽部、邪母

❶象。一種哺乳動物,鼻子長,能屈伸自如,有兩根大門牙,可以雕刻成器皿或藝術品,通稱象牙。《頌 1）299《魯頌·泮水》八章:"元龜象齒,大賂南金。"❷指象牙。《風 2,雅 1）47《鄘風·君子偕老》二章:"玉之瑱也,象之揥也。"167《小雅·采薇》五章:"四牡翼翼,象弭魚服。"朱熹《集傳》:"象弭,以象骨飾弓弭也。"（象弭:兩端用象牙作裝飾的弓。）

【象服】有彩繪的禮服。王后及諸侯夫人所穿。《風 1）47《鄘風·君子偕老》一章:"如山如河,象服是宜。"《毛傳》:"象服,尊者所以爲飾。"《鄭箋》:"象服者,謂揄翟、闕翟也。人君之象服,則舜所云'予欲觀古人之象日月星辰'之屬。"孔穎達《正義》:"象鳥羽而畫,故謂之象服。"陸德明《釋文》:"揄,本又作褕。翟,本亦作狄。"朱熹《集傳》:"象服,法度之服也。"陳奐《傳疏》:"象,古橡字。象服猶象飾,服之以畫繪爲飾者。"聞一多《類鈔》:"象服即翟衣,刻畫以象翟雉之形,故曰象服。"
參"暢"。

宵 xiāo 相邀切（效開三平宵心）
宵部、心母

夜,晚上。《風 3）21《召南·小星》一章:"肅肅宵征,夙夜在公。"《毛傳》:"宵,夜。征,行。"154《豳風·七月》七章:"晝爾于茅,宵爾索綯。"《毛傳》:"宵,夜。"

【宵行】一種能發光的蟲。《風 1）156《豳風·東山》二章:"町畽鹿場,熠耀宵行。"曹植《螢火論》:"天陰沈數雨,在於秋日,螢火夜飛之時也。故云宵行。"朱熹《集傳》:"宵行,蟲名,如蠶,夜行,喉下有光如螢也。"李時珍《本草綱目·蟲部》:"《豳風》'熠耀宵行',宵行乃蟲名,熠耀其光也。…螢有三種,一種長如蛆蠋,尾後有光,無翼,不飛,乃竹根所化也。"馬瑞辰《通釋》:"宵行與鹿場對文。…此當從朱子《集傳》以宵行爲螢

火名。"一說:燐火。聞一多《類鈔》:"宵行,燐火也。"又一說:夜間的路。段玉裁《小箋》:"宵行,夜間之道。由室户而場而行,由近及遠也。"

消 xiāo 相邀切（效開三平宵心）
宵部、心母

❶溶化;消失。《雅 1）223《小雅·角弓》七章:"雨雪瀌瀌,見晛曰消。"馬瑞辰《通釋》:"古者以雪喻小人,以雪之遇日氣而消,喻小人之遇王政之清明而將敗也。"❷春秋鄭國地名,在黃河邊上。《風 1）79《鄭風·清人》二章:"清人在消,駟介麃麃。"《毛傳》:"消,河上地也。"參"逍"。

逍 xiāo 相邀切（效開三平宵心）
宵部、心母

【逍遥】也寫作"消摇"。悠閒地走來走去,優游自得。《風 2,雅 1）79《鄭風·清人》二章:"河上乎逍遥。"陸德明《釋文》:"逍,本又作消。遥,本又作摇。"陳奐《傳疏》:"逍遥謂之襄徉。"186《小雅·白駒》一章:"所謂伊人,於焉逍遥。"朱熹《集傳》:"逍遥,遊息也。"《文選·張平子·南都賦》李善注引《韓詩》:"逍遥,遊也。"

曉（暁） xiāo 許幺切（效開四平蕭曉）
宵部、曉母

【嘵嘵】因驚恐而發出的叫聲。《風 1）155《豳風·鴟鴞》四章:"予維音嘵嘵。"《毛傳》:"嘵嘵,懼也。"《鄭箋》:"音嘵嘵然,恐懼告愬之意。"孔穎達《正義》:"嘵嘵,喻告訴之意也。"朱熹《集傳》:"嘵嘵,急也。"《說文·口部》:"嘵,懼聲也。《詩》曰:'唯予音之嘵嘵。'"《廣韻·蕭韻》:"嘵,懼聲。《詩》曰:'予維音之嘵嘵。'"
參"愲"。

梟（梟） xiāo 古堯切（效開四平蕭見）
宵部、見母

猫頭鷹一類的猛禽,相傳爲食母的惡鳥。《雅 1）264《大雅·瞻卬》三章:"懿厥哲婦,爲梟爲鴟。"《鄭箋》:"梟、鴟,惡聲之鳥。喻褒姒之言無善。"《說文·木部》:"梟,不孝鳥也。"

烋 xiāo ★虛交切（效開三平宵曉）
幽部、曉母

炰然,咆哮。《集韻·爻韻》:"烋,炰烋,自矜氣健貌。"見"炰(páo)"。

哮 xiāo 許交切(效開二平肴曉)
呼教切(效開二去效曉)
幽部、曉母

咆哮,猛獸怒吼。見"炰(páo)"。

翛 xiāo 蘇彫切(效開四平蕭心)
幽部、心母

【翛翛】羽毛乾枯凋敝的樣子。(風1)155《豳風·鴟鴞》四章:"予羽譙譙,予尾翛翛。"《毛傳》:"譙譙,殺也。翛翛,敝也。"《鄭箋》:"手口既病,羽尾又殺敝,言己勞苦甚。"孔穎達《正義》:"予尾消消而敝。"唐石經作"脩脩",唐定本、宋監本、蜀本作"修修"。《集韻·宵韻》:"脩,脩脩,羽敝也。或作翛。"陳奐《傳疏》:"《中谷有蓷·傳》:'脩,且乾也。'脩與修通。修修,謂鳥尾勞敝修修然,無潤澤之色,亦且乾之義也。"阮元《校刊記》:"考此經相傳有作'脩'作'翛'兩本也。"

瀟(潇) xiāo ★先彫切(效開四平蕭心)
幽部、心母

風雨急驟聲。見"瀟"。

蕭(萧) xiāo 蘇彫切(效開四平蕭心)
幽部、心母

一種蒿子。有香氣,古人采以供祭祀用。(風2、雅6)72《王風·采葛》二章:"彼采蕭兮,一日不見,如三秋兮。"《毛傳》:"蕭所以共祭祀。"孔穎達《正義》引陸璣《詩義疏》:"今人所謂荻蒿者是也。或云牛尾蒿。似白蒿、白葉,莖麤,科生,多者數十,莖可作燭,有香氣,故祭祀以脂爇之爲香。"顏師古《匡謬正俗》卷五:"按《爾雅》云:'蕭,一名萩。'此蕭自是香蒿,古之祭禮所用,合脂爇之以饗神者。"153《曹風·下泉》二章:"洌彼下泉,浸彼苞蕭。"《毛傳》:"蕭,蒿也。"245《大雅·生民》七章:"取蕭祭脂,取羝以軷。"《毛傳》:"取蕭合黍稷,臭達墻屋。既奠而後爇蕭,合馨香也。"朱熹《集傳》:"蕭,蒿也。"王先謙《集疏》:"《禮·郊特牲》鄭注:'蕭,薌蒿也。'染以脂,合黍稷燒之。"一說艾蒿。《說文·艸部》:"蕭,艾蒿也。"

【蕭蕭】馬鳴聲。(雅1)179《小雅·車攻》七章:"蕭蕭馬鳴,悠悠旆旌。"《毛傳》:"言不喧嘩也。"孔穎達《正義》:"軍旅齊肅,唯聞蕭蕭然馬鳴之聲,見悠悠然旆旌之狀,無敢有譁讙者。"朱熹《集傳》:"蕭蕭、悠悠,皆閒暇之貌。"何楷《古義》:"蕭,通作嘯,歗聲也。馬鳴之聲似之。重言之者,非一馬也。"杜甫《後出塞》五首之二:"落日照大旗,馬鳴風蕭蕭。"語本此。參"瀟"。

瀟(潇) xiāo ★先彫切(效開四平蕭心)
幽部、心母

【瀟瀟】風雨急驟聲。(風1)90《鄭風·風雨》二章:"風雨瀟瀟,雞鳴膠膠。"《毛傳》:"瀟瀟,暴疾也。"朱熹《集傳》:"瀟瀟,風雨之聲。"段玉裁《小學》:"風雨瀟瀟是淒清之意。"明刻《毛詩》作"潚潚"。《太平御覽》四百八十九引《詩》作"蕭蕭"。

蠨(蟏) xiāo ★先彫切(效開四平蕭心)
幽部、心母

【蠨蛸】一種長腳小蜘蛛,又名喜蛛或喜子。(風1)156《豳風·東山》二章:"伊威在室,蠨蛸在戶。"《毛傳》:"蠨蛸,長踦也。"陸璣《詩義疏》:"蠨蛸,長踦,一名長腳。荊州河內人謂之喜母。此蟲來著人衣,當有親客至,有喜也,幽州人謂之親客。亦如蜘蛛爲罔羅居之。"朱熹《集傳》:"蠨蛸,小蜘蛛也。"陳奐《傳疏》引《爾雅》郭璞注:"小蜘蛛長腳者,俗呼爲喜子。"

簫(箫) xiāo 蘇彫切(效開四平蕭心)
幽部、心母

管樂器名。用許多竹管排在一起做成的叫"排簫";用一根竹管做成的叫"洞簫",豎吹。(頌1)280《周頌·有瞽》:"既備乃奏,簫管備舉。"《鄭箋》:"簫,編小竹管,如今賣餳者所吹也。"《說文·竹部》:"簫,參差管樂,象鳳之翼。"

嚻(嚣) (一)xiāo 許嬌切(效開三平宵曉)
宵部、曉母

❶見【嚻嚻】。

(二)áo ★五刀切(效開一平豪疑)
宵部、疑母

❷見【嚚² 嚚²】。

【嚚嚚】喧鬧聲。（雅 1）179《小雅‧車攻》三章：「之子于苗，選徒嚚嚚。」《毛傳》：「嚚嚚，聲也。」陸德明《釋文》：「嚚，五刀反，或許驕反。」朱熹《集傳》：「嚚嚚，衆聲盛也。數車徒者，其聲嚚嚚，則車徒之衆可知。」一說：衆多的樣子。王引之《述聞》卷六：「《十月之交》篇'讒口嚚嚚'，《箋》曰：'嚚嚚，衆多貌。'此言'嚚嚚'，亦是衆多之貌。言所具之卒徒嚚嚚然衆多，猶謂數車者之聲嚚嚚然也。」又一說：從容閒暇的樣子。馬瑞辰《通釋》：「《爾雅‧釋言》：'嚚，閒也。'郭注：'嚚然，閒暇貌。'若從《雅》訓以嚚嚚爲閒暇貌，與下章'有聞無聲'義更相貫。」

【嚚² 嚚²】1) 讒言衆多的樣子。（雅 1）193《小雅‧十月之交》七章：「無罪無辜，讒口嚚嚚。」《鄭箋》：「嚚嚚，衆多貌。時人非有辜罪，其被讒口見枉譖，嚚嚚然。」陸德明《釋文》：「嚚，五刀反，衆多貌。《韓詩》作'嗸嗸'。」《漢書‧劉向傳》引作"嗸嗸"，王符《潛夫論‧賢難》引作"敖敖"。王先謙《集疏》：「《韓》，嚚作嗸(áo)，《魯》又作警警。《魯》說曰：警警，毁也。」2) 傲慢不聽批評的樣子。（雅 1）254《大雅‧板》三章：「我即爾謀，聽我嚚嚚。」《毛傳》：「嚚嚚，猶警警也。」《鄭箋》：「警警然不肯受。」《集傳》：「嚚嚚，自得不肯受言之貌。」陳奂《傳疏》：「嚚嚚爲警警之假借。」《楚辭‧九思》：'令尹兮警警'王注云：'警警，不聽話言而妄語也。'」

虎 xiāo 許交切（效開三平爻曉）
幽部、曉母

猛虎怒吼。（雅 1）263《大雅‧常武》四章："進厥虎臣，闞如虓虎。"《毛傳》："虎之自怒虓然。"陸德明《釋文》："虓，虎怒貌。"朱熹《集傳》："虓，虎之自怒也。"陳奂《傳疏》："《說文》：'虓，虎鳴也。'應劭《風俗通義‧正失》引作"闞如哮虎"。"

鴞（鴞） xiāo 于嬌切（效開三平宵云）
宵部、匣母

一種兇猛的鳥，即貓頭鷹。古人誤以爲不祥之鳥。（風 1，雅 1）141《陳風‧墓門》二章："墓門有梅，有鴞萃止。"《毛傳》："鴞，惡聲之鳥也。"299《魯頌‧泮水》八章："翩彼

飛鴞，集于泮林。"《毛傳》："鴞，惡聲之鳥也。"陸璣《詩義疏》："鴞，大如斑鳩，惡聲之鳥也，入人家凶，賈誼所謂鵩鳥是也。"毛奇齡《續詩傳》："鴞即鵂鶹。…本惡聲之鳥。…惟春晚食桑椹則變其音，故《毛傳》云：'食椹而音美。'…又名春哥兒。哥者，歌也。其音如歌也。"又見【鵂鶹】。

小 xiāo 私兆切（效開三上小心）
宵部、心母

❶小。跟"大"相對。（風 2，雅 3，頌 3）203《小雅‧大東》二章："小東大東，杼柚其空。"朱熹《集傳》："小東大東，東方小大之國也。自周視之，則諸侯之國皆在東方。"304《商頌‧長發》二章："受小國是達，受大國是達。"❷指品質不好或地位卑賤的人。（風 1）26《邶風‧柏舟》四章："憂心悄悄，慍于群小。"《鄭箋》："群小，衆小人在君側者。"一說：妾。朱熹《集傳》："群小，衆妾也。言見怒於衆妾也。"❸指年幼的人；地位低的人。（雅 1，頌 1）209《小雅‧楚茨》六章："既醉既飽，小大稽首。"《鄭箋》："小大，猶長幼也。"255《大雅‧蕩》六章："小大近喪，人尚乎由行。"《鄭箋》："君臣失道如此，且喪亡矣。"朱熹《集傳》："小者大者幾於喪亡矣，尚且由此而行，不知變也。"299《魯頌‧泮水》一章："無小無大，從公于邁。"《鄭箋》："臣無尊卑，皆從君而來。"屈萬里《詮釋》："小大，猶言老少也。"❹稍稍；稍微。（雅 5）253《大雅‧民勞》一章："民亦勞止，汔可小康。"屈萬里《詮釋》："小康，稍安也。"

[小毖]《周頌》篇名(289)。周成王誅管、蔡，滅武庚後，自我懲戒，要防患於未然。《詩序》："《小毖》，嗣王求助也。"蔡邕《獨斷》："《小毖》，嗣王求忠臣助己之所歌也。"《鄭箋》："毖，慎也。天下之事當慎其小，小時不慎，後爲禍大。故成王求忠臣早輔助己爲政，以救患難。"朱熹《集傳》："此亦《訪落》之意。蘇氏曰：小毖者，謹之於小也。謹之於小，則大患無由至矣。"方玉潤《原始》："此詩雖名《小毖》，意實大戒，蓋深自懲也。…自《閔予小子》至此，凡四章，皆成王自作。若他人則不能如是之深切有味矣。"本詩與《閔予小子》、《訪落》、《敬之》在

《周頌》中自成一組。有人認爲這是一篇詩的四章,是周成王所作悔過告廟的詩。也有人認爲是周穆王晚年作的悔過詩。首句"予其懲而毖後患",是成語"懲前毖後"的來源。一章,七句。

〖小旻〗《小雅》篇名(195)。這是一首斥責統治者不能采用良謀,惑於邪僻的詩。《詩序》:"《小旻》,大夫刺幽王也。"《鄭箋》:"《小旻》亦當爲刺厲王。"朱熹《集傳》:"大夫以王惑於邪謀,不能斷以從善,而作此詩。"曾運乾《毛詩説》:"《小旻》,刺幽王之任用非人也。"阮元《補箋》謂《正月》、《十月之交》、《雨無正》、《小旻》四篇皆卿士大夫一人所作。何以叫做《小旻》?蘇轍《詩集傳》云:"《小旻》、《小宛》、《小弁》、《小明》四詩皆以小名篇,所以别其爲《小雅》也。其在《大雅》者謂之小,故其在《大雅》者謂之《召旻》、《大明》,獨《宛》、《弁》缺焉,意者孔子删之矣。雖去其大,而其小者猶謂之小,蓋即用其舊也。"可備一説。六章,四十五句。

〖小明〗《小雅》篇名(207)。這是詩人抒發久役、憂時、念友、懷歸種種複雜心情的詩。《詩序》:"《小明》,大夫悔仕於亂世也。"朱熹《集傳》:"大夫以二月西征,至於歲莫而未得歸,故呼天而訴之。復念其僚友之處者,且自言其畏罪而不敢歸也。"吳闓生《會通》:"此詩明爲行役怨困之詩,詞義甚明。念彼共人者,念古之勞臣賢士,以自證而自慰也。末章所謂'無恒安處',亦自慰勉之詞,而反若泛戒凡百君子者,此所謂'深隱',所謂'微至',正古人之高文也。解者乃多誤會。"首句"明明上天",詩在《小雅》故稱《小明》,與《大雅》的《大明》相對。屈萬里《詮釋》:"以《采薇》及《六月》等詩證之,此當亦宣王時之作品也。"五章,四十八句。

〖小弁〗《小雅》篇名(197)。這是一個被父親趕出家門的貴族子弟抒發哀怨的詩,從一個側面反映了貴族内部的矛盾。舊有兩説:一説,周幽王寵愛褒姒,廢申后,逐太子宜臼(即周平王),立褒姒爲后,以褒姒之子伯服爲太子。太子宜臼寫了這首詩。《詩序》:"《小弁》,刺幽王也,太子之

傅作焉。"朱熹《集傳》:"幽王娶於申,生太子宜臼。後得褒姒而惑之,生子伯服。信其讒,黜申后,逐宜臼,而宜臼作此以自怨也。"姚際恒《通論》:"詩可代作,哀怨出於中情,豈可代乎? 况此詩尤哀怨切痛之甚,異於他詩也。"另一説,周宣王大臣尹吉甫在後妻的唆使下趕走前妻的兒子伯奇,此爲伯奇所作。《漢書·翼奉世傳贊》:"讒邪交亂,貞良被害,自古而然。故伯奇放流,屈原赴湘,《小弁》之詩作,《離騷》之辭興。"《論衡·書虚》:"伯奇流放,首髮早白。《詩》云:'惟憂用老。'"王先謙《集疏》:"《魯》説曰:《小弁》,《小雅》之篇,伯奇之詩也。伯奇仁人,而父虐之,故作《小弁》之詩。"《孟子·告子下》:"《小弁》之怨,親親也。親親,仁也。…《小弁》,親之過大者也。親之過大而不怨,是愈疏也。愈疏,不孝也。"聞一多《通義》以爲《小弁》篇本妻不見答之詩"。八章,六十四句。

【小人】1)統治階級對被統治階級的稱呼。(雅 3)167《小雅·采薇》五章:"君子所依,小人所腓。"《鄭箋》:"戍役之所芘倚。"屈萬里《詮釋》:"小人,平民也。(小人,指士兵。)203《小雅·大東》一章:"君子所履,小人所視。"朱熹《集傳》:"小人,下民也。"(小人,指平民。)2)道德低下的人。(雅 1)191《小雅·節南山》四章:"式夷式巳,無小人殆。"(無小人殆:不要讓小人危害國家。)

【小戎】古代兵車的一種。(風 1)128《秦風·小戎》一章:"小戎俴收,五楘梁輈。"《毛傳》:"小戎,兵車也。"《鄭箋》:"此群臣之兵車,故曰小戎。"陸德明《釋文》:"小戎,王云:駕兩馬者。"惠棟《九經古義》卷三:"七十二人爲大戎,五十人爲小戎,其周之制與。"聞一多《類鈔》:"兵車在前者曰元戎,將帥所乘;在後者曰小戎,士所乘。"

〖小戎〗《國風·秦風》篇名(128)。這是秦國一位貴族婦人深切懷念她出征丈夫的詩。詩中着力描寫出征車馬的盛壯,並加情思之語,錯綜而層次分明。《詩序》:"《小戎》,美襄公也。備其兵甲,以討西戎。西戎方彊而征伐不休。國人則矜其車甲,婦人能閔其君子焉。"劉沅《恒解》:"西戎先殺秦

仲，後弒幽王，秦襄公奉王命伐之。婦人美其軍容之盛，而思其君子，冀其必能成功也。"朱熹《集傳》："西戎者，秦之臣子所與不共戴天之讎也。襄公上承天子之命，率其國人往而征之，故其從役者之家人先夸車甲之盛如此，然後及其私情。蓋以義興師，則雖婦人亦知勇於赴敵而無所怨矣。"或以爲美莊公。魏源《詩古微》："《小戎》：美莊公也。莊公以兵七千破西戎，故有兵車甲胄、'在其板屋'之語。且復其世大輅犬丘地，居其故國，故有'溫其在邑'語。其子襄公立而追錄其詩，故列於《蒹葭》、《終南》之前。"三章，三十句。

〔小宛〕《小雅》篇名(196)。這是一位沒落貴族遭亂畏禍，兄弟相戒要小心謹慎的詩。《詩序》："《小宛》，大夫刺幽王也。"《鄭箋》："亦當爲刺厲王。"朱熹《集傳》："此大夫遭時之亂，而兄弟相戒以免禍之詩。…此詩之詞最爲明白，而意極懇至。說者必欲爲刺王之言，故其說穿鑿破碎，無理尤甚。"曾運乾《毛詩說》："今謂此詩蓋賢者罹於獄而戒其兄弟也。"孫鑛《批評》："此詩意頗錯雜，今作自戒，果順。然亦孰非刺王？凡言刺王者，不必句句著王身上說。"屈萬里《詮釋》："此亦傷時之詩。"六章，三十六句。

【小心】注意；謹慎。(雅4)192《小雅·正月》一章："哀我小心，癙憂以痒。"236《大雅·大明》三章："維此文王，小心翼翼。"《鄭箋》："小心翼翼，恭慎貌。"

〔小星〕《國風·召南》篇名(21)。這是一個小官吏連夜出差，自傷勞苦，埋怨命運不好的詩。詩人在點點星光中帶着鋪蓋卷兒趕路，孤獨辛苦，深感大官小官勞逸不均，無處訴訟，只好責怨自己的命運不好。洪邁《容齋三筆》卷十："此詩本是咏使者遠適，夙夜征行，不敢慢君命之意。"方玉潤《原始》："《小星》，小臣行役自甘也。"余冠英《選譯》："小臣出差，連夜趕路，想到尊卑之間勞逸不均，自悲命不如人。"《詩序》以爲讚揚夫人惠及賤妾之詩："《小星》，惠及下也。夫人無妬忌之行，惠及賤妾，進御於君，知其命有貴賤，能盡其心矣。"《鄭箋》說衆多無名的星是比喻諸妾："諸妾隨夫人以次進御於君也。"朱熹《集傳》："南國夫人承后妃之化，能不妬忌以惠其下，故其衆妾美之如此。"後世因此以"小星"爲妾的代稱。二章，十句。

〔小序〕見〔詩序〕。

〔小雅〕《詩經》的一個組成部分，共七十四篇。《小雅》是西周後期和少數東周初期的詩。陸德明《釋文》云：從《鹿鳴》至《菁菁者莪》凡二十二篇皆《正小雅》。六篇亡，今唯十六篇。從《鹿鳴》至《魚麗》十篇是文、武之《小雅》。先其文王以治内，後其武王以治外。宴勞嘉賓，親睦九族，事非隆重，故爲《小雅》；皆聖人之迹，故謂之正。從《六月》至《無羊》十四篇是宣王之《變小雅》。從《節南山》至《何草不黄》凡四十四篇，前儒申毛，皆以爲幽王之《變小雅》。鄭以《十月之交》以下四篇是厲王之《變小雅》。"漢興之初，師移其篇次，毛爲詁訓，因改其第焉。"朱熹《集傳》："正《小雅》，燕饗之樂也。…及其變也，則事未必同，而各以其聲附之。"《小雅》中有貴族宴會和祭祀的樂歌，也有批評朝政過失和抒發怨憤的作品，小部分是來自民間的歌謠。龔橙《詩本誼》特別提出《黄鳥》、《我行其野》、《谷風》、《蓼莪》、《都人士》、《采緑》、《隰桑》、《緜蠻》、《瓠葉》、《漸漸之石》、《苕之華》、《何草不黄》十二篇《小雅》裏的詩以爲"西周民風"。

【小子】1)子弟；年輕人。(雅7)240《大雅·思齊》四章："肆成人有德，小子有造。"《鄭箋》："成人，謂大夫士也；小子，其子弟也。"朱熹《集傳》："冠以上爲成人。小子，童子也。"253《大雅·民勞》四章："戎雖小子，而式弘大。"范處義《詩補傳》："小子，則年少之通稱。故周之《頌》、《詩》、《誥》、《命》皆屢稱'小子'，不以爲嫌。"王夫之《稗疏》："小子蓋當時執政之稱也。"2)古代帝王自己的謙稱。見【予小子】。

孝 xiào 呼教切(效開二去效曉)

幽部、曉母

❶孝順。盡心奉養和順從父母。(雅4,頌1)177《小雅·六月》六章："侯誰在矣，張仲孝友。"《毛傳》："善父母爲孝，善兄弟爲友。"243《大雅·下武》三章："永言孝思，孝思維

則。"《鄭箋》:"子孫以順祖考爲孝。"戴震《考證》:"孝思,所思皆本乎孝也。"屈萬里《詮釋》:"言,語辭。永言孝思,謂永存孝敬之意也。"❷指孝順的人。(雅1)252《大雅·卷阿》五章:"有馮有翼,有孝有德。"朱熹《集傳》:"孝,謂能事親者。德,謂得於己者。"(有孝有德:有孝順的人,有賢德的人。)馬瑞辰《通釋》:"此詩有孝有德,亦泛言有善有德,不必專指孝親言。"屈萬里《詮釋》:"有孝,謂有孝行者。有德,謂德望者。"❸泛指美德。(雅1)244《大雅·文王有聲》三章:"匪棘其欲,遹追來孝。"王引之《述聞》卷六:"來,往也。孝者美德之通稱,非謂孝弟之孝。言所以作此邑者,非急從己之欲也,乃上追前世之美德,欲成其功業也。"❹享;祭獻鬼神。(頌1)283《周頌·載見》:"率見昭考,以孝以享。"《毛傳》:"享,獻也。"《鄭箋》:"以致孝子之事,以獻祭祀之禮。"馬瑞辰《通釋》:"孝與享同義,故享祀亦曰孝祀。此詩'以孝以享',猶《潛》詩'以享以祀',皆二字同義。合言之則曰孝享。《天保》詩'是用孝享',猶《閟宮》詩'享祀不忒'也。"❺通"效"。效法。(頌1)299《魯頌·泮水》四章:"靡有不孝,自求伊祜。"《鄭箋》:"國人無不法效之者。"朱彬《經傳考證》:"孝之爲言效也。…凡其所行,無非效法祖者。自求伊祜,即自求多福也。"王引之《述聞》卷七:"孝字,蓋本作㸱,《説文》:'㸱,效也。從子,爻聲。'效與㸱同。…靡有不孝,謂僖公無事不法效其祖,非謂國人㸱僖公也。一説:孝敬。孔穎達《正義》:"魯國之民,無有不爲孝者。"

【孝祀】祭祀;祭獻鬼神。(雅1)209《小雅·楚茨》四章:"苾芬孝祀,神嗜飲食。"馬瑞辰《通釋》:"《爾雅·釋詁》:'享,孝也。'享訓爲孝,故享祀亦謂之孝祀。'苾芬孝祀',猶《魯頌》'享祀不忒'也。"陳奐《傳疏》:"《天保》、《載見》皆云孝享,孝亦享也。孝祀,即享祀也,享祀則鬼神享之。"

【孝孫】祭祀祖先時的主祭人。(雅3、頌1)209《小雅·楚茨》二章:"孝孫有慶,報以介福,萬壽無疆。"朱熹《集傳》:"孝孫,主祭之人也。"300《魯頌·閟宮》四章:"萬舞洋洋,孝孫有慶。"孔穎達《正義》:"孝孫僖公,於是有慶賜之榮。"

【孝享】祭祀;祭獻鬼神。(雅1)166《小雅·天保》四章:"吉蠲爲饎,是用孝享。"《毛傳》:"享,獻也。"《鄭箋》:"謂將祭祀也。"陳奐《傳疏》:"《爾雅》:'享,孝也。'是孝亦享也。"參【孝祀】條。

【孝子】1)孝順父母的兒子。(雅2)247《大雅·既醉》五章:"孝子不匱,永錫爾類。"朱熹《集傳》:"孝子,主人之嗣子也。"2)祭祀父母時自稱"孝子"。(頌1)282《周頌·雝》:"假哉皇考,綏予孝子。"朱熹《集傳》:"皇考,文王也;孝子,武王自稱也。"按《禮記·郊特牲》:"祭稱孝孫、孝子,以其義稱也。"

俲(效) xiào 胡教切(效開二去效匣)
宵部、匣母

模仿;仿效。(雅3)161《小雅·鹿鳴》二章:"君子是則是俲。"《毛傳》:"是則是俲,言可法俲也。"朱熹《集傳》:"言嘉賓之德甚明,足以示民使不偷薄,而君子所當則俲。"胡承珙《後箋》:"君子即嘉賓。《傳》云可法俲者,謂君子可爲民所法俲。"《左傳·昭公七年》、《漢書·叙傳》引作"效"。223《小雅·角弓》二章:"爾之教矣,民胥俲矣。"朱熹《集傳》:"上之所爲,下必有甚者。《左傳·昭公六年》、《白虎通義·三教》、《潛夫論·班禄》都引作"效"。陳奐《傳疏》:"教,教民以相遠也。俲,古字作效。

笑(笑) xiào 私妙切(效開三去笑心)
宵部、心母

❶笑;露出愉快的表情;發出歡喜的聲音。(風5、雅3、頌1)58《衛風·氓》二章:"既見復關,載笑載言。"《鄭箋》:"則笑則言,喜之甚。"173《小雅·蓼蕭》一章:"燕笑語兮,是以有譽處兮。"❷開玩笑。(風1、雅1)30《邶風·終風》一章:"謔浪笑敖,中心是悼。"《毛傳》:"謔浪笑敖,戲謔也。"馬瑞辰《通釋》:"《一切經音義》引《倉頡篇》云:'笑,喜弄也。'故笑亦謔笑之一。"254《大雅·板》三章:"我言維服,勿以爲笑。"❸譏笑。(風1)58《衛風·氓》五章:"兄弟不知,咥其笑矣。"《增韻·笑韻》:"笑,嗃也,嗃也。"唐石經字並作"笑"。又見【巧笑】。

嘯(啸) xiào 蘇弔切（效開四去嘯心）
覺部、心母

撮口發出長而清越的聲音；打口哨。(風1、雅1)22《召南·江有汜》三章：“不我過，其嘯也歌。”《鄭箋》：“嘯，蹙口而出聲。”朱熹《集傳》：“嘯，蹙口出聲以舒憤懣之氣。”《說文·欠部》：“歗，吟也。《詩》曰：'其歗也謌。'”徐鍇《繫傳》：“歗者，吹氣出聲也。”229《小雅·白華》三章：“嘯歌傷懷，念彼碩人。”陸德明《釋文》：“歗，音嘯，本亦作嘯。”一說：號哭；有言的哭。聞一多《通義》：“嘯歌者，即號歌，謂哭而有言，其言又有節調也。”

歗 xiào 蘇弔切（效開四去嘯心）
覺部、心母

同“嘯”。撮口發出長而清越的聲音。(風1)69《王風·中谷有蓷》二章：“有女仳離，條其歗矣。”陸德明《釋文》：“歗，籀文嘯字，本又作嘯。”朱熹《集傳》：“歗，蹙口出聲也。”

歇 xiē 許竭切（山開三入月曉）
月部、曉母

【歇驕】（一）xiāo 同“猲獢”，一種短嘴的獵狗。(風1)127《秦風·駟驖》三章：“輶車鸞鑣，載獫歇驕。”《毛傳》：“獫、歇驕，田犬也。長喙曰獫，短喙曰歇驕。”陸德明《釋文》：“歇，本又作猲，許竭反。驕，本又作獢，同，許喬反。猲獢，短尾田犬也。”《說文·犬部》：“猲，短喙犬也，《詩》曰：'載獫猲獢。'”“獢，猲獢也。”段玉裁《小箋》：“歇驕，即猲獢之假借。”

猲 xiē 許竭切（山開三入月曉）
月部、曉母

猲獢，短尾的獵犬。見“歇”。

偕 xié 古皆切（蟹開二平皆見）
脂部、見母
★雄皆切（蟹開二平皆匣）
脂部、匣母

❶一同；一塊兒。(風6、雅1)31《邶風·擊鼓》四章：“執子之手，與子偕老。”《毛傳》：“偕，俱也。”133《秦風·無衣》三章：“王于興師，脩我甲兵，與子偕行。”陳奐《傳疏》：“言奉王命而偕往征之也。”《漢書·趙充國辛慶忌傳贊》引《秦詩》作“皆”。王先謙《集疏》：“《齊》，偕作皆。”169《小雅·杕杜》四章：“卜筮偕止，會言近止，征夫邇止。”朱熹《集傳》：“偕，俱；會，合也。…故且卜且筮，相襲俱作，合言於繇而皆曰近矣。”屈萬里《詮釋》：“俱也。謂既卜且筮也。”一說：嘉；美。馬瑞辰《通釋》：“此詩'卜筮偕止'，偕亦當訓嘉，嘉即吉也，謂卜與筮皆吉也。”❷整齊；齊備。(雅1)170《小雅·魚麗》五章：“物其旨矣，維其偕矣。”《鄭箋》：“魚既美，又齊等。”蘇轍《詩集傳》：“偕，齊也。”戴震《考證》：“曰偕曰有，皆備也，多貴其美，美貴其備，備貴其時。”一說：嘉。王引之《述聞》卷六：“《賓之初筵》曰：'飲酒孔嘉。'又曰：'飲酒孔偕'。偕亦嘉也，語之轉耳。”❸自強；勤勉努力。(風1)110《魏風·陟岵》三章：“嗟予弟，行役夙夜必偕。”俞樾《平議》卷九：“《說文·人部》：'偕，強也。'是強乃偕之本義。單言之曰偕，重言之曰偕偕。其義一也。…言夙夜之間必當自強也。”聞一多《類鈔》：“偕，強也，勤也。謂力行不倦也。”一說：共同；一致。《毛傳》：“偕，俱也。”朱熹《集傳》：“必偕，言與其儕同作同止，不得自如也。”馬瑞辰《通釋》：“謂行役必兼夙夜，猶上章無已、無寐，皆兼夙夜言之也。”❹通“諧”。和諧。(雅1)220《小雅·賓之初筵》一章：“酒既和旨，飲酒孔偕。”屈萬里《詮釋》：“偕，當爲諧之假借，和諧也。”一說：齊一。《鄭箋》：“衆賓飲酒，又威儀齊一。”朱熹《集傳》：“偕，齊一也。”

【偕偕】強壯的樣子。(雅1)205《小雅·北山》一章：“偕偕士子，朝夕從事。”《毛傳》：“偕偕，強壯貌。”《說文·人部》：“偕，彊也。《詩》曰：'偕偕士子。'”高亨《今注》：“偕偕，健壯貌。”一說：同；在一起。姚際恒《通論》：“偕偕，同也。時行役之人非一人。”參“皆”。

挾(挟) (一) xié 胡頰切（咸開四入帖匣）
葉部、匣母

❶夾在手指間；夾持。(雅2)180《小雅·吉日》四章：“既張我弓，既挾我矢。”嚴粲《詩緝》：“《儀禮》注：'方持弦矢曰挾。'”246《大雅·行葦》六章：“敦弓既句，既挾四鍭

《鄭箋》："射禮,搢三挾一个,言已挾四鍭,則已徧釋之。"孔穎達《正義》："搢者,插也;挾,謂手挾之。射用四矢,故插三於帶間,挾一以扣絃而射也。射禮每挾一个,今言挾四鍭,故知已徧釋之也。"

(二) jiā ★吉協切（咸開四入帖見）
葉部、見母

❷達;通達;通行。（雅1)236《大雅·大明》一章："天位殷適,使不挾四方。"《毛傳》："挾,達也。"《鄭箋》："使教令不行於四方。"孔廣森《卮言》："古者堂有兩夾,謂之左達右達。是'夾'有'達'義。此'挾'音訓當與'夾'同。"曾運乾《毛詩說》："以不得嗣王位,爲不得通於四方。"一說:擁有。朱熹《集傳》：'挾,有也。"于省吾《新證》："言天立覆敵,使不能挾有四方也。或讀挾爲浹,謂使不能洽四方,於義亦通。"

攜（携）
xié 户圭切（蟹合四平齊匣）
支部、匣母

❶提着。(雅2)254《大雅·板》六章："天之牖民,如壎如箎,如璋如圭,如取如攜。"《毛傳》："如取如攜,言必徒也。"孔穎達《正義》："攜,謂物在地上,手舉攜之。"❷牽着;挽着。(風3、雅1)41《邶風·北風》一章："惠而好我,攜手同行。"《鄭箋》："與我相攜持同道而去,疾時政也。"256《大雅·抑》十章："匪手攜之,言示之事。"《鄭箋》："我非但以手攜擊之,親示以其事之是非。"陸德明《釋文》："掣,拽也。"

邪
（一）xié 似嗟切（假開三平麻邪）
魚部、邪母

❶邪僻;不端正。（頌1)297《魯頌·駉》四章："思無邪,思馬斯徂。"《鄭箋》："思遵伯禽之法,專心無復邪意也。"朱熹《集傳》："孔子曰:'《詩三百》,一言以蔽之,曰:思無邪。'蓋詩之言,美惡不同,或勸或懲,皆有以使人得其性情之正,然其明白簡切,通於上下,未有若此言者。故特稱之,以爲可當三百篇之義也,其要爲不過乎此也。"陳奂《傳疏》："無斁、無邪,又有勸戒之義焉。"（徂：通'殂',馬壯大。）一說:餘。李光地《榕村語錄》卷十三："'邪'字古多作'餘'解,《史記》《漢書》尚如此。'思無邪'恐是言思之周盡

而無餘也。…《詩》窮盡事物曲折情偽變幻無有遺餘,故曰'思無邪'也。"又一說:通"徐"。余培林《正詁》："竊疑此'邪'字讀如《邶風·北風》'其虛其邪',音徐(xú)。與徐通,緩也。無邪,即疾也。"

(二) xú ★詳餘切（遇合三平魚邪）
魚部、邪母

❷通"徐"。見【虛邪】。

【邪幅】也叫"行縢",即綁腿。（雅1)222《小雅·采菽》三章："赤芾在股,邪幅在下。"《毛傳》："邪幅,幅,偪也,所以自偪束也。"《鄭箋》："邪幅,如今行縢也。偪束其脛,自足至膝,故曰在下。"孔穎達《正義》："邪纏於足,謂之邪幅。"

頡（頡）
xié 胡結切（山開四入屑匣）
質部、匣母

【頡頏】鳥向上向下飛。頡,向下飛;頏,向上飛。(風1)28《邶風·燕燕》二章："燕燕于飛,頡之頏之。"《毛傳》："飛而上曰頡,飛而下曰頏。"段玉裁《小箋》："上下二字當互易。頡同頁,頁,頭也。飛而下則頭搶地。頏同亢,亢者頸也。飛而上則亢向天。"馬瑞辰《通釋》："頡頏二字雙聲。…頡之言抑,抑,降也,下也,故爲下飛。頏之言亢,亢,高也,舉也,故爲上飛。"

襭（襭）
xié 胡結切（山開四入屑匣）
質部、匣母

把衣襟披在腰帶間來兜東西。（風1)8《周南·芣苢》三章："采采芣苢,薄言襭之。"《毛傳》："扱衽曰襭。"朱熹《集傳》："襭,以衣貯之而扱其衽於帶間也。"陳奂《傳疏》："襭者,插衽於帶以納物。"陸德明《釋文》："襭,一本作擷。"《說文·衣部》："以衣衽扱物謂之襭。擷,襭或從手。"阮元《校刊記》："襭,考文古本作擷,采《釋文》。"

擷（擷）
xié 胡結切（山開四入屑匣）
質部、匣母

把衣襟披在腰帶間來兜東西。見"襭"。

脅（胁、脇）
xié 虛業切（咸開四入業曉）
葉部、曉母

【脅驅】古代駕車的用具。服馬外邊的兩根皮帶,其兩端繫在衡和軫上,以防驂馬入

内,位當服馬兩骖之外,叫做"脅驅"。(風1)128《秦風·小戎》一章:"游環脅驅,陰靷鋈續。"《毛傳》:"脅驅,慎駕具,所以止入也。"朱熹《集傳》:"脅驅,亦以皮爲之,前繫於衡之兩端,後繫於軫之兩端,當服馬兩脅之外,所以驅驂馬使不得內入也。"

協(协) xié 胡頰切(咸開四入帖匣) 葉部、匣母

和諧;和協。見「洽(qià)」。

寫(写) xiě 悉姐切(假開三上馬心) 魚部、心母

❶舒暢;怡悅。(雅4)173《小雅·蓼蕭》一章:"既見君子,我心寫兮。"《毛傳》:"寫,輸寫其心也。"《鄭箋》:"我心寫者,舒其情意,無留恨也。"姚際恒《通論》:"寫、瀉通,輸洩之意。"214《小雅·裳裳者華》一章:"我覯之子,我心寫兮。"朱熹《集傳》:"我覯之子,則其心傾寫而悅樂之矣。"❷消除。(風2)39《邶風·泉水》四章:"駕言出遊,以寫我憂。"《毛傳》:"寫,除也。"《鄭箋》:"既不得歸寧,且欲乘車出遊以除我憂。"黃生《字詁》:"寫,蓋謂沈憂不能去懷,欲假出遊暫爲排遣,亦如將此憂傳置他處耳。今人所謂寫懷、寫恨、寫意,並襲用之,孰知古人本義奇妙如此乎?"

泄(洩) (一) xiè 私列切(山開三入薛心) 月部、心母

❶除去;發泄。(雅1)253《大雅·民勞》四章:"惠此中國,俾民憂泄。"《毛傳》:"泄,去也。"《鄭箋》:"泄,猶出也,發也。"陳奐《傳疏》:"泄者,渫之假借字。《説文》、《玉篇》云:'渫,除去也。'"桂馥《説文義證》:"向秀《易義》:渫者,浚治去泥濁也。""治""除"義通。俞樾《經説》卷四:"'憂'當爲'優','優'之言優優也。'泄'之言泄泄也。《爾雅·釋言》:'優優,和也。'……'俾民憂泄'者,俾民優優泄泄,乃和樂之意也。"唐石經"泄"並作"洩",避太宗諱改也。

(二) yì 餘制切(蟹開三去祭以) 月部、餘母

❷見【泄²泄²】。

【泄²泄²】1)衆多的樣子。(風1)111《魏風·十畝之間》三章:"十畝之外兮,桑者泄泄兮。"《毛傳》:"泄泄,多人之貌。"陳奐《傳疏》:"今魏國有泄泄之多人,而無德以教之,是爲刺也。"馬瑞辰《通釋》:"閑閑、泄泄,皆樹桑盛多之貌。"唐石經作"洩洩",此因"泄"字從"世"聲,有涉唐太宗諱,故以同音字代替之。一説:和樂自得的樣子。朱熹《集傳》:"閑閑,往來者自得之貌。…泄泄,猶閑閑也。"2)翅膀從容扇動的樣子。(風1)33《邶風·雄雉》一章:"雄雉于飛,泄泄其羽。"《毛傳》:"雄雉見雌雉,飛而鼓其翼泄泄然。"朱熹《集傳》:"泄泄,飛之緩也。"牟庭《詩切》:"即飛翔任風之意。"3)通"詍詍"。話多的樣子。(雅1)254《大雅·板》二章:"天之方蹶,無然泄泄。"《毛傳》:"泄泄,猶沓沓也。"《孟子·離婁上》:"《詩》曰:'天之方蹶,無然泄泄。'泄泄猶沓沓也。"胡承珙《後箋》:"此及下《傳》'泄泄猶沓沓',皆以今語釋古語之例。凡古今語言相變,有從聲轉者,古言憲憲,後言欣欣是也;有以義通者,古言泄泄,後言沓沓是也。"《説文·言部》:"詍,多言。《詩》曰:'無然詍詍。'"又《口部》:"呭,多言也。《詩》曰:'無然呭呭。'"馬瑞辰《通釋》:"泄泄,實多言之貌。"一説:鬆懈;懈怠。朱熹《集傳》:"泄泄,猶沓沓也,蓋弛緩之意。"又一説:法令苛急的樣子。王夫之《稗疏》:"《爾雅》:'憲憲、泄泄,制法則也。'郭注云:'佐興虐政,設教令也'。厲王暴虐,與幽王淫昏,其惡不一。改易規章,興利虐民,如訏謗之類。教令煩苛,而榮夷公之屬爲廣設科禁以逢合之,即下文所謂'自立辟'也。故《孟子》以改制先王之道者爲'泄泄'。'泄泄'、'沓沓'皆水流冗迫喧脃之貌,失之急而非失之緩。"

紲(绁) xiè 私列切(山開三入薛心) 月部、心母

【紲袢】貼身的内衣;汗衣。(風1)47《鄘風·君子偕老》三章:"蒙彼縐絺,是紲袢也。"《毛傳》:"是當暑袢延之服也。"唐石經作"绁"。《説文·衣部》:"袢,衣無色也。《詩》曰:'是紲袢也。'"又《衣部》:"褻,私服。《詩》曰:'是褻袢也。'"徐鍇《説文繫傳·衣部》:"袢,煩溽也,近身衣也。"馬瑞辰《通

釋》:"襂者正字,縰者假借字。"聞一多《類鈔》:"縰袢,内衣。展衣,上衣,縐絺,中衣;襂袢,襂衣,由外及内,意頗近襂,然正風人之本色。"一説:束縛。朱熹《集傳》:"縰袢,束縛意。以展衣蒙絺綌而爲之縰袢,所以自斂飭也。"

解 xiè 胡買切(蟹開二上蟹匣)
錫部、匣母

❶急懈;鬆懈。(雅 3、頌 2)260《大雅·烝民》四章:"夙夜匪解,以事一人。"陸德明《釋文》:"解,佳賣反,本或作懈。"朱熹《集傳》:"解,怠也。"段玉裁《小學》:"解、懈之假借。"《韓詩外傳》卷八引作"懈"。305《商頌·殷武》三章:"勿予禍適,稼穡匪解。"《鄭箋》:"勑以勸民稼穡,非可解倦。"❷厭倦;厭棄。(頌 1)294《周頌·桓》:"綏萬邦,婁豐年。天命匪解。"朱熹《集傳》:"天命之於周,久而不厭也。"參"邂"。

懈 xiè 古隘切(蟹開二去卦見)
錫部、見母

懈怠。見"解"。

邂 xiè 胡懈切(蟹開二去卦匣)
錫部、匣母

【邂逅】1)没有約會而遇到;碰巧相會。(風 2)94《鄭風·野有蔓草》一章:"邂逅相遇,適我願兮。"《毛傳》:"邂逅,不期而會,適其時願。"2)没有約會而遇到的人;喜愛的人。(風 2)118《唐風·綢繆》二章:"今夕何夕,見此邂逅。"《毛傳》:"邂逅,解説之貌。"陸德明《釋文》:"邂,本亦作解。覯,本又作逅。《韓詩》云:邂覯,不固之貌。"陳奂《傳疏》:"解覯古語,解説今語。…解説者,志相得也。"胡承珙《後箋》:"其實邂逅二字,只當作解構,但爲會合之意。凡君臣、朋友、男女之遇合皆可言之。《傳》云'解説之貌',即因會合而心解意悦耳。"俞樾《平議》卷九:"邂逅乃古語。《莊子·胠篋》篇:'解垢同異之變多。''解垢'即'邂逅'也。與'同異'並言,是'邂逅'二字各自爲義。'邂'之言解散也,'逅'之言搆合也。…《野有蔓草》篇'邂逅相遇',《毛傳》曰:'不期而遇。'是專説'逅'字之義。此《傳》曰:'邂逅,解説之貌。'是專説'邂'字之義。'今夕何夕,見此邂

近',謂見此怡悦之貌也。"

屑 xiè 先結切(山開四入屑心)
質部、心母

清潔;潔美。不屑,不以爲潔;認爲不值得。(風 2)35《邶風·谷風》三章:"宴爾新昏,不我屑以。"《毛傳》:"屑,絜也。"馬瑞辰《通釋》:"不我屑以,謂不我肯與。"徐灝《通介堂經説》卷十三:"《説文》云:'屑,動作切切也。'…動作謂之屑,故凡有所不爲者謂之'不屑'。因之爲無意於事之稱。'不我屑以'者,言無意於我也。"《邶風·君子偕老》篇'鬒髮如雲,不屑髢也。'言其髮美,不須爲髢也。"47《鄘風·君子偕老》二章:"鬒髮如雲,不屑髢也。"《毛傳》:"屑,絜也。"《鄭箋》:"不絜者,不用髮爲善。"朱熹《集傳》:"屑,潔也。髢,髲髢也。人少髮則以髢益之,髮自美則不潔於髢而用之矣。"

燮(爕) xiè 蘇協切(咸開四入帖心)
葉部、心母

和;協調;應天順人。(雅 1)236《大雅·大明》六章:"保右命爾,燮伐大商。"《毛傳》:"燮,和也。"朱熹《集傳》:"保之助之命之,而使之順天命以伐商也。"顧廣譽《詳説》:"嚴氏謂以順勳而動,因天之所欲,是爲燮伐。"陳奂《傳疏》:"和伐大商,言天人會合伐殷也。"吳闓生《會通》:"和猶會合。"一説:通"襲"。趁敵人不備進行攻擊。馬瑞辰《通釋》:"燮與襲雙聲,燮伐即襲伐之假借。燮伐與肆伐義相成,襲伐言其密,肆伐言其疾也。"

勢 xiè 私列切(山開三入薛心)
月部、心母

【勢御】左右親近的臣子。(雅 1)194《小雅·雨無正》四章:"曾我勢御,憯憯日瘁。"《毛傳》:"勢御,侍御也。"朱熹《集傳》:"勢御,近侍也。《國語》曰:'居寢有勢御之箴。'蓋如漢侍中之官也。"陳奂《傳疏》:"此勢御當是近臣之治事者。"按今本《詩經》作"褻",當依唐石經作"勢"。《説文·日部》:"勢,日狎習相慢也。從日,執聲。"《五經文字·日部》:"勢,與褻同。見《詩·小雅》。"

褻(褻) xiè 私列切(山開三入薛心)
月部、心母

襃袥,貼身的内衣,汗衣。見"絁(xiè)"。

謝(谢) xiè 辭夜切（假開三去禡邪）
鐸部、邪母

古邑名,故城在今河南省唐河縣南。一説即今河南信陽市。（雅5）227《小雅·黍苗》四章:"肅肅謝功,召伯營之。"《毛傳》:"謝,邑也。"朱熹《集傳》:"謝,邑名。召伯所封國也。在今鄧州信陽軍。"259《大雅·崧高》二章:"于邑于謝,南國是式。"《毛傳》:"謝,周之南國也。"《鄭箋》:"往作邑於謝。"馬瑞辰《通釋》:"《漢書·地理志》南陽宛縣,申伯國,今南陽府南陽縣也。《明一統志》:'今汝甯府信陽州在南陽府城北二十七里,州境内有古謝城。'…上'于'字當讀作爲之'爲','爲邑于謝',猶云作邑于謝。"

心 xīn 息林切（深開三平侵心）
侵部、心母

❶内心;心思。（風60、雅80、頌2）27《邶風·綠衣》一章:"心之憂矣,曷維其已。"192《小雅·正月》一章:"正月繁霜,我心憂傷。"264《大雅·瞻卬》六章:"人之云亡,心之悲矣。"❷草木的萌芽。（風2）32《邶風·凱風》一章:"凱風自南,吹彼棘心。"段玉裁《小箋》:"棘心,對下棘薪言,謂棘之初生萌蘖。"王引之《述聞》卷二十八:"樸樕,心。樸樕與心,皆小貌也,因以爲木名耳。"一説:草木的芒刺,也指有芒刺的草木。阮元《掌經室集》卷二:"漢劉熙《釋名》曰:'心,纖也。言纖微無物不貫也。'此訓最合本義。蓋纖細而鋭者皆可名曰心。但言心而其纖鋭、纖細意見矣。"馬瑞辰《通釋》:"《釋名》:'心,纖也。'…蓋棗棘初生,皆先見其尖刺,尖刺即心,心即纖小之義。"聞一多《通義》:"棘之芒刺謂之心,因之棘亦謂之心。…合棘與心二字爲複合名詞,則曰棘心。"
【心曲】内心深處;心坎。（風1）128《秦風·小戎》一章:"言念君子,温其如玉。在其板屋,亂我心曲。"《鄭箋》:"心曲,心之委曲也。"朱熹《集傳》:"心曲,心中委曲之處也。"馬瑞辰《通釋》:"《説文》:'曲,象器受物之形。'心之受事,有如曲之受物,故稱心曲。猶水涯之受水處亦曰水曲也。"
又見【腹心】【甘心】【忍心】【同心】【小心】【中

心】。

欣 xīn 許斤切（臻開三平殷曉）
文部、曉母

【欣欣】喜樂的樣子。（雅1）248《大雅·鳧鷖》五章:"鳧鷖在亹,公尸来止熏熏。旨酒欣欣,燔炙芬芬。"《毛傳》:"欣欣然樂也。"朱熹《集傳》:"欣欣,樂也。"陳奐《傳疏》:"欣,樂也。重言曰欣欣。"俞樾《平議》卷十一:"竊疑經文熏熏、欣欣字當互易。'公尸來止欣欣',言公尸之和悦也。'旨酒熏熏',此熏字乃薰之假借。…旨酒熏熏,言酒香也。"

辛 xīn 息鄰切（臻開三平真心）
真部、心母

【辛卯】辛,天干第八位;卯,地支第四位。古代以天干地支配合紀日。此指周幽王六年十月（夏曆八月）初一日,即公元前七七六年九月六日。這一天發生日食。（雅1）193《小雅·十月之交》一章:"十月之交,朔月辛卯,日有食之,亦孔之醜。"《鄭箋》:"辛,金也;卯,木也。又以卯侵辛,故甚惡也。"阮元《揅經室集·詩十月之交四篇屬幽王説》:"《詩》言'十月之交,朔月辛卯,日有食之。'交食至梁隋而漸密,至元而愈精。梁虞劇,隋張冑元,唐傅仁均、一行,元郭守敬,並推定此日食在周幽王六年十月建酉,辛卯朔,日入食限,載在史册。今以雍正癸卯上推之,幽王六年十月辛卯朔正入食限。"
【辛螫】毒蟲刺人,比喻禍害。（頌1）289《周頌·小毖》:"莫予荓蜂,自求辛螫。"《鄭箋》:"徒自求辛苦毒螫之害耳,謂將有刑誅。"吳闓生《會通》:"言無廖曳我者,我自求辛毒耳。"一説:辛苦;辛苦之事。陳奐《傳疏》:"辛螫,《釋文》引《韓詩》作辛赦,云:'赦,事也。辛事,謂辛苦之事也。"馬瑞辰《通釋》:"辛螫,猶言辛勤、辛苦耳。《毛詩》作螫者,同音假借字也。…赦即螫字省其半耳,訓事者,蓋以螫爲赦之同音假借。"《爾雅·釋詁》:"'赦,勞也。''事,勤也。'勤、勞同義,故赦可訓勞,即可訓事。"唐石經磨改作"螫"。阮元《校刊記》:"螫字是也。《五經文字》云:'螫,式亦反。'是其證。"

新 xīn 息鄰切（臻開三平真心）
真部、心母

❶新；剛出現的。跟"故"、"舊"、"陳"相對。（風4、雅4）235《大雅·文王》一章："周雖舊邦，其命維新。"《毛傳》："乃新在文王也。"《鄭箋》："大王聿來胥宇而國於周，王迹起矣，而未有天命，至文王而受命，言新者，美之也。"朱熹《集傳》："周邦雖自后稷始封，千有餘年，而其受天命，則自今始也。"陳奐《傳疏》："維新，乃新出也。"156《豳風·東山》四章："其新孔嘉，其舊如之何？"《鄭箋》："其新來時甚善，至今則久矣，不知其舊如何也？"屈萬里《詮釋》："新，謂新婚之時。"❷改變舊的；使變新。（頌1）300《魯頌·閟宮》八章："新廟奕奕，奚斯所作。"《毛傳》："新廟，閟公廟也。"《鄭箋》："修舊曰新。新者，姜嫄廟也。僖公承衰亂之政，倚周公伯禽之教，故治正寢，上新姜嫄之廟。姜嫄之廟，廟之先也。…至文公時，大室屋壞。"孔穎達《正義》："《春秋》有'新作南門'、'新作雉門'，説者皆以修舊曰新，改舊曰作，故鄭依用之。"❸新田；開墾後兩年的田。（頌1）276《周頌·臣工》："亦又何求，如何新畬？"《毛傳》："田，二歲曰新，三歲曰畬。"

【新甫】山名，在今山東省新泰市西北，與泰山相鄰，俗稱小泰山。（頌1）300《魯頌·閟宮》九章："徂來之松，新甫之柏。"《毛傳》："新甫，山也。"王應麟《詩地理考》："《後魏志》：'魯郡汶陽縣有新甫山。'"陳奐《傳疏》："新甫山在今新泰縣西北。"馬瑞辰《通釋》："新甫，蓋即梁甫。"

【新臺】古臺名，春秋時衛宣公爲截奪兒媳所築。故址當在今山東省鄄城縣黃河北岸。（風2）43《邶風·新臺》一章："新臺有泚，河水瀰瀰。"按《水經注·河水》："河水又東逕甄城縣北，故城在河南十八里，河之北岸有新臺，鴻基層廣，高數丈，衛宣公所築新臺矣。"

〖新臺〗《國風·邶風》篇名(43)。諷刺衛宣公強占兒媳的醜惡行爲。《詩序》："《新臺》，刺衛宣公也。納伋之妻，作新臺於河上而要之，國人惡之而作是詩也。"原來衛宣公爲其子伋取齊女爲妻，新娘美。宣公在河上築新臺，留下兒媳，據爲己有，就是宣姜。衛國人民寫這首詩諷刺衛宣公這一醜行，把他比喻成樣子醜惡的癩蛤蟆。或以爲新郎不悅新娘之詩。王質《詩總聞》："尋詩意是此地之人娶妻不如始言，故下有不悅之辭。本求燕婉，乃得戚疾者，爲可恨也。"也有以爲新娘不悅新郎者。高亨《今注》："詩意只是寫一個女子想嫁一個美男子，而却配了個醜丈夫。"聞一多《類鈔》則認爲這是寫新郎變蟾蜍的神話："《新臺》，新郎變蟾故事，流傳歐亞。"三章，十二句。

【新田】開墾兩年的田。（雅2）178《小雅·采芑》一章："薄言采芑，于彼新田，于此菑畝。"《毛傳》："田一歲曰菑，二歲曰新田，三歲曰畬。"一説：已耕三年的田。《禮記·坊記》鄭玄注："二歲曰畬，三歲曰新田。"馬瑞辰《通釋》："曰菑、曰畬，皆未成田，至三歲始成新田。"

薪 xīn 息鄰切（臻開三平真心）
真部、心母

❶木柴；柴草。（風8、雅6）101《齊風·南山》四章："析薪如之何？匪斧不克。取妻如之何？匪媒不得。"9《周南·漢廣》二章："翹翹錯薪，言刈其楚。"孔穎達《正義》："薪，木稱。"黃焯《詩疏平議》："古草木通曰薪，猶今草木通曰柴爾。"魏源《詩古微·周南答問》："三百篇言取妻者，皆以析薪取興。蓋古者嫁娶必以燎炬爲燭，故《南山》之析薪，《車舝》之析柞，《綢繆》之束薪，《豳風》之伐柯，皆與此'錯薪'、'刘楚'同興。《王風·揚之水》一章："揚之水，不流束薪。"聞一多《詩經通義》："析薪、束薪，蓋上世婚禮中實有之儀式，非泛泛舉譬也。"218《小雅·車舝》四章："陟彼高岡，析其柞薪，析其柞薪，其葉湑兮。"吕祖謙《詩記》引陳氏説："析薪者，以喻婚姻。"❷指粗的牧草。（雅1）190《小雅·無羊》三章："爾牧來思，以薪以蒸。"《鄭箋》："粗曰薪，細曰蒸。"顧廣譽《詳説》："蘇氏謂取其薪蒸，合其牝牡，正是。蓋以薪以蒸，均食之以時也；以雌以雄，合之以時也。此正牧人之本事。"❸動詞。劈木成柴。（風1、雅2）154《豳風·七月》六章："采茶薪樗，食我農夫。"203《小雅·大東》三章：

"薪是穫薪,尚可載也。"《鄭箋》:"薪是穫薪者,析是穫薪也。尚,庶幾也。庶幾析是穫薪,可載而歸,蓄之以爲家用也。"

歆 xīn 許金切(深開三平侵曉)
侵部、曉母

❶享受;祭祀時神靈來享受祭品的香氣。(雅1)245《大雅・生民》八章:"其香始升,上帝居歆。"朱熹《集傳》:"鬼神食氣曰歆。"陳奐《傳疏》:"歆,饗也。居,語詞。上帝居歆,言上帝其饗也。"❷欣喜。(雅1)245《大雅・生民》一章:"履帝武敏,歆。"馬瑞辰《通釋》:"歆之言忻,即《史記》所云'公忻然,欲踐之'也。《詩》先言履帝武敏,後言歆者,倒文耳。一説:感動,驚異。《鄭箋》:"履其拇指之處,心體歆歆然。朱熹《集傳》:"歆,動也,猶驚異也。"又一説:饗:鬼神享用祭品。《毛傳》:"歆,饗。"孔穎達《正義》:"姜嫄隨帝之後,踐履帝迹,行事敬而敏捷,故爲神歆饗。"陳奐《傳疏》:"歆,即末章'上帝居歆'也。《説文》:'歆,神食氣也。'神食氣曰歆,亦曰饗。"

【歆羨】貪慕;貪求。(雅1)241《大雅・皇矣》五章:"無然歆羨。"《毛傳》:"無是貪羨。"《鄭箋》:"無如是貪羨者,侵人土地也。"朱熹《集傳》:"歆,欲之動也,羨,愛慕也。言肆情以徇物也。"孔廣森《卮言》:"歆羨,覬覦也。"陳奐《傳疏》:"歆羨訓貪慕者,歆從音聲,貪從今聲,声近義通。"段玉裁《小箋》:"此謂歆即貪之假借字。"

馨 xīn 呼刑切(梗開四平青曉)
耕部、曉母

❶散播很遠的香氣。(頌3)290《周頌・載芟》:"有椒其馨,胡考之寧。"❷香氣散播很遠。(雅1)248《大雅・鳧鷖》一章:"爾酒既清,爾殽既馨。"《毛傳》:"馨,香之遠聞也。"參"香"。

鐔 xín 徐林切(深開三平侵邪)
侵部、邪母
qín 昨淫切(深開三平侵從)
昨鹽切(咸開三平鹽從)
侵部、從母

大鍋。(風1)149《檜風・匪風》三章:"誰能亨魚,溉之釜鬵?"《毛傳》:"鬵,釜屬。"陸德

明《釋文》:"鬵,音尋,又音岑。《説文》云:大釜也。一曰:鼎大上小下若甑曰鬵。"馬瑞辰《通釋》:"按無足曰釜。《説文》:'鬵,大釜也。'《韻會》引《説文》作土釜。…《説文》'䰝'字注:'秦名土䰝鬴,讀若過。'案䰝,即今俗所稱鍋也。"

信 xìn 息晉切(臻開三去震心)
真部、心母

❶誠實;可信任。(風2、雅1)92《鄭風・揚之水》二章:"無信人之言,人實不信。"陳奐《傳疏》:"不信,猶誑也。"51《邶風・蝃蝀》三章:"大無信也,不知命也。"屈萬里《詮釋》:"大,讀爲太。由此語证之,似此人曾約婚而未實踐其言者。"73《王風・大車》三章:"謂予不信,有如皦日。"(皦:白。)200《小雅・巷伯》三章:"慎爾言也,謂爾不信。"朱熹《集傳》:"譖人者自以爲得意矣,然不慎爾言,聽者有時而悟,則將以爾爲不信矣。"❷相信。(風3、雅6)125《唐風・采苓》一章:"人之爲言,苟亦無信。"《鄭箋》:"且無信受之。"屈萬里《詮釋》:"無信,勿信也。"219《小雅・青蠅》一章:"豈弟君子,無信讒言。"❸的確,確實。(雅1)259《大雅・崧高》六章:"申伯信邁,王餞于郿。"嚴粲《詩緝》:"述申伯往謝也,申伯於是信行矣。"一説:再宿;宿兩夜。于鬯《香草校書》卷十七:"信,再宿也。蓋申伯自岐周而出,再宿東行,至於郿地。故曰'申叔信邁,王餞于郿'。'信邁'者,即出宿之謂也。蓋祖道而後餞,餞必於中道,故或一宿再宿而後至其地。"❹住宿兩夜。(風2)159《豳風・九罭》二章:"公歸無所,於女信處。"《毛傳》:"再宿曰信。"孔穎達《正義》:"故於汝東方信宿而處也。"方玉潤《原始》:"公今還朝以相天子,豈無所乎?殆不復東來矣。其所以遲遲不忍去者,特爲女東人作信宿留也。"❺通"伸"。伸展;實現。(風1)31《邶風・擊鼓》五章:"于嗟洵兮,不我信兮。"《毛傳》:"信,極也。"陸德明《釋文》:"信,毛音申,案信即古伸字也。"孔穎達《正義》:"信,古伸字。故《易》曰:'引而信之。'伸即終極之義,故云:信,極也。"嚴粲《詩緝》:"'不我信兮'者,不得伸其偕老之志。"一説:守約;驗信。

《鄭箋》："歉其棄約,不與我相親信。"陸德明《釋文》："信,鄭如字,相親信也。"王先謙《集疏》："執手約誓示信,今離散違約,是'不我信'。"牟庭《詩切》："不我信,謂使我'偕老'之言不驗信也。"❻通"伸"。長;直。(雅1)210《小雅·信南山》一章:"信彼南山,維禹甸之。"馬瑞辰《通釋》:"'信彼南山'與'節彼南山'、'倬彼甫田'句法相類。…信爲南山之野長遠貌,猶昀昀爲原隰墾辟貌也。信當讀伸。"姚鼐《惜抱軒筆記》卷二:"信讀申,南山橫亘雍州幾乃千里,故曰信。信直長遠之義也。"郭沫若《從周代農事詩論到周代社會》:"信與伸通,應當是坦直的意思。南山的坡很坦蕩,夏禹王把它畫成了田。"一說:通"申"。重重叠叠。俞樾《平議》卷十:"古信、申同字。信當讀爲申。《爾雅·釋詁》:'申,重也。'信彼南山,猶言申申然者彼南山,蓋言其山形之復沓也。"

【信南山】《小雅》篇名(210)。這是周王冬祭祖先的樂歌。詩中描寫田畝整齊,風雨調順,年豐歲稔,祭禮祈福,無疑也是一首農事詩。《詩序》:"《信南山》,刺幽王也。不能修復王之業,疆理天下,以奉禹功,故君子思古焉。"詩中並無刺意。朱熹《集傳》:"此詩大指與《楚茨》略同,此即其篇首四句之意也。"姚際恒《通論》:"此篇與《楚茨》略同。但彼篇言烝、嘗,此獨言烝,蓋言王者'烝祭歲'也。"何楷《古義》:"《楚茨》、《信南山》爲一時之作。"六章,三十六句。

【信誓】表示誠信的誓言。(風1)58《衛風·氓》六章:"信誓旦旦。"《鄭箋》:"以信相誓旦旦耳。"陳奐《傳疏》:"以信相誓,則悬悬然。"屈萬里《詮釋》:"誓所以昭其信,故曰信誓。"

【信信】連宿四夜。(頌1)284《周頌·有客》:"有客宿宿,有客信信。"《毛傳》:"一宿曰宿,再宿曰信。"《爾雅·釋訓》:"有客信信,言四宿也。"黃生《義府》:"再宿曰信,予謂當讀爲'申'。'申'之言重,即再宿也。"一說:仁厚的樣子。林成章《詩同文比義》:"宿宿信信者,言客肅肅然有威儀,又信信然仁厚也。"

星 xīng 桑經切(梗開四平青心)
耕部、心母

❶星。(風3、雅1)21《召南·小星》一章:"嘒彼小星,三五在東。"258《大雅·雲漢》八章:"瞻卬昊天,有嘒其星。"(嘒:微小的樣子。❷用作動詞。星星出現。(風1)50《鄘風·定之方中》三章:"星言夙駕,說于桑田。"《鄭箋》:"星,雨止星見。"朱熹《集傳》:"星,見星也。"一說:天晴。陸德明《釋文》引《韓詩》:"星,晴也。"馬瑞辰《通釋》:"星者,姓之假借。古晴字正作姓。"王先謙《集疏》:"精與晴同。姚鼐云:'古晴字本作暒,暒亦作星,若曩辰字自作曩。《詩》星,精也。精,晴明之謂也。世久以星字當曩辰之曩,此詩偶存古字也。甫晴而駕,足以爲勤矣。若見星而行,乃罪人與奔喪者之事。'"又見【明星】【三星】。

興(兴) (一)xīng 虛陵切(曾開三平蒸曉)
蒸部、曉母

❶起;起身。(風3、雅4)58《衛風·氓》五章:"夙興夜寐,靡有朝矣。"《鄭箋》:"常早起夜卧,非一朝然。"207《小雅·小明》三章:"念彼共人,興言出宿。"《鄭箋》:"興,起也。夜卧起宿於外,憂不能宿於內也。"189《小雅·斯干》六章:"乃寢乃興。"《鄭箋》:"興,夙興也。"孔穎達《正義》:"乃於其中寢寐焉,至晨乃興起焉。"❷興起;開始出現。(雅3)183《小雅·沔水》三章:"我友敬矣,讒言其興。"馬瑞辰《通釋》:"言苟不知戒,則讒言之興無已。"237《大雅·緜》七章:"百堵皆興,鼛鼓弗勝。"《毛傳》:"興,起也。"❸發動。(風3、雅1)133《秦風·無衣》一章:"王于興師,脩我戈矛。"236《大雅·大明》七章:"矢于牧野,維予侯興。"《毛傳》:"興,起。"朱熹《集傳》:"而皆陳於牧野,則維我之師有興起之勢耳。"陳奐《傳疏》:"起,讀如起軍旅之起。"❹助長。(雅1)255《大雅·蕩》二章:"天降滔德,女興是力。"《鄭箋》:"群臣又相與而力爲之,言競爲惡。"呂祖謙《詩記》引蘇轍說:"天降是人以妖孽天下,女又興而任之。"馬瑞辰《通釋》:"[興]訓與爲是。…興猶助也。女興是力,猶云女助是

力。"一說：喜。郭晉稀《蠡測》："《禮記·學記》注：'興之爲言喜也，歆也。'興、喜、歆皆讀曉母，雙聲正轉。"❺興盛；昌盛。(雅1)166《小雅·天保》三章："天保定爾，以莫不興。"鄭箋："興，盛也。無不盛者，使萬物皆盛，草木暢茂，禽獸碩大。"❻使…興旺。(雅1)245《大雅·生民》七章："載燔載烈，以興嗣歲。"《毛傳》："興者，興來歲，繼往歲也。"孔穎達《正義》："興者，是有所起發之意；嗣者，是繼續之言。故知爲此祭者，欲以追起來歲，以繼續往歲，使之歲谷恒熟，常獲豐年也。"(興嗣歲：使來年農作物生長旺盛。)❼皆；都。(雅1)256《大雅·抑》三章："其在于今，興迷亂于政。"俞樾《平議》卷十一："興與舉同義。舉，皆也。舉爲皆，興亦得爲皆。'興迷亂于政'，言皆迷亂於政也。"一說：尚；仍。朱熹《集傳》："興，尚也。"又一說：尊尚。《鄭箋》："興，猶尊尚也。王尊尚小人，迷亂於政事。"又一說：喜歡。曾運乾《毛詩說》："《禮·學記》注：'興之爲言喜也，歆也。'"

（二）xìng 許應切（曾開三去澄曉）
蒸部、曉母

❽《詩》六義之一，也是詩歌的一種藝術表現手法。《詩大序》："故《詩》有六義焉：一曰風，二曰賦，三曰比，四曰興，五曰雅，六曰頌。"孔穎達《正義》："興者起也，取譬引類，發起己心。"劉勰《文心雕龍·比興》："興之託喻，婉而成章，稱名也小，取類也大。關雎有別，故后妃方德；尸鳩貞一，故夫人象義。"鄭樵《六經奧論》："凡興者，所見在此，所得在彼，不可以事類推，不可以理義求也。"朱熹《集傳》："興者，先言他物以引起所詠之事也。"陳奐《傳疏》："凡託鳥獸草木以成言者，皆興也。賦顯而興隱，比直而興曲，《傳》言興凡百十有六篇，而賦、比、不之及，賦、比易識耳。"鍾嶸《詩品》："文已盡而意有餘，興也。"楊慎《升庵詩話》卷十二"賦比興"條引李仲蒙說："敘物以言情謂之賦，情盡物也；索物以託情謂之比，情附物也；觸物以起情謂之興，物動情也。"《詩經》裏的興句，都生在正句之前，兼有發端和比喻的作用，但有的只有發端的作用，有的僅作

與正句有音律上的聯繫。

騂（骍） xīng 息營切（梗開三平清心）
耕部、心母

❶赤黃色馬，即黃栗毛或金栗毛馬。(頌1)297《魯頌·駉》二章："有騂有騏。"《毛傳》："赤黃曰騂。"孔穎達《正義》："騂爲純赤色，言赤黃者，謂赤而微黃，其色鮮明者也。"陳奐《傳疏》："謂赤馬而帶黃色者是曰騂。"❷赤色。(雅2、頌2)210《小雅·信南山》五章："祭以清酒，從以騂牡。"《毛傳》："周尚赤也。"班固《白虎通義·三正》引此詩曰："言文王之牲用騂，牲尚赤也。"朱熹《集傳》："騂，赤色，周所尚也。"300《魯頌·閟宮》三章："皇祖后稷，享以騂犧。"《毛傳》："騂，赤。犧，純也。"《鄭箋》："其牲用赤牛純色。"❸指赤黃色牛。(雅1)212《小雅·大田》四章："來方禋祀，以其騂黑，與其黍稷。"《毛傳》："騂，牛也。黑，羊豕也。"《鄭箋》："陽祀用騂牲，陰祀用黝牲。"孔穎達《正義》："其祀之也，以其騂赤之牛，黑之羊豕，與其黍稷之粢盛。…是五官之神，其牲各從其方色，則宜五色，獨言騂黑者，略舉二方以韻句耳。"俞樾《經說》卷三："騂者，周牲也，周所尚也。黑者，夏牲也，夏所尚也。"
【騂騂】弓調得很好的樣子。(雅1)223《小雅·角弓》一章："騂騂角弓，翩其反矣。"《毛傳》："騂騂，調利也。不善繲檠巧用，則翩然而反。"繲，捆綁。檠，古代校正弓弩的器具。朱熹《集傳》："騂騂，弓調和貌。"《說文·角部》："觲，用角低仰便也，《詩》曰：'觲觲角弓。'"段玉裁注："毛意謂角弓張弛便易，許意謂獸之舉角高下馴擾，毛說正許說之引申也。"

觲 xīng ★ 思營切（梗開三平清心）
耕部、心母

獸舉角高下便利。見"騂"。

刑 xíng 戶經切（梗開四平青匣）
耕部、匣母

❶法；法度。(雅1)256《大雅·抑》三章："罔敷求先王，克共明刑。"《毛傳》："共，執；刑，法也。"程俊英《注析》："這二句意爲：不能廣求先王的治國之道，從而執行英明的法度。"❷效法。(雅1、頌2)235《大雅·文

王》七章："儀刑文王，萬邦作孚。"《毛傳》："刑，法。"《鄭箋》："儀法文王之事，則天下咸信而順之。"王符《潛夫論·德化》引《詩》作"儀形文王，萬邦作孚"。王先謙《集疏》："《魯》，刑作形。…同音通假。"269《周頌·烈文》："不顯維德，百辟其刑之。"陳奐《傳疏》："刑，法也。"❸示範；治理。(雅1)240《大雅·思齊》二章："刑于寡妻，至于兄弟，以御于家邦。"《毛傳》："刑，法也。"《鄭箋》："文王以禮法接待其妻。"陸德明《釋文》："《韓詩》云：'刑，正也。'"朱熹《集傳》："刑，儀法也。"王先謙《集疏》："正與法同義。"《廣雅》：'刑，治也。'法與正，皆所以爲治也。刑寡妻，至兄弟，以御家邦，即身修、家齊、國治之道也。"又見【典刑】。參"淪"。

形 xíng 戶經切（梗開四平青匣）
耕部、匣母
效法。見"刑"。

邢 xíng 戶經切（梗開四平青匣）
耕部、匣母
【邢侯】邢國國君。衛莊姜姊妹的丈夫。邢爲周代諸侯國名，姬姓。公元前11世紀，周公旦之子封於此。在今河北省邢臺市境。公元前662年齊桓公遷邢於夷儀(今山東聊城縣西南)。春秋時爲衛國所滅。(風4)57《衛風·碩人》一章："邢侯之姨，譚公維私。"朱熹《集傳》："邢侯譚公，皆莊姜姊妹之夫，互言之也。"王先謙《集疏》："《漢書·地理志》'趙國襄國'下云：'故邢國。'今順德府邢臺縣南百泉村有襄國故城，此邢始封地。"

行 (一) xíng 戶庚切（梗開二平庚匣）
陽部、匣母
❶走；行走。(風12、雅18)194《小雅·雨無正》三章："如彼行邁，則靡所臻。"41《邶風·北風》一章："惠而好我，攜手同行。"朱熹《集傳》："行，去也。"一說：道路。《毛傳》："行，道也。"《鄭箋》："與我相攜持同道而去。"❷前往。(風1、雅1)133《秦風·無衣》三章："王于興師，脩我甲兵，與子偕行。"《毛傳》："行，往也。"胡承珙《後箋》："此則結隊前行也。"179《小雅·車攻》二章："東有甫草，駕言行狩。"朱熹《集傳》："圃田

屬東都畿內，故往田也。"❸指行役；在外奔忙。(雅4)177《小雅·六月》六章："來歸自鎬，我行永久。"孔穎達《正義》："我吉甫之行，日月長久矣。"227《小雅·黍苗》二章："我行既集，蓋云歸哉。"(集：完成。)❹指出嫁。(風4、雅1)39《邶風·泉水》二章："女子有行，遠父母兄弟。"馬瑞辰《通釋》："女子有行，即謂女子嫁耳。"牟庭《詩切》："有行，謂嫁也。當與父母兄弟離遠矣。"錢澄之《詩學》："'女子有行'二句，似是當時成語，故多引用之。"236《大雅·大明》六章："續女維莘，長子維行。"朱熹《集傳》："行，嫁。"(文王繼娶莘國之女爲妃，莘君長女出嫁文王。)俞樾《平議》卷十一："《儀禮·喪服》篇鄭注曰：'凡女行於大夫以上曰嫁，行於庶人曰適人。'即此'行'字之義。"一說：離去。指死亡。陳子展《選譯》："長子維行，猶曰長子維亡，謂伯邑考早逝也。"又一說：齊；相等。馬瑞辰《通釋》："此言長子維行，言太姒德等文王也。"屈萬里《詮釋》："長子，謂文王也。行，…齊等也。言太姒之德與文王齊等也。"❺做；實行；執行。(雅3)255《大雅·蕩》六章："小大近喪，人尚乎由行。"236《大雅·大明》二章："乃及王季，維德之行。"《鄭箋》："配王季而與之行仁義之德，同志意也。"一說：列；等齊。朱彬《經傳考證》："行，列也。維德之行，猶言德與之齊等。"❻行爲；所作所爲。(風1、雅1)58《衛風·氓》四章："女也不爽，士貳其行。"《鄭箋》："復關之行有二意。"225《小雅·都人士》一章："行歸于周，萬民所望。"《鄭箋》："都人之士所行要歸於忠信。"一說：將。高亨《今注》："行，猶將也。"又一說：嫁。屈萬里《詮釋》："行、歸，皆謂嫁也。行歸于周，言嫁於周也。"❼行程。(雅1)259《大雅·崧高》六章："以峙其粻，式遄其行。"《鄭箋》："令廬市有止宿之委積，用是速申伯之行。"❽將；且。(風2)111《魏風·十畝之間》一章："行與子還兮。"朱熹《集傳》："行，猶將也。"王引之《釋詞》卷四："行，且也。…言且與子歸，且與子往也。"一說：走。《毛傳》："或行來者，或來還者。"孔穎達《正義》："行，與子俱迴還兮。"雖則異家，得往來俱

行。"

(二) háng　胡郎切（宕開一平唐匣）
　　　　　陽部、匣母

❾路；道路。(風6、雅4、頌1)17《召南·行露》一章："厭浥行露，豈不夙夜，謂行多露。"《毛傳》："行，道也。"205《小雅·北山》四章："或息偃在牀，或不已于行。"陳奐《傳疏》："已，止。行，道也。"218《小雅·車舝》五章："高山仰止，景行行止。"朱熹《集傳》："景行，大道也。"246《大雅·行葦》一章："敦彼行葦，牛羊勿踐履。"《毛傳》："敦，聚貌。行，道也。"《鄭箋》："敦敦然道傍之葦。"一說：行列。姚際恒《通論》："行葦，當音杭，謂成行列也。"❿道理。(風1)54《鄘風·載馳》三章："女子善懷，亦各有行。"《毛傳》："行，道也。"朱熹《集傳》："女子所以善懷者，亦各有道。"王先謙《集疏》："女子多思念其父之國，如《泉水》、《竹竿》皆然。夫人自明我之思歸，與它女子異，亦各有道耳。"⓫軌道。(雅1)193《小雅·十月之交》二章："日月告凶，不用其行。"《鄭箋》："行，道度也。"朱熹《集傳》："行，道也。…不用其行者，月不避日，失其行也。"屈萬里《詮釋》："不用其行，謂不由其常行之道也。"⓬行列。特指作戰隊伍的行列。(風1、雅2)78《鄭風·大叔于田》二章："兩服上襄，兩驂鴈行。"(鴈行：服馬在前，驂馬稍後，象鴈飛的行列。)203《小雅·大東》六章："有捄天畢，載施之行。"《鄭箋》："今天畢則施之於行列而已。"朱熹《集傳》："行，行列也。"263《大雅·常武》二章："左右陳行，戒我師旅。"⓭衡。(風1)156《豳風·東山》一章："制彼裳衣，勿士行枚。"《鄭箋》："初無行陣銜枚之事。"陸德明《釋文》："行，鄭音銜。王戶剛反。"阮元《校刊記》："考《釋文》云音銜者，謂《箋》之銜枚即《經》之行枚。鄭以'行'为'銜'之假借。不云讀為，直於訓釋中改其字以顯之。《箋》例每如此。"一說：通"橫"。橫銜於口。馬瑞辰《通釋》："《釋文》云：'勿士行，毛音衡。'是讀行如縱橫之橫，橫銜於口用枚也。"⓮翮。鳥的羽莖，引申為鳥翼。(風1)121《唐風·鴇羽》三章："肅肅鴇行，集于苞桑。"《毛傳》："行，翮也。"段玉裁《小

箋》："行、翮求諸雙聲合韻。訓詁之法如此。羽、翼、翮以類相從，不釋為列行也。"俞樾《平議》卷九："《說文·羽部》：翶，翅也。…此《傳》翶字乃翶字之誤。"一說：行列。朱熹《集傳》："行，列也。"馬瑞辰《通釋》："鴇行猶鴈行也，鴈之飛有行列而鴇似之。"黃焯《詩疏平議》："此詩首章言'鴇羽'，次章言'鴇翼'，與此章'鴇行'語意互足，蓋謂鴇群飛羽翼成行也。《傳》訓行為翮者，當謂鴇飛則羽翮成行，非指鴇之毛翮有行列也。"

【行潦】山澗中的流水。(風1、雅3)15《召南·采蘋》一章："于以采藻，于彼行潦。"《毛傳》："行潦，流潦也。"陳奐《傳疏》："行，猶流也。行潦，山澗之流潦也。"王先謙《集疏》："行、潦二字相連為義。行之為言流也。雨水流行，停蓄污下之處，其水無源，故曰行潦。"251《大雅·泂酌》一章："泂酌彼行潦，挹彼注茲。"《毛傳》："行潦，流潦也。"一說：溝中流水；雨後的積水。馬瑞辰《通釋》卷三："行者，洐字之省借。《說文》：'洐，溝行水也。'言溝水之行曰洐，雨水之大曰潦。"又一說：道上流水。孔穎達《正義》："行者，道也。潦者，雨水也。行道上雨水流聚，故云流潦也。"

〖行²露〗《國風·召南》篇名(17)。這是一首女子拒婚的詩。她堅決拒絕一個已有妻室的男人強娶她為妾。《詩序》："《行露》，召伯聽訟也。衰亂之俗微，貞信之教興，強暴之男不能侵陵貞女也。"朱熹《集傳》以為"女子有能以禮自守，而不為強暴所污者，自述己志，作此詩以絕其人"。這和劉向《列女傳·貞順》所引《魯說》"召南申女"的故事大致相合。朱謀瑋《詩故》謂為寡婦之詩："《行露》，嫠婦執節不貳之詞也。"陳子展《直解》則以為《行露》為一女子拒絕與一已有室家之男子重婚而作"。三章，十五句。王柏《詩疑》、王質《詩總聞》以為此詩首章與二、三章句法不一，當有所闕誤。

〖行²葦〗《大雅》篇名(246)。這是一首描寫貴族統治者和兄弟父老宴會、較射、祭神、求福的詩。《詩序》以為泛言周先世忠厚："《行葦》，忠厚也。周家忠厚，仁及草

木,故能内睦九族,外尊事黄耇,養老乞言,以成其福禄焉。朱熹《集傳》:"疑此祭畢而燕父兄耆老之詩。"按《左傳·隱公三年》:"《雅》有《行葦》《泂酌》,昭忠信也。"與《序》合。三家以爲此詩專言公劉仁德。《列女傳·晉弓工妻》:"昔者公劉之行,羊牛踐葭葦,惻然爲民痛之,恩及草木,仁著於天下。"此《魯》説。班彪《北征賦》:"慕公劉之遺德,及行葦之不傷。"此《齊》説。《吴越春秋》:"公劉徙仁,行不履生草,運車以避葭葦。"此《韓》説。何楷《古義》:"公劉有仁厚之德,行燕射之禮,以篤同姓,詩人美之。"八章。朱熹《集傳》作四章,陳奂《傳疏》作七章。三十二句。

【行言】道聽途説;流言。(雅1)198《小雅·巧言》五章:"往來行言,心焉數之。"朱熹《集傳》:"行言,道路之言也。"俞樾《平議》卷十:"行言者,輕浮之言。…小人之言輕浮無根,故謂之行言,曰往來者,正見其無定也。"吴闓生《會通》:"行言,猶流言。"

【行役】因服勞役或兵役而遠行。(風3)110《魏風·陟岵》一章:"嗟予子,行役夙夜無已。"屈萬里《詮釋》:"行役,猶今語出差,因公務出行也。"

又見【德行】【公行²】【啓行】【宵行】【周行²】【仲行²】。

省 xǐng 息井切(梗開三上静心)
耕部、心母

察看;視察。(雅2)241《大雅·皇矣》三章:"帝省其山,柞棫斯拔。"馬瑞辰《通釋》:"《説文》:'省,視也。'又曰:'相,省視也。'帝省其山,當謂帝省視其山。"陳奂《傳疏》:"《爾雅》:'省,察也。'山,岐山也。"263《大雅·常武》二章:"率彼淮浦,省此徐土。"《鄭箋》:"循彼淮浦之旁,省視徐國之土地叛逆者。"

姓 xìng 息正切(梗開三去勁心)
耕部、心母

姓,表明家族系統的稱號。(風2)11《周南·麟之趾》二章:"麟之定,振振公姓。"《毛傳》:"公姓,公同姓。"119《唐風·杕杜》二章:"豈無他人?不如我同姓。"《毛傳》:"同姓,同祖也。"孔廣森《卮言》:"同姓,同生也。同生,猶同父也。"一説:子孫。公姓,貴族子孫。朱熹《集傳》:"公姓,公孫也。姓之爲言生也。"王引之《述聞》卷五:"公姓、公族,皆謂子孫也。古者謂子孫曰姓,或曰姓,字通作生。…公子、公姓、公族皆指後嗣而言,猶《螽斯》之言'宜爾子孫'也。"馬瑞辰《通釋》:"姓從女生會意,上古賜姓,皆因其母之所生。如神農母居姜水,因賜姓姜;黄帝母居姬水,因賜姓姬;舜母居姚墟,因賜姓姚;堯釐降二女於嬀汭,而舜後因氏嬀是也。又如禹祖昌意以其母吞薏苡生,因賜姓姒;殷契以其母吞玄鳥子生,因賜子。是古賜姓由母之證。"又見【百姓】。

性 xìng 息正切(梗開三去勁心)
耕部、心母

性命;生命。(雅3)252《大雅·卷阿》二章:"俾爾彌爾性,似先公酋矣。"《鄭箋》:"使女終女之性命,無困病之憂。"朱熹《集傳》:"彌,終也;性,猶命也。言使爾終其壽命,似先君善始而善終也。"王國維《與友人論〈詩〉〈書〉成語書》:"彌性,即彌生,猶言永命矣。"屈萬里《詮釋》:"此祝其長壽也。"

荇(莕、荇) xìng 何梗切(梗開二上梗匣)
陽部、匣母

【荇菜】一種多年生水草。夏天開花,黄色,葉子圓形,浮在水面,莖在水底,嫩葉可以吃。也叫接余,俗名金蓮子或金絲荷葉。(風3)1《周南·關雎》二章:"參差荇菜,左右流之。"《毛傳》:"荇,接余也。"孔穎達《正義》引陸璣《詩義疏》:"接余,白莖,葉紫赤色,正員,徑寸餘,浮在水上,根在水底,與水深淺等,大如釵股,上青下白,鬻其白莖,以苦酒浸之,肥美可案酒。"陸德明《釋文》:"荇,本亦作莕。"唐張參《五經文字》引《説文》作"荇"。

莕 xìng 何梗切(梗開二上梗匣)陽部、匣母

一種多年生水草。見【荇菜】。

兄
(一) xiōng 許榮切(梗合三平庚曉)
陽部、曉母

❶哥哥。(風6,雅4)35《邶風·谷風》二章:"宴爾新昏,如兄如弟。"189《小雅·斯干》一章:"兄及弟矣,式相好矣,無相猶矣。"❷長

蕫。(風 1)49《鄘風·鶉之奔奔》一章："人之無良,我以爲兄。"聞一多《類鈔》:"宗法嫡長傳位,故爲人君者即爲人兄。"一說:兄長,哥哥。《毛傳》:"兄,謂君之兄。"孔穎達《正義》:"惡頑而責惠公之辭。"

(二) kuàng ★許放切(宕開三去漾曉)
陽部、曉母

❸ 滋長;增加。(雅 2)265《大雅·召旻》五章："胡不自替,職兄斯引。"《毛傳》:"兄,茲(滋)也。引,長也。"《鄭箋》:"乃茲復主長此爲亂之事乎? 責之也。"陸德明《釋文》:"兄,音況。"陳奐《傳疏》:"職兄斯引,言其獨祿兄茲長也。"一說:通"怳"。憾悅,失意的樣子。朱熹《集傳》:"使我心專爲此故,至於憾悅引長而不能自已也。"又一說:通"況"。狀況;情況。曾運乾《毛詩說》:"職,詞之因也。兄,詞之況也。…賢者胡不自替乎? 則因是非顛倒,亂況日引而愈長,不忍漠視也。"高亨《今注》:"兄,讀爲況,情況也。斯,是也。引,延長。此句言這種情況還在延長發展中。"

【兄弟】1) 哥哥和弟弟。(風 13、雅 13)26《邶風·柏舟》二章:"亦有兄弟,不可以據。"163《小雅·常棣》二章:"死喪之威,兄弟孔懷。"王先謙《集疏》:"《魯》,兄亦作昆。"2) 泛指親族中同輩的男子。(風 3、雅 5)71《王風·葛藟》一章:"終遠兄弟,謂他人父。"《鄭箋》:"兄弟,若言族親也。"165《小雅·伐木》三章:"籩豆有踐,兄弟無遠。"《鄭箋》:"兄弟,父之黨,母之黨。"3) 指同姓諸侯。(雅 2)183《小雅·沔水》一章:"嗟我兄弟,邦人諸友。"《毛傳》:"兄弟,同姓臣也。"陳奐《傳疏》:"邦人諸友爲異姓臣,而兄弟則爲同姓諸侯也。"《國語·晉語四》:"司空季子曰:'同姓爲兄弟。'"241《大雅·皇矣》七章:"詢爾仇方,同爾兄弟。"朱熹《集傳》:"兄弟,與國也。"戴震《考證》:"仇方,大國也。兄弟,衆與國也。以崇強暴不易伐,故詢之大國與匹己者,而連合衆與國然後興師。…殊其辭以別大小,故曰詢,曰同,曰仇方,曰兄弟。"《後漢書·伏湛傳》及《太平御覽·兵部》六十七引作"同爾弟兄。"曾運乾《毛詩說》:"兄與方韻,當從之。"

又見【倉兄】。參"況"、"貺"。

凶(兇) xiōng 許容切(通合三平鍾曉)
東部、曉母

❶ 災禍;凶險。(風 1、雅 1)70《王風·兔爰》三章:"我生之後,逢此百凶。"224《小雅·菀柳》三章:"曷予靖之,居以凶矜。"《鄭箋》:"居以凶危之地。"吳闓生《會通》:"何爲於治,而反以凶危待我。" ❷ 凶兆。(雅 1)193《小雅·十月之交》二章:"日月告凶,不用其行。"《鄭箋》:"告凶,告天下以凶亡之徵也。"

訩(訟) xiōng 許容切(通合三平鍾曉)
東部、曉母

❶ 爭辯。(頌 1)299《魯頌·泮水》六章:"不告于訩,在泮獻功。"《鄭箋》:"訩,訟也。"《集傳》:"不告于訩,師克而和,不爭功也。"一說:凶惡。陳奐《傳疏》:"不告于訩,言不窮治凶惡,惟在柔服之而已。"(告:通"鞠"。窮治。) 又一說:喧嘩聲。俞樾《平議》卷十一:"于猶與也。不告于訩,猶云不告與訩,告讀爲嘄。訩猶匈匈也。《荀子·天論篇》楊注曰:'匈匈,喧嘩之聲,與訩同。'" ❷ 凶咎;禍亂。(雅 2)191《小雅·節南山》五章:"昊天不傭,降此鞠訩。"朱熹《集傳》:"言昊天不均,而降此窮極之亂。"馬瑞辰《通釋》:"訩當讀如'日月告凶'之凶,謂凶咎也。《說文》:'凶,惡也。'鞠凶猶言極凶,與大戾同義。"

雄 xióng 羽弓切(通合三平東云)
蒸部、匣母

公的(鳥獸);雄性的(鳥獸)。跟"雌"相對。(風 3、雅 1)33《邶風·雄雉》一章:"雄雉于飛,泄泄其羽。"101《齊風·南山》一章:"南山崔崔,雄狐綏綏。"孔穎達《正義》:"對文則飛曰雌雄,走曰牝牡,散則可以相通。"190《小雅·無羊》三章:"爾牧來思,以薪以蒸,以雌以雄。"《鄭箋》:"此言牧人有餘力,則取薪蒸、搏禽獸以來歸也。"顧棟高《訂詁》引鄒肇敏說:"以薪以蒸,遊牧也。以雌以雄,別群也。皆牧法也。"

【雄雉】《國風·邶風》篇名(33)。這是妻子懷念遠出丈夫的詩。王柏《詩疑》:"此婦人思其夫從役而未歸."朱熹《集傳》:"婦人以其君子從役於外,故言雄雉之飛舒緩自得如此,而我之所思者,乃從役於外,而自遺阻隔也."又《辨説》:"此詩亦婦人作,非國人之所爲也."魏源《詩古微·詩序集義》:"《雄雉》,大夫久役於外,其室家思之,陳情慾以歌道義也.雄雉耿介之鳥,非刺淫之詩."《詩序》以爲刺詩:"《雄雉》,刺宣公也.淫亂不恤國事,軍旅數起,大夫久役,男女怨曠,國人患之而作是詩."牟庭《詩切》:"《雄雉》,賢婦人刺其夫遠宦不歸也."但鍾惺《毛詩解》認爲末章"百爾君子,不知德行,非婦人語".或以爲征夫思歸之詩.吴闓生《會通》:"詳味詩旨,當是征夫思歸,以道自慰之詞.…乃聖門所歎誦以爲微言者,非徒尋常男女怨曠之思也."方玉潤《原始》以爲朋友互勉之詩:"《雄雉》,朋友不歸,思而共勘也."…首章言遠行乃自取,次言懷想之至,三章言難來之故,末期自勉亦以共勘也."四章,十六句.

熊 xióng 羽弓切（通臺三平東云）
蒸部·匣母

❶猛獸名.有黑熊、白熊、棕熊等多種,體大、尾短、能直立,也能攀登樹木.(雅3)189《小雅·斯干》七章:"維熊維羆,男子之祥."《鄭箋》:"熊羆在山,陽之祥也,故爲生男."孫作雲《詩經與周代社會研究》:"夢熊生子的信仰,就是從原始的周人以熊爲圖騰的信仰發展而來."261《大雅·韓奕》五章:"有熊有羆,有貓有虎."陸璣《詩義疏》:"熊能攀援上高樹,見人則顛倒自投地而下,冬入穴蟄,始春而出,脂謂之熊白."❷指熊皮.(雅1)203《小雅·大東》四章:"舟人之子,熊羆是裘."《毛傳》:"熊羆是裘,言富也."孔穎達《正義》:"以熊之皮,是爲衣裘."一説:猛獸名.《鄭箋》:"子孫退在賤官,使搏熊羆."

夐 xiòng 休正切（梗開三去勁曉）
耕部·曉母

遠;遠離.見"洵".

休 xiū 許尤切（流開三平尤曉）
幽部·曉母

❶休息.(風1、雅3)193《小雅·十月之交》八章:"民莫不逸,我獨不敢休."253《大雅·民勞》二章:"民亦勞止,汔可小休."《毛傳》:"休,定也."《鄭箋》:"休,止息也."❷停止.(雅1)264《大雅·瞻卬》四章:"婦無公事,休其蠶織."《毛傳》:"休,息也."曾運乾《毛詩説》:"'如賈三倍,君子是識.'言爲其所不當爲也.'婦無公事,休其蠶織',言不爲其所當爲也.不爲其所當爲,則必爲其所不當爲."❸喜.(雅1)176《小雅·菁菁者莪》四章:"既見君子,我心則休."《鄭箋》:"休者,休休然."王引之《述聞》卷六:"我心則休,休亦喜也,語之轉耳.…休休猶欣欣,亦語之轉也."一説:安.朱熹《集傳》:"休者,休休然,言安定也."❹安樂.(雅1)194《小雅·雨無正》五章:"巧言如流,俾躬處休."朱熹《集傳》:"使其身處於安樂之地."按王符《潛夫論·本政》:"《詩》傷'巧言如流,俾躬處休',言佞彌巧者,官彌尊也."❺美.(風1,雅2,頌3)157《豳風·破斧》三章:"哀我人斯,亦孔之休."《毛傳》:"休,美也."253《大雅·民勞》二章:"無棄爾勞,以爲王休."《毛傳》:"休,美也."高亨《今注》:"休,美也.此言以成就周王之美名."❻盛壯.283《周頌·載見》:"鞗革有鶬,休有烈光."《鄭箋》:"休者,休然盛壯."孔穎達《正義》:"休與烈光連文,故爲盛壯."一説:美;美德;美盛.朱熹《集傳》:"休,美也."304《商頌·長發》四章:"何天之休."《鄭箋》:"休,美也.…擔負天之美譽,爲衆所歸向."262《大雅·江漢》六章:"虎拜稽首,對揚王休."《鄭箋》:"休,美."孔穎達《正義》:"虎拜而稽首,遂稱頌王之美德."一説:賜予;賞賜.楊樹達《述林》:"休,當爲賜予之義.…'虎拜稽首,對揚王休.'此記虎答揚王賜之事也."❼吉慶;福.(頌2)292《周頌·絲衣》:"不吴不敖,胡考之休."《鄭箋》:"此得壽考之休徵."朱熹《集傳》:"又能謹其威儀,不諠譁,不怠敖,故能得壽考之福."

【休休】安閒自得;快樂而有節制.(風1)114《唐風·蟋蟀》三章:"好樂無荒,良士休休."《毛傳》:"休休,樂道之心."朱熹《集傳》:"休休,安閒之貌.樂而有節,不至於淫,所以安也。"徐鴻鈞《讀毛詩日記》:"休與喜一聲之轉。《廣雅‧釋詁一》:'休,喜也。'《國語‧周語》注:'休,喜也。'重言之曰'休休','休休'亦喜也。"一説:小心不敢荒淫的樣子。方玉潤《原始》:"季氏本曰:休休,以安爲念,亦懼懼也。"俞樾《平議》卷九:"此休字當讀爲燠休之休。《昭三年左傳》杜注曰:'燠休,痛念之聲。'⋯瞿瞿以目言,蹶蹶以足言,休休以聲言,皆不敢荒淫之意也。"

【休息】歇息;暫時停止活動。"息"當作"思"。(風1)9《周南‧漢廣》一章:"南有喬木,不可休息。"唐石經、相臺本同。陸德明《釋文》:"休息,並如字,古本皆爾。本或作休思,此以意改耳。"《韓詩外傳》卷一引作"不可休思"。孔穎達《正義》:"《傳》解'喬木'之下,先言思辭,然後始言'漢上',疑經'休息'二字當作'休思'也。何則?《詩》之大體,韻在辭上,疑休、求字爲韻,二字俱作思。但未見如此之本,不敢輒改耳。"朱熹《集傳》:"吳氏曰:《韓詩》作思。⋯思,語辭也。"段玉裁《小箋》:"思作息者,假借也。"胡承珙《後箋》:"'息'當爲'思'之訛字。"

又見【程伯休父】。

脩 xiū 息流切(流開三平尤心)
　　　幽部、心母

❶乾燥。(風1)69《王風‧中谷有蓷》二章:"中谷有蓷,暵其脩矣。"《毛傳》:"脩,且乾燥也。"陸德明《釋文》:"脩,本或作蓨。"陳奐《傳疏》:"《説文》:'脩,脯也。脯,干肉也。'干肉謂之脯,亦謂之脩,因之凡乾燥皆曰脩矣。"❷長。(雅2)177《小雅‧六月》三章:"四牡脩廣,其大有顒。"《毛傳》:"脩,長;廣,大也。"❸通"修"。整治;修理。(風3、雅3)133《秦風‧無衣》一章:"王于興師,脩我戈矛,與子同仇。"朱熹《集傳》本"脩"作"修"。241《大雅‧皇矣》二章:"脩之平之,其灌其栵。"朱熹《集傳》:"脩,平,皆治之使疏密正直得宜也。"263《大雅‧常武》一章:"整我六師,以脩我戎。"《鄭箋》:"使之整齊六軍之衆,治其甲兵之事。"❹修明;修養。(雅1)235《大雅‧文王》六章:"無念爾祖,聿脩厥德。"朱熹《集傳》:"言欲念爾祖,在於自

脩其德。"朱彬《經傳考證》:"言殷士之宜念爾祖,亦惟脩其德而已。參"修"、"條"。

蓨 xiū ★ 思留切(流開三平尤心)
　　　幽部、心母

乾枯。見"脩"。

修 xiū 息流切(流開三平尤心)
　　　幽部、心母

整治;修理。見"脩"。

朽 xiǔ 許久切(流開三上有曉)
　　　幽部、曉母

腐爛。(頌1)291《周頌‧良耜》:"荼蓼朽止,黍稷茂止。"陸德明《釋文》:"朽,虛有反,爛也。"嚴粲《詩緝》:"荼、蓼皆穢草,既朽敗矣,黍稷乃茂盛矣。"

秀 xiù 息救切(流開三去宥心)
　　　幽部、心母

❶穀類植物吐穗開花。(雅1)245《大雅‧生民》五章:"實發實秀,實堅實好。"《毛傳》:"不榮而實曰秀。"朱熹《集傳》:"秀,始穗也。"程瑤田《通藝錄》:"秀非榮也,故曰不榮而實。然秀時猶未實,故《論語》云'秀而不實',明秀乃及始結實也。禾之初作穗也,先作釋殼,其形與已成穀者無異。已而釋殼稍開,中有須數根,戴蕊(須末之點曰蕊)吐出;既開復合,須蕊在外;後乃結實,充滿釋殼中。六穀中惟菽類作華,餘皆不華而秀。"馬瑞辰《通釋》:"發爲莖之高發,秀則已成穗矣。"孫嵘《西園隨筆》:"黍稷皆先榮後實。《出車》篇曰:'黍稷方華。'《生民》篇曰:'實發實秀。'是黍稷有華亦稱秀也。"❷草類結籽。(風1)154《豳風‧七月》四章:"四月秀葽,五月鳴蜩。"《毛傳》:"不榮而實曰秀。"俞樾《平議》卷九:"四月秀葽者,三月而華,四月而秀。又或豳地晚寒,故較遲一月也。"

琇 xiù 息救切(流開三去宥心)
　　　幽部、心母
　　　與久切(流開三上有以)
　　　幽部、餘母

像玉的美石。(風1、雅1)225《小雅‧都人士》三章:"彼都人士,充耳琇實。"《毛傳》:"琇,美石也。"55《衛風‧淇奥》二章:"有匪君子,充耳琇瑩。"《毛傳》:"琇瑩,美石也。"

《說文·玉部》引《詩》作"璓瑩"。

璓 xiù ★ 息救切（流開三去宥心）
幽部、心母

像玉的美石。見"琇"。

臭 xiù 許救切（流開三去宥曉）
幽部、曉母

氣味。(雅2)235《大雅·文王》七章："上天之載，無聲無臭。"《鄭箋》："天之道難知也，耳不聞聲音，鼻不聞香臭。"孔穎達《正義》："上天所爲之事，無聲音，無臭味。"245《大雅·生民》八章："上帝居歆，胡臭亶時。"《鄭箋》："胡芳臭之誠得其時乎。"馬瑞辰《通釋》："胡臭，謂芳臭之大。…亶時猶雲誠善也。"

褎(襃)
(一) xiù 似祐切（流開三去宥邪）
幽部、邪母

❶同"袖"。袖子。(風1)120《唐風·羔裘》二章："羔裘豹褎，自我人究究。"《毛傳》："褎，猶袪也。"陸德明《釋文》："褎，本又作褏，同。"陳奐《傳疏》："《說文》：'褎，袂也。俗作袖。'是褎亦袂矣，袂末謂之袪，亦謂之褎，故云褎猶袪也。"

(二) yòu 余救切（流開三去宥以）
幽部、餘母

❷衣着華美。(風1)37《邶風·旄丘》四章："叔兮伯兮，褎如充耳。"《毛傳》："褎，盛服也。"王先謙《集疏》："按然、如同訓，褎如猶褎然也。"一說：笑的樣子。《鄭箋》："言衞之諸臣顏色褎然，如見塞耳無聞知也。人之耳聾，恆多笑而已。"陸德明《釋文》："褎，本亦作褏。由救反。毛，盛服也。鄭，笑貌。"朱熹《集傳》："褎，多笑貌。"❸禾苗長(zhǎng)大的樣子。(雅1)245《大雅·生民》五章："實方實苞，實種實褎。"《毛傳》："褎，長也。"《鄭箋》："褎，枝葉長也。"孔穎達《正義》："褎者，禾長之貌，故言長也。"朱熹《集傳》："褎，漸長也。"馮登府《十三經詁答問》卷二："褎即葰，《呂覽》：'得時之稻，大本而莖葰長。'"

繡(绣) xiù 息救切（流開三去宥心）
幽部、心母

❶有五色花紋的；繡花的。(風2)130《秦風·終南》二章："君子至止，黻衣繡裳。"《毛傳》："五色備謂之繡。"《周禮·考工記·畫繢》："白與黑謂之黼，黑與青謂之黻，五色備謂之繡。"一說：刺繡。朱熹《集傳》："繡，刺繡也。"❷通"綃"。繒、綺等絲織品。(風1)116《唐風·揚之水》二章："素衣朱繡，從子于鵠。"《鄭箋》："繡，當爲綃。"《禮記·郊特牲》"繡黼"鄭玄注："繡讀爲綃，綃，繒名也。"《詩》曰：素衣朱綃。"一說：繡花。《毛傳》："繡，黼也。"朱熹《集傳》："朱繡，即朱襮也。"陳奐《傳疏》："繡，即繡黼也。繡與黼共爲刺文，繡黼同義，猶丹朱同義。皆二字平列。"

盱 xū 況于切（遇合三平虞曉）
魚部、曉母
王遇切（遇合三去遇匣）
魚部、匣母

通"忓"。憂愁。(風1)3《周南·卷耳》四章："我馬瘏矣，我僕痡矣，云何吁矣!"《毛傳》："吁，憂也。"段玉裁《小箋》："此謂吁即忓之假借。《說文》曰：'忓，憂也。'《爾雅·釋詁》："盱，憂也。"陸德明《釋文》："盱，本或作忓。"陳喬樅《魯詩考》："訓憂當從心。"王先謙《集疏》："《說文》：'盱，張目也。'…不見賢人，憂思長望，故曰：'盱，憂也。'意自貫注，非必借字。"一說：通"眄"。盼望。朱熹《集傳》："吁，憂歎也。"《爾雅注》引此作'眄'，張目望遠也。"陳奐《傳疏》："吁當爲盱。《爾雅注》引《詩》'云何盱矣'邢昺疏云：'《卷耳》及《都人士》文也。'邢所據《卷耳》作吁。"阮元《校刊記》："《釋文》、《石經》此作吁，而《都人士》及《何人斯》作盱者，盱爲正字，吁爲假借，經中用字例不畫一也。"參"于"。

盱 xū 況于切（遇合三平虞曉）
魚部、曉母

通"忓"。憂愁；病苦。(雅2)225《小雅·都人士》五章："我不見兮，云何盱矣!"《鄭箋》："盱，病也。思之甚，云：何乎，我今已病也。"陳奐《傳疏》："《卷耳·傳》云：'盱，憂也。'言憂傷之深也。"199《小雅·何人斯》五章："壹者之來，云何其盱。"《鄭箋》："盱，病也。"陳奐《傳疏》："云何其盱，何其憂也，云

訏

（一）xū 況于切（遇合三平虞曉）
魚部、曉母

❶大。（風2、雅2、頌2）95《鄭風·溱洧》一章："洧之外，洵訏且樂。"《毛傳》："訏，大也。"陸德明《釋文》："訏，《韓詩》作盱，云：恂盱，樂貌也。"245《大雅·生民》三章："實覃實訏，厥聲載路。"《毛傳》："覃，長；訏，大。"《鄭箋》："訏，謂張口鳴呼也。"馬瑞辰《通釋》："狀其聲之長且大也。"256《大雅·抑》二章："訏謨定命，遠猶辰告。"《毛傳》："訏，大；謨，謀。"朱熹《集傳》："大謀，謂不為一身之謀，而有天下之慮也。"

（二）xǔ ★火羽切（遇合三上虞曉）
魚部、曉母

❹見【訏² 訏²】。

【訏² 訏²】廣大的樣子。（雅1）261《大雅·韓奕》五章："孔樂韓土，川澤訏訏。"《毛傳》："訏訏，大也。"陳奐《傳疏》："訏，大也。重言之曰訏訏。"

胥

xū 相居切（遇合三平魚心）
魚部、心母

❶察看；視察。（雅2）237《大雅·緜》二章："爰及姜女，聿來胥宇。"《毛傳》："胥，相（xiàng）；宇，居也。"《鄭箋》："於是與其妃大姜自來相居者。"劉向《新序·雜事三》引《詩》作"聿來相宇"。250《大雅·公劉》二章："篤公劉，于胥斯原。"《毛傳》："胥，相。"孔穎達《正義》："相此原地，以居其民。"

❷相；相互。（雅2）223《小雅·角弓》一章："兄弟昏姻，無胥遠矣。"《鄭箋》："胥，相也。骨肉之親，當相親信，無相疏遠。"257《大雅·桑柔》九章："朋友已譖，不胥以穀。"《鄭箋》："以，猶與也。皆不相與以善道。"孔穎達《正義》："不肯相告以善道。"朱熹《集傳》："言朋友相譖，不能相善，曾鹿之不如也。"陳奐《傳疏》："言群臣過差，不相與成於善

道，是不能處朝廷也。"❸表示動作偏指一方。（雅1）264《大雅·瞻卬》五章："舍爾介狄，維予胥忌。"（介狄：披甲的夷狄。）❹皆；都。（雅3、頌4）223《小雅·角弓》二章："爾之遠矣，民胥然矣。爾之教矣，民胥傚矣。"《鄭箋》："胥，皆也。"班固《白虎通義·立教》引《詩》作"爾之教矣，民斯傚矣"。王符《潛夫論·班祿》引《詩》作"爾之教矣，民斯效矣"。王先謙《集疏》："《魯》，胥作斯。"298《魯頌·有駜》一章："醉言舞，于胥樂兮。"《鄭箋》："胥，皆也。"朱熹《集傳》："胥，相也。醉而起舞，以相樂也。"❺語氣詞。（雅3）215《小雅·桑扈》一章："君子樂胥，受天之祜。"朱熹《集傳》："胥，語詞。君子樂胥，則受天之祜矣。頌禱之詞也。"261《大雅·韓奕》三章："籩豆有且，侯氏燕胥。"蘇轍《詩集傳》："胥，辭也。"朱熹《集傳》引或說："胥，語辭。"一說：皆；都。《鄭箋》："胥，皆也。諸侯在京師未去者，於顯父餞之時，皆來相與燕，其籩豆且然，榮其多也。"《桑扈》傳："胥，皆也。"又一說：通"嘉"。喜；樂。馬瑞辰《通釋》："燕胥與燕喜、燕譽、燕樂相類。胥之言序。序、豫古通用，則燕胥猶燕豫也。"《廣雅·釋言》：'皆，嘉也。'皆、嘉以雙聲為義，則訓胥為皆，亦可轉訓為嘉。《桑扈》詩'君子樂胥'義與'燕胥'同。'樂胥'猶'樂嘉'也。"

又見【湑胥】。

虛

xū 許魚切（遇合三平魚曉）
魚部、曉母
去魚切（遇合三平魚溪）
魚部、溪母

土山。（風1）50《鄘風·定之方中》二章："升彼虛矣，以望楚矣。"《毛傳》："虛，漕虛也。"陸德明《釋文》："虛，起居反，本或作墟。"一說：廢墟；有人住過而現在已經荒廢的地方。朱熹《集傳》："虛，故城也。"

【虛邪】（一）xú）同"舒徐"。從容緩慢的樣子。（風3）41《邶風·北風》一章："其虛其邪，既亟只且。"《毛傳》："虛，虛（一作'徐'）也。"《鄭箋》："邪讀如徐。在位之人威儀虛徐寬仁者。"陸德明《釋文》："其邪：音餘。《爾雅》作'舒'。"班固《幽通賦》曹大家

注引《詩》"其虛其徐"。朱熹《集傳》："虛，寬貌。邪，一作徐，緩也。"陳奐《傳疏》："虛邪二字連文成義，虛邪猶委蛇也。"胡承琪《後箋》："虛徐叠韻，是當時有此語。毛謂《詩》之虛邪即漢人之虛徐也。"《爾雅·釋訓》："其虛其徐，威儀容止也。"孫炎注："威儀謙退也。"

墟 xū 去魚切（遇合三平魚溪）
　　魚部、溪母
土山。見"虛"。

須（須） xū 相俞切（遇合三平虞心）
　　侯部、心母
❶等待。（風 1）34《邶風·匏有苦葉》四章："人涉卬否，卬須我友。"《毛傳》："人皆涉，我友未至，我獨待之而不涉。"《爾雅·釋詁》邢昺疏引作"我頷須我友"。王先謙《集疏》："魯，須作頷。"❷古邑名，春秋時衛地，即沫邑。在今河南省滑縣東南。（風 1）39《邶風·泉水》四章："思須與漕，我心悠悠。"《毛傳》："須、漕，衛邑也。"陳蔚林《詩說》："《説文》'湏'下云：'古文沫，從頁。'是須即沫也。'桑中''沫之鄉矣'是也。此詩思須之須當爲湏。後人不知湏是古文沫，傳寫訛湏爲須。"馬瑞辰《通釋》："須與漕皆在今衛輝府滑縣境内，漢白馬縣即今滑縣也。"

徐 xú 似魚切（遇合三平魚邪）
　　魚部、邪母
古代諸侯國名。周初徐戎所建，嬴姓，相傳是伯益的後代。穆王時率九夷抗周，曾攻至黄河沿岸。宣王時一度被周擊敗。公元前 512 年爲吴所滅。故城在今安徽省泗縣北。（雅 1，頌 1）263《大雅·常武》二章："率彼淮浦，省此徐土。"300《魯頌·閟宮》六章："保有鳧繹，遂荒徐宅。"陳奐《傳疏》："徐讀爲邾。"《說文》：'魯東有邾城。'"王先謙《集疏》："徐宅，邾之舊居。"《玉海》："徐，嬴姓，伯益佐禹有功，封其子若木於徐。一說：徐州之地。嚴粲《詩緝》"曹氏曰：'禹貢'徐州之地而魯宅之，故曰徐宅。'"

【徐方】徐國。（雅 7）263《大雅·常武》三章："震驚徐方，如雷如霆，徐方震驚。"《鄭箋》："驚動徐國，如雷霆之恐怖人然，徐國則驚動而將服罪。"

【徐國】周代諸侯國名。（雅 1）263《大雅·常武》五章："不測不克，濯征徐國。"《鄭箋》："既服淮浦矣，又又以大征徐國，言必勝也。"馬瑞辰《通釋》："《括地志》：'泗州徐城縣，今徐城鎮，在臨淮鎮北三十里，有故徐城，號大徐城，周十一里，中有偃王廟，故徐國也。'"
參"虛"。

栩 xǔ 况羽切（遇合三上麌曉）
　　魚部、曉母
櫟樹。也叫柞櫟樹、柞櫪樹或麻栗樹。（風 2，雅 2）121《唐風·鴇羽》一章："肅肅鴇羽，集于苞栩。"《毛傳》："栩，杼也。"孔穎達《正義》引郭璞説："柞樹也。"陸璣《詩義疏》："今柞櫪也，徐州人謂櫪爲杼，或謂之爲栩。其子爲皂，或言皂斗，其殻多汁，可以染皂。"

詡 xǔ 况羽切（遇合三上麌曉）
　　魚部、曉母
詡詡，肥大的樣子。見"甫甫"。

冔（冔） xǔ 况羽切（遇合三上麌曉）
　　魚部、曉母
殷代貴族戴的禮帽。（雅 1）235《大雅·文王》五章："厥作祼將，常服黼冔。"《毛傳》："冔，殷冠也，夏后氏曰收，周曰冕。"陸德明《釋文》："冔，殷冠名，《字林》作冔。"王先謙《集疏》："蔡邕《獨斷》云：冕冠，殷曰冔，以三十升漆布爲殻，廣八寸，長尺二寸，加爵冕其上，黑而微白，前大後小，有收以持笄。"

湑（醑） xǔ 私吕切（遇合三上語心）
　　魚部、心母
❶濾去酒中的糟。也指濾去了酒糟的酒。（雅 2）165《小雅·伐木》三章："有酒湑我，無酒酤我。"《毛傳》："湑，茜之也。"陸德明《釋文》："湑，本又作醑，茜，所六反。與《左傳》'縮酒'同義，謂以茅沛之而去其糟也。"朱熹《集傳》："醑，亦釃也。"陳奐《傳疏》："有汁滓者謂之酤，滲去其汁滓者謂之湑。…言有酒，用其滲去汁滓之酒；無酒，則用汁滓者矣。"胡承珙《後箋》："是有酒湑我，謂久釀之酒，已經沛茜，則清滑而美。"❷（酒）清。（雅 1）248《大雅·鳧鷖》三章："爾酒既湑，爾殽伊脯。"《鄭箋》："湑，酒之沛者也。"陳奐《傳疏》："《士冠禮》注：'湑，清

也。'《內則》注：'清，沛也。''爾酒既湑'，猶云爾酒既清矣。❸茂盛。（雅 2）214《小雅·裳裳者華》一章："裳裳者華，其葉湑兮。"《毛傳》："湑，盛貌。"陳奐《傳疏》："於華言裳裳，於葉言湑，皆有盛義。"❹露多的樣子。（雅 1）173《小雅·蓼蕭》一章："蓼彼蕭斯，零露湑兮。"《毛傳》："湑湑然蕭上露貌。"嚴粲《詩緝》："曹氏曰：湑，潤澤也。"

【湑湑】茂盛的樣子。（風 1）119《唐風·杕杜》一章："有杕之杜，其葉湑湑。"《毛傳》："湑湑，枝葉不相比也。"孔穎達《正義》："有杕然特生之杜，其葉湑湑然而盛。…湑湑與菁菁皆茂盛之貌。《詩》於此云'湑湑，枝葉不相比'，下章言'菁菁，葉盛'，互相明耳。"馬瑞辰《通釋》："'其葉湑湑'，'其葉菁菁'，皆言葉之盛。則杕雖孤特，猶有葉以爲蔭庇，興今之獨行無親爲杕杜不若也。"

許（许）

（一）xǔ 虛呂切（遇合三上語曉）
魚部、曉母

❶通"御"。進。（雅 1）243《大雅·下武》五章："昭兹來許，繩其祖武。"《毛傳》："許，進。"胡承珙《後箋》："竊意來許猶言來者，正指武王，謂昭哉後來之武王，能繩其祖先之武，與上嗣服同意。"馬瑞辰《通釋》："哉與兹聲同。來猶後也，後猶嗣也。來許，猶云後進。"《後漢書·祭祀志下》注引《謝沈書》引《詩》作"昭哉來御"。段玉裁《小學》："《廣雅》：'許，進也。'本此《傳》。則《毛詩》本作'許'，作'御'者，蓋三家。"王先謙《集疏》："三家，許作御。…來許猶云後進。'昭哉來許'，猶上章'昭哉嗣服'也。"曾運乾《毛詩說》："《廣雅·釋詁》：'服，進，行也。'又曰：'許，御，進也。'"《謝沈書》引作'昭哉來御'是也。服者，舟之進；御者，車之進；行者，足之進。'嗣服'、'來許'，均猶後進也。此換文取韻例。"一說：侍候；侍奉。高亨《今注》："許，讀爲御。《小爾雅·廣言》：'御，侍也。'此句言應侯勤勉地來侍候天子。"

❷周代諸侯國名。也寫作"鄦"。公元前十一世紀建立，地在今河南省許昌縣東。姜姓，開國君主爲文叔，戰國初期滅於楚。一說滅於魏。（風 2）54《鄘風·載馳》三章：

"許人尤之，衆穉且狂。"68《王風·揚之水》三章："彼其之子，不與我戍許。"《毛傳》："許，諸姜也。"按《漢書·地理志》："潁川郡。…許故國，姜姓，四岳後，大叔所封，二十四世爲楚所滅。"❸古地名，即許田。在今山東省臨沂縣西北十五里。本是魯國的土地，春秋時爲鄭武公用楊邑和璧玉換去，到僖公時收歸魯國。（頌 1）300《魯頌·閟宮》七章："居常與許，復周公之宇。"《毛詩》："常，許，魯南鄙西鄙。"《鄭箋》："許，許田也。魯朝宿之邑也。"《晏子春秋·內篇雜上》："景公伐魯，傅許，得東門無澤。"劉師培《校補》："許，即《詩·魯頌》'居常與許'之'許'也。"

（二）hū ★火五切（遇合一上姥曉）
魚部、曉母

❹見【許²許²】。

【許²許²】同"滸滸"、"所所"。鋸木聲；衆人用力聲。（雅 1）165《小雅·伐木》二章："伐木許許，釃酒有藇。"朱熹《集傳》："許許，衆人共力之聲。"《淮南子》曰：'舉大木者呼邪許'，蓋舉重勸力之歌也。"《說文·斤部》："所，伐木聲也。從斤，户聲。《詩》曰：伐木所所。"段玉裁注："丁丁，斧斤聲；所所，則鋸聲也。"楊樹達《述林》卷一："所與許古音同，故《毛詩》作'伐木許許'。一說：削下的木片飛散的樣子。《毛傳》："許許，柹（fèi）貌。"孔穎達《正義》："伐木其柹許許然。"惠棟《九經古義》："《禮》說曰：所者削柹，猶斯析薪，故斯，所皆從斤。《說文》依《毛傳》而云'所所，伐木聲'。遠聞其聲，近見其貌。"《後漢書·朱穆傳》、《顏氏家訓·書證》引作"滸滸"。

洫

xù 火季切（止合三去至曉）
況逼切（曾合三入職曉）
質部、曉母

清静；静謐。（頌 1）300《魯頌·閟宮》一章："閟宮有洫，實實枚枚。"《毛傳》："洫，清静也。"王先謙《集疏》："《韓》，洫或作閟。"

閟

xù 況逼切（曾合三入職曉）
質部、曉母

清静；静謐。見"洫"。

恤（卹） xù　辛聿切（臻合三入術心）
質部、心母

❶憂慮。(風1、雅4)35《邶風·谷風》三章："我躬不閱，遑恤我後。"《鄭箋》："恤，憂也。我身尚不能自容，何暇憂我後所生子孫也。"169《小雅·杕杜》四章："期逝不至，而多爲恤。"《毛傳》："恤，憂也。"257《大雅·桑柔》五章："告爾憂恤。"《鄭箋》："恤，亦憂也。"朱熹《集傳》："告之以其所當憂。"屈萬里《詮釋》："憂恤，謂可憂之事也。"❷憂患。(雅3)185《小雅·祁父》一章："胡轉予于恤，靡所止居。"《毛傳》："恤，憂也。"朱熹《集傳》："予乃王之爪牙，汝何轉我於憂恤之地，使我無所止居乎？"胡承珙《後箋》："謂兵興不已，頻轉憂困。"參"溢"。

旭 xù　許玉切(通合三入燭曉)
覺部、曉母

太陽初出。(風1)34《邶風·匏有苦葉》三章："雝雝鳴雁，旭日始旦。"《毛傳》："旭，日始出，謂大昕之時。"朱熹《集傳》："旭，日初出貌。"王先謙《集疏》："《韓》旭作昫。《韓》說曰：昫，暖也。"參"好"。

煦 xù　香句切(遇合三去遇曉)
　　　況羽切(遇合三上麌曉)
侯部、曉母

太陽初出的霞光。見"旭"。

序 xù　徐吕切(遇合三上語邪)
魚部、邪母

❶依次序排列。(雅3)246《大雅·行葦》五章："舍矢既均，序賓以賢。"《毛傳》："言賓客次第皆賢。"《鄭箋》："序賓以賢，謂以射中多少爲次第。"257《大雅·桑柔》五章："誨爾序爵。"《鄭箋》："教女以次序賢能之爵。"屈萬里《詮釋》："序爵，謂辨别賢否以序次爵禄之也。"《墨子·尚賢中》引《詩》作"誨爾予爵"。❷安排有序。(頌2)273《周頌·時邁》："明昭有周，式序在位。"嚴粲《詩緝》："天實明昭有周矣，武王之巡狩也，以慶罰黜陟之典，序諸侯之在位者。"王先謙《集疏》："言大明著見之有周，在位者咸得其序，謂皆賢也。"❸助；幫助。(頌2)273《周頌·時邁》："昊天其子之，實右序有周。"馬瑞辰《通釋》："次序爲序，順從亦爲序。順之即助之也。…實右序有周，猶言實佑助有周也。右序二字同義。"吴闓生《會通》："右、序，皆助也。"一說：次序；安排。《鄭箋》："右助次序其事。"孔穎達《正義》："實佑助而次序我有周之事。"又一說：享。俞樾《平議》卷十一："'序'當作'享'。……'實右序有周'，猶'我將''既右饗之'。'享'與'序'形相近，又涉下文'式序在位'而誤耳。"❹通"緒"。事業。(頌2)269《周頌·烈文》："念兹戎功，繼序其皇之。"孔穎達《正義》："《釋詁》：'叙，緒也。'則繼父祖之胤緒也。"馬瑞辰《通釋》："繼序猶云纘緒，謂諸侯世繼其先祖之緒以爲君也。"陳奂《傳疏》："繼緒，言武王繼文王伐崇之緒也。"286《周頌·閔予小子》："於乎皇王，繼序思不忘。"《毛傳》："序，緒也。"段玉裁《小箋》："此謂序即緒之假借。"陳奂《傳疏》："《閟宫》'纘禹之緒'《傳》：'緒，業也。'緒、業一義之引申。思爲句中語助，無實義。"屈萬里《詮釋》："言繼祖考之緒業而不失墜也。"

勖（朂） xù　許玉切(通合三入燭曉)
覺部、曉母

勉勵；勸勉。(風1)28《邶風·燕燕》四章："先君之思，以勖寡人。"《毛傳》："勖，勉也。"《鄭箋》："將歸猶勸勉寡人。"朱熹《集傳》："又以先君之思勉我。"一說：通"畜"。愛；好。《禮記·坊記》、《列女傳·母儀》均引作"畜"。馬瑞辰《通釋》："《毛詩》作勖者，畜之假借。古畜字與孝、好皆雙聲，同在曉母，故同義。…以畜寡人，猶以好寡人耳。"

淢 xù　況逼切(曾合三入職曉)
職部、曉母

溝渠；護城河。(雅1)244《大雅·文王有聲》三章："築城伊淢，作豐伊匹。"《毛傳》："淢，成溝也。"《鄭箋》："方十里曰成。淢，其溝也。"孔穎達《正義》："《冬官·匠人》云：'井間有溝，成間有洫。'溝是總名，故云'淢，成溝'。謂十里成間所有溝。淢、洫音同。"陸德明《釋文》："淢，況域反，溝也。成間有淢，廣深八尺。字又作洫。《韓詩》云：'洫，深池。'"陳奂《傳疏》："成爲城古文假借字。《傳》云成溝，猶城池。"馬瑞辰《通釋》："淢蓋洫之假借。"

洫 xù 況逼切（曾合三入職曉）
質部、曉母

溝渠。見"淢"。

畜 xù 許竹切（通合三入屋曉）
覺部、曉母

養；養育；養活。（風 1、雅 4）188《小雅・我行其野》一章："爾不我畜，復我邦家。"《毛傳》："畜，養也。"191《小雅・節南山》十章："式訛爾心，以畜萬邦。"《鄭箋》："畜，養也。"202《小雅・蓼莪》四章："拊我畜我，長我育我。"朱熹《集傳》："鞠、畜皆養也。"陳奐《傳疏》："拊、畜、長、育皆養也。"何楷《古義》："畜兼止與養二義，既乳哺之，又謹其出入，察其起居，藏之堂奧之中，惟恐其有疾病，所以善其養也。"一說：好(hào)；喜愛。《鄭箋》："畜，起也。"段玉裁《小學》引戴震云："畜當爲慉。"馬瑞辰《通釋》："《說文》：'慉，起也。'《箋》以畜爲慉之假借，故訓爲起。…古畜與好同聲。"《孟子》：'畜君者，好君也。'《廣雅》：'嫧，喜也。'慉、嫧、畜義並相近。"參"勖"、"蓄"。

慉 xù 許竹切（通合三入屋曉）
覺部、曉母

愛；好。（風 1）35《邶風・谷風》五章："不我能慉，反以我爲讎。"孔穎達《正義》："'不我能慉'，當倒之云'不能慉我'。"陸德明《釋文》："慉，許六反。毛，興也。"陳奐《傳疏》："興，古嫧字。《廣雅》：'嫧，喜也。'"馬瑞辰《通釋》："慉與讎對，當讀如畜好之畜。畜者嫧之省借。《廣雅》：'嫧，好也。'不我慉，即不我好也。"楊樹達《述林》卷六："慉當讀爲畜，好也。《詩》文言不能好我，反以我爲讎也。"一說：養；供給生活費用。《毛傳》："慉，養也。"朱熹《集傳》："慉，養也。而女既不養我，而反以我爲仇讎。"又一說：起；扶持。《說文・心部》："慉，起也。《詩》曰：能不我慉。"戴震《考證》："自言盡心力如此，而其夫乃不以爲能相扶持起家，反讎視之也。"胡承珙《後箋》："慉訓爲興，即謂興起家道，言不以我能興起家道，即下文所謂'既阻我德'也。"又一說：驕愛；寵愛。《鄭箋》："慉，驕也。君子亦但以恩驕樂我，反憎惡我。"

蓄 xù 許竹切（通合三入屋曉）
覺部、曉母
丑六切（通合三入屋徹）
覺部、透母

❶積聚；儲存。（風 1）155《邶風・鴟鴞》三章："予所捋荼，予所蓄租。"陸德明《釋文》作"畜"云："本亦作蓄。"朱熹《集傳》："蓄，積。租，聚。"王先謙《集疏》："蓄租與捋荼，義正相承。"❷指儲存的蔬菜。（風 1）35《邶風・谷風》六章："我有旨蓄，亦以御冬。"《鄭箋》："蓄聚美菜者，以禦冬月乏無時也。君子亦但以我御窮苦之時，至於富貴，則棄我如旨蓄。"陸德明《釋文》："蓄，本亦作畜。"王先謙《集疏》："《魯》說曰：蓄菜，乾苴之屬也。"馬瑞辰《通釋》："旨蓄與旨苕、旨蘦句法相同。苕、蘦皆草名，是知蓄亦菜名也。…旨蓄即蓬菜也。"

緒（绪） xù 徐呂切（遇合三上語邪）
魚部、邪母

事業；工作。（雅 1、頌 3）300《魯頌・閟宮》一章："奄有下土，纘禹之緒。"《毛傳》："緒，業也。"《鄭箋》："緒，事也。"《爾雅・釋詁》："緒，業，事也。"嚴粲《詩緝》："錢氏曰：至武王遂能奄有天下，繼禹之業。"305《商頌・殷武》一章："有截其所，湯孫之緒。"《鄭箋》："緒，業也。"朱熹《集傳》："蓋自盤庚沒而殷道衰，楚人叛之，高宗撻然用武以伐其國，入其險阻，以致其衆，盡平其地，使截然整齊，皆高宗之功也。"263《大雅・常武》二章："不留不處，三事就緒。"《鄭箋》："緒，業也。女三農之事，皆就其業。"高亨《今注》："指農工商各就其業，即命令軍隊不得擾民之意。"屈萬里《詮釋》："言備戰之事，三卿皆籌備就緒也。"

藇 (㫸) xù 徐呂切（遇合三上語邪）
魚部、邪母

美好的樣子。（雅 1）165《小雅・伐木》二章："伐木許許，釃酒有藇。"《毛傳》："藇，美貌。"按《玉篇・艸部》："藇，酒之美也。"引《詩》"釃酒有藇。"

鱮（鲟） xù 徐呂切（遇合三上語邪）
魚部、邪母

魚名。即鰱魚，也叫白鰱。（風 1、雅 3）104

《齊風·敝笱》二章："敝笱在梁,其魚魴鱮。"《毛傳》:"魴鱮,大魚。"《鄭箋》:"鱮似魴而弱鱗。"陸璣《詩義疏》:"鱮似魴,厚而頭大,魚之不美者。故里語曰:'網魚得鱮,不如啖茹。'其頭尤大而肥者,徐州人謂之鱃,或謂之鱅。"

續（续） xù 似足切（通合三入燭邪）
屋部、邪母

❶繼續;繼承。（雅1,頌2)189《小雅·斯干》二章:"似續妣祖,築室百堵。"（似續妣祖:續承先祖的功業。）291《周頌·良耜》:"以似以續,續古之人。"《毛傳》:"以似以續,嗣前歲,繼往事也。"陳奐《傳疏》:"言嗣續前歲之往之事也。"❷連接引車皮帶的環。（風1)128《秦風·小戎》一章:"游環脅驅,陰靷鋈續。"《毛傳》:"續,續靷也。"陳奐《傳疏》:"續靷者,系於靷之環。⋯蓋靷以皮為之,靷環所以系靷,是曰續。設於軸上,不設於軾也。"胡承珙《後箋》:"蓋靷從輿下而出從軾前,以繫於衡,其革不能如此之長,必須鋈環以接續之,故曰鋈續。⋯毛意鋈為白金,鋈續者,即以白金為續靷之環。"

藚（荬） xù 似足切（通合三入燭邪）
屋部、邪母

草名。即澤舄,也叫水舄。生長在水澤低濕的地方,可做藥材,也可以吃。（風1)108《魏風·汾沮洳》三章:"彼汾一曲,言采其藚。"《毛傳》:"藚,水舄也。"孔穎達《正義》引陸璣《詩義疏》:"今澤舄也。其葉如車前草大,其味亦相似,徐州廣陵人食之。"《爾雅·釋草》:"藚,牛脣。"郭璞注引《毛诗傳》曰:"水舄也。如續斷,寸寸有節,拔之可復。"陳奐《傳疏》:"水舄草生沮洳澤中,可作菜。俗作蕮、作瀉。"

宣 xuān 須緣切（山合三平仙心）
寒部、心母

❶周遍;普遍。（雅1)257《大雅·桑柔》八章:"秉心宣猶,考慎其相。"《鄭箋》:"宣,徧;猶,謀。⋯乃執正心,舉ართ偏謀於衆。"朱熹《集傳》:"周徧謀度,考擇其輔相。"一說:明;明達。馬瑞辰《通釋》:"秉心宣猶,言其持心明且順耳。"❷宣揚;宣佈。（雅2)262《大雅·江漢》四章:"王命召虎,來旬來宣。"孔穎達《正義》:"勤勞於宣揚王事。"朱熹《集傳》:"宣,布也。胡承珙《後箋》:"宣,當謂宣布王命也。"250《大雅·公劉》二章:"既順迺宣,而無永歎。"曾運乾《毛詩說》:"既順民心,又宣教令。"于省吾《新證》:"順、旬古並與巡通。既巡乃宣,謂公劉既巡行,乃宣示。巡行其原,宣示其衆。故下承以'而無永歎',謂人民之安其居也。'王命召虎,來巡來宣',言王命召虎來巡行,來宣示,巡於江漢,宣示王命也。"一說:通暢。馬瑞辰《通釋》:"宣之言通也,暢也。言民心既順,其情乃宣暢也。"又一說:普遍。《毛傳》:"宣,徧也。"《鄭箋》:"既順其事,又乃使之時耕。"孔穎達《正義》:"順謂順事,則耕謂徧耕。"朱熹《集傳》:"宣,徧也。言居之徧也。"黃焯《毛鄭平議》:"詩意蓋謂遷豳之始,既順民之情,乃又徧教之,使民無不適有居之嘆也。"❸明;發揚光大。（雅1)235《大雅·文王》七章:"宣昭義問,有虞殷自天。"王引之《述聞》卷六:"宣,明也。宣昭,猶言明昭。⋯言明昭善名於天下也。"（義問:好名聲。)屈萬里《詮釋》:"宣昭,猶言明著也。"❹疏通溝渠。（雅1)237《大雅·緜》四章:"迺疆迺理,迺宣迺畝。"朱熹《集傳》:"宣,布散而居也。或曰:導其溝洫也。"戴震《考證》:"宣,讀如《春秋（昭公元年)》'宣汾洮'之宣,謂通洫澮也。"洪頤煊《讀書叢錄》:"宣,謂宣通其溝防,重水利也。畝,謂定其一夫受田之制。"一說:翻耕（田地）。《鄭箋》:"時耕曰宣。"孔穎達《正義》:"宣訓為徧也,發也。天時已至,令民徧發土地,故謂之宣。"馬瑞辰《通釋》:"宣者,以耜發田之謂。"曾運乾《毛詩說》:"宣,迴旋發地也。畝,言其發之直也。"❺驕奢。（雅1)181《小雅·鴻鴈》三章:"維此哲人,謂我劬勞;維彼愚人,謂我宣驕。"王引之《述聞》卷六:"宣驕與劬勞相對為文。劬亦勞也,宣亦驕也。⋯宣為侈大之意,宣驕猶言驕奢,非謂宣示其驕也。"一說:表示。《毛傳》:"宣,示也。"陳奐《傳疏》:"言智者謂我病苦,而愚者猶謂我視民以慢也。"❻通"垣"。垣牆。比喻屏障。（雅1)259《大雅·崧高》一章:"四國于蕃,四方于宣。"馬瑞辰《通釋》:"宣與蕃對

言,宣,當爲垣之假借。…二于字皆當讀爲,猶言爲藩、爲垣也。陳奂《傳疏》:"于,爲也。言爲蕃四國,爲宣四方也。"一說:宣揚。《鄭箋》:"四國有難,則往扞禦之,爲之蕃屏。四方恩澤不至,則往宣暢之。"嚴粲《詩緝》:"四國則于以蕃蔽其患難,四方則于以宣布其恩澤。"

【宣哲】明智;明哲。(頌 1)282《周頌·雝》:"宣哲維人,文武維后。"朱熹《集傳》:"宣,通;哲,知。"王引之《述聞》卷七:"宣哲,猶明哲也。《大雅·烝民》篇'既明且哲'是也。"馬瑞辰《通釋》:"宣哲與文武對舉。…宣之言顯,顯,明也。宣哲猶言明哲也。"俞樾《平議》卷十一:"宣乃烜之假借。《廣雅·釋詁》:'烜,明也。'…宣哲猶明哲也。"汪中《經義新知記》:"'宣哲',即《商頌》之'濬哲',宣、濬叠韻。"

參"咺"。

喧 xuān 況袁切(山合三平元曉)
寒部、曉母

威儀顯著。見"咺"。

愃 xuān 須緣切(山合三平仙心)
寒部、心母

況晚切(山合三上阮曉)
寒部、曉母

心寬。見"咺"。

煊 xuān ★許元切(山合三平元曉)
寒部、曉母

光明宣著。見"咺"。

萱(蕿) xuān 況袁切(山合三平元曉)
寒部、曉母

萱草,金針菜。見"藼"。

諠 xuān 況袁切(山合三平元曉)
寒部、曉母

忘記。見"藼"。

儇 xuān 許緣切(山合三平仙曉)
寒部、曉母

敏捷;技巧嫻熟。(風 1)97《齊風·還》一章:"揖我謂我儇兮。"《毛傳》:"儇,利也。"孔穎達《正義》:"儇,利,言其便利馳逐。"陳奂《傳疏》:"利猶閒也,閒於馳逐也。"一說:美好的樣子。陸德明《釋文》:"儇,《韓詩》作

嫙,音權,好貌。"王引之《述聞》卷五:"《韓詩》說是也。二章言好,三章言臧。臧與好同義,則嫙亦同也。"

藼(蕿) xuān 況袁切(山合三平元曉)
況晚切(山合三上阮曉)
寒部、曉母

忘記。(風 3)55《衛風·淇奧》一章:"有匪君子,終不可藼兮。"《毛傳》:"藼,忘也。"《禮記·大學》引作"諠"。56《衛風·考槃》一章:"獨寐寤言,永矢弗諠。"《鄭箋》:"諠,忘也。"孔穎達《正義》引王肅曰:"先王之道,長自誓不敢忘也。"戴溪《續記》:"弗諠者,誓不忘山中之樂,若'蕙悵空而山人去'者,皆忘之也。"

【藼草】又作"萱草",即金針菜。古人以爲此草可令人忘愁,故名忘憂草。(風 1)62《衛風·伯兮》四章:"焉得諼草,言樹之背。"《毛傳》:"諼草令人忘憂。"朱熹《集傳》:"諼草,合歡,食之令人忘憂者。"嵇康《養生論》:"合歡蠲忿,萱草忘憂。"周處《風土記》:"花宜懷妊,婦人佩之必生男。一名忘憂。"陸德明《釋文》:"諼,本又作萱。"王棨《野客叢書》卷十:"今人稱母爲北堂萱,蓋祖《毛詩·伯兮》詩'焉得諼草,言樹之背'。"李時珍《本草綱目·艸部》:"萱草,今江東人采其花跗,乾而食之,名爲黄花菜。"陳奂《傳疏》:"今俗謂金針菜。《說文·艸部》引《詩》作"藼",重文作"萱"。《爾雅·釋訓》陸德明《釋文》引《詩》作"蘐"。

軒(轩) xuān 虛言切(山開三平元曉)
寒部、曉母

車子前高後低;車向上仰。(雅 1)177《小雅·六月》五章:"戎車既安,如輊如軒。"《毛傳》:"輊,摯。"惠棟《古義》:"摯當作輊。"《鄭箋》:"戎車之安,從後視之如摯,從前視之如軒,然後適調也。"朱熹《集傳》:"輊,車之覆而前也;軒,車之却而後也。"胡承珙《後箋》:"輊軒者,低昂之謂。…凡車,輊前者必軒後。軒,起也。前重則後輕,故後有軒勢。若後重則前輕,其前仰起,亦可曰軒。"屈萬里《詮釋》:"如輊如軒,言或低或昂也。"

騆（骃） xuān 火玄切（山合四平先曉）
　　　　　　許縣切（山合四去霰曉）
　　　　　　寒部、曉母

青黑色的馬，即鐵青馬。（頌1)298《魯頌·有駜》三章："有駜有駜，駜彼乘騆。"《毛傳》："青驪曰騆。"《爾雅·釋畜》："青驪，騆。"郭璞注："今之鐵驄。"《說文·馬部》："騆，青驪馬。《詩》曰：'駜彼乘騆。'"

旋 xuán 似宣切（山合三平仙邪）
　　　　　　寒部、邪部

❶轉動。（風1)79《鄭風·清人》三章："左旋右抽，中軍作好。"《鄭箋》："日使我御者習旋車，車右抽刃。"朱熹《集傳》："旋，還車也。"王夫之《稗疏》："左旋右抽者，非以車左車右言之，蓋言戎車回旋演戰之法耳。"馬瑞辰《通釋》："左旋右抽，亦謂將之左右手也。旋車曰旋，旌旗之指揮亦曰旋。"聞一多《類鈔》："身左旋，以右手抽拔兵刃，以習刺擊。"❷回；還。（風2、雅3）54《鄘風·載馳》二章："既不我嘉，不能旋反。"187《小雅·黃鳥》一章："言旋言歸，復我邦族。"朱熹《集傳》："旋，回。"陳奐《傳疏》："旋，與還通。"

嫙 xuán 以宣切（山合三平仙邪）
　　　　　　寒部、邪母

美好。見"還"。

玄 xuán 胡涓切（山合四平先匣）
　　　　　　真部、匣母

黑中帶赤的顏色。（風1、雅3)154《豳風·七月》三章："載玄載黃，我朱孔陽。"《毛傳》："玄，黑而有赤也。"234《小雅·何草不黃》二章："何草不玄，何人不矜。"《鄭箋》："玄，赤黑色。"王引之《述聞》卷五："何草不玄，何草不黃，玄黃亦病也。猶言無草不死，無木不萎也。以草病興人之勞瘁，亦《中谷有蓷》'暵其乾矣'之意。"陳奐《傳疏》："上章言黃，下章言玄，黃玄猶玄黃也。…馬病謂之玄黃，草病亦謂之玄黃。"曾運乾《毛詩說》："九月爲玄，見《爾雅·釋天》。孫炎云：'物衰而色玄也。'"

【玄黃】病。（風1)3《周南·卷耳》三章："陟彼高岡，我馬玄黃。"《毛傳》："玄馬病則黃。"孔穎達《正義》："玄黃者，病之變色也。"朱熹《集傳》："玄黃，玄馬而黃，病極而變色也。"陳奐《傳疏》："當作馬病則玄黃。虺隤叠韻，玄黃雙聲，皆合二字成義。…黃本馬之正色，黃而玄爲馬之病色。"《爾雅·釋詁》："玄黃，病也。"

【玄鳥】燕子。（頌1)303《商頌·玄鳥》："天命玄鳥，降而生商。"《毛傳》："玄鳥，鳦也。"春分玄鳥降。湯之先祖有娀氏女簡狄配高辛氏帝，帝率與之祈於郊禖而生契。"《鄭箋》："天使鳦下而生商者，謂鳦遺卵，娀氏之女簡狄吞之而生契，爲堯司徒，有功封商。堯知其後將興，又錫其姓焉。自契至湯，八遷，始因毫之殷地而受命，國日以廣大。"毛奇齡《續詩傳》："玄鳥，燕名，以玄羽見稱，與黃鳥同。或曰：燕名玄鳥，雁名朱鳥，以去來之候各分陰陽，燕以從陰稱玄鳥，猶之雁以從陽稱朱鳥，不惟色也。"

〔玄鳥〕《商頌》篇名(303)。這是商人或宋人祭祀殷高宗武丁時所唱的樂歌。《詩序》："《玄鳥》，祀高宗也。"《鄭箋》："祀當爲祫。祫，合也。高宗，殷王武丁，中宗玄孫之孫也。有雉雊之異，又懼而脩德，殷道復興，故亦表顯之，號爲高宗云。崩而始合祭於契之廟，歌是詩焉。古者君喪三年既畢，禘於其廟，而後祫祭於太祖，明年春禘於羣廟。自此之後，五年而再殷祭。一禘一祫，春秋謂之大事。"王先謙《集疏》："三家以《商頌》爲宋詩，則此篇即爲宋公祀中宗之樂歌。"魏源《詩古微·詩序集義》："《玄鳥》，美襄公祀高宗也。"朱熹《集傳》則以爲祭祀宗廟的樂歌："此亦祭祀宗廟之樂，而追叙商人之所由生，以及其有天下之初也。"也有認爲祀成湯之詩的。詩中叙述商始祖契誕生的傳説以及成湯受命爲王的事迹，歌頌武丁中興的功業。這是商朝一首簡單的史詩。一章，二十一句。

【玄王】商始祖契的稱號。（頌1)304《商頌·長發》二章："玄王桓撥，受小國是達，受大國是達。"《毛傳》："玄王，契也。"《鄭箋》："承黑帝而立子，故謂契爲玄王。"朱熹《集傳》："玄王，契也。玄者，深微之稱。或曰，以玄鳥降而生也。王者，追尊之號。"一説指成湯。班固《白虎通義·瑞贄》："《詩》云：

'玄王桓撥,受小國是達,受大國是達。'言湯王天下,大小國都來見,湯通達以禮義也。"

縣(县) xuán 胡涓切(山合四平先匣)
寒部、匣母

掛;掛着。(風 3)112《魏風·伐檀》一章:"不狩不獵,胡瞻爾庭有縣狟兮。"

【縣鼓】周代一種掛在架上的鼓。(頌 1)280《周頌·有瞽》"應田縣鼓"《毛傳》:"縣鼓,周鼓也。"孔穎達《正義》:"《明堂位》云:'夏后氏之足鼓,殷人楹鼓,周人縣鼓。'是周法鼓始在縣,故云縣鼓周鼓。"

咺 xuǎn 況晚切(山合三上阮曉)
xuān ★許元切(山合三平元曉)
寒部、曉母

威儀顯著;盛大。(風 2)55《衛風·淇奧》一章:"瑟兮僩兮,赫兮咺兮。"《毛傳》:"咺,威儀容止宣著也。"陸德明《釋文》:"咺,況晚反。《韓詩》作宣。宣,顯也。"《禮記·大學》引作"喧"。《爾雅·釋訓》:"赫兮烜兮,威儀也。"陸德明《釋文》:"烜者,光明宣著。"孔穎達《義疏》:"赫烜者,儀容發揚之言。"一說:心寬的樣子。《說文·心部》:"愃,寬閒心腹貌。"引《詩》"赫兮愃兮"。《玉篇·心部》:"愃,寬心也。"王先謙《集疏》:"《魯》咺作烜,《齊》作喧。《韓》作宣,云:顯也,亦作烜。"

烜 xuǎn 況晚切(山合三上阮曉)
寒部、曉母

光明宣著。見"咺"。

選(选) xuǎn 息兗切(山合三上獮心)
寒部、心母

❶數(shǔ);計算;清點。(風 1、雅 1)179《小雅·車攻》三章:"之子于苗,選徒囂囂。"《毛傳》:"選,數也。維數車徒者爲有聲也。"朱熹《集傳》:"選,數也。數車徒者,其聲囂囂,則車徒之衆可知。"陳奐《傳疏》:"選讀爲算。《說文》:'算,數也。'"王引之《述聞》卷六:"選,具也。…言所具之卒徒囂囂然衆多。"26《邶風·柏舟》三章:"威儀棣棣,不可選也。"《毛傳》:"物有其容,不可數也。"陳奐《傳疏》:"言己之容貌完備,不可說數也。"《後漢書·朱穆傳》載《絕交論》云:"威儀棣棣,不可算也。"馬瑞辰《通釋》:"《說文》:'算,數也。'訓數者爲算之本義,《毛傳》訓數者,以選爲算之假借。"一說:選擇;挑剔。朱熹《集傳》:"選,簡擇也。…威儀無一不善,又不可得而簡擇取舍。"又一說:通"巽"。退讓。聞一多《類鈔》"選"作"巽":"屈撓退讓也。"❷整齊;端正。(風 1)106《齊風·猗嗟》三章:"舞則選兮,射則貫兮。"《毛傳》:"選,齊。"孔穎達《正義》:"當謂其善舞,齊於樂節也。"《史記·仲尼弟子列傳》:"任不齊,字子選。"陳奐《傳疏》:"選者,篹之假借字。…選者,正其舞位之謂。齊者,正也,舞位正則樂節相應。"王先謙《集疏》:"《韓》選作篹,言其舞則應雅樂之一說:與衆不同。《鄭箋》:"選者,謂於倫等最上。"朱熹《集傳》:"選,異於衆也。或曰:齊於樂節也。"

鞙 xuàn 胡畎切(山合四上銑匣)
juān 古玄切(山合四平先見)
寒部、匣母

【鞙鞙】佩玉的樣子;佩玉長的樣子。(雅 1)203《小雅·大東》五章:"鞙鞙佩璲,不以其長。"《毛傳》:"鞙鞙,玉貌。"陸德明《釋文》:"鞙,字或作琄。"《爾雅·釋訓》作"琄琄"。朱熹《集傳》:"鞙鞙,長貌。…東人或與之以鞙然之佩,而西人曾不以爲長。"陳奐《傳疏》:"鞙鞙,謂佩玉鞙鞙然,非謂玉也。《傳》'玉貌'當作'佩玉貌'三字,蓋奪一佩字耳。"曾運乾《毛詩說》:"鞙鞙佩璲者,貴其爲玉而可以比德,不僅以其繫璲之組之長也。"

琄 xuàn 胡畎切(山合四上銑匣)
寒部、匣母

佩玉貌。見"鞙"。

削 xuē 息約切(宕開三入藥心)
藥部、心母

❶(口語 xiāo)用刀斜而略平地切;刮。(雅 1)237《大雅·緜》六章:"築之登登,削屢馮馮。"《毛傳》:"削墙鍛屢之聲馮馮然。"焦循《補疏》:"以藁盛土投之板中而築之,築其上也,其旁必有溢出於板者,則削之屢以

取其平，削，謂以銚鎒之類削去之。"❷減：減少。《雅1)257《大雅·桑柔》五章："爲謀爲毖，亂況斯削。"馬瑞辰《通釋》："《儀禮》鄭注：'削，猶殺也。'《詩》蓋言在上者如善其謀，慎其事，亂狀斯能減削耳。"

學（学） xué 胡覺切（江開二入覺匣）覺部、匣母

學習。《頌1)288《周頌·敬之》："日就月將，學有緝熙于光明。"陳奐《傳疏》："'學有緝熙于光明'，言學自明而大，以至於大明也。"

穴（宂） xué 胡決切（山合四入屑匣）質部、匣母

❶窑洞。《雅1)237《大雅·緜》一章："陶復陶穴，未有家室。"《集傳》："穴，土室也。"于省吾《新證》："徑直而簡易者曰穴，復出多歧者曰復。"❷墓坑；墓穴。《風4)73《王風·大車》三章："穀則異室，死則同穴。"《鄭箋》："穴，謂塚壙中也。"131《秦風·黃鳥》："臨其穴，惴惴其慄。"朱熹《集傳》："穴，壙也。"鄭方坤《經稗》卷五："夫以臨穴而懼，則生納之故也。…王粲詩曰：'臨穴呼蒼天，涕下如綆縻。'即亦以臨穴爲呼蒼者也。曹植詩曰：'攬涕登君墓，臨穴仰天嘆。'明云登其墓也。"

雪 xuě 相絶切（山合三入薛心）月部、心母

雪。《風3、雅6)150《曹風·蜉蝣》三章："麻衣如雪。"167《小雅·采薇》六章："今我來思，雨雪霏霏。"

血 xuè （口語 xiě）呼決切（山合四入屑曉）質部、曉母

古代供祭祀用的牲畜的血。《雅2)210《小雅·信南山》五章："執其鸞刀，以啓其毛，取其血膋。"《說文·血部》："血，祭所薦牲血也。"段玉裁注："不言人血者，爲其字從皿。人血不可入於皿，故言祭所薦牲血也。"脂肪；牛油。又見【泣血】。

謔（谑） xuè 虚約切（宕開三入藥曉）藥部、曉母

以言相戲；開玩笑。《風4、雅1)30《邶風·終風》一章："謔浪笑敖，中心是悼。"朱熹《集傳》："謔，戲言也。浪，放蕩也。"《爾雅·釋詁》："謔浪笑敖，戲謔也。"郭璞注："謂調戲也。"王先謙《集疏》："謔浪，謔之貌。笑敖，笑之貌。蓋謔非不可，謔而浪則狂；笑非不可，笑而敖則縱。"95《鄭風·溱洧》一章："維士與女，伊其相謔。"《鄭箋》："士與女往觀，因相與戲謔，行夫婦之事。"陳奐《傳疏》："謔，戲謔也。"

【謔謔】喜樂的樣子。《雅1)254《大雅·板》四章："天之方虐，無然謔謔。"《毛傳》："謔謔然喜樂。"一說：戲侮的樣子。蘇轍《詩集傳》："謔謔，戲侮也。"

又見【戲謔】。

熏 xūn 許云切（臻合三平文曉）文部、曉母

用烟火熏。《風1)154《豳風·七月》五章："穹室熏鼠，塞向墐戶。"孔穎達《正義》："穹塞其室之孔穴，熏鼠令出其窟。"

【熏熏】和悦的樣子。《雅2)248《大雅·鳧鷖》五章："公尸來止熏熏，旨酒欣欣。"《毛傳》："熏熏，和說也。欣欣然，樂也。"《説文·酉部》："醺，醉也。《詩》曰：'公尸來燕醺醺。'"何楷《古義》："熏熏，當依《説文》作醺醺，謂尸醉也。"王先謙《集疏》："《魯》作'公尸來燕醺醺。'"一說：香的樣子。俞樾《平評》卷十一："竊疑經文熏熏、欣欣字當互易。公尸來止欣欣，言公尸之和悦也。旨酒熏熏，此熏字乃薰字之假借。《説文·艸部》：'薰，香草也。'蓋因草之香而引申之，則凡香者皆得言薰。…是故'旨酒薰薰'言酒香也。'燔炙芬芬'，言炙香也。欣欣、薰薰字音相同，古書多口授，誤倒其耳。"又一說：坐而不安的樣子。《鄭箋》："熏熏，坐不安之意。"孔穎達《正義》："公尸之來止處，自以神卑之故，熏熏然坐而不安。…熏熏是坐不安之意。"

參"薰"。

壎 xūn 況袁切（山合三平元曉）
★ 許云切（臻合三平文曉）文部、曉母

古代一種用陶土燒成的吹奏樂器。《雅2)199《小雅·何人斯》七章："伯氏吹壎，仲氏吹篪。"《毛傳》："土曰壎，竹曰篪。"孔穎達

《正義》:"壎、篪俱是樂器,其聲相和。"朱熹《集傳》:"壎、樂器,土曰壎,大如鵝子,銳上平底,似稱錘,六孔。"254《大雅·板》六章:"天之牖民,如壎如篪。"《毛傳》:"如壎如篪,言相和也。"孔穎達《正義》:"壎篪俱是樂器,其聲相和,以喻民之應君,故云相和也。"朱熹《集傳》:"壎唱而篪和。"應劭《風俗通義》卷六引《詩》"如塤如箎",注云:"一作壎者,古今字也。"姜宸英《湛園札記》:"《詩》言兄弟,曰'如塤如箎'。《樂志》曰:'如塤爲宮,而箎之徵和;塤爲商,而箎之羽和。'蓋他音,一音各爲一節,獨塤、箎二音同爲一節,和之至也。"

薰 xūn 許云切(臻合三平文曉)
文部、曉母

通"熏"。用烟火熏;灼烤。(雅 1)258《大雅·雲漢》五章:"我心憚暑,憂心如薰。"唐石經作"熏"。《毛傳》:"薰,灼也。"陸德明《釋文》:"薰,本又作燻。"孔穎達《正義》:"薰、灼俱焚炙之義,故爲灼也。"朱熹《集傳》亦作"熏"。阮元《校刊記》:"薰字非也。考文古本作薰,依上《正義》中引《爾雅》'薰也'而爲之耳。"參"淪"。

醺 xūn 許云切(臻合三平文曉)
文部、曉母

和悦的樣子。見"熏"。

勛(勳) xūn 許云切(臻合三平文曉)
文部、曉母

淪胥,《後漢書》李賢注引作"勛胥"。見"淪"。

塤 xūn ★許云切(臻合三平文曉)
文部、曉母

古代一種用陶土燒制的吹奏樂器。見"壎"。

旬 xún 詳遵切(臻合三平諄邪)
真部、邪母

❶普遍;樹蔭均布。(雅 1)257《大雅·桑柔》一章:"菀彼桑柔,其下侯旬。"《毛傳》:"旬,言陰均也。"《集傳》:"旬,徧。"陳奐《傳疏》:"古旬聲、勻聲通。陰均者,言依蔭普徧也。"王先謙《集疏》:"《魯》旬作沟。《魯》説曰:沟,均也。"❷通"徇"。巡行;巡視。(雅 1)262《大雅·江漢》四章:"王命召虎,來旬來宣。"馬瑞辰《通釋》:"旬,通作徇。《廣雅》:'徇,巡也。'《白虎通》:'巡者,循也。'又云:'三年二伯出述職。'古者以二伯出述職,代天子巡視邦國。'來旬來宣',正其事也。"于省吾《新證》:"順、旬古並與巡通。…'王命召虎,來旬來宣',言王命召虎來巡行來宣示。巡行江漢,宣示王命也。"一説:普遍。《毛傳》:"旬,徧也。"陳奐《傳疏》:"言徧示功德於四方也。"朱熹《集傳》:"旬,徧。徧治其事,以布王命。"馬瑞辰《通釋》:"是來旬爲巡視之徧,來宣爲宣布之徧,故《爾雅》同訓爲徧。"黃焯《毛鄭平議》引張汝霖説:"旬爲周徧,宣爲宣布,勤於徧而宣布之,故曰'来旬來宣'。'來旬'之義,須以'來宣'足成之。"又一説:經營。《鄭箋》:"來,勤也。旬當作營。宣,徧也。王命召虎,女勤勞於經營四方,勤勞於徧疆理衆國。"孔穎達《正義》:"旬之與營,字相類。"曾釗《詩毛鄭異同辨》:"旬與營字不相類,乃音近耳。"

洵 xún 相倫切(臻合三平諄心)
真部、心母

❶副詞。誠然;實在。(風 9)83《鄭風·有女同車》一章:"彼美孟姜,洵美且都。"《鄭箋》:"洵,信也。"《左傳·昭公十六年》杜預注引《詩》作"詢"。《史記·司馬相如列傳》裴駰《集解》引作"恂"。95《鄭風·溱洧》一章:"洧之外,洵訏且樂。"《鄭箋》:"洵,信也。"陸德明《釋文》:"洵,《韓詩》作詢。"136《陳風·宛丘》一章:"洵有情兮,而無望兮。"《毛傳》:"洵,信也。"❷(又 xuán)通"夐"。遠;久遠,遠離。(風 1)31《邶風·擊鼓》五章:"于嗟洵兮,不我信兮。"《毛傳》:"洵,遠也。"陸德明《釋文》:"洵,呼縣反,《韓詩》作敻,亦遠也。"《吕氏春秋·盡數》高誘注引《詩》"于嗟敻兮"。段玉裁《小箋》:"《毛》字異而義同,謂洵爲敻之假借也,故讀呼縣反。"馬瑞辰《通釋》:"敻之言迥,《爾雅》:'迥,遠也。'…《毛詩》作洵,即敻之假借。"一説:久。聞一多《通義》:"《釋文》:'洵,呼縣反。'疑字即借爲縣。…縣有久義。蓋縣則停,停則久,困乏久亦曰縣久。"又一説:誠信。黃震《黃氏日鈔》卷四:"岷隱云:'自憐其誠切,而意

恂詢郁尋訓訊　xún—xùn　603

得伸也。'愚按《詩》云：'洵美且異。'則'洵'爲誠信之意，岷隱近之。"參〖旬〗。

恂　xún　相倫切（臻合三平諄心）
真部、心母

誠然。見"洵"。

詢(询)　xún　相倫切（臻合三平諄心）
真部、心母

詢問；徵求意見。（雅3）241《大雅·皇矣》七章："詢爾仇方，同爾弟兄。"又見【咨詢】。參"洵"。

郇　xún　相倫切（臻合三平諄心）
真部、心母

❶【郇伯】指荀躒，即知伯，晉國大夫。周景王死後，敬王與王子朝爭奪王位。春秋昭公二十二年荀躒領兵打敗王子朝，保護周敬王進入王城；昭公二十六年，荀躒又保護敬王返回成周。（風1）153《曹風·下泉》四章："四國有王，郇伯勞之。"惠周惕《詩說》："共公於魯僖九年即位，是時齊桓始霸，挾天子以令諸侯。凡齊桓會盟，共公幾於無歲不往。自曾文入曹之後，終共公世不興會盟，宜其思王與郇伯也。"聞一多《類鈔》："郇伯，晉大夫，名躒。四方諸侯之所以有王者，以郇伯勤勞之之故也。"一説：文王之子，爲州伯。《毛傳》："郇伯，郇侯也。"《鄭箋》："郇侯，文王之子，爲州伯，有治諸侯之功。"王應麟《詩地理考》："春秋釋地曰：解縣西北有郇城。"（今山西省臨猗縣附近。）

尋(寻)　xún　徐林切（深開三平侵邪）
侵部、邪母

八尺爲尋。用作動詞，用尋丈量。（頌1）300《魯頌·閟宫》九章："是斷是度，是尋是尺。"《毛傳》："八尺曰尋。嚴粲《詩緝》："於是用八尺之尋、十寸之尺以量之。"《説文·寸部》："度人之兩臂曰尋，八尺也。"朱駿聲《説文通訓定聲·臨部》："程氏瑶田云：'度廣曰尋，度深曰仞。皆伸兩臂度度，度廣則身平臂直，而適得八尺；度深則身側臂曲，而僅得七尺。'其説精覈。尋、仞皆以兩臂度之，故仞亦或言八尺，尋亦或言七尺也。"

訓(训)　xùn　許運切（臻合三去問曉）
文部、曉母

❶教誡；教言。（雅1）260《大雅·烝民》二章："古訓是式，威儀是力。"《毛傳》："古，故；訓，道。"《鄭箋》："故訓，先王之遺典也。"胡承珙《後箋》："道即言也。❷通"順"。服從。（雅1、頌1）256《大雅·抑》二章："無競維人，四方其訓之。"《鄭箋》："有大德行，則天下順從其政。"《左傳·哀公二十六年》引《詩》作"四方其順之"。馬瑞辰《通釋》："訓、順古同聲通用。…《毛詩》作訓，特與下'四國順之'變文，以爲韻耳。一説：教訓。《毛傳》："訓，教。"朱熹《集傳》："盡人道，則四方皆以爲訓。"又見【古訓】。

訊(讯)　xùn　息晉切（臻開三去震心）
真部、心母

❶問；詢問。（雅1）192《小雅·正月》五章："召彼故老，訊之占夢。"《毛傳》："訊，問也。"《鄭箋》："君臣在朝，侮慢元老，召之不問政事，但問占夢。"❷告；諫。（風2、雅1）141《陳風·墓門》二章："夫也不良，歌以訊之。"訊予不顧，顛倒思予。"《毛傳》："訊，告也。"孔穎達《正義》："我歌是詩以告之。"陸德明《釋文》："訊，本又作誶。音信。徐息悴反，告也。《韓詩》：'訊，諫也。'"《廣韻·至韻》引《詩》'歌以誶止'。阜陽漢簡《詩經》亦作"誶"。王引之《述聞》卷五："訊非訛字也。訊，古亦讀如誶。"194《小雅·雨無正》四章："凡百君子，莫肯用訊。"《鄭箋》："訊，告也。"馬瑞辰《通釋》："訊讀如誶，《韓詩》：'誶，諫也。'"戴震《考證》："訊乃誶字轉寫之誤。誶，告；訊，問。聲義不相通假。"江永《羣經補義》卷一："以韻讀之，'訊'皆當爲'誶'字，相似而訛也。《説文》："訊，問也。'"誶，告也。'於義皆當爲告，不當爲問。"❸俘虜；間諜。（雅3）168《小雅·出車》六章："執訊獲醜，薄言還歸。"《毛傳》："訊，辭也。"《鄭箋》："訊，言也。執其可言問所獲之衆以歸者，當獻之也。"朱熹《集傳》："訊，其魁首當訊問者也。"馬瑞辰《通釋》："訊爲軍中通訊問之人，蓋諜者之類。執訊、獲醜，二者相對成文。"陳奐《傳疏》："殺者賤之，醜，衆也。'執訊鹹醜'，言執訊鹹者衆。"屈萬里《詮釋》："訊，猶今言間諜。"

牙 yá　五加切（假開二平麻疑）
　　　　　　魚部、疑母

牙齒。《風 1)17《召南·行露》二章：“誰謂鼠無牙，何以穿我墉？”朱熹《集傳》：“牙，牡齒也。”陳奐《傳疏》：“《説文》：'牙，壯齒也。'段注云：'壯齒者，齒之大者也。統言之皆稱齒稱牙，析言之，當脣者稱齒，後在輔車者稱牙。牙較大於齒，鼠齒不大，故謂無牙也。'”陸佃《埤雅》：“鼠，有齒而無牙。”又見【崇牙】【爪牙】。

雅 yǎ　五下切（假開二上馬疑）
　　　　　　魚部、疑母

❶《詩經》中的一類詩篇，包括《小雅》和《大雅》，都是周代朝廷上的樂歌。《詩·周南·關雎·序》：“雅者，正也。言王政之所由廢興也。政有小大，故有《小雅》焉，有《大雅》焉。”孔穎達《正義》：“王者政教有小大，詩人述之，亦有小大，故有《小雅》焉，有《大雅》焉。《小雅》所陳，有飲食賓客，賞勞群臣，燕賜以懷諸侯，征伐以強中國，樂得賢者養育人材。於天子之政，皆小事也。《大雅》所陳，受命作周，代殷繼伐，荷先王之福祿，尊祖考以配天，醉酒飽德，能官用士，澤被昆蟲，仁及草木。於天子之政，皆大事也。詩人歌其大事，制爲大體；述其小事，制爲小體。體有大小，故分爲二焉。”蘇轍《詩集傳》：“《小雅》言政事之得失，《大雅》言道德之存亡。”嚴粲《詩緝》：“大小《雅》以體言。《小雅》多寄興之詞，兼有風體。《大雅》詞皆正大，氣象開闊，與《國風》《小雅》逈然不同。”朱熹《集傳》：“雅者，正也，正樂之歌也。”鄭樵《六經奧論》：“朝廷之音曰雅。”同時，雅就是夏。《説文·夊部》：“夏，中國之人也。”梁啓超《釋四詩名義》：“雅與夏相通，……雅音即夏音，猶爲'中原正聲'云爾。”雅音是“中原正聲”，同作爲地方歌曲的《國風》不同。❷雅樂，華夏相傳的正樂。（雅 1)208《小雅·鼓鍾》四章：“以雅以南，以籥不僭。”《毛傳》：“爲雅爲南也。舞四夷之樂，大德廣所及也。”胡承珙《後箋》：“詩'以雅以南'，自是以雅爲王者之正樂，南爲四夷之南樂。其下'以籥'，及兼雅、南言之。雅舞固用籥，而南舞亦用籥也。”馬瑞辰《通釋》：“《後漢書·陳禪傳》陳忠曰：'古者合歡之樂舞於堂，四夷之樂陳於門，故《詩》曰：以雅以南，韎任朱離。'……陳忠所云合樂，皆謂六代之樂，即《詩》所謂雅也。雅者，正也，對四夷樂言之，則六代之樂爲正，故謂之雅。”朱熹《集傳》：“雅，二雅也。”孫作雲《説雅》：“'以雅以南'，也就是'以夏以南'。這個雅字也指夏，在此指周樂。”一說：舞名，即萬舞。《鄭箋》：“雅，萬舞也。周樂尚武，故謂萬舞爲雅。雅，正也。”又一說：樂器名。《周禮·春官·笙師》鄭玄注引鄭司農云：“雅，狀如漆筩而弇口，大二圍，長五尺六寸，以羊韋鞔之，有兩紐，疏畫。”

亞（亚） yà　衣嫁切（假開二去禡影）
　　　　　　魚部、影母

❶次，指長子以下老二、老三等其他兒子。（頌 1)290《周頌·載芟》：“侯主侯伯，侯亞侯旅。”《毛傳》：“亞，仲叔也。”一說：大夫。于省吾《新證》：“《左昭七年傳》：'亞，大夫也。'……士、伯、亞、旅四者，皆略舉當時自天子以下卿大夫之祿食公田者。”❷連襟：姊妹的丈夫互相間的稱呼。後寫作“姬”。（雅 1)191《小雅·節南山》四章：“瑣瑣姻

亞,則無膴仕。"《毛傳》:"兩塾相謂曰亞。"《釋名·釋親屬》:"兩塾相謂曰亞,言一人取姊,一人取妹,相亞次也。"

焉 yān 於乾切(山開三平仙影)
寒部、影母

❶疑問代詞。哪裏。(風 1)62《衛風·伯兮》四章:"焉得諼草,言樹之背。"孔穎達《正義》:"何處得一忘憂之草,我樹之於北堂之上,冀觀之以忘憂。"❷代詞。此;這裏。(雅 2)186《小雅·白駒》一章:"所謂伊人,於焉逍遙。"陳奐《傳疏》:"《玉篇》:'焉,是也。'言於是逍搖也。今字作逍遙"❸句中助詞,無實義。(風 2,雅 1)142《陳風·防有鵲巢》一章:"誰侜予美,心焉忉忉。"198《小雅·巧言》五章:"往來行言,心焉數之。"❹形容詞或副詞詞尾。相當於"然"。(雅 1)197《小雅·小弁》二章:"我心憂傷,惄焉如擣。"陳奐《傳疏》:"焉,猶然也。"王引之《釋詞》卷二:"焉,狀事之詞也。與然同義。"引此詩。❺句末語氣詞。表示提示和強調。(風 7,雅 6)119《唐風·杕杜》一章:"嗟行之人,胡不比焉?人無兄弟,胡不佽焉?"224《小雅·菀柳》一章:"有菀者柳,不尚息焉。上帝甚蹈,無自暱焉。"

【焉哉】語氣詞連用,感嘆中含有提示的作用。(風 4)58《衛風·氓》六章:"反是不思,亦已焉哉。"40《邶風·北門》一章:"已焉哉,天實為之,謂之何哉!"孔廣森《卮言》:"《詩》之語助,不出支之魚歌四部,如支部只,斯,之部之、而、哉、思、止、已、忌,魚部且、女、歌部猗、兮、也、我,而無陽聲之字。其字有用為助句者,即當改讀為何反。《北門》末三句以'焉、為、何'相協。"

又見【潸焉】。參"言"。

嚴(严) yán 語驗切(咸開三平嚴疑)
談部、疑母

❶威嚴。(雅 2)177《小雅·六月》三章:"有嚴有翼,共武之服。"《毛傳》:"嚴,威嚴也。"263《大雅·常武》三章:"赫赫業業,有嚴天子。"《毛傳》:"嚴然而威。"陳奐《傳疏》:"有嚴天子,嚴然天子也。"一說:尊嚴。《鄭箋》:"王之軍行,其貌赫赫業業然,有尊嚴於天子之威。"❷通"儼"。恭敬;肅敬。(頌

1)305《商頌·殷武》四章:"天命降監,下民有嚴。"《毛傳》:"嚴,敬也。"陳奐《傳疏》:"嚴,讀為儼。《爾雅》:'儼,敬也。'"一說:威嚴。王國維《與友人論〈詩〉〈書〉成語書》:"'有嚴'一語,古人多以斥神祇祖考。…'天命降監,下民有嚴'者,意謂天命有嚴,降監下民。句或倒者,以就韻耳。"參"巖"。

巖(岩) yán 五銜切(咸開二平銜疑)
談部、疑母

【巖巖】山石堆積的樣子;高峻的樣子。(雅 1,頌 1)191《小雅·節南山》一章:"節彼南山,維石巖巖。"《毛傳》:"巖巖,積石貌。"孔穎達《正義》:"'節'與'巖巖',一也。"《鄭箋》:"興者,喻三公之位,人所尊嚴。"陸德明《釋文》:"巖巖,如字,本或作嚴嚴。"李黼平《紬義》:"《傳》非以積石訓嚴嚴,言維積石,所以高峻,令人視之嚴嚴然也。"300《魯頌·閟宮》六章:"泰山巖巖,魯邦所詹。"孔穎達《正義》:"泰山之高巖巖然。"陳奐《傳疏》:"巖巖,積石貌。"

炎 yán 于廉切(咸開三平鹽云)
談部、匣母

火苗上騰;火光熾烈。(雅 1)212《小雅·大田》二章:"田祖有神,秉畀炎火。"《毛傳》:"炎火,盛陽也。"朱熹《集傳》:"願田祖之神,為我持此四蟲,而付之炎火之中也。"一說:炎火,電火。王夫之《稗疏》:"此云炎火者,電火也。祝神以電照之令死也。炎者,燁燁赤光之貌。"

【炎炎】暑氣熾熱的樣子。(雅 1)258《大雅·雲漢》四章:"赫赫炎炎,云我無所。"《毛傳》:"炎炎,熱氣也。"《鄭箋》:"熱氣大盛,人皆不堪,言我无所庇陰處。"孔穎達《正義》:"炎炎然重熱。"

參"惔"。

延 yán 以然切(山開三平仙以)
寒部、餘母

蔓延。見"蕃"、"施"。

筵 yán 以然切(山開三平仙以)
寒部、餘母

❶竹制的墊席。古人席地而坐,墊席往往不只一層,緊靠地面的一層叫筵,筵上面的叫席。(雅 2)246《大雅·行葦》二章:"或肆

之筵，或授之几。"《毛傳》："或陳設筵者，或授几者。"孔穎達《正義》："《春官·司几筵》注云：'筵亦席也。鋪陳曰筵，藉之曰席。'然則言之，筵席通矣。"❷動詞。入席。(雅2)220《小雅·賓之初筵》一章："賓之初筵，左右秩秩。"《鄭箋》："賓初入門，登堂即席，其趨翔威儀甚審知，言不失禮也。"朱熹《集傳》："初筵，初即席也。"❸動詞。設筵。(雅1)250《大雅·公劉》四章："蹌蹌濟濟，俾筵俾几。"《鄭箋》："群臣則相使爲公劉設几筵，使之升坐。"孔穎達《正義》："公劉則使人爲之設筵，使人爲之設几。"

言 yán 語軒切（山開三平元疑）
寒部、疑母

❶説；説話。(風9、雅9、頌1)58《衛風·氓》二章："既見復關，載笑載言。"197《小雅·小弁》八章："君子無易由言，耳屬于垣。"257《大雅·桑柔》十章："匪言不能，胡斯畏忌。"陳奂《傳疏》："匪，非也。言非言之不能，何其畏忌而不言也。"220《小雅·賓之初筵》五章："匪言勿言，匪由勿語。"朱熹《集傳》："所不當言者勿言，所不當從者勿語。"一説：問。馬瑞辰《通釋》："自言謂之言，以言問人亦謂之言。爾雅·釋詁》'訊，言也'，《廣雅》'言，問也'是也。匪言勿言，上言字當讀爲訊言之言。猶《曾子事父母篇》'弗訊不言'也。"❷話。(風16、雅39)76《鄭風·將仲子》一章："仲可懷也，父母之言，亦可畏也。"198《小雅·巧言》三章："盜言孔甘，亂是用餤。"❸古地名。約在今河南許昌與淇縣之間。(風1)39《邶風·泉水》三章："出宿于干，飲餞于言。"《毛傳》："干、言，所適國郊也。"朱熹《集傳》："干、言，地名，適衛所經之地也。"❹助詞。用在動詞前，無實義。(風20、雅22、頌2)2《周南·葛覃》三章："言告師氏，言告言歸。"朱熹《集傳》："言，辭也。"225《小雅·都人士》四章："我不見兮，言從之邁。"256《大雅·抑》十章："匪面命之，言提其耳。"299《魯頌·泮水》一章："魯侯戾止，言觀其旂。"一説：動詞詞頭。王力《古代漢語》第二册《通論》十四："言字用作詞頭，放在動詞的前面。"又一説：我。《葛覃·傳》："言，我也。"

《都人士·箋》："言，亦我也。"《抑·箋》："我非但對面語之，親提撕其耳。"❺形容詞或副詞詞尾。相當於"然"、"焉"。(風9、雅6、頌1)58《衛風·氓》五章："静言思之，躬自悼矣。"203《小雅·大東》一章："睠言顧之，潸焉出涕。"陳奂《傳疏》："睠言，《荀子》作'眷焉'，《後漢書》作'睠然'，言、焉、然三字皆語詞。"283《周頌·載見》："永言保之，思皇多祜。"一説：我。《鄭箋》："言，我二皇，居也我安行此道，思成王之多福。"❻句中助詞。無實義。(雅1)257《大雅·桑柔》十章："維此聖人，瞻言百里。"《後箋》："瞻言之言，但爲語助。"❼連詞。連繫兩個動詞。相當於"而"。(風8、雅11、頌2)50《鄘風·定之方中》三章："星言夙駕，説于桑田。"82《鄭風·女曰雞鳴》二章："弋言加之，與子宜之。"231《小雅·匏葉》一章："君子有酒，酌言嘗之。"朱熹《集傳》："君子有酒，則亦以是酌而嘗之。"175《小雅·彤弓》一章："彤弓弨兮，受言藏之。"吕祖謙《詩記》："王氏(安石)曰：'受言藏之'者，工成而獻王，王受而藏之，以待賜也。"207《小雅·小明》三章："念彼共人，興言出宿。"朱熹《集傳》："興，起也。…不能安寢，而出宿於外也。"

【言言】1)許多人説話。(雅1)250《大雅·公劉》三章："于時言言，于時語語。"《毛傳》："直言曰言，論難曰語。"陳奂《傳疏》："直言者，徒言之而已，不待辨論也。一説：説該説的話。《鄭箋》："言其所當言，語其所當語。"2)高大的樣子。(雅1)241《大雅·皇矣》八章："崇墉言言。"《毛傳》："言言，高大也。"一説：將壞的樣子。《鄭箋》："言言，猶孽孽，將壞貌。"孔穎達《正義》："言言、仡仡皆是將壞之貌。"胡承珙《後箋》："文王師以順動，未嘗破壞其城，當以《傳》義爲勝。"

又見【薄言】【話言】【流言】【行言】。

顔(顏) yán 五姦切（山開二平删疑）
寒部、疑母

❶額角豐滿。(風1)47《鄘風·君子偕老》三章："子之清揚，揚且之顔也。"《毛傳》："廣揚而顔角豐滿。"朱熹《集傳》："顔，額角豐滿也。"陳奂《傳疏》："揚且之顔，揚且顔也。"
❷臉色；面容。(風3、雅1)83《鄭風·有女

同車》一章："有女同車,顏如舜華。"孔穎達《正義》："此女之美,其顏色如舜木之華。"聞一多《類鈔》："顏,面頰。"256《大雅·抑》七章："視爾友君子,輯柔爾顏。"朱熹《集傳》："言視爾友於君子之時,和柔爾之顏色。"❸臉;臉皮。(雅1)198《小雅·巧言》五章："巧言如簧,顏之厚矣。"朱熹《集傳》："顏厚者,頑不知恥也。"屈萬里《詮釋》："顏之厚矣,即今語厚臉皮也。"

偃 yǎn 於幰切(山開三上阮影)
寒部、影母

仰臥;躺着。(雅1)205《小雅·北山》四章："或息偃在牀,或不已于行。"按《説文·人部》："偃,僵也。"段玉裁注："凡仆仰曰偃,引伸爲凡仰之稱。"朱駿聲《説文通訓定聲·乾部》："按伏而覆曰仆,仰而倒曰偃。…或棲遲偃仰,按仰而睡也。"【偃仰】躺着休息;安居。(雅1)205《小雅·北山》五章："或栖遲偃仰,或王事鞅掌。"馬瑞辰《通釋》："偃仰,猶息偃、媞樂之類,皆二字同義,偃亦仰也。"陸德明《釋文》作"偃卬",云:"卬,本亦作仰。"

鰋 yǎn 於幰切(山開三上阮影)
寒部、影母

鮎魚,也叫鯰魚。(雅1、頌1)170《小雅·魚麗》三章:"魚麗于罶,鰋鯉。"《毛傳》:"鰋,鮎也。"281《周頌·潛》:"鰷鱨鰋鯉。"《毛傳》:"鰋,鮎也。"按李時珍《本草綱目·鱗部四》:"鮧,魚額平夷低窪,其涎沾滑。鮧,夷也;鰋,偃也;鮎,粘也。古曰鰋,今曰鮎,北人曰鰋,南人曰鮎。…鮎乃無鱗之魚,大首偏額,大口大腹,鮠身鱧尾,有齒,有胃,有鬚。生流水者,色青白;生止水者,色青黃。"

儼(俨) yǎn 魚埯切(咸開三上儼疑)
談部、疑母

矜莊;莊重。(風1)145《陳風·澤陂》三章:"有美一人,碩大且儼。"《毛傳》:"儼,矜莊貌。"陸德明《釋文》:"儼,本又作曮。矜莊貌。"一説:美好。馬瑞辰《通釋》:"'碩大且儼',猶言'碩大且卷',卷爲好,儼亦好也。"《説文》:"儼'字注:'一曰好貌。'"又一説:雙下巴。《説文·女部》:"嬐"字下引《詩》"碩大且嬐"。段玉裁注:"《太平御覽·人事部》引《韓詩》作嬐。嬐,重頤也。"王先謙《集疏》:"《韓》儼作嬐。説曰:嬐,重頤也。…重頤豐下,斯爲男子之狀。"

曮 yǎn 魚檢切(咸開三上儼疑)
談部、疑母

矜莊;莊重。見"儼"。

嬐 yǎn ★衣檢切(咸開三上琰影)
侵部、影母

雙下巴。《説文·女部》:"嬐,《詩》:'碩大且嬐。'"高翔麟《引經例辨》:"此《韓詩》也。《毛詩》作'儼'。《韓詩》作'嬐'为假借字。"見"儼"。

奄 yǎn 衣儉切(咸開三上琰影)
談部、影母

❶包括;全部。常"奄有"連用,表示全部擁有。(雅1、頌5)241《大雅·皇矣》三章:"受禄無喪,奄有四方。"《毛傳》:"奄,大也。"《鄭箋》:"世世受福禄,至於覆有天下。"孔穎達《正義》:"至於子孫,而覆有天下四方也。"261《大雅·韓奕》六章:"奄受北國,因以其伯。"《毛傳》:"奄,撫也。"孔穎達《正義》:"奄者,撫有之名。"300《魯頌·閟宫》六章:"奄有龜蒙,遂荒大東。"《鄭箋》:"奄,覆。"王先謙《集疏》:"《魯》,奄作弇。"高亨《周頌考釋》:"奄猶盡也,包括一切之詞。"一説:有。馬瑞辰《通釋》:"奄之義本爲大,大則無所不覆,故同謂之奄,覆與蓋均謂之奄。大則無所不有,故荒爲奄,即爲有…奄、有二字連文,奄即有也。奄即爲有而複稱之曰奄有。猶撫本爲有,而經傳亦連稱撫有也。"❷同;一同。(頌1)276《周頌·臣工》:"命我衆人,庤乃錢鎛,奄觀銍艾。"孔穎達《正義》引王肅曰:"奄,同也。"劉師培《札記》:"以上文'命我衆人'證之,此蒙'衆'言,自以詁'同'爲優。"一説:疾速;很快。馬瑞辰《通釋》:"《方言》:'奄,遽也。'陳穎之間曰奄。'遽有疾速之意。奄爲久,又爲遽,義以相反而相成。"

【奄息】人名,姓子車氏。秦國大夫。公元前六二一年秦穆公死後用他殉葬。(風2)131《秦風·黃鳥》一章:"誰從穆公?子車奄息。"《毛傳》:"子車,氏;奄息,名。"孔穎達《正義》:"或名或字,取其韻耳。"

晻 yǎn 衣儉切（咸三上琰影）
談部、影母
雨雲興起的樣子。見"渰"。

黬 yǎn 於檻切（咸開二上檻影）
談部、影母
雨雲興起的樣子。見"渰"。

衍 yǎn 以淺切（山開三上獮以）
予線切（山開三去線以）
寒部、餘母
美好；盛多。（雅1）165《小雅•伐木》五章："伐木于阪，釃酒有衍。"《毛傳》："衍，美貌。"朱熹《集傳》："衍，多也。"陳奐《傳疏》："衍，謂多溢之美也。"又見【蕃衍】【游衍】。

弇 yǎn 衣儉切（咸三上琰影）
談部、影母
雨雲興起的樣子。見"渰"。

渰 yǎn 衣儉切（咸三上琰影）
談部、影母
雨雲興起的樣子。（雅1）212《小雅•大田》三章："有渰萋萋，興雨祈祈。"《毛傳》："渰，雲興貌。"按《説文•水部》："渰，雨雲貌。"《漢書•食貨志》引作"有黬淒淒"。《吕氏春秋•本務》引作"有晻淒淒"。王先謙《集疏》："《齊》、《渰》作黬、《魯》作晻，《韓》作弇。"段玉裁《小箋》："凡大雨之來，黑雲起而因風生，風生而雲行，所謂'有渰淒淒'也。一説：陰雲。名詞。于鬯《香草校書》卷十五："渰，即是陰雲。"…《吕氏春秋•務本覽》引'渰'作'晻'。高注云："晻，陰雨也。"彼'雨'字當即'雲'之壞文。《漢書•食貨志》引此，顔注正云："渰，陰雲也。"彼實皆本《毛傳》之文，而'貌'字並作'也'字，則明'渰'是實指陰雲，非形容陰雲之貌矣。"

巘（𪩘） yǎn 魚蹇切（山開三上獮疑）
語偃切（山開三上阮疑）
寒部、疑母
不和大山相連的小山。（雅1）250《大雅•公劉》二章："陟則在巘，復降在原。"《毛傳》："巘，小山別於大山也。"一本字作"甗"，指甗形的山。陸德明《釋文》作"甗"説："本又作巘。"孔穎達《正義》："《釋山》云：'重甗，隒。'郭璞曰：'謂山形如累兩甗。甗，甑也。'山形狀似之，上大下小，因以爲名。《西京

賦》曰：'陵重甗'，是也。"又一説：山頂。朱熹《集傳》："巘，山頂也。"

甗 yǎn 魚蹇切（山開三上獮疑）
寒部、疑母
甗形的山。見"巘"。

檿（檿） yǎn 於琰切（咸開三上琰影）
談部、影母
檿桑，古稱山桑。落葉小喬木，葉可飼蠶，木質堅韌，可制弓或車轅。（雅1）241《大雅•皇矣》二章："攘之剔之，其檿其柘。"《毛傳》："檿，山桑也。"朱熹《集傳》："檿，山桑也。與柘皆美材，可爲弓榦，又可蠶也。"

剡 yǎn 以冉切（咸開三上琰以）
談部、餘母
鋒利。見"覃"、"艷"。

厭（厌）（一）yàn 於豔切（咸開三去豔影）
談部、影母

❶厭惡。（雅1）195《小雅•小旻》三章："我龜既厭，不我告猶。"《鄭箋》："龜靈厭之，不復告其所圖之吉凶。"❷美好、茂盛的樣子。（頌1）290《周頌•載芟》："驛驛其達，有厭其傑。"《毛傳》："有厭其傑，言傑苗厭然特美也。"孔穎達《正義》："厭者，苗長茂盛貌。"胡承珙《後箋》："厭本飽足之稱，苗之得氣足者，先長爲傑，故曰有厭。"

（二）yān ★於鹽切（咸開三平鹽影）
談部、影母

❸見【厭²厭²】。

（三）yì ★乙及切（深開三入緝影）
葉部、影母

❹見【厭³浥】。

【厭厭】苗整齊美好的樣子。（頌1）290《周頌•載芟》："厭厭其苗，緜緜其麃。"《鄭箋》："厭厭其苗，衆等齊也。"孔穎達《正義》："二者皆美茂，俱稱厭，但以齊等苗多，重言厭厭耳。"馬瑞辰《通釋》："厭與稔雙聲。《集韻》：'稔，苗齊等也。'厭厭即稔稔之假借。"

【厭²厭²】安詳；安閒的樣子。（風1，雅1）128《秦風•小戎》三章："厭厭良人，秩秩德音。"《毛傳》："厭厭，安静也。"朱熹《集傳》："厭厭，安也，亦久也，足也。"《列女傳•楚於陵妻》引作"愔愔良人"。174《小雅•湛露》

懕晏宴晏唁彥燕　yàn　609

二章："厭厭夜飲，在宗載考。"《毛傳》："厭厭，安也。"陸德明《釋文》："《韓詩》作愔愔，和悅之貌。"《說文·心部》引《詩》作"懕懕"。《爾雅·釋訓》："懕懕，安也。"陳奐《傳疏》："厭，讀爲懕，此假借也。"

【浥³浥】同"浥浥"。露水潮濕的樣子。(風1)17《召南·行露》一章："厭浥行露，豈不夙夜，謂行多露。"《毛傳》："厭浥，濕意也。"陳奐《傳疏》："《說文》：'浥，濕也。'厭浥，古語。厭、浥、濕三字聲同。"馬瑞辰《通釋》："厭浥即浥浥之假借。浥浥二字雙聲，浥與厭亦雙聲，浥浥通作厭浥，猶愔愔通作厭厭也。"

懕(厭)　yàn　★於豔切(咸開三去豔影)
談部、影母
安詳；安閒。見"厭"。

晏　yàn　★於諫切(山開二去諫影)
寒部、影母
安；問安。見"歸"。

宴　yàn　於甸切(山開四去霰影)
於殄切(山開四上銑影)
寒部、影母
❶舉行宴會。(雅1)217《小雅·頍弁》三章："樂酒今夕，君子維宴。"胡承珙《後箋》："謂王不知孤危將亡，且飲酒爲一夕之樂，君子與宴之而已。"屈萬里《詮釋》："宴，宴饗也。二句倒文爲義。言君宴饗，樂酒今夕也。"一說：安樂。高亨《今注》："宴，安也。"程俊英《注析》："維，同惟，只有。宴，安樂。"❷安；快樂。(風3、雅1)35《邶風·谷風》二章："宴爾新昏，如兄如弟。"《毛傳》："宴，安也。"朱熹《集傳》："宴，樂也。"陸德明《釋文》："宴爾，本又作燕。參"燕"、"䜩"。

晏　yàn　烏澗切(山開二去諫影)
烏旰切(山開一去翰影)
寒部、影母
鮮豔；華美。(風1)80《鄭風·羔裘》三章："羔裘晏兮，三英粲兮。"《毛傳》："晏，鮮盛貌。"一說：安；安舒。于鬯《香草校書》卷十："晏，當訓安。…謂服此羔裘之人，有安舒之態，非謂羔裘之晏也。"

【晏晏】溫柔和悅的樣子。(風1)58《衛風·氓》六章："言笑晏晏，信誓旦旦。"《毛傳》：

"晏晏，和柔也。"《爾雅·釋訓》："晏晏、溫溫，柔也。"

唁　yàn　魚變切(山開三去線疑)
寒部、疑母
對亡國或遭遇非常事故的人表示慰問。(風1、雅1)54《鄘風·載馳》一章："載馳載驅，歸唁衛侯。"《毛傳》："弔失國曰唁。"《說文·口部》："唁，弔生也。《詩》曰：歸唁衛侯。"王先謙《集疏》："《韓說》曰：弔生曰唁，弔人失國亦曰唁。"199《小雅·何人斯》二章："胡逝我梁，不入唁我。"《鄭箋》："何故近之我梁而不入吊唁我乎？"孔穎達《正義》："吊生曰唁，不必失國也。"朱熹《集傳》："唁，弔失位也。"

彥　yàn　魚變切(山開三去線疑)
寒部、疑母
才德出衆的人。(風1)80《鄭風·羔裘》三章："彼其之子，邦之彥兮。"《毛傳》："彥，士之美稱。"一說：法則，模範。聞一多《類鈔》："彥、憲古通，邦之彥，猶邦之法則，邦之儀表也。"

燕　(一) yàn　於甸切(山開四去霰影)
寒部、影母
❶燕子。見【燕燕】。❷通"宴"。安；安祥；安定。(雅4·頌1)173《小雅·蓼蕭》三章："既見君子，孔燕豈弟。"《鄭箋》："燕，安也。"244《大雅·文王有聲》八章："詒厥孫謀，以燕翼子。"《毛傳》："燕，安。《禮記·表記》引《詩》鄭玄注："乃遺其後世之子孫以善謀，而安翼其子也。"陳奐《傳疏》："詒，遺也。燕，安。翼，敬。言武王以安敬之謀，遺其孫子也。上言謀，下言燕翼。上言孫，下言子。皆互文以就韻耳。"又《左傳·文公三年》引此詩，楊伯峻注："燕，安也。翼，輔也，佐也，謂安而輔佐其子孫也。"282《周頌·雝》："燕及皇天，克昌厥後。"《毛傳》："燕，安也。"❸通"宴"。快樂；使快樂。(雅1)180《小雅·吉日》三章："悉率左右，以燕天子。"朱熹《集傳》："燕，樂也。於是率其同事之人，各共其事，以樂天子也。"一說：安；保護。高亨《今注》："燕，安也，保也。…盡率左右之人保護天子，以防天子被猛獸所傷。"❹通"宴"。飲酒。(雅20、頌2)173

《小雅·蓼蕭》一章："燕笑語兮,是以有譽處兮。"《鄭箋》："天子與之燕而笑語也。"朱熹《集傳》："燕,謂燕飲。"300《魯頌·閟宮》八章："魯侯燕喜,令妻壽母。"《鄭箋》："燕,燕飲也。"218《小雅·車舝》一章："雖無好友,式燕且喜。"朱熹《集傳》："雖無他人,亦當宴飲以相樂也。"161《小雅·鹿鳴》二章："我有旨酒,嘉賓式燕以敖。"孔穎達《正義》："我有旨美之酒,與此嘉賓用之燕飲以敖遊也。"一說:安。程俊英《注析》："燕,安適。"余培林《正詁》："燕,此處亦當訓安。'式…以…'爲《詩經》中常見之套語,其用法與'既…且…'相似,其下二字多爲形容詞,且意甚相近。《南有嘉魚》'式燕以樂'、'式燕以衎'、《車舝》'式燕且喜'、'式燕且譽',可以爲證。"

(二) yàn 烏前切（山開四平先影）
寒部·影母

❺周代諸侯國,姬姓。開國君主是召公奭。世稱北燕,擁有今河北北部和遼寧西部等地。建都薊（今北京市）。戰國時爲七雄之一,後爲秦所滅。（雅 1）261《大雅·韓奕》六章："溥彼韓城,燕師所完。"陸德明《釋文》："燕,王肅、孫毓並烏賢反,云:北燕國。"朱熹《集傳》："韓初封時,召公爲司空,王命以其衆爲築此城。"俞樾《平議》卷十一："此燕乃南燕也。"一說:安。平安時。《鄭箋》："燕,安也。大矣彼韓國之城,乃古平安時衆民之所築完。"

【燕樂】安樂。（雅 1）161《小雅·鹿鳴》三章："我有旨酒,以燕樂嘉賓之心。"《毛傳》："燕,安也。"

【燕私】古代祭祀後晚上舉行的家族宴會。（雅 1）209《小雅·楚茨》五章："諸父兄弟,備言燕私。"《毛傳》："燕而盡其私恩。"《鄭箋》："祭畢歸賓客之俎,同姓則留與之燕,所以尊賓客,親骨肉也。"

【燕婉】美好(的人)；漂亮(的人)。（風 3）43《邶風·新臺》一章："燕婉之求,籧篨不鮮。"《鄭箋》："燕婉之人,謂伋也。"王先謙《集疏》："《韓》說曰:嬿婉,好貌。"一說:舉止安閒和順。《毛傳》："燕,安；婉,順也。"後指夫婦恩愛。如舊題漢蘇武《詩》之二："結髮爲

夫妻,恩愛兩不疑。歡娛在今夕,燕婉及良時。"《說文·目部》："瞹,目相戲也。《詩》曰:'瞹婉之求。'"

【燕燕】1)燕子,也叫玄鳥。（風 3）28《邶風·燕燕》一章："燕燕于飛,差池其羽。"《毛傳》："燕燕,鳦也。"孔穎達《正義》："舍人曰:'䳖周名燕燕,又名鳦。'此'燕燕'即今之燕也。古人重言之。《漢書》童謠云'燕燕尾涎涎'是也。《爾雅·釋鳥》:'燕燕,鳦。'郭璞注:《詩》云:'燕燕于飛。'一名玄鳥,齊人呼鳦。"清姚柄《詩釋名解》："鳦鳥本名燕燕,不名燕,以其雙飛往來,遂以雙聲名之。"一說:一雙燕子。毛奇齡《續詩傳》："燕燕者,兩燕也。何兩燕？一于歸者,一送者,送者姜氏,于歸者仲媯氏也。"牟庭《詩切》："燕燕,謂雙燕也。"王先謙《集疏》："連言燕燕者,非一燕。"又一說:燕的迭呼。朱熹《集傳》："燕,鳦也。謂之燕燕者,重言之也。"陳奐《傳疏》："詩重言燕燕者,此猶鷗鷗鷗鷗,黃鳥黃鳥,迭呼成義之例。"2)通"宴宴"。安逸的樣子。（雅 1）205《小雅·北山》四章："或燕燕居息。"《毛傳》："燕燕,安息貌。"《漢書·五行志》引作"宴宴"。王先謙《集疏》："《魯》,燕燕作宴宴。"

【燕燕】《國風·邶風》篇名(28)。這是一首送別詩。歷來說法不一。《詩序》："《燕燕》,衛莊姜送歸妾也。"以爲這是衛莊姜送戴媯歸陳的詩。原來衛莊公娶齊女,爲莊姜,美而無子。又娶陳女厲媯,幸其女弟戴媯,生子完,莊姜以爲己子。嬖妾生子叫州吁,有寵而好用兵。莊公卒,太子完立,是爲桓公。桓公立十六年,州吁弒之而自立。戴媯於是歸陳。莊姜遠送之於野,作此詩以見志。這一說法與歷史年代不完全相符。《史記·衛康叔世家》："陳女(厲媯)女弟亦幸於莊公,而生子完；完母死,莊公令夫人齊女子之,立爲太子。"是完立爲君而被弒之時,戴媯早已死去,莊姜何得而送之？《韓詩》說是衛定姜送其娣歸國的詩。牟庭《詩切》也說:"《燕燕》,夫人定姜送歸妾,感獻公不孝也。"《魯詩》《齊詩》則認爲是定姜送其婦歸寧。王先謙《集疏》："《魯》說曰:衛姑定姜者,衛定公之夫人,公子之

母也。公子既娶而死,其婦無子,畢三年之喪,定姜歸其婦,自送之至於野,恩愛哀思,悲以感慟,立而望之,揮泣垂涕。"崔述以爲此詩是衛君送別遠嫁的妹妹。《讀風偶識》:"恐繫衛女嫁於南國,而其兄送之之詩,絕不類莊姜戴媯事也。"現代研究者大都同意此説。聞一多《類鈔》:"《燕燕》,任姓國君送妹出適乎衛也。"馬持盈《今注今譯》:"此衛君送女弟遠嫁之詩。"王士禎《分甘餘話》稱此詩爲"萬古送別詩之祖"。四章,二十四句。

【燕譽】安樂。(雅1)261《大雅·韓奕》五章:"慶既令居,韓姞燕譽。"朱熹《集傳》:"燕,安;譽,樂也。"王先謙《集疏》:"譽、豫通,言安樂也。"一説:好名聲。《鄭箋》:"韓姞則安之,盡婦道,有顯譽。"
參"宴"。

嬿 yàn 於甸切(山開四去霰影)
寒部、影母
嬿婉,美好。見"燕"。

曣 yàn ★伊甸切(山開四去霰影)
寒部、影母
太陽出現。見"見"。

鴈(雁) yàn 五晏切(山開二去諫疑)
寒部、疑母

❶大鴈。一種隨季節遷徙的候鳥,善於游泳和飛行,飛行時排成行列。(風5)82《鄭風·女曰雞鳴》一章:"將翱將翔,弋鳧與鴈。"78《鄭風·大叔于田》二章:"兩服上襄,兩驂鴈行。"《鄭箋》:"鴈行者,言與中服相次序。"王引之《述聞》:"鴈行,謂在旁而差後,如鴈行空,即下章之'兩驂如手'也。"
❷鵝。(風1)34《邶風·匏有苦葉》三章:"雝雝鳴鴈,旭日始旦。"王引之《述聞》卷十:"鴈蓋鵝也,鵝乃常畜之禽,故四時用之,古者謂鵝爲鴈。"陳奂《傳疏》:"秋行嫁娶,納采在前,當無鴈之時,則鴈爲家畜之鵝。王説是也。"一説:大鴈。《毛傳》:"雝雝,鴈聲和也。納采用鴈。"《鄭箋》:"鴈者隨陽而處,婦人從夫,故婚禮用焉。"朱熹《集傳》:"鴈,鳥名,似鵝,畏寒,秋南春北。婚禮納采用鴈。親迎以昏,而納采請期以旦。"《鹽鐵論·結和》引《詩》作"雝雝鳴鴈"。

段玉裁《小學》:"《説文》:'雁,鳥也;鴈,鵝也。'是鴻雁當作雁,鴈鵞當作鴈。"

鳵 yàn ★魚澗切(山開二去諫疑)
寒部、疑母
大鳵。見"鴈"。

豔(艷) yàn 以贍切(咸開三去豔以)
談部、餘母

豔麗;顏色美麗。(雅1)193《小雅·十月之交》四章:"豔妻煽方處。"《毛傳》:"豔妻,褒姒。美色曰豔。"阮元《補箋》:"褒姒煽惑處内,賢臣雖多,不居其職。"一説:豔妻指皇父等七人之妻。陸次雲《析疑待正》卷三:"吕氏安曰:愚謂豈有斥國母爲豔妻者?意皇父之徒,妻妾驕縱,即指七人之妻。"王先謙《集疏》:"《魯》,豔作閻。《齊》,豔作剡。"

閻(阎) yàn 余廉切(咸開三平鹽以)
★以贍切(咸開三去豔以)
談部、餘母
豔麗。見"豔"。

央 (一) yāng 於良切(宕開三平陽影)
陽部、影母

❶中心;正中。《説文·央部》:"央,中央也。"見【中央】。❷盡;已。(雅1)182《小雅·庭燎》一章:"夜如何其,夜未央。"《毛傳》:"央,旦也。"《鄭箋》:"夜未央,猶言夜未渠央也。"陸德明《釋文》引《楚辭》王逸注:"央,盡也。"王引之《述聞》卷六:"夜未央者,夜未盡也。…夜盡則旦,故毛云:'央,旦也。'鄭云'夜未渠央',亦是此意。"一説:中。顔師古《匡謬正俗》卷一:"'夜未央'者,言其未中也,未久也。今關中俗呼二更、三更爲夜央,夜半,此蓋古之遺言,謂夜之中耳。"朱熹《集傳》:"央,中也。"《説文·央部》段玉裁注:"《詩》言未央,謂未中也。"

(二) ★yīng 於驚切(梗開三平庚影)
陽部、影母

❸見【央²央²】。
【央央】鈴聲和諧。(頌1)283《周頌·載見》:"龍旂陽陽,和鈴央央。"陸德明《釋文》:"央,於良反,徐(邈)音英。"朱熹《集傳》:"央央,有鶬,皆聲和也。"陳奂《傳疏》:"央央,狀和鈴之聲,與訓鮮明者不同。"

【央²央²】鮮明的樣子。(雅 3)168《小雅·出車》三章:"出車彭彭,旂旐央央。"《毛傳》:"央央,鮮明也。"陸德明《釋文》:"央,本亦作英,於京反,又於良反。"177《小雅·六月》四章:"織文鳥章,白旆央央。"《毛傳》:"央央,鮮明貌。"孔穎達《正義》:"以帛爲行斾,央央然鮮明。"《鄭風·出其東門·正義》引作"英英"。段玉裁《小箋》:"此謂央即英之假借。"

泱 yāng
於良切(宕開三平陽影)
陽部、影母

【泱泱】(水流)深廣的樣子。(雅 3)213《小雅·瞻彼洛矣》一章:"瞻彼洛矣,維水泱泱。"《毛傳》:"泱泱,深廣貌。"朱熹《集傳》:"泱泱,深廣也。"
參【英】。

鞅 yāng ★於良切(宕開三平陽影) yǎng 於兩切(宕開三上養影)
陽部、影母

【鞅掌】繁忙;忙亂。(雅 1)205《小雅·北山》五章:"或王事鞅掌。"《毛傳》:"鞅掌,失容也。"《鄭箋》:"鞅,猶何也;掌,謂捧之也。負何捧持以趨走,言促遽也。"孔穎達《正義》:"令俗語以職煩爲鞅掌,其言蓋出於此《傳》也。"朱熹《集傳》:"鞅掌,失容也。言事煩勞,不暇爲儀容也。"陳奐《傳疏》:"鞅掌,迭韻連綿字。鞅掌失容,猶言倉皇失據耳。"

鴦(鴛) yāng 於良切(宕開三平陽影) yāng 烏郎切(宕開一平唐影)
陽部、影母

鴛鴦,鳥名。見【鴛】。

羊 yáng 與章切(宕開三平陽以)
陽部、餘母

一種家畜。(風 6、雅 8、頌 2)66《王風·君子于役》一章:"日之夕矣,羊牛下來。"245《大雅·生民》三章:"誕寘之隘巷,牛羊腓字之。"又見【羘羊】。

洋 yáng 與章切(宕開三平陽以)
陽部、餘母

【洋洋】盛大;衆多;廣大。(風 2、雅 1、頌 1)57《衞風·碩人》四章:"河水洋洋,北流活活。"《毛傳》:"洋洋,盛大也。"300《魯頌·閟宮》四章:"萬舞洋洋,孝孫有慶。"《毛傳》:"洋洋,衆多也。"236《大雅·大明》八章:"牧野洋洋,檀車煌煌。"《毛傳》:"洋洋,廣也。煌煌,明也。"《鄭箋》:"言其戰地寬廣,明不用權詐也。"朱熹《集傳》:"洋洋,廣大之貌。"于鬯《香草校書》卷十六:"《國語·周語》云:'昔武王伐殷,以二月癸亥,夜陳未畢而雨。'韋解云:'至牧野之日夜陳,陳師未畢而雨。'……'洋洋'者,是形容雨水之大,而非謂牧野之大也。"

痒 yáng 似羊切(宕開三平陽邪)
陽部、邪母

★余章切(宕開三平陽以)
陽部、餘母

❶憂思成病。(雅 1)192《小雅·正月》一章:"哀我小心,癙憂以痒。"《毛傳》:"癙、痒,皆病也。"《爾雅·釋詁》:"癙,病也。"邢昺疏:"病者,舍人云:'心憂慇之病也。'"❷產生病害。(雅 1)257《大雅·桑柔》七章:"降此蟊賊,稼穡卒痒。"《鄭箋》:"痒,病也。…謂蟲螯爲害,五穀盡病。"陸德明《釋文》:"痒,音羊。"

揚(扬) yáng 與章切(宕開三平陽以)
陽部、餘母

❶往上升;升高。(雅 2)183《小雅·沔水》二章:"鴥彼飛隼,載飛載揚。"《毛傳》:"言無所定止也。"《説文·手部》:"揚,飛舉也。"❷激揚。水受到阻礙而向上涌起。(風 8)68《王風·揚之水》一章:"揚之水,不流束薪。"《毛傳》:"揚,激揚也。"《鄭箋》:"激揚之水至湍迅,而不能流移束薪。"一説:悠揚。朱熹《集傳》:"揚,悠揚,水緩流之貌。"聞一多《通義》:"'揚之水,不流束薪',蓋水喻夫,薪喻妻,夫將遠行,不能載妻與俱,猶激揚之水不能浮束薪以俱流也。"❸指向上揚起的樹枝。(風 1)154《豳風·七月》三章:"取彼斧斨,以伐遠揚。"《毛傳》:"遠,枝遠也。揚,條揚也。"孔穎達《正義》:"揚,條揚者也,謂長條揚起者。"朱熹《集傳》:"遠揚,遠枝揚起者也。"❹旺盛。(風 1、雅 1)78《鄭風·大叔于田》二章:"叔在藪,火烈具揚。"《毛傳》:"揚,揚光也。"孔穎達《正義》:"言舉火

而揚其光耳。"192《小雅·正月》八章："燎之方揚,寧或滅之?"朱熹《集傳》:"揚,盛也。"陳奐《傳疏》:"言燎火熾盛,滅必以水,今於何有也。"❺前額寬廣方正。(風 3)47《鄘風·君子偕老》二章:"揚且之晳也。"《毛傳》:"揚,眉上廣。晳,白晳。"106《齊風·猗嗟》一章:"抑若揚兮。"《毛傳》:"抑,美色。揚,廣揚。好目揚眉。"孔穎達《正義》:"揚是顙之別名,抑爲揚之貌。"王先謙《集疏》:"《韓》作'卬若揚兮',曰:'眉上曰陽。'"皮錫瑞《經學通論》:"陽者,陽明之處也。今俗呼額角之側亦謂'太陽',即同此義。然則自眉及額角,皆得爲陽也。"朱熹《集傳》:"抑而若揚,美之盛也。"❻眼睛明亮有神。(風 1)106《齊風·猗嗟》一章:"美目揚兮。"丘光庭《兼明書》卷二:"蓋揚者,目之開大貌。《禮記》云:'揚其目而視之。'是也。"朱熹《集傳》:"揚,目之動也。"馬瑞辰《通釋》:"揚爲好目貌。'美目揚兮'與下章'美目清兮'《碩人》詩'美目盼兮'句法同,皆狀其目之美。"高亨《今注》:"揚,借爲陽,明也。此句言眼睛明亮。一説:眉毛好看。《毛傳》:'好目揚眉。'孔穎達《正義》:"美目揚兮,目揚俱美。…眉毛揚起,故名眉爲揚。"❼稱揚;宣頌。(雅 1)262《大雅·江漢》六章:"虎拜稽首,對揚王休。"❽通"傷"。傷害。(頌 1)299《魯頌·泮水》六章:"烝烝皇皇,不吳不揚。"《毛傳》:"揚,傷也。"陸德明《釋文》作"瘍"。孔穎達《正義》:"謂不過誤,不損傷也。"陳奐《傳疏》:"不傷,言不傷害也。一説:高聲説話。《鄭箋》:"不謹嘩,不大聲。"嚴粲《詩緝》:"不吳而喧嘩,不揚而輕浮。"朱熹《集傳》:"不吳不揚,肅也。"❾古代一種兵器,像大斧。(雅 1)250《大雅·公劉》一章:"弓矢斯張,干戈戚揚。"《毛傳》:"揚,鉞也。"一説:舉起。何楷《古義》:"揚,《説文》云:飛舉也。字從手。蓋謂以手舉之。其運用之妙,則如飛也。"高亨《今注》:"揚,舉起。"(干戈戚揚,舉起干、戈、斧子等武器。)

[揚之水(一)]《國風·王風》篇名(68)。《詩序》:"《揚之水》,刺平王也。不撫其民而遠屯戍於母家,周人怨思焉。"周平王母家申國鄰近楚國,經常受楚的侵擾。平王強迫徵發東周境內人民爲申國守邊,久役不歸,人民家室離散,心生怨恨。周人寫了這首詩加以諷刺。守邊在申、許、甫因連類而及,不一定同時戍守三國。歐陽修《詩本義》:"據詩三章,周人以出戍不得更代而怨爾。…彼其之子',周人謂他諸侯國人之當戍者也。'曷月還歸'者,久而不得代也。"或以爲戍卒思妻之作。王質《詩總聞》:"當是役夫遠戍,而恨其家薪芻之不充,閔其妻貧苦獨處,願與之同戍而有所不可,則逆計月以數歸期也。"聞一多《通義》:"《王風·揚之水篇》當係戍士思歸之詞。"又或以爲妻子思念征人。徐紹楨《詩説》:"此詩之恉,似之戍者之家思其征人。"屈萬里《詮釋》引傅孟真云:"此桓莊時詩。桓莊以前,申、甫未被迫;桓、莊以後,申、甫已滅於楚。"三章,十八句。

[揚之水(二)]《國風·鄭風》篇名(92)。這是一首勸人不要聽信讒言的詩。或夫囑妻,或妻囑夫,或情人、朋友相囑,説者不一。朱熹《集傳》:"淫者相謂言揚之水,則不流束楚矣,終鮮兄弟,則維予與汝矣,豈可以它人離間之言而疑之哉?"又《辨説》:"此男女欲結之詞。"聞一多《類鈔》:"《揚之水》,將與妻別,臨行慰勉之詞也。"金啓華《全譯》:"妻子對丈夫的剖白,希望他不要輕信人言。"王質《詩總聞》:"當是兄弟止二人,無他昆,爲人所問而不協者。此蓋兄辭。"李光地《詩所》:"《揚之水》二章,亦當爲朋友相要之辭。"《詩序》以爲閔鄭莊公無忠臣之詩:"揚之水,閔無臣也。君子閔忽之無忠臣良士,終以死亡,而作是詩也。"王先謙《集疏》:"三家無異義。"二章,十二句。

[揚之水(三)]《國風·唐風》篇名(116)。《詩序》:"《揚之水》,刺晉昭公也。昭公分國以封沃,沃盛强,昭公微弱,國人將叛而歸沃焉。"朱熹《集傳》:"沃强盛而晉微弱,國人將叛而歸之,故作此詩。"公元前 745 年,晉昭公封他的叔父成師於曲沃,號爲桓叔。桓叔較得民心,勢力逐漸強盛,晉國卻日趨衰弱,後來昭侯被大臣潘父殺死。經過六、七十年的鬥爭,桓叔一派終於奪得了晉國的政權。這首詩寫晉國貴族到曲沃投

靠桓叔的喜悦心情,實際上也是對晉昭公的諷刺。不少學者以爲是告發潘父之謀曲沃桓叔將反的詩。嚴粲《詩緝》:"時沃有纂宗之謀,而潘父陰主之,將爲内應,而昭公不知,故此詩深警之。謂昭公勿以沃爲患之在外而猶緩也,今國内有謀應之者,欲奉沃以爲君而篡汝之位,腹心作難,而外患乘之,禍已迫矣。此正發潘父之謀,其忠告於昭公者,可謂切至。"魏源《詩古微》:"《揚之水》,憂晉昭公也。…泄曲沃之謀於昭公,欲使知備也。"程俊英《注析》:"這是一首揭發告密詩。…這首詩可能作於潘父與桓叔策劃政變之時。作者或許是個知情者,他跟從桓叔去了曲沃,但又身在曹營心在漢,於是通過詩歌的形式委婉地告了密。"有的研究者則認爲這是一首寫青年男女幽會的愛情詩,與昭公事無關。三章,十六句。

楊(杨) yáng 與章切(宕開三平陽以)

陽部、餘母

楊樹。落葉喬木,有白楊、大葉楊、小葉楊等多種。(風 3、雅 3)140《陳風·東門之楊》一章:"東門之楊,其葉牂牂。"朱熹《集傳》:"楊,柳之揚起者也。"聞一多《類鈔》:"楊,疑即白楊,圓葉弱蒂,微風善摇。"176《小雅·菁菁者莪》四章:"汎汎楊舟,載沉載浮。"朱熹《集傳》:"楊舟,楊木所爲舟也。"范處義《補傳》:"自謂多材之士,如以楊爲舟,可用以濟。"

【楊柳】樹名。也叫蒲柳、垂柳、垂楊柳。落葉喬木,枝細長下垂,婀娜多姿。(雅 1)167《小雅·采薇》六章:"昔我往矣,楊柳依依。"《毛傳》:"楊柳,蒲柳也。"陳奂《傳疏》:"楊,蒲柳,合二字爲一木,若杞柳之爲杞柳也。"

【楊園】園名。(雅 1)200《小雅·巷伯》七章:"楊園之道,猗于畝丘。"《毛傳》:"楊園,下地也。畝丘,高地也。…以興賤者之言,或有補於君子也。"鄭方坤《經稗》:"楊園之道,白楊之園也。冢墓多植白楊。陶詩有:'荒草何茫茫,白楊亦蕭蕭。'古人挽

歌多以白楊爲辭。"

陽(阳) yáng 與章切(宕開三平陽以)

陽部、餘母

❶山的南面。(風 2、雅 2、頌 1)19《召南·殷其靁》一章:"殷其靁,在南山之陽。"《毛傳》:"山南曰陽。"241《大雅·皇矣》六章:"居岐之陽,在渭之將。"《鄭箋》:"在岐山之南,居渭水之側。❷河流的北面。(風 1、雅 2)134《秦風·渭陽》一章:"我送舅氏,曰至渭陽。"孔穎達《正義》:"水北曰陽。"177《小雅·六月》四章:"侵鎬及方,至于涇陽。"《鄭箋》:"來侵至涇水之北。"陳奂《傳疏》:"今甘肅省平涼府,府西南有漢涇陽故城,即此地。"俞樾《平議》卷十:"所謂涇陽者,即指其入渭之處,陽陵故城,在今陝西西安府高陵縣,高陵在府東北七十里。"❸太陽;陽光。(雅 1)174《小雅·湛露》一章:"湛湛露斯,匪陽不晞。"《毛傳》:"陽,日也。"陳奂《傳疏》:"陽讀爲暘,…《說文》云:'暘,日出也。'"屈萬里《詮釋》:"陽,陽光也。"❹明亮;鮮明。(風 1)154《豳風·七月》三章:"載玄載黄,我朱孔陽。"《毛傳》:"陽,明也。"陳奂《傳疏》:"詁陽爲明者,色鮮明也。"❺温暖;暖和。(風 1)154《豳風·七月》二章:"春日載陽,有鳴倉庚。"《鄭箋》:"陽,温也。"朱熹《集傳》:"陽,温和也。"❻陰曆十月。周正建子,陰生於午,十月陰之極甚,嫌於无陽,故以"陽"稱之。(雅 2)167《小雅·采薇》三章:"曰歸曰歸,歲亦陽止。"《毛傳》:"陽,歷陽月也。"《鄭箋》:"十月爲陽。時坤用事,嫌於無陽,故以名此月爲陽。"董仲舒《雨雹對》:"十月陰雖用事,而陰不孤立。此月純陰,疑於無陽,故謂之陽月,詩人所謂'日月陽止'者也。"169《小雅·杕杜》一章:"日月陽止,女心傷止。"《鄭箋》:"十月爲陽。"朱熹《集傳》:"陽,十月也。"陳啓源《稽古編》:"首章'日月陽止',即《采薇》之'歲亦陽止',謂遣戍年之歲暮也。"一說:温暖。高亨《今注》:"陽,暖也。杜結果在夏季,天氣正暖。"

【陽陽】1) 通"揚揚"。快樂、得意的樣子。(風 1)67《王風·君子陽陽》一章:"君子陽

陽。"《毛傳》:"陽陽,無所用其心也。"孔穎達《正義》:"《史記》稱晏子御擁大蓋,策四馬,意氣陽陽,甚自得。則陽陽是得志之貌。"蘇轍《詩集傳》:"陽陽,自得也。"馬瑞辰《通釋》:"陽與養古同聲。《廣雅·釋詁》:'養,樂也。'陽陽亦樂意。陳奂《傳疏》:"陽即揚之假借。"2)有文采的樣子;鮮明的樣子。(頌1)283《周頌·載見》:"龍旂陽陽。"《毛傳》:"龍旂陽陽,言有文章也。"朱熹《集傳》:"陽,明也。"嚴粲《詩緝》:"曹氏曰:陽陽,色之鮮明也。"一説:通"颺"。飄揚。高亨《周頌考釋》中:"陽陽,猶飄飄也。字借爲颺。《説文》:'颺,風所飛揚也。'"

又見【首陽】【夕陽】【朝陽】。參"揚"、"傷"。

錫(锡) yáng 與章切(宕開三平陽以) 陽部、餘母

馬額上的金屬裝飾物,也叫當盧。(雅1)261《大雅·韓奕》二章:"鉤膺鏤錫。"《鄭箋》:"眉上曰錫,刻金飾之,今當盧也。"孔穎達《正義》:"當盧者,當馬之額盧,在眼眉之上。"王念孫《廣雅疏證》卷八上:"人眉之上謂之揚,故刻金爲飾,當馬眉之上,謂之鏤錫。"《説文·金部》:"鍚,馬頭飾也。"引《詩》:"鉤膺鏤錫。"一説:赤銅。《廣雅·釋器》:"赤銅謂之錫。"朱彬《禮記訓纂》:"《詩》云'鏤錫',謂以金飾之也。"

瘍(疡) yáng 與章切(宕開三平陽以) 陽部、餘母

傷害。見"揚"。

鍚 yáng ★余章切(宕開三平陽以) 陽部、餘母

馬額上的金屬裝飾物。見"錫"。

仰 yǎng 魚兩切(宕開三上養疑) 陽部、疑母

擡頭向上看,跟"俯"相對。引申爲仰慕。(雅1)218《小雅·車舝》五章:"高山仰止,景行行止。"《鄭箋》:"古人有高德者,則仰慕之;有明行者,則而行之。"朱熹《集傳》:"仰,瞻仰也。"陸德明《釋文》:"仰止,本亦作卬。"胡承珙《後箋》:"'高山'、'景行',自即以喻賢女;'仰止'、'行止',極致其思慕

之意。"《説文·匕部》:"卬,望欲有所庶及也。"引《詩》:"高山卬止。"又見【偃仰】。參"瞻"。

養(养) yǎng 餘兩切(宕開三上養以) 陽部、餘母

取。(頌1)293《周頌·酌》:"於鑠王師,遵養時晦。"《毛傳》:"遵,率。養,取。"孔穎達《正義》:"率此師以取是闇昧之君。"俞樾《平議》卷十一:"養猶治也。治與取義通。"一説:養,保養。《鄭箋》:"於美乎文王之用師,率殷之叛國以事紂,養此闇昧之君以老其惡。"朱熹《集傳》:"遵,循。退自循養,與時皆晦。"高亨《周頌考釋》:"遵養者,屯兵而養之也。養即養兵。"

【養養】憂愁不安的樣子。(風1)44《邶風·二子乘舟》一章:"願言思子,中心養養。"《毛傳》:"養養然,憂不知所定。"朱熹《集傳》:"養養,猶漾漾,憂不知所定之貌。"陳奂《傳疏》:"《爾雅·釋詁》:'恙,憂也。'憂謂之恙,重言恙恙,猶憂爲忡,重言忡忡,憂言悄,重言悄悄矣。…養養、洋洋、翔翔,皆恙恙也。"馬瑞辰《通釋》:"養養,通作洋洋。"《爾雅·釋沽》:"悠悠、洋洋,思也。"

羕 yàng 餘亮切(宕開三去漾以) 陽部、餘母

水流長。見"永"。

漾 yàng 餘亮切(宕開三去漾以) 陽部、餘母

水流長。見"永"。

夭 yāo 於喬切(效開三平宵影) 宵部、影母

❶幼嫩;幼嫩的草木。(風3)148《檜風·隰有萇楚》一章:"夭之沃沃,樂子之無知。"《毛傳》:"夭,少也。"陸德明《釋文》:"夭,於驕反。"俞樾《平議》卷九:"《國語·魯語》:'澤不伐夭。'韋注曰:'草木未成曰夭。'《漢書·貨殖傳》:'澤不伐夭。'師古注曰:'夭謂草木之方長未成者。'此《經》夭字義與彼同。"❷災禍;夭孽。(雅1)192《小雅·正月》十三章:"民今之無禄,天夭是椓。"陸德明《釋文》:"夭,災也。"朱熹《集傳》:"夭,禍。…民今獨無禄者,是天禍椓喪之爾。"嚴粲《詩

緝》："是天爲夭蠥，以榛害也。"一說：殘害。《毛傳》："君夭之，在位榛之。"陳奐《傳疏》："夭、榛二字連文，並有殘害侵削之義。"又一說："天夭"當作"夭夭"。美盛；少壯。《後漢書·蔡邕傳》"速速方縠，夭夭如"李賢注："《詩·小雅》曰：'速速方縠，夭夭是拯。'"王先謙《集疏》："《魯》作'夭夭是加'。"馬瑞辰《通釋》："言民今貧而無祿者，雖夭夭盛美，不免受譖於人也。"屈萬里《詮釋》："作'夭夭'是。夭夭，少壯之貌。此謂少壯之人也。榛，害也。二句言一般民衆遭逢喪亂，無以爲生（無祿），致少壯者亦危死也。"

【夭紹】窈窕；體態輕盈、柔美多姿的樣子。（風1)143《陳風·月出》三章："佼人憭兮，舒夭紹兮。"胡承珙《後箋》："舒夭紹……謂嬋娟作姿容也。"周悅讓《倦遊庵槧記·毛詩》："按張衡《西京賦》：'要紹修態。'注：'要紹，謂嬋娟作姿容也。修，爲也。態，嬌媚意也。''要紹'即'夭紹'……'修態'乃作意爲姿容也。'舒夭紹'即作態也。"楊樹達《述林》卷六："《莊子·逍遥游》篇云：藐射姑之山有神人焉，肌膚若冰雪，綽約若處子。綽約即夭紹之倒文也。"參看【窈糾】條。

【夭夭】（草木）柔嫩美盛。（風4)6《周南·桃夭》一章："桃之夭夭，灼灼其華。"《毛傳》："夭夭，其少壯也。"孔穎達《正義》："夭夭言桃之少，灼灼言華之盛，以喻女少而色盛也。"朱熹《集傳》："夭夭，少好之貌。"《說文·木部》引作"枖枖"，《女部》引作"媄媄"。王先謙《集疏》："《韓》說曰：媄媄，茂也。"32《邶風·凱風》一章："棘心夭夭，母氏劬勞。"《毛傳》："夭夭，盛貌。"《鄭箋》："夭夭，以喻七子少長。"一說：屈曲的樣子。聞一多《新義》："夭夭，謂棘受風吹而屈曲也。《桃夭》篇'桃之夭夭'義同。"

枖 yāo 於喬切 宵部、影母

（草木）柔嫩美盛。見"夭"。

媄 yāo 於喬切 宵部、影母

（草木）柔嫩美盛。見"夭"。

要 yāo 於霄切（效開三平宵影） 宵部、影母

❶約請；邀請。（風3)48《鄘風·桑中》一章："期我乎桑中，要我乎上宮。"朱熹《集傳》："要，猶迎也。"王先謙《集疏》引《淮南子·原道》高誘注："要，約也。"❷和(hè)；會；合。（風1)85《鄭風·蘀兮》二章："叔兮伯兮，倡予要女。"《毛傳》："要，成也。"陳奐《傳疏》："要，亦和也。要，讀如《樂記》'要其奏'之要。凡樂節一終，謂之一成，故要爲成也。"俞樾《經說》卷二："《禮記·樂記》篇：'要其節奏。'鄭注曰：'要猶會也。'此'要'字亦當訓會。言女倡之，予則會合女之節奏而歌也。"于鬯《香草校書》卷十二："會者，合也。今人弦竹與歌同奏，猶曰合。"聞一多《類鈔》："要，會也。歌者以聲相會合即和。"❸通"褾"。裙子上端圍在腰際的部分。用作動詞，指縫裙；縫要（褾）。（風1)107《魏風·葛屨》一章："要之襋之，好人服之。"《毛傳》："要，褾也。"孔穎達《正義》："要是裳要，則襋爲衣領。"焦循《補疏》："要爲身中之名，加衣作褾，則爲裳要。褾可省爲要。"陳奐《傳疏》："《詩》之要，謂裳也。"一說：衣襋；衣紐。阮元《校刊記》："褾、領皆統於衣，不得分裙褾裳、領屬衣。"胡承珙《後箋》："《集韵》：'褾，衣襋也。或从系。又衣系曰褾。褾爲衣系，猶今人言紐，非衣裳之要。"

喓 yāo 於霄切（效開三平宵影） 宵部、影母

【喓喓】蟲叫聲。（風1、雅1)14《召南·草蟲》一章："喓喓草蟲，趯趯阜螽。"《毛傳》："喓喓，聲也。"《集韻·宵韻》："喓，喓喓，蟲聲也。"

葽 yāo 於霄切（效開三平宵影）
　　　　於笑切（效開三去笑影）
　　　　於堯切（效開四平蕭影）
　　　　宵部、影母

一種多年生蔓草。又名野甜瓜、師姑草，俗名赤雹兒。（風1)154《豳風·七月》四章："四月秀葽，五月鳴蜩。"《毛傳》："葽，葽草也。"一說：遠志。《爾雅·釋草》："葽繞，棘菀。"郭璞注："今遠志也。"王先謙《集疏》：

"葽,一名葽繞者,語音長短之異。短言之曰葽,長言之曰葽繞也。"又一說:狗尾草。徐鍇《說文繫傳·艸部》引字書:"葽,狗尾草也。"王夫之《稗疏》:"《廣雅》云:'葽,莠也。'莠,俗謂之狗尾草。似粟,不榮而實。正當四月而秀,多生田野,正與《詩》合。…驚其秀而後知其葽,故不曰'葽秀'而曰'秀葽'。古人屬辭之工,非遷句以就韻也。"又一說:苦菜。《說文·艸部》:"葽,草也。《詩》曰:'四月秀葽。'劉向說此味苦,苦菜也。"馬瑞辰《通釋》:"苦葽即苦菜,苦菜即荼。《爾雅》'荼,苦菜'是也。"

搖 yáo 餘昭切（效開三平宵以）
戈照切（效開三去笑以）
宵部、餘母

【搖搖】心神不安的樣子。（風1）65《王風·黍離》一章:"行邁靡靡,中心搖搖。"《毛傳》:"搖搖,憂無所愬。"朱熹《集傳》:"搖搖,無所定也。"《玉篇·心部》引作"愮愮"。馬瑞辰《通釋》:"搖搖即愮愮之假借。"又見【飄搖】。參"逍"。

愮 yáo 餘昭切（效開三平宵以）
宵部、餘母

心神不安。見"搖"。

瑤 yáo 餘昭切（效開三平宵以）
宵部、餘母

似玉的美石。（風1、雅1）64《衛風·木瓜》二章:"投我以木桃,報之以瓊瑤。"《毛傳》:"瓊瑤,美玉。"陸德明《釋文》引《說文》:"瑤,美石。"今本《說文·玉部》:"瑤,玉之美者。《詩》曰:'報之以瓊瑤。'"段玉裁注本改作"石之美者。"250《大雅·公劉》二章:"何以舟之? 維玉及瑤。"《毛傳》:"言有美德也。"陳奐《傳疏》:"雜佩集玉石爲之,維玉及瑤,言有玉與石也。"

謠（謡） yáo 餘昭切（效開三平宵以）
宵部、餘母

徒歌;不用樂器伴奏的歌唱。（風1）109《魏風·園有桃》一章:"心之憂矣,我歌且謠。"《毛傳》:"曲合樂曰歌,徒歌曰謠。"王先謙《集疏》:"《韓》說曰:有章曲曰歌,無章曲曰謠。"

遙 yáo 餘昭切（效開三平宵以）
宵部、餘母

逍遙,悠閒自得。見"逍"。參"悠"。

颻（䬵） yáo 餘昭切（效開三平宵以）
宵部、餘母

飄搖,隨風搖晃。見"飄"。

肴 yáo 胡茅切（效開二平肴匣）
宵部、匣母

肉做的菜。見"殽"。

殽 yáo 胡茅切（效開二平肴匣）
宵部、匣母

❶通"肴"。肉;肉做的菜。（雅13）192《小雅·正月》十二章:"彼有旨酒,又有嘉殽。"陸德明《釋文》:"殽,本又作肴。"220《小雅·賓之初筵》一章:"籩豆有楚,殽核維旅。"《毛傳》:"殽,豆實也。"《鄭箋》:"豆實,菹醢也。籩實有桃梅之屬。凡非穀而食之曰殽。"孔穎達《正義》:"此經二句自相充配,殽核即籩豆所盛,殽則實之於豆,核則加之於籩,故言殽豆實也。核加籩也。先殽後核,不依籩豆次者,便其文耳。"陸德明《釋文》作"肴核"。❷吃。（風1）109《魏風·園有桃》一章:"園有桃,其實之殽。"陸德明《釋文》:"殽,本又作肴。"《鄭箋》:"不取於民,食園桃而已。"朱熹《集傳》:"殽,食也。"一說:做成菜肴。孔穎達《正義》:"園有桃,得其實爲之殽。"

窈 yǎo 烏皎切（效開四上篠影）
幽部、影母

【窈糾】（—jiǎo）窈窕;體態輕盈、柔美多姿的樣子。（風1）143《陳風·月出》一章:"舒窈糾兮,勞心悄兮。"《毛傳》:"舒,遲也。窈糾,舒之姿也。"馬瑞辰《通釋》:"窈糾,猶窈窕,皆疊韻,與下慢受,夭紹同爲形容美好之詞,非舒遲之義。"

【窈窕】文靜而美好。（風3）1《周南·關雎》一章:"窈窕淑女,君子好逑。"《毛傳》:"窈窕,幽閒也。"陸德明《釋文》引王肅云:"善心曰窈,善容曰窕。"朱熹《集傳》:"窈窕,幽閒之意。"戴震《考證》:"窈窕,謂容也。其容幽閒窈窕然。"王先謙《集疏》:"《魯》說曰:窈窕,好貌。"按《方言》卷二:"秦晉之間,美貌謂之娥,美狀爲窕,美色爲豔,美心爲窈。"一说：（房屋）幽深；深宫。孔穎達《正義》："窈窕者，謂淑女所居之宮形狀窈窕然。故《箋》言幽閒深宮是也。"姚際恒《通論》："窈窕二字從穴，與窬、窩等字同，猶後世言深閨之意。"

舀 yǎo 以沼切（效開三上小以）
幽部、餘母

舀取；用瓢、勺等取東西。見"揄(yóu)"。

抭 yǎo 以沼切（效開三上小以）
幽部、餘母

舀取；用瓢、勺等取東西。見"揄(yóu)"。

鷕 yǎo 以沼切（效開三上小以）
微部、餘母

野雞的叫聲。《風 1)34《邶風·匏有苦葉》二章："有瀰濟盈，有鷕雉鳴。"《毛傳》："鷕，雌雉聲也。"馬瑞辰《通釋》："鷕本雉聲，不必定爲雌雉聲。"

曜 yào 弋照切（效開三去笑以）
藥部、餘母

明亮；發光。《風 1)146《檜風·羔裘》三章："羔裘如膏，日出有曜。"《毛傳》："日出照曜，然後見其如膏。"朱熹《集傳》："日出有曜，日照之則有光也。"陳奐《傳疏》："'日出照曜，然後見其如膏'，此倒句也。"

燿 yào 弋照切（效開三去笑以）
藥部、餘母

熠熠；燐火，鬼火。《說文·火部》："燿，照也。"見"熠(yì)"。

藥（药）yào （舊 yuè）
以灼切（宕開三入藥以）
藥部、餘母

用藥物治療。見【救藥】。一種香草。見【勺藥】。

噎 yē 烏結切（山開四入屑影）
質部、影母

食物堵住喉嚨。《風 1)65《王風·黍離》三章："行邁靡靡，中心如噎。"《毛傳》："噎，憂不能息也。"孔穎達《正義》："噎者，咽喉閉塞之名。而言中心如噎，故知憂深不能喘息，如噎之然。"楊樹達《小學述林》卷一："此謂憂鬱之至不能息，有如飯之塞喉也。"

也 yě 羊者切（假開三上馬以）
歌部、餘母

❶句末語氣詞。表示判斷或肯定、確認的語氣。《風 47、雅 8)47《鄘風·君子偕老》三章："展如之人兮，邦之媛也。"199《小雅·何人斯》六章："爾還而入，我心易也。"❷語氣詞。表疑問。《風 5)37《邶風·旄丘》一章："叔兮伯兮，何多日也？"❸句中語氣詞。放在句子成分或分句之後，表示停頓和引起下文的語氣。《風 22、雅 3、頌 2)141《陳風·墓門》一章："夫也不良，國人知之。"265《大雅·召旻》七章："今也日蹙國百里。"51《鄘風·蝃蝀》三章："乃如之人也，懷昏姻也。"

【也且】語氣詞連用，表示肯定或感歎語氣。《風 2)87《鄭風·褰裳》一章："子不我思，豈無他人，狂童之狂也且！"朱熹《集傳》："且，語辭也。"

【也哉】語氣詞連用，表示肯定或感歎語氣。《風 1)130《秦風·終南》一章："顏如渥丹，其君也哉！"一说：此詩"也"爲"施"的誤字。黎錦熙《三百篇之"之"》："新近河南發現漢石經殘字，乃作'其君施哉'。這施字當讀爲'將其來施施'之施。……'其君施哉'，亦謂徐徐其來。這施字被今本以形損而誤爲也字。"

參"兮"。

野（埜、壄）yě 羊者切（假開三上馬以）
魚部、餘母

效外；田野。《風 14、雅 8、頌 5)28《邶風·燕燕》一章："之子于歸，遠送于野。"《毛傳》："郊外曰野。"94《鄭風·野有蔓草》一章："野有蔓草，零露漙兮。"《毛傳》："野，四郊之外。"297《魯頌·駉》一章："駉駉牡馬，在坰之野。"《毛傳》："邑外曰郊，郊外曰野，野外曰林，林外曰坰。"《說文·里部》："野，郊外也。从里予聲。壄，古文野从里省，从林。"

【野有蔓草】《國風·鄭風》篇名(94)。這是一首有關男女的詩。一個男子和他思慕已久的漂亮姑娘在野外邂逅相遇，並一起隱藏，感到很滿足。歐陽修《詩本義》："男女婚娶失時，邂逅相遇於田野間。"朱熹《集傳》："男女相遇於野田草露之間，故賦其所在以起興。"季本《解頤》："男子遇女子於田野草露之間，樂而賦此詩也。"聞一多《類鈔》："《野有蔓草》，喜遇也。"程俊英《注析》："春秋時候，戰爭頻繁，人口稀少，統治者爲了蕃育人口，規定超齡的男女還未結婚的，允許在仲春時候自由相會，自由同居。《詩序》："《野有蔓草》，思遇時也。君之澤不下流，民窮於兵革，男女失時，思不期而會焉。"則此詩旨在刺時，似非寫實。《左傳》（襄公二十七年、昭公十六年）兩引此詩，只取"邂逅相遇"的意思。所以王先謙《集疏》謂此詩"《魯》、《韓》詩說皆以爲思遇賢人"，"非男女之詞"。二章，十二句。

〔野有死麕〕《國風·召南》篇名(23)。姚際恒《通論》："此篇是山野之民相與及時爲昏姻之詩。"詩中寫一個打獵的青年帶着獵物去追求一個漂亮的姑娘，姑娘也愛上了他，約他到家裏相會。《詩序》以爲刺詩："《野有死麕》，惡無禮也。天下大亂。強暴相陵，遂成淫風，被文王之化，雖當亂世，猶惡無禮也。"朱熹《集傳》："南國被文王之化，女子有貞潔自守不爲強暴所污者，故詩人因其所見以興其事而美之。或曰賦也。"王先謙《集疏》："《韓》說曰：'平王東遷，諸侯侮法，男女失冠昏之節，《野麕》之刺興焉。'"魏源《詩古微》："此東周時所采西都畿内之風也。"三章，十一句。

又見【牧野】。

【夜】（亱） yè 羊謝切（假開三去禡以）
鐸部、餘母

❶夜晚；從日落到日出的一段時間。跟"晝"相對。（風 4、雅 11）58《衛風·氓》五章："夙興夜寐，靡有朝矣。"255《大雅·蕩》五章："式號式呼，俾晝作夜。"❷指夜空；夜色。（風 1）82《鄭風·女曰雞鳴》一章："子興視夜，明星有爛。"朱熹《集傳》："婦人又語其夫曰：若是則子可以起而視夜之如何，意者明星已出而爛然。"又見【厭夜】。

【曳】 yè 餘制切（蟹開三去祭以）
月部、餘母

拉。指穿著（衣服）。（風 1）115《唐風·山有樞》一章："子有衣裳，弗曳弗婁。"《毛傳》："婁亦曳也。"孔穎達《正義》："曳者，衣裳在身，行必曳也。婁與曳連œ同爲一事，走車

謂之馳，策馬謂之驅，驅馳俱是乘車之事，則曳婁俱是著衣之事，故云婁亦曳也。"

【爗】（烨、爕） yè 筠輒切（咸開三入葉云）
葉部、匣母

【爗爗】電光閃耀。（雅 1)193《小雅·十月之交》三章："爗爗震電，不寧不令。"《毛傳》："爗爗，震電貌。"朱熹《集傳》："爗爗，電光貌。"陳奂《傳疏》："《說文》：'爗，盛也。'謂聲光之盛也。"

【葉】（叶） yè 與涉切（咸開三入葉以）
葉部、餘母

❶（草木的）葉子。（風 10、雅 11)2《周南·葛覃》一章："維葉萋萋。"231《小雅·瓠葉》一章："幡幡瓠葉，采之亨之。"❷世；時代。見【中葉】。

【饁】（䬫） yè 筠輒切（咸開三入葉云）
葉部、匣母

❶送飯給田間的勞動者吃。（風 1、雅 2）154《豳風·七月》一章："饁彼南畝，田畯至喜。"《毛傳》："饁，饋也。"《說文·食部》："饁，餉田也。《詩》曰：'饁彼南畝。'"王先謙《集疏》："饁，餉田也。"❷吃送給田間勞動者吃的飯菜。（頌 1)290《周頌·載芟》："有嗿其饁，思媚其婦，有依其土。"《鄭箋》："饁，饋餉也。"屈萬里《詮釋》："饁，謂食其饁也。"

【業】（业） yè 魚怯切（咸開三入業疑）
葉部、疑母

❶安在懸掛鐘磬的架子橫木上面作裝飾用的刻着鋸齒的大木板。（雅 1、頌 1)242《大雅·靈臺》四章："虡業維樅。"《毛傳》："業，大版也。"孔穎達《正義》："懸鐘磬者，兩端植木，其上有橫木，謂直立者爲虡，謂橫牽者爲栒，栒上加一大版爲之飾。"朱熹《集傳》："業，栒上大板，刻之捷業如鋸齒然也。"❷危；危險。（頌 1)304《商頌·長發》七章："昔在中葉，有震且業。"《毛傳》："業，危也。"孔穎達《正義》："《傳》以業爲危，則湯未興之前，國弱而危懼也。"一說：大。馬瑞辰《通釋》："以中葉指湯言，震亦可從《箋》訓威。…《爾雅·釋詁》：'業，大也。'"有震且業'，即言其有威且大耳。"

【業業】1)高大；壯健。（雅 2)167《小雅·采

薇》四章:"戎車既駕,四牡業業。"《毛傳》:"業業然,壯也。"260《大雅·烝民》七章:"四牡業業,征夫捷捷。"《毛傳》:"業業,言高大也。"朱熹《集傳》:"業業,健貌。"2)聲勢盛大的樣子。(雅1)263《大雅·常武》三章:"赫赫業業,有嚴天子。"朱熹《集傳》:"業業,大也。"一説:行動的樣子。《毛傳》:"業業然動也。"嚴粲《詩緝》:"業業,動而不息之貌。"陳奂《傳疏》:"業業然動,動,謂動作也。"3)危懼。(雅2)258《大雅·雲漢》三章:"兢兢業業,如霆如雷。"《毛傳》:"兢兢,恐也;業業,危也。"陸德明《釋文》:"兢,本又作矜。"

一 yī 於悉切(臻開三入質影)
　　　　質部、影母

❶數詞。最小的正整數。(風18、雅7)72《王風·采葛》二章:"一日不見,如三秋兮。"167《小雅·采薇》四章:"豈敢定居,一月三捷。"《鄭箋》:"一月之中,三有勝功。"195《小雅·小旻》六章:"人知其一,莫知其他也。"《毛傳》:"一,非也;他,不敬小人之危殆也。"孔穎達《正義》:"言唯知此暴虎馮河一事非,而不知其他事也。"❷另一。(風3、雅1)129《秦風·蒹葭》一章:"所謂伊人,在水一方。"朱熹《集傳》:"一方,彼一方也。"223《小雅·角弓》四章:"民之無良,相怨一方。"朱熹《集傳》:"一方,彼一方也。"黃焯《毛鄭平議》:"言兄弟之無良者,各執其方隅之見,不能量己恕人,以致相怨。"❸指一月,周曆一月即夏曆十一月。(風2)154《豳風·七月》一章:"一之日觱發,二之日栗烈。"《毛傳》:"一之日,十之餘也。一之日,周正月也。"孔穎達《正義》:"一之日、二之,猶言一月之日、二月之日。"陳奂《傳疏》:"《傳》云'一之日,十之餘也'者,十一月也。數起於一,終於十,復從十月而數餘月。一之日,十有一月之日;二之日,十有二月之日。"吳闓生《會通》:"一之日,十一月也。十月之餘,稱一之日,變文耳。"王先謙《集疏》引皮嘉祐説:"此詩言月者皆夏正,言一、二、三、四之日皆周正,改其名不改其實。"孫奕《示兒編》卷三:"周公作《七月》,備陳一歲之事。而正則迭用夏、周,何也?意夏正建寅,順四時之序,便於農

事,乃以月言。周正建子,明一陽之生以改正朔,乃以日言。蓋周公以日月分陰陽,謂陰生於午,是以五月、六月、七月、八月、九月、十月皆屬陰,故以月言之。謂陽生於子,是以一之日、二之日、三之日、四之日皆屬陽,故以日言之。若夫夏之三月,不曰五之日,而曰'春日載陽',言可蠶之候,所謂季春之月躬桑以勸蠶事也。《月令》'夏四月',不曰六之日,而曰'四月秀葽'。蓋正陽之月,嫌於無陰,亦猶十月嫌於無陽,謂之'歲亦陽止'也。"熊朋來《經説·豳詩》:"一之日、二之日、三之日、四之日,以周正言之;四月、五月、六月、七月、八月、九月、十月,以夏正言之。獨缺三月,蠶月是也。豳詩備一年之月日矣。"❹相同;一致。(風3)147《檜風·素冠》三章:"我心蘊結兮,聊與子如一兮。"《鄭箋》:"且欲與之居處,觀其行也。"胡承珙《後箋》:"聊與子如一,猶言與之一志同心行此禮,以救敝俗耳。"屈萬里《詮釋》:"如一,如一人也,謂其志向。"152《曹風·鳲鳩》一章:"淑人君子,其儀一兮。"《鄭箋》:"善人君子,其執義當如一也。"馬瑞辰《通釋》:"儀一,謂執義如一。"一説:專一。阮元《校勘記》:"此'一'字是'壹'之假借。"聞一多《通義》:"儀當訓匹,一謂專一。"❺副詞。都;一概;專一。(風2)40《邶風·北門》二章:"王事適我,政事一埤益我。"朱熹《集傳》:"一,猶皆也。"焦循《補疏》:"一即專一之義,言有政事,則專厚益我,猶《孟子》所謂'我獨賢勞'也。"屈萬里《詮釋》:"一,猶今言一古腦兒、一切也。"一説:助詞,無實義。朱彬《經傳考證》卷四:"一,辭也。'一埤益我',猶言埤益我。"馬瑞辰《通釋》:"一,當從朱氏彬訓爲詞助,'一埤益我',猶云埤益我也。"

【一人】1)古代稱天子,也爲天子自稱。(雅2)243《大雅·下武》四章:"媚兹一人,應侯順德。"《毛傳》:"一人,天子。"朱熹《集傳》:"一人,謂武王。"陳奂《傳疏》:"一人,指武王。"屈萬里《詮釋》:"一人,天子也,謂成王也。"《大雅·烝民》四章:"夙夜匪解,以事一人。"《鄭箋》:"一人,斥天子。"程俊英《注析》:"一人,指周宣王。"2)一個人。(風2)

94《鄭風·野有蔓草》一章："有美一人,清揚婉兮。"余培林《正詁》："有美一人,即有一美人之倒文。"
【一朝】終朝,整個上午。(雅3)175《大雅·彤弓》一章："鐘鼓既設,一朝饗之。"《鄭箋》:"一朝,猶早朝。"陳奐《傳疏》:"一朝,猶終朝也。"一説:同一天;同時。朱熹《集傳》:"一朝饗之,言其速也。"姚際恒《通論》:"一朝饗之,謂既錫彤弓之日即饗之,同在一朝也。"
參"壹"。

壹 yī 於悉切(臻開三入質影)
質部、影母

❶數詞。一。(風2)25《召南·騶虞》一章:"彼茁者葭,壹發五豝。"孔穎達《正義》:"壹發矢而射五豝。"朱熹《集傳》:"一發五豝,猶言中必叠雙也。"曾運乾《毛詩説》:"'壹發五豝',五豝而一發也,倒文取韻。下章'壹發五豵'同。賈誼《新書·禮》、《説文·豕部》"豵"字下引《詩》"一發五豵"。王先謙《集疏》:"三家,壹作一。"一説:助詞。馬瑞辰《通釋》:"'壹發五豝'、'壹發五豵',二壹字皆發語詞。❷專一;專門。(雅1)196《小雅·小宛》二章:"彼昏不知,壹醉日富。"《毛傳》:"醉而日富矣。"《鄭箋》:"童昏無知之人飲酒一醉,自謂日益富。"胡承珙《後箋》:"壹者;專壹,富者,盛也。長樂劉氏曰:'彼昏而不醒,壹志於酒,日增其甚,故曰壹醉日富。'"嚴粲《詩緝》:"壹,專也。壹醉,專務酣飲也。"一説:聚在一起。孔廣森《卮言》:"壹,義猶《記》'壹食之人'。壹,聚也。聚醉猶群飲之意。"王先謙《集疏》:"《魯》,壹作一。
【壹者】上次;前次。(雅2)199《小雅·何人斯》五章:"壹者之來,云何其盱。"陳奐《傳疏》:"壹者,猶言乃者。高誘注《吕氏春秋·知節篇》:'一,猶乃也。'《漢書·曹參傳》:'乃者,吾使諫君也。'注曰:'乃者,謂曩日也。'"胡承珙《後箋》:"壹者之來,即指上文'逝梁'、'逝陳'之事。周悦讓《倦遊庵槧記·毛詩》:"《漢書·武帝紀》元朔六年詔'日者大將軍'云云,王羲之帖'昨得西安書'云云。本經'壹者'宜即'日者'、'一昨'之意。一

説:一次。高亨《今注》:"壹者,猶一次。"

伊 yī 於脂切(止開三平脂影)
脂部、影母

❶指示代詞。可譯作"此"或"彼"。(風5、雅5、頌)33《邶風·雄雉》一章:"我之懷矣,自詒伊阻。"《鄭箋》:"伊當作繄。繄,猶是也。"129《秦風·蒹葭》一章:"所謂伊人,在水一方。"《鄭箋》:"伊當作繄,繄猶是也。"朱熹《集傳》:"伊人,猶言彼人也。"陳奐《傳疏》:"伊,維一聲之轉。伊其即維其,伊即維人。維,是也。伊人猶言是人也。"156《豳風·東山》二章:"不可畏也,伊可懷也。"《鄭箋》:"伊當作繄,繄猶是也。"俞樾《古書疑義舉例》:"言室中久無人,荒穢如此,可畏亦可懷也。"299《魯頌·泮水》四章:"靡有不孝,自求伊祜。"高亨《今注》:"伊,猶此也。❷爲。(風1、雅2)24《召南·何彼襛矣》三章:"其釣維何?維絲伊緡。"《鄭箋》:"彼何以爲之乎?以絲爲之綸。"馬瑞辰《通釋》:"維、惟古通用。《玉篇》:'惟,爲也。'伊爲語詞之維,亦讀同訓爲之惟。"244《大雅·文王有聲》三章:"築城伊淢,作豐伊匹。"裴學海《古書虛字集釋》卷三:"伊,猶爲也。"引此例。❸有。(雅1)217《小雅·頍弁》一章:"豈伊異人?兄弟匪他。"《鄭箋》:"此言王當所與宴者豈有異人疏遠者乎?皆兄弟與王無他。"王引之《經傳釋詞》:"伊,有也。"一説:是。高亨《今注》:"伊,是。異人:别人,外人。"❹助詞。可譯爲"是","乃是"。(風5、雅12、頌3)152《曹風·鳲鳩》二章:"其帶伊絲,其弁伊騏。"陳奐《傳疏》:"帶以素絲緣邊,所謂'其帶伊絲'也。"248《大雅·鳧鷖》三章:"爾酒既湑,爾殽伊脯。"291《周頌·良耜》:"其饟伊黍,其笠伊糾。"❺助詞。放在前置賓語前,可譯爲"惟"。(風1)35《邶風·谷風》六章:"不念昔者,伊余來墍。"馬瑞辰《通釋》:"'伊余來墍'猶言'維予是愛'也。仍承'昔者'言之。❻助詞。無實義。(雅1、頌1)195《小雅·小旻》二章:"我視謀猶,伊于胡厎?"(厎:至;到達。)272《周頌·我將》:"伊嘏文王,既右饗之。"陳奐《傳疏》:"伊,發語詞。"❼助詞。放在疑問代詞前。(雅4)192《小

雅·正月》四章："有皇上帝,伊誰云憎?"217《小雅·頍弁》一章："有頍者弁,實維伊何?"264《大雅·瞻卬》四章："豈不極,伊胡爲慝?"❽通"咿"或"嚶"。喜笑的樣子。(風2)95《鄭風·溱洧》一章："維士與女,伊其相謔。"屈萬里《詮釋》:"伊,當讀如喔咿之咿,笑聲也。'伊其',咿然也。"程俊英《注析》:"伊,嘻的假借字。嘻笑貌。'伊其'即'伊伊'。相謔,相互調笑。"一說:代詞。此。牟庭《詩切》:"伊其相謔,言是二人其殆相戲謔矣乎。"又一說:連詞。因而;於是。《鄭箋》:"伊,因也。士與女往觀,因相與戲謔,行夫婦之事。"

【伊威】一種生活在墻根或缸甕底下的小蟲,體圓而扁,灰色多足。又叫鼠婦、地虱子。(風 1)156《豳風·東山》二章:"伊威在室,蠨蛸在户。"《毛傳》:"伊威,委黍也。"陸璣《詩義疏》:"伊威,一名委黍,一名鼠婦,在壁根下甕底土中生,似白魚者是也。"李時珍《本草綱目·蟲部》:"俗名濕生蟲,曰地雞、地虱者,象形。"陳奂《傳疏》:"伊威…似今之蟿蟲。"

衣 (一) yī 於希切 (止開三平微影)
　　微部、影母

❶衣服。通常單稱上裝,有時也稱下裝或爲服裝的通稱。(風 35、頌 1)27《邶風·緑衣》二章:"緑兮衣兮,緑衣黄裳。"《毛傳》:"上曰衣,下曰裳。"147《檜風·素冠》二章:"庶見素衣兮,我心傷悲兮。"《鄭箋》:"此言素衣者,謂素裳也。"154《豳風·七月》一章:"七月流火,九月授衣。"《毛傳》:"九月霜始降,婦功成,可以授冬衣矣。"王筠《說文句讀·衣部》:"衣,析言之則分衣裳,渾言之則曰衣。"❷特指禮服。(風 1)2《周南·葛覃》三章:"薄汙我私,薄澣我衣。"《鄭箋》:"衣,謂褘(huī)衣以下至褖(tuàn)衣。"朱熹《集傳》:"私,燕服也;衣,禮服也。"一說:罩衣;外衣。姚際恒《通論》:"私,衵服;衣,蒙服,非禮衣,禮衣不澣也。"

(二) yì 於既切 (止開三去未影)
　　微部、影母

❸穿(衣服);給⋯穿(衣服)。(風 3、雅 2)88《鄭風·丰》三章:"衣錦褧衣,裳錦褧裳。"

(裳:用麻紗做的單罩衣。)189《小雅·斯干》八章:"載衣之裳,載弄之璋。"

【衣服】穿在身上蔽體和禦寒的織物。(風 1、雅 1)150《曹風·蜉蝣》二章:"蜉蝣之羽,采采衣服。"203《小雅·大東》四章:"西人之子,粲粲衣服。"《鄭箋》:"京師人衣服鮮絜而逸豫。"

又見【麻衣】。

依 yī 於希切 (止開三平微影)
　　微部、影母

❶靠着;依傍。(雅 3)167《小雅·采薇》五章:"君子所依,小人所腓。"朱熹《集傳》:"依,猶乘也。"陳奂《傳疏》:"君子所依,謂依於車中者也。依猶倚也。"(腓:庇護。)250《大雅·公劉》四章:"既登乃依。"《毛傳》:"賓已登席坐矣,乃依几矣。"❷據;盤據。(雅 1)241《大雅·皇矣》六章:"依其在京,侵自阮疆。"孔穎達《正義》:"言密人之來也,依止其在我周之京丘大阜之傍。"陳奂《傳疏》:"《邶·柏舟·傳》:'據,依也。'依,亦據也。"一說:强盛;盛大。王引之《述聞》卷六:"依,兵盛貌。依其者,形容之辭,言王人之衆,依然其在京地也。"❸依靠;依恃。(雅 1、頌 1)197《小雅·小弁》三章:"靡瞻匪父,靡依匪母。"《鄭箋》:"無不依恃其母以長大者。"300《魯頌·閟宮》一章:"其德不回,上帝是依。"《毛傳》:"上帝是依,依其子孫也。"陳奂《傳疏》:"依爲依姜嫄之子孫,子謂后稷,孫謂大王以下至僖公。"一說:依附。《鄭箋》:"依,依其身也。"朱熹《集傳》:"依,猶眷顧也。"❹依從;依隨。(雅 1、頌 1)195《小雅·小旻》二章:"謀之不臧,則具是依。"《鄭箋》:"謀之善者,俱違背之,其不善者就之。"301《商頌·那》:"既和且平,依我磬聲。"《毛傳》:"依,倚也。"(依我磬聲:各種樂器隨着磬聲而抑揚疾徐。)❺安居。(雅 1)250《大雅·公劉》四章:"篤公劉,于京斯依。"朱熹《集傳》:"依,安也。"一說:依傍。《鄭箋》:"厚乎公劉之居於此京,依而築宮室。"馬瑞辰《通釋》:"公劉依京築室。"陳奂《傳疏》:"言於豳之大地,依之以立國也。"❻茂盛的樣子。(雅 1)218《小雅·車舝》二章:"依彼平林,有集維鷮。"《毛傳》:

"依,茂木貌。"馬瑞辰《通釋》:"依,殷古同聲。殷,盛也,依即殷之假借。"吳闓生《吳氏遺著》:"'伊彼平林',此與'鬱彼北林'同一句法。蓋借'依'爲'鬱'也。鬱、依雙聲。❼愛,可愛。(頌1)290《周頌·載芟》:"思媚其婦,有依其士。"《鄭箋》:"依之言愛也。"馬瑞辰《通釋》:"依,愛也以雙聲爲訓。"一說:壯盛。王引之《述聞》卷六:"依之言殷也。馬融《易》注曰:'殷,盛也。'有殷,爲壯盛之貌。'有伊其士',依亦壯盛之貌。言農夫壯盛,足任耕作。"

【依依】柔嫩婀娜的樣子。(雅1)167《小雅·采薇》六章:"昔我往矣,楊柳依依。"孔穎達《正義》:"楊柳依依然。"何楷《古義》:"依依者,初抽條時,裊裊不定,如欲依倚他物也。"余冠英《詩經選》:"依依,柳條柔弱隨風不定之貌。"一說:茂盛的樣子。馬瑞辰《通釋》:"依依,猶殷殷,殷古同聲。依依猶殷殷,殷亦盛也。"王先謙《集疏》:"《韓》說曰:'依依,盛貌。'"

椅 yī 於離切(止開三平支影)
歌部,影母

一種落葉喬木,即山桐子。(風1、雅1)50《鄘風·定之方中》一章:"樹之榛栗,椅桐梓漆,爰伐琴瑟。"《毛傳》:"椅,梓屬。"陸璣《詩義疏》:"梓實桐皮曰椅,今人云梧桐也,則大類同而小別也。"174《小雅·湛露》四章:"其桐其椅,其實離離。"《鄭箋》:"桐也椅也,同類而異名。"參"梓"下。

猗 (一) yī 於離切(止開三平支影)
歌部,影母

❶美盛。(頌2)281《周頌·潛》:"猗與漆沮,潛有多魚。"《鄭箋》:"猗與,歎美之言也。"朱熹《集傳》:"猗與,歎辭。"301《商頌·那》:"猗與那與,置我鞉鼓。"《毛傳》:"猗,歎辭;那,多也。"馬瑞辰《通釋》:"猗、那二字疊韻,皆美盛之貌。通作'猗儺'、'阿難'。草木之美盛曰'猗儺',樂之美盛曰'猗那',其義一也。"俞樾《經說》卷二:"'猗那'乃疊韻字,不當分爲二義。'猗那'即'猗儺',並言其多也。"于鬯《香草校書》卷十八:"''那'即'猗'也。此類形容之辭,原有短言、長言之別。短言之單于'那',篇名是也。亦單曰

'猗',《潛》篇'猗與漆沮'是也。累言'猗那',詩文'猗與那與'是也。亦曰'阿難',《隰桑》篇'隰桑有阿,其葉有難'是也。此並是二字分屬,則實仍短言之例。亦曰'猗儺',《隰有萇楚》篇'猗儺其枝'、'猗儺其華'、'猗儺其實'是也。則長言之矣。"❷句末語氣詞,相當於'啊'。(風3)112《魏風·伐檀》一章:"河水清且漣猗。"漢《魯詩》殘碑作"兮"。陸德明《釋文》:"猗,於宜反,本亦作漪。朱熹《集傳》:"猗,與兮同,語詞也。《書》'斷斷猗',《大學》作'兮'。《莊子》亦'而我猶爲人猗'是也。"王先謙《集疏》:"《魯》猗作兮。"❸(又 yǐ)通"掎"。牽引;攀枝摘取。(風1)154《豳風·七月》三章:"取彼斧斨,以伐遠揚,猗彼女桑。"《毛傳》:"角而束之曰猗。"陸德明《釋文》:"猗,於綺反,徐於宜反。陳奐《傳疏》:"猗,當作掎。《說文》:'掎,偏引也。'"俞樾《平議》卷九:"女桑乃桑之小者,故以手引而采之,並無繩束之義。"一說:茂盛;使茂盛。朱熹《集傳》:"取葉存條曰猗。小桑不可條取,故取其葉而存其條,猗猗然爾。"戴震《考證》:"猗,讀如'有實其猗'之猗,猗然長茂也。"又一說:通"倚"。依着;就着。嚴粲《詩緝》:"《詩補傳》:'猗,倚也。'…今曰倚,猶依也。就樹采之也。"

(二) yǐ 於綺切(止開三上紙影)
歌部,影母

❹通"倚"。依;靠着。(風1、雅1)55《衛風·淇奧》三章:"寬兮綽兮,猗重較兮。"十三經注疏本作"倚重較兮"。陸德明《釋文》:"猗,依也。"阮元《校刊記》:"此經'猗'、'依'假借。…《正義》云'倚此重較之車兮'者,易'猗'字爲'倚'字而說之。《荀子·非相》楊倞注,《文選·張平子·西京賦》李善注,《論語·鄉黨》皇侃疏引《詩》均作'倚'。200《小雅·巷伯》七章:"楊園之道,猗于畝丘。"《毛傳》:"猗,加也。"段玉裁《小箋》:"猗,古音如阿。加,古音如歌。同韻,假借。"胡承珙《後箋》:"猗與倚同字,倚者依也。凡因依者,皆自此加彼之意,故《傳》云加也。"陳奐《傳疏》:"楊園在畝丘之上,故云楊園之路,加於畝丘也。"屈萬里《詮釋》:

"猗,當讀爲倚,靠近也。言往楊園之道靠近畝丘也。"❺通"倚"。偏斜;偏倚。(雅1)179《小雅·車攻》六章:"四黃既駕,兩驂不猗。"朱熹《集傳》:"猗,偏倚不正也。"陳奐《傳疏》:"猗當作倚。…不倚,無偏倚也。"

（三）ē　★倚可切（果開一上哿影）
　　　　　　歌部、影母

❻通"阿"。山隅;山坡。(雅1)191《小雅·節南山》二章:"節彼南山,有實其猗。"王引之《述聞》卷六:"猗,宜當讀爲阿。古音猗與阿同,故二字通用。…有實其阿者,言南山之阿,實然廣大也。阿爲山隅,乃偏高不平之地,而其廣大實實然,如爲政不平之師尹,勢位赫赫然也。"一說:長;草木長茂。《毛傳》:"實,滿;猗,長也。"黃焯《毛鄭平議》:"詩意特謂南山之上草木實然長茂,其不言草木,以繫南山言,則其爲草木可知。'有'、'其'二字皆爲助詞,與《正月》'有菀其特'文例正同。彼言阪田之中菀菀然茂特,亦不言苗,而可知其爲苗也。"又一說:通"倚"。靠近山的谷地也。《鄭箋》:"猗,倚也。言南山既能高峻,又以草木平滿其傍倚之畎谷,使之齊均也。"李元吉《讀書囈語》卷四:"山倚地而立,以興師尹不平而失民,將無倚也。"

【猗嗟】歎詞,表示贊美。(風3)106《齊風·猗嗟》一章:"猗嗟昌兮,頎而長兮。"《毛傳》:"猗嗟,歎辭。"

【猗嗟】《國風·齊風》篇名(106)。《詩序》:"《猗嗟》,刺魯莊公也。齊人傷魯公有威儀技藝,然而不能以禮防閑其母,失子之道,人以爲齊侯之子焉。"王先謙《集疏》:"三家無異義。"有的學者認爲這是齊國人贊美少年魯莊公儀容美好,才藝高超的詩。屈萬里《詮釋》:"《猗嗟》,此齊人美魯莊公之詩。"莊公名同,是齊襄公與其妹文姜通姦所生,不是魯桓公的親兒子。三章,一十八句。

【猗³儺】(一nuó)同"阿儺"、"婀娜"。輕盈柔美的樣子。(風3)148《檜風·隰有萇楚》一章:"隰有萇楚,猗儺其枝。"《毛傳》:"猗儺,柔順也。"《鄭箋》:"其枝猗儺而柔順也。"王先謙《集疏》:"猗儺,枝柔之狀。"一說:美盛的樣子。王引之《述聞》卷五:"萇楚之枝,柔弱蔓生,故《傳》《箋》並以猗儺爲柔順。但下文又云'猗儺其華','猗儺其實'。華與實不得言柔順,而亦云猗儺,則猗儺乃美盛之貌矣。"胡承珙《後箋》:"猗儺固可以美盛言,而亦有柔順之義。至華實皆附於枝,枝既柔順,則華實亦必從風而靡,雖概稱猗儺不妨。"

【猗猗】美盛的樣子。(風1)55《衛風·淇奥》一章:"瞻彼淇奥,綠竹猗猗。"《毛傳》:"猗猗,美盛貌。"朱熹《集傳》:"猗猗,始生柔弱而美盛也。"聞一多《類鈔》:"猗猗,柔弱下垂貌。"陳奐《傳疏》:"詩以綠竹之美盛,喻武公之質美德盛。"

漪　yī　於離切（止開三平支影）
　　　　　　歌部、影母

句末語氣詞。見"猗"。

揖
（一）yī　伊入切（深開三入緝影）
　　　　　　緝部、影母

❶拱手行禮。(風3)97《齊風·還》一章:"揖我謂我儇兮。"

（二）jí　★籍入切（深開三入緝從）
　　　　　　緝部、從母

❷見【揖² 揖²】。

【揖² 揖²】同"集集"。會聚;衆多。(風1)5《周南·螽斯》三章:"螽斯羽,揖揖兮。"《毛傳》:"揖揖,會聚也。"呂祖謙《詩記》:"王氏(安石)曰:揖揖,言其聚之衆。"馬瑞辰《通釋》:"揖蓋集之假借。…本爲鳥群集,引申爲凡聚之稱。重言之曰集集。《廣雅·釋詁》:'集集,衆也。'"王先謙《集疏》:"《魯》《韓》揖作集。"

噫　yī　於其切（止開三平之影）
　　　　　　之部、影母

【噫嘻】讚歎聲。(頌1)277《周頌·噫嘻》:"噫嘻成王,既昭假爾。"《毛傳》:"噫,歎也;嘻,和也。"《鄭箋》:"噫嘻,有所多大之聲也。"孔穎達《正義》:"噫嘻皆是歎聲。"朱熹《集傳》:"噫嘻,亦歎辭也。"一說:向神祈禱聲。戴震《考證》:"噫嘻猶噫歆,祝神之聲。"馬瑞辰《通釋》:"噫嘻祝神,正即叫呼之義,'噫嘻成王'蓋倒文,謂成王噫歆爲聲,以祈呼上帝也。"陸德明《釋文》作"意嘻",云:"意,本又作噫。"阮元《校勘記》:"意即噫之古字假借耳。"

【噫嘻】《周頌》篇名(277)。這是周成王行親耕藉田之禮時告誡農官之辭。命令農官率領農民播種百穀,開墾私田,大規模參加勞動。大約康王以後即用爲"春夏祈穀於上帝"的樂歌。《詩序》:"《噫嘻》,春夏祈穀於上帝也。"蔡邕《獨斷》:"《噫嘻》,春夏祈穀於上帝之所歌也。"孔穎達《正義》:"經陳播種耕田之事,是穀爲之祈禱,戒民使勤農業,故作者因其禱祭而述其農事。"朱熹《集傳》首次指出:"此連上篇,亦戒農官之詞。"魏源《詩古微》:"《噫嘻》,成王孟春祈穀耕耤時所歌也。"何楷《古義》以爲康王時詩,"康王春祈穀,既得,卜於禰廟,因戒農官詩"。今人憩之《關於〈周頌·噫嘻篇〉的解釋》(載《光明日報》1956 年 9 月 23 日)說是"主祭者(康王)向成王在天之靈報告農業上的成績"。郭沫若說是"成王親耕之前,昭假先公先王"時史官們做的頌歌;王力先生主編的《古代漢語》說是"周人歌頌成王教民勤於農事的詩"。一章,八句。

鷖(鷖) yī 烏奚切(蟹開四平齊影)
脂部,影母

鷗鳥。羽毛多白色,或灰白,翼長而尖。善飛翔。生活在湖海邊,捕食魚類。(雅 5)248《大雅·鳧鷖》一章:"鳧鷖在涇,公尸來燕來寧。"《毛傳》:"鷖,鳧屬。"陸德明《釋文》引《蒼頡解詁》:"鷖,鷗也。一名水鴞。"

夷 yí 以脂切(止開三平脂以)
脂部,餘母

❶平定。(雅 2)168《小雅·出車》六章:"赫赫南仲,嚴狁于夷。"《毛傳》:"夷,平也。"劉師培《雜記》:"夷謂平殄。"257《大雅·桑柔》二章:"亂生不夷,靡國不泯。"《毛傳》:"夷,平。泯,滅也。"陳奐《傳疏》:"夷訓平,不平即亂也。"❷(道路)平坦。(頌 1)270《周頌·天作》:"彼徂矣,岐有夷之行。"朱熹《集傳》:"夷,平。行,路也。"楊樹達《述林》卷六:"夷者,平也。…雖岐險阻之岐山,亦有平易之道路也。"一說:容易。《毛傳》:"夷,易也。"《韓詩外傳》卷三:"《傳》曰:'易簡而天下之理得矣。'忠易爲禮,誠易爲辭,賢人

易爲民,工巧易爲材。《詩》曰:岐有易之行,子孫保之。'"《後漢書·西南夷傳》朱輔上疏引《詩傳》云:"岐道雖僻而人不遠。"李賢注引《韓詩·薛君章句》云:"徂,往也。夷,易也。行,道也。彼百姓歸文王者皆曰:岐有易道,可歸往矣。易道,謂仁義之道而易行,故岐道阻險,而人不難。"❸平易;公平。(雅 2)191《小雅·節南山》四章:"式夷式已,無小人殆。"《毛傳》:"夷,平也。"朱熹《集傳》:"當平其心,視所任之人,有不當者則已之。無以小人之故而至於危殆其國也。"又五章:"君子如夷,惡怒是違。"《毛傳》:"夷,易也。"《鄭箋》:"如行平易之政,則民乖爭之情去。"嚴粲《詩緝》:"君子所行,如平易近人,則民自去其惡怒之心。"陳奐《傳疏》:"易,和易也。"馬瑞辰《通釋》:"'君子如夷',夷謂得其平,猶上章'式夷'也。上得所止,則民之心亦知所息矣;上得其平,則民惡怒之氣亦去矣。"一說:傷害。阮元《補箋》:"夷,傷也。君子如傷廢去位,則民惡怒之心與上相違。"❹平靜;喜悅。(風 2,雅 1)14《召南·草蟲》三章:"亦既見止,亦既覯止,我心則夷。"《毛傳》:"夷,平也。"馬瑞辰《通釋》:"夷悅以聲聲爲義。…我心則夷,對上'我心傷悲'言,猶云'我心則悅'也。…心平則喜,義亦相成,而未若訓悅訓喜,義尤直捷。"90《鄭風·風雨》一章:"既見君子,云胡不夷。"《毛傳》:"夷,說(悅)也。"王先謙《集疏》:"《魯》說云:'夷,喜也。'"❺正常;一定。(雅 2)264《大雅·瞻卬》一章:"蟊賊蟊疾,靡有夷屆。罪罟不收,靡有夷瘳。"《毛傳》:"夷,常也。"《鄭箋》:"其爲殘酷痛病於民,如蟊賊之害禾稼然,爲之無常,亦無止息時。"一說:平息。朱熹《集傳》:"夷,平;屆,極也。"余培林《正詁》:"夷、屆二字同義,皆止極也。朱子訓夷爲平,平息亦止極也。"又一說:助詞。無實義。王引之《釋詞》卷三:"言爲害無有終極,如病無有愈時也。夷,語助也。"曾運乾《毛詩說》:"夷猶攸也,攸,所也。"❻大。(頌 1)284《周頌·有客》:"既有淫威,降福孔夷。"朱熹《集傳》:"夷,易也,大也。"馬瑞辰《通釋》:"夷,從大從弓,古夷字必有大訓。'降

福孔夷',猶云降福孔大耳。"一説:平,平安。《毛傳》:"夷,易也。"高亨《今注》:"夷,平安。此二句指周王對於諸侯,既有大威,又降以福使他們很平安,恩威並用之意。"❼誅滅;夷滅。(雅1)265《大雅·召旻》二章:"潰潰回遹,實靖夷我邦。"《鄭箋》:"皆潰潰然維邪是行,皆謀夷滅王之國。"陳奂《傳疏》:"夷,當讀如《左傳》'芟夷藴崇之'之夷。…《廣雅》:'夷,滅也。'曾運乾《毛詩説》:"夷,傷也。靖夷猶言芟夷也。"一説:平治。朱熹《集傳》:"靖,治;夷,平也。"又一説:助詞。馬瑞辰《通釋》:"夷爲語助詞。'實靖夷我邦',即言實謀夷我邦。"❽我國古代東部少數民族的通稱,泛指少數民族。(頌1)300《魯頌·閟宫》七章:"及彼南夷,莫不率從。"《毛傳》:"南夷,荆楚也。"

【夷懌】喜悦;愉快。(頌1)301《商頌·那》:"我有嘉客,亦不夷懌。"《毛傳》:"夷,説也。"《鄭箋》:"亦不説懌乎,言説懌也。"朱熹《集傳》:"夷,悦也。亦不夷懌者,言皆悦懌也。"陸德明《釋文》作"繹",云:"字又作懌。"阮元《校刊記》:"《正義》本是懌字,當爲唐石經之所本也。"

又見【串夷】【淮夷】【混夷】。參"彝"、"傀"。

姨 yí 以脂切(止開三平脂)
脂部、餘母

妻的姐妹。(風1)52《衛風·碩人》一章:"東宮之妹,邢侯之姨。"《毛傳》:"妻之姊妹曰姨。"《爾雅·釋親》:"妻之姊妹同出爲姨。"郭璞注:"同出爲俱已嫁。"

栘 yí 以脂切(脂開三平脂)
脂部、餘母

一種常緑喬木。又名赤棟(sè),即苦櫧樹。果實爲扁球形堅果,有殼斗,木材堅韌,古用以制車轂。(雅3)204《小雅·四月》八章:"山有蕨薇,隰有杞桋。"《毛傳》:"桋,赤楝也。"陸璣《詩義疏》:"桋葉如柞,皮薄而白,其木理赤者爲赤楝,一名桋,白者爲楝。其皮皆堅韌,今人以爲車轂。"陸德明《釋文》:"桋,本亦作荑,音夷。"

詒(诒) yí 與之切(止開三平之)
之部、餘母

遺留;留給。(風2、雅4、頌1)33《邶風·雄雉》一章:"我之懷矣,自詒伊阻。"《毛傳》:"詒,遺;阻,難。"陸德明《釋文》作"貽"云:"本亦作詒。"189《小雅·斯干》九章:"無父母詒罹。"《鄭箋》:"爾無遺父母之憂。"陸德明《釋文》:"詒,本又作貽,遺也。"298《魯頌·有駜》三章:"君子有穀,詒孫子。"《鄭箋》:"詒,遺也。陸德明《釋文》:"'詒孫子',本或作'詒厥孫子'、'詒于孫子',皆是妄加也。"參"貽"、"嗣"。

貽(贻) yí 與之切(止開三平之)
之部、餘母

❶送給。(風4)42《邶風·静女》二章:"静女其孌,貽我彤管。"陸德明《釋文》:"貽,本又作詒,遺也。"❷遺留;留給。(頌1)275《周頌·思文》:"貽我來牟。"《鄭箋》:"貽,遺也。"《漢書·劉向傳》引作"詒我釐麰"。《説文·來部》引作"詒我來麰"。參"詒"。

飴(饴) yí 與之切(止開三平之)
之部、餘母

飴糖;麥芽糖。(雅1)237《大雅·緜》三章:"周原膴膴,菫荼如飴。"朱熹《集傳》:"飴,餳也。…言周原土地之美,雖物之苦者亦甘。"參"貽"。

儀(仪) yí 魚羈切(止開三平支)
歌部、疑母

❶儀容;威儀。(風3、雅4)196《小雅·小宛》二章:"各敬爾儀,天命不又。"陳奂《傳疏》:"儀,威儀也。"260《大雅·烝民》二章:"令儀令色,小心翼翼。"《鄭箋》:"令,善也。善威儀,善顔色。"陳奂《傳疏》:"儀,容儀;色,顔色。"152《曹風·鳲鳩》一章:"淑人君子,其儀一兮。其儀一兮,心如結兮。"朱熹《集傳》引陳氏曰:"由其威儀一於外,而其心如結於内者。"一説:通"義"。堅持正義。《鄭箋》:"儀,義也。善人君子,其執義當一也。"孔穎達《正義》:"均一在心,不在威儀。以儀、義理通,故轉儀爲義。"胡承珙《後箋》:"《禮記·緇衣》:'子曰:下之事上也,身不正,言不信,則義不一,行無類也。'其末引《詩》云:'淑人君子,其儀一也。'然則'儀一'謂執義如一。"又一説:法。牟庭《詩切》:"儀,法也。余按《大學》曰:《詩》云:'其儀不忒,正是四國。'其爲父子兄弟足法而

後民法之也。是《大學》釋《詩》，亦以儀爲法也。然則'其儀一兮'，謂其昔者所以爲人儀法，能專一也。"❷禮節；禮儀。(風6、雅3)156《邶風・柬山》四章："親結其縭，九十其儀。"《毛傳》："九十其儀，言多儀也。"孔穎達《正義》："九種十種，其威儀多也。"52《鄘風・相鼠》二章："相鼠有皮，人而無儀。"《毛傳》："無禮儀者，雖居尊位，猶爲闇昧之行。"《鄭箋》："儀，威儀也。"176《小雅・菁菁者莪》一章："既見君子，樂且有儀。"《鄭箋》："見則心既喜樂，又以禮儀見接。"歐陽修《詩本義》："樂且有儀。謂此君子樂易而有威儀也。"朱熹《集傳》："既見君子，則我心喜樂而有禮儀矣。或曰，以菁菁者莪比君子容貌威儀之盛也。"一說：法；榜樣。程俊英《注析》："儀，法式，榜樣。'樂且有儀'，覺得開心而且有了榜樣。主語是作者。"❸指射儀。射箭的各種程序。(風1)106《齊風・猗嗟》二章："儀既成兮，終日射侯，不出正兮。"胡承珙《後箋》："儀，即射儀也。……此言莊公善射，惟其射儀既備，所以終日不出正也。"程俊英《注析》："儀，射禮。射手在射箭之前表演射法的各種姿態。"❹效法。(雅1、頌1)235《大雅・文王》七章："儀刑文王，萬邦作孚。"朱熹《集傳》："儀，象。"《鄭箋》："儀法文王之事，則天下咸信而順之。"272《周頌・我將》："儀式刑文王之典。"朱熹《集傳》："儀、式、刑，皆法也。"馬瑞辰《通釋》："儀、式、刑皆可訓法。《詩》中有三字同義並稱者，如'亂離瘼矣'及'維清緝熙'皆與此句法相類。"一說：儀則；準則。《鄭箋》："我儀則以象法行文王之常道。"又一說：善；好好地。《毛傳》："儀，善；刑，法。"《左傳・昭公六年》引《詩》"儀刑文王之德，日靖四方"，服虔注："言善用文王之訓也。"錢大昕《潛研堂答問》："儀訓善，《釋詁》有正文，如'儀刑文王'、'儀式刑文王'，儀當訓善。依《爾雅》說，其爲直捷。"❺配偶。(風1)45《鄘風・柏舟》一章："髧彼兩髦，實維我儀。"《毛傳》："儀，匹也。"聞一多《類鈔》："儀，特，皆配偶也。"❻考慮。(雅1)260《大雅・烝民》六章："我儀圖之，維仲山甫舉之。"朱熹《集傳》："儀、度、圖，謀也。"馬瑞辰《通釋》："儀、圖二字同義，皆度也。古人自有複語耳。"一說：宜；以爲得宜；應當。《毛傳》："儀，宜也。"孔穎達《正義》："我以人之此言，實得其宜，乃圖謀之。"陳啓源《稽古編》："毛意當云：德輕易舉也，而莫能舉。我亦宜自謀舉之，乃舉之者，維仲山甫耳。"又一說：匹，倫匹。《鄭箋》："儀，匹也。我與倫匹圖之而未能爲也。"陸德明《釋文》："義：毛如字，宜也。鄭作儀。儀，匹也。"又一說：助詞。無義。楊樹達《詞詮》："儀，語中助詞。無義。舉此例。按陸德明《釋文》作"義"，云："毛如字，宜也。鄭作儀。儀，匹也。"孔穎達《正義》本亦作"義"。今本作"儀"，依唐石經改，是鄭玄義。❼善。(雅1)189《小雅・斯干》九章："無非無儀，唯酒食是議。"《鄭箋》："儀，善也。婦人無所專於家事。有非，非婦人也；有善，亦非婦人也。婦人之事，惟議酒食。"一說：威儀。《毛傳》："婦人質，無威儀也。"又一說：專斷。馬瑞辰《通釋》："今按：'婦人，從人者也。不自度事以自專制，故曰"無儀"。'"屈萬里《詮釋》："儀，即義。決定是非之正也。"又一說：度量；謀劃。馬瑞辰《通釋》："《說文》：'儀，度也。'……婦人，從人者也，不自度事以自專制，故曰'無儀'。"又一說：通"俄"。邪僻。林義光《通解》："儀，讀爲俄。《廣雅・釋詁》：'俄，邪也。'"按《廣雅疏證》卷二下："古者俄、義(義)同聲，故俄或通作義。"又見【禮儀】【威儀】。

宜 yí 魚羈切（止開三平支疑）
歌部、疑母

❶適合；相稱。(風2、雅9)75《鄭風・緇衣》一章："緇衣之宜兮。"聞一多《類鈔》："宜，稱也，謂稱身。"214《小雅・裳裳者華》四章："左之左之，君子宜之。"朱熹《集傳》："言其才全德備，以左之，則無所不宜；以右之，則無所不有。"249《大雅・假樂》二章："穆穆皇皇，宜君宜王。"《毛傳》："宜君王天下也。"一說：連詞。且。《鄭箋》："或爲諸侯，或爲天子。"陸德明《釋文》作"且君且王"，云："一本並作宜字。"吳昌瀅《經詞衍釋》卷五："宜，猶且也。"❷神享受祭祀。(頌1)300《魯頌・閟宮》三章："是饗是宜，降福既多。"馬

瑞辰《通釋》："宜本祭社之名。…凡神歆其祀通謂之宜。《鳧鷖》詩'公尸來燕來宜'及此詩'是饗是宜'是也。"一說：通"俎"。祭名。于省吾《新證》："'是饗是宜'，應讀作'是饗是俎'，這是用饗獻與俎牲之祭於后帝與后稷。"❸安；安享。（雅2）216《小雅·鴛鴦》一章："君子萬年，福祿宜之。"馬瑞辰《通釋》："《説文》：'宜，所安也。''福祿宜之'猶言'福祿綏之'，宜、綏皆安也。二章'宜其遐福'同義。"248《大雅·鳧鷖》二章："公尸來燕來宜。"《毛傳》："宜，宜其事也。"嚴粲《詩緝》："來而宜之，謂樂也。"牟庭《詩切》："來宜，謂來而安於其所，不思去也。"❹善；相處得宜。（風3、雅1、頌1）6《周南·桃夭》一章："之子于歸，宜其室家。"《鄭箋》："宜者，謂男女年時俱當。"朱熹《集傳》："宜者，和順之意。"馬瑞辰《通釋》："宜與儀通。《爾雅》：'宜，儀也。'凡《詩》言'宜其室家'、'宜其家人'者，皆謂善處其室家與家人耳。"300《魯頌·閟宮》八章："宜大夫庶士，邦國是有。"《鄭箋》："與群臣燕，則欲與之相宜，亦祝慶也。"高亨《今注》："宜，猶善也。此句言僖公善待大夫衆士。"屈萬里《詮釋》："言使大夫衆士皆安適（宜）也。"程俊英《注析》："宜，相宜，團結的意思。"❺應當；應該。（風1、雅8）35《邶風·谷風》一章："黽勉同心，不宜有怒。"191《小雅·節南山》一章："不吊昊天，不宜空我師。"196《小雅·小宛》五章："哀我填寡，宜岸宜獄。"朱熹《集傳》："病寡不宜岸獄，今則宜岸宜獄矣。"223《小雅·角弓》五章："如食宜饇，如酌孔取。"《鄭箋》："如食老者，宜食之令飽。如飲老者，則當孔取。"陸德明《釋文》："宜，如字，本作儀。《韓詩》云：儀，我也。"❻多。（風3）5《周南·螽斯》一章："宜爾子孫，詵詵兮。"馬瑞辰《通釋》："宜從多聲，即有多義。此詩《序》美'后妃子孫衆多'，宜爾子孫，猶云多爾子孫也。"❼通"義"。合義。（頌1）303《商頌·玄鳥》："殷受命咸宜。"陳奐《傳疏》："咸宜，言皆合義也。古宜、義通用。"程俊英《注析》："咸宜，都很合適。"❽菜肴；烹調菜肴。（風2）82《鄭風·女曰雞鳴》二章："弋言加之，與子宜之。宜

言飲酒，與子偕老。"《毛傳》："宜，肴也。"孔穎達《正義》："與子賓客作肴羞之饌共食之。"王引之《聞經》卷五："'宜言飲酒'，毛於上'宜之'訓宜爲肴，則此宜字亦爲肴可知。《爾雅》：'宜，肴也。'"于省吾《新證》："宜、俎古通。俎當讀爲菹醢之菹，亦作菹。…與子菹之，與子菹以爲肴也。"一說：烹調適宜。徐鴻鈞《讀毛詩日記》："與子宜之者，謂弋鴈之後，與子調和氣味，使得其宜也。"

疑 yí 語其切（止開三平之疑）
之部、疑母

níng 《古今韻會舉要》疑陵切（曾開三平蒸疑）
蒸部、疑母

定；安定。（雅1）257《大雅·桑柔》三章："靡所止疑，云徂何往？"《毛傳》："疑，定也。"《鄭箋》："我從兵役無有止息時。"陸德明《釋文》："疑，魚陟反，定也。"朱熹《集傳》："疑，讀如《儀禮》疑立之疑，定也。…居無定所，徂無所往。"陳奐《傳疏》："疑，當即礙之省借。《説文》：'礙，止也。'疑礙同聲，定止同義。"王先謙《集疏》："古疑本通凝。…《詩考》引《齊詩》'正作'止凝'。"

遺 （一）yí 以追切（止合三平脂以）
微部、餘母

❶留下。（雅2）193《小雅·十月之交》六章："不憖遺一老，俾守我王。"《鄭箋》："言盡將舊在位之人與之皆去，無留衛王。"❷遺忘；遺忘了的東西。（雅1）201《小雅·谷風》二章："將安將樂，棄予如遺。"《鄭箋》："如遺者，如人行道，遺忘物，忽然不省存也。"朱熹《集傳》："如遺，忘去而不復存省也。"❸隨從；順從。（雅1）223《小雅·角弓》七章："莫肯下遺，式居婁驕。"《鄭箋》："遺，讀曰隨。"《釋文》："遺，王申毛如字，鄭讀曰隨。"孔穎達《正義》述鄭云："隨從於人，先人後己，以相卑下之義也。"屈萬里《詮釋》："言不肯謙下隨人也。"馬瑞辰《通釋》："遺當讀隤。…隤，柔順貌。古通作退，與下意同。言小人莫肯卑下而隤順也。"吳闓生《會通》："遺與隤同。《荀子》作'隧'，下隧，猶下降，言自卑下也。"一說：棄。遺棄。孔穎達《正義》述毛云："莫肯自卑下

而遺去其惡心者。"朱熹《集傳》引張子曰："讒言遇明者當自止,而王甘信之,不肯貶下而遺棄之,更益以長慢也。"又一說:加。陳奐《傳疏》:"《北門傳》曰:'遺,加也。'此遺字亦當訓加。…言小人之行不肯卑下加禮於人。"黃焯《詩疏平議》:"莫肯下遺,當謂王之恩澤莫肯下加於九族也。"❹存問;恤問。(雅1)258《大雅·雲漢》三章:"昊天上帝,則不我遺。"馬瑞辰《通釋》:"遺當讀如問遺之遺,《廣雅·釋詁》:'問,遺也。'遺,與也。與人以物謂之問,亦謂之遺…與人相恤問亦謂之遺。此詩'則不我遺',猶五章'則不我聞'。聞當讀問,問猶恤問也。"一說:遺留。孔穎達《正義》:"昊天上帝如此酷旱,則不於我民使有遺留,其意將欲盡殺我民也。"

(二) wèi 以醉切 (止合三去至以)

微部、餘母

❺加;加給。(風1)40《邶風·北門》三章:"王事敦我,政事一埤遺我。"《毛傳》:"遺,加也。"參"唯"。

彝(彞) yí 以脂切 (止開三平脂以)
脂部、餘母

常性;常理。(雅1)260《大雅·烝民》一章:"民之秉彝,好是懿德。"《毛傳》:"彝,常。"朱熹《集傳》:"是乃民所執之常性,故其情無不好此美德者。"馬瑞辰《通釋》:"《說文》:'彝,宗廟常器也。'故引申爲彝常。…秉彝爲常,猶云秉性、秉質耳。"《孟子·告子上》、王符《潛夫論·德化》引《詩》作"夷"。

已 yǐ 羊已切 (止開三上止以)
之部、餘母

❶止,停止。(風5,雅5,頌1)90《鄭風·風雨》三章:"風雨如晦,雞鳴不已。"《鄭箋》:"已,止也。雞不爲如晦而止不鳴。"267《周頌·維天之命》:"維天之命,於穆不已。"《鄭箋》:"天之道於乎美哉,動而不止,行而不已。"朱熹《集傳》:"不已,言无窮也。"❷制止;罷免。(雅1)191《小雅·節南山》四章:"式夷式已,無小人殆。"朱熹《集傳》:"夷,平;已,止。…當平其心,視所任之人,有不當者已之。"嚴粲《詩緝》:"王氏曰:'已,退廢也。'今曰:《論語》'三已',《孟子》'士師

不能治事則已之'。…當平其心,勿偏信之。察知其姦,則廢退也。"阮元《補箋》:"王不察讒言,君子之在位者或傷或已,皆爲小人所殆。"一說:停止。《毛傳》:"夷,平也。用平則已。"馬瑞辰《通釋》:"夷與已對言,夷謂平其心,即下章'君子如夷'也。已謂知所止,即下章'君子如屆'也。"又一說:完成。朱彬《經傳考證》:"已,終也。《廣雅》:成也。言平夷其心,迺能終竟其事也。"又一說:通"紀"。紀理。《鄭箋》:"爲政當用平正之人,用能紀理其事也。"陸德明《釋文》:"已,毛音以,鄭音紀。"❸罷了。(風4)58《衛風·氓》六章:"反是不思,亦已焉哉。"40《邶風·北門》五章:"已焉哉,天實爲之,謂之何哉?"一說:既。陳奐《傳疏》:"已焉猶云既然。詁訓焉、然通用,既、已通用。既然,既如是。此承上轉下之詞。"《韓詩外傳》卷一引作"亦已焉哉"。❹已經。(雅1)257《大雅·桑柔》九章:"朋友已譖,不胥以穀。"一說:通"以"。用。高亨《今注》:"已,同以,用也。…此二句言朋友也用譖相害,而不以善相助。"❺太;過於。(風3,雅2)114《唐風·蟋蟀》一章:"無已大康,職思其居。"《毛傳》:"已,甚。"陳奐《傳疏》:"已者,甚之詞也。"林義光《通解》:"已亦太也。無已太康,無太康也。"198《小雅·巧言》一章:"昊天已威,予慎無罪。"《鄭箋》:"已,泰,皆言甚也。"❻"己"的誤字。(雅1)223《小雅·角弓》四章:"受爵不讓,至于已斯亡。"孔穎達《正義》:"至於正身以此而致滅亡。"陳奐《傳疏》:"已,謂己身也。亡,謂喪棄也。"唐石經作"己",《韓詩外傳》卷四引《詩》也作"己"。參"己"。

以(㠯) yǐ 羊已切 (止開三上止以)
羊吏切 (止開三去志以)
之部、餘母

❶動詞。用。(風1,頌1)35《邶風·谷風》一章:"采葑采菲,無以下體。"陳奐《傳疏》:"無以下體,言不用其根莖也。"294《周頌·桓》:"保有厥士,于以四方,克定厥家。"《鄭箋》:"於是用武事於四方,能定其家。"朱熹《集傳》:"保有其士而用之於四方。"一說:通"台"。我。于省吾《新證》:"晚周金文以

字多作台。凡《詩》言'于以'者,本應作'于台'。…'于台四方'的台字在此應訓爲我。《爾雅·釋詁》謂'台,我也。'"又一説:有。程俊英《注析》:"以通有。有四方,指征服別國而有天下。"❷可以;足以。(風1)106《齊風·猗嗟》三章:"四矢反兮,以禦亂兮。"孔穎達《正義》:"善射如此,足以捍禦四方之亂兮。"朱熹《集傳》:"言莊公射藝之精,可以禦亂。"❸使;令;讓。(風1,雅1)159《豳風·九罭》四章:"無以我公歸兮,無使我心悲兮。"程俊英《注析》:"以,使。《戰國策·秦策》:'向欲以齊事王。'以齊,即使齊。無以,猶今言'不讓'。"252《大雅·卷阿》十章:"矢詩不多,維以遂歌。"《鄭箋》:"欲令遂爲樂歌,王日聽之,則不損之成功也。"❹以爲。(雅2)203《小雅·大東》五章:"或以其酒,不以其漿。鞗鞗佩璲,不以其長。"朱熹《集傳》:"言東人或饋之以酒,而西人曾不以爲漿。東人或與之以鞗然之佩,而西人曾不以爲長。"按"以其酒"的"以"作"予"講。一説:介詞。用。嚴粲《詩緝》:"或有饋之以酒者,彼不報之以漿。酒猶禮之薄,至贈之以鞗鞗然之佩瑞,可謂厚矣,亦不待之以長遠。"❺帶領;率領。(風1,雅2)31《邶風·擊鼓》二章:"不以我歸,憂心有忡。"211《小雅·甫田》三章:"曾孫來止,以其婦子,饁彼南畝。"裘錫圭《説》以謂:"〔以〕其本義大概是提挈、携帶這一類意思。""帶領"、"率領"義是引申義。一説:使。孔穎達《正義》引王肅曰:"農夫務事,使其婦子並饁饋也。"又一説:與。《鄭箋》:"王親與后、世子行,使知稼穡之艱難也。"❻取。(雅4)190《小雅·無羊》三章:"爾牧來思,以薪以蒸,以雌以雄。"《鄭箋》:"此言牧人有餘力則取薪蒸,搏禽獸以來歸也。"❼介詞。用、表工具、方式、對象或時間。(風43,雅49,頌16)64《衛風·木瓜》一章:"投我以木瓜,報之以瓊琚。"261《大雅·韓奕》六章:"以先祖受命,因時百蠻。"陳奂《傳疏》:"以,猶用也。"屈萬里《詮釋》:"言用其先祖受命之禮也。"283《周頌·載見》:"烈文辟公,綏以多福。"17《召南·行露》二章:"誰謂雀無角,何以穿我屋。"《鄭箋》:"雀之穿屋,不以其角,乃

以味。"297《魯頌·駉》一章:"薄言駉者,有驈有皇,有驪有黄,以車彭彭。"王先謙《集疏》:"以,用也,用車以駕,則彭彭然。"程俊英《注析》:"以車,以之駕車的省略。"❽介詞。表處所。相當于"於"。(雅2)224《小雅·菀柳》三章:"曷予靖之,居以凶矜。"《鄭箋》:"王何爲使我謀之,隨而罪我,居我以凶危之地。"257《大雅·桑柔》十二章:"維彼不順,行以中垢。"胡承珙《後箋》:"案中垢,言垢中也。…謂不順之人,其行如在垢中。"❾原因;緣故。(風1)37《邶風·旄丘》二章:"何其久也,必有以也。"朱熹《集傳》:"以,他故也。…言何其久而不來,意或有他故而不來也。"一説:與。《毛傳》:"必以有功德。"夏炘《劄記》:"又何其久而不來,意必有功德助我也。"馬瑞辰《通釋》:"以,與同義。與謂與國,即下章'靡所不同'之同。"❿因;因爲;由於。(風1,雅4)165《小雅·伐木》三章:"民之失德,乾餱以愆。"朱熹《集傳》:"以乾餱之薄不以分人,而至於有愆。"188《小雅·我行其野》三章:"成不以富,亦祇以異。"陳奂《傳疏》:"言誠不以外昏之有財賄,亦主以舊姻之有貳行,爲可惡也。"255《大雅·蕩》四章:"爾德不明,以無陪無卿。"孔穎達《正義》:"汝王之德所以不光明者,以其無陪貳大德之公,無干事明哲之卿故也。"⓫動詞。與;和…一起。(風3)35《邶風·谷風》三章:"宴爾新昏,不我屑以。"朱熹《集傳》:"以,與。…不以我爲潔而與之耳。"馬瑞辰《通釋》:"以猶與也。'不我屑以',謂不我肯與。"22《召南·江有汜》一章:"之子歸,不我以。"《鄭箋》:"以,猶與也。"朱熹《集傳》:"能左右之曰、以,謂挾己以行也。"一説:用。陳奂《傳疏》:"《載芟·傳》:'以,用也。'不我以,不用我;不我與,不與我。以、與二字,渾言義同,析言則義別。"⓬動詞。給予。(雅2)257《大雅·桑柔》九章:"朋友已譖,不胥以穀。"《鄭箋》:"以,猶與也。"林義光《通解》:"言朋友譖僞太過,不能相與以善。"207《小雅·小明》四章:"神之聽之,式穀以女。"朱熹《集傳》:"以猶與也。則神之聽之,而以穀禄與女矣。"王引之《釋詞》卷一:"以,

與也。"用此例。于省吾《新證》："以，與也。言神聖與女以善也。"一説：於。裴學海《古書虛字集釋》卷一："以，猶於也。…言用善於汝也。"❸動詞。爲。（雅 1）261《大雅·韓奕》六章："奄受北國，因以其伯。"朱熹《集傳》："錫之追貊，使爲之伯。"208《小雅·鼓鍾》四章："以雅以南，以籥不僭。"《毛傳》："爲雅爲南也。"陳奐《傳疏》："《傳》云'爲雅爲南'，'爲'釋《經》之以。《玉篇》：'以，爲也。'"❹連詞。連接兩個名詞，相當於"與"、"和"。（雅 2）241《大雅·皇矣》七章："不大聲以色，不長夏以革。"馬瑞辰《通釋》："以，與古通用。聲以色，猶云聲與色也；夏以革，猶云夏與革也。"❺連詞。連接兩個並列的動詞或動詞性詞組。（風 4、雅 38）35《邶風·谷風》一章："習習谷風，以陰以雨。"246《大雅·行葦》八章："黄耇台背，以引以翼。"❻連詞。連接兩個動詞詞組，表示後一行爲是前一行爲的目的，可譯爲"以便"。（風 10、雅 58、頌 10）50《鄘風·定之方中》二章："升彼虚矣，以望楚矣。"260《大雅·烝民》四章："既明且哲，以保其身。"284《周頌·有客》："言授之縶，以縶其馬。"❼連詞。連接狀語和中心語，可譯爲"而"。（風 2、雅 6、頌 1）27《邶風·緑衣》四章："絺兮綌兮，淒其以風。"朱熹《集傳》："絺綌而遇寒風，猶己之過時而見棄也。"194《小雅·雨無正》一章："若此無罪，淪胥以鋪。"朱熹《集傳》："此無罪者，亦相與而陷於死亡，則如何哉？"❽連詞。連接兩個前後相承的詞組。可譯爲"於是"、"因而"。（雅 17、頌 1）166《小雅·天保》一章："俾爾多益，以莫不庶。"《鄭箋》："使女每物益多，以是故無不衆也。"❾指老弱的人。（頌 1）290《周頌·載芟》："侯亞侯旅，侯彊侯以。"郭沫若《從周代農事詩論到周代社會》："以與强爲對文，應當爲駑或駘，即是不强的人。一説：受雇幫工的人。《毛傳》："以，用也。"孔穎達《正義》："以者，傭賃之人，以意驅用，故云用也。"《鄭箋》："以，謂閒民，今時傭賃也。"朱熹《集傳》："若今傭力之人，隨主人所左右者也。"❿通"台"。何；何處。（風 10）13《召南·采蘩》一章："于以采蘩，

于沼于沚。"孔穎達《正義》："言夫人往何處采此蘩菜乎？於沼池、於渚沚之旁采之也。"31《邶風·擊鼓》三章："于以求之，于林之下。"孔穎達《正義》："往於何處求之？當於山林之下。"楊樹達《詞詮》："以，假借爲台，何也。一説：連詞。連接兩個動詞。相當於"而"。《采蘩·箋》："于以，猶言往以也。"又一説：助詞。無實義。陳奐《傳疏》："于以，猶薄言，皆發聲語助也。"
【以爲】"以之爲"的省略形式，等於説"把他作爲'、"用它做"。（風 3、雅 6）49《鄘風·鶉之奔奔》一章："人之無良，我以爲兄。"210《小雅·信南山》三章："曾孫之穡，以爲酒食。"254《大雅·板》三章："我言維服，勿以爲笑。"

又見【可以】【是以】【越以】。

苡 yǐ 羊已切（止開三上止以）

之部、餘母

苯苡，車前草。見"苯（fóu，又 fú）"。

苢 yǐ 羊已切（止開三上止以）

之部、餘母

《説文·艸部》："苢，苯苢，一名馬舄。其實如李，令人宜子。"見【苯苢】。

矣 yǐ 于紀切（止開三上止云）

之部、匣母

❶語氣詞。用在句末表示已然或將然，大致相當於現代漢語的"了"。（風 43、雅 96、頌 1）50《鄘風·定之方中》二章："升彼虚矣，以望楚矣。"❷語氣詞。用在感嘆句裏，可譯爲"啊"。（風 3、雅 5、頌 1）225《小雅·都人士》五章："我不見兮，云何盱矣！"287《周頌·訪落》："休矣皇考！以明保其身。"❸語氣詞。用在有疑問詞的疑問句裏幫助表示疑問語氣。（雅 6）177《小雅·六月》六章："侯誰在矣？張仲孝友。"228《小雅·隰桑》四章："心乎愛矣，遐不謂矣？"❹語氣詞。用在複句中前一分句之後，表示分句之間的停頓。（風 26、雅 23、頌 2）9《周南·漢廣》一章："漢之廣矣，不可泳思。江之永矣，不可方思。"197《小雅·小弁》一章："心之憂矣，云如之何。"

倚 yǐ 於綺切（止開三上紙影）
於義切（止開三去寘影）

歌部、影母

依；韋肴。見"猗"。

弋 yì 與職切（曾開三入職以）
職部、餘母

❶用帶有絲繩的箭射（鳥獸）。(風2、雅1)82《鄭風·女曰雞鳴》一章："將翱將翔，弋鳧與鴈。"《鄭箋》："弋，繳(zhuó)射也。"《正義》："繳射，謂以繩繫矢而射也。"257《大雅·桑柔》十四章："如彼飛蟲，時亦弋獲。"馬瑞辰《通釋》："弋爲繳射飛鳥之稱。…詩以飛鳥之難射，時亦以弋射獲之，喻食人之難知，時亦以窺測得之耳。"❷通"姒"。姓。(風1)48《鄘風·桑中》二章："云誰之思，美孟弋矣。"《毛傳》："弋，姓也。"朱熹《集傳》："弋，《春秋》或作姒，蓋杞女，夏后氏之後，亦貴族也。"胡承珙《後箋》："姒本作以，《白虎通義》：'夏祖昌意以薏以生，賜姓姒氏。'《說文》無姒字，蓋即作以，弋與以一聲之轉。"

仡 yì 魚迄切（臻開三入迄疑）
物部、疑母

許訖切（臻開三入迄曉）
物部、曉母

【仡仡】高大堅固。(雅1)241《大雅·皇矣》八章："臨衝茀茀，崇墉仡仡。"《毛傳》："仡仡，猶言言也。言言，高大也。"朱熹《集傳》："仡仡，堅壯貌。"《玉篇·土部》："圪，《說文》云：墻高貌。《詩》曰：崇墉圪圪。'"今本《說文》作"圪"。一說：動搖。陸德明《釋文》："仡仡，魚乙反。《韓詩》云：搖也。"王先謙《集疏》："《韓》說曰：仡仡，搖也。"

圪 yì 魚迄切（臻開三入迄疑）
魚乙切（臻開三入質疑）
物部、疑母

高大堅固。見"仡"。

刈 yì 魚肺切（蟹開三去廢疑）
月部、疑母

割取；收割。(風3)9《周南·漢廣》二章："翹翹錯薪，言刈其楚。"2《周南·葛覃》二章："是刈是濩，爲絺爲綌。"陸德明《釋文》："艾，本亦作刈。《韓詩》云：'刈，取也。'"朱熹《集傳》："刈，斬。"馬瑞辰《通釋》："刈亦田器也，用刈以取，因訓刈為取也。"《說文·刀

部》："乂，芟艸也。刈，乂或從刀。"

勩（勚） yì 餘制切（蟹開三去祭以）
羊至切（止開三去至以）
月部、餘母

勞；勞苦。(雅1)194《小雅·雨無正》二章："正大夫離居，莫知我勩。"《毛傳》："勩，勞也。"《左傳·昭公十六年》引作"肄"。杜預注："肄，勞也。"《說文·力部》"勩"下段玉裁注："凡物久而勞敝曰勩。…今人謂物消磨曰勩，是也。參"肄"。

役 yì 營隻切（梗合三入昔以）
錫部、餘母

❶服兵役，戍守邊疆。(風4)66《王風·君子于役》一章："君子于役，不知其期。"《鄭箋》："君子往行役，我不知其反期。"❷禾莖；禾穗。(雅1)245《大雅·生民》四章："荏菽旆旆，禾役穟穟。"《毛傳》："役，列也。"陳奐《傳疏》："禾役者，苗之榦也。…《傳》以列訓役，列謂梨之假借字。《廣雅》：'黍穰謂之梨。'《廣韻》："穰，禾莖。'則禾莖亦爲穰。"《說文·禾部》："穎，禾末也。《詩》曰：'禾穎穟穟。'"段玉裁《小箋》："役者穎之假借。《說文》引正作穎。"王先謙《集疏》："三家，役作穎。"一說：行列。孔穎達《正義》："禾則使有行列，其苗則穟穟然美好。…言其行相當，因禾文冪，因以役配之。"

【役車】服役用的牛車，收穫時用來裝載穀物。(風1)114《唐風·蟋蟀》三章："蟋蟀在堂，役車其休。"《鄭箋》："庶人乘役車。役車休，農功畢，無事也。"《周禮·春官·巾車》："士乘棧車，庶人乘役車。"鄭玄注："役車，方箱，可載任器以供役。"馬瑞辰《通釋》："古者役不踰時。…役車，當謂行役之車。"又見【行役】。

亦 yì 羊益切（梗開三入昔以）
鐸部、餘母

❶副詞。也。表示同樣。(風16、雅36、頌3)17《召南·行露》三章："雖速我訟，亦不女從。"301《商頌·那》："我有嘉客，亦不夷懌。"《鄭箋》："亦不說懌乎？言說懌也。"戴震《考證》："亦不猶云不亦，古語然耳。"❷副詞。又。(頌2)302《商頌·烈祖》："既載清酤，賚我思成；亦有和羹，既戒既平。"

279《周頌‧豐年》："豐年多黍多稌,亦有高廩,萬億及秭。"孔穎達《正義》："既黍稻之多,復有高大之廩,於中盛五穀矣。"一說：大。《鄭箋》："亦,大也。"又一說：助詞。無實義。朱熹《集傳》："亦,語助詞。"❸副詞。有假設的意思。(雅1)194《小雅‧雨無正》六章："云不可使,得罪于天子;亦云可使,怨及朋友。"一說：助詞。王引之《述聞》卷六："使者,從也。亦,語詞。"❹助詞。無實義。(風16,雅16,頌4)14《召南‧草蟲》一章："亦既見止,亦既覯止,我心則降。"王引之《釋詞》卷三："亦,有不承上文而但爲語助者。…《詩‧草蟲》曰'亦既見止'是也。"125《唐風‧采苓》一章："人之爲言,苟亦無信。"陳奐《傳疏》："苟亦無信,誠無信也。亦爲語助。"❺通"奕"。長；累。(雅1)235《大雅‧文王》二章："凡周之士,不顯亦世。"《魏書‧禮志》引作"奕世"。馬瑞辰《通釋》："亦世即奕世也…奕之言繹也。《玉篇》：'繹,長也。'奕世,即長世也。或亦訓爲累世。《後漢書‧楊秉傳》'臣奕世受恩'注：'奕,猶重也。'重即累也。徐灝《通介堂經說》卷十五：'亦讀爲奕,言奕世不顯也。'"一說：副詞。也。《鄭箋》："亦得世世在位。"朱熹《集傳》："使凡周之士,亦世世修德,與周匹休焉。"又一說：助詞,無義。王引之《釋詞》卷三："不顯亦世,言其世之顯也。不與亦,皆語助耳。參'已'。"

奕 yì 羊益切（梗開三入昔以） 鐸部、餘母

❶從容閑習的樣子。(頌1)301《商頌‧那》："庸鼓有斁,萬舞有奕。"《毛傳》："奕奕然閑也。"《鄭箋》："其干舞又閑習。"一說：盛大的樣子。馬瑞辰《通釋》："《說文》：'奕,大也。'萬爲大舞,故奕爲大貌,閑亦大也。…古者樂與舞相接。上文'依我磬聲'爲樂之終,故下即言'萬舞有奕'爲舞之始。"又一說：有次序的樣子。朱熹《集傳》："奕奕然有次序也。"

【奕奕】高大。(雅4,頌1)198《小雅‧巧言》四章："奕奕寢廟,君子作之。"《毛傳》："奕奕,大貌。"261《大雅‧韓奕》一章："奕奕梁山,維禹甸之。"《毛傳》："奕奕,大也。"300

《魯頌‧閟宮》九章："路寢孔碩,新廟奕奕。"孔穎達《正義》："新作閟公之廟,奕奕然廣大。"一說：華美。《鄭箋》："奕奕,姣美也。"又一說：相連不絕。《周禮‧夏官‧隸僕》鄭玄注引《詩》作"繹繹"。陳奐《傳疏》："《毛詩》'新廟奕奕',三家詩作'寢廟繹繹'。奕奕高大,繹繹相連。《淮南子‧時則》、《呂氏春秋‧季春》高誘注、蔡邕《獨斷》並引《詩》作"寢廟奕奕"。"

弈 yì 羊益切（梗開三入昔以） 鐸部、餘母

【弈弈】同"奕奕"。心神不定的樣子。(雅1)217《小雅‧頍弁》一章："未見君子,憂心弈弈。"《毛傳》："弈弈然無所薄也。"朱熹《集傳》："弈弈,憂心無所薄也。"陳奐《傳疏》："奕奕然無所薄也者,亦是形容憂心之狀。《楚策》楚威王曰：'寡人心搖搖如懸旌,而無所終薄。'奕奕、搖搖,語轉而義同。"

意 yì 於記切（止開三去志影） 職部、影母

考慮；在意；放在心上。(雅1)192《小雅‧正月》十章："終踰絕險,曾是不意。"《鄭箋》："女曾不以是爲意乎?"王引之《述聞》卷六："意與億相等。億,度也。言棄輔則爾載必輸,不棄則絕險可濟,商事如是,治國可知。…女何乃不度於是乎?"馬瑞辰《通釋》："曾是不意,謂曾是不測度之也。"

億(亿) yì 於力切（曾開三入職影） 職部、影母

❶數詞。萬萬為億。又十萬或百萬為億。泛言極多。(風1,雅3,頌2)112《魏風‧伐檀》二章："不稼不穡,胡取禾三百億兮。"《毛傳》："萬萬曰億。"《鄭箋》："十萬曰億,三百億,禾秉之數。"279《周頌‧豐年》："亦有高廩,萬億及秭。"《毛傳》："數萬至萬曰億,數億至億曰秭。"陳奐《傳疏》："下數十萬曰億,中數百萬曰億,上數萬萬曰億。"按《夢溪筆談‧技藝》："古法以十萬爲億,十億爲兆,十兆爲秭;算家以萬萬爲億,萬萬億爲兆。"又《逸周書‧世俘》："諴磨億有十萬七千七百七十九。"是以百萬爲億。惠棟《九經古義》卷五引徐岳《數術記異》曰："黃帝爲法,數有十等。及其用也,乃有三焉。十

等者:億、兆、京、垓、秭、穰、溝、澗、正、載。三等者,謂上、中、下也。其下數者,十十變之,若言十萬曰億,十億曰兆,十兆曰京也。中數者,萬萬變之,若言萬萬曰億,萬億曰兆,萬兆曰京也。上數者,數窮則變,若言萬萬曰億,億億曰兆,兆兆曰京也。"一說:通"繶"。束。俞樾《平議》卷九:"三百億者,三百繶也。其實皆三百束也。"❷滿。(雅1)209《小雅·楚茨》一章:"我倉既盈,我庾維億。"《鄭箋》:"陰陽和,風雨時,則萬物成,萬物成,則倉庾充滿矣。倉言盈,庾言億,亦互辭,喻多也。"王引之《述聞》卷六引王念孫說:"億,亦盈也,語之轉耳。…'我倉既盈,我庾維億',維億猶既盈也。此億字但取盈滿之義,而非紀其數,與'萬億及秭'之億不同。"一說:數詞。《毛傳》:"萬萬曰億。"孔穎達《正義》:"我倉之內,既得滿矣,我庾之大,維積一億也。"朱熹《集傳》:"十萬曰億。"

懌(怿) yì 羊益切（梗開三入昔以）鐸部、餘母

歡喜;喜悅。(雅2、頌1)191《小雅·節南山》八章:"既夷既懌,如相醻矣。"《毛傳》:"懌,服也。"朱熹《集傳》:"懌,悅也。"朱彬《經傳考證》:"從來小人執政柄,凡權勢所在,未有不相傾相軋者。及人主委任已專,翕然附和。三代之後,覆宗絕祀,鮮不由此。殆觀詩所刺譏,則其來久矣。"254《大雅·板》二章:"辭之懌矣,民之莫矣。"《毛傳》:"懌,悅。莫,定也。"陸德明《釋文》作"繹",云:"本亦作懌。"《左傳·襄公三十一年》引《詩》:"辭之繹矣,民之莫矣。"阮元《校刊記》:"繹,懌同字也。"一說:通"斁"。敗壞。朱彬《經傳考證》:"懌與斁同。猶'口無擇言'之'擇',敗也。莫與'求民之莫',亦與瘼通,病也。蓋輯與懌相反,洽與莫相反。言辭善則民獲益,辭不善則民受其害。"馬瑞辰《通釋》:"懌,朱彬讀爲斁。《說文》:'斁,敗也。'斁借作懌,猶懌借作斁與擇也。…四語兼善惡言,詞和則民合,詞敗則民病。"又見【夷懌】說懌。參"斁"。

嶧(峄) yì 羊益切（梗開三入昔以）鐸部、餘母

嶧山,在山東。見"繹"。

斁(致) (一) yì 羊益切（梗開三入昔以）鐸部、餘母

❶厭;厭倦;懈怠。(風1、雅1、頌2)2《周南·葛覃》二章:"爲絺爲綌,服之無斁。"《毛傳》:"斁,厭也。"朱熹《集傳》:"蓋親執其勞,而知其成之不易,所以心誠愛之,雖極垢弊而不忍厭棄也。"《禮記·表記》、《緇衣》均引作"服之無射"。段玉裁《小學》:"斁爲本字,射爲同部假借。"聞一多《類鈔》:"無斁,謂無已時也。"299《魯頌·泮水》七章:"戎車孔博,徒御無斁。"《鄭箋》:"徒行者,御車者,皆敬其事,無厭倦也。"陸德明《釋文》作"繹",云:"本又作射,又作斁,作懌。皆音亦,厭也。"240《大雅·思齊》四章:"古之人無斁,譽髦斯士。"《毛傳》:"古之人無厭於有名譽之俊士也。"陸德明《釋文》:"斁,毛音亦,厭也。鄭作擇。"一說:敗壞。《鄭箋》:"古之人,謂聖王明君也。口無擇言,身無擇行。以身化其臣下。"馬瑞辰《通釋》:"古斁、擇、釋三字同音通用。…《說文》:'斁,敗也。'今按此《箋》讀斁爲擇。引《孝經》'口無擇言,身無擇行',而曰'以身化其臣下',蓋亦訓擇爲敗。謂古人無敗德,故能化其臣下也。"❷通"繹"。盛大。(頌1)301《商頌·那》:"庸鼓有斁,萬舞有奕。"《毛傳》:"斁斁然盛也。"《鄭箋》:"斁斁然有次序也。"陸德明《釋文》字作"繹",云:"字又作懌。"

(二) dù 當故切（遇合一去暮端）鐸部、端母

❸敗;敗壞。(雅1)258《大雅·雲漢》二章:"耗斁下土,寧丁我躬。"《鄭箋》:"斁,敗也。"陸德明《釋文》:"斁,丁故反,《說文》、《字林》皆作殬。"❹通"度"。限量。(頌1)297《魯頌·駉》三章:"思無斁,思馬斯作。"于省吾《新證》:"斁字應讀作度。無度猶言無數。"一說:厭;厭倦。《鄭箋》:"斁,厭也。思遵伯禽之法,無厭倦也。作,謂牧之使可乘駕也。"王先謙《集疏》:"思無斁者,思之詳審,無有厭倦也。"
參"射"。

繹(绎) yì 羊益切（梗開三入昔以）
鐸部、餘母

❶絡繹不絕；有順序的樣子。（雅1）179《小雅·車攻》四章："會同有繹。"《毛傳》："繹，陳也。"朱熹《集傳》："繹，陳列聯屬之貌也。"一說：盛大的樣子。王引之《述聞》卷六："繹，蓋盛貌也。…言諸侯來會，其車服之盛繹繹然也。"王先謙《集疏》："有繹，猶繹繹也。《文選·甘泉賦·注》引《韓詩章句》云：'繹繹，盛貌。'"❷繼續；連續。（頌2）295《周頌·賚》："文王既勤止，我應受之，敷時繹思。"姚際恆《通論》："布施是政，使之續而不絕，不敢倦而中止也。"馬瑞辰《通釋》："謂布是文王之德澤，引申之至於無窮，即《序》所云'錫予善人'也。于省吾《新證》："'敷時繹思'，言遍以續之，完成文王未竟之功也。"一說：陳。《毛傳》："繹，陳也。"《後箋》："將布陳文王之恩惠，以錫予善人。"❸陣；兩軍交戰時的戰鬥隊列。（雅1）263《大雅·常武》三章："徐方繹騷。"《毛傳》："繹，陳。"陳奐《傳疏》："'徐方繹騷'，言未戰而徐之軍陳已動亂失次。"胡承珙《後箋》："陳者，言陳列也。王師將至，徐方必有陳兵守隘之處，見王師而畏懼，故有擾動之意。"一說：通"驛"。傳送公文信息的人。《鄭箋》："繹當作驛。徐國專遽之驛見之，知王師必克，馳走以相恐動。"又一說：擾動。馬瑞辰《通釋》："《說文》：'繹，擺絲也。'擺即抽字，抽絲則有動義，引申爲擾動之稱，與騷之訓擾同義。繹騷連言，猶震驚並舉也。"又一說：相續不斷；接連不斷。黃焯《毛鄭平議》："詩云'徐方繹騷者，謂淮夷既平，復以重兵臨徐方，徐方之人相續恐動耳。以徐方對淮夷言，故云繹也。"❹通"嶧"。嶧山，在今山東省鄒縣東南。以積石相連，絡繹如絲，故名。孔子登東山而小魯，東山即指嶧山。秦始皇亦曾登臨，並命李斯撰文紀功，即歷史上有名的秦嶧山李斯小篆刻石。（頌1）300《魯頌·閟宮》七章："保有鳧繹，遂荒徐宅。"《毛傳》："鳧，山也。繹，山也。"陸德明《釋文》："繹，字又作嶧。"陳奐《傳疏》："繹山在今山東兗州府鄒縣東南。酈道元《水經注·泗水》《初學記》

卷八引《詩》並作"嶧"。王應麟《詩地理考》："《郡縣誌》：嶧山一名鄒山，在鄒縣南二十二里。"王先謙《集疏》："《魯》，繹作嶧。"

【繹繹】善於奔跑的樣子。（頌1）297《魯頌·駉》三章："有騂有騂，以車繹繹。"《毛傳》："繹繹，善走也。"孔穎達《正義》："此章言田馬，田獵尚疾，故言繹繹善走。"陸德明《釋文》："繹，崔本作驛。"阮元《校刊記》："考《正義》於《序》下云：'故云繹驛，見其善走也。'是其本作驛，與崔本正同。"一說：絡繹不絕的樣子。朱熹《集傳》："繹繹，不絕貌。"

參"奕"、"斁"。

驛(驿) yì 羊益切（梗開三入昔以）
鐸部、餘母

【驛驛】通"繹繹"，普遍長出的樣子。（頌1）290《周頌·載芟》："驛驛其達，有厭其杰。"陸德明《釋文》："《爾雅》作'繹繹'，云：生也。"孔穎達《正義》引舍人說："穀皆生之貌。"朱熹《集傳》："驛驛，苗生貌。"吳闓生《會通》："驛驛，《韓詩》作繹繹，盛貌。"參"繹"。

抑 yì 於力切（曾開三入職影）
質部、影母

❶通"懿"。美。（風1）106《齊風·猗嗟》一章："頎而長兮，抑若揚兮。"《毛傳》："抑，美色。"朱熹《集傳》："抑而若揚，美之盛也。"陳奐《傳疏》："懿，美也。抑、懿古同聲。"程俊英《注析》："抑若，即抑而，抑然。古而、若、然三字通用。"一說：按。屈萬里《詮釋》："此句當指射言。抑，按；揚，舉也。《老子》：'天之道其猶張弓乎！高者抑之，下者舉之。'又云：'將欲抑之，必故揚之。'皆可爲此語作注腳。"❷句首助詞。無實義。（風4）78《鄭風·大叔于田》二章："抑磬控忌，抑縱送忌。"朱熹《集傳》："忌、抑，皆語助詞。"❸通"噫"。嘆詞。（雅1）193《小雅·十月之交》五章："抑此皇父，豈曰不時。"《鄭箋》："抑之言噫，噫是皇父，疾而呼之。"陸德明《釋文》："抑，如字，辭也。徐音噫。"《韓詩》云：意也。陳奐《傳疏》："抑，讀爲懿，假借字也。古抑、懿聲近義通。"朱熹《集傳》："抑，發語詞。"一說：貶抑；壓抑。郝鼎

元《讀毛詩日記》："此似當讀'抑',並不應訓'辭'。……抑此皇父'者,蓋痛恨之深,欲屈抑、貶抑、遏抑此皇父,無使其恃豔妻之黨而恣行也。"

[抑]《大雅》篇名(256)。這是衛武公以自儆的口氣諷刺周王的詩。詩中指責周王"顛覆厥德,荒湛于酒",不遵行先王的法度。提出要慎言語,謹威儀,恭敬神明,不欺暗室等等,實際上都是對周王的諷刺,也是對周王室腐朽的暴露。周王指誰?《詩序》:"《抑》,衛武公刺厲王亦以自警也。"考衛武公即位,距厲王流亡於彘已經三十年,而且據《國語·楚語上》説,此詩作於衛武公九十五歲時,距厲王之没至少七、八十年,已在周平王時代。所以孔穎達《正義》説是追刺厲王:"武公時爲諸侯之庶子耳,未爲國君,未有職事,善惡無豫於物,不應作詩刺王,必是後世乃作,追刺之耳。"朱熹《集傳》:"衛武公作此詩,使人日誦於其側以自警。"魏源《詩古微》以爲武公"文敬自躬,意存王室。陳子展《直解》以爲是諷刺平王的詩。余培林《正詁》認爲"此詩當與《民勞》、《板》篇相同,亦告誡同僚之詩"。後人以此詩爲箴銘之祖。十二章,一百一十四句。

【抑抑】慎密的樣子;美好的樣子。(雅 3)220《小雅·賓之初筵》三章:"其未醉止,威儀抑抑。"《毛傳》:"抑抑,慎密也。"孔穎達《正義》:"慎禮而密静,即爲美之義。"249《大雅·假樂》三章:"威儀抑抑,德音秩秩。"《毛傳》:"抑抑,美也。"馬瑞辰《通釋》:"抑,通作懿,當即懿之同聲假借,《説文》:'懿,嫥久而美也。'嫥久則慎密,慎密則美,故《假樂·傳》又曰:'抑抑,美也。'"256《大雅·抑》一章:"抑抑威儀,維德之隅。"《毛傳》:"抑抑,密也。"《鄭箋》:"人密審於威儀,抑抑然,是其德必嚴正也。"

易 (一) yì 以豉切 (止開三去寘以)
錫部、餘母

❶容易。跟"難"相對。(雅 4、頌 1)288《周頌·敬之》:"敬之敬之,天維顯思,命不易哉。"《左傳·僖公二十二年》引此詩,杜預注:"奉承此命甚難也。"235《大雅·文王》六章:"宜鑒于殷,駿命不易。"朱熹《集傳》:"不易,言其難也。"方玉潤《原始》:"不易,言難保也。"屈萬里《詮釋》:"易,容易也。"一説:改變。《鄭箋》:"宜以殷王賢愚爲鏡,天之大命不可改易。"陸德明《釋文》:"易,毛以敊反,不易,言甚難也。鄭音亦,言不可改易也。"馬瑞辰《通釋》:"鄭注《大學》引《詩》曰:'天之大命,持之不易也。'讀同難易之易。至箋《詩》則訓爲不可改易,失矣。"❷認爲容易;輕易。(雅 2)197《小雅·小弁》八章:"君子無易由言,耳屬于垣。"《鄭箋》:"君子無輕用讒人之言。"胡承珙《後箋》:"君子苟輕易其言,耳屬者必迎合風旨而交構其間矣。"256《大雅·抑》六章:"無易由言,無曰苟矣。"《鄭箋》:"由,於也……女無輕易於教令,無曰苟且如此。"朱熹《集傳》:"易,輕。言不可輕易其言。"❸平整;整治。(雅 1)211《小雅·甫田》三章:"禾易長畝,終善且有。"《毛傳》:"易,治也。"陳奐《傳疏》:"易有盪平之義,故《傳》詁易爲治。治者,謂除草離本也。"一説:禾苗茂盛的樣子。馬瑞辰《通釋》:"易與移一聲之轉。《説文》:'移,禾相倚移也。'倚移讀若阿那,爲禾盛之貌。"又一説:延。俞樾《平議》卷十:"易當讀為施,古施、易二字通用。禾易長畝,言禾連延竟畝耳。"❹平静;喜悦。(雅 1)199《小雅·何人斯》六章:"爾還而入,我心易也。"《毛傳》:"易,説(悦)也。"《鄭箋》:"女行反入見我,我則解説也。"朱彬《經傳考證》:"易,平也。陳奐《傳疏》:"易,讀如平易之易。易,一音羊益切,與懌聲相轉。《板·傳》:'懌,説也。'懌謂之説,易亦謂之説矣。一音以豉切,與夷聲相轉。《風雨》、《那》《傳》:'夷,説也。夷謂之説,易亦謂之説矣。"陸德明《釋文》:"易,夷豉反。《韓詩》作施。施,善也。"

(二) yì 羊益切 (梗開三入昔以)
錫部、餘母

❺改變。(雅 1)261《大雅·韓奕》一章:"虔共爾位,朕命不易。"孔穎達《正義》:"我之所命女者,不得改易而不行。"朱熹《集傳》:"易,改。"一説:容易。馬瑞辰《通釋》:"易,當讀爲難易之易。《周頌》'命不易哉',

《書·大誥》'汝亦不知天命不易',《君奭》'不知天命不易',讀與此同。天子受命於天,以天命爲不易,諸侯受命於君,以君命爲不易,其義一也。"

埸 yì 羊益切（梗開三入昔以）
錫部、餘母

❶田界;小的田塍。見【疆埸】。❷修整田界。(雅1)250《大雅·公劉》一章:"迺場迺疆,迺積迺倉。"《毛傳》:"迺場迺疆,言脩其疆埸也。"嚴粲《詩緝》:"埸是小界,今之小土塍也。"

蜴 yì 羊益切（梗開三入昔以）
錫部、餘母

蜥蜴。即四脚蛇。(雅1)192《小雅·正月》六章:"哀今之人,胡爲虺蜴。"《毛傳》:"蜴,螈也。"《爾雅·釋蟲》:"蠑螈、蜥蜴、蜥蜴、蝘蜓、蝘蜓、守宮也。"朱熹《集傳》:"虺、蜴,皆毒螫之蟲也。"陸德明《釋文》:"蜴,星歷反,字又作蜥,螈也。"《説文·蟲部》"虺"下引《詩》"胡爲虺蜥"。

瞖 yì 於計切（蟹開四去霽影）
質部、影母

天色陰沉;陰闇。(風2)30《邶風·終風》三章:"終風且瞖,不日有瞖。"《毛傳》:"陰而曰瞖。"孔穎達《正義》:"復云瞖,則陰雲益甚,天氣彌暗。"朱熹《集傳》:"言既瞖矣,不旋日而又瞖也。亦比人之狂惑暫開而復蔽也。"陳奐《傳疏》:"瞖,亦陰也。"《説文·日部》:"瞖,陰而風曰瞖。《詩》曰:'終風且瞖。'"《釋名·釋天》:"瞖,翳也,言雲氣掩翳日光,使不明也。"

【瞖瞖】陰闇的樣子。(風1)30《邶風·終風》四章:"瞖瞖其陰。"《毛傳》:"如常陰瞖瞖然。"朱熹《集傳》:"瞖瞖,陰貌。"《説文·土部》:"壒,天陰塵也,《詩》曰:壒壒其陰。"王筠《説文句讀》:"謂天陰而雨塵也。"馬瑞辰《通釋》:"壒與瞖異義。瞖則陰而有風,壒則不必有風而常陰有塵。"楊樹達《述林》卷一:"此謂大地之氣鬱塞晦霾,或發風,或揚塵也。"

壒 yì 乙冀切（止開三去至影）
質部、影母

天色陰闇,有揚塵。見"瞖"。

殪 yì 於計切（蟹開四去霽影）
質部、影母

死;殺死。(雅1)180《小雅·吉日》四章:"發彼小豝,殪此大兕。"《毛傳》:"殪,壹發而死。"孔穎達《正義》:"《釋詁》云:'殪,死也。'發矢射之即殪,是壹發而死也。"程俊英《注析》:"按發彼二句是互文。發而殪彼小豝,發而殪此大兕。皆謂一發即死。文字上形成一聯工整的對偶。"參"斃"。

懿 yì 乙冀切（止開三去至影）
質部、影母

❶美;美好。(雅1,頌1)260《大雅·烝民》一章:"民之秉彝,好是懿德。"《毛傳》:"懿,美也。"273《周頌·時邁》:"我求懿德,肆于時夏。"《鄭箋》:"懿,美。"❷深。(風1)154《豳風·七月》二章:"女執懿筐。"《毛傳》:"懿筐,深筐也。"陳奐《傳疏》:"《小爾雅》云:'懿,深也。故懿筐爲深筐也。"❸(又 yī)通"噫"。歎詞。(雅1)264《大雅·瞻卬》三章:"懿厥哲婦,爲梟爲鴟。"《鄭箋》:"懿,有所傷痛之聲也。"孔穎達《正義》:"懿與噫,字雖異,音義同。"林義光《通解》:"按懿讀爲噫。古懿、抑、噫三字通用。"

熠 yì 爲立切（深開三入緝云）
緝部、匣母

yì 羊入切（深開三入緝以）
緝部、餘母

【熠燿】1)燐火;鬼火。(風1)156《豳風·東山》二章:"熠燿宵行。"《毛傳》:"熠燿,燐也。燐,螢火也。"《説文·火部》:"粦,兵死及牛馬之血爲粦。粦,鬼火也。"邵瑛《群經正字》:"今經典作燐。後人以炎變作米,故又加火也。"孔穎達《正義》:"然則燐者,鬼火之名,非螢火也。"段玉裁《小箋》:"熒火…謂鬼火熒熒然也。淺人誤以《釋蟲》之熒火即炤當之,又改其字從蟲,其誤蓋始於陳思王也。"一説:螢光閃爍的樣子。孔穎達《正義》:"熠燿者,螢火之蟲飛而有光之貌。"朱熹《集傳》:"熠燿,明不定貌。"馬瑞辰《通釋》:"《説文》:'熠,盛光也,燿,照也。'熠燿爲螢光,與町畽爲鹿迹相對成文,螢火之名熠燿,蓋後人因《詩》以熠燿狀螢火,逐取以爲名耳。"《説文·火部》"熠"字下引作"熠熠宵行"。2)鮮明；光采閃爍。(風1)156《爾風·東山》四章："倉庚于飛,熠燿其羽。"《鄭箋》："熠燿其羽,羽鮮明也。"

益 yì 伊昔切（梗開三入昔影）
錫部、影母

❶加；增加。(風1、雅2)40《邶風·北門》三章："政事一埤益我。"166《小雅·天保》一章："俾爾多益,以莫不庶。"《鄭箋》："使女每物益多,以是故無不衆也。"❷通"隘"。阻礙。(雅1)254《大雅·板》六章："攜無曰益,牖民孔易。"俞樾《平議》卷十一："《釋名·釋州國》曰：'益,阨也。'…攜無曰益,言如取如攜,無曰有所阻塞也,牖民乃孔易耳。"高亨《今注》："益,借爲搹(同扼)。《説文》：'搹,捉也。'此句指提攜人民,不是説捉住他,加以強迫,而是因勢利導。"一説：加；增加。陳奂《傳疏》："益,猶加也。無益者,言無有加乎民。"馬瑞辰《通釋》："攜猶取也,取民之道以治民,非尔民有所增益,即《中庸》'以人治人'也。李慈銘《越縵堂讀書筆記》："攜無曰益之攜,當是'上'字之誤。古文上作二而古於重文皆作二。上者君也。君之於民,無多求也,其牖民亦孔易也。"又一説：安逸；佚樂。于省吾《新證》："益、溢同字。溢,泆,佚、逸古並通。…'攜無曰益',應讀作攜無曰逸。言天之牖民既以取如攜,無曰自安,則其牖民固甚易也。"

溢 yì 夷質切（臻開三入質以）
錫部、餘母

戒慎；教戒。(頌1)267《周頌·維天之命》："假以溢我,我其收之。"《毛傳》："假,嘉；溢,慎。"《説文·言部》："諡"下引《詩》："諡以溢我。"《廣韻·歌韻》："諡,嘉善也。《詩》云'諡以謐我'。"段玉裁《小學》："《爾雅》：'溢,慎,諡,静也。'…此詩或作諡,或作溢,或作恤,皆静慎之意也。"陳奂《傳疏》："謂以嘉美之道,戒慎於我。"胡承珙《後箋》："謂以嘉美之道戒慎我子孫,子孫因而收受之以制爲法度,正所以繩其祖武也。"一説：體恤。《左傳·襄公二十七年》引作"何以恤我"。朱熹《集傳》："何之爲假,聲之轉也。恤之爲溢,字之訛也。言文王之神將何以恤我乎？我有則當受之。"又一説：增益；賜

予。《鄭箋》："溢,盈溢之言也…以嘉美之道饒衍與我。"聞一多《通義》："溢與益同,讀爲錫。言文王以其德純暫時錫我也。"屈萬里《詮釋》："溢,益也。"

瘞(瘗) yì 於罽切（蟹開三去祭影）
月部、影母

埋；把祭品埋在土裹以祭地神。(雅1)258《大雅·雲漢》二章："上下奠瘞,靡神不宗。"《毛傳》："上祭天,下祭地,奠其禮,瘞其物。"孔穎達《正義》："奠,謂置之於地；瘞,謂埋之於土。禮與物,皆謂爲禮事神之物,酒食牲玉之屬也。"陸德明《釋文》："瘞,埋也。"

殪 yì 於計切（蟹開四去霽影）
　　 烏奚切（蟹開四平齊影）
脂部、影母

通"瘱"。樹木自己枯死倒下；自己枯死倒下的樹。(雅1)241《大雅·皇矣》二章："作之屏之,其菑其殪。"《毛傳》："木立死曰菑,自斃爲殪。"陸德明《釋文》："殪,於計反。《爾雅》云：'木自斃神蔽者,殪。'郭云：'相覆蔽。'《韓詩》作瘱,云：因也,因高填下也。"陳奂《傳疏》："殪即瘱之假借字。"李黼平《紬義》："菑爲立死,則此當爲仆死。枝柯枯朽,横塞道路,故曰殪。"一説：叢生的小木。朱熹《集傳》："殪,自斃者也。或曰：小木蒙密蔽殪者也。"

異(异) yì 羊吏切（止開三去志以）
職部、餘母

❶不同；不同的。(風4、雅1)108《魏風·汾沮洳》一章："美無度,殊異乎公路。"254《大雅·板》三章："我雖異事,及爾同寮。"《鄭箋》："我雖與爾職事異者。"朱熹《集傳》："異事,不同職也。"❷别于。(雅3)217《小雅·頍弁》一章："豈伊異人,兄弟匪他。"嚴粲《詩緝》："所與宴者,豈異人疏遠者乎？"❸奇特；奇異。(風1)42《邶風·静女》三章："自牧歸荑,洵美且異。"一説：通"媐"。可愛。《文選·神女賦》李善注引《韓詩》云："媐,悦也。"陳奂《傳疏》："異者,媐之假借字。王先謙《集疏》："洵美且異者,言信美而可悦愛也。"❹有貳心；不專一。(雅1)188《小雅·我行其野》三章："成不以富,亦祇以異。"陳奂《傳疏》："異,猶貳也,即《氓》

詩之'士貳其行'也。"一説：新異。朱熹《集傳》："實不以彼之富而厭我之貧，亦祇以其新而異於故耳。"屈萬里《詮釋》："異，新異也。以上二句，言誠然不因新特之富，亦祇以其新異耳。責其厭故喜新也。"

翼 yì 與職切（曾開三入職以）
職部、餘母

❶鳥、昆蟲的翅膀。(風3、雅2)150《曹風·蜉蝣》二章："蜉蝣之翼，采采衣服。"216《小雅·鴛鴦》二章："鴛鴦在梁，戢其左翼。" ❷用翅膀裹住。(雅1)245《大雅·生民》三章："誕寘之寒冰，鳥覆翼之。"《毛傳》："大鳥來，一翼覆之，一翼藉之。" ❸幫助；輔佐。(雅3)244《大雅·文王有聲》八章："詒厥孫謀，以燕翼子。"嚴粲《詩緝》："翼，輔翼之翼。"《禮記·表記》引此《詩》，孔穎達《正義》申鄭玄説："翼，助也。"于邑《香草校書》卷十六："翼者，覆翼之。静字而動用。云'翼子'，則燕必指玄鳥可知矣。'燕翼子'…謂似玄鳥之覆其子也。"屈萬里《詮釋》："燕，安也。翼，護之。言於子則安樂之護衛之也。"252《大雅·卷阿》五章："有馮有翼，有孝有德。"《毛傳》："有馮有翼，道可馮依也，可以爲輔翼也。"《鄭箋》："翼，助也。"孔穎達《正義》："有藝能可爲輔翼者。"陳奐《傳疏》："翼，讀《孟子》'輔之翼之'之'翼'。"一説：美盛。戴震《考證》："馮，滿也，謂忠誠滿於內；翼之言盛也，謂威儀盛於外。馮、翼二字古人多連舉。屈原賦之'馮翼惟象'，《淮南鴻烈》之'馮馮翼翼'，皆指氣化充滿盛作，然後有形見物。" ❹在兩旁扶着。(雅1)246《大雅·行葦》八章："黃耇台背，以引以翼。"《鄭箋》："在前曰引，在旁曰翼。"孔穎達《正義》："翼者，如鳥之翼。在身之兩旁，故云在旁曰翼，謂在旁扶持之。"一説：恭敬。《毛傳》："翼，敬也。"陳奐《傳疏》："以引以翼，言長之敬也。" ❺端正；恭敬。(雅2)189《小雅·斯干》四章："如跂斯翼。"《毛傳》："如人之跂竦翼爾。"孔穎達《正義》："言跂，則人立也。又人手似鳥翼，以爲韻。言'跂翼'，則如人舉手直立，以喻屋壁之上下正直也。"朱熹《集傳》："翼，敬也。言大勢嚴正，如人之竦立，而其恭敬翼翼也。"馬

瑞辰《通釋》："此蓋以狀正室之嚴整。"177《小雅·六月》三章："有嚴有翼，共武之服。"《毛傳》："翼，敬也。"《鄭箋》："言今師之羣帥，有威嚴者，有恭敬者，而共典是兵事。"朱熹《集傳》："言將帥皆嚴敬以恭武事也。"【翼翼】1)恭謹謹慎的樣子。(雅4)235《大雅·文王》三章："世之不顯，厥猶翼翼。"《毛傳》："翼翼，恭敬。"《鄭箋》："其爲君之謀事，忠敬翼翼然。"李元吉《讀書囈語》："言周土之所以世顯，以其世世之謀猶能勉敬也。"260《大雅·烝民》二章："令儀令色，小心翼翼。"《鄭箋》："翼翼然恭敬。"2)整飭的樣子。(雅2、頌1)210《小雅·信南山》三章："疆場翼翼，黍稷或或。"朱熹《集傳》："翼翼，整飭貌。"李冶《敬齋古今黈》："'疆場翼翼，自是疆畔比次齊整之意。"305《商頌·殷武》五章："商邑翼翼，四方之極。"朱熹《集傳》："翼翼，整飭貌。"一説：盛大的樣子。陳奐《傳疏》："李賢《後漢書》注引《韓詩》文云：'翼翼然盛也。'左思《魏都賦》：'翼翼京室。'翼翼，亦盛大之義。" 3)壯盛的樣子。(雅2)178《小雅·采芑》一章："四騏翼翼，路車有奭。"《鄭箋》："翼翼，壯健貌。"《集傳》："翼翼，順序貌。"263《大雅·常武》五章："緜緜翼翼，不測不克。濯征徐國。"朱熹《集傳》："翼翼，不可亂也。"馬瑞辰《通釋》："《廣雅》：'緜緜，長也。翼翼，盛也。'長與盛義相近，皆狀其壯盛耳。" 4)繁茂的樣子。(雅1)209《小雅·楚茨》一章："我黍與與，我稷翼翼。"朱熹《集傳》："與與、翼翼，皆盛貌。"《廣雅·釋訓》："翼翼，盛也。"何楷《古義》："翼，羽翼也。曰翼翼者，穗穗相輔，如鳥布翅相接也。"

義（义）yì 宜寄切（止開三去寘疑）
歌部、疑母

❶善；美。(雅2)235《大雅·文王》七章："宣昭義問，有虞殷自天。"《毛傳》："義，善也。"陸德明《釋文》："義，毛音儀，善也。"陳奐《傳疏》："義問，猶令聞也。"255《大雅·蕩》三章："而秉義類，彊禦多懟。"《鄭箋》："義之言，宜也。類，善。"朱熹《集傳》："義，善。…言汝當用善類，而反任此暴虐多怨之人。"陳奐《傳疏》："義類皆善也。而之言自也。

'而秉義類',言殷商之人自用爲善,所謂彊禦也。"馬瑞辰《通釋》:"類爲善、義亦善也。《詩》四句皆謂王用善人則爲羣小所怨也。"一說:邪僻。俞樾《平議》卷十一:"義與俄同,袤(邪)也。此經義字亦俄之假字。類與戾通。戾,曲也。然則義類者猶言邪曲也。而秉義類,彊禦多慰。言女執事皆邪曲之人及彊禦衆慰者也。"❷通"宜"。應當。(雅1)255《大雅·蕩》五章:"天不湎爾以酒,不義從式。"《毛傳》:"義,宜也。"陳奐《傳疏》:"不宜從而法行之。"一說:合理的事情。朱熹《集傳》:"天不使爾沉湎於酒,而惟不義是從是用也。"又見【六義】。參"儀"。

議(议) yì 宜寄切(止開三去寘疑)
歌部、疑母

❶發表言論;議論。(雅1)205《小雅·北山》六章:"或出入風議,或靡事不爲。"❷考慮;商議。(雅1)189《小雅·斯干》九章:"唯酒食是議。"《鄭箋》:"婦人之事唯議酒食耳。"孔穎達《正義》:"唯酒食於是乃謀議之。"

肄 yì 羊至切(止開三去至以)
質部、餘母

❶通"蘖"。樹木砍伐後再生出來的枝條。(風1)10《周南·汝墳》二章:"遵彼汝墳,伐其條肄。"《毛傳》:"肄,餘也。斬而復生曰肄。"陳奐《傳疏》:"肄者,蘖、栚之假借字。《長發·傳》:'蘖,餘也。'《爾雅》:'栚,餘也。'"馬瑞辰《通釋》:"肄與餘亦一聲之轉,故肄亦可訓餘。"❷通"勩"。勞苦。(風1)35《邶風·谷風》六章:"有洸有潰,既詒我肄。"《毛傳》:"肄,勞也。馬瑞辰《通釋》:"肄者,勩之同音假借。《爾雅·釋詁》:'勩,勞也。'郭注引《詩》'莫知我勩'。"參"勩"。

藝 yì 魚祭切(蟹開三去祭疑)
月部、疑母

種植。(風4、雅2)101《齊風·南山》三章:"藝麻如之何,衡從其畝。"《毛傳》:"藝,樹也。種之然後得麻。"朱熹《集傳》:"欲樹麻者,必先縱橫耕治其田畝。"陸德明《釋文》:"藝,本或作蓺,技藝字耳。"245《大雅·生民》四章:"藝之荏菽,荏菽旆旆。"《鄭箋》:

"藝,樹也。"盧文弨《考證》:"《白帖》八引作藝,藝即蓺之俗。"《説文·丮部》:"埶,種也。《詩》曰:'我埶黍稷。'"

藝(艺) yì 魚祭切(蟹開三去祭疑)
月部、餘母

種植。見"蓺"。

邑 yì 於汲切(深開三入緝影)
緝部、影母

❶國都;都城。(雅1)244《大雅·文王有聲》二章:"既伐于崇,作邑于豐。"《鄭箋》:"作邑者,徙都於豐,以應天命。"❷建立國都;建設都城。(雅1)259《大雅·崧高》二章:"于邑于謝,南國是式。"《鄭箋》:"往作邑於謝。"一說:國。用作動詞,指建立國家。陳奐《傳疏》:"《說文》:'邑,國也。'古邑、國通稱。'于邑于謝',言爲國於謝也。"❸指敵國的地區;邊遠地區。(風1)128《秦風·小戎》二章:"言念君子,溫其在邑。"《毛傳》:"在敵邑也。"朱熹《集傳》:"邑,西鄙之邑也。"又見【商邑】。

挹 yì 伊入切(深開三入緝影)
緝部、影母

舀。(雅4)203《小雅·大東》七章:"維北有斗,不可以挹酒漿。"《毛傳》:"挹,斟(jū)也。"陸德明《釋文》:"挹,音揖,《廣雅》云:酌也。本又作斛(jū)。"馬國翰《目耕帖》卷十八:"施士丐説,《詩》'不可以挹酒漿',言不得其人也。"

浥 yì 於汲切(深開三入緝影)
於業切(葉開三入業影)
緝部、影母

厭浥,濕潤。見"厭"。

呭 yì 餘制切(蟹開三去祭以)
月部、餘母

話多的樣子。見"泄"。

詍 yì 餘制切(蟹開三去祭以)
月部、餘母

話多的樣子。見"泄"。

嶷 yì 魚力切(曾開三入職疑)
職部、疑母

年幼聰慧。見"嶷(nì)"。

逸 yì 夷質切(臻開三入質以)
質部、餘母

安樂;安閒。(雅3)193《小雅·十月之交》八章:"民莫不逸,我獨不敢休。"《鄭箋》:"逸,逸豫也。"186《小雅·白駒》三章:"爾公爾侯,逸豫無期。"《毛傳》:"爾公爾侯邪,何爲逸樂無期以反也。"胡承珙《後箋》:"謂爾宜爲公也,爾宜爲侯也,何爲逸樂無期以反也?"

【逸逸】往來有序的樣子。(雅1)220《小雅·賓之初筵》一章:"鍾鼓既設,舉醻逸逸。"《毛傳》:"逸逸,往來次序也。"朱熹《集傳》:"逸逸,有序也。"嚴粲《詩緝》:"曹氏曰:逸逸然整而暇也。"

鷊(鶃) yì ★倪歷切（梗開四入錫疑）
錫部,疑母

通"虉"。草名,即綬草,也叫盤龍參。莖直立,夏間開紫紅色小花,排列爲扭捩形的穗狀花序。(風1)142《陳風·防有鵲巢》二章:"中唐有甓,防有旨鷊。"《毛傳》:"鷊,綬草。"陸璣《詩義疏》:"鷊,五色,作綬文,故曰綬草。"王育《説文引詩辨證》:"按虉,綬草。鶃,楷爲鷊,伯勞也。伯勞聲非一端,綬草文非一色,故從鶃。《防》之詩,憂讒言之交媾以成惑,如綬草之雜衆色以成文,故以爲興。《説文》無'鷊'字,《玉篇·艸部》引《詩》作"虉"。王先謙《集疏》:"《韓》、鷊作虉,《魯》、《齊》作虉。…《魯》《齊》作'虉'正字,'鷊''虉'皆假借也。"

虉 yì 五歷切（梗開四入錫疑）
錫部,疑母

綬草,盤龍參。見"鷊"。

虉 yì ★倪歷切（梗開四入錫疑）
錫部,疑母

綬草,盤龍參。見"鷊"。

因 yīn 於真切（臻開三平真影）
真部,影母

❶依靠。(風1,雅1)259《大雅·崧高》三章:"因是謝人,以作爾庸。"朱熹《集傳》:"言因謝邑之人而爲國也。"54《鄘風·載馳》四章:"控于大邦,誰因誰極?"《鄭箋》:"亦誰因乎?由誰至乎?"陳奐《傳疏》:"因,猶如'因不失其親'之因。"馬瑞辰《通釋》:"因,謂因人之力。此詩言知大國誰能力助之,故言誰因。"陳子展《直解》:"依靠哪個國?求他國?"一說:親。聞一多《類鈔》:"因,親也。亟,愛也。欲以失國之災赴告於大國,誰爲親愛者乎?言無可告訴者也。"❷爲…之長;統治。(雅1)261《大雅·韓奕》六章:"以先祖受命,因時百蠻。"《毛傳》:"'因時百蠻',長是蠻服之百國也。"陳奐《傳疏》:"長讀上聲,謂韓侯爲蠻服百國之長。"一說:依靠。朱熹《集傳》:"王以韓侯之先,因是百蠻而長之,故錫之追貊,使爲之伯。"程俊英《注析》:"因,依靠。"❸親;仁。(雅1)241《大雅·皇矣》三章:"維此王季,因心則友。"《毛傳》:"因,親也。"《鄭箋》:"王季之心親親而又善於宗族。"孔穎達《正義》:"維此王季,有因親之心,則復有善兄弟之友行。"陳奐《傳疏》:"因,古姻字,因訓親,親心即仁心。"一說:依照,順隨。朱熹《集傳》:"因心,非勉强也。…王季所以友其兄者,乃因心之自然,而無待於勉强。"姚際恆《通論》:"因心者,因大王之心也。故受大伯之讓而不辭,則是能友矣。"❹因而;於是。(雅1)261《大雅·韓奕》六章:"奄受北國,因以其伯。"(以:爲。)

姻(婣) yīn 於真切（臻開三平真影）
真部,影母

❶妻稱夫爲姻,泛指婚姻;配偶。(雅1)188《小雅·我行其野》三章:"不思舊姻,求爾新特。"馬瑞辰《通釋》:"壻與婦之父相稱爲婚姻。《爾雅》:'壻之義爲婚,婦之父爲婚'是也。夫與婦相稱亦爲婚姻。"《白虎通》:"婚者,昏時行禮,故曰婚。姻者,婦人因夫而成,故曰姻。《詩》曰:不惟舊因,謂夫也。又曰燕爾新婚,謂婦也。婚與姻散文則通。舊姻,即棄婦自稱,其家舊爲夫所因也。"❷女壻的父親;兒女親家。(雅1)191《小雅·節南山》四章:"瑣瑣姻亞,則無膴仕。"《鄭箋》:"壻之父曰姻。瑣瑣昏姻妻黨之小人,無厚任用之,置之大位,重其禄也。"(姻亞,有婚姻關係的親戚。)又見【昏姻】。

茵 yīn 於真切（臻開三平真影）
真部,影母

文茵,墊子;車席。見"文"。

駰(骃) yīn 於真切（臻開三平真影）
於巾切（臻開三平真影）

真部、影母

淺黑與白色相雜的馬。(雅1、頌1)163《小雅·皇皇者華》五章："我馬維駰，六轡既均。"《毛傳》："陰白雜毛曰駰。"《爾雅·釋畜》："陰白雜毛，駰。"邢昺疏："陰，淺黑色也；毛淺黑而白兼雜毛者曰駰，今謂之泥驄。"

殷

（一）yīn 於斤切（臻開三平殷影）
文部、影母

❶眾多。(風1)95《鄭風·溱洧》二章："士與女，殷其盈矣。"《毛傳》："殷，眾也。" ❷朝代名。商代成湯建都於亳（今河南商縣西南），經多次遷徙，至公元前十四世紀盤庚由奄（今山東曲阜）遷都於殷（今河南安陽小屯村）起，改稱殷，也叫殷商。約公元前1324年—前1046年。(雅5、頌3)235《大雅·文王》六章："殷之未喪師，克配上帝。" 303《商頌·玄鳥》："殷受命咸宜，百祿是荷。"《鄭箋》："殷王之受命，皆其宜也。" ❸古地名。在今河南省商丘縣，是一個廣闊的平原地區。(頌1)303《商頌·玄鳥》："天命玄鳥，降而生商，宅殷土芒芒。"《鄭箋》："自契至湯八遷，始居亳之殷地而受命，國日以廣大芒芒然。"朱熹《集傳》："殷，地名。"

（二）yǐn ★倚謹切（臻開三上隱影）
文部、影母

❹雷聲。(風3)19《召南·殷其靁》一章："殷其靁，在南山之陽。"《毛傳》："殷，靁聲也。"陸德明《釋文》："殷，音隱。"陳奐《傳疏》："殷，猶殷殷也。殷殷，猶隱隱也。"

【殷鑒】殷朝人的一面鏡子。指殷滅夏，殷的子孫應以夏亡為鑒戒。(雅1)255《大雅·蕩》八章："殷鑒不遠，在夏后之世。"《鄭箋》："此言殷之明鏡不遠也。近在夏后之世，謂湯誅桀也。後武王誅紂，今之王者何以不用爲戒？"《國語·周語上》引《詩》作"殷鑒不遠，近在夏后之世"。韋昭注："謂湯伐桀也。"今本《毛詩》失"近"字。

〖殷其靁〗《國風·召南》篇名(19)。這是妻子盼望從役在外的丈夫早日歸來的詩。朱熹《集傳》："婦人以其君子從役在外而思念之，故作此詩。"劉玉汝《纂緒》："行役遇雨爲最苦，家人因聞雷聲觸景興詞，而念君子之勞。三章一意而惟易其韻者，念之深也。"聞一多《類鈔》："婦人孤居，聞雷驚怖，望其夫速歸，有以慰己也。"《詩序》以爲是妻子用做巨子的道義勸勉從政在外的丈夫："《殷其靁》，勸以義也。召南之大夫，遠行從政，不遑寧處，其室家能閔其勤勞，勸以義也。"王先謙《集疏》："三家無異義。"三章，十六句。

【殷士】臣服於周的殷商貴族。(雅1)235《大雅·文王》五章："殷士膚敏，祼將于京。"《毛傳》："殷士，殷侯也。"《鄭箋》："殷之臣壯美而敏，來助周祭。"朱熹《集傳》："諸侯之大夫入天子之國曰某士。則殷士者，商孫子之臣屬也。"王夫之《稗疏》："殷士，猶言殷人也。別於孫子，而爲異姓諸侯之詞。"

【殷商】殷王朝的或稱。(雅9)236《大雅·大明》七章："殷商之旅，其會如林。"孔穎達《正義》："殷商之兵衆，其會聚之時，如林木之盛也。"255《大雅·蕩》四章："咨爾殷商，女炰烋于中國。"朱熹《集傳》："殷商，紂也。"朱彬《經傳考證》："殷商即指紂王，詩人不忍斥言，忠厚之至也。"王應麟《詩地理考》："孔氏曰：成湯之初為商爲號，及盤庚後爲殷，取前後二號而言之。曹氏曰：盤庚復治亳之殷地，湯之故居，故兼稱殷商。"

【殷武】殷王武丁，即殷高宗，盤庚弟，小乙子。重用傅說、甘盤爲大臣，是商朝有作爲的國君，在位五十九年。(頌1)305《商頌·殷武》一章："撻彼殷武，奮伐荊楚。"《毛傳》："殷武，殷王武丁也。"陳奐《傳疏》："高宗都亳，殷則稱殷，撻伐則稱武。故《傳》謂'殷武'爲殷王武丁也。"一說：指宋武公。高亨《今注》："殷武，當是宋武公。"

〖殷武〗《商頌》篇名(305)。歌頌殷高宗伐荊楚，服諸侯，修宮室，中興殷道。《詩序》："《殷武》，祀高宗也。"孔穎達《正義》："高宗以前，殷道中衰。宮室不脩，荊楚背叛。高宗有德，中興殷道，伐荊楚，脩宮室。既崩之後，子孫美之，追述其功，而歌此詩也。"朱熹以爲這是殷王祭祀武丁的樂歌。《集傳》云："舊說以此爲祀高宗之樂。蓋自盤庚沒而殷道衰，楚人叛之。高宗撻然用武以伐其國，入其險阻，以致其衆，盡平其地，使截然齊一,皆高宗之功也。《易》曰:'高宗伐鬼方,三年克之。'蓋謂是歟。"清代以後,許多學者以爲是春秋宋國的詩,而説法不盡同。魏源《詩古微》:"《殷武》美襄公之父桓公會齊伐楚也。高宗無伐荆楚事,其克鬼方,乃西戎,非南蠻。"王先謙《集疏》:"魏源云:《春秋·僖四年》:'公會齊侯、宋公伐楚。'此詩與《魯頌》'荆舒是懲',皆侈召陵攘楚之伐,同時同事同詞,故宋襄作頌以美其父,愚按魏説爲此詩定論,《毛序》之僞,不足辨也。"高亨《今注》:"這是宋君祀宋武公的樂歌。宋是殷後,故稱殷武。"又屈萬里《詮釋》:"此美宋襄公之詩。"王静芝《通釋》:"此宋襄公成新廟,以伐楚告於廟也。"余培林《正詁》認爲:"《國語·魯語下》:'昔正考父校商名頌十二篇於周大師,以《那》爲首。'則此詩必在其中。正考父曾歷佐宋戴、武、宣三公,無論其爲正考父自作與否,此詩在宋宣公之前業已作成,不得記宋宣、襄之事也。"六章,三十七句。

【殷殷】通"慇慇"。憂傷的樣子。(風 1)40《邶風·北門》一章:"出自北門,憂心殷殷。"陸德明《釋文》:"殷,本又作慇。"朱熹《集傳》:"殷殷,憂也。"

參"慇"、"㥯"、"隱"。

慇 yīn 於斤切(臻開三平殷影)
文部、影母

【慇慇】憂傷的樣子。(雅 2)192《小雅·正月》十二章:"念我獨兮,憂心慇慇。"《毛傳》:"慇慇然,痛也。"朱熹《集傳》:"慇慇,疾痛也。"257《大雅·桑柔》四章:"憂心慇慇,念我土宇。"孔穎達《正義》:"故皆懷憂,其心慇慇然。"陸德明《釋文》:"慇,於巾反,樊光於謹反。"《爾雅》云:憂也。"《正義》本字作"殷",與《釋文》本異。王先謙《集疏》:"《魯》,慇作隱。"

禋 yīn 於真切(臻開三平真影)
文部、影母

升煙以祭天。焚柴生煙,加牲體及玉帛於其上,煙氣上達於天以致精誠。也泛指虔誠的祭祀。(雅 1,頌 1)245《大雅·生民》一章:"克禋克祀,以弗無子。"《毛傳》:"禋,敬也。弗,去也。"《鄭箋》:"乃禋祀上帝于郊禖,以祓除其无子之疾。"孔穎達《正義》:"《釋詁》云:'禋,祭也。'則禋是祭之名。又云:'禋,敬也。'義得相通。且祭必致敬,故以禋爲敬也。…袁準曰:禋者,煙氣煙熅也。天之體遠,不可得就,聖人思盡其心,而不知所由,故因煙氣之上以致其誠。故《外傳》曰:'精意以享,禋。'此之謂也。"朱熹《集傳》:"精意以享謂之禋。"陳奐《傳疏》:"散文則禋亦祀,對文則禋爲敬也。"268《周頌·維清》:"肇禋,迄用有成,維周之禎。"《毛傳》:"肇,始。禋,祀也。"陳奐《傳疏》:"肇,始,迄,至。文義相對。言文王始行禋祀,至武王伐紂,用能有此成功也。"馬瑞辰《通釋》:"《説文》:'禋,潔祀也。一曰:精意以享爲禋。'是禋乃祭之通稱。"胡承珙《後箋》:"禋祀不過指出師類禡之事。古者征伐無道,因事告神,不必定是祭天。《詩》意謂文王始行禋祀,有此功功,以至於今,永清大定,聿觀厥成,則文王之典誠足爲周家之吉祥矣。"

【禋祀】古代祭天的典禮。(雅 3)245《大雅·生民》二章:"上帝不寧,不康禋祀。"258《大雅·雲漢》二章:"不殄禋祀,自郊徂宮。"高亨《今注》:"禋祀,古代祭天的典禮。先燒柴升煙,再加牲體及玉帛於柴上焚燒。"《左傳·隱公十一年》杜預注:"絜齊以享,謂之禋祀。"

闉(闉) yīn 於真切(臻開三平真影)
文部、影母

甕城;古代城門外的護門小城。(風 1)93《鄭風·出其東門》二章:"出其闉闍,有女如荼。"《毛傳》:"闉,曲城也。闍,城臺也。"胡承珙《後箋》:"曲城,如今之甕城。"一説:城門。陳奐《傳疏》:"城之隈處謂之闉,闉爲城門也。…闉爲城曲,其上有臺謂之闍,連言之則曰闉闍。"《説文·門部》:"闉,闉闍,城曲重門也。"引《詩》"出其闉闍"。黄焯《毛鄭平議》:"闉闍二字當從許君併言之,謂出此曲城重門也。"

陰(阴、隂) (一) yīn 於金切(深開三平侵影)
侵部、影母

❶山的北面,河流的南面。(雅 1)250《大雅·公劉》五章:"相其陰陽,觀其流泉。"朱

熹《集傳》："陰陽,向背寒暖之宜也。"❷沒有日光;陰天。(風4、雅2)35《邶風·谷風》一章:"習習谷風,以陰以雨。"192《小雅·正月》九章:"終其永懷,又窘陰雨。"陳奐《傳疏》:"既其長爲之憂傷,又困之以陰雨。陰雨,以喻所遭多難。"❸車軾前面的橫板,也叫掩帆。(風1)128《秦風·小戎》一章:"陰靷鋈續。"《毛傳》:"陰,掩帆也。"《鄭箋》:"掩帆在軾前,垂輈上。"朱熹《集傳》:"帆在軾前而以板橫側掩之,以其陰映此帆,故謂之陰也。"阮元《考工記車制圖解》:"陰者,興前式下板也。…此陰板拊乎輈前空處,下垂至輈,上並帆亦掩之使不見,故陰即名掩帆,且爲興前容飾也。陳奐《傳疏》:"帆,軾前也。軾前之板,掩於帆上,是謂之掩帆。"按"帆"字又或作"軌"。參"軌"字。❹通"窨"。地下室;地窖。見【凌陰】。

(二) yīn ★於禁切(深開三去沁影)
        侵部、影母

❺通"蔭"。庇蔭;庇護。(雅1)257《大雅·桑柔》十四章:"既之陰女,反予來赫。"《鄭箋》:"既往覆陰女,謂啓告之以患難也。"陸德明《釋文》:"陰,鄭音蔭,覆蔭也。"嚴粲《詩緝》:"曹氏曰:陰,蓋覆不暴揚之。…予既覆蓋於汝,不暴揚汝之事,汝反謂予不知,而來赫予也。"吳闓生《會通》:"陰、蔭同字。予以善戒女,是蔭覆女也,而女反來赫怒於我。"一說:通"諳"。熟悉;瞭解。孔穎達《正義》引王肅云:"我陰知女行矣,乃反來嚇炙我。欲有以退止我言者也。"陸德明《釋文》:"陰,王如字,謂陰知也。"馬瑞辰《通釋》:"'既之陰女',猶云既知如女。之,猶其也。陰之言,諳也。《說文》:'諳,悉也。'陰與諳同聲通用。陰之爲諳,猶陰之訓闇亦通闇也。"

音 yīn 於金切(深開三平侵影)
        侵部、影母

❶聲音。(風4、雅2、頌1)28《邶風·燕燕》三章:"燕燕于飛,下上其音。"《毛傳》:"飛而上曰上音,飛而下曰下音。"王先謙《集疏》:"凡物單出曰聲,雜比曰音。詩言音不言聲,故知非一燕。"208《小雅·鼓鍾》四章:"鼓瑟鼓琴,笙磬同音。"《鄭箋》:"同音者,謂堂上堂下八音克諧。"朱熹《集傳》:"同音,言其和也。"姚際恒《通論》:"笙在堂上,磬在堂下,言堂上堂下之樂皆和也。"252《大雅·卷阿》一章:"來游來歌,以矢其音。"《鄭箋》:"來就王游而歌,以陳出其聲音。"❷信;音訊;音問。(風2、雅1)91《鄭風·子衿》一章:"縱我不往,子寧不嗣音。"朱熹《集傳》:"嗣音,繼續其聲問也。"186《小雅·白駒》四章:"毋金玉爾音,而有遐心。"《鄭箋》:"毋愛女聲音而有遠我之心,以思責之也。"149《檜風·匪風》三章:"誰將西歸,懷之好音。"屈萬里《詮釋》:"好音,即今語好消息之謂。"一說:指教令。《鄭箋》:"好音,謂周之舊政令。"陳奐《傳疏》:"有歸之者,當歸以善政令也。"❸德音;聲譽。(雅1、頌1)240《大雅·思齊》一章:"大姒嗣徽音,則百斯男。"陳奐《傳疏》:"言大姒能嗣大任之美音也。"299《魯頌·泮水》二章:"其馬蹻蹻,其音昭昭。"《鄭箋》:"其音昭昭,僖公之德音也。"又見【德音】。

愔 yīn 挹淫切(深開三平侵影)
        侵部、影母

安詳;安閒。見"厭"。

淫 yín 餘針切(深開三平侵以)
        侵部、餘母

大。(頌1)284《周頌·有客》:"既有淫威,降福孔夷。"《毛傳》:"淫,大;威,則。"朱熹《集傳》:"淫威,未詳。舊說:淫,大也。統承先王,用天子禮樂,所謂淫威也。"馬瑞辰《通釋》:"'既有淫威',猶云既有大德耳。"吳闓生《會通》:"淫威者,猶云奇禍,謂天降之災,非謂周人之作威福也。"

引 yǐn 余忍切(臻開三上軫以)
        羊晉切(臻開三去震以)
        真部、餘母

❶長久;延長。(雅2)209《小雅·楚茨》六章:"子子孫孫,勿替引之。"《毛傳》:"引,長也。"孔穎達《正義》:"欲使行此禮,長得福祿。"朱熹《集傳》:"子子孫孫當不廢而引長之也。"曾運乾《毛詩說》:"'勿替引之',猶云引之勿替,倒文取韻也。"❷導引;在前面帶領。(雅2)246《大雅·行葦》八章:"黃耇

臺背,以引以翼。"《鄭箋》:"在前曰引,在旁曰翼。"孔穎達《正義》:"引者,牽引之義,故曰在前曰引,謂在前相導之。"252《大雅·卷阿》五章:"有孝有德,以引以翼。"朱熹《集傳》:"引,導其前也。一説:尊重;恭敬。《毛傳》:"引,長。"孔穎達《正義》:"王當以此長尊之,以此恒敬之。"

靷 yǐn 餘忍切(臻開三上軫以)
羊晉切(臻開三去震以)
真部、餘母

拉車前行的皮帶。前端繫在馬頸的皮套上,後端繫在車軸上。(風 1)128《秦風·小戎》一章:"游環脅驅,陰靷鋈續。"《毛傳》:"靷,所以引也。"孔穎達《正義》:"古之駕四馬者,服馬夾輈,其頸負軛,兩驂在旁挽靷助之。"朱熹《集傳》:"靷,以二皮條前繫驂馬之頸,後繫陰版之上也。"

尹 yǐn 餘準切(臻合三上準以)
真部、餘母

❶姓。(雅 4)191《小雅·節南山》一章:"赫赫師尹,民具爾瞻。"《毛傳》:"尹,尹氏,爲大師。"朱熹《集傳》:"師尹,太師尹氏也。大師,三公。尹氏,蓋吉甫之後。《春秋》書尹氏卒,公羊子以爲譏世卿者,即此也。"阮元《補箋》:"師尹,大師尹氏也,吉甫之族。幽王時不用皇父,任尹氏爲大師,尹位不親民,故詩人刺之。"一説:官名,尹氏爲史官之長。于省吾《解結》:"尹謂尹氏,即金文中的作册尹或内史尹。係史官之長,猶近世所稱的秘書長。"王符《潛夫論·志氏姓》:"尹者,本官名也。若宋有太師,楚有令尹、左尹矣。尹吉甫相宣王,著大功績。《詩》云'尹氏大師,維周之氐'也。"屈萬里《詮釋》:"師,大師,尹,尹氏;皆官名也。…言赫赫然尊顯之大師及尹氏,民皆惟爾是視也。❷指尹吉甫。周宣王大臣。(雅 1)263《大雅·常武》二章:"王謂尹氏,命程伯休父,左右陳行。"《毛傳》:"尹氏掌卿士。"朱熹《集傳》:"尹氏,吉甫也。蓋爲内史,掌策命卿大夫也。"

隱(隐) yǐn 於謹切(臻開三上隱影)
文部、影母

悲痛;痛苦;心裏難過。(風 1)26《邶風·柏舟》一章:"耿耿不寐,如有隱憂。"《毛傳》:"隱,痛也。"孔穎達《正義》:"如人有痛疾之憂,言憂之甚也。"王引之《述聞》卷五:"隱即憂,心慇慇之慇,字或作殷。"馬瑞辰《通釋》:"隱憂,殷憂皆二字同義,猶《詩》'我心憂傷','我心傷悲'之類。毛訓痛者,痛亦憂也。一説:通"殷"。大;深。《淮南子·説山》高誘注引《詩》作"如有殷憂"。王先謙《集疏》:"隱,《齊》、《韓》作殷,《齊》説曰:殷,大也。《韓》説曰:殷,深也。參"慇"。

㥯 yǐn 羊晉切(臻開三去震以)
★以忍切(臻開三上軫以)
真部、餘母

小鼓。見"田"。

飲(饮)
(一) yǐn 於錦切(深開三上寑影)
侵部、影母

❶喝。(風 3,雅 10,頌 3)77《鄭風·叔于田》二章:"叔于狩,巷無飲酒。"190《小雅·無羊》二章:"或降于阿,或飲于池。"❷指喝酒。(風 2,雅 9)174《小雅·湛露》一章:"厭厭夜飲,不醉無歸。"❸指可喝的東西。(雅 3)209《小雅·楚茨》四章:"苾芬孝祀,神嗜飲食。"

(二) yìn 於禁切(深開三去沁影)
侵部、影母

❹給…喝酒。(風 2,雅 5)123《唐風·有杕之杜》一章:"中心好之,曷飲食之。"《鄭箋》:"中心誠好之,何但飲食之。當盡禮極歡以待。"250《大雅·公劉》四章:"食之飲之,君之宗之。"朱熹《集傳》:"既以飲食勞其群臣,而又爲之君,爲之宗焉。"

胤 yìn 羊晉切(致開三去震以)
真部、餘母

後代;後嗣。(雅 2)247《大雅·既醉》六章:"君子萬年,永錫祚胤。"《毛傳》:"胤,嗣也。"朱熹《集傳》:"胤,子孫也。"陳奂《傳疏》:"胙胤,胤胙也。'永錫胙胤',言長予子孫以福禄也。孝子對祖考言,故永錫爲祖考長予之。"

憖(慭) yìn 魚覲切(臻開三去震疑)
真部、疑母

願;願意;勉强。(雅 1)193《小雅·十月之交》六章:"不憖遺一老,俾守我王。《鄭箋》:"憖者,心不欲自强之辭也。言盡將舊在位之人與之皆去,無留衛王。"陸德明《釋文》引《爾雅》:"憖,願也;强也;且也。"馬瑞辰《通釋》:"《釋文》'願也,强也'二訓,蓋本《小爾雅》。願與强以相反爲義,《箋》說正取'强也'之訓。"李調元《勘說》:"言聊且留一老都不肯也。"

應(应)

（一）yīng 於陵切(曾開三平蒸影)
蒸部、影母

❶當;承。(頌 1、雅 1)295《周頌·賚》:"文王既勤止,我應受之。"《毛傳》:"應,當。"孔穎達《正義》:"我當受而有之。"林義光《通解》:"應,讀爲膺。"高亨《今注》:"應,承也。此句言我承受文王的基業。"243《大雅·下武》四章:"媚兹一人,應侯順德。"《毛傳》:"應,當;侯,維也。"《鄭箋》:"可愛乎武王,能當此順德。"朱熹《集傳》:"言天下之人皆愛戴武王以爲天子,而所以應之,維以順德也。"林義光《通解》:"應,讀爲膺。膺,受也。……侯,讀爲候望之候。"屈萬里《詮釋》:"應,當也。……二語言官民愛戴成王,成王自應慎其德也。"一說:周代諸侯國名。在今河南魯山縣東。《左傳·僖公二十四年》:"邗、晉、應、韓,武之穆也。"《水經注·滍水》:"滍水東逕應城南,《詩》所謂'應侯順德'者也。"高亨《今注》:"此二句言應侯能够遵循道德,愛此武王。"

（二）yìng 於證切(曾開三去證影)
蒸部、影母

❷小鼓。(頌 1)280《周頌·有瞽》:"應田縣鼓。"《毛傳》:"應,小鞞;田,大鼓也。"陸德明《釋文》:"應對之應,小鞞也。"

【應門】王宫的正門。(雅 2)237《大雅·緜》七章:"迺立應門,應門將將。"《毛傳》:"王之正門曰應門。"《鄭箋》:"朝門曰應門。"

膺 yīng 於陵切(曾開三平蒸影)
蒸部、影母

❶抵當;打擊。(頌 1)300《魯頌·閟宫》五章:"戎狄是膺,荆舒是懲。"《毛傳》:"膺,當也。"《史記·建元以來侯者年表》引《詩》作"戎狄是應"。馬瑞辰《通釋》:"作應者三家

詩。《毛詩》及《孟子》引《詩》作膺,即應字之假借。……趙注《孟子》曰:'膺,擊也。'"❷駕車的馬當胸的帶子。(風 1)128《秦風·小戎》三章:"虎韔鏤膺,交韔二弓。"《毛傳》:"膺,馬帶也。"朱熹《集傳》:"鏤膺,鏤金以飾馬胸帶也。"一說:弓袋的正面。嚴粲《詩緝》:"鏤飾弓室之膺。弓以後爲背,則以前爲膺。故弓室之前亦爲膺耳。"又見【鉤膺】。

鷹(鷹) yīng 於陵切(曾開三平蒸影)
蒸部、影母

【鷹揚】老鷹飛揚,比喻勇猛奮發。(雅 1)236《大雅·大明》八章:"維師尚父,時維鷹揚。"《毛傳》:"鷹揚,如鷹之飛揚也。"《鄭箋》:"鷹,鷙鳥也。"朱熹《集傳》:"鷹揚,如鷹之飛揚而將擊,言其猛也。"馬瑞辰《通釋》:"鷹揚,古以指衆帥,蓋謂以師尚父爲衆帥之長,則群帥莫不奮發如鷹揚也。"一說:陣名。王夫之《稗疏》:"鷹揚者,陣也。八陣有鳥陣。鷹揚者,鳥陣也。其後鄭莊公爲魚麗,鄭翩爲鸛,其御請爲鵝,皆鷹揚之類。"

嚶(嘤) yīng 烏莖切(梗開二平耕影)
耕部、影母

鳥叫聲。(雅 1)165《小雅·伐木》一章:"嚶其鳴矣,求其友聲。"

【嚶嚶】鳥叫聲。(雅 1)165《小雅·伐木》一章:"伐木丁丁,鳥鳴嚶嚶。"《毛傳》:"嚶嚶,驚懼也。"《鄭箋》:"嚶嚶,兩鳥聲也。"朱熹《集傳》:"嚶嚶,鳥聲之和也。"

英 yīng 於驚切(梗開三平庚影)
陽部、影母

❶花。(風 3)83《鄭風·有女同車》二章:"有女同行,顔如舜英。"《毛傳》:"英,猶華也。"108《魏風·汾沮洳》二章:"彼其之子,美如英。"朱熹《集傳》:"英,華也。"一說:通"瑛"。玉。馬瑞辰《通釋》:"英當讀如瓊之英,如英猶言如玉,變文以協韻耳。"俞樾《平議》卷九:"美如英與下章美如玉同。英亦玉也。……玉之精華謂之英,故石似玉者亦謂之英。"❷指皮裘上的裝飾物。(風 1)80《鄭風·羔裘》三章:"羔裘晏兮,三英粲兮。"朱熹《集傳》:"三英,裘飾也。"聞一多

《類鈔》："疑即上之豹飾，凡三列，故曰三英。"徐璈《廣詁》："《毛詩拾遺》曰：英謂古者以素絲飾裘。"高亨《今注》："英，纓也。古人的皮襖是對襟，兩邊各縫上三條絲繩，穿時結上，等於現在的紐扣。"一説：才德；品德。《毛傳》："三英，三德也。"《鄭箋》："三德，剛克、柔克、正直也。"粲，粱意。"胡承珙《後箋》："毛公以三英爲三德，自以英俊本爲才德之稱。《箋》以剛、柔、正直中毛，亦必因《書》之九德三俊皆屬卿大夫之事。"
❸指矛的裝飾物，用紅色的絲縷或毛羽做成。《風 1，頌 1）79《鄭風·清人》一章："二矛重英，河上乎翱翔。"《毛傳》："重英，矛之英飾也。"朱熹《集傳》："二矛，酋矛、夷矛也。英，以朱羽爲矛飾也。"聞一多《類鈔》："英，矛之英飾，染赤羽爲之。英飾非一，故曰重。"300《魯頌·閟宮》五章："朱英綠縢，二矛重弓。"《毛傳》："朱英，矛飾也。"孔穎達《正義》："蓋絲纏而朱染之，以爲矛之英飾也。"一説：刻畫以爲飾。《清人·箋》："二矛，酋矛、夷矛，各有畫飾。"馬瑞辰《通釋》："《毛傳》：'朱英，矛飾也。'蓋刻矛柄而以朱畫之。"❹通"瑛"。似玉的美石。（風 1）98《齊風·著》三章："尚之以瓊英乎而。"《毛傳》："瓊英，美石似玉者。"陳奐《傳疏》："英者，瑛之假借字。《說文》：'瑛，玉光也。'瑛本爲玉光，引申爲石之次玉。"一説：玉的光澤。《鄭箋》："瓊英，猶瓊華也。"嚴粲《詩緝》："曹氏曰：英、華、瑩皆光采。"姚際恒《通論》："瓊，赤玉，貴者用之。華、瑩、英取協韻，以贊其玉之色澤也。"
【英英】同"泱泱"。雲白的樣子。（雅 1）229《小雅·白華》二章："英英白雲，露彼菅茅。"《毛傳》："英英，白雲貌。"朱熹《集傳》："英英，清明之貌。"陸德明《釋文》："《韓詩》作泱泱。"姚際恒《通論》："華茅已白矣，又有英之白雲而露之，使其滋養生長。"
參"央"。

鶯（莺） yīng 烏莖反（梗開二平耕影）耕部、影母

鳥羽有文采。（雅 2）215《小雅·桑扈》一章："交交桑扈，有鶯其羽。"《毛傳》："鶯然有文章。"陳奐《傳疏》："言桑扈之首領，羽翼皆有文采可觀，以喻臣下舉動有禮文。"王先謙《集疏》："有鶯，猶鶯鶯也；鶯鶯，形容羽領文章之美。"屈萬里《詮釋》："鶯，文彩貌。有鶯，鶯然也。"《說文·鳥部》："鶯，鳥也。從鳥，熒省聲。《詩》曰：'有鶯其羽。'"段玉裁改爲"鳥有文章貌。"

瑩（莹） yíng 永兵切（梗合三平庚云）烏定切（梗開四去徑影）耕部、匣母

似玉的美石。（風 2）98《齊風·著》二章："尚之以瓊瑩乎而。"《毛傳》："瓊瑩，石似玉，卿大夫之服也。"《鄭箋》："石色似瓊瑩也。"陳奐《傳疏》："石似玉，謂瑩不謂瓊也。"聞一多《類鈔》："熒、英也都是華。瓊華、瓊榮、瓊英是玉瑱。"55《衛風·淇奧》二章："有匪君子，充耳琇瑩。"《毛傳》："琇瑩，美石也。"《說文·玉部》："琇"下引《詩》"充耳琇瑩"，段玉裁注："琇、瑩是二石名。"一説：玉色光潔，晶瑩。陳奐《傳疏》："瑩即琇之光明。"《說文》："瑩，玉色也。'"胡承珙《後箋》："瓊瑩謂玉色如瓊玉之瑩，猶《淇奧》琇瑩耳，必非以瓊瑩爲二物。"又一説：字當作"榮"。草木植物的花。鳳應韶《鳳氏經說》卷三："素青、黃一統絲具三色。華、瑩、英一瓊玉三形容之也。《爾雅》曰：'木謂之華，草謂之榮，華而不實謂之英。'是華、榮、英之形容，皆取諸草木者也。則'瑩'字亦當從木作榮。"孫嶸《西園隨筆·五經類》"充耳琇瑩"條："凡玉之生以及其成，有瑩，有英，有華，有實，猶草木也。瑩即榮也。謂玉之始生，如草木之榮也。華謂玉之方成，如草木之英華。實謂玉之既成，如草木之實。皆可用之玉也。"

營（营） yíng 余傾切（梗合三平清以）耕部、餘母

規劃；建造。（雅 3）227《小雅·黍苗》四章："肅肅謝功，召伯營之。"《鄭箋》："營，治也。申伯居謝之事，召伯營其位而作城郭及寢廟，定其神所居。"242《大雅·靈臺》一章："經始靈臺，經之營之。"《孟子·梁惠王上》引此詩朱熹注："營，謀爲也。"嚴粲《詩緝》："經、營皆圖謀之意。"屈萬里《詮釋》："營，作。"一説：建立標記。《鄭箋》："度始靈臺

之基址,營表其位。"朱熹《集傳》:"營,表。"【營營】往來亂飛的樣子。(雅 3)219《小雅‧青蠅》一章:"營營青蠅,止于樊。"《毛傳》:"營營,往來飛貌。"一説:蠅飛聲。朱熹《集傳》:"營營,往來飛聲。"《説文‧爻部》"㯕"字下引《詩》"營營青蠅"。又《言部》:"謍,小聲也。"引《詩》"謍謍青蠅"。王先謙《集疏》:"三家,營作謍。"又見【經營】。參"還"。

縈(縈) yíng 於營切(梗合三平清影) 耕部、影母

旋繞;纏繞。(風 1)4《周南‧樛木》三章:"南有樛木,葛藟縈之。"《毛傳》:"縈,旋也。"嚴粲《詩緝》:"錢氏曰:繞也。"陸德明《釋文》作"藆"説:"本又作縈。"《説文‧艸部》:"蔡,草旋兒也。"引《詩》"葛藟蔡之"。段玉裁注:"蔡與縈音義同。"

褮 yíng 於營切(梗合三平清影) 耕部、影母

旋繞;纏繞。見"縈"。

營 yíng 余傾切(梗開三平清以) 耕部、餘母

蒼蠅飛鳴聲。見"營"。

盈 yíng 以成切(梗開三平清以) 耕部、餘母

❶滿;充滿。(風 8、雅 6、頌 1)12《召南‧鵲巢》三章:"維鵲有巢,維鳩盈之。"《毛傳》:"盈,滿也。"《鄭箋》:"滿者,言衆媵姪娣之多。"291《周頌‧良耜》:"以開百室,百室盈止。"朱熹《集傳》:"盈,滿。"❷滿足;自滿。(雅 1)256《大雅‧抑》十章:"民之靡盈,誰夙知而莫止。"朱熹《集傳》:"人若不自盈滿,能受戒戢,則豈有既早知而反晚成者乎?"姚際恒《通論》:"蘇氏曰:靡盈,不足也。人之材性有所不足,獨患不知。苟其蚤知,則蚤成,豈有蚤知而晚成之乎?"屈萬里《詮釋》:"盈,滿也。靡盈,謂喪亂之時,人民減少也。"

楹 yíng 以成切(梗開三平清以) 耕部、餘母

廳堂的前柱。泛指柱子。(雅 1、頌 1)189《小雅‧斯干》五章:"有覺其楹。"孔穎達《正義》:"覺然高大者,其宮寢之楹柱也。"《説

文‧木部》:"楹,柱也。"徐鍇《繫傳》:"楹之言盈,盈盈對立之狀。"

蠅(蠅) yíng 余陵切(曾開三平蒸以) 蒸部、餘母

昆蟲名。見【蒼蠅】【青蠅】。

嬴(嬴) yíng 以成切(梗開三平清以) 耕部、餘母

餘;盈餘。(雅 1)258《大雅‧雲漢》八章:"大夫君子,昭假無嬴。"朱熹《集傳》:"群臣竭其精誠,而助王以昭假於天者,已無餘矣。"郭晉稀《蠡測》:"詩謂久旱望雨,而明星燦然,仍是無雨。於是呼大夫君子而告之曰:天之昭假於人者,備至無餘矣。"一説:過失;差錯。馬瑞辰《通釋》:"詩蓋勉群臣敬恭祀典之意。言誠能昭假於天,其感應之理未必有嬴差者。《廣雅》爽、嬴並訓爲過,過謂過差。無嬴猶言無爽,無爽猶言無差忒耳。"又一説:緩慢;遲緩。《鄭箋》:"假,升也。天之光耀升行不休,無自嬴緩之時。"又一説:私心。孔穎達《正義》引王肅云:"大夫君子,公卿大夫也。昭其至誠於天下,無敢有私嬴而不敷散。"

迎 yíng 語京切(梗開三平庚疑) 陽部、疑母

迎接。(雅 1)261《大雅‧韓奕》四章:"韓侯迎止,于蹶之里。"孔穎達《正義》:"韓侯親自迎之於彼蹶父之邑里。"又見【親迎】。

穎(穎) yǐng 餘頃切(梗合三上靜以) 耕部、餘母

下垂的穀穗。(雅 1)245《大雅‧生民》五章:"實穎實栗。"《毛傳》:"穎,垂穎也。"陸德明《釋文》:"穎,穗也。"《尚書》云:'唐叔得禾,異畝而同穎'是也。"孔穎達《正義》:"穎是禾穗之挺…言其穗重而穎垂也。"朱熹《集傳》:"穎,實繁碩而垂末也。"吕祖謙《詩記》引王氏(安石)説:"穎者,垂末也。實碩,故垂末也。"馬瑞辰《通釋》:"穎則穗之垂者。"一説:穀類植物的末端,長芒的穗。陳奂《傳疏》:"禾秀曰穗,禾末曰穎,穗穎互稱。"參"役"。

庸 yōng 餘封切(通合三平鍾以) 東部、餘母

❶用;由。(風 2)101《齊風‧南山》二章:

庸墉鄘　yōng

"魯道有蕩,齊子庸止。"《毛傳》:"庸,用也。"朱熹《集傳》:"用此道以嫁於魯也。"馬瑞辰《通釋》:"由,用也。庸訓爲用,即爲由矣,謂由之以嫁於魯也。"❷勞役;勞苦。(風1)70《王風·兔爰》三章:"我生之初,尚無庸。"《毛傳》:"庸,用也。"《鄭箋》:"庸,勞也。"陳奐《傳疏》:"無用者,謂無用師之苦。"馬瑞辰《通釋》:"《説文》:'庸,用也,從用庚。'庚,更事也,用力者勞,更事者亦勞,用與勞義正相成。"❸通"墉"。城;城墻。(雅1)259《大雅·崧高》三章:"因是謝人,以作爾庸。"《毛傳》:"庸,城也。"陸德明《釋文》:"庸,本亦作墉。"陳奐《傳疏》:"庸,讀爲墉,古文假借字。"胡承珙《後箋》:"因謝人以作庸者,即謂用謝人築謝邑,如《召誥》云'以庶殷攻位于洛汭也'。一説:功勞。《鄭箋》:"庸,功也。今因是故謝邑之人而爲國,以起女之功勞。"又一説:通"傭"。奴僕。郭沫若主編《中國史稿》第一册:"庸,即'傭'。是對奴僕的稱呼。就是把謝人賞賜給申侯,作爲奴隸。"❹通"鏞"。大鐘。(頌1)301《商頌·那》:"庸鼓有斁,萬舞有奕。"《毛傳》:"大鐘曰庸。"陸德明《釋文》:"庸,依字作鏞,大鐘也。"朱熹《集傳》:"庸,鏞通也。"❺姓。(風1)48《鄘風·桑中》三章:"云誰之思,美孟庸矣。"《毛傳》:"庸,姓也。"俞樾《平議》卷八:"庸之爲姓無考。…庸姓疑即熊姓。"《説文》:"熊從能,炎省聲。炎與庸一聲之轉。"王先謙《集疏》:"孟庸即孟庸。庸在沬東,居此之人取舊邑之稱以爲族,若晉韓趙魏氏之比,故曰孟庸。…漢有庸光、膠東庸生,是其後。"參"傭"。又見【附庸】。

庸(傭)　yōng　餘封切(通合三平鍾以)
　　　　　東部、餘母
　　　　chōng　醜兇切(通合三平鍾徹)
　　　　　東部、透母

均;平。(雅1)191《小雅·節南山》五章:"昊天不傭,降此鞠訩。"《毛傳》:"傭,均。"陳奐《傳疏》:"'昊天不均',猶云昊天不平耳。"陸德明《釋文》:"傭,敕龍反。《韓詩》作庸,易也。"馬瑞辰《通釋》:"訓易者,謂平易也。"《説文·人部》:"傭,均也,直也。"徐灝《注箋》:"庸、傭古今字。《爾雅》曰:'傭讀爲均,均猶平也,常也。'一説:常,正常。朱彬《經傳考證》:"傭,《韓詩》作庸,常也。"

墉　yōng　餘封切(通合三平鍾以)
　　　　　東部、餘母

❶城;城墻。(雅3、頌1)241《大雅·皇矣》七章:"與爾臨衝,以伐崇墉。"《毛傳》:"墉,城也。"291《周頌·良耜》:"其崇如墉,其比如櫛。"《毛傳》:"墉,城也。"孔穎達《正義》:"城之與墻,其得爲墉,但此比高大,故爲城。"❷墻;屋下柱間墻。(風1)17《召南·行露》:"誰謂鼠無牙,何以穿我墉?"《毛傳》:"墉,墻也。"鳳應韶《鳳氏經説》卷三:"古者屋下柱間墻曰墉,屋外四周墻曰垣。垣即所謂宫墻也。垣、墉皆得稱墻,而墉不得稱垣,垣不得稱墉。又凡經傳言墻皆垣,惟《禮記》'負墻而立'乃堂上東西柱間墻。"❸築城。(雅1)261《大雅·韓奕》六章:"實墉實壑,實畝實藉。"《毛傳》:"實墉實壑,言高其城,深其壑也。"陳奐《傳疏》:"此謂燕衆築城之事,是墉是壑,猶《崧高篇》云'以作爾墉,有俶其城也。'"參"庸"。

鄘　yōng　餘封切(通合三平鍾以)
　　　　　東部、餘母

古諸侯國名。一作鄘。周武王滅商後,分商京師之地爲三,以管叔、蔡叔、霍叔爲三監。蔡叔居鄘(一説管叔居鄘)。鄭玄《詩譜》:"自紂城而北謂之邶,南謂之鄘,東謂之衛。"今河南新鄉縣西南的鄘城即古鄘國。王國維《北伯鼎跋》以爲鄘即奄,奄即魯:"余謂邶即燕,鄘即魯也。邶之爲燕,可以北伯諸器出土之地證之。邶既遠在殷北,則鄘亦不求求之殷境内。余謂鄘與奄聲相近。…奄地在魯。…而太師采詩之目,仍存其故名,謂之邶、鄘。"參見"邶"。

【鄘風】《詩經·國風》之一。鄘地流行歌曲,包括《柏舟》、《牆有茨》、《君子偕老》、《桑中》、《鶉之奔奔》、《定之方中》、《蝃蝀》、《相鼠》、《干旄》、《載馳》等十篇。多數是東周作品。春秋時候的人認爲《邶》、《鄘》、《衛》都是衛詩。《左傳·襄公二十九年》:"吴公子札來聘,請觀於周樂。…爲之歌《邶》、《鄘》、《衛》,曰:'是其《衛風》乎?'"

本《詩經》分《邶》、《鄘》、《衛》，可能是因爲詩太多才分爲三部分。

鏞（鏞） yōng 餘封切（通合三平鍾以）
東部、餘母

大鐘。又名鎛，懸掛敲擊發聲。廟堂祭祀時放在西邊的位置上。（雅1）242《大雅·靈臺》四章："虡業維樅，賁鼓維鏞。"《毛傳》："鏞，大鍾也。"

雍 yōng 於容切（通合三平鍾影）
東部、影母

遮蔽。（雅1）206《小雅·無將大車》三章："無將大車，維塵雍兮。"《鄭箋》："雍，猶蔽也。"漢石經、唐石經作"雍"。相臺本、朱熹《集傳》本作"雝"。陸德明《釋文》："雍，字亦作雝。"馬瑞辰《通釋》："《説文》有雍無雝。古壅蔽字只作雍。"參"饔"、"雝"。

壅 yōng 於容切（通合三平鍾影）
於隴切（通合三上腫影）
東部、影母

遮蔽。見"雍"、"雝"。

噰 yōng 於容切（通合三平鍾影）
東部、影母

聲音和諧。見"雝"。

饔 yōng 於容切（通合三平鍾影）
東部、餘母

熟食。（雅1）185《小雅·祈父》三章："胡轉予于恤，有母之尸饔。"《毛傳》："熟食曰饔。"《鄭箋》："己從軍而母爲父陳饌，飲食之具，自傷不得供養也。"孔穎達《正義》引許氏（慎）《異義》引此詩曰："有母之尸饔，謂陳饔之祭。"朱熹《集傳》："言不得奉養，而使母反主勞苦之事也。"陳奐《傳疏》："有母不得終養，歸則惟陳饔以祭，是可憂也。"《韓詩外傳》卷七引作"雍"。陸德明《釋文》作"雍"，云："熟曰雍。字又作饔。"王先謙《集疏》："雍，古饔字。"

雝 yōng 於容切（通合三平鍾影）
東部、影母

❶和；和階。見【肅雝】。❷通"邕"。水澤。（頌1）278《周頌·振鷺》："振鷺于飛，于彼西雝。"《毛傳》："雝，澤也。"《鄭箋》："白鳥集於西雝之澤，言所集得其處也。"嚴粲《詩緝》："朱氏曰：先儒多謂辟雝在西郊，故曰西雝。"王先謙《集疏》："西雝，文王之雝也。"唐石經並作"雝"。陳奐《傳疏》："凡止水處爲邕，假借字作雝。雝即雍之隸變。"❸通"雍"。蔽；遮蔽。（雅1）206《小雅·無將大車》三章："無將大車，維塵雝兮。"《鄭箋》："雝猶蔽也。"陸德明《釋文》："雝，字又作雍。"漢石經、唐石經作"雍"。《十三經注疏》作"雍"，《集傳》作"雝"。

【雝】《周頌》篇名（282）。這是周天子祭祀宗廟後撤去祭品的樂歌。又名《徹》。朱熹《辨説》："此但爲武王祭文王而徹俎之詩，而後通用於他廟耳。"又《集傳》："此武王祭文王之詩。《周禮·大師》：'及徹，帥學士而歌《徹》。'説者以爲即此詩。《論語》亦曰：'以雝徹。'然則此蓋徹祭所歌，而亦名爲《徹》也。"按《後漢書·劉向傳》："文王既没，武王周公繼政，朝臣和於内，萬國歡於外，故盡得其歡心，以事先祖。其《詩》曰：'有來雝雝，至止肅肅。相維辟公，天子穆穆。'言四方皆以和來也。"《論語·八佾》記載魯國大夫孟孫氏、季孫氏、叔孫氏三家祭祀時以《雝》撤饌，受到孔子的批評。因爲這是天子宗廟的樂歌，大夫不應當僭用。《詩序》説是祭祀文王的樂歌："《雝》，禘大祖也。"蔡邕《獨斷》："《邕》，禘太祖之所歌也。"孔穎達《正義》："《雝》者，禘太祖之樂歌也。謂周公成王之時，禘祭太祖之廟。"大祖爲誰？《鄭箋》："禘，大祭也。大於四時而小於祫。大祖謂文王。"陳奐《傳疏》："大祖，后稷也。周以文武爲受命之祖，以后稷肇封爲大祖之祖，立后稷爲大祖廟，故唯后稷稱太祖。"一章，十六句。

【雝雝】1)聲音和諧。（風1、雅2）34《邶風·匏有苦葉》三章："雝雝鳴雁，旭日始旦。"《毛傳》："雝雝，鴈聲和也。"王先謙《集疏》："《魯》，雝雝作噰噰，《齊》作雍雍。"2)和悦的樣子。（雅1，頌1）240《大雅·思齊》三章："雝雝在宫，肅肅在廟。"《毛傳》："雝雝，和也。"282《周頌·雝》："有來雝雝，至止肅肅。"《鄭箋》："雝雝，和也。"朱熹《集傳》："雝雝，和之至也。"

廱 yōng 於容切（通合三平鍾影）
東部、影母

辟廱，周王朝爲貴族子弟設立的學校。《説文・广部》："廱，天子饗飲辟廱。從广，雝聲。"見"辟(bì)"。

顒 yóng 魚容切（通合三平鍾疑）
東部、疑母

大的樣子。（雅1）177《小雅・六月》三章："四牡脩廣，其大有顒。"《毛傳》："顒，大貌。"陳奐《傳疏》："《説文》：'顒，大頭也。'是顒有大義。'其大有顒'猶云有顒大也。"

【顒顒】温和的樣子。（雅1）252《大雅・卷阿》六章："顒顒卬卬，如圭如璋。"《毛傳》："顒顒，温貌。卬卬，盛貌。"《鄭箋》："體貌則顒顒然敬順，志氣則卬卬然高朗。"孔穎達《正義》："敬順即温和也，高朗即盛壯也。"朱熹《集傳》："顒顒卬卬，尊嚴也。如圭如璋，純潔也。"

永 yǒng 于憬切（梗合三上梗云）
陽部、匣母

❶水流長。（風3）8《周南・漢廣》一章："江之永矣，不可方思。"朱熹《集傳》："永，長也。"《説文・水部》："永，水長也。"引《詩》"江之永矣。"又："羕，水長也。"引《詩》"江之羕矣。"《爾雅・釋詁》："永、羕，長也。"王先謙《集疏》："《韓》永作漾。云：漾，長也。"

❷長；久。（風10，雅13，頌3）3《周南・卷耳》二章："我姑酌彼金罍，維以不永懷。"《毛傳》："永，長也。"113《魏風・碩鼠》三章："樂郊樂郊，誰之永號。"朱熹《集傳》："永號，長呼也。一説：通'詠'。歌唱。《鄭箋》："永，歌也。樂郊之地，誰獨念往而歌號起，言皆喜悦無憂者。"陸德明《釋文》作"咏"説："咏，本亦作永。"馬瑞辰《通釋》："永號，猶咏歎也…誰之永號，猶云誰其咏歎。"

❸延長。（風1，雅2，頌2）115《唐風・山有樞》三章："且以喜樂，且以永日。"《毛傳》："永，引也。"朱熹《集傳》："永，長也。…飲食作樂，可以永長此日也。"186《小雅・白駒》二章："縶之維之，以永今朝。"《鄭箋》："永，久也。"一説：盡。姚際恒《通論》："且以永日，猶云盡此一日也。"程俊英《注析》："按永有終、盡之義，如《易・訟・初六》：'不永所事'，'以永終朝'，以盡今朝，留客之辭。下章'以永今夕'同。"

【永世】終生；一輩子。（頌1）286《周頌・閔予小子》："於乎皇考，永世克孝。"《鄭箋》："於乎我君考武王，長世能孝。"朱熹《集傳》："歎武王之終身能孝也。"

泳 yǒng 爲命切（梗合三去映云）
陽部、匣母

游泳；在水中潛行。（風4）9《周南・漢廣》一章："漢之廣矣，不可泳思。"《毛傳》："潛行爲泳。"慧琳《一切經音義》卷四十一引作"潛行水中爲泳。"朱熹《集傳》："泳，潛行也。"35《邶風・谷風》四章："就其淺矣，泳之游之。"《鄭箋》："潛行爲泳。"孔穎達《正義》："隨水深淺，期於必渡，以興己於君子之家事，隨事難易，期於必成。"

咏 yǒng 爲命切（梗合三去映云）
陽部、匣母

歌唱。見"永"。

勇 yǒng 余隴切（通合三上腫以）
東部、餘母

勇力；有膽量。（雅2，頌1）198《小雅・巧言》六章："無拳無勇，職爲亂階。"《鄭箋》："言無力勇者，謂易誅除也。"

踴 yǒng 余隴切（通合三上腫以）
東部、餘母

【踴躍】跳躍。踴，向上跳；躍，向前跳。指操練武術時的動作。（風1）31《邶風・擊鼓》一章："擊鼓其鏜，踴躍用兵。"朱熹《集傳》："踴躍，坐作擊刺之狀也。"王先謙《集疏》："《説文》：踴，跳也。躍，迅也。…踴躍者，用兵時絶地奮迅之狀。"

用 yòng 余頌切（通合三去用以）
東部、餘母

❶使用；采用。（風2，雅7）13《召南・采蘩》一章："于以用之？公侯之事。"193《小雅・十月之交》二章："日月告凶，不用其行。"195《小雅・小旻》一章："謀臧不從，不臧覆用。"❷任用。（雅2）193《小雅・十月之交》二章："四國無政，不用其良。"《鄭箋》："四方之國無政治者，由天子不用善人也。"❸費用；用度。（雅1）166《小雅・天保》五章："民之質矣，日用飲食。"❹介詞。表示工

具、方法或憑藉。相當於"以"。(雅 5)194《小雅·雨無正》四章:"凡百君子,莫肯用訊。"《鄭箋》:"訊,告也。衆在位者無肯用此相告者。"250《大雅·公劉》四章:"執豕于牢,酌之用匏。"朱熹《集傳》:"以豕爲殽,用匏爲爵,儉以質也。"256《大雅·抑》四章:"用戒戎作,用遏蠻方。"《鄭箋》:"當用此備兵事之起,用此治九州之外不服者。"

❺介詞。爲;因。(風 1、雅 1)33《邶風·雄雉》四章:"不忮不求,何用不臧?"《鄭箋》:"其行何用爲不善?"王先謙《集疏》:"'何用不臧',猶言無往而不利。"191《小雅·節南山》一章:"國既卒斬,何用不監?"王引之《釋詞》卷一:"用,詞之爲也。用、以、爲一聲之轉。故'何以'謂之'何用','何爲'亦謂之'何用'。"引《詩》此兩例。❻連詞。而;因而。(風 1、雅 5、頌 3)197《小雅·小弁》二章:"假寐永歎,維憂用老。"250《大雅·公劉》一章:"思輯用光。"《毛傳》:"言民相與和睦以顯於時也。"朱熹《集傳》:"思以輯和其民人而光顯其國家。"

【用兵】操練使用兵器。(風 1)31《邶風·擊鼓》一章:"擊鼓其鏜,踴躍用兵。"《毛傳》:"使衆皆踴躍用兵也。"朱熹《集傳》:"兵,謂戈戟之屬。"一說:治兵;興兵。《鄭箋》:"此用兵謂治兵時。"

又見【是用】。

攸 yōu 以周切(流開三平尤以)
幽部、餘母

❶處所。(雅 1)261《大雅·韓奕》五章:"爲韓姞相攸,莫如韓樂。"《鄭箋》:"相,視;攸,所也。"朱熹《集傳》:"相攸,擇可嫁之所也。"
❷放在動詞前,組成名詞性詞組,相當於"所"。(雅 4)249《大雅·假樂》四章:"不解于位,民之攸塈。"朱熹《集傳》:"不解于位,乃民之所由休息也。"馬瑞辰《通釋》:"民之攸塈,謂民之所息,即民之所歸。"251《大雅·泂酌》二章:"豈弟君子,民之攸歸。"何楷《古義》:"攸,所也。歸,猶依投也。"241《大雅·皇矣》八章:"執訊連連,攸馘安安。"《毛傳》:"攸,所也。"《鄭箋》:"及獻所馘,徐徐以禮爲之。"❸乃;因而;於是。(雅 20、頌 1)189《小雅·斯干》三章:"風雨攸除,鳥鼠

攸去。"237《大雅·緜》七章:"廼立冢土,戎醜攸行。"于省吾《新證》:"'戎醜攸行',言戎狄醜虜因而遁去。"楊樹達《詞詮》:"攸,連詞,用於主語和動詞之間。"參【滺】。

悠 yōu 以周切(流開三平尤以)
幽部、餘母

❶思念;想念。(風 2)1《周南·關雎》三章:"悠哉悠哉,輾轉反側。"《毛傳》:"悠,思也。"《鄭箋》:"思之哉!思之哉!言己誠思之。"一說:長。朱熹《集傳》:"悠,長也。"呂祖謙《詩記》:"王氏(安石)曰:悠者,思之長也。"王先謙《集疏》:"'悠哉悠哉',猶悠悠也。二哉字增文以成句,重言之,以見其憂之長。"錢鍾書《管錐編》:"悠作長遠解,亦無不可。何夜之長,其人則遠,正復順理成章。"❷遠,遙遠。(頌 1)287《周頌·訪落》:"於乎悠哉,朕未有艾。"《毛傳》:"悠,遠。"陳奐《傳疏》:"遠,讀'任重而道遠'之遠。"吳闓生《會通》引李迂仲曰:"巍巍乎高遠不可及。"

【悠悠】1)憂思不已的樣子。(風 6、雅 1)33《邶風·雄雉》二章:"瞻彼日月,悠悠我思。"《說苑·辨物》引《詩》作"遙遙我思"。193《小雅·十月之交》八章:"悠悠我里,亦孔之痗。"《毛傳》:"悠悠,憂也。"戴震《考證》:"悠悠,長也。古字里、悝通,憂也。言憂長至於甚病。"2)遙遠的樣子。(風 7、雅 2)65《王風·黍離》一章:"悠悠蒼天,此何人哉?"《毛傳》:"悠悠,遠意。"227《小雅·黍苗》一章:"悠悠南行,召伯勞之。"《毛傳》:"悠悠,行貌。"朱熹《集傳》:"悠悠,遠行之意。"3)旗幟下垂的樣子。(雅 1)179《小雅·車攻》七章:"蕭蕭馬鳴,悠悠斾旌。"孔穎達《正義》:"悠悠然斾旌之狀。"朱熹《集傳》:"蕭蕭、悠悠,皆閒暇之貌。"

【悠遠】長遠;遙遠。(雅 2)232《小雅·漸漸之石》一章:"山川悠遠,維其勞矣。"陳奐《傳疏》:"悠,亦遠也。"

參【滺】、【懰】。

滺(浟) yōu ★以周切(流開三平尤以)
幽部、餘母

【滺滺】水流動的樣子。(風 1)59《衛風·竹竿》四章:"淇水滺滺,檜楫松舟。"《毛傳》

"滺滺,流貌。"陸德明《釋文》:"浟,本亦作滺。"《太平御覽》卷六十四引作"悠悠"。按《楚辭·九歎·惜賢》王逸注:"油油,流貌。"《詩》曰:'河水油油。'"王先謙《集疏》:"《魯》滺作油。"馬瑞辰《通釋》:"滺,古只作攸。《説文》:'攸,水行也。'戴侗曰:'唐本作水行攸攸也。'⋯⋯滺乃俗字。"

呦 yōu 於虯切（流開三平幽影）
幽部、影母

【呦呦】鹿叫聲。(雅3)161《小雅·鹿鳴》一章:"呦呦鹿鳴,食野之苹。"《毛傳》:"鹿得蓱呦然鳴而相呼,懇情發乎中。"《説文·口部》:"呦,鹿鳴聲也。"

幽 (一) yōu 於虯切（流開三平幽影）
幽部、影母

❶深。(雅2)165《小雅·伐木》一章:"出自幽谷,遷于喬木。"《毛傳》:"幽,深也。"234《小雅·何草不黃》四章:"有芃者狐,率彼幽草。"陳奂《傳疏》:"幽,深也。"何楷《古義》:"幽,《説文》云:'隱也。'幽草,謂草中也。"

(二) yǒu ★於糾切（流開三上黝影）
幽部、影母

❷黑色。(雅1)228《小雅·隰桑》三章:"隰桑有阿,其葉有幽。"《毛傳》:"幽,黑色也。"段玉裁《小箋》:"此謂幽即黝之假借。《周禮》'幽堊',鄭讀爲黝。"馬瑞辰《通釋》:"《説文》:'黝,微青黑色也。'葉之盛者色青而近黑,則黑色亦爲盛貌。"何楷《古義》:"此狀葉盛之貌。葉盛而密,只見其窈然作深黑色。"

【幽幽】深遠的樣子。(雅1)189《小雅·斯干》一章:"秩秩斯干,幽幽南山。"《毛傳》:"幽幽,深遠也。"

憂(忧) yōu 於求切（流開三平尤影）
幽部、影母

❶憂愁;憂慮。(風35、雅45)26《邶風·柏舟》五章:"心之憂矣,如匪澣衣。"167《小雅·采薇》二章:"曰歸曰歸,心亦憂止。"205《小雅·北山》一章:"王事靡盬,憂我父母。"朱熹《集傳》:"蓋王事不可以不勤,是以貽我父母之憂耳。"陳奂《傳疏》:"父母思己而憂。"❷憂患;可憂的事。(風2、雅4)70《王風·兔爰》二章:"我生之後,逢此百憂。"206

《小雅·無將大車》一章:"無思百憂,祇自疧兮。"254《大雅·板》四章:"匪我言耄,爾用憂謔。"《鄭箋》:"今我言非老耄而有失誤,乃告爾用可憂之事,而女反如戲謔。"朱熹《集傳》:"非我老耄而妄言,乃汝以憂爲戲也。"一説:通"優"。開玩笑;戲謔。俞樾《平議》卷十一:"憂當爲優。《襄公六年左傳》:'长相優。'杜注曰:'優,調戲也。''爾用優謔',言爾用我言相戲謔也。優謔連文,義亦不異。"

【憂傷】憂愁悲傷。(風1、雅3)146《檜風·羔裘》二章:"豈不爾思,我心憂傷。"192《小雅·正月》一章:"正月繁霜,我心憂傷。民之訛言,亦恐之將。"李、黃《集解》引王氏曰:"正月繁霜,民之訛言,亦孔之將,故我心憂傷也。"

參"優"。

優(优) yōu 於求切（流開三平尤影）
幽部、影母

❶雨水充沛。(雅1)210《小雅·信南山》二章:"既優既渥,既霑既足。"朱熹《集傳》:"優、渥、霑、足皆饒洽之意也。"馬瑞辰《通釋》:"按優者漫之假借。《説文》:'漫,澤多也。'引《詩》'既漫既渥'。又曰:'渥,霑也。'"❷寬廣。(雅1)264《大雅·瞻卬》六章:"天之降罔,維其優矣。"《鄭箋》:"優,寬也。天下羅網以取有罪亦甚寬。"一説:多;繁多。朱熹《集傳》:"優,多。"陳奂《傳疏》:"優讀爲漫,此假借字也。"又一説:通"憂"。憂愁。于省吾《新證》:"'維其優矣'之優,本應作憂。今作優者,爲後人所臆改。"

【優優】寬和。(頌1)304《商頌·長發》四章:"敷政優優,百禄是遒。"《毛傳》:"優優,和也。"朱熹《集傳》:"優優,寬裕之意。"《説文·夊部》引《詩》作"布政憂憂"。

【優游】從容自得的樣子。(雅3)252《大雅·卷阿》二章:"優游爾休矣。"朱熹《集傳》:"優游,閒暇之意。"嚴粲《詩緝》:"優游,閒暇貌。"陳啓源《稽古編》:"從容自得,而王可得休息矣。"屈萬里《詮釋》:"優游,閒暇自得也。"222《小雅·采菽》五章:"優哉游哉,亦是戾矣。"《鄭箋》:"言諸侯有盛德者,亦優游自安止於是。"孔穎達《正義》:"明王既能賜祿諸侯,優饒之哉,游縱之哉。明王之德能如此,亦如是至美矣。"黃焯《毛鄭平議》:"詩意謂明王能優游諸侯,而諸侯亦於是至矣。"《韓詩外傳》卷四引作"優哉柔哉"。

瀀 yōu 於求切(流開三平尤影) 幽部、影母
雨水充沛。見"優"。

麀 yōu 於求切(流開三平尤影) 幽部、影母
【麀鹿】母鹿。(雅 4)180《小雅·吉日》二章:"獸之所同,麀鹿麌麌。"《毛傳》:"鹿牝曰麀。"242《大雅·靈臺》二章:"麀鹿攸伏。"《毛傳》:"麀,牝也。"《爾雅·釋獸》:"鹿,牡麚,牝麀。"

尤 yóu 羽求切(流開三平尤云) 之部、匣母
❶過失;錯誤。(風 1、雅 1)204《小雅·四月》四章:"廢爲殘賊,莫知其尤。"《鄭箋》:"尤,過也。言在位者殘賤,爲民之害,無自知其言行之過者。"王先謙《集疏》:"《韓》説曰:尤,非也。"❷以爲過;抱怨;責難。(風 2)54《鄘風·載馳》三章:"許人尤之,衆穉且狂。"朱熹《集傳》:"許國之衆人以爲過,則亦少不更事而狂妄之人爾。"聞一多《類鈔》:"尤,怨也。"參"訧"。

訧(讹) yóu 羽求切(流開三平尤云) 之部、匣母
同"尤"。過失;錯誤。(風 1)27《邶風·綠衣》三章:"我思古人,俾無訧兮。"《毛傳》:"訧,過也。"《鄭箋》:"使人無過差之行。"陸德明《釋文》:"訧,本或作尤,過也。"黃焯《毛鄭平議》:"詩意特思古之君子,妻妾有序,能使其行無過差耳。"

游 yóu 以周切(流開三平尤以) 幽部、餘母
❶游水;在水中浮行。(風 1)35《邶風·谷風》四章:"就其淺矣,泳之游之。"❷水流;直的水道。(風 3)129《秦風·蒹葭》一章:"遡洄從之,道阻且長;遡游從之,宛在水中央。"《毛傳》:"順流而涉曰遡游。"俞樾《平議》卷九:"游與流古字通。游即流也。遡洄、遡流,其言遡也不異。然遡之於回川則

道阻且長,喻不以禮求之也。遡之於流川則宛在水中央,喻以禮求之也。"聞一多《類鈔》:"洄是迴旋盤紆的水道,流是直達的水道。"朱熹《集傳》本作"遡遊"。❸遊玩;遊覽。(風 1、雅 2)252《大雅·卷阿》一章:"豈弟君子,來游來歌。"劉向《列女列》卷六引《詩》作"來遊來歌"。9《周南·漢廣》一章:"漢有游女,不可求思。"孔穎達《正義》定本字作"遊"。朱熹《集傳》:"江漢之俗,其女好遊,漢魏以後猶然。"一説:游女,漢水之神。《文選·嵇叔夜·琴賦》李善注引薛君《韓詩章句》:"游女,漢神也。言漢神時見,不可得而求之。"聞一多《新義》:"三家皆以游女爲漢水之神,即鄭交甫所遇漢皋二女。…游女既爲水神,則游之義當爲浮行水上。"❹枝葉放縱的樣子。(風 1)84《鄭風·山有扶蘇》二章:"山有橋松,隰有游龍。"《毛傳》:"龍,紅草也。"《鄭箋》:"紅草放縱枝葉於隰中。"陸璣《詩義疏》:"游龍,馬蓼,葉粗大而赤白,生水澤中,高丈餘。"朱熹《集傳》:"游,枝葉放縱也。"

【游環】設在服馬背上的活動皮圈。驂馬的繮繩從中穿過,使它不得外出。(風 1)128《秦風·小戎》一章:"游環脅驅。"《毛傳》:"游環,靭環也。游在背上,所以禦出也。"《鄭箋》:"游環在背上,無常處,貫驂之外轡,以禁其出。"陳奐《傳疏》:"游,猶流也,設環流於服馬背上,是謂之游環。蓋環游於服馬之背上,而驂馬之外轡貫之,則驂馬不得外出,故曰禁其出也。"陸德明《釋文》作"靷環"云:"靷,居覲反。本又作靭。沈云:舊本皆作靷。靭者,言無常處,游在驂馬背上,以驂馬外轡貫之,以止驂之出。"朱熹《集傳》:"游環,靷環也。以皮爲環,當服馬之背上,游移前却無定處,引兩驂馬之外轡貫其中而執之,所以制驂馬使不得外出也。《左傳》曰'如驂之有靷'是也。"

【游衍】游蕩;外出遊樂。(雅 1)254《大雅·板》八章:"昊天曰旦,及爾游衍。"《毛傳》:"游,行;衍,溢也。"《鄭箋》:"常與女出入往來,游溢相從。"馬瑞辰《通釋》:"《小爾雅》:'延,衍,散也。'游衍,即放散之義。"《文選·謝玄暉·和伏武昌詩》李善注引作"遊衍"。

遊蝣猶　yóu　655

陸德明《釋文》作"游羨",云:"餘戰反,溢也。一音延善反,本或作衍。"
又見【優遊】。

遊 yóu 以周切（流開三平尤以）
幽部、餘母

遊玩;遊覽。(風5、雅2)26《邶風・柏舟》一章:"微我無酒,以敖以遊。"123《唐風・有杕之杜》二章:"彼君子兮,噬肯來遊?"《毛傳》:"遊,觀也。"262《大雅・江漢》一章:"匪安匪遊,淮夷來求。"《鄭箋》:"非敢斯須自安也,非敢斯須遊止也。"
【遊敖】遊玩;遨遊。(風1)105《齊風・載驅》四章:"魯道有蕩,齊子遊敖。"陳奐《傳疏》:"遊敖,猶敖遊也。"朱熹《集傳》本作"遊邀"。
參"游"。

蝣 yóu 以周切（流開三平尤以）
幽部、餘母

蜉蝣,蟲名。壽命很短,只活幾天。見"蜉(fú)"。

猶(犹) yóu 以周切（流開三平尤以）
幽部、餘母

❶如;若;同。(風1)21《召南・小星》二章:"寔命不猶。"《毛傳》:"猶,若也。"朱熹《集傳》:"猶,亦同也。"❷尚,還(hái)。(風4、雅1)58《衛風・氓》三章:"士之耽兮,猶可說也。"165《小雅・伐木》二章:"相彼鳥矣,猶求友聲。"《鄭箋》:"鳥尚知居高木呼其友。"110《魏風・陟岵》一章:"上慎旃哉,猶來無止。"朱熹《集傳》:"猶,尚也。猶可以來歸,無止於彼而不來也。"一說:可;願。《毛傳》:"猶,可也。"劉師培《札記》:"猶、可均與同訓。'尚慎旃哉'爲勉詞。'猶來無止',謂願其來歸,勿復中止也。"❸動詞。謀劃。(雅2、頌1)287《周頌・訪落》:"將予就之,繼猶判渙。"《鄭箋》:"猶,圖也。"馬瑞辰《通釋》:"猶訓爲圖,即謀也。…《小毖》詩以'小毖'名篇,言當慎其小也;此詩'繼猶判渙',言當謀其大也。"257《大雅・桑柔》八章:"秉心宣猶,考慎其相。"《鄭箋》:"宣,徧;猶,謀。"朱熹《集傳》:"宣,徧。秉持其心,周徧謀度也。"馬瑞辰《通釋》:"'秉心宣猶',言其持心明且順耳。"189《小雅・斯干》一章:"兄及弟矣,式相好矣,無相猶矣。"朱熹《集傳》:"猶,謀也。…居是室者,兄弟相好而無相謀。"一說:說三道四。《毛傳》:"猶,道也。"孔穎達《正義》:"無相責以道。"又一說:通"瘉"。病;怨恨;不滿。《鄭箋》:"猶當作瘉。瘉,病也。言時人骨肉用是相愛好,無相詬病也。"孔穎達《正義》:《角弓》:'不令兄弟,交相爲瘉。'則相病是兄弟之惡事。"又一說:通"猷"。欺詐。馬瑞辰《通釋》:"猶、猷古通用。《方言》:'猷,詐也。'《廣雅》:'猶,欺也。'詩蓋謂兄相愛以誠,無相欺詐,即《左傳》'爾無我虞,我無爾詐'也。"又一說:通"訧(yóu)"。責怪;指責。朱駿聲《說文通訓定聲・孚部》:"猶,假借爲訧(尤)。"引此詩。又一說:通"敵(cù)"。醜;嫌棄。俞樾《平議》卷十:"猶,當讀爲敵。《說文・女部》:'敵,醜也。''式相好矣,無相猶矣','好'與'敵'相對成義。猶、敵並從酋聲,故得通用。"❹名詞。謀略;計策。(雅11、頌2)178《小雅・采芑》四章:"方叔元老,克壯其猶。"《鄭箋》:"猶,謀也。謀,兵謀也。"姚際恒《通論》:"言其尚謀不尚力,而勇愈壯。"姚旅《露書》卷一:"謂方叔雖老,其猶則壯也。"王先謙《集疏》:"《韓》,猶作猷。"256《大雅・抑》二章:"訏謨定命,遠猶辰告。"《鄭箋》:"猶,圖也。"朱熹《集傳》:"遠謀,謂不爲一時之計而爲長久之規也。"263《大雅・常武》六章:"王猶允塞,徐方既來。"《毛傳》:"猶,謀也。"孔穎達《正義》:"王之謀慮,信而誠實。"朱熹《集傳》:"猶,道。"王先謙《集疏》:"言王道誠信充實,遠人自服。"《韓詩外傳》卷六、《漢書・嚴助傳》、劉向《新序・雜事》引作"王猷允塞"。198《小雅・巧言》六章:"爲猶將多,爾居徒幾何?"《鄭箋》:"猶,謀。"一說:欺詐。馬瑞辰《通釋》:"《廣雅》:'猶,欺也。''爲猶將多',言其欺詐且多也。"❺道;道理。(雅2)195《小雅・小旻》四章:"匪先民是程,匪大猶是經。"《毛傳》:"猶,道。"《鄭箋》:"不用古人之法,不循大道之常。"又三章:"我龜既厭,不我告猶。"《毛傳》:"猶,道也。"孔穎達《正義》:"不肯於我告其吉凶之道也。"一說:圖謀。《鄭箋》:"猶,圖謀也。卜筮數而

瀆颩,颩靈厭之,不復告其所圖之吉凶."❻通"瘉".病;有毛病.(雅1)208《小雅·鼓鍾》三章:"淑人君子,其德不猶."《鄭箋》:"猶,當作瘉.瘉,病也."孔穎達《正義》:"猶,瘉相近而誤."一説:若;同.《毛傳》:"猶,若也."陸德明《釋文》:"猶,如字,鄭改作瘉."朱熹《集傳》:"言不若今之荒亂也."又一説:欺詐.聞一多《新義》:"《方言》十三曰:'猷,詐也.'《廣雅·釋詁》二曰:'猶,欺也.'猷,猶同.案猶訓詐,若者似是而非之謂,故引申爲欺詐之欺.…'其德不猶',猶亦訓欺."又一説:已;止.王引之《述聞》卷六:"《爾雅》:'猶,已也.''其德不猶',言久而彌篤,無有已時也."❼認爲可以;贊成.(雅1)229《小雅·白華》二章:"天步艱難,之子不猶."《毛傳》:"猶,可也."孔穎達《正義》引侯苞説:"天行艱難於我身,不我可也."一説:考慮.《鄭箋》:"猶,圖也."朱熹《集傳》:"今時運艱難,而之子不圖,不如白雲之露菅茅也."❽順;順當.(頌1)296《周頌·般》:"陞山喬嶽,允猶翕河."馬瑞辰《通釋》:"《爾雅·釋言》:'猷,若也.'猷、猶古通用,若爲若如之猶,又爲若順之若.《爾雅·釋言》:'若,順也.'《廣雅·釋詁》:'猷,順也.'是知'允猶'即'允若',"允若'即'允順'也."一説:圖.按照圖形.《鄭箋》:"猶,圖也."王先謙《集疏》:"一河播爲九河,九河同爲一河,其分合非圖不信,故曰'允猶'."又一説:謀劃;考慮.胡承珙《後箋》:"圖者,謀惟之意.…《傳》意似謂山則分祭,河則合祭,分合之故,信乎宜謀惟而後行之."又一説:通"湭".古水名,在陝西省,流入黄河.高亨《今注》:"允,借爲沇,水名,濟水的别稱.猶,借爲湭.水名,在西周境内."❾合也.河,黄河.沇、湭二水都流入黄河,所以説'沇湭翕河'."按《説文·水部》:"湫,一曰湫水,在周地."《集韻·尤韻》:"湫,水名,在周地."湫水可能即湭水.又一説:用.曾運乾《毛詩説》:"允,讀爲靷.進也.猶,猶用也,翕讀爲涉.…'允猶翕河',卽'進用涉河'也."又見【謀猶】.

猷 yóu 以周切(流開三平尤以)
幽部、餘母

道;法則;謀略.(雅2)198《小雅·巧言》四章:"秩秩大猷,聖人莫之."《鄭箋》:"猷,道也.大道,治國之禮法."王先謙《集疏》:"三家猷作繇."223《小雅·角弓》六章:"君子有徽猷,小人與屬."《鄭箋》:"猷,道也.君子有美道以得聲譽,則小人亦樂與之而自連屬焉."參"猶".

輶 yóu 以周切(流開三平尤以)
與久切(流開三上有以)
余救切(流開三去宥以)
幽部、餘母

輕.(雅1)260《大雅·烝民》六章:"德輶如毛,民鮮克舉之."《鄭箋》:"輶,輕.德甚輕,然而衆人寡能獨舉之以行者."朱熹《集傳》:"言人皆言德輶而易舉,然人莫能舉也."

【輶車】古代一種輕便的車.(風1)127《秦風·駟驖》三章:"輶車鸞鑣,載獫歇驕."《毛傳》:"輶,輕也."《鄭箋》:"輕車,驅逆之車也.置鸞於鑣,異於乘車也."馬瑞辰《通釋》:"輕車,古爲戰車,田時蓋以爲副車."

繇 yóu 以周切(流開三平尤以)
幽部、餘母

道理;法則.見"猷".

由 yóu 以周切(流開三平尤以)
幽部、餘母

❶遵循;依從.(雅4)249《大雅·假樂》二章:"不愆不忘,率由舊章."《鄭箋》:"率,循也.成王之令德,不過誤,不遺失,循用舊典之文章."220《小雅·賓之初筵》五章:"匪言勿言,匪由勿語."《鄭箋》:"由,從也."朱熹《集傳》:"所不當言者勿言,所不當從者勿語."一説:法;合乎禮法.馬瑞辰《通釋》:"《方言》、《廣雅》並曰:'由,式也.'式,猶法也.匪由勿語,猶《孝經》'非法不道'也.二句相對成文."又一説:緣由;根據."匪由勿語,没有根據不要亂對人説."❷介詞.依照.(雅1)255《大雅·蕩》六章:"小大近喪,人尚乎由行."朱熹《集傳》:"小者大者幾於喪亡矣,尚且由此而行."馬瑞辰《通釋》:"由亦行也,謂人尚助之行也."程俊英《注析》:"由行,照老樣子做."❸介詞.從;自.(風1)101《齊風·南山》一章:"魯

道有蕩,齊子由歸。"《鄭箋》:"言文姜既以禮從此道嫁於魯侯也。"朱熹《集傳》:"由,從也。"❹用。(風2)67《王風·君子陽陽》一章:"左執簧,右招我由房。"二章:"左執翿,右招我由敖。"《毛傳》:"由,用也。國君有房中之樂。"胡承珙《後箋》:"〔房者〕,房中,對廟朝言之。人君燕息時所作之樂,非廟朝之樂,故曰房中。"俞樾《平議》卷八:"'右招我由敖,言右招我用鷔夏之樂也。"黃焯《毛鄭平議》:"'由房''由敖'同句異解而義則互足,'由房'之'由'當訓用,'由敖'之'由'當訓以,言用房中之由以敖也。房爲名詞,敖則形容詞耳。"一說:通"遊"。遊逛。馬瑞辰《通釋》:"由、遊古同聲通用。由敖,猶遊遨也。由房與由敖亦當同義,皆謂相招爲遊戲耳。"❺由於;因爲。(雅1)193《小雅·十月之交》七章:"噂沓背憎,職競由人。"朱熹《集傳》:"專力爲此者,皆由讒口之人耳。"❻於。(雅2)256《大雅·抑》六章:"無易由言,無曰苟矣。"《鄭箋》:"由,於。…女無輕易於教令,無言苟且如是也。"197《小雅·小弁》八章:"君子無易由言,耳屬于垣。"朱熹《集傳》:"君子不可易於其言。"胡承珙《後箋》:"此當是戒王無易於言,致爲左右窺探意旨耳。"一說:用。《鄭箋》:"由,用也。王無輕用讒人之言,人將有屬耳於壁而聽之者。知王有可受之,王心不正也。"又一說:通"繇"。道。曾運乾《毛詩說》:"《釋詁》:'繇,道也。'由與繇通。無易由言,言無易道言也。《抑》'無易由言'同。由訓道者,喻四讀同定母也。"
〖由庚〗《小雅》篇名(次《南山有臺》之後)。六笙詩之一,有目無詩。《詩序》:"《由庚》,萬物得由其道也;《崇丘》,萬物得極其高大也;《由儀》,萬物之生各得其宜也。有其義而亡其辭。"《鄭箋》:"此三篇者,鄉飲酒、燕禮亦用焉。曰:'乃間歌《魚麗》,笙《由庚》。'歌《南有嘉魚》,笙《崇丘》。歌《南山有臺》,笙《由儀》。'亦遭世亂而亡之矣。《燕禮》又有升歌《鹿鳴》,下管《新宮》,《新宮》亦詩篇名也,辭義皆亡,無以知其篇次之處。"《儀禮·鄉飲酒》:"工歌《鹿鳴》、《四牡》、《皇皇者華》,笙《南陔》、《白華》、《華黍》,乃工歌《魚

麗》,笙《由庚》;歌《南有嘉魚》,笙《崇丘》;歌《南山有臺》,笙《由儀》。"朱熹《集傳》:"此六者,蓋一時之詩。而皆爲燕饗賓客上下通用之樂。"有人以爲唱歌和奏笙相間進行,有人以爲歌與笙同時合奏,相依爲節,有如今之"伴奏"。如歌《魚麗》以笙《由庚》爲伴奏。則《由庚》當爲樂譜而無辭可歌,其音節與所歌之《魚麗》相應。《南陔》之與《鹿鳴》、《白華》之與《四牡》、《華黍》之與《皇皇者華》、《崇丘》之與《南有嘉魚》、《由儀》之與《南山有臺》,並同。
〖由儀〗《小雅》篇名。《詩序》:"《由儀》,萬物之生,各得其宜也。"六笙詩之一,有目無詩。參見〖由庚〗條。

油 yóu 以周切(流開三平尤以)
幽部、餘母
水流動的樣子。見"㴌"。

揄 yóu 以周切(流開三平尤以)
侯部、餘母
舀取;用瓢、勺等取東西。(雅1)245《大雅·生民》七章:"或舂或揄。"《毛傳》:"揄,抒臼也。"《鄭箋》:"春而抒出之。"馬瑞辰《通釋》:"春,搗米於臼;而揄,自臼取出。故《箋》曰:春而抒出之。揄者,舀之假借。陳奐《傳疏》:"《說文》:'舀,抒臼也。'引《詩》作舀。《周禮·春人》及《儀禮·有司徹》鄭玄注並引《詩》作抗(yǎo)。抗即舀之或字。《毛詩》作揄者,爲假借字。"王先謙《集疏》:"三家,揄作舀。"

郵(邮) yóu 羽求切(流開三平尤云)
之部、匣母
通"尤"。過失;過錯。(雅1)220《小雅·賓之初筵》四章:"是曰既醉,不知其郵。"《鄭箋》:"郵,過。"孔穎達《正義》:"不自知其過失。"朱熹《集傳》:"郵,與尤同,過也。"

友 yǒu 云久切(流開三上有云)
之部、匣母
❶朋友。(風1、雅6)34《邶風·匏有苦葉》四章:"人涉卬否,卬須我友。"193《小雅·十月之交》八章:"我不敢傚我友自逸。"阮元《補箋》:"友,謂皇父及諸大夫。"姚際恒《通論》:"我友自逸,皆指七子輩也。"❷天子稱諸侯爲友。(雅2)183《小雅·沔水》一章:

yǒu 有

"嗟我兄弟,邦人諸友。"《毛傳》:"邦人諸友,謂諸侯也。兄弟,同姓臣也。"《鄭箋》:"我同姓異姓之諸侯。"❸友愛。(雅3)177《小雅·六月》六章:"侯誰在矣,張仲孝友。"《毛傳》:"善兄弟爲友。"241《大雅·皇矣》三章:"維此王季,因心則友。"《毛傳》:"善兄弟曰友。"❹表示親愛。(風1)1《周南·關雎》四章:"窈窕淑女,琴瑟友之。"《毛傳》:"宜以琴瑟樂之。"《鄭箋》:"同志爲友。"朱熹《集傳》:"友者,親愛之意也。"朱彬《經傳考證》:"友之之友,亦當以相親爲義。"陳奐《傳疏》:"《傳》云'友樂之'者,兼釋下'鍾鼓樂之'句。友之,友讀得相親有之,樂之,樂讀如喜樂之樂。於琴言友,於鍾鼓言樂,互詞。"❺特指兩隻獸在一起。(雅1)180《小雅·吉日》三章:"儦儦俟俟,或群或友。"《毛傳》:"獸三曰群,二曰友。"❻通"有"。(雅1)258《大雅·雲漢》七章:"旱既大甚,散無友紀。"呂祖謙《詩記》:"橫渠張氏曰:友,宜作有。"馬瑞辰《通釋》:"友即有之假借。'散無友紀',謂群臣散無有紀也。一說:朋友。《鄭箋》:"人君以群臣爲友,散無其紀者,凶年禄饌不足,人無賞賜也。"胡承珙《後箋》:"群臣以救旱之急,廢其職事,不暇整理,故曰散無友紀。"陳奐《傳疏》:"友即朋友,紀即綱紀。……'散無友紀'者,言朋友本有一定之綱紀,今爲荒凶,各自殺禮,是即無友紀也。"黃焯《毛鄭平議》:"散無友紀,猶言漫無紀紀。"又一說:友紀,綱紀。朱熹《集傳》:"友紀,猶言綱紀也。"

【友生】朋友;友人。(雅2)164《小雅·常棣》五章:"雖有兄弟,不如友生。"朱熹《集傳》:"安寧之後,乃有視兄弟不如友生者,悖理之甚也。"(生,人。)馬瑞辰《通釋》:"生,語詞也。唐人詩'太瘦生'及凡詩'何似生''作麼生''可憐生'之類,皆以生爲語助詞,實此詩及《伐木》詩'友生'倡之也。"

又見【朋友】。

有 yǒu 云久切 (流開三上有云)

之部,匣母

❶有(表存在);擁有。跟"無"相對。(風132,雅171,頌69)73《王風·大車》三章:"謂予不信,有如皦日。"陳奐《傳疏》:"此盟誓之詞。《左傳》'有如白水','有如上帝','有如日','有如河','有若大川',有若先君。《觀禮》注:'盟神必曰日月山川焉者,尚箸明也。'"35《邶風·谷風》四章:"何有何亡,黽勉求之。"《鄭箋》:"有求多,亡求有。"300《魯頌·閟宮》八章:"宜大夫庶士,邦國是有。朱熹《集傳》:"有,常有也。"❷指富有;多。(雅4)170《小雅·魚麗》三章:"君子有酒,旨且有。"朱熹《集傳》:"有,猶多也。"戴震《考證》:"有,猶備也,義進於多。"180《小雅·吉日》三章:"瞻彼中原,其祁孔有。"楊樹達《述林》卷六:"其祁孔有',謂其祁甚多也,……'終善且有',謂既善且多也。"211《小雅·甫田》三章:"禾易長畝,終善且有。"朱熹《集傳》:"有,多。終當善而且多。"陳奐《傳疏》:"有,讀'歲其有'之有。"250《大雅·公劉》六章:"止基迺理,爰衆爰有。"《鄭箋》:"人數日益多矣,器物有足矣。"朱熹《集傳》:"衆,人多也;有,財足也。"馬瑞辰《通釋》:"有與衆同義。"❸指豐收。(雅1,頌1)298《魯頌·有駜》三章:"自今以始,歲其有。"《毛傳》:"歲其有豐年也。"陸德明《釋文》:"'歲其有',本或作'歲其有矣',又作'歲其有年'者,皆衍字也。"朱熹《集傳》:"有,有年也。"王質《詩總聞》:"自今以始,言昔多無年也。春秋自莊、閔至僖十餘年之間,莊二十五年大水,二十七年無麥禾,二十九年有蜚,僖二年、三年冬春夏不雨。此詩當此年以後也。"王先謙《集疏》:"三家,'有'下多'年'字。"❹藏。(風2)159《豳風·九罭》四章:"是以有衮衣兮,無以我公歸兮。"聞一多《類鈔》:"有,藏之也。"8《周南·芣苢》一章:"采采芣苢,薄言有之。"《毛傳》:"有,藏之也。"胡承珙《後箋》:"藏,猶聚也。"陳奐《傳疏》:"藏之,謂收藏之也。……首章泛言取藏,下二章乃分承之耳。"一說:取。王念孫《廣雅疏證》卷一上:"《詩》之用詞,不嫌於復。有,亦取也。"又一說:已經得到。朱熹《集傳》:"有,既得之也。"❺取;佔有。(雅1)264《大雅·瞻卬》二章:"人有土田,女反有之。"馬瑞辰《通釋》:"按《廣雅·釋詁》:'有,取也。'有之,猶取之也。"❻通"友"。相親;友愛。(風1,雅1)71《王風·

葛藟》二章："謂他人母，亦莫我有。"王引之《述聞》卷五："有，謂相親有也。"陳奐《傳疏》："有，猶友也。"204《小雅·四月》六章："盡瘁以仕，寧莫我有。"馬瑞辰《通釋》："有，當讀如'相親有'之有。'寧莫我有'，猶《王風·葛藟》詩'亦莫我有'也。"《左傳·昭公二十年》"是不有寡君也"杜預注："有，相親有也。❼通"又"。（風1，雅5，頌2）30《邶風·終風》三章："終風且曀，不日有曀。"《鄭箋》："有，又也。"朱熹《集傳》："不日有曀，言既曀矣，不旋日而又曀也。"235《大雅·文王》七章："宣昭義問，有虞殷自天。"《鄭箋》："有，又也。又度殷所以順天之道而施行之。"朱熹《集傳》："有，又通。…又度殷之所以興廢者，而折之於天。"300《魯頌·閟宮》五章："萬有千歲，眉壽無有害。"247《大雅·既醉》："威儀孔時，君子有孝子。"馬瑞辰《通釋》："此章'君子有孝子'亦指成王。有者，又也。言君子又爲孝子也。"一説：動詞。有無的"有"。《鄭箋》："言成王之臣威儀甚得其宜，皆君子之人，有孝子之行。"❽通"域"。見【九有】。❾助詞。放在名詞前。一説：名詞詞頭。（風3，雅9，頌3）20《召南·摽有梅》一章："摽有梅，其實七兮。"200《小雅·巷伯》六章："豺虎不食，投彼有北。"235《大雅·文王》一章："有周不顯，帝命不時。"《毛傳》："有周，周也。"孔穎達《正義》："以'周'文單，故言'有'以助之。《烝民》曰'天監有周'，《時邁》曰'明昭有周'，皆同也。"陳奐《傳疏》："有周之有，爲語詞。無實義也。"❿助詞。放在單音形容詞前。一説：形容詞詞頭。（風34，雅62，頌20）6《周南·桃夭》二章："桃之夭夭，有蕡其實。"王引之《釋詞》卷三："有，狀物之詞也，若《詩·桃夭》'有蕡其實'是也。"31《邶風·擊鼓》二章："憂心有忡。"《毛傳》："憂心忡忡然。"陳奐《傳疏》："有，狀物之詞。"89《鄭風·東門之墠》二章："東門之栗，有踐家室。"陳奐《傳疏》："有踐家室，言踐矣家室也。有者，乃狀其淺之之詞。"234《小雅·何草不黃》四章："有棧之車，行彼周道。"孔穎達《正義》："有棧是車狀，非士所乘之棧車也。"290《周頌·載芟》："有厭其杰。"《毛

傳》："言杰苗厭然特美也。"301《商頌·那》："庸鼓有斁，萬舞有奕。"《毛傳》："斁斁然，盛也；奕奕然，閑也。"劉毓崧《通義堂文集》卷二："凡《詩》中之'有'字《傳》、《箋》以'貌'字釋之者，皆當訓爲狀物之詞。"⓫助詞。放在動詞前。一説：動詞詞頭。（風6，頌1）39《邶風·泉水》二章："女子有行，遠父母兄弟。"154《豳風·七月》二章："春日載陽，有鳴倉庚。"283《周頌·雝》："有來雝雝，至止肅肅。"

【有駜】《魯頌》篇名(298)。這是歌頌魯僖公君臣勤於政事，五穀豐收，飲酒歡樂的詩。《詩序》："《有駜》，頌僖公君臣之有道也。"朱熹《集傳》："此燕飲而頌禱之辭也。"吳闓生《會通》："但言燕飲之樂，而君臣有道之義自見言外。"王質《詩總聞》："頌禱之辭多言福言祿，而此獨言豐年。自今以始，言昔多無年也。"張學波《通考》："詩中既有豐年燕飲之樂，詩末又有頌禱福祿之詞。此當是慶豐年燕飲而頌禱僖公之詩。"吳闓生《會通》："但言燕飲之樂，而君臣有道之義自見言外。"三章，二十七句。

[有瞽]《周頌》篇名(280)。這是周王大合樂於宗廟以向先祖匯報的樂歌。《詩序》："《有瞽》，始作樂而合乎祖也。"蔡邕《獨斷》："《有瞽》，始合樂，合諸樂而奏之所歌也。"《鄭箋》："王者治定制禮，功成作樂。合者，大合諸樂而奏之。"孔穎達《正義》："周公攝政六年，制禮作樂，一代之樂功成，而合諸樂器於太祖之廟奏之，告神以知和否。詩人述其事而爲此歌焉。"《禮記·月令》："是月（三月）之末，擇吉日，大合樂，天子乃率三公、九卿、諸侯、大夫來往省視之。"而何楷《古義》云："《序》意成王至是始行合祖之禮，大奏諸樂云爾，非謂以新樂始成之，故合乎祖也。"一章，十三句。

[有狐]《國風·衛風》篇名(63)。這首詩寫妻子思念她行役在外的丈夫，擔心他沒有衣服穿。姚際恒《通論》："此詩是婦人以夫從役於外，而憂其無衣之作。"方玉潤《原始》："《有狐》，婦人憂夫久役無衣也。"《詩序》以爲刺詩："《有狐》，刺時也。衛之男女失時，喪其妃耦焉。古者國有凶荒，則殺禮

而多昏,會男女之無夫家者,所以育人民也。"有的學者以爲是"曠男怨女"之詩。朱熹《集傳》:"國亂民散,喪其妃耦。有寡婦見鰥夫而欲嫁之,故託言有狐獨行,而憂其無裳也。"陳子展《直解》:"《有狐》,民間曠男怨女之作。作者用女人語氣,疑爲男子嘲弄女人之詞,當采自歌謠。本義自明,別無宏指。三章,十二句。

【有客】《周頌》篇名(284)。這是商紂王的庶兄微子啟來周朝見祖廟後,周王設宴爲他餞行時唱的樂歌。《詩序》:"《有客》,微子來見祖廟也。"蔡邕《獨斷》:"《有客》,微子來見祖廟之所歌也。"《公羊傳·隱公三年》何休《解詁》:"王者封二王之後,地方百里,爵稱公,客待之而不臣。《詩》云:'有客宿宿,有客信信。'"朱熹《集傳》:"此微子來見祖廟之詩。周既滅商,封微子於宋,以祀其先王,而以客禮待之,不敢臣也。"一章,十二句。

【有年】豐年;年成好。(雅1)211《小雅·甫田》一章:"自古有年。"《鄭箋》:"自古者豐年之法如此。"朱熹《集傳》:"有年,豐年也。"

【有女同車】《國風·鄭風》篇名(83)。一位貴族男子贊美同車女郎孟姜容貌漂亮而品德美好。她也許是這位男子的妻子或情人。朱熹《集傳》:"此疑亦淫奔之詩。言所與同車之女其美如此。"王質《詩總聞》:"所見親迎之禮,彼美之貌,似是與婦成禮而非憚耦辭昏者。"聞一多《類鈔》:"《有女同車》,記親迎也。"屈萬里《詮釋》:"此蓋婚者美其新婦之詩。"程俊英《注析》:"這是一首貴族男女的戀歌。情人看中的那位姑娘不但容貌美麗,更難得的是品德好,內心美。這和《關雎》的君子追求窈窕淑女一樣,兼取女子的品行和容貌兩方面。"《詩序》說是刺鄭太子忽的詩:"《有女同車》,刺忽也。鄭人刺忽之不昏于齊。太子忽嘗有功於齊,齊侯請妻之。齊女賢而不取,卒以無大國之助,至於見逐,故國人刺之。"王先謙《集疏》:"三家無異義。"但詩中似無刺忽的意思。二章,十二句。

【有事】即"有司"。官吏。古代設官分職,事有專司,故稱有司。(雅1)193《小雅·十月之交》六章:"擇三有事,亶侯多藏。"《毛傳》:"擇三有事:有司,國之三卿。信維貪淫多藏之人也。"《鄭箋》:"禮,畿內諸侯二卿。"孔穎達《正義》:"皇父封畿內,當二卿,今立三有事,是增一卿,以比列國也。"朱熹《集傳》:"三有事,三卿也。"阮元《補箋》:"三有事,王之三公也。"

【有杕之杜】《國風·唐風》篇名(123)。這是貴族階級歡迎客人來訪的詩。朱熹《集傳》:"此人好賢而恐不足以致之,故言此杕然之杜生於道左,其蔭不足以休息,如己之寡弱不足恃賴,則彼君子者亦安肯顧而適我哉。然其中心好之,則不已也,但無自得而飲食之耳。"何楷《古義》:"《有杕之杜》,晉文公好賢,國人美之。"一說是女子表達對男子的感情,希望和他相好。程俊英《注析》:"這是女子向對方表示好感的詩。"聞一多《類鈔》:"首二句是唱歌人給對方的一個暗號,報導自己在什麼地方,以下便說出正意來。"《詩序》以爲是諷刺晉武公不求賢以自輔:"《有杕之杜》,刺晉武也。武公寡特,兼其宗族,而不求賢以自輔焉。"王先謙《集疏》:"三家無異義。"但詩中似無諷刺意。二章,十二句。

又見"保有"。

卣 yǒu 與久切(流開三上有以)
以周切(流開三平尤以)
幽部、餘母

古代一種盛放祭祀用香酒的器皿。一般爲橢圓口,圈足,有蓋和提梁。卣腹或圓或方,或橢圓,也有作圓筒形、鴟鴞形甚至虎吃人形的。主要盛行於商周。(雅1)262《大雅·江漢》五章:"釐爾圭瓚,秬鬯一卣。"《毛傳》:"卣,器也。"陸德明《釋文》:"卣,音酉,又音由,中尊也。本或作攸。"朱熹《集傳》:"卣,尊也。"按《爾雅·釋器》:"卣,器也。"郭璞注:"盛酒尊。"邢昺疏:"尊,彝爲上,罍爲下,卣居中。"

槱 yǒu 與久切(流開三上有以)
余救切(流開三去宥以)
幽部、餘母

堆積。(雅1)238《大雅·棫樸》一章:"芃芃棫樸,薪之槱之。"《毛傳》:"槱,積也。山木茂盛,萬民得而薪之。賢人衆多,國家得用蕃興。"陸德明《釋文》作"楢",云:"音酉,積也。字亦作楢,弋久反。云:"積木燒也。"嚴粲《詩緝》:"猶可用之爲薪以烹飪;其未乾者,又積之以待其乾而用之。"一説:積柴燃燒(以祭天)。《鄭箋》:"祭皇天上帝及三辰(日、月、星辰),則聚積以燎之。"《説文·木部》:"楢,積火燎之也,《詩》曰:薪之楢之。"《廣韻·有韻》:"楢,積木以祭天也。"孔廣森《卮言》:"此薪楢即櫕燎之祭。武王伐紂,上祭於畢。"

懮 yǒu 於柳切(流開三上有影) 幽部、影母

【懮受】窈糾;體態輕盈,柔美多姿的樣子。(風 1)143《陳風·月出》二章:"舒懮受兮,勞心慅兮。"《玉篇·心部》:"懮受,舒遲之貌。"胡承珙《後箋》:"此疊字形容,即《梁冀傳》所謂'愁眉啼粧,折腰齲齒,以善爲妖態'者也。"參【窈糾】條。

莠 yǒu 與久切(流開三上有以) 幽部、餘母

❶狗尾草。一種田間常見的雜草。(風 2、雅 1)102《齊風·甫田》一章:"無田甫田,維莠驕驕。"朱熹《集傳》:'莠,害苗之草也。"212《小雅·大田》二章:"既堅既好,不稂不莠。"馬瑞辰《通釋》:"《鄭志》:'莠,今何草?'云:'今之狗尾也。'"❷醜;壞。(雅 1)192《小雅·正月》二章:"好言自口,莠言自口。"《毛傳》:"莠,醜也。"《鄭箋》:"善言從女口出,惡言亦從女口出。"顧炎武《日知録》卷三:"莠言,穢言也。若鄭莊趙孟而伯有賦《鶉奔》之詩是也。"馬瑞辰《通釋》:"《傳》以莠爲醜之假借,醜,惡也。故《箋》直以惡言釋之。"

牖 yǒu 與久切(流開三上有以) 幽部、餘母

❶窗;窗子。(風 2)155《豳風·鴟鴞》二章:"徹彼桑土,綢繆牖戶。"15《召南·采蘋》三章:"于以奠之,宗室牖下。"《鄭箋》:"牖下,户牖間之前。"朱熹《集傳》:"牖下,室西南隅,所謂奥也。"馬瑞辰《通釋》:"古者宫室之制,户東而牖西,至奥則在室中西南隅。…古者牖一名鄉,取鄉明之義也。"其制向上取明,與後世之窗稍異。牖下對上而言。非横視之爲上下也。"❷通"誘"。誘導;引導。(雅 2)254《大雅·板》六章:"天之牖民,如壎如篪。"《毛傳》:"牖,道(導)也。"《鄭箋》:"王之導民以禮義,則民和合而從之如此。"《禮記·樂記》引《詩》作"誘"。王先謙《集疏》:"三家'牖'作'誘'。"孔穎達《正義》:"牖與誘古字通用。"段玉裁《小箋》:"此謂牖即誘之假借。"一説:啓發。朱熹《集傳》:"牖,開明也。猶言天啓其心也。…天之開民,其易如此以明上之化下,其易亦然。"

又 yòu 于救切(流開三去宥云) 之部、匣母

❶副詞。表示將要重複某種動作。相當於"復"、"再"。(風 3、雅 3)75《鄭風·緇衣》一章:"緇衣之宜兮,敝,予又改爲兮。"196《小雅·小宛》二章:"各敬爾儀,天命不又。"《毛傳》:"又,復也。"220《小雅·賓之初筵》二章:"賓載手仇,室人入又。"《毛傳》:"主人亦入于次,又射以耦賓也。"《鄭箋》:"又,復也。賓手挹酒,室人復酌爲加爵。"曾運乾《毛詩説》:"室人,主人,謂三射之主人繼賓射也。室人入又,本當作室人又入,倒文取韻耳。"❷表示兩種情況同時存在或意思上更進一步。(風 8、雅 3、頌 1)157《豳風·破斧》三章:"既破我斧,又缺我斨。"192《小雅·正月》九章:"終其永懷,又窘陰雨。"289《周頌·小毖》:"未堪家多難,予又集于蓼。"❸通"有"。(頌 1)276《周頌·臣工》:"維莫之春,亦又何求?"程發軔《注析》:"又,通有。何求,指對農人有什麼要求,意思是應當抓緊農時的耕種。"❹通"侑"。勸酒。(雅 2)171《小雅·南有嘉魚》四章:"嘉賓式燕又思。"胡承珙《後箋》:"又,疑有此假借、侑,勸也。"陳奂《傳疏》:"又,讀爲右,《彤弓·傳》:'右,勸也。"丁聲樹《詩經式字説》:"燕又二字當連讀。又與侑同,勸酒也。"220《小雅·賓之初筵》五章:"三爵不識,矧敢多又。"朱彬《經傳考證》:"又,猶侑也。"馬瑞辰《通釋》:"又即侑之假借,謂勸酒也。"一説:再;復。《鄭箋》:"又,復也。"朱熹《集傳》:"女飲至三爵,已昏然無所記矣,况敢又多

飲乎?"姚際恆《通論》:"謂三爵之禮亦不識,況敢又多飲乎?"曾運乾《毛詩說》:"多又,倒文以取韻也。"

右 yòu 于救切(流開三去宥云)
云久切(流開三上有云)
之部,匣母

❶右;右邊。跟"左"相對。面向東則北爲左,南爲右。面向南,則東爲左,西爲右。(風3,雅1)59《衛風·竹竿》三章:"淇水在右,泉源在左。"陳奐《傳疏》:"水以北爲左,南爲右。泉源在朝歌北,故曰左,淇水則屈轉於朝歌之南,故曰在右。"237《大雅·緜》四章:"廼慰廼止,廼左廼右。"《鄭箋》:"乃安穩其居,乃左右而處之。"朱熹《集傳》:"左右,東西列之也。" ❷右手。(風2)67《王風·君子陽陽》一章:"君子陽陽,左執簧,右招我由房。"《鄭箋》:"左手執笙,右手招我。" ❸往右,指迂迴。(風1)129《秦風·蒹葭》三章:"遡洄從之,道阻且右。"《鄭箋》:"右者,言其迂迴也。"朱熹《集傳》:"右,不相直而出其右也。"嚴粲《詩緝》:"今乃出其右,是迂迴難至也。"曾釗《詩毛鄭異同辨》:"周人尚左,故以右爲迂迴。迂迴者,言相違也。迴與違通。"胡承珙《後箋》:"詩言且右者疑亦有順逆之意。謂右逆而左順也。故禮皆右袒,請罪乃右袒。吉禮交相左,喪禮交相右,亦其義也。" ❹指車右,古代在車右邊陪乘的武士。(風1)79《鄭風·清人》三章:"左旋右抽,中軍作好。"《鄭箋》:"右,車右也。"朱熹《集傳》:"右,謂勇士在將軍之右,執兵以擊刺者也。一說:右手。《毛傳》:"右抽,抽矢以射。"孔穎達《正義》:"軍之人皆右手抽矢射之。"又一説:向右。王夫之《稗疏》:"[左旋右抽]蓋言戎車迴旋演戰之法耳。" ❺指武事、凶事,如死喪兵戎等。(雅2)214《小雅·裳裳者華》四章:"右之右之,君子有之。"《毛傳》:"右,陰道,喪戎之事。"孔穎達《正義》:"右,陰道,謂憂凶之事。喪者人所哀,戎者有所殺,故爲陰也。"朱熹《集傳》:"以右之,則無所不有。"陳奐《傳疏》:"言朝祀或喪,無不得宜。"一説:輔翼;輔佐。馬瑞辰《通釋》:"左之右之,宜從錢澄之説,謂左之輔右之弼。"屈萬里《詮釋》:

"右、佑古通用,皆助也。"又一説:向右行。于邑《香草校書》卷十五:"使車右行,則執轡者之右行,是爲有之也。宜之,言即左也,'有之,言即右也。" ❻幫助;保佑。(頌3)273《周頌·時邁》:"實右序有周。"《鄭箋》:"右助助次序其事。"馬瑞辰《通釋》:"'右序有周',猶言實佑助有周也。右、序二字同義。"陳奐《傳疏》:"右,助也。"吳闓生《會通》:"右、序,皆助也。"272《周頌·我將》:"伊嘏文王,既右饗之。"《鄭箋》:"文王既右而饗之。"孔穎達《正義》:"維天乃大文王之德,既佑助而歆饗之。"一説:右邊,表示尊敬。朱熹《集傳》:"右,尊也。神坐東向,在饌之右,所以尊之也。"又一説:通"侑"。勸飲;勸食。朱熹《集傳》引東萊呂氏曰:"於天維庶其饗之,不敢加一辭焉。"牟庭《詩切》:"右、侑古字通用。侑之言勸食也。" ❼通"侑"。勸食;勸酒。(雅1·頌2)175《小雅·彤弓》二章:"鐘鼓既設,一朝右之。"《毛傳》:"右,勸也。"胡承珙《後箋》:"右爲侑之假借。"282《周頌·雝》:"既右烈考,亦右文母。"朱熹《集傳》:"右,尊也。《周禮》所謂享右祭祀是也。"馬瑞辰《通釋》:"《周禮·大祝》'以享右祭祀'鄭注:'右,讀爲侑,侑,勸尸食而拜。'此詩右亦當讀爲侑勸之侑。"吳闓生《會通》:"右,侑也。"一説:幫助;保佑。《鄭箋》:"子孫所以得考壽與多福者,乃以見右助於光明之考與文德之母。"陸德明《釋文》:"右,音祐,助也。"陳子展《直解》:"當謂皇考既右烈考,亦右文母,即文王既右其在位之子武王,又右其尚存之妃太姒也。"又見【保右】【左右】。參"周"。

侑 yòu 于救切(流開三去宥云)
之部,匣母

在筵席上勸食或勸飲。(雅1)209《小雅·楚茨》一章:"以爲酒食,以享以祀,以妥以侑,以介景福。"《毛傳》:"侑,勸也。"

囿 yòu 于救切(流開三去宥云)
于六切(通合三入屋云)
職部,匣母

古代帝王畜養鳥獸的園林。(雅1)242《大雅·靈臺》二章:"王在靈囿,麀鹿攸伏。"《毛傳》:"囿,所以域養禽獸也。天子百里,諸侯四十里。"孔穎達《正義》:"囿者,築牆爲界域,而禽獸在其中。"馬瑞辰《通釋》:"古者囿蓋有二:一是田獵之處,一是宴游之所。雖parks養禽獸而地之大小不同。田獵之囿即藪澤。此詩靈囿與靈沼並言,其爲玩游之囿無疑。"

宥 yòu 于救切(流開三去宥云)
之部、匣母

寬宏;寬仁。(頌1)271《周頌·昊天有成命》:"夙夜基命宥密。"《毛傳》:"宥,寬;密,寧也。"《鄭箋》:"行寬仁安靜之政,以定天下。寬仁所以止苛刻也,安靜所以息暴亂也。"一說:深廣。朱熹《集傳》:"宥,宏深也;密,靜密也。"又一說:通"有"。于省吾《新證》:"'夙夜基命宥密',應讀作'夙夜其命有勉'。命,即上文'昊天有成命'之命。言昊天既有成命,文武受之,成王不敢安逸,早夜有勉於其命。"

誘(诱) yǒu 與久切(流開三上有以)
幽部、餘母

導引;挑逗。(風1)23《召南·野有死麕》一章:"有女懷春,吉士誘之。"《毛傳》:"誘,道(導)也。"《鄭箋》:"吉士使媒人道成之。"錢大昕《潛研堂文集》卷二:"言貞女有潔清之操,士當以六禮導行之。"歐陽修《詩本義》:"誘、挑誘。"牟庭《詩切》:"誘之即誂(挑)之,此古義也。"

于 yú 羽俱切(遇合三平虞云)
魚部、匣母

❶往。(風24、雅8、頌2)6《周南·桃夭》一章:"之子于歸,宜其室家。"《毛傳》:"于,往也。"陳奐《傳疏》:"于讀爲於。…於者自此之彼之詞。自此之彼謂之于,又謂之往,則於與往同義,亦于與往同義矣。"66《王風·君子于役》一章:"君子于役,不知其期。"《鄭箋》:"君子往行役,我不知其反期。"194《小雅·雨無正》六章:"維曰于仕,孔棘且殆。"《毛傳》:"于,往也。"一本作"予"。154《豳風·七月》四章:"一之日于貉,取彼狐狸,爲公子裘。"《毛傳》:"于貉,謂取狐狸皮也。"《鄭箋》:"于貉,往搏貉以自爲裘也。"孔穎達《正義》:"于謂往也。于貉言往不言取,狐狸言取不言往,皆以往捕之而以其

皮。"又七章:"晝爾于茅,宵爾索綯。"《鄭箋》:"女當晝日往取茅。"一說:取。馬瑞辰《通釋》:"於與爲古通用,義同取。于即於也,故于之義亦得訓取。此詩于貉謂取貉。《毛傳》'于貉,謂取'是也。于茅,亦謂取茅。"❷行。(雅1)177《小雅·六月》二章:"我服既成,于三十里。"《毛傳》:"師行三十里。"朱熹《集傳》:"三十里,一舍也。古者吉行日五十里,師行三十里。"❸爲。(風2、雅6)259《大雅·崧高》二章:"于邑于謝,南國是式。"馬瑞辰《通釋》:"惟上于字,當讀作爲之爲。于邑于謝,猶云作邑于謝也。"一說:往。《毛傳》:"於,往。"《鄭箋》:"于,往;于,於…作作邑於謝。"50《鄘風·定之方中》一章:"定之方中,作于楚宮。揆之以日,作于楚室。"孔穎達《正義》:"作爲楚丘之宮也…作爲丘之室也。"王引之《述聞》卷五:"于,當讀曰爲。謂作爲此宮室也。"張載注《魏都賦》、李善注《曲水詩序》引《詩》均作'作爲此宮'、'作爲此室'。"王先謙《集疏》:"三家,于作爲。"一說:介詞。在。牟庭《詩切》:"作于楚宮,倒句也,言作宮于楚也。…楚,即楚丘也。"❹動詞。在;處於。(雅1)197《小雅·小弁》一章:"民莫不穀,我獨于罹。"朱熹《集傳》:"罹,憂也。…民莫不善,我獨于憂,則鬱斯之不如也。"陳奐《傳疏》:"言人莫不有生聚相樂,我太子獨處於憂。"❺介詞。引出動作的處所、時間和對象。可分別譯爲"在"、"到"、"從"、"對"、"給"。(風68、雅158、頌19)2《周南·葛覃》一章:"葛之覃兮,施于中谷。"156《豳風·東山》三章:"自我不見,于今三年。"154《豳風·七月》四章:"言私其豵,獻豣于公。"259《大雅·崧高》六章:"申伯還南,謝于誠歸。"《鄭箋》:"謝于誠歸,誠歸于謝。"236《大雅·大明》六章:"有命自天,命此文王,于周于京。"《鄭箋》:"命文王君天下於周京之地。"朱熹《集傳》:"言天既命文王于周之京矣。"王先謙《集疏》引《白虎通·號》:"《詩》云:'命此文王,于周于京。'此改號爲周,易邑爲京也。"248《大雅·鳧鷖》四章:"鳧鷖在潀,公尸來燕來宗。既燕于宗,福祿攸降。"朱熹《集傳》:"于宗之宗,廟也。"一

説:與。俞樾《平議》卷十一:"既燕于宗,承'來燕來宗'而言,謂既燕與宗,則福祿攸降也。王氏引之《經傳釋詞》曰:'於,猶越也、與也。'"❻介詞。表示比較。(風1、雅1)35《邶風·谷風》五章:"既生既育,比予于毒。"241《大雅·皇矣》四章:"比于文王,其德靡悔。"《鄭箋》:"王季之德,比于文王,無有所悔也。"一説:表示到達。朱熹《集傳》:"比于,至于也。…至於文王,而其德尤無遺憾。"❼介詞。在被動句中引進主動者。(風1)26《邶風·柏舟》四章:"憂心悄悄,愠于群小。"朱熹《集傳》:"言見怒於衆妾也。"❽助詞。放在動詞前。一説:動詞詞頭。(風10、雅6、頌2)《周南·葛覃》一章:"黄鳥于飛,集于灌木。"王引之《釋詞》:"聿、于一聲之轉。'黄鳥于飛',黄鳥聿飛也。"258《大雅·雲漢》三章:"胡不相畏,先祖于摧。"朱熹《集傳》:"摧,滅也。言先祖之祀將自此而滅也。"❾句中助詞。幫助賓語提到動詞前,作用相當於"是"。(雅4)168《小雅·出車》三章:"赫赫南仲,獫狁于襄。"王引之《釋詞》卷一:"于,猶是也。"引此例。259《大雅·崧高》一章:"四國于蕃,四方于宣。"楊樹達《詞詮》:"于,句中助詞,倒裝用,與是字同。"引此例。一説:往。《鄭箋》:"四國有難,則往扞禦之,爲之藩屏;四國恩澤不至,則往宣暢之。"又一説:爲。陳奂《傳疏》:"於,爲也。言爲蕃四國,爲宣四方也。"❿句首助詞。無實義。(頌3)298《魯頌·有駜》一章:"鼓咽咽,醉言舞。于胥樂兮。"陳奂《傳疏》:"于,發聲。"⓫曰;命令。(風3、雅2)133《秦風·無衣》一章:"王于興師,脩我戈矛。"朱熹《集傳》:"王于興師,以天子之命而興師也。"177《小雅·六月》一章:"王于出征,以匡王國。"《鄭箋》:"于,曰。"朱熹《集傳》:"王命於是出征,以正王國。"吕祖謙《詩記》:"《爾雅》以于爲曰,則王于者,王曰也。陳啓源《稽古編》:"《六月》詩兩'王于出征',若不訓于爲曰,文義終不可通。"一説:助詞。胡承珙《後箋》:"此與《秦風》之'王于興師',文法正同。…'王于興師',王聿興師也。'王于出征',王聿出征也。聿,曰古通用。"⓬通"吁"。歎詞。(雅1)193《小雅·十月之交》二章:"此日而食,于何不臧?"俞樾《平議》:"于,即吁字。《騶虞》篇'于嗟乎騶虞',是其證也。'于何不臧',猶曰'吁嗟乎何其不臧'。"一説:助詞。無義。阮元《補箋》:"于讀如粵。發聲也。《爾雅》粤、于相轉注。"又一説:"于何"等於奈何,如何。王先謙《集疏》引皮嘉祐曰:"于何,猶如何,于猶如也。《易》'介于石'即'介如石'也。如又通奈,《晉語》'奈吾君何',奈何,如何也。"⓭通"邘"。古諸侯國名。今河南省沁陽縣西北邘臺鎮,即其故址。(雅1)244《大雅·文王有聲》二章:"既伐于崇,作邑于豐。"俞樾《古書疑義舉例》卷一:"下于字乃語詞,上于字則邘之假借。《史記》載虞芮決獄之後,明年伐犬戎,明年伐密須,明年敗耆國,明年伐邘,明年伐崇侯虎而作豐邑。是伐邘、伐崇與作豐邑事適相連。故詩人咏之曰:'既伐于崇,作邑于豐'也。邘作于者,古文省,不從邑耳。"《史記·周本紀》:"西伯…明年伐邘。"裴駰《集解》引徐廣曰:"邘城在野王縣西北。"一説:介詞。孔穎達《正義》:"經别言'既伐於崇'者,以其功最大,其伐最後,故特言之。"⓮通"吁"。見**于嗟**。

【于嗟】(xūjiē)同"吁嗟",歎詞。1)表示贊美。(風5)11《周南·麟之趾》一章:"于嗟麟兮!"《毛傳》:"于嗟,歎辭。"朱熹《集傳》:"于,音吁。"王先謙《集疏》:"《韓詩》,于作吁。于,吁古今字。…于嗟二字合訓,是感歎辭。"2)表示感慨。(風2)135《秦風·權輿》一章:"于嗟乎,不承權輿。"朱熹《集傳》:"於是嘆之,言不能繼其始也。"3)表示招呼。(風4)58《衛風·氓》三章:"于嗟鳩兮,無食桑葚。于嗟女兮,無與士耽。"《鄭箋》:"于嗟而戒之。"王先謙《集疏》:"《韓》,于作吁。"

娱(娛) yú 遇俱切(遇合三平虞疑) 魚部、疑母

快樂;歡樂。(風1)93《鄭風·出其東門》二章:"縞衣茹藘,聊可與娱。"《毛傳》:"娱,樂也。"陸德明《釋文》:"娱,本亦作虞。"《一切經音義》卷三"娛樂"下引《字詁》:"古文虞,今作娱。"參"吴"。

虞 yú 遇俱切（遇合三平虞疑）
魚部、疑母

❶考慮；預料。(雅1)235《大雅·文王》七章："宣昭義問，有虞殷自天。"《毛傳》："虞，度也。"朱熹《集傳》："又度殷之所以廢興者，而折之於天。"陳奐《傳疏》："言度殷之未喪師者，皆自天也。"于省吾《新證》："殷者依之借字。'有虞殷自天'應讀作'又虞依自天。'天乃天命之省語。⋯⋯這是説：天命之不易，無害爾身，應宣昭義問（令聞），而揆度之以依於天，言事事以天爲準。"一説：通"慮"，憂慮。屈萬里《詮釋》："有，又也。虞，慮也。言又憂慮殷人自天更得天命也。"❷安撫；幫助。(雅1)258《大雅·雲漢》六章："昊天上帝，則不我虞。"王引之《述聞》卷七："虞，猶撫有也。其四章曰：'群公先正，則不我助。'助，猶虞也。故《廣雅》又曰：'虞，助也。'馬瑞辰《通釋》："《廣雅·釋詁》：'虞，助也。'正與四章'則不我助'同義。"一説：考慮；體諒。《鄭箋》："虞，度也。⋯⋯天曾不度知我心肅事明神如是。"❸過誤；欺騙。(頌1)300《魯頌·閟宮》二章："無貳無虞，上帝臨女。"《毛傳》："虞，誤也。"陳奐《傳疏》："虞讀與誤同。無虞，言無敢過誤也。"馬瑞辰《通釋》："《廣雅·釋詁》：'虞，欺也。'⋯⋯'無貳無虞'，皆無欺誤之義。"一説：疑慮。朱熹《集傳》："虞，慮也。無貳無虞，上帝臨女，猶《大明》云：'上帝臨女，無貳爾心'也。"❹古諸侯國名。姬姓，周武王時立國，開國君主是古公亶父之子虞仲的後裔。公元前655年滅於晉。故城在今山西省平陸縣東北。(雅1)237《大雅·緜》九章："虞芮質厥成，文王蹶厥生。"朱熹《集傳》："虞、芮，二國名。"王應麟《詩地理考》："《郡縣志》：故虞城在陝州平陸縣東北五十里虞山之上，古虞國也。"又見【不虞】【騶虞】。參"娛"、"吳"。

於
（一）yú 央居切（遇合三平魚影）
魚部、影母

❶介詞。引出動作的處所、時間和對象。可譯爲"在"、"到"、"對於"。(風9、雅3)42《邶風·靜女》："靜女其姝，俟我於城隅。"98《齊風·著》一章："俟我於著乎而。"186《小雅·白駒》一章："所謂伊人，於焉逍遥。"《鄭箋》："乘白駒而去之賢人，今於何遊息乎？"朱熹《集傳》："於此逍遥而不去。"254《大雅·板》一章："靡聖管管，不實於亶。"唐石經作"不實于亶"。《鄭箋》："不能用實於誠信之言，言行相違也。"朱熹《集傳》："恣己妄行而無所依據，又不實之於誠信。"❷介詞。在被動句中引進主動者。(頌1)266《周頌·清廟》："不顯不承，無射於人斯。"《鄭箋》："此文王之德，人無厭之。"

（二）wū 哀都切（遇合一平模影）
魚部、影母

❸歎詞。表示贊美或感歎。(風2、雅10、頌11)135《秦風·權輿》一章："於我乎夏屋渠渠。"楊樹達《詞詮》："於，歎詞，讀與烏同。"165《小雅·伐木》二章："於粲灑埽，陳饋八簋。"陸德明《釋文》："於，如字，舊音烏。"朱熹《集傳》："於，歎辭。"235《大雅·文王》一章："文王在上，於昭於天。"《毛傳》："於，歎辭。"陸德明《釋文》："於音烏，歎辭也。"266《周頌·清廟》："於穆清廟，肅雝顯相。"《毛傳》："於，歎辭也。"《鄭箋》："於乎美哉！周公之祭清廟也。"孔穎達《正義》："於乎、於戲，皆古之嗚呼之字。"

【於乎】同"嗚呼"。歎詞。表示歎息。(雅4、頌5)256《大雅·抑》十章："於乎小子，未知臧否。"王先謙《集疏》："《魯》、《韓》'於乎'作'嗚呼'。"265《大雅·召旻》七章："於乎哀哉！維今之人，不尚有舊。"269《周頌·烈文》："於乎，前王不忘。"《禮記·大學》引《詩》作"於戲，前王不忘"。

【於呼】同"於乎"。歎詞。表示歎息。(雅1)256《大雅·抑》十章："於呼小子！未知臧否。"陸德明《釋文》、《正義》都作"於乎"。阮元《校刊記》："呼字誤也。"王先謙《集疏》："《魯》、《韓》，於乎作嗚呼。"

予
（一）yú 以諸切（遇合三平魚以）
魚部、餘母

❶第一人稱代詞。用作主語、賓語或兼語，相當於"我"。(風29、雅35、頌7)141《陳風·墓門》二章："訊予不顧，顛倒思予。"《鄭箋》："予，我也。"陳奐《傳疏》："予不顧，不顧予也。"237《大雅·緜》九章："予曰有疏附

予曰有先後。"《鄭箋》:"予,我也,詩人自我也。"于邠《香草校書》卷十六:"'予曰'蓋即'曰予'之倒文。…曰者,文王曰也。予者,文王自予也。"244《小雅·菀柳》一章:"俾予靖之,後予極焉。"《鄭箋》:"使我謀政事,王信讒不察功考績,後反誅放我。"❷第一人稱代詞。用作定語,相當於"我的"。(風13、雅1、頌2)110《魏風·陟岵》一章:"父曰:'嗟予子!行役夙夜無已。'"301《商頌·那》:"顧予烝嘗,湯孫之將。按《禮記·曲禮下》:"予一人。"鄭玄注:"予、余古今字。"
(二) yǔ 余呂切(遇合三上語以)
　　　　魚部、餘母
❷給予;與。動詞。(風1、雅4、頌1)53《邶風·干旄》二章:"彼姝者子,何以予之。"《論衡·率性》引作"與"。王先謙《集疏》:"《魯》,予亦作與。"222《小雅·采菽》一章:"君子來朝,何錫予之?雖無予之,路車乘馬。"朱熹《集傳》:"君子,諸侯也。金路以賜同姓,象路以賜異姓也。"班固《白虎通義·考黜》引《詩》作"與"。304《商頌·長發》七章:"允也天子,降予卿士。"《鄭箋》:"天命而子之,下予之卿士,謂生賢佐也。"朱熹《集傳》作"降于卿士",云:"言至湯,得伊尹而有天下也。"305《商頌·殷武》三章:"歲事來辟,勿予禍適。"《鄭箋》:"勿罪過與之禍適。"王引之《述聞》卷七:"予,猶施也。…勿予過責,言施譴責也。"
【予小子】古代帝王自己的謙稱。(雅1、頌4)262《大雅·江漢》四章:"無曰小子,召公是似。"朱熹《集傳》:"予小子,王自稱也。"陳奐《傳疏》:"予小子,為宣王自稱。言爾無以小子之故,惟爾祖召公之是嗣也。"程俊英《注析》:"予小子,宣王自稱。"286《周頌·閔予小子》:"閔予小子,遭家不造。"朱熹《集傳》:"予小子,成王自稱也。"《禮記·曲禮》:"天子在喪曰予小子。"實亦不止用於在喪之時。
參"序"、"于"。

余 yú 以諸切(遇合三平魚以)
　　　　魚部、餘母
第一人稱代詞。我。(風1)35《邶風·谷風》六章:"不念昔者,伊余來墍。"《鄭箋》:

"我始來之時安息我。"陳奐《傳疏》:"言君子不念昔日之情,與我共此休息。"

畬 yú 以諸切(遇合三平魚以)
　　　　魚部、餘母
已耕三年或二年的田;熟田。(頌1)276《周頌·臣工》:"亦又何求?如何新畬。"《毛傳》:"田,二歲曰新,三歲曰畬。"《說文·田部》:"畬,二歲治田也。"朱熹《集傳》:"畬,二歲田也。"馬瑞辰《通釋》:"畬田,謂土始和潤,宜為二歲田。"

餘(余) yú 以諸切(遇合三平魚以)
　　　　　魚部、餘母
❶多餘;剩餘。(風1、雅1、頌1)135《秦風·權輿》一章:"今也每食無餘。"225《小雅·都人士》五章:"匪伊垂之,帶則有餘。"❷遺留;殘餘。(雅1)258《大雅·雲漢》三章:"周餘黎民,靡有孑遺。"孔穎達《正義》:"以旱災殺人而言周餘衆民,故知餘是死人之餘。"朱熹《集傳》:"言大亂之後,周之餘民,無復有半身之遺者。"

愉 yú 羊朱切(遇合三平虞以)
　　　　侯部、餘母
快樂;愉快。(風1)115《唐風·山有樞》一章:"宛其死矣,他人是愉。"《毛傳》:"愉,樂也。"朱熹《集傳》:"一旦宛然以死,而它人取之以為已樂矣。"一說,通"偷"。取。《鄭箋》:"愉讀曰偷,偷,取也。"《漢書·地理志》、《文選·張平子·西京賦》薛綜注引《詩》並作"他人是媮"。胡承珙《後箋》:"毛首章言樂,次章言安,語有次第。鄭以'是愉'為偷取,'是保'為居。則次章與末章意義無別,故應從毛為正。"

媮 yú 羊朱切(遇合三平虞以)
　　　　侯部、餘母
快樂;愉快。見"愉"。

榆 yú 羊朱切(遇合三平虞以)
　　　　侯部、餘母
榆樹。落葉喬木,有英榆、白榆、刺榆等多種,翅果倒卵形,通稱榆錢。(風1)115《唐風·山有樞》一章:"山有樞,隰有榆。"孔穎達《正義》引郭璞曰:"今之刺榆也。"陳藏器《本草拾遺》:"江東有刺榆,無大榆。是則《詩》之樞,即刺榆;《詩》之榆,即大榆、白榆。"

渝 yú 羊朱切（遇合三平虞以）
侯部、餘母

變;改變;變更。（風1、雅1）80《鄭風·羔裘》一章："彼其之子,舍命不渝。"《毛傳》："渝,變也。"《鄭箋》："是子處命不變,謂守死善道,見危授命之等。"王先謙《集疏》："雖至死而舍命,亦不變也。"《韓詩外傳》卷二引作"偷"。馬瑞辰《通釋》："渝,古音如偷,偷即渝之假借。"254《大雅·板》八章："敬天之怒,無敢戲豫。敬天之渝,無敢馳驅。"《鄭箋》："渝,變也。"《朱子語類》卷八十一："(渝)變也。如'迅雷風烈必變'之變,但未至怒。一說:通"愉"。歡喜。馬瑞辰《通釋》："渝與怒對文,當讀爲愉。…'敬天之愉',猶言敬天之喜。作渝者,假借字也。"曾運乾《毛詩說》："迅雷風烈爲天之怒,和風甘雨爲天之樂。"

踰(逾) yú 羊朱切（遇合三平虞以）
侯部、餘母

越;越過。（風3、雅1）76《鄭風·將仲子》一章："將仲子兮,無踰我里。"《毛傳》："踰,越。"192《小雅·正月》十章："終踰絕險,曾是不意。"陳奐《傳疏》："言既踰絕險矣,乃不爲意也。"

愚 yú 遇俱切（遇合三平虞疑）
侯部、疑母

愚蠢;愚笨。（雅6）181《小雅·鴻鴈》三章："維彼愚人,謂我宣驕。"256《大雅·抑》一章："人亦有言,靡哲不愚。"《毛傳》："靡哲不愚,國有道則知,國無道則愚。"馬瑞辰《通釋》："靡哲不愚,言未有哲人而不佯愚者,即所謂大智若愚也。"

隅 yú 遇俱切（遇合三平虞疑）
侯部、疑母

❶角;角落。（風2、雅1）42《邶風·靜女》一章："靜女其姝,俟我於城隅。"《毛傳》："城隅,以言高而不可踰。"孔穎達《正義》："《周禮》王城高七雉,隅,九雉,是高於常處也。"朱熹《集傳》："城隅,幽僻之處。"馬瑞辰《通釋》："城隅即城角也。"聞一多《通義》："隅,曲隅也。…城隅即今城上之角樓。"230《小雅·緜蠻》二章："緜蠻黃鳥,止於丘隅。"

《鄭箋》："丘隅,丘角也。"朱熹《集傳》："隅,角。"❷指東南角。（雅1）118《唐風·綢繆》二章："綢繆束芻,三星在隅。"《毛傳》："隅,東南隅也。"朱熹《集傳》："昏見三星至此,則夜久矣。"陳奐《傳疏》："參星在天,則自東而南,昏見於隅,故《傳》以爲東南隅。"❸廉隅;方正。（雅1）256《大雅·抑》一章："抑抑威儀,維德之隅。"《毛傳》："隅,廉也。"《鄭箋》："如宫室之制,内有繩直,則外有廉隅。"朱熹《集傳》："隅,廉角也。"段玉裁《説文注》："今人謂邊爲廉,角爲隅,古不別其字。"屈萬里《詮釋》："隅,廉也。即角棱也。物方則有角棱,圓則否。盛德之士,其行方而不圓,故於德曰隅。二語言慎密之威儀,乃德之角棱也。"一說:通"偶"。匹偶;相配合。漢劉熊碑作"維德之偶"。于省吾《新證》："隅者,偶之借字。…抑抑威儀,維德之偶,是説審密的威儀,維德之匹配。德爲内容,威儀爲德之表達形式,言其表裏相稱。"

楰 yú 羊朱切（遇合三平虞以）
以主切（遇合三上虞以）
侯部、餘母

木名。楸樹的一種,也叫鼠梓、苦楸。一說即女貞。（雅1）172《小雅·南山有臺》五章："南山有枸,北山有楰。"《毛傳》："楰,鼠梓。"孔穎達《正義》引陸璣《詩義疏》："其樹葉木理如楸,山楸之異者,今人謂之苦楸。"《説文·木部》："楰,鼠梓木。《詩》曰:'北山有楰。'"

舉(與) yú 以諸切（遇合三平魚以）
羊洳切（遇合三去御以）
魚部、餘母

權舉,開始。見"權"。

旟(旟) yú 以諸切（遇合三平魚以）
魚部、餘母

❶古代一種畫有鳥隼振翅疾飛圖案的旗。（風1、雅5）53《鄘風·干旄》二章："孑孑干旟,在浚之都。"《毛傳》："鳥隼曰旟。"190《小雅·無羊》四章："旐維旟矣,室家溱溱。"《毛傳》："旟旐,所以聚衆也。"《説文·㫃部》："旟,錯革畫鳥其上,所以進士衆,旟旟,衆也。"李黼平《紬義》："旟旐所以聚衆。今

牧人夢見之,知將來子孫衆多。"❷向上揚起的樣子。(雅1)225《小雅‧都人士》五章:"匪伊卷之,髮則有旟。"《毛傳》:"旟,揚也。"《鄭箋》:"旟,枝旟揚起也。"陳奐《傳疏》:"旟,猶舉也。"朱熹《集傳》:"女之髮非故卷之也,髮自有旟耳。言其自然閑美,不假修飾也。"

魚(鱼) yú 語居切(遇合三平魚疑)
魚部、疑母

❶魚。水生脊椎動物,有鰓、有鱗、有鰭、大多有鰾,體温不恒定。(風9、雅16、頌1)43《邶風‧新臺》三章:"魚網之設,鴻則離之。"261《大雅‧韓奕》三章:"其殽維何?炰鱉鮮魚。"❷一種海獸。樣子像猪,皮堅韌,古人用來作箭袋。(雅2)167《小雅‧采薇》五章:"四牡翼翼,象弭魚服。"《毛傳》:"魚服,魚皮也。"孔穎達《正義》引陸璣《詩義疏》:"魚服,魚獸之皮也。魚獸似猪,東海有之。其皮背上斑文,腹下純青,今以爲弓鞬步义者也。"❸兩目毛色白的馬。(頌1)297《魯頌‧駉》四章:"有驔有魚。"《毛傳》:"二目白曰魚。"王引之《述聞》卷二十八:"馬二目毛色白曰魚。"

〔魚麗〕《小雅》篇名(170)。這是貴族宴會的詩。感謝主人酒肴豐盛,既多又美。反映了統治者優厚的物質生活享受。《詩序》:"《魚麗》,美萬物盛多,能備禮也。文武以《天保》以上治内,《采薇》以下治外,始於憂勤,終於逸樂。故美萬物盛多,可以告於神明矣。"陸佃《埤雅‧釋魚》:"《詩》曰:'魚麗于罶,鱨鯊。魚麗于罶,魴鱧。魚麗于罶,鰋鯉。'蓋鱨魚黃,魴魚青,鱧魚玄,鰋魚白,鯉魚赤,則五色之魚俱備。故《序》以爲'萬物盛多'也。"朱熹《集傳》:"此燕饗通用之樂歌。"李光地《詩所》:"此必薦魚宗廟之後燕飲之詩,後乃通用爲燕享之樂歌。"六章,十八句。

〔魚藻〕《小雅》篇名(221)。這是一首陳古刺今,諷刺周王在鎬京飲酒作樂的詩。《詩序》:"《魚藻》,刺幽王也。言萬物失其性,王居鎬京,將不能以自樂,故君子思古之武王焉。"胡承珙《後箋》:"《文選‧王元長‧曲水詩序》:'信凱燕之在藻,知和樂於食蘋。'此

取其詩詞本言武王,故可用爲頌美耳。《隋書》:煬帝見薛道衡《高祖頌》,以爲此《魚藻》之義。劉知幾《史通‧載文篇》:'觀《猗與》之頌,而驗有殷方興。觀《魚藻》之刺,而知宗周將隕。'此正用《毛序》之義者也。"吳闓生《會通》:"陳古刺今之詞,古人微文往往如此。"或以爲此乃贊美周王建都鎬京,而祝其永遠在於此之詞。陳廷杰《詩序解》:"是篇寫魚之樂,藻蒲相依,悠然自得,蓋興王之在鎬,頗安所居。其體近乎風。"方玉潤《詩經原始》:"此鎬民私幸周王都鎬而祝其永遠在茲之詩也。然其體近乎風,所以爲變雅歟?"朱熹《集傳》則以爲"此天子燕諸侯,諸侯美天子之詩也"。三章,十二句。

〔魚藻之什〕《小雅》裹的十四首詩,包括《魚藻》、《采菽》、《角弓》、《菀柳》、《都人士》、《采綠》、《黍苗》、《隰桑》、《白華》、《緜蠻》、《瓠葉》、《漸漸之石》、《苕之華》、《何草不黃》等篇,舊本編爲一卷,稱《魚藻之什》。

芋 yǔ ★王矩切(遇合三上虞云)
魚部、匣母

通"宇"。居住。(雅1)189《小雅‧斯干》三章:"風雨攸除,鳥鼠攸去,君子攸芋。"嚴粲《詩緝》:"羣臺既成,上下四方牢密,則風雨不能凌暴,鳥鼠不能穿穴,皆除去,君子於是居焉。"王引之《述聞》卷六:"芋當讀爲宇,宇,居也。承上文,言約之、椓之,於是室成而君子居之矣。《周禮‧大司徒》鄭注引《詩》作'宇'。王先謙《集疏》:"《魯》芋作宇。…宇之言覆也。《魯》作宇,正字;毛作芋,借字。"一說:通"幠"。覆蓋。《鄭箋》:"芋,當作幠。幠,覆也。"陳喬樅《改字說》:"此《箋》讀芋爲幠,幠與廡、宇同義。"又一說:大。《毛傳》:"芋,大也。"陸德明《釋文》:"芋,毛香于反,大也。鄭作幠,火具反,覆也。"朱熹《集傳》:"芋,尊大也。君子之所居,以爲尊且大也。"陳奐《傳疏》:"三家詩或作宇,訓居。《毛詩》作芋,訓大。大,當讀如'君子大居正'之大。"黃焯《詩疏平議》:"《毛傳》凡訓大之字,皆宜從其廣義觀之。如《簡兮》之簡訓大,是謂盛大之大。《緇衣》之蓆訓大,則謂廣大之大。此詩之

宇 俁 麌 噳 圄 庾 yǔ 669

芉訓大,乃謂覆大之大,蓋謂寢廟既成,君子得所覆蓋也。"

宇 yǔ 王矩切（遇合三上麌云） 魚部、匣母

❶屋檐。（風 2）154《豳風・七月》五章:"七月在野,八月在宇。"陸德明《釋文》:"宇,屋四垂爲宇。"朱熹《集傳》:"宇,檐下也。"❷住處;居地。（雅 1）237《大雅・緜》二章:"爰及姜女,聿來胥宇。"《毛傳》:"宇,居也。"孔穎達《正義》:"宇者,屋宇,所以居人,故爲居也。"陳奐《傳疏》:"胥宇猶云相宅,宅亦居也。"❸國土;疆域。（頌 2）300《魯頌・閟宮》三章:"大啓爾宇,爲周室輔。"又八章:"居常與許,復周公之宇。"《鄭箋》:"大開女居,以爲我周家之輔。"程俊英《注析》:"宇,居。此處引申爲疆域、領土的意思。"又見【土宇】。

俁(俣) yǔ 虞矩切（遇合三上麌疑） 魚部、疑母

【俁俁】高大;魁偉。（風 1）38《邶風・簡兮》一章:"碩人俁俁,公庭萬舞。"《毛傳》:"俁俁,容貌大也。"朱熹《集傳》:"俁俁,大貌。"陸德明《釋文》引《韓詩》作"扈扈",云"美貌"。馬瑞辰《通釋》:"俁、扈音近,美與大亦同義,故扈扈訓美,又訓大。"

麌 yǔ 虞矩切（遇合三上麌疑） 魚部、疑母

【麌麌】(鹿)衆多;(鹿)群聚的樣子。（雅 1）180《小雅・吉日》二章:"獸之所同,麀鹿麌麌。"《毛傳》:"麌麌,衆多也。"《鄭箋》:"麕牝(當作'牡')曰麌。麌復麌,言多也。"陸德明《釋文》:"麌,《説文》作'噳',云:'麋鹿群口相聚也。'"張衡《西京賦》、《爾雅・釋獸》郭璞注引《詩》均作"麀鹿麌麌"。馬瑞辰《通釋》:"麌麌即噳噳之假借。"參"噳"。

噳 yǔ 虞矩切（遇合三上語疑） 魚部、疑母

【噳噳】(鹿)衆多;(鹿)群聚的樣子。（雅 1）261《大雅・韓奕》五章:"麀鹿噳噳。"《毛傳》:"噳噳然,衆也。"陳奐《傳疏》:"噳噳,衆多也。"《説文・口部》:"噳,麋鹿群口相聚貌。"引《詩》"麀鹿噳噳"。陸德明《釋文》:"噳,愚甫反,本亦作麌。"

圄 yǔ 魚巨切（遇合三上語疑） 魚部、疑母

❶邊疆;邊境。（雅 2）265《大雅・召旻》一章:"我居圄卒荒。"《毛傳》:"圄,垂也。"《鄭箋》:"國中至邊竟以此故盡空虛。"王先謙《集疏》:"《韓》,圄作御。"257《大雅・桑柔》四章:"多我覯痻,孔棘我圄。"《毛傳》:"圄,垂也。"朱熹《集傳》:"圄,邊也。或曰:禦也。多矣我之見病也,急矣我之在邊也。"陳奐《傳疏》:"'孔棘我圄',猶云我邊垂甚急耳。此倒句可以就韻。"一説,通"禦"。抵禦(外寇)。《鄭箋》:"圄當作禦。…甚急矣我之禦寇之事。"陳喬樅《改字説》:"《爾雅・釋詁》:'圄,垂也。'舍人曰:'圄,拒邊垂也。'是圄之訓垂,義本取於拒也。此《箋》破圄爲禦,正訓禦寇之事以申毛説也。"馬國翰《目耕帖》卷二十:"圄、禦二字古通用。毛以圄爲邊陲,鄭以禦爲守禦,義亦相成。"❷通"敔"。一種形似伏虎的木制古樂器。（頌 1）280《周頌・有瞽》:"鞉磬柷圄。"《毛傳》:"圄,楬(qià,敔)也。"孔穎達《正義》:"敔,狀如伏虎,背上刻之,所以鼓之止樂。圄,敔古今字耳。"吳闓生《會通》:"圄,背有鉏鋙,以木尺櫟之以止樂者也。"《正字通・口部》:"圄,同敔,樂器。《虞書》、《周禮》皆從敔,石經誤作圄。"參"㪂"。

庾 yǔ 以主切（遇合三上麌以） 侯部、餘母

露天堆放的穀物。（雅 2）211《小雅・甫田》四章:"曾孫之庾,如坻如京。"《鄭箋》:"庾,露積穀也。"209《小雅・楚茨》一章:"我倉既盈,我庾維億。"《毛傳》:"露積曰庾,萬萬曰億。"于鬯《香草校書》卷十五:"獲稻必先露積,今人謂之稻堆,既堆而後撲之得粟,始入於倉。倉中之粟,取之於庾,庾即稻堆是也。"一説:囷。用竹籩、荊條、稻草等編成的,或用席箔等圍成的盛糧食的器具。馬瑞辰《通釋》:"庾,蓋即今俗所謂囤者,其形圓以席爲之,但露其上,故《傳》以露積釋之。《三蒼》、《説文》並爲倉無屋者,即謂其無上覆也。"按《説文・广部》:"庾,水漕倉也。一曰:倉無屋者。"于省吾《新證》:"其

言'曾孫之庾,如坻如京',係形容庾囷之高。"

語(语) ^{yǔ} 魚巨切（遇合三上語疑）
魚部、疑母

談話；談論。（風 2、雅 4）139《陳風·東門之池》二章："彼美淑姬,可與晤語。"220《小雅·賓之初筵》五章："匪言勿言,匪由勿語。"

【語語】許多人一起談論。（雅 1）250《大雅·公劉》三章："于時言言,于時語語。"《毛傳》："直言曰言,論難曰語。"陳奐《傳疏》："論難者,理有難明,必辨論之不已也。"一說：談論當談論的事。《鄭箋》："言其所當言,語其所當語。"

羽 ^{yǔ} 王矩切（遇合三上麌云）
王遇切（遇合三去遇云）
魚部、匣母

❶鳥翅膀上的長毛。（風 1、頌 1）136《陳風·宛丘》二章："無冬無夏,值其鷺羽。"《毛傳》："鷺鳥之羽,可以爲翳。"《鄭箋》："翳,舞者所持以指麾。"280《周頌·有瞽》："設業設虡,崇牙樹羽。"（樹羽：插上五彩羽毛。）❷鳥或昆蟲的翅膀。（風 10、雅 4）5《周南·螽斯》："螽斯羽,詵詵兮。"嚴粲《詩緝》："螽螽生子最多,信宿即群飛,因飛而見其多,故以羽言之。"252《大雅·卷阿》七章："鳳皇于飛,翽翽其羽。"150《曹風·蜉蝣》一章："蜉蝣之羽,衣裳楚楚。"聞一多《類鈔》："蜉蝣的羽極薄而有光澤,幾乎是透明的,古人形容麻織品做成的衣服,往往比作蜉蝣的羽,因稱這種衣服爲羽衣。"

與(与) （一）^{yǔ} 余呂切（遇合三上語以）
魚部、餘母

❶給；給予。（雅 2）241《大雅·皇矣》一章："乃眷西顧,此維與宅。"朱熹《集傳》："以此岐周之地與大王爲居宅也。"王先謙《集疏》："《魯》,與作予。《漢書·郊祀志》載匡衡、張譚奏："《詩》云：'迺眷西顧,此維予宅。'言天以文王之都爲居也。"218《小雅·車舝》三章："雖無旨酒嘉殽美德以與女,女亦當飲酒歌舞以相樂也。"一說：和；同。

《鄭箋》："雖無其德,我與女用是歌舞相樂。"又一說：於。楊樹達《詞詮》："與、用同於。"舉此例。又一說：相配。程俊英《注析》："與,相與,相配。此二句言我雖沒有美德和你相配,但希望你在宴會上歌舞一番。"❷和…在一起；同…在一起。（風 5）124《唐風·葛生》一章："予美亡此,誰與？獨處。《鄭箋》："吾誰與居乎,獨處家耳。"朱熹《集傳》："誰與而獨處於此乎？"陳奐《傳疏》："誰與即獨處。"一說：語氣詞。戴震《考證》："與當音餘。誰與,自問也。'誰與,獨處'與《檀弓》'誰與,哭'者語同。"朱彬《經傳考證》："玩此詩'予美'二句爲句中韻。'美'與'此'韻,'與'與'處'韻。言予美則亡此矣,在此者誰與？獨處而已。反覆嗟歎,所謂繁音促節也。"❸愛；愛好。（風 1、雅 2）201《小雅·谷風》一章："將恐將懼,維予與女。"《鄭箋》："當之時,獨我與女爾,謂同其憂務。"馬瑞辰《通釋》："與,當讀如《小明》詩'正直是與'及《儒行》'同弗與也'之與,皆猶愛好之。'與'與'棄'對。言恐懼時獨我好女,以見昔之厚；安樂時女轉棄予,以見今之薄。"❹接近；結交。（雅 1）207《小雅·小明》四章："靖共爾位,正直是與。"胡承珙《後箋》："求正直之人與之爲友。"程俊英《注析》："與,接近。謂當接近正直之人。"一說：助。朱熹《集傳》："與,猶助也。…惟正直之人是助。"❺從；隨。（雅 1）223《小雅·角弓》六章："君子有徽猷,小人與屬。"《鄭箋》："君子有美道以得聲譽,則小人亦樂與之而自連屬焉。"❻用。（風 3）125《唐風·采苓》二章："人之爲言,苟亦無與。"《毛傳》："無與,勿用也。"陳奐《傳疏》："以、與同義。以謂之用,與亦謂之用矣。"一說：贊同。朱熹《集傳》："與,許也。"❼與國；盟邦。（風 1）37《邶風·旄丘》二章："何其處也,必有與也。"朱熹《集傳》："與,與國也。因上章'何多日也'而言何安處而不來,意必有與國相俟而俱來耳。"一說：給予。《毛傳》："言必與仁義也。"夏炘《學禮管釋》："言衛之臣子何其處而不來,必有仁義與我也。"又一說：通"以"。原因。胡承珙《後箋》："與、以二字本通。此言必有以者,言必有由也。'必有與也'與'必有以也'義當相類。❽介詞。和;同;跟。(風29、雅4、頌1)86《鄭風・狡童》一章:"彼狡童兮,不與我言兮。"147《檜風・素冠》二章:"聊與子同歸兮。"❾介詞。爲;替。(風1)82《鄭風・女曰雞鳴》二章:"弋言加之,與子宜之。"朱熹《集傳》:"我則爲之和其滋味之所宜。"❿連詞。連接兩個並列的名詞,相當於"和"、"跟"。(風16、雅6、頌1)151《曹風・候人》一章:"彼候人兮,何戈與祋。"197《小雅・小弁》三章:"維桑與梓,必恭敬止。"

(二)yú 以諸切(遇合三平魚以)
　　　魚部、餘母

⓫語氣詞。表示歎美。(頌3)281《周頌・潛》:"猗與漆沮,潛有多魚。"301《商頌・那》:"猗與那與,置我鞉鼓。"王引之《釋詞》:"與,猶兮也。"

【與² 與²】茂盛的樣子。(雅1)209《小雅・楚茨》一章:"我黍與與,我稷翼翼。"《鄭箋》:"黍與與,稷翼翼,蕃廡貌。"朱熹《集傳》:"與與、翼翼,皆蕃盛貌。"何楷《古義》:"與,黨與也。曰與與者,黍黍相並,如人之儔侶也。"參"予"、"憎"。

雨

(一)yǔ　王矩切(遇合三上麌云)
　　　魚部、匣母

❶雨;從雲層中下降到地面的水。(風17、雅7)156《豳風・東山》一章:"我來自東,零雨其濛。"212《小雅・大田》三章:"有渰萋萋,興雨祁祁。"《鄭箋》:"古者陰陽和,風雨時,其來祁祁然,不暴疾也。"陸德明《釋文》:"興雨,本或作興雲,非也。"《吕氏春秋・務本》、《韓詩外傳》卷八、《漢書・食貨志》引《詩》都作"興雲祁祁"。王先謙《集疏》:"三家'興雨'作'興雲'。"段玉裁《小箋》:"大雨之來,黑雲起而風生,風生而雲行,所謂'有渰淒淒也'。已而風定,白雲彌天,雨隨之下,所謂'興雲祁祁,雨公及私'也。"又段氏《小學》卷二:"詩人體物之工,於此二句可見。凡夏雨行時,始暴而後徐。其始陰氣乍合,黑雲如疊,淒風怒生,衝波掃葉,所謂'有渰淒淒'也。繼而暴風稍定,白雲漫汗,所謂'興雲祁祁,雨我公田'也。'有渰淒淒',言雲而風在其中;'興雲祁祁',言雲而雨在其中。"盧文弨《鍾山札記》卷三:"金壇段明府若膺云:雲自下而上,雨自上而下。故《素問》云:'地氣上爲雲,天氣下爲雨。'諸書皆言興雲,作雲,斷無言興雨者。"

(二)yù　王遇切(遇合三去遇云)
　　　魚部、匣母

❷落(雨、雪)。(風2、雅7)41《邶風・北風》一章:"北風其涼,雨雪其雱。"(雱:雪盛的樣子。)212《小雅・大田》三章:"雨我公田,遂及我私。"

【雨無正】《小雅》篇名(194)。這是一首政治諷刺詩。諷刺周幽王任用小人,不聽善言,天下動亂。同僚諸臣自私誤國。《詩序》:"《雨無正》,大夫刺幽王也。雨自上下者也。衆多如雨,而非所以爲政也。"《鄭箋》:"亦當爲刺厲王。王之所下教令甚多而無正也。"朱熹《集傳》:"此時饑饉之後,群臣離散,其不去者,作詩以責去者。…或曰:疑此亦東遷後詩也。"胡承珙《後箋》:"此詩自是替御之臣所作。…毛以侍御訓替御,則當爲左右親近之臣。"屈萬里《詮釋》:"此當是東遷之際,詩人傷時之作。"爲什麼詩名《雨無正》?朱熹《集傳》引宋劉安世說:"嘗讀《韓詩》,有《雨無極》篇。《序》云:'《雨無極》,正大夫刺幽王也。'至其詩之文則比《毛詩》篇首多'雨無其極,傷我稼穡'八字。據此,《毛詩》篇首缺'雨無其止,傷我稼穡'兩句。"正"當作"止",止、極義近。作"正"者,形近而訛。林義光《詩經通解》則認爲:"詩名《雨無正》者,'無正'即'正大夫離居'之謂。'雨'疑'周'字之誤。古金文'周'字作⊞,與'雨'形近,故誤認爲'雨'也。'周無正',謂周無大臣耳。"七章,五十四句。

禹

yǔ　王矩切(遇合三上麌云)
　　　魚部、匣母

人名。也稱大禹、夏禹。姒姓,名文命。鯀的兒子。原爲夏后氏部族領袖。傳說他奉舜命治平洪水,有大功,被舉爲舜的繼承人,建立夏朝,是我國歷史上第一個奴隸制國家。(雅3、頌3)210《小雅・信南山》一章:"信彼南山,維禹甸之。"244《大雅・文王

yù　域或棫緎罭蜮

有聲》五章：豐水東注，維禹之績。"《鄭箋》："昔堯時洪水，而豐水亦泛濫爲害，禹治之使入渭，東注於河，禹之功也。"

域（塧） yù 雨逼切（曾合三入職云）
胡國切（曾合一入德匣）
職部、匣母

❶墓地；墳地。(風1)124《唐風·葛生》二章："葛生蒙棘，蘞蔓于域。"《毛傳》："域，塋域也。"陳奐《傳疏》："塋域，葬地也。"一說：地界；疆界。馬瑞辰《通釋》："塋域或作'塋域'，古爲葬地之稱。…是經畫邦國、都鄙、鄉遂，通名塋域也。此詩'蘞蔓于域'承上章'蘞蔓于野'言，即野之塋域。…塋之言塋，謂經營而區域之，即今所謂地界耳。"❷有。(頌2)303《商頌·玄鳥》："正域彼四方。"《毛傳》："域，有也。"《鄭箋》："使之長有邦域，为政於天下。"孔穎達《正義》："令有彼四方之國。"陳奐《傳疏》："正訓長，長猶常也。《說文》或、域一字，或謂之有，域亦謂之有也。于省吾《新證》："正域彼四方，應讀作征有彼四方。"一說：治理；劃定…的疆域。馬瑞辰《通釋》："正域二字平列，皆正其封疆之謂。"又一說：封疆；疆域。朱熹《集傳》："正，治也。域，封竟也。"參"九"。

或 yù 於六切（通合三入屋影）
職部、影母

【彧彧】茂盛的樣子。(雅1)210《小雅·信南山》三章："疆埸翼翼，黍稷彧彧。"《毛傳》："彧彧，茂盛貌。"孔穎達《正義》："黍稷之苗或或然茂盛而成長。"

棫 yù 雨逼切（曾合三入職云）
職部、匣母

樹名，也叫白桵。灌木，叢生有刺。(雅4)237《大雅·緜》八章："柞棫拔矣，行道兌矣。"《鄭箋》："棫，白桵也。"孔穎達《正義》引陸璣《詩義疏》："《三倉》說：棫，即柞也。其材理全白無赤心者爲白桵。直理易破，可爲犢車，又可爲矛戟矜。今人謂之白梂，或曰白柘。"
【棫樸】《大雅》篇名(238)。這是歌頌周文王能任用賢人、郊祭天神、征伐諸侯，培育人才、治理四方的詩。作者當是周王朝的一位官吏。《詩序》說是歌頌文王能任用賢人："《棫樸》，文王能官人也。"三家詩說是歌頌文王郊祭天神、興師伐崇。王先謙《集疏》："《齊》說曰：天子有將興師，必先郊祭以告天，乃敢征伐，行子之道也。文王受天命而王天下，先郊，乃敢行事，而興師伐崇。"詩中兼有兩方面的內容。朱熹《集傳》："此亦咏歌文王之德。"汪龍《異義》："國之大事，在祀與戎，舉此二者以明賢才之用。"五章，二十句。

緎 yù 雨逼切（曾合三入職云）
職部、匣母

縫。(風1)18《召南·羔羊》二章："羔羊之革，素絲五緎。"《毛傳》："緎，縫也。"《爾雅·釋訓》："緎，羔裘之縫也。"郭璞注："縫飾羔皮之名。"邢昺疏："孫炎云：緎之爲界緎，然則縫合羔羊皮爲裘，縫即皮之界域，因以裘縫爲緎，故郭云：縫飾羔皮之名。"墨莊氏《彬雅》卷七："緎訓縫，本於《爾雅》，謂縫之界域也。童以周《群經說》卷二：緎，縫也。本《釋訓》。首章之紽，三章之總，皆數名。一舉緎，一舉數，互文以見義也。"一說：古代計絲的單位，絲二十縷爲緎。王引之《述聞》卷五："紽、緎、總皆數也。五絲爲紽，四紽爲緎，四緎爲總。五紽二十五絲，五緎一百絲，五總四百絲。"王先謙《集疏》："齊，緎作蜮。"《說文·黑部》："蜮，羔羊之縫也。"段玉裁注："許所據《詩》作蜮。桂馥《義證》："縫飾羔羊皮爲裘，縫即皮之界緎。"

罭 yù 雨逼切（曾合三入職云）
職部、匣母

九罭，捕小魚的細眼網。見"九"。

蜮 yù 雨逼切（曾合三入職云）
胡國切（曾合一入德匣）
職部、匣母

古代傳說中一種害人的動物。能含沙射人，也叫短狐或射工。(雅1)199《小雅·何人斯》八章："爲鬼爲蜮，則不可得。"《毛傳》："蜮，短狐也。"陸德明《釋文》："蜮，音或，沈又音域。短狐也。狀如鼈，三足，一名射工，俗呼之水弩，在水中含沙射人，一云射人影。"孔穎達《正義》："蜮，陸璣《疏》云：'一名射影，江淮水皆有之。人在岸上，影見水中，投人影則殺之，故曰射影。南人將入水，先以瓦石投水中，令水濁，然後入。或曰含沙射人皮肌，其瘡如疥。'是也。"朱熹《集傳》："蜮，短狐也。江淮水皆有之，能含沙以射水中人影，其人輒病而不見其形也。"一說：通"魊"。鬼。馬瑞辰《通釋》："昔顓頊三子，一居若水為魍魎，蜮鬼。是蜮爲鬼別名，故不可得見。《詩》於一物而異名者，每多並舉，不嫌其詞之複也。"劉寶楠《愈愚錄》卷二："鬼蜮一類，皆謂其能中傷人者。俞樾《平議》卷十："《漢書・東方朔傳》：'人主之大蜮。'師古注曰：'蜮，魊也。'…魊與蜮古字通。然則此經蜮字，亦當爲魊。鬼也，魊也，一物也。"

黓 yù 雨逼切（曾合三入職云）
職部、匣母

縫。見"絨"。

欲 yù 余蜀切（通合三入燭以）
屋部、餘母

❶希望；想要。(雅 4)200《小雅・巷伯》三章："緝緝翩翩，謀欲譖人。"253《大雅・民勞》五章："王欲玉女，是用大諫。"❷名詞。欲望；想要達到某種目的或得到某種東西。(雅 1)244《大雅・文王有聲》三章："匪棘其欲，遹追來孝。"陸德明《釋文》作"慾"，云："本亦作欲。"王引之《述聞》卷六："欲，猶古字通。…言所以作都邑者，非急從己之欲也，乃上追前世之美德，欲成其功業也。"一說：通"猷"。道。《禮記・禮器》引作"匪革其猶"，鄭玄注："猶，道也。"

裕 yù 羊戍切（遇合三去遇以）
屋部、餘母

寬裕；寬容。(雅 1)223《小雅・角弓》三章："此令兄弟，綽綽有裕。"《毛傳》："綽綽，寬也。裕，饒也。"陳奐《傳疏》："寬饒者，能讓之謂也。"

愈 yù 以主切（遇合三上麌以）
侯部、餘母

副詞。表示程度加深，相當於"越發"、"更加"。(雅 1)207《小雅・小明》三章："曷云其還，政事愈蹙。"《鄭箋》："愈，猶益也。"

【愈愈】憂懼的樣子。(雅 1)192《小雅・正月》二章："憂心愈愈，是以有侮。"《毛傳》：

"愈愈，憂懼也。"一說：日益厲害。朱熹《集傳》："愈愈，益甚之意。"

瘉 yù 以主切（遇合三上麌以）
羊朱切（遇合三平虞以）
侯部、餘母

❶病；痛苦。(雅 2)192《小雅・正月》二章："父母生我，胡俾我瘉?"《毛傳》："瘉，病也。"陸德明《釋文》："瘉，音庾，病也。"❷損害；嫉恨。(雅 1)223《小雅・角弓》三章："不令兄弟，交相爲瘉。"《毛傳》："瘉，病也。"孔穎達《正義》："其不善之人，於兄弟則無恩義，唯交相詬病而已。"

御 （一）yù 牛倨切（遇合三去御疑）
魚部、疑母

❶駕駛車馬。(風 1)78《鄭風・大叔于田》二章："叔善射忌，又良御忌。"❷御者；駕駛車馬的人。(雅 3，頌 1)227《小雅・黍苗》三章："我徒我御，我師我旅。"《毛傳》："徒行者，御車者，師者，旅者。"259《大雅・崧高》七章："徒御嘽嘽，周邦咸喜。"《毛傳》："徒嘽嘽，徒行者，御車者，嘽嘽，喜樂也。"一說：以人挽車。馬瑞辰《通釋》卷十八："御本使馬之稱，而人之挽車亦曰御。…御亦引也。以馬引車謂之御，以人引車則謂之徒御。"❸治理。(雅 1)240《大雅・思齊》二章："刑于寡妻，至于兄弟，以御于家邦。"《鄭箋》："御，治也。文王以禮法接待其妻，至于宗族，以此又能爲政治于家邦也。"王先謙《集疏》："刑寡妻，至于兄弟，以御家邦，即身修、家齊、國治之道也。"一說：進。音yà。《毛傳》："御，迎也。"陸德明《釋文》："御，牙嫁反，迎也。鄭，魚據反，治也。"馬瑞辰《通釋》："御，迎以雙聲爲訓…迎之義爲進，謂由刑寡妻、至于兄弟，以進及於家邦。"❹用；演奏。(風 1)82《鄭風・女曰雞鳴》二章："琴瑟在御，莫不靜好。"(琴瑟在御，言夫婦彈琴鼓瑟。)張爾岐《蒿庵閑話》卷一："此(兩句)詩人擬想點綴之辭。"❺進獻。(雅 2)177《小雅・六月》六章："飲御諸友，炰鱉膾鯉。"《毛傳》："御，進也。"180《小雅・吉日》四章："以御賓客，且以酌醴。"孔穎達《正義》："御者，給與充用之辭。"屈萬里《詮釋》："御，進也，謂進奉飲食也。"❻侍

禦 (雅1)246《大雅·行葦》三章:"肆筵設席,授几有緝御。"《鄭箋》:"緝,猶續也。御,侍也。一說:緝御,恭敬的樣子。《毛傳》:"緝御,蹜踖之容也。"陳奐《傳疏》引馬融云:"蹜踖,恭敬貌。"❼辦事的官員。(雅1)259《大雅·崧高》三章:"王命傅御,遷其私人。"《毛傳》:"御,治事之官也。"朱熹《集傳》:"傅御,申伯家臣之長也。"❽通"禦"。抵禦;抵擋;抵抗。(風2)35《邶風·谷風》六章:"我有旨蓄,亦以御冬。"《毛傳》:"御,禦也。"朱熹《集傳》:"御,當也。"陳奐《傳疏》:"御、禦古今字。"

(二) yà ★魚駕切 (假開二去禡疑)
　　　　　魚部、疑母

❾通"訝"、"迓"。迎。(風1、雅1)12《召南·鵲巢》一章:"之子于歸,百兩御之。"《毛傳》:"諸侯之子嫁於諸侯,送御皆百乘。"《鄭箋》:"御,迎也。"陸德明《釋文》:"御,五嫁反,本亦作訝,又作迓。"陳奐《傳疏》:"迎,親迎也。諸侯親迎,從者百乘也。"211《小雅·甫田》二章:"琴瑟擊鼓,以御田祖。"《鄭箋》:"御,迎。設樂以迎先嗇。謂郊後始耕也。"《說文·言部》:"訝,相迎也。迓,訝或从辵。"

又見【傅御】【墊御】。參"圉"、"禦"。

禦 yù ★牛據切 (遇合三去御疑)
　　　　　魚巨切 (遇合三上語疑)
　　　　　魚部、疑母

抵禦;抵擋;相當。(風2、雅2)131《秦風·黃鳥》三章:"維此鍼虎,百夫之禦。"《毛傳》:"禦,當也。"陳奐《傳疏》:"禦亂,當亂;禦敵,當敵;是禦有當義。百夫之當,言可當百夫耳。"164《小雅·常棣》四章:"兄弟鬩于牆,外禦其務。"孔穎達《正義》本作"御"。

【禦侮】指能抵抗外敵捍衛國家的武臣。(雅1)237《大雅·緜》九章:"予曰有禦侮。"《毛傳》:"武臣折衝曰禦侮。"孔穎達《正義》:"禦侮者,有武力之臣,能折止敵人之衝突者,是能扞禦侵侮,故曰:禦侮也。"陸德明《釋文》作"御侮",云:"本又作禦。"屈萬里《詮釋》:"禦侮,謂抵禦外侮之臣也。"

又見【強御】。

郁 yù 於六切 (通合三入屋影)
　　　　職部、影母

道路紆回長遠。見"隩"。

奧 yù ★乙六反 (通合三入屋影)
　　　　烏到反 (效開一去號影)
　　　　覺部、影母

❶通"澳"、"隩"。水邊彎曲的地方。(風3) 55《衛風·淇奧》一章:"瞻彼淇奧,綠竹猗猗。"《毛傳》:"奧,隈也。"陳奐《傳疏》:"淇隈,謂淇水深曲處也。"《禮記·大學》引作"澳"。王先謙《集疏》:"《齊》,奧亦作澳,又作隩。《魯》,作隩。…奧,借字,澳、隩正字。"一說:水名。陸德明《釋文》:"《草木疏》云:'奧,亦水名'。"孔穎達《正義》:"陸璣云:'淇、奧,二水名。"馬瑞辰《通釋》:"劉昭《郡國志·注》引《博物志》云:'有奧水流入淇水。'《水經注》云:'肥泉,《博物志》謂之澳水。'今按奧本限曲之名。水之內為奧,與水相入為汭同義。古人或名泉水入淇處為淇奧,因有奧水之稱,猶夏汭、涇汭亦名汭水也。"❷通"燠"。暖;熱。(雅1)207《小雅·小明》三章:"昔我往矣,日月方奧。"《毛傳》:"奧,煖也。"陳奐《傳疏》:"奧為燠,古文假借。"參"燠"。

澳 yù 於六切 (通合三入屋影)
　　　　烏到反 (效開一去號影)
　　　　覺部、影母

水邊彎曲的地方。見"奧"。

隩 yù 於六切 (通合三入屋影)
　　　　烏到反 (效開一去號影)
　　　　覺部、影母

水邊彎曲的地方。見"奧"。

燠 yù 於六切 (通合三入屋影)
　　　　烏到反 (效開一去號影)
　　　　覺部、影母

暖;暖和。(風1)122《唐風·無衣》二章:"不如子之衣,安且燠兮。"《毛傳》:"燠,煖也。"陸德明《釋文》作"奧"說:"本又作燠。於六反,煖也。"

薁 yù 於六切 (通合三入屋影)
　　　　覺部、影母

一種藤本植物。也叫蘡薁,即野葡萄。果實黑色,大如桂元,可以吃。(風1)154《豳風・七月》六章:"六月食鬱及薁。"《毛傳》:"薁,蘡薁也。"宋開寶《本草注》:"蘡薁是山葡萄,亦堪作酒,毛公釋《詩》,正謂此草也。"王念孫《廣雅疏証》卷十上:"蘡薁自是葡萄之屬,蔓生結子者耳。"鄒漢勛《讀書偶識》卷四:"薁,乃今之郁李,仁中入藥用。"《韓詩》作"雈",指野韭菜。《説文•艸部》:"雈,艸也。《詩》曰:'食鬱及雈。'"《爾雅•釋草》:"雈,山韭。"邢昺疏:"韭生山中者名雈。《韓詩》云'六月食鬱及雈'是也。"

雈 yù 余六切(通合三入屋以)
藥部、餘母
野生的韭菜。見"薁(yù)"。

獄(狱) yù 魚欲切(通合三入燭疑)
屋部、疑母
❶訴訟;打官司。(風 2)17《召南•行露》二章:"誰謂女無家,何以速我獄。雖速我獄,室家不足。"《毛傳》:"獄,埆也。"陸德明《釋文》引盧植云:"獄,相質觳爭訟者也。"孔穎達《正義》:"獄者,核實道理之名。皋陶造獄,謂此也。既囚,證未定,獄事未決,繫之於圜土,因謂圜土亦曰獄。此章言獄,下章言訟。《司寇職》云:'兩造禁民訟,兩劑禁民獄。'對文則獄訟異也。故彼注云:'訟,謂以財貨相告者;獄,謂相告以罪名。'是其對例也。散則通也。此詩亦無財罪之異,重章變其文耳。"❷關入監獄。(雅 1)196《小雅•小宛》五章:"哀我填寡,宜岸宜獄。"陸德明《釋文》引《韓詩》云:"鄉亭之繫曰犴,朝廷曰獄。"

玉 yù 魚欲切(通合三入燭疑)
屋部、疑母
❶寶玉;質細堅硬而有美麗光澤的一種礦物。(風 5,雅 4)23《召南•野有死麕》二章:"白茅純束,有女如玉。"《毛傳》:"德如玉也。"《鄭箋》:"如玉者,取其堅而絜白。"朱熹《集傳》:"如玉者,美其色也。"184《小雅•鶴鳴》二章:"它山之石,可以攻玉。"238《大雅•棫樸》五章:"追琢其章,金玉其相。"孔穎達《正義》:"文王聖德,其文如雕琢矣,其質如金玉矣。"❷用作動詞,看成金玉一樣寶貴。見【金玉】。❸愛;助。(雅 1)253《大雅•民勞》五章:"王欲玉女,是用大諫。"

《鄭箋》:"玉者,君子比德焉。王乎,我欲令女如玉然。"朱熹《集傳》:"玉,寶愛之意。言王欲以女爲玉而寶愛之。"阮元《揅經室集•王欲玉女解》:"許氏《説文》金玉之玉無一點,其加一點者,解云:'朽玉也。從玉有點,讀若畜牧之畜。'是王與玉音義迥別矣。《毛詩》玉字作金王之王。惟《民勞》篇'王欲玉女'玉字專是加點之玉。後人隸字混淆,始無別矣。《詩》言玉女者,畜女也。畜女者,好女也。好女者,臣悦君也。召穆公言:'王乎,我正惟欲好女畜女,不得不用大諫也。…後人不知玉爲假借字,是以《鄭箋》誤解爲金玉之玉矣。"一説:玉,金玉財富;女,女色。林義光《通解》:"謂財貨與女色也。"

【玉佩】古代繫在衣帶上的裝飾品。也叫佩玉、雜佩。(風 1)134《秦風•渭陽》二章:"何以贈之,瓊瑰玉佩。"嚴粲《詩緝》:"曹氏曰:玉佩,珩、璜、琚、瑀之類。"

【玉瓚】古代祭祀時用來酌酒澆在地上的器具,也用於賓客行爵。包括圭瓚和璋瓚,統稱玉瓚。(雅 1)239《大雅•旱麓》二章:"瑟彼玉瓚,黄流在中。"《毛傳》:"玉瓚,圭瓚也。"《鄭箋》:"圭瓚之狀,以圭爲柄,黄金爲勺,青金爲外,朱中央矣。"孔穎達《正義》:"瓚者,器名,以圭爲柄,圭以玉爲之。指其體,謂之玉瓚;據成器,謂之圭瓚。"

又見【佩玉】。

育 yù 余六切(通合三入屋以)
覺部、餘母
❶生孩子;生育。(風 1,雅 1)35《邶風•谷風》五章:"既生既育,比予于毒。"姚際恒《通論》:"育字生字,皆言生子。古者婦人有子則不出。"245《大雅•生民》一章:"載震載夙,載生載育。"一説:撫養長大。《鄭箋》:"育,長也。"孔穎達《正義》:"終人道則生之,既生之則長養之。"❷撫育;培育。(雅 1,頌 1)202《小雅•蓼莪》四章:"拊我畜我,長我育我。"《鄭箋》:"育,覆育也。"屈萬里《詮釋》:"言寒冷之時,母以身偎兒,如鳥之以翼覆其子也。"何楷《古義》:"育,《説文》云:'養子使從善也。'…涵養其德性,發抒其志氣,開導其聰明,日夜望其成人也。"

yù 聿聟鸒遹驈

275《周頌·思文》："貽我來牟,帝命率育。"《鄭箋》："育,養也。"朱熹《集傳》："乃上帝之命,以此徧養下民者。"❸生活。(風 2)35《邶風·谷風》五章："昔育恐育鞫,及爾顛覆。"朱熹《集傳》引張子説："育恐,謂生於恐懼之中;育鞫,謂生於困窮之際。一説:長;長久。《毛傳》:"育,長,鞫,窮也。"吳闓生《會通》:"謂長處於恐懼鞫窮之中。"又一説:通"有"。又。聞一多《通義》:"本篇'昔育恐育鞫,義不可通,疑兩'育'字爲'有'之誤。"又一説:前一'育'字爲幼,後一'育'字爲後。《鄭箋》:"昔幼,幼稚也。昔幼稚之時,恐至長老窘賃。"屈萬里《詮釋》:"育,幼也。甲骨文毓(育)、後二字同作毓。此育字(指後一育字)當讀爲後,謂後來也。"又一説:後一"育"字衍。胡承珙《後箋》:"蜀石經'恐'下無'育'字。…《傳》《箋》本皆當作'昔育恐鞫'四字爲句,蜀石經所據當不誤也。"

聿 yù 餘律切(臻合三入術以) 物部、餘母

句首、句中助詞。絶大多數出現在動詞前面。(風 3,雅 7)156《邶風·東山》三章："洒埽穹窒,我征聿至。"嚴粲《詩緝》:"我征夫將至矣,望我之辭也。聿者,將遂之辭,實未至也。"256《大雅·抑》十一章："借曰未知,亦聿既耄。"236《大雅·大明》三章："昭事上帝,聿懷多福。陳奐《傳疏》:"《繁露·郊祀篇》引《詩》'允懷多福'。聿與允,皆語詞。"235《大雅·文王》六章："無念爾祖,聿脩厥德。"《毛傳》:"聿,述。"《漢書·東平王宇傳》引《詩》作"述修厥德",《後漢書·宦者列傳(吕强)》、《東平思王傳》並引作"術修厥德"。參"曰""曰"。

譽(譽) yù 羊洳切(遇合三去御以) 以諸切(遇合三平魚以) 魚部、餘母

❶名譽;好名聲。(雅 1,頌 1)278《周頌·振鷺》:"庶幾夙夜,以永終譽。"《鄭箋》:"譽,聲美也。"240《大雅·思齊》五章:"古之人無斁,譽髦斯士。"《毛傳》:"古者無厭於有名譽之俊士。"《鄭箋》:"令此士皆有名譽於天下,成其俊乂之美也。"王先謙《集疏》:"言古之人教士無厭斁,故能使斯士皆成爲譽髦。"屈萬里《詮釋》:"譽,稱譽也。《爾雅》:'髦,選也。'言於士人則稱譽之、選擇之也。一説:通"豫"。樂。馬瑞辰《通釋》:"譽、豫古通用。…譽髦斯士,猶言樂選斯士耳。"俞樾《平議》卷十一:"古之人,謂古老之人。…惟成人有德,故古老之人不見厭惡;惟小子有造,故其俊士無不安樂也。"❷通"豫"。安樂。(雅 3)173《小雅·蓼蕭》一章:"燕笑語兮,是以有譽處兮。"蘇轍《詩集傳》:"譽、豫通。凡《詩》之譽,皆言樂也。"王引之《述聞》卷六:"《爾雅》曰:'豫,樂也;豫,安也。'則譽處,安處也。"馬瑞辰《通釋》:"譽處,猶言燕譽,皆安也。一説:通"與"。于省吾《新證》:"'與處'乃古人常語。…二詩皆言相見之後,情孚意愜,無寂寞之憂,故云'是以有與處兮'。"又見《燕譽》。

鸒(鴝) yù 羊洳切(遇合三去御以) 以諸切(遇合三平魚以) 魚部、餘母

寒鴉。烏鴉的一種,腹部白色。也叫鴨鵴。(雅 1)197《小雅·小弁》一章:"弁彼鸒斯,歸飛提提。"《毛傳》:"鸒斯,卑居。卑居,雅烏也。"孔穎達《正義》:"此鳥名鸒,而云斯者,語辭,猶'蓼彼蕭斯'、'菀彼柳斯'。"陸德明《釋文》:"鸒斯,音豫。《爾雅》云:小而腹下白,不反哺者,謂之雅烏。"陳奐《傳疏》:"《傳》既用《爾雅》'鸒一名卑居',而又云'卑居,雅烏'也者,此以今名詁古名之例也。"

遹 yù 餘律切(臻合三入術以) 物部、餘母

❶邪僻。見【回遹】。❷句首助詞。無實義。(雅 4)244《大雅·文王有聲》一章:"文王有聲,遹駿有聲,遹求厥寧,遹觀厥成。"朱熹《集傳》:"遹,義未詳,疑與聿同,發語詞。駿,大。"陳奐《傳疏》:"全《詩》多言曰、聿,唯此篇四言遹,遹即曰、聿,爲發語之詞。"《説文·欠部》:"欥(yù),詮詞也。《詩》曰:'欥求厥寧。'"

驈(骕) yù 餘律切(臻合三入術以) 物部、餘母 食聿切(臻合三入術船) 物部、船母

兩股或兩股間爲白色的黑馬。（頌1）297《魯頌•駉》一章："薄言駉者,有驪有皇。"《毛傳》:"驪馬白跨曰驈。"一說:翡翠色的馬。高亨《今注》:"驈之名疑出於鴥,《爾雅•釋鳥》:'翠,鷸。'鷸即翡翠的別名。馬的毛色似翡翠,所以名驈。"

鴥（䳒） yù 餘律切（臻合三入術以）
物部、餘母

鳥疾飛的樣子。見"䳒(yù)"。

遇 yù 牛具切（遇合三去遇疑）
侯部、疑母

碰到;碰見。（風4)69《王風•中谷有蓷》一章："嘅其嘆矣,遇人之艱難矣。"【遇犬】獵犬名。（雅1)198《小雅•巧言》四章："躍躍毚兔,遇犬獲之。"《鄭箋》:"遇犬,犬之馴者,謂田犬也。"一說:碰到獵犬。孔穎達《正義》:"躍躍然者跳疾之狡兔,遇值犬則能獲得之。"

菀 （一） yù 紆物切（臻合三入物影）
月部、影母

❶茂盛的樣子。（雅3)192《小雅•正月》七章："瞻彼阪田,有菀其特。"《鄭箋》:"阪田崎嶇墝埆之處,而有菀然茂特之苗。"陸德明《釋文》:"菀,音鬱。徐又於阮反,茂也。"朱熹《集傳》:"菀,茂盛之貌。"俞樾《平議》卷十:"'瞻彼阪田,有菀其特',與《桑柔》篇'瞻彼中林,甡甡其鹿'句法相似。"197《小雅•小弁》四章："菀彼柳斯,鳴蜩嘒嘒。"《鄭箋》:"柳木茂盛則多蟬。"朱熹《集傳》:"菀,茂盛貌。"257《大雅•桑柔》一章："菀彼桑柔,其下侯旬。"《毛傳》:"菀,茂貌。"《鄭箋》:"桑之柔濡,其葉菀然茂盛。"程俊英《注析》:"桑柔,柔桑的倒文。"224《小雅•菀柳》一章："有菀者柳,不尚息焉。"陸德明《釋文》:"菀,音鬱,徐於阮反。"《毛傳》:"菀,茂木也。"陳奐《傳疏》:"菀,茂也。茂然之柳木,人可以休息也。興者,以喻王者之朝,諸侯願往之。"白居易《六帖》卷一百引《詩》作"苑"。一說:枯槁;枯萎。馬瑞辰《通釋》:"讀'鬱'者爲茂木,讀於阮反則訓如萎蔥之蔥。《詩》蓋以枯柳之不可止息,興王朝之不可依倚也。"

（二） yùn ★委隕切（臻合三上隱影）

寒部、影母

❷見"苑"下【菀結】。

[菀柳]《小雅》篇名(224)。周王朝一位政治上很有地位的大臣,後來被疏遠了並受到誅責,於是寫了這首詩,以抒發自己的哀怨。吳闓生《會通》:"此乃有功獲罪之臣,作此以自傷悼,故曰奈何使我治事而後又窘我也。其言止於如此。"《詩序》以爲刺幽王:"《菀柳》,刺幽王也。暴虐無親,而刑罰不中,諸侯皆不欲朝,言王者之不可朝事也。"朱熹《集傳》:"王者暴虐,諸侯不朝,而作此詩。"胡承珙《後箋》:"此爲幽王暴虐,諸侯畏禍不敢朝王,於是在王朝者作詩以著其事而原其情,故得列之於《雅》。其曰'予'者,蓋代諸侯自予。詩中言'我'言'予',多代述之辭。"魏源《詩古微》以爲這是"刺厲王之詩"。三章,十八句。

飫（饫） yù 依倨切（遇合三去御影）
侯部、影母

吃飽喝足。（雅1)164《小雅•常棣》六章："儐爾籩豆,飲酒之飫。"朱熹《集傳》:"飫,厭,言陳籩豆以醉飽。"一說:古代國君宴請同姓貴族的私宴。《毛傳》:"飫,私也。不脫屨升堂謂之飫。"孔穎達《正義》引孫炎說:"飫,非公朝,私飲酒也。"黃焯《毛鄭平議》:"《傳》意謂飫即是燕。"《說文•食部》:"飫,燕食也。引《詩》作"饇"。"《文選•左太冲•魏都賦》劉淵林注引《韓詩》作"賓爾籩豆,飲酒之饇"。

饇（饇） yù ★依倨切（遇合三去御影）
侯部、影母

喫飽喝足。見"飫"。

饇（饇） yù 衣遇切（遇合三去遇影）
侯部、影母

同"飫"。吃飽喝足。（雅1)223《小雅•角弓》五章："如食宜饇,如酌孔取。"《毛傳》:"饇,飽也。"《鄭箋》:"王如食老者,則宜令之飽。"何楷《古義》:"饇,飽。言其惟以得爵祿爲快。如食者但知稱其饇飽之欲,酌者但知多取,曾不少加斟量也。"

醧 yù 依倨切（遇開三去御影）
侯部、影母

古代國君宴請同姓貴族的宴會。《文選•左

太沖·魏都賦》"劉淵林注引《韓詩》作"賓爾籩豆，飲酒之醧"。《說文·酉部》："醧，私宴飲也。"見"飫"。

豫 yù 羊洳切（遇合三去御以）
魚部、餘母

樂；娛樂；游樂。（雅2）186《小雅·白駒》三章："爾公爾侯，逸豫無期。"《毛傳》："爾公爾侯邪，何爲逸樂無期以反也。"254《大雅·板》八章："敬天之怒，無敢戲豫。"《毛傳》："戲豫，逸豫也。"陳奐《傳疏》："豫，樂也。"

鬻 yù 余六切（通合三入屋以）
覺部、餘母

jū ★居六切（通合三入屋見）
覺部、見母

稚；幼小。（風1）155《豳風·鴟鴞》一章："恩斯勤斯，鬻子之閔斯。"《毛傳》："鬻，稚。稚子，成王也。"陸德明《釋文》："鬻，由六反，徐居六反。"馬瑞辰《通釋》："公自言恩勤於王室者，皆惟稚子是恤閔也。"一說：通"育"。生養。朱熹《集傳》："鬻，養。…鬻養此子，誠可憐憫。"嚴粲《詩緝》："鬻，音育，義同。"

鴥（鴪、鴥）yù 餘律切（臻合三入術以）
質部、餘母

鳥疾飛的樣子。（風1、雅4）132《秦風·晨風》一章："鴥彼晨風，鬱彼北林。"《毛傳》："鴥，疾飛貌。"陸德明《釋文》作"鴪"，云："疾飛貌。"《說文·鳥部》引作"鴥"。《韓詩外傳》卷八引作"鴥"。

鬱（郁）yù 紆物切（臻合三入物影）
物部、影母

❶果名，李的一種。也叫車下李、珍珠李。（雅1）154《豳風·七月》六章："六月食鬱及薁。"《毛傳》："鬱，棣屬。"孔穎達《正義》："劉楨《毛詩義問》云：'其樹高五六尺，其實大如李，正赤，食之甜。'《本草》云：'鬱，一名雀李，一名車下李，一名棣，生高山川谷或平田中，五月時實。'言一名棣，則與棣相類，故云棣屬。"鄭漢勳《讀書偶識》卷四："鬱，今之珍珠李。高不過二三尺，亦一蒂數萼，著花滿枝，實小如衣上金紐，郭、陸二家所云'子如櫻桃'者是也。"❷（樹木）叢生茂密

的樣子。（風1）132《秦風·晨風》一章："鴥彼晨風，鬱彼北林。"《毛傳》："鬱，積也。"孔穎達《正義》："鬱者，林木積聚之貌。"朱熹《集傳》："鬱，茂盛貌。"王先謙《集疏》："《齊》，鬱作溫。《魯》，鬱作宛。"參"蘊"。

咽 yuān 縈玄切（山合四平先影）
yīn 《釋文》於巾切（臻開三平真影）
真部、影母

【咽咽】鼓聲有節奏的樣子。（頌2）298《魯頌·有駜》一章："鼓咽咽，醉言舞。"《毛傳》："咽咽，鼓節也。"朱熹《集傳》："咽與淵同，鼓聲之深長也。"陸德明《釋文》："咽，本又作淵，同。烏玄反，又於巾反。"《說文·鼓部》引《詩》作"鼞"，馬瑞辰《通釋》："今《商頌》作淵淵，及此詩作咽咽，皆即鼞鼞之假借。鼞借作咽，猶姻之重文作婣也。"

悁 yuān 於緣切（山合三平仙影）
寒部、影母

【悁悁】憂愁不安。（風1）145《陳風·澤陂》二章："寤寐無爲，中心悁悁。"《毛傳》："悁悁，猶悒悒也。"《說文·心部》："悒(yì)，不安也。"王先謙《集疏》："悁悁，蓋悲哀不舒之意。"

蜎 yuān 於緣切（山合三平仙影）
烏玄切（山合四平先影）
寒部、影母

【蜎蜎】（蟲類）屈曲蠕動。（風1）156《豳風·東山》一章："蜎蜎者蠋，烝在桑野。"《毛傳》："蜎蜎，蠋貌。"《鄭箋》："蠋蜎蜎然特行，久處桑野，有似勞苦者。"朱熹《集傳》："蜎，動貌。"

淵（渊）yuān 烏玄切（山合四平先影）
真部、影母

❶深潭；深水池。（雅6）195《小雅·小旻》六章："如臨深淵，如履薄冰。"239《大雅·旱麓》三章："鳶飛戾天，魚躍于淵。"❷深遠。（風2）28《邶風·燕燕》四章："仲氏任只，其心塞淵。"《毛傳》："淵，深也。"孔穎達《正義》："其心誠實而深遠也。"50《邶風·定之方中》三章："匪直也人，秉心塞淵。"《鄭箋》："淵，深也。"

【淵淵】鼓聲有節奏的樣子。（雅1、頌1)

178《小雅·采芑》三章:"伐鼓淵淵,振旅闐闐。"《毛傳》:"淵淵,鼓聲也。"《集傳》:"淵淵,鼓聲平和不暴怒也。"吕祖謙《詩記》引王氏(安石)説:"淵淵,深也。師衆則鼓遠,鼓遠則聲深矣。"《説文·鼓部》引《詩》作"鼘"。陳奂《傳疏》:"淵淵讀鼘鼘,故云鼓聲也。"

鼘(鼞) yuān 烏玄切(山合四平先影)
真部、影母

有節奏的鼓聲。見"咽"、"淵"。

鳶(鸢) yuān 與專切(山合三平仙以)
寒部、餘母

老鷹。(雅 2)204《小雅·四月》七章:"匪鶉匪鳶,翰飛戾天。"《毛傳》:"雕、鳶,貪殘之鳥也。"陸德明《釋文》:"鳶,鴟也。"《爾雅·釋鳥》:"鳶,鳥醜,其飛也翔。"郝懿行《義疏》:"鳶即鴟也,今之鷂鷹。"239《大雅·旱麓》三章:"鳶飛戾天,魚躍于淵。"《鄭箋》:"鳶,鴟之類,鳥之貪惡者也。"陳奂《傳疏》:"鳶天魚淵,極乎天地,此言文王之道之所至。"

鴛(鸳) yuān 於袁切(山合三平元影)
寒部、影母

【鴛鴦】鳥名。雄鳥羽色絢麗;雌鳥稍小,背部蒼褐色,腹部純白。雌雄偶居,古稱匹鳥。用以比喻夫婦。(雅 3)216《小雅·鴛鴦》一章:"鴛鴦于飛,畢之羅之。"《毛傳》:"鴛鴦,匹鳥。"《鄭箋》:"匹鳥,言其止則相耦,飛則爲雙。"姚際恒《通論》:"何玄子(楷)曰:凡《詩》言'于飛'者六。其以雌、雄連言者,惟'鳳凰于飛'及此'鴛鴦于飛'耳。…然則此詩雙舉鴛鴦以興夫婦,何疑焉。"

〔鴛鴦〕《小雅》篇名(216)。這是一首貴族祝賀新婚的詩。何楷《古義》:"疑爲幽王娶申后而作。以《白華》之詩證之,其第七章曰:'鴛鴦在梁,戢其左翼。之子無良,二三其德。'是詩亦有'在梁'二語,詞旨昭然。詩人追美初昏之詩。"陳子展《直解》:"《鴛鴦》疑是頌祝貴族君子新婚之歌,具有歌謡風格。"程俊英《注析》:"鴛鴦匹鳥,秣馬爲古迎親之禮。詩的起興都和婚姻有關。《詩序》以爲刺幽王之詩。"《鴛鴦》,刺幽王也。

思古明王交於萬物有道,自奉養有節焉。"孔穎達《正義》:"以幽王殘害萬物,奉養過度,是以思古明王交接於天下之萬物鳥獸蟲魚皆有道,不暴夭也,其自奉養有節度,不奢侈也。今不能然,故刺之。"而朱熹《集傳》以爲周天子宴請諸侯,賦《桑扈》,"此諸侯所以答《桑扈》也。亦頌禱之詞也"。屈萬里《詮釋》:"此蓋頌禱天子之詩。"四章,十六句。

元 yuán 愚袁切(山合三平元疑)
寒部、疑母

大;長(zhǎng)。(雅 1、頌 1)259《大雅·崧高》七章:"王之元舅,文武是憲。"朱熹《集傳》:"元,長,憲,法也。"299《魯頌·泮水》八章:"元龜象齒,大賂南金。"《毛傳》:"元龜,尺二寸。"陳奂《傳疏》:"元,大也。"

【元老】地位重要而資歷長久的老臣。(雅 1)178《小雅·采芑》四章:"方叔元老,克壯其猶。"《毛傳》:"元,大也。五官之長出於諸侯,曰天子之老。"

【元戎】大兵車,將帥所乘。(雅 1)177《小雅·六月》四章:"元戎十乘,以先啓行。"《毛傳》:"元,大也。夏后氏曰鈎車,先正也;殷曰寅車,先疾也;周曰元戎,先良也。"朱熹《集傳》:"元,大也。戎,戎車也。"王先謙《集疏》:"《韓》説曰:元戎,大戎,謂兵車也。…名曰陷陣之車,所以冒突先啓敵家之行伍也。"陳奂《傳疏》:"《司馬法》:'兵車一乘,甲士十人。'然則甲士二五爲一乘,十乘百人,即甲士百人。"聞一多《類鈔》:"兵車在首者曰元戎,將帥所乘。"

【元子】天子或諸侯的嫡長子。(頌 1)300《魯頌·閟宫》二章:"建爾元子,俾侯于魯。"《鄭箋》:"我立女首子,使爲君於魯。"朱熹《集傳》:"元子,魯公伯禽也。"

員(負) (一)yuán 王權切(山合三平仙云)文部、匣母

❶周圍。(頌 1)303《商頌·玄鳥》:"景員維河。"《毛傳》:"景,大。員,均。"朱熹《集傳》:"景,山名,商所都也。員,與下篇幅隕義同,蓋言周也。河,大河也。言景山四周皆大河也。"一説:通"運"。南北爲運。馬瑞辰《通釋》:"景與廣一聲之轉。景古者從京

聲,讀亦近廣,景即廣之假借。員、云古通用,皆與運同聲。…此《詩》景員,景當讀爲東西爲廣之廣,員當讀爲南北爲運之運。"又一說:通"云"。說。《鄭箋》:"員,古文作云,河之言何也。"孔穎達《正義》:"言諸侯大至,所言維云何乎？'殷受命咸宜,百祿是何',即其言之所云也。"陳喬樅《改字說》:"員者古文,云者今文。"一說:圓繞。俞樾《茶香室經說》卷四:"景,宜從毛訓大,員從鄭作云。《正月》篇'昏姻孔云',《傳》曰:'云,旋也。'旋,謂旋繞也。殷自仲丁自亳遷囂,河亶甲居相,祖乙遷耿,皆在河北,大河實旋繞之,故曰:'景云維河'。"

(二) yún 王分切 (臻合三平文云)

文部、匣母

❷加固;加大。(雅 1)192《小雅・正月》十章:"無棄爾輔,員于爾輻。"《毛傳》:"員,益也。"陳奐《傳疏》:"益與大,義相近。"一說:通"隕"。落。朱駿聲《說文通訓定聲》:"員,假借爲隕,落也。與'棄輔'同。"又一說:纏繞。俞樾《平議》卷十:"員者,旋也。古員、云同字。十二章'昏姻孔云',《傳》曰'云,旋也。''員于爾輻',即云於爾輻,謂旋繞於其輻也。"❸句末語氣詞。(風 1)93《鄭風・出其東門》一章:"縞衣綦巾,聊樂我員。"孔穎達《正義》:"云、員古今字,助句辭也。"朱熹《集傳》:"員,與云同,語詞也。"陸德明《釋文》:"員,音云,本亦作云。"一說:通"云"。友;親。指親愛的人。馬瑞辰《通釋》:"員,當讀如'昏姻孔云'之云。彼《箋》云:'云猶友也。'有與友同。詩言不相親者,云'亦莫我有',則言其相親者,宜曰'聊樂我員'矣。"又一說:團聚。孔廣森《經學巵言》卷三:"員之言圓也,環而相聚之謂也。《序》以《出其東門》爲兵革不息,男女相棄,民人思保其室家之辭。彼'有女如雲',皆出城奔離者也,幸我縞衣之男,綦巾之女,猶得團聚聊相樂耳。雖有美女,何暇思存乎？"又一說:妘姓。俞樾《經說》卷一:"聊樂我員,宋楊敬仲著《詩解》解此句云:'我自有員姓者,我妻也。'…此員字若作姓解,當讀爲'妘'。《說文・女部》:'妘,祝融之後姓也。'妘通作云。《廣韻二十文》:'古

云字亦姓,出自祝融之後。'而此經'員'字《釋文》曰:'本741作云。'則其通作妘,有明證矣。"又一說:通"魂"。神;精神。陸德明《釋文》:"員,《韓詩》作魂。魂,神也。《文選・東征賦》、《舞鶴賦》、《東武吟》李善注並引《詩》作'聊樂我魂'。"又一說:通"懷"。心懷。郭晉稀《蠡測》:"員當讀作懷。員、懷兩字不獨匣母雙聲,韻亦昷(文)、威(或稱微部)對轉,故能通用。'樂我員'即樂我懷也。"

垣 yuán 雨元切 (山合三平元云)

寒部、匣母

❶牆;矮牆。(風 1、雅 3)58《衛風・氓》二章:"乘彼垝垣,以望復關。"朱熹《集傳》:"垝,毀;垣,牆也。"254《大雅・板》七章:"价人維藩,大師維垣。"《毛傳》:"垣,牆也。"馬瑞辰《通釋》:"大師維垣,猶云衆志成城也。"鳳應韶《鳳氏經說》卷三:"屋外四周牆曰垣。垣即所謂宮牆也。"❷築牆。(雅 1)181《小雅・鴻雁》二章:"之子于垣,百堵皆作。"《鄭箋》:"征民起房舍,築牆壁,百堵同時而起,言趨事也。"

園(园) yuán 雨元切 (山合三平元云)

寒部、匣母

有牆或籬笆圍繞,用來種植花果、蔬菜、樹木的地方。(風 3、雅 2)76《鄭風・將仲子》三章:"將仲子兮,無踰我園。"《毛傳》:"園,所以樹木也。"朱熹《集傳》:"園者,圃之藩,其內可種木也。"184《小雅・鶴鳴》一章:"樂彼之園,爰有樹檀。"《呂氏春秋・重己》高誘注:"樹果曰園,《詩》曰:'園有樹桃。'"《說文・囗部》:"園,所以樹果也。"

【園有桃】《國風・魏風》篇名(109)。《詩序》:"《園有桃》,刺時也。大夫憂其君,國小而迫,而儉以嗇,不能用其民,而無德教,日以侵削,故作是詩也。"朱熹《集傳》:"詩人憂其國小而無政,故作是詩。"方玉潤《原始》:"《園有桃》,賢者憂國政日非也。"季本《解頤》:"賢人懷才而不得用,有憂世之志焉。"牟庭《詩切》:"《園有桃》,自言其心之憂而人莫知之之辭。"這是一首感時的詩。一位統治階級下層人物——士,憂心國事,却得

不到理解,無可奈何。於是滿懷悲憤,寫了這首詩。舊評以爲與《王風·黍離》有異曲同工之妙。二章,二十四句。

又見【北園】【楊園】。

爰 yuán 雨元切(山合三平元云)
寒部、匣母

❶何處;哪裏。(風 7,雅 3)204《小雅·四月》二章:"亂離瘼矣,爰其適歸。"朱熹《集傳》:"《家語》作奚。奚,何。亂離瘼矣,則我將何所適乎?"聞一多《通義》:"爰字俱疑問代名詞,猶言在何處也。"48《鄘風·桑中》一章:"爰采唐矣,沫之鄉矣。"聞一多《新義》:"爰,'於焉'之合音,猶言在何處也。"31《邶風·擊鼓》三章:"爰居爰處,爰喪其馬?"《鄭箋》:"今於何居乎?於何處乎,於何喪其馬乎?"一說:於是。朱熹《集傳》:"爰,於也。於是居,於是處,於是喪其馬而求之於林下。見其失伍離次,無鬥志也。" ❷在那裏;於是。(風 4,雅 16)113《魏風·碩鼠》一章:"樂土樂土,爰得我所。"189《小雅·斯干》二章:"爰居爰處,爰笑爰語。"《鄭箋》:"爰,於也。於是居,於是處,於是笑,於是語。言諸寢之中,皆可安樂。"237《大雅·緜》三章:"爰始爰謀,爰契我龜。"《鄭箋》:"於是始與幽人之從已者謀,謀從,又於是契灼其龜而卜之。" ❸於;在。一說:助詞。(雅 8)163《小雅·皇皇者華》二章:"載馳載驅,周爰咨諏。"《鄭箋》:"爰,於也。於是咨諏。咨詢於忠信之人。"237《大雅·緜》四章:"自西徂東,周爰執事。"《毛傳》:"爰,於也。"178《小雅·采芑》三章:"其飛戾天,亦集爰止。"朱熹《集傳》:"爰,於也。…言隼飛戾天,而亦集爰所止也。"192《小雅·正月》三章:"瞻烏爰止,于誰之屋?"孔穎達《正義》:"視烏如所止,當止於誰之屋乎?"屈萬里《詮釋》:"俗謂烏落於富家之屋。此言舉世皆窮困,不知烏落於誰家之屋。"

【爰爰】從容緩慢的樣子。(風 3)70《王風·兔爰》一章:"有兔爰爰,雉離于羅。"《毛傳》:"爰爰,緩意。"孔穎達《正義》:"兔言緩,則雉爲急矣。雉言在羅,則兔無拘制矣。舉一緩一急之物,故知施政有緩急,王心之不均矣。"馬瑞辰《通釋》:"'有兔爰爰',以喻小人

之放縱;'雉離于羅',以喻君子之獲罪。"王先謙《集疏》:"《韓》說曰:'爰爰,發踪之貌也。'…《漢書·蕭何傳》顏師古注:'發踪,謂解紲而放之也。'"

援 yuán 雨元切(山合三平元云)
寒部、匣母

《說文·手部》:"援,引也。"見"鉤"、"畔"。參"媛"。

原 yuán 愚袁切(山合三平元疑)
寒部、疑母

❶原野。寬廣平坦的地方。(雅 13)164《小雅·常棣》三章:"脊令在原,兄弟急難。"163《小雅·皇皇者華》一章:"皇皇者華,于彼原隰。"《毛傳》:"高平曰原,下濕曰隰。"250《大雅·公劉》二章:"篤公劉,于胥斯原。"《鄭箋》:"廣平曰原。"《公羊傳·昭公元年》:"原者何?上平曰原,下平曰隰。" ❷姓。(風 1)137《陳風·東門之枌》二章:"穀旦于差,南方之原。"《毛傳》:"原,大夫氏。"《鄭箋》:"以南方原氏之女可以爲上處。"孔穎達《正義》:"上處者,言是一國最上之處也。"一說:原野。朱熹《集傳》:"差擇善旦以會於南方之原。"于省吾《新證》:"南方之原,謂南方高平之地也。"又見【大原】。參"崔"。

嫄 yuán 愚袁切(山合三平元疑)
寒部、疑母

周始祖后稷母親的名字。《說文·女部》:"嫄,台國之女,周棄母字也。"見【姜嫄】。

源 yuán 愚袁切(山合三平元疑)
寒部、疑母

水流起頭的地方。(風 2)59《衛風·竹竿》二章:"泉源在左,淇水在右。"《毛傳》:"泉源,小水之源。"孔穎達《正義》:"泉源,泉水初出。"朱熹《集傳》:"泉源,即百泉也。在衛之西北,而東南流入淇,故曰在左。淇水在衛之西南,而东流與泉源合,故曰在右。"

騵(骒) yuán 愚袁切(山合三平元疑)
寒部、疑母

赤身白腹的馬。(雅 1)236《大雅·大明》八章:"檀車煌煌,駟騵彭彭。"《毛傳》:"騵馬白腹曰騵。言上周下殷也。"孔穎達《正義》:"又駕駟騵之牡馬,彭彭然皆強盛。"曾運乾

《毛詩說》："按：周尚赤，殷尚白。"

遠（远） yuǎn 雲阮切（山合三上阮云）
寒部、匣母

❶遠；(空間或時間)距離長。跟"近"相對。(風13,雅6)35《邶風·谷風》二章："不遠伊邇,薄送我畿。"154《豳風·七月》三章："取彼斧斨,以伐遠揚。"《毛傳》："遠,枝遠也。"朱熹《集傳》："遠揚,遠枝揚起者也。" ❷指遠處;遠方。(雅1)253《大雅·民勞》一章："柔遠能邇,以定我王。"陳奐《傳疏》："遠謂四方,邇謂中國。" ❸遠大;深遠。(風1,雅3)256《大雅·抑》二章："訏謨定命,遠猶辰告。"陳奐《傳疏》："言賢人能以遠大之道,時警告之也。" ❹（舊 yuàn）遠離。(風8,雅2)39《邶風·泉水》二章："女子有行,遠父母兄弟。"孔穎達《正義》："遠於父母兄弟之親。"牟庭《詩切》："女子已嫁,當與父母兄弟離遠矣。"54《鄘風·載馳》二章："視爾不臧,我思不遠。"《毛傳》："不能遠衛我。"朱熹《集傳》："遠,猶忘也。"馬瑞辰《通釋》："遠,猶去也,我思不去,猶不止。"一說：深遠。王先謙《集疏》："我之思慮豈不深遠乎？" ❺疏遠。(雅4)223《小雅·角弓》一章："兄弟昏姻,無胥遠矣。"《鄭箋》："骨肉之親,當相親信,無相疏遠。"又見《悠遠》。

怨 yuàn 於願切（山合三去願影）
於袁切（山合三平元影）
寒部、影母

埋怨;怨恨。(風1,雅8)194《小雅·雨無正》六章："亦云可使,怨及朋友。"201《小雅·谷風》三章："忘我大德,思我小怨。"58《衛風·氓》六章："及爾偕老,老使我怨。"姚際恒《通論》："言汝曾言'及爾偕老'，今偕老之說徒使我怨而已。"249《大雅·假樂》三章："無怨無惡,率由群匹。"孔穎達《正義》："無有咎怨之者,無有憎惡之者。"朱熹《集傳》："無私怨惡以任衆賢。"屈萬里《詮釋》："二語言臣民無怨惡王者,以王能順從群衆之望也。"

苑 (一) yuǎn 於阮切（山合三上阮影）
寒部、影母

❶花紋。(風1)128《秦風·小戎》三章："蒙伐有苑。"《毛傳》："苑,文貌。"朱熹《集傳》："畫雜羽之文於盾上也。"

(二) yùn ★委隕切（臻合三上吻影）
寒部、影母

❷見《苑² 結》。
【苑² 結】又作"菀結"。鬱結;愁悶不解。(雅1)225《小雅·都人士》三章："我不見兮,我心苑結。"《鄭箋》："苑,猶屈也,積也。"陸德明《釋文》："苑,於粉反。屈也,積也。徐音鬱,又於阮反。"孔穎達《正義》作"菀結",云："我心爲之菀然盤屈,如繩索之爲結也。"阮元《校勘記》："菀結,即《素冠》之薀結。參《宛》。

媛 yuàn 王眷切（山合三去線云）
寒部、匣母

美女。(風1)47《鄘風·君子偕老》三章："展如之人兮,邦之媛也。"《毛傳》："美女爲媛。"朱熹《集傳》："美女爲媛,見其徒有美色而無人君之德也。"姚際恒《通論》："邦之媛,猶後世言國色。"一說：援助。《鄭箋》："媛者,邦人所依倚以爲援助也。"陸德明《釋文》："于眷反。媛,《韓詩》作援。援,取也。"《説文·女部》："媛,美女也,人所援也。從女從爰。爰,引也。《詩》曰：'邦之媛兮。'"

願（愿） yuàn 魚怨切（山合三去願疑）
寒部、疑母

❶願望;心願。(風1)94《鄭風·野有蔓草》一章："邂逅相會,適我願兮。"《毛傳》："不期而會,適其時願。" ❷思念;想念。(風2)30《邶風·終風》三章："寤言不寐,願言則嚏。"《鄭箋》："願,思也。"嚴粲《詩緝》："願汝思懷我而悔悟也。" ❸每;每每。(風4)44《邶風·二子乘舟》一章："願言思子,心中養養。"《毛傳》："願,每也。"62《衛風·伯兮》三章："願言思伯,甘心疾首。"孔穎達《正義》："毛於《二子乘舟·傳》曰：'願,每也。'則一'願'亦爲'每'。言我每有所言,則思念於伯。"陳奐《傳疏》："願言,每曰也。"一說：思念;想念。《鄭箋》："願,念也。…我念思伯,心不能已。"

曰 yuē 王伐切（山合三入月云）
月部、匣母

❶ 説。（風19、雅25、頌2）82《鄭風·女曰雞鳴》一章："女曰雞鳴，士曰昧旦。"256《大雅·抑》六章："無易由言，無曰苟矣。"

❷ 句首、句中助詞。（風6、雅24、頌2）109《魏風·園有桃》一章："彼人是哉，子曰何其！"《鄭箋》："曰，於也。"劉淇《助字辨略》卷五："此曰字在句中，語助詞也。《鄭箋》訓子曰為於，於亦語辭，不為義也。"一説：説；言。朱熹《集傳》："彼之所言已是矣，而子之言獨何為哉？"256《大雅·抑》十二章："天方艱難，曰喪厥國。"孔穎達《正義》："此'曰'為辭，故《韓詩》作'聿'。"陳奐《傳疏》："曰喪厥國，《釋文》引《韓詩》作聿，古曰與聿通。"223《小雅·角弓》七章："雨雪瀌瀌，見晛曰消。"《韓詩外傳》卷四引《詩》作"嚥晛聿消"，《荀子·非相》引《詩》作"宴然聿消"，《漢書·劉向傳》引作"見晛聿消"。陸德明《釋文》："曰，《韓詩》作聿，劉向同。"一説：則；就。李黼平《紃義》："毛作《傳》時，經當是聿字。聿，遂也。言雪見日氣而遂消也。"裴學海《古書虛字集釋》："曰猶則也。"引此例。

約（约）yuē 於略切（宕開三入藥影）
藥部、影母

纏束；捆扎。（雅2、頌1）178《小雅·采芑》二章："約軧錯衡，八鸞瑲瑲。"朱熹《集傳》："約，束；軧，轂也。以皮纏束兵車之轂而朱之也。"189《小雅·斯干》三章："約之閣閣，椓之橐橐。"《毛傳》："約，束也。"《鄭箋》："約，謂縮版也。"孔穎達《正義》："縮、約皆謂以繩纏束也。"嚴粲《詩緝》："築牆之時，以繩約束其板，閣閣然上下相乘，即所謂'縮板以載'也。"

礿 yuè 以灼切（宕開三入藥以）
鐸部、餘母

夏商春祭為礿，周代夏祭為礿。見"禴（yuè）"。

月 yuè 魚厥切（山合三入月疑）
月部、疑母

❶ 月亮。（風10、雅4）96《齊風·雞鳴》二章："匪東方則明，月出之光。"166《小雅·天保》六章："如月之恒，如日之升。"❷一月；一年的十二分之一。（風38、雅13、頌1）72《王風·采葛》一章："一日不見，如三月兮。"68《王風·揚之水》一章："懷哉懷哉，曷予予還歸哉？"❸每月；月月。（雅2、頌1）196《小雅·小宛》四章："我日斯邁，而月斯征。"191《小雅·節南山》六章："不吊昊天，亂靡有定。式月斯生，俾民不寧。"《鄭箋》："式，用也。用月此生，言用月益甚也。"章炳麟《膏蘭室札記》卷一："此謂亂之生，如月之三日成魄，八日上弦，十五日月正圓，其光遞增益也。'用月此生'，言用如月然而生也。"一説：通"刖"。折。俞樾《平議》卷十："月乃刖之省。《説文·手部》：'刖，折也。''式月斯生'，言用折其生也。蓋亂靡有定，故民不得遂其生而殀折也。"❹指婦女懷胎的月份。（雅1、頌1）300《魯頌·閟宮》一章："無災無害，彌月不遲。"《鄭箋》："終人道十月而生子，不遲晚。"

[月出]《國風·陳風》篇名（143）。這首詩寫男子在月下懷念一位俏麗婀娜的美人，心情煩悶，無以自解。是一首別具風格的雙聲叠韻詩。朱熹《集傳》："此亦男女相悦而相念之辭。言月出則皎然矣，佼人則僚然矣。安得見之而舒窈糾之情乎？"又《辨説》："此不得為刺詩。"陳子展《直解》："蓋詩人期會月下美人，自道其相慕之情，相思之勞而作。《詩序》：'《月出》，刺好色也。在位不好德而悦美色焉。'是以美為刺。魏源《詩古微》以為刺陳靈公："《月出》，刺靈公淫夏姬也。"高亨説是哀悼一位被陳國統治者殺害的英俊人物，説法很特別。三章，十二句。

又見【蠶月】【日月】【正月】。

嶽（岳）yuè 五角切（江開二入覺疑）
屋部、疑母

高大的山，特指我國四座或五座名山。束嶽泰山，西嶽華山，南嶽衡山，北嶽恒山，稱為"四嶽"。（雅2、頌2）273《周頌·時邁》："懷柔百神，及河喬嶽。"《毛傳》："喬，高也。高嶽，岱宗也。"陳奐《傳疏》："高嶽岱宗也者，蓋舉東嶽以該南、西、北三嶽也。"259《大雅·崧高》一章："崧高維嶽，駿極于天。"

《毛傳》："嶽，四嶽也。東嶽，岱；南嶽，衡；西嶽，華；北嶽，恒。"孔穎達《正義》："經典羣書多言五嶽，此《傳》唯言四嶽者，以堯之建官司而立四伯，主四時四方之嶽而已，不主中嶽。故《堯典》每言四嶽，而不及五也。"朱熹《集傳》："嶽，山之尊者。東岱，南霍，西華，北恒是也。"四嶽，加上中嶽嵩山，即爲五嶽。《爾雅·釋山》："泰山爲東嶽，華山爲西嶽，霍山（衡山）爲南嶽，恒山爲北嶽，嵩山爲中嶽。"《説文·山部》："嶽，東岱，南霍，西華，北恒，中泰室。王者之所以巡狩所至。從山，獄聲。岳，古文，象高形。"一説：此"嶽"指吳嶽。一名吳山，即《禹貢》之岍山，在今陝西省隴縣西南。馬瑞辰《通釋》："周時五嶽，以《爾雅》河南華、河西嶽（郭注：'嶽，吳嶽'）、河東岱、河北恒、江南衡爲正。"邵晉涵《爾雅正義》："華山在成周境内，故首舉之。吳嶽在岐周境内，故次之。東岱、北恒、南衡，所謂三面環拱也。"鄭玄《雜問志》云："周都豐鎬，故以吳嶽爲西嶽。"又一説：指太嶽。屈萬里《詮釋》："此嶽，當指《禹貢》冀州之嶽言，即太嶽，後之霍山也。"

禴 yuè 以灼切（宕開三入藥以）
藥部、餘母

古代祭祀名。夏商兩代春祭爲禴，周代夏祭爲禴。（雅 1）166《小雅·天保》四章："禴祠烝嘗，于公先王。"《毛傳》："春曰祠，夏曰禴，秋曰嘗，冬曰烝。"陸德明《釋文》："禴，本又作礿。"《禮記·王制》："天子諸侯宗廟之祭，春曰礿，夏曰禘，秋曰嘗，冬曰烝。"鄭玄注："此蓋夏殷之祭名，周則改之，春曰祠，夏曰礿。"

籥 yuè 以灼切（宕開三入藥以）
藥部、餘母

一種古樂器，編管制成，爲排簫的前身。甲骨文作龠，象編管之形。一説：形如笛，三孔、六孔或七孔。（風 1，雅 2）38《邶風·簡兮》三章："左手執籥，右手秉翟。"《毛傳》："籥，六孔。"陸德明《釋文》："籥，以竹爲之，長三尺，執之以舞。鄭注《禮》云：'三孔。'郭璞同，云：'形似笛而小。'《廣雅》云：'七孔。'"朱熹《集傳》："執籥秉翟者，文舞也。

籥如笛而六孔，或曰三孔。"《説文》、《玉篇》引《詩》並作"龠"。220《小雅·賓之初筵》二章："籥舞笙鼓，樂既和奏。"《毛傳》："秉籥而舞，與笙鼓相應。"《鄭箋》："籥，管也。"朱熹《集傳》："籥舞，文舞也。"

龠 yuè 以灼切（宕開三入藥以）
藥部、餘母

古代一種編管樂器。見"籥"。

越 yuè 王伐切（山合三入月云）
月部、匣母

❶踰越；超過。（頌 1）304《商頌·長發》二章："率履不越，遂視既發。"《鄭箋》："使其民循禮，不得踰越。"❷揚；稱揚。見【對越】。
【越以】助詞，無實義。（風 1）137《陳風·東門之枌》三章："穀旦于逝，越以鬷邁。"陳奂《傳疏》："越讀同粵。《爾雅》：'粵，於也。'……此云'越以'，皆合二字爲發語之詞。"一説：與我。聞一多《類鈔》："'越，與也；以，通'台'，我也。"又一説：踰越；趕到前面去。牟庭《詩切》："《漢書·司馬相如傳》文穎注曰：'越，踰也。'……越以鬷邁，言踰越儕伍，遠結歸伴，凑聚而行也。"

鉞（钺） yuè 王伐切（山合三入月云）
月部、匣母

古代一種兵器和刑具，用於砍殺，形狀象大斧。王者出征，持鉞表示權威。（頌 1）304《商頌·長發》六章："武王載旆，有虔秉鉞。"馬瑞辰《通釋》："《字林》：'鉞，王斧也。'故王者親征，多秉鉞。"參"戚"。

躍（跃） （一）yuè 以灼切（宕開三入藥以）
藥部、餘母

❶跳；跳躍。（雅 2）239《大雅·旱麓》三章："鳶飛戾天，魚躍于淵。"《鄭箋》："魚跳躍於淵中，喻民喜得所。"于邕《香草校書》卷十六："此當喻賢人之出現也。故下文云'遐不作人'。"

（二）tì 《釋文》他歷反（梗開四入錫透）
藥部、透母

❷見【躍²躍²】。

【躍²躍²】同"趯趯"。跳得很快的樣子。（雅 1）198《小雅·巧言》四章："躍躍毚兔，遇犬獲之。"孔穎達《正義》："躍躍然者，跳疾之狡兔。"朱熹《集傳》："躍躍,跳疾貌。"《初學記·獸部》、《文選·張平子·西京賦》李善注均引作"趯趯毚兔"。《史記·春申君列傳》裴駰《集解》引韓嬰《章句》："趯趯,往來貌。"《戰國策·楚策》引此二句詩,高誘注:"躍躍,跳走也。毚,狡也。喻狡兔騰躍以爲難得也,或時誘犬獲之,喻讒人如毀傷人,遇明君則治女罪也。"

又見【踢躍】。

閱（阅） yuè 弋雪切（山合三入薛以）
月部、餘母

❶容;容納。(風1、雅1)35《邶風·谷風》三章:"我躬不閱,遑恤我後。"《毛傳》:"閱,容也。"《鄭箋》:"我身尚不能自容,何暇憂我後所生子孫也。"朱熹《集傳》:"自思我身且不見容,何暇恤我已去之後哉?"《説文·門部》"閱"下段玉裁注:"古假閱爲穴。…《詩》'我躬不閱'《傳》曰:'閱,容也。'言我躬不能容,如無空穴以自處也。"《左傳·襄公二十五年》引《詩》作"説",陳奐《傳疏》:"説,與閱通。"

❷窟穴。見【掘閱】。

悦 yuè 弋雪切（山合三入薛以）
月部、餘母

喜悦;舒服。見"説"。

云 yún 王分切（臻合三平文云）
文部、匣母

❶説。(風1、雅3)50《鄘風·定之方中》二章:"卜云其吉,終然允臧。"194《小雅·雨無正》六章:"云不可使,得罪于天子。"

❷言;話。(雅1)199《小雅·何人斯》一章:"伊誰云從,維暴之云。"《毛傳》:"云,言也。"王先謙《集疏》:"所從者誰? 惟從暴之言耳。"陳奐《傳疏》:"《傳》訓'云'爲言,釋下'云'字,不釋上'云'字。云,言也。言即譖言也。"❸周旋。(雅1)192《小雅·正月》十二章:"洽比其鄰,昏姻孔云。"《毛傳》:"云,旋也。"孔穎達《正義》:"甚相與周旋而已。"黄焯《毛鄭平議》:"昏姻孔云者,謂與瑣瑣姻婭相周旋也。"一説:親近;友好。《鄭箋》:"云,猶友也。言尹氏富,獨與兄弟相親友爲朋黨也。"陸德明《釋文》:"云,本又作員,音同。毛,旋也;鄭,友也。"又一説:

通"懷"。想念。郭晉稀《蠡測》:"今以爲云當讀作懷。云、懷既匣紐雙聲,又微痕(文)對轉,字可通假。《常棣》詩云:'兄弟孔懷。'此詩言孔云,正猶彼詩言孔懷也。"又一説:增加;多。阮元《補箋》:"云,讀與'員于爾輻'同,益也。"❹句首、句中助詞。無實義。(風13、雅23)3《周南·卷耳》四章:"我僕痡矣,云何吁矣!"陳奐《傳疏》:"云爲語詞,凡全《詩》云字,或在句首,或在句中、句末,多用爲語詞,無實義。"264《大雅·瞻卬》六章:"人之云亡,心之憂矣。"258《大雅·雲漢》四章:"赫赫炎炎,云我無所。"高亨《今注》:"云,發語詞。一説:庇蔭、遮蔭。馬瑞辰《通釋》:"云爲雲字古文,象回環之形。《正月》詩'昏姻孔云'《傳》:'云,旋也。'云又通員。員之言,圓也,運也。迴旋運轉有庇蔭之象。…'云我無所',猶云蔭我無處耳。"❺有;或。(雅2)257《大雅·桑柔》六章:"民有肅心,荓云不逮。"《廣雅·釋詁》:"云,有也。"王念孫《疏證》:"'民有肅心,荓云不逮',言使有不逮也;'爲民不利,如云不克',言如有不克也。"王引之《釋詞》卷三引王念孫曰:"云,猶或也。或與有古同聲通用。…'民有肅心,荓云不逮',言使或不逮也。"一説:助詞,無實義。戴震《考證》:"《詩》作云字,言字皆爲辭助者多矣。有進心而使之不敢前,所謂如遡風而行,不能喘息也。"

芸 yún 王分切（臻合三平文云）
★王問切（臻合三去焮云）
文部、匣母

(花、草)黄盛的樣子。(雅2)214《小雅·裳裳者華》二章:"裳裳者華,芸其黃矣。"《毛傳》:"芸,黃盛也。"233《小雅·苕之華》一章:"苕之華,芸其黃矣。"《毛傳》:"將落則黃。"王引之《述聞》卷六:"'芸其黃矣',言其盛,非言其衰。故次章云'其葉青青'也。…詩人之起興,往往感物之盛而歎人之衰。"參"耘"。

耘 yún 王分切（臻合三平文云）
文部、匣母

除草。(雅1、頌1)211《小雅·甫田》一章:"今適南畝,或耘或耔。"《毛傳》:"耘,除草也。"《鄭箋》："於古言稅法，今言治田，互辭。"陸德明《釋文》："芸，本又作耘。除草也。"290《周頌·載芟》："千耦其耘，徂隰徂畛。"陸德明《釋文》作"芸"，説："本又作耘，除草也。"

雲（云） yún 王分切（臻合三平文云） 文部、匣母

在空中成團地漂浮的水點，由水蒸氣上升遇冷凝聚而成。(風4、雅3)47《邶風·君子偕老》二章："鬒髮如雲，不屑髢也。"《毛傳》："如雲，言美長也。"《集傳》："如雲，言多而美也。"229《小雅·白華》二章："英英白雲，露彼菅茅。"

【雲漢】天河；銀河。(雅2)238《大雅·棫樸》四章："倬彼雲漢，爲章于天。"《毛傳》："雲漢，天河也。"嚴粲《詩緝》："雲漢倬然明大，爲文章於天，人皆仰之。"《北堂書鈔·天部》引作"菿彼雲漢"。

〖雲漢〗《大雅》篇名(258)。這是大旱之年，周宣王仰天求雨祈神的禱告詞。詩中描寫了當時旱災的嚴重情況以及宣王的愁苦心情。《詩序》："《雲漢》，仍叔美宣王也。宣王承厲王之烈，內有撥亂之志，遇災而懼，側身脩行，欲銷去之。天下喜於王化復行，百姓見憂，故作是詩也。"朱熹《集傳》："言雲漢者，夜晴則天河明，故述王仰訴於天之詞如此。"王先謙《集疏》引《韓》説云："《雲漢》，宣王遭旱仰天也。"季本《解頤》："此述宣王憂旱之詩也。"方玉潤《原始》："此一篇襄旱文也，而篇中所言，乃王自禱詞耳。"按董仲舒《春秋繁露·郊祀》："周宣王時，天下大旱，歲甚惡。王憂之。"引此詩十九句。又孔穎達《正義》引皇甫謐《帝王世紀》："宣王元年，天下大旱，二年不雨，至六年乃雨。"是詩當作於宣王二年至六年之間(公元前827—前822)。陸德明《釋文》："自此至《常武》六篇，宣王之《變大雅》。"八章，八十句。

又見[同雲]。参"雨"。

昀 yún 羊倫切（臻合三平諄以） 真部、餘母

【昀昀】(田地)平坦整齊。(雅1)210《小雅·信南山》一章："昀昀原隰，曾孫田之。"《毛傳》："昀昀，墾辟貌。"《鄭箋》："今原隰墾辟，則又成王之所佃。"陸德明《釋文》："昀，音匀。字又作畇，蘇遘反，又音旬。"馬瑞辰《通釋》："昀昀者，田已均治之貌。"《文選·左太冲·魏都賦》"昀昀原隰"李善注："向曰：昀昀，平坦貌。"

允 yǔn 余準切（臻合三上準以） 文部、餘母

❶誠實；可信。(雅4)174《小雅·湛露》三章："顯允君子，莫不令德。"朱熹《集傳》："允，信也。"謝枋得《注疏》："古者用人多取明允。…顯允君子，顯者，其心明白洞達；允者，其心忠信誠愨，無一可疑也。"179《小雅·車攻》八章："允矣君子，展也大成。"朱熹《集傳》："信矣其君子也，誠哉其大成也。"陳奐《傳疏》："《爾雅》：'允、展，信也。'又'展、允，誠也。'…允、展同義也。析言之，則展訓誠，允訓信。允矣君子，展也大成，言信矣君子，誠能成其大功也。"《禮記·緇衣》引《詩》作"允也君子，展也大成"。❷副詞。確實；實在。(風1、雅3、頌8)50《邶風·定之方中》二章："卜云其吉，終然允臧。"《毛傳》："允，信。"朱熹《集傳》："果獲其善也。"273《周頌·時邁》："允王保之。"朱熹《集傳》："信乎王之能保天命也。"263《大雅·常武》六章："王猶允塞，徐方既來。"《漢書·嚴助傳》引此詩説："言王道甚大，而遠方懷之也。"一説：可信。孔穎達《正義》："王之謀慮，信而誠實。"❸助詞。無實義。(頌1)296《周頌·般》："隨山喬嶽，允猶翕河。"陳奐《傳疏》："允猶翕河，言猶合河而祭之。允，語詞耳。"一説：通"沇(yǎn)"。水名。即濟水。高亨《今注》："允，借爲沇，水名。濟水的別稱。猶，借爲酒(qiú)，水名，在西周境内。翕，合也。沇、酒二水都流入黄河，所以説沇酒翕河。"按《書·禹貢》："導水東流爲濟，入於河。"又一説：信；確實。《鄭箋》："小山及高岳皆信案山川之圖而次序祭之。"又一説：通"䩵(yǔn)"。進。曾運乾《毛詩説》："允，讀爲䩵，進也。猶，猶獨也。'允猶翕河'，即'進用涉河'也。"按《集韻·準韻》："䩵，《說文》：'進也。'"

犹 yǔn 余準切（臻合三上準以）
文部、餘母

玁犹，我國古代北方的一個民族。見"獫(xiǎn)"。

隕(隕) （一）yǔn 于敏切（臻合三上軫云）
文部、匣母

❶（從高處）落下；墜落。（風2、雅1）58《衛風·氓》四章："桑之落矣，其黃而隕。"《毛傳》："隕，墮（墜）也。"陳奐《傳疏》："其黃而隕，言黃且隕也。"阜陽漢簡《詩經》作"其黃而芸"。197《小雅·小弁》六章："心之憂矣，涕既隕之。"《毛傳》："隕，隊（墜）也。"

❷廢止；喪失。（雅1）237《大雅·緜》八章："肆不殄厥愠，亦不隕厥問。"《鄭箋》："故不絕去其恚惡惡人之心，亦不廢其聘問鄰國之禮。"朱熹《集傳》："言大王雖不能殄絕混夷之愠怒，亦不隕墜己之聲問。"陳奐《傳疏》："隕，失也。"陸德明《釋文》作"殞"云："韻謹反，墜也。"

（二）yuán ★于權切（山合三平仙云）
文部、匣母

❸通"圓"。周圍。（頌1）304《商頌·長發》一章："外大國是疆，幅隕既長。"《鄭箋》："隕，當作圓。圓，謂周也。"陳喬樅《改字說》："渾圓則無不均之處，鄭破隕爲圓，申毛，非易毛也。"一說：音yún，均平。《毛傳》："幅，廣也；隕，均也。"孔穎達《正義》："使中國廣大均平，既已長遠矣。"

又見【幅隕】。

愠 yùn 於問切（臻合三去問影）
文部、影母

怒；怨恨。（風1、雅1）26《邶風·柏舟》四章："憂心悄悄，愠于群小。"《毛傳》："愠，怒也。"孔穎達《正義》："言仁人憂心悄悄然，而怨此群小人在於君側者也。"朱熹《集傳》："言見怒於眾妾也。"237《大雅·緜》八章："肆不殄厥愠，亦不隕厥問。"《毛傳》："愠，恚。"陳奐《傳疏》："愠、恚並爲怒。"…大王赫怒整旅，至文王而不絕其所怒也。"馬瑞辰《通釋》："此二句正言文王事混夷之事。言始事混夷，雖不能殄絕其愠怒，亦不以大事小而失其譽聞。"按《孟子·盡心下》引此詩，趙歧注："言文王不殄絕畎夷之愠怒，亦不能殞失文王之善聲問也。"一說：通"昷"，仁。于鬯《香草校書》卷十六："《説文·皿部》：'昷，仁也。'經典無'昷'字，通以'愠'爲之。…'不殄厥昷'者，不絕其仁心也。"參【慰】。

熅 yùn ★紆問切（臻合三去問影）
文部、影母

悶熱。見"蘊"。

蘊 yùn 於問切（臻合三去問影）
於粉切（臻合三上吻影）
文部、影母

通"熅"。悶熱。（雅1）258《大雅·雲漢》二章："旱既大甚，蘊隆蟲蟲。"《毛傳》："蘊蘊而暑，隆隆而雷，蟲蟲而熱。"孔穎達《正義》："旱氣已太甚矣，其暑氣蘊蘊然，雷聲隆隆然，熱氣爊爊然，酷熱如此，無復雨意。…温字定本作蘊。嚴粲《詩緝》："蘊，王氏曰：蘊積也。"陸德明《釋文》："蘊，紆粉反本又作熅。紆文反《韓詩》作鬱。同。"段玉裁《小箋》："温，讀爲蘊，鬱積也。定本作蘊。"阮元《校刊記》："以《小宛·正義》考之，當云：'蘊字定本作温。'"馬瑞辰《通釋》："《説文》有薀無蘊，蘊即薀之俗字。薀、熅、温古同聲，薀、鬱雙聲，故通用。…蘊隆謂暑氣鬱積而隆盛，蟲蟲則熱氣熏烝之狀也。"

【蘊結】鬱悶不解。（風1）147《檜風·素冠》三章："我心蘊結兮，聊與子如一兮。"《集傳》："蘊結，思之不解也。"《説文·艸部》："薀，積也。"阮元《校刊記》："《正義》、《釋文》作蘊者，即薀之俗字耳。"桂馥《札樸》卷一："《檜風》'我心蘊結'，《小雅》'我心菀結'，皆謂鬱結也。《集韻》愠、愪並音鬱，心所鬱積也。"

Z

雜（杂、襍） zá 徂合切（咸開一入合從）

緝部、從母

【雜佩】由幾種玉合成的佩玉。(風 3)82《鄭風·女曰雞鳴》三章："知子之來之，雜佩以贈之。"《毛傳》："雜佩者，珩、璜、琚、瑀、衝牙之類。"朱熹《集傳》："雜佩者，左右佩玉也。上橫曰珩，下繫三組，貫以蠙珠。中組之半貫一大珠曰瑀。末懸一玉，兩端皆銳，曰衝牙。兩旁組半各懸一玉，長博而方，曰琚。其末各懸一玉，如半璧而內向，曰璜。又以兩組貫珠，上繫珩兩端，下交貫於瑀，而下繫於兩璜，行則衝牙觸璜而有聲也。"陳奐《傳疏》："佩所繫之玉，謂之佩玉。集諸玉石以爲佩，謂之雜佩。雜之爲言集也，合也。"胡承珙《後箋》："雜佩謂之佩玉，亦謂之玉佩。故《鄭風》言'佩玉瓊琚'，《秦風》言'瓊瑰玉佩'，一也。"按《說文·衣部》："襍，五彩相合。從衣集聲。"邵瑛《羣經正字》："今經典作雜。"

哉 zāi 祖才切（蟹開一平咍精）

之部、精母

❶語氣詞。表示感歎，可譯爲"啊"。(風 20、雅 18、頌 3)19《召南·殷其靁》一章："振振君子，歸哉歸哉！"244《大雅·文王有聲》一章："文王烝哉！"282《周頌·雝》："假哉皇考，綏予孝子。"109《魏風·園有桃》一章："彼人是哉！子曰何其？"孔穎達《正義》："君之行是哉！子之歌謠且欲何其爲乎？"227《小雅·黍苗》二章："我行既集，蓋云歸哉。"《鄭箋》："南行之事既成，召伯則皆告之曰：可歸哉。"一説：通"載"。章炳麟《皐蘭室札記》卷二："'哉'當借爲'載'。下章云'蓋云歸處'，則此章不宜虛用語詞。…'載'亦訓'處'。《老子》'載營魄抱一'，王弼注：'載猶處也'。是也。"❷語氣詞。用在有疑問詞的句子裏，幫助表示疑問或反詰語氣，仍然帶有感歎的意味。可譯爲"呢"或"啊"。(風 9)40《邶風·北門》一章："天實爲之，謂之何哉？"65《王風·黍離》一章："悠悠蒼天，此何人哉？"❸開始；開創。(雅 1)235《大雅·文王》二章："陳錫哉周，侯文王孫子。"《毛傳》："哉，載也。"《鄭箋》："哉，始。…以受命造始周國。"《左傳·宣公五年》、《昭公十年》並引《詩》"陳錫載周"。《爾雅·釋詁》："哉，始也。"陸德明《釋文》："哉，如字。毛，載也。鄭，始也。本又作載。"陳奐《傳疏》："《載見傳》：'載，始也。'哉爲載，載又爲始，此一義之申。"戴震《考證》："古字載與栽通。栽猶殖也。言文王能布大利於天下以豐殖周。"一説：助詞。無實義。朱熹《集傳》："哉，語辭。…是以上帝敷錫於周，維文王孫子。"又一説：在；於。于省吾《新證》："哉、在古通。陳錫哉周，應讀作陳錫在周。在猶于也。謂申錫于周。陳錫指文王言。"又一説：通"載"。成。《國語·周語上》引此詩，韋昭注："陳，布也。錫，賜也。言文王布賜施利，以載成周道也。"俞樾《平議》卷十一："惟文王勉之又勉之，故令聞不已。惟其令聞不已，故能申錫無疆，載成周道也。"又見【焉哉】【也哉】。參"茲"。

災（灾、裁） zāi 祖才切（蟹開一平咍精）

之部、精母

❶災害；各種自然或人爲的禍害。(頌 1)

栽宰載 zāi—zài 689

300《魯頌·閟宮》一章："無災無害,彌月不遲。是生后稷,降之百福。"陸德明《釋文》:"災,字又作灾,本亦作菑,音同。"❷害;降災。(雅1)265《大雅·召旻》六章:"溥斯害矣,職兄斯弘,不災我躬。"《鄭箋》:"災,謂見誅伐。"楊樹達《述林》卷一:"災亦爲害,故古人以之與害並言矣。"按《說文·火部》:"災,天火曰災。從火,𢦏聲。灾,或從宀、火;烖,籀文從𢦏。《詩經》"災"、"灾"並出。

栽 zāi 祖才切（蟹開一平咍精）之部,精母
災害;降災。見"災"。

宰 zǎi 作亥切（蟹開一上海精）之部,精母
❶宰夫,冢宰的屬官,輔佐冢宰管理朝政。(雅1)193《小雅·十月之交》四章:"家伯維宰,仲允膳夫。"孔穎達《正義》引《周禮》"宰夫"鄭司農注:"詩人曰:'家伯維宰。'謂此宰人也。"陳奐《傳疏》:"仲師治《毛詩》,當是《毛詩》古說。"一說:冢宰:奴隸社會或封建社會中輔佐君主統治國家的最高長官。《鄭箋》:"冢宰,掌建邦之六典,皆卿也。"❷家臣。(雅1)209《小雅·楚茨》五章:"諸宰君婦,廢徹不遲。"朱熹《集傳》:"諸宰,家宰,非一人之稱也。"又見【冢宰】。

載（载） （一）zài 作代切（蟹開一去代精）之部、精母
昨代切（蟹開一去代從）之部、從母
❶（用車）裝載,裝運。(風1、雅8、頌2)168《小雅·出車》一章:"召彼僕夫,謂之載矣。"《鄭箋》:"召御夫使裝載物而往。"192《小雅·正月》九章:"其車既載,乃棄爾輔。"《毛傳》:"大車重載,又棄其輔。"291《周頌·良耜》:"或來瞻女,載筐及筥。"175《小雅·彤弓》二章:"彤弓弨兮,受言載之。"《毛傳》:"載以歸也。"《鄭箋》:"出載之車也。"一說:收藏;保藏。馬瑞辰《通釋》:"載亦藏也。"《廣雅》:'載,䢄也。'䢄,讀如皮藏之皮。"❷指裝載的東西。(雅2)192《小雅·正月》十章:"屢顧爾僕,不輸爾載。"朱熹《集傳》:

"又數數顧視其僕,則不墮爾所載。"❸設;陳設。(雅1、頌1)302《商頌·烈祖》:"既載清酤,賚我思成。"239《小雅·旱麓》四章:"清酒既載,騂牡既備。"《鄭箋》:"既載,謂已在尊中也。"王先謙《集疏》:"《韓》說曰:載,設也。"馬瑞辰《通釋》:"載與䢄音同。《說文》:'䢄,設飪也,從丮食,才聲,讀若載。'此詩載即䢄之同音假借。故《韓》訓設《商頌·列祖》詩'既載清酤'義同。❹充滿。(雅2)168《小雅·出車》四章:"今我來思,雨雪載塗。"陳奐《傳疏》:"'雨雪載塗',箸伐戎之始。"245《大雅·生民》三章:"實覃實訏,厥聲載路。"朱熹《集傳》:"載,滿也。滿路,言其聲之大也。"一說:則。《毛傳》:"路,大也。"屈萬里《詮釋》:"載,則也。言其聲則大也。"❺事。(雅1)235《大雅·文王》七章:"上天之載,無聲無臭。"《毛傳》:"載,事。"孔穎達《正義》:"上天所爲之事,無聲音,無臭味。"《禮記·中庸》"上天之載"鄭玄注:"載讀曰栽,謂生物也。"陳奐《傳疏》:"毛訓載爲事,實包括生物之義。"一說:在;存在。屈萬里《詮釋》:"載,在也。臭,味也。言雖聽之不聞,臭之無味,然上天自在,不能不謹也。"❻開始。(風3、雅1、頌3)154《豳風·七月》二章:"春日載陽,有鳴倉庚。"朱熹《集傳》:"載,始也。"300《魯頌·閟宮》四章:"秋而載嘗,夏而楅衡。"《鄭箋》:"載,始也。秋嘗而言始者,秋物新成,尚之也。"❼從事於。見【俶載】。❽通"栽"。樹立木柱以制約築牆的版。(雅1)237《大雅·綿》五章:"其繩則直,縮版以載。"俞樾《平議》卷十一:"縮版以載,謂既以索縮(捆住)其版,又豎木以約之也。"馬瑞辰《通釋》:"載通作栽。《說文》:'栽,築牆長版也。'今人名草木之殖曰栽,築墻立版亦曰栽,是知載即栽也,栽謂樹立其築墻長版也。"一說:承載。孔穎達《正義》:"以繩縮束其板,板滿築訖,則升下於上,以相承。"朱熹《集傳》:"載,上下相承也。言以索束版,投土築訖,則升下而上相承載也。"❾戴。(頌1)292《周頌·絲衣》:"絲衣其紑,載弁俅俅。"《鄭箋》:"載猶戴也。"孔穎達《正義》:"載弁,謂人戴弁也。"《說文》、《爾

雅・釋言》郭璞注、《玉篇・頁部》並引作"戴"。王先謙《集疏》:"《魯》、《韓》載作戴。"⓾乃;則。(風22,雅43,頌6)58《衛風・氓》二章:"既見復關,載笑載言。"《鄭箋》:"則笑則言,喜之甚。"176《小雅・菁菁者莪》四章:"汎汎楊舟,載沉載浮。"朱熹《集傳》:"'載沉載浮',猶言'載清載濁'、'載馳載驅'之類,以興未見君子而心不定也。"196《小雅・小宛》四章:"題彼脊令,載飛載鳴。"《鄭箋》:"載之言則也。則飛則鳴,翼也口也,不有止息。"262《大雅・江漢》二章:"時靡有爭,王心載寧。"《鄭箋》:"載之言則也。"54《鄘風・載馳》一章:"載馳載驅,歸唁衛侯。"朱熹《集傳》:"載,則也。"一説:助詞。《毛傳》:"載,辭也。"陳奂《傳疏》:"載者,發語詞也。"

(二) zǎi 作亥切(蟹開一上海精)之部、精母

⓫年。(雅1)236《大雅・大明》四章:"文王初載,天作之合。"朱熹《集傳》:"載,年。合,配。"俞樾《經説》卷四:"文王初年,大姒即生。"王先謙《集疏》:"初載,應訓初年。"一説:立;生。戴震《考證》:"古字栽、載通,爲豐殖,爲樹立之義。初載,謂初免於懷抱,能自立之時,大姒以是時生,故曰文王初載,天作之合。"馬瑞辰《通釋》:"載,栽古同聲通用。…載爲始即爲生,猶作爲始又爲生也。載,哉古亦通用。載訓生爲人物之始,猶哉訓才爲草木之始,始即生也。'文王初載',載正訓生,即謂文王初生耳。"

【載馳】《國風・鄘風》篇名(54)。這是許穆夫人自傷不能救衛的詩。《詩序》:"《載馳》,許穆夫人作也。閔其宗國顛覆,自傷不能救也。衛懿公爲狄人所滅,國人分散,露於漕邑。許穆夫人閔衛之亡,傷許之小,力不能救。思歸唁其兄,又義不得,故賦是詩也。"許穆夫人是衛宣公妻宣姜與宣公庶長子頑姘居所生,衛戴公的妹妹,嫁給許穆公。公元前660年,狄國攻破衛國,殺死衛懿公。衛人立戴公於漕邑。不久戴公死,文公立。許穆夫人悲痛衛國遭此浩劫,想回國去弔唁,並陳立國大計,半途爲許國大夫所阻,寫了這首詩表達自己的愁苦心情。事見《左傳・閔公二年》。王先謙以爲此詩

是許穆夫人回衛國以後所作。黄焯《毛鄭平議》則認爲:"《載馳》一篇多爲設想之辭。"四章,二十八句。

【載見】《周頌》篇名(283)。這是周成王即位,諸侯來朝,成王率領他們到武王廟祭祀時奏的樂歌。《詩序》:"《載見》,諸侯始見乎武王廟也。"蔡邕《獨斷》:"《載見》,諸侯始見於武王廟之所歌也。"孔穎達《正義》:"周公居攝七年而歸政成王,成王即政,諸侯來朝,於是率之以祭武王之廟。詩人述其事而爲此歌。"魏源《詩古微》:"蓋成王免喪,武王初入禰廟時詩"陳奂《傳疏》:"成王之世,武王廟爲禰廟。武王主,喪畢入禰廟。而諸侯於是乎始見之。此其樂歌也。"一章,十四句。

【載驅】《國風・齊風》篇名(105)。這是諷刺文姜回齊國和齊襄公淫奸,招摇過市,肆無忌憚的詩。和《敝笱》、《南山》是同一主題。《詩序》:"《載驅》,齊人刺襄公也。無禮儀,故盛其車服,疾驅於通道大都,與文姜淫,播其惡於萬民焉。"朱熹《集傳》:"齊人刺文姜乘此車而來會襄公也。"戴溪《續詩記》:"刺文姜所以刺莊公也。"或以爲此詩寫齊女嫁魯之事,無刺意。《易林・屯之大過》:"襄嫁季女,至於蕩道。齊子旦夕,流連久處。"聞一多《類鈔》:"《載驅》,齊女歸於魯(無刺意)。"四章,十六句。

【載芟】《周頌》篇名(290)。這是周王在秋收以後用新穀祭祀祖先時所奏的樂歌。後用作天子春天籍田時祭祀土神、穀神的樂歌。詩中記述墾荒、耕種、收獲等一年農事活動以及釀酒、祭祖求福等事情,對農作物生長情況還進行了生動的描寫,是《周頌》中最長的一篇,當作于成王時。《詩序》:"《載芟》,春籍田而祀社稷也。"蔡邕《獨斷》:"《載芟》,春籍田祈社稷之所歌也。"《鄭箋》:"籍田,甸師氏所掌。王載耒耜,所耕之田,天子千畝,諸侯百畝。籍之言借也。借民力治之,故謂之籍田。"《南齊書・樂志》:"漢章帝時,玄武司馬班固奏用《周頌・載芟》以祈先農。"魏源《詩古微》則認爲:"《載芟》,腊先祖五祀也。…故有烝祖妣,寧胡考之語。亦《豳頌》樂章,非春籍田而祈社稷之

詩。"朱熹《集傳》："此詩未詳所用,然辭意與《豐年》相似,其用應亦不殊。"高亨《周頌考釋》："此篇亦天子烝祭宗廟所奏之樂歌。與《豐年》同。"一章;三十一句。參"哉"。

在 zài
昨宰切（蟹開一上海從）
昨代切（蟹開一去代從）
之部、從母

❶居於;處於。（風 78、雅 53、頌 13)154《豳風·七月》五章："七月在野,八月在宇,九月在户。"236《大雅·大明》一章："明明在下,赫赫在上。"陳奂《傳疏》："在上與在下對文,下爲天之下,則上爲天矣。"戴震《考證》："在下者人事,在上者天命。"235《大雅·文王》一章："文王陟降,在帝左右。"朱熹《集傳》："文王之神在天,一升一降,無不在上帝之左右。"一説:察;觀察。《鄭箋》："在,察也。文王能察知天意,順其所爲,從而行之。"❷介詞。表示處所關係。（雅 9、頌 12)221《小雅·魚藻》一章："魚在在藻,有頒其首。《鄭箋》："魚何所處乎？處於藻。"278《周頌·振鷺》："在彼無惡,在此無斁。"《鄭箋》："在彼,謂居其國,無怨惡之者;在此,謂其人來朝,人皆愛敬之,無厭惡之者。"楊樹建《詞詮》："第一'在'字爲關系内動詞。第二'在'字爲介詞。'魚在在藻'猶言'魚在于藻'也。"

【在位】指在職的諸侯。273《周頌·時邁》："明昭有周,式序在位。"朱熹《集傳》："明昭乎我周也,既以慶讓黜陟之典,式序在位之諸侯。"嚴粲《詩緝》："武王之巡狩也,以慶罰黜陟之典,序諸侯之在位者。"

【在昔】從前。（頌 1)301《商頌·那》："自古在昔,先民有作。"嚴粲《詩緝》："錢氏曰:自古,謂古已久;在昔,謂今已前也。"

瓚(瓚) zàn
藏旱切（山開一上旱從）
寒部、從母

古代祭祀時用來舀酒澆在地上的器具。玉柄,銅勺。也叫玉瓚。祭祀之禮,王灌酒用圭瓚,諸臣助祭者灌酒以璋瓚。見【圭瓚】【玉瓚】。

牂 zāng
則郎切（宕開一平唐精）
陽部、精母

【牂羊】母羊。（雅 1)233《小雅·苕之華》三章："牂羊墳首,三星在罶。"《毛傳》："牂羊,牝羊也。"朱熹《集傳》："羊則首大也。"王夫之《稗疏》："《爾雅》:'吴羊,牝牂;夏羊,牝羖。'吴羊,緜羊;夏羊,山羊也。吴羊頭小角短,山羊頭大角長。吴羊雖瘦,終無頭大之理。故《毛傳》曰:'牂羊墳首,言無是道也。'"

【牂牂】茂盛的樣子。（風 1)140《陳風·東門之楊》一章："東門之楊,其葉牂牂。"《毛傳》："牂牂然,盛貌。言男女失時,不逮秋冬。"王先謙《集疏》："《齊》,牂作將。《釋詁》:'將,大也。'牂借字,將正字。"一説:風吹樹葉聲。聞一多《類鈔》："牂牂、肺肺,風搖樹葉的聲音。"

臧 zāng
則郎切（宕開一平唐精）
陽部、精母

❶好;善。（風 5、雅 13、頌 2)195《小雅·小旻》一章："謀臧不從,不臧覆用。"《鄭箋》："臧,善也。謀之善者不從,其不善者反用之。"297《魯頌·駉》一章："思無疆,思馬斯臧。"《鄭箋》："臧,善也。"97《齊風·還》三章："揖我謂我臧兮。"《毛傳》："臧,善也。"一説:壯盛;強壯。俞樾《平議》卷九："臧固訓善,而此臧字則當訓爲壯。壯者,盛也。…一章以便利相譽,二章以美好相譽,三章以壯盛相譽,言各有當,未可徒泥古訓矣。"❷認爲好;滿意。（風 1)94《鄭風·野有蔓草》二章："邂逅相遇,與子偕臧。"朱熹《集傳》："臧,美也,言各得其所欲也。"一説:通"藏"。隱藏。聞一多《類鈔》讀"臧"爲"藏"。高亨《今注》："臧,通藏,隱藏。"屈萬里《詮釋》："今人某氏以爲臧、藏古通用,臧即藏也。似較舊説爲勝。參"藏"。

遭 zāo
作曹切（效開一平豪精）
幽部、精母

❶遇;遇到。（風 3)97《齊風·還》一章："遭我乎猺之間兮。"孔穎達《正義》："士大夫在田相逢,歸説其事,此陳其辭也。"❷遭受（不幸的事）。（頌 1)286《周頌·閔予小子》："閔予小子,遭家不造。"《鄭箋》："遭武王崩,家道未成。"

鑿 záo(又 zuò)

在各切（宕開一入鐸從）

★在到切（效開一去號從）

藥部、從母

用鑿子打孔；開鑿。（風 1）154《豳風·七月》八章："二之日鑿冰沖沖。"《毛傳》："冰盛水腹（厚），則命取冰於山林。沖，鑿冰之意。"朱熹《集傳》："鑿冰，謂取冰於山也。"

【鑿鑿】鮮明的樣子。（風 1）116《唐風·揚之水》一章："揚之水，白石鑿鑿。"《毛傳》："鑿鑿然，鮮明貌。"陳奐《傳疏》："鑿讀爲糳。《説文》：'糲米一斛，舂爲八斗曰糳，爲米六斗大半斗曰粲。'故鮮明謂之粲，亦鮮明謂之鑿，重言之曰粲粲，亦曰鑿鑿。"一説：險峻的樣子。朱熹《集傳》："鑿鑿，巉巖貌。…言水弱而石巉巖，以比晋衰而沃盛。"

藻（藻）zǎo

子晧切（效開一上晧精）

宵部、精母

水藻。也叫藴藻或聚藻。古時供食用。（風 1、魚 3、頌 1）15《召南·采蘋》一章："于以采藻，于彼行潦。"《毛傳》："藻，聚藻也。"《鄭箋》："藻之言澡也。婦人之行尚柔順，自絜清，故取名以爲戒。"陸德明《釋文》："藻，水菜也。"《説文·艸部》："藻，水草也。《詩》曰：'于以采藻'。藻，藻或從澡。"221《小雅·魚藻》一章："魚在在藻，有頒其首。"《鄭箋》："藻，水草也。"陸璣《詩義疏》："藻，水草也。生水底，有二種：其一種葉如雞蘇，莖大如箸，長四五尺；其一種莖大如釵股，葉如蓬蒿，謂之聚藻。"

棗（枣）zǎo

子晧切（效開一上晧精）

幽部、精母

棗樹的果實。長圓形，鮮嫩時黄色，成熟后紫色，味甜可吃。通稱棗子、紅棗。（風 1）154《豳風·七月》六章："八月剥棗，十月穫稻。"

蚤 zǎo

子晧切（效開一上晧精）

幽部、精母

通"早"。早朝。古代一種祭祀儀式。（風 1）154《豳風·七月》八章："四之日其蚤，獻羔祭韭。"孔穎達《正義》："四之日其早，獻黑羔於神，祭用韭菜而開之。"朱熹《集傳》："蚤，蚤朝也。"《禮記·月令》鄭玄注、《吕氏春秋·仲春紀》高誘注均引作"早"。陳奐《傳疏》："蚤、早古今字。"一説：取。林義光《通解》："蚤讀叉，取也。其蚤，謂取冰也。"

早 zǎo

子晧切（效開一上晧精）

幽部、精母

早朝。古代一種祭祀儀式。見"蚤"。

皁(皂) zào

昨早切（效開一上晧從）

幽部、從母

穀粒尚未堅實。（雅 1）212《小雅·大田》二章："既方既皁，既堅既好。"《毛傳》："皁，實未堅者曰皁。"胡承珙《後箋》："皁字本當作草。《説文》'草'下云：'草斗，櫟實也。一曰橡斗。'蓋杼櫟之實，名曰草斗者，謂其殼也。俗書作皁。引申之，凡植物有孚甲者皆可稱皁。…此詩'既方'爲孚甲始生而未合，則'既皁'爲孚甲已成而未堅耳。"（方，穀物開始結殼。）

造 (一) zào

七到切（效開一去號清）

幽部、清母

❶到；往。（雅 1）250《大雅·公劉》四章："乃造其曹，執豕于牢。"《鄭箋》："群臣乃適其牧群，搏豕於牢中。"一説：通"祰"。告祭。馬瑞辰《通釋》："造者，祰之假借。《説文》：'祰，告祭也。'蓋凡告祭皆曰造也。祰亦通作告。玄應《一切經音義》卷九引《詩》'乃告其曹'。王先謙《集疏》："三家造作告。"又一説：依次排列。俞樾《平議》卷十一："造，猶比也。…毛訓曹爲群者，其意謂衆實也。'乃造其曹'者，比次其衆實之位也。"❷成就；造就。（雅 1、頌 1）240《大雅·思齊》五章："肆成人有德，小子有造。"《毛傳》："造，爲也。"《鄭箋》："子弟皆有所造成。"朱熹《集傳》："故一時人材，皆得其所成就。"馬瑞辰《通釋》："爲，即成也。"屈萬里《詮釋》："言成人既有德，小子亦有所成就，以譽文王作人之功也。"293《周頌·酌》："蹻蹻王之造，載用有嗣。"《毛傳》："造，爲。"朱熹《集傳》："蹻蹻然王者之功。"馬瑞辰《通釋》："爲，猶成也。"一説：來到。《鄭箋》："蹻蹻之士，皆争來造王。"陸德明《釋文》："造，毛，才老反，爲也。鄭，七報反，詣也。"

則（则） zé 子德切（曾開一入德精）
職部、精母

❸善；祥。（頌1)286《周頌·閔予小子》："閔予小子,遭家不造。"馬瑞辰《通釋》："造,至也。…至猶善也,不造猶不善,不善猶不淑也。…不淑猶云不祥,謂遭凶喪也。"一説：成。《毛傳》："造,爲。"《鄭箋》："造,猶成也。遭武王之崩,家道未成。"黄焯《詩疏平議》："不爲即不成,《箋》實申毛義。"一説：戚；悲痛(的事)。馬瑞辰《通釋》："造與戚一聲之轉,古通用。則《詩》云'遭家不造'猶云'遭家戚',即後世所謂干家艱也。古字丕通作不…與《書·文侯之命》云'閔予小子嗣遭天丕愍',語正相似。"曾運乾《毛詩説》："不,讀爲丕。造,讀爲戚。猶《文侯之命》'閔予小子嗣,造天丕愍'也。"郭晉稀《蠡測》："丕造,大戚也。'遭家不造',謂家遭大憂也。"

(二) zào 昨早切（效開一上皓從）
幽部、從母

❹做；製作。（風1)75《鄭風·緇衣》二章："敝,予又改造兮。"《鄭箋》："造,爲也。"❺指勞役之事。（風1)70《王風·兔爰》二章："我生之初,尚無造。"《毛傳》："造,僞(一作爲)也。"朱熹《集傳》："造,亦爲也。"陳奂《傳疏》："古僞、爲通用。"聞一多《類鈔》："爲、造,皆謂勞役之事。"❻同"艁"。把船排列在一起成爲浮橋。（雅1)236《大雅·大明》五章："造舟爲梁,不顯其光。"《毛傳》："天子造舟,諸侯維舟,大夫方舟,士特舟。"《鄭箋》："天子造舟,周制也。殷時未有等制。"孔穎達《正義》："李巡曰：'比其舟而渡曰造舟。'…造舟者,比船於水,加板於上,即今之浮橋。"王念孫《廣雅疏證》卷九下："蓋造爲至義,言船相至而並比也。案比舟二字正解造字之義。"一説：聚集。楊樹達《小學述林》卷六："余謂造當讀爲聚,造舟謂聚合其舟也。古音聚在侯部,造在幽部,二部音近,故造、聚可通作。《易·乾·九五》云：'飛龍在天,大人造也。'《釋文》云：'造,劉歆父子作聚。'此二字通作之證也。"又一説：製爲。朱熹《集傳》："造,作;梁,橋也。作船於水,比之而加版於其上,以通行者,即今之浮橋也。"

❶法則；準則。（風1、雅8、頌1)158《豳風·伐柯》二章："伐柯伐柯,其則不遠。"《鄭箋》："則,法也。伐柯者必用柯,其大小長短取法於柯,所謂不遠求也。"177《小雅·六月》二章："比物四驪,閑之維則。"《毛傳》："則,法也。"朱熹《集傳》："閑習之而皆中法則。"孔穎達《正義》："比四驪之馬,先以閑習之,維有法則矣。"243《大雅·下武》三章："永言孝思,孝思維則。"《毛傳》："則其先人也。"戴震《考證》："長此孝思,遂能所思無非至則。則者,準則之謂。不越畔,斯適當乎則矣。"陳奂《傳疏》："則,亦法也。"260《大雅·烝民》一章："天生烝民,有物有則。"《毛傳》："則,法。"《鄭箋》："其情有所法,謂喜怒哀樂好惡也。"朱熹《集傳》："則,法。…言天生衆民,有是物必有是則。"❷效法；以爲法則。（雅2)161《小雅·鹿鳴》二章："視民不恌,君子是則是傚。"《毛傳》："是則是傚,言可法傚也。"《鄭箋》："是乃君子所法傚。"孔穎達《正義》："君子於是法則,於是傚傚之。"192《小雅·正月》七章："彼求我則,如不我得。"朱熹《集傳》："夫始而求之以爲法則,唯恐不我得也。"一説：助詞。無實義。《鄭箋》："王之始徵求我,如恐不得我。"馬瑞辰《通釋》："則字爲句末語助詞,故《箋》但云'王之始徵求我',不釋則字。"郭晉稀《蠡測》："則之爲言哉也。語尾助詞。"又一説："則"字下屬,連詞,表示承接。可譯爲"就"。俞樾《平議》卷十："此經當以'彼求我'三字爲句,'則如不我得'爲句。"曾運乾《毛詩説》："則字連上,以取韻也。"又一説：過失。屈萬里《詮釋》："按：則,壞也,猶過失也。言彼當政之人求我之過失,有如不我得者,以見其無微不至也。"❸連詞。表示順承關係。可譯爲"便"、"就"、"那麼就"。（風18、雅29、頌2)30《邶風·終風》一章："終風且暴,顧我則笑。"199《小雅·何人斯》八章："爲鬼爲蜮,則不可得。"225《小雅·都人士》五章："匪伊垂之,帶則有餘。"❹副詞。相當於"尚"。（風2)58《衛風·氓》六章："淇則有岸,隰則有泮。"王

先謙《集疏》："言淇水之盛，尚有岸以爲障；原隰之遠，尚有畔以爲域。今復關之心，略無拘忌，蓋淇、隰之不足喻矣。"❺連詞。表示讓步關係。相當於"雖然"、"儘管"。（風1）89《鄭風·東門之墠》一章："其室則邇，其人甚遠。"朱熹《集傳》："室邇人遠者，思之而未得見之詞也。"❻連詞。表示轉接。可譯爲"却"、"乃"。（風1、雅1）258《大雅·雲漢》四章："羣公先正，則不我助。"43《邶風·新臺》三章："魚網之設，鴻則離之。"《鄭箋》："設魚網者宜得魚，鴻乃鳥也，反離焉。"❼副詞。用于斷判句。可譯爲"就是"。（雅1）193《小雅·十月之交》五章："曰予不戕，禮則然矣。"朱熹《集傳》："又曰非我戕汝，乃下供上役之常禮耳。"❽助詞。相當于"之"。（風2）96《齊風·雞鳴》一章："匪雞則鳴，蒼蠅之聲。"又二章："匪東方則明，月出之光。"楊樹達《詞詮》："則，陪從連詞，與'之'同。"又見【雖則】。參【極】。

擇(择) zé 場伯切（梗開二入陌澄）鐸部、定母

挑選；選擇。（雅2）193《小雅·十月之交》六章："擇有車馬，以居徂向。"《鄭箋》："又擇民之富有車馬者以往徙居於向也。"何楷《古義》："擇有車馬，亦指皇父言。擇，謂擇其精，有謂具其數。自擇而有之，蓋備輜重以行也。"

澤(泽) （一）zé 場伯切（梗開二入陌澄）鐸部、定母

❶聚水的窪地。（風3、雅2）145《陳風·澤陂》一章："彼澤之陂，有蒲與荷。"261《大雅·韓奕》五章："川澤訏訏，魴鱮甫甫。"按應劭《風俗通義·山澤》："《詩》云：'彼澤之陂，有蒲與荷。'《傳》曰：'水草交厝名之爲澤。'澤者，言其潤澤萬物，以阜民用也。"❷汗衣，貼身的内衣。後寫作"襗"。（風1）133《秦風·無衣》二章："豈曰無衣，與子同澤。"《鄭箋》："澤，褻衣，近污垢。"《釋名·釋衣服》："汗衣，近身受汗垢之衣也。《詩》謂之澤，受汗澤也。"陸德明《釋文》："澤，如字。《説文》作襗云：袴也。"朱熹《集傳》："澤，裏衣也。以其親膚，近於垢澤，故謂之澤。"一

説：潤澤。《毛傳》："澤，潤澤。"陳奐《傳疏》："潤澤，古語。'與子同澤'，謂與百姓同此潤澤之衣也。"

（二）shì ★施隻切（梗開三入昔書）鐸部、書母

❸見【澤² 澤²】。

【澤陂】《國風·陳風》篇名(145)。這是一首情詩。寫一位青年愛上一位漂亮的異性，憂思煩悶，夜不能眠。朱熹《集傳》："此詩大旨與《月出》相類。戴溪《續記》：'《澤陂》，男女相悦，憂思傷感也。…蓋男子自詩也。'許謙《名物鈔》：'《月出》，男子思婦人也。《澤陂》，婦人思男子也。'按首章'傷如之何'，《魯詩》作"陽如之何。"《韓詩》作"陽若之何"。'陽'作"我"講，多指女性。詩的主人公當是女子。《詩序》認爲是諷刺陳靈公君臣荒淫的詩：'《澤陂》，刺時也。言靈公君臣淫於其國，男女相説，憂思感傷焉。'王先謙《集疏》：'三家無異義。'嚴粲《詩緝》以爲刺淫之詩。'此刺淫之詩，非淫者自作，乃時人作詩譏刺其如此，聖人存之以立教，使時後世知爲不善，於隱微之地，人得而知之，欲其戒謹恐懼也。"三章，十八句。

【澤² 澤²】通"釋釋"。耕地時土塊散開的樣子；土疏散潤澤的樣子。（頌1）290《周頌·載芟》："載芟載柞，其耕澤澤。"《鄭箋》："將耕，先始芟柞其草木，土氣蒸達而和，耕之則澤澤然解散。"姚際恒《通論》："澤澤，謂之春土脉動，潤澤可耕之。"陸德明《釋文》："澤澤，音釋釋。注同。《爾雅》作郝，音同。云：'耕也。'郭云：'言土解也。'"王先謙《集疏》："《魯》，澤作郝，云：耕也。"

襗 zé 場伯切（梗開二入陌澄）鐸部、定母

汗衣，貼身的内衣。見"澤"。

簀(簀) zé 側革切（梗開二入麥莊）錫部、莊母

通"積"。堆積。（風1）55《衛風·淇奥》三章："瞻彼淇奥，緑竹如簀。"《毛傳》："簀，積也。"陳奐《傳疏》："積，欎積，謂緑竹欎然其茂積也。"陳喬樅《韓説考》："《毛》、《韓》詩並訓簀爲積，是以簀爲積之假借。《西京賦》'芳草如積'，正用斯語。"一説：屋頂棚。朱

熹《集傳》：「簀，棧也。竹之密比似之，則盛之至也。」聞一多《類鈔》：「簀即屋頂棚，一名棧。」

仄 zè 阻力切（曾開三入職莊）
職部、莊母

傾側；邪僻。見"側"。

賊（贼） zéi 昨則切（曾開一入德從）
職部、從母

❶害；傷害。（雅2）256《大雅·抑》八章："不僭不賊，鮮不爲則。"朱熹《集傳》："賊，害。"《左傳·僖公九年》引此詩，楊伯峻注："僭，不信也；賊，傷害之。待人以信，不害他人，很少不可以爲他人之模範。"一説：當作"貣"，差忒。于省吾《新證》："賊與貣由於形近而訛。…'不僭不貣'，即'不僭貣'的分用語。'不愆于儀，不僭貣'，猶言其儀既沒有大的過錯，也沒有小的差爽。"❷指害人的行爲。（雅1）204《小雅·四月》四章："廢爲殘賊，莫知其尤。"《鄭箋》："在位之人慣習爲此殘賊之行以害於民，無自知其行之過者。"❸一種吃禾節的害蟲。（雅2）212《小雅·大田》二章："去其螟螣，及其蟊賊。"《毛傳》："食心曰螟，食葉曰螣，食根曰蟊，食節曰賊。"孔穎達《正義》引陸璣《詩義疏》："賊似桃中蠹蟲，赤頭，身長而細耳。"又見【蟊賊】。

譖（谮） （一）zèn 莊蔭切（深開三去沁莊）
侵部、莊母

❶誣陷；在别人面前説某人的壞話。（雅7）200《小雅·巷伯》六章："取彼譖人，投畀豺虎。"《禮記·緇衣》鄭玄注、《後漢書·馬援傳》引《詩》均作"取彼讒人"。194《小雅·雨無正》四章："聽言則答，譖言則退。"《鄭箋》："有讒毁之言，則共爲排退之。"朱熹《集傳》："一有譖言及己，則皆退而離居。"一説：諫爭。馬瑞辰《通釋》："《廣韵》：'譖，毁也。''毁，猶謗也。'古以諫言爲誹謗，故堯有誹謗之木。譖言，即諫言也。"曾運乾《毛詩説》："聽言，聽從之言；譖言，諫諍之言。"

（二）jiàn 子念切（咸開四去㮇精）
侵部、精母

❷不信任。（雅2）257《大雅·桑桑》九章：

"朋友已譖，不胥以穀。"《鄭箋》："譖，不信也。"陸德明《釋文》："譖，不信也。本亦作僭。"264《大雅·瞻卬》四章："鞫人忮忒，譖始竟背。"《鄭箋》："譖，不信也。…其言無常，始於不信，終於違背人。"一説：進讒言。嚴粲《詩緝》："始則譖毁之，終則棄背之。"陳奂《傳疏》："譖，讒言也。"屈萬里《詮釋》："言以譖人爲始，及其終又自背其言也。"又一説：通"僭"。虚妄。林義光《通解》："譖始竟背者，虚妄於始，而背之於終也。蓋凡事爲婦人所主持，則王之所以告人者，其或因哲婦之阻撓而終背其初約，由是與所告之言兩歧差忒，而始言成爲虚妄矣。"程俊英《注析》："譖，僭的假借，虚妄。"參"僭"。

曾 （一）zēng 作縢切（曾開一平登精）
蒸部、精母

❶中間隔兩代的(親屬關係)。見【曾孫】。

（二）céng 昨棱切（曾開一平登從）
蒸部、從母

❷（又 zēng）副詞。表示加强語氣。可譯爲"乃"、"竟"、"竟然"、"簡直"。（風2，雅9）61《衛風·河廣》二章："誰謂河廣，曾不容刀。"(刀：小船)255《大雅·蕩》七章："曾是莫聽，大命以傾。"王引之《釋詞》："曾是，乃是也，則是也。"194《小雅·雨無正》四章："曾我暬御，憯憯日瘁。"《鄭箋》："此二者，曾但侍御左右小臣憯憯憂之，大臣無念之者。"

【曾孫】孫的兒子以下稱曾孫。（雅10、頌1)210《小雅·信南山》一章："畇畇原隰，曾孫田之。"《毛傳》："曾孫，成王也。"孔穎達《正義》："曾者，重也。自曾祖以至無窮，皆得稱曾孫。"朱熹《集傳》："曾孫，主祭者之稱。"于省吾《新證》："孫對先祖言，皆可稱曾孫，不必斷自之子而下也。"267《周頌·維天之命》："駿惠我文王，曾孫篤之。"《毛傳》："成王能厚行之也。"《鄭箋》："曾，猶重也。自孫之子而下，事先祖皆稱曾孫。是言曾孫，欲使後王皆厚行之，非維今也。"

增 zēng 作縢切（曾開一平登精）
蒸部、精母

增加；加多。（雅1）166《小雅·天保》三章："如川之方至，以莫不增。"《鄭箋》："川之方至,謂其水縱長之時也,萬物之收,皆增多也。"屈萬里《詮釋》:"增,增加也。謂後浪推前浪,源源不絕也。"

【增增】衆多的樣子。(頌1)300《魯頌·閟宫》五章:"貝胄朱綅,烝徒增增。"《毛傳》:"增增,衆也。"陳奂《傳疏》引《爾雅》郭璞注:"衆夥之貌。"

憎 zēng 作滕切（曾開一平登精）
蒸部、精母

恨;厭惡。(風1、雅3)192《小雅·正月》四章:"有皇上帝,伊誰云憎。"96《齊風·雞鳴》三章:"會且歸矣,無庶予子憎。"《毛傳》:"無庶予子憎,無見惡於夫人。"《鄭箋》:"無使衆臣以我故,憎惡於子,戒之也。"嚴粲《詩緝》:"吾今朝即歸,庶無爲吾子所憎也。"孔穎達《正義》:"予子憎,定本作與子憎。"馬瑞辰《通釋》:"無庶即庶無之倒文。……'無庶予子憎',即'庶無貽子憎'。"姚際恒《通論》:"無庶予子憎,謂庶幾無使人憎予與子也。"陳奂《傳疏》:"古本當作'無庶予子憎'……庶,衆也,衆卿大夫也,言無使衆卿大夫見憎于我。"

贈(贈) zèng 昨亘切（曾開一去嶝從）
蒸部、從母

送;贈送。(風5、雅2)134《秦風·渭陽》一章:"何以贈之,路車乘黄。"《毛傳》:"贈,送也。"261《大雅·韓奕》三章:"其贈維何?乘馬路車。"《鄭箋》:"贈,送也。"259《大雅·崧高》八章:"吉甫作誦……以贈申伯。"《毛傳》:"贈,增也。"《鄭箋》:"以此贈申伯者,送之令以爲樂。"孔穎達《正義》:"凡贈遺者所以增長。前人贈之財,使富增於本;贈之言,使行增於善。故云:贈,增也。"

宅 zhái 場伯切（梗開二入陌澄）
鐸部、定母

❶居;定居。(雅2、頌2)181《小雅·鴻雁》二章:"雖則劬勞,其究安宅。"《鄭箋》:"女今雖病勞,終有安居。"303《商頌·玄鳥》:"天命玄鳥,降而生商,宅殷土芒芒。"朱熹《集傳》:"宅,居也。"244《大雅·文王有聲》七章:"考卜維王,宅是鎬京。"《鄭箋》:"宅,居也。武王卜居是鎬京之地。"《漢書·郊祀志》載匡衡奏議曰:"'乃眷西顧,此維與宅',言天以文王之都爲居也。"一説:建造(都城)。陳奂《傳疏》:"宅,《禮記·坊記》引作度。度與宅通。宅,以言作邑也。《傳》云:'武王作邑於鎬京。'正釋經文'考卜維王,宅是鎬京'二句之義。"❷住處;居住的地方。(雅2、頌1)259《大雅·崧高》二章:"王命召伯,定申伯之宅。"胡承珙《後箋》:"定申伯之宅,不過定其所居耳。"241《大雅·皇矣》一章:"乃眷西顧,此維與宅。"《毛傳》:"宅,居也。"《鄭箋》:"乃眷然運視西顧,見文王之德而與之居,言天意在文王所。"朱熹《集傳》:"以此歧周之地,與大王爲居宅也。"胡承珙《後箋》:"《傳》意謂夏、殷之政不得民心,使四國懼而各謀所居,於是上帝惡之,惡其爲惡甚大,此所以西顧而與周宅也。"

瘵 zhài 側界切（蟹開二去怪莊）
月部、莊母

病;病苦。(雅2)264《大雅·瞻卬》一章:"邦靡有定,士民其瘵。"《毛傳》:"瘵,病。"《鄭箋》:"士卒與民皆勞病。"224《小雅·菀柳》二章:"上帝甚蹈,無自瘵焉。"《毛傳》:"瘵,病也。"方玉潤《原始》:"瘵,病也。言無自取病也。"一説:接近。《鄭箋》:"瘵,接也。"孔穎達《正義》:"〔鄭〕讀爲交際之際,故言接也。"陸德明《釋文》:"瘵,側界反。毛,病也。鄭音際。際,接也。"

占 zhān 職廉切（咸開三平鹽章）
侵部、章母

占卜;古代迷信一種行爲,通過觀察龜甲獸骨燒灼後的裂紋或蓍草的排列來預測吉凶禍福。(雅3)189《小雅·斯干》六章:"乃寢乃興,乃占我夢。"190《小雅·無羊》四章:"大人占之,衆維魚矣,實維豐年。"

【占夢】根據夢中所見來附會預測人事吉凶的迷信活動。(雅1)192《小雅·正月》五章:"召彼故老,訊之占夢。"《鄭箋》:"侮慢元老,召之不問政事,但問占夢。"陳奂《傳疏》:"古者有問夢之事,召元老問之占夢,《洪範》所謂謀及卿士也。"一説:掌占夢的官。朱熹《集傳》:"占夢,官名,掌占夢者也。"

霑（沾） zhān 張廉切（咸開三平鹽知）
侵部、端母

浸濕；沾潤。(雅1)210《小雅·信南山》二章："既霑既足,生我百穀。"孔穎達《正義》："既已沾潤,既已豐足。"

詹 zhān 職廉切（咸開三平鹽章）
談部、章母

❶至；到。(雅1)226《小雅·采綠》二章："五日爲期,六日不詹。"《毛傳》："詹,至也。"孔疑達《正義》："以行役者六日不至爲過期之喻,非止六日。"一説：通"瞻"。看見。朱熹《集傳》："詹與瞻同。五日爲期,去時之約也；六日不詹,過期而不見也。"❷通"瞻"。仰望。(頌1)300《魯頌·閟宮》六章："泰山岩岩,魯邦所詹。"《韓詩外傳》卷三、應劭《風俗通義·山澤》均引作"魯邦所瞻",劉向《説苑·雜言》引作"魯侯是瞻"。朱熹《集傳》："詹,與瞻同。"馬瑞辰《通釋》："詹者,瞻之省借,言泰山爲魯邦所瞻仰。"一説：至。《毛傳》："詹,至也。"王夫之《稗疏》："至者,疆界所抵也。"孔穎達《正義》："龜蒙今在魯地,故言奄有,泰山則在齊魯之界,故言所詹,見其不全屬魯也。"

瞻 zhān 職廉切（咸開三平鹽章）
談部、章母

❶往前或往上看。(風9,雅14)55《衛風·淇奧》一章："瞻彼淇奧,綠竹猗猗。"191《小雅·節南山》一章："赫赫師尹,民具爾瞻。"《毛傳》："瞻,視。"❷瞻仰；恭敬地看。(雅1)197《小雅·小弁》三章："靡瞻匪父,靡依匪母。"《鄭箋》："人無不瞻仰其父取法則者。"朱熹《集傳》："瞻者,尊而仰之。依者,親而依之。"屈萬里《詮釋》："無所瞻視而非父,無所偎依而非母。意謂依戀父母之誠,在在若有父母在旁也。"❸視察。(雅1)258《大雅·雲漢》四章："大命近止,靡瞻靡顧。"《鄭箋》："衆民之命,將近死亡,天曾無所視,無所願於此國中而哀閔之。"程俊英《注析》："這二句意爲：人們的壽命都快完全結了,上天還不具體察顧念。"❹通"瞻"。送飯給人吃。(頌1)291《周頌·良耜》："或來瞻女,載筐及筥,其饟伊黍。"馬瑞辰《通釋》："瞻當讀瞻給之瞻,來饁正所

以瞻之也。"一説：看望。《鄭箋》："瞻,視也。有來瞻女,謂婦子來馌之也。"

〔瞻彼洛矣〕《小雅》篇名(213)。這是周王會集諸侯在東都講習武事,諸侯贊美周王的詩。朱熹《集傳》："此天子會諸侯於東都以講武事,而諸侯美天子之詩。言天子在此洛水之上,御戎服而起六師也。"姚際恒《通論》引何玄子説,謂是紀平王東遷的事。《詩序》："《瞻彼洛矣》,刺幽王也,思古明王能爵命諸侯,賞善罰惡焉。"以爲陳古刺今之作。三章,十八句。

〔瞻望〕向遠處看。(風6)28《邶風·燕燕》一章："瞻望弗及,泣涕如雨。"《毛傳》："瞻,視也。"王先謙《集疏》："婦去既遠,瞻望之至不能逮及,思之涕泣如雨之多也。"110《魏風·陟岵》一章："陟彼岵兮,瞻望父兮。"

〔瞻卬〕同"瞻仰"。抬頭向上看；仰望。(雅4)258《大雅·雲漢》七章："瞻卬昊天,云如何里。"陸德明《釋文》："卬,音仰,本亦作仰。"264《大雅·瞻卬》一章："瞻卬昊天,則不我惠。"陸德明《釋文》："卬,本亦作仰。"

〔瞻卬〕《大雅》篇名(264)。《詩序》："《瞻卬》,凡伯刺幽王大壞也。"朱熹《集傳》："此刺幽王嬖褒姒任奄人以致亂之詩。"王先謙《集疏》："三家無異義。"詩中諷刺周幽王寵愛褒姒、信用姦邪,倒行逆施,賢人離散,亂政殃民,國家將亡。並悲嘆自己的不幸。關於詩的作者,《鄭箋》："凡伯,天子大夫也。《春秋》隱公七年冬,天王使凡伯來聘。"李超孫《詩氏族考》："按《節南山·疏》謂《瞻卬·箋》引隱七年'天王使凡伯來聘',自隱七年上距幽王之卒五十六歲。凡國,伯爵,爲君皆然,不知其人之同異。但《板》與《瞻卬》俱是凡伯所作,《板》已言'老夫灌灌,匪我言耄',則不得下及幽王時矣。…《瞻卬》、《召旻》二詩,蓋《板》之凡伯子若孫也。"七章,六十二句。

參"詹"。

旃 zhān 諸延切（山開三平仙章）
寒部、章母

❶代詞。之。(風3)110《魏風·陟岵》一章："上慎旃哉! 猶來無止!"《毛傳》："旃,之。"劉師培《札記》："'尚慎旃哉'爲勉詞也。

❷"之焉"的合音。(風 6)125《唐風·采苓》一章:"舍旃舍旃,苟亦無然。"《鄭箋》:"旃之言焉也,舍之焉舍之焉,謂謠訕人,欲使見貶退也。"王念孫《廣雅疏證》卷五下:"旃者,之焉之合聲,故旃訓爲之,又訓爲焉。"

鱣(鳣) zhān 張連切(山開三平仙知) 寒部、端母

大鯉魚。(風 1,雅 1,頌 1)57《衛風·碩人》四章:"鱣鮪發發。"《毛傳》:"鱣,鯉也。"陳奂《傳疏》:"鱣即三十六鱗之鯉,此渾言之也。析言之,三十六鱗之鯉爲鯉,其大者則爲鱣。崔豹《古今注》:'鯉之大者爲鱣'是也。"281《周頌·潛》:"有鱣有鮪。"《鄭箋》:"鱣,大鯉也。《說文·魚部》:'鱣,鯉也。'段玉裁注:"凡鯉曰鯉,大鯉曰鱣。"一説:鳣魚;鳝一類的大魚。《爾雅·釋魚》郭璞注:"鱣,大魚,似鱏而短鼻,口在頷下,體有邪行甲,無鱗,肉黄。大者長二、三丈。今江東呼爲黄魚。"陸璣《詩義疏》:"鱣鮪出江海,三月中從河下頭來上,鱣身形似龍,鋭頭,口在頷下,背上腹下皆有甲,縱廣四五尺,今於盟津東石磧上釣取之,大者千餘斤。"朱熹《碩人·集傳》:"鱣魚,似龍,鋭頭,口在頷下,背上腹下皆有甲,大者千餘斤,鮪似鱣而小,青黑色。"

展 zhǎn 知演切(山開三上獮知) 寒部、端母

❶誠實;可信。(風 1)33《邶風·雄雉》二章:"展矣君子,實勞我心。"《毛傳》:"展,誠也。"朱熹《集傳》:"言誠又言實,顧以甚言此君子之勞我心也。"陳奂《傳疏》:"此女望君子之詞。言誠以君子久役之故,我心是勞也。"黄焯《詩疏平議》:"'展矣君子'與《車攻》言'允矣君子',《長發》言'允也天子'語氣一類。"一説:困難;勞苦。俞樾《平議》卷九:"《方言》曰:'塞、展,難也。'齊晉曰塞,山之東西凡難貌曰展,荆吴之人相難謂之展。'…'展矣君子'與'自詒伊阻'文義正相承。故曰:難矣哉我之君子,實使我心爲之憂勞也。"❷誠然;真是。(風 2,雅 2)47《鄘風·君子偕老》三章:"展如之人兮,邦之媛兮。"《毛傳》:"展,誠也。"孔穎達《正義》:"誠如是德服相稱之人,宜配君子,故爲一國之美女兮。"179《小雅·車攻》八章:"允矣君子,展也大成。"《鄭箋》:"展,誠也。"陳奂《傳疏》:"言信矣君子,誠能成其大功也。"何楷《古義》:"謂功業大有成就。"❸通"禮"。古代后妃或命婦穿的一種禮服。丹縠或白縠單衣。(風 1)47《鄘風·君子偕老》:"瑳兮瑳兮,其之展也。"《毛傳》:"《禮》有展衣者,以丹縠爲衣。"《鄭箋》:"后妃六服者,次展衣,宜白。…此以禮見於君及賓客之盛服也。展衣字誤,《禮記》作襢衣。"朱熹《集傳》:"展衣者,以禮見於君及見賓客之服也。"按《周禮·天官·内司服》:"掌王后之六服;褘衣、揄狄、闕狄、鞠衣、展衣、緣衣、素沙。"參"輾"、"辰"。

輾(辗) zhǎn 知演切(山開三上獮知) 寒部、端母

【輾轉】也作"展轉"。翻來覆去,卧不安席。(風 2)1《周南·關雎》三章:"悠哉悠哉,輾轉反側。"《鄭箋》:"卧而不周曰輾。"陸德明《釋文》:"輾,本亦作展,呂忱從車展。"孔穎達《正義》:"反側猶反覆,輾轉猶婉轉,俱是迴動,大同小異。"朱熹《集傳》:"輾者轉之半,轉者輾之周,反者輾之過,側者轉之留,皆卧不安席之意。"王先謙《集疏》:"三家,輾作展。"145《陳風·澤陂》三章:"寤寐無爲,輾轉伏枕。"朱熹《集傳》:"輾轉伏枕,卧而不寐,思之深且久也。"陸德明《釋文》:"輾,本又作展。"段玉裁《小學》:"古惟用展轉。…輾字起於《字林》。"

斬(斩) zhǎn 側減切(咸開二上豏莊) 談部、莊母

斷;斷絕。(雅 1)191《小雅·節南山》一章:"國既卒斬,何用不監。"《毛傳》:"斬,斷。"《鄭箋》:"其國已盡絶滅。"孔穎達《正義》:"卒斬之者,甚言之耳。"胡承珙《後箋》:"君失道,臣專恣,即是國脉已絶,言既者,猶祖伊所稱'天既訖我殷命'也。"

【斬伐】殘害。(雅 1)194《小雅·雨無正》一章:"降喪饑饉,斬伐四國。"孔穎達《正義》:"政不順天,殘害下民。"

棧(栈) zhǎn 士限切(山開二上產崇) 士諫切(山開二去諫崇) 寒部、崇母

車高的樣子。(雅1)234《小雅·何草不黃》四章:"有棧之車,行彼周道。"孔穎達《正義》:"此謂從軍供役之輦車耳。有棧,是車狀,非士所乘之棧名也。"馬瑞辰《通釋》:"此詩'有棧之車'與'有芃者狐'皆形容之詞。…棧當爲車高之貌。"一說:棧車。車廂用竹木條橫排編成,不加漆,不蒙皮革。《毛傳》:"棧車,役車也。"《鄭箋》:"狐草行草止,故以比棧車輦者。"李黼平《紬義》:"以竹木爲棚,故謂之棧車。民間常用,徵以供役,故謂之役車。"

戰(战) zhàn 之膳切(山開三去線章)
寒部、章母

【戰戰】恐懼顫抖的樣子。(雅2)195《小雅·小旻》六章:"戰戰兢兢,如臨深淵,如履薄冰。"《毛傳》:"戰戰,恐也;兢兢,戒也。"

湛 (一) zhàn 徒減切(咸開二上豏定)
★丈減切(咸開二上豏澄)
侵部、定母

❶見【湛湛】。

(二) dān 丁含切(咸開一平覃端)
侵部、端母

❷通"媅"。盡情歡樂;沉浸在歡樂之中。(雅4)161《小雅·鹿鳴》三章:"鼓瑟鼓琴,和樂且湛。"《毛傳》:"湛,樂之久。"陸德明《釋文》:"湛,字又作耽。"《禮記·中庸》引作"耽"。陳奐《傳疏》:"湛,讀爲媅,此假借字也。《說文》:'媅,樂也。'今字皆作湛,通作耽。"200《小雅·賓之初筵》二章:"錫爾純嘏,子孫其湛。"《鄭箋》:"湛,樂也。"按鳳應韶《鳳氏經說》卷三:"《說文》:'湛,沒也。'字從水甚,故義爲沒。沒則有深意,故《史記》曰'湛思'。沒則有浸意,故《內則》曰'湛諸美酒'。沒則有久意,故《鹿鳴》、《常棣》詩言'和樂且湛'。然'湛'繫樂言,則爲樂之久,單言'湛',無樂意也。沒則有沉溺意,若《抑》詩'荒湛于酒',是廢廢百事而沉溺於酒。《北山》詩'湛樂于酒',亦爲沉溺於樂事也。酒最可樂,而《抑》言'湛樂從',承'湛酒'言,則沉溺於樂事也,亦兼酒也。樂事不但酒,《書·無逸》'湛樂從',則沉溺於樂事,專爲縱逸言也。沒則有漸漬潤澤意,此詩'子孫其湛'是也。文繫'錫嘏'之下,謂

尸嘏主人,其多福之致子孫,漸漬潤澤焉。"
❸通"酖"。沈溺(於酒)。(雅1)256《大雅·抑》三章:"顛覆厥德,荒湛于酒。"《韓詩外傳》卷十引作"愖"。《漢書·五行志》引作"沈"。王先謙《集疏》:"《魯》、《齊》,湛作沈。《韓》作愖。…愖、沈與湛皆酖之假借也。"《說文·酉部》:"酖,樂酒也。"

【湛²樂】快樂;享樂。(雅2)205《小雅·北山》六章:"或湛樂飲酒。"陳奐《傳疏》:"湛,亦樂也,讀爲酖,連言湛樂。般,樂也,連言般樂。娛,樂也,連言娛樂。愉,樂也,連言愉樂。喜,樂也,連言喜樂。康,樂也,連言康樂。皆其例。"

[湛露]《小雅》篇名(174)。這是周天子夜宴同姓諸侯的詩。《詩序》:"《湛露》,天子燕諸侯也。"《左傳·文公四年》:"衛甯武子來聘,公與之宴,爲賦《湛露》及《彤弓》,不辭,又不答賦。使行人私焉。對曰:'臣以爲肄業之及也。昔諸侯朝正於王,王宴樂之,於是乎賦《湛露》。則天子當陽,諸侯命也。…今陪臣來繼舊好,君辱貺之,其敢干大禮以自取戾?'"甯武子以爲《湛露》是天子之詩,諸侯不當用。《詩序》所說與《左傳》相同。朱熹《集傳》:"此亦天子燕諸侯之詩。"王先謙《集疏》:"天子燕諸侯之說,三家與毛同也。"現在研究者或以爲這是貴族舉行宗廟落成之禮宴請賓客時,客人作以表示感激和祝頌的詩。四章,十六句。

【湛湛】露水濃重的樣子。(雅3)174《小雅·湛露》一章:"湛湛露斯,匪陽不晞。"《毛傳》:"湛湛,露茂盛貌。"陳奐《傳疏》:"湛從甚聲,茂盛與其義相近。"顧炎武《毛詩補正》:"《湛露》之詩只是燕樂之意,取此爲興耳。"

章 zhāng 諸良切(宕開三平陽章)
陽部、章母

❶紡織品的經緯文理。(雅1)203《小雅·大東》六章:"雖則七襄,不成報章。"《毛傳》:"不能反報成章。"屈萬里《詮釋》:"成文謂之章。不成報章,謂不成布帛也。"❷花紋。(雅1)177《小雅·六月》四章:"織文鳥章,白旆央央。"《鄭箋》:"鳥章,鳥隼之文章。"(旗幟上繪有鳥形花紋)❸文采。(雅3)

225《小雅·都人士》一章："其容不改,出言有章。"《鄭箋》："吐口言語,又有法度文章。"朱熹《集傳》："章,文章也。"238《大雅·棫樸》五章："追琢其章,金玉其相。"陳啓源《稽古編》："章,周王之文也。相,周王之質也。追琢者其文,比其修飾也。金玉者其質,比其精純也。"陳奐《傳疏》："上句言章,下句言相。上句言雕琢,下句言金玉,合二句成辭以見興也。金玉以雕琢而明其質,四方以綱紀而端其本,其理一而已也。"214《小雅·裳裳者華》二章："我覯之子,維其有章矣。"《鄭箋》："章,禮文也。"朱熹《集傳》："章,文章也,有文章,斯有福慶矣。"一說:法則。屈萬里《詮釋》："章,猶法則也,謂動容周旋中禮也。"❹制度;法度。(雅2,頌1)249《大雅·假樂》二章："不愆不忘,率由舊章。"馬瑞辰《通釋》："舊章,猶言舊程、舊式,謂古法也。"283《周頌·載見》："載見辟王,曰求厥章。"《鄭箋》："曰求其章者,求車服禮儀之文章制度也。"李、黃《集解》："新君即位,諸侯來朝,求新法度文章。"❺表率。(雅1)256《大雅·抑》四章："夙興夜寐,洒埽庭内,維民之章。"《毛傳》："章,表也。"一說:法則,法度。《鄭箋》："章,文章法度也。"❻明顯;顯著。(雅1)252《大雅·卷阿》三章："爾土宇昄章,亦孔之厚矣。"蘇轍《詩集傳》："昄,大也。章,著也。"陳奐《傳疏》："言法度章明,又能篤厚而行之。"一說:昄章,版圖。朱熹《集傳》引或說："昄當作版。版章,猶版圖也。"又見【烏章】【綏章】。

璋 zhāng 諸良切(宕開三平陽章)
陽部、章母

一種貴重玉器,形狀像圭的一半。古代帝王或大臣拿在手里,用作符信。(雅5)189《小雅·斯干》八章："載衣之裳,載弄之璋。"《毛傳》："半圭曰璋。"孔穎達《正義》引王肅說:"群臣之從王行禮者奉璋。"254《大雅·板》六章："如璋如圭。"《毛傳》："如璋如圭,言相合也。"孔穎達《正義》："半珪爲璋,合二璋乃成圭。"238《大雅·棫樸》二章："濟濟辟王,左右奉璋。"《毛傳》："半圭曰璋。"馬瑞辰《通釋》："今按《周官·典瑞》:'牙璋以起軍旅,以治兵守。'《白虎通義》曰:'璋以發兵何?璋半珪,位在南方,陽極而陰始,起兵亦陰也,故以發兵也。'此詩下章言六師及之,則上言奉璋,當是發兵之事。"一說:指璋瓚。古代祭祀時,助祭諸侯灌鬯酒的用具,以璋爲柄。《鄭箋》："璋,璋瓚也。祭祀之禮,王裸以圭瓚,諸臣助之亞裸以璋瓚。"屈萬里《詮釋》："此言左右諸臣,奉璋瓚以助祭也。"

張(张) zhāng 陟良切(宕開三平陽知)
陽部、端母

❶把弦安在弓上,或把弦繃緊。跟"弛"相對。(雅3)180《小雅·吉日》四章："既張我弓,既挾我矢。"220《小雅·賓之初筵》一章:"大侯既抗,弓矢斯張。"❷大。(雅1)261《大雅·韓奕》二章："四牡奕奕,孔脩且張。"《毛傳》："脩,長;張,大。"孔穎達《正義》："言四牡之馬奕奕然,其形甚長而且高大。"
【張仲】周宣王時大臣。(雅1)177《小雅·六月》六章:"侯誰在矣,張仲孝友。"《毛傳》:"張仲,賢臣也。"《鄭箋》:"張仲,吉甫之友,其性孝友。"孔穎達《正義》引李巡曰:"張,姓。仲,名。其人孝,故稱孝友。"《易林·小過之未濟》:"《六月》、《采芑》,征伐無道,張仲叔季,孝友飲酒。"《漢書·古今人表》有張中,即張仲。

粻(粻) zhāng 陟良切(宕開三平陽知)
陽部、端母

糧食;乾糧。(雅1)259《大雅·崧高》六章:"以峙其粻,式遄其行。"《鄭箋》:"粻,糧。"《爾雅·釋言》:"粻,糧也。"郭璞注:"今江東通言粻。"

掌 zhǎng 諸兩切(宕開三上養章)
陽部、章母

鞅掌,繁忙。見"鞅"。

招 zhāo 止遥切(效開三平宵章)
宵部、章母

打手勢叫人來。(風2)67《王風·君子陽陽》一章:"君子陽陽,左執簧,右招我由房。"
【招招】搖手相招的樣子。(風1)34《邶風·匏有苦葉》四章:"招招舟子,人涉卬否。"

《毛傳》：" 招招，號召之貌。"陸德明《釋文》引《韓詩》："招招，聲也。"王先謙《集疏》："《魯》說曰：以手曰招，以言曰召。"一說：用手攬扶之貌。牟庭《詩切》："招招者，舟子扶人上船之貌也。"又一說：身體屈申動搖的樣子。聞一多《通義》："招招，與調調、刁刁聲同，謂舟子鼓楫時身體屈申動搖之貌也。"

昭 zhāo 止遙切（效開三平宵章）
宵部、章母

❶ 光。(雅 1)258《大雅·雲漢》一章："倬彼雲漢，昭回于天。"《鄭箋》："昭，光也。"朱熹《集傳》："昭，光。回，轉也。言其光隨天而轉也。" ❷ 光明。(雅 2)161《小雅·鹿鳴》二章："我有嘉賓，德音孔昭。"《鄭箋》："昭，明也。" ❸ 顯見；著見。(雅 1、頌 1)235《大雅·文王》一章："文王在上，於昭于天。"《毛傳》："昭，見也。"《鄭箋》："其德著見於天。"朱熹《集傳》："昭，明也。言文王既沒，而其神在上，昭明于天。"屈萬里《詮釋》："昭，顯也。"294《周頌·桓》："於昭于天，皇以閒之。"孔穎達《正義》引王肅云："於乎周道乃昭見於天。"黃焯《毛鄭平議》："亦當以爲武王之德著見于天。" ❹ 明白；明察。(雅 1)256《大雅·抑》十一章："昊天孔昭，我生靡樂。"《鄭箋》："昭，明也。昊天乎乃甚明察，我生無可樂也。" ❺ 勤勉；黽勉。(雅 3)236《大雅·大明》三章："昭事上帝，聿懷多福。"243《大雅·下武》四章："永言孝思，昭哉嗣服。"《鄭箋》："明哉武王之嗣行祖考之事，謂伐紂以定天下。"王引之《述聞》卷七："明、勉一聲之轉，故古多謂勉爲明。" ❻ 古代宗法制度下宗廟或宗廟中神主的排列次序。始祖居中，以下二世、四世、六世位於始祖的東邊，稱"昭"；三世、五世、七世位於始祖的右邊，稱"穆"。父在昭位，子即在穆位。周文王爲穆，武王爲昭。(頌 2)283《周頌·載見》："率見昭考，以孝以享。"《毛傳》："昭考，武王也。"朱熹《集傳》："廟制，太祖居中，左昭右穆。周廟文王當穆，武王當昭。故《書》稱'穆考文王'而此詩及《訪落》皆謂武王爲昭考。"287《周頌·訪落》："訪予落止，率時昭考。"《説文·日部》："昭"下段玉裁注："廟有昭穆，昭取陽明，穆取陰幽，皆本無正字，

假此二字爲義。"一說：明；明德。《鄭箋》："昭，明。…當循是明德之孝所施行。"
【昭假】向神禱告；表明誠敬之心於神靈。(雅 2、頌 3)258《大雅·雲漢》八章："大夫君子，昭假無贏。"陳奂《傳疏》："言誠能昭假於天，其感應之理無有贏差者。"屈萬里《詮釋》："昭假，謂神靈昭然降臨也。神降臨曰昭假，祭祀以祈神臨亦曰昭假。"程俊英《注析》："昭假，禱告的意思。"277《周頌·噫嘻》："噫嘻成王，既昭假爾。"戴震《考證》："《詩》凡言昭假者，義爲昭其誠敬以假於神，昭其明德以假于天。精誠表見曰昭，貫通所至曰格。"一說：明告。朱熹《集傳》："昭假爾，猶言格爾衆庶。蓋成王始置田官，而嘗戒命之也。"高亨《今注》："昭，明也。假，讀爲嘏，告也。成王在親耕籍田前，告諭臣民。"一說：明祀；潔祀。楊琳《昭嘏新考》："'昭假無贏'，意爲傾其所有，潔祀神靈。'天監有周，昭假于下'，當作一句讀，言上天看到有周在下面潔祀它，所以就祐助周王。'既昭假爾'就是天子乃以元日祈穀於上帝。"
【昭明】光明。(雅 2)247《大雅·既醉》二章："君子萬年，介爾昭明。"《鄭箋》："昭，光也。"孔穎達《正義》："與之以昭明之道。"朱熹《集傳》："昭明，猶光大也。"一說：智慧。嚴粲《詩緝》："丘氏曰：謂發其智慧也。"何楷《古義》："謂助發其智慮，小事大事，皆無不明也。"
【昭昭】光明；顯著。(頌 1)299《魯頌·泮水》二章："其馬蹻蹻，其音昭昭。"《鄭箋》："其音昭昭，僖公之德音也。"嚴粲《詩緝》："其音昭昭然明亮也。"
又見【明昭】。參"炤"。

炤 zhāo ★之遙切（效開三平宵章）
宵部、章母

同"昭"。明顯。(雅 1)192《小雅·正月》十一章："潛雖伏矣，亦孔之炤。"《鄭箋》："池，魚之所樂而非能樂，其潛伏於淵，又不足以逃，甚炤炤易見，以喻時賢者在朝廷，道不行無所樂，退而窮處，又無所止也。"朱熹《集傳》："炤，明，易見也。"陳奂《傳疏》："言聖人雖隱遁，其德亦甚明也。"《集韻·四

宵》:"昭,《說文》:日明也。或從火作炤。"又《十八藥》:"炤,明也。《詩》:'亦孔之炤。'通作灼。"《禮記·中庸》引作"昭"。王先謙《集疏》:"《齊》,炤作昭。"

沼 zhǎo 之少切（效開三上小章）
宵部、章母

水池;池子。（風1、雅2）13《召南·采蘩》一章:"于以采蘩,于沼于沚。"《毛傳》:"沼,池。"192《小雅·正月》十一章:"魚在于沼,亦匪克樂。"《毛傳》:"沼,池也。"《古今韻會舉要·篠韻》:"沼,圓曰池,曲曰沼。"阮元《補箋》:"〔此兩句〕喻賢臣雖退處,亦不能安居。"

爪 zhǎo 側絞切（效開二上巧莊）
幽部、莊母

【爪士】爪牙之士。比喻武臣、衛士。（雅1）185《小雅·祈父》二章:"祈父,予王之爪士。"朱熹《集傳》:"爪士,爪牙之士也。"馬瑞辰《通釋》:"爪士猶言虎士。《周官》虎賁氏屬有虎士八百人即此。劉向《說苑·雜事》篇曰:'虎豹愛爪。'故虎士亦云爪士。"一說:武臣之事。陳奐《傳疏》:"士,讀與事同,假借字也。上言爪牙,此言爪事,謂祈父職掌我王爪牙之事也。"又一說:"爪"當作"介"。俞樾《經說》卷三:"'爪士'字應作'介'。……其形與'爪'字相似,又涉上章言'爪牙',故誤爲'爪'耳。介士者,甲士也。《禮記·檀弓》篇:'陽門之介夫死。'鄭注曰:'介士,甲衛士。'此詩'介士'即甲衛之士。"

【爪牙】爪和牙是禽獸覓食和自衛的武器,比喻武臣、衛士。（雅1）185《小雅·祈父》一章:"祈父,予王之爪牙。"《鄭箋》:"此勇力之士責司馬之辭也。我乃王之爪牙。"孔穎達《正義》:"鳥用爪,獸用牙,以防衛己身。此人自謂王之爪牙,以鳥獸爲喻也。"朱熹《集傳》:"爪牙,鳥獸所用以爲威者也。"呂祖謙《詩記》:"司馬之屬有司右、虎賁、旅賁,皆奉事王之左右者也。…此所謂爪牙者也。"封演《封氏聞見記》卷五:"公牙。司馬掌武備,象猛獸以爪牙爲衛,故軍中大旗謂之牙旗,出師則有祭牙、禡牙之事。"

召 （一）zhào 直照切（效開三去笑澄）
宵部、定母

❶呼喚;召喚;叫來。（風1、雅4）100《齊風·東方未明》一章:"顛之倒之,自公召之。"聞一多《類鈔》:"顛倒求領,言迫遽也。所以然者,以有自公所而召之者故也。"227《大雅·緜》五章:"乃召司空,乃召司徒。"

（二）shào 實照切（效開三去笑禪）
宵部、禪母

❷古邑名。周初召公奭的封地。在今陝西岐山縣西南。陸德明《釋文》:"召,亦地名也。在岐山之陽。扶風雍縣南有召亭。"輯本《括地志》:"周公故城在岐山縣北九里,邵公故城在岐山縣西南十里,此周、邵之采邑。"見【召²伯】【召²公】【召²南】等。

【召²伯】1)指召康公姬奭。（風3）16《召南·甘棠》一章:"蔽芾甘棠,勿翦勿伐,召伯所茇。"《鄭箋》:"召伯,姬姓,名奭,食采於召,作上公,爲二伯。"朱熹《集傳》:"伯,方伯也。"一說:指召穆公姬虎。屈萬里《詮釋》:"召伯,召穆公虎也。早期經籍,於召伯或稱召公,而絕無稱召公奭爲伯者。"2)指召穆公。（雅8）227《小雅·黍苗》一章:"悠悠南行,召伯勞之。"陳奐《傳疏》:"召伯,召穆公虎也。"259《大雅·崧高》二章:"王命召伯,定申伯之宅。"《毛傳》:"召伯,召公也。"陳奐《傳疏》:"召公,召穆公也。"

【召²公】召康公。姬姓,名奭。因封地在召（今陝西岐山縣西南）,故稱召公或召伯。武王滅紂後,封召公於北燕,爲燕的始祖。成王時爲大保,與周公旦分陝（今河南陝縣）而治,陝以西由召公治理,陝以東由周公治理。（雅4）262《大雅·江漢》四章:"武受命,召公維翰。"《毛傳》:"召公,召康公奭也。"《鄭箋》:"召康公,名奭,召虎之始祖也。……昔文王、武王受命,召康公爲之楨幹之臣。"265《大雅·召旻》七章:"昔先王受命,有如召公。"《鄭箋》:"召公,召康公也。言有如者,時賢臣多,非獨召公也。"一說:指召穆公召虎。陳奐《傳疏》:"先王,謂定王也。召公,謂召穆公也。"《鹽鐵論·地廣篇》亦云周宣王辟國千里,是其事也。按孔穎達《關雎·正義》舉《詩》六字句有"昔者先王受命,有如召公之臣。"阮元《校刊記》:"所引不與此同。…良由撰者既非一人,六朝義疏本有各家,或復存舊,致此歧互耳。"

【召²虎】召穆公名。姓姬。周宣王大臣,召公奭的後代。曾奉命征討淮夷,取得勝利。《江漢·序》稱宣王"命召公平淮夷",是召虎亦稱召公。(雅 2)262《大雅·江漢》三章:"江漢之滸,王命召虎。"《毛傳》:"召虎,召穆公也。"朱熹《集傳》:"虎,召穆公名也。"呂祖謙《詩記》引陳氏説:"王命召虎自彼江漢之滸而伐之,非宣王臨江漢之地而命召虎。"

【召²旻】《大雅》篇名(265)。這是一位老臣諷刺周幽王任用小人,胡作非爲,敗壞國政,以致外患頻仍,國土日削,國家行將滅亡,希望有賢臣出來挽救。《詩序》:"《召旻》,凡伯刺幽王大壞也。旻,閔也。閔天下無如召公之臣也。"朱熹《集傳》:"此刺幽王任用小人,以致饑饉侵削之詩也。"王先謙《集疏》:"三家無異義。"按《國語·鄭語》:"幽王九年,王室始騷。"《瞻卬》、《召旻》二詩當于作于幽王九、十年之間,至十一年(公元前 771 年)而幽王被殺矣。又詩名何義?蘇轍《詩集傳》:"因其首章稱旻天,卒章稱召公,故謂之《召旻》,以別《小旻》而已。"七章,四十一句。

【召²南】《詩經·國風》之一。包括《鵲巢》、《采蘩》、《草蟲》、《采蘋》、《甘棠》、《行露》、《羔羊》、《殷其靁》、《摽有梅》、《小星》、《江有汜》、《野有死麕》、《何彼襛矣》、《騶虞》等十四首詩。西周初期周公姬旦和召公姬奭分陝(今河南陝縣)而治。召公奭居西都鎬京,統治西方諸侯。其子孫世襲,都稱召公。《召南》當是召公統治下的南方地區的民歌,範圍包括今陝西西南部及長江中上游一帶。因在中原之南,音樂上也有自己的特點,故稱《召南》。《詩序》:"南,王化自北而南。"鄭玄《詩譜》:"得賢人之化者謂之《召南》。"有的學者認爲《召南》是召公在南方采集的民歌。朱熹《集傳》:"南,南方諸侯之國也。…其得南國者,則直謂之《召南》。言自方伯之國被於南方,而不敢以繫於天子也。"劉節《周南召南考》:"成王之後,二公世及。周公之裔,世謂周公;召公之裔,世謂召公。下迄厲王之後,以至於東

周。二公巡狩述職,采爲南國。周公所采,謂之《周南》;召公所采,謂之《召南》。彼南國之音與雅樂不同,爲二公所共賞。《吕氏春秋》謂"涂山氏作爲南音,周公、召公采焉,以爲《周南》、《召南》。"此周、召二公乃厲,宣以後人,故《二南》中東遷以後之詩皆有之。"

【召²祖】指召康公奭。(雅 1)262《大雅·江漢》五章:"于周受命,自召祖命。"《鄭箋》:"用其祖召康公受封之禮。"朱熹《集傳》:"召祖,召穆公之祖康公也。"一說:"召"與"紹"通。繼承。于邑《香草校書》卷十七:"此'召'字蓋當讀爲'紹'。'自召祖命'者,用能繼紹召康公之命也。'祖'字指召公,而不當以'召祖'指召康公。"

照 zhào 之少切(效開三去笑章)
宵部、章母

光明;照耀。(風 1)143《陳風·月出》三章:"月出照兮,佼人燎兮。"

【照臨】(日月之光)照射到。(風 1、雅 1)29《邶風·日月》一章:"日居月諸,照臨下土。"207《小雅·小明》一章:"明明上天,照臨下土。"《鄭箋》:"照臨下土,喻王者當察理天下之事也。"

罩 zhào ★陟教切(效開二去效知)
都教切(效開二去效知)
藥部、端母

【罩罩】魚游水的樣子。(雅 1)171《小雅·南有嘉魚》一章:"南有嘉魚,烝然罩罩。"戴震《考證》:"罩罩,叠字形容辭。…蓋與掉通,魚搖也。"馬瑞辰《通釋》:"罩罩、汕汕,蓋皆魚游水之貌。"林義光《通解》:"罩讀爲掉。掉,搖也。搖而又搖也。"《説文·魚部》引《詩》作"鯈鯈"。一說:捕魚的竹籠。《毛傳》:"罩罩,籗(zhuó)也。"孔穎達《正義》引李巡説:"籗,編細竹以爲罩捕魚也。"又一說:許多罩。朱熹《集傳》:"罩,籗也。編細竹以罩魚者也。重言罩罩,非一之辭也。"王先謙《集疏》:"烝,衆也。罩非一,故云罩罩。"又一說:用罩罩魚。段玉裁《小箋》:"《傳》當云:罩,籗也。汕,樔也。不當叠字罩罩者,以罩罩魚也。汕汕者,以汕汕魚也。"

旍 zhào 治小切（效開三上小澄）
宵部、定母

❶古代一種畫有龜蛇圖案的旗。（雅 6)168《小雅·出車》二章：「設此旍矣，建彼旄矣。」《毛傳》：「龜蛇曰旍。」257《大雅·桑柔》二章：「四牡騤騤，旟旍有翩。」《毛傳》：「鳥隼曰旟，龜蛇曰旍。」朱駿聲《說文通訓定聲·小部》：「旍，旗畫龜蛇者，四游象室壁四星，九旗之帛皆用絳，惟旍用緇，長八尺，纘旍有旆，旆帛用絳，亦長八尺，故旍獨長也。」

❷通「兆」。數詞。十億或萬億，泛言極多。（雅 2)190《小雅·無羊》四章：「眾維魚矣，旍維旟矣。」于省吾《新證》：「按『旍維旟矣』之旍應讀作兆。…『眾維魚矣』之眾，與『旍維旟矣』之兆，互文同義。古籍謂十億或萬億曰兆，引申之則爲眾多之泛稱。…眾兆謰語，分用之則爲『眾維魚矣，旍維旟矣』。眾與旍均爲量詞。維爲句中助詞。此詩本謂牧人所夢見的是魚之眾與旟之多，眾魚爲豐年之徵，兆旟見室家繁盛之驗。」一說：古代一種畫有龜蛇圖案的旗。《鄭箋》：「牧人乃夢見眾人相與捕魚，又夢見旐與旟。」

肇(肇) zhào 治小切（效開三上小澄）
★直紹切（效開三上小澄）
宵部、定母

❶開始。（雅 2,頌 2)245《大雅·生民》六章：「以歸肇祀。」《毛傳》：「肇，始也。始歸郊祀也。」《鄭箋》：「肇，郊之神位也。」陸德明《釋文》：「肇，音兆。毛，始也。鄭，郊之神位也。」嚴粲《詩緝》：「王氏曰：后稷始受國爲祭主，故曰肇祀。」阮元《校刊記》：「凡古書肇字，皆當改作肁。」曾運乾《毛詩說》：「天降嘉種，故后稷始祀天也。」289《周頌·小毖》：「肇允彼桃蟲，拚飛維鳥。」《鄭箋》：「肇，始。」一說：助詞。無實義。楊樹達《小學述林》卷六：「肇字亦無義，《鄭箋》釋肇爲始，非也。」

❷開闢（疆域）。（頌 1)303《商頌·玄鳥》：「肇域彼四海。」《鄭箋》：「肇，當作兆。…兆域，正天下之疆界。」朱熹《集傳》：「肇，開也。」屈萬里《詮釋》：「言開拓疆域至於四海。」余培林《正詁》：「兆，亦域也。句言經理彼四海之疆域也。」一説：始。馬瑞辰《通釋》：「肇域彼四海，域亦應讀爲有，言始有彼四海地也。」❸謀劃。（雅 1)262《大雅·江漢》四章：「肇敏戎公，用錫爾祉。」《毛傳》：「肇，謀。敏，疾。戎，大。」胡承珙《後箋》：「謂朝庭圖謀其有敏大之功，故錫以祉福。」屈萬里《詮釋》：「肇敏，猶言圖謀也。」一說：勤勉努力（於）。馬瑞辰《通釋》：「《爾雅·釋言》：『肇，敏也。』《說文》：『敏，疾也。』肇敏連言，即訓肇爲敏。」聞一多《爾雅新義》：「肇敏與劭勉聲近義同。…義猶勉也。」又一說：開始。于省吾《新證》：「《中庸》：『人道敏政』注：『敏，或爲謀。肇謀戎公，謂始謀大事。上言無曰我乃小子，女應嗣續召公，故下接以始謀大事，用錫爾福祉也。」又一說：長；長久。陸德明《釋文》：「肇，《韓詩》云：『長也。』」

趙(赵) zhào 治小切（效開三上小澄）
宵部、定母

鋒利。（頌 1)291《周頌·良耜》：「其鎛斯趙，以薅荼蓼。」《毛傳》：「趙，刺也。」陸德明《釋文》：「趙，徒了反，刺也。又如字。」胡承珙《後箋》：「『其笠伊糾』，糾爲笠之狀，則『其鎛斯趙』，趙亦當爲鎛之狀，非言鎛之用也。《傳》訓趙爲刺者，《淮南·氾論訓》『脩戟無刺』注：『刺，鋒也。』蓋刺者，鋒利之謂。言其鎛鏟鋒利，故可以刻草耳。」一說：鋤地；耙地。《鄭箋》：「以田器剌地，薅去荼蓼之事。言閔其勤苦。」孔穎達《正義》：「趙是用鎛之事，鎛是鋤類，故趙爲剌地也。」《周禮·考工記·總目》「粵無鎛」鄭玄注引《詩》作「其鎛斯挏」。又一說：通「削」。鐁刀。于省吾《新證》：「削是刀之類。斯、以古通。…其鎛以削，言其鎛與削也。」

挏 zhào ★直紹切（效開三上小澄）
幽部、定母

鋤地。見「趙」。

折 zhé 旨熱切（山開三入薛章）
月部、章母

弄斷；折斷。（風 4)76《鄭風·將仲子》一章：「將仲子兮，無踰我里，無折我樹杞。」《毛傳》：「折，言傷害也。」姚際恒《通論》引季明德曰：「篇內言『折』，謂因踰牆而壓折，非采折之折。」梁寅《詩演義》：「折杞者，恐男女相期,先至者折枝以爲信,如後世綰結菖蒲之意也。"

哲 zhé 陟列切（山開三入薛知）
月部、端母

❶明智;有智慧。(雅9、頌2)195《小雅·小旻》五章:"民雖靡膴,或哲或謀。"《毛傳》:"亦有明哲者,有聰謀者。"260《大雅·烝民》四章:"既明且哲,以保其身。"陸德明《釋文》:"哲,徐本作智。"264《大雅·瞻卬》三章:"哲夫成城,哲婦傾城。"《毛傳》:"哲,知也。"《鄭箋》:"哲,謂多謀慮也。"朱熹《集傳》:"哲婦,蓋指褒姒也。"❷指明智的人。(雅1)256《大雅·抑》一章:"人亦有言:靡哲不愚。"《鄭箋》:"賢者皆佯愚,不爲容貌,如不肖然。"孔穎達《正義》:"賢哲之人皆佯爲愚病,言王虐之甚也。"陸德明《釋文》:"喆,本又作哲,亦作悊。陟利反,智也。"馬瑞辰《通釋》:"即所謂大智若愚也。《說文·口部》:'哲,知也。悊,哲或從心。'"又見【宣哲】。

悊 zhé 陟列切（山開三入薛知）
月部、端母

明智;有智慧。見"哲"。

喆 zhé 陟列切（山開三入薛知）
月部、端母

明智;有智慧。見"哲"。

晢(晣) zhé 旨熱切（山開三入薛章）
征例切（蟹開三去祭章）
月部、章母

【晢晢】明亮的樣子。(風1、雅1)140《陳風·東門之楊》二章:"昏以爲期,明星晢晢。"《毛傳》:"晢晢,猶煌煌也。"陳奐《傳疏》:"晢、晣一字。"182《小雅·庭燎》二章:"夜如何其? 夜未艾,庭燎晣晣。"《毛傳》:"晣晣,明也。"陸德明《釋文》:"晣,本又作晢。"朱熹《集傳》:"晣晣,小明也。"《魯詩》作"晢晢"。《說文·日部》:"晢,昭晣,明也。"段玉裁注:"晢字,日在下,或日在旁作晣,同耳。"《詩經》中"晢"、"晣"字並出。

蟄(蟄) zhé 直立切（深開三入緝澄）
緝部、定母

【蟄蟄】和集的樣子。(風1)5《周南·螽斯》三章:"宜爾子孫,蟄蟄兮。"《毛傳》:

"蟄蟄,和集也。"何楷《古義》:"蟄蟄者,安静而各得其所也。"一說:衆多的樣子。朱熹《集傳》:"蟄蟄,亦多意。"歐陽修《詩本義》:"振振、繩繩、蟄蟄皆謂子孫之多。"

讁(謫) zhé 陟革切（梗開二入麥知）
錫部、端母

指摘;指責、責備。(風1)40《邶風·北門》二章:"我入自外,室人交徧讁我。"《毛傳》:"讁,責也。"陳奐《傳疏》:"讁,俗謫字。"聞一多《類鈔》:"謫、讁,皆責也,王事責之於外,室人責之於内,言公私交迫也。"

者 zhě 章也切（假開三上馬章）
魚部、章母

❶代詞。表示"…的人(或事物)"。(風14、雅3、頌4)65《王風·黍離》一章:"知我者,謂我心憂,不知我者,謂我何求。"200《小雅·巷伯》一章:"彼譖人者,亦已大甚。"297《魯頌·駉》一章:"薄言駉者,有驈有皇。"❷代詞。放在時間詞之後,表示"…的時候"。(風3、雅1)126《秦風·車鄰》二章:"今者不樂,逝者其耋。"(逝者:將來的時候。)199《小雅·何人斯》二章:"始者不如今,云不我可。"❸助詞。相當于"之"、"的"。(風11、雅21)53《鄘風·干旄》一章:"彼姝者子,何以畀之。"馬瑞辰《通釋》:"《論衡》引《詩》作'彼姝之子,何以與之',之猶者也,與猶予也。"224《小雅·菀柳》一章:"有菀者柳,不尚息焉。"孔穎達《正義》:"有菀然枝葉茂盛之柳。"163《小雅·皇皇者華》一章:"皇皇者華,于彼原隰。"朱熹《集傳》:"彼煌煌之華,則于彼原隰矣。"一說:代詞。加在形容詞後,構成名詞性詞組。孔穎達《正義》:"煌煌然而光明者,是草木之華。"❹通"之"。代詞。(雅1)226《小雅·采綠》四章:"維魴及鱮,薄言觀者。"朱熹《集傳》:"於其釣而有獲也,又將往從而觀之。"曾運乾《毛詩說》:"薄言觀者,言欲薄而觀之也。本當作'薄言觀之',之猶者也。以與上文鱮字韵,故改之爲者。之、者通用。"一說:語氣詞。裴學海《古書虛字集釋》:"'者'猶'哉'也。"引此例。程俊英《注析》:"者,猶哉,語氣詞。…此句猶言'釣的魚好多

啊！'"又見【始者】【逝者】【壹者】。

赭 zhě 章也切（假開三上馬章）
魚部、章母

紅土。引申爲紅色的顏料，古人用以塗面。（風1）38《邶風·簡兮》二章："赫如渥赭，公言錫爵。"《鄭箋》："碩人容色赫然，如厚傅丹。"參"丹"。

柘 zhè 之夜切（假開三去禡章）
鐸部、章母

柘樹。一種灌木或小喬木，葉可飼蠶，木質堅韌，可製弓。（雅1）241《大雅·皇矣》二章："攘之剔之，其檿其柘。"陳奐《傳疏》："柘亦桑屬也。胡三省《通鑑辨誤》云：'桑、柘二木之葉皆可以飼蠶。柘木抽條，勁直而長，桑木敷枝，擁腫而大；柘之葉小而厚，桑之葉大而薄。今村莊園圃籬落皆有之，居然可別也。'"

楨（楨） zhēn 陟盈切（梗開三平清知）
耕部、端母

築土墻時夾板兩端所立的木柱。引申爲支柱；骨幹。（雅1）235《大雅·文王》三章："王國克生，維周之楨。"《毛傳》："楨，幹也。"胡承珙《後箋》："案舍人注《爾雅》云：'楨，正也。築墻所立兩木也。幹，所以當墻之兩邊障土者也。'是楨與幹爲二物，《爾雅》、《毛傳》蓋以皆築墻所用之木，故渾言之曰：'楨，幹也。'木所立表曰幹，因而人之立事亦曰幹。此義之引申者。"屈萬里《詮釋》："維周之楨，猶言維周之棟梁也。"一說：通"禎"。祥；吉祥。俞樾《經說》卷四："楨當作禎。《維清》篇：'迄用有成，維周之禎。'《傳》曰：'禎，祥也。'與此正同。"

禎（禎） zhēn 陟盈切（梗開三平清知）
耕部、端母

吉祥。（頌1）268《周頌·維清》："迄用有成，維周之禎。"《毛傳》："禎，祥也。"《鄭箋》："征伐之法，乃周家得天下之吉祥。"陸德明《釋文》作"祺"說："音其，祥也。徐云：本又作禎。"馬瑞辰《通釋》："作禎者，以與禋、成爲韻，作祺者以與句熙字爲韻，爲首尾用韻，二本皆於韻合。"胡承珙《後箋》："此詩亦或三家作祺，《毛詩》自作禎耳。"段玉裁《小學》："按此從古本作祺，作禎者，或是改易取韻。"

榛 zhēn 側詵切（臻開三平臻莊）
真部、莊母

❶榛樹。一種落葉灌木或小喬木，果實叫榛子，可以吃或榨油。（風2、雅1）38《邶風·簡兮》三章："山有榛，隰有苓。"《毛傳》："榛，木名。"陸德明《釋文》："榛，本亦作榛。"孔穎達《正義》引陸璣《詩義疏》："栗屬，其子小似杼子（即橡子），表皮黑，味如栗。"朱熹《集傳》："榛，似栗而小。"馬瑞辰《通釋》："榛蓁皆亲之假借。《說文》：'亲，果實如小栗。'《廣雅》：'亲，栗也。'亲之言辛，辛，物小之稱也。" ❷叢生的樹；樹叢。（風1、雅1）152《曹風·鳲鳩》四章："鳲鳩在桑，其子在榛。"陸德明《釋文》引《字林》："榛，木叢生也。"219《小雅·青蠅》三章："營營青蠅，止于榛。"《毛傳》："榛，所以爲藩也。"

溱 zhēn 側詵切（臻開三平臻莊）
真部、莊母

河流名。源出河南省密縣，東南流會洧水爲雙洎河，又東流入賈魯河。（風3）95《鄭風·溱洧》一章："溱與洧，方渙渙兮。"《毛傳》："溱、洧，鄭兩水名。"87《鄭風·褰裳》一章："子惠思我，褰裳涉溱。"《毛傳》："溱，水名也。"《說文·水部》"潧，水。出鄭國。從水，曾聲。《詩》曰：'潧與洧，方渙渙兮。'"〖溱洧〗《國風·鄭風》篇名(95)。這是一首描寫鄭國男女青年春遊歡樂的詩。鄭國風俗，每年三月上巳(三月上旬第一個巳日)在溱、洧兩水邊上舉行"招魂續魄，祓除不祥"的盛大集會，男女都來游玩。並互贈禮物以結情好。本詩就是鄭國這一風俗的具體描述。朱熹《集傳》："鄭國之俗，三月上巳之辰，采蘭水上以拂除不祥。…於是士女相與戲謔，且以芍藥相贈而結恩情之厚也。此詩淫奔者自叙之詞。"《太平御覽》卷八八六引《韓詩内傳》："溱與洧，說人也。鄭國之俗，三月上巳之日，於兩水上招魂續魄，拂除不祥，故詩人願與所說者具往觀焉。"輔廣《童子問》："鄭國之土寬平，人物繁麗，情意駘蕩，風俗淫泆。讀是詩者，可以盡得之。"屈萬里《詮釋》："此賦情侶游樂之詩。"或以此爲刺淫之詩。何楷《古義》：

"《溱洧》,刺鄭風淫也。"《詩序》以爲"刺亂"之詩:"《溱洧》,刺亂也。兵革不息,男女相棄,淫風大行,莫之能救焉。"方玉潤《原始》批評說:"此詩及《出其東門》正叙鄭俗游覽之盛,何以刺亂?使兵革不息,男女相棄,豈尚有采蘭、贈勺事耶?"二章,二十四句。
【溱溱】衆多的樣子。(雅1)190《小雅·無羊》四章:"旐維旟矣,室家溱溱。"《毛傳》:"溱溱,衆也。旐旟所以聚衆也。"《鄭箋》:"溱溱,子孫衆多也。"王符《潛夫論·夢列》引作"室家蓁蓁"。

蓁 zhēn 側詵切(臻開三平臻莊)
真部、莊母
【蓁蓁】茂盛的樣子。(風1)6《周南·桃夭》三章:"桃之夭夭,其葉蓁蓁。"《毛傳》:"蓁蓁,至盛貌。有色有德,形體至盛也。"朱熹《集傳》:"蓁蓁,葉之盛也。"《禮記·大學》引此詩鄭玄注:"蓁蓁,美盛貌。參'溱'、'菁'。

臻 zhēn 側詵切(臻開三平臻莊)
真部、莊母
至;來到。(風1、雅3)39《邶風·泉水》三章:"遄臻于衛,不瑕有害。"《毛傳》:"臻,至。"194《小雅·雨無正》三章:"如彼行邁,則靡所臻。"《鄭箋》:"我之言不見信,如行而無所至也。"

潧 zhēn 側詵切(臻開三平臻莊)
真部、莊母
河流名。見"溱"。

枕 zhěn 章荏切(深開三上寑章)
侵部、章母
枕頭。(風2)124《唐風·葛生》三章:"角枕粲兮,錦衾爛兮。"145《陳風·澤陂》三章:"寤寐無爲,輾轉伏枕。"

㐱 zhěn 章忍切(臻開三上軫章)
文部、章母
(頭髮)又黑又密。見"鬒"。

畛 zhěn 章忍切(臻開三上軫章)
文部、章母
側鄰切(臻開三平臻莊)
文部、莊母
田間小路。(頌1)290《周頌·載芟》:"千耦其耘,徂隰徂畛。"《毛傳》:"畛,場也。"《鄭箋》:"隰,謂新發田也。畛,謂舊田有徑路

者。"陸德明《釋文》:"畛,之忍反。徐又音真。"朱熹《集傳》:"畛,田畔也。"孔穎達《正義》:"畛,謂地畔之徑路也。"

疹 (一)zhěn 章忍切(臻開三上軫章)
文部、章母
貧苦。見"瘨"。
(二)chèn ★丑刃切(臻開三去震徹)
文部、透母
熱病。見"疢"。

鬒 zhěn 章忍切(臻開三上軫章)
真部、章母
(頭髮)又黑又密。(風1)47《鄘風·君子偕老》二章:"鬒髮如雲,不屑髢也。"《毛傳》:"鬒〔髮〕,黑髮也。"朱熹《集傳》:"鬒,黑也。"陸德明《釋文》引《左傳》服虔云:"髮美爲鬒。"《說文·彡部》:"㐱,稠髮也。《詩》曰:'㐱髮如雲。'鬒,㐱或從髟,真聲。"

振 (一)zhèn 章刃切(臻開三去震章)
文部、章母
❶(舉起來)抖動或搖動。(風1)154《豳風·七月》五章:"五月斯螽動股,六月莎雞振羽。"《毛傳》:"莎雞羽成而振訊之。"陳奐《傳疏》:"《傳》以振訊釋振,訊亦振也。"《爾雅·釋言》:"振,訊也。"❷展翅貌;群飛的樣子。(頌1)278《周頌·振鷺》:"振鷺于飛,于彼西雝。"《毛傳》:"振振,群飛貌。"朱熹《集傳》:"振,群飛貌。"馬瑞辰《通釋》:"振鷺爲羽舞也。今按此詩'振鷺于飛'亦當指羽舞言。…振鷺于飛,羣狀振羽之容,與飛無異。于、如古通用。于飛即如飛也。"毛奇齡《續詩傳》:"振鷺是奮起之振。"一說:振鷺,鳥名。于鬯《香草校書》卷十八:"振鷺蓋鳥名。蓋因鷺有振振之狀,故謂之振鷺,《有駜》篇謂之振振鷺。…鷺之毛羽振振如人之衣服,故有振鷺之稱,而以比客之容止也。❸整;整頓。(雅1)178《小雅·采芑》三章:"伐鼓淵淵,振旅闐闐。"《毛傳》:"入曰振旅。復長幼也。"按《尚書·大禹謨》"班師振旅"孔穎達《正義》:"兵入曰振旅,言整衆。"屈萬里《詮釋》:"振旅,言整飭師旅,以備戰也。"一說:止;停止。《鄭箋》:"振,猶止也;旅,衆也。"❹自;從。(頌1)290《周頌·載芟》:"匪且有且,匪今斯今,振古如茲。"

《毛傳》："振,自也。"朱熹《集傳》："振,極也。"言非獨此處有此稼穡之事,非獨今時有今豐年之慶,蓋自極古以來,已如此矣。猶言'自古有年'也。"陳奐《傳疏》："振古,即自古;自古,猶自昔也。"王引之《述聞》卷二十七："振,起也。凡事之所起,即事之所自,故振又訓爲自。振古如茲,猶《甫田》之言'自古有年'也。"

(二) zhēn ★之人切（臻開三平真章）
文部、章母

❺見【振²振²】。

【振鷺】《周頌》篇名(278)。這是夏、殷二王的後裔來周助祭,周王設宴招待他們時所唱的樂歌。詩中贊揚客人的美好威儀和德行。《詩序》："《振鷺》,二王之後來助祭也。"《鄭箋》："二王,夏、殷也。其後,杞也,宋也。"朱熹《集傳》："此二王之後來助祭之詩。"李、黃《集解》："二王之後不純臣待之,故謂之我客。如所謂'虞賓在位,作賓于王家'也。"明清學者認爲來周助祭的是微子。何楷《古義》："周成王時,微子來助祭於祖廟,周人作詩美之。此與《有瞽》、《有客》皆一時之詩,爲微子作也。"也有人説是爲武庚,或祿父而作。姚際恒《通論》："竊意此詩必專爲武庚而發。"鄒肇敏《詩傳闡》："武王西離之客,蓋指祿父,而夏之後不與。"一章,八句。

【振振】鳥群飛的樣子。(頌2)298《周頌·有駜》一章："振振鷺,鷺于下。"《毛傳》："振振,群飛貌。"朱熹《集傳》："鷺,鷺羽,舞者所持。或坐或伏,如鷺之下也。"

【振²振²】1)興旺衆多的樣子。(風1)5《周南·螽斯》一章："宜爾子孫,振振兮。"朱熹《集傳》："振振,盛貌。"馬瑞辰《通釋》："謂衆盛也。"王先謙《集疏》："莫不奮迅振動,有爲之象也。"一説:仁厚。《毛傳》："振振,仁厚也。"陳奐《傳疏》："振振,繩繩,蟄蟄,言后妃子孫衆多又皆賢也。"2)誠實忠厚的樣子。(風6)11《周南·麟之趾》一章："麟之趾,振振公子。"《毛傳》："振振,信厚也。"朱熹《集傳》："振振,仁厚貌。"19《召南·殷其靁》一章："振振君子,歸哉歸哉。"《毛傳》："振振,信厚也。"牟庭《詩切》："振振,即真實

也,真真者,信而又信,是爲信之厚也。"

震 zhèn 章刃切（臻開三去震章）
文部、章母

❶電閃雷鳴。(雅2)193《小雅·十月之交》三章："燁燁震電,不寧不令。"《毛傳》："震,雷也。"陳奐《傳疏》："震電,陰陽薄激而生。震者,電之聲;電者,震之光。震爲雷,言雷以該電也。"❷震動;震蕩。(雅3、頌5)263《大雅·常武》三章："如雷如霆,徐方震驚。"嚴粲《詩緝》："震驚,震動、驚懼。"304《商頌·長發》五章："不震不動,不戁不竦。"陳奐《傳疏》："震亦動也。"馬瑞辰《通釋》："震、動同義,皆謂震驚,猶戁、悚皆爲恐懼。"❸以武力威懾。(頌1)273《周頌·時邁》："薄言震之,莫不震疊。"《鄭箋》："甫動之以威,則無不懼而服者。"嚴粲《詩緝》："武王之巡守也,於諸國薄言動之。"一説:奮發。王先謙《集疏》："《韓詩》上'震'作'振'。《韓》説曰:振,奮也。…羨成王能奮舒文武之道而行之,則天下無不動而應其政教。"❹通"娠"。懷孕。(雅1)245《大雅·生民》一章："載震載夙,載生載育。"《毛傳》："震,動也。"《鄭箋》："於是遂有身。"陸德明《釋文》："震:毛,動也;鄭,有娠也。"孔穎達《正義》："得懷任,則震動而有身。"朱熹《集傳》："震動有娠,乃周人所以生之始也。"馬瑞辰《通釋》："震即娠之聲近假借,載震即《周本紀》所云'身動如孕者'是也。"

朕 zhèn 直稔切（深開三上寑澄）
侵部、定母

第一人稱代詞。作主語或定語。相當於"我"、"我的"。(雅3、頌1)261《大雅·韓奕》一章："纘戎祖考,無廢朕命。"《鄭箋》："朕,我也。"287《周頌·訪落》："於乎悠哉,朕未有艾。"《鄭箋》："我於是未有數,言遠不可及也。"256《大雅·抑》六章："莫捫朕舌,言不可逝矣。"蔡邕《獨斷》："朕,我也。古者尊卑共之,貴賤不嫌,則可同號之義也。…至秦,天子獨以爲稱,漢因而不改也。"

征 zhēng 諸盈切（梗開三平清章）
耕部、章母

❶行;遠行。(風2、雅2)21《召南·小星》一

章:"肅肅宵征,夙夜在公。"《毛傳》:"宵,夜;征,行。"196《小雅·小宛》四章:"我日斯邁,而月斯征。"《鄭箋》:"邁、征,皆行也。"屈萬里《詮釋》:"日邁月征,謂僕僕道路,無休息之時。"❷征討;征伐。(風3,雅9,頌1)157《豳風·破斧》一章:"周公東征,四國是皇。"299《魯頌·泮水》六章:"桓桓于征,狄彼東南。"《鄭箋》:"征,征伐也。"❸征夫;遠行的人。(風1)156《豳風·東山》三章:"洒埽穹窒,我征聿至。"嚴粲《詩緝》:"我征夫將至矣,望我之醉也。"

【征伐】討伐;出兵攻打(敵人)。(雅1)178《小雅·采芑》四章:"顯允方叔,征伐獫狁。"《鄭箋》:"方叔先與吉甫征伐獫狁。"

【征夫】1)行人;旅人。(雅2)163《小雅·皇皇者華》一章:"駪駪征夫,每懷靡及。"《毛傳》:"征夫,行人也。"朱熹《集傳》:"征夫,使臣與其屬也。"陳奂《傳疏》:"言從使臣者衆多,所謂卿行師從也。"260《大雅·烝民》七章:"征夫捷捷,每懷靡及。"《鄭箋》:"衆行夫捷捷然至。"2)指從役的人。(雅7)234《小雅·何草不黃》一章:"哀我征夫,獨爲匪民。"《鄭箋》:"征夫,從役者也。"

鉦(钲) zhēng 諸盈切(梗開三平清章)

耕部、章母

古代軍中用的一種樂器。也叫鐃(náo)。形似鈴而狹長,有柄,用時口向上,以槌敲擊發聲。古代作戰時,擊鼓進兵,鳴鉦止兵。(雅1)178《小雅·采芑》三章:"鉦人伐鼓,陳師鞠旅。"《毛傳》:"鉦以靜之,鼓以動之。"《鄭箋》:"鉦也鼓也,各有人焉,言鉦人伐鼓,互言耳。"孔穎達《正義》:"鉦即鐃也。"王念孫《廣雅疏證》卷八上:"鉦者,丁寧之合聲。"按《説文·金部》:"鉦,鐃也。似鈴,柄中上下通。"一説:鐲。鍾狀的鈴,用以節鼓。俞樾《經説》卷三:"愚謂鉦者,鐲也,非鐃也。《鼓人》云:'以金鐲節鼓。'是擊鼓必以鐲爲節,故鉦人,鼓人其職相聯。但言鼓人擊鼓,恐其雜亂無節,故曰鉦人擊鼓,方見節次秩然,軍令森嚴也。"

烝 zhēng 煮仍切(曾開三平蒸章)

諸應切(曾開三去澄章)

蒸部、章母

❶(用熱氣)蒸熟。(雅1)245《大雅·生民》七章:"釋之叟叟,烝之浮浮。"《鄭箋》:"釋之,烝之以爲酒及簠簋之食。"孔穎達《正義》:"炊之於甑,爨而烝之。"高亨《今注》:"烝,蒸也。"❷進。(雅1)232《小雅·漸漸之石》三章:"有豕白蹢,烝涉波矣。"《毛傳》:"烝,進也;蹢,蹄也。將雨則豕進涉水波。"朱熹《集傳》:"豕涉波,月離畢,將雨之驗也。"一説:衆。衆多。《鄭箋》:"烝,衆也;衆豕涉入水之波湅矣。"❸進獻。(雅2,頌2)210《小雅·信南山》六章:"是烝是享,苾苾芬芬。"《毛傳》:"烝,進也。"《鄭箋》:"既有牲物而進獻之。"279《周頌·豐年》:"爲酒爲醴,烝畀祖妣。"《鄭箋》:"烝,進;畀,予也。"❹召見;讓⋯進見。(雅1)211《小雅·甫田》一章:"攸介攸止,烝我髦士。"朱熹《集傳》:"烝,進。髦,俊也。進我髦士而慰勞之。"一説:進獻。《毛傳》:"烝,進;髦,俊也。治田得穀,俊士以進。"王先謙《集疏》:"髦士爲田畯之官。農人獻新,田畯致之。故《傳》'治田得穀,髦士以進'連言,是爲一事矣。⋯言治田得穀,明祇農人言,非就王言也。"❺衆;衆多。(雅6,頌3)260《大雅·烝民》一章:"天生烝民,有物有則。"《毛傳》:"烝,衆;物,事。"《孟子·告子上》、《韓詩外傳》卷六均引作"蒸"。300《魯頌·閟宮》五章:"烝徒增增。"馬瑞辰《通釋》:"《爾雅·釋詁》:'烝,衆也。'烝徒,即衆徒也。"❻久;長久。(風2,雅1)156《豳風·東山》一章:"蜎蜎者蠋,烝在桑野。"《毛傳》:"烝,寘(chén)也。"《鄭箋》:"蠋,蜎蜎然特行,久處桑野而似勞苦者。古者聲寘、填、塵同也。"164《小雅·常棣》四章:"每有良朋,烝也無戎。"《毛傳》:"烝,填。"《鄭箋》:"久已猶無相助己者。古聲填、寘、塵同。"陳奂《傳疏》:"烝訓填,《桑柔》、《瞻卬·傳》:'填,久也。'《爾雅》:'烝,塵也。'塵,久也。古填、塵聲同。烝謂之填,填謂之久。烝謂之塵,塵謂之久。其義相因也。"一説:衆多。戴震《考證》:"按烝,衆也,語之轉耳。朋友雖衆寘猶無助,甚言兄弟之共禦侮也。"又一説:曾;乃。馬瑞辰《通釋》:"烝與曾同音爲叠韵,烝當爲曾

之假字,曾,乃也。"又一說:助詞。無實義。朱熹《集傳》:"烝,發語聲。"❼君;有人君之道。(雅 8)244《大雅·文王有聲》一章:"文王烝哉!"《毛傳》:"烝,君也。"《鄭箋》:"君哉者,言其誠得人君之道。"陳奐《傳疏》:"《孟子·滕文公篇》:'君哉舜也。'烝哉,即君哉,美歎之詞。"一説:美。陸德明《釋文》引《韓詩》説:"烝,美也。"❽冬祭。(雅 2,頌 2)209《小雅·楚茨》二章:"絜爾牛羊,以往烝嘗。"《鄭箋》:"冬祭曰烝,秋祭曰嘗。"301《商頌·那》:"顧予烝嘗,湯孫之將。"陳奐《傳疏》:"烝嘗,時祭也。"

〖烝民〗《大雅》篇名(260)。周宣王大臣尹吉甫送仲山甫往齊築城的詩。詩中贊美宣王任賢使能以及仲山甫傑出的才能和美德。《詩序》:"《烝民》,尹吉甫美宣王也。任賢使能,周室中興焉。"朱熹《集傳》:"宣王命樊侯仲山甫築城於齊,而尹吉甫作詩以送之。"王先謙《集疏》:"三家無異義。"此詩特點在于說理。姚際恒《通論》:"《三百篇》説理始此,蓋在宣王之世矣。"八章,六十四句。

【烝烝】美盛的樣子。(頌 1)299《魯頌·泮水》六章:"烝烝皇皇,不吳不揚。"《毛傳》:"烝烝,厚也。皇皇,美也。"《鄭箋》:"烝烝,猶進進也。"朱熹《集傳》:"烝烝皇皇,盛也。"馬瑞辰《通釋》:"烝烝亦當爲美,美與盛同義,烝烝皇皇,皆極狀多士之美盛耳。"

蒸 zhēng 煮仍切(曾開三平蒸章)
蒸部、章母

細的柴和草;細的牧草。(雅 2)190《小雅·無羊》三章:"爾牧來思,以薪以蒸。"《鄭箋》:"粗曰薪,細曰蒸。"192《小雅·正月》四章:"瞻彼中林,侯薪侯蒸。"《鄭箋》:"林中大木之處而維有薪蒸爾,喻朝廷宜有賢者,而但聚小人。"參〖烝〗。

爭(争) zhēng 側莖切(梗開二平耕莊)
耕部、莊母

❶爭論;爭辯。(雅 1,頌 1)195《小雅·小旻》四章:"維邇言是聽,維邇言是爭。"朱熹《集傳》:"其所聽而爭者,皆淺末之言。"馬瑞辰《通釋》:"按爭,當讀如'道途不爭險易之利'之爭。爭,謂爭取其言也。"❷爭鬥。(雅 1)262《大雅·江漢》二章:"四方既平,王國庶定。時靡有爭,王心載寧。"陸德明《釋文》:"爭,爭鬥之爭。"孔穎達《正義》:"無有叛戾乖爭者,我王心於是則安寧矣。"

整 zhěng 之郢切(梗開三上靜章)
耕部、章母

❶整頓;整治。(雅 2)263《大雅·常武》一章:"整我六師,以脩我戎。"朱熹《集傳》:"整治其從行之六軍,修其戎事。"陳奐《傳疏》:"言王命皇父整軍習戎也。"❷齊;整齊。(雅 1)177《小雅·六月》四章:"玁狁匪茹,整居焦穫。"《鄭箋》:"乃自整齊而處周之焦穫。"朱熹《集傳》:"整,齊也。"一説:整軍;治兵。陳奐《傳疏》:"整,整旅也。"《易林·未濟之睽》:"玁狁匪度,治兵焦穫。"又一説:通"征"。往。于省吾《新證》:"整從正聲,整、正古通。正、征古同用。'整居焦穫',言往居焦穫也。"

正 (一)zhèng 之盛切(梗開三去勁章)
耕部、章母

❶糾正;規正。(雅 1)191《小雅·節南山》九章:"不懲其心,覆怨其正。"朱熹《集傳》:"然尹氏猶不自懲創其心,乃反怨人之正己者。"一説:長官。《毛傳》:"正,長也。"孔穎達《正義》:"下民皆怨其君長。"汪龍《異義》:"此句皆屬民言,言師尹不懲止其邪心,則民皆背上而憎怨其君長。"❷定;決定。(雅 1)244《大雅·文王有聲》七章:"維龜正之,武王成之。"《鄭箋》:"龜則正之,謂得吉兆。"朱熹《集傳》:"正,決也。成之,作邑居也。"一説:通"貞"。卜問。于省吾《新證》:"正者,貞之借字。'維龜正之',應讀爲'維龜貞之',也即'貞之維龜'——即問之於龜。"❸長(zhǎng);長官。(雅 5)194《小雅·雨無正》二章:"正大夫離居,莫知我勚。"《鄭箋》:"正,長也。"嚴粲《詩緝》:"正大夫,六官之長也。"陳奐《傳疏》:"言長官大夫皆已離群索居,而不知我勞賢也。"馬瑞辰《通釋》:"六卿之長爲大正。…《詩》言正大夫,蓋天子之大正也。"258《大雅·雲漢》四章:"群公先正,則不我助。"《毛傳》:"先正,百辟卿士也。"孔穎達《正義》:"正者,長也。先世爲

官之長,又與群公相配,故知是百辟卿士也。"❹爲…之長。(風2)152《曹風·鳲鳩》三章:"其儀不忒,正是四國。"《鄭箋》:"正,長也。執義不疑,則可爲四國之長。"一説:端正;治理。《毛傳》:"正,是也。"《吕氏春秋·先己》、《荀子·富國》並引此詩,胡承珙《後箋》:"據此引詩,皆謂正身以正國,與《毛傳》訓正爲是義同。"又一説:法則;爲…的法則。朱熹《集傳》:"《大學·傳》曰:'其爲父子兄弟足法,而後民法之也。'"聞一多《類鈔》:"正,法也,則也。正是四國,爲此四國之法則。"❺(宮室)寬廣。(雅1)189《小雅·斯干》五章:"噲噲其正,噦噦其冥。"《毛傳》:"正,長也。冥,幼也。"陳奐《傳疏》:"長讀平聲,長者廣大,幼者深遠,皆言宮室之廣大深遠,非謂人之長幼也。"一説:白晝。《鄭箋》:"正,晝也。…言居之晝日則快快然。"曾運乾《毛詩説》:"正訓晝者,正、晝聲相近。"又一説:向明的地方。朱熹《集傳》:"正,向明之處也。"又一説:指正寢;中堂。嚴粲《詩緝》:"吕氏曰:'正,謂正寢。…其正寢噲噲然明快也。'"❻長(cháng);常。(頌1)303《商頌·玄鳥》:"古帝命武湯,正域彼四方。"《毛傳》:"正,長;域,有也。"《鄭箋》:"使之長有邦域,爲政於天下。"陳奐《傳疏》:"長,猶常也。"一説:治理。朱熹《集傳》:"正,治;域,封竟也。"馬瑞辰《通釋》:"正域二字平列,皆正其封疆之謂。"又一説:通"征"。征伐。于省吾《新證》:"'正域彼四方',應讀作征有彼四方,言昔帝命武湯征有彼四方也。"❼通"政"。政治;政教。(雅3)192《小雅·正月》八章:"今兹之正,胡然厲矣。"朱熹《集傳》:"正,政也。"吕祖謙《詩記》:"正、政古用字多通。"241《大雅·皇矣》一章:"維此二國,其政不獲。"唐石經作"正"。陸德明《釋文》:"政,如字,政教也。鄭作正。正,長也。"孔穎達《正義》:"維此夏桀殷紂之二國,其政不得於民心。"《鄭箋》:"正,長。…殷紂之君,其行暴亂,不得於天心。"253《大雅·民勞》四章:"式遏寇虐,無俾正敗。"王引之《述聞》卷七:"正當讀爲政。寇虐之徒,敗壞國政,遏之則政不敗矣。"一説:正道。《鄭箋》:"無使先王之正道壞。"朱熹《集傳》:"正敗,正道敗壞也。"

(二) zhēng 諸盈切(梗開三平清章)
耕部、章母

❽箭靶的中心。古代箭靶用皮或布做成,叫做侯,侯中間加一個圓形或方形的布塊,叫做鵠,也叫做正,正中叫質或的,射以中正爲勝。(風1)106《齊風·猗嗟》二章:"終日射侯,不出其正。"《毛傳》:"二尺曰正。"孔穎達《正義》:"正者,侯中所射之處。鄭於《周禮》考之,以爲大射則張皮侯而設鵠,賓射則張布侯而畫正,正大於鵠,三分侯廣而正居一焉。侯身長一丈八尺者,正方六尺。…正以綵畫爲之。"朱熹《集傳》:"設的於侯中而射之者也。"

【正風】《詩經》學名詞。指《國風》中《周南》十一篇和《召南》十四篇共計二十五篇詩,它們都是西周王朝興盛時期產生的作品。陸德明《釋文》:"《周南》十一篇,是先王之所以教,聖人之深迹,故繋之公旦。《召南》十四篇,是先王之教化,文王所行之淺迹,故系之君奭。"參[變風]。

【正雅】《詩經》學名詞。指《小雅》中《鹿鳴》至《菁菁者莪》十六篇,爲《正小雅》;《大雅》中《文王》至《卷阿》十八篇,爲《正大雅》。《正小雅》和《正大雅》都是周王朝興盛時期產生的作品,合稱《正雅》。參[變雅]。

【正月】正陽之月,指夏曆四月,周曆六月。192《小雅·正月》一章:"正月繁霜,我心憂傷。"《毛傳》:"正月,夏之四月。"《鄭箋》:"夏之四月,建巳之月,純陽用事而霜多,急恒寒若之異,傷害萬物,故心爲之憂傷。"陸德明《釋文》:"正,音政。四月純陽用事,故曰正月。"朱熹《集傳》:"正月,夏之四月,以純陽用事,爲正陽之月也。"沈括《夢溪筆談》卷三:"先儒以日食正陽之月止謂四月,不然也。正、陽乃兩事。正謂四月,陽謂十月,'歲月陽止'是也。《詩》有'正月繁霜','十月之交,日有食之,亦孔之醜'二者,此先王之所惡也。蓋四月純陽,不欲爲陰所侵;十月純陰,不欲過而干陽也。"趙彥衛《雲麓漫鈔》卷二:"周以夏四月爲正月,於時卦屬乾,正陽用事故也。"陳奐《傳疏》:

"正月,謂周六月夏四月,正陽純乾之月也。"據《竹書紀年》記載,周幽王四年夏四月隕霜。高亨《今注》:"夏、殷、周三曆正月多霜,都是正常。殷、周正月都不是夏四月。經文與傳文之正均當作四,形似而誤。"一説:指夏曆一月。俞樾《曲園雜纂·遠齋詩説》:"正月繁霜,愚謂此詩'正月'與孟獻子(見《禮祀·雜記》下)所謂'正月'同,並是周正建子之月。建子之月,理合有霜。大約此歲沍寒,霜太繁多,於一歲之首,而氣象陰慘,故詩人感之而作。猶少陵詩云:'元旦至人日,未有不陰時。'千古憂時之意,如一轍也。"

【正月】《小雅》篇名(192)。這首詩諷刺周幽王寵褒姒,昏庸暴虐,無辜者受害,王朝面臨滅亡的危險。自己遭受讒毀,孤立無援,無可奈何。《詩序》:"《正月》,大夫刺幽王也。"《毛傳》:"有褒國之女,幽王惑焉,而以爲后,詩人知其必滅周也。"王先謙《集疏》:"三家無异義。"朱熹《集傳》:"此詩亦大夫所作。時宗周未滅,以褒姒淫妒讒諂而王惑之,知其必滅周也。"陳奐《傳疏》推測此詩當作於幽王六年至八年之間。有的學者認爲是東周作品。屈萬里《詮釋》:"此傷時之詩。由詩中'赫赫宗周,褒姒威之'二語證之,蓋亦東周初年詩也。"十三章,九十四句。

【正直】不偏不曲,端正剛直(的人)。(雅2)207《小雅·小明》四章:"靖共爾位,正直是與。"《毛傳》:"正直爲正,能正人之曲曰直。"《左傳·襄公七年》引此詩釋曰:"恤民爲德,正直爲正,正曲爲直,參和爲仁。"朱熹《集傳》:"好是正直,愛此正直之人。"

政 zhèng 之盛切(梗開三去勁章)
耕部、章母

❶國政;政事。(雅2)191《小雅·節南山》六章:"不自爲政,卒勞百姓。"王先謙《集疏》:"《齊》,政作正。"256《大雅·抑》三章:"其在于今,興迷亂于政。"❷特指善政。(雅1)193《小雅·十月之交》二章:"四國無政,不用其良。"《鄭箋》:"四方之國無政治者,由天子不用善人也。"程俊英《注析》:"無政,没有善政。"❸教令;政令。(雅2、頌

1)260《大雅·烝民》三章:"賦政于外,四方爰發。"孔穎達《正義》:"布其政教於畿外之國。"304《商頌·長發》四章:"敷政優優,百祿是遒。"孔穎達《正義》:"敷陳政教,則優優而和美。"241《大雅·皇矣》一章:"維此二國,其政不獲。"陸德明《釋文》:"其政,如字。政,政教也。鄭作正。正,長也。"一説:君長。《鄭箋》:"二國謂今殷紂及崇侯也。正,長;獲,得也。…殷、崇之君,其行暴亂,不得於天心。"

【政事】政府的事務。(風2、雅1)40《邶風·北門》二章:"政事一埤益我。"《鄭箋》:"有賦税之事,則減彼一而以益我。言君政儒,已兼其苦。"孔穎達《正義》:"政事是賦税,則王事是役使。"朱熹《集傳》:"政事,其國之政事也。"207《小雅·小明》三章:"曷云其還,政事愈蹙。"顧炎武《日知錄》卷三:"凡交於大國朝聘、會盟、征伐之事謂之王事,其國之事謂之政事。"申濩元《讀毛詩日記》:"王事爲軍旅役使之事,政事則國中小大煩瑣之事也。"

鄭(郑) zhèng 直正切(梗開三去勁澄)
耕部、定母

周代諸侯國名。姬姓。周宣王封他的弟弟姬友於鄭(今陝西省華縣北),是爲鄭桓公。幽王末年,桓公任王朝大司徒。犬戎侵略西周,殺死幽王和桓公。平王東遷,桓公的兒子武公建國於東方,仍稱鄭,都新鄭(今河南新鄭市),疆土包括今河南中部一帶。鄭玄《詩譜》:"初,宣王封母弟友於宗周畿內咸林之地,是爲鄭桓公。今京兆鄭縣(今陝西華縣境)是其都也。又爲幽王大司徒,甚得周衆與東土之人。後三年,幽王爲犬戎所殺,桓公死之。其子武公(名掘突),與晋文侯定平王於東都王城,卒取史伯所云(虢、鄶等)十邑之地,右洛左濟,前華後河,食溱洧焉。今河南新鄭(本檜地)是也。"

【鄭風】《詩經·國風》之一,鄭地民歌。包括《緇衣》、《將仲子》、《叔于田》、《大叔于田》、《清人》、《羔裘》、《遵大路》、《女曰雞鳴》、《有女同車》、《山有扶蘇》、《籜兮》、《狡童》、《褰裳》、《丰》、《東門之墠》、《風雨》、《子衿》、《揚

之水》《出其東門》《野有蔓草》《溱洧》等二十一篇,都是武公建國以後即東周的作品。戴震《書鄭風後》:"《國語》,鄭桓公有滅虢、鄶等十邑之謀,而武公卒取之,遂居濟、洛、河、潁之間,以始受封之鄭名之,是謂新鄭,又曰東鄭。今所繫詩,東鄭之詩也。"《鄭風》中四分之三是寫戀愛和婚姻生活的。

之 zhī 止而切(止開三平之章)
之部、章母

❶往;去。(風3,雅1)62《衛風·伯兮》二章:"自伯之東,首如飛蓬。"孔穎達《正義》:"東行伐鄭也。"《易林·節之謙》:"伯之東,首髮如蓬。"113《魏風·碩鼠》三章:"樂郊樂郊,誰之永號。"《鄭箋》:"之,往也。"馬瑞辰《通釋》:"誰之永號,猶云誰其永號也。"54《鄘風·載馳》四章:"百爾所思,不如我所之。"王先謙《集疏》:"之,往也。…雖百爾之所思,不如我所往之爲是也。"一說:思。《毛傳》:"不如我所思之篤厚也。"陳奐《傳疏》:"所,即所思,與上文兩言'我思不遠'、'我思不閟'思字相應。"聞一多《類鈔》讀爲"志",云:"志,亦思也。"❷至;到。(風2)45《鄘風·柏舟》一章:"之死矢靡它。"《毛傳》:"之,至也。至己之死,信無它心。"❸代詞。用作動詞賓語、介詞賓語或兼語。相當於"他"或"它"。(風136、雅214、頌35)123《唐風·有杕之杜》一章:"中心好之,曷飲食之。"39《邶風·泉水》一章:"孌彼諸姬,聊與之謀。"168《小雅·出車》一章:"召彼僕夫,謂之載矣。"朱熹《集傳》:"召御夫使之載其車以行。"215《小雅·桑扈》三章:"之屛之翰,百辟爲憲。"《鄭箋》:"外能捍蔽四表之患難,内能立功立事爲之楨榦。"陳奐《傳疏》:"之,猶是也。'之屛之翰',言是屛是翰也。"一說:助詞。于邶《香草校書》卷十五:"此詩二章末句云'萬邦之屛',則此三章首句'之屛'二字,明複舉上句'之屛'而言之。《假樂》篇三章末言'四方之綱',則彼四章首句'之綱'二字,亦明複舉上'之綱'而言之。凡詩中複舉之例,其爲承上啓下者恆例也。亦有但複舉上字以足句,初非承上啓下者,如《皇矣》篇云:'其德克明,克明克類。'下'克明'二字不過複舉以足句,實止當云'其德克明克類'也。《生民》篇云:'卬盛于豆,于豆于登。'下'于豆'二字不過複舉以足句,實止當云'卬盛于豆于登'也。讀訪兩句,而論義實止一句。然則'之屛'二字不過複舉以足句,實止當云'萬邦之屛之翰'耳。《假樂》篇'之綱'二字,亦不過複舉以足句,實止當云'四方之綱之紀'耳。惟兩處不但讀分兩句,而並分兩章。詩之分章,原多舉斷義連者,此並章斷而句連,亦具見章法之神化矣。"112《魏風·伐檀》一章:"坎坎伐檀兮,寘之河之干兮。"孔穎達《正義》:"斬伐檀木,寘之於河之厓。"陳奐《傳疏》:"之,猶諸也。"❹代詞。放在動詞前,複指前置賓語。(風17、雅10)38《邶風·簡兮》一章:"云誰之思,西方美人。"《鄭箋》:"誰思乎?思周室之賢者。"126《秦風·車鄰》一章:"未見君子,寺人之令。"《鄭箋》:"欲見國君者,必先令寺人,使傳告之。"180《小雅·吉日》二章:"漆沮之從,天子之所。"《毛傳》:"從漆沮驅禽而至天子之所也。"236《大雅·大明》二章:"乃及王季,維德之行。"《鄭箋》:"配王季而與之共行仁義之德。"❺指示代詞。用作定語。相當於"此"、"這"。(風44、雅15)6《周南·桃夭》一章:"之子于歸,宜其室家。"《毛傳》:"之子,嫁子也。"朱熹《集傳》:"之子,是子也。此指嫁者而言也。"51《鄘風·蝃蝀》三章:"乃如之人也,懷昏姻也。"《毛傳》:"乃如是淫奔之人也。"《鄭箋》:"之人,是人也。"牟庭《詩切》:"是人,謂其時有自擇夫婿之人也。"68《王風·揚之水》一章:"彼其之子,不與我戍申。"《鄭箋》:"之子,是子也。"黎錦熙《三百篇之之》:"其,語助。'彼其是子',猶今云'他那人'或'他們那些人'也。"181《小雅·鴻鴈》一章:"之子于征,劬勞于野。"《毛傳》:"之子,侯伯卿士也。"歐陽修《詩本義》:"之子,使臣也。"朱熹《集傳》:"之子,流民自相謂也。"惠周惕《詩說》:"賑貸存恤之事,必有大夫士主之,即《詩》所謂'之子'者也。"202《小雅·蓼莪》四章:"欲報之德,昊天罔極。"《鄭箋》:"之,猶是也。"226《大雅·采綠》三章:"之子于釣,言綸之繩。"《鄭箋》:

"之子,是子也。謂其君子也。"陳奐《傳疏》:"'綸之繩'與'騂其弓'對文。之猶是也。❻助詞。用在定語和中心詞之間,相當於現代漢語的"的"。(風131、雅151、頌37)24《召南•何彼襛矣》二章:"平王之孫,齊侯之子。"123《唐風•有杕之杜》:"有杕之杜,生于道左。"192《小雅•正月》三章:"瞻烏爰止,于誰之屋。"❼助詞。用在狀語和中心詞之間。不必譯出。(風4、雅11)157《邶風•破斧》一章:"哀我人斯,亦孔之將。"199《小雅•何人斯》五章:"壹者之來,云何其盱。"252《大雅•卷阿》三章:"爾土宇昄章,亦孔之厚矣。"❽助詞。放在主語和謂語之間,取消句子的獨立性。不必譯出。(風87、雅66、頌3)66《王風•君子于役》一章:"日之夕矣,羊牛下來。"49《邶風•鶉之奔奔》:"鶉之奔奔,鵲之彊彊。"《毛傳》:"鶉則奔奔,鵲則彊彊然。"192《小雅•正月》十一章:"憂心慘慘,念國之爲虐。"267《周頌•維天之命》:"於乎不顯,文王之德之純。"❾句中助詞。無實義。(風3、雅2)47《邶風•君子偕老》二章:"玼兮玼兮,其之翟也。"陳奐《傳疏》:"'之爲句中語助。其之翟,其翟也。"202《小雅•蓼莪》三章:"鮮民之生,不如死之久矣"王引之《釋詞》卷九:"'不如死之久矣',言'不如死久矣'也。"裴學海《古書虛字集釋》卷九:"此與《論語》'天下之無道也久矣'句例同。"❿"止"的誤字。(風1)141《陳風•墓門》二章:"夫也不良,歌以訊之。"戴震《毛詩聲韻考》:"《廣韻•六至》引《詩》'歌以誶止'。然則此句止字與上句止字相應爲語詞。"一説:代詞。指人。朱熹《集傳》:"夫也不良,則有歌其惡以訊之者矣。參"仰"、"止"。

支 zhī 章移切(止開三平支章)
支部、章母

❶枝條。(風1)60《衛風•芄蘭》一章:"芄蘭之支,童子佩觿。"朱熹《集傳》:"支,枝同。"劉向《説苑•修文》引作"枝"。一説:叉。聞一多《類鈔》:"支,叉也。指芄蘭的莢實。"❷分支;宗族支系。(雅1)235《大雅•文王》二章:"文王孫子,本支百世。"《毛傳》:"支,支子也。"《鄭箋》:"其子孫適(嫡)爲天子,庶爲諸侯,皆百世。"朱熹《集傳》:"支,庶子也。"《左傳•莊公六年》引爲"本枝百世"。

枝 zhī 章移切(止開三平支章)
支部、章母

樹枝;枝條。(風1、雅3)148《檜風•隰有萇楚》一章:"隰有萇楚,猗儺其枝。"197《小雅•小弁》五章:"譬彼壞木,疾用無枝。"朱熹《集傳》:"今我獨見棄逐,如傷病之木,憔悴而無枝。"參"支"。

知 zhī 陟離切(止開三平支知)
支部、端母

❶知道;了解。(風23、雅23)65《王風•黍離》一章:"知我者,謂我心憂;不知我者,謂我何求。"241《大雅•皇矣》七章:"不識不知,順帝之則。"《鄭箋》:"其爲人不識古,不知今,順天之法而行之者。"《左傳•僖公九年》引此詩,楊伯峻注:"此言不假後天知識,而自然合乎天帝之準則。"60《衛風•芄蘭》一章:"雖則佩觿,能不我知。"《毛傳》:"不自謂無知以驕慢人也。"朱熹《集傳》:"知,猶智也,言其才能不足以知於我也。"劉師培《札記》:"謂能不以我爲有知也。"一説:匹合;相愛。馬瑞辰《通釋》:"知,非知識之知,《釋詁》:'知,匹也。'匹,合也。不我知,謂不與我相匹合。"聞一多《類鈔》:"知是男女間私相愛戀,與普通知字的含義不同。"又一説:接;交接。俞樾《平議》卷八:"知者,接也。《墨子•經》篇曰:'知,接也。'古謂相交接曰知。…'能不我知'者,乃不我接也。下章'能不我甲',《傳》訓'甲'爲'狎'。然則首章言不與我交接,二章言不與我狎習,語意正相近。"❷指配偶;配偶。(風1)148《檜風•隰有萇楚》一章:"夭之沃沃,樂子之無知。"《鄭箋》:"知,匹也。"馬瑞辰《通釋》:"《箋》訓知爲匹,與下章'無室、無家'同義,此古訓之最善者。"《爾雅•釋詁》:"知,匹也。"一説:知覺。朱熹《集傳》:"政煩賦重,人不堪其苦,歎其不如草木之無知而無憂也。"

祗 zhī 旨夷切(止開三平脂章)
脂部、章母

❶敬;恭敬。(頌1)304《商頌•長發》三章:"昭假遲遲,上帝是祗。"《鄭箋》:"祗,敬。"朱熹《集傳》:"祗,敬也。昭假於天,久而不息,唯上帝是敬。"曾運乾《毛詩説》:"上帝

是祇,敬上帝也。"陳奐《傳疏》:"祇,敬也。上帝是祇,言敬是上帝也。"❷只;僅僅。(雅4)188《小雅·我行其野》三章:"成不以富,亦祇以異。"《毛傳》:"祇,適也。"朱熹《集傳》:"雖實不以彼之富而厭我之貧,亦祇以其新而異於故耳。"阮元《校刊記》:"唐石經祇作祇。段玉裁云:祇,適也。凡此訓唐人皆從衣氏作祇,見《五經文字》、唐石經、《廣韻》、《集韻》,宋以后俗本多作祇,非古也。至各體從氏,則尤繆極矣。"

脂 zhī 旨夷切(止開三平脂章)
脂部、章母

❶油脂;脂肪。(風1、雅1)57《衛風·碩人》二章:"手如柔荑,膚如凝脂。"孔穎達《正義》引孫炎説:"膏凝曰脂。"245《大雅·生民》七章:"取蕭祭脂。"《鄭箋》:"取蕭草與祭牲之脂。"朱熹《集傳》:"宗廟之祭,取蕭合膟膋爇之,使臭達墻屋也。"❷用油膏塗車軸。(風1、雅1)39《邶風·泉水》三章:"載脂載舝,還車言邁。"《毛傳》:"脂舝其車以還我行也。"朱熹《集傳》:"脂,以脂膏涂其舝使滑澤也。"199《小雅·何人斯》五章:"爾之安行,亦不遑舍;爾之亟行,遑脂爾車。"項安世《項氏家説》:"此言讒人之情狀也。爾之平時,輕躁有素。雖在徐行,常不暇息,況以急行,必不暇脂爾轂也。一昨之來,何乃遲遲如是。"陳奐《傳疏》:"安徐而行,不暇舍息;亟疾而行,又暇脂車。言何人之行,疾徐莫測。"一説:通"楮"。用木頭塞在輪下,不讓車前進。馬瑞辰《通釋》:"脂音支,即支之假借。支與楮通。《爾雅》:'楮,柱也。'《楚詞》王逸注:'軔,楮車木也。'軔所以支車使止,脂爾車即楮爾車,亦以軔支而止也。"

織(织) (一) zhī 之翼切(曾開三入職章)
職部、章母

❶織布;把紗或絲編成布帛。(雅1)264《大雅·瞻卬》四章:"婦無公事,休其蠶織。"

(二) zhí 職吏切(止開三去志章)
職部、章母

❷通"幟"。旗幟;徽識。(雅1)177《小雅·六月》四章:"織文鳥章,白旆央央。"《鄭箋》:

"織,徽幟也。"朱熹《集傳》:"織、幟字同。"(織文鳥章:旗幟上繪有鳥形花紋。)《周禮·司常·疏》引《詩》作"識"。段玉裁《小箋》:"織讀爲識,古徽幟作徽識。"按大夫以上以旌旗爲徽幟,士卒則著於衣上。

【織女】織女星,天琴星座中最亮的一顆星,隔銀河與牽牛星相對。(雅1)203《小雅·大東》五章:"跂彼織女,終日七襄。"朱熹《集傳》:"織女,星名,在漢旁,三星跂然如隅也。"

執(执) zhí 之入切(深開三入緝章)
緝部、章母

❶逮捕;捉。(雅5)168《小雅·出車》六章:"執訊獲醜,薄言還歸。"250《大雅·公劉》五章:"乃造其曹,執豕于牢。"❷持;拿着。(風10、雅2)31《邶風·擊鼓》四章:"執子之手,與子偕老。"《鄭箋》:"執其手與之約誓,示信也。"257《大雅·桑柔》五章:"誰能執熱,逝不以濯?"《鄭箋》:"當如手執熱物之用濯。"朱熹《集傳》:"執熱,手持熱物也。"一説:治;救。馬瑞辰《通釋》:"《公羊·隱七年·傳》:'不與夷狄之執中國也。'何注:'執者,治之也。'救亦治也。執熱即治熱,亦即救熱。言誰能救熱而不以濯也。"又一説:觸,苦於。段玉裁《經韵樓集·詩執熱解》:"尋詩意'執熱'言觸熱、苦熱。…此詩謂誰能苦熱而不澡浴以潔其體,以求涼快者乎?乃常情常事。"❸待;對待。(雅1)192《小雅·正月》七章:"執我仇仇,亦不我力。"《鄭箋》:"王既得我,執留我,其禮待我警警然。"朱熹《集傳》:"執我堅固如仇讎然,然終亦莫能用也。"胡承珙《後箋》:"執者,《荀子·堯問篇》:'貌執之士者,百有餘人。'楊注:'執,猶待也。以禮貌接待之士,百有餘人也。'然則執我猶言待我矣。"❹從事;主持。(風1、雅2)154《豳風·七月》七章:"我稼既同,上入執宮功。"259《大雅·崧高》二章:"登是南邦,世執其功。"《鄭箋》:"世世持其政事傳子孫也。"朱熹《集傳》:"言使申伯後世常守其功也。"❺承擔。(雅1)195《小雅·小旻》三章:"發言盈庭,誰敢執其咎。"朱熹《集傳》:"蓋發言盈庭,各是其是,無肯任其責而決之者。"陳奐《傳疏》:"誰敢執

者,言莫能任是過責也。"一說:抓住。高亨《今注》:"執其咎,抓他的過失。"❻堅持。(頌1)274《周頌‧執競》:"執競武王,無競維烈。"《毛傳》:"執,持也。"朱熹《集傳》:"言武王持其自強不息之心,故其功烈之盛,天下莫得而競。"一說:制服;懾取。陸德明《釋文》引《韓詩》:"執,服也。"馬瑞辰《通釋》:"《韓詩》訓執爲服者,蓋以執競爲能執服強禦。"又一說:通"職"。主。俞樾《平議》卷十一:"'執'當讀爲'職'。…借'執'爲'職'者,職,主也。執亦主也。"

[執競]《周頌》篇名(274)。這是周王祭祀周武王的樂歌。《詩序》:"《執競》,祀武王也。"蔡邕《獨斷》:"《執競》,祀武王之所歌也。"孔穎達《正義》:"《執競》詩者,祀武王之樂歌也。謂周公、成王之時,既致太平,祀於武王之廟。時人以今得太平,由武王所致,故因其祀述其功,而爲此歌焉。經之所陳,皆述武王生時之功也。"朱熹《集傳》以爲:"此祭武王、成王、康王之詩。…此昭王以後之詩。"歌頌三王功德廣大,神靈降福,永世不匱。詩中兩言"成康",即指成王、康王。姚際恒《通論》:"《集傳》謂祀武王、成王、康王是已。然三王並祭,出何典禮,得毋鹵莽耶?何楷《古義》以爲祭祀成王、康王之詩云:"《執競》,祭成、康也。昭王之世,始以成、康備七廟,此其日祭之詩也。"一章,十四句。

【執事】從事工作。(雅1、頌1)237《大雅‧緜》四章:"自西徂東,周爰執事。"曾運乾《毛詩說》:"'周爰執事',言執事於周也。倒文以取韻例。"301《商頌‧那》:"溫恭朝夕,執事有恪。"程俊英《注析》:"執事,執行各種事務。"

縶(縶) zhí 陟立切(深開三入緝知)
緝部、端母

❶絆馬索。(頌1)284《周頌‧有客》:"言授之縶,以縶其馬。"陳奐《傳疏》:"縶爲絆馬之索,授之縶,即授之索也。嚴粲《詩緝》:"以縶其馬,懼其去之速也。"❷絆住或拴住(馬脚)。(雅2、頌1)186《小雅‧白駒》二章:"皎皎白駒,食我場藿,縶之維之,以永今夕。"《毛傳》:"縶,絆;維,繫也。"孔穎達

《正義》:"縶之,謂絆其足。維之,謂繫靷也。"屈萬里《詮釋》:"言絆繫其駒不令賢者去也。"

姪 zhí 直一切(臻開三入質澄)
質部、定母

兄弟的女兒爲姪。《說文‧女部》:"姪,兄之女也。"見"諸"。

直 zhí 除力切(曾開三入職澄)
職部、定母

❶直;不彎曲。(雅3)203《小雅‧大東》一章:"周道如砥,其直如矢。"237《大雅‧緜》五章:"其繩則直,縮版以載。"❷指水流平直;直波。(風1)112《魏風‧伐檀》二章:"河水清且直猗。"《毛傳》:"直,直波也。"朱熹《集傳》:"直,波紋之直也。"蘇轍《詩集傳》:"水平則流直。"屈萬里《詮釋》:"直,謂河流直而不曲也。"❸正直。(風1、雅1)259《大雅‧崧高》八章:"申伯之德,柔惠且直。"孔穎達《正義》:"申伯之德,安順而且正直。"❹指正道;正確的道理。(風1)113《魏風‧碩鼠》二章:"樂國樂國,爰得我直。"《毛傳》:"直,得其直道。"《鄭箋》:"直,猶正也。"戴震《考證》:"得我直,謂得遂其性,不違人生之正道。"一說:通"職"。處所。王引之《釋詞》卷五:"直當讀爲職,職亦所也。"又一說:通"值"。價值。余冠英《詩經選》:"'直'就是'值'。'得我直',就是說使我的勞動得到相當的代價。"❺徒;特。匪直:非特;非徒。(風1)50《邶風‧定之方中》三章:"匪直也人,秉心塞淵。"《毛傳》:"非徒庸君。"朱熹《集傳》:"然非獨此人所以操其心者誠實而淵深也。"吳闓生《會通》:"非徒其人操心誠實而淵深。"一說:直。屈萬里《詮釋》:"匪,彼也。直,正直也。"高亨《今注》:"匪,通彼。此言他是正直的人。"又見「司直」【正直】。參"特"。

值 zhí 直吏切(止開三去志澄)
★逐力切(曾開三入職澄)
職部、定母

持;拿着。(風2)136《陳風‧宛丘》二章:"無冬無夏,值其鷺羽。"《毛傳》:"值,持也。"孔穎達《正義》:"鷺羽執持之物,故以值爲持。"一說:通"置"。立,插。《漢書‧地理志》

引《詩》曰:"值其鷺羽。"顏師古注:"值,立也。"牟庭《詩切》:"值,當讀與置同。…值即措置之置,故有樹立之義。師古注似本《韓詩》也。"

殖 zhí 常職切(曾開三入職襌) 職部、襌母

【殖殖】平坦而方正。(雅1)189《小雅·斯干》五章:"殖殖其庭。"《毛傳》:"殖殖,言平正也。"孔穎達《正義》:"毛以爲殖殖然平正者,其宮寢之前庭也。"朱駿聲《説文通訓定聲·頤部》:"殖,假借爲直。"

職(职) zhí 之翼切(曾開三入職章) 職部、章母

❶職務;職責;分内應做的事。見【袞職】。❷主;主要。(雅8)257《大雅·桑柔》十六章:"民之未戾,職盜爲寇。"《鄭箋》:"爲政者主作盜賊爲寇害,令民心動搖不安定也。"198《小雅·巧言》六章:"無拳無勇,職爲亂階。"《鄭箋》:"職,主也。"一説:專門。朱熹《集傳》:"職,專也。"又一説:只;只是。馬瑞辰《通釋》:"職當讀爲適。適,衹也,言衹爲亂階耳。❸應;當。(風3)114《唐風·蟋蟀》一章:"無已大康,職思其居。"楊樹達《詞詮》卷五:"職,助動詞,當也。"聞一多《類鈔》:"職猶當也,今俗語曰得也。"丁聲樹《詩經式字説》:"職與無亦對言,謂無已大康,當思其居,當思其憂也。職爲勸令之詞,與式正同,殆一語耳。"一説:主;主要。《毛傳》:"職,主也。"又一説:尚;還要。馬瑞辰《通釋》:"《爾雅·釋詁》:'職,常也。'常從尚聲,故職又通作尚。《泰誓》'亦職有利哉',《大學》引作'亦尚有利哉',《論衡》引作'亦尚有利哉'。…竊謂此當訓尚。"又一説:常。俞樾《平議》卷九:"《爾雅》職有二訓:一曰常也,一曰主也。'職思'之職,當訓爲'常',猶曰常思其居耳。次章'職思其外',三章'職思其憂'並同。"

止 zhǐ 諸市切(止開三上止章) 之部、章母

❶停住;停留。(風4、雅11)110《魏風·陟岵》一章:"上慎旃哉,猶來無止。"朱熹《集傳》:"猶可以來歸,無止於彼而不來也。"馬瑞辰《通釋》:"止,皆退敗不能前進之稱。"方玉潤《原始》:"無止,謂無止於彼而不來也。"徐灝《經説》卷十三:"嘉應張氏其翰曰:'止,執也。'…《序》云:'國迫而數侵削,役乎大國。'故願其勿被執而留止於彼國也。"❷停留的地方。(雅1)252《大雅·卷阿》七章:"鳳皇于飛,翽翽其羽,亦集爰止。"《鄭箋》:"爰,于也。鳳皇往飛翽翽然,亦與衆鳥集於所止。"❸居住;休息。(雅8、頌1)211《小雅·甫田》一章:"攸介攸止,烝我髦士。"陳奂《傳疏》:"介,大也;止,猶息也。攸介攸止…長大其黍稷,休息其民人也。"250《大雅·公劉》六章:"止旅迺密,芮鞫之即。"朱熹《集傳》:"止,居。…其止居之衆,日以益密。"303《商頌·玄鳥》:"邦畿千里,維民所止。"《鄭箋》:"止,猶居也。"王先謙《集疏》:"止,至也。至於得穀乃居。"250《大雅·公劉》六章:"止基迺理,爰衆爰有。"朱熹《集傳》:"止,居;基,定也。…既止基於此矣,乃疆理其田野。"一説:屋基;牆根。牟庭《詩切》:"止基,謂始館於豳之基址也。"王力《古代漢語》:"止基,居處的基址。"❹大。(雅1)195《小雅·小旻》五章:"國雖靡止,或聖或否。"《毛傳》:"靡止,言小也。"馬瑞辰《通釋》:"《傳》以'靡止'爲小,則止宜訓大矣。《抑》詩'淑慎爾止'《傳》:'止,至也。'…《易》'至哉乾元',猶言'大哉乾元'也。止與至同義,至爲大,則止亦爲大矣。"曾運乾《毛詩説》:"無大,言無幾何也。"一説:居;定。孔穎達《正義》:"靡止,猶言狹小無所居止。故爲小也。"朱熹《集傳》:"止,定也。…言國論雖不定,然有聖者焉,有否者焉。"黃焯《毛鄭平議》:"止,讀如'邦畿千里,惟民所止'之止。……此以'無止'形容國之小耳。"又一説:禮。《鄭箋》:"靡,無;止,禮。…言天下諸侯今雖無禮,其心性猶有通聖者,有賢者。"又一説:基止。俞樾《經説》卷三:"此'止'字即基止之止。…靡止,即無基。言國雖不能得賢以爲基,然亦必有聖者,有賢者也。"❺停止。(雅1)258《大雅·雲漢》七章:"靡人不周,無不能止。"《毛傳》:"無不能止,無止不能也。"孔穎達《正義》引王肅云:"無不能止者,其發倉廩,散積聚,有分無,多分寡,無敢有不能

而止者,言上下同也。"朱熹《集傳》:"言諸臣無有一人不周救百姓者,無有自言不能而遂止不爲也。"嚴粲《詩緝》:"言毋謂不能而止之也。"曾運乾《毛詩説》:"按,雖周救而不能無休止之時。倒文取韵例。"一説:救。馬瑞辰《通釋》:"無不能止,言雖睏之,而其乏無,不能救止也。止,即救也。"又一説:至。劉師培《毛詩劄記》:"'止'之義蓋與'至'同。…'無止不能'者,謂羣臣以王命救民,凡所莅之處,悉堪其事也。"❻指死亡。(雅2)258《大雅·雲漢》四章:"大命近止,靡瞻靡顧。"《毛傳》:"大命近止,民近死亡也。"《鄭箋》:"衆民之命,將近死亡。"一説:至。朱熹《集傳》:"大命近止,死將至也。"陳奂《傳疏》:"止,至也;近止,近至也。"❼容止;行爲舉止。(風2、雅3)52《鄘風·相鼠》二章:"相鼠有齒,人而無止。"《毛傳》:"止,所止息也。"《鄭箋》:"止,容止。《孝經》曰:'容止可觀。'"陸德明《釋文》引《韓詩》:"止,節,無禮節也。"馬瑞辰《通釋》:"容止,即禮也。"255《大雅·蕩》五章:"既愆爾止,靡明靡晦。"陳奂《傳疏》:"止,威儀容止也。"嚴粲《詩緝》:"爾之容止既有取過愆。"256《大雅·抑》八章:"淑慎爾止,不愆于儀。"《毛傳》:"止,至也。"《鄭箋》:"止,容止也。"❽句末語氣詞。(風20、雅52、頌13)104《齊風·敝笱》一章:"齊子歸止,其從如雲。"197《小雅·小弁》三章:"維桑與梓,必恭敬止。"朱熹《集傳》:"桑梓父母所植,尚且必加恭敬。"265《大雅·召旻》四章:"我相此邦,無不潰止。"陳奂《傳疏》:"止,語詞。"❾通"之"。代詞。在句中作賓語。(風6、雅3、頌3)14《召南·草蟲》一章:"未見君子,憂心忡忡。亦既見止,亦既覯止,我心則降。"睡虎地秦墓竹簡《老子》甲本卷後古佚書《五行》引《詩》作"亦既見之,亦既鈎(覯)之。"218《小雅·車舝》五章:"高山仰止,景行行止。"《鄭箋》:"古人有高德者則慕仰之;有明行者,則而行之。"《史記·孔子世家》引作"高山仰止,景行行之。"陸德明《釋文》:"仰止,本或作仰之。"261《大雅·韓奕》四章:"韓侯迎止,于蹶之里。"孔穎達《正義》:"韓侯親自迎之於彼蹶父之邑里。"❿通"職"。職位;職守。(雅1)198《小雅·巧言》三章:"匪其止共,維王之邛。"《鄭箋》:"小人好爲讒佞,既不共其職事,又爲王作病。"陳奂《傳疏》:"止共猶言共止,倒句協韵耳。"一説:容止。朱彬《經傳考證》:"《相鼠》:'人而無止。'《箋》:'止,容止也。'共,《韓詩》作'恭'。匪,彼也。言小人容止之恭,適足爲王之病而已。"一説:止於。陸德明《釋文》:"共,音恭,本又作恭。《韓詩外傳》卷四引作"匪其止恭"。胡承珙《後箋》:"《詩》言'止共',故云止於恭敬,其義爲順。"《禮記·緇衣》引此詩,鄭玄注:"言臣不止於恭敬,其職惟使之之勞。此臣使君勞之詩也。"又一説:足。過分。屈萬里《詮釋》:"匪,彼也,謂小人也。甲骨文止、足同字。止恭,猶足恭,言過恭也。"參"沚"、"趾"。

沚 zhǐ 諸市切(止開三上止章)
之部、章母

❶小渚;水中的小塊陸地。(風2、雅1)13《召南·采蘩》一章:"于以采蘩?于沼于沚。"《毛傳》:"沚,渚也。"《説文·水部》:"沚,小渚曰沚。《詩》曰:'于沼于沚。'"176《小雅·菁菁者莪》二章:"菁菁者莪,在彼中沚。"《毛傳》:"中沚,沚中也。"楊樹達《述林》卷一:"水之所止謂之沚。"❷通"止"。静止。(風1)35《邶風·谷風》三章:"涇以渭濁,湜湜其沚。"《説文》、《玉篇》引作"止"。馬瑞辰《通釋》:"湜湜狀水止貌。故以爲水清見底。水流則易濁,止則常清。…《詩》意蓋以水之流雖濁,而止則清,以喻己之色雖衰,而德則盛。"一説:水的支流。聞一多《新義》:"沚,亦水之枝流也。…以讀爲與,謂涇與渭同流則濁,及其溢爲枝流,則湜湜然清,以喻夫與已居則異心,與新人居則和樂。"

祉 zhǐ 敕里切(止開三上止徹)
之部、透母

❶福。(雅2、頌3)177《小雅·六月》六章:"吉甫燕喜,既受多祉。"《毛傳》:"祉,福也。"《鄭箋》:"又多受賞賜也。"241《大雅·皇矣》四章:"既受帝祉,施于孫子。"《鄭箋》:"祉,福也。"按《爾雅·釋詁》:"祉,福也。"邢昺疏:"祉者,繁多之福也。"❷喜。(雅1)198《小

雅·巧言》二章:"君子如怒,亂庶遄沮;君子如祉,亂庶遄已。"朱熹《集傳》:"祉,猶喜也。"胡承珙《後箋》:"《宣十七年左傳》范武子曰:'喜怒以類者鮮,易者實多。《詩》曰:君子如怒,亂庶遄沮;君子如祉,亂庶遄已。君子之喜怒,以已亂也。'是左氏正以喜釋祉。"一說:賜福。《毛傳》:"祉,福也。"《鄭箋》:"福者,福賢者,謂爵祿之也。"

趾 zhǐ 諸市切（止開三上止章）

足;腳。（風 2)11《周南·麟之趾》一章:"麟之趾,振振公子。"《毛傳》:"趾,足也。"陸德明《釋文》:"止,本亦作趾。"朱熹《集傳》:"麟之足不踐生草,不履生蟲。"陳奂《傳疏》:"《爾雅》:'止,足也。'今作趾。止、趾古今字。"154《豳風·七月》一章:"四之日舉趾。"《毛傳》:"四之日,周四月。民無不舉足而耕矣。"《漢書·食貨志》引作"止"。一說:通"茲"。鋤頭之類的田器。于省吾《新證》:"《說文》無趾字。金文之作止,足趾之趾作止。後世止（之）、止不分。此詩即以《爾雅·釋詁》:'止,定,止也。'一字。之、茲音近,古字通。…'三之日于耜'、'四之日舉茲'二句乃對文,耜、茲皆田器。"

厎(底) zhǐ 職雉切（止開三上旨章）
諸市切（止開三上止章）
脂部、章母

至;止。(雅 2)185《小雅·祈父》二章:"胡轉予于恤?靡所厎止。"《毛傳》:"厎,至也。"陸德明《釋文》:"厎,之履反,至也。"朱熹《集傳》本作"底"。195《小雅·小旻》二章:"我視謀猶,伊于胡厎。"《鄭箋》:"厎,至也。我視今君臣之謀道,往行之,將何所至乎?言必至於亂。"《爾雅·釋詁》:"厎,定,止也。"一本"厎"作"底"。參"砥"、"氐"。

只 zhǐ 諸氏切（止開三上紙章）
支部、章母

❶句末語氣詞。表示終結或感歎,相當於"啊"。(風 4)45《鄘風·柏舟》一章:"母也天只,不諒人只。"朱熹《集傳》:"只,語助辭。"❷句中語氣詞。(風 4、雅 16)4《周南·樛木》一章:"樂只君子,福履綏之。"朱熹《集傳》:"只,語助辭。"陳奂《傳疏》:"只,詞也。《南山有臺》、《采菽》皆作只。'樂只君子',猶云'展矣君子'、'允矣君子'也。凡只,或在句中,或在句末,皆爲語詞。"《左傳》襄公十一年、二十四年、昭公十三年引《詩》並作"樂旨君子"。一說:代詞。是。《鄭箋》:"妃妾以禮義相與和,又能以禮樂樂其君子,使爲福祿所安。"陸德明《釋文》:"只,之氏反,猶是也。"孔穎達《正義》:"《南山有臺·箋》云:'只之言是。'則此只亦爲是。"

【只且】語氣詞連用。(風 5)41《邶風·北風》一章:"惠而好我,攜手同行。其虛其邪,既亟只且。"孔穎達《正義》:"只且,語助也。"朱熹《集傳》:"只且,語助辭。"劉淇《助詞辨略》卷一:"'只且'重聲,猶云'乎而'也。"

旨 zhǐ 職雉切（止開三上旨章）
脂部、章母

味美;美好。(風 3、雅 16、頌 2)35《邶風·谷風》六章:"我有旨蓄,亦以御冬。"《毛傳》:"旨,美。"170《小雅·魚麗》一章:"君子有酒,旨且多。"《鄭箋》:"酒美而此魚又多也。"又五章:"物其旨矣,維其偕矣。"《鄭箋》:"魚既美而又齊等。"《荀子·大略》引《詩》作"物其指矣,維其時矣"。楊倞注:"指與旨同。"參"只"。

指 zhǐ 職雉切（止開三上旨章）
脂部、章母

用手指點。引申爲指斥。(風 1)51《鄘風·蝃蝀》一章:"蝃蝀在東,莫之敢指。"《毛傳》:"夫婦過禮則虹氣盛,君子見而戒懼,諱之莫之敢指。"王先謙《集疏》:"《說文》:'指,手指也。'…此詩有指二義:自本義言,則爲指之指;自喻意言,則爲指斥之指。'莫之敢指',所謂臣子爲君父隱藏。"屈萬里《詮釋》:"今北方戒小兒指虹,云:指虹則爛手指;或云:指虹令人手歪。古俗蓋亦類此,不必牽附淫奔之義也。"

庤 zhǐ 直里切（止開三上止澄）
之部、定母

儲放在屋里;儲備;準備。(頌 1)276《周頌·臣工》:"庤乃錢鎛,奄觀銍艾。"《毛傳》:"庤,具也。"《周禮·考工記·總目》鄭玄注引

《詩》作"偫"，《爾雅‧釋詁》："峙，具也。""庤"、"偫"、"峙"音義均同。高亨《周頌考釋》："《說文》：'庤，儲置屋下也。'…此飭臣工命令庶民，藏其耨器，因暫時不鋤田而將割麥也。"

跱 zhì 直里切（止開三上止澄）
之部、定母
跱踞，走來走去，徘徊不進。見"跼"。

峙 zhì 直里切（止開三上止澄）
之部、定母
通"庤"。積儲；儲備。(雅1)259《大雅‧崧高》六章："以峙其粻，式遄其行。"《鄭箋》："峙其糧者，令廬市有止宿之委積，用是速申伯之行。"朱熹《集傳》："峙，積。粻，糧。"陸德明《釋文》："峙，本又作庤。"陳奐《傳疏》："峙乃時之俗。"王筠《說文句讀》："庤，云屋下者，字從广，且儲以待用，不可露積也。《詩》、《書》亦多借峙。按《說文》無'峙'字。《玉篇‧山部》：'峙，峻峙。'"

時 zhì 直里切（止開三上止澄）
之部、定母
時止切（止開三上止禪）
之部、禪母
積儲；儲備。見"峙"。

偫 zhì 直里切（止開三上止澄）
之部、定母
儲備。見"庤"。

至 zhì 脂利切（止開三去至章）
質部、章母

❶到。(風17,雅11,頌5)130《秦風‧終南》一章："君子至止，錦衣狐裘。"240《大雅‧思齊》二章："刑于寡妻，至于兄弟。"202《小雅‧蓼莪》三章："出則銜恤，入則靡至。"《鄭箋》："出門則思之而憂，旋入門又不見，如入無所至。"朱熹《集傳》："出則心中銜恤，入則如無所歸也。"一說：親近。馬瑞辰《通釋》："《說文》：'親，至也。'又曰：'覛，至也。'靡至，猶云靡親靡耳。"❷周到；齊備。(雅1)220《小雅‧賓之初筵》二章："百禮既至，有壬有林。"《鄭箋》："至，偏至也。"陳子展《直解》："百禮都已周到之至。"郭晉稀《蠡測》："至，善也。《考工記‧弓人》：'覆而角至。'注：'至，善也。'《詩‧節南山》：'不

弔昊天。'《傳》：'弔，至。'《箋》：'至，猶善也。'是至可以訓善也。"

挃 zhì 陟栗切（臻開三入質知）
質部、端母
【挃挃】收割莊稼的聲音。(頌1)291《周頌‧良耜》："穫之挃挃，積之栗栗。"《毛傳》："挃挃，穫聲也。栗栗，眾多也。"《說文‧手部》："挃，穫禾聲也。《詩》曰：'穫之挃挃。'"又《釋名‧釋用器》："銍，穫禾鐵也。銍銍，斷禾穗聲也。"畢阮疏："銍與挃，音同字通。"

致 zhì 陟利切（止開三去至知）
質部、端母

❶招引；使到來。(雅1)241《大雅‧皇矣》八章："是致是附，四方以無侮。"《毛傳》："致，致其社稷羣神。"朱熹《集傳》："致，致其至也；附，使之來附也。"一說：送。馬瑞辰《通釋》："致者，致其人民土地。《說文》：'致，送詣也。'送而付之曰致，已克而不取之謂也。"❷傳達。(風1)59《衛風‧竹竿》一章："豈不爾思，遠莫致之。"❸傳達。(雅2)209《小雅‧楚茨》五章："孝孫徂位，工祝致告。"《毛傳》："致告，告利成也。"《鄭箋》："祝於是致孝孫之意，告尸以利成。"孔穎達《正義》："致神之意以告聖人。"❹奉行；執行。(頌1)300《魯頌‧閟宮》二章："致天之屆，于牧之野。"孔穎達《正義》："紂爲無道，天欲誅之，武王奉行天意，故云致天之屆。"陳奐《傳疏》："致天之屆，猶云致天之罰耳。"

窒 zhì 陟栗切（臻開三入質知）
丁結切（山開四入屑端）
質部、端母
填塞；堵塞。(風2)156《豳風‧東山》三章："洒埽穹窒，我征聿至。"《鄭箋》："穹，窮。窒，塞。…穹窒鼠穴也。"

輊(轾) zhì 陟利切（止開三去至知）
質部、端母
車子前低後高；車向下俯。(雅1)177《小雅‧六月》五章："戎車既安，如輊如軒。"《毛傳》："輊摯。"《鄭箋》："戎車之安，從後視之如摯，從前視之如軒，然後調適也。"《玉篇‧車部》："輊，前頓曰輊，後頓曰軒。輊，同

軬。"朱熹《集傳》:"輇,車之覆而前也。軒,車之却而後也。"胡承珙《後箋》:"輇軒者,低昂之稱⋯《淮南·人間訓》:'道者,置之前而不輇,置之後而不軒。'《後漢書·馬援傳》云:'居前不能令人輇,居後不能令人軒。'皆謂平均調適,無所輕重低昂之意。"屈萬里《詮釋》:"如輊如軒,言或低或昂也。"

銍(铚) zhì

陟栗切(臻開三入質知)
質部、端母

之日切(臻開三入質章)
質部、章母

用鎌刀收割(莊稼)。(頌1)276《周頌·臣工》:"命我眾人,庤乃錢鎛,奄觀銍艾。"《毛傳》:"銍,穫也。"孔穎達《正義》:"《釋名》:'銍,穫禾鐵也。'《說文》曰:'銍,穫禾短鎌也。'然則銍器可以穫禾,故云:'銍,穫也。'"王念孫《廣雅疏證》卷八上:"艾與刈同。穫謂之銍,亦謂之刈,故穫器謂之銍,亦謂之刈。"

寘 zhì

支義切(止開三去寘章)
錫部、章母

擱;放置。(風4,雅4)3《周南·卷耳》一章:"嗟我懷人,寘彼周行。"《毛傳》:"寘,置。"朱熹《集傳》:"寘,舍也。方采卷耳,未滿頃筐,而心適念其君子,故不能復采,而寘之大道之旁也。"201《小雅·谷風》二章:"將恐將懼,寘予于懷。"《鄭箋》:"寘,置也。置我于懷,言至親己也。"

制 zhì

征例切(蟹開三去祭章)
月部、章母

裁製;縫製。(風1)156《豳風·東山》一章:"制彼裳衣,勿士行枚。"黃焯《毛鄭平議》:"云'制彼裳衣',謂其可御裳服而釋介胄。"

忮 zhì

支義切(止開三去寘章)
支部、章母

害人;忌恨。(風1、雅1)33《邶風·雄雉》四章:"不忮不求,何用不臧。"《毛傳》:"忮,害。"《鄭箋》:"我君子之行,不疾害,不求備於一人,其行何用爲不善?"《論語·子罕》引此兩句,馬融注:"忮,害也。臧,善也。言不忮害,不貪求,何用不爲善。"范處義《詩補傳》:"苟無忮害貪求之心,則何所用而非善?"馬瑞辰《通釋》:"忮與求相對成文,與'不剛不柔'句法相類。不忮,謂不狠怒於人也。不求,謂不諂求於人也。"黃焯《毛鄭平議》:"春秋之世,諸侯無義戰。報復私怨,所謂忮;貪人土地,所謂求。"264《大雅·瞻卬》四章:"鞫人忮忒,譖始竟背。"《毛傳》:"忮,害;忒,變也。"胡承珙《後箋》:"婦人之長舌者,多謀慮,好窮屈人之語,忮害轉化,其言無常,始於不信,終於背違。"一說:通"歧"。歧異。林義光《通解》:"鞫讀爲告。⋯告人歧忒者,告人之言兩歧而差忒也。"又一說:凶狠。屈萬里《詮釋》:"忮,狠也。忒,惡也。言推勘人之過失,則狠而惡也。"《說文》、《玉篇》"忮"字下引《詩》作"鞫人伎忒"。

摯(挚) zhì

脂利切(止開三去至章)
質部、章母

古諸侯國名。任姓,相傳爲仲虺的後裔。在今河南省汝南縣東南。(雅1)236《大雅·大明》二章:"摯仲氏任,自彼殷商,來嫁于周。"《毛傳》:"摯國任姓之中女也。"《鄭箋》:"摯國中女曰大任,從殷商之畿内嫁爲婦於周。"孔穎達《正義》:"任姓仲子,故知摯爲國也。"《國語·國語中》韋昭注:"摯、疇二國,任姓,奚仲、仲虺之後,大任之家也。"朱右曾《詩地理徵》:"《郡國志》注曰:汝南平輿有摯亭。見《說文》。"一說:即薛國,在今山東滕縣東南。王夫之《稗疏》:"摯、薛古音相近通用,摯即薛國。"

櫛(栉) zhì

阻瑟切(臻開三入櫛莊)
質部、莊母

梳子;篦子。(頌1)291《周頌·良耜》:"其崇如墉,其比如櫛。"嚴粲《詩緝》:"櫛,梳篦總名。"朱熹《集傳》:"櫛,理髮器,言密也。"《說文·木部》:"櫛,梳比之總名也。"段玉裁注:"比,讀若毗,疏者爲梳,密者爲比。"王筠《說文句讀》:"此謂漢時曰梳曰比者,周秦統謂之櫛也。"

治 zhì

直吏切(止開三去志澄)
直利切(止開三去至澄)
之部、定母

整理;治理。(風1)27《邶風·綠衣》三章:"綠兮絲兮,女所治兮。"朱熹《集傳》:"治,謂理而織之也。"

滯(滯) zhì 直例切（蟹開三去祭澄）
月部、定母

遺棄；遺漏。《雅 1》212《小雅·大田》三章："彼有遺秉，此有滯穗。"朱熹《集傳》："滯，亦遺棄之意也。"陳奂《傳疏》："遺秉，謂連稾者；滯穗，謂去稾者。"

炙 zhì 之石切（梗開三入昔章）
之夜切（假開三去禡章）
鐸部、章母

❶烤。《雅 1》231《小雅·瓠葉》三章："有兔斯首，燔之炙之。"《毛傳》："炕火曰炙。"孔穎達《正義》："炕，舉也。謂以物貫之而舉於火上以炙之。"段玉裁《小箋》："《說文》：'炕，乾也。'炕火謂乾之於火。燔與火相著，炙與火相離。" ❷名詞。指烤熟的肉或肝。《雅 3》209《小雅·楚茨》三章："爲俎孔碩，或燔或炙。"《毛傳》："炙，炙肉也。"《鄭箋》："燔，燔肉也。炙，肝炙也。皆從獻之俎也。"朱熹《集傳》："炙，炙肝也。"

秩 zhì 直一切（臻開三入質澄）
質部、定母

❶常法；常規。《雅 1》220《小雅·賓之初筵》三章："是曰既醉，不知其秩。"《毛傳》："秩，常也。"孔穎達《正義》："不知其常禮。言其昏亂，禮無次也。"陳奂《傳疏》："常，則也，法也。一説：通"失"。過失。俞樾《平議》卷十："秩當作失。《爾雅·釋鳥》：'秩秩海雉。'《釋文》曰：'秩秩，本又作失失。'是'秩'與'失'通。不知其失，正與不知其郵同義。"又一説：通"職"。職分。王先謙《集疏》："不知其秩，猶言不知其職分耳。" ❷大。《頌 1》302《商頌·烈祖》："嗟嗟烈祖，有秩斯祜。"王引之《述聞》卷七："'有秩斯祜'，猶云'有扁斯石'。秩，大貌。"馬瑞辰《通釋》："有秩即形容福之大貌。秩、戟雙聲。《説文》：'戟，大也。'秩即戟之假借。"【秩秩】1)恭敬有次序的樣子。《雅 1》220《小雅·賓之初筵》一章："賓之初筵，左右秩秩。"《毛傳》："秩秩然肅敬也。"《鄭箋》："秩秩，知也。"朱熹《集傳》："秩秩，有序也。"2)清明的樣子。《風 1，雅 1》128《秦風·小戎》三章："厭厭良人，秩秩德音。"《毛傳》："秩秩，有知也。"249《大雅·假樂》三章："威儀抑抑，德音秩秩。"《毛傳》："秩秩，有常也。"《鄭箋》："秩秩，清也。"何楷《古義》："言語教令、聲名皆可以稱德音，此德音指言語也。"3)偉大的樣子；明智的樣子。《雅 1》198《小雅·巧言》四章："秩秩大猷，聖人莫之。"王引之《述聞》卷七："秩，大貌。"馬瑞辰《通釋》："秩秩與大猷連文，即狀其猷之大貌。《説文·大部》：'戟，大也。讀若《詩》'戟戟大猷。'"王先謙《集疏》："三家，秩秩作戟戟。《爾雅·釋訓》：'秩秩，智也。'"4)水流清澈的樣子。《雅 1》189《小雅·斯干》一章："秩秩斯干，幽幽南山。"《毛傳》："秩秩，流行也。"朱熹《集傳》："秩秩，有序也。"馬瑞辰《通釋》："《釋訓》：'秩秩，清也。'蓋以釋此詩，狀潤水之清也。"參"栗"。

戟 zhì ★直質切（臻開三入質澄）
質部、定母

大。見"秩"。

稙 zhì 竹力切（曾開三入職知）
職部、端母

早種早熟的穀類。《頌 1》300《魯頌·閟宮》一章："黍稷重穋，稙穉菽麥。"《毛傳》："先種曰稙，後種曰穉。"孔穎達《正義》："先種曰稙，後種曰穉，當謂先種先熟，後種後熟，但《傳》略而不言其熟耳。"

穉(稺) zhì 直利切（止開三去至澄）
脂部、定母

❶晚種晚熟的穀類。《雅 2，頌 1》300《魯頌·閟宮》一章："黍稷重穋，稙穉菽麥。"《毛傳》："先種曰稙，後種曰穉。"孔穎達《正義》："當謂先種先熟，後種後熟。"《説文·禾部》"稺"字下引作"稙穉未麥。" ❷幼禾。《雅 1》212《小雅·大田》二章："無害我田穉。"陳奂《傳疏》："《韓詩》：'穉，幼稼也。'《説文》：'穉，幼禾也。'禾、稼一也。幼，讀如養幼小之幼。今字作稚。"馬瑞辰《通釋》："禾之幼者曰穉，禾之晚種者亦曰穉。此詩'無害我田穉'，謂幼禾也。'彼有不穫穉'，謂後孰者也。❸幼稚。《風 1》54《鄘風·載馳》三章："許人尤之，衆穉且狂。"陸德明《釋文》："穉，本又作稚。"朱熹《集傳》："而許國之衆人以爲過，則亦少不更事而狂妄之人爾。"陳奂《傳疏》："穉，幼穉。"十三經注疏

"稺"、"穉"並出,朱熹《詩集傳》都作"穉"。

稚 zhì 直利切（止開三去至澄）
脂部、定母

幼稚。見"穉"。

雉 zhì 直几切（止開三上旨澄）
脂部、定母

野雞。(風7,雅1)33《邶風·雄雉》一章:"雄雉于飛,泄泄其羽。"朱熹《集傳》:"雉,野雞,雄者有冠,長尾,身有文采,善鬭。"牟庭《詩切》:"雄雉于飛,士妻喻其夫宦游遠出也。"夏炘《剳記》:"毛意此二句爲婦人觸物起興之辭。以爲禽鳥尚得其匹,我之所懷者,乃從役於外,而自貽伊阻也。"聞一多《通義》:"雄雉,喻夫也。"

置 zhì 陟吏切（止開三去志知）
職部、端母

通"植"。樹立。(頌1)301《商頌·那》:"猗與那與,置我鞉鼓。"《毛傳》:"夏后氏足鼓,殷人置鼓,周人縣鼓。"《鄭箋》:"置讀曰植。植鞉鼓者,爲楹貫而樹之。"一説:陳設。朱熹《集傳》:"置,陳也。"按《禮記·明堂位》:"夏后氏之鼓足,殷楹鼓,周縣鼓。"鄭玄注:"足謂四足也。楹謂之柱,貫中上出也。縣,縣之簨虡也"王夫之《詩經考異》:"殷人植鼓。植鼓,足鼓也。"《毛傳》作"置鼓",或以爲避漢惠帝劉盈嫌諱而改。

陟 zhì 竹力切（曾開三入職知）
職部、端母

❶登;升;由低處走上去。跟"降"相對。(風9,雅5,頌2)5《周南·卷耳》二章:"陟彼崔嵬,我馬虺隤。"《毛傳》:"陟,升也。"❷祭祀山嶽。(頌1)296《周頌·般》:"於皇時周,陟其高山。"《毛傳》:"高山,四嶽也。"《鄭箋》:"則登其高山而祭之。"馬瑞辰《通釋》:"升爲祭山之名。《爾雅·釋詁》:'陟,陞也。'升爲祭名,陟即爲升,亦祭名矣。周時祭山曰升,或曰陟,猶秦漢時曰登封,或曰登禮,或曰登遐。"班固《白虎通義·封禪》:"《詩》曰:'於皇明周,陟其高山。'言因太平封泰山也。"

〖陟岵〗《國風·魏風》篇名(110)。這是一首出征青年思家的詩。《詩序》:"《陟岵》,孝子行役,思念父母也。國迫而數侵削,役乎大國,父母兄弟離散,而作是詩也。"劉瑾《通釋》:"詩人以己之思親,而知親之念己。雖曰設爲親念己之言,實以深寓己念親之心也。"王先謙《集疏》:"三家無異義。"詩中寫一個行役在外的青年,登高遠眺,想象父母兄長對他的思念和叮囑。反映當時社會中長期的兵役和徭役給人民生活帶來的災難痛苦。融會想象與回憶,分身以自省,推己以忖他,是本詩特點。三章,二十一句。

【陟降】升降;上下。(雅1,頌3)235《大雅·文王》一章:"文王陟降,在帝左右。"《毛傳》:"言文王升接天,下接人也。"朱熹《集傳》:"蓋以文王之神在天,一升一降,無時不在上帝之左右也。"楊樹達《小學述林》卷六:"文王陟降,在帝左右者,亦謂上帝,以其配上帝,故曰陟降在帝左右。非謂升接天,下接人也。"286《周頌·閔予小子》:"念兹皇祖,陟降庭止。"《鄭箋》:"陟降,上下也。…上以直道事天,下以直道治民。"馬瑞辰《通釋》:"《詩》、《書》於天人之際多言陟降,陟降即黜陟之義。《訪落》詩'陟降厥家',言君之陟降群臣也。《敬之》詩'陟降厥士',言王之陟降庶士也。…'陟降庭止',與'夙夜敬止'相對成文。庭,直也,蓋謂文王陟降群臣,皆以直道。"一説:偏指陟或降。王國維《與友人論〈詩〉〈書〉成語書》:"古人言陟降,猶今人言往來,不必兼陟與降二義。《周頌》'念兹皇祖,陟降庭止','陟降厥士,日監在兹',意以降爲主而兼言陟者也。《大雅》'文王陟降,在帝左右',此以陟爲主,而兼言降者也。故陟降者,古之成語也。"

質（质） zhì 之日切（臻開三入質章）
質部、章母

❶質樸;樸實。(雅1)166《小雅·天保》五章:"民之質矣,日用飲食。"朱熹《集傳》:"質,實也。言其質實無僞,日用飲食而已。"一説:安定;平定。《毛傳》:"質,成也。"《鄭箋》:"成,平也。民事平以禮,飲食相燕樂而已。"屈萬里《詮釋》:"按,即安定之意。"又一説:常。馬瑞辰《通釋》:"《廣雅》:'常,質也。'此詩質即爲常。謂民安其常,惟日用飲食,猶《擊壤歌》言'耕田而食,鑿井而飲'也。"❷成;成就。(雅1)237《大雅·緜》

九章:"虞芮質厥成。"《毛傳》:"質,成也。成,平也。"陳啟源《稽古編》:"按成乃鄰國結好之稱。《左傳》求成、行成、董成皆此義。'質厥成',猶云成其爾。正指相讓而退。…言二國詣文王而得成其和平也。"一説:質正;請求平斷。朱熹《集傳》:"質,正;成,平也。虞芮來質其訟之成。"戴震《考證》:"質者,所以平斷此獄而成論定者也。"❸平治;安定。(雅1)256《大雅·抑》五章:"質爾人民,謹爾侯度。"《鄭箋》:"平乎萬民之事,慎女爲君之法度。"孔穎達《正義》:"質者,平治、成就之義,故《傳》以爲成,《箋》以爲平也。"朱熹《集傳》:"質,成也,定也。"陳奐《傳疏》:"言有平治民人之責者,皆宜謹女之度。"一説:告誡。劉向《説苑·脩文》、《韓詩外傳》卷六引《詩》作"告爾民人",桓寬《鹽鐵論·世務》引作"誥爾民人"。

躓(躓) zhì 陟利切(止開三去至知) 質部、端母

絆倒。見"疐"。

疐(疌) zhì 陟利切(止開三去至知) 質部、端母

絆倒。(風2)160《豳風·狼跋》一章:"狼跋其胡,載疐其尾。"《毛傳》:"疐,跲也。老狼有胡,進則躐其胡,退則跲其尾。"孔穎達《正義》:"退則跲其尾,謂却頓而倒於尾上也。"陸德明《釋文》:"疐,本亦作疌。"《説文·足部》:"躓,跲也。《詩》曰:載躓其尾。"參"嚏"。

中 zhōng 陟弓切(通合三平東知) 冬部、端母

❶中間;裏面;內部。與名詞合用時絕大多放在名詞前。(風22、雅14)2《周南·葛覃》一章:"葛之覃兮,施于中谷。"《毛傳》:"中谷,谷中也。"196《小雅·小宛》三章:"中原有菽,庶民采之。"《毛傳》:"中原,原中也。"265《大雅·召旻》六章:"泉之竭矣,不云自中。"《毛傳》:"泉水從中以益者也。"陳奐《傳疏》:"池瀨、泉中對文,中猶内也。"❷當中;在正中。(風2)38《邶風·簡兮》一章:"日之方中,在前上處。"《毛傳》:"教國子弟,以日中爲期。"50《鄘風·定之方中》一章:"定之方中,作于楚宮。"《毛傳》:"方中,昏正四

方。"《鄭箋》:"定星昏中而正,於是可以營制宮室,故謂之營室。定昏中而正,謂小雪時。"屈萬里《詮釋》:"中,謂初昏時其星適在天中也。定星於夏曆十月望至十一月初昏而中。春秋僖公二年正月城楚丘。周正月,夏十一月也。"(黃昏時定星正在天中。)❸指中間的馬,即服馬。(風1)128《秦風·小戎》二章:"騏駵是中,騧驪是驂。"《鄭箋》:"中,中服也。"

[中谷有蓷]《國風·王風》篇名(69)。荒年饑饉,婦人被丈夫遺棄,走投無路,只有悲嘆哭泣。《詩序》認爲這詩表現了"凶年饑饉,室家相棄"的社會現實:"《中谷有蓷》,閔周也。夫婦日以衰薄,凶年饑饉,室家相棄爾。"王質《詩總聞》:"所稱遇人,謂夫也。此當是婦人之辭。"朱熹《集傳》:"凶年饑饉,室家相棄,婦人覽物起興,而自述其悲嘆之詞也。"余冠英《選譯》:"一個女子被貧窮的丈夫所拋棄,詩人爲她的不幸嘆息。"三章,十八句。

[中國]1)京師。(雅4)253《大雅·民勞》一章:"惠此中國,以綏四方。"《毛傳》:"中國,京師也。四方,諸夏也。"孔穎達《正義》:"中國之文與四方相對,故知中國謂京師,四方謂諸夏。若以中國對四夷,則諸夏亦爲中國。言各有對,故不同也。"一説:王畿。高亨《今注》:"中國,指西周王朝直接統治的區域,即所謂'王畿'。因爲四方都有諸侯,所以稱做中國。"2)國中;國內。(雅3)255《大雅·蕩》四章:"女炰烋于中國。"257《大雅·桑柔》七章:"哀恫中國,具贅卒荒。"《鄭箋》:"哀痛乎中國之人。"

[中軍]古代行軍作戰分左、右、中三軍,中軍是主帥發號施令的地方,也指主帥。(風1)79《鄭風·清人》三章:"左旋右抽,中軍作好。"《鄭箋》:"中軍,謂將也。"朱熹《集傳》:"中軍,謂將在鼓下,居車之中,即高克也。"聞一多《類鈔》:"三軍,上軍、中軍、下軍,中軍之將爲主帥,此中軍即高克。"一説:軍中。《毛傳》:"居軍中爲容好。"又一説:指大將幕下的兵士。王夫之《稗疏》:"中軍者,大將之幕下卒也。古未有呼將爲中軍者。…'翱翔'、'作好'者,中軍之士而已,

亦以見衆之且散也。"

【中露】露水中。(風1)36《邶風·式微》一章:"微君之故,胡爲中露?"蘇轍《詩集傳》:"中露、泥中,言其暴露而無覆藉之者也。"朱熹《集傳》:"中露,露中也。"一説:春秋時衛國邑名。《毛傳》:"中露,衛邑也。"馬瑞辰《通釋》:"《路史·高辛紀》:'帝廑有子名元,堯封之於中路。歷夏侯服國盡,爲中路氏、路氏。'露、路古通用,中露疑即中路也。《列女傳》引《詩》正作中路。"朱右曾《詩地理徵》:"中路乃帝摰之子元堯封國地。"

【中心】内心;心中。(風12,雅4)35《邶風·谷風》二章:"行道遲遲,中心有違。"123《唐風·有杕之杜》一章:"中心好之,曷飲食之?"

【中央】中心地方。(風1)129《秦風·蒹葭》一章:"遡游從之,宛在水中央。"朱熹《集傳》:"在水之中央,近而不可至也。"陳奐《傳疏》:"央,亦中也。"一説:水旁。馬瑞辰《通釋》:"《説文》:'央,中也。'又曰:'央、旁同意。'《詩》多以中爲語詞,'水中央'猶言水之旁也。"

【中葉】中世;中古。(頌1)304《商頌·長發》七章:"昔在中葉,有震且業。"《毛傳》:"葉,世也。"《鄭箋》:"中世,謂相土也。"孔穎達《正義》:"謂成湯之前,商爲諸侯之國。"馬瑞辰《通釋》:"中葉,宜指湯時。蓋自殷有天下言,則湯爲開創之君;自玄王立國言,則湯爲中葉矣。"陳奐《傳疏》:"葉從枼聲,枼從世聲,故葉、世同訓。…中世,湯之前世也。"周悦讓《倦遊庵槧記·毛詩》:"中葉,謂太甲之世也。由湯歷大丁、外丙、仲壬,故曰中葉。"

又見【桑中】。

終(終) zhōng 職戎切(通合三平東章) 冬部,章母

❶終了;(事物的)結局。(雅3)255《大雅·蕩》一章:"靡不有初,鮮克有終。"247《大雅·既醉》三章:"昭明有融,高朗令終。"《鄭箋》:"天既助女以光明之道,又使之長有高明之譽,而以善名終。"❷始終;永遠。(風2)55《衛風·淇奧》一章:"有匪君子,終不可諼兮。"朱熹《集傳》:"有斐君子,終不可諼

分者,道盛德至善,民之不能忘也。"❸終於;終究。(風1,雅2)50《鄘風·定之方中》二章:"卜云其吉,終然允臧。"192《小雅·正月》十章:"終踰絕險,曾是不意。"❹整;盡。(風1、雅3、頌1)106《齊風·猗嗟》二章:"終日射侯,不出正兮。"226《小雅·采綠》一章:"終朝采綠,不盈一匊。"《毛傳》:"自旦及食時爲終朝。"277《周頌·噫嘻》:"終三十里,亦服爾耕。"《毛傳》:"終三十里,言各極其望也。"孔穎達《正義》:"謂人目之望,所見極於三十,每各極望,則偏及天下矣。"黃焯《毛鄭平議》:"三十里只就虛數言,故《傳》云'各極其望'。"❺既。(風10,雅3)71《王風·葛藟》一章:"終遠兄弟,謂他人父。"《毛傳》:"兄弟之道,已相遠矣。"陳奐《傳疏》:"《傳》云:'兄弟之道已相遠矣'者,以已釋終,全《詩》終字通訓。《既醉·傳》又以終釋既字。終、既、已三字同義。"165《小雅·伐木》一章:"神之聽之,終和且平。"192《小雅·正月》九章:"終其永懷,又窘陰雨。"陳奐《傳疏》:"終,猶既也。…言既長爲之憂傷。"30《邶風·終風》一章:"終風且暴,顧我則笑。"王引之《述聞》卷五:"終,猶既也。言既風且暴也。"一説:終風,整日刮風。《毛傳》:"終日風爲終風。"《鄭箋》:"既竟日風矣,而又暴疾。"朱熹《集傳》:"終風,終日風也。"又一説:西風。陸德明《釋文》:"終風,《韓詩》云:西風也。"胡承珙《後箋》:"《韓詩》終風疑本作泰風,故《韓》依《爾雅》釋爲西風。…終與泰古文形近易溷。"❻通"衆"。衆多。(頌1)278《周頌·振鷺》:"庶幾夙夜,以永終譽。"朱彬《經傳考證》:"終與衆通。'衆譽'即指'在彼'、'在此'者言之。"馬瑞辰《通釋》:"終與衆雙聲,古通用。《後漢書·崔駰傳》:'豈可不庶幾夙夜,以永衆譽。'義本三家詩。《毛詩》作終,即衆字之假借。"一説:長。朱熹《集傳》:"庶幾其能夙夜以永終此譽矣。"陳奐《傳疏》:"永、終皆長也。以永終譽,猶云以介景福也。"于省吾《新證》:"永終,古人漣語,終亦長也。…永終猶言長久。"

【終風】《國風·邶風》篇名(30)。這是女子怨嘆自己受丈夫輕薄狂暴而得不到真正愛

情的詩。《詩序》："《終風》，衛莊姜傷己也。遭州吁之暴，見侮慢而不能正也。"詩當作於衛莊公死後。朱熹《集傳》則以爲作於衛莊公在世之時："莊公之爲人，狂蕩暴疾，莊姜蓋不忍斥言之，故但以'終風且暴'爲比。"魏源《詩古微》："《終風》，衛莊姜傷己也。作於莊公不見答之時。"又云："考《文選注》引《韓詩章句》曰：'時風又且暴，使己思益隆'，爲陸士衡顧彥先《贈婦詩》'隆思亂心曲'之所本。此夫婦之詞，而非母子。"有的學者以爲不必定是莊姜。牟庭《詩切》："《終風》，賢婦人嫁壯夫也。…此婦人端莊有禮，而其夫輕薄，不能相敬如賓，所以傷悼也。"四章，十六句。

【終南】山名。又名中南，在今陝西省西安市南，屬秦嶺山脉。(風 2)130《秦風·終南》一章："終南何有？有條有梅。"《毛傳》："終南，周之名山中南也。"陳奐《傳疏》："終南爲漢京兆長安縣之南山，今陝西西安府南五十里終南山也。"

〖終南〗《國風·秦風》篇名(130)。這是秦國貴族歌頌秦君服飾盛美，相貌不凡的詩。《詩序》："《終南》，戒襄公也。能取周地，始爲諸侯，受顯服，大夫美之，故作是詩以戒勸之。"蘇轍《詩集傳》："此詩美襄公耳，未見所以爲戒者。"朱熹《集傳》："此秦人美其君之詞。亦《車鄰》、《駟驖》之意也。"姚舜牧《疑問》："此必秦君巡遊於終南，故爲此詩。"陳子展《直解》："《終南》，亦美秦襄公之詩。秦大夫從襄公入朝而得賜服西歸，途經終南山有作。《詩序》與詩義合。"王先謙《集疏》："三家無異義。"二章，十二句。

冬 zhōng 職戎切（通合三平東章）
蟲 冬部、章母

蝗類昆蟲。蚱蜢，螞蚱。(風 5、雅 1)154《豳風·七月》五章："五月斯螽動股。"《毛傳》："斯螽，蚣蝑也。"陳奐《傳疏》："《詩》之斯螽…蝗類也。長而青，長角長股，股鳴者也。"5《周南·螽斯》一章："螽斯羽，詵詵兮。"《毛傳》："螽斯，蚣蝑也。"陸璣《詩義疏》："斯螽…蝗類也。長而青，長角長股，青色黑斑，其股似玳瑁文。五月中以兩股相搓作聲，聞數十步。"鄒漢勛《讀書偶識》卷四："螽，即今之蚱蜢，稼中常有。…先儒皆謂蝗、螽爲一物。勛謂螽即蚱蜢，常有，蝗因灾乃生，是二物無疑。"孔穎達《正義》："此言螽斯，《七月》言斯螽，文雖顛倒，其實一也。"戴震《補注》："斯，辭也。或曰螽斯，或曰斯螽，便文協句。"胡承珙《後箋》："螽、蝗，古今語。《藝文類聚》引《洪範·五行傳》云：'《春秋》爲螽，今謂之蝗。'是也。…螽斯，其又名斯螽者，方俗互名之，如蛅蟖即蚝蟖，今北方人又謂之蛅蚱耳。"馬瑞辰《通釋》："螽斯，猶鷺斯、柳斯之類，斯爲語詞。"王念孫《廣雅疏證》卷十下："螽之言衆多也。醜類衆多，斯謂之螽矣。"

〖螽斯〗《國風·周南》篇名(5)。這是祝賀人多子多孫，後人興旺發達的詩。《詩序》："《螽斯》，后妃子孫衆多也。言若螽斯不妒忌，則子孫衆多也。"孔穎達《正義》："以其不妒忌，則嬪妾俱進，所生亦后妃之子孫，故得衆多也。"《齊詩》說是祝賀貴族子孫衆多(見《後漢書·荀爽傳》)，《韓詩》說是歌頌"賢母使子賢"之詩(見《韓詩外傳》卷九)。戴震《補注》："《螽斯》，亦下美上也。"後用"螽斯衍慶"爲祝頌之詞。三章，十二句。又見【阜螽】。

鍾（钟） zhōng 職容切（通合三平鍾章）
東部、章母

通"鐘"。樂器名。用槌敲擊發音。(風 2、雅 10)1《周南·關雎》五章："窈窕淑女，鍾鼓樂之。"毛本"鍾"作"鐘"。《鄭箋》："琴瑟在堂，鍾鼓在庭。"朱熹《集傳》："鍾，金屬；鼓，革屬。樂之大者也。"208《小雅·鼓鍾》一章："鼓鍾將將，淮水湯湯。"相臺本"鍾"作"鐘"。陳奐《傳疏》："鍾，當作鐘。今鍾、鐘通用。鼓鍾，擊鍾，謂金奏也。"鍾本酒器，《詩經》中均借作"鐘"。參"鐘"。

鐘（钟） zhōng 職容切（通合三平鍾章）
東部、章母

一種樂器。中空，青銅制，懸掛架上，用槌敲擊發音。有大小十幾個依次組成的編鐘，也有單個的特鐘。鐘的形制，是由商代的鉦演變而來，最初用手持，故柄在下而口在上，後改爲懸掛而用槌擊，故甬在上而口在下。(雅 3、頌 1)175《小雅·彤弓》一章：

"鐘鼓既設,一朝饗之。"274《周頌‧執競》:"鐘鼓喤喤,磬筦將將。"唐石經、朱熹《集傳》本此二例并作"鍾"。參"鍾"。

潨 zhōng 職戎切(通合三平東章)
　　　　　冬部、章母
　　cóng 徂紅切(通合一平東從)
　　　　　藏宗切(通合一平冬從)
　　　　　冬部、從母

水會流的地方。(雅 1)248《大雅‧鳧鷖》四章:"鳧鷖在潨。"《毛傳》:"潨,水會也。"《説文‧水部》:"潨,小水入大水曰潨。《詩》曰:'鳧鷖在潨。'"一説:水邊高地;水厓。《鄭箋》:"潨,水外之高者也。"孔穎達《正義》:"潨,當是水外之高地。潨者地高之貌,水之地潨然而高,蓋涯涘之中,復有偏高之義。"陳奂《傳疏》:"水相人謂之汭,亦謂之潨,水厓謂之汭,亦謂之潨,訓異而義得相通。"馬瑞辰《通釋》:"《廣雅》:'潨,涯也。''厓,方也。'厓與涯同,方與旁同。以潨爲厓,當本三家詩。"

冢 zhǒng 知隴切(通合三上腫知)
　　　　　東部、端母

❶山頂。(雅 1)193《小雅‧十月之交》三章:"百川沸騰,山冢崒崩。"《毛傳》:"山頂曰冢。"❷大。(雅 1)237《大雅‧緜》七章:"廼立冢土,戎醜攸行。"《毛傳》:"冢,大。冢土,大社也。起大事,動大衆,必先有事於社而後出,謂之宜。美大王之社,遂爲大社也。"《禮記‧祭法》:"王爲羣姓立社曰大社,王自爲立社曰王社。"

【冢宰】周代官名,爲六卿之首,相當於後世的宰相。(雅 1)258《大雅‧雲漢》七章:"鞫哉庶正,疚哉冢宰。"朱熹《集傳》:"庶正,衆官之長也。疚,病也。冢宰,又衆長之長也。"一説:指宰夫。陳奂《傳疏》:"此冢宰爲宰夫。"

尰 zhǒng 時冗切(通合三上腫禪)
　　　　　東部、禪母

脚腫。(雅 1)198《小雅‧巧言》六章:"既微且尰,爾勇伊何。"《毛傳》:"骭瘍爲微,腫足爲尰。"孔穎達《正義》引孫炎曰:"皆水濕之疾也。"《説文‧疒部》:"瘇,脛氣足腫。《詩》曰:'既微且瘇。'"籀文作"尰"。王先謙《集疏》:"《齊》、《韓》尰作瘇。"一説:肥胖臃腫。余培林《正詁》:"竊意:微,小也。尰,脹也。'既微且尰'指其身材而言,謂其身材短小而臃腫肥胖。《國語‧鄭語》説周幽王曰:'夫虢石父,讒諂巧從之人也,而立以爲卿士。…侏儒戚施,實御在側,近頑童也。''既微且尰',即指侏儒戚施之人。"

瘇 zhǒng 時冗切(通合三上腫禪)
　　　　　東部、禪母

脚腫。見"尰"。

種(种) (一)zhǒng 之隴切(通合三上腫章)
　　　　　東部、章母

❶種子。(雅 1)245《大雅‧生民》六章:"誕降嘉種,維秬維秠。"❷選種。(雅 1)212《小雅‧大田》一章:"大田多稼,既種既戒。"《鄭箋》:"將稼者必先相地之宜而擇其種。"朱熹《集傳》:"種,擇其種也。"❸生長肥大。(雅 1)245《大雅‧生民》五章:"實種實褎。"孔穎達《正義》:"實雍種而肥大,實褎褎然而生長。…以種爲雍腫,謂苗之肥盛也。"一説:種子發芽。朱熹《集傳》:"種,甲坼而可爲種也。"

(二)zhòng 之用切(通合三去用章)
　　　　　東部、章母

❹播種。(雅 1)245《大雅‧生民》五章:"茀厥豐草,種之黃茂。"朱熹《集傳》:"種,布之也。"
參"重"。

仲 zhòng 直衆切(通合三去送澄)
　　　　　冬部、定母

兄弟姊妹中排行第二的。引申爲對同輩的稱呼,等於説"二哥"。(風 3)76《鄭風‧將仲子》一章:"仲可懷也,父母之言,亦可畏也。"

【仲行】人名。春秋秦大夫,姓子車氏。公元前 621 年秦穆公死後,用他殉葬。(風 2)131《秦風‧黃鳥》三章:"誰從穆公,子車仲行。"《鄭箋》:"仲行,字也。"

【仲山甫】周宣王的大臣,姬姓,魯獻公次子,封樊侯。(雅 12)260《大雅‧烝民》一章:"保茲天子,生仲山甫。"《毛傳》:"仲山甫,樊侯也。"孔穎達《正義》:"仲山甫是樊國之君,爵爲侯而字仲山甫也。"按《國語·周語上》稱樊仲山父或樊穆仲,《晉語》稱樊仲,《漢書·古今人表》稱中山父。樊爲仲山甫采邑,在今陝西西安市南。

【仲氏】兄弟姊妹中排行第二的。泛稱弟或妹妹。(風1,雅2)28《邶風·燕燕》四章:"仲氏任只,其心塞淵。"孔穎達《正義》:"《禮記》:'男女異長。'鄭玄注云:'各自爲伯季。'故婦人稱仲氏也。"王先謙《集疏》:"《韓》説曰:仲,中也。言位在中也。"199《小雅·何人斯》七章:"伯氏吹壎,仲氏吹篪。"《鄭箋》:"伯、仲,喻兄弟也。"236《大雅·大明》二章:"摯仲氏任,自彼殷商,來嫁于周。"《毛傳》:"摯國任姓之中女也。"朱熹《集傳》:"仲,女也。"段玉裁《經韻樓集·摯中氏任解》:"中者何,仲也。古多假借中爲仲。仲氏者何?男女異長,女之次第爲仲也。仲下言氏者何?氏者,分別之詞也,別之於伯、叔、季也。男子以字分別之,孟孫氏、叔孫氏是也。女子以長第分別之,戴嬀、太任之言仲氏是也。婦人以伯、仲爲字,稱其字以別人也。《春秋》魯女稱伯姬、叔姬,親之也。他國女來爲夫人,言姜氏、風氏、姒氏者,略其伯、叔,言氏以尊之也。"

【仲允】人名,周幽王的佞臣。(雅1)193《小雅·十月之交》四章:"家伯維宰,仲允膳夫。"《鄭箋》:"家伯、仲允皆字。"《漢書·古今人表》仲允作中術。

【仲子】男子的表字。(風3)76《鄭風·將仲子》一章:"將仲子兮,無踰我里,無折我樹杞。"朱熹《集傳》:"仲子,男子之字也。"

又見[南仲][孫子仲][張仲][子仲]。

衆(众) zhòng 之仲切（通合三去送章）
冬部、章母

❶衆多;衆人。(雅2)250《大雅·公劉》六章:"爰衆爰有。"《鄭箋》:"人數日益多矣,器物有足矣。"朱熹《集傳》:"衆,人多也。有,財足也。"190《小雅·無羊》四章:"衆維魚矣,實維豐年。"《毛傳》:"陰陽和,則魚衆多矣。"《鄭箋》:"魚者,庶人所以養也。今人衆相與捕魚。則是歲熟相供養之祥也。"俞樾《平議》卷十:"衆維魚矣,猶云維衆魚矣。"屈萬里《詮釋》"按:魚、餘,裕音近,或

有豐年之象。"一説:通"蝶"。蝗蟲。盧文弨《鐘山札記》引丁希曾説:"衆乃蝶之省,蝶與螽通。…今蝶不爲蝗而爲魚,故以爲豐年之徵。"馬瑞辰《通釋》:"此詩衆當爲蝶及螽之省假。蝶,蝗也。"❷通"終"。既。(風1)54《鄘風·載馳》四章:"許人尤之,衆稺且狂。"王引之《述聞》卷五:"衆當讀爲終,終猶既也。'終溫且惠',既溫且惠也;'終風且暴',既風且暴也;'終窶且貧',既窶且貧也;'終和且平',既和且平也;'終善且有',既善且有也;'終稺且狂',既稺且狂也。此《詩》之例也。"一説:衆人。《毛傳》:"是乃衆幼稺且狂。"

【衆人】商代和西周初年從事農業生產的奴隸;農奴。(頌1)276《周頌·臣工》:"命我衆人,庤乃錢鎛。"《鄭箋》:"教我庶民具女田器。"陳僅《群經質》卷上:"衆人,庶人,終於千畝者也。"郭沫若《由周代農事詩論到周代社會》:"衆人還保持着殷代的稱謂,自然也就是農夫。"

州 zhōu 職流切（流開三平尤章）
幽部、章母

水中的陸地。見"洲"。

洲 zhōu 職流切（流開三平尤章）
幽部、章母

水中的陸地。(風1,雅1)1《周南·關雎》一章:"關關雎鳩,在河之洲。"《毛傳》:"水中可居者曰洲。"朱熹《集傳》:"洲,水中可居之地也。"陳奐《傳疏》:"洲,當作州。《説文·川部》引《詩》作州。"208《小雅·鼓鐘》三章:"鼓鐘伐鼛,淮有三洲。"《毛傳》:"三洲,淮上地。"朱右曾《詩地理徵》:"《水經注》曰:'淮水又東,爲安風津。津中有洲,俗號關洲。蓋津關所在。故洲納厥稱。'通校全淮,惟此有洲,在今霍邱縣北也。"朱熹《集傳》:"始言'湯湯',水盛也。中言'湝湝',水流終言'三洲',水落而洲見也。"

周 zhōu 職流切（流開三平尤章）
幽部、章母

❶古國名。始祖后稷,居邰（今陝西武功縣）。傳到公劉,遷於豳（今陝西彬縣）。到古公亶父,又遷於周（今陝西岐山縣）,以"周"爲國名。(雅3)236《大雅·大明》二

章："摯仲氏任，自彼殷商，來嫁于周。"258《大雅·雲漢》三章："周餘黎民，靡有孑遺。"（周餘黎民：周國剩下的百姓。）❷朝代名。公元前1046——前256年，武王姬發所建立。傳成、康、昭、穆、共、懿、孝、夷、厲、（共和）、宣、幽十世十一王，至公元前771年周幽王爲犬戎所殺，叫西周。平王東遷洛邑，傳桓、莊、釐、惠、襄、頃、匡、定、簡、靈十王，至公元前256年滅亡，叫東周。《詩經》里一般指西周王朝。（雅13、頌7）259《大雅·崧高》一章："維申及甫，維周之翰。"300《魯頌·閟宮》三章："大啓爾宇，爲周室輔。"❸地名。岐周。在今陝西岐山縣東北岐山之下。（雅2）237《大雅·緜》三章："周原膴膴，堇荼如飴。"《毛傳》："周原，漆沮之間也。"《鄭箋》："廣平曰原，周之原地在岐山之南。"朱熹《集傳》："周，地名，在岐山之南。"262《大雅·江漢》五章："于周受命，自召祖命。"朱熹《集傳》："周，岐周也。"一說：指鎬京。嚴粲《詩緝》："周，錢氏以爲鎬京。"❹遍；全。（雅2）237《大雅·緜》四章："自西徂東，周爰執事。"朱熹《集傳》："周，徧也。言靡事不爲也。"259《大雅·崧高》七章："周邦咸喜，戎有良翰。"《鄭箋》："周，徧也。申伯入謝，徧邦内皆喜曰：'女（汝）乎有善君也。'相慶之言。"❺彎曲之處；拐彎的地方。（風1）123《唐風·有杕之杜》二章："有杕之杜，生于道周。"《毛傳》："周，曲也。"陸德明《釋文》："周，《韓》作右。"馬瑞辰《通釋》："右，周古音同部。周即右之假借。右，通作周。"王先謙《集疏》："右者，言其迂回，即屈曲也。"❻忠；忠信。（雅5）225《小雅·都人士》一章："行歸于周，萬民所望。"《毛傳》："周，忠信也。"《左傳·襄公十四年》："忠，民之望也。《詩》曰：'行歸于周，萬民所望'，忠也。"吕祖謙《詩記》："丘氏曰：不惟衣服容貌言語之有常，其所行之行，又歸於忠信，表裏如一，故爲下民所仰望而取法也。"朱熹《集傳》："周，鎬京也。"（此爲異義）163《小雅·皇皇者華》二章："載馳載驅，周爰咨諏。"《毛傳》："忠信爲周。"按《國語·魯語下》載叔孫穆子釋《皇皇者華》説"忠信爲周。"韋昭注："言當咨之於忠信之人。"《詩》云：'周爰咨謀。'"一說：普遍。朱熹《集傳》："周，徧。"❼接濟；救濟。（雅1）258《大雅·雲漢》七章："靡人不周，無不能止。"《毛傳》："周，救也。"《鄭箋》："周，當作賙。王以諸臣困於食，人人賙給之，權救其急。"孔穎達《正義》："無有一人而不賙救其百姓困急者。"朱熹《集傳》："周，救也。"❽大。見【周道】【周行】。

【周道】大路。（風2、雅4）234《小雅·何草不黄》四章："有棧之車，行彼周道。"朱熹《集傳》："周道，大道也。言不得休息也。"149《檜風·匪風》一章："顧瞻周道，中心怛兮。"王夫之《稗疏》："周道者，天子巡守，諸侯會同，所由往來之道。自武王定天下，周公營雒，特開修道路，而有周道之名。《書》所謂'遂通道于九夷八蠻'是。猶秦漢之馳道，今之官路也。"馬瑞辰《通釋》："周道，猶周行。周道又爲通道，亦大道也。凡《詩》周道，皆謂大路。"

【周公】即姬旦。周文王子，武王弟，輔佐武王滅紂，建立周王朝。武王死，成王年幼，周公攝政，平定武庚之亂，營建成周雒邑，訂制禮樂制度。他是我國上古時代一位大政治家。（風3、頌3）300《魯頌·閟宮》三章："皇祖周公，亦其福女。"戴震《考證》："按皇祖周公，倒句以就韻。"157《豳風·破斧》一章："周公東征，四國是皇。"《鄭箋》："周公既反攝政，東伐此四國。"一說：周公姬旦的子孫世爲王室卿士，也稱周公。此指春秋時的宰周公。徐中舒《豳風說》："《左傳》春秋之世，周公黑肩、周公忌父、宰周公、周公閱、周公楚等並有周公之稱。《破斧》之周公或即與齊桓公會於葵丘之宰周公。"

【周行】（háng）1）大路。（風1、雅1）203《小雅·大東》二章："佻佻公子，行彼周行。"朱熹《集傳》："周行，大路也。"3《周南·卷耳》一章："嗟我懷人，寘彼周行。"朱熹《集傳》："周行，大道也。"一說：各種官位。《毛傳》："行，列也。思君子官賢人，置周之列位。"《鄭箋》："周之列位，謂朝廷臣也。"《左傳·襄公十五年》："《詩》云：'嗟我懷人，寘彼周行。'能官人也。王及公、侯、伯、子、男、甸、采、衛、大夫，各居其列，所謂'周行'也。

(甸、采、衛,五服之名。天子所居千里曰圻,次曰甸服,次曰采服,次曰衛服,五百里爲一服。)馬瑞辰《通釋》:"《左傳》以各處其列釋'周行',則周謂方偏,非商周之周,故杜云:'周,偏也。'《毛傳》謂周之列位,謂置周偏之列位。"2)善道;至美之道。(雅1)161《小雅·鹿鳴》一章:"人之好我,示我周行。"《毛傳》:"周,至;行,道也。"朱熹《集傳》:"周行,大道也。"屈萬里《詮釋》:"周行,蓋周之國道;引申其義,猶言大道也。"胡承珙《後箋》:"鄭注《禮記·緇衣》引《詩》以爲'示我忠信之道',注《鄉飲酒·燕禮》:'嘉賓示我以善道。'此皆在箋《詩》之先,當是用三家《詩》説,正與毛合。"姚際恒《通論》:"周行,大路也。…猶云指我迷路耳。"程俊英《注析》:"周行,正道,事物所應遵循的正道。"

【周姜】即太姜。古公亶父(太王)之妻,王季之母。(雅1)240《大雅·思齊》一章:"思媚周姜,京室之婦。"《毛傳》:"周姜,大姜也。"朱熹《集傳》:"周姜,大王之妃,大姜也。"

【周京】周王朝的都城。指鎬京。(風1)153《曹風·下泉》一章:"愾我寤嘆,念彼周京。"孔穎達《正義》:"周京與京師一也,因異章而變文耳。周京者,周室所居之京師也。"朱熹《集傳》:"周京,天子所居也。"王先謙《集疏》:"此詩云'念彼',蓋王新遷成周,追念故京師王室之詞。"

【周南】《詩經·國風》之一。包括《關雎》、《葛覃》、《卷耳》、《樛木》、《螽斯》、《桃夭》、《兔罝》、《芣苢》、《漢廣》、《汝墳》、《麟之趾》等十一首詩。有東周作品,也有西周作品。西周初期,周公姬旦和召公姬奭分陝(在今河南省陝縣)而治。周公居東都洛邑,統治東方諸侯。《周南》當是周公統治下的南方地區的民歌。範圍包括洛陽以南,直到江漢一帶地區。由於采集地域廣闊,又不便國自爲編,故統稱"南",意爲南國之詩。《詩序》:"南,言化自北而南。"鄭玄《詩譜》:"得聖人之化者謂之周南。"朱熹《集傳》:"周,國名。南,南方諸侯之國也。…蓋其得之國中者,雜以南國之詩而謂之《周南》。"姚際恒《通論》:"《周南》、《召南》,只屬采詩地名,不屬周公、召公也。"王先謙《集疏》:"《魯》説曰:古之周南,今之洛陽。…洛陽而謂周南者,自陝以東,皆周南之地也。"一説指用南國的樂調寫的詩。《吕氏春秋·音初》:"塗山氏之女乃令其妾待禹于塗山之陽,女乃作歌。歌曰:'候人兮猗!'實始作南音。周公及召公取風焉,以爲《周南》、《召南》。"顧炎武《日知録》:"蓋成王之世,周公與召公分治,各采風樂以入樂章。周公所采,則謂之《周南》,召公所采,則謂之《召南》。"

【周室】周家;周王朝。(頌1)300《魯頌·閟宫》二章:"大啓爾宇,爲周室輔。"《鄭箋》:"大開女居,以爲我周家之輔。"

【周頌】《詩經》中《三頌》的一部分,從《清廟》到《般》共三十一篇,大體作於武、成、康、昭四朝約100年間(公元前1046—前948年),是西周前期的作品,爲西周統治者用於祭祀的樂歌。內容大都是歌頌周代貴族統治者及其先公先王。鄭玄《詩譜》:"《周頌》者,周室成功致太平德洽之詩。其作在周公攝政成王即位之初。頌之言容,天子之德,光被四表,格于上下,無不覆燾,無不持載,此之謂容。於是和樂興焉,頌聲乃作。"《周頌》中言農事的詩有《臣工》、《噫嘻》、《豐年》、《載芟》、《良耜》等五篇,后稷以農事興,故特重稼穡。《我將》、《武》、《賚》、《般》《酌》《桓》可能原是《大武》六章的歌辭。描寫武王滅商的過程。《閔予小子》、《訪落》、《敬之》、《小毖》四篇是周成王在平定武庚叛亂後寫的悔過告廟的詩,現代研究者疑爲同一篇的四章。《周頌》各只一章,篇幅短小,文字古樸晦澀,有的無韻,缺少詩的韻味。孔穎達《正義》:"《雅》不言周,《頌》言周者,以別商、魯也。周,蓋孔子所加也。"《周頌》三十一篇,篇皆一章。《風》、《雅》叙人事,刺過論功,志在匡救,一章不盡,重章以申慇勤。故《風》、《雅》之篇,無一章者。《頌》者,太平德洽之歌,述成功以告神,直言寫志,不爲殷勤,故一章而已。《周頌》含有研究西周社會經濟的重要史料價值。

【周宗】即宗周。指西周王都鎬京。(雅1)194《小雅·雨無正》二章:"周宗既滅,靡所止戾。"《鄭箋》:"周宗,鎬京也。"孔穎達《正義》:"周宗,宗周也。"陳奂《傳疏》:"周宗當爲宗周。"《左傳·昭公十六年》、《北堂書鈔·政術部十六》均引作"宗周"。馬瑞辰《通釋》:"周宗與宗周有別。…周宗皆謂與周同姓者耳。《詩》不得言周之同姓既滅。鎬京邦畿,惟民所止。宗周滅,故言'靡所止戾'。《詩》周宗當爲宗周傳寫誤倒。"
又見【京周】【宗周】。參"調"。

輖 zhōu 職流切(流開三平尤章)
幽部、章母
朝;早晨。見"調"。

舟 zhōu 職流切(流開三平尤章)
幽部、章母
❶船。(風3、雅5)176《小雅·菁菁者莪》四章:"汎汎楊舟,載沉載浮。"《毛傳》:"楊木爲舟。"朱熹《集傳》:"楊,楊木爲舟也。'載沉載浮'猶言'載清載濁'、'載馳載驅'之類,以興未見君子而心不定也。"❷以船渡過。(風1)35《邶風·谷風》四章:"就其深矣,方之舟之。"《毛傳》:"舟,舩也。"孔穎達《正義》:"舟者,古名也;今曰舩。《易》曰:'利涉大川,乘木舟也。'注云:'舟謂集極如今舩,空大木爲之曰虛,即古又名曰虛。總名皆曰舟。'"朱熹《集傳》:"舟,船也。"❸通"周"。環繞;佩帶。(雅1)250《大雅·公劉》二章:"何以舟之,維玉及瑤。"《毛傳》:"舟,帶也。"孔穎達《正義》:"玉是所佩之物,故知舟是帶也。"馬瑞辰《通釋》:"舟者匊之假借,《說文》:'匊,帀徧也。'字通作周,帶周於身,故舟得訓帶。"一說:通"酬"。酬答。《鄭箋》:"民亦愛公劉之如是,故進玉瑤容刀之佩,俞樾《平議》卷十一:"《箋》意舟亦爲周,周與酬通。何以舟之,即何以酬之也。"一說:"服"字脫誤。汪中《經義知新記》:"舟無佩義,必是服字。傳寫者脫其半耳。"

【舟人】周人。指西周貴族。(雅1)203《小雅·大東》四章:"舟人之子,熊羆是裘。"《鄭箋》:"舟,當作周。裘當作求,聲相近故也。周人之子,謂周世臣之子。"惠棟《詩說》:"舟即爲周。'舟人之子',即上文'西人之子'也。"一說:操舟之人,指商賈。《毛傳》:"舟人,舟楫之人。"馬其昶《毛詩學》:"《易》稱'舟楫之利,以濟不通'。古者農民土著,死徙無出鄉,惟商戀遷有無,乘舟至遠。是舟人之子謂商賈也。"又一說:國名。武億《群經義證》:"此舟人與東人、西人、私人爲例,皆近東小國。《外傳·鄭語》:'禿姓舟人,則周滅之矣。'注:'禿姓,彭祖之別。舟人,國名。'是也。"又一說:衆人。郭晉稀《蠡測》:"舟當讀衆,聲既相通,幽冬對轉也。舟之爲衆,猶周之爲中,調之爲同,漕之爲涂矣。衆人爲庶民,私人爲貴臣皆近義。裘當依鄭讀求,作搜求字用,正與試字相對。'熊羆是求',謂搏猛獸以應誅求也。"

【舟子】船夫。(風1)34《邶風·匏有苦葉》四章:"招招舟子,人涉卬否。"《毛傳》:"舟子,舟人,主濟渡者。"《鄭箋》:"舟人之子,號召當渡者。"
又見【柏舟】。

侜 zhōu 張流切(流開三平尤知)
幽部、端母
欺騙;蒙蔽。(風2)142《陳風·防有鵲巢》一章:"誰侜予美,心焉忉忉。"《毛傳》:"侜,張誑也。"《鄭箋》:"誰侜張誑欺我所美之人乎?"張誑者以術自掩而掩人,故"侜"又訓"龐蔽"。陸德明《釋文》引《說文》:"侜,有龐蔽也。"

輈(輈) zhōu 張流切(流開三平尤知)
幽部、端母
彎曲的獨木車轅。位於車前正中,向上彎曲。泛指車轅。見【梁輈】。

柚 zhóu 直六切(通合三入屋澄)
覺部、定母
織布機上的筘(kòu)。用來確定經紗的密度,保持經紗的位置,並把經紗打緊。一說:東齊謂木作爲柚。見【杼柚】。

軸(軸) zhóu 直六切(通合三入屋澄)
覺部、定母
❶往復;盤桓。(風1)56《衛風·考槃》三章:"考槃在陸,碩人之軸。"朱熹《集傳》:"軸,盤桓不行之意。"姚際恒《通論》:"軸,車軸也。軸以運車,取義盤旋於其中也。"一說:通"迪"。進;前進。《毛傳》:"軸,進也。"

陳奐《傳疏》:"軸即迪之假借字。《正義》云:'《傳》訓迪爲進,則是大德之人進於道義也。'黃焯《毛鄭平議》:"其訓進,當爲進展義,進展與寬舒義近。"又一説:病。《鄭箋》:"軸,病也。"孔穎達《正義》:"《釋詁》云:'逐,病。'逐與軸蓋古今字異。"王先謙《集疏》:"《魯》,軸作逐。云:逐,病也。" ❷古地名。春秋時鄭地。(風1)79《鄭·清人》三章:"清人在軸,駟介陶陶。"《毛傳》:"軸,河上地也。"

晝(昼) zhòu 陟救切(流開三去宥知) 侯部、端母

白天。從日出到日落的整段時間。跟"夜"相對。(風1、雅1)154《豳風·七月》七章:"晝爾于茅,宵爾索綯。"255《大雅·蕩》五章:"式號式呼,俾晝作夜。"《毛傳》:"使晝爲夜也。"

咮 zhòu 陟救切(流開三去宥知) 張流切(流開三平尤知) 侯部、端母

(鳥)嘴。(風1)151《曹風·候人》三章:"維鵜在梁,不濡其咮。"《毛傳》:"咮,喙也。"陸德明《釋文》:"喙,鳥口也。"《玉篇·口部》引《詩》作"噣"。

噣 zhòu 陟救切(流開三去宥知) 都豆切(流開一去侯端) 屋部、端母

鳥嘴。見"咮"。

胄 zhòu 直祐切(流開三去宥澄) 幽部、定母

古代戰士作戰時戴的頭盔。圓帽形,左右和後面向下伸展,可以同時保護頭頂、面側和頸部。(頌1)300《魯頌·閟宮》五章:"公徒三萬,貝胄朱綅。"《毛傳》:"貝胄,貝飾也。"孔穎達《正義》:"胄謂兜鍪。"朱熹《集傳》:"貝胄,貝飾胄也。"

縐(绉) zhòu 側救切(流開三去宥莊) 侯部、莊母

極細的葛布。(風1)47《鄘風·君子偕老》三章:"蒙彼縐絺,是紲袢也。"《毛傳》:"蒙彼縐絺,是紲袢也。"《毛傳》:"絺之靡者爲縐,是當暑袢延之服也。"陸德明《釋文》:"縐,側救反,靡也。"(靡:細密)孔穎達《正義》:"絺者,以葛爲之。精曰絺,粗曰

綌,其精尤細靡者縐也。"《説文·糸部》:"縐,絺之細也。《詩》曰:'蒙彼縐絺。'"陳奐《傳疏》:"絺於綌較細,而縐尤絺之極細者也。"馬瑞辰《通釋》:"靡爲極細之貌。"一説:織出皺紋的布。《鄭箋》:"縐絺,絺之蹙蹙者。展衣,夏則裏衣縐絺。"朱熹《集傳》:"縐絺,絺之蹙蹙者,當暑之服也。"

驟(骤) zhòu 鉏祐切(流開三去宥崇) 侯部、崇母

(馬)奔馳。(雅1)162《小雅·四牡》四章:"駕彼四駱,載驟駸駸。"陸德明《釋文》:"《字林》云:'驟,馬行疾也。'"嚴粲《詩緝》:"走馬曰馳,不馳而步疾曰驟。"陳奐《傳疏》:"載驟,猶載馳。"(駸駸:馬疾行的樣子。)

疛 zhòu 直祐切(流開三去宥澄) 幽部、端母
zhǒu 陟柳切(流開三上有知) 幽部、端母

心疾。見"擣"。

擣 zhòu 直祐切(流開三去宥澄) 幽部、端母

心疾。見"擣"。

朱 zhū 章俱切(遇合三平虞章) 侯部、章母

大紅色。(風5、雅2)154《豳風·七月》三章:"載玄載黃,我朱孔陽。"朱熹《集傳》:"朱,赤色。陽,明也。"178《小雅·采芑》二章:"朱芾斯皇。"《毛傳》:"朱芾,朱黃之芾也。"(芾:古代官服上的蔽膝。)

株 zhū 陟輸切(遇合三平虞知) 侯部、端母

古邑名。春秋時陳國夏氏的食邑,故城在今河南省西華縣夏亭鎮北。(風4)144《陳風·株林》一章:"胡爲乎株林,從夏南。"《毛傳》:"株林,夏氏邑也。"朱熹《集傳》:"株林,夏氏邑也。"王應麟《詩地理考》:"《寰宇記》:陳州南頓縣西南三十里有夏亭城,城北五里有株林。"馬瑞辰《通釋》:"株爲邑名,林則野之別稱。…《傳》云株林夏氏邑者,隨文連言。猶言泥中、中露邑名,兩中字皆連類及之耳。"

〖株林〗《國風·陳風》篇名(144)。這是諷刺陳靈公君臣醜行的詩。《序詩》:"《株林》,

刺靈公也。淫乎夏姬,驅馳而往,朝夕不休息焉。"夏姬是陳國大夫夏叔御的妻子,美麗而性淫蕩。生子名徵舒,字子南。叔御死,陳靈公和大夫孔寧、儀行父都同夏姬私通,三人公開乘車到夏姬家中鬼混。後來陳靈公被徵舒殺死,孔寧、儀行父也被迫逃亡他國。事見《左傳》宣公九年、十年。這首詩就是諷刺陳靈公君臣這種荒淫行徑的。王質《詩總聞》以爲此寫夏徵舒通謀弑殺靈公之事:"靈公夏姬之事固有,而此詩止曰夏南。夏南者,徵舒也。蓋有與徵舒適野通謀者,知人有覺而詭言之。非之株林,之他所也;非同夏南,同他人也。意謂此言可以欺人,而不知已覺也。靈公之弑不自'似女'、'似君'之時,蓋已久也。"或以爲築臺工人之歌。牟庭《詩切》:"《株林》,築臺役人謳也。…株是夏氏之邑。株之旁,靈公治爲園林,謂之株林也。《周語》曰:'民將築臺於夏氏,靈公與孔寧、儀行父南冠以如夏氏。'築臺者,即修株林之役也。"二章,八句。

袾 zhū 陟輸切(遇合三平虞知)
侯部、端母
昌朱切(遇合三平虞昌)
侯部、昌母

美好。見"姝"。

諸(诸) zhū 平魚切(遇合三平魚章)
魚部、章母

❶衆;各。(風 4、雅 9)39《邶風·泉水》二章:"問我諸姑,遂及伯姊。"261《大雅·韓奕》四章:"諸娣從之,祁祁如雲。"班固《白虎通·嫁娶》引作"姪娣從之。"馮登府《異文疏證》:"《莊公十九年公羊傳》曰:'諸侯娶一國,則二國往媵之,以姪娣從。'則作姪娣爲長。"165《小雅·伐木》三章:"既有肥羜,以速諸父。"《毛傳》:"天子謂同姓諸侯、諸侯謂同姓大夫,皆曰父,異姓則曰舅。"朱熹《集傳》:"諸父,朋友之同姓而尊者也。" ❷語氣詞。相當於"乎"。(風 5)26《邶風·柏舟》五章:"日居月諸,胡迭而微?"孔穎達《正義》:"居、諸者,語助也。"29《邶風·日月》一章:"日居月諸,照臨下土。"《毛傳》:"日乎月乎,照臨之也。"

【諸侯】西周以至春秋時由周王朝分封的各國國君。(雅 1)194《小雅·雨無正》二章:"邦君諸侯,莫肯朝夕。"《周禮·天官·司裘》鄭玄注:"諸侯,諸三公及王子弟封於畿内者。"蔡邕《獨斷下》:"(王)子弟封爲侯者,謂之諸侯。"

竹 zhú 張六切(通合三入屋知)
覺部、端母

❶竹子。(風 2、雅 1)59《衛風·竹竿》一章:"籊籊竹竿,以釣于淇。"189《小雅·斯干》一章:"如竹苞矣,如松茂矣。"(竹苞松茂:比喻家族興盛。) ❷草名。也叫萹竹、扁竹葉。多生郊野道旁,葉狹長似竹,初夏於節間開淡紅或白色小花,入秋結子,嫩葉可入藥。(風 4)55《衛風·淇奥》一章:"瞻彼淇奥,綠竹猗猗。"《毛傳》:"竹,萹也。"陸德明《釋文》:"《韓詩》竹作薄(dú)。"一說:竹子。朱熹《集傳》:"綠,色也。淇上多竹,漢世猶然,所謂淇園之竹是也。"任昉《述異記》:"衛有淇園出竹,在淇水之上。"《水經注·淇水》:"今通望淇川,無復此物,唯王芻編草,不異毛興。"

〖竹竿〗《國風·衛風》篇名(59)。衛國一個貴族婦女,遠嫁離家,思念父母故國,欲歸不得,心中煩悶,寫了這首詩。《詩序》:"《竹竿》,衛女思歸也。適異國而不見答,思而能以禮者也。"朱熹《集傳》:"衛女嫁於諸侯,思歸寧而不可得,故作是詩。"魏源《詩古微》以爲"亦許穆夫人作"。何楷《古義》:"《竹竿》,許穆夫人念衛也。"或以爲此思念情人之詩。季本《解頤》:"衛之男子因所私之女既嫁,思之而不可得,故作此詩。"聞一多《類鈔》:"女子出嫁,失戀者見而自傷也。"屈萬里《詮釋》:"此蓋男子懷念舊好(女子)之詩。"首章言其觸景思人,二章言其人已嫁,三章念其容止,末章則以寫憂作結。"又有以爲妻子懷念丈夫者。袁梅《譯注》:"一個女子備受思夫之苦,思緒萬千,如行雲流水悠忽遠逝。"四章,十六句。

蠋 zhú 之欲切(通合三入燭章)
屋部、章母
shǔ 市入切(通合三入燭禪)
屋部、禪母

蛾蝶類的幼蟲。野蠶。本作"蜀"。(風1)156《豳風·東山》一章:"蜎蜎者蠋,烝在桑野。"《毛傳》:"蠋,桑蟲也。"陸德明《釋文》:"蠋,音蜀,桑蟲也。"朱熹《集傳》:"蠋,音蜀,桑蟲似蠶者也。"唐石經字作"蠾"。《說文·虫部》引《詩》、《太平御覽》卷五十五引《毛詩》均作"蜀"。王先謙《集疏》:"三家,蠋作蜀。"陳啓源《稽古編》引毛晃曰:"蜀本從虫,而又加虫焉,俗也。"今辭書"蠋"字但音zhú,不與"蜀(shǔ)"同音,故兩存之。

主 zhǔ 之庾切(遇合三上麌章)
侯部、章母

❶主人。(雅1)246《大雅·行葦》七章:"曾孫維主,酒醴維醹。"《鄭箋》:"今我成王承先王之法度爲主人。"❷主祭。(雅1)252《大雅·卷阿》三章:"百神爾主矣。"《鄭箋》:"使女爲百神主。謂羣神受饗而佐之。"陳奂《傳疏》:"《孟子·萬章篇》云:'使之主祭而百神饗之。'所謂百神爾主是也。"高亨《今注》:"百神爾主,即爾主百神,指做百神的祭主。"❸家長。(頌1)290《周頌·載芟》:"侯主侯伯,侯亞侯旅。"《毛傳》:"主,家長也。"一說:君主;君王。于省吾《新證》:"主謂君王。主、伯、亞、旅四者,皆略舉當時天子以下卿大夫之祿食公田者。"

渚 zhǔ 章與切(遇合三上語章)
魚部、章母

水中的小洲;也指洲旁的小水。(風2、雅3)22《召南·江有汜》二章:"江有渚。"《毛傳》:"渚,小洲也。水岐成渚。"馬瑞辰《通釋》:"蓋江遇渚則分,過渚復合也。"王先謙《集疏》:"水中小洲曰渚,洲旁之小水亦稱渚。"黃焯《毛鄭平議》:"據《傳》義,水決而復入爲汜,歧而爲渚,江之别出者爲沱,皆大水之枝流,猶姪娣之附於女君也。"248《大雅·鳧鷖》三章:"鳧鷖在渚。"《毛傳》:"渚,沚也。"楊樹達《小學述林》卷一:"渚者,言水之所附著也。"

屬(属) zhǔ 之欲切(通合三入燭章)
屋部、章母

附著;連屬。(雅3)197《小雅·小弁》八章:"君子無易由言,耳屬于垣。"《鄭箋》:"王無輕用讒人之言,人將有屬耳於壁而聽之者。"胡承珙《後箋》:"君子苟輕易其言,耳屬者必將迎合風旨,而交構其間矣。"陳奂《傳疏》:"將有讒人屬耳於垣壁,以窺伺之也。"屈萬里《詮釋》:"屬,連也。耳連於墻,言竊聽也。"223《小雅·角弓》六章:"君子有徽猷,小人與屬。"《鄭箋》:"君子有美道以得聲譽,則小人亦樂與之而自連屬焉。"朱熹《集傳》:"屬,附也。苟王有美道,則小人將爲善以附之。"

佇(伫) zhù 直呂切(遇合三上語澄)
魚部、定母

【佇立】久立;長時間站着。(風1)28《邶風·燕燕》二章:"瞻望弗及,佇立以泣。"《毛傳》:"佇立,久立也。"《楚辭·九歌·大司命》王逸注引《詩》作"竚立以泣"。《說文新附》:"佇,久立也。從人從亍。"

竚 zhù 直呂切(遇合三上語澄)
魚部、定母

久立。《玉篇·亍部》:"竚,今作佇。"《集韵·語韵》:"佇,或作竚。"見"佇"。

紵(纻) zhù 直呂切(遇合三上語澄)
魚部、定母

苧麻。一種多年生草本植物,也叫青麻。(風1)139《陳風·東門之池》二章:"東門之池,可以漚紵。"陸德明《釋文》:"紵,字又作苧。"孔穎達《正義》引陸璣《詩義疏》:"紵亦麻也。科生數十莖,宿根在地中,至春自生,不需種也。荆揚之間一歲三收。今官園種之,歲再刈。劉便生剥之,以鐵若竹挾之,表厚皮自脱,但得其裏韌如筋者,謂之徽紵,今南越紵布皆用此麻。"朱熹《集傳》:"紵,麻屬。"

苧 zhù 直呂切(遇合三上語澄)
魚部、定母

苧麻。見"紵"。

羜 zhù 直呂切(遇合三上語澄)
魚部、定母

出生五個月的小羊。泛指小羊。(雅1)165《小雅·伐木》二章:"既有肥羜,以速諸父。"《毛傳》:"羜,未成羊也。"《說文·羊部》:"羜,五月生羔也。"

助 zhù 牀據切(遇合三去御崇)
魚部、崇母

幫助。(雅4)179《小雅·車攻》五章："射夫既同,助我舉柴。"(柴:堆積的禽獸。)258《大雅·雲漢》四章："羣公先正,則不我助。"

杼 zhù 直呂切（遇合三上語澄）
魚部、定母

【杼柚】織布機。杼,纏緯綫的梭子。柚,確定經綫位置、密度的筘。(雅1)203《小雅·大東》二章："小東大東,杼柚其空。"《鄭箋》："譚無他貨,維絲麻爾,今盡,杼柚不作也。"陸德明《釋文》："杼,直呂反,盛緯器。柚,本又作軸。"嚴粲《詩緝》："曹氏曰:杼,梭也。董氏曰:柚,卷織者。"朱熹《集傳》："杼,持緯者也。柚,受經者也。"阮元《校刊記》："柚即軸之假借。"一說:土木工程。杼,做土工;柚,做木工。王夫之《稗疏》："《方言》:'杼柚,作也。東齊,土作謂之杼,木作謂之柚。'譚地正在東齊。云'杼柚'者,其方言也。《序》言'困於役而傷於財','杼柚其空',言空國以從役也。"戴震《考證》："《方言》云:'土作謂之杼,木作謂之柚。'言役作於周而至於窮空也。"

柷 zhù 之六切（通合三入屋章）
覺部、章母
昌六切（通合三入屋昌）
覺部、昌母

古代一種木制的打擊樂器,又名"椌"。形如漆筩,中有椎,奏樂開始時,先擊柷。(頌1)280《周頌·有瞽》："鼗磬柷圉。"《毛傳》："柷,木椌也。"朱熹《集傳》："柷,狀如漆桶,以木爲之,中有椎連底,挏之令左右擊,以起樂者也。"

祝 (一) zhù 之六切（通合三入屋章）
覺部、章母

❶祭祀時司祭禮向神禱告的人。(雅2)209《小雅·楚茨》二章："祝祭于祊,祀事孔明。"《鄭箋》："孝子不知神之所在,故使祝博求之平生門內之旁待賓客之處。" ❷通"織"。組織。(風1)53《鄘風·干旄》三章："素絲祝之,良馬六之。"《毛傳》："祝,織也。"段玉裁《小箋》："此謂假借,祝與織雙聲,而合音最近。"一說:連綴。《鄭箋》："祝當作屬,著也。"朱熹《集傳》："祝,屬也。"鄭漢勛《讀書偶識》卷四："祝則連屬之謂,言連袵袂也。"

(二) zhòu 職救切（流開三去宥章）
覺部、章母

❸咒;詛咒。(雅1)255《大雅·蕩》三章："侯作侯祝,靡屆靡究。"《毛傳》："作、祝,詛也。"朱熹《集傳》："作,讀爲詛。詛祝,怨謗也。"馬瑞辰《通釋》："詛與祝,字異而義同。"一說:始。俞樾《平議》卷十一："作,始也。祝,亦始也。''侯作侯祝,靡屆靡究'兩句反覆相承,作、祝義同,屆訓極,究訓窮,其兼亦同。蓋言屬王任用小人言興未艾也。"

又見【工祝】。

注 zhù 之戍切（遇合三去遇章）
侯部、章母

灌入;流入。(雅4)244《大雅·文王有聲》五章："豐水東注,維禹之績。"《鄭箋》："[豐水]入渭,東注於河,禹之功也。"

築(筑) zhù 張六切（通合三入屋知）
覺部、端母

❶用木杵舂土,使之堅實。(雅1)237《大雅·緜》六章："築之登登,削屢馮馮。"《說文·竹部》："築,搗也。"屈萬里《詮釋》："築,以杵搗土使堅也。" ❷修建。(風1、雅4)154《豳風·七月》七章："九月築場圃,十月納禾稼。"195《小雅·小旻》四章："如彼築室于道謀,是用不潰于成。"

著 zhù ★丈呂切（遇合三上語澄）
魚部、定母

通"宁"(zhù)。大門和屏風之間。(風1)98《齊風·著》一章："俟我于著乎而。"《毛傳》："門屏之間曰著。"《爾雅·釋宮》："門屏之間謂之宁。"《鄭箋》："待我于著,謂從君子而出,至於著,君子揖之時也。"孔穎達《正義》："孫炎曰:'門內屏外,人君視朝所宁立處也。'宁與宁,音義同。"聞一多《類鈔》："正門內兩堂間曰著,著亦庭地,但近門耳。"

[著]《國風·齊風》篇名(98)。寫男女結婚時,男子到女家親迎,新娘看到了盛裝的新郎。聞一多《類鈔》："古代婚姻有親迎之禮。壻乘車來到婦家,在庭中等候着,婦從內寢出來,父親將婦的手遞給壻,壻牽着婦的手走出門,一同上車,載回自己家來。"《詩序》："《著》,刺時也。時不親迎也。"《鄭

箋》:"時不親迎,故陳親迎之禮刺之。"陳奐《傳疏》:"古者親迎,天子以下達士皆行之。《大明》'親迎于謂',天子親迎也。《韓奕》'韓侯迎止,于蹶之里',諸侯親迎也。周自文王及宣王時,其禮不廢。⋯詩人陳古義以刺今時,亦《春秋》之譏也。"王先謙《集疏》:"三家無異義。"姚際恒《通論》不同意《序》說,認爲"若是,則凡美者皆可爲刺矣。"三章,九句。

駐(䮝) zhù 之戍切（遇合三去遇章）
屋部、章母

後左脚白色的馬。(風1)128《秦風·小戎》一章:"駕我騏駐。"《毛傳》:"左足白曰駐。"《説文·馬部》:"䮝,馬後左足白也。讀若注。"陳奐《傳疏》:"《毛傳》不言後者,省文耳。"

轉(转) zhuǎn 陟兗切（山合三上獮知）
寒部、端母

❶轉動；滾動。(風1)26《邶風·柏舟》三章:"我心匪石,不可轉也。"《毛傳》:"石雖堅,尚可轉。"孔穎達《正義》:"我心非如石然。石雖堅,尚可轉,我心堅,不可轉也。" ❷轉移；使陷進。(雅3)185《小雅·祈父》一章:"胡轉予于恤？靡所止居。"《鄭箋》:"轉,移也。⋯女何移我於憂,使我無所止居乎？"戴震《考證》:"轉之爲言,有遷轉不已之意。" ❸反倒；反而。(雅1)201《小雅·谷風》一章:"將安將樂,女轉棄予。"嚴粲《詩緝》:"轉,反也。"又見【輾轉】。

莊(庄) zhuāng 側羊切（宕開三平陽莊）
陽部、莊母

【莊公】指魯國國君姬同,桓公子,公元前693年至前662年在位。(頌1)300《魯頌·閟宫》三章:"周公之孫,莊公之子。"《毛傳》:"周公之孫,莊公之子,謂僖公也。"朱熹《集傳》:"莊公之子,其一閔公,其一僖公。知此是僖公者,閔公在位不久,未有可頌,此必是僖公也。"

壯(壮) zhuàng 側亮切（宕開三去漾莊）
陽部、莊母

大；壯大。(雅1)178《小雅·采芑》四章:"方叔元老,克壯其猶。"《毛傳》:"壯,大。猶,道也。"姚際恒《通論》:"言其尚謀而不尚力,而勇愈壯。"

追 (一) zhuī 陟佳切（止合三平脂知）
微部、端母

❶回溯已往；追念。(雅1)244《大雅·文王有聲》三章:"匪棘其欲,遹追來孝。"朱熹《集傳》:"皆非急成己之所欲也,特追念先人之志,而來致其孝耳。"陳奐《傳疏》:"遹追來孝,猶言追孝於前人也。遹,發聲。來,語助。第一字發聲,第三字語助,此句例。"屈萬里《詮釋》:"言追承前王之志以爲孝也。" ❷送。(頌1)284《周頌·有客》:"薄言追之,左右綏之。"《鄭箋》:"追,送也。於微子去,王始有餞送之。"一説:"追趕；追回。朱熹《集傳》:"追,已去而復還之,愛之無已也。" ❸古代北方族部名。(雅1)261《大雅·韓奕》六章:"王錫韓侯,其追其貊。"《毛傳》:"追、貊,戎狄國也。"《鄭箋》:"其後追也貊也,爲獫狁所逼,稍稍東遷。"馬瑞辰《通釋》:"《逸周書·王會篇》載伊尹朝獻《商書》云:'正西曰彫膏。'孔晁注:'西戎之別名也。'此詩追疑即雕之假借,雕題可單稱雕,猶交趾可單稱交也。"

(二) duī ★都回切（蟹合一平灰端）
微部、端母

❹雕刻；刻金。(雅1)238《大雅·棫樸》五章:"追琢其章,金玉其相。"《毛傳》:"追,彫也。金曰彫,玉曰琢。"《鄭箋》:"《周禮》:'追師掌追衡笄。'則追亦治玉也。"王肅曰:"以興文王之德,其文如彫琢矣,其德如金玉矣。"孔穎達《正義》:"《釋器》上文云:'玉謂之彫。''金謂之鏤。'刻金不爲彫,言金曰彫者,以彼對方爲别,散可以相通。"《荀子·富國》、劉向《説苑·修文》引《詩》作"雕"。馬瑞辰《通釋》:"追即彫之假借。"《説文·玉部》:"琱,治玉也。"段玉裁注:"按琱、琢同部,雙聲相轉注。《詩》《周禮》之追,《大雅》之敦弓,皆與琱雙聲也。"汪中《知新記》:"《行葦》'彫'作'敦'。追、彫、敦皆語之轉。"陳啓源《稽古編》:"'追琢其章,金玉其相',皆言王之聖德,正所謂勉勉也。章,周王之文也；相,周王之質也。追琢者其文,比其修

騅（骓） zhuī 職追切（止合三平脂章）
微部、章母

毛色蒼白相雜的馬。(頌 1)297《魯頌·駉》二章："薄言駉者，有騅有駓。"《毛傳》："蒼白雜毛曰騅；黃白雜毛曰駓。"高亨《今注》："騅之名疑出于雖。雖即鴀子，色蒼白。馬的毛色似雖，所以名騅。"

雖（雖） zhuī 職追切（止合三平脂章）
微部、章母

一種鳥。也叫祝鳩、鵖鴀，可能就是鴿子。(雅 3)171《小雅·南有嘉魚》四章："翩翩者雖，烝然來思。"《毛傳》："雖，壹宿之鳥。"《鄭箋》："壹宿者，壹意於其所宿之木也。"162《小雅·四牡》三章："翩翩者雖，載飛載下。"《毛傳》："雖，夫不也。"陸德明《釋文》："雖，音隹，本又作隹。"陸璣《詩義疏》："雖，其今小鳩也。"朱熹《集傳》："雖，夫不也，今鵓鳩也。凡鳥之短尾者皆雖屬。"戴震《考證》："雖，即祝鳩。"王闓運《補箋》："雖，祝鳩，今鴿也。"俞樾《平議》卷十："《爾雅·釋鳥》曰：'隹其，鵖鴀。'《昭十七年左傳·正義》引樊光注曰：'《春秋》云：祝鳩氏司徒。祝鳩即隹其，夫不，孝，故為司徒。'夫不乃孝鳥，其'載飛載下'，或以戀其父母使然。故《詩》因'不遑將父'、'不遑將母'而有感於翩翩之雖鳩。"黃焯《毛鄭平議》："此詩之雖，當亦取其壹宿，以反興使臣之往來於其職，而不暇在家也。凡《詩》陳人之悲傷勞苦，而因物起興者，多假物以反喻人之不若。如取有狐之匹行，興男女之喪耦，視黃鳥之得所，感三良之殉身，《小弁》致慕于鸒斯，《雄雉》寄思于君子，皆羨物之自得，而嘆人之不如，非若雖鳩鴻雁之類，則以為正興也。"

惴 zhuì 之睡切（止合三去寘章）
歌部、章母

【惴惴】恐懼的樣子。(風 3、雅 1)196《小雅·小宛》六章："惴惴小心，如臨于谷。"131《秦風·黃鳥》一章："臨其穴，惴惴其慄。"《毛傳》："惴惴，懼也。"朱熹《集傳》："惴惴，懼貌。臨穴而惴慄，蓋生納之壙中也。"《說文·心部》："惴，憂懼也。《詩》曰：'惴惴其慄。'"

綴（缀） zhuì 陟衛切（蟹合三去祭知）
月部、端母

【綴旒】表率；儀表。(頌 1)304《商頌·長發》四章："受小球大球，為下國綴旒。"《毛傳》："綴，表；旒，章也。"陸德明《釋文》作"綴流"曰："毛云：表也。鄭云：結也。"馬瑞辰《通釋》："綴旒並言，比喻湯為下國表則也。"戴震《考證》："綴旒，言仰之以為法也。"曾運乾《毛詩說》："為下國綴旒，為下國之儀表。"郭晉稀《蠡測》："冕旒，人之儀表也，故為下國綴旒，即為下國儀表矣。"一說：連結旗幟下邊懸垂的飄帶。《鄭箋》："綴，猶結也。旒，旌旗之垂者也。"朱熹《集傳》："言為天子而為諸侯所係屬，如旗之縿為旒所綴著也。"又一說：羽毛之類的貢物。周悅讓《倦遊庵椠記·毛詩》："據《周禮·大宰》：'以九貢致邦國之用，八曰斿貢。'注：'斿貢，羽毛。'…'綴旒'即斿貢。斿、旒字通。即翠羽、白旄也。"《禮記·郊特牲》鄭玄注引齊、魯、韓三家《詩》作"為下國畷郵"。王夫之《詩經考異》："綴旒有弁髦之意，非佳語。畷郵，郵表畷，八蜡之所祭，謂下國之所依而禱祀者也。當以《禮》注為長。"

贅（赘） zhuì 之芮切（蟹合三去祭章）
月部、章母

連屬；接連發生。(雅 1)257《大雅·桑柔》七章："哀恫中國，具贅卒荒。"《毛傳》："贅，屬也。"嚴粲《詩緝》："皆贅屬而危矣，盡荒虛而空矣。"陳奐《傳疏》："贅、屬一聲之轉。《說文》云：'屬，連也。''具贅卒荒，'承上文'降此蟊賊，稼穡卒痒'言之，猶云'饑饉薦臻'耳。"一說：贅疣。陳子展《選譯》："[贅]，訓為贅疣之贅。荒則當訓為怠荒之荒，皆指人民，故作疑詞，怨語也。"又一說：敖戲。于省吾《新證》："贅乃贅之譌。《說文》：'贅，從頁敖聲。'錢坫謂'碩人敖敖'《傳》'敖，長貌'應作此。是贅、敖古通之證。…'具贅卒荒'應讀作具敖卒荒。'哀恫中國，具敖卒荒'，言國人俱敖戲而盡荒。故下言'靡有旅力，以念穹蒼'，謂盡心於彼，則無力於此也。"

諄(谆) zhūn
章倫切（臻合三平諄章）
之閏切（臻合三去稕章）
文部、章母

【諄諄】懇切而有耐心的樣子。（雅1)256《大雅·抑》十一章："誨爾諄諄,聽我藐藐。"《鄭箋》："我教告王,口語諄諄然；王聽聆之藐藐然。"朱熹《集傳》："諄諄,詳熟也。"陸德明《釋文》："諄,字又作訰。之純反。《說文》、《埤蒼》並云：'告曉之熟。'"屈萬里《詮釋》："諄諄,告曉懇切之貌。"

訰(讨) zhūn
章倫切（臻合三平諄章）
文部、章母

懇切而有耐心的樣子。見"諄"。

倬 zhuō
竹角切（江開二入覺知）
藥部、端母

廣大；光明。（雅5)221《小雅·甫田》一章："倬彼甫田,歲取十千。"《毛傳》："倬,明貌。"孔穎達《正義》："倬然明大者,彼古太平之時天下之大田也。"馬瑞辰《通釋》："甫田爲大田,則倬宜爲大貌。而《傳》訓明貌者,倬兼明、大二義。"陳奐《傳疏》："倬、焯、卓同。"陸德明《釋文》："倬,《韓詩》作箌,音同。云：箌,卓也。"238《大雅·棫樸》四章："倬彼雲漢,爲章于天。"《毛傳》："倬,大也。"《說文·人部》："倬,箸大也。《詩》曰：'倬彼雲漢。'"段玉裁注："箸大者,箸明之大也。"257《大雅·桑柔》一章："倬彼昊天,寧不我矜。"《鄭箋》："倬,明大貌。"朱熹《集傳》："倬,明貌。"261《大雅·韓奕》一章："有倬其道,韓侯受命。"陸德明《釋文》引《韓詩》作"晫"。朱熹《集傳》："倬,明貌。"陳奐《傳疏》："言宣王有知人之明,故韓侯受命也。"黃焯《毛鄭平議》："'有倬其道'二句就宣王言,言宣王之道倬然著明,故能使北國之韓侯入覲受命也。詩于下文'王親命之'始明舉宣王者,是于文法爲倒提,非以此二句就韓侯言。"

晫 zhuō
竹角切（江開二入覺知）
藥部、端母

廣大；光明。見"倬"。

鯺 zhuó
★竹角切（江開二入覺知）
藥部、端母

魚游水的樣子。見"翟"。

灼 zhuó
之若切（宕開三入藥章）
藥部、章母

【灼灼】紅艷鮮明的樣子。（風1)6《周南·桃夭》一章："桃之夭夭,灼灼其華。"《毛傳》："灼灼,華之盛也。"嚴粲《詩緝》："灼灼,鮮明貌。"王先謙《集疏》："《韓》、《魯》說曰：'灼灼,明也。'"段玉裁《小箋》："此謂灼灼即焯焯之假借。焯,明也。"參"酌"。

酌 zhuó
之若切（宕開三入藥章）
藥部、章母

❶舀(酒、水)。（風2、雅12)3《周南·卷耳》二章："我姑酌彼金罍。"180《小雅·吉日》四章："以御賓客,且以酌醴。"《鄭箋》："酌醴,酌而飲羣臣,以爲俎實也。"屈萬里《詮釋》："酌,以匕舀取也。"251《大雅·泂酌》一章："泂酌彼行潦,挹彼注茲。"孔穎達《正義》："使人遠往酌取道上流潦之水。"

❷《周頌》篇名(293)。歌頌周武王伐商而有天下,建立豐功偉績。爲《大武》樂歌的第五章。《詩序》："《酌》,告成《大武》也。言能酌先祖之道以養天下也。"蔡邕《獨斷》："《酌》,告成《大武》,言能酌先祖之道以養天下之所歌也。"陸德明《釋文》："酌,音灼,字亦作汋。"《荀子·禮論》："韶、夏、護、武、汋、桓、箾(簡)、象,是君子之所以爲愅詭其所喜樂之文也。"楊倞注："武、汋、桓,皆《周頌》篇名。"陳奐《傳疏》："《維天之命》,禮成告文王,此樂成告武王。樂莫大於《大武》,故云告成《大武》也。何以名《酌》？孔穎達《正義》："武王能酌先祖之道以養天下之民,故名篇爲《酌》。"朱熹《集傳》："此亦頌武王之詩。…'酌'即'勺'也。《內則》十三'舞勺',即以此詩爲節而舞也。然此詩與《賚》、《般》,皆不用詩中字名篇,疑取樂節之名,如曰'武宿夜'云爾。"王質《詩總聞》："尋詩無酌字,亦無酌意。恐酌是灼字。陸(德明)氏曰：'酌,亦作汋。'與酌同意而與灼同形。恐初傳是灼字,已而漸漸作汋,又漸漸作酌。"《左傳·宣公十二年》引作《汋》。一章,八句。

汋 zhuó
職略切（宕合三入藥章）
藥部、章母

《周頌》篇名。見"酌"。

啄 zhuó
竹角切（江開二入覺知）
丁木切（通合一入屋端）
屋部、端母

鳥用嘴取食。（雅4）187《小雅·黃鳥》一章："黃鳥黃鳥，無集于穀，無啄我粟。"

椓 zhuó
竹角切（江開二入覺知）
屋部、端母

❶擊；築。（風1、雅1）7《周南·兔罝》一章："肅肅兔罝，椓之丁丁。"189《小雅·斯干》三章："約之閣閣，椓之橐橐。"《鄭箋》："椓，謂搥土也。"孔穎達《正義》："既投土於版，以杵椓築之，皆橐橐然用力。此'椓之橐橐'，猶《緜》云'築之登登'，故《傳》皆以爲用力。如椓杙之椓，正謂以杵築之也。" ❷打擊；殘害。（雅1）192《小雅·正月》十三章："民今之無祿，天夭是椓。"《毛傳》："君夭之，在位棓之。"朱熹《集傳》："椓，害。…民今獨無祿者，是天禍椓喪之耳。"嚴粲《詩緝》："是天爲天孽，以椓害之也。"一説：通"諑"。譖毀。馬瑞辰《通釋》："椓通作諑。…此民之貧而無祿者，雖天夭美盛，而不免受譖於人也。" ❸通"諑"。毀謗。（雅1）265《大雅·召旻》二章："蟊賊内訌，昏椓靡共。"《毛傳》："椓，夭椓也。"陳奐《傳疏》："夭椓者，殘害侵削之謂，合二字成義。"馬瑞辰《通釋》："昏椓，言其昏亂椓譖耳。椓，古與諑通。《楚辭》：'謡諑謂余以善淫。'王逸注：'諑，猶譖也。'"一説：奄人；宦官。《鄭箋》："昏、椓皆奄人也。昏，其官名也。椓，椓毁陰者也。王遠賢者，而近任刑奄之人，無肯共其職事者。"孔穎達《正義》："椓毁陰者，爲犯淫罪而刑之也。…此椓毁其陰，即割勢是也。"黃焯《毛鄭平議》："《箋》讀昏爲閽，讀椓爲刖劓斀黥之'斀'，故以爲皆奄人，蓋感於當時奄竪執衡之事，遂以以時事説經也。"按《説文·支部》："斀（zhuó），去陰之刑也。"《周書》曰：'刖劓斀黥。'"

琢 zhuó
竹角切（江開二入覺知）
屋部、端母

雕刻玉器。（風1）55《衞風·淇奥》一章："如切如磋，如琢如磨。"《毛傳》："治骨曰切，象曰磋，玉曰琢，石曰磨。"《爾雅·釋訓》："如琢如磨。"陸德明《釋文》："琢，治玉也。"朱熹《集傳》："治玉石者，既琢以槌鑿，而復磨以沙石。"陳奐《傳疏》："切磋琢磨，皆治器之名。"《韓詩外傳》卷二引《詩》作"如錯如磨"。又見【敦琢】。

斵（斲） zhuó
竹角切（江開二入覺知）
屋部、端母

砍削。（頌1）305《商頌·殷武》六章："是斷是遷，方斵是虔。"陸德明《釋文》引《説文》："斵，斫也。"

濁（浊） zhuó
直角切（江開二入覺澄）
屋部、定母

渾濁；水不清亮。跟"清"相對。（風1、雅1）35《邶風·谷風》三章："涇以渭濁，湜湜其沚。"《毛傳》："涇、渭相入而清濁異。"王先謙《集疏》："《漢書·溝洫志》：'涇水一石，其泥數斗。'是涇濁也。"朱亦棟《詩經札記》："按涇水清渭水濁，涇濁渭清，向屬傳訛。以字義言之，涇字從巠，巠者水脉也，其清可知。渭字從胃，胃者穀藏也，其濁可知。"（參"涇"）204《小雅·四月》五章："相彼泉水，載清載濁。"朱熹《集傳》："相彼泉水，猶有時而清，有時而濁。"王先謙《集疏》："泉水本清，受染則濁。喻行役構禍，不能自潔也。"

濯 zhuó
直角切（江開二入覺澄）
藥部、定母

❶洗。（雅3）251《大雅·泂酌》二章："挹彼注兹，可以濯罍。"《毛傳》："濯，滌也。"孔穎達《正義》："《説文》云：'滌，洗也。''濯，浣也。'則滌、濯俱是洗浣之名。故云：'濯，滌也。'"257《大雅·桑柔》五章："誰能執熱，逝不以濯。"《毛傳》："濯，所以救熱也。"馬瑞辰《通釋》："濯謂浴也。濯訓滌，沐以濯髮，浴以濯身，洗以濯足，皆得云濯。此詩謂誰能苦熱而不澡浴以潔其體，以求涼快者乎？"一説：盛熱物之器。于鬯《香草校書》卷十七："濯當是盛熱之器。蓋熱不可以執，必有器盛之然後執。…濯，本以洗濯爲義，而所濯之器即名之曰濯，猶所洗之器名之曰洗，皆義之通轉也。抑濯之言約也。勺聲、翟聲古音同部，例得通轉。" ❷大。（雅2）244《大雅·文王有聲》四章："王公伊濯，維豐之垣。"《毛傳》："濯，大也。"陸德明《釋

文》"《韓詩》云：美也。"朱熹《集傳》："濯，著明也。王之功所以著明者，以其能築此豐之垣故爾。"（公·功·事。）263《大雅·常武》五章："不測不克，濯征徐國。"《毛傳》："濯，大也。"《鄭箋》："大征徐國，言必勝也。"陳奐《傳疏》："大征徐國，深入其國都爾。"一說：遠。林義光《通解》："濯讀爲逴，遠也。"

【濯濯】1）肥大光澤的樣子。（雅1）242《大雅·靈臺》三章："麀鹿濯濯。"《毛傳》："濯濯，娛遊也。"孔穎達《正義》："娛樂遊戲，亦由肥澤故也。"朱熹《集傳》："濯濯，肥澤貌。"馬瑞辰《通釋》："《釋訓》：'嬥嬥，好也。'濯濯當即嬥嬥之假借。"2）明亮；光明。（雅1，頌1）259《大雅·崧高》四章："四牡蹻蹻，鈎膺濯濯。"《毛傳》："濯濯，光明也。"305《商頌·殷武》五章："赫赫厥聲，濯濯厥靈。"孔穎達《正義》："濯濯乎光明者，其見尊敬如神靈也。"朱熹《集傳》："濯濯，光明也。"

苗 zhuó 側劣切（山合三入薛莊）
鄒滑切（山合二入黠莊）
物部、莊母

生長旺盛；旺盛地生長。（風2）25《召南·騶虞》一章："彼苗者葭。"《毛傳》："苗，出也。"孔穎達《正義》："謂草生苗苗然出。"朱熹《集傳》："苗，生出壯盛之貌。"《說文·艸部》："苗，艸初生地貌。《詩》曰：'彼苗者葭。'"

咨 zī 即夷切（止開三平脂精）
脂部、精母

❶詢問；商量。（雅3，頌1）276《周頌·臣工》："王釐爾成，來咨來茹。"《鄭箋》："咨，謀；茹，度也。"《說文·口部》："咨，謀事曰咨。"❷嘆詞。表示嘆息。（雅14）255《大雅·蕩》二章："文王曰咨，咨女殷商。"《毛傳》："咨，嗟也。"孔穎達《正義》："咨嗟乎汝殷商之君！…咨是嘆辭。"

【咨詢】詢問；徵求意見。（雅1）163《小雅·皇皇者華》五章："載馳載驅，周爰咨詢。"《毛傳》："親戚之謀爲詢。"《左傳·襄公四年》："《皇皇者華》，君教使臣曰必咨于周。臣聞之曰：訪問于善爲咨，咨親爲詢，咨禮爲度，咨事爲諏，咨難爲謀。"林義光《通解》："詢，《左傳》、《國語》並云：'咨親爲詢。'

按咨親者，以他人親歷之事，咨於其人，如'詢于芻蕘'是也。詢與謀不同，凡謀則合他人與己之意，詢則專聽采他人之言，故必他人親歷之事己所不知者乃可言詢也。"

資（资）zī 即夷切（止開三平脂精）
脂部、精母

錢財；財物。（雅2）254《大雅·板》五章："喪亂蔑資，曾莫惠我師。"《毛傳》："蔑，無；資，財。"陳奐《傳疏》："財，積財也。積財謂之資。"257《大雅·桑柔》三章："國步蔑資，天不我將。"陳奐《傳疏》："資，財也。"一說：遺留。吳闓生《會通》："資，遺也。蔑資，謂亡遺也。"又一說：救助；依靠。戴震《考證》："言無或資救以埤益此國步者。"姚際恒《通論》："蔑資，無所資賴也。"又一說：通"咨"。朱熹《集傳》："蔑，猶滅也。資，與咨同，嗟歎聲也。"

穧 zī 疾資切（止開三平脂從）
脂部、從母
★子智切（止開三去寘精）
脂部、精母

露天堆積穀物。見"積"。

兹（茲）zī 子之切（止開三平之精）
之部、精母

❶代詞。此；這裏；這個。（雅8，頌5）260《大雅·烝民》一章："保兹天子，生仲山甫。"288《周頌·敬之》："陟降厥士，日監在兹。"朱熹《集傳》："（天）常若陟降於吾之所爲，而無日不臨監於兹者。"許謙《名物鈔》："陟降厥士，天無事不在也。日監在兹，天無時不在也。"❷通"滋"。益；增加。（風1）39《邶風·泉水》四章："我思肥泉，兹之永歎。"馬瑞辰《通釋》："兹即滋也。'兹之永歎'，猶《常棣》詩'況也永歎'，況亦滋也。"王先謙《集疏》："《說文》：'兹，草木多益。從艸，絲省聲。'引申爲增益義。"❸通"哉"。語氣詞。（雅1）243《大雅·下武》五章："昭兹來許，繩其祖武。"朱熹《集傳》："兹、哉聲相近，古蓋通用也。"《後漢書·祭祀志》考證引謝沈書引《大雅》作"昭哉來御"。馬瑞辰《通釋》："昭兹來許，猶上章昭哉嗣服也。"王先謙《集疏》："三家，兹作哉。"一說：代詞。此。《鄭箋》："兹，此；來，勤也。武王能明此勤

行,進於善道。"

緇(缁) zī 側持切（止開三平之莊）
之部、莊母

❶黑色的布或綢。(雅1)225《小雅·都人士》二章:"彼都人士,臺笠緇撮。"《毛傳》:"緇撮,緇布冠也。"《鄭箋》:"都人之士,以皮爲笠,緇布爲冠。"一說:緇布冠。陳奐《傳疏》:"緇爲緇布冠,撮即所以固緇布冠之物。" ❷黑色。(風3)75《鄭風·緇衣》一章:"緇衣之宜兮。"《毛傳》:"緇,黑色。卿士聽朝之正服也。"《鄭箋》:"緇衣者,居私朝之服也。"天子之朝服皮弁服也。孔穎達《正義》:"卿士旦朝於王,服皮弁,不服緇衣。退適治事之館,釋皮弁而服(緇衣),以聽其所朝之政也。"陳奐《傳疏》:"朝服以緇布爲衣,故謂之緇衣。"

〔緇衣〕《國風·鄭風》篇名(75)。這是一首贊美鄭武公好賢的詩。《禮記·緇衣》曰:"好賢如《緇衣》。"《詩序》:"《緇衣》,美武公也。父子並爲周司徒,善於其職。國人宜之,故美其德,以明有國善善之功焉。"朱熹《集傳》:"舊說鄭桓公、武公相繼爲周司徒,善於其職,周人愛之,故作是詩。"方玉潤《原始》:"《緇衣》,美鄭武公好賢也。"有人認爲詩但言好賢,不必定指武公。王質《詩總聞》:"古稱《緇衣》,上爲好賢,尋詩不見有他意。"爲賢士安排館舍,供給衣食,並自去看他,都是"好賢"的表現。陳繼揆《讀詩臆補》:"《緇衣》、《伐檀》等篇,長短雜奏,爲後世雜言之祖。"現代研究者有的以爲這是寫男女之情的詩。糜、裴《欣賞》:"公務員的生活雖清苦,他的妻子給他縫好一套新制服,穿了去辦公。等他下班回家,他的妻子已做好飯菜等他。溫暖的家庭,獲得了無上的安慰。"袁梅《評注》:"這女歌者對愛人衣著的關懷體帖,正反映他的一片至情。"三章,十八句。顧炎武《詩本音》以爲"'敝'字當作一句,'還'字當作一句。當作三章,章六句。"

榴 zī 側持切（止開三平之莊）
之部、莊母

枯死未倒的樹。見"菑"。

菑 (一) zī 側持切（止開三平之莊）
之部、莊母

❶耕過一年的田。(雅1)178《小雅·采芑》一章:"薄言采芑,于彼新田,于此菑畝。"《毛傳》:"田一歲曰菑,二歲曰新田,三歲曰畬。"一說:翻草;耕地時把草翻入地下。《說文·艸部》:"菑,反耕田也。"(據段玉裁訂)陸德明《釋文》引郭璞說:"反草曰菑。" ❷(又zì)枯木未倒的樹。(雅1)241《大雅·皇矣》二章:"作之屏之,其菑其翳。"《毛傳》:"木立死曰菑。"陸德明《釋文》:"菑,本又作甾,側吏反,又音緇,立死木也。"朱熹《集傳》:"菑,木立死者也。"陳奐《傳疏》:"鄭司農《輪人·注》:'菑,讀如雜厠之厠,泰山平原所樹立物爲菑。'菑有立義,故木之立死者爲菑也。"漢石經作"榴"。

(二) zāi ★將來切（蟹開一平咍精）
之部、精母

❸通"災"。災害;災禍。(雅1)245《大雅·生民》二章:"不拆不副,無菑無害。"孔穎達《正義》:"其生之時,不拆不割,不副裂其母;故其母無災殃,無患害。"馬瑞辰《通釋》:"'無菑無害'亦當指后稷言,與《閟宮》詩'無菑無害'指姜嫄言者不同。蓋連胞而生,異於常兒,疑其或有菑害,故詩又言'無菑無害'也。"吳闓生《會通》:"菑、災古今字。"

鼒 zī 子之切（止開三平之精）
之部、精母
昨哉切（蟹開一平咍從）
之部、從母

小鼎;小口的鼎。(頌1)292《周頌·絲衣》:"鼐鼎及鼒。"《毛傳》:"小鼎謂之鼒。"《鄭箋》:"鼎,圜弇上謂之鼒。"陸德明《釋文》:"鼒,音兹,小鼎也。徐音災。《爾雅》云:'圜弇上謂之鼒。'郭音才。"《說文·鼎部》:"鼒,鼎之圜掩上者,《詩》曰:'鼐鼎及鼒。'鎡,俗鼒從金,兹聲。"

子 zǐ 即里切（止開三上止精）
之部、精母

❶孩子,兼指男女。(風2、雅2、頌1)154《豳風·七月》一章:"同我婦子,饁彼南畝。"291《周頌·良耜》:"百室盈止,婦子寧止。"

❷兒子,或女兒。(風18、雅12、頌3)32《邶風·凱風》四章:"有子七人,莫慰母心。"47《衛風·碩人》一章:"齊侯之子,邢侯之妻。"子指女兒。王先謙《集疏》引《禮·喪服傳》:"凡言子者,可以兼男女。"137《陳風·東門之枌》:"子仲之子,婆娑其下。"《鄭箋》:"之子,男子也。"朱熹《集傳》:"子仲之子,子仲氏之女也。"300《魯頌·閟宮》三章:"建爾元子,俾侯于魯。"朱熹《集傳》:"元子,魯公伯禽。"236《大雅·大明》五章:"文王嘉止,大邦有子也。"朱熹《集傳》:"子,大姒也。"嚴粲《詩緝》:"子,女也。"屈萬里《詮釋》:"以上二語,爲倒裝文法,言大邦有女,文王嘉美之也。"261《大雅·韓奕》四章:"韓侯取妻,汾王之甥,蹶父之子。"(子指女兒。)《禮記·喪服傳》:"凡言子者,可以兼男女。"❸卵。(雅2)196《小雅·小宛》三章:"螟蛉有子,蜾蠃負之。"《鄭箋》:"蒲盧取桑蟲之子,負持而去。煦嫗養之以成其子。"245《大雅·生民》:"居然生子"。魏源《詩古徵》:"居然生子者,古人謂卵爲子……'居然',驚遽詞。驚其胎生如卵,是從初棄諸隘巷,再棄諸平林,皆不知其中有嬰兒也。"一說:兒子,孩子。《鄭箋》:"無人道居默然自生子。"孔穎達《正義》:"居處怡然無病而生子也。"❹雛鳥。(風7)37《邶風·旄丘》四章:"瑣兮尾兮,流離之子。"152《曹風·鳲鳩》一章:"鳲鳩在桑,其子七兮。"❺人,包括男女。(風54、雅13)47《鄘風·君子偕老》一章:"子之不淑,云如之何?"《毛傳》:"有子如是,可謂不善乎?"《鄭箋》:"子乃服飾如是,而爲不善之行,於禮當如之何? 深疾之。"朱熹《集傳》:"今宣姜之不善如此,雖有是服,亦將如之何哉? 言不稱也。"68《王風·揚之水》一章:"彼其之子,不與我戍申。"104《齊風·敝笱》三章:"齊子歸止,其從如雲。"(齊子:指文姜。)214《小雅·裳裳者華》一章:"我覯之子,我心寫兮。"《鄭箋》:"之子,是子也。"(之子:指諸侯。)❻對男子的客氣稱呼,等于說"您"。(風65、雅1)58《衛風·氓》一章:"送子涉淇,至于頓丘。"《鄭箋》:"子者,男子之通稱。"73《王風·大車》一章:"豈不爾思,畏子不敢。"《鄭箋》:

"者,稱所尊敬之辭。"屈萬里《詮釋》:"豈不爾思之爾,謂所思之人;畏子不敢之子,謂大夫也。"96《齊風·雞鳴》三章:"會且歸矣,無庶予子憎。"嚴粲《詩緝》:"予子,吾子也。稱其所昵也。愛而稱之之辭也。"82《鄭風·女曰雞鳴》一章:"子興視夜,明星有爛。"王先謙《集疏》:"子謂君子。…女謂士之詞。"❼特指卿大夫;天子所遣之使。(風2)122《唐風·無衣》一章:"豈曰無衣,七兮,不如子之衣,安且吉兮。"嚴粲《詩緝》:"子,指天子之使言。"朱熹《集傳》:"子,天子也。"馬瑞辰《通釋》:"天子古未有單稱子者,古者稱卿,大夫,士通曰子。《序》云'請命乎天子之使',則《詩》所云子者,即指天子之使言。諸侯有七命、六命之衣,天子之使亦有七命、六命之衣,但己未受命於王,非使者受命於王可比,故曰'不如子之衣'。安吉,安燠也。"❽對草木的擬人稱呼。(風3)148《檜風·隰有萇楚》一章:"夭之沃沃,樂子之無知。"朱熹《集傳》:"子,指萇楚也。政煩賦重,人不堪其苦,歎其不如草木之無知而無憂也。"❾指子孫。(雅1)244《大雅·文王有聲》八章:"詒厥孫謀,以燕翼子。"《鄭箋》:"傳其所以順天下之謀,以安其敬事之子孫。"呂祖謙《詩記》:"孫與子,特互言之,皆謂子孫也。"一說:兒子。朱熹《集傳》:"子,成王也。…謀及其孫,則子可以無事矣。"❿像兒子一樣。(雅1)242《大雅·靈臺》一章:"經始勿亟,庶民子來。"《鄭箋》:"衆民各以子成父事而來攻之。"朱熹《集傳》:"民心樂之,如子趨父事,不召自來也。"一說:通"滋"。益;更加。俞樾《平議》:"子者,滋也,言萬物滋於下也。蓋古音子與滋同。…此文子字亦當讀爲滋。《說文·水部》:'兹,益也。''經始勿亟,庶民子來',言文王寬假之而庶民益來也。"⓫看做兒子。(頌1)273《周頌·時邁》:"時邁其邦,昊天其子之。"《鄭箋》:"天其子愛之。"嚴粲《詩緝》:"有天下曰天子。子之,謂使之爲王也。"朱熹《集傳》:"天其子我予哉? 蓋不敢必也。"⓬殷王朝和宋國國君的姓。(風1)138《陳風·衡門》三章:"豈其取妻,必宋之子。"《鄭箋》:"子,宋姓。"班固《白虎通·姓名》:"殷姓子氏,祖以玄鳥子也。"⓭嗟歎聲。(風6)118《唐風·綢繆》一章:

"子兮子兮,如此良人何?"《毛傳》:"子兮者,嗟茲也。"王引之《述聞》卷五:"嗟茲即嗟嗞,……嗟子與嗟嗞同。《經》言子兮,猶曰嗟子乎,嗟嗞乎也。"一說:你。對人的稱呼。《鄭箋》:"子兮子兮者,斥嫁取者。"朱熹《集傳》:"(婦人)既又自謂曰:子兮子兮,其將奈此良人何哉?"

【子車】複姓。(風 3)131《秦風·黃鳥》一章:"誰從穆公,子車奄息。"《毛傳》:"子車,氏;奄息,名。"王先謙《集疏》:"《左傳》作子車氏,《史記》作子輿氏,車、輿字異義同。故《易林》作子車又作子輿也。"

【子充】古代的美男子。(風 1)84《鄭風·山有扶蘇》一章:"不見子充,乃見狡童。"《毛傳》:"子充,良人也。"朱熹《集傳》:"子充,猶子都也。"孔穎達《正義》:"充者,實也。言其性行充塞良善之人,故曰良人。"

【子都】古代的美男子。(風 1)84《鄭風·山有扶蘇》二章:"不見子都,乃見狂且。"《毛傳》:"子都,世之美好者也。"孔穎達《正義》:"都謂美好而閑習於禮法。"朱熹《集傳》:"子都,男子之美者也。"于鬯《香草校書》卷十二:"夫謂美好爲都,猶謂醜惡爲鄙。古以都鄙爲美惡,子都原因美好而號之。但不可以《詩》之子都止爲美好之稱而謂無其人也。"聞一多《類鈔》:"子都、子充皆美男子之名。都,大也;充,長也,高也。古以長大壯佼爲美,故呼美男子爲子都、子充。"

【子國】人名。(風 2)74《王風·丘中有麻》二章:"丘中有麥,彼留子國。"《毛傳》:"子國,嗟父。"黃焯《毛鄭平議》:"詩有重章互文以足意者,此篇次章言'子國',蓋下省'之子'之語,末章言'之子',蓋承上'子國'爲言,意皆謂彼留子國之子,而爲子嗟之變文耳。"一說:子,對男子的稱呼。國,助詞。姚際恒《通論》:"嗟、國字只同助辭,蓋詩人意中必先有麻麥字,而後以此協其韵也。"

【子嗟】人名。(風 2)74《王風·丘中有麻》一章:"丘中有麻,彼留子嗟。"《毛傳》:"留,大夫氏;子嗟,字也。"(一說:子,對男子的稱呼。嗟,助詞。見上。)

[子衿]《國風·鄭風》篇名(91)。這是一首情歌,寫一個女子思念戀人。十分焦急。朱熹《集傳》:"此亦淫奔之詩。"輔廣《童子問》:"此淫女望其所與私者,既無音問,又不見其來,而極其怨思之辭也。"屈萬里《詮釋》:"此女子思其所愛者之詩。"程俊英《注析》:"這是一位女子思念情人的詩。"有的學者以爲這詩是寫思友之情。李光地《詩所》:"或亦朋友相思之辭爾。"姚際恒《通論》:"此疑亦思友之詩。"《詩序》以爲"刺學校廢":"《子衿》,刺學校廢也。亂世則學校不脩焉。"孔穎達《正義》:"鄭國衰亂不脩學校,學者分散,或去或留,故陳其留者恨責去者之辭,以刺學校之廢也。經三章皆陳留者責去者之辭也。"程頤《伊川經說》卷三:"衿者,學子之服。青青,舉家之辭。世亂學校不修,學者棄業,賢者念之而悲傷,故曰'悠悠我心'。縱我不可反求於汝,謂往教強聒也,子寧不思其所學,而繼其音問,遂爾棄絕於善道乎?"青衿即青領,相傳爲古代學生的服飾,後世因以"青衿"指讀書人。三章、十三句。

【子孫】兒子和孫子,泛指後代。(風 3、雅 4、頌 2)269《周頌·烈文》:"惠我無疆,子孫保之。"209《小雅·楚茨》六章:"子子孫孫,勿替引之。"

【子仲】1)姓。(風 1)137《陳風·東門之枌》一章:"子仲之子,婆娑其下。"《毛傳》:"子仲,陳大夫氏。"孔穎達《正義》:"此云'子仲之子',猶云'彼留之子',舉氏姓言之,明子仲是大夫之氏姓也。"陳奐《傳疏》:"子仲氏,猶《秦·黃鳥》子車氏矣。"2)人名。見【孫子仲】。

又見【公子】【君子】【孟子】【男子】【女子】【妻子】【齊子】【士子】【孫子】【孫子仲】【天子】【童子】【小子】【予小子】【孝子】【元子】【仲子】【舟子】【宗子】。

仔 zǐ 即里切（止天三上止精）
zī 子之切（止開三平之精）
之部、精母

【仔肩】負擔;責任。(頌 1)288《周頌·敬之》:"佛時仔肩,示我顯德行。"《毛傳》:"仔肩,克也。"《鄭箋》:"仔肩,任也。"李黼平《紬義》:"克,勝也;勝即任也。"胡承珙《後箋》:"《傳》意當云:大矣予之所任者,尚賴羣臣示以顯明之德行耳。"屈萬里《詮釋》："仔肩，猶今語責任也。"

耔 zǐ 即里切（止開三上止精）
之部、精母

給禾苗根部培土。（雅1）211《小雅·甫田》一章："今適南畝，或耘或耔。"《毛傳》："耔，雝（壅）本也。"陸德明《釋文》："耔，雝禾根也。"《說文·禾部》："耔，雝禾本。從禾，子聲。"《漢書·食貨志》引作"芓"。

芓 zǐ ★祖似切（止開三上止精）
之部、精母

給禾苗根部培土。見"耔"。

姊 zǐ 將几切（止開三上旨精）
脂部、精母

姐姐。（風1）39《邶風·泉水》二章："問我諸姑，遂及伯姊。"《毛傳》："先生曰姊。"王先謙《集疏》："《韓》説曰：女兄曰姊。"

秭 zǐ 將几切（止開三上旨精）
脂部、精母

數目。古時億億爲秭，或十億爲秭，或千億爲秭，或萬億爲秭。泛言極多。（頌2）279《周頌·豐年》："亦有高廩，萬億及秭。"《毛傳》："數萬至萬曰億，數億至億曰秭。"《鄭箋》："萬億及秭，以言穀數多。"馬瑞辰《通釋》："'萬億及秭'，與'子孫千億'語相類，特極言其米數之多。"按《爾雅·釋詁》："秭，數也。"郭璞注："今以十億爲秭。"《廣韻·旨韻》："秭，千億也。"《説文·禾部》："秭，數億至萬爲秭。"桂馥《說文義證》："數億至萬爲秭者，謂萬億曰秭也。"一說：古量名。高亨《周頌考釋》："秭本禾穀之量名。…一秭爲二百秉，當四萬八千斗，此秭及穀米之量名也，然秉又爲禾把之稱，則二百秉爲一秭，即禾二百把矣。"又一説：陳穀。陸德明《釋文》引《韓詩》："陳穀曰秭。"

梓 zǐ 即里切（止開三上止精）
之部、精母

梓樹，一種落葉喬木。（風1、雅1）50《鄘風·定之方中》一章："樹之榛栗，椅桐梓漆。"孔穎達《正義》："乃樹之以榛栗椅桐梓漆六木於其宮中。"陸璣《詩義疏》："楸之疏理白色而生子者爲梓。"197《小雅·小弁》三章："維桑與梓，必恭敬止。"陸德明《釋文》："梓，音子，木名。"李時珍《本草綱目·木部》："梓，時珍曰：梓木處處有之。有三種，木理白者爲梓，赤者爲楸，梓之美文爲椅。"

訿（訾） zǐ 將此切（止開三上紙精）
支部、精母

【訿訿】詆毁；毁謗。（雅2）195《小雅·小旻》二章："潝潝訿訿，亦孔之哀。"《毛傳》："潝潝然患其上，訿訿然思不稱乎上。"陸德明《釋文》引《韓詩》："訿訿，不善之貌。"朱熹《集傳》："訿訿，相詆也。"李、黄《集解》："王氏（安石）曰：潝潝，苟有所合也。訿訿，苟有所毁也。"戴震《考證》："君子之謀出，則衆小在位訿訿然詆毁而共違之。"方玉潤《原始》引曹棣中曰："潝潝然相和者，黨同而無公是；訿訿然相毁者，伐異而無公非。"《荀子·修身》引作"訾訾"。俞樾《荀子詩説》："以《荀子》此文證之，噏噏訾訾字皆從口，當是形容小人衆口附和之貌。"265《大雅·召旻》三章："皋皋訿訿，曾不知其玷。"朱熹《集傳》："訿訿，務爲謗毀也。"馬瑞辰《通釋》："訿與訾通。《管子·形勢篇》：'毁訾賢者謂之訾。'…皋皋訿訿，皆極言小人讒毁之狀。"一説：懶惰不稱職。《毛傳》："訿訿，窳不供事也。"孔穎達《正義》："《說文》云：'窳，嬾也。'草木皆自竪立，唯瓜瓠之屬卧而不起，若嬾人常卧室，故字從穴。"《説文·言部》："訾，不思稱意也。《詩》曰：'翕翕訾訾。'"段玉裁注："不思稱其上者，謂不思報稱其上之思也。"《爾雅·釋訓》："皋皋訿訿，刺素食也。"胡承珙《後箋》："《史記》、《漢書》皆有訾窳偷生之義，正與《爾雅》、《毛傳》合也。"

訾 zǐ 將此切（止開三上紙精）
支部、精母

詆毁；毁謗。見"訿"。

字 zǐ 疾置切（止開三去志從）
之部、從母

愛護。（雅1）245《大雅·生民》三章："誕寘之隘巷，牛羊腓字之。"《毛傳》："字，愛也。"于省吾《新證》："牛羊腓字之，應讀作牛羊庀字之。這是説，牛羊遇棄子后稷而庇蔭慈愛之。"一説：乳哺；給…乳吃。馬瑞辰《通釋》："《說文》：'字，乳也。'字、乳、育三字同義。…牛羊腓字之,蓋猶虎乳子文之類,與'鳥覆翼之'相對成文。"

柴 zì 疾智切（止開三去真從）
支部、從母

通"觜"。堆積的禽獸。(雅1)179《小雅·車攻》五章:"射夫既同,助我舉柴。"《毛傳》:"柴,積也。"《鄭箋》:"雖不中,必助中者舉積禽也。"陸德明《釋文》:"柴,子智反,又才寄反,積也。"胡承珙《後箋》:"蓋助我舉柴者,猶言助我田獵耳。柴本當作觜,《西京賦》'收禽舉觜',觜與觜同。《毛詩》作柴者借字,《説文》引《詩》作㨖,或出三家,亦借字也。"馬瑞辰《通釋》:"柴又通觜,《西京賦》'收禽舉觜'薛注:'觜,死禽獸將腐之名。'李善注:'觜,聚肉名,不論腐敗也。'舉觜即此詩舉柴。"王先謙《集疏》:"《魯》柴作觜,《齊》、《韓》作㨖。"

㨖 zì 疾智切（止開三去真從）
支部、從母

積;指堆積的禽獸。見"柴"。

觜 zì 疾智切（止開三去真從）
支部、從母

積;指堆積的禽獸。見"柴"。

自 zì 疾二切（止開三去至從）
質部、從母

❶自己。(風2、雅12、頌2)33《邶風·雄雉》一章:"我之懷矣,自詒伊阻。"257《大雅·桑柔》八章:"自有肺腸,俾民卒狂。"朱熹《集傳》:"自有私見而不通衆意,所以使民眩惑至於狂亂也。"❷親自。(雅1)191《小雅·節南山》六章:"不自爲政,卒勞百姓。"《鄭箋》:"昊天不自出政教,則終窮苦百姓。"❸介詞。從;由。(風20、雅36、頌6)100《齊風·東方未明》一章:"顛之倒之,自公召之。"《毛傳》:"自,從也。"199《小雅·何人斯》四章:"胡不自北,胡不自南。"朱熹《集傳》:"自北自南,則與我不相值也。"244《大雅·文王有聲》六章:"自西自東,自南自北,無思不服。"《鄭箋》:"自,由也。"237《大雅·緜》一章:"民之初生,自土沮漆。"朱熹《集傳》:"自,從。"王引之《述聞》卷六:"沮,當爲徂。徂,往也。'自土徂漆',猶下文言'自西徂東'。言公劉去邰適邠,自杜水往至於漆水也。"一説:用。《毛傳》:"自,用;土,居也。沮,水;漆,水也。"❹用。(風2、雅1)262《大雅·江漢》五章:"于周受命,自召祖命。"《鄭箋》:"自,用也。…用其祖召康公受封之禮。"120《唐風·羔裘》一章:"羔裘豹袪,自我人居居。"《毛傳》:"自,用也。"《鄭箋》:"其役使我之民人,其意居居然有悖惡之心,不恤我之困苦。胡承珙《後箋》:"自者,詞之用也。'我人'對下句'他人'言之,乃指其在位者。云此羔裘而豹袪者,我人也,乃用是居居然懷惡不相親比,何也?'自我人居居'猶言我人自居居,倒裝句耳。"一説:對於。裴學海《古書虛字集釋》卷八:"自,猶于也,於也。…一爲對於之義。"引此例。聞一多《類鈔》:"你羔裘豹袖的人,自是對我們傲慢。"

【自古在昔】從古,在從前。(頌)301《商頌·那》:"自古在昔,先民有作。"《毛傳》:"先王稱之曰自古,古曰在昔,昔曰先民。"《國語·魯語下》馬閔父引此詩釋曰:"先王之傳恭,猶不敢自專。稱曰自古,古曰在昔,昔曰先民。"嚴粲《詩緝》:"錢氏曰:自古,謂古已後;在昔,謂今已前也。"

載 zì 側吏切（止開三去志莊）
之部、莊母

切成大塊的肉。(頌1)300《魯頌·閟宮》四章:"毛炰胾羹,籩豆大房。"《毛傳》:"胾,肉也。"朱熹《集傳》:"胾,切肉也。"按《説文·肉部》"胾,大臠也。"段玉裁注:"切肉之大者也。"

宗 zōng 作冬切（通合一平冬精）
冬部、精母

❶宗廟。古代帝王、諸侯祭祀祖先的廟宇。(雅2)248《大雅·鳧鷖》四章:"既燕于宗,福祿攸降。"孔穎達《正義》:"既來與王燕於宗廟。"朱熹《集傳》:"於宗之宗,廟也。"174《小雅·湛露》二章:"厭厭夜飲,在宗載考。"《毛傳》:"夜飲必於宗室。"朱熹《集傳》:"蓋路寢之屬也。"姚際恒《通論》:"宗,宗廟也。"一説:同姓。胡承珙《後箋》:"古人謂同姓爲宗。在宗,猶言於同姓也。"❷當宗主;做族長。(雅1)250《大雅·公劉》四章:"食之飲之,君之宗之。"《毛傳》:"爲之君,爲之大宗也。"李黼平《紬義》:"諸侯爲一國臣民之

宗,天子爲天下臣民之宗,此乃所謂大宗也。"一說:尊敬。《鄭箋》:"宗,尊也。公劉雖去邠國來遷,羣臣從而君之尊之,猶在邠也。"朱熹《集傳》:"宗,尊也,主也。嫡子孫主祭祀,而族人尊之以爲主也。"❸尊敬;尊奉。(雅2)258《大雅·雲漢》二章:"上下奠瘞,靡神不宗。"《毛傳》:"宗,尊也。"248《大雅·鳧鷖》四章:"公尸來燕來宗。"《毛傳》:"宗,尊也。"《鄭箋》:"尸其來燕也,有尊主人之意。"陳奂《傳疏》以爲:"來宗"亦當謂公尸爲君子所宗。"蓋尸以象神,不應尊人,今當以孝子尊公尸,爲義優也。"李、黄《集解》:"來宗,來居尊位也。"一說:通"悰"。快樂。高亨《今注》:"宗,借爲悰。《説文》:'悰,樂也。'"❹諸侯夏天朝見天子。見【朝宗】。

【宗公】宗廟先公。(雅1)240《大雅·思齊》二章:"惠于宗公。"《毛傳》:"宗公,宗神也。"孔穎達《正義》:"言文王之德,乃以上順於先祖宗廟羣公,以安寧百神。"朱熹《集傳》:"宗公,宗廟先公也。"一說:大臣。《鄭箋》:"宗公,大臣也。文王爲政,咨於大臣,順而行之。"

【宗室】宗廟。(風1)15《召南·采蘋》三章:"于以奠之,宗室牖下。"《毛傳》:"宗室,大宗之廟也。大夫士蔡於宗廟,奠於牖下。"

【宗周】西周王都鎬京。周爲諸侯所仰,故王都所在稱宗周。(雅1)192《小雅·正月》八章:"赫赫宗周,襃姒威之。"《毛傳》:"宗周,鎬京也。"陳奂《傳疏》:"赫赫,顯盛貌。周幽王在鎬,故鎬京爲宗周。"《太平御覽·州郡部》引《帝王世紀》:"暨文王受命,徙都於酆,武王自酆遷鎬,諸侯宗之,是爲宗周。"

【宗子】嫡長子。古代宗法制度,嫡長子繼承大宗,爲族人兄弟所共尊,故稱宗子。(雅1)254《大雅·板》七章:"懷德維寧,宗子維城。"《鄭箋》:"宗子,謂王之適(嫡)子也。"一說:皇族子弟。朱熹《集傳》:"宗子,同姓也。"《左傳·僖公五年》引此詩,楊伯峻注:"宗子,群宗之子。或以爲王之嫡子者非。…宗子即是城池,則何必另築城池也。"

又見【大宗】【朝宗】【周宗】

猣(豵) zōng 子紅切(通合一平東精)
即容切 通合三平鍾精

東部、精母

一歲的小猪;泛指小獸。(風2)25《召南·騶虞》二章:"彼茁者蓬,壹發五猣。"《毛傳》:"一歲曰猣。"朱熹《集傳》:"一歲曰猣,亦小豕也。"154《豳風·七月》四章:"言私其豵,獻豜于公。"《毛傳》:"豕,一歲曰豵,三歲曰豜。大獸公之,小獸私之。"一說:一胎生三頭小猪。《鄭箋》:"豕生三曰豵。"

殹 zōng 子紅切(通合一平東精)
東部、精母

會合;聚集。(風1)137《陳風·東門之枌》三章:"穀旦于逝,越以殹邁。"《鄭箋》:"越,於;殹,總也。於是以總行,欲男女合行也。"孔穎達《正義》:"謂男女衆集而合行也。"吳闓生《會通》:"總合而行。"一說:衆;衆人。朱熹《集傳》:"殹,衆也。…於是其衆行。"又一說:急速;多次。《毛傳》:"殹,數也。"陸德明《釋文》:"殹,子公反。毛,數也。鄭,總也。"陳奂《傳疏》:"數有急聚之義,數行者,言急數行會也。"胡承珙《後箋》:"謂男女促數會聚而行。"

【殹假】同"奏假"。向神靈禱告;招請神靈到來。(頌1)302《商頌·烈祖》:"殹假無言,時靡有爭。"朱熹《集傳》:"殹,《中庸》作奏,正與上篇義同。蓋古聲奏、族相近,族聲轉平而爲殹耳。無言,無爭,肅敬而齊一也。"馬瑞辰《通釋》:"當從《中庸》引作奏假,訓爲進至,與'湯孫奏假'同義。"屈萬里《詮釋》:"此謂神降臨雖無所言,亦可使國中平安無戰爭也。"又一說:總集大衆。《毛傳》:"殹,總;假,大也。總大無言,無争也。"孔穎達《正義》:"殹假無言,謂總集升堂,皆無言語也。…殹、總古今字之異也。"陳奂《傳疏》:"言承祭之孝孫,與助祭之諸侯,能總集大衆,無有言語,無有争訟,美其心平而德和。"

總(總、摠、总) (一) zōng 作孔切(通合一上董精)
東部、精母

❶集中;聚集。(頌1)304《商頌·長發》五章:"不競不絿,不剛不柔,敷政優優,百祿是總。"陸德明《釋文》:

"總,子孔反,本又作緵。音宗。"孔穎達《正義》:"天下百棠之祿,於是揔聚而歸之。"屈萬里《詮釋》:"總,聚也。"

(二) zōng 《釋文》子公切(通合一平東精)
東部、精母

❷絲數。八十絲為總。(風 1)18《召南•羔羊》三章:"羔羊之縫,素絲五總。"《毛傳》:"總,數也。"王引之《述聞》卷五:"紽、緎、總皆數也。五絲為紽,四紽為緎,四緎為總,五紽二十五絲,五緎一百絲,五總四百絲。"一說:縫製細密。陳奐《傳疏》:"此《傳》數字,當讀數罟之數(shuò)。五總,猶言五簇也。"聞一多《通義》:"午車兩絲謂之總,猶午貫兩髦謂之總角。…束絲曰緎,亦曰總,猶魚網曰緎,亦曰罭,皆交午成文之狀也。"

【總角】古代少年的頭髮扎成兩個抓髻,形似兩角,叫做總角。是童年的代稱。(風 2)58《衛風•氓》六章:"總角之宴,言笑晏晏。"《毛傳》:"總角,結髮也。"孔穎達《正義》:"男子未冠,婦人未笄,結其髮,聚之為兩角。"王先謙《集疏》:"總角者,童女直結其髮,聚之為兩角。"102《齊風•甫田》:"婉兮孌兮,總角丱兮。"《毛傳》:"總角,聚兩髦也。"孔穎達《正義》:"言總聚其髦也以為兩角也。"

縱(纵) zòng

子用切(通合三去用精)
即容切(通合三平鍾精)
東部、精母

❶發(箭);放(箭)。(風 1)78《鄭風•大叔于田》二章:"抑罄控忌,抑縱送忌。"《毛傳》:"發矢曰縱。"孔穎達《正義》:"縱謂放縱,故知發矢。"嚴粲《詩緝》:"縱,發矢也。"一說:縱送,複音詞,放轡縱馬而行。馬瑞辰《通釋》:"罄控,雙聲字;縱送,叠韻字。不當如《毛傳》字各為義。罄控、縱送皆言御者馳逐之貌。"余冠英《詩經選》:"縱送,叠韻連綿詞,就是放縱馬使它奔馳。"❷通"從"。聽從。(雅 5)253《大雅•民勞》一章:"無縱詭隨,以謹無良。"《鄭箋》:"王爲政,無聽於詭。"陳奐《傳疏》:"縱,當依《左傳》(昭公二十年)作從,《箋》以聽釋從,其字不誤也。"一說:縱容。曾運乾《毛詩說》:"縱,縱其惡也。"❸縱使;即使。(風 2)91《鄭風•子衿》一章:"縱我不往,子寧不嗣音。"

聚 zōu

★甾尤切(流開三平尤莊)
侯部、莊母
直由切(流開三平尤澄)
侯部、定母

姓。(雅 1)193《小雅•十月之交》四章:"聚子內史。"《鄭箋》:"皇父、家伯、仲允皆字,番、聚、蹶、楀皆氏。"孔穎達《正義》:"聚氏之子為內史。…其番、聚、蹶、楀,單言人。聚子以子配之,若曾子、閔子然,故知皆氏,蓋后氏之外親也。"陳奐《傳疏》:"按幽王時,聚子為內史也。"《漢書•古今人表》作"掫子"。

諏(诹) zōu

子于切(遇合三平虞精)
侯部、精母

詢問(事情)。(雅 1)163《小雅•皇皇者華》二章:"載馳載驅,周爰咨諏。"《毛傳》:"訪問於善為咨,咨事為諏。"朱熹《集傳》:"咨諏,訪問也。"姚際恒《通論》:"大抵諏為聚議之意,謀為計畫之意,度為酌量之意,詢為究問之意。"林義光《通解》:"事者士之借字。咨士為諏,咨詢賢士,亦咨才也。"

騶(驺) zōu

側鳩切(流開三平尤莊)
侯部、莊母

【騶虞】古代替國君掌管豢養鳥獸牲畜的官。(風 2)25《召南•騶虞》一章:"彼茁者葭,壹發五豝。于嗟乎騶虞!"許慎《五經異義》載《韓》、《魯》說:"騶虞,天子掌鳥獸之官。"曾運乾《毛詩說》:"于嗟乎騶虞,嘆虞人之能翼獸也。"一說:騶,天子養禽獸的園林;虞,虞人,管理園林鳥獸的官。賈誼《新書•禮》引此詩釋曰:"騶者,天子之囿也;虞者,囿之司獸者也。"又一說:一種動物。《毛傳》:"騶虞,義獸也。白虎黑文,不食生物,有至信之德則應之。"陸璣《詩義疏》:"騶虞即白虎也。黑文,尾長於軀,不食生物,不履生草。君王有德則見,應德而至者也。"朱熹《集傳》:"騶虞,獸名。白虎黑文,不食生物者也。"馬瑞辰《通釋》:"'于嗟乎騶虞'與'于嗟麟兮'句法相似。麟既為獸,則騶虞亦獸可知。"又一說:騶,御馬者;虞,虞人。李元吉《讀書囈語》卷四:"騶,騶人也。虞,虞人也。騶御車以騎射,而虞驅獸以來,故嘆美其多也。"屈萬里《詮釋》:"《韓詩外傳》卷二

'顏無父之御'節，以御馬者爲騶。騶，御者；虞，虞人。"

【騶虞】《國風·召南》篇名(25)。這是一首贊美管鳥獸園林之官的詩。能驅豕以供君之射。豐坊《詩傳》："虞人克舉其職，國史美之，賦《騶虞》"姚際恒《通論》："此爲贊美騶虞之官克充其職也。"《詩序》以爲《鵲巢》之應："《騶虞》，《鵲巢》之應也。《鵲巢》之化行，人倫既正，朝廷既治，天下純被文王之化，則庶類繁殖，蒐田以時，仁如騶虞，則王道成也。"或以爲美賢人衆多。《禮記·射義》："《騶虞》，樂官備也。"鄭玄注："《騶虞》詩篇名。樂官備者，謂《騶虞》曰：'一發五豝'，喻得賢者衆多也。"或以爲贊美獵人本領高強。金啓華《詩經全譯》："《騶虞》，歌贊獵人的本領。"程俊英《注析》："這是一首贊美獵人的詩。…贊美騶虞獵人的勞動，而發出'吁嗟乎'的贊歎聲。"二章，六句。

走 zǒu 子苟切（流開一上厚精）
則侯切（流開一去厚精）
侯部，精母

跑；馳驅。(雅1)237《大雅·緜》二章："古公亶父，來朝走馬。"《鄭箋》："來朝走馬，言其辟惡早且疾也。"顧廣譽《詳說》："走馬，猶云驅馬。"牟庭《詩切》："一夜決策，天明馳馬而去，言遷岐之速也。"屈萬里《詮釋》："走馬，以馬負物而人徒步以隨之，蓋非乘馬也。"一說：通"趣"。養。《玉篇·走部》"趣"下引作"來朝趣馬"。段玉裁《小箋》改作"早朝趣馬"。云："趣字依《玉篇》引鄭云：'避惡早且疾。'早謂朝，疾謂趣。《說文》：'趣，疾也。'"王先謙《集疏》："《韓》，走作趣。"于省吾《新證》："走、趣古通。…來朝走馬，應讀作來周趣馬。謂太王自豳遷於岐周，而養馬於斯也。"又見【奔走】。

奏 zòu 則候切（流開一去候精）
屋部，精母

❶進獻；奉獻。(雅2,頌1)220《小雅·賓之初筵》二章："其湛曰樂，各奏爾能。"陳奐《傳疏》："奏，獻也。"馬瑞辰《通釋》："古以善射者爲能，則知《詩》言'各奏爾能'，謂射也。"304《商頌·長發》五章："敷奏其勇，不震不動。"孔穎達《正義》："湯之進陳其勇，不可震，不可動。"朱熹《集傳》："敷奏其勇，猶言大進其武功也。"屈萬里《詮釋》："言布陳其勇武也。" ❷爲；建；成。(雅1)177《小雅·六月》三章："薄伐玁狁，以奏膚公。"《毛傳》："奏，爲；膚，大；公，功也。" ❸演奏。(雅3,頌2)209《小雅·楚茨》六章："樂具入奏，以綏後祿。"朱熹《集傳》："凡廟之制，前廟以奉神，後寢以藏衣冠。祭於廟而燕於寢。故於此將燕，而祭時之樂皆入奏於寢也。"280《周頌·有瞽》："既備乃奏，簫管備舉。"《鄭箋》："既備者，懸世棟也皆畢已也。乃奏，謂樂作也。"

【奏公】進行工作。(雅1)242《大雅·靈臺》四章："鼉鼓逢逢，矇瞍奏公。"《鄭箋》："凡聲，使矇瞍爲之。"朱熹《集傳》："公，事也。聞鼉鼓之聲，而知矇瞍方奏其事也。"《楚辭·九章》王逸注引《詩》作"奏工"，《呂氏春秋·達鬱》引作"奏功"。一說：奏樂於公庭。姚際恒《通論》："公，公庭。…《國風》云：'公庭萬舞'。《頌》云：'有瞽有瞽，在周之庭。'或云公庭，或云庭，或云公，皆取協韻耳。"又一說：制作樂章。屈萬里《詮釋》："公、功、工字古通，事也，謂樂章也。奏，作也。謂矇瞍作此樂也。"又一說：奏樂以祝成功。馬瑞辰《通釋》："公、功、工，古同聲通用。…此詩奏公，亦謂奏厥成功，此王所謂功成作樂也。"

【奏假】向神靈禱告；招請神靈到來。(頌1)301《商頌·那》："湯孫奏假，綏我思成。"馬瑞辰《通釋》："至與致義相成，凡神人來至曰假，祭者上致乎神亦曰假。《尚書》'祖考來格'，《商頌》'來假來饗'，此神人之來至也。《商頌》'以假以享'、'鬷假無言'及此詩'湯孫奏假'，皆祭者致神之謂也。…奏，進也。上致乎神曰奏假。《詩》'湯孫奏假'，謂湯之子孫進假其祖。"屈萬里《詮釋》："神至曰奏假，祈神之來，亦曰奏假。此謂湯孫祭祀以祈先祖之神來格也。"一說：奏樂以達於神靈。朱熹《集傳》："假與格同，言奏樂以格於祖考也。"又一說：舉奏升堂之樂或大濩之樂。《毛傳》："假，大也。"《鄭箋》："假，升。…湯孫太甲又奏升堂之樂以弦歌。"陸德明《釋文》："奏假，毛,古雅反,大也。鄭作格,升也。"孔穎達《正義》:"奏此大樂以祭神," 陳奐《傳疏》:"言湯孫奏此大濩之樂,以樂我列祖,安享我太平之福也。"
又見【奔奏】。

租 zū 則吾切（遇合一平模精）
魚部、精母

通"苴"。茅草。(風 1)155《豳風·鴟鴞》三章:"予所蓄租,予口卒瘏。"俞樾《平議》卷九:"租當讀為苴。…《召旻》篇'如彼棲苴',《傳》曰:'苴,水中浮草。'然則'予所捋荼,予所蓄租',言予所捋之荼,予所蓄聚之苴。兩句正一律。"馬瑞辰《通釋》:"鳥之為巢,必以萑苕茅秀為藉,與藉履之以苴者正同,故曰蓄租。《正義》本作祖,即租之假借。"一說:積聚。陸德明《釋文》引《韓詩》:"租,積也。"朱熹《集傳》:"蓄,積;租,聚。"又一說:通"祖"。作;為。《毛傳》:"租,為。"陸德明《釋文》:"租,子胡反,本又作祖。為也。"孔穎達《正義》:"租訓始也。物之初始,必有為之,故云:租,為也。"阮元《校勘記》:"《正義》云:'祖訓始也。物之初始,必有為之,故云祖,為也。'今《釋文》、《正義》祖皆譌租,當正。"胡承珙《後箋》:"《傳》以'為'訓租者,'為'疑'薦'字之誤。"

葅（菹）zū 側魚切（遇合三平魚莊）
魚部、莊母

做酢菜；做腌菜。(雅 1)210《小雅·信南山》四章:"中田有廬,疆場有瓜,是剝是葅。"《毛傳》:"剝瓜為葅也。"朱熹《集傳》:"葅,酢菜也。"

卒 zú 子聿切（臻合三入術精）
物部、精母

❶終。(風 1、雅 2)29《邶風·日月》四章:"父兮母兮,畜我不卒。"《鄭箋》:"畜,養;卒,終也。"歐陽修《詩本義》:"畜我不卒者,謂父母不能畜養我終身,而嫁我於衛,使至困窮也。女無不嫁,其曰'畜我不卒'者,困窮之人尤怨之辭也。"202《小雅·蓼莪》六章:"民莫不穀,我獨不卒。"《鄭箋》:"卒,終也。我獨不得終養父母。重自哀傷也。"191《小雅·節南山》六章:"不自為政,卒勞百姓。"《鄭箋》:"卒,終也。"朱熹《集傳》引蘇氏曰:"誰秉國成者,乃不自為政,而以付之姻亞之小人,其卒使民為之受其勞弊以至此也。"一說:通"瘁"。勞苦。馬瑞辰《通釋》:"又按卒者,瘁之假借。卒亦勞也,猶言賢勞、劬勞。"❷盡。作謂語或狀語。(雅 11、頌 1)191《小雅·節南山》一章:"國既卒斬,何用不監?"《毛傳》:"卒,盡。"258《大雅·雲漢》一章:"圭璧既卒,寧莫我聽。"《鄭箋》:"禮神之圭璧又已盡矣,曾無聆聽我之精誠,而興雲雨。"朱熹《集傳》:"卒,盡也。"❸通"瘁"。病;勞累致病。(風 1、雅 1)155《豳風·鴟鴞》三章:"予口卒瘏。"馬瑞辰《通釋》:"卒瘏與拮据相對成文,卒當讀為顇。…卒瘏猶瘏悴也。卒、瘏皆為病,猶拮、据並為勞也。"254《大雅·板》一章:"上帝板板,下民卒癉。"《韓詩外傳》卷五引作"瘁癉"。一說:盡。朱熹《集傳》:"卒,盡…言天反其常道,而民盡病矣。"❹通"崒"。高峻。(雅 1)232《小雅·漸漸之石》二章:"漸漸之石,維其卒矣。"《鄭箋》:"卒者,崔嵬也。謂山巓之末也。"孔穎達《正義》釋鄭義云:"卒亦石之形也,故讀為崒。《釋山》云:'崒者厜㕒(zuī wēi)。'郭璞曰:'謂山巓頭巉巖者。'"馬瑞辰《通釋》:"'維其卒矣',猶言維其高矣。卒,即崒之省借。"一說:竟;從頭到尾。《毛傳》:"卒,竟也。"孔穎達《正義》:"有漸漸然險峻之山石,我等登之,維其終竟,言當徧歷此石也。"

【卒歲】過完一年。(風 1)154《豳風·七月》一章:"無衣無褐,何以卒歲?"《鄭箋》:"卒,終也。…將何以終歲乎?"屈萬里《詮釋》:"卒歲,終歲也。"
參"崒"。

崒（崪）zú 慈卹切（臻合三入術從）
物部、從母

通"猝"。突然。(雅 1)193《小雅·十月之交》三章:"百川沸騰,山冢崒崩。"陸德明《釋文》:"崒,本亦作卒。"阮元《校刊記》:"《正義》本是卒字。…今《正義》中卒皆譌作崒字。…《漢書·劉向傳》作卒,是《魯詩》亦作卒也。"王引之《述聞》卷六:"卒當讀為猝。猝,急也,暴也。言山冢猝然崩壞也。

卒崩與沸騰相對。"一說：通"碎"。崩壞。馬瑞辰《通釋》："崒崩二字當連讀，與上沸騰相對成文，即碎崩之假借。"按《國語·周語上》："幽王二年，西周三川皆震。是歲也，三川（涇、渭、洛）竭，岐山崩。"與《詩》合。又一說：山峰高而險峻。《鄭箋》："崒者，崔嵬。"《說文·山部》："崒，高危也。"

族 zú 昨木切（通合一入屋從）
屋部、從母

家族；同姓的親屬。（風2、雅1）11《周南·麟之趾》三章："麟之角，振振公族。"《毛傳》："公族，公同祖也。"朱熹《集傳》："公族，公同高祖。"王引之《述聞》卷五："公姓、公族，皆謂子孫也。"古者謂子孫曰姓，或曰子。…族亦子孫之通稱也。公子、公姓、公族皆指後嗣而言，猶《螽斯》之'宜爾子孫'也。187《小雅·黃鳥》一章："言旋言歸，復我邦族。"孔穎達《正義》："我今還歸，復反我邦國宗族矣。"

又見【公族】。

足 zú 即玉切（通合三入燭精）
屋部、精母

❶腳；人和動物的腳。（雅1）197《小雅·小弁》五章："鹿斯之奔，維足伎伎。"孔穎達《正義》："鹿之奔走，其勢宜疾，今乃維足伎伎然安舒而稽留，以待其牝鹿而俱走也。"❷充沛；充足。（風1、雅2）210《小雅·信南山》二章："既優既渥，既霑既足。"朱熹《集傳》："優、渥、霑、足，皆饒給之意也。"17《召南·行露》二章："雖速我獄，室家不足。"《鄭箋》："室家不足，謂媒妁之言不和六禮之來，彊委。"牟庭《詩切》："男女非偶，不足以成室家也。"一說：成；成功。《左傳·襄公二十五年》："言以足志，文以足言。"杜預注："足，猶成也。"余培林《正詁》："室家不足，即不足室家之倒文，謂不與汝成室家也。"

俎 zǔ 側呂切（遇合三上語莊）
魚部、莊母

古代祭祀時盛牲體的禮器。青銅製或木製，漆飾，形似几案。（雅1）209《小雅·楚茨》三章："執爨踖踖，爲俎孔碩。"朱熹《集傳》："俎，所以載牲體也。"玄應《一切經音義》卷五："俎，亦四腳小槃也。"

祖 zǔ 則古切（遇合一上姥精）
魚部、精母

❶祖先；祖宗。（雅5、頌3）189《小雅·斯干》二章："似續妣祖，築室百堵。"《鄭箋》："祖，先祖也。"❷出行時祭路神。（雅2）260《大雅·烝民》七章："仲山甫出祖，四牡業業。"《鄭箋》："祖者，將行犯軷之祭也。"朱熹《集傳》："祖，行祭也。"屈萬里《詮釋》："祖，出行之祭也。出門而後祖祭，故曰出祖。"261《大雅·韓奕》三章："韓侯出祖，出宿于屠。"《鄭箋》："祖，將去而犯軷也。"孔穎達《正義》："言韓侯出京師之門，爲祖道之祭。"

【祖妣】先祖先妣；男女祖先。（頌2）279《周頌·豐年》："爲酒爲醴，烝畀祖妣。"孔穎達《正義》："以之爲酒，以之爲醴，而進與先祖先妣。"

【祖考】祖先。（雅3）210《小雅·信南山》三章："祭以清酒，從以騂牡，享于祖考。"

又見【大祖】【皇祖】【召祖】【田祖】【先祖】。參"租"。

組（组） zǔ 則古切（遇合一上姥精）
魚部、精母

編織寬的絲帶。（風3）53《鄘風·干旄》二章："素絲組之，良馬五之。"《毛傳》："總以素絲而成組也。"38《邶風·簡兮》二章："有力如虎，執轡如組。"《毛傳》："組，織也。武力比於虎，可以御亂。御衆有文章，言能治衆。動於近，成於遠也。"孔穎達《正義》："此治民似執轡，執轡又似織組，轉相如。故經直云'執轡如組'。…執轡如組，比其文德。"《說文·系部》"組"下段玉裁注："按詩意，非謂如組之柔。謂如織組之經緯成文，御衆緫而不亂，自始至終秩然，能御衆者如之也。"一說：寬的絲帶。朱熹《集傳》："組，織絲爲之，言其柔也。"

詛（诅） zǔ 莊助切（遇合三去御莊）
★壯所切（遇合三上語莊）
魚部、莊母

詛咒。（雅1）199《小雅·何人斯》七章："出此三物，以詛爾斯。"高亨《今注》："詛，祈求鬼神降災禍於敵對的人。"《書·無逸》"否則厥口詛祝"孔穎達疏："詛祝，謂告神明令加殃咎也，以言告神謂之祝，請神加殃謂之詛。"一說：賭咒。《毛傳》："民不相信，則盟詛之。君以豕，臣以犬，民以雞。"陸德明《釋文》："詛，側助反，以禍福之言相要曰詛。"孔穎達《正義》："定本'民不相信則詛之'，無'盟'字。犯命者，盟之不信者詛之，是盟大而詛小也。盟、詛雖大小爲異，皆殺牲歃血告誓明神，後若背違，令神加其禍，使民畏而不敢犯。"

阻 zǔ 側呂切（遇合三上語莊）
魚部、莊母

❶險要的地方。(頌 1)305《商頌·殷武》一章："罙入其阻，哀荆之旅。"《鄭箋》："冒入其險阻，謂踰方城之隘。"孔穎達《正義》："深入其險阻之內。"❷地勢不平坦；(路)難走。(風 3)129《秦風·蒹葭》一章："遡洄從之，道阻且長。"王先謙《集疏》："《韓詩》曰：道阻，阻且險也。"❸阻止；拒絕。(風 1)35《邶風·谷風》五章："既阻我德，賈用不售。"朱熹《集傳》："阻，却。⋯既拒却我之善，故雖勤勞如此而不見取，如賈之不見售也。"一說：害。《毛傳》："阻，難也。"陳奐《傳疏》："難，猶害也。"❹困難；憂患。(風 1)33《邶風·雄雉》一章："我之懷矣，自詒伊阻。"《毛傳》："阻，難也。"《鄭箋》："此人自遺以是患難。"王先謙《集疏》："《韓》說曰：'阻，憂也。'《釋詁》：'阻，難也。'《韓》訓憂，自險難義引申而出。"按《左傳·宣公二年》："趙宣子曰：'嗚呼！我之懷矣，自遺伊慼。'"馬瑞辰《通釋》："阻、慼音近，作慼爲是。"一說：阻隔。朱熹《集傳》："阻，隔也。⋯我之所思者，乃從役於外，而自遺阻隔也。"

纘（缵）zuǎn 作管切（山合一上緩精）
寒部、精母

❶繼續。(風 1)154《豳風·七月》四章："二之日其同，載纘武功。"《毛傳》："纘，繼。"孔穎達《正義》："至二之日之時，君臣及其民俱出田獵，則繼續武事。年常習之，使不忘戰也。"朱熹《集傳》："纘，習而繼之也。"❷繼承。(雅 2,頌 2)300《魯頌·閟宮》二章："至于文武，纘大王之緒。"《鄭箋》："文王、武王繼大王之事也。"❸通"孈"。美好。(雅 1)236《大雅·大明》六章："于周于京，纘女維莘，長子維行。"馬瑞辰《通釋》："纘女與長子相對成文，纘當爲孈之假借。⋯孈女謂好女，猶言淑女、碩女、靜女，皆美德之稱。詩言莘國有好女，倒其文則曰'纘女維莘'，以與'長子維行'相屬對。"一說：繼。《毛傳》："纘，繼也。"孔穎達《正義》："纘女者，謂能繼行女事。"陳奐《傳疏》："'纘女維莘'，言能繼行大任之德者，其女有莘也。"曾運乾《毛詩說》："'于周于京，纘女維莘'二句，猶言于周于京者，有莘之女爲文王繼室者也。"又一說：薦；進。俞樾《平議》卷十一："纘，當作薦。⋯薦，進也。'纘女維莘'，猶薦女維莘，言進女以爲昏者實維莘國也。"❹使繼承；使擔任。(雅 1)259《大雅·崧高》二章："亹亹申伯，王纘之事。"《鄭箋》："纘，繼。⋯王又欲使繼其故諸侯之事，任作邑於謝。"陸德明《釋文》："纘，繼也。《韓詩》作踐。踐，任也。"朱熹《集傳》："纘，繼也。使之繼其先世之事也。"王先謙《集疏》："《韓》纘作踐，云：'任也。'《魯》纘作薦。"

纂 zuǎn 作管切（山合一上緩精）
寒部、精母

整齊，端正。見"選"。

罪（辠）zuì 徂賄切（蟹合一上賄從）
微部、從母

罪惡；罪過。(雅 11)193《小雅·十月之交》七章："無罪無辜，讒口囂囂。"264《大雅·瞻卬》二章："此宜無罪，女反收之。"按《說文·网部》："罪，捕魚竹网，從网非聲。秦以罪爲辠字。"又《辛部》："辠，犯法也。從辛從自，言辠人蹙鼻苦辛之憂。秦以辠似皇字，改爲罪。"【罪罟】網罟，比喻統治者條目繁多的法網。(雅 3)207《小雅·小明》一章："豈不懷歸，畏此罪罟。"《毛傳》："罟，網也。"《鄭箋》："畏此刑罪網羅，我故不敢歸爾。"馬瑞辰《通釋》："《說文》：'罪，捕魚竹网。''罟，网也。'秦始以罪易辠，惟此詩罪罟二字平列，猶云網罟，與下章'畏此譴怒'、'畏此反覆'語同，蓋罪字之本義。"265《大雅·召旻》二章："天降罪罟，蟊賊內訌。"孔穎達《正義》："降此刑罰網羅之法於天下。"一說：罪。林義光《通解》："罟，讀爲辜。"于省吾《新證》："罟乃辜的借字。罪辜叠義，罪亦辜也。…《召旻》篇的'天降罪罟'，即'天降罪辜'。"（天降罪罟：上天降罪於人民。）
又見【得罪】。

醉 zuì 將遂切（止合三去至精）
物部、精母

喝酒過多，神志不清。（風2、雅20、頌3）132《秦風·晨風》三章："未見君子，憂心如醉。"朱熹《集傳》："如醉，則憂又甚矣。"220《小雅·賓之初筵》五章："彼醉不臧，不醉反恥。"朱熹《集傳》："彼醉者所爲不善而不自知，使不醉者反爲之羞愧也。"屈萬里《詮釋》："言彼醉者不善而不自知，反以不醉爲恥也。"

尊 zūn 祖昆切（臻合一平魂精）
文部、精母

酒器。《說文·酋部》："尊，酒器也。"《周禮》六尊：犧尊、象尊、著尊、壺尊、太尊、山尊，以待祭祀賓客之禮。"見【犧尊】。

遵 zūn 將倫切（臻合三平諄精）
文部、精母

❶順着；沿着。（風7）10《周南·汝墳》一章："遵彼汝墳，伐其條枚。"《毛傳》："遵，循也。"王先謙《集疏》："《魯》、《韓》說曰：'遵，行也。'"聞一多《類鈔》："遵，緣行也。"154《豳風·七月》二章："遵彼微行，爰求柔桑。"朱熹《集傳》："遵，循也。"❷率領。（頌1）293《周頌·酌》："於鑠王師，遵養時晦。"《毛傳》："遵，率；養，取也。"孔穎達《正義》："率此師以取是闇昧之君，謂誅紂以定天下。"一說：循。朱熹《集傳》："遵，循。…退自循養，與時俱晦。"又一說：通"僔"。屯聚。高亨《周頌考釋》："遵養者，屯兵而養之也。…遵謂屯兵，屯兵即聚兵。"

〖遵大路〗《國風·鄭風》篇名（81）。這是一首情歌。女子（男子）拉着情人的手和袖子，請求對方不要厭棄自己。朱熹《集傳》："亦男女相說之詞也。"又《辨說》："此亦淫亂之詩，《序》說誤矣。"王柏《詩疑》："淫奔之詩。"屈萬里《詮釋》："此男女相愛者，其一因失和而去，其一悔而留之之詩。"吳闓生《會通》引舊評："語重情長。東野'欲別牽郎衣'祖此。"《詩序》以爲國人"思君子"之詩："《遵大路》，思君子也。莊公失道，君子去之，國人思望焉。"姚際恒《通論》則以爲"此只是故舊於道左言情相和好之辭"。二章，八句。

鱒(鱒) zūn 才本切（臻合一上混從）
徂悶切（臻合一去慁從）
文部、從母

魚名。即赤眼鱒，也叫鮅，鯉科魚類的一種。體長二、三尺，前圓后扁，赤眼細鱗，是常見的食用魚類。（風1）159《豳風·九罭》一章："九罭之魚，鱒魴。"《毛傳》："鱒、魴，大魚也。"陸璣《詩義疏》："鱒，似鯶魚而鱗細於鯶也。赤眼多細紋。"陳奐《傳疏》："鱒魴之大魚，不宜居小魚之網，猶下文云：鴻大鳥，不宜循渚陸。鱒魴與鴻，皆以喻周公也。"

噂 zūn 兹損切（臻合一上混精）
文部、精母

聚集；聚集在一起。（雅1）193《小雅·十月之交》七章："噂沓背憎，職競由人。"《毛傳》："噂猶噂噂，沓猶沓沓。"《鄭箋》："噂噂沓沓，相對談語，背則相憎。"馬瑞辰《通釋》："言小人之情，聚則相合，背則相憎。"《說文·口部》："噂，聚語也。"引《詩》"噂沓背憎"。又《人部》："僔，聚也。"引《詩》"僔沓背憎"。《左傳·僖公十五年》、《玉篇·人部》引《詩》均作"僔"。王筠《說文句讀》："今作噂，俗改也。"陳奐《傳疏》："僔、噂古今字。"

僔 zǔn 兹損切（臻合一上混精）
文部、精母

聚集。見"噂"。

左 zuǒ 臧可切（果開一上哿精）
則箇切（果開一去箇精）
歌部、精母

❶左邊。跟"右"相對。面向東，則北爲左，南爲右；面向南，則東爲左，西爲右。（風4、雅3）123《唐風·有杕之杜》一章："有杕之杜，生于道左。"《鄭箋》："道左，道東也。"丘光庭《兼明書》卷二："日中之後，樹陰過東；杜生道左，陰更過東，人不可得休息也。"聞一多《類鈔》："古人以東爲左。"牟庭《詩切》："《晉語》韋注曰：'左，猶外也。杕然繁盛之杜，生於道外僻遠之處，喻多士衆盛出於遠

方,不易致也。"237《大雅·緜》四章:"迺慰迺止,迺左迺右。"《鄭箋》:"乃安穩其居,乃左右而處之。"孔穎達《正義》:"乃處之於左,乃處之於右。言或左或右,開地置邑以居民也。"朱熹《集傳》:"左右,東西列之也。"❷左手。(風 2)67《王風·君子陽陽》:"左執簧,右招我由房。"《鄭箋》:"左手執笙,右手招我。"❸向左邊。(風 2)107《魏風·葛屨》二章:"好人提提,宛然左辟。"(左辟:向左閃開。)127《秦風·駟驖》二章:"公曰左之,舍拔則獲。"《鄭箋》:"左之者,從禽之左射之也。"朱熹《集傳》:"公曰左之者,命御者使左其車以射獸之左也。"胡承珙《後箋》:"公曰左之者,蓋獸自遠奔突而來,公命御者旋當其左,以便於射耳。"❹車左。古代駕車的人,位置在主將之左。(風 1)79《鄭風·清人》三章:"左旋右抽,中軍作好。"《鄭箋》:"左,左人,謂御者。"朱熹《集傳》:"左,謂御在將軍之左,執轡而御馬者也。"一說:車向左。《毛傳》:"左旋,講兵。"王夫之《稗疏》:"左旋右抽者,非以車左車右言之,蓋言戎車回旋演戰之法耳。…蓋將車之法,有左旋以先弓矢者,有右旋以先矛者,左旋先弓以迎敵於左,則車右持矛以刺;右旋先矛以要敵於右,則將抽矢以射,勢以稍遠而便也。"又一說:左手。馬瑞辰《通釋》:"左旋右抽,亦謂將之左、右手耳。"❺指文事、吉事,如政治、祭祀等。(雅 2)214《小雅·裳裳者華》四章:"左之左之,君子宜之。"《毛傳》:"左,陽道,朝祀之事。"孔穎達《正義》:"左陽道,謂嘉慶之事。朝者人所樂,祀者吉之大,故爲陽也。"朱熹《集傳》:"言其才全德備,以左之,則無所不宜。以右之,則無所不有。"陳奐《傳疏》:"言朝祀喪戎,無不得宜。"一說:輔翼、輔佐。馬瑞辰《通釋》:"左之右之,宜從田澄之說,謂左輔右弼也。"屈萬里《詮釋》:"左、右,與《商頌·長發》'實左右商王'之左右同義。左、佐古通用,右、佑古通用,皆助也。故左右,猶言輔翼也。"又一說:向左。于鬯《香草校書》卷十五:"君子,指執轡者也。言使車行,則執轡者爲之左行,是謂宜之也。"

【左右】1)左邊右邊。(風 3、雅 2)263《大雅·常武》二章:"左右陳行,戒我師旅。"《鄭箋》:"使其士衆左右陳列而戒之。"1《周南·關雎》二章:"參差荇菜,左右流之。"朱熹《集傳》:"或左或右,言無方也。"戴震《考證》:"左右,謂身所視之左右也。"一說:幫助。《鄭箋》:"左右,助也。言后妃將供荇菜之菹,必有助而求之者。"陸德明《釋文》:"左右,王申毛如字。鄭上音佐,下音佑,助也。"又一說:指左右手。牟庭《詩切》:"左右,謂雙手也。"2)左右的人。(雅 6、頌 1)211《小雅·甫田》三章:"田畯至喜,攘其左右。"《鄭箋》:"餉其左右從行者。"238《大雅·棫樸》二章:"濟濟辟王,左右奉璋。"孔穎達《正義》:"左右之臣,奉璋而助行之。"3)輔佐。(頌 1)304《商頌·長發》七章:"實維阿衡,實左右商王。"《毛傳》:"左右,助也。"陳奐《傳疏》:"《爾雅》:'左右,亮也。'助與亮同義。"4)周旋,應接。(雅 1)220《小雅·賓之初筵》一章:"賓之初筵,左右秩秩。"《鄭箋》:"左右,謂折旋揖讓也。"一說:左邊右邊。朱熹《集傳》:"左右,筵之左右也。"程俊英《注析》:"左右,指筵席的東、西。主人坐於東,客人坐於西。"又一說:指坐在左邊、右邊的人。呂祖謙《詩記》:"邱氏曰:左右,謂據筵席上左右之人。"

佐 zuǒ 則箇切(果開一去箇精)
★子我切(果開一上哿精)
歌部、精母

助;輔助。(雅 4)177《小雅·六月》二章:"王于出征,以佐天子。"方玉潤《原始》:"曰'王于出征'者,王于是自將親征也。曰'以佐天子'者,以吉甫爲副,參佐王師也。"220《小雅·賓之初筵》五章:"既立之監,或佐之史。"《毛傳》:"立酒之監,佐酒之史。"陳奐《傳疏》:"立監佐史,所以觀察其醉否,凡飲酒禮皆然也。"馬瑞辰《通釋》:"古者飲酒,皆立之監,以防失禮。惟老者有乞言之典,更佐以史,少者則否。故云'或佐之史'。"243《大雅·下武》六章:"於萬斯年,不遐有佐。"《毛傳》:"遠夷來佐也。"朱熹《集傳》:"遐,何通。佐,助也。蓋曰:豈不有助乎云爾。"一說:差錯。林義光《通解》:"佐,讀爲差。"曾運乾《毛詩說》:"'不遐有佐',猶言不大有差也。佐當讀如差,'不遐有佐',猶言不遐有害也。"又一説:通"左"。疏外。屈萬里《詮釋》:"佐字古但作左。左,疏外之也。言千秋萬世,亦不至有疏外周室而不親附者也。"

坐 zuò 徂果切(果合一上果從)
徂卧切(果合一去過從)
歌部、從母

❶坐。古人席地而坐,兩膝着地,臀部放在脚後跟上。(風 2)126《秦風·車鄰》二章:"既見君子,並坐鼓瑟。"❷坐位。(雅 1)220《小雅·賓之初筵》三章:"舍其坐遷,屢舞僛僛。"孔穎達《正義》:"舍其本坐,遷向他處。"一説:坐。馬瑞辰《通釋》:"舍其坐遷,謂舍其當坐當遷之禮耳。俞樾《經説》卷三:"'坐遷'二字當連讀。《儀禮·公食大夫禮》:'宰夫自東房授醴醬,公設之。賓辭,北面坐遷而東還所。…大羹湆,不和,賓於鐙,公設之於醬西,賓辭,坐遷之。'此詩'坐遷'二字即本此。蓋公設醬必在席中,賓坐遷而東,其坐遷之位即其坐位。《詩》云'舍其坐遷',言舍其始所坐遷之位也。"

作 (一) zuò 則落切(宕開一入鐸精)
鐸部、精母

❶起;起來。(風 1、雅 2)133《秦風·無衣》二章:"王于興師,脩我矛戟,與子偕作。"《毛傳》:"作,起也。"胡承珙《後箋》:"作,如《小司徒》'田與追胥偕作'之作,謂振起師旅。"程俊英《注析》:"作,行動起來。"256《大雅·抑》四章:"用戒戎作,用遏蠻方。"《鄭箋》:"女當用此備兵事之起,用此治九州之外不服者。"朱熹《集傳》:"作,起。"❷建造;興建。(風 2、雅 9、頌 1)50《鄘風·定之方中》一章:"定之方中,作于楚宫。"《毛傳》:"梁仲子曰:初立楚宫也。"244《大雅·文王有聲》二章:"既伐于崇,作邑于豐。"❸製;製造。(風 1、雅 2)75《鄭風·緇衣》三章:"緇衣之蓆兮,敝,予又改作兮。"262《大雅·江漢》六章:"對揚王休,作召公考。"《毛傳》:"作,爲也。(考:簋。)❹寫作;創作(作品)。(雅 7、頌 1)162《小雅·四牡》五章:"是用作歌,將母來諗。"(諗:念。)260《大雅·烝民》八章:"吉甫作誦,穆如清風。"❺

爲;做。(風 1、雅 6、頌 1)79《鄭風·清人》三章:"左旋右抽,中軍作好。"《毛傳》:"居軍中爲容好。"陳奂《傳疏》:"容,儀容也。《傳》釋經'作好'爲'爲容好',唯是講習兵事而已,與上兩章'翱翔'、'逍遥'同意。"聞一多《類鈔》:"作好,爲容好,但講習兵事而已。"300《魯頌·閟宫》四章:"三壽作朋,如岡如陵。"243《大雅·下武》二章:"王配于京,世德作求。"《鄭箋》:"作,爲。求,終也。"一説:起。嚴粲《詩緝》:"於先世之德,能起而求之,善繼述也。"又一説:則。屈萬里《詮釋》:"作,則也。求當讀爲逑,配也。"❻行;進行。(雅 2)263《大雅·常武》三章:"王舒保作,匪紹匪游。"《鄭箋》:"作,行也。"孔穎達《正義》:"乃舒徐而安行。"❼生;産生;開創。(雅 1、頌 2)167《小雅·采薇》一章:"采薇采薇,薇亦作止。"《毛傳》:"作,生也。"朱熹《集傳》:"作,生出地也。"程大昌《演繁露》卷八:"薇亦作止,謂春而苗茁也。"270《周頌·天作》:"天作高山,大王荒之。"《毛傳》:"作,生。荒,大也。天生萬物於高山。"《鄭箋》:"天生此高山,使興雲雨,以利萬物。"又"彼作矣,文王康之。"楊樹達《小學述林》卷六:"作者,始也。…彼爲之始,而文王廣續治之。"❽振作;奮起。(頌 1)297《魯頌·駉》三章:"思無斁,思馬斯作。"朱熹《集傳》:"作,奮起也。"一説:善而多材。《毛傳》:"作,始也。"馬瑞辰《通釋》:"始與善古義相近。《説文》:'淑,善也,一曰始也。'則作爲始,亦得訓善。"又一説:開始。黄焯《詩疏平議》:"始,當讀如'有駜'自今以始'之始。此配前二章多説,謂思馬自兹始善而多材也。"又一説:用;使用。《鄭箋》:"作,謂牧之使可乘駕也。"宋張耒《宛丘文粹》:"'思馬斯作'者,作,用馬也,故曰作。用者習戰,習其動作之節而已矣。"又一説:發作。俞樾《平議》卷十一:"按毛意以作爲'一鼓作氣'之作。作之言發作也。"❾培育;造就。(雅 2)238《大雅·棫樸》四章:"周王壽考,遐不作人。"孔穎達《正義》:"作人者,變舊造新之辭。"朱熹《集傳》:"作人,謂變化鼓舞之也。"屈萬里《詮釋》:"作人,謂成就人才也。二語言周王壽高,歷事既久,何能不成就人才乎？言其成就也。"239《大雅·旱麓》三章："豈弟君子，遐不作人。"朱熹《集傳》："豈弟君子而何不作人乎？言作人也。"一說：用；起用。《左傳·成公八年》引此詩，杜預注："作，用也。《詩·大雅》言文王能遠用善人，不，語助。"楊伯峻注："意謂愷悌君子何故不起用人材。"❿役使；使勞作。(雅1)193《小雅·十月之交》五章："胡爲我作，不即我謀。"《鄭箋》："女何爲役作我，不先就與我謀。"馬瑞辰《通釋》："民之力作爲作，使民力作亦爲作。"程俊英《注析》："作，役作。我作，亦倒文，即作我，役使我工作。"一說：動；移動，遷徙。朱熹《集傳》："作，動。…欲動我以徙，而不與我謀。"嚴粲《詩緝》："何爲動我以遷徙，而不先就我謀。"⓫行爲；作爲。(雅1、頌1)257《大雅·桑柔》十四章："嗟爾朋友，予豈不知而作？"《鄭箋》："我豈不知女所行者惡與？"301《商頌·那》："自古在昔，先民有作。"《毛傳》："有作，有所作也。"孔穎達《正義》："先正之民有作此助祭之禮。"嚴粲《詩緝》："作，承上文，謂作樂也。言聲樂之盛，非今日始作之，乃古昔之時，前人所作也。"陳奐《傳疏》："作，作敬，所謂傳恭也。"韋注《國語》云：'有作，言先聖人行此恭敬之道久矣。不敢言創之於己，乃云受之於先古也。'"屈萬里《詮釋》："作，意謂立有定規。指下文'朝夕'言。"⓬則。(雅1)235《大雅·文王》七章："儀刑文王，萬邦作孚。"《鄭箋》："儀法文王之事，則天下咸信而服之。"裴學海《古書虛字集釋》："作，猶則也。"⓭通"柞"。拔除；砍除。(雅1)241《大雅·皇矣》二章："作之屛之，其菑其翳。"朱熹《集傳》："作，拔也。"王引之《述聞》卷六："作，讀爲柞，《載芟·傳》：'除木曰柞。'"

(二) zǔ　★莊助切（遇合三去御莊）
　　　　　鐸部、莊母

⓮通"詛"。詛咒。向神請求加禍於某人。(雅1)255《大雅·蕩》三章："侯作侯祝，靡屆靡究。"《毛傳》："作，祝，詛也。"陸德明《釋文》："作，側慮反，本或作詛。"孔穎達《正義》："作即古詛字。"朱熹《集傳》："作，讀爲詛，詛祝，怨謗也。"一說：始。俞樾《平議》

卷十一："作，始也。祝，亦始也。'侯作侯祝，靡屆靡究'，兩句反復相承。作祝義同。屆訓極，究訓窮，其義亦同。蓋言厲王任用小人，方興未艾也。"
【作爲】1)所作所爲；行爲。(雅1)257《大雅·桑柔》十二章："維此良人，作爲式穀。"嚴粲《詩緝》："善人所作爲之事，皆合於法，皆本於善。"陳奐《傳疏》："言良人之作爲，皆用以善道也。"2)創作。(雅1)200《小雅·巷伯》七章："寺人孟子，作爲此詩。"《鄭箋》："作，起也。孟子起而爲此詩，欲使衆在位者慎而知之。"陳奐《傳疏》："爲亦作也。作爲此詩，言作此詩也。"

柞　(一) zuò　則落切（宕開一入鐸精）
　　　　　在各切（宕開一入鐸從）
　　　　　鐸部、從母

❶一種落葉喬木。葉子長橢圓形，花黃褐色，堅果球形，葉子可飼柞蠶，木材可製家具，樹皮可做染料。也叫麻櫟樹或橡樹，通稱柞樹。(雅6)218《小雅·車舝》四章："陟彼高岡，析其柞薪。"朱熹《集傳》："柞，櫟。"王引之《述聞》卷二十八："柞，一名櫟，一名橡，一名采。"馬瑞辰《通釋》："今俗稱柞樹爲柞櫟樹。"237《大雅·緜》八章："柞棫拔矣，行道兌矣。"《鄭箋》："柞，櫟也；棫，白桵也。"孔穎達《正義》引陸璣《詩義疏》："周秦人謂柞爲櫟。"一說：一種常綠小喬木或灌木，生有棘刺，木質堅硬。朱熹《集傳》："柞，枝長葉茂，叢生有刺。"羅願《爾雅翼》："柞生南方，葉細而密，今人爲梳用之。"

(二) zé　★側格切（梗開二入陌莊）
　　　　　鐸部、莊母

❷砍除樹木。(頌1)290《周頌·載芟》："載芟載柞，其耕澤澤。"《毛傳》："除草曰芟，除木曰柞。"《説文·木部》"柞"下段玉裁注："按柞可爲薪，故引申爲凡伐木之稱。"馬瑞辰《通釋》："柞又與斯聲近而義同。"《説文·斤部》："斯，斬也。"

祚　zuò　昨誤切（遇合一去暮從）
　　　　　鐸部、從母

福。(雅1)247《大雅·既醉》六章："君子萬年，永錫祚胤。"《鄭箋》："天又將予女福祚至于子孫。"陸德明《釋文》作"胙"，云："本又作祚。"朱熹《集傳》:"祚,福禄也。"陳奐《傳疏》:"祚,當依《釋文》作胙。《說文》有胙無祚。《肉部》:'胙,祭福肉也。'因之凡福皆曰胙。胙胤,胤胙也。永錫胙胤,言長予子孫以福禄也。"

胙 zuò　昨誤切（遇合一去暮從）
　　　　　　鐸部、從母

祭祀求福用的肉;福。見"祚"。

酢 zuò　在各切（宕開一入鐸從）
　　　　　　鐸部、從母

❶客人斟酒回敬主人。(雅 2)231《小雅·瓠葉》三章:"君子有酒,酌言酢之。"《毛傳》:"酢,報也。"《鄭箋》:"報者,賓既卒爵,洗而酌主人也。"馬瑞辰《通釋》:"古者合獻、酢、酬爲一獻之禮。"246《大雅·行葦》二章:"或獻或酢,洗爵奠斝。"《鄭箋》:"進酒於客曰獻,客答之曰酢。"❷報答;酬答。(雅 1)209《小雅·楚茨》三章:"報以介福,萬壽攸酢。"《毛傳》:"酢,報也。"孔穎達《正義》:"報以大大之福,以萬年之壽所用報孝子也。"

《詩經》原文及用韻

目　　錄

國風（一百六十篇）

周南（十一篇）

1. 關雎 …………………（764）
2. 葛覃 …………………（764）
3. 卷耳 …………………（764）
4. 樛木 …………………（764）
5. 螽斯 …………………（765）
6. 桃夭 …………………（765）
7. 兔罝 …………………（765）
8. 芣苢 …………………（765）
9. 漢廣 …………………（765）
10. 汝墳 …………………（765）
11. 麟之趾 ………………（766）

召南（十四篇）

12. 鵲巢 …………………（766）
13. 采蘩 …………………（766）
14. 草蟲 …………………（766）
15. 采蘋 …………………（766）
16. 甘棠 …………………（767）
17. 行露 …………………（767）
18. 羔羊 …………………（767）
19. 殷其靁 ………………（767）
20. 摽有梅 ………………（767）
21. 小星 …………………（768）
22. 江有汜 ………………（768）
23. 野有死麕 ……………（768）
24. 何彼襛矣 ……………（768）
25. 騶虞 …………………（768）

邶（十九篇）

26. 柏舟 …………………（768）
27. 綠衣 …………………（769）
28. 燕燕 …………………（769）
29. 日月 …………………（769）
30. 終風 …………………（770）
31. 擊鼓 …………………（770）
32. 凱風 …………………（770）
33. 雄雉 …………………（770）
34. 匏有苦葉 ……………（770）
35. 谷風 …………………（771）
36. 式微 …………………（771）
37. 旄丘 …………………（771）
38. 簡兮 …………………（771）
39. 泉水 …………………（772）
40. 北門 …………………（772）
41. 北風 …………………（772）
42. 靜女 …………………（772）
43. 新臺 …………………（773）
44. 二子乘舟 ……………（773）

鄘（十篇）

45. 柏舟 …………………（773）
46. 牆有茨 ………………（773）
47. 君子偕老 ……………（773）
48. 桑中 …………………（774）
49. 鶉之奔奔 ……………（774）
50. 定之方中 ……………（774）

51. 蝃蝀 …… (774)	82. 女曰雞鳴 …… (781)
52. 相鼠 …… (775)	83. 有女同車 …… (782)
53. 干旄 …… (775)	84. 山有扶蘇 …… (782)
54. 載馳 …… (775)	85. 蘀兮 …… (782)

衛(十篇)

55. 淇奧 …… (775)	86. 狡童 …… (782)
56. 考槃 …… (776)	87. 褰裳 …… (782)
57. 碩人 …… (776)	88. 丰 …… (782)
58. 氓 …… (776)	89. 東門之墠 …… (783)
59. 竹竿 …… (777)	90. 風雨 …… (783)
60. 芄蘭 …… (777)	91. 子衿 …… (783)
61. 河廣 …… (777)	92. 揚之水 …… (783)
62. 伯兮 …… (777)	93. 出其東門 …… (783)
63. 有狐 …… (777)	94. 野有蔓草 …… (783)
64. 木瓜 …… (778)	95. 溱洧 …… (784)

王(十篇) / 齊(十一篇)

65. 黍離 …… (778)	96. 雞鳴 …… (784)
66. 君子于役 …… (778)	97. 還 …… (784)
67. 君子陽陽 …… (778)	98. 著 …… (784)
68. 揚之水 …… (778)	99. 東方之日 …… (784)
69. 中谷有蓷 …… (779)	100. 東方未明 …… (785)
70. 兔爰 …… (779)	101. 南山 …… (785)
71. 葛藟 …… (779)	102. 甫田 …… (785)
72. 采葛 …… (779)	103. 盧令 …… (785)
73. 大車 …… (780)	104. 敝笱 …… (785)
74. 丘中有麻 …… (780)	105. 載驅 …… (785)

鄭(二十一篇) / 106. 猗嗟 …… (786)

魏(七篇)

75. 緇衣 …… (780)	107. 葛屨 …… (786)
76. 將仲子 …… (780)	108. 汾沮洳 …… (786)
77. 叔于田 …… (780)	109. 園有桃 …… (786)
78. 大叔于田 …… (781)	110. 陟岵 …… (787)
79. 清人 …… (781)	111. 十畝之間 …… (787)
80. 羔裘 …… (781)	112. 伐檀 …… (787)
81. 遵大路 …… (781)	113. 碩鼠 …… (787)

唐(十二篇)
- 114. 蟋蟀 ……………… (788)
- 115. 山有樞 …………… (788)
- 116. 揚之水 …………… (788)
- 117. 椒聊 ……………… (789)
- 118. 綢繆 ……………… (789)
- 119. 杕杜 ……………… (789)
- 120. 羔裘 ……………… (789)
- 121. 鴇羽 ……………… (789)
- 122. 無衣 ……………… (790)
- 123. 有杕之杜 ………… (790)
- 124. 葛生 ……………… (790)
- 125. 采苓 ……………… (790)

秦(十篇)
- 126. 車鄰 ……………… (791)
- 127. 駟驖 ……………… (791)
- 128. 小戎 ……………… (791)
- 129. 蒹葭 ……………… (791)
- 130. 終南 ……………… (792)
- 131. 黃鳥 ……………… (792)
- 132. 晨風 ……………… (792)
- 133. 無衣 ……………… (792)
- 134. 渭陽 ……………… (793)
- 135. 權輿 ……………… (793)

陳(十篇)
- 136. 宛丘 ……………… (793)
- 137. 東門之枌 ………… (793)
- 138. 衡門 ……………… (793)
- 139. 東門之池 ………… (794)
- 140. 東門之楊 ………… (794)
- 141. 墓門 ……………… (794)
- 142. 防有鵲巢 ………… (794)
- 143. 月出 ……………… (794)
- 144. 株林 ……………… (794)
- 145. 澤陂 ……………… (795)

檜(四篇)
- 146. 羔裘 ……………… (795)
- 147. 素冠 ……………… (795)
- 148. 隰有萇楚 ………… (795)
- 149. 匪風 ……………… (795)

曹(四篇)
- 150. 蜉蝣 ……………… (796)
- 151. 候人 ……………… (796)
- 152. 鳲鳩 ……………… (796)
- 153. 下泉 ……………… (796)

豳(七篇)
- 154. 七月 ……………… (797)
- 155. 鴟鴞 ……………… (797)
- 156. 東山 ……………… (798)
- 157. 破斧 ……………… (798)
- 158. 伐柯 ……………… (799)
- 159. 九罭 ……………… (799)
- 160. 狼跋 ……………… (799)

小雅(七十四篇)

鹿鳴之什(十篇)
- 161. 鹿鳴 ……………… (800)
- 162. 四牡 ……………… (800)
- 163. 皇皇者華 ………… (800)
- 164. 常棣 ……………… (800)
- 165. 伐木 ……………… (801)
- 166. 天保 ……………… (801)
- 167. 采薇 ……………… (802)
- 168. 出車 ……………… (802)
- 169. 杕杜 ……………… (803)
- 170. 魚麗 ……………… (803)

南有嘉魚之什(十篇)
- 171. 南有嘉魚 ………… (803)

172. 南山有臺 …………… (804)
173. 蓼蕭 ………………… (804)
174. 湛露 ………………… (804)
175. 彤弓 ………………… (804)
176. 菁菁者莪 …………… (805)
177. 六月 ………………… (805)
178. 采芑 ………………… (805)
179. 車攻 ………………… (806)
180. 吉日 ………………… (806)

鴻鴈之什(十篇)
　181. 鴻鴈 ………………… (807)
　182. 庭燎 ………………… (807)
　183. 沔水 ………………… (807)
　184. 鶴鳴 ………………… (807)
　185. 祈父 ………………… (808)
　186. 白駒 ………………… (808)
　187. 黃鳥 ………………… (808)
　188. 我行其野 …………… (808)
　189. 斯干 ………………… (809)
　190. 無羊 ………………… (809)

節南山之什(十篇)
　191. 節南山 ……………… (810)
　192. 正月 ………………… (810)
　193. 十月之交 …………… (811)
　194. 雨無正 ……………… (812)
　195. 小旻 ………………… (812)
　196. 小宛 ………………… (813)
　197. 小弁 ………………… (813)
　198. 巧言 ………………… (814)
　199. 何人斯 ……………… (814)
　200. 巷伯 ………………… (815)

谷風之什(十篇)
　201. 谷風 ………………… (815)
　202. 蓼莪 ………………… (816)
　203. 大東 ………………… (816)

　204. 四月 ………………… (817)
　205. 北山 ………………… (817)
　206. 無將大車 …………… (817)
　207. 小明 ………………… (818)
　208. 鼓鍾 ………………… (818)
　209. 楚茨 ………………… (818)
　210. 信南山 ……………… (819)

甫田之什(十篇)
　211. 甫田 ………………… (819)
　212. 大田 ………………… (820)
　213. 瞻彼洛矣 …………… (820)
　214. 裳裳者華 …………… (820)
　215. 桑扈 ………………… (821)
　216. 鴛鴦 ………………… (821)
　217. 頍弁 ………………… (821)
　218. 車舝 ………………… (822)
　219. 青蠅 ………………… (822)
　220. 賓之初筵 …………… (822)

魚藻之什(十四篇)
　221. 魚藻 ………………… (823)
　222. 采菽 ………………… (823)
　223. 角弓 ………………… (823)
　224. 菀柳 ………………… (824)
　225. 都人士 ……………… (824)
　226. 采綠 ………………… (824)
　227. 黍苗 ………………… (824)
　228. 隰桑 ………………… (825)
　229. 白華 ………………… (825)
　230. 緜蠻 ………………… (825)
　231. 瓠葉 ………………… (825)
　232. 漸漸之石 …………… (826)
　233. 苕之華 ……………… (826)
　234. 何草不黃 …………… (826)

大雅（三十一篇）

文王之什（十篇）

- 235. 文王 …………………… (827)
- 236. 大明 …………………… (827)
- 237. 緜 ……………………… (828)
- 238. 棫樸 …………………… (828)
- 239. 旱麓 …………………… (829)
- 240. 思齊 …………………… (829)
- 241. 皇矣 …………………… (829)
- 242. 靈臺 …………………… (830)
- 243. 下武 …………………… (830)
- 244. 文王有聲 ……………… (831)

生民之什（十篇）

- 245. 生民 …………………… (831)
- 246. 行葦 …………………… (832)
- 247. 既醉 …………………… (832)
- 248. 鳧鷖 …………………… (833)
- 249. 假樂 …………………… (833)
- 250. 公劉 …………………… (833)
- 251. 泂酌 …………………… (834)
- 252. 卷阿 …………………… (834)
- 253. 民勞 …………………… (835)
- 254. 板 ……………………… (835)

蕩之什（十一篇）

- 255. 蕩 ……………………… (836)
- 256. 抑 ……………………… (837)
- 257. 桑柔 …………………… (838)
- 258. 雲漢 …………………… (839)
- 259. 崧高 …………………… (839)
- 260. 烝民 …………………… (840)
- 261. 韓奕 …………………… (841)
- 262. 江漢 …………………… (841)
- 263. 常武 …………………… (842)
- 264. 瞻卬 …………………… (842)
- 265. 召旻 …………………… (843)

周頌（三十一篇）

清廟之什（十篇）

- 266. 清廟 …………………… (844)
- 267. 維天之命 ……………… (844)
- 268. 維清 …………………… (844)
- 269. 烈文 …………………… (844)
- 270. 天作 …………………… (844)
- 271. 昊天有成命 …………… (844)
- 272. 我將 …………………… (845)
- 273. 時邁 …………………… (845)
- 274. 執競 …………………… (845)
- 275. 思文 …………………… (845)

臣工之什（十篇）

- 276. 臣工 …………………… (845)
- 277. 噫嘻 …………………… (845)
- 278. 振鷺 …………………… (846)
- 279. 豐年 …………………… (846)
- 280. 有瞽 …………………… (846)
- 281. 潛 ……………………… (846)
- 282. 雝 ……………………… (846)
- 283. 載見 …………………… (846)
- 284. 有客 …………………… (846)
- 285. 武 ……………………… (847)

閔予小子之什（十一篇）

- 286. 閔予小子 ……………… (847)
- 287. 訪落 …………………… (847)
- 288. 敬之 …………………… (847)
- 289. 小毖 …………………… (847)
- 290. 載芟 …………………… (847)
- 291. 良耜 …………………… (848)
- 292. 絲衣 …………………… (848)
- 293. 酌 ……………………… (848)
- 294. 桓 ……………………… (848)

295. 賚 ……………………（848）

296. 般 ……………………（848）

魯頌（四篇）

297. 駉 ……………………（849）

298. 有駜 …………………（849）

299. 泮水 …………………（849）

300. 閟宮 …………………（850）

商頌（五篇）

301. 那 ……………………（852）

302. 烈祖 …………………（852）

303. 玄鳥 …………………（852）

304. 長發 …………………（852）

305. 殷武 …………………（853）

國風（一百六十篇）

周　　南（十一篇）

1　關雎

1. 關關雎鳩，在河之洲。窈窕淑女，君子好逑。（鳩、洲、逑，幽部。）
2. 參差荇菜，左右流之。窈窕淑女，寤寐求之。（流、求，幽部。）
3. 求之不得，寤寐思服。悠哉悠哉，輾轉反側。（得、服、側，職部。）
4. 參差荇菜，左右采之。窈窕淑女，琴瑟友之。（采、友，之部。）
5. 參差荇菜，左右芼之。窈窕淑女，鍾鼓樂之①。（芼，宵部；樂，藥部。宵藥通韻。）

2　葛覃

1. 葛之覃兮，施于中谷，維葉萋萋。黃鳥于飛，集于灌木，其鳴喈喈。（谷、木，屋部。萋、喈，脂部；飛，微部。脂微合韻。）
2. 葛之覃兮，施于中谷，維葉莫莫。是刈是濩，爲絺爲綌，服之無斁。（莫、濩、綌、斁、鐸部。谷、屋部，與上章遥韻。）
3. 言告師氏，言告言歸。薄汙我私，薄澣我衣。害澣害否，歸寧父母。（歸、衣，微部。否、母，之部。）

3　卷耳

1. 采采卷耳，不盈頃筐。嗟我懷人，寘彼周行。（筐、行，陽部。）
2. 陟彼崔嵬，我馬虺隤。我姑酌彼金罍，維以不永懷。（嵬、隤、罍、懷，微部。）
3. 陟彼高岡，我馬玄黃。我姑酌彼兕觥，維以不永傷。（岡、黃、觥、傷，陽部。）
4. 陟彼砠矣，我馬瘏矣，我僕痡矣，云何吁矣！（砠、瘏、痡、吁，魚部。）

4　樛木

1. 南有樛木，葛藟纍之。樂只君子，福履綏之。（纍、綏，微部。）
2. 南有樛木，葛藟荒之。樂只君子，福履將之。（荒、將，陽部。）
3. 南有樛木，葛藟縈之。樂只君子，福履成之。（縈、成，耕部。）

---

① 《韓詩外傳》五作"鼓鍾樂之"。

5 螽斯

1. 螽斯羽,詵詵兮,宜爾子孫,振振兮。(詵、振,文部。)
2. 螽斯羽,薨薨兮,宜爾子孫,繩繩兮。(薨、繩,蒸部。)
3. 螽斯羽,揖揖兮,宜爾子孫,蟄蟄兮。(揖、蟄,緝部。)

6 桃夭

1. 桃之夭夭,灼灼其華。之子于歸,宜其室家。(華、家,魚部。)
2. 桃之夭夭,有蕡其實。之子于歸,宜其家室。(實、室,質部。)
3. 桃之夭夭,其葉蓁蓁。之子于歸,宜其家人。(蓁、人,真部。)

7 兔罝

1. 肅肅兔罝,椓之丁丁。赳赳武夫,公侯干城。(罝、夫,魚部。丁、城,耕部。)
2. 肅肅兔罝,施于中逵。赳赳武夫,公侯好仇。(罝、夫,魚部。逵、仇,幽部。)
3. 肅肅兔罝,施于中林。赳赳武夫,公侯腹心。(罝、夫,魚部。林、心,侵部。)

8 芣苢

1. 采采芣苢,薄言采之。采采芣苢,薄言有之。(苢、采、苢、有,之部。)
2. 采采芣苢,薄言掇之。采采芣苢,薄言捋之。(苢、苢,之部。掇、捋,月部。)
3. 采采芣苢,薄言袺之。采采芣苢,薄言襭之。(苢、苢,之部。袺、襭,質部。)

9 漢廣

1. 南有喬木,不可休息①。漢有游女,不可求思。漢之廣矣,不可泳思!江之永矣,不可方思!(休、求,幽部。廣、泳、永、方,陽部。)
2. 翹翹錯薪,言刈其楚。之子于歸,言秣其馬。漢之廣矣,不可泳思!江之永矣,不可方思。(楚、馬,魚部。廣、泳、永、方,陽部。)
3. 翹翹錯薪,言刈其蔞。之子于歸,言秣其駒。漢之廣矣,不可泳思!江之永矣,不可方思!(蔞、駒,侯部。廣、泳、永、方,陽部。)

10 汝墳

1. 遵彼汝墳,伐其條枚。未見君子,惄如調飢。(枚,微部;飢,脂部。脂微合韻。)

---

① 息,當依《韓詩外傳》卷一作"思"。

2.遵彼汝墳,伐其條肄。既見君子,不我遐棄。(肄、棄,質部。)

3.魴魚赬尾,王室如燬。雖則如燬,父母孔邇。(尾、燬、燬,微部;邇,脂部。脂微合韻。)

11　麟之趾

1.麟之趾,振振公子,于嗟麟兮!(趾、子,之部。麟,真部,與二·三章遙韻。)

2.麟之定,振振公姓,于嗟麟兮!(定、姓,耕部。)

3.麟之角,振振公族,于嗟麟兮!(角、族,屋部。)

召　　南（十四篇）

12　鵲巢

1.維鵲有巢,維鳩居之。之子于歸,百兩御之。(居、御,魚部。)

2.維鵲有巢,維鳩方之。之子于歸,百兩將之。(方、將,陽部。)

3.維鵲有巢,維鳩盈之。之子于歸,百兩成之。(盈、成,耕部。)

13　采蘩

1.于以采蘩,于沼于沚。于以用之?公侯之事。(沚、事,之部。)

2.于以采蘩,于澗之中。于以用之?公侯之宮。(中、宮,冬部。)

3.被之僮僮,夙夜在公。被之祁祁,薄言還歸。(僮、公,東部。祁,脂部;歸,微部。脂微合韻。)

14　草蟲

1.喓喓草蟲,趯趯阜螽。未見君子,憂心忡忡。亦既見止,亦既覯止,我心則降。(蟲、螽、忡、降,冬部。子、止、止,之部。)

2.陟彼南山,言采其蕨。未見君子,憂心惙惙。亦既見止,亦既覯止,我心則說。(蕨、惙、說,月部。子、止、止,之部。)

3.陟彼南山,言采其薇。未見君子,我心傷悲。亦既見止,亦既覯止,我心則夷。(薇、悲,微部;夷,脂部。脂微合韻。子、止、止,之部。)

15　采蘋

1.于以采蘋?南澗之濱。于以采藻?于彼行潦。(蘋、濱,真部。藻、潦,宵部。)

2.于以盛之？維筐及筥。于以湘之？維錡及釜。(筥、釜,魚部。)

3.于以奠之？宗室牖下。誰其尸之？有齊季女。(下、女,魚部。)

16　甘棠

1.蔽芾甘棠,勿翦勿伐,召伯所茇。(伐、茇,月部。)

2.蔽芾甘棠,勿翦勿敗,召伯所憩。(敗、憩,月部。)

3.蔽芾甘棠,勿翦勿拜,召伯所說。(拜、說,月部。)

17　行露

1.厭浥行露,豈不夙夜,謂行多露。(露、夜、露,鐸部。)

2.誰謂雀無角,何以穿我屋？誰謂女無家,何以速我獄！雖速我獄,室家不足。(角、屋、獄、獄、足,屋部。)

3.誰謂鼠無牙,何以穿我墉。誰謂女無家,何以速我訟。雖速我訟,亦不女從。(牙、家,魚部。墉、訟、訟、從,東部。)

18　羔羊

1.羔羊之皮,素絲五紽。退食自公,委蛇委蛇。(皮、紽、蛇,歌部。)

2.羔羊之革,素絲五緎。委蛇委蛇,自公退食。(革、緎、食,職部。)

3.羔羊之縫,素絲五總。委蛇委蛇,退食自公。(縫、總、公,東部。)

19　殷其靁

1.殷其靁,在南山之陽。何斯違斯,莫敢或遑？振振君子,歸哉歸哉！(靁、違、歸、歸,微部。陽、遑,陽部。)

2.殷其靁,在南山之側。何斯違斯,莫敢遑息？振振君子,歸哉歸哉！(靁、違、歸、歸,微部。側、息,職部。)

3.殷其靁,在南山之下。何斯違斯,莫或遑處？振振君子,歸哉歸哉！(靁、違、歸、歸,微部。下、處,魚部。)

20　摽有梅

1.摽有梅,其實七兮。求我庶士,迨其吉兮。(梅、士,之部。七、吉,質部。)

2.摽有梅,其實三兮。求我庶士,迨其今兮。(梅、士,之部。三、今,侵部。)

3.摽有梅,頃筐墍之。求我庶士,迨其謂之。(梅、士,之部。墍、謂,物部。)

21　小星

1. 嘒彼小星，三五在東。肅肅宵征，夙夜在公，寔命不同。（星、征，耕部。東、公、同，東部。）
2. 嘒彼小星，維參與昴。肅肅宵征，抱衾與裯，寔命不猶。（星、征，耕部。昴、裯、猶，幽部。）

22　江有汜

1. 江有汜。之子歸，不我以；不我以，其後也悔。（汜、以、以、悔，之部。）
2. 江有渚。之子歸，不我與；不我與，其後也處。（渚、與、與、處，魚部。）
3. 江有沱。之子歸，不我過；不我過，其嘯也歌。（沱、過、過、歌，歌部。）

23　野有死麕

1. 野有死麕，白茅包之。有女懷春，吉士誘之。（麕、春，文部。包、誘，幽部。）
2. 林有樸樕，野有死鹿。白茅純束，有女如玉。（樕、鹿、束、玉，屋部。）
3. 舒而脫脫兮，無感我帨兮，無使尨也吠。（脫、帨、吠，月部。）

24　何彼襛矣

1. 何彼襛矣？唐棣之華。曷不肅雝？王姬之車。（華、車，魚部。）
2. 何彼襛矣？華如桃李。平王之孫，齊侯之子。（矣、李、子，之部。）
3. 其釣維何？維絲伊緡。齊侯之子，平王之孫。（緡、孫，文部。）

25　騶虞

1. 彼茁者葭，壹發五豝，于嗟乎騶虞！（葭、豝、乎、虞，魚部。）
2. 彼茁者蓬，壹發五豵，于嗟乎騶虞！（蓬、豵，東部。乎、虞，魚部。）

邶（十九篇）

26　柏舟

1. 汎彼柏舟，亦汎其流。耿耿不寐，如有隱憂。微我無酒，以敖以遊。（舟、流、憂、酒、遊，幽部。）
2. 我心匪鑒，不可以茹。亦有兄弟，不可以據。薄言往愬，逢彼之怒。（茹、據、怒，魚

3.我心匪石,不可轉也。我心匪席,不可卷也。威儀棣棣,不可選也。(石、席,鐸部。轉、卷、選,寒部。)

　　4.憂心悄悄,慍于羣小。覯閔既多,受侮不少。靜言思之,寤辟有摽。(悄、小、少、摽,宵部。)

　　5.日居月諸,胡迭而微？心之憂矣,如匪澣衣。靜言思之,不能奮飛。(微、衣、飛,微部。)

27　綠衣

　　1.綠兮衣兮,綠衣黃裏。心之憂矣,曷維其已。(裏、已,之部。)

　　2.綠兮衣兮,綠衣黃裳。心之憂矣,曷維其亡。(裳、亡,陽部。)

　　3.綠兮絲兮,女所治兮。我思古人,俾無訧兮。(絲、治、訧,之部。)

　　4.絺兮綌兮,淒其以風。我思古人,實獲我心。(風、心,侵部。)

28　燕燕

　　1.燕燕于飛,差池其羽。之子于歸,遠送于野。瞻望弗及,泣涕如雨。(飛、歸,微部。羽、野、雨,魚部。)

　　2.燕燕于飛,頡之頏之。之子于歸,遠于將之。瞻望弗及,佇立以泣。(飛、歸,微部。頡、將,陽部。及、泣,緝部。)

　　3.燕燕于飛,下上其音。之子于歸,遠送于南。瞻望弗及,實勞我心。(飛、歸,微部。音、南、心,侵部。)

　　4.仲氏任只,其心塞淵。終溫且惠,淑慎其身。先君之思,以勗寡人。(淵、身、人,真部。)

29　日月

　　1.日居月諸,照臨下土。乃如之人兮,逝不古處。胡能有定？寧不我顧！(土、處、顧,魚部。)

　　2.日居月諸,下土是冒。乃如之人兮,逝不相好。胡能有定？寧不我報！(冒、好、報,幽部。)

　　3.日居月諸,出自東方。乃如之人兮,德音無良。胡能有定？俾也可忘。(方、良、忘,陽部。)

　　4.日居月諸,東方自出。父兮母兮,畜我不卒。胡能有定？報我不述。(出、卒、述,物部。)

30 終風

1. 終風且暴。顧我則笑,謔浪笑敖。中心是悼。（暴、悼,藥部；笑、敖,宵部。宵藥通韻。）

2. 終風且霾。惠然肯來,莫往莫來,悠悠我思。（霾、來、來、思,之部。）

3. 終風且曀,不日有曀。寤言不寐,願言則嚏。（曀、曀、嚏,質部。）

4. 曀曀其陰,虺虺其雷。寤言不寐,願言則懷。（雷、懷,微部。）

31 擊鼓

1. 擊鼓其鏜,踊躍用兵。土國城漕,我獨南行。（鏜、兵、行,陽部。）

2. 從孫子仲,平陳與宋。不我以歸,憂心有忡。（仲、宋、忡,冬部。）

3. 爰居爰處,爰喪其馬。于以求之？于林之下。（處、馬、下,魚部。）

4. 死生契闊,與子成說。執子之手,與子偕老。（闊、說,月部。手、老,幽部。）

5. 于嗟闊兮,不我活兮！于嗟洵兮！不我信兮！（闊、活,月部。洵、信,真部。）

32 凱風

1. 凱風自南,吹彼棘心。棘心夭夭,母氏劬勞。（南、心,侵部。夭、勞,宵部。）

2. 凱風自南,吹彼棘薪。母氏聖善,我無令人。（薪、人,真部。）

3. 爰有寒泉,在浚之下。有子七人,母氏勞苦。（下、苦,魚部。）

4. 睍睆黃鳥,載好其音。有子七人,莫慰母心。（音、心,侵部。）

33 雄雉

1. 雄雉于飛,泄泄其羽。我之懷矣,自詒伊阻。（羽、阻,魚部。）

2. 雄雉于飛,上下其音。展矣君子,實勞我心。（音、心,侵部。）

3. 瞻彼日月,悠悠我思。道之云遠,曷云能來。（思、來,之部。）

4. 百爾君子,不知德行。不忮不求,何用不臧。（行、臧,陽部。）

34 匏有苦葉

1. 匏有苦葉,濟有深涉。深則厲,淺則揭。（葉、涉,葉部。厲、揭,月部。）

2. 有瀰濟盈,有鷕雉鳴。濟盈不濡軌①,雉鳴求其牡。（盈、鳴,耕部。軌、牡,幽部。）

---

① 軌,唐石經作"帆",相臺本作"軌"。

3.離離鳴鴈,旭日始旦。士如歸妻,迨冰未泮。(鴈、旦、泮,寒部。)

4.招招舟子,人涉卬否。人涉卬否,卬須我友。(子、否、否、友,之部。)

35 谷風

1.習習谷風,以陰以雨。黽勉同心,不宜有怒。采葑采菲,無以下體。德音莫違,及爾同死。(風、心,侵部。雨、怒,魚部。菲、違,微部。體、死,脂部。)

2.行道遲遲,中心有違。不遠伊邇,薄送我畿。誰謂荼苦,其甘如薺。宴爾新昏,如兄如弟。(遲、邇、薺、弟,脂部;違、畿,微部。脂微合韻。)

3.涇以渭濁,湜湜其沚。宴爾新昏,不我屑以。毋逝我梁!毋發我笱!我躬不閱,遑恤我後!(沚、以,之部。笱、後,侯部。)

4.就其深矣,方之舟之;就其淺矣,泳之游之。何有何亡,黽勉求之;凡民有喪,匍匐救之。(舟、游、求、救,幽部。)

5.不我能慉,反以我為讎。既阻我德,賈用不售。昔育恐育鞫,及爾顛覆。既生既育,比予于毒。(讎、售,幽部。鞫、覆、育、毒,覺部。)

6.我有旨蓄,亦以御冬。宴爾新昏,以我御窮。有洸有潰,既詒我肄。不念昔者,伊余來墍。(冬、窮,冬部。肄、質部;潰、墍,物部。質物合韻。)

36 式微

1.式微式微,胡不歸?微君之故,胡為乎中露。(微、歸,微部。故,魚部;露,鐸部。魚鐸通韻。)

2.式微式微,胡不歸?微君之躬,胡為乎泥中。(微、歸,微部。躬、中,冬部。)

37 旄丘

1.旄丘之葛兮,何誕之節兮!叔兮伯兮,何多日也!(葛,月部;節、日,質部。質月合韻。)

2.何其處也?必有與也。何其久也?必有以也。(處、與,魚部。久、以,之部。)

3.狐裘蒙戎,匪車不東。叔兮伯兮,靡所與同。(戎,冬部;東、同,東部。冬東合韻。)

4.瑣兮尾兮,流離之子。叔兮伯兮,褎如充耳。(子、耳,之部。)

38 簡兮

1.簡兮簡兮,方將萬舞。日之方中,在前上處。(舞、處,魚部。)

2.碩人俁俁,公庭萬舞。有力如虎,執轡如組。(俁、舞、虎、組,魚部。)

3.左手執籥,右手秉翟,赫如渥赭。公言錫爵。(籥、翟、爵,藥部。)

4.山有榛,隰有苓。云誰之思,西方美人。彼美人兮,西方之人兮。(榛、苓、人、人、人,真部。)

39　泉水

1.毖彼泉水,亦流于淇。有懷于衛,靡日不思。孌彼諸姬,聊與之謀。(淇、思、姬、謀,之部。)

2.出宿于泲,飲餞于禰。女子有行,遠父母兄弟。問我諸姑,遂及伯姊。(泲、禰、弟、姊,脂部。)

3.出宿于干,飲餞于言。載脂載舝,還車言邁。遄臻于衛,不瑕有害。(干、言,寒部。舝、邁、衛、害,月部。)

4.我思肥泉,茲之永歎。思須與漕,我心悠悠。駕言出遊,以寫我憂。(泉、歎,寒部。漕、悠、遊、憂,幽部。)

40　北門

1.出自北門,憂心殷殷。終窶且貧,莫知我艱。已焉哉!天實爲之,謂之何哉!(門、殷、貧、艱,文部。爲、何,歌部。)

2.王事適我,政事一埤益我。我入自外,室人交徧讁我。已焉哉!天實爲之,謂之何哉!(適、益、讁,錫部。爲、何,歌部。)

3.王事敦我,政事一埤遺我。我入自外,室人交徧摧我。已焉哉!天實爲之,謂之何哉!(敦,文部;遺、摧,微部。微文通韻。爲、何,歌部。)

41　北風

1.北風其涼,雨雪其雱。惠而好我,攜手同行。其虛其邪!既亟只且!(涼、雱、行,陽部。邪、且,魚部。)

2.北風其喈,雨雪其霏。惠而好我,攜手同歸。其虛其邪!既亟只且!(喈,脂部;霏、歸,微部。脂微合韻。邪、且,魚部。)

3.莫赤匪狐,莫黑匪烏。惠而好我,攜手同車。其虛其邪!既亟只且!(狐、烏、車、邪、且,魚部。)

42　靜女

1.靜女其姝,俟我於城隅。愛而不見,搔首踟蹰。(姝、隅、蹰,侯部。)

2.靜女其孌,貽我彤管。彤管有煒,說懌女美。(孌、管,寒部。煒,微部;美,脂部。

3.自牧歸荑,洵美且異。匪女之爲美,美人之貽。(荑,美,脂部。異,職部;貽,之部。之職通韻。)

43　新臺

1.新臺有泚,河水瀰瀰①。燕婉之求,籧篨不鮮。(瀰,脂部;鮮,寒部。脂寒合韻。)
2.新臺有洒,河水浼浼。燕婉之求,籧篨不殄。(洒、浼、殄,文部。)
3.魚網之設,鴻則離之。燕婉之求,得此戚施。(離、施,歌部。)

44　二子乘舟

1.二子乘舟,汎汎其景。願言思子,中心養養。(景、養,陽部。)
2.二子乘舟,汎汎其逝。願言思子,不瑕有害。(逝、害,月部。)

鄘 (十篇)

45　柏舟

1.汎彼柏舟,在彼中河。髧彼兩髦,實維我儀。之死矢靡它。母也天只!不諒人只!(河、儀、它,歌部。天、人,真部。)
2.汎彼柏舟,在彼河側。髧彼兩髦,實維我特。之死矢靡慝。母也天只!不諒人只!(側、特、慝,職部。天、人,真部。)

46　牆有茨

1.牆有茨,不可埽也。中冓之言,不可道也。所可道也,言之醜也。(埽、道、道、醜,幽部。)
2.牆有茨,不可襄也。中冓之言,不可詳也。所可詳也,言之長也。(襄、詳、詳、長,陽部。)
3.牆有茨,不可束也。中冓之言,不可讀也。所可讀也,言之辱也。(束、讀、讀、辱,屋部。)

47　君子偕老

1.君子偕老,副笄六珈。委委佗佗,如山如河。象服是宜。子之不淑,云如之何?

---

① 段玉裁"泚"歸脂部。王力先生《詩經韻讀》同。江有誥以爲支脂合韻。

(珈、佗、河、宜、何,歌部。)

2.玼兮玼兮,其之翟也。鬒髮如雲,不屑髢也。玉之瑱也。象之揥也。揚且之皙也,胡然而天也? 胡然而帝也?(翟,藥部;髢(鬄)、揥、皙、帝,錫部。藥錫合韻。瑱、天,真部。)

3.瑳兮瑳兮,其之展也。蒙彼縐絺,是紲袢也①。子之清揚,揚且之顏也。展如之人兮,邦之媛也。(展、袢、顏、媛,寒部。)

48　桑中

1.爰采唐矣? 沬之鄉矣。云誰之思? 美孟姜矣。期我乎桑中,要我乎上宮,送我乎淇之上矣。(唐、鄉、姜、上,陽部。中、宮,冬部。)

2.爰采麥矣? 沬之北矣。云誰之思? 美孟弋矣。期我乎桑中,要我乎上宮,送我乎淇之上矣。(麥、北、弋,職部。中、宮,冬部。上,與上章遙韻。)

3.爰采葑矣? 沬之東矣。云誰之思? 美孟庸矣。期我乎桑中,要我乎上宮,送我乎淇之上矣。(葑、東、庸,東部。中、宮,冬部。上,與一、二章遙韻。)

49　鶉之奔奔

1.鶉之奔奔,鵲之彊彊。人之無良,我以爲兄。(彊、良、兄,陽部。)

2.鵲之彊彊,鶉之奔奔。人之無良,我以爲君。(彊、良,陽部。奔、君,文部。)

50　定之方中

1.定之方中,作于楚宮。揆之以日,作于楚室。樹之榛栗,椅桐梓漆,爰伐琴瑟。(中、宮,冬部。日、室、栗、漆、瑟,質部。)

2.升彼虛矣,以望楚矣。望楚與堂,景山與京,降觀于桑。卜云其吉,終然②允臧。(虛、楚,魚部。堂、京、桑、臧,陽部。)

3.靈雨既零,命彼倌人。星言夙駕,說于桑田。匪直也人,秉心塞淵。騋牝三千。(零、人、田、人、淵、千,真部。)

51　蝃蝀

1.蝃蝀在東,莫之敢指。女子有行,遠父母兄弟。(指、弟,脂部。)

2.朝隮于西,崇朝其雨。女子有行,遠兄弟父母。(雨,魚部;母,之部。之魚合韻。)

---

① 唐石經作"是絏袢也"。
② 明監本、毛本"然"作"焉",誤。

3.乃如之人也,懷昏姻也,大無信也,不知命也。(人、姻、信、命,真部。)

52 相鼠

1.相鼠有皮,人而無儀!人而無儀,不死何爲?(皮、儀、儀、爲,歌部。)

2.相鼠有齒,人而無止!人而無止,不死何俟?(齒、止、止、俟,之部。)

3.相鼠有體,人而無禮!人而無禮,胡不遄死?(體、禮、禮、死,脂部。)

53 干旄

1.孑孑干旄,在浚之郊,素絲紕之,良馬四之。彼姝者子,何以畀之?(旄、郊,宵部。紕,脂部;四、畀,質部。脂質通韻。)

2.孑孑干旟,在浚之都。素絲組之,良馬五之。彼姝者子,何以予之?(旟、都、組、五、予,魚部。)

3.孑孑干旌,在浚之城。素絲祝之,良馬六之。彼姝者子,何以告之。(旌、城,耕部。祝、六、告,覺部。)

54 載馳

1.載馳載驅,歸唁衛侯。驅馬悠悠,言至于漕。大夫跋涉,我心則憂。(驅、侯,侯部。悠、漕、憂,幽部。)

2.既不我嘉,不能旋反。視爾不臧,我思不遠。既我不嘉,不能旋濟。視爾不臧,我思不閟。(反、遠,寒部。濟,脂部;閟,質部。脂質通韻。)

3.陟彼阿丘,言采其蝱。女子善懷,亦各有行。許人尤之,衆穉且狂。(蝱、行、狂,陽部。)

4.我行其野,芃芃其麥。控于大邦,誰因誰極。大夫君子,無我有尤!百爾所思,不如我所之。(麥、極,職部。子、尤、思、之,之部。)

衛 (十篇)

55 淇奧

1.瞻彼淇奧,綠竹猗猗。有匪君子,如切如磋,如琢如磨。瑟兮僩兮,赫兮咺兮。有匪君子,終不可諼兮。(猗、磋、磨,歌部。僩、咺、諼,寒部。)

2.瞻彼淇奧,綠竹青青。有匪君子,充耳琇瑩,會弁如星。瑟兮僩兮,赫兮咺兮,有匪君子,終不可諼兮。(青、瑩、星,耕部。偲、咺、諼,寒部。)

3.瞻彼淇奧,綠竹如簀。有匪君子,如金如錫,如圭如璧。寬兮綽兮,猗重較兮①,善戲謔兮,不爲虐兮。(簀、錫、璧,錫部。綽、較、謔、虐,藥部。)

56　考槃

1.考槃在澗,碩人之寬。獨寐寤言,永矢弗諼。(澗、寬、言、諼,寒部。)

2.考槃在阿,碩人之薖。獨寐寤歌,永矢弗過。(阿、薖、歌、過,歌部。)

3.考槃在陸,碩人之軸。獨寐寤宿,永矢弗告。(陸、軸、宿、告,覺部。)

57　碩人

1.碩人其頎,衣錦褧衣,齊侯之子,衛侯之妻,東宮之妹,邢侯之姨,譚公維私。(頎、衣,微部。妻、姨、私,脂部。)

2.手如柔荑,膚如凝脂,領如蝤蠐,齒如瓠犀,螓首蛾眉,巧笑倩兮,美目盼兮。(荑、脂、蠐、犀、眉,脂部。倩,耕部;盼,文部。耕文合韻。)

3.碩人敖敖,說于農郊。四牡有驕,朱幩鑣鑣,翟茀以朝。大夫夙退,無使君勞。(敖、郊、驕、鑣、朝、勞,宵部。)

4.河水洋洋,北流活活。施罛濊濊,鱣鮪發發,葭菼揭揭。庶姜孽孽②。庶士有朅。(活、濊、發、揭、孽、朅,月部。)

58　氓

1.氓之蚩蚩,抱布貿絲。匪來貿絲,來即我謀。送子涉淇,至于頓丘。匪我愆期,子無良媒。將子無怒,秋以爲期。(蚩、絲、絲、謀、淇、丘、期、媒、期,之部。)

2.乘彼垝垣,以望復關。不見復關,泣涕漣漣。既見復關,載笑載言。爾卜爾筮,體無咎言。以爾車來,以我賄遷。(垣、關、關、漣、關、言、言、遷,寒部。)

3.桑之未落,其葉沃若。于嗟鳩兮!無食桑葚!于嗟女兮!無與士耽!士之耽兮,猶可說也;女之耽兮,不可說也。(落、若,鐸部。葚、耽,侵部。說、說,月部。)

4.桑之落矣,其黃而隕。自我徂爾,三歲食貧。淇水湯湯,漸車帷裳。女也不爽,士貳其行。士也罔極,二三其德。(隕、貧,文部。湯、裳、爽、行,陽部。極、德、職部。)

5.三歲爲婦,靡室勞矣。夙興夜寐,靡有朝矣。言既遂矣,至于暴矣。兄弟不知,咥

---

① 《十三經注疏》本作"倚重較兮","倚"當依唐石經、相臺本作"猗"。
② 唐石經、朱熹《集傳》本作"孼孼"。

其笑矣。静言思之,躬自悼矣。(勞、朝、笑,宵部;暴、悼,藥部。宵藥通韻。)

6. 及爾偕老,老使我怨。淇則有岸,隰則有泮。總角之宴,言笑晏晏。信誓旦旦,不思其反。反是不思,亦已焉哉!(怨、岸、泮、宴、晏、旦、反,寒部。思、哉,之部。)

59 竹竿

1. 籊籊竹竿,以釣于淇。豈不爾思,遠莫致之。(淇、思、之,之部。)

2. 泉源在左,淇水在右。女子有行,遠兄弟父母①。(右、母,之部。)

3. 淇水在右,泉源在左。巧笑之瑳,佩玉之儺。(左、瑳、儺,歌部。)

4. 淇水滺滺,檜楫松舟。駕言出遊,以寫我憂。(滺、舟、遊、憂,幽部。)

60 芄蘭

1. 芄蘭之支,童子佩觿。雖則佩觿,能不我知。容兮遂兮,垂帶悸兮。(支、觿、觿、知,支部。遂,物部;悸,質部。質物合韻。)

2. 芄蘭之葉,童子佩韘。雖則佩韘,能不我甲。容兮遂兮,垂帶悸兮。(葉、韘、韘、甲,葉部。遂,物部;悸,質部。質物合韻。)

61 河廣

1. 誰謂河廣,一葦杭之。誰謂宋遠,跂予望之。(廣、杭、望,陽部。)

2. 誰謂河廣,曾不容刀。誰謂宋遠,曾不崇朝。(刀、朝,宵部。)

62 伯兮

1. 伯兮朅兮,邦之桀兮。伯也執殳,為王前驅。(朅、桀,月部。殳、驅,侯部。)

2. 自伯之東,首如飛蓬。豈無膏沐,誰適為容?(東、蓬、容,東部。)

3. 其雨其雨!杲杲出日。願言思伯,甘心首疾。(日、疾,質部。)

4. 焉得諼草,言樹之背。願言思伯,使我心痗。(背,職部;痗,之部。職之通韻。)

63 有狐

1. 有狐綏綏,在彼淇梁。心之憂矣,之子無裳。(梁、裳,陽部。)

2. 有狐綏綏,在彼淇厲。心之憂矣,之子無帶。(厲、帶,月部。)

3. 有狐綏綏,在彼淇側。心之憂矣,之子無服。(側、服,職部。)

---

① 相臺本作"遠父母兄弟"。

64 木瓜

1. 投我以木瓜,報之以瓊琚。匪報也,永以爲好也。(瓜、琚,魚部。報、好,幽部。)
2. 投我以木桃,報之以瓊瑤。匪報也,永以爲好也。(桃、瑤,宵部。報、好,幽部。)
3. 投我以木李,報之以瓊玖。匪報也,永以爲好也。(李、玖,之部。報、好,幽部。)

王 (十篇)

65 黍離

1. 彼黍離離,彼稷之苗。行邁靡靡,中心搖搖。知我者,謂我心憂;不知我者,謂我何求。悠悠蒼天,此何人哉?(離、靡,歌部。苗、搖,宵部。憂、求,幽部。天、人,真部。)
2. 彼黍離離,彼稷之穗。行邁靡靡,中心如醉。知我者,謂我心憂;不知我者,謂我何求。悠悠蒼天,此何人哉?(離、靡,歌部。穗,質部;醉,物部。質物合韻。憂、求,幽部。天、人,真部。)
3. 彼黍離離,彼稷之實。行邁靡靡,中心如噎。知我者,謂我心憂;不知我者,謂我何求。悠悠蒼天,此何人哉?(離、靡,歌部。實、噎,質部。憂、求,幽部。天、人,真部。)

66 君子于役

1. 君子于役,不知其期。曷至哉?雞棲于塒,日之夕矣,羊牛下來。君子于役,如之何勿思!(期、哉、塒、矣、來、思,之部。)
2. 君子于役,不日不月。曷其有佸?雞棲于桀,日之夕矣,羊牛下括。君子于役,苟無飢渴!(月、佸、桀、括、渴,月部。)

67 君子陽陽

1. 君子陽陽,左執簧,右招我由房。其樂只且。(陽、簧、房,陽部。且,魚部,與二章遙韻。)
2. 君子陶陶,左執翿,右招我由敖。其樂只且。(陶、翿,幽部;敖,宵部。幽宵合韻。)

68 揚之水

1. 揚之水,不流束薪。彼其之子,不與我戍申。懷哉懷哉!曷月予還歸哉?(薪、申,真部。懷、歸,微部。)
2. 揚之水,不流束楚。彼其之子,不與我戍甫。懷哉懷哉!曷月予還歸哉?(楚、甫,

3. 揚之水,不流束蒲。彼其之子,不與我戍許。懷哉懷哉！曷月予還歸哉？（蒲、許,魚部。懷、歸,微部。）

69　中谷有蓷

1. 中谷有蓷,暵其乾矣。有女仳離,嘅其嘆矣。嘅其嘆矣,遇人之艱難矣。（乾、嘆、嘆、難,寒部。）

2. 中谷有蓷,暵其脩矣。有女仳離,條其歗矣。條其歗矣,遇人之不淑矣。（脩,幽部;歗、歗、淑,覺部。幽覺通韻。）

3. 中谷有蓷,暵其濕矣。有女仳離,啜其泣矣。啜其泣矣,何嗟及矣。（濕、泣、泣、及,緝部。）

70　兔爰

1. 有兔爰爰,雉離于羅。我生之初,尚無爲;我生之後,逢此百罹。尚寐無吪。（羅、爲、罹、吪,歌部。）

2. 有兔爰爰,雉離于罦。我生之初,尚無造;我生之後,逢此百憂。尚寐無覺。（罦、造、憂,幽部;覺,覺部。幽覺通韻。）

3. 有兔爰爰,雉離于罿。我生之初,尚無庸;我生之後,逢此百凶。尚寐無聰。（罿、庸、凶、聰,東部。）

71　葛藟

1. 綿綿葛藟,在河之滸。終遠兄弟,謂他人父。謂他人父,亦莫我顧。（滸、父、父、顧,魚部。）

2. 綿綿葛藟,在河之涘。終遠兄弟,謂他人母。謂他人母,亦莫我有。（涘、母、母、有,之部。）

3. 綿綿葛藟,在河之漘。終遠兄弟,謂他人昆。謂他人昆,亦莫我聞。（漘、昆、昆、聞,文部。）

72　采葛

1. 彼采葛兮,一日不見,如三月兮。（葛、月,月部。）

2. 彼采蕭兮,一日不見,如三秋兮。（蕭、秋,幽部。）

3. 彼采艾兮,一日不見,如三歲兮。（艾、歲,月部。）

73 大車

1. 大車檻檻,毳衣如菼。豈不爾思,畏子不敢。(檻、菼、敢,談部。)
2. 大車啍啍,毳衣如璊。豈不爾思,畏子不奔。(啍、璊、奔,文部。)
3. 穀則異室,死則同穴。謂予不信,有如皦日。(室、穴、日,質部。)

74 丘中有麻

1. 丘中有麻,彼留子嗟。彼留子嗟,將其來施施。(麻、嗟、嗟、施,歌部。)
2. 丘中有麥,彼留子國。彼留子國,將其來食。(麥、國、國、食,職部。)
3. 丘中有李,彼留之子。彼留之子,貽我佩玖。(李、子、子、玖,之部。)

鄭（二十一篇）

75 緇衣

1. 緇衣之宜兮,敝,予又改爲兮。適子之館兮,還,予授子之粲兮。(宜、爲,歌部。館、粲,寒部。)
2. 緇衣之好兮,敝,予又改造兮。適子之館兮,還,予授子之粲兮。(好、造,幽部。館、粲,寒部。)
3. 緇衣之席兮,敝,予又改作兮。適子之館兮,還,予授子之粲兮。(席、作,鐸部。館、粲,寒部。)

76 將仲子

1. 將仲子兮!無踰我里!無折我樹杞!豈敢愛之,畏我父母。仲可懷也,父母之言,亦可畏也。(子、里、杞、母,之部。懷、畏,微部。)
2. 將仲子兮!無踰我牆!無折我樹桑!豈敢愛之,畏我諸兄。仲可懷也,諸兄之言,亦可畏也。(牆、桑、兄,陽部。懷、畏,微部。)
3. 將仲子兮!無踰我園!無折我樹檀!豈敢愛之,畏人之多言。仲可懷也,人之多言,亦可畏也。(園、檀、言,寒部。懷、畏,微部。)

77 叔于田

1. 叔于田,巷無居人。豈無居人,不如叔也,洵美且仁。(田、人、人、仁,真部。)

2.叔于狩,巷無飲酒。豈無飲酒,不如叔也,洵美且好。(狩、酒、酒、好,幽部。)

3.叔適野,巷無服馬。豈無服馬,不如叔也,洵美且武。(野、馬、馬、武,魚部。)

78 大叔于田

1.叔于田①,乘乘馬。執轡如組,兩驂如舞。叔在藪,火烈具舉。襢裼暴虎,獻于公所。將叔無狃,戒其傷女。(馬、組、舞、舉、所、女,魚部。)

2.叔于田,乘乘黃。兩服上襄,兩驂鴈行。叔在藪,火烈具揚。叔善射忌,又良御忌,抑磬控忌,抑縱送忌。(黃、襄、行、揚,陽部。射、鐸部;御,魚部。魚鐸通韻。控、送,東部。)

3.叔于田,乘乘鴇。兩服齊首,兩驂如手。叔在藪,火烈具阜。叔馬慢忌,叔發罕忌,抑釋掤忌,抑鬯弓忌。(鴇、首、手、阜,幽部。慢、罕,寒部。掤、弓,蒸部。)

79 清人

1.清人在彭,駟介旁旁。二矛重英,河上乎翱翔。(彭、旁、英、翔,陽部。)

2.清人在消,駟介麃麃。二矛重喬,河上乎逍遥。(消、麃、喬、遥,宵部。)

3.清人在軸,駟介陶陶。左旋右抽,中軍作好。(軸、覺部;陶、抽、好,幽部。幽覺通韻。)

80 羔裘

1.羔裘如濡,洵直且侯。彼其之子,舍命不渝。(濡、侯、渝,侯部。)

2.羔裘豹飾,孔武有力。彼其之子,邦之司直。(飾、力、直,職部。)

3.羔裘晏兮,三英粲兮。彼其之子,邦之彥兮。(晏、粲、彥,寒部。)

81 遵大路

1.遵大路兮,摻執子之袪兮。無我惡兮,不寁故也。(路、惡,鐸部;袪、故,魚部。鐸魚通韻。)

2.遵大路兮②,摻執子之手兮。無我魗兮,不寁好也。(手、魗、好,幽部。)

82 女曰雞鳴

1.女曰雞鳴,士曰昧旦。子興視夜,明星有爛。將翱將翔,弋鳧與鴈。(旦、爛、鴈,寒

---

① 陸德明《釋文》:"叔于田,本或作'大叔于田'者誤。"
② 或以爲此章"路"當作"道",與"手"、"魗"、"好"韻。

2.弋言加之,與子宜之。宜言飲酒,與子偕老。琴瑟在御,莫不靜好。(加、宜、歌部。酒、老、好,幽部。)

3.知子之來之,雜佩以贈之①。知子之順之,雜佩以問之。知子之好之,雜佩以報之。(來,之部;贈,蒸部。之蒸通韻。順、問,文部。好、報,幽部。)

83　有女同車

1.有女同車,顏如舜華。將翱將翔,佩玉瓊琚。彼美孟姜,洵美且都。(車、華、琚、都,魚部。翔、姜,陽部。)

2.有女同行,顏如舜英。將翱將翔,佩玉將將。彼美孟姜,德音不忘。(行、英、翔、將、姜、忘,陽部。)

84　山有扶蘇

1.山有扶蘇,隰有荷華。不見子都,乃見狂且。(蘇、華、都、且,魚部。)

2.山有橋②松,隰有游龍。不見子充,乃見狡童。(松、龍、充、童,東部。)

85　蘀兮

1.蘀兮蘀兮,風其吹女。叔兮伯兮,倡予和女。(蘀、蘀、伯,鐸部。吹、和,歌部。)

2.蘀兮蘀兮,風其漂女。叔兮伯兮,倡予要女。(蘀、蘀、伯,鐸部。漂、要,宵部。)

86　狡童

1.彼狡童兮,不與我言兮。維子之故,使我不能餐兮。(言、餐,寒部。)

2.彼狡童兮,不與我食兮。維子之故,使我不能息兮。(食、息,職部。)

87　褰裳

1.子惠思我,褰裳涉溱;子不我思,豈無他人。狂童之狂也且!(溱、人,真部。狂,陽部。與二章遙韻。)

2.子惠思我,褰裳涉洧;子不我思,豈無他士。狂童之狂也且!(洧、思、士,之部。)

88　丰

1.子之丰兮,俟我乎巷兮。悔予不送兮。(丰、巷、送,東部。)

---

①　江永《詩韻舉例》以爲"贈"當作"貽",以同"來"字押韻。

②　橋,《十三經注疏》本作"喬"。阮元《校勘記》:"橋字是也。…孝《正義》本是'喬'字。此經毛作'橋',以爲'喬'之假借。鄭亦作'橋',與毛字同,但以爲'槁'之假借。"

2. 子之昌兮,俟我乎堂兮。悔予不將兮。(昌、堂、將,陽部。)

3. 衣錦褧衣,裳錦褧裳。叔兮伯兮,駕予與行。(裳、行,陽部。)

4. 裳錦褧裳,衣錦褧衣。叔兮伯兮,駕予與歸。(衣、歸,微部。)

89　東門之墠

1. 東門之墠,茹藘在阪。其室則邇,其人甚遠。(墠、阪、遠,寒部。)

2. 東門之栗,有踐家室。豈不爾思,子不我即。(栗、室、即,質部。)

90　風雨

1. 風雨淒淒,雞鳴喈喈。既見君子,云胡不夷!(淒、喈、夷,脂部。)

2. 風雨瀟瀟,雞鳴膠膠。既見君子,云胡不瘳!(瀟、膠、瘳,幽部。)

3. 風雨如晦,雞鳴不已。既見君子,云胡不喜!(晦、已、子、喜,之部。)

91　子衿

1. 青青子衿,悠悠我心。從我不往,子寧不嗣音?(衿、心、音,侵部。)

2. 青青子佩,悠悠我思。縱我不往,子寧不來?(佩、思、來,之部。)

3. 挑兮達兮,在城闕兮。一日不見,如三月兮。(達、闕、月,月部。)

92　揚之水

1. 揚之水,不流束楚。終鮮兄弟,維予與女。無信人之言,人實迋女。(楚、女、女,魚部。)

2. 揚之水,不流束薪。終鮮兄弟,維予二人。無信之言,人實不信。(薪、人、信,真部。)

93　出其東門

1. 出其東門,有女如雲。雖則如雲,匪我思存。縞衣綦巾,聊樂我員。(門、雲、雲、存、巾、員,文部。)

2. 出其闉闍,有女如荼。雖則如荼,匪我思且。縞衣茹藘,聊可與娛。(闍、荼、荼、且、藘、娛,魚部。)

94　野有蔓草

1. 野有蔓草,零露漙兮。有美一人,清揚婉兮。邂逅相遇,適我願兮。(漙、婉、願,寒部。)

2.野有蔓草,零露瀼瀼。有美一人,婉如清揚。邂逅相遇,與子皆臧。(瀼、揚、臧,陽部。)

95 溱洧

1.溱與洧,方渙渙兮。士與女,方秉蕑兮。女曰"觀乎!"士曰"既且。""且往觀乎!洧之外,洵訏且樂。"維士與女,伊其相謔,贈之以勺藥。(渙、蕑,寒部。乎、且、乎,魚部。樂、謔、藥,藥部。)

2.溱與洧,瀏其清矣。士與女,殷其盈矣。女曰"觀乎!"士曰"既且。""且往觀乎!洧之外,洵訏且樂。"維士與女,伊其將謔,贈之以勺藥。(清、盈,耕部。乎、且、乎,魚部。樂、謔、藥,藥部。)

齊 (十一篇)

96 雞鳴

1.雞既鳴矣,朝既盈矣。匪雞則鳴,蒼蠅之聲。(鳴、盈、鳴、聲,耕部。)
2.東方明矣,朝既昌矣。匪東方則明,月出之光。(明、昌、明、光,陽部。)
3.蟲飛薨薨,甘與子同夢。會且歸矣,無庶予子憎。(薨、夢、憎,蒸部。)

97 還

1.子之還兮,遭我乎峱之閒兮。並驅從兩肩兮,揖我謂我儇兮。(還、閒、肩、儇,寒部。)
2.子之茂兮,遭我乎峱之道兮。並驅從兩牡兮,揖我謂我好兮。(茂、道、牡、好,幽部。)
3.子之昌兮,遭我乎峱之陽兮。並驅從兩狼兮,揖我謂我臧兮。(昌、陽、狼、臧,陽部。)

98 著

1.俟我於著乎而,充耳以素乎而,尚之以瓊華乎而。(著、素、華,魚部。)
2.俟我於庭乎而,充耳以青乎而,尚之以瓊瑩乎而。(庭、青、瑩,耕部。)
3.俟我於堂乎而,充耳以黃乎而,尚之以瓊英乎而。(堂、黃、英,陽部。)

99 東方之日

1.東方之日兮。彼姝者子,在我室兮。在我室兮,履我即兮。(日、室、室、即,質部。)

2.東方之月兮。彼姝者子,在我闥兮。在我闥兮,履我發兮。(月、闥、闥、發,月部。)

100　東方未明

1.東方未明,顛倒衣裳。顛之倒之,自公召之。(明、裳,陽部。倒、召,宵部。)

2.東方未晞,顛倒裳衣。倒之顛之,自公令之。(晞、衣,微部。顛、令,真部。)

3.折柳樊圃。狂夫瞿瞿。"不能辰夜,不夙則莫!"(圃、瞿,魚部。夜、莫,鐸部。)

101　南山

1.南山崔崔,雄狐綏綏。魯道有蕩,齊子由歸。既曰歸止,曷又懷止。(崔、綏、歸、歸、懷,微部。)

2.葛屨五兩,冠緌雙止。魯道有蕩,齊子庸止。既曰庸止,曷又從止。(兩、雙、蕩,陽部。庸、庸、從,東部。)

3.蓺麻如之何?衡從其畝。取妻如之何?必告父母。既曰告止,曷又鞠止?(畝、母,之部。告、鞠,覺部。)

4.析薪如之何?匪斧不克。取妻如之何?匪媒不得。既曰得止,曷止極止?(克、得、得、極,職部。)

102　甫田

1.無田甫田,維莠驕驕。無思遠人,勞心忉忉。(田、人,真部。驕、忉,宵部。)

2.無田甫田,維莠桀桀。無思遠人,勞心怛怛。(田、人,真部。桀、怛,月部。)

3.婉兮孌兮,總角丱兮。未幾見兮,突而弁兮。(變、丱、見、弁,寒部。)

103　盧令

1.盧令令,其人美且仁。(令、仁,真部。)

2.盧重環,其人美且鬈。(環、鬈,寒部。)

3.盧重鋂,其人美且偲。(鋂、偲,之部。)

104　敝笱

1.敝笱在梁,其魚魴鰥。齊子歸止,其從如雲。(鰥、雲,文部。)

2.敝笱在梁,其魚魴鱮。齊子歸止,其從如雨。(鱮、雨,魚部。)

3.敝笱在梁,其魚唯唯。齊子歸止,其從如水。(唯、水,微部。)

105　載驅

1.載驅薄薄,簟茀朱鞹。魯道有蕩,齊子發夕。(薄、鞹、夕,鐸部。)

2.四驪濟濟,垂轡濔濔。魯道有蕩,齊子豈弟。(濟、濔、弟,脂部。)

3.汶水湯湯,行人彭彭。魯道有蕩,齊子翱翔。(湯、彭、蕩、翔,陽部。)

4.汶水滔滔,行人儦儦。魯道有蕩,齊子游敖。(滔,幽部;儦、敖,宵部。幽宵合韻。)

106 猗嗟

1.猗嗟昌兮,頎而長兮。抑若揚兮,美目揚兮。巧趨蹌兮,射則臧兮。(昌、長、揚、揚、蹌、臧,陽部。)

2.猗嗟名兮,美目清兮。儀既成兮,終日射侯,不出正兮。展我甥兮。(名、清、成、正、甥,耕部。)

3.猗嗟孌兮,清揚婉兮。舞則選兮,射則貫兮。四矢反兮,以禦亂兮。(孌、婉、選、貫、反、亂,寒部。)

魏 (七篇)

107 葛屨

1.糾糾葛屨,可以履霜?摻摻女手,可以縫裳?要之襋之,好人服之。(霜、裳,陽部。襋、服,職部。)

2.好人提提,宛然左辟,佩其象揥。維是褊心,是以爲刺。(提,支部;辟、揥、刺,錫部。支錫通韻。)

108 汾沮洳

1.彼汾沮洳,言采其莫。彼其之子,美無度。美無度,殊異乎公路。(洳,魚部;莫、度、度、路,鐸部。魚鐸通韻。)

2.彼汾一方,言采其桑。彼其之子,美如英。美如英,殊異乎公行。(方、桑、英、英、行,陽部。)

3.彼汾一曲,言采其藚。彼其之子,美如玉。美如玉,殊異乎公族。(曲、藚、玉、玉、族,屋部。)

109 園有桃

1.園有桃,其實之殽。心之憂矣,我歌且謠。不我知者①,謂我士也驕。彼人是哉?

---

① 不我知者,相臺本作"不知我者"。阮元《校刊記》:"相臺本非也。"

子曰何其。心之憂矣,其誰知之。其誰知之,蓋亦勿思。(桃、殽、謠、驕,宵部。哉、其、矣、之、之、思,之部。)

2. 園有棘,其實之食。心之憂矣,聊以行國。不我知者,謂我士也罔極。彼人是哉?子曰何其。心之憂矣,其誰知之。其誰知之,蓋亦勿思。(棘、食、國、極、職部。哉、其、矣、之、之、思,之部。)

110　陟岵

1. 陟彼岵兮,瞻望父兮。父曰:"嗟予子,行役夙夜無已。上慎旃哉!猶來無止!"(岵、父,魚部。子、已、哉、止,之部。)

2. 陟彼屺兮,瞻望母兮。母曰:"嗟予季,行役夙夜無寐。上慎旃哉!猶來無棄!"(屺、母,之部。季、棄,質部;寐,物部。質物合韻。)

3. 陟彼岡兮,瞻望兄兮。兄曰:"嗟予弟,行役夙夜必偕。上慎旃哉!猶來無死!"(岡、兄,陽部。弟、偕、死,脂部。)

111　十畝之間

1. 十畝之間①兮,桑者閑閑兮,行與子還兮。(間、閑、還,寒部。)

2. 十畝之外兮,桑者泄泄②兮,行與子逝兮。(外、泄、逝,月部。)

112　伐檀

1. 坎坎伐檀兮,寘之河之干兮,河水清且漣猗。不稼不穡,胡取禾三百廛兮?不狩不獵,胡瞻爾庭有縣貆兮?彼君子兮,不素餐兮?(檀、干、漣、廛、貆、餐,寒部。)

2. 坎坎伐輻兮,寘之河之側兮,河水清且直猗。不稼不穡,胡取禾三百億兮?不狩不獵,胡瞻爾庭有縣特兮?彼君子兮,不素食兮?(輻、側、直、穡、億、特、食,職部。)

3. 坎坎伐輪兮,寘之河之漘兮,河水清且淪猗。不稼不穡,胡取禾三百囷兮?不狩不獵,胡瞻爾庭有縣鶉兮?彼君子兮,不素飧兮?(輪、漘、淪、囷、鶉、飧,文部。)

113　碩鼠

1. 碩鼠碩鼠,無食我黍! 三歲貫女,莫我肯顧。逝將去女,適彼樂土。樂土樂土,爰得我所。③(鼠、黍、女、顧、女、土、土、所,魚部。)

---

① 間,唐石經作"閒"。
② 泄泄,唐石經作"洩洩"。
③ 後四句,《韓詩外傳》卷二引作:"逝將去女,適彼樂土。適彼樂土,爰得我所。"

2.碩鼠碩鼠,無食我麥!三歲貫女,莫我肯德。逝將去女,適彼樂國。樂國樂國,爰得我直。①(鼠、女、女,魚部。麥、德、國、國、直,職部。)

3.碩鼠碩鼠,無食我苗!三歲貫女,莫我肯勞。逝將去女,適彼樂郊。樂郊樂郊,誰之永號!②(鼠、女、女,魚部。苗、勞、郊、郊、號,宵部。)

唐(十二篇)

114 蟋蟀

1.蟋蟀在堂,歲聿其莫。今我不樂,日月其除。無已大康,職思其居。好樂無荒,良士瞿瞿。(堂、康、荒,陽部。莫,鐸部;除、居、瞿,魚部;鐸魚通韻。)

2.蟋蟀在堂,歲聿其逝。今我不樂,日月其邁。無已大康,職思其外。好樂無荒,良士蹶蹶。(堂、康、荒,陽部。逝、邁、外、蹶,月部。)

3.蟋蟀在堂,役車其休。今我不樂,日月其慆。無已大康,職思其憂。好樂無荒,良士休休。(堂、康、荒,陽部。休、慆、憂、休,幽部。)

115 山有樞

1.山有樞,隰有榆。子有衣裳,弗曳弗婁。子有車馬,弗馳弗驅。宛其死矣,他人是愉。(樞、榆、婁、驅、愉,侯部。)

2.山有栲,隰有杻。子有廷內,弗洒弗埽。子有鍾鼓,弗鼓弗考。宛其死矣,他人是保。(栲、杻、埽、考、保,幽部。)

3.山有漆,隰有栗。子有酒食,何不日鼓瑟,且以喜樂,且以永日。宛其死矣,他人入室。(漆、栗、瑟、日、室,質部。)

116 揚之水

1.揚之水,白石鑿鑿。素衣朱襮,從子于沃。既見君子,云何不樂。(鑿、襮、沃、樂,藥部。)

2.揚之水,白石皓皓③。素衣朱繡,從子于鵠。既見君子,云何其憂。(皓、憂,幽部;

---

① 後四句,《韓詩外傳》卷二引作:"逝將去女,適彼樂國。適彼樂國,爰得我值。"
② 後四句,《韓詩外傳》卷二引作:"逝將去女,適彼樂郊。適彼樂郊,誰之永號!"
③ 唐石經作"皓皓"。

3.揚之水,白石粼粼。我聞有命,不敢以告人。① (粼、命、人,真部。)

117　椒聊

1.椒聊之實,蕃衍盈升。彼其之子,碩大無朋。椒聊且！遠條且！ (升、朋,蒸部。聊、條,幽部。)

2.椒聊之實,蕃衍盈匊。彼其之子,碩大且篤。椒聊且！遠條且！ (匊、篤,覺部。聊、條,幽部。)

118　綢繆

1.綢繆束薪,三星在天。今夕何夕?見此良人！子兮子兮！如此良人何！ (薪、天、人、人,真部。)

2.綢繆束芻,三星在隅。今夕何夕?見此邂逅！子兮子兮！如此邂逅何！ (芻、隅、逅、逅,侯部。)

3.綢繆束楚,三星在戶。今夕何夕?見此粲者！子兮子兮！如此粲者何！ (楚、戶、者、者,魚部。)

119　杕杜

1.有杕之杜,其葉湑湑。獨行踽踽。豈無他人,不如我同父。嗟行之人,胡不比焉?人無兄弟,胡不佽焉? (杜、湑、踽、父,魚部。比、弟、佽,脂部。)

2.有杕之杜,其葉菁菁。獨行睘睘。豈無他人,不如我同姓。嗟行之人,胡不比焉?人無兄弟,胡不佽焉? (菁、睘、姓,耕部。比、弟、佽,脂部。)

120　羔裘

1.羔裘豹袪,自我人居居。豈無他人,維子之故。 (袪、居、故,魚部。)

2.羔裘豹褎,自我人究究。豈無他人,維子之好。 (褎、究、好,幽部。)

121　鴇羽

1.肅肅鴇羽,集于苞栩。王事靡盬,不能蓺稷黍,父母何怙?悠悠蒼天！曷其有所? (羽、栩、盬、黍、怙、所,魚部。)

2.肅肅鴇翼,集于苞棘。王事靡盬,不能蓺黍稷,父母何食?悠悠蒼天！曷其有極?

---

①　後兩句,《魯詩》作:"國有大命,不可以告人,妨其躬身。"

(翼、棘、稷、食、極,職部。)

3.肅肅鴇行,集于苞桑。王事靡盬,不能蓺稻粱,父母何嘗?悠悠蒼天!曷其有常?(行、桑、粱、嘗、常,陽部。)

122 無衣

1.豈曰無衣,七兮?不如子之衣,安且吉兮。(七、吉,質部。)

2.豈曰無衣,六兮?不如子之衣,安且燠兮。(六、燠,覺部。)

123 有杕之杜

1.有杕之杜,生于道左。彼君子兮,噬肯適我。中心好之,曷飲食之?(左、我,歌部。好,幽部。與二章遙韻。食,職部。與二章遙韻。)

2.有杕之杜,生于道周。彼君子兮,噬肯來遊。中心好之,曷飲食之?(周、遊,幽部。)

124 葛生

1.葛生蒙楚,蘞蔓于野。予美亡此,誰與?獨處。(楚、野、與、處,魚部。)

2.葛生蒙棘,蘞蔓于域。予美亡此,誰與?獨息。(棘、域、息,職部。)

3.角枕粲兮,錦衾爛兮。予美亡此,誰與?獨旦。(粲、爛、旦,寒部。)

4.夏之日,冬之夜。百歲之後,歸于其居。(夜,鐸部;居,魚部。魚鐸通韻。)

5.冬之夜,夏之日。百歲之後,歸于其室。(日、室,質部。)

125 采苓

1.采苓采苓,首陽之巔。人之爲言,苟亦無信。舍旃舍旃,苟亦無然。人之爲言,胡得焉。(苓、巔、信,真部。言、旃、然、言、焉,寒部。)

2.采苦采苦,首陽之下。人之爲言,苟亦無與。舍旃舍旃,苟亦無然。人之爲言,胡得焉。(苦、下、與,魚部。言、旃、然、言、焉,寒部。)

3.采葑采葑,首陽之東。人之爲言,苟亦無從。舍旃舍旃,苟亦無然。人之爲言,胡得焉。(葑、東、從,東部。言、旃、然、言、焉,寒部。)

秦（十篇）

126 車鄰

1. 有車鄰鄰,有馬白顛。未見君子,寺人之令。（鄰、顛、令,真部。）

2. 阪有漆,隰有栗。既見君子,並坐鼓瑟。今者不樂,逝者其耋。（漆、栗、瑟、耋,質部。）

3. 阪有桑,隰有楊。既見君子,並坐鼓簧。今者不樂,逝者其亡。（桑、楊、簧、亡,陽部。）

127 駟驖

1. 駟驖孔阜,六轡在手。公之媚子,從公于狩。（阜、手、狩,幽部。）

2. 奉時辰牡,辰牡孔碩。公曰:"左之!"舍拔則獲。（碩、獲,鐸部。）

3. 遊于北園,四馬既閑。輶車鸞鑣,載獫歇驕。（園、閑,寒部。鑣、驕,宵部。）

128 小戎

1. 小戎俴收,五楘梁輈。游環脅驅,陰靷鋈續,文茵暢轂,駕我騏馵。言念君子,溫其如玉。在其板屋,亂我心曲。（收、輈,幽部。驅,侯部;續、轂、馵、玉、曲,屋部。侯屋通韻。）

2. 四牡孔阜,六轡在手。騏騮是中,騧驪是驂,龍盾之合,鋈以觼軜。言念君子,溫其在邑。方何爲期,胡然我念之?（阜、手,幽部。中,冬部;驂,侵部。冬侵合韻。合、軜、邑,緝部。期、之,之部。）

3. 俴駟孔羣,厹矛鋈錞,蒙伐有苑。虎韔鏤膺,交韔二弓,竹閉緄縢。言念君子,載寢載興。厭厭良人,秩秩德音。（羣、錞,文部;苑,寒部。文寒合韻。膺、弓、縢、興,蒸部;音,侵部。蒸侵合韻。）

129 蒹葭

1. 蒹葭蒼蒼,白露爲霜。所謂伊人,在水一方。遡洄從之,道阻且長;遡游從之,宛在水中央。（蒼、霜、方、長、央,陽部。）

2. 蒹葭萋萋①,白露未晞。所謂伊人,在水之湄。遡洄從之,道阻且躋;遡游從之,宛

---

① 陸德明《釋文》、唐石經作"淒淒",朱熹《集傳》本作"淒淒"。

在水中坻。(萋、湄、躋、坻,脂部;晞,微部。脂微合韻。)

3.蒹葭采采,白露未已。所謂伊人,在水之涘。遡洄從之,道阻且右;遡游從之,宛在水中沚。(采、已、涘、右、沚,之部。)

130　終南

1.終南何有?有條有梅。君子至止,錦衣狐裘,顏如渥丹,其君也哉!(有、梅、止、裘、哉,之部。)

2.終南何有?有紀有堂。君子至止,黻衣繡裳,佩玉將將,壽考不忘。(堂、裳、將、忘,陽部。)

131　黃鳥

1.交交黃鳥,止于棘。誰從穆公?子車奄息。維此奄息,百夫之特。臨其穴,惴惴其慄。彼蒼者天,殲我良人!如可贖兮,人百其身。(棘、息、息、特,職部。穴、慄,質部。天、人、身,真部。)

2.交交黃鳥,止于桑。誰從穆公?子車仲行。維此仲行,百夫之防。臨其穴,惴惴其慄。彼蒼者天,殲我良人!如可贖兮,人百其身。(桑、行、行、防,陽部。穴、慄,質部。天、人、身,真部。)

3.交交黃鳥,止于楚。誰從穆公?子車鍼虎。維此鍼虎,百夫之禦。臨其穴,惴惴其慄。彼蒼者天,殲我良人!如可贖兮,人百其身。(楚、虎、虎、禦,魚部。穴、慄,質部。天、人、身,真部。)

132　晨風

1.鴥彼晨風,鬱彼北林。未見君子,憂心欽欽。如何如何,忘我實多。(風、林、欽,侵部。何、多,歌部。)

2.山有苞櫟,隰有六駮①。未見君子,憂心靡樂。如何如何,忘我實多。(櫟、駮、樂,藥部。何、多,歌部。)

3.山有苞棣,隰有樹檖。未見君子,憂心如醉。如何如何,忘我實多。(棣,質部;檖、醉,物部。質物合韻。何、多,歌部。)

133　無衣

1.豈曰無衣,與子同袍。王于興師,脩②我戈矛,與子同仇。(衣,微部;師,脂部。脂

---

① 駮,朱熹《集傳》本作"駁"。
②③ 脩,朱熹《集傳》本作"修"。

微合韻。袍、矛、仇,幽部。)

2.豈曰無衣,與子同澤。王于興師,脩③我矛戟,與子偕作。(衣,微部;師,脂部。脂微合韻。澤、戟、作,鐸部。)

3.豈曰無衣,與子同裳。王于興師,脩①我甲兵,與子偕行。(衣,微部;師,脂部。脂微合韻。裳、兵、行,陽部。)

134 渭陽

1.我送舅氏,曰至渭陽。何以贈之? 路車乘黃。(陽、黃,陽部。)

2.我送舅氏,悠悠我思。何以贈之? 瓊瑰玉佩。(思、之、佩,之部。)

135 權輿

1.於我乎夏屋渠渠。今也每食無餘。于嗟乎! 不承權輿!(渠、餘、乎、輿,魚部。)

2.於我乎每食四簋。今也每食不飽。于嗟乎! 不承權輿!(簋、飽,幽部。乎、輿,魚部。)

陳 (十篇)

136 宛丘

1.子之湯兮,宛丘之上兮。洵有情兮,而無望兮。(湯、上、望,陽部。)

2.坎其擊鼓,宛丘之下。無冬無夏,值其鷺羽。(鼓、下、夏、羽,魚部。)

3.坎其擊缶,宛丘之道。無冬無夏,值其鷺翿。(缶、道、翿,幽部。)

137 東門之枌

1.東門之枌,宛丘之栩。子仲之子,婆娑其下。(栩、下,魚部。)

2.穀旦于差,南方之原。不績其麻,市也婆娑。(差、麻、娑,歌部;原,寒部。歌寒通韻。)

3.穀旦于逝,越以鬷邁。視爾如荍,貽我握椒。(逝、邁,月部。荍、椒,幽部。)

138 衡門

1.衡門之下,可以棲遲。泌之洋洋,可以樂飢②。(遲、飢,脂部。)

---

① 脩,朱熹《集傳》本作"修"。
② 唐石經作"可以瘵飢"。

2. 豈其食魚，必河之魴？豈其取妻，必齊之姜？（魴、姜，陽部。）

  3. 豈其食魚，必河之鯉？豈其取妻，必宋之子？（鯉、子，之部。）

139　東門之池

  1. 東門之池，可以漚麻。彼美淑姬，可與晤歌。（池、麻、歌，歌部。）

  2. 東門之池，可以漚紵。彼美淑姬，可與晤語。（紵、語，魚部。）

  3. 東門之池，可以漚菅。彼美淑姬，可與晤言。（菅、言，寒部。）

140　東門之楊

  1. 東門之楊，其葉牂牂。昏以爲期，明星煌煌。（楊、牂、煌，陽部。）

  2. 東門之楊，其葉肺肺。昏以爲期，明星晢晢。（肺、晢，月部。）

141　墓門

  1. 墓門有棘，斧以斯之。夫也不良，國人知之。知而不已，誰昔然矣。（斯、知，支部。已、矣，之部。）

  2. 墓門有梅，有鴞萃止。夫也不良，歌以訊（誶）①之。訊予不顧，顚倒思予。（萃、誶，物部。顧、予，魚部。）

142　防有鵲巢

  1. 防有鵲巢，邛有旨苕。誰侜予美？心焉忉忉！（巢、苕、忉，宵部。）

  2. 中唐有甓，邛有旨鷊。誰侜予美？心焉惕惕！（甓、鷊、惕，錫部。）

143　月出

  1. 月出皎兮，佼人僚兮，舒窈糾兮，勞心悄兮！（皎、僚、悄，宵部；糾，幽部。宵幽合韻。）

  2. 月出皓兮，佼人懰兮，舒懮受兮，勞心慅兮！（皓、懰、受、慅，幽部。）

  3. 月出照兮，佼人燎兮，舒夭紹兮，勞心慘（懆）②兮！（照、燎、紹、懆，宵部。）

144　株林

  1. 胡爲乎株林？從夏南。匪適株林，從夏南。（林、南、林、南，侵部。）

---

① 訊，《釋文》："訊，又作誶。"《廣韻·六至》引《詩》作"誶"。
② 慘，當依《五經文字》作"懆"，今本《詩經》作"慘"，因形近而誤。

2.駕我乘馬,説于林野。乘我乘駒,朝食于株。(馬、野、魚部。駒、株、侯部。)

145 澤陂

1.彼澤之陂,有蒲與荷。有美一人,傷如之何。寤寐無爲,涕泗滂沱。(陂、荷、何、爲、沱、歌部。)

2.彼澤之陂,有蒲與蕑。有美一人,碩大且卷。寤寐無爲,中心悁悁。(蕑、卷、悁,寒部。)

3.彼澤之陂,有蒲菡萏。有美一人,碩大且儼。寤寐無爲,輾轉伏枕。(萏、儼,談部;枕,侵部。談侵合韻。)

檜（四篇）

146 羔裘

1.羔裘逍遙,狐裘以朝。豈不爾思,勞心忉忉。(遙、朝、忉,宵部。)

2.羔裘翱翔,狐裘在堂。豈不爾思,我心憂傷。(翔、堂、傷,陽部。)

3.羔裘如膏,日出有曜。豈不爾思,中心是悼。(膏,宵部;曜、悼,藥部。宵藥通韻。)

147 素冠

1.庶見素冠兮,棘人欒欒兮,勞心慱慱兮。(冠、欒、慱,寒部。)

2.庶見素衣兮,我心傷悲兮,聊與子同歸兮。(衣、悲、歸,微部。)

3.庶見素韠兮,我心藴結兮,聊與子如一兮。(韠、結、一,質部。)

148 隰有萇楚

1.隰有萇楚,猗儺其枝。夭之沃沃,樂子之無知。(枝、知,支部。)

2.隰有萇楚,猗儺其華。夭之沃沃,樂子之無家。(華、家,魚部。)

3.隰有萇楚,猗儺其實。夭之沃沃,樂子之無室。(實、室,質部。)

149 匪風

1.匪風發兮,匪車偈兮。顧瞻周道,中心怛兮。(發、偈、怛,月部。)

2.匪風飄兮,匪車嘌兮。顧瞻周道,中心弔兮。(飄、嘌、弔,宵部。)

3.誰能亨魚?溉之釜鬵。誰將西歸?懷之好音。(鬵、音,侵部。)

曹 （四篇）

150　蜉蝣

1. 蜉蝣之羽，衣裳楚楚。心之憂矣，於我歸處！（羽、楚、處，魚部。）

2. 蜉蝣之翼，采采衣服。心之憂矣，於我歸息！（翼、服、息，職部。）

3. 蜉蝣掘閱，麻衣如雪。心之憂矣，於我歸説！（閱、雪、説，月部。）

151　候人

1. 彼候人兮，何戈與祋。彼其之子，三百赤芾。（祋、芾，月部。）

2. 維鵜在梁，不濡其翼。彼其之子，不稱其服。（翼、服，職部。）

3. 維鵜在梁，不濡其咮。彼其之子，不遂其媾。（咮、媾，侯部。）

4. 薈兮蔚兮，南山朝隮。婉兮孌兮，季女斯飢。（隮、飢，脂部。）

152　鳲鳩

1. 鳲鳩在桑，其子七兮。淑人君子，其儀一兮。其儀一兮，心如結兮。① （七、一、一、結，質部。）

2. 鳲鳩在桑，其子在梅。淑人君子，其帶伊絲。其帶伊絲，其弁伊騏。（梅、絲、絲、騏，之部。）

3. 鳲鳩在桑，其子在棘。淑人君子，其儀不忒。其儀不忒，正是四國。（棘、忒、忒、國，職部。）

4. 鳲鳩在桑，其子在榛。淑人君子，正是國人。正是國人，胡不萬年。（榛、人、人、年，真部。）

153　下泉

1. 冽彼下泉，浸彼苞稂。愾我寤嘆，念彼周京。（泉、嘆，寒部。稂、京，陽部。）

2. 冽彼下泉，浸彼苞蕭。愾我寤嘆，念彼京周。（泉、嘆，寒部。蕭、周，幽部。）

3. 冽彼下泉，浸彼苞蓍。愾我寤嘆，念彼京師。（泉、嘆，寒部。蓍、師，脂部。）

4. 芃芃黍苗，陰雨膏之。四國有王，郇伯勞之。（苗、膏、勞，宵部。）

---

① 《淮南子·詮言》引此詩："淑人君子，其儀一也。其儀一也，心如結也。"

豳（七篇）

154　七月

1.七月流火,九月授衣。一之日觱發,二之日栗烈。無衣無褐,何以卒歲?三之日于耜,四之日舉趾,同我婦子,饁彼南畝。田畯至喜。（火、衣,微部。發、烈、褐、歲,月部。耜、趾、子、畝、喜,之部。）

2.七月流火,九月授衣。春日載陽,有鳴倉庚。女執懿筐,遵彼微行,爰求柔桑。春日遲遲,采蘩祁祁。女心傷悲,殆及公子同歸。（火、衣,微部。陽、庚、筐、行、桑,陽部。遲、祁,脂部。悲、歸,微部。）

3.七月流火,八月萑葦。蠶月條桑,取彼斧斨,以伐遠揚,猗彼女桑。七月鳴鵙①,八月載績。載玄載黄,我朱孔陽,爲公子裳。（火、葦,微部。桑、斨、揚、桑,陽部。鵙、績,錫部。黄、陽、裳,陽部。）

4.四月秀葽,五月鳴蜩。八日其穫,十月隕蘀。一之日于貉。取彼狐貍,爲公子裘。二之日其同,載纘武功,言私其豵,獻豜于公。（葽,宵部;蜩,幽部。宵幽合韻。穫、蘀、貉、蘀部。貍、裘,之部。同、功、豵、公,東部。）

5.五月斯螽動股,六月莎雞振羽。七月在野,八月在宇,九月在户,十月蟋蟀入我牀下。穹窒熏鼠,塞向墐户。嗟我婦子,曰爲改歲,入此室處。（股、羽、野、宇、户、下、鼠、户、處,魚部。）

6.六月食鬱及薁,七月亨葵及菽。八月剥棗,十月穫稻。爲此春酒,以介眉壽。七月食瓜,八月斷壺。九月叔苴,采荼薪樗,食我農夫。（薁、菽,覺部。棗、稻、酒、壽,幽部。瓜、壺、苴、樗、夫,魚部。）

7.九月築場圃,十月納禾稼,黍稷重穋,禾麻菽麥。嗟我農夫!我稼既同,上入執宮功。晝爾于茅,宵爾索綯,亟其乘屋,其始播百穀。（圃、稼,魚部。穋,覺部;麥,職部。覺職合韻。同、功,東部。茅、綯,幽部。屋、穀,屋部。）

8.二之日鑿冰沖沖,三之日納于凌陰。四之日其蚤,獻羔祭韭。九月肅霜,十月滌場。朋酒斯饗,曰殺羔羊,躋彼公堂,稱彼兕觥,萬壽無疆!（沖,冬部;陰,侵部。冬侵合韻。蚤、韭,幽部。霜、場、饗、羊、堂、觥、疆,陽部。）

155　鴟鴞

1.鴟鴞鴟鴞!既取我子,無毀我室!恩斯勤斯,鬻子之閔斯。（勤、閔,文部。）

---

① 鵙,唐石經作"鶪"。同《説文》。

2.迨天之未陰雨,徹彼桑土,綢繆牖户。今女下民,或敢侮予?(雨、土、户、予,魚部。)

3.予手拮据,予所捋荼,予所蓄租,予口卒瘏。曰予未有室家。(据、荼、租、瘏、家,魚部。)

4.予羽譙譙,予尾翛翛①。予室翹翹,風雨所漂搖。予維音曉曉。(譙、翹、搖、曉,宵部;翛,幽部。幽宵合韻。)

156 東山

1.我徂東山,慆慆不歸。我來自東,零雨其濛。我東曰歸,我心西悲。制彼裳衣,勿士行枚。蜎蜎者蠋,烝在桑野。敦彼獨宿,亦在車下。(山、寒部。與二、三、四章遙韻。歸,微部。與二、三、四章遙韻。東、濛,東部。歸、悲、衣、枚,微部。蠋,屋部;宿,覺部。覺屋合韻。野、下,魚部。)

2.我徂東山,慆慆不歸。我來自東,零雨其濛。果臝之實,亦施于宇。伊威在室。蠨蛸在户。町畽鹿場,熠燿宵行。不可畏也,伊可懷也!(東、濛,東部。實、室,質部。宇、户,魚部。場、行,陽部。畏、懷,微部。)

3.我徂東山,慆慆不歸。我來自東,零雨其濛。鸛鳴于垤,婦歎于室。洒埽②穹窒,我征聿至。有敦瓜苦,烝在栗薪。自我不見,于今三年。(東、濛,東部。垤、室、窒、至,質部。薪、年,真部。)

4.我徂東山,慆慆不歸。我來自東,零雨其濛。倉庚于飛,熠燿其羽。之子于歸,皇駁其馬。親結其縭,九十其儀。其新孔嘉,其舊如之何?(東、濛,東部。飛、歸,微部。羽、馬,魚部。縭、儀、嘉、何,歌部。)

157 破斧

1.既破我斧,又缺我斨。周公東征,四國是皇。哀我人斯,亦孔之將。(斨、皇、將,陽部。)

2.既破我斧,又缺我錡。周公東征,四國是吪。哀我人斯,亦孔之嘉。(錡、吪、嘉,歌部。)

3.既破我斧,又缺我銶。周公東征,四國是遒。哀我人斯,亦孔之休。(銶、遒、休,幽部。)

---

① 翛翛,《唐石經》作"脩脩"。
② 埽,朱熹《集傳》本作"掃"。

158　伐柯

1. 伐柯如何？匪斧不克。取妻如何，匪媒不得。（克、得，職部。）
2. 伐柯伐柯？其則不遠。我覯之子，籩豆有踐。（遠、踐，寒部。）

159　九罭

1. 九罭之魚，鱒魴。我覯之子，袞衣繡裳。（魴、裳，陽部。）
2. 鴻飛遵渚。公歸無所，於女信處？（渚、所、處，魚部。）
3. 鴻飛遵陸。公歸不復，於女信宿？（陸、復、宿，覺部。）
4. 是以有袞衣兮，無以我公歸兮，無使我心悲兮！（衣、歸、悲，微部。）

160　狼跋

1. 狼跋其胡，載疐其尾。公孫碩膚，赤舄几几！（胡、膚，魚部。尾，微部；几，脂部。脂微合韻。）
2. 狼疐其尾，載跋其胡。公孫碩膚，德音不瑕！（胡、膚、瑕，魚部。）

小雅（七十四篇）

鹿鳴之什（十篇）

161 鹿鳴

1. 呦呦鹿鳴，食野之苹。我有嘉賓，鼓瑟吹笙。吹笙鼓簧，承筐是將。人之好我，示我周行。（鳴、苹、笙、耕部。簧、將、行，陽部。）

2. 呦呦鹿鳴，食野之蒿。我有嘉賓，德音孔昭。視民不恌，君子是則是傚。我有旨酒，嘉賓式燕以敖。（蒿、昭、恌、傚、敖，宵部。）

3. 呦呦鹿鳴，食野之芩。我有嘉賓，鼓瑟鼓琴。鼓瑟鼓琴，和樂且湛。我有旨酒，以燕樂嘉賓之心！（芩、琴、琴、湛、心，侵部。）

162 四牡

1. 四牡騑騑，周道倭遲。豈不懷歸，王事靡盬，我心傷悲。（騑、歸、悲，微部；遲，脂部。脂微合韻。）

2. 四牡騑騑，嘽嘽駱馬。豈不懷歸，王事靡盬，不遑啓處。（騑、歸，微部。馬、盬、處，魚部。）

3. 翩翩者鵻，載飛載下，集于苞栩。王事靡盬，不遑將父。（下、栩、盬、父，魚部。）

4. 翩翩者鵻，載飛載止，集于苞杞。王事靡盬，不遑將母。（止、杞、母，之部。）

5. 駕彼四駱，載驟駸駸。豈不懷歸？是用作歌，將母來諗。（駸、諗，侵部。）

163 皇皇者華

1. 皇皇者華，于彼原隰。駪駪征夫，每懷靡及。（華、夫，魚部。隰、及，緝部。）

2. 我馬維駒，六轡如濡。載馳載驅，周爰咨諏。（駒、濡、驅、諏，侯部。）

3. 我馬維騏，六轡如絲。載馳載驅，周爰咨謀。（騏、絲、謀，之部。）

4. 我馬維駱，六轡沃若。載馳載驅，周爰咨度。（駱、若、度，鐸部。）

5. 我馬維駰，六轡既均。載馳載驅，周爰咨詢。（駰、均、詢，真部。）

164 常棣

1. 常棣之華，鄂不韡韡。凡今之人，莫如兄弟。（韡，微部；弟，脂部。脂微合韻。）

2.死喪之威,兄弟孔懷。原隰裒矣,兄弟求矣。(威、懷,微部。裒、求,幽部。)

3.脊令在原,兄弟急難。每有良朋,況也永歎①。(原、難、歎,寒部。)

4.兄弟鬩于牆,外禦其務。每有良朋,烝也無戎。②(無韻。)

5.喪亂既平,既安且寧。雖有兄弟,不如友生。(平、寧、生,耕部。)

6.儐爾籩豆,飲酒之飫③。兄弟既具,和樂且孺。(豆、飫[飇]、具、孺,侯部。)

7.妻子好合,如鼓瑟琴。兄弟既翕,和樂且湛。(合、翕,緝部。琴、湛,侵部。)

8.宜爾室家④,樂爾妻帑。是究是圖,亶其然乎!(家、帑、圖、乎,魚部。)

165 伐木

1.伐木丁丁,鳥鳴嚶嚶。出自幽谷,遷于喬木。嚶其鳴矣,求其友聲。相彼鳥矣,猶求友聲;矧伊人矣,不求友生!神之聽之,終和且平。(丁、嚶,耕部。谷、木,屋部。鳴、聲、聲、生、聽、平,耕部。)

2.伐木許許,釃酒有藇。既有肥羜,以速諸父。寧適不來,微我弗顧。於粲洒埽,陳饋八簋。既有肥牡,以速諸舅。寧適不來,微我有咎。(許、藇、羜、父、顧,魚部。埽、簋、牡、舅、咎,幽部。)

3.伐木于阪,釃酒有衍。籩豆有踐,兄弟無遠。民之失德,乾餱以愆。有酒湑我,無酒酤我。坎坎鼓我,蹲蹲舞我。迨我暇矣,飲此湑矣。(阪、衍、踐、遠、愆,寒部。湑、酤、鼓、舞、暇、湑,魚部。)

166 天保

1.天保定爾,亦孔之固。俾爾單厚,何福不除。俾爾多益,以莫不庶。(固、除,魚部;庶,鐸部。魚鐸通韻。)

2.天保定爾,俾爾戩穀。罄無不宜,受天百祿。降爾遐福,維日不足。(穀、祿、足,屋部。)

3.天保定爾,以莫不興。如山如阜,如岡如陵,如川之方至,以莫不增。(興、陵、增、蒸部。)

4.吉蠲爲饎,是用孝享。禴祠烝嘗,于公先王。君曰卜爾,萬壽無疆。(享、嘗、王、疆,陽部。)

---

① 唐石經、相臺本作"嘆"。
② 江有誥以爲無韻,段玉裁以"務"入幽部,與"戎"合韻。
③ 飫,《韓詩》作"醧",應在侯部。
④ 室家,一本作"家室"。

5. 神之弔矣,詒爾多福。民之質矣,日用飲食。羣黎百姓,徧爲爾德。(福、食、德、職部。)

6. 如月之恒,如日之升。如南山之壽,不騫不崩;如松柏之茂,無不爾或承。(恒、升、崩、承、蒸部。壽、茂、幽部。)

167 采薇

1. 采薇采薇,薇亦作止。曰歸曰歸,歲亦莫止。靡室靡家,玁狁之故。不遑啓居,玁狁之故。(薇、歸、微部。作、莫、鐸部。家、故、居、故、魚部。)

2. 采薇采薇,薇亦柔止。曰歸曰歸,心亦憂止。憂心烈烈,載飢載渴!我戍未定,靡使歸聘。(薇、歸、微部。柔、憂、幽部。烈、渴、月部。定、聘、耕部。)

3. 采薇采薇,薇亦剛止。曰歸曰歸,歲亦陽止。王事靡盬,不遑啓處。憂心孔疚,我行不來。(薇、歸、微部。剛、陽、陽部。盬、處、魚部。疚、來、之部。)

4. 彼爾維何?維常之華。彼路斯何?君子之車。戎車既駕,四牡業業。豈敢定居,一月三捷。(華、車、魚部。業、捷、葉部。)

5. 駕彼四牡,四牡騤騤。君子所依,小人所腓。四牡翼翼,象弭魚服。豈不日戒,玁狁孔棘。(騤、脂部;依、腓、微部。脂微合韻。翼、服、戒、棘、職部。)

6. 昔我往矣,楊柳依依。今我來思,雨雪霏霏。行道遲遲,載渴載飢。我心傷悲,莫知我哀。(依、霏、微部。遲、飢、脂部。悲、哀、微部。)

168 出車

1. 我出我車,于彼牧矣。自天子所,謂我來矣。召彼僕夫,謂之載矣。王事多難,維其棘矣。(牧、棘、職部;來、載、之部。之職通韻。)

2. 我出我車,于彼郊矣。設此旐矣,建彼旄矣。彼旟旐斯,胡不旆旆!憂心悄悄,僕夫況瘁。(郊、旐、旄、宵部。旆、月部;瘁、物部。月物合韻。)

3. 王命南仲,往城于方。出車彭彭,旂旐央央。天子命我,城彼朔方。赫赫南仲,玁狁于襄。(方、彭、央、方、襄、陽部。)

4. 昔我往矣,黍稷方華;今我來思,雨雪載塗。王事多難,不遑啓居。豈不懷歸,畏此簡書。(華、塗、居、書、魚部。)

5. 喓喓草蟲,趯趯阜螽。未見君子,憂心忡忡;既見君子,我心則降。赫赫南仲,薄伐西戎。(蟲、螽、忡、降、仲、戎、冬部。)

6. 春日遲遲,卉木萋萋。倉庚喈喈,采蘩祁祁。執訊獲醜,薄言還歸。赫赫南仲,玁狁于夷。(遲、萋、喈、祁、夷、脂部;歸、微部。脂微合韻。)

169　杕杜

1. 有杕之杜，有睆其實。王事靡盬，繼嗣我日。日月陽止，女心傷止，征夫遑止。（杜、盬，魚部。實、日，質部。陽、傷、遑，陽部。）

2. 有杕之杜，其葉萋萋。王事靡盬，我心傷悲。卉木萋止，女心悲止，征夫歸止。（杜、盬，魚部。萋、萋，脂部；悲、悲、歸，微部。脂微合韻。）

3. 陟彼北山，言采其杞。王事靡盬，憂我父母。檀車幝幝，四牡痯痯，征夫不遠。（杞、母，之部。幝、痯、遠，寒部。）

4. 匪載匪來，憂心孔疚。期逝不至①，而多爲恤。卜筮偕止，會言近止②，征夫邇止。（來、疚，之部。至、恤，質部。偕、邇，脂部。）

170　魚麗

1. 魚麗于罶，鱨鯊。君子有酒，旨且多。（罶、酒，幽部。鯊、多，歌部。）

2. 魚麗于罶，魴鱧。君子有酒，多且旨。（罶、酒，幽部。鱧、旨，脂部。）

3. 魚麗于罶，鰋鯉。君子有酒，旨且有。（罶、酒，幽部。鯉、有，之部。）

4. 物其多矣，維其嘉矣。（多、嘉，歌部。）

5. 物其旨矣，維其偕矣。（旨、偕，脂部。）

6. 物其有矣，維其時矣。（有、時，之部。）

南有嘉魚之什　(十篇)

171　南有嘉魚

1. 南有嘉魚，烝然罩罩。君子有酒，嘉賓式燕以樂。（罩、樂，藥部。）

2. 南有嘉魚，烝然汕汕。君子有酒，嘉賓式燕以衎。（汕、衎，寒部。）

3. 南有樛木，甘瓠纍之。君子有酒，嘉賓式燕綏之。（纍、綏，微部。）

4. 翩翩者鵻，烝然來思。君子有酒，嘉賓式燕又思。（來、又，之部。）

---

① 《魯詩》作"胡誓不至"。

② 顧炎武《詩本音》"近"字入韻，謂"古音記"。江有誥《詩經韻讀》："不入韻，顧氏謂古音記，非。"段玉裁《詩經小學》："近字乃在諄文部，音轉讀若幾，讀若祁，在脂微部，如'會言近止'與脂邇爲韻。"

172　南山有臺

1. 南山有臺，北山有萊。樂只君子，邦家之基。樂只君子，萬壽無期。（臺、萊、子、基、子、期，之部。）

2. 南山有桑，北山有楊。樂只君子，邦家之光。樂只君子，萬壽無疆。（桑、楊、光、疆，陽部。）

3. 南山有杞，北山有李。樂只君子，民之父母。樂只君子，德音不已。（杞、李、子、母、子、已，之部。）

4. 南山有栲，北山有杻。樂只君子，遐不眉壽。樂只君子，德音是茂。（栲、杻、壽、茂，幽部。）

5. 南山有枸，北山有楰。樂只君子，遐不黃耇。樂只君子，保艾爾後。（枸、楰、耇、後，侯部。）

173　蓼蕭

1. 蓼彼蕭斯，零露湑兮。既見君子，我心寫兮。燕笑語兮，是以有譽處兮。（湑、寫、語、處，魚部。）

2. 蓼彼蕭斯，零露瀼瀼。既見君子，爲龍爲光。其德不爽，壽考不忘。（瀼、光、爽、忘，陽部。）

3. 蓼彼蕭斯，零露泥泥。既見君子，孔燕豈弟。宜兄宜弟，令德壽豈。（泥、弟、弟，脂部；豈，微部。脂微合韻。）

4. 蓼彼蕭斯，零露濃濃。既見君子，鞗革沖沖。和鸞雝雝①，萬福攸同。（濃、沖，冬部。雝、同，東部。）

174　湛露

1. 湛湛露斯，匪陽不晞。厭厭夜飲，不醉無歸。（晞、歸，微部。）

2. 湛湛露斯，在彼豐草。厭厭夜飲，在宗載考。（草、考，幽部。）

3. 湛湛露斯，在彼杞棘。顯允君子，莫不令德。（棘、德，職部。）

4. 其桐其椅，其實離離。豈弟君子，莫不令儀。（椅、離、儀，歌部。）

175　彤弓

1. 彤弓弨兮，受言藏之。我有嘉賓，中心貺之。鐘②鼓既設，一朝饗之。（藏、貺、饗、

---

① 唐石經作"雝雝"。
② 鐘，朱熹《集傳》本作"鍾"，《十三經注疏》依唐石經。

2.彤弓弨兮,受言載之。我有嘉賓,中心喜之。鐘①鼓既設,一朝右之。(載、喜、右,之部。)

3.彤弓弨兮,受言櫜之。我有嘉賓,中心好之。鐘②鼓既設,一朝醻之。(櫜、好、醻,幽部。)

176 菁菁者莪

1.菁菁者莪,在彼中阿。既見君子,樂且有儀。(莪、阿、儀,歌部。)

2.菁菁者莪,在彼中沚。既見君子,我心則喜。(沚、子、喜,之部。)

3.菁菁者莪,在彼中陵。既見君子,錫我百朋。(陵、朋,蒸部。)

4.汎汎楊舟,載沈載浮。既見君子,我心則休。(舟、浮、休,幽部。)

177 六月

1.六月棲棲,戎車既飭。四牡騤騤,載是常服。玁狁孔熾,我是用急。王于出征,以匡王國。(棲、騤,脂部。飭、服、熾、國,職部;急,緝部。職緝合韻。)

2.比物四驪,閑之維則。維此六月,既成我服。我服既成,于三十里。王于出征,以佐天子。(則、服,職部。成、征,耕部。里、子,之部。)

3.四牡脩廣,其大有顒。薄伐玁狁,以奏膚公。有嚴有翼,共武之服。共武之服,以定王國。(顒、公,東部。翼、服、服、國,職部。)

4.玁狁匪茹,整居焦穫。侵鎬及方,至于涇陽。織文鳥章,白旆央央。元戎十乘,以先啟行。(茹,魚部;穫,鐸部。魚鐸通韻。方、陽、章、央、行,陽部。)

5.戎車既安,如輊如軒。四牡既佶,既佶且閑。薄伐玁狁,至于大原。文武吉甫,萬邦爲憲。(安、軒、閑、原、憲,寒部。)

6.吉甫燕喜,既多受祉。來歸自鎬,我行永久。飲御諸友,炰鱉③膾鯉。侯誰在矣?張仲孝友。(喜、祉、久、友、鯉、矣、友,之部。)

178 采芑

1.薄言采芑,于彼新田,于此菑畝。方叔涖止,其車三千,師干之試。方叔率止,乘其四騏,四騏翼翼。路車有奭,簟茀魚服,鉤膺鞗革。(芑、畝、止、止、騏,之部。田、千,真

---

① ② 鐘,朱熹《集傳》本作"鍾",《十三經注疏》依唐石經作"鐘"。
③ 唐石經作"炰鼈"。

部。試、翼、奭、服、革,職部。)

2.薄言采芑,于彼新田,于此中鄉。方叔涖止,其車三千,旂旐央央。方叔率止,約軝①錯衡,八鸞瑲瑲。服其命服,朱芾斯皇,有瑲葱珩。(芑、止、止,之部;服,職部。之職通韻。田、千,真部。鄉、央、衡、瑲、皇、珩,陽部。)

3.鴥彼飛隼,其飛戾天,亦集爰止。方叔涖止,其車三千,師干之試。方叔率止,鉦人伐鼓,陳師鞠旅。顯允方叔,伐鼓淵淵,振旅闐闐。(天、千、淵、闐,真部。止、止、止,之部;試,職部。之職通韻。鼓、旅,魚部。)

4.蠢爾蠻荊,大邦爲讎。方叔元老,克壯其猶。方叔率止,執訊獲醜。戎車嘽嘽,嘽嘽焞焞,如霆如雷。顯允方叔,征伐玁狁,蠻荊來威。(讎、老、猶、醜,幽部。焞、猶,文部;雷、威,微部。文微通韻。)

179 車攻

1.我車既攻,我馬既同。四牡龐龐,駕言徂東。(攻、同、龐、東,東部。)

2.田車既好,四牡孔阜。東有甫草,駕言行狩。(好、阜、草、狩,幽部。)

3.之子于苗,選徒囂囂。建旐設旄,搏獸于敖。(苗、囂、旄、敖,宵部。)

4.駕彼四牡,四牡奕奕。赤芾金舄,會同有繹。(奕、舄、繹,鐸部。)

5.決拾既佽,弓矢既調②。射夫既同③,助無舉柴。(調,幽部;同,東部。幽東合韻。佽,脂部;柴,支部。脂支合韻。)

6.四黃既駕,兩驂不猗。不失其馳,舍矢如破。(駕、猗、馳、破,歌部。)

7.蕭蕭馬鳴,悠悠斾旌。徒御不驚,大庖不盈。(鳴、旌、驚、盈,耕部。)

8.之子于征,有聞無聲。允矣君子,展也大成。(征、聲、成,耕部。)

180 吉日

1.吉日維戊,既伯既禱。田車既好,四牡孔阜。升彼大阜,從其羣醜。(戊、禱、好、阜、阜、醜,幽部。)

2.吉日庚午,既差我馬。獸之所同,鹿鹿麌麌。漆沮之從,天子之所。(午、馬、麌、所,魚部。同、從,東部。)

3.瞻彼中原,其祁孔有。儦儦俟俟,或羣或友。悉率左右,以燕天子。(有、俟、友、

---

① 唐石經、相臺本"軝"作"軝"。阮元《校刊記》:"軝字是也。"
② 段玉裁《六書音韻表》:"調,本音在第三部,讀如稠,《車攻》以韻'同'字,屈原《離騷》以韻'同'字,東方朔《七諫》以韻'同'字。皆讀如重,此古合韻也。"
③ 錢大昕《十駕齋養新錄》卷十六:"雙聲亦可以爲韻。…佽、柴固韻;調、同雙聲,亦韻也。"

右、子,之部。)

4.既張我弓,既挾我矢。發彼小豝,殪此大兕。以御賓客,且以酌醴。(矢、兕、醴、脂部。)

鴻鴈之什（十篇）

181　鴻鴈

1.鴻鴈于飛,肅肅其羽;之子于征,劬勞于野。爰及矜人,哀此鰥寡。(羽、野、寡,魚部。)

2.鴻鴈于飛,集于中澤;之子于垣,百堵皆作。雖則劬勞,其究安宅。(澤、作、宅,鐸部。)

3.鴻鴈于飛,哀鳴嗷嗷;維此哲人,謂我劬勞。維彼愚人,謂我宣驕。(嗷、勞、驕,宵部。)

182　庭燎

1.夜如何其？夜未央！庭燎之光。君子至止,鸞聲將將。(央、光、將,陽部。)

2.夜如何其？夜未艾！庭燎晣晣。君子至止,鸞聲噦噦。(艾、晣、噦,月部。)

3.夜如何其？夜鄉晨！庭燎有煇。君子至止,言觀其旂。(晨、煇、旂,文部。)

183　沔水

1.沔彼流水,朝宗于海。鴥彼飛隼,載飛載止。嗟我兄弟,邦人諸友。莫肯念亂,誰無父母？(海、止、友、母,之部。)

2.沔彼流水,其流湯湯。鴥彼飛隼,載飛載揚。念彼不蹟,載起載行。心之憂矣,不可弭忘。(湯、揚、行、忘,陽部。)

3.鴥彼飛隼,率彼中陵。民之訛言,寧莫之懲。我友敬矣,讒言其興。①(陵、懲、興,蒸部。)

184　鶴鳴

1.鶴鳴于九皋,聲聞于野。魚潛在淵,或在于渚。樂彼之園,爰有樹檀,其下維蘀。它山之石,可以爲錯。(野、渚,魚部。園、檀,寒部。蘀、石、錯,鐸部。)

---

① 朱熹《集傳》:"疑當作三章,章八句。卒章脫前兩句耳。"

2.鶴鳴于九皋,聲聞于天。魚在于渚,或潛在淵。樂彼之園,爰有樹檀,其下維穀。它山之石,可以攻玉。(天、淵,真部。園、檀,寒部。穀、玉,屋部。)

185　祈父

1.祈父,予王之爪牙。胡轉予于恤?靡所止居。(牙、居,魚部。)

2.祈父,予王之爪士。胡轉予于恤?靡所厎①止。(士、止,之部。)

3.祈父,亶不聰。胡轉予于恤?有母之尸饔。(聰、饔,東部。)

186　白駒

1.皎皎白駒,食我場苗。縶之維之,以永今朝。所謂伊人,於焉逍遥。(苗、朝、遥,宵部。)

2.皎皎白駒,食我場藿。縶之維之,以永今夕。所謂伊人,於焉嘉客。(藿、夕、客,鐸部。)

3.皎皎白駒,賁然來思。爾公爾侯,逸豫無期。慎爾優游,勉爾遁思。(思、期、思,之部。)

4.皎皎白駒,在彼空谷。生芻一束,其人如玉。毋金玉爾音,而有遐心。(谷、束、玉,屋部。音、心,侵部。)

187　黃鳥

1.黃鳥黃鳥,無集于穀!無啄我粟!此邦之人,不我肯穀。言旋言歸,復我邦族!(穀、粟、穀、族,屋部。)

2.黃鳥黃鳥,無集于桑!無啄我粱!此邦之人,不可與明。言旋言歸,復我諸兄!(桑、粱、明、兄,陽部。)

3.黃鳥黃鳥,無集于栩!無啄我黍!此邦之人,不可與處。言旋言歸,復我諸父!(栩、黍、處、父,魚部。)

188　我行其野

1.我行其野,蔽芾其樗。昏姻之故,言就爾居。爾不我畜,復我邦家。(野、樗、故、居、家,魚部。)

2.我行其野,言采其蓫。昏姻之故,言就爾宿。爾不我畜,言歸斯②復。(蓫、宿、畜、

---

① 厎,朱熹《集傳》本作"底"。
② 斯,朱熹《集傳》本作"思"。

復,覺部。)

3.我行其野,言采其葍。不思舊姻,求爾新特。成不以富,亦祇以異。(葍、特、富、異,職部。)

189　斯干

1.秩秩斯干,幽幽南山。如竹苞矣,如松茂矣。兄及弟矣,式相好矣,無相猶矣。(干、山,寒部。苞、茂、好、猶,幽部。)

2.似續妣祖,築室百堵,西南其戶。爰居爰處。爰笑爰語。(祖、堵、戶、處、語,魚部。)

3.約之閣閣,椓之橐橐。風雨攸除,鳥鼠攸去,君子攸芋。(閣、橐,鐸部。除、去、芋,魚部。)

4.如跂斯翼,如矢斯棘,如鳥斯革,如翬斯飛,君子攸躋。(翼、棘、革,職部。飛,微部;躋,脂部。脂微合韻。)

5.殖殖其庭,有覺其楹,噲噲其正,噦噦其冥,君子攸寧。(庭、楹、正、冥、寧,耕部。)

6.下莞上簟,乃安斯寢。乃寢乃興,乃占我夢。吉夢維何?維熊維羆,維虺維蛇。(簟、寢,侵部。興、夢,蒸部。何、羆、蛇,歌部。)

7.大人占之:維熊維羆,男子之祥;維虺維蛇,女子之祥。(羆、蛇,歌部。祥、祥,陽部。)

8.乃生男子,載寢之牀,載衣之裳,載弄之璋。其泣喤喤,朱芾斯皇,室家君王。(牀、裳、璋、喤、皇、王,陽部。)

9.乃生女子,載寢之地,載衣之裼,載弄之瓦。無非無儀,唯酒食是議,無父母詒罹。(地、瓦、儀、議、罹,歌部。)

190　無羊

1.誰謂爾無羊?三百維羣。誰謂爾無牛?九十其犉。爾羊來思,其角濈濈。爾牛來思,其耳濕濕。(羣、犉,文部。濈、濕,緝部。)

2.或降于阿,或飲于池,或寢或訛。爾牧來思,何蓑何笠,或負其餱。三十維物,爾牲則具。(阿、池、訛,歌部。餱、具,侯部。)

3.爾牧來思,以薪以蒸,以雌以雄。爾羊來思,矜矜兢兢,不騫不崩。麾之以肱,畢來既升。(蒸、雄、兢、崩、肱、升,蒸部。)

4.牧人乃夢,衆維魚矣,旐維旟矣。大人占之:衆維魚矣,實維豐年;旐維旟矣,室家溱溱。(魚、旟,魚部。年、溱,真部。)

節南山之什（十篇）

191 節南山

1. 節彼南山，維石巖巖。赫赫師尹，民具爾瞻，憂心如惔，不敢戲談。國旣卒斬，何用不監？（巖、瞻、惔、談、斬、監、談部。）

2. 節彼南山，有實其猗。赫赫師尹，不平謂何？天方薦瘥，喪亂弘多。民言無嘉，憯莫懲嗟。（猗、何、瘥、多、嘉、嗟、歌部。）

3. 尹氏大師，維周之氐。秉國之均，四方是維，天子是毗，俾民不迷。不弔昊天，不宜空我師。（師、氐、毗、迷、師，脂部；維、微部。脂微合韻。均、天，真部。）

4. 弗躬弗親，庶民弗信。弗問弗仕，勿罔君子。式夷式已，無小人殆。瑣瑣姻亞，則無膴仕。（親、信，真部。仕、子、已、殆、仕，之部。）

5. 昊天不傭，降此鞠訩。昊天不惠，降此大戾。君子如屆，俾民心闋。君子如夷，惡怒是違。（傭、訩，東部。惠、戾、屆、闋、質部。夷、脂部；違、微部。脂微合韻。）

6. 不弔昊天，亂靡有定。式月斯生，俾民不寧。憂心如酲，誰秉國成①？不自爲政，卒勞百姓。（定、生、寧、酲、成、政、姓，耕部。）

7. 駕彼四牡，四牡項領。我瞻四方，蹙蹙靡所騁。（領，真部；騁，耕部。真耕合韻。）

8. 方茂爾惡，相爾矛矣。旣夷旣懌，如相酬矣。（惡、懌，鐸部。矛、酬，幽部。）

9. 昊天不平，我王不寧。不懲其心，覆怨其正。（平、寧、正，耕部。）

10. 家父作誦，以究王訩。式訛爾心，以畜萬邦。（誦、訩、邦，東部。）

192 正月

1. 正月繁霜，我心憂傷。民之訛言，亦孔之將。念我獨兮，憂心京京。哀我小心，癙憂以痒。（霜、傷、將、京、痒，陽部。）

2. 父母生我，胡俾我瘉？不自我先，不自我後。好言自口，莠言自口。憂心愈愈，是以有侮。（瘉、後、口、口、愈、侮，侯部。）

3. 憂心惸惸，念我無祿。民之無辜，并其臣僕。哀我人斯，于何從祿？瞻烏爰止，于誰之屋。（祿、僕、祿、屋，屋部。）

---

① 《齊詩》作"誰能秉國成"。

4.瞻彼中林,侯薪侯蒸。民今方殆,視天夢夢。既克有定,靡人弗勝。有皇上帝,伊誰云憎!(蒸、夢、勝、憎,蒸部。)

5.謂山蓋卑?爲岡爲陵。民之訛言,寧莫之懲!召彼故老,訊之占夢。具曰予聖,誰知烏之雌雄!(陵、懲、夢、雄,蒸部。)

6.謂天蓋高?不敢不局。謂地蓋厚?不敢不蹐。維號斯言,有倫有脊。哀今之人,胡爲虺蜴?(局,屋部;蹐、脊、蜴,錫部。屋錫合韻。)

7.瞻彼阪田,有菀其特。天之扤我,如不我克。彼求我則,如不我得;執我仇仇,亦不我力。(特、克、則、得、力,職部。)

8.心之憂矣,如或結之。今兹之正,胡然厲矣?燎之方揚,寧或滅之。赫赫宗周,褒姒威之。(結,質部;厲、滅、威,月部。質月合韻。)

9.終其永懷,又窘陰雨。其車既載,乃棄爾輔。載輸爾載,"將伯助予"!(雨、輔、予,魚部。)

10.無棄爾輔,員于爾輻。屢顧爾僕,不輸爾載。終踰絕險,曾是不意!(輻、意,職部;載,之部。之職通韻。)

11.魚在于沼,亦匪克樂,潛雖伏矣,亦孔之炤。憂心慘慘,念國之爲虐。(沼、炤,宵部;樂、虐,藥部。宵藥通韻。)

12.彼有旨酒,又有嘉殽,洽比其鄰,昏姻孔云。念我獨兮,憂心慇慇。(酒,幽部;殽,宵部。幽宵合韻。鄰,真部;云、慇,文部。真文合韻。)

13.佌佌彼有屋,蔌蔌方有穀。民今之無禄,天夭是椓。哿矣富人,哀此惸獨。(屋、穀、禄、椓、獨,屋部。)

193 十月之交

1.十月之交,朔月辛卯。日有食之,亦孔之醜,彼月而微,此日而微。今此下民,亦孔之哀。(卯、醜,幽部。微、微、哀,微部。)

2.日月告凶,不用其行。四國無政,不用其良。彼月而食,則維其常。此日而食,于何不臧!(行、良、常、臧,陽部。)

3.爗爗震電,不寧不令。百川沸騰,山冢崒崩。高岸爲谷,深谷爲陵。哀今之人,胡憯莫懲!(電、令,真部。騰、崩、陵、懲,蒸部。)

4.皇父卿士,番維司徒。家伯維宰,仲允膳夫。棸子内史,蹶維趣馬。楀維師氏,豔妻煽方處。(士、宰、史,之部。徒、夫、馬、處,魚部。)

5.抑此皇父,豈曰不時?胡爲我作,不即我謀?徹我牆屋,田卒汙萊。曰予不戕,禮則然矣。(時、謀、萊、矣,之部。)

6. 皇父孔聖,作都于向。擇三有事,亶侯多藏。不憖遺一老,俾守我王。擇有車馬,以居徂向。(向、藏、王、向,陽部。)

7. 黽勉從事,不敢告勞。無罪無辜,讒口囂囂。下民之孽,匪降自天。噂沓背憎,職競由人。(勞、囂,宵部。天、人,真部。)

8. 悠悠我里,亦孔之痗。四方有羨,我獨居憂。民莫不逸,我獨不敢休。天命不徹,我不敢傚我友自逸。(里、痗,之部。憂、休,幽部。徹,月部;逸,質部。月質合韻。)

194　雨無正

1. 浩浩昊天,不駿其德。降喪饑饉,斬伐四國。旻天疾威,弗慮弗圖。舍彼有罪,既伏其辜。若此無罪,淪胥以鋪。(德、國、職部。圖、辜、鋪,魚部。)

2. 周宗既滅,靡所止戾。正大夫離居,莫知我勩。三事大夫,莫肯夙夜。邦君諸侯,莫肯朝夕。庶曰式臧,覆出爲惡。(滅、勩,月部;戾,質部。月質合韻。夜、夕、惡,鐸部。)

3. 如何昊天,辟言不信。如彼行邁,則靡所臻。凡百君子,各敬爾身。胡不相畏,不畏于天。(天、信、臻、身、天,真部。)

4. 戎成不退,飢成不遂。曾我暬御,憯憯日瘁。凡百君子,莫肯用訊(誶)。聽言則答,譖言則退。(退、遂、瘁、[誶]、退,物部。)

5. 哀哉不能言,匪舌是出,維躬是瘁。哿矣能言,巧言如流,俾躬處休。(出、瘁,物部。流、休,幽部。)

6. 維曰于①仕,孔棘且殆。云不可使,得罪于天子。亦云可使,怨及朋友。(仕、殆、使、子、使、友,之部。)

7. 謂爾遷于王都,曰予未有室家。鼠思泣血,無言不疾。昔爾出居,誰從作爾室?(都、家、居,魚部。血、疾、室,質部。)

195　小旻

1. 旻天疾威,敷于下土。謀猶回遹,何日斯沮。謀臧不從,不臧覆用。我視謀猶,亦孔之邛。(土、沮,魚部。從、用、邛,東部。)

2. 潝潝訿訿,亦孔之哀。謀之其臧,則具是違。謀之不臧,則具是依。我視謀猶,伊于胡底②。(哀、違、依,微部;底,脂部。脂微合韻。)

---

① 于,一本作"予"。
② 厎,朱熹《集傳》本作"底"。

3. 我龜既厭,不我告猶。謀夫孔多,是用不集(就)。發言盈庭,誰敢執其咎? 如匪行邁謀,是用不得于道。(猶、咎、道,幽部。集,依《韓詩》讀爲就,協幽部。)

4. 哀哉爲猶,匪先民是程,匪大猶是經。維邇言是聽,維邇言是爭。如彼築室于道謀,是用不潰于成。(程、經、聽、爭、成,耕部。)

5. 國雖靡止,或聖或否。民雖靡膴,或哲或謀。或肅或艾。如彼泉流,無淪胥以敗。(止、否、謀,之部。艾、敗,月部。)

6. 不敢暴虎,不敢馮河。人知其一,莫知其他。戰戰兢兢,如臨深淵,如履薄冰。(河、他,歌部。兢、冰,蒸部。)

196　小宛

1. 宛彼鳴鳩,翰飛戾天。我心憂傷,念昔先人。明發不寐,有懷二人。(天、人、人,真部。)

2. 人之齊聖,飲酒溫克。彼昏不知,壹醉日富。各敬爾儀,天命不又。(克、富,職部;又、之部。職之通韻。)

3. 中原有菽,庶民采之。螟蛉有子,蜾蠃負之。教誨爾子,式穀似之。(采、子、負、子、似,之部。)

4. 題彼脊令,載飛載鳴。我日斯邁,而月斯征。夙興夜寐,毋①忝爾所生。(令,真部;鳴、征、生,耕部。真耕合韻。)

5. 交交桑扈,率場啄粟。哀我填寡,宜岸宜獄。握粟出卜,自何能穀?(扈、寡,魚部。粟、獄、卜、穀,屋部。)

6. 溫溫恭人,如集于木。惴惴小心,如臨于谷。戰戰兢兢,如履薄冰。(木、谷,屋部。兢、冰,蒸部。)

197　小弁

1. 弁彼鷽斯,歸飛提提。民莫不穀,我獨于罹。何辜于天,我罪伊何? 心之憂矣,云如之何?(斯、提,支部。罹、何、何,歌部。)

2. 踧踧周道,鞫爲茂草。我心憂傷,怒焉如擣。假寐永歎,維憂用老。心之憂矣,疢如疾首。(道、草、擣、老、首,幽部。)

3. 維桑與梓,必恭敬止。靡瞻匪父,靡依匪母。不屬于毛,不罹②于裏。天之生我,我辰安在?(梓、止、母、裏、在,之部。)

---

① 毋,唐石經、相臺本、朱熹《集傳》本作"無"。
② 罹,當依唐石經、朱熹《集傳》本作"離"。

4. 菀彼柳斯,鳴蜩嘒嘒。有漼者淵,萑葦淠淠。譬彼舟流,不知所屆。心之憂矣,不遑假寐。(嘒,月部;淠、屆,質部;寐,物部。月質物合韻。)

5. 鹿斯之奔,維足伎伎。雉之朝雊,尚求其雌。譬彼壞木,疾用無枝。心之憂矣,寧莫之知。(伎、雌、枝、知,支部。)

6. 相彼投兔,尚或先之。行有死人,尚或墐之。君子秉心,維其忍之。心之憂矣,涕既隕之。(先、墐、忍、隕,文部。)

7. 君子信讒,如或醻之。君子不惠,不舒究之。伐木掎矣,析薪扡①矣。舍彼有罪,予之佗矣。(醻、究,幽部。掎、扡、佗,歌部。)

8. 莫高匪山,莫浚匪泉。君子無易由言,耳屬于垣。無逝我梁,無發我笱。我躬不閱,遑恤我後。(山、泉、言、垣,寒部。笱、後,侯部。)

198 巧言

1. 悠悠昊天,曰父母且。無罪無辜,亂如此幠。昊天已威,予慎無罪。昊天大②幠,予慎無辜。(且、辜、幠,魚部。威、罪,微部。幠、辜,魚部。)

2. 亂之初生,僭始既涵。亂之又生,君子信讒。君子如怒,亂庶遄沮。君子如祉,亂庶遄已。(涵、讒,談部。怒、沮,魚部。祉、已,之部。)

3. 君子屢盟,亂是用長。君子信盜,亂是用暴。盜言孔甘,亂是用餤。匪其止共,維王之邛。(盟、長,陽部。盜,宵部;暴,藥部。宵藥通韻。甘、餤,談部。共、邛,東部。)

4. 奕奕寢廟,君子作之。秩秩大猷,聖人莫之。他人有心,予忖度之。躍躍毚兔,遇犬獲之。(作、莫、度、獲,鐸部。)

5. 荏染柔木,君子樹之。往來行言,心焉數之。蛇蛇碩言,出自口矣。巧言如簧,顏之厚矣。(樹、數、口、厚,侯部。)

6. 彼何人斯,居河之麋。無拳無勇,職爲亂階。既微且尰,爾勇伊何?爲猶將多,爾居徒幾何?(麋、階,脂部。何、多、何,歌部。)

199 何人斯

1. 彼何人斯,其心孔艱。胡逝我梁,不入我門?伊誰云從?維暴之云?(艱、門、云,文部。)

2. 二人從行,誰爲此禍?胡逝我梁,不入唁我?始者不如今,云不我可。(禍、我、可,

---

① 扡,朱熹《集傳》本作"杝"。
② 大,唐石經作"泰"。

3. 彼何人斯,胡逝我陳？我聞其聲,不見其身。不愧于人？不畏于天。(陳、身、人、天,真部。)

4. 彼何人斯,其爲飄風？胡不自北？胡不自南？胡逝我梁？衹攪我心。(風、南、心,侵部。)

5. 爾之安行,亦不遑舍。爾之亟行,遑脂爾車？壹者之來,云何其盱？(舍、車、盱,魚部。)

6. 爾還而入,我心易也。還而不入,否難知也。壹者之來,俾我衹也。(易,錫部；知、衹,支部。錫支通韻。)

7. 伯氏吹壎,仲氏吹篪。及爾如貫,諒不我知。出此三物,以詛爾斯。(篪、知、斯,支部。)

8. 爲鬼爲蜮,則不可得。有靦面目,視人罔極。作此好歌,以極反側。(蜮、得、極、側,職部。)

200　巷伯

1. 萋兮斐兮,成是貝錦。彼譖人者,亦已大甚。(錦、甚,侵部。)

2. 哆兮侈兮,成是南箕。彼譖人者,誰適與謀。(箕、謀,之部。)

3. 緝緝翩翩,謀欲譖人。慎爾言也,謂爾不信。(翩、人、信,真部。)

4. 捷捷幡幡,謀欲譖言。豈不爾受？既其女遷。(幡、言、遷,寒部。)

5. 驕人好好,勞人草草。蒼天蒼天！視彼驕人,矜此勞人。(好、草,幽部。天、人、人,真部。)

6. 彼譖人者,誰適與謀？取彼譖人,投畀豺虎。豺虎不食,投畀有北。有北不受,投畀有昊。(者、虎、魚部；謀,之部。魚之合韻。食、北,職部。受、昊,幽部。)

7. 楊園之道,猗于畝丘。寺人孟子,作爲此詩。凡百君子,敬而聽之。(丘、子、詩、子、之,之部。)

谷風之什（十篇）

201　谷風

1. 習習谷風,維風及雨。將恐將懼,維予與女。將安將樂,女轉棄予。(雨、懼、女、予,魚部。)

2.習習谷風,維風及頹。將恐將懼,寘予于懷。將安將樂,棄予如遺。(頹、懷、遺,微部。)

3.習習谷風,維山崔嵬。無草不死,無木不萎。忘我大德,思我小怨。(嵬、萎,微部;怨,寒部。微寒合韻。)

202　蓼莪

1.蓼蓼者莪,匪莪伊蒿。哀哀父母,生我劬勞。(蒿、勞,宵部。)

2.蓼蓼者莪,匪莪伊蔚。哀哀父母,生我勞瘁。(蔚、瘁,物部。)

3.缾之罄矣,維罍之恥。鮮民之生,不如死之久矣!無父何怙,無母何恃。出則銜恤,入則靡至。(恥、久、恃,之部。恤、至,質部。)

4.父兮生我,母兮鞠我。拊我畜我,長我育我。顧我復我,出入腹我。欲報之德,昊天罔極。(鞠、畜、育、復、腹,覺部。德、極,職部。)

5.南山烈烈,飄風發發。民莫不穀,我獨何害。(烈、發、害,月部。)

6.南山律律,飄風弗弗。民莫不穀,我獨不卒。(律、弗、卒,物部。)

203　大東

1.有饛簋飧,有捄棘匕。周道如砥,其直如矢。君子所履,小人所視。睠言顧之,潸焉出涕。(匕、砥、矢、履、視、涕,脂部。)

2.小東大東,杼柚其空。糾糾葛屨,可以履霜。佻佻公子,行彼周行。既往既來,使我心疚。(東、空,東部。霜、行,陽部。來、疚,之部。)

3.有冽氿泉,無浸穫薪。契契寤歎,哀我憚人,薪是穫薪,尚可載也。哀我憚人,亦可息也。(泉、歎,寒部。薪、人、薪、人,真部。載,之部;息,職部。之職通韻。)

4.東人之子,職勞不來。西人之子,粲粲衣服。舟人之子,熊羆是裘。私人之子,百僚是試。(來、裘,之部。服、試,職部。)

5.或以其酒,不以其漿。鞙鞙佩璲,不以其長。維天有漢,監亦有光。跂彼織女,終日七襄。(漿、長、光、襄,陽部。)

6.雖則七襄,不成報章。睆彼牽牛,不以服箱①。東有啟明,西有長庚。有捄天畢,載施之行。(襄、章、箱、明、庚、行,陽部。)

7.維南有箕,不可以簸揚。維北有斗,不可以挹酒漿。維南有箕,載翕其舌。維北有斗,西柄之揭。(揚、漿,陽部。舌、揭,月部。)

---

①　《文選·思玄賦》李善注引《毛詩》作"不可以服箱"。

204　四月

1. 四月維夏,六月徂暑。先祖匪人,胡寧忍予。(夏、暑、予,魚部。)
2. 秋日淒淒,百卉具腓。亂離瘼矣,爰其適歸。(淒,脂部;腓、歸,微部。脂微合韻。)
3. 冬日烈烈,飄風發發。民莫不穀,我獨何害。(烈、發、害,月部。)
4. 山有嘉卉,侯栗侯梅。廢爲殘賊,莫知其尤。(梅、尤,之部。)
5. 相彼泉水,載清載濁。我日構禍,曷云能穀。(濁、穀,屋部。)
6. 滔滔江漢,南國之紀。盡瘁以仕,寧莫我有。(紀、仕、有,之部。)
7. 匪鶉匪鳶,翰飛戾天。匪鱣匪鮪,潛逃于淵。(天、淵,真部。)
8. 山有蕨薇,隰有杞桋。君子作歌,維以告哀。(薇、哀,微部;桋,脂部。微脂合韻。)

205　北山

1. 陟彼北山,言采其杞。偕偕士子,朝夕從事。王事靡盬,憂我父母。(杞、子、事、母,之部。)
2. 溥天之下,莫非王土;率土之濱,莫非王臣。大夫不均,我從事獨賢。(下、土,魚部。濱、臣、均、賢,真部。)
3. 四牡彭彭,王事傍傍。嘉我未老,鮮我方將。旅力方剛,經營四方。(彭、傍、將、剛、方,陽部。)
4. 或燕燕居息,或盡瘁事國。或息偃在牀,或不已于①行。(息、國,職部。牀、行,陽部。)
5. 或不知叫號,或慘慘劬勞。或棲遲偃仰,或王事鞅掌。(號、勞,宵部。仰、掌,陽部。)
6. 或湛樂飲酒,或慘慘畏咎。或出入風議,或靡事不爲。(酒、咎,幽部。議、爲,歌部。)

206　無將大車

1. 無將大車,祇自塵兮。無思百憂,祇自疧(痕)②兮。(塵,真部;疧,支部。真支合韻。若字作"痕",則爲真部獨韻。)

---

① 于,一本作"於"。
② 疧,唐石經作"疧"。朱熹《集傳》引劉氏(彝)曰:"當作痕,與瘝同,眉賓反。"顧炎武《詩本音》:"唐人避太宗諱,凡字從'民'者,皆省而爲'氏'。今人書'昏'爲'昏',猶其遺法也。""痕"同"瘝",真部字。

2. 無將大車,維塵冥冥。無思百憂,不出于熲。(冥、熲,耕部。)

3. 無將大車,維塵雝①兮。無思百憂,祇自重兮。(雝、重,東部。)

207　小明

1. 明明上天,照臨下土。我征徂西,至于艽野。二月初吉,載離寒暑。心之憂矣,其毒大苦。念彼共人,涕零如雨。豈不懷歸?畏此罪罟。(土、野、暑、苦、雨、罟,魚部。)

2. 昔我往矣,日月方除。曷云其還?歲聿云莫。念我獨兮,我事孔庶。心之憂矣,憚我不暇。念彼共人,睠睠懷顧。豈不懷歸?畏此譴怒。(除、暇、顧、怒,魚部;莫、庶,鐸部。魚鐸通韻。)

3. 昔我往矣,日月方奧。曷云其還?政事愈蹙。歲聿云莫,采蕭穫菽。心之憂矣,自詒伊戚。念彼共人,興言出宿。豈不懷歸?畏此反覆。(奧、蹙、菽、戚、宿、覆,覺部。)

4. 嗟爾君子,無恒安處。靖共爾位,正直是與。神之聽之,式穀以女。(處、與、女,魚部。)

5. 嗟爾君子,無恒安息。靖共爾位,好是正直。神之聽之,介爾景福。(息、直、福,職部。)

208　鼓鍾

1. 鼓鍾將將,淮水湯湯,憂心且傷。淑人君子,懷允不忘。(將、湯、傷、忘,陽部。)

2. 鼓鍾喈喈,淮水湝湝,憂心且悲。淑人君子,其德不回。(喈、湝,脂部。悲、回,微部。)

3. 鼓鍾伐鼛,淮有三洲,憂心且妯。淑人君子,其德不猶。(鼛、洲、妯、猶,幽部。)

4. 鼓鍾欽欽,鼓瑟鼓琴,笙磬同音。以雅以南,以籥不僭。(欽、琴、音、南、僭,侵部。)

209　楚茨

1. 楚楚者茨,言抽其棘。自昔何爲?我蓺黍稷。我黍與與,我稷翼翼。我倉既盈,我庾維億。以爲酒食,以享②以祀。以妥以侑,以介景福。(棘、稷、翼、億、食、福,職部;祀、侑,之部。職之通韻。)

2. 濟濟蹌蹌,絜爾牛羊。以往烝嘗。或剝或亨,或肆或將。祝祭于祊,祀事孔明。先祖是皇,神保是饗,孝孫有慶。報以介福,萬壽無疆。(蹌、羊、嘗、亨、將、祊、明、皇、饗、慶、疆,陽部。)

3. 執爨踖踖,爲俎孔碩,或燔或炙。君婦莫莫,爲豆孔庶。爲賓爲客,獻醻③交錯。禮儀卒度,笑語卒獲。神保是格,報以介福,萬壽攸酢。(踖、碩、炙、莫、庶、客、錯、度、獲、

---

① 雝,唐石經作"雍"。
② 享,朱熹《集傳》本作"饗"。
③ 醻,朱熹《集傳》本作"酬"。

4.我孔熯矣,式禮莫愆。工祝致告,徂賚孝孫。苾芬孝祀,神嗜飲食。卜爾百福,如幾如式。既齊既稷,既匡既勑①。永錫爾極,時萬時億。(熯、愆,寒部;孫,文部。寒文合韻。祀、之部;食、福、式、稷、勑、極、億,職部。之職通韻。)

5.禮儀既備,鍾鼓既戒。孝孫徂位,工祝致告。神具醉止,皇尸載起。鼓鍾送尸②,神保聿歸。諸宰君婦,廢徹不遲。諸父兄弟,備言燕私。(備、戒,職部;告,覺部。職覺合韻。止、起,之部。歸,微部;尸、遲、弟、私,脂部。微脂合韻。)

6.樂具入奏,以綏後祿。爾殽既將,莫怨具慶。既醉既飽,小大稽首。神嗜飲食,使君壽考。孔惠孔時,維其盡之。子子孫孫,勿替引之。(奏、祿,屋部。將、慶,陽部。飽、首、考,幽部。盡、引,真部。)

210 信南山

1.信彼南山,維禹甸之。畇畇原隰,曾孫田之。我疆我理,南東其畝。(甸、田,真部。理、畝,之部。)

2.上天同雲,雨雪雰雰。益之以霢霂,既優既渥,既霑既足,生我百穀。(雲、雰,文部。霂、渥、足、穀,屋部。)

3.疆埸翼翼,黍稷彧彧。曾孫之穡,以為酒食。畀我尸賓,壽考萬年。(翼、彧、穡、食,職部。賓、年,真部。)

4.中田有廬,疆埸有瓜。是剝是菹,獻之皇祖。曾孫壽考,受天之祜。(廬、瓜、菹、祖、祜,魚部。)

5.祭以清酒,從以騂牡,享于祖考。執其鸞刀,以啓其毛,取其血膋。(酒、牡、考,幽部。刀、毛、膋,宵部。)

6.是烝是享,苾苾芬芬,祀事孔明。先祖是皇,報以介福,萬壽無疆。(享、明、皇、疆,陽部。)

甫田之什 (十篇)

211 甫田

1.倬彼甫田,歲取十千。我取其陳,食我農人。自古有年。今適南畝,或耘或耔。黍

---

① 勑,朱熹《集傳》本作"敕"。
② 《宋書·樂志》兩引作"鍾鼓送尸"。

稷薿薿。攸介攸止,烝我髦士。(田、千、陳、人、年,真部。畝、籽、薿、止、士,之部。)

2.以我齊明,與我犧羊,以社以方。我田旣臧,農夫之慶。琴瑟擊鼓,以御田祖,以祈甘雨,以介我稷黍,以穀我士女。(明、羊、方、臧、慶,陽部。鼓、祖、雨、黍、女,魚部。)

3.曾孫來止,以其婦子,饁彼南畝。田畯至喜,攘其左右,嘗其旨否。禾易長畝,終善且有。曾孫不怒,農夫克敏。(止、子、畝、喜、右、否、畝、有、敏,之部。)

4.曾孫之稼,如茨如梁。曾孫之庾,如坻如京。乃求千斯倉,乃求萬斯箱。黍稷稻粱,農夫之慶。報以介福,萬壽無疆。(梁、京、倉、箱、粱、慶、疆,陽部。)

212 大田

1.大田多稼。旣種旣戒,旣備乃事。以我覃耜,俶載南畝。播厥百穀,旣庭且碩,曾孫是若。(戒,職部;事、耜、畝,之部。職之通韻。碩、若,鐸部。)

2.旣方旣皁,旣堅旣好,不稂不莠。去其螟螣,及其蟊賊,無害我田穉。田祖有神,秉畀炎火。(皁、好、莠,幽部。螣、賊,職部。穉,脂部;火,微部。脂微合韻。)

3.有渰萋萋,興雨祈祈①。雨我公田,遂及我私。彼有不穫穉,此有不斂穧。彼有遺秉,此有滯穗,伊寡婦之利。(萋、祈、私、穉、穧,脂部。穗、利,質部。)

4.曾孫來止,以其婦子,饁彼南畝,田畯至喜。來方禋祀,以其騂黑,與其黍稷。以享以祀,以介景福。(止、子、畝、喜,之部。黑、稷、福,職部。)

213 瞻彼洛矣

1.瞻彼洛矣,維水泱泱。君子至止,福祿如茨。韎韐有奭,以作六師。(矣、止,之部。茨、師,脂部。泱,陽部。與二、三章遥韻。)

2.瞻彼洛矣,維水泱泱。君子至止,鞞琫有珌。君子萬年,保其家室。(矣、止,之部。珌、室,質部。)

3.瞻彼洛矣,維水泱泱。君子至止,福祿旣同。君子萬年,保其家邦。(矣、止,之部。同、邦,東部。)

214 裳裳者華

1.裳裳者華,其葉湑兮。我覯之子,我心寫兮。我心寫兮,是以有譽處兮。(華、湑、寫、寫、處,魚部。)

2.裳裳者華,芸其黃矣。我覯之子,維其有章矣。維其有章矣,是以有慶矣。(黄、

---

① 三家詩"興雨"作"興雲"。"祈祈"當依唐石經、相臺本、朱熹《集傳》本作"祁祁"。

章、章、慶,陽部。)

3. 裳裳者華,或黃或白。我覯之子,乘其四駱。乘其四駱,六轡沃若。(白、駱、駱、若,鐸部。)

4. 左之左之,君子宜之。右之右之,君子有之。維其有之,是以似之。(左、宜,歌部。右、有、有、似,之部。)

215　桑扈

1. 交交桑扈,有鶯其羽。君子樂胥,受天之祜。(扈、羽、胥、祜,魚部。)

2. 交交桑扈,有鶯其領。君子樂胥,萬邦之屏。(扈、胥,魚部。領,真部;屏,耕部。真耕合韻。)

3. 之屏之翰,百辟為憲。不戢不難,受福不那。(翰、憲、難,寒部;那,歌部。寒歌通韻。)

4. 兕觥其觩,旨酒思柔。彼交匪敖,萬福來求。(觩、柔、求,幽部;敖,宵部。幽宵合韻。)

216　鴛鴦

1. 鴛鴦于飛,畢之羅之。君子萬年,福祿宜之。(羅、宜,歌部。)

2. 鴛鴦在梁,戢其左翼。君子萬年,宜其遐福。(翼、福,職部。)

3. 乘馬在廄,摧之秣之。君子萬年,福祿艾之。(秣、艾,月部。)

4. 乘馬在廄,秣之摧之。君子萬年,福祿綏之。(摧、綏,微部。)

217　頍弁

1. 有頍者弁,實維伊何?爾酒既旨,爾殽既嘉。豈伊異人?兄弟匪他。蔦與女蘿,施于松柏。未見君子,憂心弈弈①。既見君子,庶幾說懌。(何、嘉、他,歌部。柏、弈、懌,鐸部。)

2. 有頍者弁,實維何期?爾酒既旨,爾殽既時。豈伊異人?兄弟具來。蔦與女蘿,施于松上。未見君子,憂心怲怲。既見君子,庶幾有臧。(期、時、來,之部。上、怲、臧,陽部。)

3. 有頍者弁,實維在首。爾酒既旨,爾殽既阜。豈伊異人?兄弟甥舅。如彼雨雪,先彼維霰。死喪無日,無幾相見。樂酒今夕,君子維宴。(首、阜、舅,幽部。霰、見、宴,寒

---

① 弈弈,一本作"奕奕"。

部。)

218 車舝

1. 間關車之舝兮,思孌季女逝兮。匪飢匪渴,德音來括。雖無好友,式燕且喜。(舝、逝、渴、括,月部。友、喜,之部。)

2. 依彼平林,有集維鷮。辰彼碩女,令德來教。式燕且譽,好爾無射。(鷮、教,宵部。譽,魚部;射,鐸部。魚鐸通韻。)

3. 雖無旨酒,式飲庶幾。雖無嘉殽,式食庶幾。雖無德與女,式歌且舞。(幾、幾,微部。女、舞,魚部。)

4. 陟彼高岡,析其柞薪。析其柞薪,其葉湑兮。鮮我覯爾,我心寫兮。(岡,陽部;薪,真部。陽真合韻。湑、寫,魚部。)

5. 高山仰止,景行行止。四牡騑騑,六轡如琴。覯爾新昏,以慰我心。(仰、行,陽部。琴、心,侵部。)

219 青蠅

1. 營營青蠅,止于樊。豈弟君子,無信讒言。(樊、言,寒部。)

2. 營營青蠅,止于棘。讒人罔極,交亂四國。(棘、極、國,職部。)

3. 營營青蠅,止于榛。讒人罔極,構我二人。(榛、人,真部。)

220 賓之初筵

1. 賓之初筵,左右秩秩。籩豆有楚,殽核維旅。酒既和旨,飲酒孔偕。鍾鼓既設,舉醻逸逸。大侯既抗,弓矢斯張。射夫既同,獻爾發功。發彼有的,以祈爾爵。(楚、旅、魚部。旨、偕,脂部。設、月部;逸,質部。月質合韻。抗、張,陽部。同、功,東部。的、爵,藥部。)

2. 籥舞笙鼓,樂既和奏,烝衎烈祖,以洽百禮。百禮既至,有壬有林。錫爾純嘏,子孫其湛。其湛曰樂,各奏爾能。賓載手仇,室人入又,酌彼康爵,以奏爾時。(鼓、祖,魚部。禮,脂部;至,質部。脂質通韻。林、湛,侵部。能、又、時,之部。)

3. 賓之初筵,溫溫其恭。其未醉止,威儀反反。曰既醉止,威儀幡幡。舍其坐遷,屢舞僊僊。其未醉止,威儀抑抑。曰既醉止,威儀怭怭。是曰既醉,不知其秩。(筵、反、幡、遷、僊,寒部。抑、怭、秩,質部。)

4. 賓既醉止,載號載呶。亂我籩豆,屢舞僛僛。是曰既醉,不知其郵。側弁之俄,屢舞傞傞。既醉而出,並受其福。醉而不出,是謂伐德。飲酒孔嘉,維其令儀。(號、呶,宵部。僛、郵,之部。俄、傞,歌部。福、德,職部。嘉、儀,歌部。)

5. 凡此飲酒,或醉或否。既立之監,或佐之史。彼醉不臧,不醉反恥。式勿從謂,無俾大怠。匪言勿言,匪由勿語。由醉之言,俾出童羖。三爵不識,矧敢多又。(否、史、恥、怠,之部。語、羖,魚部。識,職部;又,之部。職之通韻。)

魚藻之什(十四篇)

221 魚藻

1. 魚在在藻,有頒其首。王在在鎬,豈樂飲酒。(藻、鎬,宵部。首、酒,幽部。)
2. 魚在在藻,有莘其尾。王在在鎬,飲酒樂豈。(藻、鎬,宵部。尾、豈,微部。)
3. 魚在在藻,依于其蒲。王在在鎬,有那其居。(藻、鎬,宵部。蒲、居,魚部。)

222 采菽

1. 采菽采菽,筐之筥之。君子來朝,何錫予之。雖無予之,路車乘馬。又何予之,玄袞及黼。(筥、予、予、馬、予、黼,魚部。)
2. 觱沸檻泉,言采其芹。君子來朝,言觀其旂。其旂淠淠,鸞聲嘒嘒,載驂載駟,君子所屆。(芹、旂,文部。淠、駟、屆,質部;嘒,月部。質月合韻。)
3. 赤芾在股,邪幅在下。彼交匪紓,天子所予。樂只君子,天子命之。樂只君子,福禄申之。(股、下、紓、予,魚部。命、申,真部。)
4. 維柞之枝,其葉蓬蓬。樂只君子,殿天子之邦。樂只君子,萬福攸同。平平左右,亦是率從。(蓬、邦、同、從,東部。)
5. 汎汎楊舟,紼纚維之。樂只君子,天子葵之。樂只君子,福禄膍之。優哉游哉,亦是戾矣。(維,微部。葵、膍,脂部;戾,質部。微脂質合韻。)

223 角弓

1. 騂騂角弓,翩其反矣。兄弟昏姻,無胥遠矣。(反、遠,寒部。)
2. 爾之遠矣,民胥然矣。爾之教矣,民胥傚矣。(遠、然,寒部。教、傚,宵部。)
3. 此令兄弟,綽綽有裕。不令兄弟,交相爲瘉。(裕,屋部;瘉,侯部。屋侯通韻。)
4. 民之無良,相怨一方。受爵不讓,至于已①斯亡。(良、方、讓、亡,陽部。)
5. 老馬反爲駒,不顧其後。如食宜饇,如酌孔取。(駒、後、饇、取,侯部。)

---

① 已,唐石經作"己"。阮元《校刊記》:"己字是也。"

6. 毋教猱升木,如塗塗附。君子有徽猷,小人與屬。(木、屬,屋部;附、侯部。屋侯通韻。)

7. 雨雪瀌瀌,見晛曰消。莫肯下遺,式居婁驕。(瀌、消、驕,宵部。)

8. 雨雪浮浮,見晛曰流。如蠻如髦,我是用憂。(浮、流、憂,幽部。)

224 菀柳

1. 有菀者柳,不尚息焉。上帝甚蹈,無自暱焉。俾予靖之,後予極焉。(柳、蹈,幽部。息、暱、極,職部。)

2. 有菀者柳,不尚愒焉。上帝甚蹈,無自瘵焉。俾予靖之,後予邁焉。(柳、蹈,幽部。愒、瘵、邁,月部。)

3. 有鳥高飛,亦傅于天。彼人之心,于何其臻?曷予靖之,居以凶矜?(天、臻、矜,真部。)

225 都人士

1. 彼都人士,狐裘黃黃。其容不改,出言有章。行歸于周,萬民所望。(黃、章、望,陽部。)

2. 彼都人士,臺笠緇撮。彼君子女,綢直如髮。我不見兮,我心不說。(撮、髮、說,月部。)

3. 彼都人士,充耳琇實。彼君子女,謂之尹吉。我不見兮,我心苑結。(實、吉、結,質部。)

4. 彼都人士,垂帶而厲。彼君子女,卷髮如蠆。我不見兮,言從之邁。(厲、蠆、邁,月部。)

5. 匪伊垂之,帶則有餘。匪伊卷之,髮則有旟。我不見兮,云何盱矣。(餘、旟、盱,魚部。)

226 采綠

1. 終朝采綠,不盈一匊。予髮曲局,薄言歸沐。(綠、局、沐,屋部;匊、覺部。屋覺合韻。)

2. 終朝采藍,不盈一襜。五日為期,六日不詹。(藍、襜、詹,談部。)

3. 之子于狩,言韔其弓。之子于釣,言綸之繩。(弓、繩,蒸部。)

4. 其釣維何?維魴及鱮。維魴及鱮,薄言觀者。(魴、鱮、者,魚部。)

227 黍苗

1. 芃芃黍苗,陰雨膏之。悠悠南行,召伯勞之。(苗、膏、勞,宵部。)

2. 我任我輦,我車我牛。我行既集,蓋云歸哉。(牛、哉,之部。)

3. 我徒我御,我師我旅。我行既集,蓋云歸處。(御、旅、處,魚部。)

4. 肅肅謝功,召伯營之。烈烈征師,召伯成之。(營、成,耕部。)

5. 原隰既平,泉流既清。召伯有成,王心則寧。(平、清、成、寧,耕部。)

228　隰桑

1. 隰桑有阿,其葉有難。既見君子,其樂如何!(阿、難、何,歌部。)

2. 隰桑有阿,其葉有沃。既見君子,云何不樂!(沃、樂,藥部。)

3. 隰桑有阿,其葉有幽。既見君子,德音孔膠。(幽、膠,幽部。)

4. 心乎愛矣,遐不謂矣!中心藏之,何日忘之。(愛、謂,物部。藏、忘,陽部。)

229　白華

1. 白華菅兮,白茅束兮。之子之遠,俾我獨兮。(菅、遠,寒部。束、獨,屋部。)

2. 英英白雲,露彼菅茅。天步艱難,之子不猶。(茅、猶,幽部。)

3. 滮池北流,浸彼稻田。嘯歌傷懷,念彼碩人。(田、人,真部。)

4. 樵彼桑薪,卬烘于煁。維彼碩人,實勞我心。(薪、人,真部。煁、心,侵部。)

5. 鼓鍾于宮,聲聞于外。念子懆懆,視我邁邁。(外、邁,月部。)

6. 有鶖在梁,有鶴在林。維彼碩人,實勞我心。(林、心,侵部。)

7. 鴛鴦在梁,戢其左翼。之子無良,二三其德。(翼、德,職部。)

8. 有扁斯石,履之卑兮。之子之遠,俾我疧兮。(卑、疧,支部。)

230　緜蠻

1. 緜蠻黃鳥,止於①丘阿。道之云遠,我勞如何。飲之食之,教之誨之。命彼後車,謂之載之。(阿、何,歌部。食,職部;誨、載,之部。職之通韻。)

2. 緜蠻黃鳥,止于丘隅。豈敢憚行,畏不能趨。飲之食之,教之誨之。命彼後車,謂之載之。(隅、趨,侯部。食,職部;誨、載,之部。職之通韻。)

3. 緜蠻黃鳥,止于丘側。豈敢憚行,畏不能極。飲之食之,教之誨之。命彼後車,謂之載之。(側、極、食,職部;誨、載,之部。職之通韻。)

231　瓠葉

1. 幡幡瓠葉,采之亨之。君子有酒,酌言嘗之。(亨、嘗,陽部。)

---

① 於,當依唐石經、朱熹《集傳》本作"于"。

2.有兔斯首,炮之燔之。君子有酒,酌言獻之。(首、酒,幽部。燔、獻,寒部。)

3.有兔斯首,燔之炙之。君子有酒,酌言酢之。(首、酒,幽部。炙、酢,鐸部。)

4.有兔斯首,燔之炮之,君子有酒,酌言醻之。(首、炮、酒、醻,幽部。)

232　漸漸之石

1.漸漸之石,維其高矣。山川悠遠,維其勞矣。武人東征,不皇朝矣。(高、勞、朝,宵部。)

2.漸漸之石,維其卒矣。山川悠遠,曷其没矣。武人東征,不皇出矣。(卒、没、出,物部。)

3.有豕白蹢,烝涉波矣。月離于畢,俾滂沱矣。武人東征,不皇他矣。(波、沱、他,歌部。)

233　苕之華

1.苕之華,芸其黄矣。心之憂矣,維其傷矣。(黄、傷,陽部。)

2.苕之華,其葉青青。知我如此,不如無生。(青、生,耕部。)

3.牂羊墳首,三星在罶。人可以食,鮮可以飽。(首、罶、飽,幽部。)

234　何草不黄

1.何草不黄,何日不行。何人不將。經營四方。(黄、行、將、方,陽部。)

2.何草不玄,何人不矜。哀我征夫,獨爲匪民。(玄、矜、民,真部。)

3.匪兕匪虎,率彼曠野。哀我征夫,朝夕不暇。(虎、野、夫、暇,魚部。)

4.有芃者狐,率彼幽草。有棧之車,行彼周道。(狐、車,魚部。草、道,幽部。)

大雅（三十一篇）

文王之什（十篇）

235　文王

1.文王在上,於昭于天。周雖舊邦,其命維新。有周不顯,帝命不時。文王陟降,在帝左右。（天、新,真部。時、右,之部。）

2.亹亹文王,令聞不已。陳錫哉周,侯文王孫子。文王孫子,本支百世。凡周之士,不顯亦世。（已、子、子、士,之部。世、世,月部。）

3.世之不顯,厥猶翼翼。思皇多士,生此王國。王國克生,維周之楨。濟濟多士,文王以寧。（翼、國、職部。生、楨、寧,耕部。）

4.穆穆文王,於緝熙敬止。假哉天命,有商孫子。商之孫子,其麗不億。上帝既命,侯于周服。（止、子,之部。億、服,職部。）

5.侯服于周,天命靡常。殷士膚敏,祼將于京。厥作祼將,常服黼冔。王之藎臣,無念爾祖。（常、京,陽部。冔、祖,魚部。）

6.無念爾祖,聿脩厥德。永言配命,自求多福。殷之未喪師,克配上帝。宜鑒于殷,駿命不易。（德、福,職部。帝、易,錫部。）

7.命之不易,無遏爾躬。宣昭義問,有虞殷自天。上天之載,無聲無臭。儀刑文王,萬邦作孚。（躬,冬部；天,真部。冬真合韻。臭、孚,幽部。）

236　大明

1.明明在下,赫赫在上。天難忱斯,不易維王。天位殷適,使不挾四方。（上、王、方,陽部。）

2.摯仲氏任,自彼殷商,來嫁于周,曰嬪于京。乃及王季,維德之行。大任有身,生此文王。（商、京、行、王,陽部。）

3.維此文王,小心翼翼。昭事上帝,聿懷多福。厥德不回,以受方國。（翼、福、國,職部。）

4.天監在下,有命既集。文王初載,天作之合。在洽之陽,在渭之涘。文王嘉止,大邦有子。（集、合,緝部。涘、止、子,之部。）

5.大邦有子,俔天之妹。文定厥祥,親迎于渭。造舟為梁,不顯其光。（妹、渭,物部。

6.有命自天,命此文王。于周于京,纘女維莘。長子維行,篤生武王。保右命爾,燮伐大商。(天、莘,真部。王、京、行、王、商,陽部。)

7.殷商之旅,其會如林。矢于牧野,維予侯興。上帝臨女,無貳爾心。(旅、野、女,魚部。林、心,侵部。興,蒸部。侵蒸合韻。)

8.牧野洋洋,檀車煌煌,駟騵彭彭。維師尚父,時維鷹揚。涼彼武王,肆伐大商,會朝清明。(洋、煌、彭、揚、王、商、明,陽部。)

237 緜

1.緜緜瓜瓞。民之初生,自土沮漆①。古公亶父,陶復陶穴,未有家室。(瓞、漆、穴、室,質部。)

2.古公亶父,來朝走馬。率西水滸,至于岐下。爰及姜女,聿來胥宇。(父、馬、滸、下、女、宇,魚部。)

3.周原膴膴,堇荼如飴。爰始爰謀,爰契我龜。曰止曰時,築室于茲。(飴、謀、龜、時、茲,之部。)

4.迺慰迺止,迺左迺右,迺疆迺理,迺宣迺畝。自西徂東,周爰執事。(止、右、理、畝、事,之部。)

5.乃召司空,乃召司徒,俾立室家。其繩則直,縮版以載,作廟翼翼。(徒、家,魚部。直、翼,職部;載,之部。職之通韻。)

6.捄之陾陾,度之薨薨。築之登登,削屢馮馮。百堵皆興,鼛鼓弗勝。(陾、薨、登、馮、興、勝,蒸部。)

7.迺立皋門,皋門有伉。迺立應門,應門將將。迺立冢土,戎醜攸行。(伉、將、行,陽部。)

8.肆不殄厥慍,亦不隕厥問。柞棫拔矣,行道兌矣。混夷駾矣,維其喙矣。(慍、問、文部。拔、兌、駾、喙,月部。)

9.虞芮質厥成,文王蹶厥生。予曰有疏附,予曰有先後,予曰有奔奏,予曰有禦侮。(成、生,耕部。附、後、侮,侯部;奏,屋部。侯屋通韻。)

238 棫樸

1.芃芃棫樸,薪之槱之。濟濟辟王,左右趣之。(樸、槱,幽部;趣,侯部。幽侯合韻。)

2.濟濟辟王,左右奉璋。奉璋峨峨,髦士攸宜。(王、璋,陽部。峨、宜,歌部。)

---

① 段玉裁《毛詩故訓傳》依《正義》改作"自土漆沮"。

3. 淠彼涇舟,烝徒楫之。周王于邁,六師及之。(楫、及,緝部。)

4. 倬彼雲漢,爲章于天。周王壽考,遐不作人。(天、人,真部。)

5. 追琢其章,金玉其相。勉勉我王,綱紀四方。(章、相、王、方,陽部。)

239　旱麓

1. 瞻彼旱麓,榛楛濟濟。豈弟君子,干祿豈弟。(濟、弟,脂部。)

2. 瑟彼玉瓚,黃流在中。豈弟君子,福祿攸降。(中、降,冬部。)

3. 鳶飛戾天,魚躍于淵。豈弟君子,遐不作人。(天、淵、人,真部。)

4. 清酒既載,騂牡既備。以享以祀,以介景福。(載、祀,之部。備、福,職部。)

5. 瑟彼柞棫,民所燎矣。豈弟君子,神所勞矣。(燎、勞,宵部。)

6. 莫莫葛藟,施于條枚。豈弟君子,求福不回。(藟、枚、回,微部。)

240　思齊

1. 思齊大任,文王之母。思媚周姜,京室之婦。大姒嗣徽音,則百斯男。(母、婦,之部。音、男,侵部。)

2. 惠于宗公,神罔時怨,神罔時恫。刑于寡妻,至于兄弟,以御于家邦。(公、恫、邦,東部。妻、弟,脂部。)

3. 雝雝在宮,肅肅在廟。不顯亦臨,無射亦保。(宮,冬部;臨,侵部。冬侵合韻。廟,宵部;保,幽部。宵幽合韻。)

4. 肆戎疾不殄,烈假不瑕。不聞亦式,不諫亦入。(式,職部;入,緝部。職緝合韻。)

5. 肆成人有德,小子有造。古之人無斁,譽髦斯士。(造,幽部;士,之部。幽之合韻。)

241　皇矣

1. 皇矣上帝,臨下有赫。臨觀四方,求民之莫。維此二國,其政①不獲。維彼四國,爰究爰度。上帝耆之,憎其式廓。乃眷西顧,此維與宅。(赫、莫、獲、度、廓、宅,鐸部。)

2. 作之屏之,其菑其翳。脩之平之,其灌其栵。啟之辟之,其檉其椐。攘之剔之,其檿其柘。帝遷明德,串夷載路。天立厥配,受命既固。(屏、平,耕部。翳,脂部;栵,月部。脂月合韻。辟、剔,錫部。椐、固,魚部;柘、路,鐸部。魚鐸通韻。)

3. 帝省其山,柞棫斯拔,松柏斯兌。帝作邦作對,自大伯王季。維此王季,因心則友,

---

① 政,唐石經作"政"。《鄭箋》作"正",云:"正,長也。"

則友其兄,則篤其慶。載錫之光,受祿無喪,奄有四方。(拔、兌,月部。對,物部;季,質部。物質合韵。兄、慶、光、喪、方,陽部。)

　　4. 維此王季,帝度其心,貊其德音。其德克明,克明克類,克長克君,王此大邦,克順克比①。比于文王,其德靡悔。既受帝祉,施于孫子。(心、音,侵部。類,物部;比,脂部。物脂合韵。悔、祉、子,之部。)

　　5. 帝謂文王,無然畔援,無然歆羨,誕先登于岸。密人不恭,敢距大邦,侵阮徂共。王赫斯怒,爰整其旅,以按徂旅,以篤于周祜,以對于天下。(援、羨、岸,寒部。恭、邦、共,東部。怒、旅、旅、祜、下,魚部。)

　　6. 依其在京,侵自阮疆,陟我高岡。無矢我陵,我陵我阿。無飲我泉,我泉我池。度其鮮原,居岐之陽,在渭之將。萬邦之方,下民之王。(京、疆、岡,陽部。阿、池,歌部。陽、將、方、王,陽部。)

　　7. 帝謂文王,予懷明德。不大聲以色,不長夏以革。不識不知,順帝之則。帝謂文王,詢爾仇方,同爾兄弟②。以爾鈎援,與爾臨衝,以伐崇墉。(德、色、革、則,職部。王、方、[兄],陽部。衝、墉,東部。)

　　8. 臨衝閑閑,崇墉言言。執訊連連,攸馘安安。是類是禡③,是致是附,四方以無侮。臨衝茀茀,崇墉仡仡。是伐是肆,是絕是忽,四方以無拂。(閑、言、連、安,寒部。附、侮、侯部。茀、仡、忽、拂,物部;肆,質部。物質合韵。)

242　靈臺

　　1. 經始靈臺,經之營之。庶民攻之,不日成之。經始勿亟,庶民子來。(營、成,耕部。亟,職部;來,之部。職之通韵。)

　　2. 王在靈囿,麀鹿攸伏。麀鹿濯濯,白鳥翯翯。王在靈沼,於牣魚躍。(囿、伏,職部。濯、翯、躍,藥部。)

　　3. 虡業維樅,賁鼓維鏞,於論鼓鍾④,於樂辟廱。(樅、鏞、鍾、廱,東部。)

　　4. 於論鼓鍾⑤,於樂辟廱。鼉鼓逢逢,矇瞍奏公。(鍾、廱、逢、公,東部。)

243　下武

　　1. 下武維周,世有哲王。三后在天,王配于京。(王、京,陽部。)

---

①　一說,"克順克比"當作"克比克順","順"與上句"君"爲韵。又于省吾《詩經新證》謂"比"當作"從",與"邦"韵。

②　一說,當依《後漢書·伏湛傳》所引作"同爾弟兄",與"王"、"方"爲韵。

③　段玉裁、江有誥以"禡"字入韵。

④⑤　鍾,相臺本作"鐘"。

2. 王配于京,世德作求。永言配命,成王之孚。(求、孚,幽部。)

3. 成王之孚,下土之式。永言孝思,孝思維則。(式、則,職部。)

4. 媚茲一人,應侯順德。永言孝思,昭哉嗣服。(德、服,職部。)

5. 昭茲來許,繩其祖武。於萬斯年,受天之祜。(許、武、祜,魚部。)

6. 受天之祜,四方來賀。於萬斯年,不遐有佐。(賀、佐,歌部。)

244　文王有聲

1. 文王有聲,遹駿有聲。遹求厥寧,遹觀厥成。文王烝哉!(聲、聲、寧、成,耕部。烝,蒸部。與以下各章遥韻。)

2. 文王受命,有此武功。既伐于崇,作邑于豐。文王烝哉!(功、豐,東部。)

3. 築城伊淢(洫),作豐伊匹。匪棘其欲,遹追來孝①,王后烝哉!(淢、匹,質部。欲,屋部;孝,幽部。屋幽合韻。)

4. 王公伊濯,維豐之垣。四方攸同,王后維翰。王后烝哉!(垣、翰,寒部。)

5. 豐水東注,維禹之績。四方攸同,皇王維辟。皇王烝哉!(績、辟,錫部。)

6. 鎬京辟廱。自西自東,自南自北,無思不服。皇王烝哉!(廱、東,東部。北、服,職部。)

7. 考卜維王,宅是鎬京。維龜正之,武王成之。武王烝哉!(王、京,陽部。正、成,耕部。)

8. 豐水有芑,武王豈不仕。詒厥孫謀,以燕翼子。武王烝哉!(芑、仕、謀、子,之部。)

生民之什（十篇）

245　生民

1. 厥初生民,時維姜嫄。生民如何?克禋克祀,以弗無子。履帝武敏歆,攸介攸止。載震載夙,載生載育,時維后稷。(民,真部;嫄,寒部。真寒合韻。祀、子、敏、止,之部。夙、育,覺部。稷,職部。覺職合韻。)

2. 誕彌厥月,先生如達。不坼不副,無菑無害。以赫厥靈,上帝不寧。不康禋祀,居然生子。(月、達、害,月部。靈、寧,耕部。祀、子,之部。)

---

① 《禮記·禮器》引作"匪革其猶,聿追來孝"。"猶"、"孝"幽本部韻。

3.誕寘之隘巷,牛羊腓字之。誕寘之平林,會伐平林①。誕寘之寒冰,鳥覆翼之。鳥乃去矣,後稷呱矣。實覃實訏,厥聲載路。(字、之部;翼、職部。之職通韻。林、林,侵部。去、呱、訏,魚部;路,鐸部。魚鐸通韻。)

4.誕實匍匐,克岐克嶷,以就口食。蓺之荏菽,荏菽旆旆,禾役穟穟,麻麥幪幪,瓜瓞唪唪。(匐、嶷、食,職部。旆,月部;穟,物部。月物合韻。幪、唪,東部。)

5.誕后稷之穡,有相之道。茀厥豐草,種之黃茂。實方實苞,實種實褎,實發實秀,實堅實好,實穎實栗,既有邰家室。(道、草、茂、苞、褎、秀、好,幽部。栗、室,質部。)

6.誕降嘉種,維秬維秠,維穈維芑。恒之秬秠,是穫是畝。恒之穈芑,是任是負,以歸肇祀。(秠、芑、秠、畝、芑、負、祀,之部。)

7.誕我祀如何?或舂或揄,或簸或蹂。釋之叟叟,烝之浮浮。載謀載惟,取蕭祭脂,取羝以軷。載燔載烈,以興嗣歲。(揄,侯部;蹂、叟、浮,幽部。侯幽合韻。惟,微部;脂、脂部。微脂合韻。軷、烈、歲,月部。)

8.卬盛于豆,于豆于登。其香始升,上帝居歆。胡臭亶時。后稷肇祀,庶無罪悔,以迄于今。(登、升,蒸部。歆、今,侵部。時、祀、悔,之部。)

246　行葦②

1.敦彼行葦,牛羊勿踐履。方苞方體,維葉泥泥。(葦,微部。履、體、泥,脂部。微脂合韻。)

2.戚戚兄弟,莫遠具爾。或肆之筵,或授之几。(弟、爾、几,脂部。)

3.肆筵設席,授几有緝御。或獻或酢,洗爵奠斝。(席、酢,鐸部。御、斝,魚部。)

4.醓醢以薦,或燔或炙。嘉殽脾臄,或歌或咢。(炙、臄、咢,鐸部。)

5.敦弓既堅,四鍭既鈞。舍矢既均,序賓以賢。(堅、鈞、均、賢,真部。)

6.敦弓既句,既挾四鍭。四鍭如樹,序賓以不侮。(句、鍭、樹、侮,侯部。)

7.曾孫維主,酒醴維醹。酌以大斗,以祈黃耇。(主、醹、斗、耇,侯部。)

8.黃耇台背,以引以翼。壽考維祺,以介景福。(背、翼、福,職部;祺,之部。職之通韻。)

247　既醉

1.既醉以酒,既飽以德。君子萬年,介爾景福。(德、福,職部。)

---

① 江有誥《詩經韻讀·古韻總論》:"當移'平林'二句在先,以二'林'字韻也。'隘巷'二句次之,以'字'字與下'翼'字韻也。"

② 《行葦》八章章四句,故言七章,二章章六句,五章章四句。

2. 既醉以酒,爾殽既將。君子萬年,介爾昭明。(將、明,陽部。)

3. 昭明有融,高朗令終。令終有俶,公尸嘉告。(融、終,冬部。俶、告,覺部。)

4. 其告維何？籩豆靜嘉。朋友攸攝,攝以威儀。(何、嘉、儀,歌部。)

5. 威儀孔時,君子有孝子。孝子不匱,永錫爾類。(時、子,之部。匱、類,物部。)

6. 其類維何？室家之壼。君子萬年,永錫祚胤。(壼,文部;年、胤,真部。文真合韻。)

7. 其胤維何？天被爾祿。君子萬年,景命有僕。(祿、僕,屋部。)

8. 其僕維何？釐爾女士。釐爾女士,從以孫子。(士、士、子,之部。)

248　鳧鷖

1. 鳧鷖在涇,公尸來燕來寧。爾酒既清,爾殽既馨。公尸燕飲,福祿來成。(涇、寧、清、馨、成,耕部。)

2. 鳧鷖在沙,公尸來燕來宜。爾酒既多,爾殽既嘉。公尸燕飲,福祿來爲。(沙、宜、多、嘉、爲,歌部。)

3. 鳧鷖在渚,公尸來燕來處。爾酒既湑,爾殽伊脯。公尸燕飲,福祿來下。(渚、處、湑、脯、下,魚部。)

4. 鳧鷖在潨,公尸來燕來宗。既燕于宗,福祿攸降。公尸燕飲,福祿來崇。(潨、宗、宗、降、崇,冬部。)

5. 鳧鷖在亹,公尸來止熏熏。旨酒欣欣,燔炙芬芬。公尸燕飲,無有後艱。(亹、熏、欣、芬、艱,文部。)

249　假樂

1. 假樂君子,顯顯令德。宜民宜人,受祿于天。保右命之,自天申之。(子,之部;德,職部。之職通韻。人、天、命、申,真部。)

2. 干祿百福,子孫千億。穆穆皇皇,宜君宜王。不愆不忘,率由舊章。(福、億,職部。皇、王、忘、章,陽部。)

3. 威儀抑抑,德音秩秩。無怨無惡,率由羣匹。受福無疆,四方之綱。(抑、秩、匹,質部。疆、綱,陽部。)

4. 之綱之紀,燕及朋友。百辟卿士,媚于天子。不解于位,民之攸墍。(紀、友、士、子,之部。位、墍,物部。)

250　公劉

1. 篤公劉,匪居匪康。迺場迺疆,迺積迺倉。迺裹餱糧,于橐于囊,思輯用光。弓矢斯張,干戈戚揚,爰方啟行。(康、疆、倉、糧、囊、光、張、揚、行,陽部。)

2. 篤公劉,于胥斯原,既庶既繁。既順既宣,而無永歎①。陟則在巘,復降在原。何以舟之?維玉及瑤,鞞琫容刀。(原、繁、宣、歎、巘、原,寒部。瑤、刀,宵部。)

3. 篤公劉,逝彼百泉,瞻彼溥原。迺陟南岡,乃覯于京。京師之野,于時處處,于時廬旅,于時言言,于時語語。(泉、原,寒部。岡、京,陽部。野、處、旅、語,魚部。)

4. 篤公劉,于京斯依。蹌蹌濟濟,俾筵俾几,既登乃依。乃造其曹,執豕于牢。酌之用匏。食之飲之,君之宗之。(依、依,微部;濟、几,脂部。微脂合韻。曹、牢、匏,幽部。飲,侵部;宗,冬部。侵冬合韻。)

5. 篤公劉,既溥既長,既景迺岡,相其陰陽,觀其流泉。其軍三單。度其隰原。徹田爲糧。度其夕陽,豳居允荒。(長、岡、陽、糧、陽、荒,陽部。泉、單、原,寒部。)

6. 篤公劉,于豳斯館。涉渭爲亂,取厲取鍛。止基迺理,爰眾爰有。夾其皇澗,遡其過澗,止旅迺②密,芮鞫之即。(館、亂、鍛、澗、澗、寒部。理、有,之部。密、即,質部。)

251 泂酌

1. 泂酌彼行潦,挹彼注茲,可以餴饎。豈弟君子,民之父母。(茲、饎、子、母,之部。)

2. 泂酌彼行潦,挹彼注茲,可以濯罍。豈弟君子,民之攸歸。(茲、子,之部。罍、歸,微部。)

3. 泂酌彼行潦,挹彼注茲,可以濯溉。豈弟君子,民之攸塈。(茲、子,之部。溉、塈,物部。)

252 卷阿

1. 有卷者阿,飄風自南。豈弟君子,來游來歌,以矢其音。(阿、歌、歌部。南、音,侵部。)

2. 伴奐爾游矣,優游爾休矣。豈弟君子,俾爾彌爾性,似先公酋矣。(游、休、酋,幽部。)

3. 爾土宇昄章,亦孔之厚矣。豈弟君子,俾爾彌爾性,百神爾主矣。(厚、主,侯部。)

4. 爾受命長矣,茀祿爾康矣。豈弟君子,俾爾彌爾性,純嘏爾常矣。(長、康、常,陽部。)

5. 有馮有翼,有孝有德,以引以翼。豈弟君子,四方爲則。(翼、德、翼、則,職部。)

---

① 歎,唐石經作"嘆"。
② 迺,《正義》本作"乃"。

6. 顒顒卬卬,如圭如璋,令聞令望。豈弟君子,四方爲綱。(卬、璋、望、綱,陽部。)

7. 鳳皇于飛,翽翽其羽,亦集爰止。藹藹王多吉士,維君子使,媚于天子。(止、士、使、子,之部。)

8. 鳳皇于飛,翽翽其羽,亦傅于天。藹藹王多吉人,維君子命,媚于庶人。(天、人、命、人,真部。)

9. 鳳皇鳴矣,于彼高岡。梧桐生矣,于彼朝陽。菶菶萋萋,雝雝①喈喈。(鳴、生,耕部。岡、陽,陽部。萋、喈,脂部。)

10. 君子之車,既庶且多。君子之馬,既閑且馳。矢詩不多,維以遂歌。(車、馬、魚部。多、馳、多、歌、歌部。)

253 民勞

1. 民亦勞止,汔可小康。惠此中國,以綏四方。無縱詭隨,以謹無良。式遏寇虐,憯不畏明。柔遠能邇,以定我王。(康、方、良、明、王,陽部。)

2. 民亦勞止,汔可小休。惠此中國,以爲民逑。無縱詭隨,以謹惛怓。式遏寇虐,無俾民憂。無棄爾勞,以爲王休。(休、逑、憂、休,幽部;怓,宵部。幽宵合韻。)

3. 民亦勞止,汔可小息。惠此京師,以綏四國。無縱詭隨,以謹罔極。式遏寇虐,無俾作慝。敬慎威儀,以近有德。(息、國、極、慝、德、職部。)

4. 民亦勞止,汔可小愒。惠此中國,俾民憂泄。無縱詭隨,以謹醜厲。式遏寇虐,無俾正敗。戎雖小子,而式弘大。(愒、泄、厲、敗、大、月部。)

5. 民亦勞止,汔可小安。惠此中國,國無有殘。無縱詭隨,以謹繾綣。式遏寇虐,無俾正反。王欲玉女,是用大諫。(安、殘、綣、反、諫,寒部。)

254 板

1. 上帝板板,下民卒瘅。出話不然,爲猶不遠。靡聖管管,不實於②亶。猶之未遠,是用大諫。(板、瘅、然、遠、管、亶、遠、諫,寒部。)

2. 天之方難,無然憲憲。天之方蹶,無然泄泄③。辭之輯矣,民之洽矣。辭之懌矣,民之莫矣。(難、憲,寒部。蹶、泄,月部。輯、洽,緝部。懌、莫,鐸部。)

3. 我雖異事,及爾同寮。我即爾謀,聽我囂囂。我言維服,勿以爲笑。先民有言,詢

---

① 雝雝,唐石經作"雍雍"。
② 於,唐石經作"于"。
③ 泄泄,唐石經作"洩洩"。

于訩薨。(事、謀,之部;服、職部。之職通韻。寮、嚻、笑、薨,宵部。)

4. 天之方虐,無然謔謔。老夫灌灌,小子蹻蹻。匪我言耄,爾用憂謔。多將熇熇,不可救藥。(虐、謔、蹻、謔、熇、藥,藥部;耄,宵部。宵藥通韻。)

5. 天之方懠,無爲夸毗。威儀卒迷,善人載尸。民之方殿屎,則莫我敢葵。喪亂蔑資,曾莫惠我師。(懠、毗、迷、尸、屎、葵、資、師,脂部。)

6. 天之牖民,如壎如篪,如璋如圭,如取如攜。攜無曰益,牖民孔易。民之多辟,無自立辟。(篪、圭、攜,支部。益、易、辟、辟,錫部。)

7. 價人維藩,大師維垣。大邦維屏,大宗維翰。懷德維寧,宗子維城。無俾城壞,無獨斯畏。(藩、垣、翰,寒部。屏、寧、城,耕部。壞、畏,微部。)

8. 敬天之怒,無敢戲豫。敬天之渝,無敢馳驅。昊天曰明,及爾出王。昊天曰旦,及爾游衍。(怒、豫,魚部。渝、驅,侯部。明、王,陽部。旦、衍,寒部。)

蕩之什(十一篇)

255 蕩

1. 蕩蕩上帝,下民之辟。疾威上帝,其命多辟。天生烝民,其命匪諶。靡不有初,鮮克有終。(帝、辟、帝、辟,錫部。諶,侵部;終,冬部。侵冬合韻。)

2. 文王曰咨,咨女殷商。曾是彊禦,曾是掊克,曾是在位,曾是在服。天降滔德,女興是力。(克、服、德、力,職部。商,陽部。與以下各章遙韻。)

3. 文王曰咨,咨女殷商。而秉義類,彊禦多懟。流言以對,寇攘式內。侯作侯祝,靡屆靡究。(類、懟、對、內,物部。祝,覺部;究,幽部。覺幽通韻。)

4. 文王曰咨,咨女殷商。女炰烋于中國,斂怨以爲德。不明爾德,時無背無側。爾德不明,以無陪無卿。(國、德、德、側,職部。明、卿,陽部。)

5. 文王曰咨,咨女殷商。天不湎爾以酒,不義從式。既愆爾止,靡明靡晦。式號式呼,俾晝作夜。(式,職部;止、晦,之部。職之通韻。呼,魚部;夜,鐸部。魚鐸通韻。)

6. 文王曰咨,咨女殷商。如蜩如螗,如沸如羹。小大近喪,人尚乎由行。內奰于中國,覃及鬼方。(螗、羹、喪、行、方,陽部。)

7. 文王曰咨,咨女殷商。匪上帝不時,殷不用舊。雖無老成人,尚有典刑。曾是莫聽,大命以傾。(時、舊,之部。刑、聽、傾,耕部。)

8. 文王曰咨,咨女殷商。人亦有言:顛沛之揭,枝葉未有害,本實先撥。殷鑒不遠,在

256 抑

1. 抑抑威儀,維德之隅。人亦有言:靡哲不愚。庶人之愚,亦職維疾。哲人之愚,亦維斯戾。(隅、愚,侯部。疾、戾,質部。)

2. 無競維人,四方其訓之。有覺德行,四國順之。訏謨定命,遠猶辰告。敬慎威儀,維民之則。(訓、順,文部。告、覺部;則,職部。覺職合韻。)

3. 其在于今,興迷亂于政。顛覆厥德,荒湛于酒。女雖湛樂從,弗念厥紹。罔敷求先王,克共明刑。(政、刑,耕部。酒,幽部;紹,宵部。宵幽合韻。)

4. 肆皇天弗尚,如彼泉流,無淪胥以亡。夙興夜寐,洒埽①庭内,維民之章。脩爾車馬,弓矢戎兵。用戒戎作,用遏蠻方。(尚、亡、章、兵、方,陽部。寐、内,物部。)

5. 質爾人民②,謹爾侯度,用戒不虞。慎爾出話,敬爾威儀,無不柔嘉。白圭之玷,尚可磨也;斯言之玷,不可爲也。(度,鐸部。虞、魚部。鐸魚通韻。儀、嘉、磨、爲,歌部。)

6. 無易由言,無曰苟矣,莫捫朕舌,言不可逝矣。無言不讎,無德不報。惠于朋友,庶民小子。子孫繩繩,萬民靡不承。(舌、逝,月部。讎、報,幽部。友、子,之部。繩、承,蒸部。)

7. 視爾友君子,輯柔爾顏,不遐有愆。相在爾室,尚不愧③于屋漏。無曰不顯,莫予云覯。神之格思,不可度思,矧可射思。(顏、愆,寒部。漏、覯,侯部。格、度、射,鐸部。)

8. 辟爾爲德,俾臧俾嘉。淑慎爾止,不愆于儀,不僭不賊,鮮不爲則。投我以桃,報之以李。彼童而角,實虹小子。(嘉、儀,歌部。賊、則,職部。李、子,之部。)

9. 荏染柔木,言緡④之絲。温温恭人,維德之基。其維哲人,告之話言,順德之行。其維愚人,覆謂我僭。民各有心。(絲、基,之部。言,寒部;行,陽部。寒陽合韻。僭、心,侵部。)

10. 於乎小子,未知臧否。匪手攜之,言示之事。匪面命之,言提其耳。借曰未知,亦既抱子。民之靡盈,誰夙知而莫成。(子、否、之、事、之、耳、子,之部。盈、成,耕部。)

11. 昊天孔昭,我生靡樂。視爾夢夢,我心慘慘(懆懆)。誨爾諄諄,聽我藐藐。匪用爲教,覆用爲虐。借曰未知,亦聿既耄。(昭、[懆]、教、耄,宵部;樂、藐、虐,藥部。宵藥通

---

① 埽,一本作"掃"。庭,相臺本作"廷"。唐石經初刻"庭",後改作"廷"。《釋文》作"廷",《正義》作"庭"。
② 人民,《正義》本作"民人"。
③ 愧,唐石經、朱熹《集傳》本作"媿"。
④ 緡,唐石經作"縉",避太宗偏諱。

12. 於乎小子,告爾舊止。聽用我謀,庶無大悔。天方艱難,曰喪厥國。取譬不遠,昊天不忒。回遹其德,俾民大棘。(子、止、謀、悔,之部。國、忒、德、棘,職部。)

257 桑柔

1. 菀彼桑柔,其下侯旬,捋采其劉,瘼此下民。不殄心憂,倉兄填兮。倬彼昊天,寧不我矜。(柔、劉、憂,幽部。旬、民、填、天、矜,真部。)

2. 四牡騤騤,旟旐有翩。亂生不夷,靡國不泯。民靡有黎,具禍以燼。於乎有哀,國步斯頻。(騤、夷、黎,脂部;哀、微部。脂微合韻。翩、泯、燼、頻,真部。)

3. 國步蔑①資,天不我將。靡所止疑,云徂何往?君子實維,秉心無競。誰生厲階,至今爲梗。(將、往、競、梗,陽部。)

4. 憂心慇慇,念我土宇。我生不辰,逢天僤怒。自西徂東②,靡所定處。多我覯痻,孔棘我圉。(慇、辰、痻,文部。宇、怒、處、圉,魚部。)

5. 爲謀爲毖,亂況斯削。告爾憂恤,誨爾序爵。誰能執熱,逝不以濯?其何能淑,載胥及溺。(毖、恤,質部;熱,月部,質月合韻。削、爵、濯、溺,藥部。)

6. 如彼遡風,亦孔之僾。民有肅心,荓云不逮。好是稼穡,力民代食。稼穡維寶,代食維好。(風、心,侵部。僾、物部;逮,質部。物質合韻。穡、食,職部。寶、好,幽部。)

7. 天降喪亂,滅我立王。降此蟊賊,稼穡卒痒。哀恫中國,具贅卒荒。靡有旅力,以念穹蒼。(王、痒、荒、蒼,陽部。賊、國、力,職部。)

8. 維此惠君,民人所瞻③。秉心宣猶,考慎其相。維彼不順,自獨俾臧。自有肺腸,俾民卒狂。(瞻、談部;相、臧、腸、狂,陽部。談陽合韻。)

9. 瞻彼中林,甡甡其鹿。朋友已譖,不胥以穀。人亦有言:進退維谷。(林、譖,侵部。鹿、穀、谷,屋部。)

10. 維此聖人,瞻言百里。維彼愚人,覆狂以喜。匪言不能,胡斯畏忌。(里、喜、能、忌,之部。)

11. 維此良人,弗求弗迪。維彼忍心,是顧是復。民之貪亂,寧爲荼毒。(迪、復、毒,覺部。)

---

① 蔑,《十三經注疏》作"滅"。
② "自西徂東",依江有誥、朱駿聲說,當作"自東徂西"。西,文部字。
③ 馬瑞辰《毛詩傳箋通釋》:"瞻與彰一聲之轉,《毛詩》瞻即彰字之假借,猶之集、就雙聲,毛假集爲就,務、侮雙聲,毛假務爲侮也。"

12. 大風有隧,有空大谷。維此良人,作爲式穀。維彼不順,征以中垢。(谷、穀,屋部;垢,侯部。屋侯通韻。)

13. 大風有隧,貪人敗類。聽言則對,誦言如醉。匪用其良,覆俾我悖。(隧、類、對、醉、悖,物部。)

14. 嗟爾朋友。予豈不知而作。如彼飛蟲,時亦弋獲。既之陰女,反予來赫。(作、獲、赫、鐸部。)

15. 民之罔極,職涼善背。爲民不利,如云不克。民之回遹,職競用力。(極、背、克、力,職部。)

16. 民之未戾,職盜爲寇。涼①曰不可,覆背善詈。雖曰匪予,既作爾歌。(可、詈、歌,歌部。)

258 雲漢

1. 倬彼雲漢,昭回于天。王曰於乎!何辜今之人!天降喪亂,饑饉薦臻。靡神不舉,靡愛斯牲。圭璧既卒,寧莫我聽。(天、人、臻,真部。牲、聽,耕部。)

2. 旱既大甚,蘊隆蟲蟲。不殄禋祀,自郊徂宮。上下奠瘞,靡神不宗。后稷不克,上帝不臨。耗斁下土,寧丁我躬。(甚、臨,侵部;蟲、宮、宗、躬,冬部。侵冬合韻。)

3. 旱既太甚,則不可推。兢兢業業,如霆如雷。周餘黎民,靡有孑遺。昊天上帝,則不我遺。胡不相畏,先祖于摧。(推、雷、遺、遺、畏、摧,微部。)

4. 旱既太甚,則不可沮。赫赫炎炎,云我無所。大命近止,靡瞻靡顧。群公先正,則不我助。父母先祖,胡寧忍予。(沮、所、顧、助、祖、予,魚部。)

5. 旱既太甚,滌滌山川。旱魃爲虐,如惔如焚。我心憚暑,憂心如薰。群公先正,則不我聞。昊天上帝,寧俾我遯。(川、焚、薰、聞、遯,文部。)

6. 旱既太甚,黽勉畏去。胡寧瘨我以旱,憯不知其故。祈年孔夙,方社不莫。昊天上帝,則不我虞。敬恭明神,宜無悔怒。(去、故、虞、怒,魚部;莫,鐸部。魚鐸通韻。)

7. 旱既太甚,散無友紀。鞫哉庶正,疚哉冢宰。趣馬師氏,膳夫左右。靡人不周,無不能止。瞻卬昊天,云如何里。(紀、宰、右、止、里,之部。)

8. 瞻卬昊天,有嘒其星。大夫君子,昭假無贏。大命近止,無棄爾成。何求爲我,以戾庶正。瞻卬昊天,曷惠其寧。(星、贏、成、正、寧,耕部。)

259 崧高

1. 崧高維嶽,駿極于天。維嶽降神,生甫及申。維申及甫,維周之翰。四國于蕃,四

---

① 涼,唐石經作"諒"。

方于宣。(天、神、申,真部。翰、蕃、宣,寒部。)

2. 亹亹申伯,王纘之事。于邑于謝,南國是式。王命召伯,定申伯之宅。登是南邦,世執其功。(事,之部;式,職部。之職通韻。伯、宅,鐸部。邦、功,東部。)

3. 王命申伯,式是南邦。因是謝人,以作爾庸。王命召伯,徹申伯土田。王命傅御,遷其私人。(邦、庸,東部。田、人,真部。)

4. 申伯之功,召伯是營。有俶其城,寢廟既成。既成藐藐,王錫申伯。四牡蹻蹻,鉤膺濯濯。(營、城、成,耕部。藐、蹻、濯,藥部。)

5. 王遣申伯,路車乘馬。我圖爾居,莫如南土。錫爾介圭,以作爾寶。往近王舅,南土是保。(馬、居、土、魚部。寶、舅、保,幽部。)

6. 申伯信邁,王餞于郿。申伯還南,謝于誠歸。王命召伯,徹申伯土疆。以峙其粻,式遄其行。(郿,脂部;歸,微部。脂微合韻。疆、粻、行,陽部。)

7. 申伯番番,既入于謝,徒御嘽嘽。周邦咸喜,戎有良翰。不顯申伯,王之元舅,文武是憲。(番、嘽、翰、憲,寒部。)

8. 申伯之德,柔惠且直。揉此萬邦,聞于四國。吉甫作誦,其詩孔碩,其風肆好,以贈申伯。(德、直、國,職部。碩、伯,鐸部。)

260 烝民

1. 天生烝民,有物有則。民之秉彝,好是懿德。天監有周,昭假于下。保茲天子,生仲山甫。(則、德,職部。下、甫,魚部。)

2. 仲山甫之德,柔嘉維則。令儀令色,小心翼翼。古訓是式,威儀是力。天子是若,明命使賦。(德、則、色、翼、式、力,職部。若,鐸部;賦,魚部。鐸魚通韻。)

3. 王命仲山甫,式是百辟。纘戎祖考,王躬是保。出納王命,王之喉舌。賦政于外,四方爰發。(考、保,幽部。舌、外、發,月部。)

4. 肅肅王命,仲山甫將之。邦國若否,仲山甫明之。既明且哲,以保其身。夙夜匪解,以事一人。(將、明,陽部。身、人,真部。)

5. 人亦有言:柔則茹之,剛則吐之。維仲山甫,柔亦不茹,剛亦不吐。不侮矜寡,不畏彊禦。(茹、吐、甫、茹、吐、寡、禦,魚部。)

6. 人亦有言:德輶如毛,民鮮克舉之。我儀圖之,維仲甫舉之,愛莫助之。袞職有闕,維仲山甫補之。(舉、圖、舉、助、補,魚部。)

7. 仲山甫出祖,四牡業業,征夫捷捷,每懷靡及。四牡彭彭,八鸞鏘鏘。王命仲山甫,城彼東方。(業、捷,葉部;及,緝部。葉緝合韻。彭、鏘、方,陽部。)

8.四牡騤騤,八鸞喈喈。仲山甫徂齊,式遄其歸。吉甫作誦,穆如清風。仲山甫永懷,以慰其心。(騤、喈、齊,脂部;歸,微部。脂微合韻。風、心,侵部。)

261　韓奕

1.奕奕梁山,維禹甸之。有倬其道,韓侯受命,王親命之:纘戎祖考,無廢朕命。夙夜匪解,虔共爾位,朕命不易。榦不庭方,以佐戎辟。(甸、命、命、命,真部。道、考,幽部。解、易、辟,錫部。)

2.四牡奕奕,孔脩且張。韓侯入覲,以其介圭,入覲于王。王錫韓侯,淑旂綏章,簟茀錯衡,玄袞赤舄,鉤膺鏤鍚,鞹鞃淺幭,鞗革金厄。(張、王、章、衡、鍚,陽部。幭,月部;厄,錫部。月錫合韻。)

3.韓侯出祖,出宿于屠。顯父餞之,清酒百壺。其殽維何?炰鱉鮮魚。其蔌維何?維筍及蒲。其贈維何?乘馬路車。籩豆有且,侯氏燕胥。(祖、屠、壺、魚、蒲、車、且、胥,魚部。)

4.韓侯取妻,汾王之甥,蹶父之子。韓侯迎止,于蹶之里。百兩彭彭,八鸞鏘鏘,不顯其光。諸①娣從之,祁祁如雲。韓侯顧之,爛其盈門。(子、止、里、之部。彭、鏘、光,陽部。雲、門,文部。)

5.蹶父孔武,靡國不到。爲韓姞相攸,莫如韓樂。孔樂韓土,川澤訏訏,魴鱮甫甫,麀鹿噳噳,有熊有羆,有貓有虎。慶既令居,韓姞燕譽。(到,宵部;樂,藥部。宵藥通韻。土、訏、甫、噳、虎、居、譽,魚部。)

6.溥彼韓城,燕師所完。以先祖受命,因時百蠻。王錫韓侯,其追其貊。奄受北國,因以其伯。實墉實壑,實畝實藉②。獻其貔皮,赤豹黃羆。(完、蠻,寒部。貊、伯、壑、藉,鐸部。皮、羆,歌部。)

262　江漢

1.江漢浮浮,武夫滔滔。匪安匪遊,淮夷來求。既出我車,既設我旟。匪安匪舒,淮夷來鋪。(浮、滔、遊、求,幽部。車、旟、舒、鋪,魚部。)

2.江漢湯湯,武夫洸洸。經營四方,告成于王。四方既平,王國庶定。時靡有爭,王心載寧。(湯、洸、方、王,陽部。平、定、爭、寧,耕部。)

3.江漢之滸,王命召虎。式辟四方,徹我疆土。匪疚匪棘,王國來極。于疆于理,至于南海。(滸、虎、土,魚部。棘、極,職部。理、海,之部。)

---

① 諸,《魯詩》作"姪"。
② 藉,《正義》本、朱熹《集傳》本作"籍"。

4.王命召虎,來旬來宣。文武受命,召公維翰。無曰予小子,召公是似。肇敏戎公,用錫爾祉。(宣、翰,寒部。子、似、祉,之部。)

5.釐爾圭瓚,秬鬯一卣。告于文人,錫山土田。于周受命,自召祖命。虎拜稽首,天子萬年。(人、田、命、命、年,真部。)

6.虎拜稽首,對揚王休。作召公考,天子萬壽。明明天子,令聞不已。矢其文德,洽此四國。(首、休、考、壽,幽部。子、已,之部。德、國,職部。)

263 常武

1.赫赫明明,王命卿士,南仲大祖,大師皇父。整我六師,以脩我戎①。既敬既戒,惠此南國。(祖、父,魚部。戒、國,職部。)

2.王謂尹氏,命程伯休父:左右陳行,戒我師旅。率彼淮浦,省此徐土。不留不處,三事就緒。(父、旅、浦、土、處、緒,魚部。)

3.赫赫業業②,有嚴天子。王舒保作,匪紹匪遊。徐方繹騷,震驚徐方,如雷如霆,徐方震驚。(業、葉部;作,鐸部。葉鐸合韻。遊、騷,幽部。霆、驚,耕部。)

4.王奮厥武,如震如怒。進厥虎臣,闞如虓虎。鋪敦淮濆,仍執醜虜。截彼淮浦,王師之所。(武、怒、虎、虜、浦、所,魚部。)

5.王旅嘽嘽,如飛如翰,如江如漢,如山之苞,如川之流。緜緜翼翼,不測不克,濯征徐國。(嘽、翰、漢,寒部。苞、流,幽部。翼、克、國,職部。)

6.王猶允塞,徐方既來。徐方既同,天子之功。四方既平,徐方來庭。徐方不回,王曰還歸。(塞,職部;來,之部。之職通韻。同、功,東部。平、庭,耕部。回、歸,微部。)

264 瞻卬

1.瞻卬昊天,則不我惠。孔填不寧,降此大厲。邦靡有定,士民其瘵。蟊賊蟊疾,靡有夷屆。罪罟不收,靡有夷瘳。(惠、疾、屆,質部;厲、瘵,月部。質月合韻。收、瘳,幽部。)

2.人有土田,女反有之。人有民人,女覆奪之。此宜無罪,女反收之。彼宜有罪,女覆說之。(田、人,真部。有、之部;收,幽部。之幽合韻。奪、說,月部。)

3.哲夫成城,哲婦傾城。懿厥哲婦,為梟為鴟。婦有長舌,維厲之階。亂匪降自天,生自婦人。匪教匪誨,時維婦寺。(城、城,耕部。鴟、階,脂部。天、人,真部。誨、寺、之

---

① "戎"字不入韻。江有誥讀為"武",與"祖"、"父"為韻。
② 江有誥疑作"業業赫赫","赫"與"作"協韻。顧炎武以為首二句無韻。

部。)

4. 鞫人忮忒,譖始竟背。豈曰不極,伊胡爲慝? 如賈三倍,君子是識。婦無公事,休其蠶織。(忒、背、極、慝、識、織,職部;倍、事,之部。職之通韻。)

5. 天何以刺? 何神不富? 舍爾介狄,維予胥忌。不弔不祥,威儀不類。人之云亡,邦國殄瘁。(刺、狄,錫部。富,職部;忌,之部。職之通韻。祥、亡,陽部。類、瘁,物部。)

6. 天之降罔,維其優矣。人之云亡,心之憂矣。天之降罔,維其幾矣。人之云亡,心之悲矣。(罔、亡、罔、亡,陽部。優、憂,幽部。幾、悲,微部。)

7. 觱沸檻泉,維其深矣。心之憂矣,寧自今矣。不自我先,不自我後。藐藐昊天,無不克鞏。無忝皇祖,式救爾後。(深、今,侵部。先、天,真部。後、後,侯部;鞏,東部。侯東通韻。)

265 召旻

1. 旻天疾威,天篤降喪。瘨我饑饉,民卒流亡。我居圉卒荒。(喪、亡、荒,陽部。)

2. 天降罪罟,蟊賊內訌。昏椓靡共,潰潰回遹,實靖夷我邦。(訌、共、邦,東部。)

3. 皋皋訿訿,曾不知其玷。兢兢業業,孔填不寧,我位孔貶。① (玷、貶,談部;業,葉部。談葉通韻。)

4. 如彼歲旱,草不潰茂,如彼棲苴。我相此邦,無不潰止。② (茂,幽部;止,之部。幽之合韻。)

5. 維昔之富,不如時;維今之疚,不如茲。彼疏斯粺,胡不自替? 職兄斯引。(富,職部;時、疚、茲,之部。職之通韻。替,質部;引,真部。質真通韻。)

6. 池之竭矣,不云自頻③? 泉之竭矣,不云自中? 溥斯害矣,職兄斯弘,不烖我躬。(竭、竭、害,月部。頻,與五章替、引協韻。中、躬,冬部;弘,蒸部。冬蒸合韻。)

7. 昔先王受命,有如召公④。日辟國百里,今也日蹙國百里。於乎哀哉! 維今之人,不尚有舊。(里、里、哉、舊,之部。)

---

① 顧炎武、段玉裁、江有誥都不以"業"字入韻。
② 江永以爲"無韻之章"。
③ 王力先生以爲"頻"字不入韻。
④ 《周南·關雎·疏》引作"昔者先王受命,有如召公之臣"。

周頌（三十一篇）

清廟之什（十篇）

266 清廟

於穆清廟，肅雝顯相。濟濟多士，秉文之德。對越在天，駿奔走在廟。不顯不承，無射於人斯。（無韻。）①

267 維天之命

維天之命，於穆不已。於乎不顯，文王之德之純！假以溢我，我其收之。駿惠我文王，曾孫篤之。（收，幽部；篤，覺部。幽覺通韻。）

268 維清

維清緝熙，文王之典，肇禋。迄用有成，維周之禎。（典、禋，真部。成、禎，耕部。）

269 烈文

烈文辟公，錫茲祉福，惠我無疆，子孫保之。無封靡于爾邦。維王其崇之。念茲戎功，繼序其皇之。無競維人，四方其訓之。不顯維德，百辟其刑之。於乎前王不忘！（公、邦、功，東部；疆、皇、忘，陽部；崇，冬部。東陽冬合韻。福，職部；之，之部。職之通韻。人，真部；訓，文部；刑，耕部。真文耕合韻。）

270 天作

天作高山，大王荒之。彼作矣，文王康之。彼徂矣，岐有夷之行。子孫保之。（荒、康、行，陽部。）

271 昊天有成命

昊天有成命，二后受之。成王不敢康，夙夜基命宥密。於緝熙，單厥心，肆其靖之。（無韻。）

---

① 陸志韋《詩韻譜》以爲"士"和"德"（之職通韻）、"天"和"人"（真部）有押韻關係。

272　我將

我將我享,維羊維牛①,維天其右之。儀式刑文王之典,日靖四方。伊嘏文王,既右饗②之。我其夙夜,畏天之威,于時保之。(牛、右,之部。方、王、饗,陽部。)

273　時邁

時邁其邦,昊天其子之,實右序有周。薄言震之,莫不震疊。懷柔百神,及河喬嶽,允王維后。明昭有周,式序在位。載戢干戈,載櫜弓矢。我求懿德,肆于時夏。允王保之。(無韻。)

274　執競

執競武王,無競維烈。不顯成康,上帝是皇。自彼成康,奄有四方,斤斤其明。鐘③鼓喤喤,磬筦將將,降福穰穰。降福簡簡,威儀反反。既醉既飽,福禄來反。(王、康、皇、康、方、明、喤、將、穰,陽部。簡、反、反,寒部。)

275　思文

思文后稷,克配彼天。立我烝民,莫匪爾極。貽我來牟,帝命率育。無此疆爾界,陳常于時夏。(稷、極,職部。天、民,真部。)

臣工之什（十篇）

276　臣工

嗟嗟臣工！敬爾在公。王釐爾成,來咨來茹。嗟嗟保介！維莫之春,亦又何求？如何新畬？於皇來牟,將受厥明。明昭上帝,迄用康年。命我衆人,庤乃錢鎛。奄觀銍艾。(工、公,東部。茹、畬,魚部。餘無韻。)

277　噫嘻

噫嘻成王,既昭假爾。率時農夫,播厥百穀。駿發爾私,終三十里,亦服爾耕,十千維

---

① 《周禮·春官·羊人》賈公彥疏、《我將·序》孔穎達《正義》並引作"維牛維羊"。陳喬樅《四家詩異文考》:"唐以前本皆作'維牛維羊',今本沿開成石經之誤。"

② 饗,朱熹《集傳》本作"享"。

③ 鐘,唐石經、朱熹《集傳》本並作"鍾"。

278 振鷺

振鷺于飛,于彼西雝①。我客戾止,亦有斯容。在彼無惡,在此無斁。庶幾夙夜,以永終譽。(雝、容,東部。惡、斁、夜,鐸部;譽,魚部。鐸魚通韻。)

279 豐年

豐年多黍多稌,亦有高廩,萬億及秭。爲酒爲醴,烝畀祖妣,以洽百禮,降福孔皆。(秭、醴、妣、禮、皆,脂部。)

280 有瞽

有瞽有瞽,在周之庭。設業設虡,崇牙樹羽。應田縣鼓,鞉磬柷圉,既備乃奏,簫管備舉。喤喤厥聲,肅雝②和鳴,先祖是聽。我客戾止,永觀厥成。(瞽、虡、羽、鼓、圉、舉,魚部。庭、聲、鳴、聽、成,耕部。)

281 潛

猗與漆沮,潛有多魚。有鱣有鮪,鰷鱨鰋鯉。以享以祀,以介景福。(沮、魚,魚部。鮪、鯉、祀,之部;福,職部。之職通韻。)

282 雝③

有來雝雝④,至止肅肅。相維辟公,天子穆穆。於薦廣牡,相予肆祀。假哉皇考,綏予孝子。宣哲維人,文武維后。燕及皇天,克昌厥後。綏我眉壽,介以繁祉。既右烈考,亦右文母。(雝、公,東部。肅、穆,覺部。牡、考,幽部。祀、子,之部。人、天,真部。后、後,侯部。壽、考,幽部。祉、母,之部。)

283 載見

載見辟王,曰求厥章。龍旂陽陽,和鈴央央,鞗革有鶬,休有烈光。率見昭考,以孝以享,以介眉壽。永言保之,思皇多祜。烈文辟公,綏以多福,俾緝熙于純嘏。(王、章、陽、央、鶬、光、享,陽部。考、壽、保,幽部。祜、嘏,魚部。)

284 有客

有客有客,亦白其馬。有萋有且,敦琢其旅。有客宿宿,有客信信。言授之縶,以縶

────
①②③④ 雝,唐石經作"雍"。

其馬。薄言追之,左右綏之。既有淫威,降福孔夷。(馬、且、旅、馬,魚部。追、綏、威,微部;夷,脂部。微脂合韻。)

285 武

於皇武王,無競維烈。允文文王,克開厥後。嗣武受之,勝殷遏劉,耆定爾功。(無韻。)

閔予小子之什（十一篇）

286 閔予小子

閔予小子,遭家不造,嬛嬛在疚。於乎皇考!永世克孝。念茲皇祖,陟降庭止。維予小子,夙夜敬止。於乎皇王,繼序思不忘。(造、考、孝,幽部;疚,之部。幽之合韻。庭、敬,耕部。王、忘,陽部。)

287 訪落

訪予落止,率時昭考。於乎悠哉!朕未有艾。將予就之,繼猶判渙。維予小子,未堪家多難。紹庭上下,陟降厥家。休矣皇考,以保明其身。(止、哉,之部;艾,月部;渙、難、寒部。月寒通韻。下、家,魚部。)

288 敬之

敬之敬之,天維顯思,命不易哉。無曰高高在上,陟降厥士,日監在茲。維予小子,不聰敬止。日就月將,學有緝熙于光明。佛時仔肩,示我顯德行。(之、思、哉、士、茲、子、止、之部。將、明、行,陽部。)

289 小毖

予其懲而毖後患①,莫予荓蜂,自求辛螫。肇允彼桃蟲,拚飛維鳥。未堪家多難,予又集于蓼。(鳥、蓼,幽部。)

290 載芟

載芟載柞,其耕澤澤。千耦其耘,徂隰徂畛。侯主侯伯,侯亞侯旅,侯彊侯以。有嗿

---

① 段玉裁《小學》:"《疏》於而字絶句,各本各皆云:《小毖》一章八句。"胡承珙《後箋》:"唐石經于彼下旁添'彼'字,或當時別有本作'毖彼後患'。"

其饟,思媚其婦,有依其士。有略其耜,俶載南畝。播厥百穀,實函斯活。驛驛其達,有厭其傑。厭厭其苗,緜緜其麃。載穫濟濟,有實其積,萬億及秭。為酒為醴,烝畀祖妣,以洽百禮。有飶其香,邦家之光。有椒其馨,胡考之寧。匪且有且,匪今斯今,振古如兹①。(柞、澤、鐸部。耜、畝,文部。伯、鐸部;旅,魚部。鐸魚通韻。以、婦、士、耜、畝,之部。活、達、傑,月部。苗、麃,宵部。濟、秭、醴、妣、禮,脂部。香、光,陽部。馨、寧,耕部。且,魚部;兹,之部。魚之合韻。)

291 良耜

畟畟良耜,俶載南畝。播厥百穀,實函斯活。或來瞻女,載筐及筥。其饟伊黍,其笠伊糾。其鎛斯趙,以薅荼蓼。荼蓼朽止,黍稷茂止。穫之挃挃,積之栗栗。其崇如墉,其比如櫛,以開百室。百室盈止,婦子寧止。殺時犉牡,有捄其角。以似以續,續古之人。(耜、畝,之部。女、筥、黍,魚部。糾、蓼、朽、茂,幽部;趙,宵部。幽宵合韻。挃、栗、櫛、室,質部。盈、寧,耕部。角、續,屋部。)

292 絲衣

絲衣其紑,載弁俅俅。自堂徂基,自羊徂牛。鼐鼎及鼒。兕觥其觩,旨酒思柔。不吳不敖,胡考之休。(紑、基、牛、鼒,之部;俅、觩、柔、休,幽部。之幽合韻。)

293 酌

於鑠王師,遵養時晦。時純熙矣,是用大介。我龍受之。蹻蹻王之造,載用有嗣,實維爾公允師。(無韻。)

294 桓

綏萬邦,婁豐年。天命匪解。桓桓武王,保有厥土,于以四方,克定厥家。於昭于天,皇以間之。(無韻。)

295 賚

文王既勤止,我應受之。敷時繹思,我徂維求定。時周之命,於繹思。(止、之、思、思,之部。定,耕部;命,真部。耕真合韻。)

296 般

於皇時周,陟其高山。嶞山喬嶽,允猶翕河。敷天之下,裒時之對,時周之命。②(無韻。)

---

① 後三句,諸家均以為無韻。
② 篇末一本有"於繹思"一句,乃三家文。陸德明《釋文》:"'於繹思',《毛詩》無此句,《齊》、《魯》、《韓》有之。今《毛詩》有者衍文也。"

魯頌（四篇）

297　駉

1.駉駉牡馬,在坰之野。薄言駉者,有驈有皇,有驪有黃,以車彭彭。思無疆,思馬斯臧。(馬、野、者,魚部。皇、黃、彭、疆、臧,陽部。)

2.駉駉牡馬,在坰之野。薄言駉者,有騅有駓,有騂有騏,以車伾伾。思無期,思馬斯才。(馬、野、者,魚部。駓、騏、伾、期、才,之部。)

3.駉駉牡馬,在坰之野。薄言駉者,有驒有駱,有駵有雒,以車繹繹。思無斁,思馬斯作。(馬、野、者,魚部。駱、雒、繹、斁、作,鐸部。)

4.駉駉牡馬,在坰之野。薄言駉者,有駰有騢,有驔有魚,以車祛祛①。思無邪,思馬斯徂。(馬、野、者、騢、魚、祛、邪、徂,魚部。)

298　有駜

1.有駜有駜,駜彼乘黃。夙夜在公,在公明明。振振鷺,鷺于下。鼓咽咽,醉言舞。于胥樂兮!(黃、明,陽部。鷺,鐸部;下、舞,魚部。鐸魚通韻。樂,藥部。與二三章遥韻。)

2.有駜有駜,駜彼乘牡。夙夜在公,在公飲酒。振振鷺,鷺于飛。鼓咽咽,醉言歸。于胥樂兮!(牡、酒,幽部。飛、歸,微部。)

3.有駜有駜,駜彼乘駽。夙夜在公,在公載燕。自今以始,歲其有。君子有穀,詒孫子。于胥樂兮!(駽、燕,寒部。始、有、子,之部。)

299　泮水

1.思樂泮水,薄采其芹。魯侯戾止,言觀其旂。其旂茷茷,鸞聲噦噦。無小無大,從公于邁。(芹、旂,文部。茷、噦、大、邁,月部。)

2.思樂泮水,薄采其藻。魯侯戾止,其馬蹻蹻。其馬蹻蹻,其音昭昭。載色載笑,匪怒伊教。(藻、昭、笑、教,宵部;蹻、蹻,藥部。宵藥通韻。)

---

①　祛祛,唐石經、相臺本作"袪袪"。

3. 思樂泮水,薄采其茆。魯侯戾止,在泮飲酒。既飲旨酒,永錫難老。順彼長道,屈此羣醜。(茆、酒、酒、老、道、醜,幽部。)

4. 穆穆魯侯,敬明其德。敬慎威儀,維民之則。允文允武,昭假烈祖。靡有不孝,自求伊祜。(德、則,職部。武、祖、祜,魚部。)

5. 明明魯侯,克明其德。既作泮宮,淮夷攸服。矯矯虎臣,在泮獻馘。淑問如皋陶,在泮獻囚。(德、服、馘,職部。陶、囚,幽部。)

6. 濟濟多士,克廣德心。桓桓于征,狄彼東南。烝烝皇皇,不吳不揚。不告于訩,在泮獻功。(心、南,侵部。皇、揚,陽部。訩、功,東部。)

7. 角弓其觩,束矢其搜。戎車孔博,徒御無斁。既克淮夷,孔淑不逆。式固爾猶,淮夷卒獲。(觩、搜,幽部。博、斁、逆、獲,鐸部。)

8. 翩彼飛鴞,集于泮林。食我桑黮,懷我好音。憬彼淮夷,來獻其琛,元龜象齒,大賂南金。(林、黮、音、琛、金,侵部。)

300 閟宮

1. 閟宮有侐,實實枚枚。赫赫姜嫄,其德不回,上帝是依。無災無害,彌月不遲。是生后稷,降之百福。黍稷重穋,稙稺菽麥。奄有下國,俾民稼穡。有稷有黍,有稻有秬。奄有下土,纘禹之緒。(枚、回、依,微部;遲,脂部。微脂合韻。稷、福、麥、國、穡,職部。黍、秬、土、緒,魚部。)

2. 后稷之孫,實維大王。居岐之陽,實始翦商。至于文武,纘大王之緒。致天之屆,于牧之野。無貳無虞,上帝臨女。敦商之旅,克咸厥功。王曰叔父,建爾元子,俾侯于魯。大啟爾宇,爲周室輔。(王、陽、商、陽部。武、緒、野、虞、女、旅、父、魯、宇、輔,魚部。)

3. 乃命魯公,俾侯于東。錫之山川,土田附庸。周公之孫,莊公之子,龍旂承祀,六轡耳耳。春秋匪解,享祀不忒。皇皇后帝,皇祖后稷。享以騂犧,是享有宜,降福既多。周公皇祖,亦其福女。(公、東、庸,東部。子、祀、耳、之部。解、帝、錫部。忒、稷,職部。犧、宜、多,歌部。祖、女,魚部。)

4. 秋而載嘗,夏而楅衡,白牡騂剛。犧尊將將,毛炰胾羹,籩豆大房。萬舞洋洋,孝孫有慶。俾爾熾而昌,俾爾壽而臧。保彼東方,魯邦是常。不虧不崩,不震不騰。三壽作朋,如岡如陵。(嘗、衡、剛、將、羹、房、洋、慶、昌、臧、方、常,陽部。崩、騰、朋、陵,蒸部。)

5. 公車千乘,朱英綠縢,二矛重弓。公徒三萬,貝胄朱綅,烝徒增增。戎狄是膺,荊舒是懲,則莫我敢承。俾爾昌而熾,俾爾壽而富。黃髮台背,壽胥與試。俾爾昌而大,俾爾耆而艾,萬有千歲,眉壽無有害。(乘、縢、弓、增、膺、懲、承,蒸部;綅,侵部。蒸侵合韻。熾、富、背、試,職部。大、艾、歲、害,月部。)

6. 泰山巖巖,魯邦所詹。奄有龜蒙,遂荒大東,至于海邦,淮夷來同。莫不率從,魯侯之功。(巖、詹,談部。蒙、東、邦、同、從、功,東部。)

7. 保有鳧繹,遂荒徐宅。至于海邦,淮夷蠻貊①。及彼南夷,莫不率從。莫敢不諾,魯侯是若。(繹、宅、貊、諾、若,鐸部。邦、從,東部。)

8. 天錫公純嘏,眉壽保魯。居常與許,復周公之宇。魯侯燕喜,令妻壽母。宜大夫庶士,邦國是有。既多受祉,黃髮兒齒。(嘏、魯、許、宇,魚部。喜、母、士、有、祉、齒,之部。)

9. 徂來之松,新甫之柏,是斷是度,是尋是尺。松桷有舄,路寢孔碩。新廟奕奕,奚斯所作。孔曼且碩,萬民是若。(柏、度、尺、舄、碩、奕、作、碩、若,鐸部。)

---

① 陳奐《傳疏》本作"蠻貉"。

商頌（五篇）

301　那

猗與那與①，置我鞉鼓。奏鼓簡簡，衎我烈祖。湯孫奏假，綏我思成。鞉鼓淵淵，嘒嘒管聲。既和且平，依我磬聲。於赫湯孫，穆穆厥聲。庸鼓有斁，萬舞有奕。我有嘉客，亦不夷懌。自古在昔，先民有作。溫恭朝夕，執事有恪。顧予烝嘗，湯孫之將。（與、鼓、祖，魚部。成、聲、平、聲、聲，耕部。斁、奕、客、懌、昔、作、夕、恪，鐸部。嘗、將，陽部。）

302　烈祖

嗟嗟烈祖，有秩斯祜。申錫無疆，及爾斯所。既載清酤，賚我思成。亦有和羹，既戒既平，鬷假無言，時靡有爭。綏我眉壽，黃耇無疆。約軧錯衡，八鸞鶬鶬。以假以享，我受命溥將。自天降康，豐年穰穰。來假來饗②，降福無疆。顧予烝嘗，湯孫之將。（祖、祜、所，魚部。成、平、爭，耕部。疆、衡、鶬、享、將、康、穰、饗、疆、嘗、將，陽部。）

303　玄鳥

天命玄鳥，降而生商，宅殷土芒芒。古帝命武湯，正域彼四方。方命厥后，奄有九有。商之先后，受命不殆，在武丁孫子。武丁孫子，武王靡不勝。龍旂十乘，大糦是承。邦畿千里，維民所止。肇域彼四海。四海來假，來假祁祁。景員維河，殷受命咸宜，百祿是何。（商、芒、湯、方，陽部。有、殆、子，之部。勝、乘、承，蒸部。里、止、海，之部。祁，脂部；河、宜、何，歌部。脂歌合韻。）

304　長發

1. 濬哲維商，長發其祥。洪水芒芒，禹敷下土方。外大國是疆，幅隕既長，有娀方將，帝立子生商。（商、祥、芒、方、疆、長、將、商，陽部。）

2. 玄王桓撥，受小國是達，受大國是達。率履不越，遂視既發。相土烈烈，海外有截。（撥、達、達、越、發、烈、截，月部。）

3. 帝命不違，至于湯齊。湯降不遲，聖敬日躋。昭假遲遲，上帝是祇，帝命式于九圍。

---

①　江有誥朱駿聲以"猗"、"那"爲韻。
②　王先謙《集疏》本作"來假來享"。

（遑、圍，微部；齊、遲、躋、遲、祗，脂部。微脂合韻。）

4.受小球大球，爲下國綴旒，何天之休。不競不絿，不剛不柔。敷政優優，百祿是遒。（球、旒、休、絿、柔、優、遒，幽部。）

5.受小共大共，爲下國駿厖，何天之龍。敷奏其勇，不震不動。不戁不竦，百祿是總。（共、厖、龍、勇、動、竦、總，東部。）

6.武王載旆，有虔秉鉞，如火烈烈，則莫我敢曷。苞有三櫱，莫遂莫達，九有有截。韋顧既伐，昆吾夏桀。（旆、鉞、烈、曷、櫱、達、截、伐、桀，月部。）

7.昔在中葉，有震且業。允也天子，降予卿士①。實維阿衡，實左右商王。（葉、業、葉部。子、士，之部。衡、王，陽部。）

305　殷武

1.撻彼殷武，奮伐荆楚。罙入其阻，裒荆之旅。有截其所，湯孫之緒。（武、楚、阻、旅、所、緒，魚部。）

2.維女荆楚，居國南鄉。昔有成湯，自彼氐羌，莫敢不來享，莫敢不來王，曰商是常。（鄉、湯、羌、享、王、常，陽部。）

3.天命多辟，設都于禹之績。歲事來辟，勿予禍適，稼穡匪解。（辟、績、辟、適、解，錫部。）

4.天命降監，下民有嚴，不僭不濫，不敢怠遑。命于下國，封建厥福。（監、嚴、濫，談部；遑，陽部。談陽合韻。國、福，職部。）

5.商邑翼翼，四方之極。赫赫厥聲，濯濯厥靈。壽考且寧，以保我後生。（翼、極，職部。聲、靈、寧、生，耕部。）

6.陟彼景山，松柏丸丸。是斷是遷，方斲是虔。松桷有梴，旅楹有閑，寢成孔安。（山、丸、遷、虔、梴、閑、安，寒部。）

---

① 朱熹《集傳》本作"降于卿士"。

《毛詩序》集録

《國風》一百六十篇

1.《關雎》，后妃之德也，《風》之始也，所以風天下而正夫婦也，故用之鄉人焉，用之邦國焉。《風》，風也，教也。風以動之，教以化之。詩者，志之所之也，在心爲志，發言爲詩。情動於中而形於言，言之不足故嗟歎之，嗟歎之不足故永歌之。永歌之不足，不知手之舞之、足之蹈之也。情發於聲，聲成文謂之音。治世之音安以樂，其政和。亂世之音怨以怒，其政乖。亡國之音哀以思，其民困。故正得失，動天地，感鬼神，莫近於詩。先王以是經夫婦，成孝敬，厚人倫，美教化，移風俗。故《詩》有六義焉，一曰風，二曰賦，三曰比，四曰興，五曰雅，六曰頌。上以風化下，下以風刺上，主文而譎諫，言之者無罪，聞之者足以戒，故曰《風》。至於王道衰，禮義廢，政教失，國異政，家殊俗，而《變風》、《變雅》作矣。國史明乎得失之迹，傷人倫之廢，哀刑政之苛，吟詠情性以風其上，達於事變而懷其舊俗者也。故《變風》發乎情，止乎禮義。發乎情，民之性也。止乎禮義，先王之澤也。是以一國之事繫一人之本，謂之《風》，言天下之事，形四方之風，謂之《雅》。雅者，正也，言王政之所由廢興也。政有小大，故有《小雅》焉，有《大雅》焉。《頌》者，美盛德之形容，以其成功告於神明者也。是謂四始，《詩》之至也。然則《關雎》、《麟趾》之化，王者之風，故繫之周公。南，言化自北而南也。《鵲巢》、《騶虞》之德，諸侯之風也，先王之所以教，故繫之召公。《周南》、《召南》，正始之道，王化之基。是以《關雎》樂得淑女以配君子，愛（憂）在進賢不淫其色；哀窈窕，思賢才，而無傷善之心焉，是《關雎》之義也。

2.《葛覃》，后妃之本也。后妃在父母家，則志在於女功之事；躬儉節用，服澣濯之衣；尊敬師傅；則可以歸安父母，化天下以婦道也。

3.《卷耳》，后妃之志也。又當輔佐君子，求賢審官。知臣下之勤勞，内有進賢之志，而無險詖私謁之心，朝夕思念，至於憂勤也。

4.《樛木》，后妃逮下也。言能逮下，而無嫉妬之心焉。

5.《螽斯》，后妃子孫眾多也。言若螽斯不妬忌，則子孫眾多也。

6.《桃夭》，后妃之所致也。不妬忌，則男女以正，婚姻以時，國無鰥民也。

7.《兔罝》，后妃之化也。《關雎》之化行，則莫不好德，賢人眾多也。

8.《芣苢》，后妃之美也。和平，則婦人樂有子矣。

9.《漢廣》，德廣所及也。文王之道被于南國，美化行乎江、漢之域，無思犯禮，求而不可得也。

10. 《汝墳》,道化行也。文王之化行乎汝墳之國,婦人能閔其君子,猶勉之以正也。

11. 《麟之趾》,《關雎》之應也。《關雎》之化行,則天下無犯非禮,雖衰世之公子,皆信厚如麟趾之時也。

12. 《鵲巢》,夫人之德也。國君積行累功,以致爵位,夫人起家而居有之,德如鳲鳩乃可以配焉。

13. 《采蘩》,夫人不失職也。夫人可以奉祭祀,則不失職矣。

14. 《草蟲》,大夫妻能以禮自防也。

15. 《采蘋》,大夫妻能循法度也。能循法度,則可以承先祖、共祭祀矣。

16. 《甘棠》,美召伯也。召伯之教,明於南國。

17. 《行露》,召伯聽訟也。衰亂之俗微,貞信之教興,強暴之男不能侵陵貞女也。

18. 《羔羊》,《鵲巢》之功致也。召南之國,化文王之政,在位皆節儉正直,德如羔羊也。

19. 《殷其靁》,勸以義也。召南之大夫遠行從政,不遑寧處。其室家能閔其勤勞,勸以義也。

20. 《摽有梅》,男女及時也,召南之國被文王之化,男女得以及時也。

21. 《小星》,惠及下也。夫人無妬忌之行,惠及賤妾,進御於君,知其命有貴賤,能盡其心矣。

22. 《江有汜》,美媵也。勤而無怨,嫡能悔過也。文王之時,江沱之間,有嫡不以其媵備數;媵遇勞而無怨,嫡亦自悔也。

23. 《野有死麕》,惡無禮也。天下大亂,彊暴相陵,遂成淫風。被文王之化,雖當亂世,猶惡無禮也。

24. 《何彼襛矣》,美王姬也。雖則王姬亦下嫁於諸侯,車服不繫其夫,下王后一等,猶執婦道以成肅雝之德也。

25. 《騶虞》,《鵲巢》之應也。《鵲巢》之化行,人倫既正,朝廷既治,天下純被文王之化,則庶類蕃殖,蒐田以時,仁如騶虞,則王道成也。

26. 《柏舟》,言仁而不遇也。衛頃公之時,仁人不遇,小人在側。

27. 《綠衣》,衛莊姜傷己也。妾上僭,夫人失位,而作是詩也。

28. 《燕燕》,衛莊姜送歸妾也。

29. 《日月》,衛莊姜傷己也。遭州吁之難,傷己不見答於先君,以至困窮之詩也。

30. 《終風》,衛莊姜傷己也。遭州吁之暴,見侮慢而不能正也。

31. 《擊鼓》,怨州吁也。衛州吁用兵暴亂,使公孫文仲將而平陳與宋,國人怨其勇而無禮也。

32. 《凱風》,美孝子也。衛之淫風流行,雖有七子之母,猶不能安其室,故美七子能盡其孝道,以慰其母心而成其志爾。

33. 《雄雉》,刺衛宣公也。淫亂不恤國事,軍旅數起,大夫久役,男女怨曠,國人患之,而作是詩。

34.《匏有苦葉》，刺衛宣公也。公與夫人並爲淫亂。

35.《谷風》，刺夫婦失道也。衛人化其上，淫於新昏而棄其舊室，夫婦離絶，國俗傷敗焉。

36.《式微》，黎侯寓於衛，其臣勸以歸也。

37.《旄丘》，責衛伯也。狄人迫逐黎侯，黎侯寓于衛，衛不能脩方伯連率之職，黎之臣子以責於衛也。

38.《簡兮》，刺不用賢也。衛之賢者仕於伶官，皆可以承事王者也。

39.《泉水》，衛女思歸也。嫁於諸侯，父母終，思歸寧而不得，故作是詩以自見也。

40.《北門》，刺仕不得志也。言衛之忠臣不得其志爾。

41.《北風》，刺虐也。衛國並爲威虐，百姓不親，莫不相攜持而去焉。

42.《靜女》，刺時也。衛君無道，夫人無德。

43.《新臺》，刺衛宣公也。納伋之妻，作新臺于河上而要之，國人惡之，而作是詩也。

44.《二子乘舟》，思伋、壽也。衛宣公之二子爭相爲死，國人傷而思之，作是詩也。

45.《柏舟》，共姜自誓也。衛世子共伯蚤死，其妻守義，父母欲奪而嫁之，誓而弗許，故作是詩以絶之。

46.《牆有茨》，衛人刺其上也。公子頑通乎君母，國人疾之，而不可道也。

47.《君子偕老》，刺衛夫人也。夫人淫亂，失事君子之道，故陳人君之德，服飾之盛，宜與君子偕老也。

48.《桑中》，刺奔也。衛之公室淫亂，男女相奔，至于世族在位，相竊妻妾，期於幽遠，政散民流，而不可止。

49.《鶉之奔奔》，刺衛宣姜也。衛人以爲宣姜鶉鵲之不若也。

50.《定之方中》，美衛文公也。衛爲狄所滅，東徙渡河，野處漕邑。齊桓公攘戎狄而封之。文公徙居楚丘，始建城市而營宮室，得其時制，百姓說之，國家殷富焉。

51.《蝃蝀》，止奔也。衛文公能以道化其民，淫奔之恥，國人不齒也。

52.《相鼠》，刺無禮也。衛文公能正其群臣，而刺在位承先君之化，無禮儀也。

53.《干旄》，美好善也。衛文公臣子多好善，賢者樂告以善道也。

54.《載馳》，許穆夫人作也。閔其宗國顛覆，自傷不能救也。衛懿公爲狄人所滅，國人分散，露於漕邑。許穆夫人閔衛之亡，傷許之小，力不能救，思歸唁其兄，又義不得，故賦是詩也。

55.《淇奧》，美武公之德也。有文章，又能聽其規諫，以禮自防，故能入相于周，美而作是詩也。

56.《考槃》，刺莊公也。不能繼先公之業，使賢者退而窮處。

57.《碩人》，閔莊姜也。莊公惑於嬖妾，使驕上僭，莊姜賢而不（見）答，終以無子，國人閔而憂之。

58.《氓》，刺時也。宣公之時，禮義消亡，淫風大行，男女無別，遂相奔誘，華落色衰，復相棄背。或乃困而自悔,喪其妃耦,故序其事以風焉。美反正,刺淫泆也。

59.《竹竿》,衛女思歸也。適異國而不見答,思而能以禮者也。

60.《芄蘭》,刺惠公也。驕而無禮,大夫刺之。

61.《河廣》,宋襄公母歸于衛,思而不止,故作是詩也。

62.《伯兮》,刺時也。言君子行役,爲王前驅,過時而不反焉。

63.《有狐》,刺時也。衛之男女失時,喪其妃耦焉。古者國有凶荒,則殺禮而多昏,會男女之無夫家者,所以育人民也。

64.《木瓜》,美齊桓公也。衛國有狄人之敗,出處于漕,齊桓公救而封之,遺之車馬器服焉。衛人思之,欲厚報之,而作是詩也。

65.《黍離》,閔宗周也。周大夫行役至于宗周,過故宗廟宮室,盡爲禾黍。閔周室之顛覆,彷徨不忍去,而作是詩也。

66.《君子于役》,刺平王也。君子行役無期度,大夫思其危難以風焉。

67.《君子陽陽》,閔周也。君子遭亂,相招爲禄仕,全身遠害而已。

68.《揚之水》,刺平王也。不撫其民,而遠屯戍于母家,周人怨思焉。

69.《中谷有蓷》,閔周也。夫婦日以衰薄,凶年饑饉,室家相棄爾。

70.《兔爰》,閔周也。桓王失信,諸侯背叛,構怨連禍,王師傷敗,君子不樂其生焉。

71.《葛藟》,王族刺平王也。周室道衰,棄其九族焉。

72.《采葛》,懼讒也。

73.《大車》,刺周大夫也。禮義陵遲,男女淫奔,故陳古以刺今,大夫不能聽男女之訟焉。

74.《丘中有麻》,思賢也。莊王不明,賢人放逐,國人思之,而作是詩也。

75.《緇衣》,美武公也。父子並爲周司徒,善於其職,國人宜之,故美其德,以明有國善善之功焉。

76.《將仲子》,刺莊公也。不勝其母以害其弟,弟叔失道而公弗制,祭仲諫而公弗聽,小不忍以致大亂焉。

77.《叔于田》,刺莊公也。叔處於京,繕甲治兵,以出于田,國人説而歸之。

78.《大叔于田》,刺莊公也。叔多才而好勇,不義而得衆也。

79.《清人》,刺文公也。高克好利而不顧其君,文公惡而欲遠之,不能。使高克將兵而禦狄于竟,陳其師旅,翶翔河上。久而不召,衆散而歸,高克奔陳。公子素惡高克進之不以禮,文公退之不以道,危國亡師之本,故作是詩也。

80.《羔裘》,刺朝也。言古之君子,以風其朝焉。

81.《遵大路》,思君子也。莊公失道,君子去之,國人思望焉。

82.《女曰雞鳴》,刺不説德也。陳古義以刺今,不説德而好色也。

83.《有女同車》,刺忽也。鄭人刺忽之不昏于齊。太子忽嘗有功于齊,齊侯請妻之。齊女賢而不取,卒以無大國之助,至於見逐,故國人刺之。

84.《山有扶蘇》,刺忽也。所美非美然。

85.《蘀兮》,刺忽也。君弱臣強,不倡而和也。
86.《狡童》,刺忽也。不能與賢人圖事,權臣擅命也。
87.《褰裳》,思見正也。狂童恣行,國人思大國之正己也。
88.《丰》,刺亂也。婚姻之道缺,陽倡而陰不和,男行而女不隨。
89.《東門之墠》,刺亂也。男女有不待禮而相奔者也。
90.《風雨》,思君子也。亂世,則思君子不改其度焉。
91.《子衿》,刺學校廢也。亂世,則學校不脩焉。
92.《揚之水》,閔無臣也。君子閔忽之無忠臣良士,終以死亡,而作是詩也。
93.《出其東門》,閔亂也。公子五爭,兵革不息,男女相棄,民人思保其室家焉。
94.《野有蔓草》,思遇時也。君之澤不下流,民窮於兵革,男女失時,思不期而會焉。
95.《溱洧》,刺亂也。兵革不息,男女相棄,淫風大行,莫之能救焉。
96.《鷄鳴》,思賢妃也。哀公荒淫怠慢,故陳賢妃貞女,夙夜警戒相成之道焉。
97.《還》,刺荒也。哀公好田獵,從禽獸而無厭。國人化之,遂成風俗。習於田獵謂之賢,閑於馳逐謂之好焉。
98.《著》,刺時也。時不親迎也。
99.《東方之日》,刺衰也。君臣失道,男女淫奔,不能以禮化也。
100.《東方未明》,刺無節也。朝廷興居無節,號令不時,挈壺氏不能掌其職焉。
101.《南山》,刺襄公也。鳥獸之行,淫乎其妹,大夫遇是惡,作詩而去之。
102.《甫田》,大夫刺襄公也。無禮義而求大功,不脩德而求諸侯,志大心勞,所以求者非其道也。
103.《盧令》,刺荒也。襄公好田獵畢弋,而不脩民事,百姓苦之,故陳古以風焉。
104.《敝笱》,刺文姜也。齊人惡魯桓公微弱,不能防閑文姜,使至淫亂,爲二國患焉。
105.《載驅》,齊人刺襄公也。無禮義,故盛其車服,疾驅於通道大都,與文姜淫,播其惡於萬民焉。
106.《猗嗟》,刺魯莊公也。齊人傷魯莊公有威儀技藝,然而不能以禮防閑其母,失子之道,人以爲齊侯之子焉。
107.《葛屨》,刺褊也。魏地陿隘,其民機巧趨利,其君儉嗇褊急,而無德以將之。
108.《汾沮洳》,刺儉也。其君儉以能勤,刺不得禮也。
109.《園有桃》,刺時也。大夫憂其君國小而迫,而儉以嗇,不能用其民,而無德教,日以侵削,故作是詩也。
110.《陟岵》,孝子行役,思念父母也。國迫而數侵削,役乎大國,父母兄弟離散,而作是詩也。
111.《十畝之間》,刺時也。言其國削小,民無所居焉。
112.《伐檀》,刺貪也。在位貪鄙,無功而受祿,君子不得進仕爾。
113.《碩鼠》,刺重斂也。國人刺其君重斂,蠶食於民,不修其政,貪而畏人,若大鼠也。

114.《蟋蟀》,刺晉僖公也。儉不中禮,故作是詩以閔之,欲其及時以禮自虞樂也。此晉也,而謂之唐,本其風俗,憂深思遠,儉而用禮,乃有堯之遺風焉。
115.《山有樞》,刺晉昭公也。不能脩道以正其國,有財不能用,有鍾鼓不能以自樂,有朝廷不能洒埽。政荒民散,將以危亡。四鄰謀取其國家而不知,國人作詩以刺之也。
116.《揚之水》,刺晉昭公也。昭公分國以封沃,沃盛強,昭公微弱,國人將叛而歸沃焉。
117.《椒聊》,刺晉昭公也。君子見沃之盛彊,能脩其政,知其蕃衍盛大,子孫將有晉國焉。
118.《綢繆》,刺晉亂也。國亂則婚姻不得其時焉。
119.《杕杜》,刺時也。君不能親其宗族,骨肉離散,獨居而無兄弟,將爲沃所并爾。
120.《羔裘》,刺時也。晉人刺其在位不恤其民也。
121.《鴇羽》,刺時也。昭公之後,大亂五世,君子下從征役,不得養其父母,而作是詩也。
122.《無衣》,美晉武公也。武公始并晉國,其大夫爲之請命乎天子之使,而作是詩也。
123.《有杕之杜》,刺晉武也。武公寡特,兼其宗族,而不求賢以自輔焉。
124.《葛生》,刺晉獻公也。好攻戰,則國人多喪矣。
125.《采苓》,刺晉獻公也。獻公好聽讒焉。
126.《車鄰》,美秦仲也。秦仲始大,有車馬禮樂侍御之好焉。
127.《駟驖》,美襄公也。始命,有田狩之事,園囿之樂焉。
128.《小戎》,美襄公也。備其兵甲以討西戎。西戎方彊,而征伐不休。國人則矜其車甲,婦人能閔其君子焉。
129.《蒹葭》,刺襄公也。未能用周禮,將無以固其國焉。
130.《終南》,戒襄公也。能取周地,始爲諸侯,受顯服,大夫美之,故作是詩以戒勸之。
131.《黃鳥》,哀三良也。國人刺穆公以人從死,而作是詩也。
132.《晨風》,刺康公也。忘穆公之業,始棄其賢臣焉。
133.《無衣》,刺用兵也。秦人刺其君好攻戰,亟用兵,而不與民同欲焉。
134.《渭陽》,康公念母也。康公之母,晉獻公之女。文公遭驪姬之難,未反,而秦姬卒。穆公納文公。康公時爲大子,贈送文公于渭之陽,念母之不見也。我見舅氏,如母存焉。及其即位,思而作是詩也。
135.《權輿》,刺康公也。忘先君之舊臣與賢者,有始而無終也。
136.《宛丘》,刺幽公也。淫荒昏亂,游蕩無度焉。
137.《東門之枌》,疾亂也。幽公淫荒,風化之所行,男女棄其舊業,亟會於道路,歌舞於市井爾。
138.《衡門》,誘僖公也。願而無立志,故作是詩以誘掖其君也。
139.《東門之池》,刺時也。疾其君之淫昏,而思賢女以配君子也。
140.《東門之楊》,刺時也。昏姻失時,男女多違。親迎,女猶有不至者也。
141.《墓門》,刺陳佗也。陳佗無良師傅,以至於不義,惡加於萬民焉。
142.《防有鵲巢》,憂讒賊也。宣公多信讒,君子憂懼焉。

143.《月出》,刺好色也。在位不好德,而説美色焉。

144.《株林》,刺靈公也。淫乎夏姬,驅馳而往,朝夕不休息焉。

145.《澤陂》,刺時也。言靈公君臣淫於其國,男女相説,憂思感傷焉。

146.《羔裘》,大夫以道去其君也。國小而迫,君不用道,好絜其衣服,逍遥遊燕,而不能自強於政治,故作是詩也。

147.《素冠》,刺不能三年也。

148.《隰有萇楚》,疾恣也。國人疾其君之淫恣,而思無情慾者也。

149.《匪風》,思周道也。國小政亂,憂及禍難,而思周道焉。

150.《蜉蝣》,刺奢也。昭公國小而迫,無法以自守,好奢而任小人,將無所依焉。

151.《候人》,刺近小人也。共公遠君子而好近小人焉。

152.《鳲鳩》,刺不壹也。在位無君子,用心之不壹也。

153.《下泉》,思治也。曹人疾共公侵刻下民,不得其所,憂而思明王賢伯也。

154.《七月》,陳王業也。周公遭變故,陳后稷先公風化之所由,致王業之艱難也。

155.《鴟鴞》,周公救亂也。成王未知周公之志,公乃爲詩以遺王,名之曰《鴟鴞》焉。

156.《東山》,周公東征也。周公東征,三年而歸,勞歸士。大夫美之,故作是詩也。一章言其完也,二章言其思也,三章言其室家之望女也,四章樂男女之得及時也。君子之於人,序其情而閔其勞,所以説也。説以使民,民忘其死,其唯《東山》乎?

157.《破斧》,美周公也。周大夫以惡四國焉。

158.《伐柯》,美周公也。周大夫刺朝廷之不知也。

159.《九罭》,美周公也。周大夫刺朝廷之不知也。

160.《狼跋》,美周公也。周公攝政,遠則四國流言,近則王不知,周大夫美其不失其聖也。

《小雅》七十四篇

161.《鹿鳴》,燕羣臣嘉賓也。既飲食之,又實幣帛筐篚,以將其厚意,然後忠臣嘉賓得盡其心矣。

162.《四牡》,勞使臣之來也。有功而見知則説矣。

163.《皇皇者華》,君遣使臣也。送之以禮樂,言遠而有光華也。

164.《常棣》,燕兄弟也。閔管、蔡之失道,故作《常棣》焉。

165.《伐木》,燕朋友故舊也。自天子至于庶人,未有不須友以成者。親親以睦,友賢不棄,不遺故舊,則民德歸厚矣。

166.《天保》,下報上也。君能下下以成其政,臣能歸美以報其上焉。

167.《采薇》,遣戍役也。文王之時,西有昆夷之患,北有獫狁之難。以天子之命,命將率,遣戍役,以守衛中國,故歌《采薇》以遣之,《出車》以勞還,《杕杜》以勤歸也。

168.《出車》,勞還率也。

169.《杕杜》,勞還役也。

170.《魚麗》,美萬物盛多,能備禮也。文、武以《天保》以上治內,《采薇》以下治外,始於憂勤,終於逸樂,故美萬物盛多,可以告於神明矣。

○《南陔》,孝子相戒以養也。(《笙詩》)

○《白華》,孝子之絜白也。(《笙詩》)

○《華黍》,時和歲豐,宜黍稷也。有其義而忘其辭。(《笙詩》)

171.《南有嘉魚》,樂與賢也。太平之君子至誠,樂與賢者共之也。

172.《南山有臺》,樂得賢也。得賢則能爲邦家立太平之基矣。

○《由庚》,萬物得由其道也。(《笙詩》)

○《崇丘》,萬物得極其高大也。(《笙詩》)

○《由儀》,萬物之生各得其宜也。有其義而亡其辭。(《笙詩》)

173.《蓼蕭》,澤及四海也。

174.《湛露》,天子燕諸侯也。

175.《彤弓》,天子錫有功諸侯也。

176.《菁菁者莪》,樂育材也。君子能長育人材,則天下喜樂之矣。

177.《六月》,宣王北伐也。《鹿鳴》廢,則和樂缺矣。《四牡》廢,則君臣缺矣。《皇皇者華》廢,則忠信缺矣。《常棣》廢,則兄弟缺矣。《伐木》廢,則朋友缺矣。《天保》廢,則福祿缺矣。《采薇》廢,則征伐缺矣。《出車》廢,則功力缺矣。《杕杜》廢,則師衆缺矣。《魚麗》廢,則法度缺矣。《南陔》廢,則孝友缺矣。《白華》廢,則廉恥缺矣。《華黍》廢,則蓄積缺矣。《由庚》廢,則陰陽失其道理矣。《南有嘉魚》廢,則賢者不安,下不得其所矣。《崇丘》廢,則萬物不遂矣。《南山有臺》廢,則爲國之基隊矣。《由儀》廢,則萬物失其道理矣。《蓼蕭》廢,則恩澤乖矣。《湛露》廢,則萬國離矣。《彤弓》廢,則諸夏衰矣。《菁菁者莪》廢,則無禮儀矣。《小雅》盡廢,則四夷交侵,中國微矣。

178.《采芑》,宣王南征也。

179.《車攻》,宣王復古也。宣王能內脩政事,外攘夷狄,復文、武之境土。脩車馬,備器械,復會諸侯於東都,因田獵而選車徒焉。

180.《吉日》,美宣王田也。能慎微接下,無不自盡以奉其上焉。

181.《鴻雁》,美宣王也。萬民離散,不安其居,而能勞來還定安集之,至于矜寡,無不得其所焉。

182.《庭燎》,美宣王也。因以箴之。

183.《沔水》,規宣王也。

184.《鶴鳴》,誨宣王也。

185.《祈父》,刺宣王也。

186.《白駒》,大夫刺宣王也。

187.《黃鳥》,刺宣王也。

188.《我行其野》,刺宣王也。

189.《斯干》,宣王考室也。

190.《無羊》,宣王考牧也。

191.《節南山》,家父刺幽王也。

192.《正月》,大夫刺幽王也。

193.《十月之交》,大夫刺幽王也。《鄭箋》:"當爲刺厲王。"

194.《雨無正》,大夫刺幽王也。雨自上下者也,衆多如雨,而非所以爲政也。《鄭箋》:"亦當爲刺厲王。"

195.《小旻》,大夫刺幽王也。《鄭箋》:"亦當爲刺厲王。"

196.《小宛》,大夫刺宣王也。《鄭箋》:"亦當爲刺厲王。"

197.《小弁》,刺幽王也。大子之傅作焉。

198.《巧言》,刺幽王也。大夫傷於讒,故作是詩也。

199.《何人斯》,蘇公刺暴公也。暴公爲卿士而譖蘇公焉,故蘇公作是詩以絶之。

200.《巷伯》,刺幽王也。寺人傷於讒,故作是詩也。

201.《谷風》,刺幽王也。天下俗薄,朋友道絶焉。

202.《蓼莪》,刺幽王也。民人勞苦,孝子不得終養爾。

203.《大東》,刺亂也。東國困於役而傷於財,譚大夫作是詩以告病焉。

204.《四月》,大夫刺幽王也。在位貪殘,下國構禍,怨亂並興焉。

205.《北山》,大夫刺幽王也。役使不均,己勞於從事,而不得養其父母焉。

206.《無將大車》,大夫悔將小人也。

207.《小明》,大夫悔仕於亂世也。

208.《鼓鍾》,刺幽王也。

209.《楚茨》,刺幽王也。政煩賦重,田萊多荒,饑饉降喪,民卒流亡,祭祀不饗,故君子思古焉。

210.《信南山》,刺幽王也。不能修成王之業,疆理天下,以奉禹功,故君子思古焉。

211.《甫田》,刺幽王也。君子傷今而思古焉。

212.《大田》,刺幽王也。言矜寡不能自存焉。

213.《瞻彼洛矣》,刺幽王也。思古明王,能爵命諸侯,賞善罰惡焉。

214.《裳裳者華》,刺幽王也。古之仕者世禄。小人在位,則讒諂並進,棄賢者之類,絶功臣之世焉。

215.《桑扈》,刺幽王也。君臣上下,動無禮文焉。

216.《鴛鴦》,刺幽王也。思古明王,交於萬物有道,自奉養有節焉。

217.《頍弁》,諸公刺幽王也。暴戾無親,不能宴樂同姓,親睦九族,孤危將亡,故作是詩也。

218.《車舝》,大夫刺幽王也。褒姒嫉妒,無道並進,讒巧敗國,德澤不加於民。周人思得賢女以配君子,故作是詩也。

219.《青蠅》,大夫刺幽王也。

220.《賓之初筵》,衛武公刺時也。幽王荒廢,媟近小人,飲酒無度。天下化之,君臣上下沈湎淫液。武公既入,而作是詩也。

221.《魚藻》,刺幽王也。言萬物失其性,王居鎬京,將不能以自樂,故君子思古之武王焉。

222.《采菽》,刺幽王也。侮慢諸侯,諸侯來朝,不能錫命以禮,數徵會之,而無信義。君子見微而思古焉。

223.《角弓》,父兄刺幽王也。不親九族,而好讒佞,骨肉相怨,故作是詩也。

224.《菀柳》,刺幽王也。暴虐無親,而刑罰不中,諸侯皆不欲朝。言王者之不可朝事也。

225.《都人士》,周人刺衣服無常也。古者長民,衣服不貳,從容有常,以齊其民,則民德歸壹也。傷今不復見古人也。

226.《采綠》,刺怨曠也。幽王之時多怨曠者也。

227.《黍苗》,刺幽王也。不能膏潤天下,卿士不能行召伯之職焉。

228.《隰桑》,刺幽王也。小人在位,君子在野,思見君子盡心以事之。

229.《白華》,周人刺幽后也。幽王取申女以爲后,又得褒姒而黜申后。故下國化之,以妾爲妻,以孽代宗。而王弗能治,周人爲之作是詩也。

230.《緜蠻》,微臣刺亂也。大臣不用仁心,遺忘微賤,不肯飲食教載之,故作是詩也。

231.《瓠葉》,大夫刺幽王也。上棄禮而不能行,雖有牲牢饔餼,不肯用也。故思古之人,不以微薄廢禮焉。

232.《漸漸之石》,下國刺幽王也。戎狄叛之,荆舒不至,乃命將率東征,役久病於外,故作是詩也。

233.《苕之華》,大夫閔時也。幽王之時,西戎東夷,交侵中國,師旅並起,因之以饑饉。君子閔周室之將亡,傷己逢之,故作是詩也。

234.《何草不黃》,下國刺幽王也。四夷交侵,中國背叛,用兵不息,視民如禽獸。君子憂之,故作是詩也。

《大雅》三十一篇

235.《文王》,文王受命作周也。

236.《大明》,文王有明德,故天復命武王也。

237.《緜》,文王之興,本由大王也。

238.《棫樸》,文王能官人也。

239.《旱麓》,受祖也。周之先祖,世脩后稷、公劉之業。大王、王季,申以百福干祿焉。

240.《思齊》,文王所以聖也。

241.《皇矣》,美周也。天監代殷莫若周。周世世修德莫若文王。

242.《靈臺》,民始附也。文王受命,而民樂其有靈德,以及鳥獸昆蟲焉。

243.《下武》,繼文也。武王有聖德,復受天命,能昭先人之功焉。

244.《文王有聲》,繼伐也。武王能廣文王之聲,卒其伐功也。

245.《生民》,尊祖也。后稷生於姜嫄,文、武之功起於后稷,故推以配天焉。

246.《行葦》,忠厚也。周家忠厚,仁及草木,故能內睦九族,外尊事黃耈,養老乞言,以成其福禄焉。

247.《既醉》,大平也。醉酒飽德,人有士君子之行焉。

248.《鳧鷖》,守成也。大平之君子,能持盈守成,神祇(祇)祖考安樂之也。

249.《假樂》,嘉成王也。

250.《公劉》,召康公戒成王也。成王將涖政,戒以民事,美公劉之厚於民,而獻是詩也。

251.《泂酌》,召康公戒成王也。言皇天親有德,饗有道也。

252.《卷阿》,召康公戒成王也。言求賢用吉士也。

253.《民勞》,召穆公刺厲王也。

254.《板》,凡伯刺厲王也。

255.《蕩》,召穆公傷周室大壞也。厲王無道,天下蕩蕩,無綱紀文章,故作是詩也。

256.《抑》,衛武公刺厲王,亦以自警也。

257.《桑柔》,芮伯刺厲王也。

258.《雲漢》,仍叔美宣王也。宣王承厲王之烈,內有撥亂之志,遇裁而懼,側身脩行,欲銷去之。天下喜於王化復行,百姓見憂,故作是詩也。

259.《崧高》,尹吉甫美宣王也。天下復平,能建國親諸侯,褒賞申伯焉。

260.《烝民》,尹吉甫美宣王也。任賢使能,周室中興焉。

261.《韓奕》,尹吉甫美宣王也。能錫命諸侯。

262.《江漢》,尹吉甫美宣王也。能興衰撥亂,命召公平淮夷。

263.《常武》,召穆公美宣王也。有常德以立武事,因以爲戒然。

264.《瞻卬》,凡伯刺幽王大壞也。

265.《召旻》,凡伯刺幽王大壞也。旻,閔也。閔天下無如召公之臣也。

《周頌》三十一篇

266.《清廟》,祀文王也。周公既成洛邑,朝諸侯,率以祀文王焉。

267.《維天之命》,大平告文王也。

268.《維清》,奏象舞也。

269.《烈文》,成王即政,諸侯助祭也。

270.《天作》,祀先王先公也。

271.《昊天有成命》,郊祀天地也。

272.《我將》,祀文王於明堂也。

273.《時邁》,巡守告祭柴望也。

274.《執競》,祀武王也。

275.《思文》,后稷配天也。

276.《臣工》,諸侯助祭,遣於廟也。

277.《噫嘻》,春夏祈穀于上帝也。

278.《振鷺》,二王之後來助祭也。

279.《豐年》,秋冬報也。

280.《有瞽》,始作樂而合乎祖也。

281.《潛》,季冬薦魚,春獻鮪也。

282.《雝》,禘大祖也。

283.《載見》,諸侯始見乎武王廟也。

284.《有客》,微子來見祖廟也。

285.《武》,奏《大武》也。

286.《閔予小子》,嗣王朝於廟也。

287.《訪落》,嗣王謀於廟也。

288.《敬之》,羣臣進戒嗣王也。

289.《小毖》,嗣王求助也。

290.《載芟》,春籍田而祈社稷也。

291.《良耜》,秋報社稷也。

292.《絲衣》,繹賓尸也。高子曰,靈星之尸也。

293.《酌》,告成《大武》也。言能酌先祖之道,以養天下也。

294.《桓》,講武類禡也。桓,武志也。

295.《賚》,大封於廟也。賚,予也,言所以錫予善人也。

296.《般》,巡守而祀四嶽河海也。

《魯頌》四篇

297.《駉》,頌僖公也。僖公能遵伯禽之法,儉以足用,寬以愛民,務農重穀,牧於坰野,魯人尊之。於是季孫行父請命于周,而史克作是頌。

298.《有駜》,頌僖公君臣之有道也。

299.《泮水》,頌僖公能脩泮宮也。

300.《閟宮》,頌僖公能復周公之宇也。

《商頌》五篇

301.《那》,祀成湯也。微子至于戴公,其間禮樂廢壞。有正考甫者,得《商頌》十二篇於周之大師,以《那》爲首。

302.《烈祖》,祀中宗也。

303.《玄鳥》,祀高宗也。

304.《長髮》,大禘也。

305.《殷武》,祀高宗也。

附　錄

(一) 上古聲母表

1. 喉音：

見 k　　溪 kʻ　　群 g　　疑 ŋ　　曉 x　　匣 ɣ　　影 ○

2. 舌頭音：

端 t　　透 tʻ　　定 d　　餘 dj　　泥 n　　來 l

3. 舌上音：

章 ȶ　　昌 ȶʻ　　船 ȡ　　書 ɕ　　禪 ʑ　　日 ȵ

4. 齒頭音：

精 ts　　清 tsʻ　　從 dz　　心 s　　邪 z

5. 正齒音：

莊 tʃ　　初 tʃʻ　　崇 dʒ　　生 ʃ

6. 脣音：

幫 p　　滂 pʻ　　並 b　　明 m

(二) 上古韻部表

1	之部	ə	2	職部	ək	3	蒸部	əŋ
4	幽部	u	5	覺部	uk	6	冬部	uŋ
7	宵部	o	8	藥部	ok			
9	侯部	ɔ	10	屋部	ɔk	11	東部	ɔŋ
12	魚部	a	13	鐸部	ak	14	陽部	aŋ
15	支部	e	16	錫部	ek	17	耕部	eŋ
18	脂部	ei	19	質部	et	20	真部	en
21	微部	əi	22	物部	ət	23	文部	ən
24	歌部	ai	25	月部	at	26	寒部	an
			27	緝部	əp	28	侵部	əm
			29	葉部	ap	30	談部	am

(三) 中古聲母表

1. 喉音：

影 ○　　云 vj　　以 j　　曉 x　　匣 ɣ

2. 牙音：

見 k　　溪 kʻ　　群 g　　疑 ŋ

3. 舌音：

端 t　　透 tʻ　　定 d　　泥 n　　來 l　　知 ṭ　　徹 ṭʻ　　澄 ḍ

4. 齒音：

精 ts　　清 tsʻ　　從 dz　　心 s　　邪 z

莊 tʃ　　初 tʃʻ　　崇 dʒ　　生 ʃ

章 tɕ　　昌 tɕʻ　　船 dʑ　　書 ɕ　　禪 ʑ　　日 nʑ

5. 唇音：

幫 p　　滂 pʻ　　並 b　　明 m

非 f　　敷 fʻ　　奉 v　　微 ɱ

（四）《廣韻》206 韻韻目及擬音

1	東董送	uŋ ĭuŋ		屋	uk ĭuk
2	冬宋	uoŋ		沃	uok
3	鍾腫用	ĭwoŋ		燭	ĭwok
4	江講絳	ɔŋ		覺	ɔk
5	支紙寘	ĭe ĭwe			
6	脂旨至	i wi			
7	之止志	ĭə			
8	微尾未	ĭəi ĭwəi			
9	魚語御	ĭwo			
10	虞麌遇	ĭu			
11	模姥暮	u			
12	齊薺霽	iei iwei			
13	祭	ĭɛi ĭwɛi			
14	泰	ɑi uɑi			
15	佳蟹卦	ai wai			
16	皆駭怪	ɐi wɐi			
17	夬	æi wæi			
18	灰賄隊	uɒi			
19	咍海代	ɒi			
20	廢	ĭɐi ĭwɐi			
21	真軫震	ĭĕn ĭwĕn		質	ĭĕt ĭwĕt
22	諄準稕	ĭuĕn		術	ĭuĕt

23	臻	ǐen			櫛	ǐet	
24	文吻問	ǐuən			物	ǐuət	
25	欣隱焮	ǐən			迄	ǐət	
26	元阮願	ɐn	ǐwɐn		月	ɐt	ǐwɐt
27	魂混慁	uən			沒	uət	
28	痕很恨	ən					
29	寒旱翰	ɑn			曷	ɑt	
30	桓緩換	uɑn			末	uɑt	
31	删潸諫	an	wan		鎋	at	wat
32	山產襇	æn	wæn		黠	æt	wæt
33	先銑霰	ien	iwen		屑	iet	iwet
34	仙獼線	ǐɛn	ǐwɛn		薛	ǐɛt	ǐwɛt
35	蕭篠嘯	ieu					
36	宵小笑	ǐɛu					
37	肴巧效	au					
38	豪皓號	ɑu					
39	歌哿箇	ɑ					
40	戈果過	uɑ	ǐɑ	ǐuɑ			
41	麻馬禡	a	wa	ǐa			
42	陽養漾	ǐaŋ	ǐwaŋ		藥	ǐak	ǐwak
43	唐蕩宕	ɑŋ	uɑŋ		鐸	ɑk	uɑk
44	庚梗映	ɐŋ	wɐŋ	ǐɐŋ	ǐwɐŋ	陌	ɐk	wɐk	ǐɐk
45	耕耿諍	æŋ	wæŋ		麥	æk	wæk
46	清靜勁	ǐɛŋ	ǐwɛŋ		昔	ǐɛk	ǐwɛk
47	青迥徑	ieŋ	iweŋ		錫	iek	iwek
48	蒸拯證	ǐəŋ			職	ǐək	ǐwək
49	登等嶝	əŋ	uəŋ		德	ək	uək
50	尤有宥	ǐəu					
51	侯厚候	əu					
52	幽黝幼	iəu					
53	侵寢沁	ǐəm			緝	ǐəp	
54	覃感勘	ɒm			合	ɒp	
55	談敢闞	ɑm			盍	ɑp	
56	鹽琰豔	ǐɛm			葉	ǐɛp	
57	添忝㮇	iem			帖	iep	

58	咸鎌陷	ɐm		洽	ɐp
59	銜檻鑑	am		狎	ap
60	嚴儼釅	ĭɐm		業	ĭɐp
61	凡範梵	ĭwɐm		乏	ĭwɐp

(五) 重要引用書目

本書目爲本詞典比較重要的引用書目。首列書名，括號内是引用時的簡稱，次列朝代和撰者姓名，最后列所用版本。

《詩序》　作者無定説　附《毛詩正義》每篇篇首。又見中華書局影印《古今圖書集成・經籍典》内。本詞典收有"《毛詩序》集録"。

《毛詩故訓傳》(《毛傳》)　漢毛亨　通行本

《毛詩鄭箋》(《鄭箋》)　漢鄭玄　通行本

《詩譜》　漢鄭玄　附《毛詩正義》内

《獨斷》　漢蔡邕　百子全書本

《毛詩草木鳥獸蟲魚疏》(《詩義疏》)　三國吴陸璣　漢魏叢書本

《毛詩釋文》(《釋文》)　唐陸德明　上海古籍出版社影印《經典釋文》本

《毛詩正義》(《正義》)　唐孔穎達　中華書局影印十三經注疏本

《毛詩指説》　唐成伯璵　通志堂經解本

《匡謬正俗》　唐顔師古　萬有文庫本

《兼明書》　五代丘光庭　四庫全書本

《七經小傳》　宋劉敞　四庫全書本

《景迂生集》　宋晁説之　四庫全書本

《伊川經説》　宋程頤　中華書局聚珍本

《墨客揮犀》　宋彭乘　筆記小説大觀本

《項氏家説》　宋項安世　叢書集成本

《麈史》　宋王得臣　上海古籍出版社

《野客叢書》　宋王楙　中華書局本

《鶴林玉露》　宋羅大經　筆記小説大觀本

《詩本義》　宋歐陽修　通志堂經解本

《毛詩集解》(李、黄《集解》)　宋李樗、黄櫄　同上本

《詩補傳》(《補傳》)　宋范處義　同上本

《詩義鈎沉》(《詩義》)　宋王安石　邱漢生輯校本

《詩集傳》(《集傳》)　宋朱熹　中華書局影印本

《詩序辨説》(《辨説》)　宋朱熹　附《欽定詩經傳説匯纂》内

《詩辨妄》　宋鄭樵　顧頡剛輯輯本

《非詩辨妄》　宋周孚　叢書集成本

《履齋示兒編》　宋孫奕　同上本

《詩集傳》　宋蘇轍　三蘇全書本

《西溪叢語》　宋姚寬　筆記小說大觀本

《詩總聞》(《總聞》)　宋王質　四庫全書本

《慈湖詩傳》(《詩傳》)　宋楊簡　同上本

《呂氏家塾讀詩記》(《詩記》)　宋呂祖謙　同上本

《續呂氏家塾讀詩記》(《續詩記》)　宋戴溪　同上本

《詩童子問》(《童子問》)　宋輔廣　同上本

《詩緝》　宋嚴粲　同上本

《夢溪筆談》　宋沈括　同上本

《黃氏日鈔》　宋黃震　同上本

《演繁露》　宋程大昌　同上本

《經說》　宋熊朋來　同上本

《埤雅》　宋陸佃　同上本

《詩說》　宋張耒　通志堂經解本

《毛詩名物解》(《名物解》)　宋蔡卞　同上本

《毛詩要義》(《要義》)　宋魏了翁　清光緒壬午刊本

《群經音辨》　宋賈昌朝　四部叢刊續編本

《詩疑》　宋王柏　叢書集成初編本

《詩傳注疏》(《注疏》)　宋謝枋得　同上本

《詩義指南》(《指南》)　宋段昌武　同上本

《詩考》　宋王應麟　同上本

《詩地理考》　宋王應麟　同上本

《詩集傳名物鈔》(《名物鈔》)　元許謙　同上本

《詩辨說》(《辨說》)　元趙悳　同上本

《詩經疑問》(《疑問》)　元許倬　通志堂經解本

《詩傳通釋》(《通釋》)　元劉瑾　四庫全書本

《詩演義》　元梁寅　同上本

《詩纘緒》(《纘緒》)　元劉玉汝　同上本

《毛詩解頤》(《解頤》)　明朱善　同上本

《詩說解頤》(《解頤》)　明季本　同上本

《讀詩私記》(《私記》)　明李先芳　同上本

《詩故》　明朱謀㙔　同上本

《詩經疑問》　明姚舜牧　同上本

《詩經世本古義》《古義》　明何楷　同上本
《讀詩略記》《略記》　明朱朝瑛　同上本
《焦氏筆乘》　明焦竑　叢書集成本
《升庵經說》　明楊慎　同上本
《古言類編》　明鄭曉　同上本
《讀書囈語》　明李元吉　明崇禎年間刻本
《簡端錄》　明邵寶　四庫全書本
《說略》　明顧起元　同上本
《疑辯錄》　明周洪謨　瑱川吳氏經學叢書
《魯申培詩說》《詩說》　明豐坊　津逮秘書本
《端木賜詩傳》《詩傳》　明豐坊　同上本
《毛詩原解》《原解》　明郝敬　湖北叢書本
《毛詩序說》《序說》　明郝敬　天啓五年自刻山草堂集本
《詩傳名物集覽》《集覽》　明陳大章　同上本
《讀詩肊評》《肊評》　明戴君恩　述古堂光緒庚辰合刊本
《毛詩鳥獸蟲魚疏廣要》《廣要》　明毛晉　四部叢刊續編本
《詩傳闡》　明鄒肇敏　崇禎刻本
《匏瓜集》　清芮城　光緒甲辛刊本
《日知錄》　清顧炎武　古籍出版社本
《詩本音》　清顧炎武　渭南嚴氏音韻學叢書本
《詩經稗疏》《稗疏》　清王夫之　岳麓書社《船山全書》本
《詩經考異》　清王夫之　同上本
《詩廣傳》　清王夫之　同上本
《蒿庵閒話》　清張爾岐　叢書集成本
《章庵經說》　清周象明　同上本
《毛詩稽古編》《稽古編》　清陳啓源　皇清經解本
《毛鄭詩考證》《考證》　清戴震　同上本
《杲溪詩經補注》《補注》　清戴震　同上本
《詩說》　清惠周惕　同上本
《十駕齋養新錄》《養新錄》　清錢大昕　同上本
《潛研堂文集》　清錢大昕　同上本
《九經古義》《古義》　清惠棟　同上本
《經傳考證》　清朱彬　同上本
《經學卮言》《卮言》　清孔廣森　同上本
《群經補義》《補義》　清江永　同上本

《毛詩補疏》(《補疏》) 清焦循 同上本

《湛園札記》 清姜宸英 同上本

《經義雜記》 清臧琳 同上本

《群經識小》(《識小》) 清李惇 同上本

《詩經考異》(《考異》) 清武億 同上本

《毛詩紬義》(《紬義》) 清李黼平 同上本

《拜經日記》 清臧庸 同上本

《三家詩異文疏證》(《疏證》) 清馮登府 同上本

《詩經小學》(《小學》) 清段玉裁 同上本

《毛詩故訓傳定本》附《小箋》(《小箋》) 清段玉裁 同上本

《説文解字注》 清段玉裁 世界書局本

《説文釋例》 清王筠 同上本

《説文通訓定聲》 清朱駿聲 同上本

《毛詩後箋》(《後箋》) 清胡承珙 皇清經解續編本

《詩毛氏傳疏》(《傳疏》) 清陳奂 同上本

《續詩傳鳥名》(《續詩傳》) 清毛奇齡 同上本

《詩書古訓》(《古訓》) 清阮元 同上本

《毛詩考證》(《考證》) 清莊述祖 同上本

《周頌口義》(《口義》) 清莊述祖 同上本

《詩地理徵》 清朱右曾 同上本

《群經義證》 清武億 同上本

《過庭錄》 清宋翔鳳 同上本

《癸巳類稿》 清俞正燮 同上本

《癸巳存稿》 清俞正燮 同上本

《讀書偶識》 清鄒漢勛 同上本

《茶香室經説》(《經説》) 清俞樾 同上本

《群經平議》(《平議》) 清俞樾 同上本

《詩名物證古》(《證古》) 清俞樾 同上本

《詩經異文釋》(《異文釋》) 清李富孫 同上本

《魯詩遺説考》(《魯説考》) 清陳喬樅 同上本

《齊詩遺説考》(《齊説考》) 清陳喬樅 同上本

《韓詩遺説考》(《韓説考》) 清陳喬樅 同上本

《四家詩異文考》(《異文考》) 清陳喬樅 同上本

《毛詩鄭箋改字説》(《改字説》) 清陳喬樅 同上本

《十三經答問》 清馮登府 槐廬叢書本

《易餘籥録》　清焦循　木犀軒叢書本

《詩經傳説彙纂》(《彙纂》)　清王鴻緒等　四庫全書本

《田間詩學》(《詩學》)　清田澄之　同上本

《詩經通義》(《通義》)　清朱鶴齡　同上本

《經稗》　清鄭方坤　同上本

《三魚堂賸言》　清陸隴其　同上本

《榕村語録》　清李光地　同上本

《詩所》　清李光地　同上本

《讀詩質疑》　清嚴虞惇　同上本

《三家詩拾遺》(《拾遺》)　清范家相　同上本

《詩瀋》　清范家相　同上本

《詩釋名解》　清姚炳　同上本

《虞東學詩》(《學詩》)　清顧鎮　同上本

《毛詩校刊記》(《校刊記》)　清阮元　附孔穎達《毛詩正義》内　又皇清經解本

《詩義折中》(《折中》)　清傅恒等　寶興堂刻本

《詩經通論》(《通論》)　清姚際恒　中華書局本

《毛詩傳箋通釋》(《通釋》)　清馬瑞辰　同上本

《詩經原始》(《原始》)　清方玉潤　同上本

《通介堂經説》(《經説》)　清徐灝　續修四庫全書本

《易書詩禮四經正字考》(《正字考》)　清鍾廮　劉氏嘉業堂刊本

《詩古微》　清魏源　岳麓書社本

《毛詩補箋》(《補箋》)　清王闓運　湘綺樓全書本

《詩序廣義》(《廣義》)　清姚炳璋　嘉慶二十年刊本

《讀風偶識》(《偶識》)　清崔述　崔東壁遺書　上海古籍出版社本

《豐鎬考信録》　清崔述　同上本

《西園隨筆》　清孫嶸　清代稿本百種匯刊本

《詩經傳注》(《傳注》)　清武億　道光甲辰刻本

《詩志》　清牛運震　武強賀氏重刊本

《毛詩寫官記》(《寫官記》)　清毛奇齡　西河合集本

《經義述聞》(《述聞》)　清王引之　鴻文書局石印本

《經傳釋詞》(《釋詞》)　清王引之　岳麓書社本

《目耕帖》　清馬國翰　王函山房輯佚書本

《毛詩異義》(《異義》)　清汪龍　安徽叢書本

《詩疑辨證》(《辨證》)　清黃中松　四庫全書珍本初集本

《詩細》　清趙佑　清獻堂全編本

《詩毛鄭異同辨》(《異同辨》)　清曾釗　西城樓叢刊本
《詩問》　清郝懿行　光緒壬午刊本
《詩切》　清牟庭　齊魯書社本
《詩經恒解》(《恒解》)　清劉沅　北京道德學社印本
《讀詩劄記》(《劄記》)　清夏炘　景紫堂全集本
《詩本誼》　清龔澄　譚氏豐廠叢書本
《毛詩復古錄》(《復古錄》)　清吳懋清　光緒甲午刊本
《毛詩識小》(《識小》)　清林柏桐　修本堂本
《毛詩通考》(《通考》)　清林柏桐　同上本
《倦遊庵椠記》　清周悅讓　齊魯書社1996年本
《學詩詳説》(《詳説》)　清顧廣譽　光緒丁丑刊本
《學詩正詁》(《正詁》)　清顧廣譽　光緒丁丑刻本
《毛詩重言》　清王筠　鄂宰四種本
《毛詩雙聲疊韻》　清王筠　同上本
《朱子詩義補正》(《補正》)　清方苞　海西馮氏刊本
《經學通論》　清皮錫瑞　國學基本叢書簡編本
《詩説》　清王圓照　光緒刊本
《詩氏族考》　清李超孫　叢書集成初編本
《讀書叢錄》　清洪頤煊　同上本
《勦説》　清李調元　同上本
《經義知新記》(《知新記》)　清汪中　同上本
《鳳氏經説》　清鳳應韶　同上本
《經傳小記》　清劉台拱　劉氏遺書本
《字詁義府合按》　清黃生　中華書局1984年本
《札樸》　清桂馥　中華書局1992年本
《彬雅》　清墨莊氏　叢書集成本
《簡莊疏記》　清陳鱣　適園叢書本
《煙嶼樓讀書志》　清徐時棟　民國蓮學齋鉛印本
《毛詩天文考》　清洪亮吉　廣雅書局本
《毛詩品物圖説》　清徐鼎　乾隆三十六年刻本
《毛詩品物圖考》　日本岡公翼　北京中國書店本
《詩經異文補釋》　清張慎儀　箋園叢書本
《讀詩鈔説》　清張澍　見《清史稿·藝文志補編》
《詩義會通》(《會通》)　清吳闓生　中華書局本
《詩三家義集疏》(《集疏》)　王先謙　同上本

《觀堂集林》　王國維　同上本

《毛鄭詩斠義》《斠義》）　羅振玉　聚珍版排印本

《毛詩會箋》《會箋》）　日本竹添光鴻　大通書局

《學壽堂詩說》《詩說》）　徐紹楨　通行石印本

《詩學贅言》《贅言》）　蘇維岳　通行本

《廣雅疏證》　清王念孫　上海鴻章書局石印本

《助詞辨略》　清劉淇　中華書局本

《爾雅義疏》　清郝懿行　萬有文庫本

《詩經韻讀》　清江有誥　渭南嚴氏《音韻學叢書》本

《釋名疏證》　清畢沅　叢書集成初編本

《方言箋疏》　清錢繹　上海古籍出版社本

《古書疑義舉例》　清俞樾　中華書局本

《愈愚錄》　清劉寶楠　廣雅書局光緒十五年本

《吳氏遺著》　清吳炎雲　廣雅書局光緒十七年本

《讀書雜識》　清徐鼒　中華書局 1997 年本

《越縵堂讀書筆記》《筆記》）　清李慈銘　商務印書館民國印本

《香草校書》　于鬯　中華書局 1984 年本

《讀書管見》　金其源　商務印書館 1957 年本

《韓詩外傳集釋》　許維遹校釋　中華書局本

《詩經廣詁》《廣詁》）　清徐璈　道光十年刊本

《毛詩札記》《札記》）　劉師培　劉申叔先生遺書本

《毛詩詞例舉要》　劉師培　同上本

《毛詩學》　馬其昶　京師第一監獄印本

《詩經學》　胡樸安　萬有文庫本

《詩經研究》　謝無量　商務印書館民國二十五年鉛印本

《詩經通解》《通解》）　林義光　北京大學民國二十五年鉛印本

《國語注解詩經》　江蔭香　北京中國店 1982 年本

《詩經白話注解》　唐笑我　啓智書局民國二十五年鉛印本

《詩經本事》　馬振理　世界書局民國二十五年鉛印本

《分類詩經》　許嘯天　上海群學社鉛印本

《詩經通義》《通義》）　聞一多　古籍出版社本

《詩經新義》《新義》）　聞一多　同上本

《風詩類鈔》《類鈔》）　聞一多　同上本

《讀詩雜記》　俞平伯　人文書店鉛印本

《古史辨》第三册　顧頡剛等　上海古籍出版社本

《中國古代社會研究》(《研究》)　郭沫若　四川人民出版社本
《青銅時代》　郭沫若　同上本
《甲骨文字研究》　郭沫若　科學出版社本
《卷耳集》　郭沫若　人民文學出版社本
《詩言志辨》　朱自清　古籍出版社本
《古詩歌箋釋三種》　朱自清　上海古籍出版社本
《雙劍誃詩經新證》(《新證》)　于省吾　民國二十五年自印本
《澤螺居詩經新證》(《新證》)　于省吾　中華書局本
《澤螺居詩義解結》(《解結》)　于省吾　中華書局《文史》第二輯
《積微居小學述林》(《小學述林》)　楊樹達　中華書局本
《詞詮》　楊樹達　同上本
《高本漢詩經注釋》　高本漢著、董同龢譯　中西書局本
《毛詩說》　曾運乾　岳麓書社本
《詩經韻讀》　王力先生　上海古籍出版社本
《古書虛字集釋》　裴學海　中華書局本
《詩說》　黃焯　湖北人民出版社本
《毛詩鄭箋平議》(《毛鄭平議》)　黃焯　上海古籍出版社本
《詩疏平議》　黃焯　同上本
《詩經試譯》　李長庚　古典文學出版社本
《國風選譯》(《選譯》)　陳子展　同上本
《雅頌選譯》(《選譯》)　陳子展　同上本
《詩經直解》(《直解》)　陳子展　復旦大學出版社本
《白屋說詩》　劉大白　作家出版社本
《詩經選》　余冠英　人民文學出版社本
《詩經選譯》　余冠英　作家出版社本
《詩經六論》　張西堂　上海商務印書館本
《詩草木今釋》　陸文郁　天津人民出版社本
《詩經詮釋》(《詮釋》)　屈萬里　聯經出版事業公司本
《詩經今注今譯》(《今注今譯》)　馬持盈　臺灣商務印書館本
《詩經今注》(《今注》)　高亨　上海古籍出版社
《周頌考釋》　高亨　《中華文史論叢》第五、六輯
《詩經通釋》　王靜芝　中華書局本
《詩經與周代社會研究》　孫作雲　同上本
《詩經譯注》(《譯注》)　程俊英　上海古籍出版社本
《詩經注析》(《注析》)　程俊英　中華書局本

《詩經全譯》　金啓華　江蘇古籍出版社本
《詩經全譯》　袁愈嫈、唐莫堯　貴州人民出版社本
《詩經欣賞與研究》　裴普賢　臺灣三民書局本
《詩經評注讀本》　裴普賢　同上本
《詩經評釋》(《評釋》)　朱守亮　臺灣學生書局本
《詩經研究史概要》　夏傳才　中州書畫社本
《詩經語言藝術》　夏傳才　語文出版社本
《二十世紀詩經學》　夏傳才　學苑出版社本
《詩經篇旨通考》(《通考》)　張學波　廣東出版社本
《阜陽漢簡詩經研究》　胡平生、韓自強　上海古籍出版社本
《詩經全譯》　袁梅　齊魯書社本
《詩經選注》　蔣立甫　北京出版社本
《四家詩恉會歸》　王禮卿　青蓮出版社本
《詩經正詁》(《正詁》)　余培林　臺灣三民書局本
《詩經蠡測》(《蠡測》)　郭晉稀　西北師大出版社本
《國風集説》　張樹波　河北人民出版社本
《詩經國風今譯》　藍菊蓀　四川人民出版社本
《詩經分類詮釋》　王宗石　湖南教育出版社本
《詩經古義新證》(《新證》)　季旭昇　臺灣文史哲出版社本
《毛詩訓詁研究》　馮浩菲　華中師範大學出版社本
《詩經研究論集》(上、下)　林慶彰編　臺灣學生書局本
《詩經周南召南發微》　文幸福　臺灣學海出版社本
《中國歷代詩經學》　林葉連　臺灣學生書局本
《詩經國際學術研討會論文集》　河北大學出版社本
《第一屆經學學術討論會論文集》　臺灣師范大學國文系所編印本
《詩經索引》　陳天宏、吕嵐　書目文獻出版社本
《詩義稽考》　劉毓慶、賈培俊、李蹊、張儒　學苑出版社本
《漢字古音手册》　郭錫良　北京大學出版社本
《簡明漢語史》　向熹　高教出版社本、商務印書館2010年修訂本
《詩經語言研究》　向熹　四川人民出版社本
《詩經語文論集》　向熹　四川民族出版社本
《詩經注譯》　向熹　高教出版社本